U0587973

中国古代名著全本译注丛书

文选译注

一

[南朝梁] 萧统　编
张葆全　胡大雷　主编

图书在版编目(CIP)数据

文选译注 / (南朝梁) 萧统编 ; 张葆全, 胡大雷主编. -- 上海 : 上海古籍出版社, 2024. 8. --(中国古代名著全本译注丛书). -- ISBN 978-7-5732-1259-7

Ⅰ. I206. 2

中国国家版本馆 CIP 数据核字第 2024GJ9951 号

中国古代名著全本译注丛书

文选译注

(全四册)

[南朝梁]萧 统 编

张葆全 胡大雷 主编

上海古籍出版社出版发行

(上海市闵行区号景路 159 弄 1-5 号 A 座 5F 邮政编码 201101)

(1) 网址: www.guji.com.cn

(2) E-mail: guji1@guji.com.cn

(3) 易文网网址: www.ewen.co

江阴市机关印刷服务有限公司印刷

开本 890×1240 1/32 印张 72.5 插页 21 字数 2,011,000

2024 年 8 月第 1 版 2024 年 8 月第 1 次印刷

印数: 1—3,100

ISBN 978-7-5732-1259-7

I. 3857 定价: 328.00 元

《文选译注》撰稿人员

张葆全　邹子衿　胡国庆　殷祝胜　郭玉贤
杨远义　潘　盼　陈雪军　孙艳庆　张　彦
陈丕武　陈　胤　王　娟　袁卫华　刘　敬
叶会昌　郎瑞萍　庞国雄　于　堃　张　洁
路　艳　朱媛媛　张阳阳　刘　旋　郭亚超
张力丹　周鲜乔　谢嘉颖　胡　韬　梁芸菲
杨晓岚　王　莉　李涵颖　相明霏

前　言

在文学作品“踵事增华”的南北朝时期，在山青水秀、鸟语花香的绮丽江南，相继出现了两部辉映文坛的文学选集，一部是《昭明文选》，一部是《玉台新咏》，它们同为中古文学园地中两处十分引人注目的奇观。

《昭明文选》是南朝梁武帝时代昭明太子萧统主持编撰的一部书，也是今存最早的一部古代赋、诗、文选集。

萧统（501—531），字德施，南兰陵（今江苏常州）人，梁武帝萧衍长子，出生后的第二年即被立为太子。

《梁书》本传载，萧统“生而聪睿”，三岁开始学《孝经》《论语》，五岁已能“遍读五经，悉能讽诵”。成年之后，东宫聚集了许多文人、学士，萧统同他们常在一起讨论篇籍，著述文章。萧统本人著有文集二十卷。而《文选》一书，当是他在周围“才学之士”协助之下选编而成。时东宫藏书近三万卷，为《文选》编纂提供了最重要的条件。

萧统亲自为《文选》写了序，序中在谈到史书之赞序时，他提出了一个选文的重要标准，“事出于沉思，义归乎翰藻”。“沉思”即精思，指结构与文辞都经过精心的结撰和锤炼。“翰藻”指美丽的文辞，包括用词、用典、比喻、排偶、声律等华美且有表现力。萧统所欣赏的正是这类具有文学性的华美“篇什”。《文选》不收经、史、子之文，只收赋、诗及单篇文章，其用意正是为了使“文章”与“学术”分开，让“文学”有更大的独立性。

总观《昭明文选》所选之“文”（广义之文，含赋、诗、文，也可称文章），即可看出它的重要价值。

一、文学价值

突出文学性是《昭明文选》选“文”的一大特色。《文选》中有诗文入选的作家共一百三十人，多为我们现在所熟知的历代著名作家。

赋，赋的源头是荀子的赋和宋玉的赋。《文选》未选荀赋（因《荀子》属子部之书），而选了宋玉的《高唐赋》《神女赋》。汉代是赋的鼎盛时期，以散体大赋为代表。后来又出现了抒情小赋和骈体赋。从汉至梁代赋之代表作，《文选》多已选入。

诗，最早的诗当然属《诗经》，《文选》未选，因为那是“经”。屈原作品其实也是诗，古人多以“辞”或“骚”称之，《文选》选入不少。汉代乐府诗、古诗，以及后来之文人五言诗、七言诗如云蒸霞蔚，名人佳作入选《文选》甚多。

文，《文选》中，自汉武帝《贤良诏》以下，为《文选》所选之“文”（狭义之文）。这些“文”（除卷四十五之“辞”、卷五十五“连珠”以及颂、赞、箴、铭、诔、哀、吊、祭之外）应是与言志抒情之有韵之诗相对而言，多为无韵之应用文，包括史书中的“论”“赞”。因其皆“事出于沉思，义归乎翰藻”，具有文学性，而被选入。

《文选》所选的这些文学名篇，给后世提供了极为丰富的文学创作经验，供历代诗人、作家不断地借鉴取资。

正如鲁迅所说，魏晋时代已开始迈入文学的自觉时代，而萧统之重视“文学性”，符合文学发展的时代潮流。

二、欣赏价值

《文选》的编选者十分重视文章的欣赏价值，这在萧统《文选序》中已有明确表述。萧统认为，各类作品“譬陶匏异器，并为入耳之娱；黼黻不同，俱为悦目之玩”。他“历观文囿，泛览辞林，未尝不心游目想，移晷忘倦”。他所赞赏的，是文章（“篇什”）的“综缉辞采”“错比文华”。欣赏把玩，可以说是《文选》选文的又一个重要原则。这与当时文章“骈俪”之风有密切关系。

齐梁时代，文章日益骈化，为文讲究视觉和听觉形象之美，要求文辞对偶工整，声韵和谐，辞藻华丽，并多用典故以显示高雅与博学。在刘勰的《文心雕龙》中，《声律》《丽辞》《事类》《比兴》《夸饰》《练字》《隐秀》诸篇，对骈体文的上述要素作了精辟的阐述。而《文心雕龙》本身，也是用精美的骈体文写成，反映出当时社会上普遍的唯美倾向。

《文选》的选文，正反映了这种唯美的观念与文章骈化的趋势。《文选》选了大量的骈体赋和赋体文，因此，甚至有人认为它是一部骈体文（含诗赋）的选集。

在文章发展规律上，萧统持有可贵的进化观。《文选序》说“盖踵其事而增华，变其本而加厉；物既有之，文亦宜然。随时变改，难可详悉”，指明文章总是随着时代而演进，而《文选》在选文时又是“详近略远”，与萧统的文章进化观相一致并推波助澜，因而对后世的影响十分显著。

总之，魏晋南北朝时期，文坛弥漫骈俪之风。写诗作文，讲究裁对、隶事、敷藻、调声，妃白俪青，施朱傅粉，力求字句精工，反映出一时之审美风尚。《文选》既体现了这种风尚，又助长了这种风尚。中国汉语词汇之丰富，语言之富有表现力，骈俪之风功不可没。

三、使用价值

在序中，萧统虽然只谈到了《文选》“入耳”“悦目”之欣赏价值，但一旦《文选》成书问世，就产生了使用价值。《文选》的编纂宗旨之一，其实也是为了给社会上人们的交流沟通与官场上官员的往来应酬提供文章范式，这从《文选》的分类立目可以看出。《昭明文选》对所选之“文”作了分类，全书所选诸种文体，共三十七类，另有“移”体在“书”后，疑目录脱“移”字。台湾藏南宋陈八郎刊五臣注《文选》正有“移”类，并在“檄”类后又增列“难”类，共三十九类。一些学者因而认为，《文选》原本当分为三十九类。

唐代李善《上文选注表》称萧统撰集《文选》，“后进英髦，咸资准的”，陆游《老学庵笔记》所载宋时士人之语“《文选》烂，秀才半”，都说明后来读书人如何熟读与仿效《文选》的文章，这也显示了各体文章在社会交流沟通与往来应酬方面极富使用价值。

对《文选》的分类，后人颇有议论，讥其过于琐屑。清人姚鼐说：“《昭明文选》分体碎杂，其立名多可笑者。”（《古文辞类纂序》）但如从易于仿效以利于使用的角度看，则无可非议。

四、教化价值

六朝文学有唯美倾向，诗赋创作不大顾及政治教化，这是不争的事实。但在理论界，自古及今，都有不少学者推崇文章的政治教化作用。早在曹魏之时，曹丕《典论·论文》就已明确宣称：“盖文章，经国之大业，不朽之盛事。”后来晋代挚虞的《文章流别论》也说“文章者，所以宣上下之象，明人伦之叙，穷理尽性，以究万物之宜者也”，论及文章之功用及价值，与曹丕一脉相承。

萧统崇奉儒家学说自无疑问。他所重视的教化价值，自然是指儒家的教化。

《文心雕龙·宗经》说：“经也者，恒久之至道，不刊之鸿教也。”萧统的宗经观念显然与刘勰相通。《文选》之所以不选五经之文，当如萧统本人所称“岂可重以芟夷，加之剪截”（见《文选序》），是出于对五经的尊崇，而非对经籍的轻忽与厌弃。

萧统肯定文章之踵事增华，具有文章（文学）进化的观念，已如前述，但他并未放弃文章“宗经”的前提一味追求形式之美。他在《答湘东王求文集及诗苑英华书》中提出的“丽而不浮”“典而不野”，是他为文的原则，也是他选文的标准。因此，骆鸿凯说，

《文选》之文“高文典册十之七，清辞秀句十之五，纤靡之音百不得一”（《文选学》）。

五、认识价值

孔子说“诗，可以兴，可以观，可以群，可以怨。迩之事父，远之事君；多识于鸟兽草木之名”（《论语·阳货》），说的是诗的功用和价值。即是说，诗可以帮助人们，既能广泛认识社会生活，又能通过辞藻获取博物知识，诗（也可推广至一切文章）也就具有重要的认识价值。

《文选》所选的赋与诗，向人们展示了无限广阔的天地（有繁华的城邑，也有巍峨的宫殿；有奔腾的江河，也有辽阔的海洋），大自然的盎然生机（有珍禽怪兽，也有奇花异草），人类社会林林总总的生活场景（郊祀、田猎、公宴、祖饯、游览、赠答、行旅、军戎、论文、赏乐……），以及人的情感的真实流露（或咏怀，或哀伤，或述德，或游仙……）。上述种种，是人类文明生活的缩影，即使写的是自然，也是“人化的自然”，饱含着人的情感体验。千载之下，我们仍能凭借文字的载体，认识那个时代人们社会生活的方方面面，感受到古人热血的奔涌与心脏的搏动。而诗赋之外的应用文，其社会生活认识价值更为明显，这也是不言而喻的。

至于博物和辞藻方面的认识作用，前人早有体认。骆鸿凯《文选学》在叙《选》学门类时，列“辞章”一类，谓该类“采拾菁华，抉摘藻异，雅类兔园之册，允为獭祭之资”。在“《选》学书著录”中又有“摘类之属”：《文选类林》十八卷（宋刘攽撰），《文选双字类要》三卷（宋苏易简撰），《文选锦字》二十卷（明凌迪知撰），《文选粹语》二卷（明胡焕文撰），《文选课虚》四卷（清杭世骏撰），《选藻》八卷（清张云璈撰），《文选类隽》十四卷（清何松撰），《文选编珠》一卷（清石韫玉撰），《文选集腋》二卷（清胥斌撰）。上述撰著，使《文选》的认识价值呈现得更为鲜明。

综上所述，作为现存最早的一部赋、诗、文选集，《文选》遍及诸体，兼收古今，不仅保留了周秦至齐梁许多作家的作品，具有极高的文学价值，而且反映了当时进步的文学观点与崇高的艺术趣味，是我们的祖先留下的一笔巨大珍贵的文化遗产。我们不但可以从中获取许多有用的知识，更可以从中领略辞藻之富、文章之美。我们今天从事写作，也可以获得许多有益的启示和借鉴。对于炎黄子孙来说，从中受到传统文化的熏陶，拓展我们民族的智慧，承袭做人的美德，既是我们义不容辞的历史责任，也是我们所独有的审美享受。

历代关于《文选》的注本很多，最著名的当推唐代李善注，书成于唐高宗显庆年间。萧统原书三十卷，李善分为六十卷。《李善注》征引群书，据统计多达一千六百八十九种，取材繁富，援引赅博。唐玄宗开元年间，吕延祚集吕延济、刘良、张铣、吕向、李周翰五人之注为《五臣注》。至南宋，书坊取《李善注》与《五臣注》合刻，称《六臣注文选》。自《六臣注》流行后，世罕传善注单行之本，李善原注的面貌被淹没了。南宋淳熙年间，尤袤（延之）从《六臣注》中将《李善注》单独辑录出来加以刊刻。清代嘉庆年间，胡克家据南宋尤袤所刻《李善注文选》覆刻，改正了尤刻本若干明显的错误，又据明吴郡袁氏翻雕之宋本《六臣注》及明茶陵陈氏刻增补《六臣本》以校尤本，撰《文选考异》。这次我们注译《文选》，原文即据胡刻《文选》（其标点主要依据上海古籍出版社 1986 年出版之《文选》），个别文字上的问题，参酌《文选考异》，在注中予以说明。

由于年代久远，今天广大读者阅读《文选》，多感文字障碍难于逾越。因此这次我们推出的《文选译注》，以面向社会大众为宗旨，是一个经典新读的普及版本。除《文选》原文外，每篇均有题解、注释和译文。《文选》原文分段编排，每段原文之后紧接每段之注释和译文，意在给读者的阅读带来最大的方便。每篇的题解，或揭示全文的主要内容，或点明本文的中心思想，均有“导读”

"点睛"的作用。在作者出现的首篇，题解中还简要地介绍作者生平与著作，以方便读者"知人论世""尚友其人"。每篇的注释则力求言简意赅，确切有据，译文则力求匹配原文，准确畅达，这都有助于读者更好地解读原文。在行文方面则严格控制字数，减小体量，其目的就是让广大读者"读得懂，买得起"，以使古代经典走向大众，走向市场，让它鲜活起来，并广泛传播开去。

书末附《作者篇目一览表》，便于读者从古代文学发展的角度，对《文选》作整体的把握，获得更为全面系统的认识。同时，这对《文选》中的作家作品的阅读和研究，也提供了明确的导引和帮助。由于水平所限，译注中的问题定然不少，敬祈广大读者批评指正。

张葆全

2024 年 1 月

目　录

文选卷第二十四

文选卷第二十六 ………………………………… 903

文选序

梁昭明太子（萧统）

【题解】

萧统自述编撰《文选》的目的及选文的标准，概述各种文体的产生和演进，同时也表达了他的文学进化观。

式观元始，眇觌玄风，冬穴夏巢之时，茹毛饮血之世，世质民淳，斯文未作。逮乎伏羲氏之王天下也，始画八卦〔1〕，造书契〔2〕，以代结绳之政，由是文籍生焉。《易》曰：“观乎天文，以察时变，观乎人文，以化成天下。”〔3〕文之时义远矣哉！若夫椎轮为大辂之始〔4〕，大辂宁有椎轮之质？增冰为积水所成，积水曾微增冰之凛，何哉？盖踵其事而增华，变其本而加厉。物既有之，文亦宜然；随时变改，难可详悉。

【注释】

〔1〕八卦：每卦三爻，分别代表天、地、水、火、山、泽、风、雷，也可视为最早的象形文字。

〔2〕书契：刻在龟甲、兽骨上的文字。

〔3〕《易》：《周易》，语见《周易·贲卦·彖辞》。　天文：天空中日、月、星辰等自然现象。　人文：指由文字记录下来的文章典籍。

〔4〕椎轮：指古代轮无辐条的车，极其原始简陋。 大辂：帝王所乘之车，极其华丽。

【译文】

回眸观看原始时代，仔细考察远古风俗，当时人们冬时穴居、夏时巢居，吃肉则是连毛带血而食，世道质朴，民风淳厚，种种文籍都还没有产生。到了伏羲氏治理天下的时候，才开始画八卦，造文字，用来代替从前结绳记事的方法，从此以后文章典籍就产生了。《易经》上说："观察天的文采，可以知晓四季的变化；观察人的文采，可以用来教化人民使天下昌明。"文章典籍的意义真深远广大啊！椎轮这种简陋的车子是帝王乘坐的大辂的原始模样，但大辂哪里还像椎轮那样的简陋质朴？厚厚的冰层是积水凝结而成的，但积水并没有厚冰那样的寒冷。这是为什么呢？大概是由于大辂继承了椎轮的造车方法却增加了美丽的文饰，冰层改变了积水的本来状态因而变得更加寒冷。事物既然有这种踵事增华、变本加厉的现象，文章也应当如此；文章随着时代的发展而不断变化改进，我们真难以完全了解并说周全。

尝试论之曰：《诗序》云："诗有六义焉：一曰风，二曰赋，三曰比，四曰兴，五曰雅，六曰颂。"至于今之作者，异乎古昔，古诗之体，今则全取赋名。荀、宋表之于前〔1〕，贾、马继之于末〔2〕。自兹以降，源流实繁。述邑居则有"凭虚""亡是"之作〔3〕，戒畋游则有《长杨》《羽猎》之制。若其纪一事，咏一物，风云草木之兴，鱼虫禽兽之流，推而广之，不可胜载矣。又楚人屈原〔4〕，含忠履洁，君匪从流，臣进逆耳，深思远虑，遂放湘南。耿介之意既伤，壹郁之怀靡诉。临渊有怀沙之志〔5〕，吟泽有憔悴之容〔6〕。骚人之文，自兹而作。

【注释】

〔1〕荀：荀子，名况，有《赋篇》。 宋：宋玉，有《风赋》《高唐赋》《神女赋》等。

〔2〕贾：贾谊，有《吊屈原赋》《鹏鸟赋》等。 马：司马相如，有《子虚赋》《上林赋》等。

〔3〕凭虚：张衡《西京赋》假托凭虚公子以述西京之繁盛。 亡是：司马相如《上林赋》假托亡是公以述天子游猎上林苑之盛况。

〔4〕屈原：战国时楚人，楚怀王时，因遭谗而被疏远放逐，忧愤而作《离骚》。

〔5〕怀沙：怀抱沙石而自沉。《史记·屈原贾生列传》载：“屈原至于江滨……乃作《怀沙》之赋。……于是怀石，遂自投汨罗以死。”

〔6〕吟泽：行吟于泽畔。《楚辞·渔父》载：“屈原既放，游于江潭，行吟泽畔，颜色憔悴，形容枯槁。”

【译文】

让我尝试议论一下吧：《毛诗序》说：“《诗经》之诗有六义：第一为风，第二为赋，第三为比，第四为兴，第五为雅，第六为颂。”至于现代的作者，同古代大不一样。敷陈其事的赋本是古代诗歌中一种表现手法，现在却发展成为用“赋”命名的独立文体。荀况、宋玉首先以“赋”标题创作赋体，贾谊、司马相如跟在后面继续发扬。从此以后，这类作品源远流长确实繁富。描写并夸耀都市园囿，有张衡《西京赋》和司马相如《上林赋》这样的作品；劝戒帝王不要沉湎游猎，有杨雄《长杨赋》《羽猎赋》一类的创作。至于那些记一事、咏一物，寄兴风云草木和鱼虫禽兽之类的作品，推而广之举不胜举，就不能一一尽述了。又有楚人屈原，心怀忠贞，行为高洁，因为楚王并非从谏如流的国君，而臣下屈原却进献逆耳忠言，屈原虽为国家百姓深谋远虑，却反而被放逐到湘水之南。刚直忠正之心既遭到伤害，抑郁不平之情又无处申诉。面对江水心生投江报国之意，行吟泽畔而面容憔悴。骚体的文章，从此就兴起了。

诗者，盖志之所之也，情动于中而形于言。《关雎》《麟趾》[1]，正始之道著；桑间、濮上[2]，亡国之音表。故《风》《雅》之道，粲然可观。自炎汉中叶，厥途渐异。退傅有“在邹”之作[3]，降将著“河梁”之篇[4]。四言五言，区以别矣。又少则三字，多则九言，各体互兴，分镳并驱。颂者，所以游扬德业，褒赞成功。吉甫有“穆若”之谈[5]，季子有“至矣”之叹[6]。舒布为诗，既言如彼；总成为颂，又亦若此。次则箴兴于补阙，戒出于弼匡，论则析理精微，铭则序事清润，美终则诔发，图象则赞兴。又诏诰教令之流，表奏笺记之列，书誓符檄之品，吊祭悲哀之作，答客指事之制，三言八字之文，篇辞引序，碑碣志状，众制锋起，源流间出。譬陶匏异器[7]，并为入耳之娱；黼黻不同[8]，俱为悦目之玩。作者之致，盖云备矣。

【注释】

〔1〕《关雎》《麟趾》:《诗经》篇名。

〔2〕桑间、濮上：本为郑、卫之地，春秋时男女情歌多在此地产生，儒家认为这些歌曲为靡靡之音，无益于教化。

〔3〕退傅：指西汉韦孟。他为楚王傅，作《讽谏》诗以谏，退位居邹，又作《在邹》诗，两诗皆为四言。

〔4〕降将：指西汉李陵，为武帝时名将，后与匈奴战，力竭而降。后世留传“苏李诗”一组，在李陵《与苏武诗》中有“携手上河梁”之句。后人认为“苏李诗”是我国最早的五言诗，但学者多认为“苏李诗”是伪托。

〔5〕吉甫：尹吉甫，周宣王之臣，《诗经·大雅·烝民》为其所作，中有“穆如清风”之句。

〔6〕季子：春秋时吴公子季札，曾至鲁观乐，对“颂”诗发出“至矣哉”之赞叹。

〔7〕陶：指埙，用土烧成之乐器。 匏：指笙，亦为乐器，以葫芦为座，上设簧管。

〔8〕黼黻：礼服上绣饰之花纹，黑白相间为黼，黑青相间为黻。

【译文】

诗歌，是诗人思想感情的体现，情感在内心激荡而通过言语文辞表达出来。《关雎》《麟趾》是端正初始之道的明确表达，桑间、濮上之歌则是亡国之音的流露。所以《诗经》的《风》《雅》之道，昭然可观。自从汉朝中叶以来，诗歌发展的道路又渐渐有所不同。有楚元王傅韦孟退居邹县所作《在邹》诗，有降将李陵“携手上河梁”这样的篇什。四言诗和五言诗，就开始区分开来。又产生了每句少则三字、多则九字的诗歌，各种诗体一齐兴起，像分镳共驰的马车一样同奔。“颂”这种文体，用作歌功颂德，赞美成功。从前尹吉甫有“穆如清风”那样的赞辞，季札有“至矣哉”那样的赞叹。抒发感情形成诗歌，正如上面所说的《风》《雅》和韦、李的诗歌；总括成功形成颂体，也就像这里所说的尹吉甫、季札的作品。其次，“箴”是为弥补过失而产生，“戒”是由于辅佐君王纠正其过失而出现，“论”要求剖析事理精当细微，“铭”要求叙述事情清爽温润，赞美寿终的人就产生了“诔”，为画像题辞“赞”就兴起了。又：诏诰教令、表奏笺记、书誓符檄、吊祭哀文等类文体，“答客”、“指事”之类作品，“三言”、“八字”一类文辞，还有篇辞引序、碑碣志状，各种作品纷纷出现，新老文体的发展呈现错综纷繁的局面。就好像埙和笙虽是不同的乐器，但都能发出动听悦耳的乐曲；黼和黻虽然色彩各异，但都能成为美丽悦目的珍品。由于有如此众多的文体，作者的各种情致意趣，都可以充分完备地表现出来。

余监抚馀闲，居多暇日。历观文囿，泛览辞林，未尝不心游目想，移晷忘倦[1]。自姬、汉以来，眇焉悠邈，时更七代[2]，数逾千祀。词人才子，则名溢于缥囊[3]；飞文染翰，则卷盈乎缃帙[4]。自非略其芜秽，集其清英，盖欲兼功，太半难矣！若夫姬公之籍，孔父之书，与日月俱悬，鬼神争奥，孝敬之准式，人伦之师友，岂可重以芟夷，加之剪截？老、庄之作，管、孟之流，盖以立意为宗，不以能文为本。今之所撰，又以略诸。若贤人之美辞，忠臣之抗直，谋夫之话，辨士之端，冰释泉涌，金相玉振。所谓坐狙丘，议稷下[5]，仲连之却秦军[6]，食其之下齐国[7]，留侯之发八难[8]，曲逆之吐六奇[9]，盖乃事美一时，语流千载，概见坟籍，旁出子史。若斯之流，又亦繁博，虽传之简牍，而事异篇章。今之所集，亦所不取。至于记事之史，系年之书，所以褒贬是非，纪别异同。方之篇翰，亦已不同。若其赞论之综辑辞采[10]，序述之错比文华[11]，事出于沉思，义归乎翰藻，故与夫篇什，杂而集之。远自周室，迄于圣代，都为三十卷，名曰《文选》云耳。

凡次文之体，各以汇聚；诗赋体既不一，又以类分；类分之中，各以时代相次。

【注释】

〔1〕晷：日影。

〔2〕七代：周、秦、汉、魏、晋、宋、齐。

〔3〕缥囊：用青白色的帛做成的书袋。这里指书卷。

〔4〕缃帙：用浅黄色的帛做成的书套。这里也指书卷。

〔5〕狙丘、稷下：均战国时齐国地名。《鲁连子》载："齐之辩者曰田巴，辩于狙丘，而议于稷下……一日而服千人。"（《文选》李善注引）

〔6〕仲连：鲁仲连。《战国策·赵策》载，辛垣衍劝说赵王尊秦为帝，鲁仲连据理驳斥，秦将闻之，退兵五十里。

〔7〕食其：郦食其。《史记·郦生陆贾列传》载，秦末楚汉相争时，郦食其说齐王田广归汉，从而使齐七十馀城归降。

〔8〕留侯：张良。《史记·留侯世家》载，秦末楚汉相争时，刘邦欲封六国之后，张良列举“八不可”极力阻止，方才作罢。

〔9〕曲逆：陈平，曾封曲逆侯。《史记·陈丞相世家》载：陈平“凡六出奇计……奇计或颇秘，世莫能闻也”。

〔10〕赞论：赞和论，均为史书作者在每篇史实记述后所写的评论。

〔11〕序述：指“史述赞”，史书作者对历史人物再作扼要叙述，并寓褒贬于其中。

【译文】

我为太子在监国抚民之馀，平日有许多空闲时光。于是纵观历代文苑佳作，广泛阅览各类文章。总是一边浏览一边思索，时间飞快过去竟然毫无倦意。自从周、汉以来，年代久远，朝代经历七个，时间超过千年。这期间众多词人才子，誉满文坛，他们挥毫疾书，成果累累。如果不删除其糟粕，采集其精华，阅读起来要想事半功倍，多半是很困难的了。至于周公姬旦撰写的那些典籍，孔子仲尼编订的那些图书，能跟日月一起高悬空中，能与鬼神较量深奥玄妙，它们是道德方面的准则法式，人伦方面的良师益友，怎么能够加以删削，加以剪裁？老子、庄子等人的著作，管子、孟子等人的文章，大概以表达思想见解作为宗旨，并不以善于修饰文辞当作根本。所以我现在编纂这部《文选》，也略去它们而不收。至于贤人的华美辞章，忠臣的刚直谏言，谋士的宏论，辩士的话锋，像冰消泉涌滔滔不绝，又似金质玉声文质兼美。正所谓田巴辩论于狙丘口若悬河，横议于稷下日服千人，鲁仲连之义不帝秦迫使秦军退兵五十里，郦食其之劝齐归汉降服了齐国七十馀城，张良提出八大难题阻止封侯，陈平献出六条奇计助汉兴业，他们的事迹称美于当时，言辞流传于千载，大略都已见于经部典籍，或旁出诸子及史部著作。像这一类事迹，又非常繁多，即使记载在书籍中，但是跟文学性的篇章毕竟不同。现在编撰的这部文集，也不收入。至于像那些记事和编年的史书，是用来褒贬是非，区别异同的。它们和文学性的篇章相比，也有所不同。但其中那些“赞论”综合联缀华丽的辞藻，“序述”组织安排漂亮的文词，因为记事与说理都出自精心的结撰与锤炼，最后又都呈现出优美的文采，因此算得上是文学性的篇章，我就广搜博采选辑入书。选文远自周朝，下至当代，这些入选的作品总共分为三十卷，取名为《文选》。

大致编排的体例，是各按门类分别汇集在一起；但诗赋二类体制已细分为多种，于是又按小类分别排列；每类之中，各以时代先后排序。

（译注：张葆全）

文选卷第一

赋甲

京都上

两都赋二首并序[1]　班孟坚（班固）

两都赋序

【题解】

班固（32—92），字孟坚，东汉扶风安陵（今陕西咸阳东北）人。明帝时为兰台令史、校书郎。继承其父遗志续修汉史，《汉书》被誉为"史家之圭臬"。《后汉书》有传。《两都赋》开创了京都赋的范例，并对当时反对建都洛阳者进行了批评。此《两都赋序》考镜源流，对于汉赋的流变进行了详细考辨，阐明写作《两都赋》的目的。

或曰："赋者，古诗之流也[2]。"昔成康没而《颂》声寝[3]，王泽竭而诗不作。大汉初定，日不暇给。至于武、宣之世[4]，乃崇礼官，考文章，内设金马、石渠之署[5]，外兴乐府协律之事[6]，以兴废继绝，润色鸿业。是以众庶悦豫，福应尤盛[7]，《白麟》《赤雁》《芝房》

《宝鼎》之歌[8]，荐于郊庙。神雀、五凤、甘露、黄龙之瑞[9]，以为年纪。故言语侍从之臣，若司马相如、虞丘寿王、东方朔、枚皋、王褒、刘向之属[10]，朝夕论思，日月献纳；而公卿大臣，御史大夫倪宽、太常孔臧、太中大夫董仲舒、宗正刘德、太子太傅萧望之等[11]，时时间作。或以抒下情而通讽谕，或以宣上德而尽忠孝，雍容揄扬，著于后嗣，抑亦《雅》《颂》之亚也。故孝成之世[12]，论而录之，盖奏御者千有馀篇，而后大汉之文章，炳焉与三代同风[13]。

【注释】

〔1〕两都：西汉都长安，称西都。东汉都洛阳，称东都，合称二都。

〔2〕古诗：指《诗经》作品。　流：流变。

〔3〕成康：周成王与周康王。　寝：停止。

〔4〕武、宣：汉武帝与汉宣帝。

〔5〕金马：宫门名，汉代待诏处。　石渠：汉代藏书阁名。

〔6〕乐府：古代负责管理音乐的官署。

〔7〕福应：祥瑞之兆。

〔8〕《白麟》《赤雁》《芝房》《宝鼎》：皆为以武帝时期的祥瑞之兆而创作的歌曲。

〔9〕神雀、五凤、甘露、黄龙：皆为以宣帝时期的祥瑞之兆而变更的年号。

〔10〕司马相如：字长卿。西汉辞赋家。　虞丘寿王：字子贡。汉武帝时太中大夫。　东方朔：字曼倩。西汉文学家。　枚皋：字少孺。枚乘之子，善辞赋。　王褒：字子渊。西汉辞赋家。　刘向：字子政。西汉经学家、文学家。

〔11〕倪宽：字仲文，西汉学者。　孔臧：孔子第十世孙，西汉学者。　董仲舒：西汉今文经学大师。　刘德：字路叔。　萧望之：字长倩，汉代经学家。

〔12〕孝成：汉成帝刘骜。

〔13〕三代：夏、商、周。

【译文】

有人说："赋这种文体，是古诗的流变。"当年周成王、周康王驾崩之后，而《颂》之声废止，先王恩泽已尽而诗章之作不兴。大汉初定，政务繁多，无暇顾及文事。到了武帝和宣帝之世，方重视礼制，考校文章。宫内设金马门之署，石渠聚书之阁；宫外设置乐府机构，掌管协律作乐之事，从而重振礼乐诗章，继承盛世制度，弘扬大汉王朝的丰功伟绩。所以黎民百姓心情舒畅，盛世祥瑞之兆层出不穷，白麟、赤雁、芝房、宝鼎纷至沓来，以之作歌用于郊庙祭祀祖先。神雀、五凤、甘露、黄龙相继出现，帝王因之而更改年号。所以侍从天子的文学之臣，像司马相如、虞丘寿王、东方朔、枚皋、王褒、刘向之流，从早到晚议论构思，计日累月向天子献纳辞章；而公卿大臣，如御史大夫倪宽、太常孔臧、太中大夫董仲舒、宗正刘德、太子太傅萧望之等人，于政务之暇也不时有赋作问世。有的抒发臣民之情而寄予讽谕之意，有的宣扬天子功德而尽忠孝之心，汉赋的气度从容不迫，尽情阐发宣扬之义，其风范延于后世，与《雅》《颂》相去无几。所以汉成帝时将臣下进献的赋作统计编目，总数有一千余篇，而后大汉之文章辉煌盛大，可与夏、商、周三代相提并论。

且夫道有夷隆〔1〕，学有粗密，因时而建德者，不以远近易则。故皋陶歌虞〔2〕，奚斯颂鲁〔3〕，同见采于孔氏，列于《诗》《书》，其义一也。稽之上古则如彼〔4〕，考之汉室又如此。斯事虽细，然先臣之旧式，国家之遗美，不可阙也〔5〕。臣窃见海内清平，朝廷无事，京师修宫室，浚城隍〔6〕，起苑囿，以备制度。西土耆老，咸怀怨思，冀上之睠顾〔7〕，而盛称长安旧制，有陋洛邑之议〔8〕。故臣作《两都赋》，以极众人之所眩曜，折以今之法度〔9〕。其词曰。

【注释】

〔1〕夷：衰颓。　隆：兴盛。

〔2〕皋陶（yáo）：上古贤臣，虞舜时掌管刑法。　虞：虞舜。

〔3〕奚斯：春秋时期鲁国大夫。

〔4〕稽：考核。

〔5〕阙：缺少。

〔6〕城隍：护城河。

〔7〕睠顾：怀念。

〔8〕洛邑：指东都洛阳。

〔9〕眩曜：惑乱。　折：折服。

【译文】

道术有衰颓与兴盛之分，学问有粗疏与细密之别，因时制宜建立功德的人，不会因为时代的远近而改变法则。所以皋陶歌颂虞舜，奚斯赞美鲁公，同被孔子采纳，置于《诗经》和《尚书》，可谓古今一理。考校上古则有皋陶、奚斯之颂辞，验诸汉室又有司马相如、枚皋之大赋。创作辞赋虽然琐碎细微，却是前代贤臣留下的传统，我朝历代传承的美政，不可或缺。臣班固窃见海内清平，朝廷无事，京师洛阳修建宫室，疏浚护城河，营造苑囿，使制度得以完备。西都长安的故老，都怀怨思之情，希望天子能够怀念西都，因此对长安旧有的体制大加称赞，有鄙薄洛阳之言论。所以我作《两都赋》，将西都故老所夸耀的事物加以铺陈张扬，用东都洛阳的法度使之折服。赋作的文词是这样的。

西都赋

【题解】

《西都赋》借西都宾之口，对于西京长安极尽夸耀渲染之能事，寓讽于褒，体现了“以极众人之所眩曜，折以今之法度”的创作倾向，显示出汉人的时空观和宏远博大的审美意识。

有西都宾问于东都主人曰[1]：“盖闻皇汉之初经营也，尝有意乎都河洛矣。辍而弗康，实用西迁，作我上都。主人闻其故而睹其制乎?”主人曰：“未也。愿宾摅怀旧之蓄念[2]，发思古之幽情。博我以皇道[3]，弘我以汉京。”宾曰：“唯唯”。

【注释】

〔1〕西都宾、东都主人：皆班固假托的人名。

〔2〕摅（shū）：抒发。

〔3〕博：渊博，广博，此处为使动用法。

【译文】

有西都宾客向东都主人发问，“听说大汉初年营建都城，曾有意在河洛之地建都。后来考虑到这里并不安宁，就废止了这一想法。于是将都城西迁，建都长安。您了解这件事情的来龙去脉吗?您目睹过西都长安的体制规模吗?”主人说：“没有。愿您抒怀旧之情愫，发思古之幽情。借以发扬光大先王的圣德，弘扬巍巍汉京之影响。”西都宾客说：“好！好!”

“汉之西都，在于雍州[1]，实曰长安。左据函谷、二崤之阻[2]，表以太华、终南之山。右界褒斜、陇首之险，带以洪河、泾、渭之川[3]。众流之隈[4]，汧涌其西。华实之毛[5]，则九州之上腴焉；防御之阻，则天地之隩区焉[6]。是故横被六合，三成帝畿[7]。周以龙兴[8]，秦以虎视。及至大汉受命而都之也，仰悟东井之精，俯协《河图》之灵[9]。奉春建策，留侯演成[10]。天人合应[11]，以发皇明。乃眷西顾[12]，实惟作京。于是睎秦岭，睋北阜[13]。挟沣、灞，据龙首[14]。图皇基于亿载，度宏规而大起[15]。肇自高而终平，世增饰以崇丽[16]。历十二之延祚[17]，故穷泰而极侈。建金城而万雉，呀周池而成渊[18]。披三条之广路，立十二之通门[19]。内则街衢洞达，闾阎且千[20]。九市开场，货别隧分[21]。人不得顾，车不得旋[22]。阗城溢郭，旁流百廛[23]。红尘四合[24]，烟云相连。于是既庶且富，娱乐无疆[25]。都人士女，殊异乎五方[26]。游士拟于公侯，列肆侈于姬姜[27]。乡曲豪举，游侠之雄[28]。节慕原、尝，名亚春、陵[29]。连交合众，骋骛乎其中[30]。若乃观其四郊，浮游近县，则南望杜、霸，北眺五陵[31]。名都对郭，邑居相承[32]。英俊之域，绂冕所兴[33]。冠盖如云，七相五公[34]。与乎州郡之豪杰，五都之货殖[35]。三选七迁，充奉陵邑[36]。盖以强干弱枝，隆上都而观万国也[37]。

【注释】

〔1〕雍州：古九州之一。

〔2〕函谷：古关名。　二崤：崤山分东崤、西崤。

〔3〕褒斜：古道名，因取道褒水、斜水二河谷得名。　陇首：古山名。洪河：大河，指黄河。

〔4〕隈（wēi）：山水等弯曲之地。

〔5〕毛：草木。

〔6〕隩区：幽深险峻之地。

〔7〕六合：上下四方。　三：此指周、秦、汉三朝。

〔8〕龙兴：喻王者兴起。

〔9〕东井：即井宿，二十八宿之一。　《河图》：黄河中浮出龙马身上的图案。指一种谶纬之书。

〔10〕奉春：奉春君娄敬。　留侯：张良，汉初名臣。

〔11〕天：指五星聚于东井。

〔12〕眷：挂念。

〔13〕睎、眡：眺望。　秦岭：此处指终南山。

〔14〕沣、灞：沣水和灞水。　龙首：古山名，位于西安市长安区北。

〔15〕图：谋求。

〔16〕增：增修。　饰：装饰。

〔17〕延祚：延续传承的帝位。

〔18〕雉：古代城墙长三丈高一丈为一雉。　呀：大而空之貌。　周池：护城河。

〔19〕披：开辟。

〔20〕街衢：通衢大道。　洞达：畅通。　闾阎：里巷。

〔21〕隧：道路。

〔22〕顾：回头。　旋：旋转。

〔23〕廛：集市上的铺面房。

〔24〕四合：四面围拢聚集。

〔25〕庶：众多。　无疆：无穷，不加节制。

〔26〕五方：泛指各处。

〔27〕姬姜：周王室姬姓，齐国姜姓，二姓常通婚姻，故“姬姜”为贵族妇女的代称。

〔28〕豪举：指豪侠之士。

〔29〕原：平原君赵胜。　尝：孟尝君田文。　春：春申君黄歇。陵：信陵君魏无忌。以上四人为战国四公子，皆以养客著称。

〔30〕骋骛：奔走驰骋。

〔31〕杜、霸：杜陵与霸陵，汉宣帝陵与汉文帝陵。　五陵：指汉高祖的长陵，汉惠帝的安陵，汉景帝的阳陵，汉武帝的茂陵，汉昭帝的平陵。

〔32〕邑居：泛指长安城的府邸。

〔33〕绂冕：系官印的丝带及大夫的礼冠，后泛指官服、礼服。

〔34〕七相：西汉的七位丞相，分别是车千秋、黄霸、王商、王嘉、韦贤、平当、魏相。　五公：御史大夫张汤、前将军萧望之、右将军冯奉世、大将军史丹、大司马张安世。泛指文武大臣。

〔35〕五都：洛阳、邯郸、成都、临淄、宛。

〔36〕三选：选三等人，即官吏、豪强及富商。　七迁：迁往七陵，即

上述杜陵、霸陵与五陵。　充奉：承担侍奉、祭祀之职。

〔37〕隆：尊崇。

【译文】

“汉之西都，位于雍州，名曰长安。左据函谷关和崤山的险要地势，以华山、终南山为其标志。右邻险峻的褒斜道和陇首山，以黄河、泾水、渭水作为襟带。众水曲折蜿蜒，停留蓄积然后又奔涌向西。果木茂盛，是普天之下最肥沃的土地；防御固若金汤，是天地之间最幽深险峻之所。因此长安通达八方，成为周、秦、汉三代帝京。周朝以此龙兴天下，秦朝藉此虎视九州。等到大汉受命而定都于此，仰观天象，有五星聚于东井的福应，俯察大地，与《河图》之书的灵兆相协和。奉春侯娄敬献策定都关中，留侯张良据以引申而促成此事。天人合应，启发高祖的圣明。于是天子挂念这里的百姓，将长安作为帝京。于是眺望终南山和北阜，位于沣水和灞水之间，凭靠龙首山。谋求帝业能够绵延亿载，按照宏规蓝图而大兴土木。大汉始于高祖而终于平帝，历代不断增修装饰长安城，使其日益高大富丽。经过十二代帝王的延续，长安城的规模达到了登峰造极的程度。其城墙固若金汤高有万雉，护城河浩渺空阔如同川渊。开辟三条广阔的大路，建起十二座通门。城内的街道通达四面八方，闾阎里巷数以千计。九个市场同时进行贸易，根据货物的类别而位于不同的地方。街市熙熙攘攘，行人不得回首，车辆无法掉头。行人车马填满了内城和外郭，不断地向形形色色的店铺涌动。红尘弥漫四方，烟云上下相连。城内人口众多，家境殷实，纵情欢乐，而不加节制。京城士女，与其他地方迥然不同。游士的衣着不亚于公侯，商店中女子的妆容比贵族千金还要奢侈华丽。乡里的豪俊之士，游侠之雄，气节上比肩平原君、孟尝君，名气上不逊春申君、信陵君。广泛结交门客，大量聚集徒众，往来驰骋于京城之中。如果要观察京城的四郊，漫游周边的县邑，则要南望杜陵与霸陵，北眺五陵。京城城郭相对，府宅甲第鳞次栉比。这里是英雄俊杰所居之地，达官显贵所兴之区。这里冠盖如云，七相五公出入其间。他们和那些州郡的豪杰，五都的富商三等人被选中，迁往七陵，承担侍奉、祭祀先帝陵邑之责。这是为了加强中央的统治，弱化地方的豪强，提高京师的威望而显示于万邦。

“封畿之内〔1〕，厥土千里。逴跞诸夏〔2〕，兼其所有。其阳则崇山隐天〔3〕，幽林穹谷。陆海珍藏，蓝田美玉〔4〕。商洛缘其隈，鄠杜滨其足〔5〕。源泉灌注，陂池交属〔6〕。竹林果园，芳草甘木。郊野之富，号为近蜀〔7〕。其阴则冠以九嵕，陪以甘泉，乃有灵宫起乎其中〔8〕。秦汉之所极观，渊、云之所颂叹〔9〕，于是乎存焉。下有郑、白之沃〔10〕，衣食之源。提封五万，疆埸绮分〔11〕。沟塍刻镂，原隰龙鳞〔12〕。决渠降雨，荷插成云〔13〕。五谷垂颖，桑麻铺棻〔14〕。东郊则有通沟大漕，溃渭洞河〔15〕。泛舟山东，控引淮湖〔16〕，与海通波。西郊则有上囿禁苑〔17〕，林麓薮泽，陂池连乎蜀汉。缭以周墙〔18〕，四百余里。离宫别馆〔19〕，三十六所。神池灵沼〔20〕，往往而在。其中乃有九真之麟，大宛之马〔21〕。黄支之犀，条支之鸟〔22〕。踰昆仑〔23〕，越巨海。殊方异类〔24〕，至于三万里。

【注释】

〔1〕封畿：都城周围的地区。

〔2〕逴跞：超绝。　诸夏：周代分封的中原各个诸侯国，此处泛指西汉分封的各个藩国。

〔3〕阳：南面。

〔4〕陆海：土地物产丰富，故以海名之。　蓝田：县名，以盛产美玉著称。

〔5〕商：商县。　洛：上洛县。　鄠：户县。　杜：杜阳县。

〔6〕陂：池塘。

〔7〕近：近似，相类。

〔8〕九嵕：山名，在陕西礼泉县东北。　甘泉：山名，位于九嵕山之西北。　灵宫：即甘泉宫。本秦宫，汉武帝时增筑扩建。

〔9〕渊：王褒，字子渊。　云：杨雄，字子云。二人皆西汉赋家。王褒曾作《甘泉颂》，杨雄有《甘泉赋》。

〔10〕郑：郑国渠。　白：白渠。

〔11〕提封：总共，合计。　疆埸：田界。　绮：有花纹的丝织品。“绮分”与“刻镂”“龙鳞”其义接近，均用于形容其状如罗绮之花纹，如雕刻之花纹，如龙鳞之紧密。

〔12〕沟塍：沟渠和田埂。　原隰：高平与低湿之地。

〔13〕插：通“锸”，一种形似铁锹的农具。

〔14〕颖：谷穗。　铺：遍布。　棻：通“纷”，茂盛之貌。

〔15〕溃：决开。　渭：渭水。　河：黄河。

〔16〕山东：崤山以东。　控引：控制，导引。

〔17〕上囿禁苑：上林苑。原为秦苑，汉初荒废，至武帝时重新扩建，为汉天子皇家苑囿。

〔18〕缭：围绕，环绕。

〔19〕离宫别馆：正宫之外供帝王出巡时居住的宫室。

〔20〕神池：池名，位于昆明池中。

〔21〕九真：郡名。公元前3世纪末，南越王赵佗所置，公元前111年入汉。辖境相当今越南清化全省及义静省东部地区。　大宛：古国名。为西域三十六国之一，北通康居，南面和西南面与大月氏接，产汗血宝马。

〔22〕黄支：古国名，居于南海之中，汉平帝时曾进献犀牛。　条支：古西域国名，约在今伊拉克境内。据《汉书》记载，其国盛产一种巨鸟。

〔23〕昆仑：山名，位于新疆、西藏之间，西接帕米尔高原，东延入青海境内。

〔24〕殊方：远方，异域。

【译文】

“首都长安直辖的地区，方圆就有千里之阔。超过朝廷下属的各个藩国，兼有它们共有的物产资源。其南则高山遮天，幽林深谷。土地物产丰富，好似大海藏珍。蓝田盛产美玉，天下闻名。商县和上洛县依傍水湾，户县和杜阳县居于下游。千里京畿河渠纵横交错，池塘星罗棋布。竹林果园，芳草甘木。郊野的富庶程度，号称不下于蜀中。其北的九嵕山高耸入云，甘泉山居于其侧，甘泉宫耸立于甘泉山巅。这里有秦汉两朝最华美的宫室，王褒和杨雄都曾作赋加以颂赞，一直保存到今天。下有郑国渠和白渠浇灌的沃野，可谓关中衣食之源。二渠浇灌的良田有五万余顷，田界交错如罗绮上的花纹一样分明。沟塍纵横如雕镂在大地上的图案，平原低地紧紧相连好似龙鳞。决渠灌溉如天降大雨，扛着铁锹的人群如彤云密布。五谷垂下谷穗，桑麻纷繁茂盛。东郊则有能连通其他河流的水道，决开渭水入渠而直到黄河。泛舟于崤山之东，控制导引淮水和洪泽湖，与东海之水相勾连。西郊则有上林苑，山林、湖泊、池塘连绵不断，甚者与蜀郡、汉中相连。四周围墙环绕，有四百余里之广。天子的离宫别馆，有三十六所位于上林苑中。神池灵沼，遍地皆是。这里有九真的麒麟，大宛的汗血宝马。黄支的犀牛，条支的巨鸟。这些外邦的珍禽异兽跨过昆仑之巅，越过巨海狂澜，最远的甚至要跋涉三万里之遥。

“其宫室也，体象乎天地，经纬乎阴阳[1]。据坤灵之正位，仿太紫之圆方[2]。树中天之华阙，丰冠山之朱堂[3]。因瑰材而究奇，抗应龙之虹梁[4]。列棼橑以布翼[5]，荷栋桴而高骧。雕玉瑱以居楹，裁金壁以饰珰[6]。发五色之渥彩，光爓朗以景彰[7]。于是左墄右平[8]，重轩三阶。闺房周通，门闼洞开[9]。列钟虡于中庭，立金人于端闱[10]。仍增崖而衡阈[11]，临峻路而启扉。徇以离宫别寝，承以崇台闲馆。焕若列宿，紫宫是环。清凉、宣、温[12]，神仙、长年。金华、玉堂，白虎、麒麟[13]。区宇若兹，不可殚论。增盘崔嵬，登降炤烂[14]。殊形诡制，每各异观。乘茵步辇，惟所息宴[15]。后宫则有掖庭椒房[16]，后妃之室。合欢、增城，安处、常宁。茝若、椒风，披香、发越。兰林、蕙草，鸳鸾、飞翔之列[17]。昭阳特盛[18]，隆乎孝成。屋不呈材，墙不露形。裛以藻绣[19]，络以纶连。随侯明月[20]，错落其间。金釭衔璧[21]，是为列钱。翡翠火齐[22]，流耀含英。悬黎垂棘[23]，夜光在焉[24]。于是玄墀扣砌[25]，玉阶彤庭。碝磩彩致[26]，琳珉青荧[27]。珊瑚碧树，周阿而生[28]。红罗飒纚[29]，绮组缤纷[30]。精曜华烛[31]，俯仰如神。后宫之号，十有四位。窈窕繁华，更盛迭贵。处乎斯列者，盖以百数。左右庭中，朝堂百寮之位。萧、曹、魏、邴[32]，谋谟乎其上[33]。佐命则垂统，辅翼则成化。流大汉之恺悌，荡亡秦之毒螫[34]。故令斯人扬乐和之声，作画一之歌[35]。功德著乎祖宗，膏泽洽乎黎庶。又有天禄、石渠[36]，典籍之府。命夫惇诲故老[37]，名儒师传。讲论乎《六艺》[38]，稽合乎同异。又有承明、金马[39]，著作之庭。大雅宏达[40]，于兹为群。元元本本[41]，殚见洽闻。启发篇章，校理秘文[42]。周以钩陈之位[43]，卫以严更之署[44]。总礼官之甲科[45]，群百郡之廉孝。虎贲赘衣[46]，阉尹阍寺[47]。陛戟百重[48]，各有典司。周庐千列[49]，徼道绮错[50]。辇路经营，修除飞阁。自未央而连桂宫[51]，北弥明光而亘长乐。凌隥道而超西墉[52]，掍建章而连外属[53]。设璧门之凤阙，上觚棱而栖金爵[54]。内则别风之嶕峣[55]，眇丽巧而耸擢。张千门而立万户，顺阴阳以开阖[56]。尔乃正殿崔嵬，层构厥高，临乎未央[57]。经骀荡而出馺娑，洞枍诣以与天梁[58]。上反宇以盖戴[59]，激日景而纳光。神明郁其特起[60]，遂偃蹇而上跻[61]。轶云雨于太半[62]，虹霓回带于棼楣。虽轻迅与僄狡，犹愕眙而不能阶[63]。攀井干而未半[64]，目眴转而意迷。舍棂槛而却倚[65]，若颠坠而复稽[66]。魂恍恍以失度[67]，巡回涂而下低。既惩惧于登望，降周流以彷徨[68]。步甬道以萦纡[69]，又杳篠而不见阳[70]。排飞闼而上出，若游目于天表，似无依而洋洋。前唐中而后太液[71]，览沧海之汤汤。扬波涛于碣石，激神岳之嶈嶈[72]。滥瀛洲与方壶，蓬莱起乎中央[73]。于是灵草冬荣，神木丛生。岩峻崷崒[74]，金石峥嵘。抗仙掌以承露，擢双立之金茎[75]。轶埃堨之混浊[76]，鲜颢气之清英[77]。骋文成之丕诞[78]，驰五利之所刑[79]。庶松乔之群类[80]，时游从乎斯庭。实列仙之攸馆[81]，非吾人之所宁。

【注释】

〔1〕象：模仿。　经纬：南北为经，东西为纬。二者合称以指四方。

〔2〕坤灵：地祇。　太：太微。　紫：紫微。

〔3〕冠山：未央宫建于龙首山上，如冠其山，故称。　朱堂：未央宫。

〔4〕抗：举起。　应龙：古代传说中一种有翼的龙。

〔5〕棼橑：楼阁的栋和椽。

〔6〕瑱：柱础，承受房柱压力的奠基石。　楹：堂屋前部的柱子。　珰：屋椽头的装饰，即“瓦当”。

〔7〕渥彩：浓艳的光泽。　爓：火焰，火苗。

〔8〕墄：台阶。左侧行人，称为左墄。右侧行车，故为平阶。

〔9〕闺房：内室。　闼：宫中小门。

〔10〕虡：悬挂钟磬等乐器的木架。　金人：铜人。秦始皇统一天下后，聚天下兵器于咸阳，销毁之后改铸为钟虡，作金人十二立于宫中。　端闱：皇宫的正门。

〔11〕增崖：层崖。　衡阈：门槛。

〔12〕清凉：清凉殿。　宣：宣室殿。　温：中温室殿。

〔13〕神仙、长年、金华、玉堂、白虎、麒麟：皆殿名。神仙殿位于长乐宫，其余诸殿皆位于未央宫。

〔14〕增：层叠。　盘：弯曲。　炤烂：灿烂。

〔15〕乘茵：乘车。茵，车垫，代称舆车。　息宴：休息，安息。

〔16〕掖（yè）庭：宫中旁舍，妃嫔所居之所。　椒房：殿名，位于长乐宫中，为皇后居所。

〔17〕合欢、增城、安处、常宁、茝若、椒风、披香、发越、兰林、蕙草、鸳鸾、飞翔：皆殿名。

〔18〕昭阳：汉宫殿名，汉成帝皇后赵飞燕曾居此。

〔19〕裛（yì）：缠裹，修饰。

〔20〕随侯明月：传说中随侯所得的明月宝珠。

〔21〕金釭：古代宫殿壁间横木上的饰物。　衔：镶嵌。

〔22〕火齐：火齐珠，为一种宝珠。或曰一种近于珠的宝石。

〔23〕悬黎、垂棘：皆为美玉。

〔24〕夜光：夜光珠，宝珠之一种。

〔25〕玄墀：黑色的台阶。　扣砌：用金玉镶嵌的台阶。

〔26〕碝（ruǎn）、碱（qì）：皆为似玉的美石。

〔27〕琳：青碧色的玉。　珉：一种次于玉的美石。

〔28〕周：遍布。　阿：曲隅，角落。

〔29〕飒纚：长袖舞动之貌。

〔30〕绮组：丝绸的绶带。

〔31〕华烛：光彩照人。

〔32〕萧：萧何。　曹：曹参。　魏：魏相。　邴：邴吉。四人皆为汉相。

〔33〕谋谟：制定谋略。

〔34〕恺悌：和乐平易。　毒螫（shì）：毒害。

〔35〕画一之歌：指汉代颂扬萧何、曹参德政的歌谣。《汉书·曹参传》载："参为相国三年"，薨，谥曰懿侯。百姓歌之曰："萧何为法，讲若画一。曹参代之，守而勿失。载其清靖，民以宁一。"

〔36〕天禄：汉代藏书阁之名，位于未央宫北。

〔37〕惇诲：勤勉教诲。

〔38〕《六艺》：即六经，《诗经》《尚书》《礼记》《易经》《春秋》和《乐经》。

〔39〕承明：承明庐。　金马：金马门。

〔40〕大雅宏达：道德高尚，才学渊博之士。

〔41〕元元本本：探究本源，得其根本。

〔42〕秘文：秘藏的典籍。

〔43〕钩陈：星名，指后宫。

〔44〕严更：打更巡夜。

〔45〕甲科：汉考试科目名，时分甲、乙、丙三科。

〔46〕虎贲（bēn）：侍卫国君及保卫王宫的勇士。

〔47〕阉尹：太监。　阍：看门人。　寺：寺人，古代宫中的近侍小臣，多为阉人。

〔48〕陛：宫殿的台阶。

〔49〕周庐：古代皇宫周围所设警卫庐舍。

〔50〕徼（jiào）道：巡逻警戒的道路。

〔51〕桂宫：宫名，位于未央宫之北，内有明光殿。

〔52〕隥道：阁道。

〔53〕掍：混合，混同。

〔54〕觚棱：宫阙上转角处的瓦脊。

〔55〕别风：折风殿。　嶕峣：高大。

〔56〕阴：暮。　阳：朝。

〔57〕未央：宫名。

〔58〕骀（dài）荡、馺（sà）娑、枍（yì）诣、天梁：皆宫殿之名。

〔59〕反宇：飞檐。　盖戴：覆盖。

〔60〕神明：台名，位于建章宫。

〔61〕偃蹇：高耸。

〔62〕轶：超越。

〔63〕愕眙：吃惊。　阶：攀登，登高。

〔64〕井干：楼名，汉武帝所建，高五十丈。

〔65〕棂槛：泛指栏杆。

〔66〕稽：停留。

〔67〕怳怳：心神不宁。

〔68〕周流：四处漫步。

〔69〕甬道：两旁有墙或其他障蔽物的驰道或通道。

〔70〕杳篠（tiǎo）：幽深之貌。

〔71〕唐中、太液：建章宫外人工开掘的河湖。

〔72〕漷漷：水拍山石之声。

〔73〕瀛洲、方壶、蓬莱：皆海外仙山，这里是指昆明池内仿三山而造的三座山峦。

〔74〕嶕峣：高大险峻。

〔75〕金茎：铜柱。

〔76〕轶：超越。 埃堨（ài）：尘埃。

〔77〕颢气：清新洁白盛大之气。

〔78〕文成：李少翁，汉武帝时受宠的方士，被封为文成将军。

〔79〕五利：栾大，汉武帝时受宠的方士，被封为五利将军。

〔80〕松：赤松子。 乔：王子乔。古仙人名。

〔81〕攸：所。 馆：居住。

【译文】

“长安的宫室布局在体制上模仿天地，东西南北都符合阴阳对应之法。宫室在地祇的中正之位，仿照太微、紫微而为圆方。树起高入中天的华阙，筑起冠于山巅的未央宫。用这些珍贵的材料而尽奇思巧工，如应龙、彩虹的殿梁横架长空。栋上之椽排列紧凑犹如飞翼，无数的栋梁腾飞高扬。雕刻美玉为柱础以承载楹柱，裁切金璧来装饰瓦当。发出五色的艳彩，光焰明亮夺目衬托得阴影愈发鲜明。于是左为人行之台阶，右为车行之平阶，高楼分三层台阶。闺房周通，门闼洞开。中庭罗列钟架，正门矗立金人。因层崖而立门槛，临大路而启宫扉。既有离宫别寝，亦有高台闲馆。焕若群星围绕紫宫一般，将未央宫拱卫在中间。清凉、宣室、中温室、神仙、长年、金华、玉堂、白虎、麒麟诸殿，皆富丽堂皇，难以计数。或层叠诘屈，或巍然耸立。高楼低阁，光辉灿烂。形态特殊，体制新颖奇绝，各自争奇斗艳。天子和后妃乘车步辇，所到之处皆可休憩。后宫则有掖庭椒房，皆为后妃之室。合欢、增城、安处、常宁、茝若、椒风、披香、发越、兰林、蕙草、鸳鸾、飞翔等诸多宫殿，纷繁罗列其间。昭阳殿最为宏伟豪奢，在汉成帝之时又倍加修饰。屋内不见梁栋，墙壁不露旧形。五彩的锦绣缠绕其外，艳丽的彩饰连接其上。随侯的明月宝珠，错落其间。金釭镶嵌璧玉为饰，排列整齐如同铜钱成串。翡翠火齐，光芒四射。悬黎垂棘和夜光珠熠熠生辉。于是黑色的台面，金玉的门槛，玉石的台阶，朱红色的庭院。碝碱等彩石纹理细密，琳珉等美玉散发出青光。珊瑚树和碧石树，遍布于中庭的角落。嫔妃宫娥身着红罗衣裙，长袖飘飘，绶带五彩缤纷。她们的光彩明丽照人，俯仰举止有若神仙。后宫的名号，共有十四等。这些佳人姿色动人，一等比一等更加高贵。列于其间者，数以百计。左右庭中，是朝堂百官执事之位。萧何、曹参、魏相、邴吉，在这里出谋划策。辅佐帝王创业使皇统得以延续，襄助天子施政则教化大成。广布大汉的仁德之风，廓清亡秦的暴虐之政。于是臣民作中和之声，作‘画一之歌’。功德昭告祖宗先君，王泽广被黎民百姓。宫中又有天禄阁和石渠阁，都是珍藏历代典籍之所。命令勤于劝学、诲人不倦的元老、名儒、师傅，讲论六经之书，考核经传的异同。又有承明庐、金马门，都是文学之臣构思创作之庭。学问渊深之人，才识宏达之辈，在这里结队成群。他们的学问能够探究本源，得其根本，广见博文。他们可以阐发典籍之微，校勘整理宫中秘籍。宫殿四周宿卫环绕，打更巡夜的官署负责安全防卫。礼官选拔的甲科举子，州郡选拔出的孝廉，都荟萃于此。勇士近臣，宦官阍寺，在殿阶下持戟宿卫，层层叠叠，各司其职。周庐多达千列，徼道纵横交错。辇路循环往复，横空建立阁道。从未央宫连绵到桂宫，北到明光殿，又绵亘到长乐宫。越过阁道跨过西城，通过建章宫与外相通。建章宫设立璧门、凤阙，飞檐高高翘起，金凤栖息其上。内有高大的折风殿，精巧华美巍然耸立。建章宫内有千门万户，顺阴阳之道而朝开夕阖。正殿崔嵬高耸，层层架构飞举高扬，凌驾于未央宫之上。经过骀荡而出馺娑，穿越枍诣抵达天梁。飞檐覆盖而闪闪发光，将日光折射到宫殿之中。华美的神明台巍然独立，高耸而上。在半空中超越云雨，虹霓如曲带萦绕于梁栋之间。即便是身手矫健、行动敏捷的人，犹愕然于前不敢攀登。登井干楼未及半，就已经头昏眼花。放开栏杆而却步斜倚，好比高空坠地而中途获救。神魂恍惚而失去常态，沿着归途又下到低处。登高远望既然如此令人恐惧，只好在楼下周游徜徉。走上迂回曲折的甬道，幽邃深远不见日光。推开高楼门户而极目远眺，若见天外，浩浩茫茫。前为唐中之水，后为太液之池，水波浩渺犹如沧海一样。清水扬波拍打碣石，激荡神山发出嶻嶭之声。水波漫溢瀛洲与方壶，蓬莱位于太液池的中央。于是灵草经冬不谢，神木丛生山间。三山高大险峻，金石高峻峭拔。承接甘露的仙人掌高高举起，一双铜柱遥遥相对。超越于浑浊的尘埃之上，去承接清新洁白的盛大之气。李少翁的弥天大谎竟被轻信，栾大的骗术竟能横行宫中。希望赤松子、王子乔这样的群仙，经常在宫观中漫游。此处实为列仙的馆舍，非凡夫俗子所能安处。

“尔乃盛娱游之壮观，奋泰武乎上囿〔1〕。因兹以威戎夸狄〔2〕，耀威灵而讲武事。命荆州使起鸟，诏梁野而驱兽。毛群内阗〔3〕，飞羽上覆。接翼侧足，集禁林而屯聚〔4〕。水衡虞人〔5〕，修其营表。种别群分，部曲有署〔6〕。罘网连纮〔7〕，笼山络野。列卒周匝〔8〕，星罗云布。于是乘銮舆，备法驾〔9〕，帅群臣。披飞廉〔10〕，入苑门。遂绕酆鄗，历上兰〔11〕。六师发逐〔12〕，百兽骇殚。震震爚爚〔13〕，雷奔电激。草木涂地，山渊反覆〔14〕。蹂躏其十二三，乃拗怒而少息〔15〕。尔乃期门佽飞〔16〕，列刃钻鍭〔17〕，要趹追踪〔18〕。鸟惊触丝，兽骇值锋。机不虚掎，弦不再控。矢不单杀，中必叠双〔19〕。飑飑纷纷〔20〕，矰缴相缠〔21〕。风毛雨血，洒野蔽天。平原赤，勇士厉〔22〕，猿狖失木〔23〕，豺狼慑窜。尔乃移师趋险，并蹈潜秽〔24〕。穷虎奔突，狂兕触蹶[25]。许少施巧[26]，秦成力折[27]。掎僄狡，扼猛噬。脱角挫脰[28]，徒搏独杀。挟师豹，拖熊螭[29]。曳犀犛，顿象罴。超洞壑，越峻崖。蹶崭岩，巨石隤。松柏仆，丛林摧。草木无余，禽兽殄夷[30]。于是天子乃登属玉之馆，历长杨之榭[31]。览山川之体势，观三军之杀获。原野萧条，目极四裔。禽相镇压，兽相枕藉。然后收禽会众，论功赐胙。陈轻骑以行炰，腾酒车以斟酌。割鲜野食，举烽命釂[32]。飨赐毕，劳逸齐。大路鸣銮，容与徘徊。集乎豫章之宇，临乎昆明之池。左牵牛而右织女[33]，似云汉之无涯。茂树荫蔚，芳草被堤。兰茝发色，晔晔猗猗。若摛锦布绣，烛耀乎其陂。鸟则玄鹤白鹭，黄鹄䴔鹳[34]。鸧鸹鸨鶂，凫鹥鸿雁。朝发河海，夕宿江汉。沉浮往来，云集雾散。于是后宫乘輚辂[35]，登龙舟，张凤盖，建华旗。袪黼帷[36]，镜清流。靡微风，澹淡浮。棹女讴，鼓吹震。声激越，謍厉天[37]。鸟群翔，鱼窥渊。招白鹇，下双鹄。揄文竿，出比目。抚鸿罿[38]，御缯缴。方舟并骛，俛仰极乐。遂乃风举云摇，浮游溥览。前乘秦岭，后越九嵕。东薄河华，西涉岐雍。宫馆所历，百有余区，行所朝夕，储不改供。礼上下而接山川，究休祐之所用。采游童之欢谣，第从臣之嘉颂。于斯之时，都都相望，邑邑相属。国藉十世之基，家承百年之业。士食旧德之名氏，农服先畴之畎亩。商循族世之所鬻，工用高曾之规矩。粲乎隐隐，各得其所。

“若臣者，徒观迹于旧墟，闻之乎故老。十分而未得其一端，故不能遍举也。”

【注释】

〔1〕泰武：讲习武事。

〔2〕戎、狄：古民族名。西方曰戎，北方曰狄。

〔3〕阗（tián）：充满。

〔4〕屯聚：集结。

〔5〕水衡：官名，汉武帝元鼎二年所置，掌皇家上林苑。　虞人：官名，掌管山泽。

〔6〕部曲：队伍。

〔7〕罘：张在窗户或屋檐下捕鸟雀的网。

〔8〕周匝：环绕。

〔9〕法驾：天子车驾之一。

〔10〕飞廉：观名，在上林苑中，武帝元封二年作。

〔11〕上兰：观名，在上林苑中。

〔12〕六师：周天子所统六军之师。

〔13〕震震：雷声。　爚爚：电光。

〔14〕反覆：倾斜摇荡。

〔15〕拗（yù）怒：抑制怒火。

〔16〕期门：官名，掌执兵扈从护卫，汉武帝时置。　佽飞：官名，掌弋射，汉武帝时置。

〔17〕钻鍭：集中弓箭同时发射。

〔18〕要趹：截杀狂奔的野兽。

〔19〕叠双：成双。

〔20〕飑飑（biāo）纷纷：众多之貌。

〔21〕矰缴（zēng zhuó）：有丝绳、弋射飞鸟的短箭。

〔22〕厉：振奋。

〔23〕狖：古书上说的一种长尾猴，黄黑色。

〔24〕秽：荒芜之地。

〔25〕兕：古书上所说的雌犀牛。

〔26〕许少：古代传说中的人物，为人聪慧而动作敏捷。

〔27〕秦成：古代传说中的壮士，以勇武著称。

〔28〕脰：脖子。

〔29〕螭：猛兽名。

〔30〕殄夷：杀尽。

〔31〕榭：建筑在高台上的房屋。

〔32〕釂：饮酒干杯。

〔33〕牵牛、织女：昆明池内的两尊石像。

〔34〕黄鹄：天鹅。　鵁：鸬鹚。

〔35〕輚辂：卧车。

〔36〕袪：举起。　黼帷：绣有黑白花纹的帷幕。

〔37〕謍：大声。

〔38〕鸿罿（tóng）：巨网。

【译文】

“于是天子为了展示娱乐嬉游的壮观场面，在上林苑内奋起讲习武事。借此向戎狄炫耀国力，通过军事演练扬我军威。命荆州之民轰起禽鸟，诏梁州百姓驱赶野兽。野兽填满苑囿，飞鸟遮蔽天空。飞鸟羽翼相接，野兽蹄足相碰，集结在天子禁林之中。掌管山林水泽的官吏，修整营垒做好标记。各组队伍各司其职，安排得井井有条。一张张网连接起来，漫山遍野。士卒排列有序，环列周围，好似星罗云布。于是天子乘坐銮舆，率领群臣。离开飞廉馆，驶入上林苑门。于是绕过鄠县与鄗县，经过上兰观。六师发动追击，百兽惊骇莫名。战车轰鸣如雷声震地，战士奔驰如闪电激天。草木纷纷倒地，山渊来回翻腾。十之二三的鸟兽或被杀或被擒，将士们才止住怒火，稍事休息。尔后期门佽飞之官，张弓搭箭而密集射出，拦截狂奔得到野兽，追寻逃匿者的行踪。飞鸟受惊而自投罗网，野兽魂丧而自触刀锋。机弩绝不虚发，弓箭每击必中。箭枝绝不只射杀一个猎物，凡中必成双。空中箭如雨下，箭尾的丝绳都纠缠一处。禽兽之毛随风飘飞，其血骤如雨下，洒遍田野遮蔽青天。平原被鲜血染红，勇士却愈加威猛。猿猴遁入深林，豺狼吓得四处逃窜。随后挥师涉险，进入野兽潜藏的荒芜之地。受困的猛虎横冲直撞，狂躁的犀牛抵角顿足。许少施展智慧，秦成运用神力。拉住矫健的奔兽，生擒食肉的猛兽。勇士扳掉兽角，折断兽颈，徒手就可将猛兽搏杀。他们挟持狮豹，拖曳熊螭。拉倒犀牛、牦牛，擒住象罴。跨越洞壑，翻过峻崖。踏上高峻的山崖，巨石纷纷崩塌。松柏仆地，丛林摧折。草木几无剩余，禽兽涤荡一空。于是天子登上属玉之馆，来到长杨之榭。遍览山川体势，观看三军杀获。原野萧条空旷，目力可极四方极远。飞禽走兽堆积如山。然后收集猎物，会合将士，论功行赏。轻骑队队传送烤炙的兽肉，车辆奔忙来提供畅饮的美酒。刀割鲜肉在野外进食，擎起火把来劝酒干杯。飨宴赏赐已毕，劳者多得，逸者少取。天子的銮舆銮铃作响，从容徐行。在豫章之宇集合，亲临昆明之池。池畔有两尊石像，左为牵牛而右为织女，池水浩渺如同无边无涯的天河。树木茂盛葱翠，芳草布满堤岸。幽兰白芷，色彩鲜明，丰茂美丽。犹如铺陈丝锦铺开彩绣，照亮了昆明池的圩岸。池中水鸟有玄鹤、白鹭，天鹅、鸬鹚和鹳鸟，还有鸧鸹鸨鶂，凫鹥鸿雁。它们早晨从河海出发，晚上就在长江、汉水休息。水鸟在水中沉浮往来，忽如乌云聚集，忽如薄雾消散。于是后宫嫔妃乘坐卧车，登上龙舟，打开凤盖，举起彩旗。举起绣有黑白花纹的帷幕，对着清流顾影自怜。船只随着微风，缓缓而行。船女作歌，鼓吹相伴。声音高昂激烈，响彻云天。群鸟在天空飞翔，游鱼下沉窥视深渊。引白鹇之弓，射下成双的天鹅。投文竿于水，钓出比目鱼。持巨网捕鱼，用缯缴射鸟。舟船相连，并驾急行，俛仰之间，臻于极乐。于是风举云摇，浮游广览。前登秦岭，后越九嵕。东至黄河太华，西到岐山雍县。前后所经过的宫馆，就有一百余所，朝行夕止，供应的物品并无二致。礼敬天地而祭祀山川之神，探究美善福禄的根由。采集游童嬉戏时的歌谣，品评从臣嘉颂的高下。于此之时，大邑相望，小邑相连。藩国有十世之基，世家承百年之业。士子享受祖辈名望的好处，农民在先人留下的土地上耕作。商人经营先世传下的行业，工匠使用祖先留下的工具。国家繁荣昌盛，君民各得其所。

“臣下所见到的只是西都的旧迹，听到的只是乡亲父老的言辞。陈说的不及十分之一，所以不能详尽列举。”

东都赋

【题解】

《东都赋》对于东都洛阳的繁荣与昌盛不吝赞美，对于光武帝的开国之功以及汉明帝“备制度”之绩进行了颂扬；认为其仁德礼仪上堪为后世之表，远在西都的繁华奢靡之上。

东都主人喟然而叹曰：“痛乎风俗之移人也！子实秦人，矜夸馆室，保界河山，信识昭襄而知始皇矣，乌睹大汉之云为乎？夫大汉之开元也，奋布衣以登皇位，由数期而创万代〔1〕，盖六籍所不能谈，前圣靡得言焉。当此之时，功有横而当天，讨有逆而顺民。故娄敬度势而献其说，萧公权宜而拓其制〔2〕。时岂泰而安之哉？计不得以已也。吾子曾不是睹，顾曜后嗣之末造〔3〕，不亦暗乎？今将语子以建武之治，永平之事。监于太清，以变子之惑志。

【注释】

〔1〕数期：数年。

〔2〕萧公：萧何。

〔3〕末造：末世。

【译文】

东都主人喟然叹息道：“风俗对一个人的影响如此之大，真是令人悲哀！先生确实是秦地之人，夸耀宫室的奢华，自恃有河山的屏障，只知道秦昭襄王和秦始皇，哪里了解大汉的所作所为呢？大汉开元，高祖以一介布衣而奋起登上皇位，经过多年征战而创立了万代基业。这既不见载于六经之书，更未传诸前圣之口。当此之时，高祖诛灭暴秦上应天命，讨伐贼子逆臣下合民心。所以娄敬审时度势而献定都长安之说，萧何根据形势而开拓西京形制。这岂是清平之世的长久之策，是不得已而采取的措施。先生您对此并不明了，却只看到后世的奢华享乐，岂非太不明智了吗？现在我要对您说一说建武时期的统治，永平年间的作为。使您了解清静无为之理，改变错误观念。

"往者王莽作逆[1]，汉祚中缺。天人致诛，六合相灭。于时之乱，生人几亡，鬼神泯绝。壑无完柩，郛罔遗室[2]。原野厌人之肉[3]，川谷流人之血。秦项之灾犹不克半，书契以来未之或纪[4]。故下人号而上诉，上帝怀而降监[5]。乃致命乎圣皇。于是圣皇乃握乾符，阐坤珍[6]。披皇图[7]，稽帝文[8]。赫然发愤，应若兴云。霆击昆阳[9]，凭怒雷震[10]。遂超大河，跨北岳。立号高邑[11]，建都河洛。绍百王之荒屯[12]，因造化之荡涤。体元立制[13]，继天而作。系唐统[14]，接汉绪。茂育群生，恢复疆宇。勋兼乎在昔，事勤乎三五[15]。岂特方轨并迹[16]，纷纶后辟[17]，治近古之所务，蹈一圣之险易云尔哉？且夫建武之元，天地革命。四海之内，更造夫妇，肇有父子。君臣初建，人伦实始。斯乃伏羲氏之所以基皇德也[18]。分州土，立市朝，作舟舆，造器械，斯乃轩辕氏之所以开帝功也[19]。龚行天罚，应天顺人，斯乃汤、武之所以昭王业也[20]。迁都改邑，有殷宗中兴之则焉[21]；即土之中，有周成隆平之制焉[22]。不阶尺土一人之柄，同符乎高祖。克己复礼，以奉终始，允恭乎孝文。宪章稽古，封岱勒成[23]，仪炳乎世宗[24]。案六经而校德，眇古昔而论功，仁圣之事既该，而帝王之道备矣。

【注释】

〔1〕王莽：字巨君，西汉末掌握朝政。自称假皇帝，又自立为帝，改国号为新。公元 23 年绿林军攻入长安，被杀，新朝灭亡。

〔2〕郛：外城。　罔：没有。

〔3〕厌：满足。

〔4〕书契：文字。

〔5〕怀：怜悯。　监：观察，考察。

〔6〕乾符：《赤伏符》，是儒生强华献给刘秀的谶纬之书。　坤珍：指大地呈现出的符瑞。

〔7〕披：翻阅。　皇图：河图，传说中黄河中浮出龙马身上的图案。

〔8〕稽：考察。　帝文：天文。

〔9〕昆阳：古县名，秦置，在今河南叶县。公元 23 年刘秀以三千人马歼灭王莽的主力军之处。

〔10〕凭怒：盛怒。

〔11〕高邑：古地名，原名鄗，故址在今河北柏乡县北。公元 22 年刘秀在此即位，改其名为高邑。

〔12〕绍：继承。　荒屯：荒乱艰阻。

〔13〕体元：谓以天地之元气为本。

〔14〕唐统：唐尧的正统。

〔15〕三五：三皇五帝。

〔16〕方轨：并驾齐驱。

〔17〕后辟：后世君王。

〔18〕伏犧氏：神话中人类的始祖。

〔19〕轩辕氏：黄帝，他战胜炎帝、蚩尤而被诸侯尊为天子。

〔20〕汤：商汤王。　武：周武王。

〔21〕殷宗：殷高宗盘庚，商朝中兴之君。

〔22〕周成：周成王。　隆平：昌盛太平。

〔23〕封：登泰山筑坛祭天。　岱：泰山。

〔24〕炳：光明，显著。　世宗：汉武帝庙号。

【译文】

“昔日王莽作乱篡位，大汉的皇统被中断。天意民心皆愿诛杀王莽，天下百姓聚合起来共除国贼。当时天下大乱，生民多半离世，鬼神几近灭绝。沟壑之间没有完好的棺柩蔽体，城郭内外并无一间完整的房屋。原野上尸骨堆积如山，川谷内流淌亡人之血。秦王、项羽的灾祸尚不及此一半，有文字以来未见记载。所以下民号哭而上诉于天，上帝悯惜百姓而到人间考察，于是就授命于圣皇光武帝。于是圣皇手握天赐的《赤伏符》，来阐发地上呈现的祥瑞。翻阅河图，考察天文。刘秀对倒行逆施的王莽勃然大怒而起兵讨伐，天下的响应者有若行云。昆阳一战击溃新莽主力，气势如霆击长空，军威似雷声震天。于是横渡黄河，跨过北岳。在高邑建立帝号，将洛阳定为都城。上承历代帝王创建基业的艰难险阻，顺应天意除去苛政。以天地之元气为本，来创立制度，继承天意而付诸实行。远承唐尧的正统，近接大汉中断的帝业。令万物生灵繁衍孕育，使分裂的疆土归于一统。光武帝的功勋已经超过前代英主，勤政不亚于三皇五帝。他的功绩难道只是与历代明君并驾齐驱吗？仅仅与众多的后代君王一样，只懂得经营近古的事务，学习某位圣君的治国之道吗？光武帝建元以来，改朝换代之后。四海之内，夫妇、父子、君臣、人伦等关系都有了新的变化和开始。这就像伏犧氏一样据此来奠定皇德的根基。划分行政区域，建立市集，制作舟车，营造器械，这是轩辕黄帝开创功业的根基。恭敬地代替上天来执行惩罚，应天顺人，这是商汤、周武光大王业的举措。迁都改邑，有盘庚迁都中兴作为效法的准则；洛阳建都，有周成王昌平天下的制度作为楷模。没有尺土的封赐，更无世袭的权柄，却能如高祖一样接受上天符命。克己复礼，行事始终如一，诚信恭敬有文帝风范。取法前圣的典章，考察古代的礼制，封禅泰山而功成，其礼仪光彩有武帝之风。按照六经来考校帝王品德，审视古今来评论天子功勋，光武帝的仁圣之事已经圆满，而帝王之道可谓完备。

“至乎永平之际〔1〕，重熙而累洽〔2〕。盛三雍之上仪〔3〕，修衮龙之法服〔4〕。铺鸿藻〔5〕，信景铄〔6〕。扬世庙，正雅乐。人神之和允洽，群臣之序既肃。乃动大辂[7]，遵皇衢。省方巡狩，躬览万国之有无。考声教之所被，散皇明以烛幽。然后增周旧，修洛邑。扇巍巍，显翼翼。光汉京于诸夏，总八方而为之极。于是皇城之内，宫室光明，阙庭神丽。奢不可踰，俭不能侈。外则因原野以作苑，填流泉而为沼。发蘋藻以潜鱼，丰圃草以毓兽[8]。制同乎梁邹[9]，谊合乎灵囿[10]。若乃顺时节而搜狩，简车徒以讲武。则必临之以《王制》，考之以《风》《雅》。历《驺虞》[11]，览《驷铁》[12]。嘉《车攻》[13]，采《吉日》[14]。礼官整仪，乘舆乃出。于是发鲸鱼[15]，铿华钟[16]。登玉辂，乘时龙。凤盖棽丽[17]，龢銮玲珑[18]。天官景从[19]，寝威盛容[20]。山灵护野，属御方神。雨师泛洒，风伯清尘。千乘雷起，万骑纷纭。元戎竟野[21]，戈鋋彗云[22]。羽旄扫霓，旌旗拂天。焱焱炎炎，扬光飞文。吐燗生风，欱野歕山[23]。日月为之夺明，丘陵为之摇震。遂集乎中囿，陈师按屯。骈部曲，列校队。勒三军，誓将帅。然后举烽伐鼓，申令三驱。輶车霆激[24]，骁骑电骛。由基发射[25]，范氏施御[26]。弦不睼禽[27]，辔不诡遇[28]。飞者未及翔，走者未及去。指顾倏忽，获车已实。乐不极盘[29]，杀不尽物。马踠馀足，士怒未泄。先驱复路，属车案节。于是荐三牺[30]，效五牲[31]。礼神祇，怀百灵。觐明堂，临辟雍。扬缉熙，宣皇风。登灵台[32]，考休征[33]。俯仰乎乾坤，参象乎圣躬。目中夏而布德，瞰四裔而抗棱。西荡河源，东澹海漘。北动幽崖，南耀朱垠。殊方别区，界绝而不邻。自孝武之所不征，孝宣之所未臣。莫不陆詟水慄[34]，奔走而来宾。

遂绥哀牢[35]，开永昌[36]。春王三朝[37]，会同汉京。是日也，天子受四海之图籍，膺万国之贡珍。内抚诸夏，外绥百蛮。尔乃盛礼兴乐，供帐置乎云龙之庭。陈百寮而赞群后，究皇仪而展帝容。于是庭实千品，旨酒万钟。列金罍，班玉觞。嘉珍御，太牢飨[38]。尔乃食举《雍》彻[39]，太师奏乐。陈金石，布丝竹。钟鼓铿鎗，管弦烨煜。抗五声[40]，极六律[41]。歌九功[42]，舞八佾[43]。《韶》《武》备[44]，泰古毕。四夷间奏，德广所及。《僸》《佅》《兜离》[45]，罔不具集。万乐备，百礼暨。皇欢浃[46]，群臣醉。降烟煴[47]，调元气。然后撞钟告罢，百寮遂退。

【注释】

〔1〕永平：东汉明帝年号。

〔2〕熙：光明。 洽：谐和。

〔3〕三雍：汉代时对辟雍、明堂、灵台的总称，天子在此举行朝会、祭祀等活动。

〔4〕衮（gǔn）龙：帝王举行礼仪活动时所穿的绣龙的礼服。 法服：古代根据礼法规定的不同等级的服饰。

〔5〕鸿藻：宏大的文章。

〔6〕景铄：盛美，盛明。

〔7〕大辂：玉辂，古时天子所乘之车。

〔8〕毓：养育。

〔9〕梁邹：古地名，古代天子狩猎之所。

〔10〕灵囿：周文王苑囿之名。

〔11〕《驺虞》：《诗经·召南》篇名。

〔12〕《驷铁》：《诗经·秦风》篇名。

〔13〕《车攻》：《诗经·小雅》篇名。

〔14〕《吉日》：《诗经·小雅》篇名。

〔15〕鲸鱼：撞钟之杵。

〔16〕华钟：镂刻花纹的钟。

〔17〕凤盖：饰有凤凰图案的伞盖，皇帝仪仗之一种。 棽（chēn）丽：繁盛披覆之貌。

〔18〕龢銮：古代车上的铃铛。

〔19〕天官：泛指百官。

〔20〕寝威：盛大的威仪。

〔21〕元戎：大型兵车。

〔22〕鋋：短矛。

〔23〕欱（hē）：吮吸。 歕（pēn）：同“喷”，喷射，喷洒。

〔24〕輶车：古代一种轻便的车。后常作使者的乘车。

〔25〕由基：养由基。春秋时楚国大夫。善射，能百步穿杨。

〔26〕范氏：古之善御者。

〔27〕睼（tì）禽：射杀迎面飞来的禽鸟。

〔28〕诡遇：射杀侧面奔跑的禽兽。

〔29〕极盘：尽情游乐。

〔30〕三牺：古代用于祭祀天、地、宗庙三者所用的纯色牲畜。

〔31〕五牲：古代用作祭品的五种动物，麋、鹿、麏、狼、兔。

〔32〕灵台：东汉观天象之台，始建于光武帝。

〔33〕休征：吉利的征兆。

〔34〕陆詟水慄：声威远播，四方皆畏惧臣服。

〔35〕绥：安抚。 哀牢：我国古代西南地区少数民族。

〔36〕永昌：郡名。永平年间哀牢国内附，遂将其地划为哀牢县、博南县，以原益州郡西部六县与之合并设为永昌郡。

〔37〕三朝：正月初一，为岁、月、日之始，故曰三朝。

〔38〕太牢：古代祭祀，牛、羊、豕三牲具备谓之太牢。

〔39〕《雍》：《诗经·周颂·臣工之什》之一篇，古代撤膳时所用的音乐。

〔40〕五声：宫、商、角、徵、羽五音。

〔41〕六律：古代乐音标准名。乐律有十二，阴阳各六，阳为律，阴为吕。六律即黄钟、大蔟、姑洗、蕤宾、夷则、无射。

〔42〕九功：六府、三事之功。指帝王所施行的善政。

〔43〕八佾（yì）：古代天子用的一种乐舞。纵横皆为八人，共六十四人。

〔44〕《韶》：古代乐曲名，主旨为歌颂虞舜禅让。　《武》：古代乐曲名，主旨为赞美周武王征伐无道的商纣。

〔45〕《僸》《佅》《兜离》：泛指我国古代少数民族音乐。

〔46〕浃：融洽。

〔47〕烟熅（yūn）：元气。天地未分时混沌之气。

【译文】

“及至明帝永平年间，统治更加昌明，君民愈加谐和。在辟雍、明堂、灵台举行隆重的礼仪，穿着绣龙的礼服。铺陈宏大的篇章，的确是美丽圣明。尊崇世祖的庙号，端正庙堂的雅乐。人神之间的关系融洽和美，群臣的等级秩序庄严肃穆。于是天子出动銮舆，沿着驰道前行。天子巡行四方，考守牧之政绩，遍览万国，查风俗之善恶。考察仁德教化的波及程度，将天子的圣明照耀到边远地区。然后就在周朝旧都的基础上加以扩大，修建东都洛阳。宫阙宏伟高大，光彩照耀四方。光耀汉京于众多藩国，统领八方而成为天下之极。于是皇城之内，宫室光明，阙庭壮丽。奢侈而不逾越法度，俭约而不失礼仪。皇城之外，依托原野建立苑囿，疏通流泉而为池沼。使蘋藻繁盛而游鱼潜藏其间，令圃草丰茂而百兽养育其内。体制与梁邹相同，意义与灵囿相合。假如顺应时节而狩猎，检阅车马士卒来演武，那么必须按照《礼记·王制》来施行，按照《诗经》中的《国风》和《大雅》、《小雅》中的篇章来办事。读《驺虞》，览《驷铁》。赞美《车攻》，采纳《吉日》。礼官整顿仪仗，天子乘舆外出狩猎。于是撞击华钟，登上玉车，驾起骏马。凤盖随风飘摆，銮铃叮咚作响。百官如影相从，显赫的威仪无比壮盛。山神在原野保护天子，四方之神驾车相从。雨师洒扫道路，风伯涤清浮尘。千乘战车声若雷起，万骑奔腾前后跟随。大车布满山野，戈矛可扫浮云。羽旄扫虹霓，旌旗拂青天。旌旗迎风招展，光彩夺目，五彩缤纷。旌旗发出光芒，激荡生风，吹拂着田野山丘。与之相比日月黯淡无光，丘陵山摇地动。于是车马汇集到苑囿的中央，列开阵势按兵不动。部曲并排而立，校队排列成行。统御三军，告诫将帅。然后燃起烽火，擂响战鼓，号令将士三面驱兽。轻车迅如雷激，骁骑快如电闪。养由基张弓搭箭，范氏扬鞭驾车。不射杀迎面飞来的禽鸟，不击毙侧面逃跑的野兽。飞鸟未来得及飞走就已被擒，走兽还没有逃远就已束手。倏忽之间，获车就已经满载而归。娱乐而不过分，猎捕不可杀尽。战马尚有馀力，士兵尚有馀勇。君王的先导之车踏上归程，属车在其后徐徐相从。于是向天、地、祖先供三牺五牲，礼敬天神地祇，告慰各方神灵。在明堂接见诸侯，在辟雍宣讲礼教。阐扬陛下的圣明，宣扬天子之风。登上灵台，考察吉利的征兆。仰观天象俯察地理，思考圣上仁德是否与天地相应。环顾中原而广布仁德，俯视边疆而宣扬国威。西到黄河之源，东至大海之滨。北极幽都之崖，南至朱垠之区。这些特殊的地区，所去绝远而不相连。自武帝以来未曾征讨，宣帝以来从未称臣。莫不战战兢兢，奔走而来，向我朝称臣。于是安抚内附的哀牢国，设置了永昌郡。正月初一诸侯朝觐天子，会同于洛阳。这天，天子受四海之图籍，纳万国贡奉的奇珍。内抚中原藩国，外绥百方蛮夷。尔后大行礼仪演奏雅乐，在云龙庭中摆设帷帐。百官引导诸侯酋长，穷尽皇家礼仪，方得见天子真容。于是庭中摆满千种佳肴，万钟美酒。金罍成列，玉觞成行。佳肴美酒尽情享用，太牢贡品分赐众人。随后撤膳奏起《雍》乐，乐官掌管演奏的进程。陈列钟磬，布置箫笙。钟鼓肃穆，管弦悠扬，用各种音律来演奏乐曲。歌颂天子的六府三事之功，作八佾之舞于皇庭。《韶》乐《武》乐尽皆演奏，上古之音一一毕陈。四夷音乐穿插其间，足见天子仁德之广。《僸》《休》《兜离》等四夷之乐，全都汇聚于此。万乐齐备，百礼功成。皇帝欢愉，群臣沉醉。君臣和乐，感天动地，元气降临。然后撞钟告罢，百官遂退。

“于是圣上睹万方之欢娱，又沐浴于膏泽，惧其侈心之将萌，而怠于东作也[1]，乃申旧章，下明诏。命有司，班宪度。昭节俭，示太素。去后宫之丽饰，损乘舆之服御。抑工商之淫业[2]，兴农桑之盛务。遂令海内弃末而反本，背伪而归真。女修织纴[3]，男务耕耘。器用陶匏[4]，服尚素玄。耻纤靡而不服，贱奇丽而弗珍。捐金于山，沉珠于渊。于是百姓涤瑕荡秽，而镜至清。形神寂漠，耳目弗营。嗜欲之源灭，廉耻之心生。莫不优游而自得，玉润而金声。是以四海之内，学校如林，庠序盈门[5]。献酬交错[6]，俎豆莘莘[7]。下舞上歌，蹈德咏仁。登降饫宴之礼既毕[8]，因相与嗟叹玄德，谠言弘说。咸含和而吐气，颂曰：盛哉乎斯世！

【注释】

〔1〕东作：耕作，务农。

〔2〕淫业：末业，古人对工商业的贬称。

〔3〕织纴：织作布帛之事。

〔4〕陶匏：泛指实用而合于古制的器皿。

〔5〕庠序：古代的地方学校，后亦泛指学校。

〔6〕献酬：饮酒时主客互相敬酒。

〔7〕俎豆：古代祭祀、宴飨时盛食物用的两种礼器，亦泛指各种礼器。　莘莘：众多。

〔8〕登降：尊卑。　饫宴：宴饮。

【译文】

“于是圣上目睹万方之欢快娱悦，又沐浴于上天的恩泽之中，恐怕人民萌生奢侈之心，而怠于农作之事，于是重申旧的典章制度，下达英明的诏书。命令相关官员，颁布施行。崇尚节俭，表彰素朴。摒除后宫的华丽饰物，减少乘舆的服饰与车马器用。贬抑工商末业，振兴农桑盛务。遂令海内弃末而反本，背伪而归真。女修织作之事，男务耕耘之行。器用陶器葫芦，服装崇尚素玄质朴。以衣着华美为耻而不穿，以新奇美丽为贱而不珍惜。投金于山，沉珠于渊。于是百姓改正过失涤荡污秽，而达到至高的道德修养。清心寡欲，涤除耳目之娱。嗜欲之根源消灭，廉耻之心方生。人人莫不悠闲自得，品德润泽如玉，德行有若洪钟。因此四海之内，学校如林，学子盈门。宾主之间频频敬酒，交错往来演习礼仪，俎豆礼器纷纭众多。下座起舞，上座咏歌，以之来颂扬仁德。尊卑饫宴之礼既毕，就共同赞叹天子谦逊的美德，发表正直弘阔的言论。众人皆含温和之气，表达个人言论，称颂说：‘当今正是盛世啊！’

“今论者但知诵虞夏之《书》〔1〕，咏殷周之《诗》〔2〕。讲羲、文之《易》〔3〕，论孔氏之《春秋》。罕能精古今之清浊，究汉德之所由。唯子颇识旧典，又徒驰骋乎末流。温故知新已难，而知德者鲜矣！且夫僻界西戎，险阻四塞，修其防御。孰与处乎土中，平夷洞达，万方辐凑〔4〕？秦岭九嵕，泾渭之川。曷若四渎、五岳〔5〕，带河泝洛〔6〕，图书之渊？建章、甘泉，馆御列仙。孰与灵台明堂，统和天人？太液、昆明，鸟兽之囿。曷若辟雍海流，道德之富？游侠踰侈，犯义侵礼。孰与同履法度，翼翼济济也〔7〕？子徒习秦阿房之造天〔8〕，而不知京洛之有制也；识函谷之可关，而不知王者之无外也。”

【注释】

〔1〕虞夏之《书》:《尚书》中的《虞书》和《夏书》。

〔2〕殷周之《诗》:《诗经》中的《商颂》和《周颂》。

〔3〕羲：伏羲氏。　文：周文王。传说伏羲氏始作八卦，周文王据之演绎为六十四卦而成《周易》。

〔4〕辐凑：集中，聚集。

〔5〕四渎：长江、黄河、淮河、济水的合称。

〔6〕河：黄河。　洛：洛水。

〔7〕翼翼：恭敬之貌。　济济：庄严恭敬之貌。

〔8〕阿房：秦宫殿名。

【译文】

“当今议论的人只知道诵读《虞书》《夏书》，吟咏《商颂》《周颂》。讲谈伏羲氏和周文王的《易经》，谈论孔子的《春秋》。很少有人能洞彻古今善恶兴衰，明察汉德的缘由。只有先生颇识古代典章，却又堕入迷恋奢靡风气的末流。温故知新已经很难，而知德的人就太少了！而且西都长安僻处西戎地区，四面皆为关山险塞，以之作为防御的屏障。哪里能和处于天下之中、平坦通畅、万方汇聚的洛阳相比呢？秦岭与九嵕，泾水和渭水、又怎能与拥四渎之水、五岳名山，以黄河为带而上溯洛水、《河图》《洛书》出于其间的洛阳城比肩？建章宫、甘泉宫，号称是接待列仙的馆阁。如何与宣扬教化之功、统和天人之际的灵台明堂看齐？太液池、昆明池，只不过是鸟兽的苑囿罢了。难道能与宣传道德教化，如同海流八方的辟雍相比吗？西都游侠奢侈过度，犯义侵礼。又哪里像东都百姓同履法度，庄严恭敬呢？您只熟悉秦朝的阿房宫高入云霄，而不知帝京洛阳的体制法度；只了解函谷关可拒外敌侵扰，而不知王者德化天下而无往不胜。”

主人之辞未终，西都宾矍然失容〔1〕。逡巡降阶〔2〕，愫然意下〔3〕，捧手欲辞。主人曰：“复位，今将授子以五篇之诗。”宾既卒业，乃称曰：“美哉乎斯诗！义正乎杨雄，事实乎相如。匪唯主人之好学，盖乃遭遇乎斯时也。小子狂简〔4〕，不知所裁。既闻正道，请终身而诵之。”其诗曰：

【注释】

〔1〕矍然：惊惧之貌，惊视之貌。

〔2〕逡巡：退避，退让。

〔3〕悚然：恐惧。

〔4〕狂简：志向高远而处事疏阔。

【译文】

东都主人言犹未了，西都宾客就惶恐变色。退避着走下台阶，面有惧色而情绪低落，捧手打算告辞。东都主人说："请您回座，现在我将教授您五首诗。"西都宾客学会之后，称颂说："这五首诗实在是太美了！在思想性上超过杨雄，在真实性上不逊司马相如。并非仅是您笃好学问而辞藻华美，正是身逢太平之时而有礼文可述。鄙人志向高远而处事疏阔，言语之间不知有所节制。既闻诗中正道，请终身而诵之。"其诗曰：

明堂诗

于昭明堂，明堂孔阳〔1〕。圣皇宗祀，穆穆煌煌〔2〕。上帝宴飨〔3〕，五位时序〔4〕。谁其配之，世祖、光武。普天率土，各以其职。猗欤缉熙〔5〕，允怀多福。

【注释】

〔1〕孔阳：极鲜明，很明亮。

〔2〕穆穆：端庄恭敬。　煌煌：明亮辉耀。

〔3〕上帝：东皇太一。

〔4〕五位：东皇太一辅佐的五位帝君，苍帝神名灵威仰，赤帝神名赤熛怒，黄帝神名含枢纽，白帝神名白招拒，黑帝神名汁光纪。

〔5〕猗欤：叹词，表示赞美。

【译文】

光辉的明堂，是多么明亮。圣皇祭祀神灵祖先，端庄恭敬又肃穆辉煌。用酒食祭祀东皇太一，五位帝君依次位列一方。谁来配享太庙，就是那世祖光武帝。普天之下的臣民，各司其职。这是多么光辉的德行，更多的幸福必将降临头上。

辟雍诗

乃流辟雍，辟雍汤汤。圣皇莅止[1]，造舟为梁。皤皤国老[2]，乃父乃兄。抑抑威仪，孝友光明。于赫太上[3]，示我汉行。洪化惟神，永观厥成。

【注释】

〔1〕莅止：来临。

〔2〕皤皤：白发貌，形容年老。

〔3〕于赫：叹美之词。

【译文】

辟雍四面环水，清波浩浩汤汤。圣皇莅临此地，连舟作为桥梁。白发国老，视为父兄加以尊重。隆重美好的威仪，昭示着孝敬父母、友爱兄弟的美德光明。圣明的天子，向我彰显大汉的德行。如有神助一般显示大的变化，永远可以看到大功告成。

灵台诗

乃经灵台，灵台既崇。帝勤时登，爰考休征。三光宣精[1]，五行布序[2]。习习祥风[3]，祁祁甘雨[4]。百谷蓁蓁[5]，庶草蕃庑。屡惟丰年，于皇乐胥[6]。

【注释】

〔1〕三光：日、月、星。

〔2〕五行：金、木、水、火、土。古人认为万物均由这五种元素构成。

〔3〕习习：微风和煦之貌。

〔4〕祁祁：雨水和顺之貌。

〔5〕蓁蓁、蕃庑：草木茂盛之貌。

〔6〕乐胥：欢乐。

【译文】

开始营建灵台，工程告竣高耸入云。按照时令季节经常登临，明帝于此考察祥瑞之征。日月星三光熠熠生辉，金、木、水、火、土五行分布有序。祥和之风和煦吹拂，适时甘雨润物无声。百谷和草木都非常茂盛。连年五谷丰登，天子无比高兴。

宝鼎诗

岳修贡兮川效珍，吐金景兮歊浮云[1]。宝鼎见兮色纷缊[2]，焕其炳兮被龙文。登祖庙兮享圣神，昭灵德兮弥亿年。

【注释】

〔1〕歊（xiāo）：（气）升腾。

〔2〕纷缊：五彩斑斓之貌。

【译文】

山岳出产贡品，河川献上奇珍，天地射出金光，朵朵祥云升腾。宝鼎出现，五色斑斓，光芒四射，体有龙纹。宝鼎贡于祖庙，祭祀天地诸神。先皇灵德昭明，永续亿年皇统。

白雉诗

启灵篇兮披瑞图，获白雉兮效素乌[1]。嘉祥阜兮集皇都，发皓羽兮奋翘英[2]，容絜朗兮于纯精。彰皇德兮侔周成[3]，永延长兮膺天庆。

【注释】

〔1〕白雉：白色羽毛的野鸡。永平十年，白雉出焉，时人以为祥瑞之征。　素乌：白乌，古时以为瑞物。

〔2〕皓羽：白色的羽毛。　翘英：美丽的白色尾羽。

〔3〕侔：等同。

【译文】

打开河图洛书，喜获白雉素乌。象征祥瑞集于皇都，展开白羽翘起玉尾，外形清爽鲜明，确是淳阳之精。皇德昭彰可比周成，皇祚永延受天之庆。

（本卷译注：郎瑞萍）

文选卷第二

赋甲

京都上

西京赋　张平子（张衡）

【题解】

张衡（78—139），字平子，东汉南阳西鄂（今河南南阳）人。安帝时迁郎中，再拜为太史令，顺帝时迁侍中，永和初年出为河间相。张衡《四愁诗》为七言之祖，《后汉书》有传。《二京赋》效法班固《两都赋》而作，描写西京豪华奢侈之景，暴露了王公贵族骄奢淫逸的生活，对于东汉社会的民俗风情亦有展现。

有凭虚公子者[1]，心奓体忲，雅好博古[2]，学乎旧史氏[3]，是以多识前代之载。言于安处先生曰："夫人在阳时则舒，在阴时则惨，此牵乎天者也。处沃土则逸，处瘠土则劳，此系乎地者也。惨则尠于欢[4]，劳则褊于惠[5]，能违之者寡矣。小必有之，大亦宜然。故帝者因天地以致化，兆人承上教以成俗[6]。化俗之本，有与推移。何以核诸？秦据雍而强[7]，周即豫而弱[8]。高祖都西而泰[9]，光武处东而约[10]。政之兴衰，恒由此作。先生独不见西京之事欤？请为吾子陈之：

【注释】

〔1〕凭虚公子：与安处先生皆为作者假托。

〔2〕奓：奢侈。　忲：奢侈过度。

〔3〕旧史氏：太史，掌管图书典籍。

〔4〕尠：少。

〔5〕褊：少。　惠：施惠。

〔6〕兆人：百姓。

〔7〕雍：雍州，《尚书·禹贡》所载九州之一。

〔8〕豫：豫州，九州之一。

〔9〕高祖：汉高祖刘邦。　泰：奢侈。

〔10〕光武：光武帝刘秀。　约：节俭。

【译文】

有一位凭虚公子，心志奢侈，身体骄泰，他好博知古事，曾问学于太史，因此对前代的记载颇为熟悉。他对安处先生说道："人在春夏之时身体舒畅，秋冬时节则郁郁寡欢，这是受到天气变化的影响。居于沃土则快乐安逸，居于瘠土则辛勤劳作，这是受到地理条件的影响。郁郁寡欢者很少快乐，辛勤劳作者吝于施惠，绝少有违背这一规律的情况。小到百姓，大到王侯，概莫能外。因此天子顺应天时地利以教化黎民，百姓接受教化而形成风俗。变易风俗的根本，是随国土的肥沃贫瘠而变化的。如何加以检验呢？秦占据雍州而强盛，周迁往豫州而衰弱，高祖定都长安而崇豪奢，光武帝都于洛阳而尚俭约。统治的兴衰成败，皆由此而起。先生难道不了解西京的空前盛况吗？请允许我为您一一细说：

"汉氏初都，在渭之涘〔1〕。秦里其朔〔2〕，实为咸阳。左有崤、函重险〔3〕，桃林之塞〔4〕。缀以二华〔5〕，巨灵赑屃〔6〕，高掌远蹠〔7〕，以流河曲，厥迹犹存。右有陇坻之隘[8]，隔阂华戎。岐、梁、汧、雍[9]，陈宝鸣鸡在焉[10]。于前则终南、太一[11]，隆崛崔崒，隐辚郁律。连冈乎嶓冢，抱杜含鄠[12]，欱沣吐镐[13]，爰有蓝田珍玉，是之自出。于后则高陵平原，据渭踞泾。澶漫靡迤[14]，作镇于近。其远则九嵕、甘泉[15]，涸阴冱寒[16]。日北至而含冻，此焉清暑。尔乃广衍沃野，厥田上上，实惟地之奥区神皋。昔者大帝说秦缪公而觐之，飨以钧天广乐。帝有醉焉，乃为金策[17]。锡用此土，而翦诸鹑首[18]。是时也，并为强国者有六，然而四海同宅，西秦岂不诡哉？

【注释】

〔1〕涘：水边。

〔2〕里：位于。　朔：北方。

〔3〕崤：崤山。　函：函谷关。

〔4〕桃林：古地名。

〔5〕二华：太华山与少华山。

〔6〕巨灵：河神。　赑屃（bì xì）：用力之貌。

〔7〕掌：劈开。　蹠：脚踏。

〔8〕陇坻：又名陇坂，陇山。六盘山南段的别称。

〔9〕岐：岐山。　梁：梁山，位于陕西乾县。　汧：汧山。　雍：雍山。

〔10〕陈宝、鸣鸡：春秋时期，秦文公得一石质物，祠于陈仓北坂。其神灵有时经岁不至，有时一年数次降临。它降临常在夜晚，好似流星从东南而来，声如雄鸡殷殷鸣叫，引得野鸡纷纷夜啼。以一太牢祠之，名曰陈宝。

〔11〕终南、太一：终南山。

〔12〕抱、含：山势环绕之貌。　杜：杜陵。　鄠：鄠县。

〔13〕欱：流入。　吐：流出。　沣、镐：古水名。

〔14〕澶漫：广阔之貌。　靡迤：绵延不断之貌。

〔15〕九嵕：山名。　甘泉：山名，位于九嵕山之西北。

〔16〕涸阴冱寒：寒气凝结。

〔17〕金策：古代记载大事或帝王诏命的连编金简。

〔18〕翦：尽。 鹑首：星次名，指朱鸟七宿中的井宿和鬼宿。古以为秦之分野，用以代指秦地。

【译文】

“大汉初建都城，是在渭水之滨。秦都位于其北，名为咸阳。长安之东有崤山、函谷关的重重险隘，已有桃林之塞。连接太华、少华二山，河神奋起神力，高处掌劈，远者足踏，河水流经其间，古迹至今犹存。长安之西有陇坻险隘，阻隔开华夏与西华。岐山、梁山、汧山、雍山，陈宝、鸣鸡之处亦在此间。前有终南之山，巍峨高耸，陡峭险曲。山峦与嶓冢相连，环绕着杜陵与鄠县，沣水流进这里，镐水又从这里流出，又有蓝田珍玉，也出自此处。后有丘陵平原，依傍着渭水与泾水。广阔辽远，绵延不绝，成为国都的近镇。远处是九嵕山与甘泉山，寒气凝结其间。夏至之时仍有冰冻，是天子清暑纳凉的佳处。这里有广阔的沃野，上等的良田，实为天下腹地、神明之区。从前天帝喜欢秦缪公而召见他，用钧天广乐来接待他。天帝酒醉之时，赐之以连编的金简。将这片土地赏赐于他，占据了鹑首分野的河山。当时的天下，与秦不相上下的就有六个强国，然而四海同为西秦统一，难道不奇怪吗？

“自我高祖之始入也，五纬相汁〔1〕，以旅于东井〔2〕。娄敬委辂〔3〕，干非其议。天启其心，人惎之谋〔4〕。及帝图时，意亦有虑乎神祇。宜其可定以为天邑。岂伊不虔思于天衢〔5〕？岂伊不怀归于枌榆〔6〕？天命不滔，畴敢以渝！于是量径轮，考广袤。经城洫，营郭郛。取殊裁于八都〔7〕，岂启度于往旧？乃览秦制，跨周法。狭百堵之侧陋，增九筵之迫胁。正紫宫于未央〔8〕，表峣阙于阊阖〔9〕。疏龙首以抗殿〔10〕，状巍峨以岌嶪〔11〕。亘雄虹之长梁[12]，结棼橑以相接[13]。蒂倒茄于藻井[14]，披红葩之狎猎[15]。饰华榱与璧珰[16]，流景曜之韡晔[17]。雕楹玉碣[18]，绣栭云楣[19]。三阶重轩，镂槛文椳[20]。右平左城[21]，青琐丹墀[22]。刊层平堂，设切厓隒[23]。坻崿鳞眴[24]，栈齴巉崄[25]。襄岸夷涂，修路陖险。重门袭固，奸宄是防。仰福帝居，阳曜阴藏。洪钟万钧，猛虡趪趪[26]。负笋业而馀怒[27]，乃奋翅而腾骧。朝堂承东，温调延北。西有玉台，联以昆德。嵳峨崨嶫[28]，罔识所则。若夫长年、神仙[29]，宣室、玉堂。麒麟、朱鸟，龙兴、含章。譬众星之环极，叛赫戏以辉煌。正殿路寝，用朝群辟。大夏耽耽，九户开辟。嘉木树庭，芳草如积。高门有闶[30]，列坐金狄。内有常侍谒者，奉命当御。兰台、金马[31]，递宿迭居。次有天禄、石渠[32]，校文之处。重以虎威、章沟[33]，严更之署。徼道外周，千庐内附。卫尉八屯，警夜巡昼。植铩悬瞂[34]，用戒不虞。

【注释】

〔1〕五纬：即五星，分别是东方岁星（木星），南方荧惑（火星），西方太白（金星），北方辰星（水星），中央镇星（土星）。　汁：谐和。

〔2〕旅：排列。　东井：即井宿，二十八宿之一。《汉书》载，汉元年十月，五星聚于东井，称这是刘邦应天受命之吉兆。

〔3〕娄敬：本为戍卒，因劝刘邦都关中而被封为奉春君。　委辂：放下所挽之车。

〔4〕惎：教导。

〔5〕天衢：帝京，此处指洛阳。

〔6〕枌榆：汉高祖故乡里社名。

〔7〕八都：八方。

〔8〕紫宫：紫微宫。

〔9〕表：标志。　峣：高远。　阙：皇宫门前两边供瞭望的楼。　阊

阖：未央宫正门之名。

〔10〕疏：开拓。　龙首：山名。　抗：高。

〔11〕岌嶪：高耸之貌。

〔12〕亘：横贯。　雄虹：古人称虹有雄雌，雄者色艳。

〔13〕棼橑：楼阁的栋和椽。

〔14〕蒂：根蒂。　茄：荷茎。　藻井：天花板上的装饰。

〔15〕狎猎：重接层叠之貌。

〔16〕华榱：装饰有花纹的屋椽。　璧珰：美玉装饰的瓦当。

〔17〕韡（wěi）晔：光明美盛之貌。

〔18〕碣：柱子下面的础石。

〔19〕栭：斗拱。　楣：横梁。

〔20〕槛：栏杆。　梍：屋檐口椽子头上的横板。

〔21〕墄：台阶。左侧行人，称为左墄。右侧行车，故为平阶。

〔22〕青琐：装饰皇宫门窗的青色连环花纹。　丹墀：宫殿的赤色台阶或赤色地面。

〔23〕切：阶石。　厓隒（yá yǎn）：山崖边。

〔24〕坻崿：宫殿的地基或台阶。

〔25〕栈齴巉崄：高峻之貌。

〔26〕猛虡（jù）：装饰有猛兽图形的钟架。　趪趪（huáng）：威猛之貌。

〔27〕笋：钟架上的横木。　业：钟架横木上的大木板，用以悬挂钟磬。

〔28〕崟峨崨嶫：高峻之貌。

〔29〕长年、神仙：宫殿之名。以下的宣室、玉堂、麒麟、朱鸟、龙兴、含章皆宫殿之名。

〔30〕闶：高大。

〔31〕兰台：汉代宫内收藏典籍之处。　金马：汉代宫门名，因门旁有铜马而得名。

〔32〕天禄、石渠：皆汉代藏书阁。

〔33〕虎威、章沟：汉代西京长安警夜的更署名。

〔34〕铩：长矛。　瞂：盾牌。

【译文】

“自我高祖始入关中，五星谐和，排列于井宿。娄敬弃车，纠正了高祖定都洛阳的想法。天意给人以启发，人谋予其以教导。等到高祖定都之时，同样要考虑天神地祇的旨意。度其可定之地作为帝都。哪里不想居于天下之中的洛阳？难道不怀念故乡的枌榆里社？天命不可违，谁敢改变！于是丈量土地的直径周长，考查其面积大小。开掘护城河，营建外城。采纳了八方的特殊体制，哪里只遵循陈旧的建设方法？于是参照秦朝皇宫的体制，超过周代皇宫的规格。周宣王的百堵宫室过于狭小简陋，增加九筵明堂的宽度。紫微宫设置于未央宫中央，阊阖门前双阙高耸立于门前。开辟龙首山建起巍峨的宫殿，高耸峭拔令人称奇。彩虹般的长梁横架殿中，楼阁的栋梁椽木相互连接。藻井上雕刻着倒挂的荷茎和荷蒂，层层叠叠的红花盛开其上。装饰起彩榱与玉瓦当，流光闪耀溢彩流芳。雕花的楹柱，玉饰的础石，彩绣的斗拱，云花的屋梁。左中右三层台阶，两重长廊，雕花的栏杆，文采的檐板。右面是行车的平阶，左面是步行的台阶，皇宫门窗装饰着青色的连环花纹，宫殿的地上是赤色的台面。把山坡削为一层层的平地，在山崖边铺好阶石。宫殿的台阶无边无际，峭拔高峻。台阶又高又平，在这长长的路上走着又十分危险。宫门重重加固，防范奸邪小人。与五位天帝所居的太微宫相仿，晴日则现，阴天则藏。洪钟重有万钧，钟架上雕刻的猛兽威猛异常。它背负钟架而尚有余威，展开双翅就要奔腾翱翔。朝堂殿连接到东方，温调殿延伸到北面。西侧的玉台，连接着昆德殿。宫殿嵯峨高峻，不知取法何处。像长年、神仙，宣室、玉堂、麒麟、朱鸟、龙兴、含章等宫殿，分布在正殿周围，就如众星之环拱北极，光彩夺目，无比辉煌。正殿是王侯公卿的朝会之所。大夏殿幽邃深远，九户洞开。嘉木树于庭，地上芳草茵茵。高门巍巍，列坐十二金人。内有常侍谒者，奉命听从派遣。兰台、金马，轮流当值。次有天禄、石渠二阁，是校勘典籍之处。更有虎威、章沟，是警夜巡更之署。巡备警戒之路环绕于外，无数的营房设于宫内。卫尉率领八营卫兵，昼夜巡逻不停。长矛林立，盾牌高悬，时时警戒以防意外。

“后宫则昭阳、飞翔[1]，增成、合欢。兰林、披香，凤皇、鸳鸾。群窈窕之华丽，嗟内顾之所观。故其馆室次舍，采饰纤缛[2]。裛以藻绣[3]，文以朱绿[4]。翡翠、火齐[5]，络以美玉。流悬黎之夜光[6]，缀随珠以为烛[7]。金戺玉阶[8]，彤庭辉辉。珊瑚琳碧[9]，瓀珉璘彬[10]。珍物罗生，焕若昆仑。虽厥裁之不广，侈靡踰乎至尊。于是钩陈之外[11]，阁道穹隆[12]。属长乐与明光[13]，径北通乎桂宫。命般尔之巧匠[14]，尽变态乎其中。后宫不移，乐不徙悬。门卫供帐，官以物辨。恣意所幸，下辇成燕。穷年忘归，犹弗能遍。瑰异日新，殚所未见。

【注释】

〔1〕昭阳、飞翔：宫殿名。以下的增成、合欢、兰林、披香、凤皇、鸳鸾皆宫殿之名。

〔2〕纤缛：精细华美，纤巧华丽。

〔3〕裛（yì）：缠绕。

〔4〕文：修饰。

〔5〕火齐：宝珠名。

〔6〕悬黎：美玉名。

〔7〕随珠：传说中随侯所得的宝珠。

〔8〕戺（shì）：台阶两旁所砌的斜石。

〔9〕琳：青碧色的美玉。　碧：青绿色的宝石。

〔10〕瓀珉：美玉名。　璘彬：光彩缤纷之貌。

〔11〕钩陈：本为星名，后代指六宫。

〔12〕阁道：高楼间凌空而建的通道。

〔13〕长乐、明光：宫殿名。

〔14〕般：公输般，即鲁班。 尔：王尔，古之能工巧匠。

【译文】

“后宫殿阁众多，昭阳、飞翔、增成、合欢，兰林、披香、凤皇、鸳鸾罗列其间。妃嫔宫女，窈窕华丽，回首内顾，令人嗟叹。所以这些馆室次舍，装饰精美，纤巧华丽。用彩绣来缠裹，用朱绿二色来修饰。翡翠和火齐珠，缠绕以美玉。悬黎美玉在夜晚光芒四射，与随珠连缀作为宫中的明烛。金色的斜石，洁白如玉的台阶，令彤庭熠熠生辉。珊瑚、琳、碧、瓀珉，五彩缤纷。奇珍异宝相聚丛生，辉煌璀璨宛若昆仑仙山。虽然后宫宫室规模不大，其奢侈华靡程度却甚于正殿。于是六宫之外，阁道曲折悠长。连接起长乐宫与明光宫，向北与桂宫相通。命令公输般和王尔那样的能工巧匠，各显神通使宫殿变化无穷。后宫无须移动，乐器不用搬迁。警卫张设帷帐，官员办好应用所需。天子恣意游幸，下辇即可成宴。沉醉其中而终年忘归，仍恐怕不能一一尽览。奇珍异宝日日更换，尽是凡人前所未见。

“惟帝王之神丽，惧尊卑之不殊。虽斯宇之既坦，心犹凭而未摅〔1〕。思比象于紫微〔2〕，恨阿房之不可庐。覜往昔之遗馆〔3〕，获林光于秦余〔4〕。处甘泉之爽垲〔5〕，乃隆崇而弘敷〔6〕。既新作于迎风，增露寒与储胥〔7〕。托乔基于山冈，直墆霓以高居。通天訬以竦峙，径百常而茎擢。上斑华以交纷，下刻陗其若削。翔鹍仰而不逮〔8〕，况青鸟与黄雀。伏棂槛而俯听，闻雷霆之相激。柏梁既灾〔9〕，越巫陈方。建章是经〔10〕，用厌火祥〔11〕。营宇之制，事兼未央。圜阙竦以造天，若双碣之相望。凤骞翥于甍标〔12〕，咸遡风而欲翔。閶阖之内，别风嶕峣。何工巧之瑰玮，交绮豁以疏寮。干云雾而上达，状亭亭以苕苕。神明崛其特起，井干迭而百增[13]。跱游极于浮柱，结重栾以相承。累层构而遂跻，望北辰而高兴。消雰埃于中宸，集重阳之清澄。瞰宛虹之长鬐，察云师之所凭。上飞闼而仰眺[14]，正睹瑶光与玉绳[15]。将乍往而未半，怵悼慄而怂兢[16]。非都卢之轻趫[17]，孰能超而究升？驭娑、骀荡[18]，焘奡桔桀[19]。枍诣、承光[20]，睽罛庨豁[21]。橧桴重棼[22]，锷锷列列[23]。反宇业业[24]，飞檐𨍏𨍏[25]。流景内照，引曜日月。天梁之宫，实开高闱。旗不脱扃[26]，结驷方蕲[27]。轹辐轻骛，容于一扉。长廊广庑，途阁云蔓。闬庭诡异，门千户万。重闺幽闼，转相踰延。望窈窕以径廷，眇不知其所返。既乃珍台蹇产以极壮[28]，墱道逦倚以正东[29]。似阆风之遐坂[30]，横西洫而绝金墉[31]。城尉不弛柝，而内外潜通。

【注释】

〔1〕凭：气满于胸，蕴积不通。　摅：舒坦。

〔2〕比象：模拟比照。　紫微：星官名，与太微垣、天市垣合称三垣。

〔3〕觑：寻觅。

〔4〕林光：秦离宫之名。

〔5〕甘泉：山名。　爽垲：高爽干燥之地。

〔6〕弘敷：蔓延，延伸。

〔7〕迎风、露寒、储胥：馆名。三馆皆位于甘泉山。

〔8〕鹍（kūn）：鹍鸡，大鸟名。

〔9〕柏梁：台名，建于汉武帝元鼎二年春，于太初元年十一月遭受火灾。

〔10〕建章：宫名。

〔11〕厌：镇，伏。　火祥：火灾。

〔12〕骞翥：飞举之貌。　甍标：屋脊之巅。

〔13〕井干：楼名，汉武帝所建，高五十丈。

〔14〕飞阒：高楼上的门，借指高楼。

〔15〕瑶光：北斗七星的第七星名。古代以为象征祥瑞。　玉绳：星名。

〔16〕惮慄：恐惧颤抖。　怂兢：惊慌。

〔17〕都卢：古国名，在南海一带，国人善爬竿之技。　轻趫：轻捷矫健。

〔18〕駊娑、骀荡：台名，皆位于建章宫。

〔19〕焘奡桔桀：高峻深邃之貌。

〔20〕枍诣、承光：台名。

〔21〕睽（kuí）罛（gū）庨豁：高峻深邃之貌。

〔22〕櫼：重。　桴：房屋的二梁。　棼：阁楼的梁栋。

〔23〕锷锷列列：高峻之貌。

〔24〕反宇：屋檐上仰起的瓦头。　业业：高大貌。

〔25〕巘巘：高貌。

〔26〕扃（jiōng）：固定旗杆的环扣。

〔27〕结驷：一车并驾四马。　靳：马嚼子。

〔28〕蹇产：高大貌。

〔29〕墱道：阁道。　逦（lǐ）倚：曲折不平。

〔30〕阆风：传说中的仙山，在昆仑之上。

〔31〕洫：城池。

【译文】

“想到帝王应有的神武华丽，就惧怕自己的宫室与臣下的府邸相比差距不大。虽然皇宫已经足够高大平坦，内心仍然愤懑不平无法释怀。打算参照那紫微仙垣，为没有住在阿房宫那样的宫殿感到遗憾。寻觅昔日遗留的宫馆，找到秦朝幸存的林光离宫。它位于甘泉山的高爽干燥之地，又对其加以扩充延伸，新修了迎风、露寒与储胥三座宫馆。高大的殿基坐落在山岗之上，笔直挺拔而高耸入云。通天台高高伫立，径有百常而特立独出。通天台之上斑驳华丽文采交错，其下峭拔险峻犹如刀削。善飞的鹍鸡展翅翱翔尚不得过，何况青鸟与黄雀这些小鸟呢。伏于栏杆之上而侧耳俯听，能听到雷霆相激之声。柏梁台蒙受火灾，越地的巫觋进献避火良方。营造建章宫，来厌胜火患。建章宫的制度规模，两倍于未央。圜阙直达青天，如海边相望的碣石。雕刻的彩凤在屋脊展翅，好似迎风飞翔。阊阖门内，是高大的别风阙。技巧是多么新奇精美，小窗雕镂空灵令人赞叹。上干云雾，高峻挺拔。神明台特立独起，井干楼层叠百重。游梁跨于浮柱之上，重重的曲木连接起来相互依承。一层层地建造起来，遥望北极星而巍峨高耸。神明高台消除了下地的埃秽，又集结了上天的清澄之气。俯瞰宛虹之长脊，上察云师星的依凭。登上高楼昂首眺望，正看到瑶光与玉绳之瑞星。登楼未及半程，便心惊胆战魂丧神惊。若非都卢国人般轻捷矫健，谁又能层层飞跃登上极顶？馺娑、骀荡二殿，高峻深邃。枍诣、承光二台，空旷幽深。梁栋重重叠叠，巍然险峻。反宇、飞檐高大飞扬，令人称奇。无论日光之下，抑或月色之中，楼阁上的图画文采，都在屋内闪闪发光。天梁宫极其高大，旗帜不用解开环扣，四马并驾皆可通行。击打车辐轻催骏马，一门之阔无碍畅通。长廊连通广庑，阁道延蔓如云。墙垣庭院形制奇特，千门万户各有不同。重重深闺，幽幽小闼，互相周通。望着深邃的宫室穿行，竟眇然不知归程。珍台高大壮观，阁道曲折绵延到正东。阁道好似阆风仙山绵延不断的山岭，横跨西池而渡越金城。守城校尉不断巡更击柝，城内城外藉此警觉沟通。

“前开唐中〔1〕，弥望广潒〔2〕。顾临太液〔3〕，沧池漭沆〔4〕。渐台立于中央〔5〕，赫昈昈以弘敞〔6〕。清渊洋洋，神山峨峨。列瀛洲与方丈，夹蓬莱而骈罗〔7〕。上林岑以垒嶵，下崭岩以岇齬〔8〕。长风激于别隯〔9〕，起洪涛而扬波。浸石菌于重涯〔10〕，濯灵芝以朱柯〔11〕。海若游于玄渚〔12〕，鲸鱼失流而蹉跎。于是采少君之端信〔13〕，庶栾大之贞固〔14〕。立修茎之仙掌〔15〕，承云表之清露。屑琼蕊以朝餐，必性命之可度。美往昔之松、乔〔16〕，要羡门乎天路。想升龙于鼎湖[17]，岂时俗之足慕？若历世而长存，何遽营乎陵墓？

【注释】

〔1〕唐中：池名，位于建章宫之西。

〔2〕广漾：广阔无垠。

〔3〕太液：池名，位于建章宫之北。

〔4〕漭沆：水流广大之貌。

〔5〕渐台：台名，位于太液池中。

〔6〕昈（hù）昈：文采斑斓之貌。

〔7〕瀛洲、方丈、蓬莱：本为传说中的海外仙山，太液池中所造三山亦以名之。

〔8〕林岑：险峻貌。　垒嵲、崭岩、嵒（yán）龉：险峻参差之貌。

〔9〕隯：水中小洲。

〔10〕石菌：仙草名。

〔11〕灵芝：仙草名。　朱柯：红色的茎。

〔12〕海若：传说中的海神。

〔13〕少君：李少君，方士名，为汉武帝所宠。

〔14〕栾大：方士名，备受汉武帝宠信。

〔15〕茎：铜柱。　仙掌：承接甘露的铜盘，状如仙掌。

〔16〕松：赤松子。　乔：王子乔。羡门与二人皆为传说中的仙人。

〔17〕升龙于鼎湖：传说黄帝采首山之铜铸成宝鼎，他与群臣妃嫔七十余人于此乘神龙升仙。

【译文】

“前面开掘唐中之池，举目远望浩瀚无边。又来到太液池，沧波荡漾水流绵长。渐台立于太液池中央，色彩斑斓又广阔高敞。水中清波广阔无涯，三座神山巍峨雄壮。瀛洲与方丈相对而望，蓬莱居中而三山并排罗列。神山之上巍峨险峻，其下陡峭参差。长风激荡水中小洲，激扬起波涛阵阵。在池边浸泡石菌，洗涤灵芝的红茎。海神游于深池，鲸鱼失水而受困。于是武帝认为李少君之言端正可信，栾大其人忠贞诚恳。立起高高的铜柱和承露盘，来承接天上的清露。用清露和以玉屑、琼花之蕊进餐，认为这可以超越寿命极限而长生。赞美昔日的赤松子、王子乔，邀请羡门同登仙界。想像黄帝一样在鼎湖乘龙升仙，哪里还想留恋人间？如果可以长生不老，何必急急忙忙去建造陵墓？

“徒观其城郭之制，则旁开三门，参途夷庭〔1〕。方轨十二〔2〕，街衢相经。廛里端直〔3〕，甍宇齐平〔4〕。北阙甲第，当道直启。程巧致功，期不陁陊〔5〕。木衣绨锦〔6〕，土被朱紫。武库禁兵，设在兰锜〔7〕。匪石匪董〔8〕，畴能宅此？尔乃廓开九市，通阛带阓。旗亭五重，俯察百隧。周制大胥，今也惟尉。瑰货方至，鸟集鳞萃。鬻者兼赢，求者不匮。尔乃商贾百族，裨贩夫妇。鬻良杂苦，蚩眩边鄙。何必昏于作劳〔9〕，邪赢优而足恃〔10〕。彼肆人之男女，丽美奢乎许、史〔11〕。若夫翁伯、浊、质、张里之家〔12〕。击钟鼎食，连骑相过。东京公侯，壮何能加？都邑游侠，张、赵之伦〔13〕。齐志无忌，拟迹田文。轻死重气，结党连群。实蕃有徒，其从如云。茂陵之原〔14〕，阳陵之朱〔15〕。趫悍虓豁〔16〕，如虎如貙〔17〕。睚眦虿芥〔18〕，尸僵路隅。丞相欲以赎子罪，阳石污而公孙诛〔19〕。若其五县游丽，辩论之士。街谈巷议，弹射臧否。剖析毫厘，擘肌分理。所好生毛羽，所恶成创痏。郊甸之内，乡邑殷赈。五都货殖〔20〕，既迁既引。商旅联槅〔21〕，隐隐展展。冠带交错，方辕接轸〔22〕。封畿千里，统以京尹。郡国宫馆，百四十五。右极盩厔，并卷酆鄠。左暨河、华，遂至虢土〔23〕。

【注释】

〔1〕参途：三条道路。　夷庭：平坦笔直。

〔2〕轨：车辙。

〔3〕廛里：古代城市居民住宅的通称。亦泛指市肆区域。

〔4〕甍：屋脊。　宇：屋檐。

〔5〕陁陊（tuó duò）：崩塌，破败。

〔6〕绨锦：光滑厚实有彩色花纹的丝织品。

〔7〕兰锜：兵器架。

〔8〕石：石显，汉元帝宠臣。　董：董贤，汉哀帝宠臣。

〔9〕昬：勉力。

〔10〕邪赢：用不正当的手段获利。

〔11〕许、史：指汉宣帝时许皇后家及祖母史良娣家，两家子弟皆位居高官，骄纵奢靡。

〔12〕翁伯、浊、质、张里：人名，皆汉代富商。

〔13〕张：张禁。　赵：赵放。二人皆汉代著名的游侠。

〔14〕茂陵：汉武帝之陵。　原：原涉，豪侠名。

〔15〕阳陵：汉景帝之陵。　朱：朱安世，豪侠名。

〔16〕趫悍：骁勇凶悍。　虓（xiāo）豁：勇猛。

〔17〕貙（chū）：古书上说的一种似狸而大的猛兽。

〔18〕睚眦（yá zì）：瞋目怒视，借指微小的怨恨。　虿（chài）芥：芥蒂。

〔19〕"丞相"二句：公孙贺为宰相时，其子敬声为太仆，因挪用军饷而下狱。为赎其子之罪，公孙贺请求抓捕为天子通缉的朱安世，后果得之。朱安世在狱中举报公孙敬声与阳石公主私通，公孙父子皆被处死。阳石，阳石公主。公孙，公孙贺父子。

〔20〕五都：洛阳、邯郸、临淄、宛、成都。

〔21〕联槅（gé）：车轭相连。

〔22〕方辕接轸：车辆或并排而行，或连属而行。

〔23〕虢：古国名。

【译文】

"只见那城郭的体制，则每一面都开三道大门，三条大路平坦笔直。十二辆车马可以并行，街衢经纬纵横。住宅区端正笔直，房舍非常平整。未央宫的北阙都是王侯府邸，面对大路设置正门。建筑的时候选择能工巧匠，竭尽全力地施工，以免有崩塌的可能。梁栋纹彩犹如身穿锦绣，墙壁涂满了朱紫二色。武库中天子的禁兵，陈列在兵器架上。若非石显、董贤那样的宠臣，谁有资格住在这里？然后城内的九处市场一齐开放，围墙相通，大门相连。旗亭高有五层，可以俯察条条道路。周代由大胥管理市场，今日则是长丞加以承担。四方的奇珍异宝，像百鸟毕集、鱼鳞荟萃于市场。卖货的可以获得双倍利润，买货的人仍然络绎不绝。形形色色的行商坐贾，夫妇商贩。在好货中掺杂使假，欺骗边远地区的顾客。何必勤勤恳恳地勉力劳作，靠欺诈作伪就可获暴利。街肆上的男男女女，美丽奢华不下于许、史两家贵胄。至于翁伯、浊氏、质氏、张里这些富商之家，钟鸣鼎食，车马队队互相过访。东京洛阳的公侯，其排场之大都难以复加。城内的游侠，多是张禁、赵放之辈。在志向上向信陵君魏无忌看齐，在行为上效仿孟尝君田文。轻生死重义气，结党连群。追随他们的徒众门客，盛多如同层云。茂陵的原涉，阳陵的朱安世，骁勇凶悍，如虎如貙。即便因为芥蒂小恨，也必让对方抛尸路旁。丞相公孙贺欲以赎子之罪，结果却是阳石公主名誉扫地，公孙父子双命归西。五陵的游士和辩士，在街巷中谈说议论，对时政批评褒贬。剖析可至毫厘，透彻直入肌理。他们对自己所喜好的就大肆吹捧，对厌恶的就诋毁打击。京郊之内的村镇，个个殷实富足。五都的货物，也都运输到这里。商旅车辆相连，车声隆隆不断。官吏交错其间，车马络绎不断。京城的千里之地，都由京兆尹管辖。设在郡国的离宫别馆，多达一百四十五处。右至盩厔，包含着鄠县与鄠县。左至黄河、华山，延伸到东虢土故地。

“上林禁苑，跨谷弥皋。东至鼎湖[1]，邪界细柳[2]。掩长杨而联五柞[3]，绕黄山而款牛首[4]。缭垣绵联，四百余里。植物斯生，动物斯止。众鸟翩翻，群兽駓騃[5]。

散似惊波，聚以京峙[6]。伯益不能名[7]，隶首不能纪[8]。林麓之饶，于何不有？木则枞栝椶楠，梓棫楩枫[9]。嘉卉灌丛，蔚若邓林。郁蓊薆薱，橚爽櫹槮[10]。吐葩飏荣，布叶垂阴。草则葴莎菅蒯[11]，薇蕨荔苀[12]。王刍莔台[13]，戎葵怀羊[14]。苯蓴蓴茸[15]，弥皋被冈。篠簜敷衍[16]，编町成篁[17]。山谷原隰，泱漭无疆。乃有昆明灵沼，黑水玄址。周以金堤，树以柳杞。豫章珍馆，揭焉中峙。牵牛立其左，织女处其右。日月于是乎出入，象扶桑与蒙汜。其中则有鼋鼍巨鳖[18]，鳣鲤鱮、鲖[19]。鲔鲵鲿魦[20]，修额短项。大口折鼻，诡类殊种。鸟则鹔鷞鸹鸨[21]，驾鹅鸿鹍[22]。上春候来，季秋就温。南翔衡阳，北栖雁门。奋隼归凫，沸卉軿訇[23]。众形殊声，不可胜论。

【注释】

〔1〕鼎湖：宫名，在蓝田县。

〔2〕细柳：观名，汉时在上林苑中。

〔3〕长杨：宫名，本为秦朝旧宫，至汉代加以修饰成为行宫。　五柞：汉离宫之名。

〔4〕黄山：宫名。　牛首：山名，位于甘泉宫中。

〔5〕駓（pī）：野兽快走之貌。　騃（sì）：野兽徐行之状。

〔6〕京峙：水中的小块高地。

〔7〕伯益：虞舜时掌管山林薮泽的官员。

〔8〕隶首：黄帝时的史官。

〔9〕枞：冷杉。　栝：桧树。　椶：棕榈树。　楠：楠木。　棫：白桵。　楩：黄楩木。

〔10〕郁蓊薆薱、橚爽櫹槮：草木茂盛之貌。

〔11〕葴：马蓝。　莎：莎草。　菅：多年生草本植物，多生于山坡草地。　蒯：多年生草本植物，生长在水边或阴湿的地方。

〔12〕薇：薇菜。　蕨：蕨菜。　荔、芃：皆草名。

〔13〕王刍：菉草，又名荩草。　莔：贝母。　台：草名。

〔14〕戎葵：蜀葵。　怀羊：草名。

〔15〕苯蓬：草丛生之貌。　蕦茸：草茂盛之貌。

〔16〕筱：小竹。　簜：大竹。

〔17〕篁：竹田。

〔18〕鼋：大鳖。　鼍：鳄鱼。

〔19〕鳣、鲤、鱮、鲖：皆鱼名。

〔20〕鲔、鲵、鲿、鲨：皆鱼名。

〔21〕鹔鷞：鸟名，雁之一种。　鸹：乌鸦。　鸨：鸟名，比雁略大，善走，能涉水。

〔22〕驾鹅：野鹅。　鸿：大雁。　鹖：鹍鸡。

〔23〕沸卉：鸟奋飞之声。　軿訇（píng hōng）：声响盛大之貌。

【译文】

“天子的上林禁苑，跨越山谷高岗。东至鼎湖宫，细柳观划出一条斜界。长杨宫掩映其中，五柞宫与之相连，围绕着槐里县的黄山宫，而直抵甘泉宫的牛首山。连绵环绕，有四百余里。植物丛生其间，动物繁衍其内。众鸟翩翩上下翻飞，群兽成群疾走徐行。散开时似惊涛扬波，聚拢时像水中高地。博学如伯益不能尽识其名，擅长计算的隶首数不清数目。富饶的山林，什么不出产呢？树木就有冷杉、桧树、棕榈、楠木，梓树、白桵、黄楩木和枫树。嘉卉灌丛，茂盛好比传说中的邓林。树木丰茂，鲜花盛开，布叶垂阴。草有马蓝、莎草、菅草、蒯草，薇菜、蕨菜、荔草、芃草。菉草、贝母、台草，蜀葵、怀羊。众草丛生茂盛，布满了丘陵山冈。小竹大竹向四方蔓延，连接田地成为竹篁。山谷湿地的草木，莽莽苍苍，无边无际。乃有昆明灵池，黑水波涛荡漾。四周有坚固的堤坝，种满了柳树和杞树。珍奇秀丽的豫章馆，高耸屹立于池水中央。牵牛像立于其左，织女像居于其右。日月出入于昆明池，如同扶桑与蒙汜一样。池中则有鼋、鼍、巨鳖等爬行动物，还有鳣、鲤、鱮、鲖各种鱼类。鲔、鲵、鲿、鲉，长额短项。大口、歪鼻，各类奇特的鱼种。水鸟则有鹔鷞、鸹、鸨，野鹅、大雁与鹍鸡。开春自北而来，秋末南去就温。南翔于衡阳，北栖于雁门。奋飞的猛隼，归去的野鸭，发出沸腾的盛大之声。众鸟体态各异，声音自然不同，不可一一细说。

“于是孟冬作阴，寒风肃杀。雨雪飘飘，冰霜惨烈。百卉具零，刚虫搏挚[1]。尔乃振天维，衍地络。荡川渎，簸林薄。鸟毕骇，兽咸作。草伏木栖，寓居穴托。起彼集此，霍绎纷泊[2]。在彼灵囿之中，前后无有垠锷[3]。虞人掌焉，为之营域。焚莱平场[4]，柞木翦棘[5]。结罝百里[6]，迒杜蹊塞[7]。麀鹿麌麌[8]，骈田偪仄[9]。天子乃驾雕轸[10]，六骏駮[11]。戴翠帽，倚金较[12]。璇弁玉缨[13]，遗光倏爚[14]。建玄弋[15]，树招摇[16]。栖鸣鸢，曳云梢。弧旌枉矢[17]，虹旃蜺旄[18]。华盖承辰，天毕前驱。千乘雷动，万骑龙趋。属车之簉[19]，载猃猲獢[20]。匪唯玩好，乃有秘书[21]。小说九百，本自虞初[22]。从容之求，实俟宴储。于是蚩尤秉钺[23]，奋鬣被般。禁御不若[24]，以知神奸。螭魅魍魉[25]，莫能逢旃。陈虎旅于飞廉[26]，正垒壁乎上兰[27]。结部曲，整行伍。燎京薪，駴雷鼓。纵猎徒，赴长莽。迾卒清候[28]，武士赫怒。缇衣韎韐[29]，睢盱拔扈[30]。光炎烛天庭，嚣声震海浦。河、渭为之波荡，吴、岳为之陁堵。百禽㥄遽[31]，骙瞿奔触[32]。丧精亡魂，失归忘趋。投轮关辐，不邀自遇。飞罕潚箾[33]，流镝揺擦[34]。矢不虚舍[35]，铤不苟跃[36]。当足见蹍，值轮被轹。僵禽毙兽，烂若碛砾[37]。但观罝罗之所羂结[38]，竿殳之所揘毕[39]。叉蔟之所搀捔[40]，徒搏之所撞拯[41]。白日未及移其晷[42]，已狝其什七八。

【注释】

〔1〕刚虫：鹰犬。　搏挚：搏击。

〔2〕霍绎纷泊：众禽、群兽飞翔奔跑的纷繁杂乱之貌。

〔3〕垠锷：边际。

〔4〕莱：草。　场：猎场。

〔5〕柞：砍伐。　翦：剪除。

〔6〕罝：捕兽之网。

〔7〕迒：道路。　杜：堵塞。　蹊：小路。

〔8〕麀（yōu）：雌鹿。　麌麌（yǔ）：群聚之貌。

〔9〕骈田：聚会，连属。形容多。　偪仄：拥挤，密集。

〔10〕雕轸：雕饰华美的车辆。

〔11〕駮：有黑色花纹的白马。

〔12〕较：车厢两旁板上的横木。

〔13〕璇弁：美玉装饰的马笼头。　缨：古代用马拉车时套在马颈上的皮套。

〔14〕遗光：光彩照人。　倏爚：光彩鲜明之貌。

〔15〕玄弋：星名，此处指绘有此星的旗帜。

〔16〕招摇：星名，此处指绘有招摇星的旗帜。

〔17〕弧旌：绘有弧星图案的旌旗。　枉矢：绘有枉矢星的旗帜。

〔18〕虹旃蜺旄：绘有虹霓的彩旗。

〔19〕属车：帝王出行时的侍从车。　簉：副车。

〔20〕獫：长嘴猎犬。　猲獢：短嘴猎犬。

〔21〕秘书：指谶纬方术之书。

〔22〕虞初：河南人，武常时为方士侍郎，号黄车使者。《汉书·艺文志》有《虞初周说》九百四十三篇。

〔23〕蚩尤：神话传说中东黎族的首领，此处指在车前为天子前驱的武士。

〔24〕禁御：防守，防备。　不若：不顺。

〔25〕螭魅魍魉：传说中川泽山林的妖怪。

〔26〕飞廉：观名。

〔27〕上兰：观名。

〔28〕迾卒：担任警戒的士卒。　清候：清道候望。

〔29〕缇衣韎韐（mò jiā）：指武士的战服。

〔30〕睢盱：睁眼仰视之貌。　拔扈：勇猛骄横之貌。

〔31〕悛遽：惊慌失措。

〔32〕骙瞿：急速奔走之貌。

〔33〕飞罕：高张的鸟网。　潚箾：鸟网的形状，一说鸟落网之貌。

〔34〕流镝：疾飞的箭。　攫（pò）㩧：射中猎物之声。

〔35〕舍：射。

〔36〕趺：刺。

〔37〕碛砾：浅水中的沙石。

〔38〕罗：捕鸟之网。　羂结：用绳索绊住禽兽。

〔39〕殳：一种竹制或木制的兵器。　揘毕：并击。

〔40〕叉蔟：捕鱼用的鱼叉等工具。　搀捔（chān jué）：刺穿。

〔41〕撞挖：并击。

〔42〕晷：日影。

【译文】

“于是孟冬十月，阴气勃发，寒风酷烈，万物凋零。雨雪飘飘，冰霜惨烈。百花全都凋谢，正是鹰犬搏击禽兽之时。于是整理天罗，铺设地网。激荡川水中的鱼鳖，驱赶林莽间的鸟兽。百鸟胆战，万兽心惊。或潜伏于草丛之间，或栖息于林木之上，或在自己的巢中或在洞内躲藏起来。或此处惊起，或汇集彼处，禽兽们纷繁杂乱之态一览无余。在这上林灵囿之中，前后无边无际。虞人掌管诸事，为天子划出狩猎的区域。焚烧草莱，平整猎场，砍伐杂树，剪除荆棘。猎网有百里之大，填塞了大道和小路。雌鹿雄鹿聚集成群，前后相连显得异常拥挤。于是天子驾起六匹骏马拉着的雕饰之车，上有翠羽装饰的车盖，倚靠金光灿灿的车较。美玉装饰的马笼头和马缨，光彩照人，亮丽鲜明。前驱车上竖起玄弋星旗和招摇星旗，有的旗帜上绣有鸣鸢，旌旗之旒飘扬如云。有的旌旗绘有弧星和枉矢星，绘有虹霓的彩旗飘摆迎风。华盖侍奉在天子之侧，前驱车上载着捕兽的天网。千乘战车声如雷动，万骑骏马犹如龙腾。属车和副车上，载着长嘴短嘴的猎犬。并非只有耳目玩好之物，还有谶纬方术之书。小说之言九百余篇，最早源自虞初。从容访求，献于天子，以备随时翻阅。猛如蚩尤的武士手执斧钺，须发贲张身披虎皮。防御一旦不顺，便知有奸邪作祟。螭魅魍魉，都不敢兴风作浪。在飞廉观前陈列虎师，在上兰观内修缮营垒。结合部曲，整顿行伍。燃起高大的柴堆，擂响隆隆战鼓。派遣狩猎的士卒，奔赴那林莽之间。担任警戒的士卒清道候望，武士们爆发雷霆之怒。他们身着戎衣，怒目横眉，勇猛骄横。火光照亮天庭，叫嚣之声震动海滨。黄河、渭水为之波浪翻滚，吴山为之崩塌陨落。百禽惊慌失措，群兽奔走逃亡。禽兽失魂落魄，不知逃向何方。甚至投入车辆的轮辐之间，不费吹灰之力就被擒获。飞鸟在高张的鸟网中乱冲乱撞，飞箭射中猎物的声音在耳畔回响。箭不空发，矛不虚刺。猎物或被士卒践踏致死，或被车轮碾压而亡。禽兽的尸体，多如浅水中的沙石。但见为罝罗网罗牵绊者，为竹竿长殳所击倒者，叉蔟所刺穿者，徒手搏击所擒获者，举目皆是。日影未移，禽兽已被猎杀十之七八。

“若夫游鷮高翚〔1〕，绝坑踰斥。毚兔联猭〔2〕，陵峦超壑。比诸东郭〔3〕，莫之能获。乃有迅羽轻足，寻景追括。鸟不暇举，兽不得发。青骹挚于韝下〔4〕，韩卢噬于绦末〔5〕。及其猛毅髬髵〔6〕，隅目高匡〔7〕。威慑兕虎，莫之敢伉。乃使中黄之士〔8〕，育获之俦〔9〕，朱鬘鬣髽〔10〕，植发如竿。袒裼戟手〔11〕，奎踽盘桓〔12〕。鼻赤象，圈巨狿〔13〕。摣狒猬〔14〕，批窳狻〔15〕。揩枳落〔16〕，突棘藩〔17〕。梗林为之靡拉，朴丛为之摧残。轻锐僄狡趫捷之徒，赴洞穴，探封狐〔18〕。陵重巘〔19〕，猎昆駼〔20〕。杪木末〔21〕，攫獑猢[22]。超殊榛，摕飞鼯[23]。

【注释】

〔1〕鶬：鸟名，雉之一种。 高翚：高飞。

〔2〕毚（chán）兔：狡兔。 联猭：奔走。

〔3〕东郭：东郭逡，狡兔名。

〔4〕青骹：鹰名，其胫青色。 挚：击。 韝：臂套。

〔5〕韩卢：韩子卢，良犬名。 緤：牵牲畜的绳子。

〔6〕髬髵（pī ér）：猛兽鬃毛竖起之貌。

〔7〕隅目：斜眼而视。 高匡：眼眶高凸。

〔8〕中黄：古勇士名。

〔9〕育：夏育，卫国人，战国时著名勇士。 获：乌获，秦国人，著名力士。

〔10〕朱鬘（mà）：用红巾束额。 鬠髽（jì zhuā）：用麻线勒头。

〔11〕袒裼：脱去上衣，裸露肢体。 戟手：伸出食指和中指指人。

〔12〕奎踽：迈步走。

〔13〕巨狿：一种长达百寻的野兽。

〔14〕摣（zhā）：揪取。

〔15〕貐（yǔ）：窫貐，一种吃人凶兽。 狻：狮子。

〔16〕揩：碰撞。 枳落：枳木编制的篱笆。

〔17〕藩：篱笆。

〔18〕封狐：大狐。

〔19〕重巘：重叠的山峰。

〔20〕昆駼：兽名，马身牛蹄，善攀爬。

〔21〕杪：爬到树梢。

〔22〕攫：捕捉。 獑猢：兽名。

〔23〕摕（dì）：掠取。 飞鼯：鼯鼠，亦称飞鼠。

【译文】

“那些游鶬奋翅高飞，越过坑谷与小泽。狡兔拼命奔跑，穿过山峦丘壑。速度之快，有若东郭逡，谁也捉不到它。于是就派出飞鹰走狗，寻觅猎物的时候踪影，追捕箭射的方向。飞鸟无暇高飞，野兽未及逃走，臂套下的青骹就将其击倒，拴在套索上的良犬就把它们咬住。那些鬃毛竖起，斜眼而视，眼眶高凸的猛兽，气势威慑兕虎，无人敢于上前。便派遣中黄、夏育、乌获一样的力士，红巾束额，麻线勒头，头发上指如竿；赤膊上阵，手指如戟，忽而迈步，忽而盘桓。抓住赤象的鼻子，把巨狿关入兽笼。擒住狒狒和刺猬，拿获窫窳和狮子。冲撞枳落，突破棘藩。多刺的草木被毁坏，丛生的树木被摧残。轻疾迅猛、身手矫健的士卒，深入洞穴，抓住封狐。陵越重山，捕获昆駼。爬到树梢，捉住獑猢。跨过大树，掠取貚鼠。

“是时后宫嬖人昭仪之伦，常亚于乘舆。慕贾氏之如皋[1]，乐《北风》之同车[2]。盘于游畋[3]，其乐只且。于是鸟兽殚，目观穷。迁延邪睨[4]，集乎长杨之宫。息行夫，展车马。收禽举胔[5]，数课众寡。置互摆牲[6]，颁赐获卤[7]。割鲜野飨，犒勤赏功。五军六师[8]，千列百重。酒车酌醴，方驾授饔。升觞举燧，既釂鸣钟[9]。膳夫驰骑，察贰廉空[10]。炙炰夥[11]，清酤㳊[12]。皇恩溥，洪德施。徒御悦，士忘罢。巾车命驾，回旆右移。相羊乎五柞之馆，旋憩乎昆明之池。登豫章，简矰红[13]。蒲且发[14]，弋高鸿。挂白鹄，联飞龙。磻不特絓[15]，往必加双。

【注释】

〔1〕贾氏之如皋：《左传》载：贾国大夫妻子，三年不言不笑。后来他携妻到如皋射雉，其妻始笑始言。

〔2〕《北风》：《诗经·邶风》之一篇，其中有“惠而好我，携手同车”之句。

〔3〕盘：乐。

〔4〕迁延：退却。　邪睨：斜视。

〔5〕胔：即将腐烂的禽兽尸体。

〔6〕互：悬挂肉的架子。

〔7〕卤：虏获的猎物。

〔8〕五军六师：泛指朝廷军队。

〔9〕釂：干杯。

〔10〕察、廉：巡视。　貳：多。　空：无。

〔11〕炙炰：烧烤的佳肴。

〔12〕清酤：美酒。　皴：多。

〔13〕简：查验。　矰红：拴着红丝绳的短箭。

〔14〕蒲且：人名，相传是古之善射鸟者。

〔15〕磻：系于箭支丝绳上的石块。　特：单独。　絓：射中。

【译文】

“这时后宫的嬖人昭仪之流，经常乘坐车辆随同天子出猎。她们羡慕贾国大夫之妻能够随同丈夫到如皋射雉，以《北风》诗中“惠而好我，携手同车”为乐。乐于游畋之事，其快意无以复加。于是鸟兽狩猎一空，壮观的景象也看腻了。于是众人边退却便寻找漏网的禽兽，集合于长杨之宫。让士卒得以休息，令车马得以舒展。搜罗这些活禽死兽，统计数量的多寡。设置肉架，悬挂猎物，将其赏赐众人。割取禽兽的鲜肉在野外就餐，犒赏有功之臣。五营六军的将士，有千列百重之多。酒车来回分酒，肉车往返赐肉。举起酒杯，燃起烽火，在鸣钟之声中干杯畅饮。膳夫纵马巡视，察看酒肉的多少。用于烧烤的佳肴数不胜数，美酒丰盛可尽情畅饮。皇恩浩荡，洪德广施。车夫满心喜悦，士卒忘记疲劳。主管车驾的官员命人驾车，回车右转踏上归途。徜徉于五柞之馆，然后在昆明之池稍事休息。登上豫章之台，查验射鸟的矰红。如蒲且般的神射手张弓搭箭，射中高飞的鸿雁。白鹄和飞龙鸟也双双射中，箭不单发，发必双中。

“于是命舟牧，为水嬉。浮鹢首[1]，翳云芝[2]。垂翟葆[3]，建羽旗。齐栧女，纵棹歌[4]。发引和[5]，校鸣葭[6]。奏《淮南》[7]，度《阳阿》[8]。感河冯[9]，怀湘娥[10]。惊蜩蛃，惮蛟蛇。然后钓鲂鳢，纚鰋鲉[11]。摭紫贝，搏耆龟[12]。搤水豹[13]，馽潜牛[14]。泽虞是滥[15]，何有春秋？摘漻澥[16]，搜川渎。布九罭[17]，设罜麗[18]。摷昆鲕[19]，殄水族。蘧藕拔，蜃蛤剥。逞欲畋渔，效获麑麇[20]。摎蓼浶浪[21]，干池涤薮。上无逸飞，下无遗走。擭胎拾卵，蚳蝝尽取[22]。取乐今日，遑恤我后？既定且宁，焉知倾陁？

【注释】

〔1〕鹢首：船头所画鸟首，代指船只。

〔2〕翳：覆盖。　云芝：指船身绘有芝草、云气以为装饰。

〔3〕翟葆：仪仗名，指将雉羽作为车盖。

〔4〕齐：整齐。　栧、棹：船桨。

〔5〕发引和：一人作歌，众人和之。

〔6〕校：校正，调音。　葭：通“笳”，一种管乐器。

〔7〕《淮南》：乐曲名，即《淮南王曲》。

〔8〕度：依照曲谱歌唱。　《阳阿》：乐曲名。

〔9〕河冯：河神冯夷。

〔10〕湘娥：指尧帝二女，名娥皇、女英，嫁与舜为妻。传说舜病死于苍梧，二女投湘水而死，为湘水之神。

〔11〕鲂、鳢、鰋、鲉：皆鱼名。　纚：一种渔网。

〔12〕耆龟：老龟，神龟。

〔13〕水豹：古书中记载的一种水兽，形似豹。

〔14〕馽（zhí）：用绳索绊捉。　潜牛：古书中记载的一种水兽，似水牛。

〔15〕泽虞：掌管湖沼的官员。

〔16〕摘：取。　漻澥：小溪。

〔17〕九罭（yù）：渔网的一种，有九囊。

〔18〕罣䍡：小网。

〔19〕摷（chāo）：抄取。　鲲：鱼子。　鲕：鱼苗。

〔20〕麑（ní）：幼鹿。　麇（yǎo）：幼麋。

〔21〕摎蓼：搜罗。　浶浪：惊扰之状。

〔22〕蚳：蚁卵，可制酱食用。　蝝：蝗之幼虫。

【译文】

“于是命令掌管舟船的官员，在水上乘船游乐。船头绘着鹢首的龙舟漂浮于水面，船身上画满了云气和芝草。船上垂着雉羽修饰的伞盖，树起鸟羽装饰的旌旗。整肃棹女，边划桨边纵声高歌。一人领唱，众人和之，校正鸣葭为之伴奏。奏响《淮南王曲》，依照《阳阿》作歌。悠扬的音律打动了河神冯夷，勾起湘水女神的思念之情。蜩蛎为之心惊，蛟蛇为之惶恐。然后钓起鲂鳢，网捕鰋鲉。拾取紫贝，擒住神龟。捉住水豹，绊倒潜牛。掌管湖沼的官员滥捕滥捞，无论春秋冬夏。在小溪和川流中搜罗，布设九罭和小网。鱼子鱼苗都不放过，水中动物被一网打尽。拔掉荷花莲藕，剥掉蛤蚌之壳。纵情打猎捕鱼，连幼鹿幼麋都不放过。禽兽水族被搜罗殆尽，河池水泽被涤荡一空。上无逃脱的禽鸟，下无逃生的禽兽。甚至夺胎取卵，蚁卵幼蝗都不放过。只要今日纵情欢乐，哪顾后人死活？目下既然太平安宁，焉知日后国破家亡？

“大驾幸乎平乐〔1〕，张甲乙而袭翠被〔2〕。攒珍宝之玩好，纷瑰丽以奓靡。临迥望之广场，程角抵之妙戏。乌获扛鼎，都卢寻橦〔3〕。冲狭、燕濯，胸突铦锋〔4〕。跳丸剑之挥霍〔5〕，走索上而相逢〔6〕。华岳峨峨，冈峦参差。神木灵草，朱实离离〔7〕。总会仙倡，戏豹舞罴。白虎鼓瑟〔8〕，苍龙吹篪〔9〕。女娥坐而长歌，声清畅而蜲蛇〔10〕。洪涯立而指麾〔11〕，被毛羽之襳𧝓〔12〕。度曲未终，云起雪飞。初若飘飘，后遂霏霏。复陆重阁，转石成雷。礔礰激而增响[13]，磅礚象乎天威[14]。巨兽百寻[15]，是为曼延[16]。神山崔巍，欻从背见[17]。熊虎升而挐攫[18]，猿狖超而高援。怪兽陆梁[19]，大雀踆踆[20]。白象行孕[21]，垂鼻辚囷[22]。海鳞变而成龙，状蜿蜿以蝹蝹[23]。含利颬颬[24]，化为仙车。骊驾四鹿[25]，芝盖九葩。蟾蜍与龟，水人弄蛇。奇幻倏忽，易貌分形。吞刀吐火，云雾杳冥。画地成川，流渭通泾。东海黄公[26]，赤刀粤祝[27]。冀厌白虎，卒不能救。挟邪作蛊，于是不售。尔乃建戏车，树修旃[28]。侲僮程材[29]，上下翩翻。突倒投而跟絓[30]，譬陨绝而复联[31]。百马同辔，骋足并驰。橦末之伎[32]，态不可弥。弯弓射乎西羌[33]，又顾发乎鲜卑[34]。

【注释】

〔1〕平乐：馆名。

〔2〕张：设置。　甲乙：甲帐、乙帐，汉武帝设置帷幕，以甲乙编次，缀以随珠和璧等奇珍异宝。　翠被：翠羽装饰的披风。

〔3〕寻橦：汉代百戏之一，表演时一人头顶长竿，另数人缘竿而上。

〔4〕冲狭：汉代百戏之一，卷簟席，上插长矛，表演者投身其中，穿行而过，类似后来的钻刀圈。　燕濯：汉代百戏之一，表演者张手举足，跳于盘水，动作迅捷，如飞燕点水。　铦锋：锐利的矛锋、刀锋。

〔5〕跳丸剑：汉代百戏之一，表演者轮流抛接空中的弹丸称之跳丸，抛接宝剑者称之跳剑。　挥霍：丸、剑上下抛动之貌。

〔6〕走索：古代百戏之一。演员在绳索上表演各种动作相传始于汉。

〔7〕离离：繁茂之貌。

〔8〕瑟：弦乐器，似琴。

〔9〕篪（chí）：古管乐器，单管横吹。此处的白虎、苍龙、曼延、熊虎、怪兽、大雀、白象、海鳞、含利、蟾蜍、龟等皆为演员头戴面具化妆而成的形象。

〔10〕蝼蛇：形容歌声婉转悠长。

〔11〕洪涯：传说中的仙人名。

〔12〕襳襹（shēn shī）：形容毛羽很多。

〔13〕礔礰：霹雳般的声响。

〔14〕磅磕：象声词。

〔15〕寻：长度单位，一寻为八尺。

〔16〕曼延：巨兽名。

〔17〕欻：忽然。

〔18〕挐攫：搏斗。

〔19〕陆梁：跳跃貌。

〔20〕踆踆：行步迟缓之貌。

〔21〕孕：哺乳。

〔22〕辚囷：弯曲下垂貌。

〔23〕蜿蜿、蝹蝹：曲折而行之貌。

〔24〕含利：传说中的神兽，能吐金。　颬颬：开口之貌。

〔25〕骊驾：并驾。

〔26〕东海黄公：汉代百戏《东海黄公》中的主角。

〔27〕粤祝：越人的一种巫术活动。

〔28〕修旃：长竿。

〔29〕侲僮：幼童。　程材：逞材。

〔30〕跟：脚后跟。　絓：挂。

〔31〕陨绝：坠地而亡。　联：继续表演。

〔32〕橦末：竿顶。

〔33〕西羌：西部的羌人。

〔34〕鲜卑：古代少数民族名。

【译文】

“天子车驾临幸平乐之馆，张设甲帐乙帐，身披翠羽披风。帐中聚集奇珍异宝，缤纷瑰丽无上奢华。来到宽阔平坦的广场，观看摔跤角力等妙戏。表演的节目有乌获扛鼎，都卢爬竿。冲狭、燕濯的表演异常惊险，演员胸口都触到了刀锋。跳丸抛剑上下翻腾，两人走索狭路相逢。又垒起巍峨的华山，山峦参差起伏。山上种植着神木灵草，朱红的硕果累累枝头。神仙倡优聚会于此，戏豹舞罴各显神通。白虎鼓瑟，苍龙吹篪。娥皇、女英坐而长歌，声音清畅，婉转悠长。仙人洪涯站立指挥，身上披着浓密的羽衣。度曲未终，云起雪飞。一开始飘飘扬扬，后来就浓密盛多。复道重阁之上，转动石头以象雷声。激荡的霹雳之声愈来愈大，声若磅礴象征天威。又出现百寻巨兽，其名唤作曼延。神山崔巍，忽然从曼延背后出现。熊虎登高而搏斗，猿狖跳跃而高攀。怪兽跳跃，大雀徐行。白象边行走边哺乳，鼻子弯曲下垂。海中大鱼变而成龙，曲折行进。含利张口，化为仙车。四鹿并驾而行，灵芝形的车盖有九朵鲜花的图案。演员扮作蟾蜍与龟起舞，水乡居民善于弄蛇。节目都奇幻迅速，甚至能够改变容貌，分离身体。吞刀吐火之技，云雾杳冥。画地成河，流入渭水与泾水。东海黄公，手提赤金刀，使用越人巫祝之法。打算降伏白虎却失灵，最终丧命。利用邪术来蛊惑他人，终于自食其果。尔后高搭戏车，立起长竿。幼童施展才艺，上下翩翻。突然倒头而落却脚跟倒挂高竿，好似坠地而亡却又能继续表演。忽而如百马同辔，疾驰奔跑。竿顶的表演技艺，各种姿态难以尽述。忽而西向对羌人弯弓，忽而东顾向鲜卑放箭。

“于是众变尽，心醒醉[1]。盘乐极，怅怀萃。阴戒期门[2]，微行要屈[3]。降尊就卑，怀玺藏绂[4]。便旋闾阎[5]，周观郊遂[6]。若神龙之变化，章后皇之为贵。然后历掖庭，适欢馆。捐衰色，从嬿婉[7]。促中堂之陿坐，羽觞行而无筭[8]。秘舞更奏，妙材骋伎。妖蛊艳夫夏姬[9]，美声畅于虞氏[10]。始徐进而羸形，似不任乎罗绮。嚼清商而却转[11]，增婵蜎以此豸[12]。纷纵体而迅赴，若惊鹤之群罢。振朱屣于盘樽[13]，奋长袖之飒纚[14]。要绍修态[15]，丽服飏菁。昳藐流眄[16]，一顾倾城[17]。展季桑门[18]，谁能不营？列爵十四，竞媚取荣。盛衰无常，唯爱所丁。卫后兴于鬒发[19]，飞燕宠于体轻[20]。尔乃逞志究欲，穷身极娱。鉴戒《唐》诗[21]，他人是愉。自君作故，何礼之拘？增昭仪于婕妤[22]，贤既公而又倿[23]。许赵氏以无上，思致董于有虞[24]。王闳争于坐侧，汉载安而不渝。

【注释】

〔1〕醒醉：陶醉。

〔2〕阴：私下。　戒：警戒。　期门：期门郎。汉武帝时选拔陇西、天水等六郡两家子弟组成，负责武帝出行时的护卫。

〔3〕要屈：曲抑身份。

〔4〕绂：系印的绶带。

〔5〕便旋：徘徊。　闾阎：里巷内外的门。后多借指里巷或民间。

〔6〕郊遂：郊野。

〔7〕捐：抛弃。　嬿婉：美人。

〔8〕羽觞：古代一种酒器。　无筭：无数。

〔9〕夏姬：春秋时郑穆公之女，以美色著称。

〔10〕虞氏：虞公，鲁人，古之善歌者。

〔11〕嚼：吐。　清商：古代五音之一，此处指靡靡之音。　却转：婉转。

〔12〕婵娟：美好之貌。　此豸：姿态妖冶妩媚。

〔13〕朱屣：赤丝履。　盘樽：舞名，即“杯盘舞”。

〔14〕飒纚：长袖飘舞之貌。

〔15〕要绍：妖娆。　修态：作出妩媚的姿态。

〔16〕睭：眉睫之间。　藐：眉目传情之态。　流眄：流转目光观看。

〔17〕一顾倾城：《汉书·外戚传上》载歌曰：“北方有佳人，绝世而独立，一顾倾人城，再顾倾人国。”后遂以“一顾倾城”形容女子貌美。

〔18〕展季：春秋鲁大夫。展获，字季，又字禽，食邑柳下，谥惠，以高德懿行著称。　桑门：僧侣。

〔19〕卫后：卫子夫，汉武帝皇后。　鬒发：稠密漂亮的黑发。

〔20〕飞燕：赵飞燕，汉成帝皇后。

〔21〕《唐》诗：《诗经·唐风·山有枢》。

〔22〕昭仪、婕好：汉宫内嫔妃之等级。　增：提拔，提升。汉成帝赵飞燕之妹，为婕好，最为成帝宠幸，升为昭仪。

〔23〕贤：董贤，为汉哀帝幸臣。

〔24〕“许赵氏”句：指汉成帝宠幸赵昭仪，遂许诺其地位在与其争宠的许氏之上。　思致董句：汉哀帝宠幸董贤，曾有意效法唐尧将帝位禅让虞舜之举，将天下传给董贤，后为王闳所阻，事遂罢。

【译文】

“于是各种杂技戏法表演完毕，观众内心都沉醉在欢乐之中。欢乐达到了顶点，惆怅之情便扑面而来。期门郎暗中警戒，天子降低身份微服出行。降尊就卑，怀中藏着圣印玺绂。徘徊于里巷之间，周游于郊野之外。如同神龙变化无穷，彰显天子的尊贵。然后穿过掖庭，来到欢馆。抛弃那些年老色衰的妃嫔，亲近那些年轻貌美的美人。靠近中堂紧紧拥坐，羽觞行酒难于计算。按次序献上罕见的舞蹈，舞女们使出浑身解数。妖冶魅惑可比夏姬，歌声悠扬不下虞公。一开始徐徐前趋，身体柔弱无力，好像不胜罗绮。口吐清商之曲，千回百转，体态美好，身姿妖冶妩媚。纷纷纵体而随节拍迅疾起舞，仿佛惊起的群鹤归巢。摇动赤丝履，跳起杯盘舞，长袖随着舞姿舒卷飘扬。作出妖娆妩媚的姿态，美丽的服装散发出华彩。顾盼之间，眉目传情，一顾倾城，天姿国色。即便是柳下惠和僧侣那样的德行，都难免不会心动。后宫列爵十四等，谁不想竞媚取荣。受宠失宠并无定数，只看天子钟情何人。卫子夫因头发美丽而得武帝之宠，赵飞燕因体态轻盈而被天子钟情。想尽一切方法满足自己的愿望，尽情欢娱。以《诗经·唐风·山有枢》为鉴戒，及时行乐必须看重。一切法则均由天子制定，何必拘泥于旧的制度礼法？赵合德从婕妤擢拔为昭仪，董贤及其后人封侯拜公。成帝许赵氏以无上地位，哀帝打算将帝位传给董贤。幸有王闳在座侧据理力争，汉朝皇祚才得安宁而未易姓。

“高祖创业，继体承基。暂劳永逸，无为而治。耽乐是从，何虑何思？多历年所，二百余期。徒以地沃野丰，百物殷阜。岩险周固，衿带易守。得之者强，据之者久。流长则难竭，柢深则难朽。故奢泰肆情，馨烈弥茂。鄙生生乎三百之外，传闻于未闻之者。曾仿佛其若梦，未一隅之能睹。此何与于殷人屡迁，前八而后五？居相圮耿[1]，不常厥土。盘庚作诰[2]，帅人以苦。方今圣上同天，号于帝皇，掩四海而为家，富有之业，莫我大也。徒恨不能以靡丽为国华，独俭啬以龌龊，忘《蟋蟀》之谓何[3]？岂欲之而不能，将能之而不欲欤？蒙窃惑焉，愿闻所以辩之之说也。”

【注释】

〔1〕相：地名。商代国君河亶甲定都于此。 圮：河水毁坏。 耿：地名，河亶甲之子祖乙曾迁都于此。

〔2〕盘庚：商代国君，将都城迁到殷（今河南安阳）。 诰：古代一种训诫劝勉的文告。

〔3〕《蟋蟀》：《诗经·唐风》的篇名。

【译文】

“高祖创立大汉基业，后世子孙继承帝位延续江山。可谓一劳永逸，无所作为却天下大治。后人只知道耽于享乐，有什么考虑思索的余地？大汉天下已有多年，至今二百余载。只因土地肥沃，田野丰收，百物富足。有高山作为天险，有险隘作为屏障，如同衿带拱卫帝都，易守而难攻。得之者可以强大，据之者可以久长。水流绵长就不易枯竭，树大根深就难于腐朽。因此尽管挥霍无度纵情享乐，而仍得以千古流芳。我生在高祖之后三百年，没有耳闻目睹的事情都来自他人的传闻。仿佛如在梦中，竟然连其一隅都未能洞晓。如今迁都洛阳与殷人屡迁怎如此相似？殷前期迁都八次，而后期又迁都五次。河亶甲迁都于相，祖乙迁都于耿，因为河水泛滥而无法久居。盘庚作诰迁都于殷，跟随的人都尝尽了奔波之苦。方今圣上与天同号，称为帝皇，包容四海作为家邦，三皇以来帝王的基业，没有比我大汉更富有博大的了。只遗憾于不能让靡丽成为国之光荣，只知道节俭吝啬气量狭窄，难道忘记《蟋蟀》一诗的深意了吗？难道（离开长安，定都洛阳，不欲奢逸，崇尚俭啬）是欲奢华而不能，还是能奢华而不欲呢？我感到困惑不解，愿意聆听您的辩解和陈说。”

（本卷译注：郎瑞萍）

文选卷第三

赋乙

京都中

东京赋　张平子（张衡）

【题解】

《东京赋》追溯汉代历史，通过赞美历代君王的功业来传达以民为本、唯才是举等政治主张，铺排东都洛阳的营建和东汉皇室的礼制。

安处先生于是似不能言，怃然有间〔1〕，乃莞尔而笑曰："若客所谓，末学肤受〔2〕，贵耳而贱目者也！苟有胸而无心，不能节之以礼，宜其陋今而荣古矣！由余以西戎孤臣〔3〕，而悝缪公于宫室〔4〕，如之何其以温故知新，研核是非〔5〕，近于此惑？

【注释】

〔1〕怃然：怅然失意之貌。　有间：片刻之间。

〔2〕末学：无本之学。　肤受：只得皮毛，未见根本。

〔3〕由余：人名。春秋晋人，逃亡入戎，后降秦。

〔4〕悝：嘲讽。

〔5〕研核：研究考核。

【译文】

安处先生似乎无言以对，怅然失意片刻之后，才莞尔一笑说：“您所说的这些话，实为肤浅无本之学，浅尝辄止之论，重视耳闻却轻视目睹吧！假如只信道听途说之言，而内心不能用礼义加以节度，实在是贱今而重古啊！由余作为西戎一介孤臣，却能对秦穆公宫室的奢华加以讽谏，而您作为贵胄公子雅好博古，却怎能不温故知新，明辨是非，而如此不明事理呢？

“周姬之末，不能厥政，政用多僻。始于宫邻〔1〕，卒于金虎〔2〕。嬴氏搏翼，择肉西邑〔3〕。是时也，七雄并争，竞相高以奢丽。楚筑章华于前〔4〕，赵建丛台于后〔5〕。秦政利嘴长距〔6〕，终得擅场，思专其侈，以莫己若。乃构阿房，起甘泉，结云阁〔7〕，冠南山〔8〕。征税尽，人力殚。然后收以太半之赋，威以参夷之刑〔9〕。其遇民也，若薙氏之芟草〔10〕，既蕴崇之，又行火焉！悚悚黔首〔11〕，岂徒跼高天，蹐厚地而已哉〔12〕？乃救死于其颈！驱以就役，唯力是视〔13〕，百姓弗能忍，是用息肩于大汉而欣戴高祖〔14〕。

【注释】

〔1〕宫邻：宫室，代指后宫嫔妃。

〔2〕金虎：白虎，喻秦国。

〔3〕嬴氏：秦王嬴姓，指秦国。　搏翼：添翼。　择肉：如虎食人。

〔4〕章华：楚国离宫之台名。

〔5〕丛台：台名，赵武灵王所建。

〔6〕利嘴长距：嘴利爪尖为斗鸡威猛好斗之状，以喻强秦。

〔7〕云阁：阁名。

〔8〕南山：终南山。

〔9〕参夷之刑：即株连三族之刑。

〔10〕薙氏：掌管除草的官员。　芟：除掉。

〔11〕悰悰：恐惧之貌。　黔首：百姓。

〔12〕跼、蹐：皆为恐惧之貌。

〔13〕唯力是视：只懂得使用暴力。

〔14〕息肩：肩头得到休息，比喻摆脱暴秦的残酷统治。　欣戴：拥戴。

【译文】

“西周末年，幽王、厉王不行善政，多为邪僻之事。周朝王政之坏，始于宠溺美色，终为西秦所灭。秦国如虎添翼，将毗邻的诸侯一一吞并。当时，有齐、楚、燕、韩、赵、魏、秦七雄并争天下，竞相营建高台深宫，在奢丽程度上争奇斗胜。先有楚灵王筑章华台，后有赵武灵王建丛台。秦王如嘴利爪尖的斗鸡，终得擅场而并吞六国，打算专享奢侈荣华，天下无人能及。于是构建阿房宫，修筑甘泉宫，连接云阁，覆盖终南山。天下之税尽皆征收用于秦王享乐，天下之力在修建长城与宫室中已经枯竭。然后征收超过三分之二的重税，用夷灭三族的酷刑恐吓百姓。秦王对待黎民，如薙氏芟除杂草，之后堆积起来，再放火焚烧。恐惧莫名的百姓，岂止是佝偻于高天之下，蹐步于厚土之上而已呢？乃至担心随时有掉头之祸！秦王驱使百姓去负担沉重的徭役，只知道对百姓使用暴力，百姓无法忍耐，于是摆脱暴秦的残酷统治而拥戴高祖。

“高祖膺箓受图〔1〕，顺天行诛，杖朱旗而建大号。所推必亡，所存必固。扫项军于垓下，绁子婴于轵涂〔2〕。因秦宫室，据其府库。作洛之制，我则未暇。是以西匠营宫〔3〕，目玩阿房。规摹逾溢，不度不臧〔4〕。损之又损之，然尚过于周堂〔5〕。观者狭而谓之陋，帝已讥其泰而弗康。

【注释】

〔1〕膺：受。　箓：帝王自称有天赐的符命之书，作为御制天下的凭证。　图：符箓。

〔2〕子婴：秦始皇之孙，秦二世胡亥之侄。赵高杀胡亥后，子婴被立为秦王。　轵涂：古亭名，子婴出城请降于此。

〔3〕西匠：西秦的工匠。

〔4〕不度：不合制度。　臧：完善。

〔5〕周堂：周朝的宫殿。

【译文】

“高祖承受上天的符箓，顺应天命诛杀暴秦，高举红旗而建立帝号。高祖所攻击的必然灭亡，所保全者必定稳固。在垓下扫荡项羽军队的主力，在轵涂接纳秦王子婴的降书。因袭秦朝的宫室，沿用其官府和仓库。至于像周朝营建洛邑的作法，高祖还无暇顾及。而秦朝的工匠营官，欣赏的是阿房宫的奢华体制。他们所作的图式逾越礼法，不合制度也不够完善。高祖虽然多次损减其制度，仍要超过周朝宫殿的规格。观者睹今日宫殿逊于秦制，皆以为陋，然而高祖犹已讥讽其奢华过度而内心不安。

“且高既受命建家，造我区夏矣[1]。文又躬自菲薄[2]，治致升平之德。武有大启土宇，纪禅肃然之功。宣重威以抚和，戎狄呼韩来享[3]。咸用纪宗存主，飨祀不辍，铭勋彝器，历世弥光。今舍纯懿而论爽德[4]，以《春秋》所讳而为美谈，宜无嫌于往初，故蔽善而扬恶，祇吾子之不知言也。必以肆奢为贤，则是黄帝合宫[5]，有虞总期[6]，固不如夏癸之瑶台[7]，殷辛之琼室也[8]。汤武谁革而用师哉？盍亦览东京之事以自寤乎？

【注释】

〔1〕区：区域。　夏：华夏。

〔2〕文：汉文帝。　菲薄：节俭。

〔3〕戎狄：此处指匈奴。　呼韩：呼韩邪，匈奴单于，汉宣帝甘露二年归顺西汉。　享：进献。

〔4〕纯懿：美德。　爽：差，恶。

〔5〕合宫：黄帝之明堂名。

〔6〕总期：舜之明堂名。

〔7〕夏癸：夏桀。

〔8〕殷辛：殷纣。瑶台、琼室分别为夏桀、商纣所造，均奢华而劳民伤财。

【译文】

“且高祖既然受天之命建立国家，制造华夏之区。文帝又躬行简朴节约之道，统治之下，天下升平。武帝有开疆拓土、封禅泰山之功。宣帝恩威并用，匈奴的呼韩邪单于纳贡称臣。四位天子都用祖或宗的庙号载之典册，庙中的神主永远接受后人祭祀，他们的功勋都镌刻在青铜彝器之上，历经多代祭祀而愈加光明。而今公子您舍四位先帝的美德不言却论其过失，以《春秋》讳言的大恶为美谈，您应该不吝言四位先帝的功业，之所以蔽善而扬恶，是您不能分辨是非善恶。如果要以放纵奢侈为贤，那么黄帝的合宫，虞舜的总期，肯定不如夏桀的瑶台，殷纣的琼室了。那么商汤、周武何必举正义之师，革夏桀、商纣之命呢？公子您何不看看东京洛阳之行事，内心有所觉悟呢？

“且天子有道，守在海外。守位以仁，不恃隘害〔1〕。苟民志之不谅，何云岩险与襟带〔2〕？秦负阻于二关〔3〕，卒开项而受沛。彼偏据而规小，岂如宅中而图大。

【注释】

〔1〕隘害：险隘要害之处。

〔2〕岩险：高峻险要之处。　襟带：谓山川屏障环绕，如襟似带。

〔3〕二关：指函谷关和武关。

【译文】

“且天子秉持仁义之道，四夷皆为臣仆。天子稳固帝位是靠仁义，而非仰仗高峻险要的地形。假如民心不忠厚诚实，则您所言岩险周固襟带易守又有何用？秦自恃有函谷关和武关的屏障，最终却被项羽和沛公刘邦所灭。秦朝偏据关西一隅，规模非常狭小。岂如东京洛阳居天地之中，所图者四海之外呢？

“昔先王之经邑也，掩观九隩〔1〕，靡地不营。土圭测景〔2〕，不缩不盈。总风雨之所交，然后以建王城。审曲面势〔3〕，泝洛背河，左伊右瀍〔4〕。西阻九阿〔5〕，东门于旋〔6〕。盟津达其后〔7〕，太谷通其前〔8〕。回行道乎伊阙〔9〕，邪径捷乎轘辕〔10〕。大室作镇〔11〕，揭以熊耳〔12〕。底柱辍流〔13〕，镡以大岯〔14〕。温液汤泉〔15〕，黑丹石缁〔16〕。王鲔岫居〔17〕，能鳖三趾〔18〕。宓妃攸馆〔19〕，神用挺纪〔20〕。龙图授羲〔21〕，龟书畀姒〔22〕。召伯相宅〔23〕，卜惟洛食〔24〕。周公初基，其绳则直。苌弘、魏舒〔25〕，是廓是极〔26〕。经途九轨〔27〕，城隅九雉。度堂以筵〔28〕，度室以几。京邑翼翼〔29〕，四方所视。汉初弗之宅，故宗绪中圮〔30〕。

【注释】

〔1〕掩：覆盖。　九隩：九州之内。

〔2〕土圭：古代用以测日影、正四时和测度土地的器具。

〔3〕审曲：审察地形。　面势：查勘地势。

〔4〕伊、瀍：皆水名。

〔5〕阻：险要。　九阿：洛阳西九坂之道，以其曲折而得名。

〔6〕东门于旋：洛阳东成皋西南十数里的旋门坂。

〔7〕盟津：孟津，古黄河津渡名。

〔8〕太谷：古地名。

〔9〕回行：弯曲盘旋的大道。　伊阙：山名。

〔10〕邪径：小路。　捷：疾。　轘辕：坂名。

〔11〕大室：山名，即中岳嵩山。　镇：古代称一方的主山为镇。

〔12〕揭：表，标志。　熊耳：山名。

〔13〕底柱：山名，即砥柱山。

〔14〕镡：剑口，此处用以形容其地势险要。　大岯：地名。

〔15〕温液汤泉：温泉。

〔16〕黑丹：石墨。　石缁：黑石。

〔17〕王鲔：大鲟鱼。　岫：山洞。

〔18〕能鳖：三足鳖。

〔19〕宓妃：洛水女神。　攸馆：居所。

〔20〕神用挺纪：神灵在卜辞中预示周朝命数之地。

〔21〕龙图：河图。　羲：伏羲氏。

〔22〕龟书：洛书。　姒：大禹。传说洛水中有神龟出焉，背上有奇异的花纹，谓之洛书。

〔23〕召伯：姬奭，西周宗室，曾辅佐周武王灭商，因采邑在召（今陕西岐山西南）而名。

〔24〕食：食墨，指灼龟时龟兆与事先画好的墨画相合为吉兆。召伯占卜，以此定都于洛。

〔25〕苌弘：周大夫。　魏舒：春秋时期晋国大夫魏献子。

〔26〕廓：扩大。　极：极致。

〔27〕经途：南北之大道。　九轨：九车并行。

〔28〕堂：明堂。　筵：竹席，长九尺。

〔29〕翼翼：庄严雄伟之貌。

〔30〕中圮：中道断绝。

【译文】

“昔日周成王营建洛邑时也，遍观九州之地，无一处不被考察。用土圭测量洛阳的日影，不短也不长。这里是四时风雨交汇之处，然后就在此建立王城。审察地形查勘地势，它面向洛水背靠黄河，东为伊水，右为瀍水。西为险要的九坂之道，东为曲折的旋门长坂。孟津至其北，太谷通其南。顺着大道蜿蜒前行就经过伊阙山，沿着小路快速前行就来到轘辕坂。嵩山作镇，熊耳山为表。底柱山可令激流止步，大岯如剑口地势险要。温液汤泉，中有石墨黑石。大鲟鱼穴居山洞，能鳖三趾而行。宓妃居于此地，神灵在卜辞中预示周朝命数。《龙图》授与伏羲，《龟书》赠给大禹。召伯查勘定都佳处，占卜之后唯有洛阳最吉。周公在这里创下基业，量度之后认为洛阳最合于制度。苌弘、魏舒，对王城加以扩大，使其规模达到极致。南北大道可并行九车，城池角楼高有九雉。用九尺竹席度量明堂，用七尺长几测算宫室。庄严宏伟的洛阳城，是四方敬仰之地。汉初没有定都于此，才会有帝业中断之祸。

“巨猾间衅〔1〕，窃弄神器〔2〕。历载三六，偷安天位。于时蒸民，罔敢或贰。其取威也重矣！我世祖忿之，乃龙飞白水〔3〕，凤翔参墟〔4〕。授钺四七〔5〕，共工是除〔6〕。欃枪旬始〔7〕，群凶靡馀。区宇乂宁，思和求中〔8〕。睿哲玄览，都兹洛宫。曰止曰时，昭明有融。既光厥武，仁洽道丰。登岱勒封，与黄比崇。

【注释】

〔1〕巨猾：指王莽，字巨君。　间：等待。　衅：间隙。

〔2〕神器：天子玉玺，指帝位。

〔3〕白水：古地名，是刘秀的祖籍。

〔4〕参墟：参星和虚星的分野，指河北。更始二年五月，刘秀在河北邯郸大败王郎，即指此事。

〔5〕授钺：古代拜将出征的仪式。　四七：刘秀手下的二十八将。

〔6〕共工：古史传说人物。为尧臣，和驩兜、三苗、鲧并称为“四凶”。

〔7〕欃枪：彗星。　旬始：妖星名。古人认为欃枪、旬始二星皆主兵灾。

〔8〕思和求中：寻找阴阳之和、天地之中来定都。

【译文】

“奸人王莽乘隙而入，窃弄天子玉玺为己有。篡夺帝位，历时一十八年。当时百姓，无人敢于反抗。天下畏惧其权势的人实在是数不胜数啊！世祖光武帝痛恨王莽的倒行逆施，于是起于南阳白水，大败王郎于河北。赐斧钺于二十八将，剪除共工一般的恶人。王莽篡汉，天下刀兵四起。刘秀率兵南征北讨，平定天下，思考寻找阴阳之和、天地之中的吉地来定都。神圣而明智的光武帝深谋远虑，定都洛阳。居于洛阳，必有昭明之德，长久之道。世祖既有继承先皇功业的德行，又有平定天下的武功，仁义之道广博盛大。登泰山行封禅大礼，其功勋可与黄帝不相上下。

“逮至显宗，六合殷昌〔1〕。乃新崇德，遂作德阳〔2〕。启南端之特闱〔3〕，立应门之将将〔4〕。昭仁惠于崇贤，抗义声于金商〔5〕。飞云龙于春路〔6〕，屯神虎于秋方〔7〕。建象魏之两观〔8〕，旌《六典》之旧章〔9〕。其内则含德、章台，天禄、宣明。温饬、迎春，寿安、永宁〔10〕。飞阁神行，莫我能形。濯龙芳林〔11〕，九谷八溪〔12〕。芙蓉覆水，秋兰被涯。渚戏跃鱼，渊游龟蠵〔13〕。永安离宫，修竹冬青。阴池幽流，玄泉洌清。鹎鶋秋栖〔14〕，鹘鸼春鸣〔15〕。鴡鸠丽黄〔16〕，关关嘤嘤。于南则前殿灵台，龢驩、安福〔17〕。謻门曲榭〔18〕，邪阻城洫〔19〕。奇树珍果，钩盾所职〔20〕。西登少华，亭候修敕〔21〕。九龙之内〔22〕，实曰嘉德。西南其户，匪雕匪刻。我后好约[23]，乃宴斯息。于东则洪池清蘌[24]，渌水澹澹。内阜川禽，外丰葭菼[25]。献鳖蜃与龟鱼，供蜗蠯与菱芡[26]。其西则有平乐都场[27]，示远之观。龙雀蟠蜿[28]，天马半汉[29]。瑰异谲诡，灿烂炳焕。奢未及侈，俭而不陋。规遵王度，动中得趣。

【注释】

〔1〕逮：及，到。 显宗：汉明帝庙号。

〔2〕新：改扩建。 崇德、德阳：殿名。

〔3〕南端：南方正门。 闱：宫门。

〔4〕应门：中门。 将将：高大整饬之貌。

〔5〕昭、抗：宣扬，显扬。 崇贤：东门名。 金商：西门名。

〔6〕云龙：德阳殿东门名。

〔7〕神虎：德阳殿西门名。

〔8〕象魏：宫门外的一对高建筑，亦称“阙”或“观”，为悬示教令之处。

〔9〕旌：悬示。 《六典》：太宰所掌建邦之六典，即治典、教典、礼典、政典、刑典、事典。

〔10〕含德、章台、天禄、宣明、温饬、迎春、寿安、永宁：皆殿名。

〔11〕濯龙：池名。 芳林：园名。

〔12〕九谷八溪：养鱼池。

〔13〕蠵（xī）：大龟。

〔14〕鹎鶋：乌鸦。

〔15〕鹘鸼：斑鸠。

〔16〕鶂鸠：鸟名，善捕鱼。 丽黄：黄鹂。

〔17〕灵台、鳷鹊、安福：殿名，皆在南宫。

〔18〕謻（yí）门：宣阳门。

〔19〕阻：依靠。 城洫：护城河。

〔20〕钩盾：钩盾令，官名，职掌园苑游观之事。

〔21〕亭候：宫观供人休息的小亭。　修敕：修饬。

〔22〕九龙、嘉德：殿名。

〔23〕我后：指汉明帝。

〔24〕洪池：池名。　清蘌：在池上设置的捕捉禽鸟的小室。

〔25〕葭：初生的芦苇。　菼：初生的荻。

〔26〕蜗：螺。　蠯（pí）：古书上说的一种形状狭长的蚌。　菱：菱角。　芡：芡实。

〔27〕平乐：观名。　都：聚会。

〔28〕龙雀：传说中的神鸟。　蟠蜿：盘曲之貌。

〔29〕天马：铜马。　半汉：形容骏马恣意纵驰的神态。

【译文】

“及至明帝，天下繁荣昌盛。于是扩建南宫的崇德殿，在北宫新造德阳殿。开启南面与众不同的端门，新立的中门高大整饬。东门崇贤昭示天子仁惠之心，西门金商宣扬帝王德义之声。云龙门飞架东路，神虎门列于西方。宫门前高建巍峨的两观，将古代的六典旧章悬示其上。宫墙之内有八座金碧辉煌的宫殿，名为含德、章台、天禄、宣明、温饬、迎春、寿安、永宁。天子步于飞阁，其行踪宛若神行，无人能辨清天子形容。濯龙池，芳林园，九谷、八溪等养鱼池遍布宫中。芙蓉铺满水面，秋兰丛生涯岸。浅水处跃鱼为戏，深水中龟蠵畅游。永安离宫，修长的竹子在冬天仍郁郁葱葱。阴池之水下通于河，深泉之水甘洌清澈。秋天乌鸦到这里栖居，春日斑鸠在这里鸣叫。鴡鸠、黄鹂，关关嘤嘤地互相鸣叫。南面则有灵台、龢欢、安福三座大殿。宣阳门与水榭盘曲相连，斜倚在护城河畔。奇树珍果，钩盾令负责管理维护。西登少华山，山上的小亭已经修饬一新。从九龙门穿过去，正是嘉德殿。殿舍众多，其门或西或南，不雕不刻，正是明帝尚质的体现。天子崇尚简约，就在这里休息。东方则是洪池清蘌，绿水澹澹。水中有鱼禽之富，岸边长满了大片的芦苇与荻草。这里可以提供天子用于祭祀的各种贡品，如鳖、蛤蜊、龟、鱼、田螺、河蚌、菱角、芡实。西方则有用于聚会的平乐观，能让人欣赏到远方的奇观。龙雀盘曲欲飞，铜马纵驰腾空。奇异怪诞，光彩鲜明。极尽其美而不逾越礼制，虽然简朴却绝不简陋。规摹仿效仿先王法度，一举一动皆合礼数。

“于是观礼，礼举仪具。经始勿亟，成之不日。犹谓为之者劳，居之者逸。慕唐虞之茅茨，思夏后之卑室〔1〕。乃营三宫〔2〕，布教颁常。复庙重屋〔3〕，八达九房〔4〕。规天矩地，授时顺乡。造舟清池〔5〕，惟水泱泱。左制辟雍，右立灵台。因进距衰〔6〕，表贤简能。冯相观祲〔7〕，祈褫禳灾〔8〕。

【注释】

〔1〕夏后：夏禹。

〔2〕三宫：明堂、辟雍、灵台。

〔3〕复庙重屋：具有双重椽、栋、轩版、垂檐等建筑结构的庙堂。

〔4〕八达：八个窗户。

〔5〕造舟：船只相连为桥，即浮桥。

〔6〕进：善，好。　距：拒绝。

〔7〕冯相：周代官名，执掌天文。　祲：阴阳气相浸而形成的不祥之气。

〔8〕祈褫：求福。　禳：除掉。

【译文】

“于是众人于此观礼，礼仪完备周全。测量营造并不急于行事，不用一日即已完工。天子却仍然认为建造的人过于辛劳，居住者过于闲逸。仰慕唐尧虞舜的茅屋，追思夏禹简陋的宫室。于是营建明堂、辟雍、灵台三宫，布行教化，颁布古代的典章制度。明堂的构造是重檐双栋，九室八窗。其形制上圆下方模拟天地之形，按照季节月令居住在对应的室内。浮桥泛于清池，池水广大深远。左为行乡饮、大射和祭祀之礼的辟雍，右立观天文星象、妖祥灾异和气候节气的灵台。遴选出德才兼备者，屏退掉年老体衰者，表彰并选拔出贤能的英才。执掌天文的官吏观察不祥之气，祈求上天赐福禳除人间灾祸。

“于是孟春元日，群后旁戾〔1〕。百僚师师〔2〕，于斯胥洎〔3〕。藩国奉聘，要荒来质〔4〕。具惟帝臣，献琛执贽〔5〕。当觐乎殿下者，盖数万以二。尔乃九宾重〔6〕，胪人列〔7〕。崇牙张〔8〕，镛鼓设。郎将司阶〔9〕，虎戟交铩〔10〕。龙辂充庭，云旗拂霓。夏正三朝〔11〕，庭燎晢晢〔12〕。撞洪钟，伐灵鼓〔13〕，旁震八鄙，軯磕隐訇。若疾霆转雷而激迅风也。

【注释】

〔1〕群后：诸侯公卿。　旁：四方。　戾：来到。

〔2〕师师：互相师法。

〔3〕胥：共同。　洎（jì）：来到。

〔4〕要荒：要服、荒服，用以指称王畿外极远之地。　质：质子，指诸侯在朝廷的人质，多为王子或世子。

〔5〕琛：珍宝。　贽：贡品。

〔6〕九宾：天子接待不同来朝者而制定的九种礼节。

〔7〕胪人：大鸿胪，官名，职掌朝祭礼仪之赞导。

〔8〕崇牙：悬挂编钟编磬之类乐器的木架上端的装饰，亦代指钟磬架。

〔9〕郎将：官名。

〔10〕铩：古代的一种长矛。

〔11〕夏正：夏历正月的省称，代指夏历。　三朝：年、月、日的开始，即正月初一。

〔12〕燎：火炬。　晢晢：光明，光亮。

〔13〕灵鼓：六面鼓。

【译文】

“于是夏历正月初一，诸侯公卿从四面八方来到洛阳。百官互相师法，共同来到王庭。藩国奉聘令尽皆来到，边远的地区送质子来朝。全都是天子的臣子，献上奇珍异宝和各种贡品。于殿下入见天子者，有数万人之众，在阙下夹道而立，分为二部。然后大鸿胪根据来宾的尊卑而设九宾之礼。摆好钟磬木架，上设洪钟大鼓。虎贲中郎将在阶前侍卫，大戟长铩相互交叉。朝廷中遍布天子车驾，云旗飘扬上拂虹霓。夏历正月初一，庭中火炬熊熊燃烧。撞击洪钟，敲响灵鼓，軯磕隐訇之音震动八方。钟鼓之声忽如雷霆相转，又如迅风互激。

“是时称警跸已下雕辇于东厢[1]。冠通天，佩玉玺，纡皇组[2]，要干将[3]。负斧扆[4]，次席纷纯[5]，左右玉几而南面以听矣。然后百辟乃入[6]，司仪辨等，尊卑以班，璧、羔、皮、帛之贽既奠，天子乃以三揖之礼礼之[7]。穆穆焉，皇皇焉，济济焉，将将焉[8]，信天下之壮观也。乃羡公侯卿士，登自东除，访万机，询朝政，勤恤民隐，而除其眚[9]。人或不得其所，若己纳之于隍[10]。荷天下之重任，匪怠皇以宁静。发京仓，散禁财。赉皇寮，逮舆台[11]。命膳夫以大飨[12]，饔饩浃乎家陪[13]。春醴惟醇，燔炙芬芬。君臣欢康，具醉熏熏。千品万官，已事而踆[14]。勤屡省，懋乾乾[15]。清风协于玄德，淳化通于自然。宪先灵而齐轨，必三思以顾愆[16]。招有道于侧陋[17]，开敢谏之直言。聘丘园之耿絜，旅束帛之戋戋[18]。上下通情，式宴且盘。

【注释】

〔1〕警跸：古代帝王出入时，于所经路途侍卫警戒，清道止行。

〔2〕纡：系，结。　皇组：系玉玺的大绶。

〔3〕要：通“腰”，指腰部悬挂。　干将：古剑名。

〔4〕负：背靠。　斧扆（yǐ）：古代帝王朝堂所用的状如屏风的器具。

〔5〕次席：用桃枝竹编成的席。　纷纯：用白组带作为竹席的花边。

〔6〕百辟：诸侯。

〔7〕三揖：三种拱手作揖的礼仪，分为土揖、时揖、天揖。土揖向下，敬庶姓。时揖平推，敬异姓。天揖微微上举，敬同姓。

〔8〕穆穆、皇皇、济济、将将：皆端庄恭敬，庄严肃穆之貌。

〔9〕眚（shěng）：疾苦。

〔10〕隍：无水的护城壕。

〔11〕逮：及。　舆台：操贱役者，奴仆。

〔12〕膳夫：掌管天子饮食的官员。

〔13〕饔：熟肉。　饩：生肉。　浃：遍，及。　家陪：公卿大夫的家臣。

〔14〕踆：退。

〔15〕懋（mào）：勉励。　乾乾：自强不息。

〔16〕愆：过失。

〔17〕有道：有道之士。　侧陋：僻野荒村。

〔18〕旅：陈列。　束帛：捆为一束的五匹帛，用为聘问、馈赠。　戋戋：众多。

【译文】

“这时警戒清道已毕，天子在东厢走下雕饰的御辇。他头戴通天冠，身佩玉玺，系着大绶带，腰悬干将名剑。天子背靠斧扆，坐在缀着白组带的花边的次席上，左右陈设玉几，面南听取臣下的汇报。然后百官方才入见，司仪区别等级，按照尊卑次序排班而立，璧玉、羔羊、皮、帛等礼物献上，天子乃以三揖之礼向诸侯百官致敬。仪式的进行真是端庄恭敬，庄严肃穆，蔚为天下之壮观。于是邀请公侯卿士，从东阶登台，咨询朝廷的各种政务，勤加悯恤百姓的伤痛，而去除他们的疾苦。倘若有人没有得到妥善安排，就好比自己把他推入深沟一般。承担天下之重任，从不敢有所懈怠而贪图安逸。打开大粮仓和国库，将粮食和财宝散之于民。赏赐百官，连仆役都能粘润恩泽。命膳夫大排筵宴，家臣们尽情享用美味的熟肉和生肉。春酒醇美，烤肉芬芳。君臣和谐，在欢乐的气氛中开怀畅饮。群臣百官，事毕而退。对自身多次勤加省察，勉励自己自强不息。天子的清惠之风同于天德，醇厚的教化与神明相通。效法尧舜之神灵而向其看齐，一定三思而行以免过失。举有道之士于僻野荒村，征求直言敢谏的英才。聘请丘园中耿介忠贞的隐士，献上那众多的束帛玉璧。君情通于下，臣情达于上，国家安宁而君臣欢乐。

“及将祀天郊〔1〕，报地功〔2〕，祈福乎上玄，思所以为虔。肃肃之仪尽，穆穆之礼殚。然后以献精诚，奉禋祀〔3〕，曰：‘允矣，天子者也。’乃整法服〔4〕，正冕带。珩紞纮綖〔5〕，玉笄綦会〔6〕。火龙黼黻〔7〕，藻繂鞶厉〔8〕。结飞云之袷辂〔9〕，树翠羽之高盖。建辰旒之太常〔10〕，纷焱悠以容裔〔11〕。六玄虬之弈弈〔12〕，齐腾骧而沛艾〔13〕。龙辀华轙〔14〕，金鋄镂锡〔15〕。方釳左纛〔16〕，钩膺玉瓖〔17〕。銮声哕哕，和铃鉠鉠。重轮贰辖〔18〕，疏毂飞軨〔19〕。羽盖威蕤，葩瑵曲茎〔20〕。顺时服而设副〔21〕，咸龙旗而繁缨〔22〕。立戈迤戛，农舆辂木〔23〕。属车九九，乘轩并毂〔24〕。琟弩重旃〔25〕，朱旄青屋〔26〕。奉引既毕，先辂乃发。鸾旗皮轩，通帛精旆〔27〕。云罕九斿〔28〕，闟戟轇輵〔29〕。髶髦被绣〔30〕，虎夫戴鹖〔31〕。驸承华之蒲梢〔32〕，飞流苏之骚杀〔33〕。总轻武于后陈，奏严鼓之嘈囋〔34〕。戎士介而扬挥〔35〕，戴金钲而建黄钺〔36〕。清道案列，天行星陈。肃肃习习，隐隐辚辚〔37〕。殿未出乎城阙，旆已反乎郊畛。盛夏后之致美，爰敬恭于明神。

【注释】

〔1〕祀天郊：对上天的郊祀之礼。

〔2〕报地功：为五谷丰登而举行的祭地之礼。

〔3〕禋祀：诚心祭祀。

〔4〕法服：根据礼法规定的不同等级的服饰。

〔5〕珩紞纮綖：皆天子冠冕上的饰物。

〔6〕玉笄：玉簪。 綦会：古代帝王皮冠上的玉饰冠纽。

〔7〕黼黻（fǔ fú）：衣服上所绣的花纹。

〔8〕藻綷：圭、璋等玉器的垫子。 鞶（pán）厉：束腰的革带及其下垂部分。

〔9〕袷辂：次车。

〔10〕太常：旌旗名，上画日、月、星三辰，下垂十二旒。

〔11〕焱悠、容裔：旌旗迎风飘动之貌。

〔12〕玄虬：黑马。 弈弈：光彩闪耀之貌。

〔13〕腾骧：奔腾。 沛艾：马匹疾行时摇动之貌。

〔14〕辀（zhōu）：车辕。 轙（yǐ）：车衡上贯穿缰绳的大环。

〔15〕鋄（wǎn）：马头上的装饰物，多作兽面形。 镂钖：马头上经过雕刻的金质装饰品。

〔16〕方釳：车辕旁用五寸铁所作的镂钖，其形如山，中间贯以翟尾，以防止两马相互碰撞。 左纛（dào）：古代皇帝乘舆上的饰物，以牦牛尾或雉尾制成，设在车衡左边。

〔17〕钩膺：当胸。 玉瓖：马肚带上的玉玦。

〔18〕重轮：重毂。 辖：插在轴端孔内的车键，以防车轮脱落。

〔19〕疏：刻镂。 軨：古代车轴上的装饰。

〔20〕瑵：古代车盖弓端伸出部分。

〔21〕时服：五时车，按五行将车马分为五色。

〔22〕繁缨：古代天子、诸侯所用辂马的带饰。

〔23〕农舆：耕根车，帝王行籍田之礼时所乘之车。

〔24〕轩：有围棚或帷幕的车，一般为卿大夫乘坐。 并毂：并行。

〔25〕琫（fú）：属车上装弩的皮箧。 旃：赤色曲柄的旗。

〔26〕朱旄：车上的旗饰，用红色旄牛尾制成。 青屋：用青色作裹的车盖。

〔27〕通帛：用纯色丝帛制作的旗帜。　精旆：红色的旗帜。

〔28〕云罕：旌旗之别称。　九斿（yóu）：天子龙旗上的九条丝织垂饰，故亦可代指龙旗。

〔29〕闟戟：长戟。　轇輵：交错。

〔30〕髶髦：披发的武士。

〔31〕鹖：鹖冠，武士戴的一种帽子。

〔32〕驸：副马。　承华：马厩名。　蒲梢：古之良马。

〔33〕骚杀：下垂飘动之貌。

〔34〕严鼓：急促的鼓声。　嘈囋：鼓声。

〔35〕挥：肩上绛帜，形如燕尾。

〔36〕金钲：古代铜制乐器，用于行军之时。　黄钺：天子仪仗之一种，亦用于征伐。

〔37〕隐隐：众多。　辚辚：车声。

【译文】

"等到要上祭天德，下报地功，向上天为苍生祈福，思索如何表达虔敬之心。庄严肃穆的礼仪完毕之后，献上精诚之心，真诚地进行祭祀，言于上天曰：'真是诚信虔诚啊，这就是天帝之子。'于是整肃法服，端正冠冕和衣带。冠冕上有珩、紞、纮、綖等精美饰物。固定冠冕的玉簪和冠冕上的玉饰冠纽华丽无比。法服上绣着火与龙的花纹，束腰的革带五彩斑斓。次车树起翠羽车盖，犹如飞云在天。太常旗上画日、月、星三辰，下垂十二旒，纷纷扬扬，迎风飘摆。六匹黑色骏马光彩照人，一起奔腾而不断摇动。龙纹的车辕，华彩的辔环，还有金色的马鍐与镂锡。方釳与左纛必不可少，玉玦系在马的胸口。车衡上的銮铃、车轼上的和铃叮当作响。车毂和车键皆为双重，车毂刻镂花纹，车軨迎风欲飞。羽盖华美，车瑵雕刻着金花曲茎。顺应五行而设副车，上面龙旗遍插，马腹和马颈皆有带饰。车上立着长戈斜插长矛，这就是天子行籍田之礼的耕根车。属车有九九八十一辆，卿大夫的轩车在后并行。琱弩重旃立于车上，朱旄青屋熠熠生辉。引道车次序已定，先行车方才出发。鸾旗车、皮轩车为王前驱，通帛旗和红旗风中飘扬。云罕旗、九斿旗耀人眼目，长戟交错寒气森森。披发的武士身穿绣衣，赳赳武夫头戴鹖冠。副马是来自承华厩的蒲梢骏马，车马上的流苏随风飘扬。轻车和武车排列在队伍的末尾，疾速地敲击战鼓其声咚咚。披甲的士兵扬起肩上绛帜，车上装载金钲而树起黄钺。清除道路，驱赶行人，人马按次序列队，天子出行如周天运转，遍布繁星。众多车马依次行进，发出辚辚车声。后军尚未出离城阙，前军已从郊界返回。夏禹不重视自己的衣着，祭祀的衣冠却极其华美，这真是值得称赞啊，将自己的恭敬之心布于神明。

“尔乃孤竹之管[1]，云和之瑟[2]。雷鼓鼝鼝[3]，六变既毕。冠华秉翟[4]，列舞八佾。元祀惟称，群望咸秩。飏槱燎之炎炀[5]，致高烟乎太一。神歆馨而顾德，祚灵主以元吉。然后宗上帝于明堂，推光武以作配。辩方位而正则，五精帅而来摧[6]。尊赤氏之朱光[7]，四灵懋而允怀[8]。于是春秋改节，四时迭代。蒸蒸之心，感物曾思。躬追养于庙祧[9]，奉蒸尝与禴祠[10]。物牲辩省，设其楅衡[11]。毛炰豚胉[12]，亦有和羹。涤濯静嘉，礼仪孔明。万舞奕奕[13]，钟鼓喤喤。灵祖皇考，来顾来飨。神具醉止，降福穰穰[14]。

【注释】

〔1〕孤竹：古国名，出竹。

〔2〕云和：山名，出美木。

〔3〕雷鼓：八面鼓，古代用于祭祀天神。　鼝（yuān）鼝：鼓声。

〔4〕华：建华冠，舞乐之时所戴的一种帽子。　翟：雉鸡的尾羽。

〔5〕槱（yǒu）燎：古代祭天的一种仪式。

〔6〕五精：五方之星，东方岁星，西方太白，南方荧惑，北方辰星，中央镇星。　帅：遵循。　摧：来到。

〔7〕赤氏：南方赤帝，为天神五帝之一。汉室尚火德，故以赤帝为尊。

〔8〕四灵：五帝之外其余四帝，东方苍帝，中央黄帝，西方白帝，北方黑帝。　懋：喜悦。　怀：安。

〔9〕祧（tiāo）：祖庙。

〔10〕蒸：冬祭。　尝：秋祭。　禴：夏祭。　祠：春祭。

〔11〕楅衡：置横木于牲角端，以防抵触。

〔12〕毛炰：将整个牲畜（多为小猪）投置火中去毛烤炙致熟。　豚：小猪。　胉：牲畜的两肋。

〔13〕万舞：古代的舞名。先是武舞，后是文舞。

〔14〕穰穰：众多。

【译文】

"吹响孤竹美竹所作的箫管，奏起云和嘉木所制的琴瑟。八面大鼓咚咚震天，六变之乐演奏完毕。头戴建华冠，手执雉鸡羽，列成八队，跳起天子专享的舞蹈。大祭天地之礼开始举行，群岳众神按照秩序方位一一享祭。聚薪焚之以祭天，置牺牲、玉帛于其上，火光熊熊，烟气上升，来祭祀天神太一。天神看到帝王的清明严肃，享用其馨香之祭，因而报之以大福。然后在明堂中尊祭上天五帝，光武帝灵位列于其间作为配享。分别五帝方位而端正法则，五帝总集来到明堂。尊崇南方赤帝，因为他是汉室火德所统，其他四帝非常喜悦认为允当。于是春去秋来，一年之中四季交替变换。天子一片孝子之心，感于四时新物而生发祭祀先祖之心。天子感念先帝的养育之恩，于是亲自来到宗庙祭祀，一年四季各自奉上不同的贡品。仔细查验祭祀时用的牲物，于其角端设置防止抵触的楅衡。将小猪的两肋投入火中烤炙以备八珍，还有各种不同味道的羹汤。将祭器洗涤得干干净净，礼仪周到而又鲜明。跳起庄严宏伟的万舞，钟鼓之声不绝于耳。先皇的神灵顾愍子孙的孝心，来享用其供奉。众神全都酒醉方休，降下的福禄不可胜数。

"及至农祥晨正〔1〕，土膏脉起。乘銮辂而驾苍龙，介驭间以剡耜[2]。躬三推于天田，修帝籍之千亩。供禘郊之粢盛[3]，必致思乎勤己。兆民劝于疆埸，感懋力以耘耔[4]。春日载阳，合射辟雍。设业设虡，宫悬金镛。鼖鼓路鼗[5]，树羽幢幢。于是备物，物有其容。伯夷起而相仪[6]，后夔坐而为工[7]。张大侯[8]，制五正[9]。设三乏[10]，厞司旌[11]。并夹既设，储乎广庭。于是皇舆夙驾，輂于东阶[12]，以须消启明。扫朝霞，登天光于扶桑。天子乃抚玉辂，时乘六龙。发鲸鱼，铿华钟。大丙弭节[13]，风后陪乘[14]。摄提运衡[15]，徐至于射宫。礼事展，乐物具。《王夏》阕[16]，《驺虞》奏[17]。决拾既次，雕弓斯彀。达馀萌于暮春，昭诚心以远喻。进明德而崇业，涤饕餮之贪欲[18]。仁风衍而外流，谊方激而遐骛[19]。日月会于龙狵[20]，恤民事之劳疚。因休力以息勤，致欢忻于春酒。执銮刀以袒割[21]，奉觞豆于国叟[22]。降至尊以训恭，送迎拜乎三寿[23]。敬慎威仪，示民不偷。我有嘉宾，其乐愉愉。声教布濩，盈溢天区。

【注释】

〔1〕农祥：晨正：房星于立春之日晨见于东方，预示春耕即将开始。农祥，星宿名，即房宿。

〔2〕介：保介，立于车右，披甲执兵侍卫的勇士。　驭：驾车人。剡耜：锋利的耒耜。

〔3〕禘：祭祖典礼。　粢盛：盛在祭器内的谷物。

〔4〕懋力：勤奋，努力。　耘：除草。　耔：培土。

〔5〕鼖（fén）：大鼓。　鼗（táo）：小鼓。

〔6〕伯夷：人名，相传为唐尧虞舜时的礼官。

〔7〕后夔：舜臣，掌乐之官。

〔8〕大侯：古代的一种箭靶。

〔9〕五正：射礼时所用的五色箭靶，正中朱色，依次向外为白、苍、黄、玄诸色。

〔10〕三乏：三面防箭的盾牌，报靶人用来护身的器具。

〔11〕厞（fèi）：遮蔽。 司旌：射箭场上手执旌旗报靶者。

〔12〕蒞（chái）：下车抵达堂下。

〔13〕大丙：传说中的仙人，善于驾车。

〔14〕风后：黄帝手下的大臣。

〔15〕摄提：星名。 衡：玉衡，北斗第五星。

〔16〕《王夏》：周代乐名，王出入时所奏。

〔17〕《驺虞》：周代乐名，用于射礼之时。

〔18〕饕餮：传说中的一种贪婪残暴的怪物。

〔19〕遐骛：远驰。

〔20〕龙狫（dòu）：星名，即尾宿。

〔21〕銮刀：环上有小铃的刀。 袒割：指天子裸露右臂而割牲。

〔22〕觞：古代盛酒的器皿。 豆：古代祭祀及宴会时常用的木制礼器。 国叟：三老五更，皆为年老更事致仕者也，天子以父兄之礼养之，示天下以孝悌。

〔23〕三寿：三老。

【译文】

“待到房星于立春之日晨见于东方，土壤中的膏泽开始萌发。天子乘坐青马所驾的銮舆，保介和驾车人中间摆着锋利的耒耜。天子亲自扶耒耜往还三度，象征着耕完了千亩籍田。籍田的收获是祭祀天地祖先的贡品，天子心中想到的一定是要更加勤勉。劝勉黎民百姓要辛勤耕作，受天子苦心感召而努力除草培土。春日和煦，阳光明媚，天子与诸侯一起在辟雍行射礼。放好悬挂钟磬的木板和木架，四面悬挂起大钟。大鼓小鼓全都设好，鼓架上的鸟羽光辉闪亮。于是准备好行射礼时的各种物品，每种物品都有其容饰和法度。伯夷站起而监督礼仪，后夔坐下而为乐工。悬挂大侯，设置五正。设好三面防箭的盾牌，遮蔽好报靶者的身形。设好钳取箭支的并夹，在大庭中等候天子来临。于是天子銮舆早晨出发，下车之后行至东阶，要等候启明星的消失。朝霞散尽，日上扶桑。天子乃登上玉辂，乘上六马所驾的銮舆。举起撞钟的钟槌，敲响上有篆文的洪钟。大丙按辔徐行，风后一旁陪乘。车上雕饰的摄提星运转到玉衡，銮驾才慢慢来到辟雍。大射礼开始进行，乐器尽皆完备。《王夏》方才奏完，《驺虞》马上接续进行。戴上扳指和臂衣勾动弓弦，将雕弓拉满准备射箭。天子亲行射礼意在广行教化，就像万物在暮春时全部萌芽，将自己的诚心告喻远方诸侯。通过射礼提高自己的道德和射艺，涤荡掉如饕餮一般的贪欲。仁风广布而波及远地，激扬道义而周游八方。十月时日月交汇于尾宿，天子悲悯民事而加以慰劳。于是让百姓休养生息，欢快地畅饮春酒。天子手执銮刀裸露右臂而割牲，将酒肉奉献于三老五更。他如此屈尊是为了倡导孝道，因此对三老礼敬有加迎来拜送。他的姿态恭敬谨慎，仪表威严，是为了给黎民留下一个庄重的形象。对三老五更加以敬重，这种氛围真是其乐融融。天子的声威教化广被天下，充盈于上下四方。

“文德既昭，武节是宣[1]。三农之隙，曜威中原。岁惟仲冬，大阅西园。虞人掌焉，先期戒事。悉率百禽，鸠诸灵囿[2]。兽之所同，是谓告备。乃御小戎，抚轻轩。中畋四牡[3]，既佶且闲。戈矛若林，牙旗缤纷。迄上林，结徒营。次和树表[4]，司铎授钲。坐作进退，节以军声。三令五申，示戮斩牲。陈师鞠旅，教达禁成。火列具举，武士星敷。鹅鹳、鱼丽[5]，箕张翼舒。轨尘掩迒[6]，匪疾匪徐。驭不诡遇，射不翦毛[7]。升献六禽[8]，时膳四膏[9]。马足未极，舆徒不劳。成礼三殴[10]，解罘放麟。不穷乐以训俭，不殚物以昭仁。慕天乙之弛罟[11]，因教祝以怀民。仪姬伯之渭阳[12]，失熊罴而获人。泽浸昆虫，威振八寓。好乐无荒，允文允武。薄狩于敖，既璅瑣焉[13]。岐阳之搜[14]，又何足数。

【注释】

〔1〕武节：武德。

〔2〕鸠：聚集。

〔3〕中畋：田猎居中之车。　牡：公马。

〔4〕次：邻近。　和：军营的正门。　表：标志。

〔5〕鹅鹳、鱼丽：军阵之名。

〔6〕掩：覆盖。　迒：痕迹。

〔7〕诡遇：谓违背礼法，驱车横射禽兽。　翦毛：伤其羽毛。

〔8〕六禽：雁、鹑、鴳、雉、鸠、鸽。

〔9〕四膏：牛膏、犬膏、鸡膏、羊膏。

〔10〕三殴：君王狩猎时的一种古礼，即从三面驱赶禽兽，网开一面给其生路。

〔11〕天乙：商汤。　弛：废弃。　罟：捕猎之网。商汤曾有网开三面恩及禽兽之举，“弛罟”即言此事。

〔12〕仪：效法。　姬伯：周文王。

〔13〕瑣瑣（suǒ）：细小琐碎。

〔14〕岐阳之搜：指周成王在岐山南坡狩猎之事。

【译文】

“礼乐教化既已昭著，武德武功亦得宣扬。春夏秋三季农事繁忙，遂于冬季田猎，在原野上炫耀军威。仲冬时节，天子在上林苑检阅军马。掌管山林川泽的虞人，先选择好吉日良辰，然后告诫属下准备好狩猎器具。将众多的禽鸟驱赶起来，集中在上林苑中。百兽聚于苑中，田猎用具皆告完备。于是就驾驶战车纵横驰骋，居中的战车由四匹公马驾驭，既健壮又熟习猎事。戈矛多若森林，牙旗五彩缤纷。来到上林苑，众多军马停歇下来安营扎寨。临近军门之处树起旍旗以为标志，司铎授钲各安其位。敲击木铎，奏响金钲，军士的进退，都有军中乐声加以节制。对士兵把军令三令五申，斩杀牲畜来加以警示。士兵排列整肃，将军令传达下去，以约束众人。众人全都举起火把，武士如星罗棋布。排摆成鹅鹳、鱼丽的军阵，其张开如簸箕，其舒展如鸟翼。战车扬起的尘土把车辙覆盖，速度不快不慢。驾车时不横射禽兽，射猎时不伤及猎物的毛皮。进献上六种飞禽，四时之膳要用四膏。战马尚未疲惫，战车尚不劳顿。田猎时奉行三驱古礼，解开罗网放走麒麟。不纵情极乐来教诲节俭，不竭泽而渔以昭示仁德。仰慕商汤网开三面，教诲捕猎的祝祷者而民心归附。效法周文王猎于渭水之北，没有猎到熊罴却得到了姜子牙这样的贤臣。恩泽遍及禽兽，声威震动八方。喜好田猎之乐却不荒淫无度，与文王、武王功德相同。周宣王田猎于敖，微不足道。周成王猎于岐山之南，又何足数。

“尔乃卒岁大傩[1]，殴除群厉。方相秉钺[2]，巫觋操茢[3]。侲子万童[4]，丹首玄制。桃弧棘矢[5]，所发无臬。飞砾雨散[6]，刚瘅必毙[7]。煌火驰而星流，逐赤疫于四裔[8]。然后凌天池[9]，绝飞梁。捎魑魅[10]，斫獝狂[11]。斩蜲蛇[12]，脑方良[13]。囚耕父于清泠[14]，溺女魃于神潢[15]。残夔魖与罔像[16]，殪野仲而歼游光[17]。八灵为之震慑，况魃蜮与毕方[18]。度朔作梗[19]，守以郁垒。神荼副焉，对操索苇。目察区陬，司执遗鬼。京室密清，罔有不韪。

【注释】

〔1〕大傩（nuó）：岁末禳祭，以驱除瘟疫。

〔2〕方相：上古传说中驱除疫鬼和山川精怪的巫师。

〔3〕巫觋（xí）：巫师。女者为巫，男者为觋。　茢：笤帚。

〔4〕侲子：特指作逐鬼的童子。

〔5〕桃弧棘矢：桃木所制之弓，棘枝所为之箭，多用于辟邪驱鬼的仪式。

〔6〕飞砾雨散：形容大傩仪式上播撒赤丸五谷之状。

〔7〕刚瘅（dàn）：顽厉的疫鬼。

〔8〕赤疫：凶恶的疫鬼。　四裔：四海。

〔9〕天池：北方最远的大海。

〔10〕捎：杀。　魑魅：山泽之神怪。

〔11〕斫：斩断。　獝狂：恶戾之鬼名。

〔12〕蝼蛇：传说中的一种怪蛇。

〔13〕脑：杀死。　方良：草泽之神怪。

〔14〕耕父：传说中的一种神怪。

〔15〕女魃：传说中的旱神。

〔16〕夔（kuí）：木石之精怪。　魖：耗鬼，据说可以耗费人的钱财。　罔像：木石之怪。

〔17〕野仲、游光：恶鬼名。

〔18〕魃蜮：小儿鬼。　毕方：老父神。

〔19〕度朔：传说中的神山，山中有二神，一曰神荼，二曰郁垒，善除恶鬼。

【译文】

“一年之终乃行大傩，诛杀驱除各种恶鬼。方相手执斧钺，巫觋抄起笤帚。侲子万童，头染丹朱之色，身着黑色之服。张起桃木弓，搭上棘枝箭，射向四面八方。赤丸五谷纷纷洒落，如碎石腾空落雨遍布，顽厉的疫鬼逢者必亡。火炬明亮如流星飞驰，将疫鬼驱逐于四海之滨。然后凌跨天池，断绝疫鬼逃生的桥梁。除掉魑魅，斩断獝狂。斩杀蝼蛇，铲除方良。囚禁耕父于清泠之渊，溺死女魃于神潢之水。杀掉夔魖与罔像，歼灭野仲和游光。八方灵怪为之震慑，何况那魃蜮与毕方。度朔山上的桃木可作辟邪的人偶，门前有神将郁垒把守。神荼为之辅助，二人手中操持着捉鬼的绳索。用目光仔细观察每一个阴暗的角落，捉住那些漏网的鬼怪。京师的宫室安静清洁，再也不会有恶事发生。

“于是阴阳交和，庶物时育。卜征考祥，终然允淑。

乘舆巡乎岱岳，劝稼穑于原陆。同衡律而壹轨量，齐急舒于寒燠[1]。省幽明以黜陟，乃反旆而回复。望先帝之旧墟，慨长思而怀古！俟阊风而西遐[2]，致恭祀乎高祖。既春游以发生，启诸蛰于潜户[3]。度秋豫以收成，观丰年之多稌。嘉田畯之匪懈[4]，行致赉于九扈[5]。左瞰旸谷[6]，右睨玄圃[7]。眇天末以远期，规万世而大摹[8]。且归来以释劳，膺多福以安悆。总集瑞命，备致嘉祥。圉林氏之驺虞[9]，扰泽马与腾黄[10]。鸣女床之鸾鸟，舞丹穴之凤皇[11]。植华平于春圃，丰朱草于中唐。惠风广被，泽洎幽荒。北燮丁令[12]，南谐越裳[13]。西包大秦[14]，东过乐浪[15]。重舌之人九译[16]，佥稽首而来王。

【注释】

〔1〕寒燠：苦乐。

〔2〕阊风：秋风。　遐：远去，远逝。

〔3〕蛰：冬眠的昆虫。　潜户：昆虫冬眠时的洞穴。

〔4〕田畯：主管田事的官员。

〔5〕九扈：相传为少皞时主管农事的官名。

〔6〕旸谷：传说中的日出之处。

〔7〕睨：斜视。　玄圃：传说中昆仑山顶的神仙居处。

〔8〕规：规划。　摹：效法。

〔9〕圉：圈养。　林氏：神话传说中的国名。　驺虞：传说中的义兽，产于林氏。

〔10〕扰：畜养。　泽马、腾黄：神马名。

〔11〕女床、丹穴：山名。

〔12〕丁令：国名，汉时为匈奴属国。

〔13〕越裳：古南海国名。

〔14〕大秦：国名，汉时在西海之西。

〔15〕乐浪：郡名。汉武帝元封三年（公元前 108 年）置。

〔16〕重舌之人：通晓夷狄语言者，即翻译。　九：多次。

【译文】

“于是阴阳二气相互交和，万物按照时令生长发育。占卜巡行之吉凶祸福，自始至终都允当美好。天子乘坐銮舆巡行泰山，劝勉原野百姓要勤务农耕。统一各种规章制度，使天下苍生苦乐均等。考核官员政绩来决定升迁或废黜，之后旌旗倒转开始返程。远望先帝之旧都长安，慨叹长思而怀念起前朝旧事！待到秋风西去长安，怀虔诚恭敬之心祭祀高祖庙。天子仲春巡行岱岳，唤醒百虫于洞穴之中。在收获季节西行祭祀高祖，看到五谷丰登的盛景。夸奖田畯从未懈怠，将赏赐颁给掌管农事的官员。向左俯瞰旸谷，向右斜视玄圃。天子远望天际生出一个长远规划，仔细规划欲以之为万世之大法。归来之后让官吏士兵得以休息，祭祀上天，希望多多赐福以安宁国家。天赐各种祥瑞的征兆，来礼赞天子的美德令行。圈养起林氏国的义兽驺虞，畜养泽马与腾黄等神马。女床山上鸾鸟和鸣，丹穴山上凤皇起舞。在春圃中种植瑞木华平，在中庭令朱草丰茂。天子的仁惠之风广被天下，恩泽甚至浸润到幽荒之地。北面与丁令通好，南面与越裳谐和。西面包容大秦国，东面远到乐浪郡。哪怕是那些需要通过多次转译才能沟通的边鄙之国，全部稽首而来向天子称臣。

“是以论其迁邑易京，则同规乎殷盘〔1〕。改奢即俭，则合美乎《斯干》〔2〕。登封降禅，则齐德乎黄轩〔3〕。为无为，事无事，永有民以孔安。遵节俭，尚素朴。思仲尼之克己，履老氏之常足。将使心不乱其所在，目不见其可欲。贱犀象，简珠玉。藏金于山，抵璧于谷。翡翠不裂，玳瑁不蔟〔4〕。所贵惟贤，所宝惟谷。民去末而反本，咸怀忠而抱悫〔5〕。于斯之时，海内同悦，曰：‘吁！汉帝之德，侯其祎而！’〔6〕盖蓂荚为难莳也〔7〕，故旷世而不觌。惟我后能殖之，以至和平，方将数诸朝阶。然则道胡不怀，化胡不柔？声与风翔，泽从云游。万物我赖，亦又何求？德寓天覆，辉烈光烛。狭三王之趢趗[8]，轶五帝之长驱。踵二皇之遐武[9]，谁谓驾迟而不能属？东京之懿未罄，值余有犬马之疾[10]，不能究其精详。故粗为宾言其梗概如此。

【注释】

〔1〕殷盘：商代国君盘庚。

〔2〕《斯干》：《诗经·小雅》篇名。

〔3〕黄轩：黄帝轩辕氏。

〔4〕玳瑁：其形似龟，甲壳有黑斑和光泽，可做装饰品。　蔟：以叉猎取。

〔5〕悫（què）：谨慎。

〔6〕侯：发语词。　祎：美好。　而：句末助词。

〔7〕蓂荚：一种象征祥瑞的草。　莳：种植。

〔8〕趢趗：局促，窘迫。

〔9〕踵：接续。　二皇：伏羲氏、神农氏。　遐武：远迹。

〔10〕犬马之疾：谦称自己的疾病。

【译文】

“所以要议论迁都之事的话，则和商王盘庚迁都于殷法度相同。光武帝改变奢靡之风，崇尚节俭之气，则和《诗经·小雅·斯干》咏赞的周宣王同美。登泰山筑坛祭天，下梁父祭地，则其德行可媲美黄帝轩辕氏。行清静无为之政，不穷兵黩武而拓边，让百姓永得安宁。遵节俭之义，尚素朴之习。思念孔子的克己复礼，履行老子的知足常乐。使心志不为外物所乱，眼睛不去看那些引起欲望的物品。轻贱犀角象牙，忽略珍珠美玉。藏金于山，投璧于谷。不损伤翠鸟的羽毛，不猎取玳瑁的甲壳。天子所以为贵的只有贤才，所以为宝的惟有五谷。百姓抛弃工商末业而以农为本，人人都有忠诚谨慎之心。当此之时，海内同悦，说：‘啊！汉帝的功德，何其隆盛美好！蓂荚瑞草难于种植，所以旷世而难得一见。惟有当朝天子有至和之德，故能令其生于朝陛，得以数知月之大小。既然这样，那么王道怎么不会使远人前来归顺，边远的百姓得以安抚呢？声教与风同翔，恩泽与云俱行。万物皆有赖于我，夫复何求？帝德如天覆盖万物，光辉如日月照于远近。认为三王的格局气度过于局促窘迫，能超过五帝而向远方前进，以接续伏羲氏、神农氏的足迹，谁说圣驾无法企及？东京洛阳之美好尚未道尽，因为我身患疾病，无法一一详述。所以只好为您粗陈梗概罢了。

“若乃流遁忘反〔1〕，放心不觉，乐而无节，后离其戚，一言几于丧国，我未之学也。且夫挈缾之智，守不假器。况纂帝业，而轻天位。瞻仰二祖，厥庸孔肆。常翘翘以危惧〔2〕，若乘奔而无辔。白龙鱼服，见困豫且〔3〕。虽万乘之无惧，犹怵惕于一夫。终日不离其辎重，独微行其焉如？夫君人者，黈纩塞耳〔4〕，车中不内顾。佩以制容，銮以节途。行不变玉，驾不乱步。却走马以粪车，何惜騕褭与飞兔〔5〕。方其用财取物，常畏生类之殄也。赋政任役，常畏人力之尽也。取之以道，用之以时。山无槎枿〔6〕，畋不麑胎〔7〕。草木蕃庑，鸟兽阜滋。民忘其劳，乐输其财。百姓同于饶衍，上下共其雍熙。洪恩素蓄，民心固结。执谊顾主，夫怀贞节。忿奸慝之干命〔8〕，怨皇统之见替，玄谋设而阴行，合二九而成谲。登圣皇于天阶，章汉祚之有秩。若此，故王业可乐焉。

【注释】

〔1〕流遁：耽乐放纵。

〔2〕翘翘：危险。

〔3〕“白龙”二句：刘向《说苑·正谏》：“昔白龙下清泠之渊，化为鱼，渔者豫且射中其目。”后以“白龙鱼服”比喻贵人微服出行，恐有不测之虞。此处是以反驳凭虚公子《西京赋》中所言“阴戒期门，微行要屈”之事。

〔4〕黈纩（tǒu kuàng）：黄绵所制的小球。悬于冠冕之上，垂于两耳旁，以示不妄听是非之言。

〔5〕騕褭（niǎo）、飞兔：骏马名。

〔6〕槎：斜砍。　枿：树木砍断后萌生的新芽。

〔7〕麌：幼麋。

〔8〕奸慝：奸诈凶恶的人，此处指王莽。　干命：违命，逆命。

【译文】

“如果耽乐放纵而不自反省，恣意所为而不自觉，淫乐无礼而不加节制，将来终当罹其忧祸，您主张‘取乐今日，皇恤我后’，我不敢苟同。况且提瓶汲水的小聪明，还知道守其器而不借于人。何况关系到帝业传承，而您却主张耽于享乐而轻视帝位。瞻仰高祖和世祖，他们的功业都是勤勉辛苦方才得来。经常心怀危惧，如同驾车飞奔而无缰绳和辔头一般。白龙化鱼入清泠之渊，被渔人豫射中其目。即便说万乘之尊无所畏惧，犹恐一夫作难。终日不离车驾才是天子根本，如今却单独微服出行如何可以呢？作为天子，应该黈纩塞耳，不妄闻奸邪之言；车中不内顾，不外视臣下之私。身戴佩玉来节制形容与姿态，车挂銮铃来控制车马的缓急。行容有度不乱佩玉之声，车驾有节不乱步伐之度。天下太平，让战马去拉粪车，即便是騕褭、飞兔这样的骏马也不可惜。当天子用财取物之时，经常畏惧会使生灵灭绝。向百姓征收赋税，让人民承担差役，经常害怕把人力用尽。贤明的君王总是取之以道，用之以时。上山伐木不会将新芽全部砍断，苑囿田猎不杀死幼兽或怀胎的母兽。草木茂盛，鸟兽繁盛。民忘其劳役之苦，乐于向国家上缴赋税。国强民富，上下和悦。天子的洪恩一直不断蓄积，民心一直都非常团结。人民执礼义之心而顾思汉德，怀贞正之志思念前朝。对逆命的王莽这样的奸恶之人愤恨不已，对汉室皇统被其替代而心生怨气，他的阴谋暗地运行有十八年之久，终于酿成皇权更替的大变。圣明的光武帝终于登上帝位，让汉室的统绪能有序运行。如果这样的话，汉室大业可喜可贺。

“今公子苟好勦民以偷乐[1]，忘民怨之为仇也；好殚物以穷宠，忽下叛而生忧也。夫水所以载舟，亦所以覆舟。坚冰作于履霜，寻木起于蘖栽[2]。昧旦丕显[3]，后世犹怠。况初制于甚泰，服者焉能改裁？故相如壮《上林》之观，杨雄骋《羽猎》之辞。虽系以‘隤墙填壍’，乱以‘收罝解罘’。卒无补于风规，只以昭其愆尤[4]。臣济奓以陵君[5]，忘经国之长基。故函谷击柝于东[6]，西朝颠覆而莫持。凡人心是所学，体安所习。鲍肆不知其臰[7]，玩其所以先入。《咸池》不齐度于《蛙咬》[8]，而众听或疑。能不惑者，其唯子野乎[9]？”

【注释】

〔1〕勦：劳。　偷：侥幸。

〔2〕寻：计量单位，一寻为八尺。　蘖栽：新芽，幼苗。

〔3〕昧旦：黎明。　丕：大。　显：明。

〔4〕愆：短处，缺点。　尤：过失。

〔5〕济奓：过度奢侈。　陵君：陵越君法。

〔6〕柝：守夜人打更所用的梆子。

〔7〕鲍肆：咸鱼店。　臰：臭。

〔8〕《咸池》：传说中唐尧时的古乐，或曰黄帝时古乐。　《蛙咬》：一种淫靡的音乐。

〔9〕子野：师旷，春秋时期晋国乐师，以善于辨音而著称。这里用来比喻安处先生。

【译文】

“今日公子您只知眼前的喜好，使民众劳累来实现侥幸的快乐，却忘记了百姓会心生怨恨而视您为仇人；喜欢占尽百姓之财来穷奢极欲，忽略了属下会生叛心而出现忧患。水既可以载舟，也可以覆舟。坚冰是履下之霜累积起来的，一寻之木是由嫩芽一点点长成的。光武帝黎明即起，行大明之道，后世子孙尚且懈怠。何况一开始做的衣服即非常宽大，穿衣服的人又如何可以改小？故司马相如《上林赋》中描写了上林苑狩猎的壮观景象，杨雄《羽猎赋》中铺排其华美的辞句。虽《上林赋》以‘隤墙填堑’收尾，《羽猎赋》以‘收罝解罘’卒篇，对于讽喻劝谏都无补于事，只能够彰显天子的短处和过失。臣子过度奢侈而陵越君法，忘记了治国安邦的根本。王莽之兵尚在函谷关击柝戍守，而义军已攻入长安，朝廷颠覆。凡人在思想上都认为自己所学是对的，身体都安于自己熟悉的生活。久在咸鱼铺就闻不出其臭味，因为熟悉的东西容易先入为主。《咸池》古乐与淫靡之音《蛙咬》音律不同，而听众中有人就心生疑惑。能够不疑惑的人，就只有乐师师旷了吧？”

客既醉于大道，饱于文义。劝德畏戒，喜惧交争。罔然若醒，朝罢夕倦，夺气褫魄之为者〔1〕，忘其所以为谈，失其所以为夸。良久乃言曰：“鄙哉予乎！习非而遂迷也，幸见指南于吾子。若仆所闻，华而不实；先生之言，信而有征。鄙夫寡识，而今而后，乃知大汉之德馨，咸在于此。昔常恨《三坟》《五典》既泯〔2〕。仰不睹炎帝、帝魁之美〔3〕，得闻先生之余论。则大庭氏何以尚兹〔4〕？走虽不敏，庶斯达矣〔5〕。”

【注释】

〔1〕褫（chǐ）：剥夺。

〔2〕《三坟》：三皇之书。　《五典》：五帝之书。　泯：消失。

〔3〕帝魁：神农氏。
〔4〕大庭氏：传说中的古帝之名。或曰古国名。
〔5〕走：古人自称的谦辞。

【译文】

凭虚公子听完安处先生所说的话，陶醉在其大道之中，沉浸在文义之内。听闻先生所说东京礼法，公子既劝勉自己行其道德，又心生戒惧。惘然如同大醉一场，朝夕疲倦不堪，被人夺走了精气与魂魄一般，忘记了所谈的奢侈之言，失去了浮夸之论。过了很久才说道："我是多么浅薄鄙陋啊！过去我所学习的都非正道，所以误入歧途，幸亏今日得到先生指正。像我过去听说的，都是华而不实之言；而先生的话，都是信而有征之论。我见识短浅，从今而后，才知道大汉的明德，都在这里。昔日经常遗憾《三坟》《五典》皆泯灭无闻，以至于上不能目睹炎帝、神农之美德。得闻先生之高论，则大庭氏这样的古之圣人又有什么值得推崇的呢？我虽然不够聪明，但还是能大体理解您的宏论。"

（本卷译注：郎瑞萍）

文选卷第四

赋乙

京都中

南都赋　张平子（张衡）

【题解】

光武帝刘秀出自南阳，称帝之后将南阳置为别都。赋中极力铺陈南阳的自然环境与人文地位，歌颂光武帝的丰功伟绩，是汉大赋中的一篇佳作。

於显乐都，既丽且康！陪京之南[1]，居汉之阳。割周楚之丰壤，跨荆豫而为疆。体爽垲以闲敞[2]，纷郁郁其难详。

【注释】

〔1〕陪京：东都洛阳。

〔2〕爽垲（kǎi）：高爽干燥。

【译文】

南阳真是安乐的陪都，既壮丽又安宁！它位于东都洛阳之南，居于汉水之北。它占据的是周楚两国肥沃的土地，跨越荆州和豫州的疆界。它高爽干燥而又地域广阔，众多佳处难以一一详叙。

尔其地势，则武阙关其西[1]，桐柏揭其东[2]。流沧浪而为隍[3]，廓方城而为墉[4]。汤谷涌其后，淯水荡其胸[5]。推淮引湍[6]，三方是通。

【注释】

〔1〕武阙：山名。

〔2〕桐柏：山名。

〔3〕沧浪：古水名。　隍：护城河。

〔4〕方城：山名。　墉：城墙。

〔5〕淯水：古水名，即今河南白河。

〔6〕淮：淮河。　湍：古水名。

【译文】

南都的地势不同一般，武阙山是其西面的关塞，桐柏山是其东面的屏障。沧浪之水流经这里成为护城河，方城山则成为天然的城墙。汤谷涌流其后，淯水激荡于前。淮水从这里奔流向前，湍水又从远方汇集于此，东、西、南三面皆有水流汇通。

其宝利珍怪，则金彩玉璞，随珠夜光。铜锡铅锴[1]，赭垩流黄[2]。绿碧紫英，青雘丹粟[3]。太一馀粮[4]，中黄瑴玉[5]。松子神陂[6]，赤灵解角[7]。耕父扬光于清泠之渊[8]，游女弄珠于汉皋之曲[9]。

【注释】

〔1〕锴：佳铁。

〔2〕赭垩（è）：赤土和白土。　流黄：硫磺。

〔3〕青雘：一种青色矿物颜料。　丹粟：红色的细沙。

〔4〕太一馀粮：以石头制作的中药。所谓禹余粮之精者。

〔5〕中黄：黄石脂。

〔6〕松子：亭名，位于南阳郡蔡阳县。

〔7〕赤灵：赤龙。

〔8〕耕父：传说中的一种神怪。

〔9〕游女：汉水女神。　汉皋：山名，在湖北襄阳西北。

【译文】

这里的奇珍异宝不计其数，既有彩金璞玉，还有随侯之珠、夜光之璧。铜锡铅锴，赭垩硫磺。不仅有绿碧紫英，还有青雘丹粟。太一余粮为石中之药，中黄瑴玉乃玉石之珍。松子亭下有神陂，赤龙解角于其中。耕父出入于清泠之渊，身带异光；汉水女神徜徉于汉皋幽处，玩耍宝珠。

其山则崆㟗嶱嵑〔1〕，嵣㟐嶚剌〔2〕。岞崿嶵嵬〔3〕，嵚巇屹㠥〔4〕。幽谷嵺岑，夏含霜雪。或岩嶙而纚连〔5〕，或豁尔而中绝。鞠巍巍其隐天，俯而观乎云霓。

【注释】

〔1〕崆㟗嶱嵑（kōng kōng kě kě）：山石高峻之貌。

〔2〕嵣㟐（dàng mǎng）：山石广大之貌。　嶚剌（là）：山势高峻而相互对峙。

〔3〕岞崿（zuò è）：山势参差。　嶵（zuì）嵬：山高而不平。

〔4〕嵚巇（qīn xī）：山相对而险峻。　屹㠥（niè）：悬崖峭壁。

〔5〕岩嶙：山相连之貌。

【译文】

南都的山既高峻峭拔，又广大对峙。高大的山峦参差不平，群峰对峙异常险峻，悬崖峭壁令人心惊。幽谷高远深邃，夏日犹含霜雪。或连绵不绝，或忽然中断。高耸入云遮蔽青天，俯而下观可见云霓。

若夫天封大狐[1]，列仙之陬。上平衍而旷荡，下蒙笼而崎岖。坂坻巀嶭而成甗[2]，溪壑错缪而盘纡。芝房菌蠢生其隈[3]，玉膏滵溢流其隅[4]。昆仑无以奓[5]，阆风不能踰[6]。

【注释】

〔1〕天封、大狐：皆山名。

〔2〕坂坻：山的斜坡。　巀嶭（jié niè）：高峻。　甗（yǎn）：古代蒸煮用的炊具。

〔3〕菌蠢：形容菌类之短小丛生。

〔4〕滵溢：流动之貌。

〔5〕昆仑：传说中的西方神山。

〔6〕阆风：山名，在昆仑之巅，传说为仙人居所。

【译文】

天封、大狐二山，是众仙聚居之所。其上平坦辽阔而宽广浩大，其下草木蒙笼而崎岖不平。斜坡又高又陡形如上大下小的甗，溪壑错综杂乱而曲折回环。短小的灵芝丛生在山角，洁白的玉膏流动于其间。昆仑仙山无法超过它的华美奢侈，阆风之巅难以逾越它的高峻艰险。

其木则柽松楔㮑[1]，槾柏杻橿[2]。枫枰栌枥[3]，帝女之桑。楈枒栟榈[4]，柍柘檍檀[5]。结根竦本，垂条蝉媛。布绿叶之萋萋，敷华蘂之蓑蓑[6]。玄云合而重阴，谷风起而增哀。攒立丛骈[7]，青冥肝瞑[8]。杳蔼蓊郁于谷底，森蓴蓴而刺天[9]。虎豹黄熊游其下，㺊玃猱㹶戏其巅[10]。鸾鹙鹓雏翔其上[11]，腾猨飞蠝栖其间[12]。其竹则䉁笼篁篾，篠簳箛箠[13]。缘延坻阪，澶漫陆离。阿那蓊茸[14]，风靡云披。

【注释】

〔1〕柽（chēng）：柽柳。 楔（xiē）：樱桃。 椶（jì）：水松。

〔2〕槾（màn）：槾荆。 杻（niǔ）：木名，似桑而叶细。 橿（jiāng）：木名，质地坚硬。

〔3〕柙（xiá）：香木。 栌（lú）：黄栌。 枥（lì）：栎树。

〔4〕楈枒（xū yá）：椰子树。 栟榈：棕榈。

〔5〕柍：楠木。 柘：木名，似桑。

〔6〕蓑蓑：花草下垂之貌。

〔7〕攒立、丛骈：草木丛生之貌。

〔8〕青冥盰瞑（qiān míng）：幽暗不明。

〔9〕蕁蕁：草木茂盛之貌。

〔10〕縠（hù）：一种形似犬的动物，腰以上黄，以下黑。 玃（jué）：似猕猴而大，苍黑色。 猱：猕猴。 猨：猿属。

〔11〕鸾鷟（yuè）：凤凰之别名。 鹓雏：鸾凤之属的鸟类。

〔12〕飞蠝：鼯鼠。

〔13〕䉁、笼、篁（jīn）、篾、篠簳（xiǎo gǎn）、箛、箠：皆竹名。

〔14〕阿那：柔弱之貌。 蓊茸：密盛之貌。

【译文】

树木有柽、松、楔、椶，槾、柏、杻、橿。枫、柙、栌、枥，帝女之桑。楈枒、栟榈，柍、柘、檍檀。盘根错节而树身高耸，垂下的枝条互相连引。这里布满了葱翠的绿叶，满目皆是垂下的花蕊。乌云闭合而重其阴气，山风一起而倍增哀情。草木丛生，幽暗不明。谷底的树木蓊蓊郁郁，繁茂生长欲刺青天。虎、豹、黄熊在树下游走，縠、玃、猱、猨在树巅嬉戏。鸾鷟鹓雏飞翔其上，腾猨、飞蠝栖息其间。竹子有䉁、笼、篁、篾，篠、簳、箛、箠。竹林沿着水滨和山坡生长，辽阔无边而高低错落。众竹婀娜多姿又郁郁葱葱，随风摆动犹如云披。

尔其川渎，则滍澧藻泿[1]，发源岩穴。潜匽洞出，没滑瀎潏[2]。布濩漫汗[3]，漭沆洋溢。总括趋欱[4]，箭驰风疾。流湍投濈[5]，砏汃輣轧[6]。长输远逝，漻泪淢汩[7]。其水虫则有蠳龟鸣蛇[8]，潜龙伏螭。鱏鳣鰅鳙，鼋鼍鲛鳙。巨蚌函珠，驳瑕委蛇。

【注释】

〔1〕滍澧藻泿：水名。

〔2〕没滑瀎潏（yù）：疾流之貌。

〔3〕布濩（huò）：散布。　漫汗：广大。

〔4〕欱（hē）：吮吸，吸入。

〔5〕濈：水向外流。

〔6〕砏汃輣轧：波涛激荡的声音。

〔7〕漻（liú）泪淢汩（yù yù）：水流迅疾之貌。

〔8〕蠳龟：能食蛇的龟。　鸣蛇：传说中的水生动物，其形似蛇。

【译文】

南都的河川，有滍、澧、泺、泿四水，发源于山洞之中。从山洞中流出的水流，迅疾汹涌。水势越来越大，广阔浩大，一望无边。河流不断汇合其他水流而一起入海，快如驰箭疾风。水流忽而湍急前进，忽而下落外流，波涛激荡之音不绝于耳。众水一往无前，消失在远方，水流迅疾，波涛汹涌。水中的生物有蠳龟、鸣蛇，潜龙、伏螭。鱏、鳣、鰅、鳙，鼋、鼍、鲛、鳙。巨蚌内含珍珠，大虾体长数尺。

于其陂泽，则有钳卢玉池[1]，赭阳东陂[2]。贮水渟涔[3]，亘望无涯。其草则藨苎薠莞[4]，蒋蒲蒹葭[5]。藻茆菱芡[6]，芙蓉含华。从风发荣，斐披芬葩。其鸟则有鸳鸯鹄鹥，鸿鸨驾鹅[7]。鹣鵾䴔鶄[8]，鹔鷞鸥鸨[9]。嘤嘤和鸣，澹淡随波。

【注释】

〔1〕钳卢：汉蓄水工程名。　玉池：水泽名。

〔2〕赭阳、东陂（bēi）：亦为陂泽之名。

〔3〕渟滢：水流停止不前。

〔4〕藨：藨草。　苎：苎麻。　蒩：草名，一似莎而比莎大。　莞（guān）：小蒲。

〔5〕蒋：茭白。　蒹：没有长穗的芦苇。　葭：初生的芦苇。

〔6〕茆：莼菜。

〔7〕鸨（bǎo）：水鸟名，比雁略大，不善飞而善走。　驾鹅：野鹅。

〔8〕鹣鵾（jié yì）：䴔，其形似鹭。　䴔鶄：水鸟名。

〔9〕鹔鷞：水鸟名。　鸥：鸥鸡。　鸨：鸨䴘。

【译文】

于其陂泽水塘，则有钳卢、玉池，赭阳、东陂。塘中积蓄的流水不再前流，广阔的水名一望无涯。水草有藨、苎、蒩、莞，蒋、蒲、蒹、葭。藻、茆、菱芡，芙蓉含苞待放。花儿在风中盛开，香气在空气中弥散。栖息其中的水鸟有鸳鸯、鹄、鹥，鸿、鸨、驾鹅。鹣鵾、䴔鶄，鹔鷞、鸥、鸨。它们嘤嘤啼叫，相和而鸣，随波荡漾。

其水则开窦洒流，浸彼稻田。沟浍脉连，堤塍相輑[1]。朝云不兴，而潢潦独臻[2]。决渫则暵[3]，为溉为陆。冬稌夏穱[4]，随时代熟。其原野则有桑漆麻苎，菽麦稷黍[5]。百谷蕃庑，翼翼与与。

【注释】

〔1〕堤塍（chéng）：堤坝和田界。　相輑（yǐn）：相连。

〔2〕潢潦：池水。　臻：至。

〔3〕决渫：放水。　暵：干旱。

〔4〕稌：稻子。　穱（zhuō）：早熟的麦。

〔5〕菽：豆类。　稷黍：泛指五谷。

【译文】

农田水利则开渠饮水，灌溉稻田。田间水渠互相连通，堤坝田埂连绵不断。天无降雨，而池水长满。排出渠水则为旱地，水田旱田二美得兼。冬稻夏麦，随季节变化交替成熟。其原野上则有桑、漆、麻、苎，菽、麦、稷、黍。百谷丰茂，令人欣喜。

若其园圃，则有蓼蕺蘘荷[1]，藷蔗姜䕲[2]，菥蓂芋瓜[3]。乃有樱梅山柿，侯桃梨栗[4]。梬枣若留[5]，穰橙邓橘。其香草则有薜荔蕙若[6]，薇芜荪苌[7]。晻暧蓊蔚[8]，含芬吐芳。

【注释】

〔1〕蓼：水蓼。　蕺：鱼腥草。　蘘（ráng）荷：蘘草。

〔2〕藷蔗：甘蔗。　䕲（fán）：小蒜。

〔3〕菥蓂（xī mì）：荠菜的一种。

〔4〕侯桃：猕猴桃。

〔5〕梬枣：黑枣。　若留：石榴。

〔6〕薜荔：木莲。　蕙：蕙草。　若：杜若。

〔7〕薇芜：蘼芜。　荪：香草名。　苌：羊桃。

〔8〕晻暧：昏暗貌。　蓊蔚：草木茂盛貌。

【译文】

园圃之内，物产丰富。有蓼、蕺、蘘、荷，藷蔗、姜、䕲，菥蓂、芋、瓜。又有樱、梅、山柿，侯桃，梨、栗。梬枣、若留，穰橙、邓橘。香草则有薜荔、蕙、若，薇芜、荪、苌。香草幽深繁茂，含芬吐芳。

若其厨膳，则有华芗重秬[1]，滍皋香秔[2]。归雁鸣鵽，黄稻鲜鱼，以为芍药[3]。酸甜滋味，百种千名。春卵夏笋，秋韭冬菁。苏蔱紫姜[4]，拂彻膻腥。酒则九酝甘醴[5]，十旬兼清[6]。醪敷径寸，浮蚁若蓱[7]。其甘不爽，醉而不酲。

【注释】

〔1〕华芗：乡名。 秬：黑黍。

〔2〕滍皋：滍水之泽。 香秔：香粳米。

〔3〕鵽（duò）：沙鸡。 芍药：调和五味。

〔4〕苏：紫苏。 蔱：茱萸。

〔5〕九酝：酒名，因经过多次酿制故名。

〔6〕十旬：酒名，因清酒需百日而成故名。

〔7〕浮蚁：酒面上的浮沫。 蓱：浮萍。

【译文】

用于厨房膳食，则有华芗的黑黍，滍皋的香秔。归来之大雁，鸣叫的沙鸡，黄稻与鲜鱼，共同调和五味。酸甜滋味，百种千名。春天的小蒜，夏天的竹笋，秋日的韭菜，冬日的蔓菁。苏、蔱、紫姜，去除肉食膻腥之气。美酒则有九酝甜酒，百日清酒。浊酒杯口径寸，漂浮的酒沫犹如浮萍。美酒甘甜而不伤人，酒醉而不伤身。

及其纠宗绥族[1]，禴祠蒸尝[2]。以速远朋，嘉宾是将。揖让而升，宴于兰堂。珍羞琅玕，充溢圆方。琢琱狎猎[3]，金银琳琅。侍者蛊媚，巾鞲鲜明[4]。被服杂错，履蹑华英。儇才齐敏[5]，受爵传觞。献酬既交，率礼无违。弹琴擫籥[6]，流风徘徊。清角发徵[7]，听者增哀。客赋“醉言归”[8]，主称“露未晞”[9]。接欢宴于日夜，终恺乐之令仪。

【注释】

〔1〕纠：集合。　绥：安定。

〔2〕禴（yuè）祠：祭祀。　蒸尝：秋冬二祭。

〔3〕瑑琱：雕琢。　狎猎：众多饰物缤纷之貌。

〔4〕巾韝：头巾和单衣。

〔5〕儇（xuān）才：聪慧敏捷之人。

〔6〕擫（yè）：用手指按压。　籥：一种管乐器。

〔7〕清角：古代五音之一。　徵（zhǐ）：亦为五音之一。

〔8〕“醉言归”：出自《诗经·鲁颂·有駜》。

〔9〕“露未晞”：出自《诗经·小雅·湛露》。

【译文】

谈到团结宗族，四季祭祀之时。邀请远方宾朋，迎来众多嘉宾。宾主行揖让之礼，登上兰堂进行宴饮。珍馐美味珍贵如玉，摆满了或圆或方的食器。精雕细琢的食器色彩缤纷，金光灿灿，银光闪闪，琳琅满目。侍者妖冶妩媚，装束华丽色彩鲜明。衣着五颜六色，鞋上的花绣熠熠生辉。身手敏捷的人，负责传觞递盏。酒席宴上宾主敬酒已毕，礼仪井然有序并无违制之处。舞者弹琴按籥，乐音在空中回荡。演奏的是凄清的角音和徵音，听者莫不倍添哀情。宾客赋“醉言归”，主人称“露未晞”。欢宴虽然通宵达旦，却始终气氛融洽不失风度。

于是暮春之禊[1]，元巳之辰[2]，方轨齐轸，祓于阳濒[3]。朱帷连网，曜野映云。男女姣服，骆驿缤纷。致饰程蛊，偠绍便娟。微眺流睇，蛾眉连卷。于是齐僮唱兮列赵女。坐南歌兮起郑舞。白鹤飞兮茧曳绪〔4〕。修袖缭绕而满庭，罗袜蹑蹀而容与〔5〕。翩绵绵其若绝，眩将坠而复举。翘遥迁延〔6〕，蹩躠蹁跹〔7〕。结《九秋》之增伤〔8〕，怨《西荆》之折盘〔9〕。弹筝吹笙，更为新声。《寡妇》悲吟，《鹍鸡》哀鸣〔10〕。坐者凄欷，荡魂伤精。

【注释】

〔1〕禊（xì）：古代春秋两季在水边举行的清除不祥的祭祀。

〔2〕元巳：即上巳，农历三月初三。

〔3〕祓：古代用斋戒沐浴等方法除灾求福。　阳濒：阳滨。水之北岸，古人祓禊常于此处。

〔4〕曳绪：抽丝。

〔5〕蹑蹀：碎步而行之貌。　容与：从容闲舒之貌。

〔6〕翘遥：轻举之貌。　迁延：却退之貌。

〔7〕蹩躠：往来之貌。　蹁跹：舞姿旋转之貌。

〔8〕《九秋》：古乐府歌名。

〔9〕《西荆》：楚舞。　折盘：形容舞姿萦绕盘旋。

〔10〕《寡妇》：《寡妇》曲。　《鹍鸡》：《鹍鸡》之曲。

【译文】

于是暮春时节，上巳之辰，车马并行，在水之北岸行禊祓之礼。朱红的帐幔连成一片，照曜原野映亮云天。红男绿女衣着华美，络绎不绝五彩缤纷。细心打扮姿态妖娆，容颜秀丽体态轻盈。顾盼之间秋波流转，蛾眉纤细又长又弯。于是齐僮作歌，赵女起舞，唱的是南音之歌，跳的是郑国之舞。体态轻盈如白鹤飞空，歌声婉转如抽丝剥茧。长袖回旋而布满庭堂，步伐细碎而从容闲舒。舞姿翩翩绵绵，似连似断，忽上忽下，令人眼花缭乱。忽而轻举，忽而后退，舞者往来其间，旋转回环。恨《九秋》之辞令人伤感，怨《西荆》之舞萦绕盘旋。弹筝吹笙，更为新声。《寡妇》之曲悲切，《鹍鸡》之调哀伤。坐者唏嘘不已，仿佛失魂落魄。

于是群士放逐，驰乎沙场。騄骥齐镳[1]，黄间机张。足逸惊飙，镞析毫芒[2]。俯贯鲂屿，仰落双鸧[3]。鱼不及窜，鸟不暇翔。尔乃抚轻舟兮浮清池，乱北渚兮揭南涯[4]。汰瀺灂兮船容裔[5]，阳侯浇兮掩凫鹥[6]。追水豹兮鞭蝄蜽，惮夔龙兮怖蛟螭。

【注释】

〔1〕騄骥：骏马名。　镳：马笼头。

〔2〕镞：箭头。　析：破，穿透。

〔3〕鸧：鸧鸹。

〔4〕乱：横渡。　揭：渡过。

〔5〕汰：水波。　瀺灂：象声词，形容水流声。　容裔：水波荡漾之貌。

〔6〕阳侯：古代传说中的波涛之神。　浇：水的回波。　凫：野鸭。

【译文】

于是群士驰逐于沙场之上，骏马并驾齐驱，射手张弓搭箭。马蹄飞快足以超过狂飙，箭头锋利可穿透毫末。俯钓鲂屿，仰射双鸧。鱼儿来不及逃窜，飞鸟来不及翱翔。然后驾轻舟浮于清池，横渡北渚又穿过南涯。水声潺潺，船儿随波荡漾，阳侯回波将野鸭和鸥鸟淹没。追击水豹啊，鞭笞蝄蜽，使夔龙害怕，令蛟螭心惊。

于是日将逮昏，乐者未荒。收欢命驾，分背回塘。车雷震而风厉，马鹿超而龙骧。夕暮言归，其乐难忘。此乃游观之好，耳目之娱。未睹其美者，焉足称举。

夫南阳者，真所谓汉之旧都者也。远世则刘后甘厥龙醢[1]，视鲁县而来迁。奉先帝而追孝[2]，立唐祀乎尧山。固灵根于夏叶，终三代而始蕃。非纯德之宏图，孰能揆而处旃[3]！

【注释】

〔1〕刘后：刘累。　龙醢（hǎi）：龙肉酱。《左传·昭公二十九年》载，刘累曾向豢龙氏学习养龙，来侍奉夏朝国君孔甲，孔甲赐其姓为御龙氏。一雌龙死，刘累偷偷地制成肉酱送给孔甲，孔甲吃后觉得味道鲜美，又向刘累索求，刘累害怕而迁于鲁县。

〔2〕先帝：唐尧。传说刘累为唐尧之后，而刘邦又为刘累之后，故尊其为先帝。

〔3〕揆：量度。

【译文】

于是日近黄昏，游乐的人并未沉迷无度。停止游玩动身返程，离开这里返回城中。车声隆隆有如雷震，其快超过狂风，骏马飞腾好比龙行。日暮方归，其乐难忘。这只是游观之好，耳目之娱罢了。并非南都最美之处，不足挂齿。

南阳，真是汉朝的旧都。论起汉室天子的远世则有刘累，他因为无法为孔甲提供龙肉酱，而迁徙到南阳郡的鲁县。奉先帝唐尧而表达后人孝心，在尧山建立起尧祠。夏朝就已经建立起汉室灵根，经历夏商周三代而开始繁衍昌盛。若非大德与宏图，谁能够考虑周全而居于南阳！

近则考侯思故[1]，匪居匪宁。秽长沙之无乐，历江湘而北征。曜朱光于白水，会九世而飞荣。察兹邦之神伟，启天心而寤灵。

【注释】

〔1〕考侯：刘仁，光武帝刘秀祖父，其封地在春陵。因为春陵地势低

湿，他上书元帝愿北徙南阳，守先祖坟墓。

【译文】

近代则有考侯刘仁思念故地，认为封地春陵不适于居住。诉病长沙之地缺少快乐，穿越江湘而北归南阳。考侯刘仁徙封南阳白水乡，继承汉室火德的九世孙刘秀为家族增添荣光。考侯觉察南阳为神伟之地，且启上天之心，又悟先灵之意，就在这里为王。

于其宫室，则有园庐旧宅，隆崇崔嵬。御房穆以华丽[1]，连阁焕其相徽[2]。圣皇之所逍遥，灵祇之所保绥。章陵郁以青葱，清庙肃以微微。皇祖歆而降福，弥万祀而无衰。帝王臧其擅美，咏南音以顾怀。且其君子，弘懿明叡，允恭温良。容止可则，出言有章。进退屈伸，与时抑扬。

【注释】

〔1〕御房：光武帝刘秀旧居。

〔2〕相徽：互相辉映。

【译文】

南都的宫室，则有光武帝的园庐旧宅，高大雄伟。御房庄严华丽，连阁相映生辉。圣皇逍遥于此，灵祇保佑他平安康宁。章陵草木郁郁葱葱，清庙肃穆而又幽静。皇祖享受祭祀而降下福禄，保佑汉室绵延万代而不衰。帝王喜南都之擅美，咏唱南音以表达眷顾和怀念之情。这里的君子，弘大美善又聪明睿智，严肃温和而不失善良。他们的言行举止可成为法则，出口即可成章。进退屈伸有时有度，随着时代变化而或抑或扬。

方今天地之睢剌[1]，帝乱其政，豺虎肆虐，真人革命之秋也。尔其则有谋臣武将，皆能攫戾执猛，破坚摧刚。排揵陷扃[2]，蹩蹈咸阳[3]。高祖阶其途，光武揽其英。是以关门反距，汉德久长。及其去危乘安，视人用迁。周、召之俦[4]，据鼎足焉，以庀王职[5]。缙绅之伦，经纶训典，赋纳以言。是以朝无阙政，风烈昭宣也[6]。于是乎鲵齿眉寿[7]，鲐背之叟[8]，皤皤然被黄发者，喟然相与歌曰："望翠华兮葳蕤，建太常兮裶裶[9]。驷飞龙兮骙骙[10]，振和鸾兮京师[11]。总万乘兮徘徊，按平路兮来归。"岂不思天子南巡之辞者哉！遂作颂曰：

皇祖止焉，光武起焉。据彼河洛，统四海焉。本枝百世，位天子焉。永世克孝，怀桑梓焉。真人南巡，睹旧里焉。

【注释】

〔1〕睢剌（suī là）：乖离不正貌。喻祸乱。

〔2〕揵：门上用于关插的木条。横者名关，竖者名揵。　扃（jiōng）：从外面关的门户。

〔3〕蹩蹈：踩踏。

〔4〕周：周公旦，姬氏。周武王之弟，辅佐周成王。　召：召公姬奭，为周成王时三公。

〔5〕庀（pǐ）：治理。

〔6〕风烈：风教与德业。　昭宣：光明显著。

〔7〕鲵齿：老人齿落后更生的细齿，被视为长寿之征。　眉寿：长寿。

〔8〕鲐背：谓老人背上生斑如鲐鱼之纹，为高寿之征。

〔9〕太常：旗名。　裶裶：长垂之貌。

〔10〕骙骙：马行雄壮之貌。

〔11〕和鸾：古代车上的铃铛。挂在车前横木上称"和"，挂在轭首或车架上称"鸾"。

【译文】

当年天下大乱，秦二世自乱朝政，奸佞凶险之徒肆虐天下，正是真命天子改朝换代之时。高祖手下谋臣如云，武将如雨，皆能搏杀暴戾之敌，擒拿凶猛之辈，破除坚固的壁垒，摧毁刚强的敌人。他们夺下一个个险要的关隘，终于攻陷咸阳。高祖攻克南阳，成为奠定帝业的台阶；光武广揽南阳英雄，成为复兴汉室的关键。居于西都可距东面之敌，居于东都可距西面之患，汉室帝德得以久长。等到从危乱而走向太平，从百姓利益出发迁都洛阳。周公、召公一般的贤臣，帮助天子治理天下，宛如鼎足三分。缙绅士人之流，修纂经典，贡献善言。所以朝政没有缺漏，风教德业显著光明。于是那些长寿的老人，相互感叹而作歌道："远望那庄严华丽的翠华车盖，太常之旗在空中高高飘扬。四马驾车异常雄壮，其快如飞宛如飞龙，车铃声声响彻京师洛阳。天子率领万乘车马徐徐而行，沿着平路返回南阳。"怎能不想起天子南巡的歌辞啊！于是作颂道：

先祖刘累和考侯刘仁在此停留，光武帝于此中。占据河洛之地，可以统辖四海。本枝多有百世，子孙永为天子。后人永怀孝心，怀念桑梓南都。光武帝南巡，南都城重睹故里。

三都赋序　左太冲（左思）

【题解】

左思（252？—306?），字太冲，齐国淄博（今山东淄博）人。曾为秘书郎、祭酒，为人貌寝口讷。晋武帝太始八年，其妹左棻因文才被纳入宫中，左思乃移家洛阳，精心撰作《三都赋》，十年乃成。其《咏史》八首文学价值最高，《诗品》将其列为上品。《三都赋序》中左思提出赋作以征实为本，反对肆意夸张和铺排辞藻的创作倾向。

盖诗有六义焉[1]，其二曰赋。杨雄曰："诗人之赋丽以则[2]。”班固曰：“赋者，古诗之流也。”先王采焉，以观土风。见“绿竹猗猗”[3]，则知卫地淇澳之产；见“在其版屋”[4]，则知秦野西戎之宅。故能居然而辨八方。然相如赋《上林》而引“卢橘夏熟”，杨雄赋《甘泉》而陈“玉树青葱”，班固赋《西都》而叹以出比目，张衡赋《西京》而述以游海若。假称珍怪，以为润色，若斯之类，匪啻于兹。考之果木，则生非其壤；校之神物，则出非其所。于辞则易为藻饰，于义则虚而无征。且夫玉卮无当[5]，虽宝非用；侈言无验，虽丽非经。而论者莫不诋讦其研精[6]，作者大氐举为宪章[7]。积习生常，有自来矣。

【注释】

〔1〕六义：《毛诗序》称：“诗有六义焉：一曰风，二曰赋，三曰比，四曰兴，五曰雅，六曰颂。”

〔2〕丽：华丽，富丽。 则：法则，此处指《诗经》的雅正法则。

〔3〕绿竹猗猗（yī）：语自《诗经·卫风·淇澳》。猗猗，茂盛美好之貌。

〔4〕在其版屋：见于《诗经·秦风·小戎》。版屋，用夹板筑土建成的房屋。

〔5〕卮（zhī）：古代的一种酒器。

〔6〕诋讦（dǐ jié）：诋毁攻击。 研精：精细研究。

〔7〕大氐：大抵，大都。 宪章：效法学习的对象。

【译文】

《诗经》有所谓六义，第二种就是赋。杨雄说：“古代的诗人作赋，不但追求辞彩的华丽，而且要符合雅正的法则。”班固言：“赋这种体裁，是古诗的流变。”古代君王收罗采集这些民间歌谣，意在考察当地的风土人情。见“绿竹猗猗”，就知道卫地淇水之滨盛产绿竹；见“在其版屋”，则知秦地及西戎的居住习惯。通过这些诗歌民谣，足不出户而能了解各地的风俗习惯。然而司马相如的《上林赋》竟称“卢橘夏熟”，杨雄的《甘泉赋》妄言“玉树青葱”。班固的《西都赋》为钓到比目鱼而惊叹，张衡的《西京赋》竟说与海神交游。假称珍怪之物，来为自己的文章添彩，这样的例子，非止一端。考察这些赋中的果木，实在不该生长在这些地方；校验这些神物，确实不应出自这些场所。遣词为文必然要多加修饰，但是在实质上则是虚诞而毫无根据。玉卮如果没有底的话，材质再珍贵也一无是处；没有根据的夸大之词，再华丽也不合常情。而评论者从不诟病这些作品缺乏精细钻研，而辞赋作者却大都将其作为学习的典范。习惯而成自然，这也是由来已久。

余既思摹《二京》而赋《三都》，其山川城邑则稽之地图，其鸟兽草木则验之方志。风谣歌舞，各附其俗；魁梧长者，莫非其旧。何则？发言为诗者，咏其所志也；升高能赋者，颂其所见也。美物者贵依其本，赞事者宜本其实。匪本匪实，览者奚信？且夫任土作贡，《虞书》所著[1]；辩物居方[2]，《周易》所慎。聊举其一隅，摄其体统，归诸诂训焉[3]。

【注释】

〔1〕《虞书》:《尚书》组成部分之一，相传是记载唐尧、虞舜、夏禹等事迹之书。

〔2〕居方：所处的地区。

〔3〕诂训：古人的解释。

【译文】

我很早就打算摹仿《二京赋》来作《三都赋》，其山川城邑则用地图加以核对，其鸟兽草木则用方志加以检验。风谣歌舞，各自与当地的风俗相符；魁梧长者，无一不是当地名流。这是为何？发言为诗，咏叹的是作者的志向；登高作赋，赞美的是作者的见闻。赞美事物，贵在依其原貌，赞美人事，应该尊重事实。既非原貌又非事实，观看的人如何能够采信呢？依据土地的肥沃或贫瘠，来制定贡赋的品种与数量，见载于《虞书》；根据所在之地来辨别事物，这是《周易》提及要特别谨慎的。姑且举出一些个别的事例，来反映作赋中存在的一些弊端，一定要熟悉古书上的这些记载，从事实出发。

蜀都赋　左太冲（左思）

【题解】

《蜀都赋》以铺张扬厉而见长，左思从时空结合的角度对成都进行了全方面的立体描写，地方色彩浓郁，气势磅礴，令人叹为观止。

有西蜀公子者，言于东吴王孙，曰："盖闻天以日月为纲，地以四海为纪〔1〕。九土星分〔2〕，万国错跱〔3〕。崤函有帝皇之宅，河洛为王者之里。吾子岂亦曾闻蜀都之事欤？请为左右扬搉而陈之〔4〕。

【注释】

〔1〕纪：法度，准则。

〔2〕星分：以天上的星宿划分地上的区域。

〔3〕错跱（zhì）：交错而立。

〔4〕扬搉（què）：举其大概。

【译文】

有一位西蜀公子，对东吴王孙说道："我听说天以日月为法度，地以四海为准则。九州之土依星宿划分区域，万国交错而立于八方。崤山和函谷关有帝皇之宅，黄河与洛水为王者之里。您是否曾听闻蜀都之事？请允许我为您约略陈说。

“夫蜀都者，盖兆基于上世〔1〕，开国于中古〔2〕。廓灵关以为门，包玉垒而为宇〔3〕。带二江之双流〔4〕，抗峨眉之重阻。水陵所凑，兼六合而交会焉；丰蔚所盛，茂八区而庵蔼焉。

【注释】

〔1〕上世：上古之世。传说蜀王的先祖有蚕丛、拍濩、鱼凫、蒲泽、开明。从开明上到蚕丛，有三万四千岁之久，故曰上世。

〔2〕中古：指战国时期。自秦惠王讨灭蜀王，封公子通为蜀侯。秦惠王二十七年，命张若与张仪筑成都城。其后置蜀郡，以李冰为守。

〔3〕灵关、玉垒：山名，位于成都。

〔4〕二江：岷江。江水被岷山一分为二，自成都南东流。

【译文】

“蜀都，在上古之世就奠定了国家的基础，在战国时期开始设立郡县。以灵关山为其门户，包玉垒山为其屋宇。二水分流的岷江为其襟带，面对着重重险阻的峨眉山。水陆凑集，是上下四方的交会之地；物产丰盛，在八方之中最为富足。

“于前则跨蹑犍牂，枕輢交趾〔1〕。经途所亘，五千余里。山阜相属，含溪怀谷。岗峦纠纷〔2〕，触石吐云。郁葐蒀以翠微〔3〕，崛巍巍以峩峩。干青霄而秀出，舒丹气而为霞。龙池瀥瀑濆其隈〔4〕，漏江伏流溃其阿〔5〕。汩若汤谷之扬涛〔6〕，沛若蒙汜之涌波〔7〕。于是乎邛竹缘岭〔8〕，菌桂临崖。旁挺龙目〔9〕，侧生荔枝。布绿叶之萋萋，结朱实之离离。迎隆冬而不凋，常晔晔以猗猗[10]。孔翠群翔，犀象竞驰。白雉朝雊[11]，猩猩夜啼。金马骋光而绝景，碧鸡倏忽而曜仪[12]。火井沉荧于幽泉[13]，高爓飞煽于天垂。其间则有虎珀丹青[14]，江珠瑕英[15]。金沙银砾，符采彪炳，晖丽灼烁。

【注释】

〔1〕枕輢：枕倚。　交趾：郡名。

〔2〕纠纷：交错杂乱之貌。

〔3〕蓋薀：烟霭氤氲。　翠微：形容山色青翠缥缈。

〔4〕龙池：池名。　瀥（xuè）瀑：水沸之声。　濆（pēn）：喷涌。隈：山水等弯曲之处。

〔5〕漏江：古水名。　阿：凹曲处。

〔6〕汤谷：传说中的日出之处。

〔7〕蒙汜（sì）：传说中的日入之处。

〔8〕邛（qióng）竹：竹名，出于临邛山。

〔9〕龙目：桂圆。

〔10〕晔晔（yè）、猗猗：美盛之貌。

〔11〕雊：鸣叫。

〔12〕金马、碧鸡：皆为西南地区传说中的神物。　曜仪：闪耀光辉的仪容。

〔13〕火井：盐井。　荧：微弱的火光。

〔14〕虎珀：琥珀。　丹青：丹砂和青雘，可作颜料。

〔15〕瑕（xiá）英：美玉。

【译文】

“蜀都之前跨越犍为、牂柯二郡，远至交趾。前后绵延，有五千余里。山丘连绵不断，溪谷包容其内。岗峦交错纵横，山中云气触石而出。山中烟霭氤氲，山色青翠缥缈，山峰巍峨独立。峰顶刺破云霄而秀丽挺拔，吐出丹气而成为云霞。龙池之水在山隈沸腾奔涌，漏江潜流冲溃山阿。水势迅疾宛若汤谷扬涛，水流庞沛势如蒙汜涌波。于是邛竹沿着山岭遍地丛生，菌桂毗邻山崖茂盛生长。山旁龙眼在枝头挺立，山侧荔枝树茁壮生长。枝头布满青翠的绿叶，挂满了成熟的红果。即便隆冬时节而不凋谢，经常是美丽而又茂盛。孔雀和翠鸟在天空群翔，犀牛和大象在地上竞驰。白雉在早晨鸣叫，猩猩在夜晚哀啼。金马奔腾其快如光，绝尘而去；碧鸡倏忽而过，闪耀光辉的仪容。盐井幽深之处有着细微的光亮，投火入井高高的火焰直冲霄汉。这里还有名贵的虎珀丹青，江珠瑕英。水中蕴藏金沙，山中出产银砾，光华闪耀，绚丽非常。

“于后则却背华容〔1〕，北指昆仑。缘以剑阁〔2〕，阻以石门〔3〕。流汉汤汤，惊浪雷奔。望之天回〔4〕，即之云昏。水物殊品，鳞介异族。或藏蛟螭，或隐碧玉〔5〕。嘉鱼出于丙穴，良木攒于褒谷。其树则有木兰梫桂〔6〕，杞櫹椅桐〔7〕，椶枒楔枞〔8〕。楩楠幽蔼于谷底〔9〕，松柏蓊郁于山峰。擢修干，竦长条。扇飞云，拂轻霄。羲和假道于峻岐〔10〕，阳乌回翼乎高标〔11〕。巢居栖翔，聿兼邓林〔12〕。穴宅奇兽，窠宿异禽。熊罴咆其阳，雕鹗鴆其阴〔13〕。猨狖腾希而竞捷，虎豹长啸而永吟。

【注释】

〔1〕华容：水名，在江由之北。

〔2〕剑阁：谷名，是蜀地与汉中相通的咽喉要道。

〔3〕石门：山名。

〔4〕天回：天旋。形容气象雄伟壮观。

〔5〕碧玉：水晶。

〔6〕梫（qǐn）：木桂。

〔7〕櫹（xiāo）：一种大树。　椅：落叶乔木。

〔8〕椶枒（zōng yá）：棕榈。　楔（xiē）：形似松而有刺。

枞：冷杉。

〔9〕楩（pián）楠（nán），黄楩木与楠木，皆大木。 幽蔼：茂盛。

〔10〕羲和：神话人物，驾御日车之神。

〔11〕阳乌：神话中在太阳里的三足乌。 高标：高枝。

〔12〕邓林：神话中夸父逐日丢下手杖化成的桃林。

〔13〕鴥：（鸟）疾飞之貌。

【译文】

“蜀都之后则背靠华容之水，北指昆仑之山。周围有剑阁之险，又有石门山之重重险阻。流水汤汤，宛如奔雷惊浪。远望天旋地转，近观云雾蒙蒙。水中有各种珍奇的物产，还有各种特殊的水族生物。或藏蛟螭，或隐水晶。丙穴盛产嘉鱼，褒斜谷良木攒集。树种则有木兰梫桂，杞櫹椅桐，椶枒楔枞。楩楠在谷底茂盛生长，松柏于山峰蓊蓊郁郁。挺立起修长的树干，高耸着长长的枝条。高高的枝条上扇飞云，下拂轻霄。日神羲和在山巅借道，三足神乌在高枝盘旋。禽鸟或巢居栖息，或翱翔长空，数目之多倍于邓林。洞穴中有珍奇的野兽，巢中有罕见的异禽。熊罴在山南咆啸，雕鹗在山北飞翔。猨狖在枝条间跳跃竞逐，虎豹于山林放声长啸。

“于东则左绵巴中，百濮所充〔1〕。外负铜梁于宕渠〔2〕，内函要害于膏腴。其中则有巴菽巴戟〔3〕，灵寿桃枝〔4〕。樊以蒩圃〔5〕，滨以盐池。蝴蝶山栖〔6〕，鼋龟水处。潜龙蟠于沮泽〔7〕，应鸣鼓而兴雨。丹沙赩炽出其坂〔8〕，蜜房郁毓被其阜〔9〕。山图采而得道〔10〕，赤斧服而不朽〔11〕。若乃刚悍生其方，风谣尚其武。奋之则賨旅〔12〕，玩之则渝舞〔13〕。锐气剽于中叶，蹻容世于乐府〔14〕。

【注释】

〔1〕百濮：多种少数民族。

〔2〕铜梁，山名。　宕渠，县名。

〔3〕巴菽：巴豆。　巴戟：巴戟天，药草名。

〔4〕灵寿：木名。　桃枝：竹属植物。

〔5〕葙：蕺菜。　圃：菜园。

〔6〕蛸蛦（biē yí）：山鸡。

〔7〕沮泽：沼泽。

〔8〕赩炽：色泽红艳。

〔9〕蜜房：蜂巢。　郁毓：丰盛之貌。

〔10〕山图：陇西人，随道士至名山采药，身轻不食，后不知所踪。

〔11〕赤斧：巴人，能炼丹砂与消石，服之身体毛发尽赤。

〔12〕賨（cóng）旅：賨人的军队。賨人世代骁勇善战，阆中人范目曾劝说汉高祖募取賨人，平定三秦。

〔13〕渝舞：阆中渝水两岸賨人所跳的舞蹈。高祖喜其舞风猛锐，曾令乐府习之。

〔14〕蹻（jiǎo）容：勇武刚猛的舞姿。

【译文】

“蜀都之东则左连巴中，众多的少数民族居住于此。外凭宕渠铜梁山之天险，内有沃野之上的险关。这里有巴豆巴戟，亦有灵寿桃枝。以园圃作为藩篱，盐池则近于水滨。山鸡栖息于山，鼋龟居处于水。潜龙在沼泽盘旋，鸣鼓声起而兴云布雨。色泽红艳的丹沙出自这里的山坡，诱人的蜂巢遍布山丘。山图采仙药而成仙得道，赤斧服丹砂、消石而长生不老。这里的民风刚强凶悍，民谣都以勇武为美。奋起从军有英勇的賨旅，闲暇娱乐则有猛锐的渝舞。賨人的锐气著称于汉之盛世，勇武刚猛的舞姿被乐府世代传承。

“于西则右挟岷山，涌渎发川[1]。陪以白狼[2]，夷歌成章。坰野草昧，林麓黝倏[3]。交让所植[4]，蹲鸱所伏[5]。百药灌丛，寒卉冬馥。异类众伙，于何不育？其中则有青珠黄环，碧砮芒消[6]。或丰绿荑[7]，或蕃丹椒[8]。麋芜布濩于中阿[9]，风连莚蔓于兰皋[10]。红葩紫饰[11]，柯叶渐苞[12]。敷蘂葳蕤，落英飘飖。神农是尝，卢跗是料[13]。芳追气邪[14]，味蠲疠痟[15]。其封域之内，则有原隰坟衍[16]，通望弥博。演以潜沫，浸以绵雒[17]。沟洫脉散，疆里绮错[18]。黍稷油油，粳稻莫莫[19]。指渠口以为云门[20]，洒滮池而为陆泽[21]。虽星毕之滂沲[22]，尚未齐其膏液。尔乃邑居隐赈[23]，夹江傍山。栋宇相望，桑梓接连。家有盐泉之井，户有橘柚之园。其园则有林檎枇杷[24]，橙柿梬楟[25]。榹桃函列[26]，梅李罗生。百果甲宅[27]，异色同荣。朱樱春熟，素柰夏成[28]。若乃大火流，凉风厉。白露凝，微霜结。紫梨津润，樼栗罅发[29]。蒲陶乱溃，若榴竞裂[30]。甘至自零[31]，芬芬酷烈。其园则有蒟蒻茱萸[32]，瓜畴芋区。甘蔗辛姜，阳蓲阴敷[33]。日往菲薇，月来扶疏[34]。任土所丽，众献而储。其沃瀛则有攒蒋丛蒲[35]，绿菱红莲。杂以蕴藻，糅以蘋蘩[36]。总茎柅柅，裛叶蓁蓁[37]。蕡实时味[38]，王公羞焉。其中则有鸿俦鹄侣，鷩鹭鹈鹕[39]。晨凫旦至，候雁衔芦。木落南翔，冰泮北徂[40]。云飞水宿，哢吭清渠[41]。其深则有白鼋命鳖，玄獭上祭[42]。鳣鲔鳟鲂，鮷鳢鲨鲿[43]。差鳞次色，锦质报章。跃涛戏濑，中流相忘。

【注释】

〔1〕涌渎发川：发源，发流。

〔2〕白狼：国名，东汉时期四川境内一个小国。明帝时，白狼国曾用本国语言作诗三首，歌颂大汉功德。

〔3〕黝儵（yǒu shū）：昏昧。

〔4〕交让：木名。

〔5〕蹲鸱（dūn chī）：大芋头。

〔6〕青珠、黄环、碧砮（nǔ）、芒消：皆中药名。

〔7〕绿荑（tí）：香草名。

〔8〕丹椒（jiāo）：花椒。

〔9〕蘪（mí）芜：蘼芜，香草名。　布濩：遍布。

〔10〕风连：黄连。　莚蔓：连接。

〔11〕红葩：红花。　紫饰：紫色的果实。

〔12〕渐苞：不断生长。

〔13〕卢跗：扁鹊、俞跗，二人皆为古之名医。

〔14〕追：驱除，消除。

〔15〕疠（lì）痟（xiāo）：疫病和头痛。

〔16〕原：平原。　隰（xí）：低湿的土地。　坟：水边的高地。　衍：低而平坦之地。

〔17〕演：潜流。　潜沫：二水名。　绵雒：二水名。

〔18〕沟洫：古代用以除涝的排水沟道系统。小者为沟，大者为洫，统称沟洫。

〔19〕油油、莫莫：禾苗光润之貌。

〔20〕渠口：都江堰。

〔21〕滮（biāo）池：古水名，此处泛指水池。

〔22〕星毕：毕宿，二十八宿之一。　滂沲：滂沱。古人认为毕星主雨。

〔23〕隐赈（zhèn）：富饶，殷实。

〔24〕林檎（qín）：沙果。

〔25〕楟：柿子。　梬（yǐng）：黑枣。　楟（tíng）：山梨。

〔26〕榹（sì）桃：山桃。

〔27〕甲宅：开花。

〔28〕素柰（nài）：白色的沙果。

〔29〕榛（zhēn）：榛。　罅（xià）发：裂开。

〔30〕若榴：石榴。

〔31〕零：掉落。

〔32〕蒟蒻（jǔ ruò）：魔芋。

〔33〕阳蓲（xū）：被阳气所暖。 阴敷：遍布于阴凉之地。

〔34〕菲薇、扶疏：树叶茂盛纷披之貌。

〔35〕沃瀛（yíng）：肥沃的水泽。 蒋：古书上说的一种菰类植物。

〔36〕蕴藻、蘋蘩：皆水草名。

〔37〕柅柅（ní）、蓁蓁（zhēn）：草木茂盛之貌。

〔38〕蕡（fén）实：多而大的果实。

〔39〕鷲（zhèn）鷺：鷺鸶。

〔40〕冰泮：冰溶。

〔41〕咔吭：鸣叫。

〔42〕玄獭（tǎ）上祭：水獭贪食，常捕鱼陈列水边，如陈物而祭。

〔43〕鱣鮪鱒魴（zhān wěi zūn fáng），鮷鱧魦鲿（tí lǐ shā cháng）：皆鱼名。

【译文】

“蜀都之西则右挟岷山，岷江发源于此。白狼国心向汉室，曾经用其语言给明帝写作诗章。郊野和山林的草木幽昧深邃。交让树生长繁茂，大芋头在地下成熟。各种草药丛生于灌木丛中，耐寒的花卉在冬季吐露芬芳。各种植物，有哪一种不能在这里生长？其中则有青珠黄环，还有碧砮芒消。既出产丰茂的绿荑，还繁育火红的花椒丹椒。蘼芜遍布在山坳，黄连绵延于兰皋。红花紫实，枝叶不断生长。满目的花蕊向下低垂，地上的落花随风飘扬。神农曾在这里品尝百草，扁鹊与俞跗曾在此间采制良药。草药的芬芳之气可祛邪气，其味可除疫病与头痛。蜀都境内，则有平原、湿地、丘陵、盆地，一望无边。潜水和沫水潜流其下，绵水和雒水灌溉良田。沟渠分散如人之血脉，田界交错如衣上锦绣。五谷皆生机盎然，异常光润。都江堰宛如行云布雨的云门，流入水池而灌溉良田。即便是毕星所主的滂沱大雨，也不及其便利程度。城镇乡村都富裕殷实，民居都夹江傍山。栋宇相望，桑梓接连。家家有盐泉之井，户户有橘柚之园。果园中有林檎、枇杷，橙、楱、樗、楟。山桃罗列，梅李丛生。各种果木盛开鲜花，颜色各异而一齐盛开。朱红的樱桃春季成熟，白色的沙果夏天才能采摘。等到秋天来临，凉风凄厉。白露与微霜开始凝结。紫梨汁多润喉，榛子与栗子的果壳爆开。熟透的葡萄缀满枝头，火红的石榴竞相开裂。熟透的果实自然坠地，芬芬酷烈的香气沁人心脾。菜园中有魔芋、茱萸，还有瓜田和芋地。甘蔗需要阳光的温润，辛姜则遍布在阴凉的地方。日往月来，花草树木日渐成长。根据土壤来种植不同的作物，丰收之日将它们的果实加以储藏。肥沃的水泽则有丛生的蒋、蒲，还有绿色的菱角和红色的莲花。杂生着蕴藻、蘋蘩等各种水草。茎叶密集而又繁盛。硕果和时鲜，供给王公贵族享用。水中还有大雁、天鹅，鹭鸶、鹈鹕。野鸭清晨至此戏水，候雁飞行时衔着芦苇加以警戒。落叶之时南飞，冰融之刻北往。在云间飞行，在水中休憩，在清渠中长鸣。深水处则有白鼋和鳖，黑色的水獭将鱼儿罗列在水边。鳣、鲔、鳟、鲂，鮷、鳢、鲨、鲿各种鱼类数不胜数。它们鳞片不同颜色各异，锦鳞上有美丽的花纹。或在波涛中跳跃，或在急流中嬉戏，在中流欢快地游来游去。

“于是乎金城石郭，兼匝中区[1]。既丽且崇，实号成都。辟二九之通门，画方轨之广途。营新宫于爽垲[2]，拟承明而起庐[3]。结阳城之延阁[4]，飞观榭乎云中。开高轩以临山，列绮窗而瞰江。内则议殿爵堂[5]，武义虎威[6]。宣化之闼[7]，崇礼之闱。华阙双邈[8]，重门洞开。金铺交映，玉题相晖[9]。外则轨躅八达[10]，里闬对出[11]。比屋连甍[12]，千庑万室[13]。亦有甲第[14]，当衢向术。坛宇显敞，高门纳驷。庭扣钟磬，堂抚琴瑟。匪葛匪姜，畴能是恤。

【注释】

〔1〕匝：环绕。

〔2〕爽垲（kǎi）：高朗干燥。

〔3〕承明：承明庐，汉承明殿旁屋，侍臣值宿所居。

〔4〕阳城：城门名。　延阁：长阁。

〔5〕议殿、爵堂：殿堂名。

〔6〕武义、虎威：二门名。

〔7〕闼（tà）：小门。

〔8〕闱（wéi）：古代宫室两侧的小门。

〔9〕铺：铺首。　题：椽头。

〔10〕轨躅（zhuó）：车辙的痕迹。

〔11〕里闬（hàn）：里门。

〔12〕甍（méng）：屋脊。

〔13〕庑（wǔ）：大屋。

〔14〕甲第：高官显贵的宅第。

【译文】

“于是那固若金汤的内城和外郭，紧紧将蜀都的中心环绕。既壮丽又雄伟，其名唤作成都。开辟十八座高大的城门，铺设两车并行的通衢大道。在高朗干燥之地营建新宫，仿照汉代的承明庐修造殿堂。连接阳城门的是长阁与栈道，宫观台榭仿佛飞入云中。透过长廊正面对青山，推开雕窗可俯瞰长江。内有议殿和爵堂，武义、虎威二门，还有宣化之闼，崇礼之闱。正门前的一对华阙高高耸立，一座座城门一齐洞开。金色的铺首和玉饰的椽头相映生辉。宫外的道路四通八达，里巷的门户成双成对。房屋比邻而建，大屋小房数不胜数。还有王公贵族的府邸，都紧邻街道而建。厅堂屋宇高大宽敞，高大的正门可以容纳四马所驾之车。庭中扣响钟磬，堂内抚动琴瑟。除了诸葛亮和姜维这样的人物，谁有资格住这样的豪宅？

“亚以少城〔1〕，接乎其西。市廛所会〔2〕，万商之渊。列隧百重〔3〕，罗肆巨千。贿货山积，纤丽星繁。都人士女，袨服靓妆〔4〕。贾贸墆鬻〔5〕，舛错纵横。异物崛诡，奇于八方。布有橦华[6]，面有桄榔[7]。邛杖传节于大夏之邑[8]，蒟酱流味于番禺之乡[9]。舆辇杂沓，冠带混并。累毂迭迹，叛衍相倾[10]。喧哗鼎沸，则哤聒宇宙[11]；嚣尘张天，则埃壒曜灵[12]。阛阓之里[13]，伎巧之家。百室离房，机杼相和。贝锦斐成[14]，濯色江波。黄润比筒[15]，籯金所过[16]。侈侈隆富，卓郑埒名[17]。公擅山川，货殖私庭。藏镪巨万[18]，鈲摫兼呈[19]。亦以财雄，翕习边城[20]。三蜀之豪[21]，时来时往。养交都邑，结俦附党。剧谈戏论，扼腕抵掌。出则连骑，归从百两[22]。若其旧俗，终冬始春。吉日良辰，置酒高堂，以御嘉宾。金罍中坐[23]，肴槅四陈[24]。觞以清醥[25]，鲜以紫鳞。羽爵执竞，丝竹乃发。巴姬弹弦，汉女击节。起《西音》于促柱，歌《江上》之飘厉[26]。纡长袖而屡舞[27]，翩跹跹以裔裔[28]。合樽促席，引满相罚。乐饮今夕，一醉累月。

【注释】

〔1〕少城：小城，在大城之西，是市场集中的区域。

〔2〕市廛（chán）：集市。

〔3〕隧：街道，这里特指集市中的街道。

〔4〕袨（xuàn）服：玄黄色的衣服，古之盛装。

〔5〕墆（dié）：囤积。

〔6〕橦（tòng）华：木棉。

〔7〕桄榔（guāng láng）：一种热带植物，其髓心可提取淀粉。

〔8〕邛杖：邛崃山产的竹杖，为蜀地特产。　大夏：中亚古国名。

〔9〕蒟（jǔ）酱：指用蒌叶的果实做的酱，为蜀地特产。

〔10〕叛衍：连绵不断。

〔11〕哤聒（máng guō）：声音嘈杂。

〔12〕埃壒（ài）：尘埃。　曜：遮蔽。

〔13〕阛（huán）：市区之墙。 阓（huì）：市区之门。古时市道在墙与门之间，故通称市区为“阛阓”。

〔14〕贝锦：绣有贝壳花纹的锦缎。

〔15〕黄润：蜀中特产的一种细布。

〔16〕籝（yíng）：竹箱。

〔17〕卓：卓氏，汉代蜀中富豪。 郑：程郑，亦为蜀中富豪之一。埒（liè）名：齐名。

〔18〕镪（qiǎng）：钱。

〔19〕鈲摫（pì guī）：木材和布帛。

〔20〕翕（xī）习：威盛之貌。

〔21〕三蜀：指蜀郡、广汉郡、犍为郡。

〔22〕百两：百辆车骑。

〔23〕罍：古代酒器。

〔24〕槅：有核的果品。

〔25〕清醥（piǎo）：清酒。

〔26〕《西音》、《江上》：皆古曲之名。 促柱：急弦。 飂（liáo）厉：嘹亮。

〔27〕纡：盘旋。

〔28〕裔裔：形容舞态或步履袅娜。

【译文】

“其次则是小城，位于蜀都西部。这里是市集交会之地，万商云集之所。市中的街道多达百条，店铺数量足有数千。货物堆积如山，纤巧华丽的商品灿若繁星。街市上往来的男女，皆是华服盛妆。商贾囤积物品，往来贸易，令人眼花缭乱。四面八方的奇珍异货，全都集于一方。有木棉所织之布，有桄榔所碾之面。邛杖流通到大夏国的城邑，蒟酱香飘于番禺之乡。车辇穿梭往来，达官显贵混杂其间。车马连绵不断，道路水泄不通。人声喧哗鼎沸，震动屋宇和栋梁；尘埃弥漫天空，遮蔽四方神灵。集市之里巷，工匠之人家。百室千家，机杼之声不绝于耳。有贝纹的蜀锦织成之后，在江波之中濯色变得异常鲜亮。一筒筒的黄润细布，价值成箱的金银。

奢侈豪富之家，卓氏与程郑齐名。公然霸占山川，将其出产作为私存。家藏的钱财不啻千万，木材和布帛多如牛毛。富豪们因为其家资万贯，威震一方。三蜀之地的富豪，经常互相来往。结交都邑的官吏，结成荣辱与共的朋党。高兴时高谈阔论，激动处扼腕抵掌。出则车骑相连，归来百车相从。按照旧日习俗，冬末春初，选择吉日良辰，置酒高堂，来款待嘉宾。座中摆满金罍，佳肴和果品陈列四方。饮用的是清香甘冽的美酒，享用的是香气四溢的鲜鱼。觥筹交错之间，丝竹之音乃发。巴蜀的美女弹弦，汉中的佳人击节。急弦交错，弹奏的是《西音》之曲。歌声嘹亮，唱的是《江上》之歌。长袖盘旋而舞动不息，舞姿翩翩而步履婀娜。走近对方的座席互相敬酒，如若罚杯必须一饮而尽。今夜畅快饮酒，一醉竟有数月。

“若夫王孙之属，郤公之伦〔1〕。从禽于外，巷无居人。并乘骥子〔2〕，俱服鱼文〔3〕。玄黄异校〔4〕，结驷缤纷。西踰金堤，东越玉津。朔别期晦〔5〕，匪日匪旬。蹴蹈蒙笼〔6〕，涉躐寥廓〔7〕。鹰犬倏眒〔8〕，罻罗络幕〔9〕。毛群陆离，羽族纷泊。翕响挥霍〔10〕，中网林薄。屠麖麋〔11〕，翦旄麈〔12〕。带文蛇，跨雕虎。志未骋，时欲晚。追轻翼，赴绝远。出彭门之阙〔13〕，驰九折之坂〔14〕。经三峡之峥嵘，蹑五屼之蹇浐〔15〕。戟食铁之兽，射噬毒之鹿。皛貙氓于葽草〔16〕，弹言鸟于森木。拔象齿，戾犀角。鸟铩翮，兽废足。

【注释】

〔1〕郤公：蜀中豪侠。

〔2〕骥子：骏马名。

〔3〕鱼文：箭袋。

〔4〕校：队伍。

〔5〕朔：初一。　晦：月底。

〔6〕蹴蹈：践踏。

〔7〕涉躐（kē）：跨越。

〔8〕倏眒（shū shēn）：迅疾之貌。

〔9〕罻（wèi）罗：捕捉鸟兽的网。　络幕：张设。

〔10〕翕（xī）响挥霍：瞬息之间。

〔11〕麖（jīng）：马鹿。　麋（mí）：麋鹿。

〔12〕旄麈（máo zhǔ）：一种鹿科动物。

〔13〕彭门之阙：岷山都安县有二山，对立如阙，称为彭门。

〔14〕九折之坂：位于邛崃山。

〔15〕五屼（wù）：山名。　蹇浐（jiǎn chǎn）：形容山势高而盘曲。

〔16〕皛（pò）：击杀。　貙（chū）氓：古书记载中一种能化为虎的怪物。

【译文】

"像那些卓王孙一般的富商，郤公一样的豪侠。出城前去行猎，万人空巷前来观看。众人皆乘骏马名唤骥子，皆佩戴箭袋号为鱼文。黑马黄马分为两队，四马驾车络绎缤纷。向西跨过金堤，往东越过玉津。初一离家，月底方回，既非一日更非一旬。踏过蒙笼的草木，跨越寥廓的田野。鹰犬奔驰疾飞，罗网遮天蔽日。野兽落荒而逃，禽鸟惊慌逃窜。片刻之功，禽兽纷纷落网于密林深处。屠杀麖麋，翦除旄麈。擒住文蛇，拿获雕虎。射猎犹未尽兴，天色已近黄昏。追赶轻疾之鸟，赶赴绝远之地。出离彭门之阙，奔驰在九折之坂。经过山势险峻的三峡，跨过高耸盘旋的五屼。刺到食铁的怪兽，射杀噬毒的奇鹿。在茂密的草间击杀貙氓，在林间深处击中言鸟。拔掉象牙，截断犀角。折断飞鸟的羽翼，踏伤走兽的蹄足。

"殆而朅来相与[1]，第如滇池[2]，集于江洲[3]。试水客，舣轻舟[4]。娉江婓[5]，与神游。罨翡翠[6]，钓鰋鲉[7]。下高鹄，出潜虬。吹洞箫，发棹讴。感鱏鱼，动阳侯[8]。腾波沸涌，珠贝汜浮。若云汉含星，而光耀洪流。将飨獠者[9]，张帟幕[10]，会平原。酌清酤，割芳鲜。饮御酣，宾旅旋。车马雷骇，轰轰阗阗。若风流雨散，漫乎数百里间。斯盖宅土之所安乐，观听之所踊跃也。焉独三川，为世朝市？

【注释】

〔1〕朅：去。

〔2〕第如：且如。

〔3〕江洲：地名，今重庆市。

〔4〕舣（yǐ）：正舟欲行。

〔5〕娉（pīng）：访求。　江婓（fēi）：神女。

〔6〕罨（yǎn）：捕捉。　翡翠：翠鸟。

〔7〕鰋（yǎn）：鲇鱼。　鲉（yóu）：笠子鱼。

〔8〕阳侯：波涛之神。

〔9〕獠者：猎者。

〔10〕帟（yì）幕：帐幕。

【译文】

“之后共同前行，且到滇池休憩，集于江洲停留。试作水上之客，撑起一叶轻舟。访求江妃二女，与神女同游。捕捉翡翠之鸟，钓起鰋鲉之鱼。射下高飞的天鹅，捕捉潜水中的虬龙。吹起洞箫，唱起棹歌，乐声感动了鳣鱼和阳侯水神。波涛奔腾翻滚，珠贝浮游水中。恍若银河中的群星，光芒照耀洪流。将要犒劳狩猎的众人，设置帐幕，在平原饮宴欢会。畅饮清香的美酒，割取猎物的鲜肉烤炙。酒足饭饱之后，宾客纷纷起身。车马声如雷鸣，发出轰轰阗阗之声。如同风流雨散，弥漫在数百里之间。这里真是定居的乐土，观者、听者都踊跃欲来。难道只有黄河、洛水、伊川三川交汇的洛阳，才是世间真正的都会吗？

"若乃卓荦奇谲[1]，倜傥罔已[2]。一经神怪，一纬人理。远则岷山之精，上为井络[3]。天帝运期而会昌，景福肸蚃而兴作[4]。碧出苌弘之血[5]，鸟生杜宇之魄[6]。妄变化而非常，羌见伟于畴昔。近则江汉炳灵，世载其英。蔚若相如，皭若君平[7]。王褒韡晔而秀发，杨雄含章而挺生[8]。幽思绚《道德》[9]，摛藻掞天庭[10]。考四海而为儁，当中叶而擅名。是故游谈者以为誉，造作者以为程也。至乎临谷为塞，因山为障。峻岨塍埒长城[11]，豁险吞若巨防。一人守隘，万夫莫向。公孙跃马而称帝[12]，刘宗下辇而自王[13]。由此言之，天下孰尚？故虽兼诸夏之富有，犹未若兹都之无量也。"

【注释】

〔1〕卓荦：超绝。

〔2〕罔已：不尽。

〔3〕井络：井宿。据说岷山的精灵，上天之后则为井宿。岷山之地，则为井宿之区。

〔4〕景福：大福。　肸（xī）蚃：散布。

〔5〕苌（cháng）弘：春秋时周大夫，通晓天象历数之学，后被冤杀。传说蜀人藏其血三年，后化为碧玉。

〔6〕杜宇：传说为古代蜀国国王，号曰望帝。后归隐，让位于其相开明。传说其死后魂化为鹃。

〔7〕君平：严遵，西汉隐士，蜀人。　皭（jiào）：品行高洁。

〔8〕杨雄：西汉辞赋家，蜀郡成都人。　含章：腹有锦绣。

〔9〕绚：照耀。　《道德》：《道德经》。

〔10〕摛藻：铺排词藻。　掞（shàn）：光照。

〔11〕峻岨（zǔ）：险要的道路。　塍（chéng）：田间的土埂。

〔12〕公孙：公孙述，原为蜀郡太守，王莽篡汉后自立为帝。

〔13〕刘宗：刘备，因其接续汉室帝统，故称刘宗。

【译文】

“稀奇古怪的故事，洒脱不拘的传说，可谓无穷无尽。或为神怪之事，或为人理之谈。遥远的传说，有岷山的精灵，升天则为井宿。天帝掌握机缘使这里风云际会，大福降世，让蜀郡人杰地灵。苌弘冤死，其血三年化碧，杜宇死后魂魄化为子规。这些奇异的变化固然不同寻常，但在过去却为人所崇敬。近世的见闻则江汉焕发灵气，世代英才辈出。既有文采飞扬的司马相如，还有品行高洁的严君平。王褒才高八斗而秀发于林，杨雄腹有锦绣而鹤立鸡群。深邃玄妙的思想可与《道德经》争辉，铺排词藻，文采照耀天庭。四海之内蜀郡人才独秀，汉室中叶而独擅大名。所以谈论者以之为荣誉，创作者以之为程式。毗邻深谷则为险塞，凭借高山自成屏障。高峻险阻的道路视长城为土埂，宽阔险要的河川好像巨大的防线。一人当关，万夫莫开。公孙述跃马于此而称帝，刘备下辇于此而称王。由此言之，天下何处可与比肩？所以即便有两倍于中原的财富，也比不上成都之无可限量。”

（本卷译注：郎瑞萍）

文选卷第五

赋丙

京都下

吴都赋　左太冲（左思）

【题解】

《吴都赋》在《三都赋》中处于承前启后的地位。全赋历述吴国悠久的历史文化，虎踞龙盘的地形地貌，独特的风土物产，华丽的亭台楼阁，为末章《魏都赋》之题旨张本。作者力图摆脱汉大赋华靡、夸张、虚诞之弊，但在实践当中并不成功。

东吴王孙辴然而咍[1]，曰："夫上图景宿[2]，辨于天文者也。下料物土，析于地理者也。古先帝代，曾览八纮之洪绪[3]。一六合而光宅[4]，翔集遐宇[5]。鸟策篆素[6]，玉牒石记。乌闻梁岷有陟方之馆、行宫之基欤[7]？而吾子言蜀都之富，禺同之有。玮其区域，美其林薮。矜巴、汉之阻，则以为袭险之右。徇蹲鸱之沃，则以为世济阳九[8]。龌龊而算[9]，顾亦曲士之所叹也[10]。旁魄而论都[11]，抑非大人之壮观也。何则？土壤不足以摄生，山川不足以周卫。公孙国之而破，诸葛家之而灭。

兹乃丧乱之丘墟，颠覆之轨辙。安可以俪王公而著风烈也？玩其碛砾而不窥玉渊者〔12〕，未知骊龙之所蟠也〔13〕。习其弊邑而不睹上邦者，未知英雄之所躔也〔14〕。

【注释】

〔1〕䩄（chǎn）然：大笑之貌。　咍（hāi）：笑。

〔2〕图：度量。　景宿：列星。

〔3〕八纮：八方。　洪绪：帝业。

〔4〕光宅：光大所居，谓建都。

〔5〕遐宇：远方。

〔6〕鸟策：用大篆书写的简策。　篆素：用篆书书写的素帛。

〔7〕梁岷：梁州和岷山，皆在蜀地。　陟方：天子外出巡视。

〔8〕阳九：灾荒的年景。

〔9〕龌龊：器量局狭。

〔10〕曲士：见识不广的人。

〔11〕旁魄：混同。

〔12〕碛（qì）砾：浅水沙滩。

〔13〕骊龙：传说中的一种黑龙。

〔14〕躔（chán）：居处。

【译文】

东吴王孙大笑道："上观星宿，是辨别天文。下查物土，以分析地理。远古先帝之时，曾观览八方，经营帝业。一统天下而国泰民安，巡行及于四方。大篆书写的简策，小篆书写的素帛，刻玉的铭文，刻石的文字都有记载。谁听说蜀地有陟方之馆、行宫之基呢？而您言蜀都之富，无所不有。夸耀它的区域之广，赞美它的林薮之丰。自矜于巴汉之险阻，则以为其险峻无处可及。自得于肥美的大芋头，则以为藉此可以度过灾年。气量狭小，斤斤计较，即便是见识不广的人也要感叹。将一地之冠与一国之中作比，也非大人之所为。为何？土壤不足以养育生灵，山川不足以防卫自身。公孙述以之为国而国破，诸葛亮以之为家而家灭。这里是丧乱的丘墟，颠覆的轨辙。怎么可以与东吴王公贵族成就的事业相比？在浅水中的沙滩游玩而不窥玉渊者，哪知黑龙的藏身之所。只熟悉边鄙小城而未见国之上邦者，不知英雄成就功名的地方。

“子独未闻大吴之巨丽乎？且有吴之开国也，造自太伯〔1〕，宣于延陵〔2〕。盖端委之所彰〔3〕，高节之所兴。建至德以创洪业，世无得而显称。由克让以立风俗〔4〕，轻脱躧于千乘〔5〕。若率土而论都，则非列国之所觖望也〔6〕。故其经略，上当星纪〔7〕。拓土画疆，卓荦兼并。包括干越，跨蹑蛮荆。婺女寄其曜〔8〕，翼轸寓其精〔9〕。指衡岳以镇野，目龙川而带坰〔10〕。

【注释】

〔1〕太伯：又作泰伯，周太王长子，为让王位而出避江南，建立吴国。

〔2〕延陵：季札，春秋时期吴王寿梦的第四子，离国赴延陵，终身不入吴国，故世称延陵季子。

〔3〕端委：古代的礼服。

〔4〕克让：谦让。

〔5〕脱躧（xǐ）：脱鞋。　千乘：指王位。

〔6〕觖（jué）望：希望。

〔7〕星纪：吴越之地的分野为斗、牛、女三宿。斗宿被古人视为日月五星之所经始之地，故谓之星纪。

〔8〕婺（wù）女：女宿，古为越国之分野。

〔9〕翼轸（zhěn）：二十八宿中的翼宿和轸宿，古为楚国之分野。三国时期，越地和楚地四郡零陵、桂阳、长沙、武陵皆归于吴。

〔10〕龙川：地名，在今广东省。　坰：离城较远的郊野，引申为边疆。

【译文】

“您难道从未听说大吴的宏伟壮丽吗？吴之开国，始自太伯，显耀于季札。太伯身着礼服，为吴人彰明礼仪；季札让国于兄，树立起高风亮节。树立至高的品德，开创洪大的基业，世人如何颂扬都不过分。由谦让以建立风俗，舍弃王位如同脱鞋一样轻易。若论普天之下的都城，其余诸国皆望尘莫及。所以当初经营规划吴国，上当斗、牛、女三宿。开拓土地，划分疆界，确实不同一般。包括干越，涵盖蛮荆。女宿照耀其地，翼宿和轸宿寓其精华。指南岳衡山以坐镇分野，观西南龙川来环绕边疆。

“尔其山泽，则嵬嶷峣屼[1]，巊冥郁岪[2]。溃渱泮汗[3]，滇澌淼漫[4]。或涌川而开渎，或吞江而纳汉。磈磈磥磥[5]，滮滮汧汧[6]。嶔崟乎数州之间[7]，灌注乎天下之半。百川派别，归海而会。控清引浊，混涛并濑[8]。濆薄沸腾，寂寥长迈。濞焉汹汹[9]，隐焉礚礚[10]。出乎大荒之中[11]，行乎东极之外。经扶桑之中林[12]，包汤谷之滂沛[13]。潮波汩起，回复万里。歊雾漨浡[14]，云蒸昏昧。泓澄奫潫[15]，泂溶沆瀁[16]。莫测其深，莫究其广。澶湉漠而无涯[17]，总有流而为长。瑰异之所丛育，鳞甲之所集往。

【注释】

〔1〕嵬嶷：高大之貌。　峣屼：高大险峻。

〔2〕巊冥郁岪（fó）：山中云气昏昧之貌。

〔3〕溃渱：一望无边。　泮汗：水流广大之貌。

〔4〕滇澌（miàn）淼漫：水波浩渺。

〔5〕磈磈（wěi）磥磥（lěi）：山石聚积之貌。

〔6〕滮滮（biāo）汧汧（chàn）：水流奔腾之貌。

〔7〕嶔（qīn）崟：山峦深险连延之貌。

〔8〕濑（lài）：从沙石上流过的急水。

〔9〕濞（pì）：形容水流很大。

〔10〕磕（kē）磕：水石相击之声。

〔11〕大荒：海外。

〔12〕扶桑：古代传说中的神木。

〔13〕汤谷：传说中的日出之地。

〔14〕歊（xiāo）雾漨浡（féng bó）：水雾之气犹如云气蒸腾，昏昧不明。

〔15〕泓澄：水流广大清澈。　奫潫（yūn wān）：水流回旋之貌。

〔16〕澒（hòng）溶沆瀁（hàng yàng）：水流浩瀚之貌。

〔17〕澶湉（chán tián）漠：水势安静流动。

【译文】

“吴都的山泽，也不同凡响。其山则高大险峻，云雾缭绕。其水则一望无涯，烟波浩渺。或从龙川涌出，或沿庐山而下，三水流入长江，汉水东流并入。山石崚嶒，水流奔腾。群山深邃险要，连绵于数州之间。众水奔流涌动，几乎占天下之半。百川支流，最终汇入大海。清流浊水全被引入，波涛急水汇合一处。流水喷薄沸腾，一往无前地奔向寂寥的海洋。水流浩大，气势汹汹，流水击石，磕磕作响。从遥远的大荒之中流出，穿行于东方极远之地。经过扶桑的茂密中林，包容汤谷的滂沛之水。潮波汩起，往来足有万里。水雾犹如云气蒸腾，昏昧不明。水流广大清澈又往复回旋，既浩瀚盛大而又气势磅礴。不知道水有多深，不知道水面有多广。水波安静时一望而无涯，融合众流而成就其长。神奇珍贵的事物丛生发育，鱼鳖虾蟹也都生活在水中。

“于是乎长鲸吞航，修鲵吐浪〔1〕。跃龙腾蛇，鲛鲻琵琶〔2〕。王鲔鯸鲐〔3〕，鲫龟鐇鲭〔4〕。乌贼拥剑，鼅鼊鲭鳄〔5〕。涵泳乎其中。葺鳞镂甲，诡类舛错。溯洄顺流，噞喁沉浮〔6〕。鸟则鹍鸡鸀鳿〔7〕，鹴鹄鹭鸿〔8〕。鶢鶋避风〔9〕，候雁造江。䴔䴖鹔鸘，鹊鹤鹙鸧〔10〕。鹳鸥鷁鸬[11]，泛滥乎其上。湛淡羽仪[12]，随波参差。理翮整翰，容与自玩[13]。雕啄蔓藻，刷荡漪澜。鱼鸟聱耴[14]，万物蠢生[15]。芒芒黖黖[16]，慌罔奄欻[17]，神化翕忽，函幽育明。穷性极形，盈虚自然。蚌蛤珠胎，与月亏全。巨鳌赑屃[18]，首冠灵山。大鹏缤翻，翼若垂天。振荡汪流，雷抃重渊[19]。殷动宇宙，胡可胜原！

【注释】

〔1〕鲵（ní）：雌鲸。

〔2〕鲛：鲨鱼。　鲻（zī）：鱼名，形如鲵。　琵琶：琵琶鱼。

〔3〕王鲔（wěi）：鲟鱼。　鯸鲐（hóu tái）：河豚。

〔4〕鲫（yìn）：鱼名，体似印。　鳋鲭（fān cuò）：鱼名，鼻前有横骨，形如斧。

〔5〕鼅鼊（qú bì）：龟属动物。　鲭（qīng）：鲭鱼。

〔6〕噞喁（yǎn yóng）：鱼在水中群出吸气之貌。

〔7〕鸀（zhú）鳿：“赤嘴鸟”。

〔8〕鹴（shuāng）：鹔鹴。

〔9〕鶢鶋（yuán jū）：一种形似凤凰的海鸟。

〔10〕鸂鶒鸜鹆（chì qú），鹡（jīng）鹤鹙（qiū）鸧（cāng）：皆鸟名。

〔11〕鹢（yì）：一种似鹭的水鸟。　鸬（lú）：鸬鹚。

〔12〕湛淡：迅疾之貌。

〔13〕翮：鸟的翅膀。　翰：长而坚硬的羽毛。　容与：悠闲自得。

〔14〕聱耴（yóu yì）：众声杂作。

〔15〕蠢生：萌动而生。

〔16〕芒芒黖（xì）黖：昏暗不明。

〔17〕慌罔：模糊不清。　奄欻（xū）：来去不定。

〔18〕赑屃（bì xì）：传说中的神兽，龙之第六子，其形似龟，喜欢负重。

〔19〕抃：击。　重渊：深渊。

【译文】

“于是长鲸吞掉航船，巨鲵口吐波浪。水中还有跃龙腾蛇，鲨鱼、鲻鱼和琵琶鱼。王鲔、鯸、鲐水中游，鲫、龟、鱕、鲭波心荡。乌贼、螃蟹，鼋、鼍、鲭、鳄，在水中浮沉。累累的鳞片，雕镂的甲壳，各种奇异的水生动物交错杂处。或逆流而上，或顺流而下，群鱼时或在水面呼吸，时或潜入水底嬉戏。鸟有鹍鸡、山乌、鹔鹴、天鹅、白鹭和大雁。鶢鶋畏避大风，候雁飞到江心。鸂、鶒、鹴、鶨，鹊、鹤、鹜、鸧。鹳、鸥、鹢、鸬，在水上翔集。群鸟在水面往来穿梭，随波荡漾。修整自己的翅膀和羽毛，悠闲自得地玩耍。有时啄食水中的水草，有时入水清洁自己的羽毛。鱼鸟群处，万物萌生。昏昏暗暗，模糊不清，来去不定，瞬息之间就有神奇的变化，包容幽暗，孕育光明。穷尽其本性，变化其外形，盈虚纯任自然。蚌蛤孕育宝珠，随着月亮盈亏而发生神奇的变化。巨鳌、赑屃，其首可顶起灵山。大鹏在天空翻飞，翅膀遮天蔽日。振荡汪洋大海，雷击深渊之水。撼动宇宙，谁与争锋！

“岛屿绵邈，洲渚冯隆〔1〕。旷瞻迢递〔2〕，迥眺冥蒙。珍怪丽，奇隙充。径路绝，风云通。洪桃屈盘〔3〕，丹桂灌丛。琼枝抗茎而敷蕊，珊瑚幽茂而玲珑。增冈重阻，列真之宇〔4〕。玉堂对溜，石室相距〔5〕。蔼蔼翠幄，袅袅素女。江斐于是往来，海童于是宴语〔6〕。斯实神妙之响象〔7〕，嗟难得而覼缕〔8〕！

【注释】

〔1〕冯（píng）隆：高峻貌。

〔2〕旷瞻：远望。　迢递：辽远貌。

〔3〕洪桃：传说中的大桃树。

〔4〕列真：众多神仙。道教将神仙分为神人、仙人、真人三等。

〔5〕玉堂、石室：传说中仙人的居所。　溜：屋檐下承接雨水的槽。

〔6〕海童：海中的神童。　宴语：闲谈。

〔7〕响象：想象。

〔8〕覼（luó）缕：详细地叙述陈说。

【译文】

“岛屿广大遥远，洲渚高耸水间。举目远望，惟见烟雾迷蒙。奇珍异宝光彩夺目，充盈其间。路径与人世断绝，风云在这里汇通。大桃树屈盘三千里，丹桂树丛生其中。玉树高举茎条而花蕊盛开，珊瑚幽深繁茂而剔透玲珑。层层的山岗和险阻，是众仙的居处之地。玉堂、石室承溜相对，相去不远。精心修饰的翠幄，袅袅婷婷的仙女。江妃往来其内，海童闲话其间。这真是神妙的想象，嗟叹其难得一见而不可详述！

“尔乃地势坱圠〔1〕，卉木跃蔓〔2〕。遭薮为圃，值林为苑。异荂蓲蘛〔3〕，夏晔冬蒨。方志所辨，中州所羡。草则藿蒳豆蔻〔4〕，姜汇非一。江蓠之属〔5〕，海苔之类。纶组紫绛〔6〕，食葛香茅。石帆水松〔7〕，东风扶留〔8〕。布濩皋泽，蝉联陵丘。夤缘山岳之岊〔9〕，幂历江海之流〔10〕。扤白蔕〔11〕，衔朱蕤。郁兮葰茂，晔兮菲菲。光色炫晃，芬馥肸蠁。职贡纳其包匦〔12〕，《离骚》咏其宿莽。木则枫柙櫲樟，栟榈枸桹〔13〕。绵杬杶栌，文欀桢橿〔14〕。平仲桾櫏，松梓古度〔15〕。楠榴之木〔16〕，相思之树〔17〕。宗生高冈，族茂幽阜。擢本千寻，垂荫万亩。攒柯挐茎〔18〕，重葩殗叶〔19〕。轮囷虯蟠〔20〕，埔堄鳞接〔21〕。荣色杂糅，绸缪缛绣〔22〕。宵露霮䨴〔23〕，旭日晻時〔24〕。与风飁飏〔25〕，飕浏飕飗〔26〕。鸣条律畅，飞音响亮。盖象琴筑并奏，笙竽俱唱。其上则猿父哀吟，犻子长啸〔27〕。狖鼯猓然〔28〕，腾趠飞超〔29〕。争接悬垂，竞游远枝。惊透沸乱，牢落翚散〔30〕。其下则有枭羊麡狼〔31〕，猰貐貙象〔32〕。乌菟之族〔33〕，犀兕之党〔34〕。钩爪锯牙，自成锋颖。精若耀星，声若震霆。名载于《山经》，形镂于夏鼎。

【注释】

〔1〕坱圠（yǎng yà）：高下不平之貌。

〔2〕芺（ǎo）蔓：草木茂盛生长之貌。

〔3〕异荂（kuā）：奇花。 蓲蕍（xū yú）：花朵盛开之貌。

〔4〕藿：藿香。 蒳（nà）：香草名，其叶状如棕榈。 豆蔻：草药名，气味芳香。

〔5〕江蓠：香草名。

〔6〕纶：古代官吏系印用的青丝带。 组：丝带。纶组在此处指形如丝带的水草。 紫：紫菜。 绛：绛草。

〔7〕石帆：中药名。 水松：水中的一种药草。

〔8〕东风：草名。 扶留：野藤。

〔9〕夤缘：攀援上升。 岊（jié）：山的角落。

〔10〕羃（mì）历：草木分布覆盖之貌。

〔11〕扤（wù）：摇动。 白蔕：白色的花蒂。

〔12〕职贡：封国或属国向天子缴纳的贡品。 包匦（guǐ）：包扎好的贡物，这里指菁茅。

〔13〕枫柙（jiǎ）櫲樟，栟榈枸（gǒu）桹（láng）：皆木名。

〔14〕绵杬（yuán）杶（chūn）栌（lú），文欀（xiāng）桢橿（jiāng）：皆木名。

〔15〕平仲桾（jūn）樫（qiān），松梓古度：皆木名。

〔16〕楠（nán）榴（liú）：木名。

〔17〕相思：红豆树。

〔18〕攒：攒集。 挐：纷乱。

〔19〕殗（yè）：重叠。

〔20〕轮囷（qūn）：屈曲之貌。 蚪蟠：盘屈纠结之貌。

〔21〕揷㙂（qì jiè）鳞接：枝条重叠之貌。

〔22〕绸缪（chóu móu）：花朵茂密。 缛绣：花草色彩各异，有如

绣纹。

〔23〕霮䨴（dàn duì）：露珠下垂之貌。

〔24〕晻暧（ǎn pèi）：昏暗不明。

〔25〕飖飏（yáo yáng）：摇曳摆荡之貌。

〔26〕飀浏颼飀（yǒu liú sōu liú）：风声。

〔27〕猚（huī）：一种传说中的猿身人面的怪物。

〔28〕狖（yòu）：长尾猿。 鼯（wú）：鼯鼠。 猓（guǒ）然：一种猿猴之类的动物。

〔29〕腾趠：跳跃攀援。

〔30〕牢落翚（huī）散：野兽飞禽奔走飞散之貌。

〔31〕枭（xiāo）羊：狒狒。 麡（qí）狼：一种传说中的怪兽。

〔32〕猰貐（yà yǔ）：一种传说中的龙首食人的怪兽。 貙（chū）：云豹。

〔33〕乌菟（tù）：虎之别称。

〔34〕兕：雌犀牛。

【译文】

“吴国地势高下参差，花卉草木茂盛生长。逢水泽即为园圃，遇山林即为苑囿。奇花纷纷盛开，夏季光华润泽，冬季繁荣茂密。方志中分门别类详细记载，为中原人士所艳羡。草有藿蒳豆蔻，姜类植物非止一种。江蓠一类的香草，海苔之类的水草数不胜数。纶组、紫、绛，食葛、香茅。石帆、水松，东风、扶留。遍布于山皋与水泽，连绵到丘陵之间。草木顺着山角攀援上升，一直绵延到江海之滨。摇动白色的花蒂，垂下朱红的花朵。郁郁葱葱，光彩照人。五颜六色，芳香扑鼻。这里有楚国进贡的菁茅，还有《离骚》咏赞的宿莽。木有枫、柙、橡、樟，栟榈、枸根。亦有绵、杬、杶、栌，文、欀、桢、橿。还有平仲、桾櫏，松、梓、古度。更有楠榴之木，相思之树。丛生在高冈之上，成片地在幽深的山阜上茂盛生长。树干高有千寻，垂下的树荫方圆万亩。枝条攒集，茎干纷杂，花朵重重，绿叶层层。树木盘根错节，枝条密如鱼鳞。各种花色杂糅，茂密缤纷有如绣纹。叶露下垂于其上，旭日被遮不分明。

枝条随风摇曳摆动，发出阵阵风声。风吹枝条之声，响亮而又动听。就像琴筑合奏，笙竽俱鸣。树巅有老猿哀吟，狎子长啸。狖、鼯、猓然，攀援跳跃，你追我赶。争相抓住悬挂的枝条摇来荡去，竞相攀援最远的树枝。忽然受惊便乱如水沸，四散奔逃无影无踪。树下则有枭羊、麢狼，猰貐、貙、象。乌菟之群，犀牛之党。它们都有锋利如钩的爪子，如锯的尖牙，发出森森寒光。目光犀利若闪耀的群星，声音洪亮宛若震响的雷霆。这些野兽的名字都载于《山海经》，形象都雕镂在夏鼎上。

“其竹则篔筜篻篽〔1〕，桂箭射筒〔2〕。柚梧有篁，篻簩有丛〔3〕。苞笋抽节，往往萦结。绿叶翠茎，冒霜停雪。槭矗森萃〔4〕，蓊茸萧瑟。檀栾蝉蜎，玉润碧鲜。梢云无以逾，嶰谷弗能连〔5〕。鸑鷟食其实〔6〕，鹓雏扰其间〔7〕。其果则丹橘馀甘，荔枝之林。槟榔无柯，椰叶无阴。龙眼橄榄，棎榴御霜〔8〕。结根比景之阴，列挺衡山之阳。素华斐，丹秀芳。临青壁，系紫房〔9〕。鹧鸪南翥而中留〔10〕，孔雀綷羽以翱翔。山鸡归飞而来栖，翡翠列巢以重行。其琛赂则琨瑶之阜〔11〕，铜锴之垠〔12〕。火齐之宝，骇鸡之珍〔13〕。赪丹明玑〔14〕，金华银朴。紫贝流黄，缥碧素玉。隐赈崴裹〔15〕，杂插幽屏。精曜潜颖，硩陊山谷。碕岸为之不枯〔16〕，林木为之润黩〔17〕。隋侯于是鄙其夜光〔18〕，宋王于是陋其结绿〔19〕。

【注释】

〔1〕篔筜（yún dāng）：大竹，长数丈。 篻篽（lín yū）：竹名，竹叶薄而大。

〔2〕桂：桂竹。 箭：箭竹。 射筒：细小通长，长丈馀，无节，可为射筒。

〔3〕柚梧、篻簩（piǎo láo）：皆竹名。

〔4〕橚矗（sù chù）：修长笔直。　森萃：茂密。

〔5〕梢云、嶰谷：皆山名。

〔6〕鸑鷟（yuè zhuó）：民间传说中的五凤之一，毛色或黑或紫。

〔7〕鹓雏（yuān chú）：神话传说中与鸾凤同类的鸟。

〔8〕棎（chán）：棎子树。　榴：榴子树。

〔9〕紫房：紫色的果实。

〔10〕翥：向上飞。

〔11〕琛（chēn）：珍宝。　赂（lù）：货物。　琨瑶：美玉，美石。

〔12〕铜锴（kǎi）：铜铁。

〔13〕骇鸡：一种珍贵的犀牛角。

〔14〕赪（chēng）丹：有华彩的金子。　明玑（jī）：珍珠。

〔15〕隐赈：富饶。

〔16〕碕（qí）岸：曲折的河岸。

〔17〕润黩：林木茂盛之貌。

〔18〕隋侯：隋国君王曾因救蛇而得宝珠。

〔19〕结绿：美玉名，产自宋国，与和氏璧等三种美玉号为四宝。

【译文】

“东吴的竹子有篔筜、箖箊，桂、箭、射筒。柚、梧成林，篻、簩丛生。冬笋抽节，往往回旋缠绕。绿叶翠茎，无惧霜雪。修长笔直而又茂盛，蓊蓊郁郁，风吹竹叶，耳边有萧瑟之声。秀美娴雅，温润如玉，鲜亮如碧。梢云之竹无法逾越，嶰谷之竹无法比肩。鸑鷟啄食其实，鹓雏栖息其间。这里的水果有丹橘余甘，还有成林的荔枝。无枝的槟榔，无阴的椰子。龙眼、橄榄，棎、榴迎霜。果树成群扎根于比景之北，嘉木成列挺立在衡山之南。素花美丽，红花芬芳。紧临青色的石壁，挂着累累的紫果。鹧鸪南飞而中途留下，孔雀张开五彩羽毛翱翔天际。山鸡归巢栖息其间，翠鸟列巢而成数行。论起奇珍异宝，有富产琨瑶的山阜，蕴藏铜铁的原野。既有火齐宝石，还有骇鸡之犀。赤丹、明珠，金华、银朴。紫贝、硫磺，青碧、白玉。崴嵬的山峦间富有奇珍异宝，杂生于幽邃的山谷之间。深山之内宝物闪耀光芒，山谷之间奇珍自地而生。曲折的河岸因之不会干枯，林木为此也终年茂盛。在这些珠宝面前，隋侯鄙夷自己的夜光宝珠，宋王轻视自己的美玉结绿。

“其荒陬谲诡[1]，则有龙穴内蒸[2]，云雨所储。陵鲤若兽[3]，浮石若桴[4]。双则比目，片则王馀[5]。穷陆饮木，极沉水居。泉室潜织而卷绡，渊客慷慨而泣珠[6]。开北户以向日[7]，齐南冥于幽都[8]。其四野，则畛畷无数[9]，膏腴兼倍。原隰殊品，窊隆异等[10]。象耕鸟耘，此之自与。穱秀菰穗[11]，于是乎在。煮海为盐，采山铸钱。国税再熟之稻，乡贡八蚕之绵。

【注释】

〔1〕荒陬（zōu）：偏僻荒远之地。

〔2〕龙穴：传说湘东新平县有龙穴，天旱之时，人人共以水沾穴，则暴雨应之，常以此求雨。

〔3〕陵鲤：穿山甲。

〔4〕桴（fú）：小竹筏。

〔5〕王馀：鱼名，传说越王切鱼肉未尽，以残半弃水中，化而为鱼只有半身，故称。

〔6〕“泉室”二句：传说有水中鲛人出而寄居人家，终日卖绡。鲛人临去，向主人索器，泣而出珠满盘，以与主人。

〔7〕开北户句：传说居住在太阳之南的人其户北向以向日。

〔8〕南冥：南海。　幽都：北地。

〔9〕畛畷（zhěn zhuì）：田间的小径。

〔10〕窊（wā）隆：地势高低起伏。

〔11〕穱（zhuō）：早熟的麦。　菰（gū）：菰米。　秀：开花。　穗：抽穗。

【译文】

“偏僻荒远之地的怪诞之事就更多了，龙穴内水汽蒸腾，正储藏云雨。穿山甲其形若兽，浮石出水有如竹筏。鱼儿双目同侧曰比目，只余半片名王余。高地无水则饮木汁，水底深处鲛人定居。鲛人在深水织绡，临别慷慨而落泪成珠。打开北门而向日，则南冥与幽都实为一地。其四野，则有无数田间小径，土地肥沃两倍于他地。平原和湿地有别，高地和低地异等。象耕鸟耘的故事，发生在这里。旱麦、菰米开花抽穗，就在这方土地。煮海为盐，采山铸钱。水稻一年两熟，故郡国两次征税。蚕一年八次结茧，故乡里八次征收贡绵。

“徒观其郊隧之内奥，都邑之纲纪。霸王之所根柢，开国之所基趾。郛郭周匝，重城结隅。通门二八，水道陆衢。所以经始，用累千祀[1]。宪紫宫以营室[2]，廓广庭之漫漫。寒暑隔阂于邃宇，虹蜺回带于云馆[3]。所以跨跱焕炳万里也[4]。造姑苏之高台，临四远而特建，带朝夕之浚池[5]，佩长洲之茂苑[6]。窥东山之府，则瑰宝溢目[7]；覸海陵之仓[8]，则红粟流衍[9]。起寝庙于武昌，作离宫于建业。阐阖闾之所营[10]，采夫差之遗法[11]。抗神龙之华殿[12]，施荣楯而捷猎[13]。崇临海之崔巍，饰赤乌之韡晔[14]。东西胶葛[15]，南北峥嵘[16]。房栊对榥[17]，连阁相经[18]。阍闼谲诡[19]，异出奇名。左称弯碕，右号临硎[20]。雕栾镂楶[21]，青琐丹楹[22]。图以云气，画以仙灵。虽兹宅之夸丽，曾未足以少宁。思比屋于倾宫[23]，毕结瑶而构琼。高闱有闶[24]，洞门方轨。朱阙双立，驰道如砥。树以青槐，亘以绿水。玄荫眈眈[25]，清流亹亹[26]。列寺七里，侠栋阳路[27]。屯营栉比，解署棋布[28]。横塘查下[29]，邑屋隆夸[30]。长干延属[31]，飞甍舛互[32]。

【注释】

〔1〕千祀：千年。

〔2〕宪：效法，取法。　紫宫：紫微垣。古人将天空划分为三垣二十八宿，其中紫微垣为天帝居所。

〔3〕蜺：同“霓”，副虹。雨后天空出现的排列顺序与虹相反，色彩相对暗淡的弧形彩带。

〔4〕跨跱：盘踞。　焕炳：明亮耀眼。

〔5〕朝夕：春秋时吴国之池名。　浚（jùn）：深。

〔6〕长洲之茂苑：长洲苑，春秋时吴王阖闾游猎之处。

〔7〕瑰宝：各种珍宝。

〔8〕劙（lì）：搜索。

〔9〕红粟：红色的粮食。官仓中的粮食由于日久腐烂，故曰红粟。流衍：充盈溢满。

〔10〕阖闾：春秋时期吴王，姬姓，名光。

〔11〕夫差：吴王阖闾之子，令越国臣服，大败齐军，与晋国争夺霸主。后为越王勾践所败，自刎而死。

〔12〕神龙：位于建业的吴国王宫正殿。

〔13〕荣楯：华丽的栏杆。　捷猎：参差相连之貌。

〔14〕临海、赤乌：皆三国时期吴国宫殿名。

〔15〕胶葛：长远之貌。

〔16〕峥嵘：深邃之貌。

〔17〕栊（lóng）：窗户。　櫎（huǎng）：帷幔、屏风之类的物品。

〔18〕连阁：连延的楼阁。　相经：相通。

〔19〕阍闼（hūn tà）：门户。

〔20〕弯碕（qí）：吴宫东门。　临硎（xíng）：吴宫西门。

〔21〕栾（luán）：柱上的曲木，两端以承斗拱。　桀（jié）：斗拱。

〔22〕青琐：雕刻在王宫门窗上的青色连环花纹。　丹楹：朱漆的楹柱。

〔23〕倾宫：据说是夏桀修筑的宫殿，高大而华美。

〔24〕高闱（wéi）：高大的宫门。

〔25〕玄荫：浓荫。　眈眈：树荫浓重茂密之貌。

〔26〕亹亹（wěi）：水流徐进之貌。

〔27〕侠栋：夹栋，指房屋夹道排列。　阳路：路南。

〔28〕解署：官署。　棋布：如棋子般分布，形容其繁密。

〔29〕横塘、查下：吴国建业的里巷之名。

〔30〕隆夸：极度豪奢。

〔31〕长干：亦为建业里巷名。　延属：相连。

〔32〕飞甍（méng）：飞檐。　舛（chuǎn）互：纵横交错。

【译文】

“只要观看吴都城郊的奥妙，了解都城的体制规模，便知这里是成就王霸之业的根柢，开创国家的基石。外城环绕着内城，层层的城墙在角落相对。十六座城门，水道和陆路皆可通行。从经营吴都开始前后历经千年。效法紫微垣来营建宫室，开拓宏大轩敞的庭院。深邃的楼宇将外界的寒气和暑热隔离，虹霓在高耸入云的馆阁间萦绕。正可谓龙盘虎踞光耀万里。建造起姑苏高台，远眺四方而别具一格，朝夕深池如玉带环绕都城，长洲茂苑如佩饰闪耀光芒。窥探东山之府，则奇珍异宝琳琅满目；搜索海陵之仓，腐败的红粟堆积如山。在武昌建造宗庙，在建业经营别宫。阐扬阖闾的策略，采纳夫差的遗法。华丽的神龙殿高高耸立，漂亮的栏杆排列成行。临海殿高大崔巍，赤乌殿的装饰光芒璀璨。东西修长辽阔，南北幽静深邃。窗户正对屏风，连延的楼阁相互交通。门户奇谲险怪，名称怪异奇特。东门称为弯碕，西门号为临硎。精雕细刻的曲木与斗拱，门窗上有青色连环花纹，朱漆的楹柱威严庄重。殿内的画图上云气缥缈，仙灵飞升。即便王宫已经如此富丽堂皇，吴王却仍觉心有不甘。打算与夏桀的倾宫一较高下，修造成玉阁琼楼。高大的宫门无比宽阔，二马驾车可以并行。朱阙双双耸立，驰道平坦如砥。道旁种植青槐，引来清清绿水。浓阴密密，清流徐徐。官署相连长达七里，路南房屋夹道排列。驻扎的兵营密如梳齿，官衙繁密分布如棋。横塘、查下，房屋奢侈。长干里的房屋绵延不断，纵横交错。

“其居则高门鼎贵，魁岸豪杰。虞、魏之昆，顾、陆之裔[1]。歧嶷继体，老成弈世[2]。跃马迭迹，朱轮累辙[3]。陈兵而归，兰锜内设[4]。冠盖云荫，闾阎阗噎[5]。其邻则有任侠之靡，轻訬之客[6]。缔交翩翩，傧从弈弈。出蹑珠履，动以千百。里燕巷饮，飞觞举白。翘关扛鼎[7]，拚射壶博[8]。鄱阳暴谑，中酒而作。

【注释】

〔1〕虞、魏、顾、陆：皆东吴世家贵族。　昆、裔：后代子孙。

〔2〕歧嶷：学识渊博。　继体：继承祖业。　弈世：世代传承。

〔3〕朱轮：王侯显贵所乘之车。　累辙：形容数量众多。

〔4〕兰锜：兵器架。

〔5〕闾阎（yán）阗（tián）噎：言人物遍满之貌。

〔6〕轻訬（chāo）：轻快敏捷。

〔7〕翘关：举起门闩。

〔8〕拚：徒手相搏，一种游戏。　壶：投壶。

【译文】

“这里的居民有高门显贵，鼎食之家，伟岸豪杰。虞、魏、顾、陆四大高门的后裔，学识渊博能继承祖业，老成持重有世家门风。飞黄腾达者不可胜数，权倾朝野者多如牛毛。归家时陈列兵器，内设兵器架名为兰锜。冠冕车盖如乌云密布，杰出的人物车载斗量。邻居则有任侠的豪客，轻捷的侠士。宾朋往来不息，侍者神采弈弈。出门皆足踏珠履，随从成百上千。在里巷中排摆酒宴，与宾朋开怀畅饮。举起门闩扛起巨鼎，或徒手互搏，或射箭作乐，或投壶或博棋。鄱阳人性情暴躁谐谑，往往宴中借酒撒泼。

“于是乐只衎而欢饫无匮[1]，都辇殷而四奥来暨[2]。水浮陆行，方舟结驷。唱棹转毂[3]，昧旦永日[4]。开市朝而并纳，横阛阓而流溢[5]。混品物而同廛，并都鄙而为一。士女伫眙[6]，商贾骈坒[7]。纻衣絺服[8]，杂沓傱萃[9]。轻舆按辔以经隧[10]，楼船举帆而过肆[11]。果布辐凑而常然，致远流离与珂珬[12]。绁贿纷纭[13]，器用万端。金镒磊砢[14]，珠琲阑干[15]。桃笙象簟[16]，韬于筒中[17]；蕉葛升越[18]，弱于罗纨。儷譶惢猥[19]，交贸相竞。喧哗喤呷，芬葩荫映[20]。挥袖风飘而红尘昼昏，流汗霡霂而中逵泥泞[21]。

【注释】

〔1〕衎（kàn）：快乐自得之貌。　饫（yù）：饱食。

〔2〕都辇（niǎn）：国都，京城。　殷：殷实，富裕。　四奥：四方极远之地。　暨：到，至。

〔3〕棹：船桨。　毂（gǔ）：车轮中心的圆木，有洞，可以插车轴。

〔4〕昧（mèi）旦：拂晓，黎明。

〔5〕阛（huán）：市区之墙。　阓（huì）：市区之门。后即用阛阓以指市区。

〔6〕伫眙：久立凝视。

〔7〕骈坒（bì）：密集排列，形容人口稠密。

〔8〕纻（zhù）衣：苎麻布的衣服。　絺（chī）服：细葛布做的衣服。

〔9〕傱（sǒng）萃：密集，萃集。

〔10〕隧：市中的街道。

〔11〕楼船：古代的一种特殊战船，因船体高大，外观似楼而得名，后亦用于民用。

〔12〕流离：琉璃。　珂珬：贝壳之类的饰物。

〔13〕绁（jié）贿：聚集货物。

〔14〕镒（yì）：古代的计量单位，一说二十两为一镒，一说二十四两。　磊砢（luǒ）：众多堆积之貌。

〔15〕琲（bèi）：珍珠的计量单位，十贯珍珠为一琲。　阑干：纵横。

〔16〕桃笙：桃枝竹编的竹席。　象簟（diàn）：象牙装饰的竹席。

〔17〕韬（tāo）：收藏。

〔18〕蕉葛：蕉布，用芭蕉纤维制成的一种细布。　升越：古代的一种细布。

〔19〕儮聶（sè zhí）：说话声音不息。　桀獿（xiào nǎo）：杂乱交错之貌。

〔20〕喤呷（huáng xiā）：声音洪亮。　芬葩荫映：将各种货物摆开，使之交相辉映。

〔21〕霢霂（mài mù）：小雨。　中逵：中道。

【译文】

“于是快乐自得而尽兴饮食，京都殷富而四方荟萃。既有水上之舟，亦有路上之车。举桨作歌而转轮行车，自晨至昏一刻不歇。开放市场而容纳四方之物，纵横交错如水溢深池。各种品类的货物一起在市场上售卖，城市和乡村都能各取所需。士女久立凝视，商贾萃集如云。身穿纻衣絺服的人们，在街市上往来不绝。轻车徐行以通过市中街道，楼船举帆从市中水路通行。果品和布匹堆积一处成为常态，来自远方异域的琉璃与珂珬也并不稀奇。聚集的各种货物杂乱不一，数量多达万种。一镒镒黄金堆积如山，一串串珍珠交错纵横。桃笙象簟，收藏在筒中；蕉葛升越细腻轻薄，要超过罗纨。各种声音此起彼伏，杂乱交错，那是买方卖方在竞相逐利。众声喧哗嘈杂，摆放的各种货物交相辉映。人们挥动衣袖变成大风，卷起的尘土让白昼变为黑夜。人们汗流如注，道路都被冲刷得泥泞不堪。

“富中之甿，货殖之选。乘时射利，财丰巨万。竞其区宇，则并疆兼巷；矜其宴居，则珠服玉馔〔1〕。趫材悍壮〔2〕，此焉比庐。捷若庆忌〔3〕，勇若专诸〔4〕。危冠而出〔5〕，竦剑而趋〔6〕。扈带鲛函〔7〕，扶揄属镂〔8〕。藏鏚于人[9]，去戚自闾[10]。家有鹤膝[11]，户有犀渠[12]。军容蓄用，器械兼储。吴钩越棘[13]，纯钧湛卢[14]。戎车盈于石城，戈船掩乎江湖。

【注释】

〔1〕馔：饮食。

〔2〕趫（qiáo）材：轻捷矫健之人。

〔3〕庆忌：春秋时期吴王僚之子，以勇武著称，后被阖闾派的刺客要离刺杀。

〔4〕专诸：春秋时期吴国勇士，奉阖闾之命而刺杀吴王僚，事成身死。

〔5〕危冠：高冠。

〔6〕竦（sǒng）剑：挺剑。

〔7〕扈带：披带，披挂。　鲛函：鲛鱼皮制作的铠甲。

〔8〕扶揄：高举。　属镂：剑名。

〔9〕鍦（shé）：矛，吴越称矛为鍦。

〔10〕戚（fā）：盾牌。

〔11〕鹤膝：古代兵器名，矛的一种。因其细处宛如鹤胫，故名。

〔12〕犀渠：犀牛皮制作的盾牌。

〔13〕吴钩：古代吴地所造的一种弯刀。　棘：戟。

〔14〕纯钧、湛卢：皆古剑名。

【译文】

“富裕的农民，懂得经商贸易来牟利。借助适当的时机获取暴利，积累起亿万钱财。在家乡互相竞争，兼并周围的田地与街巷；为自己的饮食起居而洋洋自得，过着锦衣玉食的奢华生活。轻捷矫健、剽悍强壮的勇士，可谓每家都有。他们像庆忌一样敏捷，如专诸一般勇武。出门时戴着高高的帽子，手挺长剑小步疾行。披挂着鲛鱼皮的铠甲，高举属镂宝剑。家家藏有长矛和盾牌，有鹤膝之矛，有犀渠之盾。各种军用物资，刀矛器械应有尽有。手持吴国的弯刀，高擎越国的大戟，纯钩、湛卢般的名剑到处都是。兵车满布石头城，战船密布江湖中。

“露往霜来，日月其除。草木节解，鸟兽腯肤。观鹰隼，诫征夫。坐组甲，建祀姑[1]。命官帅而拥铎[2]，将校猎乎具区[3]。乌浒狼𥧌，夫南西屠。儋耳黑齿之酋[4]，金邻象郡之渠[5]。𩦺駥𩦨驕[6]，靸霅警捷[7]，先驱前途。俞骑骋路，指南司方。出车槛槛，被练锵锵。吴王乃巾玉辂，轺骕骦[8]。旗鱼须[9]，常重光[10]。摄乌号[11]，佩干将[12]。羽旄扬蕤，雄戟耀芒。贝胄象弭[13]，织文鸟章。六军袀服[14]，四骐龙骧[15]。峭格周施[16]，罿罻普张。罼罕琐结[17]，罠蹄连纲[18]。陆以九疑[19]，御以沅湘[20]。輶轩蓼扰[21]，彀骑炜煌[22]。袒裼徒搏，拔距投石之部[23]。猿臂骿胁[24]，狂趭犷狻[25]。鹰瞵鹗视[26]，趁趯䝤貄[27]。若离若合者，相与腾跃乎莽罠之野[28]。干卤殳鋋[29]，旸夷勃卢之旅[30]。长矛短兵，直发驰骋。儇佻坌并[31]，衔枚无声[32]。悠悠旆旌者[33]，相与聊浪乎昧莫之垧[34]。钲鼓迭山，火烈熛林[35]。飞焰浮烟，载霞载阴。菈擸雷硠[36]，崩峦弛岑。鸟不择木，兽不择音。虩䝞[37]，䫌麋麖[38]。蓦六駮[39]，追飞生[40]。弹鸾鵔[41]，射猱铤[42]。白雉落，黑鸩零。陵绝嶛嶕[43]，聿越巉险[44]。跇踰竹柏[45]，獠猭杞楠[46]。封狶䓘[47]，神螭掩[48]。刚镞润，霜刃染。

【注释】

〔1〕祀姑：旌旗名。

〔2〕铎（duó）：古代的一种用于军事的大铃。

〔3〕具区：古代吴越之间大泽名。

〔4〕乌浒、狼𥈭（huāng）、夫南、西屠、儋（dān）耳、黑齿：中国古代西南地区六个少数民族名称。

〔5〕金邻：古国名。　象郡：古郡名。　渠：部落酋长。

〔6〕骉（biāo）駮（xuè）飍（xiū）矞：万马奔腾之貌。

〔7〕靸霅（sǎ shà）：疾行之貌。

〔8〕轺（yáo）：古代的轻便马车。　骕骦（sù shuāng）：古良马名。

〔9〕鱼须：以鲨鱼须为柄的一种旗帜。

〔10〕常：旗帜。　重光：旗帜上绣的日月图案。

〔11〕乌号：古良弓名。

〔12〕干将：古名剑。

〔13〕胄（zhòu）：头盔。　弭（mǐ）：弓末的弯曲处。

〔14〕袀（jūn）服：同服。

〔15〕骐：有青黑色纹理的马。　龙骧（xiāng）：骏马的昂举腾跃之貌。

〔16〕峭格：捕兽的木笼。

〔17〕罿罻（tóng wèi）、罼罕（bì hàn）：捕捉鸟兽之网。

〔18〕罠（mín）：捕捉走兽的网。　蹄：捕兔器。

〔19〕阹（qū）：猎人利用山谷等有利地形围猎禽兽。　九疑：山名。

〔20〕沅湘：沅江和湘江。

〔21〕輶（yóu）轩：古代的一种轻车。　蓼（liǎo）扰：纷乱之貌。

〔22〕彀（gòu）骑：持弓弩的骑兵。　炜煌：华盛之貌。

〔23〕拔距：比腕力。

〔24〕骿胁（pián xié）：肋骨连成一片，此处形容勇士。

〔25〕狂趭（jiào）：狂奔。　犷猤（guǎng jì）：凶猛壮勇之貌。

〔26〕瞵（lín）：注视。　鹗：鱼鹰。

〔27〕趻踔𤠣𤢲（cān tán là tà）：众多禽兽相随驱逐之貌。

〔28〕莽罠（làng）：广大。

〔29〕干：盾牌。　卤（lǔ）：大盾牌。　殳（shū）：古代的一种武器，用竹木做成，有棱无刃。　鋋（chán）：古代的一种铁柄短矛。

〔30〕旸（yáng）夷：铠甲名。　勃卢：矛名。

〔31〕儇佻（xuān tiāo）：疾速。　坌（bèn）并：纷至沓来。

〔32〕枚：古代行军时衔在口中防止士卒喧哗的用具。

〔33〕悠悠旆旌（pèi jīng）：飘扬的旗帜。

〔34〕聊浪：放旷。 昧莫：广大。 垧（jiōng）：郊野。

〔35〕爂（biāo）：燃烧。

〔36〕菈（là）擸（liè）雷硠（láng）：崩塌之声。

〔37〕虣：空手相搏。 甝（hán）：白虎。 虪（shù）：黑虎。

〔38〕縃（xū）：绊住野兽的前足。 麋（mí）：麋鹿。 麖（jīng）：马鹿。

〔39〕蓦（mò）：上马。 駮：传说中的一种形似马而能吃虎豹的野兽。

〔40〕飞生：鼯鼠。

〔41〕鸾：传说中与凤凰同类的一种鸟。 鶄（jīng）：古代生长在南方的一种鸟，黄头红眼，有五彩羽毛。

〔42〕猱蜓（náo tíng）：皆为猿猴类动物。

〔43〕陵绝：跨越。 嶛嶕（liáo jiāo）：高峻。

〔44〕聿越：迅速地跨越。 巉（chán）险：高峻，凶险。

〔45〕跇（yì）踰：跨越。

〔46〕獑猭（lián chuān）：奔走之貌。 杞楠（qǐ nán）：皆木名。

〔47〕封狶（xī）：大野猪。 蘢（máng）：猪叫声。

〔48〕螭（chī）：古代传说中一种没有角的龙。 掩：隐蔽。

【译文】

“露往霜来，日月穿梭。草木凋零，鸟兽肥硕。观察鹰隼，整肃士卒。披上组甲而坐，高建祀姑军旗。命令众官振响木铎，将校到具区之泽去行猎。乌浒、狼䏲、夫南、西屠、儋耳、黑齿诸部的酋长，金邻、象郡的首领随同吴王狩猎。众马奔腾，迅疾如飞，作为吴王前驱的诸部酋渠在前面引路。充当仪仗队伍前导的骑卫在道路上驰骋，指南车来确定方向。兵车隆隆作响，甲士步履锵锵。吴王乘坐骕骦良驹所驾驭的美玉为饰的轻车。旗柄为鲨鱼之须，上绣日月之形。手持乌号良弓，腰佩干将名剑。羽旄随风摆动，雄戟闪耀光芒。头盔镶嵌贝壳，弓弭用象牙装饰，旗帜上织染着飞鸟之形。六军战服同色，四骐昂首飞腾。四周摆设好捕兽的木笼和鸟网，罼罕密如锁链，罠䍡纲目相连。利用九疑山围猎野兽，凭借沅江和湘江防止它们逃窜。輶轩漫山遍野，手持弓弩的骑兵勇武异常。赤膊上阵，徒手相搏，掰腕投石的士兵，猿臂善于骑射，骿胁力大无穷，狂奔如飞，勇猛强壮。目光如同鹰鹯一样犀利，众多禽兽飞奔逃命。勇士们若离若合，一起飞腾跳跃在旷野之中。他们手持长短兵刃，拿着大盾小盾，身披铠甲，驰骋在狩猎的途中。忽而纷至沓来，忽而衔枚无声。旌旗随风飘扬，人马在空阔的郊野中恣意行猎。钲鼓震动山谷，烈火燃烧树林。飞腾的烈焰和上扬的浓烟，遮蔽了晚霞，浓密如乌云。山峦和小丘全都崩塌，发出轰轰隆隆的响声。飞鸟逃命顾不上选择树木，野兽求生发出凄厉的声音。勇士们徒手与白虎和黑虎搏斗，绊住麋鹿和马鹿的前蹄。骑上六駮神兽，追击高飞的鼯鼠。用弹丸击落鸾凤和鵕鸟，用弓箭射中迅捷的猱狿。白雉被射落，黑鸩亦不能幸免。飞快地跨越高大险峻的山峰，穿过竹柏之林，奔走于杞楠之丛。大野猪发出惊吼，神螭躲避匿踪。锋利的箭头沾满鲜血，白刃一片血红。

“于是弭节顿辔，齐镳驻跸。徘徊倘佯，寓目幽蔚。览将帅之拳勇，与士卒之抑扬。羽族以觜距为刀铍〔1〕，毛群以齿角为矛铗，皆体著而应卒。所以挂挖而为创痏〔2〕，冲踤而断筋骨〔3〕。莫不衂锐挫芒〔4〕，拉捭摧藏〔5〕。虽有石林之岝崿〔6〕，请攘臂而靡之〔7〕；虽有雄虺之九首〔8〕，将抗足而跐之〔9〕。颠覆巢居，剖破窟宅。仰攀鵕鸃〔10〕，俯蹴豺獏〔11〕。刲剞熊罴之室〔12〕，剽掠虎豹之落。猩猩啼而就禽，𤠕𤠕笑而被格〔13〕。屠巴蛇，出象骼。斩鹏翼，掩广泽。轻禽狡兽，周章夷犹〔14〕。狼跋乎紭中〔15〕，忘其所以睒睗〔16〕，失其所以去就。魂褫气慑而自踢跗者〔17〕，应弦饮羽，形偾景僵者〔18〕，累积而增益，杂袭错缪。倾薮薄〔19〕，倒岬岫〔20〕。岩穴无豜豵〔21〕，翳荟无麢麑[22]。思假道于丰隆[23]，披重霄而高狩。笼乌兔于日月[24]，穷飞走之栖宿。

【注释】

〔1〕觜距：禽鸟的嘴和爪。 铍：两刃小刀。

〔2〕扢：抓伤，擦伤。 创痏：创伤。

〔3〕冲踤：碰撞。

〔4〕衄（nǜ）：损伤，挫败。

〔5〕拉：摧折。 捭（bǎi）：两手击毙。 摧藏：挫伤。

〔6〕岝崿（zuó è）：山石高峻之貌。

〔7〕攘（ráng）臂：捋袖伸臂。 靡：碎。

〔8〕雄虺（huǐ）：传说中的大毒蛇。

〔9〕抗足：举足。 跐：踩踏。

〔10〕鵔鸃（jùn yí）：一种传说中的鸟类。

〔11〕貘（mò）：白豹。

〔12〕刦剞（jié jī）：劫掠。

〔13〕巤巤（fèi）：狒狒。 格：杀。

〔14〕周章：惊恐之貌。 夷犹：犹豫。

〔15〕狼跋：艰难窘迫。 紘（hóng）：网。

〔16〕睒睗（shǎn shì）：疾视。

〔17〕褫（chǐ）：剥夺。 踢趹（fú）：跌倒。

〔18〕形偾（fèn）景僵：身体仆倒僵硬。

〔19〕薮（sǒu）薄：草木繁茂的湖泽。

〔20〕岬（jiǎ）：两山之间。 岫（xiù）：山洞。

〔21〕豜豵（jiān zōng）：泛指兽崽。

〔22〕翳荟：杂草。 麢（xū）：幼鹿。 麑：雏鸟。

〔23〕丰隆：传说中的雷神。

〔24〕乌：传说居于太阳的三足神乌。 兔：传说居于月宫的玉兔。

【译文】

“于是驻节停车，车马并驾暂时休整。徘徊倘佯，满目郁郁葱葱。检阅将帅的英勇，巡视士卒的鹰扬。飞禽以喙爪为刀铍，走兽以齿角为矛剑，皆自身长成以应对危急情况。所以被禽兽挂伤、抓伤而留下伤疤，被其冲撞而伤筋断骨者并不鲜见。将士们莫不挫其锋芒，将其击毙击伤。虽有高峻的石林，勇士们捋袖伸臂而碎之；虽有九首的毒蛇，勇士们举足而踏之。颠覆飞禽的鸟巢，捣毁走兽的窟宅。仰头抓住鵕䴊，俯身踏倒豻貘。洗劫熊罴之室，剽掠虎豹之所。猩猩啼哭而束手就擒，狒狒痴笑而被格杀。杀死那吞食大象的巴蛇，将大象的骨骼取出。斩断大鹏的翅膀，硕大无朋覆盖了大泽。迅疾的飞禽，狡猾的走兽，惊恐万状，犹豫不定。在网中走投无路，目光都变得游离不定。魂飞魄散而自己跌倒者，中箭仆倒身体僵硬者，越积越多，重叠交错。搜遍湖泽，走遍山谷来搜寻猎物，岩穴中无兽崽，杂草中无幼鹿雏鸟。打算向雷神借道，飞上九霄而在天宫狩猎。将日中的三足神鸟和月宫玉兔捉入笼中，将飞禽走兽的巢穴搜罗殆尽。

“嶰涧阒[1]，冈岵童[2]。罾罘满[3]，效获众。回靶乎行邪[4]，睨观鱼乎三江[5]。泛舟航于彭蠡[6]，浑万艘而既同。弘舸连舳，巨槛接舻[7]。飞云盖海，制非常模。迭华楼而岛跱[8]，时仿佛于方壶[9]。比鹢首而有裕，迈馀皇于往初[10]。张组帏[11]，构流苏[12]。开轩幌[13]，镜水区[14]。槁工檝师[15]，选自闽禺[16]。习御长风，狎玩灵胥[17]。责千里于寸阴，聊先期而须臾。棹讴唱，箫籁鸣。洪流响，渚禽惊。弋磻放[18]，稽鷦鹏[19]。虞机发，留鸧鹊[20]。钩饵纵横，网罟接绪。术兼詹公[21]，巧倾任父[22]。筌鲲鳣[23]，鲕鲨鲂[24]。罩两魪[25]，罺鰝虾[26]。乘鼋鼍鼍[27]，同罛共罗[28]。沉虎潜鹿[29]，罼𪓕僒束[30]。徽鲸辈中于群犗[31]，搀抢暴出而相属[32]。虽复临河而钓鲤，无异射鲋于井谷[33]。

【注释】

〔1〕嶰（xiè）：山谷。　阒（qù）：空。

〔2〕冈岵（hù）：多草木的山脊。　童：光秃，此处指山上没有草木。

〔3〕罾（zēng）：古代一种方形鱼网。　罘（fú）：张在窗户或屋檐下防鸟雀的网。

〔4〕回靶：回车。

〔5〕睨（nì）：斜视。　三江：吴国众多水道的总称。

〔6〕彭蠡（lǐ）：古水泽名。

〔7〕弘舸（gě）、巨槛：江湖上的大船。　舳（zhú）：船头。　舻（lú）：船尾。

〔8〕迭：重叠，层叠。　岛跱：如岛屿一般耸峙。

〔9〕方壶：传说中的仙山。

〔10〕馀皇：春秋时期吴国水师的巨船，以华美著称。

〔11〕组帏：彩色的丝帐。

〔12〕流苏：装在楼台、帐幕等上面的穗状饰物。

〔13〕轩幌（huǎng）：门帘或窗帷。

〔14〕水区：河中。

〔15〕槁工楫（jí）师：水手。　闽：古地名，位于福建省。

〔16〕禺（yú）：番禺，位于广东省。

〔17〕灵胥：伍子胥之神，传说伍子胥为吴王夫差所杀，被沉尸于江，遂为水神。

〔18〕弋（yì）：用带绳子的箭射鸟。　磻（bō）：射鸟时拴在绳上的石箭镞。

〔19〕稽：捉住。　鹪鹏（jiāo míng）：鸟名。

〔20〕鵁鶄（jiāo jīng）：池鹭。

〔21〕詹公：詹何，战国时楚国隐者，哲学家，据说他善于钓鱼。

〔22〕任父：《庄子·外物》载，他以五十头牛为诱饵，垂钓东海而得大鱼。

〔23〕筌（quán）：捕鱼的器具。　䱭䲛（gèng méng）：鱼名。

〔24〕䍡：一种箕形的渔网。　鲙魦：鱼名。

〔25〕罩：用于捕鱼的竹笼。　两鲋：比目鱼。

〔26〕罼：捕鱼用的小网。　鰝：大海虾。

〔27〕乘鲎（hòu）：海中一种甲壳类节肢动物，似蟹。 鼋（yuán）：大鳖。 鼍（tuó）：扬子鳄。

〔28〕罛（gū）：大渔网。

〔29〕沉虎：虎鱼。 潜鹿：鹿头鱼。

〔30〕䨙（zhí）：绊马索。 䶬（lóng）：马笼头。 儝（jiǒng）束：窘困束缚。

〔31〕徽：力大的鱼。 犗（jiè）：阉割过的牛。

〔32〕搀（chán）抢：彗星。

〔33〕鲋：小鱼。 井谷：井底。

【译文】

"嶰涧空寂，山岗光秃。罾罘已满，所获众多。回马而行，旁若无人，斜视三江之鱼。泛舟于彭蠡泽中，万舟竞渡于水面。大船相连，巨舰相接。飞云、盖海这样华丽的楼船，其形制非同一般。二艘楼船宛若华丽的高楼，层层叠叠如同小岛矗立水中，飘飘渺渺仿佛方壶仙山。船体之大，比鹢首舟还要宽阔，超过了古代的余皇之舟。张设彩色的丝帐，用五彩的丝线作为流苏。打开楼船上的床帷，水面平静如镜。划桨的水手，选自闽禺之地。他们谙熟水性，不惧远来的飓风，他们艺高胆大，敢于戏弄水神灵胥。千里之遥要求他们片刻即到，须臾之间就已经先期到达。划桨作歌，箫管齐鸣。洪流发出巨响，小洲上的水禽胆战心惊。弋射飞鸟，捉住鶢鶋。弩机一发，擒住鸡鹄。钩饵纵横，网罟相连。钓鱼的技巧要倍于詹何，超过任父。用筌捞取鲀鳙，以䍡网捕鲑鲉。用竹笼捉住比目鱼，以小网捕捉海虾。乘鲎、鼋、鼍，尽入罗网。虎鱼和鹿头鱼，在网中窘迫求生。力大的鲸鱼用群牛为饵，彗星疾出而相连不停。即便是在河边钓鲤鱼，与这样的大场面相比无异于井底射鲋。

"结轻舟而竞逐，迎潮水而振缗[1]。想萍实之复形[2]，访灵夔于鲛人[3]。精卫衔石而遇缴[4]，文鳐夜飞而触纶[5]。北山亡其翔翼，西海失其游鳞。雕题之士[6]，镂身之卒。比饰虬龙，蛟螭与对。简其华质，则㐌费锦缋[7]。料其虓勇[8]，则雕悍狼戾。相与昧潜险，搜瑰奇[9]。摸蝳蝐[10]，扪觜蠵[11]。剖巨蚌于回渊，濯明月于涟漪[12]。

【注释】

〔1〕缗（mín）：钓鱼绳。

〔2〕萍实：传说中的一种祥瑞之物。

〔3〕灵夔（kuí）：传说中的一种怪兽。

〔4〕精卫：鸟名。传说本为炎帝之女，名为女娃。游于东海，溺水而亡。其灵化为精卫鸟，常衔石以填东海。　缴（zhuó）：弋射飞鸟用的丝绳。

〔5〕纶（lún）：钓鱼用的丝绳。　文鳐：传说中的鱼名。

〔6〕雕题：额上刺花纹。

〔7〕㐌（yì）费：色彩明丽。　锦缋（huì）：色彩艳丽的织锦。

〔8〕料：估计。　虓（xiāo）勇：勇猛。

〔9〕瑰奇：奇珍异宝。

〔10〕蝳蝐（dài mào）：玳瑁。一种海龟，其甲壳可制作装饰品。

〔11〕觜蠵（zī xī）：一种大龟。

〔12〕明月：宝珠名，传为珍珠极品。

【译文】

“轻舟相连而竞逐，迎面而来的潮水振动钓绳。希望祥瑞的萍实复现，在水底鲛人处访求灵夔。精卫衔石而中弋箭，文鳐夜飞而触到钓绳。北山飞禽一网打尽，西海游鱼无影无踪。额上刺青的勇士，文身的士卒，其花纹竟是虬龙与蛟螭。甄别其文身，则色彩明丽宛若织锦。预料其勇猛，则如雕和狼一般强悍凶猛。共同深潜到水底险境，搜寻那异宝奇珍。摸取玳瑁，捉住觜蠵。在深渊剖开巨蚌，在水波中清洗明月宝珠。

“毕天下之至异，讫无索而不臻。溪壑为之一罄，川渎为之中贫。哂澹台之见谋[1]，聊袭海而徇珍。载汉女于后舟[2]，追晋贾而同尘[3]。汩乘流以砰宕[4]，翼飔风之䬟䬟[5]。直冲涛而上濑，常沛沛以悠悠[6]。汔可休而凯归，揖天吴与阳侯[7]。指包山而为期[8]，集洞庭而淹留。数军实乎桂林之苑[9]，飨戎旅乎落星之楼[10]。置酒若淮泗[11]，积肴若山丘。飞轻轩而酌绿醽[12]，方双辔而赋珍羞。饮烽起，釂鼓震。士遗倦，众怀欣。幸乎馆娃之宫[13]，张女乐而娱群臣。罗金石与丝竹，若钧天之下陈[14]。登东歌[15]，操南音。胤《阳阿》[16]，咏《韎》《任》[17]。荆艳楚舞[18]，吴愉越吟[19]。翕习容裔[20]，靡靡愔愔[21]。

【注释】

〔1〕哂（shěn）：讥笑。　澹台：澹台子羽，西晋张华《博物志》中人物。他携千金之璧渡河，河伯欲得之，遂兴风作浪命两鲛挟船，子羽持剑击杀二鲛。渡河后，他三投玉璧于河伯，河伯皆归之，子羽毁璧而去。

〔2〕汉女：传说中的汉水女神。

〔3〕晋贾：贾大夫，其妻三年不言不笑。后来他携妻到如皋射雉，其妻始笑始言。　同尘：同蒙尘垢。

〔4〕汩（yù）：疾。　砰宕（pēng dàng）：船行击水之貌。

〔5〕飔（sī）：疾风。　䬟䬟（liú）：微风吹动之貌。

〔6〕沛沛：水流湍急之貌。

〔7〕天吴、阳侯：皆水神名。

〔8〕包山：山名，位于太湖中。

〔9〕军实：战场上的收获，此处指游猎所得。　桂林之苑：三国时期东吴苑名。

〔10〕落星之楼：楼名，建于东吴时期。

〔11〕淮泗：水名。淮水和泗水。

〔12〕轻轩：田猎之车，此处指往来运送美酒佳酿之车。 绿酃（líng）：古之湘州临水县有酃湖，取其水酿酒，名曰酃酒。

〔13〕馆娃之宫：宫名，春秋时期吴王夫差为宠幸西施而建。

〔14〕钧天：钧天广乐，传说中的仙乐。

〔15〕登：演奏。

〔16〕胤（yìn）：继续。 《阳阿》：古乐曲名。

〔17〕《韎（mèi）》：东方乐曲名。 《任》：南方乐曲名。

〔18〕艳：楚歌。

〔19〕愉：吴歌。

〔20〕翕（xī）习：威盛之貌。 容裔：从容娴丽之貌。

〔21〕靡靡愔愔（yīn）：娓娓动听而又和悦安舒。

【译文】

“汇聚天下的奇珍异宝，没有索求而得不到的。溪壑搜罗殆尽，河川全被荡空。讥笑澹台子羽玉璧竟被河伯谋夺，姑且入海再寻奇珍。后舟乘坐的是汉水女神，如同贾大夫携妻射雉一般。滚滚的波涛拍打着船只，乘着疾风在水面穿行。忽而冲过波涛，忽而跃上急流，水流湍急而又连绵不尽。将到休息之时便凯旋班师，向水神天吴与阳侯揖手而别。将包山作为集合的地点，集于洞庭而休整人马。在桂林苑中清点游猎的战利品，在落星楼中犒赏三军。成坛的美酒多如淮泗之水，堆积的佳肴宛若山丘。轻车来往为众人传送绿酃佳酿，二车并驾为大家添置珍馐美味。燃起烽火，酒宴开始，鼓声震天催促宾朋要一饮而尽。士卒忘记了疲倦，众人都心情欢欣。吴王来到馆娃之宫，张设女乐而为群臣助兴。金石与丝竹之音不绝于耳，好像天宫的钧天广乐降临凡间。演奏东方之歌，唱起南部之音。继续演奏《阳阿》名曲，咏唱《韎》《任》之乐。楚地歌舞赏心悦目，吴歌越吟婉转动听。这些音乐歌舞既威严又隆盛，既从容娴丽又娓娓动听。

“若此者，与夫唱和之隆响，动钟鼓之铿耾〔1〕。有殷坻颓于前[2]，曲度难胜[3]。皆与谣俗汁协[4]，律吕相应[5]。其奏乐也，则木石润色；其吐哀也，则凄风暴兴。或超《延露》而《驾辩》，或踰《绿水》而《采菱》[6]。军马弭髦而仰秣[7]，渊鱼竦鳞而上升。酣湑半[8]，八音并[9]。欢情留，良辰征。鲁阳挥戈而高麾[10]，回曜灵于太清[11]。将转西日而再中，齐既往之精诚。

【注释】

〔1〕铿耾（kēng hóng）：象声词，形容钟鼓声音洪亮。

〔2〕殷：震动。 坻颓：山石崩塌之声。

〔3〕曲度：乐曲的节拍、音调。 胜：尽。

〔4〕汁协：协调，和谐。

〔5〕律吕：古代校正乐律的器具，后泛指乐律。

〔6〕《延露》、《驾辩》、《绿水》、《采菱》：皆古曲名。

〔7〕弭髦：毛发顺服，为驯服之态。 仰秣（mò）：指为乐声所动，竟反常地昂起头吃饲料。

〔8〕酣：畅饮。 湑（xǔ）：清酒。

〔9〕八音：中国古代根据制作材料对乐器的分类，亦用以泛指音乐。

〔10〕“鲁阳”句：《淮南子·览冥训》载，楚将鲁阳公与韩人激战正酣，天色将晚而夕阳西下，他举戈而麾之，太阳因之返回。

〔11〕曜灵：太阳。 太清：天。

【译文】

“这些动听的乐曲，曼妙的舞姿，唱和之乐声音洪亮，钟鼓之声铿锵有力。其声若山石崩塌，节拍音调难以穷尽。皆与民谣俗曲相协调，与音律乐律相呼应。奏响音乐，则木石为之润色；吐露哀情，仿佛凄风骤起。这些乐曲超过《延露》和《驾辩》，胜于《绿水》和《采菱》。军马毛发顺服而昂首进食，渊鱼竖起鳞片而游到水面。酒至半酣，八音合鸣。欢情长留，良辰远逝。鲁阳公阵前挥戈高麾，唤回了天上的夕阳。太阳竟然从西沉转到日中，这种精诚之心正如鲁阳公一般。

“昔者夏后氏朝群臣于兹土[1]，而执玉帛者以万国。盖亦先王之所高会，而四方之所轨则[2]。春秋之际，要盟之主。阖闾信其威，夫差穷其武。内果伍员之谋，外骋孙子之奇。胜强楚于柏举[3]，栖劲越于会稽[4]。阙沟乎商鲁，争长于黄池[5]。徒以江湖崄陂[6]，物产殷充。绕霤未足言其固[7]，郑白未足语其丰[8]。士有陷坚之锐，俗有节概之风[9]。睚眦则挺剑，喑呜则弯弓[10]。拥之者龙腾，据之者虎视。麾城若振槁[11]，搴旗若顾指[12]。虽带甲一朝，而元功远致。虽累叶百叠，而富强相继。乐湑衎其方域[13]，列仙集其土地。桂父练形而易色，赤须蝉蜕而附丽[14]。中夏比焉，毕世而罕见，丹青图其珍玮，贵其宝利也。舜禹游焉，没齿而忘归[15]，精灵留其山阿，玩其奇丽也。剖判庶士[16]，商推万俗。国有郁鞅而显敞[17]，邦有湫阨而踡跼[18]。伊兹都之函弘，倾神州而韫椟[19]。仰南斗以斟酌[20]，兼二仪之优渥。

【注释】

〔1〕夏后氏：夏禹。

〔2〕轨则：规则，准则。

〔3〕柏举：古地名，春秋楚地。公元前506年，楚围蔡，吴救之，大败楚师于此。

〔4〕栖：围困。

〔5〕黄池：古地名，春秋时期吴王夫差北上与晋国争霸于此。

〔6〕崄（xiǎn）：险峻。

〔7〕绕霤：古地名，在今陕西省，以地势险要著称。

〔8〕郑白：郑国渠和白渠，二者皆为关中地区重要的水利工程。

〔9〕节概：志节气概。

〔10〕喑呜：悲咽。

〔11〕麾城：攻城。　振槁：击落枯叶。

〔12〕搴（qiān）旗：夺取敌方军旗。　顾指：以目示意而指使之。振槁、顾指皆比喻轻而易举。

〔13〕乐湑：借指君子。　衎：快乐自得。

〔14〕桂父、赤须：古代传说中的仙人。　蝉蜕：比喻解脱，古人用以指成仙。

〔15〕没齿：终生。

〔16〕剖判：辨别，判断。

〔17〕郁鞅：广大之貌。　显敞：豁亮宽敞。

〔18〕湫阨（jiǎo è）：低洼狭小。　踡跼（quán jú）：蜷曲不伸之貌。

〔19〕韫椟（yùn dú）：藏在柜中，以形容吴都之大。

〔20〕南斗：星名，即斗宿，有星六颗。在北斗星以南，其形似斗。

【译文】

“昔日夏禹在这片土地上朝见群臣，而执玉帛来朝觐者有万国之众。这真是先王盛会之地，而四方效法之所。春秋之际，吴国成为诸侯盟主。阖闾威风八面，夫差穷兵黩武。吴国内有伍员的智谋，外凭孙武的奇兵。吴军在柏举战胜强大的楚国，将强劲的越国围困在会稽城下。开掘深沟达于商鲁之地，黄池会盟与晋国争长。这里有江湖深池，物产殷富充实。绕溜险隘相形逊色，郑白二渠灌溉之地难言其丰。军士有攻城拔地的锐气，民间有志节气概之风。怒目相视则挺剑向前，悲咽之际则弯弓相对。占据吴地之人，日后必能龙腾虎视。攻城拔寨如同秋风扫败叶，夺取敌人军旗易如反掌。即便是短时从军，而可在边塞立下大功。即便是百世迭代，而富裕强大相继而来。君子在这里悠游自得，众仙于此方集聚相会。桂父修炼外形而善于易色，赤须蝉蜕升仙而居于此方。中原虽然富庶，但与吴地相比，从未见过这么多的奇珍异宝，只能用丹青图画其形，垂涎于其珍贵难得的利益。虞舜夏禹游于吴地，终生而忘归，精灵留其山阿，玩赏其奇幻美丽。评判不同地域的人物，研究四面八方的风俗。有的国家广大辽阔，有的国家局促狭小。而吴都之宏大辽阔，足以超过神州而包举中原。仰观南斗以斟酌美酒，吴都兼有天地的丰足优厚。

“繇此而揆之[1]，西蜀之于东吴，小大之相绝也，亦犹棘林萤耀，而与夫栒木龙烛也[2]。否泰之相背也[3]，亦犹帝之悬解[4]，而与桎梏疏属也[5]。庸可共世而论巨细，同年而议丰确乎[6]？暨其幽遐独邃，寥廓闲奥[7]。耳目之所不该[8]，足趾之所不蹈。倜傥之极异，誳诡之殊事[9]，藏理于终古，而未寤于前觉也。若吾子之所传，孟浪之遗言[10]，略举其梗概，而未得其要妙也。”

【注释】

〔1〕繇：同“由”。　揆：揣度。

〔2〕栒（xún）木：传说中的巨树，长有千里。　龙烛：烛龙神所衔之烛。烛龙为传说中的神龙，口中衔烛，其光可照耀天下。

〔3〕否（pǐ）泰：《周易》中二卦名。天地交而万物通，名“泰”；天地不交万物不通，曰“否”。

〔4〕悬解：解除束缚。

〔5〕桎梏（zhì gù）：脚镣和手铐，引申为束缚、拘束。　疏属：山名。

〔6〕丰确：富贫。

〔7〕寥廓：高远。　闲奥：幽深。

〔8〕该：同“赅”，完备。

〔9〕誳（qū）诡：诡异。

〔10〕孟浪：约略。

【译文】

“由此来揣度的话，西蜀与东吴相比，一小一大，相差悬殊，就好像棘林中闪耀的萤光，怎能与千里栒木和龙烛相比。蜀否吴泰，相隔不啻霄壤。东吴得天之助，无拘无束；西蜀为天所弃，被拘禁在疏属山。二者岂可一起来评价大小，议论贫富呢？至于东吴那些僻远深邃之处，高远幽深之所。既未耳闻目睹，又从来无人踏足。卓绝非凡之物，诡异离奇之事，自古至今一直留存，从未为前人发觉者数不胜数。如我所述者，只不过约略言之，略举其梗概而已，而未得其精深微妙之处啊。”

（本卷译注：郎瑞萍）

文选卷第六

赋丙

京都下

魏都赋　左太冲（左思）

【题解】

《魏都赋》重点描写其宏伟壮丽的气势，淳朴厚重的文化传统。作者反对分裂与割据，重点突出了魏国的正统地位。全文铺张扬厉，对于魏国的地大物博和统治者的顺天应人进行了重点描写。

魏国先生有睟其容〔1〕，乃盱衡而诰曰〔2〕：“异乎交益之士〔3〕。盖音有楚夏者，土风之乖也；情有险易者，习俗之殊也。虽则生常〔4〕，固非自得之谓也。昔市南宜僚弄丸〔5〕，而两家之难解。聊为吾子复玩德音，以释二客竞于辩囿者也〔6〕。

【注释】

〔1〕睟（suì）：温和润泽之态。

〔2〕盱（xū）衡：举眉扬目。

〔3〕交：交州，三国时属吴。　益：益州，三国时属蜀。

〔4〕生常：性情之常。

〔5〕宜僚：春秋时期楚国勇士，居市南，以弄丸杂技著称于世。

〔6〕辩囿：囿，园囿。以囿中草木之盛比喻辩者多词。

【译文】

魏国先生容貌温和润泽，他举眉扬目告诫道："（我们）与吴蜀之士大不相同啊！方言之所以有楚地与中原之分，是因为地方风俗有别；性情能够分为险邪与平易，是由于习俗有异。人的本性虽然是固定的，却并非缘于天生。昔日市南宜僚善于弄丸绝技，化解了白公胜与令尹子西的仇怨。我姑且为诸位玩味善言，来解开两位互不相让的争辩。

"夫泰极剖判〔1〕，造化权舆〔2〕。体兼昼夜，理包清浊。流而为江海，结而为山岳。列宿分其野〔3〕，荒裔带其隅。岩冈潭渊，限蛮隔夷，峻危之窍也〔4〕。蛮陬夷落〔5〕，译导而通，鸟兽之氓也。正位居体者〔6〕，以中夏为喉，不以边垂为襟也。长世字甿者〔7〕，以道德为藩，不以袭险为屏也。而子大夫之贤者，尚弗曾庶翼等威〔8〕，附丽皇极。思禀正朔〔9〕，乐率贡职。而徒务于诡随匪人〔10〕，宴安于绝域。荣其文身，骄其险棘。缪默语之常伦〔11〕，牵胶言而逾侈〔12〕。饰华离以矜然〔13〕，假倔强而攘臂。非醇粹之方壮，谋踳駮于王义。孰愈寻靡萍于中逵〔14〕，造沐猴于棘刺〔15〕。剑阁虽嶛，凭之者蹶，非所以深根固蒂也。洞庭虽濬，负之者北，非所以爱人治国也。彼桑榆之末光，逾长庚之初辉。况河冀之爽垲〔16〕，与江介之湫湄〔17〕。故将语子以神州之略，赤县之畿。魏都之卓荦，六合之枢机。

【注释】

〔1〕泰极：太极。　剖判：剖分。

〔2〕造化：自然界。　权舆：开始。

〔3〕列宿：星宿。古代以十二星宿的方位划分地面上州、国的位置，就天文言，称作分星，以地理论，称作分野。

〔4〕峻危之窍：高山峻岭的洞穴。

〔5〕陬（zōu）、落：蛮夷居处之地。

〔6〕正位居体：据天子之位，居国君之体。

〔7〕长世：统治社会。　字甿：养育人民。

〔8〕庶翼：与众庶一起拥戴。　等威：相同等级的威仪。

〔9〕正朔：指改朝换代时，帝王新颁布的历法。

〔10〕诡随：谲诈虚伪之人。　匪人：不亲近的人。

〔11〕缪：昧。　常伦：常理。

〔12〕胶言：虚言。

〔13〕华离：指地区狭小。

〔14〕靡萍：浮萍。　中逵：大路交叉之处。

〔15〕棘刺：在棘刺之端雕刻。

〔16〕爽垲：高爽干燥。

〔17〕湫湄（jiǎo méi）：低洼的水草相接之处。

【译文】

“当混沌之气初分，大自然开始创造化育。其本体兼有昼夜，其文理涵容天地。它流动而成江海，凝结则为山岳。大地依星宿而分野，边远地区如衣带般连接。山岗江湖阻隔开南蛮与东夷，崇山峻岭之间遍布洞穴。蛮夷所居之地，居民的生活状态与鸟兽无异，需要通过翻译和向导才能（与华夏地区）沟通。居正统之位的君王，据有中原为咽喉要地，不靠边陲作为襟带来保护内地。统治社会养育百姓的智者，以道德为藩篱，不以险峻的山川作为屏障。而你们两位贤者，尚未与百姓一起拥戴魏王，接受与你们品级相匹配的威仪，归附到大魏之下。你们既没有奉行大魏的历法，也未曾心悦诚服地率领百姓恪守进贡的职责。而只是曲随于谲诈虚伪之人，自得于边远荒僻之地。以土人的文身为荣，以山川险要为傲。不能辨别何处沉默何处当言的常理，用虚诞不实的言辞来夸夸其谈。自得于用言辞来美化自己那狭小的地盘，捋起袖子来彰显自己执拗的性格。这些言辞既非精纯正直的大道理，更与王道之义背道而驰。这跟在大道上寻找浮萍有什么不同？与在棘刺上雕刻猕猴有什么分别？剑阁虽高，但仅仅凭借它只能招致败亡之道，绝难使国基根深蒂固。洞庭虽深，但过于依赖它的人屡屡败北，更非爱人治国的长久之计。那落日的余光，都要超过（你们）启明星初现的光辉。何况大魏居于黄河、冀州的高亮干爽之地，岂是你们那长江沿岸的水滨之地可与相提并论？因此，我将要跟你们谈一谈中原的区界，大魏的京畿，天下的枢纽——魏国都城的超绝出众之处。

“于时运距阳九〔1〕，汉网绝维〔2〕。奸回内赑〔3〕，兵缠紫微〔4〕。翼翼京室，眈眈帝宇，巢焚原燎，变为煨烬，故荆棘旅庭也〔5〕。殷殷寰内〔6〕，绳绳八区，锋镝纵横，化为战场，故麋鹿寓城也。伊洛榛旷〔7〕，崤函荒芜〔8〕。临菑牢落〔9〕，鄢郢丘墟。而是有魏开国之日，缔构之初。万邑譬焉，亦独犨麋之与子都〔10〕。培塿之与方壶也〔11〕。

【注释】

〔1〕阳九：厄运。

〔2〕网：纲纪。　绝维：统系断绝。

〔3〕奸回：奸邪小人，指祸乱东汉朝廷的宦官外戚。　赑（bì）：指强行作乱。

〔4〕紫微：宫廷。

〔5〕旅：寄生。

〔6〕殷殷、绳绳：众多。

〔7〕伊洛：伊水、洛水，代指洛阳。

〔8〕崤函：崤山、函谷关，指长安。

〔9〕牢落：荒废。

〔10〕犨（chōu）麋：人名，以貌丑著称。 子都：人名，因貌美名世。

〔11〕培塿：土丘。 方壶：方丈山，传说中的仙山。

【译文】

"当初，厄运频频降临，汉室纲纪断绝。奸邪小人在宫内强行作乱，乱兵围困宫廷。雄伟的京城，深邃的王宫，如鸟巢被焚，似星火燎原，化为灰烬。宫廷内外，荆棘丛生。繁华的国内，富庶的八方，兵戈四起，化为战场。空城残邑，麋鹿游荡。洛阳荆棘遍地，长安荒芜空旷。临菑寥落荒废，鄢郢化为废墟。大魏开国之日，缔造之初，（其大国气势难以言喻）列邦万国与之相比，就如焠麋与子都，土丘与方丈仙山那样有天壤之别。

"且魏地者，毕昴之所应[1]，虞夏之馀人[2]。先王之桑梓，列圣之遗尘。考之四隈[3]，则八埏之中[4]；测之寒暑，则霜露所均。卜偃前识而赏其隆[5]，吴札听歌而美其风[6]。虽则衰世，而盛德形于管弦；虽逾千祀，而怀旧蕴于遐年。尔其疆域，则旁极齐秦，结凑冀道[7]。开胸殷卫[8]，跨蹑燕赵[9]。山林幽峡[10]，川泽回缭[11]。恒碣碪碍于青霄[12]，河汾浩洲而皓溔[13]。南瞻淇澳，则绿竹纯茂；北临漳滏，则冬夏异沼。神钲迢递于高峦[14]，灵响时惊于四表。温泉毖涌而自浪[15]，华清荡邪而难老。墨井盐池，玄滋素液。厥田惟中[16]，厥壤惟白。原隰畇畇[17]，坟衍斥斥[18]。或嵬罍而复陆[19]，或黂朗而拓落[20]。乾坤交泰而絪缊，嘉祥徽显而豫作。是以兆朕振古[21]，萌柢畴昔[22]。藏气谶纬，闷象竹帛。迴时世而渊默，应期运而光赫。暨圣武之龙飞，肇受命而光宅[23]。

【注释】

〔1〕毕昴（mǎo）：星宿名。

〔2〕虞夏：虞都平阳，夏都安邑，俱属冀州；故称魏人为虞夏之后。

〔3〕隈：角落。

〔4〕埏：大地的边际。

〔5〕卜偃：春秋晋国掌卜大夫。晋献公将魏地封给毕万，卜偃说毕万的后代一定会得到上天庇护而兴旺发达。

〔6〕吴札：春秋时吴国公子季札。鲁襄公十九年，他到鲁国观乐，对魏风评价极高，誉为："美哉，渢渢乎！大而婉，险而易行，以德辅此，则明主也！"

〔7〕结凑：结聚。

〔8〕开胸：前面开出。

〔9〕跨蹑：兼有其地。

〔10〕幽峡（yǎng）：深邃。

〔11〕回缭：回绕。

〔12〕碣：碣石山。　碪碍（è）：高峻之貌。

〔13〕浩汧（gàn）：水势浩大。　皓溔（yǎo）：无边无际。

〔14〕神钲：高山上流水漱石，声如钲鸣，人以为神，呼为神钲。

〔15〕毖（bì）：水急涌貌。

〔16〕厥田惟中：冀州土地的肥瘠程度在九州居于中等。

〔17〕畇（yún）畇：平坦之貌。

〔18〕斥斥：广大之貌。

〔19〕嵬罍：高低不平之貌。　复陆：重叠。

〔20〕爣朗：光明。

〔21〕兆朕：预见事物的微小迹象。　振古：自古。

〔22〕柢：根本。

〔23〕光宅：充满，覆盖。

【译文】

"这里是大魏的土地，毕星与昴星为其分野，虞夏的后人在此繁衍生息。它是先王的故乡，有历代圣贤的遗迹。考查大魏的四周，正处于八方的中央；观察它的气候，则霜露分布非常均衡。晋国的卜偃远见卓识，称赞它必将兴旺发达。吴国的季札赴鲁观乐，听到魏风称赞其国情与民风。即便是处在衰世，管弦之中的盛德仍在；历史虽然跨越千载，前代积聚的遗风犹存。大魏的疆域，两旁是齐、秦故地，腹地则聚结着冀、道古国。前拥殷、卫封地，兼有燕、赵疆土。山林深邃茂密，川泽回绕曲折。恒山、碣石山高耸云霄，黄河与汾水波澜壮阔。南望淇水两岸，绿竹美好茂盛；北临漳河与滏水，温凉如同冬夏相隔。山峦上的神锣之音既高且远，灵异之音震动四方。温泉迸涌而自成波浪，荡涤邪气可以令人延年益寿。墨井中涌出黑液，盐池中流出素水。田地的肥瘠程度居于中等，土壤的颜色洁白。平原和湿地平平整整，丘陵和低地广大辽阔。有的高低重叠，有的明亮宽广。天地之气融合贯通，万物平和顺畅，微小的祥瑞之兆预示未来。自古就有卜偃、季札的预言是，大魏隆兴的气象始于往昔。谶纬之中蕴藏着气运，书籍之内潜伏着预兆。经过长年累月的沉默之后，终于顺应气象而大放异彩。到魏武帝之时如神龙飞天，顺应天命而君临四方。

“爰初自臻，言占其良。谋龟谋筮，亦既允臧。修其郛郭，缮其城隍。经始之制，牢笼百王。画雍豫之居，写八都之宇。鉴茅茨于陶唐[1]，察卑宫于夏禹。古公草创，而高门有闶[2]；宣王中兴，而筑室百堵。兼圣哲之轨，并文质之状。商丰约而折中，准当年而为量。思重爻[3]，摹《大壮》[4]。览荀卿[5]，采萧相[6]。偫拱木于林衡，授全模于梓匠。遐迩悦豫而子来，工徒拟议而骋巧。阐钩绳之筌绪[7]，承二分之正要[8]。揆日晷，考星耀。建社稷，作清庙。筑曾宫以回匝，比冈隒而无陂。造文昌之广殿，极栋宇之弘规。崣若崇山崛起以崔嵬[9]，髣若玄云舒蜺以高垂[10]。瑰材巨世，㻏堨参差[11]。枌橑复结，栾栌叠施。丹梁虹申以并亘，朱桷森布而支离。绮井列疏以悬蒂，华莲重葩而倒披。齐龙首而涌霤，时梗概于滮池[12]。旅楹闲列，晖鉴抰振。榱题黮䨴[13]，阶陏嶙峋。长庭砥平，钟虡夹陈[14]。风无纤埃，雨无微津。岩岩北阙，南端逌遵[15]。竦峭双碣，方驾比轮。西辟延秋，东启长春。用觐群后，观享颐宾。

【注释】

〔1〕茅茨：茅草屋顶。据说尧为君长时，茅茨不翦。

〔2〕闶（kāng）：门高之貌。

〔3〕重爻：重叠卦爻，指《易》。

〔4〕《大壮》：《易》卦名。《易·系辞下》："上古穴居野处，而圣人易之以宫室，上栋下宇以待风雨，故取诸大壮。"

〔5〕荀卿：荀况，被时人尊号为"卿"。他主张营建宫室应该不尚浮华。

〔6〕萧相：西汉丞相萧何，曾主持修建未央宫。

〔7〕筌绪：理顺余绪。

〔8〕二分：春分和秋分。

〔9〕嶵（duì）：高峻貌。

〔10〕髧（dàn）：幼儿短发下垂貌。

〔11〕㻏（qì）堨（jiè）：连接，重叠。

〔12〕滮池：水名。

〔13〕黮䨴（dǎn duì）：深黑。

〔14〕虡（jù）：支撑悬钟木架的两根立柱。

〔15〕逌（yōu）：同"攸"，所。

【译文】

"创国之初，占卜求祥。无论是用龟甲还是用蓍草占卜，所得卦象皆为大吉。修筑外城，整治城壕。经营都城之始，详细参考历代君王的制度。仿效长安、洛阳的宫室，比照天下都城的殿堂。学习唐尧的茅茨不翦，效法夏禹的卑宫低室。古公亶父草创都城，修建了简陋的高门；周宣王中兴时，筑室仅有百堵土墙。魏都的营造兼容了历代先王的制度，熔文采与朴质于一身。在富丽与简约之中取其折中，以先圣的经营作为衡量标准。考虑《周易》之言，不忘《大壮》遗训。谨遵荀卿的教诲，营造宫殿注重实用。学习萧何建造未央宫的办法，亦应壮观奢华。采合围之木于山林，授营造之法于木匠。远近的百姓都如子之事父般欣悦前来，能工巧匠们各显神通争奇斗巧。阐扬前代木工的优良技艺，继承他们在春分、秋分以日光正定方位的技巧。测度日中之影，观察星宿之光。建立土谷神祠，修造祖先清庙。修筑巍峨而又曲折回环的宫殿，如同那并不奇险峻危的山崖一般。建造广阔壮观的文昌大殿，其规范和体制旷古未见。高峻如崇山崛起，崔嵬耸立；低垂若黑云中舒展的虹霓，色彩艳丽。世间闻名的建筑材料交叉连接，屋梁房椽层层叠叠。红色的大梁如长虹横亘，朱椽森罗棋布。天花板上的藻井如花蒂悬空排列疏朗，雕刻的朵朵莲花重叠倒挂。殿堂檐头的龙首齐吐积水，水流湍急如滮池一般。厅堂的众多前柱间隔而列，阳光照射屋檐。椽头颜色深黑，台阶和栏杆高耸层叠。长庭如砥石般平坦，钟架陈列两厢。风吹无微尘，雨淋不湿润。北门巍然耸立，南门样式相同。南北城门双双对峙，两辆马车可以并驾齐驱。西门名叫延秋，东门号为长春。诸侯于此朝觐天子，天子在此招待贵宾。

“左则中朝有赩[1]，听政作寝[2]。匪朴匪斫，去泰去甚。木无雕锼，土无绨锦[3]。玄化所甄[4]，国风所禀。于前则宣明显阳，顺德崇礼。重闱洞出，锵锵济济[5]。珍树猗猗，奇卉萋萋。蕙风如薰，甘露如醴[6]。禁台省中，连闼对廊。直事所繇，典刑所藏。蔼蔼列侍，金蜩齐光[7]。诘朝陪幄[8]，纳言有章。亚以柱后[9]，执法内侍。符节谒者，典玺储吏。膳夫有官，药剂有司。肴醳顺时，腠理则治。于后则椒鹤文石[10]，永巷壸术[11]。楸梓木兰，次舍甲乙。西南其户，成之匪日。丹青焕炳，特有温室。仪形宇宙，历像贤圣。图以百瑞，綷以藻咏。芒芒终古，此焉则镜。有虞作绘，兹亦等竞。

【注释】

〔1〕赩（xì）：红色。

〔2〕听政：殿名。　寝：正殿。

〔3〕绨（tí）锦：文饰。

〔4〕甄（zhēn）：此处指推行教化。

〔5〕锵锵：高高。　济济：众多。

〔6〕醴：甜酒。

〔7〕金蜩：金蝉。汉代的侍中、常侍以金蝉饰冠。

〔8〕诘（jié）朝：清晨，指早朝。　陪幄：陪从帝王。

〔9〕柱后：御史及执法官所戴的一种帽子，亦称惠文冠，代指司法官员。

〔10〕椒：椒房，指后宫。　鹤：鸣鹤堂。　文石：文石室，后妃居住之所。

〔11〕永巷：掖庭之别名。　壸术：宫中道路。

【译文】

“左边是内朝的红色宫室，建起天子听政的大殿。既不太朴质，又不过分雕饰琢。木工无雕镂，泥工无纹饰。至德的教化由此体现，国家风尚的简朴由此秉承。前边有宣明门、显阳门、顺德门和崇礼门。洞开的重重宫门，高大而又众多。珍贵的树木枝叶繁茂，奇异的花卉烂若披锦。和风带来花草的芳香之气，露水甘甜有如美酒醇浆。宫中官署，门户相连，高廊对应。当值者出入其间，古籍法典收藏其内。侍从之官济济一堂，冠上金蝉齐放光芒。早朝在帷幄内陪侍君王，纳言之官出口成章。其次是佩戴惠文冠的御史之官，还有执掌法令的内侍。通结宾客的近侍手持符节，储吏操持着君王的印玺。有管理膳食的官员，亦有掌管医药的官员。前者调理佳肴醇酒，使之顺时合味。后者防患于未然，治疗疾病使气血通畅。后边则有椒房、鸣鹤堂、文石室、永巷、壶术，皆为后妃居所。又有楸梓坊、木兰坊，宫舍按甲乙次第排列。宫内之门或向西而建，或向南而开，皆修建迅速，不日而成。温室殿里的画作，图天地宇宙之形，绘历代圣贤之像，各种祥瑞景象毕现于上，错杂辞藻加以赞颂。这些丹青之作上溯茫茫终古，天子可以以此为鉴。大舜曾作画以为戒鉴，正可与之相提并论。

“右则疏圃曲池[1]，下畹高堂[2]。兰渚莓莓[3]，石濑汤汤[4]。弱蔓系实[5]，轻叶振芳。奔龟跃鱼，有瞭吕梁。驰道周屈于果下[6]，延阁胤宇以经营[7]。飞陛方辇而径西[8]，三台列峙以峥嵘。亢阳台于阴基[9]，拟华山之削成。上累栋而重霤，下冰室而沍冥。周轩中天，丹墀临猋[10]。增搆峩峩，清尘彯彯[11]。云雀踶甍而矫首，壮翼摛镂于青霄[12]。雷雨窈冥而未半，皦日笼光于绮寮[13]。习步顿以升降，御春服而逍遥。八极可围于寸眸，万物可齐于一朝。长涂牟首，豪徼互经。晷漏肃唱[14]，明宵有程。附以兰锜[15]，宿以禁兵。司卫闲邪，钩陈罔惊。于是崇墉濬洫，婴堞带涘[16]。四门𨍏𨍏[17]，隆厦重起。凭太清以混成，越埃壒而资始。藐藐标危，亭亭峻趾。临焦原而不怳，谁劲捷而无猥[18]？与冈岑而永固，非有期乎世祀。阳灵停曜于其表，阴祇蒙雾于其里。菀以玄武，陪以幽林。缭垣开囿[19]，观宇相临。硕果灌丛，围木竦寻。篁篠怀风[20]，蒲陶结阴。回渊漼，积水深。蒹葭𧄸，雚蒻森。丹藕凌波而的皪[21]，绿芰泛涛而浸潭[22]。羽翮颉颃，鳞介浮沉。栖者择木，雊者择音[23]。若咆渤澥与姑馀[24]，常鸣鹤而在阴。表清籞，勒《虞箴》[25]。思国邮，忘从禽。樵苏往而无忌，即鹿纵而匪禁。膴膴坰野[26]，奕奕菑亩。甘荼伊蠢，芒种斯阜。西门溉其前[27]，史起灌其后[28]。墱流十二，同源异口。畜为屯云，泄为行雨。水澍粳稌，陆莳稷黍。黝黝桑柘，油油麻纻。均田画畴，蕃庐错列。姜芋充茂，桃李荫翳。家安其所，而服美自悦。邑屋相望，而隔逾奕世。

【注释】

〔1〕疏圃：菜园。

〔2〕畹：三十亩曰畹，代指田园。

〔3〕莓（méi）莓：草美盛之貌。

〔4〕石濑：石上湍急的水流。

〔5〕葼（zōng）：树木的细枝。

〔6〕果下：马中珍品，以矮小著称，健而善行。

〔7〕胤：通“引”，连引。

〔8〕飞陛：高峻的宫殿台阶。

〔9〕阴基：地基。

〔10〕猋（biāo）：旋风。

〔11〕彯彯：清扬。

〔12〕摛：舒展。　镂：雕镂。

〔13〕绮寮：雕花之窗。

〔14〕肃唱：严格按时报唱。

〔15〕兰锜（qí）：兵器架。

〔16〕婴：环绕。　堞：女墙。　涘（sì）：水滨。

〔17〕巘巘（niè）：高壮之貌。

〔18〕猤（xǐ）：畏惧。

〔19〕缭垣：以墙垣围绕。

〔20〕篁篠：篁为竹林，篠为细竹，泛指竹林。

〔21〕的皪（lì）：光亮鲜艳。

〔22〕浸潭：随波漂浮貌。

〔23〕雊（gòu）：雉鸣。

〔24〕呴：鸣叫。　渤澥：渤海。　姑馀：海名。

〔25〕《虞箴》：虞人之箴。

〔26〕腜（méi）腜：肥美。　坰：郊野。

〔27〕西门：战国时期魏人，名豹。为邺令，引漳水灌邺。

〔28〕史起：战国时期魏人，曾为邺令。

【译文】

“右边是疏阔的园圃和弯曲的池水，田畴低平，园亭高耸。水边兰草繁盛，浅水漱石，急流淙淙。柔弱的枝条缀满丰硕的果实，轻细的树叶香气馥郁。奔驰的龟，跃起的鱼，犹如要游上那吕梁悬瀑。环曲的驰道上奔驰着宫中的果下矮马，在连延的阁道楼宇间往来周旋。并车而行的高峻台阶径直向西，铜雀、冰井、金凤三台高高并峙。三台如巫山阳台般屹立于台基之上，又如刀削的华山壁立当空。其上栋梁累累，檐霤重重。其下是储冰之室，阴暗冻凝。有窗的长廊直上中天，红色的台阶犹如狂飙腾起。层楼高峻峨峨如山，轻尘细埃在风中飘扬。屋脊上雕塑的云雀翘首欲飞，在晴空下展开矫健的翅膀。雷雨的阴暗遮不住半座宫殿，白日的辉光笼罩花窗。一步一顿登上高台，穿上春服逍遥自得地游逛。八方最远的景色奔来眼底，世间万物一齐呈现身旁。阁道楼宇连绵不断，巡行之路交叉相通。日晷漏壶严格报唱，白日夜晚界限分明。设有摆放兵器的架子，住有护卫皇宫的禁兵，防止奸恶作祟，免使后宫受惊。这里有高城深池，女墙围绕依傍水滨。四门高峙，大厦重叠，超越尘世，浑然天成。顶部高高伸向远方，高峻的基址亭亭耸立。如临万仞焦原心神不定，强健敏捷之人孰不惧怕惊悚？城池与山冈坚固永存，难以用时间限定说明。日光照耀其外，云雾迷蒙其中。玄武苑里，增植幽深的树林。垣墙围绕开辟的苑囿，台榭殿宇相望而比邻。硕果结于灌木丛中，合抱的大树高耸入云。竹林散发清风，葡萄结成绿荫。曲池澄清，积水幽深。蒹葭分明，萑蒻茂盛。凌波的红莲鲜艳欲滴，菱角的绿叶流滚于波涛之间。鸟儿在空中翻飞，鱼鳖在水中浮沉。鸟儿选择树木栖息，雉鸟展开动听的歌喉。好像在大海之上自由鸣叫，又如仙鹤在河畔常吟。标识出禁苑的范围，刻写下虞人的箴辞。常思国家之忧，勿溺田猎之乐。樵夫砍柴割草而不忌，猎人往猎麋鹿而不禁。郊野肥沃，土地丰饶。苦菜甘美，稻麦丰盈。西门豹治水在前，史起灌溉于后。灌田泄水之处分十二级，水源同一却泻向不同的渠口。蓄水如乌云屯聚，排水如及时行雨。渠水润泽稻谷，旱地种植稷黍。桑柘黑黝黝，麻苧绿油油。按等级赐田划好田界，篱笆和房屋错杂排列。生姜白芋充足茂盛，桃树李树浓荫密布。家家安居其地，人人温饱愉悦。村舍相望，却不相往来。

“内则街冲辐辏[1]，朱阙结隅。石杠飞梁[2]，出控漳渠。疏通沟以滨路，罗青槐以荫涂。比沧浪而可濯[3]，方步榈而有逾[4]。习习冠盖，莘莘蒸徒。斑白不提[5]，行旅让衢。设官分职，营处署居。夹之以府寺，班之以里闾。其府寺则位副三事[6]，官逾六卿[7]。奉常之号[8]，大理之名[9]。厦屋一揆，华屏齐荣。肃肃阶阘[10]，重门再扃。师尹爰止[11]。毗代作桢。其闾阎则长寿吉阳，永平思忠。亦有戚里，寘宫之东。闬出长者[12]，巷苞诸公。都护之堂，殿居绮窗。舆骑朝猥，蹀敝其中[13]。营客馆以周坊，馣宾侣之所集[14]。玮丰楼之闬闳，起建安而首立。葺墙幂室[15]，房庑杂袭。剞劂罔掇[16]，匠斫积习。广成之传无以畴[17]，槀街之邸不能及[18]。廓三市而开廛，籍平逵而九达。班列肆以兼罗，设阛阓以襟带[19]。济有无之常偏，距日中而毕会。抗旗亭之嶢薛[20]，侈所覗之博大。百隧毂击，连轸万贯[21]，凭轼捶马[22]，袖幕纷半。壹八方而混同，极风采之异观。质剂平而交易，刀布贸而无筭。财以工化，贿以商通。难得之货，此则弗容。器周用而长务，物背窳而就攻[23]。不鬻邪而豫贾，著驯风之醇酞。白藏之藏，富有无堤。同赈大内，控引世资，賨幏积墆[24]，琛币充牣[25]。关石之所和钧，财赋之所底慎[26]。燕弧盈库而委劲，冀马填廄而驵骏。

【注释】

〔1〕辐辏：向中心集中。

〔2〕石杠：石桥。

〔3〕沧浪：古水名。

〔4〕步櫩（yán）：长廊。

〔5〕斑白：老人。

〔6〕三事：正德、利用、厚生。

〔7〕六卿：周有六官，曰冢宰、司徒、宗伯、司马、司寇、司空。

〔8〕奉常：掌宗庙礼仪之官。

〔9〕大理：掌刑狱之官。

〔10〕闀（xiàng）：两阶之间。

〔11〕师尹：众官之长。

〔12〕闬（hàn）：里门。

〔13〕蹀敀（qī）：聚集。

〔14〕餝：同“饰”，装饰。

〔15〕幂：涂抹。

〔16〕剞劂（jī jué）：刻镂用的曲刀、曲凿。　掇：通“辍”，停止。

〔17〕广成之传：广成传舍，战国时秦之驿舍。传，驿舍。

〔18〕槀街：汉时长安街名，当时属国使者邸第均在此街。

〔19〕阛（huán）：市的墙垣。　阓（huì）：市的外门。

〔20〕旗亭：市楼，建于集市之中，上立旗以观察指挥集市。　嶤嶭：高峻。

〔21〕轸：车厢底部后边的横木。

〔22〕轼：车厢前部用作扶手的横木。

〔23〕背窳（yǔ）：不粗制滥造。

〔24〕賨（cóng）：古代巴人的赋税。　幏：汉代西南少数民族所织的布。　壀（dié）：堆积。

〔25〕琛（chēn）：珍宝。　牣（rèn）：盈满。

〔26〕底慎：至为谨慎。

【译文】

“城内街道纵横，如车辐向中心聚集，城角建造着红色的楼台。石桥飞渡，漳水灌渠。沿路沟渠相通，青槐罗列，浓荫夹道。沟渠好比可以濯足的沧浪之水，林荫道比长廊更加舒适幽静。来往其间者，既有峨冠博带的达官显贵，也有熙熙攘攘的平民百姓。头发斑白的老人无须提取重物，行路之人互相礼让。设立官位分掌职责，经营官署所居之处。这些官署夹杂其中，在里间错杂分布。官署辅佐皇帝正德、利用、厚生三事，官职多过周代的六卿。有的号为奉常，有的名为大理。高屋大厦都是统一规格，华丽的屏墙齐放光彩。台阶幽静，重门紧锁。众官之长在此行止，辅佐君王处理朝务，可谓干国栋梁。平民所居里坊，号为长寿、吉阳、永平、思忠。外戚居住的里坊，安置在皇宫之东。里门出入皆为显贵，巷中所居尽为诸公。都护官的殿堂，有雕花之窗。众多朝觐者的车马，聚集其中。围绕里巷构筑客馆，宾客聚集之地勤加修饰。美化高楼，美化里门，高楼里门最早建立在建安年间。修葺墙壁，涂抹居室，房舍廊屋错杂重叠。斤斧刀凿未曾停歇，工匠斫削重复不止。秦代的广成传舍难与之相比，汉代槀街之邸亦不可及。一日三市（大市、朝市、夕市）正常开放，借着大道货物可通达八方。林立的商铺罗列各色货物，设置墙垣如衣带绕市。互通有无，日中为市。市楼高高耸立，登楼而眺，市中全景尽收眼底。各条大路车轮互撞，数以万计的车辆前后相连。有的凭轼眺望，有的策马挥鞭。衣袖相连而成帐幕，纷纷然把天空遮住半边。八方之人混同归一，奇风异俗于此汇集。凭契券公平交易，以钱币买卖不可胜计。材料靠人工化成，财货靠商业流通。买卖奢侈之物，这里不能相容。物件不许粗制滥造，要求用途广泛且坚固耐用。不以次充好哄抬物价，以彰明和顺醇厚之民风。白藏大库里有无尽的宝藏，丰富的宫内宝库收纳天下无穷的资财。巴人的贡赋堆积如山，珠玉布帛充盈库中。征赋的量器非常均和，征收财赋最为谨慎。燕地的硬弓积满仓库，冀北的骏马充满马厩。

“至乎勍敌纠纷，庶土罔宁。圣武兴言，将曜威灵。介胄重袭，旍旗跃茎。弓珧解檠[1]，矛鋋飘英。三属之甲，缦胡之缨。控弦简发，妙拟更嬴[2]。齐被练而銛戈，袭偏裻以譪列[3]。毕出征而中律，执奇正以四伐。硕画精通，目无匪制。推锋积纪，铓气弥锐。三接三捷，既昼亦月。克翦方命，吞灭咆烋[4]。云撤叛换，席卷虔刘[5]。禓威八纮，荒阻率由。洗兵海岛，刷马江洲。振旅輷輷，反旆悠悠。凯归同饮，疏爵普畴。朝无刓印[6]，国无费留[7]。

【注释】

〔1〕珧：以蚌壳为饰物的弓。　檠（qíng）：调整弓的器具。

〔2〕更嬴：古善射者。

〔3〕偏裻（dū）：古代戎衣之名。　譪（huì）列：或止或列。

〔4〕咆烋（xiāo）：指咆哮的反叛者。

〔5〕虔刘：劫掠。

〔6〕刓（wán）印：棱角磨损之印，指吝于封赏。《史记·淮阴侯列传》：“至使人有功当封爵者，印刓敝，（项羽）忍不能予，此所谓妇人之仁也。”

〔7〕费留：有功不赏。

【译文】

“至于强敌蜂起，天下板荡不宁。魏武帝发檄起兵，光曜其威武圣灵。将士披戴起重重甲胄，旌旗在高杆飘扬。调整好蚌壳为饰的强弓，长短铁矛上飘着羽饰。穿上三重铠甲，系上缦胡之缨。引弓有的放矢，射技不亚于更羸。同披白绢，手执锋利的长矛，穿上戎服，队伍行止有序。全军出征，步武严整合于音律，掌握兵法的奇正之术而征伐四方。精通远大的计谋，胸中有合宜的战术。作战累计有十二年之久，士气却愈加旺盛。一日三接战，一月三获捷。剪除违抗亡命之徒，消灭猖獗不臣之人。骄横跋扈者烟消云散，烧杀掳掠者席卷一空。威震八极，荒远隔阻者悉来归附。洗兵海岛，在江洲旁刷马去尘。整队班师车轮滚滚，出师归来大旗悠悠。凯旋回都，将士同饮庆功之酒，分赏爵位，依功劳大小而定。朝廷不吝封赏，国家按劳纪功。

“丧乱既弭而能宴，武人归兽而去战。萧斧戢柯以柙刃[1]，虹旍摄麾以就卷[2]。斟《洪范》[3]，酌典宪。观所恒，通其变。上垂拱而司契，下缘督而自劝[4]。道来斯贵，利往则贱。囹圄寂寥，京庾流衍。于时东鳀即序[5]，西倾顺轨[6]。荆南怀憓，朔北思韪。绵绵迥途，骤山骤水。襁负赆赀[7]，重译贡篚。髽首之豪[8]，鐻耳之杰[9]。服其荒服。敛衽魏阙。置酒文昌，高张宿设。其夜未遽，庭燎晢晢。有客祁祁，载华载裔。岌岌冠縰，累累辫发。清酤如济，浊醪如河。冻醴流澌[10]，温酎跃波[11]。丰肴衍衍，行庖皤皤。愔愔醧宴，酣湑无哗。延广乐，奏九成。冠《韶》《夏》，冒《六茎》。僸响起，疑震霆。天宇骇，地庐惊。亿若大帝之所兴作，二嬴之所曾聆[12]。金石丝竹之恒韵，匏土革木之常调。干戚羽旄之饰好，清讴微吟之要妙。世业之所日用，耳目之所闻觉。杂糅纷错，兼该泛博。鞮鞻所掌之音[13]，《韎》《昧》《任》《禁》之曲[14]。以娱四夷之君，以睦八荒之俗。

【注释】

〔1〕柙刃：将利刃收入匣中。

〔2〕虹旍（jīng）：有彩色的旗帜。　摄麾：卷起来。

〔3〕《洪范》：《尚书》篇名，传为商末箕子向周武王陈述治理天下的言论。

〔4〕缘督：顺守中道。

〔5〕东鳀（tí）：传说会稽海外有东鳀人，分为二十余国。　即序：归服。

〔6〕西倾：国名。　顺轨：归顺。

〔7〕襁负：用背带背负。　赆：送行时所赠礼品。

〔8〕髽（zhuā）首：以麻束发，古代南方少数民族的装饰。

〔9〕鐻（jù）耳：以金银器穿耳为饰。

〔10〕冻醴：冷酒。　澌：解冻时流动的水声。

〔11〕温酎：温酒。

〔12〕二嬴：指秦穆公和赵简子，二人皆姓嬴。传说二人都曾梦游帝所，天帝为其奏《钧天广乐》。

〔13〕鞮鞻（dī lóu）：鞮鞻氏，周乐官名，掌四方少数民族音乐。

〔14〕《韎（mèi）》《昧》：古代东方少数民族之乐。　《任》：古代南方少数民族之乐。　《禁》：古代北方少数民族之乐。

【译文】

“战乱平息，天下太平，马放南山，不起刀兵。利斧收藏于匣中，彩旗被卷藏起来。继承《尚书·洪范》的思想，参考典章大法。观察常理，掌握通变。帝王垂衣拱手而掌握文契，百姓顺守中道人人自勉。以仁义道德为贵，以追名逐利为贱。牢狱空空荡荡，粮食堆积如山。这时海外的东鳀前来归附，西倾国也顿首称臣。荆南一心归顺，朔北感念朝廷善德。迢迢远路，跋涉于山水之间。背负礼物，纳贡要靠翻译沟通。以麻束发的首领，耳穿金环的豪雄，穿着边远地区的服饰，敛起衣襟叩拜于大魏宫廷。朝廷在文昌殿置酒待客，安排夜宴，乐曲高张。长夜未尽，灯火辉煌。宾客众多，华夷相间。有的高冠束发，有的辫发累累。清酒清如济水，浊酒浑如黄河。冷酒恰如冰河解冻流澌，温酒好比瀚海浮波。丰盛的菜肴多种多样，主管行食的厨工排列成行。宴会和悦安闲，尽情畅饮而不喧闹。陈设天帝的《广乐》，演奏多次而不停歇。首先奏响舜的《韶乐》和禹的《夏乐》，包括帝喾的《六英》和颛顼的《六茎》。众乐和鸣，好像阵阵震霆。声音震动天宇，大地也为之震惊。恰如天帝演奏的《钧天广乐》，秦穆公和赵简子皆曾亲耳聆听。有金、石、丝、竹的常韵，有匏、土、革、木的乐调。起舞者手执美丽的干戚羽旄，清唱者歌喉美妙浅唱低吟。这是皇家世业经常享用的音乐，亦能满足耳目视听。各种乐舞错杂纷错，兼容博大无不包容。亦有鞮鞻氏所掌的四方音乐：东方之《韎》《昧》，南方之《任》，北方之《禁》。娱乐四夷之君，和睦八荒之民。

“既苗既狩，爰游爰豫。藉田以礼动[1]，大阅以义举。备法驾，理秋御。显文武之壮观，迈梁驺之所著[2]。林不槎枿，泽不伐夭。斧斨以时，罾畋以道。德连木理[3]，仁挺芝草。皓兽为之育薮，丹鱼为之生沼。矞云翔龙，泽马亍阜。山图其石，川形其宝。莫黑匪乌[4]，三趾而来仪。莫赤匪狐，九尾而自扰[5]。嘉颖离合以蓴蓴[6]，醴泉涌流而浩浩。显祯祥以曲成，固触物而兼造。盖亦明灵之所酬酢，休徵之所伟兆。

【注释】

〔1〕藉田：古代帝王于春耕前亲耕农田，奉祀宗庙，并寓劝农之意。

〔2〕梁驺：古代帝王田猎之处。

〔3〕木理：指树木异根，枝干并生。与下文的“芝草”、“皓兽”、“丹鱼”皆被视为祥瑞之物。

〔4〕乌：三足乌，传说为太阳中的神鸟。

〔5〕狐：九尾狐，传说中的瑞兽。

〔6〕嘉颖：嘉禾合穗，亦为祥瑞之物。

【译文】

“帝王夏猎冬狩，春游秋豫。藉田仪式依礼而动，阅兵仪式据礼而行。准备天子的六马之车，掌握为天子驾车的技能。显示文治武功的壮观，超过古代天子梁驺之猎的场景。不砍伐森林里新生的树苗，不伤害大泽中幼小的禽兽。遵照季节砍伐木材，按照时令来捕鱼捞虾。有德则树生连理，怀仁则芝草挺拔而生。薮泽里养育出祥瑞白兽，象征祥瑞的丹鱼生于沼泽之中。神龙在彩云中飞翔，生于大泽的神马在山丘徜徉。山献美石，水出珍宝。黑色的三足神乌容仪光彩，翩翩来仪。红色的九尾神狐，柔顺幸福。嘉颖合穗生长茂盛，甘泉涌流滔滔汩汩。显示祥瑞之兆而成大魏天下，触类旁通万物化育而成。这也是神灵的报答，吉利之象的伟大征兆。

“旼旼率土[1]，迁善罔匮。沐浴福应，宅心醰粹。余粮栖亩而弗收，颂声载路而洋溢。河洛开奥[2]，符命用出。翩翩黄鸟，衔书来讯[3]。人谋所尊[4]，鬼谋所秩[5]。刘宗委驭，巽其神器。闚玉策于金縢[6]，案图箓于石室[7]。考历数之所在，察五德之所莅[8]。量寸旬，涓吉日。陟中坛，即帝位。改正朔，易服色。继绝世，修废职。徽帜以变，器械以革。显仁翌明，藏用玄默。菲言厚行，陶化染学。雠校篆籀[9]，篇章毕觌。优贤著于扬历[10]，匪孽形于亲戚[11]。本枝别干，蕃屏皇家。勇若任城，才若东阿[12]。抗旍则威噉秋霜，摛翰则华纵春葩。英喆雄豪，佐命帝室。相兼二八[13]，将猛四七[14]。赫赫震震，开务有谧。故令斯民睹泰阶之平[15]，可比屋而为一。

【注释】

〔1〕旼旼（mín）：和乐之态。　率土：境域之内。

〔2〕河洛：即河图洛书，古人视之为贤君圣人顺天承命之吉兆。

〔3〕黄鸟衔书：传说黄初（魏文帝曹丕年号）年间，白天有黄鸟衔丹书出现在尚书台。

〔4〕人谋所尊：指魏受禅于汉前百姓称颂的歌谣。

〔5〕鬼谋所秩：指指魏受禅于汉前的各种祥瑞之兆。

〔6〕玉策：又名玉牒，用于帝王祭祀告天或上尊号。　金縢：用金属制成的收藏书契的柜子。

〔7〕图箓：汉代宣扬符命占验的图谶之书。　石室：古代藏图书档案之处。

〔8〕五德：即五德终始之说，起源于战国时期，以金、木、水、火、土代表五种德行，取其相生相克之理来说明封建王朝的兴衰更替。

〔9〕雠校：校勘。　篆籀：用篆文和籀文书写的古代典籍。

〔10〕扬历：显扬居官的政绩。

〔11〕孽（niè）：私情。

〔12〕任城：任城王曹彰，魏武帝曹操之子。　东阿：东阿王曹植。

〔13〕二八：八元、八凯。高辛氏有才子八人，号为八元。高阳氏有才子八人，称为八凯。

〔14〕四七：助光武帝刘秀统一天下、重兴汉室的二十八位大将。

〔15〕泰阶：古星名，即三台。上台、中台、下台共六星，两两并排而斜上，状如阶梯。相传三台平则天下太平。

【译文】

“魏王治下的百姓安居乐业，去恶扬善而生活富足。人们沐浴在吉祥幸福的征兆之中，拥有仁爱醇厚的美德。多余的粮食在田间毋须收回，道路两旁洋溢着百姓的颂歌。河图洛书打开奥秘，魏王受禅的天赐凭证由此出现。翩翩黄鸟衔来丹书，这是大魏立国的祥瑞。无论是百姓歌颂大魏的各种歌谣，抑或是鬼神安排的朝代更迭的各种吉兆。（都说明）刘汉政权准备放弃天下，禅位于曹魏。在金縢中观看玉策，在石室内检验图谶之书。考察朝代更替的次序，查验五德更始的王朝命运。度量时间，选取吉日。登上祭坛，魏主即位。重定历法，变易服色。继承断绝的盛世，整顿废置已久的职位。更改旧朝的旗帜，变更新朝的兵器。魏文帝显示仁明之德，行清静无为之道。他言语不多却注重实干，陶冶教化影响学风。校勘古代典籍，阅遍圣贤篇章。表扬优秀贤德者的政绩，绝不因亲疏远近而徇私情。分封魏文帝的兄弟，他们所在的藩国成为皇家屏障。既有勇武过人的任城王曹彰，又有才高八斗的东阿王曹植。举旗作战则威武过于秋霜，执笔为文则才华横溢犹如春花。英雄豪杰，共同辅佐帝室。文臣都有八元八凯的才干，武将具备云台二十八将的武功。大魏的威仪气势宏大，成就天下一切太平。百姓目睹天下太平的盛世，人人领受封赏领略天下大同的美好。

“算祀有纪〔1〕，天禄有终。传业禅祚，高谢万邦。皇恩绰矣，帝德冲矣〔2〕。让其天下，臣至公矣。荣操行之独得，超百王之庸庸。追亘卷领与结绳〔3〕，睠留重华而比踪〔4〕。尊卢赫胥〔5〕，羲农有熊〔6〕。虽自以为道，洪化以为隆。世笃玄同，奚遽不能与之踵武而齐其风？是故料其建国，析其法度。咨其考室〔7〕，议其举厝。复之而无斁〔8〕，申之而有裕。非疏粝之士所能精，非鄙俚之言所能具。

【注释】

〔1〕算：计算。

〔2〕冲：深远。

〔3〕卷领：衣领外翻，传为远古人的服饰。

〔4〕睠（juàn）：反顾。　重华：虞舜。

〔5〕尊卢、赫胥：传说中的上古帝王。

〔6〕羲：伏羲氏。　农：神农氏。　有熊：黄帝。

〔7〕考室：谓宫殿落成之礼。

〔8〕斁（yì）：厌倦，厌弃。

【译文】

“气数所传的统祀终有结束，天命所传的皇禄亦有尽头。大魏的天下禅让给大晋，辞谢万邦。皇恩浩荡，帝德渊深。禅让天下，自居臣下，其德至公。魏帝具有崇高的德行，超过那些平庸的百代帝王。回顾远古卷领结绳的时代，魏帝的贤德正可与虞舜禅让比踪。尊卢、赫胥、伏羲、神农、黄帝，自以为尊崇大道、推隆教化。世风淳厚，天下大同，魏帝之贤难道不能与他们并驾齐驱？因此度量他们修建的国都，分析其规则与制度。咨询其宫殿落成之礼，评议他们的举措。重复而不厌倦，使用而充分有余。这绝非粗疏浅薄的人所能精通，更非鄙俗之言所能说明。

“至于山川之倬诡，物产之魁殊〔1〕。或名奇而见称，或实异而可书。生生之所常厚，洵美之所不渝。其中则有鸳鸯交谷〔2〕，虎涧龙山〔3〕。掘鲤之淀〔4〕，盖节之渊〔5〕。䳭䳭精卫〔6〕，衔木偿怨。常山平干〔7〕，巨鹿、河间〔8〕。列真非一，往往出焉。昌容练色〔9〕，犊配眉连〔10〕。玄俗无影〔11〕，木羽偶仙〔12〕。琴高沉水而不濡〔13〕，时乘赤鲤而周旋。师门使火以验术〔14〕，故将去而林燔。易阳壮容，卫之稚质。邯郸躧步〔15〕，赵之鸣瑟。真定之梨，故安之栗。醇酎中山，流湎千日〔16〕。淇洹之笋，信都之枣。雍丘之粱，清流之稻。锦绣襄邑，罗绮朝歌。绵纩房子〔17〕，缣緫清河〔18〕。若此之属，繁富夥够。非可单究，是以抑而未罄也。盖比物以错辞，述清都之闲丽。虽选言以简章，徒九复而遗旨。览《大易》与《春秋》，判殊隐而一致。末上林之隤墙，本前修以作系。

【注释】

〔1〕魁殊：独特。

〔2〕鸳鸯：水名，位于河北南和县西。

〔3〕虎涧：涧名，位于河南安阳北。　龙山：山名，位于河北涉县。

〔4〕掘鲤：水名，位于河北任丘西。

〔5〕盖节：湖名，位于山东德州。

〔6〕翐翐（chì）：鸟飞之貌。

〔7〕常山：北岳恒山，位于山西大同。　平干：汉武帝曾设平干国，位于河北邯郸附近。

〔8〕巨鹿、河间：地名，均位于河北。

〔9〕昌容练色：常山道人，自言殷王子，食蓬藟根二百余年，而容貌如同二十岁人。

〔10〕犊：郸人犊子。　眉连：阳都女，双眉相连，耳细而长。二人皆传说中的仙人。

〔11〕玄俗：传说中的古仙人，自言河间人。所卖之药能治百病，其人有形无影。

〔12〕木羽：巨鹿南和人，十五岁与母俱登仙。

〔13〕琴高：传说周末赵人，能鼓琴，后于涿水乘鲤归仙。

〔14〕师门：传说中的神话人物。

〔15〕躧步：轻盈的步伐。

〔16〕醇酎中山，流湎千日：相传中山人狄希善酿美酒，有刘玄石者饮其酒一杯而醉千日。

〔17〕绵纩：丝绵絮。

〔18〕缣緫：轻细的丝绢。

【译文】

“说到大魏山川的卓绝奇异，物产的独特丰富。有的因为名称奇特而被称颂，有的因为实物奇异而被载入史册。作为天地的厚赐，确实美好而不能变更。这里有鸳鸯、交谷二水，还有虎涧和龙山。既有掘鲤淀，又有盖节渊。展翅翱翔的精卫，衔来木石填塞东海以报溺水而亡的宿怨。常山和平干，巨鹿与河间，是诸多仙人生活的地方。昌容年逾二百而色如二十，犊子与双眉相连的阳都女结为连理。玄俗有形无影，木羽与母亲一同登仙。琴高入涿水而不湿衣，按约定之期乘赤鲤出入仙俗之间。师门善于用火来印证其神明，所以离开人世而山林成灰。易水之北多美女，卫地盛产佳丽。邯郸美人步态轻盈，赵国佳人善于鼓瑟。真定出梨，故安产栗。盛产美酒的中山，饮之能醉千日。淇园和洹水的竹笋，信都的枣。雍丘的谷子，清流的水稻。襄邑出产的锦绣，朝歌出产的罗绮。房子的丝绵，清河的细绢。凡此种种，繁复多样。未能一一穷尽，所以只好抑而不言。何不排比事物，组织辞藻，描述魏都的娴雅美丽。即便选择词语，精简篇章，反复多次也难免挂一漏万。阅读《周易》与《春秋》，词语精微有别却意旨一致。《上林赋》劝百讽一不足取法，我要继承前贤来作此文。

“其军容弗犯，信其果毅。纠华绥戎，以戴公室。元勋配管敬之绩[1]，歌钟析邦君之肆[2]。则魏绛之贤有令闻也[3]。闲居隘巷，室迩心遐。富仁宠义，职竞弗罗。千乘为之轼庐[4]，诸侯为之止戈。则干木之德自解纷也。贵非吾尊，重士逾山。亲御监门，嗛嗛同轩[5]。搦秦起赵，威振八蕃。则信陵之名若兰芬也。英辩荣枯，能济其厄。位加将相，窒隙之策。四海齐锋，一口所敌，张仪、张禄亦足云也[6]。

【注释】

〔1〕管敬：管仲，春秋时期著名政治家，辅佐齐桓公称霸一时，其谥号“敬”。

〔2〕歌钟：编钟。　肆：钟磬悬列之数，十六为一肆。

〔3〕魏绛：春秋时晋国卿，曾助晋悼公七合诸侯。

〔4〕千乘为之轼庐：千乘指魏文侯，他在经过贤人段干木房前扶轼以示礼敬。后秦国欲伐魏，闻此事而罢兵。

〔5〕“亲御”二句：信陵君魏无忌礼敬大梁夷门监者侯嬴，空出左位，亲自驾车迎接。

〔6〕张仪：战国魏人，著名纵横家，曾为秦相，助秦王成连横之策。 张禄：范雎之化名，魏国人，曾为秦相，为秦国设远交近攻之谋。

【译文】

“这里军容严整不可侵犯，伸张果敢与刚毅。纠察华夏安抚四夷，来拥戴王室。元勋有管仲之功，魏绛之贤，甚至享有国君一肆编钟的赏赐。段干木闲居陋巷，身临闹市心却远离世俗。他富于仁爱之心，推崇道义之本，不汲汲于名利。魏文侯经其房前扶轼礼敬，秦王闻其贤名止息刀兵。这就是段干木的大德，令诸侯之间的矛盾自然化解。这里还有重士如山的信陵君魏无忌，曾谦逊地为监门侯嬴亲自驾车。信陵君败秦救赵，威振八方，礼贤下士的美名流芳百世。还有那能言善辩，出身卑微却能摆脱困境之士。他们拜将入相，出谋划策，凭伶牙俐齿而能匹敌四海，就像那战国的张仪、范雎那样值得一提。

“搉惟庸蜀与鸲鹊同窠，句吴与鼃黾同穴〔1〕。一自以为禽鸟，一自以为鱼鳖。山阜猥积而踦嶇，泉流迸集而映咽〔2〕。隰壤瀸漏而沮洳〔3〕，林薮石留而芜秽〔4〕。穷岫泄云，日月恒翳。宅土熇暑〔5〕，封疆障疠。蔡莽螫刺，昆虫毒噬。汉罪流御，秦余徙帑〔6〕。宵貌蕞陋〔7〕，禀质遳脆。巷无杼首〔8〕，里罕耇耋。或魋髻而左言，或镂肤而钻发。或明发而嬥歌〔9〕，或浮泳而卒岁。风俗以韰果为婳〔10〕，人物以戕害为艺。威仪所不摄，宪章所不缀。由重山之束阨〔11〕，因长川之裾势。距远关以窥闟，时高樔而陛制〔12〕。薄戍绵幂，无异蛛蝥之网；弱卒琐甲，无异螳蜋之卫。

【注释】

〔1〕鼃黾（wā měng）：蛙类动物。

〔2〕咉咽：水流阻塞不通。

〔3〕隰壤、沮洳：低湿的地方。　瀸（jiān）：浸渍，浸润。

〔4〕石留：土地多石。

〔5〕熇暑：酷热。

〔6〕剺（lì）：剩余。

〔7〕蕞（zuì）陋：丑恶；猥陋。

〔8〕杼首：长头，古人视之为长寿之相。

〔9〕嬥歌：古代巴蜀地区的一种民歌，歌时牵手而跳。

〔10〕螫（xiè）果：心地褊狭而行为果敢。　婳（huà）：美好。

〔11〕束阨：控制要隘。

〔12〕橅：鸟巢。

【译文】

“比较而言蜀国之人与鸲鹊同巢，吴国之人与蛙黾同穴。蜀国自比禽鸟，吴国等同鱼鳖。山丘曲折叠嶂而崎岖难行，泉水迸流聚集而阻塞不通。土地浸渍而低洼潮湿，山林泽薮多石而贫瘠荒芜。山谷常生云雾，日月多被遮蔽。住所酷热难耐，边疆多生瘴气和瘟疫。野草多生毒刺，毒虫到处咬人。这里生活的居民都是秦汉流放到这里的罪犯的后裔。他们相貌丑陋个子矮小，生性懦弱无能。里巷之间罕见长寿之人。有的头梳椎髻口说夷语，有的遍体文身头发束成一撮。有的黎明牵手载歌载舞，有的终年浮游水上以此为生。风俗以褊狭果敢为美，民风以杀人害命为技能。威严的威仪无法统摄，典章制度难以管辖。凭借群山形成的天然关隘，依靠大河形成的自然屏障。在遥远的关塞上窥伺中原，在那如同高巢一样的宫殿里建立帝制。守卫之薄弱无异蛛网，兵械之无能如同螳臂当车。

“与先世而常然，虽信险而剿绝。揆既往之前迹，即将来之后辙。成都迄已倾覆，建邺则亦颠沛[1]。顾非累卵于迭棋[2]，焉至观形而怀怛[3]！权假日以余荣，比朝华而庵蔼。览《麦秀》与《黍离》[4]，可作谣于吴会。”

【注释】

〔1〕建邺：三国时吴国都城，位于江苏南京。

〔2〕累卵于迭棋：《说苑》载，孙息曾以在摞起来的十二颗棋子上放九颗鸡蛋为喻，劝谏晋灵公停造九层之台。晋灵公大悟，遂罢九层之台。

〔3〕怛：恐惧。

〔4〕《麦秀》：传说是箕子朝周，途经殷墟时所作之诗。　《黍离》：《诗经·王风》中的篇目。

【译文】

“吴蜀两国之前的历代割据政权率皆如此，即便是地势险要也终被剿灭。揣度这些过去的历史，都是将来的前车之鉴。成都已经倾覆，建邺亦已败亡。岂非在摞起的棋子上放鸡蛋那样危险，何必要等到仔细观察才怀畏惧之心。暂且苟延残喘，如同那朝开暮谢的木槿花一般。读读那《麦秀》与《黍离》之诗，吴蜀的都会也可以来创作这些心怀故国的诗篇。”

先生之言未卒，吴蜀二客，矆焉相顾[1]，瞻焉失所[2]。有腼瞢容[3]，神惢形茹[4]。弛气离坐[5]，慙墨而谢[6]。曰：“仆党清狂，怵迫闽濮[7]。习蓼虫之忘辛[8]，玩进退之惟谷。非常寐而无觉，不睹皇舆之轨躅。过以飒剽之单慧[9]，历执古之醇听。兼重性以贴缪，偭辰光而罔定[10]。先生玄识，深颂靡测。得闻上德之至盛，匪同忧于有圣。抑若春霆发响，而惊蛰飞竞。潜龙浮景，而幽泉高镜。虽星有风雨之好[11]，人有异同之性。庶觌蓟家与剥庐[12]，非苏世而居正。且夫寒谷丰黍，吹律暖之也[13]。昏情爽曙，箴规显之也。虽明珠兼寸[14]，尺璧有盈[15]。曜车二六，三倾五城，未若申锡典章之为远也。

“亮曰[16]：日不双丽，世不两帝。天经地纬，理有大归。安得齐给守其小辩也哉[17]！”

【注释】

〔1〕矆（huò）：恐惧之貌。

〔2〕睎（tī）：失意而视之貌。

〔3〕腼瞢（miǎn méng）：羞愧。

〔4〕惢（suǒ）：心疑。　茹：憔悴。

〔5〕弛：放松。

〔6〕怏（tiǎn）：惭愧。　墨：色变。

〔7〕闽：代指吴国。　濮：代指蜀国。

〔8〕蓼虫：生于蓼草之中的小虫。

〔9〕仉（fán）剽：轻。　单慧：小聪明。

〔10〕偭（miǎn）：面向。

〔11〕星有风雨之好：《尚书·洪范》云：“庶人惟星，星有好风，星有好雨。”此处借星之好异言人心之不同。

〔12〕蔀家：房屋阴暗。　剥庐：贫困的居所。

〔13〕吹律暖之：《别录》载，邹衍在燕国时，有寒谷之地不生五谷。邹衍吹律，寒气消散，暖气升腾，黍生于谷中。

〔14〕兼寸：超过一寸。

〔15〕尺璧：指和氏璧。

〔16〕亮：诚信。

〔17〕齐给：辩说。

【译文】

魏国先生的话还没有说完，吴蜀二客面现恐惧之色，惊慌失措地相视无言。满面羞惭之色，心神不安而形容憔悴。精神萎靡地离座而起，面有愧容地表示歉意。他们说："我们都像白痴一样，受吴蜀两国的利益驱使。如同那不知辛辣的蓼草之虫，陷入进退维谷的困境。是非不分，不了解大邦上国的丰功伟绩。错误地耍起微不足道的小聪明，却在这里听到了古圣先贤的大义。我们还有那些过失和谬论，就好像面对日光而心神不定。先生学识渊博，深不可测。我们有幸聆听魏帝的盛德，他心忧天下正与圣人相同。先生之言如春雷震地，冬眠的昆虫竞相飞上天空。潜龙升天而浮于日影，清澈的深泉犹如明镜。虽然天上之星，或有好雨，或有好风，人性也各不相同。我们也看到了自己身处褊狭之地，不能洞明世事居于正道。况且寒谷之所以能够五谷丰登，正因为有邹衍吹律引来暖风。我们昏昧的情性能够得以洞明，正是先生的规谏之功。即便是那光耀前后十二辆车的径寸珍珠，价值十五座城池的和氏璧，也不如先生阐扬典章威仪意义深远。

"我们诚心诚意地说：天上不会有两个明丽的太阳，世上不会有两个并立的皇帝。这是天经地义的，道理终究有最后归宿，哪能一味辩说，而去坚持琐碎之辞呢？"

（本卷译注：叶会昌）

文选卷第七

赋丁

郊祀

甘泉赋并序　杨子云（杨雄）

【题解】

杨雄（前53—18），字子云，西汉蜀郡成都（今四川省成都市）人。汉成帝时为给事黄门郎。王莽称帝后，任太中大夫。早年以辞赋闻名，效仿司马相如作《甘泉赋》《长杨赋》等名篇，曾仿《论语》作《法言》，仿《易经》作《太玄》。《汉书》有传。永始四年（前13）春正月，杨雄随侍成帝郊祀甘泉泰畤，有感于宫阁华丽与历代兴亡，遂作赋以讽谏。

孝成帝时[1]，客有荐雄文似相如者，上方郊祀甘泉泰畤[2]、汾阴后土[3]，以求继嗣，召雄待诏承明之庭。正月，从上甘泉还，奏《甘泉赋》以风。其辞曰：

【注释】

〔1〕孝成帝：汉成帝刘骜。

〔2〕郊：祭天。　祀：祭地。或，古代于郊外祭祀天地，南郊祭天，北郊祭地。郊谓大祀，祀为群祀。　甘泉：宫名。　泰畤：祠坛名。

〔3〕后土：土神或地神，此处指祀土地神的社坛。

【译文】

汉成帝的时候，有宾客向天子推荐我杨雄的文章颇似司马相如。天子正在甘泉宫的泰畤坛、汾阴的后土祠举行祭祀天地的仪式，意在求子，征召我在承明殿等候诏命。永始四年正月，我随同天子从甘泉宫还朝，献上《甘泉赋》来讽喻皇帝。赋曰：

惟汉十世，将郊上玄〔1〕，定泰畤，雍神休〔2〕，尊明号，同符三皇〔3〕，录功五帝〔4〕，邺胤锡羡〔5〕，拓迹开统。于是乃命群僚，历吉日，协灵辰，星陈而天行。诏招摇与太阴兮〔6〕，伏钩陈使当兵〔7〕。属堪舆以壁垒兮〔8〕，捎夔魖而抶獝狂〔9〕。八神奔而警跸兮〔10〕，振殷辚而军装〔11〕。蚩尤之伦带干将而秉玉戚兮〔12〕，飞蒙茸而走陆梁。齐总总以撙撙，其相胶轕兮〔13〕，猋骇云迅，奋以方攘。骈罗列布，鳞以杂沓兮，柴虒参差〔14〕，鱼颉而鸟䀏〔15〕。翕赫曶霍〔16〕，雾集而蒙合兮，半散昭烂，粲以成章。

【注释】

〔1〕上玄：天。

〔2〕雍：保佑。　休：吉祥美善。

〔3〕三皇：伏羲氏、神农氏、黄帝。

〔4〕五帝：少昊、颛顼、高辛、尧、舜。

〔5〕锡：赐给。　羡：丰饶。

〔6〕招摇：星名，北斗第七星。　太阴：太岁星。

〔7〕钩陈：星名，紫微宫外营陈星。

〔8〕堪舆：天地之神。

〔9〕夔（kuí）：传说中的山怪。　魖：传说能使财物虚耗的鬼。

〔10〕警跸（bì）：为帝王出行执行警戒任务，清理道路禁止闲人通行。

〔11〕殷辚：盛多之貌。

〔12〕干将：古名剑。

〔13〕胶輵（gé）：纷纭错杂之貌。

〔14〕柴虒（cī chí）：参差不齐。

〔15〕颉颃（háng）：或上或下的行动。

〔16〕翕（xī）赫：盛大。　曶（hū）霍：快捷。

【译文】

大汉的第十位君王，将要在泰畤坛行祭天之礼，祈求天神赐予幸福吉祥，推尊天子的明号。上天赐予的符契和三皇相同，建立的功勋不亚于五帝，希望上天赐予降福，扩大基业接续皇家的统绪。于是命令群臣，选择吉日灵辰，像群星一样列队，像天体运行一样行动。命令招摇星和太岁星，让钩陈星来统领军务。让天地之神冲锋陷阵，剿灭那些作恶多端的精灵恶鬼。八方之神奔驰着替君王警跸道路，个个身着军装奋然前行。像蚩尤一样勇敢的武士腰悬利剑手执玉斧，飞驰跳跃纷纷攘攘。队伍集中，密密层层，队列严整，错杂交综。队伍如风起云涌，飞快地离合聚散。并列分布时如鱼鳞般错杂，参差不齐时又像鱼儿浮沉，又好比鸟儿上下飞行。军容盛大行动敏捷，像云雾之开合有序，光明灿烂而多彩多姿。

于是乘舆乃登夫凤皇兮而翳华芝，驷苍螭兮六素虬〔1〕，蠖略蕤绥〔2〕，漓虖襂纚〔3〕。帅尔阴闭，霅然阳开，腾清霄而轶浮景兮，夫何旟旐郅偈之旖旎也〔4〕！流星旄以电烛兮，咸翠盖而鸾旗。敦万骑于中营兮，方玉车之千乘。声駍隐以陆离兮〔5〕，轻先疾雷而馺遗风〔6〕。凌高衍之嵱嵷兮〔7〕，超纡谲之清澄〔8〕。登椽栾而狃天门兮〔9〕，驰闾阖而入凌兢〔10〕。

【注释】

〔1〕驷：驾驭。　螭：古代传说中的无角的龙。　虬：古代传说中有角的小龙。

〔2〕蠖略蕤绥：像蠖虫一样行止有度。

〔3〕漓虖襂纚（hū shān shǐ）：鬃毛下垂之貌。

〔4〕郅偈：旗杆耸立之貌。

〔5〕骈隐：声音盛大。　陆离：参差不齐。

〔6〕馺（sà）：马疾驰。

〔7〕嵱嵷（yǒng sǒng）：高低众多之貌。

〔8〕纡谲：曲折。

〔9〕椽栾：山名。　 （gòng）：到达。

〔10〕阊阖：传说中的天门。　凌兢：寒凉之地。

【译文】

于是天子登上用凤凰装饰、上覆华盖的车驾，驾车的四匹青马矫健如苍龙，六匹白马欢腾如素虬，车驾像蠖虫一样行止有度，马的鬃毛迎风飘扬。车马忽而集聚如阴云紧闭，忽而分散如红日高升，升腾青天又越过浮云，鸟隼龟蛇的旗帜高高耸立，迎风飘摆。星文之旗和牛尾装饰之旗如闪电破空，这都是以翠羽为盖和以鸾鸟为饰的旗帜。天子的中营驻扎万名骑兵，并列着千辆美玉装饰的车子。车声隆隆连绵不绝，其轻快超过迅雷疾风。越过那高低错落的众多山峰，跨过那曲折和平坦的路程。登上椽栾山来到天门，驰入阊阖门便进入那寒凉之境。

是时未臻夫甘泉也〔1〕，乃望通天之绎绎〔2〕。下阴潜以惨廪兮〔3〕，上洪纷而相错。直峣峣以造天兮〔4〕，厥高庆而不可乎弥度。平原唐其坛曼兮〔5〕，列新雉于林薄〔6〕。攒并闾与茇葀兮〔7〕，纷被丽其亡鄂〔8〕。崇丘陵之駊騀兮〔9〕，深沟嵚岩而为谷。离宫般以相烛兮，封峦石关施靡乎延属〔10〕。

【注释】

〔1〕輳：同“臻”，到达。

〔2〕通天：台名。　绎绎：光彩盛貌。

〔3〕阴潜：阴暗不明。　惨廪：寒冷之貌。

〔4〕峣峣：高貌。

〔5〕坛曼：平坦宽广。

〔6〕新雉：辛夷，香草名。　林薄：草木丛生杂错之处。

〔7〕并间：棕榈。　茇葀：薄荷。

〔8〕亡鄂：无边无际。

〔9〕駊騀（pǒ ě）：高大之貌。

〔10〕封峦、石关：宫观名。

【译文】

这时车驾还没有来到甘泉宫，远远望见那光彩盛大的通天台。台下阴暗不明让人顿生寒意，台上宏阔壮大而色彩缤纷。通天台高高耸立直抵天庭，真实的高度却无法用工具测量清楚。平原平坦宽广，草木丛生处满布辛夷。棕榈与薄荷丛生其间，纷繁美丽而无边无际。丘陵高大耸立，深沟险岩化为峡谷。处处离宫交相辉映，封峦和石关蜿蜒相连。

于是大厦云谲波诡，摧嗺而成观[1]。仰挢首以高视兮，目冥眴而亡见[2]。正浏滥以弘惝兮[3]，指东西之漫漫。徒徊徊以徨徨兮，魂眇眇而昏乱。据軨轩而周流兮[4]，忽坱圠而亡垠[5]。翠玉树之青葱兮，璧马犀之瞵㻞。金人仡仡其承钟虡兮[6]，嵌岩岩其龙鳞。扬光曜之燎烛兮，垂景炎之炘炘。配帝居之县圃兮，象泰壹之威神。洪台崛其独出兮，㯡北极之嶟嶟[7]。列宿乃施于上荣兮，日月才经于柍桭[8]。雷郁律于岩窔兮[9]，电倏忽于墙藩。鬼魅不能自逮兮，半长途而下颠。历倒景而绝飞梁兮，浮蠛蠓而撇天[10]。

【注释】

〔1〕摧嗺：崔巍。

〔2〕冥眴（xuàn）：昏乱不清。

〔3〕浏滥：浏览。　弘惝：高大宽敞。

〔4〕軨（líng）轩：有窗棂的小室或长廊。

〔5〕坱圠（yǎng yà）：广大不平之貌。

〔6〕金人：铜人。　仡仡：壮勇之貌。

〔7〕嶟嶟（zūn）：高峻陡峭之貌。

〔8〕柍桭（yǎng zhēn）：屋檐。

〔9〕郁律：低沉细小的雷声。　岩窔（yào）：幽深之处。

〔10〕蠛蠓（miè měng）：一种体型细小的昆虫，此处喻指细微的尘气。

【译文】

甘泉宫的大厦如云气水波变幻不定，巍峨高大而令人赞叹无穷。抬头仰望，令人眼花缭乱。四处浏览才能洞晓它的高大宽广，东西两侧漫漫无涯。不仅徘徊慌乱，而且心神不宁。扶着长廊向四处望去，眼前忽然出现一片无边的旷野。翠绿的玉树满目青葱，美玉雕刻成的马与犀光彩缤纷。高大健壮的铜人承受着编钟的木架，身上的铠甲好似开张的龙鳞。光芒四射如同燃烧的火炬，炽烈的阳光。甘泉宫能和天帝居住的玄圃媲美，威严神奇能与泰一的居所并驾齐驱。高台拔地而起，巍然独立，直达北极星辰。群星排列在它翘起的屋檐，日月运行在它的屋檐之中。低沉的雷声在幽深之处回荡，闪电在墙垣之间骤然亮起。鬼魅都无法爬到屋顶，行至中途就会跌落下来。楼台穿过空中的倒影，越过悬天的飞桥，上抵青天在尘气中升腾。

左欃枪而右玄冥兮[1]，前熛阙而后应门[2]。荫西海与幽都兮[3]，涌醴汩以生川。蛟龙连蜷于东厓兮[4]，白虎敦圉乎昆仑[5]。览樛流于高光兮[6]，溶方皇于西清[7]。前殿崔巍兮，和氏玲珑。炕浮柱之飞榱兮[8]，神莫莫而扶倾[9]。闶阆阆其寥廓兮[10]，似紫宫之峥嵘[11]。骈交错而曼衍兮，㠑嵬隗乎其相婴。乘云阁而上下兮，纷蒙笼以棍成[12]。曳红采之流离兮，扬翠气之宛延。袭琁室与倾宫兮[13]，若登高眇远，亡国肃乎临渊。

【注释】

〔1〕欃枪：彗星。　玄冥：水神。

〔2〕熛（biāo）阙：赤色之阙。　应门：正门。

〔3〕幽都：山名。

〔4〕连蜷：弯曲。

〔5〕敦圉：盛怒之貌。

〔6〕樛（jiū）流：曲折之貌。　高光：宫殿名。

〔7〕方皇：即彷徨，观名。

〔8〕炕：举起。　飞榱（cuī）：高架的椽子。

〔9〕莫莫：默默。

〔10〕闶：高。　阆阆（làng）：高大之貌。

〔11〕紫宫：神话传说中天帝的居室。

〔12〕棍成：自然而成。

〔13〕琁室：传说为夏桀所造的宫室，用美玉装饰。　倾宫：传说为商纣所造的巍峨的宫室。

【译文】

左面是彗星，右面是水神。前边是赤阙，后边是正门。宫殿之大足以遮蔽西极之海与幽都之山，甘泉奔涌而出汇成河川。蛟龙蜷曲在东，白虎咆哮在西。在高光殿中浏览其曲折之貌，在西厢的清净之处欣赏彷徨观。前殿崔巍耸立，美玉的装饰剔透玲珑。梁柱把飞椽高高举起，那是神灵默默地助力使其免于倾斜。宫门高大且深邃，如同天帝居住的紫宫。楼台并列交错而连绵不绝，恰如那山峦高峻围绕其中。登上高可连云的楼阁，其深远广大正如浑然天成。彷佛可以牵引那色彩缤纷的虹霓，飘扬起连绵曲折的翠气。甘泉宫继承了琁室与倾宫，一旦登高望远，想起夏桀和殷纣的亡国之鉴便如临深渊。

回猋肆其砀骇兮〔1〕，翍桂椒而郁移杨〔2〕。香芬茀以穹隆兮〔3〕，击薄栌而将荣〔4〕。芗呹肸以棍批兮〔5〕，声駍隐而历钟。排玉户而扬金铺兮，发兰蕙与芎藭〔6〕。帷弸彋其拂汨兮〔7〕，稍暗暗而靓深。阴阳清浊穆羽相和兮〔8〕，若夔牙之调琴〔9〕。般倕弃其剞劂兮〔10〕，王尔投其钩绳〔11〕。虽方征侨与偓佺兮〔12〕，犹仿佛其若梦。

【注释】

〔1〕回猋：旋转的狂风。

〔2〕移（yí）：棠棣树。

〔3〕穹隆：高大之貌。

〔4〕薄栌：斗拱。

〔5〕呹肸（yì xī）：飞快地散开。　棍批：混在一起拍击。

〔6〕芎藭：香草名。

〔7〕帷弸：风吹帷帐之声。

〔8〕阴阳：指音乐的声调。古人将音乐分为十二律，黄钟、无射等六律为阳，大吕、应钟等六律为阴。　穆羽：指音乐中的正音与变调。

〔9〕夔（kuí）：虞舜时的乐官，精通音律。　牙：俞伯牙，春秋时期著名音乐家。

〔10〕般倕：公输般与倕，皆为古代能工巧匠。

〔11〕王尔：古代的巧匠。

〔12〕征侨、偓佺：古代传说中的仙人。

【译文】

旋风劲吹，肉桂和椒数枝叶纷乱，棠棣和杨树郁郁葱葱。芬芳的香气四处飘散，穿越梁柱又抵达屋檐。这些四散的香气又和风混合在一起，发出的駍駍隐隐之声就如悠扬的钟声。吹开玉门，吹动金饰的铺首，催发出兰蕙与芎䓖的芳香。风吹帷帐发出声响，时间不长又陷入沉静。阴阳清浊和正变之声交合融通，如同夔和俞伯牙演奏的琴声。甘泉宫建造得巧夺天工，公输般和倕要扔掉刀凿，王尔也要丢弃钩绳。即便是征侨与偓佺两位仙人，看到此情此景也如在梦中。

于是事变物化，目骇耳回，盖天子穆然，珍台闲馆，琁题玉英〔1〕，蜵蜎蠖濩之中〔2〕。惟夫所以澄心清魂，储精垂恩，感动天地，逆厘三神者〔3〕；乃搜逑索偶皋伊之徒〔4〕，冠伦魁能，函《甘棠》之惠〔5〕，挟东征之意〔6〕，相与齐乎阳灵之宫。靡薜荔而为席兮〔7〕，折琼枝以为芳。吸清云之流瑕兮，饮若木之露英。集乎礼神之囿，登乎颂祇之堂。建光耀之长旓兮〔8〕，昭华覆之威威。攀琁玑而下视兮〔9〕，行游目乎三危〔10〕。陈众车于东阬兮，肆玉轪而下驰。漂龙渊而还九垠兮，窥地底而上回。风傱傱而扶辖兮〔11〕，鸾凤纷其衔蕤〔12〕。梁弱水之濎濙兮〔13〕，蹑不周之逶蛇〔14〕。想西王母欣然而上寿兮〔15〕，屏玉女而却宓妃〔16〕。玉女亡所眺其清胪兮，宓妃曾不得施其蛾眉。方揽道德之精刚兮，侔神明与之为资。

【注释】

〔1〕琁题：美玉装饰的椽头。

〔2〕蜵蜎蠖濩（huò huò）：深广之貌。

〔3〕逆厘：迎福。　三神：天地人。

〔4〕皋：皋繇，尧时名臣。　伊：伊尹，商汤重臣。

〔5〕甘棠：《诗经·召南》中的一篇，古人认为它是歌颂召伯之美德的。

〔6〕东征：周公曾助成王东征，平定了管叔和蔡叔的叛乱。

〔7〕薜荔：木莲。

〔8〕长旓（shāo）：旗帜上飘带之类的装饰物。

〔9〕璇（xuán）玑：北斗星的第二颗和第三颗星。

〔10〕三危：古代西部山名。

〔11〕澂澂：飞快之貌。

〔12〕蕤（ruí）：下垂的缨类装饰物。

〔13〕弱水：神话传说中的水名。　澋濙（dǐng yíng）：缓缓流动的细小水流。

〔14〕不周：神话传说中的山名。

〔15〕西王母：古代神话传说中的神女。

〔16〕玉女：仙女。　宓（fú）妃：伏羲氏之女，溺死于洛水，遂为洛水之神。

【译文】

甘泉宫的建筑千变万化，令人眼花缭乱，心神震惊。天子安静地住在这珍台闲馆，雕梁玉栋，深邃辽阔的宫殿之中。在这里才可以清澈人的内心，储存精神祈求上天的垂恩，才能够感动天地，迎接天地人三神的赐福。去搜求能与皋繇、伊尹相匹配的贤臣，他们的才能冠绝群臣。他们要有召公的仁德，还要具备周公的英勇，君臣相聚在阳灵之宫。砍伐薜荔来织席，折取琼枝作为配饰。吮吸清云上的流霞，畅饮花木上的露珠。众人汇集在祭祀天神的园囿，登上礼赞地神的殿堂。高扬光彩夺目的旗帜，车上的华盖色彩鲜明。攀上北斗星向下看去，最远可以看见那三危山。在东海之滨陈列众车，任玉车往下奔驰。在龙渊漂浮而萦绕于九重之下，窥探地底又回到上面。疾风推动车轮，鸾凤纷飞来衔车饰。渡过弱水如涉小溪，跨过不周山如步曲径。想到西王母欣然为之祝寿，屏退玉女和宓妃。玉女无法目送秋波，宓妃不得展其蛾眉。将要掌握道德那精微刚强的道理，祈求神明作为自己的帮助。

于是钦柴宗祈，燎熏皇天[1]，皋摇泰壹[2]。举洪颐，树灵旗[3]。樵蒸昆上，配藜四施[4]。东烛沧海，西耀流沙[5]。北熿幽都，南炀丹厓[6]。玄瓒觓䚪[7]，秬鬯泔淡[8]。肸蠁丰融，懿懿芬芬。炎感黄龙兮，熛讹硕麟[9]。选巫咸兮叫帝阍[10]，开天庭兮延群神。傧暗蔼兮降清坛，瑞穰穰兮委如山。

【注释】

〔1〕燎熏：古代祭天的一种仪式，烧牲玉使烟气上腾以祭天。

〔2〕皋：挈皋，一种悬空竖起焚柴祭天的架子。

〔3〕洪颐、灵旗：旗帜之名。

〔4〕配藜：披离分散。

〔5〕流沙：沙漠。

〔6〕丹厓：丹水之涯。

〔7〕玄瓒（zàn）：祭祀时盛满祭酒的勺子。　觓䚪（qiú liú）：兽角弯曲之貌。

〔8〕秬鬯（jù chàng）：用郁金香和黑黍合酿之酒，古人以之祭天。　泔（hàn）淡：满。

〔9〕黄龙、硕麟：皆为神物。

〔10〕帝阍：天帝的宫门。

【译文】

于是恭敬地焚柴祭天，尊崇地向上天祈福，在薪柴上焚烧牲玉来祭祀皇天，悬挂柴草的挈皋遥对泰壹天神。高举洪颐和灵旗，火焰腾空照耀四方。东边照亮沧海，西边烛照沙漠。北边照彻幽都，南边照亮丹水之涯。盛祭酒的勺子弯弯曲曲，里面满是祭天的秬鬯之酒。美酒芬芳，香气四溢，祭天的火焰感动了黄龙和大麒麟。传令神巫叫开天帝之门，打开天庭延请群神。众神之宾降临清坛之上，赐予的祥瑞堆积如山。

于是事毕功弘，回车而归，度三峦兮偈棠黎[1]。天阃决兮地垠开[2]，八荒协兮万国谐。登长平兮雷鼓磕[3]，天声起兮勇士厉。云飞扬兮雨滂沛，于胥德兮丽万世。

【注释】

〔1〕棠黎：宫名。

〔2〕阃（kǔn）：门槛。

〔3〕长平：坂名。　雷鼓：八面鼓，古代用于祭祀天神。　磕（kē）：大声。

【译文】

于是祭祀之礼大功告成，回车而归，经过封峦观，休息在棠黎宫。打开天门洞开地限，八方万国和谐一心。登上长平之坂，祭祀天神的雷鼓震耳欲聋，如同雷声隆隆，勇士格外奋勇。乌云翻滚，大雨滂沱，君臣的盛德像雨水一样普照万世。

乱曰[1]：崇崇圜丘[2]，隆隐天兮。登降峛崺[3]，单埢垣兮[4]。增宫嵾差，骈嵯峨兮。岭巆嶙峋[5]，洞无厓兮。上天之縡，杳旭卉兮[6]。圣皇穆穆，信厥对兮。徕祇郊禋[7]，神所依兮，徘徊招摇，灵迉迡兮[8]。光辉眩耀，降厥福兮。子子孙孙，长无极兮。

【注释】

〔1〕乱：理，用在篇末以发明辞旨，总结全文。

〔2〕圜丘：圆丘，古代帝王祭天的高坛。

〔3〕峛崺（lǐ yǐ）：供上下行走的斜道。

〔4〕单（chán）：大。　埢（quán）垣：圆形。

〔5〕岭嶒（lǐng yíng）：幽深之貌。
〔6〕旭卉：幽昧之貌。
〔7〕禋：古代烧柴升烟以祭天的仪式。
〔8〕迉迡（qī chí）：游息。

【译文】

结语是：崇高的祭天之坛，巍峨高耸遮蔽青天。登上那斜道（俯瞰），（圜丘）高大浑圆。重叠的宫殿参差错落，并列的宫殿高峻巍峨。其幽深旷远，达到了无涯的程度。上天的事情，幽远而又深奥。天子的威严，堪与上天匹配。在这里虔诚祭祀，引得众神降临，徘徊游息。光辉照耀，给天子降福。让他的子子孙孙，永无穷尽。

耕藉

藉田赋　潘安仁（潘岳）

【题解】

潘岳（247—300），字安仁，西晋荥阳中牟（今河南中牟县）人。泰始二年（266）年，被召授司空掾，咸宁四年（278）为太尉掾，后出为河阳县令等职。曾依附于权臣贾谧，为“二十四友”中的首要人物。潘岳诗文兼善，与陆机合称“潘陆”，与从侄潘尼合称“二潘”，《晋书》有传。泰始四年（268）正月，晋武帝率群臣前往王田行耕藉古礼，潘岳作此赋以美其事，并告诫要以民为本。

伊晋之四年正月丁未[1]，皇帝亲率群后藉于千亩之甸[2]，礼也。于是乃使甸帅清畿[3]，野庐扫路[4]。封人壝宫[5]，掌舍设柸[6]。青坛蔚其岳立兮，翠幕黕以云布。结崇基之灵趾兮，启四途之广阼。沃野坟腴，膏壤平砥。清洛浊渠[7]，引流激水。遐阡绳直[8]，迩陌如矢[9]。緫犗服于缥轭兮[10]，绀辕缀于黛耜[11]。俨储驾于廛左兮[12]，俟万乘之躬履。百僚先置，位以职分。自上下下，具惟命臣。袭春服之萋萋兮，接游车之辚辚。微风生于轻幰[13]，纤埃起于朱轮。森奉璋以阶列，望皇轩而肃震。若湛露之晞朝阳，似众星之拱北辰也。

【注释】

〔1〕晋之四年：晋武帝泰始四年，公元268年。按：《文选》李善注引《晋书》“丁亥，藉田”，则丁未当为丁亥。

〔2〕群后：泛指公卿。　藉：藉田，古代天子、诸侯征用民力耕种的田。每逢春耕前，天子、诸侯躬耕藉田，以示对农业的重视。藉，通“籍”。　甸：王田。

〔3〕甸帅：当为“甸师”，此处避晋景帝司马师之讳。古官名，掌田事职贡。

〔4〕野庐：周代官名，掌管通达道路。

〔5〕封人：古官名，掌守帝王社坛及京畿的疆界。　壝（wěi）宫：天子外出，在平地休息住宿时设置的一种有土围墙的临时宫室。

〔6〕掌舍：古官名，掌管王者出行馆舍之事。

〔7〕洛：洛水。　渠：黄河。

〔8〕阡：南北相向的田间小路。

〔9〕陌：东西相向的田间小路。

〔10〕緫犗（zòng jiè）：皇帝用于籍田的耕牛。　缥（piǎo）：青白色。　轭（è）：驾车时置于牛马颈上的曲木。

〔11〕绀（gàn）：深青而显赤色。

〔12〕廛（chán）：一百亩。

〔13〕幰（xiǎn）：车上的帷幔。

【译文】

晋武帝泰始三年正月丁未，皇帝亲自率领公卿百官到千亩王田行籍田之礼，这是按照古礼行事。于是就命令田事职贡之官清理京城清郊区，掌管通达道路之官打扫道路。命令掌管社坛之官修筑壝宫，掌管馆舍之事的官员设起路障（禁止闲人通行）。青色的祭坛如山峰高高耸立，翠色的帷幕似乌云密布。构筑起高坛的地基，在四方开出广阔的台阶。沃野肥美，田地平直。引来清澈的洛水和浑浊的黄河，用来灌溉田地。阡陌纵横，如绳之平，如箭之直。青色的耕牛套起青白色的轭具，青中见赤的车辕连接着犁铧。备好的耕牛整齐地立于籍田之左，等待圣驾将古礼践行。百官的队伍先到现场，具体的位置按照职位高低区分。自上至下，均是天子赐予爵禄的大臣。穿上那青青的春服，天子的属车声如雷鸣。微风吹动那轻薄的车帷，红色的车轮扬起埃尘。百官手捧玉圭在阶前整齐排列，望见天子的车驾肃然心惊。他们的敬畏之心就像浓露惧怕朝阳，好似天上群星拱卫北极星。

于是前驱鱼丽[1]，属车鳞萃。阊阖洞启[2]，参途方驷[3]。常伯陪乘[4]，太仆秉辔[5]。后妃献穜稑之种，司农撰播殖之器[6]。挈壶掌升降之节[7]，宫正设门间之跸[8]。天子乃御玉辇，荫华盖。冲牙铮鎗[9]，绡纨綷縩[10]。金根照耀以炯晃兮[11]，龙骥腾骧而沛艾。表朱玄于《离》《坎》，飞青缟于《震》《兑》[12]。中黄晔以发挥，方彩纷其繁会。五辂鸣銮[13]，九旗扬旆[14]。琼钑入蘂[15]，云罕晻蔼[16]。箫管嘲哳以啾嘈兮[17]，鼓鞞硡隐以砰磕[18]。笋簴嶷以轩翥兮[19]，洪钟越乎区外。震震填填，尘鹜连天，以幸乎藉田。蝉冕颎以灼灼兮[20]，碧色肃其千千。似夜光之剖荆璞兮，若茂松之依山巅也。

【注释】

〔1〕鱼丽：古代战阵名。

〔2〕阊阖（chāng hé）：古洛阳城门名。

〔3〕参途：三条大道。　驷：古代同驾一辆车的四匹马，或套着四匹马的车。

〔4〕常伯：周官名，负责管理民事，因从诸伯中选拔，故名。后因以称皇帝的近臣。

〔5〕太仆：周官名，秦汉沿用，为九卿之一，掌管车马畜牧之事。

〔6〕司农：大司农，汉武帝时官名，为九卿之一，掌管租税、钱谷、盐铁和国家的财政收支。

〔7〕挈（qiè）壶：官名，负责计时。

〔8〕宫正：宫中之长，负责维持王宫纪律。

〔9〕冲牙：古代佩玉部件之一种。　铮鎗：玉石撞击之声。

〔10〕綷縩（cuì cài）：衣服振动之声。

〔11〕金根：帝王所乘的祥瑞之车。

〔12〕《离》《坎》《震》《兑》：《周易》卦名。

〔13〕五辂（lù）：古代帝王所乘坐的五种不同形制的车，分别是玉辂、金辂、象辂、革辂、木辂。

〔14〕九旗：以不同徽号表示不同等级和用途的九种旗帜，名为常、旂、旃、物、旗、旟、旐、旞、旌。

〔15〕琼钑（sè）：玉饰的短矛。

〔16〕云罕：旌旗。

〔17〕嘲哳：嘈杂之声。　啾嘈：喧杂细碎之声。

〔18〕硡（hōng）隐、砰磕：大声。

〔19〕轩翥：飞举。

〔20〕蝉冕：汉代侍从官所戴的冠，上有蝉饰，并插貂尾。

【译文】

于是御驾以鱼丽军阵开路，后面的属车像鱼群般紧紧相随。京城的大门洞开，三条大路并排奔驰着四马之车。天子的近臣一旁陪侍，太仆拿着缰绳驾驭马匹。后妃们献上穜稑等谷物的良种，大司农准备好播种的农具。挈壶氏掌握时间长短，宫正做好王宫的清道与警戒。天子登上玉车，侍从打起华盖。身上的玉佩叮当作响，那轻薄的丝绸之衣相摩有声。皇帝的金根车光彩夺目，如龙的骏马奔驰腾空。红黑两色的仪仗分列南北，青白两色的仪仗各在东西。金黄的仪仗位列中央，五彩缤纷又绚丽非常。天子乘坐的五辂銮铃作响，不同图案的九旗迎风飘扬。卫士手中玉饰的短矛密如丛林，旌旗遮天蔽日。箫管之声时而嘈杂时而细碎，鼓鞞之声大如雷鸣。悬钟的架子高高举起，洪亮的钟声响彻天空。仪仗队伍威严壮盛，飞扬起的尘土弥漫空中，天子终于来到藉田躬耕。百官的蝉冠光芒四射，手执碧玉之圭神色庄重。好比夜光中剖开的荆璞，就像茂密的松林倚靠山峰。

于是我皇乃降灵坛，抚御耦〔1〕。坻场染屦，洪縻在手〔2〕。三推而舍〔3〕，庶人终亩。贵贱以班，或五或九〔4〕。于斯时也，居靡都鄙，民无华裔。长幼杂沓以交集，士女颁斌而咸戾〔5〕。被褐振裾〔6〕，垂髫总发〔7〕，蹑踵侧肩，掎裳连襼〔8〕。黄尘为之四合兮，阳光为之潜翳。动容发音而观者，莫不抃儛乎康衢〔9〕，讴吟乎圣世。情欣乐于昏作兮，虑尽力乎树艺。靡谁督而常勤兮，莫之课而自厉。躬先劳以说使兮，岂严刑而猛制之哉！

【注释】

〔1〕御耦：天子用以行籍田之礼的农具。

〔2〕縻：牛的缰绳。

〔3〕三推：天子籍田需掌犁推行三周。

〔4〕或五或九：籍田之礼，公需掌犁推行五周，诸侯和卿需掌犁推行九周。

〔5〕颁斌：相杂之貌。

〔6〕褐：粗布衣服。　裾：衣服的后半部分。

〔7〕垂髫：古代儿童未冠，头发下垂。　总发：束发。二者皆代指儿童或少年。二者连用，泛称少年儿童。

〔8〕掎（jǐ）：拖住。　襼（yì）：衣袖。

〔9〕抃（biàn）儛：拍手而舞，表示快乐。

【译文】

于是大晋天子走下祭坛，扶起耕犁。脚踏天地，牵起耕牛。天子扶犁三周，再由百姓把剩余的田地耕完。公卿百官按照官阶高低，或扶犁五周而止，或扶犁九周而息。当此之时，无论是城市还是边地，无论是中原还是蛮夷，长幼纷杂而集，男女错综而聚。身穿粗布衣服的儿童和少年，摩肩接踵，扯衣连袖。黄尘弥漫四方，遮天蔽日。观看的人们莫不高歌，或者在大路上起舞，歌颂这清明盛世。即使辛勤劳作也满心喜悦，在种植栽培上不惜气力。没有人来监督百姓也勤劳无比，没有谁来考核大家也暗自鼓励。天子为天下做出耕种的榜样，百姓都乐于受天子驱使，这岂是严刑峻法能够做得到的呢？

有邑老田父，或进而称曰：盖损益随时，理有常然。高以下为基，民以食为天。正其末者端其本，善其后者慎其先。夫九土之宜弗任，四人之务不壹〔1〕。野有菜蔬之色，朝靡代耕之秩〔2〕。无储稸以虞灾，徒望岁以自必。三季之衰〔3〕，皆此物也。今圣上昧旦丕显，夕惕若栗。图匮于丰，防俭于逸。钦哉钦哉，惟谷之邮。展三时之弘务〔4〕，致仓廪于盈溢。固尧汤之用心，而存救之要术也。若乃庙祧有事〔5〕，祝宗诹日〔6〕。簠簋普淖〔7〕，则此之自实。缩鬯萧茅〔8〕，又于是乎出。黍稷馨香，旨酒嘉栗。宜其民和年登，而神降之吉也。古人有言曰：圣人之德，无以加于孝乎！夫孝，天地之性，人之所由灵也。

昔者明王以孝治天下，其或继之者，鲜哉希矣！逮我皇晋，实光斯道。仪刑孚于万国，爱敬尽于祖考。故躬稼以供粢盛，所以致孝也。劝穑以足百姓，所以固本也。能本而孝，盛德大业至矣哉！此一役也，而二美具焉。不亦远乎，不亦重乎！敢作颂曰：

【注释】

〔1〕四人：四民，士农工商。

〔2〕代耕：古代官吏不耕而食，故称为官食禄为代耕。

〔3〕三季：夏商周三代的末代君主桀、纣、幽王。

〔4〕三时：春、夏、秋三季为农作之时，谓之三时。

〔5〕庙祧（tiāo）：祖庙。

〔6〕祝：男巫。　宗：宗人，古代掌管宗庙、谱牒、祭祀的官员。诹（zōu）日：选择吉日。

〔7〕簠簋（fǔ guǐ）：两种盛黍稷稻粱的礼器。　普淖（nào）：黍稷。

〔8〕缩鬯（chàng）：古代祭祀时束茅立之祭前，浇酒其上，酒渗于下，如神饮之，谓之缩酒。

【译文】

城乡父老之中，有人进前称颂：丰收抑或歉收都取决于是否顺应农时，这是当然的道理。高台必须以下面为基础，百姓以食为生存之必须。整饬商业而应以农事为本，搞好商业必须慎重地以农业为先。如果九州的土地没有因地制宜地耕作，士农工商也都不各安其业。那么田野之间到处都是满面菜色的饥民，朝廷也无法给官员发放薪俸。不储备粮食预防灾年，盼望丰收势必是痴心妄想。夏桀、商纣、周幽王作为三朝的亡国之君，都是因为这些原因。当今的圣明君王日夜工作不息，小心谨慎。天子在丰年就开始就想到灾年，在安逸的生活中就注重节俭。不断地告诫自己，务必要以农业为根本。致力于春夏秋三个季节的农业大事，让仓库的粮食饱满充盈。天子的用心与尧帝和商汤相同，是存国救民的要术。如果有宗庙祭祀之事，男巫和宗人就选择吉日良辰。簠簋等祭器中的黍稷，由圣上的重农之举得以充实。祭神缩酒所用的香蒿和束茅，亦出自天子的圣明之行。黍稷馨香，美酒芬芳。使得百姓和睦、五谷丰登，都是神灵赐予的吉祥。古人说：‘圣人之德，没有超过孝道的！’孝乃天地本性，人有孝心方为万物之灵。当年古代的贤君以孝治天下，而能够继承他们的却是凤毛麟角啊！到我大晋一朝，却是把孝道发扬光大。天子的模范作用为万国信服，对祖先也尽到爱敬之心。所以天子躬耕来提供祭祀所用的黍稷，这就是传递孝道。劝农而富足百姓，这就是在巩固根本。既能巩固根本又能传递孝道，这可是难以超越的盛德大业啊！天子的籍田之礼，却将这二者兼而得之，意义不够深远、不够重大么？让我为天子冒昧地献上颂辞：

思乐甸畿[1]，薄采其茅。大君戾止，言藉其农。其农三推，万方以祗[2]。耨我公田[3]，实及我私。我簠斯盛，我簋斯齐。我仓如陵，我庾如坻[4]。念兹在兹，永言孝思。人力普存，祝史正辞。神祇攸歆[5]，逸豫无期。一人有庆，兆民赖之。

【注释】

〔1〕甸畿（jī）：甸服，各级诸侯之领地及外族所居之地。

〔2〕祗：恭敬。

〔3〕耨：锄草。

〔4〕庾：露天的谷仓。　坻（chí）：水中的小块高地。

〔5〕神祇：天神地神。　歆：享用。

【译文】

甸服之民快乐欢欣，采集香茅祭祀天神。天子亲来籍田，躬耕以劝农事。扶犁推行三周，万方百姓满怀崇敬之心。既锄公田之草，私田的黍稷也得以保存。簠簋的祭品异常丰盛，仓库里的粮食高过山峰。心念籍田，践行躬耕，永尽孝心。巫史那庄重的言辞，正是要人力恒久保存。天地之神快来享用祭品，开心快乐直到永恒。天子善行惠及万民，万千百姓蒙受君恩。

畋猎上

子虚赋　司马长卿（司马相如）

【题解】

司马相如（约前179—前118），字长卿，西汉蜀郡成都（今属四川成都）人。景帝时为武骑常侍，武帝时为中郎将，略定西南夷，后为孝文园令。他开创了汉大赋铺张扬厉、文辞富丽、篇末讽谏的体式。《史记》有传。《子虚赋》为其早年之作，用夸张的笔法、绚丽的色彩、昂扬的气势描绘了楚国云梦泽的浩大奇丽，体现了汉人恢弘雄伟的审美观。

楚使子虚使于齐〔1〕，王悉发车骑与使者出畋〔2〕。畋罢，子虚过奼乌有先生，亡是公存焉〔3〕。坐定，乌有先生问曰："今日畋乐乎？"子虚曰："乐。""获多乎？"曰："少。""然则何乐？"对曰："仆乐齐王之欲夸仆以车骑之众，而仆对以云梦之事也。"〔4〕曰："可得闻乎？"

【注释】

〔1〕子虚：与下文的乌有先生、亡是公皆为作者虚构的人物。

〔2〕畋（tián）：打猎。

〔3〕奼（chà）：炫耀。

〔4〕云梦：云梦泽，据说是楚王狩猎的皇家园囿。

【译文】

楚国的使臣子虚出使于齐，齐王派出全部的车马和子虚一起出猎。狩猎已毕，子虚过访乌有先生，亡是公也在座。刚刚坐好，乌有先生就发问："今天打猎是不是很快乐。"子虚说："快乐。"乌有先生问："猎获的猎物多不多？"子虚说："不多。""既然所获不多，那您又因何而乐呢？"子虚回答道："我的快乐是因为齐王本打算向我夸耀车马之多，结果我却用楚王出猎云梦泽的盛况来回应了他。"乌有先生说："您能给我谈谈吗？"

子虚曰："可。王车驾千乘，选徒万骑，畋于海滨。列卒满泽，罘网弥山〔1〕。掩兔辚鹿〔2〕，射麋脚麟〔3〕。骛于盐浦〔4〕，割鲜染轮〔5〕。射中获多，矜而自功，顾谓仆曰：'楚亦有平原广泽游猎之地，饶乐若此者乎？楚王之猎孰与寡人乎？'仆下车对曰：'臣，楚国之鄙人也。幸得宿卫十有馀年，时从出游，游于后园，览于有无，然犹未能遍睹也，又焉足以言其外泽乎？'齐王曰：'虽然，略以子之所闻见而言之。'

【注释】

〔1〕罘（fú）：捕兽之网。

〔2〕掩：以网捕兔。　辚：碾压。

〔3〕脚：捉住野兽的脚。

〔4〕骛：奔驰。　盐浦：海滨的盐滩。

〔5〕鲜：生肉，此处代指捕猎的鸟兽。

【译文】

子虚说："可以啊。齐王派出千辆战车，选拔了万名骑士，在海滨狩猎。士卒遍布水泽，猎网布满山野。用列网捕捉野兔，用车轮碾压大鹿。射猎麋鹿，捕获麟鹿。在海滨的盐滩纵马驰骋，宰割鸟兽流出的鲜血染红车轮。射中和捕获的猎物所获甚多，对自己的战绩志满意得，回头对我讲：‘楚国也有这样平原大泽的游猎之地，享受这样狩猎的快乐吗？楚王的游猎之举与寡人相比如何？’我下车回答道：我不过是楚国的一个鄙陋之人。有幸在宫中当了十几年的宿卫，有时随从楚王出游，却仅仅限于后园，有的亲眼见过，有的却只是耳闻，所见既不全面，又怎么向您描述宫外大泽的游猎景象呢？’齐王说：‘即便如此，就简略地就您耳闻目睹的情况说一说吧。’

“仆对曰：‘唯唯。臣闻楚有七泽，尝见其一，未睹其馀也。臣之所见，盖特其小小者耳。名曰云梦。云梦者，方九百里，其中有山焉。其山则盘纡岪郁，隆崇嵂崒[1]。岑崟参差[2]，日月蔽亏。交错纠纷，上干青云。罢池陂陀，下属江河。其土则丹青赭垩[3]，雌黄白坿，锡碧金银[4]。众色炫耀，照烂龙鳞。其石则赤玉玫瑰[5]，琳瑉昆吾[6]。瑊玏玄厉，碝石碔砆[7]。其东则有蕙圃，衡兰芷若，芎藭菖蒲。茳蓠蘪芜，诸柘巴苴[8]。其南则有平原广泽，登降陁靡[9]，案衍坛曼[10]。缘以大江，限以巫山。其高燥则生葴菥苞荔[11]，薛莎青薠[12]。其埤湿则生藏莨蒹葭[13]，东蘠雕胡[14]。莲藕觚卢，庵闾轩于。众物居之，不可胜图。其西则有涌泉清池，激水推移。外发芙蓉菱华，内隐巨石白沙。其中则有神龟蛟鼍[15]，瑇瑁鳖鼋。其北则有阴林，其树楩柟豫章[16]。桂椒木兰，檗离朱杨。樝梨梬栗，橘柚芬芳。其上则有鹓雏孔鸾，腾远射干[17]。其下则有白虎玄豹，蟃蜒貙犴[18]。

【注释】

〔1〕隆崇：高耸之貌。　崞崒：高峻险要。

〔2〕岑崟（cén yín）：山势险峻之貌。

〔3〕丹：朱砂。　青：又名石青，一种青色矿物颜料。　赭（zhě）：赤土。　垩（è）：白土。

〔4〕锡：青金。　碧：青石。

〔5〕玫瑰（méi guī）：火齐珠。

〔6〕琳：宝珠。　琘：一种次于玉的矿石。　昆吾：山名，出美金宝玉，此处用于指代金玉。

〔7〕瑊玏（jiān lè）、磩砆、碝（ruǎn）石：皆为一种次于玉的美石。　玄厉：一种黑色的矿石，可用于磨刀。

〔8〕诸柘：甘蔗。　巴苴：芭蕉。

〔9〕陁（yǐ）靡：地势斜长而又绵延不断之貌。

〔10〕案衍：地势低洼之貌。　坛曼：平坦宽广。

〔11〕葴：马蓝草。　菥：一种形似燕麦的植物。　苞：与茅相似，可织席。　荔：马蔺草。

〔12〕薛：一种蒿类植物。　莎：多年生草本植物，其根曰香附子。

〔13〕藏茛（láng）：狼尾草。　蒹葭：泛指芦苇。

〔14〕东蘠：沙蓬。　雕胡：茭白。

〔15〕蛟鼍（tuó）：指水中凶猛的鳄类动物。

〔16〕楩（pián）：黄楩木。　楠（nán）：楠木。

〔17〕腾远：一种猿猴类动物。　射干：一种形似狐狸的动物，善爬树。

〔18〕蟃蜒：一种似狸的巨兽。　貙：一种动物，似狸而大。　犴：一种少数民族地区的野犬，似狐而小。

【译文】

“我回答齐王道：‘好的。臣听说楚国有七个大泽，但是只见过其中之一，其余六个却未见过。臣之所见，只不过是最小的一个，名叫云梦泽。云梦泽方圆九百里，其中有很多高山。这些山脉或回环曲折，或高峻险要。山势险峻，巍峨参差，遮蔽日月。山峰连绵高耸，直入青云。众山倾斜绵延，下连江河。云梦的土地既有朱砂、石青，又有赤土、白土。雌黄和白石英杂处其间，青金、青石、黄金、白银处处可见。五光十色，炫人眼目，光芒四射，好似龙鳞。这里的石头既有赤玉之石，亦有火齐之珠，各种美丽的玉石数不胜数。既有似玉的瑊玏，又有可以磨刀的玄厉石，碝石、碔砆自不必说。云梦之东有蕙圃，里面生长着杜衡兰若、芎藭菖蒲、茳蓠蘪芜、甘蔗芭蕉。南面则是平原广泽，高低起伏绵延不绝，低洼处平坦广阔。大江延展前流，直到巫山。高峻干燥之处则生长着马蓝菥草、苞茅马蔺、薛蒿香附和青薠。低湿之处则生长狼尾芦苇、沙蓬茭白。莲藕葫芦，艾蒿莸草。草木繁多，不可胜计。云梦之西则有涌泉清池，激荡的水流前后推移。水面上荷花和菱花竞相开放，巨石和白沙沉潜水底。水中有神龟猛鳄，瑇瑁鳖鼋。云梦之北有茂密的森林，生长着黄楩、楠木、枕木与樟木。还有桂椒、木兰，黄檗、山梨与赤茎柳。樝梨与黑枣，橘子与柚子芬芳扑鼻。树上则有鸾凤、孔雀，猿猴、狐狸。树下则有白虎黑豹，蟃蜒貙犴。

"'于是乎乃使剸诸之伦，手格此兽。楚王乃驾驯駮之驷，乘雕玉之舆。靡鱼须之桡旃[1]，曳明月之珠旗。建干将之雄戟，左乌号之雕弓[2]，右夏服之劲箭[3]。阳子骖乘[4]，孅阿为御[5]。案节未舒，即陵狡兽。蹵蛩蛩[6]，辚距虚[7]。轶野马，轊陶𬳿[8]。乘遗风[9]，射游骐[10]。倏眒倩浰[11]，雷动猋至，星流霆击。弓不虚发，中必决眦。洞胸达掖，绝乎心系。获若雨兽，揜草蔽地。于是楚王乃弭节徘徊，翱翔容与。览乎阴林，观壮士之暴怒，与猛兽之恐惧。徼𠔁受诎[12]，殚睹众物之变态。

【注释】

〔1〕鱼须：旃旗上的装饰物。　桡旃（zhān）：曲柄的旗帜。

〔2〕乌号：传说黄帝使用的弓。

〔3〕夏：夏后氏。　服：盛箭器。

〔4〕阳子：伯乐，善相马。

〔5〕孅（xiān）阿：古代善于驾车之人。

〔6〕蛩（qióng）蛩：一种形状似马的青兽。

〔7〕距虚：一种形似骡子而略小的野兽。

〔8〕轊（huì）：车轴头。　陶駼：传说中一种生长在北海的野兽，状如马。

〔9〕遗风：千里马之名。

〔10〕游骐：传说中天上的神兽。

〔11〕倏眒（shù shēn）、倩浰：迅疾之貌。

〔12〕剟：疲惫之极。

【译文】

“‘于是楚王派出猛如專诸的勇士，徒手与这里的野兽搏斗。楚王驾驶着四匹驯服的骏马，乘坐着雕玉装饰的车子。挥动鱼须作为旒的曲柄之旗，舞动缀有明月珠之旗。高擎着利剑雄戟，左边佩戴精美的乌号弓，右边的箭匣插着夏服劲箭。孙阳陪乘，孅阿驾车。车驾按辔徐行，就已经威吓到那些矫健凶猛的野兽。马踏蛩蛩，车碾距虚。疾如野马，迅过陶駼。骑上千里之驹，射中神兽游骐。楚王的车骑快过疾风闪电，快过迅雷流星。弓不虚发，每箭都射中野兽的眼眶。箭支射穿胸膛直达腋下，连接心脏的血管也被射断。猎获的野兽多如落雨，堆满了草地和旷野。于是楚王按辔缓行，悠闲自得。楚王在阴林游览，观赏壮士之暴怒与猛兽之恐惧。拦截疲惫之禽，捉拿力屈之兽，将众多野兽的不同姿态尽观眼底。

“于是郑女曼姬[1]，被阿緆[2]，揄纻缟。杂纤罗，垂雾縠[3]。襞积褰绉[4]，纡徐委曲，郁桡溪谷[5]。衯衯裶裶[6]，扬袘戌削[7]，蜚襳垂髾[8]。扶舆猗靡，翕呷萃蔡[9]。下靡兰蕙，上拂羽盖。错翡翠之威蕤，缪绕玉绥。眇眇忽忽，若神仙之仿佛。

【注释】

〔1〕郑女：夏姬，春秋时期郑穆公之女，以美貌著称。 曼姬：邓曼，春秋时期邓侯之女，楚武王夫人。

〔2〕阿：细缯。 緆：细布。

〔3〕雾縠（hú）：如薄雾般的轻纱。

〔4〕襞（bì）积：裙幅上的褶皱。 褰（qiān）：缩。 绉：开放。

〔5〕郁桡溪谷：形容女子衣裙褶痕状如溪谷。

〔6〕衯衯裶裶：形容衣裙很长。

〔7〕袘（yì）：衣袖。 戌削：形容行走时衣裳边缘很整齐之貌。

〔8〕蜚纖：古代妇女衣下垂为饰的长带。 垂髾：燕尾形的衣尾。

〔9〕翕呷（xī xiā）：衣服飘起之貌。 萃蔡：行走时衣服发出的声音。

【译文】

“‘于是夏姬、邓曼一般的美人，身穿细缯细布之衣，拖曳苎麻素绢之裳。间或穿着轻薄的丝绸之衣，佩戴着薄雾般的轻纱。裙幅上的褶皱或收或合，衣服上的纹理纡徐委曲，状如溪谷。行走时衣裙长可及地，衣袖高扬而边缘非常整齐。美人的长带燕尾随风飘拂，婀娜多姿的她们扶持着楚王的銮舆，行动时衣服窸窣有声。下摩兰蕙香草，上拂羽饰华盖。头上饰以翡翠之羽，手攀銮舆上的玉绥。飘飘渺渺，恍恍惚惚，仿佛似神仙下界一般。

“‘于是乃相与獠于蕙圃，媻姗教窣〔1〕，上乎金堤。揜翡翠，射鵔鸃〔2〕。微矰出〔3〕，孅缴施〔4〕。弋白鹄，连駕鹅。双鸧下〔5〕，玄鹤加。怠而后发，游于清池。浮文鹢〔6〕，扬旌栧〔7〕。张翠帷，建羽盖。罔瑇瑁，钩紫贝。摐金鼓，吹鸣籁〔8〕。榜人歌〔9〕，声流喝〔10〕。水虫骇，波鸿沸。涌泉起，奔扬会。礧石相击，硠硠礚礚。若雷霆之声，闻乎数百里之外。

【注释】

〔1〕媻姗教窣：匍匐而上。

〔2〕鵔鸃：锦鸡。

〔3〕矰：一种弋射飞鸟的短箭。

〔4〕缴：系在箭上的丝绳。

〔5〕鸧：鸧鸹。

〔6〕文鹢（yì）：以鹢鸟绘于船首的船只。

〔7〕抴：船舷。

〔8〕鸣籁：排箫、箫一类的管乐器。

〔9〕榜人：船长。

〔10〕流喝：声音悲咽、嘶哑。

【译文】

"'于是这些美人与楚王一起在蕙圃狩猎，徐行缓步，登上金堤。捕捉翡翠之鸟，射猎五彩锦鸡。取出丝绳为系的短箭，射落白鹄和野鹅。双鸧坠地，黑鹤落尘。筋疲力尽之后泛舟清池，文鹢之舟浮于水面，船舷之上旌旗飞扬。打开翠羽装饰的帷幕和船篷，网捕瑇瑁，钩钓紫贝。敲响铜钲，吹起鸣箫，船长高歌，声音悲怆苍凉。鱼龟乱跃，波涛震天。流泉涌起，奔流激荡。水击磊石，发出硍硍礚礚之声。声若雷霆，数百里之外亦能听闻。

"'将息獠者，击灵鼓，起烽燧。车按行，骑就队。纚乎淫淫〔1〕，般乎裔裔〔2〕。于是楚王乃登云阳之台，怕乎无为，憺乎自持〔3〕。勺药之和具，而后御之。不若大王终日驰骋，曾不下舆。脟割轮焠〔4〕，自以为娱。臣窃观之，济殆不如。'于是齐王无以应仆也。"

【注释】

〔1〕纚（shǐ）：连续不断。

〔2〕般（pán）：分布。　裔裔：形容队伍络绎不绝依次渐进。

〔3〕怕：同“泊”。 怕、憺：安静，清净。

〔4〕脟（luán）割：脔割。 焠：染。

【译文】

“‘狩猎即将结束，于是楚王命令敲起灵鼓，点燃烽火。车驾按照次序前行，骑兵依照队列前进。人马分布有序，缓缓前行。于是楚王登上高唐台，神情恬淡无欲无求，内心淡泊平和。用芍药调和饮食，然后从容进食。不像齐王您终日驰骋，连车舆都不曾下。将猎物切成小块，流出的血染及车轮，却自以为快乐。依臣之见，和楚王相比您恐怕是相形逊色。’于是齐王无言以对。”

乌有先生曰：“是何言之过也！足下不远千里，来贶齐国[1]，王悉发境内之士，备车骑之众，与使者出畋，乃欲戮力致获，以娱左右，何名为夸哉！问楚地之有无者，愿闻大国之风烈，先生之馀论也。今足下不称楚王之德厚，而盛推云梦以为高，奢言淫乐而显侈靡，窃为足下不取也。必若所言，固非楚国之美也。无而言之，是害足下之信也。彰君恶，伤私义，二者无一可，而先生行之，必且轻于齐而累于楚矣。且齐东陼巨海，南有琅邪。观乎成山，射乎之罘[2]。浮渤澥[3]，游孟诸[4]。邪与肃慎为邻[5]，右以汤谷为界[6]。秋田乎青丘[7]，彷徨乎海外。吞若云梦者八九，于其胸中曾不蒂芥[8]。若乃俶傥瑰玮，异方殊类。珍怪鸟兽，万端鳞崪[9]。充牣其中，不可胜记。禹不能名，卨不能计[10]。然在诸侯之位，不敢言游戏之乐，苑囿之大。先生又见客，是以王辞不复，何为无以应哉！”

【注释】

〔1〕贶：赐。

〔2〕之罘：山名。

〔3〕渤澥（xiè）：渤海。

〔4〕孟诸：古泽薮名。

〔5〕肃慎：古国名区。

〔6〕汤（yáng）谷：传说中的日出之处。

〔7〕青丘：传说中的海外古国。

〔8〕蒂芥：即芥蒂，因小事而耿耿于怀。

〔9〕鳞崒（cuì）：群集。崒，通“萃”。

〔10〕卨（xiè）：传说为尧司徒，善于会计之术。

【译文】

乌有先生说：“您的话说得太过分了吧！足下不远千里，来赐教齐国，齐王派遣举国之兵，准备了众多车骑，陪同您一起出猎，是打算和您一起努力有所收获，取悦于您的左右，为何要将齐王之举成为夸耀呢！他询问楚地是否有如此的盛况，是想听到大国的高风雅尚和先生的高言博论。可是足下不称颂楚王的厚德，却盛赞楚王狩猎云梦的壮举，将淫乐奢华作为夸耀的资本，我以为您的言行实不足取。假如您所言句句属实，这也并非楚国之美。如果您所言句句是虚，那就有害于您的诚信品质。彰显君王之恶，伤害你的道义，两者无一可取，而您这样做了，必然为齐国轻视而连累楚国。而且齐东至大海，南到琅邪山。在成山游览，在之罘射猎。浮舟渤海，游于孟诸。北与肃慎为邻，右以汤谷为界。秋天在青丘田猎，自由出入于海外。吞下八九个云梦泽，也不在话下。至于珍贵奇异之物，异国特殊物种，珍怪的鸟兽，如同鱼鳞萃集一样数不胜数。即便是博学广识的禹也叫不出它们的名字，善于会计之术的卨也算不清数目。然而齐王处于诸侯之位，不敢言游戏之乐，苑囿之大。而先生又是齐王贵宾，所以齐王不回应是给您保存颜面，哪里是无言以对呢！”

（本卷译注：叶会昌）

文选卷第八

赋丁

畋猎中

上林赋　司马长卿（司马相如）

【题解】

《上林赋》写天子游猎的情况，以彰显皇家气魄为能事，故其铺张奢华更在《子虚赋》之上。赋中描写了上林苑的繁富与奇幻，对天子校猎的场面描写气势恢宏，篇末寄托讽喻之旨。

亡是公听然而笑曰[1]："楚则失矣，而齐亦未为得也。夫使诸侯纳贡者，非为财币，所以述职也[2]；封疆画界者，非为守御，所以禁淫也[3]。今齐列为东藩，而外私肃慎，捐国逾限[4]，越海而田，其于义固未可也。且二君之论，不务明君臣之义，正诸侯之礼，徒事争于游戏之乐，苑囿之大，欲以奢侈相胜，荒淫相越，此不可以扬名发誉，而适足以贬君自损也。

【注释】

〔1〕听（yǐn）然：张口而笑。

〔2〕述职：诸侯向天子陈述职守。

〔3〕淫：过而无节制。

〔4〕捐：舍弃。　逾：越过。

【译文】

亡是公张口而笑："楚王固然有过，而齐王之举也未必恰当。天子命诸侯纳贡，并非为了金银财宝，而是要听他们汇报他们的职责政绩；封疆画界，并非为守卫边境，而是要防止诸侯放肆过分之举。而今齐国作为天子东方的屏障，却外通肃慎，远离国境，越过大海到青丘狩猎，在礼制道义上都有失允当。况且两位先生的言论，不致力于阐明君臣之义，整肃诸侯之礼，却白白在游戏之乐、苑囿之大上一较高低。你们都意欲在奢侈荒淫的程度上胜过对方，这不但不能为祖国扬名显誉，却恰恰令君主的声望和自己的名誉蒙羞。

"且夫齐楚之事又乌足道乎？君未睹夫巨丽也，独不闻天子之上林乎？左苍梧〔1〕，右西极〔2〕。丹水更其南，紫渊径其北〔3〕。终始灞浐，出入泾、渭。酆镐潦潏〔4〕，纡馀委蛇，经营乎其内。荡荡乎八川分流，相背而异态。东西南北，驰骛往来。出乎椒丘之阙〔5〕，行乎洲淤之浦。经乎桂林之中，过乎泱漭之野〔6〕。汩乎混流，顺阿而下〔7〕，赴隘陿之口。触穹石，激堆埼〔8〕，沸乎暴怒，汹涌彭湃。滭弗宓汩〔9〕，偪侧泌瀄〔10〕。横流逆折，转腾潎洌〔11〕。滂濞沆溉〔12〕，穹隆云桡〔13〕，宛潬胶盭〔14〕。逾波趋浥，莅莅下濑〔15〕。批岩冲拥〔16〕，奔扬滞沛。临坻注壑，瀺灂霣坠〔17〕。沉沉隐隐，砰磅訇磕。潏潏淈淈〔18〕，湁潗鼎沸〔19〕。驰波跳沫，汩濦漂疾，悠远长怀。寂漻无声，肆乎永归。然后灏溔潢漾〔20〕，安翔徐回。翯乎滈滈，东注太湖，衍溢陂池。于是乎蛟龙赤螭，𩷑𩸂渐离[21]。鰅鰫鰬魠[22]，禺禺魼鳎[23]。揵鳍掉尾[24]，振鳞奋翼，潜处乎深岩。鱼鳖欢声，万物众伙。明月珠子，的皪江靡[25]，蜀石黄碝[26]，水玉磊砢。磷磷烂烂[27]，采色澔汗，藂积乎其中。鸿鹔鹄鸨，鴐鹅属玉[28]。交精旋目，烦鹜庸渠[29]。箴疵䴔卢[30]，群浮乎其上。泛淫泛滥，随风澹淡。与波摇荡，奄薄水渚[31]。唼喋菁藻[32]，咀嚼菱藕。

【注释】

〔1〕左：东方。 苍梧：郡名。

〔2〕右：西方。 西极：西方极远之处。

〔3〕紫渊：紫泽。

〔4〕酆（fēng）、镐（hào）、潦（lǎo）、潏（jué）：皆水名。

〔5〕椒丘：尖削的高丘。

〔6〕泱漭：广大。

〔7〕阿：高大的丘陵。

〔8〕堆：沙堆。 埼：曲岸之头。

〔9〕滭弗：水流盛大貌。 宓（mì）汩：水流湍急貌。

〔10〕偪侧：相迫。 泌瀄：相逼。

〔11〕潎洌：水流轻疾之貌。

〔12〕滂濞：水声。 沆溉：缓缓流动。

〔13〕穹隆：充溢腾涌之貌。 云桡：形容水势低回曲折。

〔14〕宛潬（shàn）：形容水势辗转。 胶盭（lì）：形容水势回环曲折。

〔15〕莅莅：水声。 下濑：水流下行，在沙滩石碛处形成湍急的水流。

〔16〕批：拍击。

〔17〕瀺灂：小水流之声。

〔18〕潏潏：水势涌出。 淈淈：水出貌。

〔19〕湁潗：水势沸腾奔涌。

〔20〕灏溔（hào yǎo）潢漾：形容水势浩瀚，无边无际。

〔21〕鰅鳙（gèng mèng）：鲟鱼。

〔22〕鰅（yóng）：一种身上有纹彩的鱼类。　鳙：一种形状与鲢鱼相似的黑鱼。　鰬：一种形似鳝鱼的鱼类。　魠（tuō）：一种颊黄口大的鱼类。

〔23〕禺禺：一种黄地黑文的鱼类，外皮有毛。　魼：一种状似牛脾的比目鱼，细鳞紫色。　鳎：鲵鱼。

〔24〕揵：扬举。

〔25〕的皪（lì）：光亮鲜明。　江靡：江边。

〔26〕蜀石：一种次于玉的美石。　黄碝（ruǎn）：黄色的如玉美石。

〔27〕磷磷烂烂：形容玉石光映多彩。

〔28〕属玉：一种长颈赤目的鸟类。

〔29〕交精、旋目、烦鹜、庸渠：皆水鸟名。

〔30〕箴疵、鵁、卢：水鸟名。

〔31〕奄：覆盖。　薄：聚集。

〔32〕唼（shà）喋：鱼与水鸟吃食。

【译文】

“况且齐王楚王的游猎之事又何足道哉？两位先生都没有目睹真正恢弘壮丽的场面，难道从未听过天子的上林苑吗？上林苑左至苍梧郡，右达西方极远之地。丹水流经上林之南，紫渊直通上林之北。灞水和浐水终始于其内，泾水和渭水出入其间。酆水、镐水、潦水、潏水，在上林苑中回环曲折。八川分流，浩浩汤汤，流向各异，姿态不同。东西南北的水流，往来奔腾。从双峰相峙的椒丘涌出，流经水中沙洲的崖岸。穿过桂树之林，通过大荒之野。众水合流水势湍急，从高丘顺流而下，直抵狭隘的山口。拍击巨石，激荡沙堆，沸腾暴怒，汹涌澎湃。水流盛大，相互激荡。横流回环，转腾奔腾。缓缓流水充溢腾涌，低回曲折，辗转回环。后浪拍击前浪，直入深渊。流水下行，在沙滩石碛处形成湍急的漩涡。波浪奔流飞扬，拍击岩石，冲击曲折之处。缓水轻流，抵达水中小洲，注入深壑。水流深远盛大，发出砰磅訇礚之声。水流奔涌，势如鼎沸。波浪翻腾溅起阵阵飞沫，水流迅疾发出汩濦之声，悠远的水流一去不返。奔腾的水流寂寥无声，长归渊海。然后浩瀚无垠的流水，徐徐而行。水面波光粼粼，东注太湖，溢满大大小小的池塘。水中有蛟龙、赤螭之属，䱭鳢、渐离之鱼。鰅、鰫、鰬、魠、禺禺、魼、鳎等众多鱼类扬鳍掉尾，振鳞奋翼，潜藏到岩壑深处。鱼鳖发出阵阵喧哗，万物汇集，难以计数。大珠小珠，在江边熠熠发光，蜀石、黄碝、水晶石数不胜数。水中的玉石光彩夺目，交相辉映。众多的水鸟浮于水面，既有鸿、鹔、鹄、鸨，亦有駕鹅、属玉、交精、旋目，烦鹜、庸渠、箴疵、䴔卢自不必言。虽然水势泛滥，众鸟却悠然自得，随风漂泊其上。水鸟或随波摇荡，漂浮不定，或成群结队地聚集在水中小洲。它们啄食菁藻，咀嚼菱角和莲藕。

“于是乎崇山矗矗，巃嵷崔巍[1]。深林巨木，崭岩嵾嵳[2]。九嵕巀嶭，南山峩峩。岩陁甗锜[3]，摧崣崛崎。振溪通谷，蹇产沟渎。谽呀豁閜[4]，阜陵别隝。崴磈嵔廆[5]，丘虚堀礨[6]。隐辚郁𡾊，登降施靡，陂池貏豸[7]。沇溶淫鬻[8]，散涣夷陆。亭皋千里，靡不被筑。揜以绿蕙，被以江蓠。糅以蘪芜，杂以留夷。布结缕，攒戾莎[9]，揭车衡兰，槁本射干[10]。茈姜蘘荷，葴持若荪[11]。鲜支黄砾[12]，蒋苎青薠[13]。布濩闳泽，延曼太原。离靡广衍[14]，应风披靡。吐芳扬烈，郁郁菲菲。众香发越，肸蠁布写[15]，晻薆咇茀[16]。

【注释】

〔1〕巃嵷：山峰高峻之貌。

〔2〕崭岩：尖锐之貌。

〔3〕陁（yí）：倾斜。　甗（yǎn）：甑，蒸煮用的炊具。　锜：三足釜。

〔4〕谽呀：山谷空旷之貌。 豁閜（xiǎ）：空虚。

〔5〕崴䃬（wěi）：高峻之貌。 㟪瘣（wěi wěi）：盘曲不平之貌。

〔6〕丘虚：堆垄不平之貌。 堀礨：起伏不平貌。

〔7〕貏豸（bèi zhì）：山势渐平貌。

〔8〕沇溶淫鬻：水流山谷之间。

〔9〕戾莎（lì shā）：莎草。

〔10〕揭车、槁（gǎo）本、射干：皆香草之名。

〔11〕葴（zhēn）持：酸浆草。

〔12〕鲜支：栀子。 黄砾：黄药。

〔13〕蒋：菰米。 苎：三棱。

〔14〕离靡：不绝之貌。 广衍：广阔无垠。

〔15〕肸（xī）蠁：弥漫。 布写：分布流散。

〔16〕晻薆咇茀（fú）：形容香气之盛。

【译文】

“崇山峻岭高耸峻拔，茂密森林中的大树，尖锐参差。九嵕山、终南山高耸入云，巍峨陡峭。山峰险峻如甑，倾斜如锜，崔巍崎岖。水流跃溪通谷，曲曲折折地流入沟渎。山谷空旷，丘陵别坞。山势峭拔陡峻，崎岖不平。连绵起伏的山峰由高到低，渐趋平坦。水流山谷之间，是一望无际的平原。经过修整的土地，绵延千里。土地被王刍及蕙草覆盖，江蘺丛生其间，间杂着蘪芜和留夷。结缕遍布，莎草丛生，揭车、衡兰、槁本、射干处处可见。茈姜、蘘荷，葴持、若荪，栀子、黄药，菰米、三棱、青薠，遍布于宏大的水泽，蔓延在广阔的原野。众多香草连绵不绝，广阔无垠，随风摇曳。各种香草竞吐香气，芬芳馥郁而百态千姿。弥漫在空中的香气沁人心脾，令人如痴如醉。

“于是乎周览泛观，缜纷轧芴[1]，芒芒恍忽。视之无端，察之无涯。日出东沼，入乎西陂。其南则隆冬生长，涌水跃波。其兽则㺎旄貘犛[2]，沈牛麈麋[3]。赤首圜题，穷奇象犀[4]。其北则盛夏含冻裂地，涉冰揭河。其兽则麒麟角端，騊駼橐驼[5]。蛩蛩驒騱[6]，駃騠驴骡[7]。

【注释】

〔1〕缤纷：繁盛之貌。　轧芴：细致缜密。

〔2〕犝：一种脖子上长有肉堆的动物，似牛。　旄：牦牛。　貘：一种体型似熊的动物。　犛（máo）：一种产自西南的黑色野牛。

〔3〕沈牛：水牛。　麈（zhǔ）：一种鹿属动物。　麋：麋鹿。

〔4〕赤首、圜题、穷奇：皆猛兽。

〔5〕角端、騊駼（tú）：兽名。　橐驼：骆驼。

〔6〕蛩蛩（qióng）：传说中的一种异兽，形似马。　驒騱（diān xī）：野马。

〔7〕駃騠：一种产自北方地区的良马。

【译文】

“于是就遍览四周，花草纷繁，难以分辨，恍恍惚惚，眼花缭乱。花草众多可谓无边无际。太阳每天从上林苑的东沼升起，傍晚则落入西边的池塘。上林之南气候温润，隆冬时节草木仍然茂盛，水流涌动，波涛翻滚。苑中的野兽有犝、旄、貘、犛、水牛、麈、麋，亦有赤首、圜题、穷奇、象、犀。上林之北则盛夏时节冰天雪地，河水封冻需涉冰而过。野兽有麒麟、角端，騊駼、骆驼、蛩蛩、野马、駃騠、驴、骡。

“于是乎离宫别馆，弥山跨谷。高廊四注，重坐曲阁。华榱璧珰，辇道纚属。步櫩周流[1]，长途中宿。夷嵕筑堂[2]，累台增成，岩窔洞房[3]。俯杳眇而无见，仰攀橑而扪天[4]。奔星更于闺闼[5]，宛虹拖于楯轩[6]。青龙蚴蟉于东葙[7]，象舆婉僤于西清[8]。灵圄燕于闲馆[9]，偓佺之伦暴于南荣[10]。醴泉涌于清室，通川过于中庭。盘石振崖，嵚岩倚倾，嵯峨嶕嶫，刻削峥嵘。玫瑰碧琳，珊瑚丛生。瑉玉旁唐[11]，玢豳文鳞[12]。赤瑕驳荦[13]，杂臿其间[14]，晁采琬琰[15]，和氏出焉。

【注释】

〔1〕步櫩：走廊。

〔2〕夷嵕（zōng）：削平山峰。

〔3〕岩窔（yào）：山脉的深处。

〔4〕橑（lǎo，又读 liǎo）：屋椽。　扪：摸到。

〔5〕奔星：流星。　闺闼：宫中的小门。

〔6〕宛虹：屈曲的彩虹。　拖：拖。　楯轩：指有栏杆的长廊。

〔7〕蚴蟉（yǒu liú）：蛟龙曲折行动之貌。　莆：夹室的前堂。

〔8〕象舆：象车，据说象征祥瑞。　婉僤（chán）：曲折行动之貌。西清：西厢的清净之处。

〔9〕灵圄：众仙之号。　燕：宴饮。

〔10〕偓佺：仙人之名。　暴：日中仰卧。　南荣：房屋南侧的房檐。

〔11〕瑉玉：似玉的美石。　旁唐：纹彩艳丽的美石。

〔12〕玢豳：玉石的纹理。　文鳞：鱼鳞形的花纹。

〔13〕赤瑕：赤玉。　驳荦：纹彩斑斓之貌。

〔14〕臿：插入。

〔15〕晁（zhāo）采：玉名。　琬琰：泛指美玉。

【译文】

“于是离宫别馆，密布山间，跨越溪谷。高廊贯通四面，廊庑上下相连，阁道弯弯曲曲。用金玉装饰的椽头华丽无比，辇道连绵不断。在走廊游览的话，其长度甚至达到要在中途休宿的程度。削平山峦修筑殿堂，层层叠叠而成高台，山底为室与高台暗通。从台上俯瞰，渺渺茫茫，不见地面。仰攀屋椽，能触摸青天。流星经过闺闼，彩虹倒曳长廊。青龙在东厢房屈曲盘旋，像车在西厢蜿蜒曲折。众仙在闲馆宴饮，偓佺之类的神仙则在南檐日中仰卧。甘泉从清室涌出，通流为川通过中庭。用盘石整修池水的涯岸，盘石崚嶒倾斜，巍峨峥嵘，好似鬼斧神工。玫瑰、碧琳、珊瑚丛生其间。珉玉、旁唐之石，纹彩绚烂恰似鱼鳞。赤玉斑斓多姿，夹杂在群玉之间。晁采、琬琰之玉，价值连城的和氏璧亦出于此。

"于是乎卢橘夏熟，黄甘橙楱[1]。枇杷橪柿[2]，楟奈厚朴[3]。樗枣杨梅[4]，樱桃蒲陶。隐夫薁棣[5]，荅遝离支[6]。罗乎后宫，列乎北园。貤丘陵[7]，下平原。扬翠叶，扤紫茎。发红华，垂朱荣。煌煌扈扈，照曜巨野。沙棠栎槠[8]，华枫枰栌。留落胥邪[9]，仁频并闾[10]。欃檀木兰，豫章女贞。长千仞，大连抱。夸条直畅，实叶葰楙[11]。攒立丛倚，连卷欐佹[12]。崔错登骫[13]，坑衡閜砢[14]。垂条扶疏，落英幡纚[15]。纷溶箾蔘[16]，猗狔从风。藰莅芔歙[17]，盖象金石之声，管籥之音。偨池茈虒[18]，旋还乎后宫。杂袭絫辑[19]，被山缘谷，循阪下隰，视之无端，究之无穷。

【注释】

〔1〕楱（còu）：小橘。

〔2〕橪：酸枣。

〔3〕楟：山梨。　厚朴：一种草药。

〔4〕樗枣：羊枣。

〔5〕隐夫：常棣。　薁（yù）：山李。　棣：山樱桃。

〔6〕荅遝（tà）：蜀地的一种水果，似李。　离支：荔枝。

〔7〕貤（yí）：延续。

〔8〕沙棠：一种状如海棠的水果。

〔9〕留：刘杙。　落（huò）：檴树。　胥邪（xū yé）：椰子。

〔10〕仁频：槟榔。　并闾：棕榈。

〔11〕蓤棶：茂盛之貌。

〔12〕欐佹：枝条交叉盘结之貌。

〔13〕崔错：交杂。　癹骫（bó wěi）：枝条重累之貌。

〔14〕坑衡：直立。　閜砢（kě luǒ）：相互扶持。

〔15〕幡纚：飞扬貌。

〔16〕纷溶：繁大之貌。　萷蔘：高长貌。

〔17〕藰莅（liú lì）：林木鼓动之声。　芔歙（huì xī）：风吹林木之声。

〔18〕偨（cī）池茈虒（zǐ zhì）：参差不齐。

〔19〕杂袭：众多而重叠之貌。　絫辑：累积。

【译文】

“于是有众多的水果，如夏熟的卢橘、黄柑、橙榛、枇杷、酸枣、柿子，山梨、厚朴、羊枣、杨梅、樱桃、葡萄、常棣、山李、山樱桃、答遝、荔枝。它们都分布在后宫，罗列在北园，在丘陵绵延不断，在平原异彩纷呈。这些果木扬起翠叶，摇荡紫茎，红华盛开。色彩缤纷，在旷野上耀人眼目。沙棠、栎槠、华枫、枰栌。刘杙、檴树、椰子、槟榔、棕榈、檀木、木兰、豫章、女贞，其高达千仞，大到数人环抱。枝条笔直舒展，果实累累，树叶茂密。攒集丛生的林木相倚相靠，连卷重累。枝条交杂错综，相互依托。垂条扶疏，落英飞扬。繁大高耸的树木，在风中猗狔多姿。疾风吹动林木，发出钟磬之声，管籥之音。参差不齐的林木，在后宫环绕。层层叠叠的树木，漫山遍野，从高坡延绵湿地，视之无边无际，察之无穷无尽。

“于是乎玄猿素雌，蜼玃飞蠝[1]，蛭蜩蠼猱[2]，獑胡豰蛫[3]，栖息乎其间。长啸哀鸣，翩幡互经，夭蟜枝格[4]，偃蹇杪颠。隃绝梁，腾殊榛，捷垂条，掉希间[5]。牢落陆离[6]，烂漫远迁。

【注释】

〔1〕蜼：长尾猴。 玃：大猕猴。 飞蠝（lěi）：鼯鼠。

〔2〕蛭：传说中长有四翼的飞兽。 蜩（tiáo）：一种猴属动物。 玃猱（jué náo）：猕猴。

〔3〕獑（chán）胡：一种猴属动物。

〔4〕枝格：树木高大之貌。

〔5〕希间：空隙。

〔6〕牢落：潦落。 陆离：参差。

【译文】

"于是黑色的雄猿，白色的雌猴，长尾猴、大猕猴和飞腾的鼯鼠，长有四翼的蛭、硕大无朋的蜩、善于爬树的猕猴，獑胡、似鼬的豰、红头白身的蛫，都在林间栖息。它们或长啸，或哀鸣，在树木之间翻腾跳跃，在枝条间放纵恣肆，在树梢间往来如飞。它们越过无水的石梁，跳过奇异的树木，在悬垂之条中飞快往来，在林木的空隙间来回穿梭。它们奔走跳跃，参差不齐，稀稀拉拉地往远处迁徙。

"若此者数百千处，娱游往来，宫宿馆舍。庖厨不徙，后宫不移，百官备具。

"于是乎背秋涉冬，天子校猎。乘镂象，六玉虬。拖蜺旌，靡云旗。前皮轩，后道游[1]。孙叔奉辔[2]，卫公参乘[3]。扈从横行，出乎四校之中。鼓严簿，纵猎者，河江为阹[4]，泰山为橹[5]。车骑靁起，殷天动地。先后陆离，离散别追。淫淫裔裔，缘陵流泽，云布雨施。生貔豹[6]，搏豺狼。手熊罴，足野羊[7]。蒙鹖苏[8]，绔白虎。被班文，跨野马。陵三嵕之危[9]，下碛历之坻[10]。径峻赴险，越壑厉水。椎蜚廉[11]，弄獬豸[12]。格虾蛤，鋋猛氏[13]。羂騕褭[14]，射封豕[15]。箭不苟害，解脰陷脑[16]。弓不虚发，应声而倒。

【注释】

〔1〕道游：道车和游车。

〔2〕孙叔：公孙贺，字子叔，汉武帝时的重臣。

〔3〕卫公：西汉名将卫青。

〔4〕陆：围猎野兽的围栏。

〔5〕橹：瞭望守御的高楼。

〔6〕貙：传说中的一种猛兽，似虎。

〔7〕野羊：羚羊。

〔8〕鹖苏：用鹖尾装饰的帽子。

〔9〕三嵕：山名。

〔10〕碛历：沙石浅滩。

〔11〕蜚廉：传说中的一种神禽，鸟身鹿首。

〔12〕獬豸：传说中的异兽，似鹿而一角，能辨曲直，古人视为祥物。

〔13〕虾蛤、猛氏：皆猛兽之名。

〔14〕羂：张网捕捉。　騕褭（niāo）：传说中的神驹。

〔15〕封豕：大猪。

〔16〕脰（dòu）：脖颈。

【译文】

“像上面所言的狩猎之处，有成百上千之多。天子在这些苑囿之间娱游往来，在离宫别馆休息。庖厨不必迁徙，后宫不必跟随，百官所在齐备。

“于是秋日远逝，寒冬来临，天子要亲自围猎。乘坐象牙雕镂的车辆，驾骑美玉为饰的六匹骏马。高举五彩的羽旄，舞动绣着熊虎的云旗。前后既有虎皮为饰的车驾，亦有道车和游车。公孙叔持缰御马，卫青陪侍在天子身边。选自四校尉的护卫和侍从，横行其间。在队伍之中擂响战鼓，狩猎的人马往来冲击，将江河作为捕猎的围栏，用泰山当成瞭望狩猎盛况的望楼。车骑之声好似雷鸣，震天动地。猎手们各自分散，追逐自己的猎物。他们头戴鹖尾冠，下穿白虎文裤，穿起斑斓的战衣，骑跨雄骏的野马。狩猎的人马浩浩荡荡，漫山遍野，如云行雨施。生擒貔豹，搏杀豺狼。手格熊罴，足踏野羊。一会儿登上三嵕山的高处，一会儿又下到沙石浅滩。穿越高山险峰，渡过江河沟壑。椎击龙雀，戏耍獬豸。格杀虾蛤，刺死猛氏。张网捕捉騕褭，抽弓搭箭射中大猪。箭不轻射，射必中颈入脑。弓不虚发，发必应声而倒。

“于是乘舆弭节徘徊[1]，翱翔往来。睨部曲之进退[2]，览将帅之变态。然后侵淫促节，儵夐远去[3]。流离轻禽，蹴履狡兽[4]。轊白鹿，捷狡兔[5]。轶赤电[6]，遗光耀。追怪物，出宇宙。弯蕃弱，满白羽[7]。射游枭，栎蜚遽[8]。择肉而后发，先中而命处。弦矢分，艺殪仆[9]。

【注释】

〔1〕弭节：停车不进。

〔2〕睨：斜着眼睛看。

〔3〕侵淫：渐进之貌。　儵夐：倏忽。

〔4〕轻禽：飞禽。

〔5〕轊（wèi）：车轴头，此处为使动用法，即用车冲撞碾压野兽。

〔6〕轶：超过。

〔7〕蕃弱：相传是夏后氏良弓之名。　白羽：白色鸟羽装饰的箭支。

〔8〕游枭（xiāo）：枭羊，传说中的一种怪兽。　蜚遽：传说中天上的神兽，鹿首龙身。

〔9〕殪（yì）：一发而死。

【译文】

“于是銮舆按辔徐行，周游徘徊，悠然自得。睨视队伍的进退，观察将帅的各种神情。然后车驾渐行渐远，倏忽间就消失在远方。用网捕捉各种飞禽，车轮践踏众多的狡兽，冲撞白鹿，辗轧狡兔。狩猎的士兵行动迅捷，快过赤色的闪电，把光亮留在后面。追逐奇禽怪兽，出入国境之内。张开蕃弱之弓，拉满白羽之箭。射中枭羊，旁及树梢的蜚遽。选好猎物之后放箭，命中的都是预想的部位。箭甫离弦，猎物应声倒毙。

“然后扬节而上浮，凌惊风，历骇猋[1]，乘虚无，与神俱。躏玄鹤，乱昆鸡[2]。遒孔鸾，促鵕鸃[3]。拂翳鸟[4]，捎凤凰。捷鹓雏[5]，揜焦明[6]。

【注释】

〔1〕骇猋（biāo）：狂风。

〔2〕昆鸡：一种似鹤的鸟类，羽毛黄白色。

〔3〕促：逼近捕捉。　鵕鸃（jùn yì）：有五彩羽毛和花纹的雉鸡。

〔4〕翳鸟：传说中出于九嶷山的一种珍禽，色五彩，凤凰属。

〔5〕鹓雏（yuān chú）：传说中与鸾凤同类的鸟。

〔6〕焦明：传说中出自西方的一种鸟，形似凤凰。

【译文】

“然后天子扬鞭飞升，凌越疾风，跨过狂飙，乘虚无之气，与神仙共处。践踏黑鹤，冲散昆鸡。捕捉孔雀和鸾鸟，擒住五彩的雉鸡。击落翳鸟和凤凰，捕获鹓雏和焦明。

“道尽途殚，回车而还。消摇乎襄羊，降集乎北纮[1]。率乎直指，晻乎反乡。蹷石阙，历封峦。过鳷鹊，望露寒[2]。下棠梨，息宜春，西驰宣曲[3]，濯鹢牛首[4]。登龙台，掩细柳[5]。观士大夫之勤略，均猎者之所得获。徒车之所轥轹，步骑之所蹂若，人臣之所蹈籍。与其穷极倦谻，惊惮詟伏[6]。不被创刃而死者，他他籍籍[7]。填坑满谷，掩平弥泽。

【注释】

〔1〕北纮（hóng）：传说中北方极远之地的山名。

〔2〕石阙、封峦、鳷鹊、露寒：皆宫观之名。

〔3〕棠梨、宜春、宣曲：皆宫名。

〔4〕牛首：池名。

〔5〕龙台、细柳：观名。　掩：止。

〔6〕惊惮詟伏：惊恐不动貌。

〔7〕他他籍籍：交错纵横。

【译文】

“车驾行至道尽途穷，方回车而还。无尽逍遥，自在徜徉，降落集聚在北纮之地。果断地挥鞭直指，飞快地返回帝乡。足踏石阙，途经封峦，路过鳷鹊，遥望露寒。下至棠梨宫，休息于宜春宫，西奔宣曲宫，泛舟牛首池。登上龙台，息于细柳。观察士大夫的辛勤巡行之状，评价猎手们获得猎物的多少。至于被车驾所辗轧，步兵和骑兵所践踏，百官所踩踏的，和那些疲惫不堪、惊恐万状、未被刀剑所伤而死的动物，纵横交错，遍地狼藉。这些禽兽的尸体填满了坑谷，遮蔽了田野，布满了水泽。

“于是乎游戏懈怠，置酒乎颢天之台，张乐乎胶葛之宇[1]。撞千石之钟，立万石之虡。建翠华之旗，树灵鼍之鼓，奏陶唐氏之舞，听葛天氏之歌[2]。千人唱，万人和。山陵为之震动，川谷为之荡波。巴渝宋蔡[3]，淮南《干遮》[4]，文成颠歌[5]。族居递奏，金鼓迭起。铿鎗闛鞈[6]，洞心骇耳。荆吴郑卫之声，《韶》《濩》《武》《象》之乐[7]，阴淫案衍之音。鄢郢缤纷，《激》《楚》

结风。俳优侏儒，《狄鞮》之倡[8]，所以娱耳目乐心意者，丽靡烂漫于前，靡曼美色。

【注释】

〔1〕胶葛：深远广大之貌。

〔2〕葛天氏：传说中的远古帝名。其歌为三人持牛尾，投足以歌，共八阙：一曰《载民》，二曰《玄鸟》，三曰《遂草木》，四曰《奋五谷》，五曰《敬天常》，六曰《彻帝功》，七曰《依地德》，八曰《总禽兽之极》。

〔3〕巴渝：舞名。巴西阆中所喜好的一种舞蹈，后为乐府习之，故名巴渝舞。

〔4〕《干遮》：曲名。

〔5〕文成：辽西县名，其人善歌。 颠：益州颠县，其人能作西南夷歌。

〔6〕铿鎗：钟声。 闛鞈：鼓音。

〔7〕《韶》：舜乐。 《濩》：汤乐。 《武》：武王乐。 《象》：周公乐。

〔8〕《狄鞮》：西戎乐曲名。

【译文】

“于是游戏懈怠之余，在摩天的高台上置酒宴饮，在深远广阔的天宇下演奏音乐。撞击千石的巨钟，立起万石的钟架。树起翠华之旗，架起灵鼍之鼓，演奏陶唐氏之舞，欣赏葛天氏之歌。千人演唱，万人和之。山陵为之震动，川谷为之荡波。巴渝之舞，宋蔡之音，淮南之《干遮》，文成县、颠县之歌。诸乐依次演奏，钟鼓轮番响起。铿鎗闛鞈的钟鼓之声，令人心惊耳震。这里有荆吴郑卫的俗乐，韶濩武象的雅乐，淫靡放纵的靡靡之音。鄢郢两地的歌舞交杂并进，《激》《楚》的曲声激越哀切。俳优侏儒的演唱，《狄鞮》之类的乐曲，举凡能够愉悦耳目、乐心适意的歌舞，尽呈现于天子之前。

“若夫青琴宓妃之徒[1]，绝殊离俗，妖冶娴都。靓妆刻饰，便嬛绰约[2]。柔桡嫚嫚[3]，妩媚孅弱。曳独茧之褕绁，眇阎易以恤削[4]。便姗嫳屑[5]，与俗殊服。芬芳沤郁，酷烈淑郁。皓齿粲烂，宜笑的皪。长眉连娟[6]，微睇绵藐。色授魂与，心愉于侧。

【注释】

〔1〕青琴：古之神女。　宓妃：伏羲氏之女，溺死洛水，遂为洛水之神。

〔2〕便嬛：轻利。　绰约：婉约。

〔3〕柔桡嫚嫚：形容身体高挑而软弱，相貌艳丽。

〔4〕阎易：衣服长大之貌。　恤削：形容衣服边缘齐整，犹如刻画作之。

〔5〕便姗嫳屑：衣服婆娑之貌。

〔6〕连娟：形容眉毛曲细。

【译文】

“这些参加演出的歌姬舞伎都貌似青琴宓妃，艳丽脱俗，娴静优雅。薄施粉黛，鬓发齐整，清丽绰约。她们亭亭玉立，妩媚动人又病如西子。身着纯丝织就的襜褕之衣，修长的衣边齐整如同刻削。衣饰婆娑多姿，与殊俗绝异。身上散发出的芬芳之气，酷烈而又浓郁。牙齿洁白鲜明，一笑百媚千娇。长眉弯曲细长，美目顾盼动人。眼前的美色令人心神摇荡，让君王内心愉悦。

“于是酒中乐酣，天子芒然而思，似若有亡，曰：‘嗟乎，此大奢侈！朕以览听余闲，无事弃日。顺天道以杀伐，时休息于此。恐后叶靡丽，遂往而不返，非所以为继嗣创业垂统也。’于是乎乃解酒罢猎，而命有司曰：‘地可垦辟，悉为农郊，以赡萌隶，隤墙填堑，使山泽之人得至焉。实陂池而勿禁，虚宫馆而勿仞。发仓廪以救贫穷，补不足。恤鳏寡，存孤独。出德号，省刑罚。改制度，易服色。革正朔，与天下为更始。'

"于是历吉日以斋戒[1]，袭朝服，乘法驾[2]，建华旗，鸣玉鸾，游于六艺之囿[3]，驰骛乎仁义之涂。览观《春秋》之林，射《狸首》[4]，兼《驺虞》[5]。弋玄鹤，舞干戚[6]。载云罕，掩群雅。悲《伐檀》[7]，乐《乐胥》[8]。修容乎《礼》园，翱翔乎《书》圃。述《易》道，放怪兽。登明堂，坐清庙。次群臣，奏得失。四海之内，靡不受获。于斯之时，天下大说，乡风而听，随流而化，卉然兴道而迁义[9]。刑错而不用，德隆于三王，而功羡于五帝。若此，故猎乃可喜也。

【注释】

〔1〕历：选择。　斋戒：古人在祭祀前沐浴更衣、整洁身心，以示虔诚。

〔2〕法驾：天子车驾的一种，为六马驾车。

〔3〕六艺：六经。

〔4〕《狸首》：古逸诗篇名，诸侯行射礼时奏此篇以之为节。

〔5〕《驺虞》：《诗经・召南》之卒章，天子行射礼时奏此篇以之为节。

〔6〕干：盾牌。　戚：斧。

〔7〕《伐檀》：出于《诗经・魏风》，旧说其诗刺贤者不遇明王。

〔8〕《乐胥》：出于《诗经・小雅・桑扈》，旧说意为王者乐得贤臣在位。

〔9〕卉（huì）然：迅疾，忽然。

【译文】

"于是酒至中途，乐舞正酣，天子芒然而思，似有若无。他说：

‘唉！这些排场太奢侈了！我在听政之余，无事之时，顺应天道来进行围猎，有时在此休息。恐怕后世崇尚这样的靡丽之风，而一发不可收拾，这绝非让后人继承统嗣、垂范后世的行为。’于是天子止酒罢猎，命令主管的官员：‘苑囿中的土地皆可拓荒开垦，变为良田，供养百姓和小臣。推倒围墙填平沟堑，让山泽中的百姓皆可至此。养鱼鳖满池，而不禁民取。闲置离宫别馆，而不让众人居住。打开粮仓救济贫穷的百姓，补助困苦的黎民。体恤鳏夫寡妇，抚养孤儿孤老。颁布施行恩德的号令，减轻刑罚。变革于民不利的制度，改换服装和车舆的颜色。重新修订历法，作为天下除旧布新的开端。’

“于是选择良辰吉日，行斋戒之礼，穿上朝服，乘坐法驾，华美的旗帜随风飘扬，玉饰的鸾铃叮当作响，在六经的苑囿中周游，在仁义之途上奔走。览观于义理繁茂的《春秋》之林，行射礼时演奏《狸首》和《驺虞》之篇。弋取玄鹤以为祥瑞，舞动干戚彰显武功。车上载有云罗之网，遍求天下的贤人雅士。悲叹于《伐檀》，惜贤臣未遇明主。快乐于《乐胥》，天子得可用之才。用《礼记》来修饰仪表，整肃威仪，用《尚书》来疏通知远，沉醉其间。述《易经》的洁净精微之术，放走苑囿中的奇禽怪兽。天子登上明堂，坐于太庙。命群臣依照官阶高低而立，向天子陈奏政教之得失。四海之内，无不受益。正当其时，天下的百姓欢欣鼓舞，遵从天子的教化，听从天子的政令，王道仁义勃然兴起。刑罚弃之不用，仁德高过三王，功绩羡于五帝。只有如此，打猎才是一件值得高兴的事情。

“若夫终日驰骋，劳神苦形。罢车马之用，抗士卒之精[1]。费府库之财，而无德厚之恩。务在独乐，不顾众庶。忘国家之政，贪雉兔之获。则仁者不繇也[2]。从此观之，齐楚之事，岂不哀哉！地方不过千里，而囿居九百，是草木不得垦辟，而人无所食也。夫以诸侯之细，而乐万乘之侈，仆恐百姓被其尤也[3]。”

于是二子愀然改容[4]，超若自失，逡巡避廗[5]，曰：“鄙人固陋，不知忌讳，乃今日见教，谨受命矣。”

【注释】

〔1〕抏（wán）：损害。 精：精锐。

〔2〕繇（yóu）：同“由”。

〔3〕被：遭受。 尤：过失。

〔4〕愀（qiǎo）然：容色改变之貌。

〔5〕逡（qūn）巡：退却。 避廗：即“避席”。古人席地而坐，离席起立，以示敬意。

【译文】

“如果终日驰骋游猎，劳神苦形。车马疲惫不堪，士卒的精锐之气为之损耗。浪费了府库中的钱财，对百姓却没有德厚之恩。只贪图自己的享乐，却不顾百姓的死活。把治理国家放在一旁，却贪图于猎获的雉鸡野兔。这些都不应该是仁者所为啊！由此观之，齐楚两国的围猎盛况，岂不是一种悲哀吗？举国不过千里方圆，而苑囿就占据九百里之多，草地森林无法开垦为良田，而百姓无法填饱肚皮。齐楚两国不过是微不足道的诸侯，却要享乐于天子的奢侈，我恐怕百姓就要因君主的过失而遭受因此所带来的灾难了。”

于是子虚、乌有二人愀然变色，怅然若有所失，避席而退说：“我们都是边鄙之人，见识本来就浅陋，不知忌讳，直到今日听到先生您的教诲，我们一定恭谨地接受。”

羽猎赋并序 杨子云（杨雄）

【题解】

杨雄对司马相如非常崇拜，《羽猎赋》是效仿其《上林赋》之作，可贵之处在于他在结构布局诸方面又有所创新。赋中描绘了作者随同汉成帝校猎时的宏大场面，对奢靡豪侈的风气进行了委婉的批评。

孝成帝时羽猎〔1〕，雄从。以为昔在二帝三王〔2〕，宫馆台榭，沼池苑囿，林麓薮泽，财足以奉郊庙，御宾客，充庖厨而已，不夺百姓膏腴谷土桑柘之地〔3〕。女有馀布，男有馀粟，国家殷富，上下交足。故甘露零其庭，醴泉流其唐，凤凰巢其树，黄龙游其沼，麒麟臻其囿，神爵栖其林。昔者禹任益虞而上下和，草木茂，成汤好田而天下用足；文王囿百里，民以为尚小；齐宣王囿四十里，民以为大：裕民之与夺民也。武帝广开上林，东南至宜春鼎湖御宿昆吾〔4〕，旁南山西，至长杨五柞，北绕黄山〔5〕，滨渭而东〔6〕，周袤数百里。穿昆明池，象滇河〔7〕，营建章、凤阙、神明、馺娑〔8〕，渐台泰液〔9〕，象海水周流方丈、瀛洲、蓬莱〔10〕。游观侈靡，穷妙极丽。虽颇割其三垂以赡齐民〔11〕，然至羽猎、甲车、戎马、器械、储偫、禁御所营〔12〕，尚泰奢丽夸诩，非尧、舜、成汤、文王三驱之意也〔13〕。又恐后世复修前好，不折中以泉台〔14〕，故聊因《校猎赋》以风之。其辞曰：

【注释】

〔1〕羽猎：帝王出猎，士卒负箭随从。

〔2〕二帝：唐尧、虞舜。　三王：夏禹、商汤、周文王。

〔3〕柘：木名，桑科。

〔4〕鼎湖：宫名。　御宿：地名，即樊川。　昆吾：地名，毗邻终南山。

〔5〕长杨、五柞、黄山：宫名。

〔6〕渭：渭水。

〔7〕滇河：滇池。

〔8〕建章：宫名。 凤阙：宫阙名，在建章宫之东。 神明：台名。 馺娑：殿名。

〔9〕渐台：台名。 泰液：泰液池。

〔10〕方丈、瀛洲、蓬莱：皆海外仙山之名，此处用以借指泰液池中的三座山。

〔11〕三垂：西方、南方、东方，此处指上林苑的三面。

〔12〕储偫：储备。 禁御：禁止往来。

〔13〕三驱：古代射猎的三个等级，一为祭祀之用，二为接待宾客，三为御膳所需。或为围猎时，三面围堵而网开一面。

〔14〕泉台：台名，为春秋时期鲁庄公所建。

【译文】

汉成帝时天子率军背弓插箭去打猎，杨雄随行于天子之侧。我以为昔日二帝三王之时，建宫馆台榭，作沼池苑囿，山林薮泽，狩猎不过是为了祭祀天地祖先，接待宾客，充实后宫庖厨而已，绝不侵夺百姓种桑植谷的肥田沃土。女子织布，自用之外尚有盈余。男子种田，自食之外仍有余粮。国家殷实富裕，君民上下皆丰衣足食。所以甘露降到中庭，甘泉流进池塘，凤凰在树上筑巢，黄龙在池沼遨游，麒麟来到苑囿，神雀栖息林间。昔年夏禹任用伯益为虞人而山泽和谐，草木丰茂，成汤虽好田猎而网开三面，于是天下物资充足；文王苑囿方圆百里，百姓却以为尚小；齐宣王苑囿方圆四十里，黎民却以为太大：之所以如此就在于“裕民”与“夺民”的区别。武帝广开上林苑，东南至宜春、鼎湖之宫，樊川、昆吾之地，毗邻终南山之西，到长杨、五柞二宫。北绕黄山之宫，循渭水之涯而东去，南北有数百里之广。仿滇池而开凿昆明池，营造建章宫、凤阙、神明台、馺娑殿。渐台高耸，泰液池深，中有三山，象征海外的方丈、瀛洲、蓬莱三座仙山。游览其中，皆为侈靡之象，极尽精美富丽之景。即便割出上林苑的三面来赡养平民，然而到羽猎之时，战车、戎马、器械、侍从诸事的排场，仍然过分追求豪奢靡丽，这绝非唐尧、虞舜、成汤、周文王的三驱之意了。又恐后世之君继承前代君王的奢靡习气，不以鲁文公毁泉台为鉴，应该在奢简之间取其折中，所以姑且借校猎之机而作赋讽喻。赋作的原文是：

或称羲农，岂或帝王之弥文哉[1]？论者云否，各以并时而得宜，奚必同条而共贯？则泰山之封[2]，焉得七十而有二仪？是以创业垂统者俱不见其爽，遐迩五三孰知其是非[3]？遂作颂曰：丽哉神圣，处于玄宫[4]。富既与地乎侔訾[5]，贵正与天乎比崇。齐桓曾不足使扶毂[6]，楚严未足以为骖乘。狭三王之阨僻[7]，峤高举而大兴。历五帝之寥廓，涉三皇之登闳[8]。建道德以为师，友仁义与之为朋。

【注释】

〔1〕弥文：弥加文饰。

〔2〕封：封禅，古代帝王祭天地的大典。

〔3〕五三：指五帝、三王。

〔4〕玄宫：北方之宫，或谓之甘泉宫。

〔5〕侔訾（zī）：资财相等。

〔6〕齐桓：齐桓公。　楚严：楚庄王。皆为春秋五霸之一。

〔7〕阨（è）僻：狭隘偏执。

〔8〕登闳（hóng）：高远。

【译文】

有人称颂伏羲神农的俭素之德，恐怕是不理解后世帝王在礼制上弥加文饰吧？我认为他们的看法是错误的，礼制上的俭素抑或是繁复因时而定，可谓各得其所，何必偏执于一道呢？否则的话，封禅泰山，焉得七十二家仪式各不相同？所以创立帝业继承统绪者，各随时立制，皆不见其差错。而在五帝三王之时，他们或推崇俭素，或喜好文饰，怎能知道孰是孰非？于是就作颂词道：处于玄宫之中神圣之君，何其壮丽啊！财富有可与大地相提并论，雍容华贵可与苍天比肩。齐桓公不配给您扶车推轮，楚庄王给您陪乘保驾都不够资格。三王与您相比都显得狭隘偏执，国家在您的统治下富强兴盛。您超过胸怀辽阔的五帝，胜过伟大豪迈的三皇。您建立道德准则并以之为师，亲近仁义之道与之为朋。

于是玄冬季月，天地隆烈，万物权舆于内[1]，徂落于外，帝将惟田于灵之囿，开北垠，受不周之制[2]，以奉终始颛顼玄冥之统[3]。乃诏虞人典泽[4]，东延昆邻，西驰阊阖。储积共偫[5]，戍卒夹道。斩丛棘，夷野草。御自汧渭，经营酆镐。章皇周流[6]，出入日月，天与地沓。尔乃虎路三嵕以为司马[7]，围经百里而为殿门。外则正南极海，邪界虞渊[8]。鸿蒙沆茫，揭以崇山。营合围会，然后先置乎白杨之南[9]，昆明灵沼之东。贲育之伦[10]，蒙盾负羽，杖镆邪而罗者以万计[11]。其余荷垂天之罼，张竟野之罘。靡日月之朱竿，曳彗星之飞旗。青云为纷，红蜺为缳，属之乎昆仑之虚。涣若天星之罗，浩如涛水之波。淫淫与与，前后要遮。欃枪为闉，明月为候[12]。荧惑司命[13]，天弧发射[14]。鲜扁陆离，骈衍佖路[15]。徽车轻武，鸿絧緁猎[16]。殷殷轸轸，被陵缘岅。穷夐极远者，相与列乎高原之上。羽骑营营[17]，昈分殊事。缤纷往来，轠轳不绝[18]。若光若灭者，布乎青林之下。

【注释】

〔1〕权舆：开始，复苏。

〔2〕不周：西北风。

〔3〕颛顼（zhuān xū）：冬帝。　玄冥：冬神。二者皆北方之神，主杀戮。

〔4〕虞人：掌管山林水泽的官员。

〔5〕共偫（zhì）：备用。

〔6〕章皇：彷徨。　周流：运行四方。

〔7〕虎路（luò）：古代用以捕猎野兽或遮护城邑、营寨的竹篱。　三嵕（zōng）：三峰并峙之山。　司马：司马门，即外门。

〔8〕邪：左面。　虞渊：古代传说中的日落之所。

〔9〕白杨：宫观之名。

〔10〕贲育：孟贲、夏育，古代的两位勇士。

〔11〕镆邪（mò yé）：即莫邪剑，泛指剑戟等兵器。

〔12〕闉（yīn）：古指瓮城的门，此处指猎场之门。　候：古代探望敌情的土堡。

〔13〕荧惑：火星之别称，古人认为其主刑罚。　司命：主管诏令。

〔14〕天弧：星名。亦称弧矢，属于南方七宿中的井宿，古人以为主弭兵盗。

〔15〕骈衍（pián yǎn）：壁垒相连之貌。　佖（bì）路：满路。

〔16〕鸿絧：相连貌。　缇猎：依次。

〔17〕营营：往来貌。

〔18〕辐轳：接连。

【译文】

于是深冬腊月，天地酷寒，阴气颇盛隆烈，万物在内部复苏萌芽，其外形则凋落枯萎。天子将田猎于苑囿之内，开苑囿之北，受西北寒风万物肃杀的准则，承袭颛顼、玄冥两位冬神的杀伐传统。于是天子诏命虞人掌管水泽，向东延伸到昆明池之畔，往西直抵阊阖之门。储备好准备出猎的应用物资，士兵们在道路两旁整装待发。斩除丛生的荆棘，铲平阻路的野草。自汧水至渭水都戒备森严，酆水和镐水一带也认真规划。天子的猎场之大，可容日月出入其间，彷徨周流其内，天与地合，无边无沿。用以捕猎的竹篱层层叠叠如三山并峙，作为外围的司马之门。围猎的区域方圆百里，作为内部的殿门。天子的猎场正南可至极海，向左可到日入之地的虞渊。水草广大，苍茫浩渺，而以崇山为表。羽猎之卒则合营结围，然后先在白观杨之南，昆明池灵沼之东设置供具。孟贲、夏育一般的勇士，手执盾牌身背羽箭。手执刀枪剑戟的士兵排列成行，数以万计。其他的士卒张开垂天盖地的巨网，挥动饰以日月的太常之旗和饰以彗星的天地之旗。旗旒如青云漫天，旗穗如虹霓跃地，旌旗连绵不断，布满了昆仑高丘。盔甲刀枪鲜明耀眼，仿佛满天繁星。队伍浩浩荡荡，宛如巨浪滔天。队列一望无际，前军后军依次前行。将彗星作为狩猎的城门，让明月作为刺探敌情的哨所。火星执掌生杀大权，天弧负责弓箭的发射。队列或合或分，行动有素，壁垒相连填满了道路。饰有徽帜的战车和轻捷勇健的兵卒，依次而行，前后相连。车骑人马可谓无边无际，漫山遍野。到达深远之地的人马，先后排列在高原之上。背负羽箭的士卒往来匆匆，各司其职。纷至沓来，络绎不绝。灯火或明或暗，那是布置在青林之下的人马。

于是天子乃以阳晁始出乎玄宫〔1〕，撞鸿钟，建九旒〔2〕，六白虎〔3〕，载灵舆。蚩尤并毂，蒙公先驱〔4〕。立历天之旂，曳捎星之旃〔5〕。霹雳烈缺，吐火施鞭。萃傱沇溶，淋离廓落，戏八镇而开关〔6〕。飞廉云师〔7〕，吸嚊潚率〔8〕，鳞罗布烈，攒以龙翰〔9〕。啾啾跄跄，入西园，切神光〔10〕。望平乐〔11〕，径竹林。蹂蕙圃，践兰唐。举燧烈火，辔者施技，方驰千驷，狡骑万帅。虓虎之陈〔12〕，纵横胶輵。猋拉雷厉〔13〕，骈駍駍磕。汹汹旭旭，天动地岋。羡漫半散，萧条数千里外。

【注释】

〔1〕阳晁：日出之朝。

〔2〕九旒：龙旗。

〔3〕白虎：马名。

〔4〕蒙公：蒙恬，秦始皇时大将。

〔5〕捎星：拂星。　旃：赤色曲柄的旗。

〔6〕萃傱（zǒng）：聚集。　沇（yǎn）溶：盛多之貌。　八镇：四方四隅。

〔7〕飞廉：风神。　云师：云神。

〔8〕吸：喘息。　嚊：喘息声。　潚率：吸嚊之貌。

〔9〕龙翰：龙身上的长大之毛。

〔10〕神光：宫名。

〔11〕平乐：馆名。

〔12〕虓（xiào）：咆哮之虎。

〔13〕拉：风声。

【译文】

于是天子选择一个晴朗的早晨，从北面的玄宫出发，撞响声音鸿亮的巨钟，高举九旒的龙旗，六匹白虎骏马，拉起天子的车舆。蚩尤一般的勇士在后面推轮，蒙恬一样的名将为王前驱。摩天拂星的旗旃随风飘扬，霹雳吐火，闪电施鞭，拱卫天子。车骑忽而聚集，忽而分散，天子身在中镇，指挥八方开关出兵。风神雷神为天子奔走效力，累得发出沉重的喘气之声。人马多如鱼鳞，密如龙翰。众声啾啾，跄跄而行，入于西园，逼近神光之宫。遥望平乐之馆，径直穿过竹林，踏入蕙圃兰塘。燃起烽燧烈火，驾车者施展出浑身解数，千驷竞相驰骋，万骑奋勇争先。如咆哮猛虎的军阵，纵横交错。车马快如疾风迅雷，发出駍駍駖礚之声。人马的鼓动喧闹之声地动山摇，人马从聚集变为分散，首尾有数千里之遥。

若夫壮士忼慨，殊乡别趣[1]。东西南北，骋耆奔欲[2]。拖苍豨[3]，跋犀犛，蹶浮麋。斮巨狿[4]，搏玄猨。腾空虚，距连卷。踔夭蟜，娭涧间[5]。莫莫纷纷，山谷为之风猋，林丛为之生尘。及至获夷之徒，蹶松柏，掌蒺藜[6]。猎蒙茏，辚轻飞[7]。屦般首[8]，带修蛇。钩赤豹，挖象犀。跇峦阬[9]，超唐陂。车骑云会，登降闇蔼[10]。泰华为旒，熊耳为缀[11]。木仆山还，漫若天外。储与乎大浦[12]，聊浪乎宇内。

【注释】

〔1〕乡：向，方向。　趣：趋。

〔2〕骋耆奔欲：各随其嗜欲而奔驰驰骋。

〔3〕拖：引。　豨（xī）：猪。

〔4〕斮（zhuó）：斩。　狿：传说中的一种似狸而身体较长的野兽。

〔5〕夭蟜：树木弯曲之貌。

〔6〕获夷：能获夷狄者。　蹶：踏。　掌：击。

〔7〕轻飞：轻兽飞禽。

〔8〕屦：踩踏。　般首：虎首。

〔9〕跇（yì）：超过，越过。　峦：山小而尖。　阬：大土坡。

〔10〕闇（àn）蔼：众多隆盛之貌。

〔11〕熊耳：山名。

〔12〕储与（yú）：徜徉。

【译文】

慷慨的壮士们，奔向不同的方向。东西南北，各随其喜好而驰骋。或捉住黑色的野猪，或踏倒犀牛和牦牛，踢翻游麋。斩杀巨狿，与黑猿搏斗。腾空跳跃，越过弯曲的树木，在山涧之间嬉戏。尘土飞扬，山谷中卷起狂飙，林丛尘土满布。至于那些勇猛的壮士，踏到松柏，掌击蒺藜。他们在茂密的丛林间狩猎，用战车辗轧轻禽飞兽。踩踏虎首，用绳索捆住长蛇。钩翻赤豹，绳牵大象和犀牛。跨越小山大丘，飞渡陂塘。车骑汇聚如云，登山下坡的人马多如牛毛，声势浩大。泰山和华山作为旗旒，熊耳山作为旗缀。树木倒地，山峦旋转，仿佛天外一般。徜徉于漫长的水畔，放浪于天宇之间。

于是天清日晏，逢蒙列眦[1]，羿氏控弦。皇车幽輵，光纯天地[2]，望舒弥辔[3]，翼乎徐至于上兰[4]。移围徙阵，浸淫蹵部[5]。曲队坚重，各按行伍。壁垒天旋[6]，神抶电击，逢之则碎，近之则破。鸟不及飞，兽不得过。军惊师骇，刮野扫地。及至罕车飞扬[7]，武骑聿皇[8]。蹈飞豹，羂嘄阳[9]。追天宝[10]，出一方。应駍声，击流光。野尽山穷，囊括其雌雄。沇沇溶溶[11]，遥噱乎弦中。三军芒然，穷冘阏与[12]。亶观夫剽禽之绁隃[13]，犀兕之抵触。熊罴之挐玃[14]，虎豹之凌遽[15]。徒角枪题[16]，注蹶竦詟[17]。怖魂亡魄，触辐关脰。妄发期中[18]，进退履获。创淫轮夷，丘累陵聚。

【注释】

〔1〕逢蒙：古代的神射手，相传为后羿之徒。　列眦（zì）：因发怒而眼睛睁得极大，眼眶似乎要裂开。

〔2〕幽輵（gé）：车子发出的声音。

〔3〕望舒：神话中为月驾车的神，也代指月亮。

〔4〕上兰：观名。

〔5〕浸淫：渐进。　蹵部：队伍行进速度由慢而快。

〔6〕壁垒：军营的围墙。作为进攻或退守的工事。　天旋：形容壁垒之高峻。

〔7〕罕车：运载捕鸟之网的车辆。

〔8〕聿（yù）皇：轻疾之貌。

〔9〕羂（juàn）：张网捕捉。　嘄（jiāo）阳：狒狒。

〔10〕天宝：又名陈宝，一种传说中的神兽，鸡首人身。

〔11〕沇（yǎn）沇溶溶：禽兽众多之貌。
〔12〕穷尢（yín）：穷追猛打。　阏（è）与：指阻截犹豫未定的野兽。
〔13〕剽（piāo）：轻快敏捷。　绁（yì）踰：超越。
〔14〕挐（ná）玃：惊惧慌张。
〔15〕凌：战栗。　遽：惶恐。
〔16〕枪题：以角触地。
〔17〕注蹴（cù）：以头注地。　竦（sǒng）詟：惊慌失措。
〔18〕期中：射中自己想要的猎物。

【译文】

于是天清气朗，万里无云。逢蒙一样的士兵怒目横眉，后羿一般的神射手张弓引箭。皇车发出隆隆之声，其色彩鲜明照耀天地。望舒按辔徐行，缓缓来到上兰之观。转移围猎的军阵，逐渐合拢一处。军容威严庄重，各自按照次序前行。壁垒高峻，野兽无所遁逃。人马迅猛，如神灵挥鞭电击长空，凡是遇到的禽兽皆粉身碎骨，靠近的禽兽则皮开肉绽。鸟来不及飞走就被捕获，野兽还未逃跑就尽入彀中。军旅震天动地，将山野之间的飞禽走兽一扫而空。等到罕车飞驰而来，武骑轻疾而进，就踏死飞豹，网捉狒狒。士兵们追击神兽天宝，向它逃走的方向纵马驰骋。天宝行时駍然有声，体有流光。在穷尽山野之后，终于将雌雄天宝一举擒获。众多禽兽往来逃窜，却只能在网中沉重地喘息。如山呼海啸的三军将士，或穷追猛打逃遁的野兽，或拦截犹豫不定的猎物。但见那矫健的飞禽无法越过罗网，犀牛也只能来回乱撞抵触。熊罴惊惧而又慌张，虎豹战栗而又惊恐。结果只能徒劳地用头角触地，惊慌失措。这些野兽亡魂丧胆，甚至将头触到车辐而断颈而亡。随意放箭都能每发必中，或进或退都能踏倒猎物。被重伤的禽兽血流如何，甚至与车轮齐平，倒毙受伤的猎物们堆积如山。

于是禽殚中衰，相与集于靖冥之馆[1]，以临珍池。灌以岐梁，溢以江河。东瞰目尽，西畅无崖。随珠和氏[2]，焯烁其陂。玉石嶜崟[3]，眩耀青荧。汉女水潜[4]，怪物暗冥，不可殚形。玄鸾孔雀，翡翠垂荣。王雎关关，鸿雁嘤嘤。群娭乎其中，噍噍昆鸣[5]。凫鹥振鹭，上下砰磕，声若雷霆。乃使文身之技[6]，水格鳞虫[7]。凌坚冰，犯严渊，探岩排碕，薄索蛟螭。蹈獱獭[8]，据鼋鼍，抾灵蠵[9]。入洞穴，出苍梧。乘巨鳞，骑京鱼[10]。浮彭蠡[11]，目有虞。方椎夜光之流离，剖明月之珠胎，鞭洛水之宓妃，饷屈原与彭胥[12]。

【注释】

〔1〕靖冥：宁静幽深。

〔2〕随珠：传说中随侯得到的宝珠。　和氏：和氏璧。

〔3〕嶜崟（jīn yín）：高大之貌。

〔4〕汉女：传说郑交甫游汉江所遇到的两位仙女。

〔5〕昆：共同。

〔6〕文身：越人。

〔7〕鳞虫：体表有鳞甲的动物，一般指鱼类和爬行类。

〔8〕獱：古书上说的一种獭类动物。

〔9〕抾（qū）：捧。　灵蠵（xī）：海龟。

〔10〕巨鳞：大鱼。　京鱼：大鱼，或为鲸鱼。

〔11〕彭蠡（lǐ）：古大泽之名。

〔12〕彭：彭咸，殷商时期的贤臣，谏君不从，投水而死。　胥：伍子胥，春秋时期吴国大夫。吴王夫差不听其谏，赐剑命其自杀，死后其尸被投入水中。

【译文】

于是禽兽捕杀殆尽，人马聚集于宁静幽深之馆，来到珍池之畔。池中灌以岐山和梁山两地的水源，水面高涨溢出到江河之中。向东遥望，不见尽头，向西远眺，无边无涯。随珠和和氏璧一般的珍珠宝玉，在池中熠熠放光。玉石高峻，光芒四射，发出青荧之光。汉江的两位神女潜藏水底，怪物躲藏在暗冥之所，无法看到其行迹。玄鸾、孔雀、翡翠等飞禽展现出鲜艳的羽毛，王雎关关而鸣，鸿雁嘤嘤而叫。群鸟在水中嬉戏玩耍，共同发出噍噍之声。凫鹥、振鹭上下翻飞，羽毛拍击砰磕有声，声音之大仿若雷霆。于是就命人施展断发文身的越人的潜水取物之技，入水与鳞虫相搏。越过坚冰，潜入深渊，逐一探索水中的隐秘曲折之处，离蛟螭越来越近并将之擒获。足踏獱獭，捕捉鼋鼍与巨龟。勇士潜入洞穴深处，从苍梧之水中钻出。乘巨鳞，骑鲸鱼，漂浮于彭蠡之泽，看到了九嶷山下虞舜的陵墓。他们椎取光彩流离的夜明珠，又从蚌壳中取出明月珠，鞭笞洛水女神宓妃，祭祀屈原、彭咸和伍子胥三位贤臣。

于兹乎鸿生巨儒，俄轩冕，杂衣裳，修唐典〔1〕，匡《雅》《颂》〔2〕，揖让于前。昭光振耀，蠁曶如神〔3〕。仁声惠于北狄，武谊动于南邻。是以旃裘之王〔4〕，胡貉之长〔5〕，移珍来享，抗手称臣。前入围口〔6〕，后陈卢山〔7〕。群公常伯、阳朱、墨翟之徒〔8〕，喟然并称曰："崇哉乎德，虽有唐虞、大夏、成周之隆〔9〕，何以侈兹！夫古之觐东岳，禅梁基〔10〕，舍此世也，其谁与哉？"

【注释】

〔1〕唐典：《尧典》，见于《尚书》。

〔2〕《雅》《颂》：雅颂之声。《雅》为朝廷之乐，《颂》为宗庙祭祀之乐。

〔3〕蠁（xiǎng）：声响。　曶（hū）：快速。

〔4〕旃（zhān）裘：古代北方游牧民族用兽毛等制成的衣服。

〔5〕胡貉：古代指称北方各民族。

〔6〕围口：猎营之口。

〔7〕卢山：单于南庭山。

〔8〕常伯：侍中，皇帝的近臣，出即陪乘。　阳朱：即杨朱，魏国人，

战国初哲学家，杨朱学派开创者。 墨翟：即墨子，鲁人，墨家学派开创者。

〔9〕大夏：夏禹。 成周：指周公辅成王的兴盛时代。

〔10〕梁：梁父山，泰山下的一座小山，古代帝王常在此山辟基祭奠山川。

【译文】

于是那些鸿生巨儒，乘坐高轩之车，头戴峨峨之冕，身着颜色各异的衣裳，修订唐尧之典，匡正《雅》《颂》之声，在天子之前行揖让之礼。天子的声望如阳光普照，其仁德之声快速传播四方。仁政德声令北方的少数民族也得到恩惠，仁义之师令南方的小国也感到震动。身穿旃裘的异族之王，北方各少数民族之长，争献奇珍异宝给朝廷纳贡，举手施礼甘愿称臣。纳贡的队伍前入猎营的围口，后面都排到了单于南庭山。文武百官、侍中近臣，阳朱、墨翟一般的贤德之士，无不感慨称颂："天子的仁义之德是多么崇高伟大，即便是唐尧、虞舜、大禹、成周时代的盛世，也无法超越如今吧！自古以来有资格封禅泰山梁父者，除了当今圣上，还有谁呢？"

上犹谦让而未俞也，方将上猎三灵之流〔1〕，下决醴泉之滋。发黄龙之穴，窥凤凰之巢，临麒麟之囿，幸神雀之林。奢云梦〔2〕，侈孟诸〔3〕。非章华〔4〕，是灵台〔5〕。罕徂离宫而辍观游〔6〕。土事不饰，木功不雕，丞民乎农桑，劝之以弗怠，侪男女使莫违〔7〕。恐贫穷者不徧被洋溢之饶，开禁苑，散公储，创道德之囿，弘仁惠之虞。驰弋乎神明之囿，览观乎群臣之有亡。放雉兔，收罝罘。麋鹿刍荛与百姓共之〔8〕，盖所以臻兹也。于是醇洪鬯之德〔9〕，丰茂世之规。加劳三皇，勖勤五帝，不亦至乎！乃祗庄雍穆之徒，立君臣之节，崇贤圣之业，未遑苑囿之丽，游猎之靡也。因回轸还衡〔10〕，背阿房，反未央。

【注释】

〔1〕猎：取。　三灵：日月星所带来的祥瑞之征。

〔2〕云梦：楚国薮泽之名。

〔3〕孟诸：宋国薮泽之名。

〔4〕章华：楚灵王所建之台。

〔5〕灵台：台名，周文王所建。

〔6〕罕：很少。　徂：离开。

〔7〕侪（chái）：等，此处指令男女婚配。

〔8〕蒭荛：草木柴薪。

〔9〕辔：畅通。

〔10〕回轸、还衡：回车。

【译文】

尽管当今天子有如此功德，却仍然谦虚不已，并将上获日月星三灵降下的祥瑞，下通醴泉而使之纵情流淌。发决黄龙之穴，窥视凤凰之巢，来到麒麟之囿，巡幸神雀之林。天子视楚之云梦泽，宋之孟诸泽奢靡过度。对楚灵王修建劳民伤财的章华台表示非议，对周文王营建灵台则表示赞赏。很少去离宫停留，停止观游诸事。不注重宫楼台阁的修饰，却劝民勤事农桑之业而不懈怠，令男婚女嫁莫违婚龄。天子还恐怕贫穷者不能够享受国家繁荣富强之成果，于是打开禁苑，发放国库中的粮食和钱财，创道德之囿，弘仁惠之教。在神明之囿中游弋，观察群臣有无尽忠职守。将捕获的雉鸡野兔全部放走，收起捕猎用的罗网。苑囿中的麋鹿与柴薪与百姓共享，这才能有当今的盛世。于是使天子的仁德更加精醇，盛世的法度愈加完善。论功劳超过三皇，讲勤勖胜于五帝，这不是已经达到这样登峰造极的程度了吗？那些庄重、和谐、肃穆的人们，建立起君臣之间必须恪守的法度，推崇贤王圣主的功业，哪里还有闲暇去追求苑囿的光华亮丽，游猎的奢侈淫靡？于是天子调转车驾，离开了阿房宫，返回了未央宫。

（本卷译注：叶会昌）

文选卷第九

赋戊

畋猎下

长杨赋并序　杨子云（杨雄）

【题解】

《长杨赋》作于元延二年（公元前11年），采用了明褒暗贬的笔法对成帝沉迷畋猎逸乐之举提出批评。作者罗列了高祖、文帝、武帝等人的功绩，反衬出成帝荒淫恣肆的恶习，希望其能继承先帝功业，重塑大汉王朝的盛世之风。

明年〔1〕，上将大夸胡人以多禽兽。秋，命右扶风发民入南山〔2〕，西自褒斜〔3〕，东至弘农〔4〕，南敺汉中，张罗罔罝罘，捕熊罴豪猪虎豹狖玃狐兔麋鹿〔5〕，载以槛车，输长杨射熊馆〔6〕。以网为周阹〔7〕，纵禽兽其中，令胡人手搏之，自取其获，上亲临观焉。是时，农民不得收敛。雄从至射熊馆，还，上《长杨赋》，聊因笔墨之成文章，故藉翰林以为主人，子墨为客卿以风。其辞曰：

【注释】

〔1〕明年：指杨雄作《羽猎赋》之明年，即汉成帝元延二年（公元前

11年）。

〔2〕右扶风：郡名，与京兆、左冯翊合为三辅。　南山：终南山。

〔3〕褒斜：古道路名，处于褒水、斜水之间。

〔4〕弘农：郡名。

〔5〕狖（yòu）：一种体形较大的长尾猴。　玃（jué）：古书上所言的一种大猕猴。

〔6〕槛车：设有栏槛的车辆，用以囚禁猛兽和押解犯人。　射熊馆：馆名，位于长杨宫内。

〔7〕阹（qū）：阻拦禽兽逃窜的围阵。

【译文】

汉成帝元延二年，陛下意欲向胡人夸耀本国禽兽之多。这年秋天，命令右扶风郡征调民众进入终南山，西自褒斜道，东至弘农郡，南及汉中郡，张设捕捉禽兽的罗网，捕到的熊罴、豪猪、老虎、猎豹、长尾猴、大猕猴、狐狸、野兔、麋鹿数不胜数，全部用槛车装载，运到长杨宫内的射熊馆。以罗网为围阵，将禽兽放入其中，命令胡人徒手与之格斗，擒获的猎物归其所有，天子亲临观看。这时，农民不得收割庄稼。我杨雄随从天子至射熊馆，返回之后就向陛下献上《长杨赋》，因为文章由笔墨写成，所以就假托翰林以为主人，子墨以为宾客进行讽喻。《长杨赋》的内容是：

子墨客卿问于翰林主人曰："盖闻圣主之养民也，仁沾而恩洽，动不为身。今年猎长杨，先命右扶风，左太华而右褒斜[1]，椓嶻辥而为弋[2]，纡南山以为罝。罗千乘于林莽，列万骑于山隅。帅军踤阹，锡戎获胡[3]。搤熊罴[4]，拖豪猪。木拥枪累，以为储胥[5]。此天下之穷览极观也。虽然，亦颇扰于农人。三旬有馀，其廑至矣，而功不图，恐不识者，外之则以为娱乐之游，内之则不以为干豆之事[6]，岂为民乎哉！且人君以玄默为神，澹泊为德，今乐远出以露威灵，数摇动以罢车甲，本非人主之急务也，蒙窃惑焉。”

【注释】

〔1〕太华：西岳华山。

〔2〕巀嶭（niè）：山名。

〔3〕锡戎：以禽兽赐与戎人。　获胡：令胡人与之搏斗而自获之。

〔4〕搤（è）：用力掐住、抓住。

〔5〕储胥：栅栏，藩篱。

〔6〕干豆：放在祭器中供祭祀用的干肉，此处指这种祭祀仪式。

【译文】

子墨宾客向翰林主人发问：“我听说圣主养育子民，仁德均沾而皇恩浩荡，一举一动都不是为了自己。今年在长杨宫行猎，先派遣右扶风郡的百姓，左过太华之山，右经褒斜古道，在巀嶭山立起捕捉飞禽的罗网，围绕终南山设置擒获野兽的工具。林莽之间千乘战车纷然罗列，山隅之下万骑人马严阵以待。率领军队聚集起来组成围阵，命胡人在其中与禽兽格斗而各取所需。胡人捕捉熊罴，拖倒豪猪。木栅立于围阵之外，又以竹枪团团围绕，防备野兽逃脱。这可谓天下少有的壮观景象。即便如此，但这种行为对农民的耕作收获却有极大的影响。这种行为前后持续一月有余，百姓劳累不堪却劳而无功，恐怕不了解内情者，从事情的表面看来以为这纯粹是娱乐之游，从实质观察也不是为了捕杀猎物而行干豆之礼，这岂能说是为百姓考虑呢？况且人君以幽玄恬默为品质，以清净澹泊为仁德，今以展露声威而兴兵远出为乐事，多次使得人马劳顿不堪，这并非人主之急务，所以我对此颇为困惑。”

翰林主人曰：“吁，客何谓之兹耶！若客，所谓知其一未睹其二，见其外不识其内也。仆尝倦谈，不能一二其详，请略举其凡，而客自览其切焉。”

客曰：“唯，唯。”主人曰：“昔有强秦，封豕其土，窫窳其民[1]，凿齿之徒相与摩牙而争之[2]。豪俊麋沸云扰，群黎为之不康。于是上帝眷顾高祖，高祖奉命，顺斗极[3]，运天关[4]。横巨海，漂昆仑。提剑而叱之，所过麾城搟邑[5]，下将降旗。一日之战，不可殚记。当此之勤，头蓬不暇梳，饥不及餐。鞮鍪生虮虱[6]，介胄被沾汗。以为万姓请命乎皇天。乃展人之所诎，振人之所乏。规亿载，恢帝业。七年之间而天下密如也[7]。

【注释】

〔1〕窫窳（yà yǔ）：传说中的食人怪兽。

〔2〕凿齿：传说中的食人怪兽。凿齿之徒，指六国。

〔3〕斗极：北斗星与北极星。

〔4〕天关：北极星。

〔5〕麾：指挥。　搟（chǎn）：攻取。

〔6〕鞮鍪（dī móu）：兜鍪，即头盔。

〔7〕密如：安定之貌。

【译文】

翰林主人说：“咦，您说的这是什么话呀！像您这样的宾客，可谓知其一不知其二，见其外不知其内。我已经谈得很疲倦了，所以不能为您将详情一一道来，所以略举其大概，您自己来考知其仁义之理吧。”

子墨宾客说：“好，好。”翰林主人言：“昔日的暴秦，像野猪、窫窳一样暴虐残害其国土和人民，六国君臣凶如凿齿，磨利爪牙与暴秦争夺天下。豪杰才俊风起云涌，天下黎民不得安生。于是上帝眷顾高祖，高祖奉天命，顺应北斗七星，如北极运转周行。高祖横渡大海，撼动昆仑。手提宝剑怒叱暴君，所过之处摧城夺寨，敌将倒戈并改旗易帜。一天之中发生的战斗，都数不胜数。战斗如此辛苦，以至于头发蓬乱无暇梳理，饥肠辘辘无暇进餐。头盔生出虮虱，甲胄浸满汗水。高皇帝披坚执锐，为百姓请命于皇天。伸张百姓的冤屈，救济穷困的黎民。规划亿年的宏大帝业，七年之间而天下安定。

“逮至圣文，随风乘流，方垂意于至宁。躬服节俭，绨衣不弊〔1〕，革鞜不穿。大厦不居，木器无文。于是后宫贱瑇瑁而疏珠玑〔2〕，却翡翠之饰，除雕琢之巧。恶丽靡而不近，斥芬芳而不御，抑止丝竹晏衍之乐〔3〕，憎闻郑卫幼眇之声〔4〕，是以玉衡正而太阶平也〔5〕。

【注释】

〔1〕绨（tí）衣：厚缯制成之衣。

〔2〕瑇瑁：玳瑁，此处指用其角质板制作的装饰物。　珠玑：珠玉。

〔3〕晏衍：淫邪之声。

〔4〕幼眇：幽微；微妙。

〔5〕玉衡：北斗星。　太阶：太阶星，即三台星。

【译文】

“等到圣主文帝，顺从高祖之风，致力于国家安宁。躬行节俭之风，绨衣、皮靴不到旧得不能穿戴，绝不更换。不在高楼大厦居住，使用的木器不用花纹雕饰。于是后宫妃嫔疏远玳瑁珠玑，不戴翡翠首饰，去除精雕细琢的恶习。厌恶华丽奢靡的器物而远之，排斥芬芳馥郁的修饰而不用，停奏淫邪的丝竹之乐，厌恶听到郑卫的乱世之音，因此北斗星正，太阶星平，国泰民安，天下太平。

“其后熏鬻作虐〔1〕，东夷横畔〔2〕。羌戎睚眦〔3〕，闽越相乱[4]。遐眠为之不安，中国蒙被其难。于是圣武勃怒，爰整其旅。乃命骠卫[5]，汾沄沸渭[6]，云合电发。猋腾波流，机骇蜂轶[7]。疾如奔星，击如震霆。碎轒辒[8]，破穹庐。脑沙幕，髓余吾[9]。遂躐乎王庭[10]。驱橐驼，烧熐蠡[11]。分剺单于[12]，磔裂属国[13]。夷坑谷，拔卤莽，刊山石[14]。蹂尸舆厮[15]，系累老弱。吮鋋瘢耆[16]、金镞淫夷者数十万人[17]，皆稽颡树颌[18]，扶服蛾伏[19]。二十馀年矣，尚不敢惕息。夫天兵四临，幽都先加[20]。回戈邪指，南越相夷。靡节西征，羌僰东驰[21]。是以遐方疏俗，殊邻绝党之域。自上仁所不化，茂德所不绥。莫不蹻足抗首，请献厥珍。使海内澹然，永亡边城之灾，金革之患。

【注释】

〔1〕熏鬻（yù）：唐尧时匈奴之名。

〔2〕东夷：东越。

〔3〕羌（qiāng）戎：泛指我国古代西北部民族。

〔4〕闽越：古族名，古代越人的一支。

〔5〕骠卫：西汉抗击匈奴的名将霍去病与卫青。

〔6〕汾沄沸渭：众多盛大之貌。

〔7〕机骇蜂轶：形容部队迅疾快速。

〔8〕轒（fén）辒：匈奴战车。

〔9〕沙幕：沙漠。　余吾：古水名。

〔10〕躐：践踏。

〔11〕熐蠡（mì luó）：匈奴村落。

〔12〕分剺（lí）：分割。

〔13〕磔（zhé）裂：割裂。

〔14〕刊：削平。

〔15〕舆厮：用战车碾轧对方的士兵。

〔16〕瘢耆（qí）：战马脊背的疮瘢之处。

〔17〕金镞：金属制的箭头，此处指用弓箭射杀。　淫夷：重创。

〔18〕稽颡：叩头。

〔19〕扶服：匍匐。　蛾伏：如蚁之伏。

〔20〕幽都：北方之地。

〔21〕羌僰（bó）：古代西南地区民族。

【译文】

“其后熏鬻肆虐，东夷叛乱。羌戎睚眦相对，闽越为乱一方。边民为之不安，中原遭受祸患。于是圣主武帝勃然大怒，整肃人马。命令霍去病、卫青等大将，率领浩浩荡荡的大军，行军迅疾犹如乌云聚合电击长空。大军行进迅疾快速，势如狂飙巨浪。快速恰似流星，进击好比雷霆。人马踏碎匈奴的轒辒战车，闯入敌军宿营的旃帐。脑浆迸流于沙漠，骨髓渗透到余吾之水。于是雄师马踏单于王庭，驱赶走敌军的骆驼，烧毁他们聚集的村落。让敌军首领各自为战，设置属国来分别接纳投降者。夷坑填谷，拔除林莽，削平山石，为大军开道。踩踏匈奴的尸体，用战车碾轧负隅顽抗的士兵，把老弱病残者捆绑起来。勇士的短矛刺入匈奴马背的伤疤，箭如雨下被射杀者有数十万人，余者皆叩首称臣，像蚂蚁般匍匐于地。经此一战二十余年之后，匈奴仍然对大汉心存畏惧之心。天兵降临四方，首先攻击的就是匈奴的幽都。人马挥师南向，南越之地自相残杀而归顺汉朝。与之断交，大军西征，羌僰纷纷自东来朝纳贡。所以远方殊俗，极远的异域之地，从未受到仁义之道的教化和天子盛德的感召者，莫不举足顿首，向大汉天子进贡奇珍异宝。于是天下太平，黎民百姓永无边城之灾，刀兵之患。

“今朝廷纯仁，遵道显义，并包书林，圣风云靡。英华沉浮〔1〕，洋溢八区。普天所覆，莫不沾濡。士有不谈王道者则樵夫笑之。意者以为事罔隆而不杀〔2〕，物靡盛而不亏。故平不肆险，安不忘危。乃时以有年出兵，整舆竦戎[3]。振师五柞，习马长杨[4]。简力狡兽[5]，校武票禽[6]。乃萃然登南山，瞰乌戈[7]。西厌月䀇[8]，东震日域。又恐后代迷于一时之事，常以此为国家之大务，淫荒田猎，陵夷而不御也。是以车不安轫[9]，日未靡旃[10]。从者仿佛[11]，骫属而还[12]。亦所以奉太尊之烈，遵文武之度。复三王之田，反五帝之虞。使农不辍耰，工不下机。婚姻以时，男女莫违。出凯弟，行简易。矜劬劳，休力役。见百年，存孤弱。帅与之，同苦乐。然后陈钟鼓之乐，鸣鞀磬之和[13]，建碣磍之虡[14]。拮隔鸣球[15]，掉八列之舞[16]。酌允铄[17]，肴乐胥[18]。听庙中之雍雍，受神人之福祜。歌投颂，吹合雅。其勤若此，故真神之所劳也。方将俟元符[19]，以禅梁甫之基，增泰山之高。延光于将来，比荣乎往号。岂徒欲淫览浮观，驰骋杭稻之地[20]，周流梨栗之林，蹂践刍荛，夸诩众庶，盛狖玃之收，多麋鹿之获哉！且盲者不见咫尺，而离娄烛千里之隅[21]；客徒爱胡人之获我禽兽，曾不知我亦已获其王侯。”

言未卒，墨客降席再拜稽首曰：“大哉体乎！允非小人之所能及也。乃今日发蒙，廓然已昭矣！[22]”

【注释】

〔1〕英华：美丽的草木，以之喻帝德。　沉浮：众多。

〔2〕意者：怀疑的人。　杀：减。

〔3〕竦戎：劝戒戎人。

〔4〕五柞（zuò）、长杨：皆宫名。

〔5〕简：选拔，选择。　力：有武力的勇士。　狡兽：健壮的野兽。

〔6〕票禽：轻疾的飞禽。

〔7〕乌弋：汉时西域国名，后泛指西方极远的国度。

〔8〕厌：服。　䶉（kū）：月所生之地。

〔9〕安轫：停车。

〔10〕靡旃：旃旗倒下，此处指旗影西斜。

〔11〕仿佛：恍恍惚惚，此处用以形容狩猎时间短促。

〔12〕骫属：左右相随之貌。

〔13〕鞀（táo）：两旁缀灵活小耳的有柄小鼓。　磬（qìng）：古代打击乐器名。

〔14〕碣磍：猛兽震怒之貌。　虡（jù）：古时悬挂钟磬等乐器的木架。

〔15〕拮（jié）隔：敲击。　鸣球：玉磬。

〔16〕八列之舞：八佾之舞，古代天子所用乐舞，纵横各八列，每列八人。

〔17〕允铄：信美。

〔18〕乐胥：礼乐。

〔19〕元符：重大的祥瑞。

〔20〕秔（gēng）：粳稻。

〔21〕离娄：传说中目力超凡之人，能视百步之外，见秋毫之末。

〔22〕廓然：豁然。

【译文】

“而今朝廷有至仁之德，遵循王道彰显仁义，文人学者凡有才德者兼容并包，神圣之风教如云在天而广被天下。帝德广博而洋溢八方。普天之下，莫不蒙受天子的恩泽教化。士大夫不谈王道，甚至为樵夫所嘲笑。鄙人以为，天子一定认为，凡事物极必反。故太平之时应处处提防危险，安定之际一定要居安思危。于是天子才选择丰年出兵，整顿军马劝诫戎人。在五柞宫操练军马，在长杨宫演习骑兵。选择那些如猛兽般的勇士，考校士兵的武艺是否如飞禽般轻疾。于是天子集合人马登上终南山，俯瞰乌戈之国。向西征服月生之地，向东令日出之域为之震动。又恐后代沉迷于田猎的一时之快，因此经常将其视为国家之要务，恐怕后世之主乐于此道而不加控制。于是战车尚未停歇，日影、旗影尚未西斜。随从之人，左右陪侍者皆匆匆返回。这才是继承高祖的功业，遵循文帝、武帝法度的做法。恢复三王的三田之礼，承袭五帝时命虞人主管山泽之道。使农夫不再停止耕作，织工不再远离机杼。让男女按时婚娶，不违婚龄。天子态度和蔼如民之父母，在政策制度上奉行简易之风。怜悯百姓的辛劳，免除他们的徭役，以不违农时。接见老人，抚恤孤弱。天子心存百姓，与之同苦同乐。然后陈设钟鼓之乐，鸣奏鞀磬的和谐之音，树起雕镂猛兽的钟鼓之架。敲击玉磬，跳起八佾之舞。以信美为佳酿，以礼乐为佳肴。听庙中祭祀之礼的虔敬之音，接受神人的福佑。无论是歌声还是吹奏之曲都与雅颂之音相合。像天子勤勉若此，所以上天真神就要对其加以犒劳。于是就等待天赐重大的祥瑞，在泰山和梁父山行封禅之礼。其光辉延及后世，其荣耀比于先王。这哪里是白白地满足其肆意玩乐的愿望，驰骋于生长秔稻的农田，周流于结出梨栗的山林，蹂践草木，向黎民百姓炫耀田猎所获的猿猴麋鹿之辈的盛多呢！所以盲人无法看见咫尺之内，而离娄却能看到千里之外；您只吝惜胡人猎获我朝的禽兽之多，却不知我们同样猎获了其王侯的臣服之心。”

翰林主人的话还未说完，子墨宾客便退席再拜，稽首说道：“天子的心胸气度是何等博大呀！确实不是我们这些见识短浅之辈所能企及的。今日受教于先生，已经豁然开朗了。”

射雉赋　潘安仁（潘岳）

【题解】

《射雉赋》是潘岳徙居琅琊时所作，当地风俗尚射猎，作者受其影响亦以之为乐而作此赋。赋中描写了猎人驯养雉媒捕获野雉的全过程，对于野雉的外貌和心理描写细腻逼真，同时又指出耽于此道于节操有亏，对射猎活动进行了深入反思。

涉青林以游览兮，乐羽族之群飞[1]。聿采毛之英丽兮，有五色之名翚[2]。厉耿介之专心兮[3]，奓雄艳之姱姿[4]。巡丘陵以经略兮[5]，画坟衍而分畿[6]。

【注释】

〔1〕羽族：鸟类。

〔2〕翚（huī）：雉鸡。

〔3〕厉：严整。　耿介：专一。

〔4〕奓（chǐ）：奢侈，过分。　姱：美好。

〔5〕巡：巡行。　经略：筹划，谋划。

〔6〕坟衍：指水边和低下平坦的土地。　畿：势力范围。

【译文】

我来到青林游览，百鸟群飞令我无比开心。说起这些鸟类羽毛的美丽，就要数那五色的雉鸡了。雉鸡整饬自己独立不群的个性，奋扬其雄健美艳的姿容。它巡行于丘陵之间来进行筹划，划分出自己的领地以免外敌侵犯。

于时青阳告谢[1]，朱明肇授[2]。靡木不滋，无草不茂。初茎蔚其曜新[3]，陈柯槭以改旧[4]。天泱泱以垂云[5]，泉涓涓而吐溜[6]。麦渐渐以擢芒[7]，雉鷕鷕而朝鸲[8]。眄箱笼以揭骄[9]，睨骁媒之变态[10]。奋劲骹以角槎[11]，瞵悍目以旁睐[12]。莺绮翼而赪挝，灼绣颈而衮背[13]。郁轩翥以馀怒[14]，思长鸣以效能。

【注释】

〔1〕青阳：春天。

〔2〕朱明：夏季。

〔3〕蔚：初生之茎。

〔4〕陈柯：陈旧的枝条。　槭：树叶凋落，树枝光秃之貌。

〔5〕泱泱：云起之貌。
〔6〕涓涓：清新之色。
〔7〕渐渐：植物吐穗之貌。
〔8〕鷕鷕（yǎo）：雉鸡鸣叫之声。
〔9〕眄：斜视。 揭骄：纵心肆志。
〔10〕骁媒：矫健的雉媒。雉媒，即猎人驯养用以诱捕野雉的雉。
〔11〕劲骹（qiāo）：坚劲的胫骨。
〔12〕悍目：刚戾之目。
〔13〕灼：繁盛之貌。
〔14〕郁：暴怒。 轩翥：昂首而望。

【译文】

于是春去夏来，百草丰茂。初生之茎，曜其新晖。陈柯旧条，变其旧色。白云泱泱而垂天，泉水涓涓而涌流。麦苗逐渐吐穗抽芒，雄雌雉鸡鷕鷕而鸣以求偶。我斜视箱笼而怡然自得，观察矫健的雉媒的各种姿态。雉媒奋其坚劲之胫来踢箱笼之壁，张开刚戾之目以旁视其敌。它羽毛绮丽，颈毛如绣，背如衮衣之纹。昂首远望以抒发愤怒，高声鸣叫来逞其才能。

尔乃搫场拄翳[1]，停僮葱翠[2]。绿柏参差，文翮鳞次[3]。萧森繁茂，婉转轻利[4]。衷料戾以彻鉴[5]，表厌蹑以密致[6]。恐吾游之晏起，虑原禽之罕至。甘疲心于企想，分倦目以寓视。何调翰之乔桀[7]，邈畴类而殊才。候扇举而清叫，野闻声而应媒。褰微罟以长眺[8]，已踉蹡而徐来。摛朱冠之绝赫[9]，敷藻翰之陪鳃[10]。首药绿素[11]，身拕黼绘[12]。青鞦莎靡[13]，丹臆兰綷[14]。或蹶或啄，时行时止。班尾扬翘，双角特起。

【注释】

〔1〕搫（bān）场：开辟场地。 拄翳：支起掩体。翳（yí），用于射

猎的掩体。

〔2〕停僮：枝叶分披覆盖貌。

〔3〕文翮（hé）：羽毛有文彩的鸟。

〔4〕婉转：树叶绵密之貌。

〔5〕料戾（lì）：小而透彻。

〔6〕厌蹑：重而密。

〔7〕调翰：指雉媒。　乔桀：俊逸。

〔8〕褰（qiān）：开。　罟：捕鸟的网。

〔9〕赩（xì）赫：赤色。

〔10〕陪鳃：鸟张羽愤怒之貌。

〔11〕药：缠绕。

〔12〕黼（fǔ）绘：色彩绚丽的花纹。

〔13〕青鞦莎靡：指雉尾间青毛如倒伏的莎草。

〔14〕臆：胸部。　綷：混杂。

【译文】

于是开辟场地，支起捕鸟的掩体。掩体外覆盖的枝叶，葱翠欲滴。绿色的柏树参差不齐，美丽如五彩之鸟，密致如鱼鳞相次。树木萧森，枝叶茂密。通过透彻的小孔可以洞察外界，掩体外部厚重浓密。唯恐雉媒迟缓，忧虑雉鸡罕至。期盼雉鸡出现，时刻关注于草木之间，心为之疲，目为之倦。可喜雉媒异常俊逸，卓绝不凡而超出同类。振布有声，雉媒清叫，野雉闻之，应声而出。打开小网来长眺，雉鸡忽行忽止，徐徐而来。耸起赤色的朱冠，舒展彩羽而欲奋飞。头上绿色和白色的羽毛相互缠绕，身上有色彩斑斓的花纹。雉鸡的尾羽如青莎倒伏，红色的胸口夹杂着蓝色。或行或啄，时行时止。斑斓的尾羽高高翘起，头上的一对角毛异常醒目。

良游呃喔〔1〕，引之规里〔2〕。应叱愕立，擢身竦峙〔3〕。捧黄间以密彀〔4〕，属刚罫以潜拟〔5〕。倒禽纷以迸落，机声振而未已。山鷩悍害〔6〕，猋迅已甚。越壑凌岑，飞鸣薄廪[7]。鲸牙低镞[8]，心平望审。毛体摧落，霍若碎锦。逸群之儁，擅场挟两[9]。栎雌妒异[10]，倏来忽往。忌上风之餮切[11]，畏映日之傥朗[12]。屏发布而累息[13]，徒心烦而技懩[14]。伊义鸟之应敌[15]，啾擭地以厉响。彼聆音而径进，忽交距以接壤。彤盈窗以美发，纷首颓而臆仰。

【注释】

〔1〕良游：训练有素的雉媒。

〔2〕规：弓箭的射程。

〔3〕擢身竦峙：受到惊吓而耸身而立。

〔4〕黄间：弩名。　彀（gòu）：张弓架弩。

〔5〕刚罫（guà）：弩矢的箭头，形如十字，方似网罫，故名之。

〔6〕山鹭：锦鸡。　悍害：悍戾凶残。

〔7〕薄廪：翳中盛饮食之处。

〔8〕鲸牙：举弩牙。　低镞：放低箭支。

〔9〕擅场：本义为专据一场，后用以比喻技艺超群。

〔10〕栎（lì）：搏击。

〔11〕餮（tiè）切：微动之声。

〔12〕傥（tǎng）朗：不明之状。

〔13〕屏：屏除。

〔14〕技懩：技痒。

〔15〕义鸟：鸟媒，用来引诱同类的鸟。

【译文】

训练有素的雉媒呃喔有声，诱引野雉进入弓箭射程之内。忽然听到一声大喝，野雉惊恐莫名，耸身直立。我架起弓弩，搭上箭支来瞄准。野雉被箭射中，纷然迸落于地，而弓弩声犹未停歇。锦鸡悍戾凶残，飞走迅疾犹如狂飙。听到雉媒之声，便翻越深沟飞过小丘，边飞边鸣，来到掩体之前。我举起弩牙放低箭支，平心静气，端正身体。弓弦响处，飞行的锦鸡应声中箭，羽毛披散犹如碎锦。超群俊异的野雉，不但欲专据一场而已，又带着两只雌雉。当听到雉媒的鸣叫，妒意油然而生，于是开始攻击雌雉，无时无休。忌惮随风传来的微响，害怕阳光昏昧而看不清形势。屏心静气，忧虑野雉听到声响受惊远遁，所以心神不宁，心烦技痒而不能发。野雉中箭受伤，在地上啾啾而鸣，我便引来义媒与之相斗。野雉闻义媒之声，便径直来斗，在地上双鸟互搏，互不相让。野雉既与义媒互搏，身形就暴露在掩体窗前，正是绝佳的发弩时机。箭射其颈，头部颓然向后，倒地而毙。

或乃崇坟夷靡，农不易垄。稊菽藂糅[1]，蘙荟菶茸[2]。鸣雄振羽，依于其冢。捫降丘以驰敌，虽形隐而草动。瞻挺櫗之倾掉[3]，意淰跃以振踊[4]。暾出苗以入场[5]，愈情骇而神悚。望黡合而翳皛[6]，雉胅肩而旋踵[7]。僛余志之精锐[8]，拟青颅而点项。亦有目不步体，邪眺旁剔[9]。靡闻而惊，无见自鹫[10]。周环回复，缭绕磐辟[11]。戾翳旋把[12]，萦随所历。彳亍中辍[13]，馥焉中镝。前剠重膺[14]，傍截迭翮。

【注释】

〔1〕稊菽藂糅：形容杂草丛生之貌。

〔2〕蘙荟（yì huì）菶茸（róng）：草木丰茂浓密之貌。

〔3〕挺櫗：草茎。　掉：动。

〔4〕淰（niǎn）跃：跳跃。

〔5〕暾（tūn）：逐渐出现。

〔6〕黡（yǎn）合：黯然合成一片。　翳皛（xiǎo）：皎洁，明亮，此处形容翳被野雉发现。

〔7〕胅（jié）肩：敛翅。　旋踵：调转脚跟，形容野雉逃跑之迅疾。

〔8〕僛（xīn）：欣喜。

〔9〕邪眺旁剔：眼睛不往正面观看，常用来形容惊惕之心。

〔10〕鷩（mài）：狡猾。

〔11〕磐辟：盘旋回转之貌。

〔12〕戾（liè）：转动。　把：翳内所执之处。

〔13〕彳亍（chì chù）：行而又止步之貌。

〔14〕㓨（liè）：割。

【译文】

或有崇坟倾颓，田亩荒废。杂草丛生其间，丰茂而又浓密。野雉鼓翅长鸣，在山顶栖息。野雉飞快地跑下山麓，不见敌人之形，而唯见风吹草动。看到草茎倾动，它预计将有雉鸡出现，于是跳跃亢奋起来。野雉缓缓走出草丛而渐入射程，我愈加心神不宁而莫名地紧张。野雉望见各处皆黯然一片，唯独掩体所处之地异常明亮，于是便敛翅飞快地离开。幸好我精明强干而又反应敏捷，对准其青色的头颅放箭，正中颈项。也有那种目光游离、脚步散乱、眼神斜视、内心惊恐的野雉。没有听到动静就开始心惊，并未看到人就开始猜疑，回还往复，来回不停。我于是转动掩体，旋转把柄，紧紧跟随其行踪。野雉忽行忽止，中途驻足不前，弓弦响处它应声倒地。箭支穿透了野雉前部的胸口，又斩断了其两侧的翅膀。

若夫多疑少决，胆劣心狷〔1〕。内无固守，出不交战。来若处子，去如激电。窥閰藹叶〔2〕，幎历乍见〔3〕。于是算分铢〔4〕，商远迩。揆悬刀〔5〕，骋绝技。如轋如轩〔6〕，不高不埤〔7〕。当味值胸，裂膆破觜〔8〕。夷险殊地，驯麤异变〔9〕。昃不暇食，夕不告勌。昔贾氏之如皋，始解颜于一箭〔10〕。丑夫为之改貌，憾妻为之释怨。彼游田之致获，咸乘危以驰骛。何斯艺之安逸，羌禽从其已豫。清道而行，择地而住。尾饰镳而在服，肉登俎而永御〔11〕。岂唯皂隶，此焉君举！

若乃耽槃流遁，放心不移。忘其身恤，司其雄雌。乐而无节，端操或亏。此则老氏所诫，君子不为。

【注释】

〔1〕狷（juàn）：胸襟狭窄，性情急躁。

〔2〕窥閰（chān）：窥探。　䕑（juān）：麦稍。

〔3〕幎（mì）历：迷离。

〔4〕筭：计算。　分铢：弓弩上测量远近的刻度。

〔5〕揆：计算。　悬刀：弩机。

〔6〕轊（zhì）：车辆前低后高。　轩：车辆前高后低。

〔7〕埤：低。

〔8〕咮、觜：鸟喙。　值胸：当胸。

〔9〕麤：粗，粗野。

〔10〕“昔贾氏”二句：其事见于《左传》，言有贾大夫貌丑，妻子厌之，三年不言不笑。后来他携妻到如皋射雉，其妻始笑始言。

〔11〕俎：古代祭祀时放祭品的器物。

【译文】

那些生性多疑而缺乏决断，胆子很小又性情急躁的野雉，于内没有坚强的内心，于外又没有舍命相搏的气势。来时小心翼翼犹如处子，遇到危险奔跑如飞好似闪电。躲藏在麦苗、麦稍间向外窥视，模糊迷离乍隐乍见。于是我就计量弩牙的刻度，计算射程之远近。估计弩机可发才放箭，施展百步穿杨的绝技。时机的把握，高低轻重的选择都恰到好处。箭支到处，正中喙胸，脖喉破裂，鲜血满面。土地有平坦与险峻的区别，野雉有驯服和粗野的差异，所以必须随机应变，不可拘泥。太阳偏西还顾不得吃饭，野色沉沉仍不知疲倦。昔日有贾大夫到如皋射雉，妻子方解颜而笑。这种射雉的技艺令丑陋的丈夫变得英俊起来，满怀怨气的妻子也为之释怀。那些游猎之人驰车骋马，陵山越涧，常处危境。哪里像射雉这种技能这样安逸，禽鸟前来就已，免受劳顿之苦。穿行于清静的道路，选择最好的猎场。野雉的尾羽装饰马嚼子而成玩物，雉肉盛入俎豆而成为祭祀的贡品。岂但皂隶之徒乐于此道，国君也颇为喜好。

若是那些耽迷其中、放心肆志之辈。忘记自身忧患，只顾射猎雄雌飞禽之徒。他们贪图享乐而不加节制，品行德操上必然有亏损。这就是老子所告诫的“驰骋畋猎，令人心发狂”，所以君子不为。

纪行上

北征赋　班叔皮（班彪）

【题解】

班彪（3—54），字叔皮，扶风安陵（今陕西咸阳）人，东汉著名史学家，为《史记》撰著《后传》60余篇，后为其子班固、其女班昭续成《汉书》。《后汉书》有传。王莽篡汉之后，关中动荡，班彪遂举家避难凉州，《北征赋》描写了作者从长安出发一路上的所见所闻，抒发了怀古叹今之情。

余遭世之颠覆兮〔1〕，罹填塞之阨灾〔2〕。旧室灭以丘墟兮，曾不得乎少留。遂奋袂以北征兮〔3〕，超绝迹而远游。

【注释】

〔1〕世之颠覆：指西汉王朝的覆灭，为王莽所取代。

〔2〕罹（lí）：遭受。　填塞：王道不通。　阨灾：灾难。

〔3〕奋袂（mèi）：挥动衣袖。常用来形容奋发或激动的状态。

【译文】

我遭受王朝覆灭之苦，身罹王道不通之灾。故园沦为一片废墟，竟不得在此稍作逗留。于是我挥袖毅然北行，远游到渺无人烟之地。

朝发轫于长都兮〔1〕，夕宿瓠谷之玄宫〔2〕。历云门而反顾〔3〕，望通天之崇崇〔4〕。乘陵岗以登降，息郇邠之邑乡〔5〕。慕公刘之遗德〔6〕，及《行苇》之不伤〔7〕。彼何生之优渥，我独罹此百殃？故时会之变化兮，非天命之靡常。

【注释】

〔1〕发轫（rèn）：出发。　长都：长安。

〔2〕瓠（hù）谷：地名，位于长安之西。　玄宫：即甘泉宫。

〔3〕云门：汉代云阳县的城门。

〔4〕通天：台名。

〔5〕郇邠（xún bīn）：栒县豳乡，位于右扶风郡。

〔6〕公刘：古代周部落的领袖，传为后稷之曾孙。

〔7〕《行苇》：《诗经·大雅》之一篇。

【译文】

我早晨从长安起程，傍晚住在瓠谷的甘泉宫内。经过云阳县门而回望，望见了高耸入云的通天台。我翻山越岭不断前行，在栒县的豳乡休息。仰慕公刘的遗德和《行苇》篇中他对路边芦苇都不忍践踏的仁爱。为何草木能被如此善待，而我却偏偏遭受如此之多的祸殃。正因为当今天子不能修德，才有倾覆之祸，并非天命无常啊。

登赤须之长坂〔1〕，入义渠之旧城〔2〕。忿戎王之淫狡，秽宣后之失贞[3]。嘉秦昭之讨贼，赫斯怒以北征。纷吾去此旧都兮[4]，骓迟迟以历兹[5]。

【注释】

〔1〕赤须坂：地名，位于北地郡。

〔2〕义渠：古代民族名，西戎之一。

〔3〕“忿戎王”二句：据《史记·秦本纪》记载：秦昭王时，义渠戎王与宣太后乱，有二子，宣太后诈而杀义渠戎王于甘泉，遂起兵，伐灭义渠，而得其地。

〔4〕纷：心绪烦乱。　旧都：长安。

〔5〕骓：驾在车辕两旁的马。

【译文】

我纵马登上赤须长坂，进入义渠的旧城。为义渠戎王的淫乱奸狡而愤恨不已，为秦宣太后失贞于戎王感到羞耻。我对秦昭王奋起讨伐义渠戎王、冲冠一怒而北征的壮举感到赞赏。我心绪烦乱地离开旧都长安，马匹缓缓地穿过义渠旧城。

遂舒节以远逝兮[1]，指安定以为期[2]。涉长路之绵绵兮，远纡回以樛流[3]。过泥阳而太息兮[4]，悲祖庙之不修[5]。释余马于彭阳兮[6]，且弭节而自思。日晻晻其将暮兮[7]，睹牛羊之下来。寤旷怨之伤情兮，哀诗人之叹时。

【注释】

〔1〕舒节：舒展志节。

〔2〕安定：郡名。

〔3〕樛（jiū）流：曲折之貌。

〔4〕泥阳：县名，位于北地郡。

〔5〕祖庙：秦始皇末年，班氏先祖班壹曾在楼烦躲避战乱，故泥阳有

班氏祖庙。

〔6〕彭阳：地名，位于安定郡。

〔7〕晻晻：昏暗不明之貌。

【译文】

我于是舒展志节而渐行渐远，将安定郡作为此行的目的地。在漫漫长路上跋涉，道路迂回而曲折。经过泥阳县而喟然叹息，为班氏祖庙的荒废而悲哀。在彭阳纵马歇鞍，让其有休息之时，我缓缓而行且不断思量。日色昏暗即将傍晚，目睹牧人赶着成群牛羊回来。理解了旷夫怨女的悲伤之情，为诗人感叹世事而感到悲哀。

越安定以容与兮〔1〕，遵长城之漫漫。剧蒙公之疲民兮〔2〕，为强秦乎筑怨。舍高亥之切忧兮〔3〕，事蛮狄之辽患。不耀德以绥远，顾厚固而缮藩。首身分而不寤兮，犹数功而辞愆〔4〕。何夫子之妄说兮，孰云地脉而生残〔5〕。

【注释】

〔1〕容与：缓行之貌。

〔2〕蒙公：秦名将蒙恬。

〔3〕高：赵高，秦朝宦官。　亥：胡亥，秦二世皇帝。

〔4〕愆（qiān）：过失。

〔5〕地脉而生残：事见《史记·蒙恬列传》，蒙恬被赐死时，将原因归结于修筑万里长城时断绝地脉。

【译文】

穿越安定郡后我缓缓而行，沿着那漫漫的万里长城。我内心感叹蒙恬奉始皇之命修筑万里长城，劳民伤财，民怨沸腾，实在是自取其祸。他舍弃赵高、胡亥篡权的近忧，却急于防范蛮狄犯境的边患。不光耀道德来安抚远方的蛮夷，只顾将城墙加厚加固来防范外敌。蒙恬身首两分之际仍不醒悟，还数说功劳而推卸过失。你偏要说是修筑长城时断绝地脉方有今日之祸，这岂不是胡言乱语吗？

登鄣隧而遥望兮[1]，聊须臾以婆娑。闵獯鬻之猾夏兮[2]，吊尉卬于朝那[3]。从圣文之克让兮，不劳师而币加。惠父兄于南越兮，黜帝号于尉他[4]。降几杖于藩国兮，折吴濞之逆邪[5]。惟太宗之荡荡兮，岂曩秦之所图。

【注释】

〔1〕鄣：小城。　隧：边塞设置的守望烽火的亭子。

〔2〕獯鬻（xūn yù）：我国古代北方民族名。　猾夏：侵扰华夏。

〔3〕吊：吊唁。　尉卬：人名。　朝那：塞名。匈奴曾侵犯汉朝边境，攻打朝那塞，杀害了北地都尉卬。

〔4〕尉他：赵佗，曾为秦南海尉，故曰尉佗。秦亡后曾自立为南越王，高后五年自号“南越武帝”。汉文帝元年，文帝下诏修葺其先人之墓，厚待其亲属，尉佗遂取消帝号，表示臣服汉室。

〔5〕吴濞：刘濞，沛县人，刘邦之侄，被封为吴王。文帝时他称病不朝，失藩臣之礼，天子赐其几杖，仍不朝。后抗拒朝廷削藩之举，与楚、赵、胶东等七国以诛晁错为名，发动叛乱。

【译文】

登上小城的隧亭遥望，姑且在此盘桓片刻。为当年匈奴侵扰华夏感到悲伤，吊唁阵亡于朝那塞的北地都尉卬。钦佩神圣的文帝有谦让的美德，不劳师远征却多赐币帛。文帝对南越王尉他的父兄施以恩惠，于是他就废除了“南越武帝”之号而向天子称臣。向吴王刘濞赏赐几杖，挫败了他们图谋不轨的阴谋。像文帝这样的仁义之君，皇恩浩荡广被天下，又岂是昔日暴秦那样的错误做法可比的呢？

跻高平而周览[1]，望山谷之嵯峨。野萧条以莽荡[2]，迥千里而无家[3]。风猋发以漂遥兮[4]，谷水灌以扬波。

飞云雾之杳杳，涉积雪之皑皑。雁邕邕以群翔兮[5]，鹍鸡鸣以哜哜[6]。

【注释】

〔1〕陟（jī）：登上。　高平：县名，位于安定郡。

〔2〕莽荡：辽阔旷远。

〔3〕迥（jiǒng）：远。

〔4〕漂遥：飞扬。

〔5〕邕邕（yōng）：群鸟和鸣之声。

〔6〕哜哜：鸟鸣之声。

【译文】

登上高平县城而环顾四方，望见了巍峨的山谷。四野萧条而又辽阔旷远，方圆千里都没有人烟。狂风肆虐，尘土飞扬，谷水灌注，扬波激浪。飞越迷蒙的云雾，穿过皑皑的积雪。大雁群翔发出邕邕之声，鹍鸡合鸣发出哜哜之音。

游子悲其故乡，心怆悢以伤怀。抚长剑而慨息，泣涟落而沾衣。揽余涕以於邑兮[1]，哀生民之多故。夫何阴曀之不阳兮[2]，嗟久失其平度[3]。谅时运之所为兮，永伊郁其谁愬？

【注释】

〔1〕於邑：忧郁烦闷。

〔2〕阴曀：阴天而又刮风，比喻昏乱不明。

〔3〕平度：公正合理的法度。

【译文】

身为游子的我想起故乡悲从中来，内心悲痛，伤怀不已。手抚长剑而叹息，泪如雨下沾湿了衣衫。我掩涕而忧郁烦闷，为黎民多灾多难而悲哀。为何世道如此昏乱而没有希望，为长久失去公正合理的法度而嗟叹。这确实是时运所为，我的满怀愁绪又向谁倾诉？

乱曰：夫子固穷游艺文兮[1]，乐以忘忧惟圣贤兮？达人从事有仪则兮[2]，行止屈申与时息兮？君子履信无不居兮，虽之蛮貊何忧惧兮[3]！

【注释】

〔1〕固穷：信守道义，安于贫贱穷困。

〔2〕达人：通达事理的人。

〔3〕蛮貊：古代指称南方和北方的少数民族。

【译文】

总而言之：孔夫子安于贫贱穷困而遍览六经，乐以忘忧惟有圣贤可以做到；通达事理的人做事遵行仪轨法度，行止屈申皆顺应时务；君子笃行诚信则四海皆可为家，即使到了蛮貊之地又有何忧惧？

东征赋　曹大家（班昭）

【题解】

曹大家，即班昭，因嫁给曹世叔，故多以此称之。生卒年不详，班彪之女，班固之妹，曾续成《汉书》中的八表及《天文志》，另有《女诫》七篇。汉安帝永初七年（113 年），班昭之子曹成从洛阳调任陈留，作者随子赴任，《东征赋》描写了途中见闻，抒发了“去故就新”的复杂情怀。此赋在体例上效法其父班彪的《北征赋》，在纪行见志上有独到之处。

惟永初之有七兮[1]，余随子乎东征。时孟春之吉日兮，撰良辰而将行[2]。乃举趾而升舆兮[3]，夕予宿乎偃师[4]。遂去故而就新兮，志怆悢而怀悲[5]！

【注释】

〔1〕永初：东汉安帝年号，永初七年，公元 113 年。

〔2〕撰：选择。

〔3〕举趾：举足。　升舆：登车。

〔4〕偃师：县名。

〔5〕怆悢：悲伤。

【译文】

东汉安帝永初七年，儿子曹成去陈留赴任，我与之东行。时在孟春时节，于是选择吉日良辰出行。清晨从洛阳登车，晚上在偃师县住宿。离开故居前往新家，心中满怀悲伤之情。

明发曙而不寐兮[1]，心迟迟而有违[2]。酌樽酒以弛念兮[3]，喟抑情而自非。谅不登橥而椓蠡兮[4]，得不陈力而相追[5]。且从众而就列兮，听天命之所归。遵通衢之大道兮，求捷径欲从谁？乃遂往而徂逝兮[6]，聊游目而遨魂！

【注释】

〔1〕明发：平明。　曙：天光初亮。

〔2〕迟迟：依恋之貌。　有违：有违其心，指其离开故居后的不舍之情。

〔3〕弛念：断绝思念之情。

〔4〕登橥：在树上的巢中居住。上古之世，未有宫室房舍，遂于树上构木为巢。　椓蠡（zhuó lí）：敲击蚌壳而生食其肉。

〔5〕陈力：施展才力。

〔6〕徂（cú）逝：远行。

【译文】

天光渐亮仍夜不能寐，对故居的眷恋之情仍然萦绕心间。饮酒一樽意欲断绝思念之情，本想压抑情感而仍念念不忘，不由喟然长叹。既然未来不是上古之世构巢而居、击蚌而食那样的恶劣生活，又怎能不拼尽全力追上大家呢？姑且跟随众人，听从天命的安排吧。这方是沿着通衢大道前行，谁又愿意跟你走那邪僻的小路呢？于是一往无前地远行，聊且纵目游观，遨游精神！

历七邑而观览兮[1]，遭巩县之多艰[2]。望河洛之交流兮，看成皋之旋门[3]。既免脱于峻崄兮，历荥阳而过卷[4]。食原武之息足，宿阳武之桑间。涉封丘而践路兮，慕京师而窃叹！小人性之怀土兮，自书传而有焉[5]。

【注释】

〔1〕七邑：东行途中经过的七个县，即偃师、巩县、成皋、荥阳、原武、阳武和封丘。

〔2〕巩县：县名，今河南巩义。

〔3〕成皋：县名。　旋门：旋门坂，地名。

〔4〕卷：古虢国之地。

〔5〕书传：古代的著作典籍，这里指《论语》，其中有“君子怀德，小人怀土”之语。

【译文】

历经七县而不断观览，在巩县遇到千难万险。远望黄河与洛水的合流之处，近观成皋的旋门长坂。翻越险峻的旋门坂，经过荥阳和卷地。在原武吃饭歇足，在阳武的桑林之间住宿。走过封丘踏上了陈留的道路，怀念京师而暗自感叹。小人怀恋故土，孔夫子的

《论语》就有记载。

遂进道而少前兮，得平丘之北边[1]。入匡郭而追远兮[2]，念夫子之厄勤。彼衰乱之无道兮，乃困畏乎圣人。怅容与而久驻兮，忘日夕而将昏。到长垣之境界[3]，察农野之居民。睹蒲城之丘墟兮[4]，生荆棘之榛榛[5]。惕觉寤而顾问兮[6]，想子路之威神[7]。卫人嘉其勇义兮，讫于今而称云。蘧氏在城之东南兮[8]，民亦尚其丘坟。唯令德为不朽兮，身既没而名存。

【注释】

〔1〕平丘：县名。

〔2〕匡：地名。据《史记·孔子世家》记载，昔日阳虎曾施暴匡人，而孔子又貌似阳虎，故匡人将其阻于此。

〔3〕长垣：县名。

〔4〕蒲城：地名，位于长垣。

〔5〕榛榛（zhēn）：草木丛生之貌。

〔6〕惕：疾速。　觉寤：领悟，觉悟。

〔7〕子路：姓仲名由，春秋时鲁国卞人，孔子弟子。

〔8〕蘧（qú）氏：卫国大夫蘧瑗，字伯玉。长垣有蘧乡，有蘧伯玉冢。

【译文】

于是步入大道一路前行，走不多远就到达平丘的北边。进入匡人故城就想起前贤，孔夫子曾在此地遭受艰难困苦。那个衰乱之世天下无道，竟能在这里围困圣人。心情惆怅而止步不前，久久驻足竟忘记天色将晚。到达长垣县的境界，仔细观察田野中的居民。目睹已经沦为一片废墟的蒲城，荆棘丛生令人感喟。猛然醒悟而回头询问，想起当年身为蒲邑大夫的子路之威望风神。卫国人对子路的勇武和忠义赞许有加，至今仍称道其人。蘧伯玉葬在蒲城的东南，百姓至今仍瞻仰他的陵墓。只有美德才能真正不朽啊，其身虽没而美名长存。

惟经典之所美兮，贵道德与仁贤。吴札称多君子兮[1]，其言信而有征。后衰微而遭患兮，遂陵迟而不兴[2]。知性命之在天，由力行而近仁。勉仰高而蹈景兮[3]，尽忠恕而与人。好正直而不回兮，精诚通于明神。庶灵祇之鉴照兮[4]，佑贞良而辅信。

【注释】

〔1〕吴札：吴公子季札，他曾到卫国，对公子朝称赞蘧瑗、史狗、史鳅、公子荆、公叔发诸人，有“卫多君子，未有患也”之言。

〔2〕陵迟：衰败。

〔3〕仰高：仰慕高尚的德行。　蹈景：遵循圣贤的德行。

〔4〕灵祇（qí）：天地之神。　鉴照：鉴识洞察。

【译文】

经典上所赞美的人，皆以道德和仁贤为贵。吴国公子季札称赞卫国多君子，其言真实而有依据。后来卫国衰微而遭受种种祸患，于是就衰败下去而一蹶不振。由此可知人的命运虽然由上天主宰，但是努力践行也能够接近仁的程度。仰慕而遵循圣贤高尚的德行，对待他人要尽到忠诚与宽容。爱好正直而不违先祖之道，其精诚之心可为神明所知。希望天神地祇鉴识洞察，保佑帮助忠诚善良之人。

乱曰：君子之思，必成文兮。盍各言志，慕古人兮。先君行止[1]，则有作兮。虽其不敏[2]，敢不法兮。贵贱贫富，不可求兮。正身履道，以俟时兮。修短之运，愚智同兮。靖恭委命[3]，唯吉凶兮。敬慎无怠，思嗛约兮[4]。清静少欲，师公绰兮[5]。

【注释】

〔1〕先君：班昭之父班彪。

〔2〕不敏：不才。

〔3〕靖恭：静肃恭谨。

〔4〕嗛约：谦恭检束。

〔5〕公绰：孟公绰，鲁国大夫，其德行深为孔子敬重。

【译文】

总而言之：君子一旦有了情思，必然要形诸文字。作文之道是各言其志，仰慕古人。先父班彪的行止，他用《北征赋》记录了下来。我虽然不才，敢不效法吗？贵贱贫富，不可强求。端正自身，躬行正道，需要等待时机。寿命之长短，无论愚人还是智者一律公平。将自己的命运静肃恭谨地委于上天，吉凶祸福由其裁定。恭敬谨慎而不敢懈怠，谦恭检束更需常挂心间。清静少欲，师法孟公绰的高德懿行。

（本卷译注：叶会昌）

文选卷第十

纪行下

西征赋　潘安仁（潘岳）

【题解】

潘岳曾出为长安令。《西征赋》描写的就是作者从洛阳出发途中的所思所感，抒发了作者的咏史怀古之情。作者讴歌了盛世明君的文治武功，鞭挞了暴君佞臣的累累罪行，并将个人的身世遭遇融入其中。其文多用典故却不晦涩，语言清新流利。

岁次玄枵〔1〕，月旅蕤宾〔2〕。丙丁统日，乙未御辰。潘子凭轼西征，自京徂秦〔3〕。乃喟然叹曰：

古往今来，邈矣悠哉！寥廓惚恍，化一气而甄三才〔4〕。此三才者，天地人道。唯生与位，谓之大宝。生有修短之命，位有通塞之遇〔5〕。鬼神莫能要〔6〕，圣智弗能豫。

【注释】

〔1〕岁：岁星，即木星。　次：位于。　玄枵（xiāo）：星宿名。

〔2〕蕤（ruí）宾：本为古乐十二律中之第七律，蕤宾配农历五月。

〔3〕潘子：潘岳自称。　凭轼：倚在车前横木上，指代驾车，出征。京：洛阳。　秦：指作者即将赴任的长安。

〔4〕三才：天、地、人。

〔5〕通塞：穷达。

〔6〕要（yāo）：约请。

【译文】

岁星行至玄枵之次，月亮处于蕤宾之间。惠帝元康二年五月十八日，我潘岳驾车西行，从洛阳出发西行长安赴任。于是喟然而叹：

古往今来，实在是渺乎而又长久！混沌未分之时，先天一气而演化为三才。此三才者，就是天、地、人。只有生命和仕途，才是最值得珍视的“大宝”。寿命有长短之别，仕途有穷达之遇。鬼神也无法改变，圣贤亦不可预知。

当休明之盛世〔1〕，托菲薄之陋质。纳旌弓于铉台〔2〕，赞庶绩于帝室。嗟鄙夫之常累，固既得而患失。无柳季之直道〔3〕，佐士师而一黜〔4〕。

【注释】

〔1〕休明：美好清明。

〔2〕旌弓：征聘贤士的旌旗和弓。　铉台：三公之职。

〔3〕柳季：春秋鲁大夫展获，字季，又字禽，曾为士师官，食邑柳下，谥惠，故称其为展禽、柳下季、柳士师、柳下惠等。

〔4〕士师：亦作“士史”。古代执掌禁令刑狱的官名。柳下惠为士师时曾三次被黜免，他人有问，他言“直道而事人，焉往而不三黜”。

【译文】

当今正是美好清明的盛世，我幸好还有一些菲薄浅陋的资质。于是接受宰府的征聘，为帝室发展贡献自己一份力量。可叹自己一介凡夫俗子，经常为自己身上的毛病所累，往往患得患失。我既没有柳下惠的正直品质，所以辅助士师只被黜退过一次。

武皇忽其升遐[1]，八音遏于四海。天子寝于谅闇，百官听于冢宰[2]。彼负荷之殊重，虽伊周其犹殆[3]。窥七贵于汉庭[4]，诪一姓之或在？无危明以安位，祗居逼以示专。陷乱逆以受戮，匪祸降之自天。孔随时以行藏[5]，蘧与国而舒卷[6]。苟蔽微以缪章，患过辟之未远。悟山潜之逸士，卓长往而不反。陋吾人之拘挛，飘萍浮而蓬转。寮位儡其隆替，名节漼以隳落。危素卵之累壳，甚玄燕之巢幕。心战惧以兢悚，如临深而履薄。夕获归于都外，宵未中而难作[7]。匪择木以栖集，鲜林焚而鸟存[8]。遭千载之嘉会，皇合德于乾坤。弛秋霜之严威，流春泽之渥恩。甄大义以明责，反初服于私门[9]。

【注释】

〔1〕武皇：晋武帝司马炎。　升遐：帝王去世的婉辞。

〔2〕冢宰：周官名。为六卿之首，亦称太宰。此处指太傅杨骏。

〔3〕伊周：商伊尹和西周周公旦。二人因其功德常并称。

〔4〕七贵：指当时西汉的七个显赫一时的大家族，即吕氏、霍氏、上官氏、赵氏、丁氏、傅氏、王氏，后皆败亡。

〔5〕孔：孔丘。　随时以行藏：《论语·述而》记载孔子教诲颜回时言：“用之则行，舍之则藏。”

〔6〕蘧：春秋时卫国人，名瑗。《论语·卫灵公》记载孔子称赞蘧伯玉时说：“邦有道则仕，邦无道则可卷而怀之。”其意与上句“随时以行藏”接近。

〔7〕夕获归二句：晋惠帝永熙二年，惠帝皇后贾南风发动政变，诛灭了太傅杨骏及其三族。当时潘岳为杨骏主簿，逃过一劫。

〔8〕鲜（xiǎn）：少有，罕见。

〔9〕初服：未入仕时的服装。

【译文】

武皇忽然殡天，四海之内禁止奏乐，行举国之哀。天子居于寒凉幽暗寝宫以尽丧礼，百官听从太傅杨骏的命令。当时杨骏承担的责任之重，令伊尹和周公都相形逊色。回顾西汉的七家贵族世家，哪里有一家还能幸存至今？他们都没有预见危险的智慧，却仍然在自己的位置上安居。只知道一味地逼迫君王，来显示自己煊赫的专权。他们之所以迅速败亡都是因为陷入乱逆，绝非祸从天降。孔子主张君子应该“用之则行，舍之则藏”，随机以应变。蘧伯玉则善于根据时局来决定自己的出处。如果不能洞察幽微而统观全局，恐怕错误离你就不远了。我由此而领悟到，那些山林隐士之所以长去不返、厌弃仕途的原因了。只有像我这样拘泥于此道之辈，如飘萍浮水转蓬在天，自己的官位和名节也随着权力的交替而起伏不定。形势的变换如重叠的素卵，甚于在帷幕作巢的玄燕。心中的惊惧之情无可言喻，或是战战兢兢，又如临深渊而如履薄冰。晚上我在京城之外办事，夜色未半而杨骏之难就发生了。不是鸟儿选择树木来栖集，实在是因为森林焚毁鸟儿也很难生存。我幸而遇到了千载难逢的盛世，天子的仁德合于天地乾坤。天子没有发其冷如秋霜般的严威盛怒，相反却赐予我暖如春泽的优渥之恩。彰显大义来明晰责任，我得以幸运地削职为民。

皇鉴揆余之忠诚〔1〕，俄命余以末班。牧疲人于西夏〔2〕，携老幼而入关。丘去鲁而顾叹，季过沛而涕零〔3〕。伊故乡之可怀，疚圣达之幽情。矧匹夫之安土，邈投身于镐京〔4〕。犹犬马之恋主，窃托慕于阙庭。眷巩洛而掩涕，思缠绵于坟茔。

【注释】

〔1〕鉴：观察，审察。　揆：揣测，揣度。

〔2〕西夏：即华夏之西。

〔3〕季：刘邦。　沛：沛县，刘邦故乡。

〔4〕镐京：西周国都，此处代指长安。

【译文】

天子明察秋毫，揣度我仍有忠诚之心，遂将我任命为长安令。我即将前往西部地区去统治疲倦的人民，扶老携幼进入两京要塞函谷关。孔丘离开鲁国的时候回望故国仰天长叹，刘邦途经家乡沛县的时候老泪纵横。故乡确实令人怀念，就连圣人贤达也会因思乡的幽情而感到愧疚。况且像我辈这样安土重迁的凡夫俗子呢，虽然我马上就要去遥远的长安赴任。这种情感就像依恋主人的犬马，我内心对于朝廷仍然充满眷恋。到达巩、洛二县，我在父亲的坟冢前掩面落泪，思念先人的情愫一直在心间缠绵。

尔乃越平乐，过街邮〔1〕。秣马皋门，税驾西周〔2〕。远矣姬德，兴自高辛〔3〕。思文后稷，厥初生民。率西水浒，化流岐豳〔4〕。祚隆昌发〔5〕，旧邦惟新。旋牧野而历兹〔6〕，愈守柔以执竞。夜申旦而不寐，忧天保之未定。惟泰山其犹危，祀八百而余庆。鉴亡王之骄淫，窜南巢以投命〔7〕。坐积薪以待然，方指日而比盛。人度量之乖舛，何相越之辽迥！

【注释】

〔1〕平乐：馆名。　街邮：古亭名。

〔2〕税驾：停车，指休息或归宿。

〔3〕高辛：高辛氏，相传为黄帝的曾孙。

〔4〕岐：岐山。　豳：古地名。

〔5〕祚（zuò）：福，赐福。　昌：姬昌，周文王。　发：姬发，周武王。

〔6〕牧野：古地名，周武王与诸侯会师，大败纣军于此。

〔7〕南巢：古地名，传说成汤将夏桀流放此地。

【译文】

于是我就越过平乐之馆，穿过街邮之亭。在皋门桥喂马，在西周王城内暂作休息。追溯周朝的明德，兴自于帝喾高辛氏。而那作为周人始祖的后稷，其文德上与天齐。古公亶父为免戎狄之扰，率领百姓沿着西边的河岸，从豳地迁徙到了岐山脚下，其德化传布于两地之间。先人的福祚降临到文王和武王头上，古老的城邦焕发新颜。武王率领联军在牧野战败殷纣王，内有自强之心，外秉守柔之道。武王通宵达旦都不能入眠，忧虑的是天赐的福禄如何保全。周朝基业稳如泰山，他尚且居安思危，所以周朝享有帝业八百余载。夏桀骄奢淫逸，被成汤流放到南巢，此亡国之祸可以为鉴。夏桀坐在即将燃烧的柴薪之上，还狂妄地认为自己的统治将和太阳一样久长。武王与夏桀对安危的判断如此不同，不啻万里之遥。

考土中于斯邑，成建都而营筑〔1〕。既定鼎于郏鄏〔2〕，遂钻龟而启繇〔3〕。平失道而来迁〔4〕，緊二国而是祐〔5〕。岂时王之无僻〔6〕？赖先哲以长懋。望圉北之两门，感虢郑之纳惠〔7〕。讨子颓之乐祸〔8〕，尤阙西之効戾。重戮带以定襄〔9〕，弘大顺以霸世。灵壅川以止斗〔10〕，晋演义以献说。咨景悼以迄丐〔11〕，政凌迟而弥季。俾庶朝之构逆，历两王而干位。逾十叶以逮赧，邦分崩而为二。竟横噬于虎口，输文武之神器。

【注释】

〔1〕成：周成王。

〔2〕郏鄏：周朝东都。

〔3〕钻龟：一种占卜术。钻龟火灼，视其裂纹以断吉凶。　繇(zhòu)：占卜的文辞。

〔4〕失道而来迁：东周初年，由于故都镐京受犬戎之祸，兼有地震之危，平王遂东迁洛邑。

〔5〕二国：晋国和郑国。

〔6〕僻：邪僻之行。

〔7〕虢郑：虢国和郑国。周惠王时五大夫作乱，立子颓为君。郑国联合虢国分别从王城的圉门和北门杀入，平定子颓之祸。

〔8〕子颓：周庄王庶子，受宠。

〔9〕重（chóng）：晋文公重耳。　带：王子带，周惠王姬阆之子，曾驱逐周襄王，自立为王。　襄：周襄王。

〔10〕灵：周灵王。　壅川以止斗：据《国语·周语下》记载，灵王二十二年，谷水、洛水二水相斗，对王宫构成威胁。灵王打算壅塞二水以保王宫，其子王子晋曾加以劝说，但未被采纳。

〔11〕咨：咨嗟。　景：周景王。　悼：周悼王。　丐：王子匄，即周敬王。

【译文】

周公经过稽考认定这里是天下之中，于是成王就在洛邑大兴土木，营建新都。把传国宝鼎安置在郏鄏，于是就钻龟甲占卜，卜辞预示这里将奠定七百年的基业。平王失道而东迁于此，全赖晋郑二国的辅助而成行。难道周朝的国君没有邪僻之行吗？全赖先哲的庇佑才得以长治久安。周惠王能够远望圉北二门，要感谢虢国和郑国的帮助。他们平定了子颓之乐祸，却在阙西宴享惠王时对子颓之举加以效法。晋文公重耳诛杀了王子带，使周襄王得以还朝，这是弘扬诸侯的顺从之德从而奠定自己的霸业。周灵王意欲壅塞谷水和洛水来保全王宫，公子晋对此陈述利害，严加劝阻。可叹从周景王、周悼王一直到周敬王，王政一天天走向崩溃的边缘。庶子王子发动叛乱意欲篡位，先后历经周悼王和周敬王两朝方息。周朝历经十世，至于周赧王而一分为二。最后断送于强秦之手，文王和武王建立的帝业毁于一旦。

澡孝水而濯缨，嘉美名之在兹。夭赤子于新安[1]，坎路侧而瘗之[2]。亭有千秋之号，子无七旬之期。虽勉励于延吴[3]，实潜恸乎余慈。

【注释】

〔1〕赤子：婴儿。　新安：郡名。

〔2〕瘗（yì）：埋葬。

〔3〕延吴：春秋时吴延陵季子（季札）和魏东门吴的并称，二人皆丧子而旷达无忧。

【译文】

过孝水时，以其水来清洗冠缨上的灰尘，水以孝为名实在是令人称赞。我的小儿子不幸在新安夭折，在路旁掘土为坟将其埋葬。亭子有以千秋为名者，而幼子却没有活过七旬。虽然我不时以延陵季子和东门吴来自勉，而内心却实在是为幼子之亡而黯然神伤。

眄山川以怀古，怅揽辔于中途。虐项氏之肆暴，坑降卒之无辜。激秦人以归德，成刘后之来苏。事回泬而好还[1]，卒宗灭而身屠。

【注释】

〔1〕回泬（jué）：邪僻。

【译文】

我斜视高山大川而发怀古之情，在中途挽住马缰而内心惆怅。昔日项羽是如何地暴虐凶残，竟然坑杀了无辜的二十万秦军降卒。这激起了秦人归依仁德之主，成就了刘邦后来的转败为胜。恶有恶报天理昭彰，最终项羽身丧且有灭族之祸。

经渑池而长想[1]，停余车而不进。秦虎狼之强国，赵侵弱之余烬。超入险而高会，杖命世之英蔺[2]。耻东瑟之偏鼓，提西缶而接刃[3]。辱十城之虚寿，奄咸阳以取儁[4]。出申威于河外，何猛气之咆勃[5]。入屈节于廉公[6]，若四体之无骨。处智勇之渊伟，方鄙炁之忿悁[7]。虽改日而易岁，无等级以寄言。

【注释】

〔1〕渑池：古地名。

〔2〕杖：仰仗。　命世：著名于当世。　蔺：蔺相如，因功被封为赵国上卿。

〔3〕耻东瑟之偏鼓，提西缶而接刃：渑池之会时，秦王逼迫赵王鼓瑟，蔺相如则命秦王为赵王奏缶。

〔4〕辱十城之虚寿，奄咸阳以取儁：渑池之会时，秦之群臣请以赵十五城为秦王寿，蔺相如则曰："请以秦咸阳为赵王寿。"　奄（yǎn）：覆盖。　取儁：指取得优势。

〔5〕咆勃：愤怒之貌。

〔6〕廉公：廉颇，赵国大将。

〔7〕鄙炁：鄙陋。　忿悁：怨怒。

【译文】

途经渑池我不禁悠然畅想，停车不进而思虑万千。当年的秦国可是被称为虎狼的强国，而赵国只不过像余烬那样羸弱的小国。赵惠文王应秦王之约入渑池相会时，当时形势可谓以身犯险，赵王之心惊恐不安，全部倚仗命世英才蔺相如。相如因赵王为秦王鼓瑟而羞耻，他拿出秦缶命秦王击之，甚至不惜以命相逼。他对于秦国之臣奉赵十五城为秦王上寿的言辞深感耻辱，于是就举秦国都城咸阳为赵王上寿来以牙还牙。他在渑池伸张了赵国国威，其冲冠一怒的气势令人动容。回国之后却示弱于廉颇，好像四肢无骨一样软弱无能。相如是何等智勇双全渊深伟大，比那只会发怒的鄙陋的廉颇胜强万倍。即使是拿漫长的一年和短促的一天对比，也无法道尽二人之间在气量上的差别。

当光武之蒙尘，致王诛于赤眉[1]。异奉辞以伐罪[2]，初垂翅于回溪。不尤眚以掩德[3]，终奋翼而高挥。建佐命之元勋，振皇纲而更维。

【注释】

〔1〕赤眉：汉末以樊崇等为首的农民起义军，以赤色涂眉为标志，被称为赤眉。

〔2〕异：冯异，“云台二十八将”之一。

〔3〕尤：指责。 眚（shěng）：过错。 掩：掩盖。

【译文】

当年光武帝在河北被难之时，以天子之命来诛灭赤眉军。大将冯异奉命讨伐赤眉，接战之初在回溪遭遇大败。光武帝并未因小过而掩盖其大德，终于在淆底一战重创赤眉军。冯异辅佐刘秀建立了不世功勋，重振了汉朝的皇纲大业。

登崤坂之威夷[1]，仰崇岭之嵯峨。皋记坟于南陵[2]，文违风于北阿[3]。蹇哭孟以审败[4]，襄墨缞以授戈[5]。曾只轮之不反，絷三帅以济河[6]。值庸主之矜愎，殆肆叔于朝市。任好绰其馀裕[7]，独引过以归己。明三败而不黜，卒陵晋以雪耻。岂虚名之可立，良致霸其有以。

【注释】

〔1〕崤（xiáo）坂：崤山上的坡道。 威夷：险峻。

〔2〕皋：夏皋，夏朝君主名，据说其墓葬于崤山南陵。

〔3〕文：周文王。 违风：避风。

〔4〕蹇：蹇叔，春秋时秦国大夫，曾力谏勿远袭郑国，穆公不听而败。孟：百里视，字孟明，百里奚之子，崤之战中为秦军三帅之一。

〔5〕襄：晋襄公。 墨缞：黑色的丧服。

〔6〕三帅：百里孟明视、西乞术、白乙丙。

〔7〕任好：秦穆公之名。

【译文】

登上险峻的崤山坡道，仰望巍峨的崇山峻岭。崤山南陵是夏皋陵墓之所，崤山北阿是周文王躲风避雨之地。百里孟明出师时，蹇叔痛哭是预料到了失败的后果，晋襄公身着丧服来挥师应敌。秦军几乎全军覆没，三帅被俘渡过黄河北归。如果是遇到盲目自大、刚愎自用的庸主，几乎肯定要把蹇叔弃尸朝市。秦穆公却是一位宽宏大量的明君，把所有失利的责任归于自己。百里孟明多次败北而没有废黜，终于大胜晋国一雪前耻。秦穆公的名望岂是白白得来，正因为有这样的心胸气度方能称霸一时。

降曲崤而怜虢，托与国于亡虞〔1〕。贪诱赂以卖邻，不及腊而就拘。垂棘反于故府〔2〕，屈产服于晋舆〔3〕。德不建而民无援，仲雍之祀忽诸〔4〕。

【注释】

〔1〕虞：春秋时期诸侯国名。

〔2〕垂棘：春秋晋地名，以产美玉著称，后代指美玉。

〔3〕屈产：春秋晋地名，产良马。

〔4〕仲雍：人名，据说为虞国的祖先。

【译文】

我走下曲折的崤山坡道，开始怜悯起虢国来，将自己国家的命运寄托在虞国之上。可怜虞国君主贪图晋国的贿赂而出卖邻邦，不到腊月自己也沦为晋人的阶下之囚。垂棘的美玉返回晋国的老家，屈产的明马仍为晋国驾车。君王不建立恩德，百姓就不会支持，对仲雍的祭祀就会一朝而绝。

我徂安阳，言陟陕郛〔1〕。行乎漫渎之口〔2〕，憩乎曹阳之墟〔3〕。美哉邈乎！兹土之旧也，固乃周邵之所分〔4〕，二南之所交[5]。《麟趾》信于《关雎》[6]，《驺虞》应乎《鹊巢》[7]。

【注释】

〔1〕陕：陕县，古地名。　郛（fú）：外城。

〔2〕漫：漫涧，古水名。　渎：渎谷水，古水名。

〔3〕曹阳：古地名。

〔4〕周：周公。　邵：召公。

〔5〕二南：《诗经》中的《周南》、《召南》。

〔6〕《麟趾》：《周南》的末章。　《关雎》：《周南》的首章。

〔7〕《驺虞》：《召南》的末章。　《鹊巢》：《召南》的首章。

【译文】

我向安阳进发，又通过陕县的外城。在漫水和渎水交汇的渡口行进，在曹阳之墟小憩。悠久的历史多么美好！这块土地原本是周公和召公的封地，《周南》和《召南》的交界。《麟趾》和《关雎》中的王者之风可相互印证，《驺虞》与《鹊巢》中的诸侯之德更交相呼应。

愍汉氏之剥乱，朝流亡以离析。卓滔天以大涤[1]，劫宫庙而迁迹。俾万乘之盛尊，降遥思于征役。顾请旋于傕汜[2]，既获许而中惕[3]。追皇驾而骤战，望玉辂而纵镝。痛百寮之勤王，咸毕力以致死。分身首于锋刃，洞胸腋以流矢。有褰裳以投岸，或攘袂以赴水。伤桴檝之褊小，撮舟中而掬指。

【注释】

〔1〕卓：董卓，字仲颖，东汉末年作乱朝廷。

〔2〕旋：归去。　傕汜：李傕、郭汜，二人皆为董卓部将。

〔3〕中惕：中途反悔。

【译文】

可怜汉室天下离乱，朝廷流亡四方，百官分崩离析。董卓洗劫神州犯下滔天大罪，劫掠汉室宗庙胁迫献帝迁都长安。使天子以万乘之尊，只能在漫漫行役途中长吁短叹。献帝向李傕和郭汜请求东归洛阳，二人开始同意中途却又变卦。二人发兵追击天子车驾发生了一场鏖战，瞄准天子玉饰的车驾就随意放箭。最可痛惜的是勤王的文武百官，竭尽全力而抱定必死之心。刀锋之下身首两分，流矢射穿胸膛直达腋下。有的撩起下裳投靠对岸，有的捋起衣袖跃入水中。最令人悲伤的是船小人多，攀爬船只的人被砍掉的手指多到可以用手来捧。

升曲沃而惆怅，惜兆乱而兄替[1]。枝末大而本披，都偶国而祸结[2]。臧札飘其高厉[3]，委曹吴而成节。何庄武之无耻[4]，徒利开而义闭！蹑函谷之重阻，看天险之衿带。迹诸侯之勇怯，筭嬴氏之利害。或开关以延敌，竞遁逃以奔窜。有噤门而莫启，不窥兵于山外。连鸡互而不栖，小国合而成大。岂地势之安危，信人事之否泰！

【注释】

〔1〕“惜兆乱”句：当时晋穆侯太子名仇，其弟名曰成师。当时师服预测，兄弟之名就预示着祸乱，太子或将为成师所废。

〔2〕偶国：指当时成师的封邑曲沃与国都不相上下。

〔3〕臧：子臧，春秋时期曹国公族，曹宣公之子。　札：春秋时期吴国公子季札，吴王诸樊欲将王位传给其弟季札，季札以子臧为例推辞。

〔4〕庄武：指当时封在曲沃的庄伯和其子武公。二人兴兵作乱，灭掉了太子仇的后裔，占据晋国。

【译文】

进入曲沃我满怀惆怅，因为这里是成师的封邑，预示着将来要兴兵作乱将公子仇取而代之。枝叶过大就会伤害树干，曲沃与晋都规制相等就蕴藏着祸端。子臧和季札远走高飞，舍弃曹吴的君主之位而成全了名节。为何庄伯和武公如此无耻，为了一己私利而舍弃君臣大义？踏上函谷关的重重关隘，环视四周天险如衣带环绕。回想当年诸侯的勇敢和怯懦，揣度嬴秦各种政策的利弊得失。秦军有时大开城门来应敌，六国之师却吓得竞相逃窜。有时则紧闭城门，不向崤山之外窥测虚实。捆在一起的鸡不能栖息，小国联合在一起力量就变得强大。地势的安危并非根本，人事的好坏才是主因。

汉六叶而拓畿，县弘农而远关。厌紫极之闲敞[1]，甘微行以游盘。长傲宾于柏谷，妻睹貌而献餐[2]。畴匹妇其已泰，胡厥夫之缪官[3]！昔明王之巡幸，固清道而后往。惧衔橛之或变，峻徒御以诛赏[4]。彼白龙之鱼服，挂豫且之密网[5]。轻帝重于天下，奚斯渐之可长？吊戾园于湖邑[6]，谅遭世之巫蛊。探隐伏于难明，委谗贼之赵虏[7]。加显戮于储贰[8]，绝肌肤而不顾。作归来之悲台，徒望思其何补？

【注释】

〔1〕紫极：星名，借指帝王的宫殿。

〔2〕长：亭长。传说汉武帝微服私访，受到柏谷亭长慢待，旅店主妇加以厚待。后武帝赏以重金，擢其夫为羽林郎。

〔3〕缪官：不当封官而加封。当时旅店老板意欲劫夺汉武帝财物，幸为其妻所止。此言其夫之行，不配得到官爵。

〔4〕徒：驾车的人。　御：御马的人。

〔5〕豫且（jū）：春秋时宋国渔人；传说白龙化为鱼，豫且射中其目。

〔6〕戾（lì）园：汉武帝太子刘据的墓园。江充与刘据有隙，构陷刘据

行巫蛊欲害武帝。太子遂斩江充。后与丞相刘屈氂战，兵败，自缢于湖邑。冤情昭雪，武帝怜太子无辜，乃作思子宫，于湖边造归来望思之台。宣帝即位，谥曰戾，以湖邑阌乡为戾园。

〔7〕赵虏：即江充，因其原为赵太子手下，刘据斥之为赵虏。

〔8〕储贰：储副，太子。

【译文】

汉代经历六世而至武帝，方开疆拓土，徙函谷关于新安，以故关为弘农县。他厌倦了阔大空旷的皇宫，宁愿微服私访出来游玩。在柏谷亭投宿，亭长却对他拒之门外。投宿旅店，老板娘观其相貌不凡而进献美食。如果说酬谢老板娘还有情可原，那对图谋不轨的店老板加官就未免过分了。昔日明王圣主巡幸天下，务必要先清道警戒方可出行。即便如此还惧怕车马失控，因此对驾车御马之人设立严格的赏罚制度。白龙化鱼，堕入豫且的密网。在天下人面前轻视帝王的尊严，这种风气怎么能够助长？在湖邑的戾太子陵园凭吊，可怜他确实是受到了巫蛊之祸的构陷。本来这件事情就是隐微难辨，汉武帝却将其委派给奸佞小人江充。将刑戮施于太子，断绝骨肉之情而不加姑息。虽然后来武帝造归来之悲台，也是徒然望思于事无补。

纷吾既迈此全节〔1〕，又继之以盘桓。问休牛之故林，感征名于桃园。发阌乡而警策，愬黄巷以济潼〔2〕。眺华岳之阴崖，觌高掌之遗踪。忆江使之反璧，告亡期于祖龙〔3〕。不语怪以征异，我闻之于孔公〔4〕。

【注释】

〔1〕全节：地名，戾太子自缢之处。

〔2〕黄巷：古亭名。　潼：潼水，古水名。

〔3〕祖龙：即秦始皇。

〔4〕孔公：孔子。

【译文】

我纷然穿行在全节之野，又继之以盘桓而不前。询问哪里是当年武王取得天下后放牛的故林，有感于今日的桃园与古时的桃林可相互印证。从阌乡出发扬鞭策马，沿着黄巷亭上行渡过潼水。远眺西岳华山北面的悬崖，看见了留在山峰的仙人掌印的遗踪。回忆起秦使捧还祭江的玉璧，告诉始皇死期将至。不谈论神怪之事，不作为征实的依据，我听闻孔夫子说过这些话。

愠韩马之大憝〔1〕，阻关谷以称乱。魏武赫以霆震，奉义辞以伐叛。彼虽众其焉用，故制胜于庙筭。砰扬桴以振尘，繣瓦解而冰泮〔2〕。超遂遁而奔狄，甲卒化为京观〔3〕。

【注释】

〔1〕韩马：韩遂、马超，二人皆东汉末年的军阀。　憝（duì）：恶。

〔2〕繣（huà）：破裂、破碎之声。　泮：消融。

〔3〕京观（guàn）：为炫耀武功，以敌人尸首封土堆积而成的高冢。

【译文】

我对韩遂和马超的大恶愤怒不已，竟然仰仗潼关、函谷来兴兵作乱。魏武帝曹操勃发雷霆之怒，义正辞严地讨伐这些反叛。韩马二人虽然人多势众又有何用？因为决定胜负还要靠运筹帷幄的谋略。我军鼓声震天，溅起漫天扬尘。敌军一击即溃，如瓦解冰消。马超仓皇逃回西凉，敌军的尸首堆积如山形成一个巨大的坟茔。

倦狭路之迫隘，轨踦躯以低仰〔1〕。蹈秦郊而始辟，豁爽垲以宏壮〔2〕。黄壤千里，沃野弥望。华实纷敷，桑麻条畅。邪界褒斜，右滨汧陇〔3〕。宝鸡前鸣，甘泉后涌〔4〕。面终南而背云阳，跨平原而连嶓冢〔5〕。九嵕巀嶭，太一巃嵸[6]。吐清风之飂戾[7]，纳归云之郁蓊。南有玄灞素浐[8]，汤井温谷。北有清渭浊泾[9]，兰池周曲[10]。浸决郑白之渠，漕引淮海之粟。林茂有鄠之竹[11]，山挺蓝田之玉。班述陆海珍藏[12]，张叙神皋隩区[13]。此西宾所以言于东主[14]，安处所以听于凭虚也[15]，可不谓然乎？

【注释】

〔1〕踦躔：崎岖。

〔2〕爽垲（kǎi）：高爽干燥之地。

〔3〕褒斜：古道路名。　汧（qiān）陇：指汧水陇山地带。

〔4〕甘泉：宫名。

〔5〕嶓（bō）冢：山名。

〔6〕九嵕（zōng）、太一：山名。　巀嶭（niè）、巃嵸：高峻之貌。

〔7〕飂（liáo）戾：象声词，形容风声。

〔8〕灞、浐：古水名。

〔9〕渭、泾：古水名。

〔10〕兰池：宫名。　周曲：周氏曲，古地名。

〔11〕鄠（hù）：今陕西户县。

〔12〕班：班固，作有《二都赋》。

〔13〕张：张衡，作有《二京赋》。

〔14〕西宾、东主：班固《西都赋》中的人物。

〔15〕安处、凭虚：张衡《西京赋》中的人物。

【译文】

行走于极其狭窄逼仄的小路之上，车马随着崎岖的道路而忽高忽低。踏足秦郊始觉豁然开朗，地势干爽而又高大宏壮。黄土连绵千里，沃野一望无边。鲜花盛开果实繁茂，桑麻繁茂，长势茁壮。左有褒斜古道，右滨汧水陇山。宝鸡居前，甘泉在后。面向终南山，背靠云阳县，跨过平原与嶓冢山相连。九嵕山崔巍险峻，太一山高耸入云。吐出阵阵清风，收纳繁茂的归云。长安之南有黑色的灞水，白色的浐水，还有骊山脚下的温泉。长安之北有清澈的渭水，浑浊的泾水，兰池宫和周氏曲。用郑国渠和白渠的水灌溉良田，漕运引来了淮海地区的粮食。户县的竹林最为丰茂，蓝田山中之玉令人称奇。班固在《西都赋》中讲述“陆海珍藏”，张衡在《西京赋》中赞美“神皋隩区”。这就是西宾对东主所言，凭虚对安处所讲的事情，难道不是这样吗？

劲松彰于岁寒，贞臣见于国危。入郑都而抵掌，义桓友之忠规〔1〕。竭股肱于昏主，赴涂炭而不移〔2〕。世善职于司徒〔3〕，缁衣敝而改为〔4〕。

【注释】

〔1〕桓友：春秋时期的郑桓公，名友。

〔2〕涂炭：泥淖和炭灰，比喻极困苦的境遇。

〔3〕司徒：周时为六卿之一，掌管国家土地和人民教化。

〔4〕缁衣：古代用黑色布帛做的朝服。

【译文】

寒冬时节方显劲松，国家危难才见忠臣。进入郑国旧都不禁击掌赞叹，欣赏郑桓公忠心规劝周幽王的义举。他为昏庸的君主竭尽了股肱之力，即便是赴汤蹈火也坚定不移。桓公父子世代司徒，可谓善守职分。他的缁衣破旧了，黎民百姓愿意重新再做一件。

履犬戎之侵地，疾幽后之诡惑〔1〕。举伪烽以沮众，淫嬖褒以纵慝〔2〕。军败戏水之上，身死骊山之北。赫赫宗周，灭为亡国。

【注释】

〔1〕幽后：周幽王之后，名褒姒。　诡惑：蛊惑，惑乱。

〔2〕嬖褒：亦褒姒。 慝（tè）：奸邪，邪恶。

【译文】

踏上当年犬戎入侵过的土地，痛恨祸乱周朝天下的褒姒。伪举烽火令诸侯灰心丧气，周幽王宠溺褒姒竟然纵容这种恶行。王师败于戏水之上，幽王身死骊山之北。显赫盛大的周朝，竟然分崩离析而走向亡国。

又有继于此者，异哉秦始皇之为君也！倾天下以厚葬，自开辟而未闻。匠人劳而弗图，俾生埋以报勤。外罹西楚之祸，内受牧竖之焚〔1〕。语曰："行无礼必自及。"此非其效与〔2〕？

【注释】

〔1〕牧竖：牧童。传说牧童在秦始皇陵附近放羊，因寻找走失的羊而手持火把误入墓穴，酿成大火，陵墓被焚毁。

〔2〕效：验证。

【译文】

周幽王之后又有继承他这种亡国之道的，这就是一统六国的秦始皇，他为君的怪诞真是闻所未闻。他倾尽举国的人力物力来修建陵墓，自开天辟地以来从未听说。工匠辛劳工作却一无所获，对其勤劳的报偿就是活埋地下为其殉葬。陵外被西楚霸王项羽所毁，陵内因牧童寻羊而被焚。古语有云："行无礼之事，必殃及自身。"这不就是最好的证明吗？

乾坤以有亲可久，君子以厚德载物〔1〕。观夫汉高之兴也，非徒聪明神武、豁达大度而已也。乃实慎终追旧〔2〕，笃诚款爱。泽靡不渐，恩无不逮。率土且弗遗，而况于邻里乎？况于卿士乎？

【注释】

〔1〕厚德载物：语出《周易·坤》，意为君子道德深厚，如大地可载万物。

〔2〕慎终追旧：谨慎对待亲人的去世，追忆久远的祖先。

【译文】

天地由于人们有亲密的关系才得长久，君子德行深厚如同大地承载万物。依我之见，汉高祖的兴起，绝非仅仅因为他既聪明神武，而又豁达大度那样简单。实在是因为他能谨慎对待亲人的离世，时常追念祖先，心地笃诚又有博爱之心。恩泽润及万物，德惠广被万民。普天之下无一遗漏，何况那邻里之间？何况那公卿士大夫呢？

于斯时也，乃摹写旧丰，制造新邑[1]。故社易置，枌榆迁立[2]。街衢如一，庭宇相袭。浑鸡犬而乱放，各识家而竞入。

【注释】

〔1〕新邑：即新丰。当时刘邦之父思念家乡，于是刘邦就按照故乡沛县丰邑的形制，在这里再造了一座城池，故名新丰。

〔2〕枌（fén）榆：刘邦故乡的里社名，据说他在起兵之前曾在此祈祷。

【译文】

当此之时，汉高祖就按照故乡沛县丰邑的形制，再造了一座新的故乡，名为新丰。故乡的枌榆社也被迁到这里，街道的样子与旧丰一般不二，庭院和屋宇同样加以沿袭。将鸡犬混杂乱放，它们都能够各归其家而不混乱。

籍含怒于鸿门[1]，沛跼蹐而来王[2]。范谋害而弗许[3]，阴授剑以约庄[4]。撇白刃以万舞，危冬叶之待霜。履虎尾而不噬，实要伯于子房[5]。樊抗愤以卮酒[6]，咀彘肩以激扬。忽蛇变而龙摅[7]，雄霸上而高骧。曾迁怒而横撞，碎玉斗其何伤？

【注释】

〔1〕籍：项籍，即项羽。　鸿门：古地名。

〔2〕沛：沛公刘邦。　跼蹐：拘束。

〔3〕范：范曾，项羽手下的第一谋士。

〔4〕庄：项庄，项羽之堂弟。

〔5〕伯：项伯，项羽之叔父。　子房：张良，字子房。

〔6〕樊：樊哙，刘邦手下的大将。　卮（zhī）：古代的一种酒器。

〔7〕蛇变：蛇变为龙。　龙摅（shū）：如龙之飞腾上天，多用于形容帝王兴起。

【译文】

项羽在鸿门发怒，沛公拘谨不安前来请罪。范曾欲谋害沛公而项王没有同意，于是暗中指派项庄舞剑助兴，而实为刺杀刘邦。项庄挺剑而行万舞，沛公处境危如冬叶待霜。沛公踩到虎尾却没被吃掉，全要仰仗张良的好友项伯暗中辅助。樊哙怒闯宴会被项王赐予卮酒，在盾牌上切生彘肩而食真是意气激扬。刘邦如蛇变苍龙而一飞冲天，雄踞霸上而昂首称王。范曾因刘邦逃脱而迁怒玉斗，持剑横击玉斗粉碎又有何妨？

婴罥组于轵涂[1]，投素车而肉袒[2]。疏饮饯于东都[3]，畏极位之盛满。金墉郁其万雉[4]，峻嵃峭以绳直。戾饮马之阳桥[5]，践宣平之清阈[6]。都中杂沓，户千人亿。华夷士女，骈田逼侧[7]。展名京之初仪，即新馆而莅职。励疲钝以临朝，勖自强而不息。

【注释】

〔1〕婴：秦王子婴。 胃组：系颈以组。 轵涂：古亭名。

〔2〕肉袒：去衣露体。胃组、素车、肉袒皆为投降时的仪式。

〔3〕疏（shū）：疏广和疏受叔侄。二人相约辞官还乡，其日，亲朋古旧饯行于东都门外。

〔4〕金墉：金城，形容坚固的城墙。

〔5〕戾：至。 饮马：桥名。

〔6〕宣平：城门名。

〔7〕骈田：形容数量众多。

【译文】

于是秦王子婴在轵途上以绳系项，乘素车白马，肉袒于前来向刘邦请降。疏广和疏受叔侄，因为畏惧官位盛极难再而请求辞官，亲朋古旧在东都门外为他们把酒践行。固若金汤的城墙高有万丈，险峻陡峭而又笔直如绳。到达饮马桥的南面，踏入华美清丽的宣平门。都城之内人头攒动，有千户亿人之多。士女人数众多，或为中原人士，或来自蛮夷异邦，在拥挤的街市上摩肩接踵。一代名都的仪容初次展现在眼前，我赶到馆舍来就任新职。虽然自己既疲倦又愚钝，还是马上临朝处理政务，勉励自己要自强而不息。

于是孟秋爰谢，听览馀日。巡省农功，周行庐室。街里萧条，邑居散逸。营宇寺署，肆廛管库[1]，蕞芮于城隅者[2]，百不处一。所谓尚冠修成，黄棘宣明。建阳昌阴，北焕南平[3]。皆夷漫涤荡，亡其处而有其名。尔乃阶长乐，登未央。泛太液，凌建章。萦駊娑而款骀荡，櫹枍诣而轹承光[4]。徘徊桂宫，惆怅柏梁[5]。鹭雉雊于台陂[6]，狐兔窟于殿傍。何黍苗之离离，而余思之芒芒！

洪钟顿于毁庙，乘风废而弗县[7]。禁省鞠为茂草，金狄迁于灞川[8]。

【注释】

〔1〕肆廛：市场。

〔2〕蕞芮：陋小丛聚之貌。

〔3〕尚冠、修成、黄棘、宣明、建阳、昌阴、北焕、南平：皆长安城内闾里之名。

〔4〕馺娑（sà suō）、骀荡、枍（yì）诣：汉宫殿名。　承光：汉楼台名。

〔5〕柏梁：台名。

〔6〕鷩（bì）雉：锦鸡。　雊（gòu）：锦鸡的叫声。

〔7〕乘风：悬钟的架子。　县：同“悬”。

〔8〕金狄：铜人，秦始皇二十六年曾造铜人十二，立于宫门之前，谓之金狄。

【译文】

于是孟秋方过，乘公务之闲暇，我巡省农事，遍访民居。但见街市一片萧条，民居杂处其间。营房、寺庙、官署、市场、仓库，皆残破不堪，孤零零地聚集在城隅，百不存一。所谓尚冠、修成、黄棘、宣明、建阳、昌阴、北焕、南平这些昔日繁华的居民区，全都荡然无存，只空留其名。于是我取道长乐宫，上登未央宫。泛舟太液池，登临建章宫。萦绕于馺娑、骀荡二宫之间，又驾车探访枍诣宫和承光台。在桂宫处徘徊不前，在柏梁台上惆怅不止。鷩雉在楼台陂塘间鸣叫，狐狸和野兔在殿旁打洞。眼前的黍苗何等茂盛，而我却思绪万千！洪钟被抛弃在破败的庙堂里，钟架被废也不再悬挂。宫中遍地是丰茂的野草，十二铜人被迁到灞川。

怀夫萧曹魏邴之相[1]，辛李卫霍之将[2]。衔使则苏属国[3]，震远则张博望[4]。教敷而彝伦叙，兵举而皇威畅。临危而智勇奋，投命而高节亮。暨乎秺侯之忠孝淳深[5]，陆贾之优游宴喜[6]。长卿渊云之文[7]，子长政骏之史[8]。赵张三王之尹京[9]，定国释之之听理[10]。汲长孺之正直[11]，郑当时之推士[12]。终童山东之英妙[13]，贾生洛阳之才子[14]。飞翠緌，拖鸣玉，以出入禁门者众矣。或被发左衽[15]，奋迅泥滓。或从容傅会，望表知里。或著显绩而婴时戮，或有大才而无贵仕。皆扬清风于上烈，垂令闻而不已。想珮声之遗响，若铿锵之在耳。当音凤恭显之任势也[16]，乃熏灼四方，震耀都鄙。而死之日，曾不得与夫十馀公之徒隶齿[17]。才难，不其然乎？

【注释】

〔1〕萧：萧何。 曹：曹参。 魏：魏相。 邴：邴吉。

〔2〕辛：辛庆忌。 李：李广。 卫：卫青。 霍：霍去病。

〔3〕衔使：奉王命出使。 苏属国：苏武，曾奉命出使匈奴，被扣押十九年而不屈，返汉后被任命为典属国。

〔4〕张博望：张骞，曾出使西域。后封为博望侯。

〔5〕秺（dù）侯：金日磾（dī），本匈奴贵族，后归汉，为人忠孝双全。封为秺侯。

〔6〕陆贾：汉初大臣。楚国人，有辩才，曾著《新语》十二篇，总结秦亡汉兴教训。

〔7〕长卿：司马相如，字长卿。 渊：王褒，字子渊。 云：杨雄，字子云。三人皆西汉著名文学家。

〔8〕子长：司马迁，字子长。 政：刘向，字子政。 骏：刘向之子刘歆，字子骏。三人皆为史学名家。

〔9〕赵：赵广汉。 张：张敞。 三王：王遵、王章、王骏。以上五人都曾任京兆尹。

〔10〕定国：于定国。 释之：张释之。二人皆为汉代司法之官，执法

严明。

〔11〕汲长孺：汲黯，为人耿直，数次犯颜直谏。

〔12〕郑当时：汉武帝时曾任大司农，热心举荐人才。

〔13〕终童：终军，济南人。少好学，年十八选为博士弟子，死时年仅二十余岁，故称终童。

〔14〕贾生：贾谊，西汉政论家、文学家，洛阳人。

〔15〕被发左衽：头发披散不束，衣襟向左掩。古代指西北民族的装束。

〔16〕音：王音。　凤：王凤。二王为堂兄弟，是西汉末年专权的外戚。　恭：弘恭。　显：石显。二人都是西汉末年把持朝政的宦官。

〔17〕隶齿：同列。

【译文】

怀想萧何、曹参、魏相、邴吉诸位贤相，辛庆忌、李广、卫青、霍去病众多名将。既有奉命出使匈奴不失汉节的苏武，还有威震远方异族的张骞。或广施教化安定伦常之序，或举兵雄变皇威远扬。或身处险境而奋发智勇，或生死攸关凸显高风亮节。至于金日磾的忠孝淳深，陆贾的优游宴喜。司马相如、王褒、杨雄之文才，司马迁、刘向、刘歆的史略。赵广汉、张敞、王遵、王章、王骏治理京兆时皆为能吏，于定国、张释之执法严明为人称道。汲长孺正直敢谏，郑当时推荐贤士。终军是山东俊士，贾谊乃洛阳才子。冠冕上翠缨飘飞，衣带上玉佩叮当作响，名臣贤士在宫门出出入入。有的头发披散，衣襟左掩，却在卑下的地位中奋起。有的从容辞令，有望表知里之能。有的功勋卓著却受到迫害，有的胸有大才却不得显官。他们都效法前贤，发扬清正之风，其不朽声名万古流芳。想起他们身上佩玉的遗响，其铿锵之声犹在耳边。当王音、王凤、弘恭、石显专权之时，气焰嚣张如火焰熏灼四方，无论都城抑或边鄙都慑服于其声威。而当他们死去之时，甚至不配和上述诸公的仆役同列。人才难得啊，难道不是这样吗？

望渐台而扼腕，枭巨猾而馀怒[1]。揖不疑于北阙[2]，轼樗里于武库[3]。酒池鉴于商辛[4]，追覆车而不寤。曲阳僭于白虎[5]，化奢淫而无度。命有始而必终，孰长生而久视？武雄略其焉在，近惑文成而溺五利[6]。侔造化以制作，穷山海之奥秘。灵若翔于神岛[7]，奔鲸浪而失水。爆鳞骼于漫沙，陨明月以双坠。擢仙掌以承露，干云汉而上至。致邛蒟其奚难[8]，惟余欲而是恣。纵逸游于角抵[9]，络甲乙以珠翠[10]。忍生民之减半，勒东岳以虚美。超长怀以遐念，若循环之无赐。

【注释】

〔1〕巨猾：大奸大恶，极其狡猾的人，指王莽。

〔2〕不疑：隽不疑，字曼倩，为京兆尹。

〔3〕轼：手扶车前横木以示敬意。　樗（shū）里：樗里疾，战国秦惠王的异母弟。善言词，多智慧。

〔4〕商辛：商纣王，据说他豪奢淫逸，以酒为池，悬肉为林。

〔5〕曲阳：曲阳侯王根，成帝刘骜的舅舅，专权擅政，生活奢靡。白虎：白虎殿。

〔6〕文成：文城将军李少翁。　五利：五利将军栾大。二人原为方士，皆以方术而为武帝重用。

〔7〕灵若：传说中的海神。

〔8〕邛（qióng）蒟（jǔ）：邛杖与蒟酱，皆巴蜀特产。

〔9〕角抵：类似现代的摔跤活动。

〔10〕甲乙：传说中汉武帝所造帐幕。以琉璃珠、夜光珠修饰者为甲帐，以居神；其次为乙帐，以自居。

【译文】

远望渐台而扼腕叹息，虽然巨奸大恶被枭首示众仍余怒未息。行于北阙向辨识真假太子的隽不疑参拜，步于武库向足智多谋的樗里疾凭轼致敬。商纣王筑酒池可为前车之鉴，今人步其后尘而不醒悟。曲阳侯王根起宫室竟敢比拟白虎殿，奢侈荒淫而无度。人的生命有始而必有终，谁又能够长生不老？武帝的雄才伟略今安在，晚年先被李少翁所惑，又宠溺栾大之流。宫楼台阁的建造巧夺天工，山珍海宝被搜罗殆尽。灵若海神的造像翱翔于神岛，石雕的鲸鱼踏浪而来却失水而亡。鲸鱼的鳞片和骨骼在沙滩曝晒，陨落的双目如明月成双。铜人手执承露之盘，穿过云霄而上至天河。追求邛杖、蒟酱这样的特产又有何难，只要天子想要得到就能够恣意满足。纵情游乐于角抵之戏，在甲帐和乙帐外镶珠嵌翠。天下人口减半也在所不惜，封禅泰山来夸耀自己的虚名。追溯历史我不禁陷入沉思遐想，这一切仿佛是无穷无尽的循环。

较面朝之焕炳，次后庭之猗靡〔1〕。壮当熊之忠勇〔2〕，深辞辇之明智〔3〕。卫鬒发以光鉴〔4〕，赵轻体之纤丽〔5〕。咸善立而声流，亦宠极而祸侈。

【注释】

〔1〕猗靡：婀娜。

〔2〕当熊：汉元帝时冯昭仪为保护天子，以身阻挡跑出斗兽圈的熊。

〔3〕辞辇：班婕妤与汉成帝游于后庭，成帝欲与其同辇，婕妤说：贤圣之君皆有名臣在侧，亡国之君方有与妃同辇之事。

〔4〕卫：卫子夫，汉武帝的第二任皇后。

〔5〕赵：赵飞燕，汉成帝的第二任皇后。

【译文】

看罢气势恢宏的前殿，又来到婀娜多姿的后宫。为冯昭仪当熊而立的忠勇之举赞叹不已，又为班婕妤拒绝与成帝同辇的深明大义而佩服。卫子夫发如墨染，光可鉴人。赵飞燕体态轻盈，翩翩起舞。善立声名者流芳千古，恃宠而骄者祸在眼前。

津便门以右转[1]，究吾境之所暨。掩细柳而抚剑[2]，快孝文之命帅。周受命以忘身，明戎政之果毅。距华盖于垒和，案乘舆之尊辔。肃天威之临颜，率军礼以长揖。轻棘霸之儿戏，重条侯之倨贵[3]。

【注释】

〔1〕津：渡过。　便门：汉代长安城西北、渭水上的桥名。

〔2〕细柳：古地名。汉文帝时，将军周亚夫屯军于细柳，文帝劳军没有军令而不得入营。后文帝派使者持节诏将军，方得入。天子至营，按照军令只能按辔徐行，亚夫以军礼相见。文帝批评棘门和霸上的守军视同儿戏，盛赞周亚夫军纪严明。

〔3〕条侯：周亚夫的封号。

【译文】

渡过津门桥然后右转，一直走到长安县的边界。行至细柳而手抚宝剑，为当年汉文帝善择将帅而畅快。周亚夫接受王命就忘却了自身，善于治军而又果敢刚毅。在军垒门外拦住天子的銮舆，拉住驾车者的马缰。面对威严的天子本应大礼参拜，却因铠甲在身而行长揖的军礼。文帝轻视棘门霸上的守军，认为他们将军纪视同儿戏。他尊重周亚夫治军有方，在天子面前傲慢矜贵却执法如山。

索杜邮其焉在，云孝里之前号[1]。惘辍驾而容与，哀武安以兴悼[2]。争伐赵以徇国，定庙筭之胜负。扞矢言而不纳，反推怨以归咎。未十里于迁路，寻赐剑以刎首。嗟主暗而臣嫉[3]，祸于何而不有？

【注释】

〔1〕杜邮：古亭名，今谓之孝里。秦将白起被赐死于此。

〔2〕武安：秦将白起，因战功被封为武安君。

〔3〕暗：昏庸，昏昧。

【译文】

寻找杜邮亭的旧址何在，现在其名为孝里。惆怅万千，停车徘徊，为武安君白起之死哀伤，心生悼念之情。因拒绝讨伐赵国而惹怒秦昭襄王，最后落得以身殉国的下场，在朝堂上即可预测战事的胜负。秦王不采纳白起的忠言，反将怨恨归咎于他。遣白起出咸阳不足十里，即赐剑令其自裁。可叹君主昏昧而同僚嫉妒，灾祸怎能不降临你身？

窥秦墟于渭城，冀阙缅其堙尽〔1〕。觅陛殿之馀基，裁岥岮以隐嶙〔2〕。想赵使之抱璧，浏睨楹以抗愤〔3〕。燕图穷而荆发〔4〕，纷绝袖而自引。筑声厉而高奋，狙潜铅以脱膑〔5〕。据天位其若兹，亦狼狈而可愍！简良人以自辅，谓斯忠而鞅贤〔6〕。寄苛制于捐灰，矫扶苏于朔边〔7〕。儒林填于坑穽〔8〕，诗书炀而为烟。国灭亡以断后，身刑轘以启前。商法焉得以宿〔9〕，黄犬何可复牵〔10〕？野蒲变而成脯，苑鹿化以为马。假谗逆以天权，钳众口而寄坐。兵在颈而顾问，何不早而告我？愿黔黎其谁听，惟请死而获可。健子婴之果决，敢讨贼以纾祸。势土崩而莫振，作降王于路左。萧收图以相刘，料险易与众寡。羽天与而弗取，冠沐猴而纵火〔11〕。贯三光而洞九泉〔12〕，曾未足以喻其高下也。

【注释】

〔1〕渭城：咸阳。　冀阙：古时宫廷外的门阙，多用以公布教令。缅：全部。

〔2〕岥岮：倾斜之貌。　隐嶙：突兀之貌。

〔3〕浏：目光清澈之貌。 楹：柱子。

〔4〕燕图：燕国督亢的地图。 荆：荆轲，战国时期著名刺客，刺杀秦王嬴政，未果被杀。

〔5〕筑：古代的一种弦乐器。 高：高渐离，荆轲好友，曾在易水边送别荆轲，据说后又有刺秦之举。 膑：膝盖。

〔6〕斯：李斯，秦代政治家，统一六国后被任命为丞相。 鞅：商鞅，战国时期政治家、改革家。

〔7〕矫：矫诏。 扶苏：秦始皇长子，被赵高、胡亥与李斯合谋，矫诏赐死。

〔8〕坑穽：泛指深坑。

〔9〕商法焉得以宿：秦惠王继位后下令逮捕商鞅，他逃至边关却因未带凭证而不能投宿。

〔10〕黄犬何可复牵：李斯被杀，临刑之前对儿子说："吾欲与若复牵黄犬俱出上蔡东门，逐狡兔，岂可得乎！"

〔11〕沐猴：猕猴。此句言韩生劝项羽定都咸阳，以成霸业。项羽一心要返回家乡。韩生便以"沐猴而冠"加以嘲讽，被杀。

〔12〕三光：日、月、星。

【译文】

在咸阳窥探秦宫故址，冀阙尽皆化为尘土。寻觅秦宫殿阶的旧基，崎岖突兀空余一片瓦砾。想当年赵使蔺相如抱着和氏璧，清澈的双目斜视殿柱打算与其玉石俱焚，以抒发对秦王言而无信的怒气。燕国督亢地图展到尽头，荆轲抽出内藏其中的匕首向秦王刺去，秦王挣断衣袖仓皇而逃。筑声凄厉而高渐离奋起一击，灌铅的筑击中了秦王膝盖。身居皇位却是如此境地，秦王的狼狈委实令人怜惜！秦王选拔贤才来辅佐自己，大家都说李斯忠诚而商鞅贤能。秦法严苛，弃灰于路都要受到惩罚，贤德的公子却被赵高等人矫诏赐死于北方边陲。儒生多被坑杀，诗书典籍化为烟尘。国家灭亡无继承统绪的贤君，商鞅身受车裂之刑方知先前的法规太过严峻。因为没有身份凭证，旅店主人不敢留宿逃亡的商鞅。因为严酷的刑法，李斯想要与儿子牵黄犬出上蔡东门狩猎不可复得。赵高指野蒲为干肉，指苑鹿为马。赵高以谗佞和篡位为胡亥夺得皇权，钳制众人之口而二世乐得清闲。刀压脖项秦二世才想起反问侍从，为何不早点告诉我？甘愿退位为民谁又肯听，惟有请求自杀能够获准。子婴处事果敢坚决值得称赞，竟敢讨灭逆贼来纾解祸端。可是秦朝大势已去如土崩瓦解，重新振作难上加难，于是子婴只得在道旁向刘邦投降。萧何收集秦朝的图册典籍来辅佐高祖，来考察关城的险易与户数的多寡。上天将霸业赐予项羽而他却放弃，火烧秦宫（胸无大志）如沐猴戴冠。高祖与项羽的贤愚之分，一在三光之上，一在九泉之下。

感市闾之菆井〔1〕，叹尸韩之旧处〔2〕。丞属号而守阙，人百身以纳赎。岂生命之易投，诚惠爱之洽著。讦望之以求直，亦余心之所恶。思夫人之政术，实干时之良具。苟明法以释憾，不爱才以成务。弘大体以高贵，非所望于萧傅〔3〕。

【注释】

〔1〕菆（zōu）：麻秆。　井：市井。

〔2〕尸韩：指韩延寿被杀。

〔3〕萧傅：萧望之，西汉大臣，韩延寿之死与其有直接关系。

【译文】

在街肆的菆井处不住感叹，因为这里是昔日韩延寿被杀的地方。临行前属下在宫门嚎咷痛哭，愿以百人的性命为其赎罪。难道生命就这样轻言放弃？实在是韩延寿对百姓广施恩泽。他构陷萧望之为自己辩解，这也是我所厌恶的。但想起他理政有术，确实是干国的栋梁。假借申明法度以泄私愤，不爱惜人才助其成就事业。识大体、顾大局才是高贵的品质，而萧望之的做法却令人不齿。

造长山而慷慨，伟龙颜之英主[1]。胸中豁其洞开，群善凑而必举。存威格乎天区，亡坟掘而莫御。临揜坎而累抃[2]，步毁垣以延伫。

【注释】

〔1〕长山：长陵，高祖刘邦的陵墓。

〔2〕揜：覆盖。　坎：墓穴。　抃：拍手，击掌。

【译文】

造访长陵心中激动，隆准龙颜的英主何其伟大。他胸襟宽广，豁然大度，群贤毕至，皆能量才而用。在世时他的声威撼动上天，去世后陵墓被盗掘却无计可施。临近墓穴不禁击掌而叹，漫步于断壁残垣间久立不前。

越安陵而无讥[1]，谅惠声之寂寞。吊爰丝之正义[2]，伏梁剑于东郭。讯景皇于阳丘[3]，奚信谮而矜谑？陨吴嗣于局下[4]，盖发怒于一博。成七国之称乱，翻助逆以诛错[5]。恨过听而无讨，兹沮善而劝恶。

【注释】

〔1〕安陵：汉惠帝刘盈的陵墓。

〔2〕爰丝：爰盎，即袁盎，字丝，西汉名臣。他因为劝阻立梁王刘武为储君，遭其忌恨。后被梁王派遣的刺客刺杀于安陵东郭门外。

〔3〕阳丘：阳陵，汉景帝的陵墓。

〔4〕吴嗣：吴国太子。景帝为太子时与吴太子下棋时发生争执，以棋盘杀之。

〔5〕错：晁错，西汉名臣，因向景帝建议削藩，而损害了诸侯利益。后七国以“清君侧”为名叛乱，被腰斩。

【译文】

越过安陵而无可指摘，汉惠帝的名声实在是寂寞。凭吊那仗义执言的袁盎，他被梁王派来的刺客暗杀于东郭门外。在阳陵追问景帝，为何听信谗言而纵情游乐？用棋盘打死吴国太子，只不过因为一盘棋局就如此愤怒。酿成七国之乱的恶果，却帮助逆贼而冤杀晁错。可恨景帝听信袁盎的谗言却不追究责任，这是打击善良而劝人为恶。

呰孝元于渭茔[1]，执奄尹以明贬[2]。褒夫君之善行，废园邑以崇俭。

【注释】

〔1〕呰（zǐ）：诋毁。　渭茔：渭陵，汉元帝陵墓。

〔2〕奄尹：宦官，此处指当时祸乱朝纲的弘恭、石显。

【译文】

在渭陵诟病汉元帝的过失，宠信宦官应该受到贬低。我要赞美元帝的善行，他废除园邑制来崇尚节俭。

过延门而责成[1]，忠何辜而为戮？陷社稷之王章[2]，俾幽死而莫鞠。忲淫嬖之匈忍，剿皇统之孕育[3]。张舅氏之奸渐[4]，贻汉宗以倾覆。

【注释】

〔1〕延：延陵，汉成帝陵墓。

〔2〕王章：汉代官吏，以刚直敢言著称，后因奏弹王凤被诬陷系狱而死。

〔3〕忲（tài）：奢侈。　淫嬖：指赵飞燕。　匈忍：凶恶残忍。

〔4〕舅氏：成帝的舅舅王凤。

【译文】

经过延陵之门开始指责成帝，无辜的忠臣为何反被杀戮？社稷之臣王章被陷害，幽禁冤死而未昭雪平反。纵容奢侈荒淫的赵飞燕，她何其残忍，竟将未来的皇子剿杀殆尽。纵容外戚王氏的篡权阴谋，给汉室留下了倾覆的祸端。

刺哀主于义域〔1〕，僭天爵于高安〔2〕。欲法尧而承羞，永终古而不刊。瞰康园之孤坟〔3〕，悲平后之专絜〔4〕。殃厥父之篡逆，蒙汉耻而不雪。激义诚而引决，赴丹爓以明节〔5〕。投宫火而焦糜，从灰熛而俱灭。

【注释】

〔1〕哀主：汉哀帝。　义域：义陵，汉哀帝的陵墓。

〔2〕高安：高安侯董贤，为哀帝男宠。

〔3〕康园：康陵，汉平帝的陵墓。

〔4〕平后：汉平帝的皇后，王莽之女。汉兵诛杀王莽，火烧未央宫，她说："何面目以见汉家?"自投火中而死。

〔5〕丹爓：烈火。

【译文】

来到义陵就讥刺汉哀帝，竟然给男宠董贤滥赐爵位。打算效法尧帝将帝位禅让给董贤，可谓千古蒙羞，世代都无法消除。俯瞰康陵中平后的孤坟，为她的贞洁而悲叹。受其父王莽篡逆的株连，汉室蒙受耻辱而难以洗雪。受义诚之心激发而选择自决，投火自尽来表明她的贞节。投入宫火而尸骨无存，与飞灰一起散入空中。

骛横桥而旋轸〔1〕，历敝邑之南垂。门磁石而梁木兰兮〔2〕，构阿房之屈奇。疏南山以表阙，倬樊川以激池。役鬼佣其犹否，矧人力之所为？工徒斫而未息，义兵纷以交驰。宗祧污而为沼，岂斯宇之独隳[3]？

【注释】

〔1〕骛（wù）：奔驰。　横桥：古桥名，秦代建于长安附近渭水之上。　旋轸：回车。

〔2〕门磁石：据说阿房宫的前殿门上安装了磁石，以防范携带利器的刺客。

〔3〕宗祧：宗庙。　隳（huī）：毁坏。

【译文】

马过渭水横桥之后回车，来到了长安县的南界。门附磁石木兰为梁，构建起华丽奇美的阿房宫。以终南之巅作为宫城的门阙，引樊川之水注入池沼。这样浩大的工程即便是役使鬼神尚且不能办到，况且是全凭人力完成呢？工匠雕琢尚未完工，义军已经纷至沓来。宗庙被毁变成泥沼，又岂止一个被毁坏的阿房宫呢？

由伪新之九庙[1]，夸宗虞而祖黄[2]。驱吁嗟而妖临[3]，搜佞哀以拜郎。诵六艺以饰奸，焚诗书而面墙。心不则于德义，虽异术而同亡。

【注释】

〔1〕伪新：王莽篡权，建立国号曰“新”。　九庙：古时帝王立庙祭祀祖先，有太祖庙及三昭庙、三穆庙，共七庙。王莽增为祖庙五、亲庙四，共九庙。九庙之名，见于《汉书·王莽传》。

〔2〕宗虞而祖黄：王莽以虞舜为宗，以黄帝为祖。

〔3〕吁嗟：叹息。

【译文】

途经王莽伪新王朝的九庙，他吹嘘自己以黄帝为祖，以虞舜为宗。王莽驱赶众人到南郊痛哭以厌灾避祸，能够扭捏作态而佯装哀痛之人都被拜为郎官。诵六经来掩盖自己的奸佞，焚毁诗书令人如面墙而立。内心不以道德仁义为准则，即便是手段再多也难逃败亡的命运。

宗孝宣于乐游[1]，绍衰绪以中兴[2]。不获事于敬养，尽加隆于园陵[3]。兆惟奉明，邑号千人。讯诸故老，造自帝询。隐王母之非命，纵声乐以娱神。虽靡率于旧典，亦观过而知仁。

【注释】

〔1〕宗：祭祀。　乐游：汉宣帝宗庙之名。

〔2〕绍：继承。　绪：统绪。

〔3〕加隆：倍加尊崇。

【译文】

在乐游祭祀汉宣帝刘询，他继承衰败的皇统，使汉朝得以中兴。亲人生前未能尽敬养之孝，只好对他们的陵墓倍加尊崇。尊陵墓名为“奉明”，邑号为“千人”。询问乡亲父老，皆说是宣帝刘询所造。为母亲的不幸遇害而悲痛，于是大奏音乐来慰藉亡灵。虽然与古代的典章不符，却能观过而知仁。

凭高望之阳隈[1]，体川陆之污隆[2]。开襟乎清暑之馆[3]，游目乎五柞之宫[4]。交渠引漕，激湍生风，乃有昆明池乎其中。其池则汤汤汗汗，滉瀁弥漫，浩如河汉。日月丽天，出入乎东西，旦似汤谷[5]，夕类虞渊[6]。昔豫章之名宇，披玄流而特起。仪景星于天汉[7]，列牛女以双峙[8]。图万载而不倾，奄摧落于十纪[9]。擢百寻之层观[10]，今数仞之馀趾[11]。振鹭于飞，凫跃鸿渐。乘云颉颃[12]，随波澹淡。瀺灂惊波[13]，唼喋菱芡[14]。华莲烂于渌沼，青蕃蔚乎翠澰。

【注释】

〔1〕高望：高望堆。 阳隈：南隅。

〔2〕污隆：指地形的高下起伏之状。

〔3〕清暑之馆：甘泉宫。

〔4〕五柞之宫：汉离宫之名。

〔5〕汤谷：传说中的日出之处。

〔6〕虞渊：传说中的日没之处。

〔7〕仪：模仿。 景星：德星，瑞星。古谓现于有道之国。

〔8〕牛女：星名，即牵牛星和织女星。

〔9〕奄：突然。 纪：古代以十二年为一纪。

〔10〕寻：古代的长度单位，一寻等于八尺。

〔11〕仞：古代的长度单位，一仞等于七尺。

〔12〕颉颃（xié háng）：鸟类上下翻飞之貌。

〔13〕瀺灂：水鸟出入之貌。

〔14〕唼喋：鱼和禽鸟吃食。 菱：菱角。 芡：芡实。

【译文】

登临高望堆的南隈，观察河川陆地的高低起伏。在甘泉宫开襟清暑，于五柞宫纵目游观。河渠交错纵横，激流翻滚，带出阵阵风声，昆明池位列其中。池水浩渺无边，汪洋弥漫，浩如河汉。日月附于青天，出入于昆明池的东西，清晨好似汤谷，傍晚如同虞渊。昔日名宇豫章馆，分开黑水屹立其间。模仿天汉的德星瑞星之象，牵牛织女的石像双峙池边。本来希望万载不倒，孰料十纪便毁于一旦。巍然耸立的百寻宫观，今日只余数仞的地基。鸧鹚群飞池间，野鸭鸿雁或浮或沉。乘云气的飞鸟忽而在空中上下翻飞，忽而随波漂荡。在水中忽出忽入，惊起片片涟漪，聚集在一起吃着菱角和芡实。莲花盛开于绿沼之内，青草繁茂地生长在翠波之间。

伊兹池之肇穿，肄水战于荒服[1]。志勤远以极武，良无要于后福。而菜蔬芼实，水物惟错，乃有赡乎原陆。在皇代而物土，故毁之而又复。凡厥寮司，既富而教。咸帅贫惰，同整楫棹[2]。收罟课获[3]，引缴举效。鳏夫有室，愁民以乐。徒观其鼓枻回轮[4]，洒钓投网，垂饵出入，挺叉来往。纤经连白[5]，鸣桹厉响[6]。贯鳃罥尾，掣三牵两。于是弛青鲲于网巨，解赪鲤于黏徽[7]。华鲂跃鳞，素屿扬鬐[8]。雍人缕切[9]，鸾刀若飞[10]。应刃落俎[11]，靃靃霏霏[12]。红鲜纷其初载，宾旅竦而迟御。既餐服以属厌，泊恬静以无欲。回小人之腹，为君子之虑。

【注释】

〔1〕荒服：古代“五服”之一，亦泛指边远地区。

〔2〕楫棹（zhào）：船桨。短桨称楫，长桨称棹。

〔3〕罟（gǔ）：渔网。 课获：考量所获。

〔4〕鼓枻（yì）：划桨。

〔5〕纤经：细丝结成的网。 连白：连缀白羽的渔网。

〔6〕鸣桹：敲击船舷使作声。用以惊鱼，使入网中。

〔7〕黏徽：鱼入网中。

〔8〕屿：鲢鱼。 鬐：通“鳍”。

〔9〕雍人：古代掌宰杀烹饪的人。

〔10〕鸾刀：刀环有铃的刀具，用于古代祭祀时割牲。

〔11〕俎：砧板。

〔12〕靃靃（huò）：疾速飞落之貌。 霏霏：飘洒。

【译文】

之所以开凿昆明池，意在训练水师以应对蛮夷的威胁。本为劳师远征以穷兵黩武，实非为后代造福。而这里的蔬菜野果、水生植物数量繁多，可以补充陆产之不足。在我大晋这里的土壤适宜这些植物的生长，所以被毁掉的昆明池重新焕发生机。我要率领长安县里的僚吏，先令百姓富足然后再加以教化。带领贫穷懒惰的百姓，一起去整理舟船。收起渔网，考量所得的水产，拉紧弓缴，查看射中的水鸟。鳏夫有了妻室，忧愁的百姓变得快乐。只见渔人划动船桨，收回钓轮，撒出渔网，垂下钓钩，垂饵浮沉于水面，手执鱼叉来回捕捉鱼类。渔网遍布，敲击船舷发出厉响。有的鱼鳃被贯穿，有的鱼尾被挂住，从网中把鱼接二连三地取出。于是从网钩中取下青色的鲲鱼，从网心解下红色的鲤鱼。花鲂竖起鳞片，素鲢扬起背鳍。饔人细细切割，鸾刀上下翻飞。鱼肉应刃而解，纷纷扬扬地落在砧板上。红嫩鲜美的鱼脍刚刚端上，宾客恭恭敬敬，缓缓进食。进食已毕，宾客心中淡泊宁静无欲无求。不但能饱平民之腹，且能满足君子之心。

尔乃端策拂茵〔1〕，弹冠振衣。徘徊酆镐，如渴如饥。心翘懃以仰止〔2〕，不加敬而自祗。岂三圣之敢梦〔3〕，窃十乱之或希〔4〕。经始灵台，成之不日。惟酆及鄗，仍京其室。庶人子来，神降之吉。积德延祚，莫二其一。永惟此邦，云谁之识？越可略闻，而难臻其极。子赢锄以借父〔5〕，训秦法而著色。耕让畔以闲田〔6〕，沾姬化而生棘。苏张喜而诈骋〔7〕，虞芮愧而讼息。由此观之，土无常俗，而教有定式。上之迁下，均之埏埴〔8〕。五方杂会，风流溷淆〔9〕。惰农好利，不昏作劳。密迩猃狁〔10〕，戎马生郊。而制者必割，实存操刀。人之升降，与政隆替。杖信则莫不用情，无欲则赏之不窃。虽智弗能理，明弗能察；信此心也，庶免夫戾。如其礼乐，以俟来哲。

【注释】

〔1〕策：马鞭。　茵：马车中的坐垫。

〔2〕翘懃：殷切盼望。 仰止：仰慕，向往。

〔3〕三圣：指周文王、周武王和周公。

〔4〕十乱：泛指辅佐君王的十位能臣。

〔5〕羸锄：借锄。贾谊反对商鞅所行的秦法，称那时即便是儿子借给父亲锄头，尚自以为恩德而面有自得之色。

〔6〕让畔：礼让田界。虞人与芮人为田界争执不下，遂请求文王做主。入文王之境，则见民风向善，以谦让为美德，深感惭愧，不再争夺，将其作为闲田。

〔7〕苏：苏秦，战国纵横家，提出“合纵”主张，联合六国以抗秦。 张：张仪，战国纵横家，制订“连横”政策，辅佐秦王对六国逐个击破。

〔8〕埏埴（shān zhí）：和泥制作陶器。

〔9〕溷淆：混乱。

〔10〕密迩：靠近。 猃狁（xiǎn yǔn）：我国古代北方少数民族名。

【译文】

于是手执马鞭掸掉车上褥垫的尘土，整整衣冠，抖抖衣衫。徘徊于酆镐，内心如饥似渴。内心殷切盼望，满怀仰慕之心，内心的恭敬无以复加。岂敢希求如孔圣人梦见三圣那样幸运，或许能够学习一下十位治世的能臣。周文王营建灵台，百姓鼎力相助不日即成。丰邑和镐京，仍需扩大宫室。百姓如子之事父纷纷来归，这是神灵降下的祥瑞之兆。文王、武王行善积德，周朝的国祚之长后世无人超过。这样圣贤的王朝，谁能够真正理解？或许略有所闻，但却难臻其详情。秦法严苛，儿子借锄头给父亲，竟自以为功莫大焉面有得色。虞、芮两国被周文王教化感动，不再为田界互争，使之成为遍生荆棘的闲田。苏秦、张仪得志而诈骗之风盛行，虞、芮两国满心惭愧而不再诉讼。由此观之，民风民俗并非一成不变，而教化百姓却自有定式。上之德风化于下，与和泥制作陶器没有分别。五方民众杂居在一起，民风民俗互相交融。懒惰的农民有好利之心，不愿辛勤耕作而向往经商。地近北地的匈奴，边患时常发生。治理百姓务必坚决果断，采取有效措施。人的品行高下，与政治的兴衰密切相关。官吏以信誉为依靠，则百姓的感情真挚。上级没有欲望，即便是奖励盗窃而下属不为。虽然我的智慧不足以治理长安县，即便足够聪明也未必能洞察一切；但只要我有一颗忠诚淡泊之心，应该可以避免犯错。至于礼乐教化诸事，就只能留给后来的贤达来做了。

（本卷译注：叶会昌）

文选卷第十一

赋己

游览

登楼赋　王仲宣（王粲）

【题解】

王粲（177—217），字仲宣，东汉末年山阳高平（今山东邹城）人。年十七，以西京扰乱，南下荆州依刘表，但历十五年而不被重用。后归曹操，任丞相掾，转迁军谋祭酒。魏国建，为侍中。善诗赋，为“建安七子”之一，刘勰称之为“七子之冠冕”。其诗赋感时伤乱，情调苍凉。原有集十一卷，已散佚，明人集有《王侍中集》一卷。代表作为《登楼赋》《七哀诗》。《三国志·魏书》有传。此赋写他登上荆州当阳城楼时所见，抒发思乡之情与失意之感。

登兹楼以四望兮，聊暇日以销忧。览斯宇之所处兮，实显敞而寡仇。挟清漳之通浦兮〔1〕，倚曲沮之长洲〔2〕。背坟衍之广陆兮，临皋隰之沃流。北弥陶牧〔3〕，西接昭丘〔4〕。华实蔽野，黍稷盈畴。虽信美而非吾土兮，曾何足以少留？

【注释】

〔1〕漳：水名，在当阳境内。

〔2〕沮：水名，在当阳境内，汇合漳水后向南流入长江。

〔3〕陶牧：陶朱公葬地的郊野。陶朱公即春秋时越国大夫范蠡，离开越国后隐遁至陶（今山东曹县），后经商致富，称陶朱公，死后葬地亦称陶。牧，郊野。

〔4〕昭丘：楚昭王墓地。

【译文】

登上这座城楼而眺望四周啊，暂且趁着今日之闲暇来消除我心中的忧愁。看看这座楼宇所处的地势啊，实在显豁宽广而少有其匹。它连接着清澈漳水沿岸通达的渡口啊，依靠在曲折沮水岸边的长岛旁。背后是高平广阔的陆地啊，前面却是低湿肥美的河流。北边远至陶朱公墓地所处的郊野，西边连接着楚昭王的墓丘。花果漫山遍野，黍稷长满田畴。这里虽然确实美好但却不是我的故土啊，怎值得我作哪怕是片刻的停留？

遭纷浊而迁逝兮，漫逾纪以迄今〔1〕。情眷眷而怀归兮，孰忧思之可任？凭轩槛以遥望兮，向北风而开襟。平原远而极目兮，蔽荆山之高岑。路逶迤而修迥兮，川既漾而济深。悲旧乡之壅隔兮，涕横坠而弗禁。昔尼父之在陈兮，有归欤之叹音〔2〕。锺仪幽而楚奏兮〔3〕，庄舄显而越吟〔4〕。人情同于怀土兮，岂穷达而异心？

【注释】

〔1〕纪：十二年为一纪。

〔2〕归欤之叹音：《论语·公冶长》说，孔子流落到陈，遭到困厄，对弟子说：“归欤！归欤！”想回到鲁国去。

〔3〕锺仪：春秋时楚国人。《左传·成公九年》说，他作战被俘，囚在晋国，晋侯让人拿琴给他弹，他却弹出了楚国的乐调。

〔4〕庄舄（xì）：战国时越国人。《史记·张仪列传》说，他在楚国做了大官，病中仍思念乡国，吟诵着越国的腔调。

【译文】

我遭逢乱世而迁徙流亡来到荆州啊，悠悠忽忽至今已过去了十二年。心中总是眷恋着故乡而一心想归去啊，谁能承受得住这深深的乡愁？我依靠着窗前的栏杆而眺望远方啊，迎着北风敞开了我的衣襟。平原辽远可以放眼远望啊，但荆山的高岗遮住了我的视线。路途曲折而又遥远啊，水路既长而津渡也深广。我为故乡阻隔不通而悲伤啊，泪水横流不禁滚滚而下。从前孔子在陈遭遇困厄啊，曾发出过“归欤”的叹息。锺仪囚禁在晋国依然弹奏着故乡楚地的歌曲啊，庄舄在楚国享受富贵但病中仍然用故乡越地的声调来吟诵。怀念故土是人们的共同情感啊，怎会由于穷困或通达而变心？

惟日月之逾迈兮，俟河清其未极〔1〕。冀王道之一平兮，假高衢而骋力。惧匏瓜之徒悬兮〔2〕，畏井渫之莫食〔3〕。步栖迟以徙倚兮，白日忽其将匿。风萧瑟而并兴兮，天惨惨而无色。兽狂顾以求群兮，鸟相鸣而举翼。原野阒其无人兮，征夫行而未息。心凄怆以感发兮，意忉怛而憯恻。循阶除而下降兮，气交愤于胸臆。夜参半而不寐兮，怅盘桓以反侧。

【注释】

〔1〕河清：黄河水变清，古人认为，这是太平盛世的象征。

〔2〕匏（páo）瓜：葫芦瓜，吊在藤上，不能吃。《论语·阳货》说，孔子曾表示：“吾岂匏瓜也哉？焉能系而不食？”

〔3〕渫（xiè）：淘去污泥。《周易·井卦》说：“井渫不食，为我心恻。”

【译文】

时光一天一天地过去啊，我等待黄河水清太平盛世出现，但这一天始终没有到来。希望王道正直而又宽阔平坦啊，我能够在这大道上奋力驰骋。我真担心自己像葫芦瓜那样徒然悬挂着不能让人食用啊，又害怕像淘净了的井水却没有人来饮用。我在楼上漫步徘徊啊，太阳忽然就要向西沉下。萧瑟的凉风一齐从四面八方刮起啊，天色变得惨淡而无光。走兽疯狂四顾急忙去寻找同类啊，飞鸟齐鸣而振起双翅飞翔。原野寂静而无一点人声啊，只有行人还在匆匆赶路而不停下脚步。我悲从中来而深受感触啊，内心十分哀伤和痛楚。沿着阶梯而走下楼啊，愤懑之气重重地压在我胸中。到了半夜我还不能入睡啊，左思右想辗转反侧真是万般惆怅。

游天台山赋并序　孙兴公（孙绰）

【题解】

孙绰（314—371），东晋文学家。字兴公，太原中都（今山西平遥西北）人，家居会稽。曾任章安令、永嘉太守等职，官至廷尉卿。好山水，有文才。作诗喜言玄理，为东晋玄言诗代表作家。亦能赋。《游天台山赋》写成，对范启说："卿试掷地，要作金石声。"（见《世说新语·文学》）。原有集二十五卷，已散佚。明人辑有《孙廷尉集》。为孙楚孙，传附《晋书·孙楚传》。本篇通过记游，描写天台山的高峻幽邃，抒发捐弃世事、回归自然的求仙情怀。

天台山者〔1〕，盖山岳之神秀者也。涉海则有方丈蓬莱〔2〕，登陆则有四明天台〔3〕。皆玄圣之所游化，灵仙之所窟宅。夫其峻极之状，嘉祥之美，穷山海之瑰富〔4〕，尽人神之壮丽矣。所以不列于五岳〔5〕，阙载于常典者，岂不以所立冥奥，其路幽迥。或倒景于重溟，或匿峰于千岭。始经魑魅之涂[6]，卒践无人之境。举世罕能登陟，王者莫由禋祀[7]。故事绝于常篇，名标于奇纪[8]。然图像之兴[9]，岂虚也哉！非夫遗世玩道，绝粒茹芝者，乌能轻举而宅之[10]？非夫远寄冥搜[11]，笃信通神者，何肯遥想而存之[12]？余所以驰神运思，昼咏宵兴，俯仰之间，若已再升者也。方解缨络[13]，永托兹岭。不任吟想之至，聊奋藻以散怀。

【注释】

〔1〕天台山：在浙江省东部。主峰华顶山，在天台县城东北。

〔2〕方丈、蓬莱：古代传说中的海中仙山。

〔3〕四明：山名，在宁波西，天台山北。

〔4〕瑰：珍宝。

〔5〕五岳：东岳泰山，西岳华山，南岳衡山，北岳恒山，中岳嵩山。

〔6〕魑魅（chī mèi）：古代传说中的山泽中的鬼怪。

〔7〕禋（yīn）祀：祭天，也泛指祭祀。

〔8〕奇纪：罕见的著作。关于天台山的记载，最早见于《内经·山记》。

〔9〕图像：据李善注，当时有天台山图，描绘天台山景致。

〔10〕轻举：指飞升成仙。

〔11〕远寄：心思寄托在远处。　冥搜：苦苦追求。均指求仙寻道。

〔12〕存：想念。

〔13〕缨络：缠缚，指世事纠缠。

【译文】

这座天台山，大约是山岳中最为神奇秀丽的。渡海远去则有方丈、蓬莱等仙山，登陆而行则有四明、天台等名山，都是神人云游化道之地，灵仙居住之所。至于那高峻至极之状，嘉善吉祥之美，可说是囊括了山海中所有的奇珍异宝，完全体现了人间仙界的壮美富丽。它之所以不列在五岳之中，通常的典籍又失载，大约是由于它所处的位置十分幽深，道路又很僻远，有的山峰倒影于苍茫大海之中，有的山峰则隐匿于重山叠岭之内。开始入山就要经过鬼怪出没的路途，最后踏上的竟是绝无人迹的境地。世上很少有人能够来此攀登，帝王也无法在此举行祭祀。因此这山的情况不见于平常的篇籍，只是在罕见的书册中才标出了山的名字。然而流传下来的此山图像的绘制，难道是虚构的吗！如果不是那抛开世事追求道术，而绝粒茹芝一心想成神仙的人，哪能飞升而居住在这深山里？如果不是那心托幽远苦苦追求，并以虔诚之心感动神灵的人，哪肯将心思远远寄托于其上而不断怀想？我也因此而神志远驰反复沉思，白天吟咏，晚上仍感奋不已，在一俯一仰的刹那之间，似乎已再次登上了天台山。我正打算摆脱世事的纠缠，永远托身在这座神山上，不禁尽情地一面吟咏一面默想，借着词藻的铺陈来舒展我的心怀。

太虚辽廓而无阂，运自然之妙有〔1〕，融而为川渎，结而为山阜。嗟台岳之所奇挺，实神明之所扶持。荫牛宿以曜峰〔2〕，托灵越以正基。结根弥于华岱，直指高于九疑〔3〕。应配天于唐典〔4〕，齐峻极于周诗〔5〕。

【注释】

〔1〕妙有：道家认为，万物均出于虚无，所谓“无”中生“有”，非常奇妙。

〔2〕牛宿（xiù）：星宿名，二十四宿之一。天台山地处古越国，古人认为，斗、牛、女三宿为吴越之分野。

〔3〕九疑：山名，在湖南宁远南。

〔4〕唐典：《左传·庄公二十二年》说“姜，大岳之后也，山岳则配天”。杜预注：“姜姓之先，为尧四岳。”故曰“唐典”。

〔5〕周诗：《诗·大雅·崧高》有“崧高维岳，骏极于天”之句。

【译文】

宇宙广阔空无没有任何障碍，大自然运转着无中生有生成万物的奇妙，融化开来就成为河川，凝结起来就成为山岭。啊！天台山这样的奇绝挺拔，实在是由于神灵的扶持。它的山峰在牛宿的照耀之下，根基依托于灵秀的越国。向下扎根比华山泰山更深厚，向上直插天空比九疑山更高。它的地位应具有唐尧时代以山岳配天那样的资格，它的高峻也应与《诗经·大雅·崧高》所说的“峻极于天”相当。

邈彼绝域，幽邃窈窕〔1〕。近智以守见而不之，之者以路绝而莫晓。哂夏虫之疑冰〔2〕，整轻翮而思矫〔3〕。理无隐而不彰，启二奇以示兆〔4〕。赤城霞起而建标〔5〕，瀑布飞流以界道〔6〕。

【注释】

〔1〕窈窕（yǎo tiǎo）：深远貌。

〔2〕夏虫：夏天生出的虫子，活不到冷天即死去。《庄子·秋水》：“夏虫不可以语于冰者，笃于时也。”

〔3〕矫：飞。

〔4〕二奇：指下文的赤城和瀑布。

〔5〕赤城：山名，在天台山的入口处，山色赤，如红霞。

〔6〕瀑布：天台山之西南峰有瀑布山，上有瀑布，飞流而下。

【译文】

它处在那极其遥远的地方，是那样的深邃幽远。智力短浅之人由于固守成见而不肯前往，愿意前往之人又由于道路阻隔且不熟悉那里的情况而未能成行。可笑的是如同夏虫疑冰那样的见识浅薄，我准备像飞鸟一般整整轻捷的羽翅而飞到山里去。没有什么道理会隐蔽幽深而不能显露出来，天台山就显示了两种奇观以昭示于人：那赤诚山如同红霞一般地矗立好像树起一座高耸的标柱，那白色的瀑布飞流而下在丛山中划出了鲜明的界限。

睹灵验而遂徂，忽乎吾之将行。仍羽人于丹丘〔1〕，寻不死之福庭〔2〕。苟台岭之可攀，亦何羡于层城〔3〕？释域中之常恋，畅超然之高情。被毛褐之森森，振金策之铃铃。披荒榛之蒙茏，陟峭崿之峥嵘。济楢溪而直进〔4〕，落五界而迅征〔5〕。跨穹隆之悬磴，临万丈之绝冥。践莓苔之滑石，搏壁立之翠屏。揽樛木之长萝，援葛藟之飞茎。虽一冒于垂堂〔6〕，乃永存乎长生。必契诚于幽昧，履重崄而逾平。

【注释】

〔1〕仍：因，就，“接近”的意思。　羽人：飞升成仙之人，即仙人。　丹丘：传说中的仙境，昼夜常明。

〔2〕福庭：福地。

〔3〕层城：传说中昆仑山上神仙居住的地方。

〔4〕楢（yóu）溪：水名。

〔5〕落：斜行。　五界：地名，当五县交界之处。

〔6〕垂堂：双脚下垂坐于堂外阶沿上，有檐瓦下坠伤人的危险，语出《汉书·爰盎传》：“臣闻千金之子，坐不垂堂。”

【译文】

看到了天台山的灵验于是决心前往，我将轻快地飘然而行，为追随仙人而走向丹丘，去寻找长生不死的福地。如果天台山能够尽情攀登，又何必羡慕那仙境层城？一旦摆脱尘世中人们所常贪恋的事物，就能舒展超然物外的高远情怀。我披上繁密的毛麻粗衣，拄着以金属为饰发出“铃铃”之声的手杖。从茂密的荒草树木中分开路径，攀登陡峭的山峰。渡过楢溪而一直前行，斜穿过五界又迅速前进。跨上弯弯曲曲高悬空中的石级，下临万丈的无底深渊。踏着铺满青苔的滑石，抓紧直立的布满苍翠植物的石壁。握住弯曲树枝上的长藤，攀引葛藟上盘旋而上的藤茎。虽然是执意冒一次“坐于垂堂”的危险，却希望因此而永远获得长生。只要诚心诚意地追求幽深之道，即使践履重重险地也会觉得更加平坦。

既克跻于九折[1]，路威夷而修通。恣心目之寥朗，任缓步之从容。藉萋萋之纤草，荫落落之长松。觌翔鸾之裔裔[2]，听鸣凤之嗈嗈。过灵溪而一濯[3]，疏烦想于心胸。荡遗尘于旋流，发五盖之游蒙[4]。追羲农之绝轨[5]，蹑二老之玄踪[6]。

【注释】

〔1〕跻（jī）：登。

〔2〕裔裔：飞舞轻盈流丽貌。

〔3〕灵溪：河川名，在天台山中。

〔4〕五盖：佛教语，指人之五惑：贪欲、瞋恚、睡眠、调戏、疑悔，认为这五惑能遮蔽人的心识，使不明正道。

〔5〕羲农：伏羲、神农。

〔6〕二老：老子、老莱子。

【译文】

当我登上曲曲折折的小道后，险阻的山路反而变得平缓通畅了。我尽情地放宽心胸，舒展目光，信步而行，从容不迫地缓缓走去。坐在浓密柔嫩的草地上，被高耸的松树树荫遮盖。眼看鸾鸟飞舞得那样的轻盈流丽，耳听凤鸟和鸣发出嗈嗈之声。走过灵溪时洗一洗身，以疏解心胸长久累积的烦恼。在旋流中涤荡尚未除尽的尘俗，开发那佛教所谓“五盖”之浅陋昏蒙。我沿着上古伏羲神农时代已中断的道路，追步老子、老莱子之后尘去寻访仙踪。

陟降信宿[1]，迄于仙都。双阙云竦以夹路[2]，琼台中天而悬居。朱阙玲珑于林间，玉堂阴映于高隅。彤云斐亹以翼棂[3]，皦日炯晃于绮疏[4]。八桂森挺以凌霜[5]，五芝含秀而晨敷[6]。惠风伫芳于阳林，醴泉涌溜于阴渠。建木灭景于千寻[7]，琪树璀璨而垂珠。王乔控鹤以冲天[8]，应真飞锡以蹑虚[9]。骋神变之挥霍[10]，忽出有而入无[11]。

【注释】

〔1〕信宿：过一宿为舍，过两宿为信。

〔2〕双阙：宫殿或城门前面两边的高楼。

〔3〕棂（líng）：窗格子。

〔4〕绮疏：花纹，指门窗上刻镂的花纹。

〔5〕八桂：八株桂树，语出《山海经·海内南经》“桂林八树”，郭璞注“八树而成林”，以形容树的高大。

〔6〕五芝：据《神农本草经》，指赤、黄、白、黑、紫五色灵芝。

〔7〕建木：传说中的巨树，《山海经》《吕氏春秋》等书谓其“百仞无枝”，“日中无影”。

〔8〕王乔：又称王子乔，即周灵王太子晋，《列仙传》说他往嵩山修炼，三十余年后，人见其乘鹤升天而去。

〔9〕应真：佛家语，即罗汉。 飞锡：亦佛家语，指手执锡杖，行于虚空。

〔10〕挥霍：变易貌。

〔11〕出有而入无：语出《淮南子》“出于无有”，谓自由地出入于人间真实之境与神仙虚幻之境。

【译文】

上山下山经过了一两夜，终于到达了神仙的都城。双阙高耸入云，分立在路的两旁，琼台高悬在半空之中。红楼空彻透明，伫立在林中，以玉为饰的殿堂在高地上闪着幽静的光。色彩斑斓的红云承接着窗户，红日在门窗上闪耀着光辉。八桂茂盛挺拔迎着霜雪，五芝含孕着英华在清晨开放。山南的树林中和风贮藏着芬芳，山北的水渠喷涌着甘甜的清泉。日中无影的建木高耸千丈，琪树光彩闪烁垂挂着珠玉般的果实。仙人王子乔骑着鹤直冲蓝天，罗汉手执锡杖步入云中。施展着神奇迅速的变化，一会儿在人间真实之地、一会儿在神仙虚幻之境任意出入往来。

于是游览既周，体静心闲。害马已去〔1〕，世事都捐。投刃皆虚，目牛无全〔2〕。凝思幽岩，朗咏长川。尔乃羲和亭午〔3〕，游气高褰〔4〕。法鼓琅以振响〔5〕，众香馥以扬烟。肆觐天宗〔6〕，爰集通仙。挹以玄玉之膏，嗽以华池之泉〔7〕。散以象外之说，畅以无生之篇〔8〕，悟遣有之不尽〔9〕，觉涉无之有间〔10〕。泯色空以合迹，忽即有而得玄，释二名之同出〔11〕，消一无于三幡〔12〕。恣语乐以终日，等寂默于不言〔13〕，浑万象以冥观，兀同体于自然〔14〕。

【注释】

〔1〕害马：害群之马，语出《庄子·徐无鬼》，这里指尘世的欲念。

〔2〕目牛无全：《庄子·养生主》说，庖丁解牛，技艺高超，能透过牛体，洞悉骨节空隙，故只在空虚处下刀，牛身迎刃而解。这里比喻洞察玄理，领会了微妙的道。

〔3〕羲和：传说中驾驶日车之神，此指太阳。　亭午：正午。

〔4〕褰（qiān）：开。

〔5〕法鼓：佛僧说法召集听众的鼓，置于法堂之上。

〔6〕天宗：指道家尊神老君。

〔7〕华池：传说中昆仑山上的仙池。

〔8〕无生：佛教认为，天下万物，本无生灭。无生之篇即指佛教典籍。

〔9〕有：佛道语，指万有，即尘世。

〔10〕无：佛道语，指虚无，即无为的神佛境界。

〔11〕二名：指无和有。《老子》说“无名天地之始，有名万物之母”，“此两者，同出而异名”。

〔12〕三幡：道家语，指色、空、观，认为三者最易摇荡人心。

〔13〕恣语乐二句：语出《庄子》。《庄子·则阳》说：言而足，则终日言而尽道也。《庄子·寓言》说：“言无言，终身未尝言；终身不言，未尝不言。”

〔14〕兀（wù）：浑然无知貌。

【译文】

这时已游览了一遍，身心都觉得宁静悠闲。嗜欲已如害马一般被除去，世事也抛到了脑后边。就如同庖丁解牛只在空虚处下刀，目无全牛洞悉了道的玄妙。在幽静的山岩上凝神结思，在悠长的河水边放声高咏，此时太阳正当中午，天空中浮游的云气高高舒展。法鼓敲响，声振四方，点燃各种名贵的香升起了袅袅香烟。于是朝见天尊，会集众仙。舀取玄玉之膏，用华池的泉水洗漱。用道家超然物外的玄妙之道来启发，用佛教本无生灭的典籍来疏导。领悟到排除世事还未净尽，觉得对玄妙之道的追求还有距离。抹掉色空的界限将两者合而为一，也就可以从世事万有中获得玄妙的道；了解有和无二名虽然异名却同出，让色空观三幡都消释在玄妙虚无之中。尽情地整天愉快地交谈，也与一言不发的寂寞相同。将世间万物混同起来进行玄深的体察，自己也不知不觉地与自然融为一体。

芜城赋[1]　鲍明远（鲍照）

【题解】

鲍照（414？—466），字明远，东海（今江苏涟水）人，南北朝宋代文学家。出身寒微，文帝时任中书舍人。临海王刘子顼镇荆州，任为前军参军。子项起兵谋反赐死，他为乱军所杀。诗擅乐府，尤工七言。今存诗二百馀首，风格清俊飘逸。亦工骈体文，《芜城赋》《登大雷岸与妹书》均为佳构。有《鲍参军集》。传附《宋书》《南史》之《临川王刘道规传》。本篇描写广陵城昔日的繁荣和战乱后的荒芜，讽刺封建王侯发动叛乱所带来的灾祸。

沵迤平原[2]，南驰苍梧涨海[3]，北走紫塞雁门[4]。柂以漕渠[5]，轴以昆岗[6]。重江复关之隩，四会五达之庄。当昔全盛之时，车挂轊，人驾肩。廛闬扑地[7]，歌吹沸天。孳货盐田，铲利铜山。才力雄富，士马精妍。故能奓秦法，佚周令。划崇墉，刳浚洫，图修世以休命。是以板筑雉堞之殷[8]，井幹烽橹之勤[9]。格高五岳[10]，袤广三坟[11]。崪若断岸，矗似长云[12]。制磁石以御冲，糊赪壤以飞文。观基扃之固护[13]，将万祀而一君[14]。出入三代五百馀载，竟瓜剖而豆分！

【注释】

〔1〕芜城：指广陵，故城在今江苏江都东北，汉魏晋五百余年均为封建王侯之都。汉代吴王刘濞及刘宋时代竟陵王刘诞都曾据此谋反，兵败而死。广陵亦因此而屡遭战火，一片荒芜。鲍照登广陵城，有感于丧乱而作此赋。

〔2〕沵迤（mǐ yǐ）：相连渐平之貌。迤，斜。

〔3〕苍梧：汉代郡名，在今广西梧州一带。　涨海：南海。

〔4〕紫塞：即长城。秦长城土色皆紫，故名。　雁门：汉代郡名，在今山西北部。

〔5〕漕渠，即邗沟，运粮之运河。

〔6〕昆岗：一名阜岗，广陵城建于其上。

〔7〕廛（chán）：民居之区域。　闬（hàn）：里门。　扑：尽。

〔8〕板：筑墙用的夹板。　筑：将夹板中之土舂捣坚实的杵头。板筑指修建城墙时用杵将夹板中的土舂捣坚实。　雉：城墙长三丈高一丈为一雉。　堞：女墙。雉堞指城墙。

〔9〕井榦（hán）：建筑所用之木架，如井上之栏杆，故名。　烽：烽火台。　橹：城上之望楼。

〔10〕五岳：指泰山、华山、衡山、恒山、嵩山。

〔11〕三坟：指汝、淮、河三水之涯。

〔12〕矗：齐平。

〔13〕扃（jiōng）：外闭之关。基扃指城阙。

〔14〕祀：年。

【译文】

斜平无际啊这是广陵城下的平原，南驰直达苍梧、南海，北走径通长城、雁门。城边斜拖着漕河，城中横亘着昆冈。广陵城深藏在重重复复的江河关山之中，处在四方会聚五方通达的交通要道上。当从前（汉代）全盛的时候，城中车辆极多以致车轴挂着车轴，行人拥挤以致肩膀抬着肩膀。民房遍布城中到处住满人家，歌唱吹奏之声向上腾涌入云。这里有滋生财货的盐田，开采获利的铜山，物质力量雄厚，武装部队精强。因此吴王刘濞才能越过秦代的制度，超出周代的规模，建筑高城，开凿深沟，以图永世保有美好的天命。于是板筑夯土大筑城墙，修建起一座座高大楼台，城楼之高可与五岳相齐，城墙之广可与汝、淮、河三水相连。城墙高峻有若悬崖，又似长云般的齐平。城门安装磁石以防突然的袭击，城墙上糊着红土浆以显现出文采的飞动。看城阙这般的坚固，吴王满以为万年都将在一姓统治之下。谁知道只经过汉魏晋三代五百多年，竟然土崩瓦解残破荒芜。

泽葵依井〔1〕，荒葛罥涂〔2〕。坛罗虺蜮〔3〕，阶斗麏鼯〔4〕。木魅山鬼，野鼠城狐。风嗥雨啸，昏见晨趋。饥鹰厉吻，寒鸱吓雏。伏虣藏虎〔5〕，乳血飧肤。崩榛塞路，峥嵘古馗[6]。白杨早落，塞草前衰。稜稜霜气，蔌蔌风威。孤蓬自振，惊砂坐飞[7]。灌莽杳而无际，丛薄纷其相依。通池既已夷，峻隅又已颓。直视千里外，唯见起黄埃。凝思寂听，心伤已摧。

【注释】

〔1〕泽葵：莓苔。

〔2〕罥（juàn）：绾，缠绕。

〔3〕虺（huǐ）：蛇。 蜮（yù）：短狐，传说能含沙射影害人。

〔4〕麏（jūn）：麞，似鹿而小。 鼯（wú）：鼯鼠。

〔5〕虣：古文“暴”字。

〔6〕峥嵘：深冥貌。 馗：同“逵”，大路。

〔7〕坐飞：无故而飞。

【译文】

如今莓苔爬满井边，蔓草缠绕在大道上。堂上布满了毒蛇、短狐，台阶上争斗着的是麏鹿、鼯鼠。林中的鬼魅和山中的精怪，野外的老鼠和城中的狐狸，在风雨中凄声嗥叫，在晨昏之时大胆出没。饥饿的老鹰在磨嘴寻食，寒冬的鸱鹰在追吓幼鸟。伏藏着的猛虎在伺机捕捉猎物，大口饮血食肉。丛生的树木崩塌下来堵塞了道路，阴森森的气氛笼罩着荒芜的古道。白杨树过早地落了叶，城垣上的草也提前凋萎了。寒气凝成了白棱棱的严霜，狂风在呼簌簌地猛刮。孤单的蓬草无因自起，惊乱的沙石无故而飞。灌木丛生渺渺茫茫的一望无际，草木相杂纷纷繁繁的连绵不绝。通畅的城壕已被填平，高峻的城楼也已崩坏。极目远望千里之外，只见黄土漫天飞扬。凝神静听，内心早已悲伤如裂。

若夫藻扃黼帐，歌堂舞阁之基。璇渊碧树，弋林钓渚之馆。吴蔡齐秦之声，鱼龙爵马之玩[1]。皆熏歇烬灭，光沉响绝。东都妙姬，南国丽人。蕙心纨质，玉貌绛唇。莫不埋魂幽石，委骨穷尘。岂忆同舆之愉乐[2]，离宫之苦辛哉[3]！

天道如何？吞恨者多！抽琴命操，为《芜城》之歌。歌曰：边风急兮城上寒，井径灭兮丘陇残。千龄兮万代，共尽兮何言！

【注释】

〔1〕鱼龙：一种鱼龙变幻的杂耍。　爵马：具有角斗性质的杂耍。爵，同“雀”。

〔2〕同舆：指后妃获恩宠与帝王同车。

〔3〕离宫：帝王的行宫。古代后妃姬妾为帝王所弃也常独居离宫。

【译文】

至于那些彩门绣帐，歌舞楼台，瑶池玉树，渔猎游场，以及吴、蔡、齐、秦的音乐，鱼龙雀马等杂耍，都如香消烬灭、光逝声绝一般永远消失了。还有那些东都洛阳的妙龄美女，南方来的红粉佳人，她们芳洁的心地，以及玉貌朱唇，也都随着消失了。她们没有谁不把魂魄埋藏在幽冷的石头中间，把尸骨寄托在荒漠的尘土里面。她们哪里还能回忆起得宠时与王爷同车的欢乐和失宠后独居冷宫的悲哀呢！

天道究竟怎么样呢？含冤抱恨的真是太多。我抽出琴来谱一曲，制成这首《芜城》之歌。歌道：边塞的风刮得猛啊城上的天气寒，井边的道路湮没尽啊坟墓已凋残。千秋啊万代，同归于尽啊尚复何言！

宫殿

鲁灵光殿赋并序　王文考（王延寿）

【题解】

王延寿（生卒年不详），东汉辞赋家，王逸之子，约与蔡邕同时。字文考，一字子山，南郡宜城（今属湖北）人。少时游山东曲阜，作《鲁灵光殿赋》，刻画生动入微。蔡邕初欲作此赋，及见王作，遂辍笔。又有《梦赋》《王孙赋》，见《艺文类聚》。刘勰称其"善图物写貌"。后渡湘水溺死，时年二十余。原有集三卷，已散佚。传附《后汉书·王逸传》。本篇描写鲁灵光殿的外部形状、内部结构与梁壁雕画，赞美其宏伟幽深，富丽堂皇。

鲁灵光殿者〔1〕，盖景帝程姬之子恭王馀之所立也。初，恭王始都下国〔2〕，好治宫室，遂因鲁僖基兆而营焉〔3〕。遭汉中微，盗贼奔突，自西京未央建章之殿〔4〕，皆见隳坏，而灵光岿然独存。意者岂非神明依凭支持以保汉室者也。然其规矩制度，上应星宿，亦所以永安也。予客自南鄙，观艺于鲁〔5〕，睹斯而眙〔6〕，曰：嗟乎！诗人之兴，感物而作。故奚斯颂僖〔7〕，歌其路寝〔8〕，而功绩存乎辞，德音昭乎声。物以赋显，事以颂宣，匪赋匪颂，将何述焉？遂作赋曰：

【注释】

〔1〕灵光殿：汉景帝之子恭王刘馀所建，在山东曲阜。作者少时游山东曲阜，作此赋。

〔2〕下国：指诸侯国。鲁恭王刘馀于景帝前二年（前155年）立为淮

阳王，次年徙王鲁。

〔3〕鲁僖：春秋时鲁僖公，公元前659年至前627年在位。　基兆：基址。

〔4〕西京：指西汉首都长安。

〔5〕艺：指六艺，即六经。

〔6〕眙（chì）：惊视。

〔7〕奚斯：春秋时鲁国大夫公子鱼，曾作诗（即《诗·鲁颂·閟宫》）歌颂鲁僖公能兴祖业，复疆土，建新庙。

〔8〕路寝：古代君主处理政事的宫室。

【译文】

眼前这座鲁灵光殿，是汉景帝程姬之子恭王刘馀所建。当初，恭王开始徙王鲁时，喜好建造宫室，于是就着春秋时代鲁僖公故宫基址而营造这座灵光殿。后来遭逢汉室中衰，盗贼猖狂四起，自西京长安之未央、建章以下等著名宫殿，都被毁坏，只有鲁灵光殿岿然独存。据我推测这是由于有神灵依靠支持从而使汉室得以保全吧。但看那宫殿的规模制度，上与星宿相应，也应是它永保平安的原因。我从南疆荆州来此作客，在鲁地观摩研习六艺，亲眼看到这座宫殿时非常吃惊。啊！诗人之抒发情怀，都是有感于物而作。从前奚斯作《閟宫》颂扬僖公，是歌咏其处理政事的宫室，但僖公的功绩原本就保存在文辞中，其政声就靠歌曲传播开来。物靠赋光耀于世，事靠颂传扬久远，若非赋非颂，我将怎样来称述和赞美它呢？于是作赋道：

粤若稽古帝汉[1]，祖宗濬哲钦明。殷五代之纯熙[2]，绍伊唐之炎精[3]。荷天衢以元亨，廓宇宙而作京。敷皇极以创业，协神道而大宁。于是百姓昭明[4]，九族敦序[5]，乃命孝孙[6]，俾侯于鲁。锡介珪以作瑞[7]，宅附庸而开宇[8]。乃立灵光之秘殿，配紫微而为辅[9]。承明堂于少阳[10]，昭列显于奎之分野[11]。

【注释】

〔1〕粤若稽古：古代常用的发语词，是陈述前代圣君言行的开端用语。稽，考。

〔2〕五代：指唐、虞、夏、商、周。　纯熙：正大光明。

〔3〕唐：唐尧。《汉书》说，尧为火德，汉代亦为火德。

〔4〕百姓：百官。

〔5〕九族：指本身以上的父、祖、曾祖、高祖和以下的子、孙、曾孙、玄孙。

〔6〕孝孙：祭祖时的主祭人。

〔7〕锡：赐。　珪：即圭，玉制礼器。

〔8〕附庸：附属于诸侯的小国。

〔9〕紫微：星座名，相传为天帝所居，此指天子所居之京城。

〔10〕明堂：王者布政之堂。　少阳：东方。

〔11〕奎：星宿名，鲁国处于奎星之分野。

【译文】

能顺从天地考行古道的汉帝，祖宗大圣大智恭谨明察。盛于五代之伟大光明，继承唐尧火德之神运。负荷博大亨通之天道，拓宽疆域而建立帝都。推广大中至正之道创建帝业，协和神道从而天下安宁。这时百官政绩显著，九族亲睦有序，于是令其孝孙，让他做了鲁王。赐大圭以作符信，封土田附庸以开拓疆土。于是鲁王建立灵光之神殿，匹配京师而成为辅弼。承汉明堂之政事于东方，其光明显耀于奎星之分野。

瞻彼灵光之为状也，则嵯峨嶵嵬[1]，岧巍巉嵲[2]。吁！可畏乎其骇人也。迢峣倜傥[3]，丰丽博敞，洞轇轕乎其无垠也[4]。邈希世而特出，羌瑰谲而鸿纷[5]。屹山峙以纡郁[6]，隆崛岉乎青云[7]。郁坱圠以嶒竑[8]，崱缯绫而龙鳞[9]。汩硙硙以璀璨[10]，赫燡燡而爥坤[11]。状若积石之锵锵[12]，又似乎帝室之威神。崇墉冈连以岭属[13]，朱阙岩岩而双立[14]。高门拟于阊阖[15]，方二轨而并入[16]。

【注释】

〔1〕嶵嵬（zuì wéi）：高峻貌。

〔2〕峞巍、𡼣㠑（lěi wěi）：皆高峻之貌。

〔3〕迢峣：高貌。 倜傥：卓异，不同平常。

〔4〕轇轕：同胶葛，旷远深邈。

〔5〕瑰：异。 谲：诡。

〔6〕纡郁：曲深貌。

〔7〕崛岉：高耸貌。

〔8〕坱圠（yāng yà）：无涯际。 嶒竑：深空貌。

〔9〕崱（zè）：参差不平。 缯绫：不平貌。

〔10〕汩（yù）：净貌。 硙硙（ái）：高貌。

〔11〕燡（yì）：光明貌。 爥：照。

〔12〕积石：山名。

〔13〕墉：墙。

〔14〕岩岩：高貌。

〔15〕阊阖：天门。

〔16〕方：并。

【译文】

看那灵光殿的外观形状，是那么的巍峨高峻。啊！可怕啊，它高得真吓人。它险峻非凡，富丽宽敞，旷远幽深好像无边无际。它举世罕有而特别秀出，并且奇异纷繁。像高山屹立一般高大曲深，高高耸立于青云之上。房舍连接不断十分深远，高低参差不平有如龙鳞。它高大明亮光辉灿烂，熠熠闪光照耀大地。外形像高高的积石神山，又像尊严的天帝之宫室。高大的宫墙如山岭般连属，朱红色的宫阙巍然挺立在两边。高峻的宫门有如天门阊阖，可容两车并排进入。

于是乎乃历夫太阶，以造其堂。俯仰顾眄，东西周章[1]。彤彩之饰，徒何为乎？澔澔涆涆[2]，流离烂漫[3]。皓壁暠曜以月照[4]，丹柱歙赩而电烻[5]。霞驳云蔚[6]，若阴若阳。瀖濩燐乱[7]，炜炜煌煌[8]。隐阴夏以中处[9]，霐寥窲以峥嵘[10]。鸿爌炾以爣阆[11]，飂萧条而清泠[12]。动滴沥以成响，殷雷应其若惊。耳嘈嘈以失听，目矎矎而丧精[13]。骈密石与琅玕[14]，齐玉珰与璧英。

【注释】

〔1〕周章：指顾盼不定。

〔2〕澔澔涆涆：光辉映耀。

〔3〕流离：散开。 烂漫：光彩四射貌。

〔4〕暠曜：白光照耀。

〔5〕歙赩（xī xì）：赤色。 烻（yàn）：光盛貌。

〔6〕驳：驳杂。

〔7〕瀖濩：彩色眩耀不定。

〔8〕炜炜煌煌：光色乱动，眩耀不定。

〔9〕阴夏：向北之殿。

〔10〕霐：幽深貌。 寥窲、峥嵘：亦幽深貌。

〔11〕爌炾、爣阆：宽大明亮。

〔12〕飂、萧条：清凉之貌。

〔13〕矎矎（xuān）：目光散乱貌。

〔14〕骈：并。 密石：砥石，石之致密者。 琅玕：美石，似珠玉。

【译文】

这时我就沿着正中的台阶历阶而上，来到宫殿的正堂。上下顾盼，东西观光。赤色光彩之装饰，难道是徒然而为的吗？它光辉映耀，流光溢彩。雪白的墙壁像有月光照耀，赤红的柱子似映着电光。霞飞云聚，若暗若明。光彩闪烁，眩耀不定。走进向北之殿而停伫，觉得这里非常幽深。四处开阔而宽敞，深感冷寂和清凉。檐前小雨滴沥才成小响，室内应之忽成惊雷。耳畔嘈嘈之声竟至失聪，目光散乱竟至丧明。因为眼前并列着砥石与宝石，摆满了玉珰与玉璧。

遂排金扉而北入，霄霭霭而晻暧[1]。旋室㛹娟以窈窕[2]，洞房叫窱而幽邃[3]。西厢踟蹰以闲宴[4]，东序重深而奥秘[5]。屹铿瞑以勿罔[6]，屑黡翳以懿濞[7]。魂悚悚其惊斯，心猥猥而发悸[8]。

【注释】

〔1〕霄：同宵，夜。　霭霭：云集貌。　晻暧：昏暗。

〔2〕旋室：曲屋。　㛹（pián）娟：回曲貌。　窈窕：深远貌。

〔3〕叫窱：远。

〔4〕踟蹰：相连貌。

〔5〕东序：东厢。

〔6〕铿瞑：寂寞状。　勿罔：不审貌。

〔7〕屑：往来。　黡（yǎn）翳：暗蔽貌。　懿濞：深邃貌。

〔8〕猥猥（sī）：惧貌。

【译文】

于是推开金门向北继续前行，这时夜幕降临四周一片昏暗。曲室回环悠远，洞房幽静深邃。西厢小室相连而安静，东厢重重深远而幽密。我孤寂而立昏昏沉沉，往来于幽暗隐秘之中。魂魄因之竦动而惊骇，内心恐惧而颤抖。

于是详察其栋宇，观其结构。规矩应天，上宪觜陬[1]。倔佹云起[2]，嵚崟离搂[3]。三间四表，八维九隅[4]。万楹丛倚，磊砢相扶[5]。浮柱岧嵽以星悬[6]，漂峣峴而枝拄[7]。飞梁偃蹇以虹指[8]，揭蘧蘧而腾凑。层栌磥垝以岌峩[9]，曲枅要绍而环句[10]。芝栭欑罗以戢舂[11]，枝牚杈枒而斜据[12]。傍夭蟜以横出[13]，互黝纠而搏负[14]。下岪蔚以璀错[15]，上崎嶬而重注[16]。捷猎鳞集[17]，支离分赴[18]。纵横骆驿[19]，各有所趣[20]。

【注释】

〔1〕觜（zī）陬（zōu）：二星名。即营室、东壁，主营制宫室。

〔2〕倔佹（guǐ）：谲诡。

〔3〕嵚崟：即嵚岑，山势高险。　离搂：即离娄，众木交叠之貌。

〔4〕八维：四角四方。　九隅：八维加中央为九隅。

〔5〕磊砢（luǒ）：壮大，参差。

〔6〕岧嵽：同迢递，远也。

〔7〕漂：轻飘。　峣峴（niè）：不安之貌。　枝拄：即枝柱，无根而倚立。

〔8〕偃蹇：高貌。

〔9〕蘧蘧（qú）：高。　凑：会聚。　栌（lú）：斗拱，柱顶上承托栋梁的方木。　磥垝：重危貌。　岌峩：亦重危貌。

〔10〕枅（jiān）：柱上横木。　要绍：曲貌。　环句：即环勾，曲而相连。

〔11〕芝：芝草。　栭（ér）：即栌，斗拱。　欑罗：聚集排列。　戢舂（nǐ）：众多貌。

〔12〕牚（chēng）：梁上交木，斜柱。

〔13〕夭蟜：即夭矫，屈伸貌。

〔14〕黝纠：林木相缠绕貌。　搏负：重叠交错。

〔15〕岪蔚：特起貌。　璀错：盛多，富丽。

〔16〕崎嶬：高险貌。　注：连属。

〔17〕捷猎：连接。

〔18〕支离：分散。

〔19〕纵横：四散。　骆驿：不绝。

〔20〕趣：趋。

【译文】

这时我详细考察宫殿的房舍，观看它的结构。其规矩制度上应昊天，效法觜陬二星。似云霞谲诡而起，高高耸立梁木交错叠加。每室三间各有四面，分布于中央与八方。万根楹柱丛聚依偎，参差相扶。浮柱如星一般高悬空中，轻飘险危似无根基，飞梁如虹一般高挂空中，高高地飞聚在一起。斗栱重迭险峻，横木弯曲回环。柱上方木绘着芝草丛聚而繁多，梁上交木有如树枝交错而斜倚。有的屈伸横出，有的缠绕重叠。下面突起而盛多，上面高险而相连。互相连接如鱼鳞堆积，散开又似分道奔走。纵横四散络绎不绝，各有其伸展方向。

尔乃悬栋结阿〔1〕，天窗绮疏〔2〕。圆渊方井，反植荷蕖〔3〕。发秀吐荣，菡萏披敷〔4〕。绿房紫菂〔5〕，窋咤垂珠〔6〕。云楶藻棁〔7〕，龙桷雕镂〔8〕。飞禽走兽，因木生姿。奔虎攫挐以梁倚〔9〕，仡奋舋而轩鬐〔10〕。虬龙腾骧以蜿蟺〔11〕，颔若动而躨跜〔12〕。朱鸟舒翼以峙衡〔13〕，腾蛇蟉虬而绕榱〔14〕。白鹿孑蜺于欂栌〔15〕，蟠螭宛转而承楣〔16〕。狡兔跧伏于柎侧〔17〕，猿狖攀椽而相追。玄熊舑錟以断断〔18〕，却负载而蹲跠〔19〕。齐首目以瞪眄，徒脈脈而狋狋〔20〕。胡人遥集于上楹，俨雅跽而相对〔21〕。仡欺猥以雕䀛〔22〕，鶌顤顟而睽睢〔23〕。状若悲愁于危处，憯嚬蹙而含悴〔24〕。神仙岳岳于栋间〔25〕，玉女窥窗而下视。忽瞟眇以响像〔26〕，若鬼神之仿佛。

【注释】

〔1〕结阿：架构屋柱。

〔2〕绮疏：指刻镂为绮文之窗。

〔3〕荷渠：即芙蕖，又名莲花。由于绘于屋顶绮井之上，故曰“反植”。

〔4〕菡萏：荷花未开称菡萏，已开称芙蓉。 披敷：散布。

〔5〕绿房：莲房。 紫菂（dì）：莲实。

〔6〕窋（zhú）咤：物在穴中貌。

〔7〕棨（jié）：梁上柱。 棁（zhuō）：梁上楹。

〔8〕桷（jué）：椽。

〔9〕攫挐（ná）：即攫拏，互相搏持。

〔10〕仡（yì）：举头。 奋舋（xìn）：疾动。 鬐：背上鬣。

〔11〕蜿蟺：屈曲盘旋。

〔12〕颔：摇头。 蹤跜：动貌。

〔13〕衡：楼殿边上的栏杆。

〔14〕虵：即蛇。 蟉虬：盘曲貌。 榱：椽。

〔15〕孑蜺：延首之貌。 欂栌：梁上短木，即斗拱。

〔16〕蟠螭：盘曲之龙。 楣：门户上横梁。

〔17〕跧伏：屈伏，匍匐。 柎：斗上横木。

〔18〕舑舕：吐舌貌。 龂龂（yín）：齿见貌。

〔19〕蹲跠：踞坐。

〔20〕脈脈（mò）：凝视貌。 狋（ní）狋：大怒貌。

〔21〕俨雅：恭敬庄重貌。 跽：长跪。双膝着地，上身挺直。

〔22〕欺猥：大首。欺，同颠。 雕：猛禽。一说，借为“瞗”，深目貌。 眑（xuè）：同瞲，惊视。

〔23〕顤顟（liáo）：大首深目之貌。 睽睢（huī）：张目貌。

〔24〕憯（cǎn）：惨痛。 嚬蹙：攒眉皱额，忧貌。

〔25〕岳岳：立貌。

〔26〕瞟眇：视不明貌。 响像：依稀。

【译文】

至于高悬的栋梁架构着屋柱，屋顶的天窗刻镂着绮文。圆池方井，屋顶天窗绮井雕绘着莲花。莲花绽放，菡萏散布开来。莲房中的莲实，犹如深藏的垂珠。楹柱绘着云气水草，椽上雕镂着龙蛇。飞禽走兽，均凭借梁木雕成各种姿态。飞奔的虎倚在梁上互相搏持，虎头上举背上鬣毛疾晃，无角之虬龙盘旋腾躍，龙头像是在摇动。赤色的鸟张开翅膀站在栏杆上，腾躍的蛇蜿蜒盘曲绕着屋椽。白鹿在斗栱上伸出头来，盘龙盘旋屈曲承受着斗上的横梁。狡兔匍匐在斗拱横木上，猿猴攀着屋椽而互相追赶。黑熊吐舌而露齿，不再负载而踞坐于地。头与头并排着瞪眼相观看，徒然凝视而面露怒容。胡人远远地聚集在高高的楹柱上，恭敬庄重地长跪着面与面相向。他们抬着头瞪着像雕一般的双眼，人人大首深目向前张望。模样像是坐在高危之地而深感悲愁，内心惨痛因而攒眉皱额面容憔悴。神仙站立在栋梁间，玉女从天窗探头往下看。眼前所见忽然模糊起来，仿佛看见了鬼神出现。

图画天地，品类群生。杂物奇怪，山神海灵。写载其状，托之丹青。千变万化，事各缪形。随色象类，曲得其情。上纪开辟，遂古之初。五龙比翼〔1〕，人皇九头〔2〕。伏羲鳞身，女娲蛇躯。鸿荒朴略，厥状睢盱〔3〕。焕炳可观，黄帝唐虞。轩冕以庸，衣裳有殊。下及三后〔4〕，淫妃乱主〔5〕。忠臣孝子，烈士贞女。贤愚成败，靡不载叙。恶以诫世，善以示后。

【注释】

〔1〕五龙：古代传说，皇伯、皇仲、皇叔、皇季、皇少兄弟五人，并乘龙上下，名曰五龙。

〔2〕人皇：三皇之一，唐司马贞补《史记·三皇本纪》说，人皇九头，乘云车，驾六羽，出谷口。

〔3〕睢盱（xū）：质朴之形。

〔4〕三后：夏、商、周三代。

〔5〕淫妃：指夏之妹喜、商之妲己、周之褒姒。

【译文】

要描绘天地各种图形，和生物诸般种类。以及各种奇形怪物，山神海灵。要表现它们的形状，都可以从图画中描绘出来。事物千变万化，各不同形。但按照对象施加色彩，委婉曲折都能画出逼真的形貌。壁画描绘了盘古开天辟地之时，远古之初的情形。五帝驾龙比翼而飞，人皇有九个头颅，伏羲遍体鱼鳞，女娲有蛇的身躯。洪荒之世质朴简略，摹画其形状也是十分质朴。至于有文采可观，是到了皇帝唐虞时代。那时发明了车、制作了冠冕以供使用，衣裳的穿着与赏赐也有了上下等级的区别。往下到了夏商周三代，描绘淫妃乱主遭致国亡场景。还有忠臣孝子，烈士贞女。以及各种贤愚之人成败之事，没有不在图画中表现出来。坏人坏事用以垂诫世人，好人好事用以昭示和激励后代。

于是乎连阁承宫，驰道周环〔1〕。阳榭外望〔2〕，高楼飞观。长途升降〔3〕，轩槛曼延。渐台临池〔4〕，层曲九成。屹然特立，的尔殊形。高径华盖〔5〕，仰看天庭。飞陛揭孽〔6〕，缘云上征。中坐垂景〔7〕，俯视流星。千门相似，万户如一。岩突洞出〔8〕，逶迤诘屈。周行数里，仰不见日。何宏丽之靡靡，咨用力之妙勤。非夫通神之俊才，谁能克成乎此勋？

【注释】

〔1〕驰道：君主乘车马所行之道。

〔2〕榭：台上之屋。

〔3〕长途：长道，指阁道。

〔4〕渐台：台名，台在池中，为水所浸，故名。

〔5〕华盖：星官名，属紫微垣，共十六星，在五帝座上，今属仙后座。

〔6〕揭蘖：高貌。
〔7〕垂景：当作乘景，在日影之上。
〔8〕岩突：当作岩穾，在岩穴底为室，即石室。

【译文】

在这里只见一座座台阁连接着宫殿，驰道环绕四周。从敞阳的楼榭往外望，到处是高大的凌空架构的楼阁。长长的阁道上下，有着漫长的栏版。渐台下临水池，台身高达九层。屹然挺立，独特的形态十分鲜明。向上直指华盖星座，抬头可以看见天庭。台阶高筑，可以沿着云霞一直往上行走。坐于其中似凌驾日影之上，可以俯视天空的流星。千门全相似，万户都统一。沿着石室穿洞而过，道路逶迤曲折。环行数里，抬头始终看不见太阳。多么的雄伟壮丽和秀美，这都是用心的精妙和辛勤的付出。如果不是技艺通神的才俊之士，谁能够建树这般宏伟的功勋？

据坤灵之宝势〔1〕，承苍昊之纯殷〔2〕。包阴阳之变化，含元气之烟煴〔3〕。玄醴腾涌于阴沟〔4〕，甘露被宇而下臻。朱桂黝倏于南北〔5〕，兰芝阿那于东西〔6〕。祥风翕习以飒洒〔7〕，激芳香而常芬。神灵扶其栋宇，历千载而弥坚。永安宁以祉福，长与大汉而久存〔8〕。实至尊之所御〔9〕，保延寿而宜子孙。苟可贵其若斯，孰亦有云而不珍〔10〕？

【注释】

〔1〕坤灵：地神，这里指地。
〔2〕苍昊：均指天。
〔3〕烟煴：元气混沌浩荡之貌。
〔4〕玄醴：美泉。　阴沟：殿北之沟渠。
〔5〕黝倏（shū）：茂盛貌。
〔6〕阿那（ē nuó）：同婀娜，亦茂盛貌，或柔弱貌。
〔7〕翕（xì）习：风吹貌。　飒洒：风吹草木声。

〔8〕与：助。
〔9〕御：用。
〔10〕珍：美。

【译文】

灵光殿占据大地珍贵的地势，秉承上天纯粹而中正之气。包藏着阴阳的变化，蕴含着天地蒸发的元气。美泉在殿北的沟渠中腾涌，甘露覆盖檐宇而降落。朱桂在南面北面长得多么茂盛，兰芝在东边西边也长得婀娜多姿。和风习习吹动草木，激发草木长久地散发出芬芳。神灵护佑着宫殿栋宇，虽然历经千年却愈加坚固。永远带来安宁和福祥，护佑大汉天命永远传承。这实是天子至尊之所用，永保延年益寿而利其子孙。如其可贵确是如此，又有谁会说它不值得珍奇华美。

乱曰：彤彤灵宫，岧嵲穹崇[1]，纷庬鸿兮[2]。崱㟮嵫厘，岑崟巁嶷[3]，骈茏㞧兮[4]。连拳偃蹇，崘菌蜷嵯[5]，傍欹倾兮。歇欻幽蔼，云覆霮䨴[6]，洞杳冥兮。葱翠紫蔚[7]，磊硍瑰玮[8]，含光晷兮[9]。穷奇极妙，栋宇已来，未之有兮。神之营之，瑞我汉室，永不朽兮。

【注释】

〔1〕岧嵲、穹崇：皆高耸之貌。
〔2〕庬鸿：高大。
〔3〕崱㟮、嵫厘、岑崟、巁嶷：皆高大险峻之貌。
〔4〕茏㞧：险峻貌。
〔5〕连拳：偃蹇、崘菌、蜷嵯：皆屈曲高大、倾侧险峻貌。
〔6〕歇欻、幽蔼、云覆、霮䨴（dàn duì）：皆幽邃貌。
〔7〕葱翠：苍翠。　紫蔚：蔚蓝及青赤间色。
〔8〕磊硍：大石。　瑰玮：珍奇之物。
〔9〕光晷：日光。

【译文】

结语道：红彤彤的神宫，岿然高耸，多么广大啊！挺拔壁立，陡削峻峭，多么险峻啊！蜷曲宛转，盘旋曲折，百态千姿啊！昏暗幽静，云遮雾障，又是多么深邃啊！苍翠蔚蓝，宝石美玉，其中蕴含光泽啊！奇妙至极，自有宫殿楼宇以来，还未有过啊！神灵建造，赐福我汉室，永垂不朽啊！

景福殿赋　何平叔（何晏）

【题解】

何晏（190—249），三国时代魏玄学家、文学家，字平叔，南阳宛县（今河南南阳）人，东汉外戚大将军何进之孙，曹操之养子。魏正始初年，任散骑常侍，迁侍中尚书。与王弼等同倡玄学，开清谈之风。著《道德论》《无名论》《论语集解》等。原有集十一卷，已佚。传附《三国志·魏书·曹真传》。本篇叙述景福殿建殿之缘起，描写景福殿建成后之宏伟壮丽，歌颂了帝王之统一大业。景福殿：魏之宫殿，在许昌（今属河南），魏明帝时所建。

大哉惟魏，世有哲圣。武创元基，文集大命。皆体天作制，顺时立政。至于帝皇，遂重熙而累盛。远则袭阴阳之自然，近则本人物之至情。上则崇稽古之弘道，下则阐长世之善经。庶事既康，天秩孔明。故载祀二三〔1〕，而国富刑清。岁三月，东巡狩，至于许昌。望祠山川〔2〕，考时度方。存问高年，率民耕桑。越六月既望〔3〕，林钟纪律〔4〕，大火昏正〔5〕。桑梓繁庑，大雨时行。三事九司〔6〕，宏儒硕生。感乎溽暑之伊郁，而虑性命之所平。惟岷越之不静〔7〕，寤征行之未宁。

【注释】

〔1〕载祀：皆年岁之意。　二三：指二三之积，为六。魏明帝太和六年（232），明帝东巡，至许昌。

〔2〕望祠：即望祀，以牺牲粢盛祭山川地祇。

〔3〕越：于。　既望：十六日。

〔4〕林钟：音律名，又指六月。

〔5〕大火：星名，即心宿。

〔6〕三事：三公。　九司：九卿。

〔7〕岷越：指蜀、吴，即今四川浙江之地。

【译文】

伟大啊魏王朝，代代有贤明君王。武帝（曹操）创下基业，文帝（曹丕）登基称帝。全都体察天象制订制度，顺应四时施行政事。传至当今帝皇（明帝）曹叡，国家更为光明兴盛。为政远则顺随阴阳变化之自然法则，近则根据人物之本性至情。上则崇尚稽考古代的弘大之道，下则阐扬世代绵长的嘉善之经。诸事既已安宁，天禄大放光明。太和六年，国家富强刑政清明。当年三月，明帝东巡，至许昌。以牺牲粢盛祭祀山川地祇，考定时日，安抚四方。慰问老者，率领民众勤力耕织。到了六月十六，律合林钟，大火星黄昏按时出现。桑梓茂盛，大雨依时降下。三公九卿，大儒硕士，均有感于湿暑之烦热，而忧虑性命之和平。此时吴蜀二境尚不平静，深感旅途之不安宁。

乃昌言曰："昔在萧公〔1〕，暨于孙卿〔2〕。皆先识博览，明允笃诚。莫不以为不壮不丽，不足以一民而重威灵。不饬不美〔3〕，不足以训后而永厥成。故当时享其功利，后世赖其英声。且许昌者，乃大运之攸戾〔4〕，图谶之所旌〔5〕。苟德义其如斯，夫何宫室之勿营？"帝曰："俞哉〔6〕！"玄辂既驾〔7〕，轻裘斯御。乃命有司，礼仪是具。审量日力，详度费务。鸠经始之黎民[8]，辑农功之暇豫。因东师之献捷[9]，就海孽之贿赂[10]。立景福之秘殿，备皇居之制度。

【注释】

〔1〕萧公：萧何，汉初丞相。《汉书·高帝纪》说，萧何治未央宫，高祖刘邦见其壮丽，甚怒。萧何说："天子以四海为家，非令壮丽，亡以重威，且亡令后世有以加也。"

〔2〕孙卿：荀况。《荀子·王霸篇》说天子"饮食甚厚，声乐甚大，台榭甚高，园囿甚广，如此方能臣使诸侯，一天下"。

〔3〕饬：当作"饰"。

〔4〕戾：定。

〔5〕图谶：巫师或方士制作的一种隐语或预言，作为吉凶的符验或征兆。

〔6〕俞：犹言"然"，表示应允。

〔7〕玄辂：黑色的车，天子所乘。

〔8〕鸠：聚集。 经始：指土木方兴。

〔9〕献捷：献战胜所获之俘虏或战利品。魏明帝太和六年讨吴，大捷。

〔10〕海孽：指吴，因其僻居海曲称乱，故称海孽。 贿赂：财物，财货。

【译文】

于是进献美言道："从前汉初萧何，和战国时荀况，都聪慧博学，明智诚实。他们都以为宫室如不壮不丽，则不足以统一民众而加重神威；如不雕饰不美观，则不足以教训后世而永保其成。因而汉初宏伟的宫殿当时即已享受其功利，后世更依赖其显赫的名声。况且许昌这地方，是天命所选定的，是图谶所标志的。若德义已如此相配，为什么不在此营造宫室呢？"明帝说："好吧！"于是天子玄辂已驾，轻裘加身，便命令有关官吏，筹备礼仪。明确计量时日人力，详细算好费用开支。调集兴建土木的民众，集中利用农事的间隙闲暇时间。凭借东方讨吴之师献上的俘虏，以及平定吴地妖孽所获的财货，建立景福神殿，以完善皇宫的制度。

尔乃丰层覆之耽耽，建高基之堂堂。罗疏柱之汩越[1]，肃坻鄂之锵锵[2]。飞櫩翼以轩翥[3]，反宇𪋹以高骧[4]。流羽毛之威蕤，垂环玭之琳琅[5]。参旗九旒，从风飘扬。皓皓旰旰[6]，丹彩煌煌[7]。故其华表[8]，则镐镐铄铄，赫奕章灼[9]，若日月之丽天也。其奥秘则蘙蔽暧昧，仿佛退概[10]，若幽星之纚连也[11]。既栉比而攒集[12]，又宏琏以丰敞[13]。兼苞博落[14]，不常一象。远而望之，若摛朱霞而耀天文[15]；迫而察之，若仰崇山而戴垂云。羌瑰玮以壮丽，纷彧彧其难分，此其大较也。若乃高甍崔嵬[16]，飞宇承霓。绵蛮黮霸[17]，随云融泄[18]。鸟企山峙，若翔若滞。峨峨嵲嵲，罔识所届[19]。虽离朱之至精[20]，犹眩曜而不能昭晰也。

【注释】

〔1〕罗：列。　疏柱：画柱。　汩（yù）越：光明貌。

〔2〕坻鄂：殿基边缘。　锵锵：高貌。

〔3〕櫩：同檐。　轩翥：飞举貌。

〔4〕反宇：反向上仰之屋宇。　𪋹（niè）：高貌。　高骧：高举。

〔5〕玭（pín）：珠。　琳琅：玉相击声。

〔6〕旰旰：盛貌。

〔7〕煌煌：盛貌。

〔8〕华表：指华饰屋外之表。

〔9〕镐镐、铄铄、赫奕、章灼：皆谓光明显耀。

〔10〕退概：幽深不明。

〔11〕纚（lǐ）连：相连属貌。

〔12〕栉比：如梳齿般密密排列。

〔13〕宏琏：即宏连，大连众木。
〔14〕博落：谓所绕者广，落通络。
〔15〕摛：布。　天文：天上之星象。
〔16〕甍（méng）：屋脊，屋栋。
〔17〕绵蛮：文貌。　黮䨴（tǎn duì）：黑貌。
〔18〕融泄：动貌。
〔19〕届（jiè）：极，至。
〔20〕离朱：即离娄，古之目明善视者。

【译文】

于是修筑高屋是如此深邃，修建高大殿基是如此雄壮。罗列画柱是如此整齐，整饬殿基的边缘是如此高耸。飞檐向上飞举，反宇高举空中。四周分布着众多的羽毛，垂悬着琳琅的珠环。天子九旒之参旗，随风飘扬。白光闪亮，丹彩辉煌。其华饰屋外之表，十分明亮，又十分显耀，如日月之附丽于天。其奥秘之处，十分隐蔽，又十分幽深，如幽星之相连属。既排列紧密，又宏大宽敞。它包容广大，并非只是常见的一种景象。远远望去，似散布着红色霞光而照亮了天上的月星，走近观察，又似仰望崇山而头顶垂云。真是瑰伟壮丽，纷繁郁盛，而难于仔细分辨，这就是宫殿的大致情形。至于屋脊屋栋是那么高峻崔嵬，飞宇竟上接云霓。文静幽深，但又似随云浮动。如鸟一般地站立，如山一般竦峙，像在飞翔，又像在停伫。峻峭高大，真不了解它的极至所在。即使有离娄一般的明察，也还是眼花缭乱而不能看得分明啊。

尔乃开南端之豁达，张笋虡之轮豳〔1〕。华钟杌其高悬，悍兽仡以俪陈〔2〕。体洪刚之猛毅，声訇磤其若震〔3〕。爰有遌狄〔4〕，镣质轮菌〔5〕。坐高门之侧堂，彰圣主之威神。芸若充庭〔6〕，槐枫被宸〔7〕。缀以万年〔8〕，綷以紫榛〔9〕。或以嘉名取宠，或以美材见珍。结实商秋〔10〕，敷华青春[11]。蔼蔼萋萋，馥馥芬芬。尔其结构，则修梁彩制，下褰上奇。桁梧复叠[12]，势合形离。赩如宛虹，赫如奔螭。南距阳荣[13]，北极幽崖[14]。任重道远，厥庸孔多。

【注释】

〔1〕筍虡（jù）：悬钟磬之架。　轮囷：多貌。

〔2〕仡（yì）：壮勇。　俪：偶。

〔3〕訇磤（hōng yǐn）：大声。

〔4〕遐狄：即长狄，指银铸之长人。

〔5〕镣：白金（银）之美者。　轮菌：高大。

〔6〕芸：香草。　若：杜若，亦香草。

〔7〕宸：屋宇。

〔8〕万年：树名。

〔9〕綷：杂。

〔10〕商秋：秋天。商，五音中的金音，其音凄厉，其时为秋，故云。

〔11〕青春：春天。东方为春位，其色青，故云。

〔12〕桁：梁上之横木。　梧：柱。

〔13〕荣：屋南檐。

〔14〕幽崖：北边。

【译文】

然后就打开向南的通达的正门，只见门内陈列着许多钟磬之架。华钟高悬其上，凶悍之兽驮负着钟架相对排开。体态洪刚而猛毅，声音轰隆般震响。又有铸就之长人，白金为质又高又大。坐在高门侧堂之中，以彰显圣主之神威。芸香、杜若遍布庭中，槐树、枫树覆盖屋宇，连缀着万年树，杂生着紫榛木。有的以美名获得人们宠爱，有的以美材被人视为珍宝。它们结实于秋季，开花在春天。繁盛苍翠，浓郁芬芳。宫殿的结构则是长梁横跨，众彩殊制，下面开阔，上边奇异。梁柱交错复叠，其势似合其形实离。大赤之色就像天上之彩虹，赫怒之势如同奔腾之螭龙。向南至屋南檐，向北直达最北边。任重道远，其功甚多。

于是列髹彤之绣桷[1]，垂琬琰之文珰[2]。蝹若神龙之登降[3]，灼若明月之流光。爰有禁楄[4]，勒分翼张[5]。承以阳马[6]，接以员方[7]。斑间赋白[8]，疏密有章。飞枊鸟踊[9]，双辕是荷[10]。赴险凌虚，猎捷相加[11]。皎皎白间[12]，离离列钱[13]。晨光内照，流景外烻[14]。烈若钩星在汉[15]，焕若云梁承天[16]。騧徙增错[17]，转县成郛。茄蔤倒植[18]，吐被芙蕖。缭以藻井[19]，编以綷疏[20]；红葩𩋾鞢[21]，丹绮离娄[22]。菡萏𧙓翕，纤缛纷敷[23]。繁饰累巧，不可胜书。

【注释】

〔1〕髹（xiū）：赤多黑少之漆。　桷（jué）：方椽。

〔2〕琬琰：美玉。　珰：椽头饰。

〔3〕蝹（yūn）：龙行貌。

〔4〕禁楄：短椽木。

〔5〕勒：通肋。

〔6〕阳马：四阿之长桁。

〔7〕员：通圆。

〔8〕斑：分。　赋：布。

〔9〕枊（àng）：飞檐，斗栱。

〔10〕双辕：任承檐以荷众材者。

〔11〕猎捷：相接貌。

〔12〕白间：文窗，以白涂之，画为钱文。

〔13〕离离：分明貌。　列钱：行列似钱。

〔14〕烻（yàn）：光盛貌。

〔15〕钩星：即辰星。

〔16〕云梁：以云为梁。

〔17〕蝸：同蜗。

〔18〕茄蔤：荷芙蕖，其茎为茄，其本为蔤。

〔19〕藻井：又称绮井，是天花板上的一种装饰，一般做成圆形、方形或多边形的凹面，上有各种花纹、雕刻和彩画。因其形似井口围栏，故称“井”。

〔20〕綷疏：疏窗。藻井交方木为之，刻镂五彩如交窗，故名。

〔21〕鞸韐（xiá zhá）：花叶繁盛貌。

〔22〕离娄：刻镂交加貌。

〔23〕缛：采饰。

【译文】

这里展现了用赤黑漆加以文饰之彩椽，上面垂挂着美玉装点的椽头饰物。形态蜿蜒如神龙之升降，色泽明亮又如明月之流光。又有短制椽木，如鸟之翅膀张开。上面承受着四阿之长桁，众材相接或圆或方。红白分布相间，疏密有致。飞檐如鸟一般腾踊，又有双辕负荷着众材。有的凭空赴险，有的相接相加。皎洁雪白的文窗，离离分明的金釭。早晨阳光照进室中，流光反射于外。光焰似晨星之在河汉，光彩焕发又像是以云为梁上承蓝天。天花板上雕塑成文如蜗之慢徙，辗转相连有如郛郭。芙蕖之茎根倒植，荷花正盛开吐艳。它们缠绕在藻井边，编织在疏窗上。红花花叶繁茂，丹绮五彩刻镂交加。荷花色泽艳丽，彩饰纷繁。众多的装饰十分精巧，不能够全部书写出来。

于是兰栭积重〔1〕，窭数矩设〔2〕。欃栌各落以相承〔3〕，栾栱夭蟜而交结〔4〕。金楹齐列，玉舄承跋〔5〕。青琐银铺〔6〕，是为闺闼。双枚既修〔7〕，重桴乃饰〔8〕。槐梠缘边〔9〕，周流四极。侯卫之班，藩服之职。温房承其东序，凉室处其西偏。开建阳则朱炎艳，启金光则清风臻。故冬不凄寒，夏无炎燀〔10〕。钧调中适，可以永年。墉垣砀基[11]，其光昭昭。周制白盛[12]，今也惟缥。落带金釭[13]，此焉二等。明珠翠羽，往往而在。钦先王之允塞[14]，悦重华之无为[15]。命共工使作缋[16]，明五采之彰施。图象古昔，以当箴规。椒房之列[17]，是准是仪。观虞姬之容止[18]，知治国之佞臣。见姜后之解佩[19]，寤前世之所遵。贤锺离之谠言[20]，懿楚樊之退身[21]。嘉班妾之辞辇[22]，伟孟母之择邻[23]。故将广智，必先多闻。多闻多杂，多杂眩真。不眩焉在，在乎择人。故将立德，必先近仁。欲此礼之不諐，是以尽乎行道之先民。朝观夕览，何与书绅[24]？

【注释】

〔1〕栭：斗栱，柱顶上支撑屋梁的方木。

〔2〕窭（jù）数：器名，用茅草结成圆圈，放在头顶，上承器物，此喻兰栭重叠交互而相承。　矩设：指合乎规律而安设。

〔3〕欃（jiān）。即枊，斗栱。　栌：亦斗栱。　各落：错落。

〔4〕栾：柱上横木，两端以承斗栱。　栱（gǒng）：柱上横木。

〔5〕舄（xì）：即碣，礩也，柱下石。　跋（bō）：本也。

〔6〕青琐：古门窗之饰，刻为连琐文，涂之以青。　银铺：置于门上以衔环，以银饰之。

〔7〕双枚：屋内重檐。

〔8〕重桴：重栋。

〔9〕棍（pí）桕：连檐承瓦之横木。

〔10〕焯：炎起貌。

〔11〕砀（dàng）基：以文石为墙基。

〔12〕白盛：以蜃灰垩墙使白，盛犹成。

〔13〕落带：壁带。壁之横木，露出如带。　金釭：壁中以金为饰之横带。

〔14〕允塞：诚信笃实。

〔15〕重华：虞舜。

〔16〕共工：尧时冬官司空，理百工之事。　缋：画。

〔17〕椒房：皇后所居之殿，亦指皇后。

〔18〕虞姬：名损之，齐威王之姬。《列女传》说，威王即位，诸侯并侵之。朝中佞臣周破胡专权擅势，嫉贤妒能。虞姬谏威王，烹周破胡，封贤臣，于是收故侵地，齐国大治。

〔19〕姜后：齐侯之女，周宣王之后。《列女传》说，威王尝夜卧而晏起，耽误朝政。姜后乃脱簪珥待罪于永巷，自责并以谏宣王。

〔20〕锺离：即锺离春，齐无盐邑之女，貌丑。《列女传》说，她自诣齐宣王，陈述齐国面临之危殆形势有四，宣王感动，封其为王后。　谠言：善言。

〔21〕楚樊：即樊姬，楚庄王之夫人，《列女传》说，她曾谏庄王任用贤者，斥退身边不肖之人。

〔22〕班妾：即班婕妤。《汉书》说，成帝游于后庭，欲与班婕妤同辇，婕妤以“三代末主，乃有嬖女”为由而拒绝。

〔23〕孟母：即孟轲之母。《列女传》说，孟母为教育孟子，其居所从近墓之处迁至市旁，复迁至学宫之旁，凡三迁。

〔24〕书绅：书写在衣带上。《论语·卫灵公》载，子张将孔子之言“书诸绅”。

【译文】

这里木兰的斗拱重复交叠，如窭数均合乎规矩而安置。斗栱之间错落相承，柱上曲木横木以矫健之姿而交结。金色的柱子整齐地排列着，白玉石承受着柱基。以青琐为饰的门窗上有银色的铺首，这里就是闺闼之地。屋内重檐既长，达于屋外之重栋又加以彩饰。连檐承之横木缘屋边隅，周匝流移至于四极。如同辅弼京师的侯卫之班次，藩服之职守。温房连接着它的东厢，凉室坐落在它的西侧。打开东边的建阳门则有红色的阳光多么艳丽，开启西边的金光门则有清风徐来。因此冬天不觉寒风刺骨，夏天没有炎热逼人。冷热寒暑调和适中，居此可以长生永年。宫墙均以文石为墙基，光辉明亮。按周制当以蜃灰垩墙而成白色，现今则涂成淡青色。壁上横木及金饰之横带，在这里构成了两个层次。明珠翠羽，到处都有。

钦佩先王之诚信笃实，悦慕虞舜之无为而治。命共工在壁上绘制图像，鲜明地加上五彩。描绘古人古事，用作今人之箴诫和规范。后妃之流，则以之为准绳和仪则。观看虞姬之容止，就会了解治国贤臣与奸佞之臣的区分。看见姜后之解珮自责，就会领悟前代所遵循的道路。看重楚国锺离春所进之善言，赞美楚国樊姬能谏君斥退身边小人。褒扬汉代班婕妤之辞辇不与君同载，推崇孟母之三迁择邻。因此想要增益自己的智慧，一定要首先增广见闻。但增广见闻也会增多错杂，增多错杂就会惑乱真理。要想不惑乱关键何在，在于选择贤人。因此将要立德，一定要首先亲近仁人。想要在礼仪上不出现过失，就必须仔细了解前人之行道。朝夕观览图画，这与子张书绅有何区别？

若乃阶除连延，萧曼云征〔1〕。櫺槛邳张〔2〕，钩错矩成〔3〕。楯类腾蛇〔4〕，槢似琼英〔5〕。如螭之蟠〔6〕，如虬之停〔7〕。玄轩交登〔8〕，光藻昭明。驺虞承献〔9〕，素质仁形。彰天瑞之休显，照远戎之来庭。阴堂承北，方轩九户〔10〕。右个清宴〔11〕，西东其宇。连以永宁，安昌临圃。遂及百子，后宫攸处。处之斯何，窈窕淑女。思齐徽音〔12〕，聿求多祜。其祜伊何，宜尔子孙。克明克哲，克聪克敏。永锡难老〔13〕，兆民赖止。于南则有承光前殿，赋政之宫。纳贤用能，询道求中〔14〕。疆理宇宙〔15〕，甄陶国风〔16〕。云行雨施，品物咸融。其西则有左墄右平〔17〕，讲肄之场〔18〕。二六对陈〔19〕，殿翼相当。僻脱承便〔20〕，盖象戎兵。察解言归，譬诸政刑。将以行令，岂唯娱情。镇以崇台，实曰永始。复阁重闱，猖狂是俟〔21〕。京庾之储〔22〕，无物不有。不虞之戒。于是焉取。

【注释】

〔1〕萧曼：萧条曼延，形容高远的样子。

〔2〕櫺槛：台上栏。　邳：即丕，大。

〔3〕错：犹治也。

〔4〕楯（shǔn）：栏槛，纵曰栏，横曰楯。

〔5〕槢：通楔，接合之木，此指槛楯相接合处之木楔。

〔6〕螭：无角龙。

〔7〕虬：有角之龙。

〔8〕玄轩：涂有黑漆之楯下板。

〔9〕驺虞：白虎黑文。《毛诗序》说："仁如驺虞，则王道成矣。"献：犹轩，轩在物上之称。

〔10〕方轩：并窗。

〔11〕个：东西厢。　清宴：殿名。

〔12〕思齐：常思庄敬之德。语出《诗经·大雅·思齐》："大姒嗣徽音，则百斯男。"

〔13〕难老：长保寿考。语出《诗经·鲁颂·泮水》："既饮旨酒，永锡难老。"

〔14〕询：亲戚之谋为询，此指访善咨亲。

〔15〕疆理：封疆而统理。

〔16〕甄陶：本谓制作陶器（甄为陶人旋转之轮），此指陶冶，化育。

〔17〕墄：台阶的梯级。《三辅黄图》说："未央前殿，左墄右平。"

〔18〕讲肄：谓习武。

〔19〕二六对陈：指古代习武之戏蹴鞠，二六盖鞠室之数，而室有一人。

〔20〕僻脱：便僻轻脱。

〔21〕猖狂：妄行。此指动乱。

〔22〕庾：露天的谷仓。

【译文】

至于台阶连续，延伸向上高接云端。台上栏杆遍布，如钩如矩或曲或方。直槛有如腾蛇，楔木好似琼玉。像螭龙般盘曲，像虬龙般停驻。黑漆之栏板沿着台阶连续上升，光辉明亮。黑文之白虎蹲在栏板上，素朴的质地，仁慈的形态。显示天运之善美，昭示远方戎人之归附。阴堂向北，并列之窗开了九扇。右厢为清宴，房屋东西向。连着永宁、安昌、临圃等殿，便是百子殿，这是后宫嫔妃居住的地方。居住着何人，都是窈窕淑女。常思庄敬之德以求懿美之音，齐来祈求多福。多福是什么呢，多福就是宜子宜孙，儿孙绵延。既明哲，又聪敏。永赐长寿之福，民众有所依靠。在南面则有承光前殿，这是布政之宫。接纳贤士任用能人，咨询善道，求取中正。统理天下，化育民风。如云行雨施，万物均融化通达。殿西左侧为阶，右侧为平台，这是蹴鞠习武的场所。双方各有六室相对阵，殿室建筑也相当。蹴鞠时便僻轻脱以承敌人之便，原来是象征军队演习武艺。察之已解便各言归，譬之如政刑施行。将军以此执行军令，难道只是为了取乐娱情。又有高台镇守，实为永始仓廪。复阁重门，是为了防备动乱的发生。巨型仓廪的储蓄，没有什么东西不备有。预防不测所需之物，在这里都能取到。

尔乃建凌云之层盘〔1〕，浚虞渊之灵沼。清露瀼瀼，渌水浩浩。树以嘉木，植以芳草。悠悠玄鱼，皠皠白鸟〔2〕。沉浮翱翔，乐我皇道。若乃虬龙灌注，沟洫交流。陆设殿馆，水方轻舟〔3〕。篁栖鹍鹭〔4〕，濑戏鰋鲉〔5〕。丰侔淮海〔6〕，富赈山丘〔7〕。丛集委积，焉可殚筹〔8〕？虽咸池之壮观〔9〕，夫何足以比雠〔10〕？

【注释】

〔1〕层：盘名。层盘用以盛甘露。

〔2〕皠皠（hè）：同“翯翯”，鸟羽洁白而有光泽。

〔3〕方：两船相并。

〔4〕篁：丛竹。

〔5〕濑：从沙石上流过的湍急之水。

〔6〕侔：齐等。

〔7〕赈：富。

〔8〕筭：算。

〔9〕咸池：星名，主五谷。《淮南子·天文训》说：“咸池者，水鱼之囿也。”

〔10〕雠：匹。

【译文】

这里又建有高耸云端承接甘露的层盘，疏通了直通虞渊的灵沼。层盘上的清露盛多，灵沼中的渌水浩大。四周种上嘉树，密植芳草。悠然游动之黑鱼，羽毛皓洁之白鸟。在水中沉浮，在空中翱翔，全都在皇道下自得其乐。又有水渠出口如虬龙之形，吐水灌注，沟渠纵横交错。陆上设置殿馆，水中并靠着轻舟。丛竹中有鹍鹭栖息，水濑里有鰋鲉嬉戏。丰盛等同淮海，富厚有如山丘。财货大量堆积，怎能尽数算出？即使是咸池那样的壮观，又何足以同它相比？

于是碣以高昌崇观〔1〕，表以建城峻庐。岧峣岑立〔2〕，崔嵬峦居〔3〕。飞阁干云，浮阶乘虚〔4〕。遥目九野〔5〕，远览长图〔6〕。俯眺三市〔7〕，孰有谁无？睹农人之耘耔，亮稼穑之艰难。惟飨年之丰寡，思无逸之所叹〔8〕。感物众而思深，因居高而虑危。惟天德之不易，惧世俗之难知。观器械之良窳〔9〕，察俗化之诚伪。瞻贵贱之所在，悟政刑之夷陂。亦所以省风助教，岂惟盘乐而崇侈靡？屯坊列署〔10〕，三十有二。星居宿陈，绮错鳞比。辛壬癸甲，为之名秩。房室齐均，堂庭如一。出此入彼，欲反忘术。惟工匠之多端，固万变之不穷。物无难而不知，乃与造化乎比隆。雠天地以开基，并列宿而作制。制无细而不协于规景〔11〕，作无微而不违于水臬〔12〕。故其增构如积，植木如林。区连域绝，叶比枝分。离背别趣，骈田胥附。纵横逾延，各有攸注。公输荒其规矩，匠石不知其所斫。既穷巧于规摹，何彩章之未殚。尔乃文以朱绿，饰以碧丹。点以银黄，烁以琅玕〔13〕。光明熠爚〔14〕，文彩璘班〔15〕。清风萃而成响，朝日曜而增鲜。虽昆仑之灵宫，将何以乎侈旃〔16〕。规矩既应乎天地，举措又顺乎四时。是以六合元亨〔17〕，九有雍熙〔18〕。家怀克让之风，人咏康哉之诗〔19〕。莫不优游以自得，故淡泊而无所思。历列辟而论功〔20〕，无今日之至治。彼吴蜀之湮灭，固可翘足而待之〔21〕。

【注释】

〔1〕碣：同“揭”。

〔2〕岧峣：山危高貌。　岑：山小而高曰岑。

〔3〕峦：山形长狭者曰峦。

〔4〕浮阶：飞陛。

〔5〕九野：九州之地。

〔6〕长图：长策，长久之计。

〔7〕三市：《周礼·地官·司市》说，大市，日昃而市；朝市，朝时为市；夕市，夕时为市。

〔8〕无逸：不要贪图安逸。《尚书·无逸》说：“周公曰，呜呼，君子所其无逸，先知稼穑之艰难乃逸。”

〔9〕窳（yǔ）：器物粗劣。

〔10〕屯坊：即屯方，军营。

〔11〕规景：日规之影。“而”字衍。

〔12〕水臬：水平。“不”字衍。

〔13〕琅玕：石之似玉者。

〔14〕熠爚（yì yuè）：光明貌。

〔15〕璘班：光明文彩貌。

〔16〕旃（zhān）：犹“之”。

〔17〕六合：四方上下。

〔18〕九有：九州。　雍熙：合乐貌，喻天下太平。

〔19〕康哉之诗：指咎繇之歌“元首明哉，股肱良哉，庶事康哉”，见《尚书·咎繇谟》。

〔20〕列辟：历代天子。

〔21〕翘足而待：举足而待，仅一足立，言不久也。

【译文】

在殿外有宏伟的高昌观，高峻的建城观。它们像高山似地挺拔，像山峦似地险峻。飞阁直入云霄，阶级凌空而上。骋目遥看九州，远观长策。俯视大市、朝市和夕市，所见什么有什么无？看到农民耕耘，体会到稼穑的确艰难。衣食全赖年成之丰歉，想起了周公“君子所其无逸”的叹息。有感于万物而深思，君子居于高位而必须不忘危殆。只有天德是不会改变的，担心世俗之人对此难以了解。细观器械之优劣，明察风俗之真伪。目睹贵贱之所在，就可以领悟政事刑罚之公平或偏颇。这也就能以此观察民风，助成教化，难道只是为了追求淫乐而崇尚奢侈？又有军营及众官署，共有三十二座。排列成星宿一般，又似罗绮错杂、鱼鳞比靠。又用辛壬癸甲，为坊署编了名号次第。房屋整齐均等，庭院结构如一。从此屋出又从彼屋入，走来走去竟然无法返回原地。只因工匠之技巧变化多端，因而宫殿结构万变而层出不穷。事物没有什么难处是不能破解的，人巧就能与造化同功。仿照天地模式而奠定基础，按着众星宿的排列而策划制度。制度无细而不合于日规之影，施工无微而有违于水臬之平。因而增其建构有如山积，树立木柱有如森林。区域间或通或绝，均能枝叶分明。房舍之间或背离别趋，或并合归附。纵横逾越，各有所向。巧夺天工以致公输用不上他的规矩，匠石也不知从何处挥动斧斤。既已极规摹之工巧，又为何未尽采章之美盛。于是又用朱绿加以文饰，用碧丹增添色彩。以白银和黄金加以点缀，用白玉石让其闪闪发光。于是光辉灿烂，文采焕发。清风拂来而发出悦耳的音响，朝日照射而更增其鲜艳。即使是昆仑仙山之神官，又将凭什么能超过它。宫殿规矩既与天地相合，行政措施又顺应四时，因此天地四方无不通达，九州民众和乐安康。家家蕴含“允恭克让”之风尚，人人歌咏“庶事康哉”的诗篇。无人不优游而自得，生性淡泊而无所求。列举历代天子而论功，没有像今天这样达到了天下大治的景象。那吴和蜀的湮灭，本来就可以在极短的时间内到来。

然而圣上犹孜孜靡忒〔1〕，求天下之所以自悟。招忠正之士，开公直之路。想周公之昔戒，慕咎繇之典谟。除无用之官，省生事之故。绝流遁之繁礼〔2〕，反民情于太素〔3〕。故能翔岐阳之鸣凤〔4〕，纳虞氏之白环〔5〕。苍龙觌于陂塘〔6〕，龟书出于河源〔7〕。醴泉涌于池圃〔8〕，灵芝生于丘园。总神灵之贶祐〔9〕，集华夏之至欢。方四三皇而六五帝〔10〕，曾何周夏之足言！

【注释】

〔1〕忒：变。

〔2〕流遁：指随俗逐流，耽乐放恣。

〔3〕太素：质朴，朴素。

〔4〕鸣凤：凤鸣，喻盛世。《国语·周语》说：“周之兴也，鹫鹭鸣于岐山。”鹫鹭，鸾凤之别名。

〔5〕白环：白玉环。《竹书纪年》说，帝舜九年，西王母来朝，献白环玉玦。

〔6〕苍龙：青龙，古瑞兆之物。《三国志·魏志·明帝纪》：“青龙元年正月，青龙见郏之靡陂井中。”

〔7〕龟书：即河图洛书。相传夏禹治水，洛水中出现神龟，背有赤文，世称洛书。《周易·系辞上》：“河出图，洛出书，圣人则之。”

〔8〕醴泉：地下涌出之甘泉，古为瑞应。《三国志·魏志》说，延康元年，醴泉出，芝草生于乐平郡。

〔9〕总：合。　贶（kuàng）祐：赐福。祐，当作“祜”。

〔10〕方：且，将。

【译文】

然而圣上仍勤于政事而不变，物色天下能开导自己之人。招来忠诚中正的贤士，开辟正平正直的道路。追念周公昔日的诫辞，倾慕咎繇的训诫。罢免无用的官员，消除产生事端的原由。杜绝流荡放纵的繁文缛礼，使民众情实复归于朴素。因而能重新飞起岐山之鸣凤，受纳虞舜时代西王母所献之白玉环。苍龙再现于陂塘，河图洛书又出现于河洛。甘泉又从园池中涌出，灵芝又在丘园中生长。这些全都汇合了神灵的祝福，集中了华夏的极欢。将要与三皇并列为四，与五帝并列为六，周夏之治又何足称道呢！

（本卷译注：邹子衿）

文选卷第十二

江海

海　赋　木玄虚（木华）

【题解】

木华（生卒年不详），西晋文学家。字玄虚，广川（今河北枣强东）人，曾任太傅杨骏府主簿。工辞赋，作品多佚，今仅存《海赋》一篇。本篇描绘大海的壮观及海中种种灵怪、宝物、鱼鸟、仙境，展现了海纳百川的宽广胸怀和磅礴气势。

昔在帝妫巨唐之代〔1〕，天纲浡潏〔2〕，为凋为瘵。洪涛澜汗，万里无际。长波涾潍，迤涎八裔。于是乎禹也，乃铲临崖之阜陆，决陂潢而相沃〔3〕。启龙门之岝嶺〔4〕，鑿陵峦而崭凿。群山既略，百川潜渫〔5〕。泱漭澹泞〔6〕，腾波赴势。江河既导，万穴俱流。掎拔五岳，竭涸九州。沥滴渗淫，荟蔚云雾。涓流泱瀼〔7〕，莫不来注。於廓灵海，长为委输。

【注释】

〔1〕帝妫（guī）：即虞舜，舜曾居于妫水。　巨唐：指唐尧时代。

〔2〕天纲：指水。是说水之广大，可为天下之纲纪。

〔3〕沃：当作“沃”，灌也。

〔4〕龙门：山名，又称禹门口，在山西河津西北和陕西韩城东北。黄河至此，两岸峭壁对峙，形如阙门，相传为禹所开辟。 岸巀：高貌。

〔5〕渫：除去。

〔6〕泱漭：广大。 澹泞：深澈。

〔7〕泱瀼：水流貌。

【译文】

从前在舜尚为尧臣之时，洪水腾涌，万物凋敝。水势浩大，万里无际。洪波重积，绵延八方。于是大禹削平高地，挖开蓄水池让大水灌注其中。开通龙门之高崖，挖平耸立之山峰。群山既已治平，百川也已疏通。浩渺深澈之水，顺势向下腾涌。江河都已疏导，万穴都能畅流。五岳更为挺拔，九州洪水都已干涸。颗颗水珠，云雾沾润，涓涓细流，无不注入大海。伟大之神海啊，长为众水之归宿。

其为广也，其为怪也，宜其为大也。尔其为状也，则乃浟湙潋滟，浮天无岸。浺瀜沆瀁，渺弥湠漫。波如连山，乍合乍散。嘘噏百川[1]，洗涤淮汉。襄陵广舄[2]，澥滈浩汗。若乃大明摭辔于金枢之穴[3]，翔阳逸骇于扶桑之津[4]。彯沙嵔石，荡飏岛滨。于是鼓怒，溢浪扬浮。更相触搏，飞沫起涛。状如天轮，胶戾而激转；又似地轴，挺拔而争回。岑岭飞腾而反复，五岳鼓舞而相磓。濆濆沦而滀潒[5]，郁沏迭而隆頽。盘盓激而成窟，㴔泧滐而为魁[6]。潤泊柏而迤扬[7]，磊匒匌而相豗。惊浪雷奔，骇水迸集，开合解会，瀼瀼湿湿[8]。葩华踧沑[9]，溭泞潗渚。

【注释】

〔1〕嘘噏（xī）：犹吐纳。

〔2〕广舄：同广斥，海畔。
〔3〕大明：月。　摭：犹揽。　金枢之穴：指西方月没之处。
〔4〕翔阳：日。　扶桑之津：指东方日出之处。
〔5〕渭：乱貌。　濆沦：纠缠。　滀潔：积聚。
〔6〕滐：同杰，特立。
〔7〕泊柏：小波。
〔8〕瀼瀼湿湿：开合之貌。
〔9〕葩华：分散。　踧沺：蹴聚。

【译文】

大海是这样的辽阔，是这样的神奇，的确可称它为“大”。大海的形状，则是水波相连，浮载苍天无边无际。水深无极，烟波浩渺。洪峰如山相连，时合时散。潮水吐纳百川，冲刷淮汉。当它涨上海岸之时，真是一片汪洋。到了月亮落入西方，太阳从东方升起，海水激荡着沙石，海风刮向岛屿。这时大海震怒，波浪腾涌，互相搏击，波涛飞起。波浪如天轮，盘旋而激转，又似地轴，平地拔起而争相回复。巨浪如山飞腾而上下反复，似五岳鼓舞而互相撞击。乱纷纷地纠结攒聚，又急促地消散退去。有时环绕而成漩涡，有时高耸而成浪峰。小波从旁斜出，大波重叠相撞。惊涛如雷奔腾，骇浪腾涌聚集。时开时合，或散或会，开开合合，散而又聚，沸沸扬扬。

若乃霾曀潜销[1]，莫振莫竦。轻尘不飞，纤萝不动。犹尚呀呷[2]，馀波独涌。澎濞灪碨[3]，碨磊山垄。尔其枝岐潭瀹，渤荡成汜[4]。乖蛮隔夷，回互万里。若乃偏荒速告，王命急宣。飞骏鼓楫，泛海凌山。于是候劲风，揭百尺[5]。维长绡[6]，挂帆席。望涛远决，冏然鸟逝。鹬如惊凫之失侣，倏如六龙之所掣。一越三千，不终朝而济所届。

【注释】

〔1〕霾（mái）：大风扬起尘土自上落下。 曀：阴暗有风。

〔2〕呀呷：波浪相吞吐之貌。

〔3〕澎濞：大水飞腾且发出声音。

〔4〕渤荡：波大动之貌。 汜（sì）：由主流分出复又汇合之水。

〔5〕百尺：指帆樯。

〔6〕绡（shāo）：即梢，帆纲，用长木做成，用以挂帆。

【译文】

到了阴霾消散阴风平息之时，海面没有巨浪翻腾。轻尘不再飞扬，织罗也不再飘动。但海浪犹自吞吐，余波尚自腾涌。澎湃上腾，形成高低不平的浪峰。那些支流港湾，汹涌激荡，复汇合而成汪洋，分隔着蛮夷，回转绵延达万里之遥。至于远方之国有急来告，或君命需迅速下达，则要飞快划动棹楫，渡海翻山。于是等到刮起强劲的海风，张开百尺的帆樯，系好长长的帆杆，张挂起风帆。迎着波涛决然远去，如飞鸟般迅速远逝。快得像精悍的野鸭失侣后相求逐，又像六龙在前牵引而疾驰。一天可飞越三千里，不用一个早晨就驶抵所要到的地方。

若其负秽临深，虚誓愆祈。则有海童邀路[1]，马衔当蹊。天吴乍见而仿佛[2]，蝄像暂晓而闪尸。群妖遘迕，眇䁱冶夷[3]。决帆摧橦[4]，戕风起恶。廓如灵变，惚恍幽暮。气似天霄，叆叇云布。䨔昱绝电，百色妖露。呵㰤掩郁，矆睒无度。飞涝相磢[5]，激势相沏。崩云屑雨，浤浤汩汩。䟸踔湛濼，沸溃渝溢。瀖泋濩渭，荡云沃日。于是舟人渔子，徂南极东。或屑没于鼋鼍之穴，或挂罥于岑嶅之峰[6]。或掣掣泄泄于裸人之国，或泛泛悠悠于黑齿之邦。或乃萍流而浮转，或因归风以自反。徒识观怪之多骇，乃不悟所历之近远。

【注释】

〔1〕海童：与马衔并为海中神怪。　邀：拦阻。

〔2〕天吴：与蝄像并为海神。

〔3〕眇䁥：视貌。　冶夷：妖媚貌。

〔4〕橦（chuáng）：桅樯。

〔5〕涝：大波。　礇：同澳，交错。

〔6〕罥：系。　岑嶅：多小石之山。

【译文】

如果有负罪之人面临深海，违背誓约，虚言祷告，便会有海童拦路，马衔挡道。忽见天吴仿佛现身，蝄像也一闪而过。群妖来犯，引人注目地各展妖媚之态。她们吹断了风帆，摧折了桅樯，暴风突然猛烈刮起。一时云开如神灵变化，一时忽又阴暗幽深。海神吐气如云，浓云密布天空。迅疾的闪电，照见了海妖显露出的百种姿态。电光迅速吞吐，光色变幻无定。大波互相挤压，激浪互相擦摩。似浓云崩塌，雨水飞洒，争相发出浤浤汩汩之声。波浪向前复又后退，沸涌的乱流四溢。濯泋濩渭之声不绝，激荡着云层，浇灌着太阳。这时船家渔夫，或往南或向东，有的碎身淹没于鼋鼍的洞穴，有的挂尸于多石的山峰。有的随风被吹拂到裸人之国，有的随波逐流漂到了黑齿之邦。有的似浮萍般四处漂浮流转，有的顺着风势竟回到了家。他们只是说看到了许多妖怪并且受到许多惊骇，却不了解所经历的路程究竟是近是远。

尔其为大量也，则南澰朱崖〔1〕，北洒天墟，东演析木〔2〕，西薄青徐。经途瀴溟，万万有馀。吐云霓，含龙鱼。隐鲲鳞，潜灵居〔3〕。岂徒积太颠之宝贝〔4〕，与随侯之明珠〔5〕。将世之所收者常闻，所未名者若无。且希世之所闻，恶审其名？故可仿像其色，叆䨴其形〔6〕。

【注释】

〔1〕朱崖：郡名，即珠崖，在今海南。

〔2〕析木：地名，在今辽宁。

〔3〕灵居：神灵之所居。

〔4〕太颠：人名，周之贤臣，文王四友之一，曾助武王伐纣。《琴操》说，当文王囚居羑里之时，太颠等人得水中大贝献纣，以救文王。

〔5〕随侯：周时汉东之国姬姓诸侯。《淮南子·览冥训》注说，随侯治愈大蛇，大蛇从江中衔来大珠以报之。

〔6〕叆霼：不明貌。

【译文】

大海所具有的巨大水量，往南浸渍于朱崖，往北泛滥于天墟，往东流至析木，往西迫近青州、徐州。经过绝远杳冥之地，路程万里有余。大海吞吐着云霓，蕴含着龙鱼，隐藏着鲲鳞，潜居着神灵。并不只是积聚着太颠的宝贝和随侯的明珠。世上所收藏的宝物常闻其名，所未闻其名的就像没有其物一般。既是希世之所闻，哪里能辨识其名呢？因此只是模糊描述它的色彩，大体描述它的形状。

尔其水府之内，极深之庭。则有崇岛巨鳌，峌岘孤亭。擘洪波，指太清。竭盘石〔1〕，栖百灵。扬凯风而南逝〔2〕，广莫至而北征〔3〕。其垠则有天琛水怪〔4〕，鲛人之室〔5〕。瑕石诡晖〔6〕，鳞甲异质。若乃云锦散文于沙汭之际，绫罗被光于螺蚌之节。繁采扬华，万色隐鲜。阳冰不冶〔7〕，阴火潜然。熺炭重燔〔8〕，吹炯九泉〔9〕。朱爓绿烟〔10〕，腰眇蝉蜎〔11〕。

【注释】

〔1〕竭：负举。

〔2〕凯风：南风。

〔3〕广莫：北风。

〔4〕天琛：天然之宝。

〔5〕鲛人：住在水中的怪人。《述异记》说：南海中有鲛人室，水居如鱼，不废机织，其眼能泣，泣则出珠。

〔6〕瑕石：有小赤色之玉石。

〔7〕冶：销。

〔8〕熺：炽。

〔9〕吹：通炊，犹然也。

〔10〕爓（yàn）：同焰，火光。

〔11〕䁾眇、蝉蜎：烟尘飞腾貌。

【译文】

在大海水府之内，在那极深的地方，则有高山般的大鳌，高高耸立着。它们分开洪波，直指太空。负举着磐石，栖息着众仙。南风到来便向南去，北风到来便向北行。在水滨则有天然宝物和水怪，又有鲛人的居室。玉石都有奇异的光色，鳞甲都有奇怪的形状。至于沙岸之上沙纹有如云锦，螺蚌闪光之节有如绫罗。众多文采飞扬着光华，万般色调蕴含着鲜艳。阳处有不销之冰，阴处有潜然之火。燃炭重炽，光照九泉。红火绿烟，轻飘飘地向上飞腾远逝。

鱼则横海之鲸，突扤孤游。戛岩嶅[1]，偃高涛。茹鳞甲，吞龙舟。噏波则洪涟踧蹜[2]，吹涝则百川倒流。或乃蹭蹬穷波[3]，陆死盐田。巨鳞插云，鬐鬣刺天[4]。颅骨成岳，流膏为渊。

【注释】

〔1〕戛（jiá）：犹概，平也。 岩嶅：高山。

〔2〕噏：同吸。 踧蹜（cù suō）：水聚不流。

〔3〕蹭蹬：失势貌。　穷波：浅波。
〔4〕鬐鬣（qí liè）：脊鳍。

【译文】

鱼则有横海之鲸，高出海面而孤单出游。其高可上平高山，平息高高的波涛。它食鳞甲，吞龙舟。吸波之时则大波不流，吐水之时则百川倒灌。有时失势于浅水，死在海边。巨大的鳞甲上插云霄，高耸的脊鳍直刺蓝天。头骨成为山岳，流脂成为深渊。

若乃岩坻之隈，沙石之嵚[1]，毛翼产鷇[2]，剖卵成禽。凫雏离褷[3]，鹤子淋渗[4]。群飞侣浴，戏广浮深。翔雾连轩[5]，泄泄淫淫[6]。翻动成雷，扰翰为林[7]。更相叫啸，诡色殊音。

【注释】

〔1〕嵚：山险貌。
〔2〕鷇：待母哺食之初生小鸟。
〔3〕离褷（sī）：同离纚，毛羽始生之貌。
〔4〕淋渗：意同离褷。
〔5〕翔雾：即翔骛，飞翔。　连轩：飞貌。
〔6〕泄泄、淫淫：飞翔貌，一说沉浮貌。
〔7〕翰：鸟羽。

【译文】

至于崖岸水曲之处，沙石险要之地，鸟类产子，卵破而出。幼鸭毛羽初生，鹤子刚长羽毛。成群而飞，结伴而浴，在深广的海域中戏要浮游。它们连片飞起来，成群在水上浮动。翻动而成阵阵雷声，振羽而成片片树林。更相叫唤，声音各不相同。

若乃三光既清，天地融朗。不泛阳侯[1]，乘蹻绝往[2]。觌安期于蓬莱[3]，见乔山之帝像[4]。群仙缥眇，餐玉清涯。履阜乡之留舄[5]，被羽翮之襂纚[6]。翔天沼，戏穷溟[7]。甄有形于无欲[8]，永悠悠以长生。

【注释】

〔1〕阳侯：波神。传说古阳陵国君溺死后，其神能为大波。

〔2〕乘蹻（qiáo）：指道家飞行之术。《抱朴子·杂应》说：若能乘蹻者，可以周流天下，不拘山河。凡乘蹻道有三法，一曰龙蹻，二曰虎蹻，三曰鹿卢蹻。

〔3〕安期：安期生，古仙人。《列仙传》说：安期先生谓始皇曰："后千岁求我蓬莱山下。"

〔4〕乔山：即桥山，黄帝冢之所在。

〔5〕舄（xì）：履。《列仙传》说："安期先生，琅邪阜乡人，自言千岁。秦始皇与语，赐金数千万于阜乡亭，皆置。去，留书以赤舄一量为报。言仙人以羽翮为衣。"

〔6〕襂纚（sēn sī）：衣裳毛羽垂貌。

〔7〕穷溟：极远之溟海。《庄子·逍遥游》说："穷发之北有溟海者，天池也。"

〔8〕甄：表也。

【译文】

到了日月星清明之时，天地融通明朗。这时海波不兴，便可以凭借飞行之术横绝大海前往。在蓬莱山可以见到仙人安期生，在桥山可以见到黄帝的神像。远远望见众仙人，在清水之畔服食玉浆。他们穿着安期生留下的鞋，披着仙人所披的羽翮之衣。飞翔于天池之上，游戏在穷溟之中。众仙人外表确有形体但无情欲，因而能久视长生。

且其为器也，包乾之奥[1]，括坤之区。惟神是宅，亦祇是庐[2]。何奇不有？何怪不储？芒芒积流，含形内虚。旷哉坎德[3]，卑以自居。弘往纳来，以宗以都[4]。品物类生，何有何无！

【注释】

〔1〕乾：天。《周易·说卦》说："乾为天，坤为地。" 奥：深。

〔2〕祇（qí）：地之神。

〔3〕坎：《易》八卦之一。《周易·说卦》说："坎者，水也。"

〔4〕宗：尊。《尚书·禹贡》说："江汉朝宗于海。" 都：聚。

【译文】

说到大海之材器，包括着天地的深广，是神祇所居住的地方。什么奇它没有？什么怪它不藏？沧海茫茫，积贮水流，含养众形而内却空虚。真伟大啊水之德，它自居卑下而容纳百川。潮水涌上陆地，又从陆地迎来江河，大海从而成为众水推尊积聚之地。万物依赖大海以类相生，又有什么是它所没有的呢！

江　赋　郭景纯（郭璞）

【题解】

郭璞（276—334），晋代学者、文学家。字景纯，河东闻喜（在今山西）人。西晋亡，随晋室南渡。元帝时为著作佐郎，旋升尚书郎，后因谏阻王敦谋反，被杀。王敦乱平，追赠弘农太守。擅长诗赋，《游仙诗》十四首为其代表作。又著有《尔雅注》《方言注》《山海经注》。原有文集十七卷，已散失。明人张溥辑《郭弘农集》。本篇描写长江的发源、水势、物产、交通，铺陈古来有关的史实和传说，热情赞美长江宏大的气魄与壮美的奇观。

咨五才之并用，寔水德之灵长[1]。惟岷山之导江，初发源乎滥觞[2]。聿经始于洛沫[3]，拢万川乎巴梁。冲巫峡以迅激，跻江津而起涨[4]。极泓量而海运，状滔天以淼茫。总括汉泗，兼包淮湘。并吞沅澧，汲引沮漳。源二分于崌崃，流九派乎浔阳[5]。鼓洪涛于赤岸，沦余波乎柴桑[6]。纲络群流，商搉涓浍[7]。表神委于江都[8]，混流宗而东会。注五湖以漫漭[9]，灌三江而湖沛[10]。滈汗六州之域[11]，经营炎景之外[12]。所以作限于华裔，壮天地之崄介[13]。

【注释】

〔1〕水德：水之本性。《淮南子》说："夫水者，大不可极，深不可测，无公无私，水之德也。"

〔2〕滥觞：浮起酒杯，喻水之浅小。

〔3〕聿（yù）：语首助词。

〔4〕江津：今江津，属重庆。

〔5〕浔阳：今江西九江，应劭《汉书注》说："江自卢江浔阳，分为九也。"

〔6〕沦：没。　柴桑：县名，以山得名，在今江西。

〔7〕商搉：犹阳搉，约略、都凡之意。　商：度。　搉：粗略。　涓浍（kuài）：小水流。

〔8〕表：见。　神委：积水深广处。　江都：今江苏江都。

〔9〕五湖：太湖。湖有五道，故名。　漫漭：宽貌。

〔10〕三江：指吴江、钱塘江、浦阳江。《尚书·禹贡》孔注："自彭蠡，江分为三，入云泽（太湖）。"　湖沛：水流之声。

〔11〕滈（hào）汗：长流貌。　六州：指益、梁、荆、江、扬、徐。

〔12〕经营：往来，周旋。　炎景：指南方。

〔13〕崄介：险大。

【译文】

啊！在人类日常兼用的金、木、水、火、土"五材"中，神灵的水实居首位。当长江发源于岷山之时，它的源头只能浮起酒杯。江水流经洛水、沫水之水域，在巴郡梁州之处汇集了万道河流。冲过巫峡而迅速激荡，登上江津而江水上涨。它以极宏大的水势奔向大海，波浪滔天、江面一派渺茫。它总括了汉水、泗水，兼容了淮河、湘江，并吞了沅水、澧水，引来了沮水、漳河。在嶓山、崃山水源一分为二，在浔阳又成九派分流。江涛鼓动直登赤岸山，江涛余波到达柴桑。它率领着众川，统带着细流。在江都展现出江水之神运，混合着众流向东汇入大海。江水注入五湖一片苍茫，灌进三江其声濑沛轰响。它奔流于六州之地，往来于南国之外。凭着它区分着华夏和蛮夷，使天地更显得奇险壮观。

呼吸万里，吐纳灵潮。自然往复，或夕或朝。激逸势以前驱，乃鼓怒而作涛。峨嵋为泉阳之揭，玉垒作东别之标[1]。衡霍磊落以连镇，巫庐嵬崫而比峤。协灵通气，濆薄相陶。流风蒸雷，腾虹扬霄。出信阳而长迈，淙大壑与沃焦[2]。

【注释】

〔1〕玉垒：山名。　东别：指长江流至灌县，分出一支流向东与沱水相连接。《尚书·禹贡》说："岷山导江，东别为沱。"

〔2〕淙：借为浞，渍也，灌也。　大壑：大海。《列子·汤问》说："渤海之东，不知几亿万里，有大壑焉。……其下无底，名曰归墟。"　沃焦：山名。《玄中记》说，天下之大者，东海之沃焦焉，水灌之而不已。沃焦，山名，在东海南方三万里。

【译文】

长江万里起伏，吞吐着海潮。自然往还，夕至朝来。潮水以迅猛之势往前涌，水流澎湃而成江涛，峨眉山耸立在阳泉县，玉垒山则是江水向东分流的标志。高大的衡山、霍山相连而作镇，巍峨的巫山、庐山互相比高。江水合神灵之变而通山川之气，腾涌激荡，陶冶万物。江面飘动的风上蒸成雷，腾起虹蜺复飘为薄云。江水从信陵之南涌出而直进，涌灌到海中之大壑与沃焦。

若乃巴东之峡，夏后疏凿。绝岸万丈，壁立赮驳[1]。虎牙嵥竖以屹崒[2]，荆门阙竦而磐礴。圆渊九回以悬腾，湓流雷呴而电激。骇浪暴洒，惊波飞薄。迅澓增浇，涌湍迭跃。砯岩鼓作，漰湱㵧瀺[3]。㶔㵾灇㶆，溃濩泧漷[4]。潏湟淴泱，㴋㴔瀹澳[5]。漩澴荥濴，渨温濆瀑[6]，溭淢浕涓[7]，龙鳞结络。碧沙遗沲而往来[8]，巨石硉矶以前却[9]。潜演之所汩淈[10]，奔溜之所磢错[11]。厓隒为之泐岾[12]，碕岭为之喦崿[13]。幽涧积岨[14]，礐硞硌碓[15]。

【注释】

〔1〕赮：古霞字。

〔2〕虎牙：山名。《荆州记》说："郡西溯江六十里南岸有山，名曰荆门，北岸有山，名曰虎山，二山相对，楚之西塞也。" 嵥：特立貌。 屹崒：高峻貌。

〔3〕漰湱（pēng huō）、㵧瀺（xué zhuó）：皆大波相激之声。

〔4〕㶔㵾（píng bài）、灇（hōng）㶆，溃濩、泧漷（xì kuò）：皆水势相激汹涌之貌。

〔5〕潏湟、淴泱、㴋㴔、瀹澳（shěn yào）：皆水流漂疾之貌。

〔6〕漩澴（xuān）、荥濴、渨温（wěi lěi）、濆瀑：皆波浪回旋喷涌而起之貌。

〔7〕溭淢（zé yū）、浕涓：皆水波参差相次之貌。

〔8〕遗沲（duì tuó）：水泛沙动貌。

〔9〕硉矶：石随水转动貌。

〔10〕演：借为潩，水潜行。

〔11〕磢（qiāng）错：磨擦。

〔12〕隒（yǎn）：崖。　泐崄（lè yán）：山石解散分裂而变得险峻。

〔13〕碕（qí）：曲岸。　嵲崿（niè è）：断崖。

〔14〕磵：同涧。

〔15〕礐硞（lè kè）、硌礭（luò què）：皆水激石之声。一说水激石险峻不平之貌。

【译文】

至于巴东之山峡，为夏禹所疏凿。悬崖万丈，石壁耸立而云霞斑驳。虎牙山独立而高峻，荆门山竦立而宽广。九旋之渊或悬浪而下或腾波而上，水声如雷又似电光激闪。骇浪汹涌飞洒，惊波飞腾激荡。迅疾之回流增大了漩涡，奔涌之急流重叠跃起。水激山岩，发出大波相激之声。水势澎湃相激，水流飞速而下。波浪回旋，喷涌而起，水波参差相依，如龙之鳞连结交络。碧沙随流水而往来，巨石随流水而进退。潜流所冲积的地方，奔浪所磨擦的地方，山崖因之变得险峻，曲岸因之成了断崖。幽僻之涧巨石积阻成险，急浪叩石而发出大小不同之声。

若乃曾潭之府，灵湖之渊。澄澹汪洸，瀇滉囦泫〔1〕。泓汯洞潒，涒邻圎潾〔2〕。混澣灦涣〔3〕，流映扬焆〔4〕。溟漭渺湎，汗汗沺沺〔5〕。察之无象，寻之无边。气滃渤以雾杳〔6〕，时郁律其如烟〔7〕。类胚浑之未凝〔8〕，象太极之构天〔9〕。长波浃渫〔10〕，峻湍崔嵬。盘涡谷转，凌涛山颓。阳侯砐硪以岸起〔11〕，洪澜涴演而云回〔12〕。迤沦流潆〔13〕，乍浥乍堆〔14〕。豃如地裂〔15〕，豁若天开。触曲厓以萦绕，骇崩浪而相礧〔16〕。鼓唇窟以漰渤〔17〕，乃溢涌而驾隈〔18〕。

【注释】

〔1〕澄澹、汪洸、瀇滉、困泫：皆水深广之貌。困，古文渊字。

〔2〕泓浤、泂澋（jiǒng hèng）、涒邻、圝（wān）潾：皆水势回旋之貌。

〔3〕混澣（hàn）、灦涣：水清澈貌。

〔4〕流映扬焆：水势清深映照天光。

〔5〕溟漭、渺湎、汗汗、沺沺：皆广大无际貌。

〔6〕滃渤：雾出貌。

〔7〕郁律：烟升起貌。

〔8〕胚浑：如胚胎之浑混未成形。

〔9〕太极：指天地未分之前元气混而为一的状态。

〔10〕浃渫：波流广大之貌。

〔11〕硕礒：摇动貌。

〔12〕涴演：回曲貌。

〔13〕沄（yín）沦：回旋之貌。　溛瀤（wā wāi）：不平之貌。

〔14〕浥：陷。

〔15〕豃（hǎn）：豁开。

〔16〕礧（léi）：石相击。

〔17〕硞（hé）：亦窟之类。　湘渤：水声。

〔18〕溢涌：涌流。

【译文】

至于重潭灵湖之水渊，水势比较平漫深广。缓缓而流，迂回曲折。清澈澄净，映照天光。苍茫浩渺，无边无际。考察它，看不到它的全貌，探测它，看不到它的边际。江上之气有如浓雾上蒸，有时又是黑盛如烟。好像浑然之胚胎尚未成形，又好像混沌之太极欲构天地。长波广大，激流险峻。盘旋作深涡之时好像山谷之转动，奔腾的波涛凌空而下又好像山崖之崩塌。波神高大如岸立，巨浪回旋如云回。回旋不平，有时下陷，有时升高。豁然现出深穴，有如地裂天开。江水触着曲岸而环旋萦绕，惊涛与骇浪互相撞击。波浪鼓进穴窟而发出湘渤之声，或分流而凌驾于山隈之上。

鱼则江豚海狶，叔鲔王鳣。䱜䲅鲼䱌，鲮䱇鯩鲢。或鹿觡象鼻[1]，或虎状龙颜。鳞甲镬错[2]，焕烂锦斑。扬鳍掉尾，喷浪飞唌。排流呼哈[3]，随波游延。或爆采以晃渊，或鰗鳃乎岩间[4]。介鲸乘涛以出入，鯼鮆顺时而往还。

【注释】

〔1〕觡（gé）：有枝之麋鹿角。

〔2〕镬错：间杂之貌。

〔3〕呼哈：鱼动。

〔4〕鰗：犹开也。

【译文】

江中之鱼则有江豚、海狶、叔鲔、王鳣。还有䱜、䲅、鲼、䱌，鲮、䱇、鯩、鲢。有的好像鹿角象鼻，有的好像虎状龙颜。鳞甲错杂，光彩斑斓。扬着鳍摆着尾巴，口喷浪花水沫。排开水流而上，追逐波浪漫游。有的曝露文彩而在深渊中晃动，有的打开鳃而游于岩穴之间。大鲸乘着波涛而游来游去，鯼鱼、鮆鱼则按时而往还。

尔其水物怪错，则有潜鹄鱼牛，虎蛟钩蛇。蜦蟳鲎蝞[1]，鲼鼋鼍䱇[2]。王珧海月[3]，土肉石华。三蝬虾江[4]，鹦螺蜁蜗[5]。璅蛣腹蟹[6]，水母目虾[7]。紫蚢如渠[8]，洪蚶专车[9]。琼蚌晞曜以莹珠，石蛙应节而扬葩[10]。蜛蝫森衰以垂翘[11]，玄蛎魄磥而碨砈[12]。或泛潋于潮波，或混沦乎泥沙。

【注释】

〔1〕蜦、蟳（tuán）、鲎（hòu）、蝞：皆水中虫鱼。

〔2〕鲼（fèn）、鲞（yāng）、鼅（mí）、鼊（má）：皆水中虫鱼。

〔3〕王珧（yáo）：即玉珧，蚌类生物。

〔4〕三蝬：似蛤。 虾（fú）江：似蟹而小。

〔5〕蜁蜗（xuán guā）：小螺。

〔6〕璅蛣：水虫，腹中有蟹子，合体而生。

〔7〕水母：水中动物，无耳目，常有虾随之，虾见人则惊，水母亦随之而没。自王珧至水母，皆水虫蚌蛤之类。

〔8〕蚢（háng）：大贝。

〔9〕蚶（hān）：蚌类生物。

〔10〕石蚨（jié）：贝类生物。得春雨则生花。

〔11〕蜛蝫（zhū）：虫名。 森衰：垂貌。 翘：尾。

〔12〕玄蛎（lì）：即牡蛎，蚌类生物。 磈（kuǐ）磥、碨礧：皆不平之貌。

【译文】

江中奇怪错杂之水物，则有潜鹄、鱼牛、虎蛟、钩蛇，还有蜦、蝳、鲎、蝞、鲼、鲞、鼅、鼊，又有玉珧、海月、土肉、石华、三蝬、虾江、鹦螺、蜁蜗、璅蛣、腹蟹、水母、目虾。紫贝大得像车辆，洪蚶一个可装满一车。琼蚌向着太阳珍珠闪着萤光，石蚨按着时节而开花。蜛蝫垂下尾巴，牡蛎形状不平整。有的在水波中泛游，有的在沙泥中如轮般转来转去。

若乃龙鲤一角〔1〕，奇鸧九头〔2〕。有鳖三足，有龟六眸。赪鳖肺跃而吐玑〔3〕，文魮磬鸣以孕璆〔4〕。鯈鳙拂翼而掣耀〔5〕，神蜧蝹蜦以沉游〔6〕。騂马腾波以嘘蹀〔7〕，水兕雷咆乎阳侯〔8〕。渊客筑室于岩底，鲛人构馆于悬流。雹布馀粮〔9〕，星离沙镜〔10〕。青纶竞纠〔11〕，缛组争映〔12〕。紫菜荧晔以丛被〔13〕，绿苔鬖髿乎研上〔14〕。石帆蒙笼以盖屿〔15〕，萍实时出而漂泳〔16〕。

【注释】

〔1〕龙鲤：一作鲮鲤，即穿山甲。

〔2〕鸧：鸧鸹，鸟名，传说有九头九尾。

〔3〕赪（chēng）：浅赤色。　胏（zǐ）：干肉。

〔4〕文魮（pí）：鱼名。　璆（qiú）：美玉。

〔5〕鯈（tiáo）蟰：动物名，状如黄蛇，鱼翼，出入有光。

〔6〕蜦（lì）：传说为神蛇，潜于重渊，能致云雨。

〔7〕騂（bó）马：马名，牛尾，白身，一角，其音如虎。

〔8〕水兕（sì）：水中兽，似牛。

〔9〕雹布：众多。　馀粮：即禹馀粮，药名，为石中黄粉，生于池泽，可用以止血。

〔10〕星离：众多。　沙镜：似云母之美石。

〔11〕青纶：草名。

〔12〕缛组：草名。

〔13〕紫菜：藻类植物，生浅海岩石上。

〔14〕绿苔：绿色苔，生于石上。　鬖髿（shān shā）：发乱貌。　研：滑石。

〔15〕石帆：草类，生海屿石上。

〔16〕萍实：即萍实，萍蓬之实。萍为水草。

【译文】

至于龙鲤仅有一角，奇异之鸧鸹却有九个头。还有三足之鳖，六眼之龟。赤鳖似干肉一般跳动着而吐出珍珠，文魮发出磬声而孕育着美玉。鯈蟰拂动翅翼而闪闪发光，神蜦在重渊之下潜游。騂马跃出水面一面喷水一面前行，水兕在水中雷鸣般地咆哮。渊客在岩底筑室，鲛人在激流中建馆。余粮像冰雹似地分布，沙镜如繁星般地散开。青纶尽力纠结在一起，缛组争相映照。紫菜闪着光而丛集覆盖，绿苔散乱地铺在滑石上。石帆密密地遮盖着岛屿，萍实有时浮出水面而四处漂流。

其下则金矿丹砾[1]，云精爥银[2]。瑀珋璇瑰[3]，水碧潜瑉[4]。鸣石列于阳渚，浮磬肆乎阴滨[5]。或颎彩轻涟，或焆曜崖邻[6]。林无不溽，岸无不津。

【注释】

〔1〕丹砾：丹砂。

〔2〕云精：云母。　爥银：银有精光如爥。爥即烛。

〔3〕珕（lì）：贝名，蜃类。　珋（liǔ）：有光之石。　璇瑰：玉名。

〔4〕水碧、潜瑉（mín）：皆水玉。

〔5〕浮磬：谓泗滨之石可作磬者。

〔6〕崖邻：当作崖粼，谓水崖间波光粼粼。

【译文】

水下则有金矿、丹砂、云母、烛银，还有珕、珋、璇瑰、水碧、潜瑉。鸣石在南面的水渚铺开，浮磬在北面的水滨陈列。有的在微波中闪现文彩，有的在水崖间放射光辉。林木无不沾湿，崖岸无不滋润。

其羽族也，则有晨鹄天鸡，鴢鷔鸥䳺[1]。阳鸟爰翔，于以玄月[2]。千类万声，自相喧聒。濯翮疏风，鼓翅翻𦑣[3]。挥弄洒珠，拊拂瀑沫。集若霞布，散如云豁。产毻积羽[4]，往来勃碣[5]。

【注释】

〔1〕鴢：鸟名，即鱼鵁。　鷔：鸟名，古代以为凶鸟。　䳺（lì）：鸟名，其状如凫。

〔2〕玄月：指九月，此时天气开始转冷。

〔3〕翻𦑣（yú yuè）：飞走貌。

〔4〕毻（tuò）：鸟兽脱毛。　积羽：古地名，据说方圆千里，海鸟产乳毻毛之处。

〔5〕勃碣：地名，即竭石。

【译文】

江上的鸟类，则有晨鹄、天鸡，鳿、鷘、鸥、䴥。鸿雁等阳鸟在空中自在地飞翔，直至九月才向南飞去。千种鸟类万种声音，聚在一起自相喧哗。它们在水中濯洗羽毛又在风中梳理，然后鼓翅向上而飞。挥动双翅，水珠飞洒，冲击波浪而水沫四溅。聚集时如彩霞密布天空，散飞时又好像白云四处飘散。它们在积羽这地方产卵脱毛，又在勃海、碣石之间飞去飞来。

橉杞稹薄于浔涘[1]，槠櫨森岭而罗峰[2]。桃枝篔筜[3]，实繁有丛。葭蒲云蔓[4]，㯅以兰红[5]。扬皜毦[6]，擢紫茸[7]。荫潭隩，被长江。繁蔚芳蓠[8]，隐蔼水松[9]。涯灌芊萰[10]，潜荟葱茏[11]。

【注释】

〔1〕橉、杞：皆木名。

〔2〕槠、櫨：皆木名。

〔3〕桃枝、篔（yún）筜：皆竹名。

〔4〕葭、蒲：皆草名。

〔5〕㯅：色彩相映。　兰：泽兰。　红：茏舌。

〔6〕毦（èr）：香草名。

〔7〕茸：草花。

〔8〕蓠：江蓠，香草。

〔9〕隐蔼：多貌。　水松：药草名。

〔10〕灌：水木杂生。　芊萰：青盛貌。

〔11〕潜荟：水草茂盛貌。　葱茏：青盛貌。

【译文】

橉、杞稠密丛生在水崖，槠、櫨连片成林布满江边的山峰。桃枝、篔筜，繁茂丛集。葭、蒲如云般蔓延开来，泽兰、茏舌色彩交相映照。白色的毦花开了，紫色的茸花也长出来了。遮掩着深水之曲，覆盖了长江两岸。长得繁密的是江蓠，长得茂盛的是水松。水边灌木丛聚青翠，水中一片青葱茂密。

鲮鯥跻踞于垠隒[1]，獱獭睒瞲乎厱空[2]。迅蜼临虚以骋巧[3]，孤玃登危而雍容[4]。夔牰翘踛于夕阳[5]，鸳雏弄翮乎山东[6]。

【注释】

〔1〕鲮、鯥（lù）：皆鱼名。 跻（kuí）：跳。 踞：偏举一足。 垠隒（yǎn）：岸。

〔2〕獱、獭：皆兽名。 睒瞲（shǎn xuè）：惊视貌。 厱（qiān）空：岸边空穴。

〔3〕蜼（lěi）：即猚，兽名，似狖。

〔4〕玃（jué）：大母猴。

〔5〕夔牰（hǒu）：夔牛之子。 翘踛：翘尾而跳。

〔6〕鸳雏：鸟名，似凤。 山东：谓朝阳。

【译文】

鲮鱼、鯥鱼在岸边跳上跳下，獱、獭在岸边空穴中露头惊视。疾走之蜼临空奔驰而炫耀它的灵巧，孤单之玃登上危岸却显得雍容自得。夔牛之子在夕阳下翘尾而跳，鸳雏在朝阳中摆弄着它美丽的羽毛。

因岐成渚[1]，触涧开渠。漱壑生浦[2]，区别作湖。磴之以瀿瀷[3]，渫之以尾闾[4]。标之以翠蘙[5]，泛之以游菰[6]。播匪艺之芒种[7]，挺自然之嘉蔬[8]。鳞被菱荷，攒布水蓏[9]。翘茎瀵蕊[10]，濯颖散裹[11]。随风猗萎[12]，与波潭淹[13]。流光潜映，景炎霞火。

【注释】

〔1〕岐：山岸回曲之处。

〔2〕漱：激荡。

〔3〕磴（dèng）：溢出。　瀿瀷：暴溢之水。

〔4〕渫（xiè）：即泄。　尾闾：大壑名，古人以为泄海水之处。

〔5〕标：表识。　蓊（yì）：草木茂盛貌。

〔6〕菰：植物名。

〔7〕芒种：稻麦。

〔8〕嘉蔬：即稻。

〔9〕蓏（luǒ）：草本植物果实。

〔10〕瀵（fèn）：水浸。

〔11〕颖：穗。

〔12〕猗萎：随风之貌。

〔13〕潭沲（tuó）：随波之貌。

【译文】

江边顺着曲岸就形成了水渚，碰到水涧便开通了沟渠。大水荡激山壑就生成了水浦，江水别出便构成了湖泊。暴涨之水使它溢出，又有尾闾让它渲泄。以青翠茂盛作为它的标志，让浮菰在水上泛游。散布着并非有意种植的稻麦，挺立着自然生长的稻谷。水中荷花如鳞覆盖，水草之实丛聚密布。草茎上翘，花蕊浸在水中，稻穗被水濯洗，草实散开其包裹之籽。水草随风飘荡，随波摆动。其流光潜映于水，水光比霞火之色还旺盛。

其旁则有云梦雷池，彭蠡青草，具区洮滆，朱浐丹漅。极望数百，沆瀁皛溔。爰有包山洞庭，巴陵地道。潜逵傍通，幽岫窈窕。金精玉英瑱其里[1]，瑶珠怪石琗其表[2]。骊虬摎其址[3]，梢云冠其嶿。海童之所巡游[4]，琴高之所灵矫[5]。冰夷倚浪以傲睨[6]，江妃含嚬而矊眇[7]。抚凌波而凫跃，吸翠霞而夭矫。

【注释】

〔1〕金精：黄金之精。　瑱（tiàn）：文采相杂。

〔2〕琗（cuì）：亦文采相杂。

〔3〕摎（jiū）：绕。

〔4〕海童：海中神怪。

〔5〕琴高：人名。《列仙传》说，琴高浮游翼州、涿郡间，入涿水取龙子，后乘赤鲤鱼出，留一月，复入水去。　骄：飞。

〔6〕冰夷：即冯夷，河伯（河神）。

〔7〕江妃：又作江斐，扬子江神女。《列仙传》说，江妃二女游于江滨，逢郑交甫，遂解佩与之。交甫受佩而去，数十步，怀中无佩，女亦不见。

【译文】

长江之旁的湖泊则有云梦、雷池、彭蠡、青草，还有具区、洮滆、朱浐、丹漅。极目远望有数百湖泊，皆广大无际水深色白。又有包山洞庭，以及巴陵地道。穴道潜通水底四通八达，幽深的山穴极其深邃。金精玉英相映于其中，瑶珠怪石争辉于其外。骊龙盘绕在它的穴址上，瑞云高挂在山巅。海童在这里巡游，琴高在这里高飞。冰夷凭倚波浪而傲然斜视，江妃深含忧愁而极目远眺。仙人们贴近着激流似凫鸟般翔跃，吸食着江上之青气而自得逍遥。

若乃宇宙澄寂，八风不翔〔1〕。舟子于是搦棹，涉人于是檥榜〔2〕。漂飞云，运艅艎。舳舻相属〔3〕，万里连樯〔4〕。溯洄沿流，或渔或商。赴交益，投幽浪。竭南极，穷东荒。尔乃䨴雺祲于清旭〔5〕，觇五两之动静〔6〕。长风飂以增扇，广莫飃而气整。徐而不飚，疾而不猛。鼓帆迅越，趋涨截洞。凌波纵柂，电往杳溟。霵如晨霞孤征，眇若云翼绝岭。倏忽数百，千里俄顷。飞廉无以晞其踪〔7〕，渠黄不能企其景〔8〕。

【注释】

〔1〕八风：《淮南子·地行训》说，天有八风：条风、明庶风、清明风、景风、凉风、阊阖风、不周风、广莫风。

〔2〕涉人：舟子。　檥（yǐ）：当作檥，即舣，停船靠岸。　榜：船。

〔3〕舳舻：舳，船尾；舻，船头。

〔4〕樯：帆柱。

〔5〕䚕（lì）：视。　雰：气。　祲：阴阳气相浸渐以成灾祥。　旭：日始出。

〔6〕五两：楚人谓候风为五两。兵书说，凡候风法，以鸡羽重八两，建五丈旗，取羽系其巅，立军营中。

〔7〕飞廉：古之善走者。

〔8〕渠黄：骏马名，周穆王八骏之一。

【译文】

到了宇宙澄静之时，八风不再吹动。船夫于是拿起船桨，舟人于是停船靠岸整理船只。让“飞云”舟漂出，让“艅艎”舟起运。船只首尾相接，帆樯万里相连。有的逆流而上，有的沿江而下，有的捕鱼，有的经商。远赴交州、益州，奔向幽州、乐浪。走到南方极远之地，走到东方的尽头。于是就要在清晨查看气之浸渐，窥视风之动静。长风吹起会越刮越大，广莫风急起则天气一片整肃。风徐徐而吹但并不显得迟缓，疾速而过但并不显得猛烈。于是鼓起风帆迅速渡越，直穿暴涨深广的江面。在波上纵舵疾驶，好像闪电一般驶往绝远之地。快得就像朝霞连片急度，飘然远逝就像大鹏展开垂云之翼飞越山岭。恍惚之间已行驶数百里，千里之地须臾即到。善走之飞廉无法追视它的踪迹，骏马渠黄也跟不上这迅速远去的帆影。

于是芦人渔子，摈落江山，衣则羽褐，食惟蔬鱻〔1〕。栫淀为涔〔2〕，夹潨罗筌〔3〕。筩洒连锋〔4〕，罾罾比船〔5〕。或挥轮于悬碕〔6〕，或中濑而横旋。忽忘夕而宵归，咏《采菱》以叩舷。傲自足于一呕〔7〕，寻风波以穷年。

【注释】

〔1〕鱻（xiān）：同“鲜”，鱼类。

〔2〕栫（jiàn）：以柴木壅水。 淀：如渊而浅。 涔（qián）：借为槮，积柴取鱼。

〔3〕潨（zhōng）：水会聚处。 筌：捕鱼器，即鱼笱，竹制。

〔4〕筩、洒：皆钓名。

〔5〕罾、罶：皆网名。

〔6〕轮：指钓轮。 碕：曲岸。

〔7〕呕：同讴。

【译文】

在江边有采芦捕鱼之人，被人世摒弃而漂落江山之间。他们穿的是鸟兽毛羽和粗毛布衣，吃的只有蔬菜和小鱼。用柴木壅水而取鱼，在水流会聚之处放置鱼笱。钓钩相连，渔网满船。有的在悬水曲岸处挥动钓轮，有的在中流浅滩上让渔船横旋。悠然忘了时光很晚才归去，一面歌唱《采菱》之曲，一面叩击船舷。在讴歌中傲然自足，追寻江上风波以度百年。

尔乃域之以盘岩，豁之以洞壑，疏之以沲汜，鼓之以朝夕〔1〕。川流之所归凑，云雾之所蒸液。珍怪之所化产，傀奇之所窟宅。纳隐沦之列真〔2〕，挺异人乎精魄〔3〕。播灵润于千里，越岱宗之触石〔4〕。及其谲变倏怳〔5〕，符祥非一。动应无方〔6〕，感事而出。经纪天地，错综人术。妙不可尽之于言，事不可穷之于笔。

【注释】

〔1〕朝夕：指潮水往来。

〔2〕隐沦：神名。桓谭《新论》说，天下神人五：一曰神仙，二曰隐沦，三曰使鬼物，四曰先知，五曰铸凝。

〔3〕挺：生。

〔4〕岱宗：泰山。《公羊传·僖公三十年》说，泰山之云，触石而出，肤寸而合。

〔5〕倏怳：疾速。

〔6〕方：常。

【译文】

这大江的区域以大山为它的界限，有深海让它舒开扩展。沲水使江水疏散分流，潮水使江水上涨。百川归聚在大江之中，云雾蒸腾在大江之上。珍怪在其中化育生产，珠玉在其中建宅安居。江中容纳着隐沦诸仙，生长着异人之精灵。传播神润于千里之外，越过泰山触石而成云雨。至于它的变化是那样的疾速，祥瑞不只一端。动静影响无常，感于其事则出现风云。它体现了天地之纲常法度，并成为人事之交集汇聚。神妙不能够说得尽，异事也不能写得完。

若乃岷精垂曜于东井[1]，阳侯遁形乎大波。奇相得道而宅神[2]，乃协灵爽于湘娥[3]。骇黄龙之负舟[4]，识伯禹之仰嗟。壮荆飞之擒蛟[5]，终成气乎太阿[6]。悍要离之图庆[7]，在中流而推戈。悲灵均之任石[8]，叹渔父之棹歌[9]。想周穆之济师[10]，驱八骏于鼋鼍。感交甫之丧佩，愍神使之婴罗[11]。焕大块之流形，混万尽于一科。保不亏而永固，禀元气于灵和。考川渎而妙观，实莫著于江河。

【注释】

〔1〕东井：星名，井宿也。《史记·天官书》说，南宫、朱鸟、权衡、东井为水事。

〔2〕奇相：江神名。《史记·索隐》说，帝女也，卒为江神。

〔3〕灵爽：犹精爽，指神灵之精气。　湘娥：湘水之神。舜崩于苍梧之野，二妃娥皇、女英投湘水死而为湘水之神。

〔4〕黄龙负舟：夏禹故事。《吕氏春秋·知分篇》说，禹南巡，渡江，有黄龙负舟，舟中之人五色无主。禹仰天而叹，说："吾受命于天，竭力以养人。生，性也。死，命也。余何忧于龙焉。"龙俯耳曳尾而逝。

〔5〕荆飞擒蛟：佽飞故事。《吕氏春秋·知分篇》说，荆有佽飞者，持宝剑渡江，至江中有两蛟夹绕其船。佽飞拔剑赴江刺蛟，杀之而复上船。

〔6〕太阿：宝剑名。

〔7〕要离：春秋吴人。《吕氏春秋·忠廉篇》说，要离为吴公子光行刺王子庆忌，涉江时拔剑刺之，反被庆忌持头发投于江，浮则又取而投之，如此者三，卒不死归吴。

〔8〕灵均：屈原。　任石：指屈原作怀沙赋，怀石自投汨罗江。

〔9〕渔父：《楚辞·渔父》载，渔夫鼓枻而歌："沧浪之水清兮，可以濯吾缨；沧浪之水浊兮，可以濯吾足。"　棹（zhào）：楫。

〔10〕周穆济师：周穆王故事。《纪年》说，周穆王三十七年征伐，大起九师，东至于九江，叱鼋鼍以为梁。

〔11〕神使：指神龟。《庄子·外物》说：宋元君夜半梦神龟求救，自谓为水神清江之使者到河伯处，途中为渔者豫且所得。　婴罗：被系于网罗。

【译文】

再说岷山之精显示光辉于东井，阳侯显灵于大波之中。奇相得道而居江为神，便结合了神灵之精气于湘娥。惊骇于黄龙之负舟，理解了夏禹为何仰天而叹。赞美佽飞擒蛟之勇壮，终于凝神于太阿宝剑。赞叹要离图谋行刺庆忌之勇悍，在江流之中三次举起戈剑。悲感于屈原之负石投江，嗟叹渔夫之鼓棹而歌。回想周穆王率师渡江，驱赶八骏通过鼋鼍排成之桥梁。感伤于郑交甫丧失玉佩，怜悯神龟之被系于网罗。赞美大自然赋予万物以众形，又混万物尽归于同一品类。保道不亏而长坚固，禀受元气于水灵之和。考察川渎而观其神妙，实在没有什么比长江大河更为显著。

（本卷译注：邹子衿）

文选卷第十三

赋庚

物色

风　赋　宋玉

【题解】

宋玉，战国时代楚国人，著名辞赋家，王逸说他是屈原弟子，古来常“屈宋”并称。顷襄王时为大夫，后遭谗失职，一生郁郁不得志。其事迹略见于《史记·屈原贾生列传》。《汉志》载“宋玉赋十六篇”，《隋志》著录《宋玉集》三卷，均已散佚。今传宋玉作品，《九辩》为其代表作。本篇记宋玉答楚顷襄王问。宋玉极其风趣地指出风有两种——大王之雄风与庶人之雌风，实则暗喻富贵人家与贫穷人家生活之悬殊。

楚襄王游于兰台之宫〔1〕，宋玉景差侍。有飒然而至〔2〕，王乃披襟而当之曰：“快哉此风！寡人所与庶人共者邪？”宋玉对曰：“此独大王之风耳，庶人安得而共之？”王曰：“夫风者，天地之气，溥畅而至，不择贵贱高下而加焉，今子独以为寡人之风，岂有说乎？”宋玉对曰：“臣闻于师，枳句来巢〔3〕，空穴来风。其所托者然，则风气殊焉。”

【注释】

〔1〕楚襄王：即楚顷襄王，名横，怀王之子。

〔2〕飒（sà）：风声。

〔3〕枳（zhǐ）：木名。 句（gōu）：同“勾”，弯曲。

【译文】

楚襄王在兰台宫游玩，宋玉、景差在一旁侍候。有风飒飒吹来，楚襄王敞开衣襟迎着风说：“畅快啊这样的好风！是我与老百姓共同享受的吗？”宋玉回答说：“这只是大王的风啊，老百姓怎么能够与大王共享呢？”楚襄王说：“那风啊，原是天地自然形成之气，到处都可以吹到，那是不分贵贱高低都可以被吹到身上的，现在你独认为是我的风，难道有什么道理可以解说一下吗？”宋玉回答说：“我从老师那里得知，枳树树枝弯曲的地方就会有鸟来筑巢，有空洞就会有风吹来。这是依托者不同所使然，那么风的气势自然也就不相同啊。”

王曰：“夫风始安生哉？”宋玉对曰：“夫风生于地，起于青蘋之末〔1〕。侵淫溪谷〔2〕，盛怒于土囊之口〔3〕。缘泰山之阿〔4〕，舞于松柏之下。飘忽淜滂〔5〕，激扬熛怒〔6〕。耾耾雷声，回穴错迕〔7〕。蹷石伐木〔8〕，梢杀林莽〔9〕。至其将衰也，被丽披离〔10〕，冲孔动楗，眴焕粲烂〔11〕，离散转移。故其清凉雄风，则飘举升降。乘凌高城，入于深宫。邸华叶而振气〔12〕，徘徊于桂椒之间，翱翔于激水之上，将击芙蓉之精。猎蕙草〔13〕，离秦衡〔14〕。概新夷〔15〕，被荑杨〔16〕。回穴冲陵，萧条众芳。然后倘佯中庭，北上玉堂。跻于罗帷，经于洞房。乃得为大王之风也。故其风中人状，直憯凄惏慄〔17〕，清凉增欷〔18〕。清清泠泠，愈病析酲〔19〕。发明耳目，宁体便人。此所谓大王之雄风也。”

【注释】

〔1〕蘋：水草。

〔2〕侵淫：渐进。

〔3〕土囊：大穴。

〔4〕阿：山陂，山下。

〔5〕溯滂：风击物声。

〔6〕熛（biāo）：火飞，此喻风炽。

〔7〕错迕：杂错。

〔8〕蹷：同蹶，动也。　伐：击。

〔9〕梢：借为箾，击也。

〔10〕被丽披离：四散之貌。

〔11〕眴焕粲烂：鲜明貌。

〔12〕邸，同抵，触也。

〔13〕猎：借为“历”，经历。　蕙草：一种香草。

〔14〕离：历也。　秦：香草。　衡：杜衡，亦香草。

〔15〕概：平。　新夷：即辛夷、留夷，香草。

〔16〕被：同披，分。　荑：杨之秀。　荑杨：初生之杨。

〔17〕林慄：寒冷。

〔18〕欷：欷歔、悲泣气咽而抽搭。

〔19〕析：解。　酲：醉酒而神志不清。

【译文】

楚襄王说：“那风初起时的情形是怎样的呢？”宋玉回答说：“风是从大地上生成的，起初生于青青水草之末梢。慢慢地进入山谷，在大山洞之口便猛烈起来。沿着大山山边向前推进，并舞动于松柏树下。冲击万物溯滂作响，又似烈火般激怒冲撞。大风吹过发出耾耾之雷声，回旋不定交错混杂。它吹动大石吹折树木，摧毁树林和灌木草莽。到了风势将要衰减之时，才渐渐向四方分散，那就只能冲击小孔摇动门栓了。四周景色忽又变得光彩鲜明起来，风势也就向四面离散转移。所以这时清凉之雄风，就会忽而飘然升起，忽而下降。它超越高高的城墙，直入深宫之中。它触动花叶使花散发香气，又徘徊于桂树与椒树之间，翱翔于激流之上，还要吹向芙蓉之花。它吹动蕙草，吹过秦衡，吹平新夷，吹开初生之杨树。它回旋冲撞，使芳香的草木萧条凋零。然后徘徊于庭院之中，向北进入金玉殿堂，升上罗制的帷帐，经过深邃的屋室。这才能够成为大王之风啊。所以这种风吹到人的身上，其情状直使人感到悲凄寒栗，清凉更增欷歔。但清冷之风也能治病醒酒，使人耳聪目明，使人身体安宁感觉无比舒适，这就是刚才所说的大王之雄风啊。"

王曰："善哉论事！夫庶人之风，岂可闻乎？"宋玉对曰："夫庶人之风，塕然起于穷巷之间[1]，堀堁扬尘[2]。勃郁烦冤[3]，冲孔袭门。动沙堁，吹死灰。骇溷浊，扬腐馀。邪薄入瓮牖[4]，至于室庐。故其风中人状，直憞溷郁邑[5]，殴温致湿[6]。中心惨怛[7]，生病造热。中唇为胗[8]，得目为蔑[9]。啖齰嗽获[10]，死生不卒[11]。此所谓庶人之雌风也。"

【注释】

〔1〕塕然：风忽起貌。

〔2〕堀堁（kū kè）：风吹尘起貌。

〔3〕勃郁烦冤：皆风回旋之貌。

〔4〕邪：斜。　薄：迫近，至。　瓮牖：指牖窗圆如瓮口，或指用破瓮之口为牖，表明房舍简陋，家境贫寒。

〔5〕憞溷（duì hùn）：怨烦，烦乱。　郁邑：同"郁悒"，忧闷。

〔6〕殴：古"驱"字。

〔7〕惨怛：悲惨伤痛。

〔8〕胗（zhěn）：唇疮。

〔9〕蔑：同"䁾"，眼眶红肿。

〔10〕啖（dàn）：吃。 齰（cuò）：嚼。 嗽（shuò）：吮啜。 获：同嚄，大声呼叫。按，啖齰嗽获，皆为中风者口动之貌。

〔11〕卒（cù）：同猝，仓猝，急速而至。

【译文】

楚襄王说："你剖析事理真好啊！那老百姓之风，你能说说让我听一听吗？"宋玉回答说："那老百姓之风，忽然发生在偏僻简陋的小巷之间，一下子便卷起漫天尘土。它在空中回旋不停，冲击洞孔，击打门户。刮起沙土，吹动死灰。又惊起混浊之物，四周散发出腐臭之气。它从斜刺里吹进贫寒人家的简陋房舍，直吹到他们的住室之中。所以这种风吹到人的身上，其情状直使人烦乱忧闷，又驱来温湿之气使人招致湿病。吹到心中使人悲惨伤痛，生病发热。吹到人的嘴唇上就生唇疮，吹到眼睛上就生眼病。还会使人中风，嘴角抖动，不是立即死去而是长时间地不死不活。这就是刚才所说的老百姓之雌风啊。"

秋兴赋并序　潘安仁（潘岳）

【题解】

作者抒发秋日之感，悲己如"池鱼笼鸟"，哀四时代序，万物回薄，思归隐江湖，逍遥于山林川泽之中。

晋十有四年〔1〕，余春秋三十有二，始见二毛〔2〕。以太尉掾兼虎贲中郎将〔3〕，寓直于散骑之省〔4〕。高阁连云，阳景罕曜，珥蝉冕而袭纨绮之士〔5〕，此焉游处。仆野人也，偃息不过茅屋茂林之下，谈话不过农夫田父之客，摄官承乏〔6〕，猥厕朝列〔7〕，夙兴晏寝，匪遑底宁〔8〕。譬犹池鱼笼鸟，有江湖山薮之思，于是染翰操纸，慨然而赋。于时秋也，故以《秋兴》命篇。其辞曰：

【注释】

〔1〕晋十有四年：晋开国十四年，即晋武帝咸宁四年（278）。

〔2〕二毛：黑白相间，即鬓发斑白。

〔3〕掾（yuàn）：属官。 虎贲中郎将：官名，主宿卫。

〔4〕散骑之省：官署名，散骑常侍之官署。

〔5〕珥（ěr）：插。 蝉冕：蝉冠侍冕，侍中、中常侍所戴之冠冕，蝉以金为之而像蝉。 袭：重衣，衣上加衣。

〔6〕摄官承乏：是说官员缺乏，便以己代摄而承继官职，这是为官之谦词。

〔7〕猥：自谦之表敬副词。 厕（cè）：杂置，参与。

〔8〕底：致。

【译文】

晋开国十四年，我三十二岁，鬓发却开始变得斑白。我以太尉之掾属兼虎贲中郎将，在散骑常侍之官署值宿。台阁高耸入云，阳光很少照进室中。那些头戴冠冕身穿绸缎之士人，常在这里游处。我本是乡野之人，在家乡时止息之处无非茅屋茂林之下，交谈之人不过农夫田父之客。自从担任官职，厕身朝士之列，早起晚睡，无暇得到安宁。就好像池中之鱼、笼中之鸟，经常思念江湖山泽。于是拿起纸笔，慨然而赋。这时正逢秋天，因此以“秋兴”名篇。其辞道：

四时忽其代序兮，万物纷以回薄〔1〕。览花莳之时育兮〔2〕，察盛衰之所托。感冬索而春敷兮，嗟夏茂而秋落。虽末士之荣悴兮〔3〕，伊人情之美恶。善乎宋玉之言曰〔4〕：“悲哉秋之为气也！飂瑟兮草木摇落而变衰。憀栗兮若在远行〔5〕，登山临水送将归。”夫送归怀慕徒之恋兮，远行有羁旅之愤。临川感流以叹逝兮[6]，登山怀远而悼近[7]。彼四戚之疚心兮[8]，遭一涂而难忍。嗟秋日之可哀兮，谅无愁而不尽。野有归燕，隰有翔隼。游氛朝兴，槁叶夕殒。

【注释】

〔1〕回：反。　薄：逼，迫。

〔2〕花莳：指花之移植、栽种。　时育：应时而成长。

〔3〕末士：当为末事，小事。　荣悴：荣华与憔悴。《淮南子·说林训》说，有荣华者必有憔悴。

〔4〕宋玉之言：见宋玉《九辩》。

〔5〕憀栗：凄怆悲凉。

〔6〕逝：往。《论语·子罕》载："子在川上曰，逝者如斯夫，不舍昼夜。"

〔7〕登山怀远：齐景公游牛山而叹的故事。《晏子春秋·谏上》载，景公游于牛山，北临其国城而流涕曰："若何滂滂去此而死乎？"深感人生短暂而悲叹。

〔8〕四戚：指远行、登山、临水、送将归。

【译文】

四季很快地以次相代啊，万物纷纷代谢更新。看看花木之栽种和应时而长啊，觉察到盛与衰皆有所依托。有感于冬天的萧索与春天的舒放啊，嗟叹夏天的茂盛与秋天的零落。草木之盛衰虽为小事而尤有感触啊，何况遭逢人情之善恶。宋玉之言说得真好啊："悲哀啊秋天的景象！萧瑟啊草木摇落而变衰。凄怆啊好像离家而远行，又好像登山临水送人回故乡。"送人回乡对亲人满怀思慕眷恋啊，离家远行又有寄居外地之愤怨悼伤。走到水边会感叹时光如流水不舍昼夜地逝去啊，登上高山又会怀古而伤今。这四种忧戚如此烦心啊，只遭逢一种都难以忍受。嗟叹秋天之可哀啊，的确是无处没有哀愁。田野有归去之飞燕，原隰有飞翔之鹰隼。游气在早上蒸腾，枯叶在傍晚陨落。

于是乃屏轻箑，释纤絺。藉莞蒻，御袷衣。庭树槭以洒落兮[1]，劲风戾而吹帷。蝉嘒嘒而寒吟兮，雁飘飘而南飞。天晃朗以弥高兮，日悠阳而浸微。何微阳之短晷，觉凉夜之方永。月曈胧以含光兮，露凄清以凝冷。熠耀粲于阶闼兮[2]，蟋蟀鸣乎轩屏。听离鸿之晨吟兮，望流火之馀景[3]。宵耿介而不寐兮，独展转于华省。悟时岁之遒尽兮，慨俯首而自省。斑鬓髟以承弁兮[4]，素发飒以垂领。仰群俊之逸轨兮，攀云汉以游骋。登春台之熙熙兮[5]，珥金貂之炯炯。苟趣舍之殊涂兮，庸讵识其躁静[6]。闻至人之休风兮，齐天地于一指[7]。彼知安而忘危兮[8]，故出生而入死[9]。行投趾于容迹兮[10]，殆不践而获底[11]。阙侧足以及泉兮[12]，虽猴猿而不履。龟祀骨于宗祧兮[13]，思反身于绿水。

【注释】

〔1〕槭（sè）：树枯枝空之貌。

〔2〕熠（yì）耀：萤火。

〔3〕流：向下行。　火：星名，亦称心宿二。

〔4〕髟（biāo）：白黑发相杂。　弁（biàn）：冠。

〔5〕熙熙：纵情欢乐。《老子》二十章说：“众人熙熙，如享太牢，如春登台。”

〔6〕庸讵：皆反诘副词，岂也。　躁静：急躁与宁静。《老子》二十六章说：“重为轻根，静为躁君”，“轻则失根，躁则失君”。

〔7〕齐：齐一，等同。　指：手指。语出《庄子·齐物论》：“以指喻指之非指，不若以非指喻指之非指也。以马喻马之非马。不若以非马喻马之非马也。天地一指也，万物一马也。”庄子主张，齐万物，齐是非，以泯灭人间争斗。

〔8〕知安忘危：语出《周易·系辞传下》，“君子安而不忘危，存而不忘亡，治而不忘乱”，此反用其意，指贪慕荣利之人知安忘危。

〔9〕出生入死：老子语，见《老子》五十章。

〔10〕容迹：容足之地。《庄子·外物》载庄子之言：“天地非不广且大也，人之所作容足耳。然则厕足而垫之致黄泉，人尚有用乎？”意谓将立足之地周围挖深至黄泉，自己是站不稳的，以说明“无用之为用”。

〔11〕底：安。

〔12〕阙（jué）：同掘。　侧足：立足之地周围的地方。

〔13〕宗祧：宗庙。《庄子·秋水》说：庄子钓于濮水，楚王遣使聘为相，庄子不顾，说：“吾闻楚有神龟，死已三千岁矣，王以巾笥而藏之庙堂之上。此龟者，宁其死为留骨而贵乎？宁其生而曳尾于涂中乎？”表示“吾将曳尾于涂中”。

【译文】

这时我就放下了轻扇，脱下了纤薄的葛布衣。铺开蒲席，穿上夹衣。庭院中的枯枝枯叶开始飘落啊，强劲的风猛刮而吹动了帷帐。蝉在寒风中轻声吟叫啊，雁飘飘上举而向南飞去。天空清朗更显得高远啊，太阳慢慢西沉，天色逐渐暗淡下来。白昼为何这般短促，只觉得寒夜正长。月初出的时候光色朦胧啊，白露凄清而凝结着寒气。萤火虫在阶上和门前闪烁啊，蟋蟀在轩阑和门屏下鸣叫。听离群之鸿雁清晨之寒吟啊，看下沉之火星将没时的余光。禀性耿直而整夜不眠啊，独辗转反侧在官署之中。有感于年岁之将尽啊，俯首慨叹而自省。斑白鬓发上戴着冠帽啊，白发蓬乱下垂至领。景仰群俊高洁之行为风范啊，追攀于云汉而遨游驰骋。众人登春台而纵情欢乐啊，戴金貂之冠饰那样光耀。但如取舍之道是那样不同啊，他们岂能分清急躁与宁静。闻说至德之人美好的风范啊，齐同天地视其如一指。那些贪慕荣利之人只图安逸而忘却危殆啊，他们离开了生路而踏上了死途。人行走时投足于仅能容足之地啊，大约是靠了周围未投足之地而获得平安。如将其周围之地深挖至黄泉啊，即使是猿猴也不敢去践踏。神龟死后留骨于宗庙啊，也会渴望回到碧绿的流水之中。

且敛衽以归来兮，忽投绂以高厉。耕东皋之沃壤兮[1]，输黍稷之馀税。泉涌湍于石间兮，菊扬芳于崖澨。澡秋水之涓涓兮，玩游儵之潎潎[2]。逍遥乎山川之阿[3]，放旷乎人间之世。优哉游哉，聊以卒岁。

【注释】

〔1〕皋：水田。

〔2〕儵（tiáo）：鱼名。《庄子·秋水》载，庄子与惠施游于濠梁之上。庄子说："儵鱼出游从容，是鱼乐也。"惠施说："子非鱼，安知鱼之乐？"庄子说："子非我，安知我不知鱼之乐？"

〔3〕逍遥：优游自得、无拘无束貌。庄子有《逍遥游》篇。

【译文】

我这就整饬衣襟而归去啊，快快地抛掉印绶而远走高飞。去耕耘家乡东边肥沃的田地啊，输租后就用余下的黍稷而自养。泉水在山石间涌流啊，菊花在崖澨边播扬芳香。在涓涓之秋水中洗浴啊，观赏儵鱼在水中自由自在地遨游。在山川之弯曲幽静之处逍遥自在啊，在人世间尽情放纵。悠游自得啊，我就这样来度过晚年。

雪　赋　谢惠连

【题解】

谢惠连（397—433），南朝宋代文学家。陈郡阳夏（今河南太康）人。宋文帝元嘉年间任司徒彭城王刘义康法曹参军。谢灵运族弟，世称"小谢"，谢灵运特称赏其才华。工诗赋，文辞绮丽。原有集六卷，已散佚，明人辑有《谢法曹集》。传附《宋书·谢方明传》。本篇描写雪的初起、雪的情状、雪的光彩以及月夜赏雪的情怀，赞美雪的皓洁与美丽。

岁将暮，时既昏。寒风积，愁云繁。梁王不悦〔1〕，游于兔园〔2〕。乃置旨酒，命宾友。召邹生〔3〕，延枚叟〔4〕。相如末至〔5〕，居客之右。俄而微霰零，密雪下。王乃歌北风于《卫诗》〔6〕，咏南山于周《雅》〔7〕。授简于司马大夫，曰："抽子秘思，骋子妍辞，侔色揣称，为寡人赋之。"

【注释】

〔1〕梁王：即梁孝王刘武，汉文帝第二子，先立为代王，后徙淮阳，又徙梁，作曜华宫及兔园，招延四方之士，司马相如、枚乘均曾延居园中。此赋虚拟主客问答，未必实有其事。

〔2〕兔园：又称梁园，故址在今河南商丘东。

〔3〕邹生：邹阳。

〔4〕枚叟：枚乘。

〔5〕相如：司马相如。以上三人皆汉代著名辞赋家。

〔6〕北风：《诗经·邶风·北风》有"北风其凉，雨雪其雱"句。邶为卫地。

〔7〕南山：《诗经·小雅·信南山》有"上天同云，雨雪雰雰"句。

【译文】

一年将近年末，天色已昏暗下来。这时寒风劲吹，阴云密布。梁孝王很不愉快，便到兔园游玩。于是摆设美酒，召集宾朋好友饮宴。召来了邹阳，请来了枚乘。司马相如最后来到，坐在客座之上位。不久雪珠洒落，密雪飘下。梁孝王就借《卫风》之诗来歌北风，借《小雅》之诗来咏南山。并把简札交给司马相如大夫，说："引发你深秘的思绪，驰骋你美丽的辞藻，按照物色推敲选用状物之文辞，替我写一篇咏雪的赋吧。"

相如于是避席而起，逡巡而揖。曰："臣闻雪宫建于东国[1]，雪山峙于西域。岐昌发咏于来思[2]，姬满申歌于黄竹[3]。《曹风》以麻衣比色[4]，楚谣以《幽兰》俪曲[5]。盈尺则呈瑞于丰年，袤丈则表沴于阴德[6]。雪之时义远矣哉[7]！请言其始。

【注释】

〔1〕雪宫：战国时代齐国离宫名。

〔2〕岐昌：岐山周文王姬昌，此指周代。《诗经·小雅·采薇》有"昔我往矣，杨柳依依；今我来思，雨雪霏霏"之句。

〔3〕姬满：周穆王。《穆天子传》说，天子游黄台之丘，大寒，北风雨雪。天子作诗三章，以哀人夫，中有"我徂黄竹员閟寒"之句。

〔4〕《曹风》：周代曹地民歌。《诗经·曹风·蜉蝣》有"蜉蝣掘阅，麻衣如雪"之句。

〔5〕《幽兰》：曲名。宋玉《讽赋》说，臣尝行至，主人独有一女，置臣兰房之中，臣援琴而鼓之，为《幽兰》《白雪》之曲。

〔6〕沴（lì）：不和而致害之气。

〔7〕时义：因时而生的作用与价值。

【译文】

司马相如于是离席而起身，后退而作揖。说："我听说雪宫在东方齐国修建，而雪山则在西域耸立。周文王时有诗咏'今我来思，雨雪霏霏'，周穆王时又歌'我徂黄竹员閟寒'。《曹风·蜉蝣》用麻衣比雪色，《楚辞·讽赋》以《幽兰》配《白雪》之曲。下雪满一尺便是丰年之预兆，下雪广一丈则表示阴盛而有不和之气。雪的因时而至之意义真远大啊！请让我说说它的源起。

"若乃玄律穷[1]，严气升。焦溪涸[2]，汤谷凝[3]。火井灭，温泉冰。沸潭无涌，炎风不兴[4]。北户墐扉，裸壤垂缯[5]。于是河海生云，朔漠飞沙。连氛累霭[6]，揜日韬霞。霰淅沥而先集，雪粉糅而遂多。

【注释】

〔1〕玄律：玄冬，冬日。古以十二乐律对应十二月，又冬日岁次玄枵，故称玄律。

〔2〕焦溪：溪名。

〔3〕汤谷：谷名，中有温泉。

〔4〕炎风：东北风。

〔5〕缯：帛之总名。

〔6〕霭：同霭。

【译文】

“先说冬月岁末之时，严寒之气向上升起。这时焦溪已枯竭，汤谷水凝结。火井已熄灭，温泉结了冰。沸潭不再腾涌，炎风也不再吹起。向北的窗户用泥涂塞了窗扉，不穿衣的裸人国人身上也垂下了缯帛。这时江河湖海浓云密布，北方的沙漠飞沙走石。云霭层层堆积连片，掩盖了太阳，遮住了霞光。雪珠星星点点先撒下来，接着雪花纷纷扬扬越下越多。

“其为状也，散漫交错，氛氲萧索[1]。蔼蔼浮浮，瀌瀌弈弈[2]。联翩飞洒，徘徊委积。始缘甍而冒栋，终开帘而入隙。初便娟于墀庑[3]，末萦盈于帷席[4]。既因方而为珪，亦遇圆而成璧。眄隰则万顷同缟[5]，瞻山则千岩俱白。于是台如重璧，逵似连璐[6]。庭列瑶阶，林挺琼树。皓鹤夺鲜，白鹇失素[7]。纨袖惭冶[8]，玉颜掩姱[9]。

【注释】

〔1〕氛氲（yūn）：盛貌。

〔2〕薆薆、浮浮、瀌瀌（biāo）、弈弈：皆盛貌，飘流往来繁密之貌。

〔3〕便（pián）娟：回旋飞舞之貌。 墀庑：房檐。

〔4〕萦盈：亦指雪回旋飞舞之貌。

〔5〕隰（xí）：低湿之处。

〔6〕逵：九达之路。

〔7〕白鹇（xián）：鸟名，似雉。

〔8〕冶：妖冶，妆扮美丽。

〔9〕嫮（hù）：美好貌。

【译文】

“那下雪的景象，漫天飞舞又相互交织，时而浓密又时而稀疏。飘流上下，浓重繁密。联翩而至向下飞洒，徘徊回旋堆积于地。开始时顺着屋栋而下覆盖了栋梁，后来推开了门帘趁虚而入。起初在房檐下回旋飞舞，终于萦绕着帷幔铺满了坐席。有的就着方形器物而成为玉珪，有的碰上圆形物体便成为玉璧。看看那低湿之处良田万顷一同披上了缟素，再仰望高山千岩也都变成了一片白色。这时高台就好像重叠的玉璧，道路就好像连接的美玉。庭院中呈现出玉阶，树林里耸立着玉树。白鹤被夺去了鲜美，白鹇也不再显得洁白。白色丝绸之服饰真有愧于刻意的妆扮，花容玉貌之美女也被掩盖了她的美丽。

“若乃积素未亏，白日朝鲜，烂兮若烛龙〔1〕，衔耀照昆山〔2〕。尔其流滴垂冰，缘溜承隅。粲兮若冯夷〔3〕，剖蚌列明珠。至夫缤纷繁骛之貌，皓旰皦絜之仪。回散萦积之势，飞聚凝曜之奇，固展转而无穷，嗟难得而备知。

【注释】

〔1〕烛龙：又名烛阴。《山海经·海外北经》说他是钟山之神，因西北日照不足，便衔烛以照天间。

〔2〕昆山：即昆仑山，又称玉山。

〔3〕冯夷：水神，即河伯（河神）。

【译文】

“至于积雪尚未消融之时，在朝阳照耀下非常鲜明，光明灿烂就像烛龙之神，衔烛照亮了昆仑山。雪水流滴便成了悬冰，顺着屋宇流下布满了墙角。光明灿烂又像水神冯夷，剖开蚌蛤陈列明珠。至于雪花缤纷厚积的形状，光明皎洁的容仪，回旋萦绕的态势，飞聚凝耀的奇观，本来就是变化而无穷，难以得知其全貌。

“若乃申娱玩之无已，夜幽静而多怀。风触楹而转响，月承幌而通晖[1]。酌湘吴之醇酎[2]，御狐狢之兼衣[3]。对庭鹍之双舞[4]，瞻云雁之孤飞。践霜雪之交积，怜枝叶之相违。驰遥思于千里，愿接手而同归。”邹阳闻之，懑然心服。有怀妍唱，敬接末曲。于是乃作而赋《积雪》之歌[5]。

【注释】

〔1〕幌：帷幔，窗帘。

〔2〕醇酎（zhòu）：酒名，上等酒。

〔3〕狐狢（hé）：即狐貉，谓狐皮之裘。　兼衣：重衣。

〔4〕鹍：鹍鸡。

〔5〕作：起。

【译文】

“至于一再地玩乐而不停止，到了幽静的夜晚便有了更多的感怀。大风吹打着楹柱不断传来声响，月光照着帷幔四处一片光辉。喝着湘吴的美酒，穿上狐裘的皮衣。面对着庭院中鹍鸡的双双起舞，仰望着云中的鸿雁孤单飞翔。践踏着层层堆积的霜雪，哀怜同枝连理的兄弟竟生生地分离。思念便飞驰于千里之外，愿能携手而同归。”

邹阳听闻此赋，内心烦闷而折服。思其妍美而有心唱和，便恭谨地接续于赋末。于是便起而赋《积雪》之歌。

歌曰：“携佳人兮披重幄，援绮衾兮坐芳缛。燎熏炉兮炳明烛，酌桂酒兮扬清曲。”又续而为《白雪》之歌。歌曰：“曲既扬兮酒既陈，朱颜酡兮思自亲〔1〕。愿低帷以昵枕，念解佩而褫绅〔2〕。怨年岁之易暮，伤后会之无因。君宁见阶上之白雪，岂鲜耀于阳春?”歌卒，王乃寻绎吟玩〔3〕，抚览扼腕〔4〕。顾谓枚叔，起而为乱〔5〕。

【注释】

〔1〕酡：同酡（tuó），饮酒面红貌。

〔2〕褫（chǐ）：解，脱。 绅：大带。

〔3〕寻绎：反复玩索。

〔4〕扼腕：握持手腕，此为振奋之貌。

〔5〕乱：理，指一篇之总结。

【译文】

歌道：“携手佳人啊分开重叠的帷帐，持取华丽之衾被啊坐在芳美之褥席上。焚起香炉啊燃起明亮的烛，斟满桂酒啊唱起清悠的歌曲。”接着又作《白雪》之歌。歌道：“歌曲已飞扬啊酒宴已摆开，朱颜呈酒红啊思自相亲昵。愿放下帷帐而亲近于枕上，想要解下珮玉而脱下大带。但又怨恨年岁之易老，感伤无由再相会。您难道不见台阶上的白雪，怎能在阳春之时再鲜明耀眼。”歌毕，梁孝王便反复玩索吟味，抚摩浏览兴奋不已。回过头去交代枚乘，起而为乱辞。

乱曰："白羽虽白，质以轻兮。白玉虽白，空守贞兮。未若兹雪，因时兴灭。玄阴凝不昧其洁[1]，太阳曜不固其节。节岂我名，洁岂我贞。凭云升降，从风飘零。值物赋象，任地班形[2]。素因遇立，污随染成。纵心皓然，何虑何营？"

【注释】

〔1〕玄阴：指冬气。

〔2〕任：犹因。　班：别。

【译文】

乱辞道："白羽虽白，资质轻佻啊。白玉虽白，空守贞节啊。不如这雪，依时兴起和消失。寒气凝结不能掩盖它的芳洁，但阳光照耀它也不固守它的节操。节操岂是我的名，芳洁岂是我的贞。凭着云而升降，跟着风而飘零。遇着物体而成像，随着地势而有不同的形。素节是由所遭逢之物而产生，污秽是由环境习染而造成。放纵心意去追求皓洁，又何须苦心思虑、刻意营求？"

月　赋[1]　谢希逸（谢庄）

【题解】

谢庄（421—466），南朝宋代文学家。字希逸，陈郡阳夏（今河南太康）人。历官太子中庶子、吏部尚书、金紫光禄大夫。善诗赋，风格飘逸清丽。原有集十九卷，诗文四百余篇，已散佚，明人辑有《谢光禄集》。《宋史》、《南史》均有传。本篇描写月夜美好的景色与风韵，抒发"美人迈兮音尘阙，隔千里兮共明月"的惆怅情怀。

陈王初丧应、刘[2]，端忧多暇。绿苔生阁，芳尘凝榭。悄焉疚怀，不怡中夜。乃清兰路，肃桂苑。腾吹寒山，弭盖秋阪。临浚壑而怨遥，登崇岫而伤远。于时斜汉左界[3]，北陆南躔[4]。白露暧空，素月流天。沉吟齐章[5]，殷勤陈篇[6]。抽毫进牍，以命仲宣[7]。

【注释】

〔1〕月赋：谢庄赋月，假托曹植之事。

〔2〕陈王：曹植，曾封为陈思王。　应、刘：应玚、刘桢，均属“建安七子”。

〔3〕汉：银河。　左：指东方。

〔4〕陆：指黄道线。《左传·昭公四年》说：“古者，日在北陆而藏冰。”　躔：处也，指日月所处之位。

〔5〕齐章：指《诗经·齐风》之《东方之月》篇。

〔6〕陈篇：指《诗经·陈风》之《月出》篇。

〔7〕仲宣：王粲。

【译文】

陈王曹植在应玚、刘桢刚去世时，十分忧伤且多空闲之日。只见亭阁长满绿苔，台榭积满芳尘。他忧愁伤心，半夜更是不悦。便叫人清扫兰路，整肃桂苑。于是管乐之声便升起于寒山，车盖便停在秋天的山坡下。他面临深谷而怨遥，登上高山而伤远。这时银河偏向东方，日月之位偏至南面。天空白露朦胧，天上皓月流动。他低声吟诵齐国的乐章，又反复吟诵陈国的诗篇。并命人取出笔毫书版，交付王粲命其作赋。

仲宣跪而称曰：臣东鄙幽介，长自丘樊，昧道懵学，孤奉明恩[1]。臣闻沉潜既义[2]，高明既经[3]。日以阳德，月以阴灵。擅扶光于东沼[4]，嗣若英于西冥[5]。引玄兔于帝台[6]，集素娥于后庭[7]。朒朓警阙[8]，朏魄示冲[9]。顺辰通烛[10]，从星泽风[11]。增华台室[12]，扬采轩宫[13]。委照而吴业昌[14]，沦精而汉道融[15]。

【注释】

〔1〕孤：辜负。

〔2〕沉潜：指地。

〔3〕高明：指天。

〔4〕扶光：扶桑之光。扶桑为传说中的日出之处。

〔5〕若英：若木之英。若木为传说中的日落之处。

〔6〕玄兔：黑兔。传说月中有兔，此代指月。

〔7〕素娥：即嫦娥，传说原为羿妻，后因偷服不死之药而奔月，此亦代指月。

〔8〕朒（nǜ）：缩朒，指农历月初之时月出于东方，即上弦月。 朓（tiǎo）：指农历月末之时月见于西方，即下弦月。

〔9〕朏（fěi）：初生而未盛之月。 魄（pò）：月始生或将灭时之微光。

〔10〕辰：指十二时辰。

〔11〕泽：指雨水。

〔12〕台室：即三台，星名。

〔13〕轩宫：轩辕星座。

〔14〕吴业：吴国基业。《吴录》说，东吴孙坚夫人吴氏梦月入怀而生策。

〔15〕汉道：汉代政治。《汉书》说：汉元帝之母李氏梦月入怀而生后。 融：明。

【译文】

王粲行了跪拜礼后说：我是东方幽僻孤陋之人，在山野藩篱中长大，不明道理又没有学问，辜负朝廷圣明之恩。我听说天地开辟之后沉潜者为地，高明者为天。日以阳为德，月以阴显灵。在东方之汤谷照亮了扶桑，又在西方之昧谷照亮了若英。月亮引着玄兔照耀帝王之台，又召来嫦娥照耀后妃之庭。上弦月和下弦月是在警告帝王之缺失，月初升和月将灭则显示人君之谦冲。顺着时辰而普遍烛照，跟随星座而时雨时风。使三台星座增加华光，使轩辕星座更放异彩。月光下照而使吴业昌盛，月精下沉而使汉道融明。

若夫气霁地表，云敛天末。洞庭始波，木叶微脱。菊散芳于山椒，雁流哀于江濑。升清质之悠悠，降澄辉之蔼蔼。列宿掩缛，长河韬映。柔祇雪凝〔1〕，圆灵水镜〔2〕。连观霜缟，周除冰净〔3〕。君王乃猒晨欢〔4〕，乐宵宴。收妙舞，弛清县〔5〕。去烛房，即月殿。芳酒登，鸣琴荐〔6〕。

【注释】

〔1〕柔祇：指地。

〔2〕圆灵：指天。

〔3〕除：阶陛。

〔4〕猒：同厌。

〔5〕清县：清妙的音乐。古时钟磬等乐器是悬挂在架上的。

〔6〕荐：进献。

【译文】

到了地面上雨止天晴之时，天边乌云已经收敛。洞庭湖上开始泛起微波，树叶渐渐地脱落。菊花在山顶上散发出芳香，鸿雁在江滩上传送着哀鸣。月亮以清丽之资质缓缓升起，让柔和澄清的光辉降临大地。众星被掩住了光彩，银河也藏起了光辉。大地像凝结了的冰雪，天空像水镜般清明。相连成片的宫观如霜一般的皓白，宫观四周的阶陛似冰一般的净洁。君王这时厌倦了早晨的欢聚，喜欢在晚间举行酒宴。于是撤去了轻曼的歌舞，终止了清妙的音乐。离开了燃烛的居室，来到月光照耀下的大殿。芳香的美酒摆上，明快的琴瑟弹奏起来。

若乃凉夜自凄，风篁成韵。亲懿莫从[1]，羁孤递进。聆皋禽之夕闻[2]，听朔管之秋引[3]。于是弦桐练响[4]，音容选和。徘徊《房露》[5]，惆怅《阳阿》[6]。声林虚籁[7]，沦池灭波。情纡轸其何托，愬皓月而长歌[8]。

【注释】

〔1〕亲懿：即懿亲，至亲。懿，美。

〔2〕皋禽：指鹤。《诗经·小雅·鹤鸣》有“鹤鸣于九皋”句。

〔3〕朔管：北方少数民族之管乐器如羌笛之类。　引：指乐声久长。

〔4〕弦桐：指琴，琴身多以桐木制成。　练响：指调音。练，同拣，择。

〔5〕《房露》：即《防露》，古曲名。

〔6〕《阳阿》：亦古曲名。

〔7〕籁：万窍所发之声，即自然之声。

〔8〕愬：向。

【译文】

到了秋凉之夜暗自心伤，风吹丛竹自成天籁之音。至亲无人跟随在旁，更增添了羁旅之孤单寂寞。静听白鹤晚上的鸣叫，耳闻北方管乐器秋天悠长之声。于是调好琴弦，选好和音。心在《房露》中徘徊，在《阳阿》中更增惆怅。这时风止林籁尽皆虚静，池水不再出现波澜。内心郁结隐痛无所依托，只有向着皓月而放歌。

歌曰：美人迈兮音尘阙，隔千里兮共明月。临风叹兮将焉歇，川路长兮不可越。歌响未终，馀景就毕[1]。满堂变容，回遑如失。又称歌曰：月既没兮露欲晞，岁方晏兮无与归。佳期可以还，微霜沾人衣！

陈王曰："善。"乃命执事，献寿羞璧[2]。敬佩玉音，复之无斁[3]。

【注释】

〔1〕景：同影。

〔2〕寿：礼品。以金帛等礼品赠人曰寿。 羞：进献。

〔3〕斁（yì）：厌。

【译文】

歌道：美人远去啊音讯不通，相隔千里啊共赏一轮明月。临风叹息啊何时会止歇，道路漫长啊不能度越。歌声尚未结束，明月余光就已消失。满堂宾客变容失色，彷徨徘徊如有所失。又歌道：月已西沉啊露将干，正当岁终年末啊无伴可同归。佳期将至，本可以归去，但微霜却沾湿了人们的衣裳。

陈王曹植说："好啊！"便命令主管官员，献上礼物玉璧。恭敬地记下上述金玉之音，反复赏玩而不厌倦。

鸟兽上

鵩鸟赋并序　贾谊

【题解】

贾谊（前200—前168），西汉政论家、辞赋家，洛阳（今河南洛阳）人，文帝时为大中大夫。因遭谗被贬为长沙王太傅。后文帝召还，再拜梁怀王太傅。所著文章以《过秦论》《陈政事疏》（又名《治安策》）《论积贮疏》为最著名。今存赋四篇，以《吊屈原赋》《鵩鸟赋》为代表作。原有集四卷，已散佚，明人辑有《贾长沙集》。《史记》《汉书》均有传。本篇假托与鵩鸟之问答，抒发怀才不遇的愤懑，并以老庄齐死生、等祸福的思想自我排遣。

谊为长沙王傅，三年，有鵩鸟飞入谊舍[1]，止于坐隅，鵩似鸮[2]，不祥鸟也。谊既以谪居长沙[3]，长沙卑湿，谊自伤悼，以为寿不得长，乃为赋以自广[4]。其辞曰：

【注释】

〔1〕鵩（fú）：鸟名，俗称猫头鹰。

〔2〕鸮：鸱鸮。

〔3〕谪：贬谪。

〔4〕自广：自宽。

【译文】

贾谊为长沙王太傅，就职三年，有鵩鸟飞进贾谊的居室，停在他的座位边，鵩鸟类似鸱鸮，人们认为这是不吉祥的鸟。贾谊既已因遭贬谪而居住在长沙，长沙地势又低下潮湿，贾谊便暗自伤痛，以为自己寿命不能长久，于是作此赋用以自作宽解。其辞道：

单阏之岁兮[1]，四月孟夏。庚子日斜兮，鵩集予舍。止于坐隅兮，貌甚闲暇。异物来萃兮，私怪其故。发书占之兮，谶言其度[2]。曰：野鸟入室兮，主人将去。请问于鵩兮，予去何之？吉乎告我，凶言其灾。淹速之度兮，语予其期。鵩乃叹息，举首奋翼，口不能言，请对以臆。

【注释】

〔1〕单阏（chán è）：太岁在卯曰单阏。此指丁卯年，即汉文帝六年（一说七年）。

〔2〕谶：预示吉凶以求应验之言。 度：数，指吉凶之定数。

【译文】

丁卯之年啊，四月初夏。庚子日太阳西斜之时啊，有鵩鸟飞来我的居室。它停在我的座位边啊，样子十分从容毫不惊慌。怪异之物来此止息啊，我暗自疑虑它的到来必有什么缘故。打开占卜文书占一卦啊，占辞预言那未来吉凶之定数。说：野鸟进入室内啊，主人将要离去。我请问于鵩鸟啊，我离开此地要往哪里去呢？如果吉祥啊就明白告诉我，如果有凶事啊也请说明是怎样的灾祸。那死生迟速的定数啊，请告诉我它确切的期限。鵩鸟于是叹息，举头展翅，口不能说话，便用胸中所想来作沟通交流。

万物变化兮，固无休息。斡流而迁兮，或推而还。形气转续兮，变化而嬗〔1〕。沕穆无穷兮〔2〕，胡可胜言。祸兮福所倚，福兮祸所伏〔3〕。忧喜聚门兮，吉凶同域。彼吴强大兮，夫差以败〔4〕。越栖会稽兮，句践霸世。斯游遂成兮〔5〕，卒被五刑。傅说胥靡兮〔6〕，乃相武丁。夫祸之与福兮，何异纠纆〔7〕。命不可说兮，孰知其极。水激则旱兮〔8〕，矢激则远。万物回薄兮〔9〕，振荡相转。云蒸雨降兮，纠错相纷。大钧播物兮〔10〕，坱圠无垠〔11〕。天不可预虑兮，道不可预谋。迟速有命兮，焉识其时。

【注释】

〔1〕而：如。 嬗（chán）：蜕化。一说相连。

〔2〕沕（wù）穆：精微深远貌。

〔3〕祸兮两句：出自《老子》五十八章。

〔4〕夫差：春秋时吴王。《国语·越语》说，夫差父阖闾为越王句践所败，伤而死。夫差立，破越，句践降。后句践栖会稽，十年生聚，十年教训，兴兵灭吴，夫差自刭死。

〔5〕斯：李斯，战国末年楚人。《史记·李斯列传》说，李斯西入秦，游说秦王，助秦统一六国，为秦丞相。后始皇死，二世立，被赵高害死。

〔6〕傅说（yuè）：殷高宗武丁贤相，初隐于傅岩，为胥靡版筑以供食。高宗梦见说，使人求得，遂用为相。　胥靡：一种刑罚，将罪人相系而服劳役。胥，相。靡，系。

〔7〕纠：两股绳扭合在一起。　纆（mò）：三股绳扭合在一起。

〔8〕旱：同悍。

〔9〕回薄：反复相迫激。

〔10〕大钧：指造化。钧为制陶器所用之转轮，借以为喻。

〔11〕坱圠（yǎng yà）：无涯际。

【译文】

万物不断变化啊，本来就没有休止停息。运转与变迁啊，有时推移，有时反复。形与气交互转化而相互连续啊，其变化就好像动物的蜕化。精微深远而无穷无尽啊，哪里能够说尽。灾祸啊这是幸福所紧紧倚靠着的，幸福啊灾祸就潜藏在它里面。忧和喜总是聚集在一门之内啊，吉和凶也总是同时发生于一处。那吴国原本是十分强大的啊，夫差持有它却招致失败。越王兵败后退居会稽山啊，句践卧薪尝胆终于称霸于世。李斯游说于秦终于成功啊，但最后还是遭受了五刑。傅说被缚而服劳役啊，后来却做了殷高宗武丁的相。那灾祸与幸福啊，何异于绳索的纠缠。天命是不可解说的啊，谁知道它的究竟。水受激则奔流迅猛啊，箭受激则远中标的。万物往来互相激迫啊，因震荡而又互相转化。水因热变成云气上升，又因冷变成雨点下降啊，纠缠交织，杂乱纷纷。造化运转大冶造物啊，广阔无垠而没有边际。天不可预为思虑啊，道不可预为谋度。死生迟速都有命来主宰啊，哪里能预知它的期限。

且夫天地为炉兮[1]，造化为工。阴阳为炭兮，万物为铜。合散消息兮，安有常则。千变万化兮，未始有极。忽然为人兮，何足控抟[2]。化为异物兮，又何足患。小智自私兮，贱彼贵我。达人大观兮，物无不可。贪夫殉财兮[3]，烈士殉名。夸者死权兮，品庶每生[4]。怵迫之徒兮[5]，或趋东西。大人不曲兮，意变齐同[6]。愚士系俗兮，窘若囚拘。至人遗物兮，独与道俱。众人惑惑兮，好恶积亿。真人恬漠兮，独与道息。释智遗形兮[7]，超然自丧。寥廓忽荒兮[8]，与道翱翔。乘流则逝兮，得坻则止。纵躯委命兮；不私与己。

【注释】

〔1〕炉：冶炼之炉。《庄子·大宗师》说："今一以天地为大炉，以造化为大冶，恶乎往而不可哉?"

〔2〕控抟（tuán）：引持，据以自矜。《庄子·大宗师》说："今之大冶铸金，金踊跃曰：'我且必为镆铘!'大冶必以为不祥之金。今一犯人之形，而曰'人耳人耳'，夫造化者必以为不祥之人。"

〔3〕殉：以身从物。

〔4〕品庶：众人。　每：贪。

〔5〕怵：读作訹（xù），诱也。

〔6〕意变：即亿变，千变万化。　齐同：齐一。《庄子·齐物论》说："是亦彼也，彼亦是也"，"天地一指也，万物一马也"，生张齐同万物，即把万物看成没有区别。

〔7〕释智遗形：放弃智虑，遗弃形体，亦即庄子所说的"离形去知"之"坐忘"。《庄子·大宗师》说："堕肢体，黜聪明。离形去知，同于大道，此谓坐忘。"

〔8〕寥廓：元气未分之貌。　忽荒：无形貌。

【译文】

再说天地就是那冶炼的熔炉啊，造化就是那冶炼的工匠。阴阳就是冶炼所用的炭火啊，万物就是那被冶炼的铜。聚合离散消亡生息啊，哪里有不变的法则。千变万化啊，未尝有终极。偶然变成了人啊，哪里值得据此而自矜。如果变化成为别的东西啊，又哪里值得担忧害怕。智慧浅小之人自私地只爱自己啊，总是看轻别的东西而只是看重自己。通达之人有远大的目光啊，认为化成异物也没有什么不可以。贪婪之人只为追求财富而去死，刚烈之士只为追求名声而送命。贪求虚名之人是死于权势啊，众庶则是为了财富而舍命求生。为名利所诱为贫贱所迫之人啊，有的西走，有的东奔。伟人不为物欲所屈啊，对千变万化的事物不加区别而视为同一。愚人受世俗的牵累啊，窘困得好像被拘囚的犯人。至德之人抛弃物累啊，独和大道同行。众人惑乱非常啊，喜好和厌恶积累亿万。得天地正道之人安静淡漠啊，独和大道一同止息。放弃智虑、遗弃形骸啊，超脱于万物之外而忘掉自身。空虚混沌没有形迹啊，与道一同浮游于天地。顺着如流水般的时光而逝去啊，遇到水中小洲就停留。放纵自身而委托给命运啊，并不私爱他自身。

其生兮若浮〔1〕，其死兮若休。澹乎若深泉之静，泛乎若不系之舟。不以生故自宝兮，养空而浮。德人无累〔2〕，知命不忧〔3〕。细故蒂芥〔4〕，何足以疑。

【注释】

〔1〕浮：飘浮。《庄子·刻意》说：“其生若浮，其死若休。”

〔2〕德人：得道之人。《庄子·天地》说：“德人者，居无思，行无虑，不藏是非美恶。” 累：物累。

〔3〕知命：知天命。《周易·系辞》说：“乐天知命，故不忧。”

〔4〕蒂（dì）芥：即芥蒂，梗塞之物，通常指梗塞之小事细物使人不快意。

【译文】

他的生啊就好像漂浮于天地之间，他的死啊就好像得到了休息。恬淡呀就好像深渊那样的平静，浮游呀就好像水上没有被牵系的小舟。不因活着的缘故而自视珍贵啊，只是涵养虚无恬淡之性而在天地之间浮游。得道之人没有外物牵累，他乐天知命而不忧虑。

细小的事故和不快意的小事，哪里值得为之而产生疑惑呢。

鹦鹉赋并序　祢正平（祢衡）

【题解】

祢衡（173—198），汉末辞赋家。字正平，平原般（今山东临邑东北）人。性刚直，不容于权贵。初曹操召为鼓史，裸身击鼓辱操，操怒，遣送刘表。不合，转送江夏太守黄祖。衡与黄祖子射友善。后因冒犯黄祖，被杀，年仅二十六。原有集两卷，已佚。今存《鹦鹉赋》，为其代表作。传见《后汉书·文苑传》。本篇托物言志，以鹦鹉自喻，写有志之士遭逢患难的不幸与屈身事主的苦闷。

时黄祖太子射宾客大会〔1〕，有献鹦鹉者，举酒于衡前曰："祢处士〔2〕，今日无用娱宾，窃以此鸟自远而至，明慧聪善，羽族之可贵，愿先生为之赋，使四坐咸共荣观，不亦可乎？"衡因为赋，笔不停缀，文不加点〔3〕。其辞曰：

【注释】

〔1〕射（yì）：黄祖之子，时为章陵太守。

〔2〕处士：未仕之士。

〔3〕缀（chuò）：通"辍"，中止。　点：涂灭，指点窜涂改文字。

【译文】

当黄祖太子黄射大会宾客之时，有人献上一只鹦鹉，并在祢衡面前举杯道："祢处士，今天没有什么能娱乐宾客，我私下以为这只鸟从远方而来，聪明淑善，在鸟类中是很可贵的，希望先生为它作篇赋，使四座宾客一同荣幸地观赏，这不是很好吗？"祢衡于是作赋，笔不停地写，文章也不加涂改。其辞道：

惟西域之灵鸟兮〔1〕，挺自然之奇姿。体金精之妙质兮〔2〕，合火德之明辉〔3〕。性辩慧而能言兮，才聪明以识机。故其嬉游高峻，栖跱幽深。飞不妄集，翔必择林。绀趾丹觜〔4〕，绿衣翠衿〔5〕。采采丽容，咬咬好音〔6〕。虽同族于羽毛，固殊智而异心。配鸾皇而等美，焉比德于众禽。

【注释】

〔1〕西域：西部地区。此指产鹦鹉的陇山（陇坻），在今甘肃。

〔2〕金精：古代五行说将五行分属五方和五色，金属西方和白色，鹦鹉身上有白色羽毛，又产自西方，故谓金精。

〔3〕火德：鹦鹉嘴赤，五行中赤色属火，故谓火德。

〔4〕绀（gàn）：深青带红之色。

〔5〕衿：即襟，衣之交领，鹦鹉胸前翠色，故云翠衿。

〔6〕咬咬：鸟鸣声。

【译文】

这是来自西域的神鸟啊，有特出的自然生成的神奇身姿。白色羽毛体现了金精之神妙本质啊，红色嘴吻符合火德之明亮光辉。生性明敏并能说话啊，才智聪明也能了解奥秘机微。因而它总是游玩在高峻之处，栖立在幽深之所。飞行不随便停下，翱翔必选择树林。青红色的嘴吻，翠绿色的衣衿。浓艳美丽的容貌，咬咬鸣叫的好音。虽然与其他鸟类同属羽族，但本来就有特殊的智慧和特异的心。与鸾鸟凤凰可匹配比美，哪能与众禽鸟相提并论。

于是羡芳声之远畅，伟灵表之可嘉。命虞人于陇坻〔1〕，诏伯益于流沙〔2〕。跨昆仑而播弋〔3〕，冠云霓而张罗。虽纲维之备设[4]，终一目之所加[5]。且其容止闲暇，守植安停[6]。逼之不惧，抚之不惊。宁顺从以远害，不违迕以丧生。故献全者受赏，而伤肌者被刑。

【注释】

〔1〕虞人：掌山泽苑囿之官。

〔2〕伯益：人名，尧时为掌山泽之官。　流沙：地名。

〔3〕弋：用系绳之箭射鸟。

〔4〕纲：网绳。

〔5〕一目：指罗网上的一个网孔。《文子》说："有鸟将来，张罗而待之。得鸟者罗之一目也，今为一目之罗，即无以得鸟也。"

〔6〕植：借为志。　安停：安定沉稳。

【译文】

于是帝王羡慕其芳声之远扬，嘉许其灵质仪表之美善。命令虞人到陇坻，召来伯益到流沙。跨越昆仑而布下弋罗，高凌云霓而张开大网。虽然到处布置了网罗，但最后捕捉到鹦鹉的，只是一个网孔。再说鹦鹉容貌举止从容不迫，坚守志向安定沉稳。走近它它不害怕，抚摩它它不惊恐。它宁愿顺从而全身远害，而不违逆抗拒以致丧命。因而凡献上完好鹦鹉者便受到赏赐，而损伤鹦鹉肌肤者则处以刑罚。

尔乃归穷委命，离群丧侣。闭以雕笼，剪其翅羽。流飘万里，崎岖重阻。逾岷越障[1]，载罹寒暑[2]。女辞家而适人，臣出身而事主。彼贤哲之逢患，犹栖迟以羁旅[3]。矧禽鸟之微物，能驯扰以安处[4]。眷西路而长怀，望故乡而延伫[5]。忖陋体之腥臊，亦何劳于鼎俎[6]。

【注释】

〔1〕岷：岷山，在今四川。　障：山名，在今甘肃。

〔2〕载：发语词。

〔3〕栖迟：停留。

〔4〕能：能不，反诘语。

〔5〕延伫：久立。

〔6〕鼎俎：泛指烹饪之器。

【译文】

鹦鹉于是步入穷途，委命于人，离开了同类又丧失了伴侣。关闭在雕饰华美的笼子里，又被剪去了翅膀上的羽毛。飘流万里之外，经过崎岖道路和重重险阻。跨越了岷山，又越过了障山，遭逢了几度冬夏寒暑。它就像少女告别家人而出嫁，又像臣仆卖身而去侍奉主人。那圣贤之人遭逢患难，尚且滞留他乡寄迹于外，何况禽鸟这般微小之物，哪能不柔顺以求安处。但它的内心却依恋归西之路而长怀归心，常常远望故乡而延颈久立。自思贱陋之躯如此之腥臊，又何必有劳鼎俎之烹煮。

嗟禄命之衰薄[1]，奚遭时之险巇[2]？岂言语以阶乱[3]，将不密以致危[4]？痛母子之永隔，哀伉俪之生离[5]。匪馀年之足惜，慜众雏之无知。背蛮夷之下国，侍君子之光仪。惧名实之不副，耻才能之无奇。羡西都之沃壤[6]，识苦乐之异宜。怀代越之悠思[7]，故每言而称斯。

【注释】

〔1〕禄命：禄食命运。

〔2〕巇（xī）：危险。

〔3〕阶：事情由来之道。《周易·系辞》说："乱之所生也，则言语以为阶。"

〔4〕将：或。

〔5〕伉俪（kàng lì）：配偶，夫妻。

〔6〕西都：指长安。

〔7〕代：代郡，今山西北部。　越：南越，今广西、广东等地。李善注：“《古诗》曰：代马依北风，越鸟巢南枝。”

【译文】

哀叹命运的衰败微薄，为什么遭遇的时势会如此之险峻？难道是言语召来了祸乱，或者是处事不密而导致危难？痛心于母子的永远分离，哀悼夫妻活生生的离别。不是我的余年值得珍惜，只是怜悯那些雏鸟尚年幼无知。我离开了蛮夷下国，来侍奉上国君子的光华容仪。惧怕名和实的不能相符，又耻于没有突出的才能。羡慕长安肥沃的土壤，体会到苦与乐是那么的不同。常怀着代马越鸟那样的悠悠乡思，因此每逢开口都称道长安之乐。

若乃少昊司辰，蓐收整辔[1]。严霜初降，凉风萧瑟。长吟远慕，哀鸣感类。音声凄以激扬，容貌惨以憔悴。闻之者悲伤，见之者陨泪。放臣为之屡叹[2]，弃妻为之歔欷。

【注释】

〔1〕少昊（hào）：古帝，以金德王。　蓐（rù）收：古主金之官，又以为金神名。五行中，西方、秋天均属金。《礼记·月令》说：“孟秋之月，其帝少昊，其神蓐收。”

〔2〕放臣：遭放逐之臣。

【译文】

又到了少昊司辰、蓐收驾车的秋天。严霜开始降临，凉风一片萧瑟。长吟引起了远方的思慕，哀鸣感发了同类的共鸣。声音凄怆而激扬，容貌惨戚而憔悴。听到的人内心悲伤，看到的人落下眼泪。遭放逐之孤臣因此而屡屡哀叹，被遗弃之女子因此而哽咽抽泣。

感平生之游处，若埙篪之相须[1]。何今日之两绝，若胡越之异区？顺笼槛以俯仰，窥户牖以踟蹰。想昆山之高岳，思邓林之扶疏[2]。顾六翮之残毁[3]，虽奋迅其焉如？心怀归而弗果，徒怨毒于一隅[4]。苟竭心于所事，敢背惠而忘初？托轻鄙之微命，委陋贱之薄躯。期守死以报德，甘尽辞以效愚。恃隆恩于既往，庶弥久而不渝。

【注释】

〔1〕埙：土制乐器。　篪（chí）：竹制乐器。　须：待，依。《诗经·小雅·何人斯》："伯氏吹埙，仲氏吹篪。"意谓兄弟和睦，相互应和。

〔2〕邓林：《山海经·海外北经》说，夸父与日竞走，道渴而死，弃其杖，化为邓林。此泛指树林。

〔3〕六翮（hé）：指翅膀。据说，健飞之鸟均有六翮。翮，羽茎。

〔4〕怨毒：怨恨，悲痛。

【译文】

有感于平生朋友之交游相处，就好像兄弟一般的亲密相依。为什么今天竟两地隔绝，就好像胡与越各在天的一边？如今只能在笼槛中活动，窥视门窗紧闭而徘徊。想念昆仑山是那样的高峻，思念邓林枝叶是那样的繁密。回头看看翅膀已经残毁，即使想迅疾奋飞又能飞到哪里去？一心想归去但不能实现，只能在笼中之一角徒然自悲自怨。愿竭尽心力侍奉君王，怎敢背弃恩德而忘掉当初？向君王托付轻贱的生命，献上鄙陋的身躯。希望至死不渝来报答君王的恩德，甘愿尽其言辞来贡献愚诚。以往已承受了君王的大恩，愿今后感恩之心长久不改变。

鹪鹩赋并序　张茂先（张华）

【题解】

张华（232—300），西晋文学家，字茂先，范阳方城（今河北固安）人。魏末任佐著作郎、中书郎。入晋为黄门侍郎、中书令。因平吴之功，封广武县侯。惠帝时官至司空。后为赵王司马伦与孙秀所害。学识渊博，工于诗赋。今存诗三十多首。原有集十卷，已散佚，明人辑有《张司空集》。另著有《博物志》。《晋书》有传。本篇描写鹪鹩以“无用”而“全身”，宣扬全身远害的处世态度与自足自得的人生哲学。

鹪鹩〔1〕，小鸟也，生于蒿莱之间，长于藩篱之下，翔集寻常之内〔2〕，而生生之理足矣〔3〕。色浅体陋，不为人用，形微处卑，物莫之害，繁滋族类，乘居匹游〔4〕，翩翩然有以自乐也。彼鹫、鹗、鹍、鸿〔5〕，孔雀翡翠〔6〕，或凌赤霄之际，或托绝垠之外，翰举足以冲天，觜距足以自卫〔7〕，然皆负矰婴缴〔8〕，羽毛入贡。何者？有用于人也。夫言有浅而可以托深，类有微而可以喻大，故赋之云尔。

【注释】

〔1〕鹪鹩：鸟名，形小，棕色，有黄色眉纹，常活动在低湿的灌木丛中，筑巢精巧，故又名“巧妇鸟”，或名“工雀”“女工”“女匠”。

〔2〕寻常：八尺为寻，倍寻为常。

〔3〕生生：养生，营生。

〔4〕乘（shèng）：一车四马为乘，故物四曰乘。又《广雅·释诂》：“乘，二也。”　匹游：结伴而游。

〔5〕鹫鹗：均为猛禽，均属雕类。　鹍鸿：鹍鸡与鸿鹤。

〔6〕翡翠：鸟名，鸣禽类，雄赤曰翡，雌青曰翠。

〔7〕觜（zuǐ）距：即嘴和爪，鸟类摧敌之利器。

〔8〕矰：为短箭。 缴：指系在箭上之丝绳。矰缴均为射鸟之用具。婴：缠绕。

【译文】

鷦鹩，是一种小鸟，生在杂草之间，长在藩篱之下，飞起停下只在数尺之内，而其养生之道已是足够丰富了。毛色浅淡，形体丑陋，不被人所用，形体微小居处卑下，没有什么东西会伤害它。它的族类不断繁殖增多，常常双居而群游，翩翩游遨自得其乐。那些鹫、鹗、鹍鸡和鸿鹤，那些孔雀和翡翠，有的飞上赤色的云端，有的托身绝远的天边，飞举足以冲天，牙爪足以自卫，但都被矰缴射中，羽毛被拔下进贡朝廷。这是什么原因呢？因为羽毛有用于人啊。那言语有的浅显但可以寄托深意，品类有的细微但可以比喻大道理，所以为之作赋如下：

何造化之多端兮[1]，播群形于万类。惟鷦鹩之微禽兮，亦摄生而受气。育翩翾之陋体[2]，无玄黄以自贵。毛弗施于器用，肉弗登于俎味[3]。鹰鹯过犹俄翼[4]，尚何惧于罿罻[5]。翳荟蒙笼，是焉游集。飞不飘扬，翔不翕习[6]。其居易容，其求易给。巢林不过一枝[7]，每食不过数粒。栖无所滞，游无所盘[8]。匪陋荆棘，匪荣茝兰[9]。动翼而逸，投足而安。委命顺理，与物无患。

【注释】

〔1〕造化：指自然界创造和化育万物。

〔2〕翩翾：小飞貌。

〔3〕俎味：俎上所载之祭物。

〔4〕鹯（zhān）：鸷鸟，又名晨风。 俄：倾斜。

〔5〕罿罻（chōng wèi）：皆为网。

〔6〕翕（xì）习：迅疾貌。

〔7〕巢林：依林为巢，《庄子·逍遥游》说："鹪鹩巢于深林，不过一枝；鼹鼠饮河，不过满腹。"

〔8〕盘：乐。

〔9〕茝（chǎi）兰：香草。

【译文】

造化是这样的变化多端啊，分布众多的形体于千万的品类。像鹪鹩这样的小鸟啊，也同样能维持生命和禀受元气。发育着只能低飞的贱陋躯体，没有黑与黄的羽毛可以自尊自贵。毛不能用在器物上，肉也不能用来做祭品。鹰鹯飞过尚且侧翼飞去而不屑一顾，对网罟还有什么畏惧。凡是遇上草木繁密的地方，就在其中飞动栖息。它飞不高举，翔不迅疾。想栖身容易得到栖息之地，有要求也容易得到满足。在树林中筑巢不过占有一枝，每次进食不过几颗米粒。栖身没有什么滞碍，游乐也不觉得有什么快乐。不以荆棘为陋，也不以香草为荣。举翅投足，都很安逸。依随命运顺应事理，与物相交没有祸患。

伊兹禽之无知，何处身之似智。不怀宝以贾害，不饰表以招累。静守约而不矜，动因循以简易。任自然以为资，无诱慕于世伪。雕鹖介其觜距〔1〕，鹄鹭轶于云际〔2〕。鹍鸡窜于幽险，孔翠生乎遐裔。彼晨凫与归雁〔3〕，又矫翼而增逝。咸美羽而丰肌，故无罪而皆毙。徒衔芦以避缴〔4〕，终为戮于此世。苍鹰鸷而受绁，鹦鹉惠而入笼〔5〕。屈猛志以服养，块幽絷于九重〔6〕。变音声以顺旨，思摧翮而为庸。恋钟岱之林野〔7〕，慕陇坻之高松。虽蒙幸于今日，未若畴昔之从容。

【注释】

〔1〕雕：猛禽，似鹰而大。　鹖：鸟名，似雉而大。

〔2〕鹄（hú）：游禽，一名天鹅。

〔3〕凫：野鸭。

〔4〕衔芦：口衔芦草，相传为鸟类避矰缴之法。

〔5〕惠：通慧。

〔6〕块：孤独貌。　九重：指君门，九重喻其深。

〔7〕钟岱：二山名，指鹰之产地。

【译文】

像这种禽鸟这般无知，为什么立身处世似乎有大智。它不怀藏宝物以自取祸害，也不修饰外表以招致忧患。静处则坚守其要而不矜持，行动则因故循旧而简易不繁。任随自然以作资质，对于世情不受诱惑也不倾慕。鹫鹗磨利它们的爪牙，鹄鹤飞上云端，鹍鸡窜到幽险的地方，孔雀、翡翠生在边远之地。那晨凫与归雁，又振翼而高飞远逝。它们都有美丽的羽毛和丰满的肌肉，因而都无辜而遭杀害。口衔芦草以避矰缴也只是徒然，终于在今生今世被杀戮。苍鹰猛鸷因而被囚系，鹦鹉聪慧因而被关进笼中。它们压抑着猛志而受豢养，孤独地幽系于深深的君门之内。改变着声音以顺从主人的旨意，想摧折翅膀而为人所用。但内心仍然依恋钟山、岱山的森林原野，思慕陇坻高耸的松林。虽然在今天蒙受恩泽，但总比不上从前生活的自在从容。

海鸟鶢鶋〔1〕，避风而至。条枝巨雀〔2〕，逾岭自致。提挈万里，飘颻逼畏〔3〕。夫唯体大妨物，而形瑰足玮也〔4〕。阴阳陶蒸，万品一区。巨细舛错，种繁类殊。鷦螟巢于蚊睫〔5〕，大鹏弥乎天隅。将以上方不足〔6〕，而下比有馀。普天壤以遐观，吾又安知大小之所如〔7〕？

【注释】

〔1〕鶢鶋：又作爰居，海鸟名。

〔2〕条枝：又作条支，古国名。

〔3〕逼畏：犹畏惧。

〔4〕瑰：奇伟，珍贵。　玮：宝爱，珍视。

〔5〕鷦螟：小虫，体极细小。

〔6〕方：比拟。

〔7〕如：依，从。

【译文】

海鸟鶢鶋，为避海风而飞来。条枝巨雀，自己飞越山岭而到达。万里行程互相扶持，飘摇不定，心存畏惧。只因为躯体巨大而妨害了自身，而形状奇伟又足以使人珍爱不已。阴阳之气陶冶蒸腾，万种品类同出一区。大小错杂，种类繁多。鷦螟在蚊子的睫毛上筑巢，大鹏展翅遮蔽了天边。与上相比正感不足，但与下相比却又觉有余。放眼天地而远观，我又怎能知道这大与小应当怎样看待，如何依从？

（本卷译注：邹子衿）

文选卷第十四

鸟兽下

赭白马赋并序　颜延年（颜延之）

【题解】

颜延之（384—456），南朝宋代文学家。字延年，琅琊临沂（今属山东）人。少帝时出为始安太守。文帝时历官中书侍郎、永嘉太守、秘书监光禄勋太常。孝武帝时官至金紫光禄大夫。诗与谢灵运齐名，世称"颜谢"，《五君咏》为其代表作。原有集二十五卷，已散佚，明人辑有《颜光禄集》。《宋书》《南史》均有传。本篇描写赭白马之"异体""殊相"以及"分驰""角壮"之英姿，赞扬其刚且淑之德，并歌颂浩荡皇恩与太平盛世。赭，赤色；赭白马，骏马名。

骥不称力〔1〕，马以龙名〔2〕，岂不以国尚威容，军驮趫迅而已〔3〕，实有腾光吐图〔4〕，畴德瑞圣之符焉〔5〕。是以语崇其灵，世荣其至。我高祖之造宋也，五方率职〔6〕，四隩入贡〔7〕。秘宝盈于玉府〔8〕，文驷列乎华厩〔9〕。乃有乘舆赭白，特禀逸异之姿，妙简帝心〔10〕，用锡圣皁〔11〕。服御顺志，驰骤合度，齿历虽衰〔12〕，而艺美不忒〔13〕。袭养兼年〔14〕，恩隐周渥，岁老气殚，毙于内栈〔15〕。少尽其力，有恻上仁，乃诏陪侍，奉述中旨。末臣庸蔽，敢同献赋。其辞曰：

【注释】

〔1〕骥：千里马。《论语·宪问》说：“骥不称其力，称其德也。”

〔2〕龙：马八尺以上称为龙，语见《周礼·夏官·廋人》。

〔3〕駚（fú）：马名。

〔4〕腾光吐图：纬书《尚书·中候》说，帝尧修坛河洛致祭，“至于日稷，荣光出河，龙马衔甲，赤文绿色，临坛吐甲图”。

〔5〕畴德：报德。

〔6〕五方：古代指中国与四夷（蛮、夷、戎、狄）。　率职：尊奉职责，指依时入贡。

〔7〕四隩（yù）：四方可居之地。

〔8〕玉府：官署名，掌王之金玉玩好。

〔9〕文驷：骏马四匹。　华厩：马厩名。

〔10〕简：存，合。

〔11〕锡：赐。　皁（zào）：厩之别名。

〔12〕历：数。

〔13〕忒（tè）：变。

〔14〕袭：受。　兼：累积。

〔15〕栈：马厩。

【译文】

所谓千里马不是称赞它的力而是称赞它的德，因此称马为龙，难道不是由于国家崇尚威仪容止，而军马则须健壮迅疾而已，帝尧之时实有荣光出河、龙马吐图、报德圣人的符瑞。所以人们在谈论中总是崇美其圣灵，代代以其至德为荣耀。自我朝高祖刘裕建造宋王朝，中国和四夷都遵奉职守，四方依时入贡。珍宝充盈于官府，骏马聚集在华厩。其中有为天子驾车的赤白色的马，独具超逸神异的姿态，其神妙甚合帝王之心，因而得到恩赐进入皇家马厩。它乘驾时能顺人意，驱驰时又合乎节度。后来年龄虽已衰老，但技能美材并没有什么改变。受养多年，所得到的恩宠周全丰厚。现在年老气尽，在皇厩中死去。它年少时尽了力，如今死去动了皇上仁慈恻隐之心，于是令陪侍之臣，领旨述皇上之意。微臣我平庸愚钝，大胆地一同献上此赋。其辞道：

惟宋二十有二载〔1〕，盛烈光乎重叶〔2〕。武义粤其肃陈，文教迄已优洽。泰阶之平可升〔3〕，兴王之轨可接。访国美于旧史，考方载于往牒。昔帝轩陟位，飞黄服皁〔4〕。后唐膺箓〔5〕，赤文候日〔6〕。汉道亨而天骥呈才〔7〕，魏德楙而泽马效质〔8〕。伊逸伦之妙足，自前代而间出。并荣光于瑞典，登郊歌乎司律〔9〕。所以崇卫威神，扶护警跸〔10〕。精曜协从〔11〕，灵物咸秩〔12〕。暨明命之初基〔13〕，罄九区而率顺。有肆险以禀朔〔14〕，或逾远而纳赆〔15〕。闻王会之阜昌〔16〕，知函夏之充牣〔17〕。总六服以收贤〔18〕，掩七戎而得骏〔19〕。盖乘风之淑类，实先景之洪胤〔20〕。故能代骖象舆〔21〕，历配钩陈〔22〕。齿筭延长〔23〕，声价隆振。信圣祖之蕃锡〔24〕，留皇情而骤进〔25〕。

【注释】

〔1〕载：年。此谓宋开国至今已有二十二年，时当宋文帝十七年。

〔2〕重叶：重世，指从武帝传至文帝。

〔3〕泰阶：星名，即三台。古人认为，三台象征天之三阶，上阶为天子，中阶为诸侯公卿大夫，下阶为士庶人。三阶平，则阴阳调和，风调雨顺，天下太平。

〔4〕飞黄：又名乘黄，古之神马，状如狐，背上有角，寿千岁。

〔5〕后唐：指尧帝。 箓：符命。膺箓指受天命为天子。

〔6〕赤文：赤纹之马。 候日：伺日之运行，而至于日稷。参见首段注〔4〕。

〔7〕天骥：神马。《天马歌》说，“天马来，从西极”。《汉书》中多有神马之记载。

〔8〕䨥：盛。　泽马：瑞马。《孝经援神契》说：“王者德至山陵，则泽出神马。”　效质：致其诚实。

〔9〕郊歌：郊祀之歌，如《天马歌》。　司律：官名，掌乐之官。

〔10〕警跸（bì）：天子出入时清道阻止行人，此指天子出入。

〔11〕精曜：指天驷星（即房宿）精美闪耀光辉。

〔12〕灵物：谓天马。

〔13〕暨：及，至。　明命：天命，指高祖受命登基。

〔14〕肆：弃。　禀朔：禀正朔，指接受统一的历法以示归附。

〔15〕赆（jìn）：财货。

〔16〕阜：盛。

〔17〕函夏：华夏，指中国。　牣（rèn）：满。

〔18〕六服：谓王畿以外之地，以远近区别为六，即侯服、甸服、男服、采服、卫服、蛮服。　收贤：取贤善之马。

〔19〕七戎：指西方之民族。《尔雅·释地》说“九夷、八狄、七戎、六蛮，谓之四海”。注：“七戎在西。”

〔20〕先景：常在景前，言马行之速。　洪胤：谓子孙盛大，种类繁衍。

〔21〕象舆：象车。

〔22〕钩陈：星名。钩陈六星，皆在紫微宫中，此指天子之宫。

〔23〕筭（suàn）：数。

〔24〕圣祖：指高祖。　蕃锡：赐物众多。

〔25〕皇：指文帝。

【译文】

宋开国二十二年，盛业光耀于武帝、文帝两朝。武功肃然陈列，文教也已优渥广被。太平盛世之阶梯可以登上，振兴王道之轨迹可与古相接。在旧史中了解治国之美，在古籍中考察四方之事。从前轩辕黄帝登位，有神马飞黄服御。唐尧受命为天子，有赤纹之马候日至于日边。汉道亨通而神马献其才干，魏德隆盛而瑞马致其诚实。这些超群绝伦之神骏，自前代以来便时时而间出。都在祥瑞中闪耀荣光，在乐府中写进郊祀之歌。并用以尊崇护卫天子的神威，扶助保护天子的出入。应和着天驷星之精美光耀，神马全都井然有序。到了高祖承受天命登基，九州全都臣服归顺。有的奔险而禀受正朔，有的不计遥远而贡献财货。闻知诸侯大会如此之昌盛，了解华夏大地这般的充实。于是在全部六服之地收取贤善之马，搜遍七戎之地而获得神骏。这些都是乘风奔驰的良骥，实是疾驰常在景前的骏马后裔。因而能够代代服驾天子的车舆，历来与紫微钩陈相配。年数长久，声价日隆。高祖、武帝赐物的确很多，赐给文帝就有奔驰疾速之神骏。

徒观其附筋树骨，垂梢植发。双瞳夹镜，两权协月。异体峰生，殊相逸发。超摅绝夫尘辙〔1〕，驱骛迅于灭没〔2〕。简伟塞门，献状绛阙。旦刷幽燕，昼秣荆越。教敬不易之典，训人必书之举〔3〕。惟帝惟祖，爰游爰豫。飞輶轩以戒道〔4〕，环彀骑而清路〔5〕。勒五营使按部〔6〕，声八鸾以节步〔7〕。具服金组〔8〕，兼饰丹雘〔9〕。宝铰星缠〔10〕，镂章霞布。进迫遮迾〔11〕，却属辇辂。欻耸擢以鸿惊〔12〕，时濩略而龙翥〔13〕。弭雄姿以奉引，婉柔心而待御。

【注释】

〔1〕绝夫尘辙：谓尘不及马，轮不蹍辙，言其奔跑迅疾。

〔2〕灭没：谓马奔驰如飞，忽隐忽现。

〔3〕必书之举：谓君举必书。以上两句是说马之教习皆有常法，而君之游逸亦有法度。

〔4〕輶（yóu）轩：轻车，天子使者所乘。

〔5〕彀骑：持弓弩之骑兵。

〔6〕勒：约束。　五营：天子之卤簿，亦即天子出行时仪仗旌旗之

次第。

〔7〕鸾：铃。

〔8〕金组：金甲与组甲（以漆涂甲而成组文）。

〔9〕雘（huò）：丹青。

〔10〕铰：以金饰器。

〔11〕遮迾：侍卫周列，遮止行人。迾，古“列”字。

〔12〕欻：忽。　耸擢：高耸而擢出。

〔13〕濩（huò）略：同蠖略，龙行貌。　翥（zhù）：飞举。

【译文】

但看它那附着的筋和树立的骨，下垂的马尾和直立的毛发。双目清明如镜，两颊盈满似月。特异的形体有如生峰，特殊的相貌超脱凡庸。奔跑迅速超越尘辙，驱驰快于常马而忽隐忽现。它们都是从边塞精选来的伟岸之良马，在天子宫阙前献上请功。凌晨在北方幽燕刷洗，日出后即可在南方荆越喂饲。教以恭敬不变的法典，训以人所必书的举动。文帝武帝，都曾乘此马巡幸天下。轻车飞驰以警戒道路，骑兵环列以清除行人。约束仪仗旌旗使之按照部伍，振响八铃之声以调节行步。马身披上金甲和组甲，又用丹青作装饰。珍贵的金饰如星一般的缠绕，雕绘的彩文似霞一般的分布。前行者迅速遮卫天子，断后者充当属徒之车骑。有时忽然高耸擢出如鸿雁惊起，有时蜿蜒而行又似游龙飞举。全都抑止雄猛之姿而奉引天子车乘，婉转柔顺之心而等待天子驾御。

至于露滋月肃，霜戾秋登。王于兴言，阐肄威棱。临广望，坐百层。料武艺〔1〕，品骁腾。流藻周施，和铃重设。睨影高鸣〔2〕，将超中折。分驰迴场，角壮永埒〔3〕。别辈越群〔4〕，绚练夐绝〔5〕。捷趫夫之敏手，促华鼓之繁节。经玄蹄而雹散〔6〕，历素支而冰裂〔7〕。膺门沫赭〔8〕，汗沟走血〔9〕。踠迹回唐〔10〕，畜怒未泄。乾心降而微怡[11]，都人仰而朋悦。妍变之态既毕，凌遽之气方属。局镳辔之牵制，隘通都之圈束。眷西极而骧首，望朔云而蹀足[12]。将使紫燕骈衡[13]，绿蛇卫毂。纤骊接趾，秀骐齐亍[14]。觐王母于昆墟，要帝台于宣岳[15]。跨中州之辙迹，穷神行之轨躅[16]。

【注释】

〔1〕料：量度，选拔。

〔2〕睨：视。马视影高鸣，则为良马。

〔3〕埒（liè）：马射场四周之矮墙。

〔4〕别：特异。

〔5〕绚练：疾貌。　敻绝：迥绝。

〔6〕玄蹄：射帖名，即矢的。

〔7〕素支：亦射帖名。雹散冰裂皆中帖之声。

〔8〕膺门：马胸。

〔9〕汗沟：马之胸腹与腿部内面相连处，此为汗流经之地，故谓汗沟。《天马歌》说："霑赤汗，沫流赭。"据说大宛马汗血霑濡，流沫如赭。

〔10〕踠迹：马屈足刨地之迹。　唐：道。

〔11〕乾：天，此指文帝。

〔12〕蹀足：顿足履地。

〔13〕紫燕：与下文绿蛇、纤骊、秀骐，皆骏马名。

〔14〕亍（chù）：小步。

〔15〕帝台：神人名。

〔16〕神行：神游。语见《列子·黄帝》所载黄帝梦游华胥氏之国。轨躅（zhuó）：车辙迹，多喻古人陈迹。

【译文】

到了露繁月清之时，严霜已至，秋季来临。君王发令，大展威严。登临广望之台，坐在百层台上。检阅武艺之高下，品评骏马之奔腾。周流藻画遍布，和铃重又设置。马视影高鸣，将要升腾忽又终止。分别奔驰在广场上，相互角力在长墙内。超越同辈，迅疾绝远。壮士以敏捷之手，加速了华鼓繁密的节奏。经玄蹄如同冰雹散开，历素支又似冰块碎裂。马的胸前流着赤涎，马的汗沟流沫如血。屈足刨地在回归的道路上，奋怒犹未止歇。天子心宽而渐悦，都人仰望群聚而欢。变化之美态已毕，勇猛之气概接踵而至。但受拘于镳辔的牵制，局促于通邑大都的圈养。思慕西极而高高扬起头，远望朔方、云中二郡而反复顿足。天子将使紫燕并驾，绿蛇卫毂，纤骊接步，秀骐齐行。觐见西王母于昆仑山，邀约帝台于宣山。跨越中州车迹之所至，尽履神游之陈迹。

然而般于游畋〔1〕，作镜前王。肆于人上，取悔义方。天子乃辍驾回虑，息徒解装。鉴武穆〔2〕，宪文光〔3〕。振民隐，修国章。戒出豕之败御〔4〕，惕飞鸟之跱衡〔5〕。故祗慎乎所常忽，敬备乎所未防。舆有重轮之安，马无泛驾之佚。处以濯龙之奥〔6〕，委以红粟之秩〔7〕。服养知仁，从老得卒。加弊帷〔8〕，收仆质。天情周，皇恩毕。

【注释】

〔1〕般：乐。

〔2〕武穆：汉武帝和周穆王。《汉书·张骞传》说，汉武帝“好宛马，使者相望于道”。《左传·昭公十二年》载右尹子革之言：“昔穆王欲肆其心，周行天下，将皆必有车辙马迹焉。”

〔3〕文光：汉文帝和汉光武帝。《汉书·贾捐之传》载，汉文帝时有献千里马者，文帝还马不受。《东观汉记·光武纪》说，是时名都王国，有献名马，驾鼓车。《后汉书·光武纪》说，光武帝登帝位后，“未尝复言军旅”，“戢弓矢而散马牛”。

〔4〕出豕败御：《韩非子·外储说右下》说，王子於期为赵简主驾车，行进之中，彘突出于沟中，马惊驾败。

〔5〕飞鸟跱衡：古文《周书》说：“穆王田，有黑鸟若鸠，翩飞而跱于衡，御者毙之以策，马佚，不克止之，蹶于乘，伤帝左股。”

〔6〕濯龙：厩名。

〔7〕红粟：储久而色赤之粟，古指太仓之粟。

〔8〕弊帷：破损之帷帐。《礼记·檀弓》载，孔子说："弊帷不弃，为埋马也。"

【译文】

然而是否可沉溺于畋猎之游乐，应当以前王作为借镜。岂能让一人纵恣于万人之上，应从道义上进行反省获取教训。天子于是停止车驾进行反思，休息徒众卸下装具。以汉武帝、周穆王为鉴戒，而效法汉文帝和汉光武帝。救助民众的痛苦，修治国家的礼法。防止豕之突出惊马败驾，警惕飞鸟突袭马惊脱缰。因此在平常轻忽之处必须谨慎从事，在未及防护之处必须恭敬防备。车有双重车毂之安稳，马无颠覆车驾之过失。让马安居在濯龙之内，给予红粟之禄秩。服饰与食物都体现了天子的仁慈，使它们至老得以善终。死后便用帷帐包裹，收取尸骨埋葬。天子的情义周全，而皇家的恩德完备。

乱曰：惟德动天，神物仪兮。于时駔骏，充阶街兮[1]。禀灵月驷[2]，祖云螭兮。雄志倜傥，精权奇兮[3]。既刚且淑，服鞿羁兮[4]。效足中黄[5]，殉驱驰兮[6]。愿终惠养，荫本枝兮。竟先朝露，长委离兮。

【注释】

〔1〕阶：道。

〔2〕月驷：灵马。《春秋考异记》说："地生月精为马。"

〔3〕权奇：马善行貌。

〔4〕鞿羁：缰控。缰在口为鞿，络在头为羁。

〔5〕中黄：汉代藏财物之府库，此指天子以府库之财从事征伐。

〔6〕殉：以身从物。

【译文】

结语道：天子的圣德感动上天，神物呈现出非凡的容仪啊。此时健壮之骏马，充塞着街道啊。这些禀受灵气的月驷，全都以云龙为祖啊。雄壮之志卓异超群，精于行走奔驰啊。既刚强又善良，完全驯服于缰绳啊。奔走效劳于天子之征战，驰骋疆场勇作牺牲啊。但愿始终受到惠养，福泽及于后世子孙啊。谁知竟然先于朝露而去，永远离弃了啊。

舞鹤赋　鲍明远（鲍照）

【题解】

本篇描写舞鹤的形态、资质、行止、舞姿，赞美其志行的高洁，对其流落见羁的遭遇深表同情。

散幽经以验物〔1〕，伟胎化之仙禽。钟浮旷之藻质，抱清迥之明心。指蓬壶而翻翰〔2〕，望昆阆而扬音〔3〕。匝日域以回骛〔4〕，穷天步而高寻〔5〕。践神区其既远，积灵祀而方多〔6〕。精含丹而星曜〔7〕，顶凝紫而烟华。引员吭之纤婉〔8〕，顿修趾之洪姱。叠霜毛而弄影，振玉羽而临霞。朝戏于芝田〔9〕，夕饮乎瑶池〔10〕。厌江海而游泽，掩云罗而见羁。去帝乡之岑寂〔11〕，归人寰之喧卑。岁峥嵘而愁暮〔12〕，心惆怅而哀离。

【注释】

〔1〕幽经：指《相鹤经》。李善注："《相鹤经》者，出自浮丘公。公以自授王子晋。崔文子者，学仙于子晋，得其文，藏于嵩高山石室。及淮南八公采药得之，遂传于世。"

〔2〕蓬壶：仙山名。

〔3〕昆阆：仙山名。

〔4〕匝（zā）：周遍。　日域：日光所照射之域，意即天下。《相鹤经》说："一举千里，不崇朝而遍四海者也。"

〔5〕天步：天空运行不息之星象，此指天空。

〔6〕祀：年。　方：术。《鹤经》说，鹤寿逾千岁。

〔7〕精：同睛，眼珠。

〔8〕引：长。　员：同圆。　吭（háng）：喉咙，此指颈项。

〔9〕芝田：传说仙家种芝草之地。

〔10〕瑶池：传说中之仙境，周穆王与王母饮宴之处。

〔11〕帝乡：天帝之乡，仙都。

〔12〕峥嵘：高貌，此指岁之将近，犹物之高。

【译文】

翻开深奥的《相鹤经》以验证物类，觉得这胎生之仙禽实在奇伟。它汇聚着轻盈放旷的丽质，怀抱着清净高远的明心。向着蓬壶仙山而展翅，望着昆阆仙山而吐音。游遍天下而回旋，穷极天空而高举。经历神明之区域已极辽远，积累延年益寿之方术日益增多。眼珠含丹好像星光点点闪耀，头顶凝紫好像紫烟展现光华。圆颈伸长如此地纤婉，长足顿地多么地妍美。交叠如霜之白羽自弄身影，振动如玉之羽翅面对霞光。早上在芝田嬉戏，晚上在瑶池畅饮。厌倦了江海而游于草泽，陷入似云之罗网而被捕捉。离开了仙都之高静，来到了人间喧闹卑湿的地方。年岁将尽而愁对日暮，内心惆怅而哀叹别离。

于是穷阴杀节，急景凋年。凉沙振野，箕风动天〔1〕。严严苦雾，皎皎悲泉。冰塞长河，雪满群山。既而氛昏夜歇，景物澄廓。星翻汉回〔2〕，晓月将落。感寒鸡之早晨，怜霜雁之违漠。临惊风之萧条，对流光之照灼。唳清响于丹墀〔3〕，舞飞容于金阁。始连轩以凤跄〔4〕，终宛转而龙跃。踯躅徘徊，振迅腾摧。惊身蓬集，矫翅雪飞。

离纲别赴[5]，合绪相依。将兴中止，若往而归。飒沓矜顾[6]，迁延迟暮。逸翮后尘，翱翥先路[7]。指会规翔[8]，临岐矩步。态有遗妍，貌无停趣。奔机逗节[9]，角睐分形[10]。长扬缓骛，并翼连声。轻迹凌乱，浮影交横。众变繁姿，参差洊密[11]。烟交雾凝，若无毛质。风去雨还，不可谈悉。既散魂而荡目，迷不知其所之。忽星离而云罢，整神容而自持。仰天居之崇绝，更惆怅以惊思。

【注释】

〔1〕箕风：箕，星名，主风，故名箕风。

〔2〕星翻：星沉。　汉：天汉，银河。

〔3〕丹墀：丹漆所涂之庭阶。

〔4〕连轩：鹤舞之貌。　跄（qiāng）：舞貌。

〔5〕纲：与下文“绪”皆指舞之行列。

〔6〕飒沓：群飞貌。

〔7〕翱翥：飞貌。

〔8〕指会：飞向四会之道。

〔9〕“奔机”句：说舞之行止有节拍。奔，奔赴。机，要。逗，止。

〔10〕角睐：用眼角斜视。

〔11〕洊（jiàn）：重。

【译文】

此时正当冬末岁尽的肃杀时节，光阴短促一年又将过去。寒沙飞振于荒野，大风搅动天际。惨烈的苦雾，皓白的悲泉。寒冰封堵了长河，大雪覆盖了群山。不久阴气于夜间止歇，景物复澄明空阔。列星下沉，银河回转，晓月也将落下。感触于寒鸡的早早鸣叫，怜悯霜雁的远离朔漠。面临着惊风之寂寥，对视着月光之照射。在天子宫殿庭阶上发出清丽的鹤声，在金玉之阁飞展舞姿。开始轻盈作凤舞，后来又宛转作龙跃。有时徘徊不进，有时迅速腾跳转折。惊悚之身躯好似蓬草丛集，矫举的翅膀又如雪花飞舞。一会离队独行，一会回队相依。将起而又停止，似去而又归来。群飞时矜庄而相顾，欲退时从容而缓步。疾飞时浮尘在其后，翱翔时争先于高路。一会似飞向四会之道而飞舞遵规，一会又似面临傍歧之路而步行守矩。飞舞时留下许多美好的姿态，转身时又有许多不一样的形貌。行止皆有节拍，斜视分呈百态。颈项高扬，缓缓而飞，双翼并排，鹤鸣不断。轻轻的足迹交叠零乱，浮动的身影交错纵横。众鹤变化着繁多的舞姿，有的参差，有的重叠。鹤影交织凝止在白色的烟雾中，似失去了白色的毛质。在风中雨中来来去去，其美不能够说尽。观者魂散而目荡，入迷而不知其所从。众鹤忽星散而止息，严整神情容仪而犹自矜持。仰望天上神灵居所是那么地崇高而绝远，更增添了惆怅和惊悚。

当是时也，燕姬色沮〔1〕，巴童心耻〔2〕。《巾》《拂》两停，丸剑双止〔3〕。虽邯郸其敢伦〔4〕，岂阳阿之能拟〔5〕。入卫国而乘轩〔6〕，出吴都而倾市〔7〕。守驯养于千龄，结长悲于万里。

【注释】

〔1〕燕姬：古之善舞者。

〔2〕巴童：巴渝之童，亦古之善舞者。

〔3〕《巾》《拂》：舞曲名。　丸剑：古代杂技名，表演时使用铃和剑，故名。此指弄铃和弄剑。

〔4〕邯郸：指邯郸倡，善歌舞者。

〔5〕阳阿：古之名倡，亦为乐曲名。

〔6〕乘轩：乘车。《左传·闵公二年》载，卫懿公好鹤，鹤有乘轩者。

〔7〕倾市：倾动街市。《吴越春秋》载：吴王阖闾葬女，乃舞白鹤于吴市中，万人随观，遂使男女与鹤俱入墓门，因塞之以送死。

【译文】

当鹤翩翩起舞之时，燕姬颜色沮丧，巴童自觉惭愧。《巾舞》

《拂舞》都已停下，弄铃弄剑也都双双中止。即使是邯郸倡怎敢同它并提，阳阿倡又岂能同它相比拟。鹤曾入卫国乘轩为大夫，鹤曾出吴都倾动了街市。它受人驯养寿达千年，但内心悲哀而长怀万里之外的旧乡。

志上

幽通赋 班孟坚（班固）

【题解】

幽通，向神自剖心迹，表示人之命运虽由天定，但也决定于自身的行为，人当修道以俟命。

系高顼之玄胄兮[1]，氏中叶之炳灵[2]。飖飖风而蝉蜕兮[3]，雄朔野以扬声。皇十纪而鸿渐兮[4]，有羽仪于上京。巨滔天而泯夏兮[5]，考遘愍以行谣[6]。终保己而贻则兮，里上仁之所庐。懿前烈之纯淑兮，穷与达其必济[7]。咨孤蒙之眇眇兮，将圮绝而罔阶。岂余身之足殉兮[8]，违世业之可怀[9]。靖潜处以永思兮[10]，经日月而弥远。匪党人之敢拾兮[11]，庶斯言之不玷。

【注释】

〔1〕系：连。　高顼：高阳、颛顼。帝颛顼有天下之后称号高阳，后来楚人尊为始祖。　胄：后裔。在五行中，高阳配水，北方，色黑，固称玄。

〔2〕炳灵：昭明神灵。此指春秋时代楚国令尹子文。《汉书·叙传》说，“班氏之先，与楚同姓，令尹子文之后也。子文初生，弃于瞢中，而

虎乳之。”

〔3〕飖：飘飖。　飈风：南风。　蝉蜕：蝉蜕壳去皮。班氏先祖自楚徙北，若蝉之蜕。

〔4〕皇：指汉皇。　纪：世。　鸿渐：水鸟渐进，自下而上，比喻仕进。语出《易·渐》：“鸿渐于陆，其羽可用为仪。”

〔5〕巨：王莽字巨君。　滔天：漫天，指犯上篡位。

〔6〕考：父，此指班固之父班彪。　行谣：唱歌谣，以表忧思。语出《诗·魏风·园有桃》：“心之忧矣，我歌且谣。”

〔7〕穷与达：穷困与通达。《孟子·尽心上》说：穷则独善其身，达则兼善天下。　济：指救民济时。

〔8〕殉：营谋，追求。

〔9〕违：恨。　怀：思。

〔10〕靖：借为静。

〔11〕党人：乡人。　拾（jié）：更迭，更进。

【译文】

班氏是高阳颛顼之后代子孙啊，令尹子文之时神灵昭明。乘着南风北徙就好像蝉蜕啊，雄踞北方而扬声。汉皇十世方有人仕进啊，在京都这才有了冠冕羽仪。王莽犯上而篡汉啊，我父遭祸而作歌表忧思。竟能全身留下法则啊，择仁者之里以作庐舍。赞美我先祖之美善啊，无论穷困与通达均怀救民济世之心。只可叹我孤暗而渺小啊，将毁绝先祖之迹而无阶路以自成。我自身岂能营谋啊，只抱憾事业之毁绝。安静潜藏而深思啊，日月流逝继承祖业更觉遥远。不敢同乡人一同上进啊，只求不玷辱先人关于谦道之教诲。

魂茕茕与神交兮，精诚发于宵寐。梦登山而迥眺兮，觌幽人之仿佛〔1〕。揽葛藟而授余兮〔2〕，眷峻谷曰勿坠。吻昕寤而仰思兮〔3〕，心曚曚犹未察。黄神邈而靡质兮〔4〕，仪遗谶以臆对〔5〕。曰乘高而遌神兮〔6〕，道遐通而不迷。

葛绵绵于樛木兮[7]，咏《南风》以为绥[8]。盖惴惴之临深兮，乃《二雅》之所祗[9]。既讯尔以吉象兮，又申之以炯戒。盍孟晋以迨群兮[10]，辰倏忽其不再。

【注释】

〔1〕觌（dí）：见。　幽人：神人。

〔2〕葛藟：蔓草。

〔3〕昒昕（hū xīn）：日将出而天尚暗，即黎明。

〔4〕黄：黄帝，传说曾作占梦书。

〔5〕仪：取法。　遗谶：指占梦书。

〔6〕遻：同迕，遇也。

〔7〕葛：葛藟。　樛（jiū）木：枝向下曲之树。

〔8〕《南风》：指《诗·周南·樛木》，首章说："南有樛木，葛藟累之。乐只君子，福履绥之。"

〔9〕《二雅》：指《诗》之《大雅》《小雅》。《小雅·小旻》说："战战兢兢，如临深渊，如履薄冰。"《大雅·桑柔》说："人亦有言，进退维谷。"

〔10〕孟晋：勉进，努力进取。

【译文】

魂魄孤独地漂起似与神灵交游啊，我的精诚发于夜梦之中。在梦中我登上高山而远眺啊，仿佛看见神人走过来。神人摘取葛藟交给我啊，看着深谷告诫我不要堕落。黎明醒来而仰头思考啊，心中迷茫尚未知其吉凶。黄神邈远而无法质问啊，依其占梦书以胸臆为对。说登高便可与神相遇啊，道路遥远通畅而不会迷途。葛藟缠绕在高高的树上啊，歌咏《樛木》而求得平安。临近深谷要特别小心谨慎啊，这是《二雅》敬慎之辞明确的告诫。既告你以吉祥的兆象啊，又反复申述这明确的告诫。何不努力进取以追及列祖啊，时光迅速逝去就不会再回来。

承灵训其虚徐兮，伫盘桓而且俟。惟天地之无穷兮，鲜生民之晦在[1]。纷屯亶与蹇连兮，何艰多而智寡。上圣迕而后拔兮，虽群黎之所御[2]。昔卫叔之御昆兮[3]，昆为寇而丧予。管弯弧欲毙仇兮[4]，仇作后而成己。变化故而相诡兮，孰云预其终始！雍造怨而先赏兮[5]，丁繇惠而被戮[6]。栗取吊于逌吉兮[7]，王膺庆于所戚[8]。叛回穴其若兹兮，北叟颇识其倚伏[9]。单治里而外凋兮[10]，张修襮而内逼[11]。聿中龢为庶几兮，颜与冉又不得[12]。溺招路以从己兮[13]，谓孔氏犹未可。安慆慆而不葩兮[14]，卒陨身乎世祸。游圣门而靡救兮，虽覆醢其何补[15]？固行行其必凶兮[16]，免盗乱为赖道[17]。形气发于根柢兮，柯叶汇而零茂[18]。恐魍魉之责景兮[19]，羌未得其云已。

【注释】

〔1〕晦在：谓所剩无几。

〔2〕虽：汉书作“岂”。　群黎：百姓。　御：止。

〔3〕卫叔：叔武。《公羊传》说，文公逐卫侯而立叔武，叔武立，迎卫侯归，卫侯杀叔武。　御（yà）：通迓，迎接。

〔4〕管：管仲，春秋时齐人。《史记·齐世家》说，齐国内乱，管仲助公子纠，欲射杀公子小白，射中带钩。后小白为君，即齐桓公，不记前仇，用管仲为相，称霸诸侯。

〔5〕雍：雍齿，汉初所封功臣。《汉书·张良传》说，刘邦与雍齿有积怨，刘邦即位之初，用张良计，先封雍齿，以稳定人心。

〔6〕丁：丁公。《史记·季布传》说，丁公为项羽将，与刘邦战，受刘邦劝说引兵而去。项败亡，丁公谒见，刘邦以其不忠于项羽，杀之。

〔7〕栗：汉景帝栗姬。《汉书·外戚传》说，景帝初立栗姬子为太子，后废太子为临江王，栗姬忧死。　逌（yóu）：攸，所。

〔8〕王：汉宣帝王皇后。《汉书·外戚传》说，王皇后初为婕好，许

后死，太子失母，宣帝立王婕妤为皇后，令抚养太子。王皇后本无子，反被册封。

〔9〕北叟：指塞翁。《淮南子·人间训》说，塞翁失马，人皆吊；不久马引胡骏马归，人皆贺；不久其子骑胡马坠地伤髀，人皆吊；不久战事起，入伍者皆战死，其子以伤残免。此故事说明祸福无常。 倚伏：《老子》五十八章说："祸兮福之所倚，福兮祸之所伏。"

〔10〕单：单豹。《庄子·达生》说，鲁人单豹善养生，行年七十而犹有婴儿之色，不幸遇饿虎，饿虎杀而食之。

〔11〕张：张毅。《庄子·达生》说，张毅常在富豪之家行走钻营，行年四十而有内热之病以死。 襮（bó）：表。

〔12〕颜冉：颜渊、冉伯牛，皆孔子弟子，颜早夭，冉被疾，俱不得其死。

〔13〕溺：桀溺，春秋末年隐士。《论语·微子》说，孔子周游列国，使子路问津。桀溺劝子路与其跟随"辟人之士"（指孔子），不如跟随"辟世之士"（指长沮、桀溺）。

〔14〕慆慆：同滔滔，乱貌。 葩（féi）：通"腓"，避也。

〔15〕醢（hǎi）：肉酱。《礼记·檀弓》说，子路在卫国内乱中被砍成肉酱，孔子得知，不忍食醢，覆弃之。

〔16〕行行：刚强貌。

〔17〕盗乱：《论语·阳货》载，孔子对子路说："君子义以为上，君子有勇而无义为乱，小人有勇而无义为盗。"

〔18〕汇：盛。 零：《汉书·叙传》作"灵"。

〔19〕魍魉：当作罔两，影外微阴。

【译文】

承蒙神灵训诫但我尚自犹疑啊，伫立徘徊暂作等待。天地是无穷无尽的啊，而人生在世时光却非常少。纷乱的世事我深感困厄而艰难啊，何以艰难这样多而我的智慧又这样的寡少。上圣之人遭逢苦难而后超拔啊，岂能如众黎民那样遇难而止步。从前卫叔迎立兄弟啊，兄弟返国反目成仇灭掉了自己。管仲弯弓欲射杀仇人啊，仇人为君后反用自己为相。变化如此诡异啊，谁说能预知其始终。雍齿结怨高祖刘邦但却首先获得封赏啊，丁公施惠高祖刘邦反而被杀戮。栗姬忧死是因为先前有子为太子啊，王皇后受封则是由于先前无子而哀戚。邪僻混乱竟然若此啊，塞翁十分了解祸福倚伏的道理。单豹重养生却被虎食啊，张毅重交结却因内热之病而死。惟中和大概可获寿终啊，但颜渊和冉伯牛却染疾而早夭。桀溺招子路跟从自己啊，竟说孔子不可跟从。为什么遭逢乱世而不避啊，终于丧生于世之祸。游于圣人之门但不能获救啊，孔子虽覆弃肉酱又有什么补益？刚强必遭凶残啊，免于“盗”“乱”则要依靠“道义”。形体精气都产生于根本啊，根本粗壮枝叶才会茂盛。探究其理恐似罔两责问影子啊，不可能有什么结果。

黎淳耀于高辛兮〔1〕，芈强大于南汜〔2〕。嬴取威于伯仪兮〔3〕，姜本支乎三趾〔4〕。既仁得其信然兮〔5〕，仰天路而同轨。东邻虐而歼仁兮〔6〕，王合位乎三五〔7〕。戎女烈而丧孝兮〔8〕，伯祖归于龙虎〔9〕。发还师以成命兮〔10〕，重醉行而自耦〔11〕。《震》鳞漦于夏庭兮〔12〕，匝三正而灭姬〔13〕。《巽》羽化于宣宫兮〔14〕，弥五辟而成灾〔15〕。道修长而世短兮，敻冥默而不周。胥仍物而鬼诹兮，乃穷宙而达幽。妫巢姜于孺筮兮〔16〕，旦筭祀于契龟〔17〕。宣曹兴败于下梦兮〔18〕，鲁卫名谥于铭谣〔19〕。妣聆呱而劾石兮〔20〕，许相理而鞫条〔21〕。道混成而自然兮，术同原而分流。神先心以定命兮，命随行以消息。斡流迁其不济兮，故遭罹而羸缩。三栾同于一体兮〔22〕，虽移易而不忒。洞参差其纷错兮，斯众兆之所惑。周贾荡而贡愤兮〔23〕，齐死生与祸福。抗爽言以矫情兮，信畏牺而忌鹏〔24〕。

【注释】

〔1〕黎：重黎，楚之先祖，为高辛氏（帝喾）火正。

〔2〕芈（mǐ）：楚姓。

〔3〕嬴：秦姓，伯益之后。 伯仪：即伯益，舜臣，为舜调驯鸟兽。

〔4〕姜：齐姓，伯夷之后。 跐：礼。伯夷为舜典天地人鬼之礼。

〔5〕仁得：即得仁。《论语·述而》载，孔子说："求仁而得仁，又何怨。"

〔6〕东邻：即纣，殷都在周之东。 仁：仁人。指殷末三忠臣微子、箕子和比干。

〔7〕王：指武王。 三五：指"三所""五位"。"五位"指武王伐纣时岁日月星辰所在之位，"三所"指五位为逢公所冯，周分野所在，后稷所经纬者。

〔8〕戎女：指骊姬，春秋时代晋献公夫人，生奚齐，用计害死太子申生。

〔9〕伯：指春秋时代晋公子重耳，在外流亡十九年，归国为君，即晋文公。岁在卯出，岁在酉入；卯为龙，酉为虎。

〔10〕发：周武王姬发。武王初观兵于孟津，诸侯皆曰纣可伐，武王说，尔未知天命。还师二年，伐纣，以成天命。

〔11〕重：重耳。 醉行：重耳流亡在外，至齐，桓公以女妻之，有马二十乘，重耳安之。齐姜与子犯谋，醉而遣之。后终于返国为君。 耦：合，指与天时耦会。

〔12〕《震》：《易·震》为龙。 漦（lí）：龙之涎沫。《史记·周本纪》说，夏代，有二龙止于朝廷，遗其漦而去。宫中以椟盛之。至周代，发椟，漦流于庭，有宫女感而孕，生女即为褒姒。后幽王娶褒姒为后，终致西周灭亡。

〔13〕匝（zā）：周遍。 三正：指夏、殷、周。

〔14〕《巽》：《易·巽》为鸡。 宣：指汉宣帝。宣帝时宫中雌鸡化为雄，此时立王婕妤为后，令抚养太子。

〔15〕五辟：五帝，指王后、元帝、成帝、哀帝、平帝。历此五帝而王莽篡位。

〔16〕妫：陈姓。陈完奔齐，其后取代姜姓而为齐君。 姜：齐姓。 孺筮：指陈完少时，周史有为陈侯筮，预知陈氏代齐。

〔17〕旦：周公姬旦。 筭：数。 祀：年。周公卜居洛，得世三十，得年七百。

〔18〕宣：周宣王。宣王时，牧人梦鱼，后宣王中兴。　曹：春秋时曹伯阳，时国人梦众君子立于社宫，谋亡曹，后曹果亡。

〔19〕鲁：鲁文公，成公之时，有童谣"稠父丧劳，宋父以骄"。后昭公名稠，死于野井；定公名宋，即位而骄。　卫：卫灵公掘地得石椁，其铭曰灵公，后遂以为谥。

〔20〕妣：母，此指叔向母。　呱：婴儿啼声。　石：伯石。叔向子。《左传·昭公二十八年》说，叔向妻生伯石，叔向母听其声，谓为豺狼之声，必危害羊舌氏。

〔21〕许：许负。　鞫：告。　条：周亚夫，封条侯。《汉书》说，许负相周亚夫，谓其纵理入口，当饿死。后果然。

〔22〕三栾：指晋大夫栾书、书子黡，黡子盈。书贤，使其子黡免于祸；黡恶，死后其子盈受其害，晋灭栾氏。参见《左传·襄公十四年》士鞅之言。

〔23〕周：庄周。　贾：贾谊。　荡：放荡，指庄周、贾谊齐死生、一祸福之放荡言辞。　贡：惑。　愦：乱。

〔24〕畏牺：畏为牺牛。《庄子·列御寇》说，庄子却聘，认为为官即成牺牛，不如身为平民，可以如同孤犊般逍遥自在。　忌鵩：指贾谊见鵩鸟而生畏忌，参见贾谊《鵩鸟赋》。

【译文】

重黎在高辛氏时是如此醇美光耀啊，楚国终于在南方江淮之涯强大起来。秦国从舜臣伯益那里继承了威严啊，齐国从舜臣伯夷那里获得了天地人三礼。求仁而得仁是真实的啊，仰望天道也与人道同轨。殷纣暴虐而残灭三仁啊，武王合当伐纣登上天子之位。骊姬残酷而杀害孝子申生啊，重耳龙年出、虎年归、流亡十九年而归国。武王观兵孟津而还以成天命啊，重耳醉后遭遣竟与天时耦合。龙之涎沫流于夏之宫廷啊，历经夏商周三代而使西周灭亡。雌鸡化雄于汉宣帝宫中啊，经过五帝而酿成王莽篡汉之灾。天道长远而人世短促啊，长远玄深人不能尽知。须因物而与鬼神为谋啊，便可穷古今而通幽微。陈氏取代姜齐已预示于陈完少年之时的卜筮啊，周公卜居洛之年于契龟。宣王中兴与曹国灭亡皆有梦兆啊，鲁昭公定公之名与卫灵公之谥都事先见于铭与谣。叔向母听幼儿啼而归罪伯石啊，许贞观纵纹入口而警告条侯。天道混成而自然啊，术学同一源而分成不同的流。神先于人心而预示命运啊，但命运也随人之行而消长。先祖之善行流离转徙而不能传下啊，因而遭忧而有福祸相及。三栾是一体相承的啊，兴灭之道虽有变化却没有差错。天道幽微而又参差交错啊，这是众人迷惑的地方。庄周、贾谊放荡言辞而导致惑乱啊，竟然齐一死生与祸福。放言高论而违背常情啊，竟然畏为牺牛和畏惮鵩鸟。

所贵圣人至论兮，顺天性而断谊。物有欲而不居兮[1]，亦有恶而不避。守孔约而不贰兮，乃輶德而无累。三仁殊于一致兮[2]，夷惠舛而齐声[3]。木偃息以蕃魏兮[4]，申重茧以存荆[5]。纪焚躬以卫上兮[6]，皓颐志而弗倾[7]。侯草木之区别兮[8]，苟能实其必荣。要没世而不朽兮[9]，乃先民之所程。观天网之纮覆兮，实棐谌而相训。谟先圣之大猷兮，亦邻德而助信[10]。虞《韶》美而仪凤兮[11]，孔忘味于千载[12]。素文信而底麟兮[13]，汉宾祚于异代[14]。精通灵而感物兮，神动气而入微。养流睇而猿号兮[15]，李虎发而石开[16]。非精诚其焉通兮，苟无实其孰信？操末技犹必然兮，矧耽躬于道真。登孔昊而上下兮，纬群龙之所经。朝贞观而夕化兮[17]，犹喧己而遗形。若胤彭而偕老兮[18]，诉来哲而通情。

【注释】

〔1〕居：处。《论语·里仁》载孔子之语："富与贵，是人之所欲也，不以其道得之，不处也。贫与贱，是人之所恶也，不以其道得之，不去也。"

〔2〕三仁：三位仁人。《论语·微子》载："微子去之，箕子为之奴，

比干谏而死。孔子曰：殷有三仁焉。”

〔3〕夷：伯夷，以武王伐殷为不义，不食周粟而死。　惠：柳下惠，三黜不去，恋父母之邦。　舛（chuǎn）：相背。

〔4〕木：段干木，客居魏，受魏文侯礼遇，秦欲伐魏，因段干木居魏而止兵。　蕃：同藩。

〔5〕申：申包胥，当吴侵楚之时，行七日七夜至秦乞师，败吴存楚。　重茧：足胝，足久行而生之硬皮，如茧。　荆：楚。

〔6〕纪：纪信。项羽围荥阳，为救刘邦，纪信乘汉王车诈降，后被项羽烧死。

〔7〕皓：四皓，即东园公、绮里季、夏黄公、角里先生。当秦之世，避而入商洛深山。　颐志：颐养心志。

〔8〕俟：惟也，发语辞。草木，喻君子之道。《论语·子张》载子夏之言：“君子之道……譬诸草木，区以别矣。”

〔9〕没世：终身。《论语·卫灵公》载孔子之言：“君子疾没世而名不称焉。”

〔10〕邻德：与德者为伴。孔子说：“德不孤，必有邻。”见《论语·里仁》。　助信：以信相助。孔子说：“人之所助者信也。”见《周易·系辞上》。

〔11〕虞《韶》：虞舜时之《韶》乐。《尚书·皋陶谟》说：“箫《韶》九成，凤凰来仪。”

〔12〕忘味：指不知肉味。《论语·述而》说：“子在齐闻韶，三月不知肉味。”

〔13〕素文：素王之文。孔子作《春秋》，有素王之称。　厎（zhǐ）：致。

〔14〕汉宾：汉代宾客，指孔子后代在汉享宾客之礼。

〔15〕养：养由基，楚之善射者。据说他欲射之时目光转动，猿猴即抱树啼号。

〔16〕李：李广。汉代名将，曾出猎，见草中石以为虎而射之，中石没矢。他日射之，终不能入。

〔17〕贞：正。孔子说：“朝闻道，夕死可矣。”见《论语·里仁》。

〔18〕彭：彭祖。　老：老子。皆古之长寿者。

【译文】

人们所看重的是圣人的五经六艺啊，它既顺从人之天性又以义为断。外物有想得到的但却不去占有啊，也有内心憎恶的但却不避开。操守甚为简约而决不改变啊，持守简易自然之德便不会有累害。微子、箕子、比干行事不同但都是仁人啊，伯夷、柳下惠出处各异但都有贤名。段干木居魏而保全了魏啊，申包胥足上生茧哭于秦廷却保全了楚。纪信焚身而保卫了高祖刘邦啊，四皓隐入深山颐养心志而不改变。君子之道譬如草木区分为各种各类啊，但如能充实自身根本就一定会开花。总之终其身而永垂不朽啊，这是先人所取法的。看天网大覆于人世啊，实为辅诚而助教。谋于先圣之大道啊，使人皆与德为邻以时相助。虞舜韶乐美好而使凤凰来仪啊，孔子闻韶乐忘肉味于千年。素王之文示礼度之信而致麟啊，孔子后人享宾客之礼于汉代。人能致精诚通神灵而感于物啊，精神运动志气而入于幽微。养由基转动目光而猿猴啼号啊，李广射虎而中石。非精诚所感哪能通达神灵啊，如无实情谁肯信？持射箭末技尚且如此啊，何况亲身陶醉于道真。登上孔子太昊之道而上下求索啊，传习群圣留下之经书。早上认真地观看而晚上便化于道啊，尚能忘己身而遗形骸。如能续彭祖之年具老聃之寿啊，当告来哲并与之通情。

乱曰：天造草昧〔1〕，立性命兮。复心弘道，惟圣贤兮。浑元运物〔2〕，流不处兮。保身遗名，民之表兮。舍生取谊，以道用兮〔3〕。忧伤夭物，忝莫痛兮〔4〕。皓尔太素〔5〕，曷渝色兮。尚越其几〔6〕，沦神域兮〔7〕。

【注释】

〔1〕草昧：指万物草创于冥昧之中。

〔2〕浑元：浑沌之元气。

〔3〕以：《汉书》作“亦”。

〔4〕忝：辱。

〔5〕皓：白。　太素：朴质，指原始之质。
〔6〕尚：庶几。　越：助语辞。　几：微。
〔7〕沦：入。

【译文】

结语道：天造万物草创于冥昧之时，对万物皆立其性命啊。恢复善心弘扬天道，只有圣贤才能做到啊。元气运转万物，周行不已流转无常啊。能保全其身留名后世，便可为人之师表啊。舍生而取义，也是道的运用啊。心中忧伤身为外物所夭折，耻辱没有更痛于此啊。保持天性之纯洁质朴，哪能轻易变色啊。或许能进入神道之几微，而入于神明之领域啊。

（本卷译注：邹子衿）

文选卷第十五

赋辛

志中

思玄赋　张平子（张衡）

【题解】

抒发怀才不遇的苦闷与吉凶无常的恐惧，并叙述自己远游四方而上下求索，最后表示当以道家无为、儒家仁义之道为依归。张衡生当乱世，道不能行，于是，“思其玄远之道而赋之，以申其志耳”。

仰先哲之玄训兮[1]，虽弥高而弗违[2]。匪仁里其焉宅兮，匪义迹其焉追？潜服膺以永靓兮[3]，绵日月而不衰。伊中情之信修兮[4]，慕古人之贞节。竦余身而顺止兮[5]，遵绳墨而不跌[6]。志抟抟以应悬兮[7]，诚心固其如结[8]。旌性行以制珮兮[9]，佩夜光与琼枝。纗幽兰之秋华兮[10]，又缀之以江离[11]。美襞积以酷烈兮[12]，允尘邈而难亏。既姱丽而鲜双兮，非是时之攸珍。奋余荣而莫见兮，播余香而莫闻。幽独守此仄陋兮[13]，敢怠遑而舍勤。幸二八之遻虞兮[14]，嘉傅说之生殷[15]。尚前良之遗风兮，恫后辰而无及[16]。何孤行之茕茕兮，孑不群而介立[17]。感鸾鷖之特栖兮[18]，悲淑人之希合。

【注释】

〔1〕玄训：高深的训示。

〔2〕弥：更，愈。颜渊赞美孔子之道“仰之弥高，钻之弥坚”，见《论语·子罕》。

〔3〕服膺：谨记于心，衷心信服。　靓：通靖，思也。

〔4〕伊：惟。

〔5〕止：行止，礼节。

〔6〕绳墨：法度。　跌：差。

〔7〕抟抟：垂貌，指悬心担忧。

〔8〕结：结缚，指心志之坚固。

〔9〕旌：明。　珮：玉珮，古人系珮以表心志操守。

〔10〕纗（xī）：系。

〔11〕江离：香草名。

〔12〕襞（bì）积：衣带重叠。

〔13〕仄陋：卑微。

〔14〕二八：八元、八恺。高辛氏有才子八人，称八元；高阳氏有才子八人，称八恺。　遻（wù）：遇。

〔15〕傅说：殷高宗梦得说，使人求之，得之于傅岩，使之为相。

〔16〕恫：痛。

〔17〕孑：特出之貌。　介立：独立。

〔18〕鸾鷖：皆鸟名。

【译文】

景仰前代圣哲的高深教训啊，即使“仰之弥高，钻之弥坚”也不违。不居住仁者之里又居住在何处啊，不追求道义之迹又追求什么？默然谨记于心而深长思之啊，历经绵绵岁月而从不衰歇。惟于内心虔诚地修治啊，追慕古人坚贞的节操。我立身行止全都遵循礼义啊，遵守法度而无差失。心志垂悬牵挂而忧劳啊，诚实之心坚固有如结缚。为表明性行而制作玉珮啊，佩戴夜光珠与琼玉。系上秋天幽香的兰花啊，又系上香草江离。其美重积而芳香浓烈啊，的确久远而不易亏歇。既是十分美好而又少有其匹啊，但并非当今世道所珍重。摇动我的光彩却无人看见啊，散布我的芳香却无人闻知。独守正道而屈居卑微之处啊，岂敢怠惰求暇而不努力。庆幸八元八恺遇到了虞舜啊，嘉美传说生于殷高宗之时。崇尚前代贤良之遗风啊，痛惜后世的不能追及。为何孤独前行而深感孤单啊，只因我孑然不群而特立独行。有感于凤凰之独栖啊，悲叹淑善之人少与人合。

彼无合而何伤兮，患众伪之冒真。旦获讟于群弟兮〔1〕，启《金縢》而后信〔2〕。览蒸民之多僻兮〔3〕，畏立辟以危身〔4〕。增烦毒以迷惑兮〔5〕，羌孰可为言已？私湛忧而深怀兮，思缤纷而不理。愿竭力以守谊兮，虽贫穷而不改。执雕虎而试象兮〔6〕，阽焦原而跟趾〔7〕。庶斯奉以周旋兮，恶既死而后已〔8〕。俗迁渝而事化兮，泯规矩之员方。宝萧艾于重笥兮〔9〕，谓蕙茝之不香〔10〕。斥西施而弗御兮〔11〕，絷䮾褭以服箱〔12〕。行颇僻而获志兮，循法度而离殃。惟天地之无穷兮，何遭遇之无常！

【注释】

〔1〕旦：姬旦，即周公。　讟（dú）：怨。

〔2〕《金縢》：《尚书》中篇目。《尚书·金縢》说，周武王病重，周公祈求上天愿代武王死。后武王死，成王疑周公欲夺位，时“天大雷电以风”以示警，成王启金縢之书见到周公之祝辞，才了解周公之忠诚。

〔3〕蒸：众。

〔4〕立辟：制定法律。

〔5〕毒：忧。

〔6〕雕虎：虎名，指虎文如雕画，此喻贫穷，语出《尸子》。　试象：

喻竭力，语见《尸子》“有力者则又愿为牛，欲与象斗以自试”。

〔7〕阽（yán）：临。　焦原：山名，在山东莒县，《尸子》说，焦原“临百仞之溪”，“有以勇见莒子者，独却行齐踵焉，所以称于世”。李善释此两句说：“雕虎以喻贫，试象以喻竭力，焦原以喻义。言己以执雕虎之贫穷，愿竭试象之力，而守焦原之义。”

〔8〕恶：一本作“要”。

〔9〕萧艾：臭草。　笥：方形之器，用竹或苇编造，用以盛衣物或饭食。

〔10〕蕙茝：香草。

〔11〕斥：却。　西施：春秋时越国之美女。　御：幸。

〔12〕絷：羁。　騕褭（yǎo niǎo）：古之骏马，日行五千里。　服箱：驾车。

【译文】

他们不能与人遇合又有什么妨害啊，只怕众多的虚伪蒙蔽了真相。周公遭到群弟的怨恨啊，后来打开《金縢》之书这大家才了解他的忠诚。看看众人诸多邪僻啊，他们畏惧制定法律而危及自身。我日增烦忧而深感迷惑啊，谁可与我交谈倾诉？心怀深深的忧思啊，思绪繁乱而不能理顺。愿竭尽全力而执守道义啊，即使贫穷也不改变。守贫也要竭尽全力啊，面临道义便紧紧追随。愿奉此道义而周旋于世啊，直至死去而后已。但世俗迁移变化而改变常道啊，竟泯灭了规矩的圆和方。珍视臭草萧艾而置于竹筐之中啊，竟说香草蕙茝没有芳香。斥退美女西施而不进御啊，拘羁骏马用来驾车。行为邪僻竟能如愿进用啊，遵循法度反而遭受祸殃。思天地是永恒无穷的啊，为什么我竟碰上这无常的世道！

不抑操而苟容兮，譬临河而无航。欲巧笑以干媚兮，非余心之所尝。袭温恭之黻衣兮[1]，被礼义之绣裳[2]。辫贞亮以为鞶兮[3]，杂伎艺以为珩[4]。昭彩藻与琱琭兮[5]，璜声远而弥长[6]。淹栖迟以恣欲兮，耀灵忽其西藏。恃己知而华予兮[7]，鶗鴂鸣而不芳[8]。冀一年之三秀兮[9]，遒白露之为霜[10]。时亹亹而代序兮[11]，畴可与乎比伉[12]？咨姤嫮之难并兮[13]，想依韩以流亡[14]。恐渐冉而无成兮，留则蔽而不彰。

【注释】

〔1〕黻（fú）衣：古代礼服，半青半黑。

〔2〕绣裳：古代礼服，为五色皆备之裳。

〔3〕辫：交织。　贞亮：忠贞诚信。　鞶（pán）：巾囊，用以带珮。

〔4〕伎艺：技巧才能。手技曰技，体才曰艺。　珩（héng）：珮上玉，所以节行止。

〔5〕彩藻：文采华藻。　琱琭：一本作“雕琢”，指雕画为文。

〔6〕璜：珮玉。半璧曰璜。

〔7〕华予：光宠自己。语出《楚辞·山鬼》“岁既晏兮孰华予”。

〔8〕鶗鴂：鸟名。秋分时鸣。又或认为即子规，又名杜鹃，暮春即鸣，正是落花时节。

〔9〕三秀：芝草，一年中开花三次，结穗三次。

〔10〕遒：迫。

〔11〕亹亹（wěi）：进貌。

〔12〕畴：谁。　比伉：匹偶。

〔13〕咨：嗟叹。　姤（gòu）：恶也。　嫮（hù）：美也。

〔14〕韩：韩众，又作韩终，战国齐人，服药成仙，见《列仙传》。

【译文】

想不贬损操守而苟且取容啊，就好像面临江河而无舟楫。想巧笑以求媚于时啊，这并非我内心所愿遵行。我穿上“温恭”的黻衣啊，身披“礼义”的绣裳。交织“贞亮”而为巾囊啊，杂以“伎艺”而成玉珩。彩藻雕画十分鲜明啊，珮玉之声既远且长。穿此美服长久游息而自恣啊，太阳忽然又已西沉。想靠知我者光宠自己啊，鶗鴂又已先鸣致使百草凋伤。希望一年如芝草三次开花结穗啊，但迫于白露早早结成严霜。时光流逝四时代序啊，谁能与我结伴同行。嗟叹美恶难以并立啊，想依从韩众而去求仙远逝。但恐求仙延缓而终于不成啊，留下又怕为谗邪所蔽而不能彰明。

心犹豫而狐疑兮，即岐址而臚情[1]。文君为我端蓍兮，利飞遁以保名[2]。历众山以周流兮[3]，翼迅风以扬声[4]。二女感于崇岳兮[5]，或冰折而不营[6]。天盖高而为泽兮[7]，谁云路之不平！勔自强而不息兮[8]，蹈玉阶之峣峥[9]。惧筮氏之长短兮[10]，钻东龟以观祯。遇九皋之介鸟兮[11]，怨素意之不逞。游尘外而瞥天兮，据冥翳而哀鸣。雕鹗竞于贪婪兮[12]，我修絜以益荣。子有故于玄鸟兮[13]，归母氏而后宁[14]。

【注释】

〔1〕臚：通胪，陈也。

〔2〕飞遁：远走高飞，退隐山林。《周易·遁卦》上九："肥遁无不利。"

〔3〕众山：《遁卦》卦体下体从初至三为艮，艮为山，故曰众山。

〔4〕迅风：《遁卦》从二至四为《巽》，《巽》为风，故曰迅风。

〔5〕二女：《遁》上九变为《兑》，《巽》为长女，《兑》为少女，故曰二女。

〔6〕冰折：《遁》卦上体为《乾》，《乾》为冰，上九变而为《兑》，故曰冰折。

〔7〕天：《乾》为天。　泽：《兑》为泽。

〔8〕勔：勉。

〔9〕玉阶：天子阶。乾为玉，故曰蹈玉阶。

〔10〕长短：谓筮短龟长，语出《左传·僖公四年》。

〔11〕皋：沼泽。　介鸟：大鸟，即鹤。《诗·小雅·鹤鸣》："鹤鸣于九皋。"

〔12〕雕鹗：恶鸟，喻小人。

〔13〕玄鸟：指鹤。

〔14〕母氏：喻道。道为生养万物之母。

【译文】

我内心犹豫而狐疑啊，便走到岐山之下去陈情。文王为我首先用蓍草而卜筮啊，说："利在远走高飞退隐山林而保其名。历经众山而周流啊，双翼在疾风中振动发声。二女感应于高山啊，有时寒冰折物而不可经营。天本高而变为泽啊，谁说道路不平！"努力自强而不息啊，但犹恋天子之阶的高峻。我担心筮占有长短啊，又去钻灼青色之龟而观吉兆。"遇九泽之大鸟啊，怨恨平素之意不能尽申。游于尘垢之外而瞥见天空啊，身凌高远而哀鸣。"雕鹗以贪婪而竞进啊，我却因修治洁行而愈感荣幸。"你有事于玄鸟啊，如能回归于道然后才安宁。"

占既吉而无悔兮，简元辰而俶装〔1〕。旦余沐于清源兮，晞余发于朝阳。漱飞泉之沥液兮，咀石菌之流英。翾鸟举而鱼跃兮〔2〕，将往走乎八荒。过少皞之穷野兮〔3〕，问三丘于句芒〔4〕。何道真之淳粹兮，去秽累而飘轻。登蓬莱而容与兮，鳌虽抃而不倾〔5〕。留瀛洲而采芝兮，聊且以乎长生。冯归云而遐逝兮，夕余宿乎扶桑〔6〕。饮青岑之玉醴兮〔7〕，飡沆瀣以为粻〔8〕；发昔梦于木禾兮〔9〕，谷昆仑之高冈。朝吾行于汤谷兮〔10〕，从伯禹乎稽山。嘉群神之执玉兮〔11〕，疾防风之食言〔12〕。

【注释】

〔1〕简：通柬，选也。　俶装：整理行装。

〔2〕翾（xuān）：飞。

〔3〕少皞：即少昊，古帝名，黄帝子，又名金天氏，邑于穷桑。

〔4〕三丘：指蓬莱、方丈、瀛洲，传说中之海中神山。　句芒：少皞

之子，为木正，即东方之神。

〔5〕抃（biàn）：手搏。《列仙传》说："巨鳌负蓬莱山而抃于沧海之中。"

〔6〕扶桑：传说中之东海神树，日居其上，亦为日出之所。

〔7〕青岑：山名。

〔8〕沆瀣（hàng xiè）：夕露，北方夜半之气。　粻：粮。

〔9〕木禾：粟类谷物。《山海经·海内西经》说："帝之下都昆仑之虚，方八百里，高万仞，上有木禾，长五寻，大五围。"

〔10〕汤谷：日出之所。《淮南子·天文训》说："日出汤谷，浴乎咸池，拂乎扶桑。"

〔11〕群神：指诸侯。

〔12〕防风：汪芒氏君之名。《国语·鲁语下》说："昔禹致群神于会稽之山，防风后至，禹杀而戮之。"　食言：言已出而又吞没之，指言不守信。

【译文】

占卜既获吉兆而没有祸悔啊，便选择吉日并整理行装。早上我洗发于清流之源啊，在朝阳之下晒干我的头发。含漱飞泉的流汁啊，咀嚼石芝的飞花。飞鸟高举而游鱼腾跃啊，我将奔向八方之荒原。经过少皞的穹桑之野啊，向句芒询问海中三座仙山之所在。三山之仙者何以如此淳粹啊，他们抛弃了污秽的物累而一身轻然飘举。登上蓬莱而自在徘徊啊，负山之鳌虽然以手相搏但并不倾倒。留在瀛洲而采撷芝草啊，且借此求得长生。我依凭着归去的云而远去啊，晚上我歇宿于扶桑。饮青岑山之玉泉啊，以夕露作为食粮。发现了昔日梦中所见的木禾啊，生长在昆仑山的高岗之上。早上我走过汤谷啊，追随夏禹来到了会稽山。赞美诸侯执玉帛以为礼啊，痛恨防风氏竟然言不守信。

指长沙之邪径兮，存重华乎南邻[1]。哀二妃之未从兮[2]，翩缤处彼湘滨[3]。流目眺夫衡阿兮[4]，睹有黎之

圮坟[5]。痛火正之无怀兮[6]，托山阪以孤魂。愁郁郁以慕远兮，越印州而游遨[7]。跻日中于昆吾兮[8]，憩炎火之所陶[9]。扬芒熛而绛天兮，水泫沄而涌涛[10]。温风翕其增热兮[11]，惄郁悒其难聊[12]。颤羁旅而无友兮[13]，余安能乎留兹？

【注释】

〔1〕存：恤问。　重华：舜。舜南巡，死于苍梧之野。

〔2〕二妃：尧之二女娥皇、女英，为舜妻。舜南巡，二妃留江湘之间。舜死，二妃亦死于江湘，为湘水之神。

〔3〕翩缤：美貌。

〔4〕衡阿：衡山之下。

〔5〕黎：高辛氏之火正，即祝融。楚灵王之世，衡山崩，祝融之墓被毁。

〔6〕怀：归。

〔7〕印州：州名。

〔8〕跻：度。　昆吾：古丘名，传说太阳正午所经之处，在南方。

〔9〕陶：两重的山丘。

〔10〕泫沄（hùn）：水涌流如沸腾貌。

〔11〕翕（xì）：炽，盛。

〔12〕惄（nì）：思。

〔13〕颤（kū）：独。

【译文】

我走上通往长沙的弯曲道路啊，到南方去恤问虞舜。哀怜娥皇、女英二妃未能从舜而去啊，美丽的二妃死在湘水之滨。放眼眺望衡山之下啊，看见了因山崩而毁坏的祝融之墓。痛心于火正祝融之无处可归啊，托身山坡以寄孤魂。忧愁郁闷而思远啊，越过印州而继续遨游。在南方昆吾度过了正午啊，在炎火所造成之陶丘上休息。火光四射映红了天啊，水波沸腾波涛汹涌。温热之风炽盛更增其热度啊，心情忧郁难有寄托。孤独羁旅他乡而无友啊，我怎能在此长久滞留。

顾金天而叹息兮[1]，吾欲往乎西嬉。前祝融使举麾兮[2]，纚朱鸟以承旗[3]。躔建木于广都兮[4]，摭若华而踌躇[5]。超轩辕于西海兮[6]，跨汪氏之龙鱼[7]。闻此国之千岁兮，曾焉足以娱余？

【注释】

〔1〕金天：西方少昊之位。

〔2〕麾：旌旗，用以指挥。

〔3〕纚（lí）：繫。　朱鸟：指凤。

〔4〕躔（chán）：息。　建木：巨木名。《吕氏春秋·有始览》说："建木之下，日中无影，呼而无响，盖天地之中也。"　广都：地名。

〔5〕摭：拾。　若华：若木之花。

〔6〕轩辕：国名。

〔7〕汪氏：国名。

【译文】

遥望西天而叹息啊，我打算西行去寻找欢乐。让祝融在前举起旌麾啊，牵系着凤凰让他承奉着旗。在广都建木之下休息啊，拾取若木之花而踟蹰不进。越过了西海的轩辕国啊，又跨过龙鱼陵居的汪氏国。听说汪氏国人寿千年啊，但有什么能让我高兴呢？

思九土之殊风兮，从蓐收而遂徂[1]。欻神化而蝉蜕兮[2]，朋精粹而为徒。蹶白门而东驰兮[3]，云台行乎中野[4]。乱弱水之潺湲兮[5]，逗华阴之湍渚[6]。号冯夷俾清津兮[7]，棹龙舟以济予[8]。会帝轩之未归兮[9]，怅徜徉而延伫。恫河林之蓁蓁兮[10]，伟《关雎》之戒女[11]。

【注释】

〔1〕蓐收：古主金之官，名该，又以为金神名。

〔2〕欻：轻举貌。

〔3〕蹶：履。　白门：西方之门。

〔4〕台（yí）：我。

〔5〕乱：绝流，横渡。　弱水：水名，据说其水连羽毛都浮不起。

〔6〕逗：止。　华阴：地名。

〔7〕冯夷：即河伯。

〔8〕棹：长楫，此用作动词。

〔9〕帝轩：黄帝。葬于西海桥山，神未东归。

〔10〕呬（xì）：息。　蓁（zhēn）蓁：茂盛貌。

〔11〕伟：美。　《关雎》：《诗经》首篇，《毛传》说此篇写“后妃之德”，“乐得淑女以配君子”，“忧在进贤”。

【译文】

想到九州有着不同的风俗啊，我便跟随蓐收往九州去。轻举神化有如蝉蜕啊，与精粹结友而为伴侣。经过白门而向东驰去啊，我行走在荒野之中。横渡过潺湲的弱水啊，在华阴急流中的小洲上短暂逗留。叫来冯夷让他去清理渡口啊，再用龙舟把我渡过去。此时黄帝之神位尚未东归啊，内心惆怅而徘徊不前。在河林茂盛的草木中休息啊，称美《关雎》对后妃“忧在进贤”的告诫。

黄灵詹而访命兮〔1〕，樛天道其焉如〔2〕。曰近信而远疑兮，六籍阙而不书。神逵昧其难覆兮〔3〕，畴克谋而从诸〔4〕？牛哀病而成虎兮〔5〕，虽逢昆其必噬。鳖令殪而尸亡兮〔6〕，取蜀禅而引世。死生错其不齐兮，虽司命其不晰〔7〕。窦号行于代路兮〔8〕，后膺祚而繁庑。王肆侈于汉庭兮〔9〕，卒衔恤而绝绪。尉龙眉而郎潜兮〔10〕，逮三叶而遘武。董弱冠而司衮兮〔11〕，设王隧而弗处〔12〕。夫吉凶之相仍兮，恒反仄而靡所。

【注释】

〔1〕黄灵：黄帝。 詹：至。 访：谋。

〔2〕樛（jiū）：求。

〔3〕逵：道。 覆：审。

〔4〕畴：谁。 谋：察。

〔5〕牛哀：鲁人。《淮南子·俶真训》说，牛哀病七日，化为虎，其兄启户入视，虎搏而杀之。

〔6〕鳖令：即鳖灵。《蜀王本纪》《蜀志》诸书说，古荆州人鳖令，死后其尸溯江而上，至汶山复生，蜀王望帝以之为相，数年后更禅让王位，委国授之。

〔7〕晣（zhì）：同晢，昭晢，明也。

〔8〕窦：窦姬，亦即汉孝文窦皇后，景帝之母。《汉书·外戚传》说，吕太后出宫人赐诸王，窦姬因家在清河愿至赵，然误遣代。行前泣不欲往。至代后获代王（即后来之文帝）宠幸，生景帝，后来立为皇后。

〔9〕王：孝平王皇后，王莽之女。《汉书·外戚传》说，平帝死，孝平王皇后尊为皇太后。王莽篡汉，"常称疾不朝会"。及汉兵诛莽，"自投火中而死"。 肆侈：任意而行。

〔10〕尉：指都尉颜驷。《汉武故事》说，武帝过郎署，见驷龙眉皓发，问其何时为郎。驷答道："臣文帝时为郎。文帝好文而臣好武，至景帝好美而臣貌丑，陛下即位好少而臣已老，是以三世不遇，故老于郎署。"武帝感其言，擢拜会稽都尉。 龙（máng）眉：眉杂黑白。

〔11〕董：董贤。《汉书·佞幸传》说，董贤以貌美受哀帝宠爱，年二十二为大司马。哀帝死，贤自杀，家人夜葬之。王莽疑其诈死，有司亦奏贤造冢墓不异王制，于是发棺至狱，裸诊其尸，因埋狱中。 弱冠：年二十。 衮：三公。

〔12〕隧：墓道。掘地通路曰隧，王者之葬礼。

【译文】

黄帝的神灵降临为我揣测吉凶之命啊，探求天道究竟通向何方。黄帝说天道或近而信之或远而疑之啊，两者在六经中都空阙并未写出来。神道昧暗而难于弄清啊，谁能察明而紧紧跟从。牛哀病而化为虎啊，即使遇到兄弟也要撕咬。鳖令死后其尸亡于江上啊，但竟复生受蜀王禅让而永世为王。死生如此乖错而不齐啊，即使是司命之神也弄不清。窦姬遣代时号泣于道路啊，后来生了景帝享受福禄子孙繁衍。王莽女得意于汉之宫廷啊，最终却含忧自尽而绝了后人。都尉颜驷眉杂黑白伏于郎署啊，历经三朝才遇到了汉武帝。董贤年二十便居三公之位啊，他建了王者的墓道但死后却不能安处。那吉凶是互相倚伏承续的啊，常常反复而没有恒定不变的状况。

穆届天以悦牛兮〔1〕，竖乱叔而幽主〔2〕。文断祛而忌伯兮〔3〕，阉谒贼而宁后。通人暗于好恶兮，岂昏惑而能剖？嬴擿谶而戒胡兮〔4〕，备诸外而发内。或辇贿而违车兮〔5〕，孕行产而为对。慎灶显以言天兮〔6〕，占水火而妄讯。梁叟患夫黎丘兮〔7〕，丁厥子而剚刃。亲所睼而弗识兮，矧幽冥之可信？毋绵挛以倖己兮〔8〕，思百忧以自疹。

【注释】

〔1〕穆：叔孙穆子，鲁大夫。《左传·昭公四年》说，穆子奔齐，途中与妇人通。在齐，梦天压己，有人助己胜天。后穆子归鲁，妇人送子来，即梦中所见之人。名之为牛，使为竖。后牛竖作乱，穆子遭幽闭而饿死。 届：至。

〔2〕竖：小臣，小使。

〔3〕文：晋文公重耳。《国语·晋语》说，晋献公使寺人勃鞮至蒲城杀重耳。重耳踰垣，勃鞮斩其祛。后重耳归国为君，勃鞮求见，揭发吕甥、冀芮谋作乱，使晋文公转危为安。 祛：衣袖。 伯：勃鞮字伯楚。

〔4〕嬴：秦始皇嬴政。《史记·秦始皇本纪》说，卢生奏录图书，谓“亡秦者胡也”，始皇乃使蒙恬领兵北击胡。后始皇出游，死于道中。赵高与李斯谋，改诏书，赐长子扶苏死，立少子胡亥为太子。后胡亥继位，是为二世。 擿：指明，揭发。 谶：谶书，谶语。

〔5〕车：人名，车子。《搜神记》说，周犨贫，天帝命司命将张车子

之财借周，并谓车子生即还。及期，周犨辇其贿以逃，途中遇一夫妻寄车下宿，其妻生子，取名车子。从此周转贫困。　贿：财。　违：避。

〔6〕慎：梓慎，鲁大夫。日食之时，预言将有火灾，但其言不验。事见《左传·昭公二十四年》。　灶：裨灶，郑大夫。大风之时，预言将有火灾，子产不予理会，后其言亦不验。事见《左传·昭公十八年》。

〔7〕梁叟：梁国丈人。　黎丘：地名。《吕氏春秋·疑似》说，梁叟夜过黎丘，有鬼效其子之状苦之，归，责其子，其子辩其非。次日复过黎丘，其子往迎，梁叟以为鬼，拔剑刺之，杀其真子。

〔8〕绵挛：系着，牵制。　倖：《后汉书》作“涬”，引也。

【译文】

叔孙穆子梦天压己而宠爱牛竖啊，牛竖却背叛他使他幽闭而饿死。晋文公被斩断衣袖而憎恶伯楚啊，但阉人伯楚却告发贼人使文公获得平安。这两位通达之人尚且被喜好和憎恶所蒙蔽啊，昏乱之人岂能分辨得清？嬴政分析谶语而防备胡人啊，防备外患但祸乱却发生于宫廷之内。周犨用车装载钱财出走以逃避车子啊，途中孕妇产于车下婴儿即取名车子。梓慎、裨灶公然谈论天意啊，预言水火之灾却没有应验。梁国丈人被黎丘之鬼所作弄啊，向自己的儿子捅刀子。亲眼所见尚且分不清啊，何况幽冥之事怎可相信？不要受制于世事而羁绊自己啊，以致产生诸多忧思而遭致疾病。

彼天监之孔明兮，用棐忱而佑仁〔1〕。汤蠲体以祷祈兮〔2〕，蒙厖褫以拯民〔3〕。景三虑以营国兮〔4〕，荧惑次于他辰〔5〕。魏颗亮以从治兮〔6〕，鬼亢回以毙秦〔7〕。咎繇迈而种德兮〔8〕，树德懋于英六〔9〕。桑末寄夫根生兮，卉既凋而已育。有无言而不酬兮〔10〕，又何往而不复？盍远迹以飞声兮，孰谓时之可蓄？

【注释】

〔1〕棐（fěi）：辅。　忱：诚。

〔2〕汤：商汤。《吕氏春秋·顺民》说，汤克夏，天大旱，汤祷于桑林，以身为牺牲，民悦，雨大至。 蠲（juān）：洁。

〔3〕庬（máng）：大。 褫（sī）：福。

〔4〕景：宋景公。《吕氏春秋·制乐》说，宋景公之时，荧惑守心，子韦以为景公当受其祸，但可移祸于他人。景公表示不能将祸移于宰相，移于民，移于岁，而自己甘受天罚。天感其言，荧惑徙三舍，景公亦延寿二十一年。

〔5〕荧惑：火星。 次：舍。

〔6〕魏颗：晋人，魏武子之子。《左传·宣公十五年》说：武子病，命颗在其死后嫁其妾，病危，复命颗杀其妾以殉。武子死，颗嫁其妾。后颗与秦将杜回战，“颗见老人结草以亢杜回”。夜梦老人自称“所嫁妇人之父”，结草以报。 亮：信。 治：指神志清醒。

〔7〕亢：遮拦。

〔8〕咎繇（gāo yáo）：舜臣。 迈：勉力。 种：建树。

〔9〕英六：国名。《史记·夏本纪》说：帝禹封皋陶（即咎繇）之后于英六。

〔10〕酬：答。《诗·大雅·抑》：“无言不雠，无德不报。”

【译文】

那上天之视听是十分清楚的啊，用以辅佐“诚”而扶助“仁”。商汤洁净身体而祈祷降雨啊，终于获得大福而拯救了民众。宋景公三次考虑甘受天罚以救国啊，天感其言荧惑徙三舍而退至别的星宿。魏颗守信依从其父神志清醒时之言啊，有鬼结草遮拦杜回而打败了秦。咎繇勉力树德啊，他所建树之德在其后人所在的英、六二国繁荣茂盛。桑树末梢所寄生之植物啊，桑树已凋谢而寄生植物却已发育出来。有无言而不酬答的啊，又哪里有往而不返？何不远游以扬声啊，谁说时光可以停下和贮藏起来？

仰矫首以遥望兮，魂懒惘而无俦。逼区中之隘陋兮，将北度而宣游。行积冰之硙硙兮[1]，清泉沍而不流[2]。

寒风凄其永至兮，拂穹岫之骚骚[3]。玄武缩于壳中兮[4]，腾蛇蜿而自纠[5]。鱼矜鳞而并凌兮，鸟登木而失条。坐太阴之屏室兮[6]，慨含唏而增愁。怨高阳之相寓兮[7]，伷颛顼而宅幽[8]。庸织路于四裔兮[9]，斯与彼其何瘳[10]？望寒门之绝垠兮[11]，纵余緤乎不周[12]。迅猋潚其媵我兮[13]，鹜翩飘而不禁。越谽嘲之洞穴兮[14]，漂通川之硱硱[15]。经重峕乎寂漠兮[16]，慜坟羊之深潜[17]。

【注释】

〔1〕磈磈（wéi）：冰厚貌。

〔2〕沍：冻结。

〔3〕穹岫：大山，山峰。　骚骚：风劲吹之声。

〔4〕玄武：龟蛇合体。　壳：甲。

〔5〕腾蛇：龙类，能兴云雾游于空中。

〔6〕太阴：指北方。　屏：同屏，蔽也。

〔7〕高阳：即帝颛顼。　寓：同宇，居也。

〔8〕伷（qiòng）：小貌。一说怨也。

〔9〕庸：劳。

〔10〕瘳（chōu）：愈。

〔11〕寒门：北极之门。

〔12〕緤（xiè）：马缰。　不周：山名，在昆仑西北。

〔13〕迅猋（yàn）：急速。　潚：疾貌。　媵（yìng）：送。

〔14〕谽嘲（xiā）：谷深貌。

〔15〕硱硱：深广貌。

〔16〕重峕：谓地中。峕，古阴字。

〔17〕慜：聪。　坟羊：土之精怪。《国语·鲁语下》说，季桓子穿井获羊，问于孔子，孔子谓此为土之怪曰坟羊。

【译文】

我抬起头来远望啊，神魂惆怅失望而无伴侣。深感国中促迫狭隘啊，打算往北去遍游域中。道路上积满厚厚的坚冰啊，清泉冰冻而不流。寒风凄凄而长驱直入啊，吹拂着大山风声骚骚。龟蛇合体之玄武缩在甲壳之中啊，腾蛇蜿蜒而自绕。鱼竖着鳞而聚集于冰上啊，鸟虽登上树却失其枝条。坐在北方隐蔽之室啊，令我感慨唏嘘而更加忧愁。埋怨高阳选择了这样的居所啊，怨恨颛顼住在这北方陋小幽暗的地方。穿梭于路劳碌奔波在四方边远之地啊，南来与北往于事又有何补益？望着北极之寒门那极远之地啊，纵马奔驰在不周山下。狂风呼啸为我送行啊，飘然远去而不能停下来。越过深深的空穴啊，漂过深广的大川。经过寂寞的地府啊，聪敏的土怪坟羊在这里深潜。

追荒忽于地底兮[1]，轶无形而上浮[2]。出石密之暗野兮[3]，不识蹊之所由。速烛龙令执炬兮[4]，过钟山而中休。瞰瑶溪之赤岸兮[5]，吊祖江之见刘[6]。聘王母于银台兮[7]，羞玉芝以疗饥[8]。戴胜慭其既欢兮[9]，又诮余之行迟。载太华之玉女兮[10]，召洛浦之宓妃[11]。咸姣丽以蛊媚兮，增嫮眼而蛾眉。舒訬婧之纤腰兮[12]，扬杂错之袿徽[13]。离朱唇而微笑兮[14]，颜的砾以遗光[15]。献环琨与琛缡兮[16]，申厥好以玄黄。虽色艳而赂美兮，志皓荡而不嘉。双材悲于不纳兮，并咏诗而清歌。歌曰：天地烟煴[17]，百卉含葩。鸣鹤交颈，鵙鸠相和。处子怀春，精魂回移。如何淑明[18]，忘我实多。

【注释】

〔1〕荒忽：幽昧貌。

〔2〕轶：超逸。　无形：指混沌元气。

〔3〕石密：即密山。

〔4〕速：征，召。　烛龙：钟山之神，人面蛇身而赤身。

〔5〕瑶溪之赤岸：指钟山东之瑶岸。

〔6〕祖江：传说上古之人，为钟山之神所杀。 刘：杀。

〔7〕王母：西王母，传说中之仙人。 银台：王母所居。

〔8〕羞：进。 疗：愈。

〔9〕戴胜：指西王母。《山海经·西山经》说，西王母“其状如人”，“蓬发戴胜”。胜，玉胜，妇人首饰。 慭（yìn）：笑貌。

〔10〕玉女：太华山神女。

〔11〕宓妃：洛水之神。

〔12〕訬婧（miǎo jìng）：细腰貌。

〔13〕袿（guī）：妇人上服。 徽：通袆，又谓之縭，香缨也。

〔14〕离：开。

〔15〕的砾：明亮貌。

〔16〕环：珠。 琨：璧。 琛：宝。

〔17〕烟煴：指天地阴阳之和气。

〔18〕淑明：善美贤良之人。此指张衡。

【译文】

追寻幽昧于地下啊，又超逸混沌元气而向上浮起。我走出密山这幽暗之荒野啊，竟不认识道路通往何方。召来烛龙令其高举火炬啊，经过钟山而暂且休息。观看瑶谿之赤岸啊，吊念祖江之被杀。访西王母于银台啊，进献玉芝以充饥。戴着玉胜的西王母欢笑不止啊，又责让我来得迟。用车载来太华山之神女啊，又召来洛水之宓妃。她们全都容貌美丽而仪态妖艳妩媚啊，加之又有美目和蛾眉。舒展纤细的腰肢啊，飘动香色杂错的衣裙。张开朱唇而微笑啊，容颜明艳而辉光长留。献上珠璧与宝带啊，又用玄黄之玉石申明其好。虽然容貌美艳财货珍贵啊，但我心志广大对此并不看重。玉女、宓妃悲于不被接纳啊，一同咏唱起清丽的诗歌。歌道：天地和气，百草含华。鸣鹤交颈，雎鸠相和。处女怀春，精魂荡漾。为何明君，把我忘弃。

将答赋而不暇兮，爰整驾而亟行。瞻昆仑之巍巍兮，临萦河之洋洋。伏灵龟以负坻兮[1]，亘螭龙之飞梁[2]。登阆风之层城兮[3]，构不死而为床。屑瑶蕊以为糇兮，斟白水以为浆[4]。抨巫咸作占梦兮[5]，乃贞吉之元符。滋令德于正中兮，含嘉秀以为敷。既垂颖而顾本兮，亦要思乎故居。安和静而随时兮，姑纯懿之所庐。

【注释】

〔1〕坻（chí）：水中小洲，可用来停船。

〔2〕飞梁：浮桥。

〔3〕阆风：昆仑三山之一。　层城：昆仑山之最高处，即天庭。

〔4〕斟（jū）：挹，酌。

〔5〕抨（pēng）：使。　巫咸：古神巫。　作：《后汉书》作“以”。占梦：指占“木禾”之梦。

【译文】

将要赋诗酬答但我没有闲暇啊，于是整理车驾而赶快上路。望着巍峨高耸的昆仑山而行啊，来到流水滔滔的迂曲大河。神龟伏地背负着水中小洲啊，螭龙横亘架起了飞桥。登上阆风山上的层城啊，架构不死之树木来作床。捣碎瑶玉之花蕊用作干粮啊，酌取白水用作浆汁。让巫咸来占昔日“木禾”之梦啊，竟是贞吉的大瑞。滋育美德于中正之道啊，含蕴善美而广为布施。禾穗已垂而思念本根啊，其要亦在于思念故乡。和静自安而随时顺俗啊，这本是纯美之德所居留的地方。

戒庶僚以夙会兮，佥供职而并讶[1]。丰隆軿其震霆兮[2]，列缺晔其照夜[3]。云师䨴以交集兮[4]，涷雨沛其洒途[5]。轙琱舆而树葩兮[6]，扰应龙以服路[7]。百神森其备从兮[8]，屯骑罗而星布。

【注释】

〔1〕佥：皆。　讶：通迓，迎也。

〔2〕丰隆：雷公。　軯：雷声。　震霆：霹雳。

〔3〕列缺：闪电。　晔：闪光。

〔4〕云师：云神。　黮（dàn）：云多貌。

〔5〕涷雨：暴雨。

〔6〕轪：车轭上环，用以载辔。此作动词用，谓载辔待发。　琱（diāo）舆：玉饰之车舆。　葩：车盖之金花。

〔7〕扰：驯。　应龙：有翼之龙。　路：车。

〔8〕森：聚貌。

【译文】

告众官早早来相会啊，他们都忠于其职迎我而归。丰隆响起霹雳之声啊，电光照亮了黑夜。云神积聚着浓云啊，暴雨倾泻在道路上。整车待发树起车盖上的金花啊，驯服应龙让它来驾车。众神聚集起来全都跟随着啊，车骑齐集犹如星罗棋布。

振余袂而就车兮，修剑揭以低昂。冠岩岩其映盖兮，佩綝纚以辉煌[1]。仆夫俨其正策兮，八乘腾而超骧[2]。氛旄溶以天旋兮[3]，蜺旌飘以飞扬[4]。抚軨轵而还睨兮[5]，心勺瀿其若汤[6]。羡上都之赫戏兮[7]，何迷故而不忘？左青琱之揵芝兮[8]，右素威以司钲[9]。前长离使拂羽兮[10]，后委衡乎玄冥[11]。属箕伯以函风兮[12]，惩泱漭而为清[13]。拽云旗之离离兮[14]，鸣玉鸾之譻譻[15]。涉清霄而升遐兮，浮蠛蠓而上征[16]。纷翼翼以徐戾兮，焱回回其扬灵。叫帝阍使辟扉兮，觌天皇于琼宫。聆《广乐》之九奏兮[17]，展泄泄以彤彤；考治乱于律均兮[18]，意建始而思终。惟般逸之无斁兮[19]，惧乐往而哀来。素女抚弦而馀音兮[20]，太容吟曰念哉[21]。既防溢而靖志兮，迨我暇以翱翔。

【注释】

〔1〕綝纚：盛饰貌。

〔2〕八乘：以八马驾车。　骧：举，腾跃。

〔3〕氛旄：以氛气为旄麾。

〔4〕蜺旌：以云蜺为旌麾。

〔5〕軨轵：车厢的栏杆。

〔6〕勺瀿：热貌。

〔7〕上都：指天帝所居。　赫戏：光盛貌。

〔8〕青琱：指青文龙。　揵：竖。　芝：小盖。

〔9〕素威：指白虎。　钲：铙。

〔10〕长离：南方朱鸟，即凤。

〔11〕衡：当作水衡，掌山泽之官。　玄冥：北方之神。

〔12〕箕伯：风伯。《风俗通》说：风师者，箕星也，主簸物，能致风气也。

〔13〕澒涊：混浊。

〔14〕拽：当作“曳”。引也。　离离：飘扬貌。

〔15〕鸾：车衡上之铃。　嚶：古嚶字，声也。

〔16〕蠛蠓：游气。

〔17〕《广乐》：乐名，其乐九成，故九奏。

〔18〕律：十二律。　均：五均，施弦以调六律五声。

〔19〕般逸：乐逸。　斁（yì）：厌。

〔20〕素女：古神女名。《史记·孝武本纪》说：“泰帝使素女鼓五十弦瑟，悲，帝禁不止，故破其瑟为二十五弦。”

〔21〕太容：黄帝乐师。

【译文】

拍拍我的衣袖而登车啊，长剑高举又低昂。高高的帽子映着车盖啊，佩玉琳琅而闪闪发光。御车的仆夫恭敬地紧握着马鞭啊，八匹驾车的马跃起而飞腾。以氛气为旄宛转盘旋在空中啊，旌旗在空中飘动飞扬。抚摩车厢的栏杆而回顾啊，心中灼热有如沸水在胸中翻滚。既羡慕天帝上都的光盛啊，为何迷念故乡而不能忘怀？左使青龙竖起车盖啊，右使白虎主管钲鼓。让南方朱鸟在前拂动羽毛啊，后面跟着北方的水衡官。告风伯含怀其风啊，澄清混浊之气使大地清泠。张开飘扬的云旗啊，响起嘤嘤的鸾铃之声。踏着天边微云而上升至远方啊，浮泛在游气之上而向上远征。行列整齐雄壮徐徐而至啊，火焰光明而闪耀着灵光。叫天帝的守门人打开宫门啊，在玉宫谒见了天帝。聆听了广乐的九成啊，的确是和和美美其乐融融。考察治乱于律吕啊，当长思其意而善始善终。思乐逸之无厌追求永难满足啊，担心乐刚离去哀即到来。素女弹五十弦瑟而有馀音啊，乐师太容吟叹而思戒慎逸乐。既防溢满又安静其心志啊，等到我闲暇之时再去翱翔云游。

出紫宫之肃肃兮[1]，集太微之阆阆[2]。命王良掌策驷兮[3]，逾高阁之将将[4]。建罔车之幕幕兮[5]，猎青林之芒芒。弯威弧之拔剌兮[6]，射嶓冢之封狼[7]。观壁垒于北落兮[8]，伐河鼓之磅硠[9]。乘天潢之泛泛兮[10]，浮云汉之汤汤[11]。倚招摇摄提以低佪剹流兮[12]，察二纪五纬之绸缪遹皇[13]。偃蹇夭矫娩以连卷兮[14]，杂沓丛顇飒以方骧[15]。綝汩飘泪沛以罔象兮[16]，烂漫丽靡藐以迭逷[17]。凌惊雷之砊礚兮，弄狂电之淫裔[18]。逾痝鸿于宕冥兮[19]，贯倒景而高厉[20]。廓荡荡其无涯兮，乃今窥乎天外。

【注释】

〔1〕紫宫：星名，又名紫微宫、紫微垣，古以为天帝所居。

〔2〕太微：星名。古以为天子之宫廷，五帝之座，十二诸侯之府，以象外藩、九卿。

〔3〕王良：古善御者，又为星名，主天马。

〔4〕高阁：星名。

〔5〕罔车：毕星。

〔6〕威弧：星名。 拔剌：弯弓貌。

〔7〕嶓冢：山名。 封狼：星名。 封：大。

〔8〕壁：星名，即东壁。 垒：星名，即中垒。 北落：星名。

〔9〕伐：击。 河鼓：星名。 磅硠：象声词。

〔10〕天潢：天津。

〔11〕云汉：天河。

〔12〕招摇、摄提：皆为星名。 刘（jiū）流：缭绕，回转。

〔13〕二纪：指日月。 五纬：指五星。 绸缪：连续。 遹（yù）皇：往来貌。

〔14〕偃蹇：骄傲之貌。 夭矫：自纵恣貌。 娩：跳。 连卷：长曲貌。

〔15〕杂沓、丛顇（cuī）：皆众多之貌。 飒：群飞貌。 骧：驰。

〔16〕瀎泪（yù yù）、飘泪（liáo lì）：皆疾貌。 沛：流貌。 罔象：即仿像，虚无。

〔17〕烂漫、丽靡：皆光彩分布貌。 藐：远貌。 迭（dié）：借为泆，过也。 逿（táng）：突也。

〔18〕淫裔：电闪貌。

〔19〕痝（máng）鸿：即蒙鸿，天之高气，天地未分时之元气。 宕（dàng）冥：犹窈冥。

〔20〕倒景：日在下其光上照。

【译文】

走出清静的紫微宫啊，齐集高高的太微星。命令王良驾御天驷星啊，又越过高高的高阁星。驾起众盛的罔车啊，在广大的天苑青林中畋猎。弯开威弧之弓啊，射嶓冢山的封狼。观东壁中垒星于北落星啊，敲击河鼓砰砰地响。浮泛在汹涌澎湃的天津上啊，在急流滚滚的天河中浮游。倚靠着招摇、摄提星徘徊回旋啊，察看日月和五星的相连和来往。天体的运行好似骄傲自纵曲折急跃啊，众多的星星正群飞而急驰。疾速地涌向虚无的太空啊，光彩四射一闪而过便奔向远方。我又登上硠礚作响的惊雷啊，玩弄那阵阵狂闪的电光。跨越窈冥的太空元气啊，测度日之倒景而高高飞举。太空是那么的空廓浩渺而无边无际啊，直到今天我才看到了天外的景象。

据开阳而俯视兮[1]，临旧乡之暗蔼。悲离居之劳心兮[2]，情悁悁而思归。魂眷眷而屡顾兮，马倚辀而徘徊[3]。虽游娱以媮乐兮[4]，岂愁慕之可怀。出阊阖兮降天途[5]，乘焱忽兮驰虚无[6]。云菲菲兮绕余轮，风眇眇兮震余旟[7]。缤连翩兮纷暗暧[8]，倏眩眃兮反常闾[9]。

【注释】

〔1〕开阳：北斗七星第六名开阳。

〔2〕劳：忧。

〔3〕辀：车辕。

〔4〕媮：同“愉”，乐也。

〔5〕阊阖：天门。

〔6〕焱忽：《后汉书》作飙忽，疾风也。

〔7〕旟（yú）：旗名，上画鸟隼。

〔8〕暗暧：犹恍惚。

〔9〕倏（shū）：倏忽，疾也。 眩眃（hùn）：不明貌。

【译文】

从开阳星上而俯视啊，我看到了依稀朦胧的遥远的故乡。因离群索居而备感忧愁啊，情思忧忿而思归。神魂眷念而时常回头眺望故乡啊，马也倚着车辕而徘徊不前。虽然游乐带来了一时之快乐啊，但忧思之人怎能安于此乐。出了天门啊往下行进，乘着疾风啊驰向虚无太空。团团白云啊绕着我的车轮，浩渺的风啊吹动我的旌旗。连续飞翔啊在恍惚之中，转眼之间啊我回到了旧居。

收畴昔之逸豫兮，卷淫放之遐心。修初服之娑娑兮[1]，长余佩之参参[2]。文章奂以粲烂兮，美纷纭以从风。御六艺之珍驾兮[3]，游道德之平林。结典籍而为罟兮，驱儒墨以为禽。玩阴阳之变化兮，咏《雅》《颂》之徽音。嘉曾氏之《归耕》兮[4]，慕历阪之嵚崟。恭夙夜而不贰兮，固终始之所服[5]。夕惕若厉以省諐兮[6]，惧余身之未敕[7]。苟中情之端直兮，莫吾知而不恧[8]。默无为以凝志兮，与仁义乎逍遥。不出户而知天下兮[9]，何必历远以劬劳?

【注释】

〔1〕娑娑：盛貌。

〔2〕参参：盛貌。

〔3〕六艺：指礼、乐、射、御、书、数。

〔4〕《归耕》：琴曲名，曾子作。《琴操》说，曾子事孔子十余年，一日晨，怀念双亲，鼓琴曰："往而不及者年也，不可得而再事者亲也。歔欷归耕来兮，安所耕历山盘兮。"

〔5〕服：行。

〔6〕惕：惊惧，警惕。 厉：危。《周易·乾·九三》说："君子终日乾乾，夕惕若，厉，无咎。" 諐：《后汉书》作"諐（qiān）"，同愆，过也。

〔7〕敕（chì）：整，正。

〔8〕恧（nǜ）：愧。

〔9〕不出户：《老子·四十七章》说："不出户，知天下；不窥牖，见天道。"

【译文】

收敛从前的安享逸乐啊，卷起放荡涣散的心。修复从前盛丽的初服啊，使我的玉佩又长又有光彩。初衣文彩焕发光辉灿烂啊，美丽多彩而随风飘动。我驾御着六艺的宝车啊，在道德的树林中游息。把经书典籍编织成网罟啊，驱儒墨之道入网而当作禽。体味阴阳无穷的变化啊，歌咏《雅》《颂》懿美之德音。赞美曾子的《归耕》曲啊，思慕历山的高峻。恭敬从事夙夜不懈而无二心啊，这本是我自始至终一贯坚持的德行。整日警惕似有危险从而减少我的过失啊，我只担心自身未能好好修治。只要我内心是正直的啊，没有人了解我我也不感羞愧。默然无为以坚定自己的志向啊，与仁义为伍一同逍遥于道德之林中。不出户就能了解天下啊，何必劳苦而远游？

系曰[1]：天长地久岁不留，俟河之清秖怀忧[2]。愿得远渡以自娱，上下无常穷六区[3]。超逾腾跃绝世俗，飘遥神举逞所欲。天不可阶仙夫稀，《柏舟》悄悄悉不飞[4]。松乔高跱孰能离[5]，结精远游使心携[6]。回志朅来从玄谋[7]，获我所求夫何思！

【注释】

〔1〕系：牵系，指总结一赋之意，与《楚辞》“乱曰”意同。

〔2〕河：黄河。《左传·襄公八年》载逸诗“俟河之清，人寿几何”。河清，喻政治清明，天下太平。　秖：同祇，适也。

〔3〕六区：犹六合，指上下四方。

〔4〕《柏舟》：《诗经》篇名。《诗·邶风·柏舟》说“忧心悄悄，愠于群小”，“静言思之，不能奋飞”。　悄悄：忧愁貌。　悉：同吝，恨。

〔5〕松：赤松子。　乔：王乔。皆仙人。　离：通“丽”，附也。

〔6〕携：离。

〔7〕朅（qiè）：去。

【译文】

结语道：天长地久岁月不停留，等待河清只是徒然心怀忧。希望能够通过远游而使自己高兴起来，因而游遍了上下和四面八方。超越腾跃而与世俗相隔绝，飘然如神仙轻举以满足我的心愿。但天不可历阶而上仙人也很稀少，忧心悄悄愠于群小只恨自己不能奋飞。赤松子、王乔高踞物外谁能依附他们，打起精神去远游徒然使我生离心。回转心志而去探求依从玄圣之道，也可获得我之所求我还犹豫什么呢！

归田赋　张平子（张衡）

【题解】

铺陈春日田园丽景与游钓、弹琴、读书、著文的自由自在的生活，抒发归隐田园的无穷乐趣。

游都邑以永久〔1〕，无明略以佐时。徒临川以羡鱼〔2〕，俟河清乎未期〔3〕。感蔡子之慷慨〔4〕，从唐生以决疑〔5〕。谅天道之微昧，追渔父以同嬉〔6〕。超埃尘以遐逝，与世事乎长辞。

【注释】

〔1〕都邑：此指东汉京都洛阳。

〔2〕临川羡鱼：《淮南子·说林训》说："临河而羡鱼，不如归家织网。"《汉书·董仲舒传》说："临川羡鱼，不如退而结网。"喻徒羡功名，不如退修其德。

〔3〕河：黄河。河水常浑浊，古以河清为政治清明，天下太平之祥瑞。

〔4〕蔡子：蔡泽，战国燕人，秦昭王用为相。《史记·范雎蔡泽列传》载其发迹之前，曾请唐举看相。　慷慨：悲叹，失志貌。

〔5〕唐生：唐举，战国梁人，善为人看相。

〔6〕渔父：《楚辞》有《渔父》篇，王逸《楚辞·渔父章句序》说"渔父避世隐身，钓渔江滨，欣然自乐"，在江湘之间与屈原相应答。嬉：乐。

【译文】

我游宦于京都已经很久了，并没有什么高明的谋略可以辅政济时。只是如临川羡鱼一般徒然羡慕荣禄，想等待河水清澈政治清明却遥遥无期。有感于蔡泽失意时之悲叹，他曾请唐举相面以决心中之疑。天道确是幽晦难明，只好追随渔父一同嬉游于江滨。我要超越尘世而远去，与世事俗务永远告辞。

于是仲春令月，时和气清。原隰郁茂〔1〕，百草滋荣。王雎鼓翼，鸧鹒哀鸣。交颈颉颃〔2〕，关关嘤嘤。于焉逍遥，聊以娱情。尔乃龙吟方泽，虎啸山丘。仰飞纤缴〔3〕，俯钓长流。触矢而毙，贪饵吞钩。落云间之逸禽，悬渊沉之魦鰡〔4〕。

【注释】

〔1〕原隰（xí）：原野，高平曰原，下湿曰隰。

〔2〕颉（xié）颃（háng）：鸟上下飞，飞而上曰颉，飞而下曰颃。

〔3〕纤缴（zhuó）：纤细之生丝，此指弋射之箭（箭尾系丝）。

〔4〕魦鰡（shā liú）：皆鱼名。

【译文】

这时正当美好的仲春二月，时节和暖天气清新。原野树木葱郁茂密，百草滋生繁荣。雎鸠鼓动双翅而飞起，黄莺哀婉地鸣叫。有的成双成对地上下飞翔，有的关关嘤嘤地叫唤。在这里是多么地自在逍遥，且借此来娱悦自己的心情。于是便如龙一般高吟于大泽，如虎一般长啸于山丘。仰头射鸟于天空，俯身钓鱼于长流。鸟因中箭而毙命，鱼因贪食钓饵而上钩。射落了高飞云间的鸟，钓起了潜于深渊的鱼。

于时曜灵俄景〔1〕，系以望舒〔2〕。极般游之至乐，虽日夕而忘劬。感老氏之遗诫〔3〕，将回驾乎蓬庐。弹五弦之妙指〔4〕，咏周孔之图书。挥翰墨以奋藻〔5〕，陈三皇之轨模[6]。苟纵心于物外，安知荣辱之所如[7]？

【注释】

〔1〕曜灵：指日。 俄：斜。 景：日影，日光。

〔2〕望舒：本为月御，此代指月。

〔3〕遗诫：指老子所说“驰骋畋猎，令人心发狂” （《老子·十二章》）。

〔4〕五弦：五弦之琴。《礼记·乐记》说，舜作五弦之琴，以歌南风。

〔5〕翰：笔。 奋藻：铺陈辞藻，指著文。

〔6〕三皇：上古圣皇。《史记·秦始皇本纪》说，“古有天皇，有地皇，有泰皇”，他书说法不一。

〔7〕如：往，归。

【译文】

这时夕阳逐渐西沉，接着皓月冉冉东升。极尽游乐之乐趣，虽然时光已晚但却忘了疲劳。有感于老子“驰骋畋猎，令人心发狂”的遗训，才驾车返回自己的茅屋。于是弹起五弦琴抒发微妙的旨趣，诵读周公孔子的图籍文书。挥洒笔墨而撰文，陈述三皇之法则。且放纵心神于尘世之外，哪里用得着考虑荣辱得失是怎样的结局！

（本卷译注：邹子衿）

文选卷第十六

志下

闲居赋并序　潘安仁（潘岳）

【题解】

作者描摹田家庄园景物的宜人与闲居生活的欢乐，称自己虽拙于为宦，却很自足。

岳尝读《汲黯传》[1]，至司马安四至九卿[2]，而良史书之，题以巧宦之目，未尝不慨然废书而叹，曰：嗟乎！巧诚有之，拙亦宜然。顾常以为士之生也，非至圣无轨、微妙玄通者，则必立功立事，效当年之用，是以资忠履信以进德，修辞立诚以居业。

【注释】

〔1〕汲黯：西汉濮阳人，字长孺，曾任淮阳太守，《史记》有传。

〔2〕司马安：汲黯姑姑之子，为人谄佞，善事上下。　九卿：朝廷的九个高级官职。

【译文】

我曾经读《汲黯传》，读到汲黯姑姑的儿子司马安四次为九卿，良史记载这件事，以长于钻营巧于为官品题他，我读到此，未尝不十分感慨，释书而说：啊呀，长于钻营确有收效，但拙于为官也有其合宜之处。想到读书人的一生，除那些至高至圣而可以随心所欲、志节精微与天相通者外，都一定要立功立事，贡献才量而有效用，因此，依靠诚心践行信义来增进道德，修饰辞句树立诚信方忠于职守。

仆少窃乡曲之誉，忝司空太尉之命，所奉之主，即太宰鲁武公其人也[1]，举秀才为郎。逮事世祖武皇帝[2]，为河阳、怀令，尚书郎、廷尉平。今天子谅闇之际[3]，领太傅主簿，府主诛[4]，除名为民。俄而复官，除长安令。迁博士，未召拜，亲疾，辄去官免。自弱冠涉乎知命之年，八徙官而一进阶，再免，一除名，一不拜职，迁者三而已矣。虽通塞有遇，抑亦拙者之效也。

【注释】

〔1〕太宰鲁武公：贾充。

〔2〕世祖武皇帝：司马炎。

〔3〕今天子：晋惠帝司马衷。　谅闇：居丧所住之房。

〔4〕府主：杨骏，时为太傅。

【译文】

我年轻时获得家乡盛誉，承蒙司空太尉的提携，所尊奉的主官，就是太宰鲁武公贾充，荐举我为秀才为郎官。在晋武帝之时，为河阳、怀令，尚书郎、廷尉平。当今皇上晋惠帝守丧时，我任太傅主簿。太傅杨骏被诛，我也被除去官籍而成了平民。不久恢复官职，任长安令，为博士，未及上任，家中亲人有病，我因直接离职而免官。自年轻时任官到知乎天命的年龄，我八次调动官职中一次进阶，两次免官，一次除名，一次未到任，升职只有三次而已。虽然官路或畅通或堵塞有时运的关系，但这也说明是我本人拙于为官了。

昔通人和长舆之论余也[1]，固谓拙于用多。称多则吾岂敢，言拙信而有征。方今俊乂在官[2]，百工惟时，拙者可以绝意乎宠荣之事矣。太夫人在堂，有羸老之疾，尚何能违膝下色养[3]，而屑屑从斗筲之役乎[4]？

于是览止足之分，庶浮云之志。筑室种树，逍遥自得。池沼足以渔钓，舂税足以代耕。灌园粥蔬，以供朝夕之膳；牧羊酤酪，以俟伏腊之费。孝乎惟孝，友于兄弟，此亦拙者之为政也。乃作《闲居赋》以歌事遂情焉。其辞曰：

【注释】

〔1〕和长舆：和峤，字长舆。

〔2〕俊乂（yì）：德高望重者。

〔3〕色养：承顺父母脸色。

〔4〕斗筲：小型竹器。

【译文】

以前通识之人和长舆先生评价我，本来就说我不善于施展多才多艺的本领。称多才多艺我岂敢领受，说我笨拙而不善为官，倒是有实证的。如今德高望重者主持政事，众官各得其所，拙于为官之人可以断绝获取恩宠荣耀的念头了。我老母在堂，体弱有病，我怎能不孝顺侍奉而去忙碌于不屑一顾的劳役？

于是我懂得了知止知足是本分，希望具有视名利为浮云的志向，于是就建造房屋种植树木，逍遥悠闲而自得。池塘足以垂钓，舂谷收租足以代替耕种；灌溉菜园出售蔬菜，可供早晚饮食，牧羊卖出奶乳，以备伏日、腊日的祭祀费用。孝敬父母，友爱兄弟，这就是拙于为官者的政事了。于是作《闲居赋》，歌咏此事抒发情感，辞曰：

傲坟素之场圃[1]，步先哲之高衢。虽吾颜之云厚，犹内愧于甯蘧[2]。有道吾不仕，无道吾不愚。何巧智之不足，而拙艰之有馀也。

【注释】

〔1〕坟素：泛指古代典籍。

〔2〕甯蘧：孔子所称“邦有道则智，邦无道则愚”的甯武子与“邦有道则仕，邦无道则卷而怀之”的蘧伯玉。

【译文】

遨游于典籍的苑圃，迈步在圣贤的大道，虽然我的颜面很厚，但还是内愧于甯武子、蘧伯玉，社会清明我不能做官，天下无道我又装不了糊涂。为何灵巧而机智如此缺少，笨拙而艰困却多而有余。

于是退而闲居，于洛之涘。身齐逸民，名缀下士。陪京泝伊，面郊后市。浮梁黝以径度，灵台杰其高峙[1]。窥天文之秘奥，究人事之终始。其西则有元戎禁营，玄幕绿徽[2]。谿子巨黍[3]，异絭同机[4]。礮石雷骇，激矢虻飞。以先启行，耀我皇威。其东则有明堂辟雍[5]，清穆敞闲。环林萦映，圆海回渊。聿追孝以严父，宗文考以配天[6]。祗圣敬以明顺，养更老以崇年[7]。

【注释】

〔1〕灵台：观天象台。

〔2〕幕：营房。　徽：旌旗之名。

〔3〕豁子、巨黍：强弓名。

〔4〕絭（quàn）：弓弦。

〔5〕明堂、辟雍：古代宣明政教之处。

〔6〕考：称去世的父亲，此指晋文王。

〔7〕更老：古代设三老五更之位以养老人。

【译文】

于是退而还乡，闲居在洛水之滨，身向避世之逸民看齐，编籍在下等人士之列。我的庄园依傍京城面向伊水，面朝郊野背对市场。浮桥飞跨截流度越，灵台巍峨高耸峙立，窥探天文星相的奥秘，探究社会人事的始终。园西是战车环绕的禁军兵营，黑色的营房有绿色的旗帜。良弓豁子、巨黍，弓弦各样机关同一。抛石车雷鸣，激箭发射如虻虫奋飞。劲旅禁军先行开路，威武雄壮炫耀皇威。园东是明堂、辟雍，清和静穆高大宽敞，树林环立辉映，水流围绕似渊。追求孝道尊奉父亲，赞美祖德与天相配；礼圣敬上便光明顺利，敬养老人使健康长寿。

若乃背冬涉春，阴谢阳施。天子有事于柴燎[1]，以郊祖而展义。张钧天之《广乐》，备千乘之万骑。服振振以齐玄，管啾啾而并吹。煌煌乎，隐隐乎，兹礼容之壮观，而王制之巨丽也。两学齐列[2]，双宇如一。右延国胄，左纳良逸，祁祁生徒，济济儒术；或升之堂，或入之室；教无常师，道在则是。故髦士投绂[3]，名王怀玺。训若风行，应如草靡。此里仁所以为美[4]，孟母所以三徙也[5]。

【注释】

〔1〕柴燎：燔柴祭天。

〔2〕两学：国学、太学。

〔3〕髦：俊。　投：放下，抛开。

〔4〕里仁：与仁人为邻，《论语》有《里仁》篇。

〔5〕孟母三徙：孟母为了孟子的学习，三次搬家。

【译文】

到那冬尽春来，阴气衰退阳气上升，天子亲临焚柴祭天，郊祀祖宗展示大义。演奏上天奇乐，齐备千乘万骑，服饰庄重一律黑色，管弦啾啾齐奏同鸣。多么辉煌，多么兴盛，礼仪场面如此壮观，朝廷制度巨大宏丽。国学、太学齐列，厦宇同一体式。右边招延年轻学子，左边容纳优秀人才。祁祁众多生徒之人，济济一堂儒术之士，有的术业优异可谓升堂，有的学问精深更属入室。教师没有固定，有道在身则是；所以俊士抛开朱绂绶带、贵族暂时藏起珍宝玉玺，来到这里。教诲如风抚草，接受如草应风。这就是孔子所说的近仁德之人居住为美，孟子母亲之所以三迁居处的原因。

爰定我居，筑室穿池。长杨映沼，芳枳树篱；游鳞瀺灂[1]，菡萏敷披；竹木蓊蔼，灵果参差。张公大谷之梨，梁侯乌椑之柿，周文弱枝之枣，房陵朱仲之李，靡不毕殖。三桃表樱胡之别[2]，二柰曜丹白之色[3]。石榴蒲陶之珍，磊落蔓衍乎其侧，梅杏郁棣之属，繁荣丽藻之饰。华实照烂，言所不能极也。菜则葱韭蒜芋，青笋紫姜，堇荠甘旨，蓼荾芬芳。蘘荷依阴，时藿向阳；绿葵含露，白薤负霜。

【注释】

〔1〕瀺灂（zhuó）：出没的样子。

〔2〕三桃：樱桃、山桃、胡桃。

〔3〕柰：俗称花红、沙果。

【译文】

确定居住之所，建房屋挖水塘，高大的杨树掩映池沼，芳香的枳树竖成篱笆；游鱼出没沉浮，芰荷盛开艳丽，竹木茂盛多荫，鲜果挂满枝头。洛阳北芒山的张公之梨，梁国侯家的乌椑之柿，周文王时的弱枝之枣，房陵仙人朱仲的手植之李，在此园中都被种植。三种桃可区别为樱桃、山桃、胡桃，两种柰闪耀着红色、白色。石榴、葡萄的珍贵，累累成串蔓生四傍。梅、杏、郁、棣之类，繁花丽藻之饰，花儿与果儿交相映现，言语述说不尽。蔬菜则葱、韭、蒜、芋，青笋、紫姜，旱芹、荠菜滋味甘美，蓼菜、香菜气味辛香，蘘荷依阴而生，豆藿向阳而长，绿葵含露晶莹，白色藠头满布霜粉。

于是凛秋暑退，熙春寒往。微雨新晴，六合清朗。太夫人乃御版舆，升轻轩。远览王畿，近周家园。体以行和，药以劳宣。常膳载加，旧痾有痊。席长筵，列孙子。柳垂阴，车结轨。陆擿紫房，水挂赪鲤。或宴于林，或禊于汜。昆弟班白，儿童稚齿。称万寿以献觞，咸一惧而一喜[1]。寿觞举，慈颜和。浮杯乐饮，丝竹骈罗。顿足起舞，抗音高歌。人生安乐，孰知其佗？

【注释】

〔1〕一惧而一喜：见其衰老而悲，见其长寿而喜。

【译文】

于是秋来暑退，春至寒去，微雨过后天气放晴，天地四方清爽明朗。老母亲走下代步小车，登上亭楼，远望王城四郊，近览家园周遭。身体内外因运动而和顺，药物因劳作而流通，日常饭量有所增加，旧年顽疾已见好转。摆开长筵，子孙满座，柳树垂荫，远车不行。摘取紫色的水果，钓起红尾的鲤鱼。或者在林中宴会，有时在水边禊饮。兄弟头发斑白，孩童稚气天真，向老人敬酒祝寿，为此一惧且一喜。酒杯高举，慈颜和蔼，水漂酒杯，欢乐而饮，乐器排列，欢快鸣奏；顿足起舞，引吭高歌，人生的安逸快乐尽在此中，谁还在意其他事呢？

退求己而自省，信用薄而才劣。奉周任之格言[1]，敢陈力而就列[2]。几陋身之不保，尚奚拟于明哲？仰众妙而绝思，终优游以养拙。

【注释】

〔1〕周任：周代史官。

〔2〕陈力而就列：展示能力以担任职务。

【译文】

退返内心而自省，确实难堪重任、能力不够，信奉周任的格言，岂言展示能力而就列官位！卑贱之人自身不保，哪敢自视为明哲之人！仰慕万物的玄妙之理而断绝其他念头，终身优游悠闲而养我之“拙”。

哀伤

长门赋并序　司马长卿（司马相如）

【题解】

全赋拟托陈皇后的口吻，表达了她被遗弃幽居冷宫的愁怨及对君王来临的盼望。

孝武皇帝陈皇后[1]，时得幸，颇妒，别在长门宫，愁闷悲思。闻蜀郡成都司马相如天下工为文，奉黄金百斤，为相如、文君取酒，因于解悲愁之辞。而相如为文以悟主上，陈皇后复得亲幸。其辞曰：

【注释】

〔1〕陈皇后：汉武帝姑母之女，姓陈名阿娇。武帝得姑母之力而为太子，娶阿娇为妃，及即位，立为皇后。

【译文】

汉武帝的皇后陈阿娇，曾深得宠幸，颇有妒嫉之性，被废幽禁于长门宫，悲愁苦闷。听说蜀郡成都人司马相如是天下最会做文章的人，便奉上百斤黄金给相如、卓文君买酒，请他写一篇能解愁去悲的文章。而相如则写了此文令武帝醒悟，陈皇后又重新得到宠幸。其辞说：

夫何一佳人兮，步逍遥以自虞[1]。魂逾佚而不反兮，形枯槁而独居。言我朝往而暮来兮[2]，饮食乐而忘人。心慊移而不省故兮[3]，交得意而相亲。

【注释】

〔1〕虞：测度。

〔2〕我：指武帝，即我的君王。

〔3〕慊：绝情。

【译文】

这是一个多么美丽的女子，逍遥徘徊却忧心忡忡，失魂落魄去而不返，面容枯槁独自居住。君王曾许诺朝往暮来，却沉溺于饮食之乐便忘记了美人。绝情移意不再眷顾美人我啊，与新人意气相投而相亲相爱。

伊予志之慢愚兮，怀贞悫之欢心[1]。愿赐问而自进兮，得尚君之玉音。奉虚言而望诚兮，期城南之离宫。修薄具而自设兮，君曾不肯乎幸临。廓独潜而专精兮，天漂漂而疾风。登兰台而遥望兮，神怳怳而外淫。浮云郁而四塞兮，天窈窈而昼阴。雷殷殷而响起兮，声象君之车音。飘风回而起闺兮，举帷幄之襜襜。桂树交而相纷兮，芳酷烈之訚訚[2]。孔雀集而相存兮，玄猿啸而长吟。翡翠协翼而来萃兮，鸾凤翔而北南。

【注释】

〔1〕悫（què）：诚实，谨慎。

〔2〕訚訚（yín）：浓烈。

【译文】

我阿娇情志疏慢而又愚笨，怀着忠贞诚信与君王欢爱之心，希望荣幸地得到问讯而进见，能侍奉君王聆听玉音。得到一句空话便当真地盼望，期待在城南的长门离宫。置办并不丰盛的佳肴美馔，君王竟始终不肯临幸。寂寞孤独地幽居却专心专意，天上刮起迅急大风。登上兰台遥遥相望，神情恍惚魂不守舍。浮云郁集遮蔽四方，天空深远白昼也阴暗。雷轰隆隆响声四起，像是那君王车驾奔来。飘风回旋中门自开，吹动帷幕晃晃悠悠。桂树枝条交错纠结，芬芳浓郁飘溢。孔雀栖止亲切相唤，黑猿吟啸叫声悠远，翡翠水鸟敛翅聚集，鸾鸟凤鸟却南北分翔。

心凭噫而不舒兮，邪气壮而攻中。下兰台而周览兮，步从容于深宫。正殿块以造天兮，郁并起而穹崇。间徙倚于东厢兮，观夫靡靡而无穷。挤玉户以撼金铺兮，声噌吰而似钟音。

刻木兰以为榱兮，饰文杏以为梁。罗丰茸之游树兮[1]，离楼梧而相撑[2]。施瑰木之欂栌兮[3]，委参差以㭾梁。时仿佛以物类兮，象积石之将将。五色炫以相曜兮，烂耀耀而成光。致错石之瓴甓兮，象玳瑁之文章。张罗绮之幔帷兮，垂楚组之连纲。

【注释】

〔1〕丰茸：雕饰繁富。　游树：浮柱。

〔2〕离楼：镂空。　梧：强力。

〔3〕欂栌：柱上木。

【译文】

心胸闷塞无法舒展，邪气强盛又侵袭心中。走下兰台周游观览，从容舒缓漫步深宫。正殿耸峙高峻，旁殿巍峨并起。徘徊少顷走到东边厢房，观看到的美景无穷无尽。推开玉门而金环摇动，声音宏大如同钟儿敲响。

雕刻木兰作为屋椽，装饰文杏作为房梁。罗列着众多的浮柱，镂空的斜柱竞相支撑。用瑰奇的木料作成斗栱，短木参差堆成栱梁。时而想象用物品比拟，那就像高峻的积石名山。五色光彩相互辉耀，鲜亮灿烂闪烁光芒。细密彩纹的石块铺就地面，就像玳瑁般的美丽纹采。张布罗绮织就的帷幔帐幕，垂落下楚地的缀连组绶。

抚柱楣以从容兮，览曲台之央央。白鹤噭以哀号兮，孤雌跱于枯杨。日黄昏而望绝兮，怅独托于空堂。悬明月以自照兮，徂清夜于洞房。援雅琴以变调兮，奏愁思之不可长。案流徵以却转兮[1]，声幼妙而复扬。贯历览其中操兮，意慷慨而自卬[2]。左右悲而垂泪兮，涕流离而从横。舒息悒而增欷兮，蹝履起而彷徨。揄长袂以自翳兮[3]，数昔日之諐殃[4]。无面目之可显兮，遂颓思而就床。抟芬若以为枕兮，席荃兰而茝香。

【注释】

〔1〕流徵（zhǐ）：音调名。宋玉《对楚王问》：“引商刻羽，杂以流徵，国中属而和者不过数人而已。”

〔2〕卬（áng）：激励。

〔3〕揄：引。

〔4〕諐（qiān）殃：过失。

【译文】

抚柱揽楣四下漫步，观看曲台的深远宽广。白鹤鸣叫阵阵哀号，失偶雌鸟独立枯杨，日已黄昏目光望断，惆怅孤独托身空堂。明月高悬自照我身，深邃内房消磨清夜。弹起雅琴不断变调，奏起愁思不能久长。按响曲高和寡的流徵却有转调，轻细要妙忽沉忽扬，纵观琴曲领会情操，旨意慷慨而高昂激动。左右之人悲痛流泪，泪水淋漓纵横四溢。舒吐叹息更增哽咽，提起鞋子起身徬徨。长袖扬起自遮脸面，历历反省昔日过失。没有脸面去显扬美德，只有颓然来到床上。揉抱芬芳香草以为枕头，荃、兰编织的凉席发出幽香。

忽寝寐而梦想兮，魄若君之在旁。惕寤觉而无见兮，魂迋迋若有亡[1]。众鸡鸣而愁予兮，起视月之精光。观众星之行列兮，毕昴出于东方[2]。望中庭之蔼蔼兮，若季秋之降霜。夜曼曼其若岁兮，怀郁郁其不可再更。澹偃蹇而待曙兮，荒亭亭而复明。妾人窃自悲兮，究年岁而不敢忘。

【注释】

〔1〕迋迋（kuáng）：恐遽貌。

〔2〕毕昴（mǎo）：星名。

【译文】

刚刚合眼进入梦乡，魂魄好像来到君王身旁。突然惊醒却什么也没见，心魂恐惧若有所失。群鸡齐鸣令我悲愁满怀，起身观看月光皎洁。众星璀璨行列夜空，毕昴启明已在东方。远望中庭月色蔼蔼微暗，仿佛深秋霜降一片。长夜漫漫岁月漫长，抑郁愁苦难以忍耐。心神摇荡等待曙光，天色方已渐渐明亮。妾人我内心暗自悲叹，穷年累月不敢忘记君王。

思旧赋并序　向子期（向秀）

【题解】

向秀（生卒年不详），字子期，晋河内怀（今河南武陟西南）人。“竹林七贤”之一。好老庄之学，曾注《庄子》，唯《秋水》《至乐》二篇未完而卒。《晋书》有传。本赋为悼念亡友嵇康、吕安而作，并从侧面表现了他对当时政治现实的不满。

余与嵇康、吕安居止接近〔1〕。其人并有不羁之才。然嵇志远而疏，吕心旷而放，其后各以事见法〔2〕。嵇博综技艺，于丝竹特妙。临当就命，顾视日影，索琴而弹之。余逝将西迈，经其旧庐〔3〕。于时日薄虞渊〔4〕，寒冰凄然。邻人有吹笛者，发声寥亮。追思曩昔游宴之好〔5〕，感音而叹，故作赋云：

【注释】

〔1〕嵇康：字叔夜，竹林七贤之一。　吕安：字仲悌，与阮籍、山涛等人友善。

〔2〕见法：被法律制裁。

〔3〕旧庐：嵇康故居。

〔4〕虞渊：旧传太阳落山之处。

〔5〕曩昔：往昔。

【译文】

我与嵇康、吕安住所相近，他俩都有不可羁束的才能。只是嵇康志向高远而疏放人事，吕安则心性旷达而脱略世情，后来他俩都因事被杀。嵇康身怀多种技艺，对弦管乐器尤为精通。他在临刑之时，看看日影时候未到，就索琴弹曲。我西行赴京，经过嵇康旧居。当时日将西下，寒冰令人凄然。邻人吹笛，声音寥亮。追想往昔我们在竹林交游宴饮的欢乐，听到笛声感叹不已，所以写下此赋。曰：

将命适于远京兮，遂旋反而北徂。济黄河以泛舟兮，经山阳之旧居。瞻旷野之萧条兮，息余驾乎城隅。践二子之遗迹兮，历穷巷之空庐。叹《黍离》之愍周兮〔1〕，悲麦秀于殷墟〔2〕。惟古昔以怀今兮，心徘徊以踌躇。栋宇存而弗毁兮，形神逝其焉如。昔李斯之受罪兮〔3〕，叹黄犬而长吟。悼嵇生之永辞兮，顾日影而弹琴。托运遇于领会兮，寄馀命于寸阴。听鸣笛之慷慨兮，妙声绝而复寻。停驾言其将迈兮，遂援翰而写心。

【注释】

〔1〕《黍离》：《诗经·王风》篇名，周大夫经过故都废墟，彷徨不忍而吟咏哀闵。

〔2〕麦秀：《尚书大传》载微子过殷墟而唱“麦秀”之歌。

〔3〕李斯：秦丞相，被斩前对儿子说：“吾欲与若复牵黄犬，出上蔡东门，逐狡兔，岂可得乎？”

【译文】

遵朝廷之命赴远方京城，回返时转向而北行。面向黄河泛舟而渡，经过嵇康的山阳旧居。眺望旷野的萧条景象，停车息驾在城之一隅。脚踏嵇康、吕安二人的遗迹，走过隐僻里巷的空空故居。感叹《黍离》之诗的哀愍故庙，悲伤“麦秀”之歌的感慨殷墟。想起往事感叹当今，心情不定而徘徊踌躇。屋宇犹存没有毁坏，二人形神俱逝不知何方。以往李斯被处斩之时，为不能再牵黄犬打猎而感吟，悲悼嵇康在辞世之日，还观望日影弹奏乐曲。他是领会了这世道命运遭遇，把片刻的馀生寄托在寸阴之间。听到邻人鸣笛之声慷慨悲凉，奇妙的乐曲断而复续。停着的车驾即将出发，于是提起笔来以赋写心。

叹逝赋并序　陆士衡（陆机）

【题解】

陆机（261—303），字士衡，吴郡华亭（今上海松江）人。祖逊、父抗皆东吴名将。吴亡，家居闭门读书，太康末，与弟陆云同至洛阳，文才轰动一时，时称“二陆”。曾任平原内史，世称陆平原。后在“八王之乱”中被杀。《晋书》有传。此赋叙写亲人好友不幸逝世，抒发悲悼之情，表达出人生道路的艰难而退隐思归的情怀。

昔每闻长老追计平生同时亲故，或凋落已尽，或仅有存者。余年方四十，而懿亲戚属[1]，亡多存寡。昵交密友[2]，亦不半在。或所曾共游一途，同宴一室，十年之外，索然已尽。以是思哀，哀可知矣。乃作赋曰：

【注释】

〔1〕懿：好。

〔2〕昵：亲近。

【译文】

往昔常常听老年人追忆平生中同时代的亲戚故友，有的早已离世，仅有少数尚存。我的年纪刚刚四十，而家族亲属，亡多存少；亲朋密友，健在的不到一半。有的曾经共同出游旅行，有的曾经同室宴饮，十年开外，大都辞世离去。以此思虑这件事，那悲哀可想而知的了。于是写下此赋道：

伊天地之运流，纷升降而相袭。日望空以骏驱，节循虚而警立。嗟人生之短期，孰长年之能执？时飘忽其不再，老晼晚其将及[1]。怼琼蕊之无征[2]，恨朝霞之难挹。望汤谷以企予[3]，惜此景之屡戢[4]。

【注释】

〔1〕晼晚：日将暮。

〔2〕怼（duì）：怨。

〔3〕汤谷：日出之处。　企：踮脚。

〔4〕戢：藏。

【译文】

那天地之气运行流转，交替升降相因相循。太阳在空中如骏马奔驰，四季依时空相继而来。感叹人生多么短暂，谁又能够执持长久的岁月？时光飘逝不再回返，衰老将至如日色已晚。抱怨玉蕊可致长生却无验证，遗憾朝霞可以延年却难捧舀。踮足遥望日出之处汤谷，可惜日光总是隐没。

悲夫！川阅水以成川，水滔滔而日度。世阅人而为世，人冉冉而行暮。人何世而弗新，世何人之能故。野每春其必华，草无朝而遗露。经终古而常然，率品物其如素。譬日及之在条[1]，恒虽尽而弗寤。虽不寤其可悲，心惆焉而自伤。亮造化之若兹[2]，吾安取夫久长？痛灵根之夙陨[3]，怨具尔之多丧[4]。悼堂构之隤瘁，愍城阙之丘荒。亲弥懿其已逝，交何戚而不忘。咨余今之方殆，何视天之芒芒[5]。

【注释】

〔1〕日及：朝菌，又称木槿，朝生夕陨。

〔2〕亮：确实。

〔3〕灵根：祖与父。

〔4〕具尔：兄弟。

〔5〕芒芒：广大辽阔。

【译文】

悲哀啊！河川汇集水流才成为河川，但水流却滔滔日日奔流而去。人世总聚集人才成为人世，但众人却渐渐迟暮衰老。哪个时代不是新人辈出？哪个时代的人能永远不老？田野上逢春必有鲜花盛开，绿草没有哪个早晨能留住露滴。自古以来就是如此，万物沿续如同以往。如木槿花生长在枝干上，朝开暮落而不自知生命短暂。虽然不知自己是如何可悲，但我心惆怅而哀伤不已。天地造化确实如此，我怎会生命久长？痛心祖、父两辈早逝，哀怨兄弟大多丧亡。悲悼祖屋建筑倒塌，哀悯城阙门楼已成荒丘。至亲至友已离世而去，交感悲凄而永志不忘。嗟叹我如今也病困多危，为何看天也茫茫不明。

伤怀凄其多念，戚貌瘁而鲜欢[1]。幽情发而成绪，滞思叩而兴端。惨此世之无乐，咏在昔而为言。居充堂而衍宇，行连驾而比轩。弥年时其讵几，夫何往而不残。或冥邈而既尽，或寥廓而仅半。信松茂而柏悦，嗟芝焚而蕙叹。苟性命之弗殊，岂同波而异澜。瞻前轨之既覆，知此路之良难。启四体而深悼[2]，惧兹形之将然。毒娱情而寡方，怨感目之多颜。

【注释】

〔1〕瘁：忧愁。

〔2〕启四体：指人之将死。《论语》载："曾子有疾，召门弟子曰：'启予足，启予手。'"启，视。

【译文】

情怀悲伤凄惨而思绪万千，面容憔悴而少有欢乐。由幽思触发形成情绪，叩动滞思而引发吟咏。为此生此世的无欢无乐深感悲惨，歌咏以往成为眼前常态。当日欢聚济济一堂，驾车并驱浩荡行进，整年之中有多少这样的好时光，到如今满目尽是残破凋零。有的年代久远早已过世，寥廓在世也只有一半。确信松树茂盛柏树欢悦，感叹灵芝被焚蕙草悲哀。如果性与命并无不同，为何同波而出却异澜而流！看到前车颠覆之迹，已知人生之路的艰难。想起曾子临终时视四肢而深深自悼，恐惧自己形体也将如此衰竭。痛惜娱情之物如此的缺少，亡者颜容一一尽现眼前。

谅多颜之感目，神何适而获怡。寻平生于响像，览前物而怀之。步寒林以凄恻，玩春翘而有思[1]。触万类以生悲，叹同节而异时。年弥往而念广，途薄暮而意迮[2]。亲落落而日稀，友靡靡而愈索。顾旧要于遗存，得十一于千百。乐隤心其如忘，哀缘情而来宅。托末契于后生[3]，余将老而为客。

【注释】

〔1〕翘：茂盛。

〔2〕迮：仓促。

〔3〕末契：友谊。

【译文】

亡者颜容令人感伤痛心，神情何处才能欣怡自得？追寻平生亲友的音容笑貌，观览到旧时器物更无限怀念。漫步秋日的寒林而凄惨悱恻，把玩春日的鲜花有不尽思念。接触万事万物都令人生悲生愁，慨叹节序相同却时代已异。年纪越大思念越广，薄暮行路意气仓促。亲人天天稀少，朋友靡靡亡尽。回顾旧日仍然在世的好友，不过是千百中之十一。欢乐崩溃于心如永久失去，哀伤缘情而来永驻此处。如今只可与年轻人相托友情，我将一年年老去成为人生过客。

然后弭节安怀[1]，妙思天造，精浮神沦，忽在世表。寤大暮之同寐[2]，何矜晚以怨早。指彼日之方除，岂兹情之足搅？感秋华于衰木，瘁零露于丰草。在殷忧而弗违，夫何云乎识道。将颐天地之大德，遗圣人之洪宝。解心累于末迹，聊优游以娱老。

【注释】

〔1〕弭节：驻车。此指停止忧伤的情思。

〔2〕大暮：长夜。

【译文】

然后停止忧伤，安定怀抱，思索造物的玄妙道理，精气虚浮神情沦落，恍惚间已在人世之外。猛然悟到死亡就如同睡眠，何必夸耀长寿而怨恨早亡。指看时日正飞速离去，岂可因此搅乱心绪？感慨秋花盛开在衰木林中，露水滴落在芳草之上，深深地忧愁而不知解脱，怎称得上是认识天地之道？将颐养天地的生命之性，遗弃圣人所提倡的名位追求。在人生的晚年解除一切烦心之想，悠闲自得而欢娱地度过老年时光。

怀旧赋并序　潘安仁（潘岳）

【题解】

叙写赴嵩山祭悼岳父杨公及其二子的过程，抒发了对亲友的怀念之情。

余十二而获见于父友东武戴侯杨君〔1〕，始见知名，遂申之以婚姻，而道元、公嗣〔2〕，亦隆世亲之爱。不幸短命，父子凋殒。余既有私艰〔3〕，且寻役于外，不历嵩丘之山者〔4〕，九年于兹矣。今而经焉，慨然怀旧而赋之，曰：

【注释】

〔1〕戴侯杨君：潘岳的岳父杨肇，字秀初，封东武伯，薨，谥曰戴。

〔2〕道元：杨潭，字道元，杨肇子。　公嗣：杨韶，字公嗣，杨肇次子。

〔3〕私艰：家难，指潘岳父丧。

〔4〕嵩丘之山：杨肇坟茔所在地。

【译文】

我年十二时有幸与父亲的朋友东武伯戴侯杨肇大人相见，声名被世所知，于是两家结为婚姻亲家。其子道元、公嗣与我友爱和好而增添两家的世代之亲。杨家父子不幸运薄命短，过早逝世。我既遇父丧之哀，又在外地为官，许久没有来过嵩山陵墓，于今已经九年了。今天经过此地，感慨思念亲旧并作赋道：

启开阳而朝迈，济清洛以径渡。晨风凄以激冷，夕雪暠以掩路[1]。辙含冰以灭轨，水渐轫以凝冱[2]。途艰屯其难进，日晼晚而将暮。仰睎归云，俯镜泉流。前瞻太室，傍眺嵩丘。东武托焉，建茔启畴。岩岩双表，列列行楸。望彼楸矣，感于予思。既兴慕于戴侯，亦悼元而哀嗣。坟垒垒而接垄，柏森森以攒植。何逝没之相寻，曾旧草之未异。

【注释】

〔1〕暠：白。

〔2〕凝冱：结冰。

【译文】

清早自洛阳开阳门出发，渡过清清的洛河一路前行。晨风凄凉而猛烈，傍晚白雪遮掩了征途。车辙有冰掩没车轮轨迹，积水浸淹路面铺满寒冰。路途艰难行进困顿，天色昏暗已近日暮。仰望行云漂浮，俯看如镜泉流，向前瞻望太室主峰，向旁眺望嵩山群岭。东武伯托身此地，开启陇畴建筑坟茔。两根华表高矗，整齐楸树成行。望着那成行楸树啊，引发我的无限思念。既崇敬仰慕戴侯，亦不禁哀悼道元、公嗣。垒垒坟茔相连于田垄，森森柏树密集竖立。为何父子辞世如此相近，连坟茔上的陈年宿草都没有变样。

余总角而获见[1]，承戴侯之清尘[2]。名余以国士，眷余以嘉姻。自祖考而隆好，逮二子而世亲。欢携手以偕老，庶报德之有邻[3]。今九载而一来，空馆阒其无人[4]。陈荄被于堂除[5]，旧圃化而为薪。步庭庑以徘徊，涕泫流而沾巾。宵展转而不寐，骤长叹以达晨。独郁结其谁语，聊缀思于斯文。

【注释】

〔1〕总角：指童年。古时儿童束发为两结，向上分开，形状如角，故称总角。

〔2〕清尘：对尊贵者的敬称。

〔3〕德之有邻：用《论语·里仁》“德不孤，必有邻”之义。

〔4〕阒（qù）：寂静。

〔5〕荄：草根。

【译文】

我总角年少时被戴侯亲近，追随其后并承蒙关照，称我为才能出众的国士，让女儿与我结为美好的姻缘。两家自父祖时就友好相亲，到杨氏二子时关系更为密切。欢乐携手相亲白头偕老，希望报答恩惠永相为有德之邻。如今九年了我来到这里，屋舍空空没有一人。陈年草根布满台阶，原先的菜园已到处是柴草。漫步堂廊徘徊徬徨，眼泪横流沾湿佩巾。整夜辗转不能入眠，数次长叹直到天明。独自烦闷郁积在心向谁倾诉，暂且连缀情思写下此文。

寡妇赋并序　潘安仁（潘岳）

【题解】

以寡归任子咸之妻自述的口吻，叙写了她自出嫁到丈夫逝世、送葬、独居守丧的全过程，突出其悲苦哀痛之情。

乐安任子咸[1]，有韬世之量[2]，与余少而欢焉！虽兄弟之爱，无以加也。不幸弱冠而终，良友既没，何痛如之！其妻又吾姨也，少丧父母，适人而所天又殒[3]，孤女藐焉始孩[4]。斯亦生民之至艰，而荼毒之极哀也。昔阮瑀既殁[5]，魏文悼之[6]，并命知旧作《寡妇》之赋。余遂拟之，以叙其孤寡之心焉。其辞曰：

【注释】

〔1〕乐安：故地在今山东博兴。　任子咸：任护，字子咸。

〔2〕韬世：气度宏大，能容纳世界。

〔3〕适：嫁。

〔4〕藐：小。　孩：小儿笑。

〔5〕阮瑀：建安七子之一。

〔6〕魏文：魏文帝曹丕。

【译文】

乐安人任子咸，有包容世界的气度。与我从小交好，即使是兄弟情谊也不能超过，不幸年纪轻轻就去世了。良友去世，无比悲痛。他的妻子又是我的妻妹，小时父母双亡，出嫁后视之为天的丈夫又过早离世，那时女儿还小，刚刚会笑。这真是做人最为艰难的、也是不幸遭遇中最为悲哀的事了。魏时阮瑀逝世，魏文帝曹丕悼念他，就让各位旧识好友都作《寡妇》之赋。我模拟任子咸妻子的口吻作赋，以叙述其孤独寡居的心情。赋的语辞为：

嗟予生之不造兮[1]，哀天难之匪忱[2]。少伶俜而偏孤兮[3]，痛切怛以摧心[4]。览寒泉之遗叹兮[5]，咏《蓼莪》之馀音[6]。情长感以永慕兮，思弥远而逾深。

【注释】

〔1〕予生：我生，此赋是为寡妇代言，故称。　不造：处身失所。

〔2〕忱：诚信。

〔3〕伶俜：孤单。　偏孤：丧父。

〔4〕忉怛（dāo dá）：忧伤，悲痛。

〔5〕寒泉：《诗经·邶风·凯风》有“爰有寒泉，在浚之下。有子七人，母氏劳苦”诗句，后以“寒泉”作孝顺母亲之义。

〔6〕《蓼（lù）莪》：《诗经·小雅》篇名，诗曰：“蓼蓼者莪，匪莪伊蒿。哀哀父母，生我劬劳。”《毛序》谓此诗是追念父母而作。

【译文】

怨嗟我一生处身失所，悲哀上天不以诚信相待。幼时慈父逝亡已孤苦零丁，悲痛满怀摧伤心灵。读到“寒泉”之诗慨叹母亲哺育的辛劳，吟咏《蓼莪》之章哭诉追念。心情戚戚啊永远思慕，思恋愈远啊思念愈深。

伊女子之有行兮，爰奉嫔于高族〔1〕。承庆云之光覆兮〔2〕，荷君子之惠渥。顾葛藟之蔓延兮〔3〕，托微茎于樛木。惧身轻而施重兮，若履冰而临谷。遵义方之明训兮，宪女史之典戒〔4〕。奉蒸尝以效顺兮〔5〕，供洒扫以弥载。

【注释】

〔1〕奉嫔：奉行妇道。

〔2〕庆云：五色云，喻父母。《史记》曰：“若烟非烟，若云非云，郁郁纷纷，萧索轮菌，是谓庆云。”

〔3〕葛藟：二草名，依附樛木而长。

〔4〕女史：女官名。

〔5〕蒸尝：秋冬二祭。

【译文】

这女子自有高尚德行，有幸在高门望族奉行妇道。既蒙受父母的三春阳光，又承荷丈夫的深厚恩惠。看葛藟蔓延生长，托微茎于茁壮的樛木；怕身轻人微辜负恩施深重，小心谨慎如身履薄冰面临深谷。遵照做人正道的训示，效法女官的警戒准则，供奉秋冬二祭以尽柔顺之道，一年到头谨力于洒扫等家务。

彼诗人之攸叹兮，徒愿言而心痗。何遭命之奇薄兮，遘天祸之未悔。荣华晔其始茂兮，良人忽以捐背。静阖门以穷居兮，块茕独而靡依〔1〕。易锦茵以苫席兮，代罗帱以素帷。命阿保而就列兮〔2〕，览巾箑以舒悲〔3〕。口呜咽以失声兮，泪横迸而沾衣。愁烦冤其谁告兮，提孤孩于坐侧〔4〕。

【注释】

〔1〕块：孤独。

〔2〕阿（ē）保：古代教育抚养贵族子女的妇女。　就列：就位，排列哭丧的位次。

〔3〕巾箑（shà）：用绢做的扇子。

〔4〕坐侧：灵坐之侧。

【译文】

那古代诗人长长叹息，只是吟咏思念夫君令人悲伤。为何遭受的命运如此刻薄，天降祸于我而不曾有悔。正当青春风华正茂，良人忽然离世而去。静闭门户寂寞穷居，独自孤单无所依靠。改换锦绣席垫为草铺竹编，替代罗帱绣帷为素色帐帘。命阿保仆妇也加入痛悼行列，看见丈夫的佩巾羽扇而悲伤迸发。口中呜咽语不成声，眼泪横流沾湿衣襟。内心烦愁向谁来诉，抱着孤儿坐在灵位之侧。

时暧暧而向昏兮，日杳杳而西匿。雀群飞而赴楹兮，鸡登栖而敛翼。归空馆而自怜兮，抚衾裯以叹息〔1〕。思缠绵以瞀乱兮[2]，心摧伤以怆恻。

【注释】

〔1〕衾：被子。　裯：单被。

〔2〕瞀（mào）：错乱。

【译文】

时光沉沉已近黄昏，太阳杳杳落向西边。燕雀飞赴楹间窝巢，鸡群敛翅上架栖息。走进空门独自哀怜，抚摸衾被不尽叹息。情思郁结缠绵紊乱，心中摧伤凄怆悲恻。

曜灵晔而遄迈兮[1]，四节运而推移。天凝露以降霜兮，木落叶而陨枝。仰神宇之寥寥兮，瞻灵衣之披披[2]。退幽悲于堂隅兮，进独拜于床垂。耳倾想于畴昔兮，目仿佛乎平素。虽冥冥而罔觌兮，犹依依以凭附。痛存亡之殊制兮，将迁神而安厝[3]。龙輀俨其星驾兮[4]，飞旐翩以启路[5]。轮按轨以徐进兮，马悲鸣而踊顾[6]。潜灵邈其不反兮，殷忧结而靡诉。睎形影于几筵兮，驰精爽于丘墓。

【注释】

〔1〕曜灵：太阳。

〔2〕灵衣：生前衣装。

〔3〕厝（cuò）：置。

〔4〕輀（ér）：灵车。

〔5〕旐：魂幡。

〔6〕踊顾：徘徊不前。

【译文】

太阳光亮飞快奔驰，四季运转交替循环。天凝露水寒霜而降，树木落叶枝条断折。仰望灵堂如此空虚寂寥，回看灵衣风吹飘摇。忧郁悲伤退在堂屋一隅，上前独自进拜灵床。侧耳倾心遥想往昔的岁月，眼前仿佛出现熟悉的身影。虽然昏昏冥冥没见什么，仍旧依依恋恋上前依靠。痛心妻存夫亡而生死异路，将要送行神灵安放灵柩。龙饰柩车星夜庄严出发，缤纷魂幡飘扬引导开路。车轮依辙徐徐前行，马儿悲鸣徘徊不前。灵柩下入黄泉永不返归，痛苦郁结无法诉说。形影恍惚尚在几筵之间，魂魄却已驰向丘墓。

自仲秋而在疚兮〔1〕，逾履霜以践冰。雪霏霏而骤落兮，风浏浏而夙兴。霤泠泠以夜下兮，水溓溓以微凝。意忽恍以迁越兮，神一夕而九升。庶浸远而哀降兮，情恻恻而弥甚。愿假梦以通灵兮，目炯炯而不寝。夜漫漫以悠悠兮，寒凄凄以凛凛。气愤薄而乘胸兮，涕交横而流枕。亡魂逝而永远兮，时岁忽其遒尽。容貌儡以顿悴兮，左右凄其相慜。感三良之殉秦兮〔2〕，甘捐生而自引〔3〕。鞠稚子于怀抱兮，羌低徊而不忍。独指景而心誓兮，虽形存而志陨。

【注释】

〔1〕疚：悲痛。

〔2〕三良殉秦：秦穆公卒，以子车氏之三子奄息、仲行、鍼虎殉葬，此三人皆秦之优秀人才。

〔3〕自引：自杀。

【译文】

自盛秋以来居丧，至今严冬踩霜踏冰，雪花漫天霏霏而卷落，狂风早晚呼啸而不停。檐间雨水乘夜而落，滴滴水珠凝结成冰。神魂恍惚飘游不定，一夜之间数次惊飞。期望时光流逝而悲哀渐减，不料情感凄恻日甚一日。愿借梦境与丈夫魂灵相通，然而目光炯炯怎么也睡不着。长夜漫漫悠长无尽，寒冷凄凄凛冽逼人。心气郁结充溢胸腔，眼泪纵横浸湿枕头。亡魂一逝永不再归，时光超忽已是一年将尽。容貌困顿憔悴，左右亲人相顾悽怜。有感子车氏三子为君王殉葬，我也甘愿捐弃生命；只因要养育怀抱中幼小儿女，低头徘徊不忍离去。唯有上指太阳而发誓，形体虽存而心实已死。

重曰[1]：仰皇穹兮叹息，私自怜兮何极。省微身兮孤弱，顾稚子兮未识。如涉川兮无梁，若陵虚兮失翼。上瞻兮遗象，下临兮泉壤。窈冥兮潜翳，心存兮目想。奉虚坐兮肃清，愬空宇兮旷朗。廓孤立兮顾影，块独言兮听响。顾影兮伤摧，听响兮增哀。遥逝兮逾远，缅邈兮长乖。四节流兮忽代序，岁云暮兮日西颓。霜被庭兮风入室，夜既分兮星汉回。梦良人兮来游，若阊阖兮洞开。怛惊悟兮无闻，超惝怳兮恸怀。恸怀兮奈何，言陟兮山阿。墓门兮肃肃，修垄兮峨峨。孤鸟嘤兮悲鸣，长松萋兮振柯。哀郁结兮交集，泪横流兮滂沱。蹈恭姜兮明誓，咏《柏舟》兮清歌[2]。终归骨兮山足，存凭托兮余华。要吾君兮同穴，之死矢兮靡佗[3]。

【注释】

〔1〕重：结束时的重复。

〔2〕“蹈恭姜”二句：《诗经·鄘风·柏舟》为恭姜的誓词，此述守义之愿。

〔3〕之死矢靡佗：《诗经·柏舟》成句，意即至死不改变忠守丈夫之心。

【译文】

结尾之处重复抒发道：仰望苍穹而长长叹息，自怜悲苦啊何处是尽头。反观自己衰微之躯啊，怀中小女啊未识其父。如同过河但没有桥梁，好似飞翔却失去翅膀。向上瞻望丈夫遗像，向下面临黄泉坟墓。被重重泉壤隔绝，夫君活在心里啊想在眼前。供奉灵座啊恭敬清静，哭诉上天啊空荡旷朗。孤独站立啊顾影自怜，自言自语啊回声阵阵。顾影自怜而悲催，回声阵阵而增哀。丈夫遥逝啊越来越远，思绪缅邈啊永远相离。四季飞驰啊顺次更替，又值年尾之时红日西坠。严霜铺庭寒风入室，夜半时分星汉回旋。梦见丈夫来此一游，阊阖天门一下打开。猛地惊醒无声无息，怅然迷惘情怀悲痛。情怀悲痛啊无可奈何，只说是要登上高高山冈。墓门萧疏一片，长陇峨峨空立，孤鸟嘤嘤悲哀啼鸣，长松萋萋振动枝柯，哀伤百感交集，眼泪横流滂沱。遵循恭姜啊至死不变的誓言，歌吟《柏舟》清悠的诗歌。我的尸骨啊最终也要归向大山脚下，把自己托付于丈夫的遗辉。与我的夫君同穴而葬，忠守夫君之心至死不变。

恨　赋　江文通（江淹）

【题解】

江淹（444—505），字文通，南朝济阳考城（今河南兰考东）人。历宋、齐、梁三朝，梁时官至金紫光禄大夫，卒赠醴陵侯，谥宪。早年即以文章著名，晚年所作诗文不如前期，人谓“江郎才尽”，诗歌多拟古之作，《梁书》《南史》均有传。本赋描绘了古代社会各种各样人物的怨恨与遗憾，实际上是抒发士人的失意情绪。

试望平原，蔓草萦骨，拱木敛魂〔1〕，人生到此，天道宁论！于是仆本恨人〔2〕，心惊不已。直念古者，伏恨而死。

【注释】

〔1〕拱木：坟墓旁的大树。

〔2〕恨：遗憾。

【译文】

遥望平原，蔓草萦绕白骨，拱木聚敛着茫茫魂灵。人生走到这一步，谁还去议论天道如何！我本失意抱恨之人，内心惊骇不已，只想到古时有多少人抱恨失意而死。

至如秦帝按剑，诸侯西驰，削平天下，同文共规，华山为城，紫渊为池〔1〕。雄图既溢，武力未毕，方架鼋鼍以为梁〔2〕，巡海右以送日。一旦魂断，宫车晚出。若乃赵王既虏，迁于房陵，薄暮心动，昧旦神兴。别艳姬与美女，丧金舆及玉乘。置酒欲饮，悲来填膺，千秋万岁，为怨难胜。

【注释】

〔1〕紫渊：水名。《山海经》云："紫渊水出根耆之山，西流注河。"

〔2〕鼋（yuán）鼍（tuó）：鳖与鳄。

【译文】

至于像秦始皇手按佩剑，诸侯西向臣服，平定天下，统一文字、法规，以华山作高高城墙，以紫渊水作护城河池。雄图已经实现，武力尚未停止，正要以鼋鼍为桥渡海寻仙，又欲巡游西海亲送红日入山。一旦身殁魂断，晏驾而已。如说到赵王成为俘虏，流放房陵，黄昏时分心惊肉跳，黎明时刻神情摇动。告别美艳的姬妾宫女，丢弃王者的金玉车乘。摆下酒宴想喝一杯，悲伤袭来充满胸臆，历千年越万代，哀怨之情难有比之更甚的。

至如李君降北〔1〕，名辱身冤，拔剑击柱，吊影惭魂。情往上郡〔2〕，心留雁门，裂帛系书，誓还汉恩。朝露溘至，握手何言？若夫明妃去时[3]，仰天太息，紫台稍远[4]，关山无极。摇风忽起，白日西匿，陇雁少飞，代云寡色。望君王兮何期？终芜绝兮异域。

【注释】

〔1〕李君：李陵，字少卿，汉武帝时出击匈奴，战败而降。

〔2〕上郡：今陕北及内蒙乌审旗一带。

〔3〕明妃：王昭君。

〔4〕紫台：紫宫，帝王所居。

【译文】

至于像李陵北降匈奴，名被羞辱身遭冤恨，含恨拔剑击砍房柱，孤影游魂自伤自惭。情寄上郡，心留雁门。撕帛作书托付鸿雁，立誓报答汉朝恩情。人生如朝露忽至尽头，握手话别还能说些什么。如果说到王昭君出塞，仰天叹息。皇宫紫台渐渐遥远，关山重叠毫无止境，狂风扶摇平地而起，白日西下藏匿不见。陇地大雁很少飞翔，代地山口黯然无色，再见君王啊何时相会，这一辈子啊终将老死异域。

至乃敬通见抵[1]，罢归田里，闭关却扫，塞门不仕。左对孺人[2]，顾弄稚子[3]，脱略公卿[4]，跌宕文史[5]。赍志没地[6]，长怀无已。及夫中散下狱[7]，神气激扬，浊醪夕引，素琴晨张。秋日萧索，浮云无光。郁青霞之奇意，入修夜之不旸[8]。

【注释】

〔1〕敬通：冯衍，字敬通，汉明帝以为他才过其实，抑而不用。

〔2〕孺人：妻子。《礼记》：“天子之妃曰后，大夫妻曰孺人。”

〔3〕弄：嬉戏。

〔4〕脱略：简易不羁。

〔5〕跌宕：纵情放逸。

〔6〕赍（jī）：怀着。

〔7〕中散：嵇康，拜中散大夫。

〔8〕旸：日出。

【译文】

至于冯敬通被抑而不用，罢官回归田园乡里，关闭门户不再洒扫见客，杜门而居绝不出仕。左侧有妻子陪伴，低头与稚子玩耍；傲慢简易面对公卿，纵情放逸于文史古籍。怀着壮志却走向死亡，长恨之情永无休止。至于说到嵇康下狱，神态轩昂激扬，晚夕浊酒畅饮，清晨援琴弹曲。秋日冷落萧瑟，浮云暗淡无光，高尚志趣直上青云，遭遇则如长夜难逢日出。

或有孤臣危涕，孽子坠心〔1〕；迁客海上〔2〕，流戍陇阴。此人但闻悲风汩起〔3〕，血下沾衿；亦复含酸茹叹，销落湮沉。若乃骑叠迹，车屯轨，黄尘匝地〔4〕，歌吹四起，无不烟断火绝，闭骨泉里。

【注释】

〔1〕孽子：失宠的庶子。

〔2〕迁客：流放之人。

〔3〕汩（gǔ）：快速。

〔4〕匝：满。

【译文】

或有失势的臣子涕泣流泪，失宠的庶子担忧恐惧，贬谪远方而身居穷海，流放戍边而人在陇山。这些人只要听到悲风迅起，便流泪泣血沾满衣襟；也有饱含酸楚而叹息，衰落死亡如烟沉。至于那些人马叠迹、豪车聚轨的荣贵之人，黄尘飞扬遮天蔽地，歌声鼓乐吹奏四起，但最终也无不死亡如烟断火绝，尸骨深埋黄泉之下。

已矣哉！春草暮兮秋风惊，秋风罢兮春草生。绮罗毕兮池馆尽，琴瑟灭兮丘垄平〔1〕。自古皆有死，莫不饮恨而吞声。

【注释】

〔1〕丘垄：坟墓。

【译文】

算了吧！春草衰败啊秋风起，秋风吹罢啊春草又生。绮罗富贵已尽啊池苑楼馆倾塌，琴瑟歌舞消逝啊丘陇坟墓被削平。自古人生皆有死，莫不抱恨离世而说不出话。

别　赋　江文通（江淹）

【题解】

描绘了各种各样人物的离别，称离别之情虽有不同，但“黯然销魂”则是相同的。

黯然销魂者，唯别而已矣。况秦吴兮绝国，复燕宋兮千里。或春苔兮始生，乍秋风兮暂起。是以行子肠断，百感凄恻。风萧萧而异响，云漫漫而奇色。舟凝滞于水滨，车逶迟于山侧〔1〕。棹容与而讵前〔2〕，马寒鸣而不息。掩金觞而谁御〔3〕，横玉柱而霑轼〔4〕。居人愁卧，怳若有亡。日下壁而沉彩，月上轩而飞光。见红兰之受露，望青楸之离霜。巡曾楹而空掩〔5〕，抚锦幕而虚凉。知离梦之踯躅，意别魂之飞扬。

【注释】

〔1〕逶迟：迂回曲折。

〔2〕棹（zhào）：船桨。

〔3〕御：进献。

〔4〕玉柱：琴瑟的玉制弦柱。

〔5〕曾：层层之高。

【译文】

最凄惨伤心丧魂的事，只有离别之苦啊！何况秦、吴这样的绝远之国，又如燕、宋如此的千里之别。或者是春苔始生，或者是秋风突起。因此远行之人寸寸肠断，百感交集而凄恻悲伤。风萧萧发出异样声响，云漫漫显露奇异光色。船儿滞留在水边，车儿徘徊在山侧，船桨迟疑不定怎能行进，马儿在寒风中嘶鸣不息。盖上金杯吧谁有心思饮酒，横起琴瑟啊眼泪霑湿车轼。留在家里的人哀愁地躺卧，恍恍惚惚若有所失。太阳落下墙头沉没了光彩，月亮升上栏槛散发出清光。只见红色的兰花承受着滴滴冷露，相望绿色的楸树蒙受到片片寒霜。绕行在层层屋宇徒自掩泣拭泪，抚摸着锦缎帷帐枉自心中透凉。只知在离梦之乡中踟蹰，只道是离人之魂飞扬不定。

故别虽一绪，事乃万族[1]。至若龙马银鞍，朱轩绣轴，帐饮东都[2]，送客金谷[3]。琴羽张兮箫鼓陈，燕赵歌兮伤美人。珠与玉兮艳暮秋，罗与绮兮娇上春。惊驷马之仰秣，耸渊鱼之赤鳞[4]。造分手而衔涕，感寂寞而伤神。

【注释】

〔1〕族：类。

〔2〕帐饮东都：汉代疏广、疏受告老还乡，公卿大夫等在长安东都门饯行。

〔3〕送客金谷：晋王诩还长安，石崇在洛阳西北金谷园送行。

〔4〕“惊驷马”二句：《韩诗外传》载：昔伯牙鼓琴，而渊鱼出听。瓠巴鼓瑟，而六马仰秣。

【译文】

所以说都是离别，但其事其情却各有不同：至于说到骏马配上银鞍，朱车绣雕轮轴，或在长安东都门外搭起帐篷宴饮，或在金谷园里设置酒宴送客。琴声弹响箫鼓齐鸣，燕赵佳人的歌声令人无限伤心。珠宝玉饰比暮秋景色还华艳，罗绮服装令初春风情更娇丽。乐声使马儿停食而仰头倾听，深情让赤鳍鱼儿感奋跳出深渊。以致分手时候衔泪而哀，深感寂寞而神情悲伤。

乃有剑客惭恩，少年报士〔1〕。韩国赵厕〔2〕，吴宫燕市〔3〕。割慈忍爱，离邦去里。沥泣共诀，抆血相视〔4〕。驱征马而不顾，见行尘之时起。方衔感于一剑，非买价于泉里。金石震而色变〔5〕，骨肉悲而心死〔6〕。

【注释】

〔1〕报士：报恩、报仇之士。

〔2〕韩国：战国时聂政刺杀韩相侠累之事。　赵厕：战国时豫让藏于厕所刺杀赵襄子之事。

〔3〕吴宫：专诸置匕首于鱼腹刺杀吴王僚之事。　燕市：荆轲与高渐离饮于燕市，其后刺杀秦王之事。

〔4〕抆（wěn）：擦拭。

〔5〕“金石”句：荆轲与武阳刺杀秦王，武阳上朝闻鼓钟并发，恐惧而面如死灰。

〔6〕“骨肉”句：聂政死，莫知其谁，其姊为扬其弟之名，于韩市，抱尸而哭曰：此妾弟聂政。

【译文】

又有剑侠因未报知遇之恩而惭愧，少年欲报仇而英勇出击，谋刺在韩国的都城与赵府的厕所，行侠在吴王宫中与悲歌在燕国街市。忍心离开慈爱亲人，痛苦告别家乡故居。泪水涟涟共同诀别，揩拭血泪相互凝视。上马驰驱再不回顾，只见烟尘时时扬起。正因感恩欲以一剑相报，并非以死来买取黄泉名声。或因金石乐器震响而改变了脸色，或如骨肉之亲的悲伤而哀莫大于心死。

或乃边郡未和，负羽从军。辽水无极，雁山参云。闺中风暖，陌上草薰。日出天而耀景，露下地而腾文。镜朱尘之照烂，袭青气之烟煴。攀桃李兮不忍别，送爱子兮沾罗裙。

至如一赴绝国，讵相见期？视乔木兮故里[1]，决北梁兮永辞。左右兮魂动，亲宾兮泪滋。可班荆兮赠恨[2]，唯樽酒兮叙悲。值秋雁兮飞日，当白露兮下时。怨复怨兮远山曲，去复去兮长河湄。

【注释】

〔1〕乔木：《孟子·梁惠王下》："所谓故国者，非谓有乔木之谓也，有世臣之谓也。"后以"乔木"代指故国或故里。

〔2〕班荆：铺荆于地。

【译文】

至于说边塞的战火纷起，身负羽箭从军出征。辽水一望无际，雁山高耸入云。家门中温暖的和风轻吹，野外道路上芳草散发香气。太阳升上中天闪耀光辉，露水落地腾起华艳色彩。阳光照射下红色的尘土辉煌灿烂，郊野上笼罩着濛濛烟云。手攀桃李啊不忍心离别，相送爱子出发，泪水沾湿罗裙。

若说起离别到绝远之地，哪里还能预测再见面的日子。看一眼家乡故里的高大树木，诀别在北边桥梁上永远分手。左右的人心魂震动，亲戚朋友泪水长流。刚铺排荆条席地而坐诉说恨别之情，只有凭借一杯薄酒来叙叙心中的悲痛。正当秋日里大雁迎飞，又是莹白的露水凄凄而落。怨而又怨在那遥远的山坳，走吧走吧沿着长河之边。

又若君居淄右，妾家河阳。同琼珮之晨照，共金炉之夕香。君结绶兮千里，惜瑶草之徒芳。惭幽闺之琴瑟，晦高台之流黄[1]。春宫閟此青苔色，秋帐含兹明月光。夏簟清兮昼不暮，冬釭凝兮夜何长，织锦曲兮泣已尽，回文诗兮影独伤[2]。

【注释】

〔1〕流黄：黄色的丝绢。

〔2〕回文诗：古代文体，正读反读，其意皆通。晋时秦州刺史窦韬被徙沙漠，其妻苏氏织锦，作回文诗赠之。

【译文】

又说到夫君身居淄水之右，妾家住在黄河北岸。曾经在晨光里共同佩琼戴玉，又在夜色里相守金炉熏香。夫君佩绶结带出仕千里之外，可惜为妻如同仙草空自芳香。辜负了深闺中的琴瑟弹奏，晦暗了高台上的华丽流黄。春天宫殿里幽闭着青青的苔色，秋时帷帐中洒满着明月的光辉，夏日竹席上清凉昼长夜短，冬天灯火冷凝寒夜漫长。唱一首织锦曲啊眼泪流干，写一篇回文诗啊对影独伤。

傥有华阴上士，服食还山。术既妙而犹学，道已寂而未传。守丹灶而不顾，炼金鼎而方坚。驾鹤上汉，骖鸾腾天。暂游万里，少别千年。惟世间兮重别，谢主人兮依然。

下有“芍药”之诗[1]，“佳人”之歌[2]。桑中卫女[3]，上宫陈娥[4]。春草碧色，春水渌波。送君南浦，伤如之何！至乃秋露如珠，秋月如珪。明月白露，光阴往来。与子之别，思心徘徊。

【注释】

〔1〕“芍药”之诗：《诗经·郑风·溱洧》有“伊其相谑，赠之以芍药”之句。

〔2〕“佳人”之歌：汉李延年歌曰：“北方有佳人，绝世而独立。”

〔3〕桑中卫女：《诗经·鄘风·桑中》有“期我乎桑中，要我乎上宫”之句。鄘为卫地，故称“卫女”。

〔4〕上宫：卫国地名。

【译文】

倘或有华阴道士，服食丹药入山。道术精妙还在钻研，道行已深但未有真传。守着炼丹灶炉不顾念人世，在金鼎中炼药意志正坚。乘驾仙鹤飞上云汉，骑着凤鸾腾跃天空。转瞬间可作万里之游，小小一别也有千年。只是人世间啊最看重离别，告辞时刻主人也依依不舍。

人世有歌咏男女相爱赠送芍药的诗，也有吟唱佳丽美女的歌，那是桑中的卫女，上宫的陈娥。春草一片青碧，春水泛着清波，送君南面的水边，该是多么的伤心。至于秋日露水如珍珠晶莹，秋天月亮如玉圭洁白，明月光映白露，时光不断流逝。与你的离别，离思愁绪总在心中徘徊。

是以别方不定，别理千名。有别必怨，有怨必盈。使人意夺神骇，心折骨惊。虽渊、云之墨妙[1]，严、乐之笔精[2]。金闺之诸彦[3]，兰台之群英[4]，赋有“凌云”之称[5]，辩有“雕龙”之声[6]。谁能摹暂离之状，写永诀之情者乎？

【注释】

〔1〕渊、云：汉代辞赋家，王褒，字子渊；杨雄，字子云。

〔2〕严、乐：严安与徐乐，以上疏言时务而被拜郎中。

〔3〕金闺：金马门，学士待诏之处。

〔4〕兰台：汉代中央藏书处。

〔5〕凌云：司马相如奏《大人赋》，武帝览后飘飘有凌云之志。

〔6〕雕龙：战国人驺奭修邹衍之术，文饰之，若雕镂龙文，故曰雕龙。

【译文】

所以离别的情况没有一定，离别的原因也有千般种类，但有离别就必定有哀怨，有哀怨就必定充满胸中，使人意丧神骇，心惊骨折。即使是王褒、杨雄的笔墨精妙，有严安、徐乐的作文精到，又如同金马门的诸位名士，兰台的众多英才，作赋有“凌云”的称号，论辩有“雕龙”的名声，但有谁能够描摹出突然间相离的状态，抒写出永远诀别的情感呢！

（本卷译注：胡国庆）

中国古代名著全本译注丛书

文选译注

二

[南朝梁] 萧统　编
张葆全　胡大雷　主编

文选卷第十七

赋壬

论文

文　赋并序　陆士衡（陆机）

【题解】

全赋详尽细致地论述了创作活动的整个过程，提出了许多文学理论问题，其中论艺术想象的构思，尤为出色。

余每观才士之所作，窃有以得其用心。夫放言遣辞[1]，良多变矣。妍蚩好恶[2]，可得而言；每自属文，尤见其情。恒患意不称物，文不逮意。盖非知之难，能之难也。故作《文赋》，以述先士之盛藻，因论作文之利害所由。它日殆可谓曲尽其妙。至于操斧伐柯，虽取则不远，若夫随手之变，良难以辞逮。盖所能言者，具于此云。

【注释】

〔1〕放言：放纵其言。

〔2〕妍蚩：美丑。

【译文】

我常常看到才华优秀之人的文章，私下以为已窥见他们作文用心的奥妙。他们模词写句，变化多端。美丑好恶，可以稍加论之。自己写文章，更可体验写文章的感觉。经常感到难以全面把握事理，而造成文不达意。那不是事理难以知晓，而是难以实现。所以写了这篇《文赋》，来讲述前人的美文，并以此对写文章的关键加以阐述。也许有一天看起来，已经讲清楚了其中的道理。就像拿起斧头砍斧柄，可以参照的法则很近；然而随心应手的变化，肯定是难以用言辞表达的。不过我能讲的话，都在这里了。

伫中区以玄览〔1〕，颐情志于典坟〔2〕，遵四时以叹逝，瞻万物而思纷。悲落叶于劲秋，喜柔条于芳春。心懔懔以怀霜〔3〕，志眇眇而临云〔4〕。咏世德之骏烈，诵先人之清芬。游文章之林府〔5〕，嘉丽藻之彬彬。慨投篇而援笔，聊宣之乎斯文。

【注释】

〔1〕玄览：远观。玄，幽远。

〔2〕典坟：三坟五典，古代的典籍。

〔3〕懔懔：危惧貌。

〔4〕眇眇：高远貌。

〔5〕林府：如林之密，如府之富。

【译文】

站在宇宙中央远观，陶养情性在观览三坟五典等上古典籍之中。循四时变换而叹往事远逝；视万物盛衰而思虑纷纭。因深秋叶落而哀伤，见春花开放而欣喜。心存畏惧而如霜雪一样高洁，志向跟天空中的云彩一般高远。歌咏祖上德业之盛大，诵赞先民的清芬美德。读了很多的好文章，赞美其文质相益。于是就提起笔写了这篇文章，把自己的想法表述出来。

其始也，皆收视反听，耽思傍讯[1]。精骛八极，心游万仞。其致也，情曈昽而弥鲜[2]，物昭晰而互进。倾群言之沥液，漱六艺之芳润。浮天渊以安流，濯下泉而潜浸。于是沉辞怫悦，若游鱼衔钩，而出重渊之深；浮藻联翩，若翰鸟缨缴，而坠曾云之峻。收百世之阙文，采千载之遗韵。谢朝华于已披，启夕秀于未振[3]。观古今于须臾，抚四海于一瞬。

【注释】

〔1〕耽思：深思。耽，沉溺。　傍讯：四处找寻。

〔2〕曈昽：日初升渐明貌。

〔3〕秀：文采之意。

【译文】

开始写作的时候，把感官集中起来，不看不听闻，深思而四处求索。精神的触角伸向四面八方，忽而处于天地极高之处。等到获得它的时候，情感由不明朗而更变得鲜明，物采也变得明朗而与之相互辗转递进。采集群书之涓滴精华，咀嚼六艺芳香润泽的精粹。浮游天河之中以为安流，濯下泉之水而深潜其中。然而深邃之辞难以遽出，它像鱼儿吞钩后，从深渊中被慢慢拉出来。很多动人的词语就像飞鸟一样，在高空被缴矢射中，从云天上坠落下来。收揽千百年来未解的文字，采用古人缺而未述者。抛弃古人已用过的辞意如辞别已开的朝花，创前代未发的辞意像启开未曾绽放的晚蕾。观想古往今来在须臾之间，俯仰四海天地在一瞬之刻。

然后选义按部，考辞就班。抱景者咸叩，怀响者毕弹。或因枝以振叶，或沿波而讨源。或本隐以之显，或求易而得难。或虎变而兽扰[1]，或龙见而鸟澜[2]。或妥帖而易施，或岨峿而不安[3]。罄澄心以凝思，眇众虑而为言。笼天地于形内，挫万物于笔端。始踯躅于燥吻，终流离于濡翰[4]。理扶质以立干，文垂条而结繁。信情貌之不差，故每变而在颜。思涉乐其必笑，方言哀而已叹。或操觚以率尔[5]，或含毫而邈然[6]。

【注释】

〔1〕虎变：《周易》曰："大人虎变，其文炳也。"此意为文思壮如虎之变，文采炳然。

〔2〕龙见：《庄子》："君子尸居而龙见。"　澜：大波。

〔3〕岨峿（jǔ yǔ）：不合、不安。

〔4〕流离：同淋漓，光彩绚烂之状。

〔5〕觚：木简，古人用来书写的材料。

〔6〕邈然：遥远。

【译文】

而后根据词义加以选择编排，考核清浊以定其次序。事物与时光相接者以思想相扣触，与声音相关者用思想去弹奏感知它。或赋咏于枝而思发于叶，或流情于水而求讨其源。或是让本来深隐的事理显现，或者思易求而词难得。或如虎之变文采斐然，或如百兽震惶不知所往，或如隐隐龙现，或如鸟游于波澜。或文辞妥帖而易于写出，或语义艰涩而用语难定。虚静其心以凝神专注，深究多端的思考然后写出来。把天地笼罩在文章观照的范围之内，万事万物都形诸笔端。开始神思徘徊踯躅，以致口干舌燥，最后终于通过笔端挥洒在纸上。为文之理在于扶持本根立其主干，文词错缀如叶生枝条繁密而众多。相信情与貌不失，所以每每变化都在外表。想到开心的事情就会笑，刚说到哀伤就叹惜，或是信手写来一挥而就，或是含毫而腐，难以下笔。

伊兹事之可乐，固圣贤之所钦。课虚无以责有，叩寂寞而求音。函绵邈于尺素[1]，吐滂沛乎寸心。言恢之而弥广[2]，思按之而逾深。播芳蕤之馥馥[3]，发青条之森森。粲风飞而猋竖，郁云起乎翰林。

【注释】

〔1〕绵邈：远。　尺素：古人写文章用的绢帛。

〔2〕恢：大。

〔3〕蕤（ruí）：草木茂盛。

【译文】

写文章是一件开心的事情，是圣贤们所向往的。要把它从虚无中造就出有形来，从寂寞无声之处叩击而求其音声。虽远者含文于尺素之上，虽大者吐辞于寸心之间。言语说开去就会越来越广大，思虑越探查就愈加深邃。如芳草之香远播，如树木抽条森然挺立。粲然如疾风突起，郁然笔墨如云聚。

体有万殊，物无一量，纷纭挥霍，形难为状。辞程才以效伎[1]，意司契而为匠[2]。在有无而黾俛[3]，当浅深而不让。虽离方而遁员[4]，期穷形而尽相。故夫夸目者尚奢，惬心者贵当。言穷者无隘，论达者唯旷。

【注释】

〔1〕程才：逞才。

〔2〕司契：掌管法度。

〔3〕黾：仰首。　俛：俯首。

〔4〕方、员：指文章有方圆规矩。

【译文】

文章之体有万变之殊，众物之形无一定之量。变化纷纭而起，难以准确描述其形状。众辞俱凑，若伎人尽情展示才华，取舍由意，类于工匠掌管法度。意来之时，或俯或仰，或浅或深，务得其妙，当仁不让。文章虽不见方圆之形，最终还是期望着穷尽物象。所以喜欢夸耀的人，为文尚浮艳之辞。想要心情愉悦的人，为文贵在合理。言穷困之态没有隘狭之处，论通达者发言唯存高远之心。

诗缘情而绮靡，赋体物而浏亮。碑披文以相质，诔缠绵而凄怆。铭博约而温润，箴顿挫而清壮。颂优游以彬蔚，论精微而朗畅。奏平彻以闲雅，说炜晔而谲诳〔1〕。虽区分之在兹，亦禁邪而制放〔2〕。要辞达而理举，故无取乎冗长。

【注释】

〔1〕炜晔：文辞明丽晓畅。　谲诳：诡谲虚诳。

〔2〕禁邪：禁止浮艳。　制放：抑制疏放。

【译文】

诗以言志抒情语多精妙之言，赋以陈事状物而多清明之辞。碑以叙德故文质相半，诔以陈哀故缠绵凄惨。铭以事博文约，故温润动人；箴以讥刺得失，故顿挫清壮。颂以褒述功德，故优游纵逸而彬蔚，论以事情得失，评议臧否，故精审微密明朗通畅。奏以陈情叙事，故平和其辞，通彻其意，雍容闲雅；说以感动为先，故明晓前事，诡谲虚诳，务感动人心。虽然其体各殊，区分如此，但是禁止浮艳，抑制疏遗；必须词达其意，理以举事，不在烦多。

其为物也多姿，其为体也屡迁。其会意也尚巧，其遣言也贵妍。暨音声之迭代，若五色之相宣。虽逝止之无常，固崎锜而难便〔1〕。苟达变而识次，犹开流以纳泉。如失机而后会，恒操末以续颠。谬玄黄之帙叙〔2〕，故淟涊而不鲜[3]。

【注释】

〔1〕崎锜（qí）：不安貌。

〔2〕帙叙：秩序。

〔3〕淟涊（tiǎn niǎn）：垢浊。

【译文】

跟其他事物多姿多彩一样，文章体裁也屡屡变化。文章的立意崇尚巧妙，遣词造句贵用漂亮的辞藻，加上言语音声的宫商变化，就如五色相杂错而为采，更加鲜明动人。如果思维变通，观点相次而至，就像流水有了源泉一样。如果最先没有抓住思维的次序，往往就会把尾巴接在头顶，语无伦次。假设言语音韵失宜，文章就会像绣品的玄黄错了秩序，含混垢浊而不鲜明。

或仰逼于先条，或俯侵于后章。或辞害而理比，或言顺而义妨。离之则双美，合之则两伤，考殿最于锱铢[1]，定去留于毫芒。苟铨衡之所裁，固应绳其必当。

【注释】

〔1〕殿最：第一为最，极下曰殿。 锱铢：古代重量单位，六铢等于一锱，四锱为一两。此喻微小的数量，细微的差别。

【译文】

因为思维俯仰前后不定，或逼换先写好的条例，或侵改后写的章句。或是言辞不周而义理比次相合，或是言辞顺畅而义理不周。言辞与义理二者相离则两美，二者相合则两伤。往往需要衡量锱铢细小之处，来决定取舍。如果铨衡辞句裁制文章，则应以既有的标准参照必须相合才好。

或文繁理富，而意不指适。极无两致，尽不可益。立片言而居要，乃一篇之警策。虽众辞之有条，必待兹而效绩〔1〕。亮功多而累寡〔2〕，故取足而不易。

【注释】

〔1〕效绩：考察其功绩。效，通“校”。

〔2〕亮：信，相信。

【译文】

或是文辞茂密又富于义理，但是立意却不恰当。以至于发挥到一种极致，不能再作增益，也不能加以指摘。于是立片言在关键之处，乃能为警策之辞。尽管众言已经很有条理，必待警策之言来体现其价值所在。信其功多而累句少，故可以篇章完整而不用改易其文。

或藻思绮合，清丽千眠〔1〕。炳若缛绣，凄若繁弦。必所拟之不殊，乃闇合乎曩篇〔2〕。虽杼轴于予怀〔3〕，怵他人之我先〔4〕。苟伤廉而愆义〔5〕，亦虽爱而必捐〔6〕。

【注释】

〔1〕千眠：光色灿烂貌。

〔2〕闇：暗。　曩：从前，过去的。

〔3〕杼轴：织布，此指构思撰文。

〔4〕怵：担心。

〔5〕愆（qiān）：过失。

〔6〕捐：弃。

【译文】

或是辞藻与文思如绮采相合，又清丽如光色灿烂。漂亮如五彩的绣品，凄清如音韵和谐的音乐。所作之文与古人之法度不差，则辞句暗合昔时之旧篇。虽经如织布一样精心构思，但是还是惧怕被别人超越。如果有损廉耻理义之道，心虽爱之，也必须删去。

或苕发颖竖[1]，离众绝致。形不可逐，响难为系。块孤立而特峙，非常音之所纬。心牢落而无偶[2]，意徘徊而不能揥[3]。石韫玉而山辉，水怀珠而川媚。彼榛楛之勿翦[4]，亦蒙荣于集翠。缀《下里》于《白雪》，吾亦济夫所伟。

【注释】

〔1〕苕：苇草。　颖：禾穗。

〔2〕牢落：孤独落寞。

〔3〕揥（dí）：舍弃。

〔4〕榛楛（zhēn hù）：泛指丛生的杂木。此喻平庸的语句。

【译文】

或有一句如苇草开花，禾芒竖立，与其他的辞句完全不一致的。像影子不能被追逐到，而声音不能被捆绑住一样。有时像一块孤立的石头傲然独立，不能被平常的话语所能牵合。内心因为找不到相对的偶句而寂寞失落，心意徘徊而未能舍弃其妙想也。尽管佳句没有偶对，但是保留下来，就像石中藏美玉而山川有辉光也。水中藏有宝珠而河川显得有灵气。那些一般的辞句，如榛楛不剪，其树枝也会积攒成青青翠色。就像以《下里》之鄙曲与《白雪》之高唱相结合，虽美恶不伦，然更能衬托出其中之美好。

或托言于短韵[1]，对穷迹而孤兴[2]。俯寂寞而无友，仰寥廓而莫承。譬偏弦之独张，含清唱而靡应。或寄辞于瘁音[3]，徒靡言而弗华。混妍蚩而成体，累良质而为瑕[4]。象下管之偏疾[5]，故虽应而不和。或遗理以存异，徒寻虚以逐微。言寡情而鲜爱，辞浮漂而不归。犹弦么而徽急[6]，故虽和而不悲。或奔放以谐合，务嘈囋而妖冶[7]。徒悦目而偶俗，固高声而曲下。寤《防露》与《桑间》[8]，又虽悲而不雅。或清虚以婉约，每除烦而去滥。阙大羹之遗味[9]，同朱弦之清汜[10]，虽一唱而三叹，固既雅而不艳。

【注释】

〔1〕短韵：小文。

〔2〕穷迹：文小而事寡。　孤兴：迹穷而无偶。

〔3〕瘁音：恶辞。

〔4〕良质：风雅之道。

〔5〕下管：堂下所吹。

〔6〕么：小。

〔7〕嘈囋：此指浮艳之声。

〔8〕《防露》：古曲名，楚客放逐后而作，为悲词。　《桑间》：古时指亡国之音。

〔9〕大羹：不和五味的肉汁。　遗味：馀味。

〔10〕汜：散。

【译文】

或是用小文章来抒写幽穷之处的偶然兴会，因为事寡而无偶，故俯求之则寂寞而无友；仰以应之则寥廓而无所承，都无法找到相应的文辞来表达。就像偏弦之独奏，虽含清唱而无可唱和者。或是托言于鄙物，言辞虽侈靡而不光华。混同美恶共为一体，反累风雅之道，如玉之有瑕。也类似下管的声音偏疾，与升歌合奏，虽然相应但是不和谐。也有丢掉理要而存其小异，专为虚饰而追逐微细。言辞之间缺情少爱，就会导致文章浮词漂荡不归于事实了。就像弦小而调急，虽然声音和谐，但是听起来并不悲伤。或奔驰放纵其文思以求其谐合，务成浮艳之声以成妖媚之态。仅是为了悦目耦俗而已，一定是声虽高而曲格卑下。听闻《防露》与《桑间》等亡国之音，虽然悲伤但觉风雅不足。或有尚清约质朴文风者，常常要除去繁琐的浮滥之辞。如大羹缺少余味，又比如古乐清汜疏越而一唱三叹，它们都是文少而质多，所以是雅而不艳。

若夫丰约之裁，俯仰之形，因宜适变，曲有微情。或言拙而喻巧，或理朴而辞轻，或袭故而弥新，或沿浊而更清。或览之而必察，或研之而后精。譬犹舞者赴节以投袂，歌者应弦而遣声。是盖轮扁所不得言〔1〕，故亦非华说之所能精。

【注释】

〔1〕轮扁：工匠名，他曾说自己制作车轮的技巧是说不出来的。

【译文】

至于文章丰俭的剪裁，俯仰之形迹。都应该因其所宜，而加以变化，委曲而有微情。或是言辞拙鲁而比喻巧妙，或是道理质朴而言辞轻浅，或虽用旧事而表意更新颖，或用浊语而更显清丽。或是初览觉其拙察，细加研求之后才觉得精妙。就像是舞蹈者按着节拍振袖，唱歌的人要与音乐相和而歌。轮扁说得之于手而应之于心，但是口不能言说表达出来，所以不是虚谈能精察的。

普辞条与文律，良余膺之所服。练世情之常尤，识前修之所淑。虽浚发于巧心〔1〕，或受嗤于拙目。彼琼敷与玉藻，若中原之有菽。同橐籥之罔穷〔2〕，与天地乎并育。虽纷蔼于此世，嗟不盈于予掬。患挈瓶之屡空〔3〕，病昌言之难属〔4〕。故踸踔于短韵〔5〕，放庸音以足曲。恒遗恨以终篇，岂怀盈而自足，惧蒙尘于叩缶，顾取笑乎鸣玉。

【注释】

〔1〕浚：深。

〔2〕橐：排橐，吹火之器。　籥：乐器。

〔3〕挈：提。

〔4〕昌言：正言、美言。　属：续。

〔5〕踸踔（chěn chuō）：无常，行走不定的样子。

【译文】

普见文章之条流与音律，实为我内心所认可的。挑拣世人常常犯错之处，辨明前贤之所称道的。作文之人虽深思而发巧言，或会被拙劣的评论者所嗤笑。那些琼敷玉藻一般的华辞丽句，就像园子里的豆苗一样。有无穷的虚空之气，并孕育于天地间。尽管繁多的文华之辞并行于世，可叹其不满一掬之捧。担心文思像手中的瓶子一样经常是空的，也害怕恰当的言辞难以继续下去。所以迟滞于小篇，纵情常音以便让韵文完篇。经常在写完文章之后内心抱有缺憾，怎么能体会到怀盈满之境而自足呢。害怕像在昏尘中敲击瓦器，然却回头取笑鸣玉之人。

若夫应感之会，通塞之纪。来不可遏，去不可止。藏若景灭，行犹响起。方天机之骏利〔1〕，夫何纷而不理？思风发于胸臆，言泉流于唇齿。纷威蕤以馺遝〔2〕，唯毫素之所拟。文徽徽以溢目，音泠泠而盈耳。及其六情底滞，志往神留，兀若枯木，豁若涸流。揽营魂以探赜，顿精爽于自求。理翳翳而愈伏〔3〕，思乙乙其若抽〔4〕。是以或竭情而多悔，或率意而寡尤。虽兹物之在我，非余力之所戮〔5〕。故时抚空怀而自惋，吾未识夫开塞之所由。

【注释】

〔1〕天机：自然。

〔2〕威蕤：茂盛貌。 馺遝（sà tà）：多貌。

〔3〕翳：奄。

〔4〕乙：抽，难出之貌。

〔5〕戮：戮力，并力。

【译文】

文思在心领神会之际应感会合，打开了堵塞的思路。来势不可遏止，退势不能挽留。文思之藏如形影之灭，其兴起又如声响顿起。比之天机之骏利，何种纷乱不能理顺呢？文思之发动如风激于胸臆，言辞之出如泉水涌动于唇齿间。很多美好的文辞，唯有用笔和绢帛来展现。于是乎满眼是美丽绚烂、清音和谐的文辞。等到喜怒哀乐好恶六情闭塞，虽心想前行却神思停滞。文思枯竭时，就像干枯的树木兀然独立，干涸的河床断流一样。观览心腑以探求深奥的文理，顿蓄魂魄以自求之于文。文理遮蔽之越藏越深隐，情思若越抽而越难发抒。所以往往竭尽其情思，其文不佳而生悔意，或是率意而为，文理通达而少过错。虽然文章的书写在我，但不是靠努力就能办到的。所以经常抚怀而自怨，我没有找到打开文思堵塞的关窍。

伊兹文之为用，固众理之所因。恢万里而无阂，通亿载而为津〔1〕。俯贻则于来叶〔2〕，仰观象乎古人。济文武于将坠，宣风声于不泯。途无远而不弥，理无微而弗纶。配霑润于云雨，象变化乎鬼神。被金石而德广，流管弦而日新。

【注释】

〔1〕津：津梁。

〔2〕来叶：来世。

【译文】

文章的作用，各种道理依靠它而宣扬。包举万里而无隔阂，融通亿载而为津梁。往下遗法则于来世，向上又见古人之遗风。是要让文武之道得处未坠之地，宣颂风雅之声于不泯灭之时。天地间，道无远近而无不充塞，理无细微而无不相合。辅以云行雨施霑润万物，幽明变化通乎鬼神。文章刻在金石之上而德广不衰，播于管弦而日见其新。

音乐上

洞箫赋　王子渊（王褒）

【题解】

王褒，字子渊，西汉宣帝时在世，蜀资中（今四川资阳）人。宣帝时征入都，作《圣主得贤臣颂》，擢为谏大夫。《汉书》有传。本篇叙述了洞箫的产地、制作与吹奏时的情况，突出箫声的美妙及其艺术感染力。

原夫箫干之所生兮，于江南之丘墟。洞条畅而罕节兮，标敷纷以扶疏〔1〕。徒观其旁山侧兮，则岖嵚岿崎〔2〕，倚巇迤㠧，诚可悲乎其不安也。弥望傥莽，联延旷荡，又足乐乎其敞闲也。托身躯于后土兮，经万载而不迁。吸至精之滋熙兮，禀苍色之润坚。感阴阳之变化兮，附性命乎皇天。翔风萧萧而径其末兮，回江流川而溉其山。扬素波而挥连珠兮，声礚礚而澍渊〔3〕。朝露清泠而陨其侧兮，玉液浸润而承其根。孤雌寡鹤，娱优乎其下兮，春禽群嬉，翱翔乎其颠。秋蜩不食，抱朴而长吟兮；玄猿悲啸，搜索乎其间。处幽隐而奥屏兮[4]，密漠泊以獭猭[5]。惟详察其素体兮[6]，宜清静而弗喧。幸得谥为洞箫兮，蒙圣主之渥恩。可谓惠而不费兮，因天性之自然。

【注释】

〔1〕敷纷：茎多貌。　扶疏：叶密貌。

〔2〕岖嵚岿（kuī）崎：皆山险峻之貌。

〔3〕礚礚（kē）：水漱石声。　澍：通注。

〔4〕奥屏：深奥屏僻。

〔5〕密漠泊以獭（chēn）猭（chuān）：密而相连貌。

〔6〕详：详审。　素体：幽素之体。此指竹之本体。

【译文】

作箫之竹生长在江南的小山丘上，通条畅达而竹节稀少，竹干挺拔且多而枝叶繁密。仅看傍着山边生长，就觉得山势险峻连绵，令人为它的生长环境感到不安。放眼望去，只见竹子枝叶连绵生长，连成一片，竹子会为生长在高敞幽闲之处感到快乐。竹子生长在这皇天后土之中，虽经历万载也不迁移。吸天地间至精之气而滋润熙悦，叶子更加青翠鲜润而坚贞。应感阴阳之大化，将性命托付于天地。风吹过竹叶发出潇潇之声，江流川洄灌溉其山。江水流下，白浪翻翻，水沫四溅，水轰然激石而注入深渊。清清朝露滴滴坠落，如琼浆玉液浸润其根。孤单的水鸟在竹下悠游玩乐，春天成群的飞鸟翱翔在竹梢。秋蝉不食，抱树长吟，黑猿悲鸣，穿梭其间。竹子长在幽深隐僻之处，密密麻麻延绵一片。只有细细审视竹之本体，那是清静而不喧哗的。竹被斫而为箫，如臣子被定谥，是得蒙圣王之恩泽。利用了竹子的自然天性，可谓是恩惠而不是耗费。

于是般匠施巧[1]，夔妃准法[2]。带以象牙，掍其会合。锼镂离洒[3]，绛唇错杂[4]。邻菌缭纠，罗鳞捷猎[5]。胶致理比[6]，挹抐擫擪[7]。于是乃使夫性昧之宕冥[8]，生不睹天地之体势，暗于白黑之貌形。愤伊郁而酷䎀[9]，愍眸子之丧精。寡所舒其思虑兮，专发愤乎音声。故吻吮值夫宫商兮[10]，龢纷离其匹溢[11]。形旖旎以顺吹兮，瞋㖤䏓以纡郁。气旁迕以飞射兮，驰散涣以逫律[12]。趣从容其勿述兮，骛合遝以诡谲。或浑沌而潺湲兮，猎若枚折[13]。或漫衍而骆驿兮，沛焉竞溢。惏慄密率[14]，掩以绝灭[15]。㗻霵晔踕[16]，跳然复出。

【注释】

〔1〕般：公输班，鲁班，古之巧匠。

〔2〕夔（kuí）：古代精通音乐的乐师。

〔3〕锼（sōu）镂：雕刻。　离洒：雕刻出文彩的样子。

〔4〕绛唇：此处指吹孔。

〔5〕捷猎：参差。

〔6〕胶致理比：竹细密相次貌。

〔7〕挹抐（nì）擫擪：手执中制合度之貌。

〔8〕宕：过。

〔9〕伊郁：愤怒貌。　䎀（nǜ）：忧貌。

〔10〕吻吮：以口吐吸。盲者专心故以口吸皆合乐律。

〔11〕纷离匹溢：声四散貌。

〔12〕逫律：律和貌。

〔13〕猎：折。　枚：干。

〔14〕惏慄：寒貌，恐惧。　密率：安静。

〔15〕掩：止息貌。

〔16〕㗻霵（xī jì）晔踕（jié）：众声疾貌。

【译文】

于是让鲁班一样的巧匠制作洞箫，让高明的乐官准定箫音。以象牙饰其会合之处，雕刻了精美的文采，用朱红色装饰洞箫的吹孔。竹管并相连绕，如鱼鳞参差罗列。纹理细密，使用时各个地方都合法度。于是让那些天生盲人来吹奏，他们自出生开始，眼睛就没看过天地万物，也分不清昼夜黑白的样子。郁结愤怒和忧愁，哀伤眼眸丧失精光。因为没有途径抒发内心的想法，于是发愤忘食专心于音乐。他们用口吸气，都合乎宫商，乐声四散飘扬。盲者弯腰随势吹奏，模样带有嗔怒之意。吹者之气，音声触飞，声音四散而音律和谐。声音趋于从容和顺，无所乖逆，骤然盛多，而又忽以奇怪。或浑沌繁杂不分而潺湲如清流之声，又猎然如木枝摧折。或流溢而骆驿不绝，充沛而竞相溢出。清爽安静，声掩然如将绝。众声激越，跳跃而复出。

若乃徐听其曲度兮，廉察其赋歌。啾咇㗘而将吟兮[1]，行鉦諶以龢啰[2]。风鸿洞而不绝兮[3]，优娆娆以婆娑[4]。翩绵连以牢落兮，漂乍弃而为他。要复遮其蹊径兮，与讴谣乎相龢[5]。故听其巨音，则周流泛滥，并包吐含，若慈父之畜子也。其妙声，则清静厌瘱，顺叙卑达，若孝子之事父也。科条譬类，诚应义理，澎濞慷慨[6]，一何壮士。优柔温润，又似君子。故其武声，则若雷霆輘輷，佚豫以沸愲。其仁声，则若飄风纷披，容与而施惠。或杂遝以聚敛兮[7]，或拔撥以奋弃[8]。悲怆怳以恻惐兮[9]，时恬淡以绥肆[10]。被淋洒其靡靡兮[11]，时横溃以阳遂[12]。哀悁悁之可怀兮，良醰醰而有味。

【注释】

〔1〕啾咇㗘：声繁多貌。

〔2〕行：犹且。　鉳鍖（rěn chěn）：舒缓貌。　龢啰：声迭荡相杂貌。

〔3〕鸿洞：相连貌。

〔4〕娆娆：柔弱。　婆娑：分散貌。

〔5〕龢：古和字。

〔6〕澎濞：波浪相激之声。　慷慨：壮士不得志于心。

〔7〕杂遝：众多貌。

〔8〕拔摋（sà）：分散。

〔9〕怆恍：失意貌。　恻惐（yù）：伤痛。

〔10〕绥：迟。　肆：缓。

〔11〕淋洒：不绝貌。　靡靡：声音细好。

〔12〕横溃：旁决貌。　阳遂：清通貌。

【译文】

如果缓缓听节度，谨察曲之名目。则声繁多而将吟，且舒缓以相杂。风吹其声相连不绝，而悠游柔雅分散。声飞扬而相连，或牢落而稀疏，飘然尽散，了弃旧曲而为新曲。讴谣已发，箫曲伺候歌者发声如遮其道路，而与之相和。所以听闻其大声，则周流横溢泛滥，广远并包，吐含和乐，如慈父之于子，包含仁爱以养之，吐义方以教之。其微妙之声，则清和安畅，节度无违，穆然如孝子事父。其声曲所以比类，至诚必有与义理相感通者。其声之波涛相激，慷慨如壮士。从容不迫，温柔润泽，又如谦谦君子。其武壮之声，如雷霆震轰，迅疾翻滚不止。其仁和之声，如南风和缓，徘徊之间，普惠万物。声或众多如相聚，或分散奋讯如相弃。悲声闻则失意而伤痛，时或又恬淡以安纵。忽如水流之纵横溃乱，而有清畅之音以通达。哀声则若忧愤在怀，醇醲而有余味。

故贪饕者听之而廉隅兮[1]，狼戾者闻之而不怼[2]。刚毅强暴反仁恩兮，啴咝逸豫戒其失[3]。锺期、牙、旷怅然而愕兮，杞梁之妻不能为其气。师襄、严春不敢窜

其巧兮[4]，浸淫叔子远其类[5]。嚚、顽、朱、均[6]，惕复惠兮[7]，桀、跖、鬻、博[8]，儡以顿悴[9]。吹参差而入道德兮，故永御而可贵。

【注释】

〔1〕饕（tāo）：贪财。

〔2〕狼戾：恶性。 怼（duì）：怨。

〔3〕啴（chǎn）唌逸豫：舒缓之貌。

〔4〕师襄：春秋时乐师。相传孔子曾师从他学习音乐。 严春：古代善于弹琴的人。 窜：改易。

〔5〕浸淫：相亲附。 叔子：颜叔子。《毛氏诗传》曰："昔诸颜叔子独处于室，邻之嫠妇又独处于室，夜暴风雨至而室坏，妇人趋而至。颜叔子纳之，而使执烛，放乎旦而蒸尽，缩屋而继之，自以为辟嫌之不审矣。"

〔6〕嚚（yín）：舜母。 顽：舜父。二人俱顽愚。 朱：尧子丹朱；均：舜子商均。二人俱不肖。

〔7〕惠：黠慧。

〔8〕桀：夏桀； 跖：盗跖； 鬻：夏育； 博：申博。俱为大奸大恶之辈。

〔9〕儡：羸疾貌。 悴：即愁悴。

【译文】

所以贪财之人听此和雅之声，则去贪而知清廉之分。恶性之人闻之，则去恶迁善而不怨。刚毅强暴之人，闻此和雅之音，复归仁恩之情，舒缓之声戒人过失。锺子期、伯牙、师旷这样的音乐家，听到箫声皆怅然而惊，虽杞梁之妻也不能为其气调。师襄、严春，古之善音乐者，得闻箫声皆不敢改易其巧妙；颜叔子这样立身严谨、意志坚定的人听到这样的音乐也心神摇动，远离以前的做法。箫声使嚚、顽、朱、均之类不守德义、不道忠信之人惊而复归明慧，让桀、跖、鬻、博之类败坏恶性之人顿折而困悴。吹洞箫而感化之道广，所以久听而弥足珍贵。

时奏狡弄[1]，则彷徨翱翔。或留而不行，或行而不留。愺恅澜漫[2]，亡耦失畴。薄索合沓[3]，罔象相求[4]。故知音者乐而悲之，不知音者怪而伟之。故闻其悲声，则莫不怆然累欷[5]，擎涕抆泪[6]。其奏欢娱，则莫不惮漫衍凯[7]，阿那腲腇者已[8]。是以蟋蟀蚸蠖，蚑行喘息[9]，蝼蚁蝘蜓，蝇蝇翊翊[10]，迁延徙迤，鱼瞰鸡睨，垂喙蜿转，瞪瞢忘食。况感阴阳之龢，而化风俗之伦哉！

【注释】

〔1〕狡：急。　弄：小曲。

〔2〕愺恅（cǎo lǎo）：寂寞貌。　澜漫：分散貌。

〔3〕薄：迫。　索：求。　合沓：重沓。

〔4〕罔象：馀声。

〔5〕累欷：歔欷，悲。

〔6〕抆：拭。

〔7〕惮漫衍凯：欢乐貌。

〔8〕阿那腲腇（wěi něi）：舒迟貌。

〔9〕蚑（qí）行：徐行。

〔10〕蝇蝇翊翊（yì）：行貌。

【译文】

奏急速之曲时，则箫声回旋去留不常，或是声音低徊而不消散，或是消散而不低徊。声或寂静分散，失去音节的配合。迫求之则箫声重叠复沓，时多余声以相集。所以知音之人识悲乐之声，不知音之人但怪其清美而已。听到悲伤的音声莫不唏嘘怆然，涕泪四流。当奏欢愉之曲时，则莫不欢乐且舒迟懒意。所以蟋蟀跟尺蠖缓步喘息慢行。那些蝼蚁蜿蜒蠕动，迁延徘徊，那些鱼瞪眼，鸡儿呆，垂口盘旋，遗忘其食以听箫乐。何况感和阴阳之气，而能迁化风俗之理啊！

乱曰：状若捷武，超腾逾曳，迅漂巧兮。又似流波，泡溲泛湕，趋巇道兮[1]。哮呷呟唤[2]，跻蹢连绝，淈殄沌兮[3]。搅搜㴸捎[4]，逍遥踊跃，若坏颓兮[5]。优游流离，踌躇稽诣[6]，亦足耽兮。颓唐遂往[7]，长辞远逝，漂不还兮。赖蒙圣化，从容中道，乐不淫兮。条畅洞达，中节操兮。终诗卒曲，尚余音兮。吟气遗响，联绵漂撇[8]，生微风兮。连延骆驿，变无穷兮。

【注释】

〔1〕泡溲：盛多貌。　泛湕：微小貌。　巇道：崄巇之道。

〔2〕哮呷呟唤：大声貌。

〔3〕殄沌：不分。

〔4〕搅搜㴸捎：水声。

〔5〕坏颓：如物崩坏颓毁。

〔6〕稽诣：稽留如有所诣。

〔7〕颓唐：微声。

〔8〕漂撇：声相击而随于风。

【译文】

乱曰：箫声之状，捷巧之人超腾于空，逾曳高蹈，迅疾飘荡。又像流波，盛多而且微小，趋走崄巇之道。其声之大，哮呷呟唤，或上或下，时连时绝，淈然相乱而不分。水声激荡，高声远扬，其声之烈如物之崩坏颓坠。声音或和绥分散，或稽留不散，都足以耽玩。微声渐远，长辞远去，漂流不返。赖君王圣化，采于深山，以成此器，从容和乐，中于大道，虽乐而不荒淫。声音条贯，和畅通达，合乎节拍曲律。以箫音吹奏和诗，而曲将尽，尚有余音袅袅。歌咏之声，连绵起伏，飘荡于微风之中。袅袅之曲，又有着无穷的变化啊。

舞　赋并序　傅武仲（傅毅）

【题解】

傅毅（？—90?），字武仲，东汉扶风茂陵（今陕西兴平）人。少博学，章帝时为兰台令史，与班固等同校内府藏书。大将军窦宪出击匈奴，以毅为记室，迁司马。《后汉书》有传。本篇假托楚襄王与宋玉之事，描摹舞蹈表演的全过程，从舞前的演唱到独舞、队舞的姿态，赞美舞者的优美舞姿与观舞者的情态。

楚襄王既游云梦，使宋玉赋高唐之事。将置酒宴饮，谓宋玉曰："寡人欲觞群臣，何以娱之？"玉曰："臣闻歌以咏言，舞以尽意。是以论其诗，不如听其声，听其声，不如察其形。《激楚》《结风》《阳阿》之舞〔1〕，材人之穷观，天下之至妙。噫，可以进乎？"王曰："如其郑何〔2〕？"玉曰："小大殊用，郑雅异宜。弛张之度，圣哲所施。是以《乐》记干戚之容〔3〕，《雅》美蹲蹲之舞〔4〕，《礼》设三爵之制〔5〕，《颂》有醉归之歌〔6〕。夫《咸池》《六英》〔7〕，所以陈清庙、协神人也；郑、卫之乐，所以娱密坐、接欢欣也。馀日怡荡，非以风民也。其何害哉？"王曰："试为寡人赋之。"玉曰："唯唯。"

【注释】

〔1〕《激楚》《结风》《阳阿》：皆曲名。

〔2〕郑：郑音，古称亡国之音。

〔3〕干：楯。　戚：斧。二者为武舞所执。

〔4〕蹲蹲：舞貌。《小雅·伐木》："坎坎鼓我，蹲蹲舞我。"

〔5〕爵：酒盏。《礼记》："君子饮酒也，礼三爵而油油以退。"

〔6〕醉归之歌：《鲁颂·有駜》："鼓咽咽，醉言归。"

〔7〕《咸池》：黄帝乐。　《六英》：帝喾乐。

【译文】

楚襄王游云梦之台，使宋玉作赋吟咏高唐之事。楚王将要摆酒设宴，对宋玉说："我想要与群臣欢饮，有什么可以一起娱乐的吗？"宋玉说："我听说'歌以咏言，舞以尽意'。所以论诗歌不如听歌咏之声，听歌咏之声不如看手舞足蹈之形。依《激楚》《结风》《阳阿》诸曲的舞蹈，有才之士虽极观天下至妙之物，也叹服其美。唉，这可进为群臣之乐乎？"楚王问："比郑卫之音，如何？"宋玉回答道："大小的用途各殊，郑卫之音与雅乐应该不一样。雅郑之乐，废用之法，是圣人所制定。所以《乐》记载了干戚武舞之饰，《小雅》称赞舞者蹲蹲之美。《礼》有三饮而退之制，《颂》有醉归之歌。至于《咸池》《六英》这样的雅乐，那是在祭祀祖先时上献太庙，以协和神人的。郑卫之音是在众人相从而坐之时，可以相为欢娱。如是闲暇之时，纵情怡悦放荡心志，非为教化下民而作，那又有什么危害呢？"楚王道："请为我作赋一首吧。"宋玉答道："好。"

夫何皎皎之闲夜兮，明月烂以施光。朱火晔其延起兮，耀华屋而熺洞房[1]。黼帐袪而结组兮，铺首炳以焜煌。陈茵席而设坐兮，溢金罍而列玉觞。腾觚爵之斟酌兮[2]，漫既醉其乐康。严颜和而怡怿兮[3]，幽情形而外扬。文人不能怀其藻兮，武毅不能隐其刚。简惰跳踃，般纷挐兮，渊塞沉荡，改恒常兮。于是郑女出进，二八徐侍。姣服极丽，姁媮致态[4]。貌嫽妙以妖蛊兮[5]，红颜晔其扬华。眉连娟以增绕兮，目流睇而横波。珠翠的皪而照耀兮[6]，华袿飞髾而杂纤罗[7]。顾形影，自整装，顺微风，挥若芳，动朱唇，纡清阳[8]，亢音高歌为乐方。

【注释】

〔1〕熺：明、炽。

〔2〕觚爵：一升曰爵，二升曰觚。

〔3〕怿：乐。

〔4〕姁（xū）媮：和悦貌。

〔5〕嫽：好貌。 妖蛊：淑艳诱惑。

〔6〕的皪：珠光。

〔7〕袿：妇人上服。

〔8〕清阳：清越高扬。

【译文】

在月光皎洁且安静的夜晚，明月铺洒着辉光。红烛被点燃发光，照亮了华丽的屋宇，让洞房变得明亮而温暖。以绣为帐裙，结锦为帐带啊，月色和烛光相映于门首。布好褥席而设座位啊，金樽玉盏里都装满了美酒。按酒量的大小用觚爵来行酒啊，漫饮既醉感到身心快乐。（君王）严整的容颜得以缓和快乐起来啊，内心深藏的情绪表露出来。文人不能藏其辞藻，武毅之人不能隐其刚勇。疏简怠惰，盘桓快乐而纷乱牵引呀，情深而满，沉醉放荡，一改常情啊。于是郑国的女乐进退有度，二八娇女缓步侍奉在君王身边。她们身上精美的服装很艳丽，和悦的神态很柔美。身材姣好而又妖冶淑艳啊，容颜端庄光彩照人。眉毛细长而又弯曲啊，目光斜视如水波之横。头上的珍珠及翡翠光彩夺目，华丽之服装饰燕尾，杂以纤细的绮罗。顾盼形影，自整衣裳，顺风轻扬，衣袖带来芳香，朱唇轻启，唱美人之歌，举音高唱为乐之常道。

歌曰：摅予意以弘观兮，绎精灵之所束。弛紧急之弦张兮，慢末事之骫曲〔1〕。舒恢炱之广度兮〔2〕，阔细体之苛缛〔3〕。嘉《关雎》之不淫兮，哀《蟋蟀》之局促。启泰真之否隔兮，超遗物而度俗。扬《激徵》，骋《清角》〔4〕，赞舞操，奏均曲，形态和，神意协；从容得，志不劫。

【注释】

〔1〕骩（wěi）：谓屈曲之状。

〔2〕恢炱（tái）：广大之貌。

〔3〕苛缛：烦数之貌。

〔4〕《激徵》《清角》：雅曲名。

【译文】

歌词是：散意深观歌舞之事，想要松弛精神的束缚。废弛已张的紧急之弦，轻慢末事之屈曲者。舒广大之度，则细体繁密之事，不利于德者疏阔之。褒赞《关雎》的乐而不淫，哀悯《蟋蟀》的弱小局促。开启太极真气的否隔不通之处，超拔而使有所失者济于时俗。演奏《激徵》《清角》之类的雅曲，赞扬舞之节操，演奏乐律调和之曲。形态相和，神意相协，雍容闲雅，安静而从容不迫。

于是蹑节鼓陈，舒意自广。游心无垠，远思长想。其始兴也，若俯若仰，若来若往，雍容惆怅，不可为象。其少进也，若翱若行，若竦若倾。兀动赴度，指顾应声。罗衣从风，长袖交横。骆驿飞散，飒擖合并[1]。䴔䴖燕居[2]，拉揩鹄惊[3]。绰约闲靡，机迅体轻。姿绝伦之妙态，怀悫素之絜清。修仪操以显志兮，独驰思乎杳冥。在山峨峨，在水汤汤，与志迁化，容不虚生。明诗表指[4]，喟息激昂[5]。气若浮云，志若秋霜。观者增叹，诸工莫当。

【注释】

〔1〕飒擖：屈折貌。

〔2〕䴔䴖：轻貌。

〔3〕拉揩：飞貌。

〔4〕表：明。

〔5〕喟：叹息。

【译文】

于是乎，舞者足步所踩节奏与鼓声相应，此鼓既陈，舞者便志意舒广。心游乎无垠广袤的天地间，思虑得以无限延伸。最初之时，舞者若俯若仰，若来若往，雍容惆怅之态，不能用语言尽述其形象。稍后，舞者如飞翔如行走，如勇立如将倾，或兀然而动以合其节度，或手指目顾皆应声曲。罗衣从风飘荡，长袖翩翩交错。舞姿连绵不绝，盘旋屈折，都与曲度相合。轻如燕鸟之居，又如鹄羽惊举。绰约闲缓而柔美，舞之回折如弩机之迅，体自轻妙。舞姿绝伦之妙态，怀贞亮含絜情。修整仪容，端理节操以明其志，乃驰骋想象于杳冥寂寞之外。如在峨峨高山，又如在汤汤流水，舞人与志迁化，容不虚生，必有所象也。歌中有诗，舞人表而明之，指而合节。叹息激厉，有昂扬之意。其志高入云天，洁如秋霜。观之者赞叹，诸乐师谦让。

于是合场递进，按次而俟。埒材角妙，夸容乃理。轶态横出，瑰姿谲起。眄般鼓则腾清眸，吐哇咬则发皓齿。摘齐行列，经营切拟。仿佛神动，回翔竦峙。击不致筴，蹈不顿趾。翼尔悠往，闇复辍已[1]。及至回身还入，迫于急节。浮腾累跪，跗蹋摩跌。纡形赴远，漼似摧折。纤縠蛾飞[2]，纷猋若绝[3]。超趫鸟集，纵弛殟殁[4]。蝼蛇姌袅[5]，云转飘曶。体如游龙，袖如素蜺。黎收而拜[6]，曲度究毕。迁延微笑，退复次列。观者称丽，莫不怡悦。

【注释】

〔1〕闇：犹奄。

〔2〕縠：绮罗。

〔3〕纷猋：飞扬貌。

〔4〕殟（wēn）殁：舒缓貌。

〔5〕委（wēi）蛇：蜿蜒曲折。 姌袅：长貌。

〔6〕黎：徐。

【译文】

于是互递进舞，依次第而出。攀比才干，争巧斗妙，美丽容颜又经装饰打扮。超逸之态横出，美妙舞姿突起，清眸斜视般（盘）鼓，皓齿间发出谄艳之声。指摘使行列齐整，往来摩肩为之比拟。仿佛神思忽动，回顾轻翔而勇立其间。相连击鼓以相夸斗，足蹈地而不闻顿足之声。轻然远往，遽然而止。及至回身旋入舞场，逼迫于曲之急节。或浮腾跳跃，反复以膝及地，或以足蹋地，或以足摩地而仰跌。或纡曲如远赴，或回身以摧折。细纱舞衣如蛾飞，纷纷飞扬如将远绝。舞势超越如鸟飞集，纵驰之际而又舒缓。蜿蜒曲折，飘然如云忽转。身体轻捷若游龙，长袖明亮如素色蜺虹。徐收敛容而拜，曲度于是尽毕。舞者迁延徘徊微笑，复次行列而退场。观舞之人竞相称美，莫不满心欢喜。

于是欢洽宴夜，命遣诸客。扰躟就驾，仆夫正策。车骑并狎，巃嵷逼迫〔1〕。良骏逸足，跄捍凌越。龙骧横举，扬镳飞沫。马材不同，各相倾夺。或有逾埃赴辙，霆骇电灭。跖地远群〔2〕，闇跳独绝〔3〕。或有宛足郁怒，般桓不发〔4〕。后往先至，遂为逐末。或有矜容爱仪，洋洋习习。迟速承意，控御缓急。车音若雷，骛骤相及。骆漠而归〔5〕，云散城邑。天王燕胥，乐而不泆。娱神遗老，永年之术。优哉游哉！聊以永日。

【注释】

〔1〕茏苁：众多貌。

〔2〕跖：踏。

〔3〕闟跳：行疾貌。

〔4〕般桓：徘徊。

〔5〕骆漠：骆驿纷漠奔驰之貌。

【译文】

于是，众人欢情已洽而宴毕夜深，故命遣散诸客。众人纷扰疾行而登车，仆人扬鞭驱驰。车马并行，聚集而拥挤。良马疾驰，踊跃竞相奔走。马举首而横走，勒镳则溅马口之沫。车马各异，相互驰竞。或有马忽然逾越尘埃之前以赴车辙，如雷霆之声忽惊忽灭。踏地远出于群，疾行超迈于众。或有马如郁怒而按足缓步，徘徊不前。虽后发而能先至，遂为驰逐者之末。或有矜持仪容者，庄敬而又和缓迟速任人之意，驾控其进退缓急。车声隐隐如雷，行进皆相连属，不先不后。车马骆驿而归，四散而入于城邑之中。天王宴乐，乐极而不溢。娱乐其精神而不知老之将至，此为长年驻世之术，优游柔和，且以为长久之日。

（本卷译注：陈胤）

文选卷第十八

音乐下

长笛赋并序　马季长（马融）

【题解】

马融（79—166），字季长，右扶风茂陵（今陕西兴平东北）人。东汉经学家、文学家。遍注《周易》《尚书》《毛诗》《三礼》《论语》《孝经》，生徒常有千余人，经学家郑玄、卢植皆出其门下。《长笛赋》规仿西汉赋家王褒《洞箫赋》而作，依次叙写制作长笛的竹子的生长环境、长笛所发之音的非凡效果及制作长笛的文化意义。

融既博览典雅〔1〕，精核数术〔2〕，又性好音，能鼓琴吹笛，而为督邮〔3〕，无留事〔4〕，独卧郿平阳邬中〔5〕。有雒客舍逆旅〔6〕，吹笛为《气出》《精列》相和〔7〕。融去京师，逾年，暂闻，甚悲而乐之。追慕王子渊、枚乘、刘伯康、傅武仲等箫琴笙颂，唯笛独无，故聊复备数〔8〕，作《长笛赋》。其辞曰：

【注释】

〔1〕博览：广泛阅览。　典雅：泛指古代典籍。

〔2〕精核：详细考核。

〔3〕督邮：官名。代表太守督察县乡，宣达教令，兼司狱讼捕亡。

〔4〕留事：积压的公务。

〔5〕邬：里。

〔6〕逆旅：客舍。

〔7〕《气出》《精列》：古乐府曲名。《相和歌》十八曲，《气出》一，《精列》二。

〔8〕备数：充数。

【译文】

我既广泛阅览古代《三坟》《五典》和《雅》《颂》等典籍，详细考核占卜等数术，又天生喜爱音乐，能弹琴吹笛，我在担任督邮这个职位期间，平常没有积压的公务，独自居住在郿县平阳邬。有居住在旅舍中的洛阳旅客，吹奏相和歌《气出》《精列》，曲子此唱彼和。我离开洛阳已经一年多了，突然听到笛声，心中感到非常悲凉，渐渐地又为此感到喜悦。我追慕王子渊、枚乘、刘伯康、傅武仲等人的《洞箫赋》《琴赋》《笙赋》，却唯独没有人写过笛，因此，我姑且创作一篇《长笛赋》来充数。其辞曰：

惟籦笼之奇生兮〔1〕，于终南之阴崖〔2〕。托九成之孤岑兮〔3〕，临万仞之石磎〔4〕。特箭槁而茎立兮〔5〕，独聆风于极危〔6〕。秋潦漱其下趾兮〔7〕，冬雪揣封乎其枝。巅根跱之槷刖兮，感回飙而将颓〔8〕。夫其面旁则重巘增石〔9〕，简积頵砡〔10〕。兀嵝狋觺〔11〕，倾昊倚伏〔12〕。庨窌巧老〔13〕，港洞坑谷〔14〕。嶰壑浍峃〔15〕，峆窞岩寝〔16〕。运裛穿洨〔17〕，冈连岭属。林箫蔓荆〔18〕，森椮柞朴〔19〕。

【注释】

〔1〕籦笼：竹的一种。可用以作笛。

〔2〕阴崖：背阳的山崖。

〔3〕九成：犹九重，言极高。

〔4〕石碛：多石的山谷。

〔5〕箭槁：指箭杆。

〔6〕聆风：闻风。

〔7〕秋潦：秋季因久雨而形成的大水。　下趾：指物体的根底部分。

〔8〕回飙：旋转的狂风。

〔9〕重巘：指重叠的山峰。

〔10〕䂒硊（yūn yù）：山石堆积貌。

〔11〕兀嵝狋礊：险峻貌。

〔12〕倚：依托。　伏：隐藏。

〔13〕庨窌（xiāo liáo）：深空貌。

〔14〕港洞：相通。

〔15〕嶰（xiè）壑：涧谷。　浍峣：嶰壑深平之貌。

〔16〕峪窞（dàn）：坑穴。喻险境。

〔17〕运裛（yì）：回旋缭绕。　窊（wū）泼：低下不平。一说，湿润貌。

〔18〕林箫：丛生的小竹。箫，通“筱”。

〔19〕森槮：树木高长貌。　柞朴：木名。

【译文】

簻笼这种竹子非常奇特，它生长在终南山背阳的山崖上。寄托于九重高的孤峙山峰，下临万丈多石的山谷。它像箭杆那样劲直挺立，独自在极高的山峰上聆听风声。秋天大雨过后形成的大水洗漱着它的根底，冬天的积雪封护着它的枝条。生长在山巅上的簻笼摇摇晃晃极其危险，经受着旋转的狂风看起来随时都可能倾倒坠落。它的面前和周边是重叠的山峰和岩石，许多又大又怪的山石堆积在齐头的山峰上，山势险峻，像两犬相争。山石倾侧，互相依托隐藏。山谷深空，山坑山谷相通。涧谷和田间水道沟壑深平，坑穴和岩洞相连交错，回旋缭绕，低下不平，卑湿曲折，冈岭相连不断。丛生的小竹之间杂生着高大的树木。

于是山水猥至[1]，渟涔障溃[2]。頠淡滂流[3]，碓投瀺穴[4]。争湍苹萦，汩活澎濞[5]。波澜鳞沦[6]，窊隆诡戾[7]。濡瀑喷沫[8]，奔遁砀突[9]。摇演其山，动杌其根者[10]，岁五六而至焉。是以间介无蹊[11]，人迹罕到。猿蜼昼吟[12]，鼯鼠夜叫[13]。寒熊振颔，特麢昏髟。山鸡晨群，野雉晁雊。求偶鸣子，悲号长啸[14]。由衍识道[15]，噍噍欢噪[16]。经涉其左右[17]，哤聒其前后者[18]，无昼夜而息焉。夫固危殆险巇之所迫也[19]，众哀集悲之所积也。故其应清风也，纤末奋蕱[20]，铮镄謍嗃[21]。若絙瑟促柱[22]，号钟高调[23]。

【注释】

〔1〕猥：繁多。

〔2〕渟涔：水池。

〔3〕頠（hàn）淡：水摇荡貌。　滂流：涌流。

〔4〕碓投：舂击。

〔5〕汩活：水疾流貌。　澎濞：波浪相撞击声。

〔6〕鳞沦：像鱼鳞般的波纹。

〔7〕窊（wā）隆：低昂；凹凸。　诡戾：谓水回旋撞击。

〔8〕濡（xuè）瀑：水沸涌貌。　喷沫：喷涌泡沫。

〔9〕奔遁：奔逃。　砀（dàng）突：冲撞；冒犯。

〔10〕动杌（wù）：动摇。

〔11〕蹊：小路。

〔12〕猿蜼（wèi）：猿猴。

〔13〕鼯鼠：鼠名。俗称大飞鼠。能在树间滑翔，古人误以为鸟类。

〔14〕长啸：大声呼叫。

〔15〕由衍：游行衍溢，谓纵情游乐。

〔16〕噍噍：鸟鸣声。　欢噪：喧闹。

〔17〕经涉：通过。

〔18〕哤（máng）聒：声音嘈杂。

〔19〕险巇：崎岖险恶。

〔20〕纤末：犹末梢。

〔21〕铮镆（huáng）：象声词。　警嗃（yíng xiào）：谓小声与大声俱发。

〔22〕絚（gēng）瑟促柱：急弦。促柱，支弦的柱移近则弦紧，故称。

〔23〕高调：谓调弦使发出高音。

【译文】

于是，雨季来临山涧水流暴涨，冲决堤坝。摇荡汹涌，冲击岩穴。湍急的水流回旋澎湃，发出波浪相击的声音。波涛的纹路像鱼鳞一般，低昂回旋十分奇异。沸涌的水流喷涌着泡沫，奔逃冲撞。水势摇撼山体，动摇竹根，这样的情形每年都要发生五六次。因此山路隔绝，人迹罕至。猿猴在白天吟号，大飞鼠在夜里鸣叫。寒冷的熊扬起下颌，公鹿们或扭头顾盼，或抖动下垂的毛发。清晨，山鸡成群，雄鸡啼叫着吸引雌性。这些动物或求偶或呼唤，山中悲号长啸声此起彼伏。鸟兽识途，纵情地游行衍溢，发出喧闹的鸣叫声。它们在籦笼的四周来来往往，不断在附近发出各种嘈杂的声响，从白天到黑夜一刻也不停息。一方面是高绝险恶的地势所迫，一方面是众多鸟兽的悲情哀鸣之声的长期积累。因此，只要清风微至，竹梢就会奋迅而动，小声与大声俱发。如传说中的絚瑟移紧瑟柱，如传说中的名琴号钟调高琴弦，发出高亮之音。

于是放臣逐子〔1〕，弃妻离友〔2〕。彭胥伯奇〔3〕，哀姜孝己〔4〕。攒乎下风〔5〕，收精注耳〔6〕。靁叹颓息，掐膺擗摽〔7〕。泣血泫流〔8〕，交横而下。通旦忘寐〔9〕，不能自御。

【注释】

〔1〕放臣：放逐之臣。

〔2〕弃妻：被遗弃的妻子。

〔3〕彭胥：彭咸、伍子胥。　伯奇：尹吉甫之子，古代孝子。

〔4〕孝己：殷高宗武丁之子，以孝行著。

〔5〕下风：比喻处于卑位。

〔6〕注耳：倾耳。

〔7〕擗（pì）摽（biāo）：抚心，拍胸。

〔8〕泫流：指泪水流淌。

〔9〕通旦：通宵达旦。

【译文】

簫笼的这些声响引起了被放逐的臣子、被丈夫抛弃的妻子和被朋友背叛之人的注意。包括彭咸、伍子胥、作琴曲《履霜操》以述怀的孝子伯奇、哀姜和孝己等人都聚在簫笼的下风处，聚精会神注耳倾听。簫笼的声响令他们叹息如雷，叩胸抚心。无声痛哭，血泪交错如泉涌。他们沉浸在簫笼发出的声响里通宵达旦废寝忘食，难以自拔。

于是乃使鲁般、宋翟〔1〕，构云梯〔2〕，抗浮柱〔3〕。蹉纤根，跋篾缕。膺峭阤〔4〕，腹陉阻。逮乎其上，匍匐伐取〔5〕。挑截本末〔6〕，规摹彟矩〔7〕。夔襄比律〔8〕，子野协吕。十二毕具〔9〕，黄钟为主。挢揉斤械〔10〕，剸掞度拟〔11〕。鍃硐隤坠〔12〕，程表朱里。定名曰笛〔13〕，以观贤士〔14〕。陈于东阶，八音俱起〔15〕。食举雍彻〔16〕，劝侑君子〔17〕。然后退理乎黄门之高廊〔18〕。重丘宋、灌〔19〕，名师郭、张〔20〕。工人巧士〔21〕，肄业修声〔22〕。

【注释】

〔1〕鲁般：即“鲁班”。

〔2〕云梯：攻城的长梯。

〔3〕浮柱：梁上柱。

〔4〕峭阤（zhì）：峻峭的山坡。

〔5〕伐取：砍伐取得。

〔6〕本末：树木的下部与上部。

〔7〕规摹：取法。　頀（huò）矩：尺度。

〔8〕夔襄：舜时乐官夔、春秋鲁乐官师襄。

〔9〕十二：即十二律。

〔10〕挢揉：用火烤烘，使曲者变直。　斤械：用斧砍削。

〔11〕度拟：量度比拟。

〔12〕隤坠：坠落。

〔13〕定名：确定名称。

〔14〕贤士：志行高洁、才能杰出的人。

〔15〕八音：对乐器的统称，通常为金、石、丝、竹、匏、土、革、木八种不同材质所制。

〔16〕食举雍彻：帝王进餐或宴会时所设的奏乐仪式的乐曲。

〔17〕劝侑（yòu）：谓劝人喝酒、吃饭。

〔18〕黄门：黄门侍郎，内宫侍奉之官。

〔19〕重丘：县名。

〔20〕名师：即宋、灌、郭、张诸姓之人。

〔21〕工人：乐工。　巧士：擅长某种技艺的人。

〔22〕肄业：修习课业。　修声：谓演奏乐曲。

【译文】

于是请来鲁国鲁班、宋国墨翟，让他们构造云梯，立起浮柱。人们在云梯和浮柱的辅助下，小心翼翼踩踏着籦笼纤细的根须，胸贴着、肚顶着陡峭的山崖，艰难攀爬。等到了籦笼生长的地方，还不得不用匍匐的姿势进行伐取。挑截籦笼的根部和枝叶弃去不要，再用圆规和矩尺精确测量后对籦笼的茎部进行取材。之后让乐官夔与师襄比律，让子野调音。然后十二律完全具备，以黄钟为主调。等这些做好后，再火烤斧削使弯曲处变直，比着尺子截削停当。接着用凿子凿通竹节凿出音孔，伴随着竹屑纷纷坠落长笛就初步成型了，再在内部漆上红色，外表就用竹子的本色。做好后取名曰笛，用来考察贤能之士。将长笛陈设在东阶之上，笛声清美如八音齐奏。从《食举》到《雍》，全程给君王的宴会伴奏，给贵族们的宴饮助兴。结束之后就让乐人退到宫内高廊之下进行习演，请来重丘之地的著名乐师宋、灌、郭、张诸姓之人，以及各地的专业乐工，进行演奏练习。

于是游闲公子，暇豫王孙〔1〕，心乐五声之和〔2〕，耳比八音之调，乃相与集乎其庭〔3〕。详观夫曲胤之繁会丛杂〔4〕，何其富也。纷葩烂漫〔5〕，诚可喜也。波散广衍〔6〕，实可异也〔7〕。掌距劫遌〔8〕，又足怪也。啾咋嘈啐〔9〕，似华羽兮，绞灼激以转切。震郁怫以凭怒兮〔10〕，眩砀骇以奋肆〔11〕。气喷勃以布覆兮〔12〕，乍跱蹠以狼戾〔13〕。雷叩锻之岌峇兮〔14〕，正浏溧以风冽〔15〕。薄凑会而凌节兮〔16〕，驰趣期而赴躓〔17〕。

【注释】

〔1〕游闲公子、暇豫王孙：优游闲暇的贵族人士。

〔2〕五声：指宫、商、角、徵、羽五音。

〔3〕相与：一道。

〔4〕曲胤：乐曲。　繁会：犹交响。

〔5〕纷葩：盛多貌。　烂漫：杂乱繁多貌。

〔6〕广衍：扩延散布。

〔7〕可异：令人诧异。

〔8〕掌（chēng）距：指声音相激荡。　劫遌：声音高亢，节奏急促。

〔9〕啾咋嘈啐：喧闹杂乱。

〔10〕郁怫：郁悒。

〔11〕砀（dàng）骇：突然跃起。

〔12〕喷勃：气盛貌。　布覆：布散笼盖。

〔13〕跱蹠：停步踏足。　狼戾：谓纵横交错。

〔14〕岌峇：声音如雷。

〔15〕浏溧：清凉貌。

〔16〕凌节：逾越法度。

〔17〕趣：向。　踬：颠仆。

【译文】

于是优游的公子，闲适的王孙们，他们的内心喜欢五音的和谐，耳朵习惯听到八音的调和，就一起聚集在庭中。详细观赏长笛演奏的交响之乐，它的音域是多么丰富啊！它的音色盛多而繁杂，实在令人欣喜！笛音高亢声波广散，实在令人诧异。各种声音相互激荡高亢又紧促，又着实令人感到怪异！众声喧闹杂乱，像南方之音的华丽羽调，激越且相互缠绕磨切。笛声由郁悒而勃然大怒，突然跃起而奋发。气势盛大而布散笼罩四周，又突然停步踏足纵横交错。笛声忽而叩锻如雷响，忽而如凛冽寒风吹。各种声响时而聚合一致，时而又出现激扬飞越之音，时而节奏短促急切，时而又突然颠仆戛然而止。

尔乃听声类形〔1〕，状似流水，又象飞鸿〔2〕。泛滥溥漠〔3〕，浩浩洋洋〔4〕。长彎远引〔5〕，旋复回皇〔6〕。充屈郁律〔7〕，瞋菌碨抰〔8〕。酆琅磊落〔9〕，骈田磅唐〔10〕。取予时适〔11〕，去就有方〔12〕。洪杀衰序〔13〕，希数必当。微风纤妙，若存若亡。荩滞抗绝〔14〕，中息更装〔15〕。奄忽灭没〔16〕，晔然复扬。或乃聊虑固护〔17〕，专美擅工〔18〕。漂凌丝簧〔19〕，覆冒鼓钟〔20〕。或乃植持縼纆〔21〕，佁拟宽容〔22〕。箫管备举〔23〕，金石并隆〔24〕。无相夺伦〔25〕，以宣八风〔26〕。律吕既和，哀声五降〔27〕。曲终阕尽，余弦更兴。繁手累发〔28〕，密栉叠重〔29〕。踾踧攒仄〔30〕，蜂聚蚁同。众音猥积〔31〕，以送厥终。

【注释】

〔1〕听声：听察声音。

〔2〕飞鸿：飞行的鸿雁。
〔3〕溥漠：鸟翼掠水貌。
〔4〕浩浩：水盛大貌。
〔5〕远引：远游。
〔6〕回皇：彷徨不定。
〔7〕充屈：郁结貌。　郁律：声音回荡。
〔8〕瞋菌：笛声从郁积到迸发。　碨抰：众声竞相发出。
〔9〕酆琅：宏大貌。　磊落：声音响亮。
〔10〕骈田：声音宏大四布。　磅唐：广大。
〔11〕取予：操琴的内收和外放指法。
〔12〕有方：有道、得法。
〔13〕洪杀：犹增减。　衰序：递减的次序。
〔14〕抗绝：极尽。
〔15〕中息：中止。
〔16〕奄忽：倏忽。
〔17〕聊虑：精心专一。　固护：志坚。
〔18〕专美：独享美名。
〔19〕丝簧：弦管乐器。
〔20〕覆冒：蒙盖。
〔21〕植持：声音相持不散。　縼纆：引持绳索。
〔22〕佁拟（yǐ nǐ）：闲缓貌。
〔23〕备举：兼容并包。
〔24〕金石：指钟磬乐声。
〔25〕夺伦：失其伦次。
〔26〕八风：指八音。
〔27〕哀声：悲凉的乐声。
〔28〕繁手：弹奏乐器的变化复杂的手法。
〔29〕密栉：密集如梳篦。
〔30〕踾踧（fú cù）：声音急促、激烈。　攒仄：聚集。
〔31〕猥积：聚集。

【译文】

然后听着笛声想象这些声音的形状，既像流水，又像高飞的大雁。在浩浩洋洋盛大的水波摇荡之声中又有大雁展翼掠过水面的声音。这水声雁声相互交织时而远引不绝，时而又忽然彷徨不定。时而郁结低徊，时而又突然竞相迸发。众声宏大四布，磅礴壮观。指法收放适时，精通演奏之法。曲度的增减次序都合乎乐理。笛声时而像纤柔美妙的清风，若有若无。时而极度沉滞，短暂中止后便改弦更张。时而突然消失，时而又高调扬起。长笛凝聚了匠人的精心坚志，集众美于一身。既凌驾于琴、瑟、笙、簧等弦管乐器之上，又掩蔽遮盖了钟鼓等乐器的风采。笛音时而植立引持像绳结一般紧固，时而又闲缓宽舒而从容。然后箫管齐奏，钟磬并发。众音谐和不失伦次，各种乐器都展示了自己的风采。五音既得谐调中和之美，乐声也慢慢降下来并结束演奏。正曲演奏完毕，馀音又随之复兴。演奏的手法变化无端，节奏像梳篦一样密集重叠。笛声急促而激烈，如蜂拥而至。各种乐音集中齐发，在高潮中结束了乐曲的演奏。

然后少息暂怠〔1〕，杂弄间奏。易听骇耳〔2〕，有所摇演。安翔骀荡〔3〕，从容阐缓〔4〕。惆怅怨怼〔5〕，窳圔寘赦〔6〕。聿皇求索〔7〕，乍近乍远。临危自放，若颓复反。蚡缊翻纡，緸冤蜿蟺〔8〕。笢笏抑隐〔9〕，行入诸变。绞概汩湟，五音代转〔10〕。挼拏捘臧，递相乘邅〔11〕。反商下徵，每各异善〔12〕。

【注释】

〔1〕少息：暂停。

〔2〕骇耳：震惊。

〔3〕骀荡：舒畅荡漾。

〔4〕从容阐缓：形容声响浑厚而舒缓。

〔5〕怨怼：怨恨。

〔6〕窳圔（yǔ yà）：乐声低回。　寘㵧：乐声缓慢。

〔7〕聿皇：迅疾轻快貌。

〔8〕緸冤：摇动貌。　蜿蟺：屈曲盘旋貌。

〔9〕笢笏：吹笛时手按笛孔。　抑隐：手指按笛孔之貌。

〔10〕五音：宫、商、角、徵、羽。

〔11〕乘遭：音响相应。

〔12〕异善：特别美好。

【译文】

在这之后声音稍稍平息，期间随意演奏一些杂曲。换上的新曲使人耳目为之一新，内心也为之所动。乐曲初发如鸟安翔舒缓荡漾，宽容闲缓。逐渐转为惆怅怨怼，声音低徊而阐缓。接着又变得迅疾轻快如上下求索，声音忽远忽近。音调渐渐拉高眼看到了顶点然后又突然落下来，感觉要落到最低点了然后又忽然拉高。众音繁多，摇曳盘旋。按压笛孔的手指起落如风，变化多端。随之众音切摩，五音不断轮转。各种音调接连会合，彼此相应。反商下徵，各种变调都得到了完美的表现。

故聆曲引者〔1〕，观法于节奏〔2〕，察变于句投〔3〕，以知礼制之不可逾越焉。听簉弄者〔4〕，遥思于古昔，虞志于怛惕〔5〕，以知长戚之不能闲居焉。故论记其义，协比其象〔6〕：彷徨纵肆〔7〕，旷瀁敞罔〔8〕，老、庄之概也。温直扰毅〔9〕，孔、孟之方也。激朗清厉，随、光之介也〔10〕。牢刺拂戾〔11〕，诸、贲之气也〔12〕。节解句断〔13〕，管、商之制也〔14〕。条决缤纷〔15〕，申、韩之察也〔16〕。繁缛骆驿〔17〕，范、蔡之说也〔18〕。劉栎铫惯〔19〕，皙、龙之惠也〔20〕。上拟法于《韶箾》《南籥》〔21〕，中取度于《白雪》《渌水》〔22〕，下采制于《延露》《巴人》〔23〕。

【注释】

〔1〕曲引：乐曲。

〔2〕观法：观察法度。

〔3〕句投：句读。投与逗古字通。

〔4〕篴（chòu）弄：小曲或杂曲。

〔5〕怛（dá）惕：凄怆。

〔6〕协比：比拟。

〔7〕彷徨：优游自得。　纵肆：放纵。

〔8〕敞罔：宽广貌。

〔9〕扰毅：和顺坚毅。

〔10〕随、光：卞随、瞀光。二人皆夏商边际的高士。

〔11〕牢刺：忧愤不平。　拂戾：违逆。

〔12〕诸、贲：古代勇士专诸和孟贲。

〔13〕节解：乐曲节奏分明。

〔14〕管、商：管仲和商鞅。

〔15〕条决：依条令决断。

〔16〕申、韩：申不害和韩非。

〔17〕繁缛：采饰富丽。

〔18〕范、蔡：范雎和蔡泽。

〔19〕剺栎铫憘：分别节制之貌。

〔20〕皙、龙：邓皙和公孙龙。

〔21〕《韶简》（xiāo）：舜乐名。　《南籥》：乐舞名。

〔22〕《白雪》：古琴曲名，师旷所作。　《渌水》：曲名。

〔23〕《延露》《巴人》：古曲名。

【译文】

所以聆听乐曲的人，观察音乐的节奏，以及句读停顿的变化规则，从而知道现实生活中的礼仪制度不可逾越。欣赏长笛演奏的小曲，思接上古，沉浸于恻怆之声，从而体会到长怀忧苦而难以闲居独处。因此记述笛子的乐理之义，合比其乐音之象：其优游恣肆，宽广盛大，这是老庄的气节。温和正直，和顺坚毅，符合孔、孟之道。声音激切明朗，高昂凄厉，这是卞随和瞀光的耿介操守。忧愤不平与违逆，是古代勇士专诸与孟贲的不平之气。乐曲节奏明快，句读停顿清晰，这一特点好比管仲、商鞅等法家人物所制定的奖惩分明的社会制度。依条令决断缤纷的矛盾，就好比申不害和韩非子对时事的洞若观火、明察秋毫。富丽的乐声连绵不断，就像范雎和蔡泽等战国纵横家滔滔不绝的游说之辞。笛声的分别不淆节制有度，则是邓析和公孙龙等名家学派的智慧。笛乐上者效法《韶箾》和《南钥》，中者效法《白雪》《渌水》，下者采制于《延露》《巴人》。

是以尊卑都鄙[1]，贤愚勇惧。鱼鳖禽兽，闻之者莫不张耳鹿骇[2]。熊经鸟申[3]，鸱视狼顾。拊噪踊跃[4]，各得其齐。人盈所欲，皆反中和[5]，以美风俗。屈平适乐国，介推还受禄[6]。澹台载尸归[7]，皋鱼节其哭[8]。长万辍逆谋[9]，渠弥不复恶[10]。蒯聩能退敌[11]，不占成节鄂[12]。王公保其位，隐处安林薄。宦夫乐其业[13]，士子世其宅[14]。鱏鱼喁于水裔[15]，仰驷马而舞玄鹤[16]。

【注释】

〔1〕都鄙：美好和丑陋。

〔2〕鹿骇：比喻惊惶纷扰。

〔3〕熊经鸟申：一种导引养生之法。状如熊之攀枝，鸟之伸脚。

〔4〕踊跃：犹跳跃。

〔5〕中和：天地万物均能各得其所，达于和谐境界。

〔6〕介推：即介子推。春秋晋人，为避受赏而逃入深山。

〔7〕澹台：澹台灭明之子溺死于江，灭明曰：生为吾子，死非吾鬼。遂不收葬。

〔8〕皋鱼：《韩诗外传》载：春秋时人皋鱼以己之三失而痛哭。

〔9〕长万：南宫万也，弑宋闵公于蒙泽。

〔10〕渠弥：高渠弥作恶，杀郑昭公而立公子亹。

〔11〕蒯聩：春秋时期卫国太子，见郑师众而惧，自投车下。

〔12〕不占：齐人陈不占，闻崔杼弑庄公，将往赴之。但惧怖而食则失哺、上车失轼，最终骇死。　节鄂：节操蹇鄂，指不怯懦。

〔13〕宦夫：指农夫。

〔14〕士子：士大夫阶层。

〔15〕鱏鱼：白鲟。　喁：鱼口露出水面咂动貌。

〔16〕“仰驷马”句：《韩诗外传》载，瓠巴鼓琴，而六马仰沫。《韩子》载，师旷援琴一奏，玄鹤来集。

【译文】

因此可以满足尊卑都鄙不同阶层，以及贤愚勇惧各种审美喜好的人们之需。鱼鳖、禽兽各种动物，听到笛声莫不为之一惊张耳倾听。有的像熊一样用前掌趴在树上站立着，有的则像鸟一样伸长了脖子，有的像鸱鸟一样抬着头，还有的像狼一样掉转了脑袋，全都一动不动。然后，动物们随着美妙的笛声欢鸣跳跃，各得其乐。各色人等也通过笛声的陶醉心满意足，心情回归到中和状态，社会风俗由此得到了净化。听了这长笛之音，屈原将回到楚国而不是自沉于江，介之推不会逃避进山而是欣然回朝接受俸禄。澹台灭明将收葬溺水的儿子载尸而归，皋鱼也不再因为平生的遗憾而痛哭不已。南宫万将放弃弑君谋逆，高渠弥也没有了在郑国作乱的欲望。卫国太子蒯聩将不再惧怕郑国军队而能够击退敌人，齐国陈不占面对崔杼弑君将毫不惧怕慷慨赴节。统治者安保其位，隐士们安心山林。农夫乐于耕，士人安其职。此外，这笛声的美妙还像伯牙、瓠巴和师旷弹琴一样，使得白鲟之口拱出水面，使得六马仰沫而玄鹤来舞。

于时也〔1〕，绵驹吞声〔2〕，伯牙毁弦〔3〕。瓠巴聑柱〔4〕，磬襄弛悬〔5〕。留视瞠眙〔6〕，累称屡赞。失容坠席，搏拊雷抃〔7〕。僬眇睢维〔8〕，涕洟流漫。是故可以通灵感物〔9〕，写神喻意〔10〕。致诚效志〔11〕，率作兴事〔12〕。溉盥污濊〔13〕，澡雪垢滓矣〔14〕。

【注释】

〔1〕于时：其时。

〔2〕绵驹：善歌者。

〔3〕伯牙：春秋时精于琴艺者。

〔4〕瓠巴：春秋时楚国的著名琴师。　聑（tiē）柱：安放弦木，指停止演奏。

〔5〕磬襄：古善击磬钟者，相传名襄。　弛悬：收藏钟磬等悬挂的乐器。谓罢乐。

〔6〕睽眙（chì）：瞪目惊视貌。

〔7〕搏拊：拍击，谓鼓掌。　雷抃：拍掌之声如雷。

〔8〕僬（jiāo）眇：合目细视貌。　睢维：目开合貌。

〔9〕通灵：通于神灵。

〔10〕写神：抒发思想感情。

〔11〕致诚：使诚心达到极点。

〔12〕兴事：兴建政事。

〔13〕溉盥：洗涤。

〔14〕澡雪：洗涤使之清洁。

【译文】

长笛奏响之时，绵驹吞声而不再歌唱，伯牙毁琴不再弹奏。瓠巴安放弦木停止演奏，磬人襄收起钟磬而罢乐。他们先是集中注意力瞪大眼睛一脸惊异，接着就赞不绝口。时而神色改变跌下座席，时而鼓掌如雷。时而眯起眼睛细看，时而又张大眼睛，感动得眼泪和鼻涕横流满面。因此说笛声可以通神灵感万物，可以抒情写意。可以使人至诚并检验心中志向，也可以率领臣下兴建政事。还可以洗涤污秽，清洁垢污。

昔庖羲作琴[1]，神农造瑟[2]。女娲制簧，暴辛为埙[3]。倕之和钟，叔之离磬[4]。或铄金砻石[5]，华睆切错[6]。丸挻雕琢[7]，刻镂钻笮[8]。穷妙极巧，旷以日月。然后成器，其音如彼。唯笛因其天姿，不变其材。伐而吹之，其声如此。盖亦简易之义，贤人之业也。若然，六器者[9]，犹以二皇圣哲黈益[10]。况笛生乎大汉，而学者不识其可以裨助盛美，忽而不赞，悲夫！

【注释】

〔1〕庖羲：即伏羲。

〔2〕神农：太古帝王名。也称炎帝，谓以火德王。

〔3〕暴辛：即商纣王。

〔4〕倕：巧匠名。　叔：舜时人。　和、离：调节音律。

〔5〕铄金：熔化金属。　砻（lóng）：磨。

〔6〕华睆：鲜艳明亮。　切错：治骨曰切，治玉曰错。

〔7〕丸：揉物使成圆形。　挻：揉和。

〔8〕刻镂：雕刻。　钻笮（zuó）：穿洞凿刻。

〔9〕六器：六种乐器，琴、瑟、簧、埙、钟、磬。

〔10〕二皇：指伏羲氏和神农氏。　黈（tǒu）益：增益。

【译文】

远古时候伏羲作了琴，神农造了瑟。女娲制作了簧，暴辛制作了埙。倕铸出了钟，叔磨出了磬。或熔化金属或打磨石材，或切或错使乐器光滑明亮，或揉之使圆，或穿洞凿孔。工艺极尽精巧，工时旷日持久。然后，这些乐器才得以打造完成，发出的乐音不过尔尔。只有长笛是凭借了它的天然之姿，不变更自身的材质。砍伐下来吹奏，发出的声音就是如此美妙。大概这就是大道至简，与圣贤以简治国一个道理吧。如果真是这样，上述琴、瑟、簧、埙、钟、磬六种乐器，犹且有伏羲、神农二皇以及诸位圣贤为其增益名声。

笛就发明于我大汉，而学者们却不知道它能够裨助鸿业，全都将其忽视不加赞颂，实在遗憾！

有庶士丘仲[1]，言其所由出，而不知其弘妙。其辞曰：

近世双笛从羌起[2]，羌人伐竹未及已。龙鸣水中不见已，截竹吹之声相似。剡其上孔通洞之[3]，裁以当篧便易持[4]。《易》京君明识音律[5]，故本四孔加以一。君明所加孔后出，是谓商声五音毕。

【注释】

〔1〕庶士：官府小吏。　丘仲：人名。《风俗通》曰：笛，武帝时丘仲所作。

〔2〕双笛：羌笛与古笛。

〔3〕剡：削尖。

〔4〕篧（zhuā）：马鞭。

〔5〕《易》京君明：京房，字君明，汉武帝时人，以通《易》，故称"《易》京君明"，好钟律，知五声。

【译文】

有位叫丘仲的小吏，说出了笛子的起源，却也说不出笛的弘旨奥妙。他只是说：近世的羌笛与古笛都产生于羌地，羌人伐竹不停叮叮咚咚。龙鸣水中不见其形，截竹吹奏其声相似。削尖钻孔贯通竹节，裁成如鞭杆状便于持握。《易》学家京房通识音律，在原有四孔基础上再加一孔。京房所增加的孔排列在后，由此商音五音毕具。

琴　赋并序　嵇叔夜（嵇康）

【题解】

《琴赋》依次叙写用来制作琴的梧桐树的独特生长环境、琴的制作者的高超技艺和复杂制作过程、琴声的美妙无穷和巨大感染力。从中可以发现作为音乐理论家、演奏家和文学家的嵇康在艺术领域的深厚修养和非凡造诣。

余少好音声〔1〕，长而玩之。以为物有盛衰，而此无变；滋味有厌〔2〕，而此不倦。可以导养神气〔3〕，宣和情志，处穷独而不闷者，莫近于音声也。是故复之而不足，则吟咏以肆志；吟咏之不足，则寄言以广意〔4〕。然八音之器〔5〕，歌舞之象，历世才士，并为之赋颂。其体制风流，莫不相袭〔6〕。称其材干，则以危苦为上；赋其声音，则以悲哀为主；美其感化，则以垂涕为贵。丽则丽矣，然未尽其理也。推其所由，似元不解音声，览其旨趣，亦未达礼乐之情也。众器之中，琴德最优〔7〕，故缀叙所怀，以为之赋。其辞曰：

【注释】

〔1〕音声：音乐。

〔2〕滋味：美味。　厌：饱足。

〔3〕导养：摄生养性。　神气：指道家所谓精纯元气。

〔4〕寄言：把思想感情寄托其中。

〔5〕八音：金、石、丝、竹、匏、土、革、木八种材质所制乐器。

〔6〕相袭：因循。

〔7〕琴德：谓琴音所表现的雅正之德。

【译文】

我从小喜欢音乐，长大后也没有中断学习。在我看来万物都有盛衰，而音乐却恒常不变；美味有让人满足的时候，但是音乐却让人不知疲倦。可以用来摄生养气，表达感情志趣，使人在孤独无依时仍然不觉烦闷的东西，没有比音乐更适合的了。因此反复演奏仍不满足，就通过歌唱来宣泄情志；歌唱仍不满足，就通过写作辞赋来表达对音乐的情意。然而金、石、丝、竹、匏、土、革、木这八种不同材质所制的乐器，以及各种歌舞，历代才士，都为它们作赋称颂。只是这些辞赋的体制风格，全都相互蹈袭。称赞乐器的材质，就以危险艰苦环境下生长的材料为上等。叙写乐器的声音，就以悲情为主；赞美乐声的感化效果，就以令人伤心流泪为最好。这些辞赋华丽是华丽了，但是并没能穷尽音乐的义理。推想造成这种情况的原因，似乎是因为没能从本质上理解音乐，发现音乐的旨趣，同时也未能真正悟透礼乐中要表达的情感。在众多乐器中，琴的品德最好，因此缀叙心中所知所想，为琴作赋。其辞曰：

惟椅梧之所生兮〔1〕，托峻岳之崇冈。披重壤以诞载兮〔2〕，参辰极而高骧〔3〕。含天地之醇和兮〔4〕，吸日月之休光〔5〕。郁纷纭以独茂兮，飞英蕤于昊苍〔6〕。夕纳景于虞渊兮〔7〕，旦晞干于九阳〔8〕。经千载以待价兮〔9〕，寂神跱而永康〔10〕。

【注释】

〔1〕椅梧：椅树和梧桐树。

〔2〕重壤：地下。　诞载：诞生。

〔3〕辰极：北斗。　高骧：腾越。

〔4〕醇和：仁厚平和。

〔5〕休光：盛美的光华。

〔6〕英蕤：艳丽的花。　昊苍：苍天。

〔7〕虞渊：传说为日没之处。

〔8〕九阳：天地的边沿。

〔9〕待价：即待价而沽。

〔10〕神跱：谓神灵所树立。　永康：永久平安。

【译文】

椅梧生长的环境，在高大山脉的最高峰。从泥土中生根发芽，最终长成参天大树迎风高展。它蕴含了天地的仁厚平和，吸取了日月的美好华光。在众多的树木中唯独它最为茂盛，艳丽的花瓣被风吹得漫天飞舞。傍晚树影和落日一起沉没于虞渊，清晨枝干在天边沐浴阳光。经历千年待价而沽，静静矗立久久安康。

且其山川形势，则盘纡隐深，崔嵬岑嵓[1]。互岭巉岩，岞崿岖崄[2]。丹崖崄巇，青壁万寻。若乃重巘增起[3]，偃蹇云覆，邈隆崇以极壮[4]，崛巍巍而特秀[5]。蒸灵液以播云[6]，据神渊而吐溜[7]。尔乃颠波奔突，狂赴争流。触岩抵隈，郁怒彪休[8]。汹涌腾薄，夺沫扬涛。澌汩澎湃[9]，蝹蟺相纠。放肆大川[10]，济乎中州[11]。安回徐迈，寂尔长浮。澹乎洋洋，萦抱山丘。详观其区土之所产毓[12]，奥宇之所宝殖。珍怪琅玕[13]，瑶瑾翕赩[14]。丛集累积，奂衍于其侧。若乃春兰被其东，沙棠殖其西[15]。涓子宅其阳[16]，玉醴涌其前[17]。玄云荫其上，翔鸾集其巅。清露润其肤，惠风流其间。竦肃肃以静谧，密微微其清闲。夫所以经营其左右者，固以自然神丽，而足思愿爱乐矣。

【注释】

〔1〕崔嵬：高耸貌。　岑嵓：山势险峻貌。

〔2〕岞崿岖崄：形容山势险峻。

〔3〕增：层。

〔4〕隆崇：高耸貌。

〔5〕巍巍：崇高伟大。

〔6〕灵液：对水的美称。

〔7〕神渊：深渊。

〔8〕郁怒：气势盛积。　彪休：水势壮阔貌。

〔9〕澥汩：水流激荡貌。

〔10〕放肆：放纵。

〔11〕中州：古豫州（今河南一带）称为中州。

〔12〕毓：同“育”。

〔13〕琅玕：似珠玉的美石。

〔14〕翕赩（xì）：光色盛貌。

〔15〕沙棠：木名。

〔16〕涓子：传说中的仙人名。《列仙传》载：涓子者，齐人，好饵术，著《天地人经》三十八篇。

〔17〕玉醴：甘泉。

【译文】

再看椅梧生长环境的山川地形，盘曲幽深，高耸险峻。山势陡峭，怪石突起。赤色的崖壁险峻崎岖，青色的峭壁直上万寻。至于重叠的山峰层层崛起，高耸入云遮天蔽日，远看过去高大壮观，巍巍独秀。蒸发山间水汽生成云朵，又从山谷深渊处涌出山泉。泉水波涛翻滚横冲直撞，急速争流。在触碰到岩石和抵达河道弯曲处时，气势郁积水势壮阔。汹涌翻腾上下起伏，水花飞溅波涛四起。激荡澎湃，盘旋缠绕。最后咆哮着汇入大河，流到中原。此时的水流安然回旋徐徐向前，静静流淌。一望无际，环山而流。再详细考察椅梧生长区域的物产，简直是天下的珍宝都汇集此地。到处是珍贵奇异的宝石，到处是光色闪耀的美玉，丛聚累积，布满了椅梧的周围。此外，椅梧的东边长满了春兰，西边生长了沙棠树。仙人涓子住在它的南边，甘泉在它前面涌出。乌云漂浮在它的上方，飞翔的凤凰聚集在它的枝头。洁净的露水滋润着它的表皮，柔和的风在它的枝叶间吹过。椅梧挺立肃穆而静谧，枝繁叶茂神态清闲。之所以要详写椅梧周围的生长环境，原因就在于优美的自然环境才能满足人们的想望喜爱之情。

于是遁世之士[1]，荣期、绮季之畴[2]，乃相与登飞梁，越幽壑，援琼枝，陟峻崿，以游乎其下。周旋永望，邈若凌飞。邪睨昆仑，俯阚海湄。指苍梧之迢递[3]，临回江之威夷[4]。悟时俗之多累，仰箕山之馀辉[5]。羡斯岳之弘敞，心慷慨以忘归。情舒放而远览，接轩辕之遗音[6]。慕老童于騩隅[7]，钦泰容之高吟[8]。顾兹梧而兴虑，思假物以托心。乃斫孙枝，准量所任。至人摅思，制为雅琴。

【注释】

〔1〕遁世：避世隐居。

〔2〕荣期：春秋隐士荣启期的省称。　绮季：即绮里季，汉初隐士。

〔3〕迢递：遥远貌。

〔4〕威夷：逶迤。

〔5〕箕山：许由所居。尧让位于许由，许由不受。

〔6〕轩辕：古代帝王黄帝。

〔7〕老童：也称耆童，神名。　騩：山名，今甘肃敦煌三危山西。《山海经》载：騩山，神耆童居之，其音常如钟磬音。

〔8〕泰容：黄帝乐师。

【译文】

于是避世隐居的名士，荣启期、绮里季之类，一起踏过凌空飞驾的桥，越过深谷，攀缘玉树琼枝，登上险峻的山崖，从而得以优游在椅梧之下。隐士们在此盘旋远望，远远望去好像凌空飞翔的仙人。他们在此可以睥睨昆仑，俯视大海。手指遥远的苍梧，下临逶迤的江水。我由于幡然醒悟世俗生活的牵累，敬仰许由拒绝仕禄隐于箕山之下的高洁光辉。羡慕那座山的高大敞亮，心绪激昂而忘记返回。情绪舒展放眼远望，思接上古黄帝轩辕氏使伶伦取竹调律遗音犹在耳畔回响。羡慕隐居騩山音如钟磬的颛顼之子老童，钦佩黄帝的乐师泰容的高妙吟唱。回望这椅梧思绪万千，想借它寄托心意。于是我砍去树干上长出的新枝，准确地测量它适合的制样。让得道的至人开动脑筋，把它制作成高雅的古琴。

乃使离子督墨〔1〕，匠石奋斤〔2〕。夔襄荐法〔3〕，般倕骋神〔4〕。锼会裛厕〔5〕，朗密调均〔6〕。华绘雕琢，布藻垂文。错以犀象，籍以翠绿。弦以园客之丝〔7〕，徽以钟山之玉〔8〕。爰有龙凤之象，古人之形。伯牙挥手〔9〕，锺期听声〔10〕。华容灼爚〔11〕，发采扬明。何其丽也！伶伦比律〔12〕，田连操张〔13〕。进御君子，新声憀亮。何其伟也！

【注释】

〔1〕离子：即离朱，又称离娄。黄帝时人，百步见秋毫之末。　墨：绳墨，用以校正曲直的墨斗线。

〔2〕匠石：古代名石的巧匠。

〔3〕夔：舜时乐官。　襄：师襄，春秋鲁乐官。

〔4〕般倕：巧匠鲁班（公输般）与舜臣倕的并称。

〔5〕会：合缝。　裛：缠裹。　厕：排比密致。

〔6〕朗密：疏密。　调均：均匀。

〔7〕园客：仙人，曾种五色香草，养五色神蛾而生桑蚕。

〔8〕徽：指七弦琴琴面十三个指示音节的标识。　钟山：与昆仑相连，产美玉。

〔9〕伯牙：春秋时精于琴艺的人。　挥手：谓弹奏古琴。

〔10〕锺期听声：《吕氏春秋·本味》：“伯牙鼓琴，锺子期听之。方鼓琴而志在太山。锺子期曰：‘善哉乎鼓琴，巍巍乎若太山。’少选之间，而

志在流水。锺子期又曰：‘善哉乎鼓琴，汤汤乎若流水。’”

〔11〕灼爚：鲜明貌，光彩貌。

〔12〕伶伦：黄帝时的乐官，古以为乐律的创始。

〔13〕田连：古代著名琴师。　操张：谓持琴而弹。

【译文】

于是请眼力最好的离朱来监督绳墨的曲直，请《庄子》中的那位匠石来挥动斧子。让舜时的乐官夔和春秋时鲁国乐官师襄来提供制琴的法则，让巧匠公输般和舜臣倕来施展神奇的技巧。精雕细刻其接缝处紧密缠绕其间厕处，琴弦的排布疏密刚好合适。绘制美丽的图案雕琢出图形，再加上优美的纹理。用犀牛角和象牙材质交错点缀，点染上翠绿之色作为装饰。琴弦用养蚕神人园客的丝线，琴徽采用钟山所产的玉石。龙池、凤沼使琴有龙凤之象，额、颈、肩、腰使琴有古人之形。伯牙挥手弹奏，锺子期听音识曲。华丽的琴身装饰精美，光彩照人。它是多么的美丽啊！乐官伶伦调节乐律，琴师田连援琴弹奏。将美妙的琴音献给君子，新作的乐曲清脆而响亮，这是多么盛大啊！

及其初调，则角、羽俱起，宫、徵相证。参发并趣，上下累应。踸踔磥硌〔1〕，美声将兴。固以和昶而足耽矣〔2〕。尔乃理正声，奏妙曲。扬《白雪》，发清角〔3〕。纷淋浪以流离，奂淫衍而优渥〔4〕。粲奕奕而高逝〔5〕，驰岌岌以相属〔6〕。沛腾遌而竞趣〔7〕，翕韡晔而繁缛〔8〕。状若崇山，又象流波。浩兮汤汤，郁兮峨峨。怫惘烦冤〔9〕，纡馀婆娑〔10〕。陵纵播逸〔11〕，霍濩纷葩〔12〕。检容授节〔13〕，应变合度。兢名擅业，安轨徐步。洋洋习习，声烈遐布。含显媚以送终，飘馀响乎泰素。若乃高轩飞观，广夏闲房；冬夜肃清，朗月垂光。新衣翠粲，缨徽流芳〔14〕。于是器冷弦调，心闲手敏。触捴如志，唯意所拟。初涉《渌水》[15]，中奏清徵。雅昶唐尧[16]，终咏《微子》[17]。宽明弘润，优游躇跱。拊弦安歌，新声代起。歌曰：凌扶摇兮憩瀛洲[18]，要列子兮为好仇[19]。餐沆瀣兮带朝霞[20]，眇翩翩兮薄天游。齐万物兮超自得，委性命兮任去留。激清响以赴会，何弦歌之绸缪！

【注释】

〔1〕踸踔（chěn chuō）：声音布散，变化无常。　磥硌：声音洪大。

〔2〕和昶：和协通畅。

〔3〕《白雪》：雅曲名。

〔4〕淫衍：泛滥貌。　优渥：优美浑厚。

〔5〕奕奕：高大貌。　高逝：去往高远之处。

〔6〕岌岌：高貌。　相属：相接连。

〔7〕腾遻：众音会聚貌。

〔8〕韡（wěi）晔：光明美盛貌。　繁缛：形容声音细碎。

〔9〕怫愲：郁积不安。　烦冤：屈折盘旋。

〔10〕纡馀：歌曲迂回曲折。　婆娑：声音悠扬，委婉。

〔11〕陵纵：谓声音高扬，传播高远。　播逸：远扬。

〔12〕霍濩：水流声。　纷葩：开张貌。

〔13〕检容：敛容。　授节：授以符节。

〔14〕缨徽：香囊、香缨。　流芳：散发香气。

〔15〕《渌水》：古曲名。

〔16〕雅昶：琴曲名。昶，通“畅”。

〔17〕《微子》：即《微子操》。古琴曲名。

〔18〕扶摇：指风。　瀛洲：传说中的仙山。

〔19〕列子：即列御寇，仙人。　好仇：好同伴。

〔20〕沆瀣（xiè）：露水，旧谓仙人所饮。

【译文】

等到琴音初次调试，则角音、羽音俱发，宫声、徵声相互印证。用手指依次拨弄琴的七弦仔细审音，只听到高音低音相互响应十分和谐。琴音散布响彻云天，接着便可以奏响雅曲了。因此就可以通过琴声使人和通情性，乐此不疲。于是弹奏符合音律的标准乐声，演奏出美妙的琴曲。先弹奏师旷所谱的《白雪》，再奏雅曲《清角》。琴声连续不绝繁杂多样，广布在空中优美浑厚。琴音高亮直上云霄，节奏明快接连不断。充盛的琴音汇聚在一起竞相迸发，光明美盛之音与一些细碎之声相间杂。盛大的琴音像高山，又像流水。像流水浩浩荡荡，像高山葱郁巍峨。琴声互斥而曲折盘旋，又不时舒缓悠扬。琴声高扬传播到远处，像流水潺潺又像繁花盛开。乐曲到了转关处则耸身端容挥指成节，顺应琴音变化合于法度。名不虚传技艺高超，按照规则徐徐挥弹。清雅的琴声如习习微风，美妙而远布。含着明美之音以送终曲，余响飘然而尽归于自然。至于身居高敞的长廊或入云的楼观，以及空旷寂静的广厦；在肃杀冷清的冬夜里，明亮的月光照射进来。女子身穿鲜艳亮丽的新衣，佩戴的香囊散发着香气。此时琴身冰冷琴弦合调，心中无扰手指灵敏。拨弄琴弦，随心所欲。开始先奏《渌水》，中间奏《清徵》。接着弹奏《雅畅》《唐尧》，最后弹奏《微子操》。琴音宽厚贤明，悠然闲缓而不散。弹着琴弦安然而歌，新声丽曲接连响起。歌曰：乘风飞升在瀛洲休憩，邀请列御寇做我的好伙伴。以露水为食啊以朝霞为衣带，远远的在天边翩翩遨游。凭借齐物论的思想超然自得，把性命完全交给自然任其生死去留。弹起清亮的琴音为歌声伴奏，这琴音歌声是多么情深意长！

于是曲引向阑[1]，众音将歇。改韵易调，奇弄乃发[2]。扬和颜，攘皓腕，飞纤指以驰骛，纷𠎝譶以流漫[3]。或徘徊顾慕，拥郁抑按。盘桓毓养，从容秘玩。闼尔奋逸[4]，风骇云乱。牢落凌厉，布濩半散。丰融披离[5]，斐韡奂烂[6]。英声发越，采采粲粲。或间声错糅，状若诡赴。双美并进，骈驰翼驱。初若将乖，后卒同趣。

或曲而不屈，直而不倨。或相凌而不乱，或相离而不殊。时劫掎以慷慨，或怨𡠣而踌躇[7]。忽飘飖以轻迈[8]，乍留联而扶疏[9]。或参谭繁促[10]，复叠攒仄[11]。从横骆驿，奔遁相逼。拊嗟累赞，间不容息。瑰艳奇伟，殚不可识。

【注释】

〔1〕向阑：将尽。

〔2〕奇弄：美妙的乐曲。

〔3〕𪇰𪆁（sè tà）：多声。　流漫：放纵、放荡。

〔4〕闼尔：快速貌。　奋逸：奔放。

〔5〕丰融：盛美貌。　披离：散乱貌。

〔6〕斐韡：鲜明貌。

〔7〕怨𡠣：哀怨沮丧。𡠣，沮。

〔8〕飘飖：飞翔貌。

〔9〕留联：绵延。　扶疏：回旋貌。

〔10〕参谭：连续不断貌。　繁促：繁密急促。

〔11〕攒仄：聚集。

【译文】

此时乐曲将尽，众多音符即将休止。乐师又换上新的韵调，美妙的琴声再次响起。乐师神态安和，抬起洁白的手腕，纤长的手指飞快挥舞，美妙的琴声疾速迸发流淌。琴声时而旋绕流连不进，声低而不散。乐师手指在琴弦之上旋转而压，先阻断琴声再缓缓而弹。此时琴音突然间高潮突起，如疾风乱云。一些稀疏零落的音符腾空直上，欲散还聚。琴声通畅而清亮，鲜明而灿烂。悠扬悦耳的声音激扬而发，多彩又鲜明。琴声时而间杂不同调的音符，两种声调听起来像疾速追赶。如齐头并进，比翼双飞。初听两种音调将要分道扬镳，结果最后殊途同归。有时候琴音曲折但表达的志气却不卑下，琴声高直但其中的意旨却不倨傲。有时音符相互竞进而志意不乱，有时音符相离而志意不断。琴音时而高扬慷慨激昂，时而又哀怨沮丧徘徊不前。忽而飞扬轻快迈进，转眼又绵延而回旋不前。有时琴声则连续不断繁密急促，音符重叠聚集。纵横交错络绎不绝，奔涌向前互不相让。听得人拍手嗟叹赞不绝口，想休息一下都很难。如此瑰丽壮伟的琴声，竭尽全力也难以尽识其美。

若乃闲舒都雅，洪纤有宜〔1〕。清和条昶〔2〕，案衍陆离〔3〕。穆温柔以怡怿，婉顺叙而委蛇〔4〕。或乘险投会，邀隙趋危。嘤若离鹍鸣清池，翼若游鸿翔曾崖〔5〕。纷文斐尾〔6〕，慊縿离纚〔7〕。微风馀音，靡靡猗猗。或搂㧮擽捋〔8〕，缥缭潎冽〔9〕。轻行浮弹〔10〕，明婳睩慧〔11〕。疾而不速，留而不滞。翩绵飘邈，微音迅逝。远而听之，若鸾凤和鸣戏云中；迫而察之，若众葩敷荣曜春风。既丰赡以多姿，又善始而令终。嗟姣妙以弘丽，何变态之无穷！

【注释】

〔1〕洪纤：大小、巨细。

〔2〕条昶：条畅。

〔3〕案衍：形容乐声低平绵延。　陆离：参差错综貌。

〔4〕委蛇：迂远貌。

〔5〕曾崖：重叠的山崖。

〔6〕斐尾：文采绚丽。

〔7〕离纚：毛羽始生貌。

〔8〕搂㧮擽（lì）捋：皆为以手抚弦之貌。

〔9〕缥缭潎冽：乐声相纠激之貌。

〔10〕轻行：轻装疾行。

〔11〕明婳：清亮美好。

【译文】

至于琴声有时闲缓优雅，声音大小恰到好处。清越通畅，低平绵延参差错综。温柔和穆使人快乐，温婉顺畅而又迂曲。有时琴音如鸟时而乘空以投会，时而入穴而向危。入穴则低咽若离鹍嘤嘤鸣于清池，乘空则高亮如大雁崖边飞。缤纷绚丽，如羽初生。琴声在微风中馀音袅袅，轻轻柔柔如鸟游动。时而乐师搂搥擽捋在琴弦上的一顿狂奏，产生的琴音便相互纠乱如丝絮如漩涡。时而乐师又将手指浮于弦上轻行而弹，这时不仅听起来清清亮亮看上去也很美好。琴声疾而不连，留而不滞。翩翩绵绵传播悠远，袅袅馀音很快消失。远听这琴声，好像鸾凤在云中嬉戏和鸣。近处聆听，又好像花朵在春风中纷纷绽放，既丰富多姿，又善始而善终。感叹琴声的美妙与弘丽，它的姿态变化是多么无穷无尽！

若夫三春之初，丽服以时。乃携友生，以遨以嬉。涉兰圃，登重基[1]。背长林，翳华芝[2]。临清流，赋新诗。嘉鱼龙之逸豫，乐百卉之荣滋。理重华之遗操[3]，慨远慕而长思。若乃华堂曲宴，密友近宾。兰肴兼御[4]，旨酒清醇。进《南荆》，发《西秦》，绍《陵阳》，度《巴人》[5]。变用杂而并起，竦众听而骇神。料殊功而比操[6]，岂笙籥之能伦[7]？

【注释】

〔1〕重基：重重高山。

〔2〕华芝：华盖。

〔3〕重华：虞舜的美称。　遗操：留下来的琴曲。

〔4〕兰肴：佳肴。

〔5〕《南荆》《西秦》《陵阳》《巴人》：古乐曲名。

〔6〕殊功：不同的功用。

〔7〕籥：古管乐器，吹籥形似笛而短小，三孔；舞籥长而六孔，可执

作舞具。

【译文】

至于在初春时节，按照时令穿上华丽的衣服。带上朋友门生，一起游玩嬉戏。走过兰圃，爬上高山。背靠高大树林，在浓密如车盖的树荫下纳凉休憩。在清澈的流水旁，赋写新诗。赞叹鱼龙的安逸自由，欣喜于百花的繁华盛开。抚琴弹奏舜帝留下来的古曲，感叹羡慕遥远的古人思接千载。至于在宫中华丽之堂举办的私宴，满座都是亲近的朋友和宾客。美味佳肴一齐进献，倒满美酒清香醇厚。这时乐师献上《南荆》，弹奏《西秦》。继之以《陵阳》，又转到《巴人》。雅俗间奏相杂而起，使得听众耳朵竖起惊异不断。试想琴所能演奏的美妙乐曲以及琴本身所具有的高雅节操，哪里是笙和籥之类的乐器所能相提并论的！

若次其曲引所宜，则《广陵》《止息》，《东武》《太山》，《飞龙》《鹿鸣》，《鹍鸡》游弦〔1〕。更唱迭奏，声若自然。流楚窈窕，惩躁雪烦〔2〕。下逮《谣俗》〔3〕，蔡氏五曲〔4〕。王昭楚妃〔5〕，千里别鹤〔6〕。犹有一切承间簉乏〔7〕，亦有可观者焉〔8〕。然非夫旷远者，不能与之嬉游；非夫渊静者，不能与之闲止；非夫放达者，不能与之无䓤〔9〕；非夫至精者，不能与之析理也。

【注释】

〔1〕《广陵》《止息》《东武》《太山》《飞龙》《鹿鸣》《鹍鸡》：古乐曲名。　游弦：李善注称未详，经后人考证亦为古琴曲名。

〔2〕雪烦：消除烦闷。

〔3〕《谣俗》：古曲名。

〔4〕蔡氏五曲：相传汉蔡邕所作的古代琴曲，为《游春》《渌水》《坐愁》《秋思》《幽居》，亦称“五弄”。

〔5〕王昭：代指《昭君曲》。 楚妃：代指《楚妃叹》。

〔6〕千里别鹤：指《别鹤操》。

〔7〕承间：趁机会。 簉（zào）乏：谓临时充数。

〔8〕可观：值得观看。

〔9〕悋（lìn）：同“吝”。

【译文】

至于罗列雅琴所适宜弹奏的乐曲，则有《广陵》《止息》，《东武》《泰山》，《飞龙》《鹿鸣》，《鹍鸡》《游弦》。交替和奏，其音如自然天籁。琴音哀怨深长，可以戒除躁竞可以雪洗烦恼。除此以外往下说则有《谣俗》，蔡邕所作《游春》《渌水》《坐愁》《秋思》《幽居》五曲。还有《昭君曲》《楚妃叹》，以及《别鹤操》等。犹可以权且承接古雅之间杂于顿乏之际，也有值得欣赏的价值。然而不是心胸开阔的人，不能与琴嬉戏玩赏；不是深沉静默的人，不能与琴闲居无闷；不是不拘礼俗的人，不能与琴相乐至忘我之境；不是思辨精微的人，不能与琴剖析事理。

若论其体势，详其风声。器和故响逸，张急故声清〔1〕。间辽故音庳〔2〕，弦长故徽鸣〔3〕。性絜静以端理，含至德之和平。诚可以感荡心志，而发泄幽情矣。是故怀戚者闻之，莫不憯懔惨凄，愀怆伤心。含哀懊咿〔4〕，不能自禁。其康乐者闻之，则欨愉欢释〔5〕，抃舞踊溢。留连澜漫，嗢噱终日〔6〕。若和平者听之，则怡养悦悆〔7〕，淑穆玄真。恬虚乐古，弃事遗身。是以伯夷以之廉〔8〕，颜回以之仁〔9〕，比干以之忠〔10〕，尾生以之信〔11〕。惠施以之辩给〔12〕，万石以之讷慎〔13〕。其馀触类而长，所致非一。同归殊途，或文或质。总中和以统物，咸日用而不失。其感人动物，盖亦弘矣！

【注释】

〔1〕张急：谓琴弦绷紧。

〔2〕间辽：弦间辽远。 音庳：指音调低缓。

〔3〕徽：琴徽，系琴弦的绳。

〔4〕懊咿：内心悲伤。

〔5〕欨（xū）愉：喜悦貌。 欢释：欢欣开怀。

〔6〕嗢（wà）噱：乐不胜貌。

〔7〕怡养：和乐。 悆：喜悦。

〔8〕伯夷：商末孤竹君长子。

〔9〕颜回：孔子的学生，以仁著称。

〔10〕比干：商纣王的叔父，官少师。因屡次劝谏纣王，被剖心而死。

〔11〕尾生：古代传说中坚守信约的男子。

〔12〕惠施：古代辩者。 辩给：便言捷给，能言善辩。

〔13〕万石：汉石奋及四子皆官二千石，故石奋称万石君。 讷慎：言语谨慎。

【译文】

若论琴的体势结构，详细说明其与琴声的关系。琴的形制和雅就发声闲逸，琴弦紧绷就声音清亮。琴弦之间距离疏远就音调低缓，徽宽而弦长就沉放徽声倍鸣于常。琴的性情高洁宁静而正直，琴声柔和声调适中蕴含至德。确实可以感动涤荡人的心志，排解抒发人内心的幽情。因此心中忧伤的人听到，没有不忧惧凄惨悲怆伤心的。怀着哀痛内心悲伤，情不自禁。那些安乐的人听到，则喜悦开怀。拍手跳跃，沉醉在快乐之中，终日开心欢笑。如果是温和淡泊的人听到，便和乐喜悦，美好和穆而纯真。淡然虚心而乐古人之义，摆脱世事而忘怀于一时。因此伯夷由于琴而刚正，颜回因为琴而仁爱，比干因为琴而忠谏，尾生因为琴而守信。惠施因为琴而能言善辩，万石君石奋因为琴而言语谨慎。其余触类旁通，所达到效果各种各样。但殊途同归，或文华或质朴。琴合于大道以统理万物，皆可以长久发挥作用而不失效。琴声感动人感化物的作用，可以说是很弘大了！

于时也，金石寝声[1]，匏竹屏气[2]。王豹辍讴[3]，狄牙丧味[4]。天吴踊跃于重渊[5]，王乔披云而下坠[6]。舞鹭鸶于庭阶[7]，游女飘焉而来萃[8]。感天地以致和，况蚑行之众类[9]。嘉斯器之懿茂[10]，咏兹文以自慰。永服御而不厌，信古今之所贵。

【注释】

〔1〕金石：指钟磬一类乐器。

〔2〕匏竹：笙、竽、箫、笛一类的乐器。　屏气：抑止呼吸，形容谨慎畏惧。

〔3〕王豹：春秋时卫人，善讴。

〔4〕狄牙：即春秋时人易牙，长于烹调。

〔5〕天吴：神名，为水伯。　踊跃：欢欣鼓舞貌。　重渊：深渊。

〔6〕王乔：传说中的仙人。　披云：拨开云层。

〔7〕鹭鸶：神鸟，凤属。

〔8〕游女：汉水女神。　来萃：来集。

〔9〕蚑行：虫行貌。

〔10〕懿茂：美好。

【译文】

当琴声响起之时，钟磬等金石之乐为之失声，笙、竽、箫、笛等匏竹之乐为之屏气。擅讴者王豹停止歌唱，擅长烹饪的易牙为之失味。水神天吴跃出深渊，仙人王子乔拨云而降。凤鸟飞舞于庭院台阶，汉水女神也飘飘来集。琴尚且能够感天动地以致和顺，何况虫兽之类。由衷嘉赏琴这种乐器的美好，写下这篇赋自我慰怀。长久地弹弄也不感到厌倦，确实是古往今来人们最看重的乐器。

乱曰：愔愔琴德[1]，不可测兮。体清心远，邈难极兮。良质美手[2]，遇今世兮。纷纶翕响，冠众艺兮。识音者希，孰能珍兮。能尽雅琴，唯至人兮。

【注释】

〔1〕愔（yīn）愔：和悦安舒貌。　琴德：谓琴音所表现的雅正之德。

〔2〕良质：质地优良的器物，指琴。　美手：指弹琴者的妙手。

【译文】

乱曰：琴的品德和悦安舒，深不可测。琴声清扬心意悠远，一言难尽。质地优良的琴和精巧绝伦的手，难得在今世相遇。奏出的琴声繁华和谐，冠绝众多其他乐器。然而识得琴音之美的人却稀少，谁又能够珍惜它呢。能将雅琴的功用发挥到极致的，只有至德的君子吧。

笙　赋　潘安仁（潘岳）

【题解】

笙为中国传统管乐器，由簧片、笙管、斗子三部分组成。簧片、笙管皆为竹制，斗子用匏、木或铜制成。这篇《笙赋》，先写笙的取材及竹子的生长环境、制作方法和吹奏方法，再写其外形、音色与演奏，盛赞笙之音的教化之用。

河汾之宝[1]，有曲沃之悬匏焉[2]。邹鲁之珍[3]，有汶阳之孤筱焉[4]。若乃绵蔓纷敷之丽，浸润灵液之滋，隅隈夷险之势[5]，禽鸟翔集之嬉，固众作者之所详，余可得而略之也。徒观其制器也，则审洪纤[6]，面短长。剫生簳[7]，裁熟簧。设宫分羽，经徵列商。泄之反谧，厌焉乃扬。管攒罗而表列，音要妙而含清。各守一以司应[8]，统大魁以为笙[9]。基黄钟以举韵，望凤仪以擢形[10]。写皇翼以插羽[11]，摹鸾音以厉声。如鸟斯企，翾翾岐岐[12]。明珠在咮[13]，若衔若垂。修槁内辟[14]，馀箫外逶[15]。骈田獦攦[16]，鉀鞢参差[17]。

【注释】

〔1〕河汾：指山西西南部地区。

〔2〕悬匏：有柄的匏瓜。

〔3〕邹鲁：邹国、鲁国。

〔4〕汶阳：地处泰山脚下，汶河之畔。

〔5〕隅隈：角落和弯曲之处。

〔6〕洪纤：洪大，纤细。

〔7〕剡（liè）：割。

〔8〕守一：其管各守一声。　司应：相互应和。

〔9〕大魁：笙、竽等管乐器的主管。

〔10〕凤仪：凤凰的仪态。

〔11〕皇翼：凤凰的羽翼，指笙管。

〔12〕翾（xuān）翾岐岐：飞行貌。

〔13〕咮（zhòu）：禽鸟嘴。

〔14〕修槁：长管。辟，开。

〔15〕馀箫：众管也。　逶：逶迤渐邪之貌。

〔16〕骈田：聚会，连属。形容多。　獦攦：不齐貌。

〔17〕鉀鞢（xiā zhá）：鳞次重叠貌。

【译文】

处于黄河汾水之间的晋国的宝物，有曲沃生长的带柄匏瓜。邹国和鲁国的珍宝，有汶阳生长的孤竹。至于这匏瓜和孤竹生长之势的连绵蔓延纷披华丽，受天地雨露的浸润滋养，生长环境的偏僻曲折地势的崎岖不平，各种禽鸟围绕它们翱翔嬉戏，这是很多音乐赋的作者们都详细叙述过的，我在这里可以省略不写了。在此只看笙这种乐器的制作过程，先要审察制作材料的粗细长短。再割截新鲜的竹干，裁取熟铜做成舌簧。然后设置分布好宫调和羽调，经营排列好徵调和商调。音孔开放不发音，揌压音孔才扬声。竹制音管密集而整齐排列，发出的乐声美妙而清雅。竹管各守一声并相互应和，都安插在用带柄匏瓜制成的笙斗上面从而完成笙的制作。本着黄钟之律以举韵，望着来仪之凤以造形。照着凤凰的羽翼之形安插音管，仿效凤凰的鸣叫声以激扬声音。笙的外形就像一只站立的凤凰，好像随时准备翱翔天际。笙嘴上装饰的明珠，像用嘴衔着又好像随时将要垂落。最长的一根音管向内开孔，其他音管皆在外逶迤排布。聚集重叠，参差不齐。

于是乃有始泰终约，前荣后悴。激愤于今贱，永怀乎故贵。众满堂而饮酒，独向隅以掩泪。援鸣笙而将吹，先嗢哕以理气[1]。初雍容以安暇，中佛郁以怫惘[2]。终嵬峨以蹇愕[3]，又飒沓而繁沸[4]。罔浪孟以惆怅[5]，若欲绝而复肆。懰檄敹以奔邀[6]，似将放而中匮。愀怆恻淢[7]，虺韡煜熠[8]。泛滛汜艳，霅晔岌岌[9]。或桉衍夷靡[10]，或竦踊剽急[11]。或既往不反，或已出复入。徘徊布濩[12]，涣衍葺袭[13]。舞既蹈而中辍，节将抚而弗及。乐声发而尽室欢，悲音奏而列坐泣。籋纤翮以震幽簧[14]，越上筩而通下管[15]。应吹噏以往来[16]，随抑扬以虚满。勃慷慨以憀亮[17]，顾踌躇以舒缓。辍《张女》之哀弹[18]，流《广陵》之名散[19]。咏园桃之夭夭[20]，歌枣下之纂纂[21]。歌曰：枣下纂纂，朱实离离[22]。宛其落矣[23]，化为枯枝。人生不能行乐，死何以虚谥为！

【注释】

〔1〕嗢哕（wà yuě）：清理嗓子。　理气：调理呼吸。

〔2〕佛郁：不安貌。　怫惘（fú wèi）：心不安的样子。

〔3〕嵬峨：形容声音高亢。　蹇愕：忠直敢言貌。

〔4〕飒沓：形容乐声繁作。　繁沸：形容声响繁杂如鼎沸。

〔5〕浪孟：失意貌。

〔6〕劉：停留。　檄籴：疾貌。

〔7〕愀怆：忧伤。　恻淢：伤痛。

〔8〕虺（huī）韡：盛多貌。　煜熠：光明炽盛。

〔9〕霅（sà）晔：急疾貌。　岌岌：急速貌。

〔10〕夷靡：低平。

〔11〕竦踊：跳跃；腾跃。　剽急：谓声音激越。

〔12〕布濩：遍布。

〔13〕葺袭：重叠貌。

〔14〕纤翮：细管。

〔15〕箫：竹筒。

〔16〕吹噏：呼吸。

〔17〕憀亮：嘹亮。

〔18〕《张女》：曲名，《张女弹》的省称。　哀弹：犹哀弦。

〔19〕《广陵》：即《广陵散》，琴曲名。三国魏嵇康善弹此曲，秘不授人。

〔20〕夭夭：美盛貌。《诗·周南·桃夭》："桃之夭夭，灼灼其华。"

〔21〕枣下纂纂：因枣树下人群攒聚有时，常用以喻人间的盛衰和世态炎凉。纂纂，集聚貌。纂，通"攒"。

〔22〕朱实：红色的果实。　离离：盛多貌。

〔23〕宛：死貌。

【译文】

于是假设有人早年富贵奢靡而后来生活穷困简约，前半生兴盛而后半生衰落。他对于当前的贫贱充满了激愤，深深怀念往日的富贵。在满堂宾客饮酒欢乐的时候，独自在角落里掩面哭泣。他在拿起笙准备吹奏之前，先清清嗓子调理好呼吸。乐曲一开始雍容安闲从容不迫，中段转为焦虑不安。结束时乐曲又变得高亢刚直，众音并发声如鼎沸。正当此时乐曲忽然又变得失意伤感，似乎要休止时却又重新迸发。听起来要停留下来时转而又疾速离开，感觉曲声将要放逸奔纵时却又中途突然停止。乐曲时而忧伤哀痛，时而盛大光明。情感放纵恣肆，疾速张扬。声音一会儿低下而长平，一会儿跳跃而激越。一会儿看似往而不返，一会儿又既出而复返。回旋不散遍布四方，迂缓从容层叠累积。笙音太过舒缓时往往伴舞都被迫中止，而太过激越时连击节的人也跟不上节奏。随着欢快的乐曲奏响而满座尽欢，随着悲伤的乐曲吹起而全体悲泣。摁捏住像凤凰翎羽一样的音管从而振动内部的簧片，簧声上达笙管之孔下通笙管之嘴。随着呼气吸气的节奏声音往复不断，随着乐声的抑扬变换音管内的气流时虚时满。情绪激昂时声音便嘹亮清越，犹豫不决时声音则从容和缓。吹罢哀伤的《张女弹》，接着奏名曲《广陵散》。伴奏《桃园》咏桃花盛开，伴奏《枣下》歌人心聚散世态炎凉。歌曰：枣树之下人头攒动，枣树之上红色的枣儿累累满枝。等到枣儿落尽，就只剩下枯枝败叶。人生在世不能行乐，空有死后的美谥又有何用？

尔乃引《飞龙》，鸣《鹍鸡》，《双鸿》翔，《白鹤》飞〔1〕。子乔轻举〔2〕，明君怀归〔3〕。荆王喟其长吟〔4〕，楚妃叹而增悲〔5〕。夫其凄戾辛酸，嘤嘤关关，若离鸿之鸣子也；含嘲啴谐〔6〕，雍雍喈喈〔7〕，若群雏之从母也。郁捋劫悟〔8〕，泓宏融裔〔9〕，哇咬嘲喵〔10〕，一何察惠〔11〕。诀厉悄切〔12〕，又何磬折。

【注释】

〔1〕《飞龙》《鹍鸡》《双鸿》《白鹤》：乐章名。

〔2〕子乔：仙人。此指古曲《王子乔》。　轻举：谓飞升登仙。

〔3〕明君：即昭君，此指古曲《王昭君》。

〔4〕荆王句：指古曲《楚王吟》。

〔5〕楚妃：代指古曲《楚妃叹》。

〔6〕啴（chǎn）谐：谓乐声缓慢和谐。

〔7〕雍雍：鸟和鸣声。 喈喈：禽鸟鸣声。

〔8〕劫悟：形容吹笙时气流相冲激。

〔9〕泓宏：形容声音宏亮。 融裔：形容声音悠长。

〔10〕哇咬：形容声音繁细。 嘲噍：形容细碎杂乱的声音。

〔11〕察惠：聪明有智慧。

〔12〕诀厉：谓声音清泠而高扬。 悄切：忧伤貌。

【译文】

继而上演《飞龙引》，奏响《鹍鸡鸣》，吹出《双鸿》之翱翔天际，表现《白鹤》之空中飞舞。吹出《王子乔》轻举升天之状，表达《王昭君》怀念故国思归之意。奏《楚王吟》表现长吟悲叹，吹《楚妃叹》更增其悲凉色彩。笙乐时而凄厉辛酸，嘤嘤关关的声音，听起来就像离群的鸿雁呼唤失散的幼鸟。时而缓慢和谐，雍雍喈喈的声音，听起来就像一群雏鸟跟着母鸟叽叽喳喳欢快嬉戏。有时演奏者口循着笙嘴全力吹奏而气流冲激，发出的声音又大又长。有时发出的声音又特别繁细，是那样的明丽美好。有时则清冷而高扬，又是何等的盘桓曲折。

若夫时阳初暖，临川送离〔1〕。酒酣徒扰，乐阕日移〔2〕。疏客始阑，主人微疲。弛弦韬籥〔3〕，彻埙屏篪〔4〕。

【注释】

〔1〕临川：面对川流。

〔2〕乐阕：乐终。

〔3〕韬籥：藏起管笛。指停止奏乐。

〔4〕埙（xūn）：古代一种吹奏乐器。 篪（chí）：古代竹制的管乐器之一。像笛，有八孔，横吹。唯其开孔数及尺寸古书记载不一。埙篪往往合奏。

【译文】

假如阳春初暖的日子里，在江边送别。待到主宾酒酣徒侣扰乱，宴乐结束日落西山。被送别的客人开始有些意兴阑珊，送行的主人也微微有些疲乏。于是停下琴瑟收起各种管乐，同时撤下埙篪。

尔乃促中筵，携友生。解严颜，擢幽情。披黄包以授甘，倾缥瓷以酌酃[1]。光歧俨其偕列[2]，双凤嘈以和鸣[3]。晋野悚而投琴[4]，况齐瑟与秦筝。新声变曲，奇韵横逸。萦缠歌鼓，网罗钟律。烂熠爚以放艳[5]，郁蓬勃以气出。《秋风》咏于燕路[6]，《天光》重乎《朝日》[7]。大不逾宫，细不过羽。唱发《章》《夏》[8]，导扬《韶》《武》[9]。协和陈宋[10]，混一齐楚[11]。迩不逼而远无携，声成文而节有叙。

【注释】

〔1〕缥瓷：浅青色酒瓶。　酃（líng）：酒名。

〔2〕光歧：华饰之众管。

〔3〕双凤：曲名。《西京杂记》："成帝侍郎善鼓琴，能为双凤之曲。"

〔4〕晋野：春秋时期晋国音乐家师旷，字子野。

〔5〕熠爚：光彩明亮。

〔6〕《秋风》：魏文帝曹丕《燕歌行》，词云："秋风萧瑟天气凉。"

〔7〕《天光》句：傅玄《长箫歌》有《天光篇》。魏文帝《善哉行》有《朝日篇》，相重而奏。

〔8〕《章》《夏》：尧乐《大章》和禹乐《大夏》的并称。

〔9〕导扬：引导宣扬。　《韶》《武》：《韶》乐和《武》乐。

〔10〕协和：调和，配合得当。

〔11〕混一：齐同。

【译文】

然后主客促膝坐在席子上，拉起对方的手，放下严肃的面容，开始互诉衷情。黄色的柑橘被剥皮后给客人品尝甘甜，倾倒着浅青色的酒瓶给客人斟满美酒。装饰华美的笙管错落有致，嘈嘈和鸣的《双凤》之曲被奏响。连晋国的师旷听了都惊恐地停下正在弹的琴，何况那些齐瑟与秦筝。用笙吹奏各种新声变曲，奇特的韵律层出不穷。其中歌鼓之音萦绕，并包罗了各种音律。声音光彩明亮，气势磅礴。接着歌咏魏文帝以“秋风萧瑟天气凉”起首的《燕歌行》，然后《天光》接着《朝日》奏响。乐调高者不越宫音，低者不过羽音。唱响尧乐《大章》和禹乐《大夏》，宣扬舜乐《箫韶》和周武王乐《大武》。调和陈宋之音，统一齐楚之乐。笙乐中调近者不至逼迫相混调远者不至分离相隔，音声犹如文章而节度有序。

彼政有失得，而化以醇薄。乐所以移风于善，亦所以易俗于恶。故丝竹之器未改，而桑濮之流已作[1]。惟簧也，能研群声之清；惟笙也，能总众清之林。卫无所措其邪，郑无所容其淫。非天下之和乐，不易之德音，其孰能与于此乎！

【注释】

〔1〕桑濮：即“桑间濮上”，世称亡国之音、淫靡之音。

【译文】

天下政事有失得之异，各地风化有醇薄之别。音乐既可以移风于善，也可以易俗于恶。因此琴、瑟、笛、箫等丝竹类乐器并没有改变，而桑间濮上的淫靡之音却已然成风。只有铜簧，能击发出诸多乐器的清雅之音；只有笙，能总合众多清音如林。从而使得卫国无处安放其邪音，使得郑国没有地方容置其淫声。假如没有笙这样拥有天下最好的和声，传承了百代不易之德音的乐器，天底下还有哪种乐器能如此不容邪淫之声呢！

啸　赋　成公子安（成公绥）

【题解】

成公绥（231—273），字子安，魏晋时期辞赋家、诗人。东郡白马（今河南滑县东）人。其赋作最著者即为《啸赋》。啸，实为撮口而吹出声音，根据口形及气流的长短强弱形成不同的曲调。魏晋时期，啸流行于名士间。

逸群公子〔1〕，体奇好异〔2〕。傲世忘荣〔3〕，绝弃人事〔4〕。睎高慕古〔5〕，长想远思。将登箕山以抗节〔6〕，浮沧海以游志〔7〕。于是延友生，集同好。精性命之至机〔8〕，研《道德》之玄奥〔9〕。愍流俗之未悟，独超然而先觉。狭世路之阨僻，仰天衢而高蹈。邈姱俗而遗身〔10〕，乃慷慨而长啸。

【注释】

〔1〕逸群：超群、出众。

〔2〕好异：喜好标新立异。

〔3〕傲世：谓轻视世人。

〔4〕绝弃：彻底丢弃。　人事：指人世间事。

〔5〕睎：仰望。　慕古：仰慕古人。

〔6〕箕山抗节：谓许由坚守节操，尧以天下让许由，许由不受，遁居于颍水之阳箕山之下。

〔7〕浮沧海：《论语》载，孔子曰："道不行，乘桴浮于海，从我者其由欤。"

〔8〕至机：极其微妙的奥秘。

〔9〕《道德》：老子《道德经》的省称。

〔10〕姱俗：美好的习俗。　遗身：超然物外、避世隐居。

【译文】

有位超凡脱俗的公子，喜好体验奇异之事。他睥睨尘世忘怀荣华富贵，彻底抛弃人世间的俗事。仰慕高尚的古代先贤，追思深远。将要登上箕山像许由一样坚守节操，将要像孔夫子一样乘桴于沧海以适志远游。于是邀请友朋门生，召集同好。精审《周易》性命之理的几微，研究老子《道德经》的玄奥。感念世俗之人未能悟透其中的道理，独自超然而先知先觉其中的妙理。以为尘世道路狭小偏斜，仰首飞升高蹈于天路之上。远离浮世遗身独立，慷慨激昂而长啸。

于时曜灵俄景[1]，流光蒙汜[2]。逍遥携手，踟跦步趾。发妙声于丹唇，激哀音于皓齿。响抑扬而潜转[3]，气冲郁而熛起。协黄宫于清角，杂商羽于流徵。飘游云于泰清，集长风乎万里。曲既终而响绝，遗馀玩而未已。良自然之至音，非丝竹之所拟，是故声不假器，用不借物。近取诸身，役心御气[4]。动唇有曲，发口成音。触类感物，因歌随吟。大而不洿，细而不沉。清激切于竽笙，优润和于瑟琴。玄妙足以通神悟灵，精微足以穷幽测深。收《激楚》之哀荒[5]，节《北里》之奢淫[6]。济洪灾于炎旱，反亢阳于重阴。唱引万变，曲用无方。和乐怡怿，悲伤摧藏。时幽散而将绝，中矫厉而慨慷[7]。徐婉约而优游，纷繁骛而激扬。情既思而能反，心虽哀而不伤。总八音之至和，固极乐而无荒[8]。

【注释】

〔1〕曜灵：太阳。　俄景：偏西的日光。

〔2〕蒙汜：古代神话中日入之处。

〔3〕潜转：谓在内部圆转回旋。

〔4〕役心：使心。

〔5〕《激楚》：曲名。　哀荒：凄清悲凉。

〔6〕《北里》：古舞曲名，靡靡之乐。　奢淫：奢侈淫逸。

〔7〕矫厉：高昂激越。

〔8〕荒：荒唐。

【译文】

此时太阳西斜，日光流落于蒙汜。公子和朋友逍遥地手拉着手，自由自在地缓步而行。这时美妙的啸声从公子的红唇中传出，充满哀伤的啸音在公子洁白的牙齿间激荡。开始啸声时而沉潜压抑时而流转高扬，最终如火焰般喷薄而出。啸声协和清雅的角音于黄钟之宫，流徵之中夹杂商音和羽音。啸声清远动人致使浮云从泰清远飘而来，致使万里之外的长风汇聚此处。乐曲结束声音也随之消失，但仍意犹未尽。这啸声实在是纯自然的至美音乐，非琴、瑟、笛、箫等丝竹之乐所能相比。因此发出啸声不需要借助任何乐器，发挥音乐的功用不用凭借任何外物。就近取用自身的发声器官，通过自己的心思意念来控制气流发出声音。动动嘴唇就可以成曲，张张嘴巴就可以成乐。触目所见有所感发，就随时随地长啸歌吟。其声大而不至于喧闹，细而不至于沉寂。其音清亮激越超过竽笙，优美和润超过琴瑟。其玄妙足以使人通悟《老子》之神秘灵验，其精微足以使人穷测《易》学之幽深。既可以收敛《激楚》之乐的凄清悲凉，又可以节制商纣王北里之舞的奢侈淫靡。长啸可以呼风唤雨在大旱之时带来雨水，在亢阳时节带来阴雨。啸的吹奏之法千变万化，相应的功用也变化多端。可以让人欢快喜悦，也可以使人悲伤摧折脏腑。啸声时而幽微萧散似将断绝，中途又忽然抬高而变得慷慨激昂。时而徐徐吹奏婉转而优游，时而又纷乱驰骛而激扬。通过长啸起初的思情得以疏解，内心最初的哀伤也得以平复。啸总合八音达到了和声的极致，虽为至乐但并不会导致荒淫无道。

若乃登高台以临远，披文轩而骋望[1]。喟仰抃而抗首[2]，嘈长引而憀亮[3]。或舒肆而自反，或徘徊而复放。或冉弱而柔挠[4]，或澎濞而奔壮[5]。横郁鸣而滔涸[6]，冽飘眇而清昶[7]。逸气奋涌[8]，缤纷交错。列列飙扬，啾啾响作。奏胡马之长思[9]，向寒风乎北朔。又似鸿雁之将雏，群鸣号乎沙漠。故能因形创声，随事造曲。应物无穷，机发响速[10]。佛郁冲流，参谭云属[11]。若离若合，将绝复续。飞廉鼓于幽隧[12]，猛虎应于中谷。南箕动于穹苍[13]，清飙振乎乔木。散滞积而播扬[14]，荡埃蔼之溷浊[15]。变阴阳之至和，移淫风之秽俗。

【注释】

〔1〕文轩：华美的轩窗。　骋望：驰骋游览。

〔2〕抗首：昂首。

〔3〕长引：指声音拉得很长。　憀亮：犹嘹亮。

〔4〕冉弱：荏弱。

〔5〕澎濞：波浪相撞击声。

〔6〕滔涸：漫溢与干涸。

〔7〕清昶：谓声音清亮悠扬。

〔8〕逸气：超脱世俗的气概气度。

〔9〕胡马：泛指产在西北地区的马。《古诗十九首·行行重行行》有“胡马依北风，越鸟巢南枝”之句。

〔10〕机发：比喻迅捷。

〔11〕参谭：连续不断貌。

〔12〕飞廉：风神。

〔13〕南箕：星名。古人认为箕星主口舌，多以比喻谗佞。　穹苍：苍天。

〔14〕滞积：指郁积的思想感情。

〔15〕埃蔼：灰尘和云雾。

【译文】

至于登上高台以临远，打开华美的轩窗而放眼远望。不由得仰身抬头而鼓掌喟叹，长啸嘈嘈声音嘹亮。啸声时而由舒逸而止息，时而由徘徊不散而奔逸放纵。时而荏弱柔顺，时而澎湃奔壮。时而声音又直又长，吹如滔滔江水，吸如竭泽而涸，时而又清冽飘渺而悠扬。时而如喷薄云涌，缤纷杂错。时而又如列列疾风起，啾啾作响。啸声似胡马长嘶，向着从北朔刮来的寒风依依不舍。又像大雁带领雏雁，在沙漠之中一起长鸣呼号。因此总能根据不同物象而创造声音，又能够随着不同的事情而创造乐曲。啸声随应万物变化无穷，响应迅速如弩机之发。或如水流冲决阻碍，又如云朵连属不断。啸声时缓时急若离若合，时小时大将绝复续。啸声响起如幽深的山路中风神飞廉鼓翼发声，又如虎啸生风响应山谷。长啸生风感动天上的南箕星，并引得清风振起于乔木之巅。可以驱散播扬郁积之气，还可以洗尘荡雾。可以调节阴阳达到至和，还可以移淫风易秽俗。

若乃游崇岗，陵景山。临岩侧，望流川。坐盘石，漱清泉。藉皋兰之猗靡〔1〕，荫修竹之蝉蜎〔2〕。乃吟咏而发散，声骆驿而响连。舒蓄思之悱愤，奋久结之缠绵。心涤荡而无累，志离俗而飘然。

【注释】

〔1〕皋兰：泽边的兰草。　猗靡：随风飘拂貌。

〔2〕蝉蜎：婵娟。

【译文】

至若游赏于高岗，登上大山之巅。或俯临岩石边缘，或远望江河奔流。或坐于磐石，或漱于清泉。或藉随风飘拂的皋兰而坐，或于婢娟修竹之下休憩。然后吟咏长啸，啸声络绎不绝响彻山间。从而疏解久积的忧思郁结，破解长期以来的难解之情。心灵受到洗涤而纯净无烦累，心志远离世俗而飘然高远。

若夫假象金革[1]，拟则陶匏[2]。众声繁奏，若笳若箫。磞硠震隐[3]，訇磕唧嘈[4]。发徵则隆冬熙蒸，骋羽则严霜夏凋。动商则秋霖春降，奏角则谷风鸣条。音均不恒，曲无定制。行而不流，止而不滞。随口吻而发扬[5]，假芳气而远逝。音要妙而流响，声激嚁而清厉。信自然之极丽，羌殊尤而绝世。越《韶》《夏》与《咸池》[6]，何徒取异乎郑卫[7]。

【注释】

〔1〕金革：金属与皮革所制的乐器。

〔2〕陶匏：指陶土与葫芦所制的乐器。

〔3〕磞硠：大声。

〔4〕訇磕：形容大声。　唧嘈：谓声音嘈杂。

〔5〕发扬：散播。

〔6〕《韶》《夏》：舜乐和禹乐。　《咸池》：古乐曲名，相传为尧乐。

〔7〕郑卫：指郑卫二国的音乐，风格轻靡淫逸。

【译文】

至于啸声取法金革之类乐器，模拟陶埙、匏笙之音。众音并奏，若笳若箫。振聋发聩，喧闹嘈杂。吹徵音则令隆冬时节热气升腾，驰骋羽音则使盛夏时节降下严霜凋谢万物。吹动商音可使秋雨当春而降，奏响角音则枝条如沐春风摇摆发声。啸声音韵变化无常，吹奏出的乐曲也没有固定的模式。吹奏起来迟速有度不会因为太快而至于流荡，也不会因为太慢而留滞不前。啸声随着吹奏者的口吻变化而远播四方，通过吹奏者口吐芬芳而飘然远往。啸声精深微妙而流响于外，其声疾速而激切高昂。实在是美到极致的纯自然之音，特奇异而世无双。超越了舜乐《韶》、禹乐《夏》和尧乐

《咸池》，不仅仅是有别于靡靡的郑卫之音。

于时绵驹结舌而丧精[1]，王豹杜口而失色[2]。虞公辍声而止歌[3]，甯子检手而叹息[4]。锺期弃琴而改听[5]，孔父忘味而不食[6]。百兽率舞而抃足[7]，凤皇来仪而拊翼[8]。乃知长啸之奇妙[9]，盖亦音声之至极。

【注释】

〔1〕绵驹：高唐的善歌者。　结舌：不敢开口。　丧精：失神，神不守舍。

〔2〕王豹：淇地的善歌者。　杜口：闭口。

〔3〕虞公：齐、鲁善歌者。

〔4〕甯子：甯戚，曾以歌打动齐桓公。　检手：敛手，此指不再唱歌。

〔5〕锺期：善听琴者。

〔6〕孔父忘味：《论语》载孔子“闻《韶》，三月不知肉味”，指沉浸于优美音乐中的精神状态。

〔7〕百兽率舞：众兽相率而舞。《书·舜典》载“击石拊石，百兽率舞”，即乐感百兽，相率而舞。　抃足：顿足而舞。

〔8〕凤皇来仪：谓音乐声中凤凰翩翩来舞而有容仪。　拊翼：拍打翅膀。

〔9〕长啸：撮口发出悠长清越的声音，古人常以此述志。

【译文】

当啸声响起时古之善歌者绵驹则张口结舌魂飞魄散，王豹则闭口不唱而大惊失色。鲁人虞公也连忙停止歌唱，甯戚也敛手而自叹不如。最知琴音的锺子期也不再听琴而改听啸声，孔夫子听到啸声也会如当年听到韶乐一样三月不知肉味而废寝忘食。啸声美妙感动得百兽接连起舞而用足鼓掌称快，感动凤凰飞来而鼓翼赞叹。于是才知道长啸的奇妙，也是达到了音乐的最高境界。

（本卷译注：孙艳庆）

文选卷第十九

赋癸

情

高唐赋并序　宋玉

【题解】

叙述神女之美及楚王与神女相恋，并铺叙高唐形胜物产及楚王在高唐的射猎。

昔者，楚襄王与宋玉游于云梦之台[1]，望高唐之观。其上独有云气，崒兮直上，忽兮改容，须臾之间，变化无穷。王问玉曰："此何气也？"玉对曰："所谓朝云者也。"王曰："何谓朝云？"玉曰："昔者先王尝游高唐，怠而昼寝，梦见一妇人，曰：'妾，巫山之女也，为高唐之客，闻君游高唐，原荐枕席[2]。'王因幸之[3]。去而辞曰：'妾在巫山之阳，高丘之阻，旦为朝云，暮为行雨，朝朝暮暮，阳台之下。'旦朝视之，如言。故为立庙，号曰'朝云'。"王曰："朝云始出，状若何也？"玉对曰："其始出也，曃兮若松榯[4]。其少进也，晢兮若姣姬[5]，扬袂鄣日，而望所思。忽兮改容，偈兮若驾驷马[6]，建羽旗。湫兮如风[7]，凄兮如雨；风止雨霁，云无处所。”王曰：“寡人方今可以游乎?”玉曰：“可。”王曰：“其何如矣?”玉曰：“高矣，显矣，临望远矣！广矣，普矣，万物祖矣！上属于天，下见于渊，珍怪奇伟，不可称论。”王曰：“试为寡人赋之。”玉曰：“唯唯。”

【注释】

〔1〕云梦：古时泽名。

〔2〕荐枕席：侍寝。

〔3〕幸：特指帝王与女子同房。

〔4〕𣞗：茂盛貌。　榯：直竖貌。

〔5〕晢：光亮照人。

〔6〕偈：疾驰貌。

〔7〕湫：凉。

【译文】

往时楚襄王与宋玉出游在云梦泽的楼台，远望高唐观。观上独有云气，高高升腾上空，忽然又改变形状，须臾之间，变化无穷。楚襄王问宋玉说：“这是什么云气啊?”宋玉答道：“这就是人们所说的朝云。”楚襄王又问：“朝云又是什么?”宋玉答道：“以前楚国先王曾游览高唐观，累了就白天睡觉，梦中见到一位妇人，自称曰：‘我是巫山之女，来到高唐作客。听说君王来了，愿为君王侍寝。’于是先王与她同床共眠。她离开时告辞说：‘我住在巫山南面，高丘险要之处。清晨我是浮翔的云，傍晚我是飘行的雨，朝朝暮暮，都在阳台之下。’第二天清晨，先王去察看，果然如其说。就为她立庙，庙称为‘朝云’。”楚襄王又问：“朝云始出时是什么样的?”宋玉回答说：“她刚出现时，云气茂盛如同松树耸立。稍过一会，明亮光艳如美丽女子。她扬起衣袖遮蔽日光，好似远眺所思之人。忽然之间改变形状，疾驰如驾起驷马大车，建树羽，饰旌旗。清凉如风，凄冷如雨，待风止雨停，云气也就消失了。”楚襄王说：“我如今可以去一游吗?”宋玉说：“可以。”楚襄王说：“那是什么样的地方呢?”宋玉说：“那里高峻突出，临下眺望远方；广阔啊宽敞，是万物始生之处。上连青天，下见深渊，奇珍异宝，难以称说。”楚襄王说：“试着为我铺叙一下。”宋玉说：“好，好。”

惟高唐之大体兮，殊无物类之可仪比；巫山赫其无畴兮，道互折而曾累。登巉岩而下望兮，临大坻之稸水[1]。遇天雨之新霁兮，观百谷之俱集。濞汹汹其无声兮，溃淡淡而并入。滂洋洋而四施兮，蓊湛湛而弗止[2]。长风至而波起兮，若丽山之孤亩[3]。势薄岸而相击兮，隘交引而却会。崒中怒而特高兮，若浮海而望碣石[4]。砾磥磥而相摩兮[5]，巆震天之磕磕[6]。巨石溺溺之瀺灂兮[7]，沫潼潼而高厉。水澹澹而盘纡兮，洪波淫淫之溶瀹[8]。奔扬踊而相击兮，云兴声之霈霈。猛兽惊而跳骇兮，妄奔走而驰迈。虎豹豺兕，失气恐喙，雕鹗鹰鹞，飞扬伏窜，股战胁息[9]，安敢妄挚[10]?

【注释】

〔1〕稸：同“蓄”，积。

〔2〕蓊：聚集。

〔3〕丽：附着。

〔4〕碣石：古山名，在海畔，其形如柱。

〔5〕磥磥：石众多貌。

〔6〕磕磕：大声。

〔7〕瀺灂：石在水中出没之貌。

〔8〕溶瀹：荡动。

〔9〕股战：惊惧的样子。　胁息：敛缩气息。

〔10〕挚：抓执。

【译文】

高唐洋洋大观啊，根本没有哪种东西可与它配比。巫山赫盛，世无畴匹，道路交互曲折层叠。登上高峻岩石往下望去，下临巨池蓄积洪水。遇到久雨初晴之时，可观百川汇集于此。轰隆隆水势汹涌压盖一切声音，交相奔腾一并涌入。磅礴浩荡四下纵横，大水聚集暴涨不止。长风吹来洪波涌起，如同田垄依附山脊。惊涛击打岸边，浪花远引又翻卷相会。波浪聚合高高腾起，仿佛浮海相望碣石。乱石众多相击相摩，声响震天轰轰隆隆。巨石出没于浪涛之中，激起水沫高耸飞扬。水势摇荡迂回，洪波涌向远方。奔腾踊跃相撞相击，轰响升腾如若霈然云兴。猛兽闻声惊骇跳踉，胡乱狂奔疾驰而去。虎豹豺兕，闭起嘴巴不敢出气。雕鹗鹰鹞，四下飞起或奔窜趴伏。个个惊惧屏息，哪敢抓执攫扑。

于是水虫尽暴，乘渚之阳，鼋鼍鳣鲔，交积纵横。振鳞奋翼，蜲蜲蜿蜿。中阪遥望，玄木冬荣。煌煌荧荧，夺人目精，烂兮若列星，曾不可殚形。榛林郁盛，葩华覆盖。双椅垂房，纠枝还会。徙靡澹淡[1]，随波闇蔼[2]，东西施翼，猗狔丰沛[3]。绿叶紫裹，丹茎白蒂，纤条悲鸣，声似竽籁[4]。清浊相和，五变四会[5]。感心动耳，回肠伤气。孤子寡妇，寒心酸鼻。长吏隳官[6]，贤士失志。愁思无已，叹息垂泪。

【注释】

〔1〕徙靡：枝叶随风摇动倒伏。

〔2〕闇蔼：树荫遮盖水波形成的昏暗样子。

〔3〕猗狔：柔弱下垂貌。

〔4〕籁：声音。

〔5〕五变四会：五声四音相变相会。

〔6〕隳：废。

【译文】

这时诸多水族生物露出水面，爬上洲渚向阳之处。鼋鼍鳣鲔，纵横交积。张开鳞甲腮鬣，盘身旋体屈折。登上山腰遥望，冬日幽木茂盛。煌煌荧荧灿烂，使人眼花缭乱。树木花草美如繁星，千姿百态述说不尽。椿树密林郁郁盛盛，花苞花朵覆盖层层。椅桐果实下垂，枝条纠结相交。树枝往来摇曳，随风飘动如波。东摇西摆枝翼伸张，柔弱繁茂婀娜多姿。绿色树叶紫色果实，红的茎干，白的花蒂。纤枝摇曳发出悲鸣，妙如笙竽之籁；清浊之音相和，五声四音相变；感心动耳，回肠荡气。孤儿寡妇，不免心酸胆寒；罢免之官，失志贤士，更是愁思不尽，叹息垂泪。

登高远望，使人心瘁。盘岸巑岏，裖陈硙硙[1]。磐石险峻，倾崎崖隤。岩岖参差，从横相追。陬互横啎，背穴偃跖。交加累积，重叠增益。状若砥柱[2]，在巫山下。仰视山巅，肃何千千[3]。炫耀虹蜺。俯视峥嵘[4]，窐寥窈冥[5]，不见其底，虚闻松声。倾岸洋洋，立而熊经[6]。久而不去，足尽汗出，悠悠忽忽，怊怅自失，使人心动，无故自恐。贲、育之断[7]，不能为勇。卒愕异物，不知所出。縰縰莘莘，若生于鬼，若出于神。状似走兽，或象飞禽，谲诡奇伟，不可究陈。上至观侧，地盖底平[8]，箕踵漫衍[9]，芳草罗生，秋兰茝蕙，江离载菁[10]，青荃射干，揭车苞并[11]。薄草靡靡，联延夭夭，越香掩掩，众雀嗷嗷。雌雄相失，哀鸣相号。王雎、鹂黄，正冥、楚鸠。姊归思妇，垂鸡高巢[12]，其鸣喈喈，当年遨游，更唱迭和，赴曲随流。

【注释】

〔1〕裖陈：重叠排列。

〔2〕砥柱：山名，在黄河中，其形如柱。

〔3〕千千：芊芊，青色。

〔4〕崝嵘：深直貌。

〔5〕窐寥：空深貌。

〔6〕熊经：熊攀树而立。

〔7〕贲、育：孟贲、夏育，秦国勇士。

〔8〕厎：平坦。

〔9〕箕踵：前阔后狭。

〔10〕江离：红藻。　菁：花。

〔11〕青荃、射干、揭车：三者香草。　苞并：丛生。

〔12〕王雎、鹂黄、正冥、楚鸠、姊归、垂鸡：皆鸟名。

【译文】

登高望远，令人胆战心惊。巨石盘旋岸边，嶙峋峻峭耸立。块块磐石险峻，悬崖倾侧崩塌。怪石堆积，高低参差，纵横相列，势如追逐。山角交互，横石枝梧，背靠山穴，阻绝人径。巨石相加层层累积，重重叠叠愈发高耸。形状就像黄河中的砥柱，高耸巫山之下。举头仰望山巅，一片深浓青色，可与虹蜺相互炫耀。低头俯视垂直渊薮，空深窈冥一片。不见深底，空闻松啸。高岸倾向洋洋急流，如同狗熊攀树站立。久久不敢挪步，心怀恐惧，汗自脚流。神情悠悠忽忽，惆怅若有所失，令人心动神摇，莫名害怕。孟贲、夏育的决断，在此显不出勇敢。猝然之间遇见异物，惊愕不知从何而出。众多怪异之物往来杂沓，似生于鬼，如出于神；既像走兽，又同飞禽，诡谲奇伟，无法一一深究。往上来到高唐之观侧旁，地势如磨刀石般平坦，状如簸箕前阔后狭漫衍，芳草罗列而生。秋兰茝蕙，江离开花，青荃、射干、揭车等香草丛生。草儿密密相依，联绵美盛，香气飞越而散发，鸟雀嗷嗷以鸣叫；雌雄失散，哀号相呼。王雎、鹂黄，正冥、楚鸠诸鸟鸣叫，姊归鸟叫像思妇，垂鸡鸟筑起高巢。鸣声喈喈，正当遨游，彼此唱和相应，声曲如流似水。

有方之士[1]，羡门高溪[2]，上成郁林[3]，公乐聚谷。进纯牺[4]，祷琁室[5]。醮诸神[6]，礼太一[7]。传祝已具[8]，言辞已毕，王乃乘玉舆，驷仓螭[9]，垂旒旌，旆合谐。紬大弦而雅声流[10]，冽风过而增悲哀。于是调讴，令人惏悷憯凄[11]，胁息增欷。于是乃纵猎者，基趾如星[12]，传言羽猎，衔枚无声。弓弩不发，罘罕不倾[13]。涉漭漭，驰苹苹。飞鸟未及起，走兽未及发，何节奄忽，蹄足洒血。举功先得，获车已实。

王将欲往见，必先斋戒，差时择日。简舆玄服，建云旆，蜺为旌，翠为盖。风起雨止，千里而逝，盖发蒙，往自会。思万方，忧国害，开贤圣，辅不逮。九窍通郁，精神察滞。延年益寿千万岁。

【注释】

〔1〕有方之士：方术之士，能求仙、炼丹等。

〔2〕羡门高溪：方士名。溪，李善注疑是誓字。《史记》："始皇之碣石，使燕人卢生求羡门、高誓。"

〔3〕上成：方士名。汉有上成公。 郁林：古仙人名。方士名。

〔4〕纯牺：祭祀用的纯色牲畜。

〔5〕琁（xuán）室：玉室。

〔6〕醮（jiào）：祭祀。

〔7〕太一：天帝。

〔8〕祝：主持祭祀者。

〔9〕螭：无角之龙。

〔10〕紬（chōu）：抽引。

〔11〕惏悷、憯凄：皆悲伤貌。

〔12〕基趾：高唐观的台基。

〔13〕罘罕（fú hǎn）：罗网。

【译文】

那些方术之士，羡门、高溪、上成、郁林，共乐聚食于山阿。进献纯色牲畜，在璇宫之中祈祷，敬祭诸神诸仙，礼敬天帝太一。祝辞已经具备，祷语已经诵毕，君王乘上玉制车舆，驾驰无角苍龙，旌旒相垂，诸旗合飘。抽引大弦弹奏雅乐，寒风吹过而增悲哀。于是调和吟讴，令人悱悷凄切无限悲伤，屏息更增欷歔。此时命令行猎开始，台基之下行列如星，羽猎命令下达，衔枚毫无声响。弓弩未发，捕网未倾，涉漭漭河流，驰密密草丛。飞鸟未及展翼飞起，走兽未及扬足奔跑，短促奄忽之间，鸟足兽蹄皆已血滴沥沥。拾取先前所得，猎物已是满车。

君王您若真的想去，必先沐浴更衣、整洁身心斋戒，选择美好时日，驾简车穿黑服，树起云般大旗，飘扬虹般旒旌，翠羽作为车盖。清风吹而飘雨止，千里之遥瞬间到达，只要心中念头一发，前往自能相会神女。思万方之事理，忧国家之利害，广开贤圣之路，补缀思虑不及。于是九窍通畅不再淤堵，精神聪慧滞塞俱通，延年益寿而千秋万岁。

神女赋并序　宋玉

【题解】

叙写楚王梦见神女，极写神女的美丽华艳，最后写以礼相防而相恋不曾实现。

楚襄王与宋玉游于云梦之浦，使玉赋高唐之事。其夜，王寝，果梦与神女遇，其状甚丽，王异之，明日以白玉。玉曰：“其梦若何？”王曰：“晡夕之后[1]，精神恍忽，若有所喜，纷纷扰扰，未知何意。目色仿佛，乍若有记。见一妇人，状甚奇异。寐而梦之，寤不自识。罔兮不乐，怅然失志。于是抚心定气，复见所梦。”玉曰：“状何如也?”王曰：“茂矣美矣，诸好备矣。盛矣丽矣！难测究矣！上古既无，世所未见，瑰姿玮态，不可胜赞。其始来也，耀乎若白日初出照屋梁。其少进也，皎若明月舒其光。须臾之间，美貌横生，晔兮如华，温乎如莹。五色并驰，不可殚形，详而视之，夺人目精。其盛饰也，则罗纨绮缋盛文章，极服妙采照万方。振绣衣，被袿裳，襛不短，纤不长，步裔裔兮曜殿堂〔2〕。忽兮改容，婉若游龙乘云翔。嫷被服〔3〕，侻薄装，沐兰泽，含若芳，性和适，宜侍旁。顺序卑，调心肠。”王曰：“若此盛矣，试为寡人赋之。”玉曰：“唯唯。”

【注释】

〔1〕晡：日落之时。

〔2〕裔裔：行走的样子。

〔3〕嫷：美。

【译文】

楚襄王与宋玉在云梦水边游玩，让宋玉讲述了高唐的事情。夜晚襄王睡下，果然梦到与神女相遇，她的容貌特别娇艳美丽。襄王十分惊异，第二天就告诉了宋玉。宋玉问：“梦中情况是怎么样的?”襄王回答说：“傍晚以后，我的神情恍恍惚惚，就觉得好像有喜事要来。整个脑子纷纷扰扰，不知道到底是什么意思。这时我的目光仿佛模糊，突然之间又记得很清楚。见到的一位妇人，容貌十分奇异。睡着了就梦见了她，醒来了又记不得了。心中迷惘而不快乐，惆怅之间稍有失意。于是抚拍心怀，平定气息，再一次见到梦中景象。”襄王又说：“她的容状应该是如何的呢?”宋玉回答说：“既丰满啊又俏丽，诸种美妙都齐备了！既是盛装又极华艳，真是难以窥测她的究竟。上古以来既无，当今世上未见。瑰丽美好的容貌姿态，实在是称赏不尽。当她刚出现之时，光耀四射如旭日东升映照屋梁；当她稍稍走近，洁白明亮如皎月舒展光辉。片刻之间，诸种美艳展现。光晔如鲜花灿烂，温润如玉石晶莹，五色光彩并耀，难以尽言她的形貌。仔细地观看她，令人目炫眼花。当她盛装打扮，则穿戴丝罗绸缎上面布满花纹，衣服色彩光照万方漂亮至极。振动绣衣，披挂裙服，丰腴而不显得个矮，纤细而不觉得体高。步履轻盈光照殿堂，忽然之间改变姿态，婉如游龙乘云飞翔。美艳的服装，合体的薄衣，沐浴着兰花的香泽，满含着杜若的芬芳。性情和顺，适宜侍奉君王，知晓顺应尊卑次序，能够调顺心胸脏腑。”襄王说：“如此光盛艳丽的女子，试着为我作赋铺叙一番。”宋玉说：“好，好。”

夫何神女之姣丽兮，含阴阳之渥饰〔1〕。被华藻之可好兮，若翡翠之奋翼。其象无双，其美无极。毛嫱鄣袂〔2〕，不足程式。西施掩面〔3〕，比之无色。近之既妖，远之有望〔4〕。骨法多奇，应君之相。视之盈目，孰者克尚？私心独悦，乐之无量。交希恩疏，不可尽畅。他人莫睹，王览其状。其状峨峨，何可极言？貌丰盈以庄姝兮〔5〕，苞温润之玉颜。眸子炯其精朗兮，瞭多美而可观〔6〕。眉联娟以蛾扬兮〔7〕，朱唇的其若丹〔8〕。素质干之醲实兮，志解泰而体闲。既姽婳于幽静兮〔9〕，又婆娑乎人间。宜高殿以广意兮，翼放纵而绰宽。动雾縠以徐步兮，拂墀声之珊珊。

【注释】

〔1〕渥饰：盛饰。

〔2〕毛嫱：古美女。

〔3〕西施：古美女。

〔4〕望：仪态芳容。

〔5〕庄姝：端庄美妙。

〔6〕瞭：明目。

〔7〕联娟：微微弯曲。

〔8〕的：鲜艳。

〔9〕姽婳：美好貌。　幽静：与下文“人间”对举。

【译文】

那神女是多么的姣好美丽啊，天地阴阳培育她的丰渥美饰。身披美好的华藻彩丽，如翡翠鸟儿张开彩翼。相貌无双，美妙无比。毛嫱扬袖遮身，已不足作为美女的法式，西施遮掩面目，相比之下无光无彩。近看觉得妖娆俏丽，远看愈感仪态万方，骨法殊异非凡，应合君王期望。看她一眼满目生辉，谁还能超得过她，内心独自喜悦，快乐无边无量。但相交甚浅，恩义尚疏，不能尽显万端美貌。别人都没见过她，只有君王亲睹容颜。她的身材高挑特立，怎么能叙述得尽。面容丰腴，端庄美丽，肌肤温润，玉般莹润。眼睛炯炯有神，明亮美丽让人看个不够。眉毛曲长如卧蚕，朱唇鲜亮如丹砂。四肢体态苗条丰满，神志安详怡然自得。既美好于幽静的天界，又婆娑于凡间之人世。适宜在高殿上舒广心怀，如鸟儿张开双翼而绰约宽心。舞动雾般轻纱徐徐缓步，轻拂台阶发出沙沙声响。

望余帷而延视兮，若流波之将澜。奋长袖以正衽兮，立踯躅而不安。澹清静其愔嫕兮[1]，性沉详而不烦。时容与以微动兮，志未可乎得原。意似近而既远兮，若将来而复旋。褰余帱而请御兮[2]，愿尽心之惓惓。怀贞亮之洁清兮，卒与我兮相难。陈嘉辞而云对兮，吐芬芳其若兰。精交接以来往兮，心凯康以乐欢。神独亨而未结兮，魂茕茕以无端[3]。含然诺其不分兮，喟扬音而哀叹。頩薄怒以自持兮[4]，曾不可乎犯干。

【注释】

〔1〕愔嫕（yì）：娴静善良。

〔2〕御：侍奉。

〔3〕茕茕：没有次序。

〔4〕頩（pīng）：敛容。

【译文】

望见我的帷帐而凝视啊，眼光如水将扬起波澜。挥动长袖并整理服装，踯躅而立似有不安。恬淡娴静又安谧和顺，性情谨严而不烦乱。时或从容而微动身躯，无法猜透她的原本心思。似乎想前来却又远去，好像将走来可又转身。掀开我的帷帐请求侍奉，表示愿尽惓惓情怀。胸怀洁清，贞白无瑕，终于未能与我相聚。陈说美辞而相互交谈，口吐芬芳如兰馨香。精神相互交接来往，心中喜悦欢乐不尽。精神相通却身未相接，魂魄孤独而无端无涯。虽然坚守诺言而不再分离，却喟然发出长声哀叹。收敛微微的气恼，自我矜持，一点也不可触犯强求。

于是摇珮饰，鸣玉鸾，整衣服，敛容颜。顾女师，命太傅[1]。欢情未接，将辞而去，迁延引身，不可亲附，似逝未行，中若相首。目略微眄，精彩相授，志态横出，不可胜记。意离未绝，神心怖覆[2]，礼不遑讫，辞不及究，愿假须臾，神女称遽。徊肠伤气，颠倒失据。闇然而暝，忽不知处。情独私怀，谁者可语。惆怅垂涕，求之至曙。

【注释】

〔1〕女师、太傅：女子的教师。

〔2〕怖覆：恐怖而反覆。

【译文】

于是神女身摇玉佩，鸾饰响动。整理服装，收敛容颜。回头顾视女师，传命太傅动身。欢情未曾交接，就将告辞而去。起身缓步而行，谢却亲随相送。似离但还未行，中途回首遥望。眼波略略回转，传出种种风情。情志一一流出，真难记叙详尽。情意虽未断绝，神情动摇反覆。礼节未及讲求，语辞不及全述。真想再假片刻时光，神女连称时已仓猝。情绪回肠荡气，颠倒不可控制。忽然眼前一片暗然，不知自己身处何地。情怀只有自己知晓，又可以去告诉谁呢。不觉惆怅落泪，上下求索直到天明！

登徒子好色赋并序　宋玉

【题解】

由宋玉辩护好色问题，写出了三种对待男女关系的态度。

大夫登徒子侍于楚王〔1〕，短宋玉曰〔2〕：“玉为人，体貌闲丽，口多微辞〔3〕，又性好色，愿王勿与出入后宫。”王以登徒子之言问宋玉。玉曰：“体貌闲丽，所受于天也。口多微辞，所学于师也。至于好色，臣无有也。”王曰：“子不好色，亦有说乎？有说则止，无说则退。”玉曰：“天下之佳人莫若楚国，楚国之丽者莫若臣里；臣里之美者莫若臣东家之子。东家之子，增之一分则太长，减之一分则太短；著粉则太白，施朱则太赤。眉如翠羽，肌如白雪，腰如束素，齿如含贝。嫣然一笑，惑阳城，迷下蔡[4]。然此女登墙窥臣三年，至今未许也。登徒子则不然。其妻蓬头挛耳，齞唇历齿[5]。旁行踽偻[6]，又疥且痔。登徒子悦之，使有五子。王孰察之，谁为好色者矣。”是时，秦章华大夫在侧[7]，因进而称曰：“今夫宋玉盛称邻之女，以为美色。愚乱之邪，臣自以为守德，谓不如彼矣。且夫南楚穷巷之妾，焉足为大王言乎？若臣之陋目所曾睹者，未敢云也。”王曰：“试为寡人说之。”大夫曰：“唯唯。”

【注释】

〔1〕登徒：姓。

〔2〕短：说坏话。

〔3〕微辞：隐晦而含有别样意思的话。

〔4〕阳城、下蔡：楚贵族封邑名。

〔5〕齞（yǎn）唇：唇不掩齿。　历齿：牙齿稀疏。

〔6〕踽偻（jǔ lóu）：驼背。

〔7〕秦章华大夫：楚章华之地的人在秦为官，此时出使楚国。

【译文】

大夫登徒子侍奉在楚王左右，说宋玉的坏话道：“宋玉身材容貌文雅英俊，口吐巧妙含蓄的话语，又性本好色。希望大王不要带他出入后宫。”楚王就用登徒子的话去质问宋玉。宋玉说：“身材容貌文雅英俊，是老天爷赋予的。口吐巧妙含蓄的话语，是从老师那儿学来的。至于说好色，我没有这种脾性。”楚王说：“你说不好色，可有解说的理由？有解说的理由就可以，没有就离开吧。”宋玉说：“天下的美女没有比得上楚国的，楚国的美女没有比得上我家乡的，我家乡的美女没有比得上我家东邻的女子。东邻的女子，高一分就太高了，低一分就矮了。搽铅粉就显得太白，抹胭脂就显得太红。眉毛如翠鸟的羽毛，肌肤如白雪，腰像束绢那样柔细，牙像含着白色贝壳。娇美地一笑，便诱惑阳城的公子，迷住下蔡的哥儿。然而这位女子攀着墙头偷望了我三年，我至今不曾接受她的追求。登徒子则不同了，他的妻子头发蓬乱、耳朵曲蜷，嘴唇短豁，牙齿稀疏，走路歪斜，弯腰驼背，既有疥癣又有痔疮。登徒子却喜欢她，跟她生了五个孩子。大王您细细想一下，谁是好色的人。”这时候秦国的章华大夫在旁边，就插嘴说：“如今宋玉极口夸赞邻家女子，认为是天下的美色。我是一个愚钝邪僻的人，虽然我自以为是执守道德的，但还不如宋玉。况且像我家乡楚国南部偏僻小巷的女子，怎么配给大王您称说呢？但我这样见识短少的人亲眼看到的，还不敢给您讲呢。”楚王说：“试着给我讲讲吧。”大夫说：“好，好。”

“臣少曾远游，周览九土〔1〕，足历五都〔2〕。出咸阳，熙邯郸〔3〕，从容郑、卫、溱、洧之间。是时，向春之末，迎夏之阳，鸧鹒喈喈〔4〕，群女出桑。此郊之姝〔5〕，华色含光，体美容冶，不待饰装。臣观其丽者，因称诗曰：‘遵大路兮揽子袪〔6〕，赠以芳华辞甚妙。’于是处子恍若有望而不来，忽若有来而不见。意密体疏，俯仰异观，含喜微笑，窃视流眄。复称诗曰：‘寤春风兮发鲜荣，洁斋俟兮惠音声，赠我如此兮，不如无生〔7〕。’因迁延而辞避，盖徒以微辞相感动，精神相依凭。目欲其颜，心顾其义，扬诗守礼，终不过差，故足称也。”

于是楚王称善，宋玉遂不退。

【注释】

〔1〕九土：九州。

〔2〕五都：五方之都。

〔3〕熙：游玩。

〔4〕鸧鹒：黄莺。

〔5〕姝：女子。

〔6〕遵大路：《诗经·郑风》有《遵大路》篇，有诗句："遵大路兮，掺执子之袪兮。"

〔7〕不如无生：意为早知相爱之苦，不如不出生。语出《诗经·小雅·苕之华》："知我如此，不如无生。"

【译文】

"我年轻时曾游历远方，走遍九州，足迹到过五大都市，经过咸阳，游玩邯郸，徜徉于郑、卫、溱、洧之间。那时春色已尽，迎来夏日阳光，黄莺喈喈鸣叫，成群姑娘采桑。这郊外地方的女子，容貌光彩照人，体态健美，容貌艳冶，不需要装饰打扮。我看到其中最为美丽的，便吟诵诗句说：'沿着大路走啊想拉你的衣袖，我采摘芳香的鲜花相赠，并说了动听的话。'于是美女恍然相望但还没走过来，忽然好像要来又不见身影。她情意密切但形迹疏远，低头仰头之间神态不同。她心中欢喜，脸带微笑，偷瞧一眼，目光流动，也向我吟诵诗句说：'春风吹拂万物苏醒啊，开出繁盛鲜花，整洁庄重地等待啊，惠赐美妙的声音，赠我这样的诗句啊不能相会，我还不如不降生。'接着慢慢转身告辞远避。因为只是用含蓄的语言互相打动，精神上相互依凭爱恋。眼睛很想看她那美丽的容颜，心里却总惦记着道德礼义，吟诵诗句而严守礼义道德，始终没有越轨行为，所以值得向君王称说。"

因此楚王称赞他俩都说得好，宋玉也就未被斥退。

洛神赋并序　曹子建（曹植）

【题解】

曹植（192—232），魏沛国谯（今安徽亳县）人，字子建，曹操之子，封陈王，谥思，世称陈思王。一度颇受宠爱，欲立为太子，曹丕、曹叡相继为帝，备受猜忌迫害。前期作品多叙写安逸生活与建功立业的抱负，后期作品抒写内心不平与渴求自由解脱的情绪。诗歌词采华茂，《三国志》有传。此赋叙写人神恋爱，表现了对理想的憧憬和追求。

黄初三年〔1〕，余朝京师，还济洛川。古人有言，斯水之神，名曰宓妃〔2〕，感宋玉对楚王神女之事，遂作斯赋。其辞曰：

【注释】

〔1〕黄初三年：公元222年。

〔2〕宓妃：传说宓妃是伏羲氏之女，溺死洛水，为洛水女神。

【译文】

黄初三年，我赴京师朝廷觐见，归途中渡过洛水。古人说，这洛水之神，名曰宓妃。有感于宋玉回答楚王关于巫山神女的故事，于是就作了本篇赋。赋的文辞说：

余从京域，言归东藩〔1〕。背伊阙〔2〕，越轘辕〔3〕。经通谷〔4〕，陵景山〔5〕，日既西倾，车殆马烦。尔乃税驾乎蘅皋〔6〕，秣驷乎芝田〔7〕。容与乎阳林，流眄乎洛川。于是精移神骇，忽焉思散。俯则未察，仰以殊观，睹一丽人，于岩之畔。乃援御者而告之曰："尔有觌于彼者乎？彼何人斯？若此之艳也！"御者对曰："臣闻河洛之神，名曰宓妃，然则君王所见，无乃是乎？其状若何？臣愿闻之。"

【注释】

〔1〕东藩：东方藩国，曹植被立为鄄城王，鄄城在洛阳东。

〔2〕伊阙：山名，在洛阳南，或称阙塞山、龙门山。

〔3〕轘辕：山名，在今河南偃师东南。

〔4〕通谷：在洛阳南。

〔5〕景山：在今河南偃师。

〔6〕税：息。

〔7〕秣：饲。

【译文】

我从京城回归东边藩国，背离伊阙山，越过轘辕山，经过通谷，登临景山。太阳将西下，车慢马累，于是就解马卸车在遍生杜蘅的坡地，饲喂马匹在长满灵芝的田地，舒闲游息在阳林，纵目眺望于洛水。此时精神恍恍惚惚，猛然之间心神散乱，低头细视并没发现什么，抬头相望却看见奇异景象。只见一个美丽佳人，立在山崖之畔。于是拉住赶车人告诉他说："你看见那人吗？那人是谁？是那样的美丽。"赶车人回答说："小臣我听说洛水之神，名曰宓妃。那么，君王您看到的，莫非就是她了？她的模样如何？小臣很愿意听听。"

余告之曰："其形也，翩若惊鸿，婉若游龙。荣曜秋菊，华茂春松。仿佛兮若轻云之蔽月，飘摇兮若流风之回雪。远而望之，皎若太阳升朝霞；迫而察之，灼若芙蕖出渌波。秾纤得衷，修短合度。肩若削成，腰如约素。延颈秀项，皓质呈露。芳泽无加，铅华弗御。云髻峨峨，修眉联娟。丹唇外朗，皓齿内鲜；明眸善睐，靥辅承权[1]。瑰姿艳逸，仪静体闲。柔情绰态，媚于语言。奇服旷世，骨像应图。披罗衣之璀粲兮，珥瑶碧之华琚。戴金翠之首饰，缀明珠以耀躯。践远游之文履，曳雾绡之轻裾。微幽兰之芳蔼兮，步踟蹰于山隅。

【注释】

〔1〕靥（yè）：酒窝。 辅：颊。 权：同“颧”。

【译文】

我告诉他说：“她的形体啊，翩翩起舞像受惊的鸿雁，轻柔婉曲像水中的游龙，鲜丽光耀胜过秋日的菊花，华美茂盛超过春天的青松。忽隐忽现像轻云遮蔽明月，飘摇往来如微风吹旋雪花。远远而望，明亮如太阳升起在朝霞之中；靠近点看，鲜美像荷花挺立在清波之中。胖瘦恰到好处，长短最合标准。肩膀像刻削而成，腰似细绢卷束。脖颈秀长伸展，雪白肌肤呈露。没抹一点膏油，未搽一点铅粉。高高如云的发髻，微微弯曲的长眉，外露着鲜明的红唇，里面是白亮的牙齿。明亮的眼睛顾盼生姿，漂亮的酒窝生在颊边。姿态瑰丽美艳，举止娴静大方。情态温柔和婉，谈吐妩媚动人。奇异的服饰世上所无，骨像恰合仙图所画。身披璀璨的罗衣，耳戴雕有花纹的碧玉。插着金黄翠绿首饰，浑身明珠闪闪发光。脚下穿着“远游”的绣花鞋，身上飘着轻细如雾的丝裙。微微透露出兰花般的香气啊，脚步轻缓地在山边徘徊。

“于是忽焉纵体，以遨以嬉。左倚采旄，右荫桂旗。攘皓腕于神浒兮，采湍濑之玄芝。余情悦其淑美兮，心振荡而不怡。无良媒以接欢兮，托微波而通辞。愿诚素之先达兮，解玉佩以要之。嗟佳人之信修，羌习礼而明诗。抗琼珶以和予兮，指潜渊而为期。执眷眷之款实兮，惧斯灵之我欺。感交甫之弃言兮〔1〕，怅犹豫而狐疑〔2〕。收和颜而静志兮，申礼防以自持。

【注释】

〔1〕交甫：郑交甫。《韩诗外传》载，郑交甫在汉水边接受二女子所赠玉佩，行数步，发现玉佩没有了，回头看，二女子也不见了。

〔2〕犹、豫、狐：三种动物，性多疑虑。后形容人的动作和性情多疑不决。

【译文】

“这时她忽然舒展身体，遨游嬉戏。左边倚靠着垂挂旄牛尾的彩色仪仗，右边遮盖有桂枝为竿的飘拂旗帜。在神奇的水边捋袖露出皓腕，在急流之中采集黑色灵芝。我十分喜欢她的美好姿仪，心中激荡而不安怡。没有好媒人接通欢好之情，只好凭托微微水波来传达言辞。愿真诚的情意早点表达，解下佩玉以作邀请信物。感叹佳人确实美好，熟习礼仪并明晓诗文。举起琼瑛美玉应和我啊，指着深渊而约定相会之期。抱着眷眷真诚的心意啊，担忧洛神会欺骗我。感慨郑交甫被仙女遗弃啊，我怅然犹豫而又疑虑。收敛和悦的容颜且冷静心志，申明礼义的标准而约束自己。

“于是洛灵感焉，徙倚徬徨。神光离合，乍阴乍阳。竦轻躯以鹤立，若将飞而未翔。践椒途之郁烈，步蘅薄而流芳。超长吟以永慕兮，声哀厉而弥长。尔乃众灵杂沓，命俦啸侣。或戏清流，或翔神渚。或采明珠，或拾翠羽。从南湘之二妃[1]，携汉滨之游女[2]。叹匏瓜之无匹兮[3]，咏牵牛之独处[4]。扬轻袿之猗靡兮，翳修袖以延伫。体迅飞凫，飘忽若神，凌波微步，罗袜生尘。动无常则，若危若安。进止难期，若往若还。转眄流精，光润玉颜。含辞未吐，气若幽兰。华容婀娜，令我忘餐。

【注释】

〔1〕南湘之二妃：舜南巡死于苍梧，其妃娥皇、女英自投湘水，遂为湘水女神。

〔2〕汉滨之游女：即郑交甫汉水边所遇女子。

〔3〕匏瓜：星名，不与其他星相接。

〔4〕牵牛：牵牛星。

【译文】

“于是洛神受到感动，徘徊彷徨。身上光彩离合不定，若隐若现，忽明忽暗。耸起轻躯像仙鹤独立，如要飞翔而未展双翅。脚踩浓香郁烈的花椒小路，漫步在芬芳流散的杜蘅草丛。超然长啸抒发深长的思慕，声音哀厉激越而悠长。于是众神纷沓而来，相互呼唤召引。有的嬉戏在清流碧波，有的飞翔到水中沙洲，有的采集闪光的明珠，有的拾取翠鸟的羽毛。南湘二妃相随而来，汉水女神携手而游。感叹匏瓜星没有匹偶，吟咏牵牛星孤独自居。衣服轻扬随风飘拂，长袖遮身久久伫望。身体轻捷宛如飞凫，飘忽而去如同神仙。走在水波之上举步轻盈，罗袜过处似有尘土扬起。行动身姿没有固定模式，时而惊怕，时而从容。进退上下难以预料，像要远去又似回返。眼睛转动露出炯炯目光，容貌光泽如美玉般温润，口含清辞还未吐露，幽兰清香已经散发。体态举止婀娜多姿，令人忘饮忘食。

“于是屏翳收风〔1〕，川后静波〔2〕。冯夷鸣鼓〔3〕，女娲清歌〔4〕。腾文鱼以警乘，鸣玉鸾以偕逝。六龙俨其齐首，载云车之容裔。鲸鲵踊而夹毂，水禽翔而为卫。于是越北沚，过南冈，纡素领，回清阳，动朱唇以徐言，陈交接之大纲。恨人神之道殊兮，怨盛年之莫当。抗罗袂以掩涕兮，泪流襟之浪浪。悼良会之永绝兮，哀一逝而异乡。无微情以效爱兮，献江南之明珰。虽潜处于太阴〔5〕，长寄心于君王。忽不悟其所舍，怅神宵而蔽光。

“于是背下陵高，足往神留，遗情想像，顾望怀愁。冀灵体之复形，御轻舟而上溯。浮长川而忘反，思绵绵而增慕。夜耿耿而不寐，沾繁霜而至曙。命仆夫而就驾，吾将归乎东路。揽騑辔以抗策，怅盘桓而不能去。”

【注释】

〔1〕屏翳：风神。

〔2〕川后：水神名。

〔3〕冯夷：水神名。

〔4〕女娲：笙簧之神。

〔5〕太阴：众神所居之处。

【译文】

“这时风神屏翳收起微风，水神川后平息波浪，河伯冯夷擎起神鼓，乐神女娲唱起清歌。有翅的鱼儿飞出水面当车乘警卫，鸣响玉制铃铛一起离去。六龙庄严齐头并进，拉载云车从容启动。鲸鲵跳跃夹行车的两旁，各种水禽踊跃前来护卫。于是越过北边的沙渚，走上南边的山冈。神女扭转白皙的脖颈，转回清秀的眉目，启动红唇轻声慢语，陈说起男女交往的礼法规矩：遗憾人神之道相互不同啊，哀怨青春年华却不能如愿以偿。举起罗袖揩擦眼泪啊，泪水流襟滚滚不断。哀悼欢乐的聚会永不再有啊，悲叹此去而天各一方。没有什么来表示爱恋之情啊，奉献上江南明珠制成的耳环。虽深处在幽冥的神仙之地，这片心却永远寄托在君王您身上。忽然就看不出她在什么地方，神消影隐而不见光彩。”

于是我背离低地，登临高冈，形迹虽去但心神弥留。情思留恋回想起神女的情貌，回头顾望而愁绪盈怀。多么希望神女的形体再次显现，便驾御轻舟溯流而上，在漫长的河川漂流忘记了归返，思慕之情愈加深长。夜色已深难以入睡，繁霜满身直至天明。命令赶车人去准备起驾，我将走上东归之路。总揽缰绳而高举马鞭，却惆怅徘徊不忍心离去。

（本卷赋译注：胡国庆）

诗甲

补亡

补亡诗六首　束广微（束皙）

【题解】

束皙（约261—约300），西晋学者、文学家，字广微，阳平元城（今河北大名）人。博学多闻，不慕荣利。《晋书》有传。《诗经·小雅》中《南陔》《白华》《华黍》《由庚》《崇丘》《由仪》六篇笙诗，有目无辞。此为诗人所作的补作，诗中表达孝义之心。

《南陔》，孝子相戒以养也。

循彼南陔，言采其兰。眷恋庭闱[1]，心不遑安。彼居之子，罔或游盘[2]。馨尔夕膳[3]，洁尔晨飡[4]。循彼南陔，厥草油油。彼居之子，色思其柔。眷恋庭闱，心不遑留。馨尔夕膳，洁尔晨羞[5]。有獭有獭，在河之涘[6]。凌波赴汨[7]，噬魴捕鲤[8]。嗷嗷林乌，受哺于子。养隆敬薄[9]，惟禽之似。勖增尔虔[10]，以介丕祉[11]。

【注释】

〔1〕庭闱（wéi）：内舍，指父母的居处。

〔2〕游盘：游逸娱乐。

〔3〕夕膳：晚饭。

〔4〕晨飡：早餐。

〔5〕羞：同“馐”，美食。

〔6〕涘（sì）：水边。

〔7〕赴汨（mì）：在水上行走。

〔8〕噬（shì）：吃。

〔9〕养隆：养育的恩情重。　敬薄：孝敬微薄。

〔10〕勖（xù）：帮助。　虔：虔敬，孝敬。

〔11〕介：助。　丕祉：大福气。

【译文】

《南陔》，孝子告诫要供养父母。

沿着那南山陇，来采摘兰草。惦念高堂父母啊，心里不敢闲暇。那些居家之子，没有去游逸娱乐，献上香喷喷的晚餐，奉上干干净净的早膳。沿着那南山陇，蕨草长势茂盛。那些居家之子，脸色表露温柔。惦念高堂父母啊，不在外面多留。献上香喷喷的晚餐，奉上干干净净的早膳。水獭呀水獭，居住在河边。踏波潜游水中，捉咬鲂鱼，捕捉河鲤。林间之鸟嗷嗷鸣叫，等待其子反哺。供养之物深厚而无孝敬之心，就像禽兽一样。勉励增进虔诚之心，以获得更多的福分。

《白华》，孝子之洁白也。

白华朱萼[1]，被于幽薄[2]。粲粲门子[3]，如磨如错[4]。终晨三省[5]，匪惰其恪[6]。白华绛趺[7]，在陵之陬[8]。蒨蒨士子[9]，涅而不渝[10]。竭诚尽敬，亹亹忘劬[11]。白华玄足，在丘之曲。堂堂处子[12]，无营无欲[13]。鲜侔晨葩，莫之点辱[14]。

【注释】

〔1〕白华：白花。　朱萼：红花。后世以“朱萼”为孝子洁行。

〔2〕幽薄：茂草丛生的地方。

〔3〕粲粲：衣着鲜艳。　门子：指周及春秋时卿大夫的嫡子。

〔4〕磨、错：即切磋，加工象牙、牛角等工艺。

〔5〕三省（xǐng）：省察三事、反省过失。
〔6〕恪（kè）：谨慎，恭敬。
〔7〕绛趺（fū）：红色花萼。
〔8〕陬（zōu）：角落。
〔9〕倩倩（qiàn）：鲜明。　士子：男子的美称，指年轻人。
〔10〕涅（niè）：黑泥。　渝：改变。
〔11〕亹亹（wěi）：勤勉不倦。　劬（qú）：辛苦。
〔12〕处子：品学俱优而隐居不做官的人。
〔13〕无营：无所谋求。
〔14〕点：同“玷”，污辱。

【译文】

《白华》，孝子的情操圣洁如白色的花。

红色的花萼，白色的花瓣，花儿铺满了草原。门子的道德犹如经过琢磨的玉器。每天三次审视自己的言行，不敢懈怠而始终恭敬。红色的花柄，白色的花瓣，花儿长在山脚边。道德贞洁的孝子，他的身心历经世俗而不沾染污尘。诚心敬意地对待自己的父母，忘记了疲劳。黑色的花枝，白色的花瓣，花儿开在山坳里。堂堂皇皇的孝子，没有私利和私欲。他的心犹如早晨新开的花，带着纯洁的露珠，没有受到任何的玷污。

《华黍》，时和岁丰，宜黍稷也。

黮黮重云〔1〕，辑辑和风〔2〕。黍华陵巅，麦秀丘中。靡田不播，九谷斯丰〔3〕。奕奕玄霄〔4〕，蒙蒙甘霤〔5〕。黍发稠华，亦挺其秀。靡田不殖，九谷斯茂。无高不播，无下不殖。芒芒其稼〔6〕，参参其穑〔7〕。穑我王委〔8〕，充我民食。玉烛阳明〔9〕，显猷翼翼〔10〕。

【注释】

〔1〕黮黮（dǎn）重云：云色阴沉。

〔2〕辑辑：风和缓貌。
〔3〕九谷：稷、黍、秫、稻、麻、大小豆、大小麦九种粮食。
〔4〕奕奕（yì）：众多。　玄霄：乌云。
〔5〕甘霤（liù）：雨水。
〔6〕芒芒：众多。
〔7〕参参（shēn）：长貌。
〔8〕稸（xù）：同“蓄”，积蓄。　王委：国家储蓄。
〔9〕玉烛：四时之气和畅，形容太平盛世。　阳明：光明。
〔10〕显猷（yóu）：显明法则。　翼翼：整齐的样子。

【译文】

《华黍》，岁和年丰，宜于植黍种稷。

沉沉乌云，习习和风。小米生长在山坡，小麦生长在丘陇。所有的耕地都已经种上庄稼，各种各样的粮食都取得丰收。天空被乌云笼罩，蒙蒙细雨聚于屋檐滴下。小米在雨水之中抽穗，开出繁盛的花。地里全种上了庄稼，各种各样的谷物茂盛地生长。高处的旱地种满了高粱，低处的水田种满了水稻。极目而望是茫茫一片庄稼，收获在望。它是我王的储粮，是养育庶民的口粮。风调雨顺带来人间的天堂。

《由庚》，万物得由其道也〔1〕。

荡荡夷庚〔2〕，物则由之。蠢蠢庶类〔3〕，王亦柔之。道之既由，化之既柔。木以秋零，草以春抽。兽在于草，鱼跃顺流。四时递谢，八风代扇。纤阿案晷〔4〕，星变其躔〔5〕。五是不逆〔6〕，六气无易〔7〕。愔愔我王〔8〕，绍文之迹〔9〕。

【注释】

〔1〕由庚：万物顺应阴阳之道。后以“由庚”为顺德应时的典故。
〔2〕荡荡：浩大。　夷庚：平坦大道。

〔3〕蠢蠢：众多而杂乱的样子。　庶类：万物。

〔4〕纤阿（xiān ē）：古神话中御月运行之女神。　案晷：按轨道运行。晷（guǐ），通“轨”。

〔5〕星变：星象变化。　躔（chán）：天体的运行。

〔6〕五是：雨、旸、燠、风、时称五是。

〔7〕六气：自然气候变化的六种现象，指阴、阳、风、雨、晦、明。

〔8〕愔愔（yīn）：和悦安静的样子。

〔9〕绍：继承。　文：周文王。

【译文】

《由庚》，世间万物顺德应时。

浩荡大道平坦宽广，世间万物由之而生长。所有的生灵，无不生长于王道之下。既行王道，化育柔和。树木因秋凋零，花草因春发芽。野兽行走于草原，游鱼跳跃于水流。四季轮番循环，风儿来自四面八方。月亮时圆时缺，星宿不停变化。造就雨、旸、燠、风、时五是，永远是阴、阳、风、雨、晦、明六气。这就是因为我们的王，接受了传自周文王的最高法则。

《崇丘》，万物得极其高大也。

瞻彼崇丘〔1〕，其林蔼蔼〔2〕。植物斯高，动类斯大。周风既洽〔3〕，王猷允泰〔4〕。漫漫方舆〔5〕，回回洪覆〔6〕。何类不繁，何生不茂。物极其性，人永其寿。恢恢大圆〔7〕，芒芒九壤〔8〕。资生仰化〔9〕，于何不养。人无道夭〔10〕，物极则长。

【注释】

〔1〕崇丘：高大山丘。

〔2〕蔼蔼：茂盛的样子。

〔3〕周风：周朝的教化。　洽：和谐融洽。

〔4〕王猷：即王道。

〔5〕方舆：指大地。

〔6〕回回：纡回曲折。　洪覆：天道广大，无不覆被。

〔7〕大圆：亦作“大圜”“大员”，指天。

〔8〕九壤：指九州。

〔9〕资生：赖以生长。　仰化：仰望感化。

〔10〕道夭：中途夭亡。

【译文】

《崇丘》，万物得道而生长高大。

仰望高大的山丘，山上万物长得多么茂盛。植物长得那么高，动物长得那么大。这是因为周朝的教化，将王的旨意传达到了那里。弥漫无边的陆地、海洋，覆盖苍穹、星空。哪一样动物不繁多，哪一样植物不茂盛。动物、植物按其本性生长，老人得到应有的长寿。天地间的生灵仰承王的教化，都是王所养育。人民健康，万物成长。

《由仪》，万物之生，各得其仪也〔1〕。

肃肃君子〔2〕，由仪率性〔3〕。明明后辟〔4〕，仁以为政。鱼游清沼，鸟萃平林〔5〕。濯鳞鼓翼，振振其音〔6〕。宾写尔诚，主竭其心。时之和矣，何思何修。文化内辑〔7〕，武功外悠。

【注释】

〔1〕仪：宜。

〔2〕肃肃：严肃恭敬的样子。

〔3〕率性：循其本性。

〔4〕明明：聪明鉴察。　后辟：帝王。

〔5〕萃（cuì）：集结。

〔6〕振振：众多的样子。

〔7〕文化：文治教化。　辑：和。

【译文】

《由仪》，万物生长，各得其宜。

严肃的君子，遵其本宜，循其本性。圣明的君主，以仁义施政。鱼儿游在清澈的湖水里，鸟儿聚在平原的树林中。鱼儿在跳跃，鸟儿在飞翔，一派和乐。客人真诚，主人尽心。时岁和谐，没有什么需要思虑修整的。以文化和天下，以武功扬四方。

述德

述祖德诗二首 谢灵运

【题解】

谢灵运（385—433），小名“客儿”，世称“谢客”。其年少即好学，博览群书，工诗善文，与颜延之并称“颜谢”。他是中国文学史上的山水诗派开创者，兼通史学，擅书法，曾翻译外来佛经，并奉诏撰《晋书》。明人辑有《谢康乐集》。《宋书》《南史》皆有传。诗中陈述祖上的德化之功，也抒发了他自己的抱负和理想。

达人贵自我〔1〕，高情属天云。兼抱济物性〔2〕，而不缨垢氛〔3〕。段生蕃魏国〔4〕，展季救鲁人〔5〕。弦高犒晋师〔6〕，仲连却秦军〔7〕。临组乍不緤〔8〕，对珪宁肯分。惠物辞所赏，励志故绝人〔9〕。苕苕历千载〔10〕，遥遥播清尘〔11〕。清尘竟谁嗣〔12〕，明哲时经纶〔13〕。委讲缀道论〔14〕，改服康世屯〔15〕。屯难既云康，尊主隆斯民。

【注释】

〔1〕达人：通达事理的人。

〔2〕济物：即济人，化育人民。

〔3〕缨：系牵。　垢氛：污浊之气。

〔4〕段生：段干木，战国初年魏国名士。

〔5〕展季：柳下惠。

〔6〕弦高：春秋时郑国商人。

〔7〕仲连：战国时齐人鲁仲连，好为人排难解纷，品行清高，不愿做官。

〔8〕组：指印绶。　緤（xiè）：拴、系。

〔9〕绝人：超过他人。

〔10〕苕苕（tiáo）：遥远。

〔11〕清尘：清高的遗风，高尚的品质。

〔12〕嗣：继承。

〔13〕明哲：指明智睿哲的人。　经纶：筹划治理。

〔14〕缀（chuò）：通“辍”，停止。

〔15〕世屯：时世艰难。

【译文】

通达事理者珍重自己，超脱世俗的高情上接云霄。兼有匡时济世之心，而不沾染时代恶习。战国段干木保护了魏国，春秋展季挽救了鲁国。弦高用自己的商品慰劳在晋地的秦军，仲连反对尊秦为帝令秦将退兵十五里。面对印绶不肯系挂，封爵的圭玉怎肯来分。施加恩惠而不要赏赐，勉心立志超出一般人。经历迢迢千载，功业遥遥传播，如此操行有谁能够承袭，明哲之士具有治理国家的才能。抛弃言玄论道的空谈，改变心志来平定世难。国家的危险已经解除，国君受尊崇，人民被爱护。

中原昔丧乱，丧乱岂解已。崩腾永嘉末〔1〕，逼迫太元始。河外无反正〔2〕，江介有蹴圮〔3〕。万邦咸震慑，横流赖君子〔4〕。拯溺由道情〔5〕，龛暴资神理〔6〕。秦赵欣来苏〔7〕，燕魏迟文轨〔8〕。贤相谢世运，远图因事止。高揖七州外[9]，拂衣五湖里[10]。随山疏濬潭[11]，傍岩艺枌梓[12]。遗情舍尘物，贞观丘壑美[13]。

【注释】

〔1〕崩腾：动荡。

〔2〕河外：指西晋。

〔3〕江介：江左。指长江以东之地，指东晋。　蹙（cù）：困窘。圮（pǐ）：毁坏。

〔4〕横流：比喻动乱，灾祸。

〔5〕拯溺（nì）：救援溺水的人，指解救危难。

〔6〕龛（kān）暴：亦作“龛虣（bào）”，平定乱局。

〔7〕苏：获得复苏与生息。

〔8〕文轨：文字和车轨，古代以同文轨为国家统一的标志。

〔9〕高揖：双手抱拳高举过头作揖，辞别时的礼节。　七州：指东晋的辖境。

〔10〕拂衣：振衣而去，指归隐。　五湖：太湖。此代指隐遁之所。

〔11〕濬（jùn）潭：深潭。

〔12〕艺：种植。　枌梓（fén zǐ）：二木名。泛指桂木。

〔13〕贞观：以正道示人。

【译文】

往昔中原动乱，动乱怎么能停止？西晋永嘉末年形势险恶动荡，东晋太元年间前秦苻坚率军南侵。西晋快要覆亡竟无人起而拨乱反正，东晋的国土面积日渐缩小。全国都震动畏惧，乱世依赖君子。救人民于水火需有济世之情，平定乱局需有卓越之才。晋军到来使秦赵人民得以苏息，燕魏深觉文、轨统一之迟。贤明丞相谢安不幸去世，宏图大愿随而辍止。拱手让位辞别七州，振衣隐居泛舟五湖。随山开凿疏浚深潭湖水，依崖种植枌梓树木。抛弃世俗的一切事务，专心致志地游览欣赏美丽的山水。

劝励

讽 谏并序 韦孟

【题解】

韦孟（生卒年不详），西汉初诗人，彭城（今江苏徐州）人。汉高帝六年（公元前201年），为楚元王傅，历辅其子楚夷王刘郢客及孙刘戊。刘戊荒淫无道，在汉景帝二年（公元前155年）被削王，与吴王刘濞通谋作乱，次年事败自杀。韦孟在刘戊乱前，作诗讽谏，然后辞官迁家至邹（今山东邹城）。其讽谏诗颇有影响，《汉书》有传。诗以众多历史教训，垂教于荒淫无道的刘戊，希望他能悔悟自新。

孟为元王傅〔1〕，傅子夷王及孙王戊。戊荒淫不遵道〔2〕，作诗讽谏。曰：

肃肃我祖，国自豕韦〔3〕。黼衣朱黻〔4〕，四牡龙旂〔5〕。彤弓斯征〔6〕，抚宁遐荒〔7〕。揔齐群邦〔8〕，以翼大商。迭彼大彭〔9〕，勋绩惟光〔10〕。至于有周，历世会同。王赧听谮，实绝我邦。我邦既绝，厥政斯逸。赏罚之行，非繇王室。庶尹群后〔11〕，靡扶靡卫。五服崩离〔12〕，宗周以坠。我祖斯微，迁于彭城。在予小子，勤唉厥生。阨此嫚秦〔13〕，耒耜斯耕。悠悠嫚秦，上天不宁。乃眷南顾，授汉于京。

【注释】

〔1〕元王：楚元王。　傅：太傅，即帝王的老师。

〔2〕遵道：遵循正道。

〔3〕豕韦（shǐ wéi）：指豕韦氏，韦孟的先祖。

〔4〕黼（fǔ）衣：绣有黑白斧形的礼服。 朱黻（fú）：古代礼服上的红色蔽膝。指官服。

〔5〕龙旂（qí）：画有两龙蟠结的旗帜。天子仪仗之一。

〔6〕彤（tóng）弓：朱漆弓。古代天子用以赐有功的诸侯或大臣。

〔7〕抚宁：安抚平定。 遐荒：边远荒僻之地。

〔8〕揔（zǒng）齐：统一。

〔9〕大彭：古国名。在今江苏铜山，县西有大彭山。

〔10〕勋（xūn）绩：功勋，功绩。

〔11〕庶尹（yǐn）：百官的首领。 群后：指诸侯。

〔12〕五服：古代王畿外围，以五百里为一区划，由近及远分为侯服、甸服、绥服、要服、荒服五服。

〔13〕阨（è）：使困厄。 嫚：横暴，轻慢。

【译文】

韦孟是楚元王刘交的老师，后来又是元王之子夷王刘郢客和元王之孙刘戊的老师。刘戊荒淫无道，韦孟就作诗讽谏他，辞曰：

庄严伟大的我们的祖先，从豕韦氏开始建国，穿戴着饰有斧形图案的黼衣和饰有“亚”字图案的朱绂，驾驭着四匹雄马拉的战车，上插龙旂。被赐给彤弓，专司征伐；安抚边远地的人民，总管众多邦国，来辅佐大商朝。后来又有大彭，也是功勋卓著。到了周朝的时候，我们楚国几代位列诸侯，参与会盟。后来周赧王听信谗言，削夺了我们楚国的爵位。我们楚国既与周朝断绝关系，周朝的政令就不再在楚国施行。赏功罚罪的事也不再由周王朝决定。朝廷大臣和诸侯王，都不再辅佐、护卫周朝；京城周围五服的地区，都分崩离析，宗周便这样瓦解了。我们的祖先也衰微了，迁徙到彭城居住。到了我们这一辈，那生活真是清苦之极啊。遭遇了强秦欺侮的灾祸，先王只好亲自到田野中耕种土地。轻慢傲横的秦国，上天不保佑他们。上天垂青、赐福给南方，把秦朝的京城授给汉朝。

于赫有汉，四方是征。靡适不怀，万国攸平。乃命厥弟，建侯于楚。俾我小臣，惟傅是辅。矜矜元王[1]，恭俭静一。惠此黎民，纳彼辅弼。享国渐世，垂烈于后。乃及夷王，克奉厥绪。咨命不永[2]，惟王统祀。左右陪臣，斯惟皇士。如何我王，不思守保。不惟履冰，以继祖考。邦事是废，逸游是娱。犬马悠悠[3]，是放是驱。务此鸟兽，忽此稼苗。蒸民以匮[4]，我王以媮[5]。所弘匪德，所亲匪俊。唯囿是恢，唯谀是信。睮睮谄夫[6]，谔谔黄发[7]。如何我王，曾不是察。既藐下臣，追欲纵逸[8]。嫚彼显祖，轻此削黜。

【注释】

〔1〕矜矜（jīn）：小心谨慎的样子。

〔2〕咨命：天子之命。

〔3〕犬马：指良狗名马，即玩好之物。

〔4〕蒸民：百姓。

〔5〕媮（yú）：同“愉”。愉快。

〔6〕睮睮（yú）：眼色谄媚的样子。

〔7〕谔谔（è）：正直。

〔8〕纵逸：放任。

【译文】

汉朝建立真伟大，四面八方去征伐；所到地方都投降，千邦万国都安畅。任命他的小弟弟，建侯封国在楚地；让我们这些小臣子，辅佐楚王要仔细。兢兢业业是元王，恭敬勤俭持续长；赐福万民乐安康，任用辅弼纳贤良。在位将近三十载，基业遗留给后代；后来继位是夷王，能将遗风来继承。可叹夷王命不长，登基继位是戊王；左右身边诸臣子，正人君子皆栋梁。

为什么我们的大王，却不考虑保守祖宗基业！为什么不想着如履薄冰的艰难，从而继承发扬祖业！国家大事废弛不问，整日游荡娱乐无垠；猎犬骏马漂亮雄壮，东奔西跑前驱后放。一心一意喜兽爱鸟，轻忽农事忘记稼苗。百姓因此生活匮乏，大王反以此为娱乐。所弘扬的不是德行，所亲近的不是俊才。只是扩建苑囿，只是亲近小人。阿谀奉迎的谄媚之人，刚正不阿的正人君子，为什么大王对此不予明察分辨！藐视轻慢你的臣子，又一味纵欲放逸。侮辱了你那圣明的祖先，把被削国废黜看得那么轻率。

嗟嗟我王，汉之睦亲。曾不夙夜，以休令闻。穆穆天子，照临下土。明明群司〔1〕，执宪靡顾〔2〕。正遐由近，殆其兹怙〔3〕。嗟嗟我王，曷不斯思？匪思匪监，嗣其罔则。弥弥其逸〔4〕，岌岌其国〔5〕。致冰匪霜，致坠匪嫚。瞻惟我王，时靡不练。兴国救颠〔6〕，孰违悔过？追思黄发，秦缪以霸。岁月其徂〔7〕，年其逮耇〔8〕。于赫君子，庶显于后。我王如何，曾不斯览。黄发不近，胡不时鉴！

【注释】

〔1〕群司：百官。

〔2〕执宪：司法，执行法令。

〔3〕怙（hù）：依靠，仗恃。

〔4〕弥弥：盛多。

〔5〕岌岌（jí）：危急。

〔6〕救颠：匡扶倾危。

〔7〕徂（cú）：逝去。

〔8〕逮：及。　耇（gǒu）：高寿。

【译文】

可叹我们大王是汉朝近亲，却不能日夜勤劳以发扬祖先美名！肃穆庄严的天子，统治着天下国土；公正贤明的官员，执法严明没有顾虑。端正远方的人要从自己身边开始做起，只凭恃自己是汉室宗亲肆意横行是十分危险的。哎呀我们的大王，为什么不考虑这些?

不思考不鉴戒，就会使后代没法则可循；失误如此重大，使国家岌岌可危。坚冰形成于微霜，国家崩溃起于懈怠轻慢；看看我们的先王，没有不考虑周到的。挽救振兴危亡的国家，最好的方法是王者善于悔过，谁又能违背这一规律?想想以往秦穆公向黄发老人求教，最后终于称霸。岁月流逝，年岁将老；哎!过去那些君子，善于悔过自新，有幸能扬名于后世。大王您怎么样呢，竟然看不到这些!不亲近黄发智者，你为什么不借鉴以往的事例!

励　志　张茂先（张华）

【题解】

诗歌自我勉励要勤学善学，充满激情。

大仪斡运[1]，天回地游。四气鳞次[2]，寒暑环周。星火既夕，忽焉素秋。凉风振落，熠耀宵流[3]。吉士思秋[4]，实感物化。日与月与。荏苒代谢[5]。逝者如斯，曾无日夜。嗟尔庶士[6]，胡宁自舍?仁道不遐，德輶如羽[7]。求焉斯至，众鲜克举[8]。大猷玄漠[9]，将抽厥绪。先民有作，贻我高矩[10]。虽有淑姿，放心纵逸。田般于游，居多暇日。如彼梓材[11]，弗勤丹漆[12]。虽劳朴斫，终负素质。养由矫矢[13]，兽号于林。蒱卢萦缴[14]，神感飞禽。末伎之妙[15]，动物应心。研精耽道[16]，安有幽深?安心恬荡[17]，栖志浮云[18]。体之以质，彪之以文。如彼南亩，力耒既勤。藨蓘至功[19]，必有丰殷。水积成渊，载澜载清。土积成山，歊蒸郁冥[20]。山不让尘，川不辞盈。勉尔含弘[21]，以隆德声。高以下基，洪由纤起。川广自源，成人在始。累微以著，乃物之理。纆牵之长[22]，实累千里。复礼终朝，天下归仁。若金受砺，若泥在钧。进德修业[23]，晖光日新。隰朋仰慕[24]，予亦何人？

【注释】

〔1〕大仪：太极。指形成天地万物的混沌之气。　斡（wò）运：旋转运行。

〔2〕四气：指春、夏、秋、冬四时的温、热、冷、寒之气。　鳞次：像鱼鳞那样依次排列。

〔3〕熠耀（yì yào）：光彩鲜明。

〔4〕吉士：贤人。

〔5〕荏苒（rěn rǎn）：渐渐过去。

〔6〕庶士：众士。

〔7〕德辅（yóu）如羽：德轻得像羽毛一样。谓施行仁德并不困难，而在于其志向有否。

〔8〕克举：限期举事。

〔9〕大猷（yóu）：治国大道。　玄漠：寂静。

〔10〕高矩：崇高的准则。

〔11〕梓材：指优质的木材。

〔12〕丹漆：用朱漆涂饰。

〔13〕由：由基，楚恭王时射箭好手。　矫矢：扶弓正箭。

〔14〕萦：缠绕。　缴（zhuó）：系在箭上的丝绳。

〔15〕末伎：不足道的技艺。

〔16〕耽（dān）道：乐守圣贤之道。

〔17〕恬荡：淡泊坦荡。

〔18〕栖志：寄托情志。

〔19〕藨蓘（biāo gǔn）：耕耘和培育。

〔20〕歊（xiāo）：水汽升腾。

〔21〕含弘：包容博厚。

〔22〕纆（mò）牵：马缰绳。

〔23〕进德修业：增进道德与建立功业。

〔24〕隰（xí）朋：春秋时齐国大夫，与管仲、鲍叔牙等辅佐齐桓公，齐国大治。曾率军会合秦军安定晋国的内乱，拥立晋惠公。管仲病重时荐他代己，与管仲同年死。

【译文】

大自然变化无穷，天回地转运动不停。四时节气循环有序，暑往寒来周而复始。火星西流暑去寒来，转瞬之间肃秋将至。飕飕凉风振落木叶，鬼火流萤夜间闪烁。多情之人开始悲秋，万物变化触动心绪。月落日出循环往复，时光荏苒岁月过去。一去不回便是如此，川流不息不舍昼夜。深叹世上众人君子，怎么宁可自暴自弃？仁德之道离人不远，修养道德轻如毛羽。只要追求就能得到，可惜世人少有获取。最高道德玄远幽深，还能寻求它的端绪。古代圣贤遗有法则，留给后人最高准则。有人虽有美好姿容，放纵心思追求逸乐。外出畋猎盘桓游荡，悠闲生活虚掷时日。优质木材可以制器，还须用丹漆涂饰。即使砍削不加雕漆，终于辜负好的本质。楚养由基举起弓矢，野兽就在林中哀号。菟且子用缴箭射鸟，神威能使飞禽恐惧。微末小技有此绝妙，触动外物感应其心。深究精义研思道德，岂有幽深不通之理？安静身心恬淡寂寞，栖志浮云清高自憩。自然素质作为本体，又以贤德将其文饰。有如南亩农夫稼穑，勤于耕种勤于培植。深耕细锄培土护苗，必获殷殷丰收果实。潺潺溪水积成深渊，或现波涌或现澄明。微细尘土积成高山，云气蒸腾浓雾漫漫。巍巍高山不辞微尘，洋洋大河不拒细水。勉励志气发扬光大，一定德行崇高厚重。最高建筑始于基础，最大事物从小开始。广阔河流始自源头，人品的形成在于始初。微小积累可至显著，这是事物的普遍道理。牵马绳索如果过长，将会成为马的累赘。如能坚持克己复礼，天下众人归附仁德。好像刀具放之磨石，好像陶泥置范成器。增进德行专修学业，人品学识日新月异。贤如隰朋尚慕圣明，我辈何人可不向善？

（本卷诗译注：庞国雄）

文选卷第二十

献诗

上责躬应诏诗表　曹子建（曹植）

【题解】

此表及《责躬诗》通过陈述自己的过错，表达了悔不当初的愧疚和决心将功补过的态度。

臣植言：臣自抱衅归藩[1]，刻肌刻骨，追思罪戾[2]，昼分而食，夜分而寝。诚以天网不可重罹，圣恩难可再恃，窃感《相鼠》之篇[3]，无礼遄死之义[4]，形影相吊，五情赧愧[5]。以罪弃生，则违古贤夕改之劝；忍垢苟全，则犯诗人胡颜之讥[6]。伏惟陛下，德象天地，恩隆父母，施畅春风，泽如时雨。是以不别荆棘者，庆云之惠也[7]；七子均养者，鸤鸠之仁也[8]；舍罪责功者，明君之举也；矜愚爱能者，慈父之恩也。是以愚臣徘徊于恩泽，而不敢自弃者也。前奉诏书，臣等绝朝，心离志绝，自分黄耇[9]，永无执珪之望[10]。不图圣诏，猥垂齿召[11]。至止之日，驰心辇毂[12]，僻处西馆[13]，未奉阙庭[14]，踊跃之怀，瞻望反侧，不胜犬马恋主之情。谨拜表并献诗二篇，词旨浅末，不足采览，贵露下情，冒颜色以闻。臣植诚惶诚恐，顿首顿首，死罪死罪。

【注释】

〔1〕抱衅（xìn）：负罪。　归藩：回到封地。

〔2〕罪戾（lì）：罪过。

〔3〕《相鼠》：《诗·鄘风》篇名。《诗》序："《相鼠》，刺无礼也。"

〔4〕遄（chuán）死：速死。

〔5〕赧（nǎn）愧：因惭愧而面红耳赤。

〔6〕胡颜：有何面目。即惭愧至极。

〔7〕庆云：五色云。古人以为喜庆、吉祥之气。

〔8〕鸤鸠（shī jiū）之仁：指布谷鸟养其子，均平如一。鸤鸠，即布谷鸟。

〔9〕黄耇（gǒu）：年老。

〔10〕执珪（guī）：圭以区分爵位等级，使执圭而朝，故名。泛指封爵。

〔11〕猥垂：蒙受。　齿召：录用征召。

〔12〕辇毂（niǎn gǔ）：皇帝的车舆。

〔13〕西馆：陈思王曹植的邸第为"西馆"。

〔14〕阙庭：朝廷。

【译文】

臣子曹植说：我自从带着负罪的心情回到藩国，就在内心深处反省自己的罪过。经常是日中而食，夜半而寝。确实感到国家大法不容再次触犯，圣君恩情不能再次仰赖。暗自想起《诗经·相鼠》之篇，其中所谓"人而无礼，胡不遄死"的深义，深感孤独苦闷，心胸充满羞愧之情。以所犯罪过而轻生，那是违背古贤所谓朝过夕改的劝诫；不顾羞耻地苟活下去，又触犯诗人所谓厚颜不死的讥讽。我崇敬地想到陛下，仁德好似天地一样广大无边，恩情比亲生父母还要深厚，仁德像春风为人间吹送温暖，恩泽像及时好雨滋润万物。因此，不分荆棘与兰桂，同样给予覆盖的，那是瑞云的德惠；七只雏鸟，平均给予哺育的，那是布谷鸟的仁爱；宽恕有罪责其立功自赎的，那是明君的举措；同情愚陋喜爱智能的，那是慈父的恩情。因此，愚陋如我由于陛下恩泽的感召才徘徊未定，终于不敢自暴自弃。以前尊奉诏书，我与任城王彰、吴王彪等告别朝廷，各就封国。当时心灰意冷，自虑直至垂老之年永无回京朝见的希望了。而圣诏却出乎意料之外，正式下达，召我入朝。到京之日，就一心想要朝见陛下，但是却孤寂地留住西馆，未能奉命进宫，内心焦急，翘首瞻望，忐忑不安，臣子恋念主上之情，表达不尽，恭敬地呈上此表并献诗二篇。文辞意旨都很浅陋，不值观览；可贵的是表露出臣下的衷情，冒死奏上。臣植诚惶诚恐，顿首顿首，死罪死罪。

责躬诗

於穆显考[1]，时惟武皇[2]。受命于天，宁济四方。朱旗所拂，九土披攘[3]。玄化滂流[4]，荒服来王[5]。超商越周，与唐比踪[6]。笃生我皇[7]，奕世载聪[8]。武则肃烈[9]，文则时雍[10]。受禅于汉，君临万邦。万邦既化，率由旧则。广命懿亲[11]，以藩王国。帝曰尔侯，君兹青土[12]。奄有海滨，方周于鲁。车服有辉，旗章有叙[13]。济济俊乂[14]，我弼我辅。伊余小子，恃宠骄盈。举挂时网[15]，动乱国经。作藩作屏，先轨是隳。傲我皇使，犯我朝仪。国有典刑[16]，我削我黜。将置于理，元凶是率[17]。明明天子，时惟笃类[18]。不忍我刑，暴之朝肆。违彼执宪，哀予小臣。改封兖邑，于河之滨。股肱弗置，有君无臣。荒淫之阙，谁弼予身？茕茕仆夫[19]，于彼冀方。嗟余小子，乃罹斯殃。赫赫天子，恩不遗物。冠我玄冕[20]，要我朱绂。光光大使，我荣我华。剖符受土[21]，王爵是加。仰齿金玺[22]，俯执圣策[23]。皇恩过隆，祗承怵惕[24]。咨我小子，顽凶是婴。逝惭陵墓，存愧阙庭。匪敢傲德，实恩是恃。威灵改加[25]，足以没齿。昊天罔极，生命不图。尝惧颠沛，抱罪黄垆。愿蒙矢石，建旗东岳。庶立毫氂，微功自赎。危躯授命[26]，知足免戾。甘赴江湘，奋戈吴越。天启其衷，得会京畿。迟奉圣颜，如渴如饥。心之云慕，怆矣其悲。天高听卑，皇肯照微[27]。

【注释】

〔1〕於穆：对美好的赞叹。

〔2〕武皇：指曹操。

〔3〕九土：九州的土地。　披攘：披靡。

〔4〕玄化：圣德教化。

〔5〕荒服：古代“五服”之一，指边远地区。

〔6〕比踪（zōng）：齐步并驾。

〔7〕笃生：谓生而得天独厚。

〔8〕奕世：累世，代代。

〔9〕肃烈：肃穆威烈。

〔10〕时雍：指时世太平。

〔11〕懿（yì）亲：指皇室宗亲、外戚。

〔12〕青土：指天子封东方诸侯“授茅土”时用的青色泥土。

〔13〕旗章：具有区别名分标志的旗帜。

〔14〕济济俊乂（jùn yì）：才德超群的人众多。

〔15〕时网：指法令。

〔16〕典刑：常刑。

〔17〕元凶：罪魁。

〔18〕笃类：笃厚于兄弟。

〔19〕茕茕（qióng）：忧思的样子。

〔20〕玄冕：古代天子、诸侯祭祀的礼服。

〔21〕剖符：即剖竹分封、授官。古代帝王分封诸侯、功臣时，以竹符

为信证，剖分为二，君臣各执其一。

〔22〕仰齿：谓忝居同列。 金玺（xǐ）：金制成的印玺。

〔23〕圣策：对皇帝谋略或策书的尊称。

〔24〕怵惕（chù tì）：戒惧；惊惧。

〔25〕威灵：显赫的声威。

〔26〕危躯：献身。

〔27〕皇肯照微：天帝虽高高在上，却能听到下面人世间的言语，而察知其善恶。

【译文】

啊，我英明的先父，乃大魏的武皇。他受上天之圣命，来平定九州。朱旗飘扬，九州来归。道德教化如河源远流长，边塞异族纷纷前来朝贡。功超商汤与周武，德比唐尧与虞舜。我皇得天独厚，承德而生，累世聪明。武则威严热烈，文则和乐融融。承继汉室王位，君临九州万邦。万邦归服，朝政遵循有章。广泛任用同胞，封藩捍卫王朝。父皇封我为侯，治理青州之地。封地广阔直达东海滨，好似周公命伯禽治鲁。车驾冠服纹彩光辉，旌旗徽号井然有序。人才济济，合力辅政。但我幼稚无知，仰仗父兄而骄傲自满。冒犯朝纲，行为失礼。作为藩屏的王侯，我竟废弃先帝的法则，傲视我皇的监国使者，冒犯我朝的礼仪规范。国有恒常大法，削我爵位，夺我封地。交送法官，判为罪魁。英明天子，谅骨肉之情。不忍用刑，陈尸于市。更改原判，怜我无知。改贬兖州，充任乡侯。亲信之人，不许追随，有君无臣，真是孤独。若再耽溺，谁来辅正我。车夫送我上路，孤身独往。唉，我幼稚无知，被人诬陷。显赫天子，恩情博大。赠我玄冕，赐我印绶。感谢大魏，赐我荣华。剖符封地，由侯为王。仰受金印，俯持策书。皇恩似天高地厚，恭敬领受心惕惧。唉，我幼稚无知，屡犯过失，几成罪魁。死后羞见先父，苟活愧对大魏。并非傲视兄长，确实恃宠胡为。开恩为我改封，足以终吾一生。皇天无极限，生命难测度。常恐遭颠沛，抱恨入黄泉。愿冒箭与石，扬旗泰山顶。望戮尽微力，积功以自赎。临危而赴难，心知为免罪。甘赴长江、湘江畔，挥戈取吴越。天若知我心，班师回京城。待瞻圣帝龙颜，心如渴如饥。衷心思慕，甚是悲怆。苍天洞察卑微，我皇明察我心。

应诏诗

肃承明诏，应会皇都〔1〕。星陈夙驾〔2〕，秣马脂车〔3〕。命彼掌徒〔4〕，肃我征旅。朝发鸾台〔5〕，夕宿兰渚。芒芒原隰〔6〕，祁祁士女〔7〕。经彼公田，乐我稷黍。爰有樛木〔8〕，重阴匪息〔9〕。虽有糇粮〔10〕，饥不遑食〔11〕。望城不过，面邑不游。仆夫警策〔12〕，平路是由。玄驷蔼蔼〔13〕，扬镳漂沫〔14〕。流风翼衡，轻云承盖。涉涧之滨，缘山之隈。遵彼河浒〔15〕，黄坂是阶〔16〕。西济关谷，或降或升。骓骖倦路〔17〕，再寝再兴。将朝圣皇，匪敢晏宁〔18〕。弭节长骛〔19〕，指日遄征〔20〕。前驱举燧〔21〕，后乘抗旌〔22〕。轮不辍运，銮无废声。爰暨帝室，税此西墉〔23〕。嘉诏未赐〔24〕，朝觐莫从〔25〕。仰瞻城阈〔26〕，俯惟阙庭。长怀永慕，忧心如酲〔27〕。

【注释】

〔1〕应会：应接聚会。

〔2〕星陈：如星宿之陈列有序。

〔3〕秣（mò）马脂车：喂饱马，给车轴涂好油脂。指准备好交通工具。

〔4〕掌徒：掌管徒役的人。

〔5〕鸾（luán）台：宫殿高台的美称。

〔6〕原隰（xí）：广平与低湿之地。

〔7〕祁祁：众多。　士女：青年男女。

〔8〕樛（jiū）木：枝向下弯曲的树。

〔9〕重阴：浓荫。

〔10〕糇（hóu）粮：干粮，食粮。

〔11〕饥不遑（huáng）食：肚子饿了也没空吃饭。

〔12〕警策：以鞭策马。

〔13〕玄驷：指四匹黑马同驾之车。

〔14〕扬镳（biāo）：提起马嚼子。指驱马。

〔15〕河浒：河边。

〔16〕黄坂：黄土高坡。

〔17〕骈骖（fēi cān）：指拉车的四匹马中在辕外的两匹马。

〔18〕晏宁：安宁，安然。

〔19〕弭（mǐ）节：驻节，停车。节，车行的节度。　长骛（wù）：向远方急驰。

〔20〕遄（chuán）征：急行，迅速赶路。

〔21〕燧（suì）：燃起火把。

〔22〕抗旌（kàng jīng）：举旗。

〔23〕西墉（yōng）：西面的高墙或城垣。

〔24〕嘉诏：敬称朝廷的诏书。

〔25〕朝觐（cháo jìn）：臣子朝见君主。

〔26〕城阈（yù）：城门。代称城郭。

〔27〕如酲（chéng）：像喝醉了一样神志不清。

【译文】

恭恭敬敬地接受圣明的诏书，遵从皇帝的命令奔赴京都。繁星满天就已驾车趁早赶路，喂饱马匹，车轴加好油。传命主管仆役的属官，告诫随我远行的队伍。清晨从雅静的鸾台出发，夜晚在芬芳的兰渚住宿。平旷的原野茫茫无际，勤劳的男女双双对对。经过封国肥沃的公田，禾苗茂盛，风光格外美丽。樛树成排，浓荫片片，却因为急于赶路，不能稍作休息；虽有足够的干粮，却因为忙于赶路，顾不上肚子饿。远远看见城市，却不能去游览胜迹。车夫扬鞭，车马疾速如飞，平坦的大路上，我们一日行千里。四匹黑马肥壮威武，口衔铜嚼，昂头口沫横飞。微风吹送，好像给辕衡加了双翅膀；轻云飘动，恰似马车的华盖。越过山涧的溪水，绕过高山的石壁。沿着大河蜿蜒的堤岸行进，攀爬过一个个黄土高坡。通过险峻的西关与大谷，忽而下坡忽而又上岭。路途艰难，人疲马也倦，暂时休息一夜，等天明再赴前程。难得一次受召朝会我的圣皇，怎敢路上贪图安宁而怠慢。停车暂且休息，更要疾速赶路，计算时日，加速远行。前头的队伍燃起火把夜行，后头的车马高举旌旗紧紧跟上。路上的车轮不停地飞转，车上的銮铃前后叮当响。既已到达日夜向往的皇都，却被安排住进京西的金墉城。皇帝的诏命一直没有下来，不知何日朝见，令我无所适从。翘首瞻仰那雄伟的宫门，低头思慕那辉煌的殿阁。长久恋念，永远渴慕。内心忧伤，就像喝醉了酒还没醒过来。

关中诗　潘安仁（潘岳）

【题解】

记述了元康六年关中战乱的始末，歌颂晋王朝诸战将的英武勇猛，同时也揭露那些冒领功勋的武将之丑行。

于皇时晋，受命既固。三祖在天〔1〕，圣皇绍祚〔2〕。德博化光〔3〕，刑简枉错〔4〕。微火不戒，延我宝库。

【注释】

〔1〕三祖：指三国魏武帝曹操、文帝曹丕、明帝曹叡。

〔2〕绍祚：承继帝位。

〔3〕德博化光：德化光大。

〔4〕枉错：指举直错枉，任贤去佞。

【译文】

当今我们的大晋皇朝，奉天命建立已经稳固。有三代皇祖天灵保佑，圣上继承大业展新图。广施恩泽教化移世风，废除严刑峻法弃邪恶。只是对微火一时缺乏防范，火势蔓延焚烧了国库。

蠢尔戎狄〔1〕，狡焉思肆〔2〕。虞我国眚〔3〕，窥我利器。岳牧虑殊〔4〕，威怀理二〔5〕。将无专策〔6〕，兵不素肄〔7〕。

【注释】

〔1〕蠢尔：无知蠢动。　戎狄：古民族名。西方曰戎，北方曰狄。

〔2〕狡焉思肆：指怀贪诈之心妄图逞其阴谋。

〔3〕眚（shěng）：灾异。

〔4〕岳牧：原为四岳十二牧的合称，分掌政务与四方诸侯。后用以称疆吏、封疆大臣。

〔5〕威怀：威服和怀柔。谓威德并用。

〔6〕专策：独自决定的策略。

〔7〕素肄：预先演习。

【译文】

那些愚蠢的戎狄头目，狡猾地妄想进行侵戮。揣度我们的一时疏忽，伺机窃兵器滥行黩武。封疆大吏们忧心忡忡，镇压兼怀柔疲于应付。武将没有应对危急的良策，士兵缺少训练和约束。

翘翘赵王，请徒三万。朝议惟疑，未逞斯愿。桓桓梁征〔1〕，高牙乃建〔2〕。旗盖相望，偏师作援〔3〕。

【注释】

〔1〕桓桓（huán）：勇武、威武的样子。

〔2〕高牙：大纛，牙旗。

〔3〕偏师：指主力军以外的部分军队。

【译文】

杰出的赵王自告奋勇，请求率兵三万踏上征途。朝廷内大臣议论不决，他的意愿没能实现。威武的梁王受命西征，那战旗猎猎随风飘舞。旗帜和军车遥遥相望，另有侧翼部队作援助。

虎视眈眈，威彼好畤。素甲日曜，玄幕云起。谁其继之？夏侯卿士。惟系惟处，列营棋跱。

夫岂无谋，戎士承平。守有完郛〔1〕，战无全兵。锋交卒奔，孰免孟明〔2〕？飞檄秦郊，告败上京。

【注释】

〔1〕完郛（fú）：完好的城郭。

〔2〕孟明：秦将孟明视。《左传》载晋败秦师于殽，获百里孟明视、西乞术、白乙丙以归。

【译文】

威风凛凛地雄视前线，都督大军在好畤驻扎。雪亮的铠甲日照光华，黑色军帐连绵如云。是谁接续了他的队伍？原来夏侯骏担此任务。还有解系、周处为部属，摆开对峙阵势将敌阻。

难道是因为缺乏好的谋略？实因持久太平，士兵缺乏训练。城郭坚固完好消极防守，战争中势必损将折卒。打起仗来士卒就逃跑，统率将领竟然陷于敌手。告急的文书飞到国中，失败的消息传至京都。

周殉师令，身膏氏斧。人之云亡，贞节克举。卢播违命，投畀朔土〔1〕。为法受恶，谁谓荼苦〔2〕？

【注释】

〔1〕投畀（bì）朔土：贬斥到北方地区。

〔2〕荼（tú）苦：艰苦，苦楚。

【译文】

英勇的周处以身殉国，亡于敌人的锋刀利斧。人们都说他死得其所，保持了节操不屈不侮。卢播谎报军功违抗命令，贬为庶人发配到北土。受国法处罚遭此恶果，罪有应得谁能说荼苦？

哀此黎元[1]，无罪无辜。肝脑涂地，白骨交衢[2]。夫行妻寡，父出子孤。俾我晋民，化为狄俘。

【注释】

〔1〕黎元：黎民百姓。

〔2〕交衢（qú）：指道路交错要冲之处。

【译文】

最让人可怜这些百姓，他们本来是无罪无辜。战乱中他们枉送性命，旷野大道横卧着白骨。丈夫出征了妻子守寡，父亲战死儿子多孤独。我们大晋国的老百姓，变成了戎狄的俘获物。

乱离斯瘼[1]，日月其稔[2]。天子是矜，旰食晏寝[3]。主忧臣劳，孰不祗懔[4]。愧无献纳，尸素以甚[5]。

【注释】

〔1〕瘼（mò）：痛苦。

〔2〕稔（rěn）：年。古代谷一熟为一年。

〔3〕旰（gàn）食晏寝：指勤于政事。旰，晚。

〔4〕祗懔（zhī lǐn）：恭敬畏惧。

〔5〕尸素：谓居位食禄而不尽职。

【译文】

乱世分离是莫大的痛苦，日复一日，年复一年。天子以此为念，天晚才要吃饭，天亮才能休息。圣上忧心群臣劳苦，谁不是又恭敬又畏惧。都惭愧自己没有什么好计策可以献上，非常愧对自己所处的职位。

皇赫斯怒，爰整精锐。命彼上谷，指日遄逝。亲奉成规，棱威遐厉[1]。首陷中亭，扬声万计。

【注释】

〔1〕棱（léng）威遐厉：威风遐远而猛烈。

【译文】

圣皇动威无比震怒，整肃调动精锐的队伍。命令孟观统领着大军，限定日期行军要神速。亲自奉行前人的规章，声威强大震慑了敌酋。首先攻下了重镇中亭，扬言消灭一万多狄虏。

兵固诡道[1]，先声后实。闻之有司，以万为一。纣之不善，我未之必。虚皛湳德[2]，谬彰甲吉[3]。

【注释】

〔1〕诡道：诡诈之术。

〔2〕虚皛（jiǎo）：虚假彰显。　湳（nán）德：羌帅名，姓湳名德。

〔3〕甲吉：羌帅名，姓甲名吉。

【译文】

用兵本来就讲究应用诡计的方法，孟观先虚张声势，后再给予实际的打击。有司听说孟观有诈，将他所说的诛杀一万人当作一人。孟观这诡计像商纣一样不好，但也未必以为真的是这样。

孟观虚报杀敌数目，虚假地彰显他除灭滳德、甲吉两羌帅的功劳。

雍门不启，陈、汧危逼。观遂虎奋，感恩输力。重围克解，危城载色。岂曰无过？功亦不测。

情固万端，于何不有？纷纭齐万，亦孔之丑。曰纳其降，曰枭其首。畴真可掩？孰伪可久？

既征尔辞，既蔽尔讼。当乃明实，否则证空。好爵既靡，显戮亦从〔1〕。不见窦林，伏尸汉邦。

【注释】

〔1〕显戮：明正典刑，陈尸示众。

【译文】

雍县还没攻下，陈仓县、汧县又紧紧逼近。孟观于是像猛虎一样奋勇，为了报答皇恩，使出了全部的气力。成功解除了雍城的围困，本来危险的城池又有了欢声笑语。不能说他没有过错，但也不能说他没有功劳。

情感是千变万化的，其他事物也一样，什么情况都会有的。孟观到底如何对待齐万年的，众说纷纭，这也是一件很大的丑事。有人说他接受了齐万年的归降，有人说他将齐万年的人头砍下了挂起来示众。谁说真相遮掩得了？谁说假的可以长久？

有司征验他们的言辞，断定了他们的诉讼。话语正当的就证明是真实的，理由不对的就是空虚的。正当的给予封加美好的爵位，虚假的刑罚也会随之而来。没看见当年的护羌窦林吗，他是为什么伏罪身死的？

周人之诗，实曰采薇[1]。北难猃狁，西患昆夷。以古况今，何足曜威[2]？徒愍斯民，我心伤悲。

【注释】

〔1〕采薇：《诗·小雅》篇名。其序曰：“文王之时，西有昆夷之患，北有猃狁之难，以天子之命将率，遣戍卒，以守卫中国，故歌《采薇》以遣之。”后以“采薇”作为调遣士卒的典故。

〔2〕曜（yào）威：整饬军旅，炫耀武力。

【译文】

周代时的诗歌，有一篇《采薇》。说的是周文王当时北面有匈奴发难，西边有西狄犯边。用以前的情况来形容当下，有什么理由足够进行耀武扬威呢？只是怜悯那些民众，我内心就会伤悲痛苦。

斯民如何？荼毒于秦[1]。师旅既加，饥馑是因。疫疠淫行，荆棘成榛。绛阳之粟，浮于渭滨。

【注释】

〔1〕荼（tú）毒：毒害，残害。

【译文】

那些民众到底怎样呢？他们在秦地大受苦害。发兵打仗，饥饿就接着来了。战争过后瘟疫流行，军队所过之地杂草丛生。通过渭水，将绛阳的米粟送到关中来赈灾。

明明天子，视民如伤。申命群司[1]，保尔封疆。靡暴于众，无陵于强。惴惴寡弱[2]，如熙春阳。

【注释】

〔1〕申命：重申教命。

〔2〕惴惴（zhuì）：忧惧不安的样子。

【译文】

英明的天子，看待百姓如同对待受伤者一样加以抚慰。申明命令让所有的官员，保护百姓，戍卫边疆。不要以多欺少，不要以强凌弱。原本恐惧不安的寡者弱者，像渴慕初春刚刚升起的太阳那样来羡慕我们大晋王朝。

公宴

公宴诗　曹子建（曹植）

【题解】

诗歌描写在铜雀园宴游的热闹场景，表达诗人内心的愉悦和对无拘无束生活的向往。

公子敬爱客，终宴不知疲。清夜游西园，飞盖相追随〔1〕。明月澄清景，列宿正参差〔2〕。秋兰被长坂，朱华冒绿池〔3〕。潜鱼跃清波，好鸟鸣高枝。神飚接丹毂〔4〕，轻辇随风移。飘飖放志意，千秋长若斯。

【注释】

〔1〕飞盖：驰车，驱车。

〔2〕列宿（xiù）：众星宿。指二十八宿。

〔3〕朱华：代指荷花。

〔4〕神飚（biāo）：迅疾有灵性的风。　丹毂（gǔ）：丹轮。指华贵

的车。

【译文】

公子对前来做客的宾朋敬爱有加，整天游玩宴乐而不知疲倦。清静晴朗的夜晚畅游西园，马车相随车盖飞驰。月儿洒着清辉，星斗满天排列。秋天平野兰草幽绿，绿色池塘芙蓉艳红。鱼儿踊跃于清波之上，鸟儿歌唱于树林之巅。朱红色的车轮飞行如风，轻快的马车随风而动。飘飘然意气风发，悠悠然岁月千秋如斯。

公宴诗　王仲宣（王粲）

【题解】

此诗描写陪侍曹操宴会的场景，表达诗人对曹操的崇敬和感激。

昊天降丰泽，百卉挺葳蕤〔1〕。凉风撤蒸暑〔2〕，清云却炎晖〔3〕。高会君子堂，并坐荫华榱〔4〕。嘉肴充圆方〔5〕，旨酒盈金罍〔6〕。管弦发徽音〔7〕，曲度清且悲〔8〕。合坐同所乐，但诉杯行迟。常闻诗人语，不醉且无归。今日不极欢，含情欲待谁？见眷良不翅，守分岂能违。古人有遗言，君子福所绥〔9〕。愿我贤主人，与天享巍巍。克符周公业，奕世不可追。

【注释】

〔1〕葳蕤（wēi ruí）：草木茂盛枝叶下垂的样子。

〔2〕蒸暑：盛暑天气闷热。

〔3〕炎晖：炎热的阳光。

〔4〕榱（cuī）：椽子。
〔5〕圆方：古代盛菜肴的器具。
〔6〕旨酒：美酒。　金罍（léi）：饰金的大型酒器。泛指酒盏。
〔7〕管弦：管乐器与弦乐器。亦泛指乐器。　徽音：优美的乐声。
〔8〕曲度：歌曲的节拍、音调。
〔9〕绥（suí）：安抚。

【译文】

广袤上天普降丰足的雨露，各色花草挺拔俊秀。凉风驱走夏日的炎热，秋云挡住了骄阳。君子相会于高堂之上，并坐在厅堂的楹柱之下。美味佳肴摆满大桌小桌，金属器皿盛满甘甜美酒。乐队演奏动听的乐曲，曲调清扬悲壮。满座宾朋举杯同欢乐，只是诉说彼此举杯慢了。常常听闻古代诗人，不醉就不归家。今日不尽兴，你满含感情又要等待谁呢？已受款待实在太多，安分守己怎能越分？古人常常有言，美好君子自有神赐福乐。祝愿我贤明主人，享受齐天之鸿福，成就周公之伟业，世世代代无可比肩。

公宴诗　刘公幹（刘桢）

【题解】

刘桢（180—217），字公幹，东汉东平宁阳（今山东宁阳南）人，“建安七子”之一，博学有才，与曹植并举称为“曹刘”。传附《三国志·魏书·王粲传》。诗作描写从游西园之所见所感，表达诗人对宴会之奢华排场和美妙景致的无限感慨。

永日行游戏，欢乐犹未央。遗思在玄夜，相与复翱翔。辇车飞素盖[1]，从者盈路傍。月出照园中，珍木郁苍苍。清川过石渠，流波为鱼防[2]。芙蓉散其华，菡萏溢金塘。灵鸟宿水裔[3]，仁兽游飞梁[4]。华馆寄流波，豁达来风凉[5]。生平未始闻，歌之安能详？投翰长叹息，绮丽不可忘。

【注释】

〔1〕辇（niǎn）车：古代宫中用的一种便车。多用人挽拉。

〔2〕鱼防：拦阻鱼以防逃逸的堤埂或竹木栅栏。

〔3〕水裔：水边。

〔4〕仁兽：麒麟的别名。古代传说麒麟口不食生物，足不践生草，有王者则至，为仁德之兽。

〔5〕豁达：通畅，宽阔。

【译文】

成天游玩嬉戏，欢乐没有止境。留下念想在半夜时分，再次结伴一起出游。素色车盖的马车飞驰如风，随从的宾朋挤满了道路。月儿出来光亮照入园中，珍稀的树木郁郁葱葱。清清的河水漫过石梁，碧绿的水波闪耀堤坝。芙蓉散发着自己的光彩，荷花开满了金色池塘。凤凰夜宿栖息于水边，麒麟悠游漫步于山梁。华丽的亭馆依傍清流，清凉的晚风吹来身心疏朗。生平不曾有过，歌诗怎能写尽？放下笔而长叹一口气，眼前的美景自然难忘记。

侍五官中郎将建章台集诗[1]　应德琏（应玚）

【题解】

应玚（？—217），字德琏，汝南（今属河南）人，“建安七子”之一。初为丞相掾属，后转为平原侯庶子，终五官将文学。传附《三国志·魏书·王粲传》。此诗诗人以雁自喻，述说自己以往失志漂泊的境遇，并表达对曹丕的感恩之情。

朝雁鸣云中[2]，音响一何哀！问子游何乡？戢翼正徘徊[3]。言我寒门来[4]，将就衡阳栖[5]。往春翔北土，今冬客南淮。远行蒙霜雪，毛羽日摧颓[6]。常恐伤肌骨，身陨沉黄泥[7]。简珠堕沙石[8]，何能中自谐？欲因云雨会，濯翼陵高梯[9]。良遇不可值，伸眉路何阶[10]？公子敬爱客，乐饮不知疲。和颜既以畅，乃肯顾细微[11]。赠诗见存慰[12]，小子非所宜。为且极欢情，不醉其无归。凡百敬尔位，以副饥渴怀[13]。

【注释】

〔1〕五官中郎将：曹丕于建安十六年（211）任此职，负责统率皇帝的侍卫。　建章台：汉代建章宫内高台名。

〔2〕朝雁：作者自喻。

〔3〕戢（jí）：收敛。

〔4〕寒门：山名。喻北方很冷的地方。

〔5〕衡阳：今湖南衡阳，有雁回峰，传说大雁到此，不再南飞。

〔6〕摧颓：老迈颓唐。

〔7〕陨：落。

〔8〕简：大。

〔9〕陵：上升。

〔10〕伸眉：犹扬眉，得意的样子。

〔11〕细微：身份低微，此诗人自谓。

〔12〕存慰：慰藉。

〔13〕副：符合。　饥渴怀：喻期待贤士的急切心情。

【译文】

清晨大雁在白云下鸣叫，那声音是多么凄厉哀伤。问问它想要飞去哪里，它收起翅膀正徘徊不前。它说从寒冷的北方那里来，将要到衡阳栖息过冬。往年春天都是飞到北方去，今年要作客淮河以南。长途飞行经受了风霜雪雨，身上的羽毛也一天天折断脱落。经常担心这样伤害了肌肤和骨肉，有一天身体坠落在黄土上。就好像美好的珍珠掉进了沙石，自己心里怎么会处之泰然呢？本想借风因雨享受恩泽，洗濯羽毛展翅高飞。若不是此处遇到良好的机会，扬眉吐气的路还在何方。公子最敬重爱惜有才华的人，和我们欢乐宴饮不知疲倦。待人和气谦逊豁达，也能细心看顾我这身份低微的人。赠我诗作显示慰问，本非我所应该享受。为了极尽这欢乐的气氛，不喝醉谁就不归去。我们都会敬重职位职守，以报答您饥渴求贤之心。

皇太子宴玄圃宣猷堂有令赋诗　陆士衡（陆机）

【题解】

诗人极力对当朝的晋惠帝进行歌功颂德，赞美皇太子，表达对晋朝的忠心和感激之情。

三正迭绍[1]，洪圣启运[2]。自昔哲王，先天而顺。群辟崇替[3]，降及近古。黄晖既渝[4]，素灵承祜[5]。乃眷斯顾，祚之宅土。三后始基[6]，世武丕承[7]。协风傍骇[8]，天晷仰澄[9]。淳曜六合[10]，皇庆攸兴[11]。自彼河汾，奄齐七政[12]。时文惟晋[13]，世笃其圣。钦翼昊天[14]，对扬成命。九区克咸[15]，宴歌以咏。皇上纂隆[16]，经教弘道[17]。于化既丰，在工载考。俯厘庶绩[18]，仰荒大造。仪刑祖宗[19]，妥绥天保[20]。笃生我后，克明克秀[21]。体辉重光，承规景数[22]。茂德渊冲[23]，天姿玉裕[24]。蕞尔小臣[25]，邈彼荒遐。弛厥负檐[26]，振缨承华[27]。匪愿伊始，惟命之嘉。

【注释】

〔1〕三正：夏正建寅，殷正建丑，周正建子，合称三正。

〔2〕洪圣：指天。

〔3〕群辟（bì）：四方诸侯。

〔4〕黄晖：指三国魏之国祚。魏以土德王，土色黄。

〔5〕素灵：晋朝人对本朝的称呼。晋以金德王，金属西方，其色白，故称。

〔6〕三后：指晋之宣帝、景帝、文帝。

〔7〕丕承：指帝王承天受命。

〔8〕协风：温和的风。

〔9〕天晷（guǐ）：太阳。

〔10〕淳曜（yào）：光耀。　六合：天地四方。

〔11〕皇庆：皇家的庆典。

〔12〕七政：指天、地、人和四时。

〔13〕时文：当代的文明。指礼乐制度等。

〔14〕钦翼：恭敬谨慎。

〔15〕九区：九州。

〔16〕纂（zuǎn）隆：继承大业。

〔17〕弘道：弘扬大道，弘扬正道。

〔18〕庶绩：各种事业。

〔19〕仪刑：效法。

〔20〕妥绥：安定。

〔21〕克明克秀：任用贤能之士。

〔22〕景数：天运。

〔23〕渊冲：渊深冲淡。

〔24〕玉裕：美玉似的姿容。

〔25〕蕞尔（zuì ěr）：形容小。

〔26〕负檐：对自己所担负的工作的谦称。

〔27〕振缨：弹冠。谓出仕。　承华：太子宫门名。

【译文】

夏、殷、周三代互相更替，王朝的更替自然有其天意。古来诸多圣贤的君王，行事听从上天的旨意。历代都有兴废更替，从古到今一直这样。曹魏气数已经到了尽头，大晋王朝就顺势得以建立。上天眷顾关照，赐福建都在这块宝地。宣、景、文帝奠定起初的基业，武帝继承前朝继续开拓疆域。和风徐徐吹四方，长空悠悠晴万里。光辉普照着天地四方，宏伟的善德由此兴起。河汾两岸奠定了帝业，很快完成天下统一。文明教化要属大晋王朝最好，世世代代都是英明有为。恭敬谨慎地对待上天，报答弘扬天帝赐予的命令。九州大地一片和谐，宴饮讴歌我王美德美政。当今皇帝继承祖先基业，经纬教化弘扬圣道。教化硕果累累，文武百官各有功名。对下治理朝廷政务，对上顺应天意而行。效法祖宗遵循皇家传统，上天赐予王位安宁。使我主皇太子降世为王，能够任用贤明之士。体现光辉重振光彩，秉承规矩顺应天道。茂盛的美德如渊深冲淡，天生的姿质似玉华美。我本区区一小臣，来自荒僻偏远的地方。不敢废弛了自己的职责，在承华门里尽心任职。非敢存有荣宠之念，惟有君王之命嘉美。

大将军宴会被命作诗　陆士龙（陆云）

【题解】

陆云（262—303），字士龙，吴郡吴县华亭（今上海松江）人，与其兄陆机合称“二陆”，曾任清河内史，故世称“陆清河”。《晋书》有传。诗作歌颂成都王颖平定赵王伦之乱、迎接惠帝返京的功劳，表达诗人对晋朝的忠心和对成都王颖的崇敬。

皇皇帝祜[1]，诞隆骏命[2]。四祖正家[3]，天禄保定。睿哲惟晋，世有明圣。如彼日月，万景攸正。巍巍明圣，道隆自天。则明分爽，观象洞玄。陵风协纪，绝辉照渊。肃雍往播，福禄来臻[4]。在昔奸臣，称乱紫微[5]。神风潜骇，有赫兹威。灵旗树旆，如电斯挥。致天之届，于河之沂。有命再集，皇舆凯归。颓纲既振[6]，品物咸秩[7]。神道见素，遗华反质[8]。辰晷重光[9]，协风应律。函夏无尘[10]，海外有谧。芒芒宇宙，天地交泰。王在华堂，式宴嘉会。玄晖峻朗，翠云崇霭。冕弁振缨[11]，服藻垂带。祁祁臣僚，有来雍雍。薄言载考[12]，承颜下风[13]。俯觌嘉客[14]，仰瞻玉容。施己唯约，于礼斯丰。天锡难老，如岳之崇。

【注释】

〔1〕皇皇：美盛庄肃的样子。　帝祜：天帝所赐的福。

〔2〕骏命：指上天或帝王的命令。

〔3〕正家：使家庭关系正常有序。

〔4〕臻（zhēn）：至。

〔5〕紫微：即紫微垣。星官名，三垣之一。

〔6〕颓纲：衰败的纲纪。

〔7〕咸秩：万物皆依次序行事。

〔8〕反质：舍弃浮华而返归质朴。

〔9〕辰晷（guǐ）：日月星之光。　重光：比喻累世辉光相承。

〔10〕函夏：指全国。

〔11〕冕弁（biàn）：冕和弁。均为古代帝王、诸侯、卿、大夫所戴的礼帽。

〔12〕薄言：谦词。浅薄的话。

〔13〕承颜：顺承尊长的颜色。指侍奉尊长。

〔14〕觌（dí）：看。

【译文】

上天所赐的福气庄严隆盛，上天所下达的命令浩大隆重。四位先祖帝王端正家道，上天赐福降禄，永保安定。睿智明哲的大晋，世代都有贤明的圣主。仁德好比那日和月，万物都得以规正。伟大崇高的贤明圣上，从上天承受而来的隆盛道德。准则严明，职分清楚；观测天象，通达妙玄。风教高升协合北辰，光辉闪耀照彻深渊。和谐的风气传播四方，多样的福禄来到国中。以前曾经有奸臣贼子，叛逆作乱入宫篡位。神兵暗起，赫赫有威严；灵旗林立，如闪电挥舞。意愿终于达到上天，渡河惩治了叛军。若有上天的命令就再次聚集，皇帝御驾凯旋重新返回京城。既然已经重新整顿了先前败坏的纲纪，天地万物也都遵循着自己的秩序。天道显示出自然朴素，遗弃了奢华，返朴归真。北极星辰重新放出光芒，和风吹送应和着律吕的响起。华夏大地毫无半点尘埃，四海之外全是宁静安详。茫茫无际的宇宙，天与地相互交汇，和乐安定。大王端坐在华丽的厅堂正中，用美好的宴会礼待嘉宾。太阳明洁高朗，轻云飘浮，雾霭高高蒸腾。戴好那威严端庄的冠冕，穿上那文采灿烂玉带飘飘的礼服。臣僚人才众多，来这儿聚会其乐融融。言语浅陋，写下了这首诗篇；地位卑下，得到了君王赏脸。往下看看四周的嘉宾，都在仰望君王您美好的容颜。对待自身，只有简约严谨；今天这个礼仪，相当隆重。上天赐福气，永世不老，好比山岳高耸。

晋武帝华林园集诗　应吉甫（应贞）

【题解】

应贞（？—269），字吉甫，汝南人，应璩之子。《晋书》有传。此诗叙写诗人对晋纳魏禅让的态度和看法，表达自己对晋武帝的拥戴和忠诚之心。

悠悠太上，民之厥初。皇极肇建〔1〕，彝伦攸敷〔2〕。五德更运〔3〕，膺箓受符〔4〕。陶唐既谢〔5〕，天历在虞〔6〕。于时上帝，乃顾惟眷。光我晋祚，应期纳禅。位以龙飞〔7〕，文以虎变〔8〕。玄泽滂流〔9〕，仁风潜扇。区内宅心，方隅回面。天垂其象，地曜其文。凤鸣朝阳，龙翔景云。嘉禾重颖[10]，蓂荚载芬[11]。率土咸序[12]，人胥悦欣。恢恢皇度，穆穆圣容。言思其顺，貌思其恭。在视斯明，在听斯聪。登庸以德[13]，明试以功。其恭惟何？昧旦丕显[14]。无理不经，无义不践。行舍其华，言去其辩。游心至虚，同规易简。六府孔修[15]，九有斯靖[16]。泽靡不被，化罔不加。声教南暨[17]，西渐流沙[18]。幽人肆险，远国忘遐。越裳重译[19]，充我皇家。峨峨列辟[20]，赫赫虎臣[21]。内和五品[22]，外威四宾。修时贡职[23]，入觐天人[24]。备言锡命[25]，羽盖朱轮。贻宴好会，不常厥数。神心所受，不言而喻。于时肄射，弓矢斯御。发彼五的，有酒斯饫。文武之道，厥猷未坠。在昔先王，射御兹器。示武惧荒，过亦为失。凡厥群后，无懈于位。

【注释】

〔1〕皇极：帝王统治天下的准则。　肇建：创建。

〔2〕彝伦：常理，常道。

〔3〕五德：金、木、水、火、土五德，历代王朝各代表一德，按照五行相克或相生的顺序，交互更替，周而复始。

〔4〕受符：帝王承受符命。

〔5〕陶唐：古帝名。即唐尧。

〔6〕天历：天命。

〔7〕龙飞：《易·乾》："飞龙在天，利见大人。"指帝王的兴起或即位。

〔8〕虎变：虎皮的花纹斑斓多彩。比喻因时制宜，革新创制，斐然可观。

〔9〕玄泽：圣恩。

〔10〕嘉禾：生长奇异的禾，古人以之为吉祥的征兆。　重颖：指一禾上生两个或更多的穗头。

〔11〕蓂（míng）荚：古代传说中的瑞草。

〔12〕率土："率土之滨"之省称。指境域之内。

〔13〕登庸：选拔任用。

〔14〕昧旦：天将明未明之时。　丕显：英明。

〔15〕六府：古以水、火、金、木、土、谷为"六府"。　孔修：治理得很好。

〔16〕九有：九州。

〔17〕声教：声威教化。

〔18〕流沙：沙漠。

〔19〕越裳：古南海国名。　重译：辗转翻译。

〔20〕列辟（bì）：指诸侯，历代君主。

〔21〕虎臣：比喻勇武之臣。

〔22〕五品：五常。指旧时的五种伦常道德。

〔23〕贡职：贡赋。

〔24〕入觐（jìn）：诸侯于秋季入朝进见天子。

〔25〕锡命：赐予的诏命。

【译文】

在久远的太古世代，人类历史的最初时期。大中至圣之道开始生成，永恒的道理布满天下。五德更替相生相克，承受天命的成为了帝王。唐尧谦逊地让出帝位之后，上天的历数就由虞舜来接替。那时上天的意愿是眷念大晋。发扬光大我大晋的福气，顺应时运接受魏的禅让。我皇即位之后，创制立法光彩焕然。君王的浩荡恩泽四处涌流，仁爱之风默默播扬。国内人心所向，境外归顺来降。上天显示吉祥的征兆，大地发出绚烂的文采。凤凰迎着朝阳鸣叫，飞龙在祥云里悠游翱翔。禾稻茁壮一枝多穗，原野长出祥瑞之草。四海之内官位等次分明，人民生活愉悦欢欣。天子气度阔大恢宏，天子容颜端庄肃穆。说话必定顺应常理，神情必定端庄恭敬。视察万事就明白在心，兼听众言就心中有数。以品德登上皇帝的位置，以功劳来测试和证明自己的能力。恭谨勤勉治理国事，不等天明就早起了。大道之理没有不端正的，仁德之义没有不实行的。治事舍去浮华，言辞舍弃巧丽。留心朴素极致的境地，同一规范换成简单可行的。金木水火土谷等方面注重大力修治，九州之内全部得到安宁。天子的恩泽无所不及，天下万物全都得到了教化孕育。南国实行声威教化，一直到西部沙漠边远之地。隐士放弃险山幽谷，远国不辞万里来朝觐见。越裳之人通过辗转翻译，前来进贡，充实了我朝府库。个个诸侯端庄威严，个个勇士高大威猛。对内使五等诸侯和谐相处，对外向四方国家耀武扬威。内外都按时尽职进贡，入朝拜见天子。说的全是上天赐福之类的话语，赐予的车辆都是用美丽的羽毛装饰车盖，车轮也涂上了红色的漆。美好的宴席，美好的相会，不拘常礼。所领受的都是上天的心意，不用说出来就能明白于心。于是举行讲武习射，拉弓射箭。诸侯有五箭都中靶心的，赐予美酒佳肴供其饱足。文王、武王的"道"，至今仍在继承，没有失落。古代先王以射为礼，用弓箭弘扬武德。展示武力，以此警戒荒废，用得过分了也是一种过失。所有诸侯都不能有丝毫懈怠，在自己的职位上恪尽职守。

九日从宋公戏马台集送孔令诗　谢宣远（谢瞻）

【题解】

谢瞻（385—421），字宣远，一字远通，陈郡阳夏人，谢灵运的堂兄。善于文章，辞采之美，与族叔谢混、族弟谢灵运相当。《宋书》有传。此诗描写诗人和众人一起送孔令辞归的场景，表达诗人的愉悦心情。

风至授寒服，霜降休百工[1]。繁林收阳彩，密苑解华丛。巢幕无留燕[2]，遵渚有来鸿[3]。轻霞冠秋日，迅商薄清穹[4]。圣心眷嘉节，扬銮戾行宫。四筵沾芳醴[5]，中堂起丝桐[6]。扶光迫西汜[7]，欢馀宴有穷。逝矣将归客，养素克有终[8]。临流怨莫从，欢心叹飞蓬[9]。

【注释】

〔1〕百工：各种工匠。

〔2〕巢幕：筑巢于帷幕之上。

〔3〕渚（zhǔ）：水中小洲。

〔4〕迅商：迅疾的西风。商，商风，即西风。

〔5〕四筵：四座。 醴（lǐ）：香甜的美酒。

〔6〕丝桐：古人削桐为琴，练丝为弦，故称。

〔7〕扶光：扶桑之光。指日光。 西汜（sì）：太阳落下的地方。

〔8〕养素：修养并保持其本性。

〔9〕飞蓬：枯后根断遇风飞旋的蓬草。此处比喻行踪飘泊不定。

【译文】

秋风吹起准备制作寒衣，严霜降下工匠开始休息。树林茂密，阳气收敛；花圃花草繁多，也开始凋零。帐幕上筑巢的燕子已飞走，沿着水中的沙洲，有成排的鸿雁在那儿飞来飞去。淡淡的晚霞遮映秋日的夕阳，迅疾的西风迫近那明净的苍穹。圣上心里眷恋着重阳佳节，乘着皇宫銮铃车来到行宫。四周宴席上美酒散发着香气，堂中响起了和谐优美的琴声。夕阳西下，宴会结束，宾客要回家去了，修养并保持本性来度过一生。临近水边心有念乡之怨，欢宴之余感慨自己一生像随风飞扬的蓬草远行。

乐游应诏诗 范蔚宗（范晔）

【题解】

范晔（398—445），字蔚宗，顺阳（今河南淅川）人，官至左卫将军，太子詹事。其著作《后汉书》与《史记》《汉书》《三国志》并称“前四史”。《宋书》《南史》有传。此诗描写游乐游苑的场景和情趣，感慨人生好景不长。

崇盛归朝阙[1]，虚寂在川岑。山梁协孔性[2]，黄屋非尧心[3]。轩驾时未肃，文囿降照临[4]。流云起行盖，晨风引銮音[5]。原薄信平蔚[6]，台涧备曾深。兰池清夏气，修帐含秋阴。遵渚攀蒙密[7]，随山上岖嵚[8]。睇目有极览[9]，游情无近寻。闻道虽已积，年力互颓侵[10]。探已谢丹黻[11]，感事怀长林[12]。

【注释】

〔1〕崇盛：尊荣显贵。

〔2〕山梁：雌雉的代称。《论语》："子曰：山梁雌雉，时哉时哉！"

〔3〕黄屋：古代帝王专用的黄缯车盖。

〔4〕文囿（yòu）：文章园地。此指文学之士。

〔5〕銮音：銮铃声。

〔6〕平蔚：平展繁盛。

〔7〕蒙密：茂密的草木。

〔8〕岖嵚（qū qīn）：形容山势峻险。

〔9〕睇（dì）目：放眼看去。

〔10〕颓侵：逐渐衰退。

〔11〕丹黻（fú）：赤色的蔽膝。古时诸侯之服。

〔12〕长林：高大的树林。此处指隐逸者的居处。

【译文】

崇高显贵的人心里思慕朝廷，虚己寂静的人志在山林。雌雉自然协合孔子的性情，乘坐王车并非唐尧本心。君王的车驾经常不戒备，经常来文苑赏玩乐游。云彩飘动下车辆快速前行，晨风传来了銮铃的声音。平原上草木郁郁葱葱，亭台旁的潭水幽静深远。兰池观散发出清凉夏天的气息，长长帷帐遮掩着好像秋天的树阴。沿着沙洲走进那茂密的树林，沿着小路登上那巍峨的山巅。放眼望去风光无限美好，这种游览情趣是无法从近处得到的。闻听圣道虽然已经有好多年了，如今年老心力衰败。探寻我自己的内心是要脱去朝服，有感于这些世事想归隐去山林。

九日从宋公戏马台集送孔令诗　谢灵运

【题解】

诗歌描写秋日里宴集送孔令，颂赞孔令辞归，表达诗人自愧不如之心。

季秋边朔苦，旅雁违霜雪[1]。凄凄阳卉腓[2]，皎皎寒潭洁。良辰感圣心，云旗兴暮节[3]。鸣葭戾朱宫[4]，兰卮献时哲。饯宴光有孚，和乐隆所缺。在宥天下理，吹万群方悦。归客遂海嵎，脱冠谢朝列。弭棹薄枉渚[5]，指景待乐阕[6]。河流有急澜，浮骖无缓辙[7]。岂伊川途念，宿心愧将别。彼美丘园道，喟焉伤薄劣[8]。

【注释】

〔1〕违：避。

〔2〕阳卉：生长在向阳坡面上的草木。　腓（féi）：草木枯萎。

〔3〕暮节：指重阳节。

〔4〕葭（jiā）：笳。

〔5〕弭棹（mí zhào）：停泊船只。　枉渚：弯曲之渚。

〔6〕指景：指太阳。

〔7〕浮骖（cān）：指奔走的骏马。

〔8〕薄劣：谦辞。低劣，拙劣。

【译文】

深秋的边境非常寒冷，大雁南飞避开霜雪。草木凄凄枯黄，潭水皎皎更加明澈。美好时节感应圣上的心，重阳之节云样彩旗迎风飘扬。朱红色的宫殿里响起了动听的音乐，兰木酒杯来敬明哲的人。宴饮敬酒发扬诚信，和气欢乐的场景以前从来没有。治国之道在于宽仁，顺从自然百姓就生活愉快。孔令归乡去往会稽山阴，脱冠辞别诸位同僚。船停靠在弯曲的水岸，欣赏着夕阳等待乐曲的终止。离别的船沿水路急速前行，送行的人沿陆路策马回家。我并非感念水陆有别，而是在送别归隐者之时心有所愧。赞羡孔令在丘园修道，伤叹自己道德微薄才质低劣。

应诏宴曲水作诗　颜延年（颜延之）

【题解】

诗作歌颂宋文帝施行的仁义之道，表达诗人对当时社会由乱而治的欣慰之情。

道隐未形，治彰既乱。帝迹悬衡[1]，皇流共贯[2]。惟王创物，永锡洪算[3]。仁固开周，义高登汉。祚融世哲，业光列圣。太上正位，天临海镜[4]。制以化裁，树之形性。惠浸萌生，信及翔泳[5]。崇虚非征，积实莫尚。岂伊人和，实灵所贶。日完其朔，月不掩望。航琛越水，辇赆逾障。帝体丽明[6]，仪辰作贰。君彼东朝[7]，金昭玉粹[8]。德有润身，礼不愆器。柔中渊映，芳猷兰秘[9]。昔在文昭，今惟武穆。于赫王宰，方旦居叔。有睟睿蕃[10]，爰履奠牧[11]。宁极和钧[12]，屏京维服。朏魄双交[13]，月气参变。开荣洒泽，舒虹烁电。化际无间，皇情爰眷。伊思镐饮[14]，每惟洛宴。郊饯有坛，君举有礼。幙帷兰甸，画流高陛。分庭荐乐，析波浮醴。豫同夏谚，事兼出济。仰阅丰施，降惟微物。三妨储隶[15]，五尘朝黻[16]。途泰命屯，恩充报屈。有悔可悛[17]，滞瑕难拂。

【注释】

〔1〕帝迹：帝王的功业。 悬衡：公布。

〔2〕皇流：指三皇的政治、教化。 共贯：贯通。

〔3〕洪算：年岁长久，长寿。

〔4〕海镜：指明亮如镜的海或海面。

〔5〕翔泳：指代飞鸟游鱼。

〔6〕丽明：指附丽于人之明德。

〔7〕东朝：即东宫，太子所居。

〔8〕金昭玉粹：如金玉之美。

〔9〕芳猷：美德。

〔10〕睿（ruì）蕃：皇室的屏藩。

〔11〕奠牧：指诸侯蕃国。

〔12〕宁极：宁静至极之性。 和钧：使计量标准准确划一。

〔13〕朏（fěi）魄：新月的月光。亦用为农历每月初三日的代称。

〔14〕伊思：思念。 镐（hào）饮：形容天下太平，君臣同乐。

〔15〕三妨：三次当任。 储隶：太子的属官。

〔16〕五尘：此指五次或五度。 朝黻：借指朝官。

〔17〕悛（quān）：悔改。

【译文】

大道暂时隐藏还没体现出来，太平盛世出现在乱世平叛之后。五帝的功勋显现在当今，三皇的遗风贯彻到如今。先帝承受天命创造天地万物，上天赐福年岁长久。德政超过周武王，仁义胜过汉高祖。福禄来自历世明君，功业领先前代圣主，英贤在上继承正位，上天照临犹如以海为镜。法制按风俗而定，体性依宽和而立。恩惠滋润草木萌生，忠信遍及鱼禽。崇尚虚假并非是好征兆，没有比积累诚实更高大了。难道仅仅是人心所拥戴，实际上是上天所赐的福气。红日一直完满，明月从不亏蚀。航船装满珍宝经水路而来，马车满载贡品翻山而至。太子本身依附其父亲的贤明德政，好比众星配北辰。太子亲自来到东宫，金玉灿烂色彩清纯。仁德滋润他的身心，礼乐陶冶他的性情。心里柔和似渊水荡漾，道德高尚如兰草芳芬。往日是文德昭著，如今是武功肃穆。才德兼善的好宰辅，正如身处叔辈的贤明周公。对各诸侯王有恩泽，推行诸侯蕃国制度。度量衡一致以使国家安宁，戍卫京城而维持五服体制。新月渐渐发出光明，每个月的节气变化不定。春花开放，春雨纷纷；彩虹舒展，雷鸣电闪。教化普及并无遗漏之处，天子的心眷顾天下百姓。联想周王当年在镐京设宴，君臣一同畅饮，又想到周公在洛邑大摆宴席宴请群臣。郊野设置祭坛举行祖饯，君王的举措有礼有节。在郊外兰草地上张设帷幕，分引流水绕着高高的台阶而去。庭中两厢演奏着宫廷的雅乐，跃动的水波漂浮着酒杯。君臣宴游就像夏朝的谚语所说的那样，如同古人在济水滨嬉戏游玩。从上承受天子的恩情丰厚施与，降临在我这卑微的人身上。三任太子东宫的下官，五次升任朝中的大臣。前途通达却命运艰难，皇恩充足而我的报答却是很少。事有过错还可以悔改，积滞下来的污秽却是很难清除。

皇太子释奠会作诗　*颜延年（颜延之）*

【题解】

诗作通过对皇太子劭释奠于国学及盛况的描写，反映了当时社会儒教的兴盛。

国尚师位，家崇儒门。禀道毓德[1]，讲艺立言。浚明爽曙[2]，达义兹昏。永瞻先觉，顾惟后昆[3]。大人长物，继天接圣。时屯必亨[4]，运蒙则正。偃闭武术[5]，阐扬文令。庶士倾风，万流仰镜[6]。虞庠饰馆[7]，睿图炳晬[8]。怀仁憬集[9]，抱智麇至[10]。踵门陈书，蹑屩献器[11]。澡身玄渊，宅心道秘[12]。伊昔周储，聿光往记。思皇世哲，体元作嗣[13]。资此夙知，降从经志。逷彼前文，规周矩值。正殿虚筵，司分简日[14]。尚席函杖[15]，丞疑奉帙。侍言称辞，惇史秉笔[16]。妙识几音[17]，王载有述[18]。肆议芳讯[19]，大教克明[20]。敬躬祀典，告奠圣灵。礼属观盥，乐荐歌笙。昭事是肃[21]，俎实非馨[22]。献终袭吉[23]，即宫广宴。堂设象筵[24]，庭宿金悬[25]。台保兼徽，皇戚比彦。肴干酒澄，端服整弁。六官眂命[26]，九宾相仪[27]。缨笏匝序[28]，巾卷充街[29]。都庄云动[30]，野馗风驰[31]。伦周伍汉，超哉邈猗。清晖在天，容光必照。物性其情，理宣其奥。妄先国胄，侧闻邦教[32]。徒愧微冥[33]，终谢智效[34]。

【注释】

〔1〕毓（yù）德：修养德性。

〔2〕浚（jùn）明：治理清明。　爽曙：明晓。

〔3〕后昆：后嗣。

〔4〕时屯：时世艰难。

〔5〕偃（yǎn）闭武术：停止武力。

〔6〕万流：万民。

〔7〕虞庠：周学校名。

〔8〕睿（ruì）图：天子的谋划。　炳晬（suì）：鲜明润泽。

〔9〕憬（jǐng）集：远道来集。

〔10〕麇（jūn）至：群集而来。

〔11〕蹑屩（niè juē）：穿草鞋行走。

〔12〕道秘：道的深奥精微之处。

〔13〕体元：以天地之元气为本。

〔14〕司分：指历法官。
〔15〕尚席：古代官名，掌管宴席。　函杖：讲学的坐席。
〔16〕惇（dūn）史：有德行之人的言行记录。
〔17〕几音：精深隐微之言。
〔18〕王载：谓帝王法则。
〔19〕肆议：进言献策，提出意见。　芳讯：嘉言。
〔20〕大教：重要的教导和训戒。　克明：任用贤能之士。
〔21〕昭事：指祭祀。
〔22〕俎（zǔ）实：俎上所盛祭献的食品。
〔23〕袭吉：重得吉兆。
〔24〕象筵：象牙制的席子。形容豪华的筵席。
〔25〕金悬：金鼓之乐。
〔26〕六官：周六卿之官。　眂（shì）：处理，治理。
〔27〕相仪：司仪。
〔28〕缨笏（hù）：冠带和手板。
〔29〕巾卷：头巾和书卷，古代太学生所用。
〔30〕都庄：都城的大道。
〔31〕野馗（kuí）：野外四通八达的路。
〔32〕邦教：国家的教化。
〔33〕微冥：微贱而愚暗。
〔34〕智效：以智能效力。

【译文】

国家都尊重教师地位，家家崇尚儒家学问。传授大道培养善德，讲习经传创立学说。政治清明，通晓事理；明白大义，去除蒙昧。永远仰慕先圣先师，时时顾念后代英贤出现。大人能够孕育万物茁壮生长，继承天命接续圣明君主。世道艰难也能做到事事亨通，世运蒙昧也可以人人端正。不用武力权术，发扬文化风教。众多士人都追随这种风尚，万千平民都会对此如太阳般景仰。国立太学，修饰馆舍，孔圣画像光彩有神。仁义之士从远方慕名而来，才智之人成群结队而至。前来馆门奉上经书宝典，徒步而来献出礼乐钟鼎。用玄妙之理来修养身心，将精微之道藏于心中。上古时期的周文王初为国储时，孝敬事亲记于前史得以传扬。想到今日我们美善的皇太子，身为长子将继承帝位。凭借先辈们早已知晓的儒道，遵从师训学习经传立下志向。前世经文时代距今虽是久远，在当今也是很好的规范。正殿虚位以招纳贤者的到来，历法官选择良辰吉日。儒师座席间隔有一杖之长，咨询官进献书卷册帙。传达官口述太子言辞，书记官记录善行德政。妙于识辨精微的话音，善于记载王侯的行事。陈述议论那芳美的道术，大力倡导教化能辨明事理。亲自恭敬举行祭祀盛典，虔诚告慰神圣的先君。礼仪盥祭当是最为隆重，乐礼献歌应当首推雅乐。奉祀神灵要肃敬，礼器祭品实在不香。祭奠完毕就可以承受吉祥，重返宫中大摆宴席。堂中设置珍贵的象牙席座，庭上整夜奏响金钟鼓乐。三公太保个个称美善，皇亲国戚人人是才俊。肉脯甘甜酒水清香，礼服整齐礼帽端庄。六位官长都遵照王命各尽其职，九位公卿都依照法度协助举行仪典。高官显宦排满国子学，青年学子充塞街巷间。京都大道人群多如天上的云朵，郊野长路观众多似大风刮过。可比肩周文王也可比肩汉武帝，盛况空前，超过先前任何一个时候。有如朝阳在天闪耀着清亮的光辉，只要容纳得下阳光的必定照亮。万物任随其自然之性情，义理阐扬它的精深奥秘之处。想比帝子早听到教训，也想旁听国家的教化。只是惭愧自己卑微愚昧，终究是遗憾，只能尽自己才智为国效力了。

侍宴乐游苑送张徐州应诏诗　丘希范（丘迟）

【题解】

丘迟（464—508），字希范，吴兴乌程（今浙江湖州）人。八岁能文，初仕南齐，官至殿中郎、车骑录事参军。后仕梁，为萧衍所重。《梁书》《南史》均有传。此诗描写陪侍宴会于乐游苑的场景，表达诗人对君王的感恩戴德。

诘旦阊阖开[1]，驰道闻风吹。轻荑承玉辇[2]，细草藉龙骑。风迟山尚响，雨息云犹积。巢空初鸟飞，荇乱新鱼戏。实惟北门重，匪亲孰为寄？参差别念举，肃穆恩波被[3]。小臣信多幸[4]，投生岂酬义[5]！

【注释】

〔1〕诘（jié）旦：逼近天晓。　阊阖（chāng hé）：指宫门或京都城门。

〔2〕轻荑（tí）：刚刚生长的小草。

〔3〕恩波：帝王的恩泽。

〔4〕多幸：侥幸。

〔5〕酬义：报答情义。

【译文】

一大清早宫门敞开，箫管乐随风从大道传来。宫里的车驾轻快地从青草地上飞驰而过，皇家的骑兵也疾速地从细草地上掠过。风慢慢地吹着，山峦还回响着乐音；雨渐渐地停了，云朵还堆积于空中。初学的鸟儿尝试着飞出了巢穴，鱼儿在水中参差的荇菜中嬉戏。只是京城北门是要塞重地，非亲非故谁敢托付给您呢？离别时的心绪矛盾复杂，能够承受这份恩泽是多么庄严肃穆啊。小臣我实在是荣幸至极，舍弃生命也难报答这份恩情。

应诏乐游苑饯吕僧珍诗[1]　沈休文（沈约）

【题解】

沈约（441—513），字休文，吴兴武康（今浙江德清）人。仕宋齐梁三朝，梁时封建昌县侯，官至尚书左仆射，后迁尚书令，领太子少傅。《宋书》《梁书》《南史》均有传。此诗描写吕僧珍率兵讨伐魏的正义与声威。

丹浦非乐战[2]，负重切君临。我皇秉至德，忘己用尧心。愍兹区宇内，鱼鸟失飞沉。推毂二崤岨[3]，扬旆九河阴[4]。超乘尽三属[5]，选士皆百金。戎车出细柳，饯席樽上林。命师诛后服[6]，授律缓前禽[7]。函轘方解带[8]，尧武稍披襟[9]。伐罪芒山曲[10]，吊民伊水浔[11]。将陪告成礼，待此未抽簪[12]。

【注释】

〔1〕吕僧珍：字元瑜，为左卫将军，天监四年（505）冬，大举北伐。

〔2〕丹浦：丹水之滨。尧与有苗战于丹水之浦。

〔3〕推毂（gǔ）：推车前进，古代帝王任命将帅时的隆重礼遇。　二崤（xiáo）：崤山所分的东崤、西崤。

〔4〕扬旆（pèi）：旌旗飘扬。　九河：禹时黄河的九条支流。

〔5〕超乘：跳跃上车。　三属：指古代战士上身、髀部、胫部的铠甲相连以掩蔽全身。

〔6〕后服：指后服从的人。

〔7〕前禽：在前面逃逸的禽兽。古时以不逐前禽喻统治者的怀柔政策。

〔8〕函轘（huán）：函谷关与轘辕关的并称。

〔9〕尧武：尧阙武关。

〔10〕伐罪：讨伐有罪者。

〔11〕吊民：抚慰百姓。

〔12〕抽簪（zān）：弃官隐退。

【译文】

尧丹水之战并非是因为好战，而是因为肩负重任并存有君王的思虑。我皇秉承至大仁德，忘却自己而体现尧帝的用心。悲悯天下失其所，水中不见鱼，天空不见鸟。将帅齐心推着战车越过崤山，军旗飘扬横渡九河讨伐敌军。跳上战车的士卒全副武装，选拔精良，身价不凡。戎车浩浩荡荡发兵细柳营，告别的酒席设在上林苑。下令全师歼灭不投降的敌兵，依礼宽待前来投诚的军队。函谷关和轘辕关的敌人前来归降，离开尧阙武关也前来归顺。讨伐罪魁于芒山山曲，亲临伊水边来慰问民众。愿意陪同吾皇举行告天祭礼，暂且不提解簪归田的退隐心思。

祖饯

送应氏诗二首　曹子建（曹植）

【题解】

第一首描写洛阳破败荒凉的景象，反映军阀混战给社会带来破坏，给人民带来灾难。第二首描写送别应氏的情景，表达诗人对好友的依依不舍之情。

步登北邙阪〔1〕，遥望洛阳山。洛阳何寂寞，宫室尽烧焚〔2〕。垣墙皆顿擗〔3〕，荆棘上参天。不见旧耆老〔4〕，但睹新少年。侧足无行径，荒畴不复田。游子久不归，不识陌与阡。中野何萧条，千里无人烟。念我平常居，气结不能言。

【注释】

〔1〕北邙（máng）：山名，在洛阳东北。

〔2〕“宫室”句：初平元年（公元 190 年），董卓挟汉献帝迁都长安，把洛阳的宗庙宫室全部焚毁。

〔3〕顿：塌坏。　擗（pǐ）：分裂。

〔4〕耆（qí）：古称六十岁以上的老人为“耆”。

【译文】

徒步登上北邙山，再远望洛阳四围的山峰。洛阳城是多么荒凉冷落，宫室宗庙全都被焚烧毁坏了。满眼都是断裂的城墙，四处丛生的荆棘高耸入天。不见往日有名望的老者，只能见到少年的新面孔。下脚都很难找到一条路可走，荒芜的田地再也没人去耕种。游子长久漂泊在外多年没回来，也都认不出旧时路了！郊外原野是多么萧条，方圆千里居然没见到一个人。想起往日居住的故乡，伤心郁结说不出话来。

清时难屡得〔1〕，嘉会不可常。天地无终极，人命若朝霜。愿得展嬿婉〔2〕，我友之朔方〔3〕。亲昵并集送〔4〕，置酒此河阳〔5〕。中馈岂独薄，宾饮不尽觞。爱至望苦深，岂不愧中肠！山川阻且远，别促会日长。愿为比翼鸟，施翮起高翔〔6〕。

【注释】

〔1〕清时：太平之时。

〔2〕嬿婉（yàn wǎn）：欢乐。

〔3〕我友：指应氏。　朔方：北方，指邺之冀州。

〔4〕亲昵（nì）：朋友。

〔5〕河阳：孟津渡，在河南孟县。

〔6〕施翮（hé）：展翅。

【译文】

太平的盛世很难经常遇到，欢乐的聚会也不会常有。天地悠悠没有最终的极限，人生寿命短得如早晨的薄霜一样。我们能有机会展现美好愿望，在朋友去往朔方之时。亲友相聚欢送友人，孟津渡设宴饯别送行。难道酒宴酒菜太淡薄了？宾客未能畅饮尽欢。爱到深处离苦更深，怎能不令人心中羞愧。此去山川阻隔道路遥远，离别匆匆再会面的时间却要等太长。但愿我们能化成一对比翼鸟，展开翅膀与你高高飞翔。

征西官属送于陟阳候作诗[1] 孙子荆（孙楚）

【题解】

孙楚（221—293），字子荆。太原中都（今山西平遥）人，史称其“才藻卓绝，爽迈不群”，多所陵傲，故缺乡曲之誉。《晋书》有传。诗人描写在送别官属时对人生和当下处境的深切感慨。

晨风飘歧路，零雨被秋草。倾城远追送，饯我千里道。三命皆有极[2]，咄嗟安可保[3]？莫大于殇子，彭聃犹为夭[4]。吉凶如纠纆[5]，忧喜相纷绕。天地为我炉，万物一何小？达人垂大观，诫此苦不早。乖离即长衢[6]，惆怅盈怀抱。孰能察其心？鉴之以苍昊[7]。齐契在今朝，守之与偕老。

【注释】

〔1〕陟（zhì）阳：亭名。 候：亭。

〔2〕三命：人的寿命为三等。《养生经》载黄帝曰：“上寿百二十，中寿百年，下寿八十。”

〔3〕咄嗟（duō jiē）：呼吸之霎时。

〔4〕彭聃（dān）：长寿者彭祖与老聃的并称。

〔5〕纠纆（mò）：绳索。

〔6〕乖离：抵触。 长衢（qú）：大道。

〔7〕苍昊（hào）：苍天。

【译文】

早晨的岔路口冷风吹起，细雨洒落在枯黄的秋草上。全城人都出城来送别远行的人，在千里道旁为我设宴送行。人的寿命长短都是有极限的，短如一瞬我们又怎能保守永生呢？年少而死可以算长寿，彭祖老聃也可以算早夭。吉祥和凶险像绳子一样纠缠，忧伤和喜悦纷繁缠绕。天与地就好似我们的一个大冶炉，万物在其中是多么微小啊。达观者目光远大，早知道这个告诫就不会悲苦。转身便是漫漫长路，心中充满了无限惆怅。有谁能洞察我的内心，除了苍天还有谁呢？现在如果能体悟齐同之理，将会终生信守一直到老。

金谷集作诗〔1〕　潘安仁（潘岳）

【题解】

诗歌描写在金谷园送别好友的所见与宴饮的场景，感叹人生飞逝，聚散无常。

王生和鼎实〔2〕，石子镇海沂〔3〕。亲友各言迈，中心怅有违〔4〕。何以叙离思？携手游郊畿〔5〕。朝发晋京阳〔6〕，夕次金谷湄〔7〕。回溪萦曲阻，峻阪路威夷〔8〕。绿池泛淡淡，青柳何依依。滥泉龙鳞澜〔9〕，激波连珠挥。前庭树沙棠，后园植乌椑。灵囿繁若榴，茂林列芳梨。饮至临华沼，迁坐登隆坻〔10〕。玄醴染朱颜〔11〕，但诉杯行迟。扬桴抚灵鼓〔12〕，箫管清且悲。春荣谁不慕？岁寒良独希！投分寄石友〔13〕，白首同所归。

【注释】

〔1〕金谷：古地名，在今河南洛阳西北，石崇在此建金谷园，是文人聚会之所。

〔2〕王生：指王诩。　和鼎：比喻辅佐君主的宰臣。

〔3〕石子：指石崇。

〔4〕违：离别。

〔5〕郊畿（jī）：京城郊外王畿之地。

〔6〕晋京：晋朝的京城。指洛阳。

〔7〕湄（méi）：水边。

〔8〕峻阪：陡坡。　威夷：逶迤。

〔9〕滥泉：涌出的水泉。　龙鳞：指水波、涟漪。

〔10〕迁坐：移动座位。　隆坻（chí）：水边高地。

〔11〕玄醴（lǐ）：醴泉，甘美的泉水。此处指酒。

〔12〕扬桴（fú）：举起鼓槌。

〔13〕投分（fèn）：意气相合。　石友：情谊坚如金石的朋友。

【译文】

王将军是国家的重臣，石崇君镇守青徐两州。亲朋们送别之后就要各自返回了，内心充满无限的忧愁。怎样才能倾诉这种惜别的思绪呢？我们一起漫游京郊。我们早晨从洛阳出发，晚上住在美丽的金谷口。弯弯曲曲的溪水回环围绕，重重叠叠的山路艰难险峻。池中绿波荡漾，岸边青柳依依。喷涌的泉水波纹闪闪像龙鳞，激起的浪花翻滚如珍珠挥洒。前院栽种的沙棠郁郁葱葱，后园种植的乌稗蓊蓊郁郁。花园繁盛最为艳红的是石榴，茂密成林散发芬香的是梨树。大家先在池旁把酒言欢，再移步到山坡下继续。甜蜜的美酒染红大家的脸颊，都说彼此敬酒太慢了。扬起鼓槌击鼓声咚咚，箫管声音清丽又悲忧。青春年华，有谁不羡慕？晚年凄凉，知己就更少了。缘分相投，就寄托在情坚如石的朋友那儿，直到白头，一起走上归隐的道路。

王抚军庾西阳集别时为豫章太守庾被征还东[1]　谢宣远（谢瞻）

【题解】

诗歌表达了诗人对朋友的依依惜别之情。

祇召旋北京[2]，守官反南服[3]。方舟新旧知，对筵旷明牧[4]。举觞矜饮饯，指途念出宿[5]。来晨无定端[6]，别晷有成速[7]。颓阳照通津[8]，夕阴暧平陆。榜人理行舻[9]，輶轩命归仆[10]。分手东城闉[11]，发棹西江隩。离会虽相亲，逝川岂往复。谁谓情可书？尽言非尺牍。

【注释】

〔1〕王抚军：王弘，时为豫州之西阳新蔡诸军事、抚军将军、江州刺史。　庾西阳：庾登之，为西阳太守，入为太子庶子。谢瞻时为豫章太守。谢还豫章，庾被征还都，王抚军送至湓口南楼。

〔2〕祇（zhī）召：奉召，被召。

〔3〕南服：古代王畿以外地区分为五服，故称南方为“南服”。

〔4〕明牧：贤明的地方长官。

〔5〕指途：就道上路。　出宿：出居在外。

〔6〕来晨：来时。

〔7〕别晷（guǐ）：离别的时间。

〔8〕颓阳：落日。　通津：四通八达之津渡。

〔9〕榜人：船夫。　行舻（lú）：行船。

〔10〕輶（yóu）轩：古代使臣乘坐的一种轻车。

〔11〕城闉（yīn）：城内重门。

【译文】

友人应召要回北方京城，我赴任郡守向南返回豫章。行船并列而行，虽是旧知己，却如新朋友，坐席相对又要离别州官长了。举杯敬酒表达送别的心意，面向征途却又整夜挂念。来日不知何时再相聚，别离的时光却是匆匆而去。落日的余晖照耀着渡口，傍晚的云气使得原野感觉更有温度。船夫整理行船将要起航，仆役驾御马车准备踏上归途。和朋友在城东曲门外分别，行船在江流西岸出发。离别后再相会虽然亲近，但逝去的江水却难以再回流。谁说情感可用文字来抒写，书信简短，很难写下所有的心里话。

邻里相送方山诗　谢灵运

【题解】

诗歌叙写与邻里亲友的离情别绪，流露出诗人的隐逸愿望。

祇役出皇邑[1]，相期憩瓯越[2]。解缆及流潮，怀旧不能发。析析就衰林[3]，皎皎明秋月。含情易为盈，遇物难可歇。积疴谢生虑[4]，寡欲罕所阙。资此永幽栖[5]，岂伊年岁别[6]。各勉日新志，音尘慰寂蔑[7]。

【注释】

〔1〕祇役：敬奉朝命赴外地任职。　皇邑：京城，指刘宋都城建业（今南京）。

〔2〕瓯越：指永嘉郡，属东瓯，东越王摇曾在那里建都，故称瓯越。

〔3〕析析：风吹树木之声。

〔4〕疴（kē）：病。

〔5〕资：借助。　幽栖：隐退屏居。

〔6〕岂伊：岂惟。

〔7〕音尘：音信。　寂蔑：寂寞。

【译文】

奉命离开皇都，相期在永嘉安养身心。解开缆绳乘潮水而去，心中怀念旧友突然不想开船。树林黄叶析析随风飘落，朗朗秋月当空皎洁照人。满含情感就难以自我控制，此景此情更是一发不可收拾。身体多病也就不考虑养生，欲望少了也就没什么奢求。想借此次永嘉之任作长久的栖居，哪里说是短暂的离别。彼此勉励心志天天更新，多通音讯借以安慰寂寥的心。

新亭渚别范零陵诗[1] 谢玄晖（谢朓）

【题解】

诗歌描写诗人送别友人情景，表现双方临别之际的无限惆怅与感慨。

洞庭张乐地[2]，潇湘帝子游[3]。云去苍梧野[4]，水还江汉流。停骖我怅望，辍棹子夷犹[5]。广平听方籍[6]，茂陵将见求[7]。心事俱已矣，江上徒离忧。

【注释】

〔1〕新亭：在今南京南。　范零陵：范云，曾任零陵郡内史。零陵，南齐郡名，今湖南零陵北。

〔2〕洞庭：山名。　张乐：作乐。

〔3〕潇湘：水名，湘水至零陵西与潇水合流，称潇湘。相传帝尧的二女娥皇、女英追随舜帝，死于湘水。　帝子：即指尧女。

〔4〕苍梧：山名，即九嶷山。传说舜死于苍梧之野。

〔5〕辍：停下。　夷犹：犹豫不前。

〔6〕广平：晋广平太守郑袤，离职时百姓恋慕涕泣。

〔7〕“茂陵”句：史载汉代司马相如谢病居茂陵，武帝遣人往求其书，及至，已卒。

【译文】

洞庭是轩辕黄帝的作乐之地，潇湘是帝尧二女的出游之乡。你像白云飘向那苍梧之野，我像流水流向那遥远东方。我停车怅然远望，你辍桨迟疑不前。你如广平太守卓有声望，将像相如家居一样被朝廷求书。浩茫的心事都已付诸东流了，大江上留下的只有离别惆怅。

别范安成诗　沈休文（沈约）

【题解】

诗歌描写友人别离时的深厚情谊。

生平少年日〔1〕，分手易前期〔2〕。及尔同衰暮，非复别离时。勿言一樽酒，明日难重持〔3〕。梦中不识路〔4〕，何以慰相思？

【注释】

〔1〕生平：平生。

〔2〕易：以之为容易的事。　前期：后会的日期。

〔3〕持：把握。

〔4〕“梦中”句：《韩非子》记载：六国时，张敏与高惠二人为友。每相思不能得见，敏便于梦中往寻。但行至半道即迷，不知路，遂回。如此者三。

【译文】

追忆人生曾经年少的日子，一直以为离别后很容易就可以再相会。等到有一天，你与我一样慢慢变老，再也不像当初离别时的我们。请不要再推辞我敬你的这杯酒了，明天恐怕很难再端起这酒杯了。梦中，我不认识能找到你的路，也不知道用什么来安慰我对你的相思。

（本卷译注：庞国雄）

文选卷第二十一

诗乙

咏史

咏史诗　王仲宣（王粲）

【题解】

慨叹古代秦国三良受恩图报、以死相殉的忠义壮举，称其声名不亏。

自古无殉死[1]，达人共所知。秦穆杀三良[2]，惜哉空尔为。结发事明君，受恩良不訾[3]。临殁要之死[4]，焉得不相随？妻子当门泣[5]，兄弟哭路垂[6]。临穴呼苍天，涕下如绠縻[7]。人生各有志，终不为此移。同知埋身剧，心亦有所施。生为百夫雄，死为壮士规。《黄鸟》作悲诗[8]，至今声不亏。

【注释】

〔1〕殉：以活人陪葬。

〔2〕三良：秦车氏三兄弟奄息、仲行、针虎。

〔3〕不訾（zī）：不可计量。訾，通“赀”。

〔4〕要（yāo）：相约，相邀。

〔5〕当：对着。
〔6〕垂：旁边。
〔7〕绠縻（gěng mí）：绳索。
〔8〕《黄鸟》：《诗经·秦风》篇名。以黄鸟痛惜和哀悼三良。

【译文】

自古以来没有殉葬之说，这是贤达之士都知道的事情。秦穆公身死，杀三良殉葬，让人痛惜呀又有什么办法！结发时便奉事明德君王，得到的恩宠不计其数。秦穆公临死相约同死，三良怎能不相随？妻儿门旁悲伤哭泣，兄弟们路边哀痛嚎哭。墓前哭天喊地，泪下如绳索连绵不断。人生在世各有志向，至死都不因众人之悲而改变。皆知活殉的悲惨苦痛，心中仍有舍身之意。生时是百夫的英雄豪杰。死后是壮士的榜样。《黄鸟》这首诗，流传至今悲鸣声仍不停歇。

三良诗　曹子建（曹植）

【题解】

感叹三良杀身殉葬的故事，诗人表达了遗憾与悲伤之情。

功名不可为，忠义我所安〔1〕。秦穆先下世，三臣皆自残。生时等荣乐，既没同忧患。谁言捐躯易，杀身诚独难。揽涕登君墓〔2〕，临穴仰天叹。长夜何冥冥〔3〕，一往不复还。黄鸟为悲鸣〔4〕，哀哉伤肺肝。

【注释】

〔1〕我：指三良。　安：乐。
〔2〕揽涕：挥泪，拭泪。
〔3〕冥冥：墓穴昏暗。

〔4〕黄鸟：黄雀。《诗经·秦风》有《黄鸟》篇，哀悼三良。

【译文】

功勋名望不可强求，肝胆忠义为我所乐。秦穆公薨逝，三良皆自残为其殉。活着时共享荣华富贵，死之后共担忧患苦难。谁说捐躯容易，杀身的确艰难。潸然泪下登临穆公之墓，面临墓穴仰天长叹。长夜昏暗漫长，人死一去不复返。黄鸟为之悲鸣，令人肝肠断。

咏史八首　左太冲（左思）

【题解】

这八首诗大都是借咏古人古事来抒发诗人自己的怀抱，表达对门阀制度的批判。

弱冠弄柔翰〔1〕，卓荦观群书〔2〕。著论准《过秦》〔3〕，作赋拟《子虚》〔4〕。边城苦鸣镝〔5〕，羽檄飞京都〔6〕。虽非甲胄士，畴昔览《穰苴》〔7〕。长啸激清风，志若无东吴。铅刀贵一割〔8〕，梦想骋良图。左眄澄江湘〔9〕，右盼定羌胡〔10〕。功成不受爵，长揖归田庐〔11〕。

【注释】

〔1〕弱冠：古代男子二十岁为成人，行冠礼，因体不及壮，故称“弱”。　柔翰：毛笔。

〔2〕卓荦（luò）：卓越超群，与众不同。

〔3〕《过秦》：指汉代贾谊所作的《过秦论》。

〔4〕《子虚》：指汉代司马相如所作的《子虚赋》。

〔5〕鸣镝（dí）：响箭，射出时箭头发出响声，以传送信号。

〔6〕羽檄（xí）：紧急文书，文书上插羽毛以示紧急。

〔7〕畴（chóu）昔：往昔。　《穰苴（ráng jū）》：指《司马穰苴兵法》。穰苴，春秋齐国人，功至大司马，著《兵法》。

〔8〕铅刀句：汉代班超上疏请战之辞。铅刀本不锋利，但也期望有一割之用。

〔9〕眄（miǎn）：斜视。　澄江湘：平定东吴。

〔10〕羌胡：古代西北民族。

〔11〕田庐：家乡。

【译文】

二十岁就善写文章，博学多才卓越超群。著文以《过秦论》为准则，作赋以《子虚赋》为典范。边境诸城苦于纷扰，告急文书飞向京城。虽然我非披甲将士，但昔日曾读《司马穰苴兵法》。放声长啸激荡清风，胸怀壮志不将东吴放在眼里。铅刀虽钝贵在一割，梦里几许施展宏图。向左旁看澄清江湘，向右期盼安定羌胡。功成身退不受爵禄封赏，告别朝廷回归故乡。

郁郁涧底松[1]，离离山上苗[2]。以彼径寸茎[3]，荫此百尺条[4]。世胄蹑高位[5]，英俊沉下僚[6]。地势使之然，由来非一朝。金张籍旧业[7]，七叶珥汉貂[8]。冯公岂不伟[9]，白首不见招[10]。

【注释】

〔1〕郁郁：茂盛状。

〔2〕离离：盛多而垂貌。

〔3〕径寸茎：一寸粗的茎秆。

〔4〕荫：遮蔽。

〔5〕世胄（zhòu）：世家子弟。

〔6〕下僚：小官吏。

〔7〕金张：指西汉金日磾和张汤两家世族。　旧业：祖先的功业。

〔8〕七叶：七代。

〔9〕冯公：汉代冯唐，才华出众，至老仍为郎职小官。

〔10〕不见招：不被重用。

【译文】

山谷里青松郁郁葱葱，山顶上树苗柔弱细小，细小树苗的茎秆遮蔽在高大松树之上。世家子弟登上高位，贤能英才却居低位。地势高低不同使然，这种情况由来已久非此一朝。金张世家凭借先人的功绩，连续七代插戴貂尾享受高官。冯唐难道不够伟奇？等到白头都未被重用。

吾希段干木，偃息藩魏君[1]。吾慕鲁仲连，谈笑却秦军[2]。当世贵不羁[3]，遭难能解纷。功成不受赏[4]，高节卓不群。临组不肯緤[5]，对珪不肯分[6]。连玺耀前庭[7]，比之犹浮云。

【注释】

〔1〕段干木：战国初魏国名士。　偃息：退隐高卧。《吕氏春秋》载：秦国攻打魏国，司马唐谏曰：魏君有段干木辅佐，不可妄动。于是秦王停兵。

〔2〕鲁仲连：战国齐人，战国时秦围赵，鲁仲连面见秦使者，说其退兵。

〔3〕不羁（jī）：不受拘束、笼络。

〔4〕“功成”句：鲁仲连在退秦军后，不取平原君赏赐。

〔5〕组：丝织的系官印绶带。　緤（xiè）：系。

〔6〕珪：玉板，上圆下方，古代诸侯爵位的依凭，不同的爵位分颁不同的珪。

〔7〕玺：印。

【译文】

我最钦佩段干木，在高卧中保护了魏国君王。我又仰慕鲁仲连，谈笑间退却秦军。人生当世贵在不受笼络，国家危难时刻则能排解纷忧。建立功业而不取封赏，高风亮节卓然超群。面临绶带不肯系佩，面对分封的玉珪不愿接受。成串的印章光耀前庭，视之如同浮云一般。

济济京城内[1]，赫赫王侯居[2]。冠盖荫四术[3]，朱轮竟长衢[4]。朝集金张馆，暮宿许史庐[5]。南邻击钟磬，北里吹笙竽。寂寂杨子宅[6]，门无卿相舆[7]。寥寥空宇中，所讲在玄虚[8]。言论准宣尼[9]，辞赋拟相如。悠悠百世后，英名擅八区。

【注释】

〔1〕济济：美盛貌。

〔2〕赫赫：显赫状。

〔3〕冠盖：冠服和车乘，指官僚。

〔4〕朱轮：红色车轮。汉代列侯和二千石官员乘坐的车乘。 长衢（qú）：长街。

〔5〕许史：汉宣帝时外戚许伯和史高的并称。

〔6〕杨子：指西汉杨雄。

〔7〕卿相：古代高级官员。

〔8〕玄虚：杨雄著有《太玄经》十卷，因玄理虚远而得名。

〔9〕宣尼：指孔子。西汉平帝元始元年追谥孔子为褒成宣尼公。

【译文】

堂皇富丽的京城里，高大显赫的是王公贵族居所。贵人冠盖如云遮蔽了四通八达的道路，王公的朱轮车驾塞满了长街。清晨聚集在金、张的府邸，夜里住宿在许、史的庐舍。南邻敲击钟磬乐声不断，北里吹奏笙竽欢娱不停。唯有杨雄宅居寂寥无声，门前没有卿相往来车乘。在幽深空阔的屋子里，潜心研习玄远虚空的哲理。杨雄的言论以孔子为准，所写的辞赋与司马相如媲美。岁月悠悠百代之后，英名专擅四海八方。

皓天舒白日[1]，灵景耀神州[2]。列宅紫宫里[3]，飞宇若云浮[4]。峨峨高门内，蔼蔼皆王侯。自非攀龙客[5]，何为欻来游[6]？被褐出阊阖[7]，高步追许由[8]。振衣千仞岗，濯足万里流。

【注释】

〔1〕皓天：明亮的天空。

〔2〕灵景：日光。　神州：指中国。

〔3〕紫宫：本为星宿名，亦称为紫微宫，天帝所居。这里喻皇宫。

〔4〕飞宇：形容屋宇高浮于云中，凌空欲飞。

〔5〕攀龙客：喻趋附豪贵的势利之徒。

〔6〕欻（xū）：迅疾的样子。

〔7〕被（pī）褐：身穿布衣。　阊阖（chāng hé）：洛阳城门。

〔8〕高步：高蹈，指避世隐居。　许由：传说中上古尧时的高士。

【译文】

明亮的天空白日运行，阳光照耀着神州大地。皇都宫殿第宅有如林立，飞檐翩翩宛如云中飘浮。巍峨耸立的高门之内，众多之人皆为王侯贵族。自己并非攀龙附凤之人，为何忽然到此一游？身着布衣走出皇城宫门，高蹈远去追随隐士许由。千刃之山上抖去衣服上的尘埃，万里之河中洗掉脚上的污泥。

荆轲饮燕市[1]，酒酣气益振。哀歌和渐离[2]，谓若傍无人。虽无壮士节[3]，与世亦殊伦[4]。高眄邈四海[5]，豪右何足陈[6]！贵者虽自贵，视之若埃尘。贱者虽自贱，重之若千钧[7]。

【注释】

〔1〕荆轲：战国卫国人，为燕太子刺秦王，失败被杀。

〔2〕渐离：高渐离，燕国侠士，善击筑。荆轲被杀后，高渐离变名姓逃匿。

〔3〕壮士节：指完成壮举。

〔4〕殊伦：特别不一样。

〔5〕邈（miǎo）：同“藐”，小看。

〔6〕豪右：豪门大族。

〔7〕钧：三十斤为一钧。

【译文】

荆轲在燕市豪饮，酣畅淋漓气势豪迈。哀歌和着高渐离击筑，视看四周旁若无人。刺杀秦王的豪壮之举虽未实现，其英雄气概已与世人迥然不同。他高视不凡藐视四海，那豪门世家何足挂齿！虽然豪门贵族们自以为贵，在荆轲看来却如同尘埃。那些出身寒门的贤才们虽自以为贱，但在荆轲眼中却重如千钧。

主父宦不达〔1〕，骨肉还相薄。买臣困采樵〔2〕，伉俪不安宅。陈平无产业〔3〕，归来翳负郭。长卿还成都〔4〕，壁立何寥廓。四贤岂不伟，遗烈光篇籍。当其未遇时，忧在填沟壑〔5〕。英雄有屯邅〔6〕，由来自古昔。何世无奇才，遗之在草泽。

【注释】

〔1〕主父：主父偃，西汉纵横家。　宦不达：仕途坎坷。主父偃游学四十余年，没有做官的机会，父母兄弟都鄙弃他。

〔2〕买臣：朱买臣，汉武帝时官至丞相长史。朱买臣未做官时很穷，其妻引以为耻，改嫁而去。

〔3〕陈平：西汉的开国功臣之一。

〔4〕长卿：指司马相如，字长卿，曾家徒四壁。

〔5〕填沟壑：指死亡后尸身被弃于山里沟壑。

〔6〕屯邅（zhūn zhān）：处境艰难。

【译文】

主父偃仕途不达时，为骨肉至亲所鄙弃。朱买臣卖柴度日时，妻子也弃他而去。陈平家贫无分文，身居陋巷席为门。长卿当年携妻回成都，家徒四壁一无所有。这四人难道不伟奇吗？他们的业绩被载入史册。当他们身处困境没有做官时，担忧穷困潦倒葬身沟壑。英雄多磨难，从古至今都是如此。每个朝代都有奇才，只是往往被埋没在乡野中。

习习笼中鸟〔1〕，举翮触四隅〔2〕。落落穷巷士〔3〕，抱影守空庐。出门无通路，枳棘塞中途。计策弃不收，块若枯池鱼。外望无寸禄，内顾无斗储。亲戚还相蔑，朋友日夜疏。苏秦北游说〔4〕，李斯西上书〔5〕。俯仰生荣华，咄嗟复彫枯〔6〕。饮河期满腹〔7〕，贵足不愿馀。巢林栖一枝〔8〕，可为达士模。

【注释】

〔1〕习习：频飞貌。

〔2〕举翮（hé）：振翅欲飞。

〔3〕落落：与人疏离难合。

〔4〕苏秦：战国时期纵横家，先游说秦惠王未被用，后又游说燕、赵等六国，联合抗秦，佩六国相印。

〔5〕李斯：楚国上蔡人，入秦为客卿，后遭逐客，李斯上《谏逐客书》。

〔6〕咄嗟（duō jiē）：眨眼间。

〔7〕饮河：《庄子·逍遥游》载“偃鼠饮河，不过满腹”。

〔8〕巢林：《庄子·逍遥游》载“鷦鷯巢于深林，不过一枝”，喻安本分，不贪多。

【译文】

笼中之鸟频频欲飞，却受阻于笼子的四角。孤身居住穷巷的贫士，形影相吊独守空庐。出门受阻无坦途，荆棘满地堵道路。出谋划策却不被采纳，孑然一身有如池中枯鱼。在外赚不到半分俸金，家中又没有一斗存粟。亲戚蔑视冷眼相向，朋友躲避日益疏远。苏秦北赴六国游说，李斯西入秦国上书。俯仰之间荣获恩宠，转眼之际杀身取祸。偃鼠饮河只为果腹，贵在安分知足不贪婪。鹪鹩筑巢只占一枝，可为贤达之士的楷模。

咏　史　张景阳（张协）

【题解】

张协（？—307），字景阳，西晋安平（今河北安平）人。曾任秘书郎、中书侍郎、河间内史等职。后屏居乡野，召为黄门侍郎，不就，卒于家。这首诗抒发诗人对西汉时疏广、疏受兄弟辞官引退和不留多余财产的感慨。

昔在西京时〔1〕，朝野多欢娱〔2〕。蔼蔼东都门〔3〕，群公祖二疏〔4〕。朱轩曜金城，供帐临长衢。达人知止足，遗荣忽如无〔5〕。抽簪解朝衣〔6〕，散发归海隅〔7〕。行人为陨涕，贤哉此丈夫。挥金乐当年，岁暮不留储。顾谓四坐宾，多财为累愚〔8〕。清风激万代，名与天壤俱。咄此蝉冕客〔9〕，君绅宜见书〔10〕。

【注释】

〔1〕西京：指西汉都城长安。

〔2〕朝野：朝廷和民间。

〔3〕蔼蔼：盛多貌。

〔4〕祖：祭道神，即送行饯别。　二疏：指汉代太傅疏广和少傅疏受。

〔5〕遗荣：遗弃荣贵。

〔6〕抽簪：指弃官引退。古代插簪于冠，谓做官。

〔7〕散发：披散着头发，指解冠归隐。

〔8〕累愚：拖累愚者。

〔9〕咄（duō）：指责。　蝉冕：蝉冠，汉代侍从官所戴的冠，上有蝉饰，并插貂尾。

〔10〕绅：束腰的衣带。《论语》载，子张把孔子的话记在衣带上。

【译文】

昔在西汉长安时，朝内朝外多欢愉。东都门外人济济，群臣诸公送二疏。大红轩车耀都城，供设帷帐临大道。通达贤士知止足，遗弃荣贵忽如无。抽簪弃冠脱朝衣，散发归隐到海隅。行人感动涕泪流，果真贤达一丈夫！不惜散金乐当年，年老不肯留积蓄。环顾四座众宾友，多财反成愚者累。清风激扬千秋载，名声永兴天地间。以此相告豪贵者，二疏之事应见书。

览古诗　卢子谅（卢谌）

【题解】

卢谌（284—350），字子谅，东晋范阳涿（今河北涿县）人。晋末大乱，随刘琨投段匹磾，刘琨被段杀害后，流寓辽西近二十年。辽西破，归石季龙，后为冉闵所杀。传附《晋书·卢钦传》。此诗写蔺相如完璧归赵之事，表达诗人对其智勇双全的崇敬。

赵氏有和璧[1]，天下无不传。秦人来求市，厥价徒空言[2]。与之将见卖[3]，不与恐致患。简才备行李[4]，图令国命全[5]。蔺生在下位[6]，缪子称其贤。奉辞驰出境，伏轼径入关。秦王御殿坐[7]，赵使拥节前[8]。挥袂睨金柱[9]，身玉要俱捐。连城既伪往[10]，荆玉亦真还[11]。爰在渑池会[12]，二主克交欢[13]。昭襄欲负力[14]，相如折其端[15]。眦血下沾衿[16]，怒发上冲冠。西缶终双击[17]，东瑟不只弹[18]。舍生岂不易？处死诚独难。棱威章台颠[19]，强御亦不干[20]。屈节邯郸中[21]，俯首忍回轩。廉公何为者？负荆谢厥愆。智勇盖当代，弛张使我叹[22]。

【注释】

〔1〕和璧：又名和氏璧。

〔2〕厥价：其价，指用十五城交换玉璧。

〔3〕见卖：被卖。

〔4〕简：择。　行李：使者。

〔5〕国命：国家的命脉。

〔6〕蔺生：指蔺相如。

〔7〕御殿：宫殿，即章台。

〔8〕节：符节。古代作为使节的信物。

〔9〕袂（mèi）：衣袖。　睨（nì）：斜视。

〔10〕连城：指用来交换玉璧的十五座城池。　伪：敲诈欺骗。

〔11〕荆玉：指和氏璧。

〔12〕渑（miǎn）池：古城名，为雒都边邑。

〔13〕二主：指秦昭王和赵惠文王。

〔14〕负：恃。

〔15〕端：绪。

〔16〕眦血（zì xuè）：眼眶瞪裂而出的血。形容盛怒。

〔17〕西缶（fǒu）：秦乐器名。因秦在西方，故称秦王所击之缶为“西缶”。

〔18〕东瑟：赵在秦东，因称赵王所鼓之瑟为“东瑟”。

〔19〕棱威：威严。

〔20〕强御：强横暴虐，指暴秦。　干：犯。

〔21〕屈节：忍受羞辱。

〔22〕弛张：指蔺相如忍让廉颇，挫败秦王，一张一弛，文武有道。

【译文】

赵国有宝和氏璧，天下无不竞相传。秦王差人来求宝，空言其价十五城。若给宝玉定无还，不给又怕遭祸患。选才准备派使者，令把国命来保全。相如地位虽卑下，缪子称赞有贤才。相如奉命奔出境，乘车伏轼直入关。秦王上朝章台坐，赵使拥节立殿前。挥袖斜视身边柱，连身带玉共俱毁。连城既然是伪诈，璧玉完好得归还。秦赵两国渑池会，二国君主相交欢。昭襄恃强用武力，相如先挫其威风。目眦尽裂血沾襟，毛发尽竖上冲冠。秦王被迫击西缶，赵王弹瑟亦不亏。舍生并非不容易，处死立事诚独难。凛凛章台威风倒，暴秦对他也不敢犯。邯郸城中受羞辱，低头忍让车绕弯。廉公得知其为何？负荆登门来谢罪。有智有勇盖当世，一张一弛令我叹。

张子房诗　谢宣远（谢瞻）

【题解】

叙写张良佐汉之功绩，并借此歌颂刘宋高祖刘裕。

王风哀以思〔1〕，周道荡无章〔2〕。卜洛易隆替〔3〕，兴乱罔不亡。力政吞九鼎〔4〕，苛慝暴三殇〔5〕。息肩缠民思，灵鉴集朱光〔6〕。伊人感代工〔7〕，聿来扶兴王〔8〕。婉婉幕中画〔9〕，辉辉天业昌〔10〕。鸿门消薄蚀〔11〕，垓下殒搀抢〔12〕。爵仇建萧宰〔13〕，定都护储皇〔14〕。肇允契幽叟〔15〕，翻飞指帝乡〔16〕。惠心奋千祀〔17〕，清埃播无疆。神武睦三正〔18〕，裁成被八荒。明两烛河阴〔19〕，庆霄薄汾阳[20]。銮旌历颓寝[21]，饰像荐嘉尝[22]。圣心岂徒甄，惟德在无忘。逝者如可作，揆子慕周行。济济属车士，粲粲翰墨场。瞽夫违盛观[23]，竦踊企一方。四达虽平直，蹇步愧无良[24]。餐和忘微远[25]，延首咏太康。

【注释】

〔1〕王风：君王教化。

〔2〕周道：周朝的治国之道。

〔3〕卜洛：周公卜择洛邑得吉兆而建为东都，后因称经营新都为卜洛。

〔4〕力政：以武力为政。此指秦国。　九鼎：象征国家政权的传国之宝。

〔5〕苛慝（kē tè）：暴虐邪恶。　殇：横死。

〔6〕灵鉴：天监，明察。

〔7〕伊人：指张良。　感：犹应。　代工：人代天工。

〔8〕聿（yù）：遂。

〔9〕婉婉：和顺貌。

〔10〕辉辉：光辉貌。

〔11〕鸿门：指《史记》记载的鸿门宴。　薄蚀：喻项羽。

〔12〕垓下：楚汉相争时项羽与刘邦决战之地。　搀抢：喻项羽。

〔13〕爵仇：给仇家爵位。指刘邦一生最恨雍齿，最后却封雍齿为侯。

〔14〕定都：刘邦最初打算定都洛阳，后经娄敬和张良力劝改定都长安。

〔15〕肇：始。　允：信。　幽叟：老仙人。指张良游下邳圯上时遇仙人，获《太公兵法》的故事。

〔16〕翻飞：飞貌。　帝乡：神话中天帝居住的地方。

〔17〕惠心：善良之心。　千祀：千年。

〔18〕神武：指宋高祖刘裕。　三正：《汉书》："三正，子为天正，丑为地正，寅为人正。"

〔19〕明两：这里谓宋高祖。

〔20〕庆霄：庆云。比喻宋高祖。

〔21〕颓寝：颓坏的庙寝。

〔22〕饰：整治。　尝：秋祭。

〔23〕瞽（gǔ）夫：盲人。

〔24〕蹇（jiǎn）：跛脚。

〔25〕餐和：饮和。

【译文】

王者之风让人哀伤思虑，西周之道已杂乱无章。卜洛可知盛衰变化迁移，兴乱之国无不亡败。秦王以武力吞九鼎，苛政猛于虎以致三殇。百姓盼望卸下重担，天鉴明察汇集幸运光芒。张良顺天代当职责，遂来辅佐汉王刘邦。幕中从容谋划大业，天下光辉日日昌盛。鸿门解救刘邦危难，垓下之役扫落彗星。封爵雍齿又立萧何为相，定都长安保护太子。起始取信于黄石公，晚年乃游心于帝乡。善良心地相传千年，清除尘埃功绩无疆。当今神武宋高祖和三正，裁制成理德八方。高祖比舜还光明，高祖比尧尧亦轻。亲见张良寝庙颓毁，更饰其像献上祭品。圣心怎会空来表？思德贵在不遗忘。死者若还能复生，也会有慕我宋至善之道。皇帝侍从多如云，翰墨场上多灿烂。我这盲夫离得远，举足观望在一方。路虽通达又平直，自愧蹇跛无良才。恩泽广被忘卑贱，引头遥望歌咏太康中兴。

秋胡诗[1]　颜延年（颜延之）

【题解】

汉刘向《列女传》卷五《节义传·鲁秋洁妇》记载了秋胡的故事。诗作叙写秋胡故事，歌颂了秋胡妻的坚贞节操。

椅梧倾高凤[1]，寒谷待鸣律[2]。影响岂不怀[3]，自远每相匹[4]。婉彼幽闲女[5]，作嫔君子室[6]。峻节贯秋霜[7]，明艳侔朝日[8]。嘉运既我从，欣原自此毕。

【注释】

〔1〕椅（yī）梧：桐树的一种，可作琴瑟。

〔2〕鸣律：相传战国燕有寒谷，不生五谷，邹衍吹律（铜制的候气之管）送温，乃生黍。

〔3〕影响：指前两句所说的情况。 怀：思，顾。

〔4〕相匹：男女相匹配。

〔5〕婉：美好。 幽闲：清静，闲适。

〔6〕嫔：古代妇女的统称，本义为帝王的女儿出嫁，亦是对妇人的美称。 室：男以女为室。

〔7〕峻节：高尚的节操。

〔8〕侔（móu）：齐等，等同。

【译文】

椅梧盼望着凤鸟来栖息，寒谷等待着吹律送温暖。如影随形响应声，不辞远路来相配。那位美丽恬静的女子，嫁作嫔妇为我内室。（你）节操高尚宛如秋霜，（你）容貌明艳就像朝日。我真是鸿运高照啊！美好心愿能够如愿以偿。

燕居未及好〔1〕，良人顾有违〔2〕。脱巾千里外〔3〕，结绶登王畿〔4〕。戒徒在昧旦〔5〕，左右来相依。驱车出郊郭，行路正威迟〔6〕。存为久离别，没为长不归。

【注释】

〔1〕燕居：安居。

〔2〕良人：古时夫妻互称为良人，后多用于妻子对丈夫的称呼。

〔3〕巾：处士所服。

〔4〕绶：印带，仕士所佩。 王畿（jī）：王城附近的地方。

〔5〕昧旦：天未大亮之时。

〔6〕威迟：同“威夷”，遥远而曲折。

【译文】

原本新婚燕尔却未能欢聚，丈夫我需与你行别离。脱去处士之巾去到千里外，系上仕官绶带奔赴王畿。天未大亮即启程，左右随行备车马，驱车驾马出城郭，行路漫漫且曲折。如若活着也是漫长的别离，死了更是永远无归期。

嗟余怨行役[1]，三陟穷晨暮[2]。严驾越风寒，解鞍犯霜露。原隰多悲凉[3]，回飙卷高树。离兽起荒蹊，惊鸟纵横去。悲哉游宦子，劳此山川路。

【注释】

〔1〕行役：因服役而跋涉在外。

〔2〕三陟（zhì）：旅途艰辛。

〔3〕隰（xí）：低湿之地。

【译文】

秋胡嗟叹哀怨行役，日夜兼程路途艰辛。风霜严寒悲凉惨淡，整治车驾解鞍歇息。低湿洼地悲怆荒凉，疾风四旋绕卷高树。野兽离散逃荒原，鸟儿受惊翻飞去。可叹可悲游官子，辛劳跋涉山川路。

超遥行人远，宛转年运徂[1]。良时为此别，日月方向除[2]。孰知寒暑积，僶勉见荣枯[3]。岁暮临空房，凉风起座隅。寝兴日已寒，白露生庭芜。

【注释】

〔1〕徂（cú）：往。

〔2〕除：四月为除。意为除旧生新。

〔3〕僶勉（mǐn miǎn）：须臾，俯仰。

【译文】

路途遥远人渐远，时光流逝挥手间。良辰此刻，日月辗转。谁知寒来暑往，俯仰几度枯荣。冬去春来空房守尽，方坐席上凉风四起。晨昏醒来，惊觉日寒。夜分空庭，露凝寒草。

勤役从归原，反路遵山河。昔醉秋未素〔1〕，今也岁载华〔2〕。蚕月观时暇，桑野多经过。佳人从此务〔3〕，窈窕援高柯〔4〕。倾城谁不顾〔5〕，弭节停中阿〔6〕。

【注释】

〔1〕未素：草未凋零。

〔2〕载华：草已茂盛。

〔3〕佳人：美人。　务：事。

〔4〕窈窕：美好貌。　柯：草木枝茎。

〔5〕倾城：美貌女子。

〔6〕弭（mǐ）节：驻节，停车。节，车行的节度。

【译文】

勤奋入仕复还家，返归旧路山河变。当年离别草未凋零，如今已见草木欣荣。育蚕时节有闲暇，行至郊野采桑处。桑女忙于养蚕事，中有美妇援高枝。倾城美人谁不爱？流连停车山丘下。

年往诚思劳〔1〕，事远阔音形〔2〕。虽为五载别，相与昧平生〔3〕。舍车遵往路〔4〕，凫藻驰目成〔5〕。南金岂不重〔6〕，聊自意所轻。义心多苦调〔7〕，密比金玉声〔8〕。

【注释】

〔1〕思劳：思之劳。

〔2〕阔：疏远。

〔3〕昧平生：不识少时。

〔4〕往路：所来往之路。

〔5〕凫藻（fú zǎo）：出自《三国志》《后汉书》，谓凫戏于水藻，用来比喻欢愉。

〔6〕南金：南方出产的铜。古代称金多指铜。

〔7〕义心：坚守节气之心。

〔8〕金玉：喻贵重之意。

【译文】

与妻分别多年倍思念，无奈日久忘音容。虽然别离五年整，重逢竟然不相识。将车停在来时路，眉目传情心欢愉。南金哪有不贵重？她却轻视不动心。坚守忠贞气节多忠言，她言辞之珍贵胜过金玉声。

高节难久淹[1]，朅来空复辞[2]。迟迟前途尽[3]，依依造门基[4]。上堂拜嘉庆，入室问何之。日暮行采归，物色桑榆时[5]。美人望昏至，惭叹前相持[6]。

【注释】

〔1〕高节：高尚的节操。

〔2〕朅（hé）：古通“曷”，离去。

〔3〕迟迟：徐行状。

〔4〕依依：恋恋不舍。

〔5〕物色：景色，天色。　桑榆：日落时景在树端，喻日暮。

〔6〕前相持：前面发生双方对峙的状况。

【译文】

节气高尚的美人坚贞不屈，花言巧语挑逗也徒然。败兴走完回家路，恋恋不舍到家中。上堂先拜过父母，入室问及妻子何在，说是日暮才采桑归来。待到太阳落山时，美人黄昏入家门，愧叹交加迎上前。

有怀谁能已，聊用申苦难。离居殊年载，一别阻河关[1]。春来无时豫[2]，秋至恒早寒。明发动愁心[3]，闺中起长叹。惨凄岁方晏[4]，日落游子颜。

【注释】

〔1〕河关：河流和关隘。

〔2〕豫：欢愉。

〔3〕明发：黎明。

〔4〕岁方晏：指一年将尽。

【译文】

妻子悲诉相思之情谁能止？聊且用来诉苦衷。外出离居已多年，一别隔水又隔山，春来无时得欢愉，初秋方至早感寒。天未亮时愁思动，夜半闺中悲叹长。岁暮情凄意更惨，日落黄昏思君颜。

高张生绝弦[1]，声急由调起。自昔枉光尘[2]，结言固终始[3]。如何久为别，百行愆诸己[4]。君子失明义，谁与偕没齿[5]。愧彼《行露》诗[6]，甘之长川汜[7]。

【注释】

〔1〕高张：高亢而急促的音调。

〔2〕光尘：和光同尘。

〔3〕结言：口头结盟或约定。

〔4〕百行：多方面的品行。

〔5〕没齿：终身。

〔6〕《行露》诗：指《诗经·召南·行露》篇。

〔7〕汜（sì）：水涯。

【译文】

音高来自琴弦紧，声急乃由韵造成。昔日不辨光和尘，口头约定伴终生。不论如何久别离，品行终归有过失。君子一旦失了明义，还有谁愿与之共终身？愧对那首《行露》诗，甘愿赴水保忠贞。

五君咏五首　颜延年（颜延之）

【题解】

这五首诗分别吟咏“竹林七贤”的阮籍、嵇康、刘伶、阮咸、向秀五人，寄托作者愤懑不平的情怀。

阮步兵

阮公虽沦迹[1]，识密鉴亦洞[2]。沉醉似埋照[3]，寓辞类托讽[4]。长啸若怀人[5]，越礼自惊众。物故不可论[6]，途穷能无恸[7]。

【注释】

〔1〕阮公：阮籍，三国时期魏国诗人，曾任步兵校尉，世称阮步兵。沦迹：隐没足迹。

〔2〕识密：识鉴精密。　鉴：照，指观察识别。

〔3〕埋照：把光芒隐藏起来。指才高识广却不外显。

〔4〕寓辞：指阮籍的咏怀诗。

〔5〕长啸：撮口发声，以此述志。

〔6〕物故：世事变故。

〔7〕途穷：喻走投无路或处境困窘。　恸（tòng）：极度悲伤。

【译文】

阮籍虽隐匿了自己的踪迹，但他观察识鉴却十分深邃精密。他迷酒贪醉，把才华敛藏，写诗寄情却颇含讥讽之意。高声长啸就像在怀念旧友，越礼超俗使人深感惊异。人间世事已败坏得不可言谈，他处于穷途怎能不悲恸饮泣？

嵇中散

中散不偶世〔1〕，本自餐霞人〔2〕。形解验默仙〔3〕，吐论知凝神〔4〕。立俗迕流议〔5〕，寻山洽隐沦〔6〕。鸾翮有时铩〔7〕，龙性谁能驯〔8〕？

【注释】

〔1〕中散（zhōng sǎn）：指嵇康，其曾任中散大夫，世以“中散”称之。　不偶世：与世俗不合。

〔2〕餐霞人：得道成仙的人，后喻指道士。道家有服食日霞的修炼之术。

〔3〕形解：相传道家求仙者修炼成功后，可弃肉身羽化成仙。

〔4〕吐论：写作论说、辩论文字，这里指嵇康的养生论。　凝神：修养心性以达宁静专一的境界。

〔5〕立俗：身处世俗之中。　迕（wǔ）流议：与流俗之见相背离。

〔6〕洽隐沦：与隐逸之士融洽相处。史传嵇康曾入山与隐士孙登、王烈等游，过往甚契。

〔7〕铩（shā）：羽毛被损，喻遭受挫折，不得志。

〔8〕龙性：指嵇康不谐流俗、孤高自傲的品格。

【译文】

嵇康与世俗之人不相合，他本是修炼得道的仙人。他遗弃形体羽化飞升，作《养生论》修养心性，到达宁静专一的境界。置身世俗与流俗相背离，隐居山林与隐者融洽相处。羽毛虽时受伤残，但龙的本性又有谁能驯服？

刘参军

刘灵善闭关[1]，怀情灭闻见[2]。鼓钟不足欢，荣色岂能眩[3]。韬精日沉饮[4]，谁知非荒宴[5]。颂酒虽短章[6]，深衷自此见。

【注释】

〔1〕刘灵：即刘伶。魏晋时期名士，曾在建威将军王戎幕府下任参军。

〔2〕灭闻见：消除所见所闻。

〔3〕荣：茂盛。　眩：惑。

〔4〕韬精：敛藏才华、光芒。

〔5〕荒宴：沉溺于宴饮，荒废了事务。

〔6〕颂酒：指刘伶作的《酒德颂》。

【译文】

刘伶最善控制感情，对所见所闻讳莫如深。动听的音乐唤不起他的兴趣。悦目色彩哪能让他迷惑？他敛藏才华沉溺于酒，可谁能知道他并非贪游滥饮。《酒德颂》虽是短文一篇，真情却表露得异常充分。

阮始平

仲容青云器[1]，实禀生民秀[2]。达音何用深[3]，识微在金奏[4]。郭弈已心醉[5]，山公非虚觏[6]。屡荐不入官[7]，一麾乃出守[8]。

【注释】

〔1〕仲容：指阮咸，字仲容，阮籍的侄子。曾任始平太守，后又称

“阮始平”。

〔2〕禀：受。　秀：美。

〔3〕达音：通晓音律。

〔4〕识微：深知其中奥秘。　金奏：奏乐所用的金属乐器。

〔5〕郭奕：字伯益，三国时期魏臣，军师祭酒郭嘉之子，官至太子文学。

〔6〕山公：指山涛，字巨源。

〔7〕“屡荐”句：山涛曾推举阮咸，但晋武帝不予任用。

〔8〕一麾（huī）：阮咸因质疑荀勖的音律而遭其记恨，被贬为始平太守。麾，同“挥”。

【译文】

阮咸是位才识高远的人，秉承着民间艺术的灵秀。通晓音律何须深研，精通乐理的奥秘。郭奕一见为之心醉，山涛赏识也绝非偶然。屡次推荐却不被信用，一朝被贬为始平太守。

向常侍

向秀甘淡薄[1]，深心托豪素[2]。探道好渊玄[3]，观书鄙章句[4]。交吕既鸿轩[5]，攀嵇亦凤举[6]。流连河里游[7]，恻怆山阳赋[8]。

【注释】

〔1〕向秀：字子期，初与嵇康、吕安等人相善，隐居不仕。后官至黄门侍郎、散骑常侍。

〔2〕豪素：原指笔和纸，借指诗文创作。豪，同“毫”，素，指帛。

〔3〕渊玄：深奥的玄理。向秀喜谈老庄之学，曾注《庄子》，重玄理的阐发。

〔4〕“观书”句：鄙薄看书停留于字面意思。

〔5〕吕：指吕安。向秀曾与之灌园于山阳。　鸿轩：大雁飞翔，喻情意高旷。

〔6〕嵇：指嵇康。向秀曾与之锻铁于洛邑。　凤举：凤首昂举，喻超群拔俗。

〔7〕河里：即河内。吕安和嵇康都曾寓居河内的山阳，与向秀交游。

〔8〕山阳赋：指《思旧赋》。吕安和嵇康被杀后，向秀经其山阳旧居时，闻邻人笛声，有感而作《思旧赋》。

【译文】

向秀甘愿过淡泊的生活，却潜心读书舞弄笔墨。研究道学阐发深奥玄理，不屑做琐细的章句解说。结识吕安如鸿雁高飞，交往嵇康也似凤鸟起舞。留恋常年在河内的交游，心中不禁涌出《思旧赋》的悲歌。

咏　史　鲍明远（鲍照）

【题解】

描写和讽刺都市豪族士子的浮华奢靡之风，以及对寒士安贫乐道品格的赞扬。

五都矜财雄〔1〕，三川养声利〔2〕。百金不市死〔3〕，明经有高位〔4〕。京城十二衢，飞甍各鳞次〔5〕。仕子彯华缨〔6〕，游客竦轻辔〔7〕。明星晨未稀，轩盖已云至〔8〕。宾御纷飒沓〔9〕，鞍马光照地。寒暑在一时〔10〕，繁华及春媚。君平独寂漠〔11〕，身世两相弃〔12〕。

【注释】

〔1〕五都：西汉时以洛阳、邯郸、临淄、宛、成都为五都。　矜：自夸。

〔2〕三川：秦郡名，郡治荥阳，其地有河、洛、伊三水，故名之。养声利：追求名利。

〔3〕不市死：不死于市中，即免死之意。

〔4〕明经：通经学。

〔5〕飞甍（méng）：两端翘起的房脊。

〔6〕仕子：做官的人。　华缨：华美的帽带。

〔7〕竦（sǒng）：直立。　轻辔（pèi）：轻捷善跑的马。

〔8〕轩盖：有篷盖的车，达官贵人的乘车。

〔9〕宾御：宾客与侍者。　飒沓：茂盛貌。

〔10〕一时：刹时。

〔11〕君平：即严君平。汉蜀人，名遵。

〔12〕身世：指君平与世道。

【译文】

五大都市的人自夸财富雄厚，三川一带的人热衷于追名逐利。有钱人可以不受法律的制裁，通经者可享受高官厚禄。京城大道四通八达，高屋大楼栉比鳞次。当官的华美冠带随风飘舞，游玩的轻骑快马蜂拥而来。清晨之时繁星依然闪耀，官宦的车马却已纷纷而至。宾客侍者纷至沓来，鞍马闪亮映照天地。寒暑交替变化急剧，繁华春媚只是一瞬。惟有君平自甘寂寞，身与世道两相绝弃。

咏霍将军北伐　虞子阳（虞羲）

【题解】

虞羲（生卒年不详），字子阳，南朝会稽余姚（今浙江余姚）人。自幼聪颖，齐时为始安王侍郎，入梁，任晋安王侍郎。天监中卒。事迹略见《南史·王僧孺传》。此诗抒写汉代霍去病出征抗击匈奴的战斗历程，歌颂他的英雄气概。

拥旄为汉将[1]，汗马出长城[2]。长城地势崄，万里与云平。凉秋八九月，虏骑入幽并[3]。飞狐白日晚[4]，瀚海愁阴生[5]。羽书时断绝，刁斗昼夜惊[6]。乘墉挥宝剑[7]，蔽日引高旍[8]。云屯七萃士[9]，鱼丽六郡兵[10]。胡笳关下思[11]，羌笛陇头鸣[12]。骨都先自詟[13]，日逐次亡精[14]。玉门罢斥候[15]，甲第始修营[16]。位登万庾积[17]，功立百行成[18]。天长地自久，人道有亏盈。未穷激楚乐[19]，已见高台倾[20]。当令麟阁上[21]，千载有雄名[22]。

【注释】

〔1〕拥旄（máo）：拥有统率军队的权力。

〔2〕汗马：指战马奔走而出汗，喻指劳苦征战，亦指战功。

〔3〕虏骑：指胡骑，即匈奴的骑兵。　幽并：幽州和并州的并称，古代燕赵之地。

〔4〕飞狐：古代要塞名。在今河北涞源北。

〔5〕瀚海：指北海。在蒙古高原东北。

〔6〕刁斗：古代军队用具，以铜制成，白天用来烧饭，夜里用来敲击巡更。

〔7〕乘墉：登上城墙，喻守卫疆域。

〔8〕旍（jīng）：同“旌”，用羽毛或牦牛尾装饰的旗子。

〔9〕云屯：云集。

〔10〕鱼丽：古代车马的一种阵法。

〔11〕胡笳：古代北方民族的管乐器，其音悲凉。

〔12〕羌笛：古代乐器，出自古羌族。

〔13〕骨都：汉时匈奴官名，借指匈奴官员或异姓大臣。　詟（zhé）：惧怕。

〔14〕日逐：匈奴王号。后亦以泛称古代北方少数民族首领。

〔15〕玉门：即玉门关，在今甘肃河西走廊西部，汉时通西域的要隘。斥候：放哨。

〔16〕甲第：豪门贵族的宅第。这里化用霍去病答汉武帝语。

〔17〕位：指列侯之位。　万庾积：指高官厚禄。庾，谷仓。

〔18〕百行：多方面品行。

〔19〕激楚乐：音调高亢激昂的乐曲。

〔20〕高台倾：喻人之死。

〔21〕麟阁：即麒麟阁，在汉未央宫中。

〔22〕雄名：英雄的美名。

【译文】

汉将举旗去远征，率领兵马出长城。长城地势峻而险，绵延万里高入云。却说凉秋八九月，胡骑侵扰幽和并。边关飞狐白日暗，瀚海上空战云生。紧急军书时断绝，敲击刁斗日夜惊。登上城墙挥宝剑，高树蔽日引高旗。云集七队精兵马，大摆战阵六郡兵。胡笳关下寄情思，羌笛声声陇头鸣。骨都闻风先丧胆，日逐跟着魂魄惊。边关若能罢驻守，家室始可来修营。爵位登上万户侯，百战功成积百行。虽说天长地自久，人道却是有亏盈。激楚乐曲犹未尽，岂料已见高台倾。当令绘像麒麟阁，千秋万代留英名。

百一

百一诗　应休琏（应璩）

【题解】

应璩（190—253），字休琏，三国魏汝南南顿（今河南项城西南）人。建安七子应玚之弟。历仕魏文帝、明帝，为散骑常侍。传附《三国志·王粲传》。《百一诗》曾有三说，一为原诗可能有一百零一篇。二指此诗是五言二十句，正好一百字，百言为一篇。三指百虑一失的意思。本诗讽刺和鞭挞不学无术、徒具虚名之人及其浑浑噩噩、贪图享受的思想行为。

下流不可处[1]，君子慎厥初[2]。名高不宿著，易用受侵诬。前者隳官去[3]，有人适我闾[4]。田家无所有，酌醴焚枯鱼[5]。问我何功德，三入承明庐[6]。所占于此土，是谓仁智居[7]。文章不经国[8]，筐箧无尺书[9]。用等称才学[10]，往往见叹誉。避席跪自陈[11]，贱子实空虚[12]。宋人遇周客，惭愧靡所如。

【注释】

〔1〕下流：地位低下。

〔2〕厥：其。　初：始。

〔3〕前者：前些时候。　隳（huī）：毁坏，动摇。

〔4〕闾：里门。

〔5〕酌醴（zhuó lǐ）：酌酒。

〔6〕承明庐：三国魏文帝以建始殿朝群臣，门曰承明，其朝臣止息之所亦称承明庐。

〔7〕仁智：语出《论语》："智者乐水，仁者乐山。"

〔8〕文章：指礼乐法度等。　经国：治理国家。

〔9〕筐箧（qiè）：储物的狭长形竹箱子。　尺书：语出《汉书》："奉咫尺之书以使燕。"古代多选高才博学、能言善辩者充任使者。

〔10〕用等：用何等，即用什么之意。

〔11〕避席：古代席地而坐，避席即离开座位。　陈：上书进言。

〔12〕贱子：诗中的"我"的谦称。

【译文】

低下的地位不可处，君子重视其始初。名望保持不长久，易被侵害又受欺。前些时候罢官去，有人去到我闾里。田家贫苦无所依，惟有斟杯煮干鱼。若问我有何功德？三次进入承明庐。今所占卜择此地，它有山有水好居所。文章不用来治国，竹箱没有一本书。凭啥称为有才学，博得人们多赞誉？只好离席来自陈，贱子实在腹空虚。如同宋人遇周客，深感惭愧无所如。

游仙

游仙诗　何敬祖（何劭）

【题解】

何劭（236—301），字敬祖，西晋陈国阳夏（今河南太康）人。何曾之子，袭封朗陵郡公。魏末任太子中庶子。晋武帝时任散骑常侍，升迁侍中尚书。惠帝即位，为太子太师，累官至司徒。传附《晋书·何曾传》。此诗抒写诗人对神仙生活的仰慕和对成仙的向往。

青青陵上松，亭亭高山柏〔1〕。光色冬夏茂，根柢无凋落。吉士怀贞心〔2〕，悟物思远托。扬志玄云际，流目瞩岩石〔3〕。羡昔王子乔〔4〕，友道发伊洛〔5〕。迢递陵峻岳，连翩御飞鹤。抗迹遗万里〔6〕，岂恋生民乐？长怀慕仙类，眩然心绵邈〔7〕。

【注释】

〔1〕亭亭：高耸挺拔的样子。

〔2〕吉士：对古代男子的美称。

〔3〕流目：转动目光，随意观看。

〔4〕王子乔：东周人，是汉族传说中的神仙，为黄帝后裔。本名姬晋，字子乔，是王氏的始祖。

〔5〕友道：以道为友。

〔6〕抗迹：特立独行。

〔7〕眩（xuàn）然：悠悠然。 绵邈：细微之思。

【译文】

陵墓间郁郁葱葱的青松，山顶上高耸挺拔的翠柏。光彩色泽冬夏常青，树根坚实繁茂不凋。吉士怀抱坚贞不二，参悟物性托思高远。心志高扬直冲云霄，放眼观览瞩目山石。羡慕昔日王子乔，以道为友发自伊洛。路途遥远登上高山，振翼翩翩驾着白鹤。特立独行千万里，哪还留恋尘世的快乐？我心长慕仙人们，思结悠远心飘忽。

游仙诗七首 郭景纯（郭璞）

【题解】

诗作叙写神仙生活，借歌咏神仙，实际上表示对隐逸生活的赞叹。

京华游侠窟，山林隐遁栖。朱门何足荣，未若托蓬莱。临源挹清波[1]，陵岗掇丹荑。灵溪可潜盘[2]，安事登云梯。漆园有傲吏[3]，莱氏有逸妻[4]。进则保龙见[5]，退为触藩羝[6]。高蹈风尘外，长揖谢夷齐[7]。

【注释】

〔1〕挹（yì）：斟，又有掇、拾之意。

〔2〕灵溪：一曰水名。庾仲雍《荆州记》言：大城往西九里处有灵溪水。二曰泛指幽深山谷中的溪流。此处应有释二之意。

〔3〕漆园吏：漆园为古地名，相传庄周曾在此做过官，故漆园吏指庄周。《史记·老庄申韩列传》记载，庄子作漆园吏时，楚威王派使者以厚礼相迎，却遭拒绝。

〔4〕莱氏：指老莱子。《列女传》记载，老莱子耕于蒙山之阳。楚王请他出来做官，其妻子说，食人酒肉，受人官禄，为人所制。难免于患，老莱听了后就隐居去了。

〔5〕龙见：《周易》："初九，潜龙勿用。"又《史记·老庄申韩列传》："老子犹龙。"

〔6〕触藩羝：喻处于困境。语本《易·大壮》："羝羊触藩，羸其角不能退，不能遂无攸利。"

〔7〕夷齐：指伯夷、叔齐二人。

【译文】

京城是游侠出没之地，山林为隐士所居之处。富贵人家有什么值得荣耀的？还不如置身于草野间栖息。云泉边舀取清凉泉水，山谷中采撷仙草丹芝。灵谷之地足可隐居盘桓，何须修炼羽化成仙？漆园有傲吏名叫庄周，老莱子有贤妻劝其隐逸。隐逸能保持中正之道，退处世俗将成触藩之羝。远离尘世超然物外，隐逸之志坚胜夷齐。

青溪千馀仞[1]，中有一道士。云生梁栋间，风出窗户里。借问此何谁，云是鬼谷子[2]。翘迹企颍阳，临河思洗耳[3]。阊阖西南来[4]，潜波涣鳞起。灵妃顾我笑[5]，粲然启玉齿。蹇修时不存[6]，要之将谁使？

【注释】

〔1〕青溪：指青溪山，为东晋南朝道士常驻之地。

〔2〕鬼谷子：是战国时期著名谋略家、道家代表人物、兵法集大成者、纵横家的鼻祖，精通百家学问，因隐居鬼谷，故自称鬼谷先生。

〔3〕洗耳：相传尧想让位给许由，许由听到后感到耳朵受了污染，临水洗耳。

〔4〕阊阖：指阊阖风，即西风。

〔5〕灵妃：指宓妃，传说中的洛水女神。

〔6〕蹇（jiǎn）修：传说中伏羲氏之臣，古贤者。

【译文】

青谷山高千余仞，山中住着有道之人。白云绕在梁栋间，山风吹进门窗里。借问道士是何人？都说他是鬼谷子。翘足企慕许颖阳，临河想起洗耳事。西风从西南吹来，波光闪闪如鳞起。灵妃嫣然对我笑，笑里含情启玉齿。为媒蹇修今不在，欲求女神将谁使？

翡翠戏兰苕，容色更相鲜。绿萝结高林，蒙笼盖一山。中有冥寂士，静啸抚清弦。放情陵霄外，嚼蕊挹飞泉。赤松临上游[1]，驾鸿乘紫烟。左挹浮丘袖[2]，右拍洪崖肩[3]。借问蜉蝣辈[4]，宁知龟鹤年？

【注释】

〔1〕赤松：指赤松子，传说中的仙人。

〔2〕浮丘：浮丘公，传说中的仙人。

〔3〕洪崖：传说中的仙人。

〔4〕蜉蝣：虫名。其生命极其短暂，朝生夕死。

【译文】

翠雀嬉戏兰苕间，艳丽容色两相辉映。藤萝攀结高树林，绿荫笼罩整座山。山中有位冥寂士，缄默无语轻奏琴。独自放情云天外，饥食琼蕊渴饮泉。赤松仙人巡游来，驾着白鸿上紫烟。左手牵着浮丘袖，右手搭着洪崖肩。试问蜉蝣小虫辈，可知龟鹤长寿年？

六龙安可顿[1]，运流有代谢。时变感人思，已秋复愿夏。淮海变微禽[2]，吾生独不化。虽欲腾丹溪[3]，云螭非我驾[4]。愧无鲁阳德[5]，回日向三舍。临川哀年迈，抚心独悲吒。

【注释】

〔1〕六龙：指太阳。相传日神乘车，驾以六龙。

〔2〕变微禽：指鸟类能随环境变化形体。

〔3〕丹溪：传说中不死之国。

〔4〕螭（chī）：传说中无角的龙。

〔5〕鲁阳：传说他曾挥戈使太阳返回。

【译文】

太阳怎可停歇息？四时运行自有规。时节变化引感怀，入得秋来又念夏。鸟类能变其形体，唯独人类顽不化。虽想升腾往丹谷，螭龙并非我能驾，自愧没有鲁阳功，喝令太阳回三舍。临江视水哀叹老，抚心独处空自悲。

逸翮思拂霄〔1〕，迅足羡远游〔2〕。清源无增澜，安得运吞舟〔3〕？珪璋虽特达〔4〕，明月难暗投〔5〕。潜颖怨青阳〔6〕，陵苕哀素秋〔7〕。悲来恻丹心，零泪缘缨流。

【注释】

〔1〕逸翮：善飞的鸟。

〔2〕迅足：善奔跑的兽。

〔3〕吞舟：指大鱼。

〔4〕珪璋：玉器名。古代诸侯朝聘时用其为礼品。

〔5〕明月：珠宝名。

〔6〕潜颖：指生长在隐蔽之处的植物。

〔7〕陵苕（tiáo）：指生长在高处的植物。

【译文】

善飞翔的鸟儿想穿霄凌云，善奔跑的兽儿爱长跑远游。清泉里没有大波大浪，怎能浮游可吞舟的大鱼？朝聘的珪璋能单独送达，明月之珠却难以暗投。低阴处的禾穗恨春日来迟，高坡上的苕草却怨秋早到。悲哀袭来丹心凄恻，泪水沿着缨带下流。

杂县寓鲁门[1]，风暖将为灾。吞舟涌海底，高浪驾蓬莱。神仙排云出，但见金银台。陵阳挹丹溜[2]，容成挥玉杯[3]。姮娥扬妙音，洪崖颔其颐。升降随长烟[4]，飘飖戏九垓[5]。奇龄迈五龙[6]，千岁方婴孩。燕昭无灵气[7]，汉武非仙才[8]。

【注释】

〔1〕杂县（yuán）：海鸟名，即爰居。　鲁门：鲁国城门。

〔2〕陵阳：陵阳子明，古代传说中的仙人。相传子明从鱼腹得书，因知服食之法，服石脂三年成仙。

〔3〕容成：古代传说中的仙人。

〔4〕“升降”句：《列仙传》中有记载：“甯封子者，黄帝时人，积火自烧而随烟上下。”

〔5〕九垓（gāi）：九天。中央及东南西北方。

〔6〕五龙：传说中五个人面龙身的仙人。

〔7〕“燕昭”句：《拾遗记》中记载燕昭王向甘需问学仙之道。甘需认为其无学道的灵气。

〔8〕“汉武”句：《汉武帝内传》中西王母称汉武帝没有学道成仙之才。

【译文】

海鸟避在鲁门外，风暖预示将有灾。吞舟大浪涌海底，驾波踏浪赴蓬莱。诸仙排云来相聚，但见云中金银台。陵阳子明舀丹溜，容成仙翁挥玉杯。嫦娥奏起美妙的仙乐，洪崖频频点头赞。甯封子升降随长烟，高高飘荡九天上。诸仙高龄赛五龙，千岁以上却如同婴孩。燕昭学仙惜无灵气，汉武好道也无仙才。

晦朔如循环[1]，月盈已见魄。蓐收清西陆[2]，朱羲将由白[3]。寒露拂陵苕，女萝辞松柏。蕣荣不终朝，蜉蝣岂见夕。圆丘有奇草[4]，钟山出灵液[5]。王孙列八珍，安期炼五石[6]。长揖当涂人[7]，去来山林客。

【注释】

〔1〕晦朔：指农历月的末一天和初一。

〔2〕蓐（rù）收：西方神名。

〔3〕朱羲：指日。朱明为日别称。羲和是古代神话中驾日车之神，合称朱羲。

〔4〕圆丘：指圆丘山。

〔5〕钟山：海上仙山。

〔6〕安期：即安期生，传说中的仙人。

〔7〕当涂：指做官、掌管大权。

【译文】

晦朔循环无休止，月圆又复月缺时。司秋之神经过西陆，日神之将从白道行。寒露拂走陵苕草，女萝告别松与柏。木槿花开不满日，蜉蝣生不过一夕。圆丘奇草可延年，钟山灵液能益寿。王孙列八珍以伤生，安期炼五石以延寿。拱手奉劝当权者，归来做那山林客。

（本卷译注：陈雪军）

文选卷第二十二

招隐

招隐诗二首　左太冲（左思）

【题解】

此诗写访求隐士，却被大自然的纯真之美所吸引，也要投簪隐居了，寄寓着诗人对隐士品行的歌颂与崇尚自然、返朴归真的老庄思想。

杖策招隐士，荒途横古今。岩穴无结构，丘中有鸣琴。白雪停阴冈，丹葩曜阳林。石泉漱琼瑶[1]，纤鳞亦浮沉。非必丝与竹，山水有清音。何事待啸歌，灌木自悲吟[2]。秋菊兼糇粮，幽兰间重襟。踌躇足力烦，聊欲投吾簪。

【注释】

〔1〕漱：激。　琼瑶：美玉，这里指山石。

〔2〕悲吟：令人感动的歌吟。

【译文】

拄杖访求隐士，道路荒芜古今阻塞。只有隐居山洞没有房屋，山丘之中却有琴声。白雪积留在山北，红花盛开于山南。泉水在山石之间激荡，小鱼在溪水之中时沉时浮。不需弦乐与管乐，山水自有清妙的声音。也不必歌唱，风吹灌木的声音就令人很感动了。采摘菊花兼作食物，在衣襟上佩戴幽兰。在世俗之路徘徊，脚力疲乏了，索性抛簪脱帽在此隐居吧！

经始东山庐〔1〕，果下自成榛。前有寒泉井，聊可莹心神。峭蒨青葱间〔2〕，竹柏得其真。弱叶栖霜雪〔3〕，飞荣流馀津〔4〕。爵服无常玩，好恶有屈伸。结绶生缠牵〔5〕，弹冠去埃尘〔6〕。惠连非吾屈〔7〕，首阳非吾仁〔8〕。相与观所尚〔9〕，逍遥撰良辰。

【注释】

〔1〕东山庐：王隐《晋书》曰：左思徙居洛城东，著《经始东山庐诗》。此指左思东郊住宅宜春里。

〔2〕峭蒨：鲜明貌。

〔3〕弱叶：竹柏之外其他不耐冬寒的林木的落叶。

〔4〕飞荣：落花。　馀津：残水。

〔5〕结绶：用丝织的绶带将印玺结于腰间，此言做官。　缠牵：做官所引起的牵累。

〔6〕弹冠：弹去冠上的灰尘，喻辞官归隐。

〔7〕惠连：古贤人柳下惠和少连二人。

〔8〕首阳：此以首阳代指伯夷、叔齐“义不食周粟”的所谓仁。

〔9〕观所尚：观察所尊崇的事情。

【译文】

开始营建东山庐，果树之下长满荆榛。庐前有清冽沁人的寒泉，可以磨心定神。郁倩青葱的林木当中，只有松柏可以经冬不凋，保持其本色。还有蒙霜覆雪的弱叶，以及余润尚存的落花。人人都不能永久地享受爵禄，时有好恶，运有屈伸。做官生出许多烦忧，不如摆脱俗务，辞官归隐。柳下惠和少连的行为不算我说的

“屈”，伯夷、叔齐的行为不是我说的“仁”。交友要视其志向，我还是自己选择良时做逍遥之游吧。

招隐诗　陆士衡（陆机）

【题解】

此诗写对隐士的追寻，流露出对自由生活的向往。

明发心不夷，振衣聊踯躅〔1〕。踯躅欲安之，幽人在浚谷〔2〕。朝采南涧藻，夕息西山足〔3〕。轻条象云构〔4〕，密叶成翠幄〔5〕。激楚伫兰林，回芳薄秀木。山溜何泠泠，飞泉漱鸣玉。哀音附灵波，颓响赴曾曲。至乐非有假，安事浇醇朴〔6〕。富贵苟难图，税驾从所欲〔7〕。

【注释】

〔1〕振：整顿。

〔2〕幽人：隐士。　浚（jùn）谷：深谷。

〔3〕西山：指首阳山，伯夷、叔齐曾隐于此，后来“西山”成为隐士居地的代称。

〔4〕云构：高耸入云的建筑。

〔5〕翠幄：绿色的帐子。

〔6〕浇：薄。

〔7〕税驾：卸车，停车。

【译文】

清早起来心中郁郁不平，想穿衣外出又犹豫不决。犹豫不决不知道去哪里才好，还是到深谷之中去访求隐士吧。隐士早上在南涧采摘芹藻，傍晚才回到西山脚下。山里轻柔的枝条搭在一起就像高大的房屋一样，浓密的树叶层层相盖就像翠绿的帐子。优美动听的歌曲让人不由得在兰林驻足，悠然飘来的乐曲轻拂着秀美的树丛。溪水为什么发出泠泠的声响呢，那是飞泉激荡山石发出的奏鸣。哀怨的声音伴随着泉水远去，深谷里还回荡着它的余音。至乐全靠清静无为来求得，哪能去求取利禄和功名？荣华富贵实在难以求到，不如辞官隐居随心所欲过一生！

反招隐

反招隐诗　王康琚

【题解】

王康琚，晋代诗人。生卒年不详，爵里不详。此诗赞美隐士，宣扬庄子保天和、齐万物的思想。

小隐隐陵薮，大隐隐朝市。伯夷窜首阳，老聃伏柱史〔1〕。昔在太平时，亦有巢居子〔2〕。今虽盛明世，能无中林士。放神青云外，绝迹穷山里。鹍鸡先晨鸣〔3〕，哀风迎夜起。凝霜凋朱颜，寒泉伤玉趾。周才信众人〔4〕，偏智任诸己〔5〕。推分得天和，矫性失至理〔6〕。归来安所期，与物齐终始。

【注释】

〔1〕老聃（dān）：老子李耳，曾任周朝柱下史。

〔2〕巢居子：巢父，尧时的隐士，栖身树上。尧以天下让之，不受。

〔3〕鹍（kūn）鸡：鸟名，长颈赤喙，黄白色，外形似鹤。传说它鸣晨后，天下群鸡始鸣。

〔4〕周才：全面的才能，此指出仕做官的才能。

〔5〕偏智：某一方面的智能，指隐居修养自己。

〔6〕至理：最根本的情理，此指自然。

【译文】

小隐隐在山林湖泽，大隐隐在朝廷集市。伯夷曾隐居首阳山，老聃做过周朝的柱下史。昔在上古太平之世，也有巢父栖树而居。现在虽然逢着清明盛世，怎么就会没有山林隐士呢？在青云之外驰骋神思，在幽谷深山消失踪迹。鹍鸡还未破晓就鸣叫，悲风迎着夜晚而起。繁霜浸凋红润的面庞，寒泉伤到白嫩的脚趾。出仕做官的人要取信于众人，隐居的人要修养自己。随时而行可得天和，违反天性失去自然。归隐于山林有什么可期望的呢，那就是愿与万物齐同始终。

游览

芙蓉池作　魏文帝（曹丕）

【题解】

曹丕（187—226），字子桓，沛国谯（今安徽亳州）人。曹操次子，魏国的建立者。其《燕歌行》是现存最早的文人七言诗。事迹见《三国志·魏书·文帝纪》。此诗写夜游西园的愉快心情。

乘辇夜行游，逍遥步西园。双渠相溉灌，嘉木绕通川。卑枝拂羽盖，修条摩苍天。惊风扶轮毂，飞鸟翔我前。丹霞夹明月，华星出云间。上天垂光采，五色一何鲜。寿命非松乔，谁能得神仙。遨游快心意，保己终百年。

【译文】

夜里乘着车子出来游玩，来到这西园漫步。两条河道把园子灌溉，美好的树木沿着河岸密密种植。低垂的枝条轻轻拂打着用羽毛装饰的车盖，修长的树枝快要伸到蓝天上。疾风在车子后面推着车轮跑，飞鸟在前面盘旋。晚霞中升起一轮明月，明亮的星星在云天闪耀着光辉。高空垂下流光溢彩，五光十色的彩虹多么鲜亮！我们不是赤松子和王子乔啊，谁能有他们那样的仙寿呢？不过这样舒心快意的游玩，应该就能够保我活上百年了。

南州桓公九井作　殷仲文

【题解】

殷仲文（？—407），字仲文，东晋文学家。陈郡长平（今河南西华县）人。少有才华，容貌俊美，桓玄姐夫，桓玄举兵篡夺帝位时参与其中。桓玄失败后，投靠刘裕。后因谋反被杀。《晋书》有传。此诗写游览山水景物，表现出从玄言诗向山水诗转变的倾向。桓公，指桓玄。此诗为殷仲文随从桓玄出游南州九井山而作。

四运虽鳞次，理化各有准。独有清秋日，能使高兴尽。景气多明远，风物自凄紧。爽籁警幽律，哀壑叩虚牝。岁寒无早秀，浮荣甘夙殒〔1〕。何以标贞脆，薄言寄松菌。哲匠感萧晨〔2〕，肃此尘外轸。广筵散泛爱，逸爵纡胜引。伊余乐好仁，惑祛吝亦泯。猥首阿衡朝〔3〕，将贻匈奴哂。

【注释】

〔1〕浮荣：浅根的花木。诗人自比。

〔2〕哲匠：哲人。这里指桓玄。

〔3〕阿衡：权衡万务之官，指宰相。此以商相伊尹类比桓玄。

【译文】

春夏秋冬四季的运行像鱼鳞一样排列相接，事物的发展变化有一定的规律。只有秋高气爽的日子，能让人得到最大的兴致。秋天清朗而旷远，秋风中万物凄寒肃杀。幽穴中发出有韵律的音响，空谷中充荡着秋风之声。岁晚天寒草木凋零，那朵浮花也甘愿早落。用什么来做志坚性弱的标志呢？那就是苍松朝菌吧。哲人感怀萧索的秋晨，驾车来到深山游玩。大设宴席普泛众爱，飞杯回旋引众人进酒。我敬爱桓公好仁之怀，困惑鄙吝之心立刻消失了。猥贱之人居于群臣之首，会让匈奴笑话吧。

游西池 谢叔源（谢混）

【题解】

谢混（？—412），字叔源，小字益寿，陈郡阳夏（今河南太康）人。谢灵运族叔。历任中书令、尚书左仆射等职。传附《晋书·谢安传》。此诗写游览园林景物，诗人生发迟暮之感，最后找到的解脱办法就是摒弃俗念，享受大自然的乐趣。

悟彼蟋蟀唱〔1〕，信此劳者歌〔2〕。有来岂不疾，良游常蹉跎。逍遥越城肆，愿言屡经过。回阡被陵阙，高台眺飞霞。惠风荡繁囿，白云屯曾阿。景昃鸣禽集，水木湛清华。褰裳顺兰沚，徙倚引芳柯。美人愆岁月，迟暮独如何。无为牵所思，南荣诫其多〔3〕。

【注释】

〔1〕蟋蟀唱：指《诗经·唐风·蟋蟀》所述人生之理。

〔2〕劳者歌：指《诗经·小雅·伐木》所述求友之理。

〔3〕南荣：指南荣趎，《庄子·杂篇·庚桑楚》载，庚桑楚告诫南荣趎，不要思虑如何求取私利，方可养生保全。

【译文】

已然相信并领悟了《蟋蟀》《伐木》里的人生道理，要结交良友畅游山水。难道说时光流逝得还不够快吗，美景良游已经被错过了。优游自得地迈过城中集市，殷切的思念也屡屡在心中停留。迂回的小路通向陵阙，在高台上眺望如火的飞霞。暖风吹荡着繁茂的园林，白云屯聚在重重的山岭之上。日影西斜的时候群鸟鸣集，池沼花木清幽美丽。提着襟裳走过江边，徘徊流连牵引枝条。岁月匆匆美人易老，晚年又会是什么样子呢？不要再被世务牵萦思虑了，南荣趎得到的告诫里就包含着这样的哲理啊！

泛湖归出楼中玩月　谢惠连

【题解】

此诗写游湖之后与友人共赏月夜美景。

日落泛澄瀛，星罗游轻桡。憩榭面曲汜，临流对回潮。辍策共骈筵，并坐相招要。哀鸿鸣沙渚，悲猿响山椒。亭亭映江月，浏浏出谷飚。斐斐气幕岫，泫泫露盈条。近瞩袪幽蕴，远视荡喧嚣。悟言不知罢[1]，从夕至清朝。

【注释】

〔1〕悟言：相对而谈。悟，同“晤”。罢，通“疲”。

【译文】

日落时分在澄湖中泛游，繁星满天的时候轻舟摇荡。用于休息的楼阁面对着曲折的水湾，身临湖心看见回旋的潮水。停下车驾连接竹席，大家并坐招手相邀。鸿雁在沙洲哀鸣，猿猴在山顶悲啼。明亮的月色辉映着江流，微微清风吹拂着峡谷。缥缈的雾气笼罩着山峦，晶莹的露珠挂满枝条。近观花草可以消除心中烦闷，远眺山间可以荡涤尘世喧闹。和知己晤谈不知疲倦，相互吐露心曲从傍晚直到清晨。

从游京口北固应诏 谢灵运

【题解】

此诗为诗人陪同宋文帝刘义隆巡游镇江登北固山奉旨而写。诗中描写了登山巡游的宏大场面，称颂皇帝，同时表明自己无意于仕途，向往归隐。

玉玺戒诚信，黄屋示崇高〔1〕。事为名教用，道以神理超。昔闻汾水游〔2〕，今见尘外镳。鸣笳发春渚，税銮登山椒。张组眺倒景，列筵瞩归潮。远岩映兰薄，白日丽江皋。原隰荑绿柳，墟囿散红桃。皇心美阳泽，万象咸光昭。顾已枉维絷，抚志惭场苗。工拙各所宜，终以反林巢。曾是萦旧想，览物奏长谣。

【注释】

〔1〕黄屋：古代帝王专用的黄缯车盖。

〔2〕汾水游：《庄子·逍遥游》载，尧于汾水之阳拜见四位得道的高士，后以“汾水游”形容超然物外的处世态度。

【译文】

玉玺警诫人们要诚信，黄屋显示皇权的高贵。行事为名教发挥作用，教化之道以神明超然为妙。昔闻尧帝为政而逍遥于汾水之事，今见太祖纵马游于尘外。鸣笛笳引路越过春日水滨，解驾停车登上山顶。张设帷帐眺望山在水中的倒影，布置宴席观赏江水退潮。远处的崖岸草光掩映，弯曲的江畔白日照耀。平原和洼地的绿柳绽放出新芽，山丘和田园遍布鲜红的桃树。皇帝美善的心意就像春日滋润万物的阳光，宇宙间的一切事物都接受着照耀。念及自己被朝廷官禄束缚，想到我的归隐之志就感到惭愧啊。工巧和笨拙各有所适合的，最终还是要归返山林。在位的时候常想到昔日的隐逸志向，观看眼前美景献上这首长歌。

晚出西射堂　谢灵运

【题解】

此诗为诗人游西山而作。面对清冷秋色，诗人触发怀乡羁旅之思，幽独惆怅之感。

步出西城门，遥望城西岑。连鄣叠巘崿，青翠杳深沉。晓霜枫叶丹，夕曛岚气阴。节往戚不浅，感来念已深。羁雌恋旧侣，迷鸟怀故林。含情尚劳爱，如何离赏心？抚镜华缁鬓，揽带缓促衿。安排徒空言[1]，幽独赖鸣琴。

【注释】

〔1〕安排：安于自然变化。

【译文】

漫步走出永嘉城西门，遥看城西高高的远山。山岭连绵山崖陡峭，青翠的山峦隐没在苍茫暮色之中。晨霜把枫叶染红了，落日余晖被山林中的雾气笼罩天色变暗。时序流转令人忧愁，感慨来日忧虑更深。失群的雌兽留恋旧时伴侣，迷失归路的鸟儿思念昔日的林巢。鸟兽有情尚且相思爱恋，我们怎么能离开知心的朋友呢？对着镜子发现自己鬓角的头发已经斑白了，扎上衣带发现衣襟显得宽松了。与天地合一只是空言，寂寞孤独只好靠弹琴来排遣。

登池上楼　谢灵运

【题解】

此诗为诗人久病初愈后登池上楼而作，排解自己官场失意的郁闷。

潜虬媚幽姿，飞鸿响远音。薄霄愧云浮，栖川怍渊沉。进德智所拙，退耕力不任。徇禄反穷海，卧痾对空林。倾耳聆波澜，举目眺岖嵚。初景革绪风，新阳改故阴。池塘生春草，园柳变鸣禽。祁祁伤豳歌[1]，萋萋感楚吟[2]。索居易永久，离群难处心。持操岂独古，无闷征在今。

【注释】

〔1〕豳（bīn）歌：《诗经·豳风·七月》有“女心伤悲”之语。

〔2〕楚吟：楚国诗人的吟咏。《楚辞·招隐士》有“王孙游兮不归，春草生兮萋萋”。

【译文】

潜藏在水里的虬龙游姿美妙，苍空鸿雁的鸣叫声响彻远方。自愧不能像鸿雁那样高飞入云，心惭不能像虬龙在深海潜沉。想增进德行又感叹才思笨拙，想退隐耕田又觉得不能胜任。远走荒僻的海边只为获取俸禄，剩下一身多病卧床对空林。拥被病榻上不知道季节的变化，掀开临窗帷帘观看外边的美景。侧耳细听潺潺流水声，举目远眺高峻的远山。初春的阳光驱除了残冬的寒风，和煦的阳春取代了严冬的阴冷。池塘岸边长出绿油油的春草，园中的柳树上不断变换着百鸟的鸣唱。抒发离愁的豳歌让我内心感伤不已，描写别恨的萋萋春草让我产生共鸣。孤独的生活让我感觉日子更加长了，远离亲友让我总是忧心忡忡。保持高尚的节操难道只有古人才能够做到吗？隐退没有烦闷在我身上得到了证明。

游南亭　谢灵运

【题解】

此诗叙写久病初愈出游之所见，感叹岁月易逝，而心志不被人知。

时竟夕澄霁，云归日西驰。密林含馀清，远峰隐半规。久痗昏垫苦，旅馆眺郊歧。泽兰渐被径，芙蓉始发池。未厌青春好，已睹朱明移。戚戚感物叹，星星白发垂[1]。药饵情所止，衰疾忽在斯。逝将候秋水，息景偃旧崖[2]。我志谁与亮，赏心惟良知。

【注释】

〔1〕垂：同“陲”，鬓边。

〔2〕景：同“影”。

【译文】

晚春已过的傍晚雨后天晴，浮云散去红日西落。密林深处弥漫着雨后的清凉之气，半个夕阳隐没在远山峰里。久病还为阴雨所苦，在旅馆中眺望远郊的小路。水边的兰草都盖住了曲折的路径，荷花在池塘里绽放。春天还没有享受够呢，夏天就已经来了。景物和时序变化迅速让人忧思悲叹，鬓边生出星星白发。衰老病痛忽而相侵，每日所挂念的只有药物了。过去的日子像秋水流逝，我要远离官场隐居在旧日山居。我的心志可以跟谁来剖白呢？只有良友知我心意啊！

游赤石进帆海　谢灵运

【题解】

写初夏游海所见之胜景，以及诗人回想古人得到任真自得的思想感受。

首夏犹清和，芳草亦未歇。水宿淹晨暮，阴霞屡兴没。周览倦瀛壖，况乃陵穷发。川后时安流，天吴静不发。扬帆采石华，挂席拾海月。溟涨无端倪，虚舟有超越。仲连轻齐组〔1〕，子牟眷魏阙〔2〕。矜名道不足，适己物可忽。请附任公言〔3〕，终然谢天伐。

【注释】

〔1〕仲连：战国时齐人鲁仲连，为人排难解纷而不受封爵。

〔2〕子牟：魏公子牟，战国时人，曾说："身在江海之上，心居乎魏阙之下。"魏阙：指朝廷。

〔3〕任公：《庄子·山木》载，太公任曾说："直木先伐，甘泉先竭。"表达道家出世之义。

【译文】

初夏的天气依然清凉温和，芳草还在不停地生长。在船上生活度过朝朝暮暮，天气时阴时晴变化无常。东海岸边已经游遍厌倦了，那就进发更遥远的海洋吧。波神让海水平稳地流动，水神安静不兴波作浪。扬起风帆采集鲜美的石华，荡起小船拾来海月品尝。大海波涛汹涌茫茫无涯，轻舟飘海悠然自得。鲁仲连立功不居而隐于东海，中山子牟身在江海还一心想着封赏。崇尚虚名必定会损坏道义，顺应个性外物皆可淡忘。我同意任公的遁世良言，这样才可以躲避意外的祸患。

石壁精舍还湖中作　谢灵运

【题解】

诗人叙写自石壁精舍返经巫湖游观的乐趣，以及从中体会的养生之道。

昏旦变气候，山水含清晖。清晖能娱人，游子憺忘归〔1〕。出谷日尚早，入舟阳已微。林壑敛暝色，云霞收夕霏。芰荷迭映蔚，蒲稗相因依。披拂趋南径，愉悦偃东扉。虑澹物自轻，意惬理无违。寄言摄生客〔2〕，试用此道推。

【注释】

〔1〕憺：安定，泰然。

〔2〕摄生：养生，也叫“摄养”。

【译文】

早晚的景色变化不同，山光和水色都含着清晖。清晖让人欢娱，游子安然忘了返回。走出山谷时天色还早，登上小船的时候已是夕阳西下了。山林和深谷里暮色苍茫，天边的云霞慢慢褪去了。

菱花和荷花交相辉映，菖蒲和稗草互相依偎。拂开草丛走上南边的小路，心情愉悦地回到石壁精舍休息。思虑淡泊外物自轻，随性自然不违本性。寄语那些想养生的人，应该用我的养生之道去推求。

登石门最高顶　谢灵运

【题解】

写登临之所见所感，盼望与同道之人相随的心愿。

晨策寻绝壁，夕息在山栖。疏峰抗高馆，对岭临回溪。长林罗户穴，积石拥基阶。连岩觉路塞，密竹使径迷。来人忘新术，去子惑故蹊。活活夕流驶，噭噭夜猿啼。沉冥岂别理，守道自不携。心契九秋干，目玩三春荑。居常以待终，处顺故安排。惜无同怀客，共登青云梯。

【译文】

清晨拄杖攀登陡峭的悬崖，傍晚就歇息在山上。远处的山峰遥对着石门绝壁上的馆舍，对面的山岭下面是弯曲的溪水。门前庭院排列着高高的树林，墙基台阶下都是堆积的山石。彼此相连的岩石把路都堵住了，茂密的竹子让人迷了路。来游玩的人忘记了新走出来的路，离去的人忘记了走过的路。傍晚流水淙淙，深夜猿猴噭噭。深沉无欲没有什么特别的道理，只要信守人生的常道就不会偏离。心神契合松柏经秋至冬依然挺拔，顺应自然观赏春天茎叶之美。顺应人生的常道安然豁达地等待死亡，适应天理自然就会安于变化与天地合一了。可惜没有志同道合的人，和我一起归隐啊！

于南山往北山经湖中瞻眺　谢灵运

【题解】

描写大自然的美景，反映诗人对山水美景的热爱和对知音的渴望。

朝旦发阳崖，景落憩阴峰。舍舟眺迥渚，停策倚茂松。侧径既窈窕，环洲亦玲珑。俯视乔木杪，仰聆大壑淙。石横水分流，林密蹊绝踪。解作竟何感[1]，升长皆丰容[2]。初篁苞绿箨，新蒲含紫茸。海鸥戏春岸，天鸡弄和风。抚化心无厌，览物眷弥重。不惜去人远，但恨莫与同。孤游非情叹，赏废理谁通？

【注释】

〔1〕解作：春天雷声乍响甘雨普降。《周易·解卦》彖辞说："天地解而雷雨作。"

〔2〕丰容：茂盛。

【译文】

清晨从南山出发，日落时分在北山休息。离开小船眺望远处水中的小洲，拄着手杖靠在茂密的青松上。依山蜿蜒的小路又深又长，圆圆的沙洲晶莹闪光。低头可见大树的树梢，抬头可听深谷的水声。巨石横陈涧水分流，茂密树林遮断路迹。春天雷鸣雨降万物复苏，草木茂盛欣欣向荣。新生的竹丛包裹绿色的竹皮，新生的菖蒲花含苞欲放。海鸥随潮水上下翻飞，天鸡鸟在春风中抚弄羽毛。化于自然不知厌倦，观照万物物我两忘。不恨隐逸之人相去甚远，只可惜今人与我情志不同。独自游玩不合我的真情啊，赏玩山水而体悟的玄妙之理又有谁能够理解呢？

从斤竹涧越岭溪行　谢灵运

【题解】

描写从斤竹涧越岭沿溪步行沿途所见的景物，抒发并排遣烦闷之心。

猿鸣诚知曙，谷幽光未显。岩下云方合，花上露犹泫。逶迤傍隈隩，苕递陟陉岘。过涧既厉急，登栈亦陵缅。川渚屡径复，乘流玩回转。蘋萍泛沉深，菰蒲冒清浅。企石挹飞泉，攀林摘叶卷。想见山阿人，薜萝若在眼[1]。握兰勤徒结，折麻心莫展。情用赏为美，事昧竟谁辨。观此遗物虑，一悟得所遣[2]。

【注释】

〔1〕薜萝：薜荔和女萝。

〔2〕所遣：排除世俗一切是非矛盾。

【译文】

猿猴鸣叫报知天明，山谷又深又暗晨光未现。岩下的云开始合拢，花上的露珠晶莹欲滴。绕过曲折婉转的水湾，登上高远的山岭。跨过山涧越过急流，攀登栈道登上高山。水流总是曲折往复，那就随着溪流往来玩赏。蘋草和浮萍在深水里漂浮，茭白和菖蒲覆盖在水流上。站在石头上踮着脚取水，攀着树木采摘嫩叶。想起在山里隐居的人，好像披着薜荔带着女萝就在眼前一样。我手握兰草情意殷殷，采摘疏麻的花也难以表达心意。用情欣赏事物万物皆有美感，这个道理幽微难懂不容易辨别明白。观赏沿途美丽的景色可以忘掉对尘世俗物的忧虑，蓦然感悟到悠然自得的玄学境界。

应诏观北湖田收 颜延年（颜延之）

【题解】

写北湖田收景象，颂扬朝廷的德政。

周御穷辙迹[1]，夏载历山川[2]。蓄轸岂明懋[3]，善游皆圣仙。帝晖膺顺动，清跸巡广廛。楼观眺丰颖，金驾映松山。飞奔互流缀，缇彀代回环。神行埒浮景，争光溢中天。开冬眷徂物，残悴盈化先。阳陆团精气，阴谷曳寒烟。攒素既森蔼，积翠亦葱仟。息飨报嘉岁，通急戒无年。温渥浃舆隶，和惠属后筵。观风久有作，陈诗愧未妍。疲弱谢凌遽，取累非缨牵。

【注释】

〔1〕周御：指周穆王巡游天下事。

〔2〕夏载：指夏禹巡行天下事。

〔3〕明懋：钦明茂德。

【译文】

周穆王曾乘车马巡游天下，大禹也曾乘舟车阅尽山川。收藏车驾不远行哪能称得上明德，善于巡游的都是圣贤之君。帝王的光辉顺应时序而动，清道开路巡视田野。登楼眺望丰茂的谷穗，金碧辉煌的车驾映照着松柏之山。车驾奔驰像流水一般，持弓弩的武士环绕而行。天子之行和太阳相等，在天空中与日光交相辉映。初冬观览衰落的万物，虽然已经凋残但是充满生机胜过仲春。山南的高平之地凝聚着生成万物的阴阳之气，山北的阴谷里升腾起一缕缕寒烟。枝头凝聚的霜雪晶莹耀眼，松柏的翠叶茂盛缤纷。让农夫休息设宴席酬答丰年，通融百姓之急需防备遇到饥年。皇上的仁厚遍施下民，皇上的恩惠延及后辈。为了解民风民情作诗之事由来已久，我献诗却很惭愧这首诗不够美。就像才智疲弱的马一样不能疾行，不能推诿说被马辔头拖累。

车驾幸京口侍游蒜山作　颜延年（颜延之）

【题解】

记叙宋文帝游蒜山的情景。

元天高北列，日观临东溟。入河起阳峡，践华因削成。岩险去汉宇，衿卫徙吴京。流池自化造，山关固神营。园县极方望，邑社总地灵。宅道炳星纬，诞曜应神明。睿思缠故里，巡驾匝旧垧。陟峰腾辇路，寻云抗瑶甍。春江壮风涛，兰野茂稊英。宣游弘下济〔1〕，穷远凝圣情。岳滨有和会〔2〕，祥习在卜征。周南悲昔老，留滞感遗氓〔3〕。空食疲廊肆〔4〕，反税事岩耕〔5〕。

【注释】

〔1〕下济：济人之德。

〔2〕岳滨：山岳海滨，代指天下诸侯。

〔3〕“周南”二句：指汉太史公司马谈滞留洛阳不得随侍武帝封泰山事。　昔老，指司马谈。　遗氓，诗人自谓。

〔4〕廊肆：指朝廷。

〔5〕税：指税驾，解驾、停车。

【译文】

元天山高得快要挨到北方的星星了，日观峰俯临着东海滨。秦筑长城渡黄河据阳山，攀登像刀削一样陡峭的华山。汉京已无险要的地势，山川环绕着京口。人们以为流池是自然生成的，关隘是神力营造的。守护帝王陵墓的县邑尽祭祀四方群神之礼，陵邑之社祭祀土地神。吴地的疆域照耀着星纪之光，水面闪耀的光芒映着辰明。圣帝的思绪萦绕着京口故里，巡行的车驾遍游旧日田野。沿着车驾常经之路登上高峰，用瑶玉装饰的屋脊连云高举。春日江上风卷波涛，原野上的兰草欣欣向荣。天子遍游各地发扬了卑下济人的德行，荒远之地也感受到皇上的圣明之情。如今故旧僚属相会就像齐桓公会合诸侯一样，年年占卜得吉祥之兆才有此行。往昔司马谈留滞洛阳，哀叹不能随侍汉武帝封泰山。如今我有随侍的恩荣但空食俸禄不能尽职，不如舍去车驾躬耕岩下。

车驾幸京口三月三日侍游曲阿后湖作　颜延年（颜延之）

【题解】

描绘随宋文帝巡游的盛况，歌颂朝廷的仁德之政。

虞风载帝狩[1]，夏谚颂王游。春方动辰驾[2]，望幸倾五州。山祇跸峤路，水若警沧流。神御出瑶轸，天仪降藻舟。万轴胤行卫，千翼泛飞浮。雕云丽璇盖，祥飚被采斿。江南进荆艳，《河激》献赵讴[3]。金练照海浦，笳鼓震溟洲。藐盼覯青崖，衍漾观绿畴。人灵骞都野，鳞翰耸渊丘。德礼既普洽，川岳遍怀柔。

【注释】

〔1〕虞风：虞舜巡察四方的风俗。

〔2〕辰驾：天子的车驾。

〔3〕《河激》：曲名。《列女传》载：赵津女娟者，赵河津吏之女也。

初简子南击楚，将渡河，用楫者少一人，娟攘袂操楫而请，简子篮之，遂与渡。中流为简子发《河激之歌》。简子悦，以为夫人。

【译文】

《虞书》记载舜帝曾巡察四方诸侯之治绩，夏朝的谚语颂扬君王的幸游。天子的车驾从东方出发，皇帝的巡幸让五州欢呼。山神为帝王清山路，水神为我皇保护水路。天子走出美玉装饰的宝车，登上华美的舟船。众多的车辆前后相继负责警卫，还有许多船只随行浮在江面。彩云闪耀着饰玉的车盖，祥和之风遍吹五彩旌旗。江南进献楚地的歌舞，北地赵女也唱起《河激之歌》。黄金铠甲辉映着海边，笳声鼓声震荡着海中陆地。眺望远方草木青葱的山崖，随水波荡漾观赏绿色的田野。人神企望于都邑山野，鱼鸟欢动于潭水山丘。道德礼仪普及天下，隐于川岳之神也被招来安抚。

行药至城东桥　鲍明远（鲍照）

【题解】

行药，魏晋士大夫养生服五石散，服药须漫步以散发药性，也叫“行散”。诗作慨叹世人为追逐名利而奔忙，写出市井生活百态。

鸡鸣关吏起，伐鼓早通晨。严车临迥陌，延瞰历城闉。蔓草缘高隅，修杨夹广津。迅风首旦发，平路塞飞尘。扰扰游宦子，营营市井人。怀金近从利，抚剑远辞亲。争先万里涂，各事百年身。开芳及稚节，含采吝惊春。尊贤永昭灼，孤贱长隐沦。容华坐消歇，端为谁苦辛？

【译文】

雄鸡啼鸣守卫关吏就起床，击鼓通报天明客旅可以通行了。备好车驾就要走上远路，举目远眺城门外。蔓生的杂草攀附着高耸的城角，高大的白杨树耸立在渡口。天刚破晓之时刮起了大风，平坦的大路上飞扬着尘土。异乡为官的人纷纷扰扰，市井商贩逐利而行。身怀金印追求利禄，告别亲人仗剑到远方出仕。争先恐后踏上万里征途，为各自的荣华富贵奔走劳碌。开花散播芬芳要趁少壮时节，含苞待放的花朵要珍惜转瞬即逝的春天。尊贵而有才德的人一直光辉明亮，孤单而卑微的人长期沉沦不得志。容颜光彩徒然衰败，究竟为谁辛苦一场?

游东田　谢玄晖（谢朓）

【题解】

描写游览东田时所见的初夏景色。

戚戚苦无悰[1]，携手共行乐。寻云陟累榭[2]，随山望菌阁。远树暧仟仟，生烟纷漠漠。鱼戏新荷动，鸟散馀花落。不对芳春酒，还望青山郭。

【注释】

〔1〕悰（cóng）：乐。

〔2〕榭：建在高台上的木屋，多为游观之所。

【译文】

心中悲伤没有乐趣，携手友人去游赏寻乐。随着流云登上高耸的台榭，看到华美的楼阁仿佛突兀的蘑菇。远方的树林繁茂迷蒙，炊烟冉冉升起。鱼儿戏水荷叶颤动，鸟儿飞散残花飘零。即使不对着春酒痛饮，望着绵延如同城郭的青山也会感到愉快。

从冠军建平王登庐山香炉峰　江文通（江淹）

【题解】

冠军建平王，即刘景素，为冠军将军、建平王，宋文帝刘义隆之孙。此诗描写庐山香炉峰的美丽景致，称其为仙山，表达自己归隐的愿望。

广成爱神鼎[1]，淮南好丹经。此山具鸾鹤，往来尽仙灵。瑶草正翕艴[2]，玉树信葱青。绛气下萦薄，白云上杳冥。中坐瞰蜿虹，俯伏视流星。不寻遐怪极，则知耳目惊。日落长沙渚，曾阴万里生。藉兰素多意，临风默含情。方学松柏隐，羞逐市井名。幸承光诵末，伏思托后旌。

【注释】

〔1〕广成：广成子，古之仙人。

〔2〕翕艴：兴盛，繁茂。

【译文】

广成子喜欢炼丹神器，淮南王喜欢讲述炼丹经书。这座山聚集着鸾鸟凤凰，往来的都是仙人与神灵。仙草光色鲜艳，仙树葱茏青翠。赤霞萦绕丛聚，白云幽深暗晦。山中远望蜿曲的虹霓，俯身可见闪耀的流星。还没有去寻找山中怪异的景物，已觉耳目一新了。太阳落入水中小洲，万里之外阴云重重。坐卧其上的兰草向来都有美好的情意，拂面而来的清风也脉脉含情。我要学松柏隐居，以追逐名利为羞。有幸应和美好的诗章之后，在后车暗暗构思。

钟山诗应西阳王教　沈休文（沈约）

【题解】

西阳王，即刘子尚，南朝宋孝武帝次子。应教，奉太子、诸王之令写作。此诗描绘钟山的形胜和景物，抒发游赏的愉悦之情。

灵山纪地德，地险资岳灵。终南表秦观，少室迩王城。翠凤翔淮海，衿带绕神坰。北阜何其峻，林薄杳葱青。发地多奇岭，干云非一状。合沓共隐天，参差互相望。郁律构丹巘，崚嶒起青嶂。势随九疑高，气与三山壮〔1〕。即事既多美，临眺殊复奇。南瞻储胥观，西望昆明池。山中咸可悦，赏逐四时移。春光发垄首，秋风生桂枝。多值息心侣，结架山之足。八解鸣涧流〔2〕，四禅隐岩曲〔3〕。窈冥终不见，萧条无可欲。所愿从之游，寸心于此足。君王挺逸趣，羽旆临崇基。白云随玉趾，青霞杂桂旗。淹留访五药〔4〕，顾步伫三芝〔5〕。于焉仰镳驾，岁暮以为期。

【注释】

〔1〕三山：东海三仙山，即蓬莱、方丈、瀛洲。

〔2〕八解：佛家语，解脱尘世束缚的八种禅定。

〔3〕四禅：佛家语，四禅定，断绝一切欲念而彻底清净的境界。

〔4〕五药：五类药物，草、木、虫、石、谷。

〔5〕三芝：三种灵芝，石芝、灵芝、肉芝。

【译文】

仙山标记大地的恩德，地势的险峻凭借山中的神灵。巍峨雄伟的终南山是秦代宫观的仪表，少室山靠近京都之地。凤凰翱翔于淮海地区，山川像衿带一样环绕京城郊野。北山非常险峻，树木丛生青葱茂盛。拔地而起的多是奇绝的山岭，直冲云霄形状各一。重叠高耸隐蔽天际，参差不齐互相对望。丹红的山峰突兀直立，群山重叠如同屏障。山势可与九嶷山相比，气魄能与三山并称。眼前的景物多么美好，向远处眺望物象更加珍奇。往南边看有雄伟壮丽的储胥观，朝西边望有烟波浩渺的昆明池。山中的美景都让人悦目，赏心的景物随四时而变化。春天到来山头可见，秋风在桂树枝头生起。多结交清静无为的朋友，在山脚下建造房屋。钟山峡谷中鸣响的是八解浴池的流水，山岩的深曲处隐藏着修炼已达四禅定的仙人。深邃幽暗不能见，闲适恬淡没有物欲。我只盼望能随仙人游，在这里就心满意足了。君王有超众脱俗的情趣，崇山之上翠羽装饰的旌旗招展。白云随君王双足飘动，青霞中夹杂着桂木旗帜。停下来寻访五类药物，来回漫步察访三种灵芝。今天在这里侍奉西阳王的车驾，年老时愿意归隐于此。

宿东园　沈休文（沈约）

【题解】

描绘东园冬天的景色，抒发作者的迟暮之感与延年益寿之心。

陈王斗鸡道[1]，安仁采樵路[2]。东郊岂异昔，聊可闲余步。野径既盘纡，荒阡亦交互。槿篱疏复密，荆扉新且故。树顶鸣风飚，草根积霜露。惊麏去不息，征鸟时相顾。茅栋啸秋鸮，平岗走寒兔。夕阴带曾阜，长烟引轻素。飞光忽我遒，宁止岁云暮。若蒙西山药，颓龄倘能度。

【注释】

〔1〕陈王：魏曹植，封陈王。　斗鸡：曹植《名都篇》有“斗鸡东郊道”句。

〔2〕安仁：晋潘岳，字安仁。　采樵：潘岳诗有“遵彼莱田，言采其樵”句。

【译文】

陈王斗鸡东郊道旁，安仁砍柴东郊道旁。东郊和从前没有什么不一样，暂且让我闲游漫步吧。野外的小路盘回弯曲，荒野的小道纵横交互。木槿做的篱笆慢慢由稀疏变得绵密了，用荆条编制的门也快变旧了。疾风吹过树顶，草根堆积霜露。受惊的獐子奔跑不停，飞鸟时时相呼唤。茅屋的栋梁之间鸱鸮叫声凄厉，饥寒的野兔在平冈上奔跑。傍晚的阴云像带子一样盘绕在重叠的山峦之间，烟雾像轻柔的白绸一样。忽然之间月光照洒在我身上，难道只是说一年的岁月又到尽头了吗？如果能够得到西山神药，即使是衰老之年也可以长寿。

游沈道士馆　沈休文（沈约）

【题解】

游道士馆为求仙有感而作，表达了追求悠闲隐逸生活的愿望。

秦皇御宇宙，汉帝恢武功。欢娱人事尽，情性犹未充。锐意三山上，托慕九霄中。既表祈年观，复立望仙宫。宁为心好道，直由意无穷。曰余知止足，是原不须丰。遇可淹留处，便欲息微躬。山嶂远重叠，竹树近蒙笼。开衿濯寒水，解带临清风。所累非外物，为念在玄空。朋来握石髓[1]，宾至驾轻鸿。都令人径绝，唯使云路通。一举陵倒景，无事适华嵩。寄言赏心客，岁暮尔来同。

【注释】

〔1〕石髓：石钟乳，古时道家以为服之可以长生不老。

【译文】

秦始皇灭六国一统天下，汉武帝扩大战功开拓疆土。他们享尽了人间的欢娱，欲望却还是没有满足。一心要到仙山上去，对着神仙所居的九霄仰慕不已。既建了求长生的祈年宫，又造了想飞升的望仙宫。难道是因为喜欢道术吗，应该只是由于欲求无尽头吧。我自己知道停止也知道满足，愿望原本也不需要那么多。如果遇到可以久留的地方，我愿意平息一切欲念隐居其中。远处山岭重叠似屏障，近处竹林葱茂如有轻烟笼罩。敞开衣襟用寒水洗浴，解开腰带让清风吹过。我不受身外之物的牵累困扰，因为意念专注于玄道。朋友来了我奉上石髓，宾客到了我驾御轻快的飞鸿。断绝与人间往来的路径，只开通通向云霄之路。我飘然飞升超越日月之上，无须再往华嵩二山去求道成仙。传语世上游赏快意于心的朋友，年老之后和你们一同来隐居。

古意酬到长史溉登琅邪城诗　徐敬业（徐悱）

【题解】

徐悱（495—524），字敬业，南朝梁东海郯（今属浙江）人。吏部尚书徐勉子。曾为太子中舍人，掌书记，早卒。其妻刘令娴作《祭夫文》，辞甚凄怆。到长史，到溉，字茂灌，南朝梁人；此诗写登琅邪城所见，于怀古中暗寓无功可封的慨叹。

甘泉警烽侯，上谷拒楼兰。此江称豁险，兹山复郁盘。表里穷形胜，襟带尽岩峦。修篁壮下属，危楼峻上干。登陴起遐望，回首见长安。金沟朝灞浐，甬道入鸳鸾。鲜车骛华毂，汗马跃银鞍。少年负壮气，耿介立冲冠。怀纪燕山石〔1〕，思开函谷丸〔2〕。岂如霸上戏〔3〕，羞取路傍观。寄言封侯者，数奇良可叹〔4〕。

【注释】

〔1〕燕山石：汉时窦宪破匈奴登燕然山刻石纪功。

〔2〕函谷丸：汉时王元对隗嚣称："请以一丸泥为大王东封函谷关。"

〔3〕霸上戏：汉文帝批评刘礼军驻霸上如同儿戏。

〔4〕数奇：命运不好。此指李广数为匈奴所败。《汉书·李广传》："大将军阴受上指，以为李广数奇，毋令当单于，恐不得所欲。"

【译文】

甘泉山的烽火台报告边警，上谷坚城抵抗戎狄。岷江开阔险阻，钟山崇峻盘曲。边境内外的风景极其优美，崇山峻岭宛如衿带。茂密的竹林延绵到山脚，险峻的高楼直冲云霄。登城远望引起遐想，回头再见都城长安。金沟河水流入灞浐，两侧甬道直通鸳鸾殿。鲜艳华丽的车辆疾驰不停，配着银鞍的宝马驰骋飞跃。青年人胸怀豪情，刚勇之气可使怒发冲冠。怀想古人于燕然山刻石纪功，思谋着打开函谷关的封锁。怎么能像刘礼霸上驻军那样，被人当作儿戏取笑于路旁！寄语那些渴望封侯的人，人生命运多舛可悲可叹啊！

（本卷译注：王娟）

文选卷第二十三

诗丙

咏怀

咏怀诗十七首　阮嗣宗（阮籍）

【题解】

阮籍（210—263），字嗣宗，三国魏陈留尉氏（今属河南）人，阮瑀之子。曾任步兵校尉，世称阮步兵。“竹林七贤”之一。崇奉老庄之学，旷达不拘礼俗，政治上谨慎避祸。《晋书》有传。代表作为五言《咏怀诗》八十二首，是阮籍平生诗作的总题，非一时一地所作。《文选》所录十七首，作者叙写生活中的各种感慨，或暴露统治阶级内部的黑暗和罪恶，但写得很隐晦，或抨击礼教的虚伪，表达正直之士在恐怖政治局面下的苦闷。

夜中不能寐，起坐弹鸣琴。薄帷鉴明月〔1〕，清风吹我衿〔2〕。孤鸿号外野〔3〕，朔鸟鸣北林〔4〕。徘徊将何见？忧思独伤心。

【注释】

〔1〕帷：帐幔。　鉴：照。

〔2〕衿：衣襟。

〔3〕号：啼叫。

〔4〕朔：北方。

【译文】

夜半时分久久不能成眠，起床正襟而坐弹起古琴。明亮的月光照在薄薄的帐幔上，清冷的夜风吹动我的衣襟。孤单的鸿雁在野外哀号，北方的鸟在北边树林鸣叫。一个人徘徊来去又能见到什么？只有忧虑思索独自伤心。

二妃游江滨，逍遥顺风翔。交甫怀环佩[1]，婉娈有芬芳[2]。猗靡情欢爱[3]，千载不相忘。倾城迷下蔡[4]，容好结中肠。感激生忧思，谖草树兰房[5]。膏沐为谁施[6]？其雨怨朝阳。如何金石交，一旦更离伤？

【注释】

〔1〕交甫：《列仙传》载，郑交甫在江汉水边遇到江妃二女，一见钟情。

〔2〕婉娈：年轻美好。

〔3〕猗（yǐ）靡：缠绵。

〔4〕下蔡：宋玉《登徒子好色赋》载，东邻的女子美貌迷倒了下蔡城。

〔5〕谖草：萱草，忘忧草。

〔6〕膏沐：油脂洗发。

【译文】

江妃二女游于长江边，逍遥顺风飞翔。郑交甫一见钟情，神女解环相赠。交甫藏环佩在怀里，倾慕神女姿容姣好，浑身飘散香气。缠绵时刻，两情欢乐相爱，交甫发誓千年不相忘。分别后，二妃倾城倾国的美，深深印在交甫心中。二妃感激交甫的衷心爱慕而忧伤思念，栽种萱草在闺房，借以忘忧。还为谁去梳洗？等他不来，像盼着下雨偏出了太阳。怎么当初像金石一般坚固的情谊，会旦夕之间离别断绝，令人悲伤呢？

嘉树下成蹊〔1〕，东园桃与李。秋风吹飞藿〔2〕，零落从此始。繁华有憔悴，堂上生荆杞。驱马舍之去，去上西山趾〔3〕。一身不自保，何况恋妻子？凝霜被野草〔4〕，岁暮亦云已。

【注释】

〔1〕《汉书·李广传赞》："桃李不言，下自成蹊。" 蹊：小路。

〔2〕藿：豆叶。

〔3〕西山：指首阳山。 趾：脚。

〔4〕被：覆盖。

【译文】

美丽的树下踩出小路，那是东园的桃与李。当秋风吹落飘飞的豆叶，桃李零落的厄运从此开始。人世繁华也有憔悴萧条，高堂华屋也会生出荆棘和枸杞。不如策马离去，抛弃繁华，去首阳山下隐逸。连自己的性命都不能保住，何况还要恋念妻子儿女？凝冻的寒霜已覆盖荒草，一年的末尾也可说就要结束。

昔日繁华子〔1〕，安陵与龙阳〔2〕。夭夭桃李花，灼灼有辉光〔3〕。悦怿若九春〔4〕，磬折似秋霜。流盼发姿媚，言笑吐芬芳。携手等欢爱，宿昔同衣裳。愿为双飞鸟，比翼共翱翔。丹青著明誓，永世不相忘。

【注释】

〔1〕繁华子：荣饰华丽的少年。

〔2〕安陵：战国时楚王的男宠安陵君。 龙阳：战国时魏王的男宠龙

阳君。

〔3〕“夭夭”二句：《诗·周南·桃夭》：“桃之夭夭，灼灼其华。”

〔4〕悦怿（yì）：光润悦目。　九春：春天。

【译文】

昔日荣饰华丽的少年，是男宠安陵君和龙阳君。像是绚烂的桃李花，灼灼有光芒。花容月貌如同春天，弯腰如磬十分恭敬，像秋天严霜下的草木。目光流转姿态娇媚，一言一笑都如同花朵吐芬芳。窝着双手等待着欢爱，往常都是穿着同一件衣裳。愿意成为双飞的鸟儿，比翼同翱翔。用笔墨写下誓约，永生永世不相忘。

天马出西北〔1〕，由来从东道。春秋非有托，富贵焉常保？清露被皋兰，凝霜沾野草。朝为媚少年，夕暮成丑老。自非王子晋〔2〕，谁能常美好？

【注释】

〔1〕天马：西北出产的骏马。

〔2〕王子晋：周灵王太子，名晋，好吹笙作凤鸣，后骑白鹤升天成仙。

【译文】

天马出产在西北，经过从西到东的道路。春秋岁月不会终止，人生富贵怎能永世常葆？清露洒满水边的兰草，凝霜覆盖着平原的野草。早晨还是美好少年，晚上竟变得又丑又老。平常人不是成仙的王子晋，谁能永葆青春的美好？

登高临四野，北望青山阿〔1〕。松柏翳冈岑〔2〕，飞鸟鸣相过〔3〕。感慨怀辛酸，怨毒常苦多〔4〕。李公悲东门〔5〕，苏子狭三河〔6〕。求仁自得仁〔7〕，岂复叹咨嗟！

【注释】

〔1〕阿：山角。

〔2〕翳：遮蔽。

〔3〕过：过访。

〔4〕怨毒：怨恨。

〔5〕李公：秦始皇的宰相李斯，秦二世时被处死。

〔6〕苏子：战国纵横家苏秦，为六国抗秦联盟宰相。

〔7〕“求仁”句：《论语·述而》载伯夷、叔齐绝食而死是“求仁而得仁”。

【译文】

登高俯看四周郊野，向北眺望青山角。松柏遮蔽着山冈坟丘，飞鸟鸣叫着过访。我感慨万千，满怀辛酸，世上怨恨不满实在太多。李斯临刑叹不能再游东门，苏秦得志嫌三河不够开阔。贤人伯夷、叔齐求仁而得仁，他们岂会去唉声叹气！

开秋兆凉气〔1〕，蟋蟀鸣床帷〔2〕。感物怀殷忧，悄悄令心悲。多言焉所告，繁辞将诉谁？微风吹罗袂，明月耀清晖。晨鸡鸣高树，命驾起旋归。

【注释】

〔1〕开秋：初秋。

〔2〕“蟋蟀”句：《诗经·豳风·七月》：“十月蟋蟀，入我床下。”

【译文】

初秋的征兆是天气寒凉，蟋蟀鸣叫在床帐下。感触物候我满怀忧愁，悄悄地令人内心悲凄。许多话不知到哪里说，又能倾诉给谁？微风吹动罗衣袖，明月闪耀清辉。报晓的雄鸡在高树上啼叫，我命令套车起身把家回。

平生少年时，轻薄好弦歌。西游咸阳中，赵李相经过。娱乐未终极，白日忽蹉跎。驱马复来归，反顾望三河〔1〕。黄金百溢尽，资用常苦多。北临太行道，失路将如何〔2〕？

【注释】

〔1〕三河：河东、河内、河南，为唐尧、夏代、周代的都城地区。

〔2〕北临二句：用《战国策》“南辕北辙”故事。太行山驿道上，有人要到南方去，但他的马车却朝北走。

【译文】

平生美好少年时，曾轻浮浅薄好歌舞逐乐。曾西游繁华的咸阳，与赵家李家子弟相游乐。娱乐快活没有尽头，日日蹉跎很快就年华老去。乘马驱车我踏上回家的路，转过头来再望都城。挥霍黄金荡尽家财，资用豪奢苦于太多。我像太行道上南辕北辙的人，走错了路又将怎么办呢？

昔闻东陵瓜〔1〕，近在青门外〔2〕。连畛距阡陌〔3〕，子母相拘带〔4〕。五色曜朝日，嘉宾四面会。膏火自煎熬，多财为患害。布衣可终身，宠禄岂足赖。

【注释】

〔1〕东陵瓜：《史记·萧相国世家》载，秦东陵侯邵平，汉初在长安城东门外种瓜。

〔2〕青门：长安城东边一城门。

〔3〕轸：同“畛”，界限。

〔4〕子母：大瓜、小瓜。

【译文】

从前听说东陵瓜，就种在长安东门外。一大片瓜田有阡陌小道隔开，大瓜、小瓜像母子般串连。五色斑斓闪耀在朝阳下，像嘉宾从四面来聚会。油脂点火，是自己煎熬自己，贪婪财富，给自家造成祸害。做平民可以平静度过一生，恩宠和荣禄怎值得依赖！

步出上东门〔1〕，北望首阳岑〔2〕。下有采薇士〔3〕，上有嘉树林。良辰在何许？凝霜沾衣襟。寒风振山冈，玄云起重阴。鸣雁飞南征，鶗鴂发哀音〔4〕。素质游商声〔5〕，凄怆伤我心。

【注释】

〔1〕上东门：汉代洛阳城东边北头的城门。

〔2〕首阳：洛阳东北的北邙山脉之首阳山。

〔3〕采薇士：伯夷、叔齐。

〔4〕鶗鴂（tí jué）：亦作“鶗鴃”，即杜鹃鸟。

〔5〕素质：候鸟向来不爱秋凉的禀性。

【译文】

漫步走出洛阳城上东门，向北眺望高高的首阳山。山下安葬着采薇饿死的隐士，山上长满了茂密的珍贵树木。美好辰光在哪里出现？凝霜沾湿我的衣襟。寒风振撼着山冈，乌云卷起浓重阴霾。鸣雁飞向南方，杜鹃鸟发出了悲哀之音。向来秋声肃杀候鸟便远游，凄怆的情景使我伤心。

昔年十四五，志尚好书诗〔1〕。被褐怀珠玉〔2〕，颜闵相与期〔3〕。开轩临四野，登高望所思。丘墓蔽山冈，万代同一时。千秋万岁后，荣名安所之？乃悟羡门子〔4〕，噭噭今自蚩〔5〕。

【注释】

〔1〕书诗：《尚书》《诗经》。

〔2〕被褐：披粗布衣。《老子》："圣人被褐怀玉。"

〔3〕颜闵：孔子弟子颜回与闵子骞。

〔4〕悮：同"悟"。　羡门子：仙人。

〔5〕蚩：同"嗤"，嗤笑。

【译文】

以前我十四五岁时，就崇尚爱好《尚书》、《诗经》。身披粗布衣却心怀高尚，期望跟颜回、闵子骞齐名。如今我打开窗户面对四野，登高远望思念的古人。只见一丘丘坟墓遮蔽山冈，万代人都一样要埋入坟墓。千万年后，哪里还见他们生前的荣耀功名？于是我领悟羡门子求仙的原因，嗤笑自己今日的愚蠢。

徘徊蓬池上〔1〕，还顾望大梁〔2〕。绿水扬洪波，旷野莽茫茫。走兽交横驰，飞鸟相随翔。是时鹑火中〔3〕，日月正相望。朔风厉严寒，阴气下微霜。羁旅无畴匹〔4〕，俯仰怀哀伤。小人计其功，君子道其常〔5〕。岂惜终憔悴，咏言著斯章。

【注释】

〔1〕蓬池：古沼泽名，战国时魏国都城大梁东北。

〔2〕大梁：今河南开封。

〔3〕鹑火：天上星宿名。

〔4〕羁旅：困于旅途。　畴匹：俦匹，伴侣。

〔5〕道：遵循。　常：规范。

【译文】

我在蓬池边上独自徘徊，回头看古都大梁。绿水扬起汹涌的波涛，空旷原野荒草茫茫。奔跑的野兽横冲直撞，飞鸟一群群跟着飞翔。这时鹑火就在天正中，太阳月亮正相望。北风刮来严寒，阴冷之气降下薄薄冰霜。我困在旅途没有伴侣，俯视仰望都使我满怀哀伤。小人计较功利得失，君子总是遵循规矩。怎能怜惜自己憔悴的下场，我吟咏言语写下这诗章。

炎暑惟兹夏〔1〕，三旬将欲移。芳树垂绿叶，清云自逶迤〔2〕。四时更代谢，日月递差驰〔3〕。徘徊空堂上，忉怛莫我知〔4〕。愿睹卒欢好，不见悲别离。

【注释】

〔1〕兹夏：今夏。

〔2〕逶迤：曲折连绵貌。

〔3〕递：交替。　差驰：差池，不齐之貌。

〔4〕忉怛（dāo dá）：哀伤貌。

【译文】

只有今夏最炎热酷暑，六月已过三旬夏将要转秋。美好的树木垂绿叶，清朗白云曲折连绵。一年四季更新代谢，日月交替参差不齐。徘徊于空空屋堂上，哀伤于无人理解。宁愿看最后的欢乐美好，也不看悲伤的离别。

灼灼西隤日〔1〕，余光照我衣。回风吹四壁，寒鸟相因依。周周尚衔羽〔2〕，蛩蛩亦念饥〔3〕。如何当路子〔4〕，磬折忘所归〔5〕？岂为夸誉名，憔悴使心悲。宁与燕雀翔，不随黄鹄飞〔6〕。黄鹄游四海，中路将安归？

【注释】

〔1〕隤：降落。

〔2〕周周：传说中的鸟，防止落水，互衔羽毛在河边饮水。

〔3〕蛩（qióng）蛩：传说中的兽，距虚兽为蛩蛩觅食甘草，蛩蛩背着距虚躲避敌人。

〔4〕当路子：大官。

〔5〕磬折：似弯折之磬，卑躬屈膝。

〔6〕宁与二句：《史记·陈涉世家》载陈涉语："燕雀安知鸿鹄之志哉!"

【译文】

火红西下的太阳，余辉照射我的衣裳。旋风吹着我家四面墙壁，寒鸟飞来跟我作伴。周周尚且知道衔羽而饮，蛩蛩也常感念觅草之恩。为什么那些达官显贵只知鞠躬求进不退隐！难道就为了虚夸的名誉？权势使人心憔悴悲伤。我宁愿与燕雀低翔，也不跟随黄鹄高飞。黄鹄能遨游四海，中途乏力怎回故乡！

独坐空堂上，谁可与欢者？出门临永路[1]，不见行车马。登高望九州[2]，悠悠分旷野。孤鸟西北飞，离兽东南下。日暮思亲友，晤言用自写[3]。

【注释】

〔1〕永：长。

〔2〕九州：天下。

〔3〕晤言：面谈。 写：同"泻"，发泄。

【译文】

我独坐空堂上，谁是我可以亲近的人？出门对着长路，看不见车马行进。我登高望天下，遥远的山川将九州分成旷野。失群的孤鸟向西北飞翔，离散的走兽朝东南逃亡。暮色苍茫我思念亲友，想与他们面谈却只能自言自语排遣忧伤。

北里多奇舞[1]，濮上有微音[2]。轻薄闲游子，俯仰乍浮沉。捷径从狭路，僶俛趣荒淫[3]。焉见王子乔[4]，乘云翔邓林[5]。独有延年术，可以慰我心。

【注释】

〔1〕北里：古舞曲名，靡靡之乐。

〔2〕濮上：春秋时濮水一带多侈靡之乐。

〔3〕僶（mǐn）俛：俯仰之间，时间短暂。　趣：同“趋”，趋赴。

〔4〕王子乔：周灵王太子，名晋，字子乔，吹笙骑白鹤升天成仙。

〔5〕邓林：桃林。

【译文】

北里多奇美的舞蹈，濮上流传侈靡音乐。轻薄闲游的贵族子弟，从俗浮沉与时俯仰。走邪路如捷径一样快，很短时间就堕落成荒淫之徒。他们哪里能看到王子乔，乘云驾鹤翔于桃林上空。唯有求仙术能安慰我厌世的心。

湛湛长江水[1]，上有枫树林。皋兰被径路，青骊逝骎骎[2]。远望令人悲，春气感我心。三楚多秀士[3]，朝云进荒淫[4]。朱华振芬芳，高蔡相追寻[5]。一为黄雀哀，涕下谁能禁？

【注释】

〔1〕湛湛：水清澈。

〔2〕“皋兰”二句：《楚辞·招魂》：“皋兰被径兮斯路渐”，“青骊结驷兮齐千乘”。骎骎（qīn），马快奔。

〔3〕三楚：楚国。

〔4〕朝云：宋玉《高唐赋》：“（妾）旦为朝云。”

〔5〕“高蔡”句：《战国策·楚策》载，庄辛谏楚襄王：蔡灵侯荒淫作乐，田猎高蔡，结果亡国，就像黄雀高飞，不知有人正射击它。

【译文】

清澈的长江水，岸边有枫树林。江边兰草覆盖小路，青马快速驰骋。远望此景令人悲伤，春天的温暖气息触动我心。楚国多优秀才子，却赋咏神女劝楚王荒淫。红花散发芬芳，襄王在高蔡把淫乐追寻。一旦酿成黄雀式的悲剧，流泪也止不住阴谋野心！

秋　怀　谢惠连

【题解】

诗人刻意描写清秋萧瑟肃杀的景象，以抒发其落寞失意的情怀。

平生无志意〔1〕，少小婴忧患。如何乘苦心，矧复值秋晏〔2〕。皎皎天月明，弈弈河宿烂〔3〕。萧瑟含风蝉，寥唳度云雁〔4〕。寒商动清闺〔5〕，孤灯暖幽幔〔6〕。耿介繁虑积，展转长宵半。夷险难豫谋〔7〕，倚伏昧前算〔8〕。虽好相如达，不同长卿慢〔9〕。颇悦郑生偃，无取白衣宦〔10〕。未知古人心，且从性所玩。宾至可命觞，朋来当染翰〔11〕。高台骤登践，清浅时陵乱。颓魄不再圆〔12〕，倾羲无两旦〔13〕。金石终消毁，丹青暂雕焕〔14〕。各勉玄发欢，无贻白首叹。因歌遂成赋，聊用布亲串〔15〕。

【注释】

〔1〕志意：志向。

〔2〕矧（shěn）：况且。

〔3〕弈弈：光明。　河宿：银河星宿。

〔4〕寥唳（lì）：雁鸣声。

〔5〕寒商：指秋风。

〔6〕暧（ài）：昏暗不明。

〔7〕夷险：平坦险恶。

〔8〕倚伏：祸福相互转化。　前算：预谋。

〔9〕长卿：司马相如，字长卿。　慢：傲慢。

〔10〕郑生：郑均偃卧不仕，东汉章帝东巡，幸均舍，赐终身享尚书禄，人称白衣尚书。

〔11〕染翰：写作。

〔12〕颓魄：缺月。

〔13〕倾羲：落日。

〔14〕雕焕：光彩。

〔15〕布：布施。　亲串：亲朋。

【译文】

平生从无大志向，年纪轻轻就遭遇忧患。如何排遣痛苦，况且又在秋天的夜晚。天上月皎洁明亮，闪耀的银河繁星多灿烂。萧瑟秋风里寒蝉抖颤，云中大雁悲唳南飞。寒冷秋风吹进清寂闺房，摇曳灯影照着幽冷的床幔。我秉性耿介思虑堆积，半夜辗转难以成眠。平坦险恶难以预料，祸福转化不可预谋。虽崇尚相如的豁达，但却不同于他的傲慢。喜欢郑均辞官高卧，却不想和他一样白领俸钱。我不知古人的真正用心，只好随心所欲。客人到了就喝酒，朋友来了就赋诗。登台的上层人经常变换，清浅的水被弄得混乱。缺月无法再圆，夕阳无法第二次早晨升起。金石终会被熔化毁坏，水墨丹青只是暂时光彩。互相劝勉享受年轻的欢乐，别到白发苍苍留下遗憾。唱歌赋成诗篇，聊且送给亲朋。

临终诗　欧阳坚石（欧阳建）

【题解】

欧阳建（270？—300），字坚石，晋渤海南皮（今属河北）

人，有盛名，时谚赞曰“渤海赫赫，欧阳坚石”，在“八王之乱”中被杀，传附《晋书·石苞传》。诗作叙写临刑前的哀楚，既有对捕杀忠良的愤激，更重在抒发悲苦之情。

伯阳适西戎[1]，子欲居九蛮[2]。苟怀四方志，所在可游盘。况乃遭屯蹇[3]，颠沛遇灾患。古人达机兆，策马游近关[4]。咨余冲且暗[5]，抱责守微官。潜图密已构[6]，成此祸福端。恢恢六合间，四海一何宽。天网布纮纲[7]，投足不获安。松柏隆冬悴，然后知岁寒。不涉太行险，谁知斯路难？真伪因事显，人情难豫观。穷达有定分，慷慨复何叹？上负慈母恩，痛酷摧心肝。下顾所怜女，恻恻心中酸。二子弃若遗，念皆遘凶残。不惜一身死，惟此如循环。执纸五情塞，挥笔涕汍澜[8]。

【注释】

〔1〕伯阳：老子的字。　适：往。　西戎：西方少数民族居住地。

〔2〕蛮：古代南方民族。

〔3〕屯蹇：《易》二卦名，意谓艰难困苦。

〔4〕“古人”二句：《左传》载，春秋时卫献公无道，为大夫孙林父所逐；后大夫甯喜迎献公归国，孙林父逃亡国外；其后甯喜为献公所杀。两次事变之前，大夫蘧伯玉预知祸乱将起，从近关出而避祸。古人，指蘧伯玉。

〔5〕咨：嗟叹。

〔6〕潜图：密谋，指作者与石崇等谋诛赵王伦事。

〔7〕纮（hóng）纲：网索。

〔8〕汍（wán）澜：流泪。

【译文】

老子见周朝无道往西戎走，孔子也想去九蛮居住。如果心怀四方之志，天下都可盘桓遨游。何况我遭受艰难困苦，颠沛之际又遇到灾患。古人能在事前就洞察先机，于是驱马从近关出而避祸。只叹我冲动愚昧，抱定自己身为官吏把职责死守。暗中密谋策划诛杀逆党，便是我遭此大祸的缘由。宇宙之间广大恢宏，四海之内多么辽阔无边。可逆党布下天罗地网，我无立足之地难保安全。松柏在隆冬季节已凋残，由此可知岁末严寒。不亲历太行山的峻险，就不知道这道路的艰难。真假终因事情发展而显现，仅凭主观就很难预见。困厄和腾达是命中注定，为何慷慨不平再三感叹？上我辜负了慈母的恩养，牵连老母我伤痛至极。下我顾念疼爱的女儿，心中悲苦辛酸。两个儿子也像被我遗弃，所念至亲都遭受杀戮。我并不痛惜自己一人身死，亲人遇害却叫我不断悲痛。拿起纸百感交集，挥笔哭泣泪水涟涟。

哀伤

幽愤诗　嵇叔夜（嵇康）

【题解】

作者无辜被诬陷收系，作诗表明自身清白，发泄心中之不平，并盼望隐居而颐性养寿。

嗟余薄祜[1]，少遭不造[2]。哀茕靡识，越在襁緥。母兄鞠育[3]，有慈无威。恃爱肆姐[4]，不训不师。爰及冠带[5]，冯宠自放[6]。抗心希古[7]，任其所尚。托好老庄，贱物贵身。志在守朴，养素全真。曰余不敏，好善暗人[8]。子玉之败[9]，屡增惟尘[10]。大人含弘[11]，藏垢怀耻。民之多僻[12]，政不由己。惟此褊心[13]，显明臧否[14]。感悟思愆[15]，怛若创痏[16]。欲寡其过，谤议沸腾。性不伤物，频致怨憎。昔惭柳惠，今愧孙登[17]。内负宿心，外恧良朋[18]。仰慕严郑[19]，乐道闲居。与世无营，神气晏如。咨予不淑，婴累多虞[20]。匪降自天，实由顽疏。理弊患结，卒致囹圄。对答鄙讯，絷此幽阻[21]。实耻讼免，时不我与。虽曰义直，神辱志沮。澡身沧浪，岂云能补。嗈嗈鸣雁，奋翼北游。顺时而动，得意忘忧。嗟我愤叹，曾莫能俦。事与愿违，遘兹淹留。穷达有命，亦又何求。古人有言，善莫近名。奉时恭默，咎悔不生。万石周慎[22]，安亲保荣。世务纷纭，祗搅予情。安乐必诫，乃终利贞[23]。煌煌灵芝，一年三秀。予独何为，有志不就。惩难思复，心焉内疚。庶勖将来，无馨无臭。采薇山阿，散发岩岫。永啸长吟，颐性养寿。

【注释】

〔1〕薄祜：薄福。

〔2〕不造：指幼时丧父，不成其家。《诗·周颂·闵予小子》："闵予小子，遭家不造。"

〔3〕鞠育：养育。

〔4〕肆姐（jù）：放肆，撒娇。

〔5〕冠带：古人二十岁加冠束带，以示成年。

〔6〕冯：同"凭"，凭借。

〔7〕抗：举。　希：慕。

〔8〕暗：昏昧不知，指不知吕巽构陷吕安事。

〔9〕子玉：春秋时楚国大夫，令尹子文推荐以自代，率军与晋作战，大败。

〔10〕惟尘：喻小人。《诗·小雅·无将大车》："无将大车，维尘冥冥。"诫勿与小人相处，以免被其蒙蔽。

〔11〕大人：君子。　含弘：器量宏大。

〔12〕僻：邪僻。《左传》载，陈灵公和佞臣孔宁、仪行父同与夏姬通淫，且有公然穿内衣嬉戏于朝廷的邪僻，大夫洩冶劝谏却被杀。此指为吕安事劝谏而入狱。

〔13〕褊心：急躁性情。

〔14〕臧否（pǐ）：褒贬善恶。

〔15〕愆：失误。

〔16〕怛（dá）：痛苦。　创痏：创伤。

〔17〕孙登：嵇康同时人，隐者。

〔18〕恧（nǜ）：惭愧。

〔19〕严郑：《汉书》载郑子真、严君平皆修身养性的隐士。

〔20〕婴累：遭受。　虞：灾患。

〔21〕縶：拘囚。

〔22〕万石：《汉书·石奋传》载，石奋，与子四人皆俸二千石，合为万石，人称“万石君”。一家人都以谨慎小心著称。

〔23〕利贞：《周易》乾卦的贞兆词，表示吉祥。

【译文】

嗟叹我命浅福薄，少年失去严父。那时不懂孤独哀苦，还在襁褓中。母亲兄长养育我，只有慈爱没有威怒。我倚仗宠爱任性，不听老师训教。到我成人后，仍凭宠爱而狂放。倾心仰慕古人，追求他们的风尚。我崇尚老庄之道，轻视万物看重自身。志在返朴归真，顺应自然养性修身。说起来自己真愚蠢，与人为善不懂人心。子文荐子玉带兵失败，我也步其后尘。君子本器量宏大，能够蒙垢忍辱。奸邪小人当政时代，政令不由君子。但我性情急躁，好明确褒贬善恶。现在明白实在错误，痛悔如同利刃剜心。本想少犯过错，诽谤反而沸腾。我本性不伤害人，却多次招怨恨。比不上过去的柳下惠，愧不如今日的孙登。辜负自己平素心愿，愧对好友殷切盼望。真仰慕严君平和郑子真，安贫乐道意态悠闲。身居尘世不为事扰，始终神足气完。感叹自己考虑不周，所以多遭受灾难。灾难并非从天降，实在因自己粗疏。正义不伸结成冤案，最终锒铛入狱。每日应对鄙俗审讯，身居大牢不与人见。遭此冤深感耻辱，只叹没遇上好世道。虽说我正义刚直，但精神萎靡志向都无。沧浪之水洗身，也无补于蒙冤。高飞的大雁相鸣叫，展开双翅朝北远游。它们顺应时节飞动，欢欣快乐无虑无忧。我却充满愤怨哀叹，比不上大雁自由。事与愿违，遭遇祸患在牢房困留。困厄和显达都命中注定，我还有什么希求。古人有言，做好事也不要获名声。随时保持沉默谨慎，才不生错误和悔恨。石奋思虑周全谨慎，能保荣华亲人平安。世事纷繁复杂，只觉搅乱我的心情。安乐时必须警诫自己，才能顺利吉祥一生。茂盛美丽的灵芝，一年三次开花。我究竟因为什么，有志向却难实现。我反复思索教训，心中充满痛苦不安。勉励自己今后岁月，要默默无闻幽居独处。在深山中采薇而食，在崖岩下安闲隐居。抒情长啸长吟诗章，养性修身求长寿。

七哀诗　曹子建（曹植）

【题解】

写思妇因丈夫久别不归的哀怨和对丈夫的期盼。作者借思妇自况，寄寓重新获得曹丕信任的愿望。

明月照高楼，流光正徘徊[1]。上有愁思妇，悲叹有馀哀。借问叹者谁？言是客子妻[2]。君行逾十年，孤妾常独栖。君若清路尘，妾若浊水泥。浮沉各异势，会合何时谐？愿为西南风，长逝入君怀。君怀良不开，贱妾当何依？

【注释】

〔1〕流光：月光如水。

〔2〕客子：客于他乡的游子。

【译文】

明月照耀这高楼，月光如水正在楼上徘徊。楼上有位忧愁的思妇，声声悲叹充满哀愁。借问悲叹者你是何人？回答说我是游子的妻子。我夫君出门已超过十年，我孤单一人常空房独守。夫君像大路上的尘土，我像水中的浊泥。一浮一沉形势天差地别，何时才能会合一起呢？我愿变成西南风，远远吹拂到夫君怀中。夫君还是没把襟怀敞开，贱妾我当向何处依存？

七哀诗二首　王仲宣（王粲）

【题解】

以逃亡路途中所见饥妇弃子的景象，反映汉末军阀混战民不聊生的惨痛现实，抒发作者向往明君贤臣治世的愿望，以及独在异乡的羁旅之愁。

西京乱无象〔1〕，豺虎方遘患〔2〕。复弃中国去，委身适荆蛮〔3〕。亲戚对我悲，朋友相追攀。出门无所见，白骨蔽平原。路有饥妇人，抱子弃草间。顾闻号泣声，挥涕独不还。未知身死处，何能两相完〔4〕？驱马弃之去，不忍听此言。南登霸陵岸〔5〕，回首望长安，悟彼下泉人〔6〕，喟然伤心肝〔7〕。

【注释】

〔1〕西京：指长安，董卓之乱后，汉献帝被董卓由洛阳迁到了长安。

〔2〕豺虎：指董卓部下李傕、郭汜。　遘患：给人民造成灾难。

〔3〕荆蛮：荆州。

〔4〕完：保全。

〔5〕霸陵：长安之南汉文帝的陵墓，文帝时国家太平兴盛。

〔6〕下泉：《诗经·曹风·下泉》，是曹国人怀念明王贤君的诗。

〔7〕喟然：叹气的样子。

【译文】

长安城已经混乱不堪，李傕、郭汜在这里制造事端。我只好告别中原去避难，把自己暂托给荆州。亲戚送行对着我悲伤，朋友依依不舍攀着车辕。走出门一无所见，只有堆堆白骨遮蔽平原。一个妇人面带饥色坐路边，轻轻把孩子放在细草中间。婴儿哭声撕裂母亲的肝肺，饥妇人忍不住回头看，但终于洒泪独自走去，“我自己还不知道死在何处，谁能叫我们母子双双保全?”不等她说完，我赶紧策马离去，不忍再听这伤心的语言。登上霸陵的高地继续向南，回过头我远望着西京长安。领悟了《下泉》作者思念贤明国君的心情，不由得伤心、叹息起来。

荆蛮非我乡，何为久滞淫〔1〕？方舟溯大江，日暮愁我心。山冈有馀映，岩阿增重阴。狐狸驰赴穴，飞鸟翔故林。流波激清响，猴猿临岸吟。迅风拂裳袂，白露沾衣衿。独夜不能寐，摄衣起抚琴〔2〕。丝桐感人情，为我发悲音。羁旅无终极，忧思壮难任〔3〕。

【注释】

〔1〕滞淫：长久停留。

〔2〕摄：整理。

〔3〕壮：盛，忧思深重。　难任：难以承受。

【译文】

荆州不是我的故乡，为什么要长久停留？大船在江心溯流而上，天色渐晚我思乡忧愁。山坡映着太阳的余晖，山丘的阴影更加灰暗。狐狸奔跑赶回洞穴，飞鸟在故乡树林上翱翔。涌动的浪花轰然作响，猿猴在临岸山林长吟。迅猛江风吹拂我的衣袖，秋天露水打湿我的衣襟。夜深我孤独难眠，披衣起床抚弄琴弦。桐琴理解我的心思，为我发出悲凉之音。羁旅他乡没有尽头，心中充满难以排遣的忧思。

七哀诗二首　张孟阳（张载）

【题解】

张载（生卒年不详，约289前后在世），安平（今河北安平）人。其弟张协、张亢都以文学著称，时称“三张”。曾道经剑阁，作《剑阁铭》，官至中书侍郎。后见世乱而称疾告归。《晋书》有传。诗作通过所见古代帝王陵的毁坏，抒发人事兴亡的感慨及对现实的忧虑。

北芒何垒垒〔1〕，高陵有四五。借问谁家坟？皆云汉世主。恭文遥相望〔2〕，原陵郁膴膴〔3〕。季世丧乱起〔4〕，贼盗如豺虎。毁壤过一抔〔5〕，便房启幽户〔6〕。珠柙离玉体〔7〕，珍宝见剽虏。园寝化为墟，周墉无遗堵。蒙笼荆棘生，蹊径登童竖〔8〕。狐兔窟其中，芜秽不复扫。颓陇并垦发，萌隶营农圃〔9〕。昔为万乘君，今为丘山土。感彼雍门言〔10〕，凄怆哀往古。

【注释】

〔1〕北芒：洛阳北邙山。　垒垒：坟墓重叠堆积。

〔2〕恭文：东汉安帝和东汉灵帝。

〔3〕原陵：东汉光武帝刘秀之陵。　膴（wǔ）膴：肥沃貌。

〔4〕季世：末世。

〔5〕一抔（póu）：一捧。

〔6〕便房：帝王墓穴中的小室。

〔7〕柙（xiá）：同“匣”，随葬品。

〔8〕童竖：儿童。

〔9〕萌：同“氓”，百姓。

〔10〕雍门：战国时齐人雍门周。桓谭《新论》载，雍门周对孟尝君说身死之后的悲凉。

【译文】

北邙山坟墓重叠堆积，高坟有四五座。若问那是谁家的坟墓？都说是汉代君主的陵墓。恭陵和文陵遥遥相望，原陵长满郁葱的草木。汉代末年祸乱迭起，盗墓的贼人如狼似虎。毁坏的墓土不止一捧，还掘开墓室幽暗的门户。帝王遗体旁的珠宝匣已被盗走，陪葬珍宝都遭劫掳。陵园中的庙堂已化废墟，庙堂的围墙也残存无多。荆棘茂密丛生，砍柴放牧的孩童踏出小路。狐兔在陵墓营巢藏身，肮脏不堪早已无人扫除。颓坏的坟头开垦成土地，老百姓在上面种植庄稼。往昔尊贵的万乘之君，如今变成丘山中的泥土。我想起雍门周那一番话，抚今伤昔实在凄楚哀伤。

秋风吐商气〔1〕，萧瑟扫前林。阳鸟收和响〔2〕，寒蝉无馀音。白露中夜结，木落柯条森。朱光驰北陆〔3〕，浮景忽西沉〔4〕。顾望无所见，唯睹松柏阴。肃肃高桐枝，翩翩栖孤禽。仰听离鸿鸣，俯闻蜻蛚吟〔5〕。哀人易感伤，触物增悲心。丘陇日已远〔6〕，缠绵弥思深。忧来令发白，谁云愁可任〔7〕。徘徊向长风，泪下沾衣衿。

【注释】

〔1〕商气：西方寒冷的风。

〔2〕阳鸟：春鸟。　和响：指春鸟和鸣。

〔3〕朱光：日光。　北陆：冬天。

〔4〕浮景：太阳光影。景，同“影”。

〔5〕蜻蛚（jīng liè）：蟋蟀。
〔6〕丘陇：坟茔。
〔7〕任：堪，承受。

【译文】

秋风吐着寒冷之气，萧瑟横扫过眼前这片树林。春鸟已收起林中和鸣，寒蝉也没有一丝的哀鸣。晶莹的露珠在半夜凝霜，树叶凋落秃枝森然。冬天日光一天天朝北倾斜，浮动的光影忽而西沉。四下遥望眼中别无他见，只见坟头的松柏阴森。萧索的梧桐枝条高高，翩翩的孤禽来栖居。仰听高天南飞，鸿雁鸣叫，俯闻蟋蟀一声声低吟。充满哀愁的人容易感伤，感触事物更增悲伤。坟茔中的先人离我们远去，可我缠绵的思念更加深沉。忧思使人头发早白，谁说哀愁容易承受。我徘徊不定迎着长风，忍不住泪水浸湿了衣襟。

悼亡诗三首　潘安仁（潘岳）

【题解】

为悼念亡妻而作。第一首写亡妻安葬后归来的情景。第二首写对亡妻的思念。第三首写赴任前在陵墓徘徊不忍离去的情景。

荏苒冬春谢〔1〕，寒暑忽流易。之子归穷泉〔2〕，重壤永幽隔。私怀谁克从〔3〕，淹留亦何益？僶俛恭朝命〔4〕，回心反初役〔5〕。望庐思其人，入室想所历。帏屏无仿佛〔6〕，翰墨有馀迹。流芳未及歇，遗挂犹在壁。怅恍如或存〔7〕，周遑忡惊惕〔8〕。如彼翰林鸟，双栖一朝只。如彼游川鱼，比目中路析〔9〕。春风缘隟来〔10〕，晨溜承檐滴〔11〕。寝息何时忘，沉忧日盈积。庶几有时衰〔12〕，庄缶犹可击〔13〕。

【注释】

〔1〕荏苒：逐渐流逝。

〔2〕之子：那人，指亡妻。

〔3〕私怀：对亡妻的怀念。　克：能够。　从：随，顺。

〔4〕僶俛：勉力。

〔5〕反：同“返”。　初役：原任官职。

〔6〕仿佛：指相似的形影。

〔7〕怅恍：恍惚。

〔8〕周遑：周章惊惶。　忡：忧。　惕：惧。

〔9〕析：分离。

〔10〕隟：同“隙”。

〔11〕溜（liù）：屋檐流下的水。

〔12〕庶几：但愿。

〔13〕庄：庄周。　缶：瓦盆。《庄子·至乐》载，妻子死，庄子达观地鼓盆而歌。

【译文】

寒来暑往季节逐渐变换，时光匆匆忽而流逝。亡妻长辞魂归九泉，重重黄土永远幽隔两地。心中悲哀有谁能够体会，滞留家中又有什么益处？只好勉力听从朝廷命令，强忍悲哀返回原来任上。看这屋子便想起亡妻，进入室中思念往日经历。帐幔屏风不见她的身影，书画留有她的遗迹。她的芳香还没有消歇，遗物仍然悬挂在墙上。恍惚我觉得她仿佛还活着，清醒过来不胜惊惶忧伤。正如那树林中的鸟儿，双栖双飞如今只剩一只。又如那比目鱼并游于河中，忽然中途分离。春风从缝隙间吹入，屋檐水声声滴落。睡梦中也难忘亡妻，忧思一天比一天更加深沉。但愿有朝一日哀愁减轻，像庄子鼓盆那样达观。

皎皎窗中月，照我室南端。清商应秋至，溽暑随节阑〔1〕。凛凛凉风升，始觉夏衾单。岂曰无重纩〔2〕，谁与同岁寒？岁寒无与同，朗月何胧胧。展转眄枕席[3]，长簟竟床空[4]。床空委清尘，室虚来悲风。独无李氏灵[5]，仿佛睹尔容。抚衿长叹息，不觉涕沾胸。沾胸安能已？悲怀从中起。寝兴目存形[6]，遗音犹在耳。上惭东门吴[7]，下愧蒙庄子。赋诗欲言志，此志难具纪。命也可奈何！长戚自令鄙[8]。

【注释】

〔1〕溽（rù）：湿。　阑：尽。

〔2〕重纩：厚丝绵被。纩，丝绵。

〔3〕眄：视。

〔4〕簟：席。

〔5〕李氏灵：汉武帝的李夫人死，方士作法，李夫人显灵在帐子上。

〔6〕寝兴：睡着和醒时。

〔7〕东门吴：《列子》载，魏国的东门吴，孩子死了并无忧愁。

〔8〕戚：忧伤。

【译文】

皎洁月光从窗户穿过，照耀着我卧室的南端。清冷的风应和秋季来，湿热的夏天随即完结。凛冽的凉风一天天加重，才开始觉得夏被单薄。哪里是说没厚被可用，谁又能与我共度岁寒？岁寒无人与共，明月却朦胧照床前。辗转难眠凝视枕席，长席虚设床全都空着。空床上只有清冷飞尘，卧室空荡秋风送悲凉。没有李夫人那样显灵显像，我也仿佛目睹你的容颜。手抚衣襟我长声叹息，不觉泪水湿透胸膛。泪水湿透，忧伤岂能停止？悲伤情怀从心中升起。睡着醒来眼前都有你身影，你的声音犹然萦绕耳畔。上惭愧我不是东门吴，下惭愧我不能像庄子达观。赋诗想表达情志，这情志又难用语言表达。命运实在无可奈何！长久悲戚会让自己鄙视自己。

曜灵运天机[1]，四节代迁逝。凄凄朝露凝，烈烈夕风厉。奈何悼淑俪[2]，仪容永潜翳[3]。念此如昨日，谁知已卒岁。改服从朝政[4]，哀心寄私制[5]。茵帱张故房[6]，朔望临尔祭。尔祭讵几时[7]，朔望忽复尽。衾裳一毁撤，千载不复引[8]。亹亹期月周[9]，戚戚弥相愍[10]。悲怀感物来，泣涕应情陨。驾言陟东阜，望坟思纡轸[11]。徘徊墟墓间，欲去复不忍。徘徊不忍去，徙倚步踟蹰[12]。落叶委埏侧[13]，枯荄带坟隅[14]。孤魂独茕茕，安知灵与无？投心遵朝命，挥涕强就车。谁谓帝宫远[15]？路极悲有馀。

【注释】

〔1〕曜灵：太阳。　天机：天体运行。

〔2〕淑俪：美丽的妻子。

〔3〕潜翳：长埋地下隐没不见。

〔4〕改服：脱下哀服换上朝服去上任。

〔5〕私制：妻死丈夫服丧一年。

〔6〕茵帱：悼念死者设的帐幔。

〔7〕讵：曾。

〔8〕引：陈设。

〔9〕亹亹（wěi）：行进。

〔10〕愍（mǐn）：忧而成疾。

〔11〕驾言：乘车。　纡（yū）轸：忧痛郁结。

〔12〕徙倚：时走时立，徘徊。　踟蹰：停步不进。

〔13〕埏（yán）：墓道。

〔14〕枯荄（gāi）：草根。

〔15〕帝宫：都城。

【译文】

日出日落天体不停运转，一年四季交替变迁循环。凄凉的朝露凝结为霜，晚风凛冽凌厉严寒。无可奈何地悲悼贤淑的妻子，她的身体容貌长埋黄泉。思念往昔如同昨日，谁知又过一年转眼岁末。脱下哀服换上朝服将去上任，将哀情寄托在守丧礼仪上。帷帐仍布置在你的旧居，初一十五都祭奠你。悼祭的日子还能有多少，一月又忽而将尽。丧服一旦撤除销毁，千年也不会穿戴张悬。光阴行进，一月之期又到，悲戚哀伤重如大病。悲伤的情怀触物而来，泪水涟涟应和着悲情涌落。驾上马车，登上东山，遥望坟墓，思念忧痛郁结。徘徊亡妻的坟墓之间，想要离去又十分不忍。徘徊来去不忍心分离，走走停停，脚步踟蹰。落叶堆积墓道两侧，枯草根布满了坟茔。孤寂的芳魂独处荒郊，怎么能知人有无灵魂？我寄托身心遵从王命，擦干眼泪勉强登车。谁说是都城的道路遥远？路走到头我还有悲痛。

庐陵王墓下作　谢灵运

【题解】

为悼念宋武帝子庐陵王刘义真而作。以延陵季札解剑系徐君墓树、楚老哭龚胜二事写自己为庐陵王之死而感到的哀痛。

晓月发云阳〔1〕，落日次朱方〔2〕。含凄泛广川，洒泪眺连岗。眷言怀君子，沉痛结中肠。道消结愤懑〔3〕，运开申悲凉〔4〕。神期恒若在，德音初不忘〔5〕。徂谢易永久〔6〕，松柏森已行。延州协心许〔7〕，楚老惜兰芳〔8〕。解剑竟何及，抚坟徒自伤。平生疑若人〔9〕，通蔽互相妨〔10〕。理感深情恸，定非识所将。脆促良可哀〔11〕，夭枉特兼常〔12〕。一随往化灭，安用空名扬〔13〕？举声泣已洒，长叹不成章。

【注释】

〔1〕云阳：今江苏丹阳。

〔2〕朱方：今江苏镇江。

〔3〕道消：君子势力减弱为小人所欺。

〔4〕运开：国运开张，宋文帝之初，刘义真被枉杀事得到昭雪。

〔5〕德音：品行音容。

〔6〕徂谢：去世。

〔7〕“延州”句：春秋时，吴国延陵季札拜见徐国国君，徐君喜爱季札佩剑，季札本想出使归来相赠，返回时徐君已死，季札将宝剑挂在徐君墓前。延州，延陵。

〔8〕“楚老”句：《汉书·龚胜传》载，楚人龚胜不愿为王莽新朝效力自杀，彭城老人吊唁，惋惜龚胜幽兰般高洁，却因此而死。

〔9〕若人：这些人，指季札和楚老。

〔10〕通蔽：通达和愚蔽。

〔11〕脆促：脆弱窘迫，庐陵王生前受排挤欺压。

〔12〕夭枉：受冤枉短命而死。　兼常：超过平常。

〔13〕空名扬：元嘉三年为刘义真平反，恢复庐陵王封号。

【译文】

拂晓月落从云阳出发，晚上在朱方歇息。满含悲凄，泛舟广阔江面，洒泪远望连绵山冈。眷念怀想君子庐陵王，沉痛纠结在心中愁肠。想到君子枉死，悲愤积胸，想到国运新开沉冤昭雪，悲凉才发泄。庐陵王英灵似永存，品行音容如初，我永不忘。死去已变得那么久远，墓旁松柏已森然成行。季札守诺，宝剑挂在徐君墓前，楚老痛悼龚胜的夭亡。徐君墓前挂剑终是来不及，龚胜坟前痛惜徒增哀伤。我平生就疑惑季札、楚老这样的人，通达和愚蔽两相矛盾。但我知道感情的悲恸，绝非理性所能控制。你年少遇害令人悲哀，比一般人死得冤枉凄凉。一旦形神去世化灭，哪还需要宣扬空名号？发声长叹热泪挥洒，长长叹息写不成诗章。

拜陵庙作　颜延年（颜延之）

【题解】

简单叙述“拜陵庙”之事，重在叙述皇朝恩德与自己的仕宦。

周德恭明祀[1]，汉道尊光灵[2]。哀敬隆祖庙[3]，崇树加园茔[4]。逮事休命始[5]，投迹阶王庭[6]。陪厕回天顾[7]，朝宴流圣情。早服身义重，晚达生戒轻。否来王泽竭，泰往人悔形[8]。敕躬惭积素[9]，复与昌运并。恩合非渐渍[10]，荣会在逢迎。夙御严清制[11]，朝驾守禁城。束绅入西寝[12]，伏轸出东垌[13]。衣冠终冥漠[14]，陵邑转葱青。松风遵路急，山烟冒垅生。皇心凭容物[15]，民思被歌声。万纪载弦吹，千载托旒旌[16]。未殊帝世远，已同沦化萌。幼牡困孤介[17]，末暮谢幽贞。发轫丧夷易，归轸慎崎倾。

【注释】

〔1〕明祀：堂皇的祭祀。

〔2〕光灵：光辉的祖宗之灵。

〔3〕隆：高起。此有使兴盛之义。

〔4〕崇：尊。　树：竖立，建立。

〔5〕休命：美善的命令。

〔6〕投迹：犹投身。

〔7〕陪厕：指奉陪在天子身边。

〔8〕否、泰：是周易中的两个卦名，否泰指世道盛衰。　人悔形：君子多忧。

〔9〕敕（chì）：诫。　躬：身。　积素：积平素知遇之恩。

〔10〕渐渍：浸润，沾染。

〔11〕夙：早。 御：传令清道的使者。 清制：天子出行前先清道的礼制。

〔12〕束绅：束好衣带。

〔13〕伏轸：陪侍天子车中。 东坰（jiōng）：东边郊野。

〔14〕衣冠：寝庙中宋武帝生前衣冠。

〔15〕皇心：宋文帝凭吊先皇之心。

〔16〕旒旌：饰有流苏的旗帜。

〔17〕幼牡：幼壮。 孤介：正直耿介。

【译文】

周代恭敬堂皇的祭祀，汉代尊崇祖先的英灵。哀敬祭礼使祖庙庄严，敬立高亭建设园陵。先皇美令我开始任职，投身效命于朝廷。陪侍先皇得天恩眷顾，朝会宴集流布圣恩。早先我为官以身效忠，后来腾达便不生戒心。世道衰微少帝恩泽衰竭，国运已去君子忧虑消瘦。不能亲自劝谏我愧对先恩，幸运遇到明君国运振兴。身受恩典不是点滴沾润，逢迎之间享受尊荣。清晨为谒陵肃清道路，恭立皇城候驾君臣。束好衣带到西边寝庙祭祀，又随圣驾驱车前往东陵。先皇衣冠已模糊不清，园陵树木已一派葱青。风从松林吹来沿道路急进，山间烟岚笼罩园陵。皇上凭吊先帝的仪容衣物，礼颂之歌唱出臣民思慕。先帝业绩万年传唱，先帝功勋千年树旌旗。就像古代帝王流芳百世，如同春风孕育了万物。少壮时我耿介正直，年老谢绝一切惟好清静。正如车辆初发没遇上坦途，年老如车将归去要谨防颠簸倾覆。

同谢谘议铜雀台诗　谢玄晖（谢朓）

【题解】

谢谘议，名璟，任谘议大夫。此诗写诸婢妾作伎乐敬祀曹操之事。

穗帏飘井干[1]，樽酒若平生。郁郁西陵树，讵闻歌吹声。芳襟染泪迹，婵媛空复情[2]。玉座犹寂漠[3]，况乃妾身轻！

【注释】

〔1〕穗（suì）帏：细疏麻布缝成的灵帐。　井干：铜雀台别名。

〔2〕婵媛：牵衣拭泪貌。

〔3〕玉座：台上曹操的灵座。　漠：同“寞”。

【译文】

灵帐飘荡在铜雀台上，斟满祭酒如曹公生前。西陵的树木郁郁森森，岂能听到台上的歌声。芳香的衣襟沾满泪痕，牵衣拭泪空有哀情。君王的灵座犹然寂寞，何况可怜轻贱的歌姬！

出郡传舍哭范仆射　任彦昇（任昉）

【题解】

任昉（460—508），字彦昇，南朝梁乐安博昌（今山东博兴）人。齐时为竟陵王萧子良记室，梁时为武帝记室，拜为黄门侍郎、吏部郎中。萧衍文诰，多出于任昉之手，出为义兴太守，还为御史中丞、秘书监。《梁书》《南史》均有传。范云，曾任尚书左仆射，诗作痛悼范云去世，回忆其生平事迹，抒发作者与他的深厚友情。

平生礼数绝[1]，式瞻在国桢[2]。一朝万化尽，犹我故人情。待时属兴运[3]，王佐俟民英[4]。结欢三十载，生死一交情。携手遁衰孽[5]，接景事休明[6]。运阻衡言革，时泰玉阶平[7]。濬冲得茂彦[8]，夫子值狂生。伊人有泾渭，非余扬浊清。将乖不忍别，欲以遣离情。不忍一辰意，千龄万恨生。已矣平生事，咏歌盈篋笥〔9〕。兼复相嘲谑，常与虚舟值〔10〕。何时见范侯，还叙平生意。与子别几辰，经途不盈旬。弗睹朱颜改，徒想平生人。宁知安歌日，非君撤瑟晨〔11〕。已矣余何叹，辍舂哀国均〔12〕。

【注释】

〔1〕礼数：对人礼敬有加。

〔2〕式瞻：敬仰的榜样。　国桢：国家栋梁。

〔3〕兴运：范云助萧衍建梁朝。

〔4〕王佐：辅佐君王。

〔5〕衰孽：齐东昏侯衰世的灾祸。

〔6〕景：光影，时光。

〔7〕玉阶：王庭。

〔8〕“濬冲”句：吏部尚书王戎，字濬冲，任李茂彦为吏部郎，以礼相待。时范云为吏部尚书，彦昇为吏部郎。

〔9〕篋笥：装书的匣子。

〔10〕虚舟：《庄子》载，空船触方舟，于方舟无妨碍，方舟不怒。

〔11〕撤瑟：生病。《仪礼》：“有疾病者，齐撤瑟琴。”

〔12〕辍舂：放下舂米的活。　国均：执掌国家大权的人，此指范云。

【译文】

我失去了平生崇敬的人，人们失去了瞻仰的国家栋梁。一时间你生命归于自然，我还记得故人的情谊。你待时而动兴盛新朝，帝王辅佐正等你这精英。我们结交三十年，交情生死不渝。我们携手躲避齐朝灾祸，迎接新时代侍奉明君。国运阻碍都倡言变革，时运兴盛后天下太平。当年王戎得手下李茂彦，你却只得我这个狂生。你做事泾渭分明，我却没有激浊扬清的本领。我将离开你时不忍分别，多想排遣惜别之情。我难忍片刻离别，而今永别更万恨丛生。平生交游往事都已成过去，唱酬的诗歌书信装满书箱。又想起与你调笑打趣，你总是不愠不怒。何时还能与范公再见，还要述说平生的情谊。与你分别不过几天，我踏上征途还不到一旬。当时未见你容颜改变，现在徒然思念平生最亲的人。怎知平安酬唱告别之日，疾病已在你身上蔓延。已经这样我为何叹息，因为全国举哀痛惜失去了立国元勋。

赠答一

赠蔡子笃诗　王仲宣（王粲）

【题解】

蔡子笃与仲宣为友，同避难荆州。子笃还会稽，仲宣作诗赠之；表达作者与友人分别时的依恋伤感之情。

翼翼飞鸾[1]，载飞载东。我友云徂，言戾旧邦[2]。舫舟翩翩，以溯大江。蔚矣荒途，时行靡通。慨我怀慕，君子所同。悠悠世路，乱离多阻。济岱江行[3]，邈焉异处。风流云散，一别如雨。人生实难，愿其弗与。瞻望遐路，允企伊伫[4]。烈烈冬日，肃肃凄风。潜鳞在渊，归雁载轩。苟非鸿雕，孰能飞翻？虽则追慕，予思罔宣。瞻望东路，惨怆增叹。率彼江流，爰逝靡期[5]。君子信誓，不迁于时。及子同寮，生死固之。何以赠行？言授斯诗。中心孔悼[6]，涕泪涟洏[7]。嗟尔君子，如何勿思！

【注释】

〔1〕翼翼：鸟飞貌。

〔2〕戾（lì）：到达。　旧邦：指故乡。

〔3〕济：济水。　岱：泰山。　江：长江。　行：衡山。

〔4〕允：信。　企：踮起脚跟。　伊：语助词。

〔5〕率：循着。　爰：引。

〔6〕孔悼：非常沉痛。

〔7〕涟洏（ér）：流涕貌。

【译文】

鸾鸟振翅翩翩飞翔，飞往那遥远的东方。我的朋友说要远行，要回到他的故乡。船儿在江上轻轻飘荡，沿着大江顺流而下。草木丛生阻塞荒途，乱世远行道路不通。感叹我思念的友人，想来你我同怀此心。悠长漫漫俗世之路，混乱离别又多阻碍。济水泰山、长江、衡山，在遥远不同的地方。你我从此风吹云散，一朝离别如雨难收。人生实在充满艰难，心中愿望不能实现。遥望你远去的道路，踮足翘首久久伫立。冬日气候惨烈严寒，呼啸寒风萧瑟凄冷。鱼儿深深潜入水底，归雁朝南高飞迁徙。人并非那鸿鹄大雕，谁能自由高飞翻转？虽然追慕我的良友，我的思念不能送达。远远眺望东边道路，惨切悲怆更加哀叹。朋友已沿江流远去，此去再见遥遥无期。君子必会信守誓约，永远不会时过情迁。和你同在朝廷为官，生死之交坚固不变。用什么赠送你远行？就是这首新赋诗篇。心中别情十分沉痛，实在难禁涕泪涟涟。嗟叹你是正人君子，如何不叫我充满思念！

赠士孙文始　王仲宣（王粲）

【题解】

士孙萌，复姓士孙，名萌，字文始，因父功封为澹津亭侯，士孙萌去澹津，王粲作诗以赠，勉励友人成就一番事业。

天降丧乱，靡国不夷[1]。我暨我友[2]，自彼京师。

宗守荡失[3]，越用遁违[4]。迁于荆楚，在漳之湄[5]。在漳之湄，亦克宴处[6]。和通篪埙[7]，比德车辅[8]。既度礼义，卒获笑语。庶兹永日[9]，无愆厥绪[10]。虽曰无愆，时不我已。同心离事，乃有逝止[11]。横此大江，淹彼南汜[12]。我思弗及，载坐载起。惟彼南汜，君子居之。悠悠我心，薄言慕之[13]。人亦有言，靡日不思。矧伊嬿婉[14]，胡不凄而？晨风夕逝，托与之期。瞻仰王室，慨其永叹。良人在外，谁佐天官？四国方阻[15]，俾尔归藩[16]。尔之归藩，作式下国[17]。无曰蛮裔，不虔汝德[18]。慎尔所主，率由嘉则[19]。龙虽勿用[20]，志亦靡忒[21]。悠悠澹澧，郁彼唐林。虽则同域，邈其迥深。白驹远志[22]，古人所箴。允矣君子，不遐厥心[23]。既往既来，无密尔音[24]。

【注释】

〔1〕夷：灭。

〔2〕暨：与。

〔3〕宗守：京城。

〔4〕越：远。　遁违：逃离躲避。

〔5〕漳：漳水。　湄：河岸。

〔6〕宴处：安居。

〔7〕篪（chí）：竹制管乐器。　埙：陶制吹奏乐器。篪埙合奏，声音和谐。

〔8〕车辅：辅是颊骨，车是齿床，互相依存。

〔9〕庶：希望。　兹：此。

〔10〕愆：错失。　厥：其。　绪：业。

〔11〕逝：往。　止：住。

〔12〕南汜：南方水滨之地，士孙文始所封澹津在荆州南面。

〔13〕薄言：语首助词。

〔14〕矧（shěn）：况且。 伊：此。 嬿婉：美好。

〔15〕四国方阻：豪强割据。

〔16〕俾：使。

〔17〕式：榜样。 下国：指士孙文始的封国。

〔18〕虔：敬慕。

〔19〕率：循。 由：用。 嘉则：好的法令。

〔20〕龙虽勿用：《易·乾·文言》：“潜龙勿用。”比喻有大德而未为世用。

〔21〕忒（tè）：差错。

〔22〕白驹远志：《诗经·小雅·白驹》载，乱世贤者乘白驹远去，表达对贤者思慕。

〔23〕允：信。 遐：远。 厥：其。

〔24〕密：绝。

【译文】

死丧祸乱从天降，国不成国没有安宁。我和我的朋友一起，同来自遥远的京城。京城陷落形势动荡，避祸乱我们远逃遁。迁徙来到荆楚之地，落脚在漳水岸边。在这漳水岸边，也还能安宁居住。我们像篪埙合奏般和谐，像兄弟唇齿相依。你来我往合于礼义，终于获得欢声笑语。希望这样的日子长久，我们的事业没过失。虽说并没有过失，但时光不肯厚待我。我们同心却要分离，就只能一人去一人留。你就要横渡长江，长期停留在南方水乡。我虽思念不能同往，坐立难安心感彷徨。想那南方的水乡，将是君子居住的地方。我心中悠长的思念，对那里心驰神往。古代诗人也说过，没有一天不思念。何况我们友情美好，怎不教我凄凉忧伤？我愿化作晨风鸟黄昏飞往，带给你相见的约定。瞻仰北方王室衰微，我不禁慨然长叹。贤良之士在京城外，有谁辅佐治国平乱？四面八方豪强割据，你到澮津治理藩国。你这次去藩国封地，为封国属下做好榜样。没有蛮裔不敬慕你的德行。你要谨慎主持政务，遵循运用美好法令。有德之人虽不被用，志向也不会改变。澮水、澧水长流不断，那唐县树林郁郁葱葱。荆州、澹津虽同区域，却山隔水阻相距遥远。乱世贤者乘白驹远去，不改其志古人早已规诫。你是诚信有德的君子，不因远去心灰意冷。我们还要常往常来，不要断绝了互通音信。

赠文叔良　王仲宣（王粲）

【题解】

文颖，字叔良，为刘表从事，使聘益州牧刘璋，王粲赠诗劝诫他要谨慎从事，完成使命。

翩翩者鸿〔1〕，率彼江滨。君子于征，爰聘西邻〔2〕。临此洪渚，伊思梁岷〔3〕。尔往孔邈〔4〕，如何勿勤？君子敬始〔5〕，慎尔所主。谋言必贤〔6〕，错说申辅〔7〕。延陵有作，侨肸是与〔8〕。先民遗迹，来世之矩。既慎尔主，亦迪知几。探情以华，睹著知微。视明听聪，靡事不惟。董褐荷名〔9〕，胡宁不师？众不可盖，无尚我言。梧宫致辩，齐楚构患〔10〕。成功有要，在众思欢。人之多忌，掩之实难。瞻彼黑水，滔滔其流。江汉有卷〔11〕，允来厥休〔12〕。二邦若否，职汝之由。缅彼行人，鲜克弗留。尚哉君子，于异他仇〔13〕。人谁不勤？无厚我忧。惟诗作赠，敢咏在舟。

【注释】

〔1〕鸿：以喻文叔良。

〔2〕聘：出使。　西邻：益州在荆州西。

〔3〕梁岷：梁山和岷山，均在益州境内。

〔4〕孔邈：非常遥远。

〔5〕敬始：重视开始。

〔6〕贤：妥善。

〔7〕错：同“措”。 说：言词。

〔8〕《左传》载：季札出使，结交二位贤者，郑国的公孙侨和晋国的羊舌肸（xī）。 延陵：吴国季札封于延陵。

〔9〕“董褐”句：《国语》载，晋国使者董褐游说吴王放下武力，吴王退兵，与晋会盟。

〔10〕“齐楚”句：《说苑》载，楚国使者在齐国梧宫，揭齐国人之短，齐楚于是构怨。

〔11〕江：长江，代益州。 汉：汉水，代荆州。 卷（quǎn）：汇聚。

〔12〕允：信。 厥：其。 休：美。

〔13〕于异：异于。 仇：匹，类。

【译文】

鸿雁翩翩飞翔，沿那江流的方向。君子将要远行，出使西邻益州。面对这巨波大江，你想起梁山、岷山。你此去非常遥远，怎能不历尽艰难？君子重视开始，你要谨慎对待任务。考虑话语必当妥善，措辞须表明匡辅国君。古时季札出使，结交贤者公孙侨和羊舌肸。先人留下的事迹，是后世仿效的典范。既能使你谨慎出使，又可启发你探知先机。探知事情的表象，从表象推知内在的事实。视听洞明察言观色，就没有思考不周的事情。古代董褐身负盛名，为何不师法他的作为？太多事不能一一道尽，也不必推崇我的言语。古齐国梧宫之辩，导致齐楚兵戎相见。外交成功有要点，在于考虑到众人皆大欢喜。人们有许多忌讳，毫不触犯实在是难。遥望那黑水河，水流湍急波浪滔天。长江、汉水波涛汇集，确实那么美丽。二国邦交顺利与否，由你的职责维系。遥想以往的使者，很少有不被挽留的。你是高尚的君子，不同于那些使者。世人谁不艰难勤勉？不要增加我的担忧。只有写诗为你送行，歌咏我们风雨同舟深情厚谊。

赠五官中郎将四首　刘公干（刘桢）

【题解】

魏文帝曹丕初为五官中郎将、副丞相，探望生病的刘桢，刘桢赋诗赠之。全诗叙写对曹丕的思念和感激之情，诗作是以叙写相思的整个过程来抒发情感的，落笔在对曹丕的赞扬。

昔我从元后〔1〕，整驾至南乡〔2〕。过彼丰沛都〔3〕，与君共翱翔。四节相推斥〔4〕，季冬风且凉。众宾会广坐，明镫熺炎光〔5〕。清歌制妙声，万舞在中堂。金罍含甘醴〔6〕，羽觞行无方〔7〕。长夜忘归来，聊且为大康〔8〕。四牡向路驰〔9〕，欢悦诚未央。

【注释】

〔1〕元后：对别人父亲的尊称，指曹操。

〔2〕南乡：南边的故乡，指曹操故乡谯郡。

〔3〕丰沛：汉高祖刘邦的故乡，谯郡属于沛郡。

〔4〕推斥：推移。

〔5〕镫：同“灯”。　熺：同“熹”，放光明。

〔6〕罍（léi）：盛酒器。　甘醴：甘甜的酒。

〔7〕羽觞：雀形酒杯。　无方：无数。

〔8〕大康：安乐。

〔9〕牡：公马，泛指马。

【译文】

当年我跟随您的父亲，整肃车驾来到南边的故乡。经过那丰沛故都，和您结交并翱翔天地间。四季推移互相替代，季冬的风那么寒凉。众宾客聚集于盛大宴会，明灯高照射出火焰。清脆歌喉唱出美妙的声乐。中堂表演壮观的舞蹈。金色酒器盛满甘甜美酒。雀形酒杯飞传无数巡。长夜漫漫忘了归来，姑且沉醉安乐中。四马之车向大路奔驰，欢乐喜悦实在难消歇。

余婴沉痼疾〔1〕，窜身清漳滨〔2〕。自夏涉玄冬，弥旷十馀旬〔3〕。常恐游岱宗〔4〕，不复见故人。所亲一何笃？步趾慰我身〔5〕。清谈同日夕，情眄叙忧勤〔6〕。便复为别辞，游车归西邻〔7〕。素叶随风起，广路扬埃尘。逝者如流水，哀此遂离分。追问何时会？要我以阳春〔8〕。望慕结不解〔9〕，贻尔新诗文。勉哉修令德，北面自宠珍〔10〕。

【注释】

〔1〕婴：缠。　痼疾：疾病。

〔2〕漳滨：漳河边的邺城。

〔3〕弥旷：久远。

〔4〕游岱宗：魂归泰山，死亡。

〔5〕步趾：动步前来。

〔6〕眄：看望。

〔7〕西邻：邺城之西的洛阳。

〔8〕要：同“邀”。

〔9〕望慕：相思。

〔10〕北面：臣子面向北，侍奉坐北朝南的国君。

【译文】

我被沉重的疾病纠缠，逃避到清漳河边的邺城。从夏日直到寒冷的冬天，生病长达一百余天。我常恐怕魂归泰山，不能再见亲朋好友。您对我的感情是何等深厚，动步前来安慰我的身心。我们清谈闲聊从早到晚，您深情看望述说着忧虑。最后您说了道别的话，驾车回西边的洛阳。萧疏的枯叶随风飞起，宽广的路上扬起尘埃。流逝的时光如流水，悲哀时光短暂便分离。我追问什么时候才能再见？您约我相会于明年阳春。我的思念郁结难以排解，只能作此新诗赠送您。但愿您勤勉政事修养美德，奉侍君主您要自珍自重。

秋日多悲怀，感慨以长叹。终夜不遑寐[1]，叙意于濡翰[2]。明镫曜闺中，清风凄已寒。白露涂前庭[3]，应门重其关[4]。四节相推斥，岁月忽欲殚。壮士远出征，戎事将独难[5]。涕泣洒衣裳，能不怀所欢？

【注释】

〔1〕遑：暇。

〔2〕濡翰：沾墨之笔。

〔3〕前庭：正屋前的庭院。

〔4〕应门：正门。

〔5〕戎事：镇守孟津及黎阳。

【译文】

秋天多使人情怀悲凉，不胜感慨又长叹。一整夜没时间顾及睡眠，把满腹意绪寄于笔墨。明亮的灯光照耀着卧室，秋风凄清已透出夜寒。白露已铺洒通往前庭之路，大门已经严闭紧关。四季互相衔接推移，岁月忽然就要到了尽头。壮士远远出征作战，您独自支撑军事何等艰难。我哭泣的眼泪沾湿了衣裳，怎不思念与您相聚的欢乐？

凉风吹沙砾，霜气何皑皑。明月照缇幕[1]，华灯散炎辉。赋诗连篇章[2]，极夜不知归。君侯多壮思，文雅纵横飞。小臣信顽卤[3]，僶俛安能追[4]？

【注释】

〔1〕缇（tí）幕：丹黄色的帐幕，指曹丕军幕。

〔2〕连篇章：曹丕与幕下文人互相赋诗唱和。

〔3〕信：的确。　卤：同“鲁”，鲁钝。

〔4〕俛俛：俯仰。

【译文】

寒凉的风吹卷飞沙碎石，秋霜凝结多么的雪白。明月照耀着丹黄的军幕，华灯放射出温暖的光辉。我们欢聚一起赋诗唱和，一整夜竟忘了各归营帐。君侯诗篇充满壮怀神思，文气风雅纵横飞扬。小臣实在是冥顽鲁钝，俯仰之间怎能追得上您？

赠徐幹　刘公幹（刘桢）

【题解】

向友人徐幹诉说被罚苦役的苦闷、压抑和不平。

谁谓相去远？隔此西掖垣[1]。拘限清切禁[2]，中情无由宣。思子沉心曲，长叹不能言。起坐失次第，一日三四迁。步出北寺门[3]，遥望西苑园。细柳夹道生，方塘含清源[4]。轻叶随风转，飞鸟何翻翻[5]！乖人易感动[6]，涕下与衿连。仰视白日光，皦皦高且悬。兼烛八纮内[7]，物类无颇偏。我独抱深感[8]，不得与比焉。

【注释】

〔1〕西掖垣：洛阳宫西掖门的城墙。

〔2〕拘限：局限。　清切：严切。　禁：宫禁。

〔3〕北寺门：北寺为刘桢办公之处。

〔4〕清源：清流，指水。

〔5〕翻翻：飞上飞下。

〔6〕乖人：离人。

〔7〕兼烛：兼照。 八纮（hóng）：八方之内，世界。

〔8〕深感：深憾。

【译文】

谁说我们相距遥远？我们只隔西掖的宫墙。只因拘限于严切的宫禁，我心中感情无法向您表白。想念你使我心情沉重，长长叹息却说不出话来。坐立不安行动失去常态，一天内三四次徘徊。漫步走出这北寺门，遥遥远望西苑园林。柔嫩的杨柳夹道生长，池塘流出清澈的泉水。树叶轻轻随风飘转，飞鸟多么自由上下翻飞！离人总容易思念感动，热泪流下沾湿了衣襟。抬头仰望白色的日光，高高悬挂在天空放光明。阳光普照着整个天地，照耀万种事物没有偏心。我却独怀深深的遗憾，不能与万物一样欢欣。

赠从弟三首 刘公幹（刘桢）

【题解】

分别以蘋藻、松柏、凤凰比喻其从弟的品格，勉励他坚持理想以待圣君。

泛泛东流水〔1〕，磷磷水中石〔2〕。蘋藻生其涯，华纷何扰弱？采之荐宗庙，可以羞嘉客〔3〕。岂无园中葵，懿此出深泽〔4〕。

【注释】

〔1〕泛泛：水流貌。

〔2〕磷磷：水清澈貌，可见石。

〔3〕羞：美味食物。 嘉客：贵宾。

〔4〕懿：美好。

【译文】

山涧溪水向东流去，水中石头清晰可见。蘋和藻在水边生长，花叶茂盛随着微波荡漾。采集它们可以用作宗庙祭祀，可以进献给尊贵的宾客。难道没有园中的葵进献吗，因为美好的水草来自幽深的水泽。

亭亭山上松〔1〕，瑟瑟谷中风〔2〕。风声一何盛〔3〕！松枝一何劲！冰霜正惨怆〔4〕，终岁常端正。岂不罹凝寒，松柏有本性。

【注释】

〔1〕亭亭：高耸的样子。

〔2〕瑟瑟：寒风的声音。

〔3〕一何：多么。

〔4〕惨怆：凛冽严酷。

【译文】

高山上挺拔耸立的松树，顶着山谷呼啸的狂风。风声是多么的猛烈！而松枝是多么的刚劲！满天冰霜正凛冽严酷，松树的腰杆终年端端正正。难道是没有遭受凝重的寒意？是松柏天生有着耐寒的本性！

凤凰集南岳〔1〕，徘徊孤竹根。于心有不厌〔2〕，奋翅凌紫氛〔3〕。岂不常勤苦？羞与黄雀群〔4〕。何时当来仪〔5〕？将须圣明君〔6〕。

【注释】

〔1〕南岳：南方的丹穴山。

〔2〕厌：满足。

〔3〕紫氛：色深而高的云霄。
〔4〕黄雀：喻俗士。
〔5〕来仪：凤凰来舞而有容仪。
〔6〕须：等待。

【译文】

凤凰栖息于南方丹穴山，徘徊漫步于修竹之旁。心存远志不满足平庸，奋翅高飞到深色的云霄。岂能不多多经历辛苦？只是羞与黄雀群栖共处。何时你才飞舞而来展现容仪？将等到君主圣明天下太平的时代。

（本卷译注：张彦）

文选卷第二十四

赠答二

赠徐幹　曹子建（曹植）

【题解】

此诗写作者称赞徐幹是怀有才干美德的寒士，表示愿意举荐他出仕。

惊风飘白日，忽然归西山。圆景光未满，众星粲以繁。志士营世业，小人亦不闲〔1〕。聊且夜行游，游彼双阙间〔2〕。文昌郁云兴，迎风高中天。春鸠鸣飞栋，流猋激棂轩〔3〕。顾念蓬室士，贫贱诚足怜。薇藿弗充虚〔4〕，皮褐犹不全。忼慨有悲心，兴文自成篇。宝弃怨何人？和氏有其愆〔5〕。弹冠俟知己〔6〕，知己谁不然？良田无晚岁，膏泽多丰年。亮怀玙璠美，积久德逾宣。亲交义在敦，申章复何言！

【注释】

〔1〕小人：品德不高的人，与“志士”相对，此为作者戏称。

〔2〕双阙：指皇宫正门两侧的望楼，即下文的文昌、迎风二殿阁。

〔3〕棂（líng）：窗孔。　轩：有窗户的长廊。

〔4〕薇：野菜。　藿：豆叶。指贫者之食。

〔5〕和氏：卞和，曾得荆山之璞以献楚王。

〔6〕弹冠：弹去帽子尘土，此指做官。

【译文】

猛烈强劲的风吹动着太阳，太阳迅速地落下西山。夜空中月亮尚未圆满，天幕上群星明亮灿烂。志士努力创造着传世功业，小人也忙忙碌碌没有空闲。我姑且夜游去寻乐，游荡在宫前望楼间。文昌殿云气郁然升起，迎风观高耸直入云天。春鸠在高梁上鸣叫，旋风激荡着窗棂廊干。想起居住在茅屋的寒士，生活困苦真叫人可怜。野菜豆叶填不饱肚子，皮布短衣也褴褛不全。你感情悲愤慷慨不平，运笔著文自应写出名篇。宝物被弃该怨谁人？卞和如怀璞不献也自有过失。假如是等待知己的援引才出任，是知己谁又能不援引推荐？良田不会收获晚，肥沃的土地自然多丰年。像你这样真正怀有美德的人，时间越久美德越昭显。朋友的责任就是互相敦促劝勉，除此赠诗之外，何必再说别的呢？

赠丁仪　曹子建（曹植）

【题解】

此诗写作者对丁仪的友情，并安慰丁仪不要因为自己没有得到封赏而不安。

初秋凉气发，庭树微销落〔1〕。凝霜依玉除，清风飘飞阁。朝云不归山，霖雨成川泽〔2〕。黍稷委畴陇〔3〕，农夫安所获？在贵多忘贱，为恩谁能博？狐白足御冬，焉念无衣客〔4〕？思慕延陵子，宝剑非所惜〔5〕。子其宁尔心，亲交义不薄。

【注释】

〔1〕销落：凋零。

〔2〕霖雨：连下三天以上的雨。

〔3〕黍稷：此处统指庄稼。黍，黄米。稷，谷子。　畴陇：田地。

〔4〕“狐白”二句：尊贵者多忘贫贱。晏婴批评齐景公穿着名贵的取暖之物，却不知天下人受冻挨饿。

〔5〕“思慕”二句：借写春秋末期吴国公子季札悬千金宝剑于徐君墓前事而思慕朋友间的忠信情义。

【译文】

入秋以来凉风习习，庭中的枯叶飘落凋零。朝霜凝结在玉阶上，清风飘过带有飞檐的楼阁。朝云没有回归山林，致使连日暴雨泛滥。农作物都抛弃在田地里，农夫哪里会有什么收获？人们常常身处富贵容易忘却贫贱，又有谁能广博地施恩于他人呢？狐白裘是足以御寒的，哪里会想到没有衣服穿的人怎样度过严冬？我倾慕延陵季子的为人，心爱的千金宝剑赠送给朋友也在所不惜。你一定要安心宁静地放宽心，亲近的朋友待你的情义是不会浅薄的。

赠王粲　曹子建（曹植）

【题解】

此诗写作者对友人王粲的关心之情和爱惜人才的精神。

端坐苦愁思〔1〕，揽衣起西游。树木发春华，清池激长流〔2〕。中有孤鸳鸯，哀鸣求匹俦。我愿执此鸟，惜哉无轻舟。欲归忘故道，顾望但怀愁。悲风鸣我侧，羲和逝不留〔3〕。重阴润万物〔4〕，何惧泽不周？谁令君多念，自使怀百忧。

【注释】

〔1〕端坐：正身而坐。

〔2〕清池：此指邺城西园的玄武池。

〔3〕羲和：神话传说中太阳的御者。

〔4〕重阴：臣为阴，君为阳，时曹操为丞相，故称阴。

【译文】

正身而坐苦于愁思的折磨，起来披上衣裳到西园游乐。树上开满春天的花朵，清澈的邺城玄武池池水荡起长长的波浪。池中有只孤独的鸳鸯，为寻找伴侣哀鸣不已。我愿和这鸳鸯交朋友，可惜没有船只让我渡过。想回去已忘记来时的旧路，回头望却只有忧愁袭满心窝。悲风在我身边鸣响，太阳西去不肯停脚。浓密的阴云降雨滋润万物，何必担心得不到雨露恩泽。是谁让你想得这么多啊，使你忧愁满怀不快乐。

又赠丁仪王粲　曹子建（曹植）

【题解】

此诗写作者随父曹操西征途中所见，规劝友人持中和之道。

从军度函谷，驱马过西京。山岑高无极，泾渭扬浊清。壮哉帝王居，佳丽殊百城。员阙出浮云〔1〕，承露概泰清〔2〕。皇佐扬天惠〔3〕，四海无交兵。权家虽爱胜〔4〕，全国为令名〔5〕。君子在末位，不能歌德声。丁生怨在朝，王子欢自营。欢怨非贞则〔6〕，中和诚可经。

【注释】

〔1〕员阙：圆阙，长安阙名。

〔2〕承露：长安建章宫承露盘。　概：摩也。　泰清：即太清，指天空。

〔3〕皇佐：皇帝的辅佐者，指丞相曹操。

〔4〕权家：兵家。

〔5〕全国：保全敌国而又使之屈服。

〔6〕贞则：不偏不倚的法则。

【译文】

先行西征随军穿过函谷关，再度北伐驱马经过长安。山峰挺拔高耸望不到顶，泾渭清浊分流各自分明。帝王都城气魄实在壮丽，美好程度远远超过天下诸城。圆圆的双阙耸出浮云之上，承露金盘高可上接苍天。丞相代天子广施恩德，四海之内再无征战。虽然兵家希望能打赢，不战而征服敌国最受称赞。二位的官职屈居低位，还不能唱出功德之声。丁君抱怨不该在朝为官，王君居家自由欢快一身轻松。抱怨和淡薄世情都不是中正的轨道，唯有态度适中才是奉守之道。

赠白马王彪　曹子建（曹植）

【题解】

此诗写作者对遭受无端迫害和兄弟间生离死别的满腔愤懑之情。

谒帝承明庐[1]，逝将归旧疆[2]。清晨发皇邑[3]，日夕过首阳。伊洛广且深[4]，欲济川无梁。泛舟越洪涛，怨彼东路长[5]。顾瞻恋城阙，引领情内伤。

【注释】

〔1〕承明庐：天子居所。

〔2〕旧疆：曹植封地甄城。

〔3〕皇邑：皇城洛阳。

〔4〕伊洛：二水名，指伊水和洛水。

〔5〕东路：向东自洛阳返回甄城之路。

【译文】

在承明庐谒见皇上，将要返回旧日封国的疆土。清晨从帝都扬鞭启程，黄昏时经过首阳山。伊水和洛水多么广阔而幽深；想要渡过川流却为没有桥梁渡过所苦。乘舟越过翻涌的波涛，哀怨于向东返回甄城漫长的旅途；回首瞻望洛阳的城楼，伸长脖颈极目远眺难以抑制我的哀伤。

太谷何寥廓，山树郁苍苍。霖雨泥我途，流潦浩纵横〔1〕。中逵绝无轨〔2〕，改辙登高岗。修坂造云日〔3〕，我马玄以黄。

【注释】

〔1〕流潦：路上乱流的积水。

〔2〕中逵：通衢大路。

〔3〕修坂：长长的山坡。

【译文】

浩荡的空谷何等寥廓，山间的古木郁郁苍苍。暴雨让路途充满泥泞，污浊的石浆纵横流淌。通途大路已绝不能再前进，改道而行登上高峻的山冈。可是长长的斜坡直入云天，我的黑马又染疾变黄。

玄黄犹能进，我思郁以纡。郁纡将难进〔1〕，亲爱在离居。本图相与偕，中更不克俱。鸱枭鸣衡轭〔2〕，豺狼当路衢[3]。苍蝇间白黑，谗巧令亲疏[4]。欲还绝无蹊，揽辔止踟蹰。

【注释】

〔1〕郁纡：心情郁积萦绕。

〔2〕鸱枭：猫头鹰，古人认为是不祥之鸟。 衡：车辕前的横木。轭：扼马颈的曲木。

〔3〕路衢（qú）：四通八达的大路。

〔4〕谗巧：谗言巧语。

【译文】

马染玄黄之疾可是仍能奋蹄，我怀哀思却曲折而忧郁。忧郁而曲折的心志究竟何所牵念？只为我挚爱的兄弟即将分离。原本试图一同踏上归路，中途却变更而无法相聚。可恨鸱枭鸣叫着阻扰着车马，豺狼阻绝了当途的要道。苍蝇之流让黑白混淆，机巧的谗言疏远了兄弟之情。想要归去却无路能行，手握缰绳不由得踟蹰难进！

踟蹰亦何留？相思无终极。秋风发微凉，寒蝉鸣我侧。原野何萧条，白日忽西匿。归鸟赴乔林，翩翩厉羽翼。孤兽走索群，衔草不遑食。感物伤我怀，抚心长太息。

太息将何为？天命与我违。奈何念同生，一往形不归。孤魂翔故城[1]，灵柩寄京师[2]。存者忽复过，亡没身自衰。人生处一世，去若朝露晞[3]。年在桑榆间[4]，影响不能追[5]。自顾非金石，咄唶令心悲[6]。

【注释】

〔1〕故城：曹彰的封地任城。

〔2〕灵柩：装尸体的棺椁。

〔3〕晞：干。

〔4〕桑榆：谓人之将老。

〔5〕影响：光影与声响。

〔6〕咄唶（duō jiē）：感叹词，很短的时间。

【译文】

踟蹰之间此地又有什么留恋？我对兄弟的思念永远没有终极！秋风激发微薄的凉意，寒蝉在我的身侧哀鸣。广袤的原野多么萧条，白色的日影倏忽间向西藏匿。归鸟飞入高大的林木，翩翩然地扇动着羽翼。孤单的野兽奔走着寻觅兽群，口衔着蒿草也无暇来食用。感于物象触伤了我的胸怀，以手抚心发出悠长的叹息。

长叹又能有什么用处？天命已与我的意志相违！何曾想到我那同胞的兄长，此番一去形体竟永不返归！孤独的魂魄飞翔在封国的故土，灵柩却寄存在帝都之内。尚存之人须臾间也将过世而去，亡者的身体已自行衰微。短暂的一生居住在这世间，逝去好比清晨晒干消失的露水。岁月抵达桑榆之年的迟暮，光影和声响都已无法追回。自念并非金石之体，顿挫嗟叹间令我满心忧悲。

心悲动我神，弃置莫复陈。丈夫志四海，万里犹比邻。恩爱苟不亏，在远分日亲。何必同衾帱，然后展殷勤。忧思成疾疹，无乃儿女仁。仓卒骨肉情，能不怀苦辛。

苦辛何虑思？天命信可疑。虚无求列仙，松子久吾欺。变故在斯须，百年谁能持？离别永无会，执手将何时？王其爱玉体，俱享黄发期。收泪即长路，援笔从此辞。

【译文】

心境的悲伤触动了我的形神，望弃置下忧愁不再复述哀情。大丈夫理应志在四海，纵使相隔万里也犹如近邻。假若兄弟的眷爱并无削减，分离远方反会加深你我的情谊。又何必一定要同榻共眠，来传达你我的深情厚谊？过度的忧思会导致疾病，岂不是儿女之情而非大丈夫气概。骨肉之情相连匆匆就要离别，怎能不让人心怀愁苦和酸辛！

愁苦与酸辛引起了怎样的思虑？所谓的天命实在令人生疑！向众仙寄托祈求终究是虚妄缥缈，赤松子的神话长久地把我诓欺。人生的变故发生在短暂的须臾之间，有谁能持有百年的寿命呢？我们一旦离别就永无相会之日，再执手相逢将要等到何时？但愿白马王您要珍爱尊贵的躯体，与我一同安度高寿者的黄发之年。擦干眼泪踏上漫漫的长路，提笔写下这首诗相赠与君辞别。

赠丁翼　曹子建（曹植）

【题解】

此诗写作者勉励友人丁翼要恪守大节，不做迂腐的儒士。

嘉宾填城阙，丰膳出中厨。吾与二三子，曲宴此城隅〔1〕。秦筝发西气，齐瑟扬东讴。肴来不虚归，觞至反无馀。我岂狎异人？朋友与我俱。大国多良材，譬海出明珠。君子义休偫〔2〕，小人德无储〔3〕。积善有馀庆，荣枯立可须。滔荡固大节〔4〕，世俗多所拘。君子通大道，无愿为世儒〔5〕。

【注释】

〔1〕曲宴：私宴。

〔2〕偫（zhì）：具，完备。
〔3〕无储：浅薄而少。
〔4〕滔荡：广大貌。
〔5〕世儒：说经者。

【译文】

嘉宾齐聚在这都城内，丰盛的饭菜出自内厨。我邀请两三好朋友，在城上角楼设下私宴。秦筝弹拨出西秦曲调，齐瑟伴奏出东地之歌。佳肴捧来不原样送回，美酒斟上就一饮而光。我岂会亲近关系疏远的陌生人，你们与我都是好朋友。大国多有优秀的人才，譬如那大海盛产明珠。君子的道义美好完备，小人的品德不会存储。积累善行必定有余福，荣贵与衰败可立而待。要心胸坦荡恪守大节，社会风气多拘泥小节。君子通晓至高的正道，没人愿做那浅陋而迂腐的说经儒士。

赠秀才入军五首　嵇叔夜（嵇康）

【题解】

此五首诗写作者想象嵇喜军旅生涯的生活来抒发自己的思念之情。

良马既闲[1]，丽服有晖。左揽繁弱[2]，右接忘归[3]。风驰电逝，蹑景追飞。凌厉中原，顾盼生姿。携我好仇[4]，载我轻车。南凌长阜[5]，北厉清渠。仰落惊鸿，俯引渊鱼。盘于游田[6]，其乐只且[7]。

【注释】

〔1〕闲：熟练。
〔2〕繁弱：古代良弓。

〔3〕忘归：箭矢名。
〔4〕好仇：好友。
〔5〕长皋：长长的山坡。
〔6〕游田：畋猎。
〔7〕只且：语气助词。

【译文】

一位戎装骑射的武士，骑着训练有素的宝马，身披华丽坚硬铠甲，左手揽着繁弱弓，右手搭着忘归箭，风驰电掣般地奔驰在广阔的原野上，追得上一掠即逝的日光，赶得上飞行的鸟儿。他气概非凡直欲凌厉山河，他顾盼生辉神采飞扬。带上好朋友，一同乘轻车。向南登上长长的山坡，向北渡过清澈的河渠。仰头射落空中的飞雁，俯身钓起深渊的游鱼。盘桓游乐在畋猎之中，真是乐趣无穷啊！

轻车迅迈，息彼长林。春木载荣，布叶垂阴〔1〕。习习谷风，吹我素琴。咬咬黄鸟〔2〕，顾畴弄音。感悟驰情，思我所钦。心之忧矣，永啸长吟。

【注释】

〔1〕布叶：树叶展开。
〔2〕咬咬（jiāo）：鸟鸣之声。

【译文】

轻车迅速前行，在前方的树林休息。春天的树木枝繁叶茂，枝叶成荫。和煦的山谷微风，吹着我朴实无华的琴。黄莺在林中鸣叫，和伙伴们发出婉转悦耳的声音。我受感悟感情激荡，想念着心中钦慕的人。思之不见内心忧郁，长啸发出低吟。

浩浩洪流，带我邦畿〔1〕。萋萋绿林，奋荣扬晖。鱼龙瀺灂[2]，山鸟群飞。驾言出游，日夕忘归。思我良朋，如渴如饥。愿言不获，怆矣其悲。

【注释】

〔1〕邦畿：疆界。

〔2〕瀺灂（chán zhuó）：鱼类出没水中。

【译文】

浩浩荡荡的洪流，在疆界环绕如带。茂密的树林，充满了生机闪耀着光辉。鱼龙出没水中，山鸟成群在树林中飞。乘车出游，太阳西斜都忘了回来。思念良朋好友，如饥如渴难以忘怀。思念之情得不到宽慰，心中充满了无限的惆怅悲凉。

息徒兰圃[1]，秣马华山[2]。流磻平皋[3]，垂纶长川[4]。目送归鸿，手挥五弦。俯仰自得，游心泰玄[5]。嘉彼钓叟，得鱼忘筌[6]。郢人逝矣[7]，谁与尽言？

【注释】

〔1〕兰圃：长满香草的田野。

〔2〕秣马：喂马。

〔3〕磻（bō）：在系箭的丝绳上加系石块。

〔4〕垂纶：垂钓。

〔5〕泰玄：大道。

〔6〕得鱼忘筌：比喻超脱，无所拘束。《庄子》："筌者，所以得鱼也，得鱼而忘筌。"

〔7〕郢人：楚国郢都巧匠能运斤成风，后来郢人死后没有了配合的人，就不再表演此技巧。

【译文】

我们的部队于兰圃休息，在青草丰茂的山坡喂马。在水边的原野用石弹打鸟，在长河里钓鱼。一边目送着南归的鸿雁，一边信手挥弹五弦琴。一举一动都悠然自得，对大自然的奥妙之道能够心领神会。羡慕那河边垂钓的老渔翁，捕到了鱼忘掉了筌的超凡心态。同心同德的郢人已经死了，有万千言语又跟谁说呢？

闲夜肃清，朗月照轩。微风动袿，组帐高褰[1]。旨酒盈樽[2]，莫与交欢。鸣琴在御，谁与鼓弹？仰慕同趣，其馨若兰。佳人不在，能不永叹！

【注释】

〔1〕褰：揭开。

〔2〕旨酒：美酒。

【译文】

安闲的夜晚很清静，一轮明月照在廊前。微风吹动着帷帐，帷帐被高高地掀开。美酒倒满杯，没有人能共饮相与欢。鸣琴已经呈献上来，可是又在为谁弹奏呢？内心里仰慕意趣相同的人，香气清雅如同兰花一般。如今同道者已不在，怎能不叫人长叹呢！

赠山涛　司马绍统（司马彪）

【题解】

司马彪（约246—306），字绍统，西晋河内温县（今属河南）人。少年好学不倦，博览群书，晚年拜秘书丞，后拜散骑侍郎。原有集四卷，已散佚。《晋书》有传。此诗写作者以梧桐树自比，请求山涛引荐自己出仕。

苕苕椅桐树[1]，寄生于南岳。上凌青云霓，下临千仞谷。处身孤且危，于何托余足？昔也植朝阳，倾枝俟鸾鷟[2]。今者绝世用，倥偬见迫束[3]。班匠不我顾[4]，牙旷不我录[5]。焉得成琴瑟，何由扬妙曲？冉冉三光驰[6]，逝者一何速！中夜不能寐，抚剑起踯躅[7]。感彼孔圣叹，哀此年命促。卞和潜幽冥[8]，谁能证奇璞？冀愿神龙来，扬光以见烛[9]。

【注释】

〔1〕苕苕：高耸的样子。

〔2〕鸾鷟（zhuó）：传说中凤凰一类的神鸟。

〔3〕倥偬（kǒng zǒng）：困苦。

〔4〕班匠：公输班和匠石。

〔5〕牙旷：伯牙和师旷。

〔6〕三光：指日、月、星。

〔7〕踯躅：踏步不前。

〔8〕卞和：春秋时楚国人，得璞玉献给楚王，即是后世的和氏璧。

〔9〕“扬光”句：古代神话中有神名烛龙，传说其睁开眼睛看东西（亦有谓其驾日、衔烛或珠）能照耀天下。

【译文】

高耸的椅桐树，生长在南岳衡山。上接高空云霓，下临千仞深谷。处身孤立高危，我在哪里能立足容身？昔日种植在山的东面，枝叶低垂等待鸾鷟神鸟。现今不为世所用，困苦窘迫备受束缚。公输班和匠石都不看我，伯牙和师旷都不加采用。哪能成全琴瑟和鸣，如何能传播美妙的乐曲呢？三光渐渐远去了，光阴流逝何其迅速啊！时至半夜还无法入眠，手抚宝剑徘徊不前。深深感叹孔子叹惜光阴流逝不复返的至理名言，哀伤寿命太过短促。卞和蒙冤被暗昧埋没，谁还敢见证奇异的璞玉呢？只能寄希望神龙能早日飞来，衔着烛光照亮幽暗。

答何劭二首　张茂先（张华）

【题解】

此诗写作者与友人何劭志趣相投，愿意辞官归隐。

吏道何其迫？窘然坐自拘。缨緌为徽纆[1]，文宪焉可逾[2]？恬旷苦不足，烦促每有馀。良朋贻新诗，示我以游娱。穆如洒清风，奂若春华敷。自昔同寮寀[3]，于今比园庐[4]。衰夕近辱殆，庶几并悬舆[5]。散发重阴下，抱杖临清渠。属耳听莺鸣，流目玩鯈鱼。从容养馀日，取乐于桑榆。

【注释】

〔1〕缨緌（ruí）：冠带和冠饰。　徽纆（mò）：绳索。

〔2〕文宪：法律条文。

〔3〕寮寀（cǎi）：官舍，指在同一部门为官。

〔4〕比园庐：比邻而居。

〔5〕悬舆：悬车，辞官居家，废车不用。

【译文】

仕途是何等的急迫，做官事务繁忙，窘迫被拘束。冠带就像一条绳索，国家条文法律哪能逾越？安适闲散非常难得，繁琐紧迫之事常常很多。好友赠我这首新诗，启示我多出游以消遣烦闷。友情像春风一样吹拂万物，文采像春天的花一样光鲜灿烂。昔日我们一同为官，如今比邻而居结伴园庐。我已经暮年为官容易犯错误，早已希望告老辞官。脱去冠冕在浓荫下乘凉，手拄拐杖漫游在清水渠畔。专注聆听黄莺的鸣唱，放眼观看鱼儿游玩嬉戏。从容地安度晚年，寻找桑榆之乐。

洪钧陶万类[1]，大块禀群生。明暗信异姿，静躁亦殊形。自予及有识，志不在功名。虚恬窃所好，文学少所经。忝荷既过任，白日已西倾。道长苦智短，责重困才轻。周任有遗规[2]，其言明且清。负乘为我戒[3]，夕惕坐自惊。是用感嘉贶[4]，写心出中诚。发篇虽温丽，无乃违其情。

【注释】

〔1〕洪钧：天。

〔2〕“周任”句：古代史官周任有名言说：“陈力就列，不能则止。”

〔3〕负乘句：小人乘君子车，当引以为戒。

〔4〕嘉贶（kuàng）：美好的赠与。

【译文】

苍天陶冶了万物，大地滋育了众生。明暗对照各有形姿，动静不同各有形态。我自有知识以来，只想不求取功名。虚怀恬静是我的喜好，年少时对文章学术也留心钻研。愧承重担已经超过我的能力了，现在年老日已西斜。道路漫长才智短浅，不足以担当重任。周任遗留指教：不能尽力应当辞官，说得非常清楚明白。小人居于君子之位我当引以为戒，终日勤勉谨慎当自然而然引以警戒。因此感激老友赠诗的嘉勉之意，写下此诗表达心中的诚挚。发而为篇虽然温情雅丽，或许也难以表达我的心情。

赠张华　何敬祖（何劭）

【题解】

此诗写作者希望与友人张华共同归隐的愿望，表达对友人的深厚情谊。

四时更代谢，悬象迭卷舒[1]。暮春忽复来，和风与节俱。俯临清泉涌，仰观嘉木敷。周旋我陋圃，西瞻广武庐[2]。既贵不忘俭，处有能存无。镇俗在简约[3]，树塞焉足摹[4]？在昔同班司，今者并园墟。私愿偕黄发，逍遥综琴书。举爵茂阴下[5]，携手共踌躇。奚用遗形骸？忘筌在得鱼[6]。

【注释】

〔1〕悬象：天象，指日月等。

〔2〕广武：张华受封广武县侯。

〔3〕镇俗：抑制奢侈的风气。

〔4〕“树塞”句：国君居处门口建照壁，管仲也完全效法，孔子认为管仲越礼。

〔5〕爵：雀形的酒杯。

〔6〕“忘筌”句：比喻已达目的，即忘其凭借。筌，鱼笼。

【译文】

一年四季交替运行，日月更迭卷舒。农历三月忽然又来到，春天温和的微风也随之而来。俯瞰清澈的泉水涌出来，阳关茂盛的优良树木铺陈而来。漫步在我简陋的花圃里，向西瞻仰广武侯府。身处富贵不忘节俭，富有仍能坚持贫苦。抑制奢靡风气在于简易节俭，管仲的做法怎能效仿呢？以往在同一处为官，现在也在邻村居住。期盼能和您一起共度晚年，悠游自得地理琴论书。在浓荫下举杯共饮，一起携手从容漫步。哪里要遗忘有形之体呢？忘筌的目的在于得鱼啊。

赠冯文罴迁斥丘令　陆士衡（陆机）

【题解】

此诗写作者回忆与友人冯文罴的友情，表达了深切的怀念之情。

於皇圣世，时文惟晋。受命自天，奄有黎献[1]。阊阖既辟，承华再建[2]。明明在上，有集惟彦。

【注释】

〔1〕黎献：百姓和贤者。

〔2〕阊阖：皇宫正门。　承华：太子宫承华门。

【译文】

伟大的皇上圣明世道，文德之君教化天下。自从武帝受命于天，便赢得了百姓和天下英才。惠帝登基皇宫的正门建立，又立了太子。如同日月光辉普照，天下贤士豪杰汇集。

奕奕冯生，哲问允迪[1]。天保定子，靡德不铄。迈心玄旷，矫志崇邈[2]。遵彼承华，其容灼灼。

【注释】

〔1〕允迪：确实能遵从古人之德。

〔2〕崇邈：高大深远。

【译文】

神采焕发的冯君文罴，聪慧过人又能遵行古人之德。上苍会保佑你这样的君子，你的美德定能普照别人。你有远大的抱负，还有高远的志向。在东宫侍奉太子，你的容貌形象光彩照人。

嗟我人斯，戢翼江潭[1]。有命集止，翻飞自南。出自幽谷，及尔同林。双情交映，遗物识心[2]。

【注释】

〔1〕戢翼：收敛翅膀。　江潭：江边。

〔2〕遗物：赠送礼物。

【译文】

感叹我自己像鸟儿一样收敛翅膀停止于江边。如果朝廷有令招纳贤士英才，我会应天子征召展翅从南方飞往京城洛阳。我出自幽深的山谷，有幸同为太子洗马。我与你情投意合，又心神通融。

人亦有言，交道实难[1]。有頍者弁[2]，千载一弹。今我与子，旷世齐欢。利断金石，气惠秋兰[3]。

【注释】

〔1〕“人亦”二句：《汉书》载萧育和朱博为好友，闻名于世，后来生出了间隙，所以后世以喻交友之道很难。

〔2〕頍（kuǐ）：固定帽子的发饰。　弁（biàn）：古代贵族的帽子。

〔3〕“利断”二句：指二人友情坚利，可割断金石，情投意合的言谈也好像充满了兰花的芳香。

【译文】

人们常说，交友之道很难。汉朝时王阳在位禹贡弹庆，此情千年难得一见。现在你我相交，也算是旷世难见的情谊了。二人同心其利可以断开金石，同心之言其芬芳如若兰花。

群黎未绥[1]，帝用勤止。我求明德，肆于百里[2]。

佥曰尔谐，俾民是纪。乃眷北徂[3]，对扬帝祉[4]。

【注释】

〔1〕群黎：百姓。 绥：安抚。

〔2〕肆：安置。 百里：县。

〔3〕乃眷：眷顾。 北徂：向北走。

〔4〕对扬：称扬。 帝祉：皇帝的美德。

【译文】

天下的百姓还未能安居乐业，皇上还要勤劳于功业。皇上选择有美德之人，去管理百里之地。群臣都说冯君能管理好县里的政务，使得百姓遵守法度。冯君依依眷恋，此去北方赴任，要颂扬皇帝恩泽。

畴昔之游，好合缠绵。借曰未洽，亦既三年。居陪华幄[1]，出从朱轮。方骥齐镳[2]，比迹同尘。

【注释】

〔1〕华幄：华丽的帷帐。

〔2〕方骥：两马并行。 镳（biāo）：辔。

【译文】

回顾昔日我们友好交往，意趣相投情谊缠绵。意犹未尽的交游，时光也已经过了三年。华帐中我们一起侍奉太子，外出时也同随在朱车之后。我们经常双骑并驾，几乎形影不离。

之子既命，四牡项领。遵途远蹈，腾轨高骋。庆云扶质，清风承景。嗟我怀人，其迈惟永。

否泰苟殊[1]，穷达有违。及子春华，后尔秋晖。逝将去我，陟彼朔垂[2]。非子之念，心孰为悲？

【注释】

〔1〕否泰：《周易》二卦，阻塞和通畅。

〔2〕陟：登上。　朔垂：北方边远之地。

【译文】

现在你新奉王命，驾四马之车前去赴任。沿着道路远行，按着车辙奔驰迅速驰骋。祥云护着你的身躯，清风也伴随着你。我思念的好友，将越行越远永远分离。

命运福祸都各有不同，得志或者不得志也都因人而异。年轻的时候我们一同做官，到老了我远远比不上你。现在你又离我而去，去往遥远的北地赴任。如若不是对你深深地思念，我还会为谁而如此伤悲呢？

答贾长渊并序　陆士衡（陆机）

【题解】

此诗写作者答谢友人贾谧赠诗劝勉，回忆昔日同朝为官之情，表明事晋后的心迹。

余昔为太子洗马[1]，贾长渊以散骑常侍东宫积年。余出补吴王郎中令[2]，元康六年入为尚书郎。鲁公赠诗一篇[3]，作此诗答之云尔。

【注释】

〔1〕太子洗马：太子属官。

〔2〕吴王：司马晏。

〔3〕鲁公：指贾谧。

【译文】

从前，我做太子洗马的时候，贾长渊以散骑常侍的身份在东宫侍奉多年。我出宫做吴王司马晏的郎中令。元康六年又回到京城做尚书郎，鲁公贾长渊赠诗一首，我写作这首诗酬答他。

伊昔有皇，肇济黎蒸[1]。先天创物，景命是膺。降及群后，迭毁迭兴。邈矣终古，崇替有征[2]。

【注释】

〔1〕黎蒸：黎民百姓。

〔2〕崇替：终结更替。

【译文】

以前远古的三皇时代，就开始救济黎民百姓。造物主创造了万物，承天命治理万民。到了后世的君主，有的衰败有的兴盛。从远古直到今天，朝代的轮流更迭、废弃终结都有征兆。

在汉之季，皇纲幅裂[1]。大辰匿耀，金虎习质[2]。雄臣驰骛，义夫赴节。释位挥戈，言谋王室。

【注释】

〔1〕皇纲：帝王法度。　幅裂：像绵帛一样撕裂。

〔2〕大辰：火星。　金虎：指金星和白虎星。古人认为火星明亮则天下太平；金星、白虎星明亮则预兆人间有战乱。

【译文】

在汉朝末年，皇家纲常已经败坏。火星光亮消隐，金星、白虎星迫近，大放光亮。臣子豪杰奔走趋赴，正义之士为节操而死。纷纷离开职守挥戈相向，都说是为了重振王室。

王室之乱，靡邦不泯。如彼坠景，曾不可振。乃眷三哲[1]，俾乂斯民[2]。启土虽难[3]，改物承天。

【注释】

〔1〕三哲：指刘备、孙权和曹操。

〔2〕俾：使。 乂（yì）：治理。

〔3〕启土：开启疆土。

【译文】

王室衰微，没有一个地方不混乱。就像太阳西沉，任谁也不能拯救。大家都寄希望于汉末三杰，能够安邦靖难。开国安邦虽然历经磨难，也只能改朝换代以承天命。

爰兹有魏，即宫天邑。吴实龙飞，刘亦岳立。干戈载扬，俎豆载戢[1]。民劳师兴，国玩凯入[2]。

【注释】

〔1〕俎豆：祭祀的礼器。 戢：收敛。

〔2〕凯入：凯旋。

【译文】

于是魏国建立，定鼎中原。孙权也如巨龙腾飞，刘备像高山耸立。于是三国战事兴起，礼仪祭祀无人关心。军队劳师远征，只喜欢听胜利凯歌之声。

天厌霸德，黄祚告衅[1]。狱讼违魏[2]，讴歌适晋。

陈留归蕃[3]，我皇登禅。庸岷稽颡[4]，三江改献。

【注释】

〔1〕舋（xìn）：同“衅”，征兆。

〔2〕狱讼：打官司。

〔3〕陈留：魏元帝曹奂禅位于晋武帝司马炎，被封为陈留王。

〔4〕稽颡（qǐ sǎng）：古代跪拜礼，屈膝下拜，以额触地，用于请罪投降或居丧答拜。

【译文】

上天厌弃霸道，魏国出现险恶的征兆。人心离魏，颂扬讴歌晋王。曹奂让位被封陈留王，我皇登基接受禅让。蜀地臣民跪拜臣服，吴地三江纳贡称臣。

赫矣隆晋，奄宅率土[1]。对扬天人，有秩斯祜[2]。惟公太宰，光翼二祖。诞育洪胄[3]，纂戎于鲁。

【注释】

〔1〕率土：天下。

〔2〕祜：福。

〔3〕诞育：生育。　洪胄：伟大的后代。

【译文】

大晋王朝昌盛，一统天下国土辽阔。报答颂扬晋帝的恩泽，才有此常福。贾充为太宰，辅佐了太祖司马昭和世祖司马炎。他养育了你这样伟大的后裔，以贾充长孙身份继承鲁公爵位。

东朝既建，淑问峨峨。我求明德，济同以和。鲁公戾止[1]，衮服委蛇[2]。思媚皇储，高步承华。

【注释】

〔1〕戾（lì）：至。

〔2〕衮服：皇帝和公侯的礼服。

【译文】

自从太子继位，好的名声德才并茂。太子求取贤明仁德之人，愿和谐同道以助王事。鲁公来到东宫侍奉太子，礼服雍容端正。私爱太子，从容出入承华门。

昔我逮兹，时惟下僚。及子栖迟[1]，同林异条。年殊志比，服舛义稠[2]。游跨三春，情固二秋。

【注释】

〔1〕栖迟：游息。

〔2〕舛（chuǎn）：错乱不同。　稠：多。

【译文】

当年我在东宫，也是太子下属，做太子洗马。你我同在东宫，只是名位高低不同。我们年龄不同却志向相投，职位品阶不同却情义密切。我们交友数年，却情深义重两个春秋。

祇承皇命，出纳无违[1]。往践蕃朝[2]，来步紫微。升降秘阁[3]，我服载晖。孰云匪惧？仰肃明威。

【注释】

〔1〕出纳：出入。

〔2〕蕃朝：诸侯理政之廷。

〔3〕秘阁：指尚书省。

【译文】

我们恭敬听从皇命，出入都没有犯禁。当年我奉命往藩朝吴王处任职，现在又重回京城。任职尚书省尚书郎，穿着华丽的朝服颇有光彩。谁说我不是心生畏惧，敬仰皇帝威严肃然起敬呢？

分索则易，携手实难。念昔良游，兹焉永叹！公之云感，贻此音翰〔1〕。蔚彼高藻〔2〕，如玉之阑。

【注释】

〔1〕音翰：指赠诗。

〔2〕蔚：文采盛。　藻：美辞。

【译文】

分别实在容易，想要携手重逢多么困难。回想往昔的美好交游，不禁深深长叹。您也说因分别而别有感触，所以赠我这首诗。诗篇文采华美，如白玉般灿烂。

惟汉有木，曾不逾境〔1〕。惟南有金，万邦作咏〔2〕。民之胥好，狂狷厉圣〔3〕。仪形在昔，予闻子命。

【注释】

〔1〕“惟汉”二句：江汉的橘树生于淮南则为橘，迁于淮北则为枳。此指陆机以南人入北，颇遭歧视。

〔2〕“惟南”二句：南方多产的铜，百炼而不销，所以万国都来歌颂。此陆机以南金自喻。

〔3〕狂狷：激进与保守，各有偏失。　厉：砥砺。

【译文】

江汉之橘树，种植在北方再也结不出柑橘。南方还出产优质的铜，百炼而永不变质，万邦都来歌颂。你是我的良友，教我圣贤之道劝勉我。古代的圣贤都做出了榜样，我一定按您的嘱托身体力行。

于承明作与士龙　陆士衡（陆机）

【题解】

此诗写作者离家赴洛与弟弟陆士龙（陆云）的惜别之情。

牵世婴时网[1]，驾言远徂征。饮饯岂异族[2]？亲戚弟与兄。婉娈居人思[3]，纡郁游子情[4]。明发遗安寐，寤言涕交缨。分涂长林侧，挥袂万始亭。伫盼要遐景，倾耳玩馀声。南归憩永安，北迈顿承明。永安有昨轨，承明子弃予。俯仰悲林薄，慷慨含辛楚。怀往欢绝端，悼来忧成绪。感别惨舒翮[5]，思归乐遵渚[6]。

【注释】

〔1〕时网：时事的罗网。

〔2〕饮饯：引宴饯别。

〔3〕婉娈：美好的样子。

〔4〕纡郁：抑郁，郁结。

〔5〕舒翮（hé）：伸展翅膀。此代指飞鹄。

〔6〕遵渚：沿着小沙洲。此代指征鸿。

【译文】

被社会上的俗事所牵累，所以才驾车想要远行。设宴饯别送行的哪里是外人？都是亲戚兄弟。家人眷念牵挂，游子常怀郁结思乡之情。天刚刚亮就不能安睡，醒来眼泪沾湿衣裳。在长林之侧分手，在万始亭边举起衣袖拭泪话别。长久地站立望着你远去的身影，品味着告别时的话语。你南行的路上在永安休息，我北上在承明停下休息。永安路上还留有昨天的车印，承明路上你已经把我抛弃了。树林深茂更觉得凄凉悲思，感叹更含着痛楚悲伤。怀想往昔的欢娱已然断绝，哀叹将来的孤单忧思如织。离别的悲痛伤感胜过难展双翅的飞鹄，思归的快乐温暖就像沿着沙洲漫步的征鸿。

赠尚书郎顾彦先二首　陆士衡（陆机）

【题解】

此两首诗写作者遇雨不得与友人相见，表达对友人和故乡的思念之情。

大火贞朱光〔1〕，积阳熙自南。望舒离金虎〔2〕，屏翳吐重阴〔3〕。凄风迕时序，苦雨遂成霖。朝游忘轻羽，夕息忆重衾。感物百忧生，缠绵自相寻。与子隔萧墙〔4〕，萧墙隔且深。形影旷不接，所托声与音。音声日夜阔，何用慰吾心？

【注释】

〔1〕朱光：朱明，指夏天。

〔2〕望舒：传说中为月亮驾车的仙人，代指月亮。　金虎：西方属金，白虎星在西方，故称。

〔3〕屏翳（yì）：雨神。

〔4〕萧墙：照壁，此指宫墙。

【译文】

大火星正好运行至中天的夏季，南方积久的阳光正为炽热。月亮在西方与白虎星相遇，预示着将要下雨天上阴云密布。凄风吹拂真是违背时令，连绵的苦雨又将要下个不停。白天出游不用带羽扇，晚上睡觉还要盖被子御寒。有感于此忧虑顿生，愁思不断真是自寻烦恼。我和你只隔了一道宫墙，这宫墙确实又高又深。我们好久没有见面了，只能托书信寄情相思。书信也要隔日连月，凭借什么才能慰藉我的思念之情呢？

朝游游层城〔1〕，夕息旋直庐。迅雷中宵激，惊电光夜舒。玄云拖朱阁，振风薄绮疏〔2〕。丰注溢修霤〔3〕，黄潦浸阶除〔4〕。停阴结不解，通衢化为渠。沉稼湮梁颍，流民溯荆徐。眷言怀桑梓，无乃将为鱼！

【注释】

〔1〕层城：此指京都。

〔2〕绮疏：装饰花纹的窗户。

〔3〕霤（liù）：屋檐下接水的水槽。

〔4〕黄潦：地上乱流的积水。

【译文】

早晨在京城出游，晚上返回值班的地方歇息。半夜里隆隆雷声大震，闪电划破了天空。黑云拖曳着压在朱阁，急风猛吹着窗户振动。瓢泼大雨溢出屋檐下的接水槽，满地浑浊的积水漫到了台阶上。厚厚的乌云始终聚结散不开，大路全都变成了流水渠。梁颍一带的庄稼都淹没了，难民们逆水流落到荆州和徐州。我忐忑不安眷念着故乡，那里的人民不会都化成鱼吧！

赠顾交阯公真　陆士衡（陆机）

【题解】

此诗写作者称颂友人的功绩，抒发了作者盼望友人归来之情。

顾侯体明德[1]，清风肃已迈。发迹翼藩后，改授抚南裔。伐鼓五岭表，扬旌万里外。远绩不辞小，立德不在大。高山安足凌？巨海犹萦带。惆怅瞻飞驾，引领望归旆[2]。

【注释】

〔1〕明德：美德。

〔2〕归旆（pèi）：归来的旗帜，指回到京城的军队。

【译文】

顾君有美好的品德，清高廉洁的作风远大而严正。从辅佐吴王立功扬名，现在镇守南疆。五岭外响起鼓声，扬威名于万里之外。建立功绩不在乎偏远低微，树立德行也不为追求高官和地位。高山哪里容易逾越？大海像萦绕的衣带一般。看着你车驾飞奔，我内心充满惆怅，引颈期待着你胜利归来。

赠从兄车骑　陆士衡（陆机）

【题解】

此诗写作者思念亲人和故乡之情。

孤兽思故薮[1]，离鸟悲旧林。翩翩游宦子，辛苦谁为心？仿佛谷水阳，婉娈昆山阴。营魄怀兹土[2]，精爽若飞沉[3]。寤寐靡安豫，愿言思所钦。感彼归涂艰，使我怨慕深。安得忘归草，言树背与衿。斯言岂虚作，思鸟有悲音。

【注释】

〔1〕薮（sǒu）：水浅的沼泽地。

〔2〕营魄：魂魄，精神。

〔3〕若飞沉：若飞若沉，心神不宁。

【译文】

孤独的野兽常常思念以前经常聚集的湖泽，离群的飞鸟怀念旧日的山林。在外做官的人心为谁辛苦操劳？我好像看见谷水背面故乡祖父的故居，昆山北边的景色多么美好。心怀故土使我魂牵梦绕，思念家乡让我心神不定。无论睡着了还是醒着心都不安稳，心中总思念着我钦佩的人。感慨回故乡的路是那么艰难，让我怨恨而思念更加深沉。怎么能得到那忘忧草，栽种在堂前屋后以解我忧思。这话说得一点都不假，离群而思伴的鸟儿会发出悲哀的鸣叫声。

答张士然　陆士衡（陆机）

【题解】

此诗写作者随皇驾出巡的所见，表达了作者对友人的思念之情。

洁身跻秘阁〔1〕，秘阁峻且玄。终朝理文案，薄暮不遑瞑。驾言巡明祀，致敬在祈年。逍遥春王圃〔2〕，踯躅千亩田〔3〕。回渠绕曲陌，通波扶直阡。嘉谷垂重颖〔4〕，芳树发华颠。余固水乡士，揔辔临清渊〔5〕。戚戚多远念，行行遂成篇。

【注释】

〔1〕秘阁：尚书省。

〔2〕春王圃：洛阳宫内的春王园。
〔3〕千亩田：天子为籍四千亩。
〔4〕重颖：指谷穗。
〔5〕揔辔（zǒng pèi）：握住马缰绳。

【译文】

洁身自好得以升任尚书省，尚书省幽深威严。整天忙于处理公务，到晚上也没空休息。随皇驾出巡祭祀，祈求神明庇佑，祈求丰年。在春王园悠闲自在地游览，巡游于天子的千亩籍田。回环的水渠环绕着弯曲的田间道路，流动的渠水沿着道路向前流。沉甸甸的谷穗垂下来，树梢上的花灿烂绽放着。我本是水乡吴地的人，御马前行来到清深的水边。心中难免对遥远的故乡思念忧伤，行走中吟成这篇诗回赠故人。

为顾彦先赠妇二首　陆士衡（陆机）

【题解】

此二首诗写夫妇离别的思念之情。

辞家远行游，悠悠三千里。京洛多风尘，素衣化为缁[1]。修身悼忧苦[2]，感念同怀子。隆思辞心曲[3]，沉欢滞不起。欢沉难克兴[4]，心乱谁为理？愿假归鸿翼，翻飞浙江汜[5]。

【注释】

〔1〕素衣：白绢做成的衣服。　缁（zī）：黑色。
〔2〕修身：提高品德修养。古之人不得志，修身见于世。
〔3〕隆思：复杂的思绪。
〔4〕克：犹可也。　兴：起也。

〔5〕汜（sì）：通“涘”，水边。

【译文】

离家远游异地为官，和故乡隔着三千里。京都洛阳多风沙尘土，白色的衣服也被染成了黑色。宦游让人忧心苦闷，常常想念我的妻子。复杂的情绪乱了我的心绪，心情沉重再也体会不到开心。欢娱消失情绪难以振起，心绪烦乱谁能为我理清？愿借归雁的羽翼，飞向那江浙之地的水边。

东南有思妇，长叹充幽闼〔1〕。借问叹何为？佳人眇天末！游宦久不归，山川修且阔。形影参商乖〔2〕，音息旷不达。离合非有常，譬彼弦与括〔3〕。愿保金石躯，慰妾长饥渴！

【注释】

〔1〕幽闼（tà）：指幽深的闺房。闼，寝室左右的小屋。

〔2〕参商：二星名，指参星和商星。二星此起彼没，两不相见。

〔3〕括：箭的末端。

【译文】

东南有一位思念远行丈夫的妇人，幽深的闺阁中充满了长长的叹息。问她为什么要叹息不已呢？因为丈夫远在天边。在外做官很长时间没有回来了，山长水阔路途遥远。夫妻两人如参星和商星一样两不相见，音讯也很久没有传达。人生离合变幻无常，就像箭离开了弦一样。愿你身体如金石一般强健，以慰藉我如饥似渴的思念之情。

赠冯文罴　陆士衡（陆机）

【题解】

此诗写作者对友人的敬佩和怀念之情。

昔与二三子，游息承华南。拊翼同枝条[1]，翻飞各异寻。苟无凌风翮，徘徊守故林。慷慨谁为感，愿言怀所钦。发轸清洛汭[2]，驱马大河阴。伫立望朔途，悠悠迥且深。分索古所悲[3]，志士多苦心。悲情临川结，苦言随风吟。愧无杂珮赠[4]，良讯代兼金。夫子茂远猷[5]，款诚寄惠音。

【注释】

〔1〕拊翼：拍打翅膀。

〔2〕发轸：发车。　汭：水北曰汭。

〔3〕分索：分离。

〔4〕杂珮：几种玉合成的玉佩。

〔5〕远猷（yóu）：深谋远虑。

【译文】

往昔我和几个好友，共事于太子东宫处。就像鸟儿同栖一林，后来各有任命又翻飞离分。如果没有高飞的双翅，只能困守于旧林。情绪激动又为谁感叹呢，只有我所思念钦佩的故人了。你乘车从洛水之南出发，驱车赶去斥丘赴任。我伫立着望着你北去的路，道路是那样的曲折幽深。分离向来使诗人感到悲伤，有志之士难免痛苦不堪。面对着滔滔河水只觉得忧伤郁结，痛苦的诗句随风吟出。惭愧没有佩玉相赠予你，只能把良言化作纯金聊表深情。你在远方有深谋大略，恳请不要忘记把佳音寄送给我。

赠弟士龙　陆士衡（陆机）

【题解】

此诗写作者离别的悲伤之情，表达作者希望兄弟伴随左右的愿望。

行矣怨路长，惄焉伤别促[1]。指途悲有余，临觞欢不足。我若西流水，子为东跱岳[2]。慷慨逝言感，徘徊居情育[3]。安得携手俱，契阔成骓服[4]。

【注释】

〔1〕惄（nì）：忧思伤痛。

〔2〕跱（zhì）：独立。

〔3〕居情：相处之情。

〔4〕骓（fēi）服：指骓马与服马。古代四匹马驾车时，中间两匹马名服马，两旁的马名骓马或者骖马。

【译文】

将要远行怨恨道路漫长，离别匆匆心里充满忧伤。手指着即将出行的道路悲伤不尽，面对着践行的酒杯总觉得欢畅不足。我像那西边的流水，你像那泰山独自耸立。别离中充满了激动之情，你眷恋故土情更深笃。何时能携手同行，就像那驾车之马并驾齐驱。

为贾谧作赠陆机　潘安仁（潘岳）

【题解】

诗中赞美陆机的才华和美德，体现了贾谧和陆机的深情厚谊。

肇自初创，二仪烟熅[1]。粤有生民，伏羲始君。结绳阐化，八象成文。芒芒九有[2]，区域以分。

【注释】

〔1〕烟熅：氤氲的元气。

〔2〕九有：九州。

【译文】

世界初创的远古时期，天地间充满了氤氲的元气。于是人类开始出现了，伏羲氏是人类的始祖。他结绳记事开创教化，用八卦之象以成礼仪。渺远的洪荒有九州，区域界线得以分明。

神农更王，轩辕承纪。画野离壃，爰封众子[1]。夏殷既袭，宗周继祀。绵绵瓜瓞[2]，六国互峙。

【注释】

〔1〕爰封众子：皇帝二十五子，其得姓者十四人。

〔2〕瓞（dié）：小瓜。

【译文】

神农氏为主之后，轩辕氏接替帝位。他规划分开疆界，分封给他的儿子们。夏朝殷商因袭，之后又是周朝相继。就像连绵的大瓜小瓜结满藤蔓，东周时候六国并立。

强秦兼并，吞灭四隅。子婴面榇[1]，汉祖膺图。灵献微弱，在涅则渝[2]。三雄鼎足，孙启南吴。

【注释】

〔1〕面榇（chèn）：抬着棺材，自己紧随于后，表示有罪。

〔2〕在涅（niè）："白沙在涅"的省略语，意谓白沙与黑色染料混在一起，也将一并变为黑色。

【译文】

秦国强盛武力兼并，吞并六国统一四方。秦王子婴请罪投降，汉高祖刘邦承天命做了皇帝。到了灵帝、献帝政权衰弱，如白沙在泥一起变黑。曹操、刘备、孙权三国鼎立，孙吴开辟江南割据。

南吴伊何，僭号称王〔1〕。大晋统天，仁风遐扬。伪孙衔璧〔2〕，奉土归壃。婉婉长离〔3〕，凌江而翔。

【注释】

〔1〕僭号：僭越本分使用皇帝的名号。

〔2〕伪孙衔璧：国君投降。孙，此指孙皓。孙皓曾泥首面缚投降王濬。衔璧，指国君投降。《左传·僖公六年》曰："许男面缚衔璧，大夫衰绖，士舆榇。"杜预注："缚手于后，唯见其面，以璧为贽，手缚故衔之。"

〔3〕婉婉：美好的样子。　长离：灵鸟，此喻陆机。

【译文】

试问孙吴又能如何？竟然也用尊号称帝。大晋王朝一统天下，仁德颂扬远播万里。孙吴国君衔璧投降，进献领土归顺我朝。美丽的灵鸟，越过长江展翅而飞。

长离云谁？咨尔陆生。鹤鸣九皋〔1〕，犹载厥声。况乃海隅，播名上京。爰应旌招〔2〕，抚翼宰庭。

【注释】

〔1〕鹤鸣九皋："鹤鸣于九皋，声闻于天"的省略语。仙鹤在深远的沼泽中鸣叫，其声音能传到天上。

〔2〕旌招：招纳贤士用有铃铛的旗子，招纳大夫用有羽毛的旗子。

【译文】

长离鸟指的是谁？就是你陆生啊。仙鹤在深远的沼泽中鸣叫，其声音能传到天上。你身处偏远的吴国海边，美好的名声传播到京城洛阳。你应该响应朝廷的征召，展翅于宰相门庭。

储皇之选，实简惟良。英英朱鸾〔1〕，来自南冈。曜藻崇正〔2〕，玄冕丹裳。如彼兰蕙，载采其芳。

【注释】

〔1〕英英：俊美。　朱鸾：凤凰一类的鸾鸟。

〔2〕曜藻：光亮的文采。

【译文】

皇太子选择师友，肯定要选择德才兼备的良臣。你就像那俊美不凡的朱鸾，来自南方的山岗。你在崇正殿东宫大放异彩，身穿黑色的礼服和朱红色的冕服。就像那兰蕙香草，散发出芬芳的香气。

藩岳作镇，辅我京室。旋反桑梓〔1〕，帝弟作弼。或云国宦〔2〕，清涂攸失。吾子洗然，恬淡自逸。

【注释】

〔1〕桑梓：故乡。

〔2〕国宦：天子之臣仕诸侯。

【译文】

吴王坐镇一方诸侯，辅佐晋朝，守卫着京城。你又随吴王出镇淮南，得以返回故土吴地，做吴王的辅佐之臣。有人说在京城做诸侯的辅佐官员，将失掉显贵的仕途。你却不以为意，处之泰然，恬淡自适。

廊庙惟清，俊乂是延[1]。擢应嘉举，自国而迁。齐辔群龙，光赞纳言。优游省闼，珥笔华轩[2]。

【注释】

〔1〕俊乂（yì）：贤能之士。

〔2〕珥（ěr）笔：插笔。古代的史官、谏官把笔插在帽子上，以便随时记录。

【译文】

朝廷用人总是选贤任能，才德出众的人总能举进。朝廷广泛举荐贤能，你又应召从吴地来到京城洛阳。你和群贤并驾齐驱，辅佐为尚书令。悠然自得供职于宫中，执笔侍从于宫车间。

昔余与子，缱绻东朝。虽礼以宾，情同友僚。嬉娱丝竹，抚鞞舞《韶》[1]。修日朗月[2]，携手逍遥。

【注释】

〔1〕鞞（pí）：手鼓。　《韶》：虞舜乐曲名。

〔2〕修日：阳光美好的晴天。

【译文】

想当年我们同在东宫，结下了深厚的情谊。虽然互相敬重以宾客之礼相待，但是感情上却是同僚兼友人。我们一起嬉戏游乐，击鼓跳舞共赏音乐。趁阳光明媚天气清朗，我们一起携手悠游自得。

自我离群，二周于今。虽简其面，分著情深。子其超矣，实慰我心。发言为诗，俟望好音。

欲崇其高，必重其层。立德之柄[1]，莫匪安恒。在南称甘[2]，度北则橙。崇子锋颖，不颓不崩。

【注释】

〔1〕柄：根本。

〔2〕甘：同“柑”。

【译文】

自从离开朋友孤独的生活，至今已经有两年了。虽说离别不曾见面，但是情谊更深了。你现在又重回京都，实在是感到欣慰。发言为诗，等待着你的好消息。

人立德应崇高，必须更上一层楼，永无止境。立德的根本就是谦虚，否则就不能牢固稳定。橘生淮南则为橘，栽种到北方就为枳了。推崇你的卓越才干，如巍巍山丘永不倒塌。

赠陆机出为吴王郎中令　潘正叔（潘尼）

【题解】

潘尼（约250—311），字正叔，西晋荥阳中牟（今河南中牟县）人。少有清才，勤于著述。官太常卿，中书令。著有文集十卷，已散佚，明人集有《潘太常集》。《晋书》有传。此诗写作者送陆机赴任，赞美陆机的才华，表达了深厚的情谊。

东南之美[1]，曩惟延州[2]。显允陆生，于今尠俦。振鳞南海，濯翼清流。婆娑翰林，容与坟丘[3]。

【注释】

〔1〕东南之美：古代东南盛产闻名于世的箭，古人视为珍品。此处比

喻陆机是可贵的人才。

〔2〕曩（nǎng）：从前。

〔3〕坟丘：指《三坟》《五典》《八索》《九丘》等典籍。

【译文】

在东南能称得上贤才之人，过去要算延陵季子。现在德才兼有的君子是陆生，至今很少有能比得上你的。鱼在南海中游动，凤鸟在清流中洗浴。你在文翰荟萃之地徘徊，安闲自得地潜心于古代典籍。

玉以瑜润〔1〕，随以光融。乃渐上京，乃仪储宫〔2〕。玩尔清藻，味尔芳风。泳之弥广，挹之弥冲〔3〕。

【注释】

〔1〕玉以瑜润：君子的美德像美玉一样温润有光泽。

〔2〕仪："鸿仪"的省略语，鸿的羽毛可以做旌旗的仪饰。

〔3〕挹（yì）：酌。

【译文】

你的才德就像美玉一样温润有光泽，像随侯珠一样光泽晶莹。你的美名传进京都，被选中在东宫教育太子。你的美妙文采令人品味，美德令人欣赏。你的文采像大江一样取之不竭，用之不尽。

昆山何有？有瑶有珉。及尔同僚，具惟近臣。予涉素秋〔1〕，子登青春。愧无老成，厕彼日新〔2〕。

【注释】

〔1〕素秋：草木凋零的秋天。

〔2〕厕：厕身。

【译文】

你的家乡盛产美玉，借以比喻像您这样的贤能之士。我和你在东宫一同为官，都是君主的亲近之臣。我像残秋一样进入暮年了，你却像春季的草木茂盛正是少壮之年。我虽然到了老年，却深感惭愧老无所成，你却年少有为日新其德。

祁祁大邦，惟桑惟梓。穆穆伊人〔1〕，南国之纪。帝曰尔谐，惟王卿士。俯偻从命〔2〕，爰恤奚喜〔3〕。

【注释】

〔1〕穆穆：容止端庄恭敬。

〔2〕俯偻：恭敬遵命。

〔3〕爰恤奚喜：何忧何喜。

【译文】

吴国也是物产丰富之地，那是你的故乡。你举止端庄恭敬，是辅佐吴国的栋梁之才。皇上说你能协调各官，可以总管政事。你恭敬地谨遵皇命，心怀忧国忧民之情。

我车既巾，我马既秣。星陈夙驾〔1〕，载脂载辖。婉娈二宫〔2〕，徘徊殿闼。醪澄莫飨〔3〕，孰慰饥渴？

【注释】

〔1〕星陈夙驾：起早贪黑驾车兼程前往。

〔2〕婉娈：思慕眷恋。

〔3〕醪：浊酒。　飨：用酒食款待。

【译文】

启程远赴吴国的车已经盖好，驾车的马也喂好了。起早贪黑驾车兼程，车轴加满油脂以利远行。我在皇宫和太子宫殿门前，徘徊彷徨眷恋不已。今后宴会你若不在，怎样才能安慰太子思贤若渴的心呢？

昔子忝私，贻我蕙兰。今子徂东，何以赠旃？寸晷惟宝[1]，岂无玙璠[2]？彼美陆生，可与晤言。

【注释】

〔1〕寸晷（guǐ）：寸光阴。晷，日影，借指时光。

〔2〕玙璠（yú fán）：两种美玉。

【译文】

以前承蒙你对我厚爱有加，赠我蕙兰香草般的美妙诗篇。现在你将东行，我有什么礼物相赠呢？世间光阴最为珍贵，纵是玙璠美玉也难以比拟。德才美如玉的陆先生，可以和你互诉衷肠。

赠河阳　潘正叔（潘尼）

【题解】

此诗写作者赞美潘岳的才华。

密生化单父[1]，子奇莅东阿[2]。桐乡建遗烈[3]，武城播弦歌[4]。逸骥腾夷路[5]，潜龙跃洪波。弱冠步鼎铉[6]，既立宰三河[7]。流声馥秋兰，摛藻艳春华[8]。徒美天姿茂，岂谓人爵多[9]。

【注释】

〔1〕“密生”句：春秋时宓子贱治理好了单父邑，使人心风俗好转。单（shàn）父，邑名。

〔2〕“子奇”句：春秋时子奇受命到东阿为官，留下美好的政声。

〔3〕“桐乡”句：汉代朱邑在桐乡为官，颇有政绩，百姓为其建祠庙。

〔4〕“武城”句：孔子的学生子游以礼乐教化武城百姓。

〔5〕逸骥：奔驰的骏马。 夷路：坦途。

〔6〕弱冠：二十岁。 鼎铉：鼎两侧的环。

〔7〕宰：主持。

〔8〕摛（chī）藻：铺陈词藻，指写诗属文。

〔9〕人爵：爵禄，指人所授予的爵位。

【译文】

宓子贱治理好了单父，子奇到东阿为官留下了美好的政声，赢得了百姓的拥护。桐乡的百姓为朱邑建祠庙祭祀，子游以礼乐教化武城百姓。千里马在平坦的路上奔跑更加迅速，潜龙在洪波巨浪中腾跃更加矫健。你弱冠之年就做了司空府的辅佐属官，而立之年担任河阳县令。你的声名远播如秋兰芳香，文采如春天的鲜花绚烂。你的才德美盛已博得人们的赞誉，怎么会是因为官爵高才受人尊敬呢？

赠侍御史王元贶 潘正叔（潘尼）

【题解】

此诗写作者勉励友人同心协力辅侍当朝。

昆山积琼玉，广厦构众材。游鳞萃灵沼[1]，抚翼希天阶[2]。膏兰孰为销[3]？济治由贤能[4]。王侯厌崇礼，回迹清宪台[5]。蠖屈固小往，龙翔乃大来[6]。协心毗圣世[7]，毕力赞康哉[8]！

【注释】

〔1〕“游鳞”句：意谓周文王有善德，他站在美池边，满池塘的鱼儿都欢跳起来。游鳞，游龙。灵沼，有灵气的美池。

〔2〕抚翼：扇动翅膀。

〔3〕膏兰：香草焚烧自己散发香气，油脂消耗自己发出光明。

〔4〕济治：治理世道。

〔5〕宪台：御史台。

〔6〕“蠖屈”二句：《周易》曰：“尺蠖之屈，以求伸也；龙蛇之蛰，以存身也。”

〔7〕毗（pí）：辅助。

〔8〕康哉：颂扬时势安宁之词。

【译文】

昆山积累了很多美玉，广厦构筑聚集很多木材。游龙汇集在美池中，振翅飞向神圣的天阶。香草油脂消耗自己为了谁呢？成就大治之世在于贤能之士。王侯厌倦了尚书郎之职，转而来到御史台为官。尺蠖弯曲身体是为了向前伸展，犹如龙飞方万事亨通。同心协力辅佐盛世明君，全力维护盛世安宁。

（本卷译注：于堃　张洁）

文选卷第二十五

诗丁

赠答三

赠何劭王济并序　傅长虞（傅咸）

【题解】

傅咸（239—294），字长虞，西晋北地泥阳（今甘肃宁县东南）人，傅玄之子。咸宁四年袭父爵，为尚书丞，惠帝时官至御史中丞。原有集三十卷，已散佚，明人辑有《傅中丞集》。《晋书》有传。此诗写作者追附何劭、王济二贤，又自愧不如而退隐的心迹。

朗陵公何敬祖，咸之从内兄；国子祭酒王武子〔1〕，咸从姑之外孙也。并以明德见重于世。咸亲之重之，情犹同生，义则师友。何公既登侍中，武子俄而亦作，二贤相得甚欢，咸亦庆之。然自恨暗劣〔2〕，虽愿其缱绻，而从之末由；历试无效，且有家艰。赋诗申怀，以贻之云尔。

【注释】

〔1〕国子祭酒：国家最高学府国子监的主持者。

〔2〕暗劣：昏暗愚笨。

【译文】

朗陵公何敬祖是我的堂内兄，国子祭酒王武子是我堂姑的外孙。都以有美德被重用。我对他们又敬又重，感情犹如兄弟，道义犹如师友。何公升任侍中，武子不久也升任侍中，二贤相处得非常愉快，我也为他们庆贺。但是我自知愚钝，虽然想和他们亲密相处，但总没有机会追随其后。多次尝试没有结果，而且家里父母年老。只好借诗抒怀，把这首诗赠送给他们。

日月光太清〔1〕，列宿曜紫微〔2〕。赫赫大晋朝，明明辟皇闱〔3〕。吾兄既凤翔，王子亦龙飞。双鸾游兰渚，二离扬清晖〔4〕。携手升玉阶，并坐侍丹帷。金珰缀惠文，煌煌发令姿。斯荣非攸庶，缱绻情所希。岂不企高踪，麟趾邈难追〔5〕。临川靡芳饵，何为空守坻？槁叶待风飘〔6〕，逝将与君违。违君能无恋，尸素当言归〔7〕。归身蓬荜庐〔8〕，乐道以忘饥。进则无云补，退则恤其私。但愿隆弘美，王度日清夷〔9〕。

【注释】

〔1〕太清：天空。

〔2〕列宿：指北斗七星。　紫微：紫薇垣，天宫。古人认为群星环绕北极星，北极星为帝星，此喻皇帝居所。

〔3〕皇闱：宫门。

〔4〕二离：指日和月。

〔5〕麟趾：麟的脚印，以比喻贤能之士。

〔6〕槁叶：枯叶。

〔7〕尸素：指居位食禄而不尽职。

〔8〕蓬荜庐：草庐。

〔9〕王度：朝廷的法度。 清夷：太平。

【译文】

日月光辉照耀着天空，北斗七星又环绕着紫微。繁盛的大晋王朝，打开朝廷的大门招揽贤能。何劭兄如凤凰般飞翔，王济也乘龙而飞。鸾鸟双双漫步于芬芳的沙渚，日月也散发出清辉。二人携手登上玉阶，并坐在丹帷侍奉国君。金珠缀在惠文冠上，光彩闪烁映衬着你的容光。如此的荣耀非我等所敢奢望，只希望能与你们亲近。怎能不仰慕你们崇高的身影，麒麟的脚印岂是凡人所能追到的？面对河水没有芳饵，何必空守河边呢？我如枯叶般随风飘零，将与你们远离。离开你们怎会不思念，尸位素餐倒不如回归田园。回到那简陋的茅庐，安贫乐道没有别的乞求。做官的时候无补人间，退守田园还能分忧。但愿你们能弘大事业，朝廷的法度能够日益清平。

答傅咸 郭泰机

【题解】

郭泰机（约239—294在世），西晋河南（今洛阳东北）人。生卒年及生平事迹均无可考。仅存诗一首。此诗抒发有才之士不被举荐的怨恨之情。

皦皦白素丝〔1〕，织为寒女衣〔2〕。寒女虽妙巧，不得秉杼机〔3〕。天寒知运速〔4〕，况复雁南飞。衣工秉刀尺，弃我忽若遗。人不取诸身，世士焉所希？况复已朝餐〔5〕，曷由知我饥？

【注释】

〔1〕皦皦：玉石之白，引申为洁白。

〔2〕寒女：贫寒之女，谓人贫衣亦贱，有负丝之美。

〔3〕杼机：织布机。

〔4〕运速：时节变化迅速。

〔5〕朝餐：享用朝廷俸禄。

【译文】

白净明亮的丝绸，可以织成贫寒女子的衣衫。贫寒女子虽然心灵手巧，却没有织布机可用。天气寒冷时令变化很快，何况大雁都开始南飞了。裁缝把持着剪刀和尺子，把我丢到一边。人如果不是有相同的经历，怎能指望他们举荐呢？况且人家已经酒足饭饱，怎能知道我这寒士的饥寒呢？

为顾彦先赠妇二首　陆士龙（陆云）

【题解】

此诗作者为怨妇代言，抒发怨妇被遗弃的悲伤之情。

悠悠君行迈，茕茕妾独止〔1〕。山河安可逾？永路隔万里。京室多妖冶〔2〕，粲粲都人子〔3〕。雅步擢纤腰〔4〕，巧笑发皓齿。佳丽良可美，衰贱焉足纪？远蒙眷顾言，衔恩非望始。

【注释】

〔1〕茕茕：孤独的样子。

〔2〕妖冶：艳丽的美女。

〔3〕粲粲：光彩夺目。

〔4〕擢：牵引。

【译文】

夫君去远游，留下妾身一人孤零零独守空房。山隔水阻怎么能够越过呢，这长长的路有万里之隔。京城的女子都那么艳丽，姿容姣好光彩夺目。步态优雅扭动着细细的腰肢，笑容美丽露出洁白的牙齿。京城的美人美丽动人，你心里怎么会记得色衰地位低贱的妻子呢。你从远方寄来表示关爱的赠诗已经收到了，领受这种恩德是我未曾想到的。

浮海难为水〔1〕，游林难为观。容色贵及时，朝华忌日晏。皎皎彼姝子，灼灼怀春粲。西城善雅儛〔2〕，总章饶清弹〔3〕。鸣簧发丹唇，朱弦绕素腕。轻裾犹电挥〔4〕，双袂如雾散。华容溢藻幄〔5〕，哀响入云汉。知音世所希，非君谁能赞？弃置北辰星，问此玄龙焕。时暮复何言，华落理必贱。

【注释】

〔1〕浮海：浮游沧海。本句意思是浮游过大海的人，对一般的江、湖都不以为意了。

〔2〕西城：金墉城。

〔3〕总章：古代女乐官。

〔4〕轻裾：轻盈的衣襟。

〔5〕藻幄：有花纹的帷帐。

【译文】

浮游过大海的人对一般的江湖景观就很难有兴趣，游览过森林的人见到树木也觉得无足可观了。美丽的姿色贵在年轻时，朝花也怕日落将晚。那京城的女子美丽明洁，如春花一般饱含春华的朝气。西城美女擅长跳高雅的舞蹈，女乐工也善于弹奏清美的音乐。红唇吹动笙簧悦耳动听，白嫩的手腕弹奏丝竹管弦悠扬美妙。轻盈的衣襟挥动如闪电，长袖翩翩如雾飘散。美艳的容色映照着修饰纹彩的帷帐，动人的歌声响入云霄。世上的知音本来就很少见，除了你谁能这样倾心赞赏呢？你却把忠贞之心抛在一旁，去贪恋美色。日暮人老我还有什么可说的呢，就像花凋零、色已衰难免被人轻贱。

答兄机　陆士龙（陆云）

【题解】

此诗作者表达与兄陆机离别的感伤之情。

悠远途可极，别促怨会长[1]。衔恩恋行迈[2]，兴言在临觞。南津有绝济[3]，北渚无河梁。神往同逝感，形留悲参商。衡轨若殊迹，牵牛非服箱[4]。

【注释】

〔1〕别促：仓促离别。

〔2〕衔恩：满怀情谊。

〔3〕绝济：直渡，无桥可通。

〔4〕服（fù）箱：驾车。

【译文】

道路再远也有终点，而兄弟仓促离别使人哀怨不已。满怀情谊思念你远行，悲伤离别的话语在举杯时涌起。南边的渡口还可以直渡而过，北边的岸上想回来却没有桥梁。身在此处心却同兄相随，形体留在此处悲叹参商之隔。兄弟之间像衡轨一体，现如今却身处南北，牵牛星光闪烁，却不能驾车。

答张士然 陆士龙（陆云）

【题解】

此诗作者抒发怀念亲人和故乡之情。

行迈越长川[1]，飘飖冒风尘。通波激枉渚[2]，悲风薄丘榛[3]。修路无穷迹，井邑自相循[4]。百城各异俗，千室非良邻。欢旧难假合[5]，风土岂虚亲。感念桑梓城，仿佛眼中人。靡靡日夜远[6]，眷眷怀苦辛。

【注释】

〔1〕行迈：行远。

〔2〕枉渚：曲折的水洲。

〔3〕丘榛（zhēn）：坟墓上的荆棘。

〔4〕井邑：村镇。古制九夫为井，四井为邑。

〔5〕合：融洽。

〔6〕靡靡：行走迟缓。

【译文】

离家远行越过长长的江河，漂泊不定冒着一路风尘。波涛奔涌激荡着曲折的水洲，悲风阵阵吹着丘墓上的灌木丛。漫长的路没有尽头，沿途的村落相连有序。各个城市的风俗都不相同，大城市里的众多人家也不是有君子之风的良善乡亲。非好友故旧，难以假装亲近，对刚接触的人情环境也难装作适应。想念江南的故土家园，眼中也恍惚见到了故人。日以继夜地缓缓而行，离故土越来越远，内心对故友亲人的怀念也愈加深切。

答卢谌诗并书　刘越石（刘琨）

【题解】

刘琨（271—318），字越石，西晋中山魏昌（今河北无极）人。少即以雄豪著名，好老庄之学。晋怀帝永嘉元年任并州刺史，愍帝建兴二年拜大将军。晋室南渡后转任侍中太尉，后投奔幽州鲜卑段匹磾，不久被段所杀。原有集十卷，已散佚，现存诗三首。明人辑有《刘越石集》。《晋书》有传。此诗作者鼓励卢谌树立匡扶晋室的志向，借以表达自己壮志难酬的悲愤之情。

琨顿首[1]：损书及诗[2]，备辛酸之苦言，畅经通之远旨。执玩反覆，不能释手。慨然以悲，欢然以喜。昔在少壮，未尝检括[3]。远慕老庄之齐物，近嘉阮生之放旷[4]，怪厚薄何从而生？哀乐何由而至？自顷辀张[5]，困于逆乱，国破家亡，亲友彫残。负杖行吟，则百忧俱至，块然独坐[6]，则哀愤两集。时复相与举觞，对膝破涕为笑，排终身之积惨，求数刻之暂欢。譬由疾疢弥年[7]，而欲一丸销之，其可得乎？夫才生于世，世实须才。和氏之璧，焉得独曜于郢握？夜光之珠，何得专玩于随掌？天下之宝，当与天下共之。但分析之日，不能不怅恨耳！然后知聃、周之为虚诞，嗣宗之为妄作也。昔騄骥倚辀于吴坂[8]，长鸣于良乐[9]，知与不知也。百里奚愚于虞而智于秦，遇与不遇也。今君遇之矣，勖之而已！不复属意于文二十馀年矣。久废则无次，想必欲其一反，故称指送一篇，适足以彰来诗之益美耳。琨顿首顿首。

【注释】

〔1〕顿首：下对上的敬礼，常用于书信的开头和结尾。

〔2〕损书：对别人来信的敬辞。

〔3〕检括：约束。

〔4〕阮生：指阮籍。《晋书》曰："阮籍放诞，不拘礼教。"

〔5〕辀（zhōu）张：惊恐的样子。

〔6〕块然：独处的样子。

〔7〕疢疢（chèn）：热病。

〔8〕騄（lù）骥：骏马。 辀：车辕。

〔9〕良：王良。 乐：伯乐。《战国策》："昔骐骥驾盐车，上吴坂，迁延负辕而不能进。遭伯乐，仰而鸣之，知伯乐之知己也。"

【译文】

刘琨顿首。您所赐的书信和诗充满了心酸之苦。畅谈了天地之道等深远的旨意。我反复捧读，爱不释手。一边感叹凄凉之情，一边欢喜欣慰。以前年少的时候，不怎么约束自己。远慕老庄齐物观念，近好阮籍放诞不羁的行为。惊异于贵贱从何而生，悲哀的事和欢乐的事又由何而来？我被惊惧之情击溃，困于叛逆作乱。目睹国家凋零，亲朋好友死伤。拄着拐杖漫步歌吟，心中充满哀伤和忧思。独自一人默默坐着，悲愤交集。与朋友互相举杯，促膝长谈，又破涕为笑，借以排遣心中的愁苦，以求得片刻欢愉，就像患病多年了，想借一丸药去除病患，怎么可能做到呢？人才生在世界上，世间也需要人才。就像和氏璧怎能只在楚人手中焕发光彩？就像夜明珠怎能长期只供随侯赏玩？天下的宝贝，应该天下人共享。但是在离别之际，又不能不感到怅惘与遗憾。由此我就知道了老庄思想的荒诞，阮籍行为的虚妄了。从前有骏马在吴坂拉盐车，见到王良、伯乐就发出长鸣声，这是知己与不知己的区别。百里奚在虞国没有用武之地而到了秦国就大展宏图，这就是君臣际遇与否的区别了。今天你遇到知己了，我也只有勉励你了。不用心写文章已经有二十余年了，长期荒废以致语无伦次。想你一定希望我回信，于是就按照你的意旨呈送一篇。正好足以彰显你赠诗的盛美。刘琨顿首顿首。

厄运初遘〔1〕，阳爻在六〔2〕。乾象栋倾，坤仪舟覆〔3〕。横厉纠纷，群妖竞逐。火燎神州，洪流华域。彼黍离离〔4〕，彼稷育育。哀我皇晋，痛心在目。

【注释】

〔1〕遘（gòu）：成。

〔2〕阳爻在六：《易经》卦爻，乾卦第六，亦叫“上九”。

〔3〕坤仪：坤卦之象。

〔4〕离离：茂盛的样子。

【译文】

厄运刚刚降临，占卦正在阳爻上九。上天像房屋倾倒了栋梁，大地如同水中翻了行船。胡寇纵横纷乱成群，群妖猛厉奔走。战火燃烧着神州大地，滚滚洪流淹没中华。当年周朝宫室只剩下灰烬，上面长满了黍稷之苗。现在也哀叹晋朝，痛心疾首之事一一浮现眼前。

天地无心，万物同途。祸淫莫验，福善则虚。逆有全邑，义无完都。英蕊夏落，毒卉冬敷〔1〕。如彼龟玉，韫椟毁诸〔2〕。刍狗之谈〔3〕，其最得乎？

【注释】

〔1〕敷：遍布满地。

〔2〕韫椟毁诸：《论语》：孔子曰：“虎兕出于柙，龟玉毁于椟中，是谁之过与？”韫，藏。

〔3〕刍（chú）狗：古代祭祀时用草扎成的狗，在祭祀之前是很受人

们重视的祭品，但用过以后即被丢弃。

【译文】

天地没有仁爱之心，万物命运像刍狗一样。降祸于恶人没有应验，降福于善人也都是空话。逆贼占领了全城，正义的晋朝却没有完整的城市。美艳的花朵在夏天落了，毒草却在冬天布满大地。就像龟板和美玉，放在匣中也被毁坏。百姓如刍狗的说法，岂不是最能合乎实际？

咨余软弱，弗克负荷。愆舋仍彰〔1〕，荣宠屡加。威之不建，祸延凶播〔2〕。忠陨于国，孝愆于家。斯罪之积，如彼山河。斯舋之深，终莫能磨。

【注释】

〔1〕舋（xìn）：罅隙。

〔2〕凶播：遭凶祸而迁播。

【译文】

只能哀叹我太软弱，不能承担起大任。过失又多又明显，朝廷却屡施恩宠。我未能建立军威，战败而逃又祸及家人。对国家来说已经失去了忠，对家庭而言已经是不孝。这些罪加起来，就像那山一样高水一样深。这些留下的痕迹，终身都无法抹去了。

郁穆旧姻，嬿婉新婚〔1〕。裹粮携弱，匍匐星奔。未辍尔驾，已隳我门〔2〕。二族偕覆，三孽并根。长惭旧孤，永负冤魂。

【注释】

〔1〕嬿婉：和美的样子。

〔2〕隳（huī）：毁灭。

【译文】

我们是和和美美的旧亲，新的联姻又使感情加深。携带干粮和老弱亲人，赶紧来我这里吧。你的车还没到，逆贼已经毁坏了我的家门。刘、卢两族都惨遭覆灭，三个贼首都是同根而生。真是愧对故友遗孤，辜负了他们的冤魂。

亭亭孤干，独生无伴。绿叶繁缛，柔条修罕〔1〕。朝采尔实，夕捋尔竿。竿翠丰寻，逸珠盈椀〔2〕。实消我忧，忧急用缓。逝将去乎？庭虚情满。

【注释】

〔1〕修罕：枝节修长。

〔2〕逸：超凡出众。　盈椀：丰厚、多。

【译文】

你就像孤单生长的竹子，孑然一身没有伴侣。绿叶纷繁修饰，修长柔软没有旁出的斜枝。早晨摘采果实，傍晚用手捋竹竿。竹竿长已经过寻，果实像珍珠一样充盈丰硕。这确实能消解我的忧愁，忧愁急切盼望着用它缓解。我已决心向东去往段匹磾那里，面对着空空的庭院而惆怅满怀。

虚满伊何，兰桂移植。茂彼春林，瘁此秋棘〔1〕。有鸟翻飞，不遑休息。匪桐不栖，匪竹不食。永戢东羽〔2〕，翰抚西翼。我之敬之，废欢辍职〔3〕。

【注释】

〔1〕瘁：忧思之病。

〔2〕戢（jí）：收敛。
〔3〕辍职：停止做事。

【译文】

人空怀深情是为什么，只因为移植走了桂树和兰花。使彼处的春林更加茂盛，我处的秋棘更加荒凉。有一只凤鸟不停飞翔，没有闲暇休息。不是梧桐不肯栖息，不是竹实不肯食用。收敛起羽翼留在东方，振翅高飞离开西地。我十分敬仰你，因此失去欢乐没有心情理事。

音以赏奏，味以殊珍。文以明言，言以畅神。之子之往，四美不臻。澄醪覆觞[1]，丝竹生尘。素卷莫启[2]，幄无谈宾。既孤我德，又阙我邻。

【注释】

〔1〕澄醪（láo）：澄澈的酒。　覆觞：酒杯翻放。
〔2〕素卷：书。

【译文】

音乐是为知音者而演奏，美味是因为特殊的味道而珍爱。写文章是为了表达内心的情志，语言是为了表达精神意趣。你现在将离开了，音乐、美味、文章、语言这四件美事也没有了。醇酒静置酒杯倒扣不用，丝竹乐器也蒙上了一层灰。书卷也无心翻阅，帷帐里也没有嘉宾畅谈了。你的离去使我失去了仁德知音，又失去了亲密好友。

光光段生[1]，出幽迁乔[2]。资忠履信，武烈文昭。旍弓骍骍[3]，舆马翘翘。乃奋长縻，是辔是镳。何以赠子？竭心公朝。何以叙怀？引领长谣。

【注释】

〔1〕光光：勇武的样子。

〔2〕迁乔：迁至高处。

〔3〕骍骍（xīng）：相辉映调和的样子。

【译文】

勇武的段大将军，步出深谷登高处。以忠信招揽贤士，文武人才齐备。招揽车上旌旗辉映，为招贤纳士驾车远行。提起长长的马缰绳，驾着辔头与马嚼。我用什么赠予你呢，唯有竭力报效朝廷。我用什么来倾诉情怀呢，只有引颈望君放声长歌。

重赠卢谌　刘越石（刘琨）

【题解】

此诗写作者的政治抱负和功业未就的悲愤，激励友人完成救国的使命。

握中有悬璧〔1〕，本自荆山璆〔2〕。惟彼太公望〔3〕，昔在渭滨叟。邓生何感激，千里来相求〔4〕。白登幸曲逆〔5〕，鸿门赖留侯〔6〕。重耳任五贤〔7〕，小白相射钩。苟能隆二伯，安问党与仇？中夜抚枕叹，想与数子游。吾衰久矣夫，何其不梦周？谁云圣达节，知命故不忧〔8〕。宣尼悲获麟，西狩涕孔丘〔9〕。功业未及建，夕阳忽西流。时哉不我与，去乎若云浮。朱实陨劲风，繁英落素秋。狭路倾华盖，骇驷摧双辀。何意百炼刚，化为绕指柔。

【注释】

〔1〕悬璧：一种美玉，又名玄璧。

〔2〕璆（qiú）：美玉。

〔3〕太公：姜子牙。

〔4〕“邓生”二句：指东汉邓禹追随刘秀，协助刘秀建立东汉。邓生，东汉大臣邓禹，字仲华，刘秀统一全国后，被封高密侯。

〔5〕白登句：刘邦被匈奴围困于白登山，曲逆侯陈平献计解围。

〔6〕“鸿门”句：项羽在鸿门宴请刘邦，范增谋划杀刘邦，留侯张良事前通报刘邦逃走。

〔7〕五贤：指晋文公的五位贤臣，赵衰、狐偃、颠颉、胥臣、魏犨。

〔8〕知命：乐天知命，知道命运演化的规律。

〔9〕“宣尼”二句：鲁哀公十四年在大野狩猎获麒麟，孔子认为麒麟是圣王嘉瑞，故为之悲泣。

【译文】

手握着的悬璧，本来是出产自荆山的美玉。那著名的姜太公姜尚原来也只是隐居于渭水之滨垂钓的老头。东汉的邓禹曾从南阳出发，北渡黄河赶到邺城投奔光武帝刘秀。白登山之围幸亏有陈平献计解围，鸿门宴依赖张良周旋。晋文公重用五位贤臣辅佐自己成就霸业，齐桓公不计较管仲箭射之仇，任其为相，也成霸业。如果谁能成立晋文公齐桓公的霸业，何必追问他们以前是同党还是仇敌?半夜抚枕感叹，想与上面几位先贤梦中同游。孔子感叹自己衰老已久，不能与周公梦游。谁说圣人深知自己的职分，就能乐天知命而坦然地接受不会忧愁呢？孔子也曾因为麒麟被捕获而为之悲伤，掩面在西苑流涕。还没有建立功业，夕阳就匆匆西沉了。时间不会为我停留，会像过眼云烟一样流逝。红色的果实被强劲的秋风吹着，繁花在萧瑟的秋天凋零。狭路上华丽的车盖倾覆，四马之车受惊折断了车辕。怎么想得到百炼之铁的坚刚意志，而今竟变得柔弱可绕指尖了。

赠刘琨并书 卢子谅（卢谌）

【题解】

此诗写作者对友人刘琨恩遇的感激之情和时下处境的安慰，表达自己不能始终跟从刘琨的苦衷。

故吏从事中郎卢谌死罪，死罪[1]！谌禀性短弱，当世罕任。因其自然，用安静退。在木阙不材之资，处雁乏善鸣之分。卷异蘧子[2]，愚殊甯生[3]。匠者时眄，不免髁宾。尝自思惟，因缘运会，得蒙接事，自奉清尘，于今五稔。谟明之效不着[4]，候人之讥以彰。大雅含弘，量苞山薮。加以待接弥优，款眷逾昵[5]，与运筹之谋，厕宴私之欢。绸缪之旨[6]，有同骨肉，其为知己，古人罔喻。昔聂政殉严遂之顾[7]，荆轲慕燕丹之义[8]。意气之间，靡躯不悔[9]。虽微达节，谓之可庶，然苟曰有情，孰能不怀？故委身之日，夷险已之。事与愿违，当忝外役，遂去左右，收迹府朝。盖本同末异，杨朱兴哀[10]；始素终玄，墨翟垂涕[11]。分乖之际[12]，咸可叹慨；致感之途，或迫乎兹。亦奚必临路而后长号，睹丝而后歔欷哉？是以仰惟先情，俯览今遇，感存念亡，触物眷恋。《易》曰：书不尽言，言不尽意。然则书非尽言之器，言非尽意之具矣。况言有不得至于尽意，书有不得至于尽言邪？不胜猥懑[13]！谨贡诗一篇，抑不足以揄扬弘美，亦以摅其所抱而已。若公肆大惠，遂其厚恩，锡以咳唾之音，慰其违离之意，则所谓《咸池》酬于北里[14]，夜光报于鱼目[15]。谌之愿也，非所敢望也。谌死罪，死罪。

【注释】

〔1〕死罪：书信中下对上的用语。

〔2〕蘧（qú）子：蘧伯玉。《论语》：子曰：“君子哉蘧伯玉！邦有道则仕，邦无道可卷而怀之。”

〔3〕甯生：甯武子。《论语》：子曰：“甯武子，邦有道则知，邦无道则愚。”

〔4〕谟明：智谋。

〔5〕款眷：爱眷。

〔6〕绸缪：深厚情谊。

〔7〕“聂政”句：严遂请聂政刺杀韩相侠累报仇，聂政以身殉义。

〔8〕“荆轲”句：燕太子丹在秦国做人质受辱，回国后欲报仇。荆轲带着樊於期的头和地图刺杀秦王。

〔9〕靡躯：粉身碎骨。

〔10〕杨朱兴哀：杨子遇歧途而哭，不知何去何从。

〔11〕墨翟垂涕：墨子见白色的丝而哭泣，因为可以黄，可以黑。

〔12〕分乖：分离。

〔13〕猥懑：烦怨。

〔14〕《咸池》：黄帝之乐曰《咸池》。

〔15〕鱼目：鱼的眼睛，鱼目混珠。《洛书》：“秦失金镜，鱼目入珠。”

【译文】

你的老部下从事郎中卢谌，死罪死罪！谌生来才气低劣，不为时用，也就顺其自然，甘于寂寞了。比之于山中树木，我不如不材之木不为人所用而得终其天年，比之于雁，我又缺少善鸣的本领。不像蘧伯玉那样邦无道则隐退，也不像甯武子那样邦无道则装傻。所以木匠常常来看，也难免像大雁一样被杀来进食。我曾想因为有缘与您相遇，任职从事郎中已经五年了。还没有起到出谋划策的作用，讥讽您亲近小人的言论已经显露出来了。您是君子度量大，能容得下高山与洪泽。对我更加厚待，眷爱之情更加亲近。让我参与谋划谋略，享受参与亲属的私宴之乐。这种深厚情谊，可谓兄弟骨肉之亲。像这种情深意切的知己之情，就是古人也无法比拟的。以前聂政为报答严遂的恩情殉义，荆轲为燕丹的高义而刺秦王。因为志趣相投，所以粉身碎骨也不后悔。虽说算不上很高的操守，但也算是符合法度。人都是有感情的，谁能不念别人的恩情呢？所以我投奔于您，就已经决定安危与共了。可是事与愿违，我要离开您到外地去任职。离开您后，您的府上就没有了我的踪迹。就像杨朱遇见歧路会哭泣，墨子看见素丝染色而会流泪。分别之际，人都会有感叹。引起感叹的原因，有的比这还要急迫。又何必面临歧路之后才长号，看见素丝之后才嘘唏呢？远念先人之情，近看今日之交往，感念于生者怀念死者，触景更生眷念之情。《易经》里说，有些话用书信也不能完全表达，语言也表达不尽心中的思想意念。那么书信并不是完全表达语言的工具，语言也不是完全表达思想意念的工具。何况语言有不能完全表达意思的地方，书信有不能完全表达语言的地方呢。不胜烦厌，谨献上小诗一首。或许不足以宣扬您的弘美，也借以抒发我自己的抱负而已。如承蒙您赐以厚恩，回复答诗给我，以安慰离别之念，那就是所谓的用《咸池》之乐来酬答北里之舞，用夜明珠回报鱼目了。这只是我的心愿，不敢有所期盼。卢谌死罪死罪。

浚哲惟皇〔1〕，绍熙有晋。振厥弛维〔2〕，光阐远韵。有来斯雍，至止伊顺。三台摛朗〔3〕，四岳增峻〔4〕。

【注释】

〔1〕浚哲：深邃的智慧。

〔2〕弛维：松懈的朝纲。

〔3〕三台：星名。

〔4〕四岳：指东岳泰山，南岳衡山，西岳华山，北岳恒山。

【译文】

智慧深邃的怀帝，继承皇统复兴晋朝。整顿废弛重振朝纲，发扬先帝德风。有民来归则祥和融乐，来则安之和顺。三台星熠熠生辉，四岳名山高峻巍峨。

伊陟佐商，山甫翼周。弘济艰难[1]，对扬王休。苟非异德，旷世同流。加其忠贞，宣其徽猷[2]。

【注释】

〔1〕弘济：大济。

〔2〕徽猷（yóu）：美好之道。

【译文】

当年伊尹辅佐殷商，仲山甫辅助周室。大救艰难与困苦，王德遗风得到了弘扬。您和这些先贤的美德并无二致，虽然时代不同但是品德一样。再加上您的忠贞，就更宣扬了君子的美德。

伊谌陋宗[1]，昔遘嘉惠。申以婚姻，着以累世。义等休戚[2]，好同兴废。孰云匪谐？如乐之契！

【注释】

〔1〕陋宗：出身卑微的姓。

〔2〕休戚：喜忧祸福。

【译文】

卢谌出身卑微，从前就得到您的厚恩。再加上我们两族结为秦晋之好，二姓联姻就显得更加亲近了。道义上同呼吸共命运，关系上一荣俱荣一损俱损。谁说这样不交融和谐？就像美妙的音乐一样很和谐。

王室丧师，私门播迁。望公归之，视险忽艰。兹愿不遂，中路阻颠。仰悲先意，俯思身愆。

大钧载运，良辰遂往。瞻彼日月，迅过俯仰。感今惟昔，口存心想。借曰如昨，忽为畴曩。

畴曩伊何，逝者弥疏。温温恭人，慎终如初。览彼遗音，恤此穷孤。譬彼樛木，蔓葛以敷。

妙哉蔓葛，得托樛木。叶不云布，华不星烛。承侔卞和，质非荆璞。眷同尤良，用乏骥騄。

承亦既笃，眷亦既亲；饰奖驽猥，方驾骏珍。弼谐靡成[1]，良谋莫陈。无觊狐赵[2]，有与五臣。

【注释】

〔1〕弼：辅佐。

〔2〕觊：觊觎。

【译文】

王室出师不利遭到惨败，王亲贵族流离逃奔。盼望归依于你，路途的艰难险阻置之度外。归依你的心愿未能实现，半路上双亲遭遇灾祸。仰天悲叹失去父母的悲惨，俯首思过充满悔恨。

天地匆匆运行一刻不停，美好的日子一去不复返。看那日月此升彼落，时光迅速穿梭。有感于今思念过去，口念心想只能自言自语。往事都像昨天，忽然就成为了过去。

忽然成为过往意味着什么呢？意味着逝去的人与生者越来越陌生疏离。像您这样恭谦温和的人，感情从始至终都不会变。您常常记挂我父亲的遗言，怜悯我这失父之人的孤单。就像树木弯下枝干，让藤蔓能依附于你。

藤蔓要赞叹您，得以寄身于枝干。尽管藤蔓枝叶不够浓厚丰密，花也不如星光般闪亮。承蒙您把我当作卞和的和氏璧，但我的资质却不是荆山璞玉。您眷爱着我犹如遇到尤良，但我自知才非骏马。

承蒙您深厚的恩情，您的眷爱十分亲近。正如修饰了一匹劣马，让它与骏马并驾齐驱。想要辅佐您也未能成事，也没有良谋呈献给您。我不求狐偃、赵衰那样建功立业，只敢奢望像五臣一样。

五臣奚与？契阔百罹[1]。身经险阻，足蹈幽遐。义由恩深，分随昵加。绸缪委心，自同匪他。

【注释】

〔1〕契阔：聚合分离。

【译文】

为何敢奢望等同于五臣？只因为他们遭受磨难也紧随国君身后不离不弃。身经无数艰难险阻，涉足深山幽谷。情义自然因您的厚恩而更深，情分也随亲密而增加。情义浓厚委心于您，情同兄弟自是不同他人。

昔在暇日，妙寻通理。尤彼意气，使是节士。情以体生，感以情起。趣舍罔要，穷达斯已。

由余片言，秦人是惮。日磾效忠，飞声有汉。桓桓抚军，古贤作冠。来牧幽都，济厥涂炭。

涂炭既济，寇挫民阜。谬其疲隶，授之朝右。上惧任大，下欣施厚。实祇高明，敢忘所守。

相彼反哺，尚在翔禽。孰是人斯，而忍斯心？每凭山海，庶觌高深[1]。遐眺存亡，缅成飞沉。

【注释】

〔1〕觌（dí）：见。

【译文】

从前闲暇之时，我们仔细探求通达至理。责怪自己以前意气用事，而要成为有理有节之士。情义随着亲密而生出，感激由于情义而兴起。我对于取舍进退已经没有计较，人生的穷达也是如此。

由余使秦不过只言片语，秦穆公就心怀畏惧。金日磾冒死效忠于汉，美好的名声传于汉代。勇武的抚军将军匹磾，是一位有名的贤士。来到幽州担任州牧，救黎民百姓于水火之中。

黎民百姓已经得救，击退敌人百姓又重新兴盛。错爱我这样的平庸之辈，担任别驾这样的官职。我对上担心责任重大，又欣喜承蒙厚恩。内心敬重明君，哪里敢忘记自己的职责？

乌鸦都知道反哺之情，它还仅仅是一只飞禽。我是一个人，怎能忘却父母见害之心呢？我每每依凭高山大海，像看见高山大海般的恩人。只能遥望你的生死存亡，相隔邈邈化作烟尘。

长徽已缨，逝将徙举。收迹西践，衔哀东愿。曷云途辽？曾不咫步。岂不夙夜？谓行多露。

緜緜女萝，施于松标。禀泽洪干，晞阳丰条。根浅难固，茎弱易凋；操彼纤质，承此冲飙。

纤质实微，冲飙斯值，谁谓言精？致在赏意。不见得鱼，亦忘厥饵。遗其形骸，寄之深识。

先民颐意，潜山隐机[1]。仰熙丹崖，俯澡绿水。无求于和，自附众美。慷慨遐踪[2]，有愧高旨。

【注释】

〔1〕隐机：倚着几案。

〔2〕遐踪：古人的踪迹。

【译文】

别驾已被长缨缚住，即将投奔段匹磾。收起足迹离开并州，满怀哀情踏上东路不忍回首。谁说西边道路遥远，两地不过咫尺之遥。为什么不早夜上路呢，只好说早行多露水。

女萝藤蔓绵长，缠绕在高高的松树上。在高大的树干上承受雨露滋润，在茂盛的枝叶间沐浴阳光。女萝根底浅难以牢固，茎叶嫩弱容易凋残。纤细的资质，难以承受迅疾的狂风。

纤细的资质实在太过脆弱，却与这狂风相逢。谁说语言是精妙之物，最精致的在于心意的相通。没见捕到鱼，却已经忘了捕鱼器。抛却外在形骸，把精神寄托于有识之士。

古人为了涵养意趣，隐居山林倚靠案几。仰承阳光于红崖之下，俯身沐浴于碧波清泉之间。虽不追求和谐，天下之美自来依附于此。我虽然感叹古贤慷慨倾慕其行，却事与愿违有愧高音。

爰造异论，肝胆楚越。惟同大观，万殊一辙。死生既齐，荣辱奚别？处其玄根[1]，廓焉靡结。

【注释】

〔1〕玄根：自然之根。

【译文】

竟然有人制造议论谣言诽谤我，使肝胆之交变得疏远。幸好您看事豁达大度，千殊万别都一视同仁。死和生都一样，荣和辱还有什么区别呢？处心于道的自然之根，则体道畅通心无怨结。

福为祸始，祸作福阶。天地盈虚，寒暑周回。夫差不祀，衅在胜齐。勾践作伯，祚自会稽〔1〕。

邈矣达度，唯道是杖。形有未泰，神无不畅。如川之流，如渊之量。上弘栋隆，下塞民望。

【注释】

〔1〕“夫差”四句：夫差灭国无祀，源于打败齐国而骄。勾践被周元王封为伯，其福祚起于卧薪尝胆之时。

【译文】

福常是祸的开始，祸是通向福的阶梯。天地常常盈虚变化不已，寒来暑往互相交替。吴王夫差灭国，征兆起于战胜齐国。勾践后来称霸，其福祚起于卧薪尝胆之时。

您宽宏大度，在于以大道作为立身依据。形体上有时尚欠自如，精神上却没有不通畅的。就像那江水长流无阻隔，就像那无底深渊水深无比。对上弘扬栋梁兴复晋室，对下满足黎民百姓之所望顺应民意。

赠崔温　卢子谅（卢谌）

【题解】

此诗写作者向友人崔悦、温峤二人表白自己投奔段匹磾后复杂的心情。

逍遥步城隅，暇日聊游豫。北眺沙漠垂，南望旧京路。平陆引长流，岗峦挺茂树。中原厉迅飙[1]，山阿起云雾。游子恒悲怀，举目增永慕。良俦不获偕[2]，舒情将焉诉？远念贤士风，遂存往古务。朔鄙多侠气[3]，岂惟地所固？李牧镇边城，荒夷怀南惧。赵奢正疆场，秦人折北虑。羁旅及宽政[4]，委质与时遇[5]。恨以驽蹇姿[6]，徒烦飞子御。亦既弛负檐，忝位宰黔庶。苟云免罪戾[7]，何暇收民誉？倪宽以殿黜，终乃最众赋[8]。何武不赫赫，遗爱常在去。古人非所希，短弱自有素。何以敷斯辞，惟以二子故。

【注释】

〔1〕迅飙：疾风。

〔2〕良俦：好友。

〔3〕朔鄙：北方的边陲。

〔4〕羁旅：宦游之人。

〔5〕委质：为君死节，永无二心。

〔6〕驽：劣马。　蹇：跛足。

〔7〕罪戾（lì）：罪过。

〔8〕“倪宽”二句：汉代倪宽收租允许农民向官府借贷，因此租多半收不上来。后来有战事，倪宽因为收租量最差当黜免，百姓怕他被免及时完成赋税，他由收租量位居最后变为最先。

【译文】

悠然自得地登临在城上角楼，闲暇无事之日姑且游乐。朝北远眺是边陲沙漠，朝南望是旧都洛阳古道。平原引来河水缓缓而流，山岗上挺立着郁郁葱葱的大树。中原疾风骤起，山上布满了云雾。游子心中常怀悲愁，举目远眺更增思慕之苦。良朋好友不能相处在一起，想抒发情怀又向谁倾诉呢？遥想古代的贤士风姿，往往浮现古贤的遗风。北方边地自古多豪侠之气，哪里只是地形险要坚固？当年李牧镇守边疆，匈奴不敢南侵心有畏惧。赵奢在边疆大扬军威，秦人也不敢有北侵之意。我这在外羁旅的人遇着了宽厚的政治，永无二心报答一时的恩遇。只恨我是一匹劣马，徒劳飞子这样的人驾驭。免除了自己承担的职责，有愧于这个职位来统治百姓。但愿免除我的罪过，哪里还有空获取老百姓的赞誉。倪宽差点因为迟收赋税而遭免职，百姓却积极响应使他最早完成。何武在位的时候没有赫赫名威，离去后人们却怀念不已。这些古人的风范不是我所敢企及的，虽然自己才智不足，但也仁厚爱民。为什么敢铺陈此言，是因为你们二位的原因啊。

答魏子悌　卢子谅（卢谌）

【题解】

此诗写作者与友人共事的过往，抒发了二人患难中的真情。

崇台非一干，珍裘非一腋。多士成大业，群贤济弘绩。遇蒙时来会，聊齐朝彦迹。顾此腹背羽，愧彼排虚翮〔1〕。寄身荫四岳，托好凭三益〔2〕。倾盖虽终朝，大分迈畴昔。在危每同险，处安不异易。俱涉晋昌艰，共更飞狐厄〔3〕。恩由契阔生，义随周旋积。岂谓乡曲誉，谬充本州役〔4〕。乖离令我感，悲欣使情惕。理以精神通，匪曰形骸隔。妙诗申笃好，清义贯幽赜〔5〕。恨无随侯珠，以酬荆文璧〔6〕。

【注释】

〔1〕排虚：凌空，排空。　翮：翅膀上的硬羽毛。

〔2〕三益：益者三友，友直、友谅、友多闻。即正直、守信、见多识

广的人。

〔3〕晋昌、飞狐：边塞名。

〔4〕本州役：被段匹磾征召为幽州别驾之事。

〔5〕幽赜（zé）：深奥。

〔6〕荆文璧：和氏璧。

【译文】

高台不是一棵树构成的，珍贵的狐裘也不是一张狐狸皮制作的。贤士众多才能成就大业，群贤相助方能创造丰功伟绩。承蒙厚恩我遇上了好的机遇，姑且在贤士众多的官府为官。自视如腹背上的羽毛，愧对你的凌空之翅。寄身于四岳的庇护下，结识了您这样的良师益友。倾盖相叙已经一早上了，但是分别之时感觉情感超越了以往。危难时刻我们共同经历，太平的时候我们也共享安逸。我们一起经历过晋昌之险，也一同遭遇飞狐的败绩。深情总是伴随着这些一起经历过的危难而生，情义也是在相处中不断增加的。谁说我在乡里有很高的声誉，只不过是滥竽充数在本州充当别驾。如今离别使我悲伤，悲欢离合使我心有感慨。情理全靠精神上的相通，形体上的分离是阻隔不了的。您赠的好诗倾诉了深情厚谊，充满了深厚的义理。只是遗憾我没有随侯宝珠，来回报您的和氏之璧。

答灵运　谢宣远（谢瞻）

【题解】

此诗写作者答谢谢灵运对自己的关怀。

夕霁风气凉[1]，闲房有馀清。开轩灭华烛，月露皓已盈。独夜无物役[2]，寝者亦云宁。忽获愁霖唱，怀劳奏所成。叹彼行旅艰，深兹眷言情[3]。伊余虽寡慰[4]，殷忧暂为轻。牵率训嘉藻[5]，长揖愧吾生。

【注释】

〔1〕霁：雨停。

〔2〕物役：被杂事缠身。

〔3〕眷言：眷念。

〔4〕伊余：我。伊，句首助词。　寡慰：缺少安慰。

〔5〕牵率：勉强。

【译文】

久雨初晴天气转凉，空房之中显得格外清冷。开窗吹灭华丽的烛光，皎洁的月光洒满整个户庭。孤夜里没有琐事缠绕，沉睡的人都觉得十分安宁。忽然得到您寄来的《愁霖》诗作，感叹您在劳碌中赋就。感叹您羁旅生涯的艰难，也感谢您眷恋不已的兄弟深情。我在这里虽然孤寂少有安慰，但您的诗作使我的忧思有所减轻。勉强酬答您的美妙文章，长作一揖惭愧于自己的拙劣之才。

于安城答灵运　谢宣远（谢瞻）

【题解】

此诗写作者赞美谢灵运的美德，抒发二人深厚的兄弟之情。

条繁林弥蔚，波清源愈濬。华宗诞吾秀，之子绍前胤[1]。绸缪结风徽[2]，烟煴吐芳讯。鸿渐随事变[3]，云台与年峻。华萼相光饰[4]，嘤嘤悦同响[5]。亲亲子敦予，贤贤吾尔赏[6]。比景后鲜辉，方年一日长[7]。萎叶爱荣条，涸流好河广。殉业谢成操[8]，复礼愧贫乐[9]。幸会果代耕[10]，符守江南曲。履运伤荏苒[11]，遵途叹缅邈[12]。布怀存所钦，我劳一何笃！肇允虽同规，翻飞各异概。迢递封畿外，窈窕承明内。寻涂涂既睽，即理理已对。丝路有恒悲，矧乃在吾爱。跬行安步武，铩翮周数仞[13]。岂不识高远，违方往有吝。岁寒霜雪严，过半路愈峻。量己畏友朋，勇退不敢进。行矣励令猷[14]，写诚酬来讯。

【注释】

〔1〕胤（yìn）：绪，后代。

〔2〕绸缪：缠绵。 风徽：风雅，风范。

〔3〕鸿渐：鸿雁从水中到岸上，比喻出仕做官。

〔4〕华萼：花萼。花萼相依比喻兄弟相亲。

〔5〕嘤嘤：鸟和鸣声。

〔6〕亲亲：亲其所当亲。 贤贤：礼敬贤者。

〔7〕一日长：年长一日，此指年岁稍长一点。

〔8〕殉：谋求。 成操：完整的操守。

〔9〕复礼：克己复礼，约束自己私欲，使言行符合周礼。

〔10〕代耕：官员的俸禄。古代官员的俸禄以农民所耕之田的收入为标准。

〔11〕履运：四季运行。 荏苒：时光渐渐流逝。

〔12〕缅邈：遥不可及。

〔13〕铩翮（shā hé）：羽毛摧落。 数仞：意谓很低。

〔14〕猷：道，法则。

【译文】

枝叶繁茂森林郁郁葱葱，源头深远水波更加清澈。显贵的宗族诞生了您这样的秀美之士，您继承了前辈的家风。我和您感情亲密结下美好的风范，氤氲的元气给您带来了美好的音讯。您像鸿雁展翅仕途精进，像云台一样爵位高峻。花和萼相依兄弟情深，求友之鸟嘤嘤鸣叫，朋友同气相求。您以亲其所当亲对我敬重，我因为尊重德才兼备的贤者对您充满赞赏。论才德光辉我远远比不上您，论年纪我比您稍大一点。枯萎的叶子也爱繁茂的枝条，枯竭的溪水也爱黄河的宽广。竭力谋求功业不成，又愧疚于品德上的不完美，不能克己复礼安贫乐道。适逢得到一份官吏的俸禄，奉命职守江南水湾。四季交替运行而忧伤光阴易逝，踏上征途又叹息岁月漫长。抒发情怀，心念钦佩的友人，心中的忧愁何其深厚。开始我们在同一个起点上，展翅高飞后高低各有不同。我来到辽远的京城边地，你在幽深的承明殿。从道路上看有所背离，就事实探求道理就应该这样。离别的小路上总是满怀眷恋，况且还是我惦念的人。迈开半步的人安于一步之内，羽毛摧落的鸟飞翔在很低的地方。难道不知道高远之美吗？只是离开自己的范围会有悔恨。天气寒冷霜雪严寒，后半生的道路更加艰难。自知才能低下畏惧朋友之高才，所以急流勇退不敢前进。您的德行激励着我往前走，抒发心中的赤诚来酬答您的问候。

西陵遇风献康乐　谢惠连

【题解】

此诗写作者途经西陵遇风受阻，写诗表达兄弟相依之情。

我行指孟春，春仲尚未发。趣途远有期，念离情无歇。成装候良辰，漾舟陶嘉月。瞻途意少悰[1]，还顾情多阙。哲兄感仳别[2]，相送越坰林[3]。饮饯野亭馆，分袂澄湖阴。凄凄留子言，眷眷浮客心。回塘隐舻栧[4]，远望绝形音。靡靡即长路[5]，戚戚抱遥悲。悲遥但自弭，路长当语谁！行行道转远，去去情弥迟。昨发浦阳汭[6]，今宿浙江湄。屯云蔽曾岭，惊风涌飞流。零雨润坟泽[7]，落雪洒林丘。浮氛晦崖巘[8]，积素惑原畴。曲汜薄停旅，通川绝行舟。临津不得济，伫檝阻风波。萧条洲渚际，气色少谐和。西瞻兴游叹，东睇起凄歌。积愤成疢痗[9]，无萱将如何！

【注释】

〔1〕悰：乐趣。

〔2〕哲兄：睿智有才智的兄长。 仳（pǐ）：别。

〔3〕坰（jiōng）林：遥远的郊野。

〔4〕舻栧：船桨。

〔5〕靡靡：行走迟缓的样子。

〔6〕汭（ruì）：水之北称汭。

〔7〕零雨：断断续续下个不停的雨。

〔8〕崖巘（yǎn）：险峻的崖壁。

〔9〕疢痗（chèn mèi）：泛指疾病。疢，热病；痗，忧思之病。

【译文】

我原来定在农历正月出发，但是后来延迟到了农历二月仍未能成行。启程上路也有未达之时，离别的时候充满了不尽的思念之情。打点好出行的用品等待吉日，泛舟荡漾陶醉在美好的月份。展望前途却感到少有乐趣，回顾来路总觉得情趣缺少了几分。睿智的兄长道别时伤感颇多，远送到郊外又一程。在郊野的亭馆设酒宴送别，我们在湖水清澈的南岸分手。离别的人话语里充满了悲伤，送行的人内心里依依不舍。曲折的池塘渐渐隐去了你的小船，极目眺望看不见船和人影，也听不见你的声音。我慢慢地踏上旅途，忧惧和悲伤将长存于心。漫长的道路更增添了无尽的忧思，我应当向谁倾诉呢？走着不停越来越觉得道路遥远，情感更加牵绊缠绵。昨天从浦阳江北出发，今天停泊在钱塘江岸边。聚集的云层遮蔽了崇山峻岭，疾风迅猛吹得波涛汹涌。断断续续下个不停的雨滋润着河堤岸边沼泽，落雪散落在低矮的小山。浮云遮掩使山峦阴暗，积雪覆盖分不清原野。河流弯曲的地方停靠着小船，本来航运通达的水道看不见行船。面对渡口却越不过去，风浪阻隔挡住了来往的行船。水中的沙洲边一片凋零，景色气象难能赏心悦目。向西看，不免发出“行路难”的哀叹，向东看，内心吟起这样的悲凉诗篇。怨恨郁结成了疾病，没有忘忧草将如何解忧呢？

还旧园作见颜范二中书　谢灵运

【题解】

此诗写作者辞官归隐和再度出山的过程，表达了作者思想上的矛盾。

辞满岂多秩〔1〕，谢病不待年〔2〕。偶与张邴合，久欲还东山〔3〕。圣灵昔回眷，微尚不及宣。何意冲飙激，烈火纵炎烟。焚玉发昆峰，馀燎遂见迁。投沙理既迫〔4〕，如邛愿亦愆〔5〕。长与欢爱别，永绝平生缘。浮舟千仞壑，揔辔万寻巅。流沫不足险，石林岂为艰！闽中安可处，日夜念归旋。事蹶两如直〔6〕，心惬三避贤〔7〕。托身青云上，栖岩挹飞泉。盛明荡氛昏，贞休康屯邅。殊方咸成贷〔8〕，微物豫采甄〔9〕。感深操不固，质弱易版缠。曾是反昔园，语往实款然。曩基即先筑〔10〕，故池不更穿。果木有旧行，壤石无远延。虽非休憩地，聊取永日闲。卫生自有经，息阴谢所牵。夫子照情素，探怀授往篇。

【注释】

〔1〕辞满：辞官。

〔2〕谢病：以病辞官。

〔3〕东山：会稽始宁东山，谢灵运隐居之地。

〔4〕投沙：指汉初贾谊被汉文帝赏识，后来因为谗毁，被贬为长沙王

太傅。

〔5〕如邛：指司马相如和卓文君私奔，在临邛卖酒为生。

〔6〕踬：困顿，颠扑。　两如直：身处逆境却坚守正道。

〔7〕三避贤：指孙叔敖三次罢相而不后悔。

〔8〕成贷：受到恩施而有所成就。

〔9〕采甄：采用，征召。

〔10〕曩（nánɡ）基：旧居。

【译文】

辞去官职高位哪里是因为俸禄多，因病辞职不必等到年老。只是偶然与张良和邴曼容相合，内心里早想着归隐东山了。高祖皇帝多次挽留我，我卑贱的心志还来不及言明。何曾想到狂风猛烈来袭，燃起烈火腾起浓烟。玉石俱焚发起自昆仑山，余火蔓延使我也遭到左迁。就像贾谊被贬为长沙太傅一样迫不得已，像司马相如、卓文君那样隐于临邛也难如愿。长时间与亲友别离，长时间的隔绝断了来往。就像乘船渡过千仞高的峡谷，骑马穿越陡峭的山峰。惊涛骇浪已经不算是危险了，石林山高哪里称得上艰难呢。闽中荒蛮之地怎能安身，日思夜想何时能还乡。处境困难仍然坚持正道，屡次征召辞让不去赴任。远离尘世寄身于青云之上，居住在高峰上捧饮甘甜的清泉。光明的盛世扫荡了黑暗的气氛，明君平定困难摆脱困局。远方都沐浴着朝廷的恩泽，卑微的我也得到了朝廷的征召。我感慨甚深却不再坚守操守，性情柔弱易受外物的牵扯。于是我返回故园，谈及往事我总是热切诚挚。故园的旧居已经筑好，旧池塘也不必再重新开凿。旧时栽种的果树已经成行，泥土石块也不用从远处运来。此园虽然不是理想的休养地，暂且可以得到长日的悠闲。养生护命自有规律，隐居摆脱了尘世俗务的牵累。愿颜延之、范泰二位先生能了解我的本心，赠与这篇诗作来表达我的内心。

登临海峤初发强中作与从弟惠连见羊何共和之　谢灵运

【题解】

此诗写作者与谢惠连分别后的思念之情，以登山游仙消解离别愁绪。

杪秋寻远山[1]，山远行不近。与子别山阿，含酸赴修轸[2]。中流袂就判，欲去情不忍。顾望脰未悁[3]，汀曲舟已隐。隐汀绝望舟，骛棹逐惊流[4]。欲抑一生欢，并奔千里游。日落当栖薄[5]，系缆临江楼。岂惟夕情敛，忆尔共淹留。淹留昔时欢，复增今日叹。兹情已分虑，况乃协悲端。秋泉鸣北涧，哀猿响南峦。戚戚新别心，凄凄久念攒！攒念攻别心，旦发清溪阴。暝投剡中宿，明登天姥岑。高高入云霓，还期那可寻？倘遇浮丘公[6]，长绝子徽音[7]。

【注释】

〔1〕杪（miǎo）秋：暮秋，秋末。

〔2〕修轸：井田间的长路。

〔3〕脰（dòu）：脖颈。　悁（juàn）：疲惫。

〔4〕骛棹：水上疾驰的船。

〔5〕栖薄：停泊。

〔6〕浮丘公：传说黄帝时的仙人。

〔7〕徽音：音讯。

【译文】

我在暮秋之时探访远山，山在远处路程不近。我和你在山脚下告别，满怀心酸走上了长长的路。我们在江河中间挥手分别，想要离去情意难舍。回头相望还没觉得脖子酸痛，江水湾处已经把行船遮隐。船遮隐于江中看不见了，飞船追逐着急速的江流。我真想放弃这一生的欢乐，与你携手共奔千里之外。日落的时候船停在岸边，拴好绳索登上临江楼。不只是由于天色晚了离愁郁结于心，想到曾与你一起逗留临江楼。想起往昔的欢乐，就更加增添了悲愁的情绪。这种无处排遣的愁怀已让人劳心耗神了，何况又遭逢启人悲怨的深秋时节。秋天的泉水在北边的山谷流淌，猿猴的鸣叫声响彻南面的山峦。刚分别内心充满着愁绪，凄凉之感久久不能离散。浓郁的愁苦触动着离别的心，早上从清溪的南面出发。夜晚投宿在剡中，明天登上天姥山。天幕高耸入云，归返的旧路哪里还能找寻？如果遇见了仙人浮丘公，我就将永远与你断绝音讯。

酬从弟惠连　谢灵运

【题解】

此诗写作者与谢惠连在异地相遇之喜与别后的思念和落寞之情。

寝瘵谢人徒[1]，灭迹入云峰。岩壑寓耳目，欢爱隔音容。永绝赏心望，长怀莫与同。末路值令弟[2]，开颜披心胸。心胸既云披，意得咸在斯。凌涧寻我室，散帙问所知[3]。夕虑晓月流，朝忌曛日驰[4]。悟对无厌歇[5]，聚散成分离。分离别西川，回景归东山。别时悲已甚，别后情更延。倾想迟嘉音，果枉济江篇。辛勤风波事[6]，款曲洲渚言[7]。洲渚既淹时，风波子行迟。务协华京想，讵存空谷期。犹复惠来章，只足搅余思。倘若果归言，共陶暮暮时。暮春虽未交，仲春善游遨。山桃发红萼，野蕨渐紫苞。鸣嘤已悦豫[8]，幽居犹郁陶[9]。梦寐伫归舟，释我吝与劳。

【注释】

〔1〕寝瘵：卧病。瘵，多指痨病。

〔2〕末路：年老。

〔3〕散帙：打开书卷。

〔4〕曛日：落日。

〔5〕悟对：会晤谈心。

〔6〕风波事：指谢惠连遇到暴风雨的事。

〔7〕款曲：衷情。

〔8〕悦豫：喜悦。

〔9〕郁陶：忧愁郁闷。

【译文】

因为卧病谢绝人们来往，隐遁形迹在高耸入云的山峰。山水可寄寓耳目，但是却与情谊笃厚的好友音容两隔。永远断绝了心情欢乐的希望，长久怀念却无人同游。现在衰老落寞之时正好遇到了你，我才能面露笑容心情畅快地和你坦露心怀。心怀既然已经得到吐露，悠然自得的情趣全都寄托于此。跨越溪涧去寻找栖息之地，打开书卷询问古今之事。黄昏的时候担心月落，早晨害怕日落西山。相对而谈从不感觉到厌倦，人生相聚却又分离。我和你在西边的河岸分离，返程的时候回到东山。离别的时候心里十分悲伤难过，离别之后觉得愁情更深。全心全意地等着你的消息，果然枉费你心力赐予诗篇。路上辛苦又加上暴风雨阻路，江畔受阻言辞亲切感人。江畔受阻使你耽搁的时间久了，风波阻挠行程已经拖延。你却想着尽快实现入京城的想法，怎么还会惦念隐居东山的我。何况你又赠来你的诗作，只能激起我稍得平静的心绪。如果能够实现归还的诺言，我将和你共享暮春的欢乐时光。暮春时节虽然还没到，仲春时节也很适宜游玩。山桃树上红蕾绽放，野菜渐渐长出紫色的嫩叶。鸟儿的鸣叫已经十分欢愉，独自隐居充满了忧思。梦里也盼望着你乘舟而归，帮我消解忧愁劳苦。

（本卷译注：于堃　张洁）

文选卷第二十六

赠答四

赠王太常　颜延年（颜延之）

【题解】

此诗写作者赞颂王僧达的品德、才华和抱负，表达了作者追求的人生志趣。

玉水记方流，璇源载圆折[1]。蓄宝每希声[2]，虽秘犹彰彻。聆龙瞡九泉[3]，闻凤窥丹穴。历听岂多工？唯然觏世哲[4]。舒文广国华，敷言远朝列。德辉灼邦懋[5]，芳风被乡耋[6]。侧同幽人居，郊扉常昼闭。林闾时晏开[7]，亟回长者辙。庭昏见野阴，山明望松雪。静惟浃群化，徂生入穷节[8]。豫往诚欢歇，悲来非乐阕[9]。属美谢繁翰，遥怀具短札。

【注释】

〔1〕璇源：藏有珍珠的流水。　圆折：水波曲折成圆形。

〔2〕希声：极微弱的声音。

〔3〕瞡（qì）：视。

〔4〕觏（gòu）：遇见。

〔5〕懋（mào）：盛大。

〔6〕乡耋（dié）：故乡的老者，八十岁曰耋。

〔7〕林闾：乡野的里门。

〔8〕徂生：有生之年即将过去。　穷节：暮年。

〔9〕乐阕：音乐终止。

【译文】

藏玉的流水水波呈现出方形，藏有珍珠的流水水波曲折成圆形。蓄藏水中的珠宝在波澜下声音微弱，即使隐秘不显也终究会彰明外现。细听龙吟查看九泉深潭，耳闻凤鸣要窥视丹穴山。遍听龙凤鸣于世间岂有工于文辞之士，唯独王僧达才是当代杰出的人才。您铺展文辞使国家光华扩大，敷布言辞让一代盛美远扬。您的道德光辉照耀邦国更加兴旺，芬芳的德风遍及故乡的老者。与隐士居住，郊野的柴门白天也常常关着。因为地处林野，里门又经常晚开，所以显贵造访时屡屡回转车驾而去。庭前昏暗，可见近处林野的阴云，山色明媚，遥望松上积雪。静思万物变化之理，感到有生之年将逝而入垂暮时节。逸豫往事诚然欢乐已尽，悲伤自来不是因为音乐停止。作文赞颂美德惭愧没有华丽的辞藻，只能遥相怀念写进这篇短诗里。

夏夜呈从兄散骑车长沙　颜延年（颜延之）

【题解】

此诗写作者夏夜独坐所感，抒发了对物类变化的感伤及对友人的思念之情。

炎天方埃郁，暑晏阕尘纷。独静阙偶坐，临堂对星分[1]。侧听风薄木，遥睇月开云[2]。夜蝉当夏急，阴虫先秋闻。岁候初过半，荃蕙岂久芬？屏居恻物变[3]，慕类抱情殷。九逝非空思，七襄无成文[4]。

【注释】

〔1〕星分：以星象来分辨夜晚的时辰。

〔2〕遥睇：斜视。

〔3〕屏居：闲居、隐居。

〔4〕七襄：白昼从早到晚共七个时辰，每个时辰织女星移动一次，叫七襄。语出《诗经·小雅·大乐》。

【译文】

夏天的尘土到处纷乱堆积，直到夏末才停止纷飞。静夜里无人对坐，临堂观参星升落。侧耳倾听风激荡着树林，遥看月亮冲破云霄。仲夏时节夜里蝉鸣声更加急迫，秋天还没到蟋蟀就开始鸣叫了。一年的时序已经过去了一半，香草荃蕙怎么能永久散发芬芳？隐居中感伤物类的变化，思念朋友满怀悲伤之情。梦魂往返九次空自悲思，一日白昼七个时辰也难写成文章。

直东宫答郑尚书　颜延年（颜延之）

【题解】

此诗写作者与友人不得相见的苦闷和对友人赠诗的感动之情。

皇居体寰极[1]，设险祇天工。两闱阻通轨[2]，对禁限清风。跂予旅东馆[3]，徒歌属南墉[4]。寝兴郁无已，起观辰汉中。流云蔼青阙，皓月鉴丹宫。踟蹰清防密，徙倚恒漏穷[5]。君子吐芳讯，感物恻余衷。惜无丘园秀[6]，景行彼高松[7]。知言有诚贯，美价难克充。何以铭嘉贶[8]，言树丝与桐。

【注释】

〔1〕皇居：皇帝的居所。　寰极：众星环绕北极。

〔2〕两闱：东宫与中台。

〔3〕跂：踮起脚。

〔4〕徒歌：民谣。

〔5〕漏：刻漏。

〔6〕丘园：隐居之所。

〔7〕景行：大路，比喻光明正大的行为。

〔8〕嘉贶（kuàng）：赐予。

【译文】

皇宫像是众星环绕着北极星，禁卫森严地守卫着天宫。从东宫到中台道路不通，两个地方相对清风难进。踮起脚望着东宫，独自唱着歌谣思念南墉之人。夜不成寐忧思不已，只能起来看着银河的星辰。流云笼罩着青色的楼阙，皓月照耀着朱红色的宫宇。徘徊于静谧宫禁，站立太久，刻漏已经滴尽了。您赠来的诗篇多么芬芳，感慨之情打动了我的内心。可惜没有隐居丘园的美景，更加仰慕高松的高尚德行。深知您的言辞贯注着整个诗篇，这样的美誉难以领受。用什么来铭记这美好的赠予呢，只能播之于琴瑟。

和谢监灵运　颜延年（颜延之）

【题解】

此诗写作者仕途沉浮的经历和归隐的志向，表达了对谢灵运赠诗的赞美和感激之情。

弱植慕端操[1]，窘步惧先迷。寡立非择方[2]，刻意藉穷栖[3]。伊昔遘多幸，秉笔侍两闺。虽惭丹雘施[4]，未谓玄素睽[5]。徒遭良时诐[6]，王道奄昏霾。人神幽明绝，朋好云雨乖。吊屈汀洲浦，谒帝苍山蹊。倚岩听绪风，攀林结留荑。跂予间衡峤，曷月瞻秦稽[7]。皇圣昭天德，丰泽振沉泥。惜无爵雉化，何用充海淮[8]。去国还故里，幽门树蓬藜。采茨葺昔宇[9]，翦棘开旧畦。物谢时既晏，年往志不偕。亲仁敷情昵，兴赋究辞栖。芬馥歇兰若，清越夺琳珪[10]。尽言非报章，聊用布所怀。

【注释】

〔1〕弱植：年少时。　端操：操守端正。

〔2〕方：常道。

〔3〕刻意：克制意欲。　穷栖：清贫的隐居。

〔4〕丹雘（huò）：可供涂饰的红色颜料，此喻君王的恩泽。

〔5〕睽（kuí）：违背。

〔6〕诐（bì）：邪僻。

〔7〕秦稽：秦望山和会稽山。

〔8〕海淮：东海淮水。

〔9〕茨：芦苇，茅草。

〔10〕琳珪：美玉。

【译文】

少年的时候我就仰慕正直的节操，疾步追随又恐怕迷失了先贤引导的正道。孤独相处并不是我的立身之道，只能克制自己凭借清贫的隐居来成就自身的德操。想往昔相遇我是多么幸运，执笔侍奉于两宫。虽然对武帝施予的厚恩感到惭愧，但是自身的节操始终未像素丝染黑那样有所改变。只是清明世道遭逢奸佞弄权，王道衰微阴云密布。人神不宁祭祀断绝，朋友像雨散云流般离乱。在湘水沙洲凭吊屈原，在苍梧山拜谒虞舜。倚靠在石崖上聆听长风，攀援树木编结香草以赠远方友人。踮起脚远望衡山，何年何月才能见到会稽山呢？圣明的文帝显耀天帝的恩德，以丰厚的恩泽重新振起于污泥之中。可惜我不像雀雉那样善变，能变成蛤蜊以充入淮水。离开始安郡回到故里，将蓬蒿和蒺藜种于柴门边。用茅草修葺旧屋，铲除杂草开垦旧时的田地。时序已晚年华已逝，而志趣却壮志难酬。您亲近仁爱在赠诗中表达亲昵的情谊，言辞感人使人欣悦。您的赠诗芬芳能使兰若的香气停止，音乐悦耳超越琳珪美玉之声。尽我所能言来酬答您的赠诗，暂且来表达我心中的真情。

答颜延年　王僧达

【题解】

王僧达（423—458），南朝宋琅邪临沂（今山东临沂）人。官至中书令，以诗闻名，原有集，已散佚。《宋书》有传。此诗写作者赞美友人的才华，抒发了得友人赠诗的真切感受和珍重之情。

长卿冠华阳〔1〕，仲连擅海阴〔2〕。珪璋既文府〔3〕，精理亦道心。君子耸高驾，尘轨实为林。崇情符远迹，清气溢素襟。结游略年义，笃顾弃浮沉。寒荣共偃曝〔4〕，春醞时献斟〔5〕。聿来岁序暄，轻云出东岑。麦垄多秀色，杨园流好音。欢此乘日暇，忽忘逝景侵。幽衷何用慰，翰墨久谣吟。栖凤难为条，淑贶非所临。诵以永周旋〔6〕，匣以代兼金。

【注释】

〔1〕长卿：西汉司马相如。

〔2〕仲连：战国齐人鲁仲连。

〔3〕珪璋：美玉，比喻美德、佳文。

〔4〕荣：房屋的南檐下。　偃：仰卧。

〔5〕春醞：春天酿酒。

〔6〕周旋：古代行礼进退揖让，表示敬意。

【译文】

司马相如的才华称冠华阳，仲连的智谋扬名海的南边。你的词章如美玉般照耀文坛，道德思想存于内心。有德者登上高远的境界，追随者的车辙络绎不绝。情趣高远意同先贤，高洁的气息溢满胸襟。我们交友忽略了年纪辈分，笃信眷恋不顾荣辱盛衰。寒冷的南檐下仰卧着晒太阳，春天酿的酒互相斟献。来年聚会互道寒暄，轻云飘出于东山之上。田埂里麦苗青青秀美，杨园的黄鹂传出了鸣叫声。趁着有空观赏游玩，乃至忘记光阴流逝渐尽。用什么能勉慰我幽寂的内心，便是久久吟诵您的诗篇。凤凰栖息的树枝很难选择，您的美好诗篇赠给我却难以模仿学习。长久吟诵拜读，可以替代金子珍藏于匣内。

郡内高斋闲坐答吕法曹　谢玄晖（谢朓）

【题解】

此诗写作者郡斋闲坐所见美好景色的悠然自得生活，表达了对友人的深厚感情。

结构何迢遰〔1〕，旷望极高深。窗中列远岫〔2〕，庭际俯乔林〔3〕。日出众鸟散，山暝孤猿吟。已有池上酌，复此风中琴。非君美无度，孰为劳寸心。惠而能好我，问以瑶华音。若遗金门步，见就玉山岑〔4〕。

【注释】

〔1〕结构：接连架构，以成屋宇。　迢遰（dì）：同“迢递”，高峻的样子。

〔2〕远岫：远山。

〔3〕乔林：高大的树木。

〔4〕玉山：《山海经》西王母居住的地方。

【译文】

屋宇何其高峻耸立，远望可以看见高峰山川。窗户外面排列着远山，前庭可以俯瞰高高的树林。太阳出来后群鸟飞散，黄昏时孤猿哀鸣。坐在池塘边自斟自饮，听着风吹素琴。不是因为你德行美好无法言说，怎么会让思念萦绕我心。惠承您的深情仁爱之意，赠给我美玉般的诗篇。假如能废止登金马门的步履，就可以来到群山之玉这样的胜境共享雅趣。

在郡卧病呈沈尚书　谢玄晖（谢朓）

【题解】

此诗写作者在任上的无聊苦闷之情和对友人的怀念心情。

淮阳股肱守[1]，高卧犹在兹。况复南山曲，何异幽栖时？连阴盛农节，薹笠聚东菑[2]。高阁常昼掩，荒阶少诤辞。珍簟清夏室[3]，轻扇动凉飔。嘉鲂聊可荐[4]，渌蚁方独持[5]。夏李沉朱实，秋藕折轻丝。良辰竟何许？夙昔梦佳期。坐啸徒可积，为邦岁已期。弦歌终莫取，抚机令自嗤。

【注释】

〔1〕股肱：大腿和胳膊。此喻守郡重要。

〔2〕薹（tái）笠：用竹草编的帽子，薹用来防晒，笠用来遮雨。

〔3〕簟（diàn）：竹席。

〔4〕嘉鲂：美味的鲂鱼。

〔5〕渌蚁：酒上浮起的绿色泡沫，酒的别称。

【译文】

淮阳太守是朝廷的股肱之臣，在宣城高卧治理政事。何况宣城位于南山之下，无异于在那里幽居退隐。农忙时阴雨连绵，戴斗笠的农夫忙于在东田耕作。楼阁常常白天掩闭着，长满荒草的庭阶前很少有诉讼案件。珍贵的竹席使夏室显得清凉，轻摇扇子凉风渐至。美味的鲂鱼聊可进献，渌蚁酒可以独饮。将红李沉入水中清凉可口，秋藕折断还连着轻丝。美好的日子在何时？往日思念梦到佳期来临。闲坐吟啸虚度很久了，做太守已经一整年了。读诗歌咏文德教化无人珍视，只能倚着几案自嘲了。

暂使下都夜发新林至京邑赠西府同僚　谢玄晖（谢朓）

【题解】

此诗写作者从新林至京都的所见，抒发了对往昔同僚的怀念之情和害怕谗言的心态。

大江流日夜〔1〕，客心悲未央。徒念关山近，终知反路长。秋河曙耿耿〔2〕，寒渚夜苍苍。引顾见京室，宫雉正相望〔3〕。金波丽鳷鹊〔4〕，玉绳低建章〔5〕。驱车鼎门外，思见昭丘阳〔6〕。驰晖不可接，何况隔两乡。风云有鸟路，江汉限无梁。常恐鹰隼击，时菊委严霜。寄言罻罗者〔7〕，寥廓已高翔。

【注释】

〔1〕大江：长江。

〔2〕秋河：秋天的银河。

〔3〕宫雉：宫墙。

〔4〕鳷（zhī）鹊：汉代观名。
〔5〕建章：汉代宫名。
〔6〕昭丘：楚昭王墓。
〔7〕罻（wèi）罗者：布置鸟网的人。

【译文】

浩浩长江日夜向东流，归客之心悲愁不已。只想着家乡关山近，哪里知道返回荆州的路更远。秋天的银河光亮明洁，寒冷的水洲夜深时一片苍茫。引颈看那建康城，宫墙与我正好相望。月光照耀着鳷鹊观，玉绳星低于建章宫。驾车到南门外，心里想着楚昭王墓。在建康见不到荆州的太阳，何况朋友天各一方。风云之间都有鸟儿的自由飞行之路，江汉水阻隔没有桥梁连接。常常害怕鹰隼袭击，也担心菊花因为严霜而枯萎。寄语给布置罗网的人，鸟已经展翅飞向辽阔的空中了。

酬王晋安　谢玄晖（谢朓）

【题解】

此诗写作者对友人的思念之情和对仕途险恶的畏惧心情。

梢梢枝早劲[1]，涂涂露晚晞[2]。南中荣橘柚，宁知鸿雁飞？拂雾朝青阁[3]，日旰坐彤闱[4]。怅望一途阻，参差百虑依[5]。春草秋更绿，公子未西归。谁能久京洛？缁尘染素衣[6]。

【注释】

〔1〕梢梢：树枝强劲无叶之貌。
〔2〕涂涂：浓密貌。
〔3〕青阁：朝堂。

〔4〕日旰（gàn）：日晚。　彤闱：宫门。
〔5〕参差：纷乱的样子。
〔6〕缁尘：黑色的尘埃。　素衣：洁白的衣服。

【译文】

光秃秃的树枝清晨显得挺拔，密集的白露很晚才干。南中的柚子树枝叶繁盛，哪里知道大雁已经南飞了。凌晨披着晨雾去上朝，到天晚黄昏了还坐在尚书宫门。怅然相望你我路途阻隔，各种忧虑在心中相随而来。春草萋萋入秋更浓绿，公子远游还没归来。谁能甘于长居在京都内，黑色的尘埃都沾染了洁白的衣服。

奉答内兄希叔　陆韩卿（陆厥）

【题解】

陆厥（472—499），字韩卿，南朝齐吴郡吴（今江苏苏州）人。少有才气，善文辞。任王晏少傅主簿，后官至行军参军。原有集，已散佚。《南齐书》有传。此诗写作者称赞内兄希叔的非凡才情，抒发了自己时不我与的感喟。

嘉惠承帝子〔1〕，躧履奉王孙〔2〕。属叨金马署，又点铜龙门。出入平津邸，一见孟尝尊。归来翳桑柘〔3〕，朝夕异凉温。徂落固云是〔4〕，寂蔑终始斯。杜门清三径〔5〕，坐槛临曲池。凫鹄啸俦侣，荷芰始参差。虽无田田叶，及尔泛涟漪。春华与秋实，庶子及家臣。王门所以贵，自古多俊民。离宫收杞梓，华屋富徐陈。平旦上林苑，日入伊水滨。书记既翩翩，赋歌能妙绝。相如恧温丽〔6〕，子云惭笔札。骏足思长阪，柴车畏危辙。愧兹山阳宴，空此河阳别。平原十日饮〔7〕，中散千里游〔8〕。渤海方淫滞[9]，宜城谁献酬？屏居南山下，临此岁方秋。惜哉时不与，日暮无轻舟。

【注释】

〔1〕嘉惠：对他人给予的恩惠的敬称。

〔2〕躧履：趿着鞋走，把鞋后帮踩在脚后跟下。

〔3〕翳：隐。　桑柘：桑树。

〔4〕徂落：凋落。

〔5〕“杜门”句：西汉王莽专权，兖州刺史蒋诩告病辞官隐居乡里，在院中辟三径。杜门，闭门不出。三径，三条小路，代指家园、田园。

〔6〕恧（nǜ）：惭愧。

〔7〕“平原”句：秦昭王听说魏齐在平原君家，愿为布衣之交。君若光顾，愿与君十日之饮。平原君遂入秦见秦昭王。平原，平原君。

〔8〕“中散”句：吕安与嵇康友好，相思即命驾，千里从之。中散，嵇康。

〔9〕淫滞：长期逗留。

【译文】

承蒙受到太子的恩惠，忠诚侍奉着贤明的王孙。前不久被举为秀才，接着又在铜龙门任职。出入于公卿王侯的府邸，见到了孟尝君般的风采。归来隐居在故乡桑树下，朝廷和乡野就像晨昏的冷暖而有不同。花开花落本是世之常态，热闹寂寞本就如此。闭门谢客院落清静，坐在池塘的栏杆旁望着曲池。野鸭和天鹅呼朋引伴，荷叶与菱角参差各异。曲池没有莲叶浮于水面，但是水面不时泛起波纹。春天的花朵与秋天的果实，就像庶子与家臣。王府之所以高贵，是因为那里多有俊杰贤臣。东宫招纳栋梁人才，华丽的宫室里都是徐幹、陈琳般的人才。白天他们同游于上林苑，傍晚侍奉在伊水边。草拟文书文采飞扬，吟诗作赋绝妙高超。作赋温婉绮丽超过司马相如，文章之精妙超过杨雄。您像骏马一样想在长坡奔驰，我像柴车那般害怕险途。我愧对山阳宴会，您不在别墅我心凄冷不欢畅。秦王邀请平原君十日对饮，嵇康千里之游约会好友。您在渤海逗留日久，宜城谁与您举杯共饮呢？我隐居在南山之下，岁月流逝到了秋天。叹惜时光从不停留等人，天色已晚又没有轻舟载我归去。

赠张徐州稷　范彦龙（范云）

【题解】

范云（451—503），字彦龙，南朝梁南乡午阴（今河南泌阳西北）人，“竟陵八友”之一。齐时任广州刺史，入梁官至尚书右仆射。原有集三十卷，已散佚。《诗品》称其诗“清便宛转，如流风回雪”。《梁书》《南史》均有传。此诗写作者友人张稷来访不遇，感念其不忘贫贱之交的品格。

田家樵采去〔1〕，薄暮方来归。还闻稚子说，有客款柴扉。傧从皆珠玳〔2〕，裘马悉轻肥〔3〕。轩盖照墟落〔4〕，传瑞生光辉〔5〕。疑是徐方牧，既是复疑非。思旧昔言有，此道今已微。物情弃疵贱，何独顾衡闱〔6〕？恨不具鸡黍，得与故人挥。怀情徒草草，泪下空霏霏。寄书云间雁〔7〕，为我西北飞。

【注释】

〔1〕樵采：打柴。

〔2〕傧从：前导和后随人员，指侍从。　珠玳：珠玉玳瑁。

〔3〕轻肥：轻裘肥马。

〔4〕墟落：村落。

〔5〕传（zhuàn）瑞：驿马的符节。

〔6〕衡闱：衡门，陋室。

〔7〕云间雁：云间飞翔的鸿雁，古人以鸿雁为信使。汉武帝思念苏武，使使臣告诉单于，天子射于上林中，射中一只大雁，雁足系有帛书，说苏武在湖泽之畔。单于听后大惊，将苏武送回来。

【译文】

我进山去打柴，到了晚上才回来。回来听幼子告诉我说，曾有客人来敲门。随从的人都佩戴珠宝玉饰，皆穿着轻裘骑着肥马。华丽的车盖照耀着村落，驿马符节熠熠生辉。可能来的人是徐州太守，想着应该是的但又怀疑不是。思念访问旧友是以往的风气，但是现在这种美德已经不复存在了。现在的世事人情都是嫌贫爱富，为何单单光顾我的草屋呢？遗憾没有杀鸡准备酒食，与故人举杯畅饮互诉衷情。满怀深情忧伤不已，潸然泪下沾满衣襟。把书信寄与那云间的大雁，请飞向西北代为我传信。

古意赠王中书　范彦龙（范云）

【题解】

此诗写作者对王融德才的景仰之情。

摄官青琐闼〔1〕，遥望凤皇池〔2〕。谁云相去远？脉脉阻光仪〔3〕。岱山饶灵异〔4〕，沂水富英奇。逸翮凌北海〔5〕，抟飞出南皮〔6〕。遭逢圣明后，来栖桐树枝。竹花何莫莫，桐叶何离离〔7〕！可栖复可食，此外亦何为？岂如鷦鷯者，一粒有馀赀〔8〕。

【注释】

〔1〕摄官：暂充官职。

〔2〕凤皇池：禁苑池，南北朝时设中书省于禁苑，掌管机要，故称。

〔3〕脉脉：深情凝望的样子。

〔4〕饶：丰厚。

〔5〕逸翮：展翅高飞。翮，鸟翼。

〔6〕抟飞：盘旋而飞。

〔7〕莫莫、离离：茂盛的样子。

〔8〕赀：财货。

【译文】

暂时代理充官于青琐门，遥望你所在的凤凰池。谁说我们彼此相去甚远？深情脉脉却看不到你的光彩仪容。泰山养育能人异士，沂水滋润着英才奇士。展翅飞于北海之上，乘风盘旋飞越南皮边际。幸逢圣君厚恩，凤凰栖息于梧桐树上。竹花这么繁茂，梧桐叶也浓密茂盛。在这里可栖息也可得到食物，还有什么可求呢。哪里知道鷦鹩鸟，每食一粒米就已知足再无他求。

赠郭桐庐出溪口见候余既未至郭仍进村维舟久之郭生方至　任彦昇（任昉）

【题解】

此诗写作者客旅中与友人相遇的喜悦难抑之情和别离孤独的悲思。

朝发富春渚〔1〕，蓄意忍相思。涿令行春反〔2〕，冠盖溢川坻〔3〕。望久方来萃〔4〕，悲欢不自持。沧江路穷此，湍险方自兹。叠嶂易成响，重以夜猿悲。客心幸自弭，中道遇心期。亲好自斯绝，孤游从此辞。

【注释】

〔1〕富春渚：富春江边的沙洲。

〔2〕行春：汉代官员巡视百姓春耕情况的制度。

〔3〕川坻：水岸。

〔4〕萃：聚会。

【译文】

早晨船从富春江岸边出发，内心郁结难忍相思之情。涿令巡视春耕回来，官员衣冠整肃车盖盛大，在岸边迎接。眺望已久才得会面，悲欢交织难以抑制。沧江的平缓之路在此结束，水急艰险从这里开始。重峦叠嶂在这里最易发出回声，夜里猿声悲鸣增加人的忧伤。客游的孤单失落至此停止，因为中途遇到了知心人可以期待。好友相聚又要从此别离，孤游的人在此向你告辞。

行旅上

河阳县作二首　潘安仁（潘岳）

【题解】

此二首诗写作者仕宦沉浮的经历，表达了仕与隐的矛盾思想和成就功业的志向。

微身轻蝉翼，弱冠忝嘉招[1]。在疚妨贤路[2]，再升上宰朝。猥荷公叔举[3]，连陪厕王寮[4]。长啸归东山，拥耒耨时苗[5]。幽谷茂纤葛，峻岩敷荣条。落英陨林趾，飞茎秀陵乔。卑高亦何常，升降在一朝。徒恨良时泰，小人道遂消。譬如野田蓬，斡流随风飘[6]。昔倦都邑游，今掌河朔徭。登城眷南顾，凯风扬微绡[7]。洪流何浩荡，修芒郁苕峣[8]。谁谓晋京远？室迩身实辽。谁谓邑宰轻[9]？令名患不劭[10]。人生天地间，百岁孰能要？熲如槁石火[11]，瞥若截道飙。齐都无遗声，桐乡有馀谣。福谦在纯约，害盈犹矜骄。虽无君人德，视民庶不恌[12]。

【注释】

〔1〕忝嘉招：举为秀才。

〔2〕在疚：在忧病之中。

〔3〕猥：凡猥之才，凡才。

〔4〕陪：陪臣，家臣。　寮：同“僚”，官僚。

〔5〕耒：农具。　耨（nòu）：锄草。

〔6〕斡流：旋转。

〔7〕凯风：南风。

〔8〕苕峣：山高耸的样子。

〔9〕邑宰：县令。

〔10〕劭（shào）：美。

〔11〕熲（jiǒng）：同“炯”，光亮。

〔12〕恌（tiāo）：同“佻”，轻佻。

【译文】

感叹自己地位卑微如蝉翼，二十岁的时候承蒙举荐为秀才。因忧病妨碍了有德才的人的进用道路，再被提拔入了司空太尉府。自己见识短浅实在有愧被举荐为官，跻身于皇帝家臣的行列。感慨长啸而归隐于东山，持耒躬耕锄草于田间。深谷生长着茂密的葛藤，崇山峻岭布满了枝条。落花堆满了树林的树根，乔木茂盛长遍了高低的丘陵。低的山谷和高的山崖哪能一成不变，低谷高山升降变化就在须臾之间。遗憾清明盛世没来临，否则小人之道就要消亡。像田间断根的枯草，遇风就会旋转飘飞。昔日游历京都洛阳感到苦闷厌倦，现在充任河阳县令。登上城楼眷恋望着南方，南风和煦，轻薄的绸缎随风飘扬。洪流滚滚浩荡而去，北芒山林苍茫高耸入云。谁说京都洛阳距离河阳远呢？有的人身虽近但是心很远。谁说县令官小微不足道？只怕声誉不好感到惭愧。人生在天地间如过客一般，谁能够长命百岁呢？如敲石头的火花一闪而亮，如风中的尘埃一瞬间就飘走了。齐景公爱马却不修善德，死后没有留下好名声，朱邑任桐乡啬夫小官廉洁公正，称颂他的歌谣广为流传。善于约束，谦逊为本，方能得福，骄傲自满则后患无穷。我虽然没有治民的德才，但对百姓之事不马虎轻佻。

日夕阴云起，登城望洪河。川气冒山岭，惊湍激岩阿。归雁映兰畤，游鱼动圆波。鸣蝉厉寒音，时菊耀秋华。引领望京室，南路在伐柯[1]。大夏缅无觌[2]，崇芒郁嵯峨。揔揔都邑人[3]，扰扰俗化讹[4]。依水类浮萍，寄松似悬萝。朱博纠舒慢[5]，楚风被琅邪。曲蓬何以直，托身依丛麻。黔黎竟何常[6]，政成在民和。位同单父邑，愧无子贱歌[7]。岂敢陋微官？但恐忝所荷[8]。

【注释】

〔1〕伐柯：《诗经·豳风·伐柯》：“伐柯伐柯，其则不远。”后以“伐柯”代指相距不远。

〔2〕觌：看见。

〔3〕揔揔：众多。

〔4〕扰扰：纷扰。

〔5〕“朱博”句：朱博任琅琊太守，纠正齐地官员散漫的陋习。

〔6〕黔黎：百姓。

〔7〕子贱歌：宓子贱鸣琴而治。

〔8〕忝：有愧于。

【译文】

傍晚时分阴云出现，登上城楼望着黄河。河流的水汽从山岭升起，急流飞溅在悬崖的岸边。归雁倒映在水中的小洲，水中的游鱼搅动起圆形的波纹。寒蝉鸣叫声音又高又急，黄灿灿的菊花盛开在秋季。伸起脖子眺望京都王室，向南去的路相去不远。大夏门遥远不可见，北芒山巍峨高峻。都邑中居住的百姓，纷乱的习俗应当改变。世人就像浮萍依附着水面随波漂荡，也像松萝寄生悬挂在松柏上。朱博曾纠正齐地散漫的陋习，这种良好的风气很快波及琅琊郡。弯曲生长的蓬草凭什么能生长挺直呢？因为寄身于麻丛之中。老百姓凭什么能安居乐业呢？成就政事在于官民和谐能得人心。官职等同于单父宰，惭愧于自己没有宓子贱那样博得百姓的颂歌。哪里敢轻视河阳县令官职低微？只是担心治理不好而愧对自己担任的职务。

在怀县作二首　潘安仁（潘岳）

【题解】

此诗写盛夏怀县的景物，表达了作者对仕宦失意不满及思乡之情。

南陆迎修景〔1〕，朱明送末垂〔2〕。初伏启新节，隆暑方赫羲〔3〕。朝想庆云兴，夕迟白日移〔4〕。挥汗辞中宇，登城临清池。凉飙自远集，轻襟随风吹。灵圃耀华果〔5〕，通衢列高椅。瓜瓞蔓长苞，姜芋纷广畦。稻栽肃仟仟，黍苗何离离。虚薄乏时用，位微名日卑。驱役宰两邑，政绩竟无施。自我违京辇，四载迄于斯。器非廊庙姿〔6〕，屡出固其宜。徒怀越鸟志〔7〕，眷恋想南枝。春秋代迁逝，四运纷可喜。宠辱易不惊，恋本难为思。

【注释】

〔1〕南陆：当太阳运行至南半球时，指夏季。

〔2〕朱明：指夏季。

〔3〕隆暑：盛夏。　赫羲：光明盛大之貌。

〔4〕迟（zhì）：期盼。

〔5〕灵圃：神灵的林苑。

〔6〕廊庙姿：此指栋梁之才。廊庙，朝廷。

〔7〕越鸟：南方的鸟，越鸟巢南枝，此喻不忘故土。

【译文】

当太阳位于南半球时迎来夏天的长久日照，迎来夏天的开始送走了春季的末尾。初伏已经开始了新的季节，盛夏就非常炎热了。白天想着庆云祥瑞之气能兴起，晚上希望炎热的太阳快点落下。挥汗走出了屋里，登上城楼面对着清水之池。凉风从远方吹来，衣襟随风吹起。林苑中花果光彩耀眼，道路两旁排列着高椅木。大小瓜果累累枝条蔓长，菜地里满是生姜和芋头。田里的水稻整齐长势很旺，黍苗也长得很繁茂。我缺少合适的用处，地位名望也很低微。差遣我先后担任河阳、怀县两县的县令，无法实施治国理民的政绩。自从离开京城，在外任县令已经四年了。本就不是朝廷的栋梁之才，只适合在外地任职。空怀越鸟之志，日夜眷恋着南方。春去秋来四季更替，四季运行变化令人欣喜。宠辱变化不足为惊，依恋故土忧思难以自制。

我来冰未泮〔1〕，时暑忽隆炽〔2〕。感此还期淹，叹彼年往驶。登城望郊甸〔3〕，游目历朝寺。小国寡民务，终日寂无事。白水过庭激，绿槐夹门植。信美非吾土，只搅怀归志〔4〕。卷然顾巩洛，山川邈离异。愿言旋旧乡，畏此简书忌〔5〕。祗奉社稷守〔6〕，恪居处职司。

【注释】

〔1〕泮（pàn）：消融，融解。

〔2〕隆炽：炎热。

〔3〕郊甸：郊外，古时郭外称郊，郊外称甸。
〔4〕搅：勾起。
〔5〕简书：文书。
〔6〕祇奉：敬奉。

【译文】

我来赴任的时候冬季冰雪尚未消融，转眼间冬去夏来酷暑来临。感叹出京任职返回遥遥无期，感叹岁月飞速流逝。登上城墙遥望郊外平原，游览瞻望朝官住的地方。怀县较小事务较少，整日清静无事。清澈的流水绕过庭院溅起水花，门外两侧栽种着槐树。虽然环境优美却不是我的故土，只能搅起我怀念故土急于归去的情思。满怀眷念之情回头望着巩县洛水，我与故乡山水远远相隔分离。急切地希望回到故乡，又畏惧这策命文书。只能奉君命恪尽职守，认真对待职务谨慎处理政事。

迎大驾　潘正叔（潘尼）

【题解】

此诗写作者迎接晋惠帝大驾途中的所见，表达了悲凉伤感的情绪和对时局的担忧。

南山郁岑崟〔1〕，洛川迅且急〔2〕。青松荫修岭，绿蘩被广隰〔3〕。朝日顺长途，夕暮无所集。归云乘幰浮〔4〕，凄风寻帷入。道逢深识士，举手对吾揖。世故尚未夷，崤函方崄涩〔5〕。狐狸夹两辕，豺狼当路立。翔凤婴笼槛〔6〕，骐骥见维絷〔7〕。俎豆昔尝闻〔8〕，军旅素未习。且少停君驾，徐待干戈戢〔9〕。

【注释】

〔1〕南山：长安终南山。　岑崟：山险峻貌。

〔2〕洛川：洛水。

〔3〕蘩：白蒿。　隰（xí）：沼泽地。

〔4〕幰：车前的帷幔。

〔5〕崤函：崤山和函谷关。

〔6〕婴：羁绊。

〔7〕维絷：捆绑，束缚。

〔8〕俎豆：古代祭祀用的器皿，此指礼乐教化。

〔9〕戢（jí）：收藏，停息。

【译文】

终南山树林茂盛山势险峻，洛河之水汹涌迅疾。青松遮蔽了长长的山岭，野蒿长满了沼泽地。白天沿着漫长的道路走，到黄昏都没有人家可以借宿歇息。落云在车幔上漂浮，寒冷的风从帷帐吹进来。在路上遇到一位有远见卓识的人，拱手向我致以敬意。世间的战乱尚未平息，崤山函谷关地势险要。狡猾的狐狸在车驾下窥视，豺狼挡在路中间。飞翔的凤凰被关进牢笼，千里马也被捆绑束缚。礼仪的事情以前听说过，军旅的事情不曾学习过。暂且请您稍稍停留，慢慢等待战争停止。

赴洛二首　陆士衡（陆机）

【题解】

此二首诗写作者赴洛宦游思念亲人的思归之情。

希世无高符〔1〕，营道无烈心〔2〕。靖端肃有命，假檝越江潭〔3〕。亲友赠予迈，挥泪广川阴〔4〕。抚膺解携手〔5〕，永叹结遗音。无迹有所匿，寂漠声必沉。肆目眇不及〔6〕，缅然若双潜[7]。南望泣玄渚[8]，北迈涉长林。谷风拂修薄，油云翳高岑。亹亹孤兽骋[9]，嘤嘤思鸟吟[10]。感物恋堂室，离思一何深！伫立忾我叹，寤寐涕盈衿。惜无怀归志，辛苦谁为心？

【注释】

〔1〕希世：随世。

〔2〕营道：求道。 烈心：节烈之心。

〔3〕江潭：江的渡口。

〔4〕阴：江的南岸。

〔5〕抚膺：抚胸。

〔6〕肆目：极目远眺。

〔7〕双潜：声音和形迹都消逝。

〔8〕玄渚：北方的洲渚，北方曰玄天。

〔9〕亹亹（wěi）：行进的样子。

〔10〕嘤嘤：鸟鸣声。

【译文】

随应俗世不能高蹈，研究大道又缺乏坚韧不拔的精神。恭敬严肃地对待君命，借船渡过江潭。亲人们为我向北送行，在江的南岸挥泪告别。抚胸感叹着又要分别，畅谈离不开临别的话语。看着身形越来越模糊，听着声音也寂寞无声了。极目远望却什么都看不见，声音和形迹都已消逝不见。回头南望泪洒北方的洲渚，朝北走经过了茂密的树林。山谷之风吹过长而广阔的草木丛，浮动的云彩遮蔽了高山。孤独的野兽在奔跑，思归的鸟在嘤嘤地鸣叫着。感物生情思念母亲妻子，别离的情绪何等深沉！久久伫立叹息不已，无论清醒和睡着都泪下沾襟。可惜再没有思归之志，如此辛苦究竟是为了谁？

羁旅远游宦，托身承华侧[1]。抚剑遵铜辇，振缨尽祇肃[2]。岁月一何易，寒暑忽已革。载离多悲心，感物情凄恻。慷慨遗安愈，永叹废餐食。思乐乐难诱，曰归归未克。忧苦欲何为？缠绵胸与臆。仰瞻凌霄鸟，羡尔归飞翼。

【注释】

〔1〕承华：太子宫门。

〔2〕振缨：弹冠，即出仕。　祇肃：恭敬严肃。

【译文】

旅居他乡在外做官，现在寄身于东宫承华门。执剑跟随着太子的铜辇，整理冠缨恭敬严肃。岁月荏苒极易流逝，寒来暑往转瞬即逝。别离情深使我心伤悲，触景生情内心凄恻。感慨做官失去安宁，深深长叹而茶饭不思。心中思念游乐却难以被吸引，口里说着还乡却难以实现。满心忧苦是为什么呢？郁结情绪缠绵悱恻。仰望着凌空飞翔的鸟儿，羡慕你有飞返的双翼。

赴洛道中作二首　陆士衡（陆机）

【题解】

此二首诗写作者赴洛途中所见的景色，抒发了客居的孤独忧思之情。

总辔登长路，呜咽辞密亲。借问子何之？世网婴我身。永叹遵北渚，遗思结南津。行行遂已远，野途旷无人。山泽纷纡馀[1]，林薄杳阡眠[2]。虎啸深谷底，鸡鸣高树巅。哀风中夜流，孤兽更我前。悲情触物感，沉思郁缠绵。伫立望故乡，顾影凄自怜。

【注释】

〔1〕纡馀：迂回曲折。

〔2〕林薄：树林茂盛。　阡眠：茂密的样子。

【译文】

策马提缰踏上征程，心生悲切辞别亲人。请问你将要去哪里？世间的琐事缠绕使我无法脱身。放声长叹沿着向北的小洲往前走，思念凝结在故乡南边的渡口。不停前行越走越远，荒野的小道空旷不见人的踪影。山林川泽众多曲折向前延伸，草木丛生又茂盛稠密。深深的山谷不时传来猛虎咆哮声，高高的树巅有鸡在鸣叫。半夜里悲风袭人，孤零零的野兽从我跟前走过。深沉的忧思纠缠郁结，思念更加绵绵无尽。久久伫立山上眺望故乡，再看看自己的身影只有自己怜悯自己了。

远游越山川，山川修且广。振策陟崇丘〔1〕，案辔遵平莽〔2〕。夕息抱影寐，朝徂衔思往〔3〕。顿辔倚嵩岩，侧听悲风响。清露坠素辉〔4〕，明月一何朗！抚几不能寐，振衣独长想〔5〕。

【注释】

〔1〕振策：挥鞭策马。　陟：登上。

〔2〕案辔：按住马缰绳，任马慢慢走。

〔3〕朝徂：早上启程。

〔4〕素辉：清辉。

〔5〕振衣：披衣而起。

【译文】

离家远游越过万水千山，山山水水是那样的修长和宽广。挥鞭驱马登上高山，手握缰绳在平地上缓慢地向前走。晚上休息时孤零零地抱影而睡，早晨起来怀着悲伤又上路了。停下马来倚着高峻的山崖，侧耳倾听悲风的声响。夜露滴下闪烁着洁白的光辉，月光是多么的明朗。对月抚着几案不能入睡，披上衣服独自怅惘遐想。

吴王郎中时从梁陈作　陆士衡（陆机）

【题解】

此诗写作者改任吴王郎中令时的感慨之情和怀古之思。

在昔蒙嘉运，矫迹入崇贤。假翼鸣凤条[1]，濯足升龙渊。玄冕无丑士[2]，冶服使我妍[3]。轻剑拂鞶厉[4]，长缨丽且鲜。谁谓伏事浅[5]，契阔逾三年。薄言肃后命，改服就藩臣。夙驾寻清轨，远游越梁陈。感物多远念，慷慨怀古人。

【注释】

〔1〕凤条：梧桐枝条，凤凰栖息的枝条。

〔2〕玄冕：黑色的冠冕。

〔3〕冶服：艳服。

〔4〕鞶（pán）厉：束腰革带与革带下垂的部分。

〔5〕伏事：为公家做事。

【译文】

过去有幸交上好运，迈步走进了崇贤门。暂借梧桐树歇息，靠龙潭水洗去尘秽。头戴黑色冠冕不会有丑陋之士，穿着美艳的官服更显得英俊。轻巧宝剑挂在束腰大带上，帽上的飘带鲜艳美丽。谁说我服侍太子的时间短，聚散离合已经三年了。恭敬地接受诏命，改任郎中令到外藩任职。清晨沿着大路驾车出行，远游经过梁国陈地。触景生情又思念远方的人，感慨良多思怀古人。

始作镇军参军经曲阿作　陶渊明（陶潜）

【题解】

陶潜（365—427），字渊明，一字元亮，东晋浔阳柴桑（今江西九江）人。曾历任江州祭酒、镇军参军、建威参军、彭泽令等，后弃官归隐。有《靖节先生集》。《晋书》《南史》有传。此诗写作者离家赴任途中的思想矛盾和对田园隐居生活的眷恋之情。

弱龄寄事外〔1〕，委怀在琴书。被褐欣自得，屡空常晏如〔2〕。时来苟宜会，宛辔憩通衢。投策命晨旅，暂与园田疏。眇眇孤舟游，绵绵归思纡。我行岂不遥，登降千里馀。目倦修途异，心念山泽居。望云惭高鸟，临水愧游鱼。真想初在衿，谁谓形迹拘？聊且凭化迁，终反班生庐〔3〕。

【注释】

〔1〕弱龄：年少。

〔2〕屡空：贫穷。　晏如：安然。

〔3〕班生庐：仁者隐居之所。班生，班固，其《幽通赋》赞颂其父亲班彪廉洁无瑕，为后世典范。

【译文】

年轻时就寄情尘世之外，只在弹琴读书中消磨时间。穿粗布衣服也怡然自得，生活穷困也很安逸。时机来临出任镇军参军，通衢大道毕竟不能久停车马，这休息就只能是小憩而已。弃置手杖命人准备行装，与园田的分别也只是暂时的。驾着孤舟在水上渐行渐远，思归之心绵绵不绝。我的这次行程怎么能说不远，登高跋涉有千里之遥。他乡的山水已经看倦了，一心想着归隐家乡。望着云端高飞的鸟心生惭愧，看着水中的游鱼也很惭愧。返璞归真的隐居思想在心里暗藏，怎么能忍受这种身体的拘束呢？暂时任随时势造化变迁，总有一天要返回田园茅庐的。

辛丑岁七月赴假还江陵夜行涂口　陶渊明（陶潜）

【题解】

此诗写作者所见所感，表达了对仕宦生涯的厌倦和对返归自然的向往之情。

闲居三十载〔1〕，遂与尘事冥〔2〕。诗书敦宿好，林园无世情。如何舍此去，遥遥至西荆〔3〕。叩栧新秋月〔4〕，临流别友生。凉风起将夕，夜景湛虚明。昭昭天宇阔〔5〕，皛皛川上平〔6〕。怀役不遑寐，中宵尚孤征。商歌非吾事〔7〕，依依在耦耕〔8〕。投冠旋旧墟，不为好爵荣。养真衡茅下，庶以善自名。

【注释】

〔1〕三十载：据逯钦立《陶渊明事迹诗文系年》，陶渊明二十九岁初仕，不久辞归，三十五岁为桓玄幕僚，三十当是三二之误，三二为六，其间应赋闲六年。

〔2〕冥：隔绝。

〔3〕西荆：荆州。

〔4〕叩栧（yì）：摇动船桨。

〔5〕昭昭：明亮的样子。

〔6〕皛皛（xiǎo）：洁白的样子。

〔7〕商歌：商调之歌，其声悲凉低沉。

〔8〕耦耕：两人并耕，此指隐逸生活。

【译文】

在家闲居了三十年，与身外俗世完全隔绝。诗书是我平素里的爱好，田园没有应酬等俗情。为何舍弃田园，千里迢迢去西荆呢？新秋月下荡起船桨扣响船舷，水边告别了亲朋好友。傍晚凉风吹起，夜里的景象澄澈空明。明净的天宇高远辽阔，皎洁的江面水波平静。惦记公务不能安心睡眠，夜已将半还得孤独而行。商歌求官不是我所愿的，内心留恋躬耕于田园。挂冠而去返回故里，高官厚禄也不为之动心。衡门茅屋中修真养性，隐居田园希望能够保存一份淳朴本真。

永初三年七月十六日之郡初发都　谢灵运

【题解】

此诗写作者途中的所见所感，表达了对旧友的惜别之情和仕途失意的怅惘，以及恣情山水、隐居山林的愿望。

述职期阑暑[1]，理棹变金素[2]。秋岸澄夕阴，火旻团朝露[3]。辛苦谁为情，游子值颓暮[4]。爱似庄念昔，久敬曾存故。如何怀土心，持此谢远度[5]。李牧愧长袖[6]，郤克惭躧步[7]。良时不见遗，丑状不成恶。曰余亦支离，依方早有慕。生幸休明世[8]，亲蒙英达顾。空班赵氏璧，徒乖魏王瓠[9]。从来渐二纪[10]，始得傍归路。将穷山海迹，永绝赏心悟。

【注释】

〔1〕述职：古代诸侯五年一次向天子汇报施政情况。

〔2〕金素：秋天，秋于五行属金，色尚白。

〔3〕火旻（mín）：秋天。

〔4〕颓暮：衰老之年。

〔5〕谢：惭愧。

〔6〕“李牧”句：战国时赵将李牧惭愧自己臂短。《战国策·秦策》：武安君曰：“繓病钩，身大臂短，不能及地。起居不敬，恐惧死罪于前，故使工人为木材以接手。上若不信，繓请以出示。”

〔7〕“郤克”句：春秋时晋国郤克因跛脚而为人笑。《左传·宣公》：“十七年春，晋侯使郤克征会于齐。齐顷公帷妇人，使观之。郤子登，妇人笑于房。”躧步，指趿着鞋走。

〔8〕休明：美善光明。

〔9〕魏王瓠：大而无用的葫芦。

〔10〕二纪：十二年为一纪，二纪即二十四年。

【译文】

向君王述完职酷暑刚结束，驾船上路已是金秋。初秋的江岸晚景澄明，秋天的朝露圆转闪动。忧伤眷恋之情是为了谁，游子也到了衰老的年纪。正如庄子、曾子两位先贤所说的，越是老朋友分别后越感到可敬可爱。怀念故土依恋老友之心如此殷切，而对比庄子、曾子那样旷达的风度却感到惭愧了。李牧曾感叹身长臂短，郤克也遗憾行走不便。李牧、郤克虽然肢体不健全而身处政治清明的时代不被遗弃，形体丑陋而不为社会厌恶。我也像支离身体孱弱不健全，早就向往他那样身在方内，心游方外了。幸好生于清明的时代，受到英明贤达的眷顾。虽然受到庐陵王的器重，可是我却像魏王瓠一样体大无用、名不符实。出仕已经二十四年了，到今天方能回到故乡家园。此后将阅尽人间名山大川，可能会断绝与良朋好友的交往。

过始宁墅　谢灵运

【题解】

此诗写作者回始宁墅游览的情景，表达了倦于仕宦的情绪和归隐之愿。

束发怀耿介[1]，逐物遂推迁。违志似如昨，二纪及兹年。淄磷谢清旷[2]，疲薾惭贞坚[3]。拙疾相倚薄，还得静者便。剖竹守沧海[4]，枉帆过旧山。山行穷登顿，水涉尽洄沿。岩峭岭稠叠，洲萦渚连绵。白云抱幽石，绿筱媚清涟。葺宇临回江，筑观基曾巅。挥手告乡曲，三载期归旋。且为树枌檟[5]，无令孤愿言！

【注释】

〔1〕束发：古代男孩成童时束发为髻，指少年。

〔2〕淄磷：此喻意志不坚贞。淄：通“缁”，黑色。磷，薄。

〔3〕疲薾（ní）：非常困倦的样子。

〔4〕剖竹：古代以竹为符信，剖而为二，命官时分一半与之，一半留中央。此为委任官职的意思。

〔5〕枌檟（fén jiǎ）：白榆树和楸树，可做棺木。

【译文】

年少时就抱有守正不阿的节操，但追逐世俗名利改变了我本来的面貌。违背志向的变迁仿佛就在昨日，一晃就过去了二十多年到了现在的年纪。世俗的历练使我不敢面对少年的清高疏放，疲惫的身心使我羞于提起正直坚定的从前。宦海笨拙的失落紧接着又加上疾病的缠身，终于使我有机会能够返回出生的故乡家园。奉皇命到大海边做官，迂回曲折到了旧时的庄园。翻过了一座又一座的山崖，穿过迂回曲折奔腾不息的河流。山高险峻数不清的山峰重叠，江河迂曲望不尽的岛屿延绵林立。洁白的云絮拥抱着突兀幽晦的悬岩峭峰，清澈的涟漪倒映着优雅的细竹。楼宇修筑在回旋的江水边，台榭背靠在高高的山巅。挥手告别亲友乡邻们，任期满三年就会回家园。为我栽上一些白榆和楸树，不要把我归根终老的心愿辜负。

富春渚　谢灵运

【题解】

此诗写作者行旅富春渚山的所见，抒发了面对人世艰危和仕宦困顿的超然物外的玄理思想。

宵济渔浦潭[1]，旦及富春郭。定山缅云雾，赤亭无淹薄[2]。遡流触惊急，临圻阻参错[3]。亮乏伯昏分，险过吕梁壑。洊至宜便习[4]，兼山贵止托。平生协幽期，沦踬困微弱[5]。久露干禄请[6]，始果远游诺。宿心渐申写，万事俱零落。怀抱既昭旷[7]，外物徒龙蠖[8]。

【注释】

〔1〕宵济：夜渡。

〔2〕淹薄：停泊。

〔3〕临圻（qí）：靠近崖岸。

〔4〕洊（jiàn）至：相继而至。

〔5〕沦踬（zhì）：沦落挫折。

〔6〕干禄：求禄做官。

〔7〕昭旷：光明旷达。

〔8〕龙蠖：像龙和蠖那样屈伸。

【译文】

夜中渡过渔浦潭，天明到达富阳城郭。望了望定山缥缈的云雾，名胜赤亭也没有泊舟稍停。逆流而上，惊湍急流撞击着小舟，崖岸曲折，参差凹凸阻遏行程。尽管我没有伯昏无人的气概，竟然如吕梁丈夫般闯过险泷。水相继而至是它习惯了山坎，两山相重正好能够托身安命。平生之志本来在于幽栖养生，只因意志薄弱陷于困顿之境。追求入仕干禄已很长时间了，如今总算实现了远游的许诺。我往日的心愿渐渐得到舒展，世间万事全都零落消解。心胸顿时豁然开朗清明旷达，随物推移从此如同龙蛇尺蠖。

七里濑　谢灵运

【题解】

此诗写作者旅程中所见景物和感慨，表达了作者向往隐居的心志。

羁心积秋晨〔1〕，晨积展游眺。孤客伤逝湍〔2〕，徒旅苦奔峭。石浅水潺湲〔3〕，日落山照曜。荒林纷沃若，哀禽相叫啸。遭物悼迁斥，存期得要妙〔4〕。既秉上皇心〔5〕，岂屑末代诮〔6〕。目睹严子濑〔7〕，想属任公钓〔8〕，谁谓古今殊，异世可同调！

【注释】

〔1〕羁心：羁旅的心情。

〔2〕逝湍：逝去的急流。

〔3〕潺湲：水流的样子。

〔4〕存期：期望。

〔5〕上皇：上古的皇帝，此指古圣先贤。

〔6〕岂屑：岂顾。

〔7〕严子濑：即严陵濑。严光，字子陵，曾与汉光武帝刘秀同学，但坚决不肯出仕，隐居富春江上，后人名其垂钓处为严陵濑。

〔8〕任公：任国公子。任国的一位公子做了一个大钓钩和大绳子，用五十头牛当作钓饵，到东海去钓鱼，钓了一年钓得一条极大的鱼，从制河以北到苍梧以东的人都可以吃得很饱。

【译文】

在秋晨我的羁旅之思更浓重了，怀着这种情思来尽情地游赏眺望。看到急流的江水和崩落的江岸更感伤自己长期在外飘荡。只见急流飞逝，日落西山余辉照耀。荒林里树木枝繁叶茂，密林里哀禽凄凄哀号。贬谪的游子怎能不睹物伤悼，幸运的是我已悟出了长存的微妙要道。既然抱定上古三皇的淳朴之心听任自然，怎会顾忌后代人的讥诮。目睹严子濑的淙淙急流，联想任国公子的东海垂钓。谁说古今之人一定不同，只要怀着一颗高远的心，即使时代不同也可以共谐异曲同工之调。

登江中孤屿　谢灵运

【题解】

此诗写所见江中孤屿的景色，作者表达了对神仙的羡慕和长生的追求。

江南倦历览，江北旷周旋〔1〕。怀杂道转迥，寻异景不延。乱流趋正绝，孤屿媚中川。云日相辉映，空水共澄鲜。表灵物莫赏，蕴真谁为传〔2〕？想象昆山姿〔3〕，缅邈区中缘〔4〕。始信安期术〔5〕，得尽养生年。

【注释】

〔1〕旷：间隔长久。

〔2〕蕴真：藏着仙人。

〔3〕昆山姿：指神仙的姿容。昆山，即昆仑山，是传说中西王母的住处。

〔4〕缅邈：悠远。　区中缘：世间的尘缘。

〔5〕安期术：安期生的长生之术。安期，即安期生，古代传说中的神仙，传说他因得长生不老之术而活过了一千岁。

【译文】

江南美景已经看得厌倦了，江北的风光很久没有观看。寻求新景才知道路遥远，探访奇观觉得时光太短暂。水流交错突然中断，秀美的孤岛正好矗立在大河的中间。白云和红日交相辉映，云日和江水相接澄碧鲜妍。呈现的灵异风光却无人欣赏，隐藏的仙人又有谁来传说？遥想昆仑山仙人的英姿，仿佛觉得也远离世间尘缘翩然欲仙。这才相信安期养生之术，得以修身养性享尽天年。

初去郡　谢灵运

【题解】

此诗写作者辞官退隐，得以回归田园的轻松和喜悦之情。

彭薛裁知耻〔1〕，贡公未遗荣〔2〕。或可优贪竞，岂足称达生〔3〕？伊余秉微尚，拙讷谢浮名。庐园当栖岩，卑位代躬耕。顾己虽自许，心迹犹未并。无庸妨周任〔4〕，有疾像长卿〔5〕。毕娶类尚子〔6〕，薄游似邴生〔7〕。恭承古人意，促装反柴荆。牵丝及元兴〔8〕，解龟在景平〔9〕。负心二十载，于今废将迎。理棹遄还期，遵渚骛修坰。溯溪终水涉，登岭始山行。野旷沙岸净，天高秋月明。憩石挹飞泉，攀林搴落英〔10〕。战胜臞者肥〔11〕，止监流归停。即是羲唐化，获我击壤声〔12〕！

【注释】

〔1〕彭：彭宣，官至大司空，王莽时上书求归乡里。　薛：薛广德，官至御史大夫，直言谏诤，后辞官归里，不再出仕。

〔2〕贡公：贡禹，为光禄大夫，后辞官不许，又为御史大夫，与王阳友善，见其被用而喜。

〔3〕达生：通达的人生，不受俗物拖累，忘掉名利。

〔4〕周任：周时大夫，正直无私。《左传·昭公五年》："周任有言曰：'为政者，不赏私劳，不罚私怨。'"

〔5〕长卿：西汉司马相如，字长卿，有消渴病。

〔6〕尚子：东汉向长，隐居不仕。《后汉书·逸民传》："男女娶嫁既毕，敕断家事勿相关。"

〔7〕邴生：指汉代邴曼容。《汉书》曰："邴曼容养志自修，为官不肯过六百石，辄自免去。"

〔8〕牵丝：指初仕。

〔9〕解龟：即去官。龟，龟纽。古代官印印鼻刻有龟形，下有穿丝条的孔眼。

〔10〕搴（qiān）：摘取。

〔11〕臞（qú）：瘦。

〔12〕击壤：上古时的一种游戏。相传尧时百姓无事，有老者击壤而歌。

【译文】

彭宣、薛广德告老才算知耻，贡公祝贺好友进用还是爱好虚荣。或可说他们胜于贪求名利之人，哪能称他们已经达到通达的人生呢。我秉承着出尘隐逸的志向，才疏口讷鄙弃虚名。把田园当作巢穴居处，低俸禄的职位可代替亲自去耕田。虽说自许久想退隐，心愿和形迹还没有统一。仿效周任无功不求升官，闲居体弱多病又像司马长卿。儿女婚嫁已毕不再操心有如尚子，止于做小官可比邴生。恭谨地秉承古人的心意，赶快准备行装尽快返回柴门。回想初仕正是元兴年，现在辞官已经到了景平年了。违背我隐居的心愿二十年了，从今天才清静不为俗事所累。准备舟船确定返乡的日期，沿岸船行飞快，两岸的原野退向后方。溯流而上由江入溪水路到了尽头，登上山岭跨步在山路上行走。空旷的原野沙岸一片寂静，天空高远秋月分外明亮。憩息在石头上尽情汲饮流泉，攀附林木随意摘取落花。战胜名利来归隐使我瘦弱的身体变胖，对着静止的水照着面容心境归于宁静。这就是伏羲尧帝时的淳朴风化，我能如击壤老人那样不受干扰，安逸度日。

初发石首城　谢灵运

【题解】

此诗写作者的离情别绪和前路未卜的伤感，表达了对朝廷的忠诚和不甘受诬的倔强心志。

白珪尚可磨[1]，斯言易为缁。虽抱中孚爻[2]，犹劳贝锦诗[3]。寸心若不亮，微命察如丝。日月垂光景，成贷遂兼兹[4]。出宿薄京畿[5]，晨装抟鲁飔[6]。重经平生别，再与朋知辞。故山日已远，风波岂还时。苕苕万里帆，茫茫终何之？游当罗浮行，息必庐霍期。越海凌三山[7]，游湘历九嶷。钦圣若旦暮，怀贤亦凄其。皎皎明发心，不为岁寒欺[8]。

【注释】

〔1〕白珪：白色的瑞玉，表示符信。

〔2〕中孚：《易经》中卦名，六十四卦之一。　爻：《易经》中六爻的爻辞。

〔3〕贝锦诗：指《诗经·小雅》中的《巷伯》诗，意谓进谗言者罗织罪名用以陷害好人，犹如女工用五色丝编织织锦上的花纹一样。贝锦，指像贝的文采一样美丽的织锦。

〔4〕成贷：这里借指善于施恩，保全生命。

〔5〕京畿：京城附近的地区。

〔6〕抟鲁飔：谓凭借风力挂帆而去。抟，凭借。

〔7〕三山：指蓬莱、方丈、瀛洲，为古代传说中的三座神山。

〔8〕岁寒：一年里的寒冬。

【译文】

白玉的污点还可以磨干净，而遭人诬陷诋毁就难以申辩了。即使是忠信端正的人，也仍然会因谗言而苦。如果不是君王明白我的一片忠心的话，那我的命就会如同细小的丝线一样被轻易断送了。君主的恩德像日月一样普照万物，保全我的性命并赐我出任临川内史。昨晚在雾中到京郊，今天清晨借着疾风整装远行。一生中又一次经历分别，再次与朋友知己辞别。故乡的山水离我越来越远，一路风急浪险什么时候才能平安回归呢？千里迢迢舟行万里，广大无边我到底应该去哪里呢？要想出游会去罗浮山，休息的话就去庐山或者霍山停留。登上传说中的三座神山，畅游湘江游历九嶷山。与圣主心灵相通就好像朝暮相处，想念贤者也感到凄凉悲哀。洁白明亮、光明磊落的心灵，决不向谗言恶运低头屈服。

道路忆山中　谢灵运

【题解】

此诗写作者途中所见，抒发了作者的思归之意和对山居生活的眷恋之情。

《采菱》调易急，江南歌不缓。楚人心昔绝，越客肠今断。断绝虽殊念，俱为归虑款[1]。存乡尔思积，忆山我愤懑。追寻栖息时，偃卧任纵诞[2]。得性非外求，自已为谁纂[3]？不怨秋夕长，常苦夏日短。濯流激浮湍[4]，息阴倚密竿。怀故叵新欢[5]，含悲忘春暖。凄凄《明月吹》，恻恻《广陵散》[6]。殷勤诉危柱[7]，慷慨命促管[8]！

【注释】

〔1〕款：扣，此为触动之意。

〔2〕偃卧：仰面而卧。

〔3〕纂：继承。

〔4〕濯：洗。　浮湍：激荡的水流。

〔5〕叵（pǒ）：不可。

〔6〕《广陵散》：古琴曲，三国魏嵇康被杀时弹奏的曲子。

〔7〕危柱：此指琴。

〔8〕促管：此指笛子。

【译文】

古代楚地流行民歌《采菱》曲调急促，越地流行的民歌《江南可采莲》曲调缓慢。楚大夫屈原曾伤心欲绝，越地游子也肝肠寸断。断绝伤心的原因和思想不相同，但都是被思归的忧愁所触扰。怀念家乡你忧思深厚，思念东山我愤懑烦躁。追忆隐居的时候，仰头就睡任诞而放浪形骸。得性分之自然的举止乃是人的生性所然，适应本性，得到满足，何求于他人？不埋怨秋夜太长，常常为夏日短暂而苦恼。在水中洗涤因阻挡急流而激起浪花，在林荫下休息斜靠竹竿纳凉。因思念故乡感受不到沿途风景所带来的喜悦，怀念故友忧愁悲伤而忘记了当前温暖的春光。吹起凄凄含情的《明月吹》，弹奏起忧思绵绵的《广陵散》。要把自己的殷勤之心诉诸琴曲，慷慨之情诉诸笛声。

入彭蠡湖口　谢灵运

【题解】

此诗写作者由长江入彭蠡湖口所见的景色和行旅的感受，表达了对历史变迁的思考和哲理思索，抒发了倦于行旅的忧思和政治失意的愁苦。

客游倦水宿，风潮难具论。洲岛骤回合，圻岸屡崩奔[1]。乘月听哀狖，浥露馥芳荪[2]。春晚绿野秀，岩高白云屯。千念集日夜，万感盈朝昏。攀崖照石镜，牵叶入松门。三江事多往[3]，九派理空存[4]。露物悉珍怪，异人秘精魂。金膏灭明光[5]，水碧缀流温[6]。徒作千里曲[7]，弦绝念弥敦。

【注释】

〔1〕圻（qí）岸：曲折的江岸。

〔2〕浥（yì）露：为朝露所沾湿。

〔3〕三江：由彭蠡湖分出的三条江，东入东海。

〔4〕九派：浔阳的别称，即今江西九江。

〔5〕金膏：仙药。

〔6〕水碧：水玉。《山海经·东山经》："又南三百里曰耿山，无草木，多水碧。"

〔7〕千里曲：即《千里别鹤》曲。嵇康《琴赋》李善注引蔡邕《琴操》：商陵牧子娶妻五年没有孩子，父兄想为他改娶，牧子弹琴感叹别鹤以抒发愤懑。故名《别鹤操》，鹤一举千里，故名《千里别鹤》。

【译文】

我对日复一日的水行客宿已经厌倦，因为风潮变幻不定凶险难测。彭蠡水波涛奔流遇到洲岛立刻分为两股，冲撞到岸崖之上激起重重雪浪奔流而下。乘月夜游聆听哀怨的猿啼，沾露而行赏玩芬芳的香草。近处晚春秀野碧绿无际，远处苍岩高峙白云如聚。我日夜思绪萦绕，早晚无法排遣万千愁情。攀登悬崖登上了石镜山，穿过丛林枝叶进入了松门顶。三江九派已成难以追寻的故事，这千变万化的自然之理更难以考究。如今灵物异人已藏秘其精魂，不愿意对外人显现踪迹。金膏仙药早已灭其明光，水玉也收起了它的温润。莫名我奏起了《千里》曲，一曲终了我的无尽愁思愈发深厚。

入华子岗是麻源第三谷　谢灵运

【题解】

此诗写作者所见的华子岗优美自然景色，表达了作者寄情山水而超然物外之志。

南州实炎德〔1〕，桂树凌寒山。铜陵映碧涧，石磴泻红泉〔2〕。既枉隐沦客，亦栖肥遁贤〔3〕。险径无测度，天路非术阡。遂登群峰首，邈若升云烟。羽人绝仿佛，丹丘徒空筌〔4〕。图牒复摩灭〔5〕，碑版谁闻传〔6〕？莫辩百世后，安知千载前。且申独往意，乘月弄潺湲。恒充俄顷用，岂为古今然！

【注释】

〔1〕炎德：阴阳家旧说，南在五行中属火，故称炎德。此指阳光温暖。

〔2〕石磴：山间的石阶。

〔3〕肥遁：飞遁，出世隐居。此指隐士。

〔4〕丹丘：仙人所居之山。

〔5〕图牒：图书谱牒。

〔6〕碑版：石碑上所刻的文字。

【译文】

南方地区确实温暖如春，桂花树枝繁叶茂长满了寒山。铜山的丹岩石映照着碧蓝涧水，石阶倾泻着红色的飞泉。既有隐士枉驾前往，也有栖息退隐的先贤来此地。险要的断崖难以测度，天路难行并非人间的道路。于是登上群峰的最高处，恍然置身于云端之上。飞仙已去不见了踪影，神仙所居之山也空无踪迹。图籍表册全都已湮没无可查考，碑碣的文字谁来传述呢？百代之后无法辨识今日之事，千年以前的事情又怎么能知晓呢？暂且表达超然独往的心意，趁着月色玩赏那潺潺的泉水。游赏山水可备片刻享受，岂为怀古伤今而来！

（本卷译注：于堃　张洁）

文选卷第二十七

诗戊

行旅下

北使洛　*颜延年（颜延之）*

【题解】

义熙十二年（412），刘裕北伐，颜延之奉使慰问，诗作写其北使洛阳途中所见连年战争造成的衰败之景和哀伤心情。

改服饬徒旅，首路局险难[1]。振楫发吴州，秣马陵楚山[2]。途出梁宋郊，道由周郑间。前登阳城路，日夕望三川。在昔辍期运，经始阔圣贤。伊谷绝津济，台馆无尺椽。宫陛多巢穴，城阙生云烟。王猷升八表，嗟行方暮年。阴风振凉野，飞雪瞀穷天。临途未及引[3]，置酒惨无言。隐悯徒御悲[4]，威迟良马烦[5]。游役去芳时，归来屡徂愆。蓬心既已矣，飞薄殊亦然。

【注释】

〔1〕局：曲，畏惧之意。

〔2〕秣马：以粟喂马。

〔3〕引：发。

〔4〕隐悯：忧叹貌。
〔5〕威迟：马行貌。

【译文】

换成平常服装旅行，开始的路艰险难行。自吴州乘船出发，喂马后翻越楚山。路经梁宋之郊，借道周郑之间。踏上前往阳城的路，傍晚太阳偏西就可以看到洛阳的三川大地了。在昔晋乱时，期运辍息，自此缺少圣贤的治理。伊谷两条河上没有了渡口，楼台馆阁都被损毁了。宫室废弃都成了鸟兽巢穴，城阙荒芜得都生出了云烟。王者之德被于八荒之外，但是我却冒着严寒行于岁暮。阴风吹过寒凉的原野，飞雪弥漫了冬季的日子。将要登程未及出发，摆设饯别酒宴却内心惨淡无言以对。内心同情忧叹远驾的痛苦，良马久行也会疲倦烦躁。外出的时候是鲜花开放的春天，归来却因冰雪屡屡改期。内心虽如飘蓬无依，事既已矣，岁寒之时尚为行役所牵不能顺利归家。

还至梁城作　颜延年（颜延之）

【题解】

本篇写作者自洛阳南归途中经梁城所见的荒芜景象和内心感触。

眇默轨路长〔1〕，憔悴征戍勤。昔迈先徂师，今来后归军。振策眷东路〔2〕，倾侧不及群。息徒顾将夕，极望梁陈分。故国多乔木，空城凝寒云。丘垄填郛郭，铭志灭无文。木石扃幽闼〔3〕，黍苗延高坟。惟彼雍门子，吁嗟孟尝君。愚贱同堙灭，尊贵谁独闻。曷为久游客，忧念坐自殷〔4〕。

【注释】

〔1〕眇（miǎo）默：远貌。

〔2〕眷：顾。

〔3〕扃（jiōng）：上闩，关门。 闼（tà）：小门。

〔4〕殷：深。

【译文】

漫漫长路上留下了长长车迹，长年征戍让人颜色憔悴。先前出发的军队，现在在后面归来。虽扬鞭欲迅速向东进发，但是道路险阻赶不上众军。眼看天色将晚大伙歇息，极目望去可以看到梁陈两国的分界。故国长满了高大的乔木，空城上布满了寒冷凝重的云层。城已损毁变成了坟场，墓志铭磨灭了文字。木石凌乱塞满门户，坟墓上长满禾苗。想当初雍门周见孟尝君时，感叹千秋万岁后孟尝君也将逝去。他的坟墓将跟愚贱之辈一样湮灭在丛生的荆棘中，尊贵地位和声望不再有人记起。为何长久漂泊的行役之人内心的忧伤，在独坐时更显得殷殷深切？

始安郡还都与张湘州登巴陵城楼作 颜延年（颜延之）

【题解】

写作者自始安郡还都途中登巴陵城楼所看到的景象和他的感触。始安郡，治所在今桂林；张湘州，谓湘州刺史张劭。

江汉分楚望，衡巫奠南服。三湘沦洞庭，七泽蔼荆牧。经途延旧轨，登闉访川陆〔1〕。水国周地险〔2〕，河山信重复。却倚云梦林，前瞻京台囿。清氛霁岳阳，曾晖薄澜澳〔3〕。凄矣自远风，伤哉千里目。万古陈往还，百代劳起伏。存没竟何人，炯介在明淑[4]。请从上世人，归来艺桑竹。

【注释】

〔1〕闉（yīn）：城曲重门。

〔2〕崄：通“险”。

〔3〕澳：水曲。

〔4〕炯：明。　介：独。　淑：善。

【译文】

江、汉两河分开了楚地，衡、巫二山稳稳矗立在南疆。三湘之水汇入洞庭，楚之七泽都为荆楚所控。所经之途随着旧的车辙向前延伸，登上城楼可以看清川陆殊途。水乡泽国是可依靠的地险，国家必定会再次兴盛起来。倚靠着云梦之泽的树林，向前瞻望京台的宫室园林。岳阳城雨停之后一片清芬，太阳的光辉闪耀在粼粼的水波上。凄清的凉风从远处吹来，目极千里而内心充满了忧伤。万古陈迹已经成为过去，一个个朝代起伏更迭。世间存没竟是何人，仅有良善之士光耀彪炳其间。且仿效上世高尚之人，来此种植桑竹，安居乐业吧。

还都道中作　鲍明远（鲍照）

【题解】

写诗人还都途中星夜兼程的苦辛，并抒发去家离乡的愁怀。

昨夜宿南陵，今旦入芦洲。客行惜日月，崩波不可留[1]。侵星赴早路[2]，毕景逐前俦[3]。鳞鳞夕云起，猎猎晓风遒。腾沙郁黄雾，翻浪扬白鸥。登舻眺淮甸，掩泣望荆流。绝目尽平原，时见远烟浮。倏悲坐还合，俄思甚兼秋。未尝违户庭，安能千里游。谁令乏古节，贻此越乡忧[4]。

【注释】

〔1〕崩波：奔波。

〔2〕侵星：天色渐亮时。

〔3〕毕景：落日。　俦：侣，伙伴。

〔4〕越乡：离家之意。

【译文】

昨夜住在南陵，今晨进入芦洲。客行之时即欲速还家，波浪奔涌不可少留。天色渐明急忙上路，太阳下山之时追赶前行的伙伴。傍晚鳞鳞的晚云涌起，早晨猎猎的晨风遒劲。飞沙郁然如黄雾一样，波浪中白色的鸥鸟上下翻飞。登船远眺淮河两岸，掩泪面对楚水奔流。极目望尽平原，时时见到远处炊烟升起。忽然悲伤涌上心头，俄而思念甚于三秋未见。从来未曾步出户庭，怎么能离家千里客居他乡呢。谁让我缺乏古人高尚之节操，以此寄托我离家的忧伤。

之宣城出新林浦向版桥　谢玄晖（谢朓）

【题解】

诗人离京赴任宣城太守，写自己远离京城的喧嚣和隐居的喜悦。

江路西南永，归流东北骛。天际识归舟，云中辨江树。旅思倦摇摇[1]，孤游昔已屡。既欢怀禄情，复协沧州趣[2]。嚣尘自兹隔，赏心于此遇。虽无玄豹姿，终隐南山雾[3]。

【注释】

〔1〕摇摇：不定貌。

〔2〕沧州：隐者所居处。

〔3〕南山雾：比喻隐居之处。古传玄豹隐于南山雾中，可以幽栖远害。

【译文】

江水从西南远远而来，向东北奔流而去。在水与天际相连处识得归舟，可辨清水中倒映的云彩和树影。旅途因倦怠而心情摇摆不定，昔日已经多次独自宦游了。内心既为获得仕禄而高兴，又为身处沧州的快乐而感到欢洽。自此与喧嚣的尘世隔绝，赏心有此一遇。虽不能有玄豹之美，但也得隐于南山之雾中以养其性。

敬亭山诗　谢玄晖（谢朓）

【题解】

写诗人宣城太守任上，登敬亭山探隐访幽的情趣。

兹山亘百里，合沓与云齐。隐沦既已托，灵异俱然栖。上干蔽白日，下属带回溪。交藤荒且蔓，樛枝耸复低。独鹤方朝唳，饥鼯此夜啼。渫云已漫漫[1]，多雨亦凄凄。我行虽纡组[2]，兼得寻幽蹊[3]。缘源殊未极，归径窅如迷[4]。要欲追奇趣，即此陵丹梯[5]。皇恩竟已矣，兹理庶无睽[6]。

【注释】

〔1〕渫（xiè）：舒。

〔2〕组：绶。

〔3〕幽蹊：山径。

〔4〕窅（yǎo）：深。

〔5〕丹梯：谓山高峰入云霞处。

〔6〕睽：违背，不合。

【译文】

此山亘延百里，高耸入云与天齐。隐逸既可托于此，仙灵们都在此栖居。山峰上可蔽白日，山下溪流迂曲回环。交互纠缠的藤蔓蓬勃生长且四处蔓延，樛木长得高低错落。孤单的鹤儿清晨唳鸣，饥饿的鼯鼠当夜啼叫。舒卷的云层布满天际，雨水连绵凄凄而落。我此行虽需戴郡守之组绶，却兼寻幽隐之迹。溯源而行却没有终点，归来的路途却深似迷宫。心里想要发现仙踪奇缘，还需要登上入云的高峰。天子皇恩于我竟已终了，则此登山之理并无乖谬。

休沐重还道中　谢玄晖（谢朓）

【题解】

诗人休假重还宣城道中，既写对丹阳的依恋和思乡怀归的心情，但又不舍去官弃职。

薄游第从告〔1〕，思闲愿罢归。还邛歌赋似〔2〕，休汝车骑非〔3〕。霸池不可别，伊川难重违。汀葭稍靡靡〔4〕，江菼复依依〔5〕。田鹤远相叫，沙鸨忽争飞。云端楚山见，林表吴岫微。试与征徒望，乡泪尽沾衣。赖此盈樽酌，含景望芳菲。问我劳何事，沾沐仰清徽。志狭轻轩冕，恩甚恋重闱[6]。岁华春有酒，初服偃郊扉[7]。

【注释】

〔1〕薄游：薄官。　第：且。　从告：告假休息。

〔2〕还邛：司马相如家贫，素与临邛令相友善，往舍临邛都亭。是时卓文君新寡，好音，相如以琴心挑之。

〔3〕车骑：许邵做官郡功曹时，同郡的袁绍做濮阳令，车马随从很多，到郡界上，袁绍说我的车队怎能让许子见到，于是单车匹马归家。

〔4〕汀：水际平处。　葭：芦苇。

〔5〕菼：荻，形似芦苇，开紫花，茎可编席箔。

〔6〕重闱：天子重门。

〔7〕偃：息。

【译文】

官俸菲薄且休假歇息，想要安静而愿意辞官归家。好似司马相如归临邛后吟诗作赋依然如旧，只是车骑不如袁绍之盛。然而西京灞池之地难以轻别，东京之地伊川也难言弃。水边的芦苇被风吹得一片低伏，江边的荻草随风摇曳。田鹤之声远远相闻，沙鸨忽然被惊飞。高耸入云楚山依稀可见，林外吴山微微起伏。且与同行伙伴一起远眺，望乡之泪下打湿衣襟。凭借这满杯的美酒，酒里倒映着春景而抬头可望见芳菲烂漫。问我为何事所劳，是沾沐王恩仰慕清辉，然而我志向偏狭不重轩车冕服，蒙主上深恩而眷恋宫阙重门。此心终愿岁初春酒熟时，穿上初服郊居休养。

晚登三山还望京邑　谢玄晖（谢朓）

【题解】

写诗人出任宣城太守，在春天傍晚登山眺望，触发了自己的思乡之情。“余霞”二句为名句，受到李白赞赏。

灞涘望长安[1]，河阳视京县[2]。白日丽飞甍，参差皆可见。馀霞散成绮，澄江静如练。喧鸟覆春洲，杂英满芳甸。去矣方滞淫[3]，怀哉罢欢宴。佳期怅何许，泪下如流霰。有情知望乡，谁能缜不变[4]。

【注释】

〔1〕灞涘（sì）：汉末王粲有“南登灞陵岸，回首望长安”的诗句。

〔2〕京县：洛阳。晋代潘岳在河阳做官时有“引领望京室，南路在伐柯”的诗句。

〔3〕滞淫：久留。

〔4〕缜（zhěn）：黑。

【译文】

像王粲登上灞陵岸回首望长安，像潘岳在河阳引颈望洛阳。白天的飞檐很漂亮，参差错落皆可一一看清。落日的晚霞散布在天边如美丽丝绸，静静的江面像一条白色带子。河洲上到处是喧闹的鸟声，江边开满了各种颜色的花儿。远离了才感到眷恋，心里惦念着已经结束的欢宴。怅恨佳期不再，感此只有泪珠儿挥洒如雨。有情之人总要回望故乡，试问谁能黑发永远不变颜色呢？

京路夜发　谢玄晖（谢朓）

【题解】

写夜赴丹阳途中对故乡的留恋和思归无奈的苦闷。

扰扰整夜装[1]，肃肃戒徂两[2]。晓星正寥落[3]，晨光复泱漭[4]。犹沾馀露团[5]，稍见朝霞上。故乡邈已夐[6]，山川修且广。文奏方盈前，怀人去心赏。敕躬每局蹐[7]，瞻恩唯震荡[8]。行矣倦路长，无由税归鞅[9]。

【注释】

〔1〕扰扰：急迫。

〔2〕肃肃：严敬。　戒：准备。　两：车。

〔3〕寥落：星稀之貌。

〔4〕泱漭（mǎng）：不明之貌。

〔5〕团：露垂貌。

〔6〕敻（xiòng）：远。

〔7〕局蹐：危惧貌。

〔8〕瞻恩：瞻望天子之恩。

〔9〕税：脱。　鞅：驾。

【译文】

急迫忙乱地连夜整理装束，严严整整准备登上出发的车辆。天空中晨星舒朗稀落，微弱的晨光变得模糊。依然被滴落的露珠沾湿，也看到朝霞微微升起。故乡逐渐变得遥远，所见山川延绵而宽广。官簿文书摆满了面前，因怀念友人而并无心思细看。敕戒每逢危惧要躬身，感念天子之恩深感不安。行进之时埋怨前路漫长，没有机会休息车驾。

望荆山　江文通（江淹）

【题解】

刘宋时作者赴荆州建平王刘景素任上，诗作写途中的所见和感受，多有忧生念乱的政治抒怀。

奉义至江汉，始知楚塞长。南关绕桐柏[1]，西岳出鲁阳[2]。寒郊无留影，秋日悬清光。悲风桡重林，云霞肃川涨。岁晏君如何，零泪沾衣裳。玉柱空掩露，金樽坐含霜。一闻《苦寒》奏[3]，更使《艳歌》伤[4]。

【注释】

〔1〕桐柏：地名。

〔2〕鲁阳：地名。

〔3〕《苦寒》：乐府曲名。

〔4〕《艳歌》：乐府曲名。

【译文】

追慕您的节义来到江汉这荆楚之境，才知道楚国的边塞很长。从南关可以绕道到达桐柏，自桐柏山的西岳就可以到达鲁阳。寒冷的郊野没有鸟兽的影子，秋日的时光变得很短。听着寒冷的风吹过密密的树林，云霞倒映的寒冷江面上涨了。岁暮时节能怎样，除了泪水滴下沾湿了衣裳。琴柱上凝满了露珠，金樽上结了白霜。一旦听到《苦寒》之曲，觉得《艳歌》也悲伤。

旦发渔浦潭　丘希范（丘迟）

【题解】

写作者出为新安（一说永嘉）郡太守途中之所见，抒发这次出仕只想无为而不期有所作为的情怀。

渔潭雾未开，赤亭风已扬。棹歌发中流，鸣鞞响沓障[1]。村童忽相聚，野老时一望。诡怪石异像，崭绝峰殊状。森森荒树齐，析析寒沙涨[2]。藤垂岛易陟，崖倾屿难傍。信是永幽栖，岂徒暂清旷。坐啸昔有委[3]，卧治今可尚[4]。

【注释】

〔1〕鞞（bēi）：小鼓。

〔2〕析析：拟声词。

〔3〕“坐啸”句：东汉南阳太守成瑨终日闲坐吟啸，不理政事。委，托付。

〔4〕卧治：汉武帝时汲黯卧理淮阳，无为而治。

【译文】

渔潭上的雾气还没散去，赤亭上的风已经吹动。在江心唱着棹歌行船，敲击小鼓的声音在两岸重叠的山中回荡。乡村的孩子忽然聚在一起，野老们也不时观望。两岸的石头幽奇诡怪，险峻的山峰形状奇特。密密麻麻的野树长得整齐，寒冷沙地上水声析析不断上涨。因为有藤垂下而易于攀爬上小岛，因悬崖高耸小洲就难以依傍。相信是长住幽栖之地，难道仅是为了寻求一时的宁静空旷？昔人终日闲坐吟啸，政务委托他人代理，今我赴任，也希望政事无为而治。

早发定山　沈休文（沈约）

【题解】

诗人出任东阳太守，早上从杭州定山出发，诗作叙写途中所见景物及其眷恋山水、寄情芳草心怀。

夙龄爱远壑〔1〕，晚莅见奇山。标峰采虹外，置岭白云间。倾壁忽斜竖，绝顶复孤员。归海流漫漫〔2〕，出浦水浅浅〔3〕。野棠开未落，山樱发欲然。忘归属兰杜，怀禄寄芳荃。眷言采三秀〔4〕，徘徊望九仙〔5〕。

【注释】

〔1〕夙龄：少年时。

〔2〕漫漫：平流貌。

〔3〕浅浅：即溅溅，水流急速貌。

〔4〕三秀：芝草名。

〔5〕九仙：仙法名。《列仙传》曰："涓子者，齐人，好饵术，至三百年乃见于齐，后授伯阳《九仙法》。"

【译文】

少年时候喜欢远方的风景，暮年之际想看到奇异的山峰。彩虹之外高峰矗立，白云之间高岭隐约。倾斜的石壁陡然竖立，高高的山顶孤立高耸。归海的河流浩浩平流，两江相汇水流哗哗作响。此时野棠花还没落尽，山樱欲开放。因为太喜欢兰杜而忘归，虽然做官而去却内心牵挂这些芳草。心中仍怀念着能采芝草而服，流连于修九仙之道。

新安江水至清浅深见底贻京邑游好　沈休文（沈约）

【题解】

以新安江的清明澄澈，对比人世间的喧嚣污浊，叙写对身心洁净的向往。

眷言访舟客，兹川信可珍。洞澈随深浅，皎镜无冬春。千仞写乔树，百丈见游鳞。沧浪有时浊，清济涸无津。岂若乘斯去，俯映石磷磷。纷吾隔嚣滓[1]，宁假濯衣巾。原以潺湲水[2]，沾君缨上尘。

【注释】

〔1〕嚣滓：喧嚣浊秽。

〔2〕潺湲：形容河水慢慢流动的样子。

【译文】

怀念有那么多来此游赏的人。可见这条河川确实宝贵。水流清澈见底四处可见，清明如镜不论冬春。千仞山上长着乔木，百丈水底可以看见游鱼。沧浪之水仍会变得浑浊，清清的济水也会干涸而没了渡口。不如乘船顺流而去，借此可以看看江水中的磷磷白石。我至此已经远隔喧嚣污秽，不需借此流水来洗濯衣巾了。愿用这潺潺的流水，清洗京邑好友缨上的尘土。

军戎

从军诗五首　王仲宣（王粲）

【题解】

诗作赞美曹操出师征伐张鲁和孙权的情形，抒写诗人行役途中的感伤和对曹操的感恩与忠心。

从军有苦乐，但闻所从谁。所从神且武，焉得久劳师。相公征关右〔1〕，赫怒震天威。一举灭獯虏〔2〕，再举服羌夷。西收边地贼，忽若俯拾遗。陈赏越丘山，酒肉逾川坻。军人多饫饶〔3〕，人马皆溢肥。徒行兼乘还，空出有馀资。拓地三千里，往返速若飞。歌舞入邺城，所愿获无违。尽日处大朝，日暮薄言归。外参时明政，内不废家私。禽兽惮为牺〔4〕，良苗实已挥。不能效沮溺〔5〕，相随把锄犁。孰览夫子诗，信知所言非。

【注释】

〔1〕相公：此指曹操。

〔2〕獯（xūn）虏：尧时对匈奴的称呼。

〔3〕饫：厌。　饶：饱。

〔4〕牺：古代祭祀用的纯色牲畜。古人见雄鸡自断其尾，以为是自惮其为牺。

〔5〕沮溺：春秋时长沮和桀溺两位隐士。

【译文】

从军有苦也有乐，就看是跟从谁出征。跟随英明神武的将领，哪会长时间劳师兴众呢。丞相征伐关西，皆因天子之盛怒震动。一战灭掉了匈奴，再战灭掉了羌夷。在西边打败了边地的贼人，迅速得像俯身捡起东西。悬赏之厚重如高山，酒肉超过河流和小山。战士们都吃得饱足，人和马都膘肥体壮。徒步出来乘马回去，空手出来现在却有了富馀军资。开拓疆土三千里，行军打仗往返如飞。载歌载舞返回魏都邺城，此番出征所得与预期一样。整天待在天子朝中，日暮时分急急忙忙回家。对外是时政清明，对内则治家严谨。虽有雄鸡断尾惮为牺牲之想法，也如禾苗深沐阴雨之荫庇。却不能效仿长沮桀溺，相随而荷锄耕种。观览夫子的诗歌，确信所言不假。

凉风厉秋节，司典告详刑。我君顺时发，桓桓东南征〔1〕。泛舟盖长川，陈卒被隰坰。征夫怀亲戚，谁能无恋情？拊襟倚舟樯，眷眷思邺城。哀彼东山人〔2〕，喟然感鹳鸣〔3〕。日月不安处，人谁获常宁？昔人从公旦〔4〕，一徂辄三龄〔5〕。今我神武师，暂往必速平。弃余亲睦恩，输力竭忠贞。惧无一夫用，报我素餐诚。夙夜自恲性〔6〕，思逝若抽萦。将秉先登羽〔7〕，岂敢听金声〔8〕。

【注释】

〔1〕桓桓：威武勇猛的样子。

〔2〕东山：《诗·豳风》篇名。写久戍在外的士兵在归途中和到家后的感想，其中既有胜利返回的喜悦，也有对家园荒芜的感叹。

〔3〕感鹳（guàn）鸣：在家妇人因鹳鸣而感伤。

〔4〕公旦：周公。

〔5〕三龄：三年。

〔6〕拚性：叹息。

〔7〕秉先登羽：背负着羽旗冲锋。

〔8〕金声：退兵的指令。古时战争闻鼓声而进，听金声而退。

【译文】

寒凉之风让人感到秋天的肃杀，主司告秋决详刑之事。我君曹公顺时以征，威武勇猛征讨东南。众多的战船行满河川，布阵的士卒站满河岸。征夫心里惦念着家人，谁会没有留恋之情呢？抚襟靠在船桅杆上，心里依依思念邺城。同情东山征讨之人，喟然感伤鹳鸟的鸣叫。日月不能安处，谁能获得长时间安宁？古人跟从周公旦，一次出征就是三年。而今我神武之师，短时间前往一定能迅速平定东南。抛弃我亲人的温暖，努力竭尽忠贞。害怕自己是一个无用之人，无以洗刷我无能食禄的处境。对此我早晚叹息，回想过去就如理清思绪一样。将秉持身先士卒之心背负羽旗冲锋，而不想听到鸣金后退的命令。

从军征遐路，讨彼东南夷。方舟顺广川，薄暮未安坻〔1〕。白日半西山，桑梓有馀晖。蟋蟀夹岸鸣，孤鸟翩翩飞。征夫心多怀，恻怆令吾悲。下船登高防〔2〕，草露沾我衣。回身赴床寝，此愁当告谁。身服干戈事，岂得念所私。即戎有授命，兹理不可违。

【注释】

〔1〕安坻：谓系舟于岸。

〔2〕防：堤岸。

【译文】

从军遥远的路程，讨伐东南的蛮夷。大船航行在宽广的河面上，傍晚时分还没到达目的地。白日已经西坠在半山腰，故乡桑梓之地也染上了馀晖。蟋蟀在河的两岸鸣叫，孤单失群的鸟儿在翩翩飞翔。征夫心里想着很多事情，凄怆之心令人伤悲。下船登上了高岸，草上的露水沾湿了我的衣裳。转身就到床上睡觉去了，这些事情该告诉谁呢？自己现在身在军中，岂能容得怀有个人的私心。接近戎兵需要打仗，这种道理不可违背。

朝发邺都桥，暮济白马津。逍遥河堤上，左右望我军。连舫逾万艘[1]，带甲千万人。率彼东南路，将定一举勋。筹策运帷幄，一由我圣君。恨我无时谋，譬诸具官臣。鞠躬中坚内[2]，微画无所陈。许历为完士[3]，一言独败秦。我有素餐责，诚愧伐檀人[4]。虽无铅刀用，庶几奋薄身。

【注释】

〔1〕连舫：并连起来的两船。

〔2〕中坚：坚锐、骠悍的军队。

〔3〕许历：战国时人。《史记》载：秦伐韩，赵奢将兵救韩，军士许历进谏：先据北山上者胜，后至者败。奢即使万人趋上北山，秦兵后至，争山不得上，赵奢纵兵击之，大破秦军。此即下文“一言独败秦”。　完士：犹凡士。

〔4〕伐檀：《诗经·魏风·伐檀》，诗中有“彼君子兮，不素餐兮”之语，此言有尸位素餐之羞。

【译文】

早上从邺城出发，傍晚渡过了白马津。走在河堤上自由自在，左右观望我们的大军。连舫要超过万艘，带甲的将士也有千万人。大军浩浩荡荡向东南进发，将会取得一举平定东吴政权的功勋。运筹帷幄之事，由我曹公定夺。自恨无应时之谋，犹无才而具官位之臣。我只能敬惧于卒伍之中，不能贡献微小的谋划。许历虽为一介凡夫，一言之谏犹能打败秦军。我有尸位素餐之责，无德受禄实是有愧于《伐檀》之歌。虽无铅刀一割之用，希望奋微薄之身以立军功。

悠悠涉荒路，靡靡我心愁[1]。四望无烟火，但见林与丘。城郭生榛棘，蹊径无所由。萑蒲竟广泽[2]，葭苇夹长流。日夕凉风发，翩翩漂吾舟。寒蝉在树鸣，鹳鹄摩天游。客子多悲伤，泪下不可收。朝入谯郡界[3]，旷然消人忧。鸡鸣达四境，黍稷盈原畴。馆宅充廛里[4]，女士满庄馗[5]。自非圣贤国，谁能享斯休。诗人美乐土，虽客犹愿留。

【注释】

〔1〕靡靡：迟缓貌。

〔2〕萑蒲：水草名。　竟：长满之意。

〔3〕谯郡：曹操的故乡。

〔4〕廛（chán）：郭外曰廛。

〔5〕庄馗（kuí）：道路。

【译文】

走在长长的荒芜之路，我心忧愁而行动迟缓。四处望去看不到人烟，只见树林与山丘。城郭都长满了榛棘一类小灌木，小路也没有办法通过。萑草、蒲草长满了很大的湖泽，蒹葭、芦苇长在河岸两边。傍晚太阳下山时分凉风吹来，让我的船儿自由飘荡。寒蝉在树上鸣叫，鹳和鹄在高天飞翔。客居之人内心伤悲，眼泪洒落停止不住。早上进入曹丞相的故乡谯郡之地，变得心胸旷然忧愁没有了。这里鸡鸣之声达乎四境，黍稷庄稼长满田畴。城市各处都是建满了房子，四通八达的大道上都是来往的民众。不是圣贤之国度，谁能享受此等美好生活。这是古代诗人赞美的乐土，我虽然是客居之人仍愿意留下来。

郊庙

宋郊祀歌二首　颜延年（颜延之）

【题解】

古代于郊外祭祀天地，南郊祭天，北郊祭地。诗作叙写宋文帝时郊祀天地的盛况。

夤威宝命〔1〕，严恭帝祖。炳海表岱，系唐胄楚〔2〕。灵监睿文〔3〕，民属叡武〔4〕。奄受敷锡〔5〕，宅中拓宇。亘地称皇，罄天作主〔6〕。月竁来宾〔7〕，日际奉土〔8〕。开元首正，礼交乐举。六典联事〔9〕，九官列序〔10〕。有牷在涤〔11〕，有洁在俎〔12〕。荐飨王衷〔13〕，以答神祐〔14〕。

【注释】

〔1〕夤（yín）：敬。　威：畏。　宝命：天命。

〔2〕系：承。　胄：承。指宋高祖刘裕，为汉楚元王之后。汉为唐系。

〔3〕灵：神。　监：察。　睿：圣。

〔4〕属：受命。

〔5〕奄：忽。　敷：大。　锡：通“赐”。

〔6〕罄（qìng）：告。

〔7〕月竁（cuì）：月窟，西极之地。

〔8〕日际：东极之地。

〔9〕六典：分别为治典、礼典、教典、政典、刑典、事典。《周礼》有六典之官，以掌万邦。

〔10〕九官：舜帝任命的九官官员。《尚书》曰：禹作司空，弃后稷，契司徒，皋繇作士师，垂共工，益朕虞，伯夷秩宗，夔典乐，龙纳言也，凡九官也。

〔11〕牷：牺牲体完曰牷。　涤：涤宫，养帝牲三牢之处。

〔12〕洁：清洁之物。　俎：祭器。

〔13〕荐：进。　衷：善。

〔14〕祜：福。

【译文】

敬畏天命，郑重地尊敬上帝先祖。开阔高远的海、岱之地，是为唐尧及楚之传承。神灵监察圣文，民受命于圣武。忽受上天所赐，居中而开拓疆宇。连绵疆土以称皇，敬告上天而作为全民之主。西极之地来臣服，东极之地来奉土归疆。天子布开政教始于正月，礼乐交举一派祥和。六典之官掌任其事，九官之职罗列而有序。有完整的祭祀之牲在涤宫中，有清洁好的祭品在祭器中。以天子之善献飨，以答谢神灵的福佑。

维圣飨帝，维孝飨亲。皇乎备矣，有事上春〔1〕。礼行宗祀，敬达郊禋〔2〕。金枝中树〔3〕，广乐四陈〔4〕。陟配在京，降德在民。奔精昭夜〔5〕，高燎炀晨〔6〕。阴明浮烁〔7〕，沈禜深沦〔8〕。告成大报，受厘元神〔9〕。月御案节，星驱扶轮。遥兴远驾，曜曜振振〔10〕。

【注释】

〔1〕有事：谓有祭祀之事。

〔2〕敬达：谓遍礼也。　郊禋：谓祭祀于郊。

〔3〕金枝：谓灯以金饰之。

〔4〕广乐：天子之乐。

〔5〕奔精：星流。

〔6〕燎：焚柴。　炀：烟炀。

〔7〕阴明：辰星。　浮烁：其光上浮。

〔8〕沈禜（yǒng）：祭名。　深沦：致诚信于水。沦，深水。

〔9〕厘：福。　元：大。

〔10〕曜曜振振：光明威盛貌。

【译文】

唯圣人为能飨帝，孝子为能飨亲。天子备圣孝之道，有上春祭祀之事。礼行于祖庙，而敬遍及郊祀。漂亮的金枝灯树在中庭，天子之钧天广乐四处进献。升祖考以配天下，以德及众庶兆民。星流照亮夜空，焚柴之烟延至清晨。阴明之宿辰星闪烁着光芒，沈禜之祭祀致诚信于水。燎柴祭天告以诸侯之成功，遂受福于天神。天神降福则使月御为之案节，星驱为之扶轮骖车。天神远远乘车而来，其状光明而威盛。

乐府上

乐府三首　古辞

【题解】

《文选》与《乐府诗集》均题名为“古辞”，未载作者。唯徐陵《玉台新咏》将《饮马长城窟行》题名蔡邕，《伤歌行》题名魏明帝。此前两首写居人怀远的愁思；后一首写韶光易逝，华年不待，人们当自努力，无贻后时之悔。

饮马长城窟行

青青河边草，绵绵思远道[1]。远道不可思，夙昔梦见之。梦见在我傍，忽觉在他乡。他乡各异县[2]，辗转不可见。枯桑知天风，海水知天寒。入门各自媚[3]，谁肯相为言。客从远方来，遗我双鲤鱼。呼儿烹鲤鱼，中有尺素书[4]。长跪读素书[5]，书上竟何如？上有加餐食，下有长相忆。

【注释】

〔1〕绵绵：相思不绝貌。

〔2〕县：通悬，悬隔，距离远之意。

〔3〕媚：喜爱，取悦之意。

〔4〕尺素：书信。

〔5〕跪：拜。

【译文】

青青的春草长满了河边，就像对远方绵绵不尽的相思。但因道路太远思念到不了那里，只是曾经在梦里见过而已。梦见就在我的身边，忽然醒来伊人却在他乡。他乡在距离遥远的别处，醒来后辗转反侧不能再见。枯桑无枝尚知天风。海水广大尚知天寒。人们进门后各自亲爱，谁肯与你多说一句话呢？有客人从远方来，送我一对鲤鱼，唤童仆烹煮鲤鱼，不料鱼腹之中竟有尺素家书。久久跪拜之后去读家书，看看书上竟是写了什么？上面写了多吃饭，下面写了长相思忆。

伤歌行

昭昭素月明，晖光烛我床[1]。忧人不能寐，耿耿夜何长[2]。微风吹闺闼[3]，罗帷自飘飏。揽衣曳长带，屣履下高堂。东西安所之[4]，徘徊以彷徨。春鸟翻南飞，翩翩独翱翔。悲声命俦匹[5]，哀鸣伤我肠。感物怀所思，泣涕忽沾裳。伫立吐高吟，舒愤诉穹苍。

【注释】

〔1〕烛：照。

〔2〕耿耿：光明安静的样子；或辗转反侧，不得入眠的样子。

〔3〕闼：门。

〔4〕之：往。

〔5〕俦：同辈，伴侣。　匹：相当，匹配。

【译文】

光明皎洁的白月，辉光照在我的床上。心有所思的人睡不着，明亮安静的夜晚是多么漫长。微风吹过我房门，罗帐被风吹高高扬起。提着衣服拖着衣带，穿着鞋子走下高堂。东西何处往？徘徊且又彷徨。春天的鸟已经开始南归，自由自在独自翱翔。悲声呼唤伴侣，哀鸣让我的内心悲伤。感触外物我内心有所思念，眼泪忽然零落衣襟。站在那里高声吟唱，把内心的痛苦向苍天倾诉。

长歌行

青青园中葵，朝露行日晞[1]。阳春布德泽[2]，万物生光晖。常恐秋节至，焜黄华蕊衰。百川东到海，何时复西归？少壮不努力，老大乃伤悲！

【注释】

〔1〕晞：干。

〔2〕布：散播。

【译文】

青青的葵菜长在园中，太阳升起后露水渐渐干去。春天的太阳播撒着恩德，让万物都沐浴在光辉之中。常常担心秋天到来，花叶都变黄衰败。千万条河流都向东流入大海，何时见过它们曾西向回流呢？人生在少壮之年不努力，老大之时就只剩下悲伤了。

怨歌行　班婕妤

【题解】

班婕妤（约前48—前6），汉班固祖姑，幸成帝，为婕妤。后被赵飞燕所谮，退侍太后于长信宫，作赋自伤，辞极哀婉。《汉书·外戚传》有传。此篇以凉扇秋日见弃作喻，咏叹弃妇命运的悲哀。

新裂齐纨素〔1〕，皎洁如霜雪。裁为合欢扇，团团似明月。出入君怀袖，动摇微风发。常恐秋节至，凉风夺炎热。弃捐箧笥中〔2〕，恩情中道绝。

【注释】

〔1〕齐纨素：出于齐国的细绢。

〔2〕箧笥：竹编的箱子。

【译文】

崭新的齐地素绢，洁白得如霜如雪。裁剪来做合欢扇，圆圆的像明月一般。出入你的怀抱和衣袖，轻轻摇动就有微风吹来。常常害怕秋天时节到来，凉风把炎热带走。扇子被弃置在竹箱子里，依依难舍的恩情从中断绝。

乐府二首　魏武帝（曹操）

【题解】

曹操（155—220），字孟德，沛国谯县（今安徽亳县）人。以迎奉汉帝有功，建安元年（196）受封大将军及丞相，摄政而号令诸侯。建安二十一年（216）封魏王。其子曹丕代汉自立，国号魏，因追赠武帝。曹操雅爱诗章，好作乐府歌辞，其诗慷慨悲凉。《三国志》有本纪。《短歌行》是用于宴会的歌辞，诗人抒写时光易逝和渴望贤才的情怀。《苦寒行》写作者北度太行山进击高干途中的行军之苦。

短歌行

对酒当歌，人生几何？譬如朝露，去日苦多。慨当以慷，忧思难忘。何以解忧，唯有杜康[1]。青青子衿，悠悠我心[2]。但为君故，沉吟至今[3]。呦呦鹿鸣，食野之苹。我有嘉宾，鼓瑟吹笙[4]。明明如月，何时可掇。忧从中来，不可断绝。越陌度阡，枉用相存[5]。契阔谈宴[6]，心念旧恩。月明星稀，乌鹊南飞。绕树三匝，何枝可依？山不厌高，海不厌深。周公吐哺，天下归心[7]。

【注释】

〔1〕杜康：古之造酒者，此为酒名。

〔2〕“青青”二句：出于《诗经·郑风·子衿》。衿，衣领。悠悠，忧思不断的样子。

〔3〕沉吟：喻深思。

〔4〕“呦呦”四句：出于《诗经·小雅·鹿鸣》。苹，萍草。

〔5〕阡陌：南北曰阡，东西曰陌，皆为道。 枉：曲。 存：问。

〔6〕契阔：勤苦。

〔7〕周公吐哺：形容周公勤政爱民，忧天下，惜贤士之心。《韩诗外传》载：周公“一沐三握发，一饭三吐哺，犹恐失天下之士也”。

【译文】

对酒之时且当欢歌，茫茫人生此值几何？人生如朝露一样短促，已经逝去的日子有太多了。虽慷慨欢歌，忧思却难忘。用什么来化解忧愁呢，只有杜康美酒。念及青青的衣襟，我心却忧思不已。因为你的原因，我想念至今。鹿呦呦而鸣，相呼而食旷野之藾萧。我有嘉宾来访，鼓瑟吹笙以盛礼相待。我心如天上之明月，何时可以被摘取。忧思如缕从内心涌出，却不能使之断绝。越过阡陌交通之道，且曲用而相存问。殷勤于宴谈，心中难忘旧日之情怀。月明星稀之时，乌鸦和鹊鸟南来。绕树三次，不知何枝可以依托。山不辞土，所以成其高；海不辞水，所以成其深。周公践天子之位心忧天下，一饭三吐哺，然后天下归心。

苦寒行

北上太行山，艰哉何巍巍。羊肠坂诘屈[1]，车轮为之摧。树木何萧瑟，北风声正悲。熊罴对我蹲，虎豹夹路啼。溪谷少人民，雪落何霏霏。延颈长叹息，远行多所怀。我心何怫郁[2]，思欲一东归。水深桥梁绝，中路正徘徊。迷惑失故路，薄暮无宿栖。行行日已远，人马同时饥。檐囊行取薪，斧冰持作糜[3]。悲彼《东山》诗[4]，悠悠使我哀。

【注释】

〔1〕羊肠坂：太行山，太原晋阳北，其山盘纡如羊肠，故名。

〔2〕怫郁：忧郁貌。

〔3〕斧冰：即斫冰为水。 糜（mí）：粥。

〔4〕东山：周公东征之诗，诗中有怀归之意。《诗经·豳风·东山》首句即为“我徂东山，滔滔不归”。

【译文】

向北登上太行山，山脉巍峨高大何其艰难，山坂盘曲如羊肠，车轮被损毁。树木何其萧瑟，北风呜呜悲号，熊罴就蹲在对面，虎豹夹路而啼鸣。山中溪谷间人烟稀少，雪下得又紧又密。伸颈长叹之，远行多有期待。我心中何其忧虑：想要回到东边的故乡。水深漫过让桥梁断绝，正在半路上徘徊不前。迷惑间失去了原来的路途，将近傍晚却没找到栖息过夜的宿地。走着走着太阳渐渐西坠，人和马都同时感到饥劳。挑着行李取来柴火，砍斫冰块来熬粥。《东山》之诗使我感到悲哀，歌声悠悠让我内心充满了忧伤。

乐府二首　魏文帝（曹丕）

【题解】

《燕歌行》是文学史上第一首成熟的七言诗，写女子深秋月夜怀念在远方的丈夫，充满忧伤之情。《善哉行》写旅客怀乡难归的愁苦而又自我排遣的情怀。

燕歌行

秋风萧瑟天气凉，草木摇落露为霜。群燕辞归雁南翔，念君客游思断肠。慊慊思归恋故乡〔1〕，何为淹留寄他方？贱妾茕茕守空房〔2〕，忧来思君不敢忘，不觉泪下沾衣裳。援琴鸣弦发清商，短歌微吟不能长。明月皎皎照我床，星汉西流夜未央〔3〕。牵牛织女遥相望，尔独何辜限河梁〔4〕。

【注释】

〔1〕慊慊：不满之貌。

〔2〕茕茕（qióng）：孤独无依靠貌。

〔3〕夜未央：夜未尽，夜未已。

〔4〕限河梁：为河梁所限，此言牵牛、织女二星相隔天河。

【译文】

秋风肃杀冷清让人觉得天气转凉，草木凋零白露为霜。群燕开始离开而大雁也南回了，客游他乡的人儿却因想念你感到肝肠寸断。你因为想念故乡而思归不已，不知为何淹留徘徊在他乡？让妾身孤独无依寂寞守空房，在忧愁中想念你却不能忘掉，不知不觉泪水流下打湿衣裳。援琴而鼓之奏出清商曲，小声低唱不敢长歌。明月皎洁照在我的床上，星河向西倾斜长夜未尽。牵牛星和织女星遥遥相望，想问你们为何被天河隔绝？

善哉行

上山采薇〔1〕，薄暮苦饥。溪谷多风，霜露沾衣。野雉群雊[2]，猴猿相追。高山有崖，林木有枝。忧来无方，人莫之知。人生如寄，多忧何为？今我不乐，岁月如驰。汤汤川流，中有行舟。随波回转，有似客游。策我良马，被我轻裘[3]。载驰载驱，聊以忘忧。

【注释】

〔1〕薇：草名，又名“大巢菜”，又名“野豌豆”。嫩茎叶可食用。

〔2〕雊（gòu）：雉鸡叫。

〔3〕被：通“披”，穿着之意。

【译文】

上山去采摘薇菜，傍晚时分已饥肠辘辘。山谷里寒风大，霜露打湿了衣裳。野鸡此起彼伏一起鸣叫，猿猴相互追逐。高山有崖，林木有枝。今忧从心来无有定方，人皆莫能知之。人生如同寄居于世间，自取忧愁究竟为何？今我所以不乐者，皆因日月飞驰而逝。汤汤的河流，中有行船。随波逐浪回环飘荡，好似客游他乡一般。驱策我膘壮的马儿，穿上我轻暖的裘袍。纵意驱驰，以忘心中愁苦。

乐府四首　曹子建（曹植）

【题解】

《箜篌引》由欢乐的短暂慨叹人生的“盛时不可再”，指出谁而无死，知命乃能不忧。《美女篇》借美女盛年不嫁，表露自己被弃置不用的悲哀之情。《白马篇》以边塞游侠之英武忠勇以自况。《名都篇》叙写都市里的富贵荡游子弟常年耽于饮宴，虽有娴熟的射骑技艺，却未能为国立功。

箜篌引

置酒高殿上，亲友从我游。中厨办丰膳，烹羊宰肥牛。秦筝何慷慨，齐瑟和且柔。阳阿奏奇舞[1]，京洛出名讴。乐饮过三爵[2]，缓带倾庶羞[3]。主称千金寿，宾奉万年酬。久要不可忘[4]，薄终义所尤[5]。谦谦君子德，磬折欲何求[6]。惊风飘白日，光景驰西流。盛时不可再，百年忽我遒[7]。生在华屋处，零落归山丘。先民谁不死，知命亦何忧。

【注释】

〔1〕阳阿：古之名倡阳阿善舞，后因以称舞名。

〔2〕三爵：《礼记》曰："君子之饮酒也，一爵而色洒如，二爵而言言斯，三爵而油油以退。"

〔3〕庶羞：众味。

〔4〕久要：久交。

〔5〕薄终：薄行于终。　尤：非。

〔6〕磬折：曲躬，折服。

〔7〕遒：终。

【译文】

置酒于高殿之上，众亲友与我一起欢饮。内厨经办了丰盛的膳宴，宰杀和烹煮了肥美的羊牛。秦筝之音何等激昂，齐瑟的乐调何等柔和。演奏阳阿公主的奇舞，歌唱京洛之地美好动听之歌。欢饮已过三爵，放松衣带尽情享受美味。主人称宾客以千金为寿祝，宾客奉主人享万年之寿为酬答。久交之情不可忘怀，薄行于终必为大义所非。谦谦君子之德，曲躬于人固无所求。白日大风不停，时光飞逝而去。欢盛时不会再有，人生百年忽而疾逝。生在华丽的殿堂之中，亡没之后归于山丘之间。且看古人谁不死去，知命之人无所忧惧。

美女篇

美女妖且闲，采桑歧路间。柔条纷冉冉，叶落何翩翩。攘袖见素手，皓腕约金环〔1〕。头上金爵钗，腰佩翠琅玕〔2〕。明珠交玉体〔3〕，珊瑚间木难〔4〕。罗衣何飘飘，轻裾随风还。顾盼遗光采〔5〕，长啸气若兰。行徒用息驾，休者以忘餐。借问女安居？乃在城南端。青楼临大路，高门结重关。容华耀朝日，谁不希令颜〔6〕。媒氏何所营？玉帛不时安。佳人慕高义，求贤良独难。众人何嗷嗷，安知彼所观。盛年处房室〔7〕，中夜起长叹。

【注释】

〔1〕约：结。

〔2〕琅玕：圆润如珠的美玉。

〔3〕交：络。

〔4〕木难：碧色珠。

〔5〕顾盼：回首顾盼。

〔6〕希：希慕。　令颜：美颜。

〔7〕房室：房中，闺中。

【译文】

美女妖娆且娴雅，在小路间采桑。桑枝柔条轻轻摇摆，桑叶翩翩飘落。卷起衣袖露出纤纤素手，只见洁白的手腕上戴着金环。头上插着金爵钗，腰间佩着翡翠珠玉。明珠上缠络着美玉，红珊瑚珠间杂着木难珠。罗衣何其飘逸，衣襟随风轻轻摆动。回首顾盼却见光彩照人，长啸时气息芳香如兰。行旅之人因此停下了车驾，歇息的人因此忘记了进餐。借问此女家在何处？原来在城的正南边。青楼紧挨着大路，高门大户层层紧闭着。容貌如东方日出一样耀眼，谁不希慕美丽的容颜。媒人何所营求？不及时定下此亲难道是为多求玉帛？只因佳人向慕高义，独因求贤良而难自拔。众人徒然嗷嗷喧哗，怎知道佳人的观察抉择呢。盛年之人长处闺中，半夜无眠起身长叹息。

白马篇

白马饰金羁〔1〕，连翩西北驰〔2〕。借问谁家子？幽并游侠儿。少小去乡邑，扬声沙漠垂〔3〕。宿昔秉良弓，楛矢何参差〔4〕。控弦破左的，右发摧月支〔5〕。仰手接飞猱，俯身散马蹄〔6〕。狡捷过猴猿，勇剽若豹螭。边城多警急，胡虏数迁移。羽檄从北来〔7〕，厉马登高堤〔8〕。长驱蹈匈奴〔9〕，左顾凌鲜卑〔10〕。弃身锋刃端，性命安可怀？父母且不顾，何言子与妻？名编壮士籍，不得中顾私〔11〕。捐躯赴国难，视死忽如归。

【注释】

〔1〕羁：辔头。

〔2〕连翩：马驰貌。

〔3〕垂：边陲。

〔4〕楛（hù）矢：楛木做杆的箭。

〔5〕月支：射帖，箭靶。

〔6〕散：射破。

〔7〕羽檄：征兵文书。

〔8〕厉马：策马。

〔9〕蹈：踏。

〔10〕凌：侵。

〔11〕中：心中。　顾：顾念，顾及。

【译文】

白马套着黄金络，向西北蹁跹奔驰。请问这是谁家公子？原来是幽、并二州的游侠。他们少小之时离开家乡，扬名于沙漠边陲。从前持着良弓，楛木做杆的箭长短不齐。引弓向左射破箭靶，向右摧破月支射帖。仰手射中飞跃的猿猴，俯身射破马蹄箭靶。身体矫捷胜过猿猴，勇猛好比豹子和螭龙。边地城池警况频急，胡人骑兵多次迁移进逼。征兵文书从北传来，策马登上高堤警戒。长驱直入踏灭匈奴，向左侵入鲜卑。弃身于刀锋之刃，性命安可足惜。父母且不顾念，更不要说儿女妻子。名姓编在壮士籍册中，已不容考虑个人私事。为国难而赴死捐躯，大义凛然而能视死如归。

名都篇

名都多妖女[1]，京洛出少年。宝剑直千金，被服光且鲜。斗鸡东郊道，走马长楸间。驰驰未能半，双兔过我前。揽弓捷鸣镝[2]，长驱上南山。左挽因右发，一纵两禽连[3]。馀巧未及展，仰手接飞鸢。观者咸称善，众工归我妍。我归宴平乐，美酒斗十千。脍鲤臇胎虾，寒鳖炙熊蹯。鸣俦啸匹旅，列坐竟长筵。连翩击鞠壤[4]，巧捷惟万端[5]。白日西南驰，光景不可攀[6]。云散还城邑，清晨复来还。

【注释】

〔1〕妖：美。

〔2〕捷：引。　鸣镝：箭名。
〔3〕纵：发矢曰纵。　两禽：此指双兔。
〔4〕连翩：轻迅貌。　击鞠壤：打毬。
〔5〕捷：疾。　万端：变化多端。
〔6〕攀：留。

【译文】

名都多产妖娆美女，洛阳京畿有很多青年才俊。他们所佩的宝剑价值千金，所穿的衣服光鲜亮丽。他们在东郊道上斗鸡，在长满楸树的大道上纵马驰骋。纵马未及半途，忽见双兔奔过眼前。摘弓引弦射出响箭，追逐直到南山上。左手拉弓向右射，一箭连中双兔。其他的技艺还未及展示，仰手便射下了飞鹰。看到的人都称好，众射手一致夸赞我射技精妙。我归来之后在平乐观设宴，饮着万金一斗的美酒。品尝着脍炙的鲤鱼和汁少的虾仁羹，炮炙的鳖肴及炙熟的熊掌。呼朋唤友，坐满了长桌。轻快地击打蹴鞠，巧妙快捷而变化多端。太阳向西南坠落，光景不可流连。众人如云般络绎散去而归城邑，约好次日清晨再来此处玩乐。

王明君词并序　石季伦（石崇）

【题解】

石崇（249—300），字季伦，西晋渤海南皮（今河北东南部）人，曾官散骑常侍，荆州刺史，官至卫尉卿，后受孙秀诬陷被害。传附《晋书·石苞传》。本篇叙写汉元帝宫人王明君远嫁匈奴的故事。

王明君者，本是王昭君，以触文帝讳改焉。匈奴盛，请婚于汉，元帝以后宫良家子昭君配焉。昔公主嫁乌孙，令琵琶马上作乐，以慰其道路之思。其送明君，亦必尔也，其造新曲，多哀怨之声，故叙之于纸云尔。

我本汉家子，将适单于庭[1]。辞诀未及终，前驱已抗旌[2]。仆御涕流离，辕马悲且鸣。哀郁伤五内，泣泪湿朱缨[3]。行行日已远，遂造匈奴城。延我于穹庐[4]，加我阏氏名[5]。殊类非所安，虽贵非所荣。父子见陵辱，对之惭且惊。杀身良不易，默默以苟生。苟生亦何聊[6]，积思常愤盈。愿假飞鸿翼，乘之以遐征。飞鸿不我顾，伫立以屏营[7]。昔为匣中玉，今为粪上英。朝华不足欢，甘与秋草并。传语后世人，远嫁难为情。

【注释】

〔1〕适：出嫁。

〔2〕前驱：引路人。　抗：举。

〔3〕朱缨：串珠的缨络。

〔4〕延：迎接。　穹庐：毡帐。

〔5〕阏氏（yān zhī）：单于的后妃。

〔6〕聊：姑且，勉强。

〔7〕屏营：彷徨。

【译文】

王明君，原来本称作王昭君，因为与晋文帝名讳相冲突而改名。当时匈奴强盛，向汉朝请求通婚，元帝以后宫良家子昭君赐婚匈奴。昔日公主嫁乌孙，令以琵琶在马上奏曲作乐，以消解其路途上的寂寞。其送昭君，也是如此。所造新曲，多为哀怨之声，故叙之于纸。

我本是汉地的女子，将要嫁到单于的王庭。辞别未及完全终了，引路人已经举起了出发的大旗。仆人和驾马者都痛哭流涕难舍难离，车辕上的马儿也发出悲鸣。哀郁之情让五脏六腑都感到受伤，滴落的眼泪打湿了串珠的缨络。走着走着时日已久，也就到了匈奴的城池。把我迎入了毡房，我也就拥有了单于后妃的名义。在异族中生活让我不得心安，纵然尊贵也并不感到荣耀。嫁给呼韩邪单于父子让人感到凌辱，对此既感惭愧也受惊吓。杀身成仁实是不易，于是默默承受以苟且偷生。苟活着是多么勉强，积聚的忧思愤郁堵塞胸口。希望借着天上南归大雁的翅膀，乘着它远归故乡。然而大雁并不理会我，伫立在那里独自徘徊。昔日为匣中的宝玉，今天做了粪土上的鲜花。早晨的鲜花并不快乐，甘愿和秋草一并凋零。寄语给后世之人，远嫁他乡着实让人痛苦不堪。

（本卷译注：陈胤）

文选卷第二十八

乐府下

乐府十七首　陆士衡（陆机）

【题解】

此组诗以乐府旧题写时事，以自我情感抒发，表明自己的处世态度。或写征戍之苦，或言世事艰难，人生处境进退维谷，感叹时光易逝生命难久。

猛虎行

渴不饮盗泉水[1]，热不息恶木阴[2]。恶木岂无枝，志士多苦心。整驾肃时命[3]，杖策将远寻[4]。饥食猛虎窟，寒栖野雀林。日归功未建，时往岁载阴。崇云临岸骇[5]，鸣条随风吟[6]。静言幽谷底[7]，长啸高山岑[8]。急弦无懦响[9]，亮节难为音[10]。人生诚未易，曷云开此衿？眷我耿介怀[11]，俯仰愧古今。

【注释】

〔1〕盗泉：古泉名。故址在今山东省泗水东北。相传孔子恶其名而不饮其水。

〔2〕恶木：贱劣的树。《管子》曰："夫士怀耿介之心，不荫恶木之枝。"

〔3〕整驾：备好车马。

〔4〕杖策：谓策马而行。

〔5〕骇：播散。

〔6〕鸣条：指随风动摇发声的树枝。

〔7〕静言：沉思。

〔8〕岑（cén）：山峰，山顶。

〔9〕懦响：柔靡之音。

〔10〕亮节：高亢之声。

〔11〕眷：回视。

【译文】

口渴也不喝盗泉之水，炎热也不在恶木之荫下休息。并非恶木没有枝叶，而是志士怀有正直之心。准备好车马应君王征召，策马出门踏上长途。一路上，饿了在猛虎废弃的洞窟中临时充饥，累了就在寒冷的野雀林中短暂休息。目睹太阳一次次落山我还是寸功未立，眼看又到了年末。高空之云遇到水边的高地而四散，树上的枝条在寒风中发出凄清之声。时而在幽谷中沉思，时而在高山之巅长啸。紧弦发不出柔靡之音，高亮节操之人总是难觅知音。人生在世确实不易，何时才能开怀欢笑。自认为我满怀正直，无颜面对古今圣贤。

君子行

天道夷且简[1]，人道崄而难。休咎相乘蹑[2]，翻覆若波澜[3]。去疾苦不远，疑似实生患[4]。近火固宜热，履冰岂恶寒。掇蜂灭天道[5]，拾尘惑孔颜[6]。逐臣尚何有[7]，弃友焉足叹。福钟恒有兆，祸集非无端。天损未易辞[8]，人益犹可欢。朗鉴岂远假，取之在倾冠。近情苦自信，君子防未然。

【注释】

〔1〕天道：自然规律、法则。　夷且简：平易。

〔2〕休咎：吉凶，善恶。　乘蹑（niè）：犹追逐。

〔3〕翻覆：谓变化不定。

〔4〕疑似：疑似之道，使人迷惑。《吕氏春秋》曰："使人大迷惑者，物之相似者也。"

〔5〕掇（duō）蜂：刘向《列女传》载："尹吉甫子伯奇至孝事后母。母取蜂去毒，系于衣上，伯奇前欲去之，母便大呼曰：'伯奇牵我。'吉甫见疑之，伯奇自死。"后因以"掇蜂"为离间骨肉之典。

〔6〕拾尘：《吕氏春秋·任教》载：孔子与弟子困于陈蔡，烟灰落到饭里，颜回不舍得丢弃，便取而食之，众人以为他窃食。后以"拾尘"喻因误会而致疑。

〔7〕逐臣：被朝廷放逐的官吏。

〔8〕天损：自然的灾祸。　辞：去除。

【译文】

天道平坦而且简易，而人世却充满了各种艰难险阻。吉凶祸福总是一前一后相互追逐着到来，好比海上的波澜一样难以预测捉摸。远离不好的人和物，接近容易引起误会的人和事会招来祸患。靠近火源自然容易被高温烘烤，而在冰雪中行走又怎么能怕冷呢。尹吉甫的后妻用蜜蜂离间尹吉甫父子，而颜回捡食烟灰米团连孔子也心生猜疑。被放逐之士还有什么舍不得放弃，被朋友抛弃也不值得叹息。福运到来，事前一定会有征兆；厄运连连，也不会无缘无故。上天降下灾祸则无可奈何，利禄升迁也当然是值得开心。道理简单明白不用靠远物来证明，就如同照镜子即可看到头上帽子的倾斜。小人因自信眼前之情而招祸，君子则因防患于未然而得福。

从军行

苦哉远征人，飘飘穷四遐[1]。南陟五岭巅[2]，北戍长城阿。深谷邈无底，崇山郁嵯峨[3]。奋臂攀乔木，振迹涉流沙。隆暑固已惨，凉风严且苛。夏条集鲜藻，寒冰结冲波。胡马如云屯，越旗亦星罗。飞锋无绝影[4]，鸣镝自相和。朝食不免胄，夕息常负戈。苦哉远征人，拊心悲如何！

【注释】

〔1〕飘飘：漂泊貌。　四遐：指四方极远之处。

〔2〕五岭：大庾岭、越城岭、骑田岭、萌渚岭、都庞岭的总称，是长江与珠江流域的分水岭。

〔3〕嵯（cuó）峨：山高峻貌。

〔4〕飞锋：指兵刃。

【译文】

苦啊征战远方之人，四处漂泊没有尽头。向南跋涉过五岭之巅，向北曾戍守在长城脚下。那山谷深不见底，那山峰高耸入天。张开双臂攀爬高大的树木，双脚踏过流沙横布的荒漠。夏天异常的酷热烤焦万物，冬天寒风严苛肃杀刺骨；夏日里树枝上裹满藓藻，冬日里大河波浪成冰。北地胡人的马群像白云聚集，南方越人的战旗如星云罗列。战场上兵刃相接刀光剑影，箭鸣之声相互应和。早晨吃饭不能脱下盔甲，晚上睡觉更是要将战戟枕在头下。苦啊远方征战之人，捶打胸口悲痛诉说不尽。

豫章行

泛舟清川渚，遥望高山阴。川陆殊途轨，懿亲将远寻[1]。三荆欢同株[2]，四鸟悲异林[3]。乐会良自古，悼别岂独今。寄世将几何，日昃无停阴[4]。前路既已多，后途随年侵[5]。促促薄暮景，亹亹鲜克禁[6]。曷为复以兹？曾是怀苦心。远节婴物浅[7]，近情能不深。行矣保嘉福[8]，景绝继以音。

【注释】

〔1〕懿亲：至亲。

〔2〕三荆：指三根枝条同根而生。

〔3〕四鸟：指四鸟长大分离而其母悲伤。

〔4〕日昃（zè）：太阳偏西。

〔5〕后途：日后的道路。亦比喻余年。

〔6〕亹亹：行进貌。

〔7〕远节：高远的气节。　婴：纠缠，羁绊。吕向注："有远大之节，婴物累必浅。有短近之智，能不至于深乎。"

〔8〕嘉福：幸福美好。

【译文】

泛舟在清澈的川渚间，遥望高山的北面。川陆异途，我与我的至亲们也要分别了。曾有同根而生的"三荆"因主人田氏三兄弟停止分家而欢欣，也有四只小鸟因长大分居而让它们的母亲伤心。因聚而欢，因别而悲，人们自古如此，今天我在这里伤离别也并不稀奇。人生寄居尘世之间能有多久，太阳西落未见停止。前面走过之路已经很多，余生随着年纪越来越少。太阳落山之时光影越发匆匆，急急消逝不能阻止。为什么一再感叹迟暮，是因为内心怀着离别悲苦的情感。远大的志向容易被俗物羁绊，可眼前的离别之情能不在心里深深痛惜吗？上路了要保重惜福，见不到身影但要保持音讯。

苦寒行

北游幽朔城[1]，凉野多崄难[2]。俯入穹谷底，仰陟高山盘[3]。凝冰结重涧[4]，积雪被长峦。阴云兴岩侧，悲风鸣树端。不睹白日景，但闻寒鸟喧。猛虎凭林啸，玄猿临岸叹。夕宿乔木下，惨怆恒鲜欢。渴饮坚冰浆，饥待零露餐。离思固已久，寤寐莫与言。剧哉行役人[5]，慊慊恒苦寒[6]。

【注释】

〔1〕幽朔：北方。

〔2〕凉野：荒寒的旷野。

〔3〕穹谷：深谷。　盘：大石。

〔4〕重涧：深的溪谷。

〔5〕剧：艰难。

〔6〕慊慊（qiàn）：心不满足貌，不自满貌。

【译文】

行军在北方边塞，旷野荒寒有数不尽的艰难险阻。一会儿俯身探谷底，一会儿仰身攀高山。山涧凝结了一层层的厚冰，连绵不断的山上积雪覆盖着。乌云在岩石后面升起聚积，悲苦萧瑟的寒风吹打着树梢。整个白天都看不到太阳光，只听见寒日里鸟儿喧闹不停。凶猛的老虎在林间长叫，黑猿在岸边悲鸣。夜晚露宿在大树底下，多是凄楚忧伤而常常少有欢乐。渴了喝的是冰水，饿了就着露水野餐。离别的思念在心中积压很久，可白天和黑夜都没有人可以诉说。甚是艰苦啊在外行役的人，挨饿受冻，长年心酸。

饮马长城窟行

驱马陟阴山，山高马不前。往问阴山候[1]，劲虏在燕然[2]。戎车无停轨，旌旆屡徂迁。仰凭积雪岩，俯涉坚冰川。冬来秋未反，去家邈以绵。猃狁亮未夷[3]，征人岂徒旋。末德争先鸣[4]，凶器无两全。师克薄赏行，军没微躯捐。将遵甘、陈迹[5]，收功单于旃。振旅劳归士，受爵槀街传[6]。

【注释】

〔1〕阴山：山脉名，横亘于内蒙古之南、东北接连内兴安岭。　候：斥候，军候，任侦察之事者。

〔2〕燕然：古山名。东汉永元元年，车骑将军窦宪领兵出塞，大破北匈奴，登燕然山，刻石勒功。

〔3〕猃狁（xiǎn yǔn）：匈奴。　夷：平。

〔4〕末德：谓战争。

〔5〕甘、陈：汉代甘延寿与陈汤，使西域，共诛斩郅支单于。

〔6〕槀街：汉代长安街名。当时属国使节馆舍均集中于此街。

【译文】

驱马翻越阴山，山峰高耸马儿也不肯向前。问道阴山前哨侦察敌情的士兵，得知敌人的劲旅在燕然山。兵车一刻也不停歇，军旗也是随军多次迁徙。向上爬上层层积雪的山岩，俯身穿过冻冰河道。去年冬天就来到了前线，现在已经入秋，却还不能返回，离家已经越来越远。匈奴确实还没有平定，出征在外难道可以这样空手而归？将士们奋勇投身到战斗中，兵器凶险难以保证参战的双方没有死伤。战争胜利而得到的恩赏十分微薄，一旦失败则付出生命。将士们渴望像甘延寿和陈汤那样，平定单于建立功业。军队凯旋归来，受封爵位走在属国使节驻居的大街上。

门有车马客行

门有车马客，驾言发故乡。念君久不归，濡迹涉江湘〔1〕。投袂赴门途，揽衣不及裳。拊膺携客泣，掩泪叙温凉。借问邦族间，恻怆论存亡。亲友多零落，旧齿皆凋丧〔2〕。市朝互迁易〔3〕，城阙或丘荒。坟垄日月多，松柏郁芒芒。天道信崇替，人生安得长？慷慨惟平生，俯仰独悲伤。

【注释】

〔1〕濡迹：滞留。

〔2〕旧齿：老人、先辈。

〔3〕市朝：市场和朝廷。

【译文】

家门口有驾车骑马的客人，说是从故乡出行到这儿的。挂念我为什么久久不见回去，而滞留的足迹遍布在长江和湘江。我挥着衣袖向门口跑去，都没空整理完衣服。手拍着胸口拉着来客的手，不禁落泪叙说问候。问起故乡的亲友都怎么样了，悲怆之间说着谁存谁亡。亲友太多已经离散，长辈老者都已去世。集市与衙门互有变迁，城市有的也已经荒芜了。只是坟墓日益增多，坟上的松柏也已枝繁叶茂茫茫一片。自然规律确实是盛衰交替，人生哪里能够长久啊？感慨自己的人生，俯仰之间悲痛不已啊！

君子有所思行

命驾登北山[1]，延伫望城郭。廛里一何盛[2]，街巷纷漠漠[3]。甲第崇高闼[4]，洞房结阿阁[5]。曲池何湛湛，清川带华薄[6]。邃宇列绮窗，兰室接罗幕。淑貌色斯升[7]，哀音承颜作。人生诚行迈，容华随年落。善哉膏粱士，营生奥且博。宴安消灵根[8]，鸩毒不可恪。无以肉食资[9]，取笑葵与藿[10]。

【注释】

〔1〕命驾：命人驾车马。　北山：即北邙山，在今河南洛阳东北。

〔2〕廛（chán）里：古代城市居民住宅的通称。

〔3〕漠漠：密布貌。

〔4〕甲第：豪门贵族的宅第。

〔5〕洞房：连接相通的房间。

〔6〕华薄：花草丛生之处。

〔7〕色斯：指远遁以避世。《论语》：“色斯举矣，翔而后集。”

〔8〕宴安：谓逸乐。　灵根：指人的身体。

〔9〕肉食：指高位厚禄。

〔10〕葵、藿：均为菜名，指普通人。

【译文】

命人驾车动身登上北邙山，望着山下的都城里巷。民居众多景象繁盛，街巷纵横交错。豪门贵宅一重又一重，房间相通连接着楼阁。曲折回绕的池子水面清澈明亮，清清河水流过花草之间。幽深的屋子有一排排绮窗绣户，芳香高雅的屋子罗幕张列。貌美女子离家登上高楼，唱着靡靡之音受到恩宠。人生确实是匆匆而逝，容颜亦随着时间流逝凋零。感叹那些富贵子弟，保养身体之事深奥广博啊，安逸享乐消耗人的身体，如毒酒一样不可尊崇。不要因为享有高官厚禄，就取笑吃野菜的普通人。

齐讴行

营丘负海曲〔1〕，沃野爽且平〔2〕。洪川控河济〔3〕，崇山入高冥。东被姑尤侧〔4〕，南界聊摄城〔5〕。海物错万类，陆产尚千名。孟诸吞楚梦〔6〕，百二侔秦京〔7〕。惟师恢东表〔8〕，桓后定周倾〔9〕。天道有迭代，人道无久盈。鄙哉牛山叹〔10〕，未及至人情〔11〕。爽鸠苟已徂〔12〕，吾子安得停？行行将复去，长存非所营。

【注释】

〔1〕营丘：古邑名，周武王封吕尚于齐，建都于此。

〔2〕爽：开阔。

〔3〕控：引导。　河济：黄河与济水的并称。

〔4〕东被：犹东及。　姑尤：齐东面之地，姑水、尤水都在城阳郡东南入海。

〔5〕聊摄：齐西面之地，指聊县和摄城。

〔6〕孟诸：古泽薮名。　楚梦：指楚国云梦泽。

〔7〕百二：百的二倍。后以喻山河险固之地。　秦京：指秦国首都咸阳。

〔8〕师：指姜太公。

〔9〕桓：指齐桓公。

〔10〕牛山叹：齐景公游于牛山，下涕悲叹人生短暂。

〔11〕至人：道家指超凡脱俗，达到无我境界的人。

〔12〕爽鸠：指爽鸠氏，齐的始居氏族。《左传·昭公二十年》载，齐侯感叹“古而无死，其乐若何”，晏子对曰：“古而无死，古之乐也，君何得焉。”

【译文】

营丘之地靠近海湾，有肥沃又广阔的田野。浩浩河道引导黄河和济水，大山高耸入云天。东边远达姑、尤二水，南边可至聊、摄两城。海鱼等海产品种类繁多，陆地产品也是丰富无比。齐国的孟诸超过楚国的云梦，关塞险要可以和秦国的都城咸阳相匹敌。前有姜太公扩大齐国的疆土，后有齐桓公安定了面临倾覆的周王室。自然界有变化更迭的规律，人道也不能长久地兴盛盈满。齐景公在牛山游玩流涕感叹生命易逝，远不及至人的达观之情。司寇爽鸠氏已然逝去，您又哪里能够永世长存呢？时间不停地前行，长久地存活在人世间不是谋求便得的。

长安有狭邪行

伊洛有歧路，歧路交朱轮。轻盖承华景，腾步蹑飞尘〔1〕。鸣玉岂朴儒〔2〕，凭轼皆俊民〔3〕。烈心厉劲秋，丽服鲜芳春。余本倦游客，豪彦多旧亲。倾盖承芳讯，欲鸣当及晨。守一不足矜〔4〕，歧路良可遵。规行无旷迹〔5〕，矩步岂逮人〔6〕。投足绪已尔，四时不必循。将遂殊途轨，要予同归津。

【注释】

〔1〕腾步：快步。

〔2〕鸣玉：比喻出仕在朝。　朴儒：务实之士。

〔3〕凭轼：借指做官。　俊民：贤人。

〔4〕守一：指忠于某一信条。　矜：自夸。

〔5〕规行：规规矩矩地行走。喻拘于礼法而不逾矩。

〔6〕矩步：端方合度的行步姿态。

【译文】

京城洛阳有交错纵横的道路，道路上驰骋着达官贵族乘坐的华美车子。轻盈的车盖托着日光，快步行驶扬起灰尘。出仕在朝怎么会是迂腐的儒士呢？在朝为官的都是才智杰出的人。刚烈之心比肃杀的寒秋还要严毅，华丽的服装比春天还要鲜艳。我本来是厌倦于游宦生涯的落拓之人，然而豪门贵族又多是我的亲故世交。亲密相见者用嘉言劝我，应当及早进仕建立功业；忠于某一信条不值得自夸，世俗的小路或许可以遵循；拘泥于礼法难以到达旷远之迹，循规蹈矩又怎么能追赶得上他人。你之前守一不变，规行矩步的做法是行不通的，赶快停下来换条出路吧，就连天都有四季变换不会一条道走到黑呢。快快踏上世俗之路，我将与你一起出仕为官。

长歌行

逝矣经天日〔1〕，悲哉带地川〔2〕。寸阴无停晷〔3〕，尺波岂徒旋〔4〕。年往迅劲矢，时来亮急弦。远期鲜克及，盈数固希全〔5〕。容华夙夜零，体泽坐自捐〔6〕。兹物苟难停，吾寿安得延？俯仰逝将过，倏忽几何间。慷慨亦焉诉，天道良自然。但恨功名薄，竹帛无所宣。迨及岁未暮，长歌承我闲。

【注释】

〔1〕经天日：指太阳运行经过天空。

〔2〕带地川：谓如衣带的河水般流过大地。

〔3〕停晷（guǐ）：谓时间驻留。

〔4〕尺波：微波，喻人世的短暂。　徒旋：谓返流。

〔5〕盈数：指十、百、万等整数。

〔6〕捐：消散。

【译文】

光阴流逝像太阳运行经过天空，衣带一样的河水流过大地令人伤悲。短暂的光阴不会停留，微波流水岂能返流？逝去的岁月像飞箭一样迅疾，即将到来的光阴像急速张开的弓弦。长寿很少能够达到，活到一百岁很少有能如愿的。容貌随之日夜凋零，身体的光泽也会无缘无故亏损。万物光阴消逝，寿命又怎么能够延长呢？时光短暂匆匆流逝，转瞬之间已经数不清人世更迭。我慷慨叹息又该到何处诉说。天道自然的规律本来就是这样。我只是怨恨自己的功名太少，不能被陈述在史籍之上。我还是趁着自己年岁未老，在闲暇的时日放声长歌聊以自慰吧。

悲哉行

游客芳春林，春芳伤客心。和风飞清响，鲜云垂薄阴。蕙草饶淑气，时鸟多好音。翩翩鸣鸠羽，喈喈仓庚吟。幽兰盈通谷，长秀被高岑。女萝亦有托，蔓葛亦有寻。伤哉游客士，忧思一何深！目感随气草，耳悲咏时禽。寤寐多远念，缅然若飞沉。愿托归风响，寄言遗所钦。

【译文】

远游在春天的树林之中，春天的花草令游子之心悲伤。温和的春风吹拂传来清响，轻云流动垂下薄薄的影子。浓郁的蕙草散发出温和的香气，应时而鸣的春鸟交汇发出动听悦耳的声音。鸣鸠振翅轻快地飞翔，仓庚自在地吟唱出喈喈的长鸣声。兰花长满在幽深的山谷中，茂盛的草木覆盖在山岗上。女萝可以依附在松树上有所寄托，蔓葛也可以攀缘着生长。最伤心的是我这样的远游他乡的游子，一腔忧伤的思绪是多么的深切啊！看到应时节而生长的春草更增添了几分伤感之情，听到随气候出现的飞禽发出哀怨的鸣叫声而悲戚。日夜思念远方的人，相距遥远像飞鸟与沉鱼一样。但愿将我的思念寄托给风声，将寄语赠给远方我思念的人。

吴趋行

楚妃且勿叹，齐娥且莫讴。四坐并清听，听我歌《吴趋》。《吴趋》自有始，请从昌门起。昌门何峨峨[1]，飞阁跨通波[2]。重栾承游极[3]，回轩启曲阿[4]。蔼蔼庆云被[5]，泠泠祥风过。山泽多藏育，土风清且嘉。泰伯导仁风[6]，仲雍扬其波[7]。穆穆延陵子[8]，灼灼光诸华。王迹隤阳九[9]，帝功兴四遐。大皇自富春[10]，矫手顿世罗[11]。邦彦应运兴，粲若春林葩。属城咸有士，吴邑最为多。八族未足侈[12]，四姓实名家[13]。文德熙淳懿，武功侔山河。礼让何济济，流化自滂沱。淑美难穷纪，商搉为此歌。

【注释】

〔1〕昌门：即阊门。春秋吴国之西郭门。又名破楚门。

〔2〕飞阁：高阁。　通波：指流水。

〔3〕重栾（luán）：重重的曲枅。　游极：指斗拱结构中的梁上的梁。

〔4〕回轩：回曲的长窗。　曲阿：屋的曲角。

〔5〕蔼蔼：盛多貌。

〔6〕泰伯：周太王之子，曾三让王位。

〔7〕仲雍：周太王之子，曾让王位。

〔8〕延陵：吴公子季札，曾让王位。

〔9〕阳九：道家称天厄为阳九。

〔10〕大皇：三国吴主孙权谥号大皇帝，省称大皇。

〔11〕矫手：举手。　世罗：帝王治理天下的制度纲领。

〔12〕八族：指三国吴八大家族：陈、桓、吕、窦、公孙、司马、徐、傅。

〔13〕四姓：吴有朱、张、顾、陆四大姓。

【译文】

楚国的樊姬暂且不必慨叹，齐国的歌女也请先不要讴歌。恭请四周在座位上的各位，听我唱吴歌《吴趋行》。吴歌自然有它开始唱的地方，请让我从阊门唱起。阊门是多么的高峻，凌空的高阁好像跨过河流。重重的曲枅承托起斗拱中悬空的梁，屋的曲角开着回曲的长窗。浓厚的瑞云覆盖着阊门，清凉的吉祥和风泠泠吹过。山林与川泽孕育丰厚的物产，乡土歌谣或乐曲听起来清简又美善。泰伯让贤，倡导仁风，仲雍启吴，恩泽美德得到继承发扬。言行举止和美的吴季札，出使中原风采照耀。汉朝遭受厄运，四方帝王的功业从此兴起。大皇帝孙权兴起于富春，举手之间整治天下的纪纲。国家的俊士应运而生，就像春天的树林中开满鲜明灿烂的花朵。凡是下属的城邑都有俊士，又以吴地的人才最多。吴有八大家族却不足以自夸，朱、张、顾、陆四姓才是名家世族。礼乐教化兴盛厚美，军事功绩也像山河一样长久。守礼谦让多么整齐美好，教化流布充溢广盛。美好德行太多，难以全部记录，只是斟酌粗略而作此歌。

短歌行

置酒高堂，悲歌临觞。人寿几何？逝如朝霜。时无重至，华不再阳。蘋以春晖，兰以秋芳。来日苦短，去日苦长。今我不乐，蟋蟀在房。乐以会兴，悲以别章。岂曰无感，忧为子忘。我酒既旨，我肴既臧。短歌有咏，长夜无荒。

【译文】

华丽高大的殿堂上陈设酒宴，举起酒杯悲伤地歌唱。人生的寿命能有多少？短暂得就像早晨的霜露。过去的时光不会再重来，凋落的花儿也不会再次明艳。蘋在春天鲜明地绽放，兰花在秋天散发芳香。苦于未来的日子越来越短，过去的岁月越来越长。如今我不快乐，因为看见蟋蟀在堂上鸣叫。快乐产生于欢会，悲伤彰显于别离。怎么会没有感叹呢？只是因为你而暂时忘却了忧思。我有醇美的好酒，我有美味的佳肴；咏唱短歌，如此长夜没有荒废。

日出东南隅行（或曰《罗敷艳歌》）

扶桑升朝晖，照此高台端。高台多妖丽，浚房出清颜[1]。淑貌耀皎日，惠心清且闲。美目扬玉泽，蛾眉象翠翰。鲜肤一何润，秀色若可餐。窈窕多容仪，婉媚巧笑言。暮春春服成，粲粲绮与纨。金雀垂藻翘，琼佩结瑶璠。方驾扬清尘，濯足洛水澜。蔼蔼风云会[2]，佳人一何繁。南崖充罗幕，北渚盈軿轩[3]。清川含藻景，高崖被华丹。馥馥芳袖挥，泠泠纤指弹。悲歌吐清响，雅舞播幽兰。丹唇含《九秋》[4]，妍迹陵《七盘》[5]。赴曲迅惊鸿，蹈节如集鸾。绮态随颜变，沉姿无乏源。俯仰纷阿那，顾步咸可欢。遗芳结飞飙，浮景映清湍。冶容不足咏，春游良可叹。

【注释】

〔1〕浚房：幽深的闺房。

〔2〕蔼蔼：盛多貌。

〔3〕軿（píng）轩：軿车和轩车的并称。泛指车辆。

〔4〕《九秋》：曲名。

〔5〕《七盘》：古舞名。

【译文】

早晨的阳光从扶桑树下升起，照在高高的楼台上。高台之上多有艳丽的女子，从深闺中往往能走出容颜清丽的女子。美丽的容颜与明亮的太阳交相辉映，明慧之心清静又悠闲。美女的目光闪烁着美玉的光泽，蛾眉像翠鸟的羽毛。嫩滑的皮肤多么圆润，容貌美丽秀色可餐。身材窈窕仪态娴静，边说边笑柔美妩媚。暮春时节穿着鲜明的罗绮春服，光彩明艳动人。金雀钗垂着有花纹的羽毛，佩戴各种玉制佩饰。美女的车驾并行扬起尘埃，在洛水的波澜中濯足戏耍。像风云会集，美女是这么盛多。南边水岸密布丝罗帐幕，北边的水涯聚集着轻车帷幔。清水上闪烁着艳丽的水藻与日光倒影，高山上开满鲜艳的花朵。美人挥动香气浓郁的衣袖，纤细的手指弹奏出清越的琴声。清脆的歌声带着哀痛，优雅的舞姿扬起幽兰的芬芳。鲜艳的红唇唱着《九秋》之曲，美妙的身影踩着《七陵》的节拍。应合曲调的节奏旋律如惊飞的鸿雁，合乎节拍如栖集的鸾鸟。美丽的姿态随着表情变化，深沉庄重而变幻无穷。前俯后仰婀娜多姿，看其缤纷繁盛的舞步令人感到欢娱。舞乐结束疾风中还遗留芬芳，清澈急流上映现着飘动的舞姿。美人艳丽的容貌其实并不足以歌咏，在春天游玩这一乐事确实值得慨叹。

前缓声歌

游仙聚灵族〔1〕，高会曾城阿〔2〕。长风万里举，庆云郁嵯峨。宓妃兴洛浦，王韩起太华〔3〕。北征瑶台女，南要湘川娥[4]。肃肃宵驾动，翩翩翠盖罗。羽旗栖琼鸾，玉衡吐鸣和。太容挥高弦[5]，洪崖发清歌[6]。献酬既已周，轻举乘紫霞。揔辔扶桑枝，濯足汤谷波。清辉溢天门，垂庆惠皇家。

【注释】

〔1〕灵族：众仙灵。

〔2〕曾城：高大的城阙。

〔3〕王韩：王子晋与韩众，仙人。　太华：西岳华山。

〔4〕湘川娥：指湘妃。

〔5〕太容：仙人名。传说为黄帝乐师。

〔6〕洪崖：传说中的仙人名。黄帝臣子伶伦的仙号。

【译文】

在昆仑仙境畅游与众仙子聚集，层层高城角上正在举行盛大的宴会。远风飘动万里，五色祥云重叠郁积。洛水女神宓妃出发于洛水之滨，王子晋与韩众从西岳华山起步。北上召集有娀的美女，往南邀请湘妃娥皇、女英。神仙驾车在云霄处疾速地行进，车盖排列，翠绿的羽毛随风轻盈地飘扬。车上倚着用翠羽装饰的旌旗，车辕头的横木上挂着鸣声谐和的车铃。黄帝的乐师弹着高张的琴弦，黄帝的臣子伶伦唱出清亮的歌声。神仙们殷勤进酒结束，乘着紫色的云霞飞升离去。到达日出之处攀着扶桑才拉紧缰绳，在汤谷濯足戏水。仙人们的光辉覆盖着天宫之门，降下瑞福赐给皇家。

塘上行

江蓠生幽渚，微芳不足宣。被蒙风云会，移居华池边。发藻玉台下，垂影沧浪泉。沾润既已渥，结根奥且坚。四节逝不处，华繁难久鲜。淑气与时殒，馀芳随风捐。天道有迁易，人理无常全。男欢智倾愚，女爱衰避妍。不惜微躯退，但惧苍蝇前。愿君广末光，照妾薄暮年。

【译文】

江蓠生长在幽僻的小洲，细微的香气不值得宣扬。有幸遇到好的机会，迁居到美丽的池塘边。花朵在玉台上萌芽，倒影印在清澈的泉水上面。浸润着丰厚的恩泽，扎根深厚而且坚固。四季时光消逝不留，繁茂的花朵难以长久地保持鲜艳美丽。温和的花香会随着时光流逝而消散，残花也会随风消亡。自然规律常有变化，人生也不会常常圆满。男人用才智使女子为之倾倒，女人获得欢爱则是靠美色。我并不吝惜退却我这微贱的身躯，只是害怕小人在君王面前进谗言诋毁我的清白。但愿君王扩散剩余的光辉，照亮我的晚年免遭祸殃。

乐　府　谢灵运

会吟行

【题解】

会，指会稽。诗中赞美会稽的人物、风土，表现了退避远祸的思想。

六引缓清唱[1]，三调伫繁音[2]。列筵皆静寂[3]，咸共聆会吟。会吟自有初，请从文命敷[4]。敷绩壶冀始[5]，刊木至江汜[6]。列宿炳天文[7]，负海横地理[8]。连峰竞千仞，背流各百里。滮池溉粳稻[9]，轻云暧松杞。两京愧佳丽[10]，三都岂能似[11]？层台指中天，高墉积崇雉[12]。飞燕跃广途，鹢首戏清沚[13]。肆呈窈窕容，路曜便娟子[14]。自来弥年代，贤达不可纪。句践善废兴，越叟识行止[15]。范蠡出江湖[16]，梅福入城市[17]。东方就旅逸[18]，梁鸿去桑梓[19]。牵缀书土风，辞殚意未已。

【注释】

〔1〕六引：古代的六种乐曲，通常指箜篌引第一，宫引第二，商引第三，角引第四，徵引第五，羽引第六。

〔2〕三调：汉代乐府相和歌的平调、清调、瑟调的合称，也叫清商三调。南北朝至隋唐，以清、平、侧为三调。

〔3〕列筵：谓宴席中的四座。

〔4〕文命：大禹之名。

〔5〕敷绩：布绩。谓建功立业。　壶、冀：壶口、冀州。

〔6〕刊木：砍伐树木。

〔7〕列宿：众星宿。特指二十八宿。　天文：日月星辰等天体在宇宙间分布运行等现象。

〔8〕负海：背靠大海。

〔9〕滮（biāo）池：决池放水。

〔10〕两京：指汉代的长安和洛阳。

〔11〕三都：指三国时的蜀都成都、吴都建业、魏都邺。

〔12〕崇雉：层叠的高台。

〔13〕鹢（yì）首：船头。古代画鹢鸟于船头，故称。

〔14〕便娟：美好。

〔15〕越叟：越公。曾劝阻勾践前去朝见吴王。　行止：行步止息，犹言动和定。

〔16〕范蠡：助句践复越后退隐江湖。

〔17〕梅福：汉末仙人。

〔18〕东方：汉东方朔的省称。　旅逸：谓为客而放逸。

〔19〕梁鸿：东汉人，其妻孟光为之备食，举案齐眉，传为佳话。 桑梓：借指故乡或乡亲父老。

【译文】

用箜篌引、宫引、商引、角引、徵引、羽引六种乐曲依次伴奏歌声，清泠悠长；接着用平调、清调、瑟调三调准备繁复的演奏。请在座的人都安静下来吧，一起听我吟咏会稽的诗篇。吟咏会稽从哪儿开始，请允许我从夏禹说起。夏禹划分九州自壶口、冀州开始，砍伐树木打通道路一直到长江边。天上星河明亮展示天象，背靠大海展开地理。连绵不断的山峰一座比一座高，形状不同的河流绵延流动。放水灌溉稻苗，淡淡的云彩笼罩着松树杞树。比起会稽，汉代的东京洛阳和西京长安也要惭愧；三国的魏都邺、吴都建业和蜀都成都，又怎能相提并论？层层叠叠的高台直指天空，高大的城墙建了很高的墙垣。像燕子飞翔的马儿奔跑在宽广的大道上，绘有鹢鸟的大船航行在清澈的水中。街头的店铺里有文静漂亮的女子，街道上苗条漂亮的女子随处可见。从久远的时代到现在，会稽出现过数不清的德才兼备的人。越王勾践善于由废而兴称霸诸侯，也有越公识得一行一止，有春秋的范蠡功成身退泛舟江湖，有汉代的梅福不满王莽专政而离开家乡九江进入会稽城，有汉代的东方朔躲避乱政寄居隐逸在会稽，有东汉的梁鸿也因避祸而离开家乡，带着妻子来到会稽。诉说了这么多会稽的风土人情，字句已经用完可仍然觉得没诉说够啊。

乐府八首　鲍明远（鲍照）

【题解】

乐府诗一般为叙他人之事，而作者是借他人之口对现实社会各种现象作出批评，表现了作者处于门阀制度下的愤激之情；其中多边塞之作，亦是鲍照诗歌的特色。

东武吟

主人且勿喧，贱子歌一言：仆本寒乡士，出身蒙汉恩。始随张校尉[1]，占募到河源[2]。后逐李轻车[3]，追虏穷塞垣[4]。密途亘万里，宁岁犹七奔[5]。肌力尽鞍甲，心思历凉温。将军既下世，部曲亦罕存。时事一朝异，孤绩谁复论[6]？少壮辞家去，穷老还入门。腰镰刈葵藿，倚杖牧鸡豚。昔如鞲上鹰，今似槛中猿。徒结千载恨，空负百年怨。弃席思君幄[7]，疲马恋君轩。愿垂晋主惠[8]，不愧田子魂[9]。

【注释】

〔1〕张校尉：张骞，以校尉从大将军击匈奴，知水草处，军得以不乏。

〔2〕占募：报名应募。　河源：指黄河的源头。

〔3〕李轻车：李广从弟李蔡，为轻车将军，击匈奴右贤王有功。

〔4〕塞垣：本指汉代为抵御鲜卑所设的边塞。后亦指长城、边关城墙。

〔5〕宁岁：安宁的岁月。　七奔：谓一岁中七次奔走应命。

〔6〕孤绩：独有的功绩。

〔7〕弃席：喻被抛弃的功臣。

〔8〕晋主惠：指晋文公不弃旧臣。

〔9〕田子魂：田子方见老马少尽其力，老而被弃，认为是不仁义的做法，于是将老马赎回。

【译文】

主人家请您暂时不要说话，听我为您歌唱一曲。我本是一个出生在贫穷荒僻地方的人，这样的出身蒙受了汉家王朝的恩惠。开始是跟随张骞，应招来到黄河的源头。后来追随李蔡将军，追击匈奴到边塞之地。征战路程达万里之远，安宁的年岁里也要来回奔走七次。体力都耗尽在了战斗生涯中，心情则经历了受宠的温暖与被弃的寒凉。将军已然离开人世，他的部下也四散流亡。时事一下子发生改变，以前立下的独特功绩谁还会再提及？年轻力壮时离开家，老朽后才进家门。腰间插镰割刈葵藿，拄着木杖放牧鸡和猪。想当初我如同站在皮革臂套上的苍鹰，而如今却像极了被关在囚笼里的猿猴。白白积结了千年的怨恨，空自背负百年的遗憾。被抛弃的席垫思恋君王帷幄，疲惫不堪的马儿想念君王的马厩啊。希望如晋文公垂怜恩惠，也不愧田子方赎马之举。

出自蓟北门行

羽檄起边亭〔1〕，烽火入咸阳。征骑屯广武〔2〕，分兵救朔方〔3〕。严秋筋竿劲〔4〕，虏阵精且强。天子按剑怒，使者遥相望〔5〕。雁行缘石径〔6〕，鱼贯度飞梁〔7〕。箫鼓流汉思，旌甲被胡霜。疾风冲塞起，沙砾自飘扬。马毛缩如猬，角弓不可张。时危见臣节，世乱识忠良。投躯报明主，身死为国殇〔8〕。

【注释】

〔1〕羽檄：古代军事文书，插鸟羽以示紧急，必须迅速传递。

〔2〕广武：古战场名。楚汉相争时，项、刘各占一城，互相对峙。

〔3〕朔方：郡名。治所在今内蒙古自治区杭锦旗北。

〔4〕严秋：肃杀的秋天。

〔5〕相望：互相看见。形容接连不断。

〔6〕雁行：形容排列整齐而有次序。

〔7〕鱼贯：比喻一个挨一个地依序进行。　飞梁：凌空飞架的桥。

〔8〕国殇：指为国牺牲的人。

【译文】

插着鸟羽的紧急军事文书从边塞的亭障送出，烽火烟燧直达咸阳城。征召骑士驻军广武，分派军队营救朔方。肃杀的冬日弓箭强劲，敌军阵营精锐强大。汉家天子手按宝剑大怒，派出的使者络绎不绝。军队像大雁飞翔排列整齐而有次序地行进在山间石路上；像游鱼列队走过飞架的桥梁。行军奏乐声中流露出了对汉家乡土的思念，旌旗与铠甲都结上了一层层胡地的霜雪。急剧而猛烈的风在塞外刮起，沙子和碎石随风飞扬。马匹的毛发如刺猬般缩紧，兽角之弓僵冷得拉不开弓弦。危难之时显现人臣的操守，动乱之世可以辨别出何为忠诚。把自己的躯体奉献给贤明的君主，即便牺牲也是为国捐躯。

结客少年场行

骢马金络头[1]，锦带佩吴钩。失意杯酒间[2]，白刃起相雠。追兵一旦至，负剑远行游。去乡三十载，复得还旧丘。升高临四关[3]，表里望皇州。九途平若水[4]，双阙似云浮。扶宫罗将相，夹道列王侯。日中市朝满，车马若川流。击钟陈鼎食[5]，方驾自相求。今我独何为，坎壈怀百忧。

【注释】

〔1〕骢马：青白色相杂的马。

〔2〕失意：意见不合。

〔3〕升高：登高。　四关：四座关塞。晋时“四关”，则指东成皋，南伊阙，北孟津，西函谷。

〔4〕九途：经纬九条道路。

〔5〕“击钟”句：打钟列鼎而食，形容富贵人家。

【译文】

青白色相杂的马套着金色的马笼头，锦制的带子上佩挂着吴国的弯刀。杯酒之间意见不合，便拔出锋利的刀刃相互仇杀。追击的官兵一旦到来，拿起剑便到远方行游。离开家乡三十年，才再次回到故乡。登上高处望着洛阳的四座关塞，看着这帝京的内外山河。九条大道像水面那样平坦，宫廷楼阁像漂浮在天空。将相的房屋或夹着宫阙排列，道路两旁门对门尽是王侯。正午的时候街铺开张人潮涌动，车马之多像川流不息。全是击钟鼎食之家，或是并驾出行互相拜访问候。现如今为什么只有我是这个样子，困顿而百事忧虑啊。

东门行

伤禽恶弦惊，倦客恶离声。离声断客情，宾御皆涕零。涕零心断绝，将去复还诀。一息不相知，何况异乡别。遥遥征驾远，杳杳落日晚。居人掩闺卧，行子夜中饭。野风吹秋木，行子心肠断。食梅常苦酸，衣葛常苦寒。丝竹徒满坐，忧人不解颜。长歌欲自慰，弥起长恨端。

【译文】

受了重伤的大雁最怕听到张弓射箭的声响，客游他乡之人最怕听到离别的歌乐。离别的歌声让人伤心欲绝，还让送行的人和驾车人都泪流不止。落泪不止心都碎了，将要离开又忍不住返身再次告别。短暂的别离都不知道什么时候才能相聚，何况这山长水远的异乡之别呢。马车越走越远，太阳慢慢西落。在家的人掩门躺卧闺房中，而出行的人可能得半夜才吃上饭。野外的风吹打着秋日的树木，在外的人心肠断绝。吃梅子就怕酸苦，穿葛衣就怕不能御寒。

乐器演奏与高朋满座也是徒劳，不能使心情忧伤的人笑逐颜开啊。想要通过放声高歌自我宽慰，却开始想起了更多的遗憾怨愁。

苦热行

赤阪横西阻[1]，火山赫南威[2]。身热头且痛，鸟堕魂来归。汤泉发云潭[3]，焦烟起石圻[4]。日月有恒昏，雨露未尝晞。丹蛇逾百尺[5]，玄蜂盈十围[6]。含沙射流影[7]，吹蛊痛行晖[8]。鄣气昼熏体[9]，菵露夜沾衣[10]。饥猿莫下食，晨禽不敢飞。毒泾尚多死[11]，渡泸宁具腓[12]。生躯蹈死地，昌志登祸机[13]。戈船荣既薄[14]，伏波赏亦微[15]。财轻君尚惜，士重安可希。

【注释】

〔1〕赤阪：西域地名，以酷热著称。

〔2〕赫：炎热炽盛貌。

〔3〕汤泉：温泉。　云潭：上有蒸气如云之潭。以称温泉。

〔4〕石圻（qí）：曲折的石岸。

〔5〕丹蛇：赤色的长蛇。

〔6〕玄蜂：即黑蜂。

〔7〕含沙：传说中的怪物，能含沙射人，使人致病。

〔8〕蛊（gǔ）：即飞蛊。传说一种人工培育的毒虫。　行晖：出行人的光辉。

〔9〕鄣气：旧指南方山林间毒热之气。鄣，通“瘴”。

〔10〕菵露：菵草上的露水。

〔11〕毒泾：春秋时秦人在泾河下毒阻止晋军。

〔12〕渡泸：指诸葛亮征服西南。　腓（féi）：病。

〔13〕昌志：犹壮志。　祸机：指隐伏待发之祸患。

〔14〕戈船：汉归义侯严为戈船将军。

〔15〕伏波：汉马援为伏波将军，击交阯。

【译文】

赤坂横亘在西方形成险阻，火山炎热炽盛彰显着南国的威力。此地令人身体发热并且头痛，飞鸟也会丢掉魂魄不能回归。温泉潭里流出滚烫的热水，曲折的石岸上升起冒着热气的烟雾。日月总被遮蔽而昏暗无光，雨水和露水从来都没有被晒干过。红色的长蛇超过十丈，黑蜂粗大超过十围。含沙这种水怪在江流中喷射人影，飞蛊使出行的人生病。毒热的瘴气在白天熏蒸着人的身体，夜里菵草上带毒的露水沾在衣服上。饥饿的猿猴不敢下地觅食，飞禽在清晨不敢在空中飞翔。春秋时秦人在泾河上游下毒尚造成下游的晋军很多人死亡，三国时诸葛亮率领蜀军强渡泸水不仅仅是人人得病，而且死了很多人。如今深入这赤热之地征战，将士们真是将活生生的身躯冒险踏入死亡之地，虽然壮志在胸，但随时都面临着隐伏待发的祸患。可即使如此危难，军功卓著的西汉归义侯严也只是被加封了戈船将军的衔，同样军功甚伟的东汉伏波将军马援受到的奖赏也微不足道。君王尚且吝惜财物赏赐，怎么期望士卒付出重要的生命为他效劳呢？

白头吟

直如朱丝绳，清如玉壶冰。何惭宿昔意，猜恨坐相仍。人情贱恩旧，世议逐衰兴。毫发一为瑕，丘山不可胜。食苗实硕鼠，玷白信苍蝇。凫鹄远成美〔1〕，薪刍前见陵〔2〕。申黜褒女进〔3〕，班去赵姬升〔4〕。周王日沦惑〔5〕，汉帝益嗟称〔6〕。心赏犹难恃，貌恭岂易凭。古来共如此，非君独抚膺。

【注释】

〔1〕“凫鹄”句：《韩诗外传》载：黄鹄出君园池，食君鱼鳖，啄君稻粱，君却贵之，因其所从来远也。

〔2〕薪刍：薪柴和牧草。先来者居下，后来者居上。

〔3〕“申黜”句：周幽王取申女以为后，后来又得褒姒而黜申后。

〔4〕“班去”句：汉成帝初选班婕妤入宫，大幸。后赵飞燕宠盛，婕妤失宠。

〔5〕沦惑：沉迷。周幽王有烽火戏诸侯事，故称。

〔6〕汉帝：指汉成帝称赏赵飞燕。

【译文】

正直像朱弦一样，清白像玉壶一样。对往日的情谊没有任何惭愧之情，猜疑怨恨却连续不断地产生。人情就是容易不顾念旧交，世人势利就是根据人的衰败或成功评论一个人。一旦有一丝一毫的缺点，会像山丘一样巨大不能忍受。不劳而获的其实是那些硕鼠，玷污人的清白声誉的是像苍蝇一样的谗佞小人。黄鹄因从远处飞来而得到赞赏，薪柴和牧草却是先来被压、后来居上。申后被罢黜而褒姒受到宠幸，班婕妤离开而赵飞燕受宠。周幽王日益沉沦美色导致失国，汉成帝则禁不住对赵飞燕大加称赞。曾经心爱的都难以挽留旧日恩义，仅仅凭借容貌谦恭又怎么能有所托付呢？古往今来的世俗都是这样的，不仅仅只是您为此而捶拍胸口叹息不已。

放歌行

蓼虫避葵堇〔1〕，习苦不言非。小人自龌龊〔2〕，安知旷士怀。鸡鸣洛城里，禁门平旦开。冠盖纵横至，车骑四方来。素带曳长飙〔3〕，华缨结远埃〔4〕。日中安能止，钟鸣犹未归。夷世不可逢，贤君信爱才。明虑自天断〔5〕，不受外嫌猜。一言分珪爵[6]，片善辞草莱。岂伊白璧赐[7]，将起黄金台[8]。今君有何疾，临路独迟回。

【注释】

〔1〕蓼虫：寄生于蓼间的虫。

〔2〕龌龊：器量局促。

〔3〕素带：即绅。白绢缝制的大带，束于腰间，一端下垂。古代天子、诸侯、大夫用素带。引申指贵人服饰。

〔4〕华缨：彩色的冠缨。古代仕宦者的冠带。

〔5〕明虑：英明的谋虑。

〔6〕珪爵：借指高贵的官职。

〔7〕白璧赐：虞卿说赵孝成王，一见赐黄金百镒，白璧一双。

〔8〕黄金台：燕昭王置千金于台上，以延天下之士。

【译文】

蓼虫远避甘美的葵堇，是习惯了蓼草之味而不觉其苦。识见浅狭的人自然器量局促，又怎么能理解旷达贤士的高尚情怀？洛阳城中的雄鸡开始鸣叫，宫门就开启了，前来早朝的达官贵人从四面八方簇拥而来，车马纷纷奔驰在四通八达的道路上。腰间华贵的衣带在风中飘舞，彩色的冠缨被远方的飞尘笼罩。正午时分还为繁忙的公务奔波不停，夜晚钟声响起的时候还没有回家。太平之世的机运很难再遇到，贤明的君主也确实是爱惜人才的。君王自然有英明的谋虑，不受外来的影响而轻易心生疑忌。说对了一句话就可以封官进爵，只要有微小的优点就能脱离乡野而做官。当今的君王难道只是赏赐贤才白璧吗？他还要建筑招贤的黄金台。可是现在您心里还有什么忧患呢？为什么面对仕途之路却独自徘徊而迟疑呢？

升天行

家世宅关辅，胜带宦王城。备闻十帝事，委曲两都情。倦见物兴衰，骤睹俗屯平。翩翻类回掌，恍惚似朝荣。穷途悔短计，晚志重长生。从师入远岳，结友事仙灵。五图发金记[1]，九籥隐丹经[2]。风餐委松宿，云卧恣天行。冠霞登彩阁，解玉饮椒庭。暂游越万里，近别数千龄。凤台无还驾，箫管有遗声[3]。何时与尔曹，啄腐共吞腥[4]。

【注释】

〔1〕五图：五种采芝法。

〔2〕九籥：道家藏经卷的器具。　丹经：讲述炼丹术的专书。

〔3〕箫管：排箫和大管。箫史，娶秦缪公女弄玉，吹箫似凤声，随凤凰飞去成仙。

〔4〕啄腐共吞腥：《庄子》载：鹓雏非梧桐不止，非练实不食，非醴泉不饮。鸱则啄腐吞腥。

【译文】

世代居住在关中、三辅地区，穿戴着优美的衣冠在都城做官。尽知汉朝十几位帝王在位之事，详细了解东西两都的具体情况。厌倦了事物的兴盛和衰败，屡次目睹了世间的艰难与平易。世事变幻迅疾如翻手掌，恍惚间如花朵早晨开放夜间凋零。因为长期处于困苦境地而为浅陋的计谋感到后悔，晚年的志向开始转为重视道家求长生的法术。跟从老师学习法术隐入远方的山岳，结交朋友访求神仙。五种采芝法产生于道家宝典，藏经卷的器具隐藏在讲述炼丹术的专书之中。在野外风餐露宿，高卧在云雾缭绕之中任自然而行。头戴仙人霞冠飞登彩云高阁，解下玉石印玺在用椒泥涂壁的仙官喝酒。短暂的游历之间已飞越几万里，辞别不久已过千年。不再返回人间的凤凰之台，尽管成仙时的音乐还有遗响。怎么会跟你们这些俗人同流合污，追名逐利啄腐吞腥？

鼓吹曲　谢玄晖（谢朓）

【题解】

谢朓奉隋王萧子隆教作《古入朝曲》，此为其一，写金陵帝都的繁华景象及藩王入朝时的华贵气象。

江南佳丽地，金陵帝王州〔1〕。逶迤带渌水，迢递起朱楼〔2〕。飞甍夹驰道〔3〕，垂杨荫御沟。凝笳翼高盖〔4〕，叠鼓送华辀〔5〕。献纳云台表〔6〕，功名良可收。

【注释】

〔1〕金陵：古邑名，今南京的别称。传说此地有“王气”，战国时楚威王埋金以镇王气，故曰金陵。

〔2〕迢递（tiáo dì）：连绵不绝貌。

〔3〕飞甍（méng）：谓高甍凌空欲飞。

〔4〕凝笳：徐缓幽咽的笳声。

〔5〕华辀：刻画彩色图案的车辕。

〔6〕献纳：指献忠言供采纳。　云台：汉代宫中高台名。东汉光武帝时，用作召集群臣议事之所。

【译文】

江南自古就是秀丽之地，金陵则是素有“王气”之称的帝都。曲折的河流流淌着绿水，富丽堂皇的高楼连绵不绝。亭榭楼阁沿着笔直的驰道两边拔地而起，流经宫苑的御沟两岸则布满了整齐的垂柳。达官贵人的豪车伴着徐缓的笳声，时而随着急促的鼓声出入往来。在这样的富丽祥瑞之地献上忠心忠言，当然可以成就功名。

挽歌

挽歌诗 缪熙伯（缪袭）

【题解】

缪袭（186—245），字熙伯。汉魏间士人，东海（今山东郯城一带）人。曾参与修撰《皇览》及曹魏史，《宋书·乐志》载其与王肃等讨论乐府，锺嵘《诗品》将其列入下品。挽歌，为挽柩者所唱的哀悼死者的歌。本诗是诗人对生死问题的思索，认为生与死符合生命规律，任何人都不能违背这个规律。

生时游国都，死没弃中野。朝发高堂上，暮宿黄泉下。白日入虞渊〔1〕，悬车息驷马〔2〕。造化虽神明，安能复存我？形容稍歇灭，齿发行当堕。自古皆有然，谁能离此者。

【注释】

〔1〕虞渊：传说为日没处。

〔2〕悬车：指装载太阳之车停止运行。《淮南子》曰："日出汤谷，至于悲泉，爰息其马，是为悬车，至于虞渊，是为黄昏。"

【译文】

生前居住在国家的首都，死了被埋没在原野之中。早上的时候躺在棺材里从家中高堂出发，天黑时便被下葬在黄泉之下。太阳下山进入虞渊，载日的四马高车也已停下。自然界虽然神圣高超，但又哪里能让我死而复生？我的身体容貌渐渐消失，牙齿和头发也会腐朽。自古以来都是这样，有谁能够逃离这件事。

挽歌诗三首 陆士衡（陆机）

【题解】

作挽歌以悼人，同时通过对死亡的想象和思考，流露出阴间可怖难以久留，因此而依恋人世却又无可奈何的心情。其一，先写卜择葬地与出丧，是送者之言；其二，为死者之言，全写死者安葬入土后的感觉与离开人世的痛苦。其三，客观叙述出丧赴墓地的情况，这是歌者之言。

其一

卜择考休贞，嘉命咸在兹[1]。夙驾惊徒御，结辔顿重基[2]。龙幌被广柳[3]，前驱矫轻旗。殡宫何嘈嘈，哀响沸中闱[4]。中闱且勿欢，听我《薤露诗》。死生各异伦，祖载当有时[5]。舍爵两楹位，启殡进灵輀[6]。饮饯觞莫举，出宿归无期。帷衽旷遗影，栋宇与子辞。周亲咸奔凑，友朋自远来。翼翼飞轻轩，骎骎策素骐[7]。按辔遵长薄[8]，送子长夜台。呼子子不闻，泣子子不知。叹息重榇侧，念我畴昔时。三秋犹足收，万世安可思？殉没身易亡，救子非所能。含言言哽咽，挥涕涕流离。

【注释】

〔1〕嘉命：敬称别人的告语。

〔2〕重基：犹高山。

〔3〕幌：同荒。盖在灵柩的棺罩。　广柳：即广柳车。古代载运棺柩的大车。

〔4〕哀响：悲凉的乐声。　中闱（wéi）：灵堂门内。

〔5〕祖载：将葬之际，以柩载车上行祖祭之礼。

〔6〕灵轜（ér）：灵车。

〔7〕骎骎：马疾速奔驰貌。　素骐：白马。

〔8〕按辔：谓扣紧马缰使马缓行或停止。　长薄：绵延的草木丛。

【译文】

占卜选择吉利的出殡日子，占卜的结果显示今天就是良辰吉日。清晨驾车出行惊动了随从，一直走到深山才收缰停车。灵柩上盖着带有各种装饰的柳衣（棺罩），棺车也有人举着幡旗在前引导。停放灵柩的灵室内外嘈嘈闹闹，到处是一片悲哀的乐器声和哭泣声。灵室内的人暂且不要哭泣喧哗，听我吟唱《薤露》之诗吧。死生各不相同，祖祭之礼人人都要举行的。用酒在两个柱子之间祭奠，把灵柩搬到灵车上吧。死去的人已经不能再举杯饮酒，从灵室出去后再也没有归返的日子。帐幕之间空留下死者的影子，旧时居住的房子也要永远地告别了。亲人都聚集在这里，朋友也从远方赶来。他们或驾着轻车，或骑着快马赶来赴丧。沿着绵延的林子扣紧缰绳慢慢前行，送死者到达墓室。呼唤死去的人他也听不到，为他哭泣他也不知道。在你的棺材旁叹息，怀念昔日和我一起出游的时光。三秋的思念可因见面而停止，可我们却是千秋万世的思念哪里能够终止呢？以身殉葬很容易，可救你复活却不是我能够做的。想要说话可哽咽得说不出，想擦掉眼泪而涕泪流淌得更厉害了。

其　二

重阜何崔嵬，玄庐窜其间。旁薄立四极〔1〕，穹隆放苍天。侧听阴沟涌，卧观天井悬。广霄何寥廓，大暮安可晨〔2〕？人往有反岁，我行无归年。昔居四民宅〔3〕，今托万鬼邻。昔为七尺躯，今成灰与尘。金玉素所佩，鸿毛今不振。丰肌飨蝼蚁，妍姿永夷泯。寿堂延螭魅，虚无自相宾[4]。蝼蚁尔何怨，螭魅我何亲。拊心痛荼毒，永叹莫为陈。

【注释】

〔1〕旁薄：广大，宏伟。　四极：指墓室地面的四边。

〔2〕大暮：犹长夜。喻死。

〔3〕四民：旧称士、农、工、商为四民。

〔4〕相宾：谓以宾客之礼待其贤者。

【译文】

高耸重叠的山岗是多么的巍峨，坟墓深深地藏在山的中间。墓室地面四边广阔如大地，墓室穹隆效仿苍茫的天宇。侧耳倾听地下的江河波涛汹涌，仰面躺着观看墓室顶部的天井。长夜漫漫何等安静，何时才能迎来清晨。远行的人都有回家的一天，我死去之后就再也没有归来的时日。以前活着的时候居住在士、农、工、商当中，现在只能托身墓地与千万鬼魂作邻。过去活的时候有七尺的身躯，现如今都化作灰尘与土了。过去我的身上佩戴着黄金与美玉等珍宝，现今却连一根轻微的鸿雁羽毛都负荷不起来了。我丰润肌肤被蝼蛄和蚂蚁这些微小的生物享用，美好的姿容也将永远消灭了。祭祀的厅堂只能宴请怪物和邪鬼，无形的魂魄只能自己以宾客之礼相待。蝼蚁啊，你们与我之间有什么怨恨呢，螭魅啊，和我又何亲？我拍打着自己的胸脯，心中充满深切悲痛，永久地叹息却无法与人诉说。

其　三

流离亲友思，惆怅神不泰。素骖伫輀轩[1]，玄驷骛飞盖[2]。哀鸣兴殡宫，回迟悲野外。魂舆寂无响[3]，但见冠与带。备物象平生[4]，长旐谁为旆？悲风徽行轨[5]，倾云结流蔼[6]。振策指灵丘[7]，驾言从此逝。

【注释】

〔1〕素骖：驾车的白马，一般用于丧事。　辒轩：载柩的丧车。

〔2〕玄驷：同驾一车的四匹黑马。亦指四匹黑马同驾之车。

〔3〕魂舆：即魂车。

〔4〕备物：指仪卫、祭祀等所用的器物。　平生：平素。

〔5〕徽：止。

〔6〕流蔼：浮动的云气。蔼，通“霭”。

〔7〕灵丘：敬称祖墓。

【译文】

亲友流转离散思念逝去者，心中感到惆怅神态不安。马拉灵车，时而伫立停留，时而疾驰飞奔。哀伤的哭声在灵堂响起，悲伤的哭声在郊外回荡。魂车寂静没有声音，只能看见死者生前的衣帽。丧葬所用的器物像死者平常所用的东西，那么旗幡上的铭旌又是为谁而题的呢？凄厉的寒风也带着悲伤阻止着灵车，天空中浮动的云气即将聚集成雨。送葬的人扬鞭策马直指坟墓，死者从此在人世间永远消逝了。

挽歌诗　陶渊明（陶潜）

【题解】

这是陶渊明为自己作的挽歌三首之一，表达了一种对自然死亡的安详心态。

荒草何茫茫，白杨亦萧萧。严霜九月中，送我出远郊。四面无人居，高坟正嶕峣[1]。马为仰天鸣，风为自萧条。幽室一已闭[2]，千年不复朝。千年不复朝，贤达无奈何。向来相送人，各已归其家。亲戚或馀悲，他人亦已歌。死去何所道，托体同山阿[3]。

【注释】

〔1〕嶕峣（jiāo yáo）：峻峭，高耸。

〔2〕幽室：谓墓穴。

〔3〕托体：寄附躯体。

【译文】

无边无际的荒草茫茫一片，白杨萧杀枝叶稀稀拉拉的。九月严霜之日，送我出远郊走向墓地。四面八方没有人居住，只有竞相耸立的高高坟头。送葬的马儿也禁不住仰天悲鸣，寒风自顾自地在萧瑟中悲响。墓室一下子被合上了，从此千年再也看不到一点光亮。千年再也看不到一点光亮，古往今来的圣贤对此也是无可奈何啊。刚才前来送丧的人们，都已各回各家了吧！我的至亲们或者还有悲伤，其他人或者已在欢歌啦。既然已经死了还有什么可说，身体托付山阿如此而已！

杂歌

歌并序　荆轲

【题解】

荆轲（？—前227），战国末卫国人，卫人称为庆卿。游历燕国，燕人称为荆卿。后被燕太子丹尊为上卿，派往刺秦王嬴政。此歌抒发壮士舍生取义的慷慨悲凉之情。

燕太子丹使荆轲刺秦王，丹祖送于易水上[1]。高渐离击筑[2]，荆轲歌，宋如意和之，曰：

风萧萧兮易水寒，壮士一去兮不复还！

【注释】

〔1〕祖送：犹饯行。祖饯送行。

〔2〕筑（zhù）：古弦乐器名。有五弦、十三弦、二十一弦三种说法。其形似筝，颈细而肩圆，弦下设柱。演奏时，左手按弦的一端，右手执竹尺击弦发音。

【译文】

燕国的太子丹派遣荆轲去刺杀秦王，太子丹为荆轲在易水边设酒宴送行。荆轲的好友高渐离为他击筑弹奏，荆轲放声高歌，宋如意相和，唱词说：

大风刮得呼呼地响啊易水生寒，壮士此去啊，再也不会归还。

歌并序　汉高祖（刘邦）

【题解】

汉高祖，即刘邦（前 247—前 195），西汉开国皇帝。刘邦能诗，有《大风歌》《鸿鹄歌》等。此歌抒发统一天下的壮志和希望获得猛士相助的愿望。

高祖还，过沛[1]，留。置酒沛宫，悉召故人父老子弟佐酒[2]，发沛中儿得百二十人，教之歌。酒酣，上击筑自歌曰：

大风起兮云飞扬，威加海内兮归故乡，安得猛士兮守四方！

【注释】

〔1〕沛：今江苏沛县。

〔2〕佐酒：劝酒，陪同饮宴。

【译文】

汉高祖返回长安，经过故乡沛县，便留下来暂住几日。在沛县的宫室布置酒宴，把朋友亲戚乡友都请来，一起宴饮，又发动沛县的一百二十个少年，教他们唱歌。酒喝得正在兴头上，汉高祖就自己击筑唱起歌来：

大风吹起，白云飞扬，声威震动天下啊回归故乡。怎样才能得到勇猛的壮士啊来守卫四方！

扶风歌　刘越石（刘琨）

【题解】

刘琨所作诗歌慷慨激昂，此诗叙写作者从洛阳出发赴任并州刺史沿途中的经历和感触，表现伤时感乱的爱国情思，抒写壮志未酬的悲愤感情。

朝发广莫门〔1〕，暮宿丹水山〔2〕。左手弯繁弱〔3〕，右手挥龙渊〔4〕。顾瞻望宫阙，俯仰御飞轩。据鞍长叹息〔5〕，泪下如流泉。系马长松下，发鞍高岳头〔6〕。烈烈悲风起，泠泠涧水流〔7〕。挥手长相谢，哽咽不能言。浮云为我结，归鸟为我旋。去家日已远，安知存与亡？慷慨穷林中〔8〕，抱膝独摧藏〔9〕。麋鹿游我前，猿猴戏我侧。资粮既乏尽，薇蕨安可食？揽辔命徒侣，吟啸绝岩中[10]。君子道微矣，夫子故有穷[11]。惟昔李骞期[12]，寄在匈奴庭。忠信反获罪，汉武不见明。我欲竟此曲，此曲悲且长。弃置勿重陈，重陈令心伤。

【注释】

〔1〕广莫门：晋洛阳城北门名。

〔2〕丹水山：指今山西晋城北的丹朱岭。丹水发源于此。

〔3〕繁弱：古良弓名。

〔4〕龙渊：宝剑名。

〔5〕据鞍：跨着马鞍。亦借指行军作战。

〔6〕发鞍：卸下马鞍。指停止打仗。

〔7〕泠泠：形容声音清越、悠扬。

〔8〕穷林：深林。

〔9〕摧藏：极度伤心。

〔10〕绝岩：极其陡峭的山崖。

〔11〕有穷：遭受困穷。

〔12〕李骞（qiān）期：指李陵，行军错过约定的期限。骞，与“愆”通。行军失期是李陵祖父李广的事，这里误属李陵。

【译文】

清晨从广莫门出发，傍晚在丹水山过夜。左手拉开繁弱大弓，右手挥动龙渊宝剑。回头远望洛阳宫阙，俯身策马驾起轻车飞奔向前。跨在马鞍上发出长长的叹息，眼泪像流动的泉水一样落下。把马拴在高大的松树下，在高高的山头卸下马鞍。凛冽的寒风在山头刮起令人悲伤，溪水从山涧流出，发出清越的声响。我对着京都的方向久久地挥手告别，悲伤哭泣，声气郁结，说不出一句话来。天上飘动的云似乎是为我凝结在一起的，归来的飞鸟似乎也在为我盘旋。离开家的路途一天天更远了，怎么知道这次会活着回来，还是战死沙场呢？我在深林中感叹，抱着膝盖独坐，极度伤心。麋鹿在我眼前悠闲地游转，猿猴在我身边快乐地蹦跳嬉戏。钱财粮食都已经用完了，薇和蕨哪里可以吃得下去呢？我拉住马缰，命令随从继续前行，在极其陡峭的山崖放声长啸悲吟。君子之道已经衰微了，孔子也有遭受困穷的时候。昔日李陵出征错过了约定的归期，因被滞留，暂住在匈奴不能归国。忠诚的人反而获罪，汉武帝识人实在是不够清明。现在我要奏完这首歌了，这支曲子实在是悲伤又绵长。我还是将它放弃丢置在一旁不再诉说了吧，再陈述也只会令人伤心烦闷。

中山王孺子妾歌　陆韩卿（陆厥）

【题解】

孺子，指宫人。诗作表现君王宠妾和幸臣对命运的忧虑之情。

如姬寝卧内〔1〕，班婕坐同车〔2〕。洪波陪饮帐〔3〕，林光宴秦馀〔4〕。岁暮寒飙及，秋水落芙蕖。子瑕矫后驾〔5〕，安陵泣前鱼〔6〕。贱妾终已矣，君子定焉如！

【注释】

〔1〕如姬：魏王侍女，从魏王卧室内偷出兵符。

〔2〕班婕：汉成帝游于后庭，曾想与班婕妤同车共载，被拒绝。

〔3〕洪波：赵国台名，赵简子曾与诸大夫饮于洪波之台。

〔4〕林光：秦代离宫名。　秦馀：秦代的遗迹。《西京赋》：“视往昔之遗馆，获林光于秦馀。”

〔5〕子瑕：弥子瑕，有宠于卫君。弥子母病，弥子擅自驾君车以出城门，后因此事而获罪。

〔6〕安陵：安陵君。“泣前鱼”为龙阳君之事。龙阳君尝与魏王共船而钓，以鱼作比，担心被遗弃。

【译文】

如姬和魏王居住在同一间卧室内，班婕妤甚至有机会与汉成帝同车共载。赵简子与诸大夫在洪波台上喝酒，汉帝常常在秦代遗留的林光宫宴饮。年尾猛烈的寒风吹来，秋水池里的荷花随风凋谢零落。弥子瑕被君王宠幸而擅自驾驶君王的车出宫，龙阳君因舍弃了前面钓得的鱼而哭泣。贱妾我也担忧最终会因为美色衰驰而失去恩宠，不知道君王您到时会怎么做呢？

（本卷译注：孙艳庆）

文选卷第二十九

诗己

杂诗上

古诗十九首　佚名

【题解】

此篇题为古诗，刘勰《文心雕龙》说："古诗佳丽，或称枚叔；其《孤竹》一篇，则傅毅之词。"锺嵘《诗品》说："古诗眇邈，人世难详。"都未能明确作者。李善《文选注》说："并云古诗，盖不知作者，或云枚乘，疑不能明也。"当代学者多以为是东汉末年士人所作，《文选》选取了十九篇。这些古诗，非游子之歌，即代拟的思妇之辞，反映羁旅愁思和种种苦闷忧愤。

行行重行行，与君生别离。相去万馀里，各在天一涯。道路阻且长，会面安可知？胡马依北风，越鸟巢南枝。相去日已远，衣带日已缓。浮云蔽白日，游子不顾反。思君令人老，岁月忽已晚。弃捐勿复道，努力加餐饭。

【译文】

不停地走啊走啊，别离后再难相见。我们相隔遥远，各自在天一方。相离之间道路艰难遥远，何时相见怎可知道？北方的马来到南方，仍依恋北风。南方的鸟来到北方，以朝南枝条为巢。离别之日已久远，思君瘦得我衣带日渐松弛。莫非是漂浮之云遮住了白日，游子不再顾念返家。思念你令人衰老，忽然时间已入暮年。一切都抛弃脑后就不必再说什么了，只愿你多吃一点保重身体。

青青河畔草，郁郁园中柳。盈盈楼上女[1]，皎皎当窗牖[2]。娥娥红粉妆[3]，纤纤出素手[4]。昔为倡家女[5]，今为荡子妇[6]。荡子行不归，空床难独守。

【注释】

〔1〕盈盈：仪态美好貌。

〔2〕皎皎：皮肤洁白貌。

〔3〕娥娥：漂亮娇艳。

〔4〕纤纤：女子手纤柔之貌。

〔5〕倡：表演歌舞的人。

〔6〕荡子：游子。

【译文】

河畔之草青青，园中之柳茂盛。楼上之女仪态美好，对着窗户皮肤更显皎洁。红粉妆打扮得漂亮娇艳，其手纤细洁白。过去是歌舞女，现在是游子之妇。游子远行不归，空旷之床难以独守。

青青陵上柏，磊磊涧中石。人生天地间，忽如远行客。斗酒相娱乐，聊厚不为薄。驱车策驽马，游戏宛与洛。洛中何郁郁[1]，冠带自相索。长衢罗夹巷[2]，王侯多第宅。两宫遥相望，双阙百馀尺。极宴娱心意，戚戚何所迫[3]。

【注释】

〔1〕郁郁：繁华貌。

〔2〕长衢：大路。

〔3〕戚戚：忧伤貌。

【译文】

山陵上柏树青青，涧中坚石众多。人生活在天地之间，忽然像那远行之客。以少量酒来相娱乐，姑且以其来聊慰自己。驾着劣马之车，去南阳与洛阳游玩。洛阳城中非常繁华，达官贵人相互结交为友。小巷排列在大街两边，其中多王侯之宅。两座宫殿遥远相望，宫殿前两座瞭望楼有一百余尺高。极乐宴会娱乐心意，有什么可忧伤的。

今日良宴会，欢乐难具陈。弹筝奋逸响，新声妙入神。令德唱高言，识曲听其真。齐心同所愿，含意俱未申。人生寄一世，奄忽若飙尘〔1〕。何不策高足，先据要路津。无为守穷贱，轗轲长苦辛〔2〕。

【注释】

〔1〕飙（biāo）尘：被风卷起的飞尘。

〔2〕轗轲：困顿不得志。

【译文】

今日的嘉宴，其欢乐难以陈说。弹筝响起奔放之音，新声之妙至于入神。贤人写作辞美之言，知音者从曲调听其中真意。大家共有相同之愿，只是所含心意都未说出来。人生短暂地寄居在世，忽然飘转得像飞尘。为何不策快马，抢先占据有利要隘。不用空守贫贱，长久困顿于艰苦辛劳。

西北有高楼，上与浮云齐。交疏结绮窗，阿阁三重阶[1]。上有弦歌声，音响一何悲！谁能为此曲？无乃杞梁妻[2]。清商随风发，中曲正徘徊。一弹再三叹，慷慨有馀哀。不惜歌者苦，但伤知音稀。愿为双鸣鹤，奋翅起高飞！

【注释】

〔1〕阿阁：四面都有檐霤的楼阁。

〔2〕杞梁妻：春秋齐大夫杞梁殖之妻，后有音乐《杞梁妻》。

【译文】

西北有座高楼，上可与浮云比齐。楼上之窗雕有花纹，有檐霤的楼阁建在三层之台上。上面有弹琴唱歌声，其音非常悲凉。除了杞梁妻，无人可奏此曲。清商之音随风而发，其中曲调哀伤往复。奏完一曲后多次唱叹，其声慷慨且悲哀。不痛惜歌者之苦，只哀伤知音稀少。愿与歌者一起化作两只鸣鹤，振翅飞向远方。

涉江采芙蓉，兰泽多芳草。采之欲遗谁？所思在远道。还顾望旧乡，长路漫浩浩。同心而离居，忧伤以终老。

【译文】

渡河采莲，长满兰草的沼泽边开满兰花。采来想留给谁呢？所思念的人在远方。回头遥望故乡，大路漫长无际。二人同心却分离而居，以忧伤而终老。

明月皎夜光，促织鸣东壁[1]。玉衡指孟冬[2]，众星何历历。白露沾野草，时节忽复易。秋蝉鸣树间，玄鸟逝安适[3]。昔我同门友，高举振六翮。不念携手好，弃我如遗迹。南箕北有斗[4]，牵牛不负轭[5]。良无磐石固，虚名复何益?

【注释】

〔1〕促织：蟋蟀。

〔2〕玉衡：北斗七星中的第五星。

〔3〕玄鸟：燕子。

〔4〕南箕：星宿名，形似簸箕。

〔5〕轭（è)：古时驾车套在牲口脖子上的曲木。

【译文】

明月散发出皎洁月光，蟋蟀在东壁下鸣叫。北斗柄指着孟冬时节方位，众星非常明亮。白露沾在野草之上，时节忽又改变。秋蝉在树间鸣叫，燕子飞去哪里呢？昔日我的同门之友，得志后振翅高飞。不顾念亲密友朋之好，把我像旧迹一样抛弃。箕星虽像簸箕，却不可簸扬；北斗星虽像斗勺，但不可舀酒；牵牛星名为牵牛却不可驾车。我们的友谊的确没有磐石坚固，虚妄之名又有什么益处。

冉冉孤生竹，结根泰山阿。与君为新婚，兔丝附女萝[1]。兔丝生有时，夫妇会有宜。千里远结婚，悠悠隔山陂。思君令人老，轩车来何迟[2]？伤彼蕙兰花，含英扬光辉。过时而不采，将随秋草萎。君亮执高节，贱妾亦何为!

【注释】

〔1〕兔丝：草名。俗称兔丝子。

〔2〕轩车：古士大夫以上所乘车，后泛指车。

【译文】

孤生之竹生长茂盛，在泰山下扎根。与你结为夫妇，像兔丝附在女萝上。兔丝生长有时，夫妇也应相会有时。结婚后相隔千里，山阪把我们遥远地分离。思念你使我衰老，你的车为何来得如此之迟！我为那蕙兰花悲伤，它含苞待放，散发着光辉。过了时间而不采摘，它将随秋草枯萎。相信你能坚守高尚节操，我又能做什么呢？

庭中有奇树，绿叶发华滋。攀条折其荣，将以遗所思。馨香盈怀袖，路远莫致之。此物何足贡，但感别经时。

【译文】

庭中有棵奇异之树，绿叶繁茂。攀着枝条折下其花，将它送给所思之人。芳香充满襟袖，路途遥远无法送达。此物不足献给你，只是感伤离别时久。

迢迢牵牛星，皎皎河汉女。纤纤擢素手，札札弄机杼。终日不成章，泣涕零如雨。河汉清且浅，相去复几许。盈盈一水间[1]，脉脉不得语[2]。

【注释】

〔1〕盈盈：水清澈貌。

〔2〕脉脉：深情凝视貌。

【译文】

遥远的牵牛星与明亮的织女星隔河相对。织女伸出纤细洁白之手来织布，织布机的声音札札作响。整天织不成好花纹，涕泪掉落成雨。银河清澈且浅，相距没有多远。仅隔清浅的银河，只能凝视而不能言语。

回车驾言迈，悠悠涉长道。四顾何茫茫，东风摇百草。所遇无故物，焉得不速老？盛衰各有时，立身苦不早。人生非金石，岂能长寿考〔1〕？奄忽随物化〔2〕，荣名以为宝。

【注释】

〔1〕考：老也，长寿高龄。

〔2〕奄忽：倏忽，急遽状。　物化：随物而化，指死亡。

【译文】

我掉转车头，驾着车子驶向远方，路途遥远漫长。一路上原野辽阔无边，新生的野草，在春风中摇曳。眼前所看到的一切和当初都已不同，人又怎能避免快速地衰老呢？万物盛衰有一定的时机，真悔恨自己蹉跎光阴，未能早立功业。人身不像金石那样坚硬，岂能长生不老呢？生命很快地随着万物消逝，只有留下的荣禄和声名最为宝贵。

东城高且长〔1〕，逶迤自相属〔2〕。回风动地起，秋草萋已绿。四时更变化，岁暮一何速？《晨风》怀苦心〔3〕，《蟋蟀》伤局促〔4〕。荡涤放情志，何为自结束。燕赵多佳人，美者颜如玉。被服罗裳衣，当户理清曲〔5〕。音响一何悲，弦急知柱促。驰情整中带，沉吟聊踯躅。思为双飞燕，衔泥巢君屋。

【注释】

〔1〕东城：洛阳之东城垣。

〔2〕逶迤：曲折绵长貌。　属：连也。

〔3〕《晨风》:《诗经·秦风》篇名，此诗多义，晨风之怀苦心，即忧心钦钦之意。

〔4〕《蟋蟀》:《诗经·唐风》篇名，蟋蟀之伤局促，隐喻人生短暂之悲哀，开启下文及时行乐的想法。

〔5〕清曲：清调曲之简称。

【译文】

洛阳的东城门外，城墙又高又长，曲折绵延地绕城一圈，又回到原处。强劲的旋风自地面吹起，在这秋风中草的绿意已凄然消尽。一年四季的更迭变化是何等的快速，转眼又到了岁暮。与其如《诗经》中的《晨风》《蟋蟀》篇一样忧心人生短暂，倒不如扫除一切烦忧、放开情怀吧，何必处处自我约束呢？北方燕赵宛洛之地有很多美人，她们艳丽的容颜如玉一般洁白秀美，身穿罗裳薄衣，对着门户练习清商曲调。曲调是何等的悲惨，琴柱调得太紧，更显得高亢急促。因听曲而心驰神往，手不自觉地把弄着衣带，反复沉吟，双足亦为之徘徊不进。心里想着与歌者成为双飞之燕，衔泥筑巢爱侣永伴。

驱车上东门〔1〕，遥望郭北墓〔2〕。白杨何萧萧，松柏夹广路。下有陈死人〔3〕，杳杳即长暮〔4〕。潜寐黄泉下〔5〕，千载永不寤〔6〕。浩浩阴阳移，年命如朝露。人生忽如寄，寿无金石固。万岁更相送，圣贤莫能度。服食求神仙，多为药所误。不如饮美酒，被服纨与素〔7〕。

【注释】

〔1〕上东门：洛阳城东面三门最北头的门。

〔2〕郭北：城北。洛阳城北的北邙山上，古多陵墓。

〔3〕陈死人：死去了很久的人。陈，久。

〔4〕杳杳：幽暗貌。

〔5〕潜寐：深眠。

〔6〕寤：醒。

〔7〕被：同“披”。

【译文】

驱车出了上东门，遥望城北，看见邙山墓地。风吹着墓上所种的白杨树，发出萧萧声响，广阔的墓路两旁长满了松树柏树。人死去入了坟墓便看不到光明，就像堕入幽暗的长夜，沉睡在看不见的黄泉之下，千年万年再也无法醒来。春夏秋冬流转无穷，而人的一生却像早晨的露水，太阳一晒便会消逝。人生匆匆便如旅客寄宿，寿命也不像金子和石头那样坚牢。自古至今更相替代，千秋万岁往复不已，就算是圣人贤人，也无法超越此规律长生不老。为了想成为不死的神仙去服药，又常常被药毒死。还不如喝点好酒，穿些好衣服，只图眼前快活！

去者日以疏，生者日已亲。出郭门直视〔1〕，但见丘与坟。古墓犁为田，松柏摧为薪。白杨多悲风，萧萧愁杀人。思还故里闾〔2〕，欲归道无因。

【注释】

〔1〕郭门：外城的城门。

〔2〕故里闾：犹言故居。古代五家为邻，二十五家为里，后来人户聚居的地方称作“里”。闾是里巷的大门。

【译文】

逝去的人岁月久了，会日渐疏远。在世的人，则日渐亲近。走出城门，看到遍野古墓，萌起了生死存亡之痛。这些古墓因为荒芜而被平为耕地，墓边的松柏也被砍为柴薪。白杨被劲风所吹，发出萧萧声响，悲惨的声音让人极感忧愁。岁月消逝，人们都想要归返故里，却又说不出原因。

生年不满百，常怀千岁忧。昼短苦夜长，何不秉烛游？为乐当及时，何能待来兹[1]。愚者爱惜费，但为后世嗤。仙人王子乔[2]，难可与等期[3]。

【注释】

〔1〕兹：年。因草生一年一次，所以训兹为年，来兹就是来年。

〔2〕王子乔：古代传说中的仙人之一。

〔3〕等期：作同样的期待。

【译文】

人生的岁月不满一百年，却常常怀有千年的愁忧。与其因白天太短、夜晚太长所困扰，还不如夜以继日，秉烛夜游。正因韶华易逝，所以行乐要及时，怎么可以等到来年呢？愚笨的人爱惜身外的钱财，但逝世后又不能带走，徒让后人嗤笑。像王子乔驾鹤升天那样的故事的确很美，但常人却很难做到像他一样长寿。

凛凛岁云暮，蝼蛄夕鸣悲。凉风率已厉[1]，游子寒无衣。锦衾遗洛浦[2]，同袍与我违[3]。独宿累长夜，梦想见容辉[4]。良人惟古欢，枉驾惠前绥。愿得常巧笑，携手同车归。既来不须臾，又不处重闱[5]。亮无晨风翼[6]，焉能凌风飞？眄睐以适意，引领遥相睎。徙倚怀感伤，垂涕沾双扉。

【注释】

〔1〕率：疾急貌。

〔2〕洛浦：洛水之滨，指艳丽似女神宓妃的美女。此句是活用洛水宓妃典故，指男女定情结婚。

〔3〕同袍：犹“同衾”，出于《诗经·秦风·无衣》，原指同僚，古用于夫妻间的互称。

〔4〕容辉：容颜，风采，此代指丈夫。

〔5〕重闱：犹言深闺。　闱，指闺门。

〔6〕晨风：鸟名。

【译文】

寒气凛凛的岁末，傍晚蝼蛄的悲鸣声不断。冷风吹得如此凛厉刺人，我想起那居旅外地的游子却身无寒衣。结婚定情后不久，他便因经商求仕而与我分离。长期独宿，分外感受到长夜漫漫。在长夜的相思中，梦见到熟悉的容颜。夫君还是如往日般恩爱，梦中的他驾车来迎，亲自递给我绳索，引我上车。惟愿此后能在丈夫身旁过着欢乐的日子，携手共度此生。然而好梦不长，良人没有停留多久，更未在深闺中欢聚便又离去。我只恨自己没有鸷鸟一样的翅膀，不能乘风飞到丈夫的身边。刚开始我面无神情斜视近处，现在只好伸长着颈子远望寄意，聊以自遣。倚门而立却不见良人，内心感伤的我泪水流满了双颊，沾湿了门扉。

孟冬寒气至〔1〕，北风何惨栗。愁多知夜长，仰观众星列。三五明月满〔2〕，四五蟾兔缺〔3〕。客从远方来，遗我一书札〔4〕。上言长相思，下言久离别。置书怀袖中，三岁字不灭。一心抱区区〔5〕，惧君不识察。

【注释】

〔1〕孟冬：冬季第一个月，即初冬。

〔2〕三五：农历十五日。

〔3〕四五：农历二十日。　蟾兔：月之代称。

〔4〕遗：给予，带来。

〔5〕区区：拳拳，诚恳坚定之意思，指相爱之情。

【译文】

农历十月，呼啸的寒风凛冽吹来，冷得发抖。满怀愁思的夜晚更觉漫长，抬头仰望天上罗列的星星。阴历每月的十五就月圆，到了二十日则月缺。有客人从遥远的地方来，给我带来了一封信函。信中开端就说常常想念着我，结尾又言已经分别很久了。我把信收藏在怀袖里，至今已过数年字迹仍不曾磨灭。我一心一意坚定地爱着你，只怕你不懂得这一切。

客从远方来，遗我一端绮〔1〕。相去万馀里，故人心尚尔。文采双鸳鸯，裁为合欢被〔2〕。着以长相思〔3〕，缘以结不解。以胶投漆中，谁能别离此?

【注释】

〔1〕端：匹，古人以二丈为一“端”，二“端”为一匹，一端即半匹。

〔2〕合欢：一种植物名。汉朝常将一种由两面合起来的物品称为合欢。

〔3〕长相思：往衣被中填满丝绵叫“着”。绵为“长丝”，“丝”谐音“思”。

【译文】

从远方而来的客人，送了半匹织有文彩的素缎给我。我和丈夫虽相隔万里，但他的心还是和过去一样。绮缎上面织有一对鸳鸯，我将它裁作两面，合起来做条温暖的合欢被。在填充被中的丝绵时，使我想到相思的绵长，缘边以丝缕连缀，又想到缘结终有松散之日。要是把胶投入到漆中，粘合固结，便没有谁能分开了。

明月何皎皎，照我罗床帏〔1〕。忧愁不能寐，揽衣起徘徊〔2〕。客行虽云乐，不如早旋归〔3〕。出户独彷徨，愁思当告谁？引领还入房〔4〕，泪下沾裳衣。

【注释】

〔1〕床帏：罗绮所制的帐帷，放在床上。

〔2〕揽衣：披衣、穿衣。

〔3〕旋归：回归，归家。

〔4〕引领：伸颈，抬头远望的意思，表示有所期待。

【译文】

明月是这么的皎洁光亮，照着这罗绮制的床帐。在这个因为忧思过度而失眠的夜晚，我披衣而起，心事重重地在空房中徘徊。外面虽然好，但又怎比得上早日回家呢？打开房门走到外面四下顾望，满腔愁绪不知向谁倾诉。我抬头远望后还是回到房里，落下的眼泪沾湿了衣裳。

（译注：郭亚超　谢嘉颖）

与苏武三首　李少卿（李陵）

【题解】

李陵（?—前74），字少卿，陇西成纪（今甘肃秦安）人，名将李广之孙。汉武帝时为都尉，率步卒五千出塞攻击匈奴，战败投降，曾与苏武在匈奴相见，劝苏武投降未果。《汉书》有传。此三首写與苏武离别时的怅惘之情，系后人伪托所作。

良时不再至，离别在须臾。屏营衢路侧〔1〕，执手野踟蹰。仰视浮云驰，奄忽互相逾〔2〕。风波一失所〔3〕，各在天一隅。长当从此别，且复立斯须。欲因晨风发，送子以贱躯。

【注释】

〔1〕屏营：彷徨。

〔2〕奄忽：疾速，倏忽。　逾：越过，这里指浮云飘忽不定。

〔3〕风波：被风所播荡，“波”是动词。

【译文】

美好的时光不再到来，不过瞬间就要分开。我在大路边彷徨地走来走去，执手在野外相望徘徊。仰望着飞快流动、飘忽不定的云彩，看它们倏忽间便相互超越，风一吹就流离失散，各自飘荡在天的一旁。从此刻开始就要长久的分别，多希望能再多停留片刻。我想随着晨风一起飞翔，奋不顾身一直送你到远方。

嘉会难再遇，三载为千秋。临河濯长缨〔1〕，念子怅悠悠。远望悲风至，对酒不能酬。行人怀往路〔2〕，何以慰我愁？独有盈觞酒，与子结绸缪〔3〕。

【注释】

〔1〕长缨：古代士人帽子上的长丝带。

〔2〕行人：指苏武。　往路：指回汉朝的道路。

〔3〕绸缪：情意殷切。

【译文】

美好的相会难再有，我们在一起的日子如此珍贵，三年却仿佛过了千年万年的时间。在黄河边洗涤我帽子上的长丝带，对你的思念惆怅而绵绵不绝。伫立远望只感受到寒风吹来，拿起酒杯却没有心情酬唱赠答。你思念回到汉朝的道路，而我要拿什么来抚慰我的忧愁？只有斟满酒杯，与你一起痛饮才能表达我的真情。

携手上河梁〔1〕，游子暮何之？徘徊蹊路侧，悢悢不得辞〔2〕。行人难久留，各言长相思。安知非日月，弦望自有时〔3〕。努力崇明德，皓首以为期。

【注释】

〔1〕河梁：桥。

〔2〕悢悢（liàng）：惆怅。

〔3〕弦望：月相。弦为缺月，望为满月。

【译文】

手拉着手一起到了桥上，作为一个游子，晚上哪里才是我的归处呢？只能在路边徘徊，惆怅到无法说出告别的话来。要离别的人无法再多流连了，只能互相说着相思的话。怎么知道我们不能像太阳和月亮那样有相望之时呢？我们能做的就是提升自己的品德，来约定到白头再见的日子吧。

（译注：谢嘉颖　张力丹）

诗四首　苏子卿（苏武）

【题解】

苏武（前140—60），西汉京兆（陕西西安）人，字子卿。武帝时出使匈奴，被扣留十九年不屈节。昭帝与匈奴和亲，得归，拜为典属国。这四首诗抒写了不同情境中的离愁别绪，表现了深挚的亲友之情；据说是与李陵相别之作，实则系后人伪托所作。

骨肉缘枝叶，结交亦相因。四海皆兄弟[1]，谁为行路人？况我连枝树，与子同一身。昔为鸳与鸯，今为参与辰[2]。昔者常相近，邈若胡与秦。惟念当离别，恩情日以新。鹿鸣思野草，可以喻嘉宾。我有一樽酒，欲以赠远人。愿子留斟酌，叙此平生亲。

【注释】

〔1〕“四海”句：出自《论语·颜渊》：“君子敬而无失，与人恭而有礼，四海之内，皆兄弟也。”

〔2〕参与辰：星名，参星与辰星。参星于酉时现西方，辰星于卯时现东方，两星永不相见。

【译文】

亲兄弟像是树枝和树叶那样相依相偎，朋友的相处也应该像兄弟一样呀。天下的所有人都像兄弟一样相亲相爱，没有谁是不相干的陌生人。何况我们像是两棵枝叶生长在一起的连理树，本来就是一体的存在。我们本来像鸳鸯一样亲密，现在却像参与辰那样在夜空中遥遥相望。我们本来经常相聚，现在却像北方少数民族和中原各国一样遥遥相对。怀念着离别之情，我们之间才会越来越亲近。鹿鸣是为了找到它的同类共同吃草，就像我找到了你。我有一樽酒，想要送给将要远行的人。希望你能喝下这杯酒，我们再继续聊我们的友情。

黄鹄一远别，千里顾徘徊。胡马失其群，思心常依依。何况双飞龙，羽翼临当乖。幸有弦歌曲，可以喻中怀。请为游子吟〔1〕，泠泠一何悲！丝竹历清声，慷慨有馀哀。长歌正激烈，中心怆以摧。欲展清商曲，念子不能归。俯仰内伤心，泪下不可挥。愿为双黄鹄，送子俱远飞。

【注释】

〔1〕游子吟：琴曲名。《琴操》曰：“《楚引》者，楚游子龙丘商出游三年，思归故乡，望楚而长叹。”

【译文】

黄鹄每年千里的迁徙，也有回头徘徊的时候。离开了马群的马，也会思念马群，恋恋不舍。何况你我就像两条双飞的龙将要离别。幸亏有乐曲助兴，可以抒发心中情怀。弹奏一曲《游子吟》吧！虽然声音清越，曲调是多么的悲伤啊！丝竹声激烈慷慨，隐藏着不尽的悲哀。歌声慷慨激昂，我的内心悲怆而伤心；清商曲婉转低回，让我更加想念不能回来的你。我不论做什么都抑制不住对你的思念，泪水止不住地流。只愿我们能做一双天鹅，送你跟我一起去那遥远的地方。

结发为夫妻，恩爱两不疑。欢娱在今夕，嬿婉及良时〔1〕。征夫怀往路，起视夜何其？参辰皆已没，去去从此辞。行役在战场，相见未有期。握手一长叹，泪为生别滋。努力爱春华〔2〕，莫忘欢乐时。生当复来归，死当长相思。

【注释】

〔1〕嬿婉：欢娱。

〔2〕春华：春花，比喻青春时光。

【译文】

我们结为夫妻，相互恩爱信任。只可惜欢聚的日子只有今晚，要及时度过欢乐时光。要出征的人怀念来时的路，半夜睡不着起来看现在是什么时辰了。星星已经隐没在天空中，天就要亮了，丈夫就要辞别妻子出门服兵役。战场如此的遥远，这一去就不知道什么时候才能相见。紧紧握着双手叹息，眼泪因为离别而越发停不下来。珍惜年少的时光，不要忘了我们在一起时欢乐的回忆。如果我能活着一定会回来，如果我死在战场请一定要思念我啊。

烛烛晨明月〔1〕，馥馥我兰芳。芬馨良夜发，随风闻我堂。征夫怀远路，游子恋故乡。寒冬十二月，晨起践严霜。俯观江汉流[2]，仰视浮云翔。良友远离别，各在天一方。山海隔中州[3]，相去悠且长。嘉会难两遇，怀乐殊未央。顾君崇令德，随时爱景光。

【注释】

〔1〕烛烛：明亮的样子。

〔2〕江：长江。　汉：汉水。

〔3〕中州：中原，今河南地区。

【译文】

早晨的月光依然还明亮，秋天的兰花香气依然芬芳。香味在深夜里越发悠远，随风飘到了我的房间。出征的丈夫怀念回家的路途，远行的游子眷恋着故乡。远行的朋友每天早上迎着风霜露水赶路，到了寒冬腊月的时候应该到了长江汉水，可以看到江上的云卷云舒。好朋友分离之后，你去了南方，我们中间隔着中原，天各一方，中间的路途悠远又漫长。美好的相会难以再次遇到，现在相聚的欢乐还在心头没有消散。希望你能增加自己的美德，好好珍惜时光。

（译注：张力丹）

四愁诗四首并序　张平子（张衡）

【题解】

写怀人愁思，借以表达作者的伤时忧世之情。

张衡不乐久处机密，阳嘉中，出为河间相。时国王骄奢，不遵法度，又多豪右并兼之家。衡下车，治威严，能内察属县，奸滑行巧劫，皆密知名，下吏收捕，尽服擒。诸豪侠游客，悉惶惧逃出境。郡中大治，争讼息，狱无系囚。时天下渐弊，郁郁不得志，为四愁诗。屈原以美人为君子，以珍宝为仁义，以水深雪雰为小人。思以道术相报，贻于时君，而惧谗邪不得以通。其辞曰：

【译文】

张衡不乐意长久地在朝廷中任职，阳嘉年间，离开京城去做河间国的国相。当时的国王生活放纵奢靡，不遵守国家的法律。国内又有很多的豪门大户兼并土地。张衡到任之后，处理政务严肃认真，能查清国内管辖的县，奸滑之人巧取豪夺，张衡都暗中了解了他们的姓名。把名单送给下属的官吏去逮捕这些人，把他们全部抓了起来。豪侠和游说之人知道了这个消息，都非常害怕惶恐不安，逃出了河间国。河间国从此政治修明局势安定了，争执和诉讼都减少了，监狱中没有被关押的犯人。当时天下的政治渐渐变坏，张衡心中忧思，不能施展自己的志向，就作了《四愁诗》。仿照屈原用美人象征君子，用珍宝象征仁义，用水深雪大象征小人。想以正确的治国理念提供给当时的国君，作为对国君的报答。又怕奸佞小人阻碍而不能把诗送达国君。那诗是这样写的：

一思曰：我所思兮在太山〔1〕，欲往从之梁父艰〔2〕。侧身东望涕沾翰〔3〕。美人赠我金错刀，何以报之英琼瑶〔4〕！路远莫致倚逍遥〔5〕，何为怀忧心烦劳？

【注释】

〔1〕太山：即泰山，在今山东泰安。

〔2〕梁父：山名，又叫梁甫山、映佛山，在今山东泰安徂徕山南麓。秦始皇封泰山而禅梁父。有《梁甫吟》。出自《史记·封禅书》。

〔3〕翰：笔。

〔4〕英琼瑶：美玉。 英，通“瑛”。

〔5〕逍遥：彷徨，徘徊不进。

【译文】

一思说：我的心所牵挂的地方在泰山，想要去到那里却又有梁父山的阻拦。转身向东方眺望，眼泪沾湿了我的衣襟，美人赠给我刀柄镀金的宝刀，我要用什么报答呢？只有美玉罢了。去泰山的路太远没办法到达啊！我只能独自徘徊，为何我总是心怀忧虑，烦恼伤神呢？

二思曰：我所思兮在桂林，欲往从之湘水深。侧身南望涕沾襟。美人赠我金琅玕[1]，何以报之双玉盘！路远莫致倚惆怅，何为怀忧心烦伤？

【注释】

〔1〕琅玕：是中国神话传说中的仙树，其实似珠。

【译文】

二思说：我的心所牵挂的地方在桂林，想要去到那里却又有湘江水阻拦。转身向南方眺望，泪水沾湿了我的衣襟。美人赠给我仙树，我要用什么报答呢？只有一对玉盘罢了。去桂林的路太远没办法到达啊！我只能独自感伤，为何我总是心怀忧虑，烦恼伤神呢？

三思曰：我所思兮在汉阳，欲往从之陇坂长[1]。侧身西望涕沾裳。美人赠我貂襜褕[2]，何以报之明月珠[3]！路远莫致倚踟蹰，何为怀忧心烦纡？

【注释】

〔1〕陇坂：即陇山，在今宁夏、甘肃、陕西三省交界处。

〔2〕襜褕（chān yú）：古代一种较长的单衣，直裾，是汉朝男女通用的非正朝之服。

〔3〕明月珠：即夜明珠。

【译文】

三思说：我的心所牵挂的地方在汉阳，想要去到那里却又有绵长的陇山阻拦。转身向西方眺望，泪水沾湿了我的衣裳。美人赠给我貂皮襜褕，我要用什么报答呢？只有夜明珠罢了。去汉阳的路太远没办法到达啊！我只能独自彷徨，为何我总是心怀忧虑，烦恼郁闷呢？

四思曰：我所思兮在雁门，欲往从之雪纷纷。侧身北望涕沾巾。美人赠我锦绣段，何以报之青玉案！路远莫致倚增叹，何为怀忧心烦惋？

【译文】

四思说：我的心所牵挂的地方在雁门，想要去到那里却又有纷纷大雪在路上阻拦。转身向北方眺望，泪水沾湿了我的佩巾。美人赠给我五彩的锦缎，我要用什么报答呢？只有用青玉案罢了。去雁门的路太远没办法到达啊！我只能独自叹息，为何我总是心怀忧虑，烦恼怅恨呢？

（译注：张力丹）

杂　诗　王仲宣（王粲）

【题解】

写对爱情的执着追求，以表达对知音的渴慕。

日暮游西园[1]，冀写忧思情[2]。曲池扬素波，列树敷丹荣[3]。上有特栖鸟[4]，怀春向我鸣。褰衽欲从之[5]，路崄不得征。徘徊不能去，伫立望尔形。风飙扬尘起，白日忽已冥。回身入空房，托梦通精诚。人欲天不违，何惧不合并？

【注释】

〔1〕西园：铜雀园。

〔2〕写：除去，去掉。

〔3〕敷：遍布。　荣：草本植物的花，又为花的通称。

〔4〕特：单独。

〔5〕褰（qiān）：撩起，提起。　衽：下裳。

【译文】

傍晚来到西园游逛，以解我心中的忧思之情。曲折回绕的水池泛着水波，周围的树木开满了红艳的花朵。树上有只独栖的鸟，如怀春少女般朝我鸣叫。提起衣裳想朝它走去，奈何路险难达。我因此而徘徊园中无法离去，伫立观望它的身形。一阵风来吹起了地面的尘土，夕阳更加昏暗了下来。转身回到自己的空房，想要借梦来传达自己的心意。素来上天不会违背人的愿想，何必担心不能与之结合呢？

杂　诗　刘公幹（刘桢）

【题解】

写苦于官府簿领之事的繁忙和希望从中解脱的心情。

职事相填委[1]，文墨纷消散[2]。驰翰未暇食，日昃不知晏[3]。沉迷簿领书[4]，回回自昏乱。释此出西城，登高且游观。方塘含白水，中有凫与雁。安得肃肃羽？从尔浮波澜。

【注释】

〔1〕填委：纷纷聚集、堆积。

〔2〕文墨：此处指文书案卷。

〔3〕昃：太阳偏西。 晏：晚、迟。

〔4〕簿领书：官府记事的簿册、文书。

【译文】

工作事务纷纷堆积而来，文书不断散发出去。奋笔而作以致无暇进食，太阳西斜竟不知天已晚。沉浸在公务文书之中，每每让人头脑昏乱不已。放下手头的事务出走至城外，登高以观览景色。方形池子里水泛着微波，水上还有野鸭与大雁在嬉游。如何才能拥有那样整齐的羽毛，像它们一样在水面上随波畅游呢？

杂诗二首　魏文帝（曹丕）

【题解】

写客子对故乡的眷恋与忧思郁结的心情，以及彷徨不安的生活境遇。

漫漫秋夜长，烈烈北风凉[1]。展转不能寐，披衣起彷徨。彷徨忽已久，白露沾我裳。俯视清水波，仰看明月光。天汉回西流，三五正从横[2]。草虫鸣何悲，孤雁独南翔。郁郁多悲思，绵绵思故乡。愿飞安得翼，欲济河无梁。向风长叹息，断绝我中肠。

【注释】

〔1〕烈烈：形容风声凄动。

〔2〕三五：指天空中稀疏的星斗。

【译文】

秋夜是何其漫长，呼啸的北风是何其悲凉。辗转反侧难以入睡，起身披上衣服来回走动。不知不觉徘徊已久，露水沾湿了我的衣裳。垂首俯视池中微泛的水波，抬头又看到明亮的月光。银河已向西移，天空还挂着稀疏的星斗。秋虫在草里悲鸣，鸿雁正往南独飞。胸中悲思涌起，思乡之情绵绵不断。想要飞翔奈何没有翅膀，想要过河也没有桥梁。只能对着凉风长叹，内心痛苦不已。

西北有浮云，亭亭如车盖〔1〕。惜哉时不遇，适与飘风会〔2〕。吹我东南行，南行至吴会。吴会非我乡，安能久留滞？弃置勿复陈，客子常畏人。

【注释】

〔1〕亭亭：高耸的样子。

〔2〕适：恰好。　飘风：旋风，暴风。

【译文】

西北方有朵浮云，如车盖一样高耸于天。只可惜它没有碰到好时机，恰好碰上了旋风。旋风吹着我往东南走，一直来到吴会之地。吴会不是我的故乡，如何能久留于此？就抛开这些不说了吧，客留他乡之人总要担忧为人所欺。

朔风诗　曹子建（曹植）

【题解】

感叹自己屡迁的遭遇和闲居而无法施展抱负的情怀。

仰彼朔风[1]，用怀魏都。愿骋代马[2]，倏忽北徂[3]。凯风永至[4]，思彼蛮方[5]。愿随越鸟，翻飞南翔。四气代谢，悬景运周[6]。别如俯仰，脱若三秋。昔我初迁，朱华未希。今我旋止，素雪云飞。俯降千仞[7]，仰登天阻[8]。风飘蓬飞，载离寒暑[9]。千仞易陟，天阻可越。昔我同袍[10]，今永乖别。子好芳草，岂忘尔贻？繁华将茂，秋霜悴之。君不垂眷，岂云其诚？秋兰可喻，桂树冬荣。弦歌荡思，谁与消忧？临川暮思，何为泛舟？岂无和乐，游非我邻[11]。谁忘泛舟？愧无榜人[12]。

【注释】

〔1〕朔风：北风，寒风。

〔2〕代马：北方代地所产的良马。

〔3〕倏忽：迅疾。

〔4〕凯风：南风。

〔5〕蛮方：泛指南方。

〔6〕悬景：指日月。　运周：运行周转。

〔7〕千仞：此处指深壑。

〔8〕天阻：险恶的崇山峻岭。

〔9〕载离：历经。

〔10〕同袍：友人。

〔11〕邻：志同道合之人。

〔12〕榜人：船夫。

【译文】

迎着北来的寒风，以此来怀念魏都。渴望驾驭北地良马，迅速北行到洛阳去。每每南风一来，便要想起南方还未平定。渴望追随越地之鸟，振翅出征到南方去。四季之气交替更换着，日月环绕周转着。一别只如俯仰之间，离开就像过了三秋。想我初离此地之时，荷花还尚未凋落。而今再回来，又是白雪纷飞的季节。时而如俯身跌入深壑中，时而如攀登于崇山峻岭。蓬草随风起而飞，经历寒冬酷暑。深壑再深还可轻易地再爬上来，地势再险恶也总能翻越。只是我和我的友人，要承受长久的离别了。你喜爱芳草，我岂敢忘了给你献上？它们就要盛开繁茂，秋霜却将它们摧残。你虽不眷顾我，但我又岂会改变我报国心意？一如那香于寒秋的兰草、盛于严冬的桂花，是那样坚贞不屈。弹琴歌唱荡涤胸中悲苦，谁来与我相和以消忧愁？站在河边思慕同伴，无伴要如何泛舟？难道没有与我和乐之人吗，只是同游的并非我的知音。谁又忘了泛舟而去呢？只愧于少了撑船的人罢了。

杂诗六首　曹子建（曹植）

【题解】

杂诗，即遇物即言。此六首内容各有不同，或写怀念远人的情思；或诉说迁徙不定的生活困乏；或写独守空闺的妇女思念久戍不归的丈夫；或抒发怀才不遇的悲哀；或述勇赴国难以建立功业的壮志；或写登临远眺之所见所感；或抒发壮怀，多托喻伤怀。

高台多悲风，朝日照北林。之子在万里[1]，江湖迥且深。方舟安可极[2]？离思故难任[3]。孤雁飞南游，过庭长哀吟。翘思慕远人，愿欲托遗音[4]。形影忽不见，翩翩伤我心。

【注释】

〔1〕之子：那个人。指所念之人。

〔2〕方舟：二船相并。

〔3〕任：承受。

〔4〕遗音：指传递音信。

【译文】

站在高台之上凉风尽吹，朝阳照射着北边的林子。那个人啊，在万里之外，所隔的江河湖海深且远。仅依靠船只又怎能到达？离思让人难以承受。孤雁往南飞去，经过庭院上空时发出了哀鸣。翘首思念着远方的人，想要托这孤雁为我寄去音信。但它的踪影那么快地消失在眼前，远飞不停徒留我伤心。

转蓬离本根〔1〕，飘飖随长风。何意回飙举〔2〕，吹我入云中。高高上无极，天路安可穷。类此游客子，捐躯远从戎。毛褐不掩形〔3〕，薇藿常不充。去去莫复道，沉忧令人老。

【注释】

〔1〕转蓬：蓬草随风飞转，喻漂浮不定。

〔2〕回飙（biāo）：旋风，狂风。

〔3〕毛褐：粗布短衣。

【译文】

蓬草离开它的本根随风飘扬，漂浮不定。怎知突然而起的旋风，把它卷入云中。高远的天空无边无际，天路哪里有尽头。如这蓬草一般的从军游子们，远征疆场四处漂泊。粗毛布衣都无法蔽体，野菜豆子也不能饱腹。抛开这些不谈也罢，过于忧虑会使人老得更快啊。

西北有织妇，绮缟何缤纷[1]。明晨秉机杼，日昃不成文[2]。太息终长夜，悲啸入青云。妾身守空闺，良人行从军。自期三年归，今已历九春[3]。飞鸟绕树翔，噭噭鸣索群[4]。愿为南流景，驰光见我君。

【注释】

〔1〕绮缟：精美的丝织品。

〔2〕昃（zè）：太阳西斜。　文：纹理。

〔3〕九春：一年三春，故约三年。

〔4〕噭（jiào）噭：鸟鸣声。

【译文】

西北方有个精于华丽织品的织女，所织的丝绢繁多纷乱。清晨即起操持织布机，到太阳西下却连纹理也未成形。漫漫长夜长叹不断，悲吟之声可传云中。我一人独守空闺，夫君外出行军。本以为三年就会回来，而今三年已过却未见夫君。鸟儿绕树飞翔，发出凄哀的鸣叫声不停在寻找同伴。多想化身为太阳，飞驰而去寻找我久未还家的夫君。

南国有佳人，容华若桃李。朝游江北岸，日夕宿湘沚。时俗薄朱颜，谁为发皓齿。俯仰岁将暮，荣耀难久恃。

【译文】

南方有位美人，容颜姣好如芬芳桃李。清晨在江水北岸嬉游，傍晚到湘水中的小洲过夜。美好的容貌不为世俗所重，她启齿又为谁而笑、为谁而唱？低头抬头之间，年岁流逝催人老去，那光彩的容颜也将难以长久保持。

仆夫早严驾[1]，吾将远行游。远游欲何之，吴国为我仇。将骋万里途，东路安足由[2]？江介多悲风，淮泗驰急流。愿欲一轻济，惜哉无方舟。闲居非吾志，甘心赴国忧。

【注释】

〔1〕严：装束，整饬。

〔2〕东路：由洛阳到鄄城的路。时作者入洛阳请征东吴，故不愿回东部的鄄城。

【译文】

车夫早早备好车驾，我正将出发远游。远游将到何处去？只因吴国是我的仇敌。我心所向是万里征吴之途，东归之路岂是我该去的呢？江畔悲厉之风不断，淮水、泗水水急浪高。想要轻易过江去，无奈没有可用的船。闲居并非我的志向，我只愿能奔赴战场以解国忧。

飞观百馀尺[1]，临牖御棂轩。远望周千里，朝夕见平原。烈士多悲心，小人偷自闲[2]。国仇亮不塞[3]，甘心思丧元[4]。拊剑西南望，思欲赴太山。弦急悲声发，聆我慷慨言。

【注释】

〔1〕观：即阙，指宫门前两边供瞭望的楼。

〔2〕偷：苟且。

〔3〕亮：通“谅”，信，诚然。

〔4〕丧元：断送头颅。元，首。

【译文】

这飞楼高耸百余尺，我立身窗边凭栏远望。目之所及遍及千里河山，朝夕所见尽是平原沃土。有志之士常怀忧国之心，小人却偷生苟且图安闲。国仇确实还未铲除，心甘情愿以性命报国。抚剑长叹望向西南方，思欲平定孙吴魂归泰山。琴瑟之音激昂悲切，请听我这番慷慨之言。

（自王仲宣《杂诗》至曹子建《杂诗六首》译注：周鲜乔；曹子建《杂诗六首》末首译注：胡韬）

情　诗　曹子建（曹植）

【题解】

写士人徭役思归的愁苦之情，多以景物抒情。

微阴翳〔1〕阳景，清风飘我衣。游鱼潜渌水，翔鸟薄天飞。眇眇客行士，遥役不得归。始出严霜结，今来白露晞。游子叹《黍离》〔2〕，处者歌《式微》〔3〕。慷慨对嘉宾，凄怆内伤悲。

【注释】

〔1〕翳（yì）：遮蔽。

〔2〕《黍离》：出自《诗经·王风》，东周大夫过西周旧都，感慨昔日宫室都长了禾黍。

〔3〕《式微》：出自《诗经·邶风》，黎侯流亡于卫，其臣子劝他归国。

【译文】

薄云遮蔽了日光，清风吹动了衣裳。游鱼潜入清澈的水中，鸟儿高飞翱翔天际。而我这样背井离乡的游子，还不如游鱼飞鸟自由，行役在外不得归乡。昔日初征时严霜凝结，今日归来又见白露为霜。游子常有《黍离》之叹，守候的家人常歌《式微》。面对嘉宾不禁慷慨悲愤，吐露我心之伤悲。

杂　诗　嵇叔夜（嵇康）

【题解】

写月夜过访道友和深蒙盛情款待的经过，叙朋友之情。

微风清扇，云气四除。皎皎亮月，丽于高隅。兴命公子，携手同车。龙骥翼翼，扬镳踟蹰。肃肃宵征[1]，造我友庐。光灯吐辉，华幔长舒。鸾觞酌醴[2]，神鼎烹鱼。弦超子野[3]，叹过绵驹[4]。流咏太素[5]，俯赞玄虚[6]。孰克英贤，与尔剖符[7]。

【注释】

〔1〕肃肃宵征：出自《诗经·召南·小星》，指远行不怠。

〔2〕酌醴：酌饮甜酒。

〔3〕子野：古代乐师师旷，字子野。

〔4〕绵驹：春秋齐人，善歌。

〔5〕太素：指自然。

〔6〕玄虚：指玄虚之道。

〔7〕剖符：汉代封功臣时将符节一剖为二，君臣各执一端作凭证。

【译文】

微风轻拂，云气四散后晴空万里。一轮明月高挂，照亮了城楼。欣喜地呼唤公子，携手乘车同行。瞧这健壮的骏马，昂首徘徊欲奔驰。夜间疾行不知倦怠，造访我好友的庐舍。屋内明灯放射出柔光，华丽的帐幔舒展开来。用雕有鸾鸟的酒器盛美酒，用铁铸的食器盛鱼肉。你奏琴的技艺超过子野，歌唱的才能超过绵驹。听你吟咏自然之妙，赞叹玄虚之道。可惜这污浊的俗世，谁能以英贤之德与你分符而仕呢？

杂　诗　傅休奕（傅玄）

【题解】

傅玄（217—278），字休奕，晋北地灵州（今宁夏灵武）人，后迁泥阳（今陕西耀县），官至司隶校尉，封鹑觚男。《晋书》有传。本篇写志士情怀，夜不成寐，感叹时光流逝。

志士惜日短，愁人知夜长。摄衣步前庭[1]，仰观南雁翔。玄景随形运，流响归空房。清风何飘摇，微月出西方。繁星依青天，列宿自成行。蝉鸣高树间，野鸟号东箱[2]。纤云时仿佛[3]，渥露沾我裳[4]。良时无停景[5]，北斗忽低昂。常恐寒节至，凝气结为霜。落叶随风摧，一绝如流光。

【注释】

〔1〕摄衣：提起衣襟。

〔2〕东箱：指东墙。

〔3〕仿佛：指云彩时隐时现看不真切。

〔4〕渥：浓重。

〔5〕停景：静止不动的时光。

【译文】

志士常叹惜时光易逝，愁人无眠深知长夜漫漫。傍晚提起衣襟在庭院前踱步，抬头仰望大雁南翔。黑色的雁影随着它的身形移动，阵阵哀鸣声传入寂静的空房。入夜后有徐徐清风飘荡，那一钩残月出现于西方。点点繁星高挂夜空，众多星宿排列成行。高树间传来秋蝉的哀鸣，东墙下有野鸟的悲鸣。轻柔的云彩时隐时现，浓重的露水打湿衣裳。美好的时光一刻不停，北斗星因夜深忽而转向低昂。常担心寒冷的季节来临，凝结寒气成冰霜，叶子被秋风摧落，年华一去犹如流逝的时光。

杂　诗　张茂先（张华）

【题解】

写诗人在严冬寒夜里对人生的思考和感慨。

晷度随天运〔1〕，四时互相承。东壁正昏中〔2〕，固阴寒节升〔3〕。繁霜降当夕，悲风中夜兴。朱火青无光，兰膏坐自凝〔4〕。重衾无暖气，挟纩如怀冰〔5〕。伏枕终遥昔〔6〕，寤言莫予应。永思虑崇替，慨然独抚膺。

【注释】

〔1〕晷（guǐ）：即日晷。

〔2〕东壁：指壁宿。

〔3〕固阴：穷阴，极北之地。

〔4〕坐自凝：此指无故自凝。

〔5〕挟纩（kuàng）：披着棉衣。

〔6〕遥昔：长夜。

【译文】

日晷的刻度随天移动，四季互相更替。东壁正是黄昏之时，极北之地的严寒就笼罩了大地。当晚就降下厚厚的白霜，半夜时又刮起凄厉的寒风。红色的烛火泛着青光，兰脂炼的膏油竟无故自凝。裹着厚被没有一丝暖气，身披棉衣竟如怀揣寒冰。伏枕无眠熬过长夜，醒后说话无人应和。深思着万物兴废的至理，独自捶胸叹息感慨无穷。

情诗二首　张茂先（张华）

【题解】

张华《情诗》共五首，此二诗分别写妻子独守闺房思念远方的丈夫和在外男子对闺中妻子的思念。

清风动帷帘，晨月照幽房〔1〕。佳人处遐远〔2〕，兰室无容光〔3〕。襟怀拥灵景〔4〕，轻衾覆空床。居欢惕夜促〔5〕，在感怨宵长〔6〕。拊枕独啸叹，感慨心内伤。

【注释】

〔1〕幽房：指闺房。

〔2〕佳人：指丈夫，张华《情诗》中夫妇均以“佳人”相称。

〔3〕兰室：闺房的美称。

〔4〕灵景：空虚之影。

〔5〕惕（kài）：急。

〔6〕感：忧愁。

【译文】

清风拂动着帐幔床帘，晨月照入幽静的闺房。丈夫在那遥远的地方，闺房因此黯淡失去容光。拥抱那往日的虚影，轻暖的锦被覆盖着空床。在欢乐之时惋惜夜晚太短，在忧愁之时怨恨宵夜太长。轻拍着枕头独自长叹，心中有无限感慨和忧伤。

游目四野外，逍遥独延伫。兰蕙缘清渠，繁华荫绿渚。佳人不在兹，取此欲谁与？巢居知风寒[1]，穴处识阴雨[2]。不曾远别离，安知慕俦侣？

【注释】

〔1〕巢居知风寒：大树上巢居的鸟能预知大风。

〔2〕“穴处”句：坑洼里穴居的虫蚁能预知阴雨。

【译文】

漫步野外随意环顾四周，独自悠然自得久立凝想。那沿清渠盛开的兰花蕙草，繁茂地覆盖在绿洲之上。可惜我思念的人不在这里，采下这花又能送到谁身旁？巢居的鸟能先知风寒，穴居的虫蚁能先知阴雨。如果不曾经历过远别，怎知情侣间的思念之苦？

园葵诗 陆士衡（陆机）

【题解】

诗作以葵为喻，寄托着感激之情。

种葵北园中，葵生郁萋萋。朝荣东北倾，夕颖西南晞。零露垂鲜泽，朗月耀其辉。时逝柔风戢[1]，岁暮商猋飞[2]。曾云无温液[3]，严霜有凝威。幸蒙高墉德[4]，玄景荫素蕤。丰条并春盛，落叶后秋衰。庆彼晚彫福，忘此孤生悲。

【注释】

〔1〕柔风：指春风。　戢（jí）：停止。

〔2〕商猋（biāo）：即商风，指秋风。

〔3〕曾：重叠。

〔4〕墉：高墙。

【译文】

把葵花种在北园中，葵花生长得郁郁葱葱。清晨花儿朝向东北方的朝阳，傍晚又远望西南方的落日。露珠垂落在葵花上，在月色下闪耀着清辉。随着时间推移春风停息，岁暮秋风很快就要到来。秋季的浓云不再带来温润的雨水，露水凝聚成严霜寒气逼人。幸蒙高墙庇护之恩，墙影一直遮蔽着葵花。枝条随春天一同生长粗壮，叶子在秋后才逐渐凋落。心中庆幸葵花晚凋的福分，忘却了平生孤独的悲伤。

（自曹子建《情诗》至陆士衡《园葵诗》译注：胡韬）

思友人诗　曹颜远（曹摅）

【题解】

曹摅（?—308），字颜远，西晋谯（今安徽亳县）人。初为临淄令，永嘉二年为征南司马，与流民战，兵败被杀。《晋书》有传。诗作所思友人为欧阳建，写其人妙悟清机，深测神奥，以及与之离别思念之情。

密云翳阳景，霖潦淹庭除〔1〕。严霜凋翠草，寒风振纤枯。凛凛天气清，落落卉木疏。感时歌《蟋蟀》〔2〕，思贤咏《白驹》〔3〕。情随玄阴滞，心与回飚俱。思心何所怀，怀我欧阳子。精义测神奥，清机发妙理。自我别旬朔，微言绝于耳〔4〕。褰裳不足难，清扬未可俟。延首出阶檐，伫立增想似。

【注释】

〔1〕霖：雨三日以上为霖。　潦：积水。　除：殿阶。

〔2〕《蟋蟀》：《诗经·唐风》篇名。诗云：天寒蟋蟀进堂屋，一年匆匆临岁暮。

〔3〕《白驹》：《诗经·小雅》篇名。诗云：我所思慕的贤德之人在我这里停留逍遥。

〔4〕微言：精当而含义深刻的话语。

【译文】

浓云遮住了太阳的光辉，大雨积水漫过了庭院的台阶。严寒的冰霜使鲜草凋残，寒冷的风令纤枝震颤。天气严寒显得格外清冽，草木凋落变得稀稀疏疏。感慨时光时便歌唱《蟋蟀》，思念贤友时便吟咏《白驹》。情感随着阴气积聚凝结，心思随着旋风惊惧不安。这是在思念什么呢？是在怀念我的朋友欧阳坚石。精妙微义才能检验神秘奥妙，清净心机才能阐发精妙道理。自不久前分别，再不能聆听微言。若能见到你，提裙涉溱河都不足为难，眉目清秀的美人都不足等待。顾盼走出屋檐，伫立在那里徒增思念。

感旧诗　曹颜远（曹摅）

【题解】

诗作感慨故旧相轻，世态炎凉，但也有真诚友谊。

富贵他人合，贫贱亲戚离。廉蔺门易轨[1]，田窦相夺移[2]。晨风集茂林，栖鸟去枯枝。今我唯困蒙，郡士所背驰。乡人敦懿义[3]，济济荫光仪。对宾颂有客，举觞咏《露斯》[4]。临乐何所叹，素丝与路歧。

【注释】

〔1〕廉蔺：赵国廉颇、蔺相如。

〔2〕田窦：汉时丞相窦婴、太尉田蚡。

〔3〕懿义：美好的情谊。

〔4〕《露斯》：语出《诗经·小雅·湛露》。诗中描写同族举行宴会，尽情饮乐的情景。

【译文】

富贵时人们都争相拥簇，贫贱时亲族也会疏离。廉颇、蔺相如门口的来客车辙相互变易，窦婴、田蚡的权势或有更替。晨风鸟栖止在茂盛的树林，群鸟也会离开干枯的树木。如今我处于困境中，群贤士子离我而去。很多乡里人敦厚淳朴而有美好情谊，给了我庇荫而令我有光彩的容仪。往来宾客同颂咏，举起酒杯咏《湛露》。身临乐曲还有什么可叹息？只叹白发已生而歧路仍多。

杂　诗　何敬祖（何劭）

【题解】

作者秋夜感物兴怀，感慨仙事难期、长生难求。

秋风乘夕起，明月照高树。闲房来清气，广庭发晖素[1]。静寂怆然叹，惆怅出游顾。仰视垣上草[2]，俯察阶下露。心虚体自轻[3]，飘摇若仙步。瞻彼陵上柏，想与神人遇。道深难可期，精微非所慕。勤思终遥夕，永言写情虑[4]。

【注释】

〔1〕晖素：月光。

〔2〕垣：矮墙。

〔3〕心虚：内心空明谦虚。

〔4〕永言：歌唱。

【译文】

夜晚时分秋风徐徐，明月当空普照高树。安静的屋子里吹来阵阵清风，广阔的庭院反射着皎洁月光。安静寂寞中独自悲伤叹息，悲伤失意中走出庭院。仰视矮墙上的小草，俯看台阶下的露水。内心空明则形体轻盈，轻盈洒脱如仙子漫步。望着陵墓上青翠的柏树，想要与神仙相遇。神人道行深厚不可期求，内涵精深微妙难以追慕。勤勉思索也无法达到神人之境，只能吟咏诗歌来抒发哀情忧虑。

杂　诗　王正长（王讚）

【题解】

王讚（?—311），字正长，晋义阳（今河南新野南）人，博学有俊才，官至散骑侍郎。诗作叙写一个久戍北方边塞士兵的渴望返乡之情。《宋书·谢灵运传论》对此诗加以称引。

朔风动秋草，边马有归心。胡宁久分析，靡靡忽至今〔1〕。王事离我志，殊隔过商参。昔往鸧鹒鸣，今来蟋蟀吟。人情怀旧乡，客鸟思故林。师涓久不奏〔2〕，谁能宣我心？

【注释】

〔1〕靡靡：行步迟缓貌。

〔2〕师涓：春秋卫灵公时期音乐家，善弹琴。

【译文】

北风吹动秋天的野草，边疆战马已归心悠悠。为何久久不能归家，缓慢延迟到现如今。驻守边疆令我不能实现与家人团聚的愿望，就像是商星、参星永不能相见。往昔出征时鹧鸪在鸣叫，如今岁暮晚蟋蟀已啼叫。人的情感深处总是怀念旧乡，远飞他乡的小鸟也思恋旧林。师涓已经很久没有演奏，谁又懂我的愁心？

杂　诗　枣道彦（枣据）

【题解】

枣据（232?—284），字道彦，晋颍川（今河南长葛）人，曾任尚书郎。《晋书》有传。诗作写勇赴国难的雄心壮志。

吴寇未殄灭〔1〕，乱象侵边疆。天子命上宰〔2〕，作蕃于汉阳〔3〕。开国建元士，玉帛聘贤良。予非荆山璞〔4〕，谬登和氏场。羊质复虎文〔5〕，燕翼假凤翔。既惧非所任，怨彼南路长。千里既悠邈，路次限关梁〔6〕。仆夫罢远涉，车马困山冈。深谷下无底，高岩暨穹苍。丰草停滋润，雾露沾衣裳。玄林结阴气，不风自寒凉。顾瞻情感切，恻怆心哀伤。士生则悬弧〔7〕，有事在四方。安得恒逍遥，端坐守闺房。引义割外情，内感实难忘。

【注释】

〔1〕殄：灭绝。

〔2〕上宰：指贾充。

〔3〕蕃：保卫、屏障。

〔4〕璞：未经雕琢之玉。

〔5〕羊质、虎文：比喻外表强大而内在无用的人或现象。

〔6〕限：阻塞。

〔7〕悬弧：古代尚武，生男孩则于门左悬挂一张弓，后称生子为“悬弧”。

【译文】

东吴强寇未曾消灭，边疆还处于混乱状态。天子命贾充驻军在汉阳，作为保家卫国的屏障。建立国家开辟疆土，用玉帛来聘请贤良。我不是荆山的璞玉，却阴差阳错得入和氏法眼。内心似羊一般怯懦却又披着虎皮，是燕雀却假借凤凰的翅膀飞翔。既担忧自己不能够胜任，又怨恨通往南方的道路太长。千里之路悠微邈远，路途之中阻难重重。驭夫疲于远足跋涉，车马困顿在山岗。深谷向下深无底，高岩向上至苍穹。丰美的青草不再柔润，雾霭已经打湿衣裳。幽深的树林里凝聚了寒气，没有风吹也已经很寒凉。仰头看天情感急切，内心忧愁哀伤。男子出生后就要学习练武，谋事之志远在四海。怎能够一直安闲自在，安坐在闺房之内。为了国家大义割断其他情感，内心实在忍痛不能忘。

杂　诗　左太冲（左思）

【题解】

感慨年事已老却壮志未酬。

秋风何冽冽[1]，白露为朝霜。柔条旦夕劲，绿叶日夜黄。明月出云崖，皦皦流素光[2]。披轩临前庭，嗷嗷晨雁翔。高志局四海，块然守空堂[3]。壮齿不恒居[4]，岁暮常慨慷。

【注释】

〔1〕冽冽：寒冷的样子。

〔2〕皦皦（hào）：明亮洁白。

〔3〕块然：独自。

〔4〕壮齿：指壮年。

【译文】

秋风凛冽而寒凉，露水凝结为朝霜。枝条在旦夕之间柔韧有力，绿叶在朝夕之间就会变黄。明月在山崖云端升起，散发出亮洁的光芒。打开小窗对院临庭，看到大雁在清晨鸣叫翱翔。有着放诸四海的高远志向，却独自安然独守在寂寞的厅堂。壮年不能长久存在，只能在岁末将至时独自感叹。

杂　诗　张季鹰（张翰）

【题解】

写作者嗟老叹贫的情怀，只有吟咏古人聊可慰心。

暮春和气应，白日照园林。青条若揔翠，黄华如散金。嘉卉亮有观，顾此难久耽[1]。延颈无良途[2]，顿足托幽深。荣与壮俱去，贱与老相寻[3]。欢乐不照颜，惨怆发讴吟。讴吟何嗟及，古人可慰心。

【注释】

〔1〕耽：沉迷。

〔2〕途：道路。

〔3〕相寻：相继，连续不断。

【译文】

暮春时节气候温暖，阳光普照着园林。枝条青翠连绵像翠绿的丝带，黄花灿烂如遍洒的黄金。美好的花草亮丽可观，却不能为此长久沉迷。顾盼求索却没有良好的前途，停止脚步隐逸在幽深山林。壮年的荣与贵已离我而去，只剩接连而来的衰老与贫贱。脸上不再有欢乐气色，凄楚忧伤只能歌唱哀吟。歌唱吟咏向谁倾诉？贤达的古人可宽慰我心。

（自曹颜远《思友人诗》至张季鹰《杂诗》译注：梁芸菲）

杂诗十首　张景阳（张协）

【题解】

叙写太康之际的社会现实，人们的种种苦闷和哀愁，以及对此现状的反思与自我宽慰。

秋夜凉风起，清气荡暄浊。蜻蛚吟阶下，飞蛾拂明烛。君子从远役，佳人守茕独。离居几何时，钻燧忽改木[1]。房栊无行迹，庭草萋以绿。青苔依空墙，蜘蛛网四屋。感物多所怀，沉忧结心曲。

【注释】

〔1〕改木：古时钻木取火，不同的季节用不同的木。后以“改木”喻时节迁移。

【译文】

秋夜凉风渐起，清净的空气荡涤了暑热之气。蟋蟀在台阶下鸣叫，飞蛾扑向明亮的火烛。丈夫在边远之地服兵役，妻子在家中独守空房。夫妻分居两地不知过了多少时日，烧火的木材因季节换了又换。妻子独居，不常到屋外走动。庭院里野草绿了又绿，平添荒凉。白墙上满是青苔，房屋内外结满了蛛网。睹物思人感怀甚多，深沉的忧虑郁结于内心深处。

大火流坤维[1]，白日驰西陆[2]。浮阳映翠林，回飙扇绿竹[3]。飞雨洒朝兰，轻露栖丛菊。龙蛰暄气凝[4]，天高万物肃[5]。弱条不重结，芳蕤岂再馥。人生瀛海内，忽如鸟过目。川上之叹逝，前修以自勖。

【注释】

〔1〕坤维：指西南方向，意为立秋。

〔2〕西陆：西方七宿的区域，太阳运行到西陆，指秋天。

〔3〕回飙（biāo）：回旋的狂风。

〔4〕龙蛰：阳气潜藏。

〔5〕肃：肃杀之气。

【译文】

太阳西行秋天来临。阳光映照着翠林，回旋的狂风扇动着绿竹。风卷着雨洒落在清晨的兰草上，菊花丛中露水盈盈。阳气潜藏暑气凝结，天地高远万物肃杀。秋枝无法重新结出新条，下垂的花朵不能再散发芬芳。人在天地间的一生，短暂如鸟从眼前飞过。子在川上哀叹时光如流水逝去，我用先贤来勉励自己。

金风扇素节，丹霞启阴期。腾云似涌烟，密雨如散丝。寒花发黄采，秋草含绿滋。闲居玩万物，离群恋所思。案无萧氏牍[1]，庭无贡公綦[2]。高尚遗王侯，道积自成基。至人不婴物[3]，馀风足染时。

【注释】

〔1〕萧氏：西汉萧育。　牍：书版。

〔2〕贡公：指西汉贡禹。萧育与朱博，贡禹与王阳皆为密友，后因事

断交。此处指友人不相往来。　綦：履迹。

〔3〕婴物：被外物纠缠。

【译文】

金风渐起时秋令时节到来，红霞迎来萧瑟的秋天。云朵翻腾似喷涌的烟雾，细密的秋雨如同散落的细丝。菊花绽放出黄色的光彩，秋草在雨水滋润下愈发翠绿。安闲静居，尽赏景物。离群索居难忘友人。我的书案上已没有了友人的书信，庭院里没有朋友们往来的印记。不为王侯之事操劳是高尚之事，无为而治积德道自高。至人不为外物所困，古人遗留的风尚足够熏陶这个时代。

朝霞迎白日，丹气临汤谷〔1〕。翳翳结繁云，森森散雨足。轻风摧劲草，凝霜竦高木。密叶日夜疏，丛林森如束。畴昔叹时迟，晚节悲年促。岁暮怀百忧，将从季主卜〔2〕。

【注释】

〔1〕汤谷：太阳升起的地方。

〔2〕季主：司马季主，西汉时期著名的占卜者。

【译文】

朝霞迎接东升的旭日，彩霞环绕在太阳初升的地方。晦暗不明的水汽结成繁厚的云层，忽然间大雨滂沱。凛冽的风折断坚韧的草，寒冷的霜使高大的树木悚然直立。浓密的树叶日渐稀疏，丛林萧森，犹如被捆束一般。从前年轻时叹息时间太慢，老年时却哀叹时光飞逝。暮年之时心中有诸多忧虑，不如效仿西汉的卜者司马季主，归隐山林问道求仙。

昔我资章甫，聊以适诸越〔1〕。行行入幽荒，瓯骆从祝发〔2〕。穷年非所用，此货将安设。瓴甋夸玙璠，鱼目笑明月。不见郢中歌〔3〕，能否居然别。《阳春》无和者，《巴人》皆下节。流俗多昏迷，此理谁能察。

【注释】

〔1〕“昔我”二句：《庄子·逍遥游》：“宋人资章甫而适诸越，越人断发文身，无所用之。”比喻有才德但无处可用。

〔2〕瓯骆：古吴越一带。　祝：断。

〔3〕郢中歌：指《阳春白雪》和《下里巴人》两曲，喻贤、不肖。

【译文】

曾经我带着一批帽子去百越的部族售卖。一路行走进入荒远之地，却发现此处的人都不蓄发。我的货物终年无人购买，也就闲置在一边了。普通的砖瓦向美玉夸耀自己，鱼目嘲笑珍贵的明珠。如果没有听过歌唱郢中曲，能否分辨那两首曲子？《阳春白雪》曲高和寡，《下里巴人》大家拍手呼喊应和。世俗陋习令人迷恋，这种道理有谁能够说得清楚呢？

朝登鲁阳关，狭路峭且深。流涧万馀丈，围木数千寻〔1〕。咆虎响穷山，鸣鹤聒空林。凄风为我啸，百籁坐自吟〔2〕。感物多思情，在险易常心。朅来戒不虞〔3〕，挺辔越飞岑〔4〕。王阳驱九折〔5〕，周文走岑崟〔6〕。经阻贵勿迟，此理著来今。

【注释】

〔1〕围木：指合抱之木。

〔2〕百籁：指大自然中的一般声响。

〔3〕朅（qiè）：离去。　不虞：意料不到的事。

〔4〕飞岑：指高山。

〔5〕九折：指九折坂，地形险阻。

〔6〕岑崟（yín）：山势险峻，此指崤山。

【译文】

清晨登上鲁阳关，小路陡峭又幽深。涧水在万丈谷底流过，粗壮的古树耸入云天。虎的咆哮声在深山中回响，鹤的吵闹声在森林里回荡。凄冷的寒风在我耳旁呼啸，加上各种声音的哀吟。面对此景不禁多思多想，身处险境时会改变平素的心迹。为了防止意料不到的危险，我当勒紧缰绳，飞越高山。西汉王阳面对险峻的九折坂就驱马折返；周朝文王曾在崤山躲避风雨。经历险阻贵在切勿迟疑，这个道理从古至今已经明了。

此乡非吾地，此郭非吾城。羁旅无定心，翩翩如悬旌。出睹军马阵，入闻鞞鼓声。常惧羽檄飞[1]，神武一朝征。长铗鸣鞘中[2]，烽火列边亭。舍我衡门依[3]，更被缦胡缨[4]。畴昔怀微志，帷幕窃所经。何必操干戈，堂上有奇兵。折冲樽俎间[5]，制胜在两楹[6]。巧迟不足称[7]，拙速乃垂名[8]。

【注释】

〔1〕羽檄：古代军书。

〔2〕铗：指剑柄。

〔3〕衡门：指简陋之屋。

〔4〕缦胡缨：武士的冠饰。

〔5〕折冲樽俎：指不用武力在外交谈判中取胜。

〔6〕两楹：厅堂前的一对柱子，代指宴席。

〔7〕巧迟：指用兵虽然巧妙，却行动迟缓。见《孙子·作战》。

〔8〕拙速：用兵虽缺少机智但贵在速度。

【译文】

这乡邑不是我的故乡，这城郭不是我所居之城。我客居异乡身心不定，就像悬在空中的旌旗。出门就见兵马严阵以待，入门又听鞞鼓声声入耳。我常担心军书一封，神兵武将要立刻出征。只听长剑在鞘中鸣响，只见烽烟布满边亭。我决定脱去家中日常衣服，换上武服。我往日就怀有微小志向，也曾在军中出谋划策。何必要拿着武器在战场厮杀，殿堂上就有运筹帷幄的队伍。在酒宴谈判中就能用智制敌，取胜的关键就在筵席上。巧妙但迟缓的捷径不足以被称赞，笨拙却迅速的谋略才能千古留名。

述职投边城[1]，羁束戎旅间。下车如昨日，望舒四五圆[2]。借问此何时？胡蝶飞南园。流波恋旧浦，行云思故山。闽越衣文蛇，胡马愿度燕。土风安所习？由来有固然。

【注释】

〔1〕述职：就职，供职。

〔2〕望舒：原指神话中为月驾车的神，后借指月亮。

【译文】

我到边疆赴任就职，被边疆战事束缚。似乎是昨天才来到这里，但月亮已经几度圆缺。询问现在是什么时候，才知故乡园圃已蝴蝶纷飞。流水眷恋着旧时浦口，白云思念着旧时山峦。闽越之人喜欢在身上纹刻蛇虫花纹，胡地的马愿意度过寒冷的燕塞。当地风俗我怎么能习惯呢？我原本就有自己的习惯。

结宇穷冈曲，耦耕幽薮阴。荒庭寂以闲，幽岫峭且深。凄风起东谷，有渰兴南岑[1]。虽无箕毕期[2]，肤寸自成霖[3]。泽雉登垄雊[4]，寒猿拥条吟。溪壑無人迹，荒楚郁萧森[5]。投耒循岸垂，时闻樵采音。重基可拟志，回渊可比心。养真尚无为，道胜贵陆沉[6]。游思竹素园[7]，寄辞翰墨林。

【注释】

〔1〕有渰（yǎn）：指浓云密布状。

〔2〕箕毕：星宿名，箕星主风，毕星主雨。

〔3〕肤寸：此指雨前逐渐集合起来的云层。

〔4〕雊（gòu）：鸡叫。

〔5〕荒楚：杂草丛生之地。　萧森：指草木茂盛状。

〔6〕陆沉：比喻隐居。

〔7〕竹素：书籍、史册等典籍。

【译文】

在偏僻的深山建房，在幽深的草泽耕作。荒芜的庭院寂静安闲，山中的岩洞深邃陡峭。东边山谷里寒风阵阵，南边小山上浓云密布。虽没有箕毕二星带来风雨，但堆积起的云气却也降下甘霖。草泽中的野鸡登上田埂鸣叫，深山里的猿猴拥持着树枝吟啸。山间的溪流沟壑杳无人烟，荒野中野草丛木郁郁葱葱。放下农具沿着岸边走，时常听见打柴之声。我的志向高山可比拟，我的内心犹如回曲深水。我愿修身养性崇尚自然无为，大贤大智的境界贵在隐居。让思想在典籍中畅游，创作文章聊以慰藉。

黑蜧跃重渊[1]，商羊舞野庭[2]。飞廉应南箕[3]，丰隆迎号屏[4]。云根临八极，雨足洒四溟。霖沥过二旬，散漫亚九龄[5]。阶下伏泉涌，堂上水衣生。洪潦浩方割[6]，人怀昏垫情[7]。沉液漱陈根，绿叶腐秋茎。里无曲突烟，路无行轮声。环堵自颓毁，垣闾不隐形。尺烬重寻桂，红粒贵瑶琼[8]。君子守固穷，在约不爽贞。虽荣田方赠[9]，惭为沟壑名[10]。取志於陵子[11]，比足黔娄生[12]。

【注释】

〔1〕黑蜧（lì）：传说中的蛇神，可致风雨。

〔2〕商羊：传说中的大鸟，可致水灾。

〔3〕飞廉：指风神。

〔4〕丰隆：古代神话中的雷神。

〔5〕九龄：九年，相传帝尧时，曾发洪水九年。

〔6〕方割：指普遍危害。

〔7〕昏垫：指洪水灾害。

〔8〕红粒：变质的粮食。

〔9〕田方赠：《说苑·立节》载，子思虽穷，但誓死不接受田子方的馈赠。

〔10〕沟壑名：比喻那些无功受禄的人。

〔11〕於陵子：战国齐人陈仲子隐居于陵。

〔12〕黔娄生：战国时齐人，志向高洁。

【译文】

能致云雨的神蛇跃出深渊，会致水灾的神鸟舞于庭院。风神与南箕星呼应，雷神迎接雨师到来。深山里云层扩散到极远之地，大雨洒向四方。这雨已持续二十余日，水流遍布仅次于尧时九年洪荒。台阶下流水涌出，厅堂上长出青苔。洪水浩荡危害四方，人人都为水患所困扰。雨水冲刷着草木残根，树上绿叶腐烂如秋天枯萎的根茎。乡里不见袅袅炊烟，路上听不到车轮声响。我家周围的土墙都已坍塌，墙门消失使里屋不再隐蔽。此时柴火比桂木还贵重，变质的大米比美玉还珍贵。君子当安贫乐道，不能丢失自己的节操。很荣幸有人效法田子方赠我物资，但若接受就惭愧有了承受弃物的沟壑之名。我立志要做战国於陵陈仲子那样的隐士，要与隐士黔娄比肩而立。

（译注：李涵颖　相明霏）

文选卷第三十

杂诗下

时　兴　卢子谅（卢谌）

【题解】

叙写秋去冬来的时令变化及感触，表达了诗人的崇玄尚道。

亹亹圆象运[1]，悠悠方仪廓。忽忽岁云暮，游原采萧藿[2]。北逾芒与河，南临伊与洛。凝霜沾蔓草，悲风振林薄。摵摵芳叶零，蕊蕊芬华落[3]。下泉激洌清，旷野增辽索。登高眺遐荒，极望无崖崿[4]。形变随时化，神感因物作。澹乎至人心，恬然存玄漠。

【注释】

〔1〕亹亹（wěi）：形容勤勉不倦。

〔2〕萧藿（huò）：两种野菜。

〔3〕蕊蕊：花垂落貌。

〔4〕崖崿（è）：山崖。

【译文】

圆圆的天象不知疲倦地运转，悠悠的方正大地宽广无垠。转眼间岁末就到了，去野外采集萧和藿。北边越过了芒山与黄河，南边一直到了伊河与洛河。凝结的霜沾到了蔓草上，北风呼号着穿透了树林。树叶纷纷凋零，花儿掉落了不少。奔流的泉水清冽，旷野更加萧索。登高看着无边的旷野，极目眺望毫无遮挡的天涯。万物随着时间变化，精神也由着万物抒发。至人之心清静淡泊，恬然虚旷进入玄漠之境。

杂诗二首　陶渊明（陶潜）

【题解】

叙写归隐生活，表达了诗人具有淡然的情趣和归隐的心志。

结庐在人境〔1〕，而无车马喧。问君何能尔？心远地自偏。采菊东篱下，悠然见南山。山气日夕佳，飞鸟相与还。此中有真意〔2〕，欲辨已忘言〔3〕。

【注释】

〔1〕结庐：建造房屋。

〔2〕真意：人生真谛。

〔3〕忘言：《庄子·外物》有“得鱼而忘筌”“得意而忘言”，意思是说，既已意会，就不需要说什么了。

【译文】

建造房屋在人多的地方，却没有车水马龙的喧闹。试问怎么能做到的？心如远离尘俗住所自然僻静。在东边的篱笆下采摘菊花，悠然间抬头望见南山。山里的雾霭到傍晚时分更为好看，飞翔的鸟儿结伴回还。这一切之中蕴藏人生的真谛，想要述说却又不知要说什么。

秋菊有佳色，裛露掇其英[1]。泛此忘忧物[2]，远我达世情。一觞虽独进，杯尽壶自倾。日入群动息，归鸟趋林鸣。啸傲东轩下，聊复得此生。

【注释】

〔1〕裛（yì）：沾湿。　掇（duō）：采摘。

〔2〕泛：指斟满。　忘忧物：指酒。

【译文】

秋天的菊花生来色美姿美，我带着露水来采摘。斟满杯中之酒，远离世俗人情。一杯美酒虽然只是自己独饮，却一杯接一杯，直到酒尽壶倾。日落西山万物都歇息，归鸟纷纷鸣叫着飞回树林。东窗之下我临景啸傲，似乎此生就这样周而往复。

咏贫士　陶渊明（陶潜）

【题解】

《咏贫士》共七首，此为第一首。诗以孤云、独鸟为喻，叙写贫士与众不同的处境心境，抒发诗人不慕名利、安贫守节的情怀。

万族各有托[1]，孤云独无依。暧暧虚中灭[2]，何时见馀晖。朝霞开宿雾，众鸟相与飞。迟迟出林翮[3]，未夕复来归。量力守故辙，岂不寒与饥？知音苟不存，已矣何所悲。

【注释】

〔1〕万族：万物。族，品类。

〔2〕暧暧：昏暗不明的样子。

〔3〕翮：鸟的翅膀，代指孤鸟。

【译文】

万物都各自有所依靠，只有孤云无依无靠，它在昏昏冥色中渐渐飘散，何时才能见到它的残光余辉呢？朝霞驱散了夜间的迷雾，鸟儿们结伴飞翔，孤鸟迟迟地飞出树林，太阳还没有落下又飞了回来。量力而行遵守着过去的道路，哪能不受饥寒的苦难呢？知音如果都不在了，万事皆休又有什么值得悲伤的呢！

读山海经　陶渊明（陶潜）

【题解】

《读山海经》共十三首，此为第一首。写躬耕之后，微雨好风之暇的读书乐趣，以此抒发人生感慨。

孟夏草木长，绕屋树扶疏。众鸟欣有托，吾亦爱吾庐。既耕亦已种，时还读我书。穷巷隔深辙，颇回故人车。欢言酌春酒，摘我园中蔬。微雨从东来，好风与之俱。泛览《周王传》，流观《山海图》。俯仰终宇宙，不乐复何如？

【译文】

孟夏时节草木茂盛，绿树围绕着我的房屋。众多的鸟儿快乐地有所寄托，我也喜爱我的茅庐。既耕又种过后，我时常返回来读我喜爱的书。居住在僻静的村巷中远离喧嚣，即使是老朋友驾车探望也让他掉头回去。我欢快地饮酌春酒，采摘园中的蔬菜。细雨从东方而来，夹杂着清爽的东风。泛读着《周王传》，浏览着《山海经图》。在俯仰之间纵览宇宙，还有什么比这个更快乐呢？

七月七日夜咏牛女　谢惠连

【题解】

通过吟咏牛郎织女的聚难离久，诗人抒发对人生及身世的感慨。

落日隐櫩楹[1]，升月照帘栊[2]。团团满叶露，析析振条风[3]。蹀足循广除[4]，瞬目曬曾穹。云汉有灵匹，弥年阙相从。遐川阻昵爱，修渚旷清容。弄杼不成藻，耸辔骛前踪。昔离秋已两，今聚夕无双。倾河易回斡，款颜难久悰。沃若灵驾旋，寂寥云幄空。留情顾华寝，遥心逐奔龙。沉吟为尔感，情深意弥重。

【注释】

〔1〕櫩楹：屋檐及柱子。泛指廊屋。

〔2〕帘栊：窗帘和窗牖。也泛指门窗的帘子。

〔3〕条风：东风。一名明庶风，主春分四十五日。

〔4〕蹀（dié）足：小步走。　除：台阶。

【译文】

落日隐没在屋檐下，月亮升起来照在了窗帘上。树叶上积满了一团团的露水，吹来一阵阵东风。轻轻地走在宽宽的台阶上，看着广阔的夜空。天空中有牵牛星与织女星，相隔一年他们才能相会。天河阻碍了他们亲近，宽阔的河面让他们看不见对面的面容。弹琴不成曲调，驾着马车来追寻以前的道路。当初分离已经一年了，今天相聚也不会多一天。天河很快就回转了，但此情难以长久地欢乐下去。车马掉头回程，云寂寥地漂浮在刚刚相会的夜空。情意深深地回想着相会的情景，心思却追随着远去的马车。沉吟着为你们感动，情更深意愈重。

捣　衣　谢惠连

【题解】

本诗叙写捣衣的环境气氛和思妇裁制寒衣时的心理。

衡纪无淹度[1]，晷运倏如催。白露滋园菊，秋风落庭槐。肃肃莎鸡羽[2]，烈烈寒螀啼。夕阴结空幕，宵月皓中闺。美人戒裳服，端饰相招携。簪玉出北房，鸣金步南阶。榈高砧响发，楹长杵声哀。微芳起两袖，轻汗染双题。纨素既已成，君子行未归。裁用笥中刀[3]，缝为万里衣。盈箧自余手，幽缄候君开[4]。腰带准畴昔，不知今是非。

【注释】

〔1〕衡纪：指北斗星。

〔2〕莎鸡：虫名，又称络纬，俗称纺织娘。

〔3〕笥：盛放衣物的方形竹器。

〔4〕幽缄（jiān）：密密地封存起来。

【译文】

北斗星转没有停歇的时候，日影运转起来就像被催促着一样。白露滋生花园里菊花盛开，秋风把庭院里的槐树叶子吹落。莎鸡的翅膀发出肃肃的声音，寒蝉发出悲鸣。黄昏的阴气郁结在空中，一轮明月照耀在闺中。美人准备动手穿衣服，整理衣饰互相招手。砧声在高高的屋檐上响起，楹柱发出悲哀的杵声。双袖扬起芳香，双鬓沾染了汗滴。制衣的布帛已经捣好了，但是君子远行依旧未归。

裁衣要用笥中之刀，才能缝成万里都可以御寒的衣服。满满一筐衣服都是出自我的手，紧密地封上待你回来的时候开启。腰带尺寸是根据往昔制作的，不知道如今是否还合适？

南楼中望所迟客　谢灵运

【题解】

叙写在南楼中相望友人期而不至的焦虑不安，并抒离别相思之情。

杳杳日西颓，漫漫长路迫。登楼为谁思？临江迟来客。与我别所期，期在三五夕〔1〕。圆景早已满，佳人犹未适。即事怨睽携，感物方凄戚。孟夏非长夜，晦明如岁隔。瑶华未堪折，兰苕已屡摘。路阻莫赠问，云何慰离析〔2〕？搔首访行人，引领冀良觌。

【注释】

〔1〕三五夕：农历十五的晚上。

〔2〕离析：指不在一起的友人。

【译文】

阴暗的夕阳慢慢沉入西方，而行人还在漫漫长路上行走。登上高楼思念谁？是临江来的远方的朋友。与分别的朋友约定相会的时间，是在十五的夜晚。但是现在月亮已经圆满，但是他还没有到。别后时时事事都觉着不愉快，遇到事物皆有凄戚感触。初夏夜晚并不长，但好像一夜就是一年似的。瑶华还不堪折取，兰苕已经摘过很多次了。道路阻隔而音讯不通，怎么能安慰离居的友人呢？焦急地以手搔头询问友人的消息，伸长脖子企望着能与友人欢乐相会。

田南树园激流植援　谢灵运

【题解】

诗人叙写田园风光之美，抒发渴求知音之情。

樵隐俱在山，由来事不同。不同非一事，养痾丘园中[1]。中园屏氛杂，清旷招远风。卜室倚北阜[2]，启扉面南江。激涧代汲井，插槿当列墉。群木既罗户，众山亦对窗。靡迤趋下田[3]，迢递瞰高峰[4]。寡欲不期劳，即事罕人功。唯开蒋生径[5]，永怀求羊踪[6]。赏心不可忘，妙善冀能同。

【注释】

〔1〕养痾（kē）：养病。

〔2〕卜室：古人动工造房之前，往往要占卜以问凶吉，此指开工建屋。

〔3〕靡迤：山路随坡势向下伸展的样子。

〔4〕迢递（tiáo dì）：绵邈高远的样子。

〔5〕蒋生：指汉代隐士蒋诩，字符卿。他隐居杜陵，在住宅前竹林下开了三条小径，只与求仲、羊仲二人往来。后人遂以“三径”或“蒋生径”作为隐士居所的代称。

〔6〕求羊：指求仲和羊仲。

【译文】

樵夫与隐士都居住在山里，他们的目的与情趣却彼此不同。不同的不只是这一件事，我养病也在园林中。丘园排除了世俗的污浊与嘈杂，清风吹进洁净平旷的园中。占卜择地，建几间茅屋，背靠着北面的小山，推开柴门，就能看到南江。筑一道土坎截住涧水代替汲井，栽一圈木槿当作护园的篱屏。门前是排排绿树，窗外是座座山峰。沿着蜿蜒的小路到山下田地，登上高高的山崖俯瞰。生性澹泊少私寡欲，建房也不愿大兴土木。只想如蒋生那样开几条幽静的小路，接纳品格高雅的朋友。不能忘怀的是推心置腹的友人，衷心希望与朋友之间共同进入妙善的佳境。

斋中读书　谢灵运

【题解】

写诗人遭贬后的展卷读书得闲的心理感受和达观态度。

昔余游京华，未尝废丘壑。矧乃归山川，心迹双寂寞。虚馆绝诤讼，空庭来鸟雀。卧疾丰暇豫，翰墨时间作。怀抱观古今，寝食展戏谑。既笑沮溺苦[1]，又哂子云阁[2]。执戟亦以疲，耕稼岂云乐。万事难并欢，达生幸可托[3]。

【注释】

〔1〕沮（jǔ）溺：指长沮和桀溺，春秋时贤人，不肯游仕，结伴耕种。

〔2〕子云阁：指杨雄投阁自杀一事，喻指文士无辜受难，命运坎坷。

〔3〕达生：参透人生、不受牵累。

【译文】

以前在京华做官的时候，也不曾废除游山玩水的雅兴。到永嘉做地方官回归山川，思想与行迹都十分寂寞了。太守衙门内没有诉讼的声音，空荡荡的庭院里飞来了寻食的鸟雀。生病了有了更多的闲暇时间，时时在文字写作中消磨时间。在书中了解古今的趣事，茶馀饭后还可以用来调笑消遣。我既嘲笑长沮、桀溺那样耕种辛苦，也笑话杨雄那样热心做高官而遭遇危险。谋求仕进让我感到疲惫，隐居躬耕的清苦生活也不能说令我快乐。什么事情都难以两全其美，能做到参透人生、不受牵累，这才能寄托人生啊。

（自卢子谅《时兴》至谢灵运《斋中读书》译注：刘旋）

石门新营所住四面高山回溪石濑修竹茂林诗　谢灵运

【题解】

诗人叙写登临新营幽居后所见所感，抒发了他寄情山水的愿望。

跻险筑幽居[1]，披云卧石门。苔滑谁能步，葛弱岂可扪[2]？袅袅秋风过，萋萋春草繁。美人游不还，佳期何由敦？芳尘凝瑶席[3]，清醑满金樽。洞庭空波澜，桂枝徒攀翻。结念属霄汉，孤景莫与谖[4]。俯濯石下潭，仰看条上猿。早闻夕飚急，晚见朝日暾。崖倾光难留，林深响易奔。感往虑有复，理来情无存。庶持乘日车，得以慰营魂。匪为众人说，冀与智者论。

【注释】

〔1〕跻（jī）：登上。

〔2〕葛：草本植物。

〔3〕瑶席：供坐卧用的席子。

〔4〕谖（xuān）：忘记。

【译文】

登上险峰新筑幽静的住所，披着云雾卧在石门山上。青苔光滑谁能走着上山，葛藤都显得柔弱难道可以攀爬上来吗？袅袅秋风吹过，萋萋春草茁壮，友人出游还不归来，什么时候能够在美好的佳期相遇呢？灰尘堆满了席子，酒杯里盛满了美酒。我望着一去千里的洞庭湖空有波澜，只能徒自攀援桂树枝叶。所思念的人，如远天相隔，我只能孤影独处，没有人能和我一起忘忧。我俯下身去用石下的潭水洗脚，抬头观望欣赏树上的猿猴。早晨听到了傍晚才有的急促暴风，晚上却见到早晨温暖的日光。山崖陡峭啊太阳光难以长久地留住，树林幽深令响声易于奔波。感慨过往思虑有些繁复，论起道理情感则不存在。希望驰骋乘日的快车，来安慰我的灵魂。不愿意与普通人述说，只希望和智慧的人来讨论。

杂　诗　王景玄（王微）

【题解】

王微（415—443），字景玄，刘宋时琅邪临沂（今胶南境内）人。《宋书》有传。本诗刻画思妇对征人的绵绵相思之情。

思妇临高台，长想冯华轩〔1〕。弄弦不成曲，哀歌送苦言。箕帚留江介，良人处雁门〔2〕。讵忆无衣苦，但知狐白温。日暗牛羊下，野雀满空园。孟冬寒风起〔3〕，东壁正中昏。朱火独照人〔4〕，抱景自愁怨。谁知心曲乱，所思不可论。

【注释】

〔1〕冯：通“凭”，依靠，凭借。

〔2〕良人：古时夫妻互称为良人，后多用于妻子称丈夫。

〔3〕孟冬：冬季的第一个月，即农历十月。

〔4〕朱火：烛火。

【译文】

女子登临高台，倚靠着华丽的栏杆在思念丈夫。她拨弄琴弦而弹不成曲子，哀伤的歌曲传达着难言的痛苦。女子留在沿江一带，丈夫在雁门关一带，相距很远。怎能想到丈夫没有衣服的痛苦，可是却知道狐狸白毛裘的温暖。夕阳光暗牛羊下山，野雀飞满空空的园子。十月寒风四起，黄昏时东面墙壁阳光映照却昏昏暗暗。蜡烛的火焰独自照耀着女子，她与自己的影子相拥抱而发出愁怨之情。谁知道女子心里的烦乱，她对丈夫的思念说不出来。

数　诗　鲍明远（鲍照）

【题解】

本诗以一至十为每联起首，叙写寒士苦学一无所成，而巧宦者则一朝显通，抒发门阀统治下寒士受压抑的愤懑情绪。

一身仕关西，家族满山东。二年从车驾，斋祭甘泉宫〔1〕。三朝国庆毕〔2〕，休沐还旧邦。四牡曜长路，轻盖若飞鸿。五侯相饯送〔3〕，高会集新丰〔4〕。六乐陈广坐〔5〕，组帐扬春风。七盘起长袖〔6〕，庭下列歌钟。八珍盈雕俎，绮肴纷错重。九族共瞻迟〔7〕，宾友仰徽容。十载学无就，善宦一朝通。

【注释】

〔1〕甘泉宫：秦宫，汉武帝扩建后名甘泉宫。

〔2〕三朝（zhāo）：正月一日，为岁、月、日之始，故曰三朝。

〔3〕五侯：公、侯、伯、子、男五等诸侯。

〔4〕新丰：地名。

〔5〕六乐：古乐，包括云门（黄帝之乐）、咸池（尧乐）、大韶（舜

乐）、大夏（禹乐）、大濩（汤乐）、大武（武王之乐）。

〔6〕七盘：古舞名。在地上排盘七个，舞者穿长袖舞衣，在盘的周围或盘上舞蹈。

〔7〕九族：即高祖、曾祖、祖父、父亲、己身、子、孙、曾孙、玄孙。

【译文】

只身一人在函谷关以西做官，家族在山东发展起来。元延二年跟从帝王的车，共同祭拜甘泉宫。岁、月、日之始的正月一日大庆，休息沐浴后回到各自家乡。四马驾车光耀长路，车盖飞驰好像鸿雁。五等诸侯相互送别，聚集在新丰。六乐为在座的宾客奏响，春风满面地在帐幕中观望。跳七盘舞挥起长袖，庭堂下面乐声响起。八珍美味盛于雕刻华丽的器具中，精美的饭菜纷繁多样。九族亲属们都来仰望很久，朋友们也露出美好的笑容仰望。十年在学术上一无所成，反而精通在朝廷为官。

玩月城西门解中　鲍明远（鲍照）

【题解】

写秋夜饮酒赏月，表达对仕宦生活的厌倦。

始见西南楼，纤纤如玉钩。末映东北墀〔1〕，娟娟似蛾眉〔2〕。三五二八时，千里与君同。夜移衡汉落，徘徊帷户中。归华先委露，别叶早辞风。客游厌苦辛，仕子倦飘尘。休瀚自公日，宴慰及私辰。蜀琴抽《白雪》〔3〕，郢曲发《阳春》〔4〕。肴干酒未缺，金壶启夕沦。回轩驻轻盖，留酌待情人。

【注释】

〔1〕墀（chí）：台阶。

〔2〕蛾眉：美人的眉毛。

〔3〕蜀琴：司马相如为蜀地人，善于弹琴，故称“蜀琴”。

〔4〕郢曲：客人在郢中唱歌，故曰“郢曲”。后泛指乐曲。

【译文】

月亮从西南楼的方向升起，纤细得好像一个玉钩。最后照射到东北的台阶上，细长弯曲地像眉毛一样。十五、十六的时候，远隔千里都在月圆之时。晚上的北斗星和银河转动落下，我徘徊在帷帐里。结了果实先聚集露水，叶子早早地告别风而落下。旅客厌烦了辛苦，做官厌倦了漂浮不定。好好地在假日休息，举办私人宴会宽慰情怀。蜀琴弹奏《白雪》之曲，郢曲《阳春》更是高雅。菜肴肉食虽有尽时而酒则不缺，捧起金色的酒壶可以喝到夜尽。回到屋里盖上盖子，留着和情人对酌。

始出尚书省[1]　谢玄晖（谢朓）

【题解】

叙写朝廷政治风云的变化，表达了自己仕途失意后的绝望情绪和隐遁之志。

惟昔逢休明[2]，十载朝云陛。既通金闺籍[3]，复酌琼筵醴。宸景厌照临[4]，昏风沦继体[5]。纷虹乱朝日，浊河秽清济。防口犹宽政，餐荼更如荠。英衮畅人谋[6]，文明固天启。青精翼紫轪[7]，黄旗映朱邸。还睹司隶章[8]，复见东都礼[9]。中区咸已泰，轻生谅昭洒。趋事辞宫阙[10]，载笔陪旌启[11]。邑里向疏芜，寒流自清泚。衰柳尚沉沉，凝露方泥泥。零落悲友朋，欢虞宴兄弟。既秉丹石心[12]，宁流素丝涕[13]。乘此终萧散，垂竿深涧底。

【注释】

〔1〕尚书省：官署名，为中央执行政务的总机构。谢朓本兼尚书殿中郎。

〔2〕休明：美好清明时代。

〔3〕金闺籍：金门所悬名牒，牒上有名者准其进入。后用以指在朝为官。金门，意谓入朝廷之门。籍，为二尺竹牒，写着年纪、名字、物色。

〔4〕宸：北宸，以喻帝位。 厌照临：谓齐武帝驾崩。

〔5〕继体：谓郁林王萧昭业。

〔6〕英衮（gǔn）：指齐明帝萧鸾。

〔7〕翼：辅助。 紫轪（dài）：天子之车，以紫为盖，故称。

〔8〕司隶章：本义指恢复汉朝官仪服饰制度，刘秀曾任司隶校尉。

〔9〕东都：洛阳。

〔10〕趋事：到别处办公。 辞宫阙：谓出尚书殿。

〔11〕载笔：史传、制疏、表奏一类文字。指为记室。

〔12〕丹石：比喻赤诚坚定。

〔13〕素丝涕：墨子见染丝而泣之，因为蚕丝可以染黄可以染黑。喻人的品性容易受环境影响而改变。

【译文】

昔日碰到了美好清明的朝廷，十多年来朝见皇帝陛下。既荣幸出入朝廷，又能参加美好的盛宴饮酒。北极星的光辉不再照临，昏乱之风使继体之君沉沦。各种势力在朝廷勾心斗角，纷乱的关系搅乱了朝廷的正常，导致清浊不分混乱难辨。以防民之口为宽容的政治，以吃苦菜如啖荠菜。齐明帝善于集中谋略，受到上天的庇护而成为皇帝。皇帝的车子被青精星护卫着，黄色的旗帜映衬着红色府邸。似乎看到了刘秀令帝室中兴，再次见到东都洛阳的礼仪。重要的区域已经安定，轻贱的众生却被光明洗涤。我离开尚书殿到别处办公，出为记室而入职撰作公文。皇上给的封地已经荒芜，寒冷的水流本来就清澈。衰弱的柳树看起来死气沉沉，凝结的露水正布满了泥土。孤单冷落的气氛让我想念我的朋友，此刻我欢乐地宴请我的兄弟。我永持赤诚坚贞之心，不为素丝或黄或黑而哭。乘此机会逍遥散放度过，深涧之旁垂竿钓鱼为乐。

直中书省〔1〕 谢玄晖（谢朓）

【题解】

叙写在中书省当值时的心情感受，企望能过寄情山水的生活。

紫殿肃阴阴〔2〕，彤庭赫弘敞〔3〕。风动万年枝，日华承露掌〔4〕。玲珑结绮钱〔5〕，深沉映朱网。红药当阶飞〔6〕，苍苔依砌上。兹言翔风池〔7〕，鸣珮多清响。信美非吾室，中园思偃仰〔8〕。朋情以郁陶〔9〕，春物方骀荡〔10〕。安得凌风翰，聊恣山泉赏。

【注释】

〔1〕直：值班。　中书省：官署名，掌传宣诏令。谢朓为中书郎。

〔2〕紫殿：帝王宫殿。　阴阴：阴森的样子。

〔3〕彤庭：泛指皇宫。　赫：显著，盛大。

〔4〕承露掌：同“承露盘”，汉武帝好神仙之道而建造了承露盘仙人。

〔5〕绮钱：钱形图案窗户雕饰。

〔6〕红药：芍药。

〔7〕翔风池：即凤凰池，代指中书省。

〔8〕偃仰：俯仰。

〔9〕郁陶：忧思聚集貌。

〔10〕骀荡：使人舒畅。

【译文】

帝王的宫殿肃静庄严，帝王的宫殿盛大宽敞。风吹动着万年的老树，太阳照耀着承露盘。精巧的窗户雕饰着钱形图案，深沉中映着红色的网。芍药在台阶前面开得正旺盛，青翠的苔藓密密长在台阶上。这里被称作“翔风池”，玉佩多发出清脆的声音。美好的地方不是我的家，我在院子中间思考俯仰。朋友的情谊让我忧思聚集，而春天的万物却使人舒畅。如何能得到乘风的羽毛飞驰而去，我纵情地欣赏着山间的泉水。

观朝雨　谢玄晖（谢朓）

【题解】

借观雨而抒写怀抱，称归隐思想最终要战胜出仕之念。

朔风吹飞雨〔1〕，萧条江上来。既洒百常观〔2〕，复集九成台〔3〕。空蒙如薄雾，散漫似轻埃。平明振衣坐，重门犹未开〔4〕。耳目暂无扰，怀古信悠哉。戢翼希骧首〔5〕，乘流畏曝鳃〔6〕。动息无兼遂，歧路多徘徊。方同战胜者，去翦北山莱。

【注释】

〔1〕朔风：北风。

〔2〕洒：滤过。　百常观：汉代台观名。

〔3〕九成台：即闻韶台，舜帝奏乐处。

〔4〕重门：屋内的门。

〔5〕戢翼：敛翼，喻隐居。　骧首：马首上举，喻出仕。

〔6〕曝鳃：喻仕途艰难。传说鱼游到黄河龙门，如能溯流上去，便化为龙，如不能上去，便曝鳃而止。

【译文】

北风吹来飘雨阵阵，淅淅沥沥从冷清的江上飞奔而来。飞雨从百常观飘洒而过，又汇集到了亭台上。灰蒙蒙的天空像弥漫了一层薄薄的雾，散发开就像轻轻的尘埃一样。天亮的时候我振衣而坐，屋内的门却没有打开。耳边和眼前暂时没有烦扰，追念古人古事感觉悠闲自在。隐居就有想出来做官的愿望，趁着激流而上又害怕仕途艰难。做官和归隐不能兼顾，在曲折的路上徘徊前进。如果归隐思想战胜了做官之愿，我就到北山去耕地。

郡内登望　谢玄晖（谢朓）

【题解】

写登楼所见秋景，抒发自己对宦游生活的厌倦和愿效仿管宁归田隐居之情。

借问下车日〔1〕，匪直望舒圆。寒城一以眺，平楚正苍然。山积陵阳阻〔2〕，溪流春谷泉。威纡距遥甸〔3〕，巉岩带远天〔4〕。切切阴风暮，桑柘起寒烟。怅望心已极，惝恍魂屡迁〔5〕。结发倦为旅，平生早事边。谁规鼎食盛〔6〕，宁要狐白鲜。方弃汝南诺〔7〕，言税辽东田〔8〕。

【注释】

〔1〕下车：指赴任。

〔2〕陵阳：山名，在今安徽石台北。又说在宣州境内。

〔3〕威纡：蜿蜒曲折貌。

〔4〕巉岩：高而险的山岩。

〔5〕惝恍：惆怅、失意、伤感。

〔6〕鼎食：列鼎而食。

〔7〕汝南诺：《续汉书》曰：汝南太守南阳宗资，任用范滂，时人谣曰：汝南太守范孟博，南阳宗资主画诺。

〔8〕辽东田：喻归隐耕田。《三国志·魏志·管宁传》曰：管宁闻公

孙度令行于海外，遂与原及平原王烈等至于辽东。度虚馆以候之。既往见度，乃庐于山谷。

【译文】

自问一下我到宣城做官的时间，那天并不是月圆之日。在凄寒的宣城我从高处往下望，看到的是一片苍茫萧瑟的风景。山峦层叠绵延到险要的陵阳山脉，溪水潺潺流淌汇聚到春谷的河里。河流蜿蜒曲折流到遥远的郊外，山峰绵延不绝连接着远方的天空。风景都带着哀伤的情调，刮着阴冷寒风的傍晚时分，农户里冒出了凄寒的烟雾。我内心的惆怅到了极致，失意不悦只为经常迁徙奔波。刚开始做官我就厌倦仕途，平生早就从事边关的事情。谁说我规划要过当官的奢华生活，我哪里需要狐白裘之类珍贵服饰。我想放弃做不理政务的郡守，要像管宁往辽东耕田纳税一样，过退隐的生活。

和伏武昌登孙权故城[1]　谢玄晖（谢朓）

【题解】

描述武昌昔盛今衰的历史，缅怀孙权的英雄业绩，寓有深沉的历史感叹。

炎灵遗剑玺[2]，当涂骇龙战。圣期缺中壤，霸功兴寓县。鹊起登吴山，凤翔陵楚甸。衿带穷岩险，帷帟尽谋选。北拒溺骖镳，西龛收组练。江海既无波，俯仰流英盼。裘冕类禋郊，卜揆崇离殿。钓台临讲阅，樊山开广宴。文物共葳蕤[3]，声明且葱蒨。三光厌分景，书轨欲同荐。参差世祀忽，寂漠市朝变。舞馆识馀基[4]，歌梁想遗转。故林衰木平，荒池秋草遍。雄图怅若兹，茂宰深遐睠[5]。幽客滞江皋[6]，从赏乖缨弁[7]。清卮阻献酬，良书限闻见。幸籍芳音多，承风采馀绚。于役倘有期[8]，鄂渚同游衍。

【注释】

〔1〕伏武昌：伏曼容，南齐人，为司马谘议参军，出为武昌太守。

〔2〕炎灵：汉宋王朝。　剑玺：指刘邦的斩蛇剑和传国玺。后用来象征统治权。

〔3〕葳蕤：草木茂盛，枝叶下垂的样子。

〔4〕舞馆：舞蹈的场所。

〔5〕茂宰：称伏武昌。

〔6〕幽客：谢朓自称。

〔7〕缨弁：做官的服佩。

〔8〕于役：《诗经·王风·君子于役》："君子于役，不知其期。"

【译文】

汉宋王朝遗落了斩蛇剑和传国玺的神器，当世道上军阀混战一片。在中原地区不曾出现光明时代，称王称霸的战争在天下兴起。孙家起初名声兴起时占据着武昌，后来迁都到建邺。周遭是高峻险要的地方，在帷幄里尽是优秀谋士的人选。北抗曹军血溺战马，西拒蜀国接收其精锐的部队。平定南方江海无波，一举一动都散发着奕奕有神的目光。穿戴大裘冠冕好像来祭祀天神，占卜谋划建筑殿宫。登临钓台讲武检阅，樊山之上广开盛宴。礼仪制度丰富完备，声教文明进一步完善。老天厌倦了魏蜀吴三国分割的局面，希望天下统一，文字、车轨相同。世代的祭祀被忽略，朝野城乡发生变化。跳舞的场所只留下地基所在，想象中绕梁之歌散发着余音。故有的树林里都是衰败树木倒卧，荒芜的池塘长满了野草。远大的抱负惝怳之中沦落到如此，您肯定还会深深地眷念着过去。我为官滞留在江岸边，享受江景却违背仕宦的职责。欲献清酒却路途阻隔，书信纸短限制了叙写见闻。还好你的诗文佳作比较多，我接受了富有文采的诗文。公务奔走在外如果有结束的日子，我将往武昌与好朋友一起游览。

和王著作八公山[1]　谢玄晖（谢朓）

【题解】

诗人借登临写自己怀抱，追缅先祖光辉业绩，嗟叹盛时不再以表达归隐之意。

二别阻汉坻，双崤望河澳[2]。兹岭复巑岏，分区奠淮服[3]。东限琅琊台，西距孟诸陆。仟眠起杂树，檀栾荫修竹。日隐涧凝空，云聚岫如复。出没眺楼雉，远近送春目。戎州昔乱华，素景沦伊榖。阽危赖宗衮，微管寄明牧。长蛇固能翦[4]，奔鲸自此曝。道峻芳尘流，业遥年运倏。平生仰令图，吁嗟命不淑。浩荡别亲知，连翩戒征轴。再远馆娃宫，两去河阳谷。风烟四时犯，霜雨朝夜沐。春秀良已凋，秋场庶能筑。

【注释】

〔1〕八公山：位于淮河南岸，兵家必争之地。

〔2〕双崤（xiáo）：二山名。

〔3〕淮服：淮河流域。

〔4〕长蛇：比喻凶残的小人。

【译文】

大别山和小别山阻隔了汉水的高坡地，在东西河山望着河边弯曲的地面。这个山岭十分峻峭，划分区域奠定淮河流域。东面是越王勾践的观台，西面至孟诸里的土地。山上草木长得杂乱茂盛，长长的竹子被日光遮住显得十分秀美迷人。太阳隐藏起来照射在山间流水的沟里，云成群地聚集在山上。出入眺望城楼与城墙之间，放眼望去一片春色。昔日苻坚发动了淝水之战，晋朝沦没了伊水和瀔水。临近危险之际依赖于谢家同族高位者，如同管仲侍奉于贤明的君主。凶暴残酷的人本来可以除掉，敌军如奔鲸失水自曝河岸。世道艰难功名留存，业绩深远但斯人已逝。一生敬仰远大的谋略，忧伤地感叹自己命运不幸。无常不定地告别自己的亲朋好友，连续出征跟随远行的车辆。又一次行至馆娃宫，两度离开黄河北岸的河谷。一年四季战乱不停，深秋的雨从早到晚下个不停。春天开的花已经凋落，秋天使用的打谷场或许已经建起来了。

（自谢灵运《石门新营所住四面高山回溪石濑修竹茂林诗》至谢玄晖《和王著作八公山》译注：路艳）

和徐都曹　谢玄晖（谢朓）

【题解】

写京都游春所见，抒发归田之意。

宛洛佳遨游[1]，春色满皇州[2]。结轸青郊路[3]，迴瞰苍江流[4]。日华川上动，风光草际浮。桃李成蹊径，桑榆阴道周。东都已俶载[5]，言归望绿畴。

【注释】

〔1〕宛洛：南阳和洛阳。

〔2〕皇州：指都城。

〔3〕结轸：停车。

〔4〕迴瞰：远望。

〔5〕俶载：农事伊始。

【译文】

南阳和洛阳是游玩的好地方，京城风光充满春色。我在城郊路旁停车，远望着流动的江水。但见阳光在水面上泛动，春日风光好像浮现在草木上一样。观赏桃李花事的人踩出条条路径，桑榆树荫覆满大道。东都的农事已经开始了，我快归去欣赏绵延无际的绿洲。

和王主簿怨情　谢玄晖（谢朓）

【题解】

抒写色衰爱弛的失宠妇人的哀怨，寄托诗人仕途失意的怨恨。

掖庭聘绝国〔1〕，长门失欢宴〔2〕。相逢咏蘪芜〔3〕，辞宠悲班扇〔4〕。花丛乱数蝶，风帘入双燕。徒使春带赊〔5〕，坐惜红妆变。生平一顾重，宿昔千金贱。故人心尚尔，故心人不见。

【注释】

〔1〕掖庭：宫中旁舍，妃嫔居住的地方。指王昭君所居。　绝国：绝远之地。

〔2〕长门：长门宫，汉武帝陈皇后失宠后的居所。

〔3〕蘪芜：香草名。古诗《上山采蘼芜》，写弃妇在山间与前夫意外相逢。

〔4〕班扇：指班婕妤所写《团扇诗》。

〔5〕赊：宽松。

【译文】

王昭君远嫁匈奴绝远之地，陈皇后幽居在长门宫没有了欢宴。相逢之时歌咏蘼芜之诗，失宠之悲写下《团扇》之诗。鲜花丛中蝴蝶飞来飞去，遮窗的帘子飞进两只燕子。徒然使衣带渐缓，只因在那里惋惜红颜变老。平生最在意自身容貌，以前的千金之躯今被看贱。故人心志依旧如此，有如此心志的人却已经看不到了。

和谢宣城 沈休文（沈约）

【题解】

写对故人的思念，表明自己对故人处境的理解并加以劝慰。

王乔飞凫舄〔1〕，东方金马门〔2〕。从宦非宦侣〔3〕，避世不避喧。揆余发皇鉴，短翮屡飞翻。晨趋朝建礼〔4〕，晚沐卧郊园。宾至下尘榻，忧来命绿樽。昔贤侔时雨，今守馥兰荪〔5〕。神交疲梦寐，路远隔思存。牵拙谬东汜〔6〕，浮惰及西崐〔7〕。顾循良菲薄，何以俪玙璠〔8〕。将随渤澥去〔9〕，刷羽泛清源。

【注释】

〔1〕王乔：东汉时人，曾经当过叶县令，有神术，每朔望，其舄化凫，乘之诣朝。 凫：野鸭。 舄（xì）：鞋。

〔2〕东方：指东方朔。 金马门：汉代宫门名，学士待诏之处。

〔3〕宦侣：同僚。

〔4〕建礼：汉宫门名。

〔5〕兰荪：香草名。

〔6〕牵拙：草率庸拙。 东汜：日出处，指年少时。

〔7〕浮惰：游荡怠惰。 西崐：日落处，指年老时。

〔8〕玙璠：美玉。

〔9〕渤澥：渤海。

【译文】

王乔乘舄化作的双凫入朝，东方朔待诏金马门。都做官却非同僚，都有避世情怀但又身处喧闹。天子明鉴我的才华，我就像短翅的鸟儿屡次翻飞。清早急行至宫中朝见，晚上到城外的园林休息。有客来我就下榻迎接，烦恼来则举杯自酌。昔日的圣贤如同及时雨布泽百姓，今时太守品德如兰荪美好。我与你多次神驰交往在睡梦之中，千里之外的思念存想于胸。年少之时才能拙下，年老之时性情懒惰。我自己确实才疏学浅，无法同你这样的美玉相比拟。我将像飞鸟一样，随流入海，刷羽泛波。

应王中丞思远咏月　沈休文（沈约）

【题解】

从思妇角度咏月，抒写明月之夜的愁思。

月华临静夜，夜静灭氛埃。方晖竟户入，圆影隙中来。高楼切思妇，西园游上才。网轩映珠缀，应门照绿苔。洞房殊未晓，清光信悠哉。

【译文】

月光降临在宁静的夜晚，夜静得可以涤荡空气中的尘埃。月亮入户呈现方形，又从孔隙中透出圆圆的影子。高楼上有位妇人，相思益切；西园内一群俊才，玩乐正开怀。网状雕刻的门窗与珠缀相映，照亮门前的青苔。幽深的内房天色未晓，任凭月光悠然飘荡。

冬节后至丞相第诣世子车中[1]　沈休文（沈约）

【题解】

诗人通过车中的所见所闻，对当时贵族世家的转瞬败亡发出沉重的感喟。

廉公失权势[2]，门馆有虚盈。贵贱犹如此，况乃曲池平[3]。高车尘未灭，珠履故馀声；宾阶绿钱满[4]，客位紫苔生。谁当九原上[5]，郁郁望佳城[6]。

【注释】

〔1〕冬节：冬至。　丞相：豫章王嶷，齐太祖第三子。此诗写于豫章王嶷死后。

〔2〕廉公：指廉颇。

〔3〕曲池平：贵族之家败亡。

〔4〕绿钱：青苔。

〔5〕九原：指墓地。

〔6〕佳城：坟垅。

【译文】

廉颇失势之时，门客尽去；得权之后，客又复至。人生贵贱就像这样，何况败亡之后呢。丞相高车之尘迹未灭，造访的步履还有余声；而此时迎宾的台阶和宾客的席位上都长满了青苔。谁当前往丞相墓地凭吊呢？唯有我一人望着郁郁苍苍的坟头而已。

学省愁卧　沈休文（沈约）

【题解】

诗人面对昏乱的时政，忧虑日深，触秋景而倍添愁情。

秋风吹广陌[1]，萧瑟入南闱[2]。愁人掩轩卧，高窗时动扉。虚馆清阴满，神宇暧微微。网虫垂户织[3]，夕鸟傍檐飞。缨珮空为忝[4]，江海事多违。山中有桂树，岁暮可言归。

【注释】

〔1〕广陌：大路。

〔2〕南闱（wéi）：南门。

〔3〕网虫：蜘蛛。

〔4〕缨珮：指做官。　忝：愧。

【译文】

秋风吹过宽广的大道，萧瑟之气布满深重的南门。愁人我关起长廊的窗户躺卧，但外面阵阵秋风却不断吹打着窗户。馆舍空无一人只有清凉的树阴，屋宇昏昏暧暧一片幽静。蜘蛛在门上结密网而下，暮鸟依曲檐而飞。我戴缨佩玉惭愧为官，与退隐之心长有所违。那长有桂树的山林，正是暮年的好去处。

咏湖中雁　沈休文（沈约）

【题解】

叙写春天塘中觅食戏水之雁高飞还乡，寄托深沉的故乡之思。

白水满春塘[1]，旅雁每回翔。唼流牵弱藻[2]，敛翮带馀霜。群浮动轻浪，单泛逐孤光。悬飞竟不下，乱起未成行。刷羽同摇漾[3]，一举还故乡。

【注释】

〔1〕白水：清水。

〔2〕唼（shà）流：雁入水觅食貌。

〔3〕刷羽：用喙整理羽毛。

【译文】

春水涨满池塘，群雁归来绕湖盘旋。大雁觅食牵动柔弱的水草，收敛翅膀的毛羽上还带有余霜。群雁漂浮在水面上晃动微波，单雁飞行追逐远处之光。雁群一直悬空飞翔，惊起之后没有排成行列。它们整理好羽毛后一同翱翔，以期一举北返故乡。

三月三日率尔成篇　沈休文（沈约）

【题解】

描绘了上巳节水滨饮宴的民俗以及青年男女相爱相思的情景。

丽日属元巳，年芳具在斯[1]。开花已匝树，流嘤复满枝[2]。洛阳繁华子，长安轻薄儿；东出千金堰，西临雁鹜陂。游丝映空转[3]，高杨拂地垂。绿帻文照耀[4]，紫燕光陆离[5]。清晨戏伊水，薄暮宿兰池[6]。象筵鸣宝瑟，金瓶泛羽卮。宁忆春蚕起，日暮桑欲萎。长袂屡以拂，雕胡方自炊[7]。爱而不可见，宿昔减容仪。且当忘情去，叹息独何为？

【注释】

〔1〕年芳：美好的春色。

〔2〕流嘤：鸣声婉转的鸟儿。

〔3〕游丝：飘动的蛛丝。

〔4〕帻（zé）：头巾。

〔5〕紫燕：骏马名。

〔6〕兰池：汉宫名。

〔7〕雕胡：菰米。

【译文】

良辰吉日当属三月三，一年美景尽在此。鲜花开满了树木，鸟声鸣遍了枝头。无论是洛阳的贵公子，还是长安轻佻浮薄的少年，都东去千金堰沐浴，西往雁鹜陂玩乐。蛛丝在晴空掩映下随风飘转，柳枝袅娜，从高处垂落至地。人们戴绿色头巾光彩照耀，骏马一身光彩斑斓绚丽。清早在伊水边嬉戏，傍晚在蓝池殿里休息。象牙筵席上吹奏珍贵的琴瑟，金饰的酒器里盛满了美酒。岂能想起春蚕早起吃食，傍晚桑叶就要枯萎了。长袖拂动来挽留宾客，菰米做饭刚刚下锅。相爱却不能相见，往昔的面容日渐憔悴。权且忘记这份感情吧，为何却又独自叹息呢？

（自谢玄晖《和徐都曹》至沈休文《三月三日率尔成篇》译注：张阳阳）

诗庚

杂拟上

拟古诗十二首　陆士衡（陆机）

【题解】

此为拟汉末古诗如《古诗十九首》而作，叙写游子思乡，思妇惆怅；抒发人生离合之情与好景不长欢娱恨少之慨。

拟行行重行行

悠悠行迈远，戚戚忧思深。此思亦何思，思君徽与音。音徽日夜离[1]，缅邈若飞沉[2]。王鲔怀河岫[3]，晨风思北林[4]。游子眇天末，还期不可寻。惊飙褰反信，归云难寄音。伫立想万里，沉忧萃我心。揽衣有馀带，循形不盈衿。去去遗情累，安处抚清琴。

【注释】

〔1〕音徽：德音。

〔2〕缅邈：遥远。　飞沉：指鸟和鱼。

〔3〕王鲔（wěi）：鱼名。　河岫（xiù）：水中岩穴。

〔4〕晨风：鸟名。

【译文】

君行越来越远，我的愁绪也日益深沉。我多么想念你啊，思念你的美德与佳音。你的德音日夜离我而去，遥远得就像天上鸟和水中鱼。但鱼儿还会怀念河中的岩穴，鸟儿也会思恋葱郁的树林。你远在天边，不知道什么时候才能归来。疾风未能带来你的回音，行云也难以传递你的书信。我一直站着想念万里之外的你，愁绪萦绕心头。我揽衣发现衣带宽松，身材消瘦已不能撑起大袿。为了排遣感情上的牵挂，只好去抚琴以让心安定下来。

（译注：张阳阳）

拟今日良宴会

闲夜命欢友〔1〕，置酒迎风馆。齐僮《梁甫吟》〔2〕，秦娥《张女弹》〔3〕。哀音绕栋宇，遗响入云汉。四坐咸同志，羽觞不可算。高谈一何绮？蔚若朝霞烂。人生无几何，为乐常苦晏。譬彼伺晨鸟〔4〕，扬声当及旦。曷为恒忧苦，守此贫与贱。

【注释】

〔1〕闲夜：寂静的夜晚。

〔2〕《梁甫吟》：乐府曲名。

〔3〕《张女弹》：乐府曲名。

〔4〕伺晨：报晓。

【译文】

寂静的夜晚邀请挚友，在迎风馆摆上酒宴。齐僮吟唱《梁甫吟》，秦娥歌咏《张女弹》。歌声哀婉环绕屋梁，余音袅袅飞向云天。周围都是志趣相投的好友，不知道举杯喝了多少酒。大家的谈吐是那么高明精妙，犹如朝霞般灿烂。人生实在是短暂，行乐常苦于太晚。就像那些报晓的公鸡，要赶在天亮前鸣叫。为何要心中常常忧愁苦闷，安守这贫与贱呢？

拟迢迢牵牛星

昭昭清汉晖〔1〕，粲粲光天步〔2〕。牵牛西北回，织女东南顾。华容一何冶〔3〕，挥手如振素〔4〕。怨彼河无梁，悲此年岁暮。跂彼无良缘〔5〕，睆焉不得度〔6〕。引领望大川，双涕如沾露。

【注释】

〔1〕昭昭：明亮。　清汉：天河。

〔2〕粲粲：鲜明貌。　光天：晴朗的天空。

〔3〕华容：华丽的姿容。　冶：妩媚。

〔4〕振素：飘动的白绢。

〔5〕跂（qǐ）：抬起脚跟。

〔6〕睆（huǎn）：明亮。

【译文】

明亮的银河闪着光辉，鲜明得好像在晴朗的天空上流动。牵牛星在西北方徘徊，织女星在东南方顾盼。织女华丽的姿容是多么妩媚，挥手就像飘动的白绢。怨恨那银河没有桥梁，悲叹这年岁已经衰老。抬起脚跟企望却没有良缘，明亮的银河不得渡过。伸着脖子远望银河，两行热泪如同露珠一样落下。

拟涉江采芙蓉

上山采琼蕊[1]，穹谷饶芳兰[2]。采采不盈掬，悠悠怀所欢。故乡一何旷？山川阻且难。沉思钟万里，踯躅独吟叹。

【注释】

〔1〕琼蕊：白花的美称。

〔2〕穹谷：深谷。

【译文】

上山去采琼蕊，幽深的山谷里兰花繁茂。采了又采都不满把，只因忧心忡忡怀想思念的人。故乡为何那么遥远？山川险阻路途艰难。思绪专注于万里之外的远方，徘徊不安独自长叹。

拟青青河畔草

靡靡江离草[1]，熠耀生河侧[2]。皎皎彼姝女[3]，阿那当轩织[4]。粲粲妖容姿[5]，灼灼美颜色[6]。良人游不归[7]，偏栖独只翼。空房来悲风，中夜起叹息。

【注释】

〔1〕靡靡：草随风倒伏貌。　江离：香草名。

〔2〕熠耀：光彩鲜明。

〔3〕皎皎：洁白貌。

〔4〕阿那：柔美貌。

〔5〕粲粲：鲜明貌。

〔6〕灼灼：鲜明貌。

〔7〕良人：古时女子对丈夫的称呼。

【译文】

纤细飘摇的香草，光彩鲜明地生长在河边。那个白皙清纯的女子，当窗织布的样子柔美多姿。姿容妩媚娇美，容色亮丽无比。丈夫远游不归家，只得独居守空房。空房吹来凄厉的寒风，半夜起来深深叹息。

拟明月何皎皎

安寝北堂上，明月入我窗。照之有馀晖，揽之不盈手。凉风绕曲房，寒蝉鸣高柳。踟蹰感节物，我行永已久。游宦会无成，离思难常守。

【译文】

安睡在北堂中，明月照入我的窗户。照进来有馀晖，用手揽月却怎么也捧不满。秋风回旋于深闺，寒蝉在柳梢鸣叫。徘徊感慨这时节景物的变换，我游历的日子已很久了。在外做官没有成就，离别的思绪难以常守。

拟兰若生朝阳

嘉树生朝阳，凝霜封其条。执心守时信，岁寒终不凋。美人何其旷？灼灼在云霄。隆想弥年月〔1〕，长啸入飞飙。引领望天末〔2〕，譬彼向阳翘。

【注释】

〔1〕隆想：深思。

〔2〕天末：天的尽头。

【译文】

嘉树生长于朝阳的地方，寒霜凝结挂满枝条。它坚守春天必将到来的信念，岁寒而枝叶不凋零。佳人怎么那样的遥远？光彩鲜明的样子似乎出现在云霄之上。终年的思念深厚，只得借疾风长啸。伸着脖子远望天的尽头，就像那向阳的葵花。

拟青青陵上柏

冉冉高陵蘋〔1〕，习习随风翰〔2〕。人生当几何？譬彼浊水澜。戚戚多滞念〔3〕，置酒宴所欢。方驾振飞辔，远游入长安。名都一何绮？城阙郁盘桓。飞阁缨虹带〔4〕，曾台冒云冠〔5〕。高门罗北阙，甲第椒与兰。侠客控绝景〔6〕，都人骖玉轩〔7〕。遨游放情愿，慷慨为谁叹？

【注释】

〔1〕冉冉：柔弱下垂貌。

〔2〕习习：频频飞动貌。

〔3〕戚戚：忧伤貌。　滞念：凝结在心中的思念，亦泛指牵挂。

〔4〕虹带：如带状的彩虹。

〔5〕云冠：像帽子一样盖覆在上面的云。

〔6〕绝景：快如光影。

〔7〕骖：驾车。　玉轩：玉饰的车。

【译文】

柔弱下垂的蘋草生长在高山中，频频地随风高飞。人生在世能有几时？就像那浊水泛起微波。忧愁多牵挂，陈设美酒宴请朋友。并驾骑着骏马奔驰而去，一起远游入长安。长安为何那么美丽？城阙高大巍然。阁道环绕如同彩虹，高台层层直入云霄。王公府第罗列在皇宫北门外，豪门贵族宅地生长着椒兰。侠客骑着绝影骏马，都城的人驾着玉饰的车。纵情游乐放逐心愿，为何要激动悲叹呢？

拟东城一何高

西山何其峻？曾曲郁崔嵬〔1〕。零露弥天坠，蕙叶凭林衰。寒暑相因袭，时逝忽如颓。三闾结飞辔〔2〕，大耋嗟落晖。曷为牵世务，中心若有违？京洛多妖丽，玉颜侔琼蕤。闲夜抚鸣琴，惠音清且悲。长歌赴促节，哀响逐高徽〔3〕。一唱万夫叹，再唱梁尘飞。思为河曲鸟〔4〕，双游丰水湄。

【注释】

〔1〕崔嵬：高耸貌、高大貌。

〔2〕三闾：屈原为三闾大夫，掌管王族三姓。此指贵族。

〔3〕高徽：急促的调子。

〔4〕河曲鸟：鸳鸯的别名。

【译文】

西山怎么那样的高峻？层层叠叠又茂盛高大。露珠漫天降落，香草随着林木一起凋落。寒暑前后相承，时光流逝如坠落之快。屈原之类贵族跨着骏马，老年人感叹落日的馀晖。为何要被富贵利禄所牵累，内心总觉得违背了初衷呢？洛阳多出美女，貌美如同玉花一般。在静谧的夜晚安闲地弹奏鸣琴，琴声清扬和畅又悲凉。放声高歌节奏急促，悲凉的乐声追逐着急促的调子。一声高唱万人叹息，再唱能使梁上尘飞。愿意做那鸳鸯鸟，双双戏游在丰水岸。

拟西北有高楼

高楼一何峻？苕苕峻而安〔1〕。绮窗出尘冥〔2〕，飞陛蹑云端〔3〕。佳人抚琴瑟，纤手清且闲。芳气随风结，哀响馥若兰。玉容谁得顾？倾城在一弹。伫立望日昃，踯躅再三叹；不怨伫立久，但愿歌者欢。思驾归鸿羽，比翼双飞翰。

【注释】

〔1〕苕苕：高耸貌。

〔2〕绮窗：雕刻或绘饰有精美图案的窗户。

〔3〕飞陛：通向高处的阶道。

【译文】

楼台为何那么的高峻？高耸峻立又安然。雕绘图案的窗户出自尘埃昏暗处，踏上高阶阁道连接云端。美人在弹奏琴瑟，柔细的手清闲悠然。香气随风凝结，哀音宛转芳香如兰。美丽的容貌谁能得见？美艳倾城只把琴音弹。久久伫立望日向西斜，徘徊不进再三长叹；不怨恨伫立时间长久，只希望能为佳人欢喜。愿代身归鸿，和她比翼齐飞。

拟庭中有奇树

欢友兰时往〔1〕，苕苕匿音徽〔2〕。虞渊引绝景〔3〕，四节逝若飞。芳草久已茂，佳人竟不归。踯躅遵林渚〔4〕，惠风入我怀。感物恋所欢，采此欲贻谁？

【注释】

〔1〕欢友：犹挚友。　兰时：春时。

〔2〕音徽：犹音讯、书信。

〔3〕虞渊：日没处。

〔4〕踯躅：徘徊不进。

【译文】

挚友在春兰开花时离去，久久没有音信。日没之处光影下沉，四季流逝快如飞奔。芳草早就茂盛了，佳人却至今没有归来。沿着林池徘徊不进，和风吹入我的怀中。触景兴感思念好友，采摘这香草将要赠送给谁呢？

拟明月皎夜光

岁暮凉风发，昊天肃明明[1]。招摇西北指[2]，天汉东南倾。朗月照闲房，蟋蟀吟户庭。翻翻归雁集，嘒嘒寒蝉鸣[3]。畴昔同宴友[4]，翰飞戾高冥[5]。服美改声听，居愉遗旧情。织女无机杼，大梁不架楹。

【注释】

〔1〕昊天：天空。

〔2〕招摇：星名，亦借指北斗。

〔3〕嘒嘒：蝉鸣声。

〔4〕畴（chóu）昔：往日。

〔5〕翰飞：高飞。

【译文】

一年将尽凉风起，天空肃静清明。北斗星指向西北方，银河倾向东南方。明月照进空房中，蟋蟀在门庭吟叫。归雁聚集飞翔，寒蝉不停地鸣叫。昔日共宴的好友，如今飞黄腾达，如飞鸟高翔至长空。其衣着、车马、装饰精美，说话的腔调、听到的话，都变了，生活安逸也忘却了旧情。没人举荐就像织女没有机杼，没有堂前柱怎能架起大梁。

（陆士衡《拟古诗十二首》第二至第十二首译注：朱媛媛）

拟四愁诗　张孟阳（张载）

【题解】

张衡有《四愁诗》四首，此只拟其一。诗作表面抒发思慕佳人而不可得的痛苦心情，实则表述对某种人生理想的追求之意。

我所思兮在营州，欲往从之路阻修。登崖远望涕泗流，我之怀矣心伤忧。佳人遗我绿绮琴〔1〕，何以赠之双南金〔2〕。愿因流波超重深，终然莫致增永吟。

【注释】

〔1〕绿绮琴：古琴名。传说汉司马相如作《玉如意赋》，梁王悦之，赐给他绿绮琴。

〔2〕双南金：指品级高、价值贵的优质铜，后来也指黄金。

【译文】

我所思念的人啊在营州，想要追随去却有碍于道路阻隔。登上山崖向远处眺望泪流满面，我极度思念伤心到了极点。美人赠给我绿绮琴，我回赠给她双南金。愿借助流水越过重山深谷，终究不能到达而徒增永叹。

拟古诗　陶渊明（陶潜）

【题解】

陶渊明有《拟古》九首，此为其七。叙写清夜美人酣歌，慨叹一时之美好未必能保持长久。

日暮天无云，春风扇微和〔1〕。佳人美清夜〔2〕，达曙酣且歌。歌竟长叹息〔3〕，持此感人多〔4〕。明明云间月，灼灼叶中花。岂无一时好，不久当如何？

【注释】

〔1〕扇：吹送。

〔2〕美：喜欢。

〔3〕竟：结束。

〔4〕持此：处于此时。

【译文】

夕阳西下天空万里无云，春风送来了阵阵和暖之气。佳人们喜欢清静的夜晚，畅快地饮酒唱歌直至第二日清晨。歌曲唱完却引来长叹，只因此景之中感人的事情实在太多。那云间的月亮皎洁明亮，叶中的花朵灿烂芬芳。谁能说这不是一时的美好呢？不久之后这月与花又会如何？

（张孟阳《拟四愁诗》至陶渊明《拟古诗》译注：王莉）

拟魏太子邺中集诗八首并序　谢灵运

【题解】

以曹丕、王粲、陈琳、徐幹、刘桢、应玚、阮瑀、曹植的口吻作诗，叙述建安时期的诗歌状况。

建安末，余时在邺宫，朝游夕宴，究欢愉之极。天下良辰美景，赏心乐事，四者难并。今昆弟友朋[1]，二三诸彦[2]，共尽之矣。古来此娱，书籍未见，何者？楚襄王时有宋玉、唐景，梁孝王时有邹、枚、严、马，游者美矣，而其主不文；汉武帝、徐乐诸才，备应对之能，而雄猜多忌，岂获晤言之适[3]？不诬方将，庶必贤于今日尔。岁月如流，零落将尽，撰文怀人，感往增怆。其辞曰：

【注释】

〔1〕昆弟：兄弟，此处指曹植。

〔2〕彦：德才兼备的人物。

〔3〕晤言：指对答。

【译文】

建安末年，我那时正在邺都的宫殿，清晨出去游玩，晚上回宫设宴，享受到了欢乐的极点。普天之下，美好的时光与美丽的景色，欢畅的心情与快乐的事情，这四件事情难以同时存在。现在，我的兄弟和朋友，一些德才兼备的人物，都享受到了这四件事。自古以来，这种欢愉在书本中未提及，为什么呢？楚襄王时有宋玉与唐景，梁孝王时有邹阳、枚乘、严忌与司马相如，这些客游的文士，其才能可以算是很完备了，然而他们的主公却缺乏文学修养。

汉武帝时，徐乐等才士具备应对皇帝答问的才能，但汉武帝十分多疑，应对他时怎能顺心顺意？如果不以我的话为诬妄，或许可以胜过如今。岁月如流水，身边的亲朋大多逝去，今撰文来怀念故人，内心充满悲伤。其辞如下：

魏太子

百川赴巨海，众星环北辰[1]。照灼烂霄汉[2]，遥裔起长津[3]。天地中横溃[4]，家王拯生民。区宇既涤荡[5]，群英必来臻[6]。忝此钦贤性[7]，由来常怀仁[8]。况值众君子，倾心隆日新。论物靡浮说，析理实敷陈[9]。罗缕岂阙辞？窈窕究天人[10]。澄觞满金罍[11]，连榻设华茵[12]。急弦动飞听，清歌拂梁尘。何言相遇易，此欢信可珍。

【注释】

〔1〕北辰：北极星。

〔2〕霄汉：天河。

〔3〕遥裔：遥远。　长津：银河。

〔4〕横溃：河水决堤，此处比喻汉末溃乱。

〔5〕区宇：天下。　涤荡：清除。

〔6〕臻：来到。

〔7〕忝：自谦之词。　钦贤：敬贤。

〔8〕怀仁：怀念仁德之人。

〔9〕敷陈：详尽而有条理的述说。

〔10〕窈窕：深远的样子。

〔11〕澄觞：清酒。　金罍：饰金的大型酒器。

〔12〕茵：毯子。

【译文】

众多河流奔向大海，群星环绕着北极星。光芒四射照耀着天空，遥远的地方发起大水洪流。天地间洪水冲破堤岸泛滥成灾，父王拯救万民于水火。天下污垢已被清除，众贤能之人必来汇合。我愧居高位而敬佩贤才，向来常怀念仁德之人。何况正与各位贤君相遇，我发自内心的仰慕一日比一日深厚。谈论事情从未脱离实际，剖析事理详尽而有条理。详尽的陈述岂会缺乏言辞？深入地探求自然与社会的关系。清酒注满了金罍，相连的床榻铺满了华丽的坐垫。音调急促的乐曲引来了鸟儿的倾听，清脆的歌声拂动着梁柱上的灰尘。为何要说相遇容易，这种欢乐确实值得珍惜。

王　粲

家本秦川〔1〕，贵公子孙，遭乱流寓，自伤情多。

幽厉昔崩乱〔2〕，桓灵今板荡〔3〕。伊洛既燎烟〔4〕，函崤没无像。整装辞秦川，秣马赴楚壤。沮漳自可美〔5〕，客心非外奖〔6〕。常叹诗人言，式微何由往〔7〕。上宰奉皇灵，侯伯咸宗长。云骑乱汉南，纪郢皆扫荡。排雾属盛明〔8〕，披云对清朗。庆泰欲重叠，公子特先赏。不谓息肩愿，一旦值明两〔9〕。并载游邺京，方舟汎河广。绸缪清宴娱，寂寥梁栋响。既作长夜饮，岂顾乘日养〔10〕！

【注释】

〔1〕秦川：古地名。泛指陕西、甘肃的秦岭以北平原地带，因春秋、战国时属秦国而得名。

〔2〕崩乱：动乱。

〔3〕板荡：《诗经·大雅》中的《板》、《荡》二篇，内容为讥讽周厉王无道，后用来指政局动荡不安。

〔4〕伊洛：伊水和洛水，此处代指洛阳一带。

〔5〕沮漳：沮水和漳水，此处代指刘表统治下的荆州。

〔6〕奖：劝勉。

〔7〕式微：《诗经·邶风》中的《式微》一篇，有衰败之意。

〔8〕属：通“瞩”，看见。

〔9〕值：恰好遇上。 明两：李善注指文帝。吕延济注：“武帝既明，而太子又明，故谓太子为明两也。”

〔10〕养：快乐。

【译文】

本来住在秦川，为贵族家的子弟，遭遇战乱而流离失所，自我伤感多愁情满怀。

往日周幽王、周厉王时国家崩乱，今日桓帝、灵帝致使国家动荡。伊水和洛水两岸的房屋燃起了硝烟，函谷关和崤山一带陷落，社会秩序脱离了常轨。我整理好行囊告别故乡，喂饱马匹赶赴荆州之地。沮水和漳水之地的景色自然可以赞美，而客游之心绝非外物可以劝留。常常感叹古代诗人的言辞，天色渐晚，将往何处去。曹公谨遵汉氏正统，诸侯都奉他为首领。众多骑兵奔向汉水南部，楚国都城郢地都被平定。拨开云雾看见了光明，扫除乌云望见了清朗日光。我福运亨通相继受到了赏识，公子更是率先赏识我。不求卸下肩上的重担，只求有朝一日遇上贤明之君。同车并游邺都，同船泛于广阔的河水。情谊深厚享受清雅的宴乐，寂静幽深响彻房屋的梁柱。既然通宵达旦地宴饮娱乐，岂能只顾白天快乐！

陈　琳

袁本初书记之士[1]，故述丧乱事多。

皇汉逢迍邅[2]，天下遭氛慝[3]。董氏沦关西，袁家拥河北。单民易周章，窘身就羁勒[4]。岂意事乖己[5]，永怀恋故国。相公实勤王，信能定蝥贼。复睹东都辉，重见汉朝则[6]。馀生幸已多，矧乃值明德[7]。爱客不告疲，饮宴遗景刻[8]。夜听极星阑，朝游穷曛黑。哀哇动梁埃[9]，急觞荡幽默。且尽一日娱，莫知古来惑[10]。

【注释】

〔1〕书记：掌管文书工作的官员。

〔2〕迍邅（zhūn zhān）：处境艰难。

〔3〕氛慝（tè）：污浊之气。此处比喻乱臣贼子。

〔4〕羁勒：受束缚。

〔5〕乖己：违背自己的意愿。

〔6〕则：礼仪制度。

〔7〕矧（shěn）：何况。

〔8〕景（yǐng）刻：时刻。

〔9〕哀哇（wā）：指凄婉的音乐。

〔10〕惑：指酒色之惑。

【译文】

原任袁绍的书记一职，因此他的作品多讲述祸乱之事。

东汉正处于艰难之境，天下遭到了污浊之气的侵袭。董卓攻陷潼关以西之地，袁绍占据了黄河以北之地。单身一人更容易周流惊恐，身不由已就任束缚之职。怎能料到事情和自己的愿望相违背，我长久地思念着故国。曹公真心地为王室平乱，确实能够镇压窃国之贼。重新又看见了东都往日的熠熠光辉，终又看到东汉王朝的礼仪制度。我能活下来已经很幸运了，何况还碰上公子的大仁大德。公子爱惜宾客而不知疲倦，饮酒设宴忘记了时间。晚上听着音乐直到天明，白天游玩直到黄昏。凄婉的音乐拂动了房梁上的灰尘，举杯快饮之声打破了寂静。暂且享尽一天的欢愉，没有谁理会自古所说的酒色之惑。

徐 幹

少无宦情，有箕颍之心事[1]，故仕世多素辞[2]。

伊昔家临淄，提携弄齐瑟。置酒饮胶东，淹留憩高密。此欢谓可终，外物始难毕。摇荡箕濮情[3]，穷年迫忧栗。末途幸休明，栖集建薄质[4]。已免负薪苦[5]，仍游椒兰室。清论事究万，美话信非一。行觞奏悲歌，永夜系白日。华屋非蓬居，时髦岂余匹[6]？中饮顾昔心，怅焉若有失。

【注释】

〔1〕箕颍：箕山和颍水。箕山，尧舜时代贤人许由的隐居之地。颍水，唐尧时隐士巢父的隐居之地。

〔2〕素辞：朴素的言辞。

〔3〕箕濮情：隐居遁世的情怀。 箕，箕山，许由遁耕处。 濮，濮水，庄子垂钓处。

〔4〕薄质：资质薄陋，才疏学浅。用以自谦。

〔5〕负薪：指地位低贱。

〔6〕时髦：当代俊杰贤才。

【译文】

少时没有做官的想法，却有隐居的心志，所以出仕入世大多有质朴的言辞。

昔日家在临淄，与朋友携手共同弹奏筝瑟。在胶东摆设酒宴痛快畅饮，又在高密作长久的停留。这种欢乐可以让人以终天年，但世事终究难以一成不变。内心依然向往着隐居生活，但终年被忧愁恐惧所压迫。有幸的是在晚年遇见光明时代，我薄陋之质有所栖集之地。不仅免去了劳役之苦，而且还与地位尊贵的人交游。清雅地议论探究万事，精妙的言论的确有许多。一边斟酒一边演奏悲歌，夜以继日一直不停歇。华美的屋宇不是简陋的草房，当代俊杰哪里是我能与之为伍的。酒至半酣回顾当初的隐逸之心，心中惆怅若有所失。

刘　桢

卓荦偏人[1]，而文最有气，所得颇经奇[2]。

贫居晏里闬[3]，少小长东平。河兖当冲要，沦飘薄许京。广川无逆流，招纳厕群英[4]。北渡黎阳津，南登纪郢城。既览古今事，颇识治乱情。欢友相解达[5]，敷奏究平生[6]。矧荷明哲顾[7]，知深觉命轻。朝游牛羊下，暮坐括揭鸣[8]。终岁非一日，传卮弄新声。辰事既难谐，欢愿如今并。唯羡肃肃翰[9]，缤纷戾高冥。

【注释】

〔1〕卓荦（luò）：杰出而卓越。

〔2〕经奇：符合正道又奇妙。

〔3〕里闬（hàn）：乡间。

〔4〕厕：跻身，容身于其中。

〔5〕解达：谈论并互相劝勉。

〔6〕敷奏：陈奏进言。

〔7〕矧（shěn）：况且。　荷：幸蒙，蒙受。

〔8〕牛羊下：指傍晚时分。　括：到。　揭鸣：雄鸡报晓。

〔9〕肃肃：鸟儿振翅飞翔的声音。　翰：鸟的羽毛。

【译文】

杰出又卓越超过同时代的人，而诗文最富有气势，所作颇符合正道又奇妙。

清贫地居住在乡间，从小在东平长大。济河兖州是战略要地，流浪漂泊到了许都。宽广的河流不拒绝细流，招纳贤才低微的我跻身于群英之中。曾随北征袁绍渡过黎阳津，南征刘表登上郢城。通览古今之事，颇懂得治乱之道。好友之间谈论并互相劝勉，做官极力陈奏穷尽我平生之才。况且我幸蒙曹公的深恩眷顾，知遇之恩至深可以让我献出生命。从白天游玩到傍晚牛羊归圈，晚上一直坐到雄鸡报晓。宴饮作乐不是一朝一夕，一边喝酒一边演奏美妙的乐曲。良辰和人事难以和谐，而如今两者皆得偿所愿。唯愿实现自己的志向，振翅翱翔在高空之上。

应　场

汝颍之士，流离世故，颇有飘薄之叹。

嗷嗷云中雁〔1〕，举翮自委羽〔2〕。求凉弱水湄，违寒长沙渚。顾我梁川时，缓步集颍许。一旦逢世难，沦薄恒羁旅。天下昔未定，托身早得所。官度厕一卒〔3〕，乌林预艰阻〔4〕。晚节值众贤，会同庇天宇〔5〕。列坐荫华榱〔6〕，金樽盈清醑。始奏《延露曲》，继以阑夕语〔7〕。调笑辄酬答，嘲谑无惭沮。倾躯无遗虑，在心良已叙。

【注释】

〔1〕嗷嗷：鸿雁哀鸣的声音。

〔2〕委羽：传说中北方山名。

〔3〕官度：即官渡。

〔4〕乌林：地名。官渡、乌林，都是曹操战斗过的地方。

〔5〕天宇：天空。比喻曹操的恩德像天空那么广阔。

〔6〕华榱（cuī）：华美的屋宇。

〔7〕阑夕：深夜。

【译文】

汝南颍水之滨才士，在世间颠沛流离，颇有一番漂泊之感叹。

大雁在云间发出嗷嗷的哀鸣，张开翅膀飞自委羽山。去弱水的岸边寻求凉爽，到长沙的水中陆地上躲避寒冷。回想我在大梁时，从容漫步于许颍之地。一旦遭遇世间离乱，沦落漂泊为客一直旅居他乡。往时天下还没有平定，我就已经托身于曹公麾下。参加官渡之战充当一卒，又在乌林遭遇过危险。晚年恰逢众多贤才，一同蒙受着曹操如天空一样广阔的恩德。在座的各位荫庇在华美的屋宇里，酒杯里盛满了清酒。宴会开始演奏《延露曲》，继而彻夜谈论不停歇。互相调笑和酬答，没有因为感到羞耻而停止的。倾心吐露没有多余的思虑，心中所想已经完全申叙毫无保留。

阮　瑀

管书记之任〔1〕，有优渥之言。

河洲多沙尘，风悲黄云起。金羁相驰逐，联翩何穷已。庆云惠优渥〔2〕，微薄攀多士。念昔渤海时，南皮戏清沚。今复河曲游，鸣葭泛兰汜〔3〕。躧步陵丹梯〔4〕，并坐侍君子〔5〕。妍谈既愉心，哀弄信睦耳〔6〕。倾酤系芳醑，酌言岂终始。自从食蓱来〔7〕，唯见今日美。

【注释】

〔1〕书记：掌管书籍记录的官员。

〔2〕庆云：祥云，比喻曹操。

〔3〕葭：通“笳”，一种乐器。　兰汜（sì）：长满兰草的水滨。

〔4〕躧（xǐ）步：踏步、徐行。

〔5〕君子：指太子曹丕。

〔6〕哀弄：哀婉的乐曲。

〔7〕食蓱：即“食苹”。君主宴请群臣众贤时所演奏的歌曲。

【译文】

承担掌管书籍记录的责任，有优裕丰赡的言论。

河洲扬起沙尘弥漫，疾风发出悲鸣的声音，黄云翻卷奔涌。马儿们奔驰着互相追逐，奔跑起来连绵一片没有穷尽。曹公的恩惠像祥瑞的云彩一样优厚，我才能浅薄，蒙恩厚德才得以结攀众多贤士。想起往日在渤海的时候，在南皮这个地方的水边嬉戏游玩。如今重游河曲，鸣奏着笳泛舟于长满兰草的水滨。慢慢地登上宫殿红色的台阶，与各位贤士一同坐着陪伴太子。美好的交谈让人心情愉快，哀婉的乐曲让人耳顺。倾倒杯子倒出的是美酒，酌酒宴饮哪里有尽头。自从历朝有欢宴以来，只有今天的宴会最美好。

平原侯植

公子不及世事〔1〕，但美遨游，然颇有忧生之嗟。

朝游登凤阁，日暮集华沼。倾柯引弱枝，攀条摘蕙草。徙倚穷骋望〔2〕，目极尽所讨。西顾太行山，北眺邯郸道。平衢修且直，白杨信袅袅〔3〕。副君命饮宴〔4〕，欢娱写怀抱。良游匪昼夜，岂云晚与早。众宾悉精妙，清辞洒兰藻。哀音下回鹄，馀哇彻清昊〔5〕。中山不知醉〔6〕，饮德方觉饱〔7〕。愿以黄发期〔8〕，养生念将老。

【注释】

〔1〕世事：指政治生活。

〔2〕徙倚：流连徘徊。

〔3〕袅袅：风摇动树木的样子。
〔4〕副君：指太子曹丕。
〔5〕馀哇：歌曲的馀音。
〔6〕中山：有“中山美酒千日醉”之说。这里指代美酒。
〔7〕饮德：《诗经·既醉》：“既醉以酒，既饱以德。”
〔8〕黄发：人老头发会变黄，指长寿。

【译文】

公子不谙世事与政治生活，只喜爱游玩，但是颇有一番对生命担忧的嗟叹。

早晨游览登上华美的宫殿，傍晚时分聚集在华池。牵引拉扯树枝使它倾斜，摘取柔嫩的枝条和蕙草。徘徊在宫殿中穷尽目光放眼四望，目光所及都一览无遗。向西望向太行山，向北眺望邯郸道。平坦的大道又长又直，白杨树的枝叶在风中轻柔地摇动。太子传达命令组织宴饮，众人一片欢乐抒发内心的情怀抱负。美好的游玩没有白天黑夜，谈什么早晚呢。在座的嘉宾都知晓诗文的精要佳妙之道，清丽的辞章如同兰藻一般美好，乐曲哀婉动听以至于让天鹅都从高空飞下，歌曲的余音响彻整个天空。饮用中山美酒让人不知道已醉，追求仁德更觉得腹中充实。希望好好保养身体以求长寿，保养身心想到人将老。

（译注：王莉　杨晓岚）

文选卷第三十一

杂拟下

效曹子建乐府白马篇 袁阳源（袁淑）

【题解】

袁淑（408—453），字阳源，陈郡阳夏（今河南太康）人，南朝宋时官至太子左卫率。太子刘劭作乱，淑力谏被杀。《宋书》《南史》有传。此诗拟曹植《白马篇》而作，描绘豪侠风采，赞美其英勇果决、豪爽重义的品行。

剑骑何翩翩！长安五陵间[1]。秦地天下枢，八方凑才贤。荆魏多壮士，宛洛富少年[2]。意气深自负[3]，肯事郡邑权。籍籍关外来，车徒倾国鄽。五侯竞书币[4]，群公亟为言。义分明于霜，信行直如弦。交欢池阳下，留宴汾阴西。一朝许人诺，何能坐相捐？彯节去函谷[5]，投珮出甘泉[6]。嗟此务远图，心为四海悬。但营身意遂，岂校耳目前？侠烈良有闻，古来共知然。

【注释】

〔1〕五陵：指长陵、安陵、阳陵、茂陵、平陵。

〔2〕壮士、少年：均指游侠之类。

〔3〕意气：志向与气概。

〔4〕书币：指修好通问的书札和礼品。

〔5〕彯（piāo）节：飘扬着符节旌旗，喻出使。

〔6〕投珮：投抛玉佩，指去官。

【译文】

游侠骑士的风度何其翩翩，他们游历于长安与五陵之间。秦地是天下的枢纽，这里聚合了八方的才贤。荆魏之地有众多像张仪这样的豪杰勇士，宛洛都邑有很多胸怀壮志的才俊青年。他们深信自己拥有远大志向与气概，哪里愿意事奉郡邑里的掌权高官？游侠客从关外迁入关内，车马和仆从将城邑的客舍挤得满满。权贵豪门竞相与他们修好呈递书札礼单，王侯公卿争相与他们攀附交谈。他们的道义和情分像明亮的秋霜，信义和德行像弓上挺直的弦。有时他们在池阳县里结好畅游，有时又在汾阴县城留客欢宴。一旦承诺与人，怎能坐着抛弃不管？或以死报国举着符节旌旗出使函谷关，或愤怒去官投抛玉佩离开甘泉宫殿。感叹要将自己忠义报国的远大志向，悬于天地之间。唯有努力去实现自己的心愿，怎能计较烦事纷争的眼前？侠义忠烈的确有所耳闻，自古以来大家都知道是这样。

效　古　袁阳源（袁淑）

【题解】

叙写戍边征战之苦，反映将士的凄凉悲壮心境。

讯此倦游士，本家自辽东。昔隶李将军，十载事西戎。结车高阙下，极望见云中。四面各千里，纵横起严风。寒燠岂如节，霜雨多异同。夕寐北河阴，梦还甘泉宫。勤役未云已，壮年徒为空。乃知古时人，所以悲转蓬。

【译文】

询问这位疲惫的游侠壮士，他原本居住在辽东。先前跟随李广将军，征讨匈奴有十个年头。在高阙山下集结车马，极目眺望云中郡远在苍穹。方圆千里的地方，肆无忌惮吹刮着冰冷的大风。严寒和回暖的变化和内地节气相异，降霜下雨大多和中原的时令不同。夜晚睡在边塞河的南岸，梦里回到了甘泉宫。劳役多得没有休止，时光虚度壮盛年华杳无影踪。现在才懂得古时人的悲痛，他们远离家乡在边疆服役如同蓬草飘转在风中。

拟古二首 刘休玄（刘铄）

【题解】

刘铄（431—453），字休玄（今江苏徐州）人，宋文帝第四子，封南平王。后因参与太子刘劭篡逆之事，被毒死。《宋书》《南史》有传。刘铄以拟古诗著称，此两首诗都描写思妇对远人的思念，兼抒发伤春悲秋的凄凉之感。

拟行行重行行

眇眇陵长道，遥遥行远之。回车背京里，挥手从此辞。堂上流尘生，庭中绿草滋。寒螿翔水曲[1]，秋兔依山基。芳年有华月，佳人无还期。日夕凉风起，对酒长相思。悲发江南调[2]，忧委《子衿》诗[3]。卧觉明灯晦，坐见轻纨缁[4]。泪容不可饰，幽镜难复治。愿垂薄暮景，照妾桑榆时。

【注释】

〔1〕寒螿：寒蝉。

〔2〕江南调：即《采莲曲》之类乐曲。

〔3〕《子衿》诗：《毛诗》有“青青子衿，悠悠我心”句，感叹无音信。

〔4〕轻纨：轻薄洁白的绢衣。　缁：黑色。

【译文】

登上悠远漫长的大道，远行人心神不安来回彷徨。转回车子背向着都里，挥挥手从此告别故乡。堂厅上满是流动的尘土，庭院里杂草已郁郁苍苍。寒蛰总是贴着水面飞翔，秋兔依靠青山繁衍生长。美好的年华有着皎洁的月亮，夫君归来的日期一直没有听讲。傍晚时分吹起阵阵凉风，对着美酒思念夫君勾起我无限惆怅。江南《采莲曲》流传着我的悲愁，“青青子衿”诗寄托着我的忧伤。躺卧在床感觉到灯光晦暗，坐立起身白绢服成为了黑衣裳。泣涕伤心的容貌不再修饰，匣中的镜子难以整理安装。唯愿那即将落山的夕阳，照耀我度过年迈的时光。

拟明月何皎皎

落宿半遥城，浮云蔼曾阙。玉宇来清风，罗帐延秋月。结思想伊人，沉忧怀明发。谁为客行久，屡见流芳歇。河广川无梁，山高路难越。

【译文】

星星在遥远的城墙上空渐趋隐没，薄云在层层叠叠的高楼上悠悠飘荡。玉石雕饰的楼宇吹来清爽的凉风，清冷的月光映照着床前的罗纱帐。心里想念离家远行的夫君，带着深深忧愁和怀想挨到天色发亮。有谁知道远行人长年漂泊在外，遇见过多少回流逝消歇的美好春光。想到你的身旁呀，只是宽广的河流没有过渡的桥梁，高高的山峦找不到可以翻越的通道。

和琅邪王依古 王僧达

【题解】

诗作吟咏历史的兴衰变迁，表明至盛至强尚不免衰亡，弱小的个人何必怨命。

少年好驰侠，旅宦游关源。既践终古迹，聊讯兴亡言。隆周为薮泽〔1〕，皇汉成山樊〔2〕。久没离宫地，安识寿陵园？仲秋边风起，孤蓬卷霜根。白日无精景，黄沙千里昏。显轨莫殊辙〔3〕，幽途岂异魂〔4〕？圣贤良已矣〔5〕，抱命复何怨！

【注释】

〔1〕隆周：强盛的周朝。

〔2〕皇汉：汉朝。

〔3〕显轨：显明的大道。

〔4〕幽途：死亡之路。

〔5〕“圣贤”句：自古圣贤终止于生死之理。

【译文】

年少时喜好当游侠之客，在关中河源一带周游学习。沿着远古的足迹，探寻历代兴亡轶事。先前兴盛的周朝王宫成为杂草繁茂的湖泽，昔日繁盛的汉朝城邑变成了绵延不绝的高山林地。经历久远的时间，帝王的离宫殿早已荒芜，汉代时期的寿陵园到哪里寻觅？中秋时节边塞吹刮起狂风，断根的枯草随风飘转。白天没有美好的景致，滚滚黄沙方圆千里昏暗如漆。显明的大道有勃勃生机的礼乐，幽暗的路途藏着鬼怪神灵，生与死的道理哪里有过差异？自古以来，圣贤们都终结于生死之理，我等区区之命哪有抱怨的道理！

拟古三首 鲍明远（鲍照）

【题解】

诗人表明应施展才华，抒发为国立功的愿望。

幽并重骑射，少年好驰逐。毡带佩双鞬，象弧插雕服。兽肥春草短，飞鞚越平陆。朝游雁门上，暮还楼烦宿。石梁有馀劲〔1〕，惊雀无全目〔2〕。汉虏方未和，边城屡翻覆。留我一白羽，将以分虎竹〔3〕。

【注释】

〔1〕“石梁”句：宋景公命工匠所制之弓，射穿石桥仍有余力。

〔2〕“惊雀”句：后羿射雀左目，误中右目。

〔3〕虎竹：虎符、竹使符，调兵所用。

【译文】

幽州、并州一带自古重视骑马射箭，这里的少年尤其喜好骑射逐猎。以毡作为帽头佩带在马两侧悬挂箭袋，象牙装饰的弯弓插在绘有花纹的雕服箭囊中。春天野兽肥壮草显得短浅，少年们骑马驰骋在平原。早晨游猎在雁门郡，晚上回到楼烦县住宿。弓箭犹如宋景公命人造的那把弓箭那样强劲，少年们精湛的射箭技术不逊色于后羿。汉朝和匈奴还没有和解，边塞城池你争我夺。请留给我一只白羽箭来平定四方，将来用虎符竹符调兵遣将为国家建立功业。

鲁客事楚王，怀金袭丹素。既荷主人恩，又蒙令尹顾。日晏罢朝归，鞍马塞衢路。宗党生光华，宾仆远倾慕。富贵人所欲，道德亦何惧〔1〕？南国有儒生，迷方独沦误。伐木青江湄，设罝守毚兔[2]。

【注释】

〔1〕“富贵”二句：语出《论语》：“富与贵，是人之所欲，不以其道得之，不处也。”

〔2〕罝（jū）：捕兽的网。　毚兔：狡兔。

【译文】

有一位鲁国人为楚王效力，怀里揣着金印，身上穿着华衣美服。承蒙君主的恩宠，担任了令尹的职务。天色已晚罢朝归来，随行车马多得堵塞了大路。宗族乡党为他感到光彩荣耀，宾客随从从远方赶来表达对他的倾慕。富贵是人人所追求的，以道义获得有什么可畏惧？南方有一位儒生，迷惑了方向而自沉沦于谬误。在清清的江岸砍伐木头与朋友宴饮，布下罗网守着狡兔期待以品德道义得到封禄。

十五讽《诗》《书》，篇翰靡不通。弱冠参多士，飞步游秦宫。侧睹君子论，预见古人风。两说穷舌端[1]，五车摧笔锋[2]。羞当白璧贶[3]，耻受聊城功[4]。晚节从世务，乘障远和戎。解佩袭犀渠，卷帙奉卢弓。始愿力不及，安知今所终？

【注释】

〔1〕两说：指鲁仲连说服辛垣衍以及下聊城二事。

〔2〕五车：学识渊博。《庄子·天下》：“惠施多方，其书五车。”

〔3〕羞当白璧贶（kuàng）：指庄子拒楚襄王聘相之事。

〔4〕“耻受”句：指鲁仲连不接受因下聊城而封爵之事。

【译文】

十五岁时能背诵《诗经》《尚书》，文章书信无不通晓。二十岁踏入社会参谒朝廷显贵，大步流星在秦宫里游走。能从旁侧看到有道德学问之人的言论，同他人一起目睹古代君子的风度。拥有战国齐人鲁仲连说服辛垣衍和助田单攻下聊城的辩论才能，学富五车著论精辟犀利足以挫败天下文士。楚襄王以重金和白璧聘任庄周为相，庄周以此感到羞耻而不收馈赠；齐王因攻下聊城想给鲁仲连封爵，鲁仲连耻于受爵而归隐东海。人到晚年参与朝廷治国事务，镇守边疆安抚边远戎狄。解下文人服换上武将盔甲，折卷旧时书袋盛装征伐的弓弩。没有力量实现当初从文的愿望，如今弃文从武，谁能知道最终将会走向何方？

学刘公幹体　鲍明远（鲍照）

【题解】

此诗学刘桢（字公幹）《赠从弟》的以松柏为比兴的手法，以雪花闭落，喻小人只能得意一时。

胡风吹朔雪，千里度龙山[1]。集君瑶台里，飞舞两楹前。兹辰自为美，当避艳阳年。艳阳桃李节，皎洁不成妍。

【注释】

〔1〕龙山：龙城之山。龙城为汉时匈奴祭天之处。

【译文】

西北风吹过来漫天大雪，翻越千里度过龙山。集聚在君王的琼楼亭台里，飞舞在议政听政的座位前。隆冬时节自以为美好，只是避开了春天繁花绽放的明艳。春光明媚时桃李盛开，洁白的雪花怎能再鲜妍。

代君子有所思 鲍明远（鲍照）

【题解】

汉乐府有《君子有所思》，此诗劝诫统治者不要享乐过度，力戒骄盈。

西出登雀台，东下望云阙。层阁肃天居，驰道直如发。绣甍结飞霞，琁题纳行月。筑山拟蓬壶，穿池类溟渤。选色遍齐代，征声匝邛越。陈钟陪夕宴，笙歌待明发。年貌不可还，身意会盈歇。蚁壤漏山河〔1〕，丝泪毁金骨〔2〕。器恶含满欹〔3〕，物忌厚生没〔4〕。智哉众多士，服理辩昭昧。

【注释】

〔1〕蚁壤：蚁穴。

〔2〕丝泪：微小如丝的泪水。　金骨：坚硬的骨头。

〔3〕欹（qī）：倾斜。

〔4〕厚生：富裕。

【译文】

在西面可以登攀雄伟的铜雀台，在东边能够眺望高入云天的宫阙。高高的楼阁峭然耸立仿若天帝住所，帝王大道宛如箭射出一般。五彩雕饰的屋脊连接锦缎似的飞霞，美玉装饰的椽头吸纳流动的月光。模仿蓬莱仙山修筑假山，仿造溟渤仙海穿凿池塘。在齐、代之地到处挑选秀色美女，在邛、越一带四处征集歌舞音乐。陈列编钟吹奏笙歌，陪同夜宴一直到东方天明。年岁容貌消逝不能再复还，身体和意愿志向也有充盈和停歇。小如蚍蜉的洞穴会使大堤崩溃，细微如丝的泪水能销毁坚硬的物体。器物过满则会倾斜，万物忌讳太奢侈而没落。这么多人充满智慧和学问，能够服从真理辨别明暗是非。

效　古 范彦龙（范云）

【题解】

叙写将士征战之苦与军法之严。

寒沙四面平，飞雪千里惊。风断阴山树，雾失交河城。朝驰左贤阵〔1〕，夜薄休屠营〔2〕。昔事前军幕，今逐嫖姚兵〔3〕。失道刑既重〔4〕，迟留法未轻〔5〕。所赖今天子，汉道日休明。

【注释】

〔1〕左贤：汉时匈奴的王号。

〔2〕休屠：西域国名。

〔3〕嫖姚：嫖姚校尉霍去病。

〔4〕“失道”句：李广率师出征迷失道路被追究责任。

〔5〕“迟留”句：指虎牙将军田顺因出塞后逗留不前进而遭到严刑处置。

【译文】

寒冷飞沙填平四周的丘谷，纷飞大雪笼罩千里荒漠。大风折断了阴山的树木，边塞的交河城迷失在重雾中。清晨策马激战在匈奴左贤王的阵地，夜晚逼近到休屠王的军营。先前追随前将军李广，如今跟随嫖姚校尉霍去病。飞将军李广迷失道路遭到严重的军法处置，虎牙将军田顺因出塞后逗留不前进被施以严刑。承蒙当朝天子拥有汉武帝一样的雄才大略，使得世道如此的美好清明。

杂体诗三十首 江文通（江淹）

【题解】

摹拟并再现了自汉至刘宋三十家诗作的不同风格特征，形象化地表述了对这些作家风格的理解。

古离别

远与君别者，乃至雁门关。黄云蔽千里〔1〕，游子何时还？送君如昨日，檐前露已团。不惜蕙草晚，所悲道里寒。君在天一涯，妾身长别离。愿一见颜色，不异琼树枝。兔丝及水萍〔2〕，所寄终不移。

【注释】

〔1〕黄云：风沙漫天而云呈黄色。

〔2〕兔丝：植物名，攀附其他植物而生长。

【译文】

依依不舍地和远行的你告别，你要去那遥远的雁门关。天上的云层与地上扬起的黄尘连接成一片遮蔽了方圆千里的地盘，远行的游子啊，你什么时候才能归返？送别你的情景仿佛发生在昨天，屋檐前的露水却已凝结成团，不知不觉中已经到了深秋时节。蕙草凋零了也不觉得可惜，让我担忧的是远行路途的严寒。你在遥远的天边，我和你长久的离别。好想和你见上一面，但好比登上昆仑山去看玉树那样的艰难。但愿像兔丝草依附茯苓、水萍依附水而生长那样，我和你相互寄托的心永远都不会改变。

李都尉从军　陵

樽酒送征人，踟蹰在亲宴。日暮浮云滋，握手泪如霰。悠悠清川水，嘉鲂得所荐[1]。而我在万里，结发不相见。袖中有短书，愿寄双飞燕[2]。

【注释】

〔1〕鲂：鱼名。　荐：依靠。

〔2〕双飞燕：南飞的燕子，喻指信使。

【译文】

樽器盛着美酒为我出征送行，在亲人摆设的离别宴上我徘徊流连。傍晚时分天空漂浮的云朵越聚越多，彼此紧握双手离别的泪水止不住地流。清澈的河流静静流淌，鲂鱼生活在水里自在悠游。我远离家乡在万里之外，结发的妻子也不能相见。衣袖里的书信，我只能寄托给那些往南飞的燕。

班婕妤咏扇

纨扇如圆月，出自机中素。画作秦王女[1]，乘鸾向烟雾。采色世所重，虽新不代故。窃愁凉风至，吹我玉阶树。君子恩未毕，零落在中路。

【注释】

〔1〕秦王女：秦穆公女儿弄玉。能吹箫作凤鸣声，后成仙随凤凰飞去。

【译文】

细绢裁剪出的合欢扇圆如明月，它出自织布机上的白素。在扇面上绘画了秦穆公的女儿弄玉，坐着凤凰鸾车飞向空中腾云驾雾。彩色虽然可以重复描绘，但不可用新来替代旧故。秋天到来我暗自忧愁，凉风吹刮石阶前的绿树，被随意扔弃的团扇没人怜顾。君王的恩宠还没有结束，团扇零零乱乱洒落在道路。

魏文帝游宴　曹丕

置酒坐飞阁[1]，逍遥临华池。神飙自远至，左右芙蓉披。绿竹夹清水，秋兰被幽涯。月出照园中，冠珮相追随[2]。客从南楚来，为我吹参差[3]。渊鱼犹伏浦[4]，听者未云疲。高文一何绮[5]，小儒安足为？肃肃广殿阴，雀声愁北林。众宾还城邑，何以慰吾心？

【注释】

〔1〕飞阁：高阁。

〔2〕冠珮：以服饰佩戴代指来客。

〔3〕参差：乐声高下抑扬。

〔4〕渊鱼：深渊之鱼。

〔5〕高文：高妙的文辞。

【译文】

在高高的楼阁上摆设美酒，自由自在地坐在华美的池子边。大风从遥远的神宫徐徐吹来，华池里的芙蓉花左摇右摆。绿竹丛林环绕着清澈池水，秋天芬芳的兰草遮盖着水池边幽深的山崖。夜晚月光照在园子里，欢宴的近臣文士们在相互追随游玩。从南方楚地远道而来的客人，为我吹箫奏乐。高妙悦耳的箫声使得深潭里的鱼儿纷纷跃出水面聆听，听乐的客人也都忘记了疲倦。宴会上写作的诗文绮靡高妙，那些小儒们怎么能够完成？日落后的大殿萧瑟肃静，鸟雀声声鸣叫飞往它们栖息的山林。席终人散宾客纷纷返回城邑，还有什么能安慰我这慷慨悲凉的心情？

陈思王赠友　曹植

君王礼英贤，不吝千金璧。双阙指驰道，朱宫罗第宅。从容冰井台〔1〕，清池映华薄。凉风荡芳气，碧树先秋落。朝与佳人期，日夕望青阁。褰裳摘明珠，徙倚拾蕙若。眷我二三子，辞义丽金雘。延陵轻宝剑〔2〕，季布重然诺〔3〕。处富不忘贫，有道在葵藿。

【注释】

〔1〕冰井台：在铜雀台北侧。

〔2〕延陵：春秋时吴王寿梦第四子季札（季子）所居之封邑，为季札代称。　轻宝剑：延陵季子赠宝剑给徐君，将剑挂在徐君墓树而去。

〔3〕季布：楚人，汉时以信守诺言、讲信用著称。楚地广泛流传“得黄金百斤，不如得季布一诺”的谚语。

【译文】

君王礼遇英才贤士，从不吝惜美玉钱财。两遥相望的宫殿大门正对着宽阔大道，王侯的朱楼豪宅次第罗列。从容自在地在冰井台上盘桓逗留，欣赏丛丛花草映照在清清池水中。凉爽的秋风吹荡着花的芳香，绿树到了初秋时分叶子开始飘落凋零。早晨与佳人约定会期，傍晚时分还痴痴眺望青阁希望能和她见面。撩开裙子去采摘珠宝，挪移着脚步捡拾香草。回过头来想丁仪、王粲这些才子们，都是善于雕琢，文辞华美。他们像延陵郡的季札那样看轻宝剑，又像他那样重视信义。人富贵的时候不能忘记贫寒之人，义士之道就在于不会取笑葵、藿一类小人物。

刘文学感遇　桢

苍苍山中桂，团圆霜露色。霜露一何紧[1]？桂枝生自直。橘柚在南国，因君为羽翼[2]。谬蒙圣主私，托身文墨职[3]。丹采既已过，敢不自雕饰。华月照方池，列坐金殿侧。微臣固受赐，鸿恩良未测。

【注释】

〔1〕紧：急。

〔2〕羽翼：辅佐。

〔3〕文墨职：指担任文职官员。

【译文】

山中桂树郁郁苍苍，挂满团团霜露依然翠绿青葱。霜露来得那么的紧急，桂树枝仍然挺拔充满生机。在南方生长的橘柚固然珍稀，凭借君子才能够有名誉声望。承蒙接受君王赐予的恩宠，担任掌管起草文札的官职。得到的恩遇已超出我的文采，怎敢不勤勉雕琢文饰。明亮的月光照耀在池子中，蒙恩列坐在帝王的宫殿旁侧。卑微的臣子我一直承受着君王的恩赐，浩浩皇恩实在是不可测量。

王侍中怀德　粲

伊昔值世乱，秣马辞帝京。既伤《蔓草》别[1]，方知《杕杜》情[2]。崤函复丘墟，冀阙缅纵横。倚棹泛泾渭，日暮山河清。蟋蟀依桑野，严风吹若茎[3]。鹳鹢在幽草[4]，客子泪已零。去乡三十载，幸遭天下平。贤主降嘉赏，金貂服玄缨[5]。侍宴出河曲，飞盖游邺城。朝露竟几何，忽如水上萍。君子笃惠义，柯叶终不倾。福履既所绥[6]，千载垂令名。

【注释】

〔1〕《蔓草》：《诗经·郑风》篇名，思遇时之情。

〔2〕《杕（dì）杜》：《诗经·小雅》篇名，写伤悲之情。

〔3〕若茎：若木茎干。

〔4〕鹳鹢（guàn yì）：水鸟名。

〔5〕金貂：王粲任侍中，故称“金貂”。

〔6〕绥：安好。

【译文】

先前遇到世道纷乱，我喂饱马匹离别京城。感伤《蔓草》之别渴望生活在好时代，才感受到《杕杜》苦悲之情。古时的崤山、函谷关山丘连绵，秦时的冀阙城楼纵横乱世。在泾河、渭河上我倚着船桨惆怅，傍晚时分太阳西下河水清冷。蟋蟀在郊外的桑林悲鸣，寒风吹打脆弱的枯枝。鹳鸟鹢鸟藏在幽深的水草丛哀鸣，客居他乡的人泪水止不住地流。离开家乡三十年，此刻才有幸遇到天下太平安定。贤明的君主赐予丰厚奖赏，戴上了金貂帽穿上了玄缨裳。陪同君王来到河曲一带游宴，乘坐华丽的马车飞奔到邺城。人生短促就像早晨的露珠没有多少时辰，像水上的浮萍一般忽东忽西四处漂移。人格高尚的人一心一意回报君王的恩义，如同松柏那样历经四季却不曾改变枝干更换树叶。犹如福禄自求安好，美好的名节传留后世。

嵇中散言志　康

曰余不师训，潜志去世尘。远想出宏域，高步超常伦。灵凤振羽仪，戢景西海滨〔1〕。朝食琅玕实，夕饮玉池津。处顺故无累，养德乃入神。旷哉宇宙惠，云罗更四陈。哲人贵识义，《大雅》明庇身〔2〕。庄生悟无为，老氏守其真。天下皆得一，名实久相宾。《咸池》飨爰居〔3〕，钟鼓或愁辛。柳惠善直道〔4〕，孙登庶知人〔5〕。写怀良未远，感赠以书绅。

【注释】

〔1〕戢（jí）：藏。

〔2〕《大雅》：《诗经·大雅》有“既明且哲，以保其身”句。

〔3〕《咸池》：黄帝乐。　爰居：鸟名。

〔4〕柳惠：柳下惠。

〔5〕孙登：嵇康曾跟随他游学三年。

【译文】

说我没有听从老师的教诲，专心致志要脱离人间尘世。远大理想要超越宏大的疆域，昂首阔步超越凡人。神灵的凤凰振动羽翼，在西海边隐藏光景。早晨吃琼树仙果，晚上饮玉池琼汁。顺从自然境界没有牵累，休养道德则能通达神明。宇宙天地的恩惠，如云彩般分布在四面八方。智慧的人贵识义理，明智的人方可保佑自己。庄周明白无为的道理，老聃守得住他的本性。天与地都达到浑融一体的境界，名与实长久以来都互为宾主。演奏优美的《咸池》犒飨爰居鸟，钟鼓美乐或令其充满悲愁辛酸。柳下惠以直道待人被罢黜三回，隐者孙登可说能知人识人。抒发情怀不能到达深远之界，把这份感想记录在绅带以赠他人。

阮步兵咏怀　籍

青鸟海上游[1]，鸴斯蒿下飞[2]。沉浮不相宜，羽翼各有归。飘摇可终年，沆瀁安是非[3]？朝云乘变化[4]，光耀世所希。精卫衔木石，谁能测幽微？

【注释】

〔1〕青鸟：海鸟，又称为鹏。

〔2〕鸴（yù）斯：小鸟。

〔3〕沆瀁（hàng yàng）：飘荡起伏。

〔4〕朝云：指高唐女神。

【译文】

青鸟在广袤的海面上翱翔，山鹊在杂草丛中低飞。翱翔大海上空与低飞蒿草丛各不相同，不同的鸟都能找到自己的归宿。飘摇轻飞可以安度终年，与青鸟飘荡起伏谁能知晓其是与非？高唐神女腾驾云朵千变万化，耀眼的光辉是世间稀有。精卫鸟不停歇地衔着木石去填海，谁能测度其中包含着的深奥精微之义？

张司空离情　华

秋月映帘栊，悬光入丹墀[1]。佳人抚鸣琴，清夜守空帷。兰径少行迹，玉台生网丝。庭树发红彩，闺草含碧滋。延伫整绫绮，万里赠所思。愿垂湛露惠，信我皎日期[2]。

【注释】

〔1〕丹墀（chí）：屋宇前没有屋檐覆盖的平台。

〔2〕皎日期：皎若白日的誓言。

【译文】

秋天的月亮映照着窗牖和竹帘，垂悬的光芒照在屋前的平台上。佳人抚弹长琴，在清冷的夜里独守空房。栽满兰花的小径少有行走的足迹，玉石搭建的亭台结满蜘蛛网。庭院的树上开满红色的花儿，闺门边的小草青翠繁茂。久久站立整理着身上的绫罗纨绮，把深深的思念遥寄给万里之外的君郎。惟愿你垂爱这清澈露珠的泽惠，坚信我对你坚贞不渝的誓言不曾改变。

潘黄门悼亡　岳

青春速天机〔1〕，素秋驰白日。美人归重泉，凄怆无终毕。殡宫已肃清，松柏转萧瑟。俯仰未能弭，寻念非但一。抚襟悼寂寞，恍然若有失。明月入绮窗，仿佛想蕙质。消忧非萱草〔2〕，永怀宁梦寐。梦寐复冥冥，何由觌尔形〔3〕。我惭北海术〔4〕，尔无帝女灵〔5〕。驾言出远山，徘徊泣松铭。雨绝无还云，华落岂留英。日月方代序，寝兴何时平！

【注释】

〔1〕青春：春季。　天机：天体运行。

〔2〕萱草：忘忧草。

〔3〕觌（dí）：睹。

〔4〕北海术：与已死之人相见的道术。

〔5〕帝女灵：高唐女神显灵梦中。

【译文】

青春易逝天体飞速地运行，白日飞驰又到了萧肃的秋季。美人你魂归黄泉，我的悲伤就没有停止过。停放灵柩之处已经冷清寂静，只有秋风吹动松柏发出萧瑟的声音。低头抬头都不能忘记你呀，寻思哀念不只是短暂的时期。抚摸衣裙伤感寂寞，环视左右惘然所失。明月映入绢窗，仿佛在思念兰蕙的芬芳。忘忧的萱草也不能消减我的思念，把长久的思念寄托在梦里面。梦寐里昏昏又暗暗，如何看得清你的相貌身形。只能叹息自己没有北海道人的法术，你也没能像高唐女神显灵。驾车出游到了远山之上，在松树碑铭间你的坟地里徘徊悲戚。雨滴掉地哪还会返回云层，花落了哪还有芳香留驻？日月正在递相更代，无论起卧思念情怀到何时才能够平复？

陆平原羇宦　机

储后降嘉命〔1〕，恩纪被微身。明发眷桑梓，永叹怀密亲。流念辞南澨〔2〕，衔怨别西津。驰马遵淮泗，旦夕见梁陈。服义追上列〔3〕，矫迹厕宫臣〔4〕。朱黻咸髦士〔5〕，长缨皆俊人。契阔承华内〔6〕，绸缪逾岁年〔7〕。日暮聊揔驾，逍遥观洛川。徂没多拱木，宿草凌寒烟。游子易感忾，踯躅还自怜。愿言寄三鸟〔8〕，离思非徒然。

【注释】

〔1〕储后：储君。

〔2〕澨：水涯。

〔3〕服义：服膺正义。

〔4〕矫迹：高卓的行迹。

〔5〕髦士：俊杰。

〔6〕契阔：勤苦。　承华：承华，即太子宫门名。

〔7〕绸缪：情谊缠绵。

〔8〕三鸟：三青鸟，神话中的神鸟。

【译文】

太子降下授官赐爵的嘉命，恩情覆盖到我的卑微之身。天亮出发时眷念故乡，叹息怀念密友和至亲。带着这份思念辞别南方的涯岸，怀着哀怨离别西方的渡口。沿着淮河、泗水边驾着马车奔走，早晚间路过梁陈之地。践行道义紧跟着前人的步伐，高卓的行迹在朝廷官员之列。穿着朱黻华衣者都是英俊之士，佩戴长缨者都是风度高雅的人。勤勤勉勉效力在太子门下，情义殷切度过了岁岁年年。日落时分还在驾车行驰，自由自在地观赏洛川的风景。以往的坟墓已长出两手合抱那么粗的树木，陈年的枯草独自摇曳在寒风烟雾中。行旅之人看到拱木宿草易发感慨，踟蹰不安地自叹哀怜。愿意捎话给从南飞北往的三青鸟，离别后的思念哀愁并非空自发出。

左记室咏史　思

韩公沦卖药〔1〕，梅生隐市门〔2〕。百年信荏苒，何为苦心魂？当学卫霍将〔3〕，建功在河源。珪组贤君眄，青紫明主恩。终军才始达〔4〕，贾谊位方尊〔5〕。金张服貂冕〔6〕，许史乘华轩〔7〕。王侯贵片议〔8〕，公卿重一言〔9〕。太平多欢娱，飞盖东都门〔10〕。顾念张仲蔚〔11〕，蓬蒿满中园。

【注释】

〔1〕韩公：汉人韩康，字伯休，少立贞操，隐长安市卖药。

〔2〕梅生：汉代梅福，为南昌尉，王莽执政后，改姓名为吴门卒。

〔3〕卫霍：卫青、霍去病。

〔4〕终军：字子云，济南人，年十八拜为谒者给事中。

〔5〕贾谊：汉洛阳人，年少即被召为博士。

〔6〕金张：金日磾、张安世。

〔7〕许史：许皇后、史良娣家族。

〔8〕片议：汉娄敬议都，刘邦封他为奉春君。

〔9〕一言：汉田千秋陈讼太子冤情，武帝拜为大鸿胪，数月遂为丞相，封富民侯。

〔10〕“飞盖”句：供帐以送疏广、疏受。

〔11〕张仲蔚：晋时高士，平陵人，隐居嵩阳。

【译文】

韩伯休沦落到隐居长安市卖药，梅福隐身当个守门人。人生百年时间流逝，何必使自己心魂受苦？应当学习卫青、霍去病将军，在西域率兵作战建立功业。披挂珪玉绶带是君主的惠顾，拥有青紫绶官印是天子的恩惠。拜为谒者给事中官职的终军才刚刚开始显达，一年内由博士官职升任太中大夫的贾谊也才方显尊贵。金日磾、张安世家族历代戴着汉官貂尾，许皇后、史良娣家业昌盛乘坐华丽的车马。娄敬议一个建议就被封为王侯贵族，田千秋一个谏言便登上卿相重位。太平盛世一片欢宴娱乐，华盖车马飞奔东都门送别疏广、疏受。回想张仲蔚埋没才华，高过人头的蓬蒿艾草长满他的庭院。

张黄门苦雨　协

丹霞蔽阳景[1]，绿泉涌阴渚。水鹳巢层甍[2]，山云润柱础。有弇兴春节[3]，愁霖贯秋序。燮燮凉叶夺，戾戾飔风举。高谈玩四时，索居慕俦侣。青苔日夜黄，芳蕤成宿楚。岁暮百虑交，无以慰延伫。

【注释】

〔1〕丹霞：红云。　阳景：太阳。

〔2〕水鸛：水鸟，即将阴雨时鸣叫。

〔3〕有弇（yǎn）：浓云密布。

【译文】

红红的云彩遮蔽了太阳，碧绿的泉水从地下涌流出来。水鹳鸟在高高的屋脊筑巢鸣叫，山间的云气蒸腾润湿着屋柱下的石礅。浓云密布带来春光时节，秋日霖雨贯穿整个秋季。秋叶片片凋落，吹起凉风阵阵。放声高谈四时之事，孤独居住羡慕那些成双结对的人。青草尾梢日渐转黄，繁茂的鲜花也长成了丛生灌木。一年将尽心中凝聚百种思绪，没有什么能慰藉我只有久久伫立。

刘太尉伤乱　琨

皇晋遘阳九[1]，天下横氛雾[2]。秦赵值薄蚀，幽并逢虎据。伊余荷宠灵，感激殉驰骛。虽无六奇术[3]，冀与张韩遇[4]。甯戚扣角歌，桓公遭乃举[5]。荀息冒险难，实以忠贞故[6]。空令日月逝，愧无古人度。饮马出城濠，北望沙漠路。千里何萧条，白日隐寒树。投袂既愤懑，抚枕怀百虑。功名惜未立，玄发已改素。时或苟有会，治乱惟冥数。

【注释】

〔1〕阳九：厄运。

〔2〕横氛雾：喻乱贼。

〔3〕六奇术：指陈平为汉高祖刘邦六出奇计。

〔4〕张韩：张良、韩信。

〔5〕“甯戚”二句：甯戚扣牛角而歌，遇到齐桓公被提拔。

〔6〕“荀息”二句：荀息受晋献公重托，不食其言，最终以死尽忠。

【译文】

大晋王朝遭逢灾难，乱贼横行天下纷乱。秦赵之地正值日月相蚀，幽州、并州被乱贼占据。我承受着朝廷的恩宠，感奋而起驰驱于军戎。虽然没有陈平六出奇策的本领，但希望能与张良、韩信相遇。宁戚拍击牛角哼唱悲凉歌曲，齐桓公遇到他并举荐任用。荀息冒着危险艰难誓死实践自己的诺言，是因为他有着忠贞事君之心的缘故。日月时辰无情流逝，我惭愧没有像古人那样审时度势建立功名。喂饱战马我出了城池，往北眺望远方沙漠的路途。方圆千里格外萧条悲凉，太阳隐没在寒树之下。甩起衣袂已是满怀怨愤，抚摸枕头心怀思绪百种。感到遗憾的是功名尚未建立，青丝却已变成白发。或许能碰到机遇，但天下的治理与纷乱都由冥冥之中的天运所操纵。

卢中郎感交　谌

大厦须异材，廊庙非庸器。英俊著世功，多士济斯位。眷顾成绸缪，乃与时髦匹。姻媾久不虚[1]，契阔岂但一。逢厄既已同，处危非所恤。常慕先达概，观古论得失。马服为赵将[2]，疆埸得清谧。信陵佩魏印，秦兵不敢出[3]。慨无幄中策，徒惭素丝质[4]。羁旅去旧乡，感遇喻琴瑟。自顾非杞梓，勉力在无逸。更以畏友朋，滥吹乖名实[5]。

【注释】

〔1〕姻媾：刘琨与卢谌结为儿女亲家。

〔2〕马服：赵将赵奢，曾封马服君，其守边疆时，秦兵不敢东窥，边疆得清谧。

〔3〕“信陵”二句：指战国信陵君魏无忌窃符救赵后又率军攻秦之事。

〔4〕素丝质：本色的丝，指清白的本性。

〔5〕滥吹：齐王好吹竽，南郭处士因冒充会吹竽而食禄。

【译文】

建筑大厦必须用优异良材，廊庙里使用的没有庸常器物。英俊之人立下济世之功，众多之士共佐天子之位。承蒙你的眷顾使我们亲密，得以和当代时髦俊杰成为匹偶。缔结姻亲长久不衰，彼此分离不止因为一件事情。遭逢厄运我们共同面对，处在危险境遇也没有什么可以担忧。我常常羡慕先辈们的节操气概，通过观察过往事情评判得与失。马服君赵奢作为赵国将领，秦兵不敢往东方窥伺而疆界清静。魏公子信陵君佩挂魏国帅印，秦军不敢再兵出函谷关。感叹我没有运筹帷幄的谋略，只能惭愧空有纯色绢丝的资质。长久客居异地远离故乡，感谢你的恩遇犹如琴瑟和谐。自己认为不是杞和梓这类栋梁之材，要更加地努力而不能贪图安乐。更是因为有畏友诤友，不敢滥竽充数而名实不符。

郭弘农游仙　璞

崦山多灵草，海滨饶奇石。偃蹇寻青云，隐沦驻精魄。道人读丹经〔1〕，方士炼玉液。朱霞入窗牖，曜灵照空隙。傲睨摘木芝〔2〕，凌波采水碧〔3〕。眇然万里游，矫掌望烟客。永得安期术〔4〕，岂愁濛汜迫〔5〕。

【注释】

〔1〕丹经：道家经典《丹经》，讲述神仙之事与炼丹之术。

〔2〕木芝：紫芝。

〔3〕水碧：水玉，一种仙药。

〔4〕安期：安期先生，自言千岁。

〔5〕濛汜：古代神话中所指日入之处。喻人垂暮之年。

【译文】

崦嵫山上盛产灵芝草，大海之滨富产奇异之石。攀援高高的地方探寻隐居之处，到绝无人迹的地方留驻魂魄。得道之人诵读《丹经》，方术之士锤炼玉膏。红红的霞光照进窗户，太阳光从墙缝里照射进来。抬头睨斜着采摘木芝，漂移在水波之上采拾水玉。在高远缥缈万里之远的地方遨游，举手可以眺望那些仙人。掌握了古仙人安期先生的道术，哪里还有进入迟暮之年的担忧。

张廷尉[1]杂述　绰

太素既已分[2]，吹万著形兆[3]。寂动苟有源，因谓殇子夭[4]。道丧涉千载，津梁谁能了？思乘扶摇翰，卓然凌风矫。静观尺棰义[5]，理足未常少。冏冏秋月明，凭轩咏尧老[6]。浪迹无蚩妍，然后君子道。领略归一致，南山有绮皓[7]。交臂久变化，传火乃薪草。亹亹玄思清，胸中去机巧。物我俱忘怀，可以狎鸥鸟。

【注释】

〔1〕张廷尉：当作“孙廷尉”。　孙绰，字兴公，官至廷尉卿。

〔2〕太素：最原始的物质，引申为天地。

〔3〕形兆：具有种种表象的物质世界。

〔4〕殇子夭：南郭子綦称彭祖为夭、殇子为寿。即称寿夭没有区别。

〔5〕尺棰义：《庄子·天下》曰：“一尺之棰，日取其半，万世不竭。”

〔6〕尧老：唐尧和老子。

〔7〕绮皓：指商山四皓：园公、夏黄公、绮里季、角里先生。须眉皓

白，故言皓。

【译文】

天地万物开始有了区分，元气吹煦使它们具有了特性与形表。静和动都有各自的根源，万物皆有定分不管是长寿和夭折。道德沦丧已达千年，通往道义的桥梁渡口有谁能够通晓？我想乘着扶摇之风而上，凌风飞翔将自己举得高高。静静观看一尺之棰日取其半所蕴含的意义，理由充足从来没有缺少。秋天的月亮非常明朗，依靠栏杆歌咏着懂得自然之道的老子和唐尧。放迹混然没有区别出丑与好，这样才能留待君子说出。事理的要旨异途而归一致，南方的商洛山有潜光隐曜的绮里季等老人。交臂之间便有许多变化，火种相传需要不间断地添加薪草。勉力地思考清净之道，排除胸中机谋诡诈的干扰。到达物我俱忘的超然境界，可以和鸥鸟一起戏耍欢笑。

许征君自序　询

张子暗内机〔1〕，单生蔽外像〔2〕。一时排冥筌〔3〕，泠然空中赏。遣此弱丧情，资神任独往。采药白云隈，聊以肆所养。丹葩耀芳蕤，绿竹荫闲敞。苕苕寄意胜，不觉陵虚上〔4〕。曲棂激鲜飙，石室有幽响〔5〕。去矣从所欲，得失非外奖。至哉操斤客〔6〕，重明固已朗。五难既洒落〔7〕，超迹绝尘网。

【注释】

〔1〕张子：张毅。

〔2〕单生：单豹。《庄子》载：田开之谓周威公曰："鲁有单豹者，岩居而水饮，不与民共利，行年七十而犹有婴儿之色。不幸遇饿虎，饿虎杀而食之。有张毅者，高门县薄，无不趋也，行年四十而有内热之病以死。

豹养其内而虎食其外。毅养其外而病攻其内。此二子者，皆不鞭其后者也。”

〔3〕筌：捕鱼器具。

〔4〕陵虚上：凌空。

〔5〕石室：石洞。仙人所居。

〔6〕操斤客：指匠石和郢人配合，用斧头砍鼻头上灰尘之事。事见《庄子》。

〔7〕五难：养生的五难。即向秀《难嵇康养生论》所说的“名利不减、喜怒不除、声色不去、滋味不绝、神虑消散”。

【译文】

张毅四十岁时患内热病而死是不明内养的奥秘，单豹七十岁时被恶虎吃掉是蔽于了解外在的情况。突然间解除了套在身上的桎梏，仿若脱离凡尘在空中悠游欢畅。排遣我从小流浪异乡的哀伤情感，帮助我的精神超脱万物独来孤往。在白云一隅采摘仙药，姑且将我的身心恣意滋养。红色的光华照耀在盛开芬芳的花上，翠绿的竹林荫蔽显得阔大静旷。把心意寄托给遥远脱俗的地方，不知不觉仿佛乘空而上。窗格吹进清新的清风，石洞传来幽幽的回响。去自己想要去的地方，得与失由不得外在物体的劝阻和夸奖。感叹技艺精湛、造诣高深的匠石和郢人，都明晓事理充满睿智和旷达开朗。远离凡人养生的五难，仙化升天断绝俗世尘网。

殷东阳兴瞩　仲文

晨游任所萃，悠悠蕴真趣。云天亦辽亮，时与赏心遇。青松挺秀萼，惠色出乔树。极眺清波深，缅映石壁素。莹情无馀滓，拂衣释尘务。求仁既自我，玄风岂外慕？直置忘所宰，萧散得遗虑。

【译文】

清晨放眼观望万物尽收眼底，真正的意趣蕴积在悠闲自在里。云和天空高远明亮，眼前的景致正合我欢悦的心意。挺拔的青松绽出秀美的花萼，高高的树上呈现出美好的景致。极目远望碧水清波，遥相映衬着素色石壁。莹洁的心怀抛却残渣余滓，拂拭衣服放下尘俗杂事。依从内心追求仁道，获取上古的世风怎能靠外在的敬慕？专注于内心思想忘记外在的主宰，让心灵放飞远游把俗世得失忘记。

谢仆射游览　混

信矣劳物化〔1〕，忧襟未能整〔2〕。薄言遵郊衢，揔辔出台省。凄凄节序高，寥寥心悟永。时菊耀岩阿，云霞冠秋岭。眷然惜良辰，徘徊践落景。卷舒虽万绪，动复归有静。曾是迫桑榆〔3〕，岁暮从所秉。舟壑不可攀〔4〕，忘怀寄匠郢〔5〕。

【注释】

〔1〕劳：劳碌。　物化：外物变化。

〔2〕整：清理。

〔3〕桑榆：日落时光照桑榆树端，因以指日暮。

〔4〕“舟壑”句：《庄子》载，藏舟于壑以为牢靠，但夜半被有力气的人扛走。此喻人生在世亦随时变迁，是不能强留的。

〔5〕匠郢：指匠石和郢人配合，用斧头砍鼻头上白土之事。

【译文】

确实是劳碌于天地外物变化，内里的忧心未能得到清理。急急忙忙地沿着郊外的道路行走，拉着缰绳驾着车马离开了台省。在天高气清的秋天，心中觉悟也随之长远隽永。盛开的菊花映照着山上的岩石，高空的云霞如同帽子萦绕着秋天的山岭。珍惜眷恋这美好的时辰，徘徊舍不得日暮时分的美景。卷舒盈缩的虽然牵头万绪，最终都将归于万籁俱静。曾是担忧日头将落年岁已老，最终明白一年到头任由时运来秉执。靠不住的是以为人生犹如藏舟于壑泽而安稳，让我们忘怀一切而寄托给古时的匠石和郢人。

陶征君田居　潜

种苗在东皋，苗生满阡陌。虽有荷锄倦，浊酒聊自适。日暮巾柴车，路暗光已夕。归人望烟火，稚子候檐隙。问君亦何为？百年会有役。但愿桑麻成，蚕月得纺绩。素心正如此，开径望三益[1]。

【注释】

〔1〕开径：指汉代隐士蒋诩在住宅前竹林下开了三条小径，只与求仲、羊仲二人往来。　三益：《论语》载，正直、诚信、知识广博为三益之友。

【译文】

在东边的田园耕种，地里的庄稼长得繁盛茂密。虽然有扛着锄头干农活的疲倦，一杯浊酒聊足让我自乐舒适。傍晚时分装点好我简陋的车子，天色已晚归家的道路昏暗迷离。晚归的人望着袅袅炊烟赶回家，年幼的儿子等候在屋檐之下。这么辛苦是为了什么？人生百年就是有各种各样的劳役。只希望种下的桑麻有所收成，养蚕季的收获能够用来纺织。本心就是追求这份恬然幽静，屋前开径交往正直、诚信、知识广博的三益朋友。

谢临川游山　灵运

江海经邅回[1]，山峤备盈缺[2]。灵境信淹留，赏心非徒设。平明登云峰，杳与庐霍绝[3]。碧鄣长周流，金潭恒澄澈。桐林带晨霞，石壁映初晰。乳窦既滴沥[4]，丹井复寥泬[5]。岩崿转奇秀，岑崟还相蔽。赤玉隐瑶溪，云锦被沙汭。夜闻猩猩啼，朝见鼯鼠逝。南中气候暖，朱华凌白雪。幸游建德乡[6]，观奇经禹穴[7]。身名竟谁辩？图史终磨灭。且泛桂水潮，映月游海澨。摄生贵处顺[8]，将为智者说。

【注释】

〔1〕邅（zhān）回：徘徊。

〔2〕盈缺：指山峰高低错落。

〔3〕庐霍：庐山霍山。

〔4〕乳窦：石钟乳。

〔5〕寥泬（xuè）：旷荡空虚。

〔6〕建德：《庄子》载南越有邑，名为建德之国。其民愚朴，少私寡欲，其生可乐，其死可葬。

〔7〕禹穴：夏禹藏图书之所。

〔8〕摄生：保养身体。　处顺：顺其自然。

【译文】

江和海历经停滞和徘徊，高山具备高峰和低谷。灵秀的山川之境值得停留，没有辜负我游山赏心的愉快。早晨登上高入云天的山峰，杳然高绝可以和庐山、霍山媲美。四周青青群山环绕，金潭的水永远清澈澄净。桐树林映托着朝霞，石壁映照着刚升起的太阳光。钟乳石滴水圆润明丽，朱砂井水幽静清明。山崖回转奇特秀丽，山势险峻相互掩映。赤红色的宝玉在玉溪水里若隐若现，溪岸铺洒的砂石犹如五彩云锦。夜晚听得见猩猩的声声啼叫，早晨看得到鼯鼠在跳跃飞奔。南方的山上气候暖和，红红的花朵迎着白雪绽放。有幸到古建德之乡游历，观看到神奇的夏禹藏书洞穴。谁能辨识你的身份功名？游山记载的图史终将消失磨灭。姑且让我们泛舟桂水潮水，在明月朗照下去海边游玩。养生之理贵在顺应自然的环境，我要和聪慧的人说明这个道理。

颜特进侍宴　延之

太微凝帝宇，瑶光正神县[1]。揆日粲书史[2]，相都丽闻见。列汉构仙宫，开天制宝殿。桂栋留夏飙[3]，兰橑停冬霰[4]。青林结冥濛，丹巘被葱茜。山云备卿蔼，池卉具灵变。重阳集清气，下辇降玄宴。骛望分寰隧，矖目尽都甸。气生川岳阴，烟灭淮海见。中坐溢朱组，步榈篷琼弁。礼登伫睿情，乐阕延皇眄。测恩跻逾逸，沿牒懵浮贱。荣重馈兼金，巡华过盈瑱。敢饰舆人咏[5]，方惭《绿水》荐[6]。

【注释】

〔1〕瑶光：北斗第七星。　神县：神州。

〔2〕揆（kuí）日：测量日影。古多以之定营造方位。

〔3〕桂栋：桂树做的脊檩。

〔4〕兰橑（lǎo）：木兰做的椽子。

〔5〕舆人咏：指普通百姓对某件事议论不停，纷纷发表意见。

〔6〕绿水：《渌水》，古琴曲，一曰古诗。

【译文】

以太微星宫来定位帝王的宫宇，用北斗星辰来确定神州的位置。度量日影查阅典籍，丹阳都的华丽超越所有听闻过的都市。仿如在银河中构筑仙宫，座座高大的宫殿布列在天际。桂木脊檩上留连着夏天的凉风，木兰椽子还停驻着冬天的雪粒。苍翠树林上飘着薄薄的迷雾，红色小山披着翠红相间的纱裙。高山之巅的云朵吉祥福瑞，池中水草的变化神奇莫测。天空中集聚着清明之气，停车下旨摆设圣宴。驰目远望都内和乡遂，远远观看城邑和郊野。云气腾腾遮蔽了山川，云烟在淮海若隐若现。宴会中间坐满佩有红色丝带的权贵，长廊里全是戴着琼玉皮帽的官员。宴会仪式结束皇帝的情意依然留存，音乐停止皇帝的恩赐久久延续。皇恩浩荡使我们纵逸安乐，随着选补文牒调迁却不懂得浮名微贱。承蒙天子赐侍宴的同时又赏赐百金，荣华恩宠超越了那有足尺高的玉瑱。我像舆人那样斗胆把先前之事进行修饰献上这首诗歌，相形见绌于古人《绿水》之诗。

谢法曹赠别　惠连

昨发赤亭渚[1]，今宿浦阳汭[2]。方作云峰异，岂伊千里别。芳尘未歇席[3]，涔泪犹在袂。停舻望极浦，弭棹阻风雪。风雪既经时，夜永起怀思。泛滥北湖游，岧亭南楼期[4]。点翰咏新赏，开帙莹所疑[5]。摘芳爱气馥，拾蕊怜色滋。色滋畏沃若，人事亦销铄。《子衿》怨勿往[6]，《谷风》诮轻薄[7]。共秉延州信[8]，无惭仲路诺[9]。灵芝望三秀，孤筠情所托。所托已殷勤，只足搅怀人。今行嵊嵊外[10]，衔思至海滨。觌子杳未僝[11]，款睇在何辰[12]？杂珮虽可赠，疏华竟无陈[13]。无陈心悁劳，旅人岂游遨？幸及风雪霁[14]，青春满江皋[15]。解缆候前侣，还望方郁陶。烟景若离远，末响寄琼瑶。

【注释】

〔1〕赤亭：亭子名。

〔2〕浦阳汭：江口名。

〔3〕芳尘：指落花。

〔4〕北湖游、南楼期：谢灵运诗所叙述之事。

〔5〕帙（zhì）：书套。　莹：使明白。

〔6〕《子衿》：《诗经·郑风》篇名，有“青青子衿，悠悠我心。纵我不往，子宁不嗣音”数句，即述“怨勿往”之意。

〔7〕《谷风》：《诗经·邶风》篇名，讽刺风俗轻薄。

〔8〕延州信：指季札挂剑。

〔9〕仲路诺：《论语》“子路无宿诺”，称子路执行承诺不过夜。

〔10〕嶀、嵊：二山名。

〔11〕觌：观看。　僝（chán）：见。

〔12〕款：真诚。

〔13〕疏华：瑶华。

〔14〕霁：转晴。

〔15〕青春：春光。　江皋：水边平展之地。

【译文】

昨天从洲头赤亭出发，今晚住宿在浦阳江。被高入云天的山峰隔阻分别，怎么只有古人才有千里离别的吟唱？行旅的宴席还没有停止，止不住的泪水仍沾满衣裳。我站立在船头眺望江河远方，由于风雪阻挠停止了划桨。大风雪下了很长时间，长夜里我怀着深深的想望。在北湖上泛舟尽情游览，在高高门楼上痴痴等候客人到访。拿笔写下新观赏到的风景，打开书本明白了未知的问题。采摘鲜花是喜欢它的芬芳，捡拾花蕊是怜爱姿态的漂亮。娇艳盛开的花朵害怕干枯衰落，人事至达鼎盛而担心销亡。《子衿》幽怨亲友不来，《谷风》讥讽风俗卿薄。我们共同秉承季札的信义，无愧于子路对承诺的信仰。灵芝草一年有三次开花，我把心志寄托于竹箭的坚固和灵芝的芳香。我所寄托的殷勤之心，只是搅乱了我怀念的思想。今天行走出嶀山、嵊山之外，带着思念愁绪来到大海边上。想与你相见但不知你的踪迹去向，不知要等到何时你我才能好好端详？用芳草结成草珮想赠送远方的人，折下瑶华竟没有寄托的地方。没有寄托的地方心中忧郁烦恼，行旅之人哪里还有心思游乐欢畅？幸好风雪停止天气放晴，江岸上洒满明媚春光。解开船索望着前行的旅人，回顾思忆内心满是哀思悲怆。前行的道路烟雾迷漫相去遥远，以后的日子凭借书信寄托彼此的念想。

王征君养疾　微

窈蔼潇湘空，翠涧澹无滋。寂历百草晦，欻吸鹍鸡悲〔1〕。清阴往来远，月华散前墀。炼药瞩虚幌，泛瑟卧遥帷。水碧验未黩，金膏灵讵缁〔2〕。北渚有帝子〔3〕，荡漾不可期。怅然山中暮，怀痾属此诗。

【注释】

〔1〕鹍鸡：鸟名。

〔2〕金膏：一种仙药。

〔3〕帝子：娥皇、女英。

【译文】

深远的潇湘之水悠然空渺，翠润的山涧之间平静淡然。闲旷中百草凋零疏落，俄顷间鹍鸡鸟声声哀怜。太阳落下山已经很久，月光飘洒在屋前的台阶。在窗户的正对面熬煮苦药，躺在遥远的山中抚摸琴弦。不懂水玉仙药的疗效而不乱用，未晓金膏药丹的灵验怎敢沾染。在水的北岸住着娥皇和女英，随着波浪上下追逐却不能与她们相见。山里的傍晚时分我怅然失志，抱着痾疾病痛写下了这首诗篇。

袁太尉从驾　淑

宫庙礼哀敬[1]，枌邑道严玄[2]。恭洁由明祀，肃驾在祈年[3]。诏徒登季月，戒凤藻行川。云旆象汉徙，宸网拟星悬。朱棹丽寒渚，金鍐映秋山。羽卫蔼流景，采吹震沉渊。辩诗测京国，履籍鉴都壥[4]。甿谣响玉律[5]，邑颂被丹弦。文轸薄桂海，声教烛冰天。和惠颁上笏，恩渥浃下筵。幸侍观洛后，岂慕巡河前[6]？服义方无沬，展歌殊未宣[7]。

【注释】

〔1〕哀敬：悲痛庄敬。

〔2〕枌邑：帝王故里。

〔3〕祈年：祈祷丰年。

〔4〕履籍：稽考簿籍。

〔5〕甿谣：民歌。

〔6〕巡河：指前代君王巡视之事。

〔7〕展歌：舒展诗曲。

【译文】

宗庙宫室的礼祭仪式悲痛庄敬，高祖故里枌榆社的祭典庄重幽远。尊敬高洁的神灵要通过神明的祭祀活动，庄严肃穆的帝王车驾出行是为了祈祷丰年。昭告众人到了九月，凤凰车里传出的华美诗文飘洒在路途经行的山川。侍从队伍锦旗飘飘好像天汉萦回游移，天子车上缀饰的珠宝如同群星在天空垂悬。朱红的船桨映照着寒冷的水洲，金色的马头佩饰照耀着秋天的山峦。卫士的羽衣如阳光下的团团云彩，彩衣人吹的箫管震动了深深水潭。命太师进献民间诗歌以观测民间风情，践行天子职责听讼断狱以审察民间屈冤。采集种田人的歌谣以研究管乐，收集乡间乐曲来调配丝弦。文字和车轨的兴盛到达南方的海域，声威教化的影响抵达北疆的天边。天子的温和仁惠布及身居朝堂的重臣，帝王的恩惠普施到居于下位的小官。我有幸随跟随天子观看了洛河，前代君王们巡河的美好哪里还敢慕羡？践行天子的道义从没有停止，虽舒展歌诗作为雅乐但没能很好地宣传。

谢光禄郊游　庄

肃舲出郊际，徙乐逗江阴。翠山方蔼蔼，青浦正沉沉。凉叶照沙屿，秋荣冒水浔。风散松架险，云郁石道深。静默镜绵野，四睇乱曾岑。气清知雁引，露华识猿音。云装信解黻，烟驾可辞金。始整丹泉术〔1〕，终觌紫芳心〔2〕。行光自容裔〔3〕，无使弱思侵。

【注释】

〔1〕丹泉：指丹峦之泉，饮之可以不老。

〔2〕紫芳：灵芝的一种。

〔3〕容裔：悠闲自在的样子。

【译文】

乘坐舲船来到城郊，停留在江的北岸游乐逍遥。翠绿的青山树木繁茂，青青的江水沉静缥缈。金灿灿的黄叶映照着水中的沙洲，秋天的繁花掩映着江畔格外妖娆。风吹过后松木架更增危险，云层积聚山路愈发深幽。静静瞭望原野悠悠，四面环视山峰高高。天高气爽大雁南飞鸣叫，秋露闪烁猿猴奔走哀嚎。愿换上仙人的云衣解下高官的礼帽，乘坐神仙驾的烟车辞去金质的印章。方才相信饮丹泉水不老的仙术，终于见到了如紫芝般隐逸修道的思想。我精神矍铄闲得自在，不被凡世俗事侵害烦恼。

鲍参军戎行　昭

豪士枉尺璧[1]，宵人重恩光。殉义非为利[2]，执羁轻去乡。孟冬郊祀月，杀气起严霜。戎马粟不暖，军士冰为浆。晨上成皋坂，碛砾皆羊肠。寒阴笼白日，太谷晦苍苍。息徒税征驾，倚剑临八荒。鹪鹏不能飞，玄武伏川梁。铩翮由时至，感物聊自伤。竖儒守一经，未足识行藏[3]。

【注释】

〔1〕豪士：才能胆识过人的豪杰。　尺璧：直径一尺的玉璧。

〔2〕殉义：殉身追求道义。

〔3〕行藏：出仕与退隐。

【译文】

豪杰不在意直径一尺的美玉，小人重视礼遇的恩惠荣光。豪杰殉身是追求道义而不是为了利益，我手握缰绳骑着战马从此远离家乡。天子北郊迎冬祭祀的孟冬十月，寒气萧瑟地上凝结起白霜。军旅里的饭食没有加热，将士们以冰雪作为浆汤。早晨走上成皋坂，砂石小路好像那屈曲盘旋的羊肠。寒冷的云层笼罩着太阳，大谷里灰白昏暗一片苍茫。休整步兵舍弃征战的车马，佩带长剑傲视八方荒远的地方。因为寒冷鹪鹏鸟不能高飞，龟蛇只能蛰伏在山梁。铩羽而归正是寒冬时节，看着雪霜我暗自神伤。俗儒独守着一本经书，不懂出处进退的理道和小人见识没有两样。

休上人别怨

西北秋风至，楚客心悠哉。日暮碧云合，佳人殊未来。露采方泛艳，月华始徘徊。宝书为君掩，瑶琴讵能开？相思巫山渚，怅望阳云台〔1〕。膏炉绝沉燎，绮席生浮埃。桂水日千里〔2〕，因之平生怀。

【注释】

〔1〕阳云台：楚王与巫山神女相会处。

〔2〕桂水：水名。

【译文】

从西北刮来阵阵秋风，楚客抑郁失意忧愁满怀。傍晚青白色云朵开始聚合，我期待的佳人还没有到来。露珠反照着晚霞光辉，月亮在东方的天空上徘徊。因为思念你而把经书合上，哪里有心思去把玉琴打开？神女在巫山附近的洲渚思念，楚王在阳云台惆怅悲哀。熏炉停歇了沉郁的香火，绮丽床席落满浮土尘埃。桂水一日奔流千里，凭借它把我的情义送到佳人心怀。

（本卷译注：潘盼）

中国古代名著全本译注丛书

三

[南朝梁] 萧统　编
张葆全　胡大雷　主编

文选卷第三十二

骚上

离骚经 屈平（屈原）

【题解】

屈平（约公元前340—前278），字原，战国时楚人。与楚王同姓，曾得楚怀王信任，任左徒、三闾大夫等职。由于遭谗，怀王怒而疏远他。楚顷襄王之时，更被流放江南。最后深感理想破灭，自投汨罗江而死。屈原是我国最早出现的伟大诗人，其作品相传有二十五篇，代表作为《离骚》《九章》及《天问》。《史记》有传。《离骚》是一首自叙性的长篇抒情诗，展示了屈原的世系、生平、性格、思想感情、斗争过程和政治理想，表现了屈原的崇高品格和伟大爱国精神。离骚，犹“别愁”，诗人抒发遭流放离开故国和君王的忧愁。一说，离，通“罹”，离骚，即“遭忧”。

帝高阳之苗裔兮〔1〕，朕皇考曰伯庸〔2〕。摄提贞于孟陬兮〔3〕，惟庚寅吾以降。皇览揆余于初度兮，肇锡余以嘉名〔4〕。名余曰正则兮，字余曰灵均。

【注释】

〔1〕高阳：远古帝王颛顼有天下时的称号。

〔2〕皇考：对亡父的尊称。

〔3〕摄提：即寅年。　孟陬（zōu）：阴历的正月，也是寅月。

〔4〕锡：通“赐”。

【译文】

我是古帝王高阳氏的后代子孙啊，我的皇考字叫伯庸。摄提年正在寅月啊，寅日我降生。皇考观察揆度我初生时的气度啊，开始赐给我以美名。给我的名叫正则啊，给我的字叫灵均。

纷吾既有此内美兮，又重之以修能。扈江离与辟芷兮[1]，纫秋兰以为佩[2]。汩余若将不及兮[3]，恐年岁之不吾与。朝搴阰之木兰兮[4]，夕揽洲之宿莽。日月忽其不淹兮，春与秋其代序。惟草木之零落兮，恐美人之迟暮[5]。不抚壮而弃秽兮，何不改此度也？乘骐骥以驰骋兮，来吾导夫先路！

【注释】

〔1〕江离：香草名。　辟：同“僻”，幽僻之意。　芷：香草名，即白芷。

〔2〕纫：原作“纽”，盖传写讹误。下“岂维纫夫蕙茝”同此。

〔3〕汩（yù）：水速流貌。

〔4〕搴（qiān）：拔取。　阰（pí）：土山。

〔5〕美人：喻君王。一说美人为自喻。

【译文】

我既有这样多的内在美质啊，又加上有美好的才能。披着江离与幽芷啊，结上秋兰而作为佩饰。时光滚滚向前啊我好像将要赶不上啊，惟恐不再给我年岁。清晨攀折土岗上的木兰啊，黄昏采摘水边经冬的香草。日月迅速地运行而不停留啊，春天与秋天不断地交替。念草木的零落啊，担心美人的迟暮。不趁年富力强之时而革除污秽啊，何不改变这种态度。乘上骐骥而驰骋啊，来吧，我愿作先导迈向那前方的道路。

昔三后之纯粹兮，固众芳之所在[1]。杂申椒与菌桂兮[2]，岂维纫夫蕙茝[3]！彼尧舜之耿介兮，既遵道而得路。何桀纣之昌披兮，夫惟捷径以窘步。惟党人之偷乐兮，路幽昧以险隘。岂余身之惮殃兮，恐皇舆之败绩[4]。忽奔走以先后兮，及前王之踵武。荃不察余之忠情兮[5]，反信谗而齐怒。余固知謇謇之为患兮，忍而不能舍也。指九天以为正兮，夫惟灵修之故也[6]。初既与余成言兮，后悔遁而有他。余既不难离别兮，伤灵修之数化。

【注释】

〔1〕众芳：众多芳草，喻众多贤臣。

〔2〕申椒：椒的一种。　菌桂：桂的一种。申椒菌桂均为香料。

〔3〕蕙：香草名。　茝：香草名，即白芷。

〔4〕皇舆：君王所乘之车，喻国家。

〔5〕荃：香草名，喻楚怀王。

〔6〕灵修：神明美好，喻君王，此喻楚怀王。

【译文】

从前三王（禹、汤、文王）的品德醇正无疵啊，本来就是众多香草聚集的地方。他们杂集着香椒和肉桂啊，岂止是联缀着蕙和茝？那唐尧虞舜的光明正直啊，他们已顺着治国的正途前进而获得了平坦的康庄大道。为什么夏桀殷纣是这样的狂妄放纵啊，他们只是贪求捷径而走向末路。那些结党营私的小人这样的苟安享乐啊，使国家的前途黑暗而险阻。岂是我自身的畏惧灾祸啊，只担心国家的倾覆。匆匆忙忙地我奔走于先后啊，希望能赶上先王的脚步。君不体察我内心的忠诚啊，反而听信谗言而暴怒。我本来就知道忠贞的成为祸患啊，原想忍住但又不能止而不言。我上指九天以它来作证啊，那都只是为了君王的缘故。（原来说黄昏而作为约期啊，却中途而改变了道路。）你开始就与我有成约啊，后又反悔改变主意而有另外的打算。我既不畏惮那分别啊，只是伤心君王的反复变化。

余既滋兰之九畹兮〔1〕，又树蕙之百亩。畦留夷与揭车兮〔2〕，杂杜衡与芳芷〔3〕。冀枝叶之峻茂兮，愿竢时乎吾将刈。虽萎绝其亦何伤兮，哀众芳之芜秽。

【注释】

〔1〕九畹：三十亩为一畹。九为虚数，表示种得很多。

〔2〕留夷：香草名，即芍药。　揭车：香草名。

〔3〕杜衡：香草名，俗名马蹄香。　芳芷：即白芷。

【译文】

我已经栽了九顷春兰啊，又种植了百亩秋蕙。一垄一垄地种植了留夷和揭车啊，还套种了杜衡和香芷。盼望它们枝叶的高峻茂盛啊，希望等到成熟之时我将有所收获。即使它们枯萎零落也不要紧啊，我哀叹的是群芳的变质。

众皆竞进以贪婪兮，凭不厌乎求索〔1〕。羌内恕己以量人兮，各兴心而嫉妒。忽驰骛以追逐兮，非余心之所急。老冉冉其将至兮，恐修名之不立。朝饮木兰之坠露兮，夕餐秋菊之落英。苟余情其信姱以练要兮，长顑颔亦何伤〔2〕。掔木根以结茝兮，贯薜荔之落蕊〔3〕。矫菌桂以纫蕙兮，索胡绳之纚纚〔4〕。謇吾法夫前修兮〔5〕，非时俗之所服。虽不周于今之人兮，愿依彭咸之遗则〔6〕。

【注释】

〔1〕凭：满。

〔2〕顑颔（kǎn hàn）：面貌黄瘦憔悴。

〔3〕薜荔（bì lì）：香木名，蔓生，又名木莲。

〔4〕胡绳：香草名，蔓生，茎叶可作绳索。 纚纚（xǐ）：绳索长而下垂貌。

〔5〕謇：发语词。

〔6〕彭咸：人名，殷时大夫，谏其君不听，投水而死。

【译文】

大家都争着往上爬而又贪婪啊，财富已满却仍无厌地追求。对内宽恕自己而又以小人之心来量度别人啊，各人都勾心斗角而相互嫉妒。急急忙忙地奔跑而追逐名利啊，而这些都不是我内心急切寻求的。衰老渐渐地要到来啊，我担心美好名声不能树立。清晨喝着木兰花上落下的露珠啊，傍晚吃着秋天菊花凋落的花瓣。只要我的情操果真美好而坚贞啊，即使永远憔悴又有什么关系。拿着树木的须根来编结茝草啊，并贯穿薜荔落下的花心。举起肉桂枝来编结蕙草啊，把胡绳草捻成长长的绳索。我效法那古代圣贤啊，但这不是世俗之所服用之物。虽然我不容于今天的人啊，但我宁愿遵照彭咸的遗教。

长太息以掩涕兮，哀人生之多艰。余虽好修姱以鞿羁兮[1]，謇朝谇而夕替[2]。既替余以蕙纕兮[3]，又申之以揽茝。亦余心之所善兮，虽九死其犹未悔。怨灵修之浩荡兮[4]，终不察夫人心。众女嫉余之蛾眉兮[5]，谣诼谓余以善淫[6]。固时俗之工巧兮，偭规矩而改错[7]。背绳墨以追曲兮[8]，竞周容以为度。忳郁邑余侘傺兮[9]，吾独穷困乎此时也。宁溘死以流亡兮，余不忍为此态也。鸷鸟之不群兮，自前代而固然。何方圆之能周兮，夫孰异道而相安。屈心而抑志兮，忍尤而攘诟[10]。伏清白以死直兮，固前圣之所厚。

【注释】

〔1〕鞿（jī）羁：喻受束缚和牵连。鞿，缰绳。羁，束缚。

〔2〕谇（suì）：直言劝谏。

〔3〕纕（xiāng）：佩带。

〔4〕浩荡：原指水泛滥横流，此指楚王毫无头脑，行为放荡。

〔5〕众女：指众小人。　蛾眉：如蚕蛾触角之眉，古人常用以形容女子的美眉，这里以蛾眉喻贤才。

〔6〕谣诼（zhuó）：造谣毁谤。

〔7〕偭（miǎn）：违背。　规矩：法则。

〔8〕绳墨：木工用以画直线的墨斗墨线。引申为判定是非的标准。

〔9〕忳（tún）：忧愁貌。　郁邑：忧郁苦闷。　侘傺（chà chì）：失意貌。

〔10〕攘：包容。　诟：耻辱。

【译文】

我长声叹息而拭泪啊，哀叹人生是多么艰难。我只是爱好美好的德行而受累遭罪啊，早上进谏而晚上便遭废弃。既废弃我佩带蕙草啊，又控诉我系结芷兰。但这些也就是我内心的所好啊，即使是九死不生还是不悔恨。怨只怨君王的放肆纵恣啊，始终不了解人家的心。众美女们嫉妒我的蛾眉美貌啊，反而造谣中伤说我最善淫荡。本来世俗的人都善于取巧啊，他们违背了法度而改变了措施。大家背弃绳墨而追求邪曲啊，争着以苟合取容为自己处世的法则。既忧愁又抑郁我太失望了啊，只有我走投无路在这个时候。我宁愿马上死去而让魂魄漂泊异乡之中啊，我不忍心去显露这种苟合取容的丑态。鹰隼不与燕雀同群啊，从前代以来就是这样。方的和圆的如何能配合啊，两种不同的道路如何能相安！委屈了心而压抑了志啊，忍受了过责而遭致了侮辱。但我保持了清白而死于正义啊，那本是古代圣贤之所看重。

悔相道之不察兮，延伫乎吾将反。回朕车以复路兮，及行迷之未远。步余马于兰皋兮，驰椒丘且焉止息。进不入以离尤兮〔1〕，退将复修吾初服。制芰荷以为衣兮，集芙蓉以为裳。不吾知其亦已兮，苟余情其信芳。高余冠之岌岌兮〔2〕，长余佩之陆离。芳与泽其杂糅兮〔3〕，唯昭质其犹未亏。忽反顾以游目兮，将往观乎四荒。佩缤纷其繁饰兮，芳菲菲其弥章。人生各有所乐兮，余独好修以为常。虽体解吾犹未变兮〔4〕，岂余心之可惩〔5〕。

【注释】

〔1〕离：同“罹”，遭遇之意。　尤：罪。

〔2〕岌岌：高貌。

〔3〕泽：腐臭污垢。

〔4〕体解：肉体消解毁灭。

〔5〕惩：警惧，悔恨。

【译文】

悔恨我观看道路的不明审啊，久立后我将要往回转。掉转我的车来而走回头路啊，还赶得上道路迷失得还不太远。让我的马儿留连在长满兰草的水边啊，奔上有椒树的小山暂且在这里停歇。进不能用而遭到祸尤啊，退下来我将重整自己当初的服饰。裁剪菱叶而做成上衣啊，编织荷花而成为下裳。没有人了解我也就算了吧，只要我的情操是真正的芬芳。加高我的帽子这样的颤巍巍啊，加长我的环佩这样的闪闪发光。芳香和腐臭尽管混杂在一起啊，唯有我清白的德操却还未有损亏。忽然回顾而展目四望啊，将要游观于遥远的四方。佩环五彩缤纷那是众多的装饰啊，芬芳浓郁更显得明显昭彰。人生各有爱好喜乐的啊，我只是爱好修饰而永以为常。即使肢解我还是不改变啊，难道我的心能因人威胁而产生戒惧悔恨。

女媭之婵媛兮[1]，申申其詈予，曰："鲧婞直以亡身兮[2]，终然夭乎羽之野[3]。汝何博謇而好修兮[4]，纷独有此姱节。薋菉葹以盈室兮[5]，判独离而不服。众不可户说兮，孰云察余之中情！世并举而好朋兮，夫何茕独而不予听！"

【注释】

〔1〕女媭（xū）：女伴或侍女。　婵媛：多情而关切的意思。

〔2〕鲧：夏禹的父亲。　亡身：不顾自身安危。"亡"通"忘"。

〔3〕羽：神话中的羽山。

〔4〕博謇：博采往古，学识广博。

〔5〕薋（zī）：草多貌。　菉（lù）：草名，即王蒭。　葹（shī）：草名，即苍耳。菉、葹均为恶草，喻谗佞小人。

【译文】

女媭的情深意厚啊，她曾一再地责骂我。她说："鲧刚直而忘记了自身啊，终于殀死在羽山的郊野。你为什么博采往古而爱好修身自洁啊，独有许多这样美好的节操？聚积起来的王刍苍耳这样的恶草已充满室内啊，你划清界限独自远离而不肯服用。众人不能一家一家地去说服啊，谁说能体察我们的内心？世人相互抬举而喜欢结党营私啊，你为什么孤单自处而不听从我！"

依前圣以节中兮，喟凭心而历兹[1]。济沅湘以南征兮，就重华而陈词[2]："启《九辩》与《九歌》兮[3]，夏康娱以自纵[4]。不顾难以图后兮，五子用失乎家巷[5]。羿淫游以佚田兮[6]，又好射夫封狐。固乱流其鲜终兮，浞又贪夫厥家[7]。浇身被服强圉兮[8]，纵欲而不忍。日康娱而自忘兮，厥首用夫颠陨。夏桀之常违兮，乃遂焉而逢殃。后辛之菹醢兮[9]，殷宗用而不长。汤禹严而祗敬兮[10]，周论道而莫差。举贤而授能兮，修绳墨而不陂。皇天无私阿兮，览人德焉错辅。夫维圣哲以茂行兮，苟得用此下土。瞻前而顾后兮，相观人之计极。夫孰非义而可用兮，孰非善而可服？阽余身而危死兮，览余初其犹未悔。不量凿而正枘兮[11]，固前修以菹醢。”曾歔欷余郁邑兮[12]，哀朕时之不当。揽茹蕙以掩涕兮，沾余襟之浪浪。

【注释】

〔1〕凭：愤懑。

〔2〕重华：舜的名字。舜死葬于沅、湘之南的九嶷山。

〔3〕启：夏启，禹之子，继禹为君。

〔4〕夏：即夏启。　康娱：耽于安乐。

〔5〕五子：即五观，启的幼子，曾据西河之地发动叛乱。

〔6〕羿（yì）：后羿。相传是夏初诸侯，有穷国的国君。

〔7〕浞（zhuó）：人名，即寒浞，相传为后羿的相，勾结羿的家奴逄蒙杀羿，并强占了后羿的妻子。

〔8〕浇（ào）：寒浞的儿子。

〔9〕后辛：即殷纣王。

〔10〕祗：敬。

〔11〕枘（ruì）：榫。

〔12〕曾：同“增”。

【译文】

依照古代圣贤来节制自己内心啊，我深深叹息满怀愤懑的心情而直至今天。渡过沅水湘水而往南走啊，我走近虞舜而向他陈述：夏启从天帝偷得《九辩》和《九歌》啊，他便用以自娱而放纵自己；他不看看危难而考虑往后啊，使幼子五观无奈从家中逃亡出去。后羿过度地游乐而又放纵地打猎啊，又最喜欢射那大狐狸；本来那淫乱之徒他是少有好结果啊，寒浞又贪占了他的家室。寒浇自身披坚甲啊，放纵嗜欲而不肯节制；天天寻欢作乐而忘记了自身啊，他的脑袋因此落了下来。夏桀经常违背正道啊，终于因此而遭到了灾殃。商纣王砍杀忠良为肉酱啊，殷王朝因而不久长。商汤夏禹敬畏而戒惧啊，周王讲究治国之道而没有偏差。推举贤才而授官能士啊，遵循规矩法度而不走样。上天没有私心偏袒啊，看到人有美德就对他实施辅佐。正因为古代圣王有高尚的行为啊，才能够统治天下的疆土。回顾过去而瞻望未来啊，要观察人民的思虑和愿望。有谁不靠正义而能致用啊，又有谁不靠善良而能致用？我自身临危而险些死去啊，回顾我当初的行为我还是不后悔。不度量方圆而插楔子啊，前代贤人因此而成为肉酱。多次歔欷感叹我多忧愁悒郁啊，哀叹我生不逢时。拿柔软的蕙草而擦泪啊，泪沾湿我的衣襟而涕零不止。

跪敷衽以陈词兮，耿吾既得此中正。驷玉虬以乘鹥兮〔1〕，溘埃风余上征〔2〕。朝发轫于苍梧兮〔3〕，夕余至乎县圃〔4〕。欲少留此灵琐兮〔5〕，日忽忽其将暮。吾令羲和弭节兮〔6〕，望崦嵫而勿迫〔7〕。路漫漫其修远兮，吾将上下而求索。饮余马于咸池兮〔8〕，总余辔乎扶桑〔9〕。折若木以拂日兮〔10〕，聊须臾以相羊。前望舒使先驱兮〔11〕，后飞廉使奔属〔12〕。鸾皇为余先戒兮，雷师告余以未具〔13〕。吾令凤鸟飞腾兮，又继之以日夜。飘风屯其相离兮，帅云霓而来御。纷总总其离合兮，斑陆离其上下。吾令帝阍开关兮，倚阊阖而望予〔14〕。时暧暧其将罢兮，结幽兰而延伫。世溷浊而不分兮，好蔽美而嫉妒。

【注释】

〔1〕玉虬（qiú）：玉饰的虬。虬，传说中的无角之龙。　鹥（yī）：凤凰之别称。

〔2〕溘（kè）：犹奄忽、迅速的意思。

〔3〕发轫（rèn）：启动车子。轫，阻止车轮转动之木，犹今之刹车。苍梧：指九嶷山，舜死葬于此。

〔4〕县圃：神山名，传说在昆仑山之上。

〔5〕灵琐：即神灵的门。琐，宫殿门上连琐形的镂纹。

〔6〕羲和：神话中为太阳驾车的人。

〔7〕崦嵫（yān zī）：神话中太阳落于此山。

〔8〕咸池：神话中太阳沐浴的水池。

〔9〕扶桑：神话中的树名，传说日栖其上。

〔10〕若木：神木名，传说在昆仑西极。一说即扶桑。

〔11〕望舒：神话中给月亮驾车的神。

〔12〕飞廉：风神。

〔13〕雷师：雷神。

〔14〕阊阖（chāng hé）：传说中的天门。

【译文】

我跪在铺开的前襟上而陈词啊，光明磊落地我已得到了这种中正之道。用四匹虬龙驾车而乘上凤车啊，飘忽地驾着挟带尘埃的风我上行到天国去。早上我从苍梧出发啊，黄昏时我来到了县圃。想稍微停留在这神灵的门前啊，太阳匆匆落山天时已将暮。我命令羲和停止鞭龙而让车缓行啊，望着崦嵫山而不要迫近。道路漫漫又长又远啊，我将上上下下地把真理寻求。让我的马在咸池喝水啊，把我的马缰绳系结在扶桑。折下若木枝来拂拭太阳啊，我暂且逍遥而徜徉。我让望舒在前面叫他做先驱啊，让飞廉在后面叫他紧紧跟上。鸾皇替我在前面做警卫啊，雷师却告诉我还没有准备好。我叫凤鸟高飞啊，日夜相继而不要懈怠。旋风使那相离者聚集啊，率领云霓而来迎接。乱纷纷地忽散忽聚啊，五彩斑斓地忽上忽下。我叫天门的守卫者打开天门啊，他靠着天门望着我并不理睬。日光渐暗天时已晚啊，我结上幽兰而久久徘徊。这个世界浑浊而不分善恶啊，总爱抹杀别人的长处而嫉妒别人。

朝吾将济于白水兮[1]，登阆风而緤马[2]。忽反顾以流涕兮，哀高丘之无女。溘吾游此春宫兮[3]，折琼枝以继佩。及荣华之未落兮，相下女之可贻。吾令丰隆乘云兮[4]，求宓妃之所在[5]。解佩纕以结言兮，吾令蹇修以为理[6]。纷总总其离合兮，忽纬繣其难迁[7]。夕归次于穷石兮[8]，朝濯发乎洧盘[9]。保厥美以骄傲兮，日康娱以淫游。虽信美而无礼兮，来违弃而改求。览相观于四极兮，周流乎天余乃下。望瑶台之偃蹇兮，见有娀之佚女[10]。吾令鸩为媒兮[11]，鸩告余以不好。雄鸠之鸣逝兮，余犹恶其佻巧。心犹豫而狐疑兮，欲自适而不可。凤皇既受诒兮，恐高辛之先我[12]。欲远集而无所止兮，聊浮游以逍遥。及少康之未家兮[13]，留有虞之二姚[14]。理弱而媒拙兮[15]，恐导言之不固。世溷浊而嫉贤兮。好蔽美而称恶。闺中既以邃远兮，哲王又不寤。怀朕情而不发兮，余焉能忍与此终古！

【注释】

〔1〕白水：神话中水名，出昆仑。

〔2〕阆（láng）风：山名，传为仙人所居，在昆仑之巅。

〔3〕春宫：东方青帝之宫。

〔4〕丰隆：云神。

〔5〕宓妃：相传为古帝伏羲氏之女，溺于洛水，而为洛水之神。

〔6〕蹇修：伏羲氏之臣。　理：媒人。

〔7〕纬繣（huà）：乖戾。

〔8〕穷石：神话中地名，相传为后羿之国土。

〔9〕洧（wěi）盘：神话中水名。

〔10〕有娀（sōng）：传说中古国名。　佚女：美女。相传有娀氏有二美女，一名简狄，住在高台之上，后嫁给帝喾，生契。

〔11〕鸩（zhèn）：鸟名，其羽有毒。

〔12〕高辛：即帝喾。

〔13〕少康：夏后相之子。

〔14〕有虞：国名，姚姓，舜的后代。

〔15〕理、媒：均指媒人。

【译文】

清晨我将渡过白水啊，登上阆风山而把马系住。忽然回看而流下眼泪啊，可叹这高山上没有理想的美女。飘飘然地我游到这春神的宫中啊，折下玉树枝点缀我的环佩。趁这玉树枝上的好花还没有零落啊，我要寻找下界可以相赠的女子。我叫丰隆驾起云彩啊，去寻找宓妃的住址。解下佩带而订结盟约啊，我请蹇修来做大媒。乱纷纷地若离若即啊，忽然别扭起来她的意志很难改变。她晚上归宿于穷石啊，清晨又在洧盘水里洗头。仗着她的美色来骄傲于人啊，天天寻欢作乐而纵情游荡。虽然她的确美丽但不守礼法啊，我只好丢开她而另找别的美女。我环顾于遥远的四方啊，在天上周游一遍我才下降。遥望高高的瑶台啊，看到了有娀氏的美女。我请鸩鸟去做媒啊，鸩鸟告诉我她不漂亮。雄鸠且鸣且飞啊，我又嫌它轻佻巧利而不可信赖。我满心犹豫而怀疑啊，想亲自前去又怕不妥当。凤皇已受委托去为媒啊，恐怕高辛氏先于我去迎娶。想远走他方去栖息却又无处安居啊，只好暂且流浪而逍遥。想趁少康尚未成家啊，去聘定有虞氏的两位姓姚的美女。但媒人既无能而又口才笨拙啊，恐怕说辞不够有力。世间浑浊而又忌害贤人啊，总喜欢抹杀别人的美德而张扬别人的过失。宫中的小门既已这般地遥远啊，圣明的君王又不醒悟。怀抱着我的忠信之情而不能抒发啊，我怎能忍受与这样的环境永久相处！

索琼茅以筳篿兮〔1〕，命灵氛为余占之〔2〕。曰："两美其必合兮，孰信修而慕之？思九州之博大兮，岂唯是其有女？"曰："勉远逝而无疑兮，孰求美而释女？何所独无芳草兮，尔何怀乎故宇?”时幽昧以眩曜兮，孰云察余之美恶？人好恶其不同兮，惟此党人其独异。户服艾以盈要兮[3]，谓幽兰其不可佩。览察草木其犹未得兮，岂珵美之能当[4]？苏粪壤以充帏兮[5]，谓申椒其不芳。

【注释】

〔1〕琼茅：传说中灵草名，可用来卜筮。　以：与。　筳篿（tíng zhuān）：卜筮用的小竹片。

〔2〕灵氛：神巫。

〔3〕艾：恶草名，即白蒿。　要：古“腰”字。

〔4〕珵（chéng）：美玉。

〔5〕苏：借为“叔”，取的意思。　粪壤：粪土。　帏：香囊。

【译文】

我找来灵草和细竹啊，叫灵氛为我占一卦。灵氛说道：“双方美好必将结合啊，但谁信服你的美德而来爱慕你呢？想想天下是这么广大啊，难道只有这里才有美女吗?”又说：“努力远走高飞而不要怀疑啊，有谁追求美德而会放掉你。什么地方会偏偏没有芳草啊！你为什么对旧地如此怀念?”世上这样黑暗和惑乱啊，谁说能分辨我的好和坏？人们的喜恶是有不同啊，独有这帮小人更是特别怪诞。家家户户佩带艾蒿而挂满腰间啊，反说幽兰不能佩带。他们识别草木都还不可能啊，怎么可能对美玉估量恰当？拿着粪土来装满香袋啊，反说申椒是那样的不香。

欲从灵氛之吉占兮，心犹豫而狐疑。巫咸将夕降兮[1]，怀椒糈而要之[2]。百神翳其备降兮，九疑缤其并迎[3]。皇剡剡其扬灵兮，告余以吉故。曰：“勉升降以上下兮，求矩矱之所同[4]。汤禹俨而求合兮，挚咎繇而能调[5]。苟中情其好修兮，何必用夫行媒？说操筑于傅岩兮[6]，武丁用而不疑[7]。吕望之鼓刀兮[8]，遭周文而得举。甯戚之讴歌兮[9]，齐桓闻以该辅。及年岁之未晏兮，时亦犹其未央。恐鹈鴂之先鸣兮[10]，使夫百草为之不芳。”

【注释】

〔1〕巫咸：传说中的神巫，名咸。

〔2〕椒：香椒，用以降神。　糈（xǔ）：精米，用以享神。　要：通“邀”，迎接。

〔3〕九疑：指九嶷山众神。

〔4〕矩矱（huò）：喻法度。矩，量方形的工具。矱，量长度的工具。

〔5〕挚：伊尹名，商汤贤臣，助汤灭夏。　皋繇：即皋陶，禹时贤臣。

〔6〕说（yuè）：即傅说，本为傅岩地方筑墙之奴隶，商王武丁举以为相。

〔7〕武丁：殷高宗名。

〔8〕吕望：即太公姜尚，又称吕尚、太公望。姜尚未遇文王时曾屠宰于朝歌。

〔9〕甯戚：春秋时卫国人，经商于齐，曾敲着牛角唱歌。齐桓公听后，用他为卿。

〔10〕鹈鴂（tí jué）：鸟名，即鶗鴂，又名杜鹃、子规、伯劳，五月则鸣，鸣时众芳皆歇，俗以为贼害之鸟。

【译文】

想听从灵氛良好的占卦啊，但内心犹豫而怀疑。听说巫咸将在黄昏降临啊，我抱着香椒精米而前往邀请。众神蔽空而齐降啊，九嶷山神纷纷然齐出欢迎。百神灵光闪闪地显扬神的光灵啊，巫咸以吉祥的典故告诉我。他说：“你应该努力升降而上天下地啊，去寻求政治法度上的同行。商汤夏禹严肃地寻求贤臣的配合啊，伊尹皋陶都能配合圣君。如果内心诚实而又美好善良啊，又何必要那媒人介绍。傅说在傅岩筑墙啊，武丁重用他而毫不犹豫。吕望的击刀行屠啊，遇到周文王而得到提举。甯戚喂牛时大声唱歌啊，齐桓公听到后用他备为辅佐。趁年龄还不晚啊，时光也还没有过完。只怕伯劳鸟过早鸣叫啊，使那百草因而不再芳香。”

何琼佩之偃蹇兮，众薆然而蔽之[1]。惟此党人之不亮兮，恐嫉妒而折之。时缤纷其变易兮，又何可以淹留。兰芷变而不芳兮，荃蕙化而为茅。何昔日之芳草兮，今直为此萧艾也？岂其有他故兮，莫好修之害也。余以兰为可恃兮[2]，羌无实而容长。委厥美以从俗兮，苟得引乎众芳。椒专佞以慢谄兮[3]，榝又欲充其佩帏[4]。既干进而务入兮，又何芳之能祗？固时俗之从流兮，又孰能无变化？览椒兰其若兹兮，又况揭车与江离。惟兹佩之可贵兮，委厥美而历兹。芳菲菲而难亏兮，芬至今犹未沬[5]。和调度以自娱兮，聊浮游而求女。及余饰之方壮兮，周流观乎上下。

【注释】

〔1〕薆然：隐蔽，遮掩。

〔2〕兰：兰草。暗指怀王弟司马子兰。

〔3〕椒：花椒。暗指楚大夫子椒。

〔4〕榝（shā）：恶草名。

〔5〕未沬：未已。

【译文】

为什么我的玉佩这样繁盛啊，众人遮盖严实都想掩蔽它。惟有这帮小人不诚信啊，恐怕是出于嫉妒而要摧折它。时世纷乱而又变化无常啊，我又怎么能够在这里久居！兰芷已经变质而不香了啊，荃蕙也化而成为茅莠。为什么从前的芳草啊，如今简直都变成了萧艾？难道有什么别的原故啊，无非是没有人喜爱修饰的害处罢了。

我本以为兰草是可以依靠啊，谁知它并无诚信的本质而只是外表的虚长。抛弃那种美德而去追随世俗啊，只是苟且侥幸地能侧身于众芳。香椒变得专横奸巧而又傲慢啊，榝木也想硬塞在那香袋里。既力求钻营而务得进入啊，又还有什么芳香能够振起？本来世俗之人都随波逐流啊，又谁能没有动摇变化？看到香椒兰草还是这样啊，更何况揭车和江离。独有我这环佩真可贵啊，被人抛弃它的美德而直至如今。芳香浓郁而不易消退啊，香气至今尚未消散。我和谐调度而自我娱乐啊，暂且飘游远处而寻求美女。趁我的服饰正当盛美啊，我要周游不息而观察于天上地下。

灵氛既告余以吉占兮，历吉日乎吾将行。折琼枝以为羞兮，精琼爢以为粻〔1〕。为余驾飞龙兮，杂瑶象以为车。何离心之可同兮？吾将远逝以自疏。邅吾道夫昆仑兮，路修远以周流。扬云霓之晻蔼兮，鸣玉鸾之啾啾。朝发轫于天津兮〔2〕，夕余至乎西极。凤皇翼其乘旂兮，高翱翔之翼翼。忽吾行此流沙兮〔3〕，遵赤水而容与〔4〕。麾蛟龙使梁津兮，诏西皇使涉予〔5〕。路修远以多艰兮，腾众车使径待〔6〕。路不周以左转兮〔7〕，指西海以为期〔8〕。屯余车其千乘兮，齐玉轪而并驰。驾八龙之婉婉兮，载云旗之委移。抑志而弭节兮，神高驰之邈邈。奏《九歌》而舞《韶》兮〔9〕，聊假日以媮乐〔10〕。陟升皇之赫戏兮，忽临睨夫旧乡。仆夫悲余马怀兮，蜷局顾而不行。

【注释】

〔1〕精：捣碎。　琼：玉。　爢：同“糜”，细屑。

〔2〕天津：天河渡口。

〔3〕流沙：神话中的沙漠。

〔4〕赤水：神话中水名，出自昆仑山。
〔5〕西皇：神话中西方之神。
〔6〕腾：传告。
〔7〕不周：神话中山名，即不周山，在昆仑西北。
〔8〕西海：神话中西方之海。
〔9〕《韶》：舜乐名。
〔10〕媮：同“愉”。

【译文】

灵氛已把吉卦告诉我啊，我选择了好日子准备上路。折下玉树枝用它作肉脯啊，捣碎美玉成为细末把它当作粮食。为我驾起飞龙啊，混合着美玉和象牙用它来作车上的装饰。怎么能使不同的心能够相处啊，我将远走而自求疏远。转道走我经过那昆仑山啊，道路漫长遥远而随处遨游。飞扬的云霓旗遮住了日光啊，车上的玉铃响起声音啾啾。清晨从天河的渡口出发啊，傍晚我就到达了西方的边际。凤皇展翅而连接着旌旗啊，高高地翱翔啊那样的严整。忽然我走到了这流沙地带啊，沿着赤水而从容不迫地行走。指挥蛟龙让它搭起桥梁啊，命令西皇让它渡我过河。路途又长又远而且多么艰难啊，传告众车让它们在路旁稍待。经过不周山而向左转啊，指定西海作为相会的地点。集合我的车有一千辆啊，并排着玉轮而共同奔驰向前。驾着八龙是那么婉转啊，插着云霓般的旗帜随风伸展。且抑制着心志缓缓而行啊，但心神驰骋想得又广又远。奏着《九歌》而舞起《九韶》啊，暂且借着大好时光而欢乐一番。等到太阳上升广大的天空是那样的光明啊，我忽然居高临下看见了我那故乡。随从的人悲伤起来我的马也有所怀念啊，大家都退缩回顾而不肯向前。

乱曰[1]：已矣哉！国无人莫我知兮，又何怀乎故都！既莫足与为美政兮，吾将从彭咸之所居！

【注释】

〔1〕乱：乐曲的尾声。乱，理也，乱辞往往为一篇之总结。

【译文】

尾声：算了吧！国中没有人了解我啊，我又何必思念故都！既然没有人能够共同推行理想的政治啊，我打算依照彭咸那样安排我的归宿。

九歌四首　屈平（屈原）

东皇太一

【题解】

《九歌》原为楚国湘沅一带的民间祭歌，经屈原整理。本篇写祭祀天之尊神东皇太一。东皇太一，楚人最为信仰的天之尊神。“太一”有至高无上的意思。

吉日兮辰良，穆将愉兮上皇〔1〕；抚长剑兮玉珥，璆锵鸣兮琳琅。瑶席兮玉瑱〔2〕，盍将把兮琼芳；蕙肴蒸兮兰藉〔3〕，奠桂酒兮椒浆。扬枹兮拊鼓，疏缓节兮安歌，陈竽瑟兮浩倡。灵偃蹇兮姣服〔4〕，芳菲菲兮满堂；五音纷兮繁会，君欣欣兮乐康。

【注释】

〔1〕将：连词，又，且。　上皇：天之尊神，即东皇太一。

〔2〕瑶：美玉。　瑱（zhèn）：同“镇”，压席之物。

〔3〕蒸：进献。　藉：衬垫。

〔4〕偃蹇：舞貌。

【译文】

吉祥的日子啊美好的时光，又恭敬又愉快啊我们来祭至高无上的东皇；手抚长剑啊宝玉镶满剑柄，丁当作响啊美玉佩在身上。精美的瑶席啊玉镇压在四角，摆放丛丛鲜花啊神座散发出芳香；献上蕙草包着的祭肉啊又用兰草作铺垫，又献上桂花酒啊还有花椒汤。高举鼓槌啊尽力地击鼓，节奏舒缓啊歌声多安详，吹竽鼓瑟啊大家放声唱。神巫翩翩起舞啊她的服装多鲜亮，芬芳馥郁啊香气满殿堂；五音齐鸣啊众乐交响，东皇欢欣啊快乐又安康。

云中君

【题解】

本篇写祭祀云神。云中君，云神，名丰隆。

浴兰汤兮沐芳，华采衣兮若英。灵连蜷兮既留〔1〕，烂昭昭兮未央。謇将憺兮寿宫〔2〕，与日月兮齐光。龙驾兮帝服，聊翱游兮周章〔3〕。灵皇皇兮既降〔4〕，猋远举兮云中〔5〕。览冀州兮有馀，横四海兮焉穷。思夫君兮太息，极劳心兮忡忡〔6〕。

【注释】

〔1〕连蜷：回环貌。

〔2〕謇：发语词。　憺（dàn）：安。

〔3〕聊：且。　周章：周游。

〔4〕皇皇：同“煌煌”，光明貌。

〔5〕猋（biāo）：极快。

〔6〕劳：忧愁，愁苦。　忡忡：心忧貌。

【译文】

用兰汤沐浴啊满身香，穿上鲜艳衣裳啊好像花一样。云神婉曲舒卷啊已经布满天空，鲜明灿烂啊正在闪耀无尽的光芒。你将安处啊在那永恒的殿堂，与日月啊一样地闪光。你乘驾龙车啊穿着天帝的服装，在天上翱翔啊周游四方。云神灵光闪闪啊已从天而降，忽然又高举啊直入云中。你高瞻远瞩啊饱览九州之外，纵横四海啊真是无尽无穷。思念神君你啊令人叹息，心中无比愁苦啊令人忧心忡忡。

湘　君

【题解】

本篇写湘夫人对湘君的思念和追求。湘君，湘水之神。

君不行兮夷犹〔1〕，蹇谁留兮中洲？美要眇兮宜修〔2〕，沛吾乘兮桂舟〔3〕。令沅湘兮无波，使江水兮安流！望夫君兮未来，吹参差兮谁思〔4〕？驾飞龙兮北征，邅吾道兮洞庭〔5〕。薜荔柏兮蕙绸〔6〕，荪桡兮兰旌〔7〕。望涔阳兮极浦，横大江兮扬灵。扬灵兮未极，女婵媛兮为余太息〔8〕。横流涕兮潺湲〔9〕，隐思君兮陫侧〔10〕。桂櫂兮兰枻〔11〕，斫冰兮积雪。采薜荔兮水中，搴芙蓉兮木末。心不同兮媒劳，恩不甚兮轻绝。石濑兮浅浅〔12〕，飞龙兮翩翩。交不忠兮怨长，期不信兮告余以不闲。朝骋骛兮江皋〔13〕，夕弭节兮北渚〔14〕。鸟次兮屋上，水周兮堂下。捐余玦兮江中，遗余佩兮澧浦〔15〕。采芳洲兮杜若，将以遗兮下女。

时不可兮再得，聊逍遥兮容与。

【注释】

〔1〕夷犹：犹豫。

〔2〕要眇（miǎo）：美好貌。

〔3〕沛：船行迅速貌。

〔4〕参差：错落不齐貌，此指排箫，相传为舜所造。

〔5〕邅（zhān）：曲折转弯。

〔6〕薜荔：香草名，蔓生。　柏：通“箔”，帘子。　蕙：香草名。绸：同“帱”，帷帐。

〔7〕荪：香草名，即石菖蒲。荪，一作荃。　桡：短桨。　旌：旗杆顶上的饰物。

〔8〕婵媛：关心多情貌。

〔9〕潺湲（chán yuán）：缓慢流动貌。

〔10〕陫侧：即“悱恻”，内心悲痛貌。

〔11〕櫂（zhào）：同“棹”，长桨。　枻（yì）：舵。

〔12〕浅浅：水流湍急貌。

〔13〕骋骛：急走。

〔14〕弭节：停鞭止息。

〔15〕澧：澧水，在湖南，流入洞庭湖。

【译文】

湘君没有来啊他在迟疑不决，为谁留下啊在那沙洲之中？我容貌美丽啊又经过恰当的修饰，飞快地走我乘上啊那桂木船。让沅水湘水啊不起波澜，叫江水啊安静地流！盼望着那湘君啊还没到来，我吹起排箫啊把谁思念？驾起飞龙船啊向北行，曲曲折折地我途经那洞庭。薜荔作帘啊蕙草作帐，荪草为桨啊香兰为旌。北望涔阳啊在那遥远的水边，横渡大江啊快飞扬我的神灵。飞扬我的神灵啊可惜未能到达目的地，侍女多情啊为我叹息。眼泪横流啊似汩汩清流，暗暗思念你啊我内心多么悲伤！桂树作桨啊木兰作舵，斫开坚冰啊又积满了冰雪。竟似采薜荔啊在水中，又似摘荷花啊竟爬到树巅；两心不相同啊媒人白白地受累，恩爱不深啊容易断绝。沙石间的溪水啊轻快地流，疾驶的龙舟啊飞快地向前。相交不忠诚啊怨恨滋多，相约而不守信用啊告诉我说没有空闲。早上疾走啊在那江边，晚上休息啊在那北面的小洲。只见飞鸟栖息啊栖息在屋上，流水萦回啊在堂下。抛下我的玉玦啊在大江之中，留下我的佩玉啊在澧水边上。采摘芳香岛上啊那芳香的杜若，打算用来赠送给你的侍女。时光不能够啊再回来，姑且逍遥自适啊再徘徊停留。

湘夫人

【题解】

本篇写湘君对湘夫人的思念和追求。湘夫人，湘水之神。

帝子降兮北渚[1]，目眇眇兮愁予[2]。袅袅兮秋风[3]，洞庭波兮木叶下[4]。登白薠兮骋望[5]，与佳期兮夕张。鸟萃兮蘋中，罾何为兮木上[6]？沅有茝兮澧有兰，思公子兮未敢言[7]。慌忽兮远望，观流水兮潺湲。麋何为兮庭中？蛟何为兮水裔？朝驰余马兮江皋，夕济兮西澨。闻佳人兮召予，将腾驾兮偕逝。筑室兮水中，葺之兮以荷盖[8]。荪壁兮紫坛[9]，播芳椒兮成堂[10]。桂栋兮兰橑[11]，辛夷楣兮药房[12]。罔薜荔兮为帷[13]，擗蕙櫋兮既张[14]。白玉兮为镇，疏石兰以为芳。芷葺兮荷屋，缭之兮杜衡。合百草兮实庭，建芳馨兮庑门[15]。九嶷缤兮并迎，灵之来兮如云。捐余袂兮江中，遗余褋兮澧浦[16]。搴汀洲兮杜若，将以遗兮远者。时不可兮骤得，聊逍遥兮容与！

【注释】

〔1〕帝子：天帝之女，指湘夫人。

〔2〕眇眇：远望而不见貌。

〔3〕袅袅：微风吹拂貌。

〔4〕木叶：树叶。

〔5〕白薠：薠，一作“蘋”，均香草，秋生。　骋望：纵目远望。

〔6〕罾（zēng）：鱼网。

〔7〕公子：同“帝子”，指湘夫人。

〔8〕葺（qì）：覆盖房子。

〔9〕荃壁：用荃草装饰墙壁。

〔10〕播：布。　成：借作“盛”，充满。

〔11〕栋：屋梁。　橑（lǎo）：屋椽。

〔12〕辛夷：香草名。　楣：门上横梁。　药：香草名，即白芷。

〔13〕罔：同“网”。

〔14〕擗：剖开。　櫋（mián）：幔帐。

〔15〕庑（wǔ）：厢房，走廊。

〔16〕褋（dié）：汗衫，内衣。

【译文】

公主降临啊在北边沙洲上，放眼远望啊使我分外惆怅。轻轻吹拂啊吹起了秋风，洞庭湖上微波荡漾啊树叶纷纷飘落。我踩着白蘋啊向远处探望，与美人相约啊黄昏时把罗帐施张。鸟儿为何聚集啊在蘋草中？鱼网为何啊挂在树枝上？沅水有茝草啊澧水有兰，思念公主啊不敢明言。恍恍惚惚啊向远方观望，但见流水啊缓缓流去。麋鹿为什么寻食啊在庭院之中？蛟龙为什么啊竟来到浅水畔？早上让我的马儿快跑啊在江边上，晚上我渡水啊到了那西岸边。听见美人啊召唤我，我打算飞快地驾上车啊与你一同远去。让我们筑房屋啊在那江水之中，用香草盖房子啊用荷叶作房顶；用荃草装饰墙壁啊用紫贝砌庭院中的土坛，撒播香椒啊充满整个中堂；以桂树作栋梁啊以木兰作房椽，用辛夷作门啊用白芷装饰室旁的小房；编结薜荔啊作为幔帐，剖开蕙草作幔帐啊把它完全张设起来；洁白的玉石啊作为镇席，排列起石兰啊传播芳香；用白芷加盖啊在那荷叶的屋顶上，四周环绕它啊用芳香的杜衡。汇集各种香草啊摆满庭院，再建芳香啊在那走廊和门。九嶷山上众神纷至啊都来欢迎，神灵的到来啊多得像天上的云。抛下我的套袖啊在江水中，留下我的汗衫啊在澧水边。采摘小岛上啊那芬芳的杜若，打算用它送人啊送给远方的人。美好的时光不能够啊不能够轻易得到，姑且逍遥自适啊再徘徊停留。

（本卷译注：张葆全）

文选卷第三十三

骚下

九歌二首　屈平（屈原）

少司命

【题解】

本篇写祭掌管人间子嗣和儿童命运之神。司命，掌管生命之神。

秋兰兮蘪芜[1]，罗生兮堂下[2]。绿叶兮素华，芳菲菲兮袭予。夫人自有兮美子，荪何以兮愁苦[3]？秋兰兮青青，绿叶兮紫茎。满堂兮美人，忽独与余兮目成[4]。入不言兮出不辞，乘回风兮载云旗。悲莫悲兮生别离。乐莫乐兮新相知。荷衣兮蕙带，儵而来兮忽而逝。夕宿兮帝郊，君谁须兮云之际[5]？与汝游兮九河[6]，冲飙起兮水扬波。与汝沐兮咸池[7]，晞汝发兮阳之阿。望美人兮未来，临风怳兮浩歌。孔盖兮翠旍，登九天兮抚彗星[8]。竦长剑兮拥幼艾[9]，荃独宜兮为民正[10]。

【注释】

〔1〕蘪芜（mí wú）：即蘼芜，香草名。

〔2〕罗生：密密麻麻。

〔3〕荪：香草名，这里用作对少司命的尊称。

〔4〕目成：眉目传情，两心相悦。

〔5〕须：等待。

〔6〕九河：天河。

〔7〕咸池：神话传说中的天池，太阳沐浴之处。

〔8〕九天：指天最高处。　抚：持。　彗星：星名，又名孛星，俗称扫帚星。旧时以为彗星主扫除，用以扫除邪恶。

〔9〕竦（sǒng）：举、持。　幼艾：儿童，小孩。

〔10〕荃：香草，喻少司命。　正：主宰。

【译文】

秋天的兰花啊秋天的蘼芜，密密麻麻啊在堂前繁茂生长。绿色的叶片啊雪白的花瓣，芬芳浓郁啊散发出袭人的清香。家家户户啊自有好儿女，你为何还要啊为他们忧伤？秋天的兰花啊开得正茂盛，碧绿的叶片啊长满在紫色的茎。满堂都坐满啊坐满了美男子，你却忽然只对我啊对我眉目传情。但你来时不说话啊去时也不道个别，就驾着旋风啊树起云旗乘云而去。悲痛啊最悲痛的就是活生生地相别离，快乐啊最快乐的就是美滋滋地新相知。穿着荷花衣裳啊用蕙草作衣带，忽然来到啊转眼又离开。晚上你投宿啊投宿在天国之郊外，你究竟在等待谁啊一直在云端徘徊。真想与你同游啊同游天河，看那狂风突起啊扬起巨浪洪波。真想与你同沐啊同沐在咸池，晒干你的秀发啊在旸谷的山阿。我盼望着美人到来啊但却盼不来，我临风惆怅啊只好引吭高歌。以孔雀毛为车盖啊树起翠羽旌，登上九天啊去扫除妖氛。一手高举长剑啊一手拥抱着幼儿，只有你才是啊才是民众的保护人。

山　鬼

【题解】

本篇是祭山中女神的祭歌，叙写她的美丽芳洁和对爱情的热烈追求。山鬼，山中女神。

若有人兮山之阿，被薜荔兮带女萝。既含睇兮又宜笑[1]，子慕予兮善窈窕。乘赤豹兮从文狸，辛夷车兮结桂旗[2]。被石兰兮带杜衡[3]，折芳馨兮遗所思。余处幽篁兮终不见天，路险难兮独后来。表独立兮山之上[4]，云容容兮而在下。杳冥冥兮羌昼晦，东风飘兮神灵雨。留灵修兮憺忘归[5]，岁既晏兮孰华予！采三秀兮於山间[6]，石磊磊兮葛蔓蔓。怨公子兮怅忘归，君思我兮不得闲。山中人兮芳杜若，饮石泉兮荫松柏。君思我兮然疑作[7]。雷填填兮雨冥冥，猿啾啾兮狖夜鸣。风飒飒兮木萧萧，思公子兮徒离忧。

【注释】

〔1〕含睇：含情而视。

〔2〕辛夷：香木名。

〔3〕石兰：香草名。　杜衡：即杜蘅，香草名。

〔4〕表：突出，独立。

〔5〕灵修：指山鬼所思念的人。　憺（dàn）：安然。

〔6〕三秀：灵芝，一年开花三次，故称。　於山：巫山。於，通“巫”。

〔7〕然：信。　疑：不信。

【译文】

仿佛有人啊在那深山凹，身披薜荔啊又用女萝来束腰。既会含情流盼啊又会甜美地笑，您爱慕我啊体态十分的苗条美好。我乘坐着红豹子拉的车啊后面跟随着花狸，辛夷木做的车上啊结扎着桂花枝做的旗。身披着石兰做成的衣服啊腰间系着杜衡草，采来香花啊送给我所思慕的相好。我住在深密的竹林里啊整日看不见天，道路危险艰难啊偏偏迟来。我孤零零地独自站着啊站在那山峰之上，云海波涛起伏啊就在我的脚下。深沉昏暗啊白天也是那样昏黑，东风吹拂啊神灵降下了雨。要留住恋人啊使其安乐而忘了归去，年岁已晚啊谁能使我永葆青春年华。采摘灵芝啊在巫山之间，乱石成堆啊葛藤蔓延。我怨恨公子您啊怅然忘归，您思念我啊不得空闲而来。我这山里的人啊芬芳得像杜若，饮山泉水啊在松柏树荫下。您是否思念我啊我半信半疑。雷声隆隆啊雨丝蒙蒙，猿声啾啾啊又在夜间哀鸣。风声飒飒啊落叶萧萧，思念公子您啊不过是徒然遭受烦恼。

九　章〔1〕　屈平（屈原）

涉　江

【题解】

《九章》是屈原在不同时期写的九篇作品，具体记述了一生中若干生活片段及思想感情。本篇叙述了屈原遭谗被流放江南时的行程和心情。

余幼好此奇服兮，年既老而不衰。带长铗之陆离兮，冠切云之崔巍。被明月兮佩宝璐。世溷浊而莫余知兮，吾方高驰而不顾。驾青虬兮骖白螭，吾与重华游兮瑶之圃〔2〕。登昆仑兮食玉英，与天地兮比寿，与日月兮齐光。哀南夷之莫吾知兮〔3〕，旦余济兮江湘。乘鄂渚而反顾兮〔4〕，欸秋冬之绪风〔5〕。步余马兮山皋，邸余车兮方林〔6〕。乘舲船余上沅兮，齐吴榜以击汰〔7〕。船容与而不进兮，淹回水而疑滞。朝发枉渚兮〔8〕，夕宿辰阳〔9〕。苟余心其端直兮，虽僻远之何伤！入溆浦余儃佪兮〔10〕。迷不知吾之所如。深林杳以冥冥兮，乃猿狖之所居[11]。山峻高以蔽日兮，下幽晦以多雨。霰雪纷其无垠兮，云霏霏而承宇[12]。哀吾生之无乐兮，幽独处乎山中。吾不能变心而从俗兮，固将愁苦而终穷。接舆髡首兮[13]，桑扈臝行[14]。忠不必用兮，贤不必以。伍子逢殃兮[15]，比干菹醢[16]。与前世而皆然兮[17]，吾又何怨乎今之人？余将董道而不豫兮[18]，固将重昏而终身！

【注释】

〔1〕九章：九章本九篇，此选《涉江》，叙屈原被流放江南的一段行程及忧郁心情。

〔2〕重华：舜的名字。

〔3〕南夷：本指南方少数民族，这里是对楚国统治集团的鄙称。

〔4〕鄂渚：地名，在今湖北武昌西。

〔5〕欸：叹气。　绪风：余风。

〔6〕邸：通“抵”，止，停。　方林：地名。

〔7〕吴榜：吴地制造的船桨。　汰（tài）：水波。

〔8〕枉渚：地名，在湖南常德南。

〔9〕辰阳：地名，故城在今湖南辰溪西。

〔10〕溆（xù）浦：溆水（在今湖南省）的沿岸。　儃（chán）佪：回旋，徘徊。

〔11〕狖：黑色长尾猿。

〔12〕宇：屋檐，一说，指天宇，天空。

〔13〕接舆：春秋末楚国狂人。　髡（kūn）首：剃发。古代的一种刑罚。传说接舆佯狂自髡其首，避世不仕。

〔14〕桑扈：古代隐士。　臝（luǒ）：同“裸”。裸体而行，是故意违抗世俗，这里用以表现穷困。

〔15〕伍子：春秋时楚人伍子胥，仕于吴，有功，但吴王不听其谏反逼他自杀。

〔16〕比干：殷末贤臣，被纣王处死并剖心。　菹醢（zū hǎi）：古代

一种酷刑，把人杀死并剁成肉酱。

〔17〕与：同“举”，全部。

〔18〕董：正。

【译文】

我年幼时候就喜爱那奇特的服装啊，年纪已老这种爱好仍不衰减。佩带着的长剑是那样的闪闪发光啊，头戴着的切云冠又是那样的高耸。披着明月珠啊佩带着美玉。世上是那样浑浊而没有人了解我啊，我正要高飞远走而不再回顾。我用青色的有角的龙驾车啊用白色的无角龙做骖马，我同虞舜同游啊在那玉树的园圃。登上昆仑山啊我吃那玉树花，我要同天地啊一样长寿，我要和日月啊放射一样的光芒。伤心的是那些南蛮之人没有谁了解我啊，清早我就要渡过长江和湘江。我登上鄂渚而回头眺望啊，可叹啊我面对着秋冬之后仍在劲吹的凛冽寒风。让我的马啊漫步在山边，让我的车啊停放在方林。乘坐有窗的船我上溯沅水啊，船夫们整齐地划着船桨而冲击着水波。船儿缓慢而不肯前进啊，停留在回旋的水流中而胶着不动。清晨从枉渚出发啊，傍晚留宿在辰阳。只要我的心地是这样地正直啊，即使放逐远方又有何妨！进入溆浦我徘徊不前啊，迷失了方向不知道我所要去的地方。密林深远而又阴暗啊，这就是猿猴所居住的地方。山岭高峻而遮蔽了太阳啊，山下幽深阴暗而又多云雨。雪珠纷纷扬扬地没有边际啊，云雾弥漫而连接着屋檐。可叹我一生那样的毫无乐趣啊，静寂孤独地居住在这深山之中。我不能改变本心而屈从流俗啊，当然就会忧愁痛苦而终身困穷！接舆佯狂而剃去头发啊，桑扈穷得裸体而行。忠诚的人不一定被任用啊，贤能的人也不一定会被任用。伍子胥遭到灾殃啊，比干被剁成肉酱。所有前代的情况都是这样啊，我又为什么对现今的人特别怨恨？我要坚持正道而毫不犹豫啊，当然也就会一再陷入黑暗境地而终此一身！

卜　居　屈平（屈原）

【题解】

本篇记叙屈原向太卜郑詹尹卜问处世的方法与态度。卜居，择地居住，此指卜问如何决定出处行止。

屈原既放〔1〕，三年不得复见，竭智尽忠，蔽障于谗。心烦意乱，不知所从，乃往见太卜郑詹尹〔2〕，曰："余有所疑，愿因先生决之。"詹尹乃端策拂龟〔3〕，曰："君将何以教之？"屈原曰："吾宁悃悃款款朴以忠乎〔4〕？将送往劳来斯无穷乎？宁诛锄草茅以力耕乎？将游大人以成名乎？宁正言不讳以危身乎？将从俗富贵以偷生乎？宁超然高举以保真乎？将哫訾栗斯喔咿嚅唲以事妇人乎〔5〕？宁廉洁正直以自清乎？将突梯滑稽如脂如韦以洁楹乎〔6〕？宁昂昂若千里之驹乎？将氾氾若水中之凫乎？与波上下，偷以全吾躯乎？宁与骐骥抗轭乎〔7〕？将随驽马之迹乎？宁与黄鹄比翼乎？将与鸡鹜争食乎？此孰吉孰凶？何去何从？世溷浊而不清，蝉翼为重，千钧为轻。黄钟毁弃，瓦釜雷鸣。谗人高张，贤士无名。吁嗟嘿嘿兮，谁知吾之廉贞？"詹尹乃释策而谢，曰："夫尺有所短，寸有所长，物有所不足，智有所不明，数有所不逮，神有所不通，用君之心，行君之意，龟策诚不能知此事。"

【注释】

〔1〕放：流放。

〔2〕太卜：官名，掌管卜筮之事。

〔3〕策：蓍草，古时用来卜筮算卦。　龟：龟板，古时灼龟观兆以推

测凶吉。

〔4〕悃（kǔn）悃款款：诚实恳切貌。

〔5〕哫訾（zú zǐ）：阿谀奉承貌。　慄斯：小心畏惧貌。　喔咿嚅唲：强作欢颜讨人欢心貌。　妇人：指楚怀王的宠妃郑袖。

〔6〕突梯：圆滑貌。　滑稽：这里指巧言迎合别人。　如脂如韦：如油脂般光滑，如牛皮般柔软，喻人处世圆滑没有骨气。韦，柔软的皮。　洁楹：测量屋柱，顺圆而转，喻态度圆滑。

〔7〕轭（è）：驾车时扼住牲口的横木。

【译文】

屈原遭到放逐，已经三年不能再见到楚王。他为国为君竭尽了才智和忠诚，但却被谗言所阻。他心烦意乱，不知如何是好，便去见太卜郑詹尹，说："我有所疑惑，希望凭借先生的占卜替我作出决断。"郑詹尹便摆正蓍草拂拭龟板，说："请问您有什么见教?"屈原说："我应该诚诚恳恳朴实忠厚呢，还是送往迎来谀人媚世终其一生？应该锄尽杂草努力耕种呢？还是游说诸侯以追名逐利？应该正言直谏不顾个人安危呢，还是贪图富贵苟且偷生？应该远走高飞保全真性呢，还是阿谀奉承奴颜婢膝取悦妇人？应该廉洁正直洁身自好呢，还是处世圆滑油腔滑调谄媚于人？应该昂首挺胸像骏马一般驰骋千里呢，还是像水鸭浮游不定随波逐流苟且全身？应该与骏马并驾齐驱，还是跟随劣马亦步亦趋？应该与天鹅长空比翼，还是与鸡鸭争食斗气？这到底什么算是吉什么算是凶，我又当何去何从？世道真是浑浊不清，竟把秋蝉之翅说成重，把千钧之物说成轻。高雅的青铜编钟被销毁废弃，而陶锅竟当成乐器声如雷鸣。进谗言的小人嚣张跋扈，贤能之士竟默默无闻。啊啊我不再说什么了，谁了解我的廉洁坚贞?"詹尹于是放下蓍草而致歉道："尺量长物便嫌短，但寸量短物却觉长，万物都有不足之处，智者也有不明之理，术数也有预测不到的地方，神灵也有不通灵的时候。你就按你的心志和意愿去做吧，我的龟板蓍草确实不能破解这些疑惑。"

渔　父　屈平（屈原）

【题解】

本篇记叙屈原在江滨同渔父交谈时所表现的决不变心从俗的人生态度。

屈原既放，游于江潭，行吟泽畔，颜色憔悴，形容枯槁。渔父见而问之，曰："子非三闾大夫欤[1]？何故至于斯？"屈原曰："世人皆浊我独清，众人皆醉我独醒，是以见放。"渔父曰："圣人不凝滞于物，而能与世推移。世皆浊，何不淈其泥而扬其波[2]？众人皆醉，何不餔其糟而歠其醨[3]？何故深思高举，自令放为？"屈原曰："吾闻之，新沐者必弹冠，新浴者必振衣，安能以身之察察[4]，受物之汶汶者乎[5]！宁赴湘流，葬于江鱼腹中，安能以皓皓之白，蒙世俗之尘埃乎！"渔父莞尔而笑[6]，鼓枻而去[7]。乃歌曰："沧浪之水清兮[8]，可以濯我缨[9]，沧浪之水浊兮，可以濯我足。"遂去，不复与言。

【注释】

〔1〕三闾大夫：楚国官职名，掌管楚国王族屈、景、昭三姓事务，管教三姓子弟。

〔2〕淈（gǔ）：搅浑。

〔3〕餔（bū）：食。　歠（chuò）：饮。　醨（lí）：味淡的酒。

〔4〕察察：清洁貌。

〔5〕汶汶（mén）：本指昏暗不明貌，此指污垢。

〔6〕莞尔：微笑貌。

〔7〕枻（yì）：舵。

〔8〕沧浪：水名。汉水支流。

〔9〕缨：帽带。

【译文】

屈原遭到放逐以后，在江边游荡，他在水边一边漫步一边吟唱，脸色憔悴，体形枯瘦。渔翁看到他便问他道："您不是三闾大夫吗？为什么会落到这个地步？"屈原回答道："全社会都混浊只有我干净，人人都醉醺醺只有我清醒，所以被放逐。"渔翁说："圣人不拘泥于任何事物，并能够随着世道的变化而变化。如果世上之人都混浊，你何不也把泥水搅混让泥浆飞溅？如果世上之人都喝醉，你何不也吃点酒糟喝点薄酒？你为什么要满怀忧思高风亮节，自作自受而遭到放逐？"屈原说："我听说，刚洗过头要弹弹帽子，刚洗过澡要抖抖衣衫。怎能让自己干净的身体，去沾染外物之污浊？我宁愿跳进湘水，葬身于江中鱼腹，怎能让自己的纯洁清白之身，去蒙受世俗的尘垢呢？"渔翁微笑着，一面敲着船舵离开，一面唱道："沧浪江的水清又清啊，可以洗一洗我的帽缨。沧浪的水浊又浊啊，可以洗一洗我的脚。"于是离去，不再和屈原交谈。

九辩五首　宋玉

【题解】

本篇主要抒发"贫士失职而志不平"的悲叹。九辩，古乐章名。九，表示多数，非实指，意思是由多首乐章组成的乐曲。《九辩》是宋玉仿屈原《离骚》并借悯惜屈原而自抒胸臆的长篇抒情诗。《文选》选其前五首。

悲哉秋之为气也！萧瑟兮草木摇落而变衰。憭栗兮若在远行〔1〕，登山临水兮送将归。泬寥兮天高而气清〔2〕，寂漻兮收潦而水清[3]。憯凄增欷兮薄寒之中人，怆怳懭悢兮去故而就新[4]。坎廪兮贫士失职而志不平[5]。廓落兮羁旅而无友生。惆怅兮而私自怜。燕翩翩其辞归兮，蝉寂寞而无声。雁廱廱而南游兮，鹍鸡啁哳而悲鸣[6]。独申旦而不寐兮，哀蟋蟀之宵征。时亹亹而过中兮[7]，蹇淹留而无成[8]。

【注释】

〔1〕憭栗（liáo lì）：凄凉。

〔2〕泬（xuè）寥：空旷貌。

〔3〕寂漻（liáo）：平静貌。

〔4〕怆怳：悲伤貌。　懭悢（kuàng lǎng）：失意貌。

〔5〕坎廪（lǐn）：坎坷不平，遭受挫折。

〔6〕啁哳（zhāo zhā）：声音细碎而急促。

〔7〕亹亹（wěi）：行进貌。

〔8〕蹇：发语词。　淹：停滞。

【译文】

悲哀啊秋天所形成的气候啊！一片萧瑟声啊草木经寒风摇落而凋零。心情凄凉啊好像在远行他乡作客，又好像登山临水啊送将回家的友人。长空无际啊天又高来气又清，溪流平静啊消退了积水而又碧波粼粼。悲痛哀叹啊轻微的寒气阵阵袭人，伤心不得志啊离开故地又要前往陌生的地方。遭逢挫折啊贫士失去职位而内心愤愤不平，空虚孤独啊寄居异地而没有知音，痛苦怅惘啊而私下自我怜悯。燕子轻快地辞别归去啊，知了沉默而不作声。大雁廱廱地叫着而向南飞去啊，鹍鸡噪杂地哀鸣。我独自到天亮而仍未入睡啊，哀愁于蟋蟀夜间跳动而发出的声音。时光匆匆过去而过了中年啊，久留在外而一无所成。

悲忧穷蹙兮独处廓[1]，有美一人兮心不绎[2]。去乡离家兮来远客，超逍遥兮今焉薄？专思君兮不可化，君不知兮可奈何！蓄怨兮积思，心烦憺兮忘食事[3]。愿一见兮道余意，君之心兮与余异。车驾兮朅而归[4]，不得见兮心悲。倚结軨兮太息[5]，涕潺湲兮沾轼。慷慨绝兮不得，中瞀乱兮迷惑[6]。私自怜兮何极？心怦怦兮谅直。

【注释】

〔1〕蹙：迫促，紧迫。

〔2〕有美一人：有美德之人，作者自指。　绎：通“怿”，愉悦。

〔3〕烦憺（dàn）：烦闷，忧愁。

〔4〕朅（qiè）：离去。

〔5〕结軨（líng）：车栏。

〔6〕瞀（mào）：烦乱貌。

【译文】

悲愁穷困啊孤独地处于空虚的境地，有美德的这个人啊心中不欢愉。离乡背井啊来远方作客，无边无际地漂泊啊如今在哪里止息？专心一意地思念君王啊不可改变，但君王不理解啊可又怎么办！满怀怨恨啊重重的心思，心中烦闷忧愁啊废寝忘食。希望见一面啊表达我的心意，但君王的心啊与我相异。车已驾好啊离去而又回来，不能见到君王啊我内心伤悲，靠在车厢上啊我长声叹息，泪水滚滚下落啊沾湿了车前的横木。愤激不平地要和他断绝啊而又不可能，内心烦乱啊神志昏迷。私自怜悯啊哪里有尽头？心里怦怦直跳啊我对他一片的忠诚正直。

皇天平分四时兮，窃独悲此凛秋。白露既下降百草兮，奄离披此梧楸[1]。去白日之昭昭兮，袭长夜之悠悠。

离芳蔼之方壮兮，余委约而悲愁[2]。秋既先戒以白露兮，冬又申之以严霜。收恢炱之孟夏兮[3]，然坎傺而沉藏[4]。叶菸邑而无色兮[5]，枝烦挐而交横[6]。颜淫溢而将罢兮[7]，柯仿佛而委黄[8]。萷櫹椮之可哀兮[9]，形销铄而瘀伤。惟其纷糅而将落兮，恨其失时而无当。览騑辔而下节兮，聊逍遥以相羊[10]。岁忽忽而遒尽兮，恐余寿之弗将[11]。悼余生之不时兮，逢此世之俇攘[12]，澹容与而独倚兮[13]，蟋蟀鸣此西堂。心怵惕而震荡兮，何所忧之多方！仰明月而太息兮，步列星而极明。

【注释】

〔1〕离披：分散貌。　梧楸：梧桐与楸树，均为早落叶之树木。

〔2〕委约：衰萎穷困。

〔3〕恢炱：繁盛貌。

〔4〕坎傺（chì）：停止。　沉藏：消失。

〔5〕菸邑：伤坏。

〔6〕烦挐（rú）：纷乱。

〔7〕淫溢：过甚。　罢：同“疲”，疲敝，憔悴。

〔8〕仿佛：此指色不鲜明。

〔9〕萷（xiāo）：树叶落尽，只剩下枝干。　櫹椮（xiāo sēn）：枝条高耸。

〔10〕相羊：同“徜徉”，即徘徊游荡之意。

〔11〕将：久长。

〔12〕俇（kuāng）攘：纷乱貌。

〔13〕澹：淡泊。　容与：闲散貌。

【译文】

皇天把一年分为四季啊，我却独自含悲面对着这寒冷的秋日。白露已落在百草上啊，早早就落叶飘零的是那梧桐和楸树。远离了那夏日明亮的阳光啊，继之而来的是秋夜的漫长。百花盛开时节已逝去啊，面对着枯木衰草令我悲愁忧伤。预告秋已到来的是白露下降啊，随之而来的冬日将是满地严霜。盛夏繁景全收敛啊，那旺盛生机全都停止而深藏。叶子枯萎而暗淡失色啊，枝条纷乱交错纵横。青绿褪尽而憔悴凋零啊，枝干颜色黯淡而又枯黄。枝头光秃突兀令人悲哀啊，它形残身颓而又遍体鳞伤。想到那百草千树纷纷零落啊，恨我也同样失去时机未遇圣王。我牵着缰绳而放下马鞭啊，姑且缓缓徘徊游荡。岁月匆匆逝去而年岁已近尽头啊，恐怕我的生命已不久长。叹息我生不逢时啊，遭遇这时事一片纷乱荒唐。我闲散独居只求淡泊啊，且听蟋蟀鸣叫在西堂。我心怀恐惧而惶惶不安啊，为何诸多思绪令我满怀愁肠。仰望明月而长叹息啊，在群星下徘徊直到天亮。

窃悲夫蕙华之曾敷兮，纷旖旎乎都房〔1〕。何曾华之无实兮〔2〕，从风雨而飞扬。以为君独服此蕙兮，羌无以异于众芳。闵奇思之不通兮〔3〕，将去君而高翔。心闵怜之惨凄兮，愿一见而有明。重无怨而生离兮，中结轸而增伤〔4〕。岂不郁陶而思君兮〔5〕，君之门以九重。猛犬狺狺而迎吠兮〔6〕，关梁闭而不通。皇天淫溢而秋霖兮，后土何时而得干？块独守此无泽兮〔7〕，仰浮云而永叹。

【注释】

〔1〕旖旎（yǐ nǐ）：茂盛貌。　都房：华屋。

〔2〕曾华：累累的花朵。曾，通“层”。

〔3〕闵：通“悯”，悯惜，伤心。　奇思：奇策。

〔4〕结轸：忧思盘绕于心。

〔5〕郁陶：忧思郁结。

〔6〕狺狺（yín）：狗吠声。

〔7〕块：块然，孤独貌。　无：通“芜”，荒芜。

【译文】

我悲叹那蕙花曾经开放啊，它枝叶茂盛安放在华厅上。为什么丛丛花朵而没有结出果实啊，花瓣随着风雨而到处飘扬。我以为君王只是钟爱佩带这蕙花啊，谁知君王把它看作同众花一个样。可怜我的奇策通达不到君王啊，我将离开君王高高飞翔。心中无限悲悯而倍感凄凉啊，愿见君王一面以倾诉衷肠。并无深仇宿怨而致生别离啊，心中忧思郁结更加悲伤。哪有思念君王而不忧思郁结啊，只是君王之宫门有九重。守门猛犬迎上前来汪汪叫得凶啊，宫门紧闭桥梁阻塞不可通。老天秋雨下个不停啊，大地何时才得干？孤独守在荒芜沼泽畔啊，我只能仰望浮云蔽日而长叹。

何时俗之工巧兮，背绳墨而改错[1]！却骐骥而不乘兮，策驽骀而取路。当世岂无骐骥兮？诚莫之能善御。见执辔者非其人兮，故驹跳而远去。凫雁皆唼夫粱藻兮[2]，凤愈飘翔而高举。圜凿而方枘兮[3]，吾固知其鉏铻而难入[4]。众鸟皆有所登栖兮，凤独遑遑而无所集。愿衔枚而无言兮[5]，常被君之渥洽。太公九十乃显荣兮[6]，诚未遇其匹合。谓骐骥兮安归？谓凤皇兮安栖？变古易俗兮世衰，今之相者兮举肥。骐骥伏匿而不见兮，凤皇高飞而不下。鸟兽犹知怀德兮，何云贤士之不处？骥不骤进而求服兮，凤亦不贪喂而妄食。君弃远而不察兮，虽愿忠其焉得？欲寂寞而绝端兮，窃不敢忘初之厚德。独悲愁其伤人兮，冯郁郁其何极[7]！

【注释】

〔1〕绳墨：木匠用以画直线的工具，这里喻规矩法度。　错：同“措”。

〔2〕唼（shà）：鱼鸟吞食貌。　粱：高粱。　藻：藻草。

〔3〕圜凿：圆的凿孔。　方枘（ruì）：方的榫头。

〔4〕鉏铻（jǔ yǔ）：同“龃龉”，矛盾，抵触，彼此不合。

〔5〕枚：小木棒，像筷子，古时行军时士兵衔于口中，以防出声。

〔6〕太公：指姜太公姜尚。

〔7〕冯：通“凭”，愤懑。

【译文】

为什么时俗总是崇尚于诈伪取巧啊，背离了规矩法度而恣意妄为！放着骏马而不骑啊，却赶着劣马去上路。当今世上难道没有骏马吗？实在是没有人善于驾驭。它看驭手不适当啊，连蹦带跳远远逃开去。野鸭大雁都低头争啄高粱和藻草啊，唯独凤凰昂首飘然而高举。圆的凿孔要配上方榫头啊，我早就知道这是格格不入难以插进去。群鸟都飞上高处筑巢栖身啊，唯独凤凰心怀不安无处止息。情愿遇事缄口而不言语啊，但曾受君恩这样做也很不容易。姜太公九十岁时方荣显啊，如今圣主贤臣的确尚未相遇。请问那骏马啊何处可归宿？请问那凤凰啊哪里把身栖？改变了古风习俗啊如今世道衰，现今相马的人啊只选肥马匹。骏马只好潜藏而不露啊，凤凰也只好高飞而不下地。鸟兽尚知感恩戴德啊，怎怪贤人不出仕？骏马不急于求人来驱使啊，凤凰也不贪喂养也不乱吃。君王远弃贤才还不自知反省啊，虽愿效忠于你怎能遂意？想沉默下去而断绝思念啊，可是昔日深恩厚德又不敢忘记。独自悲愁真是损伤身体啊，愤懑郁结直至何日才会终止！

招　魂　宋玉

【题解】

招魂有招死者之魂与招生者之魂二义，王逸认为是后者，“欲以复其精神，延其年寿”。本篇记述巫阳招屈原之魂，反映了楚人盼望屈原返回朝廷之深情。关于本篇作者和作意，历来众说纷纭，主要说法有四：宋玉招屈原之魂；屈原自招；屈原招怀王生前之魂；屈原招怀王死后之魂。

朕幼清以廉洁兮，身服义而未沬[1]。主此盛德兮，牵于俗而芜秽。上无所考此盛德兮[2]，长离殃而愁苦[3]。帝告巫阳曰[4]："有人在下，我欲辅之。魂魄离散，汝筮予之[5]！"巫阳对曰："掌梦[6]！上帝其命难从！若必筮予之，恐后之谢[7]，不能复用。"

【注释】

〔1〕沬：已，止。

〔2〕上：指楚王。　考：察。

〔3〕离：同"罹"，遭受。

〔4〕帝：上帝。　巫阳：神话中的巫神，名阳。

〔5〕筮（shì）：用蓍草占卜。　予之：把魂魄招来还给他。

〔6〕掌梦：天上官职名，负责占卦。

〔7〕谢：衰萎，指身体毁坏。

【译文】

我自幼就清白廉洁啊，亲身践行仁义从未停止。始终保持这些美德啊，但被世俗连累身受污秽。君王不能体察我的这些美德啊，我长期遭殃而忧愁痛苦。上帝对巫阳说："有这样一个人在下界，我要帮助他保佑他。可是他的魂魄已经离开身躯而消散，你快占个卦把魂魄还给他。"巫阳回答说："那是掌梦官的事！上帝啊你的命令恐难服从！如果一定要占卦给他招魂，也怕时机已过身躯已经毁坏，招回了魂也不能再用。"

乃下招曰：魂兮来归！去君之恒干，何为兮四方些[1]？舍君之乐处，而离彼不祥些。魂兮归来！东方不可以托些。长人千仞，唯魂是索些。十日代出，流金铄石些。彼皆习之，魂往必释些[2]。归来归来！不可以托些。魂兮归来！南方不可以止些。雕题黑齿[3]，得人肉而祀，以其骨为醢些[4]。蝮蛇蓁蓁[5]，封狐千里些。雄虺九首[6]，往来倏忽，吞人以益其心些。归来归来！不可久淫些。魂兮归来！西方之害，流沙千里些。旋入雷渊[7]，爢散而不可止些。幸而得脱，其外旷宇些。赤蚁若象，玄蜂若壶些[8]。五谷不生，丛菅是食些。其土烂人，求水无所得些。彷徉无所倚[9]，广大无所极些。归来归来！恐自遗贼些。

【注释】

〔1〕些（suò）：句尾语助词。楚方言，义同于“兮”。

〔2〕释：消散，溶解。

〔3〕雕题：犹刺额。属文身的一种，是古代南方百越民族的风俗。题，额。

〔4〕醢（hǎi）：肉酱。此指将骨头剁成粉。

〔5〕蓁蓁（zhēn）：积聚貌。

〔6〕虺（huǐ）：毒蛇。

〔7〕雷渊：神话中的深渊。

〔8〕壶：通“瓠”，葫芦。

〔9〕彷徉：徘徊，犹疑不定。

【译文】

巫阳于是降临下界招魂道：魂魄啊回来吧！你离开了常驻的躯体，为什么要流散四方呢？你抛弃了安乐的居处，而去遭受那不吉的灾祸。魂魄啊回来吧！东方可不是安身的地方啊。那里的巨人身高千仞，一心想吞噬人的魂魄。那里的十个太阳轮流升起，石头和金属都被晒得消融流淌。那里的巨人对此习以为常，如果魂魄去了定会消融。回来吧！那里可不是安身的地方。魂魄啊回来吧，南方也不能够停留。那些额头刺纹牙齿染黑的野人，用人肉来祭神，还要把骨头剁成浆。那里的毒蛇盘缠集聚，巨狐也遍布千里啊。那里有九个头的大毒蛇，穿梭似的东窜西往，专门吞食活人来满足它们的欲望。回来吧！那里不可以久留啊。魂魄啊回来吧！西方有更多的灾害，流沙一望千里啊。把人卷进深渊，粉身碎骨也不能逃脱。即使有幸得以逃出，外面荒凉空旷更是可怕啊。那里红蚁如同巨象，黑蜂大得如同葫芦瓜。五谷不能生长，那丛丛茅草便是食粮。那里的泥土使人皮枯肉烂，找水也无处可得。在那里四处徘徊无所依靠，四周广大真是没有边际啊。回来吧！恐怕你要自遭祸灾啊。

魂兮归来！北方不可以止些。增冰峨峨〔1〕，飞雪千里些。归来归来！不可以久些。魂兮归来！君无上天些。虎豹九关，啄害下人些。一夫九首，拔木九千些。豺狼从目〔2〕，往来侁侁些。悬人以嬉，投之深渊些。致命于帝，然后得瞑些。归来归来！往恐危身些。魂兮归来！君无下此幽都些。土伯九约〔3〕，其角觺觺些〔4〕。敦脄血拇〔5〕，逐人駓駓些〔6〕。参目虎首〔7〕，其身若牛些。此皆甘人，归来归来！恐自遗灾些。

【注释】

〔1〕增：通“层”。

〔2〕从目：睁大眼睛。从，同“纵”。

〔3〕土伯：幽都君主。　九约：九曲。

〔4〕觺（yí）觺：尖利貌。

〔5〕敦：厚。　脄（méi）：脊侧之肉。

〔6〕駓駓（pī）：疾走貌。

〔7〕参：同“三”。

【译文】

魂魄啊回来吧！北方也不能停留啊。那里层层坚冰堆积如山，真是飞雪千里啊。回来吧！那里不能久居啊。魂魄啊回来吧！你也别往天上走啊。虎豹把守着九重天门，他们会咬死下界的活人。那里有个怪人长着九个脑袋，一天能够拔起大树九千棵啊。豺狼瞪大着眼睛，成群地跑来跑去啊。把人吊起来取乐，然后把人投入深渊啊。只好把命交给上帝，然后死了两眼才得紧闭啊。回来吧，去了恐怕会危害自己的身躯啊。魂魄啊回来吧！你千万不要下到阴曹地府啊。地下魔王身体弯弯曲曲，双角锐利难当啊。它们背肉鼓起满爪鲜血，飞快地奔跑把人来追逐啊。它们长着老虎的脑袋和三只眼，身体像牛一样粗壮啊。都把人当作美味来品尝，回来吧！恐怕你要自遭祸灾啊。

魂兮归来！入修门些。工祝招君[1]，背行先些。秦篝齐缕[2]，郑绵络些[3]。招具该备，永啸呼些。魂兮归来！反故居些。天地四方，多贼奸些。像设君室[4]，静闲安些。高堂邃宇，槛层轩些[5]。层台累榭，临高山些。网户朱缀[6]，刻方连些。冬有突夏[7]，夏室寒些。川谷径复，流潺湲些。光风转蕙，泛崇兰些。经堂入奥，朱尘筵些[8]。砥室翠翘[9]，絓曲琼些[10]。翡翠珠被，烂齐光些。蒻阿拂壁[11]，罗帱张些。纂组绮缟[12]，结琦璜些[13]。室中之观，多珍怪些。兰膏明烛，华容备些。二八侍宿[14]，射递代些[15]。九侯淑女，多迅众些[16]。盛鬋不同制[17]，实满宫些。容态好比，顺弥代些[18]。弱颜固植，謇其有意些[19]。姱容修态，絙洞房些[20]。娥眉曼睩[21]，目腾光些。靡颜腻理[22]，遗视矊些[23]。离榭修幕，侍君之闲些。翡帷翠帱，饰高堂些。红壁沙版[24]，玄玉之梁些。仰观刻桷[25]，画龙蛇些。坐堂伏槛，临曲池些。芙蓉始发，杂芰荷些。紫茎屏风[26]，文缘波些[27]。文异豹饰，侍陂陀些[28]。轩辌既低[29]，步骑罗些。兰薄户树[30]，琼木篱些。魂兮归来！何远为些。

【注释】

〔1〕祝：男巫。

〔2〕篝（gōu）：竹笼。招魂时把被招者之衣物放入笼中，以招其魂魄。

〔3〕绵络：织物，用来覆盖竹笼。

〔4〕像：仿照。

〔5〕轩：有长廊的厅堂。

〔6〕网户：指门上镂空花格，如同网眼。

〔7〕突（yào）夏：结构深密，寒气难以进入的暖房。突，深密的意思。夏，同“厦”。

〔8〕尘筵：顶棚，即天花板。

〔9〕翠：翡翠。　翘：鸟尾羽毛。这里指鸟羽做的拂尘用具。

〔10〕曲琼：玉钩。

〔11〕蒻：同“弱”，纤弱柔软的意思。　阿：缯。

〔12〕纂组绮缟：指各色丝带。纂组，赤色绶带。

〔13〕琦：美玉。　璜：半圆形的玉器。

〔14〕二八：两列。古代宫中女乐或值宿以八人为一列。

〔15〕射：厌倦。　递代：轮换。

〔16〕迅众：犹言超群，出众。

〔17〕鬋（jiǎn）：剪发。　制：样式。

〔18〕顺：同“洵”，真正。　弥代：绝代。

〔19〕謇（jiǎn）：寡言貌。

〔20〕絙（gèn）：往来不绝。

〔21〕曼：柔美。　睩（lù）：眼珠转动。

〔22〕靡：细腻。　理：肌理，肌肤。

〔23〕遗（wèi）视：含情一瞥。　矊：同“眄”，斜视。

〔24〕沙：同“砂”，丹砂。

〔25〕桷（jué）：方形的屋椽。

〔26〕屏风：植物名。紫叶白茎，又名防风、荇菜。

〔27〕文：同“纹”。 缘：一作绿。

〔28〕陂陀（tuó）：高低不平的山坡。

〔29〕轩：篷车。 辌（liáng）：有窗而舒适的车。 低：同“抵”，到达。

〔30〕薄：草木丛生貌。

【译文】

魂魄啊回来吧！快走进这高大的门里啊。召唤你的是本领高强的巫师，他会一步步倒退着引导你啊。秦国的竹笼系着齐国的缕线，上面覆盖着郑国的笼衣。招魂的器具已经齐备，大家都拉长声音呼唤着啊。魂魄啊回来吧！快回到你从前居住的地方。天上地下东西南北四方，凶恶害人的东西真多啊。依照你旧时布置的居室，是那么的宁静舒适啊。高大的殿堂幽深的庭院，栏杆层层环绕着走廊啊。重重叠叠的亭台楼阁，面对着座座高山啊。朱红涂饰的镂花门扇，上面雕刻的四方格一一相连啊。内室幽深冬日也觉得温暖，外室通风夏日也觉得凉爽啊。山间溪流曲折环绕，流水潺潺水声不断啊。阳光下和风吹拂蕙草，丛丛兰花幽香弥漫啊。通过大堂进入内室，上面朱红色的竹席充当天花板啊。室中四壁光亮插着翠鸟毛，琼玉帐钩挂两端啊。红色被面缀着翡翠珍珠，全都闪闪发光啊。轻柔的丝绸挂满墙壁，轻薄的罗帐张挂在床啊。各种丝带五色缤纷，块块美玉挂满罗帐啊。室中所见大都贵重奇异，有许多奇珍异宝非同寻常啊。兰草脂膏点亮了烛光，有美丽的姑娘来陪伴啊。十六位姑娘分成两班，她们侍候过夜轮流替换啊。各国送来的美女，真是众多如云啊。她们梳着各式各样的发型，充满你的后宫啊。她们的容貌一个胜过一个，真是绝代佳人盖世无双啊。柔嫩的脸儿健壮的躯体，个个都有情有意啊。容貌美丽身材修长，往来不绝地出入你的卧房啊。她们眉似蚕蛾目光温柔，含情而视闪耀光芒啊。她们肌肤细嫩，情意绵绵地看着你啊。在别墅离宫和大营帐里，陪伴你度过闲暇的时光啊。那翡翠的幕帐，装饰着高高的厅堂啊。四壁涂成朱红的墙板，顶上是漆黑如玉的屋梁啊。抬头看那方形的椽子，上面刻画着龙蛇的形象啊。坐进厅堂伏在栏杆上，眼前便是曲曲折折的池塘啊。荷花刚刚开放，菱叶也杂在荷花中央啊。荇菜紫叶白茎露出水面，水面闪耀着绿色的波光啊。卫士服装文彩奇异都以豹皮为饰，守卫在起伏不平的山坡上啊。乘坐着舒适的篷车，步骑随从侍候在你的身旁啊。门前种着丛丛兰花，玉树一行又一行啊。魂魄啊回来吧！为什么你还要跑向远方啊？

室家遂宗，食多方些。稻粢穱麦〔1〕，挐黄粱些〔2〕。大苦咸酸，辛甘行些。肥牛之腱，臑若芳些〔3〕。和酸若苦，陈吴羹些。胹鳖炮羔〔4〕，有柘浆些。鹄酸臇凫〔5〕，煎鸿鸧些〔6〕。露鸡臛蠵〔7〕，厉而不爽些〔8〕。粔籹蜜饵〔9〕，有餦餭些〔10〕。瑶浆蜜勺〔11〕，实羽觞些〔12〕。挫糟冻饮〔13〕，酎清凉些〔14〕。华酌既陈，有琼浆些。归来归来！反故室敬而无妨些。

【注释】

〔1〕粢（zī）：小米。　穱（zhuō）：早熟的麦子。

〔2〕挐（rú）：掺杂。　黄粱：黄小米。

〔3〕臑（ér）：通“胹”，燉烂。

〔4〕濡：当做“胹”。

〔5〕酸：用作动词，指用酸烹煮。　臇：烹煮出少汁的肉羹。

〔6〕鸿：大雁。　鸧：水鸟，似雁。

〔7〕露鸡：卤鸡。　臛（huò）：做成肉羹。　蠵（xī）：大海龟。

〔8〕厉：香气浓烈。　不爽：不伤胃口。

〔9〕粔籹（jù nǚ）：一种油炸麦饼。　饵：糕饼。

〔10〕餦餭（zhāng huáng）：麦芽糖。

〔11〕勺：通“酌”，饮。

〔12〕羽觞：鸟形之酒杯。

〔13〕挫糟：去掉酒糟的清酒。

〔14〕酎（zhòu）：醇酒。

【译文】

宗族举行仪式祭祀亡魂，供品多种多样啊。有各种米面食粮，还掺杂着黄粱啊。有苦的咸的酸的，更有辣的和甜的也用上啊。有肥牛的蹄筋，炖得烂熟气味芳香啊。要调和酸味和苦味，陈列着吴国厨师做的汤啊。还有清炖甲鱼和炮羔羊，烧菜时加进了调味的甘甜蔗浆啊。醋烹天鹅肉野鸭炖浓汤，还有煎炸的天鹅肉又脆又香啊。卤制的鸡肉和红烧的海龟，味道鲜美又不伤胃肠啊。油煎饼蜜糕，还有麦芽糖啊。有颜色如玉的美酒和蜜糖，已把酒杯斟得满满的啊。那酒已去掉酒糟又加以冰冻，既醇香又清凉啊。丰盛的宴席已经摆上，还有美酒如同琼浆啊。快回到故居来吧，人们都尊敬你一切都无妨啊。

肴羞未通，女乐罗些。陈钟桉鼓，造新歌些。《涉江》《采菱》〔1〕，发《杨荷》些〔2〕。美人既醉，朱颜酡些〔3〕。娭光眇视〔4〕，目曾波些。被文服纤，丽而不奇些。长发曼鬋，艳陆离些。二八齐容，起郑舞些。衽若交竿，抚案下些。竽瑟狂会，搷鸣鼓些〔5〕。宫庭震惊，发《激楚》些〔6〕。吴歈蔡讴〔7〕，奏大吕些。士女杂坐，乱而不分些。放陈组缨，班其相纷些。郑卫妖玩〔8〕，来杂陈些。激楚之结，独秀先些。菎蔽象棋〔9〕，有六簙些〔10〕。分曹并进，遒相迫些。成枭而牟〔11〕，呼五白些〔12〕。晋制犀比〔13〕，费白日些。铿钟摇簴〔14〕，揳梓瑟些〔15〕。娱酒不废，沉日夜些。兰膏明烛，华镫错些。结撰至思，兰芳假些，人有所极，同心赋些。酎饮既尽，欢乐先故些。魂兮归来！反故居些。

【注释】

〔1〕《涉江》《采菱》：均楚地歌曲名。

〔2〕《杨荷》：楚地歌曲名，即《阳阿》。

〔3〕酡（tuó）：因喝酒而脸红。

〔4〕娭光：逗人的目光。娭，同“嬉”。　眇视：含情而视。

〔5〕搷（tián）：急击。

〔6〕《激楚》：楚地歌舞名。

〔7〕歈、讴：都是歌唱的意思。

〔8〕妖玩：妖艳的美女。

〔9〕菎：美玉。　蔽：筹码。　象棋：象牙做的棋子。

〔10〕六簙：古代的一种游戏。

〔11〕牟：是一种赌博的方法。

〔12〕五白：古时博戏的采名。五木之制，上黑下白。掷得五子皆黑，叫卢，最贵；其次五子皆白，叫白。

〔13〕犀比：一种犀角制的赌具。

〔14〕铿（kēng）：状声词，这里做动词，撞钟。　簴（jù）：钟架。

〔15〕揳（jiá）：弹奏。　梓瑟：梓木做的瑟。

【译文】

菜还未上齐，女乐演奏就已登场啊。摆好编钟大鼓，把新编的歌儿演唱啊。唱的是《涉江》和《采菱》，还有《阳阿》之声轻扬啊。美人醉了，人人面带潮红啊。目光撩人含情脉脉，频送秋波啊。她们身着绣花绸衣，华丽又大方啊。长长的头发和鬓角，鲜艳美丽而又仪态万方啊。十六个美女容妆一个样，跳起了郑国的舞蹈啊。衣襟摆动好像交叉如竿，和着节拍她们缓缓退场啊。长竽清瑟疯狂合奏，鼓师将大鼓不停地击响啊。整个宫廷为之震荡，演奏出名曲《激楚》啊。吴国和蔡国的歌曲，这些都用大吕调来唱啊。男女杂乱而坐，乱纷纷地依偎在一起啊。扔掉绶带和帽带，座次也变得杂乱无章啊。郑卫两国的美女，也来陪坐玩乐啊。《激楚》曲至尾声，更是独具特色精彩激昂啊。玉筹和象牙棋子摆上，六簙对局展开博弈啊。分成两组运子并进，紧紧进逼毫不相让啊。争取“成枭”获得胜利，大呼“五白”心情急迫啊。还有晋国制造的犀比，玩玩可以消磨时光啊。猛击大钟钟架动摇，起劲弹奏梓木琴瑟啊。饮酒娱乐一刻不停，日夜沉湎无休止啊。兰草脂膏点亮明灯，宫灯雕饰得富丽堂皇啊。诗人们精心构思，借助华美辞藻撰写华章啊。人有所长且莫自弃，同用苦心作赋吟唱啊。痛饮美酒尽情欢娱，祖先也为之而安乐啊。魂魄啊回来吧！快回到家乡来啊。

乱曰：献岁发春兮〔1〕，汩吾南征些〔2〕。菉蘋齐叶兮〔3〕，白芷生些。路贯庐江兮左长薄〔4〕，倚沼畦瀛兮遥望博，青骊结驷兮齐千乘。悬火延起兮玄颜蒸。步及骤处兮诱骋先〔5〕。抑骛若通兮引车右还。与王趋梦兮课后先。君王亲发兮惮青兕〔6〕。朱明承夜兮时不见淹〔7〕。皋兰被径兮斯路渐。湛湛江水兮上有枫。目极千里兮伤春心。魂兮归来，哀江南！

【注释】

〔1〕献岁：指进入新的一年。 献，进。

〔2〕汩：水急流状。

〔3〕菉：同“绿”。

〔4〕庐江：水名，在今安徽省。 长薄：连绵的丛林。

〔5〕诱：打猎的向导。

〔6〕惮：借作“殚”，尽的意思。 兕（sì）：独角犀。

〔7〕朱明：太阳。

【译文】

尾声：一年过去又进入了新春啊，我遭流放又匆匆南行。水中绿蘋长得很齐整啊，岸上白芷刚刚萌生。道路径直通往庐江啊，左岸是绵延的丛林。我沿着沼泽和水田远望广阔的南天一望无垠。当年驾着驷马出猎啊，车辆千乘整整齐齐。火把四处燃起啊，天空一片浓烟红火直往上升。步行者赶到车马所至之处啊，狩猎向导已一马当先向前行。指挥者乘坐的猎车进退自如啊，引导车队右转而飞奔。跟随君王奔向云梦泽啊，竞相比赛而恐后争先。君王亲自引弓射箭啊，射尽了青色的独角犀牛。红日取代了黑夜啊，时光流转不停歇。河岸上长满兰草啊，道路已被青草遮掩。江水清清啊，两岸是枫林一片。望尽千里啊，春景触目伤透了心。魂魄啊回来吧！真可哀叹啊这故国江南！

招隐士 刘安

【题解】

刘安（公元前179—前122），沛郡丰（今江苏丰县）人。汉文帝弟淮南厉王刘长的长子。初封阜陵侯，后袭父封为淮南王。好文学，曾奉汉武帝命作《离骚传》。又招致宾客、方术之士数千人集体编著《鸿烈》一书，即今所传之《淮南子》。元狩元年（前122），有人告其谋反，下狱自杀。《史记》《汉书》均有传。本文作者实为淮南王刘安臣属淮南小山。写作此文，意在为淮南王招致山中隐士。

桂树丛生兮山之幽，偃蹇连卷兮枝相缭。山气陇炭兮石嵯峨，溪谷崭岩兮水曾波。蝯狖群啸兮虎豹嗥〔1〕，攀援桂枝兮聊淹留。王孙游兮不归，春草生兮萋萋。岁暮兮不自聊，蟪蛄鸣兮啾啾。坱兮轧〔2〕，山曲岪，心淹留兮洞荒忽〔3〕。罔兮沕〔4〕，憭兮栗。虎豹穴〔5〕，丛薄深林兮人上栗。嵚崟碕礒兮硱磈磳硊〔6〕。树轮相纠兮林木茷骫〔7〕。青莎杂树兮薠草靃靡〔8〕。白鹿麏麚兮或腾或倚〔9〕。状貌崟崟兮峨峨，凄凄兮漇漇。猕猴兮熊罴，慕类兮以悲，攀援桂枝兮聊淹留。虎豹斗兮熊罴咆，禽兽骇兮亡其曹。王孙兮归来，山中兮不可以久留。

【注释】

〔1〕蝯：同“猿”。　狖（yòu）：黑色长尾猿，猿的一种。

〔2〕坱轧（yāng yà）：云气弥漫貌。

〔3〕洞：同“恫（tōng）”，哀痛，痛苦。

〔4〕罔沕（wù）：失意貌。

〔5〕岤：同“穴”。

〔6〕嵚崟（qīn yín）、碕礒（qí yǐ）：均山石高危貌。　硱磈（jūn kuǐ）、磳硊（zēng wěi）：应作“硱磳”“磈硊”，均为山石险峻貌。

〔7〕茇骫（bá wěi）：树木屈曲盘纡貌。茇，通“伐”。

〔8〕莎（suō）：草名。　蘋：一作“蘋”。　靃（huò）靡：随风披拂貌。

〔9〕麏（jūn）：鹿的一种。　麚（jiā）：牡鹿。

【译文】

桂树丛生啊在那幽深的山谷，枝条屈曲啊相互缠绕。山中云气涌起啊岩石高峻，溪谷险峻啊溪水激起层层波涛。群猿声声悲啼啊虎豹吼叫，攀援桂枝啊暂且停留在树梢。王孙公子遨游深山啊竟然不归，春天草木竞生啊遍地都是青草。但到年末岁终啊就会深感无聊，只听见寒蝉悲鸣啊鸣声令人烦恼。山中云蒸雾腾，山势回旋盘绕，一心想留下啊却又精神恍惚痛苦烦躁。惆怅啊焦虑，恐惧啊战栗，像是行经虎豹的巢穴，林木浓密啊令人恐惧心焦。山石形状奇异啊突兀险怪，林木互相纠结啊枝叶繁杂萦绕。林间杂草丛生啊杂草随风披拂，山中白鹿獐子啊或腾跃而起或相互倚靠。它们头上双角突出啊向上高耸，它们全身滑润啊全是光泽的皮毛。那些猕猴啊还有熊罴，它们思慕同类啊而声声悲嚎。于是爬上桂枝啊暂且在树上停靠。虎豹恶斗啊熊罴咆哮，禽兽惊骇啊纷纷离群奔逃。王孙公子啊你快归来，深山老林中啊不可以长留终老。

（本卷译注：张葆全）

文选卷第三十四

七上

七发八首 枚叔（枚乘）

【题解】

枚乘（？—140），字叔，淮阴（今属江苏）人。初为吴王刘濞郎中，又为梁孝王客，先后上书谏刘濞谋反，七国之乱平，枚乘由此声名大著。武帝即位后，特以安车蒲轮征他入京，病死途中。《汉书》有传。本篇假设楚太子有疾，吴客前往探问，陈说七事以启发，使之霍然病愈，揭示骄奢淫逸的生活是患病之源，而治病的良方乃是听取要言妙道。

楚太子有疾，而吴客往问之，曰："伏闻太子玉体不安，亦少间乎？"太子曰："惫！谨谢客。"客因称曰："今时天下安宁，四宇和平。太子方富于年，意者久耽安乐，日夜无极。邪气袭逆，中若结轖〔1〕。纷屯澹淡〔2〕，嘘唏烦酲〔3〕。惕惕怵怵，卧不得瞑。虚中重听，恶闻人声。精神越渫〔4〕，百病咸生。聪明眩曜，悦怒不平。久执不废，大命乃倾。太子岂有是乎？"太子曰："谨谢客。赖君之力，时时有之，然未至于是也。"

【注释】

〔1〕轖（sè）：交结错乱。

〔2〕澹淡：动荡。

〔3〕酲（chéng）：喝醉后神志不清。

〔4〕越渫（xiè）：涣散。

【译文】

楚国太子病了，吴国客人去问候他。吴客说："我听说太子您贵体欠安，现在稍有好转了吗？"楚太子说："现在还是疲惫无力，谢谢你的关心问候。"吴客乘机进言说："现在正是天下安宁，四方和平之时。太子你正当少壮之年，我猜想你沉迷安乐生活太久，日夜没有尽头。导致邪气侵袭身体，郁结在胸中。心绪杂乱动荡，时而叹息不已，内心烦闷如同醉酒未醒。又因忧心恐惧，躺下也不能入眠。身体衰弱，听觉迟钝，厌恶听到嘈杂的人声。精神涣散，百病都随之而起。耳目昏惑，喜怒无常。这样长久下去不遏止，恐怕太子您就会因此丧命。太子您是这样吗？"太子说："谢谢你，托国君的福，我虽然时时有这种病症，但不至于像你说的那么严重。"

客曰："今夫贵人之子，必宫居而闺处，内有保母，外有傅父，欲交无所。饮食则温淳甘膬，腥醲肥厚〔1〕；衣裳则杂遝曼暖〔2〕，燂烁热暑〔3〕。虽有金石之坚，犹将销铄而挺解也。况其在筋骨之间乎哉？故曰：纵耳目之欲，恣支体之安者，伤血脉之和。且夫出舆入辇，命曰蹷痿之机〔4〕；洞房清宫，命曰寒热之媒；皓齿蛾眉，命曰伐性之斧；甘脆肥脓，命曰腐肠之药。今太子肤色靡曼，四支委随，筋骨挺解，血脉淫濯，手足堕窳；越女侍前，齐姬奉后。往来游宴，纵恣于曲房隐间之中。此甘餐毒药，戏猛兽之爪牙也。所从来者至深远，淹滞永久而不废；虽令扁鹊治内，巫咸治外，尚何及哉！今如太子之病者，独宜世之君子，博见强识，承间语事，变度易意，常无离侧，以为羽翼。淹沉之乐，浩唐之心，遁佚之志，其奚由至哉!”太子曰：“诺。病已，请事此言。”

【注释】

〔1〕脭：精美的肉。

〔2〕遝（tà）：众多。

〔3〕燂（qián）烁：形容如火烧般的炎热。

〔4〕蹷痿（jué wěi）：疲软不能行走。

【译文】

吴客说：“如今许多贵人子弟，必定居住在深宫内院，宫室内有照顾生活起居的妇女，宫室外有教授课业的师傅，想外出交游都没有去的地方。饮食滋味浓厚，甘甜脆美，有好肉美酒；衣服众多，精细柔美，保暖发热。即使有金石坚固，也会熔化松散。又何况是人的血肉筋骨之躯呢？所以说：放纵对声色的贪欲，放任身体享受安逸，就会损害体内器官。而且，您出入都乘坐着车辇，这就是疲软不能行走的征兆。住在深邃的内室和清凉的宫殿，这就是得寒热之病的媒介。贪恋美女，就是砍伤性命的利斧。甘甜脆美的食物，好肉好酒，就是腐烂肠子的毒药。太子您的皮肤细嫩，四肢萎弱，筋骨松散，血脉阻塞，手脚懈怠无力；越国的美女侍奉在前，齐国的姬妾侍奉在后，往来穿梭于宴会之中，在深幽隐蔽的密室里寻欢作乐。这完全是以毒药为美食，在猛兽的爪牙下戏闹。随之而来的影响深远，如果拖延很久不停止的话，即使请扁鹊那样的神医为您治疗身体内的疾病，请巫咸那样的神巫为您祷告于上天，还是来不及保全性命！现今如太子这样的病人，只能由社会上知识广博的君子，趁机同您谈论事理，这样可以使太子您改变生活方式和心意，让这些人常待在您身边，辅佐您理政。这样的话，沉溺声色之乐，放荡自己的心思，放纵弛缓的意志这样的状况，又从何而来呢？”太子说：“好，等我的病好了，就照你的话去做。”

客曰："今太子之病，可无药石针刺灸疗而已，可以要言妙道说而去也。不欲闻之乎？"太子曰："仆愿闻之。"

客曰："龙门之桐，高百尺而无枝。中郁结之轮菌[1]，根扶疏以分离。上有千仞之峰，下临百丈之溪。湍流溯波，又澹淡之。其根半死半生，冬则烈风漂霰飞雪之所激也，夏则雷霆霹雳之所感也。朝则鹂黄鳱鴠鸣焉[2]，暮则羁雌迷鸟宿焉。独鹄晨号乎其上，鹍鸡哀鸣翔乎其下。于是背秋涉冬，使琴挚斫斩以为琴[3]，野茧之丝以为弦，孤子之钩以为隐，九寡之珥以为约[4]。使师堂操畅[5]，伯子牙为之歌。歌曰：'麦秀蕲兮雉朝飞，向虚壑兮背槁槐，依绝区兮临回溪。'飞鸟闻之，翕翼而不能去；野兽闻之，垂耳而不能行；蚑蟜蝼蚁闻之[6]，拄喙而不能前。此亦天下之至悲也，太子能强起听之乎？"太子曰："仆病，未能也。"

【注释】

〔1〕郁结：高出的样子。　轮菌：盘曲貌。

〔2〕鳱鴠（hàn dàn）：鸟名。

〔3〕琴挚：古代琴师师挚。

〔4〕九寡：九子寡母，后代指悲哀的琴声。　约：琴徽。

〔5〕师堂：乐师。　操畅：《琴道》曰："尧畅达则兼善天下，无不通畅，故谓之畅。"

〔6〕蟜（jiǎo）：古书上一种毒虫。

【译文】

吴客说："现今太子的病情，可以不用药石针灸就能医治好，用要言妙道就可以去除。太子您不想听听吗?”太子说:“我愿听闻。”

吴客说:“龙门山的梧桐,高达百尺而无分支。树干中纹理突显盘曲,树根粗壮向四方延伸。上有高千仞的山峰,下有深百丈的山溪。湍急的逆流又冲击着它的根基。它的根一半生一半死,冬天要受凛冽的寒风、飘洒的小雪、纷飞的大雪刺激,夏天要受雷电的撼动。早上有黄鹂、鳱鴠的鸣叫,傍晚有失偶、迷途的鸟在树上停歇。孤鸿在树上哀号,鹍鸡在树下哀鸣。于是当秋天过去,冬天来临时,让琴师琴挚用刀斧砍劈梧桐做成琴,将野蚕丝作成琴弦,将孤儿衣袋上的钩作为琴的装饰,用九子寡母的耳环作为琴徽。让乐师师堂弹琴,让伯牙来演唱歌曲。歌词说:‘麦子抽穗,麦芒渐渐变长时,有野鸡在朝阳下飞过。向着空旷的山谷,背向枯槁的槐树飞去。凭借的是穷绝的地域,临靠着迂回的小溪。’飞鸟听见了乐声,收拢翅膀不能飞起。野兽听到了乐声,垂下耳朵不能前行。小虫蝼蚁听见了乐声,用嘴支撑着身体不能前行。这也是天下最悲痛感人的事情了,太子您能勉强支起身体起来听一听这音乐吗?”太子说:“我有病,不能啊。”

客曰:“犓牛之腴,菜以笋蒲。肥狗之和,冒以山肤[1]。楚苗之食,安胡之饭,抟之不解,一啜而散。于是使伊尹煎熬[2],易牙调和[3]。熊蹯之臑[4],勺药之酱。薄耆之炙,鲜鲤之鲙。秋黄之苏,白露之茹。兰英之酒,酌以涤口。山梁之餐,豢豹之胎[5]。小饭大歠,如汤沃雪。此亦天下之至美也,太子能强起尝之乎?”太子曰:“仆病,未能也。”

【注释】

〔1〕冒:通“芼”,芼菜。　山肤:即石耳,多产于悬崖石壁上,可供食用和药用。

〔2〕伊尹：商朝宰相，相传他善于烹调。

〔3〕易牙：春秋时齐桓公的宠臣，长于调味，善逢迎。

〔4〕熊蹯（fān）：熊掌。　臑（ěr）：通“胹”，煮烂。

〔5〕豢：养。　豹之胎：豹胎，古代珍贵的美味。

【译文】

吴客说：“煮熟小牛腹部的肥肉，拌上竹笋和香蒲。用肥狗肉做羹汤，拌以芼菜和石耳菜。用楚地产的米和菰米做饭，用手团紧米饭，放入口中一咬就散开。让伊尹来烹调，让易牙来调味。有煮烂的熊掌，有用芍药调和五味的汤汁，有烤好的兽脊上的薄肉，有切好的新鲜鲤鱼的肉片，有秋天叶子变黄时的紫苏草，有白露以后甘甜肥美的蔬菜，有用兰草泡制的美酒，喝酒漱口。还有野鸡肉，珍贵的豹胎。少吃饭多喝汤，真如把沸水浇在雪上一样畅快。这是天下间最美的味道了。太子您能勉强撑起身体尝尝这些美食吗?”太子说：“我有病，不能啊。”

客曰：“钟岱之牡〔1〕，齿至之车，前似飞鸟，后类距虚〔2〕。穱麦服处，躁中烦外。羁坚辔，附易路。于是伯乐相其前后，王良、造父为之御，秦缺、楼季爲之右〔3〕。此两人者，马佚能止之，车覆能起之。于是使射千镒之重〔4〕，争千里之逐。此亦天下之至骏也。太子能强起乘之乎?”太子曰：“仆病，未能也。”

【注释】

〔1〕钟岱：古代属于赵国的两个地方，均产好马。　牡：雄性的鸟兽，泛指好马。

〔2〕距虚：古代传说中的兽名。

〔3〕右：即车右，指参乘，古代战车上站在右边负责警卫的武士。

〔4〕射：打赌。　镒（yì）：古代重量单位，合二十四两。

【译文】

吴客说："有赵国钟、岱两地蓄养的好马，挑选年齿适中的马拉车，跑在前面的马快如飞鸟，跑在后面的马像距虚。拿穱麦饲养它，养肥了就容易性子急躁想奔跑。给它系上马嚼子和马缰绳，顺着平坦的道路行走。让善于相马的伯乐在马车前后观察，让善于驾车的王良、造父来驾驭马车，让秦缺、楼季站在车右边保卫马车安全。有了这两个人，马儿奔逃时可使它停止，马车翻了可以扶起。可以投下千镒的赌注与别人赛马，争夺千里的胜负。这是天下最好的马了，太子能勉强撑起身体乘驾它们吗？"太子说："我有病，不能啊。"

客曰："既登景夷之台，南望荆山，北望汝海，左江右湖，其乐无有。于是使博辩之士，原本山川〔1〕，极命草木，比物属事，离辞连类〔2〕。浮游览观，乃下置酒于虞怀之宫。连廊四注〔3〕，台城层构，纷纭玄绿。辇道邪交，黄池纡曲〔4〕。溷章白鹭〔5〕，孔鸟鶤鹄〔6〕，鹓雏鵁鶄〔7〕，翠鬣紫缨〔8〕。螭龙德牧〔9〕，邕邕群鸣〔10〕。阳鱼腾跃，奋翼振鳞。漃漻蔫蓼〔11〕，蔓草芳苓。女桑河柳，素叶紫茎。苗松豫章，条上造天。梧桐并闾，极望成林。众芳芬郁，乱于五风。从容猗靡〔12〕，消息阳阴〔13〕。列坐纵酒，荡乐娱心。景春佐酒〔14〕，杜连理音〔15〕。滋味杂陈，肴糅错该。练色娱目〔16〕，流声悦耳。于是乃发《激楚》之结风〔17〕，扬郑卫之皓乐。使先施、征舒、阳文、段干、吴娃、闾娵、傅予之徒，杂裾垂髾，目窕心与，揄流波，杂杜若，蒙清尘，被兰泽〔18〕，嬿服而御〔19〕。此亦天下之靡丽皓侈广博之乐也，太子能强起游乎？"太子曰："仆病，未能也。"

【注释】

〔1〕原本：即本源，事物的根源。

〔2〕离：罗列，陈列。

〔3〕注：连接。

〔4〕黄池：即湟池，指城池，今护城河。

〔5〕溷（hùn）章：鸟名。

〔6〕孔鸟：孔雀。　鹍（kūn）鹄：一说指鹍鸡，鸿鹄。

〔7〕鹓（yuān）雏：古书上指凤凰一类的鸟；鵁鶄（jiāo jīng）：一种水鸟。即“池鹭”。

〔8〕鬣（liè）、缨：颈毛。

〔9〕螭龙、德牧：鸟名，形未详。

〔10〕邕（yōng）：群鸟和鸣声。

〔11〕涹漻（jì liáo）：水清澈。　薵蓼（chóu liǎo）：草木覆盖的样子。

〔12〕猗靡：随风飘拂貌。

〔13〕消息：本义指生衰，这里引申为隐现；阳阴：正反面。

〔14〕景春：战国纵横家，善辞令。　佐：劝。

〔15〕杜连：春秋善琴者，传说为伯牙之师。　理音：弹奏音乐。

〔16〕练：通“拣”，选择。

〔17〕《激楚》：楚地乐曲名。　结风：本指急风，喻急促而哀切的楚乐。

〔18〕被：覆盖。　兰泽：用兰草浸制的润发香油。

〔19〕嫵：美好。　御：侍奉。

【译文】

吴客说：“登上景夷台，南望荆山，北望汝水，左边是长江，右边是洞庭湖，天下没有比这更令人欢乐的事了。于是让那些博学善辩的人，推究山川的本源，极尽指出各种草木的名称，把同类事物连缀起来，按类罗列文辞。然后周游观赏，下到虞怀宫摆设宫宴。宫中回廊四面相连，有高台之城层层结构，上面黑色绿色的花纹盛多纷杂。城池下可通行车辆的大道纵横交错，护城河迂回曲折。有溷章、白鹭、孔雀、鹍鹄、鹓雏、鵁鶄这些鸟，它们的脖颈上毛有的是绿色，有的是紫色。鸟的头上和腹下都有花纹，成群的鸟发出和鸣声。鱼在水中腾跃，振动鳍鳞在水中游动。清澈的水中草木覆盖，有蔓生的草和芳香的苓。柔嫩的小桑树和河边的垂柳，有单色的叶和紫色的茎。那苗松和樟树，枝条仿佛长到了天际。梧桐树和棕榈树，茂密成林。众多草木香气浓郁，被风吹散。树木在风中摇曳，树叶在风中时隐时现，忽反忽正。众人有序坐下纵情喝酒，乐声飘荡令人愉悦。让善于辞令的景春陪您喝酒，让善琴的杜连为您弹奏。将各种美味摆在您面前，各种熟肉和杂饭应有尽有。精心挑选的美女使人看了高兴，流行的乐曲使人听了快乐。于是发出急促哀切的激楚之音，响起了郑卫两国悠扬美妙的乐声。让西施、征舒、阳文、段干、吴娃、闾娵、傅予这些美女，穿着各式各样的衣服，梳着燕尾形的发髻，用目光挑逗传情，倾心相许。她们引流水沐浴，衣服上有杜若的香气，因走路而沾上轻薄的灰尘，头发上抹了兰草制成的香膏，穿着美丽的华服前来侍奉。这也是天下奢华盛大的宫宴了，太子能勉强撑起身体游乐一番吗？”太子说：“我有病，不能啊。”

客曰：“将为太子驯骐骥之马，驾飞軨之舆〔1〕，乘牡骏之乘。右夏服之劲箭〔2〕，左乌号之彫弓〔3〕。游涉乎云林，周驰乎兰泽，弭节乎江浔〔4〕。掩青苹，游清风。陶阳气，荡春心。逐狡兽，集轻禽。于是极犬马之才，困野兽之足，穷相御之智巧。恐虎豹，慑鸷鸟〔5〕。逐马鸣镳〔6〕，鱼跨麋角。履游麕兔〔7〕，蹈践麖鹿。汗流沫坠，冤伏陵窘，无创而死者，固足充后乘矣。此校猎之至壮也。太子能强起游乎？”太子曰：“仆病，未能也。”然阳气见于眉宇之间，侵淫而上，几满大宅。

【注释】

〔1〕飞軨（líng）：车轴上系的饰物，车子走动时会随风飞扬。

〔2〕夏服：夏后氏的良弓；一说指古善射者夏羿的箭囊。服，通

"箙"，盛箭的器具。

〔3〕乌号：相传是黄帝使用的好弓。

〔4〕弭（mǐ）节：停车。

〔5〕鸷鸟：性情凶猛的鸟。

〔6〕镳（biāo）：马嚼子两端露出嘴外的部分。

〔7〕履游：践踩。　麕（jūn）：獐子。

【译文】

吴客说："将为太子驯服骏马，驾着车轴上系有饰物的马车，太子您坐在四匹壮马拉的车上，右手拿着夏后氏箭袋里的利箭，左手拿着黄帝那雕有花纹的乌号弓。漫步走过云梦泽，乘车马绕过长兰草的沼泽。在江边停下马车，在青草地上休息，在清风中游走。快乐地感受春日的气息，心中荡漾着春天的愉悦。追逐矫健凶猛的野兽，攒射轻捷善飞的鸟儿。极尽猎犬和马儿的才能，野兽被追赶得困乏，无力逃跑，相马和驾车人的智慧和技能也都用尽了。令虎豹恐惧，令猛禽害怕，飞奔的马嚼上系的銮铃发出响声，鱼因受惊而跳跃，麋鹿因逃命而撞到彼此的鹿角。獐子和野兔被践踩，麋和鹿也被踩在脚下。马因奔驰而汗流浃背，坠着口沫，野兽被追赶得急迫困窘而逃窜屈服。光是没有受伤而被追赶死的，已足够装满后面跟随的车了。这是打猎最壮观的景象了。太子能勉强撑起身体去游猎吗？"太子说："我有病，不能啊。"不过太子的眉间已经出现了喜色，逐渐扩展下来，几乎布满了整个面部。

客见太子有悦色，遂推而进之曰："冥火薄天，兵车雷运。旍旗偃蹇，羽毛肃纷。驰骋角逐，慕味争先。徼墨广博[1]，观望之有圻。纯粹全牺，献之公门。"太子曰："善，愿复闻之。"

【注释】

〔1〕徼（jiào）：边界。墨：烧田。

【译文】

吴客见太子有喜色，于是进一步说道："黑夜中外出打猎，火光直冲天际，马车运行时发出如雷般的声响。旌旗高耸，上面的羽毛整齐纷繁。人马飞驰竞相追逐，个个都为了得到野味而不甘落后。因打猎而焚烧的田地很广，远远望去才能看到边际。将捕获到的躯体完整毛色纯粹的猎物当做祭祀用的牲畜，献给国君。"太子说："好，我愿意再听你说说游猎。"

客曰："未既。于是榛林深泽，烟云闇莫〔1〕，兕虎并作〔2〕。毅武孔猛，袒裼身薄。白刃硙硙，矛戟交错。收获掌功，赏赐金帛。掩苹肆若，为牧人席〔3〕。旨酒嘉肴，羞炰脍炙〔4〕，以御宾客。涌触并起，动心惊耳。诚必不悔，决绝以诺。贞信之色，形于金石。高歌陈唱，万岁无斁〔5〕。此真太子之所喜也，能强起而游乎？"太子曰："仆甚愿从，直恐为诸大夫累耳。"然而有起色矣。

【注释】

〔1〕闇莫：亦作"暗漠"，昏暗不明。

〔2〕兕（sì）：古书上所说的雌犀牛。

〔3〕牧人：古代管理民事的地方官。

〔4〕羞：通"馐"，珍馐，即美味的食物。　炰（páo）：把带毛的肉用泥包好放在火上烧烤。

〔5〕斁（yì）：厌倦。

【译文】

吴客说："还没有完。于是在丛林和深处的沼泽，烟雾弥漫昏暗不明，犀牛和老虎一起出现。猎人们刚毅勇武，非常强悍，坦露身体，近身与野兽搏斗。刀光闪闪，长毛和大戟交错着挥舞。记录下猎人们的收获功绩，按功劳大小赏赐金银和丝织品。压倒青草，铺上杜若香草，为参加游猎的官员设宴。有美酒好菜，有美味的烤肉，来款待宾客。一起站起来斟满酒杯，豪言壮语悦耳动心。他们忠诚不二，绝不反悔，已经答应的事情就决定去干。忠贞诚信的表情，就像刻在金石上一样。他们高声歌唱，似乎永远也不会厌倦。这确实是太子您所喜爱的，能勉强撑起身体游玩吗？”太子说：“我很愿意跟随大家同去，只是害怕成为各位大夫的累赘。”不过太子的病有起色了。

客曰：“将以八月之望，与诸侯远方交游兄弟，并往观涛乎广陵之曲江〔1〕。至则未见涛之形也。徒观水力之所到，则恤然足以骇矣〔2〕。观其所驾轶者，所擢拔者，所扬汩者，所温汾者，所涤汔者，虽有心略辞给，固未能缕形其所由然也。怳兮忽兮，聊兮栗兮，混汩汩兮，忽兮慌兮，俶兮傥兮〔3〕，浩瀇瀁兮，慌旷旷兮。秉意乎南山〔4〕，通望乎东海。虹洞兮苍天〔5〕，极虑乎崖涘。流揽无穷，归神日母。汨乘流而下降兮，或不知其所止。或纷纭其流折兮，忽缪往而不来。临朱汜而远逝兮，中虚烦而益怠。莫离散而发曙兮〔6〕，内存心而自持。于是澡概胸中〔7〕，洒练五藏〔8〕，澹澉手足，頮濯发齿〔9〕。揄弃恬怠，输写淟浊，分决狐疑，发皇耳目〔10〕。当是之时，虽有淹病滞疾，犹将伸伛起躄，发瞽披聋而观望之也〔11〕。况直眇小烦懑，酲醲病酒之徒哉！故曰发蒙解惑，不足以言也。”太子曰：“善，然则涛何气哉？”

【注释】

〔1〕广陵：属吴国。　曲江：即钱塘江，因潮水经浙山下曲折向东入海，故又名曲江。

〔2〕恤然：惊恐貌。

〔3〕俶傥（tì tǎng）：卓异不凡。

〔4〕南山：钱塘江发源的地方。

〔5〕虹洞：相连貌。

〔6〕莫：古同“暮”。

〔7〕概：与“溉”同，指洗涤。

〔8〕洒：古同“洗”，洗涤。　练：漂。　藏：内脏。

〔9〕頮（huì）：洗面。

〔10〕皇：明亮。

〔11〕瞽：盲人。　披：打开。

【译文】

吴客说：“将在八月十五的时候，同诸侯及远方到来的兄弟们同游，一起前往吴国广陵的钱塘江观潮。到时还没看见潮水，光是看着潮水所奔涌之处，就足以使人惊恐害怕了。观望那水势所驾临的、所高耸的、所激荡的、所回旋的、所涤荡的，虽然有心智和口才，也不能详尽地描绘出江涛从始至终的样子。那恍惚看不真切的，令人恐惧，水流混合波涛滚滚，模糊不清，有水峰突起，更显得水深广无边，广袤得令人心慌。集中注意力从江涛发源地一直望向东海。水连着天，竭尽思虑也无法想象水的边界。周流观览没有穷尽，心神随着江涛东流归向日出的地方。水流迅急随江流奔向下游，不知它奔向哪里才能停下。众多潮浪纷乱曲折，忽而交错在一起一去不返。潮头奔涌到南方水涯又远远逝去，使人看了心中空虚烦躁更加倦怠。观潮的人从傍晚开始就心中慌乱直到天亮，才把心收住。于是胸中像被洗涤一样，五脏也被漂洗了一番。用江水洗涤手足，清洗面部和牙齿。引人丢掉安逸怠惰，排除污浊之气。解除人的疑惑，耳聪目明。当此时，即使患有久治不愈的疾病，也能伸展驼背，立起跛脚，还能使盲人睁开眼睛，聋人打开耳朵，观望这江涛。何况只是小小的烦闷之病、醉酒之症呢！因此说这观涛启蒙解惑，不在话下。”太子说：“好，然而这江涛究竟是什么气象呢？”

客曰："不记也。然闻于师曰，似神而非者三：疾雷闻百里；江水逆流，海水上潮；山出内云[1]，日夜不止。衍溢漂疾，波涌而涛起。其始起也，洪淋淋焉，若白鹭之下翔。其少进也，浩浩溰溰，如素车白马帷盖之张。其波涌而云乱，扰扰焉如三军之腾装。其旁作而奔起也，飘飘焉如轻车之勒兵[2]。六驾蛟龙，附从太白[3]。纯驰浩蜺[4]，前后骆驿[5]。颙颙卬卬[6]，椐椐彊彊[7]，莘莘将将[8]。壁垒重坚，沓杂似军行。訇隐匈磕，轧盘涌裔[9]，原不可当。观其两傍，则滂渤怫郁，闇漠感突，上击下律[10]。有似勇壮之卒，突怒而无畏。蹈壁冲津，穷曲随隈[11]，逾岸出追[12]。遇者死，当者坏。初发乎或围之津涯，荄轸谷分[13]。回翔青篾，衔枚檀桓[14]。弭节伍子之山[15]，通厉骨母之场[16]。凌赤岸，篲扶桑[17]，横奔似雷行。诚奋厥武，如振如怒[18]。沌沌浑浑，状如奔马。混混庉庉，声如雷鼓。发怒庢沓[19]，清升逾跇[20]，侯波奋振[21]，合战于藉藉之口。鸟不及飞，鱼不及回，兽不及走。纷纷翼翼，波涌云乱。荡取南山，背击北岸。覆亏丘陵，平夷西畔。险险戏戏，崩坏陂池[22]，决胜乃罢。瀄汩潺湲，披扬流洒。横暴之极，鱼鳖失势，颠倒偃侧，沋沋湲湲[23]，蒲伏连延。神物怪疑，不可胜言。直使人踣焉，洄闇凄怆焉[24]。此天下怪异诡观也，太子能强起观之乎?"太子曰："仆病，未能也。"

【注释】

〔1〕内：通"纳"。

〔2〕轻车：为兵车中最为轻便者，一般指将帅所乘的车。 勒兵：操

练或指挥军队。

〔3〕太白：河伯，传说中的河神。

〔4〕浩蜺：即素蜺。此句写波涛之势若素蜺而奔驰，言其长也。

〔5〕骆驿：同“络绎”。

〔6〕颙颙（yōng）卬卬（áng）：波涛高耸的样子。

〔7〕椐椐（jū）彊彊：波涛相随的样子。

〔8〕莘莘（shēn）：多貌。 将将：高貌。

〔9〕轧：即轧坱，无垠貌。 盘：盘礴广大貌。 涌裔：水波腾涌貌。

〔10〕律：律当为硉，击。

〔11〕隈：山水等弯曲的地方。

〔12〕追：同“堆”，沙堆。

〔13〕荄（gāi）：通“陔”，台阶，级层。 轸（zhěn）：转。

〔14〕衔枚：古代行军时口中衔着枚，以防出声。

〔15〕伍子之山：纪念伍子胥而得名的山。

〔16〕通厉：远行；骨母之场：当是“胥母”，李善注曰：吴王杀子胥，投之于江，吴人立祠于江上，因名胥母山。

〔17〕彗（huì）：横扫。 扶桑：东方日出之地。

〔18〕振：古同“震”，威震。

〔19〕庢（zhì）：阻碍，制止。 沓：水翻腾沸涌。

〔20〕跇（yì）：超越。

〔21〕侯波：即阳侯之波，指大波。阳侯是传说中的水神，能兴波作浪。

〔22〕陂池：见“陂陀”，倾斜不平。

〔23〕沋沋（yóu）湲湲：指鱼鳖颠倒的样子。

〔24〕泂闇：惊骇得丧失心智的样子。

【译文】

吴客说：“书上没有记载了。然而我从老师那里听说，江涛似神而又非神的原因有三个：一是江涛翻滚，声势浩大如同雷声，百里外都能听见；二是江水倒流，海水上潮；三是江涛附近山峦吞吐云气，日夜不歇。江涛满溢又流得飞快，致使波涛涌起。开始的时候，潮水倾泻而下，像白鹭向下俯冲。稍进一步，表现出深广而洁白的样子，如同白车白马张开车盖帷幔。当波涛汹涌如乱云翻滚而来时，纷乱的样子如同三军束装奔腾向前。当波涛汹涌向旁边扬起时，轻盈飞扬的样子如同将帅乘轻车操练军队。驾着六条蛟龙的车，跟从在河神之后。只见白色的虹在奔驰，前后络绎不绝。浪潮高耸，波涛奔涌相随，浪潮又多又高。波涛如同军营的壁垒重叠坚固，浪潮纷乱如大军走过。潮水相激发出巨大声响，广博无垠奔涌向前，从发源处奔腾而来势不可挡。看波涛靠近两岸的地方，波涛怒涌翻滚，昏暗不明冲撞奔突，潮水向上如搏击，向下如击打。如同勇士兵卒，盛气冲突，无所畏惧。波涛不断冲击着岸壁和渡口，遍及山水弯曲的地方，跨过江岸，漫过沙堆。遭遇它的都会死亡，拦截它的都会被破坏。开始时从或围的水边出发，台阶好像旋转起来，谷物好像被撕裂。回旋而过青篾，如古时行军衔着枚一般无声疾进过檀桓。在伍子山附近停驻，又远行到胥母山。越过赤岸，横扫过扶桑，江涛横奔如同迅雷疾行。确实奋力发挥了它的威武，像振威像愤怒。波涛一路翻滚相随而来，如同奔驰的飞马。波浪的声音如同打雷和敲鼓。大水因受到阻碍而翻腾沸涌，清波因相撞超越而上扬。像水神阳侯兴波作浪般发挥着威力，在藉藉之地的入口交战。这时鸟来不及飞起，鱼来不及调头游走，野兽来不及逃跑。虽然他们众多而壮健，但此时也如波涌云飞一样的混乱。水势冲荡南山，反过来又冲击着北岸。颠覆破坏了山丘，也扫平了西海岸。多么惊险，又使斜堤崩塌，冲倒一切取得胜利后才肯罢休。然后水波互相冲击发出声音，波涛飞扬，浪花四溅。水势横行暴虐时，鱼鳖都摇晃不能自主，身体颠倒，或仰面倒向侧边，鱼鳖颠倒后，匍匐挣扎，相续不断。这些神奇的事物和令人怪异惊疑的景象，难以尽言。看着这样一番景象，直使人跌倒，惊吓得丧失心智，涕泪横流。这是天下间最奇特怪异的景象，太子您能勉强撑起身体去观赏一番吗？”太子说：“我有病，不能啊。”

客曰：“将为太子奏方术之士有资略者，若庄周魏牟杨朱墨翟便蜎詹何之伦[1]。使之论天下之释微，理万物之是非。孔老览观，孟子持筹而筭之，万不失一。此亦天下要言妙道也，太子岂欲闻之乎?”于是太子据几而起曰：“涣乎若一听圣人辩士之言。”涊然汗出[2]，霍然病已。

【注释】

〔1〕魏牟：魏公子牟，战国时人，与公孙龙交好。　便蜎：即蜎渊，楚人，老子弟子。　詹何：战国时楚国隐者，哲学家。

〔2〕涊（niǎn）：出汗的样子。

【译文】

吴客说：“我将为太子推荐一些方术之士，有才智的人，像庄周、魏牟、杨朱、墨翟、便蜎、詹何这类。让他们谈论天下精辟微妙的道理，明辨天下事物的是非。让孔子和老子一起观览，让孟子拿着算筹来算，这样就能保证所有的问题都不会有错。这也是天下最精妙的言论道理了，太子您想起来听听吗?”于是太子扶着桌案坐起说道：“真令我豁然开朗，如同我已经听到这些圣人辩士的谈论了。”太子说完出了一身大汗，病很快就好了。

（译注：胡韬）

七启八首并序　曹子建（曹植）

【题解】

本文借写玄微子隐居深山，镜机子劝他不要抛弃功名而要为朝廷建功立业，阐述曹魏政权求贤措施的必要性，批评在野士族不愿为当朝政治服务的现象。

昔枚乘作《七发》[1]，傅毅作《七激》[2]，张衡作《七辩》[3]，崔骃作《七依》[4]，辞各美丽。余有慕之焉，遂作《七启》。并命王粲作焉[5]。

【注释】

〔1〕枚乘：字叔，西汉辞赋家。

〔2〕傅毅：字武仲，东汉辞赋家。

〔3〕张衡：字平子，东汉辞赋家。

〔4〕崔骃（yīn）：字亭伯，东汉辞赋家。

〔5〕王粲：字仲宣，东汉文学家，建安七子之一。

【译文】

往昔枚乘创作了《七发》，傅毅创作了《七激》，张衡创作了《七辩》，崔骃创作了《七依》，每个人的文辞都很美丽。我感到很羡慕，于是创作了《七启》，并命王粲也进行创作。

玄微子隐居大荒之庭[1]，飞遁离俗，澄神定灵。轻禄傲贵，与物无营。耽虚好静，羡此永生。独驰思于天云之际，无物象而能倾。于是镜机子闻而将往说焉[2]。驾超野之驷，乘追风之舆。经迥漠，出幽墟。入乎泱漭之野，遂届玄微子之所居。其居也，左激水，右高岑。背洞溪，对芳林。冠皮弁，被文裘。出山岫之潜穴，倚峻崖而嬉游。志飘摇焉，峣峣焉，似若狭六合而隘九州[3]。若将飞而未逝，若举翼而中留。于是镜机子攀葛藟而登，距岩而立，顺风而称曰："予闻君子不遁俗而遗名，智士不背世而灭勋。今吾子弃道艺之华，遗仁义之英。耗精神乎虚廓，发人事之纪经。譬若画形于无象，造响于无声。未之思乎，何所规之不通也？"玄微子俯而应之曰："谆，有是言乎！夫太极之初[4]，浑沌未分，万物纷错，与道俱隆。盖有形必朽，有迹必穷。芒芒元气，谁知其终？名秽我身，位累我躬。窃慕古人之所志[5]，仰老庄之遗风[6]。假灵龟以托喻，宁掉尾于涂中。"

【注释】

〔1〕玄微子：虚拟的人物，代表道家的出世观念。　大荒：荒远地方。

〔2〕镜机子：虚拟的人物，代表道家出世观念的对立面。

〔3〕六合：天地四方。　九州：《书·禹贡》作冀、兖、青、徐、扬、荆、豫、梁、雍，泛指天下。

〔4〕太极：原始的混沌之气，是宇宙万物之原。

〔5〕古人：此指上古隐逸之人。

〔6〕老庄：老子和庄子，亦指以其为代表的道家。

【译文】

玄微子隐居在大荒山，隐居避世远离尘俗，澄澈精神安定心灵。轻视俸禄傲视权贵，不在物质利益上钻营。沉溺于清净和虚淡，希望可以这样度过终生。心驰神思在天云之际，倾羡无物无象的境界。于是镜机子听说后便前往与他谈论这件事情。驾驶着飞驰迅疾的四马，搭乘着追赶疾风的马车。通过旷远的沙漠，跨出边远的丘墟。进入广袤的荒野，逐渐到了玄微子居住的地方。玄微子居住的地方，左面是湍急的水流，右面是小而高的山峦。背靠着山洞溪水，面对着茂密树林。玄微子戴着白鹿皮制成的帽子，穿着有文采的狐裘。走出山洞的幽深暗穴，倚靠着峻峭的山崖遨游。志趣高尚飞扬，傲然高临，像是统辖了天地四方之间的万物，掌握着九州大地的关隘。像是要飞去却尚未离去，像是展翅高飞却在半空中停留。于是镜机子顺着葛藟攀登而上，与险峻的高山相隔而立。顺着风而呼喊："我听说贤人不逃避世俗也不遗弃名位，智慧的士人不背弃世俗也不泯灭功勋。今先生舍弃了学问和技能的精华，遗弃了仁爱和正义的精英人士。消耗精气元神到空虚的地步，废止人世间的伦理纲常。就像不依据人的形貌而凭空作画，不模拟实在的声音而随意制造声响。先生没有考虑过这些事情吗？为什么有人规劝还想不通呢？”玄微子俯身应答：“嘻，真是这样的道理吗？天地之初，元气未分，模糊一团，世间万物纷繁杂乱，皆依照宇宙万物变化的规律而发展繁荣。大概有形体必将会腐朽，有形迹必将会穷尽。模糊不定的混沌之气，谁知道它的始与终呢？功名污秽了我的形体，禄位劳累了我的身体。我内心钦羡古贤人的志向，仰慕老子、庄子遗留后世的风范。假借神龟来寄托自己的志向，宁愿在烂泥中摇尾巴。”

镜机子曰：“夫辩言之艳，能使穷泽生流，枯木发荣。庶感灵而激神，况近在乎人情。仆将为吾子说游观之至娱，演声色之妖靡。论变化之至妙，敷道德之弘丽。原闻之乎？”玄微子曰：“吾子整身倦世，探隐拯沉。不远遐路，幸见光临。将敬涤耳，以听玉音。”

镜机子曰：“芳菰精粺，霜蓄露葵。玄熊素肤，肥豢脓肌。蝉翼之割，剖纤析微。累如叠縠，离若散雪。轻随风飞，刃不转切。山鵽斥鷃[1]，珠翠之珍。寒芳苓之巢龟[2]，脍西海之飞鳞。臛江东之潜鼍[3]，臇汉南之鸣鹑[4]。糅以芳酸，甘和既醇。玄冥适咸[5]，蓐收调辛[6]。紫兰丹椒，施和必节。滋味既殊，遗芳射越。乃有春清缥酒，康狄所营[7]。应化则变，感气而成。弹徵则苦发，叩宫则甘生。于是盛以翠樽[8]，酌以雕觞[9]。浮蚁鼎沸[10]，酷烈馨香。可以和神，可以娱肠。此肴馔之妙也，子能从我而食之乎？”玄微子曰：“予甘藜藿[11]，未暇此食也。”

【注释】

〔1〕山鵽（duó）：野禽名。 斥鷃：鸟名。

〔2〕寒：指肉冻。 芳苓：指莲。 巢龟：巢在莲上的神龟。

〔3〕臛（huò）：带汁的肉。

〔4〕臇（juàn）：少汁的肉羹。

〔5〕玄冥：北方之神。

〔6〕蓐（rù）收：西方之神。

〔7〕康狄：杜康和仪狄，古之善酿酒者。

〔8〕翠樽：饰以绿玉的酒器。

〔9〕雕觞：雕刻彩绘的酒杯。

〔10〕浮蚁：酒面上的浮沫。

〔11〕藜藿：藜和藿，泛指粗劣的饭菜。

【译文】

镜机子说："夫子巧言善辩，能使枯竭的大泽生发出源流，使干枯的树木重新茂盛。能使仙灵感慨众神激动，更何况是近在眼前的人情。我将为先生讲述游宴观赏之乐，演说乐舞女色的艳丽华美。议论万物变化的精微奇妙，铺陈道德的宏伟华丽，可愿意听吗？"玄微子说："先生能使倦世者身心振奋，寻求隐逸来拯救苦楚消沉。你不因长路远来到这里，很荣幸能够见到你。我将恭敬地洗涤耳朵，来听候你的金玉良言。"

镜机子说："芳香的菰草上好的精米，带着露水的蔓菁菜和冬葵。黑熊有着雪白的嫩肉，肥硕的猪肉厚鲜肥。切割薄如蝉翼，剖析精细如丝。累积起如轻纱重叠，分散开如片片飞雪。轻盈随风飞扬，下刀直接不改变方向。鵽鸠燕雀野味新奇，蚌和翠鸟之肉更为珍异。把莲花处的神龟做成肉羹，把西海的飞鱼切丝烩炒。江东潜鼍肉羹多汁，汉南鸣鹑羹鲜少汁。掺杂上芳草的酸味，甘甜又香醇。玄冥调试咸淡，蓐收掌控辛辣。加入紫兰和花椒这样的香料，用量必须有所节制，恰到好处。味道虽然特殊，但遗留的芳香发散得很远。又有绿色而微白的春酒和清酒，是杜康和仪狄制造的。顺应物类感应而变化，又感天地之气而成。弹奏徵音时苦味生发，叩击商音时甘甜生发。于是用翠樽盛取，用雕觞斟酒。酒水涌流翻腾，浓烈有香气。可以使人神清气爽，也可以使口腹得到满足。这是珍肴美味的奇妙与美好之处，先生能和我一同品尝吗？”玄微子说：“我喜欢粗劣的饭菜，没有时间顾及这样精美的饭菜。”

镜机子曰：“步光之剑〔1〕，华藻繁缛。饰以文犀，雕以翠绿。缀以骊龙之珠〔2〕，错以荆山之玉〔3〕。陆断犀象，未足称隽。随波截鸿，水不渐刃。九旒之冕〔4〕，散耀垂文。华组之缨，从风纷纭。佩则结绿悬黎，宝之妙微。符采照烂，流景扬辉。黼黻之服，纱縠之裳。金华之舄〔5〕，动趾遗光。繁饰参差，微鲜若霜。绲佩绸缪〔6〕，或雕或错。薰以幽若，流芳肆布。雍容闲步，周旋驰燿。南威为之解颜〔7〕，西施为之巧笑。此容饰之妙也，子能从我而服之乎？”玄微子曰：“予好毛褐〔8〕，未暇此服也。”

【注释】

〔1〕步光：古宝剑名。

〔2〕骊龙：黑龙，其颔下生宝珠。

〔3〕错：打磨。　荆山：楚山。楚人和氏得璞玉于楚山之中。

〔4〕九旒：指古代诸侯冠冕前悬挂的珠串。

〔5〕舄（xì）：鞋。

〔6〕绲：织成的带子。

〔7〕南威：春秋时晋国的美女。

〔8〕毛褐：粗麻制成的短衣。

【译文】

镜机子说：“步光宝剑，有华丽繁缛的藻饰。用有纹理的犀角来装饰，用翠色的玉石来雕刻。点缀黑龙之珠，镂刻荆山之璞。陆地截断犀角象牙，都不足以称奇。随着水波截杀飞鸿，刃无水滴。冠冕上下垂的珠串，闪烁着光辉文采。彩色的冠缨，盛多纷杂随风飘扬。挂着结绿、悬黎这样的美玉，显得十分精妙。美玉的纹理色彩闪耀着灿烂的光芒，流光溢彩。绣有华美花纹的礼服，用轻丝做成的衣裳。用金质的花饰做的鞋，迈步都会光彩照人。众多的彩饰纷纭繁杂，精妙鲜明如霜露一般。衣带环佩缠绕相连，或雕刻或打磨。熏染上杜若的幽香，散发出扑鼻香气。舒缓悠闲地散步，交际往来都光彩照人。南威为之开颜欢笑，西施也为之微笑高扬。这妆容衣饰的美好，你能和我一同穿戴吗？”玄微子说：“我喜欢穿粗麻制成的短衣，没有时间顾及这样精美的衣服。”

镜机子曰：“驰骋足用荡思，游猎可以娱情。仆将为吾子驾云龙之飞驷，饰玉路之繁缨[1]。垂宛虹之长緌[2]，抗招摇之华旍[3]。捷忘归之矢[4]，秉繁弱之弓[5]。忽蹑景而轻骛，逸奔骥而超遗风[6]。于是磎填谷塞，榛薮平夷。缘山置罝，弥野张罘。下无满迹，上无逸飞。鸟集兽屯，然后会围。獠徒云布，武骑雾散。丹旗燿野，戈殳皓旰[7]。曳文狐，掩狡兔。捎鹔鹴，拂振鹭。当轨见藉，值足遇践。飞轩电逝，兽随轮转。翼不暇张，足不及腾。动触飞锋，举挂轻罾。搜林索险，探薄穷阻。腾山赴壑，风厉猋举。机不虚发，中必饮羽。于是人稠网密，地逼势胁。哮阚之兽，张牙奋鬣。志在触突，猛气不慴。乃使北宫东郭之畴[8]，生抽豹尾，分裂貙肩[9]。形不抗手，骨不隐拳。批熊碎掌，拉虎摧斑。野无毛类，林无羽群。积兽如陵，飞翮成云[10]。于是駴钟鸣鼓，收旌弛旆。顿纲纵网，罴獠回迈。骏騄齐骧，扬銮飞沫。俯倚金较[11]，仰抚翠盖。雍容暇豫，娱志方外。此羽猎之妙也，子能从我而观之乎？”玄微子曰：“予乐恬静，未暇此观也。”

【注释】

〔1〕玉路：即玉辂，帝王所乘玉饰的车子。　繁缨：马车繁琐众多的带子。

〔2〕緌（ruí）：像缨饰的下垂物。

〔3〕招摇：星名，即北斗第七星摇光。　旍（jīng）：旌旗。

〔4〕忘归：良箭名。

〔5〕繁弱：古良弓名。

〔6〕遗风：特指骏马。

〔7〕戈殳：戈和殳，泛指兵器。

〔8〕北宫：即北宫黝，古勇士名。　东郭：古代勇士。　畴：类。

〔9〕貙（chū）：野兽名，似狸。　肩：指野兽的大腿。

〔10〕翮：鸟翎的茎，翎管。

〔11〕金较：车箱两旁板上供倚靠的金饰龙形横木。

【译文】

镜机子说：“纵马疾驰可以涤除愁思，出游打猎可以使心情愉悦。我将为你乘驾飞龙这样的马，修饰好华丽缨饰。悬垂如彩虹一样的缨饰，高举同摇光一样的旌旗。腰插忘归之矢，手拿繁弱弓箭。骑着迅速的马奔驰而过追赶日影，策马奔腾超越遗风。于是到处沟谷纵横，丛林遍布平地。沿着山麓布置兽网，遍布原野铺设鸟网。地下没有漏网的走兽，天上没有漏网的飞鸟。驱赶鸟兽，使之聚集。然后汇合猎手，包围逮捕。红色的旗帜照耀山野，兵器在黑夜里闪着白光。牵引着有斑纹的狐狸，捕捉狡猾的兔子。射杀鹈鹕，击中飞鹭。正在车辙上的被碾轧至死，正遇上马足的被践踏为泥。飞驰的轻车像电一样飞逝，百兽之尸随车轮旋转。禽鸟双翼来不及张开，野兽四足还来不及奔腾。跳跃就会中飞箭，伸举翅翼就会陷网罗。搜寻山林探索险况，探取沟壑搜寻草丛。翻山越岭，像风一样疾速而过。箭无虚发，必然射中禽兽之体。于是猎手也多布网密集，在有利的地势上逼近野兽。野兽咆哮震怒，张牙舞爪扬起长毛。横冲直撞意在突围，气焰凶猛毫不惧怕。于是使北宫东郭之辈，活生生揪断野豹的尾巴，分裂山狸的大腿。手出兽体断，拳出兽骨折。劈碎巨大的熊掌，撕开猛虎的皮。郊野里没有兽类，森林里不再有鸟类。堆积的野兽如丘陵般，鸟被击落后飘散的羽毛像云朵般。于是敲钟鸣鼓，收起旌旗，撤下罗网，罢猎而归。骏马昂头齐奔，銮铃响起口沫飞溅。俯倚镶金的车厢，仰观饰以翠羽的车盖。从容不迫仪态舒缓，心驰神往无限愉悦。这是狩猎的美妙，先生能和我一同观看吗？”玄微子说：“我以恬淡安静为乐，没有时间观赏游猎。”

镜机子曰：“闲宫显敞，云屋皓旰。崇景山之高基，迎清风而立观。彤轩紫柱，文榱华梁。绮井含葩[1]，金墀玉箱[2]。温房则冬服絺綌，清室则中夏含霜。华阁缘云，飞陛陵虚[3]。頫眺流星，仰观八隅。升龙攀而不逮，眇天际而高居。繁巧神怪，变名异形。班输无所措其斧斤[4]，离娄为之失睛[5]。丽草交植，殊品诡类。绿叶朱荣，熙天曜日。素水盈沼，丛木成林。飞翮凌高，鳞甲隐深。于是逍遥暇豫，忽若忘归。乃使任子垂钓[6]，魏氏发机[7]。芳饵沉水，轻缴弋飞。落翳云之翔鸟，援九渊之灵龟。然后采菱华，擢水蘋。弄珠蚌，戏鲛人。讽《汉广》之所咏[8]，觌游女于水滨[9]。耀神景于中沚[10]，被轻縠之纤罗。遗芳烈而靖步，抗皓手而清歌。歌曰：望云际兮有好仇，天路长兮往无由。佩兰蕙兮为谁修，宴婉绝兮我心愁。此宫馆之妙也，子能从我而居之乎？”玄微子曰：“予耽岩穴，未暇此居也。”

【注释】

〔1〕绮井：藻井。饰以彩纹图案的天花板，形似井口围栏，故称。

〔2〕金墀：用金属装饰的宫阶，借指臣子朝拜皇帝的地方。　玉箱：指华丽的房子。

〔3〕飞陛：通向高处的阶道。

〔4〕班输：春秋鲁国的巧匠公输班，一说班指鲁班，输指公输般。措：安放，放置。

〔5〕离娄：传说中的视力特强的人。

〔6〕任子：指任公子，古之善钓者。

〔7〕魏氏：传说中的古代善射者，羿的四传弟子。

〔8〕《汉广》：《诗经·周南》篇名，古代江汉地区民间歌颂汉水女神的诗歌。

〔9〕觌：见，相见。　游女：指汉水女神。

〔10〕神景：谓神灵的光照，这里指女神带来的光彩。　中沚（zhǐ）：浊中，小洲里。

【译文】

镜机子说："宫殿宽大明亮，高楼明亮澄澈。高山耸立，面对清风筑起楼观。红漆的栅栏，紫色的圆柱，饰以文采的屋椽，华丽的栋梁。饰以彩纹的天花板上绘有荷花，华丽的屋子和台阶上配有金属。温暖的房间隆冬穿细葛，清凉的室内盛夏结轻霜。华美的阁楼上接云天，飞升的阶梯悬在半空。俯眺流星闪烁，仰观八方天际。飞龙攀登而不到，远眺天际而高居。繁杂巧妙的神人异士，容颜改变奇异无常。鲁班公输斧斤无所用，离娄因之迷离双眼。美丽的香草全部种植，品类繁多数不胜数。绿叶红花格外鲜艳，明朗的天空阳光灿烂。清水荡漾满池沼，树木成林青翠滴。飞鸟展翅凌空，鱼鳖深游水底。于是逍遥自在心旷神怡，时光流逝流连忘返。于是使任子垂钓，魏氏射箭。鱼钩上芳香的诱饵投入水底，轻箭射击当空。击落云层之上的翔鸟，捕捉深渊下的神龟。然后采菱花，摘水蘋。弄珠蚌，戏鲛人。吟咏《汉广》诗章，观赏水滨的游女。在沙洲上沐浴灵光，身披轻纱与绫罗。带着芳香浓郁缓慢步行，举起洁白的手吟唱清歌。歌里说：仰望云端有好的同伴，长路漫漫无从追求。兰蕙之裳是为谁穿戴，娴静美好的女子令我心忧。这是公馆的美妙，先生能同我安居其中吗？”玄微子说：“我长久居住在岩穴，没有时间顾及此处。”

镜机子曰：“既游观中原，逍遥闲宫，情放志荡，淫乐未终。亦将有才人妙妓，遗世越俗。扬北里之流声〔1〕，绍阳阿之妙曲。尔乃御文轩，临洞庭。琴瑟交挥，左篪右笙〔2〕。钟鼓俱振，箫管齐鸣。然后姣人乃被文縠之华袿，振轻绮之飘飖。戴金摇之熠耀，扬翠羽之双翘。挥流芳，燿飞文。历盘鼓〔3〕，焕缤纷。长裾随风，悲歌入云。蹻捷若飞，蹈虚远蹠。凌跃超骧，蜿蝉挥霍〔4〕。翔尔鸿翥，濈然凫没。纵轻体以迅赴，景追形而不逮。飞声激尘，依违厉响〔5〕。才捷若神，形难为象。于是为欢未渫，白日西颓。散乐变饰，微步中闺。玄眉弛兮铅华落，收乱发兮拂兰泽〔6〕，形媠服兮扬幽若〔7〕。红颜宜笑，睇眄流光。时与吾子，携手同行。践飞除，即闲房。华烛烂，幄幕张。动朱唇，发清商。扬罗袂，振华裳。九秋之夕〔8〕，为欢未央。此声色之妙也，子能从我而游之乎？”玄微子曰：“予原清虚，未暇此游也。”

【注释】

〔1〕北里：称萎靡粗俗的曲乐。

〔2〕篪（chí）：古代一种用竹管制成像笛子一样的乐器，有八孔。笙：管乐器名，一般用十三根长短不同的竹管制成。

〔3〕盘鼓：古代用于舞蹈伴奏的一种鼓曲。

〔4〕蜿蝉：蛟龙盘屈貌，指转折回旋、身段轻柔的样子。 挥霍：迅疾的样子。

〔5〕依违：形容乐声抑扬动听。 厉响：激出音响。

〔6〕兰泽：用兰浸制的润发香油。

〔7〕幽若：杜若。香草名。

〔8〕九秋：深秋。九秋之夕，指夜已长。

【译文】

镜机子说："既然在广阔的原野游览观赏，在宽敞的宫殿里逍遥自在，情志舒放不拘束，纵情于乐未曾终结。还有多才的贤者和美丽的歌妓，超脱尘世。既擅长《北里》类的淫靡之乐，也会唱《阳阿》之类的美妙之曲。于是倚靠着彩饰的走廊，面临着广阔的庭院。琴瑟合奏，篪笙共鸣。钟鼓俱响，箫管齐鸣。然后美人穿着华丽的轻纱，戴着织花的襟袖翩翩起舞。头戴的金步摇光彩鲜明，插着翠鸟的羽毛做成的长翘。散发芳香，光彩照人。跳起盘鼓舞，姿态变化多样。长袖随风飞扬，歌声响入云端。身姿矫捷轻若飞鸟，舞步轻盈虚空跨步。飞腾跳跃腾空而举，徘徊往复轻盈盘旋。鸿雁高飞般远出云端，凫鸟迅疾般似入江心。轻盈身姿纵跨奔驰，影随其形难以追逐。歌声清扬激起梁上尘土，起伏荡漾声响回旋。才艺敏捷如有神，形体美妙难形容。于是欢愉尚未终了，太阳已落西山。解散乐舞改变装束，漫步行走至闺中。清洗黑眉和胭脂，梳理乱发抹兰泽，穿上美服飘若幽若。红颜佳笑，眉眼秋波。我将与先生携手同行，踏上高阶进入宽敞寂静的房屋。华烛灿烂，帷幔落下。启动红唇，吟唱清歌。扬起绫罗长袖，飘动华美衣裳。深秋之夜，欢乐不尽。这是声色的美妙，先生能跟我一同游乐吗。"玄微子说："我喜好清淡虚静，没有时间顾及游乐。"

镜机子曰："予闻君子乐奋节以显义，烈士甘危躯以成仁。是以雄俊之徒，交党结伦[1]。重气轻命，感分遗身。故田光伏剑于北燕[2]，公叔毕命于西秦[3]。果毅轻断，虎步谷风。威慴万乘，华夏称雄。"辞未及终，而玄微子曰："善。"

【注释】

〔1〕交党结伦：因志同道合而结成同党。

〔2〕田光：战国时燕国侠士，他荐荆轲于太子丹以谋刺秦王，他遂自杀，以保密与激励荆轲。

〔3〕公叔：指荆轲。

【译文】

镜机子说："我听说君子乐于崇尚气节发扬正义，烈士甘愿献出生命成就仁德。因此英雄俊杰之辈，广交志同道合的朋友。重气节轻生命，情志为正义激发可抛弃身家。所以田光在北国伏剑，荆轲在西秦毕命。果敢刚毅当机立断，行走时如猛虎令山谷生风。震慑君王，在全国称雄。"而玄微子说："善。"

镜机子曰："此乃游侠之徒耳[1]，未足称妙也。若夫田文、无忌之俦[2]，乃上古之俊公子也。皆飞仁扬义，腾跃道艺。游心无方，抗志云际。凌轹诸侯，驱驰当世。挥袂则九野生风，慷慨则气成虹蜺。吾子若当此之时，能从我而友之乎？"玄微子曰："子亮原焉。然方于大道，有累如何？"

【注释】

〔1〕游侠：古称豪爽好结交，轻生重义，勇于排难解纷的人。

〔2〕田文：齐国孟尝君，姓田名文。　无忌：魏国信陵君，姓魏，名无忌。

【译文】

镜机子说："这些人都是游侠之类的人物，不足以称妙。如果说田文无忌这类的人物，才是上古之后的俊杰之士。他们发扬仁义，崇尚道术。心灵自由无所拘束，情志高尚直上云霄。震慑列国诸侯，在当世奔走效力。挥一挥衣袖则九州大地遍生巨风，慷慨激昂则豪气生成万道长虹。先生生当此时，能与我结为良友吗？”玄微子说：“我很愿意。但是这将远离我脱离世俗的自然之道，入仕劳累该当如何？”

镜机子曰：“世有圣宰〔1〕，翼帝霸世。同量乾坤，等曜日月。玄化参神，与灵合契。惠泽播于黎苗〔2〕，威灵震乎无外。超隆平于殷周〔3〕，踵羲皇而齐泰〔4〕。显朝惟清〔5〕，王道遐均〔6〕。民望如草，我泽如春。河滨无洗耳之士〔7〕，乔岳无巢居之民〔8〕。是以俊乂来仕，观国之光。举不遗才，进各异方。赞典礼于辟雍〔9〕，讲文德于明堂〔10〕。正流俗之华说，综孔氏之旧章。散乐移风，国富民康。神应休臻，屡获嘉祥。故甘灵纷而晨降，景星宵而舒光。观游龙于神渊，聆鸣凤于高冈。此霸道之至隆，而雍熙之盛际。然主上犹以沉恩之未广，惧声教之未厉，采英奇于仄陋，宣皇明于岩穴。此甯子商歌之秋〔11〕，而吕望所以投纶而逝也〔12〕。吾子为太和之民，不欲仕陶唐之世乎？”于是玄微子攘袂而兴曰：“伟哉言乎！近者吾子，所述华淫，欲以厉我，只搅予心。至闻天下穆清，明君莅国，览盈虚之正义〔13〕，知顽素之迷惑。今予廓尔，身轻若飞。愿反初服，从子而归。”

【注释】

〔1〕圣宰：圣明的宰相。此处指魏太祖曹操，其在建安十三年为宰相。

〔2〕黎苗：九黎族与三苗族的关称。

〔3〕殷周：指商汤王、周文王、武王之朝，为清明太平之世。

〔4〕踵：继。　羲皇：即伏羲氏。

〔5〕显朝：旧时对朝廷的敬称，这里指曹操辅佐的献帝之朝。

〔6〕王道：以仁义治天下的政治主张。

〔7〕洗耳之士：指古隐士许由。

〔8〕巢居之民：指古隐士巢父。巢居，犹隐居。

〔9〕辟（bì）雍：古天子推崇礼乐教化的场所。

〔10〕明堂：古代帝王宣明政教的地方。

〔11〕甯子商歌：指甯戚以商歌自荐，出仕而显。商歌，悲哀之歌。

〔12〕吕望：即周初人吕尚，隐于渔钓，文王出猎，遇于渭滨。后辅佐武王灭殷，封于齐。

〔13〕盈虚：盈满或虚空，这里指出仕或入仕的人生态度。

【译文】

镜机子说："当世有圣明的宰相，辅佐帝王称霸于世。气量宏阔与天地对等，光辉灿烂与日月相齐。圣德教化与天神祥瑞相合，与地灵符命相契。恩泽传播到边鄙之民，威武神灵震慑到荒远之地。昌盛太平超过商周之世，安康乐泰与伏羲神农齐同。圣明之朝博爱清明，仁德道义远近平等。民众仰望拥戴贤君如同草木渴求雨露，我王的恩泽如温暖春风。河滨之上已经没有隐居的人，高山之洞也没有隐逸的人。因此贤才俊杰皆往来求仕，瞻仰国家的荣光。举荐不会遗漏有才之士，进用不分南北地域。在辟雍讲述典章礼仪，在明堂讲习礼乐教化。端正世俗中的浮夸不实，整理阐释孔子的诗书礼乐。传播礼乐转变风气，国力富强人民安康。神灵感应到嘉瑞前来，屡次获得嘉瑞吉祥。所以吉祥的雨露纷纷于清晨普降，吉星闪耀深夜发光。观看神龙游于深渊，听闻灵凤鸣于高山。这正是君王统治的高盛时期，是和乐升平的盛世时期。但是，君王仍觉得深恩还不够广泛，声威教化尚未高扬，于是在穷乡僻壤中提拔贤德之人，在隐居者的居处颁布皇帝的圣明。这正是甯戚悲歌求仕，吕望弃竿归向文王的时候。先生身为太平盛世中的子民，难道不愿意报效如唐尧一般的仁义君王吗？"于是玄微子捋袖而起，说："先生的言辞真是光明美好啊！刚才先生所讲述的华丽夸张之事，不过是用来激励我，令我心潮汹涌。听说天下太平祥和，明君当政管理国家，认识到进退出处乃是人生本来的意义，感知到自我的愚昧无知和糊涂思想。现在我开朗觉悟，身体轻盈若飞。愿意穿着未入仕时的衣服，同先生归还殿堂。”

（译注：梁芸菲）

文选卷第三十五

七下

七命八首 张景阳（张协）

【题解】

本篇假设冲漠公子隐居大荒，殉华大夫前往就问，用七事相启发来说服公子弃隐从仕，说明智士在圣明之世应建功立业而有所作为的道理。

冲漠公子，含华隐曜。嘉遁龙盘[1]，玩世高蹈。游心于浩然[2]，玩志乎众妙。绝景乎大荒之遐阻，吞响乎幽山之穷奥。于是殉华大夫闻而造焉。乃敕云辂，骖飞黄[3]。越奔沙，辗流霜。凌扶摇之风，蹑坚冰之津。旌拂霄堮，轨出苍垠。天清泠而无霞，野旷朗而无尘。临重岫而揽辔，顾石室而回轮[4]。遂适冲漠之所居。其居也，峥嵘幽蔼，萧瑟虚玄。溟海浑濩涌其后，嶰谷嘲嘈张其前[5]。寻竹竦茎荫其壑，百籁群鸣聋其山[6]。冲飙发而回日[7]，飞砾起而洒天。于是登绝巘，溯长风。陈辩惑之辞，命公子于岩中。曰："盖闻圣人不卷道而背时[8]，智士不遗身而匿迹。生必耀华名于玉牒[9]，没则勒洪伐于金册。今公子违世陆沉[10]，避地独窜。有生之欢灭，资父之义废[11]。愁洽百年，苦溢千岁。何异促鳞之游汀泞，短羽之栖翳荟。今将荣子以天人之大宝[12]，悦子以纵性之至娱。穷地而游，中天而居。倾四海之欢，殚九州之腴。钻屈瞉之瓠[13]，解疏属之拘[14]，子欲之乎？”公子曰：“大夫不遗，来萃荒外。虽在不敏，敬听嘉话。”

【注释】

〔1〕龙盘：像龙一样盘屈蛰伏，比喻避世隐居。

〔2〕游心：任由心志漫游。 浩然：浩然之气，即充塞于天地间的至大至刚之气。

〔3〕飞黄：传说中的神马名。

〔4〕石室：西王母的居所。

〔5〕嶗嶆（láo cáo）：深空险峻。

〔6〕百籁：从孔穴中发出的各种声音。

〔7〕回日：使太阳回转，比喻天昏地暗。

〔8〕卷道：隐退藏道。

〔9〕玉牒：泛指典册、史籍。

〔10〕陆沉：比喻隐居或埋没不为人知。

〔11〕资父：赡养和侍奉父亲。

〔12〕大宝：富贵荣华。

〔13〕屈瞉（gǔ）：战国时宋国人，有一葫芦坚如磐石，厚而无孔，不能被刺穿。

〔14〕疏属：山名。《山海经》载二负（人名）被禁锢在疏属之山。

【译文】

冲漠公子，才华隐而不露，居于世俗之外，游戏人间，轻视人事。他任由心志漫游于浩然之气中，专心致志涵泳于深奥玄妙的道理间。在重重大荒中销声匿迹，在幽幽深山里隐匿声响。这时，殉华大夫听闻此事后，登门造访冲漠公子。于是他整饬了饰有云状纹的马车，越过流沙，碾过飞霜。乘着自上而下的旋风，踩着覆盖着坚冰的关津。旌旗飘动擦拂天边，车辙驶出苍天之际。天空清透高远又没有云朵彩霞，野外开阔明亮又没有黄土尘埃。接近幽深山洞而止住马缰，回望西王母住处而转圜方向。于是到了冲漠公子居住的地方。他居住的地方，山势高峻突出又幽深阴暗，冷落凄凉又寂静无扰。溟海波涛汹涌，浪潮涌动在其后面，嶰谷山势深空，险峻排列在其前面。寻竹竦茎荫其壑，百籁群鸣聋其山。高大的竹子挺立茎干荫庇着沟壑，孔穴之声群起而响声沸腾于山谷。急风发而遮天蔽日，飞石起则洒满天空。这时，殉华大夫登上高山，迎着大风，陈述辨疑解惑之言辞，让冲漠公子至岩洞之中，说："我听闻圣人不隐天道而背弃世时，贤人不会遗弃自身而藏匿踪迹。在世则在史书中显扬美名，身后亦于金册上刻上彰显功勋。如今公子您背离俗世，隐居此处，不为人知，独自生活。您人生之欢愉泯灭，事父事君之义废弃。忧愁漫长，伴随一生；苦恨绵延，更至千年。与小鱼游动于浅水池沼中，小鸟栖息在茂盛的草丛里有什么不同呢？如今将要用天子的富贵荣华使您感到荣耀，以放纵极致的性情使您感到愉悦。穷尽四方之野以遨游，登上仙界而闲居。倾尽天下的欢乐，尝遍九州的美食，刺穿屈毂坚而厚的葫芦使之有用，解开困缚二负于疏属山的拘禁使之有益国人，您想要这些吗？"冲漠公子回答道："蒙大夫不弃，来此荒野郊外，我虽不聪慧，愿洗耳恭听有教益的良言。"

大夫曰："寒山之桐，出自太冥。含黄钟以吐干[1]，据苍岑而孤生。既乃琼巘嶒崚[2]，金岸崥崹[3]。左当风谷，右临云溪。上无凌虚之巢，下无跖实之蹊。摇刖峻挺[4]，茗邈苕峣[5]。晞三春之溢露，溯九秋之鸣飙。零雪写其根，霏霜封其条。木既繁而后绿，草未素而先凋。于是构云梯，陟峥嵘。剪蕤宾之阳柯，剖大吕之阴茎[6]。营匠斫其朴[7]，伶伦均其声。器举乐奏，促调高张。音朗号钟，韵清绕梁[8]。追逸响于八风，采奇律于归昌[9]。

启中黄之少宫〔10〕，发蓐收之变商〔11〕。若乃龙火西颓〔12〕，暄气初收。飞霜迎节，高风送秋。羁旅怀土之徒，流宕百罹之畴。抚促柱则酸鼻，挥危弦则涕流。若乃追清哇，赴严节。奏《绿水》，吐《白雪》〔13〕。《激楚》回〔14〕，流风结。悲蓂荚之朝落，悼望舒之夕缺。茕厘为之擗摽，孀老为之呜咽。王子拂缨而倾耳，六马嘘天而仰秣〔15〕。此盖音曲之至妙。子岂能从我而听之乎？”公子曰：“余病，未能也。”

【注释】

〔1〕黄钟：古乐十二律之一。

〔2〕琼巘（yǎn）：玉山。　嶒崚（céng líng）：高而险峻的样子。

〔3〕崥崹（pí tí）：地势渐趋平缓。

〔4〕摇刖（yuè）：危险。

〔5〕茗邈：高貌。　苕峣：高陡貌。

〔6〕“剪蕤（ruí）宾”二句：《礼记》曰：“仲夏之月，律中蕤宾。”指农历五月。又曰：“季冬之月，律中大吕。”指农历十二月。

〔7〕朴：未经修剪加工过的木料。

〔8〕号钟：俞伯牙之琴曰“号钟”。　绕梁：许史之琴曰“绕梁”。

〔9〕归昌：凤凰集鸣。

〔10〕少宫：乐调名。

〔11〕蓐（rù）收：古代传说中的西方神名。　变商：七弦古琴的第七弦。

〔12〕龙火：东方七宿中的心宿。

〔13〕《绿水》《白雪》：古曲名。

〔14〕《激楚》：古曲名。

〔15〕仰秣：谓马听见美妙的音乐昂起头来。

【译文】

殉华大夫说：“北有寒山的梧桐树，出自阴冷北方。包含黄钟五音孕育树干，倚据青山而独立地生长。玉山山势高而险峻，金岸岸边平而阔远。向左正当风谷，向右临近溪谷。向上没有高悬空中之巢，向下无野兽踏足之路。山势高危，重叠缭绕。梧桐树享受三春的露水，迎接九秋的狂风。又零雪与飞霜分别倾落在梧桐树的树根和枝条上。树木都已经繁茂，而梧桐树才长出绿色的枝叶；野草还没有枯黄，而梧桐树叶就已经凋谢。于是有人建造高梯，登上高峻处，于仲夏之月伐下梧桐树向阳的枝条，在寒冬里锯断背阴的树干。工匠加工原始木材制作成器物，乐师调试乐器使成五音。奏起乐器，则弦高激昂，声音朗朗如俞伯牙的'号钟'琴，韵调清雅似许史的'绕梁'琴。奔放之音响彻八方来风，奇特韵律采集自凤凰会鸣。弹奏黄帝所创的少宫调，又辅以孟秋时节的变商音。至心宿星向西落下，暑气则开始收敛。飞霜与疾风送来了秋天。漂泊在外、怀着千般忧虑的旅人，弹奏着急弦悲伤心酸，挥动琴弦泪流不止。至于追寻清幽的歌声，跟着急促的节拍，弹《绿水》，奏《白雪》《激楚》之音往复激荡，如长风萦绕回旋。为瑞草蓂荚早晨凋落而悲伤，为月亮夜晚圆缺而哀悼。寡妇彷徨，为此抚心悲痛哭泣。王子乔拂动缨绳侧耳倾听，马儿们仰头吐气听音乐忘记吃食。这大概就是极其美妙的音乐。您愿随我去倾听吗？"冲漠公子说："我生病了，不能如此。"

大夫曰："兰宫秘宇，雕堂绮栊。云屏烂汗[1]，琼壁青葱。应门八袭[2]，璇台九重[3]。表以百常之阙[4]，圜以万雉之墉[5]。尔乃峣榭迎风[6]，秀出中天。翠观岑青，雕阁霞连。长翼临云，飞陛凌山[7]。望玉绳而结极[8]，承倒景而开轩。赪素炳焕[9]，枌栱嵯峨[10]。阴虬负檐，阳马承阿。错以瑶英，镂以金华。方疏含秀，圆井吐葩。重殿叠起，交绮对幌。幽堂昼密，明室夜朗。焦螟飞而风生，尺蠖动而成响[11]。若乃目厌常玩[12]，体倦帷幄。携公子而双游，时娱观于林麓。登翠阜，临丹谷。华草锦繁，飞采星烛。阳叶春青，阴条秋绿。华实代新，承意恣欢。仰折神虈[13]，俯采朝兰。溯蕙风于衡薄[14]，眷椒涂于瑶坛。尔乃浮三翼，戏中沚。潜鳃骇，惊翰起。沉丝结，飞矰理。挂归翮于赤霄之表，出华鳞于紫渊之里。然后纵棹随风，弭楫乘波。吹孤竹，拊云和[15]。渊客唱淮南之曲，榜人奏《采菱》之歌。歌曰：乘凫舟兮为水嬉，临芳洲兮拔灵芝。乐以忘戚，游以卒时。穷夜为日，毕岁为期。此盖宴居之浩丽，子岂能从我而处之乎?”公子曰：“余病，未能也。”

【注释】

〔1〕烂汗：光辉灿烂的样子。

〔2〕应门：古代王宫的正门。

〔3〕璇台：饰以美玉的高台。

〔4〕百常：很高。

〔5〕万雉：十分宽广的城墙。

〔6〕峣：高。

〔7〕飞陛：通向高处的阶道。

〔8〕玉绳：星名。

〔9〕赪（chēng）：红色。

〔10〕枌（fén）栱：阁楼的栋与斗栱。

〔11〕焦螟、尺蠖（huò）：极细小的昆虫。

〔12〕常玩：日常玩赏之物。

〔13〕神虈（xiāo）：香草名。

〔14〕衡薄：香草丛生的地方。

〔15〕云和：乐器。

【译文】

殉华大夫说：“（这里有）美好的宫室和深屋秘殿，彩绘装饰的屋子和雕饰花纹的门窗。疏屏光辉灿烂，玉璧青葱翠绿。森严王宫的正门有八重，饰以美玉的高台有九重。高耸宫阙伫立其间，宽广城墙围绕在外。于是危峻建筑正迎和风，在中天下显得格外出众。翠玉雕饰的楼观如小山般青翠，雕饰的楼阁似云霞般相连。屋翼面对着云彩，通向高处的阶道穿过山峰。观玉绳星方位而定宫殿屋梁，承接天极的倒影设置窗户。饰以红白之色光彩夺目，阁楼栋与斗栱参差相错。腾龙背负着屋檐，骏马承托着梁柱。镶嵌着温润美玉，雕镂着金质花纹。方形的窗户里装饰着花纹，圆井的顶端上雕刻奇葩。殿宇交叠而起，天窗帐幔相对。悠悠深殿白日昏暗，朗朗明室夜晚敞亮。焦螟飞而生风，尺蠖动而有响。至于眼睛厌烦于日常所玩赏之物，身体疲乏于深宫帷幔。那么就带您一起游玩，常去林麓间娱览。登上青翠的山峰，面对朱红溪谷。草繁茂美丽如列锦，光彩飞动如星光闪耀。向阳的枝叶春天时青青，背阴的枝条秋天碧绿。春秋更替，逢迎人意恣肆欢悦。仰摘神蘼香草，低采清晨香兰。在香草丛生之处迎着和风，在瑶台玉阶上顾恋椒路。于是浮乘着小船，在水中汀洲游玩。深潜水中的鱼儿被惊动，安宁以居的鸟儿因此惊惧而飞。准备钓竿，搭上箭矢。射鸿雁于赤云之端，钩鱼儿于深渊之中。然后恣肆放开船桨，随风飘荡于水波之上。吹起孤竹、云和之类的鼓瑟乐器，水手唱着淮南之歌，船夫演奏《采菱》曲。歌声唱着：乘着小船在水中嬉戏，面对着芳洲采摘灵芝瑞草。高兴得忘记了忧愁，游玩中度过时日。终夜当成白日，终年以为期限。这是闲居的气魄，您随我而闲居吗？”冲漠公子说：“我生病了，不能如此。”

大夫曰：“若乃白商素节[1]，月既授衣[2]。天凝地闭，风厉霜飞。柔条夕劲，密叶晨稀。将因气以效杀[3]，临金郊而讲师[4]。尔乃列轻武，整戎刚[5]。建云髦，启雄芒。驾红阳之飞燕[6]，骖唐公之骕骦[7]。屯羽队于外林，纵轻翼于中荒。尔乃布飞罼[8]，张修罠。陵黄岑，挂青峦。画长豁以为限，带流溪以为关。既乃内无疏蹊，外无漏迹。叩钲数校[9]，举麾旌获。彀金机，驰鸣镝，剪刚豪，落劲翮。车骑竞骛[10]，骈武齐辙[11]。翕忽挥霍，云回风烈。举戈林竦[12]，挥锋电灭。仰倾云巢，俯殚地穴。乃有圆文之犴，班题之猣。鼓鬣风生，怒目电瞛[13]。口咬霜刃，足拨飞锋。瓿林蹶石[14]，扣跋幽丛。于是飞黄奋锐[15]，贲石逞技[16]。蹙封狶[17]，僨冯豕[18]。拉甝虪，挫獬廌[19]。勾爪摧，锯牙捭[20]。澜漫狼藉，倾榛倒壑。殒嵤挂山[21]，僵踣掩泽[22]。薮为毛林，隰为丹薄[23]。于是撤围顿罔，卷旆收鸢。虞人数兽[24]，林衡计鲜[25]。论最犒勤，息马韬弦。肴驷连镳，酒驾方轩。千钟电釂[26]，万燧星繁。陵阜霑流膏，溪谷厌芳烟。欢极乐殚，回节而旋。此亦田游之壮观，子岂能从我而为之乎？”公子曰：“余病，未能也。”

【注释】

〔1〕白商：农历七月。

〔2〕授衣：制备寒衣。古代以九月为授衣之时。

〔3〕效杀：打猎。

〔4〕金：西方。

〔5〕轻、武、戎、刚：四车名。

〔6〕红阳：古人名。

〔7〕唐公：古人名。　骕骦：古代良马名。

〔8〕飞罼（luán）：高张的网。

〔9〕数校：散为阵列。

〔10〕骛：乱跑。

〔11〕骈：并排。　武：迹。

〔12〕竦：立。

〔13〕瞛（cōng）：电。

〔14〕瓿（wù）：兽类以鼻摇物。

〔15〕飞黄：指飞廉、中黄伯。古代的大力士名。
〔16〕贲石：指孟贲、石蕃。古代的勇士名。
〔17〕封：大。　狶（xī）：猪。
〔18〕偾（fèn）：僵死。　冯（píng）：大。
〔19〕獬廌（xiè zhì）：像鹿一样只有一只角的动物。
〔20〕捭（bǎi）：两手相击。
〔21〕殒胔（zì）：死兽的尸体。
〔22〕僵踣（bó）：倒毙的野兽尸体。
〔23〕薄：草木丛生之地。
〔24〕虞人：古代掌山泽苑囿之官。
〔25〕林衡：古代掌保护巡守林木之官。
〔26〕电釂（jiào）：如闪电般将酒饮尽。

【译文】

殉华大夫说："至深秋时节，天气寒冷坚冰凝结在地上，寒风凄厉又霜雪纷飞。柔嫩的枝条晚上变得僵硬，繁茂的枝叶早晨变得稀疏。因着这肃杀之气打猎，到西郊讲武教战。于是整列战车，厉兵秣马，树立旌旗，擦拭锋利的宝剑。骑着如红阳和唐公二人所驾的骏马，屯羽队于外林，纵轻翼于中荒。在郊外整肃集结军队，于荒野之中展开两翼前进。于是支起高张的网，布下重重陷阱，登上高峻的山峰，越过青青的山峦，以长长沟壑为狩猎之界，将汩汩小溪作为关卡。内无猎物逃走之路，外无野兽活命之机。敲击着钲鼓散开队伍开始行猎，高举旌旗报告猎获情况。张弓弩，发响箭，射中飞禽，猎得走兽。马车坐骑竞相奔驰，留下整齐的脚印和车辙。倏忽之间，奔驰疾速轻捷，如云彩一样激荡，像风一样猛烈。士兵们高举的矛戈如树林般密立，挥舞的宝剑像闪电一样迅疾，仰可倾覆高耸入云的鸟巢，低可穷尽地下的洞穴。有圆纹的豣，亦有斑纹额头的貔，竖起鬃毛虎虎生风，怒目而视则见电闪。嘴咬明亮锋利的刀刃，脚踢锋利迅疾的箭矢。野兽用鼻子摇动树林，用脚爪踢石头，撞击践踏幽深的树丛。在这时勇士如飞廉、中黄伯一般振奋勇气，如孟贲、石蕃二人施展技艺。踢踏野猪，击倒大兽。猎杀貔貅，捕获獬廌。野兽勾爪被砍断，锯牙被拔除。猎物四处丢弃，填满山林沟壑。各种死兽悬挂在林间，倒毙的尸体则掩盖了湖泽。多草的湖泽成了野兽皮毛的堆积之地，低洼的地方成了野兽血流成河之地。此时，撤除围障，解除罗网，卷起旌帜，收好鸢旗。让虞人清点猎取的野兽，让林衡统计新捕杀的猎物。论首功者，犒赏其勇武勤恳，停兵驻马，收藏弓箭。运输食物的车辆相连，装载美酒的马匹并行。千杯酒如闪电般饮尽，万盏火把像星星般繁密。山川陵岳染满酒食溢出的油脂，小溪山谷弥漫火把的烟雾。欢乐尽兴后宴会散罢，手持符节返回营地。这是田猎游玩的壮丽，您能跟随我而尝试吗？”冲漠公子说：“我生病了，不能如此。”

大夫曰：“楚之阳剑〔1〕，欧冶所营〔2〕。邪溪之铤〔3〕，赤山之精。销逾羊头〔4〕，镤越锻成。乃炼乃铄，万辟千灌。丰隆奋椎〔5〕，飞廉扇炭〔6〕。神器化成，阳文阴缦。流绮星连，浮彩艳发。光如散电，质如耀雪。霜锷水凝，冰刃露洁。形冠豪曹〔7〕，名珍巨阙〔8〕。指郑则三军白首，麾晋则千里流血。岂徒水截蛟鸿，陆洒奔驷，断浮翮以为工，绝重甲而称利云尔而已哉！若其灵宝，则舒辟无方〔9〕，奇锋异模。形震薛蜀〔10〕，光骇风胡〔11〕。价兼三乡，声贵二都。或驰名倾秦，或夜飞去吴〔12〕。是以功冠万载，威曜无穷。挥之者无前，拥之者身雄。可以从服九国，横制八戎。爪牙景附，函夏承风〔13〕。此盖希世之神兵，子岂能从我而服之乎？”公子曰：“余病，未能也。”

【注释】

〔1〕阳剑：宝剑干将。

〔2〕欧冶：欧冶子，越国善铸剑的人。

〔3〕邪溪：即若耶溪，地名。

〔4〕羊头：生铁名。

〔5〕丰隆：雷公。

〔6〕飞廉：风伯。

〔7〕豪曹：宝剑名。

〔8〕巨阙：宝剑名。

〔9〕舒辟：伸展舒卷。

〔10〕薛蜀：人名，古代善于识剑的人。

〔11〕风胡：即风胡子，古代善于识剑的人。

〔12〕“或驰名”二句：吴王有湛庐剑，王无道，剑夜飞去，入水，楚王得之。秦王闻之，求而不得，兴师击楚，终不能得。事见《越绝书》。

〔13〕函夏：四海，全国。

【译文】

殉华大夫说：“楚国的宝剑干将，是欧冶子铸造的铁剑。若耶溪和赤山所产的未经锻造优良铜铁。其生铁质量超过羊头之产，未经冶炼的铜铁品质就已超越了已锻造好的宝剑。熔化冶炼，千锤百炼。雷公奋力捶打，风伯扇动炭火。宝剑铸成，阳剑雕纹，阴剑平缦。流光溢彩而熠熠夺目，剑气冲天又与星辰可接，鲜明焕发，艳丽照人。发出的光彩如同雷霆闪电，通身洁白光耀似霜雪。刀刃坚韧似冰，又似水般洁净，如露般明洁。剑形可超宝剑豪曹，珍贵重于宝剑巨阙。指向郑国则全军白头，进攻晋国则血流千里。何止是用宝剑水击蛟龙鸿雁，剑气绝杀奔腾的车马，截断鸿雁就认为是工巧精致，斩断厚重的铠甲就认为是锋利的呢？像这样的宝剑，伸展舒卷无常，剑锋奇绝无比。剑形使薛蜀震惊，光彩使风胡子惊骇。价值抵过三乡，名声贵于二都。或是声名远扬使秦王倾倒，或是夜晚飞离吴王阖庐。因此功名超越万年，威力光耀无穷。挥舞它的人没有能抵挡得住的，拥有它的人称雄于世。可以凭借它使九国臣服，控制八方戎狄。使有勇力的人像影子一样归附，使诸夏称服效忠。这大概就是罕见于世的神器了，您能随我佩戴它吗？”冲漠公子说：“我生病了，不能如此。”

大夫曰：“天骥之骏，逸态超越。禀气灵渊[1]，受精皎月。眸瞷黑照[2]，玄采绀发。沫如挥红，汗如振血。秦青不能识其众尺[3]，方堙不能睹其若灭[4]。尔乃巾云轩，践朝雾。赴春衢，整秋御。虬踊螭腾，麟超龙翥[5]。望山载奔，视林载赴。气盛怒发，星飞电骇。志凌九州，势越四海。景不及形，尘不暇起。浮箭未移[6]，再践千里。尔乃逾天垠，越地隔。过汗漫之所不游[7]，蹑章亥之所未迹[8]。阳乌为之顿羽[9]，夸父为之投策。斯盖天下之隽乘，子岂能从我而御之乎？”公子曰：“余病，未能也。”

【注释】

〔1〕灵渊：龙马所生的渊池。

〔2〕瞷（xián）：侧目，眼睛不正视对方。

〔3〕秦青：秦牙、管青。古代擅长相马的人。

〔4〕方堙：九方堙。古代擅长相马的人。

〔5〕翥（zhù）：向上飞。

〔6〕浮箭：刻漏。

〔7〕汗漫：仙人名，善远足之人。

〔8〕章亥：大章、竖亥。仙人名，善远足之人。

〔9〕阳乌：神话传说中在太阳里的三足乌。

【译文】

殉华大夫说：“天马天赋异禀，奔跑的姿态轻快超脱。禀受天地灵渊之气，涵养皎月灼灼精华。眼珠黑白分明，黝黑毛发夹杂青赤。汗水流动，如鲜红的血液。善相马者如秦牙、管青不能识别其身躯尺寸，如九方堙不可看到它奔跑的速度。于是穿过云端，踏过朝雾，去往春天的大道，奔向秋天的御路。如同虬龙跳跃飞舞，骏马奔腾。望山峰而奔，见山林则赴。气势旺盛勃发，如流星飞逝电闪震骇。其志可超越九州，其势可越过四海。奔马的身影跟不上躯体速度，尘土都来不及扬起。计时的刻漏还没怎么移动，骏马奔腾已有两千里。于是穿过天边，越过地界。至仙人汗漫不曾到的地方，踏足大章、竖亥没有涉足的地方。三足乌为它停止飞翔，夸父为它丢弃拄杖。这大概就是天下卓越的骏马，您能随我驾驭它吗？”冲漠公子说：“我生病了，不能如此。”

大夫曰：“大梁之黍，琼山之禾，唐稷播其根〔1〕，农帝尝其华〔2〕。尔乃六禽殊珍〔3〕，四膳异肴〔4〕。穷海之错，极陆之毛。伊公爨鼎〔5〕，庖子挥刀〔6〕。味重九沸，和兼勺药。晨凫露鹄，霜鶬黄雀。圜案星乱，方丈华错。封熊之蹯，翰音之跖。燕髀猩脣，髦残象白。灵渊之龟，莱黄之鲐。丹穴之鹨，玄豹之胎。燀以秋橙〔7〕，酤以春梅〔8〕。接以商王之箸，承以帝辛之杯。范公之鳞，出自九溪。赪尾丹鳃，紫翼青鬐。尔乃命支离〔9〕，飞霜锷。红肌绮散，素肤雪落。娄子之豪不能厕其细〔10〕，秋蝉之翼不足拟其薄。繁肴既阕，亦有寒羞〔11〕。商山之果，汉皋之榛。析龙眼之房，剖椰子之壳。芳旨万选，承意代奏。乃有荆南乌程〔12〕，豫北竹叶〔13〕。浮蚁星沸，飞华萍接。玄石尝其味〔14〕，仪氏进其法〔15〕。倾罍一朝，可以流湎千日。单醪投川，可使三军告捷。斯人神之所歆羡，观听之所炜晔也。子岂能强起而御之乎？”公子曰：“耽口爽之馔，甘腊毒之味〔16〕。服腐肠之药，御亡国之器。虽子大夫之所荣，故亦吾人之所畏。余病，未能也。”

【注释】

〔1〕唐：唐尧。　稷：后稷，周人先祖，教民耕稼。

〔2〕农帝：神农，曾尝百草，教人治病。

〔3〕六禽：雁、鹑、鷃、雉、鸠、鸽。

〔4〕四膳：《礼记》："孟春食麦与羊，孟夏食菽与鸡，孟秋食麻与犬，孟冬食黍与彘。"

〔5〕伊公：商代伊尹。

〔6〕庖子：庖丁，善解牛的人。

〔7〕燀（chǎn）：烧煮。

〔8〕酟（tiān）：沾湿浸润。

〔9〕支离：古代善屠龙的人。

〔10〕娄子：离娄，古代目力极好的人。

〔11〕寒羞：生食的珍馐，指瓜果之类。

〔12〕乌程：吴兴乌程县，以酒闻名。

〔13〕竹叶：竹叶青，酒名。

〔14〕玄石：古代善饮酒的人。

〔15〕仪氏：古代善酿酒的人。

〔16〕腊（xī）毒：久毒。

【译文】

殉华大夫说："大梁的黄米，琼山的谷子。唐尧时的后稷播种它的根，神农品尝它的果实。有六种珍稀的飞禽，四季特别的佳肴。穷尽大海里鲜嫩的海物，极尽陆地上美味的禽兽。伊公大鼎烧火，庖丁厨刀挥舞。煮沸多次而滋味浓郁，五味与芍药一同调和。早晨的野鸭与露时的大雁，降霜时节的鶉和黄雀。圆形的桌案如繁星纷乱，方形食器又美丽缤纷。大熊的足掌，鸡的脚掌，燕子的大腿，猩猩的嘴唇，牦牛的肉，大象的象脂。深海灵渊的巢龟，东莱黄县的海鱼。丹穴山的鹨鸟，黑豹的幼崽。烹煮加秋橙，调味用梅子。用纣王的筷子夹取，用帝辛的杯子盛接。范蠡所养之鱼，来自九溪，有红色的尾巴与鱼鳃，加之紫色的两翼与青色的鱼鳍。命令宰夫支离益飞动利刃，红色的肌肉便如丝织品般铺开，洁白的肉质像雪花一样飘落。离娄所见到的毫末不能跟它比细微，秋天鸣蝉的翅膀不能跟它比轻薄。丰盛的佳肴已经进毕，还有新鲜生食的瓜果。商山的嫩果，汉皋的橘柚。剥开龙眼的外壳，剖开椰子的硬壳。芳香甜美经过千挑万选，秉承人意而轮流进献。还有荆州之南吴兴乌程的酒，豫州之北的竹叶青酒。漂浮的酒沫如星星般繁多，泡花又像浮萍相互连接。玄石品尝其味道，仪氏进献其酒方。一朝饮酒可以沉醉千日，一瓢酒投入河水中，全军饮之可打胜仗。这是凡人神灵所共同羡慕的，听者观者所向往神驰的。您能振作起来而去享用它们吗？”冲漠公子答道：“沉湎于伤害口舌的美食，享受有毒的美味。服用烂肠之药，使用亡国之器。即使是您所以为荣耀的，但也是我所畏惧的。我生病了，不能如此。”

大夫曰：“盖有晋之融皇风也，金华启征[1]，大人有作。继明代照，配天光宅。其基德也，隆于姬公之处岐。其垂仁也，富乎有殷之在亳。南箕之风[2]，不能畅其化。离毕之云[3]，无以丰其泽。皇道焕炳，帝载缉熙。导气以乐，宣德以诗。教清于云官之世[4]，治穆乎鸟纪之时[5]。王猷四塞[6]，函夏谧宁。丹冥投烽[7]，青徼释警[8]。却马于粪车之辕，铭德于昆吴之鼎。群萌反素[9]，时文载郁。耕父推畔，鱼竖让陆。樵夫耻危冠之饰，舆台笑短后之服。六合时邕，巍巍荡荡。玄龆巷歌[10]，黄发击壤。解羲皇之绳[11]，错陶唐之象[12]。若乃华裔之夷，流荒之貊。语不传于辎轩，地不被乎正朔[13]。莫不骏奔稽颡[14]，委质重译。于时昆蛂感惠，无思不扰。苑戏九尾之禽，囿栖三足之乌。鸣凤在林，夥于黄帝之园。有龙游渊，盈于孔甲之沼[15]。万物烟煴，天地交泰。义怀靡内，化感无外。林无被褐[16]，山无韦带。皆象刻于百工[17]，兆发乎灵蔡[18]。搢绅济济，轩冕蔼蔼。功与造化争流，德与二仪比大。”言未终，公子蹶然而兴，曰：“鄙夫固陋，守此狂狷。盖理有毁之，而争宝之讼解[19]；言有怒之，而齐王之疾痊[20]。向子诱我以聋耳之乐，栖我以蔀家之屋。田游驰荡，利刃骏足。既老氏之攸戒，非吾人之所欲。故靡得应子。至闻皇风载韪，时圣道醇。举实为秋，摛藻为春。下有可封之民，上有大哉之君。余虽不敏，请寻后尘。”

【注释】

〔1〕金华：杜预《左氏传注》：“晋为金德，故曰金华。”

〔2〕南箕：星名。

〔3〕离毕：星名。

〔4〕云官：相传黄帝受命有云瑞，故以云纪事，以云名官。

〔5〕鸟纪：传说少皞氏以鸟纪官，以鸟名官。

〔6〕王猷：犹王道。君主以仁义统治天下的方法。

〔7〕丹冥：南方。

〔8〕青徼：东方。

〔9〕群萌：百姓。

〔10〕玄龆（tiáo）：黑发儿童。

〔11〕绳：指结绳而治。

〔12〕象：指象刑。唐尧时无肉刑，仅用与众不同的服饰加之犯人以示辱。

〔13〕正朔：帝王新颁的历法。古代帝王易姓受命，必改正朔。

〔14〕稽颡（sǎng）：古代一种跪拜礼，屈膝下拜，以额触地，表示极度的虔诚。

〔15〕孔甲：古代帝王名。

〔16〕被褐：穿粗布短袄的人，指隐士。

〔17〕象刻于百工：殷高宗梦见贤相，画成图像全国寻找，果得贤相。

〔18〕灵蔡：卜卦用的大龟。周文王根据占卜，在渭水得吕尚。

〔19〕争宝之讼解：指庚市子以毁玉的方式平息争讼，争讼平而玉毁。

〔20〕齐王之疾痊：指文挚以惹怒办法给齐王治病，齐王病痊而自己丧身。

【译文】

殉华大夫说："晋朝弘扬皇帝的教化，显现祥瑞之兆，皇帝应运登基。继日之光明照耀天下，并排天地养育万物。晋帝以德行为基，盛于文王治理岐周。施展仁爱博施万民，比商汤在亳州所作还多。雅顺之南风不可比其教化通畅，时雨普降不能比其恩泽丰厚。烨烨皇道昭彰显著，丰功伟业和睦广大。以舞乐引导百姓性情，以诗教宣扬仁义德行。教化广泽可比黄帝之时，治国安邦超越少皞时代。王道普及全国，安宁广泽天下。南方不再打仗，东方解除警戒。战马用于耕作，大鼎铭刻功德。百姓回到原本的自然状态，郁郁礼乐制度兴盛壮大。农夫谦让田地之界，渔夫争推水田之利。砍柴的人以佩戴高冠为耻，低贱的奴仆也不屑着剑士之服。天下太平安定，仁爱功德广布。儿童在里巷中歌唱，老人在做投掷游戏。革除伏羲氏的结绳之治，置唐尧时期的象刑而不用。至于边远地方的少数民族，虽其语言不被朝廷使者采纳，地域因遥远而不用朝廷正朔历法，却没有不疾奔行跪拜礼的，并且辗转翻译语言多次呈献礼物。此时微小蝼蚁尚知感触惠泽，无不思受驯服。在池苑玩弄九尾狐，园中则栖息着三足乌。凤凰在林中鸣叫，其声多于黄帝的园囿。蛟龙在深渊中舞动，胜过孔甲的池沼。万物和谐融洽，天地融合贯通。仁义教化普及其内，广泽在外无所不至。山林中无隐者，江水旁无贤士。都已命百官推举圣贤之人，从占卜的灵龟中得出征辟之兆。人才众多，威仪庄重。功德可与造化比高下，德行可与天地争比大小。"殉华大夫还没说完，冲漠公子奋然而起，说道："我见识浅薄，固守着偏执狂妄。大概美玉有自毁之理，那么争逐财宝的官司就可解除。文章言语藏有怒火，齐王之病则能痊愈。原先您用震聋之音乐诱惑我，以富丽堂皇的宫室劝诫我，田猎驱驰游荡，有宝剑和良马相伴。这些既是老子所戒除的，也是我所不想要的。

所以不能够答应您。直到听到了皇帝治国之正道，王风纯粹深厚。举荐贤才好比得到了秋天的果实，宣扬王道好比春天的妍丽。下有可以封赏的百姓，上有伟大的晋帝。我虽然不聪敏，请让我跟随在您的身后。”

（译注：杨晓岚）

诏

诏 汉武帝（刘彻）

【题解】

汉武帝刘彻（前156—前87），汉景帝子。承文景之业，对内改革政治经济，发展生产，对外用兵，开拓疆土，罢黜百家，独尊儒术。武帝时代为西汉军事、政治、经济、文化的极盛时期。本文阐明了要建立非常的功业，必须不拘一格选拔人才的用人主张。

诏曰：盖有非常之功，必待非常之人〔1〕。故马或奔踶而致千里〔2〕，士或有负俗之累而立功名。夫泛驾之马〔3〕，跅弛之士〔4〕，亦在御之而已。其令州县察吏民有茂才异等，可为将相及使绝国者。

【注释】

〔1〕非常：不寻常。

〔2〕奔踶（dì）：指有些马奔跑时会踢人。

〔3〕泛驾：比喻不受驾驭。

〔4〕跅（tuò）弛：放荡不羁，不守规矩。

【译文】

诏令说：要想建立非同寻常的功业，一定要依靠不同寻常的人才能成功。因此，有些骏马奔跑时会踢人，却能到达千里之外；有些士人不合流俗被人嘲讽，却能立下功名。对待不受驾驭的马和放荡不羁的士人，也在于如何操控罢了。现命令各州县察访官吏、百姓中有非同寻常的才能，可以做将军、丞相以及出使边远国家的人才。

贤良诏 汉武帝（刘彻）

【题解】

诏令要求贤臣出谋献策以光大先帝之业，表达了对尧、舜、三王之道的向往。

朕闻昔在唐虞〔1〕，画象而民不犯〔2〕。日月所烛，罔不率俾〔3〕。周之成康〔4〕，刑措不用，德及鸟兽；教通四海，海外肃慎〔5〕，北发渠搜〔6〕，氐羌来服〔7〕。星辰不孛〔8〕，日月不蚀，山陵不崩，川谷不塞。麟凤在郊薮，河洛出《图》《书》。呜呼！何施而臻此乎？

【注释】

〔1〕唐虞：唐尧、虞舜，指尧舜时代。

〔2〕画象：画衣冠。指上古时期以特异的服饰象征五刑，以表惩戒。

〔3〕率俾（bǐ）：顺从。

〔4〕成康：周成王与周康王。

〔5〕肃慎：古民族名，居住在今东北地区。

〔6〕北发：古代北方地名。　渠搜：古西戎国名。

〔7〕氐羌：古代氐族和羌族的并称，居住在今西北地区。

〔8〕孛（bèi）：彗星。

【译文】

我听闻在唐尧时代，以特异的服饰表五刑的做法致使人民不犯法。太阳和月亮所照到的地方，没有不顺从的。周成王、周康王那个年代，不施刑罚，但其政德施及鸟兽，其教化施及四海。边远地区的肃慎、北发、渠搜和氐羌都来臣服。天空中没有出现彗星，太阳和月亮没有受到侵害，山丘没有崩塌，河流没有堵塞。麒麟和凤凰出现在郊野草泽之地，黄河与洛水出现了《图》和《书》。啊！他们施行了哪种德政竟达如此盛况？

今朕获奉宗庙[1]，夙兴以求，夜寐以思，若涉渊水，未知所济。猗欤伟欤！何行而可以彰先帝之洪业休德？上参尧舜，下配三王，朕之不敏，不能远德，此子大夫之所睹闻也。贤良明于古今王事之体，受策察问，咸以书对。著之于篇，朕亲览焉。

【注释】

〔1〕奉宗庙：指登上皇位。

【译文】

现在我得到了供奉宗庙的机会，早晨起床的时候在探寻，晚上睡觉的时候在思考，就像趟水过深渊，不知道渡过的方法。多么美好！多么伟大！我施行什么样的政策才能彰显先皇的大业与美德？上跟尧舜相比，下跟三王相较，我不聪慧，不能将德行波及远方，这是诸位大夫所亲眼目睹的。贤良之臣要通晓君王治理天下的策略，现在接受我的考察、策问，都以书面方式进行回答。写成一篇文章，我亲自阅览。

册

册魏公九锡文 潘元茂（潘勖）

【题解】

潘勖，生卒年不详，字元茂，东汉陈留中牟（今河南中牟县东）人，献帝时为尚书郎，迁东海相，拜尚书左丞。本篇是代汉献帝所作，册封曹操为魏公，并加九锡；九锡是皇帝赐给有殊勋者的诸侯、大臣的九种礼器，是最高礼遇的表示。文中历数了曹操在打击豪强、维护汉室方面建立的种种功绩。

制诏：使持节丞相领冀州牧武平侯[1]：朕以不德，少遭闵凶，越在西土[2]，迁于唐卫[3]。当此之时，若缀旒然[4]，宗庙乏祀，社稷无位，群凶觊觎[5]，分裂诸夏，一人尺土，朕无获焉。即我高祖之命，将坠于地，朕用夙兴假寐，震悼于厥心[6]。曰惟祖惟父，股肱先正[7]，其孰恤朕躬。乃诱天衷，诞育丞相。保乂我皇家[8]，弘济于艰难，朕实赖之。今将授君典礼，其敬听朕命：

【注释】

〔1〕使持节：官名，总军戎事。　丞相：指曹操。《魏志》："建安元年，天子假太祖节钺，封武平侯。建安九年，领冀州牧。"

〔2〕西土：长安。

〔3〕唐卫：古唐国、卫国，指洛阳所在。

〔4〕缀旒（liú）：指当时汉献帝被臣子挟持，皇权旁落。

〔5〕群凶：指反对朝廷的乱臣贼子。

〔6〕震悼：惊讶悲伤。

〔7〕股肱：比喻辅佐之臣。　先正：前代贤臣。
〔8〕保乂（yì）：治理使国家安定、太平。

【译文】
诏令：使持节、丞相兼冀州牧武平侯：我因不修德行，年少遭遇了忧患凶丧之事。从边远的长安，迁到洛阳地区。这种情境下，就像旌旗下悬挂的饰物，四处飘摇。宗庙无人祭祀，江山社稷失去正统地位，乱臣贼子妄想得到皇位，国家遭遇分裂，每个人都有自己的领地，我什么也没有得到。大汉高祖立国的天命，将毁于一旦，我早起晚睡，悲痛在心。说曹公的祖父和父亲曾是先皇的辅佐之臣，谁能帮我分担政务？如此才感动了上天，诞生了丞相曹操。保全和治理了汉室天下，救助于危难之中，我确实依赖着您的功德。今天将要给您授予隆重的仪式，您要郑重地接受我的诏命：

昔者，董卓初兴国难，群后失位〔1〕，以谋王室。君则摄进，首启戎行〔2〕，此君之忠于本朝也。后及黄巾，反易天常，侵我三州，延于平民。君又讨之，剪除其迹〔3〕，以宁东夏，此又君之功也。韩暹、杨奉，专用威命，又赖君勋，克黜其难。遂建许都，造我京畿，设官兆祀，不失旧物，天地鬼神，于是获乂〔4〕，此又君之功也。袁术僭逆〔5〕，肆于淮南，慑惮君灵，用丕显谋。蕲阳之役，桥蕤授首，稜威南厉，术以殒溃，此又君之功也。回戈东指，吕布就戮，乘轩将反，张扬沮毙，眭固伏罪，张绣稽服，此又君之功也。袁绍逆常，谋危社稷，凭恃其众，称兵内侮。当此之时，王师寡弱，天下寒心，莫有固志。君执大节，精贯白日，奋其武怒，运诸神策，致届官渡，大歼丑类，俾我国家，拯于危坠，此又君之功也。济师洪河，拓定四州，袁谭、高幹，咸枭其首。

海盗奔迸，黑山顺轨，此又君之功也。乌丸三种，崇乱二世，袁尚因之，逼据塞北，束马悬车，一征而灭，此又君之功也。刘表背诞，不供贡职，王师首路，威风先逝，百城八郡，交臂屈膝，此又君之功也。马超、成宜，同恶相济，滨据河潼，求逞所欲，殄之渭南，献馘万计[6]，遂定边城，抚和戎狄，此又君之功也。鲜卑、丁令，重译而至，箄于、白屋，请吏帅职，此又君之功也。君有定天下之功，重以明德，班叙海内，宣美风俗，旁施勤教，恤慎刑狱。吏无苛政，民不回慝[7]，敦崇帝族，援继绝世，旧德前功，罔不咸秩[8]。虽伊尹格于皇天，周公光于四海，方之蔑如也[9]。

【注释】

〔1〕群后：指各诸侯。

〔2〕戎行（háng）：军队。

〔3〕剪除：消灭。

〔4〕获乂：得到治理。

〔5〕僭（jiàn）逆：超过本分的反叛行为。此处指袁术称帝。

〔6〕馘（guó）：古代战争中割取敌人的左耳以计数献功。

〔7〕回慝（tè）：邪恶。

〔8〕咸秩：按次序行事。此处指安排官职。

〔9〕蔑（miè）如：不如，比不上。

【译文】

往日董卓最开始发动战争时，各诸侯放弃自己的官位，来为王室谋求安定的策略。您则代替君王处理政事来表示忠心，最先开始讨伐，这是您对我忠心的体现。后来等到黄巾起义，违反了天道，侵占三州，战争的灾难蔓延至黎民百姓。您又起兵讨伐，消灭了他的势力，平定了洛阳，这又是您的功劳。韩暹和杨奉擅用专权，又依赖于您的功劳，摆平了他们带来的灾难。接着，建立许昌都城，建造国都，设置官员以及修建祭坛来祭祀，没有丢弃前代的典章制度，社稷宗庙之神由此获得治理，这又是您的功劳。袁术谋逆称帝，在淮南之地肆意放纵，但畏惧您的威灵，您用高妙的计策，在蕲阳一战中，斩下了袁术部下桥蕤的首级，威势震慑了淮南地区，袁术兵败而死，这又是您的功劳。您调转马头向东而行，杀死了吕布，乘车刚要返回，张扬被杀，眭固服罪，张绣臣服，这又是您的功劳。袁绍违反常理，意图危害国家，依仗自己兵力充足，举兵造反掀起国家内乱。这个时候，朝廷军队兵力薄弱，天下百姓失望至极，将士们没有坚定的信心。而您临危不惧，忠心穿过了太阳，激发将士们的愤怒之情，运用各种奇策，到达官渡，大败乱臣贼子，拯救国家于危难之中，这又是您的功劳。您的军队渡过了黄河，平定了青州、幽州、并州与冀州，把袁谭、高幹的头颅挂在树上示众。管承逃散，张燕投降。这又是您的功劳。乌桓三郡，两代作乱，袁尚投奔乌桓，占据了塞北地区，路途坎坷险峻，您一举将其消灭，这又是您的功劳。刘表违背命令、放诞不羁，不向朝廷缴纳赋税，朝廷的军队一出发，威风就传遍了四方，百城八郡都俯首称臣，这又是您的功劳。马超和成宜狼狈为奸，占据临近黄河的潼关等地，寻求施展欲望的机会，您将他们消灭在渭南之地，杀敌千万，然后平定了边塞城池，安抚了少数民族，这又是您的功劳。鲜卑、丁令两族，通过翻译的官员而来进贡，箄于、白屋两族请求朝廷为他们设立官职，这又是您的功劳。您有平定天下的功劳，加上完美的品德，传遍了全国，宣扬美德成了习俗，广施德政教化，慎重施行刑罚。官吏没有严苛的政令，人民没有邪恶之心，衷心尊重皇家帝族，已经断绝官爵的家族让他们继续继承下去，德高望重和前代立过功劳的人都按照次序安排官职。虽然伊尹的高德到达了皇天，周公的贤德被及四海，但和您相较，远不如您。

朕闻先王并建明德，胙之以土[1]，分之以民，崇其宠章，备其礼物，所以蕃卫王室，左右厥世也。其在周成，管、蔡不靖[2]，惩难念功，乃使邵康公锡齐太公履，东至于海，西至于河，南至于穆陵，北至于无棣，五侯九伯，实得征之。世胙太师，以表东海。爰及襄王，亦有楚人，不供王职。又命晋文，登为侯伯，锡以二辂，虎贲鈇钺[3]，秬鬯弓矢[4]，大启南阳，世作盟主。故周室之不坏，繄二国是赖[5]。今君称丕显德，明保朕躬，奉答天命，导扬弘烈，绥爰九域，罔不率俾，功高乎伊周，而赏卑乎齐、晋，朕甚恧焉[6]。朕以眇身，托于兆民之上，永思厥艰，若涉渊水，非君攸济，朕无任焉。今以冀州之河东、河内、魏郡、赵国、中山、钜鹿、常山、安平、甘陵、平原凡十郡，封君为魏公，使使持节御史大夫虑，授君印绶册书，金虎符第一至第五，竹使符第一至第十，锡君玄土[7]，苴以白茅[8]，爰契尔龟，用建冢社。昔在周室，毕公、毛公，入为卿佐，周邵师保，出为二伯，外内之任，君实宜之。其以丞相领冀州牧如故。今更下传玺，肃将朕命，以允华夏，其上故传武平侯印绶。今又加君九锡，其敬听后命。以君经纬礼律，为民轨仪，使安职业，无或迁志，是用锡君大辂戎辂各一，玄牡二驷。君劝分务本，啬民昏作[9]，粟帛滞积，大业惟兴，是用锡君衮冕之服，赤舄副焉[10]。君敦尚谦让，俾民兴行。少长有礼，上下咸和，是用锡君轩悬之乐，六佾之舞[11]。君翼宣风化，爰发四方，远人回面，华夏充实，是用锡君朱户以居。君研其明哲，思帝所难，官才任贤，群善必举，是用锡君纳陛以登。君秉国之均，正色处中，纤毫之恶，靡不抑退，是用锡君虎贲之士三百人。君纠虔天刑，章厥有罪，犯关干纪，莫不诛殛，是用锡君铁钺各一。君龙骧虎视，旁眺八维，掩讨逆节，折冲四海，是用锡君彤弓一，彤矢百，玈弓十，玈矢千。君以温恭为基，孝友为德，明允笃诚，感乎朕思，是用锡君秬鬯一卣，珪瓒副焉〔12〕。魏国置丞相以下群卿百僚，皆如汉初诸王之制。君往钦哉！敬服朕命。简恤尔众，时亮庶功，用终尔显德，对扬我高祖之休命。

【注释】

〔1〕胙（zuò）：赏赐。

〔2〕不靖：骚乱。

〔3〕铁钺（fū yuè）：斫刀和大斧，用来腰斩或砍头的刑具。

〔4〕秬鬯（jù chàng）：祭祀时用来降神的酒。

〔5〕繄（yī）：语气助词。

〔6〕恧（nǜ）：惭愧。

〔7〕玄土：黑土。古代帝王用五色（青、赤、白、黑、黄）土封五方诸侯。

〔8〕苴（jū）：包裹。

〔9〕啬（sè）：爱惜。

〔10〕舄（xì）：鞋子。

〔11〕六佾（yì）之舞：诸侯级别的舞蹈。

〔12〕珪瓒（guī zàn）：古代以玉石制成的酒器，祭礼时所用。

【译文】

我听说先王与功臣共建基业，把土地赏赐给他们，分给他们人民，授予他们荣耀的旗帜与完备的礼物，是为了保卫王室内部的安宁，辅佐当时的朝政。周成王时，管叔鲜、蔡叔度不安本分，以过去的祸患作为借鉴，不忘记今天的功劳，于是派邵康公赐给齐太公平叛的特权，东到东海，西到黄河，南到穆陵，北到无棣，不管是五等诸侯、九州之伯，都可以征伐他们。世代享有齐太公的爵位，以此表示齐太公的功勋。等到周襄王时，也有楚国国君不承担供奉周天子的责任，周襄王命晋文公重耳升为各诸侯的领袖，赐他两辆大车，还有勇士、兵器、盛酒器皿和弓箭，开拓南阳之地，世代承袭盟主职位。因此，周王朝的稳定，依赖于齐、晋两国的拥护。现在您以贤明德行的声誉，保护我的人身安全，接受上天的旨意，传播并弘扬了伟大的功业，安定天下，没有人不服从，您的功劳高过了伊尹、周公，而赏赐低于齐太公和晋文公，我实在是惭愧。我以瘦弱之躯，受万民之托而登上帝位，一直想着国事的艰辛，好像步行渡过深潭一样，如果不是您关键时刻的帮助，我不能胜任此位。现在把冀州的河东、河内、魏郡、赵国、中山、钜鹿、常山、安平、甘陵、平原这十郡分封于您，封您做魏公，我派持节使郗虑，授予您印绶和册书，金虎符第一个至第五个，竹使符第一个至第十个，赐您黑土，白茅包裹着，在这里灼刻您的龟甲，用来建立魏国的祭坛。之前在周王朝时，毕公高和毛公伯明在朝廷里是辅佐天子的卿士，周公旦和召公奭分别为太师、太保，出了朝廷回到封地上是各地的首领。在朝廷内外担任职位，您确实合适。您依旧还是丞相兼冀州牧。现在还赐给您魏国国玺，严肃地将我的命令传信给天下，把原来武平侯印绶还给朝廷。现在又赐给您九样东西，您要恭敬地听从我之后的命令。因您制定了礼仪和法律，为人民树立了行为准则，使人民安居乐业，不再改变志向，所以赐您大车、兵车各一辆，黑色公马八匹。您劝人民安于农业，爱惜人民、努力劳作，粮食和布帛多有积压，伟大的事业兴旺发达。因此赐给您衮服和礼帽，一双红鞋。您推崇谦让，让人民提高品德行为。晚辈和长辈有礼节，上下和睦，因此赐给您轩悬的乐器与六佾的乐舞格局。您辅佐宣传风俗教化，推广到全国各地，边远地区归顺我朝，人民富有，因此赐您住宅的门窗刷上红漆。您探求和洞察真理，体会到国家的艰难，委任有才能之士做官，举荐品行优秀的人，因此赐给您纳陛用来登上台阶。您执掌国政公正无私，严肃处事，安排事物时不偏袒任何一方，无不遏止极其细微的犯法行为，因此赐给您勇士三百人。您遵守朝廷的刑罚，明察其中的罪行，违反国家刑律纲纪，没有不处以死刑的，因此赐给您𫓧、钺各一把。您志气高远，高瞻远瞩，征讨乱臣贼子，击退全国各地的乱贼，因此赐给您朱红色的弓一个，朱红色的箭百支，黑色的弓十个，黑色的箭千支。您以温和恭顺为做人的基础，孝顺父母与友爱兄弟为德行，明智诚信、笃厚真诚，使我感动，因此赐给您祭祀所用的郁金草酒一樽，珪瓒一副。魏国设置丞相一下的群臣百官，都按汉初各王的规定实行。您过去敬重朝廷啊！尊敬并服从我的命令。选择官吏时体谅您的百姓，相信您的各种功业，用尽您完美的德行，发扬高祖的善美的命令。

（本卷诏、册译注：王莉）

文选卷第三十六

令

宣德皇后令 任彦昇（任昉）

【题解】

令，特指皇后、太子或诸王的命令，以别于皇帝的诏命。该篇表彰梁王萧衍为朝廷建立了丰功伟绩，劝其受封为梁公。

宣德皇后敬问具位[1]：夫功在不赏，故庸勋之典盖阙；施侔造物，则谢德之途已寡也。要不得不强为之名，使荃宰有寄[2]。公实天生德，齐圣广渊[3]。不改参辰而九星仰止[4]，不易日月而二仪贞观[5]。在昔晦明，隐鳞戢翼[6]。博通群籍，而让齿乎一卷之师[7]；剑气凌云，而屈迹于万夫之下。辩析天口[8]，而似不能言；文擅雕龙，而成辄削稿。

【注释】

〔1〕宣德皇后：指齐文安皇后王宝明，宣德是其宫名，郁林王萧昭业之母。郁林王继位，尊其为皇太后。　具位：称在位百官，此指梁王萧衍。

〔2〕荃宰：分别指君和臣。

〔3〕齐圣广渊：四种美好的德行。

〔4〕九星：谓九州。

〔5〕二仪：天地。　贞观：指澄清宇宙，恢弘正道。

〔6〕戢：收敛。

〔7〕一卷之师：指以书为师。杨雄《法言》："一卷之书，必立之师。"

〔8〕天口：形容能言善辩。

【译文】

宣德皇后敬问梁王：功绩大到无法赏赐，所以记载功绩的典簿便一并缺载；施德形同于创造万物，那么回报恩德的方法就会变得稀少。因此不得不勉强为其功德定名，好使君与臣的名分有所寄托。您的确秉持着上天之德，德慧深广。不改换参、辰二宿而九州崇仰，未移易日月而天道澄清。在昔日尚未显赫时，暗藏自己的锋芒，就像龙隐鳞凤敛翼。您博通群书，但对仅有一技之长的人也很尊敬；才气凌云，却屈尊于万人之下。能言善辩，而好像不善言辞；文擅雕琢，但文章写好后又立即反复删改。

爰在弱冠，首应弓旌[1]。客游梁朝，则声华籍甚；荐名宰府[2]，则延誉自高。隆昌季年[3]，勤王始著[4]，建武惟新[5]，缔构斯在。功隆赏薄，嘉庸莫畴。一马之田[6]，介山之志愈厉[7]；六百之秩[8]，大树之号斯存[9]。及拥旄司部[10]，代马不敢南牧[11]。推毂樊邓[12]，胡尘罕尝夕起。惟彼狡僮[13]，穷凶极虐，衣冠泯绝[14]，礼乐崩丧。

【注释】

〔1〕弓旌：古代征聘之礼，用弓招士，用旌招大夫。

〔2〕宰府：相府。

〔3〕隆昌：郁林王即位所用年号。

〔4〕勤王：尽力于王事，此指萧衍与萧谌预谋诛郁林王一事。

〔5〕建武：齐明帝即位所用年号。

〔6〕一马之田：形容俸禄微薄。

〔7〕介山：指春秋晋国人介之推。

〔8〕六百之秩：俸禄六百石。

〔9〕大树：汉代冯异，诸将论功时独倚树下，号大树将军。

〔10〕司部：司州。当时萧衍镇司州。

〔11〕代马：古代漠北产的骏马。

〔12〕推毂：指天子遣将。　樊邓：地名。今属湖北襄樊市。

〔13〕狡僮：指东昏侯。

〔14〕衣冠：指士大夫。

【译文】

弱冠之龄，初应征聘。如司马相如客游梁朝，声名更噪；待到受荐进入相府，传扬的名誉就更高。隆昌末年，助明帝诛杀郁林王一事功绩卓著；建武惟新，营构谋划更大的功业。功高赏薄，善功无报。俸田狭小，介之推的品质越显高厚；俸禄微薄，大树将军的名号才得以流传。及至领兵司州，胡人不敢南下牧马；受命驰援樊、邓二城，胡兵之尘罕能扬起。东昏那个狡僮，穷凶极恶，士大夫被灭绝，使得礼乐沦丧。

既而鞠旅誓众〔1〕，言谋王室，白羽一麾〔2〕，黄鸟底定〔3〕。甲既鳞下，车亦瓦裂。致天之届，拱揖群后〔4〕。丰功厚利，无德而称。是以祥光揔至〔5〕，休气四塞；五老游河〔6〕，飞星入昴。元功茂勋，若斯之盛。而地狭乎四履〔7〕，势卑乎九伯。帝有恧焉〔8〕，辎轩萃止〔9〕。今遣某位某甲等，率兹百辟，人致其诚。庶匪席之旨〔10〕，不远而复。

【注释】

〔1〕鞠：告。

〔2〕白羽：旌旗之类。

〔3〕黄鸟：地名。 厎（zhǐ）定：达到平定。厎，亦作“底”。

〔4〕群后：百官。

〔5〕摠：同“总”。

〔6〕五老：神话传说中的五星之精。

〔7〕四履：四境所达到的地方。

〔8〕帝：谓齐和帝萧宝融。 恧（nǜ）：惭愧。

〔9〕輶轩：使者所乘之车。 萃：聚集。

〔10〕匪席：比喻意志不屈。《诗经·邶风·柏舟》：“我心匪席，不可卷也。”

【译文】

您继而面对军队当众立下盟誓，说一定要匡扶帝室。旌旗一挥，战事告捷。敌军如鳞甲一样被成片推倒，战车亦如碎瓦一样四分五裂。行天之诛，唯拱手以揖百官而已。居功至伟，无法形容。于是乎祥光纷至，瑞气充盈；五老星精游河，飞星升入昴宿。丰功伟业，无比盛大。但封地狭于太公，尊荣小于九伯。帝深以为愧，决定派出进封梁公的使者。今派遣某位某甲等人率领百官，以示诚信。希望您固辞封爵的心意不会长久坚持，而能回心转意早日受封。

教

为宋公修张良庙教 傅季友（傅亮）

【题解】

傅亮（公元374—426），字季友，晋北地灵州（今宁夏灵武北）人。刘宋时历任太子詹事、左光禄大夫、中书令，进爵始兴郡公。后为文帝所杀。博学多闻，善于辞令。其诗现存四首，原有集，已散佚，明人辑有《傅光禄集》。《宋书》《南史》有传。教，王侯和大臣告众之词。宋公，刘裕。该篇说明修张良庙的缘由，表达了对汉代开国功臣张良的缅怀和赞誉。

纲纪[1]：夫盛德不泯，义存祀典[2]；微管之叹[3]，抚事弥深。张子房道亚黄中[4]，照邻殆庶[5]，风云玄感，蔚为帝师。夷项定汉，大拯横流，固已参轨伊望[6]，冠德如仁。若乃交神圯上[7]，道契商洛[8]。显默之际，窅然难究。渊流浩瀁，莫测其端矣。

【注释】

〔1〕纲纪：谓公府及州郡主簿。

〔2〕祀典：祭祀的礼仪和制度。

〔3〕微管之叹：语出《论语·宪问》：管仲相齐桓公，霸诸侯，一匡天下，故孔子叹曰："微管仲，吾其被发左衽矣。"

〔4〕张子房：张良，字子房。　黄中：即中德在内。

〔5〕照邻殆庶：意谓品德修养与颜回相近。

〔6〕伊望：伊尹、吕望。

〔7〕神：谓圯上老人黄石公。

〔8〕商洛：山名，在今陕西商县东。相传秦末东园公、绮里季、夏黄公、角里先生在此隐居，吕后用张良计迎之，使辅太子，太子之位遂定。

【译文】

主簿：若大德不灭，应该记载于祭祀的典籍之中；昔日孔子叹美管仲能拒夷狄，如今经历世事后，感慨尤深。张良内德美盛，可比颜回，君臣德行互相感应，可称得上帝王之师。击溃项羽的楚国，鼎定汉朝基业，匡正乱世，功绩确已近于伊尹、吕望，仁德超过管仲。所思所想能与圯上黄石公共鸣，所行所施能与商山四皓切合。运筹帷幄若显若藏，无法考究。德行渊深浩淼，难以测其端崖。

途次旧沛[1]，伫驾留城[2]，灵庙荒顿，遗像陈昧，抚事怀人，永叹实深。过大梁者[3]，或伫想于夷门[4]；游九京者[5]，亦流连于随会[6]。拟之若人，亦足以云。可改构栋宇，修饰丹青，蘋蘩行潦[7]，以时致荐。抒怀古之情，存不刊之烈[8]。主者施行。

【注释】

〔1〕沛：地名，在今江苏沛县，乃刘邦起兵之地。

〔2〕留城：在今江苏沛县东南，张良的封邑。

〔3〕大梁：地名，战国时魏的都城，在今河南开封。

〔4〕夷门：魏都大梁城之东门，魏隐士侯嬴，时为夷门监。

〔5〕九京：即九原，在今山西新绛县北。

〔6〕随会：谓春秋时晋大夫士会，字季，食采邑于随及范，也称随季或范季。

〔7〕蘋蘩：草类。蘋，水草。蘩，白蒿。　行潦：沟中积水。

〔8〕不刊：不可磨灭。

【译文】

途经旧时沛县，久停车驾于留城，见灵庙荒凉破败，庙中遗像陈旧昏暗。回忆当年之事，追怀旧时之人，咏叹之情着实深重。太史公路经旧时大梁，曾伫立夷门追怀侯嬴；赵文子游历九原，也留连思念随武子。与这些人相比，张良亦不遑多让。今当改建庙宇，修饰彩绘，蘋蘩行潦之类，可根据其生长时间的不同用以祭祀供奉。以此抒发怀古之情，永存昔贤不灭的功业。主管者可以施行。

为宋公修楚元王墓教　傅季友（傅亮）

【题解】

该篇表达了对祖先恩德的崇仰与追怀。

纲纪：夫褒贤崇德，千载弥光；尊本敬始[1]，义隆自远。楚元王积仁基德[2]，启藩斯境[3]；素风道业[4]，作范后昆。本支之祚[5]，实隆鄙宗[6]；遗芳馀烈，奋乎百世。而丘封翳然[7]，坟茔莫翦。感远存往，慨然永怀。夫爱人怀树，甘棠且犹勿翦[8]；追甄墟墓，信陵尚或不泯[9]。况瓜瓞所兴[10]，开元自本者乎！可蠲复近墓五家[11]，长给洒扫。便可施行。

【注释】

〔1〕本，始：谓祖先。

〔2〕楚元王：名交，字游，汉高祖异母弟，封于楚，谥元。

〔3〕斯境：指彭城，故址在今江苏铜山县。

〔4〕素风：谓家风纯朴高洁。　道业：谓博通经学。

〔5〕本支：指树木的根干和枝叶，在此比喻嫡系和庶出子孙。

〔6〕鄙宗：鄙贱的宗族。鄙，自谦之词。

〔7〕丘封：坟墓。王公曰丘，诸臣曰封。

〔8〕“甘棠”句：传说周武王时，召伯（奭）巡行南国，曾憩甘棠树下，听讼决狱。后人思其德，爱其树而不敢伐。

〔9〕“信陵”句：《史记·魏公子列传》载：“高祖十二年，从击黥布还，为公子置守冢五家，世世岁以四时奉祠公子。”

〔10〕瓜瓞（dié）：瓜一代接一代生长，比喻子孙繁盛。瓞，小瓜。

〔11〕蠲（juān）复：指免除赋税和劳役。

【译文】

主簿：崇仰贤德，经历千年而越加光耀；尊敬先祖，道义兴盛而流传久远。楚元王广积仁义以德为本，开启彭城基业；家道学风，成为后人的典范。无论嫡系抑或庶出的子孙，都是使我宗族兴隆。流传下来的美德善行，传布百世。而坟茔被荒草遮蔽，无人剪除洒扫。感怀和回想过往，让人慨然叹息又不禁怀念。因爱其人而惜其树，甘棠尚且不忍砍伐；追荣于丘墓，信陵君守冢世代不灭。

何况元王是自家代代相传的始祖，今之基业自有所本呢！可免除元王墓周边五户守冢人家的赋税劳役，使之能长任墓地洒扫之职。即可施行。

文

永明九年策秀才文五首　王元长（王融）

【题解】

王融（公元467—493），字元长，齐琅邪临沂（今山东临沂）人。曾任太子舍人，中书郎。与竟陵王萧子良极友善，为“竟陵八友”之一。后坐事下狱赐死。辞藻富丽，精通音律，与沈约等共创“永明体”。有集十卷，已佚，明人辑有《王宁朔集》。《南齐书》《南史》有传。本篇提出任贤、劝农、用刑、铸钱、治历等问题，要求对策者陈述应对之策。

问秀才高第明经〔1〕：朕闻神灵文思之君〔2〕，聪明圣德之后〔3〕，体道而不居，见善如不及。是以崆峒有顺风之请〔4〕，华封致乘云之拜〔5〕；或扬旌求士，或设簴待贤〔6〕。用能敷化一时，馀烈千古。朕夤奉天命〔7〕，恭惟永图。审听高居，载怀祗惧。虽言事必史，而象阙未箴〔8〕。寤寐嘉猷〔9〕，延伫忠实。子大夫选名升学，利用宾王，懋陈三道之要〔10〕，以光四科之首。盐梅之和，属有望焉。

【注释】

〔1〕高第：指进士、举官、考核成绩优者。　明经：通晓经术。

〔2〕神灵文思之君：谓黄帝。文思，谓治理天下谋虑周全。

〔3〕聪明圣德之后：谓帝尧。后，即君。

〔4〕崆峒有顺风之请：指黄帝问道于广成子。

〔5〕华封致乘云之拜：指帝尧问道于华封人。

〔6〕簴（jù）：古代悬钟磬鼓的木架，由两部分组成，横木为簨，支撑簨的两根立柱便是簴。

〔7〕夤（yín）：敬畏。

〔8〕象阙：宫廷的阙门。　箴：规谏，告诫。此指直言之士。

〔9〕猷：谋划。

〔10〕懋：盛大。

【译文】

问秀才明经科：我听说神慧聪灵、智虑周全之君黄帝，聪明贤圣之君唐尧，推行大道而不居功，看见善行便效仿生怕赶不上。所以黄帝顺风下拜向广成子问道，帝尧乘云而上向华封人求教。或挥舞旗帜表示广求能士，或预置钟磬以待贤才奏响。所以能施行教化于当时，遗留的功业传扬于千古。我敬奉天命，精诚谋划国家永治。审慎视听，居安思危，心怀敬畏。虽议政必据之于史，但是宫廷却未有规谏之士。日思夜想好的策略，翘首久待忠实大臣。子大夫当选才华出众者，升入太学，作为宾客辅佐君王。详尽讲述三道的要领，光大玄、史、文、儒四科的精义，如盐梅调和，便可以期待了。

又问：昔周宣惰千亩之礼，虢公纳谏；汉文缺三推之义，贾生置言。良以食为民天，农为政本。金汤非粟而不守[1]，水旱有待而无迁。朕式照前经[2]，宝兹稼穑。祥正而青旗肃事[3]，土膏而朱纮戒典[4]。将使杏花菖叶，耕获不愆[5]；清畎泠风[6]，述遵无废。而释耒佩牛[7]，相沿莫反。兼贫擅富[8]，浸以为俗。若爰井开制[9]，惧惊扰愚民，舃卤可腴[10]，恐时无史白[11]。兴废之术，矢陈厥谋[12]。

【注释】

〔1〕金汤：比喻防守坚固不可摧破的城邑。金，喻坚；汤，喻沸热不可近。

〔2〕前经：指籍田劝农。

〔3〕祥正：即农祥晨正，指农时。农祥谓房星，晨正谓立春之日。青旗：籍田的旗子。

〔4〕土膏：土地肥沃。　朱纮：冠冕上的饰带。

〔5〕愆：丧失。

〔6〕甽（quǎn）：田沟。

〔7〕佩牛：意谓佩戴刀剑。

〔8〕兼：兼并。

〔9〕爰：更换。

〔10〕舃卤：瘠薄的盐碱地。

〔11〕史：谓史起。

〔12〕矢：直。

【译文】

又问：过去周宣王懈怠籍田之礼，虢文公进谏；汉文帝缺乏劝农之义，贾谊上书。确实以粮食为万民之天，以农业为政治之本。坚固的城池若无粮食便无法固守，遇上水旱之灾，有粮食便可免于迁徙流亡。我效法先王之政，重此农耕。农时载青旗行籍田之礼，土地肥沃戴朱纮遵守籍耕常法。将望杏花菖叶而耕，播种收获不误时令。清田和风，遵循其法，不废农事。废耕佩剑相沿成习不思悔改，富人兼并穷人的土地攫取其利渐以为常。如果通过推行均田制来改变现况，恐怕惊扰百姓。想让盐碱薄地变得肥沃，又恐怕当世没有史起白公这样的能手。若有兴农除弊的办法，可直接陈说其方略。

又问：议狱缓死，大《易》深规。敬法恤刑[1]，《虞书》茂典[2]。自萌俗浇弛[3]，法令滋彰，胏石少不冤之人[4]，棘林多夜哭之鬼[5]。朕所以明发动容，昃食兴虑[6]。伤秋荼之密网，恻夏日之严威。永念画冠[7]，缅追刑厝[8]。徒以百锾轻科[9]，反行季叶[10]；四支重罚，爰创前古。访游禽于绝涧[11]，作霸秦基；歌《鸡鸣》于阙下[12]，称仁汉牍。二途如爽，即用兼通，昌言所安，朕将亲览。

【注释】

〔1〕恤（xù）刑：慎用刑法。

〔2〕《虞书》：《尚书》的一部分。

〔3〕萌：民众。　浇：指社会风气浮薄。

〔4〕胏（fèi）石：古时设于朝廷门外的石头。民有不平，得击石鸣冤。石赫色，形如肺，故名。胏，通“肺”。

〔5〕棘林：古代大司寇在荆树下听讼，后因称法庭为棘林。

〔6〕昃食：晚食。表示勤于政事。

〔7〕画冠：即画衣冠，是以有特殊标志的衣冠代替死刑。

〔8〕刑厝：无人犯法，刑法搁置不用。厝通“措”，安置。

〔9〕百锾轻科：用罚金百锾以赎罪的轻刑，周穆王时所实行。

〔10〕季叶：末世，衰世。

〔11〕访游禽于绝涧：比喻严刑峻法。

〔12〕“歌《鸡鸣》”句：谓刑法宽宥，见缇萦救父一事。《列女传》曰：“缇萦歌《鸡鸣》《晨风》之诗。”

【译文】

又问：审议讼狱判决的缓急和生死，是《周易》的重要法规。尊重法令慎用刑罚，是《虞书》的重大典则。自从民风浮躁失去礼则，刑法的作用日渐彰显，胏石旁少有不蒙冤的人，棘树下多有夜哭的屈鬼。我所以早起晚食，感念忧虑，悲伤刑法如秋草一样繁密，夏日一般酷烈。时常思索感叹古时以画衣冠的方式来免罪的方法，缅怀其刑法虽置而无用的状况。但以罚金百锾的轻刑，反而盛行于周之衰世；斩断四肢的重刑，则创制于周朝盛初。严刑峻法不放过绝涧游禽，成就秦国称霸的基础。刑法宽慈，歌《鸡鸣》之诗于阙下，汉文帝之仁著于史牍。法令或宽或严，看似互相违背，就其施行效果来说又是相通的，只管倡言哪一个为好，我将亲自阅览。

又问：聚人曰财，次政曰货。泉流表其不匮，贸迁通其有亡。既龟贝积寝[1]，缗繈专用[2]。世代滋多，销漏参倍。下贫无兼辰之业[3]，中产阙洊岁之赀[4]。惟瘼恤隐[5]，无舍矜叹。上帝溥临[6]，赐朕休宝。命邛斜之谷[7]，开而出铜。且有后命，事兹镕范，充都内之金[8]，绍圆府之职[9]。但赤侧深巧学之患[10]，榆荚难轻重之权[11]。开塞所宜，悉心以对。

【注释】

〔1〕龟贝：古代的货币。

〔2〕缗繈：钱贯。繈，通“镪”。

〔3〕兼辰：谓两日。

〔4〕洊（jiàn）岁：再岁，即隔年。

〔5〕瘼：病，引申为疾苦。

〔6〕溥：普遍。

〔7〕邛斜：蜀中山名。

〔8〕都内：都城的内库。

〔9〕圆府：谓九府圆法，即周代财帛流通之法，乃太公为周所立。

〔10〕赤侧：汉钱币名，以赤铜为外边，故名。

〔11〕榆荚：汉钱币名，形如榆荚，重三铢，即荚钱。

【译文】

又问：财货能够聚集人口，同时也是政务中第二重要的事。必须像泉水长流才能不匮乏，必须通过贩运买卖才能互通有无。古代龟贝已经弃用很久，近来专用钱贯。年代推移增多，则磨损缺漏或复三分，或至一倍。极贫困的人没有足够两日度用的家产，中等人家缺少来年的资材。穷人因疾苦忧心忡忡，止不住地长吁短叹。天帝眷顾，赐予我珍贵美好的宝物。使邛斜之谷，开采出铜。之后再令专司铸钱的官员按钱范将其熔铸，以充实都城内库的货币，继承太公立九府圆法之职事。但是若制造赤侧钱币，难免有投机取巧的隐患；若制造榆荚钱币，则难以权衡钱币的轻重。哪些该推行哪些该防止，可尽心应答。

又问：治历明时，绍迁革之运；改宪敕法，审刑德之原。分命显于唐官〔1〕，文条炳于邹说〔2〕。及嵎夷废职〔3〕，昧谷亏方〔4〕，汉秉素祇之征〔5〕，魏称黄星之验〔6〕。纷争空轸〔7〕，疑论无归。朕获纂洪基，思弘至道。庶令日月休征〔8〕，风雨玉烛〔9〕，克明之旨弗远，钦若之义复还。于子大夫何如哉？其骊翰改色，寅丑殊建〔10〕，别白书之〔11〕。

【注释】

〔1〕唐官：谓尧之官。

〔2〕邹说：谓邹衍之说。

〔3〕嵎夷：传说中的日出之处。

〔4〕昧谷：传说中日入之处。

〔5〕汉秉素祇之征：汉高祖刘邦夜行，有大蛇挡路，高祖拔剑斩蛇。后有人在此地见一老妪夜哭。问原因，老妇人回答说：“我子乃白帝子，化为蛇当道，今被赤帝子斩之。”

〔6〕魏称黄星之验：汉桓帝时，有黄星见于楚宋之分。辽东殷馗善天

文，预言五十年后当有真人起于梁沛之间，锐不可当。其后五十年，果有曹操破袁绍，天下无敌。黄星，古以为祥瑞。

〔7〕轸：相乖戾。

〔8〕休征：吉兆。

〔9〕玉烛：四季气候调和。

〔10〕骊翰改色，寅丑殊建：夏后氏尚黑，戎事乘骊（黑色马），以建寅之月为正月，物生色黑。殷人尚白，戎事乘翰（白色马），以建丑之月为正月，物生色白。

〔11〕别白：分辨明白。

【译文】

又问：制定历法昭明天时，应该继承迁变改易的气运。改革法令制度，应该审察刑罚德征的源头。节候自唐官而显，条律经邹衍而明。待到嵎夷废其职守，昧谷失其方位，汉高祖秉持蛇神的征兆，魏武帝盛称黄星的应验，聚讼纷纭，疑惑之论，竟没有结果。我继承基业，想要推行至高无上的大道。令日月光辉吉祥，风雨四时和顺。如尧般能明俊德的教泽尚未远离，似羲和一样敬顺天时的道义再次被尊奉。子大夫认为如何可至此道？夏殷黑白改色，寅丑异正，可分辨明白写出。

永明十一年策秀才文五首　王元长（王融）

【题解】

本篇就吏治问题进行策问，指出现实中存在的弊病，要求对策者提出解决矛盾大治天下的办法。此五篇分别涉及休民、裁冗、选吏、耕教、收疆等五事。

问秀才：朕秉箓御天[1]，握枢临极。五辰空抚[2]，九序未歌[3]。至于思政明台[4]，访道宣室[5]，若坠之恻每勤，如伤之念恒轸[6]。故恤贫缓赋，省繇慎狱。幸四境无虞，三秋式稔[7]。而多黍多稌，不兴两穗之谣[8]；无褐无衣，必盈《七月》之叹[9]。岂布政未优，将罢民难业[10]？登尔于朝，是属宏议。罔弗同心，以匡厥辟[11]。

【注释】

〔1〕箓：帝王自称所谓天赐的符命之书。

〔2〕五辰：古代以五行分主四时，故以春、夏、秋、冬为五辰。

〔3〕九序：指六府三事。六府，即水、火、金、木、土、谷，此六者皆货财所聚，故称。三事，此指正德、利用、厚生。

〔4〕明台：传说为黄帝听政之所。

〔5〕宣室：汉未央宫前正室，汉文帝曾于此见贾谊问鬼神事。

〔6〕轸：痛心。

〔7〕稔：谷物成熟。

〔8〕两穗之谣：指歌颂丰衣足食。事见《东观汉记》："张堪，字君游，为渔阳太守，劝民耕种，以致殷富。有百姓歌曰：'桑无附枝，麦穗两歧；张君为政，乐不可支。'"。

〔9〕《七月》：属《诗经·豳风》。诗中有"无衣无褐，何以卒岁"的悲叹。

〔10〕罢：通"疲"。

〔11〕辟：指君王。

【译文】

问秀才：我受命执符统治天下，操持国家权柄登上至高无上的帝位。春夏秋冬四时尚未达到风调雨顺，而六府三事也都尚未管理得好。于是想效法黄帝明台听政，与汉文帝宣室召贤，视百姓若坠涂炭，每每恻怆而勤苦，哀痛而不能平复。因此怜恤穷人，放宽赋税，减省徭役，慎用刑狱。幸好四海无事，三秋稻谷丰收。然而粮食丰收了，听不到歌颂富足与美政的歌谣；物质匮乏时，却往往会充满《七月》那样不堪劳苦的哀叹。这难道是国之政教没有施行好，导致民力疲惫和产业难兴？在朝廷召见诸位，便是希望你们提出宏大有效的对策。诸生无不同心，从而匡正君主。

又问：惟王建国，惟典命官。上叶星象，下符川岳[1]。必待天爵具修[2]，人纪咸事[3]，然后沿才受职，揆务分司[4]。是以五正置于朱宣[5]，下民不忒[6]；九工开于黄序[7]，庶绩其凝。周官三百，汉位兼倍。历兹以降，游惰实繁。若闲冗毕弃，则横议无已；冕笏不澄[8]，则坐谈弥积[9]。何则可修？善详其对。

【注释】

〔1〕上叶星象，下符川岳：古代以星象、山川象征人事。

〔2〕天爵：自然的爵位。

〔3〕人纪：指人的处事之道。

〔4〕揆：度。　分司：分掌各司其事。

〔5〕五正：指五官。　朱宣：即少昊。

〔6〕忒：差错。

〔7〕九工：谓九官。　黄序：谓舜。

〔8〕冕笏：古代官服，用以指代做官的人。冕，冠。笏，手版。

〔9〕坐谈：坐而空谈，无实干。

【译文】

又问：君主立国，常任命贤良为官。上合星象，下符河山。必得天爵俱美，人纪均备，然后依据才干授予他职位，根据事务需要任命以各司其职。因此少昊设置五正之官后，百姓不出过失；虞舜创制九工之后，成就多有积累。周之官职只有三百，汉之官位是其数倍。从此以后，游散怠惰的官员越来越多。如果闲散冗余之官一并废除，则将大肆议论不止；如果不明确划分官员职权，则空谈之官会越积越多。有什么方法可以改善这种状态，请详加论述你的对策。

又问：昔者贤牧分陕[1]，良守共治，下邑必树其风，一乡可以为绩[2]。至有旦抚鸣琴[3]，日置醇酒[4]，文而无害，严而不残。故能出人于阽危之域[5]，跻俗于仁寿之地[6]。是以贾谊有言：天下之有恶，吏之罪也。顷深汰珪符[7]，妙简铜墨[8]；而春雉未驯，秋螟不散[9]。入在朕前，凑其智略；出连城守，阙尔无闻。岂薪槱之道未弘[10]，为网罗之目尚简？悉意正辞，无侵执事。

【注释】

〔1〕分陕：周初周公、召公分陕而治，周公治陕以东，召公治陕以西。

〔2〕“一乡”句：汉大司农朱邑曾任桐乡乡官，有政绩。死后葬于此。

〔3〕旦抚鸣琴：指孔子学生宓子贱，曾为单父宰，相传其身不下堂，鸣琴而治。

〔4〕日置醇酒：指曹参，代萧何为相，无为而治，日夜饮酒。

〔5〕阽（diàn）危：面临危险。

〔6〕跻：登，升。

〔7〕汰：淘汰，择去。　珪符：指刺史。

〔8〕简：选择，分别。　铜墨：铜印黑绶，即县令。

〔9〕春稚未驯，秋螟不散：比喻没有教化。

〔10〕薪槱（yǒu）之道：喻用人之道。槱，聚积。

【译文】

又问：昔日贤良的官员虽分管各自的辖区，却能共同励精图治。虽小城必标举其风化，一乡之地也可建立政绩。以至于达到身不下堂，旦抚鸣琴；日夜饮酒，无为而治。守文法而无所枉害，为吏严肃而不残暴。所以能救人于临危之境，使平常人也荣登仁寿之列。因此贾谊曾说：天下出现恶行，是官吏的罪过。我向来严格地考核、淘汰刺史，善于选拔县令。然而春雉尚未驯服，秋螟亦未散去。在我面前，勉强能够出谋献策；出任连城之守，则听不到什么政绩。难道是我积累人才的途径还不够宽广，网罗人才的方法过于简陋？你们把各自的想法全部严肃正式地写出来，不要担心冒犯执事之臣。

又问：朕闻上智利民，不述于礼；大贤强国，罔图惟旧。岂非疗饥不期于鼎食〔1〕，拯溺无待于规行〔2〕？是以三王异道而共昌，五霸殊风而并列。今农战不修〔3〕，文儒是竞，弃本殉末，厥弊兹多。昔宋臣以礼乐为残贼〔4〕，汉主比文章于郑卫〔5〕，岂欲非圣无法，将以既道而权？今欲专士女于耕桑，习乡闾以弓骑；五都复而事庠序〔6〕，四民富而归文学〔7〕。其道奚若？尔无面从〔8〕。

【注释】

〔1〕鼎食：指生活豪奢。

〔2〕规行：指男女授受不亲之礼。《孟子·离娄上》记载淳于髡曾以“嫂溺”之事问孟子。

〔3〕农战：指农业和军事。

〔4〕宋臣：谓墨翟，主张非礼乐。

〔5〕汉主：指汉宣帝。　郑卫：指郑卫二国的音乐。

〔6〕五都：五大城市，历代所指不同。　庠序：学校。

〔7〕四民：指士、农、工、商。

〔8〕面从：表面顺从。

【译文】

又问：我听说最为聪慧的智者有益于民，不拘于礼，道德高尚的贤人使国强盛，不只守旧法。这难道不是解决饥饿的人不会奢求精美的饮食，拯救溺水的人不指望行为符合礼规？因此三王的政道不同而社会昌明，五霸风化各异而同成伟业。如今不重视农业和军事，士人们只在文采哲理上较量长短，牺牲根本追逐微末，弊端只会更多。从前墨子把礼乐比作残贼，汉宣帝将文章比作靡靡之音，难道是想质疑先圣之道以为是无用的方法，想因道尽而为权宜之计？今打算规正过来使得男耕女织以资衣食，百姓练习弓马以备战；恢复五大都市、兴办国学，使四海黎民富足而接受文教之道。这种方法如何？你们直接说出见解不要只是表面顺从。

又问：自晋氏不纲，关河荡析，宋人失驭，淮汴崩离。朕思念旧民[1]，永言攸济。故选将开边，劳来安集[2]；加以纳款通和，布德修礼。歌《皇华》而遣使，赋《膏雨》而怀宾。所以关洛动南望之怀[3]，獯夷遽北归之念[4]。夫危叶畏风，惊禽易落，无待干戈，聊用辞辩，片言而求三辅[5]，一说而定五州。斯路何阶？人谁或可？进谋诵志，以沃朕心[6]。

【注释】

〔1〕旧民：指晋宋经离乱之民。

〔2〕劳：慰劳。　安：安定。　集：聚集。

〔3〕关：关中，相当今陕西省。　洛：洛阳。　南望：齐都江南，故云。

〔4〕獯夷：古代北方少数民族。

〔5〕三辅：指治理京畿地区的三个职官，此谓三辅所辖地区。

〔6〕沃：灌，洗。臣下向皇帝献谋建言称为沃心。

【译文】

又问：自从晋代沦丧法度，山河动荡破碎，宋人丧失政权，国土分崩离析。我思念晋宋的遗民百姓，总想救济他们。所以选拔将军开拓边境，慰劳投奔而来的民众，安定聚集于此。加上与戎狄合约交好，施行德政重修礼仪。歌《皇华》派大臣出使，赋《膏雨》

外藩怀德宾服。因此关洛之民起了归顺南方的想法，北境獯夷打消了北归的念头。秋叶经霜而畏风，惊鸟闻弦乃易落，不需等待战争，仅仅通过言辞之辩，片语可求得三辅所辖之地，一说便能鼎定五州。什么途径可以达到这一目的，哪个人可做成这件事？大家进献谋略表达志向，以浸润我心田。

天监三年策秀才文三首 任彦昇（任昉）

【题解】

此三篇是天监三年由任昉替梁武帝萧衍代拟，分别涉及赋税、化俗、纳谏等三事，征询士子的对策，以实现国家的富足兴旺。

问秀才：朕长驱樊邓，直指商郊，因藉时来，乘此历运〔1〕。当扆永念〔2〕，犹怀惭德〔3〕。何者？百王之弊，齐季斯甚。衣冠礼乐，扫地无馀。斫雕刓方〔4〕，经纶草昧〔5〕。采三王之礼，冠履粗分〔6〕；因六代之乐，宫判始辨〔7〕。而百度草创〔8〕，仓廪未实。若终亩不税〔9〕，则国用靡资；百姓不足，则恻隐深虑。每时入刍藁〔10〕，岁课田租，愀然疚怀，如怜赤子。今欲使朕无满堂之念〔11〕，民有家给之饶。渐登九年之畜〔12〕，稍去关市之赋。子大夫当此三道〔13〕，利用宾王，斯理何从？伫闻良说。

【注释】

〔1〕历运：指朝代更替。

〔2〕扆（yǐ）：古代宫殿内设在门和窗之间的大屏风。

〔3〕惭德：因行事有缺点而惭愧。

〔4〕斫雕：雕饰。　刓方：指削方为圆，喻改变人的行为。

〔5〕经纶：指筹划国家大事。　草昧：天地初开时的混沌状态。

〔6〕冠履：头戴帽，脚穿鞋，比喻上下之分。

〔7〕宫：天子的悬乐。 判：卿大夫的悬乐。

〔8〕百度：指各种制度。

〔9〕终：古代田地的面积单位。《汉书·刑法志》："地方一里为井，井十为通，通十为成，成方十里，成十为终。"

〔10〕刍藁：刍是牧草，藁是禾秆。

〔11〕满堂之念：《说苑》："古人于天下也，譬一堂之上。今有满堂饮酒，有一人独索然向隅泣，则一堂之人，皆不乐也。"

〔12〕畜：同"蓄"。

〔13〕三道：谓国礼，人事，直言。

【译文】

问秀才：我带兵长驱直入樊、邓二城，直指商都，凭借天时的来临，乘此时代更替的气运。虽然依屏长思，内心依然怀有惭愧。这是为何？百代君王积累下来的弊病，到齐末愈演愈烈。各种服章礼乐，像被全部扫净一样丝毫都不剩。我致力于移风易俗，拨乱反正。采用三王的礼法，上下名分略得区分；因袭六代的乐制，天子大夫的悬乐才得以分辨。而各种制度刚刚创立，粮仓尚未充实。如果田亩不交税，则国家资用缺少补给；如果百姓衣食不足，又深为忧虑同情。每当见到按时纳进的草料，按岁征敛的田租，都神情肃穆，心怀愧疚，犹如怜悯婴儿。现在想要使我打消不乐之念，黎民家里资用丰饶。慢慢达到持有多年的积蓄，稍稍减去关市的租税。子大夫担当国礼、人事、直言这三道，可利用为君王的宾客，这些道理从何而来呢？我肃立恭听良善之策。

问：朕本自诸生[1]，弱龄有志。闭户自精，开卷独得。九流《七略》[2]，颇常观览；六艺百家[3]，庶非墙面[4]。虽一日万机，早朝晏罢，听览之暇，三馀靡失[5]。上之化下，草偃风从，惟此虚寡，弗能动俗。昔紫衣贱服，犹化齐风；长缨鄙好，且变邹俗。虽德惭往贤，业

优前事。且夫搢绅道行，禄利然也。朕倾心骏骨[6]，非惧真龙[7]，辎軿青紫[8]，如拾地芥。而惰游废业，十室而九，鸣鸟蔑闻[9]，《子衿》不作[10]。弘奖之路，斯既然矣，犹其寂寞，应有良规。

【注释】

〔1〕诸生：众儒生。

〔2〕九流：战国时的儒家、道家、阴阳家、法家、名家、墨家、纵横家、杂家、农家。　《七略》：我国最早的目录学著作。

〔3〕六艺：礼、乐、射、御、书、数。　百家：指先秦诸子。

〔4〕墙面：指如面墙而立，目无所见，喻不学无术。

〔5〕三馀：冬者岁之馀，夜者日之馀，阴雨者时之馀。泛指空闲时间。

〔6〕骏骨：喻贤才。

〔7〕非惧真龙：语本叶公好龙，表明自己真的爱才。

〔8〕辎軿（píng）：辎，軿，均为有障蔽的车。　青紫：贵官之服。

〔9〕鸣鸟：指凤凰。　蔑（miè）：渺小。同“蔑”。

〔10〕《子衿》：《诗经·郑风》：“子衿，刺学废也。”

【译文】

问：我本出自儒生，少时即立志向。闭门读书自求更精，独得其善。《九流》《七略》，时常阅览；六艺及诸子百家，也非一窍不通。虽日理万机，早朝晚退，听览朝事之余，尚有许多空闲。君王教化下民，如风拂草低，只是这方面我尚有欠缺，不能变易风俗。从前齐桓公放弃穿尊贵的紫衣而改穿普通的服装，尚能教化齐人之风；邹君轻视自己曾喜欢的长缨，便可改易邹国之俗。我虽德行稍逊于先贤，基业却优于前代。何况士大夫道之所行，乃利禄使然。我真心爱惜千里良材，不像叶公那样看似爱龙却害怕真龙。辎軿之车贵官之服，取之易如拾取地草。而学者懒惰悠游荒废术业，十家有九。听不到凤凰来仪的鸣叫声，也听不到《子衿》诵读声。大开奖赏之路，犹且如此，你们如在寂寞无语之中，应有良法。

问：朕立谏鼓[1]，设谤木[2]，于兹三年矣。比虽辐凑阙下[3]，多非政要；日伏青蒲[4]，罕能切直。将齐季多讳，风流遂往。将谓朕空然慕古，虚受弗弘。然自君临万寓[5]，介在民上，何尝以一言失旨，转徙朔方，睚眦有违[6]，论输左校[7]，而使直臣杜口，忠谠路绝[8]。将恐弘长之道，别有未周。悉意以陈，极言无隐。

【注释】

〔1〕谏鼓：设于朝廷供进谏者敲击以闻之鼓。

〔2〕谤木：立于宫外使受诽谏者以击之木。

〔3〕辐凑：聚集。

〔4〕青蒲：青色蒲团，臣伏其上叩见君王。

〔5〕寓：同“宇”。

〔6〕睚眦（yá zì）：怒目而视，借指小怨小忿。

〔7〕论输：定罪而输作劳役。　左校：官署名，大臣犯法常遣送到左校劳作。

〔8〕谠：正直。

【译文】

问：我竖起谏鼓，设下谤木，至今已有三年了。虽谏书聚集阙下，但所言多非施政的纲要；谏臣终日伏于青蒲之上，却罕有切中要领的直言进谏。是齐末多所隐讳，清议之风已成过往；抑或我空有法古之志，而虚心受物却不广。然而我自统治国家以来，托于士民之上，哪曾因为臣下一言不当，便将其迁谪朔方，因小怨小忿，即把谁贬于左校，从而导致正直之臣缄口不言，忠贞之士进言无路。只恐恢弘长远之道还有不周。可将意见尽数陈述上来，直言而不许隐讳。

（本卷译注：杨远义）

文选卷第三十七

表上

荐祢衡表　孔文举（孔融）

【题解】

孔融（公元 153—208），字文举，鲁国（今山东曲阜）人。为人好学，秉性刚直，是汉末的名士，“建安七子”之一。后因屡次触犯曹操而被杀害。今存辑本《孔北海集》一卷，代表作为《论盛孝章书》《荐祢衡表》。《后汉书》有传。本文热烈赞扬了祢衡超群出众的才志学行，希望曹操加以任用。

臣闻洪水横流，帝思俾乂[1]，旁求四方，以招贤俊。昔世宗继统[2]，将弘祖业，畴咨熙载[3]，群士响臻。陛下睿圣，纂承基绪[4]，遭遇厄运，劳谦日仄[5]。维岳降神，异人并出。

【注释】

〔1〕乂（yì）：治理。

〔2〕世宗：汉武帝庙号。

〔3〕畴咨：意谓访问、访求。　熙载：发扬功业。

〔4〕纂（zuǎn）：继承。　基绪：基业。

〔5〕劳谦：勤谨谦虚。　日仄：日晚。也作“日昃”。

【译文】

我听说洪水泛滥时，尧帝想要治理，广求四方，招揽贤能才俊之士。昔日汉武帝继承帝统，想要光大祖业，多方访求贤士，贤良之人纷至沓来。陛下睿智圣明，继承基业，却遭逢厄运，勤勉谦逊，日夜辛劳。希望山岳降神显灵，才能超拔的人层出不穷。

窃见处士平原祢衡〔1〕，年二十四，字正平，淑质贞亮，英才卓跞〔2〕。初涉艺文，升堂睹奥〔3〕，目所一见，辄诵于口，耳所暂闻，不忘于心，性与道合，思若有神。弘羊潜计〔4〕，安世默识〔5〕，以衡准之，诚不足怪。忠果正直，志怀霜雪，见善若惊，疾恶若仇。任座抗行〔6〕，史鱼厉节〔7〕，殆无以过也。

【注释】

〔1〕处士：未仕或不仕的士人。 祢衡：平原（今山东平原）人。性情狷傲，因傲慢为江夏太守黄祖所杀。《后汉书》有传。

〔2〕卓跞（lì）：高超，绝异。

〔3〕升堂睹奥：升堂入室，得到精髓。

〔4〕弘羊：桑弘羊，洛阳贾人之子，以有心计十三岁拜为侍中。 潜：深。

〔5〕安世：张安世，汉杜陵人。武帝行幸河东，曾丢失书三箧，无人能知，惟有安世记得一一写出。后又购书，以之相校，竟无遗漏。武帝惊异，选为尚书令。 默：暗。 识：记住。

〔6〕任座：战国时期魏文侯的臣子。典出《吕氏春秋·自知》。 抗行：正直高尚的行为。

〔7〕史鱼：卫大夫。 厉节：高节。

【译文】

我与处士祢衡有私交，他年龄刚二十四岁，字正平，高风亮节，才华超群。刚学道艺文章时，就能登堂入室领悟精髓，两眼只看一遍，就能随口背下，双耳听过一次，就能牢记在心，修养的禀性与自然天道相合，思维灵感仿佛通神。桑弘羊工于心计，张安世博闻强记，若与祢衡为准绳，实在是不足为奇。祢衡忠诚果敢正直率真，志向高洁如霜雪，遇见善德则赞叹不已，对待邪恶就像仇敌一样。即使是任座那样抗直的行为，史鱼那样高洁的节操，也几乎无法超过他。

鸷鸟累百〔1〕，不如一鹗〔2〕。使衡立朝，必有可观。飞辩骋辞，溢气坌涌〔3〕。解疑释结，临敌有馀。昔贾谊求试属国，诡系单于〔4〕；终军欲以长缨〔5〕，牵致劲越。弱冠慷慨，前代美之。近日路粹严象，亦用异才擢拜台郎〔6〕，衡宜与为比。如得龙跃天衢，振翼云汉，扬声紫微，垂光虹蜺，足以昭近署之多士，增四门之穆穆〔7〕。钧天广乐，必有奇丽之观；帝室皇居，必畜非常之宝。若衡等辈不可多得。《激楚》《阳阿》〔8〕，至妙之容，掌技者之所贪。飞兔騕褭〔9〕，绝足奔放〔10〕，良乐之所急也〔11〕。臣等区区，敢不以闻。陛下笃慎取士，必须效试，乞令衡以褐衣召见，无可观采，臣等受面欺之罪。

【注释】

〔1〕鸷鸟：鹰鹯之类的猛禽。

〔2〕鹗：雕类，俗称鱼鹰。

〔3〕坌（bèn）涌：一齐涌出。

〔4〕诡：责成，要求。

〔5〕终军：字子云，汉济南人。南越与汉和亲，终军主动请缨说服南越王入朝为诸侯，后其事果成。

〔6〕台郎：即尚书郎。

〔7〕四门：四方之门。　穆穆：端庄盛美貌。

〔8〕《激楚》：楚地歌曲名。　《阳阿》：乐曲名，亦舞名。

〔9〕飞兔騕褭（yǎo niǎo）：古代骏马名。

〔10〕绝足：喻千里马。

〔11〕良乐：谓古代善御者王良、伯乐。

【译文】

鸷鸟成百，也不如一只鹗。若使祢衡位列朝中，定会有可观的建树。敏捷的辩论犀利的言辞，如气溢满一齐奔涌而出。解答疑惑化解难题，临阵发挥必定游刃有余。昔日贾谊请求通过考核任用为属国之官，自责必系单于之颈而制其命；终子云愿请长缨，威服强悍的南越王而使其称臣。少年慷慨的事迹，被前朝所称赞。近日路粹、严象也因才能卓异拜尚书郎，祢衡之才恰好可与他们为伍。如能使龙腾跃天路，展翅遨游于星河，扬名于紫微帝垣，光耀于虹霓，足以昭显官署士子众多，增益四门之美。天上的音乐，必有奇丽的景象；王室皇家，必集聚非常之才。像祢衡这样的人，实在不可多得。《激楚》《阳阿》之乐舞，是最美妙的姿态，故为主技者所偏爱；飞兔、騕褭等良马，日驰千里，因此王良、伯乐急于索求。我等怀区区之心，怎敢不以之上闻。陛下笃厚审慎取士，必令考核效用，愿今令祢衡以布衣引见，才能若无可观，我等甘愿领受当面欺君之罪。

出师表　诸葛孔明（诸葛亮）

【题解】

诸葛亮（公元181—234），字孔明，琅琊阳都（今山东沂水县南）人。汉末隐居南阳隆中，后辅佐刘备建立蜀汉，是三国时期杰出的政治家和军事家。今传《诸葛亮集》四卷乃后人从史传中辑录而成。《三国志·蜀志》有传。表，奏章的一种，多用于陈请谢贺。本表为诸葛亮上给后主刘禅的表书。文章劝刘禅继承刘备遗志，尊贤远佞，表白自己对蜀汉的忠诚和北取中原的坚定信念。

臣亮言：先帝创业未半[1]，而中道崩徂[2]。今天下三分，益州罢弊[3]，此诚危急存亡之秋也。然侍卫之臣，不懈于内，忠志之士，亡身于外者，盖追先帝之遇，欲报之于陛下也。诚宜开张圣听，以光先帝遗德，恢志士之气；不宜妄自菲薄，引喻失义[4]，以塞忠谏之路也。宫中府中，俱为一体，陟罚臧否[5]，不宜异同。若有作奸犯科及为忠善者，宜付有司[6]，论其刑赏，以昭陛下平明之理，不宜偏私，使内外异法也。

【注释】

〔1〕先帝：指刘备。

〔2〕崩徂（cú）：死亡。徂，据胡克家《文选考异》当作“殂”。古时候皇帝死称“崩”，亦称“殂”。

〔3〕益州：指蜀汉，其地相当于今四川、重庆大部分及云南、贵州的一部分。　罢弊：困乏。罢，通“疲”。

〔4〕引喻：称引、譬喻。　义：适宜。

〔5〕陟：升迁。　臧：善。　否（pǐ）：恶。

〔6〕有司：专管某种事情的官吏。

【译文】

臣诸葛亮陈言：先帝创立的大业未及完成一半，便中途去世。现在天下三国分立，益州的力量又困乏薄弱，这实在是到了国家危急存亡的关键时刻。然而侍卫大臣在朝廷内毫不懈怠，忠诚有志的将士在外舍生忘死，这都是出于追念先帝的特殊恩遇，想在陛下身上报答啊。因此陛下应该广开言路，发扬先帝流传下来的美德，振奋志士的勇气，不应随便看轻自己，言谈违背义理，以致堵塞臣下尽忠劝谏的道路。宫禁中的侍臣和丞相府的官吏，都是一朝之臣，奖惩褒贬，不应有所差别。如有作奸犯恶或尽忠行善的，都应交付主管的官员评定惩罚和奖励，以此显示陛下的公正严明，不应偏袒有私，使得内廷和外府法度不同。

侍中侍郎郭攸之、费祎、董允等[1]，此皆良实，志虑忠纯，是以先帝简拔[2]，以遗陛下。愚以为宫中之事，事无大小，悉以谘之[3]，然后施行，必能裨补阙漏[4]，有所广益也。将军向宠[5]，性行淑均，晓畅军事，试用于昔日，先帝称之曰能，是以众议举宠为督。愚以为营中之事，悉以谘之，必能使行阵和穆[6]，优劣得所也。亲贤臣，远小人，此先汉所以兴隆也[7]；亲小人，远贤臣，此后汉所以倾颓也。先帝在时，每与臣论此事，未尝不叹息痛恨于桓灵也[8]。侍中尚书[9]，长史参军[10]，此悉贞亮死节之臣也。愿陛下亲之信之，则汉室之隆，可计日而待也。

【注释】

〔1〕侍中、侍郎：均为官名。 郭攸之：字演长，时任侍中。 费祎：字文伟，时任侍中。 董允：字休昭，时任黄门侍郎。

〔2〕简拔：选拔。

〔3〕谘：询问。

〔4〕裨（bì）：补。

〔5〕向宠：字巨违，刘备时为牙门将。刘备伐吴兵败，独向宠部队损伤很少。

〔6〕行阵：指军队。 穆：通“睦”。

〔7〕先汉：指西汉。

〔8〕桓灵：指东汉末年的桓帝和灵帝，他们均信用宦官，导致朝政腐败。

〔9〕尚书：官名，指陈震。

〔10〕长史参军：亦为官名，分别指张裔、蒋琬。

【译文】

侍中郭攸之、费祎、侍郎董允等，都是贤良诚实、忠厚纯正的人，所以先帝选拔出来留给陛下。我以为宫廷里的事务，不论大小，都要同他们商量，然后施行，定能弥补缺失疏漏，于政事有所裨益。将军向宠，品性德行善良公正，精通军事，当年试用之时，先帝就称赞他能干，因此群臣举荐他做都督。我以为军事上的事情，都要同他商量，就一定可以使军中团结和睦，将士和兵力的安置各得其所。亲近贤臣，疏远小人，这是西汉所以兴盛的原因；亲近小人，疏远贤臣，这是东汉所以衰败的原因。先帝在世的时候，每次同我谈论起这些事，没有不对桓灵二帝感到惋惜和痛心的。侍中郭攸之、费祎，尚书陈震，长史张裔，参军蒋琬，这些都是坚贞忠直能以死报国的臣子。希望陛下亲近他们，信任他们，那么汉室的兴隆，就指日可待了。

臣本布衣〔1〕，躬耕于南阳〔2〕，苟全性命于乱世，不求闻达于诸侯〔3〕。先帝不以臣卑鄙〔4〕，猥自枉屈〔5〕，三顾臣于草庐之中，谘臣以当世之事。由是感激，遂许先帝以驱驰〔6〕。后值倾覆〔7〕，受任于败军之际，奉命于危难之间，尔来二十有一年矣〔8〕。先帝知臣谨慎，故临崩寄臣以大事也〔9〕。受命以来，夙夜忧叹，恐托付不效，以伤先帝之明。故五月度泸〔10〕，深入不毛〔11〕。今南方已定，兵甲已足，当奖帅三军，北定中原。庶竭驽钝〔12〕，攘除奸凶〔13〕，兴复汉室，还于旧都。此臣之所以报先帝而忠陛下之职分也。至于斟酌损益〔14〕，进尽忠言，则攸之、祎、允之任也。愿陛下托臣以讨贼兴复之效，不效则治臣之罪，以告先帝之灵。若无兴德之言，则责攸之、祎、允之咎〔15〕，以章其慢〔16〕。陛下亦宜自课，以谘诹善道〔17〕，察纳雅言〔18〕，深追先帝遗诏。臣不胜受恩感激。

今当远离，临表涕泣，不知所云。

【注释】

〔1〕布衣：平民。

〔2〕南阳：今在湖北襄阳一带。

〔3〕闻达：显达。

〔4〕卑鄙：指地位低微、见识浅陋。

〔5〕猥：辱。谦词。　枉屈：屈尊。

〔6〕驱驰：奔走效劳。

〔7〕倾覆：指汉献帝建安十三年（公元208）刘备为曹操所败一事。

〔8〕二十有一年：刘备以建安十三年败，遣亮使吴，联吴拒曹于赤壁，至此时整二十年，刘备与诸葛亮于败军之前一年相遇，故合称二十一年。

〔9〕临崩寄臣以大事：刘备在临死的时候，把国家大事托付给诸葛亮，并嘱刘禅“汝与丞相从事，事之如父”。

〔10〕泸：今金沙江。

〔11〕不毛：不长草木，指未经开发的地方。

〔12〕驽钝：比喻才能平庸。　驽：劣马。　钝：刀刃不锋利。

〔13〕攘除：排除。　凶：指曹魏。

〔14〕损：除去。　益：增加。

〔15〕咎：过失。

〔16〕章：彰显。　慢：怠惰。

〔17〕咨诹（zōu）：询问。

〔18〕雅言：正言。

【译文】

我原本是个平民，亲自在南阳耕种，只想在乱世中保全性命，不图在诸侯间得官扬名。先帝不因为我卑微鄙陋，竟屈尊降贵委屈自己，三次到草庐来探访我，征询当时天下大事，这使我大为感动振奋，于是答应为先帝奔走效劳。其后遇上军事失利，我就在这遭逢兵败的当口接受了委任，在危急艰难的时刻奉命出使，从那时以来已经有二十一个年头了。先帝知道我处世谨慎，所以在临终的时候把国家大事托付给我。接受命令以来，我日夜忧患叹息，唯恐有负重托，损害先帝的知人之明。所以五月渡过泸水，深入不毛之地。现在南方已经平定，武器装备已经充足，应当统率军队，向北平定中原。但愿能够竭尽我凡庸鲁钝的才能，清除邪恶的势力，复兴汉朝的皇室，返回原来的国都，这才是我用来报效先帝、尽忠陛下的职责啊。至于考虑政事的得失，尽量进献忠言，那就是攸之、祎、允的责任了。望陛下委任我以讨伐奸贼、复兴汉室的任务，如果不见成效，就惩办我的罪过，以告先帝的在天之灵。如果没有发扬美德的建议，那就责备攸之、祎、允的过错，明确宣布他们的疏忽怠惰。陛下也应约束自己，征询治理国家的良策，明察并采纳正确意见，深切记取先帝的遗训，这样我就深受大恩感激不尽了。如今就要离别远征，写这份表章时激动得眼泪纵横，真不知说了些什么。

求自试表　曹子建（曹植）

【题解】

本表是曹植上给其侄魏明帝曹叡的自荐书。表中充分表达了作者急切用世之心，也流露出政治上被压抑报国无路的苦闷。

臣植言：臣闻士之生世，入则事父，出则事君。事父尚于荣亲，事君贵于兴国。故慈父不能爱无益之子，仁君不能畜无用之臣。夫论德而授官者，成功之君也；量能而受爵者，毕命之臣也[1]。故君无虚授，臣无虚受；虚授谓之谬举，虚受谓之尸禄[2]。《诗》之素餐[3]，所由作也。昔二虢不辞两国之任[4]，其德厚也；旦奭不让燕鲁之封[5]，其功大也。今臣蒙国重恩，三世于今矣[6]。正值陛下升平之际，沐浴圣泽，潜润德教，可谓厚幸矣。

而位窃东藩，爵在上列，身被轻暖，口厌百味[7]，目极华靡，耳倦丝竹者，爵重禄厚之所致也。退念古之受爵禄者，有异于此，皆以功勤济国，辅主惠民。今臣无德可述，无功可纪，若此终年，无益国朝，将挂风人彼己之讥[8]。是以上惭玄冕[9]，俯愧朱绂[10]。

【注释】

〔1〕毕命：尽命。即献出全部力量甚至生命。

〔2〕尸禄：形容只享俸禄而不做事。

〔3〕"《诗》之"句：《诗经·伐檀》："彼君子兮，不素餐兮！"素餐，白吃饭不做事。

〔4〕二虢（guó）：指周文王弟虢仲、虢叔。虢仲封于东虢，虢叔封于西虢。

〔5〕旦：周公旦。 奭（shì）：召公奭。二人皆周文王之子，旦封于鲁，奭封于燕。

〔6〕三世：指魏武帝曹操、文帝曹丕、明帝曹叡。

〔7〕厌：满足。

〔8〕风人：诗人。 彼己：《诗经·候人》："彼己之子，不称其服。"德行和衣服不相称。

〔9〕玄冕：古代官位较大的礼服。

〔10〕朱绂（fú）：朱红色的官服。

【译文】

臣曹植陈言：我听说士人活在世上，家居则应侍奉父亲，入仕则应辅佐君主，侍奉父亲重在荣亲，辅佐君主则贵在兴国。因此慈父不会喜爱没有用处的儿子，仁君不会蓄养没有才能的大臣。考察其德行道义而授予官职的，是有所成就的君主；估计自己才能而接受爵位的，是尽心尽力的臣子。所以君主不能虚授官职，臣子不能虚受爵位。虚授叫作用人不明，虚受称为尸位素餐；《诗经》中所说的素餐，就是为此而作。从前虢仲、虢叔不推辞两国的分封，是因为品德醇厚。周公旦、召公奭不推让燕、鲁的封地，是由于功勋卓著。现在我身受国家的大恩，至今已有三世了。正赶上您国家太平的好时候，享受着皇上的恩惠，感受到皇上德业的教化，可说是非常荣幸了。我被封为东方藩国之王，居上等爵位，身着轻暖的衣服，饱尝了各种美味，看尽了华美的景色，听厌了美妙的音乐，正是因为享有了高官厚禄的缘故。退想古时享有爵禄的那些人，与我有所不同，他们都是以功劳勤苦有助于国，辅佐君主、施利于民。如今我没有德行值得陈说，没有功劳可供记载，如果像这样直到老死，对本朝毫无贡献，必将受到诗人所说的“彼己之子，不称其服”的讥讽。所以我俯仰之间，于心有愧。

方今天下一统，九州晏如[1]，顾西尚有违命之蜀，东有不臣之吴。使边境未得税甲[2]，谋士未得高枕者，诚欲混同宇内，以致太和也。故启灭有扈而夏功昭[3]，成克商奄而周德著。今陛下以圣明统世，将欲卒文武之功，继成康之隆[4]。简良授能[5]，以方叔邵虎之臣[6]，镇卫四境，为国爪牙者，可谓当矣。然而高鸟未挂于轻缴[7]，渊鱼未悬于钩饵者，恐钓射之术，或未尽也。昔耿弇不俟光武，亟击张步，言不以贼遗于君父也。故车右伏剑于鸣毂[8]，雍门刎首于齐境[9]，若此二子，岂恶生而尚死哉？诚忿其慢主而陵君也。夫君之宠臣，欲以除害兴利，臣之事君，必以杀身静乱[10]，以功报主也。昔贾谊弱冠，求试属国，请系单于之颈而制其命[11]；终军以妙年使越[12]，欲得长缨占其王，羁致北阙。此二臣岂好为夸主而耀世俗哉？志或郁结，欲逞才力输能于明君也[13]。昔汉武为霍去病治第[14]，辞曰：“匈奴未灭，臣无以家为！”固夫忧国忘家，捐躯济难，忠臣之志也。

【注释】

〔1〕晏如：安然。

〔2〕税甲：解甲。

〔3〕启：夏后启，夏禹之子。　有扈：夏时诸侯，因不服夏，被启灭掉。

〔4〕成：周成王。　康：周康王。成、康继承了文、武的业绩。

〔5〕简：选择。

〔6〕方叔：周宣王时贤臣。　邵虎：即召公，周宣王时的贤臣。

〔7〕缴（zhuó）：生丝缕，系在箭的尾部，用以弋射禽鸟。

〔8〕车右：坐在车子右边的卫士。　毂（gǔ）：车轮中间的横木，用来贯轴。先秦时，齐王出猎，车左毂忽然发出鸣声，虽然这是造车工人的过失，但车右却因鸣声惊动了齐王而自刎。

〔9〕雍门：越国军队至齐，未交战，雍门子狄说："今越甲至，其鸣吾君也，岂左毂之下哉?"也自刎而死。

〔10〕静：同"靖"。

〔11〕贾谊：西汉孝文帝时人。　弱冠：二十岁。　单于：匈奴君主的称号。

〔12〕终军：汉代人。十八岁选为博士弟子，上书言事，自请"愿受长缨，必羁南越王而致之阙下"。　妙年：少年。

〔13〕输能：贡献才能。

〔14〕霍去病：汉武帝时大将。曾先后六次出击匈奴，建立大功。第：宅第。

【译文】

如今天下一统，九州安宁，只是西边尚有违背皇命的蜀汉，东边还有不遵臣道的孙吴，使得边境将士未能解甲归田，朝廷大臣没法高枕无忧，实在是想要统一天下，以开创太平之世啊！所以启灭掉有扈使夏功绩昭著，成王消灭武庚和奄国使周德显明。现在陛下治世英明，正要完成文王、武王的功业，接续成、康二王伟大的功业，选拔任用贤德有才干的人，用方叔、邵虎这样的武臣，镇守四方边境，作为国家的卫士，可以说是非常妥当的。然而高飞的鸟未被射中，深水中的鱼没能上钩，恐怕是战略战术尚未充分发挥的缘故。从前耿弇不待汉光武车驾到，就大破张武军队，说是不把敌人留给君主。所以车右的勇士因为车轮鸣声惊动齐王而按剑自裁，雍门子狄在越君至齐时也自刎而死。这两个人，哪里是轻生乐死呢？实在是愤恨君主受到轻慢和侵犯啊！国君宠信臣属，为的是兴利除弊；臣下侍奉国君，一定要舍生忘死平定祸乱，以功劳回报君主。从前贾谊年方二十，自己要求试为蜀国之官，必能用计谋俘获匈奴首领单于掌握他的命运。终军少年时期出使越国，自请愿得长缨缚住南越王，押至汉朝宫阙。这两位臣子哪里是喜欢在人主面前夸耀自己并向世俗炫耀呢？乃是情志压抑不舒畅，想要一展所学，为明君贡献才能啊！当年汉武帝为霍去病营建宅第，霍去病辞谢说："匈奴还没有消灭，我不能以家事为念！"所以心忧国事而忘掉家庭，牺牲生命以解救危难，是忠臣的志向。

今臣居外，非不厚也〔1〕；而寝不安席，食不遑味者〔2〕，伏以二方未尅为念〔3〕。伏见先武皇帝武臣宿兵〔4〕，年耆即世者有闻矣〔5〕；虽贤不乏世，宿将旧卒犹习战也。窃不自量，志在效命，庶立毛发之功，以报所受之恩。若使陛下出不世之诏〔6〕，效臣锥刀之用〔7〕，使得西属大将军〔8〕，当一校之队〔9〕，若东属大司马〔10〕，统偏师之任〔11〕。必乘危蹑险，骋舟奋骊，突刃触锋，为士卒先。虽未能禽权馘亮〔12〕，庶将虏其雄率，歼其丑类，必效须臾之捷，以灭终身之愧，使名挂史笔，事列朝荣，虽身分蜀境，首悬吴阙，犹生之年也。如微才不试，没世无闻，徒荣其躯而丰其体，生无益于事，死无损于数〔13〕，虚荷上位而忝重禄〔14〕，禽息鸟视〔15〕，终于白首，此徒圈牢之养物，非臣之所志也。

【注释】

〔1〕居外：指身居藩国。 厚：指待遇优厚。

〔2〕不遑：没有空暇。

〔3〕二方：指吴、蜀。 尅：同“克”，平定。

〔4〕宿兵：旧时的士兵。

〔5〕年耆（qí）：年老。 即世：去世。

〔6〕不世：非常。

〔7〕锥刀：即锥刀之末，比喻微小。

〔8〕大将军：指曹真。

〔9〕一校之队：非主力，五百人为一校。

〔10〕大司马：指曹休。

〔11〕偏师：指全军的一部分，以别于主力。

〔12〕禽：同“擒”。 权：指孙权。 馘（guó）：古代战争中割取敌人的左耳以计数献功。 亮：指诸葛亮。

〔13〕数：气数，这里指国家的命运。

〔14〕荷：承受。 忝：辱，自谦之词。

〔15〕禽息鸟视：如同禽鸟那样成长和生活。

【译文】

现在我身居藩国，待遇并非不优厚，而我却坐卧不宁，茶饭无味，是因为牵挂着吴、蜀二方尚未平定。我见先武皇帝的武臣旧兵中，年老去世的已有所闻，虽说贤才不乏于世，老将旧卒仍然熟悉作战。私下不自量，我希望牺牲这微末之躯，以求建立微小的功业，以报答所受的恩德。如果陛下发布非常的诏令，使我得以贡献菲薄的力量，向西跟随大将军曹真，带领一校之军；或者向东跟随大司马曹休，统率偏师。我一定冒着危险，驰骋战船战马，与敌人短兵相接，身先士卒。即使不能擒拿孙权、斩获诸葛亮，也期望能俘获敌军统率，消灭敌军士兵，必定成就片时的功业，用来洗刷终身的愧疚。如果能够让名字载于史籍，事迹见于朝廷的书策，纵然是身体分裂死于蜀境，首级悬挂在吴国的城楼，也是虽死犹生。如果我微小的才干得不到试用，终身默默无闻，仅仅使躯体享受到荣华，身子保养得丰腴，活着对世事没有用处，死去国家也毫无损失，徒然占据着高位并且惭愧地享受着厚禄，就像禽鸟一样地活着，一直到老，这不过是牲畜一般，不是我的志向啊。

流闻东军失备〔1〕，师徒小衄〔2〕，辍食弃餐，奋袂攘衽〔3〕，抚剑东顾，而心已驰于吴会矣。臣昔从先武皇帝，南极赤岸，东临沧海，西望玉门，北出玄塞，伏见所以行军用兵之势，可谓神妙矣。故兵者不可预言，临难而制变者也。志欲自效于明时，立功于圣世。每览史籍，观古忠臣义士，出一朝之命，以殉国家之难，身虽屠裂，而功铭着于景钟〔4〕，名称垂于竹帛〔5〕，未尝不拊心而叹息也〔6〕。

【注释】

〔1〕流闻：传闻。　东军：指伐吴之军。

〔2〕衄（nǜ）：挫折失败。

〔3〕奋袂（mèi）：举袖。　攘衽：提衣襟。

〔4〕铭：铭刻。　景钟：晋帝公钟。春秋时，晋将魏颗打退秦兵，他的功勋被铭刻在景钟上。

〔5〕竹帛：指史书，古代没有纸，写在竹简或丝帛上。

〔6〕拊：拍，同“抚”。

【译文】

传闻东进部队因准备不足，士卒遭到些许挫折，我废寝忘餐，激动不安，手抚利箭向东眺望，心早已飞到吴郡、会稽。我以前跟随先武皇帝，向南最远到达赤岸，往东临近渤海，向西可以望到玉门关，往北出了长城，观察他用兵作战的方法，可以说是变化十分巧妙，难以测知。所以指挥作战不能靠预言，而应该面临危险形势能够随机应变。我希望能够为政治清明的时代效力，在当今之世建立一番功业，每当浏览史书，看到古代的忠臣义士，领受一国的任命，献出自己短暂的生命，为国殉难，肉体虽然被分割消灭，功绩却铭刻在景钟之上，英名永远彪炳于史册，我没有不抚胸叹息的。

臣闻明主使臣，不废有罪。故奔北败军之将用，秦鲁以成其功[1]；绝缨盗马之臣赦，楚赵以济其难[2]。臣窃感先帝早崩，威王弃代，臣独何人，以堪长久？常恐先朝露，填沟壑，坟土未干，而身名并灭。臣闻骐骥长鸣，伯乐昭其能；卢狗悲号[3]，韩国知其才[4]。是以效之齐楚之路，以逞千里之任，试之狡兔之捷，以验搏噬之用。今臣志狗马之微功，窃自惟度，终无伯乐韩国之举，是以于邑而窃自痛者也[5]。夫临博而企竦[6]，闻乐而窃抃者[7]，或有赏音而识道也。昔毛遂[8]，赵之陪隶[9]，犹假锥囊之喻，以寤主立功[10]；何况巍巍大魏多士之朝，而无慷慨死难之臣乎！

【注释】

〔1〕“故奔北”二句：春秋时，秦穆公将孟明视、西乞术、白乙丙三人曾被晋所败，被俘。后穆公仍用他们为将，终于打败晋人，报仇雪恨。事见《左传》僖公二十二、二十三年及文公三年。又，鲁将曹沫曾三次被齐国战败。鲁国割地求和。后鲁庄公与齐桓公在柯地会盟，曹沫执匕首劫桓公，桓公乃允许尽还鲁国侵地。事见《史记·刺客列传》。 奔北：败逃。

〔2〕“绝缨”二句：春秋时，楚庄王和群臣夜宴。烛灭，有人在暗中引楚王美人衣。美人挽绝其缨，以告楚王。王乃命群臣皆绝缨，然后举火，后楚与晋战，引美人衣者奋力作战，以报庄王。事见《说苑》卷六。秦穆公乘马走失，为野人杀而食之。穆公不怪罪野人，又赐酒给他们喝。后秦与晋战，穆公被围，曾食马的三百余人，尽力为穆公作战，遂大败晋人。事见《吕氏春秋》。赵，疑“秦”之误。

〔3〕卢狗：古代韩国壮犬，善奔跑曾逐狡兔。

〔4〕韩国：齐人，善相狗，听狗叫能辨别狗能力。

〔5〕于邑：即抑郁。　自痛：犹自悼。

〔6〕博：弈棋之类的游戏。　企：抬起脚后跟。　竦：立。

〔7〕抃（biàn）：拍手。

〔8〕毛遂：战国人，因向平原君推荐自己得到重用而得名。

〔9〕陪隶：家臣。

〔10〕寤：通“悟”。

【译文】

我听说英明的君主用人，不弃置有罪的臣子，所以秦国和鲁国任用败军逃亡之将，最终取得了成功；赵国和楚国宽赦了绝缨和盗马的人，使危难得到了解救。我私下感慨先帝早逝，威王也已去世，而我又算是什么人，年寿能够久长？常常害怕自己就像早晨的露水，不久就身死被埋，坟土还没有干，身体和名字就一起泯灭了。我又听说良马长鸣，伯乐闻声就能使它的才能明显地表现出来；疾犬韩卢一声悲号，韩国就知道它是良犬。所以让千里马在齐、楚这样的长途中奔跑，才能施展它能行千里的本领；叫卢狗尝试追逐敏捷的狡兔，方可考验他搏噬的能力。现在我志在建立狗马这样微不足道的功业，私心忖度，始终得不到伯乐、韩国的举荐，所以心情抑郁暗自伤悼。见到弈棋站着看得出了神，听到音乐便情不自禁地打起拍子，大概是懂得音乐或知道棋路胜负。古时的毛遂只是平原君的一个家臣，尚且借锥子在口袋里的比喻，说服主人后立了功。何况强盛的大魏人才济济，难道会没有在危难关头慷慨献身的臣子吗？

夫自衒自媒者[1]，士女之丑行也；干时求进者，道家之明忌也[2]。而臣敢陈闻于陛下者，诚与国分形同气[3]，忧患共之者也。冀以尘露之微，补益山海；萤烛末光，增辉日月。是以敢冒其丑而献其忠，必知为朝士所笑。圣主不以人废言，伏惟陛下少垂神听，臣则幸矣。

【注释】

〔1〕自衒：自我吹嘘。　自媒：指子女自我做媒。

〔2〕“干时”二句：道家以清净无为为宗，故以干时求进为忌。

〔3〕分形：从一个身体中分出来的形体。　同气：气血相同。

【译文】

自我推荐，自我作媒，是士人淑女所不齿的行为；趋附时俗以求进身，是道家明确的忌讳。我之所以敢于陈说给陛下听，实在是与陛下为至亲骨肉，忧患与共的缘故啊。我希望以浮尘露滴的微小，对山海有所补益；以小火烛的微光，为日月增添光亮。所以敢冒人所不齿贡献我的忠诚，知道一定会被朝廷的官员讥笑。英明的君主不因人废言，望陛下能够稍稍听取，我便十分荣幸了。

求通亲亲表　曹子建（曹植）

【题解】

此表是曹植写给其侄魏明帝曹叡的表书，希望明帝解除自己与亲属交往的限制，并使自己发挥才能，效力于朝廷，表中也流露出作者怀才不遇、有志难伸的悲愤压抑之情。

臣植言：臣闻天称其高者，以无不覆；地称其广者，以无不载；日月称其明者，以无不照；江海称其大者，以无不容。故孔子曰：“大哉尧之为君，惟天为大，惟尧则之〔1〕。”夫天德之于万物，可谓弘广矣。盖尧之为教〔2〕，先亲后疏，自近及远。其传曰〔3〕：克明俊德〔4〕，以亲九族〔5〕，九族既睦，平章百姓〔6〕。及周之文王，亦崇厥化〔7〕。其《诗》曰："刑于寡妻〔8〕，至于兄弟，以御于家邦。"是以雍雍穆穆，风人咏之〔9〕。昔周公吊管蔡之不咸〔10〕，广封懿亲〔11〕，以藩屏王室〔12〕。《传》〔13〕曰："周之宗盟，异姓为后。"诚骨肉之恩，爽而不离〔14〕；亲亲之义〔15〕，实在敦固〔16〕。未有义而后其君，仁而遗其亲者也。

【注释】

〔1〕则：效法。

〔2〕教：教化准则。

〔3〕传：指《尚书·尧典》。

〔4〕克：能。　俊德：才德出众的人。

〔5〕九族：上自高祖，下至玄孙，计九代，称为九族。

〔6〕平章：辨别明白。　百姓：百官。

〔7〕化：教化。

〔8〕刑：同"型"，示范。　寡妻：寡德之妻，即嫡妻。

〔9〕风人：即诗人。

〔10〕周公：姬旦，周文王之子。　吊：伤。　管蔡：指周公之弟管叔和蔡叔。　咸：和。

〔11〕懿亲：至亲。

〔12〕藩屏：像藩篱一样守卫。

〔13〕《传》：指《左传·隐公十一年》。

〔14〕爽：差错。

〔15〕亲亲：亲近亲属。

〔16〕敦固：朴实坚固。

【译文】

臣曹植陈言：我听说天之所以以高著称，是因为它无所不覆；地之所以以广著称，是因为它无所不载；日月之所以以亮著称，是因为它无所不照；江海之所以以大著称，是因为它无所不容。因此孔子说："伟大啊！像尧那样的君主，唯天最大，只有尧能效法它。"上天的恩德对于万物，可以说是十分宏大了。尧所推行的政教原则，是先亲后疏，由近及远。尧典说："选拔同族中才德出众的人，使族人和睦相处，族人和睦团结了，便又考察百官中有善行者，加以表彰。"到周文王，也崇尚教化。《诗经》说："先给妻子做榜样，再推恩到兄弟身上，进而推广到国家。"所以协调和美，是诗人所歌咏的。从前周公伤于管叔、蔡叔不和睦，于是大封亲族，以此来保护王室。《左传》说："周朝的同宗之盟，把异姓置于后位。"实在因为是骨肉之亲，即使有差错也不至于疏隔。亲近可亲之人的涵义的确朴实牢固。没有重义而怠慢君主，行仁却把亲属丢在一边的。

伏惟陛下，咨帝唐钦明之德[1]，体文王翼翼之仁[2]，惠洽椒房[3]，恩昭九亲，群后百僚[4]，番休递上[5]。执政不废于公朝，下情得展于私室，亲理之路通，庆吊之情展，诚可谓恕己治人，推惠施恩者矣。至于臣者，人道绝绪[6]，禁固明时[7]，臣窃自伤也。不敢乃望交气类[8]，修人事，叙人伦。近且婚媾不通，兄弟永绝，吉凶之问塞[9]，庆吊之礼废。恩纪之违[10]，甚于路人；隔阂之异，殊于胡越[11]。今臣以一切之制[12]，永无朝觐之望[13]，至于注心皇极[14]，结情紫闼[15]，神明知之矣。然天实为之，谓之何哉？退省诸王，常有戚戚具尔之心[16]。愿陛下沛然垂诏[17]，使诸国庆问，四节得展，以叙骨肉之欢恩，全怡怡之笃义，妃妾之家，膏沐之遗[18]，岁得再通，齐义于贵宗，等惠于百司[19]。如此，则古人之所叹，《风》《雅》之所咏，复存于圣世矣！

【注释】

〔1〕咨：与“资”通，禀赋。　帝唐：指唐尧。

〔2〕翼翼：恭谨的样子。

〔3〕洽：浸润。　椒房：汉皇后所居的宫殿，以椒和泥涂壁。后因以椒房代后妃。

〔4〕群后：谓列侯。

〔5〕番休：轮番休息。　递上：依次入值。

〔6〕绝绪：断绝。

〔7〕固：同“锢”。

〔8〕气类：意气相投的人。

〔9〕问：问讯。　塞：不通。

〔10〕违：疏远。

〔11〕胡越：胡地在北，越在南。比喻疏远，隔绝。

〔12〕一切之制：权宜之计。

〔13〕朝觐：臣朝见君主。

〔14〕注心：专心。　皇极：王位或王室。

〔15〕紫闼（tà）：帝王宫室。

〔16〕戚戚：相亲。　具尔：亲近之意，后用于指代兄弟。

〔17〕沛然：充盛貌。　垂诏：下诏。

〔18〕膏沐：古代女子润发的发脂。

〔19〕百司：百官。

【译文】

陛下禀承尧帝的英明德行，体察文王的恭谨仁爱，荣惠润泽后妃，恩德光照九族，群王百官，宿卫当番，依次休息，按部就班。主持政务无损于朝廷，私家也能够尽到人情，亲近亲属的道路通畅，贺喜问哀之情能够表达，确实可以说是用自己的心忖度别人，推广恩惠达于亲属了。至于我自己，履行人道的路被堵绝，在圣明之世被禁锢，我私下深感忧伤。我不敢奢望与意气相投的朋友交往，不敢奢望建立正常的人事关系，不敢奢望与亲人欢聚畅叙。近来甚至连姻亲之间都不能沟通，兄弟之情也遭到断绝。吉凶无从探问，庆贺凭吊之礼也已废止。使亲情的疏远程度，超过陌路之人；彼此之间的隔绝，比胡越两地还要遥远。如今按照现行的制度，我永远没有前来宫廷朝拜的希望。至于我心向王室、情系朝廷，神明是知道的。然而老天已然这样安排了，还有什么可说的呢？退一步想想诸国兄弟，也常有相近相亲的愿望。希望陛下能够推恩下诏，让王族之间能够随意往来，四时节令可以自由欢聚，以畅叙骨肉之情，成全兄弟的深厚情谊。对待妃妾之家，但愿每年赐予膏沐之资，仍同先前一样，使其待遇与贵族相同，恩惠与百官相等。这样，古人所感叹的，诗中所歌咏的，便又再现于当世了。

臣伏自思惟，岂无锥刀之用。及观陛下之所拔授，若臣为异姓，窃自料度，不后于朝士矣。若得辞远游，戴武弁〔1〕，解朱组〔2〕，佩青绂〔3〕，驸马奉车〔4〕，趣得一号〔5〕，安宅京室，执鞭珥笔〔6〕，出从华盖，入侍辇毂，承答圣问，拾遗左右〔7〕，乃臣丹情之至愿，不离于梦想者也。远慕《鹿鸣》君臣之宴〔8〕，中咏《棠棣》匪他之诫〔9〕，下思《伐木》友生之义〔10〕，终怀《蓼莪》罔极之哀〔11〕。每四节之会〔12〕，块然独处〔13〕，左右惟仆隶，所对惟妻子，高谈无所与陈，发义无所与展〔14〕，未尝不闻乐而拊心，临觞而叹息也。

【注释】

〔1〕武弁（biàn）：武官之冠，弁，皮弁，用以制冠。

〔2〕朱组：即赤绶，乃王者所佩。

〔3〕青绂：青色的印带。汉代御史大夫为上卿，银印青绶。

〔4〕驸马：官名。多以宗室及外戚与诸侯公子孙担任。　奉车：官名。掌御乘舆马。

〔5〕趣：疾。　号：勋号。

〔6〕执鞭：持鞭驾车。　珥笔：戴笔，指侍臣插笔于冠侧以备记事。

〔7〕拾遗：纠正帝王的过失。

〔8〕《鹿鸣》：《诗经·小雅》篇名，歌颂宴群臣嘉宾也。

〔9〕《棠棣》：《诗经·小雅》篇名，后常以咏兄弟的情谊。

〔10〕《伐木》：《诗经·小雅》篇名，写宴享亲友故旧情景。　友生：朋友。

〔11〕《蓼莪（liǎo é）》：《诗经·小雅》篇名。此诗为孝子追念父母而作，后用以指对亡亲的悼念。

〔12〕四节之会：汉魏时，有节气日亲族相聚宴乐的风俗。

〔13〕块然：孤独的样子。

〔14〕发义：阐述道理。

【译文】

我扪心自问，难道自己连锥刀这样微小的用处都没有吗？再观察陛下所提拔任用的人，如果我身为异姓，暗自思量，不会比不上那些官员。若允许我辞去王爵，戴上武冠，解下红色绶带，身佩青色印带，在驸马、奉车之中，取得一个勋号，安住京城，执鞭戴笔，出宫则跟随玉辇，入朝则侍奉天子，承对应答圣上的问题，在君主身边裨补阙失，这是我发自内心的最大愿望，连睡梦中也不曾忘怀啊！远慕《鹿鸣》之篇所述君臣喜宴，中咏《棠棣》之章对兄弟不睦的讥刺，下思《伐木》之诗对朋友之义的歌颂，终怀《蓼莪》之什伤悼亡亲的悲哀。每逢节气亲族相聚之日，孤独自处，身边只有仆人，面对的只有妻儿，高妙的道理无法陈说，独到的见解也无从阐述，故而没有不听到音乐就抚胸感慨，对着酒杯而长吁短叹的。

臣伏以为犬马之诚，不能动人，譬人之诚不能动天，崩城陨霜〔1〕，臣初信之，以臣心况〔2〕，徒虚语耳！若葵藿之倾叶〔3〕，太阳虽不为之回光〔4〕，然终向之者，诚也。臣窃自比葵藿，若降天地之施，垂三光之明者〔5〕，实在陛下。臣闻《文子》曰：“不为福始，不为祸先。”今之否隔[6]，友于同忧，而臣独唱言者[7]，何也？窃不愿于圣代，使有不蒙施之物，有不蒙施之物，必有惨毒之怀[8]。故《柏舟》有天只之怨[9]，《谷风》有弃予之叹[10]。伊尹耻其君不为尧舜，《孟子》曰：“不以舜之所以事尧事其君者，不敬其君者也。”臣之愚蔽，固非虞伊；至于欲使陛下崇光被时雍之美[11]，宣缉熙章明之德者[12]，是臣慺慺之诚[13]，窃所独守。实怀鹤立企伫之心[14]，敢复陈闻者，冀陛下傥发天聪而垂神听也。

【注释】

〔1〕崩城：相传春秋齐庄公袭莒，杞梁殖战死，其妻在城下枕尸而哭，十日而城崩。　陨霜：邹衍事燕惠王，忠心耿耿，惠王听信谗言，将他拘禁，他仰天大哭，五月天为之下霜。

〔2〕况：比。

〔3〕葵藿：偏指葵，向日，比喻赤心。　藿：豆叶。

〔4〕回：旋转。

〔5〕三光：指日、月、星。

〔6〕否隔：闭塞不通。

〔7〕唱：同“倡”，发起。

〔8〕惨毒之怀：深切怨恨之情。

〔9〕《柏舟》：《诗经·国风》篇名。诗曰：“母也天只，不谅人只。”

〔10〕弃予：《诗经·谷风》曰：“将安将乐，女转弃予。”

〔11〕光被：像阳光普照。　时雍：犹言和善。

〔12〕缉熙：光明。　章明：显明。

〔13〕慺慺（lóu）：勤恳、恭谨。

〔14〕鹤立企伫：如鹤之企足延颈而立，亦伫望之意。

【译文】

我认为犬马的忠诚无法打动人，就像人的真诚不能感动天一样，崩城飞霜一类的传说，我当初深信不疑，用我的心类比，不过是些空话罢了。犹如葵藿叶片朝向太阳，太阳虽然并不因此回转它的光轮，但终究表现了它向日的一片诚心。我私下里自比葵藿，如施予天地的恩惠，降下日月的光明，唯在于陛下。我听《文子》中说：“不率先致福，不率先招祸。”如今彼此闭塞不通。兄弟皆为之忧虑，而我一个人独上表言事，原因何在？我不愿意在当代有未蒙受恩施的人，如果那样，一定会滋生深切的怨恨之情。因此《柏舟》中有呼天的怨愤，《谷风》中有被弃的哀叹。伊尹以他的国君不是尧舜之君而感到羞愧。《孟子》说：“不用舜对尧的态度侍奉他的君主，就是对君主的不敬。”以我的愚笨无知，当然比不上虞舜、伊尹；然而想要使陛下崇尚广被和善的美德，发扬光大光明的功德，这一片诚恳恭谨之心，是我私心独自坚守的，确实怀着殷殷伫望之心，敢于再次向陛下陈述，是希望陛下能够听取啊！

让开府表　羊叔子（羊祜）

【题解】

羊祜（公元221—278），字叔子，晋泰山南城（今山东费县西）人。在都督荆州诸军事之任上，积极筹划灭吴。后为征南大将军，封南城侯。羊祜博学能文，原有集，已佚。《晋书》有传。此表是羊祜婉拒朝廷授予他的开府仪同三司的官职，表现了作者以国事为重，不讲求个人名利而能推贤让能的高尚品格，也隐约流露出他在政治风云中的谨慎与忧惧之情。

臣祜言：臣昨出〔1〕，伏闻恩诏，拔臣使同台司〔2〕。臣自出身已来〔3〕，适十数年，受任外内〔4〕，每极显重之地，常以智力不可强进，恩宠不可久谬〔5〕，夙夜战栗，以荣为忧。臣闻古人之言，德未为众所服，而受高爵，则使才臣不进；功未为众所归，而荷厚禄，则使劳臣不劝[6]。今臣身托外戚[7]，事遭运会，诚在宠过[8]，不患见遗，而猥超然降发中之诏[9]，加非次之荣[10]。臣有何功可以堪之？何心可以安之？以身误陛下，辱高位，倾覆亦寻而至。愿复守先人弊庐，岂可得哉！违命诚忤天威，曲从即复若此。盖闻古人申于见知，大臣之节，不可则止。臣虽小人，敢缘所蒙，念存斯义。

【注释】

〔1〕出：即出沐，古代官员回家休息。汉代官吏五日一休沐。

〔2〕台司：即司徒、司空、太尉三公。

〔3〕出身：指做官。

〔4〕外：指地方。　内：指朝廷。

〔5〕谬：荒诞，错误。

〔6〕劝：勉励。

〔7〕外戚：帝王的母族或妻族。

〔8〕宠过：《晋书》作“过宠”。

〔9〕猥：犹言辱，谦词。

〔10〕非次：谓不依正常的顺序。

【译文】

臣羊祜陈言：我昨日出沐，敬闻陛下降恩的诏书，提拔我位列台司。我自出仕以来，不过十几年而已，受任于朝廷、地方，每每达到位显权重的地步。我常认为智少力弱不可勉强任用，过分的恩宠不能长久地错占，因此日夜惶恐不安，把尊荣视为忧虑。我听古人说过，德行不被众人信服，却得到尊荣的爵位，便会使有才之士不愿进荐；功劳不被众人认可，却享受优厚的俸禄，便会使实干之臣放弃努力。如今我寄身于外戚，适逢时运际会，需要警惕的是得到过分的恩宠，而不必担心被君主弃置。而宫中竟然降下皇帝亲自下达的诏令，赐予不同寻常的恩荣。我有什么功劳足以承当？又用什么心态来泰然处之？因我而贻误到陛下，辜负了高位，倾身覆家的灾祸也就将接踵而至。到那时就是想要再回到先人的旧屋，又怎么能办得到啊！违背圣命固然会触犯陛下的权威，委曲顺从又将遭到祸败。听说古人展才于受知遇之际，大臣应守的准则，是不能胜任就该停止。我虽是小人，却敢因蒙受的恩德，心存这一道理。

今天下自服化已来，方渐八年，虽侧席求贤〔1〕，不遗幽贱。然臣等不能推有德〔2〕，进有功，使圣听知胜臣者多，而未达者不少。假令有遗德于板筑之下〔3〕，有隐才于屠钓之间〔4〕，而令朝议用臣不以为非，臣处之不以为愧，所失岂不大哉！

【注释】

〔1〕侧席：恭侧身子而不正坐，用以待贤良。

〔2〕等：《晋书》无“等”字。

〔3〕板筑：筑墙，指傅说事。相传武丁梦圣人，于奴隶筑墙的工地上寻得傅说，命其为相。

〔4〕屠钓：屠宰牲畜与钓鱼，指周吕望事。相传他早时曾屠牛于朝歌，钓鱼于渭滨。

【译文】

如今天下自四方归顺以来，将有八年，虽虚席以待贤人，不遗漏隐居不出的贫士。然而我们这些臣子不能推举有德之士，进荐有功之人，使得圣上了解超过我的人有许多，而未能显达的却不少。假若让贤人隐于筑墙之下，居于屠钓之间，而使朝廷舆论不把任用我当成错误，我身处其位也不感到惭愧，过错岂不是太大了吗？

且臣忝窃虽久〔1〕，未若今日兼文武之极宠〔2〕，等宰辅之高位也〔3〕。臣所见虽狭，据今光禄大夫李喜〔4〕，秉节高亮，正身在朝。光禄大夫鲁芝〔5〕，洁身寡欲，和而不同。光禄大夫李胤，莅政弘简，在公正色。皆服事华发[6]，以礼终始。虽历内外之宠，不异寒贱之家，而犹未蒙此选，臣更越之，何以塞天下之望，少益日月[7]。是以誓心守节，无苟进之志。

【注释】

〔1〕忝：羞辱，被人用以自谦。

〔2〕文武之极宠：指任车骑将军和开府仪同三司。

〔3〕宰辅：皇帝的辅政大臣，一般指宰相或三公。

〔4〕光禄大夫：官名，汉时相当于顾问，无固定的职守；魏晋以后，时有增设，皆非正职。

〔5〕鲁芝：字世英，晋镇东将军，征光禄大夫。专心于坟典，洁身自好。

〔6〕服事：从事公职。

〔7〕日月：喻皇帝。

【译文】

而且虽然我惭愧地占据其位已经很久，但未像今天这样兼受文武的最高恩宠，据有相当于宰辅的高位。我眼界虽然狭窄，据今光禄大夫之职的李喜，秉持操守高风亮节，在朝正直。光禄大夫鲁芝，洁身自好节制欲求，能合于群而不苟同。光禄大夫李胤，服职任政宽弘简略，从事公务态度严正。他们都是谨守公职直至白发，自始至终遵守礼法。虽经历内相外将的宠信，却与贫贱之家毫无差异，尚且未蒙此铨选授官，我却逾越了他们，这将如何回应天下的期望，且稍稍有益于君主呢？因此我发誓保持操守，没有苟且求进的想法。

今道路未通，方隅多事[1]，乞留前恩[2]，使臣得速还屯，不尔留连，必于外虞有阙[3]。臣不胜忧惧，谨触冒拜表。惟陛下察匹夫之志，不可以夺。

【注释】

〔1〕“方隅”句：指边境不安宁。

〔2〕前恩：指任命开府的诏令。

〔3〕外虞：外患，指东吴。

【译文】

当今道路还未畅通，边境多有兵事，请求您收回成命，使我能够尽快回到驻防之地，不然留连于此，必然对防御外患有所缺失。我非常忧虑恐惧，只好抵触且冒犯天颜上此表章。希望陛下体察一个普通人的志向，而不要迫使他放弃操守。

陈情事表　李令伯（李密）

【题解】

李密（公元224—287），一名虔，字令伯，晋时犍为武阳县（今四川彭山县东）人。曾仕蜀汉，蜀灭亡后，晋武帝征他为太子洗马，他以奉养祖母为由，坚辞不就。祖母死后，服丧期满，方才出仕。官至汉中太守。《晋书》有传。本表向晋武帝陈述暂不应召就职的苦衷，表示自己与祖母刘氏相依为命，愿乞终养。

臣密言：臣以险衅〔1〕，夙遭闵凶〔2〕。生孩六月，慈父见背〔3〕。行年四岁，舅夺母志〔4〕。祖母刘氏，愍臣孤弱〔5〕，躬亲抚养。臣少多疾病，九岁不行，零丁孤苦，至于成立。既无伯叔，终鲜兄弟〔6〕；门衰祚薄〔7〕，晚有儿息〔8〕。外无期功强近之亲〔9〕，内无应门五尺之僮〔10〕。茕茕独立〔11〕，形影相吊〔12〕。而刘夙婴疾病〔13〕，常在床蓐[14]；臣侍汤药，未曾废离。

【注释】

〔1〕险：坎坷。　衅：罪过。

〔2〕闵：同悯，忧患。　凶：不幸的事。

〔3〕见背：指父母或长辈去世。

〔4〕“舅夺”句：舅父强迫母亲改嫁。

〔5〕愍：怜悯。

〔6〕鲜：少。

〔7〕祚：福。

〔8〕息：子。

〔9〕期：服丧一年。　功：包括大功和小功。大功服丧九个月，小功服丧五个月。

〔10〕僮：同“童”。

〔11〕茕茕：孤单的样子。　独：一作“孑”。

〔12〕吊：慰问。

〔13〕婴：缠绕。

〔14〕蓐（rù）：同“褥”。

【译文】

臣李密陈言：我因命运坎坷，幼年便遭不幸，生下来才六个月，慈父就去世了。四岁的时候，舅父又强迫母亲改节重嫁。祖母刘氏可怜我孤苦病弱，亲自抚养我。我小时候体弱多病，九岁还不会走路。孤苦伶仃，直到长大成人。既没有伯叔，又没有兄弟。门庭衰弱，福分浅薄，很晚才有儿子。外面没有近亲，家里没有可以照顾门户的人。孤孤单单，只有身体和影子互相陪伴。而祖母刘氏，早就多年疾病缠身，时常卧床不起，我端汤送药，不曾间断和离开过。

逮奉圣朝[1]，沐浴清化。前太守臣逵，察臣孝廉，后刺史臣荣，举臣秀才。臣以供养无主，辞不赴命。诏书特下，拜臣郎中，寻蒙国恩，除臣洗马[2]。猥以微贱，当侍东宫[3]，非臣陨首所能上报[4]。臣具以表闻，辞不就职。诏书切峻，责臣逋慢[5]。郡县逼迫，催臣上道；州司临门，急于星火。臣欲奉诏奔驰，则刘病日笃；欲苟顺私情，则告诉不许[6]。臣之进退，实为狼狈。

【注释】

〔1〕圣朝：当朝，指晋。

〔2〕洗马：即太子洗马，汉时为太子的侍从官，晋朝以后改掌图籍。

〔3〕东宫：太子所居之处，借指太子。

〔4〕陨（yǔn）首：以死相报。

〔5〕逋（bū）：逃避。　慢：怠慢。

〔6〕告诉：报告，诉说。

【译文】

到了圣朝，我受到清明的教化。前任太守逵察举我为孝廉，后任刺史荣又荐我为秀才。我因为祖母无人供养，推辞而没有应命前往。陛下特地下达诏书，任命我为郎中。不久又蒙国家恩典，授我太子洗马的官职。以我这样微贱之人，担当侍奉太子的职务，即使肝脑涂地也报答不了皇上的恩遇。当时我把自己的苦衷一一上表奏明，表示辞谢不能就职。现在诏书又下，措辞急切严厉，指责我有意回避，轻慢命令。郡亲官府，苦苦追逼，催我上路，州司官员登门督促，紧急得像流星飞逝和大火蔓延。我本想奉命急速就道，无奈祖母刘氏病情一天比一天加重；想姑且顾及自己的私情，向长官申诉又得不到允许。我实在是进退两难，十分狼狈。

伏惟圣朝以孝治天下，凡在故老，犹蒙矜育[1]，况臣孤苦，特为尤甚。且臣少仕伪朝[2]，历职郎署；本图宦达，不矜名节[3]。今臣亡国贱俘，至微至陋，过蒙拔擢[4]，宠命优渥[5]，岂敢盘桓[6]，有所希冀！但以刘日薄西山，气息奄奄，人命危浅，朝不虑夕。臣无祖母，无以至今日；祖母无臣，无以终余年。母孙二人，更相为命。是以区区不能废远[7]。臣密今年四十有四，祖母刘今年九十有六，是臣尽节于陛下之日长，报养刘之日短也。乌鸟私情[8]，愿乞终养。臣之辛苦，非独蜀之人士及二州牧伯所见明知[9]，皇天后土，实所共鉴。愿陛下矜愍愚诚，听臣微志，庶刘侥幸，保卒余年。臣生当陨首，死当结草[10]。臣不胜犬马怖惧之情，谨拜表以闻。

【注释】

〔1〕矜：怜悯。　育：抚养。

〔2〕伪朝：指蜀汉。在晋称蜀。

〔3〕矜：自夸。

〔4〕拔擢：提拔。

〔5〕优渥（wò）：优厚。

〔6〕盘桓：迟疑不决，故意不去做官。

〔7〕区区：小小。　废远：放弃奉食而远离。

〔8〕乌鸟：即乌鸦。乌鸦长大后能反哺其母。

〔9〕二州：指梁州、益州。

〔10〕结草：表示死后报恩。春秋时晋大夫魏犨（chōu）临终嘱咐其子魏颗将宠妾殉葬，魏颗因怜悯而没有听从，将宠妾嫁了出去。后来与秦将杜回交战，见一老人结草将杜回绊倒，魏颗因此战胜。当天夜晚梦见老人，自称是宠妾的父亲，特来报恩。

【译文】

我想圣朝以孝道治理天下，所有的老年人都受到怜悯和周济，何况我孤单贫苦更非同一般，再说我年轻时候就在伪朝任职，一直做到郎官，本来就希望仕途显达，并不想以声名和操守自夸，现在我不过是亡国俘虏，极为渺小卑贱，却受到皇上过多的提拔，丰厚的恩遇，我怎敢犹豫徘徊，另有所图呢？只因为刘氏已经到了风烛残年，奄奄一息，生命垂危，朝不保夕。我如果没有祖母，不可能活到今天，祖母如果没有我，无法度过余年。相依为命，因此私心不愿放弃对祖母的奉养而远离她。我四十四岁，祖母刘氏九十六岁，看来我尽忠于陛下的时间还长，而报答刘氏的日子却不多了。我怀着乌鸦反哺的心情，请求陛下允许我为祖母养老送终。我的辛酸苦楚，不单是蜀中人士及二州长官所看见和明明白白知道的，天地神明也都看得清清楚楚。但愿陛下怜悯我的一片诚心，准许我这个小小的要求，或许刘氏可以侥幸保全性命直到寿终。我活着当报答陛下，不惜牺牲，死后也要报答陛下的恩德。我怀着犬马之情，不胜惶恐，恭敬地拜上章表奏报陛下。

谢平原内史表　陆士衡（陆机）

【题解】

本表主要表达朝廷起用自己为平原内史的悲喜交集、感激涕零的心情。同时也倾诉自己为齐王冏所诬，身陷囹圄的不白之冤，表白了自己对晋室的忠诚。

陪臣陆机言〔1〕：今月九日，魏郡太守遣兼丞张含，赍板诏书印绶〔2〕，假臣为平原内史。拜受祗竦〔3〕，不知所裁〔4〕。臣机顿首顿首，死罪死罪。

【注释】

〔1〕陪臣：诸侯的大夫对天子自称为陪臣。

〔2〕赍（jī）：送与。　板诏：晋南北朝时授官有板为凭证，上书授官之词。

〔3〕祇竦：敬惧貌。

〔4〕裁：控制、节制。

【译文】

陪臣陆机陈言：本月九日，魏郡太守派遣兼丞相张含，送来板诏和印绶，任命我为平原内史。敬受任命的同时却感到惶恐不安，不知所措。为臣陆机顿首顿首，死罪死罪。

臣本吴人，出自敌国，世无先臣宣力之效[1]，才非丘园耿介之秀[2]。皇泽广被，惠济无远，擢自群萃，累蒙荣进。入朝九载，历官有六，身登三阁[3]，官成两宫[4]。服冕乘轩，仰齿贵游[5]，振景拔迹，顾邈同列，施重山岳，义足灰没。遭国颠沛，无节可纪[6]，虽蒙旷荡[7]，臣独何颜！俯首顿膝，忧愧若厉。而横为故齐王冏所见枉陷，诬臣与众人共作禅文[8]，幽执囹圄，当为诛始。臣之微诚，不负天地，仓卒之际，虑有逼迫，乃与弟云及散骑侍郎袁瑜、中书侍郎冯熊、尚书右丞崔基、廷尉正顾荣、汝阴太守曹武，思所以获免。阴蒙避回，岐岖自列。片言只字，不关其间[9]，事踪笔迹，皆可推校，而一朝翻然，更以为罪。蕞尔之生[10]，尚不足吝，区区本怀，实有可悲，畏逼天威，即罪惟谨，钳口结舌，不敢上诉所天。莫大之衅[11]，日经圣听，肝血之诚，终不一闻。所以临难慷慨，而不能不恨恨者，惟此而已。

【注释】

〔1〕宣力：致力，用力。

〔2〕丘园：指隐居的地方。

〔3〕三阁：魏晋时的皇家藏书楼，秘书监统著作局，掌三阁图书。

〔4〕两宫：指东宫与上台。

〔5〕齿：次列。

〔6〕无节：指未能见危授命从而表现气节。

〔7〕旷荡：此指度量宽宏。

〔8〕禅文：谓赵王伦受禅之文。

〔9〕不关其间：指不关赵王伦事。

〔10〕蕞（zuì）尔：小貌。

〔11〕衅：罪。

【译文】

我本是吴人，来自敌对之国，既无先辈有功于国，又非隐居丘园的高才贤士。皇恩广施，惠泽无边，于是从众贤之中选拔了我，并屡次受到提拔。入晋朝九年，所历任的官职有六种，位居三阁，官至两宫。戴冠冕，乘轩车，与公子同游，举擢业绩，远超同列。君之施恩重如山岳，我身似灰灭也不足报答。遭逢国家变乱，不能临危奉命，虽然承蒙您宽宏大量，我又有何面目羞居高位！低头跪拜，忧愧交加。而无端被故齐王冏冤枉陷害，诬蔑我同众人一起起草赵王伦受禅之文，系于监狱，当先受诛。但我微薄的忠诚坦荡，不愧对天地，只恐仓促之际，因逼迫而不得申说，便与弟陆云及散骑侍郎袁瑜、中书侍郎冯熊、尚书右丞崔基、廷尉正顾荣、汝阴太守曹武，共商获免之计。秘密回避冏党，艰难地自行陈言。片言只字，与赵王伦之事无关，人事笔迹，自可比对验证，而一旦改变，便以此变为罪。我渺小的生命，尚不足惜，一片诚心，实可悲痛。畏帝王之威，谨以就罪。闭口结舌，不敢上诉于君。莫大的罪孽，日日经天子听察；赤心之诚，始终不为君王所闻。所以临难情绪激动，不能不抱恨不已的原因，就在于此。

重蒙陛下恺悌之宥〔1〕，回霜收电〔2〕，使不陨越〔3〕。

复得扶老携幼，生出狱户，怀金拖紫[4]，退就散辈[5]。感恩惟咎，五情震悼，跼天蹐地[6]，若无所容。不悟日月之明，遂垂曲照[7]，云雨之泽，播及朽瘁。忘臣弱才，身无足采，哀臣零落，罪有可察。苟削丹书[8]，得夷平民，则尘洗天波[9]，谤绝众口，臣之始望，尚未至是。

【注释】

〔1〕恺悌：和乐平易。　宥：被容纳。

〔2〕霜、电：喻人主之威。

〔3〕陨越：颠坠，跌倒。此指死亡。

〔4〕“怀金”句：比喻地位显贵。

〔5〕散辈：有官名而无职责的散官之类。

〔6〕“跼天”句：形容窘迫，无所容身。跼，曲身弯腰。蹐，小步行路。

〔7〕曲照：光的曲折照射，指恩泽无所不至。

〔8〕丹书：此指罪人名册。

〔9〕天波：喻天子恩泽。

【译文】

重蒙陛下宽宥，收霜电之威，使我不死。又得以扶老携幼，活着走出牢房，怀金拖紫，退任散官之辈。感恩自责，五情震惊，惭愧窘迫，无地自容，没有想到日月的光明，曲折照耀，云雨的恩泽，播及朽病。忘记我才力微弱，无多可取之处，可怜我飘零沉沦，罪有可察。只要除去我的罪书，然后贬为平民，则天恩足以洗除罪迹，杜绝众口的诽谤。我起初的期望，不像如今这般优渥。

猥辱大命[1]，显授符虎[2]，使春枯之条，更与秋兰垂芳；陆沉之羽[3]，复与翔鸿抚翼。虽安国免徒，起纡青组[4]；张敞亡命，坐致朱轩[5]。方臣所荷，未足为泰，岂臣蒙垢含吝，所宜忝窃；非臣毁宗夷族，所能上报。喜惧参并，悲惭哽结。拘守常宪[6]，当便道之官[7]，不得束身奔走[8]，稽颡城阙[9]。瞻系天衢，驰心辇毂，臣不胜屏营延仰。谨拜表以闻。

【注释】

〔1〕大命：帝王的命令。

〔2〕符虎：谓金虎符，指受内史。

〔3〕陆沉：无水而沉。

〔4〕“虽安国”二句：《汉书》载韩安国事梁孝王为中大夫，其后安国坐法抵罪。梁内史缺，汉使使者拜安国为梁内史，起徒中为二千石。 安国：韩安国。 徒：徒刑。 青组：二千石的车饰。

〔5〕“张敞”二句：典出《汉书》。张敞为京兆尹，因杨恽获罪事受牵连罢职。不久起用，任冀州刺史。

〔6〕常宪：常法。

〔7〕便道之官：拜官或受命后不必入朝谢恩，直接赴任。

〔8〕束身：比喻归顺，投案。

〔9〕稽颡：以额触地，表示请罪。

【译文】

今有辱君命，授我为内史，使春天枯萎的枝条得以与秋兰同发芬芳；沉没的羽毛，又同飞鸟一道展翅飞翔。虽然韩安国免罪，重用青组之饰；张敞亡命，再乘朱漆之车。比之我所承受的，不足为多。我岂能蒙垢含耻，窃居此位；这不是我毁宗灭族就能回报的啊。我又喜又惧，悲惭哽咽。遵守常法，直接赴任，不得束身奔走，到朝廷谢恩。瞻望天街，心驰辇毂，我不胜惶恐久久仰望，谨拜表以使上闻。

劝进表 刘越石（刘琨）

【题解】

此表劝勉司马睿立尊号为帝，同时也表达了作者忧国忧民之情。

建兴五年三月癸未朔十八日辛丑[1]，使持节散骑常侍都督河北并冀幽三州诸军事、领护军匈奴中郎将、司空、并州刺史、广武侯臣琨，使持节侍中都督冀州诸军事、抚军大将军、冀州刺史、左贤王、渤海公臣磾[2]，顿首死罪上书。

【注释】

〔1〕建兴：晋愍帝司马邺年号。

〔2〕磾（dī）：即段匹磾，鲜卑人，建武初与刘琨结盟为讨石勒，领幽州刺史；段兵败至襄国，不为勒礼，着朔服持晋节；后国中谋推匹磾为王，事露被害。

【译文】

晋愍帝建兴五年三月癸未朔十八日辛丑，使持节散骑常侍都督河北并、冀、幽三州诸军事、领护军匈奴中郎将、司空、并州刺史、广武侯臣刘琨，使持节侍中都督冀州诸军事、抚军大将军、冀州刺史、左贤王、渤海公臣段匹磾，叩拜上书劝进。

臣琨臣磾，顿首顿首，死罪死罪。臣闻天生蒸人[1]，树之以君，所以对越天地[2]，司牧黎元[3]。圣帝明王鉴其若此，知天地不可以乏飨，故屈其身以奉之；知黎元不可以无主，故不得已而临之。社稷时难，则戚藩定其倾；郊庙或替[4]，则宗哲纂其祀[5]。所以弘振遐风，式固万世[6]，三五以降[7]，靡不由之。

【注释】

〔1〕蒸人：民众，百姓。

〔2〕对越：对扬，答谢颂扬，祭祀天地的敬语。

〔3〕黎元：黎民、百姓。

〔4〕郊庙：皇帝祭天、祭祖的地方，指朝廷。

〔5〕纂：继承。

〔6〕式：用。

〔7〕三五：三皇五帝。

【译文】

臣刘琨、段匹磾，顿首顿首，死罪死罪。我们听说，上天生下我们这些百姓，给我们树立一个君主，是用来和天地相配称，管理黎民的。那些贤圣的帝王、英明的君主，考察起来大概都是如此。了解天地间不可缺少粮食，所以委屈自己来奉献给百姓；懂得天下百姓不可以没有君主，所以不得不莅临管理他们。国家有时发生灾难的话，那么就靠亲戚藩臣来稳定它的倾覆；朝廷君主有时要更替的话，那么宗族的贤人就来继承他的位置。以此来弘扬振兴远古的风俗，巩固万世基业。三皇五帝以来，没有不是这样做的。

臣琨臣磾，顿首顿首，死罪死罪。伏惟高祖宣皇帝肇基景命[1]，世祖武皇帝遂造区夏[2]，三叶重光[3]，四圣继轨[4]，惠泽侔于有虞[5]，卜年过于周氏[6]。自元康以来[7]，艰祸繁兴，永嘉之际[8]，氛厉弥昏[9]，宸极失御[10]，登遐丑裔[11]，国家之危，有若缀旒[12]。赖先后之德，宗庙之灵，皇帝嗣建，旧物克甄[13]，诞授钦明[14]，服膺聪哲[15]，玉质幼彰，金声夙振，冢宰摄其纲[16]，百辟辅其治[17]，四海想中兴之美，群生怀来苏之望[18]。不图天不悔祸，大灾荐臻[19]，国未忘难，寇害寻兴[20]。逆胡刘曜[21]，纵逸西都[22]，敢肆犬羊，凌虐天邑[23]。臣等奉表使还，仍承西朝，以去年十一月不守，主上幽劫[24]，复沉虏庭，神器流离[25]，再辱荒逆[26]。臣每览史籍，观之前载，厄运之极，古今未有。苟在食土之毛[27]，含气之类[28]，莫不叩心绝气，行号巷哭。况臣等荷宠三世，位厕鼎司[29]，承问震惶，精爽飞越[30]，且悲且惋，五情无主，举哀朔垂[31]，上下泣血。

【注释】

〔1〕宣皇帝：高祖司马懿称号。　肇基：创建基业。　景命：大命，即授予王位之命。

〔2〕世祖：武帝庙号，即司马炎。公元265年代魏称帝建立晋朝。280年灭吴，成大统。　造区夏：指统一华夏。

〔3〕三叶：三世，谓宣、景、文三帝。

〔4〕四圣：指武帝。

〔5〕侔：相等。　有虞：指虞舜所建之国。

〔6〕卜年：用占卜预测享国年数。　周氏：指周姬旦（文王）所建之国。

〔7〕元康：指惠帝司马衷（公元290—306年在位），即位改元称元康。

〔8〕永嘉：怀帝司马炽（307—312年在位）年号。

〔9〕氛厉：灾疫祸难。厉，通“疠”。

〔10〕宸极：北极星，喻帝位。

〔11〕登遐：指死者升天而去。　丑裔：蛮夷。

〔12〕缀旒（liú）：同“赘旒”，为人所执持，比喻国势垂危。

〔13〕甄：彰明。

〔14〕诞：大。

〔15〕服膺（yīng）：衷心信服。

〔16〕冢宰：周代官名，为六卿之首，后称吏部尚书为冢宰。　摄：

执持。

〔17〕百辟：朝中的百官。

〔18〕来苏之望：从疾苦中获得休养生息的希望。

〔19〕大灾：指刘曜攻破长安一事。　荐臻：重来。

〔20〕寻：不久。

〔21〕刘曜：字永明，仕刘聪有功，位至相国，自立为帝，迁都长安，改国号为赵，史称前赵，后为石勒所灭，前赵亦亡。

〔22〕西都：指长安。

〔23〕凌虐：侵侮。　天邑：谓西晋都城洛阳。

〔24〕主上：谓晋愍帝。　幽劫：被囚禁劫持。

〔25〕神器：天子玺符。

〔26〕再辱：谓怀、愍二帝两次被虏受辱。　荒逆：指刘曜。

〔27〕毛：草。

〔28〕含气：有生命的东西。

〔29〕厕：列。　鼎司：三公，刘琨其时为司空。

〔30〕精爽：魂灵。

〔31〕朔垂：北方的边陲。

【译文】

臣刘琨、段匹磾顿首顿首，死罪死罪。我们高祖宣皇帝开创基业、授予王命，世祖武皇帝才缔造了我们这个国家，景帝、宣帝、文帝三世的业绩和日月星辰的光芒一样，四世武帝又继承了先王的业绩。他们的恩惠光泽可以和虞舜比美，占卜享国的年数则超过了周朝。但从元康以来，灾难祸患多次发生，永嘉年间，灾祸更加深重。帝位失去控制，怀帝死于蛮夷之中。国家危急，君主为臣下挟持，大权旁落。依赖先祖的惠德和宗庙的神灵，皇位已经继承建立，先祖的传统美德已得到彰明。接受英明的教诲，忠心信服贤能的哲人，崇高的品质小时候就已经显扬，良好的声誉早就开始传播。冢宰执掌国家纲纪，文武百官辅佐皇上治理，整个国家都盼望中兴繁荣的美好前景，所有百姓都怀抱着从疾苦中获得新生的愿望。没想到老天爷不追悔已发生的灾祸，大的灾难又重新来到，人民还没有忘记灾难，敌寇的侵害又兴起了。叛逆的胡人刘曜，侵犯长安，像犬羊一样任意践踏土地，欺凌虐害都城人民。我们使人奉表还都，仍承袭西朝，在去年十一月没能守住，愍帝被囚禁挟持，又一次落入叛贼手中，国家神明之器遭到洗劫，先后两次为逆贼刘曜所辱。臣等每当浏览历史典籍，考察前事，厄运之极，古今未有。我们这些暂且生活在这块土地上的生命，没有不伤心欲绝、痛苦不已的。何况我们这些臣子，承受皇帝恩德已有三代，官位已达到司空，一提到这些事，心神不宁，魂灵都要飞走了，悲伤哀痛、怨恨叹息，五情不能自主。整个国家都为皇上遇难而哀伤，所有老百姓都在极其悲痛地无声哭泣。

臣琨臣磾，顿首顿首，死罪死罪。臣闻昏明迭用，否泰相济[1]，天命未改，历数有归。或多难以固邦国，或殷忧以启圣明。齐有无知之祸[2]，而小白为五伯之长[3]；晋有骊姬之难[4]，而重耳主诸侯之盟。社稷靡安，必将有以扶其危；黔首几绝[5]，必将有以继其绪。伏惟陛下，玄德通于神明，圣姿合于两仪，应命代之期，绍千载之运[6]。夫符瑞之表，天人有征，中兴之兆，图谶垂典[7]。自京畿陨丧，九服崩离，天下嚣然，无所归怀。虽有夏之遘夷羿[8]，宗姬之离犬戎[9]，蔑以过之[10]。陛下抚宁江左[11]，奄有旧吴[12]，柔服以德，伐叛以刑，抗明威以摄不类[13]，杖大顺以肃宇内。纯化既敷[14]，则率土宅心[15]；义风既畅，则遐方企踵[16]。百揆时叙于上[17]，四门穆穆于下。昔少康之隆[18]，夏训以为美谈；宣王之兴[19]，周诗以为休咏。况茂勋格于皇天[20]，清辉光于四海，苍生颙然[21]，莫不欣戴。声教所加，愿为臣妾者哉！且宣皇之胤[22]，惟有陛下，亿兆攸归，曾无与二。天祚大晋，必将有主，主晋祀者，非陛下而谁？是以迩无异言，远无异望，讴歌者无不吟咏徽猷[23]，狱讼者无不思于圣德，天地之际既交，华裔之情允洽[24]。一角之兽[25]，连理之木，以为休征者，盖有百数。冠带之伦，要荒之众[26]，不谋而同辞者，动以万计。是以臣等敢考天地之心，因函夏之趣[27]，昧死以上尊号。愿陛下存舜禹至公之情，狭巢由抗矫之节[28]，以社稷为务，不以小行为先，以黔首为忧，不以克让为事。上以慰宗庙乃顾之怀，下以释普天倾首之望，则所谓生繁华于枯荑，育丰肌于朽骨，神人获安，无不幸甚。

【注释】

〔1〕否泰：命运之顺逆与好坏。

〔2〕无知：即公孙无知，得僖公宠。襄公死后，立为新君，后被齐大夫雍廪所杀。

〔3〕小白：即齐桓公。

〔4〕骊姬：晋献公宠姬，谮杀太子申生，逼走公子重耳，后为晋大夫里克所杀。

〔5〕黔首：百姓。

〔6〕绍：承继。

〔7〕图谶：宣扬符命占验的书。

〔8〕遘：遭逢。　夷羿：夷族之首领。

〔9〕宗姬：宗姓诸侯国与周王同姓，故称。　离：同“罹”，遭遇。

〔10〕蔑：无。

〔11〕江左：长江下游以东地区。

〔12〕奄：覆盖、包括。

〔13〕抗：举。　摄：服。　不类：异国。

〔14〕敷：布施。

〔15〕宅心：归心。

〔16〕企踵：踮起脚跟表示仰慕。

〔17〕百揆：总领朝政的长官。

〔18〕少康：帝相之子，统治夏朝而称中兴之主。

〔19〕宣王：指周宣王。

〔20〕茂勋：丰功伟绩。　格：感通。

〔21〕颙然：仰德貌。

〔22〕胤：后代，元帝为宣帝之曾孙。

〔23〕徽猷：高明的谋略。

〔24〕允洽：和美、信实。

〔25〕“一角”句：即一角兽，神兽名，被视为祥瑞之物。

〔26〕要荒：王城之外很远的地方。

〔27〕函夏：华夏民族。

〔28〕巢由：即巢父、许由，都是尧时隐士。

【译文】

臣刘琨、段匹磾顿首顿首，死罪死罪，臣等听说黑夜与光明交替为用，顺逆穷通互相影响，上天的旨意没有改变，天道一定会有归处。或因多难而使邦国得到巩固，或因焦虑而能开启圣明的君主。齐国因有公孙无知的祸患，而齐桓公成了五霸之首；晋国因有骊姬的祸难，而晋文公当了诸侯的盟主。国家还没有安定，一定会有匡扶其危急的人；老百姓几乎灭绝，一定会有继承其事业的人。您崇高的品质和神明相通，神圣的姿容与天地相吻合。符合命代继世的时机，承继千载不衰的气运。祥瑞征兆显示，您一定会获得上天的验证；国家中兴的吉兆，符命占验的书会垂范后世。自国都周围陷落后，国土分崩离析，天下百姓忧心忡忡，没有什么可以寄托，即使有夏遇到夷羿之侵，宗姬遭受犬戎之祸，都没有像今天这样严重。陛下您安抚江东，国土包括原来的吴国，用厚德来教化臣民，用刑罚来惩戒叛逆，提高您的英明威望来震慑异类，仰仗大顺之德来整肃国家。美善的德政一旦施行，那么全国人民就会归心于你；道义的风气一旦畅通，那么远方之人就会企踵仰慕您。百官理事有条不紊，四方之门和睦相处。从前夏朝有过少康中兴，《夏书》传为美谈；周代宣王时也有过中兴，周诗中有美好的记载。何况丰功伟绩感通上天，圣教光辉照耀四海，百姓仰慕不已，没有不欢欣鼓舞、感恩戴德的。声威和教化一起施行，谁都愿做顺民臣子啦！况且宣皇的继承者，唯有阁下您，众望所归，不曾有第二个。上天赐福晋国，一定会有君主，主持晋国祭祀的，不是阁下您还有谁呢？因此，近处没有不同的言论，远方没有不同的愿望；歌颂的人没有不吟唱您高明的谋略的，打官司的人也没有不想着您的大恩大德的。天和地的边际已经结合，国家已经统一，中原和四方民众感情和美。一只角的野兽、纹理相连的树木，这些被认作吉兆的事物，大概有上百种之多。中原之人、远地之民异口同声地称道您的，不知有多少万人。因此臣等根据天地民众之心、按照华夏民族的人心所趋，冒着死罪请求您加上尊号。希望您存有舜禹一心为公的情操，不必抱着巢父、许由推不受官的气节，以国家大事为重，不要拘泥于小的礼数；以天下百姓为忧，不必过于克制谦让。这样在上可以告慰先祖神灵顾念之情怀，在下可以满足天下百姓仰首倾慕之希望，这就是前人所说的枯萎的枝条上开出茂盛灿烂的花朵，在腐朽的骨枝上长出丰腴的肌肤，神灵和人民获得安宁，真是荣幸得很！

臣琨臣磾，顿首顿首，死罪死罪。臣闻尊位不可久虚，万机不可久旷[1]。虚之一日，则尊位以殆；旷之浃辰[2]，则万机以乱。方今钟百王之季[3]，当阳九之会[4]，狡寇窥窬[5]，伺国瑕隙，齐人波荡[6]，无所系心，安可以废而不恤哉！陛下虽欲逡巡[7]，其若宗庙何？其若百姓何？昔惠公虏秦[8]，晋国震骇，吕郤之谋[9]，欲立子圉[10]。外以绝敌人之志，内以固阖境之情，故曰丧君有君[11]，群臣辑穆[12]，好我者劝，恶我者惧。前事之不忘，后代之元龟也[13]。陛下明并日月，无幽不烛，深谋远虑，出自胸怀，不胜犬马忧国之情[14]，迟睹人神开泰之路[15]。是以陈其乃诚，布之执事。臣等各忝守方任，职在遐外，不得陪列阙庭，共观盛礼，踊跃之怀，南望罔极。谨上。臣琨谨遣兼左长史右司马臣温峤，主簿臣辟闾训，臣磾遣散骑常侍、征虏将军、清河太守、领右长史、高平亭侯臣荣劭，轻车将军、关内侯臣郭穆奉表。臣琨臣磾等，顿首顿首，死罪死罪。

【注释】

〔1〕万机：帝王日常政事。

〔2〕浃辰：十二日。

〔3〕钟：当。　季：末世。

〔4〕阳九：厄运。

〔5〕狡寇：指刘聪、刘曜。　窥窬：伺隙而动。

〔6〕齐人：平民。

〔7〕逡巡：有所顾虑而徘徊不进。

〔8〕惠公虏秦：指春秋时晋惠公被秦侯俘获。

〔9〕吕郤：晋臣吕甥和郤乞。

〔10〕子圉：晋怀公。

〔11〕丧君有君：晋惠公被虏而立子圉为晋怀公。这里是说愍帝已被幽劫，元帝应自立。

〔12〕辑穆：和谐、亲睦。

〔13〕元龟：可借鉴的前事。

〔14〕犬马：臣子对君主的自卑之称。

〔15〕开泰：亨通安泰。

【译文】

臣刘琨、段匹磾顿首顿首，死罪死罪，臣等听说尊贵的帝王之位不能长久虚空，国家政务不能长久的耽误。虚空一天，尊贵的帝位就会有危险，荒废几日，国家政务就会紊乱。现在正当社会动荡的衰世，又遇上了祸难厄运，狡猾的敌人在伺隙而动，想乘机而入。老百姓因帝位空虚而心情动荡不安，失去了依靠和寄托，怎么可以荒废皇位而不矜恤百姓呢？阁下您迟疑不决，怎么对得起列祖列宗，又怎么对得起老百姓？从前晋惠公被秦国俘获，晋国上下震惊不已。晋臣吕甥和郤乞商议，想拥立太子圉来继承王位，在外可以灭绝敌人的图谋，对内可以巩固全国人民的感情，所以说丧失了国君，又树立了国君，群臣上下和谐亲睦，拥护我们的人得到勉励，反对我们的人感到了害怕。不忘记前代的事，后世就可以用作借鉴。阁下您的英明可以与日月相并列，没有哪里的昏暗是不被您照亮的，阁下的胸中一定有着深谋远虑。臣等不能克制效忠国家、忧虑民生的情怀，慢慢看到人民和神灵亨通安泰的前途，因此陈述我们对阁下的一片忠心，希望阁下知道。我们每个人坚守一方重任，服职在很远的地方，不能亲自陪同阁下站在宫廷里，一起观察加冕盛礼，欢欣鼓舞的心情难以言说，往南望去激动万分。谨上此表。臣刘琨派遣兼左长史、右司马臣温峤、主簿臣辟闾训；臣段匹磾派遣散骑常侍，征虏将军、清河太守、领右长史、高平亭侯臣荣劭，轻车将军、关内侯臣郭穆奉呈此表。臣刘琨、段匹磾等顿首顿首，死罪死罪。

（本卷译注：杨远义）

文选卷第三十八

表下

为吴令谢询求为诸孙置守冢人表　张士然（张悛）

【题解】

张悛（生卒年不详），字士然，西晋吴人，晋惠帝元康年间（291—299）任太子庶子。此表是作者为在吴地做县令的谢询所作。表中提出要为吴国孙氏先贤安置守冢人，表达了作者对吴国孙氏先贤的崇敬和怀念。

臣闻成汤革夏而封杞[1]，武王入殷而建宋[2]。春秋征伐，则晋修虞祀，燕祭齐庙。夫一国为一人兴，先贤为后愚废，诚仁圣所哀悼而不忍也。故三王敦继绝之德[3]，春秋贵柔服之义[4]。昔汉高受命[5]，追存六国，凡诸绝祚，一时并祀。亲与项羽对争存亡，逮羽之死，临哭其丧。将以位尝侔尊[6]，力尝均势，虽功夺其成，而恩与其败。且暴兴疾颠[7]，礼之若旧，残戮之尸，乃以公葬。若使羽位承前绪，世有哲王，一朝力屈，全身从命，则楚庙不隳，有后可冀。

【注释】

〔1〕成汤：商汤王。　夏：夏朝。　杞：国名。

〔2〕武王：周武王。　殷：商朝。　宋：国名。

〔3〕三王：指的夏禹、商汤、周文王。

〔4〕柔服：安抚顺服。

〔5〕汉高：汉高祖刘邦。

〔6〕侔：齐、相等。

〔7〕颠：颠覆，衰败。

【译文】

我听说商汤王灭了夏朝而封其后代于杞，周武王灭了商纣王而封微子于宋。春秋征伐，晋灭掉虞后而修虞祀，燕昭王使乐毅打败齐国而在燕国祭供齐国的宗庙。一个国家因为有了一位圣贤而得到兴盛，使国家兴盛的先贤又为后来的愚君所废，实在是仁人圣贤所哀痛而不愿看到的。所以夏、商、周三代有赐封继绝的厚德，春秋贵重以德服人，不使其后代灭绝。以前汉高祖发布命令，追存战国时六个诸侯国的后代，凡其已断绝供奉祖宗香火的，都要同时修祀作祭。高祖亲自与项羽进行过你死我活的争战，等到项羽自刎而死，面对尸体而哭，是因为地位与他相等，力量跟他相当，虽然高祖获得了成功，而恩惠还是施及失败了的项羽。而且项羽只是突然兴起，猝然而亡，尚且以礼相待如同六国诸侯，被杀戮的尸体，竟拿去以鲁公之礼而葬。假使项羽承袭诸侯余绪，每代都有明哲之王，一时势力不济，为保全身家性命而归顺大汉，那么为他立的庙就不会废除，后代也有祭祖的希望。

伏惟大晋，应天顺民，武成止戈。西戎有即序之人〔1〕，京邑开吴蜀之馆〔2〕，兴灭加乎万国，继绝接于百世。虽三五弘道，商周称仁，洋洋之义，未足以喻。是以孙氏虽家失吴祚〔3〕，而族蒙晋荣，子弟量才，比肩进取，怀金侯服〔4〕，佩青千里〔5〕，当时受恩，多有过望。臣闻春雨润木，自叶流根，鸱鸮恤功〔6〕，爱子及室。故天称罔极之恩，圣有绸缪之惠。

【注释】

〔1〕即序：就序；归顺。

〔2〕京邑：西晋都城洛阳。

〔3〕孙氏：吴国的孙权、孙皓。

〔4〕金：金印。

〔5〕青：青绶，佩系官印的青色丝带。亦借指官印，比喻做官。

〔6〕鸱鸮：语出《诗·豳风·鸱鸮》："鸱鸮鸱鸮，既取我子，无毁我室。"

【译文】

我们大晋，顺应天意民心，平定天下。西戎有朝聘之人，京城建立了接待吴、蜀后裔的馆舍。重新振兴已亡的万国，重新接续已断了的百世。即使是三王五帝所弘扬的帝王之道，商周所称誉的仁德，那种广大的美德，也不足为比。所以孙氏虽失去其吴国的君位，而其族人却享受晋朝的荣耀，其子弟按照才能，不断地被任用，怀着官方金印，穿着封侯之服，佩戴着青绶，封疆千里。那时受恩大多优厚。我听说春雨润泽树木，从树叶流向树根；鸱鸮忧虑的事，是别让它的窝被毁坏。所以上天有无穷的恩德，圣主有深厚的恩惠。

追惟吴伪武烈皇帝〔1〕，遭汉室之弱，值乱臣之强，首唱义兵，先众犯难〔2〕，破董卓于阳人〔3〕，济神器于甄井〔4〕。威震群狡〔5〕，名显往朝〔6〕。桓王才武〔7〕，弱冠承业，招百越之士，奋鹰扬之势，西赴许都，将迎幼主〔8〕，虽元勋未终，然至忠已著。夫家积义勇之基，世传扶危之业，进为徇汉之臣，退为开吴之主，而蒸尝绝于三叶〔9〕，园陵残于薪采，臣窃悼之。

【注释】

〔1〕武烈皇帝：指孙权父亲孙坚，孙权称帝后追尊其父为武烈皇帝。

〔2〕犯难：冒险而进。

〔3〕阳人：地名，即阳人聚，在河南省临汝县西。

〔4〕神器：指传国玺。　甄井：井名。《吴志·孙圣传》注谓孙圣驻军于洛阳城南的甄官井上，见有五色气，派人入井探得汉传国玺。

〔5〕群狡：指董卓之徒。

〔6〕往朝：指汉朝。

〔7〕桓王：指孙策，孙坚之子，少年英俊，曾率领军队渡江转战，在江东建立政权，死时年仅二十五岁。孙权称帝后，封其兄为长沙桓王。

〔8〕幼主：指汉献帝。

〔9〕三叶：三代，指孙坚、孙策、孙权父子兄弟相承。

【译文】

追念吴国伪武烈皇帝孙坚，正当汉室削弱、乱臣逞强之际，他首先倡导起义的军队，率先冒险进攻，击败董卓于阳人，从甄官井获得汉传国玺。威震董卓之军，名声扬于汉朝。桓王孙策英才威武，年纪轻轻就继承父业。招募百越兵士，奋举之势如鹰之展翅，往西奔赴许昌都城，去迎接幼主汉献帝，虽然大功未成，但赤诚之心已经显露。孙氏一家有大义大勇的优良传统，匡扶汉室的功业代代相传，进为殉难于汉的臣子，退为开创吴国的君主。然而酒肉之祭已经断了三代，陵墓前的树木受到砍伐摧残，我很痛心。

伏见吴平之初，明诏追录先贤，欲封其墓，愚谓二君并宜应书〔1〕。故举劳则力输先代，论德则惠存江南，正刑则罪非晋寇，从坐则异世已轻〔2〕。若列先贤之数，蒙诏书之恩，裁加表异，以宠亡灵，则人望克厌〔3〕，谁不曰宜？二君私奴，多在墓侧，今为平民。乞差五人，蠲其徭役〔4〕，使四时修护颓毁，扫除茔垄〔5〕，永以为常。

【注释】

〔1〕二君：指孙坚、孙策。

〔2〕从坐：论罪。坐，获罪。
〔3〕克：能。 厌：满足。
〔4〕蠲：免。
〔5〕茔垄：坟墓。

【译文】

我曾看到，吴国刚被平定的时候，有诏令下达，追录吴国先贤，打算加封祭扫他们的坟墓。我认为孙坚、孙策二位国君应该刻上他们的名字。所以若论功劳，他们效力于汉代；若论德行，他们有恩于江南。从执行刑罚来说，他们在汉魏时的征伐并不构成晋寇；从晋朝征讨孙皓来说，已离先贤时代很远，不必罪及先贤。若是能列出先贤的名单，并据诏书中所赐恩惠，略加裁定以明区别，以此尊宠亡灵，那么人们的期望就能满足，还有谁说不合适的呢？坚、策二君的私奴大多居于墓侧，今已为平民。请差遣五人并免除他们的徭役，使一年四季修复倒塌之处，清扫坟墓，永远以此作为他们的日常工作。

让中书令表 庾元规（庾亮）

【题解】

庾亮（公元289—340），字元规，东晋颍川鄢陵（今河南鄢陵西北）人，出身世族，历仕元帝、明帝、成帝三朝，由中书郎累迁至中书监，太宁三年（325）任中书令。他是玄言诗的代表作家之一。有集二十一卷，已佚。《晋书》有传。此表陈述姻亲之嫌、后党之结所造成的危害，以表明自己不愿以姻亲来谋取高位。

臣亮言：臣凡庸固陋，少无检操〔1〕。昔以中州多故〔2〕，旧邦丧乱，随侍先臣〔3〕，远庇有道〔4〕，爰客逃难〔5〕，求食而已。不悟徼时之福〔6〕，遭遇嘉运。先帝龙兴[7]，乘异常之顾，既眷同国士，又申之婚姻[8]。遂阶亲宠[9]，累忝非服[10]。弱冠濯缨[11]，沐浴玄风[12]，频繁省闼[13]，出总六军[14]。十馀年间，位超先达，无劳被遇，无与臣比。小人禄薄，福过灾生，止足之分，臣所宜守。而偷荣昧进，日尔一日，谤讟既集[15]，上尘圣朝。始欲自闻，而先帝登遐[16]，区区微诚，竟未上达。

【注释】

〔1〕检：约束。

〔2〕中州：指洛阳一带。

〔3〕先臣：谓其父。

〔4〕有道：指元帝。

〔5〕爰：于。

〔6〕徼：同“邀”。

〔7〕龙兴：即中兴。

〔8〕申：申述、表明。

〔9〕阶：凭藉。

〔10〕忝：辱。　服：任。

〔11〕濯缨：指入仕做官。

〔12〕玄风：天子之德教。

〔13〕省闼（tà）：宫中、禁中。

〔14〕总：总领。　六军：天子有六军。

〔15〕讟（dú）：诽谤，怨言。

〔16〕先帝：指元帝司马睿。　登遐：去世。

【译文】

臣庾亮进言：我平庸浅陋，年轻时不够约束检点，缺乏礼节。以前因中州多变故，旧邦丧乱，随从先父离家到外地客居，逃难活命罢了。没想到现在会遇到好时机，碰上了好运气。先帝中兴，给我带来特殊的照顾，既爱重我如同国士，又结成了姻亲关系。于是靠着这种关系获得宠爱，多次给我力不能胜的重任。少登仕途，沐浴天子德教清风。频繁出入宫中，出征总领天子六军。十多年来，职位已超过前头做官的人，没有功劳而受恩遇，没有谁能与我比。然而我本是德少禄薄的人，厚福一过灾难必生，止于满足才是本分，我应该守此不忘。我私自贪图荣禄地位，日复一日，诽谤已经很多，损害了王朝的清明，当初我想跟先王陈明此事，而先帝仙逝，我这一点诚意，就没能传达上去。

陛下践祚[1]，圣政维新。宰辅贤明，庶寮咸允[2]，康哉之歌，实在至公。而国恩不已，复以臣领中书。臣领中书，则示天下以私矣。何者？臣于陛下，后之兄也[3]。姻娅之嫌[4]，实与骨肉中表不同[5]。虽太上至公[6]，圣德无私，然世之丧道，有自来矣。悠悠六合[7]，皆私其姻者也；人皆有私，则谓天下无公矣。是以前后二汉，咸以抑后党安，进婚族危。向使西京七族[8]，东京六姓[9]，皆非姻党，各以平进，纵不悉全，决不尽败。今之尽败，更由姻昵。臣历观庶姓在世，无党于朝，无援于时，植根之本，轻也薄也；苟无大瑕，犹或见容。至于外戚，凭托天地，势连四时，根援扶疏[10]，重矣大矣。而财居权宠，四海侧目，事有不允，罪不容诛，身既招殃，国为之弊，其故何邪？直由婚媾之私，群情之所不能免，故率其所嫌[11]而嫌之于国。是以疏附则信[12]，姻进则疑，疑积于百姓之心，则祸成重阂之内矣。此皆往代成鉴，可为寒心者也。

【注释】

〔1〕陛下：指明帝司马绍。　践祚：登位。

〔2〕寮：官。　允：诚信。

〔3〕后：指明穆皇后，与庾亮为兄妹。

〔4〕姻娅：指妻族的亲戚。

〔5〕中表：表兄弟。

〔6〕太上：太古无名之君。

〔7〕六合：天地四方。

〔8〕七族：指西汉吕氏、霍氏、上官氏、赵氏、丁氏、傅氏、王氏。

〔9〕六姓：指东汉章德窦后、和熹邓后、安思阎后、桓思窦后、顺烈梁后、灵思何后。

〔10〕扶疏：草木繁盛、纷披之状。

〔11〕率：循、从。

〔12〕疏附：使疏远者亲附。

【译文】

陛下登位以来，政教法令改旧维新，宰辅大臣贤明有德，百官都很诚信，唱着大舜时君明臣良的康哉之歌，实在是至公无私。国恩不断，又让我做中书令。我做中书令，就等于告诉天下以权谋私。为什么呢？因为我与陛下的关系是皇后之兄，与陛下结亲的嫌疑跟中表兄弟不同，虽然陛下如同太上至公之君，圣德无私，但王朝由此失道，由来已久。从有天地四方以来，历代王朝无不私其姻亲。如果人都有私心，那么天下就没有公道。所以西汉和东汉都以抑制妻族之党而向前发展，都因结成妻族之党而遭亡国。如果西汉七族，东汉六姓都不联婚结党，各按通常的规定用人，纵然不能都保全自己，也决不会全都败亡，现在全都败亡，便是由于王室以姻亲所致。我从历代观察得知，与王族无亲的一般人执政，没有在朝中结党的，没有向当时皇亲国戚求援的，是因为他自身地位轻微，无党可结，只要不是有大错，仍能为人所容。至于外戚，依凭天子皇后的地位，不论何时都可依赖权势，这是因为盘根错节，可依赖的权势太重太大了。他们一旦居位掌权而得宠，天下之士侧目而惧，办事稍有不当的，就给他们定罪处以死刑，自身既遭到祸难，而国家也弄得破败。这是什么缘故呢？只是因为他们是皇上私亲，人们激愤情绪很难避免，所以顺着私人的嫌疑，进而嫌疑于国。所以使疏远者亲附国君就能让人诚信，由婚姻之亲而用人就被怀疑，怀疑积聚于百姓的心里，就会在王室之内造成祸难了。这都是前代留下的明鉴，真是令人感到可怕啊！

夫万物之所不通，圣贤因而不夺，冒亲以求一才之用，未若防嫌以明公道。今以臣之才，兼如此之嫌，而使内处心膂[1]，外总兵权，以此求治，未之闻也。以此招祸，可立待也。虽陛下二相[2]，明其愚款[3]，朝士百寮，颇识其情，天下之人，何可门到户说，使皆坦然邪！夫富贵宠荣，臣所不能忘也；刑罚贫贱，臣所不能甘也。今恭命则愈，违命则苦，臣虽不达，何事背时违上，自贻患责邪！实仰览殷鉴，量己知弊，身不足惜，为国取悔。是以悾悾[4]屡陈丹款，而微诚浅薄，未垂察谅，忧惶屏营[5]，不知所厝[6]。以臣今地，不可以进明矣；且违命已久，臣之罪又积矣。归骸私门，以待刑书。愿陛下垂天地之鉴，察臣之愚，则虽死之日，犹生之年矣。

【注释】

〔1〕膂（lǚ）：脊骨。

〔2〕二相：指王敦、王遵左右丞相。

〔3〕款：诚。

〔4〕悾悾（kōng）：诚恳的样子。

〔5〕屏营：恐惧。

〔6〕厝：置。

【译文】

事物之间不以私亲相沟通，贤王之君因此而不夺其位；借用亲戚之名以求得一才之用，不如防备嫌疑以明公正之道。现在凭着我这样的一点才德，又有着皇后之兄的嫌疑，而使我在朝内成为主管天子政令的重臣、在朝外又总领天子的兵权，以此求得天下太平，还没有听说过；以此招致灾祸，就会很快到来。虽然陛下的两位宰辅王敦、王遵明白我的愚诚，朝士百官也很了解我的心意，但天下的士人百姓，怎么能逐门逐户去说清而使他们不生疑虑呢？富贵宠荣，我是想要得到的；刑罚贫贱，我是不愿甘心去承受的。现在恭听遵命就能得到好处，违反君命就会吃尽苦头，我虽不明白事理，但为什么要违背君命，给自己带来忧患而遭到谴责呢？实在是因为我看到前代的历史教训，衡量自己就懂得弊端，自身不值得怜惜，惟恐给国家带来灾祸。所以心里悾悾然，多次陈述我的忠心。然而我的诚心不够深广，未能取得陛下的信任，忧惧惶恐，不知所措。按我现在这种情况，不可能任中书令之职已很清楚。而且违反君命已久，我的罪又要加多了。我准备把尸骨运回家中，只等待着刑法的判决。希望陛下明察，了解我的一片诚心。我虽死犹生。

荐谯元彦表　桓元子（桓温）

【题解】

桓温（公元312—375），字元子，东晋谯国龙亢（今安徽怀远西）人，明帝司马绍女婿，拜驸马都尉，历任安西将军、荆州刺史、征西大将军、大司马。原有集四十三卷，已散佚，《晋书》有传。作者向朝廷极力举荐谯秀，并说明在乱世之时尤当重用“笃俗训民”的贤士，以有助于教化。

臣闻太朴既亏[1]，则高尚之标显；道丧时昏，则忠贞之义彰。故有洗耳投渊[2]，以振玄邈之风；亦有秉心矫迹，以敦在三之节[3]。是故上代之君，莫不崇重斯轨，所以笃俗训民，静一流竞。伏惟大晋，应符御世，运无常通，时有屯蹇[4]。神州丘墟，三方圮裂。兔罝绝响于中林，白驹无闻于空谷。斯有识之所悼心，大雅之所叹息者也。

【注释】

〔1〕太朴：大道。

〔2〕洗耳：尧让天下于许由，许由于颍水以河水洗耳，表示不愿顾问世事。　投渊：商汤王以天下让务光，务光不受，投渊而死。

〔3〕在三之节：指报恩于君、父、师。《国语·晋语》："民生于三，事之如一，父生之，师教之，君食之。"

〔4〕屯蹇：艰难不顺利。

【译文】

我听说天下大道沦丧的时候，就会更加凸显出高尚之士；国家丧乱、政治昏乱的时候，就会更加凸显出尽忠守节的道义。所以有洗耳投渊的隐逸君子，来振兴太古淳朴的风气；也有持正不随流俗的士人，努力使君臣父子关系变得淳厚。所以前代的君主，都很推崇这种高尚的行为，用它来使风俗变得淳厚，使人民得到教化，使社会安闲无事而不为之奔逐。想我大晋，应验符瑞而统治天下，命运并非一直顺通美好，时势常有艰难不顺。国都已成丘墟，国土四分五裂。田猎逸乐不再出现在林中，美好的白驹已绝迹于空谷。这就是有识之士为之痛心，大雅君子为之叹息的原因。

陛下圣德嗣兴，方恢天绪。臣昔奉役[1]，有事西土，鲸鲵既悬[2]，思宣大化。访诸故老，搜扬潜逸，庶武罗于羿浞之墟[3]，想王蠋于亡齐之境[4]。窃闻巴西谯秀[5]，植操贞固，抱德肥遁[6]，扬清渭波。于时皇极遘道消之会[7]，群黎蹈颠沛之艰，中华有顾瞻之哀，幽谷无迁乔之望。凶命屡招，奸威仍逼[8]，身寄虎吻，危同朝露。而能抗节玉立，誓不降辱，杜门绝迹，不面伪庭[9]，进免龚胜亡身之祸[10]，退无薛方诡对之讥[11]。虽园绮之栖商洛[12]，管宁之默辽海[13]。方之于秀，殆无以过。于今西土，以为美谈。

【注释】

〔1〕奉役：指桓温征蜀，讨伐叛贼李势。

〔2〕鲸鲵：鱼名，喻不义之人。

〔3〕武罗：夏代贤臣，而为羿所抛弃。羿为家臣寒浞所杀，取代其国。

〔4〕王蠋（zhú）：战国时齐国人，燕国军队攻入齐国，胁迫他做燕将遭到拒绝。谏齐王自缢而亡。

〔5〕巴西：今四川境内。

〔6〕肥遁：隐逸避世。

〔7〕道消：指国家失去治道。

〔8〕凶命、奸威：指乱贼李雄、李寿等人逼迫谯秀入仕做官，而遭谯秀拒绝。

〔9〕伪庭：指李雄所立之朝廷。

〔10〕龚胜：西汉末年人，王莽秉政，归隐乡里。拜上卿，坚决不受，绝食而死。

〔11〕薛方：与龚胜同时人，王莽遣人迎方就官，婉言拒绝，莽悦其言而不勉强征召。

〔12〕园绮：即东园公、绮里季，避秦时乱世，隐入商洛深山。

〔13〕管宁：三国时魏人，不慕富贵，志向高洁。

【译文】

陛下贤明有德，继承王位，正好要弘扬帝王之业。我过去奉命受遣，带兵征蜀。叛逆之人已悬首受诛，就想到要在那里广布教化。我向阅世老人访问请教，以寻求隐逸君子，似在羿浞的废墟上希望能得到武罗这样的贤人，似在快要灭亡了的齐国境内能求取王蠋这样的忠臣。我听说巴西谯秀，志行节操坚贞不二，守志隐居，激浊扬清。当时帝王之位遇上乱世而失控，有百姓在颠沛流离中生活，中原有自顾不暇、难以为继的悲哀，避世的贤人君子不可能有乔迁的希望。李雄等乱臣贼子多次征召谯秀出来做官，以威势相逼迫，谯秀如同置身于虎口、其危险之状又如早晨的露水顷刻就消逝。然而谯秀能坚持高尚气节，誓不降敌受辱，闭门不出，不面向伪庭。他既不像龚胜那样遵命而求一死，也不学薛方美言贼臣以求隐退。即使东园公、绮里季藏身商洛深山，管宁避居辽海数十年，比之于谯秀，大概也没有超过他的坚贞之德。直到今天，西蜀之人还传为美谈。

夫旌德礼贤，化道之所先；崇表殊节。圣哲之上务。方今六合未康，豺豕当路，遗黎偷薄，义声弗闻，益宜振起道义之徒，以敦流遁之弊。若秀蒙蒲帛之征[1]，足以镇静颓风，轨训嚣俗，幽遐仰流，九服知化矣[2]。

【注释】

〔1〕蒲：蒲车，用蒲草裹着车轮的车子，迎接德高望重的人。

〔2〕九服：古代天子所居京都以外的九等地区，后指全国各地区。

【译文】

表彰德行，优待贤士，是推行教化的先决条件；崇尚发扬气节异行，是圣主贤哲的头等事情。目前天下尚未康宁，乱臣贼子横行无忌，百姓偷安求生，道义之声无闻，更应该起用懂道义的人，以改变时俗的弊端。如果以蒲饰之车、束帛之礼去征得谯秀，一定能够整肃坏的风气，扭转不好的习俗，远方之人仰慕时贤，全国上下都被教化了。

解尚书表 殷仲文

【题解】

作者上表朝廷，请求解除自己的尚书之职，并对自己曾依附桓玄的错误进行辩解。

臣闻洪波振壑，川无恬鳞；惊飚拂野，林无静柯[1]。何者？势弱则受制于巨力，质微则莫以自保。于理虽可得而言，于臣实所敢喻[2]。昔桓玄之世[3]，诚复驱迫者众，至于愚臣，罪实深矣。进不能见危授命，忘身殉国；退不能辞粟首阳[4]，拂衣高谢。遂乃宴安昏宠[5]，叨昧伪封[6]，锡文篡事[7]，曾无独固。名义以之俱沦，情节自兹兼挠[8]，宜其极法，以判忠邪。镇军臣裕[9]，匡复社稷，大弘善贷[10]，佇一戮于微命，申三驱于大信[11]，既惠之以首领，复引之以絷维。于时皇舆否隔[12]，天人未泰，用忘进退，惟力是视。是以僶俛从事[13]，自同全人。今宸极反正[14]，惟新告始，宪章既明，品物思旧。臣亦胡颜之厚[15]，可以显居荣次？乞解所职，待罪私门。违谢阙庭，乃心愧恋，谨拜表以闻。臣某云云。

【注释】

〔1〕柯：枝茎。

〔2〕实：下当补“非”字。

〔3〕桓玄：桓温之子，曾以武力迫东晋安帝让位，自称楚帝。后为刘裕所杀。

〔4〕首阳：山名，今山西省永济市境内，传为伯夷、叔齐不食周粟而饿死之地。

〔5〕宴安：安逸。

〔6〕伪封：指桓玄封仲文为东兴公。

〔7〕锡文：指颁布诏令一类文告。

〔8〕挠：屈。

〔9〕镇军：将军名号，指宋高祖刘裕，曾起兵讨伐桓玄，兴复晋室，后自立为帝，国号宋。

〔10〕贷：宽免。

〔11〕三驱：三面驱禽，放开一路，即宽容之意。《易·比》："王用三驱，失前禽。"

〔12〕否隔：闭塞不通。

〔13〕僶（mǐn）俛：努力、奋勉。

〔14〕宸极：指皇位。

〔15〕胡：何。

【译文】

我听说洪流振动山河，水中游鱼就不会安宁，巨风刮向山野，林中树枝就不会平静。为什么呢？弱势力会被强大力量制约，弱小就不能保全自身。从道理是这么说，但是我却不敢拿着它打比喻。过去桓玄当政时，确实被他压迫做事的人很多，至于我（是他亲戚），犯的错误就更大了。不能进取，为国贡献力量；不能退隐，拂衣谢绝繁务。于是安于不光彩的富贵，接受不正当的封赐。颁布诏令和篡夺权位，我也难全名节。名声因此沦丧，情操因此折损。应该受极刑，借此分清忠正与邪恶。镇军臣刘裕，匡扶社稷，弘善赦罪，保全我的性命，弘扬宽容之道，既给我免杀头之恩，又保留我尚书的职位。当时天子还受到一些阻力，局势未定，我也没有辞去尚书的职位。所以做事不敢懈怠，把自己当作全德的人。现在拨乱反正，新政宣告开始，典章制度已经颁布，评判事物必然会想到过去。我哪里还能厚着脸皮，继续充任尚书荣耀职务呢？请求解去此职，待罪在家。违旨而辞别朝廷，心中既惭愧又留恋，只好上表使您明白我的心意。

为宋公至洛阳谒五陵表 傅季友（傅亮）

【题解】

此表为傅亮代刘裕所作，表中陈述北伐收复旧都洛阳拜谒五陵之经过，抒写了面对故国残破之状的悲哀。

臣裕言〔1〕：近振旅河湄，扬旍西迈〔2〕，将届旧京〔3〕，威怀司雍〔4〕。河流遄疾，道阻且长。加以伊洛榛芜〔5〕，津涂久废，伐木通径，淹引时月〔6〕。始以今月十二日，次故洛水浮桥。山川无改，城阙为墟，宫庙隳顿，钟簴空列〔7〕，观宇之馀，鞠为禾黍〔8〕，廛里萧条〔9〕，鸡犬罕音，感旧永怀，痛心在目。以其月十五日，奉谒五陵〔10〕，坟茔幽沦，百年荒翳，天衢开泰〔11〕，情礼获申，故老掩涕，三军凄感，瞻拜之日，愤慨交集。行河南太守毛修之等〔12〕，既开翦荆棘，缮修毁垣，职司既备，蕃卫如旧。伏惟圣怀，远慕兼慰，不胜下情，谨遣传诏殿中中郎臣某奉表以闻。

【注释】

〔1〕裕：刘裕，即宋公。

〔2〕旍：同“旌”。

〔3〕旧京：指洛阳。

〔4〕司雍：司州、雍州。刘裕收复河南，置司州。因司州西连雍州，故连用。

〔5〕伊洛：伊水、洛水。

〔6〕淹引：推迟。

〔7〕钟簴（jù）：编钟一类乐器。簴，悬挂编钟的木架。

〔8〕鞠：穷，尽。

〔9〕廛：市集之地。

〔10〕五陵：指晋文帝崇阳陵、武帝峻阳陵、宣帝高原陵、景帝峻平陵、惠帝陵。

〔11〕天衢：天路，指京城。

〔12〕行：巡视。 毛修之：字敬文，河南荥阳人，高祖时为河南、河内二郡太守，戍守洛阳。

【译文】

臣刘裕进言：近来进军黄河边，挥旗西进，快要到达旧都洛阳，臣服司雍二州。黄河水急，路途漫长，加上伊洛二水失修日益荒芜，渡口长久不用，靠伐木通路，耽误时间。军队刚到洛阳时是在本月十二日，驻扎在洛水浮桥边。山川没有变化，而城池变成废墟，宗庙毁坏，钟架虚设。宫观庙宇之外，尽是禾草。市集萧条，鸡犬罕见，回想起往日，真是痛心极了！本月十五日拜谒了五陵，坟墓已被隐蔽，百年来荒废失修。天路总算开通，拜祭的心愿得以实现，长辈流泪，三军感慨，瞻仰拜谒之日，悲愤感慨齐涌心头。巡视驻守洛阳的河南太守毛修之等人，铲除杂草荆棘，重修毁坏的城墙，负责机构都已完备，守卫规定像以前一样。圣上心怀宽广，既念远祖恩德，又慰藉陵庙神灵。不胜惶恐，谨委派传诏殿中中郎奉表禀告。

为宋公求加赠刘前军表 傅季友（傅亮）

【题解】

此表为傅亮代刘裕所作，请求朝廷加赠已故的刘穆之的封爵，表中对刘穆之的功德进行颂扬，流露出怀念之情。

臣闻崇贤旌善，王教所先，念功简劳[1]，义深追远。故司勋秉策，在勤必记，德之休明[2]，没而弥著。故尚书左仆射、前军将军臣穆之，爰自布衣，协佐义始，内竭谋猷[3]，外勤庶政，密勿军国[4]，心力俱尽。及登庸朝右，尹司京畿[5]，敷赞百揆[6]，翼新大猷[7]。顷戎车远役，居中作捍[8]，抚宁之勋，实洽朝野，识量局致[9]，栋干之器也。方宣赞盛化，缉隆圣世[10]，志绩未究，远迩悼心，皇恩褒述[11]，班同三事[12]，荣哀既备，宠灵已泰。

【注释】

〔1〕简：检视劳绩。

〔2〕休明：美好清明，用以赞美明君或盛世。

〔3〕谋猷：计谋；谋略。

〔4〕密勿：勤勉努力。

〔5〕尹司：治理、管理。

〔6〕敷：布告。　百揆：总揽朝政的官员，也代指百官及天下各种政务。

〔7〕翼：帮助，辅佐。　大猷：大道。

〔8〕作捍：保卫，捍卫。

〔9〕局致：周到缜密。

〔10〕缉隆：光明兴盛。

〔11〕褒述：记述其功德予以表彰。

〔12〕三事：指赠仪同三司。

【译文】

我听说推举贤能，表彰善行，是推行王道教化首先要做的事。感念功劳，检视成绩，其意义重大，影响深远。所以掌管政务考勤，凡勤于政事一定要登记在册，德行好的人，死后其美德更加彰显。已故尚书左仆射、前军将军刘穆之，本是平民，他在北伐初起之时，协助辅佐天子，内出谋划策，外勤勉事务，尽心处理军国大事，不遗余力。当他升为朝廷大臣，主管京城政事，协助管理朝政，辅佐天子成就大业。不久出征北伐，投身战斗捍卫国家。为国家安宁立下的功劳，朝野佩服。其见识度量深远博大，确是国家的栋梁之材。正当为盛世推广教化的时候，志向未完成就去世了，使远近痛心。皇上开恩褒扬，授刘穆之为仪同三司。生死荣哀的情理体现到了极致，对神灵的尊贵充分体现。

臣伏思寻，自义熙草创〔1〕，艰患未弭〔2〕，外虞既殷，内难亦荐〔3〕，时屯世故〔4〕，靡有宁岁。臣以寡劣，负荷国重，实赖穆之匡翼之勋，岂惟谠言嘉谋〔5〕，溢于民听。若乃忠规密谟〔6〕，潜虑帷幕，造膝诡辞〔7〕，莫见其际。事隔于皇朝，功隐于视听者，不可胜记。所以陈力一纪〔8〕，遂克有成。出征入辅，幸不辱命。微夫人之左右，未有宁济其事者矣。履谦居寡，守之弥固。每议及封爵，辄深自抑绝，所以勋高当年，而茅土弗及〔9〕。抚事永念，胡宁可昧？谓宜加赠正司，追甄土宇〔10〕，俾忠贞之烈，不泯于身后，大赉所及〔11〕，永秩于善人〔12〕。

【注释】

〔1〕义熙：晋安帝司马德宗年号。

〔2〕弭：平息，停止。

〔3〕荐：接连，重复。

〔4〕屯：艰难。

〔5〕谠（dǎng）：正直。

〔6〕谟：谋划。

〔7〕造膝：犹“促膝”，指靠近天子说话。

〔8〕一纪：十二年。

〔9〕茅土：指王、侯的封爵。古天子分封王、侯时，用代表方位的五色土筑坛，按封地所在方向取一色土，包以白茅而授之，作为受封者得以有国建社的表征。

〔10〕甄：昭显，表彰。　土宇：居室。

〔11〕赉（lài）：赐予，赏赐。

〔12〕秩：官吏的俸禄。

【译文】

我认真思考过，自从义熙初建以来，艰难祸患从未停止，外患不断，内祸深重，时势艰难多故，没有安宁的日子。我德寡才低，担负国家的重任，实在是依靠穆之的匡扶辅助。正直的言论，美好的谋略，远不止老百姓听到的那些。至于说到他忠贞的规劝，详密的谋划，运筹帷幄的智谋，天子前巧妙的应对言语，无法一一让人知晓。那些有别于本朝的军国之事，而其功业不被天子听闻到的，多得没法记述。尽心尽力十二年，才取得成功。出将入相，都不辱君命。没有他的辅佐，不可能顺利地完成大事。他谦虚寡欲的为人之道，恪守得更加坚固。每当议论到给他封爵，总是坚决不接受，所以在生之日虽然功劳很高，但没有接受封侯之赏。我一接触到这类事情就常常想念他，怎能昧着良心不说？我认为应当给他加赠正职，追建住室，使忠贞之士的功业不至于死后泯灭，大恩的赐予，是应该能永远把应有的俸禄给善人。

臣契阔屯夷〔1〕，旋观终始，金兰之分〔2〕，义深情感。是以献其乃怀，布之朝听。所启上，合请付外详议。

【注释】

〔1〕契阔：离散。　屯夷：艰危与平定，偏义复词，偏屯，指艰难伤痛。

〔2〕金兰：指志趣相投。

【译文】

我与穆之长期聚合离散，艰难伤痛，观其始终，结成金兰之交，情义深厚。所以献上我的一片诚心，公布于朝廷。如合皇上之意，即请付外朝详议。

为齐明帝让宣城郡公第一表 任彦昇（任昉）

【题解】

此表是任昉替宣城郡公萧鸾所作。表中代萧鸾陈述对复杂的家国之事的看法，以表明自己不愿受封的难处与心志。

臣鸾言[1]：被台司召，以臣为侍中、中书监、骠骑大将军、开府仪同三司、扬州刺史、录尚书事，封宣城郡开国公，食邑三千户，加兵五千人。臣本庸才，智力浅短。太祖高皇帝笃犹子之爱[2]，降家人之慈，世祖武帝情等布衣[3]，寄深同气；武皇大渐[4]，实奉话言。虽自见之明，庸近所蔽，愚夫一至，偶识量己，实不忍自固于缀衣之辰[5]，拒违于玉几之侧。遂荷顾托，导扬末命。虽嗣君弃常[6]，获罪宣德[7]，王室不造，职臣之由。何者？亲则东牟[8]，任惟博陆[9]，徒怀子孟社稷之对[10]，何救昌邑争臣之讥[11]？四海之议，于何逃责？且陵土未干，训誓在耳，家国之事，一至于斯，非臣之尤[12]，谁任其咎？将何以肃拜高寝[13]，虔奉武园[14]？悼心失图，泣血待旦，宁容复徼荣于家耻，宴安于国危？

【注释】

〔1〕鸾：萧鸾，即齐明帝，就位前，受封为宣城郡公。

〔2〕太祖高皇帝：指萧道成。　犹子：谓太祖兄弟之子。

〔3〕世祖武帝：指萧颐，太祖长子。

〔4〕大渐：病危。

〔5〕缀衣：帐幄。古君王临终所用，借指帝王临终之际。

〔6〕嗣君：指郁林王萧昭业，萧鸾之弟。

〔7〕宣德：即宣德太后。郁林王得罪太后被废。

〔8〕东牟：指汉东牟侯兴居。

〔9〕博陆：东牟诛诸吕有功，被封为博陆侯。

〔10〕子孟：指霍光。《汉书》载霍光曾奏请废黜昌邑王，并对王自责说："王行自绝于天，臣宁负王，不负社稷。"

〔11〕昌邑：指昌邑王贺。　争臣：能谏诤之臣。昌邑王被霍光等众臣奏免接受诏令时说："闻天子有争臣七人，虽无道，不失天下。"

〔12〕尤：过错。

〔13〕高寝：高帝寝庙。

〔14〕武园：武帝园陵。

【译文】

臣萧鸾进言：接尚书台通知，任命我为侍中、中书监、骠骑大将军、开府仪同三司、扬州刺史、录尚书事，封宣城郡开国公，封地三千户，增加兵力五千人。我原是平庸的人，才智能力非常有限。太祖高皇帝厚爱兄弟的儿子，待我如家人一样的和善；世祖武帝待我情同平民之交，寄有忧患与共的深意；武帝病危之时，坦言相告，让我辅政。虽有自知之明，但靠得越近反被遮蔽；愚蠢之人见识短浅，但是偶尔也会认识到自己不足。我实在不忍心在世祖病危时固执己见，而在玉几边拒绝嘱托。于是就担负起重托，遵循发扬临终之命。虽然郁林王背弃常道，获罪宣德太后；国家没有治理好，都是我的责任。为什么呢？因为我为皇上所亲，又封博陆侯，空有霍光"臣宁负王，不负社稷"之对，却不能免昌邑王"天子有诤臣七人，虽无道，不失天下"之议。天下人议论郁林王被废一事，我无法逃避责任。而且天子刚刚去世，训教的话还在耳旁。家国之事，弄到这种地步，不是我承担过错，还能有谁来承担过错呢？我将如何去敬拜高祖的寝庙、敬奉世祖的陵园呢？悲痛之心使我难以考虑国事，整夜无声痛哭，我怎能在家耻之时争来荣耀，在遇国难之际享受太平?

骠骑上将之元勋[1]，神州仪刑之列岳[2]，尚书古称司会[3]，中书实管王言[4]。且虚饰宠章[5]，委成御侮[6]，臣知不惬，物谁谓宜?但命轻鸿毛，责重山岳，存没同归，毁誉一贯，辞一官不减身累，增一职已黩朝经，便当自同体国，不为饰让。至于功均一匡[7]，赏同千室[8]，光宅近甸[9]，奄有全邦[10]，殒越为期[11]，不敢闻命。亦愿曲留降鉴，即垂顺许，钜平之恳诚必固[12]，永昌之丹慊获申[13]。乃知君臣之道，绰有馀裕。苟曰易昭，敢守难夺[14]。故可庶心弘议，酌己亲物者矣。不胜荷惧屏营之诚[15]!谨附某官某甲奉表以闻。臣讳诚惶诚恐。

【注释】

〔1〕骠骑：将军名，始于霍去病，位在三公之上。

〔2〕列岳：高大的山岳。喻位高名重者。

〔3〕尚书：官名。　司会：职同尚书，掌管国家大事。

〔4〕中书：官名，职掌王言。

〔5〕宠章：指封宣城郡开国公。

〔6〕御侮：指授骠骑大将军。

〔7〕一匡：指有一匡天下之功。

〔8〕千室：指诸侯之封。

〔9〕甸：指国都。

〔10〕奄：覆盖。

〔11〕殒越：坠落，毁败。

〔12〕钜平：指羊祜，被汉献帝封为钜平子。

〔13〕永昌：指庾亮，曾封为永昌公。　丹慊：诚心。

〔14〕难夺：指难夺其志。

〔15〕屏营：彷徨。

【译文】

骠骑是上将之元勋，扬州是各州的典范。尚书历来掌管国家大事，中书则主管帝王言行。受封宣城开国公是形同虚设，受任骠骑大将军也是勉为其难。我自知不可，这样受封是不合适的。我的性命比鸿毛还轻，而职责比泰山还重，生死荣辱同归一途。辞去一官并不减少我多少负担，增加一职却已经亵渎了朝纲，我本当为国家尽心尽职，不是为求美名而假装辞让。至于要像管仲一样立匡扶天下之功，得到封侯之赏，在京城广赐田宅乃至占有邦国，那我只好等待死去，不敢承命。我只愿明察于此，准许我的请求，像羊祜、庾亮那样诚意得到恩准，从而感知君臣宽松缓和的关系。再说我所陈述的事理容易察知，而我的情志难以改变，所以将想法展开议论，斟酌自己以求与事理的接近。怀着不胜惶恐之心，恭敬地附上我的受封官爵名号，奉上表章以使知晓。我不敢说诚惶诚恐。

为范尚书让吏部封侯第一表　任彦昇（任昉）

【题解】

此表是任昉替范云所拟的表书。陈述范云推辞接受礼部尚书的任命和封霄城县开国侯的种种理由，从而表明范云的志向。

臣云言[1]：被尚书召，以臣为散骑常侍、吏部尚书，封霄城县开国侯，食邑千户。奉命震惊，心颜无措。臣云顿首顿首，死罪死罪。臣素门凡流，轮翮无取[2]，进谢中庸，退惭狂狷。固尝钻厉求学，而一经不治；篆刻为文，而三冬靡就[3]。负书燕魏[4]，空殚菽粟[5]；蹑屩齐楚[6]，徒失贫贱。既而分虎出守[7]，以囊被见嗤[8]；持斧作牧[9]，以薏苡兴谤[10]。赭衣为虏[11]，见狱吏之尊；除名为民，知井臼之逸。百年上寿，既曰徒然。如其诚说，亦以过半。乱离斯瘼[12]，欲以安归。闭门荒郊，再离寒暑。兼以东皋数亩[13]，控带朝夕，关外一区，怅望钟阜。虽室无赵女，而门多好事[14]；禄微赐金，而欢同娱老。折芰燔枯[15]，此焉自足。

【注释】

〔1〕云：范云，字彦龙，南乡舞阴人。范云在任廉洁，郡中称为神明。

〔2〕轮翮（hé）：车轮与鸟翼，喻辅佐之能。

〔3〕三冬：指三年。

〔4〕“负书”句：指纵横家苏秦不被秦王采纳之后，背着书袋到燕国和魏国游说。

〔5〕殚：竭尽。　菽粟：指粮食。

〔6〕蹑屩（juē）齐楚：指虞卿游说赵孝成王不被任用，跑到齐国与楚国，蹑，踏、踩。屩，草鞋。

〔7〕分虎：即分符，古时以铜虎符分成两半以为凭信。

〔8〕囊被见嗤：被人讥笑为以衣囊邀名。

〔9〕持斧：手持所赐斧钺，以示有功。　作牧：担任地方官。

〔10〕薏苡（yǐ）：马援在交趾时，满载一车南方薏苡回去以做种，被诬告为“明珠文犀”，谓之薏苡之嫌。

〔11〕赭衣：古时囚犯所穿的赤褐色衣服。范云因受累下狱。

〔12〕瘼：病。

〔13〕东皋：田野或高地的泛称，这里指田地。

〔14〕好事：指相知之人。

〔15〕燔：烧。　枯：干鱼。

【译文】

臣范云进言：接尚书诏，任命我为散骑常侍、吏部尚书，封宵城县开国侯，食禄千户。接到任命书十分震惊，脸面不知往哪儿搁。臣范云磕头请罪。出身平常人家，才学平庸无可取之处，进不能守中庸之道，退因偏激而惭愧。我曾致力于学问，然而一经不通；有心写书，却三年还没完成。像苏秦那样背着书囊到燕魏游说，白白浪费粮食；像虞卿穿着草鞋远行齐楚，徒自沦落为贫贱之人。不久凭着铜虎符出守零陵、始兴，却被人讥笑为以外表邀名；凭着朝廷所赐斧钺作太守，却像马援那样因误解而受到诬告。穿上囚服成了阶下囚，才看出狱官的权力；被除名为百姓，才懂得操持家业的安逸。长寿百年，只是一句空话，真如其所说，我也已经年过半百。经历流离失所与病痛，只想求得平静。闭门荒郊，再过上几个春秋。又有山地数亩，水流早晚绕引，在关外一带，怅然望着钟山。虽然家中没有歌舞，但却有相知之人，微薄的俸禄，等同于欢度晚年。折芰荷而坐、烧干鱼而食，这就心满足了。

陛下应期万世，接统千祀，三千景附，八百不谋〔1〕。臣衅等离心〔2〕，功惭同德，泥首在颜〔3〕，舆榇未毁〔4〕。缔构草昧〔5〕，敢叨天功，狱讼讴歌，示民同志。而隆器大名，一朝总集，顾己反躬，何以臻此？正当以接闬白水〔6〕，列宅旧丰，忘舍讲之尤〔7〕，存诸公之费，俯拾青紫〔8〕，岂待明经。

【注释】

〔1〕三千、八百：古时诸侯朝见天子的盛况。　景附：如影之相随。

〔2〕衅：缝隙，感情上的裂痕，引申为罪责。

〔3〕泥首：以泥涂首，表示自辱服罪。

〔4〕舆榇：载棺以随，表示决死。

〔5〕缔构：营造、建筑。　草昧：指天地初开时的混沌状态。

〔6〕闬（hàn）：巷门。　白水：吴汉与光武帝曾同居白水，以此表示范云与梁武帝位处相近。

〔7〕尤：罪过、过失。

〔8〕青紫：喻高官，因古代以青紫袍服为贵。

【译文】

陛下统领千秋万代，三千诸侯如影相随，八百诸侯不谋而合。我的罪责等同叛离，功劳达不到同德。自辱服罪，扛着棺待死而已。陛下创基立业，臣怎敢贪功？服罪之人歌颂陛下，示意百姓与陛下同心。然而高官厚望，一下集于微臣身上，我反思自己，凭什么能够达到这种荣耀的地步呢？当时曾与陛下同住白水、丰邑，我（只顾听讲经）忘了与陛下谈话，陛下又为我筹集了讲经的费用。那时如同弯腰捡东西一样容易获得官职，哪需要等到明经取士？

臣云顿首顿首，死罪死罪。夫铨衡之重，关诸隆替，远惟则哲，在帝犹难。汉魏已降，达识继轨，雅俗所归，惟称许郭〔1〕。拔十得五，尚曰比肩。其余得失未闻，偶察童幼，天机暂发，顾无足算。在魏则毛玠公方〔2〕，居晋则山涛识量〔3〕，以臣况之，一何逯落！齐季陵迟〔4〕，官方淆乱，鸿都不纲〔5〕，西园成市〔6〕，金章有盈笥之谈，华貂深不足之叹。草创惟始，义存改作，恭己南面，责成斯在。岂宜妄加宠私，以乏王事，附蝉之饰〔7〕，空成宠章。求之公私，授受交失。

【注释】

〔1〕许郭：许指许劭，东汉时人，爱奖掖士人。郭指郭泰，字林宗，爱奖掖士人。

〔2〕毛玠：字孝先，为人雅量公正。　公方：公正方直。

〔3〕山涛：字巨源，入晋为吏部尚书时，甄拔人物，各有品题。

〔4〕齐季：齐末。　陵迟：衰败。

〔5〕鸿都：东汉宫门名，此指学府。　纲：纲纪。

〔6〕西园：指皇上临朝办事之处。

〔7〕附蝉之饰：指显贵者的饰物。蝉，古代极薄的一种丝绸。

【译文】

我磕头请罪。衡量人才至关重要，关系到国家的兴衰成败。考虑深远才是明智，这于尧舜都感到是一件难事。汉魏以来，能按照先贤标准明察人才，雅俗之士都能为其所用的，只有许劭、郭泰二人值得称许。十人中能选拔出五人，就称得上人才比肩而至了。其他关于选拔的事未曾听说过。偶尔观察儿童，也有天分突发的，这不足称道了。在魏只有毛玠可算公正，在晋只有山涛有见识，如让我与他们相比，是多么的悬殊。齐末社会衰败，官场混乱，学府纲纪废弛，西园成了卖官的市场。有人谈论小人官印满箱，让人叹惜狗尾续貂。立朝之初，陛下要把不合理的事情改变过来，端正自己坐正朝位，办成事情关键在此。怎能随便施恩宠幸私交，而贻误陛下的大事。那将使高位的冠饰，沦落成受宠的标志。于公于私，授受都不合适。

近世侯者，功绪参差〔1〕：或足食关中〔2〕，或成军河内〔3〕，或制胜帷幄〔4〕，或门人加亲〔5〕，或与时抑扬〔6〕，或隐若敌国〔7〕，或策定禁中〔8〕，或功成野战〔9〕，或盛德如卓茂〔10〕，或师道如桓荣〔11〕，或四姓侍祠〔12〕，已无足纪，五侯外戚〔13〕，且非旧章。而臣之所附，惟在恩泽。既异义畤庸〔14〕，实荣乖儒者，虽小人贪幸，岂独无心。

【注释】

〔1〕功绪：功业。功，已完成的事。绪，事情的开端。

〔2〕足食关中：指萧何。楚汉战争中，推荐韩信为大将军率军作战，自己以丞相身份留守关中。为军队筹集充足的粮饷，立下大功。

〔3〕成军河内：指寇恂镇守河内，协助刘秀建立东汉之功。

〔4〕制胜帷幄：指张良善于策划谋略，指挥战争。

〔5〕门人加亲：指东汉邓禹。以文德教化子孙，经纬天下，使家族人丁兴旺，俊才辈出，成为东汉世家大族之典范。

〔6〕与时抑扬：指叔孙通通权达变，善于进退，与时变化。

〔7〕隐若敌国：指像吴汉一样对国家起举足轻重之作用。《后汉书·吴汉传》："帝常遣人观大司马何为，还言方修战攻之具，乃叹曰：'吴公差强人意，隐若一敌国矣。'"

〔8〕策定禁中：指邓骘任大将军时，去断朝政，进贤士，罢力役，有所建树。

〔9〕功成野战：指曹参，因有野战掠地之功。

〔10〕卓茂：字子谷，南阳人，官至丞相，爱民如子。光武帝刘秀时为宣德侯。

〔11〕桓荣：字春卿，沛国人，曾为汉明帝刘庄师，拜尚书，穷极师道，被封为关内侯。

〔12〕四姓：指汉明帝时外戚樊氏、郭氏、阴氏、马氏，皆为小侯。

〔13〕五侯：指汉成帝时所封的五位外戚王侯。

〔14〕畴庸：酬报功劳。畴，通"酬"。庸，功。

【译文】

近世封侯的人，功业各有不同。有的因守关中提供军粮，有的因守河内有军功，有的因运筹帷幄制胜敌人，有的因门第亲属关系，有的善于因时顺变，有的因谋划能力对国家有举足轻重之功，有的因决策官禁朝政有功，有的因在野战掠地中建立功业，有的因品德高尚如卓茂，有的因坚守师道如桓荣。有的因是四姓陪侍祭祠的小侯，已不值得记载，有因是皇上外戚而被同时封为五个侯的，已非旧时章法可循。而我被封侯，完全是因皇上恩泽。这已然在道义上不同于因功酬报，实际上属于背离儒道。即使我贪恋荣幸，难道于心无愧吗？

臣本自诸生，家承素业，门无富贵，易农而仕。乃祖玄平〔1〕，道风秀世，爰在中兴〔2〕，仪刑多士〔3〕，位裁元凯〔4〕，任止牧伯。高祖少连〔5〕，夙秉高尚，所富者义，所乏者时，薄宦东朝，谢病下邑。先志不忘，愚臣是庶。

且去岁冬初，国学之老博士耳，今兹首夏[6]，将亚冢司[7]，虽千秋之一日九迁[8]，荀爽之十旬远至[9]，方之微臣，未为速达。臣虽无识，惟利是视。至于亏名损实，为国为身，知其不可，不敢妄冒。陛下不弃菅蒯，爱同丝麻[10]。傥平生之言，犹在听览，宿心素志，无复贰辞。矜臣所乞，特回宠命，则彝章载穆，微物知免。臣今在假，不容诣省。不任荷惧之至！谨奉表以闻，臣云诚惶以下。

【注释】

〔1〕玄平：范云高祖之父范汪，字玄平。

〔2〕中兴：谓元帝时。

〔3〕仪刑：楷模、典范。

〔4〕元凯：亦作“元恺”，尚书。玄平曾官至吏部尚书。

〔5〕少连：范汪之子。

〔6〕首夏：孟夏，指农历四月。

〔7〕冢司：丞相的别称。

〔8〕千秋：指汉丞相车秋千，一月九次升迁至丞相，“日”当为“月”之误。

〔9〕荀爽：字慈明，从征召为官至拜司空共历九十五日，故言“十旬”。

〔10〕菅蒯（kuǎi）：茅草之类，比喻卑微人物。 丝麻：可织布，喻有用之才。

【译文】

我本出自书生，继承清寒家业，门第中无富贵之人，又从事农耕而后改变做官。远祖玄平，道风是当时最杰出的。在元帝中兴之时，是很多世子的模范，其位虽为朝臣，任职只做过地方长官。高祖少连，秉性高尚，所富有的是道义，所缺乏的是时机，在朝中任过卑微的官职，以后称病辞官。不忘先人志向，愚臣只求靠近。去年冬初，臣还不过是一个国学老博士，今年夏初，升官仅次于宰相。即使车丞相一月九迁，荀爽十旬连升，与我相比，也算不上快速直接。我虽无见识，却懂对自己有利是显而易见的。至于毁坏名声，损害实利，为国家为自身，都不能那样做，所以不敢非分冒进获取高位。陛下不弃微臣，爱惜贤才。若臣往日与陛下所说的话还没忘记，我仍是坚持平时的志向，不再改变自己的主张。我所乞求的，就是收回对我格外恩宠的任命，那样既符合法则、显得和睦，也使我可以免遭罪责。臣现在休假，不能到朝中拜谢，不胜惧怕。恭敬奉上此表，诚惶诚恐。

为萧扬州荐士表　任彦昇（任昉）

【题解】

此表是任昉替萧遥光所拟。表中论述帝王求贤之道，并向朝廷推举王暕、王僧孺二位贤才，认为可委以重任。

臣王言[1]：臣闻求贤暂劳，垂拱永逸，方之疏壤，取类导川。伏惟陛下，道隐旒纩[2]，信充符玺，六飞同尘[3]，五让高世[4]。白驹空谷，振鹭在庭，犹惧隐鳞卜祝[5]，藏器屠保[6]。物色关下[7]，委裘河上[8]，非取制于一狐[9]，谅求味于兼采。五声倦响[10]，九工是询[11]，寝议庙堂，借听舆皂[12]。臣位任隆重，义兼家邦，实欲使名实不违，徼幸路绝[13]，势门上品，犹当格以清谈；英俊下僚，不可限以位貌。

【注释】

〔1〕臣王：萧遥光做过扬州刺史，故称萧扬州。袭父爵为始安王。

〔2〕旒纩（liú kuàng）：天子冠冕的饰物，指称帝王。

〔3〕六飞：古时帝王用六匹马驾车，疾驰如飞。

〔4〕五让：让天下五次，极言其谦让有德。

〔5〕鳞：指龙，喻君子。

〔6〕屠保：屠者与傭保。伊尹曾为酒保，姜尚曾屠牛为生。

〔7〕物色：访求。关令尹喜曾物色异人老子。

〔8〕委裘：垂下衣裳，指任用贤人垂拱而治。　河上：河上公，汉文帝曾向他求教。

〔9〕狐：指制裘的狐皮。

〔10〕五声：指宫、商、角、徵、羽五音。

〔11〕九工：指九官，泛言朝廷之官。　询：征求意见。

〔12〕舆皂：指卑贱之士。

〔13〕徼幸：苟且。

【译文】

臣萧遥光言：我听说访求贤人只是一时劳苦，得到贤人相助皇上的统治可算是一劳永逸。好比疏理整治土地，类似于导引河流。尊敬的陛下，道深藏不露，凭信的符玺非常充实。车驾飞驰，形同扬尘；谦让有德，高出于世。白驹飞向山野空谷，振鹭就会集止王庭，依然忧虑隐逸君子卜祝之人不能重用，治国之器藏于屠者和傭保手中未能拔出。像关令尹喜一样物色异人，像汉文帝那样求教河上公。不能只取一狐之皮制成裘衣，必须兼采众味做成美味。五声虽美，不可常听；百官虽多，要经常询问。少听尊贵者之义，多听卑贱者之言。我有此职位，责任重大，家国大事都要兼顾，要做到名副其实，使虚假苟且之人不能得逞。权势之家上品等第者，还应当提拔善于清谈高论之人，有英俊之才而位居下职者，不可以因地位限制不用。

窃见秘书丞琅邪臣王暕，年二十一，字思晦。七叶重光[1]，海内冠冕。神清气茂，允迪中和[2]，叔宝理遣之谈[3]，彦辅名教之乐[4]。故以晖映先达，领袖后进。

居无尘杂，家有赐书，辞赋清新，属言玄远。室迩人旷，物踈道亲。养素丘园，台阶虚位。庠序公朝[5]，万夫倾望。岂徒荀令可想[6]，李公不亡而已哉[7]！

【注释】

〔1〕七叶：指王暕往上推七代。

〔2〕迪：实行，开导。

〔3〕叔宝：即卫玠，晋人，善言玄理。

〔4〕彦辅：彦国，晋人，性放达，喜谈名教。

〔5〕庠序：学校。

〔6〕荀令：指荀顗，魏太尉荀彧之子，很有父风。

〔7〕李公：指李固，汉司徒李郃之子。

【译文】

我曾见过秘书丞琅邪臣王暕，年纪二十一岁，字思晦。七代家业辉煌灿烂。为海内所推美。其人神清气茂，深得中和之美。有卫玠那样善言玄理的气质，有彦国那样喜谈名教的风度。所以能辉映于先贤，又能领导后学。居处雅洁不俗，家有所赐典籍。辞赋清新，言语宏深奥妙。其家住俗世，而其人品德旷远；疏远于物，而亲近于道。在山丘林园中守补全真，而让历官之台阶虚空其位。士人学子，朝廷官员都倾首叹慕。难道只有荀令才可想念、李公才不会被遗忘吗？

前晋安郡侯官令东海王僧孺，年三十五，字僧孺，理尚栖约，思致恬敏。既笔耕为养，亦佣书成学[1]。至乃集萤映雪，编蒲缉柳。先言往行，人物雅俗，甘泉遗仪[2]，南宫故事[3]，画地成图[4]，抵掌可述。岂直鼮鼠有必对之辩[5]，竹书无落简之谬[6]。暕坐镇雅俗，弘益已多；僧孺访对不休，质疑斯在。并东序之秘宝[7]，瑚琏之茂器[8]。诚言以人废，而才实世资。临表悚战，犹惧未允。不任下情。云云。

【注释】

〔1〕佣书：为人抄书。

〔2〕甘泉：汉宫殿名。

〔3〕南宫：古称尚书省为南宫。

〔4〕画地成图：指对事情了如指掌。

〔5〕“岂直”句：指东汉初年，窦攸能据《尔雅》辨豹鼠而得到汉光武帝的赏赐。鼮鼠，一种斑纹如豹的鼠。

〔6〕“竹书”句：喻博学多识之典。晋代束皙才学渊博，对古文字、古书简颇有研究。有人在嵩高山下拾到一枚竹简，刻有科斗文，无人得知其来历和内容，束皙识得此为汉明帝显节陵中的策文。

〔7〕东序：讲道之处。

〔8〕瑚琏：古代祭祀时盛粟稷的器皿，很贵重。

【译文】

前晋安郡侯官令东海王僧孺，年纪三十五岁，字僧孺，理趣深远简约，思维恬静敏捷。既靠作文写字为生活来源，又靠为人抄书成就学业。他生活清贫，借助萤火和雪光读书，把蒲叶和杨柳编织成纸来写字。前人的言论行迹、人物的雅俗高下，古代帝王留下的礼仪，政府机构所做过的事情，他都能画地成图，手到成文。难道只有窦攸那样答对“鼮鼠”的辩才，只有束皙那样认识两行科斗文的学识吗？王暕坐镇雅俗之辈，弘扬好处已经很多；僧孺访求对答不停，问疑答难可就正于他。王暕、僧孺二人是国家有用之才，可委以重任。确实有因人而废言的，但此二人之才实可为当世资用。临上表时十分恐惧，仍担心皇上不同意，心中极为不安。

为褚谘议蓁让代兄袭封表 任彦昇（任昉）

【题解】

此表是任昉替褚蓁所写。写褚蓁不肯代兄袭封，以坚守封建宗法的立场。

臣蓁言[1]：昨被司徒符，仰称诏旨，许臣兄贲所请[2]，以臣袭封南康郡公。臣门籍勋荫，光锡土宇[3]。臣贲世载承家[4]，允膺长德[5]。而深鉴止足，脱屣千乘[6]。遂乃远谬推恩，近萃庸薄。能以国让，弘义有归。匹夫难夺，守以勿贰。昔武始迫家臣之策[7]，陵阳感鲍生之言[8]，张以诚请，丁为理屈。且先臣以大宗绝绪[9]，命臣出纂旁统，禀承在昔，理绝终天。永惟情事，触目崩殒。若使贲高延陵之风[10]，臣忘子臧之节[11]，是废德举，岂曰能贤？陛下察其丹款[12]，特赐停绝。不然投身草泽，苟遂愚诚耳。不胜丹慊之至[13]！谨诣阙拜表以闻。臣诚惶诚恐以下。

【注释】

〔1〕蓁：即褚蓁，字子茂，为义兴（今江苏宜兴）太守。

〔2〕贲：褚贲，褚蓁之兄。

〔3〕锡：通“赐”。

〔4〕世载：世代。

〔5〕允膺：犹承当。

〔6〕脱屣：比喻把事情看得脱鞋一样轻率。

〔7〕武始：即张纯，封武始侯。

〔8〕陵阳：指丁鸿，父死，传位于鸿，鸿不受，逃走，让位给弟。鲍生：即鲍骏，批评丁鸿不继承父位是不智不孝，于是丁鸿回去就位。

〔9〕绝绪：无继承人。

〔10〕延陵：指春秋时吴国季札，因非长子而推辞不接受传位。

〔11〕子臧：春秋时曹国国君的公子，因非长子而推辞不为。

〔12〕丹款：赤诚的心。

〔13〕丹慊：赤诚。

【译文】

为臣褚蓁进言：昨天接到有关的命令，说是皇上的旨意，答应我兄长褚贲的请求，让我袭封南康郡公。我已凭借祖先的功业而得到官爵，广赐良田住宅。我兄长褚贲世代继承家业，应当长享其福。然而他深感应该知足，并不看重他所封的爵位利禄。于是他错误地推辞恩德，让才庸德薄的弟弟来袭封。能以国相让，是大义的体现。但匹夫难夺其志，我坚持自己的志向。从前武始侯张纯迫使家臣的做法，丁鸿感动鲍骏的劝言，张纯的请求出于诚心，丁鸿继承父位是被严正的道理所说服。我的先父没有嫡长子嗣位，让我作为旁系继承。过去既已禀承先父遗志，理当终此一生。长想此事此情，悲痛欲绝。如果让褚贲推崇季札的高风而让国，而我又忘记子臧的节操而承位，这是抛弃了德行，怎能谈得上贤明？请陛下体察我的一片诚心，特赐停止袭封。不然，我将投身草野以死，来实现我的志向。望陛下念我一片诚心，谨奉此表以求闻知。我诚惶诚恐。

为范始兴作求立太宰碑表　任彦昇（任昉）

【题解】

此表是任昉替范云所作，请求朝廷为已故太宰萧子良立碑。表中歌颂了死者生前的功业美德，表达了范云对死者的怀念与哀思。

臣云言[1]：原夫存树风猷[2]，没著徽烈[3]，既绝故老之口，必资不刊之书。而藏诸名山，则陵谷迁贸[4]；府之延阁[5]，则青编落简[6]。然则配天之迹[7]，存乎泗水之上[8]；素王之道[9]，纪于沂川之侧[10]。由是崇师之义，拟迹于西河[11]；尊主之情，致之于尧禹。故精庐妄启[12]，必穷镌勒之盛；君长一城[13]，亦尽刊刻之美。况乎甄陶周、召[14]，孕育伊、颜[15]。

【注释】

〔1〕云：指范云，即范始兴。

〔2〕风猷：被传颂的名声。

〔3〕没：同“殁”。　徽烈：美好的业绩。

〔4〕迁贸：迁移变化。

〔5〕府：藏。　延阁：指藏书阁。

〔6〕青编：青丝编的书。

〔7〕配天之迹：指郊祀汉高祖以配天所立的碑。

〔8〕泗水：郡名，其南有泗水亭，有汉高祖碑文。

〔9〕素王：指孔子。

〔10〕沂川：即沂水，源出山东曲阜。

〔11〕拟迹：仿效。　西河：战国时魏地，子夏曾居西河教授，为魏文侯师。

〔12〕精庐：寺观。

〔13〕“君长”句：指为一县之长官。

〔14〕甄陶：陶冶。　周、召：周公、召公。

〔15〕伊、颜：伊尹、颜回。

【译文】

为臣范云进言：原本加封活着的人要树立他的名声，加封死去的人要表彰他的业绩。既然不在世的长老不能口传美德，就要借助刻石立碑让它永久保存。虽然把记述功业的书藏在名山，但因陵谷变迁终将遗失；若把它们放在藏书阁里，那么也会脱简断编无法久存。但是汉高祖郊祀以配天所立的碑至今仍留在泗水边上，纪念孔子美德的碑文也依然屹立在沂水河边。因此为推崇弘扬师道，子夏在西河仿效孔子的行迹；出于推尊君主之情，伊尹恨不能将他的君主和尧舜并列。所以寺庙观宇一落成，一定会广泛地镌刻碑文，担任一县长官，也都精心刊刻功绩。更何况作为太宰的萧子良有着周公、召公、伊尹、颜回那样的美德呢？

故太宰竟陵文宣王臣某〔1〕，与存与亡，则义刑社稷〔2〕；严天配帝，则周公其人。体国端朝，出藩入守〔3〕，进思必告之道，退无苟利之专，五教以伦〔4〕，百揆时序〔5〕。若夫一言一行，盛德之风，琴书艺业，述作之茂，道非兼济，事止乐善，亦无得而称焉。

【注释】

〔1〕太宰：官名，位同宰相。　竟陵文宣王：南齐萧子良封号。

〔2〕刑：通“型”，模范。

〔3〕出藩：在外做官。　入守：在朝内做官。

〔4〕五教：指父义、母慈、兄友、弟恭、子孝五种伦理道德。

〔5〕百揆：统领国政的长官。

【译文】

已故太宰竟陵文宣王萧子良，与君主存亡与共，其道德行为实为国家的榜样；尊主配天之功，可与周公相比美。体察国政、端正朝风，出为州官、入为朝臣，在朝思虑必须推行之道以进荐，不在朝时从无专擅私利的行为，教人以五种人伦之道，管理政事有条不紊。至于一言一行都具备道德风范，琴书自乐，著书丰富。虽然所行之道不能兼济天下，然而所做之事都是与人为善，只是难以一一称颂。

人之云亡，忽移岁序，鸱鸮东徙，松槚成行[1]。六府臣僚，三藩士女，人蓄油素[2]，家怀铅笔，瞻彼景山[3]，徒然望慕。昔晋氏初禁立碑，魏舒之亡[4]，亦从班列。而阮略既泯[5]，故首冒严科[6]，为之者竟免刑戮，致之者反蒙嘉叹。至于道被如仁[7]，功参微管[8]，本宜在常均之外[9]。故太宰渊、丞相嶷[10]，亲贤并轨，即为成规。乞依二公前例，赐许刊立。宁容使长想九原[11]，樵苏罔识其禁；驻骅长陵，辖轩不知所适。

【注释】

〔1〕槚（jiǎ）：木名，古人常用以做棺椁。

〔2〕油素：光滑的白绢。多用于书画。

〔3〕景山：指坟墓。

〔4〕魏舒：晋人，司马昭甚器重他，武帝即位，为司徒。

〔5〕阮略：字德规，齐内史，有政绩，齐人冒着禁令为他立碑。

〔6〕严科：严厉的禁令。

〔7〕如仁：指管仲。

〔8〕管：管仲。

〔9〕常均：指通常的禁令。

〔10〕太宰渊：指褚渊。　丞相嶷：指萧嶷。

〔11〕九原：墓地。

【译文】

太宰子良死后，时光推移，鸱鸮往东迁移，墓前松槚成行。六府臣子，三藩士女，都记述其往事于绢帛、纸笔。望着坟丘，徒有仰慕之情。当初晋朝开始时严禁立碑，为司马昭所器重的丞相魏舒，死后也与众臣一样未能立碑。而为政贤明的阮略死后，郡人首次冒犯禁令，为阮略立碑的人居然免去刑罚，而被立碑的人也因此更受到朝廷的赞叹。至于仁德功业如同管仲一样的人，本来不应该受一般禁令的约束。所以太宰褚渊、丞相萧嶷，他们二人是皇上的亲戚、贤臣，都为之立碑就已经有了成规。请求皇上按二公先例准许为太宰子良立碑，难道能够在我们常想起他的坟墓之时，而农夫野老竟然忘记那是禁地？在皇上的使车停留在陵墓前时，难道竟不知道所去的地方？

臣里闾孤贱，才无可甄〔1〕，值齐网之弘，弛宾客之禁，策名委质〔2〕，忽焉二纪〔3〕。虑先犬马，厚恩不答。而弊帷毁盖〔4〕，未蓐蝼蚁；珠襦玉匣，遽饰幽泉〔5〕。陛下弘奖名教，不隔微物，使臣得骏奔南浦〔6〕，长号北陵〔7〕。既曲逢前施，实仰觊后泽〔8〕。傥验杜预山顶之言〔9〕，庶存马骏必拜之感〔10〕。临表悲惧，言不自宣。臣诚惶已下！

【注释】

〔1〕甄：察。

〔2〕“策名”句：指出仕。

〔3〕二纪：二十四年，古称十二年为一纪。

〔4〕弊帷：破帐子。　毁盖：烂车盖。

〔5〕幽泉：指墓穴。

〔6〕南浦：迎丧之地。

〔7〕北陵：送葬之地。

〔8〕仰觊：仰望。

〔9〕杜预：杜元凯，好为身后名，曾作二碑叙其功绩，对人说：“何知后代不在山头乎?”

〔10〕马骏：扶风王司马骏，晋宣帝第七子，死后民吏树碑赞述其德，长老见碑，无不拜之。

【译文】

我出身低贱，才学无以堪用，正碰上齐王朝法律宽松，放宽招引宾客的禁令，得以出仕做官，拜师求教于竟陵王子良，忽然已经二十四年。想不到子良先我而去，使我不能报答他的大恩。我还未用破烂帷盖包裹尸骨，以防蚂蚁啃咬，而子良却锦衣玉匣陪葬入墓，迅速地归去黄泉。皇上您广奖名教，不被愚臣蒙蔽，使我得以疾奔迎丧，在墓前痛哭致哀。既然已经得到准许送葬的恩施，实期望为之立碑能泽及后代。这或许如同杜预所说死后期望立碑于名山，或许如同司马骏那样让人们在他墓碑前跪拜感叹。面对这份奏表，我悲痛而又惶恐，以至话都说不畅通。臣范云惊恐不已。

（本卷译注：杨远义）

文选卷第三十九

上书

上书秦始皇　李斯

【题解】

李斯（公元前？—前208），楚国上蔡（今河南上蔡）人，公元前247年，李斯入秦为客卿。秦王政十年（前237年）下令逐客，李斯上书谏止（即本篇，又名《谏逐客书》）。后来李斯协助秦王政统一中国，先后担任过廷尉、丞相等职务，是历史上著名的政治家。《史记》有传。秦始皇即秦王嬴政。此文针对秦王政所下的逐客令，陈述客卿对秦国的贡献，认为秦欲夺取天下，必须容纳客卿，广招人才。

臣闻吏议逐客，窃以为过矣。昔穆公求士[1]，西取由余于戎[2]，东得百里奚于宛[3]，迎蹇叔于宋[4]，来邳豹、公孙支于晋[5]。此五子者，不产于秦，穆公用之，并国三十，遂霸西戎。孝公用商鞅之法[6]，移风易俗，民以殷盛，国以富强，百姓乐用，诸侯亲服。获楚、魏之师[7]，举地千里，至今治强。惠王用张仪之计[8]，拔三川之地，西并巴蜀，北收上郡，南取汉中，包九夷[9]，制鄢郢，东据成皋之险，割膏腴之壤，遂散六国之从[10]，使之西面事秦，功施到今[11]。昭王得范雎[12]，废穰侯[13]，逐华阳[14]，强公室，杜私门，蚕食诸侯，使秦成帝业。此四君者，皆以客之功。由此观之，客何负于秦哉！向使四君却客而弗纳[15]，疏士而弗用，是使国无富利之实，而秦无强大之名也。

【注释】

〔1〕穆公：指秦穆公，春秋五霸之一。

〔2〕由余：晋国人，流寓西戎，后为秦穆公所用。　戎：古代西部的少数民族。

〔3〕百里奚：原为虞国大夫，秦穆公知其有才，用五张黑羊皮把他赎回来，任为相。

〔4〕蹇（jiǎn）叔：原居宋国，经百里奚推荐，穆公把他任为上大夫。

〔5〕邳豹：晋国人，逃至秦国，为穆公所用。　公孙支：原居晋国，后为秦国大夫。

〔6〕孝公：指秦孝公。　商鞅：姓公孙，名鞅，卫国人，助秦孝公变法。

〔7〕“获楚、魏”句：公元前340年，商鞅用计大破魏军，俘获魏公子子卬，同年又破楚军。

〔8〕惠王：指秦惠王，孝公之子。　张仪：魏国人，惠文王时为秦相，主张“连横”。

〔9〕九夷：指散居东方的各少数民族。

〔10〕从：同“纵”，指六国抗秦的联盟形式。

〔11〕施（yì）：延续。

〔12〕昭王：指秦昭襄王，惠王之子。　范雎：魏国人，入秦为相。

〔13〕穰侯：魏冉的封号，是秦昭王养母宣太后的异父弟。

〔14〕华阳：即华阳君，宣太后同父弟芈（mǐ）戎的封号。

〔15〕向使：假使。

【译文】

我听说官吏在商议驱逐客卿这件事，私下里认为是错误的。从前秦穆公寻求贤士，西边从西戎取得由余，东边从宛地得到百里奚，又从宋国迎来蹇叔，还从晋国招来邳豹、公孙支。这五位贤人，不生在秦国，而秦穆公重用他们，吞并国家二十多个，于是称霸西戎。秦孝公采用商鞅的新法，移风易俗，人民因此殷实，国家因此富强，百姓乐意为国效力，诸侯亲附归服，战胜楚国、魏国的军队，攻取土地上千里，至今政治安定，国力强盛。秦惠王采纳张仪的计策，攻下三川地区，西进兼并巴、蜀两国，北上收得上郡，南下攻取汉中，席卷九夷各部，控制鄢、郢之地，东面占据成皋天险，割取肥田沃土，于是拆散六国的合纵同盟，使他们朝西侍奉秦国，功烈延续到今天。昭王得到范雎，废黜穰侯，驱逐华阳君，加强巩固了王室的权力，堵塞了权贵垄断政治的局面，蚕食诸侯领土，使秦国成就帝王大业。这四位君主，都依靠了客卿的功劳。由此看来，客卿哪有什么对不住秦国的地方呢！倘若四位君主拒绝远客而不予接纳，疏远贤士而不加任用，这就会使国家没有丰厚的实力，而让秦国没有强大的名声了。

今陛下致昆山之玉，有和随之宝〔1〕，垂明月之珠，服太阿之剑〔2〕，乘纤离之马〔3〕，建翠凤之旗〔4〕，树灵鼍之鼓〔5〕。此数宝者，秦不生一焉，而陛下悦之，何也？必秦国之所生然后可，则夜光之璧不饰朝廷，犀象之器不为玩好，而赵卫之女不充后庭，骏良駃騠不实外厩〔6〕，江南金锡不为用，西蜀丹青不为采〔7〕。所以饰后宫、充下陈、娱心意、悦耳目者〔8〕，必出于秦然后可，则是宛珠之簪、傅玑之珥、阿缟之衣、锦绣之饰不进于前〔9〕，而随俗雅化，佳冶窈窕，赵女不立于侧也。夫击瓮叩缶、弹筝搏髀而歌呼呜呜快耳者，真秦之声也；郑卫《桑间》《韶虞》《武象》者，异国之乐也〔10〕。今弃叩缶击瓮而就郑卫，退弹筝而取《韶虞》，若是者何也？快意当前，适观而已矣。今取人则不然，不问可否，不论曲直，非秦者去，为客者逐；然则是所重者在乎色乐珠玉，而所轻者在乎民人也。此非所以跨海内、制诸侯之术也。

【注释】

〔1〕和随之宝：指和氏璧和随侯珠，传说中的宝物。

〔2〕太阿：剑名，春秋时吴国干将和越国欧冶子合铸的宝剑。

〔3〕纤离：骏马名。

〔4〕翠凤：这里指翠鸟的羽毛。

〔5〕灵鼍（tuó）：《史记》作“灵鼍”，鼍，同“鼍”，是鳄鱼的一个种类。

〔6〕駃騠（jué tí）：良马名。　厩：马棚。

〔7〕丹青：绘画用的颜料。

〔8〕下陈：堂下，指宫女站立或歌舞之所。

〔9〕玑：不圆的珠子。　珥：耳环。　阿缟：齐国东阿（今山东境内）所产的白绢。

〔10〕《桑间》：桑间之音，郑卫的民乐。　《韶虞》：虞舜时的音乐。　《武象》：周武王时的歌舞。

【译文】

现在陛下罗致昆山的美玉，宫中有随侯之珠，和氏之璧，衣饰上缀着光如明月的宝珠，身上佩带着太阿宝剑，乘坐的是名贵的纤离马，树立的是以翠凤羽毛为饰的旗子，陈设的是蒙着灵鼍之皮的好鼓。这些宝贵之物，没有一种是秦国产的，而陛下却很喜欢它们，这是为什么呢？如果一定要是秦国出产的才许可采用，那么这种夜光宝玉，决不会成为秦廷的装饰；犀角、象牙雕成的器物，也不会成为陛下的玩好之物；郑、卫二地能歌善舞的女子，也不会填满陛下的后宫；北方的名骥良马，决不会充实到陛下的马房；江南的金锡不会为陛下所用，西蜀的丹青也不会作为彩饰。用以装饰后宫、广充侍妾、爽心快意、悦入耳目的所有这些都要是秦国生长、生产的然后才可用的话，那么点缀有珠宝的簪子，耳上的玉坠，丝织的衣服，锦绣的装饰，就都不会进献到陛下面前；那些娴雅变化而能随俗推移的妖冶美好的佳丽，也不会立于陛下的身旁。那敲击瓦器，拍髀弹筝，呜呜呀呀地歌唱，能快人耳目的，确真是秦国的地道音乐了；那郑、卫、《桑间》的歌声，《韶虞》《武象》等乐曲，可算是外国的音乐了。如今陛下却抛弃了秦国地道的敲击瓦器的音乐，而取用郑、卫淫靡悦耳之音，不要秦筝而要《韶虞》，这是为什么呢？难道不是因为外国音乐可以快意，可以满足耳目官能的需要么？可陛下对用人却不是这样，不问是否可用，不管是非曲直，凡不是秦国的就要离开，凡是客卿都要驱逐。这样做就说明，陛下所看重的，只在珠玉声色方面；而所轻视的，却是人民士众。这不是能用来驾驭天下，制服诸侯的方法啊！

臣闻地广者粟多，国大者人众，兵强者则士勇。是以太山不让土壤〔1〕，故能成其大；河海不泽细流，故能就其深；王者不却众庶〔2〕，故能明其德。是以地无四方，民无异国，四时充美，鬼神降福，此五帝三王之所以无敌也。今乃弃黔首以资敌国〔3〕，却宾客以业诸侯，使天下之士，退而不敢西向，裹足不入秦，此所谓“藉寇兵而赍盗粮”者也〔4〕。

夫物不产于秦，可宝者多；士不产于秦，愿忠者众。今逐客以资敌国，损民以益仇，内自虚而外树怨诸侯，求国无危，不可得也。

【注释】

〔1〕让：辞让，推却。

〔2〕却：推辞。

〔3〕黔首：秦国对百姓的称呼。

〔4〕藉：借助。　赍：给人财物。

【译文】

我听说田地广就粮食多，国家大就人口众，武器精良将士就骁勇。因此，泰山不拒绝泥土，所以能成就它的高大；江河湖海不舍弃细流，所以能成就它的深邃；有志建立王业的人不嫌弃民众，所以能彰明他的德行。因此，土地不分东西南北，百姓不论异国他邦，那样便会一年四季富裕美好，天地鬼神降赐福运，这就是五帝、三王无可匹敌的缘故。抛弃百姓使之去帮助敌国，拒绝宾客使之去事奉诸侯，使天下的贤士退却而不敢西进，裹足止步不入秦国，这就叫做“借武器给敌寇，送粮食给盗贼”啊。

物品中不出产在秦国，而宝贵的却很多；贤士中不出生于秦，愿意效忠的很多。如今驱逐宾客来资助敌国，减损百姓来充实对手，内部自己造成空虚而外部在诸侯中构筑怨恨，那要谋求国家没有危难，是不可能的啊。

上书吴王　邹阳

【题解】

邹阳（生卒年不详），西汉齐（今山东东部）人，是当时游说之士，有智略远见。初从吴王刘濞，上书劝其勿起兵反叛朝廷，吴王不听，于是离吴奔梁，做了梁孝王刘武的门客。不久被谗下狱，狱中上书梁王以自明。后被释，为梁王上客。《汉书》有传。本篇劝说吴王不要有谋反之心，表现了谋士邹阳的深谋远虑与远见卓识。

臣闻秦倚曲台之宫[1]，悬衡天下[2]，画地而人不犯，兵加胡越，至其晚节末路，张耳陈胜连从兵之据，以叩函谷，咸阳遂危。何则？列郡不相亲，万室不相救也。今胡数涉北河之外，上覆飞鸟，下不见伏兔，斗城不休，救兵不至，死者相随，辇车相属[3]，转粟流输，千里不绝。何则？强赵责于河间[4]，六齐望于惠后[5]。城阳顾于卢博[6]，三淮南之心思坟墓[7]。大王不忧，臣恐救兵之不专，胡马遂进窥于邯郸，越水长沙，还舟青阳。虽使梁并淮阳之兵[8]，下淮东，越广陵，以遏越人之粮。汉亦折西河而下，北守漳水以辅大国，胡亦益进，越亦益深。此臣之所为大王患也。

【注释】

〔1〕曲台：宫殿名。

〔2〕悬衡：均衡。

〔3〕属：连结。

〔4〕赵：指赵王刘遂。　河间：指刘遂弟河间王辟疆。

〔5〕六齐：指封于齐地的悼惠王六子。　惠后：指惠帝、吕后。

〔6〕城阳：指城阳王刘喜。　卢博：济北王治地。刘喜父亲讨诸吕有功，不得封，故以此怨汉。

〔7〕三淮南：指淮南王刘安、衡山王刘赐、卢江王刘勃，因其父刘长被迁杀，故怨汉不救。

〔8〕梁：指梁孝王刘武。　淮阳：地名，梁孝王为代王时，曾徙淮阳。

【译文】

我听说秦国依仗它的威力，抗衡诸侯国，划地为界而别国不敢侵犯，军队欺凌到胡越；到秦代末年，张耳、陈胜率领南北各地的军队，进攻函谷关，咸阳便陷入危机。这是什么原因呢？因为各地郡国不跟他亲近，大家不去救援它。现在胡人多次侵犯北河之外，天上飞鸟射尽，地下不见静伏着的兔子，攻城无休无止，而救兵不来，死者接二连三，兵车接连不断，军粮输送，千里连绵不绝。为什么呢？因为强大的赵王讨还河间领地，悼惠王六子因追怨惠帝与吕后而不发救兵；城阳王顾及不封赏其父的事情，淮南王、衡山王、卢江王因思念被杀的父亲。大王不担心，我却担心各国不为大王发救兵，胡人的骑兵会趁机侵入邯郸，越人的战船就会开到长沙，并在青阳聚合。即使让梁王合并淮阳的军队，奔向淮东，越过广陵，以断绝越军的粮食，汉军也会折向西河下游，在北面守住漳水一带，以辅助赵国。于是胡人也更加向前推进，越人也更加深入。这就是我替大王感到忧虑的。

臣闻蛟龙骧首奋翼〔1〕，则浮云出流，雾雨咸集。圣王底节修德，则游谈之士归义思名。今臣尽知毕议，易精极虑，则无国而不可奸〔2〕；饰固陋之心，则何王之门不可曳长裾乎？然臣所以历数王之朝，背淮千里而自致者，非恶臣国而乐吴民，窃高下风之行，尤悦大王之义。故愿大王无忽，察听其至。

【注释】

〔1〕骧：举。

〔2〕奸：求。

【译文】

我听说蛟龙昂首展翅，天空就会出现浮云，招来云雾大雨。贤圣之君王历练名节、修养德行，游说之士就会仰慕并投奔而来。现在我献出自己全部的见解意见，调整精神竭尽谋虑，那么没有哪个国家不可以去干求；掩饰固执浅陋之见，则有哪个权贵之门不可以去奔走呢？然而我之所以经历几个诸侯王国，背离淮水千里之遥来到这里，不是讨厌我的国家，而是喜欢吴国百姓，羡慕这里对待士人的良好风气，尤其钦佩大王的仁义。所以希望大王不要疏忽，能竭诚地听取我的意见。

臣闻鸷鸟累百，不如一鹗。夫全赵之时，武力鼎士，袨服丛台之下者[1]，一旦成市，不能止幽王之湛患[2]。淮南连山东之侠，死士盈朝，不能还厉王之西也[3]。然则计议不得，虽诸贲不能安其位，亦明矣[4]。故愿大王审画而已。

【注释】

〔1〕袨（xuàn）服：盛服。　从台：赵王之台。

〔2〕幽王：赵幽王刘友，为吕后幽禁而死。

〔3〕厉王：淮南厉王刘长。

〔4〕诸：专诸。　贲：孟贲。古代勇士。

【译文】

我听说凶猛的鸟聚集太多，还不如一只猫头鹰。在赵国还完整时，力能扛鼎、穿着盛服的武士聚集在台底下，即使有一天变形成市集，却不能挽救赵幽王被害死的祸患。淮南王联络山东豪侠，敢于殉身的勇士充斥于朝廷，然而淮南厉王被迁徙到雍地，死去的家仇仍是难报。可见没有好的计策，即使有专诸、孟贲之勇而不能保全王位，这是明显的事实。所以希望大王慎重谋划。

始孝文皇帝据关入立，寒心销志，不明求衣。自立天子之后，使东牟朱虚东褒仪父之后[1]，深割婴儿王之[2]。壤子王梁代[3]，益以淮阳。卒仆济北[4]，囚弟于雍者[5]，岂非象新垣等哉[6]！今天子新据先帝之遗业，左规山东，右制关中，变权易势，大臣难知。大王弗察，臣恐周鼎复起于汉，新垣过计于朝，则我吴遗嗣，不可期于世矣。高皇帝烧栈道[7]，灌章邯[8]，兵不留行，收弊人之倦，东驰函谷，西楚大破[9]。水攻则章邯以亡其城，陆击则荆王以失其地[10]。此皆国家之不几者也[11]。

愿大王熟察之。

【注释】

〔1〕东牟：县名。　朱虚：即刘章，吕后曾封他为朱虚侯。　仪父：即春秋邾娄仪父。

〔2〕割：划分。　婴儿：文帝幼子，指封皇子武为代王，参为太原王，揖为梁王。

〔3〕壤子：文帝第二个儿子，当地方言称人肥胖为壤。

〔4〕仆：僵仆、败亡。　济北：指济北王兴居，因谋反自杀。

〔5〕弟：指淮南王刘长。

〔6〕新垣：即新垣平，以望气诈言太子权位的变迁，劝吴王谋反，后被诛。

〔7〕高皇帝：指刘邦。

〔8〕章邯：秦时人，被项羽立为雍王，刘邦以水灌其城，破之。

〔9〕西楚：指项羽，曾自号西楚霸王。

〔10〕荆王：即楚王，指项羽。

〔11〕几：接近。

【译文】

当初汉文帝靠函谷关之固入为天子，寒心战栗，天未亮就起来办事。自从立为天子以后，使东牟朱虚侯的功劳犹如春秋经上的邾娄义父一样得到褒扬，给婴儿划分出封地。给第二子刘武封王于梁、代，并增加淮阳之地。济北王因谋反自杀，厉王被迁徙死于雍地。这二国之亡难道不是因为有新垣平之类诈言谋反的人造成的吗！现在天子刚刚拥有高祖留下来的功业，左边谋划山东诸国，右边控制关中一带，王侯权利势力的变化，大臣们都难以知晓。大王若不察知，我担心周鼎将在汉再起，新垣平错误地估计朝廷形势，会使吴国灭绝而没有继承人。高皇帝火烧栈道，水灌章邯，军队夜不停宿，士气旺盛，往东驰向函谷关内，大破西楚项王。用水攻城，章邯于是败亡，在陆地攻击，项王便又失其地盘。这些都是使国家败亡的例子。希望大王仔细考虑清楚。

狱中上书自明 邹阳

【题解】

邹阳遭谗下狱，于是上书梁孝王刘武，抒发抱忠而受囚的不平，认为君对臣当“信不见疑”，而臣事君则当“忠无不报”，重申了自己的忠诚。

臣闻：“忠无不报，信不见疑”，臣常以为然，徒虚语耳！昔者荆轲慕燕丹之义〔1〕，白虹贯日〔2〕，太子畏之。卫先生为秦画长平之事〔3〕，太白食昴〔4〕，昭王疑之。夫精诚变天地，而信不谕两主，岂不哀哉！今臣尽忠竭诚，毕议愿知，左右不明，卒从吏讯，为世所疑。是使荆轲、卫先生复起，而燕秦不寤也。愿大王熟察之！

【注释】

〔1〕荆轲：卫国人。　燕丹：燕太子丹。丹在秦国做人质时曾受辱，荆轲为报恩行刺秦王。

〔2〕白虹：兵象之兆。

〔3〕卫先生：秦人。　长平之事：指秦将白起攻打赵国一事。

〔4〕太白：金星。　昴（mǎo）：星名。太白食昴，预示赵国将有兵事发生。

【译文】

我听说忠心不会得不到报答，诚实不会遭到怀疑，我曾经以为是这样，却只不过是空话罢了。从前荆轲仰慕燕太子丹的义气，以至感动上天出现了白虹横贯太阳的景象，太子丹却不放心他；卫先生为秦国策划趁长平之胜灭赵的计划，上天呈现太白星进入昴宿的吉相，秦昭王却怀疑他。精诚使天地出现了变异，忠信却得不到两位主子的理解，难道不可悲吗？现在臣尽忠竭诚，说出全部见解希望你了解，大王左右的人却不明白，结果使我遭到狱吏的审讯，被世人怀疑。这是让荆轲、卫先生重生，而燕太子丹、秦昭王仍然不觉悟啊。希望大王深思明察。

昔玉人献宝〔1〕，楚王诛之。李斯竭忠，胡亥极刑〔2〕。是以箕子阳狂〔3〕，接舆避世〔4〕，恐遭此患。愿大王察玉人李斯之意，而后楚王胡亥之听，毋使臣为箕子接舆所笑。臣闻比干剖心〔5〕，子胥鸱夷〔6〕，臣始不信，乃今知之。愿大王熟察，少加怜焉！

【注释】

〔1〕玉人献宝：指楚人卞和献璞玉给楚王，被刖左右足。

〔2〕胡亥：秦二世。

〔3〕箕子：殷纣王的叔父，忠谏纣王而不听。阳，通“佯”。

〔4〕接舆：楚国隐士，因不满现实而装疯避世。

〔5〕比干：殷朝贤臣，因谏纣王而剖心。

〔6〕子胥：伍子胥劝谏吴王不要攻打齐国，吴王不听，命其自杀，并用皮口袋装尸体扔入江中。　鸱夷：皮革做成的口袋。

【译文】

从前卞和献宝，楚王砍掉他的脚；李斯尽忠，秦二世处他以极刑。因此箕子装疯，接舆隐居，是怕遭受这类祸害啊。希望大王看清卞和、李斯的本心，置楚王、秦二世的偏听于脑后，不要使臣被箕子、接舆笑话。臣听得比干被开膛破心，伍子胥死后被裹在马皮囊里扔进钱塘江，臣原先不相信，今天才清楚了。希望大王深思明察，稍加怜惜。

语曰：“白头如新，倾盖如故”〔1〕。何则？知与不知也。故樊於期逃秦之燕〔2〕，藉荆轲首以奉丹事；王奢去齐之魏〔3〕，临城自刭，以却齐而存魏。夫王奢、樊於期非新于齐、秦而故于燕、魏也，所以去二国，死两君者，行合于志，而慕义无穷也。是以苏秦不信于天下，为燕尾生〔4〕。白圭战亡六城〔5〕，为魏取中山。何则？诚有以相知也。苏秦相燕，人恶之于燕王，燕王按剑而怒，食以駃騠〔6〕。白圭显于中山，人恶之于魏文侯，文侯投以夜光之璧。何则？两主二臣，剖心析肝相信，岂移于浮辞哉！

【注释】

〔1〕倾盖：车上的伞盖靠在一起，后指初次相逢或订交。

〔2〕樊於期：秦将，因蒙冤全家为秦王所害，逃至卫，荆轲刺秦王，用樊於期的头进献，以便接近秦王行刺。

〔3〕王奢：齐臣，因罪逃至魏国。受魏礼遇。当齐军以其为借口伐魏时，他登城自刎死。

〔4〕苏秦：战国时纵横家。 尾生：相约女子于桥下，女子没来，大水来了，他抱桥柱而死。

〔5〕白圭：中山国将领，作战时失去六城，中山国王要杀他，逃至魏，受魏君厚遇，助魏灭中山国。

〔6〕駃騠：骏马名。

【译文】

俗话说：“有相处到老还是陌生的，也有停车交谈一见如故的。”为什么？关键在于理解和不理解啊。所以樊於期从秦国逃到燕国，用自己的头交给荆轲来帮助太子丹的事业；王奢离开齐国投奔魏国，亲上城楼自杀来退齐军以保存魏。王奢、樊於期并非对齐、秦陌生而对燕、魏有久远的关系，他们离开前两个国家，为后两个国君效死，是因为行为与志向相合，他们无限地仰慕义气。因此苏秦不被天下各国信任，却为燕国守信而亡；白圭为中山国作战连失六城，到了魏国却能为魏攻取中山国。为什么？确实是因为有了君臣间的相知啊。苏秦做燕相时，有人向燕王说他坏话，燕王按着剑把发怒，用贵重的马肉给苏秦吃。白圭攻取中山国后很显贵，有人向魏文侯说他坏话，魏文侯赐给白圭夜光璧。为什么？两个君主两个臣，互相敞开心扉、肝胆相照，岂能被不符合事实的言语所改变呢！

故女无美恶，入宫见妒；士无贤不肖，入朝见嫉。昔者司马喜膑脚于宋[1]，卒相中山；范雎折胁折齿于魏[2]，卒为应侯。此二人者，皆信必然之画，捐朋党之私，挟孤独之交，故不能自免于嫉妒之人也。是以申徒狄蹈雍之河[3]，徐衍负石入海[4]，不容身于世，义不苟取比周于朝[5]，以移主上之心。故百里奚乞食于路，穆公委之以政；甯戚饭牛车下[6]，而桓公任之以国。此二人岂素宦于朝。借誉于左右，然后二主用之哉？感于心，合于意，坚如胶漆，昆弟不能离，岂惑于众口哉？故偏听生奸，独任成乱。昔鲁听季孙之说而逐孔子[7]，宋信子冉之计囚墨翟[8]。夫以孔墨之辩，不能自免于谗谀，而二国以危。何则？众口铄金，积毁销骨。是以秦用戎人由余而霸中国[9]；齐用越人子臧而强威、宣[10]。此二国岂拘于俗，牵于世，系奇偏之辞哉？公听并观，垂明当世。故意合则胡越为昆弟，由余子臧是矣；不合则骨肉为仇敌，朱、象、管、蔡是矣[11]。今人主诚能用齐、秦之明，后宋、鲁之听，则五霸不足侔，三王易为比也。

【注释】

〔1〕司马喜：战国时人，曾三次做过中山国之相。　膑：古代刑罚，割去膝盖骨。

〔2〕范雎：魏国人，因被疑私通齐国，遭毒打至断胁脱齿，后逃至秦国为相。　折：折断。

〔3〕申徒狄：姓申徒，名狄，商代人。因忠谏不被纳用，投河而死。

〔4〕徐衍：周代末年人，因不满乱世而自救。

〔5〕比（bǐ）周：结私党。

〔6〕甯戚：卫国人，怀才不遇行商于齐郭门之外，为齐桓公所识，举为大夫。

〔7〕季孙：季桓子，鲁国执政大臣，为排挤孔子让鲁君看女子歌舞，鲁君三日不上朝，孔子便离开鲁国。

〔8〕子冉：孔子学生子罕。　墨翟：春秋末年著名思想家墨子。

〔9〕由余：戎人，为秦穆公所识。

〔10〕子臧：战国时越人。　威、宣：指齐威王、齐宣王。

〔11〕朱：指丹朱，尧的儿子，凶顽不肖。　象：舜的后母弟，曾陷害舜。　管：管叔。　蔡：蔡叔。管叔和蔡叔都是周武王之弟，武王死后反叛。周公杀了管叔，流放了蔡叔。

【译文】

所以女子无论美不美，一进了宫都会遭到嫉妒；士无论贤不贤，一入朝廷都会遭到排挤。从前司马喜在宋国受膑刑，后来到中山国做了相；范雎在魏国被打断了肋骨敲折了牙齿，后来到秦国却封为应侯。这两个人，都自信一定会成功的计谋，丢弃拉帮结派的私情，依仗单枪匹马的交往，所以不可避免会受到别人的嫉妒。因此申徒狄自沉雍水漂入黄河，徐衍背负石头跳进大海，他们与世俗不相容，坚持操守而不肯苟且结伙在朝廷里改变君主的主意。所以百里奚在路上讨饭，秦穆公把国政托付给他；甯戚在车下喂牛，齐桓公委任他治国。这两个人，难道是向来在朝廷里做官，靠了左右亲信说好话，然后两位君主才重用他们的吗？心相感应，行动相符合，牢如胶漆，兄弟都不能离间他们，难道众人的嘴就能迷惑他们吗？所以偏听会产生奸邪，独断独行会造成祸患混乱。从前鲁国听信了季孙的坏话赶走了孔子，宋国采用了子冉的诡计囚禁了墨翟。凭孔子、墨翟的口才，还免不了受到谗言谀语的中伤，而鲁、宋两国则陷于危险的境地。为什么？众人的嘴足以使金子熔化，积年累月的诽谤足以使金子熔化，积年累月的诽谤是以使骨骸销蚀啊。秦国任用了戎人由余而称霸于中原，齐国用了越人子臧而威王、宣王两代强盛一时。这两个国家难道受俗见的束缚，被世人所牵制，为奇邪偏颇的不实之辞所左右吗？听各种意见，看各个方面，为当时留下一个明智的榜样。所以心意相合就是胡人越人也可以视为兄弟，由余、子臧就是例子；心意不合就是亲骨肉也可以成为仇敌，丹朱、象、管叔、蔡叔就是例子。现在人主要是真能采取齐国、秦国的明智立场，置宋国、鲁国的偏听偏信于脑后，那么五霸将难以相比，三王也是容易做到的啊。

是以圣王觉悟，捐子之之心[1]，而不悦田常之贤[2]，封比干之后，修孕妇之墓，故功业覆于天下。何则？欲善无厌也。夫晋文公亲其仇而强霸诸侯，齐桓公用其仇而一匡天下。何则？慈仁殷勤，诚嘉于心，此不可以虚辞借也。至夫秦用商鞅之法，东弱韩魏，立强天下，而卒车裂之。越用大夫种之谋[3]，禽劲吴而霸中国，遂诛其身。是以孙叔敖三去相而不悔[4]，於陵子仲辞三公为人灌园[5]。今人主诚能去骄傲之心，怀可报之意，披心腹，见情素[6]，隳肝胆[7]，施德厚，终与之穷达，无爱于士[8]，则桀之狗可使吠尧，而跖之客可使刺由[9]，何况因万乘之权，假圣王之资乎！然则荆轲湛七族[10]，要离燔妻子[11]，岂足为大王道哉！

【注释】

〔1〕子之：燕王信任子之，让位给他，结果造成内乱，齐国趁机入侵，燕国几乎灭亡。

〔2〕田常：又称陈恒，春秋时齐简公之相。他杀死简公后，立平公，夺得了齐国大权。

〔3〕大夫种：春秋时越国大夫文种，辅佐越王勾践平定吴国，成就霸业，后被越王杀害。

〔4〕孙叔敖：楚国人，曾三次为楚庄王相。

〔5〕於陵子仲：陈仲子，因居於陵故改称，楚王请他为相，被他拒绝，逃走替别人灌园。

〔6〕素：通“愫”。

〔7〕隳肝胆：即肝胆涂地之意。

〔8〕爱：吝啬。

〔9〕跖：盗跖。　由：许由。

〔10〕湛：通“沉”，杀灭的意思。

〔11〕要（yāo）离：春秋时吴国人，为替吴王谋杀公子庆忌，故意让吴王加罪于他而烧死了他的妻子，以便能接近庆忌行刺。

【译文】

因此圣明的君王能够省悟，抛弃子之那种“忠心”，不喜欢田常那种“贤能”，像周武王那样封赏比干的后人，为遭纣王残害的孕妇修墓，所以功业才覆盖天下。为什么？行善的愿望从不以为够了。晋文公亲近往日的仇人，终于称霸于诸侯；齐桓公任用过去的敌对者，从而成就天下的霸业。为什么？慈善仁爱情意恳切，确确实实放在心上，是不能用虚假的言辞来替代的。

至于秦国采用商鞅的变法，东边削弱韩、魏，顿时强盛于天下，结果却把商鞅五马分尸了。越王采用大夫种的策略，征服了强劲的吴国而称霸于中原，最后却逼迫大夫种自杀了。因此孙叔敖三次从楚国离开相位也不后悔，於陵子仲推辞掉三公的聘任去为人浇灌菜园。当今的君主真要能够去掉骄傲之心，怀着令人愿意报效的诚意，坦露心胸，现出真情，披肝沥胆，厚施恩德，始终与人同甘苦，待人无所吝惜，那么夏桀的狗也可叫它冲着尧狂吠，盗跖的部下也可以叫他去行刺许由，何况凭着君主的权势，借着圣王的地位呢！这样，那么荆轲灭七族，要离烧死妻子儿女，难道还值得对大王细说吗？

臣闻明月之珠，夜光之璧，以暗投人于道，众莫不按剑相眄者〔1〕，何则？无因而至前也。蟠木根柢，轮囷离奇，而为万乘器者〔2〕，何则？以左右先为之容也。故无因而至前，虽出隋侯之珠〔3〕，夜光之璧，只足结怨而不见德；故有人先谈，则枯木朽株，树功而不忘。今天下布衣穷居之士，身在贫贱，虽蒙尧、舜之术，挟伊、管之辩〔4〕，怀龙逄、比干之意〔5〕，欲尽忠当世之君，而素无根柢之容，虽竭精神，欲开忠信，辅人主之治，则人主必袭按剑相眄之迹矣。是使布衣之士，不得为枯木朽株之资也。

【注释】

〔1〕眄：斜视。

〔2〕万乘：指天子。　器：服玩之属。

〔3〕隋侯之珠：喻珍贵之物。

〔4〕伊、管：指伊尹与管仲。

〔5〕龙逄：关龙逄，夏代贤臣，因忠谏而被夏桀杀死。

【译文】

我听说明月珠、夜光璧，在路上暗中投掷给人，人们没有不按着剑柄斜看的。为什么？是因为无缘无故来到面前啊。弯木头、老树桩，屈曲得怪模怪样，倒能够成为君主的用具，是靠了君主身边的人先给它粉饰一番呀。所以无依无靠来到面前，即使献出随侯珠、和氏璧，也只能遭忌结怨而不会受到好报；有人先说好话，那枯木朽枝也会立下功勋而令人难忘。当今天下平民出身、家境贫穷的士人，即使胸中藏着尧、舜的方略，拥有伊尹、管仲的辩才，怀着关龙逄、比干的忠诚，可是从来没有老树桩子那种粉饰，虽然尽心竭力，想要向当世的君主打开一片忠贞之心，那么君主一定要蹈按着剑柄斜看的覆辙了。这就使平民出身的士人连枯木朽株的待遇也得不到了啊。

是以圣王制世御俗，独化于陶钧之上[1]，而不牵乎卑辞之语，不夺乎众多之口。故秦皇帝任中庶子蒙嘉之言[2]，以信荆轲之说，而匕首窃发；周文猎泾渭，载吕尚而归[3]，以王天下。秦信左右而亡[4]，周用乌集而王[5]。何则？以其能越拘挛之语[6]，驰域外之义，独观于昭旷之道也。今人主沉谄谀之辞，牵于帷墙之制[7]，使不羁之士与牛骥同皂[8]，此鲍焦所以忿于世而不留富贵之乐也[9]。

【注释】

〔1〕钧：制陶时所用的器具。

〔2〕中庶子：官名，太子的属官。　蒙嘉：秦国宠臣，荆轲为刺秦王，重礼贿赂他，得见秦王。

〔3〕吕尚：姜太公，钓于渭水，周文王遇见了他，知其贤，载他同车而归。

〔4〕左右：指蒙嘉等内侍近臣。

〔5〕乌集：比喻偶合，指周文王偶识吕尚。

〔6〕拘挛（luán）：原指肌肉收缩，不能伸展自如，这里是黏滞、固执之意。

〔7〕帷墙：本是妻妾所居，此指近臣。

〔8〕皂：马槽。

〔9〕鲍焦：春秋时人，他愤世嫉俗，不为天子臣，不与诸侯交，甘于贫苦。

【译文】

因此圣明的君主统治世俗，要有主见像独自在转盘上制造陶器一样，而不被讨好奉承的话牵着鼻子走，不因众说纷纭而改变主张。所以秦始皇听信了中庶子蒙嘉的话，因而相信了荆轲，而暗藏的匕首终于出现了；周文王出猎于泾水渭水之间，得到吕尚同车而回，从而取得了天下。秦轻信左右而灭亡，周任用素不相识的人而成王。为什么？因为文王能跨越卷舌聱牙的羌族语言，使不受任何局限的议论发表，自然能看到光明正大的道理。当今君主陷在阿谀奉承的包围之中，受到妃妾近侍的牵制，使思想不受陈规拘束的人才与牛马同槽，这就是鲍焦所以愤世嫉俗的原因。

臣闻盛饰入朝者，不以私污义；砥厉名号者，不以利伤行。故里名胜母〔1〕，曾子不入；邑号朝歌〔2〕，墨子回车。今欲使天下恢廓之士〔3〕，诱于威重之权，胁于位势之贵，回面污行，以事谄谀之人，而求亲近于左右，则士有伏死堀穴岩薮之中耳〔4〕，安有尽忠信而趋阙下者哉！

【注释】

〔1〕胜母：古时里宅名，曾子因其胜过母亲之名违反孝道，故不愿进入。

〔2〕朝歌：殷代都邑。纣王作乐叫“朝歌”，墨子主张非乐，故闻此名而回车不入。

〔3〕恢廓：广大高远。

〔4〕堀：同“窟”。

【译文】

我听说穿戴着华美服饰进入朝廷的人不用私心去玷污节操，修身立名的人不为私利去败坏行止。所以里间以胜母为名，曾子就不肯进入；都邑以朝歌为名，墨子就回车而行。现在要使天下有远大气度的人才受到威重权势的囚禁，受到显贵尊位的胁迫，转过脸去自坏操行，来侍奉进谗阿谀的小人，而求得亲近君主的机会，那么，士人只有隐伏老死在山洞草泽之中罢了，哪会有竭尽忠信投奔君主的人呢！

上书谏猎　司马长卿（司马相如）

【题解】

司马相如上书汉武帝刘彻，规劝汉武帝不要亲自打猎，以免发生意外，遭遇不测。

臣闻物有同类而殊能者，故力称乌获[1]，捷言庆忌[2]，勇期贲、育[3]。臣之愚暗，窃以为人诚有之，兽亦宜然。今陛下好凌岨险、射猛兽，卒然遇轶才之兽[4]，骇不存之地，犯属车之清尘[5]，舆不及还辕，人不暇施功，虽有乌获、逢蒙之伎[6]，力不得用，枯木朽株尽为难矣。是胡越起于毂下，而羌夷接轸也，岂不殆哉！虽万全无患，然本非天子所宜近也。

【注释】

〔1〕乌获：战国时大力士。

〔2〕庆忌：春秋时吴王僚之子，传说他跑起来连马都追不上。

〔3〕贲：孟贲。　育：夏育。二人皆战国时武士。

〔4〕轶才：才能超群。轶通“逸”。

〔5〕属车之清尘：不敢直言皇帝的委婉说法。属车，随从之车。

〔6〕逢（páng）蒙，古代善射的人。

【译文】

我听说物有族类相同而能力不一样的，所以论力气要称誉乌获，论速度要说起庆忌，论勇敢要数到孟贲、夏育。我愚蠢，私下认为人确实有这种力士勇士，兽类也应该是这样。现在陛下喜欢登险峻难行之处，射猎猛兽，要是突然遇到特别凶猛的野兽，它们因无藏身之地而惊起，冒犯了您圣驾车骑的正常前进，车子来不及掉头，人来不及随机应变，即使有乌获、逢蒙的技术也施展不开，枯树朽枝全都成了障碍。这就像胡人越人从车轮下窜出，羌人夷人紧跟在车子后面，岂不危险啊！即使一切安全不会有危险，但这类事本来不是皇上应该接近的啊。

且夫清道而后行〔1〕，中路而驰，犹时有衔橛之变〔2〕。而况乎涉丰草，骋丘墟，前有利兽之乐，而内无存变之意，其为害也，不亦难矣！夫轻万乘之重不以为安，而乐出万有一危之途以为娱，臣窃为陛下不取也。盖闻明者远见于未萌，而智者避危于无形，祸固多藏于隐微，而发于人所忽者也。故鄙谚曰：“家累千金，坐不垂堂〔3〕。”此言虽小，可以喻大。臣愿陛下留意幸察。

【注释】

〔1〕清道：古时帝王官员外出，须先清除道路、驱逐行人，以保安全。

〔2〕衔：铁制马具，放在马口内用以勒马。　橛：车钩心，用以固定车底部与车轴之间的木橛。

〔3〕垂堂：靠近屋檐处，此处屋顶瓦片坠落易伤人。

【译文】

况且清扫了道路而后行车，驰骋在大路中间，尚且不时会出现拉断了马嚼子、滑出了车钩心之类的事故。何况在密层层的草丛里穿过，在小丘土堆里奔驰，前面有猎获野兽的快乐在引诱，心里却没有应付事故的准备，这样造成祸害也就不难了。看轻皇帝的贵重不以为安逸，却喜欢奔走在可能发生万一危险的道路上并视之为一种乐趣，我以为陛下这样不可取。聪明的人在事端尚未萌生时就能预见到，智慧的人在危险还未露头时就能避开它，灾祸本来就多藏在隐蔽细微之处，而暴发在人忽视它的时候。所以俗语说："家里积聚了千金，就不坐在近屋檐的地方。"这说的虽是小事，却可以引申到大的问题上。我希望陛下留意明察。

上书谏吴王 枚叔（枚乘）

【题解】

吴王刘濞，汉景帝时发动叛乱，兵败被杀。叛乱前枚乘上书规劝吴王除去恶念，积累德行，暗示他切勿背理走险，自取灭亡。

臣闻"得全者昌，失全者亡"〔1〕。舜无立锥之地，以有天下；禹无十户之聚〔2〕，以王诸侯〔3〕；汤武之土，不过百里，上不绝三光之明〔4〕，下不伤百姓之心者，有王术也。故父子之道，天性也。忠臣不避重诛以直谏，则事无遗策〔5〕，功流万世。臣乘愿披腹心而效愚忠〔6〕，惟大王少加意念恻怛之心于臣乘言〔7〕。

【注释】

〔1〕全：完备，此指德行完美无瑕。

〔2〕聚：村落。

〔3〕王：称王，下文"有王术也"之"王"同。

〔4〕三光：指日、月、星。

〔5〕遗策：失策。

〔6〕披腹心：打开腹心，以诚相示之意。

〔7〕少：稍为。 意念：同义词连用，考虑的意思。 恻怛（cè dá）：忧伤。

【译文】

我听说“能够品行完美无瑕的人，就会功业昌盛，丧失了完美品行的人，事业就会衰落”。舜没有立锥之地，却拥有了天下；禹没有十户人家那么大的村落，而能够在诸侯之间称王。汤武的土地方圆不过百里，对上没有出现日月星的异常天象，对下不伤害百姓的心愿，是因为有用来称王天下的策略。所以父子之道是人的天性。忠臣不逃避严厉的惩罚而对君主进行直谏。处理事情没有缺漏或错误的谋划，功绩流传万世。我愿意剖开自己的心腹献上愚笨的忠心，希望大王以怜悯之心对我的话稍加考虑。

夫以一缕之任〔1〕，系千钧之重，上悬之无极之高，下垂之不测之渊，虽甚愚之人，犹知哀其将绝也。马方骇，鼓而惊之；系方绝，又重镇之。系绝于天，不可复结，坠入深渊，难以复出。其出不出，间不容发。能听忠臣之言，百举必脱〔2〕。必若所欲为，危于累卵〔3〕，难于上天。变所欲为，易于反掌，安于泰山。今欲极天命之上寿〔4〕，弊无穷之极乐〔5〕，究万乘之势〔6〕，不出反掌之易，居泰山之安，而欲乘累卵之危，走上天之难〔7〕，此愚臣之所大惑也。

【注释】

〔1〕缕：线。 任：负担。

〔2〕百举必脱：言百祸可免。

〔3〕累卵：把蛋叠在一起，喻其危险。

〔4〕上寿：言寿命之长。

〔5〕弊：竭，尽。

〔6〕究：探究。　万乘：万辆兵车。天子所有，此指王侯，即吴王刘濞之国。

〔7〕走：趋，跑。

【译文】

用一根麻绳的负重，系起千钧的重物，上悬在没有尽头的高处，下临深不可测的深渊，即使是非常愚笨的人，也知道担心麻线将断绝。马就要受惊，却去击鼓惊吓它；系物的线将要断绝，还要给它增加重量。系物的线在高处断绝，不能再重新接好；重物掉进深渊，不能再把它取出来。出得来与出不来，其间的差距微小得连根头发都放不下。假使能听取忠臣的话，所有的行动一定能够免于灾祸，如果一定要顺着自己的想法去做，那就比堆叠起来的蛋还危险，比登天还难。改变想要做的事情，比翻过手掌还容易，比泰山还安稳。现在要享尽天赐的寿数，享尽无穷的乐趣，终保王侯的威势，不从做翻掌这样的事情出发；深处泰山那样的安稳境地，却要冒着累卵的危险，经历登天的困难，这是让我非常疑惑的。

人性有畏其影而恶其迹〔1〕，却背而走〔2〕，迹逾多，影逾疾，不如就阴而止，影灭迹绝。欲人勿闻，莫若勿言；欲人勿知，莫若勿为。欲汤之沧〔3〕，一人炊之，百人扬之，无益也，不如绝薪止火而已〔4〕。不绝之于彼，而救之于此，譬由抱薪而救火也。养由基〔5〕，楚之善射者也，去杨叶百步，百发百中。杨叶之大，加百中焉，可谓善射矣。然其所止，百步之内耳。比于臣乘，未知操弓持矢也。福生有基〔6〕，祸生有胎，纳其基，绝其胎，祸何自来？

【注释】

〔1〕影：本作“景”，下同。　迹：足迹。

〔2〕却背：反背。却，往后退。

〔3〕汤：滚开水。　沧：寒。

〔4〕“一人”四句：典出《吕氏春秋·尽数》：“以汤止沸，沸愈不止。去其火，则止矣。”

〔5〕养由基：春秋时楚国大夫，以善射闻名。《左传》《孟子》均载其事。

〔6〕基：始。下文“胎”亦“始”义。

【译文】

有人对自己的影子和脚迹有所畏惧，他转身奔跑，结果脚印却更多，影子随身在后，追逐得更快。这样不如在背阴的地方停下来，影子与足迹也会消失。想让别人听不到，不如不说。想让别人不知道，不如不做。想让热水凉下来，一个人烧火，百人把水舀起再倒下，也没有效果，不如抽掉柴草停止烧火。不在那里采取决断的措施，却在这边施救，就像抱着柴草去救火一样。养由基，是楚国善于射箭的人。距离杨叶百步远，射箭百发百中。杨叶那么大，能够百发百中，可以称得上善射了。可是他射箭的距离，只在百步之内罢了，和我比起来，简直是不懂拿弓持箭了。福的产生有它的开端，祸的产生有它的起始，接受福的开端，止住祸的起始，祸还从哪里来呢？

太山之溜穿石〔1〕，殚极之绠断干〔2〕。水非石之钻〔3〕，索非木之锯，渐靡使之然也〔4〕。夫铢铢而称之〔5〕，至石必差〔6〕；寸寸而度之，至丈必过。石称丈量，径而寡失〔7〕。夫十围之木，始生而蘖〔8〕，足可搔而绝，手可擢而抓〔9〕，据其未生〔10〕，先其未形。磨砻砥砺〔11〕，不见其损，有时而尽；种树畜养〔12〕，不见其益，有时而大；积德累行，不知其善，有时而用；弃义背理，不知其恶，有时而亡。臣愿大王熟计而身行之〔13〕，此百世不易之道也。

【注释】

〔1〕溜（liù）：本指屋檐水往下滴，此指山水从高处往下流。

〔2〕殚：《汉书·枚乘传》作单。 极：屋梁，此指井梁。 绠：汲水的绳索。 干：亦指井梁。

〔3〕钻：穿空的用具。

〔4〕靡：与“摩”声同义近。

〔5〕铢：古代重量单位，二十四分之一两。

〔6〕石：重量单位，一百二十斤为一石。

〔7〕径：径直、简便。

〔8〕蘖（niè）：树木砍去后长出的枝条。

〔9〕擢（zhuó）：揪。 抓：拔字之误。

〔10〕据：倚仗、依靠。

〔11〕磨砻（lóng）：皆摩擦义。砻，磨。

〔12〕树：种植。

〔13〕熟：仔细。

【译文】

泰山上流下的水能够穿透石头，拉到尽头的井绳可以磨烂井梁。水不是穿石的钻，井绳不是开木的锯，不断的摩擦才使它这样。一铢一铢地称，称到一石一定会有差错；一寸一寸地量，到一丈就会有差错。以石和丈来称量，既直接又少出差错。那周长十围的树木，开始生长的时候是很小的嫩芽，用脚趾就可以把它挠断，用手就可以把它拔出，在它没有长成，没有形成之前挖出。打磨砥砺，看不见它的损坏，一段时日后终究会毁坏；种树养畜，不见它的生长，一段时间后就会长大；积累德行，不见它的好处，时间长了就会有作用；背弃理义，不知道它的危害，时间久了就会灭亡。我希望大王仔细考虑一下并且亲自施行，这是百世不变的道理。

上书重谏吴王 枚叔（枚乘）

【题解】

枚乘再次上书规劝吴王，劝说吴王不要谋反，表现了作者的远见卓识。

昔秦西举胡戎之难[1]，北备榆中之关[2]，南距羌、筰之塞[3]，东当六国之从。六国乘信陵之籍[4]，明苏秦之约[5]，厉荆轲之威[6]，并力一心以备秦。然秦卒禽六国[7]，灭其社稷而并天下，是何也？则地利不同，而民轻重不等也。今汉据全秦之地，兼六国之众，修戎、狄之义[8]，而南朝羌、筰，此其与秦，地相什而民相百，大王之所明知也。今夫谗谀之臣为大王计者，不论骨肉之义、民之轻重、国之大小，以为吴祸，此臣所以为大王患也。

【注释】

〔1〕胡、戎：皆西北少数民族部落。

〔2〕榆中：关塞名，即榆林塞，也称榆溪。

〔3〕羌、筰（zuó）：皆部族名，位于秦国之南，今四川境内。

〔4〕信陵：即魏国的信陵君，名无忌，曾率领五国诸侯军队抗秦。籍：所依凭的势力。

〔5〕苏秦：战国时著名的纵横家，主张连横抗秦。 约：指连横之约。

〔6〕荆轲：著名刺客，曾为燕太子入秦刺秦王。

〔7〕禽：同“擒”。

〔8〕狄：部落名。

【译文】

当初秦国西面击退胡、戎的侵犯，北面防备榆中一带的恃险偷袭，南面抗拒羌、筰的侵入，东面抵挡六国的合纵进攻。六国诸侯凭借信陵君的威势，遵从苏秦的合纵之约，趁荆轲刺秦王的气概，齐心协力来对付秦国。然而秦国终于击败六国，灭了他们兼并了天下。这是什么原因呢？是因为地理形势不同，民心所向各不相等。现在汉朝占有秦国的全部地盘，拥有六国的民众，对戎、狄等部族施以仁义恩惠，使羌、筰等部族朝拜自己。汉与秦相比，地域多了十倍，百姓多了百倍，大王是很清楚这些事的。现在进谗言的人，他们给大王出谋反的主意，却不考虑刘氏的骨肉情义，不考虑民心所向，不考虑国家地位的大小，这会给吴国带来灾祸，这就是我替大王担忧的原因。

夫举吴兵以訾于汉〔1〕，譬犹蝇蚋之附群牛〔2〕，腐肉之齿利剑，锋接必无事矣〔3〕。天下闻吴率失职诸侯，愿责先帝之遗约，今汉亲诛其三公〔4〕，以谢前过，是大王威加于天下，而功越于汤、武也。夫吴有诸侯之位，而富实于天子；有隐匿之名，而居过于中国。夫汉并二十四郡，十七诸侯，方输错出〔5〕，军行数千里，不绝于郊，其珍怪不如山东之府〔6〕。转粟西乡〔7〕，陆行不绝，水行满河，不如海陵之仓〔8〕。修治上林〔9〕，杂以离宫，积聚玩好，圈守禽兽，不如长洲之苑。游曲台，临上路，不如朝夕之池。深壁高垒，副以关城，不如江淮之险。此臣之所为大王乐也。

【注释】

〔1〕訾（zī）：计量。

〔2〕蚋（ruì）：蚊类。

〔3〕锋接：刀刃最尖利之处。

〔4〕三公：指晁错，汉景帝时官至御史大夫，因主张削弱诸侯王势力，遭到诸侯王的反对，吴王刘濞率七国诸侯以诛错为名，发动叛乱，汉景帝

只好杀错以谢罪诸侯。

〔5〕方输：谓四方粮食财物的运转。

〔6〕山东：《汉书》作东山，指出产珍怪之地。

〔7〕乡：即“向”字。

〔8〕海陵：县名，今江苏泰州市。

〔9〕上林：汉宫苑名。

【译文】

拿吴国的军队与汉军相对抗，好像苍蝇蚊子叮附在牛群身上，好像腐肉碰在利剑锋刃上，必定成不了事。天下之人听说吴王带领被削黜受损的诸侯王，希望以先帝的誓约责罚危害刘氏王室的人，现在天子亲诛晁错，补救了过错，这使大王的声威遍布天下，而其功劳超过商汤、周武王。吴国地位虽同诸侯，但其实比天子还富；虽然地居东南，但地域之广超过中原。汉现有二十四个郡，十七个诸侯王国，财物贡赋四方交互产出，军队运行数千里不绝于路，然而珍奇之物进贡给天子的还没有吴国库藏丰富。往西运送粮食到京城，陆地上运行不断，水路遍是粮船，还不如吴国海陵的粮仓。整修治理上林苑，配上几座离宫，积聚玩好之物，圈养飞禽走兽，还比不上长洲的苑囿。游览曲台，登临高处，不如吴地潮汐为池。深壁高垒，并在其旁建筑关塞城池，不及江淮的险要。这便是我为大王所感到高兴的。

今大王还兵疾归，尚得十半。不然，汉知吴有吞天下之心，赫然加怒，遣羽林黄头〔1〕，循江而下，袭大王之都；鲁东海绝吴之饷道〔2〕；梁王饰车骑〔3〕，习战射，积粟固守，以偪荥阳〔4〕，待吴之饥。大王虽欲反都，亦不得已。夫三淮南之计〔5〕，不负其约〔6〕，齐王杀身以灭其迹〔7〕，四国不得出兵其郡〔8〕，赵囚邯郸〔9〕，此不可掩〔10〕，亦已明矣。今大王已去千里之国，而制于十里之内矣。张、韩将北地[11]，弓高宿左右[12]，兵不得下壁，军不得太息，臣窃哀之。愿大王熟察焉。

【注释】

〔1〕羽林黄头：指皇帝的侍卫部队。

〔2〕鲁：地名，今山东。　东海：郡名。　饷道：运粮之道。

〔3〕梁王：即梁孝王刘武。

〔4〕偪：《汉书》作“备”。　荥阳：县名，属河南省。

〔5〕三淮南：指淮南王刘安、衡山王刘赐、庐江王刘勃。

〔6〕约：誓约。汉高祖分封诸侯王时，曾与吕后、诸大臣誓约曰：“非刘氏不王，非功臣不侯，违者天下共诛之。”

〔7〕齐王：即齐孝王将闾，吴楚反时，曾与淮南王等三国有谋，吴楚平定，畏罪自杀。

〔8〕四国：指胶东王、胶西王、济北王、淄川王四国，发兵应吴楚，均受诛。

〔9〕赵囚：汉将郦寄围赵王于邯郸，犹如被囚。

〔10〕掩：隐匿。

〔11〕张：张羽。　韩：韩安国。皆汉之将领。

〔12〕弓高：即弓高侯韩颓当。　宿：止。

【译文】

现在大王赶快收兵回去，损失不过一半。不然的话，汉王知道吴王有并吞天下之心，勃然大怒，派遣羽林黄头军，顺着长江而下，袭击大王的都城；鲁地及东海郡的汉军截断吴国的军粮；梁王整饰调动成队的车马，练习战地的骑射，积聚粮食牢固地守卫堵住荥阳的救援，等待吴军饥饿而死。大王即使想返回都城，也没有办法了。淮南王、衡山王、庐江王的计策是守约而不跟从吴楚，齐王自杀以灭其反叛之迹。胶东、胶西、济南、淄川四国不能派出他们的军队，赵王被围困邯郸如同囚犯，这些都无法掩藏，事情已经很清楚了。大王离开吴国已有千里之远，受制于梁国的军队不过十里之遥。张羽、韩安国带兵处在吴军之北，拒吴王北上；弓高侯韩颓当的军队驻扎在吴军左右，兵士无法走下壁垒，军队不得长声喘口气，我为此感到哀痛。希望大王明察。

诣建平王上书 江文通（江淹）

【题解】

建平王，南朝宋建平王刘景素。此文为江淹在狱中所作，写作者遭冤入狱的悲痛心情，并希望建平王能予以理解与怜惜。

昔者贱臣叩心[1]，飞霜击于燕地[2]，庶女告天[3]，振风袭于齐台。下官每读其书，未尝不废卷流涕。何者？士有一定之论，女有不易之行，信而见疑，贞而为戮，是以壮夫义士，伏死而不顾者此也。下官闻仁不可恃，善不可依，谓徒虚语，乃今知之。伏愿大王暂停左右，少加怜察。

【注释】

〔1〕叩心：捶胸。悔恨、悲痛的样子。

〔2〕飞霜：《淮南子·览冥训》说邹衍含冤入狱，“正夏而天为之降霜”。

〔3〕“庶女”句：《淮南子·览冥训》：“庶女叫天，雷电下击，景公台陨，海水大出。”

【译文】

当初邹衍含冤捶胸痛哭，六月天飞霜击打燕国大地；民女呼天喊冤，大风狂刮景公之台。我每次读到这里，没有不掩卷流泪的，为什么呢？士人有他遵循的原则，女子有不能改变的操行，为人诚信却受到怀疑，为人贞洁却受到杀戮，这就是壮夫义士为抱不平勇敢赴死而不回头的原因所在。我曾听说仁义不可凭恃，善行不可依靠，以为只是说说而已，今天才知道是真的。希望大王暂且给我一点关注，稍微给予怜悯和览察。

下官本蓬户桑枢之人〔1〕，布衣韦带之士〔2〕，退不饰《诗》《书》以惊愚，进不买名声于天下。日者，谬得升降承明之阙，出入金华之殿，何常不局影凝严，侧身扃禁者乎〔3〕？窃慕大王之义，复为门下之宾，备鸣盗浅术之馀〔4〕，豫三五贱伎之末〔5〕。大王惠以恩光，顾以颜色〔6〕，实佩荆卿黄金之赐〔7〕，窃感豫让国士之分矣〔8〕。常欲结缨伏剑〔9〕，少谢万一，剖心摩踵〔10〕，以报所天。不图小人固陋，坐贻谤缺〔11〕，迹坠昭宪，身恨幽圄〔12〕，履影吊心，酸鼻痛骨。

【注释】

〔1〕蓬户桑枢：比喻贫穷之家。

〔2〕韦带：古代平民或未仕者所系的无饰的皮带。

〔3〕凝严：严肃恭敬。　扃禁：宫中。

〔4〕鸣盗：指鸡鸣狗盗之术。喻技能卑微。

〔5〕三五：指通术数一类薄技。

〔6〕颜色：面容。

〔7〕荆卿：即荆轲。

〔8〕豫让：春秋末战国初刺客，曾事智伯和范中行氏。

〔9〕结缨：子路在战斗中被弄断了帽带，子路说：“君子死，冠不免。”于是“结缨而死”。

〔10〕摩踵：即“摩顶放踵”，从头到脚都磨伤。《孟子·尽心上》：“墨子兼爱，摩顶放踵，利天下为之。”

〔11〕缺：同“缺”，毁，玷。

〔12〕幽圄：牢狱。

【译文】

我本穷苦之人，是贫寒的读书人，退居时不曾以诗书打动别人，做官时也不曾收买名声博取天下。以前虽然能够进出承明宫，出入金华殿，但何尝不是端正自己的行为，严肃恭敬地侍奉于宫中呢？我敬仰大王的仁德，又成了大王的门下之客，自己有一点鸡鸣狗盗的技能，懂一点方士术数的薄技。大王给予我恩德，赐给我荣誉。我钦佩燕太子给予荆轲的厚遇，深感豫让知恩图报的国士之风。我常想为大王慷慨献身，尽我微薄之力答谢大王的厚遇，剖心奔波，来报答君恩。没想到因小人固执鄙陋，因而造成诽谤损害，情节公布于世，自身坠入牢狱，踩着自己的影子，心惊胆战，真是辛酸悲痛极了。

下官闻亏名为辱，亏形次之，是以每一念来，忽若有遗〔1〕。加以涉旬月，迫季秋，天光沉阴，左右无色。身非木石，与狱吏为伍。此少卿所以仰天槌心〔2〕，泣尽而继之以血也。下官虽乏乡曲之誉，然尝闻君子之行矣。其上则隐于帘肆之间〔3〕，卧于岩石之下；次则结绶金马之庭〔4〕，高议云台之上〔5〕；退则虏南越之君，系单于之颈。俱启丹册〔6〕，并图青史。宁当争分寸之末，竞锥刀之利哉？下官闻积毁销金，积谗磨骨，远则直生取疑于盗金〔7〕，近则伯鱼被名于不义〔8〕。彼之二子，犹或如是，况在下官，焉能自免？昔上将之耻，绛侯幽狱〔9〕；名臣之羞，史迁下室〔10〕，至如下官，当何言哉！夫鲁连之智〔11〕，辞禄而不返；接舆之贤〔12〕，行歌而忘归。子陵闭关于东越〔13〕，仲蔚杜门于西秦〔14〕，亦良可知也。若使下官事非其虚，罪得其实，亦当钳口吞舌〔15〕，伏匕首以殒身，何以见齐鲁奇节之人，燕赵悲歌之士乎？

【注释】

〔1〕有遗：亡身。

〔2〕椎心：以手捶胸。表示极度悲伤。

〔3〕帘肆：市井坊间。

〔4〕结绶：系结印带，喻出仕做官。　金马：宫殿名。

〔5〕云台：汉宫中高台。

〔6〕丹册：即丹书，帝王发给功臣的一种凭证。

〔7〕直生：即直不疑，汉文帝时为郎，少时，同舍郎丢失黄金，怀疑直不疑偷去，直不疑买金偿还给同舍郎，后同舍郎失去的黄金复得，甚感惭愧。

〔8〕伯鱼：东汉京兆人，奉公廉洁，曾被人诬告为虐待妇公、从兄。

〔9〕绛侯：汉初功臣周勃的封号，因被诬告谋反，受到幽囚。

〔10〕史迁：即司马迁，因受腐刑而被关闭到“蚕室”里。

〔11〕鲁连：即鲁仲连，战国时人，秦军围赵，助赵却秦军而不受赏。

〔12〕接舆：春秋时楚国贤人。

〔13〕子陵：即严光，字子陵，东汉时人，少时与光武帝同游学，及光武即位，派人寻访，征召授官，子陵隐姓埋名，垂钓于富春江。

〔14〕仲蔚：即张仲蔚，东汉时人，学问弘博，与同郡魏景卿隐居不仕，所居蓬蒿没人。

〔15〕钳口：以威胁、恐吓等方式限制他人言论自由。　吞舌：闭口不言。

【译文】

我听说损害名誉是最大的耻辱，其次是损害形体，所以每生一个念头，忽然觉得自己犹如离开人世。再过一个月，就到九月了，天色阴沉，四处无光。我不是木石身躯，与狱吏为伴。这就是李陵为什么要面对苍天、捶胸痛哭，眼泪哭尽以致泣血的缘故啊！我在乡里虽然没有受到称誉，但曾听到过君子的品行。最好是避居市井山林，睡在岩石下面；其次是在金马殿里做官，在云台之上高谈阔论；不做官时则能向君王请缨俘获南越王，捆缚匈奴王。这样做都能记功于丹书，垂名于青史。那有必要去争分寸细小的事情，去博取如同刀尖微小的利益吗！我听说毁谤积多了，金子也会被销熔；谗言积多了，骨头也会被磨碎。从远处说，西汉的直生为人正直而被怀疑为偷盗金子，从近处看，东汉的伯鱼行为端正却蒙受了不义之名。这两位君子尚且如此，何况是我？怎能免于受人毁谤呢？从前周勃为大将，却蒙受幽禁牢狱的耻辱；司马迁是名臣，受到关闭在蚕室里的羞辱。至于像我这样，还有什么话可说呢！鲁仲连的聪明，在于辞退禄位而不再回来，接舆的贤能，在于路上唱歌佯狂而忘记回去。严子陵不受征召，隐居于东越；张仲蔚才高不仕，藏身于西秦，也可知他们这样做的用心了。如果我所做的事并非虚有，所获之罪确是事实，只好闭口不说，伏在匕首上自刎罢了，我怎能去见齐鲁的高风亮节之人，燕赵的慷慨悲歌之士呢？

方今圣历钦明，天下乐业，青云浮洛〔1〕，荣光塞河，西洎临洮狄道〔2〕，北距飞狐阳原〔3〕，莫不浸仁沐义，照景饮醴而已。而下官抱痛圆门〔4〕，含愤狱户，一物之微，有足悲者。仰惟大王，少垂明白，则梧丘之魂〔5〕，不愧于沉首〔6〕；鹄亭之鬼〔7〕，无恨于灰骨。不任肝胆之切，敬因执事以闻。

【注释】

〔1〕洛：指洛河。

〔2〕洎（jì）：及。　临洮狄道：陇西之地，今甘肃临洮县境内，狄道因地居狄族而名。

〔3〕飞狐阳原：县名，今河北省境内。

〔4〕圆门：狱门。

〔5〕梧丘：齐景公梧丘行猎，五个断头的冤魂出现于前，景公“令厚

葬之，乃恩及白骨”。

〔6〕沉首：被砍断头。

〔7〕鹄亭：《搜神记》记载：何敞为交州刺史，宿鹄奔亭，夜半有一女子自称苏娥到此亭，为亭长所杀，何敞遣吏捕捉亭长，斩之。

【译文】

当今国家政治清明，天下百姓安居乐业，青云出现在洛河上，荣耀之光照遍洛河，由西延到临洮狄道，往北波及飞狐阳原，没有哪里不沐浴仁义的恩泽，享受甜美的幸福。而我忍痛含愤在牢狱中，我虽然低贱轻微，但也有可同情悲哀的地方。我希望大王能察知我，那埋于梧丘的五丈夫的头骨，不会感到有断头之冤；那被人害死的鹄亭女鬼，也会因冤案得到申雪而不再怀恨于心。我对大王忠诚之至，恭敬地通过执事者禀告大王。

启

奉答敕示七夕诗启 任彦昇（任昉）

【题解】

文章赞美梁武帝萧衍赐示的《七夕》诗，并答谢梁武帝的知遇之恩。

臣昉启：奉敕并赐示《七夕》五韵[1]。窃惟帝迹多绪[2]，俯同不一，托情风什[3]，希世罕工。虽汉在四世[4]，魏称三祖[5]，宁足以继想《南风》，克谐《调露》。性与天道，事绝称言，岂其多幸，亲逢旦暮。

【注释】

〔1〕五韵：诗逢双句押韵，故五韵为十句。

〔2〕迹：功绩。　绪：事业。

〔3〕风什：篇什，诗篇。

〔4〕四世：指汉武帝时。

〔5〕三祖：指魏武帝、文帝、明帝。

【译文】

臣任昉启奏：捧读诏命并赐示《七夕》五言诗一首，我私下以为帝王的功绩事业诸多，各不相似。您的《七夕》诗，寄托着帝王的深厚感情，举世少见而且少有人达到。即使从汉高祖到汉武帝四代，从魏武帝到魏明帝三代，又怎能像您的诗那样使人想到舜帝的《南风》，能够和谐如《调露》之曲。诗中表现出来的性命与天道，与事实相称，我多么幸运，能于早晚陪侍圣王。

臣早奉龙潜〔1〕，与贾、马而入室〔2〕；晚属天飞，比严、徐而待诏〔3〕。惟君知臣，见于讷言之旨〔4〕；取求不疵，表于辩才之戏。谨辄牵率庸陋〔5〕，式酬天奖〔6〕，拙速虽效，蚩鄙已彰〔7〕。临启惭恧〔8〕，罔识所置。谨启。

【注释】

〔1〕龙潜：如龙之潜渊，喻梁武帝萧衍。

〔2〕贾：指贾谊。　马：指司马相如。

〔3〕严、徐：指严安、徐乐，皆汉代人。

〔4〕讷言：言语迟钝。

〔5〕牵率：牵引，引申为凭着。

〔6〕式：用。　天奖：天子之恩奖。

〔7〕蚩鄙：低劣粗俗。

〔8〕恧（nǜ）：惭愧。

【译文】

我早年就跟随着您，如同贾谊、司马相如，做了您的入室弟子；晚年又侍从在您身边，就如严安、徐乐一样，做您的候命之臣。只有您了解我，教导我要慎于言说；所取所求不被人所诟病，这是您称我有辩才的戏言中表露出来的。我凭着自己平庸浅陋的才能，用以酬答您的恩惠嘉奖。我虽然很快写出答谢之作，低劣粗俗无法掩饰。面对这篇表奏，十分惭愧，不知如何才好。谨启。

为卞彬谢修卞忠贞墓启　任彦昇（任昉）

【题解】

此启是任昉为卞彬所拟。文章借朝廷为高祖卞壸修墓之事，歌颂当今统治者的恩德，并表达了后世子孙的感激之情。

臣彬启〔1〕：伏见诏书并郑义泰宣敕〔2〕，当赐修理臣亡高祖晋故骠骑大将军建兴忠贞公壸坟茔〔3〕。臣门绪不昌，天道所昧，忠遘身危，孝积家祸，名教同悲〔4〕，隐沦惆怅〔5〕。而年世贸迁〔6〕，孤裔沦塞。遂使碑表芜灭，丘树荒毁，狐兔成穴，童牧哀歌。感慨自哀，日月缠迫。

【注释】

〔1〕彬：卞彬，字士蔚。

〔2〕宣敕：发布诏书。

〔3〕壸（kǔn）：即卞壸，字望之，彬之高祖。

〔4〕名教：谓士大夫中的名流。

〔5〕隐沦：谓避世的贤士。

〔6〕贸迁：变迁。贸，易。

【译文】

臣下彬启奏：我十分恭敬地见到诏书并由郑义泰发布，说由朝廷赐恩修理我以亡高祖晋原骠骑大将军建兴忠贞公壸坟墓。我家门不昌盛，天道蒙昧，以致高祖为报效朝廷而身受危难，壸之二子随父殉国使家添祸难，士大夫同感悲痛，隐逸之士为此而忧伤。然而年代迁移，孤弱的后裔沉没不闻。于是使碑表荒芜泯灭，墓地的树木荒败不堪，狐狸野兔在那里做窝，放牧的儿童悲哀地歌唱。我感慨悲凉，岁月匆匆地过去。

陛下弘宣教义[1]，非求效于方今；壸馀烈不泯，固陈力于异世[2]。但加等之渥[3]，近阙于晋典；樵苏之刑，远流于皇代。臣亦何人，敢谢斯幸，不任悲荷之至！谨奉启事以闻。谨启。

【注释】

〔1〕陛下：谓齐高帝。

〔2〕陈力：谓入仕。　异世：谓梁。

〔3〕等：等级。　渥：厚。

【译文】

陛下您广布教化道义，这种仁德不只是当今有其功效；卞壸的功德余业尚未泯灭，其子孙还能在后世入仕做官。只是卞壸死于王事而得到的赏赐之厚，在晋代尚未有此规定；而在墓地上严禁打柴割草，这种恩泽一直流传到今世。我实在没有资格，来感谢陛下所赐的这种荣幸。不胜悲痛感荷之至！谨奉上此启以求闻知。谨启。

启萧太傅固辞夺礼 任彦昇（任昉）

【题解】

夺礼：即夺服，谓丧期未满，官员应诏除去丧服，出任官职。萧太傅：萧鸾，时为相，以朝廷名义，委任任昉为骠骑记室，任昉固辞。该篇以沉痛的心情陈述“固辞夺礼”的原因，表达了作者对孝治的虔诚之心。

昉启：近启归诉，庶谅穷款〔1〕，奉被还旨〔2〕，未垂哀察，悼心失图〔3〕，泣血待旦。君于品庶〔4〕，示均镕造〔5〕，干禄祈荣〔6〕，更为自拔〔7〕。亏教废礼，岂关视听，所不忍言，具陈兹启。

【注释】

〔1〕谅：诚信。　穷款：竭诚之心。

〔2〕还旨：谓推辞不受任。

〔3〕失图：失去主意。

〔4〕品庶：众人，百姓。

〔5〕均：陶铸工具。

〔6〕干禄：求官。

〔7〕自拔：自己追求出众。

【译文】

任昉启奏：我向您陈述近来回家居丧的心情，希望能体谅我的竭诚之心，我没有接受您的委任，您也没有了解我此时的悲哀。我因哀痛失去主意，整夜哭泣直到天明。您对于我这样的常人，也要把他熔铸成材使他崭露头角，我此时如求官邀宠，就更显得自拔于众。我这样做必然会损害名教、不合礼义，岂止关系到听闻而已，我不忍心说出的话，在这里一一向您陈述。

昉往从末宦[1]，禄不代耕。饥寒无甘旨之资，限役废晨昏之半[2]。膝下之欢，已同过隙；几筵之慕，几何可凭。且奠酹不亲[3]，如在安寄[4]。晨暮寂寥，阒若无主[5]。所守既无别理，穷咽岂及多喻。

【注释】

〔1〕末宦：谓没有显达。

〔2〕限役：谓供职。官吏每天在限定时间到职。　晨昏：昏定晨省，指对父母的早晚侍奉。

〔3〕奠酹：奠酒。

〔4〕如在：指父亲的亡魂。

〔5〕阒：静。

【译文】

我过去官职卑微，俸禄微薄，还比不上耕种。虽然饥寒却没有品尝甘甜的食物的资财，为职事奔忙导致常常未能侍奉父母。父母身旁的欢乐，就像白驹过隙一样很快逝去；对几桌筵席上的富贵生活的向往，又能得到多少呢？况且祭奠父母我不能亲自去，父母的亡魂又去哪里寄托呢？早晚冷清寂寞，空寂得好像没有祭主。要守住父母的亡魂既然没有离开的道理，那么我的悲痛也就用不着更多的形容了。

明公功格区宇[1]，感通有途，若霈然降临[2]，赐寝严命。是知孝治所被，爰至无心，锡类所及，匪徒教义。不任崩迫之情[3]，谨奉启事陈闻。谨启。

【注释】

〔1〕格：至。

〔2〕霈（pèi）然：喻恩泽之盛。霈，雨盛貌。

〔3〕崩迫：急切。

【译文】

明公您功高比天，孝义感通天地，就像雨露恩泽，沛然而降，一定会收回对我的任命。由此可知孝治覆盖的地方，就能使人心灵纯净；明公您所赐予的孝义必能推广到更多人的身上，那就不只是图存教义之名而已。不胜急切之情，谨呈此启希望您闻知。谨启。

（本卷译注：杨远义）

文选卷第四十

弹事

奏弹曹景宗　任彦昇（任昉）

【题解】

奏弹：即奏劾，上奏章检举。作者时任御史中丞，弹劾曹景宗临阵退却、畏敌拒战，认为当依法治罪。

御史中丞臣任昉稽首言：臣闻将军死绥[1]，咫步无却；顾望避敌，逗挠有刑[2]。至乃赵母深识[3]，乞不为坐[4]；魏主著令[5]，抵罪已轻。是知败军之将，身死家戮，爰自古昔，明罚斯在。

【注释】

〔1〕死绥：谓军队败退，将领应当治罪。

〔2〕逗桡：因怯阵而避敌。

〔3〕赵母：战国时赵国大将赵括的母亲。赵括喜言兵，而实际上不懂用兵，赵母上书不要让赵括做将领。

〔4〕坐：定罪。赵母对赵王说，王若使括为将，“即有不称，妾得无坐乎？王许诺”。

〔5〕魏主：指曹操。　著令：谓发布命令。

【译文】

御史中丞相任昉叩头进言：我听说将军在退军时死战，一步都不退却；观望以避开敌军，畏惧屈从必须施加以刑罚。至于说到赵括之母确有远见卓识，故请求赵王不让其子做将领以免牵连坐罪；魏武帝曹操发布军令，“败军者抵罪”的规定已是够轻的了。所以知道败军之将，自身必死，家族也要受到杀戮，源自于古代，而明文规定的刑罚如今还在。

臣昉顿首顿首，死罪死罪。窃寻獯猃侵轶[1]，暂扰疆陲，王师薄伐，所向风靡。是以淮、徐献捷[2]，河、兖凯归[3]。东关无一战之劳，途中罕千金之费。而司部悬隔，斜临寇境，故使狡虏凭陵，淹移岁月[4]。故司州刺史蔡道恭，率厉义勇，奋不顾命，全城守死，自冬徂秋，犹有转战无穷，亟摧丑虏。方之居延，则陵降而恭守；比之疏勒，则耿存而蔡亡。若使郢部救兵[5]，微接声援，则单于之首，久悬北阙，岂直受降可筑[6]，涉安启土而已哉[7]！

【注释】

〔1〕獯猃（xūn xiǎn）：北方少数民族。　轶：突。

〔2〕淮：淮河。　徐：徐州。

〔3〕河：黄河。　兖：兖州。

〔4〕淹移：滞留、拖长。

〔5〕郢部：指郢州刺史曹景宗部。

〔6〕受降：指受降城，汉武帝时筑于塞外，以降匈奴之兵。

〔7〕涉安：汉武帝元朔三年，匈奴单于太子降汉，被封为涉安侯。

【译文】

我跪拜死罪。我私下考虑后魏冒然侵犯，只是暂时扰乱边疆，朝廷的军队征伐讨贼，所到之处敌军望风而退。所以淮河、徐州一带传来捷报，黄河、兖州之地凯旋。东关不打一仗，途中之战很少耗费物资。然而司州的部队与京城相隔很远，斜着靠近敌人的地段。所以使得狡猾的敌人得以侵犯边土，拖延了收复失地的时间。司州刺史蔡道恭，统率激励英勇的军队，奋不顾身，全城誓死坚守，从冬季直到次年之秋，还是不断地跟敌军作战，多次击败敌军。拿李陵与匈奴的居延之战作比方，李陵因寡不敌众投降了匈奴，而蔡道恭坚守孤城；拿耿恭与匈奴的疏勒之战作比方，耿恭守住了阵地而蔡道恭因无援救而失败。如果能派遣郢州的救兵，稍微接应援助，那么后魏单于的脑袋，已经悬挂在我朝廷北面的门楼上很久了，何止只是在边境上可筑起受降城，使涉安侯降服，把国土交还给我们。

实由郢州刺史臣景宗，受命致讨，不时言迈〔1〕，故使猬结蚁聚〔2〕，水草有依；方复按甲盘桓，缓救资敌，遂令孤城穷守，力屈凶威。虽然，犹应固守三关，更谋进取，而退师延颈〔3〕，自贻亏衄〔4〕，疆埸侵骇〔5〕，职是之由。不有严刑，诛赏安置，景宗即主。

【注释】

〔1〕迈：行进。

〔2〕猬结蚁聚：形容匈奴军队积聚而至。

〔3〕延颈：地名，戍守之地。

〔4〕衄（nǜ）：挫折、失败。

〔5〕疆埸：边界，边境。

【译文】

事实是由于郢州刺史曹景宗，受命讨贼，不按时前进，所以使得敌军像刺猬毛和蚂蚁那样积聚而至，有水草之地作为依靠；又按兵不动，延缓救援等于资助敌军，终于使孤城司州难以固守，其兵力为敌军的凶威所屈服。虽然如此，还是应该固守三关，再谋进取。然而曹景宗却把军队退回延颈，自取败亡，边疆受侵，曹景宗应负主要责任。如不采取严厉的刑罚，何来裁定诛罚赏赐的标准。景宗就是罪主。

臣谨案使持节都督郢司二州诸军事、左将军、郢州刺史、湘西县开国侯臣景宗，擢自行间〔1〕，遘兹多幸〔2〕，指踪非拟〔3〕，获兽何勤。赏茂通侯，荣高列将，负檐裁弛〔4〕，钟鼎遽列，和戎莫效〔5〕，二八已陈〔6〕。自顶至踵，功归造化，润草涂原，岂获自已。且道恭云逝，城守累旬；景宗之存，一朝弃甲。生曹死蔡，优劣若是，惟此人斯，有腼面目〔7〕。

【注释】

〔1〕擢：拔。　行间：行伍之间，指军中。

〔2〕多幸：谓非分而得。

〔3〕指踪：发踪指示。比喻指挥谋划。　非拟：指比不上善于谋划的萧何。

〔4〕负檐：肩挑背负。檐，同“担”。　裁：通“才”。

〔5〕和戎莫效：指没有建立功勋。和戎，与少数民族结盟友好。

〔6〕二八：指女乐二列、每列八人，共十六人。

〔7〕腼：惭愧貌。

【译文】

我谨慎核查使持节都督郢司二州诸军事、左将军、郢州刺史、湘西县开国侯臣景宗，提拔于行伍之间，受此高位完全侥幸所得。其谋划之才无法与萧何相比拟，猎获野兽倒是非常勤快。封赏之厚达到了湘西县开国侯的地步，荣誉高到被列为左将军，服役之事不必去做而恩荣备加，钟鸣鼎食罗列，和戎没有奏效，二八女乐已得到赏赐。景宗从头到脚所得到的一切，都应归功于国君的恩赐，为国本应肝脑涂地，怎能推辞不战呢？况且蔡道恭虽死，却坚守城池连续了数十天；景宗虽活，却一下子就丢了军械。怯战而生的曹景宗，为国战死的蔡道恭，优劣如此鲜明，就是这个曹景宗，在脸面上不感到羞愧吗？

昔汉光命将[1]，坐知千里；魏武置法[2]，案以从事。故能出必以律，锱铢无爽[3]。伏惟圣武英挺，略不世出，料敌制变，万里无差，奉而行之，实弘庙算。惟此庸固，理绝言提[4]。

【注释】

〔1〕汉光：光武帝刘秀。

〔2〕魏武：曹操。　法：指兵书。

〔3〕锱铢：喻轻微。　爽：差。

〔4〕言提：谓提耳以训，《诗·大雅·抑》：“匪面命之，言提其耳。”

【译文】

从前汉光武帝刘秀派遣将领，坐知千里，料事如神；魏武帝曹操制定兵法，能按照兵法的规定去执行。所以出战必以兵法为准绳，丝毫没有差错。我尊敬的君主，您英俊挺拔，雄才谋略没有人能与您相比，估量敌军应对变化，万里之外不会有差错，遵奉并实行，实在能弘扬由朝廷所制定的克敌谋略。唯有这个景宗，连提耳以训都不可能了。

自逆胡纵逸[1]，久患诸夏。圣朝乃顾，将一车书[2]。愍彼司氓[3]，致辱非所。早朝永叹，载怀矜恻[4]。致兹亏丧，何所逃罪？宜正刑书，肃明典宪。臣谨以劾，请以见事免景宗所居官，下太常削爵土，收付廷尉法狱治罪。其军佐职僚、偏裨将帅絓诸应及咎者[5]，别摄治书侍御史随违续奏[6]。臣谨奉白简以闻云云[7]。

【注释】

〔1〕逆胡：谓后魏。

〔2〕一车书：统一车轨文字，即统一天下。

〔3〕愍：伤痛。　司氓：司州之人。

〔4〕载：则。　矜：怜惜。

〔5〕偏裨：谓副将。　絓（guà）：绊絓、牵连。

〔6〕摄：通“蹑”，追。　治书侍御史：官名，掌律令。　随违：据所犯之事。

〔7〕白简：指弹劾的奏章。

【译文】

自从叛逆的胡人骚扰边境以来，胡人祸害华夏国土已久。圣朝顾念百姓，将统一车轨文字。可怜那司州之民，无辜受此凌辱，他们一直在长叹不止，心里十分哀痛。造成这样的惨痛局面，景宗怎能逃脱罪责？应按照刑书的规定给他定罪，以严明法令制度。我谨向朝廷弹劾曹景宗，请按已揭露出来的事实，免去曹景宗所任官职，交由太常削去其封爵宅土，交付廷尉依法将他入狱治罪。其军中的副职僚属、大小将帅及其他应归咎责任的，另有治书侍御史随其所犯之事继续奏劾。我小心地呈上奏折以求闻知。

奏弹刘整　任彦昇（任昉）

【题解】

刘整曾多次强占其亡兄一家的奴婢与财产。本篇弹劾刘整，揭露刘整在奉嫂抚侄上的种种劣迹恶行，表达了作者对失礼无义之人的痛恨。

御史中丞臣任昉稽首言[1]：臣闻马援奉嫂[2]，不冠不入；氾毓字孤[3]，家无常子。是以义士节夫，闻之有立[4]，千载美谈，斯为称首。

【注释】

〔1〕御史中丞：官名，御史台长官，负责监察事宜。

〔2〕马援：字文渊，东汉时人，任伏波将军。

〔3〕氾毓：字积春，晋人。为礼甚笃，敦睦九族。　字孤：抚食孤儿。

〔4〕立：谓立身、立志。

【译文】

御史中丞任昉叩首进言：我听说马援侍奉寡嫂，不穿戴好衣帽不进入房间；氾毓抚养孤儿，家中经常不断收养孤儿。所以仁义之士、守节之夫，听到这样美好的行为就会立下高尚的志向，千年美谈，这可称得上是第一。

臣昉顿首顿首，死罪死罪。谨案齐故西阳内史刘寅妻范[1]，诣台诉列称[2]：出适刘氏，二十许年。刘氏丧亡，抚养孤弱，叔郎整，常欲伤害侵夺。分前奴教子、当伯，并已入众。又以钱婢姊妹弟温，仍留奴自使伯，又夺寅息逡婢绿草[3]，私货得钱[4]，并不分逡。寅第二庶息师利[5]，去岁十月往整田上经十二日[6]，整便责范米六斗哺食。米未展送，忽至户前，隔箔攘拳大骂[7]，突进房中，屏风上取车帷准米去[8]。二月九日夜，婢采音偷车栏夹杖龙牵[9]，范问失物之意，整便打息逡。整及母并奴婢等六人来至范屋中，高声大骂，婢采音举手查范臂[10]。求摄检[11]，如诉状。

【注释】

〔1〕西阳：郡名，其地在今湖北黄冈东南。　内史：官名，负责政务。

〔2〕台：指御史台。

〔3〕息：儿子。

〔4〕货：卖。

〔5〕庶息：庶生的儿子，即妾所生子。

〔6〕经：整治、劳作。

〔7〕隔箔（bó）：据胡克家校本为衍文。

〔8〕车帷：车四旁之帷帐。　准米：抵充米。

〔9〕龙牵：车上物件。

〔10〕查：抓，即“揸”字。

〔11〕摄检：谓检查、查验。

【译文】

我拜谢死罪。谨慎核查齐已故西阳内史刘寅的妻子范某，到御史台诉说称述如下：出嫁刘寅，已有二十当年。刘寅丧亡，抚养孤儿弱子，叔郎刘整，常常想要伤害他们侵夺其财。将分得的奴仆教子、当伯，都作为公用的奴仆来使用。刘整又以钱婢姐妹及弟刘温的名义，仍留奴私自使唤当伯；又夺取刘寅之子刘逡的婢女绿草，私卖得钱，并不分给刘逡。刘寅第二个庶出的儿子师利，去年十月往刘整田上停留了十二天，刘整便要求范氏拿出六斗米给他食用。米还没送去，刘整突然走到范氏的门前挥动拳头大骂，冲进房内，从屏风上取下车帷去量米。二月九日夜间，婢女采音偷了车栏、夹杖及龙牵一类物件，范问起丢失东西的事情，刘整便打刘寅之子刘逡，刘整及其母并奴婢等六人来到范屋里，高声大骂，婢采音举手抓范氏的手臂。经过查验，确与范氏的诉说相同。

辄摄整亡父旧使奴海蛤到台辩问〔1〕，列称：整亡父兴道，先为零陵郡，得奴婢四人。分财，以奴教子乞大息寅〔2〕。亡寅后，第二弟整仍夺教子，云应入众，整便留自使，婢姊及弟各准钱五千文，不分逡。其奴当伯，先是众奴。整兄弟未分财之前，整兄寅以当伯贴钱七千，共众作田。寅罢西阳郡还，虽未别火食[3]，寅以私钱七千赎当伯，仍使上广州去。后寅丧亡，整兄弟后分奴婢，惟余婢绿草入众。整复云寅未分财赎当伯，又应属众。整意贪得当伯，推绿草与逡。整规当伯还[4]，拟欲自取，当伯遂经七年不返。整疑已死亡不回，更夺取婢绿草，货得钱七千。整兄弟及姊共分此钱，又不分逡。寅妻范云，当伯是亡夫私赎，应属息逡。当伯天监二年六月从广州还至[5]，整复夺取，云应充众，准雇借上广州四年夫直[6]，今在整处使。

【注释】

〔1〕摄：执。

〔2〕乞：给予。

〔3〕火食：即伙食。火，同“伙”。

〔4〕规：规划、打算。

〔5〕天监：梁武帝年号。

〔6〕直：同“值”。

【译文】

于是就叫刘整去世的父亲生前所使唤的奴仆海蛤到御史台辩问，他诉述的情况是：刘整亡父兴道，原先在零陵做官，有奴婢四人。分财产时，兴道将奴婢教子分给大儿子刘寅，刘寅死后，二弟刘整便夺取教子，说是应归众人使用，但刘整便留下自己使用，婢姐及弟答应给他们每人五千文钱，而不分给刘逡。其奴当伯，开始时作为众奴使用。刘整兄弟在没有分财产之前，刘整之兄刘寅为了当伯贴钱七千文，让当伯作为众奴为大家劳作。刘寅辞去西阳郡的职务返回家后，虽然与刘整没有分开伙食，刘寅拿出私钱七千来赎当伯，仍让他到广州去。后来刘寅去世，刘整兄弟事后就瓜分奴婢，只留下绿草一人作为众奴。刘整又谎称刘寅不曾私自贴钱为当伯赎身，因此当伯仍然应该属于众奴。刘整的用意在贪得当伯，把绿草推给刘逡。刘整打算等当伯从广州回来，就把他占为己有，然而当伯在广州待了七年没有返回。刘整怀疑当伯已死所以未回，于是又夺取奴婢绿草，将其卖掉得到了七千文钱。刘整兄弟及姐姐共分这钱，又不分给刘逡。刘寅妻子范氏说：当伯是她亡父私赎，应属于其子刘逡。当伯于梁天监二年六月从广州回来，刘整又夺取当伯，说应充当众奴，答应给还当伯上广州四年刘寅雇佣借资的费用。当伯现仍在刘整处使用。

进责整婢采音，刘整兄寅第二息师利，去年十月十二日忽往整墅停住十二日，整就兄妻范求米六斗哺食。范未得还，整怒，仍自进范所住，屏风上取车帷为质。范送米六斗，整即纳受。范今年二月九日夜，失车栏子夹杖龙牵等，范及息逡道是采音所偷。整闻声，仍打逡。范唤问何意打我儿？整母子尔时便同出中庭，隔箔与范相骂[1]。婢采音及奴教子、楚玉、法志等四人，于时在整母子左右。整语采音：其道汝偷车校具，汝何不进里骂之？既进争口，举手误查范臂。车栏夹杖龙牵，实非采音所偷。

进责寅妻范奴苟奴，列娘去二月九日夜，失车栏夹杖龙牵，疑是整婢采音所偷。苟奴与郎逡往津阳门籴米，遇见采音在津阳门卖车栏龙牵，苟奴登时欲捉取，逡语苟奴已尔不须复取。苟奴隐僻少时，伺视人买龙牵，售五千钱。苟奴仍随逡归宅，不见度钱[2]。

【注释】

〔1〕箔：帘。

〔2〕度（duó）：计算。

【译文】

进而责问刘整奴婢采音，刘整之兄刘寅次子师利，去年十月十二日忽然往刘整别墅上停住了十二天，刘整向兄妻范氏求米六斗喂食。范氏未将米送去，刘整大怒，就自己进入范所住地方，取屏风上的车帷作为抵押品。范氏送去六斗米，刘整就收下来了。范氏今年二月九日夜，丢失车栏子、夹杖、龙牵等物，范及其儿子刘逡说是采音所偷，刘整母子此时便一同走出中堂屋，隔着窗帘与范氏相骂。婢采音及奴教子、楚玉、法志等四人，当时也站在刘整母子左右。刘整对采音说：他们说你偷车栏子等物件，你为什么不进去骂他们？采音进入范氏房内与他们争口，举手误抓范氏手臂。车栏、夹杖、龙牵等，实在不是采音偷的。

进而责问刘寅妻子范奴苟奴，列娘二月九日夜，丢失车栏子、夹杖、龙牵疑是刘整婢采音所偷。苟奴与郎君刘逡往津阳门买米，遇见采音在津阳门卖车栏、龙牵，苟奴立即想要捉住她，刘逡告诉苟奴等她卖完不需要捉她。苟奴隐避了一些时候，窥见人去买龙牵，售价五千钱。苟奴仍跟随刘逡回家，不见她计算钱。

并如采音、苟奴等列状，粗与范诉相应。重核当伯、教子〔1〕，列娘被夺，今在整处使，悉与海蛤列不异。以事诉法，令史潘僧尚议〔2〕：整若辄略兄子逡分前婢货卖，及奴教子等私使，若无官令，辄收付近狱测治。诸所连逮絓应洗之源〔3〕，委之狱官，悉以法制从事。如法所称，整即主〔4〕。

【注释】

〔1〕核：核实。

〔2〕令史：官名，掌文书。

〔3〕絓：牵连。

〔4〕主：罪主、首犯。

【译文】

拿采音、苟奴的所供状词，与范氏诉说的大致对应，再重新核实当伯、教子、列娘受到刘整侵夺一事，当伯今在刘整处使用，都与海蛤所列情状没有什么不同。拿这些事状向法官诉讼，令史潘僧尚以议决：刘整擅自侵犯兄子刘逡，把从前的奴婢拍卖出去，又拿奴教子等私使，若无官令，就将刘整收交有关部门审讯。所有与此事有关联及应弄清事情原委的，都由狱官受理，均根据法律判定。如法所表述的，刘整即是罪主。

臣谨案：新除中军参军臣刘整[1]，闾阎阘茸[2]，名教所绝。直以前代外戚[3]，仕因纨袴[4]，恶积衅稔[5]，亲旧侧目。理绝通问[6]，而妄肆丑辞；终夕不寐，而谬加大杖。薛包分财[7]，取其老弱；高凤自秽[8]，争讼寡嫂。未见孟尝之深心，唯斅文通之伪迹[9]。昔人睦亲，衣无常主；整之抚侄，食有故人。何其不能折契钟庾[10]，而襜帷交质[11]，人之无情，一何至此！实教义所不容，绅冕所共弃[12]。

【注释】

〔1〕除：拜官授职。　中军：将军名号。　参军：南北朝时，凡诸王及将军开府者，皆置参军。

〔2〕闾阎：泛指民间。　阘茸（tà róng）：卑贱，低劣。

〔3〕直：但，只。　外戚：谓刘整之前代是齐后妃之亲。

〔4〕纨袴：谓贵戚子弟。袴，亦作“绔”。

〔5〕衅（xìn）：罪。　稔（rěn）：谓事已酝酿成熟。

〔6〕通问：指整与嫂之间的问候之礼。

〔7〕薛包：字孟尝，东汉时人。好学笃行。其兄弟分家，薛包把好的分给兄弟。

〔8〕高凤：字文通，东汉时人。高凤年老，声名著闻，太守征其为官，高凤则自言本为巫家，不应为吏，又与寡嫂争讼田宅之事，遂不就官。

〔9〕斆（xiào）：效法。字亦作“效”。

〔10〕折契：即折券，谓毁弃债券，不再索偿。　钟庾：六斛四斗为钟，十六斗为庾。

〔11〕襜（chān）帷：车上四旁的帷帐。　交质：交换抵押品。

〔12〕绅冕：衣冠，指士大夫。

【译文】

我谨慎地审查：刚拜官受职的中军参军臣刘整，原是民间的一个卑贱之人，名教不齿交往，只是依凭前代外戚的势力，做官全赖贵戚子弟。他恶贯满盈，亲旧之人不敢看他。叔嫂之间不通问候违反礼教，却毫无顾忌地随口骂人；兄子刘逡整晚不得安睡，因为被刘整用大杖痛打致伤，薛包与其兄弟分财产时，自己只取老弱奴婢；高凤自己败坏了名节，与寡嫂在官府争讼财产。从未见到刘整有孟尝那样对兄弟的一片诚心，刘整只是学到了文通那样恶劣的行迹。前人与九族之亲和睦相处，有衣同穿，不分彼此；刘整抚养侄子，吃了他几餐饭还要人家还米。为什么不能做到毁弃债券，互通有无，却为了六斗米冲到兄嫂家取下车帷作为抵押品呢？刘整的无情无义，竟然到了这样的地步！实在是礼教道义不能允许的，应该被士子学人共同抛弃。

臣等参议，请以见事免整所除官，辄勒外收付廷尉法狱治罪〔1〕。诸所连逮应洗之源，委之狱官，悉以法制从事。婢采音不款偷车龙牵〔2〕，请付狱测实〔3〕。其宗长及地界职司〔4〕，初无纠举〔5〕，及诸连逮，请不足申尽。臣昉云云，诚惶诚恐以闻。

【注释】

〔1〕廷尉：司法官。　法狱：犹言监狱。

〔2〕款：服顺。

〔3〕测实：核实情况。

〔4〕职司：谓任职之人。

〔5〕纠举：督查举发。

【译文】

臣等商议，请免去刘整所任官职，就让外廷交付廷尉狱官治罪。一切与此相关的、应弄清事情原委的，由狱官受理，均根据法律判定。婢采音不承认偷车栏、龙牵，请交给狱吏查明实情。刘氏家族的长辈以及所在地界的任职之吏，当初没有督察检举，到后来又牵连的，请不必一一申述。我所启奏的话，诚惶诚恐以求皇上知晓。

奏弹王源　沈休文（沈约）

【题解】

时为御史中丞的沈约弹劾王源，称王源嫁女纳妾有悖于德，混淆了士族与平民的界限。文中表现了作者在婚姻问题上陈腐的门阀等级观念。

给事黄门侍郎兼御史中丞吴兴邑中正臣沈约稽首言〔1〕：臣闻齐大非偶〔2〕，着乎前诰；辞霍不婚〔3〕，垂称往烈〔4〕。若乃交二族之和〔5〕，辨伉合之义〔6〕，升降窳隆〔7〕，诚非一揆〔8〕。固宜本其门素〔9〕，不相夺伦。使秦晋有匹〔10〕，泾渭无舛〔11〕。自宋氏失御，礼教雕衰，衣冠之族，日失其序。姻娅沦杂，罔计厮庶〔12〕，贩鬻祖曾[13]，以为贾道[14]，明目腆颜[15]，曾无愧畏。若夫盛德之胤[16]，世业可怀，栾郤之家[17]，前徽未远[18]。既壮而室[19]，窃赀莫非皂隶[20]，结褵以行[21]，箕帚咸失其所[22]。志士闻而伤心，旧老为之叹息。自宸历御宇[23]，弘革典宪，虽除旧布新，而斯风未殄[24]。陛下所以负扆兴言[25]，思清弊俗者也。

【注释】

〔1〕给事黄门侍郎：官名，掌机密文件，备皇帝顾问。　御史中丞：官名，御史台长官，负责监察。　中正：官名，负责监察。　沈约：即沈休文。

〔2〕齐大非偶：《左传·桓公六年》，齐侯想把文姜嫁给郑太子忽，郑太子忽推辞，太子忽说："人各有偶，齐大，非吾偶也。"

〔3〕辞霍不婚：隽不疑做京兆尹的时候，大将军霍光想把女儿嫁给他，隽不疑坚决不接受。

〔4〕往烈：谓以前的美事。

〔5〕二族：指夫妻不同氏族。

〔6〕伉合：伉俪相合。

〔7〕窳（yǔ）：粗劣。　隆：高。

〔8〕一揆：同一尺度。

〔9〕门素：谓门第。

〔10〕秦晋：春秋时大国，谓地位相等。

〔11〕舛（chuǎn）：杂乱。

〔12〕厮庶：低贱之人。

〔13〕鬻：卖。　祖：祖父。　曾：曾祖父。

〔14〕贾：商贾。

〔15〕腆颜：厚脸皮。

〔16〕胤：后代。

〔17〕栾郤：指春秋时晋大夫栾书、郤克，功业卓著，其家可比当时公卿之族。

〔18〕徽：美好。

〔19〕壮：男子三十岁为壮。　室：妻室。

〔20〕窃赀：盗窃财产。赀，通“资”。　皂隶：卑贱的人。

〔21〕结褵（lí）：古代嫁女时，母为女系上丝巾，以示至男家后应力事家务。褵，佩巾。

〔22〕箕帚：指妇人在家洒扫之事。

〔23〕扆历：天子历数。　御宇：指梁御天下。

〔24〕殄：灭。

〔25〕负扆（yǐ）：古时天子朝见诸侯，背着斧扆南面而立，故称。

【译文】

给事黄门侍郎兼御史中丞吴兴县中正臣沈约叩首进言：像齐侯这样地位高的人不应与地位低的人结为配偶，已经写明在以前的告诫中；不与权重位尊的大将军霍光之女结婚，隽不疑一直被夸耀。若是不同氏族而结为和睦夫妻，辨别不同氏族夫妻相和的义理，升降高低，确实不是同一尺度能衡量的。本来应该根据双方的门第，而不应该在门第相配上失去伦理，使双方门当户对，泾渭分明而不混杂。自从刘宋王朝失去帝位之后，礼教衰败，豪门贵族之家，越来越丧失门庭秩序，姻娅之亲错乱混杂，已不区分高低贵贱，贩卖祖父、曾祖的官爵，把它作为买卖之道，明目张胆厚着脸皮，竟没有一点惭愧畏惧的样子。至于道德盛美的家族，上世之业令人钦慕怀念，栾书、郤克这样功业卓著的大家族，其美好的业绩距今未远。男子到了壮年便娶妻室，以娶妻窃取家资无疑就是卑贱之人，出嫁佩戴丝巾，执箕帚来扶助夫家，这些礼数现在都丧失。有志气的人听到为之伤心，见过世面的老人为之叹息。自从梁朝建立以来，对国家的典章法令做了很大改革，虽已除旧布新，然而婚嫁不相匹配的风气至今未灭。陛下之所以坐正天下，倡导进言，是想廓清杂为婚姻的不良风俗。

臣实儒品，谬掌天宪，虽埋轮之志〔1〕，无屈权右〔2〕；

而狐鼠微物，亦蠹大猷[3]。风闻东海王源，嫁女与富阳满氏。源虽人品庸陋，胄实参华[4]。曾祖雅，位登八命[5]；祖少卿，内侍帷幄；父璿，升采储闱[6]，亦居清显。源频叨诸府戎禁[7]，豫班通徹[8]。而托姻结好，唯利是求，玷辱流辈，莫斯为甚。源人身在远，辄摄媒人刘嗣之到台辩问。嗣之列称：吴郡满璋之，相承云是高平旧族，宠奋胤胄[9]，家计温足，见托为息鸾觅婚。王源见告穷尽，即索璋之簿阀[10]，见璋之任王国侍郎，鸾又为王慈吴郡正阁主簿[11]，源父子因共详议，判与为婚。璋之下钱五万，以为聘礼。源先丧妇，又以所聘馀值纳妾。与其所列，则与风闻符同。

【注释】

〔1〕埋轮之志：典出《后汉书·张皓传·附》：张纲为侍御史，至洛阳都亭，"独埋其车轮"说："豺狼当路安问狐狸！"即上书弹劾权臣梁冀及其弟梁不疑，京师为之震动。比喻意志坚定，无所畏惧。

〔2〕权右：权门右族，即权贵之义。

〔3〕蠹：蛀坏。 大猷：大道，指国家朝廷。

〔4〕胄：后代。 华：荣华。

〔5〕八命：按周代官制，八命是官爵的第八等。

〔6〕采：事。 储闱：东宫。

〔7〕戎禁：谓禁卫之官。

〔8〕豫：预。 班：列。 通徹：即通侯，爵位名。

〔9〕宠：即满宠，魏时为太尉。 奋：即满奋，西晋时为司隶校尉，高平人。

〔10〕簿阀：先代官籍。

〔11〕王慈：吴郡太守。

【译文】

我是个儒士文人，掌管天子法纪，虽有忠于职守的志向，不屈服于权贵，然而那些像狐鼠似的卑贱小人，也仍然在破坏国家大法。我听说东海王源，把女儿嫁给富阳满氏。王源虽然人品庸俗低下，但享受着先氏的荣华。曾祖王雅，位居三公；祖父少卿，官中侍臣；其父王璇，擢升为执掌东宫，也是清贵显要的职务。王源多次贪图谋取诸禁府的禁卫官，预列通侯的爵位。借助婚事与贵府结为友善，唯利是图，玷污同辈之人，没有比这种劣行更严重的了。王源远在南郡做官，就找了媒人刘嗣之到御史台辨问。刘嗣之一一称述如下：吴郡满璋之，继承高平旧族，是满宠、满奋的后代。家中生活富足，受托为其子满鸾求婚。王源被告发无话可说，就立即索取满璋之的先代官籍，从官籍上看到璋之任王国侍郎，满鸾又是王慈吴郡正阁主簿，王源父子就在这时一起详细地商讨，决定与满家为婚。璋之出钱五万，作为聘礼。王源原先死了妻子，又拿到剩余下来的聘钱纳妾。按刘嗣之所称述的情况，跟传闻情况符合。

窃寻璋之姓族，士庶莫辨。满奋身殒西朝〔1〕，胤嗣殄没，武秋之后〔2〕，无闻东晋，其为虚托，不言自显。王满连姻，实骇物听，潘杨之睦〔3〕，有异于此。且买妾纳媵，因聘为资，施衿之费〔4〕，化充床笫，鄙情赘行〔5〕，造次以之〔6〕。纠慝绳违〔7〕，允兹简裁〔8〕。源即主。

【注释】

〔1〕身殒：指为苗愿所杀。　西朝：指西晋。

〔2〕武秋：满奋字。

〔3〕潘：潘岳。　杨：杨仲武。仲武之姑，为潘岳之妻，二家联姻，甚为和睦。

〔4〕施衿：谓女儿出嫁时，父母为其结上配巾。衿，丝带。

〔5〕赘：恶。

〔6〕造次：仓卒，轻易。

〔7〕慝（tè）：邪恶。

〔8〕允：信。　简裁：谓以此简裁定。

【译文】

我寻思璋之族姓，士族与庶族分不清，满奋在被人杀于西晋，其后代都没有了，武秋以后，东晋也没听说，璋之说他是满奋后代实是虚托，不言自明。王源与满璋之联姻结亲，使人听了实在感到惊奇；潘岳与杨仲武结为和睦之亲，跟王满联姻显然有别。而且买妾纳媵，本来是用娶妻的钱，而王源把嫁女之财拿来纳妾，以成房室之私，可鄙的情欲，恶劣的品行，仓促之间做成其事。举发劣行、惩处过错，以此诚信奏表请皇上制裁王源。王源是主要的罪人。

臣谨案：南郡丞王源，忝藉世资，得参缨冕[1]，同人者貌，异人者心，以彼行媒，同之抱布[2]。且非我族类，往哲格言；薰莸不杂[3]，闻之前典。岂有六卿之胄，纳女于管库之人[4]；宋子河鲂[5]，同穴于舆台之鬼[6]。高门降衡[7]，虽自己作；蔑祖辱亲，于事为甚。此风弗剪[8]，其源遂开，点世尘家，将被比屋[9]。宜置以明科[10]，黜之流伍。使已污之族，永愧于昔辰；方媾之党[11]，革心于来日。

【注释】

〔1〕缨冕：谓官服。

〔2〕抱布：谓其行媒不合礼义。

〔3〕薰：香草。　莸：臭草。

〔4〕管库之人：谓低贱之人。

〔5〕宋子：大族之子。　河鲂：上等之鱼。

〔6〕舆台：下等人。

〔7〕衡：横木为门，指平民之家。

〔8〕翦：除。

〔9〕比屋：喻封赐之多。

〔10〕明科：指有关官署。科，分曹办事的机构。

〔11〕媾：婚媾。

【译文】

为臣谨慎审查：南郡守丞王源，凭借他祖上资本，才得以为官，他的面孔虽与众人相同，但他心术不正，与众人有别。用他那种方式做媒成亲，就如同平民百姓抱着布交易一样自由，完全无视礼节。而且满姓不是跟我华夏同一族类，过去的哲人已有格言：薰莸香臭不同，不能混杂，这在前代的典籍中已有记载。哪里有朝廷大官的后代，嫁女给卑贱之人，哪有衣冠大族的子孙，跟下等人同在一个墓穴做鬼呢？从世家大族降为平民之家，虽说是自己造成的；蔑视祖宗，羞辱亲戚，在这件事上真是太严重了。不刹住这种风气，不良风气就开了源头，玷污世家大族，将会延及到家家户户。应将王源交付执法部门，废黜为庶民。使已被玷污的士族，对过去做的事永远感到羞愧；正要婚媾混杂的亲族，能于将来之日洗心革面。

臣等参议，请以见事免源所居官，禁锢终身，辄下禁止视事如故。源官品应黄纸[1]，臣辄奉白简以闻[2]。臣约诚惶诚恐，云云。

【注释】

〔1〕黄纸：封建时代按官品不同，应使用不同色泽的状纸。

〔2〕白简：谓以白纸所写的奏状。

【译文】

臣下们商议，请免去王源所任官职，禁锢终身，马上禁止他，法律依然如故。王源按其官位品级应用黄纸书奏，臣沈约谨奉上白简弹劾以求皇上闻知。臣沈约诚惶诚恐，云云。

笺

答临淄侯笺　杨德祖（杨修）

【题解】

杨修（公元175—219），字德祖，华阴（今陕西华阴）人，汉魏时为丞相曹操主簿，博学能文，才思敏捷。与临淄侯曹植友善，关系密切。后曹植失宠，修为曹操所忌，被杀。原有集二卷，已佚，今存作品七篇。其事载《三国志·魏书·陈思王传》。曹植有《与杨德祖书》，本篇为杨修的复信。信中高度赞扬了临淄侯曹植的文学才华，肯定了辞赋的价值。

修死罪死罪。不侍数日，若弥年载。岂由爱顾之隆，使系仰之情深邪！损辱嘉命，蔚矣其文，诵读反复，虽讽雅颂，不复过此。若仲宣之擅汉表〔1〕，陈氏之跨冀域〔2〕，徐、刘之显青、豫〔3〕，应生之发魏国〔4〕，斯皆然矣。至于修者，听采风声，仰德不暇，自周章于省览〔5〕，何遑高视哉？

【注释】

〔1〕仲宣之擅汉表：指王粲曾到荆州投靠刘表。

〔2〕陈氏：指陈琳。

〔3〕徐：指徐幹。　刘：指刘桢。　青：青州。　豫：豫州。

〔4〕应生：指应玚。

〔5〕周章：舒缓不迫。　省览：监察、考虑。

【译文】

杨修死罪。几天不见，如隔一年。难道是因为关怀照顾太多，才使我对您的敬仰之情如此之深吗？您不惜贬抑身份惠赐诗文，文采灿烂华美极了！我反复诵读，即使吟诵《诗经》中的《雅》《颂》篇章，也不比您的诗文好。像王粲独步于汉南荆楚之地，陈琳扬名于河北一带，徐幹、刘桢驰名于青州、豫州等地，应玚在魏国京城很有名声，这些人确实文名很高。至于我杨修，观赏他们的文采，倾慕不已。自己正在安静地进行思考鉴赏，我哪里谈得上能超过他们呢！

伏惟君侯，少长贵盛，体发旦之资[1]，有圣善之教，远近观者，徒谓能宣昭懿德，光赞大业而已。不复谓能兼览传记，留思文章。今乃含王超陈，度越数子矣。观者骇视而拭目，听者倾首而竦耳。非夫体通性达，受之自然，其孰能至于此乎！又尝亲见执事[2]，握牍持笔，有所造作，若成诵在心，借书于手，曾不斯须少留思虑。仲尼日月[3]，无得逾焉。修之仰望，殆如此矣。是以对鹖而辞[4]，作《暑赋》弥日而不献，见西施之容，归增其貌者也。

【注释】

〔1〕发：周武王名。　旦：周公名。

〔2〕执事：对对方的敬称，指曹植。

〔3〕仲尼：即孔子。

〔4〕鹖（hé）：鸟名，一种像雉而善斗的鸟。曹植曾作《鹖鸟赋》，修推辞不写。

【译文】

君侯您不论年少或年长，都一定是富贵通达，具备武王、周公的天质，有着美好无比的教养。远近之人察觉到的，认为您只能发扬美好的品德，继承辉煌的大业，不再认为您能博览博记，留意诗赋。现在您的诗赋已经涵盖王粲超过陈琳，且超越建安七子等人了。读者惊骇所见而擦亮眼睛，听者全神贯注地倾听而竖起耳朵。若不是才思灵敏通畅，从先天中得来，谁能做到这样呢？我又曾亲自见您执笔展纸，在进行创作，好像胸中已有了诗作，然后从笔端倾泻而出，竟片刻功夫，也不用多加思虑。其天资捷才，如同孔子之于日月，无人能够超越我对您的敬仰期望，就像这样啊！所以让我作《鹦鸟赋》，我不敢奉命；让我作《暑赋》，几天不敢进献，因为观赏了西施的容貌，回家后觉得自己形貌可憎。

伏想执事，不知其然，猥受顾锡，教使刊定。春秋之成，莫能损益；《吕氏》《淮南》〔1〕，字直千金。然而弟子箝口，市人拱手者，圣贤卓荦〔2〕，固所以殊绝凡庸也。今之赋颂，古诗之流，不更孔公〔3〕，风雅无别耳。修家子云〔4〕，老不晓事，强著一书，悔其少作〔5〕。若此仲山、周旦之俦〔6〕，为皆有諐邪〔7〕！君侯忘圣贤之显迹，述鄙宗之过言，窃以为未之思也。

【注释】

〔1〕《吕氏》《淮南》：指《吕氏春秋》和《淮南子》。

〔2〕卓荦（luò）：超绝。

〔3〕孔公：指孔融，其文章辞藻华美，气体高妙。

〔4〕子云：指杨雄，西汉著名辞赋家，晚年著《法言》。

〔5〕少作：年轻时的作品，指其所写辞赋。

〔6〕仲山：指仲山甫，周宣王的贤臣。　周旦：周公。

〔7〕諐（qiān）：过失。

【译文】

我想君王您，不了解改定文章的情况，轻易把辞赋一册赠给我，教我改订。孔子作《春秋》，没有谁能增减一字；《吕氏春秋》《淮南子》这两部书，改削一字，价值千金。然而弟子不能改动一字，平民百姓都很赞赏，这是因为圣贤之笔卓越超群，当然与平庸之辈有极大的差别。当今赋诵一类文章，从古诗演变而来，如果不从孔融变出，那就与《风》《雅》没什么区别了。我的本家杨雄，年老不明事理，硬是要写《法言》这本书，悔恨他年轻时所作辞赋。像辞赋这类文章本可与仲山甫、周公之作《雅》《颂》比美，难道会有什么过失吗？君王您忘了圣贤歌颂王业的述作，却去论述街谈巷说那样的错误言论，我以为您这一点未曾考虑周到。

若乃不忘经国之大美，流千载之英声，铭功景钟〔1〕，书名竹帛，斯自雅量，素所畜也，岂与文章相妨害哉？辄受所惠，窃备矇瞍诵咏而已〔2〕，敢望惠施〔3〕，以忝庄氏〔4〕？季绪璅璅〔5〕，何足以云，反答造次〔6〕，不能宣备。修死罪死罪。

【注释】

〔1〕景钟：景公钟。这里借指文章的丰功伟业。

〔2〕矇瞍：乐师，古以盲者任乐师以讽诵诗歌。

〔3〕惠施：庄子的知己朋友。

〔4〕庄氏：即庄子。曹植以惠施比杨修，故作者以庄子喻曹植。

〔5〕季绪：即刘季绪，刘表之子，著有诗赋六篇。　璅璅（suǒ）：细微，此指人品猥琐。

〔6〕造次：仓卒。

【译文】

再说辞赋不能忘记治理国家的盛美之事，千百年后都能流传作者的美名，功勋铭刻在景钟上，著作写在竹帛上，这来自作者的雅量，是平时积聚而成的，难道它与文章相妨害吗？惠赐辞赋，只能使我如瞎子一样得以经常诵读而已，我怎敢相企惠施，来比庄周之相知呢？季绪猥琐之言，不足称道。回函草率，无法陈说完备。修死罪死罪。

与魏文帝笺　繁休伯（繁钦）

【题解】

繁钦（？—218），字休伯，颍川（今河南禹县）人，曾为曹操主簿，长于书记，善为诗赋。原有集十卷，已佚。今存诗赋及文二十余篇。事见《三国志·魏书·王粲传》注。此篇为繁钦致魏文帝曹丕的信。繁钦在信中描述了一位歌伎的“诡异”技能，给予了高度的赞扬。

正月八日壬寅，领主簿繁钦[1]，死罪死罪。近屡奉笺，不足自宣。顷诸鼓吹[2]，广求异妓，时都尉薛访车子[3]，年始十四，能喉啭引声[4]，与笳同音。白上呈见，果如其言。即日故共观试，乃知天壤之所生，诚有自然之妙物也。潜气内转，哀音外激，大不抗越，细不幽散，声悲旧笳，曲美常均[5]。及与黄门鼓吹温胡[6]，迭唱迭和，喉所发音，无不响应，曲折沉浮，寻变入节。自初呈试，中间二旬，胡欲傲其所不知，尚之以一曲，巧竭意匮，既已不能。而此孺子遗声抑扬，不可胜穷，优游转化，馀弄未尽。暨其清激悲吟，杂以怨慕，咏北狄之遐征，奏胡马之长思，凄入肝脾，哀感顽艳[7]。是时日在西隅，凉风拂衽，背山临溪，流泉东逝。同坐仰叹，观者俯听，莫不泫泣殒涕，悲怀慷慨。自左騂史妠謇姐名倡[8]，能识以来，耳目所见，佥曰诡异[9]，未之闻也。

【注释】

〔1〕主簿：官名，其职在典领文书，办理事务。

〔2〕鼓吹：指鼓钲箫笳一类乐器。

〔3〕都尉：官名。　薛访：汉末时人，贤者。　车子：御车之士。

〔4〕喉啭：从喉咙发出婉转动听的嗓音。

〔5〕均：古代乐器的调律器，使五声和谐。

〔6〕黄门：乐官名。　温胡：乐人名。

〔7〕顽艳：指顽钝之人与艳美之人。一说，指歌词古拙而绮丽。

〔8〕左驙（diān）、史妠（nàn）、謇（jiǎn）姐：都是当时乐人。

〔9〕佥：皆、都。

【译文】

正月八日壬寅之时，主簿繁钦死罪。近来多次奉函，还没把话说尽。不久前军中需作鼓吹之乐，广泛寻求有突出才能的歌伎。当时都尉薛访有个驾车者，年纪才十四岁，能从喉咙发出婉转动听的声音，与笳的声音一样。他报告皇上并带去拜见，果然如他所说。当天大家一同来观看、试听，才知道天地生成万物，确有自然天赋的美妙嗓音。潜藏的精气在胸中回转，哀怨之音从喉中发出，声音大而不过分高亢，声音细而不消失，声音比原有的笳还要悲壮，其曲比合律的乐调还要和谐。当他与黄门鼓吹乐人温胡转换着唱和时，从喉中发出的声音没有不像回声似的应和，曲折高低，随着变化符合音律节奏。从开始观听，经过二十天时间，温胡想以驾车者所不知的东西来傲视他，向他加了一首曲子，结果自己机关用尽，志气匮乏，不久就不能表演了。而年方十四的驾车者，其歌喉语音高低抑扬，不可穷尽，悠闲自得的辗转变化，继续在施展他的歌喉。及其歌喉清亮激越地发出悲吟，又杂以怨慕之声，好像是在咏叹北狄的远征，胡马的长思，凄恻之音入人肝脾，歌声悲哀感人使顽钝的人和美好的人都同样受到感动。这时夕阳西斜，凉风拂襟，背山临溪，泉水东流。同坐之人仰首而叹，观看之人俯身以听，没有谁不哭泣流泪，悲怀慷慨。自从左騆、史妠、謇姐这些有名的歌伎人们尽识以来，忆其所见所闻，都称驾车者为特异之人，从来没见识过这样的歌伎。

窃惟圣体，兼爱好奇；是以因笺，先白委曲[1]，伏想御闻，必含余欢。冀事速讫，旋侍光尘[2]，寓目阶庭，与听斯调，宴喜之乐，盖亦无量。钦死罪死罪。

【注释】

〔1〕委曲：指事情的始末经过。

〔2〕光尘：对他人风采的敬称。

【译文】

我考虑到尊驾还喜爱奇异之事，所以借这封信先将事情的原委向您奉告，我想您听了这件事后，一定会感到高兴。等我差事完毕，随机到您面前侍奉，在您的厅堂里观看此人的表演，与您一起听此人的歌唱，这种宴席上的音乐之趣，大概不可估量吧。繁钦死罪死罪。

答东阿王笺 陈孔璋（陈琳）

【题解】

陈琳（？—217），字孔璋，广陵（今江苏扬州）人，建安七子之一，先投袁绍，后归附曹操，任司空军谋祭酒，典记室，草拟书檄公文，以章表书记见称。原有集十卷，已散佚，明人辑有《陈记室集》一卷，传附《三国志·魏书·王粲传》。本篇赞美东阿王曹植的文学才华及其《龟赋》的艺术成就。

琳死罪死罪。昨加恩辱命，并示《龟赋》[1]，披览粲然。君侯体高世之才，秉青萍干将之器[2]，拂钟无声[3]，应机立断。此乃天然异禀，非钻仰者所庶几也[4]。音义既远，清辞妙句，焱绝焕炳[5]，譬犹飞兔流星[6]，超山越海，龙骥所不敢追[7]；况于驽马，可得齐足？夫听《白雪》之音[8]，观《绿水》之节[9]，然后《东野》《巴人》[10]，蚩鄙益著，载欢载笑，欲罢不能。谨韫椟玩耽[11]，以为吟颂。琳死罪死罪。

【注释】

〔1〕《龟赋》：即《神龟赋》。

〔2〕青萍、干将：皆良剑名，比喻曹植之才。

〔3〕拂：砍。　无声：言其锋利。

〔4〕钻仰者：陈琳自指。《论语·子罕》："仰之弥高，钻之弥坚。"

〔5〕焱（yàn）：火花，此喻文采。

〔6〕飞兔：古神马。

〔7〕龙骥：骏马。

〔8〕《白雪》：高雅的曲调。

〔9〕《绿水》：古舞曲名。

〔10〕《东野》《巴人》：乡间通俗之调。

〔11〕韫（yùn）椟：藏于柜中，指珍藏。韫，蕴藏。椟，柜子。

【译文】

我死罪死罪。昨日布施恩情，屈辱辞命，并把《龟赋》给我看，浏览拜读，觉得文辞华丽。君侯您才能高出世人，拿着青萍、干将那样的利器，砍钟不曾发出声音，顺应机会而立断，这真是天赋的奇异才能，不是像我这样的人所能企及的。您的《龟赋》音声清远，意义深远，清词妙句，光明炫丽，譬如飞兔流星，翻山过海，即使是骏马也无法追上；何况我这样的劣马，怎能与您并驾齐驱呢？聆听《阳春》《白雪》的曲调，观赏《绿水》的节奏韵律，然后再看看《东野》《巴人》的作品，就显得越加低劣粗俗。我读这篇《龟赋》是满心欢乐，没有办法放下不看。我要把它珍藏在书柜里反复欣赏玩味，并拿来讴吟歌诵。我死罪死罪。

答魏太子笺 吴季重（吴质）

【题解】

吴质（177—230），字季重，济阴（今山东定陶）人，曾为朝歌（今河南淇县）令，有文才，同曹丕、曹植兄弟友善，与曹丕关系尤为密切。曹丕称帝后，官至振威将军、都督河北诸军事，列封侯。原有集五卷，已佚。传附《三国志·魏书·王粲传》。曹丕曾作《与吴质书》，本篇是吴质的复信。信中写作者与曹丕等人的深厚情谊，兼议建安七子之所长，尤赞曹丕的文学才华，并表明自己在晚年仍将继续努力奋进。

二月八日庚寅，臣质言：奉读手命〔1〕，追亡虑存，恩哀之隆，形于文墨。日月冉冉，岁不我与。昔侍左右，厕坐众贤〔2〕，出有微行之游〔3〕，入有管弦之欢，置酒乐饮，赋诗称寿〔4〕。自谓可终始相保，并骋材力，效节明主。何意数年之间，死丧略尽。臣独何德，以堪久长？

【注释】

〔1〕手命：指时任太子的曹丕《与吴质书》。

〔2〕厕：列。

〔3〕微行：便服出行，以隐匿身份。

〔4〕称寿：祝人长寿。

【译文】

二月八日庚寅，我吴质进言。奉读手书，追怀亡友，思虑今人，恩荣与悲哀之情极为深厚，都从笔墨中表现出来了。光阴冉冉，时不待我。从前有幸侍奉太子，列坐于诸位贤士之间，有身着便服，外出游览的乐趣，回来时管弦迭奏的欢愉。摆上酒席痛快地喝上几杯，大家一同赋诗，敬酒祝寿。各人都说一定能长期聚在一起，共同施展自己的才智，始终不渝地为明主效劳。何曾想到数年之间，大多死去。不知我有什么好的德行，反而能活得如此长久？

陈、徐、刘、应〔1〕，才学所著，诚如来命，惜其不遂，可为痛切。凡此数子，于雍容侍从，实其人也。若乃边境有虞，群下鼎沸，军书辐至，羽檄交驰，于彼诸贤，非其任也。往者孝武之世〔2〕，文章为盛，若东方朔、枚皋之徒〔3〕，不能持论，即阮、陈之俦也〔4〕。其唯严助、寿王〔5〕，与闻政事，然皆不慎其身，善谋于国，卒以败亡，臣窃耻之。至于司马长卿称疾避事〔6〕，以著书为务，则徐生庶几焉〔7〕。而今各逝，已为异物矣。后来君子，实可畏也。

【注释】

〔1〕陈：陈琳。　徐：徐幹。　刘：刘桢。　应：应玚。

〔2〕孝武：指汉武帝。

〔3〕东方朔、枚皋：西汉文学家，皆以诙谐调笑闻名，武帝视之如倡优。

〔4〕阮：指阮瑀。　陈：指陈琳。

〔5〕严助：汉武帝时任中大夫，为武帝所亲信。淮南王刘安谋反，严助因有交往而被杀。　寿王：即吾丘寿王，武帝时为东郡都尉，亦喜辩论，

后被连坐。

〔6〕司马长卿：司马相如，因汉景帝不好辞赋，他称病免官而作《子虚赋》。

〔7〕徐生：即徐幹。

【译文】

陈琳、徐幹、刘桢、应玚，他们的才学及其著作，的确如您信中所说，可惜他们没能完成，真令人痛心！这几人，作为文学侍从，确实是很好的人才。至于边境有了忧患，臣下动乱纷扰，军书从四周而至，传达檄文交相奔走，这不是他们的能力所能承担的。以前在汉武帝的时候，文章称盛，像东方朔、枚皋这些人，他们的文章不以议论政事为长，即今日阮瑀、陈琳一类作家。只有严助、吾丘寿王喜欢谈论政事，然而他们在政治上都不够慎重，善于为侯国谋划，最终被杀，我私下替他们感到羞耻。至于司马相如，称病不朝，以写作辞赋为务，后来徐幹几乎就这样。现在他们都已去世，已非世间人了。后起的文士作家，实在是值得借鉴敬畏的。

伏惟所天〔1〕，优游典籍之场，休息篇章之囿，发言抗论，穷理尽微，摛藻下笔〔2〕，鸾龙之文奋矣。虽年齐萧王〔3〕，才实百之。此众议所以归高，远近所以同声。然年岁若坠，今质已四十二矣，白发生鬓，所虑日深，实不复若平日之时也。但欲保身敕行〔4〕，不蹈有过之地，以为知己之累耳。游宴之欢，难可再遇；盛年一过，实不可追。臣幸得下愚之才，值风云之会，时迈齿载〔5〕，犹欲触匈奋首〔6〕，展其割裂之用也。不胜惓惓〔7〕。以来命备悉，故略陈至情。质死罪死罪。

【注释】

〔1〕天：喻国君，此指曹丕。

〔2〕摛藻：铺张辞藻。

〔3〕萧王：指光武帝刘秀。

〔4〕敕行：整饬自己的行为。

〔5〕菽：当做“耋”，年老之意。

〔6〕匈：即“胸”字。

〔7〕偻偻（lóu）：勤恳，谨敬。

【译文】

我觉得太子您，遨游在浩瀚的典籍中，娱乐在艺术的园地里，说出的话确是高论，探究事理以尽微妙，下笔词采丰茂，做出来的文章如同龙凤飞翔。虽然年纪与光武帝相等，而文才超过百倍，这就是大家之所以高看您，远近之人同声赞扬您的原因。然而岁月过得如流水，我已经四十二岁了，两鬓已添白发，忧虑一天天地多起来，实在不再像年轻的时候了。我只想保全自身，使自己的行为端正，不做错事情，免使太子受到连累罢了。往日与您出游宴集的欢乐，很难再遇上，盛年一过，实在是无法追回。我庆幸自己才能平庸，但却遇上风云，尽管已成年老之人，还想抚胸奋首、振足精神，施展自己的微薄才力。不胜恭敬诚恳之情！因来信已说得很详尽，所以只大略谈一谈我对太子的敬仰之情。我死罪死罪。

在元城与魏太子笺 吴季重（吴质）

【题解】

这是吴质任元城令时写给曹丕的信。信中描写元城（在今河北石家庄市之南）的地理风情，回顾元城历史上著名的人物事件，也表达治理好元城的决心。

臣质言：前蒙延纳，侍宴终日，耀灵匿景[1]，继以华灯。虽虞卿适赵[2]，平原入秦[3]，受赠千金，浮觞旬日，无以过也。小器易盈，先取沉顿[4]，醒寤之后，不识所言。即以五日到官。

【注释】

〔1〕耀灵：指太阳。　景：日光。

〔2〕虞卿适赵：《史记·平原君虞卿列传》说，虞卿“说赵孝成王，一见，赐黄金百镒”。

〔3〕平原：平原君。

〔4〕沉顿：疲惫，精神不振。

【译文】

为臣吴质进言：日前承蒙接待，陪同宴饮了一天，直到太阳落下，点起了烛光以继续，即使是虞卿来到赵国，平原君应邀入秦，赠送千金，饮宴十日，也没有超过您对我的盛情接待。杯小易满，已喝得醉醺醺。酒醒以后，不知道自己说了什么，第五天我就到了元城任职。

初至承前，未知深浅。然观地形，察土宜。西带常山[1]，连冈平代[2]；北邻柏人[3]，乃高帝之所忌也。重以泜水[4]，渐渍疆宇[5]，喟然叹息：思淮阴之奇谲[6]，亮成安之失策[7]；南望邯郸，想廉、蔺之风[8]；东接巨鹿，存李齐之流[9]。都人士女，服习礼教，皆怀慷慨之节，包左车之计[10]。而质暗弱，无以莅之[11]。若乃迈德种恩[12]，树之风声，使农夫逸豫于疆畔[13]，女工吟咏于机杼，固非质之所能也。至于奉遵科教[14]，班扬明令[15]，下无威福之吏，邑无豪侠之杰，赋事行刑，资于故实，抑亦懔懔有庶几之心[16]。

【注释】

〔1〕常山：即恒山。

〔2〕平、代：地名。

〔3〕柏人：地名。

〔4〕泜水：水名，流经元城入黄河。

〔5〕渍（zì）：浸染。

〔6〕淮阴：指淮阴侯韩信。　奇谲：这里指作战时巧用诈谋奇计。

〔7〕成安：即成安君陈馀。　失策：谓不用李左军之计。

〔8〕邯郸：赵国都城。　廉：指廉颇。

〔9〕巨鹿：地名，在邯郸东北。　李齐：赵之良将。

〔10〕左车：即李左车。

〔11〕莅：临、治理。

〔12〕迈德：勉行其德。　种恩：布行恩德。

〔13〕逸豫：逸乐、欢愉。

〔14〕科教：政教条令。

〔15〕班：分。

〔16〕懔懔：恐惧担忧的样子。

【译文】

刚到时一切都按前例办事，尚难区分难易。然而观察地形和土质，见西面靠着常山，其山冈与平、代二县相连接；北面接邻柏人县，是汉高祖忌讳的地方。泜水流经此处，渐渐浸染土地。我感慨万千，想起了当年淮阴侯用兵奇特诡异，确信了成安君的失策；向南面的邯郸望去，使我想起了廉颇、蔺相如的将相之风；东面接壤巨鹿，那儿也出现过赵将李齐这一类贤人。元城的男士女子，很熟悉礼教，他们都怀有高昂不俗的气节，怀着李左车那样的计谋。然而我昏昧无能，拿不出办法面对它。若让我勉行其德、布施恩惠，建树美好的风气和名声，使农夫愉快的在土地上耕作，使妇女在机杼旁边唱歌边织布，这自然不是我的能力。至于按规定实施礼教条令，发布明文规定的各种命令，使下面没有作威作福的官吏，使县内没有巧取豪夺的强人，办理公事、施行刑法，可以借鉴以前的做法。即使这样做，我心里仍有一些恐惧担忧。

往者严助释承明之欢，受会稽之位；寿王去侍从之娱[1]，统东郡之任。其后皆克复旧职，追寻前轨。今独不然，不亦异乎？张敞在外[2]，自谓无奇；陈咸愤积[3]，思入京城。彼岂虚谈夸论，诳耀世俗哉[4]！斯实薄郡守之荣，显左右之勤也。古今一揆[5]，先后不贸，焉知来者之不如今？聊以当觐，不敢多云。质死罪死罪。

【注释】

〔1〕寿王：即吾丘寿王。

〔2〕张敞：西汉人，字子高。直言敢谏，所至有治绩。

〔3〕陈咸：西汉人，字子康。性情耿直，善于上书言事。

〔4〕诳（kuáng）：欺骗。

〔5〕一揆：同一道理。

【译文】

以前严助辞去承明殿内的任职，接受做会稽太守；吾丘寿王离开做皇上侍从的职位，接受东郡太守的任职。后来他们又都回到了朝廷回复先前的职位，追寻前事。现在偏不是这样，不也是不一样吗？张敞在外任职，自己感到并不新奇；陈咸在外任职忧愤很多，想进入京城。他们难道是浮夸的谈论，去欺骗炫耀世人吗？这实在是看不起郡守的尊荣，而想在皇上面前显示殷勤啊！古今道理一样，先后不可变易，怎知后来的人不如现在的人？此信姑且当作一次拜见，不敢多说，我死罪死罪。

为郑冲劝晋王笺　阮嗣宗（阮籍）

【题解】

郑冲，魏人，时为太傅。魏元帝曹奂封司马昭为晋公，进位相国，司马昭固辞不受。阮籍代郑冲写此信，信中赞司马昭之丰功伟绩，劝其进位。

冲等死罪[1]。伏见嘉命显至，窃闻明公固让[2]，冲等眷眷[3]，实有愚心，以为圣王作制，百代同风，褒德赏功，有自来矣。昔伊尹，有莘氏之媵臣耳[4]，一佐成汤，遂荷阿衡之号[5]；周公藉已成之势，据既安之业，光宅曲阜[6]，奄有龟蒙[7]；吕尚，磻溪之渔者[8]，一朝指麾[9]，乃封营丘。自是以来，功薄而赏厚者，不可胜数。然贤哲之士，犹以为美谈。况自先相国以来，世有明德，翼辅魏室，以绥天下[10]，朝无阙政，民无谤言。

【注释】

〔1〕冲：即郑冲，字文和，荥阳（今河南荥阳）人，位至太傅。

〔2〕明公固让：魏元帝曹奂立，封司马昭为晋公（后进爵晋王），司马昭固让不受。

〔3〕眷眷：依恋向往之情状。

〔4〕伊尹：商汤贤臣。　有莘氏：古国名。　媵臣：诸侯嫁女派随行的臣仆。

〔5〕阿衡：商代官名，即宰相，因伊尹辅佐汤王而得名。

〔6〕光宅：指盛德覆盖。

〔7〕龟蒙：即龟山、蒙山，在鲁国（今山东）境内。

〔8〕吕尚：即姜太公。　磻溪：水名，传说为姜太公垂钓处。

〔9〕指麾：即指挥。麾，通“挥”。

〔10〕绥：安抚。

【译文】

郑冲等死罪。恭敬地见到美好的诏命上封您尊显之位，我们私下听说您推让不受，我们对您怀着依恋向往之情，实有一片愚忠之心，以为圣王所下诏命，百代同一风尚，褒德赏功，从来如此。从前伊尹，是有莘氏出嫁伴随的媵臣，一旦辅佐商汤，就获得了宰相阿衡的名号；周公姬旦凭借已经形成的国势，倚仗已经安定的大业，荣光覆盖曲阜，又囊括了龟山、蒙山地区；吕尚，磻溪垂钓的人，一旦指挥军队，被封于齐国营丘。从此以来，功劳不大而赏赐优厚的人，数都数不清。然而贤士哲人，仍把他们传为美谈。何况从司马懿任宰辅以来，世代都有贤明之德，辅佐魏之王室，以安抚天下，朝廷没有缺失的政事，人民没有说坏话。

前者，明公西征灵州，北临沙漠，榆中以西，望风震服，羌戎东驰，回首内向。东诛叛逆，全军独克[1]，禽阖闾之将[2]，斩轻锐之卒，以万万计，威加南海，名慑三越[3]。宇内康宁，苛慝不作[4]。是以殊俗畏威，东夷献舞。

【注释】

〔1〕克：取胜。

〔2〕禽：通“擒”。 阖闾：本指战国时吴王，此喻三国时吴王孙权。

〔3〕三越：指吴越、南越、闽越。

〔4〕苛慝：暴虐邪恶。

【译文】

前些时候，您西征灵州，往北直到沙漠，榆中以西一带地方的人，看到您的威武气概都被震服，羌、戎往东逃跑，掉转头退回去。您往东诛灭叛逆，保全军队独自克敌，您擒获孙权的将领，斩杀上万的轻骑锐卒，数以万计，声威扬于南海，英明摄服三越。天下康宁，暴虐邪恶不再发生。所以风俗殊异之族害怕您的威势，东夷民族竞献舞曲。

故圣上览乃昔以来，礼典旧章，开国光宅，显兹太原。明公宜承圣旨，受兹介福[1]，允当天人。元功盛勋，光光如彼[2]；国土嘉祚[3]，巍巍如此。内外协同，靡愆靡违。由斯征伐，则可朝服济江[4]，扫除吴会；西塞江源，望祀岷山。回戈弭节[5]，以麾天下，远无不服，迩无不肃。今大魏之德，光于唐、虞；明公盛勋，超于桓、文。然后临沧州而谢支伯[6]，登箕山而揖许由[7]，岂不盛乎！至公至平，谁与为邻？何必勤勤小让也哉！冲等不通大体，敢以陈闻。

【注释】

〔1〕介福：大福。

〔2〕光光：光明显耀。

〔3〕嘉祚：好福气。

〔4〕朝服：君臣朝会时所着礼服，这里比喻不战而胜。

〔5〕弭节：驻车停留。

〔6〕支伯：即支州支伯，传说为尧舜时贤人，推让不受天子位。

〔7〕箕山：尧时贤人许由避居之地。

【译文】

因此，圣上借鉴历代以来的做法，按照前代礼法和典章制度，建国之初恩德广施，赐此太原以示尊显。明公您应接受圣旨，受此大福，以顺应天意人事。首功盛勋，您是那样的光明显耀；国家安宁太平，您是如此的高大。朝内朝外协调一致，没有过失、没有背逆之事。由此而征伐，就能够不战而胜地渡过长江，消灭吴会；在西边的长江源头大报神恩，祭祀岷山。然后军队回转时暂停车马，以指挥天下，远无不服，近无不敬。现在大魏的功德，比唐尧、虞舜还要荣耀；明公您的盛勋，超过齐桓公、晋文公。然后到沧州去谢支伯，登上箕山揖拜许由，这样做难道不体面光彩吗？对您来说，这够公正合理的了！谁能与您相媲美呢？何必心里老挂念着谦让呢！我们对大的礼节不够通晓，故把我们的意见陈述出来以便闻知。

拜中军记室辞隋王笺　谢玄晖（谢朓）

【题解】

谢朓为隋王萧子隆文学，深得隋王赏识。齐武帝让他还京，转任新安王萧昭文中军记室。谢朓写此信告辞隋王。信中谢朓感谢隋王的知遇之恩，并表达了悲痛怀念之情。

故吏文学谢朓死罪死罪[1]。即日被尚书召，以朓补中军新安王记室参军[2]。朓闻潢汙之水[3]，愿朝宗而每竭；驽蹇之乘，希沃若而中疲[4]。何则？皋壤摇落[5]，对之惆怅；歧路西东，或以歔唈[6]。况乃服义徒拥[7]，归志莫从，邈若坠雨，翩似秋蒂。朓实庸流，行能无算。属天地休明，山川受纳，褒采一介，抽扬小善，故舍耒场圃，奉笔兔园。东乱三江，西浮七泽，契阔戎旃[8]，从容宴语。长裾日曳[9]，后乘载脂[10]；荣立府庭，恩加颜色。沐发晞阳[11]，未测涯涘；抚臆论报，早誓肌骨。不悟沧溟未运，波臣自荡[12]；渤澥方春，旅翮先谢[13]。

清切藩房[14]，寂寥旧荜[15]，轻舟反溯，吊影独留。白云在天，龙门不见[16]，去德滋永，思德滋深。唯待青江可望，候归艎于春渚[17]；朱邸方开[18]，效蓬心于秋实[19]。如其簪履或存[20]，衽席无改[21]，虽复身填沟壑，犹望妻子知归。揽涕告辞，悲来横集，不任犬马之诚。

【注释】

〔1〕文学：官名。

〔2〕中军：将军官名。　新安王：即海陵恭王昭文，字季尚。　记室参军：官名。

〔3〕潢汙：低洼积水处。

〔4〕沃若：光盛润泽的样子，此指马有威仪之盛。

〔5〕皋壤：泽旁洼地。

〔6〕歍唈：同“呜咽”。

〔7〕服义：奉行仁义。

〔8〕契阔：离散。　戎旃（zhān）：军旗，喻军旅之事。

〔9〕长裾：长而宽的外衣襟袖。　曳：拖。

〔10〕载脂：谓命驾而行。

〔11〕沐发晞阳：沐恩，比喻受润泽。

〔12〕波臣：被统治的臣隶，比喻自己。

〔13〕旅翮：迁飞的鸟，指被统治的臣隶，比喻自己。

〔14〕藩房：指隋王府。

〔15〕旧荜：往日的住处。

〔16〕龙门：指楚都城门，暗喻隋王。

〔17〕艎（huáng）：船。

〔18〕朱邸：指隋王府。

〔19〕蓬心：比喻不奢求高位。　秋实：言日后必报恩。

〔20〕簪履或存：比喻不弃小、不忘旧。

〔21〕衽席无改：比喻不弃旧、不忘恩。

【译文】

原任文学谢朓死罪死罪。近几日内接到尚书台任命书，让我做中军新安王记室参军。我听说洼地的水积累不多，想流入大海而每每枯竭；才力不济的劣马，想显出威仪而疲于途中。为什么呢？因为望着那水泽草地的衰落，心中满是愁闷；望着那疲马徘徊不前，有时会感到悲痛。何况空自抱着奉行仁义的心，不能顺从自己的志向跟您在一起，迷茫得好像坠于雨雾之中，飘荡不定好像秋风中的叶蒂。我本是平庸的人，德行才能实在不值称道。幸亏国家美好，我受到明公的接纳，使我这样一个书生受到恩宠，小小的技能得以发挥。所以放下了农耕之事，从事文学之职。我随从您东渡三江到会稽，西游七泽至荆州，在军旅生活中聚合离散，在宴席上侃侃而谈。出入您的门下，得以托乘后车命驾而行；荣耀地侍立在王府里，使我脸面增添光彩；在无边的阳光里沐发受恩，前程不可估量；我抚着胸臆但愿报答您的恩惠，早已立下铭心刻骨的誓言。没想到您如同沧海还没有运转，我却似波浪独自飘荡；您如同海边岛屿正当春来，我却似客寓之鸟先自告辞。王府清静，旧宅寂寞，轻舟已返，而自己独留形影相吊。白云在天，而隋王府看不到。离开您越是感到您的恩德长久，思念您越是感到您的恩德深远。我等待盼望您有入朝的一天，那时将在春江的洲渚旁等候您的归来；当您在京城的朱邸一旦打开，我将为您给我的恩荣而尽心效力。那旧时的家常，存而不忘；那昔日的衣襟席褥，依然无改。即使我死去，仍希望妻子儿女报恩于您。拭泪告辞，真是悲痛极了。不胜犬马之诚。

到大司马记室笺 任彦昇（任昉）

【题解】

齐时，萧衍（即后来之梁武帝）为大司马兼录尚书事，以任昉为记室。任昉到任后写此信，歌颂大司马的功绩，并答谢提携之恩。

记室参军事任昉，死罪死罪。伏承以今月令辰，肃膺典策[1]。德显功高，光副四海，含生之伦[2]，庇身有地。况昉受教君子，将二十年，咳唾为恩[3]，眄睐成饰[4]，小人怀惠，顾知死所。昔承嘉宴，属有绪言[5]，提挈之旨，形乎善谑，岂谓多幸，斯言不渝[6]。虽情谬先觉，而迹沦骄饵[7]，汤沐具而非吊[8]，大厦构而相贺[9]。

【注释】

〔1〕膺：接受。

〔2〕含生之伦：一切有生命者。

〔3〕咳唾为恩：指以言语为恩。

〔4〕眄睐：顾盼、眷顾。

〔5〕绪言：开头说的话。

〔6〕斯言不渝：符合先前所言。

〔7〕迹沦骄饵：指沦为骄横之君的诱饵。

〔8〕汤沐：沐浴。　非吊：不相慰问。

〔9〕大厦构：指梁武帝代齐之事业。

【译文】

记室参军事任昉，死罪死罪。我蒙恩在此月的一个美好时辰，恭敬地接受任命。您德显功高，荣光照耀四海，凡有生命的东西，都能得到您的庇护。何况我受教于您，将近二十年。您说一句话就是恩荣，顾盼我一下就是关怀，像我这样的卑微的人感怀恩惠，确实知道如何去死才值得。还记得在过去陪同的一次筵席上，您开头说的话，要提拔我作为您的记室，虽然好像是开玩笑似的，哪知道是真的幸运，此话今日果真应验了。您将来取得高位当时我未能先知，又不得不受到骄横之君的引诱。虽沐浴洁身，却不能相互慰问。齐王朝的大厦重构，今日才得以相贺。

明公道冠二仪[1]，勋超遂古，将使伊、周奉辔[2]，桓、文扶毂[3]，神功无纪，作物何称[4]？府朝初建，俊贤翘首；惟此鱼目，唐突玙璠[5]。顾己循涯[6]，实知尘忝[7]，千载一逢，再造难答；虽则殒越[8]，且知非报。不胜荷戴屏营之情[9]。谨诣厅奉白笺谢闻，昉死罪死罪。

【注释】

〔1〕二仪：指天地。

〔2〕伊、周：伊尹、周公。

〔3〕桓、文：即齐桓公、晋文公。

〔4〕作物：造物。即天地之“道”。

〔5〕唐突：冲撞、冒失。　玙璠：美玉。

〔6〕循涯：沿着水边而行，唯恐蒙上灰尘，以辱尊贵之人。

〔7〕忝：辱。

〔8〕殒越：从上坠落，指献身。

〔9〕屏营：恐惧。

【译文】

明公您的治国之道贯通天地，您的功勋超越远古之世，将使得伊尹、周公为您牵马，齐桓、晋文为您扶车，如同神人之功无可记载，天道生物何能称名？朝廷刚刚建立，俊才贤士昂首仰望；唯独我好鱼目混珠，冒昧地挤在俊才贤士中。回头看看自己只好避开，实在知道自己的才能不配任记室之职。千载一逢，即使天地再造，也难报答；即使是献出生命，也还是不能报恩。不胜感激惶恐之情！谨到府上奉告并以此笺答谢，以便闻知，昉死罪死罪。

百辟劝进今上笺 任彦昇（任昉）

【题解】

齐时，任昉代表公卿大臣劝进萧衍受封梁公，信中歌颂萧衍“伐罪吊民，一匡靖乱”的功绩。

近以朝命蕴策[1]，冒奏丹诚，奉被还命[2]，未蒙虚受，搢绅颙颙[3]，深所未达[4]。盖闻受金于府[5]，通人之弘致[6]；高蹈海隅[7]，匹夫之小节。是以履乘石而周公不以为疑[8]，增玉璜而太公不以为让[9]。况世哲继轨，先德在民，经纶草昧，叹深微管[10]。加以朱方之役[11]，荆河是依[12]，班师振旅[13]，大造王室。虽累茧救宋[14]，重胝存楚[15]。

【注释】

〔1〕蕴：聚集、尊崇。

〔2〕还命：指萧衍推辞不受命。

〔3〕搢绅：泛指朝臣。　颙颙：仰慕的样子。

〔4〕达：谓通达事理。

〔5〕受金：受封赏。

〔6〕通人：学识渊博的人。

〔7〕高蹈海隅：指避世在野。

〔8〕乘石：乘车时所踏之石，以表示摄天子之位。

〔9〕玉璜：古时贵族祭祀、征召的礼器。

〔10〕微管：管仲。

〔11〕朱方：古为吴邑，今江苏丹徒。

〔12〕荆：荆州。　河：黄河。

〔13〕振旅：整顿军队。

〔14〕累茧：指手足上磨出的厚茧。

〔15〕重胝（zhī）：手足经久磨而生成的皮。

【译文】

近来因为朝廷的诏命给您加赐封赏，我等冒昧进忠诚之言，您推让不接受封赏，这并非是无功而受，士大夫对您加封赐一事仰慕不已，但不明白您为什么不达事理而推辞呢？听说有功的人受封赏，是通人大儒所应有的广阔胸襟；避世不受天下的人，是普通人所遵守的小节。所以周公摄政辅佐天子，他并不因此而疑虑；姜太公受赠重器而居相国之位，他并不因此而退让。何况明公之家，世代贤哲相继，祖先的美德人民都在怀念，在事业未创之前早已谋划经营，就像管仲那样令人惊叹。加上朱方之役的取胜，是依靠了令兄萧懿之力，军队出征回来又进行了修治整顿，接着用很大精力改造齐王朝，付出极大的辛劳挽救了国家。

居今观古，曾何足云？而惑甚盗钟[1]，功疑不赏，皇天后土，不胜其酷。是以玉马骏犇[2]，表微子之去[3]；金版出地[4]，告龙逄之怨。明公据鞍辍哭[5]，厉三军之志；独居掩涕，激义士之心。故能使海若登祇[6]，罄图效祉[7]；山戎孤竹[8]，束马景从[9]。伐罪吊民，一匡靖乱，匪叨天功，实勤濡足。且明公本自诸生，取乐名教，道风素论[10]，坐镇雅俗，不习孙吴[11]，遘兹神武。驱尽诛之氓，济必封之俗，龟玉不毁[12]，谁之功欤？独为君子，将使伊周何地[13]？某等不达通变，实有愚诚，不任悾款[14]，悉心重谒。伏愿时膺典册，式副民望[15]。

【注释】

〔1〕盗钟：谓掩过自欺，用掩耳盗铃之典。

〔2〕玉马：喻贤臣。　犇：同“奔”。

〔3〕微子：贤臣，多次谏纣王，不听而去。

〔4〕金版：符瑞之书。

〔5〕据鞍：跨着马鞍。亦借指行军作战。

〔6〕海若：中国传说中北海的海神。

〔7〕罄：尽。　祉：福。

〔8〕山戎、孤竹：皆古部族名。

〔9〕景：同“影”。

〔10〕素论：素朴高尚的道德。

〔11〕孙吴：指孙武、吴起所著兵书。

〔12〕龟玉：龟板、玉饰，比喻国家政权。

〔13〕伊周：伊尹、周公。

〔14〕悾款：诚恳。

〔15〕式：用。

【译文】

以今日现状对照古代，还有什么可说的呢？掩耳盗铃自欺也太糊涂了，对有功之臣怀疑而不予赏赐，这东昏侯的天下，让人不能忍受其酷虐。所以贤人奔走而去，以表示效仿微子那样离开纣王；金版冒出地庭，诉说兄懿被害的冤仇。明公您此时倚着马鞍忍住哭泣，激发全军的志气，独居时难忍悲伤，以激发义士的心怀。所以能使得海神和山神都为之感动，都为您祈求福祉；山戎、孤竹这些部族，也都牵着马，像影子一样跟随着您。讨伐罪孽，拯救百姓，扶持正道，平定祸乱，并没有叨天之功，实在是救助于人。而且明公您本来出自儒生，在礼义教化中求取乐趣，有着朴素的门风和高尚的道德，以言谈风度坐镇雅俗之辈；虽不熟习《孙》《吴》兵法，却如此睿智神武。驱赶要诛罚的人，树立必行的道德风俗，国家大事不遭毁坏，这是谁的功劳呢？若明公仅仅是做一个君子，那么将会把伊尹、周公这样的功臣置于何地呢？我等不识通变之理，确实有一颗愚诚之心，不胜恳诚之至，用尽心力再次陈说，恳切地希望您适时接受册命，以符合百姓的仰望。

奏记

诣蒋公 阮嗣宗（阮籍）

【题解】

蒋公，蒋济，时任太尉。蒋济征召阮籍为官，阮籍唯恐遭祸，便委婉推辞。

籍死罪死罪〔1〕，伏惟明公〔2〕，以含一之德〔3〕，据上台之位，群英翘首，俊贤抗足〔4〕。开府之日〔5〕，人人自以为掾属，辟书始下〔6〕，下走为首〔7〕。子夏处西河之上〔8〕，而文侯拥篲〔9〕；邹子居黍谷之阴〔10〕，而昭王陪乘。夫布衣穷居韦带之士〔11〕，王公大人所以屈体而下之者，为道存也。籍无邹卜之德而有其陋，猥见采擢，无以称当。方将耕于东皋之阳，输黍稷之税，以避当途者之路。负薪疲病，足力不强。补吏之召，非所克堪。乞回谬恩，以光清举〔12〕。

【注释】

〔1〕籍：阮籍，字嗣宗。自称其名，以代第一人称。

〔2〕明公：指蒋济，即蒋公。

〔3〕含一之德：同心同德之义。

〔4〕抗足：举足。

〔5〕开府：开建府署。

〔6〕辟书：即征召管理僚属的文告。

〔7〕下走：仆，自谦之词。

〔8〕“子夏”句：孔子死后，子夏讲学于西河。

〔9〕文侯：即魏文侯，他曾师事子夏。　拥篲：扫尘而待客，表示恭敬。

〔10〕邹子：即邹衍。

〔11〕韦带：古代穷士所系的无饰皮带。

〔12〕清举：谓举人恰当。

【译文】

阮籍死罪死罪：尊敬的蒋公，您以纯一美德，身居三公的地位；众多英豪翘首仰望，贤能之士企足以待。开建府署之日，人人自以为可做您的僚属，征召的文告刚下，我被列为第一个。子夏到了魏国西河，魏文侯扫地迎接；邹衍来到燕国北地，燕昭王亲自上车陪侍迎接。那些平民百姓和生活清贫的士人，王公大人之所以能屈尊谦恭地礼遇他们，是因为天道存在的缘故啊！我阮籍没有邹衍、子夏那样的德行，却有不好的陋习。卑贱而被采录擢用，没有办法能承担起来。我刚要在田野高地的南面从事农耕，向朝廷缴纳谷物等赋税，以此来避开走上仕宦之路。我身体有病，脚力也不大。让我做僚属的事，不是我的能力能胜任的。我请求您撤回不当的恩宠，以便恰当地选拔人才。

（本卷译注：杨远义）

文选卷第四十一

书上

答苏武书 李少卿（李陵）

【题解】

此信回顾了作者出击匈奴兵败被俘的过程，抒发了身居异域的悲伤和归汉无路的无奈之情。

子卿足下[1]：勤宣令德，策名清时[2]，荣问休畅[3]，幸甚幸甚！远托异国，昔人所悲，望风怀想，能不依依！昔者不遗，远辱还答，慰诲勤勤[4]，有逾骨肉[5]。陵虽不敏[6]，能不慨然！

【注释】

〔1〕子卿：苏武，字子卿，汉武帝时出使匈奴被扣。回汉朝后，写信劝李陵归汉。　足下：古代下级称上级或同辈相称的敬词。

〔2〕策名：因仕宦而献身于朝廷之事。　清时：太平盛世，指昭帝时。

〔3〕休畅：休善畅通。

〔4〕勤勤：恳切至诚。

〔5〕骨肉：比喻至亲的人，如父母兄弟子女等亲人。

〔6〕不敏：谦词，相当于不才。

【译文】

子卿足下：勤奋宣扬美德，在太平盛世做官，让美好的声誉流传，这是很让人殷切期盼的。流落在遥远的异国他乡，这是古人感到很悲伤的事。我迎风南望深切怀念故土，怎么能没有依恋之情呢？以前承蒙您没有嫌弃我，从远方给我回信，殷切地安慰和教诲我，这份感情比亲人还浓烈。我即使愚鲁，怎么能不感慨呢！

自从初降，以至今日，身之穷困，独坐愁苦，终日无睹，但见异类〔1〕。韦鞲毳幙〔2〕，以御风雨。膻肉酪浆〔3〕，以充饥渴。举目言笑，谁与为欢？胡地玄冰，边土惨裂，但闻悲风萧条之声。凉秋九月，塞外草衰。夜不能寐，侧耳远听，胡笳互动〔4〕，牧马悲鸣，吟啸成群，边声四起。晨坐听之，不觉泪下。嗟乎子卿！陵独何心，能不悲哉！与子别后，益复无聊。上念老母，临年被戮〔5〕；妻子无辜，并为鲸鲵〔6〕。身负国恩，为世所悲。子归受荣，我留受辱，命也如何！身出礼义之乡，而入无知之俗，违弃君亲之恩，长为蛮夷之域，伤已！令先君之嗣，更成戎狄之族，又自悲矣！功大罪小，不蒙明察，孤负陵心，区区之意，每一念至，忽然忘生。陵不难刺心以自明，刎颈以见志，顾国家于我已矣。杀身无益，适足增羞，故每攘臂忍辱，辄复苟活。左右之人，见陵如此，以为不入耳之欢，来相劝勉。异方之乐，秖令人悲，增忉怛耳。嗟乎子卿！人之相知，贵相知心。前书仓卒，未尽所怀，故复略而言之：

【注释】

〔1〕异类：指四方的少数民族，这里指匈奴人。

〔2〕韦鞲：皮制的臂衣，这里指匈奴人的装束。　毳（cuì）幙：游牧民族居住的毡帐。

〔3〕膻肉：羊肉。　酪浆：牛羊等动物的乳汁。

〔4〕胡笳：我国古代北方民族的管乐器，这里指北方的音乐。

〔5〕临年：到达一定的年纪，指老年。

〔6〕鲸鲵：比喻无辜被杀之人。

【译文】

从开始投降，直到现在，我失意困苦，独坐忧愁，整天见不到别的，只看见匈奴人。用他们的皮衣毡帐，来遮风挡雨。吃有羊膻味的肉和奶酪，用来充饥解渴。抬头说话微笑，能与谁一起欢乐的呢？胡人的住地都是黑色的厚冰，边塞上的土地都被冻裂，只听到悲冷的风声。寒秋九月，边塞外的野草已衰败。晚上不能入睡，侧耳倾听远处的声音，胡笳声此起彼伏，牧马悲凉地嘶叫，哀吟长啸声相混，从边塞的四面八方响起。早上坐着听到这些声音，忍不住流下了眼泪。唉，子卿！我李陵的心岂是铁石心肠，能不悲伤吗？自从与您分别之后，我更觉无聊。上念年老的母亲，临到年纪大了被杀；妻子儿女没有罪过，也一并被杀。我辜负了国君的大德，被世人所惋惜。您回归大汉得到荣耀，我留在这里只有耻辱，这就是命运，是无奈。我出生在讲究礼义的国度，却来到不知礼义的地方，违背并抛弃国君亲人的恩德，永久流落在胡人的区域，悲伤至极！使先父的后代，变成夷狄的族人，这使我更加悲痛。我功劳大罪过小，没有得到皇帝公正的评价，辜负了我的真心，小小的诚意，每次想起，恍惚间忘记了自己还活着。我不怕剖心来证明自己，自杀来显示志节，但国家对我已恩断义绝。自杀已经不能弥补，反而增添羞辱，所以常常愤慨地强忍侮辱，又苟且存活。周围的人，看到我这样，就用一些不大好听的趣事，来劝慰我。但胡人的乐事，只让人觉得悲伤，增加痛苦。唉，子卿！人与人相知，最看重的是知心。前一封信写得太匆忙，不能充分表达我的心情，所以又作简略地叙述：

昔先帝授陵步卒五千，出征绝域，五将失道，陵独遇战。而裹万里之粮，帅徒步之师，出天汉之外，入强胡之域。以五千之众，对十万之军，策疲乏之兵，当新羁之马[1]。然犹斩将搴旗[2]，追奔逐北，灭迹扫尘，斩其枭帅[3]。使三军之士，视死如归。陵也不才，希当大任，意谓此时，功难堪矣。匈奴既败，举国兴师，更练精兵，强逾十万。单于临阵，亲自合围。客主之形，既不相如；步马之势，又甚悬绝。疲兵再战，一以当千，然犹扶乘创痛，决命争首，死伤积野，馀不满百，而皆扶病，不任干戈。然陵振臂一呼，创病皆起，举刃指虏，胡马奔走；兵尽矢穷，人无尺铁[4]，犹复徒首奋呼，争为先登。当此时也，天地为陵震怒，战士为陵饮血[5]。单于谓陵不可复得，便欲引还。而贼臣教之[6]，遂便复战。故陵不免耳。

【注释】

〔1〕新羁：指马新加络头。

〔2〕搴旗：拔取敌方旗帜，打败敌人。

〔3〕枭帅：骁勇的首领。

〔4〕尺铁：指兵器。

〔5〕饮血：血泪满面，流入口中，形容非常悲愤。

〔6〕贼臣：指管敢，他本是李陵的军侯，因事被校尉鞭笞而逃入匈奴之地。匈奴与李陵作战时，他向匈奴告密说汉人没有伏兵，李陵因而战败被俘。

【译文】

以前先帝授予我五千步兵，出击胡人，五位将军都迷失道路了，只有我与匈奴遭遇并大战。携带出征万里的粮食，带领步兵，离开大汉，进入强大的胡人区域。以五千士兵，抗击匈奴十万大军，指挥困乏的士兵，抵挡胡人刚出征的精壮之兵。但我们仍能斩将拔旗，追逐败逃的敌人，干净利落，斩杀他们的骁勇将领。使全军士兵，都视死如归。我没有才能，很少担当重任，心想这次战功，大得无法比拟。匈奴失败之后，全国军事总动员，又选得精锐之师，大大超过十万。单于亲临战场，指挥对我军包围。敌我双方的态势既不能相比，步兵和铁骑，实力又非常悬殊。疲惫的士兵又一次投入战斗，以一当千，但仍然忍着重伤，拼死争先杀敌，战死受伤的士兵遍地都是，剩下的不足百人，且都已伤痕累累，拿不起兵器了。但只要我振臂一呼，重创受伤的士兵都站起来，拿起兵器杀向敌人，迫使胡人逃跑；兵器弓箭都耗尽，手里没有半点兵器，身无甲胄仍奋勇高呼，争着冲上前去。当此之时，天地为我而震怒，战士为我血泪满面。单于认为我不可能被俘获，就想带兵撤退。然而在叛徒管敢的教唆下，匈奴人又继续进攻。所以我最终失败了。

昔高皇帝以三十万众，困于平城，当此之时，猛将如云，谋臣如雨，然犹七日不食，仅乃得免。况当陵者，岂易为力哉？而执事者云云，苟怨陵以不死。然陵不死，罪也；子卿视陵，岂偷生之士，而惜死之人哉？宁有背君亲，捐妻子，而反为利者乎？然陵不死，有所为也，故欲如前书之言，报恩于国主耳。诚以虚死不如立节〔1〕，灭名不如报德也。昔范蠡不殉会稽之耻〔2〕，曹沫不死三败之辱〔3〕，卒复勾践之仇〔4〕，报鲁国之羞。区区之心，切慕此耳。何图志未立而怨已成，计未从而骨肉受刑，此陵所以仰天椎心而泣血也！

【注释】

〔1〕虚死：无谓而死。

〔2〕范蠡（lǐ）：春秋末年政治家。出身微贱，帮助勾践打败吴国。会稽之耻：春秋时，吴王夫差率兵围攻越国首都会稽，越王勾践只能屈膝称臣求和，以图东山再起。

〔3〕曹沫：春秋时鲁国大将，与齐三战三败。鲁齐会盟时，他用匕首

劫持齐桓公，迫使齐桓公归还侵鲁之地。

〔4〕勾践：春秋时越王。

【译文】

以前高皇帝率领三十万军队，被匈奴人围困在平城，那个时候，皇帝手下猛将多如云，谋臣多如雨，但他们还是断粮七天，才勉强脱困。何况抵挡我的匈奴十万骑兵，不是那么容易被击败啊！但汉朝那些主事的人议论纷纷，一味地指责我不自杀报国。诚然，我投降不死，是有罪的；您看我，哪里是苟且偷生，怕死的人啊？哪里有违背君王父母，抛弃妻子儿女，反而认为是有利的呢？然而我不死，是想有所作为，是想像前一封信所说的，向皇帝报恩罢了。实在是觉得白白死去不如树立名节，使名声泯灭不如报效恩德。过去范蠡没有在会稽的耻辱中殉职，曹沫不因三战三败而自杀，范蠡最后帮勾践报了仇，曹沫也为鲁国洗刷了耻辱。我的小小私心，就是深深地仰慕仿效他们。没想到大志未能实现而怨愤已四起，谋略还没有施行但家人已受刑戮，这就是我仰天捶胸泣如血出的原因！

足下又云：汉与功臣不薄。子为汉臣，安得不云尔乎？昔萧、樊囚絷〔1〕，韩、彭菹醢〔2〕，晁错受戮〔3〕，周、魏见辜〔4〕，其馀佐命立功之士〔5〕，贾谊、亚夫之徒〔6〕，皆信命世之才，抱将相之具，而受小人之谗，并受祸败之辱，卒使怀才受谤，能不得展。彼二子之遐举〔7〕，谁不为之痛心哉！陵先将军〔8〕，功略盖天地，义勇冠三军，徒失贵臣之意〔9〕，到身绝域之表〔10〕。此功臣义士所以负戟而长叹者也！何谓不薄哉？

【注释】

〔1〕萧：萧何，汉高祖刘邦的相国，曾触怒皇帝而入狱。　樊：樊哙，

被人诬蔑结党吕氏而被监禁。

〔2〕韩、彭：韩信和彭越，都是汉初功臣，被诬蔑谋反而遭杀害。菹醢（zū hǎi）：古代把人剁成肉酱的酷刑，后亦用以泛指处死。

〔3〕晁错：汉景帝时任御史大夫，建议削减诸侯封地以加强中央集权统治。吴楚七国以诛晁错为名反叛，景帝不得已杀掉晁错以求吴楚退兵。

〔4〕周：周勃，是汉文帝的丞相，平定吕后之乱，迎立文帝。后来被人诬告谋反而投入大牢。　魏：窦婴，因平定吴楚之乱而被封魏其侯，后受牵连而被杀。

〔5〕佐命：古代帝王得天下，自称是上应天命，故称辅佐帝王创业为佐命。

〔6〕贾谊：被大臣周勃、灌婴等人所谗毁而贬出京城。　亚夫：周亚夫，周勃子，平定吴楚之乱。他的儿子被人告发盗买官器，他受牵连下狱死。

〔7〕遐举：死的讳辞。

〔8〕陵先将军：指李广。

〔9〕贵臣：卫青，卫皇后的弟弟。

〔10〕绝域：极远之地。

【译文】

您又说：汉朝对功臣不薄。您是汉臣，怎么不这么说呢？以前萧何、樊哙被囚禁，韩信、彭越被砍成肉酱，晁错被杀，周勃和窦婴被判罪，其他辅助皇帝建功的人，贾谊、周亚夫等人，都确实是当世杰出的人才，有将相的才能，却被小人谗毁，且遭受祸难失败的耻辱，最终使有才之人遭受毁谤，才能不能施展。他们二人的死，谁不感到痛心啊！我的祖父李广将军，功业才略盖世无双，忠义勇敢为全军第一，只是没有迎合权臣的意旨，结果在塞外战场自杀了。这就是功臣义士手持兵器长叹的原因！哪里说朝廷对功臣不薄啊？

且足下昔以单车之使，适万乘之虏，遭时不遇，至于伏剑不顾，流离辛苦，几死朔北之野。丁年奉使〔1〕，皓首而归。老母终堂，生妻去帷。此天下所希闻，古今所未有也。蛮貊之人〔2〕，尚犹嘉子之节，况为天下之主乎？陵谓足下，当享茅土之荐〔3〕，受千乘之赏〔4〕。闻子之归，赐不过二百万〔5〕，位不过典属国〔6〕，无尺土之封〔7〕，加子之勤。而妨功害能之臣，尽为万户侯〔8〕，亲戚贪佞之类，悉为廊庙宰〔9〕。子尚如此，陵复何望哉？且汉厚诛陵以不死，薄赏子以守节，欲使远听之臣，望风驰命，此实难矣。所以每顾而不悔者也。陵虽孤恩，汉亦负德。昔人有言："虽忠不烈，视死如归。"陵诚能安，而主岂复能眷眷乎？男儿生以不成名，死则葬蛮夷中，谁复能屈身稽颡〔10〕，还向北阙〔11〕，使刀笔之吏〔12〕，弄其文墨邪〔13〕？愿足下勿复望陵！

【注释】

〔1〕丁年：男子成丁之年，这里指壮年。

〔2〕蛮貊（mò）：古代称南方和北方落后部族，亦泛指四方落后部族。

〔3〕茅土之荐：指王、侯的封爵。古代天子分封王、侯时，用代表方位的五色土筑坛，按封地所在方向取一色土，包以白茅而授之，作为受封者得以有国建社的表征。

〔4〕千乘之赏：兵车千辆的赏赐，指厚赏。

〔5〕二百万：指俸禄。

〔6〕典属国：秦汉时的官名，指负责属国的官员，秩二千石，负责少数民族事务。

〔7〕尺土之封：极小的封地，比喻数量小。

〔8〕万户侯：食邑万户之侯，泛指高爵显位。

〔9〕亲戚：与自己有血缘或婚姻关系的人。　廊庙宰：执政大臣。

〔10〕稽颡：古代一种跪拜礼，屈膝下拜，以额触地，表示极度的虔诚。

〔11〕北阙：宫禁或朝廷的别称。

〔12〕刀笔之吏：掌文案的官吏。

〔13〕文墨：刑律判状。

【译文】

再说您当初带着很少的随从，远赴强大的匈奴，遇到不好的时运，以至于要拿剑自杀而不顾生死，后来流放北海备尝辛苦，几乎死在朔北的野外。丁壮之年出使匈奴，年老头白时才回到汉朝。老母已死，年轻的妻子改嫁。这是天下很少听说过的，古今没有出现过的。没有礼仪文明的匈奴人，尚且嘉赞您的气节，何况是天下之主的汉朝皇帝呢？我认为，您应当享有分封的领土，得到千乘诸侯的奖赏。但听说您回到汉朝后，所得赏赐不超过二百万钱，封官不过是典属国，没有一尺土地的封赏，嘉奖您的劳苦。而那些妨碍功臣、损害贤能的人，反而都被封了万户侯，皇亲国戚和贪婪奸佞的人，全成了朝廷重臣。您尚且这样，我又指望什么呢？再说汉朝因我投降而严厉地惩罚我，您坚守节操却只赐您微薄的奖赏，想让远方听命的大臣，奔走效命，这的确是很难的。也是我常常想到这事却不觉得后悔的原因。我虽然辜负了朝廷的大恩，但汉朝对我也失了恩德。古人说："即使忠诚不壮烈牺牲，也能视死如归。"但就算我能安心死去，皇帝对我还有眷顾之情吗？男子汉生不能成就英名，死就葬在匈奴，谁还能卑躬屈膝，回到朝廷，让那些掌管狱讼的官吏舞文弄墨来害人呢？请您不要期待我再回汉朝了！

嗟乎子卿！夫复何言！相去万里，人绝路殊。生为别世之人，死为异域之鬼，长与足下生死辞矣！幸谢故人[1]，勉事圣君。足下胤子无恙[2]，勿以为念，努力自爱。时因北风，复惠德音。李陵顿首[3]。

【注释】

〔1〕故人：指李陵的老朋友任立政、霍光、上官桀等人。

〔2〕胤（yìn）子：子嗣。
〔3〕顿首：书信等文体的用语，表示致敬，常用于结尾。

【译文】

唉，子卿！还能说什么呢！我们相隔万里，交往断绝道路不同。我生是另一个世界的人，死也是异国他乡的鬼魂，永远与您生离死别了！请代我谢慰老朋友，努力侍奉圣明的天子。您在匈奴生的儿子很好，请不要挂念，希望您珍重。时常借着北风，给我送来您的消息。李陵叩拜。

报任少卿书　司马子长（司马迁）

【题解】

司马迁（前145或前135—?），字子长，西汉左冯翊夏阳（今陕西韩城南）人。早年游历遍及南北，三十八岁继父任为太史令，四十七岁因李陵事件入狱且遭腐刑，出狱后任中书令。著有《史记》，是伟大的历史家。《汉书》有传。此信叙述了作者因李陵事而受宫刑的不幸遭遇，抒发了为著《史记》而不得不含垢忍辱苟且偷生的痛苦心情。

太史公牛马走司马迁再拜言〔1〕，少卿足下〔2〕：曩者辱赐书，教以顺于接物，推贤进士为务。意气勤勤恳恳，若望仆不相师，而用流俗人之言〔3〕。仆非敢如此也。仆虽罢驽〔4〕，亦尝侧闻长者之遗风矣。顾自以为身残处秽，动而见尤，欲益反损，是以独郁悒而与谁语。谚曰："谁为为之？孰令听之？"盖锺子期死，伯牙终身不复鼓琴〔5〕。何则？士为知己者用，女为说己者容。若仆大质已亏缺矣〔6〕，虽才怀随和〔7〕，行若由夷〔8〕，终不可以为荣，适足以见笑而自点耳[9]。书辞宜答，会东从上来，又迫贱事，相见日浅，卒卒无须臾之间[10]，得竭至意。今少卿抱不测之罪，涉旬月，迫季冬[11]；仆又薄从上雍，恐卒然不可为讳[12]。是仆终已不得舒愤懑以晓左右，则长逝者魂魄私恨无穷。请略陈固陋[13]，阙然久不报[14]，幸勿为过。

【注释】

〔1〕太史公：掌天文图书等，司马迁继其父司马谈为太史令。　牛马走：旧时自谦之辞。

〔2〕少卿：任安，字少卿，司马迁之友。后因戾太子事而下狱、被斩。

〔3〕流俗人：世间平庸的人。

〔4〕罢（pí）驽：低劣的马，比喻人的才能低下。

〔5〕锺子期、伯牙：春秋时伯牙鼓琴，锺子期均能明白琴音之意。锺子期死后，伯牙认为世无知音，于是破琴绝弦不再鼓琴。

〔6〕大质：指司马迁受宫刑。

〔7〕随：随侯珠。　和：和氏璧。

〔8〕由：许由，尧时隐士。　夷：伯夷，商末孤竹君长子。周武王灭商后，与弟叔齐饿死于首阳山。

〔9〕自点：自污，自辱。

〔10〕卒卒：匆促急迫的样子。

〔11〕迫：迫近。

〔12〕为讳：死的委婉说法。

〔13〕固陋：闭塞、浅陋。这是谦辞。

〔14〕阙然：间断，延搁。

【译文】

先父太史公的仆人司马迁一再地叩拜并陈言，少卿足下：以前承蒙您给我写信，教导我要谨慎地根据实际的情况，担负起为朝廷推举贤能人才的责任。态度情意十分恳切真挚，好像抱怨我没有听从您的教诲，反而听信世俗人的意见。我并不敢这样。我虽然才能低下，但也听到过德高望重的人留下来的教导。只是自己认为身体残缺处于污秽的地位，动辄被指责，本想对事情有所增益反而有所损害，所以我独自郁闷而无人可诉。谚语说：“为谁做呢？谁听呢？”锺子期死后，伯牙一辈子不再弹琴。为什么？贤士乐于为知己效力，美女愿意为欣赏者打扮。像我身体已有亏残，即使才能像随侯珠、和氏璧一样稀有，行为像许由和伯夷一样高洁，但终究不能认为是荣耀，反而被人耻笑而自取污辱。来信应及时回复，但我恰好随从皇帝东巡回来，又遇到一些俗务，见面的机会越来越少，仓促间也没有闲暇的空隙，让我能够详细倾诉内心的情意。现在您遭遇情势难料的罪祸，再过一个月，就临近十二月了；我又被迫跟从皇帝到雍地，担心您突然之间遭遇不测。这让我最终也不能向您抒发我的愤慨郁闷，而逝者的灵魂也会永远遗憾没有得到我的回信。请允许我向您简略地陈述褊狭浅陋的意见，很久没有回信，请您不要责备。

仆闻之：修身者，智之符也〔1〕；爱施者，仁之端也；取与者，义之表也；耻辱者，勇之决也；立名者，行之极也〔2〕。士有此五者，然后可以托于世，而列于君子之林矣。故祸莫憯于欲利〔3〕，悲莫痛于伤心，行莫丑于辱先〔4〕，诟莫大于宫刑〔5〕。刑馀之人〔6〕，无所比数〔7〕，非一世也，所从来远矣。昔卫灵公与雍渠同载〔8〕，孔子适陈；商鞅因景监见〔9〕，赵良寒心〔10〕；同子参乘〔11〕，袁丝变色〔12〕。自古而耻之。夫以中才之人〔13〕，事有关于宦竖〔14〕，莫不伤气，而况于慷慨之士乎！如今朝廷虽乏人，奈何令刀锯之馀〔15〕，荐天下豪俊哉？

【注释】

〔1〕符：信。

〔2〕极：极致。

〔3〕憯（cǎn）：凄惨。

〔4〕丑：污秽。

〔5〕宫刑：阉割男子生殖器，破坏妇女生殖机能的刑罚。

〔6〕刑馀：受过肉刑。

〔7〕比数：相与并列，相提并论。

〔8〕卫灵公：卫国国君。 雍渠：卫国宦官。

〔9〕商鞅：本卫国人，他入秦时，由宠臣景监引见于孝公。

〔10〕赵良：战国时秦国人，反对商鞅以法治秦，劝商鞅及早归退。

〔11〕同子：赵谈。因司马迁的父亲名谈，司马迁为避讳，故称同子。

〔12〕袁丝：袁盎，字丝，西汉人。

〔13〕中才：中等才能。

〔14〕宦竖：对宦官的贱称。

〔15〕刀锯之馀：指阉人。

【译文】

我听说：提高自身修养，是智的凭信；乐于施舍，是仁的起点；如何取和给，是义的表现；以被辱当作可耻，是一个人具备勇敢的先决条件；建立好名声，是品行的最高要求。士人具备这五方面，这样才能立身在世上，并且置身在君子的行列中。所以，没有什么祸难比贪图私利更悲惨的，没有什么悲伤比羞辱先人更痛心的，没有什么耻辱比遭受宫刑更严重的。受宫刑的人，地位不能跟其他人相比，不是这一世才有，从开始以来已经很久远。以前卫灵公跟宦官雍渠同坐一辆车，孔子因此去了陈国；商鞅借太监景监的推荐来谒见秦孝公，赵良感到寒心；太监赵谈陪坐在汉文帝的车上，袁盎发怒。自古以来都看不起宦官。一般才智的人，所做的事情牵涉到宦官，没有不伤心丧气的，更何况是那些志气激昂的士人呢！现在朝廷即使没有人才，怎么能令受过宫刑的人，推荐天下的豪杰才俊呢？

仆赖先人绪业，得待罪辇毂下[1]，二十馀年矣。所以自惟，上之不能纳忠效信，有奇策才力之誉，自结明主；次之又不能拾遗补阙，招贤进能，显岩穴之士[2]；外之又不能备行伍[3]，攻城野战，有斩将搴旗之功；下之不能积日累劳，取尊官厚禄，以为宗族交游光宠。四者无一遂，苟合取容，无所短长之效，可见如此矣。向者，仆常厕下大夫之列[4]，陪外廷末议[5]。不以此时引维纲，尽思虑。今以亏形为扫除之隶，在阘茸之中[6]，乃欲仰首伸眉[7]，论列是非，不亦轻朝廷羞当世之士邪？嗟乎！嗟呼！如仆尚何言哉！尚何言哉！

【注释】

〔1〕待罪：古代官吏任职的谦称，意谓不胜其职而将获罪。 辇毂下：在皇帝车舆之下，代指京城。

〔2〕岩穴之士：指隐士，因古时隐士多居山林岩穴之中。

〔3〕行伍：我国古代兵制，五人为伍，五伍为行，因以行伍指军队。

〔4〕下大夫：指司马迁任太史令，官职卑微。

〔5〕外廷：国君听政的地方，对内廷、禁中而言。 末议：谦称自己的议论。

〔6〕阘茸（tà róng）：指庸碌、低劣的人或马等。

〔7〕仰首伸眉：意气高昂的样子。

【译文】

我依赖祖先留下的功业，才能在皇帝左右做官，二十多年了。因此心中思考：上不能对皇帝尽忠效信，有谋略奇异能力出众的称誉，以取得明主的信任；其次又不能为皇帝拣取遗漏弥补缺失，推荐贤能的人，使隐居在岩穴中的有才之士不被埋没；在外又不能参军入伍，攻占城池野外作战，获得斩将拔旗的功劳；下不能每日积累功劳，获得高官厚禄，使宗族亲人和朋友得到光耀尊宠。四者没有一个能实现，勉强求合以求生存，没有大小功劳，从这里就可以看出了。以前，我常列身在下大夫中，参与外廷讨论，发表微不足道的意见，当时不能趁机对国家法令有所申述，贡献思虑。现在因身体残缺地位低下，身处下贱，却想昂首扬眉，评论是非，不也是轻视朝廷羞辱当世的士子吗？唉！唉！像我这样还能说什么呢！还能说什么呢！

且事本末未易明也。仆少负不羁之行〔1〕，长无乡曲之誉，主上幸以先人之故，使得奏薄伎〔2〕，出入周卫之中〔3〕。仆以为戴盆何以望天〔4〕？故绝宾客之知，亡室家之业，日夜思竭其不肖之才力〔5〕，务一心营职，以求亲媚于主上。而事乃有大谬不然者夫。

【注释】

〔1〕不羁：才行高远，不可拘限。

〔2〕薄伎：微薄的技能。

〔3〕周卫：侍卫周密。此指宫禁。

〔4〕戴盆望天：比喻事难两全。

〔5〕不肖：本指子不似父，这里指不成材。

【译文】

况且事情的前因后果并不容易明了。我年少时没有卓越的才能，长大后也没有得到乡里的称誉，幸好皇帝因为我父亲是太史令，才使我能贡献微薄的才能，在宫禁中出入。我认为戴着脸盆还怎么能望天呢？所以断绝了与宾客的交往，忘掉家中的事务，日夜想着把我的微薄能力贡献出来，专一尽心忙于职守，目的是讨好皇帝。然而事情仍与原来料想的不一样。

仆与李陵，俱居门下，素非能相善也。趣舍异路，未尝衔杯酒，接殷勤之馀欢。然仆观其为人，自守奇士，事亲孝，与士信，临财廉，取与义。分别有让，恭俭下人，常思奋不顾身，以徇国家之急[1]。其素所蓄积也，仆以为有国士之风[2]。夫人臣出万死不顾一生之计，赴公家之难，斯以奇矣。今举事一不当，而全躯保妻子之臣，随而媒蘖其短[3]，仆诚私心痛之。且李陵提步卒不满五千，深践戎马之地，足历王庭[4]，垂饵虎口[5]，横挑强胡，仰亿万之师，与单于连战十有馀日[6]，所杀过半当。虏救死扶伤不给，旃裘之君长咸震怖[7]，乃悉征其左右贤王[8]，举引弓之人，一国共攻而围之。转斗千里，矢尽道穷，救兵不至，士卒死伤如积。然陵一呼劳，军士无不起，躬自流涕，沬血饮泣[9]，更张空拳[10]，冒白刃，北向争死敌者。陵未没时，使有来报，汉公卿王侯，皆奉觞上寿。后数日，陵败书闻，主上为之食不甘味，听朝不怡。大臣忧惧，不知所出。仆窃不自料其卑贱，见主上惨怆怛悼，诚欲效其款款之愚，以为李陵素与士大夫绝甘分少[11]，能得人死力，虽古之名将，不能过也。身虽陷败，彼观其意，且欲得其当而报于汉。事已无可奈何，其所摧败，功亦足以暴于天下矣。仆怀欲陈之，而未有路，适会召问，即以此指推言陵之功，欲以广主上之意，塞睚眦之辞[12]。未能尽明，明主不晓，以为仆沮贰师[13]，而为李陵游说，遂下于理。拳拳之忠，终不能自列。因为诬上，卒从吏议。家贫，货赂不足以自赎，交游莫救；左右亲近，不为一言。身非木石，独与法吏为伍[14]，深幽囹圄之中，谁可告愬者？此真少卿所亲见，仆行事岂不然乎？李陵既生降，隤其家声[15]；

而仆又佴之蚕室〔16〕，重为天下观笑。悲夫！悲夫！事未易一二为俗人言也。

【注释】

〔1〕徇（xùn）：舍身遵从。

〔2〕国士之风：一国中才能最优秀的人物。

〔3〕媒糵（niè）：遘合滋生。

〔4〕王庭：匈奴君长设幕立朝的地方。

〔5〕垂饵：钓钩上的食饵。

〔6〕单于：汉代匈奴君长的称号。

〔7〕旃（zhān）裘：古代北方游牧民族用兽毛等制成的衣服。

〔8〕左右贤王：左贤王和右贤王，都是匈奴贵族封号。在匈奴诸王侯中，左贤王地位最高，一般以太子担任。右贤王在右部诸王侯中地位最高。

〔9〕沬（mèi）血：以血洗脸，形容血流满面。

〔10〕空拳：拉开没有弩箭的空弓。

〔11〕绝甘分少：拒绝甘美的食物，与众人分享时取少量的东西，指自己不图享受，待人优厚。

〔12〕睚眦（yá zì）：瞋目怒视，瞪眼看人。借指微小的怨恨。

〔13〕贰师：指贰师将军李广利，他是汉武帝的宠妃李夫人的哥哥。

〔14〕法吏：狱吏。

〔15〕隤（tuí）：败坏。

〔16〕佴（èr）：停置。　蚕室：古代执行宫刑及受宫刑者所居之狱室。

【译文】

我与李陵，都是侍中之官，但向来交往不多。性情志向不同，没有一起喝过酒，也没有过互诉衷肠的快乐。但我观察他待人接物，他是一位坚守立场的不凡之士，侍奉父母孝顺，与朋友交往有诚信，遇到财物时廉洁，取舍有大义。分别尊卑能够谦让，恭敬节俭甘为人后，常常想着奋不顾身，来献身于国家的急难。他一直以来培养形成的志向风度，我认为他有国士的风范。大臣考虑万死而不顾自己一生的荣辱得失，奔赴国家之难，这已经是少见的了。现在他的行事有一件处理不好，那些只求保存自己性命和妻子儿女的大臣，就趁机罗织罪名挑拨是非，我确实从内心里感到痛心。再说李陵带领的步军不足五千，深入匈奴境内，到达匈奴单于居住的地方，诱敌深入，勇猛果敢地挑战强大的胡人，仰攻亿万敌人，与单于连续作战十多天，所杀敌人过半。胡虏来不及救死扶伤，匈奴贵族都震惊恐惧，于是把他们的左右贤王征调回来，发动所有能拉弓射箭的人，举国包围攻打李陵。李陵军转战千里，弓箭用尽被困山谷，救兵不来，死伤的士兵成堆。但当李陵振臂一呼，兵士都起来再战，慷慨流泪，血流满面，又拉开无箭空弓，迎着白刃，向北拼死杀敌。李陵还没有陷入敌军时，派使者回报朝廷，汉朝的公卿王侯，都举起酒杯向皇帝祝贺。之后几天，李陵失利的奏书传来，皇帝因此吃不好，处理朝政也不开心。大臣忧虑，不知如何是好。我私下里不考虑我的地位卑微，看到皇帝悲伤痛心，确实想报效我的一点点忠心，认为李陵素来能与士大夫同甘共苦，所以赢得士兵的舍身效命，即使古代的名将，也不能超过他。他虽然身陷重围，兵败投降，我看他的想法，是想找机会来报效汉朝的。事情已无法挽回，而他摧城破敌，功劳也足以昭示天下了。我心中想着向皇帝陈述这个事情，但没有机会，恰好遇到皇帝召问，就按着这个意思来陈述李陵的功劳，希望开解皇帝的心胸，堵塞那些诋毁攻击李陵的谗言。只是我还没说清楚，皇帝不理解，认为我是诋毁贰师将军，替李陵辩解，于是把我交付狱官处理。我虔诚的忠心，终究不能分辨。因此被判为诬蔑皇上的罪名，皇帝最后也同意了狱吏的判决。我家中贫寒，货物钱财不足以抵罪，朋友不会施救；皇帝身边亲近的大臣，不肯替我说一句话。我的身体不是木头石块，单独与执法官在一起，被深深地关在监牢中，可以向谁倾诉绝望啊？这的确都是您亲眼见到的，我的所作所为难道不是这样吗？李陵投降之后，败坏了他家族的名声；而我又被关在受宫刑者所居的温室中，又被天下人耻笑。悲哀啊！悲哀啊！事情的始末缘由很难向俗人一一说清。

仆之先，非有剖符丹书之功[1]，文史星历[2]，近乎卜祝之间[3]，固主上所戏弄，倡优所畜[4]，流俗之所轻也。假令仆伏法受诛，若九牛亡一毛，与蝼蚁何以异？而世又不与能死节者，特以为智穷罪极，不能自免，卒就死耳。何也？素所自树立使然也。人固有一死，或重于太山，或轻于鸿毛，用之所趋异也。太上不辱先，其次不辱身，其次不辱理色[5]，其次不辱辞令，其次诎体受辱[6]，其次易服受辱[7]，其次关木索被棰楚受辱[8]，其次剔毛发婴金铁受辱[9]，其次毁肌肤断肢体受辱，最下腐刑，极矣。传曰："刑不上大夫。"此言士节不可不勉励也。猛虎在深山，百兽震恐，及在槛阱之中[10]，摇尾而求食，积威约之渐也[11]。故有画地为牢势不可入[12]，削木为吏议不可对[13]，定计于鲜也。今交手足，受木索，暴肌肤，受榜棰，幽于圜墙之中。当此之时，见狱吏则头枪地[14]，视徒隶则正惕息[15]，何者？积威约之势也。及以至是言不辱者，所谓强颜耳[16]，曷足贵乎！且西伯[17]，伯也，拘于羑里；李斯[18]，相也，具于五刑；淮阴[19]，王也，受械于陈；彭越张敖[20]，南面称孤，系狱抵罪；绛侯诛诸吕[21]，权倾五伯，囚于请室；魏其[22]，大将也，衣赭衣，关三木；季布为朱家钳奴[23]；灌夫受辱于居室[24]。此人皆身至王侯将相，声闻邻国，及罪至罔加，不能引决自裁，在尘埃之中，古今一体，安在其不辱也？由此言之，勇怯，势也；强弱，形也。审矣！何足怪乎？夫人不能早自裁绳墨之外[25]，以稍陵迟至于鞭棰之间[26]，乃欲引节[27]，斯不亦远乎？古人所以重施刑于大夫者，殆为此也。

【注释】

〔1〕剖符：即剖竹。古代帝王分封诸侯、功臣时，以竹符为信证，剖分为二，君臣各执其一。　丹书：古代帝王赐给功臣世袭的享有免罪等特权的证件。剖符丹书指立功受赏。

〔2〕星历：天文历法。

〔3〕卜祝：专管占卜、祭祀的人。

〔4〕倡优：古代称以音乐歌舞或杂技戏谑娱人的艺人。

〔5〕理色：道理、颜色，指道义和面子。

〔6〕诎（qū）体：弯曲肢体，指被绳索枷锁。

〔7〕易服：换上罪人的衣服。

〔8〕棰楚：本指棍杖之类，引申为拷打。

〔9〕剔毛发：剃掉头发。　婴金铁：带着铁链。

〔10〕槛阱（jǐng）：捕捉野兽的器具和陷坑。

〔11〕积威约：长期的威力约制。

〔12〕画地为牢：相传上古时刑律比较宽缓，在地上画圈，让罪人立在圈中以示惩罚，像后代的牢狱一样。

〔13〕削木为吏：刻个木头人作狱吏。

〔14〕枪地："枪"通"抢"。触地，撞地。

〔15〕徒隶：狱卒。　惕息：心跳气喘，形容非常恐惧。

〔16〕强颜：厚颜，不知羞耻。

〔17〕西伯：周文王姬昌，商纣时为西伯。

〔18〕李斯：战国时楚国上蔡人，辅佐秦始皇统一天下。

〔19〕淮阴：韩信曾被封为齐王，后被贬为淮阴侯。

〔20〕彭越：陈豨谋反时，高祖想从梁国征兵，但彭越称病不应，因而被囚。　张敖：高祖长女鲁元公主的女婿，被人告发谋反而入狱。

〔21〕绛侯：周勃，与陈平诛杀诸吕，谋定汉室。　诸吕：高祖妻吕后的亲属吕产、吕禄等。

〔22〕魏其：魏其侯窦婴，平定吴楚之乱，功封魏其侯。

〔23〕季布：西汉人，以任侠著名。

〔24〕灌夫：西汉人，因得罪丞相田蚡，以不敬罪族诛。

〔25〕绳墨：法度、法律。

〔26〕陵迟：古代零割碎挖的一种酷刑。

〔27〕引节：守节自杀。

【译文】

我的祖先，没有立下封侯拜将的永世功劳，而掌管史籍和星历的太史令，跟占卜祭祀的职业相近，本来就是皇帝视同玩物的工作，像乐工伶人一样被畜养，是被世俗轻视的。如果我按判决被杀，就像九头牛掉了一根毛一样无足轻重，跟蚂蚁有什么区别呢？而世俗中人又不能拿我和死节者并列，只会认为我无计可施且罪大恶极，不能免死，最终走向死路罢了。为什么呢？我平素的工作和立身使我这样。人本来就会死，有的人死得比泰山重，有的人死得比鸿毛轻，这是因为死的趋向不同。最上等的是不辱没祖先，其次不能使自己受辱，其次是不能辱没义理和脸面，其次是不被人用言辞来申斥，其次是身体被捆绑受辱，其次是穿上囚服被辱，其次是戴上刑具被杖打受辱，其次是剪光头发戴上铁链受辱，最下的是受宫刑，这是最耻辱的。古书说："刑罚不施用于大夫。"这是说士节不能不磨砺。猛虎在深山中，所有的野兽都感到恐惧，当它掉进陷阱或被关到笼子中，它就只能摇着尾巴来乞食，这是长期的威力约制使它逐渐驯服的结果。所以即使在地上画个界限作监牢也不敢进入，削个木头人作狱吏也不能对着它议论，心里早有了清晰的思虑。现在手脚被捆，戴木枷绑绳索，裸露皮肤，被棍打鞭笞，关在监狱中。这个时候，看见狱官就跪拜，看到牢卒就恐惧，为什么？这是长期的威逼压制了气势。到了这种地步说不觉得耻辱的，不过是强为厚颜罢了，有什么值得可贵的！再说，周文王姬昌，是霸王，被监禁在羑里；李斯，是丞相，受尽五刑；淮阴侯韩信，是诸侯王，在陈地被拘押；彭越和张敖，自立为王，被抓到监狱定罪；绛侯周勃诛杀作乱的吕禄、吕产等人，权势超过春秋五霸，被囚禁在大臣待罪之室；魏其侯窦婴，是大将军，穿着深红的囚服，头、手、脚都戴着刑具；季布是朱家剃发且用铁圈束颈的奴隶，灌夫被关在少府所属的居室中。这些人都是王侯将相，声名传扬到邻国，等到罪祸降临、法网加身，却不能举刀自杀，在监狱中的情形，古今都是一样的，怎么能不受辱呢？由此说来，勇敢或怯懦，是形势造成的；强大或弱小，也是形势决定的。这是非常清楚的了！有什么奇怪呢？人不能在法律加身之前预先自杀，等到志气逐渐颓丧，甚至到了被鞭打杖击时，才想着自杀殉节，这不是太迟了吗？古人之所以对大夫谨慎用刑，大概就是因为这个吧。

夫人情莫不贪生恶死，念父母，顾妻子，至激于义理者不然，乃有所不得已也。今仆不幸，早失父母，无兄弟之亲，独身孤立，少卿视仆于妻子何如哉？且勇者不必死节，怯夫慕义，何处不勉焉！仆虽怯懦欲苟活，亦颇识去就之分矣。何至自沉溺缧绁之辱哉〔1〕？且夫臧获婢妾〔2〕，由能引决，况仆之不得已乎？所以隐忍苟活，幽于粪土之中而不辞者〔3〕，恨私心有所不尽，鄙陋没世，而文彩不表于后世也〔4〕。

【注释】

〔1〕缧绁（léi xiè）：本指捆绑犯人的绳索，引申为牢狱。

〔2〕臧获：古代对奴婢的贱称。羌人以婢为妻，所生的儿子为获；奴隶以善人为妻，所生的儿子为臧。

〔3〕粪土：形容恶劣的环境，这里指牢狱。

〔4〕文彩：本指艳丽而错杂的色彩，这里指声名。

【译文】

人之常情是没有不贪生怕死的，挂念父母，顾虑妻子儿女，而激于义理的人却不这样念及家人，是有迫不得已的实际。现在的我很不幸，早早没有了父母，没有兄弟这样的亲属，独自一人生活于世，您看我对妻子儿女怎么样呢？再说勇烈的人不必死于名节，怯懦的人仰慕节义，哪里不勉励自己为名节而牺牲呢！我即使怯懦想要苟且偷生，也还能懂得何去何从的道理。何至于甘心忍受陷身牢狱的耻辱啊？再说奴隶婢妾，都能在受辱时自杀以全气节，何况我已到了这个不得已的地步了呢？我之所以忍受耻辱活下来，被拘禁在污浊的环境中而不自杀，是遗憾内心还有没完成的事情，平庸地死去，而声名却不能在后世流传。

古者富贵而名摩灭，不可胜记，唯倜傥非常之人称焉〔1〕。盖文王拘而演《周易》〔2〕；仲尼厄而作《春秋》〔3〕；屈原放逐〔4〕，乃赋《离骚》；左丘失明〔5〕，厥有《国语》；孙子膑脚〔6〕，《兵法》修列；不韦迁蜀〔7〕，世传《吕览》；韩非囚秦〔8〕，《说难》《孤愤》；《诗》三百篇，大底圣贤发愤之所为作也。此人皆意有郁结，不得通其道，故述往事，思来者。乃如左丘无目，孙子断足，终不可用，退而论书策，以舒其愤，思垂空文以自见〔9〕。

【注释】

〔1〕倜傥：不同寻常。

〔2〕文王：据说周文王被商纣王囚于羑里时，把《周易》的八卦演成六十四卦。

〔3〕仲尼：孔子，名丘，字仲尼。他曾周游列国，但都不为所用，晚年返鲁，作《春秋》。

〔4〕屈原：战国时楚国贵族，遭谗言而被流放江南，曾作《离骚》以抒发情怀。

〔5〕左丘：左丘明，鲁国史官。相传他眼睛失明，编撰《国语》。

〔6〕孙子：孙膑，战国时齐国人，被庞涓骗到魏国处以膑刑，所以称孙膑。

〔7〕不韦：吕不韦，秦始皇时任相国，曾经组织宾客编撰《吕氏春秋》。

〔8〕韩非：战国末年韩国的贵族，被李斯陷害，入狱而死。

〔9〕空文：不能用于当世的文章。

【译文】

古代富贵但声名磨灭不传的人，多得难以记载，只有才气豪迈不同寻常的人才被世人称颂。周文王被囚在羑里而把《周易》的八卦推演成六十四卦；孔子遇到困厄后撰写了《春秋》；屈原被放逐后，写了《离骚》；左丘明双目失明后，著有《国语》；孙膑被剔去膝盖骨后，编撰了《兵法》；吕不韦被贬到蜀地时，社会上才流传《吕览》；韩非子被囚禁在秦国时，写出了《说难》《孤愤》；《诗经》三百篇诗歌，大多是圣贤们发愤写作的。这都是圣贤内心感情有郁闷压抑，不能施展才华，所以追述以前的事迹，想着留给将来的知音。就像左丘明失去眼睛，孙膑断了脚，终究无用于世，所以退而论列己见作成书策，用来纾解他们的愤懑，想留下文章以表现自己的情意。

仆窃不逊〔1〕，近自托于无能之辞，网罗天下放失旧闻，略考其行事，综其终始，稽其成败兴坏之纪，上计轩辕〔2〕，下至于兹，为十表，本纪十二〔3〕，书八章，世家三十〔4〕，列传七十〔5〕，凡百三十篇，亦欲以究天人之际〔6〕，通古今之变，成一家之言。草创未就，会遭此祸，惜其不成，已就极刑而无愠色。仆诚以著此书藏诸名山〔7〕，传之其人〔8〕，通邑大都，则仆偿前辱之责，虽万被戮，岂有悔哉？然此可为智者道，难为俗人言也。

【注释】

〔1〕不逊：谦词，指不自量力。

〔2〕轩辕：即黄帝，中国古代传说中的君王。相传姓公孙，因居于轩辕之丘，故号轩辕氏。

〔3〕本纪：纪传体史书中帝王的传记。

〔4〕世家：纪传体史书中记载侯王家世的传记。

〔5〕列传：纪传体史书中列叙历史人物事迹的传记。
〔6〕天人之际：天道与人事之间的联系。
〔7〕名山：指可以传之不朽的藏书之地。
〔8〕其人：指与司马迁志同道合的人。

【译文】

我私下里不自量力，近来用不高明的文辞，收集天下散佚的传闻，简略考订其事迹，考察其本末，推究其成功失败兴盛败坏的规律，远自黄帝轩辕氏，近至现在，写成表十篇，本纪十二篇，书八篇，世家三十篇，列传七十篇，总共一百三十篇，也想借以探究天道与人事之间的规律，贯通古今变化的脉络，形成一家之言。刚刚着手撰写还没有成书，就遇到这个大祸，痛感我的书稿没有写成，所以受到最残酷的刑罚我也没有流露出怨恨的神色。我确实希望通过撰成此书，把它藏在名山中，传给喜欢此书的人，再通过他们流传于天下，那么，我就可以抵偿以往所受的耻辱了，即使受再多的侮辱，又有什么后悔呢？但这其中的衷情只能向高明的人诉说，却很难对世俗的人倾诉。

且负下未易居〔1〕，下流多谤议〔2〕，仆以口语遇此祸〔3〕，重为乡党所笑，以污辱先人，亦何面目复上父母丘墓乎？虽累百世，垢弥甚耳！是以肠一日而九回，居则忽忽若有所亡，出则不知其所往。每念斯耻，汗未尝不发背沾衣也。身直为闺阁之臣〔4〕，宁得自引于深藏岩穴邪？故且从俗浮沉〔5〕，与时俯仰，以通其狂惑〔6〕。今少卿乃教以推贤进士，无乃与仆私心剌谬乎〔7〕！今虽欲自雕琢，曼辞以自饰〔8〕，无益于俗不信，适足取辱耳。要之死日，然后是非乃定。书不能悉意，略陈固陋，谨再拜。

【注释】

〔1〕负下：指负污辱之名。

〔2〕下流：比喻所有不好的名声聚集的地方。

〔3〕口语：指言论或议论。

〔4〕闺阁：宫禁。

〔5〕浮沉：随波逐流，追随世俗。

〔6〕狂惑：不明事理，糊涂，知善不行，知恶不改。

〔7〕刺谬：违背，悖谬。

〔8〕曼辞：美好的言辞。

【译文】

背负污辱名声的人很不容易安身，地位卑贱的人往往多受毁谤非议，我因替人辩解而遭遇这场大祸，又被乡里人耻笑，因此污辱了祖先，还有什么面目再上父母的坟墓啊？即使历经百年，耻辱也会更加深重！因此我每天都愁肠百结，在家则精神恍惚好像丢了什么东西一样，出门又不知去哪里。一想到这个耻辱，冷汗没有不从背上冒出并且湿透衣服的。我的身体已经像宦官一样有残缺，哪里还能引身而退深深地隐居在山林洞穴中呢？所以姑且随着世俗浮沉，跟着时势周旋，以排解我内心的悲伤和矛盾。现在您教导我要推举贤良的士子，这不是跟我的愿望相违背吗！我现在即使想通过推贤来磨砺自己，用美丽的言辞来掩饰自己的耻辱，也无助于世俗对我的不信任，只会招致污辱罢了。总之到死那天，然后是非得失才能论定。书信不能完全表达我的情意，只简略地陈述我的浅薄看法，谨再拜。

报孙会宗书 杨子幼（杨恽）

【题解】

杨恽（？—前 54），字子幼，西汉京兆华阴（今陕西渭南）

人。宣帝时，封平通侯，迁中郎将。《汉书》有传。此文写作者为其失官居家以财自娱、狂放不羁的行为辩解，并言明人各有志，不可勉强，发泄怨愤之情。

恽材朽行秽[1]，文质无所底[2]，幸赖先人馀业，得备宿卫[3]。遭遇时变，以获爵位，终非其任，卒与祸会。足下哀其愚蒙[4]，赐书教督以所不及，殷勤甚厚。然窃恨足下不深惟其终始[5]，而猥随俗之毁誉也[6]。言鄙陋之愚心，则若逆指而文过[7]，默而自守，恐违孔氏各言尔志之义[8]。故敢略陈其愚，惟君子察焉！

【注释】

〔1〕材朽行秽：为自谦之辞。

〔2〕文质：文华质朴。　底：致。

〔3〕宿卫：在宫禁中值宿，担任警卫。

〔4〕足下：指杨恽之友孙会宗，西汉西河人，宣帝时为安定太守。杨恽被罢官居家自娱，孙会宗作书相诫。　愚蒙：愚昧不明。

〔5〕恨：遗憾。

〔6〕猥（wěi）随：曲从。

〔7〕逆指：违逆旨意。指，通“旨”。　文过：掩饰过错。

〔8〕孔氏各言尔志：语出《论语·公冶长》，这是孔子对学生所说的话。孔子曾聚集颜回、子路等人在一起，要求他们各自谈说自己的理想。

【译文】

我才能低下行为卑贱，文采道德都没有什么成就，幸亏靠着祖先留下的功业，才得以担任侍卫之官。又遭遇时势的变化，因而被封为平通侯，但我终究不能胜任，最后遇到了灾祸。您哀怜我愚笨蒙昧，来信教导我做得不好的地方，态度诚恳真挚。但我私下里遗憾您没有深入思考事情的本末缘由，而草率地跟着世俗人对我批评。跟您直讲我的粗浅看法，那好像又违逆您的旨意而掩饰我的过错，若沉默守节不言，又怕违背孔子所说的各自讲讲自己志向的用意。所以我敢大略陈述我的愚见，希望您能明白！

恽家方隆盛时，乘朱轮者十人〔1〕，位在列卿〔2〕，爵为通侯〔3〕，总领从官〔4〕，与闻政事。曾不能以此时有所建明〔5〕，以宣德化。又不能与群僚并力，陪辅朝廷之遗忘，已负窃位素餐之责久矣〔6〕。怀禄贪势，不能自退，遂遭变故，横被口语〔7〕，身幽北阙，妻子满狱〔8〕。当此之时，自以夷灭不足以塞责〔9〕，岂得全其首领，复奉先人之丘墓乎？伏惟圣主之恩，不可胜量。君子游道〔10〕，乐以忘忧；小人全躯，说以忘罪。窃自念过已大矣，行已亏矣，长为农夫以没世矣。是故身率妻子，戮力耕桑，灌园治产，以给公上。不意当复用此为讥议也。

【注释】

〔1〕朱轮：古代王侯显贵所乘的车子，用朱红漆轮。

〔2〕列卿：九卿，指高官。

〔3〕通侯：秦统一后所建立的二十级军功爵中的最高级。汉初因袭，多授予有功的异姓大臣。后避汉武帝刘彻之讳，改称通侯或列侯。

〔4〕总领：统领，统管。　从官：天子的随从、近臣。

〔5〕建明：建树。

〔6〕窃位素餐：窃据职位，空食俸禄，指在位而没有作为。

〔7〕横被：意外遭受。　口语：指戴长乐告发杨恽的事。

〔8〕满狱：拘禁在监狱里。

〔9〕夷灭：诛杀。　塞责：补偿过错。

〔10〕游道：践行道义。

【译文】

在我家最兴盛时，做高官的十人，职位在九卿之列，爵位是列侯，统领宫廷侍卫之官，参与国家政事。我却不能在那时有所作为，来宣扬皇帝的德政教化。又不能与众大臣同心合力，辅佐朝廷补救缺失，背负着居位不作为的罪责已经很久了。贪图俸禄和势位，不能自动引退，于是遭遇了灾难，无端被人告发，被关在宫殿北面的门楼里等候发落，妻子儿女也被关进监狱。那个时候，我觉得被杀了都不足以抵消我的罪责，哪里还能保住脑袋，再去祭祀祖先的坟墓啊？我深知皇帝的恩德深广，难以计量。君子沉浸在道义中，快乐得忘记了忧愁；普通人苟且保命，高兴起来就忘记罪过。我私下认为，我的罪过已经很大，行为已经亏损，只能一辈子做农夫直到老死了。所以亲自带领家人，努力耕种养蚕，灌溉田园治理产业，来交纳官府的赋税。没想到又因此被人指责和议论。

夫人情所不能止者，圣人弗禁。故君父至尊亲，送其终也，有时而既[1]。臣之得罪，已三年矣。田家作苦，岁时伏腊[2]，烹羊炮羔[3]，斗酒自劳。家本秦也，能为秦声。妇赵女也，雅善鼓琴，奴婢歌者数人，酒后耳热，仰天抚缶而呼呜呜。其诗曰：“田彼南山，芜秽不治；种一顷豆，落而为萁。”人生行乐耳，须富贵何时？是日也，拂衣而喜，奋袖低昂，顿足起舞，诚淫荒无度，不知其不可也。恽幸有馀禄，方籴贱贩贵，逐什一之利。此贾竖之事[4]，污辱之处，恽亲行之。下流之人，众毁所归，不寒而栗。虽雅知恽者，犹随风而靡，尚何称誉之有？董生不云乎[5]：“明明求仁义，常恐不能化民者，卿大夫之意也；明明求财利，常恐困乏者，庶人之事也。”故道不同不相为谋。今子尚安得以卿大夫之制而责仆哉？

【注释】

〔1〕既：尽。

〔2〕伏腊：指伏祭和腊祭之日，“伏”在夏季伏日，“腊”在农历十二月。后泛指节日。

〔3〕炮：熏炙。

〔4〕贾（gǔ）竖：古时对商人的贱称。

〔5〕董生：董仲舒，西汉时人。主张罢黜百家，独尊儒术，被武帝采纳。

【译文】

人的常情不能控制的东西，圣人不会禁止。所以最尊贵的君王和父亲，给他们送终守丧，至多三年也就结束。我获罪以来，已经有三年了。种田人耕作辛苦，遇到伏日腊日，烹羊炮羔，喝酒慰劳自己。我家本是秦人，能唱秦歌。妻子是赵女，擅长弹琴，几个会唱歌的奴仆婢女，酒后耳根发热，仰面击缶而唱。歌词是：“种田在南山，田园荒芜都不管；种了一百亩的豆，豆落在野只剩茎。”人生就要行乐，还等富贵到什么时候？那个时候，高兴得抖动衣服，上下舞动袖子，踏节跳舞，确实是纵情享乐没有节制，不知这种行为是不允许的。我幸好还有些积蓄，正好贱买贵卖，赚十分之一的薄利。这是商贩和奴仆的工作，那些污浊耻辱的事情，我也亲自去做。地位卑下的人，会招致众人的毁谤，让人感到不寒而栗。即使很了解我的人，仍然随风倒地诋毁我，哪里还有人称誉我的呢？董仲舒说：“匆匆忙忙追求仁义，常常担心不能教化百姓，这是卿大夫的心理。忙忙碌碌追求财富，常常担心贫困匮乏，这是百姓的心态。”所以说追求不同的人是不会共同谋划事情的。现在您怎么还能用卿大夫的要求来指责我呢？

夫西河魏土，文侯所兴〔1〕，有段干木田子方之遗风〔2〕，禀然皆有节概，知去就之分，顷者足下离旧土，临安定。安定山谷之间，昆夷旧壤〔3〕，子弟贪鄙，岂习俗之移人哉！于今乃睹子之志矣。方当盛汉之隆，愿勉旃[4]，无多谈。

【注释】

〔1〕文侯：魏文侯，战国时魏国国君。

〔2〕段干木：战国时魏国人。魏文侯想请他为相，他不接受。　田子方：据传是魏文侯的老师。

〔3〕昆夷：殷周时中国西北部族名，后泛指西北方少数民族。

〔4〕勉旃（zhān）：努力，多用于劝勉。旃，语助词，之焉的合音字。

【译文】

您的家乡西河是战国时魏国的故土，魏文侯在那里成就了事业，还有段干木、田子方留下来的风尚，他们有高远的气节风范，知道隐居和入仕的时机界限，近来您离开故乡，来到安定郡。安定郡地处山谷，是西戎旧地，那里的人贪婪粗鄙，难道是风俗习惯改变人的性格吗！到现在我才看清您的志向啊。现在正是大汉的鼎盛时期，希望您努力吧，不用多说了。

论盛孝章书　孔文举（孔融）

【题解】

此信叙写了盛孝章的危险处境以及美德盛誉，表明了请求曹操加以救助的热切期待。

岁月不居，时节如流。五十之年，忽焉已至，公为始满，融又过二。海内知识[1]，零落殆尽，惟有会稽盛孝章尚存[2]。其人困于孙氏[3]，妻孥湮没，单孑独立，孤危愁苦。若使忧能伤人，此子不得永年矣！《春秋传》曰："诸侯有相灭亡者，桓公不能救，则桓公耻之。”[4]今孝章实丈夫之雄也，天下谈士[5]，依以扬声，而身不免于幽絷，命不期于旦夕。吾祖不当复论损益之友[6]，而朱穆所以绝交也[7]。公诚能驰一介之使[8]，加咫尺之书[9]，则孝章可致，友道可弘矣。

【注释】

〔1〕海内：古谓我国疆土四面临海，故称。　知识：相识的人，朋友。

〔2〕盛孝章：名宪，后汉会稽人。曾为吴郡太守，素负声名。

〔3〕孙氏：孙策和孙权兄弟。

〔4〕桓公：春秋时齐国国君，姓姜，名小白。

〔5〕谈士：游说之士，辩士。

〔6〕损益之友：语出《论语·季氏》，这是孔子说的话。即损友或益友，对自己有害或有益的朋友。

〔7〕朱穆：朱穆，字公叔，东汉南阳宛人，曾著《绝交论》以议交友之道。

〔8〕一介之使：一个使者。

〔9〕咫尺之书：古代书写用木简，信札之简长只盈尺，故借指书信。

【译文】

岁月没有停留，时光像流水一样。五十年的光阴，一下子就到了，您刚满五十，我已经超过五十二岁了。天下认识的朋友，差不多都死光了，只有会稽的盛孝章还活着。他被东吴孙氏困辱，妻子儿女已经丧亡，孤独无助，处境危险，忧愁痛苦。如果忧伤能够伤人的话，这个人恐怕活不久了。《春秋传》说：“诸侯之间有相互吞并灭亡的，如果齐桓公不能援救，那他就会感到羞耻。”盛孝章的确是当今男子汉中的豪杰，天下喜好清议的人，都依靠他来传扬名声，但他自己却被囚禁，生命危在旦夕。这也是我的祖宗不应当再谈损友益友，而朱穆之所以要谈绝交的原因了。您如果能马上派一个使者，带上简短的书信，那么他就能得救，交友之道也就可以弘扬光大了。

今之少年，喜谤前辈，或能讥评孝章。孝章要为有天下大名，九牧之人，所共称叹。燕君市骏马之骨[1]，非欲以骋道里，乃当以招绝足也[2]。惟公匡复汉室，宗社将绝，又能正之。正之术，实须得贤。珠玉无胫而自至者，以人好之也，况贤者之有足乎？昭王筑台以尊郭隗，隗虽小才而逢大遇，竟能发明主之至心，故乐毅自魏往[3]，剧辛自赵往[4]，邹衍自齐往[5]。向使郭隗倒悬而王不解[6]，临难而王不拯，则士亦将高翔远引，莫有北首燕路者矣[7]。凡所称引，自公所知，而复有云者，欲公崇笃斯义。因表不悉。

【注释】

〔1〕燕君：燕昭王想重振燕国，向郭隗问计。郭隗以“千金市马而仅得马骨”为喻劝说昭王招贤纳士。

〔2〕绝足：喻指千里马。

〔3〕乐毅：战国时中山国人，助燕昭王攻下齐国七十馀座城池。

〔4〕剧辛：战国时赵国人，仕燕昭王，策划联合五国攻齐。

〔5〕邹衍：战国时齐国的阴阳家，仕燕，为昭王之师。

〔6〕倒悬：比喻处境极其困苦或危急。

〔7〕燕路：特指通往燕昭王招贤台的道路。

【译文】

现在的年轻人，喜欢谤议前人，或许有人评论孝章。孝章总的来说是享有盛誉的，被各郡长官共同称扬。以前燕昭王求买骏马的骨头，不是想用它来跑千里，而是用它来招致千里马。我想您匡救和恢复大汉王室，使将要崩溃的国家政权得以扶正。扶正的办法，确实需要得到贤人的帮助。珠玉没有腿却能自己来，是因为人们喜欢它，更何况贤人长有脚呢？燕昭王修筑黄金台来尊崇郭隗，郭隗虽然才能不高却能得到厚遇，而他得到的礼遇最后能够表彰明主的诚心，因此乐毅从魏国来归，剧辛从赵国过来，邹衍从齐国到来。如果郭隗困苦但昭王不帮助，遇到危急而燕王不拯救，那么士人就会高飞远走，没有人肯到燕国来。以上所说的事情，本来就是您了解的，而我还要重复，是希望您重视纳贤的大义。信中不能一一详说。

（本卷自李少卿《答苏武书》至孔文举《论盛孝章书》译注：陈丕武）

为幽州牧与彭宠书　朱叔元（朱浮）

【题解】

朱浮（？—66），字叔元，沛国萧（今安徽萧县）人。刘秀起兵，朱浮任大司马主簿，迁偏将军，破邯郸后，为大将军幽州牧。受诬告，显宗怒而赐浮死。《后汉书》有传。全文从个人功名、同僚相比、时势安乐诸方面，论列敌我恩怨之别，指斥彭宠起兵反叛行动之愚妄。彭宠，字伯通，南阳宛人，时任渔阳太守。

盖闻智者顺时而谋，愚者逆理而动。常窃悲京城太叔〔1〕，以不知足而无贤辅，卒自弃于郑也。伯通以名字典郡〔2〕，有佐命之功〔3〕，临民亲职，爱惜仓库。而浮秉征伐之任，欲权时救急〔4〕，二者皆为国耳。即疑浮相谮〔5〕，何不诣阙自陈〔6〕，而为灭族之计乎？

【注释】

〔1〕京城太叔：春秋时郑庄公的胞弟共叔段，受封于京，称京城太叔。

在母亲姜氏的支持下袭击郑庄公，失败出奔。

〔2〕名字：指名誉远闻。　典：执掌。

〔3〕佐命：辅佐帝王创业。彭宠曾给汉光武帝供应军粮。

〔4〕权时：暂时。

〔5〕谮：说坏话。

〔6〕诣阙：到朝廷。

【译文】

曾听说聪明的人顺应时势而谋划，愚蠢的人则违背事理而轻举妄动。常常哀怜那京城太叔因为贪心不足且没有贤能之人辅佐他，终于自绝于郑国。伯通您凭显著的名声担任郡守，又有辅佐皇上建立帝业的功劳，抚治百姓料理政务，惜爱库藏粮食，而朱浮我担当征战讨伐的重任，招致宾客只是临时救急，您我所为都是为了国家啊！即使您怀疑我诬告您，您为什么不前往朝廷陈诉清楚，而要做出举兵反叛而将遭致宗族覆灭的事情来呢？

朝廷之于伯通，恩亦厚矣，委以大郡，任以威武，事有柱石之寄，情同子孙之亲。匹夫媵母〔1〕，尚能致命一餐，岂有身带三绶〔2〕，职典大邦，而不顾恩义，生心外叛者乎？伯通与吏民语，何以为颜？行步拜起，何以为容？坐卧念之，何以为心？引镜窥景，何以施眉目？举厝建功〔3〕，何以为人？惜乎！弃休令之嘉名，造枭鸱之逆谋，捐传叶之庆祚，招破败之重灾，高论尧舜之道，不忍桀纣之性。生为世笑，死为愚鬼，不亦哀乎！

【注释】

〔1〕媵母：普通妇女。

〔2〕三绶：三种官职，彭宠时任渔阳太守，封建忠侯，赐号大将军，故称。

〔3〕举厝（cuò）：举动。

【译文】

朝廷对待您伯通，恩情是很厚重的，委任您为大郡的郡守，让您担任军职威风雄武，托付给您的事有如大厦的支柱与基石般重要，给予您的恩情同于子孙嫡亲。那些平民妇人因一餐饭尚以生命相报，岂有您这样身受三职，又任职大郡太守的人，竟然就不顾恩情信义，而怀有发动叛乱之心吗！您与下吏百姓谈话，还有什么脸面？您日常起居行走拜揖，还能摆出什么仪容？您或坐或卧一想起这件事，心还能平静吗？您引镜自照，眉目之间难道不惭愧吗？您的行为本想建功立业，但您懂得如何做人吗？可惜啊！丢弃美善的好名声，而做出枭鸱般的叛逆阴谋，抛弃可以世代相传的福祥，招来走向破败的重重灾患。一方面高谈阔论尧舜的美道，一方面却舍不得抛弃桀纣的恶性，活着时被世人耻笑，死后则被视为愚蠢之鬼，这不是可悲的吗！

伯通与耿侠游〔1〕，俱起佐命，同被国恩。侠游谦让，屡有降挹之言〔2〕。而伯通自伐，以为功高天下。往时辽东有豕，生子白头，异而献之。行至河东，见群豕皆白，怀惭而还。若以子之功高论于朝廷，则为辽东豕也。今乃愚妄，自比六国〔3〕。六国之时，其势各盛，廓土数千里，胜兵将百万，故能据国相持，多历年所。今天下几里，列郡几城，奈何以区区渔阳而结怨天子？此犹河滨之民，捧土以塞孟津〔4〕，多见其不知量也。

【注释】

〔1〕耿侠游：名况，扶风茂陵人，任上谷太守。

〔2〕挹：通“抑”，谦退。

〔3〕六国：指战国时齐、燕、楚、韩、赵、魏六国。

〔4〕孟津：黄河渡口。

【译文】

伯通您与耿侠游一块起兵辅佐皇上，又共同蒙受国家的恩泽。侠游谦让，屡次有退让抑折的言谈，而您自我夸耀，以为自己功高于天。以前辽东的猪都是黑的，一日生下小猪却是白头，主人十分奇异而想献给朝廷，待他来到河东，看见一群群全是白猪，于是惭愧而返。如果以您的功劳之高而在朝廷上评议，您就像那辽东的猪啊！如今您十分愚妄，把自己比作战国六雄。六国时候，诸侯各自势力强大，扩张土地数千里，雄兵强将近百万，所以能各据国土相互对峙，如此经历许多年。而如今天下有多少里，诸郡有多少城，您怎么能凭借区区渔阳之地而结怨天子？这就好像河边之人，要手捧泥土去填塞孟津渡口，只不过表明他们不自量力罢了！

方今天下适定，海内原安，士无贤不肖，皆乐立名于世。而伯通独中风狂走，自捐盛时，内听娇妇之失计[1]，外信谗邪之谀言，长为群后恶法，永为功臣鉴戒，岂不误哉！定海内者无私仇，勿以前事自疑，原留意顾老母少弟。凡举事无为亲厚者所痛，而为见仇者所快。

【注释】

〔1〕娇妇之失计：彭妻曾劝彭宠拒绝朝廷的征召。

【译文】

如今天下刚刚安定，全国境内渴望安宁，人们不论贤与不贤，都想在世上树立好的名声。而偏偏只有您像得了疯病一样四处狂奔，自绝于美好时代，在家听从了娇妻错误的计谋，在外相信奸邪小人的阿谀奉承，您将长久地成为州郡地方长官的坏榜样，永远被功臣引为鉴戒教训，您岂不是太荒谬了吧！平定天下的人没有个人的仇怨，您也不要因为以前未应征召之事而猜度不安，希望您多顾念全家老小。凡做出的事，都不要使相亲相爱者伤痛，而使敌人感到快意！

（译注：胡国庆）

为曹洪与魏文帝书　陈孔璋（陈琳）

【题解】

陈琳（？—217），字孔璋，东汉末广陵（今江苏扬州）人。初为何进主簿，后依袁绍。绍败，归曹操，官至司空军谋祭酒、门下督。擅章表书记，为“建安七子”之一。《三国志·魏书》有传。此文叙写了汉中的险固形势以及抒发王者之师有战必胜的信念。

十一月五日，洪白〔1〕：前初破贼，情奓意奢〔2〕，说事颇过其实。得九月二十日书，读之喜笑，把玩无厌，亦欲令陈琳作报。琳顷多事，不能得为。念欲远以为欢，故自竭老夫之思。辞多不可一一，粗举大纲，以当谈笑。

【注释】

〔1〕洪：曹洪，曹操从弟。

〔2〕情奓意奢：情意绵多。奓，通“侈”。

【译文】

十一月五日，曹洪禀告：前不久刚刚破敌，心情非常激动，叙述情况颇有夸大失实的地方。得到九月二十日的来信，读起来很高兴，反复阅读都不满足，也想让陈琳回信。但陈琳近来公事繁多，不能帮我回信。思念之情越远越见真切，所以我自己尽力回信以表达我的情思。话太多不能一一陈述，只是粗略列举大纲，以供您谈笑。

汉中地形，实有险固，四岳三涂，皆不及也。彼有精甲数万，临高守要，一人挥戟，万夫不得进。而我军过之，若骇鲸之决细网〔1〕，奔兕之触鲁缟〔2〕，未足以喻其易。虽云王者之师。有征无战〔3〕，不义而强，古人常有。故唐虞之世，蛮夷猾夏〔4〕；周宣之盛，亦仇大邦。诗书叹载，言其难也。斯皆凭阻恃远，故使其然。是以察兹地势，谓为中才处之，殆难仓卒。来命陈彼妖惑之罪，叙王师旷荡之德，岂不信然！是夏殷所以丧，苗扈所以毙〔5〕；我之所以克，彼之所以败也。不然，商周何以不敌哉！昔鬼方聋昧〔6〕，崇虎谗凶〔7〕，殷辛暴虐，三者皆下科也。然高宗有三年之征，文王有退修之军〔8〕，盟津有再驾之役，然后殪戎胜殷〔9〕，有此武功。焉有星流景集，飚夺霆击，长驱山河，朝至暮捷，若今者也！

【注释】

〔1〕骇鲸：惊骇鲸鱼。

〔2〕奔兕（sì）：奔跑的兕牛。　鲁缟：古代鲁地出产的一种白色生绢，以薄细著称。

〔3〕有征无战：天子的征讨是师出有名的，战争则不义。

〔4〕蛮夷：南蛮东夷，古代对四方边远地区少数民族的泛称。　猾夏：扰乱华夏。

〔5〕苗扈：有苗氏与有扈氏。

〔6〕鬼方：上古部落，是殷周西北境强敌。　聋昧：耳聋目盲。

〔7〕崇虎：崇侯虎，商纣王的宠臣，喜好谗邪。

〔8〕文王：周文王退兵修德，再次出兵，才打败崇侯虎。

〔9〕殪（yì）：杀死。

【译文】

汉中的地形，的确险要坚固，四岳三涂的艰险，都比不上。敌人有精兵数万，居高临下把守要害，一人挥戟坚守，万人也无法前进。但我军经过汉中，却像受惊的鲸鱼冲破细网，奔腾的犀牛抵触鲁国的白绢，这都不足以形容我们的轻松容易。虽然说天子的军队，有征讨没有攻战，不行道义而强大，古代也常常出现。所以唐尧虞舜的朝代，南蛮东夷侵扰华夏；周宣王的盛世，蛮夷荆楚也与强大的周朝为仇。诗书咏叹记载的历史事件，都说明征战的艰难。这都是因为他们凭借险阻遥远的地理环境敢于作恶对抗。因此观察那里的地势，就算让中等才能的人来据守，恐怕也难以仓促之间攻破。来信昭示张鲁妖言惑众的罪行，宣叙魏军的旷达浩荡的大德，难道不是很合实情的吗！这就是夏朝商代之所以灭亡，三苗有扈之所以毙命；我军之所以能攻克，敌军之所以失败的原因。如果不是王师浩荡，商代周朝的军队怎么能攻无不克啊！过去鬼方国愚昧无知，崇侯虎谗言为害，商纣王残暴肆虐，他们都是才智下等的人。但殷高宗武丁有三年征讨鬼方的征战，周文王有退兵修德以胜敌的军队，周武王也有两次陈兵孟津的战役，然后才歼灭戎人打败商军，成就大事。哪里比得上今天，我军像流星飞逝日影照射，暴风骤起雷电闪击，兵马驰骋高山大河，早上出兵晚上就告捷！

由此观之，彼固不逮下愚〔1〕，则中才之守，不然明矣。在中才则谓不然，而来示乃以为彼之恶稔，虽有孙田墨氂犹无所救〔2〕，窃又疑焉。何者？古之用兵，敌国虽乱，尚有贤人，则不伐也。是故三仁未去〔3〕，武王还师；宫奇在虞〔4〕，晋不加戎；季梁犹在〔5〕，强楚挫谋。暨至众贤奔绌，三国为墟。明其无道有人，犹可救也。且夫墨子之守〔6〕，萦带为垣，高不可登；折箸为械，坚不可入。若乃距阳平，据石门，摅八阵之列[7]，骋奔牛之权[8]，焉肯土崩鱼烂哉[9]！设令守无巧拙，皆可攀附，则公输已陵宋城，乐毅已拔即墨矣。墨翟之术何称？田单之智何贵？老夫不敏，未之前闻。

【注释】

〔1〕下愚：指鬼方。

〔2〕孙田墨氂（lí）：孙膑、田单、墨子、禽滑氂，孙、田两人是军事家，后两位也有拒敌的谋略。

〔3〕三仁：指商纣王的微子、箕子、比干。

〔4〕宫奇：即宫之奇，春秋时虞国大夫。

〔5〕季梁：春秋时期随国大夫，他辅助随侯治国，使随国成为汉东大国。

〔6〕墨子之守：墨子与公输般虚设攻防，迫使公输般和楚王放弃攻宋计划。

〔7〕摅（shū）：张开。

〔8〕奔牛之权：乐毅攻齐时，被齐国大将田单用火牛阵打败。

〔9〕土崩鱼烂：比喻溃败不可收拾。

【译文】

由此看来，张鲁本来就比不上鬼方等蛮夷，那么中等才能者扼守汉中，也不会出现这个局面的道理是很明显的。中等才能者扼守汉中不会出现这个局面，而来信认为敌人罪恶滔天，即使有孙武、田单、墨子、禽滑氂也不能挽救他们的失败，对此我又有疑惑了。为何呢？古代出兵打仗，敌人的国家即使出现动乱，但如果还有贤明的人，那么就不能出兵攻打。所以商朝的微子、箕子、比干在还没有离开商朝时，周武王就调回军队；宫之奇还在虞国时，晋国就不征讨；随国贤臣季梁还在，强楚侵伐的阴谋就被挫败。等到这些贤人离朝或被罢免后，这三个国家就成了废墟。这说明国家如果没有道义但还有贤人，那国家还可以挽救。再说墨子的防守，解下腰带作城墙，就高不可攀；折断筷子作兵械，就坚固得难以攻进。如果他们距守阳平关，占据石门谷，摆开八阵，采用田单火牛阵败燕的谋略，那汉中又怎么能溃败破灭呢！如果说防守没有精巧拙劣的区别，进攻的人都可以攀援而上，那公输般早已攻下宋国的城池，乐毅早就占领即墨了。墨子的战术有什么可称道？田单的谋略有什么可贵？我愚笨，以前没有听说过。

盖闻过高唐者〔1〕，效王豹之讴〔2〕；游睢涣者〔3〕，学藻缋之采〔4〕。间自入益部〔5〕，仰司马杨王遗风〔6〕，有子胜斐然之志〔7〕，故颇奋文辞，异于他日。怪乃轻其家丘〔8〕，谓为倩人，是何言欤？夫绿骥垂耳于林坰〔9〕，鸿雀戢翼于污池，亵之者固以为园囿之凡鸟，外厩之下乘也。及整兰筋〔10〕，挥劲翮，陵厉清浮，顾盼千里，岂可谓其借翰于晨风，假足于六驳哉〔11〕！恐犹未信丘言，必大噱也。洪白。

【注释】

〔1〕高唐：地名，据说春秋时齐国善歌者绵驹居住于此。

〔2〕王豹：春秋时卫国人，擅长唱歌。

〔3〕睢（suī）涣：襄邑南出涣水，北出睢水。其地所产织锦秀彩特出。

〔4〕藻缋：彩色绣纹。

〔5〕益部：成都。

〔6〕司马杨王：司马相如、杨雄、王褒。

〔7〕子胜：其人不详。李善认为子胜是战国时期的告子。　斐然之志：发奋创作的志向。

〔8〕家丘：孔丘的西邻不知孔丘的才学出众，蔑称为“东家丘”。

〔9〕绿骥：骏马名。　林坰：郊野。

〔10〕兰筋：马眼上部的筋名。这是骏马的代称。

〔11〕六驳：长得像马的野兽，能吃虎豹。

【译文】

听说经过高唐的人，都模仿王豹唱歌；游历睢涣的人，都学习丝织品的纹彩。近来我进入益州，仰慕司马相如、杨雄、王褒这些文人留下的风采，就有了发奋创作的志向，因此努力讲究文辞藻饰，已经跟以前不同。也难怪您看不起我，说我请人回信，这是什么话啊？骏马在野外的山林里垂头丧气，大鸟在污池边收起翅膀，轻视它们的人固然认为是困在园林中的普通鸟，养在马厩中的劣马。等到骏马竖起眼睛上的筋，飞鸟挥动强劲的翅膀，高翔于天空，驰骋千里，怎能说大鸟是借了猛禽晨风的羽毛，骏马是借了野兽六驳的劲腿呢！恐怕您还不相信我的话，肯定会大笑我的。曹洪陈述。

（译注：陈丕武）

文选卷第四十二

书中

为曹公作书与孙权　阮元瑜（阮瑀）

【题解】

阮瑀（约165—212），字元瑜，东汉末陈留（今河南开封市）人。为曹操司空军谋祭酒、管记室，官至仓曹掾属。善章表书记，为“建安七子”之一。《三国志·魏书》有传。本文是赤壁之战后，阮瑀代曹操写给孙权的一封征讨檄文，对孙权威逼恐吓，敦促其将功补过，勿失弃刘归曹的良机。

离绝以来，于今三年，无一日而忘前好。亦犹姻媾之义，恩情已深；违异之恨，中间尚浅也。孤怀此心，君岂同哉！每览古今所由改趣，因缘侵辱，或起瑕衅〔1〕，心忿意危〔2〕，用成大变。若韩信伤心于失楚〔3〕，彭宠积望于无异〔4〕，卢绾嫌畏于已隙〔5〕，英布忧迫于情漏〔6〕，此事之缘也。孤与将军，恩如骨肉，割授江南，不属本州，岂若淮阴捐旧之恨。抑遏刘馥〔7〕，相厚益隆，宁放朱浮显露之奏〔8〕。无匿张胜贷故之变，匪有阴构贲赫之告，固非燕王淮南之衅也〔9〕。而忍绝王命，明弃硕交〔10〕，实为佞人所构会也〔11〕。夫似是之言，莫不动听，因形设象，易为变观。示之以祸难，激之以耻辱，大丈夫雄心，能无愤发。昔苏秦说韩，羞以牛后[12]，韩王按剑作色而怒，虽兵折地割，犹不为悔，人之情也。仁君年壮气盛，绪信所嬖[13]，既惧患至，兼怀忿恨，不能复远度孤心，近虑事势，遂赍见薄之决计[14]，秉翻然之成议[15]。加刘备相扇扬，事结衅连[16]，推而行之。想畅本心，不愿于此也。

【注释】

〔1〕瑕衅（xiá xìn）：细小的过错、征兆。

〔2〕意危：情意不安。

〔3〕“韩信”句：韩信被封为楚王，但在陈豨造反时，派人与陈豨联系，相约起事。

〔4〕“彭宠”句：光武帝至蓟，接见彭宠。彭宠认为接待的礼节不高，所以心生不满。　望：怨。　无异：指没有得到特殊接待。

〔5〕“卢绾（wǎn）”句：陈豨谋反，卢绾派使臣张胜出使匈奴，张胜与原燕王臧荼的儿子臧衍密谋劝卢绾叛汉自立。

〔6〕“英布”句：英布因彭越被刘邦所杀，便私下聚兵以防不测。后被贲赫告发，于是杀贲全家，举兵叛汉。情漏，情报泄漏。

〔7〕刘馥：东汉沛国人。曹操征讨袁绍时，拜他为扬州太守。

〔8〕朱浮：东汉沛国人。光武帝时拜幽州牧，告发彭宠大量购买兵器，企图谋反。

〔9〕衅：罪过。

〔10〕硕交：坚如磐石的交情或朋友。

〔11〕佞人：善于花言巧语，阿谀奉承的人。　构会：设计陷害。

〔12〕“昔苏秦”二句：战国时苏秦主张联合山东六国共同对抗秦国。曾以“宁为鸡口，不为牛后”来刺激韩王。牛后，牛的肛门，比喻处于从属地位。

〔13〕绪信：依从信赖。　嬖（bì）：宠爱。

〔14〕赍（jī）：怀抱。　见薄：见识浅短。

〔15〕翻然：迅速转变的样子。

〔16〕疊连：争端相连。

【译文】

我们断绝往来之后，到现在已有三年，我没有一天忘记以前的交情。也因为我们两家有姻亲的情义，恩情已经很深；而志向不同的遗憾，彼此之间还是比较浅的。我有这份心意，你哪有不同啊！每每看到古今人们改变志向的原因，有些是因为侵犯侮辱，有的是源于隔阂争端，心中怨怒忿恨，因此造成巨大的变故。如韩信在失掉楚王这个爵位后伤心，彭宠因为没有得到光武帝的特殊礼遇而怨恨，卢绾因派使者入匈奴被怀疑反叛而畏惧，英布因聚兵戒备之事暴露而忧虑祸患迫近，这是事情发生变乱的原因。我与你，恩情如亲人一样，我割让江南，不再属扬州管辖，你难道会像淮阴侯韩信失去楚王爵位一样的怨恨吗？抑阻刘馥伐吴的请求，使我们的情谊更加深厚，你难道会采纳像朱浮揭露彭宠谋反一样的奏议吗？你没有像卢绾隐藏张胜勾结匈奴反汉的事情，也没有像贲赫秘密罗织英布谋反的告发，我们之间的隔阂本来就不是燕王卢绾和淮南王英布谋反那样的矛盾。而你忍心断绝天子之命，公然抛弃深厚的友谊，确实是奸佞的人在其中挑拨的。似是而非的话，没有不好听的，根据外形来设置假象，很容易改变人们对事情的看法。以灾难相告，用耻辱相激，大丈夫的雄心壮志，怎能不被激发出来？过去苏秦游说韩国抗秦，以作牛后为耻辱相激，韩王举剑变色发怒，即使国家损兵割地，仍不后悔，这是人之常情。你年轻气盛，听信宠臣，既怕祸害，又心怀忿恨，远不能揣度我的心意，近不能思虑事势的变化，于是怀有与我决绝的决心，秉持与我绝交的主张。再加上刘备鼓动诱惑，战祸灾难接连不断，导致你反叛朝廷。推想你原来的心意，并不希望这样。

孤之薄德，位高任重，幸蒙国朝将泰之运[1]，荡平天下，怀集异类[2]，喜得全功，长享其福。而姻亲坐离[3]，厚援生隙[4]，常恐海内多以相责，以为老夫苞藏祸心[5]，阴有郑武取胡之诈[6]，乃使仁君翻然自绝。以是忿忿，怀慚反侧，常思除弃小事，更申前好，二族俱荣，流祚后嗣[7]，以明雅素中诚之效。抱怀数年，未得散意。昔赤壁之役，遭离疫气，烧舡自还，以避恶地，非周瑜水军所能抑挫也[8]。江陵之守，物尽谷殚，无所复据，徙民还师，又非瑜之所能败也。荆土本非己分[9]，我尽与君，冀取其馀，非相侵肌肤，有所割损也。思计此变，无伤于孤，何必自遂于此，不复还之。高帝设爵以延田横[10]，光武指河而誓朱鲔[11]，君之负累[12]，岂如二子？是以至情，愿闻德音[13]。

【注释】

〔1〕将泰之运：好运。

〔2〕怀集：怀柔安集。

〔3〕坐离：因此离异。

〔4〕厚援：强大的援助。　生隙：产生嫌隙或事端。

〔5〕苞藏祸心：心里隐藏着坏主意。“苞”通“包”。

〔6〕郑武取胡：郑武公想讨灭胡人，为了隐藏自己的意图，就把女儿嫁给胡人的首领，甚至杀掉了知道他的企图的大夫关其思。

〔7〕流祚：赐福。

〔8〕周瑜：字公谨，三国吴人。他联合刘备，大败曹操于赤壁。

〔9〕分：命运、机缘。

〔10〕田横：战国时齐国田氏后代。刘邦称帝以后，被诱降，因不能忍受屈居人下之辱而自杀。

〔11〕“光武”句：朱鲔（wěi）因曾参与诛杀光武帝的哥哥刘演，所以被光武帝攻打时不敢投降。光武帝指河水发誓，不追究朱鲔过往的罪过。

〔12〕负累：过错，罪过。

〔13〕德音：善言，用以对别人言辞的敬称。

【译文】

我德行浅薄，职位高责任重，幸好遇到国家将有安泰的国运，我能平定天下，感召夷狄来归附，很高兴实现了全部的目标，能够长久地享受幸福。但你我的姻亲无故离绝，坚强的后援出现嫌隙，常常担心天下人多因此责备我，认为我隐藏害人之心，暗中有郑武公取胡人的阴谋，于是使你改变心意跟我断绝往来。因此，我心中愤然不平，内心惭愧不安，总想着抛弃嫌隙，重新修复两家原来的恩情，使我们两家共同繁荣，把福祚留给后代，用来表明我平素真挚的诚意。有此念想多年了，都没有机会倾诉。以前赤壁之战，我们遭遇瘟疫，烧掉战船回军，以离开险恶的南方，并不是周瑜的水军所能够挫败的。曹仁留守江陵，物尽粮绝，不好据守，迁走百姓撤回军队，也不是周瑜所能打败的。荆州本来不是我应得的辖地，我都交给你，只希望能取得荆州以外的地盘，这对我来说并不是侵害肌肉皮肤，有所割损。我想这个变故，对我没有损伤，我何必要占领荆州，不把它还给你呢？汉高祖用侯爵来延请田横，光武帝对着河水发誓不负朱鲔，你所背负的罪责，哪里比得上这两人呢？因此我用最真挚的情意，希望得到你的回音。

往年在谯，新造舟舡，取足自载，以至九江，贵欲观湖漅之形，定江滨之民耳，非有深入攻战之计。将恐议者大为己荣[1]，自谓策得，长无西患，重以此故，未肯回情。然智者之虑，虑于未形；达者所规，规于未兆。是故子胥知姑苏之有麋鹿[2]，辅果识智伯之为赵禽[3]。穆生谢病，以免楚难[4]；邹阳北游，不同吴祸[5]。此四士者，岂圣人哉？徒通变思深，以微知著耳。以君之明，观孤术数[6]，量君所据，相计土地，岂势少力乏，不能远举，割江之表，宴安而已哉？甚未然也！若恃水战，临江塞要，欲令王师终不得渡，亦未必也。夫水战千里，情巧万端〔7〕。越为三军，吴曾不御；汉潜夏阳，魏豹不意〔8〕。江河虽广，其长难卫也。

【注释】

〔1〕己荣：坐视别人的动乱，以此作为自己的光荣。

〔2〕“是故”句：伍子胥曾对吴王夫差说看见麋鹿游姑苏台了，意为预见吴国将亡。子胥，伍员（yún），字子胥，春秋时楚国人。他辅佐吴王阖闾伐楚，又助夫差打败越国，后被赐死。

〔3〕“辅果”句：智伯会同韩、魏两家伐赵，攻晋阳。赵派使者联络韩魏，秘密在晋阳谈判。智果告知智伯二君将叛，智伯不听，智果改名辅果逃走，智伯果被赵活捉。辅果，即智果，春秋时晋国大夫。智伯，即智瑶，春秋时晋国执政大臣。

〔4〕“穆生”二句：西汉高帝时楚元王的门客，楚王戊设宴时忘记给他备酒，他因此称病离开了楚国。后来楚王同吴王勾结谋反失败，在职者被诛，穆生免于被害。

〔5〕邹阳：景帝时，游吴王刘濞门下，曾上书规劝吴王不要起兵造反，不被采纳，就离开吴王北游。刘濞谋反失败，邹阳免于祸。

〔6〕术数：治国的方法和谋略。

〔7〕情巧：情况与机变。

〔8〕魏豹：战国时魏国公子，项羽破秦后，立为魏王，后被韩信设计虏获。

【译文】

早年在谯，新建造的船只，只是用来自己乘坐载物，去九江，主要想看看濼湖的形胜，稳定江边的百姓，并没有深入攻占的计划。就怕你的谋臣为一己之利，以为他们的计策得当，永远没有西方的威胁，又因此之故，不能归顺朝廷。然而聪明人的谋划，谋划在危机未出现之前；贤达者的规划，规划在没有征兆之前。所以伍子胥见麋鹿在姑苏台出没而推知吴国必亡，智果因智伯不采纳谏言而预知智伯被赵国攻灭。汉人穆生托病离开楚国，免遭楚王谋反被诛的祸患；邹阳离开吴国去北投奔梁王，没有跟吴王一同遇难。这四个人，难道是圣人吗？只是他们懂得顺应时势头脑清醒，由隐微的征兆而推知事物的发展趋势罢了。以你的聪明，看我的谋略，估量你所占据的土地，比较一下我的地盘，难道是我的势力薄弱，不能远征，割让江南，贪图安乐吗？绝对不是这样的！若你想凭借海战，占据江河险要，迫使朝廷军队不能渡江，这也未必能做到。在广阔的水面上打仗，战事的变化复杂难料。越国出动三军，竟使吴国不能抵挡；汉兵从夏阳渡军突袭，魏王豹出乎意料。江河虽然广阔，但太长而难于守卫。

凡事有宜，不得尽言，将修旧好而张形势，更无以威胁重敌人。然有所恐，恐书无益。何则？往者军逼而自引还，今日在远而兴慰纳〔1〕，辞逊意狭，谓其力尽，适以增骄，不足相动，但明效古，当自图之耳。昔淮南信左吴之策〔2〕，汉隗嚣纳王元之言〔3〕，彭宠受亲吏之计〔4〕，三夫不寤，终为世笑。梁王不受诡胜〔5〕，窦融斥逐张玄〔6〕，二贤既觉，福亦随之。愿君少留意焉。若能内取子布〔7〕，外击刘备，以效赤心，用复前好，则江表之任，长以相付，高位重爵，坦然可观。上令圣朝无东顾之劳，下令百姓保安全之福，君享其荣，孤受其利，岂不快哉！若忽至诚以处侥幸，婉彼二人〔8〕，不忍加罪，所谓小人之仁，大仁之贼，大雅之人，不肯为此也。若怜子布，愿言俱存，亦能倾心去恨〔9〕，顺君之情，更与从事，取其后善。但禽刘备，亦足为效。开设二者，审处一焉〔10〕。

【注释】

〔1〕慰纳：安抚招纳或接纳。

〔2〕“昔淮南”句：淮南王刘安于武帝时举兵谋反，日夜与谋士左吴

谋划。

〔3〕“隗（kuí）嚣”句：王莽末年，隗嚣听信手下大将王元的话，拥兵割据。

〔4〕“彭宠”句：彭宠听从他的亲信之言而怨恨朱浮。

〔5〕“梁王”句：梁孝王刘武，吴、楚叛乱时，他立下大功。后因袁盎反对立他为太子，所以与谋士公孙诡和羊胜谋划刺杀袁盎等人。

〔6〕“窦融”句：光武帝即位后，窦融拒绝了隗嚣的辩士张玄游说他拥兵自立的主张，归顺光武帝。

〔7〕子布：张昭，字子布，三国吴人。孙策死后，受命辅佐孙权。

〔8〕婉：亲近，宠爱。

〔9〕倾心：诚心诚意。

〔10〕审处：审慎处理。

【译文】

凡事都有合理的对策，不能一一叙说，我将修复我们两家的关系而且向你摆明情况，不能用威重来胁迫敌人。但又有顾虑，担心写信无用。为什么呢？以往两军相峙而我引军而退，现在远离江东反而写信慰问，言辞谦逊情意真挚，感觉是我实力已经耗完，这反而增加你的骄横，书信虽然不足以打动你，但你如果明白效法古人的道理，你就应该自己考虑。过去淮南王听信左吴的计策谋反，隗嚣采纳王元的建议作乱，彭宠接受宠吏的计谋，这三个人都不醒悟，结果被世人耻笑。梁孝王不包庇公孙诡和羊胜，窦融斥责驱逐隗嚣的辩士张玄，二位贤人觉悟之后，福运也跟着降临了。希望你稍加留意吧。如果你对内能消灭张昭，对外能抗击刘备，以表明你对朝廷的诚意，因此恢复以前的交情，那么江南的重任，就可以永久地交给你，你获得高官厚爵，是明显可以期待的。对上可以让朝廷没有顾念东吴的忧虑，对下可以让百姓保全安定幸福，你享受荣耀，我也从中得到好处，这不是很快乐的吗！如果你放弃我的真诚而心存侥幸，亲近张昭刘备，不忍心降罪，这就是所谓的对小人仁慈，就是对大仁的损害，贤达君子，是不会这么做的。如果怜惜张子布，希望与他共存，我也能真心消除内心的旧恨，顺从你的心意，甚至让他跟你共事，看他后来的立功表现。只要擒拿刘备，也足以报效朝廷。设置这两个条件，你谨慎选择其中一个吧。

闻荆杨诸将，并得降者，皆言交州为君所执〔1〕，豫章距命〔2〕，不承执事〔3〕，疫旱并行，人兵减损，各求进军，其言云云。孤闻此言，未以为悦。然道路既远，降者难信，幸人之灾〔4〕，君子不为。且又百姓国家之有，加怀区区〔5〕，乐欲崇和〔6〕，庶几明德〔7〕，来见昭副〔8〕，不劳而定，于孤益贵。是故按兵守次，遣书致意。古者兵交〔9〕，使在其中，愿仁君及孤虚心回意，以应诗人补衮之叹〔10〕，而慎《周易》牵复之义〔11〕。濯鳞清流〔12〕，飞翼天衢，良时在兹，勖之而已。

【注释】

〔1〕交州：孙辅，三国吴人，任交州刺史，因与曹操通谋，被孙权拘囚。

〔2〕“豫章”句：孙策开拓江东时，扬州刺史刘繇坚守豫章，拒不归顺。

〔3〕执事：对对方的敬称。

〔4〕幸人之灾：庆幸别人遇到了灾祸。

〔5〕区区：方寸，指人的心。

〔6〕崇和：修好，亲善友好。

〔7〕明德：才德兼备的人。

〔8〕昭副：昭然可居第二位。

〔9〕兵交：兵器相接，指交战。

〔10〕补衮（gǔn）：语出《诗·大雅·烝民》：“衮职有阙，维仲山甫补之。”指补救规谏帝王的过失。

〔11〕牵复：语出《易·小畜》：“牵复在中，亦不自失也。”指牵引回

复正道。

〔12〕濯鳞：像鱼那样遨游。

【译文】

听说荆州扬州的诸多将领，收容过从吴过来的投降者，都说交州刺史孙辅被你执获，扬州刺史刘繇退守豫章，不为你办事，瘟疫干旱同时发生，百姓士兵减少，荆扬二州将领都要求我进军相助，他们这么说很多次了。我听了这些话，觉得不高兴。但路途遥远，投降者说的话也难相信，在别人遇到灾祸时感到高兴，君子不会这么做。再者百姓是国家的，给他们真诚的关怀，喜爱亲善和睦，期待贤明仁德，来朝相见并辅佐汉室，不用劳动士民就能安定江南，对我来说更重要。所以停兵驻扎，写信表意。古代发生战争，使者可以在两军之间来回奔走，希望你跟我都能开阔心胸改变主意，以应和诗人抒发对仲山甫补救朝廷过错的赞美，思考《周易》所说的被牵引而返回正道的道理。到清澈的水流中遨游，在高阔的天空中翱翔，最好的时机就是现在了，努力吧。

与朝歌令吴质书 魏文帝（曹丕）

【题解】

此信写作者对吴质的思念之情，又回忆了曾与朋友畅游南皮、论诗书之乐，表达了对朋友的珍惜之情。

五月十八日，丕白：季重无恙〔1〕。途路虽局〔2〕，官守有限，愿言之怀〔3〕，良不可任。足下所治僻左〔4〕，书问致简，益用增劳〔5〕。每念昔日南皮之游〔6〕，诚不可忘。既妙思六经〔7〕，逍遥百氏〔8〕；弹棋闲设〔9〕，终以六博〔10〕，高谈娱心，哀筝顺耳。驰骋北场，旅食南馆〔11〕，浮甘瓜于清泉，沉朱李于寒水。白日既匿，继以朗月，同乘并载，以游后园，舆轮徐动，参从无声，清风夜起，悲笳微吟，乐往哀来，怆然伤怀。余顾而言，斯乐难常，足下之徒，咸以为然。今果分别，各在一方。元瑜长逝[12]，化为异物，每一念至，何时可言！

【注释】

〔1〕季重：吴质，字季重，三国魏人。以文才为曹丕所善。

〔2〕局：近。

〔3〕愿言：思念殷切。

〔4〕僻左：指偏僻之地。

〔5〕增劳：增加忧愁。

〔6〕南皮之游：曹丕与友人吴质等人常在南皮欢聚。

〔7〕妙思：认真思考。妙，通“眇”，深远。

〔8〕逍遥：斟酌，玩味。

〔9〕弹棋：中国古代的游戏之一。

〔10〕六博：中国古代一种掷采下棋的比赛游戏。

〔11〕旅食：很多人一起宴饮。　南馆：指接待宾客的处所。

〔12〕元瑜：阮瑀，字元瑜，三国魏人。为建安七子之一。

【译文】

五月十八日，曹丕谨启：季重身体安康。路途虽近，但职守有限制不能相聚，思念的心情，确实不能忍受。您治理的地方遥远偏僻，书信问候难以得见，更增添忧愁。每每想起过去在南皮游玩的情景，真的难以忘怀。既能深入思索六经的精妙，愉快阅读百家典籍；闲暇时对弈弹棋，最后又玩六博；高雅的谈论让人开心，哀婉的筝乐听来顺耳。在北场驰骋骑射，在南馆开宴豪饮；甘甜的瓜果浮在清澈的泉水上，鲜红的李子浸在冷水中。太阳落山后，又升起明月，车骑相连，同游后园，车轮慢慢转动，随从寂然无声，清风随夜色吹送，悲凉的胡笳若隐若现，快乐消失哀伤出现，让人悲伤。我回头说，这种快乐不常有，您和他们，都认为是这样的。现在果真分别，各在一处。元瑜已死，变作鬼魂，每次一想起这些，不知什么时候才能与您叙说！

方今蕤宾纪时[1]，景风扇物[2]，天气和暖，众果具繁。时驾而游，北遵河曲，从者鸣笳以启路[3]，文学托乘于后车[4]。节同时异，物是人非，我劳如何！今遣骑到邺，故使枉道相过。行矣自爱。丕白。

【注释】

〔1〕蕤（ruí）宾：指农历五月。

〔2〕景风：南风。　扇物：吹拂万物。

〔3〕鸣笳：吹奏笳笛。

〔4〕托乘：古代天子车驾出行，文学侍从之臣陪乘后车侍宴游以备顾问。

【译文】

现在又是五月了，南风吹拂万物，天气和暖，所有的水果都长满枝头。我趁机驾车出游，沿着河曲向北巡游，随从鸣笳开路，文学的车马跟在车后。节令相同而时日不同，景物相似而随从已变，我的忧愁如何排遣！现在派使者到邺都，所以让使者绕道探望您。勤勉于政务之际自己珍重。曹丕谨启。

与吴质书　魏文帝（曹丕）

【题解】

本文作于建安二十三年，作者在信中追忆与诸子游宴的情景，对他们相继亡故表示无限哀悼，评价诸子才学文章的优长与不足，并表示对老友的慰问与思念之意。

二月三日，丕白：岁月易得，别来行复四年。三年不见，《东山》犹叹其远[1]，况乃过之，思何可支[2]！虽书疏往返，未足解其劳结[3]。

【注释】

〔1〕东山：《诗经》篇名，古人认为是周公东征的诗歌，表达战士思念家乡以及胜利归来的喜悦心情。

〔2〕支：支持。

〔3〕劳结：郁结于心的思念之情。

【译文】

二月三日，曹丕谨启：时间过得真快，我们分别又快四年了。三年不能相见，《东山》诗里的士兵都感慨分别太久，何况又超过三年，思念之情怎么能受得了！即使有书信来往，也不足以排解我的忧愁。

昔年疾疫，亲故多离其灾[1]，徐、陈、应、刘[2]，一时俱逝，痛可言邪！昔日游处，行则连舆[3]，止则接席[4]，何曾须臾相失。每至觞酌流行，丝竹并奏，酒酣耳热，仰而赋诗，当此之时，忽然不自知乐也。谓百年己分[5]，可长共相保。何图数年之间，零落略尽，言之伤心！顷撰其遗文，都为一集[6]。观其姓名，已为鬼录[7]。追思昔游，犹在心目，而此诸子，化为粪壤，可复道哉！

【注释】

〔1〕离：通“罹（lí）”。遭受。

〔2〕徐、陈、应、刘：指建安七子中的徐幹、陈琳、应玚、刘桢，他们都在建安二十二年（217）同染疾疫而亡。

〔3〕连舆：并车。

〔4〕接席：坐席相接。

〔5〕百年己分：活一百年是命定的机缘。

〔6〕都：总共。

〔7〕鬼录：死人的名簿。

【译文】

前年的瘟疫，亲人故旧大多遭受侵袭，徐幹、陈琳、应玚、刘桢，一下子都死了，让人痛心得说不出话来！以前出游相处，走路时车马并驾，休息时坐席相接，何曾有片刻分离。每当传杯饮酒，音乐响起，喝酒痛快，满脸通红，抬头诵诗，大家都沉浸在这样的欢乐中，恍惚间都不觉得这就是快乐。本以为能活百岁是我们应得的，大家都能永远在一起不分离。没想到几年间，这些好朋友都去世了，说起来都让人痛心！近来编定他们留下来的文章，总共有一集。看着他们的姓氏名字，但都已经变成死者的名录了。回忆以前一起游玩的情形，还历历在目，但这几个朋友，却已化成泥土，哪里还能再说啊！

观古今文人，类不护细行〔1〕，鲜能以名节自立。而伟长独怀文抱质〔2〕，恬惔寡欲，有箕山之志〔3〕，可谓彬彬君子者矣。著《中论》二十馀篇，成一家之言，辞义典雅，足传于后，此子为不朽矣。德琏常斐然有述作之意〔4〕，其才学足以著书，美志不遂，良可痛惜。间者历览诸子之文，对之抆泪，既痛逝者，行自念也。孔璋章表殊健〔5〕，微为繁富。公幹有逸气〔6〕，但未遒耳；其五言诗之善者，妙绝时人。元瑜书记翩翩〔7〕，致足乐也。仲宣续自善于辞赋，惜其体弱，不足起其文，至于所善，古人无以远过。昔伯牙绝弦于锺期，仲尼覆醢于子路〔8〕，痛知音之难遇，伤门人之莫逮。诸子但为未及古人，自一时之隽也。今之存者，已不逮矣。后生可畏，来者难诬[9]，然恐吾与足下不及见也。

【注释】

〔1〕细行：小节，小事。

〔2〕伟长：徐幹，字伟长，“建安七子”之一。　怀文抱质：形容人既文雅又符合礼法。

〔3〕箕山之志：相传许由得知尧帝想把天下让给他，他就归隐在箕山之下。

〔4〕德琏：应玚，字德琏，“建安七子”之一。

〔5〕孔璋：陈琳，字孔璋，“建安七子”之一。

〔6〕公幹：刘桢，字公幹，“建安七子”之一。

〔7〕元瑜：阮瑀，字元瑜，“建安七子”之一。　翩翩：形容风度或文采的优美。

〔8〕仲尼覆醢（hǎi）：孔子听说学生子路战死，被砍成肉酱，于是命人把家里的肉酱全倒掉，以示哀伤。也用以怀念师生间深厚的情谊。

〔9〕难诬：难以抹杀。

【译文】

考察古代和现在的文士，他们大都不拘小节，很少借名誉和节操作为立身之本的。而只有徐幹做到文才和德行兼具，淡泊无求，有隐士的志向，可以说是文雅而端庄的君子了。他写的《中论》二十多篇，是自成一家的著作，言辞义理有据而高雅，足以流传后世，他的名声思想应该是可以永存了。德琏文采出众且有著述的想法，他的才能也足以帮他达成愿望，但他的美好愿望没有实现，确实让人痛惜。我近来翻阅他们的文章，看后擦着眼泪，不仅是痛悼死去的朋友，也是由他们想到了自己。孔璋的章和表写得特别刚健有力，只是稍微有点繁缛。公幹的文章表现出脱俗的气质，就是还不够刚劲；他那些好的五言诗，神采精妙胜过当时人。元瑜的书和记文采富丽，让人看了就觉得开心。仲宣只擅长辞赋的创作，可惜他的风格稍弱，不能振起文章的气势，但说到他擅长的，古人也没超过他多少。以前伯牙在锺子期死后就不再弹琴，孔子听说子路死了就把肉酱倒掉，这是痛惜知音难遇，悲伤弟子中无人能及子路。这几个朋友只是比不上古人，但仍是这个时代的杰出人物。现在活着的人，已经比不上他们了。年轻人让人敬畏，后来者很难评价，但恐怕是我跟您都见不到他们的成就了。

年行已长大，所怀万端。时有所虑，至通夜不瞑〔1〕，志意何时复类昔日？已成老翁，但未白头耳。光武言年三十馀，在兵中十岁，所更非一〔2〕。吾德不及之，年与之齐矣。以犬羊之质〔3〕，服虎豹之文〔4〕，无众星之明，假日月之光，动见瞻观，何时易乎？恐永不复得为昔日游也。少壮真当努力，年一过往，何可攀援！古人思炳烛夜游〔5〕，良有以也。顷何以自娱？颇复有所述造不？东望于邑，裁书叙心〔6〕。丕白。

【注释】

〔1〕瞑：通“眠”，睡眠。

〔2〕更：经历。

〔3〕犬羊之质：狗和羊的身体。

〔4〕虎豹之文：虎豹的皮。

〔5〕炳烛夜游：点燃蜡烛在夜间行游，指人生短暂，应当及时行乐。炳，点燃。

〔6〕裁书：写信。

【译文】

年纪增大了，心中所想很多。时常有所思虑，就整夜睡不着，志向和情趣什么时候才能像以前一样闲逸呢？我已经变成老人家了，只是还没有白头罢了。光武帝说他三十多岁，在军中十年，经历的事情很多。我的德行比不上他，但年龄跟他差不多了。我只有像犬羊一样平庸的资质，却拥有着像虎豹一样威严的文采，没有众星的明亮，却拥有太阳月亮般的光亮。动辄被人拘管，什么时候才能自由啊！恐怕永远都不能像以前一样自在游玩了。年轻时的确应该努力，时间一旦过去了，还怎么能抓得住啊！古人总想着夜里也要点蜡烛去游玩，的确是有原因的。近来您有什么自得其乐的东西吗？还有创作吗？看着您所在的东方，心中忧伤，所以给您写信来倾诉衷肠。曹丕云。

与锺大理书　魏文帝（曹丕）

【题解】

这是作者写给锺繇的信，抒发了作者遇见美玉的喜悦心情。锺繇，字元常。颍川长社（今河南许昌长葛东）人。三国时期曹魏著名的书法家、政治家。曾任大理（掌刑法的官），故称。

丕白：良玉比德君子，珪璋见美诗人。晋之垂棘〔1〕，鲁之玙璠〔2〕，宋之结绿〔3〕，楚之和璞〔4〕，价越万金，贵重都城，有称畴昔，流声将来。是以垂棘出晋，虞虢双禽〔5〕；和璧入秦，相如抗节〔6〕。窃见玉书称美玉，白如截肪〔7〕，黑譬纯漆〔8〕，赤拟鸡冠，黄侔蒸栗，侧闻斯语，未睹厥状。虽德非君子，义无诗人，高山景行，私所仰慕。然四宝邈焉已远，秦汉未闻有良比也。求之旷年，不遇厥真，私愿不果，饥渴未副。

【注释】

〔1〕垂棘：春秋时晋国的地名，以产美玉著称。这里指代美玉。

〔2〕玙璠：美玉。

〔3〕结绿：美玉。

〔4〕和璞：和氏璧。

〔5〕虞虢双禽：晋国借道虞国以讨伐虢国，灭掉了虢国，还趁机灭掉了虞国。

〔6〕相如抗节：蔺相如带和氏璧出使秦国，又机智地使和氏璧完整回归赵国。

〔7〕截肪：切开的脂肪，比喻颜色和质地白润。

〔8〕纯漆：纯粹的黑色。

【译文】

曹丕曰：美玉被君子用来比喻高尚的道德，珪璋被诗人用来称赞和乐的品格。晋国的垂棘玉，鲁国的玙璠玉，宋国的结绿玉，楚国的和氏璧，价值超过万金，珍贵重于都城，称颂于古代，流名于后来。所以垂棘离开晋国，虞国虢国双双被灭；和氏璧送到秦国，蔺相如气节凛然。我私下里看到玉书称扬美玉，白玉像切开的脂肪，黑玉如纯黑的油漆，朱玉似鸡冠，黄玉如蒸熟的栗子，从别处听到这样的话，未亲眼见到它们的形状。我虽然没有君子的品格，没有诗人的旨趣，但对高尚的道德和贤明的品行，私下有所敬仰钦慕。但这四种玉离我们已经很久远了，秦汉以来就没听说有美玉可比。找了很多年，都没遇到真正的美玉，内心的愿望没有实现，渴望的心情没有得到满足。

近日南阳宗惠叔称君侯昔有美玦〔1〕，闻之惊喜，笑与抃会〔2〕。当自白书，恐传言未审，是以令舍弟子建因荀仲茂时从容喻鄙旨〔3〕。乃不忽遗，厚见周称〔4〕，邺骑既到〔5〕，宝玦初至，捧匣跪发〔6〕，五内震骇，绳穷匣开，烂然满目。猥以蒙鄙之姿，得睹希世之宝，不烦一介之使，不损连城之价，既有秦昭章台之观，而无蔺生诡夺之诳〔7〕，嘉贶益腆〔8〕，敢不钦承。谨奉赋一篇，以赞扬丽质。丕白。

【注释】

〔1〕宗惠叔：未详。

〔2〕笑与抃（biàn）会：拍手欢笑。

〔3〕子建：曹植，字子建，曹丕之弟。 荀仲茂：荀宏，字仲茂，当时为太子文学。

〔4〕周称：赞美。

〔5〕邺骑：因锺繇住在邺，所以从邺过来的使者称邺骑。

〔6〕跪发：这是敬词，指恭敬地打开。

〔7〕蔺生诡夺：蔺相如骗秦昭王说和氏璧上有小瑕疵，趁机把和氏璧夺回来。

〔8〕嘉贶（kuàng）：精美的礼物。 益腆：更加丰厚。

【译文】

最近南阳的宗惠叔说您以前有一块美玉，我听了之后很惊喜，边笑边拍手。本该亲自写信表明心意，又怕书信传言不能详尽，因此让我的弟弟子建通过荀仲茂，找机会慢慢向您陈述我的不情之请。您对这事竟没有轻忽遗忘，而是随付书信详言这块玉的种种情况。从邺都取玉的使者来到之后，宝玉刚来，我捧着玉匣跪起来打开，心中感到非常震惊，绳子解掉玉匣打开，美玉灿烂的色彩照亮眼睛。我这样蒙昧鄙陋的人，能看到这个世上少有的珍宝，不用劳烦一个使者，不用损失巨大的价格，不仅享有秦昭王在章台看玉之荣耀，而且没有被蔺相如用计夺宝的欺骗，美好的赠品非常丰厚，我怎敢不恭敬地接受。现恭敬地写上一篇书信，用来赞扬美玉。曹丕曰。

与杨德祖书 曹子建（曹植）

【题解】

这封写给杨修（字德祖）的信，主要写了曹植对建安七子的评价、文学批评的主张以及自己建功立业的期待之情。

植白：数日不见，思子为劳，想同之也。仆少小好为文章，迄至于今，二十有五年矣。然今世作者，可略而言也。昔仲宣独步于汉南，孔璋鹰扬于河朔[1]，伟长擅名于青土，公幹振藻于海隅，德琏发迹于此魏，足下高视于上京，当此之时，人人自谓握灵蛇之珠[2]，家家自谓抱荆山之玉[3]。吾王于是设天网以该之，顿八纮以掩之[4]，今悉集兹国矣。然此数子，犹复不能飞轩绝迹，一举千里。以孔璋之才，不闲于辞赋[5]，而多自谓能与司马长卿同风[6]，譬画虎不成，反为狗也。前书嘲之，反作论盛道仆赞其文。夫锺期不失听，于今称之。吾亦不能忘叹者，畏后世之嗤余也。

【注释】

〔1〕鹰扬：大展雄才。

〔2〕灵蛇之珠：隋侯珠。

〔3〕荆山之玉：和氏璧。

〔4〕八纮（hóng）：八方极远之地。　掩：遮盖。

〔5〕闲：通“娴”，娴熟。

〔6〕同风：格调、风格相同。

【译文】

曹植曰：几天不见，想您想得很痛苦，我想您的心情也跟我一样。我小时候就喜欢写文章，直到现在，已经有二十五年了。然而现在写文章的人，大致可以评论一下。以前王粲在荆州文采第一，陈琳在河北扬名，徐幹在北海享有美名，刘桢在宁阳显扬文采，应玚在许都立功扬名，您则傲视于京城。那个时候，人人都认为自己拿着隋侯珠，个个都觉得拥有和氏璧。我父亲在此时拿着天网来搜罗他们，振举网绳来招集他们，现在都已经把他们集中在这里了。但这几个人，还不能够像轻车一样快跑无踪，一走千里。以陈琳的才能，不擅长于辞赋，却常常自诩能与司马相如等同，他这种行为就好像想画老虎却画成狗一样。以前我曾写信笑他，他反而写文章吹嘘说我赞美他的文章。锺子期善于听音乐，到现在还被人称扬。我也不能胡乱赞扬别人，怕后人笑我。

世人之著述，不能无病。仆常好人讥弹其文，有不善者，应时改定。昔丁敬礼常作小文〔1〕，使仆润饰之，仆自以才不过若人〔2〕，辞不为也。敬礼谓仆：卿何所疑难，文之佳恶，吾自得之，后世谁相知定吾文者邪？吾常叹此达言，以为美谈。昔尼父之文辞〔3〕，与人通流〔4〕，至于制《春秋》，游夏之徒乃不能措一辞〔5〕。过此而言不病者，吾未之见也。盖有南威之容〔6〕，乃可以论其淑媛；有龙泉之利〔7〕，乃可以议其断割。刘季绪才不能逮于作者〔8〕，而好诋诃文章〔9〕，掎摭利病〔10〕。昔田巴毁五帝〔11〕，罪三王〔12〕，呰五霸于稷下〔13〕，一旦而服千人，鲁连一说〔14〕，使终身杜口。刘生之辩，未若田氏，今之仲连，求之不难，可无息乎！人各有好尚，兰茝荪蕙之芳，众人所好，而海畔有逐臭之夫〔15〕；《咸池》《六茎》之发〔16〕，众人所共乐，而墨翟有非之之论〔17〕，岂可同哉！

【注释】

〔1〕丁敬礼：丁廙（yì），字敬礼，东汉末沛人，曹植的朋友。

〔2〕若人：那个人，指丁廙。

〔3〕尼父：孔子，字仲尼，又称尼父。

〔4〕通流：流通交流。

〔5〕游夏：孔子的学生子游和子夏。

〔6〕南威：春秋时晋国的美女。

〔7〕龙泉：宝剑名，即龙渊。

〔8〕刘季绪：刘修，字季绪，荆州牧刘表的儿子。

〔9〕诋诃：诋毁，指责。

〔10〕掎摭（jǐ zhí）：指摘。

〔11〕田巴：战国时齐国的辩士。　五帝：上古传说中的五位帝王，一般指黄帝（轩辕）、颛顼（高阳）、帝喾（高辛）、唐尧、虞舜。

〔12〕三王：一般指夏禹、商汤、周文王。

〔13〕五霸：一般指春秋时代的齐桓公、晋文公、宋襄公、楚庄王、秦穆公。

〔14〕鲁连：鲁仲连，战国时齐国的游士。

〔15〕逐臭之夫：相传有个人奇臭无比，无法跟家人同住，只能独自住在海上。但有人喜欢他的臭味，天天追随他。

〔16〕《咸池》：古乐曲名，相传为尧乐。　《六茎》：古乐名，相传为颛顼所作。

〔17〕墨翟：墨子崇尚实用，认为音乐于国于民不利，所以他作《非乐》以反对从事音乐活动。

【译文】

现在人的文章，是很难做到没有毛病的。我经常喜欢别人批评我的文章，如果有不完美的地方，我就立刻改正。以前丁敬礼常写小文章，让我帮修改，我自己认为能力没有超过他，所以拒绝了。丁敬礼对我说：您有什么疑难的，文章的好坏，我自己知道，后来的读者有谁能知道并且能改定我的文章呢？我经常感叹这种通达的话，认为是美谈。以前孔子说的话语，能跟一般人交流，到了他写《春秋》时，子游、子夏他们却不能增减一字。除此之外而说自己文章没有毛病的，我还没有见到。大概是有南威的美貌，才可以谈美女；有龙泉的锋利，才可以论切割。刘季绪的才能不如作者，但喜欢指摘文章，挑剔毛病。以前田巴在齐国稷下诋毁五帝，指责三王，毁谤五霸，一天就说服上千人，鲁仲连一批驳，就使他一辈子都不敢开口议论了。刘季绪的辩驳能力，不如田巴，现在像鲁仲连一样的能人，却不难找到，能不停止这种评论了吗？人各有喜欢的东西，兰花、茝草、荪草、蕙草的芳香，是大家都喜欢的，但海边却有追逐臭味的人；《咸池》《六茎》这种音乐，是大家都喜爱的，但墨子却有排斥音乐的主张，哪里能要求大家都相同啊！

今往仆少小所著辞赋一通相与[1]。夫街谈巷说[2]，必有可采，击辕之歌[3]，有应风雅[4]，匹夫之思，未易轻弃也。辞赋小道[5]，固未足以揄扬大义[6]，彰示来世也。昔杨子云先朝执戟之臣耳[7]，犹称壮夫不为也。吾虽德薄，位为蕃侯[8]，犹庶几戮力上国，流惠下民，建永世之业，留金石之功[9]，岂徒以翰墨为勋绩，辞赋为君子哉！若吾志未果，吾道不行，则将采庶官之实录，辩时俗之得失，定仁义之衷，成一家之言。虽未能藏之于名山，将以传之于同好，非要之皓首，岂今日之论乎！其言之不惭，恃惠子之知我也。明早相迎，书不尽怀。植白。

【注释】

〔1〕一通：用于文章、文件、书信的数量。

〔2〕街谈巷说：街巷中的谈说议论，指不入大流的言语。

〔3〕击辕之歌：村夫野老敲打车辕中乐成声，这里指民歌。

〔4〕风雅：指《诗经》中的《国风》和《大雅》《小雅》。代指《诗经》。

〔5〕小道：与大道相对，指小技艺。

〔6〕揄扬：宣扬。　大义：大道理。

〔7〕执戟之臣：指宫廷侍卫官，因值勤时手持戟，所以称之。

〔8〕蕃侯：蕃王和侯王，指位高权重。曹植是皇室宗亲，曾封临淄侯、陈王。

〔9〕金石之功：把功业镌刻在钟鼎碑碣上，以使声名不朽。

【译文】

现在送给您一卷我少年时写的文章。街头巷尾的言谈，必定有可取的东西，粗野的人击辕而唱的歌曲，也有符合《风》《雅》大旨的。普通人的情思，不能轻易地忽略。文章是小技艺，本来也不能用来宣扬大道理，昭示未来。以前的扬子云只是汉朝的侍卫小臣，尚且宣称男子汉不屑于写辞赋。我虽然德业浅薄，只是侯王，但还是希望努力忠于朝廷，施惠百姓，建立永久的事业，留下不朽的功勋，怎么能把文章当作功绩，以文章成为君子啊！如果我的理想不能实现，我的想法不能推行，那我就采录真实的史料，辩正风俗的得失，确定仁义的要点，成为一家的言论。即使不能藏在名山，也将用来传给知音，如果不是您和我有终生为友的交情，我哪能发表这样的看法！我能够不惭愧地说这些话，仗恃的就是您能像惠子知庄周一样的了解我。明天早上迎接您，书信不能详尽地叙写我的情怀。曹植述。

与吴季重书 曹子建（曹植）

【题解】

这封信描写了作者与吴质（字季重）宴饮的欢乐，赞扬吴质的治理才能，表达了对吴质的思念之情。

植白：季重足下。前日虽因常调[1]，得为密坐[2]，虽燕饮弥日，其于别远会稀，犹不尽其劳积也。若夫觞酌凌波于前，箫笳发音于后，足下鹰扬其体，凤叹虎视[3]，谓萧曹不足俦[4]，卫霍不足侔也[5]。左顾右眄，谓若无人，岂非吾子壮志哉！过屠门而大嚼[6]，虽不得肉，贵且快意。当斯之时，愿举太山以为肉，倾东海以为酒，伐云梦之竹以为笛[7]，斩泗滨之梓以为筝，食若填巨壑，饮若灌漏卮[8]，其乐固难量，岂非大丈夫之乐哉！然日不我与，曜灵急节[9]，面有逸景之速[10]，别有参商之阔[11]。思欲抑六龙之首[12]，顿羲和之辔[13]，折若木之华[14]，闭濛汜之谷[15]。天路高邈，良久无缘，怀恋反侧，如何如何！

【注释】

〔1〕常调：正常的调动。

〔2〕密坐：靠近而坐，形容关系亲密。

〔3〕凤叹虎视：谈吐文雅，器宇轩昂。

〔4〕萧曹：萧何和曹参，他们分别是汉高祖和惠帝时的丞相。

〔5〕卫霍：卫青和霍去病，他们都是汉武帝的大将。

〔6〕过屠门而大嚼：经过杀猪场的门口时，做出大吃大嚼的样子。比喻心中羡慕而不能实现，只好用想象的办法来安慰自己。

〔7〕云梦：楚国的薮泽名，是楚王游乐的地方。

〔8〕漏卮（zhī）：底部有孔的酒器。

〔9〕曜（yào）灵：太阳。　急节：快速迁移。

〔10〕逸景：消逝的光阴。

〔11〕参（shēn）商：参星和商星。参星在西，商星在东，此出彼没，永不相见。

〔12〕六龙之首：六龙的头，传说太阳神所坐的车，以六龙牵引。

〔13〕羲和之辔：羲和是古代神话传说中的人物，驾御日车的神。

〔14〕若木：古代神话中的树名。

〔15〕濛汜：古代神话中的太阳休息的地方。

【译文】

曹植曰：季重足下，前些日子因常规的调动，我们有机会近距离地坐在一起，虽然宴饮终日，但是相比于我们之间经常远别且会面很少的情况来说，这种聚会还是不能排解我深切的思念。宴会上，前有美酒，后有箫笳音乐，您神气高扬英姿勃发，温婉如凤歌，威武似虎视，可以说萧何、曹参都不能跟您相比，卫青、霍去病都不能跟您相匹敌。志得意满，感觉周围没有人一般，这难道不是您的壮志吗？经过屠夫家的门口而张嘴大嚼，即使没有吃肉，重要的是自在快乐。那个时候，希望拿泰山当作肉，倒东海的水当作酒，砍云梦泽的竹子做成笛子，斩泗滨的梓木来做筝，吃东西像填充巨大的山谷，饮酒如灌注漏底的酒杯，其中的快乐固然难以衡量，这难道不是大丈夫的快乐吗！但时光不等我，太阳匆匆西行，见面如奔跑的影子一样快，离别像参星商星一样远。想按住驾日车的那六条龙的脑袋，拉住驾日车的羲和的缰绳，折断若木的树枝，关闭濛汜的谷口。无奈天路高远，一直没有机会相见，思念朋友辗转难眠，无奈啊无奈！

得所来讯，文采委曲，晔若春荣〔1〕，浏若清风〔2〕，申咏反复，旷若复面。其诸贤所著文章，想还所治，复申咏之也，可令憙事小吏讽而诵之。夫文章之难，非独今也。古之君子，犹亦病诸。家有千里，骥而不珍焉；人怀盈尺〔3〕，和氏无贵矣。夫君子而知音乐，古之达论〔4〕，谓之通而蔽〔5〕。墨翟不好伎，何为过朝歌而回车乎〔6〕？足下好伎，值墨翟回车之县，想足下助我张目也。

【注释】

〔1〕晔：光明灿烂。

〔2〕浏：轻风吹拂。

〔3〕盈尺：满一尺的珍宝。

〔4〕达论：通达的议论。

〔5〕通而蔽：贯通但又有不足。

〔6〕回车：墨子不喜欢音乐，所以遇到名为朝歌的县邑就调转车头。

【译文】

您的来信，文章风采曲折婉转，灿烂像春天的花朵，舒畅如清风的吹拂，反复诵读，心情开朗如同见面。其他诸位贤士所写的文章，想必您回到朝歌后，还会反复阅读，还可以让喜欢文章的下属背诵朗读。写文章不容易，不仅只有现在如此。古代的君子，也对作文感到困难。家里有千里马，骐骥这样的好马就不会珍惜了；每个人都有盈尺的玉，和氏璧就不珍贵了。君子不知晓音乐，按古代通达的看法，被认为是虽通达却有所蒙蔽的。墨子不喜欢歌舞，为什么经过朝歌而调转车头呢？您喜欢歌舞，刚好又在墨子调转车头的县里当官，所以希望您帮我宣传我的主张。

又闻足下在彼，自有佳政。夫求而不得者有之矣，未有不求而得者也。且改辙易行，非良乐之御〔1〕；易民而治，非楚、郑之政〔2〕，愿足下勉之而已矣。适对嘉宾，口授不悉。往来数相闻。曹植白。

【注释】

〔1〕良乐：赵国的王良和秦国的伯乐，王良是古代善驭马者，伯乐是古代善相马者。

〔2〕楚、郑：春秋时楚国孙叔敖、郑国子产，都是守法循理的好官吏。在他们的辅佐下，楚、郑两国都比较稳定。

【译文】

又听说您在那里，政绩很好。追求但得不到的情况是有的，不追求却能得到的情况是没有的。而且更换道路而行，不是王良伯乐驭马的作风；更换百姓来治理，也不是楚国孙叔敖和郑国子产的执政原则，希望您努力治理吧。正好面对嘉宾，口头的讲授不能详尽。希望彼此之间多来往以通音讯。曹植述。

答东阿王书 吴季重（吴质）

【题解】

此文委婉地陈述了自己深受曹氏厚恩之情，而他也志在报效君王，努力立业的期待。东阿王，曹植曾为东阿王。

质白：信到，奉所惠贶[1]。发函伸纸[2]，是何文采之巨丽，而慰喻之绸缪乎[3]！夫登东岳者，然后知众山之逦迤也；奉至尊者，然后知百里之卑微也。自旋之初，伏念五六日，至于旬时，精散思越[4]，惘若有失。非敢羡宠光之休[5]，慕猗顿之富[6]，诚以身贱犬马，德轻鸿毛[7]，至乃历玄阙[8]，排金门[9]，升玉堂，伏虚槛于前殿，临曲池而行觞。既威仪亏替，言辞漏渫[10]，虽恃平原养士之懿[11]，愧无毛遂耀颖之才[12]。深蒙薛公折节之礼[13]，而无冯谖三窟之效[14]。屡获信陵虚左之德[15]，又无侯生可述之美[16]。凡此数者，乃质之所以愤积于胸臆，怀眷而悁邑者也。

【注释】

〔1〕惠贶：称他人馈赠的敬词。

〔2〕发函伸纸：拆开封套，打开信纸。

〔3〕慰喻：解释宽慰。 绸缪（móu）：情意殷切。

〔4〕精散思越：心神散逸。

〔5〕宠光：恩宠光耀。

〔6〕猗（yī）顿：战国富商。

〔7〕德轻鸿毛：品德像鸿毛一样轻。

〔8〕玄阙：玄武阙，在未央宫北。

〔9〕金门：金马门，西汉学士待诏之处。

〔10〕漏渫：粗陋污秽。

〔11〕平原：平原君赵胜，战国四公子之一。他喜欢养士，门下食客有数千人。

〔12〕毛遂：平原君门下食客，他以尖锥放在麻袋中就会冒尖来作比喻，获得平原君的信任，从而跟随出使楚国，并且促成赵楚联盟抗秦。

〔13〕薛公：田文，战国四公子之一。袭父封爵，称薛公。他喜欢养士，食客众多。

〔14〕冯谖三窟：冯谖是孟尝君田文的门客，他通过收买薛地民心、使齐王重用孟尝君以及立齐宗庙于薛这三件事，为孟尝君营建“三窟”，使孟尝君在齐为相数十年而无祸。

〔15〕信陵虚左：信陵君魏无忌，战国四公子之一。他对家贫卑微的大梁夷门监者侯嬴非常尊重，带领车骑，把车上左边的位置空出来，亲自迎接侯嬴。

〔16〕侯生：侯嬴，魏国的隐士。

【译文】

吴质禀告：信使来到，得奉您的赐信。打开匣子摊开书信，文采是多么的华丽，而安慰劝勉之情又是多么的真挚深厚啊！登上东岳泰山的人，然后才能看到所有的山峰连绵起伏；事奉至尊的天子，然后才明白当百里小县令的人卑弱微小。自从回到朝歌后，思念相聚的愉悦有五六天，甚至有十天，精神恍惚，惘然若失。不敢羡慕恩宠和荣耀的福禄，仰慕巨商猗顿的富有，确实是因为我身份低贱如同狗马，道德轻浅如同鸿毛，竟能足历玄武殿，排列在金马门，登上玉堂，在前殿长廊旁的栏杆上倚靠，对着曲池中流走的酒杯喝酒。我不仅威仪有缺失，而且言语也有疏漏，虽然仗恃着您像平原君喜欢招养贤士般的美德，但我惭愧自己没有像毛遂脱颖而出的才华。深受您如孟尝君礼贤下士的礼遇，而我却没有像冯谖那样能谋划三窟的功劳，屡次获得您像信陵君空出车上左边尊位对待侯生的礼遇，可我又没有侯生那样可以言说的美德。这几个方面，就是我内心积聚愤懑，怀念古人而内心忧郁的原因。

若追前宴，谓之未究，倾海为酒，并山为肴，伐竹云梦，斩梓泗滨，然后极雅意，尽欢情，信公子之壮观，非鄙人之所庶几也。若质之志，实在所天。思投印释黻，朝夕侍坐，钻仲父之遗训〔1〕，览老氏之要言，对清酤而不酌，抑嘉肴而不享，使西施出帷，嫫母侍侧〔2〕，斯盛德之所蹈〔3〕，明哲之所保也。若乃近者之观，实荡鄙心。秦筝发徽〔4〕，二八迭奏〔5〕。埙箫激于华屋，灵鼓动于座右〔6〕。耳嘈嘈于无闻，情踊跃于鞍马。谓可北慑肃慎〔7〕，使贡其楛矢；南震百越〔8〕，使献其白雉；又况权、备，夫何足视乎！

【注释】

〔1〕仲父：孔子。

〔2〕嫫母：传说是黄帝的第四妃，样貌极丑。

〔3〕盛德：敬称有高尚品德的人。

〔4〕发徽：演奏音乐。

〔5〕二八：指舞者十六人。

〔6〕灵鼓：六面的鼓。

〔7〕肃慎：古代居于我国东北地区的民族。　楛矢：以楛木做杆的箭。

〔8〕百越：也作“百粤”，我国古代南方越人的总称。

【译文】

回想上次的宴饮，说是还不能尽兴，倒出海水当美酒，堆叠山峦为菜肴，砍伐云梦的竹子为笛，斩泗滨的梓木为筝，这样才能极尽美意，纵情欢乐，的确是公子您的大志，却不是我这个鄙陋的人所敢期待的。像我的志向，实在就是效命君王。想着放弃官位，早晚陪坐左右，研习孔子的儒家典籍，阅读老子的要言妙道，对着美酒却不饮，看着美味而不受用，让西施这样的美女离开内室，让嫫母这样的丑女随侍身旁，这是美德者的行为，明智者的操守。至于信中所述的宴会，确实能激荡我的鄙吝之心。秦地的古筝发出激越之音，十六人的舞蹈交替演奏。埙箫之乐激荡在华丽的房屋内，灵鼓之声振动在座席间。喧闹嘈杂之声充斥耳朵，欢乐踊跃之情如坐鞍马。可以说在北震慑肃慎小国，让他们进贡楛木箭；在南威震百越，使他们献上白色雉；何况是孙权、刘备，哪里值得重视呢！

还治讽采所著〔1〕，观省英玮，实赋颂之宗，作者之师也。众贤所述，亦各有志。昔赵武过郑〔2〕，七子赋诗，《春秋》载列，以为美谈。质小人也，无以承命。又所答贶，辞丑义陋，申之再三，赧然汗下。此邦之人，闲习辞赋，三事大夫〔3〕，莫不讽诵，何但小吏之有乎！

【注释】

〔1〕讽采：讽诵领会。

〔2〕赵武：也称赵文子，春秋时晋国人。他经过郑国时，得到郑伯的盛情款待，也得到郑国的七位贤士子展、伯有、子西、子产、子大叔、叔段、公孙段的赋诗颂扬。

〔3〕三事大夫：指三公，周以太师、太傅、太保为三公。

【译文】

我回到治所讽诵领会您写的文章，浏览精华，确实是辞赋颂文的祖宗，创作者的师表。其他贤士所写的文章，也表达了不同的志向。以前赵武访问郑国，郑国的七位贤士诵读的诗歌，《春秋》一一记录，被认为是美谈。我地位低微，没有文才以承君命。再说给您的回信，言辞拙劣，义理粗鄙，反复申述，脸红汗出。朝歌的士人，娴熟辞赋，三事大夫，没有不诵读您所赐的文章，哪里只有小吏才讽诵啊！

重惠苦言，训以政事，恻隐之恩，形乎文墨。墨子回车，而质四年，虽无德与民，式歌且舞[1]。儒墨不同，固以久矣。然一旅之众，不足以扬名，步武之间[2]，不足以骋迹，若不改辙易御，将何以效其力哉！今处此而求大功，犹绊良骥之足，而责以千里之任；槛猿猴之势，而望其巧捷之能者也。不胜见恤，谨附遣白答，不敢繁辞。吴质白。

【注释】

〔1〕“式歌”句：边唱歌，边跳舞，形容尽情欢乐。

〔2〕步武：很短的距离。

【译文】

您再给我的良言，以勤勉政事相训诫，怜悯的恩德，表现在文章中。墨子经过朝歌立马调头，而我在此已经四年，虽然没有恩德施予百姓，但仍能让他们载歌载舞。儒家崇尚音乐和墨家排斥音乐的主张，本来就有久远的历史了。不过只有五百人的小队，不足以立业扬名；只有几步的距离，不足以驰骋奔腾，如果不改路换人，那怎么表现他的能力呢！现我在这个小地方却想建立伟大的事业，这就好像用绳索牵绊良马的脚，却要求它能奔跑千里；用笼子禁锢猴子跳跃的力量，而期待它具备灵巧迅捷的本领。经受不起您厚重的恤爱之情，恭敬地呈送书信给您，不敢多说。吴质谨启。

与满公琰书　应休琏（应璩）

【题解】

此信表达了对满琰盛情款待自己的感激之情，又表明不能参与漳渠之会的遗憾。满炳，字公琰，登门看望应璩，第二天公琰又使人召请赴漳渠之会，应璩因事不能前往，遗书为报。

璩白：昨者不遗，猥见照临，虽昔侯生纳顾于夷门，毛公受眷于逆旅[1]，无以过也。外嘉郎君谦下之德，内幸顽才见诚知己，欢欣踊跃，情有无量。是以奔骋御仆，宣命周求，阳书喻于詹何[2]，杨倩说于范武[3]。故使鲜鱼出于潜渊，芳旨发自幽巷，繁俎绮错，羽爵飞腾，牙旷高徽[4]，义渠哀激[5]。当此之时，仲孺不辞同产之服[6]，孟公不顾尚书之期[7]。徒恨宴乐始酣，白日倾夕，骊驹就驾[8]，意不宣展，追惟耿介，迄于明发。

【注释】

〔1〕毛公：战国时的隐士，被信陵君仰慕，但他却不肯见信陵君。

〔2〕阳书：春秋时精于钓鱼之道的人。　詹何：楚国人，善于钓鱼。

〔3〕杨倩：古代精于卖酒之道的人。　范武：未详。

〔4〕牙旷：伯牙和师旷的并称。

〔5〕义渠：古代民族名。

〔6〕仲孺：灌夫，字仲孺，西汉颍川人。他在为姐服丧期间，仍希望能与田蚡去拜访窦婴。

〔7〕孟公：陈遵，字孟公，西汉人。他好客乐饮，即使宾客要对尚书言事，也不准离开。

〔8〕骊驹：纯黑色的马。

【译文】

应璩谨启：昨天承蒙您的厚爱，屈驾光临，即使以前侯生在夷门被信陵君拜访，毛公在客舍得到信陵君的眷顾，这种礼遇都没有超过我。外面我称颂您谦逊的品德，内心庆幸我这样愚钝却被您真诚相待且视为知己，我开心跳跃，情意无法形容。所以派遣仆役，宣示教令筹备，阳书晓喻詹何所钓的鱼，杨倩教导范武所酿的酒。所以使鲜鱼出于深水中，美酒出自深巷，几案纵横交错，酒杯往来传送，伯牙师旷之乐高亢急激，西戎义渠之乐哀伤激越。这个时候的快乐，正如灌夫不会因姐姐有丧事而推辞出席魏其侯的宴会，陈遵不顾与尚书相约汇报公务而纵情大醉。只是遗憾宴乐正浓时，太阳西斜，骊驹要走，情意不能抒发，想起来就觉得不安，一直到天亮都睡不着。

适欲遣书，会承来命，知诸君子复有漳渠之会。夫漳渠西有伯阳之馆[1]，北有旷野之望，高树翳朝云，文禽蔽绿水[2]，沙场夷敞，清风肃穆，是京台之乐也[3]，得无流而不反乎？适有事务，须自经营，不获侍坐，良增邑邑。因白不悉。璩白。

【注释】

〔1〕伯阳：老子，字伯阳。

〔2〕文禽：羽毛有文彩的鸟。

〔3〕京台：战国时楚国的高台。

【译文】

正想写信，刚好有使者送信来，知道各位君子又有漳渠聚会。漳渠西有老子庙，北有可望的旷野，高大的树木遮蔽朝云，有花纹的禽鸟覆盖着绿水，沙场平坦宽敞，清风凉爽舒适，这正是京台游玩之乐啊，能不乐而忘返吗？我刚好有公务，需要亲自处理，不能参加宴会，确实感到愁闷。因而不能详尽禀告。应璩谨启。

与侍郎曹长思书　应休琏（应璩）

【题解】

此信抒发了作者失意仕宦的苦闷以及对朋友的思念之情。

璩白：足下去后，甚相思想。叔田有无人之歌[1]，阛阓有匪存之思[2]，风人之作，岂虚也哉！

【注释】

〔1〕叔田：《诗经·叔于田》有“叔于田，巷无居人”句。

〔2〕阛阓（yīn dū）句：《诗经·出其东门》有“出其阛阓，有女如荼”句。　阛阓：城市街里。

【译文】

应璩谨启：您离开之后，我非常地想念。《叔于田》诗中有“巷无居人”的歌词，《出其东门》有“匪我思存”的思念，诗人的诗歌，哪里有虚假啊！

王肃以宿德显授[1]，何曾以后进见拔[2]，皆鹰扬虎视，有万里之望。薄援助者，不能追参于高妙，复敛翼于故枝，块然独处，有离群之志。汲黯乐在郎署[3]，何武耻为宰相[4]，千载揆之，知其有由也。德非陈平，门无结驷之迹[5]；学非杨雄，堂无好事之客[6]；才劣仲舒，无下帷之思[7]；家贫孟公，无置酒之乐[8]。悲风起于闺闼，红尘蔽于机榻。幸有袁生，时步玉趾，樵苏不爨，清谈而已，有似周党之过闵子[9]。

夫皮朽者毛落，川涸者鱼逝，春生者繁华，秋荣者零悴，自然之数，岂有恨哉！聊为大弟陈其苦怀耳。想还在近，故不益言。璩白。

【注释】

〔1〕王肃：魏文帝黄初时任散骑黄门侍郎。

〔2〕何曾：魏晋时人。他弱冠时就累迁散骑侍郎，给事黄门郎。

〔3〕“汲黯”句：武帝时，他被拜淮阳太守时，不愿到任，而是想继续为中郎。

〔4〕何武：汉成帝末年为御史大夫。

〔5〕“德非”二句：陈平没有出仕之前，家穷，但门前却有很多长者的车辙。

〔6〕“学非”二句：杨雄家贫好酒，当时有好事者带着酒肴跟他游学。

〔7〕“才劣”二句：指不能像西汉董仲舒放下帷幕讲学，专心致志。

〔8〕“家贫”二句：汉代陈遵，字孟公，嗜酒，常与宾客聚饮。“过寡妇左阿君，置酒歌呕，遵起舞跳梁，乐之”。

〔9〕周党：东汉人。王莽时，托病隐居。　闵子：闵贡，东汉人。家贫，每天只买一片猪肝，却不接受安邑令的馈赠。

【译文】

王肃因德高望重而被授予高官，何曾年纪轻轻就被提拔擢升，他们都如鹰飞扬、如虎威视，有远大的抱负。没有显贵的亲友相助的人，就不能追步在朝的权贵，只能留在故林中收敛翅膀，寂寥孤独栖居，有超脱人群的志向。汲黯喜欢留在郎署做中郎官，何武以做宰相为耻辱，千年之后再来揣测，知道他们这么做都是有原因的。我的德行不如陈平，门前没有车马相连的车辙；学问不如杨雄，家中没有喜欢世务的客人；才能不及董仲舒，没有放下帷幕专心研读学问的想法；家中比陈遵贫困，没有设宴待客的欢乐。秋风从内室飘起，尘埃落满几案床椅。幸好袁生，时常过来访问，砍柴做饭，只有清雅的谈吐而已，这种情形很像周党遇到闵贡。

皮腐朽毛发就会脱落，河流干涸鱼就会死，春天生长的植物逐渐繁荣茂盛，秋天茂盛的植物不久也会衰败凋零，这是自然的规律，怎么会有遗憾呢！姑且向大弟您倾诉我的苦闷心情罢了。想着回聚时日不远，所以不用多言。应璩谨启。

与广川长岑文瑜书 应休琏（应璩）

【题解】

这封信通过写祈雨之事，说明执政者应当反省施政的弊端，体恤农人。

璩白：顷者炎旱，日更增甚，沙砾销铄，草木焦卷，处凉台而有郁蒸之烦〔1〕，浴寒水而有灼烂之惨〔2〕。宇宙虽广，无阴以憩。《云汉》之诗〔3〕，何以过此？土龙矫首于玄寺〔4〕，泥人鹤立于阙里〔5〕，修之历旬，静无征效，明劝教之术，非致雨之备也。

【注释】

〔1〕郁蒸：闷热。

〔2〕灼烂：灼热而致伤，形容炎热难忍。

〔3〕《云汉》之诗：《诗经》中的诗，是周宣王因干旱而向上天求雨的祷词。

〔4〕土龙：用土制成的龙，古人用来求雨。　玄寺：求雨的道场。

〔5〕泥人：用泥捏成的人像，古人多用于求雨或祈晴。

【译文】

应璩谨启：近来天气炎热干旱，日复一日且更严重，沙石熔化，草木焦烂枯卷，在凉台上都有闷热的烦躁，泡在冷水中也有灼热致伤的痛苦。宇宙虽然广大，却没有阴凉的地方用来休息。《云汉》诗所写的苦热之状，怎么比得上呢？土制的龙形之物在道场上高举头颅，泥捏的人像在里巷如鹤直立，设置这些器物来求雨已有十天，但它们都很安静没有显示出下雨的征兆，可见这只是劝勉教化的办法，却不是求雨的措施。

知恤下人，躬自暴露，拜起灵坛，勤亦至矣。昔夏禹之解阳盱[1]，殷汤之祷桑林[2]，言未发而水旋流，辞未卒而泽滂沛。今者云重积而复散，雨垂落而复收，得无贤圣殊品，优劣异姿，割发宜及肤，翦爪宜侵肌乎？周征殷而年丰，卫伐邢而致雨，善否之应，甚于影响，未可以为不然也。想雅思所未及，谨书起予。应璩白。

【注释】

〔1〕“昔夏禹”句：指大禹曾为阳盱河解除水患。以疏导之法治理洪水。

〔2〕“殷汤”句：商汤在位时，天下大旱，他把自己当作祭品，到桑林中祈雨。

【译文】

官吏懂得体恤百姓，亲自站在烈日下，按顺序举行雩礼来求雨，勤勉劳苦到了极致。以前夏禹赤身为质站在阳盱河中祈求平息水患，商汤赤身到桑山之林中祈祷下雨以解干旱，夏禹的祷辞还没有说出水已改变流向，商汤的祝语没说完就大雨滂沱了。现在云层厚重但又散去，大雨将落却又收回，恐怕是执政者与古代圣贤不同类，祈祷的姿态各异，剪头发应触及皮肤，剪指甲应当侵近肌肉吧？周遇饥荒时征讨商朝就迎来年岁丰收，卫国大旱时讨伐邢国就招来大雨，吉祥与灾害的应验，超过影子随形和回响应声的感应，不能认为不是如此。猜想您高明的思考没想到这些，恭敬地写信来作提醒。应璩谨启。

与从弟君苗君胄书　应休琏（应璩）

【题解】

此文抒发了作者对田园隐居生活的向往以及对宦海浮沉的厌倦之情。

璩报：间者北游，喜欢无量。登芒济河，旷若发蒙[1]。风伯扫途，雨师洒道，按辔清路，周望山野，亦既至止，酌彼春酒[2]。接武茅茨[3]，凉过大夏；扶寸肴修[4]，味逾方丈[5]。逍遥陂塘之上，吟咏菀柳之下，结春芳以崇佩，折若华以翳日，弋下高云之鸟，饵出深渊之鱼，蒲且赞善[6]，便嬛称妙[7]，何其乐哉！虽仲尼忘味于虞《韶》，楚人流遁于京台，无以过也。班嗣之书[8]，信不虚矣。

【注释】

〔1〕发蒙：揭开蒙盖物。比喻开拓眼界。

〔2〕春酒：冬酿春熟之酒。

〔3〕接武：步履相接。

〔4〕扶寸：古代长度单位，铺四指为扶，一指为寸。形容甚小。 肴修：肉食。

〔5〕方丈：指方丈之食。极言肴馔之丰盛。

〔6〕蒲且（jū）：即蒲且子，古代善于射鸟的人。

〔7〕便嬛（pián yuān）：古代善于钓鱼的人。

〔8〕班嗣：西汉扶风人。他曾写信给桓生，谈到隐居钓鱼的乐趣。

【译文】

应璩谨启：近来北游，非常高兴。登上芒山渡过黄河，心情舒畅如同揭去蒙头的饰物一样。风神扫路，雨神洒水，在清静的道路上拉着马绳慢行，四面眺望山川林野，到达栖息之处，品酌美酒。步入草屋，凉爽胜过高楼大厦；简略的肉脯，美味超过丰盛的肴馔。在池塘边悠闲漫步，在茂盛的柳树下低吟咏唱，采结春花用来做佩饰，折取若木的花来挡太阳，射下高空上的飞鸟，钓到深水中的游鱼，蒲且子称扬我的弋射精巧，便嬛赞美我的垂钓高明，即使孔子闻虞舜时的《韶》乐而三月不知肉味，楚王不应子瑕之请往游让人忘返的京台，这些快乐都比不上啊。班嗣写信给桓生言及钓鱼栖隐的乐趣，确实是不假的。

来还京都，块然独处。营宅滨洛，困于嚣尘[1]，思乐汶上[2]，发于寤寐。昔伊尹辍耕[3]，郅恽投竿[4]，思致君于有虞，济蒸人于涂炭。而吾方欲秉耒耜于山阳，沉钩缗于丹水，知其不如古人远矣。然山父不贪天地之乐[5]，曾参不慕晋楚之富[6]，亦其志也。

【注释】

〔1〕嚣尘：指纷扰的尘世。

〔2〕汶上：汶水之北，孔子的学生闵子骞曾隐居于此。

〔3〕伊尹：商汤的大臣，相传他曾在有莘国耕作，多次被商汤聘请才出仕。

〔4〕郅恽（zhì yùn）：字君章，东汉汝南人。他曾跟郑次都隐于弋阳山中，后来出仕。

〔5〕山父：即巢父，尧时的隐士。

〔6〕曾参：孔子的学生，他不慕晋楚两国的富贵，而以仁义为乐。

【译文】

回到京都，孤独生活。在洛阳近郊营建住宅，被俗世困扰。想念汶上的隐居生活，梦中醒后都挂念。过去伊尹停止耕种而为官，郅恽丢下钓鱼竿而入仕，想着帮助商汤成为虞舜那样的贤君，想着从水火中拯救百姓。但我正想拿起农具在山阳县耕作，放下鱼钩到丹水中钓鱼，可见我比古人差得太远了。但是巢父不贪恋君临天下的快乐，曾参不羡慕晋楚的富有，这都是他们的志向。

前者邑人念弟无已，欲州郡崇礼，官师授邑，诚美意也。历观前后，来入军府，至有皓首，犹未遇也，徒有饥寒骏奔之劳。俟河之清，人寿几何？且宦无金张之援[1]，游无子孟之资[2]，而图富贵之荣，望殊异之宠，是陇西之游，越人之射耳。幸赖先君之灵，免负担之勤，追踪丈人，畜鸡种黍，潜精坟籍，立身扬名，斯为可矣。无或游言，以增邑邑。郊牧之田，宜以为意，广开土宇，吾将老焉。刘杜二生，想数往来。朱明之期，已复至矣，相见在近，故不复为书。慎夏自爱。璩白。

【注释】

〔1〕金张：指西汉的金日磾和张安世，他们的子孙七世贵盛。

〔2〕子孟：霍光，字子孟。骠骑将军霍去病的弟弟，汉武帝的托孤重臣。

【译文】

前段时间，乡邑中人怀念弟的才学德行，想让州郡崇尚礼教，为众官之师以教授乡邑，这的确是好意。考察古今历史，从进入军队幕府，一直到年老白头，都没有过这样的际遇，只有为饥饿寒冷奔走的痛苦。等到黄河变清要千年，但人的寿命又有多少呢？而且入仕没有金日磾、张安世这样的权贵的援助，游宦没有霍光这种重臣的凭藉，而想追求富贵的荣耀，企望特殊的尊宠，那好比是陇西人学游泳，越急躁就越沉得快，越国人学射箭，越想射远反而射得越近。我幸亏借着先君的保佑，免除为生活奔波的辛劳，能够追随隐士，养鸡种黍，潜心精研典籍，立身扬名，这就可以了。但愿这不是空话，让我徒增忧愁。邑外耕种的田地，希望多多留意，开荒拓地多建房宅，我已经老了。刘、杜二位年轻人，想必经常来往。夏天这个季节又到来了，我们相见的日子也就在眼前，所以不用多写了。谨慎面对夏天的炎热自己保重身体吧。应璩谨告。

（本卷译注：陈丕武）

文选卷第四十三

书下

与山巨源绝交书　嵇叔夜（嵇康）

【题解】

本文是嵇康拒绝接受山涛举其自代的书信，言明山涛对其秉性的不了解，表明自己不愿入仕为官的理由。

康白：足下昔称吾于颍川〔1〕，吾常谓之知言。然经怪此意〔2〕，尚未熟悉于足下，何从便得之也？前年从河东还，显宗阿都说足下议以吾自代〔3〕，事虽不行，知足下故不知之。足下傍通〔4〕，多可而少怪，吾直性狭中，多所不堪，偶与足下相知耳。间闻足下迁，惕然不喜〔5〕，恐足下羞庖人之独割，引尸祝以自助〔6〕，手荐鸾刀〔7〕，漫之膻腥，故具为足下陈其可否。

【注释】

〔1〕足下：指山涛，字巨源。与嵇康同为竹林名士。　颍川：指山涛的叔父山嵚，他曾为颍川太守。

〔2〕经怪：常常奇怪。

〔3〕显宗：公孙崇，字显宗，魏晋间谯国人。　阿都：吕安，魏晋间东平人。

〔4〕傍通：学问广博通达。

〔5〕惕然：忧虑的样子。
〔6〕尸祝：古代祭祀时对神主掌祝的人。
〔7〕鸾刀：古代祭祀时割牲用的刀。

【译文】

嵇康谨启：您以前曾经向您的叔父称说过我不愿出仕的情况，我常说是知心的话。但我常常奇怪，我还没有被您了解，您是从哪里得知我的意愿的呢？前年从河东回来，显宗和阿都说您打算让我接替您的官职，事情虽然没有实现，但我知道您原来并不了解我。您博通多艺善于应变，对人事多称赞而少责怪，我性格耿直心地狭隘，许多事都忍受不了，偶然跟您相知罢了。近来听说您升官，我反而忧虑了，害怕您不好意思独自做官，硬拉我来当助手，就像厨师硬拉祭师来帮忙一样，使我手拿环上有铃的屠刀，也沾上一身膻腥味，所以我给您陈述其中的可与不可。

吾昔读书，得并介之人〔1〕，或谓无之，今乃信其真有耳。性有所不堪，真不可强。今空语同知有达人〔2〕，无所不堪，外不殊俗，而内不失正，与一世同其波流，而悔吝不生耳。老子、庄周〔3〕，吾之师也，亲居贱职；柳下惠、东方朔〔4〕，达人也，安乎卑位。吾岂敢短之哉〔5〕！又仲尼兼爱，不羞执鞭〔6〕，子文无欲卿相，而三登令尹〔7〕，是乃君子思济物之意也。所谓达能兼善而不渝，穷则自得而无闷。以此观之，故尧、舜之君世，许由之岩栖〔8〕，子房之佐汉〔9〕，接舆之行歌〔10〕，其揆一也。仰瞻数君，可谓能遂其志者也。故君子百行，殊途而同致，循性而动，各附所安。故有处朝廷而不出，入山林而不反之论。且延陵高子臧之风〔11〕，长卿慕相如之节〔12〕，志气所托，不可夺也。

【注释】

〔1〕并介：兼善天下而又耿介自守。

〔2〕同知：公认。

〔3〕老子：老子曾为周柱下史和守藏史。　庄周：即庄子，曾为宋国蒙园漆园吏。

〔4〕柳下惠：即展禽，名获，字禽。食邑柳下，谥惠。春秋时鲁国人，曾为士师，掌刑狱。　东方朔：字曼倩，汉武帝时人。常作郎官，虽上书但不被采用。

〔5〕短：轻视。

〔6〕执鞭：持鞭驾车，多借以表示卑贱的差役。《论语·述而》载，孔子曾说过：如果富贵可求，即使执鞭赶车，他也愿意。

〔7〕三登令尹：斗縠于菟，字子文，春秋时楚国公族。相传他三为令尹无喜色，三罢令尹也无愠色。

〔8〕许由：尧时隐士，他曾隐居于箕山之下。

〔9〕子房：张良，字子房，辅佐刘邦平定天下。

〔10〕接舆：楚国隐士，他曾唱歌讥讽孔子热衷于政治，劝孔子归隐。

〔11〕延陵：指吴公子季札，他曾居于此地。　子臧：春秋时期曹国公族，曹宣公之子。宣公死后，他不愿继位为君。

〔12〕长卿：西汉司马相如小名犬子，因仰慕蔺相如的为人，所以改名相如。　相如：指战国时赵国的蔺相如，他捧和氏璧出使秦国，成功完成使命。

【译文】

我以前读书，看到既能兼济天下又耿介孤直的人，有的人说没有这种人，现在才相信是真有这种人的。性格决定人对某些事情不能容忍，这真不能勉强。现在大家说有一种对世事都能忍受的通达的人，外表上跟一般俗人没有区别，但内心又能保持自己的主张，能够随世俗浮沉，又不会后悔遗恨，但这只是一种空话而已。老子、庄子，是我学习的人，他们都亲身做过小官；柳下惠、东方朔，是通达的人，都甘心担任卑微的职位。我哪里敢轻视他们啊！又如孔子博爱无私，不以担任执鞭的贱职为羞，子文不想做卿相，却三次做令尹，这是君子希望济世的意思。常言说显达时能使天下人得到好处又不改变自己的志向，失意时能自得其乐又不感到苦闷。由此看来，以前尧舜做君王，许由隐居于岩穴，张良辅佐刘邦，接舆唱歌讥笑孔子，他们的处世之道都是相同的。看这些君子，可以说都是能顺遂自己意愿的人。所以君子有各种品行，道路不同而达到的目的相同，顺着本性去做，都以自己的意愿为主。所以有在朝做官而不归隐、隐居山林而不愿为官的说法。再说季札称赏子臧的风范，司马相如仰慕蔺相如的气概，人的志向气概，真是不可以改变的。

吾每读尚子平、台孝威传〔1〕，慨然慕之，想其为人。少加孤露〔2〕，母兄见骄，不涉经学。性复疏懒，筋驽肉缓〔3〕，头面常一月十五日不洗，不大闷痒，不能沐也。每常小便，而忍不起，令胞中略转乃起耳〔4〕。又纵逸来久，情意傲散〔5〕。简与礼相背，懒与慢相成，而为侪类见宽，不攻其过。又读《庄》《老》，重增其放。故使荣进之心日颓〔6〕，任实之情转笃〔7〕。此由禽鹿少见驯育，则服从教制〔8〕，长而见羁，则狂顾顿缨〔9〕，赴蹈汤火，虽饰以金镳〔10〕，飨以嘉肴，逾思长林，而志在丰草也。

【注释】

〔1〕尚子平：东汉时的术士。　台孝威：台佟，字孝威，东汉时的隐士。

〔2〕孤露：孤单无所荫庇。此指丧父。

〔3〕筋驽肉缓：筋骨衰弱。

〔4〕胞中：膀胱。

〔5〕傲散：孤傲散漫。

〔6〕荣进：求荣上进。

〔7〕任实：随顺本性。

〔8〕教制：管教约束。

〔9〕顿缨：挣脱绳索。

〔10〕金镳（biāo）：金饰的马嚼子。

【译文】

我每次阅读尚子平和台孝威的传记，都感慨并仰慕他们，想像他们的高尚情操。再加上我小时候就失去了父亲，被母亲和哥哥宠爱，不阅读儒家经书。本性又散漫慵懒，筋骨迟钝，皮肤松弛，头发和脸面经常一个月或半个月都不洗，感觉不到发闷发痒，都不愿去洗。每次有小便，就强忍着不去排解，忍到膀胱胀得几乎要转动了才起身。又因为放纵闲逸太久，我的性情已经变得孤傲散漫了。简慢的行为与礼法违背，慵懒和散漫相辅相成，然而这些都被朋辈们宽容，不被指责。又加上读了《庄子》和《老子》，更加助长了我的放荡行为。所以，这些都使我仕进的热情日益低落，放任本性的心意更加坚定。这就好比麋鹿，小时被驯服养育，就会服从管制，如果长大后才被管束，就会拼命地挣脱绳索，甚至不惜跳到热水或火堆中，即使给它佩上金笼头，给它吃美食，它还是更想念茂密的山林和向往丰美的草原。

阮嗣宗口不论人过〔1〕，吾每师之，而未能及。至性过人，与物无伤，唯饮酒过差耳〔2〕。至为礼法之士所绳，疾之如仇，幸赖大将军保持之耳〔3〕。吾不如嗣宗之贤，而有慢弛之阙〔4〕；又不识人情，暗于机宜〔5〕；无万石之慎〔6〕，而有好尽之累〔7〕。久与事接，疵衅日兴〔8〕，虽欲无患，其可得乎？

【注释】

〔1〕阮嗣宗：阮籍，字嗣宗，三国魏陈留人。他处在魏晋易代之际，

口不评论人物的得失。

〔2〕过差：失度。

〔3〕大将军：指司马昭。

〔4〕慢弛：松懈懒散。

〔5〕机宜：时宜。

〔6〕万石：指石奋，汉景帝时人。他与他的四个儿子都官至二千石，所以称为万石君。

〔7〕好尽：惯于无保留地进谏直言。

〔8〕疵衅：过失。

【译文】

阮籍嘴里不议论别人的过错，我常常学习他，但没能做到。他天性淳厚超过一般人，对人和物都没有伤害，只有喝酒有点过度。因此被礼法之士所攻击，憎恨他像仇人一样，幸亏得到大将军的保护而不被伤害。我不像阮籍那么贤达，却有傲慢懒散的缺点；又不了解人情世故，缺少随机应变的策略；没有石奋的谨慎，却有率性直言的不足。如果经常处理事情，矛盾仇隙就会日益增多，即使我想避害，又怎么能做得到呢？

又人伦有礼，朝廷有法，自惟至熟〔1〕，有必不堪者七，甚不可者二：卧喜晚起，而当关呼之不置〔2〕，一不堪也。抱琴行吟，弋钓草野〔3〕，而吏卒守之，不得妄动，二不堪也。危坐一时〔4〕，痹不得摇〔5〕，性复多虱，把搔无已，而当裹以章服〔6〕，揖拜上官，三不堪也。素不便书，又不喜作书，而人间多事，堆案盈机，不相酬答，则犯教伤义，欲自勉强，则不能久，四不堪也。不喜吊丧，而人道以此为重，已为未见恕者所怨，至欲见中伤者，虽瞿然自责〔7〕，然性不可化，欲降心顺俗〔8〕，则诡故不情〔9〕，亦终不能获无咎无誉如此〔10〕，五不堪也。不喜俗人，而当与之共事，或宾客盈坐，鸣声聒耳，嚣尘臭处[11]，千变百伎[12]，在人目前，六不堪也。心不耐烦，而官事鞅掌[13]，机务缠其心[14]，世故繁其虑，七不堪也。又每非汤、武而薄周、孔[15]，在人间不止，此事会显世教所不容，此甚不可一也。刚肠疾恶，轻肆直言，遇事便发，此甚不可二也。以促中小心之性[16]，统此九患，不有外难，当有内病，宁可久处人间邪？又闻道士遗言，饵术黄精，令人久寿，意甚信之；游山泽，观鸟鱼，心甚乐之。一行作吏，此事便废，安能舍其所乐，而从其所惧哉！

【注释】

〔1〕至熟：虑事极其成熟。

〔2〕当关：门吏。

〔3〕弋钓：射鸟钓鱼。

〔4〕危坐：正身而坐。

〔5〕痹：手脚麻木。

〔6〕章服：绣有图案的古代礼服。

〔7〕瞿然：惊骇的样子。

〔8〕降心顺俗：降低心志，随顺流俗。

〔9〕诡故：违反本心。

〔10〕无咎无誉：无过恶可言，亦无良善足称。

〔11〕嚣尘：纷扰的尘世。

〔12〕百伎：各种伎俩。

〔13〕鞅掌：职事纷扰烦忙。

〔14〕机务：机要事务。

〔15〕汤、武：商汤和周武王，他们分别建立了商朝和周朝。　周、孔：周公和孔子，他们是封建礼法的奠基者和代表人物。

〔16〕促中：心胸狭隘。

【译文】

又人与人之间有礼仪，朝廷有法度，我已经周详地考虑了，有七件事是必定不能忍受的，有两件事是特别不能做的：我睡觉时喜欢晚起床，但当官之后差役就会不停地叫起床，这是第一个受不了。我喜欢抱琴歌吟，在野外射鸟钓鱼，但有官吏跟随，我不能随意走动，这是第二个受不了。正经地坐着办公，腿脚麻木也不能活动，我身上又有很多虱子，要不停地挠痒，但为官需穿着官服，迎接上司，这是第三个受不了。我一向不擅长写信，也不喜欢写信，但世俗事情很多，书札很多，不回信应酬，就会败坏礼仪，想要勉强应酬，但又不能坚持，这是第四个受不了。我不喜欢吊丧，但世俗对此又看得很重，我的行为被不愿宽恕的人怨恨，甚至被人借吊丧之事来中伤，我虽然惊惧自责，但本性不能改变，我想抑制自己傲散的性格来顺从世俗，但这又违反我的本性不合常情，而且我最终也不能获得无荣无辱的结果，这是第五个受不了。不喜欢庸俗的人，但又必须和他们一起做事，有时宾客满座，满耳都是叫喊声，喧杂污浊，种种伎俩，出现在眼前，这是第六个受不了。心中不喜欢多事，但是公事繁忙，政务烦心，世俗人情扰乱思想，这是第七个受不了。我经常批评商汤、周武王，轻视周公和孔子，而在生活中不停止这种批评的话，事情总会传扬出去，不被世俗礼教所容，这是第一件特别不能做的事。我性格刚强憎恨坏人，说话轻率坦白，遇到事情就发作，这是第二件特别不能做的事。以我心中狭隘的性格，加上这九种毛病，即使没有外面招致的灾难，也会自己生病，哪里可以长久地生活在世上啊？我又听道士说过，服食苍术和黄精，可以让人长寿，我心里非常信服；游玩山水，观赏鱼鸟，我心中极为喜欢。一旦当官，这些乐事就废弃了，人怎么能够抛弃自己喜欢的东西，反而去做自己害怕的事情呢！

夫人之相知，贵识其天性，因而济之。禹不逼伯成子高[1]，全其节也；仲尼不假盖于子夏[2]，护其短也；

近诸葛孔明不逼元直以入蜀[3]；华子鱼不强幼安以卿相[4]。此可谓能相终始，真相知者也。足下见直木必不可以为轮，曲者不可以为桷[5]，盖不欲以枉其天才，令得其所也。故四民有业[6]，各以得志为乐，唯达者为能通之，此足下度内耳[7]。不可自见好章甫[8]，强越人以文冕也[9]；已嗜臭腐，养鸳雏以死鼠也[10]。吾顷学养生之术，方外荣华，去滋味[11]，游心于寂寞[12]，以无为为贵。纵无九患，尚不顾足下所好者，又有心闷疾，顷转增笃，私意自试，不能堪其所不乐。自卜已审，若道尽途穷则已耳。足下无事冤之，令转于沟壑也[13]。

【注释】

〔1〕伯成子高：相传是尧时的诸侯，尧让位给舜，舜让位给禹，伯成子高便辞去诸侯，自耕于野。

〔2〕子夏：孔子的学生，他生活穷困，孔子出门遇雨时，也不向他借雨伞。

〔3〕诸葛孔明：诸葛亮，字孔明。曾辅佐刘备建立蜀汉政权。　元直：徐庶，字元直。与诸葛亮同事刘备，其母被曹操抓获后，他弃刘归曹。

〔4〕华子鱼：华歆，字子鱼。曾举荐管宁入仕。　幼安：管宁，字幼安。华歆举荐为太中大夫，他没有接受。

〔5〕桷（jué）：方形的椽子。

〔6〕四民：士、农、工、商。

〔7〕度内：想象得到。

〔8〕章甫：商代的一种冠。

〔9〕文冕：华美的帽子。

〔10〕鸳雏：传说中的凤属之鸟。常用以比喻高贤之人。

〔11〕滋味：美味。

〔12〕游心：专心致志。

〔13〕沟壑：借指野死之处或困厄之境。

【译文】

人所谓的知心，可贵的是能了解他的本性，因此而成全他。大禹没有逼迫伯成子高为诸侯，成全了伯成子高的节操；孔子不向子夏借雨具，是顾及了子夏吝啬的毛病；最近的诸葛亮不强求徐庶一同去四川；华歆不勉强管宁做官。可以说他们对朋友能够做到始终如一的了解和爱护，这才是真正的知心。您看到直木必定不能做成轮子，曲木不能够做成椽子，大概是不想屈曲它的天性，使它们各得其所。所以，士、农、工、商都有他们的工作，他们都以实现自己的理想为乐，这只有通达的人才能了解他们，这是您能料想得到的。不能够因为自己喜欢漂亮的帽子，就强迫越国人也戴它；自己喜欢臭腐的食物，就拿死老鼠来喂鸳雏鸟。我近来学养生的方法，正好疏远荣华富贵，摒弃美味，沉潜在虚静寂寞中，以无欲无争为贵。就算我没有以上九种毛病，我也还不能顾及您喜欢的东西，我又有心闷病，最近又加重了，我私下里设想，我不能忍受我不喜欢的东西。我已经考虑清楚了，如果是走投无路也就罢了。您不要委屈我了，使我陷入绝境。

吾新失母兄之欢，意常凄切，女年十三，男年八岁，未及成人，况复多病，顾此悢悢如何可言[1]！今但愿守陋巷，教养子孙，时与亲旧叙阔，陈说平生，浊酒一杯，弹琴一曲，志愿毕矣。足下若嬲之不置[2]，不过欲为官得人，以益时用耳。足下旧知吾潦倒粗疏，不切事情，自惟亦皆不如今日之贤能也。若以俗人皆喜荣华，独能离之[3]，以此为快，此最近之，可得言耳。然使长才广度，无所不淹，而能不营，乃可贵耳。若吾多病困，欲离事自全，以保馀年，此真所乏耳，岂可见黄门而称贞哉[4]！若趣欲共登王途[5]，期于相致，时为欢益，一旦迫之，必发其狂疾，自非重怨[6]，不至于此也。

【注释】

〔1〕悢悢：惆怅，悲伤。

〔2〕嬲（niǎo）：纠缠。

〔3〕离之：指离弃俗人追求的荣华富贵。

〔4〕黄门：宦者，太监。

〔5〕王途：仕途。

〔6〕重怨：深深的怨恨。

【译文】

我刚刚失去拥有母亲与哥哥的欢乐，常常感到凄凉，女儿十三岁，儿子八岁，还没有长大，又经常生病，想到这些就悲恨，还能说什么呢！现在只希望住在这简陋的地方，教导养育儿女，时时跟亲友聊聊离别之情，谈谈人生，喝杯淡酒，弹琴一曲，我的愿望就满足了。您如果对我纠缠不放，不过是希望为朝廷找一个合适的人，使他有助于社会罢了。您本来就知道我放任散漫，不通事理，我也认为我比不上在朝做官的人。如果说世俗的人都喜欢荣华富贵，唯独我不喜欢，并以此为乐，这最符合我的实际，可算是说中了。假使有高才大度的人，什么都懂，又可以不钻营，这都是可贵的。像我常常生病，想远离人事以保存自己，因此度过余下的时光，这的确是我本性有所欠缺，怎么能见了宦官还称赞其有贞节呢！如果急切要我跟您一起为官，想把我招来，时时欢聚，一旦逼迫，肯定使我发狂，如果您不是对我有深沉的怨恨，您是不会做到这步的。

野人有快炙背而美芹子者〔1〕，欲献之至尊〔2〕，虽有区区之意〔3〕，亦已疏矣，愿足下勿似之。其意如此，既以解足下，并以为别。嵇康白。

【注释】

〔1〕“野人”句：《列子·杨朱》记载：宋国有个农夫觉得在太阳下晒背很舒服，就对妻子说：“负日之暄，人莫知之，以献吾君，将有重赏。”

同乡人告诉他说：有人把芹菜当作美味之物献给富豪之家，富人尝了却觉得口苦腹痛。大家都嘲笑那个人，那人顿感惭愧。

〔2〕至尊：用作皇帝的代称。

〔3〕区区：真情挚意。

【译文】

田夫在冬天里以晒背为乐且把芹菜当作美味，想把这种快乐和美味奉献给君王，虽然他们是出于小小的真诚，但却不切实际，希望您不要效仿他们。我的想法就这样，写这信既是向您表露我的情意，也是跟您告别。嵇康谨启。

（译注：陈丕武）

为石仲容与孙皓书　孙子荆（孙楚）

【题解】

此文作者从多方面的事实与对比中来揭示东吴正面临着覆亡的命运，劝其投降。

苞白[1]：盖闻见机而作[2]，《周易》所贵，小不事大，《春秋》所诛，此乃吉凶之萌兆，荣辱之所由兴也。是故许、郑以衔璧全国[3]，曹、谭以无礼取灭[4]。载籍既记其成败，古今又著其愚智矣。不复广引譬类，崇饰浮辞，苟以夸大为名，更丧忠告之实，今粗论事势，以相觉悟。

【注释】

〔1〕苞：石苞，字仲容，魏时都督扬州诸军事、任征东大将军。此文

为其令孙楚作书与吴主孙皓。

〔2〕见机：谓明察事物的细微变化。

〔3〕衔璧全国：《左传》载，楚围许，许国君面缚衔璧见楚子，围解。又载，楚围郑，郑国君肉袒牵羊以迎，楚退兵。全，保全。

〔4〕无礼取灭：《左传》载，晋公子重耳到曹国，曹共公闻其骈胁而观其浴，重耳即位，晋围曹。又载齐桓公过谭国，谭不礼，齐桓公回国，谭又不贺；当年冬，齐师灭谭。

【译文】

石苞曰：听说明察事物细微的变化而行动，是《周易》所贵尚的；小国不奉事大国，《春秋》曾加以指责，这些都是吉凶的萌芽或征兆，也是荣耀或耻辱产生的根由啊。所以春秋时代许国国君与郑国国君都因为面缚衔璧、请求投降而保全了自己的国家，而曹国国君与谭国国君则因为对大国国君无礼而自取灭亡。典籍上既记载着这些成败事例，古往今来又传说着他们的聪慧或愚蠢。我不再广博征引多方譬喻，那是崇尚虚浮夸张美辞，如果以夸大事实来获取名声，便会更加丧失忠心告之的实际内容。如今只粗略地论述事实与形势，希望对你醒悟有所帮助。

昔炎精幽昧〔1〕，历数将终，桓、灵失德，灾衅并兴，豺狼抗爪牙之毒，生人陷荼炭之艰。于是九州绝贯，皇纲解纽。四海萧条，非复汉有。太祖承运〔2〕，神武应期，征讨暴乱，克宁区夏；协建灵符，天命既集，遂廓洪基，奄有魏域。土则神州中岳，器则九鼎犹存〔3〕，世载淑美，重光相袭〔4〕。固知四隩之攸同，天下之壮观也。

【注释】

〔1〕炎精：指汉，汉自称火德。

〔2〕太祖：指曹操。

〔3〕九鼎：象征国家政权的宝器。

〔4〕重光：日光重明。

【译文】

以前火德之汉衰微幽暗，气数命运即将终尽，再加上桓、灵二帝失德失义，诸种灾患衅祸一起兴起。豺狼般的恶人张牙舞爪毒害百姓，人民陷入水深火热的艰苦磨难之中。于是九州散乱，皇纲失去了控制，四海之内萧条荒凉，不再处于汉朝的统治之下。魏武帝曹操承受天运，神武之德应期而生，征伐平定乱贼暴虐，安定平复中原一带广大地区。协力建树神灵的瑞符，天命便集中在此，于是扩张洪大的基业，这才拥有大魏的疆域。论土地则占据的是神州中央，说器物则还握有象征权力的九鼎传国宝物，于是全天下传颂大魏的美善，光辉荣耀代代相袭，确实可知四方边远地区与中原相统一，是天下最宏伟的壮观啊！

公孙渊承籍父兄〔1〕，世居东裔，拥带燕、胡，冯凌险远，讲武盘桓，不供职贡〔2〕，内傲帝命，外通南国〔3〕，乘桴沧流，交畤货贿，葛越布于朔土〔4〕，貂马延乎吴、会。自以为控弦十万，奔走足用，信能右折燕、齐，左振扶桑，凌轹沙漠，南面称王也。宣王薄伐〔5〕，猛锐长驱。师次辽阳，而城池不守；桴鼓一震，而元凶折首。然后远迹疆埸〔6〕，列郡大荒，收离聚散，咸安其居，民庶悦服，殊俗款附。自兹遂隆，九野清泰，东夷献其乐器，肃慎贡其楛矢〔7〕，旷世不羁，应化而至，巍巍荡荡，想所具闻。

【注释】

〔1〕公孙渊：公孙渊与其父公孙康、其祖公孙度汉末时占据辽东。

〔2〕职贡：按职份上交贡物。

〔3〕南国：指东吴。

〔4〕葛越：葛布，产于南方。

〔5〕宣王：指司马懿。

〔6〕疆埸（yì）：边境。

〔7〕肃慎：古民族名，分布于黑龙江松花江流域。

【译文】

公孙渊相承父祖基业，世代居住东方边鄙，拥有燕胡一带地域，凭借地势险峻遥远，自恃军队武力强大，不再按职份进贡财物，对内傲视帝王命令，对外勾结南方敌国，乘船泛浮沧海，相互交换财货物品，于是南方的葛布遍满北方，北方的貂皮名马安家吴越会稽。也自以拥有战将甲士十万之众，足可以供他驱使而奔走，真以为能向右扩张至燕齐，向左扬威于扶桑，侵侮虐害于沙漠戈壁之地，真要南面而坐称王称霸了。可一旦晋宣王司马懿出发征讨，猛将锐兵便长驱直入，部队一到辽阳，敌方多处城池不守；战鼓咚咚而震响，元凶公孙渊被斩首示众。然后部队乘胜追击到远方边境，巡行诸郡与荒漠大地，收编流离百姓、聚集散兵游勇，使他们都能安心定居。百姓庶民心悦诚服，远方异俗归顺依附。自此我朝日益隆盛，中央八方清平安泰，东夷献上歌舞乐器，肃顺进贡强弓劲箭，长期以来不受管束的强悍部落，也响应风化归向我朝，我朝巍巍荡荡的气象，想来您已有所耳闻。

吴之先主，起自荆州，遭时扰攘，播潜江表，刘备震惧，亦逃巴、岷。遂依丘陵积石之固，三江、五湖，浩汗无涯，假气游魂，迄于四纪〔1〕。二邦合从〔2〕，东西唱和，互相扇动，距捍中国。自谓三分鼎足之势，可与泰山共相终始。相国晋王〔3〕，辅相帝室，文武桓桓，志厉秋霜，庙胜之算，应变无穷，独见之鉴，与众绝虑。主上钦明〔4〕，委以万机，长辔远御，妙略潜授，偏师同心，上下用力，棱威奋伐〔5〕，罙入其阻〔6〕，并敌一向，夺其胆气。小战江介，则成都自溃，曜兵剑阁，而姜维面缚。开地五千，列郡三十。师不逾时，梁、益肃清，使窃号之雄，稽颡绛阙[7]，球琳重锦[8]，充于府库。夫虢灭虞亡，韩并魏徙，此皆前鉴之验，后事之师也。又南中吕兴[9]，深睹天命，蝉蜕内向，愿为臣妾。外失辅车唇齿之援，内有毛羽零落之渐，而徘徊危国，冀延日月，此犹魏武侯却指河山以自强大[10]，殊不知物有兴亡，则所美非其地也。

【注释】

〔1〕纪：一纪十二年。

〔2〕合从：指联盟。

〔3〕晋王：指司马昭。

〔4〕主上：魏元帝曹奂。

〔5〕棱威：威势。

〔6〕罙（shēn）：深。

〔7〕稽颡：古代一种跪拜礼，屈膝下拜，以额触地，表示极度的虔诚。

〔8〕球、琳：皆美玉。

〔9〕吕兴：东吴交趾郡吏，杀太守孙谞，降魏。

〔10〕魏武侯：《史记》载：魏武侯浮西河，谓吴起曰：“美哉山河之固！此魏之宝也。”吴起对曰：“在德不在险。若君不修德，则舟中之人，尽为敌国也。”

【译文】

吴的祖先，自荆州举兵兴起，就遭遇时局纷扰侵害，一直在江南一带迁播隐藏。刘备震惊恐惧，也逃往巴蜀岷山一带。你们就是依凭着丘陵深山的险阻坚固，依凭着三江五湖的无涯浩瀚蔓延，如同藉气浮游的野魂，至今已有四五十年了。你们两邦联盟，一东一西此呼彼应，相互怂恿鼓动，来抗拒抵御我们中原。你们自以为当今所谓三分鼎足的形势，可以与泰山一样永固长存。相国晋王司马昭，辅佐朝廷帝业，能文能武威风凛凛，志气崇高厉如秋霜。庙堂之上有克敌制胜的奇谋妙算，随机应变计策无穷。常常有独到的精辟见解，妙绝思虑与众不同。大魏主上圣明，委以万事万机。计谋深长驾驭远方，巧妙谋略密授部下。偏师西进，上下同心共力。威势高昂奋起讨伐，突击深入敌方险阻之地。专心致志集中力量对付敌之一部，夺其胆魄丧其威风。江油之战小试牛刀，成都方面则溃散投降。雄兵扬威剑阁，而姜维面缚请降。于是开辟疆土五千里，封郡三十个。出兵没有超过三个月，梁州益州被肃清平定，僭窃封号的强敌，来到宫廷门阙稽首臣服，收缴来的各种美玉锦缎，堆满仓库。史载虢国已灭而虞国必亡，韩被兼并而魏必迁徙，这些是以往已被验证的鉴戒，是以后行动做事所应效法的。再说你们南方的吕兴，深察天命，弃暗投明如蝉之蜕皮，愿为臣服于我朝。你们外面失去辅车相依而唇亡齿寒，内部又混乱零落日渐严重，却还在危险境地徘徊犹豫，希望拖延灭亡的时日。这就好像春秋时魏武侯指着河山以为自己强大坚固，殊不知凡物有兴有亡，其所赞美之地方已将不归其所有了。

方今百僚济济，俊乂盈朝，虎臣武将，折冲万里，国富兵强，六军精练。思复翰飞，饮马南海。自顷国家，整治器械。修造舟楫，简习水战。伐树北山，则太行木尽，浚决河、洛，则百川通流。楼船万艘，千里相望。自刳木以来[1]，舟车之用，未有如今日之盛者也。骁勇百万，畜力待时，役不再举，今日之谓也。然主上眷眷，未便电迈者[2]，以为爱民治国，道家所尚，崇城自卑，文王退舍[3]，故先开示大信[4]，喻以存亡，殷勤之旨，往使所究。

【注释】

〔1〕刳（kū）木：剖凿木头（用以做舟）。相传黄帝发明刳木为舟。

〔2〕电迈：形容快速奔赴。

〔3〕“崇城”二句：周文王伐崇侯之城不克，退修文教；复伐之，崇侯因垒而降。

〔4〕大信：即大潮。海潮在朔、望日升降最大，称为大潮。此喻大趋势。

【译文】

如今我朝百官济济，俊才满廷，武臣猛将，可摧折冲突于万里之外。国家富盛兵力强大，六军部队精悍练要，人人都想再次插翅奋飞，挥师前进饮马南海。近来国家整理制造军事器械，大量修造舟船桨楫，操习水战检阅水军。在北山伐木造船，太行山的树木都要砍光了；疏濬黄河洛水，水路畅通无阻。楼船万艘，千里相连望不到边，自黄帝发明刳木造船以来，舰船与车辆的使用，还从未见到过今日的盛况。骁将勇卒百万，积蓄力量等待开战，古时所谓一役而毕其功，说的就是今日的情况啊。然而主上具有慈爱之心，没有即刻紧急出兵，就是认为要遵奉道家所崇尚的爱民治国思想，就是依从周文王攻打崇侯时退兵修德而使敌城自降的道理。开战之前先向你们展示当前形势，告知生死存亡的关键所在，这些恳切周详的辞意，以往的使者也曾详尽地有所表述。

若能审识安危，自求多福，蹶然改容，祗承往告，追慕南越，婴齐入侍〔1〕，北面称臣，伏听告策，则世祚江表，永为藩辅，丰报显赏，隆于今日矣。若侮慢不式王命〔2〕，然后谋力云合，指麾风从。雍、益二州，顺流而东；青、徐战士，列江而西；荆、杨、兖、豫，争驱八冲；征东甲卒〔3〕，虎步秣陵〔4〕。尔乃皇舆整驾，六师徐征，羽檄烛日，旌旗流星，游龙曜路〔5〕，歌吹盈耳，士卒奔迈，其会如林，烟尘俱起，震天骇地，渴赏之士，锋镝争先。忽然一旦身首横分，宗祀屠覆，取诫万世，引领南望，良以寒心。

【注释】

〔1〕“追慕”二句：《汉书》载：汉天子使严助往南越喻意，南越王胡遣其子婴齐入侍宿卫。

〔2〕式：用。

〔3〕征东：指征东将军石苞。

〔4〕秣陵：在东吴丹阳郡。

〔5〕游龙：古称马八尺为龙。

【译文】

您如果能够清楚认识目前的安危，自己追求多祥多福，就应该急忙改变态度，恭敬接受我朝以往的警告。仿效学习汉时南越王的做法，他就是把儿子婴齐送来入侍宿卫，北面称臣，伏首听从文告命令。那么，您在江南能世代享受福祚，永远可为藩国辅臣，丰厚的酬报与显耀的赏赐，要比今日隆盛多了。如果傲慢不听从王命，那么接踵而来的大兵如浓云会合猛然压境，战旗指挥下如狂风漫卷；水军将从雍、益二州，顺流而东下；而青、除二州的将士，沿江西进，荆、杨、兖、豫诸州，竞相出兵开上大道；征东将军我也率领甲士勇卒，虎步雄风，在秣陵整装待发。接着，朝廷皇舆整治起驾，全国部队从容出征，羽檄纷飞如红日般炽烈，旌旗飘扬如流星般密集，战马骑乘辉耀道路，歌吹舞蹈盈耳满目，士卒奔腾迈进，会合之时如同森林。烟尘纷起弥漫，震天空骇大地，渴望立功受赏的将士，个个矢发有声争先挺进。您会突然之间身首分离，宗庙绝祀家人遭戮，还将被千代万世引为鉴戒，人们举头南望，确实将非常寒心难过。

夫治膏肓者，必进苦口之药；决狐疑者，必告逆耳之言。如其迷谬，未知所投，恐俞附见其已困[1]，扁鹊知其无功也[2]。勉思良图，惟所去就。石苞白。

【注释】

〔1〕俞附：黄帝时的良医。

〔2〕扁鹊：战国时的名医。

【译文】

治疗膏肓之病必定要服用苦口良药，解决疑惑不定之事必定要有逆耳之言，如果仍然执迷不悟，不当机立断痛下决心，那么，俞附会看出他已经重病无救，扁鹊也知道自己无所作为了。希望您勉力思索好好考虑，尽快打定主意决定去就。石苞敬上。

（译注：胡国庆）

与嵇茂齐书　赵景真（赵至）

【题解】

赵至（245？—282?），字景真，代郡人（今山西阳高西南）人，自小感奋受学，年十六从学嵇康，改名浚，字允元，州辟辽东从事。《晋书》有传。此叙述身赴北土所见的风土人情，用以表述自己怀才不遇、壮志未酬的身世之感。

安白[1]：昔李叟入秦[2]，及关而叹；梁生适越[3]，登岳长谣。夫以嘉遁之举[4]，犹怀恋恨，况乎不得已者哉！惟别之后，离群独游，背荣宴，辞伦好[5]，经迴路，涉沙漠。鸣鸡戒旦，则飘尔晨征；日薄西山，则马首靡托[6]。寻历曲阻，则沉思纡结；乘高远眺，则山川悠隔。

或乃回飙狂厉，白日寝光，崎岖交错，陵隰相望。徘徊九皋之内，慷慨重阜之巅，进无所依，退无所据，涉泽求蹊，披榛觅路，啸咏沟渠，良不可度。斯亦行路之艰难，然非吾心之所惧也。

【注释】

〔1〕安：吕安，字仲悌。干宝《晋纪》认为此文是吕安与嵇康书，嵇康之子嵇绍认为是赵至（字景真）与从兄嵇蕃（字茂齐）书。二说不同，故题云赵景真作，而书中曰吕安。

〔2〕李叟：即老子，姓李，名耳，字聃。

〔3〕梁生：梁鸿，字伯鸾。

〔4〕嘉遁：嘉美的隐居。

〔5〕伦好：兄弟朋友。

〔6〕马首靡托："马首是瞻"的反用，即无所依托。

【译文】

吕安禀白：以前老子入秦，到了关口一声长叹；梁鸿到越地去，登上北邙山而长吟《五噫》之歌。他们是嘉美的远遁隐居，还有如此的怀恋与遗憾，何况像我这样不得已而远行之人。相别之后，我独自出游，背离往日欢宴，辞别兄弟好友，经过逶迤远路，跨涉茫茫沙漠。雄鸡鸣叫告警天色将明，我则开始飘摇远行；红日落下西山，我则尚无依托之处；回头寻看来路曲折险阻，我则陷入沉思而内心纡结；登高眺望，高山大川悠悠阻隔我的归路。时或狂飚怒起暴风凌厉，白日隐没天色黯然，道路崎岖交错，高低相望相连。徘徊在沼泽淤地，感慨于重山之巅，前进无所依靠，退却无所凭据，跋涉水泽寻求小径，拨开莽榛探觅山路，沟渠之间啸咏良久，却难以渡过，这些都是行游途上的艰难困苦，然而还不是我心中最为恐惧的。

至若兰茝倾顿，桂林移植，根萌未树，牙浅弦急[1]，常恐风波潜骇，危机密发，斯所以怵惕于长衢，按辔而叹息也。又北土之性，难以托根，投人夜光，鲜不按剑。今将植橘柚于玄朔，蒂华藕于修陵[2]，表龙章于裸壤[3]，奏《韶》舞于聋俗，固难以取贵矣。夫物不我贵，则莫之与；莫之与，则伤之者至矣。飘摇远游之士，托身无人之乡，总辔遐路，则有前言之艰；悬鞍陋宇，则有后虑之戒。朝霞启晖，则身疲于遄征；太阳戢曜，则情劬于夕惕；肆目平隰，则辽廓而无睹；极听修原，则淹寂而无闻。吁其悲矣！心伤悴矣！然后乃知步骤之士，不足为贵也。

【注释】

〔1〕牙：发动机械的枢纽。弩机中钩住和放开弓弦的叫牙，牙浅指发动得快。

〔2〕蒂：种植。　华藕：莲。

〔3〕龙章：绣有衮龙的服装与帽子。　裸壤：裸身之地。

【译文】

说到那兰芷香草倾颓萎蔫，桂花佳木移植外乡，根未扎牢芽未萌发，便突遭冷风冷箭，我常担忧世势风波正在暗地里骇动，危险的弩机已秘密发射而来，这就是我走在长路上最为怵惕害怕的，于是扣紧缰绳缓步徐行而叹息不已。再说此地的北方习气土性，君子难以托根，如同投出夜光之璧，很少人不因惊惧而手按宝剑的。如今要把南方的橘抽种在北方，想让荷花莲藕枝茎相连生长在高山之顶，要让裸体之国的人们穿龙服戴高帽，想给聋子弹奏虞舜的《韶》乐，实在是难以取得美好的效果。那飘摇远游的人们，投身人烟荒芜的地方，揽辔登上远路，则有前述的艰难困苦；停车居住在荒陋的草屋，则有对以后生活的警戒。朝霞升起发射灿烂光辉，我对远征已深感疲倦；黄昏太阳收敛起光芒，我则对整日的劳苦戒慎恐惧；放眼平坦的低湿洼地，辽落空廓而一无所见；倾听修长的山岭坡坂，淹沉寂静而毫无所闻。长吁而悲哀矣！心伤而忧愁啊！自此之后方才知道，驱驰行役之人，是不值得羡慕重视的。

若乃顾影中原，愤气云踊，哀物悼世，激情风烈，龙睇大野，虎啸六合，猛气纷纭，雄心四据。思蹑云梯，横奋八极，披艰扫秽，荡海夷岳，蹴昆仑使西倒，踏太山令东覆，平涤九区，恢维宇宙，斯亦吾之鄙愿也。时不我与，垂翼远逝，锋钜靡加，翅翮摧屈，自非知命，谁能不愤悒者哉？

吾子植根芳苑，擢秀清流，布叶华崖，飞藻云肆，俯据潜龙之渊，仰荫栖凤之林，荣曜眩其前，艳色饵其后，良俦交其左，声名驰其右，翱翔伦党之间，弄姿帷房之里，从容顾眄，绰有馀裕，俯仰吟啸，自以为得志矣，岂能与吾同大丈夫之忧乐者哉！

去矣嵇生，永离隔矣！茕茕飘寄，临沙漠矣！悠悠三千，路难涉矣！携手之期，邈无日矣！思心弥结，谁云释矣！无金玉尔音，而有遐心。身虽胡、越，意存断金〔1〕。各敬尔仪，敦履璞沉〔2〕，繁华流荡，君子弗钦，临书恨然，知复何云！

【注释】

〔1〕断金：《易·系辞上》："二人同心，其利断金。"后世以"断金"喻友谊之深厚。

〔2〕璞沉：朴实深沉。

【译文】

若是此刻回顾中原，心中愤气像云一般涌起，悲伤事物哀悼时世，激情如风一般猛烈，如龙睇视广阔原野，如虎吟啸天地四方，纷纭猛刚之气，雄心四下充溢。一心想要登蹑云梯，横行奋发极远八方，战胜艰险扫除污秽，激荡海洋夷平山岳；脚踢昆仑使其倒向西方，足踏泰山令它倾覆东方，平定涤荡九州之区，扩张连结宇宙之界，这就是我的一点小小意愿。老天爷不给予我时机，令我垂翼低头远逝而去，锋芒力量无处可加，翅膀羽翮摧折弯曲，假如不认为这是命运的安排，那么谁能不为此而愤怒愁悒呢！

您生长于繁华盛开的世代盛德之家，是清流中挺拔的一枝艳秀，枝叶散布在华美的山崖，光彩飞上高高的云端，居下位隐居则在潜龙的深渊，居上位为宦可栖荫于凤凰的芳林，其前是荣华光辉令人目眩，其后是艳丽美色令人迷恋，左有良朋好友，右有美好名声，徘徊翱翔在朋友之间，搔首弄姿在帷帐之中，从容不迫四下顾盼，悠闲自得优裕宽绰，俯仰吟啸之间，自认为志满意得，怎能与我共享大丈夫的忧愁和欢乐啊！

别了嵇生，你我永远相隔离！茕茕飘零寄他方，面临无垠沙漠！绵长悠悠三千里，道路险阻难跋涉！您我携手同游共欢之时，邈然遥远再无这样的时日啊！思念之心越发郁结，谁说能够宽解缓释。万勿吝惜音信如吝惜金玉一般，那样会产生疏远之心，虽然您我远隔如同胡、越，可是心心相通友谊深厚。各自慎重容止行为，踏实做人做到真朴深沉。若一味追求荣华富贵放荡流靡，这是君子所不会敬重的。面对书信我万分惆怅，又似乎不知自己到底说了些什么。

（译注：胡国庆）

与陈伯之书　丘希范（丘迟）

【题解】

此信叙写陈伯之投敌之弊及归梁之利，希望其慎重抉择，回归梁朝。

迟顿首。陈将军足下[1]：无恙，幸甚幸甚！将军勇冠三军[2]，才为世出，弃燕雀之小志，慕鸿鹄以高翔。昔因机变化，遭遇明主，立功立事[3]，开国称孤[4]，朱轮华毂[5]，拥旄万里[6]，何其壮也！如何一旦为奔亡之虏，闻鸣镝而股战，对穹庐以屈膝[7]，又何劣邪！

【注释】

〔1〕陈将军：陈伯之，南朝梁人，后叛奔魏。梁武帝天监四年（505），临川王萧宏奉命北伐，令咨议参军丘迟作此书劝其投降。

〔2〕三军：军队的通称。

〔3〕“立功”句：建功立业。

〔4〕开国：建立诸侯国。　称孤：称王，称帝。

〔5〕“朱轮”句：红漆车轮，彩绘车毂。这是古代显贵者乘的车子。毂（gǔ），车轮中心插轴的部件。

〔6〕拥旄：借指统率军队。

〔7〕穹庐：泛指北方少数民族。

【译文】

丘迟叩拜。陈将军大人：您身体安好，万分荣幸！您的勇猛为三军的第一，才能是当代最杰出的，放弃了燕雀的小志向，仰慕鸿鹄来高飞。以前您顺应时势归顺梁朝，遇到贤明的君主，建立功勋成就事业，助梁灭齐被封公侯，乘坐诸侯专用的华丽车子，持节统制广阔的区域，这是多么显赫啊！怎么一下子就成了逃亡北魏的投敌分子，听到胡人响箭的声音就大腿发抖，向胡人的毡帐跪拜投降，这又是多么的卑劣啊！

寻君去就之际，非有他故，直以不能内审诸己，外受流言，沉迷猖獗[1]，以至于此。圣朝赦罪责功[2]，弃瑕录用[3]，推赤心于天下，安反侧于万物[4]，将军之所知，不假仆一二谈也。朱鲔涉血于友于[5]，张绣剚刃于爱子[6]，汉主不以为疑，魏君待之若旧。况将军无昔人之罪，而勋重于当世。夫迷途知反，往哲是与；不远而复，先典攸高[7]。主上屈法申恩，吞舟是漏[8]；将军松柏不翦[9]，亲戚安居，高台未倾，爱妾尚在。悠悠尔心，亦何可言！

【注释】

〔1〕猖獗：任意横行。

〔2〕责功：责求事功。

〔3〕弃瑕：不追究缺点过失。

〔4〕安反侧：光武帝攻破邯郸后，把官吏诋毁他的信件当众烧掉，使对他有疑虑的人安心。

〔5〕朱鲔（wěi）：朱鲔因曾参与谋杀光武帝之兄刘縯，所以在光武帝承诺不计怨恨后，才肯投降。　友于：借指兄弟。

〔6〕张绣：张绣投降曹操后又反悔，杀掉了曹操的长子曹昂、侄子曹安民。后来又投降曹操，被封列侯。

〔7〕先典：上古的典籍。

〔8〕吞舟：吞舟之鱼的略语。常以喻人事之大者。

〔9〕松柏：代指祖坟。因古人常于坟旁植松柏，故以松柏代祖坟。

【译文】

考察您离开梁朝而投奔北魏的情况，并没有其他的原因，只不过是您内心不能深思熟虑，外面又被谣言挑唆，迷惑狂妄，所以导致了今天这种情况。圣明的梁朝能宽赦罪过并要求立功赎罪，不计过错而接纳人才，以真心来对待天下，使不安的人对所有事情都能安心无疑，这是您知道的，不需要我一一叙述。朱鲔曾参与奇谋杀掉光武帝的哥哥，张绣刺杀了魏武帝的儿子，光武帝没有忌恨朱鲔，魏武帝对待张绣仍像过去一样。何况您不仅没有朱张二人一样的罪行，而且功勋比当代人都重大。迷失道路知道返回，这是古代圣明的人所赞赏的；错误不深而能改正，这是古代经典所推崇的。皇帝放宽法律施行恩惠，对犯有大罪之人都能宽恕；您家中的祖坟没有被毁坏，亲人能够安心地生活，住宅没有受到损害，宠爱的姬妾仍在家中。请您好好斟酌，这无需多说！

今功臣名将，雁行有序，佩紫怀黄[1]，赞帷幄之谋[2]，乘轺建节[3]，奉疆埸之任，并刑马作誓[4]，传之子孙。将军独靦颜借命，驱驰毡裘之长[5]，宁不哀哉！夫以慕容超之强[6]，身送东市；姚泓之盛[7]，面缚西都。故知霜露所均，不育异类；姬汉旧邦[8]，无取杂种。北虏僭盗中原[9]，多历年所，恶积祸盈，理至燋烂。况伪孽昏狡[10]，自相夷戮；部落携离，酋豪猜贰[11]。方当系颈蛮邸[12]，悬首藁街[13]。而将军鱼游于沸鼎之中，燕巢于飞幕之上，不亦惑乎！

【注释】

〔1〕“佩紫”句：腰间佩挂紫色印绶，怀里揣着黄金官印。指身居高官。

〔2〕帷幄：指天子决策之处或将帅的幕府、军帐。

〔3〕乘轺（yáo）：坐着轻小的马车。　建节：将旄节插立车上。

〔4〕刑马作誓：古代结盟要杀马歃血，立誓为信。

〔5〕毡裘：借指我国古代北方游牧民族或其君长。

〔6〕慕容超：南燕国主慕容超经常劫掠淮北，后来被刘裕擒获并斩于建康。

〔7〕姚泓：后秦国主姚泓，在刘裕北伐长安时，出城投降。

〔8〕姬汉：姬指周朝，汉指汉朝。此借指汉人建立的国家。

〔9〕僭盗：非分窃据。

〔10〕伪孽：指北魏的统治者。 昏狡：昏庸狡猾。

〔11〕酋豪：部落的首领。 猜贰：疑忌而有二心。

〔12〕系颈：系绳于颈，表示降服。 蛮邸：外族首领居住的馆舍。

〔13〕藁（gǎo）街：外国使节馆舍所在地。

【译文】

现在梁朝的功臣大将，尊卑有次序，腰系紫带身怀黄印，在军帐中协助谋划军事，他们驾轻车竖旄节，接受保卫疆埸的重任，而且获得朝廷杀马饮血的承诺，可以把功劳爵位传给子孙后代。而您却强颜苟活，为北魏君长奔走效命，岂不悲哀啊！即使像慕容超那么强横，也被送到东市斩杀；姚泓那么强盛，也在长安被生擒。因此明白，霜露均匀分布的地方，不养育胡人；周汉故土，不收纳外族。北方胡虏霸占中原，已有多年，罪恶祸害非常多，按天理应该崩溃灭亡了。何况北魏宣武帝昏聩狡诈，朝廷内部自相残杀；胡人各部落彼此离心，酋长互相猜忌。北魏统治者很快就要被生擒，押送到京城来杀头示众了。而将军您却像鱼在沸水中闲游一样无知无畏，像燕子在飘荡的帷幕上筑巢一样自处险境，这不是很糊涂吗？

暮春三月，江南草长，杂花生树，群莺乱飞。见故国之旗鼓，感平生于畴日，抚弦登陴〔1〕，岂不怆悢！所以廉公之思赵将〔2〕，吴子之泣西河〔3〕，人之情也。将军独无情哉？

【注释】

〔1〕登陴：升登城上女墙，引申为守城。

〔2〕廉公：廉颇在赵悼襄王时，受谗言而奔魏，晚年仍想为赵国效力。

〔3〕吴子：吴起被魏武侯召离西河时，因为担心西河不久被秦攻取而流下悲伤的眼泪。

【译文】

暮春三月，江南绿草繁茂，百花开满枝头，黄莺自由飞翔。当您登上城墙，弯弓张弦，看到故国的军旗战鼓，回忆起在梁朝的生活，难道不感到悲怆吗！因此，廉颇希望能再做赵将，吴起望着西河哭泣，这是人的常情。难道唯独将军您没有感情吗？

想早励良规，自求多福。当今皇帝盛明，天下安乐。白环西献[1]，楛矢东来[2]；夜郎、滇池[3]，解辫请职[4]；朝鲜、昌海，蹶角受化[5]。唯北狄野心，掘强沙塞之间[6]，欲延岁月之命耳。中军临川殿下[7]，明德茂亲[8]，总兹戎重[9]，吊民洛汭，伐罪秦中。若遂不改，方思仆言。聊布往怀，君其详之。丘迟顿首。

【注释】

〔1〕“白环”句：舜时，西王母来献白玉环。

〔2〕“楛矢”句：周武王、成王时，东方的肃慎氏来进贡楛木箭。

〔3〕夜郎、滇池：汉代少数民族建立的两个小国。

〔4〕解辫：解散发辫。旧时少数民族多结发辫，解辫谓改用汉人服饰，以示归诚。　请职：请求封官。

〔5〕蹶角：额角叩地。　受化：接受教化。

〔6〕掘强：强横凶暴，倔强。掘，通“倔”。

〔7〕临川殿下：梁武帝即位之后，封其弟萧宏为临川王、中军将军。

〔8〕明德：美德。　茂亲：指皇室宗亲。茂，指美盛。

〔9〕戎重：军事重任。

【译文】

希望您早定良策，自己回归梁朝。现在梁朝皇帝极其圣明，天下太平。西方献来白玉环，东边进贡楛木箭；夜郎滇池等西南地区的少数民族，解开发辫请求封职；朝鲜和西域等地的人，都叩头接受教化。只有北魏，狼子野心，横行于沙漠边塞之间，希望苟延生命。临川王殿下，德行彰明，皇帝至亲，总领此次军事重任，慰问受胡人祸害的北方人民，讨伐北方有罪之人。如果您仍执迷不改，到时您就会想起我的话。姑且向您陈述以往的情意，请您详加考虑。丘迟叩头。

（译注：陈丕武）

重答刘秣陵沼书　刘孝标（刘峻）

【题解】

刘峻（462—521），字孝标，平原（今属山东）人，南朝梁学者，有“书淫”之称。天监初典校秘阁，后任荆州户曹参军。注《世说新语》，引证丰富。《南史》《梁书》有传。此信慨叹不能与死者再次论学论道的遗憾，表达对死者的无限敬仰与思念。

刘侯既重有斯难〔1〕，值余有天伦之戚〔2〕，竟未之致也。寻而此君长逝，化为异物。绪言馀论，蕴而莫传。或有自其家得而示余者，余悲其音徽未沫〔3〕，而其人已亡。青简尚新，而宿草将列〔4〕，泫然不知涕之无从也。虽隙驷不留〔5〕，尺波电谢，而秋菊春兰，英华靡绝。故存其梗概，更酬其旨。若使墨翟之言无爽〔6〕，宣室之谈有征〔7〕。冀东平之树，望咸阳而西靡〔8〕；盖山之泉，闻弦歌而赴节〔9〕。但悬剑空垅〔10〕，有恨如何〔11〕！

【注释】

〔1〕刘侯：刘沼，字明信，为秣陵令。刘峻作《辩命论》，刘沼曾作书驳难。　难：责难。

〔2〕天伦之戚：兄弟去世。

〔3〕沬：同“昧”，微暗。

〔4〕宿草：专指墓地隔年之草。

〔5〕隙驷：指人生在世如驷马过隙般快速。

〔6〕墨翟之言：墨子认为人死后为鬼。　爽：差。

〔7〕宣室：汉宫殿，贾谊在此给汉文帝讲鬼神之事。

〔8〕“冀东平”二句：《圣贤冢墓记》载：汉东平思王归国京师，后葬，其冢上松柏西靡。

〔9〕“盖山”二句：《宣城记》载：盖山有舒姑泉，舒氏女化入此泉，其母弦歌，泉水涌出。

〔10〕悬剑空垅：刘向《新序》载：延陵季子带剑聘晋，徐君心喜爱之，待延陵季子归返，徐君已死，延陵季子把剑挂在徐君墓树而去。

〔11〕恨：遗憾。

【译文】

刘侯又写了文章驳难我的《辩命论》，恰遇我有兄弟逝世的悲戚，此文未送到我手上。不久他辞世而去，化为异物，他的遗言余论，便蕴藏不传。有人从他家把此文找出来给我看，我十分悲伤，其言语虽不曾泯灭，而其人已亡；文章的字迹尚新，而墓头的隔年陈草将排列成行，眼泪横淌不知流向何处。虽然人生像驷马过隙一样快速，又像尺波电光般消逝，但美妙的文辞却如秋菊春兰，其英华是不会灭绝的。所以我写下此事的梗概，来再次回答他的驳难；如果墨子述说鬼神的话没有差错，而贾谊在宣室谈论鬼神的话又有验证，更希望能像东平思王墓树都向着咸阳方向而西倒、像盖山的泉水应合音乐的节拍而涌出一般来应答他！但如今只有像延陵季子一般把宝剑悬挂在空虚的丘垅上了，这一种遗憾如何了得啊！

（译注：胡国庆）

移书让太常博士并序　刘子骏（刘歆）

【题解】

刘歆（前53？—23），字子骏，西汉末沛（今属徐州）人。曾受诏与父刘向领校秘书，编目录为《七略》。成帝时任中垒校尉，王莽执政时，为京兆尹。《汉书》有传。本文要求将古文经书立于学官，叙述经学历史，批评今文学家是抱残守缺，党同妒真。

歆亲近〔1〕，欲建立《左氏春秋》及《毛诗》、《逸礼》、《古文尚书》，皆列于学官〔2〕。哀帝令歆与《五经》博士讲论其议〔3〕，诸儒博士或不肯置对，歆因移书太常博士〔4〕，责让之曰：

【注释】

〔1〕歆：刘歆，字子骏，西汉末沛（今属山东）人，少通诗书，能属文，为黄门郎，至中垒校尉。王莽执政，为京兆尹。　亲近：亲近之臣，指刘歆与当时执掌大权的大司马王莽及皇上亲近。

〔2〕学官：学校。

〔3〕哀帝：汉哀帝刘欣。

〔4〕移书：传递文书。　太常：掌管礼乐郊庙等事宜的官属。　博士：学官名。

【译文】

刘歆为朝廷亲近之臣，想建立《左氏春秋》及《毛诗》《逸礼》《古文尚书》诸学，并都列入学官，汉哀帝让刘歆与《五经》博士讨论这个提议，诸位儒学博士有不肯与刘歆面对面议论者，刘歆便传递给太常博士一封信，责问他们说：

昔唐虞既衰，而三代迭兴，圣帝明王，累起相袭，其道甚著。周室既微，而礼乐不正，道之难全也如此。是故孔子忧道不行，历国应聘，自卫反鲁，然后乐正，《雅》《颂》乃得其所。修《易》序《书》，制作《春秋》，以记帝王之道。及夫子没而微言绝[1]，七十子卒而大义乖。重遭战国，弃笾豆之礼[2]，理军旅之阵，孔氏之道抑，而孙、吴之术兴[3]。陵夷至于暴秦[4]，焚经书、杀儒士，设挟书之法，行是古之罪[5]，道术由此遂灭。

【注释】

〔1〕微言：精微之言。

〔2〕笾豆：祭祀的礼器，以竹曰笾，以木曰豆。

〔3〕孙、吴：孙子与吴起，春秋时人，都著有兵法。

〔4〕陵夷：衰颓。

〔5〕是古：以古为是。

【译文】

以前唐尧、虞舜之道衰微，而夏、商、周三代相继兴盛，圣明贤能的帝王累累产生，相因相袭，帝王之道最为显著。周代王室衰微，礼乐不正，国家大道就是这样难以完全完整。因此孔子忧惧国家大道未能履行，历经诸国接受聘问，他自卫返鲁后，审定整理乐曲篇章，《雅》《颂》乐章各自得当。他整理《易》，序说《尚书》，还制作《春秋》，以此来记叙帝王之道。孔夫子逝世而其精微的言论灭绝，七十二弟子去世而经典的大义被曲解违背；又遭受战国连年烽火，人们丢弃祭祀的礼仪，注重军阵兵法，孔子之道被压抑不用，而孙吴兵法之术日渐兴盛。如此衰颓到了暴秦时代，经书被焚烧，儒士遭杀戮，设立了惩治藏书的法律，依古事古法者被判定有罪，儒术之道因此而灭绝。

汉兴，去圣帝明王遐远，仲尼之道又绝，法度无所因袭。时独有一叔孙通[1]，略定礼仪。天下惟有《易》卜，未有他书。至于孝惠之世，乃除挟书之律[2]。然公卿大臣绛、灌之属[3]，咸介胄武夫[4]，莫以为意。至孝文皇帝[5]，始使掌故晁错[6]，从伏生受《尚书》[7]。《尚书》初出于屋壁[8]，朽折散绝，今其书见在，时师传读而已。《诗》始萌芽，天下众书，往往颇出，皆诸子传说，犹广立于学官，为置博士。在朝之儒，唯贾生而已[9]。至孝武皇帝[10]，然后邹、鲁、梁、赵，颇有《诗》《礼》《春秋》先师，皆出于建元之间[11]。当此之时，一人不能独尽其经，或为《雅》，或为《颂》，相合而成。《泰誓》后得[12]，博士集而赞之[13]。故诏书曰："礼坏乐崩，书缺简脱，朕甚闵焉。"时汉兴已七八十年，离于全经固以远矣。

【注释】

〔1〕叔孙通：汉时薛人，刘邦称帝，他采古礼并结合秦制，定立朝仪。

〔2〕挟书之律：对民间私藏图书的禁令。

〔3〕绛、灌：绛侯周勃与灌婴。

〔4〕介胄：披甲戴盔。

〔5〕孝文皇帝：汉文帝刘恒。

〔6〕掌故：官名。　晁错：汉颍川人。治申商刑名之学。

〔7〕伏生：汉济南人，曾为秦博士，当时已年九十。

〔8〕出于屋壁：秦燔书禁学，伏生独壁藏之，汉时求得二十九篇。

〔9〕贾生：贾谊，汉洛阳人。

〔10〕孝武皇帝：汉武帝刘彻。

〔11〕建元：汉武帝年号，前140—前135年。

〔12〕《泰誓》：《尚书》的一篇。

〔13〕赞：助。

【译文】

汉朝兴起，离圣明帝王的时代遥远，孔子之道又灭绝无闻，诸种法度无所因袭继承。当时只有一个叫叔孙通的，粗略制定了朝廷仪式典礼。天下只有占卜之《易》流行，没有别的书籍。到了汉惠帝时，才废除了惩治藏书的法律，然而执政的公卿大夫周勃、灌婴之类，都是披甲戴盔的武夫，并不把礼仪文教放在心上。到汉文帝时，开始委派掌故官晁错跟从伏生接受《尚书》的学习。当时《尚书》刚刚从房屋墙壁中挖出，木简断折散乱。这时的《尚书》，是一代代老师口耳相传下来的而已。这时，《诗》刚刚流行，天下各种书籍，也出现得颇多了，都是学子自家学说的口传讲说，但还是都在学官中立为一科，并为其置博士官。朝廷中的儒士，只有贾谊一人而已。到汉武帝时，那时邹、鲁、梁、赵地方，有一些讲习《诗》《礼》《春秋》的先生，他们都出于建元年间。在那个时候，一个人不能独自精通一经，有的钻研《雅》，有的精通《颂》，合起来才算通晓全部经书。《尚书·泰誓》一篇是后发现的，博士们集合在一起相互协助才读懂了它。所以皇上诏书说："礼义败坏音乐荒废，书籍短缺木简散脱，皇上我特别忧虑啊。"这时汉朝兴立已七八十年了，离秦末焚书之前而有完整的经书的年代，已很久远了。

及鲁恭王坏孔子宅[1]，欲以为宫，而得古文于坏壁之中，《逸礼》有三十九篇，《书》十六篇。天汉之后[2]，孔安国献之[3]，遭巫蛊仓卒之难[4]，未及施行。及《春秋》左氏丘明所修，皆古文旧书，多者二十馀通，藏于秘府[5]，伏而未发。孝成皇帝愍学残文缺[6]，稍离其真，乃陈发秘藏，校理旧文，得此三事。以考学官所传经，或脱简，或脱编。博问人间，则有鲁国桓公、赵国贯公、胶东庸生之遗学与此同，抑而未施。此乃有识者之所叹愍，士君子之所嗟痛也。

【注释】

〔1〕鲁恭王：汉景帝子，名馀，尝坏孔子宅以广宫室，于壁中得古文经传。

〔2〕天汉：汉武帝年号，前100—前96年。

〔3〕孔安国：西汉人，孔子后裔。

〔4〕“遭巫蛊”句：汉武帝时，江充谓帝祟在巫蛊，诬称太子宫中得木偶甚多。太子惧，起兵捕杀江充，失败自杀。巫蛊，巫师使用邪术加祸于人。

〔5〕秘府：古代禁中藏图书秘记之所。

〔6〕孝成皇帝：汉成帝刘骜。

【译文】

到鲁恭王拆挖孔子宅园，欲扩大宫室，从毁坏的墙壁得到一些古文书简，其中《逸礼》有三十九篇，《书》十六篇，天汉年间，孔子后裔孔安国献给了朝廷。但当时正因为巫蛊事件仓卒混乱，未顾及列于学官。还有那左氏丘明为《春秋》作传，都是用古文写成的旧书，多达二十多卷，收藏在皇家图书馆，没来得及开放。汉成帝怜念这些书籍残废破缺，稍稍离开原本真实，就让开放秘府书籍，整理校雠这些旧有书籍。以上述《逸礼》《书》《左氏春秋》三书，考察学官中所传授的经书，它们有的脱简，有的编排有误。再广泛地在民间探问，则有鲁国桓公、赵国贯公、胶东庸生诸人，他们所传授的与此相同，但被压抑而未通行。这就是有识之士所叹息哀怜、士君子所嗟叹悲痛的。

往者缀学之士〔1〕，不思废绝之阙，苟因陋就寡，分文析字，烦言碎辞，学者罢老〔2〕，且不能究其一艺，信口说而背传记，是末师而非往古。至于国家将有大事，若立辟雍、封禅、巡狩之仪，则幽冥而莫知其原。犹欲保残守缺，挟恐见破之私意，而亡从善服义之公心。或怀疾妒，不考情实，雷同相从，随声是非，抑此三学，以《尚书》为不备，谓左氏不传《春秋》，岂不哀哉！

【注释】

〔1〕缀学：承袭前人之学。

〔2〕罢：通“疲”。

【译文】

以往承继前人学说的学者，不思虑经书荒废灭绝的缺憾，苟且根据陋书残本，来分析文字讲授内容，烦琐的言辞与细碎的表述，学者筋疲力尽以致衰老，还不能探究明晰某一经书，只是信口论说并背诵前人所传的解释，赞同浅薄之师而菲薄古来大义。假若国家将要有诸项礼仪大事，如立辟雍、封禅、巡狩等仪礼，他们则茫然暗昧而一点不知其原义。只有抱残守缺的愿望，带着恐怕被看破的私意，而没有服从善道钦佩正义的公心。甚或有人心怀嫉妒，不去考察情伪真假，一味雷同赞从他人，不问是非，随声附和，抑制上述《逸礼》《书》《左氏春秋》三学，抑制《尚书》二十八篇并非完备的说法，称左氏不曾为《春秋》作传，这难道不可悲吗！

今圣上德通神明，继统扬业，亦愍此文教错乱，学士若兹，虽深照其情，犹依违谦让〔1〕，乐与士君子同之。故下明诏，试《左氏》可立不，遣近臣奉旨衔命，将以辅弱扶微，与二三君子比意同力，冀得废遗。今则不然，深闭固距而不肯试，猥以不诵绝之〔2〕，欲以杜塞余道，绝灭微学。夫可与乐成，难与虑始，此乃众庶之所为耳，非所望于士君子也。且此数家之事，皆先帝所亲论，今上所考视，其为古文旧书，皆有征验，内外相应，岂苟而已哉！夫礼失求之于野，古文不犹愈于野乎！

【注释】

〔1〕依违：迟疑。

〔2〕猥：苟且。

【译文】

当今皇上德通神明，继承传统，光大王业，也哀悯文化礼教如此错杂混乱，也了解前述学者的情况，皇上虽然明察他们的私心私意，但还是迟疑不决并谦逊推让，喜欢与士君子们心意相同，所以下达明白的诏书，要求探讨一下《春秋左氏传》可否立于学官，派遣亲近大臣，颁发圣旨传达命令，打算辅佐弱小扶助低微，与士君子们同心协力，希望能够消除阙漏散佚。可如今的情形却不是如此，你们诸博士严重保守非常固执而不肯一试，卑鄙地以未经诵习为理由来拒绝，想用来堵塞其他的学术道路，彻底灭绝将要消失衰微的学科。只能共同享受成功的欢乐而难于一起开创事业，这是一般俗人的所作所为，不是社会期望于士君子们的啊。况且立此数家于学官之事，都是先帝曾亲自参与议论过的，又是当今皇上考察过的，它们作为以古文所记载的旧有典籍，都是有征验的，官廷藏书与民间传诵相互验应，难道是随便说说而已的吗！礼仪丧失了就要到民间去寻索，而这些古文旧典难道不强于民间流存的记录吗！

往者博士，《书》有欧阳，《春秋》公羊，《易》则施孟，然孝宣帝犹复广立《穀梁春秋》《梁丘易》《大小夏侯尚书》，义虽相反，犹并置之。何则？与其过而废之，宁过而立之。传曰：文、武之道，未坠于地，在人。贤者志其大者，不贤者志其小者。今此数家之言，所以兼包大小之义，岂可偏绝哉？若必专己守残，党同门，妒道真，违明诏，失圣意，以陷于文吏之议，甚为二三君子不取也。

【译文】

以往所立博士，《尚书》立有欧阳生，《春秋》依公羊高之学，《易》立有施雠、孟喜，然而汉宣帝又扩大而立《穀梁春秋》《梁丘易》《大小夏侯尚书》，其学术观点虽然相反，还是都置于学官。为什么呢？与其有过失而废除它们，宁可有过失而置立它们。人们相传说：周文王周武王创建的文教之道，并不曾衰落失传，存在于人心之中，贤能的人理解它的根本，不贤的人只了解它的末节。如今此数家的言论学问，兼容并蓄其根本大义与细枝末节，难道可以被抛弃灭绝吗！如果你们一定要独断专行守着残缺的东西不放，同一师门就拉派结党，妒忌纯真的学问之道，违背皇上明确的诏示，让皇上对你们感到失望，以至于落入刀笔之吏手中而被判罪，我恰恰认为你们不可采取这种作法啊。

（译注：胡国庆）

北山移文 孔德璋（孔稚珪）

【题解】

孔稚珪（447—501），字德璋，南朝齐会稽山阴（今浙江绍兴）人。仕宋为尚书殿中郎。入齐，历官廷尉、御史中丞。东昏侯永元元年（499），为都官尚书，迁太子詹事。《南齐书》有传。本文通过描写真假隐士的区别，揭露了假隐士周子隐居时的虚伪之态和出仕后志得意满的丑恶面目。

钟山之英[1]，草堂之灵。驰烟驿路[2]，勒移山庭[3]。夫以耿介拔俗之标，萧洒出尘之想。度白雪以方洁[4]，干青云而直上。吾方知之矣。若其亭亭物表，皎皎霞外。芥千金而不眄[5]，屣万乘其如脱。闻凤吹于洛浦[6]，值薪歌于延濑〔7〕。固亦有焉。岂期终始参差，苍黄翻覆〔8〕。泪翟子之悲〔9〕，恸朱公之哭〔10〕。乍回迹以心染，或先贞而后黩。何其谬哉！呜呼！尚生不存〔11〕，仲氏既往〔12〕。山阿寂寥，千载谁赏？

【注释】

〔1〕钟山：即今南京紫金山。

〔2〕驰烟：腾云驾雾。　驿路：古代供传送文书的大路，此泛指大道。

〔3〕勒移：刻录移文。

〔4〕方洁：与其洁白相比配。

〔5〕芥千金：视千金如草芥。

〔6〕凤吹于洛浦：周灵王太子晋喜欢吹笙，游于伊、洛之间。

〔7〕“值薪歌”句：苏门先生在河边遇到一个砍柴的人，砍柴人说圣人无怀，以道德为心，说完后唱着歌走了。

〔8〕苍黄：比喻事物变化不定。

〔9〕翟子之悲：墨子看到练丝可以染黄，也可以染黑，所以很悲伤。

〔10〕朱公之哭：杨朱因为歧路可南可北，所以痛哭。

〔11〕尚生：即尚子平，东汉时的术士。

〔12〕仲氏：仲长统，字公理。东汉山阳人，隐居不仕。

【译文】

北山的精英，草堂的神灵，在山路烟雾中奔走，在山崖上刻下这篇移文。磊落超凡的风度，脱略无拘的理想。品德可以与白雪比洁，志向如冲向云霄一样高远。我知道有这种隐士。至于超然物外，洁身云霞之上，视千金如草芥而不屑，视天子之位如脱草鞋。在洛水边吹笙作凤鸣，在沙滩边遇到采薪人唱歌，本来也是有的，哪里想到他们前后不一，反复无常。难怪墨子会为素丝可染而流泪，杨朱因大路可南可北而哭泣。他们或因仕途的荣辱而暂时隐居，或开始贞洁而后来污秽。多么荒谬啊！唉！尚子平已死，仲长统已亡。山林寂寞寥落，千百年来还有谁欣赏？

世有周子，隽俗之士。既文既博，亦玄亦史。然而学遁东鲁[1]，习隐南郭[2]。偶吹草堂[3]，滥巾北岳[4]。诱我松桂，欺我云壑。虽假容于江皋[5]，乃缨情于好爵[6]。其始至也，将欲排巢父[7]，拉许由[8]。傲百氏，蔑王侯。风情张日，霜气横秋。或叹幽人长往，或怨王孙不游。谈空空于释部[9]，核玄玄于道流[10]。务光何足比[11]，涓子不能俦[12]。

【注释】

〔1〕东鲁：指颜阖，春秋时隐士。

〔2〕南郭：指南郭子綦（qí），隐士。

〔3〕偶吹：杂在众人中蒙混吹奏音乐。

〔4〕滥巾：滥戴隐士的头巾，指冒充隐士。

〔5〕假容：矫饰容态，假作隐士的容态。

〔6〕缨情：系心。　好爵：高官厚禄。

〔7〕巢父：尧时隐士。

〔8〕许由：尧时隐士。

〔9〕空空：佛家义理。

〔10〕玄玄：道家义理。

〔11〕务光：夏时隐士。

〔12〕涓子：春秋时隐士。

【译文】

社会上有个姓周的人，是世俗中的卓越才俊。能写文章且知识渊博，精通玄学和历史。但他却效仿颜阖隐遁，学习南郭綦避世。混在草堂学归隐，戴上头巾在北山充隐士。诱惑我们的松桂，欺骗我们的云崖。虽然他住在北山充隐士，心中却惦记着高官厚禄。他刚来时，就想凌越巢父，折辱许由。傲视诸子，蔑视王侯。风度神情遮天，志气凛然如秋霜之盛。有时感慨隐逸之士已死，有时埋怨贵族子弟不肯退隐同游。谈论佛家空义，研究道家玄理。务光不能跟他比，涓子不能与他为友。

及其鸣驺入谷[1]，鹤书赴陇[2]。形驰魄散，志变神动。尔乃眉轩席次[3]，袂耸筵上。焚芰制而裂荷衣[4]，抗尘容而走俗状。风云凄其带愤，石泉咽而下怆。望林峦而有失，顾草木而如丧。至其纽金章，绾墨绶。跨属城之雄，冠百里之首。张英风于海甸，驰妙誉于浙右。道帙长殡[5]，法筵久埋[6]。敲扑喧嚣犯其虑，牒诉倥偬装其怀[7]。《琴歌》既断，《酒赋》无续。常绸缪于结课[8]，每纷纶于折狱。笼张、赵于往图[9]，架卓、鲁于前箓[10]。希踪三辅豪[11]，驰声九州牧。使我高霞孤映，明月独举。青松落阴，白云谁侣？涧石摧绝无与归，石径荒凉徒延伫。至于还飚入幕，写雾出楹[12]。蕙帐空兮夜鹄怨，山人去兮晓猿惊。昔闻投簪逸海岸，今见解兰缚尘缨。

【注释】

〔1〕鸣驺：古代随从显贵出行并传呼喝道的骑卒。

〔2〕鹤书：鹤头书，借指征聘的诏书。

〔3〕眉轩：双眉高举，表示喜悦。

〔4〕芰制：用荷叶制的衣服，喻隐者之服饰。

〔5〕道帙：道家书籍。

〔6〕法筵：佛法讲坛。

〔7〕牒诉：公文诉状。　倥偬（kǒng zǒng）：困苦。

〔8〕结课：考核官吏政绩。

〔9〕张、赵：西汉张敞和赵广汉，是西汉名吏。

〔10〕卓、鲁：东汉卓茂和鲁恭，他们都做过县令，颇有政绩。

〔11〕三辅豪：汉代京兆、左冯翊、右扶风三辅尹。三辅尹皆为显宦。

〔12〕写雾：流动的雾气。写，同“泻”。

【译文】

等皇帝派使者鸣锣开道进山谷，任命的诏书来到山中。他便受宠若惊，心神摇动。于是在宴席上扬眉吐气，在酒会上举袖得意。烧掉隐居时穿的芰荷衣，显示出庸俗的姿态。北山的风云因此感到凄凉怨愤，石泉哽咽悲怆。看到树林山峦若有所失，丛草树木如丧亲人般失落。等到他佩上铜印，系上黑色的印带。执掌郡中大县，雄冠各县之首。把威风传播到了海边，把声誉流传到浙右。道家书籍久已抛弃，宣法的道席已埋藏。鞭打罪犯的嘈杂声干扰了他的思虑，紧急的文书和诉讼装满他的怀抱。《琴歌》不再唱，《酒赋》不再写。经常挂念着综核赋税，时时忙碌着判案。总想着在政绩上凌越记录于史书上的名臣张敞和赵广汉，在声誉上超过簿箓上登载的名臣卓茂和鲁恭。追踪三辅的能吏，名声在各地长官中传播。他使我们北山的云霞孤零零地映照，使明月孤独地升起却无人欣赏。青松放下树阴，白云跟谁为朋友？山涧石头崩坏却无人归来，石径荒芜凄凉徒劳久久等待。以至于回风吹入帐幕，云雾从屋柱倾泻而出。蕙帐空了，夜间的白鹄哀鸣，隐士走了，早晨的猿猴惊惧。以前听说弃官归隐，现在看到丢了兰佩去当官。

于是南岳献嘲，北垄腾笑[1]。列壑争讥，攒峰竦诮[2]。慨游子之我欺，悲无人以赴吊。故其林惭无尽，涧愧不歇。秋桂遗风，春萝罢月。骋西山之逸议[3]，驰东皋之素谒[4]。今又促装下邑[5]，浪拽上京[6]，虽情投于魏阙，或假步于山扃。岂可使芳杜厚颜，薜荔无耻。碧岭再辱，丹崖重滓[7]。尘游躅于蕙路，污渌池以洗耳[8]？宜扃岫幌[9]，掩云关。敛轻雾，藏鸣湍。截来辕于谷口，杜妄辔于郊端。于是丛条瞋胆，叠颖怒魄。或飞柯以折轮，乍低枝而扫迹。请回俗士驾，为君谢逋客[10]。

【注释】

〔1〕腾笑：发出笑声。

〔2〕竦诮：争相讥笑。

〔3〕逸议：避世隐居者的议论。

〔4〕素谒；贫素有德者之言。

〔5〕促装：急忙整理行装。

〔6〕浪拽（yè）：鼓楫，荡桨。

〔7〕重滓：重新蒙上污浊。

〔8〕洗耳：尧想让许由做九州长，许由不愿听闻此事，因此到颍水边洗耳。

〔9〕岫幌：山洞居室的窗户。

〔10〕逋客：逃离的人。

【译文】

因此南山嘲讽，北垄耻笑。纵横的丘壑都争着讥笑，密聚的山峰严厉地指责。它们感慨被周颙欺骗了，也伤心没有人来慰问。所以山中的树林感到非常羞耻，山涧也一直觉得惭愧。秋桂遗弃了清风，春萝罢去了明月。西山传出隐逸的清议，东山传诵贫素的议论。现在周颙又在山阴县整装，乘船到京城，他虽然心中想着朝廷，但或许会从北山经过。怎能让香草不知羞耻，薜荔没有耻辱。山岭再次受辱，山崖又遭污垢。他的脚步玷污了山中的草路，他洗耳朵的水弄脏了清池。应该锁着山口，关闭云门。收起薄雾，藏匿湍水。把他的车驾堵在谷口，把乱闯的车马挡在郊外。因此，树丛发怒，枝颖生气。有的用长枝折毁他的车轮，有的用矮枝扫净他的车辙。把这俗士的车驾挡回，为北山之神谢绝这个假隐士。

（译注：陈丕武）

文选卷第四十四

檄

喻巴蜀檄　司马长卿（司马相如）

【题解】

本文写唐蒙出使西南时，曾征发巴蜀吏卒扰民。汉武帝派司马相如作文安抚巴蜀百姓，劝喻蜀民改变看法，随顺王命。

告巴蜀太守：蛮夷自擅，不讨之日久矣。时侵犯边境，劳士大夫。陛下即位，存抚天下，安集中国。然后兴师出兵，北征匈奴，单于怖骇，交臂受事，屈膝请和。康居西域[1]，重译纳贡[2]，稽颡来享[3]。移师东指，闽越相诛[4]。右吊番禺[5]，太子入朝[6]。南夷之君，西僰之长[7]，常效贡职，不敢惰怠，延颈举踵喁喁然[8]，皆乡风慕义[9]，欲为臣妾[10]，道里辽远，山川阻深，不能自致。夫不顺者已诛，而为善者未赏，故遣中郎将往宾之[11]，发巴蜀之士各五百人，以奉币帛[12]，卫使者不然，靡有兵革之事，战斗之患。今闻其乃发军兴制，惊惧子弟，忧患长老，郡又擅为转粟运输，皆非陛下之意也。当行者或亡逃自贼杀，亦非人臣之节也。

【注释】

〔1〕康居：古西域国名。

〔2〕重译：语言辗转翻译。

〔3〕稽颡（qǐ sǎng）：古代一种跪拜礼，屈膝下拜，以额触地。　来享：远方诸侯前来进献贡物。

〔4〕闽越：古族名，古代越人的一支。秦汉时分布在今福建北部、浙江南部的部分地区。

〔5〕番禺（pān yú）：南海郡郡府所在地，南越所居。

〔6〕太子：南越太子婴齐。

〔7〕西僰（bó）：古族名。春秋前后居住在以僰道为中心的今川南及滇东一带。

〔8〕喁喁（yóng）然：口向上的样子，形容众人向慕之状。

〔9〕乡风："乡"通"向"。趋从教化，指政治上的归顺或对个人的敬仰。

〔10〕臣妾：古时对奴隶的称谓。男曰臣，女曰妾，后亦泛指统治者所役使的民众和藩属。

〔11〕中郎将：指西汉人唐蒙，汉武帝时以中郎将招致夜郎侯，开发巴蜀。

〔12〕币帛：古代用于祭祀、进贡、馈赠的礼物。

【译文】

告知巴郡蜀郡太守：蛮夷人独断专横，已经很久没有被朝廷征讨了。他们屡屡侵犯边境，使士大夫为此劳心竭虑。天子即位之后，抚爱天下百姓，安定中原。然后集结派遣军队，向北征讨匈奴，使匈奴单于惊惶恐惧，拱手屈服，下跪请和。康居西域这些边远小国，言语辗转翻译以求交纳贡物，跪拜叩头来进献。军队东征，使叛乱的闽越国内发生内讧。向右吊问番禺，使其太子婴齐感恩入朝。南夷的君主，西僰的首领，经常纳贡尽职，不敢懈怠，伸长脖子踮起脚根争相归顺，都仰慕朝廷风义，希望成为汉朝的大臣奴仆，只是道路遥远，山河阻隔，不能亲来。不归顺的已经被诛灭，但为善者尚未奖赏，所以派中郎将过去使他们宾服，征调巴蜀之士五百人，用来搬运钱币财物，护卫使者的意外之变，不使发生战争的灾难。现在听说唐蒙派遣大军私设军法以诛将帅，使当地青年子弟惊惧，使年长者忧虑，而在郡中又擅自转运粟物，这都不是天子的本意。而被唐蒙征调的人员有的逃跑或自相残杀，也都不是人臣应有的节操。

夫边郡之士，闻烽举燧燔[1]，皆摄弓而驰，荷兵而走，流汗相属，唯恐居后，触白刃，冒流矢，议不反顾，计不旋踵，人怀怒心，如报私仇。彼岂乐死恶生，非编列之民，而与巴蜀异主哉？计深虑远，急国家之难，而乐尽人臣之道也。故有剖符之封[2]，析珪而爵[3]，位为通侯[4]，处列东第[5]。终则遗显号于后世，传土地于子孙，行事甚忠敬，居位甚安逸，名声施于无穷，功烈著而不灭。是以贤人君子，肝脑涂中原，膏液润野草而不辞也。今奉币役至南夷，即自贼杀，或亡逃抵诛，身死无名，谥为至愚，耻及父母，为天下笑。人之度量相越，岂不远哉！然此非独行者之罪也，父兄之教不先，子弟之率不谨，寡廉鲜耻，而俗不长厚也。其被刑戮，不亦宜乎！

【注释】

〔1〕烽举燧燔：发出边防警报信号。白天放烟为烽，夜间举火为燧。

〔2〕剖符：犹剖竹。古代帝王分封诸侯、功臣时，以竹符为信证，剖分为二，君臣各执其一。

〔3〕析珪：将珪玉从中间分开，一半藏于天子，一半藏于诸侯，作为符信。

〔4〕通侯：爵位名。

〔5〕东第：指王侯显贵者的府第。

【译文】

边远郡县的士人，看到烽烟燧火，都张弓举箭驰骋，举起兵器奔走，出汗不止，担心落后，对着白刃，迎着飞箭，决定不回头，想着不后退，人人心中有怒火，像报私人的仇怨一样。他们难道想死不想活，不是编户之民，而支持巴蜀之君心怀二意吗？他们深谋远虑，为国家艰难而急，而愿意尽人臣的职责。所以有剖符的封赏，有析珪而封的爵位，爵是通侯，住在甲宅。死后能将显赫的封号留给后代，把受封的土地留给子孙，行事很忠诚敬谨，居官很安逸，名声流传到无穷无尽，功勋显赫而不湮灭。所以贤人君子，尸横战场，流血草野也不会逃避。现在唐蒙带着钱币和兵士到达南夷，就互相劫夺残杀，有的逃亡以避免被诛杀，人死却没有留下名声，可说是最愚蠢的，耻辱累及父母，被天下人耻笑。比较人的胸襟气量，难道不是太远了吗！然而这不是逃亡者的过错，而是父母兄长没有事先教导，子弟的行为不谨慎，没有廉耻之心，而淳真朴实的风俗不深厚，他们被诛杀，不是很应该的吗！

陛下患使者有司之若彼，悼不肖愚民之如此，故遣信使，晓谕百姓以发卒之事，因数之以不忠死亡之罪，让三老孝悌以不教诲之过〔1〕。方今田时，重烦百姓，已亲见近县，恐远所溪谷山泽之民不遍闻，檄到，亟下县道，使咸喻陛下之意，无忽。

【注释】

〔1〕三老孝悌：三老和孝悌都是古代掌管教化的乡官。

【译文】

天子那样担心使者和执事，那样伤悼不肖愚拙的百姓，所以派遣诚信的使者，以征发士卒奉币和戎之事告喻百姓，由此历数唐蒙不忠于朝廷以及劫杀死亡的罪责，责备三老和孝悌这些教化官员没有教导的过错。现在正当农忙耕种的时候，不想深扰百姓，已经亲自将檄文告喻邻近郡县，担心边远山区百姓不能全部知晓，檄文一到，就火速发到县道，使全民都知道天子的旨意，不要轻忽。

为袁绍檄豫州 陈孔璋（陈琳）

【题解】

本文历数曹操祖宗三代的丑行，号召天下诸侯共同讨伐曹操。

左将军领豫州刺史郡国相守[1]。盖闻明主图危以制变[2]，忠臣虑难以立权[3]。是以有非常之人，然后有非常之事，有非常之事，然后立非常之功。夫非常者，故非常人所拟也。

【注释】

〔1〕豫州：指刘备，官豫州牧，时归曹操属领。

〔2〕图危：思虑危亡。 制变：把握形势的变化而确定策略。

〔3〕立权：依据客观形势而确定权谋。

【译文】

左将军领豫州刺史郡国相守。听说贤明的君主洞察危机以应对变故，忠贞的大臣思虑危难而树立权威。所以有非同寻常的人，然后有不同寻常的事，有不同寻常的事，才有不同寻常的伟业。不同寻常的伟业，本来就不是一般人能揣度的。

曩者强秦弱主，赵高执柄[1]，专制朝权，威福由己[2]，时人迫胁，莫敢正言，终有望夷之败[3]，祖宗焚灭，污辱至今，永为世鉴。及臻吕后季年[4]，产禄专政[5]，内兼二军[6]，外统梁赵，擅断万机，决事省禁[7]，下凌上替，海内寒心。于是绛侯、朱虚兴兵奋怒[8]，诛夷逆暴，尊立太宗[9]，故能王道兴隆，光明显融。此则大臣立权之明表也。

【注释】

〔1〕赵高：秦时宦官，秦始皇死后，他与李斯拥立胡亥为帝，又谋杀李斯，独揽朝政。

〔2〕威福：原指统治者的赏罚之权，后多谓当权者妄自尊大，恃势弄权。

〔3〕望夷之败：指赵高逼秦二世自杀之事。

〔4〕吕后：汉高祖刘邦的皇后吕雉。

〔5〕产禄：吕产和吕禄。

〔6〕二军：指汉时南北军。高后时，吕产为相国，居南军；吕禄为上将军，居北军。

〔7〕省（shěng）禁：古代总群臣而听政之所为省，皇帝起居之处为禁。尚书、中书、门下等官署皆设于禁中，故谓省禁。

〔8〕绛侯、朱虚：绛侯周勃和朱虚侯刘章，二人与陈平共诛诸吕，迎立文帝。

〔9〕太宗：汉文帝刘恒。

【译文】

过去强大的秦国却有暗弱的国君，所以赵高执持权柄，独掌朝权，赏罚由己，当时人被其威势所逼迫，都不敢正言直谏，最后秦二世被杀于望夷，祖宗毁灭，污辱流传到现在，永远成为后世的借鉴。到了汉朝吕后的晚年，吕产、吕禄专权，内领南北二军，外统梁、赵两国，专断国家政务，决定宫禁大事，欺凌臣下，废黜皇上，使天下人寒心。因此绛侯周勃和朱虚侯刘章起兵奋发，平定叛逆暴虐，尊立太宗孝文帝，所以能够使先王的正道兴隆，光明显扬融洽。这是大臣立权建功的显著表率。

司空曹操祖父中常侍腾[1]，与左悺、徐璜并作妖孽[2]，饕餮放横[3]，伤化虐民。父嵩[4]，乞匄携养[5]，因赃假位，舆金辇璧，输货权门，窃盗鼎司[6]，倾覆重器[7]。操赘阉遗丑[8]，本无懿德，僄狡锋协[9]，好乱乐祸。幕府董统鹰扬[10]，扫除凶逆，续遇董卓侵官暴国[11]，于是提剑挥鼓，发命东夏，收罗英雄，弃瑕取用，故遂与操同谘合谋，授以裨师[12]，谓其鹰犬之才，爪牙可任[13]。至乃愚佻短略[14]，轻进易退，伤夷折衄[15]，数丧师徒。幕府辄复分兵命锐，修完补辑，表行东郡，领兖州刺史，被以虎文，奖蹙威柄[16]，冀获秦师一克之报[17]。而操遂承资跋扈，肆行凶忒，割剥元元，残贤害善。故九江太守边让[18]，英才俊伟，天下知名，直言正色，论不阿谄，身首被枭悬之诛[19]，妻孥受灰灭之咎。自是士林愤痛，民怨弥重，一夫奋臂，举州同声，故躬破于徐方，地夺于吕布[20]，彷徨东裔，蹈据无所。幕府惟强干弱枝之义，且不登叛人之党，故复援旌擐甲[21]，席卷起征，金鼓响振，布众奔沮，拯其死亡之患，复其方伯之位[22]。则幕府无德于兖土之民，而有大造于操也。

【注释】

〔1〕司空：官名。　中常侍：官名。　腾：曹操的祖父曹腾，是桓帝时的宦官。

〔2〕左悺（guān）徐璜：二人都是桓帝时的宦官。

〔3〕饕餮（tāo tiè）：古代传说中的恶兽名，喻贪婪凶暴的恶人。　放横：恣意蛮横。

〔4〕嵩：曹嵩，曹操的生父。

〔5〕乞匄（gài）：求乞。匄，同“丐”。　携养：提携抚养。

〔6〕窃盗鼎司：窃据、非法占有三公重臣之位。

〔7〕重器：鼎彝之类的传国之器，喻国家政教。

〔8〕赘阉：赘疣阉割，特称宦官。　遗丑：不光彩的后代。

〔9〕锋协：锋利。

〔10〕鹰扬：威武的样子。

〔11〕董卓：东汉陇西临洮人，率兵进京后，废少帝立献帝，专断朝政。

〔12〕裨师：偏师，指军队主力之外的一部分。

〔13〕爪牙：喻勇猛善斗的才能。

〔14〕愚佻（tiāo）：愚昧轻薄。　短略：缺乏韬略。

〔15〕伤夷：受伤，创伤。　折衄（nǜ）：挫折，失败。

〔16〕奖蹙威柄：勉励促成其成为权威。

〔17〕秦师一克之报：春秋时，秦将孟明败于晋，但未被处罚。后率师败晋，以报穆公的恩德。

〔18〕边让：字文礼，他对曹操多有轻侮之言，最后被杀。

〔19〕枭悬：斩首悬挂示众。

〔20〕吕布：东汉九原人。初为董卓将，后与王允共灭董卓，为曹操所灭。

〔21〕援旌擐甲：举旗披甲。

〔22〕方伯：殷周时代一方诸侯之长，后泛称地方长官。

【译文】

司空曹操的祖父中常侍曹腾，与左悺、徐璜一起祸害国家，贪婪凶暴、恣肆专横，破坏教化、虐害百姓。他的父亲曹嵩，是曹腾领养的儿子，凭借行贿取得权位，用车装载金璧，给权贵送礼，非法占据太尉之职，颠覆国家政权。曹操是宦官养子的丑恶的后代，轻疾勇猛锐气锋利，喜好动乱祸患。幕府袁绍统领如雄鹰飞扬的士卒，诛灭凶暴和叛逆的宦官，后来又遇到董卓专权乱国，因此举剑击鼓，从渤海郡发布讨伐董卓的命令，网罗天下英雄，被遗弃或有缺点的人都被录用，所以才跟曹操共同商量讨伐董卓，授予他偏师，认为他具有如鹰犬搏击般的才具，可以引作心腹助手。而他愚昧轻佻缺少谋略，进退轻率，受创失败，屡屡折损士卒。幕府袁绍又给他分派精锐的士卒，补充完备，上书皇帝使他担任东郡太守，作兖州刺史，给他披上有文采的虎皮，勉励促成他的威望权势，希望得到他如秦国孟明败晋的报答。但曹操得到资助之后反而骄横强暴，肆意行凶，杀戮百姓，残害贤良。原来的九江太守边让，才智杰出，天下闻名，率直严正，议论不会阿谀奉承，但他却被曹操砍头示众，妻子儿女遭受诛灭的灾祸。从此之后士人悲愤痛心，百姓怨恨更重，一人奋臂讨伐，全州相应，他在徐方被陶谦打败，在濮阳被吕布夺地，在东郡惊惶失措，没有安身落脚之处。幕府袁绍考虑到强干弱枝的道理，不愿成全叛人吕布的强大，所以又举旗执兵，以席卷之势出征吕布，鼓声齐鸣，吕布败北，拯救了曹操死亡的危难，恢复他一方诸侯的职位。那袁幕府即使对兖州百姓没有恩德，但对曹操却有大恩。

后会鸾驾反旆，群虏寇攻。时冀州方有北鄙之警，匪遑离局〔1〕，故使从事中郎徐勋就发遣操〔2〕，使缮修郊庙，翊卫幼主〔3〕。操便放志专行，胁迁当御省禁〔4〕，卑侮王室〔5〕，败法乱纪，坐领三台〔6〕，专制朝政，爵赏由心，刑戮在口，所爱光五宗，所恶灭三族〔7〕，群谈者受显诛〔8〕，腹议者蒙隐戮〔9〕，百寮钳口，道路以目〔10〕，尚书记朝会，公卿充员品而已。

【注释】

〔1〕离局：离开职守。

〔2〕徐勋：袁绍部属。

〔3〕翊（yì）卫：弼辅护卫。

〔4〕胁迁：独断专行，逼迫迁移。

〔5〕卑侮：轻慢，凌辱。

〔6〕三台：汉以尚书为中台，御史为宪台，谒者为外台，合称三台。

〔7〕三族：指父族、母族、妻族。
〔8〕群谈：群集议论朝政。
〔9〕腹议：内心对朝廷怀有不满。
〔10〕道路以目：道路上的人以目示意，而不敢说话。

【译文】

后来适逢皇帝的车驾还洛阳，遇到群虏侵犯。当时冀州北方恰遇公孙瓒的进犯，幕府没空离开本部，所以派从事中郎徐勋到兖州传令曹操，让他修缮天子祭祖的郊庙，保卫年轻的皇帝。曹操趁机肆意专断，胁迫天子迁都并独揽朝政，侮辱王室，败坏法纪，统领尚书御史谒者三台高官，专制朝政，封爵奖赏随其私心，刑罚杀戮不按法令，对宠爱者令其光耀五族，对厌恶者则让他诛灭三族，聚集议论的被公开处死，心怀不满的被借故诛杀，群臣闭口不敢说话，路上相见只能以目示意而不敢用言语交流，尚书只记录朝会礼仪，三公九卿仅作充数罢了。

故太尉杨彪〔1〕，典历二司〔2〕，享国极位。操因缘眦睚〔3〕，被以非罪，榜楚参并〔4〕，五毒备至，触情任忒〔5〕，不顾宪网。又议郎赵彦，忠谏直言，义有可纳，是以圣朝含听〔6〕，改容加饰。操欲迷夺时明〔7〕，杜绝言路，擅收立杀，不俟报闻。又梁孝王先帝母昆〔8〕，坟陵尊显，桑梓松柏，犹宜肃恭。而操帅将吏士，亲临发掘，破棺躶尸〔9〕，掠取金宝，至令圣朝流涕，士民伤怀。操又特置发丘中郎将摸金校尉〔10〕，所过隳突，无骸不露。身处三公之位，而行桀虏之态〔11〕，污国虐民，毒施人鬼。加其细政苛惨，科防互设〔12〕，罾缴充蹊〔13〕，坑阱塞路，举手挂网罗，动足触机陷，是以兖豫有无聊之民，帝都有吁嗟之怨。

【注释】

〔1〕杨彪：东汉弘农华阴人，官至迁司徒、太尉。

〔2〕二司：司徒和司空。

〔3〕眦睚（zì yá）：指微小的怨忿。

〔4〕榜楚：鞭笞。

〔5〕触情：触怒其情感。　任忒：任意施恶。

〔6〕含听：倾听采纳。

〔7〕迷夺时明：迷惑、剥夺当今明哲之士的舆论。

〔8〕梁孝王：汉文帝次子刘武。

〔9〕躶尸：使尸骨暴露于野外。

〔10〕发丘中郎将：官名。　摸金校尉：官名。

〔11〕桀虏：凶恶的人。

〔12〕科防：用禁令刑律加以防范。

〔13〕罾缴（zēng zhuó）：猎取飞鸟的射具。

【译文】

已故太尉杨彪，先后担任司徒和司空之职，担任国家最高职位。曹操因故仇怨，无故罗织罪名，加倍鞭打，遍用五种毒刑，为所欲为，不依法令。又有议郎赵彦，忠心坦诚进谏，义理值得采纳，所以朝廷能够接受采纳，改变态度并对他予以勉励。曹操想蒙蔽天子，堵塞大臣进言的渠道，不等奏报朝廷，就擅自逮捕并诛杀大臣。又梁孝王是先帝的同母兄弟，坟墓尊贵显赫，对他墓陵上所种的桑梓松柏，更应该肃穆恭敬。但曹操带领官吏士卒，亲临挖掘坟墓，破坏棺材暴露尸体，掠夺金银财宝，使天子痛哭流涕，士民百姓伤心。曹操又特别设置发丘中郎将和摸金校尉两个官职，所过之处都被破坏，尸骸暴露无遗。他身处三公的职位，而行为有如恶人，污辱国家，虐害百姓，毒害施及人鬼。再加上繁琐的政令苛刻惨重，条律禁令交互设置，罗网利箭充满路径，暗坑陷阱遍布道路，一举手就碰到罗网，一动脚就触动机关陷阱，所以兖豫二州民不聊生，首都百姓怨愤哀叹。

历观载籍，无道之臣，贪残酷烈，于操为甚。幕府方诘外奸[1]，未及整训，加绪含容，冀可弥缝。而操豺狼野心，潜包祸谋，乃欲摧桡栋梁，孤弱汉室，除灭忠正，专为枭雄。往者伐鼓北征公孙瓒[2]，强寇桀逆，拒围一年。操因其未破，阴交书命[3]，外助王师，内相掩袭，故引兵造河，方舟北济。会其行人发露[4]，瓒亦枭夷[5]，故使锋芒挫缩，厥图不果。尔乃大军过荡西山，屠各左校[6]，皆束手奉质，争为前登，犬羊残丑，消沦山谷。于是操师震慑，晨夜逋遁，屯据敖仓，阻河为固，欲以螗螂之斧，御隆车之隧。幕府奉汉威灵，折冲宇宙，长戟百万，胡骑千群，奋中黄、育、获之士[7]，骋良弓劲弩之势，并州越太行，青州涉济漯，大军泛黄河而角其前，荆州下宛叶而掎其后。雷霆虎步[8]，并集虏庭，若举炎火以焫飞蓬[9]，覆沧海以沃熛炭[10]，有何不灭者哉！

【注释】

〔1〕外奸：域外奸邪之人。

〔2〕公孙瓒：东汉辽西令支人，与袁绍连年混战。

〔3〕阴交：暗里送交。　书命：指曹操与公孙瓒书。

〔4〕发露：使者向袁绍披露曹操与公孙瓒的书信。

〔5〕枭夷：杀戮诛灭。

〔6〕屠各：东汉时匈奴部落之一。

〔7〕中黄、育、获：中黄伯、夏育和乌获，三人都是古代的力士。

〔8〕“雷霆”句：比喻威势勇猛。

〔9〕焫（ruò）：同“爇”，燃烧。

〔10〕熛（biāo）炭：飞腾的炭火。

【译文】

考察历代史书，无道的大臣，贪婪残暴惨烈，以曹操为最。幕府袁绍正在讨伐公孙瓒，来不及对曹操进行整顿教训，偏袒包容，希望他能弥补过错。而曹操有豺狼的野心，包藏阴谋，想摧残国家栋梁，孤立削弱汉室，铲除忠诚正直的大臣，独为霸主。以前击鼓北征公孙瓒，公孙瓒凶暴，顽抗一年。曹操因其尚未攻破，暗中勾结递送书信，表面上是要帮助王师，实则是暗中袭击，所以带兵到达黄河边，并船北渡。遇上他的使者揭露了他的阴谋，公孙瓒也被夷灭，所以使他的锋芒受到挫折，他的阴谋也没能得逞。后来，大军经过并荡涤西山，匈奴的屠各族左校郭太贤等，都缚手献礼，争相投降，屠各等匈奴诸部残余丑类，都消散亡没在山谷之中。因此曹操的军队恐惧，连夜逃跑，据守敖仓，借黄河天险加固防守，欲用螳螂的两足，来抵挡大车的车辙。幕府袁绍奉汉朝的威灵，征战四方，长戟之士百万，骑马之卒千群，激励如中黄伯、夏育、乌获一样勇猛的兵士，施展强弓劲弩的气概，并州高翰率军越过太行山，青州袁谭渡过济漯，大军渡过黄河攻打其正面军队，荆州刘表出兵宛叶以抄其后。众军威势勇猛，并集在敌人的大本营，像用火焰来燃烧随风而飞的蓬草，倾倒大海之水来浇灌飞腾的炭火，哪有不灭的啊！

又操军吏士，其可战者皆自出幽冀，或故营部曲，咸怨旷思归[1]，流涕北顾。其余兖豫之民，及吕布张扬之遗众[2]，覆亡迫胁，权时苟从，各被创夷，人为仇敌。若回旆方徂，登高冈而击鼓吹，扬素挥以启降路[3]，必土崩瓦解，不俟血刃。

【注释】

〔1〕怨旷：怨恨别乡之久。

〔2〕张扬：东汉云中人，与吕布交好，后欲归袁绍，被曹操击败。

〔3〕素挥：战败者表示投降的旗。

【译文】

再加上曹操的军士，能打仗的人都是来自幽、冀两州，或者旧部，都怨深恨重思归故里，流泪北望故乡。其他来自兖豫两州的百姓，以及吕布和张扬留下的残部，覆亡败逃而受胁迫，暂时苟且跟从，但彼此被伤害，所以人人把曹操当仇敌。如果能够回军追击，登上高山而吹响号角，挥动白旗以打开投降之门，那曹操的军队必定土崩瓦解，不等双方兵刃见血了。

方今汉室陵迟〔1〕，纲维弛绝〔2〕，圣朝无一介之辅，股肱无折冲之势〔3〕，方畿之内，简练之臣，皆垂头搨翼〔4〕，莫所凭恃。虽有忠义之佐，胁于暴虐之臣，焉能展其节？又操持部曲精兵七百，围守宫阙，外托宿卫，内实拘执，惧其篡逆之萌，因斯而作。此乃忠臣肝脑涂地之秋〔5〕，烈士立功之会，可不勖哉！

【注释】

〔1〕陵迟：败坏，衰败。

〔2〕纲维：总纲和四维，比喻法度。

〔3〕折冲：制敌取胜。

〔4〕垂头搨翼：形容受挫后萎靡不振的样子。

〔5〕肝脑涂地：形容尽忠竭力，不惜一死。

【译文】

现在汉室逐渐衰败，规章法令松弛散绝，朝廷没有正直士人辅佐，大臣没有克敌制胜的威势，京城之内，精练的大臣，都低头收翼不敢作为，没有任何依赖。即使有忠义的辅佐之士，受胁于暴虐的奸臣，又怎么展示他的节操呢？再者曹操领旧部精兵七百人，围守皇宫，对外宣称是警卫，实际是拘押监禁，担心他篡位谋逆的萌芽，就由此而产生。这是忠臣为国牺牲的时候，立业之士建功的机会，能不勉励吗！

操又矫命称制，遣使发兵，恐边远州郡，过听而给与〔1〕，强寇弱主，违众旅叛，举以丧名，为天下笑，则明哲不取也。即日幽、并、青、冀四州并进，书到荆州，便勒见兵，与建忠将军协同声势〔2〕。州郡各整戎马，罗落境界〔3〕，举师扬威，并匡社稷，则非常之功，于是乎著。其得操首者，封五千户侯，赏钱五千万。部曲偏裨将校诸吏降者，勿有所问。广宣恩信，班扬符赏〔4〕，布告天下，咸使知圣朝有拘逼之难〔5〕。如律令。

【注释】

〔1〕过听：错误地听取。

〔2〕建忠将军：指张绣。

〔3〕罗落：部署，排列。

〔4〕班扬：颁布宣扬。　符赏：符书与赏赐。

〔5〕拘逼：拘禁胁迫。

【译文】

曹操又假借君命，遣使兴兵，幕府袁绍担心边远州郡，误听而供给军需，使敌人变强而使天子变弱。违背人心而资助叛逆，举兵而丧失名节，被天下人耻笑，这是明智之士不为的。即日起幽、并、青、冀四州齐头并进，檄文送到荆州，刘表就率军出征，与建忠将军张绣会合。州郡各自整理兵马，部署在边境，举兵扬威，共同匡正国家社稷，那么非同寻常的大功，就在此时昭著了。其中斩获曹操首级者，封五千户侯，赏钱五千万。其旧部偏将裨将校尉诸官员投降的，一概既往不咎。广泛宣传恩德信义，颁布宣扬符书和奖赏，布告天下，都使天下知道天子有被曹操拘禁胁迫的危难。檄文如同法令。

檄吴将校部曲文　陈孔璋（陈琳）

【题解】

这篇檄文希望吴将校部曲能够见机而作、临事制变，离弃孙权而归顺朝廷。

年月朔日子〔1〕，尚书令彧〔2〕，告江东诸将校部曲及孙权宗亲中外：盖闻祸福无门，惟人所召。夫见机而作，不处凶危，上圣之明也；临事制变，困而能通，智者之虑也；渐渍荒沉〔3〕，往而不反，下愚之蔽也。是以大雅君子，于安思危，以远咎悔；小人临祸怀佚〔4〕，以待死亡。二者之量，不亦殊乎？

【注释】

〔1〕朔日：农历初一。

〔2〕彧（yù）：荀彧，东汉颍川人。曹操进其为汉侍中，守尚书令。

〔3〕荒沉：沉醉而不能自省。

〔4〕怀佚：怀藏安逸之心。

【译文】

年月朔日子，尚书令荀彧，告江东诸将部曲及孙权宗亲中外：听说祸福无门，都是人自己招致的。发现征兆而行动，不处于凶险危难的地方，这是德智超群者的聪明；遇到事情而制定应变的策略，困窘而能变通，这是有智慧者的思虑；沉迷荒废，陷溺而不能自省，这是无知者的愚昧。所以才德高尚的君子，处安定而能思虑危难，以远离灾祸；目光短浅者遇祸则心存侥幸，以等待死亡。君子和小人相比，不是很不一样的吗？

孙权小子，未辨菽麦，要领不足以膏齐斧，名字不足以洿简墨。譬犹鷇卵，始生翰毛，而便陆梁放肆[1]，顾行吠主。谓为舟楫足以距皇威，江湖可以逃灵诛[2]，不知天网设张，以在纲目，爨镬之鱼[3]，期于消烂也。若使水而可恃，则洞庭无三苗之墟，子阳无荆门之败[4]，朝鲜之垒不刊，南越之旍不拔。昔夫差承阖闾之远迹，用申胥之训兵[5]，栖越会稽，可谓强矣。及其抗衡上国，与晋争长，都城屠于勾践，武卒散于黄池[6]，终于覆灭，身罄越军。及吴王濞骄恣屈强[7]，猖猾始乱[8]，自以兵强国富，势陵京城。太尉帅师[9]，甫下荥阳，则七国之军，瓦解冰泮，濞之骂言未绝于口，而丹徒之刃以陷其胸。何则？天威不可当，而悖逆之罪重也。

【注释】

〔1〕陆梁：跳跃的样子。

〔2〕灵诛：天子的征讨或杀戮。

〔3〕爨镬（cuàn huò）：沸鼎。

〔4〕子阳：公孙述，字子阳，东汉扶风茂陵人。他派任满占据荆门，被光武帝派岑彭击败。

〔5〕申胥：即伍子胥，受封于申地，故称申胥。

〔6〕黄池：地名。春秋时吴王夫差会诸侯于此。

〔7〕吴王濞（bì）：吴王刘濞，汉高祖兄刘仲之子，立为吴王。

〔8〕猖猾：猖狂狡猾。

〔9〕太尉：周亚夫，他在景帝时任太尉。

【译文】

孙权小子，不能分辨菽麦，他的腰和领还不够滋润利斧，名字还不值得玷污判决书。就像待哺的雏鸟，刚长羽毛，就想放纵跳跃，回头对主人狂叫。以为舟船能够抗拒天子权威，凭借江湖之险可以逃避神灵的诛讨，却不知天网已经布设，他已在纲目中，如同热水锅中的游鱼，到时必定被消灭煮烂。如果江水可以凭恃，那么洞庭湖就不会有三苗的废墟了，公孙述不会有荆门的失败，朝鲜的壁垒不会被铲除，南越的旌旗不会被拔取。以前夫差继承阖闾的遗业，用伍子胥来训练士兵，把越王勾践困于会稽，可以说是够强大了。等到他与中原诸国争强，与晋国争霸，他的都城被勾践所毁，勇士在黄池散亡，最终国家覆灭，他也被越国军士所杀。再有吴王刘濞骄横刚愎，猖狂奸猾作乱，自己认为军队强大国家富有，权势凌越京城。太尉周亚夫率领军队，刚下荥阳，那七国的军队，就像瓦解冰消一样的败亡了，刘濞的骂声尚未说完，而丹徒那里的人已经拿着刀刃插入他的胸口了。为什么？天子的威力不能阻挡，而悖乱叛逆的罪责深重。

且江湖之众，不足恃也。自董卓作乱，以迄于今，将三十载。其间豪桀纵横，熊据虎跱，强如二袁[1]，勇如吕布，跨州连郡，有威有名，十有馀辈。其余锋捍特起[2]，鹯视狼顾[3]，争为枭雄者，不可胜数。然皆伏铁婴钺[4]，首腰分离，云散原燎，罔有孑遗。近者关中诸将，复相合聚，续为叛乱，阻二华，据河渭，驱率羌胡，齐锋东向，气高志远，似若无敌。丞相秉钺鹰扬，顺风烈火，元戎启行[5]，未鼓而破。伏尸千万，流血漂橹[6]，此皆天下所共知也。是后大军所以临江而不济者，以韩约、马超逋逸迸脱[7]，走还凉州，复欲鸣吠[8]。逆贼宋建[9]，僭号河首[10]，同恶相救，并为唇齿。又镇南将军张鲁[11]，负固不恭[12]，皆我王诛所当先加。故且观兵旋旆，复整六师，长驱西征，致天下诛。偏将涉陇，则建约枭夷，旍首万里[13]；军入散关，则群氐率服，王侯豪帅，奔走前驱。进临汉中，则阳平不守，十万之师，土崩鱼烂，张鲁逋窜，走入巴中，怀恩悔过，委质还降；巴夷王朴胡賨邑侯杜濩[14]，各帅种落，共举巴郡，以奉王职。钲鼓一动，二方俱定，利尽西海，兵不钝锋。若此之事，皆上天威明，社稷神武，非徒人力所能立也。

【注释】

〔1〕二袁：指袁绍、袁术。

〔2〕锋捍：凶强勇猛。

〔3〕鹯（zhān）视狼顾：如同鹯狼视物，形容目光贪婪。

〔4〕伏锧（fū）：卧于斩首的砧板上。　婴钺（yuè）：以斧斩头。

〔5〕元戎：大军。

〔6〕流血漂橹（lǔ）：血流成河，可以漂浮盾牌。

〔7〕韩约：即韩遂，东汉末年割据凉州。　马超：三国蜀右扶风人，曾多次击败曹操。

〔8〕鸣吠：比喻骚动、叛乱。

〔9〕宋建：东汉末凉州地方割据势力。

〔10〕僭号：冒用帝王的称号。

〔11〕张鲁：东汉末割据汉中，以鬼道教人，自称师君，雄霸巴汉近三十年。

〔12〕负固：依恃险阻。

〔13〕旍首：悬示其首。

〔14〕巴夷王：指古代巴人的部落首领。　朴（pōu）胡：人名。　賨（cóng）邑侯：指巴人的部落首领。　杜濩（huò）：人名。

【译文】

再说江河湖泊众多，也不值得凭恃。自从董卓作乱，到现在，将近三十年。中间英雄人物纵横争霸，如熊坐虎立般强横，强大如袁绍、袁术，勇猛如吕布，占据州郡，有权威有名声的，有十多人。其他的锋芒勇悍独立起事，如鹰凶视如狼环顾，争相成为霸主的，难以遍数。但都服刑受诛，头断腰斩，如云散火尽，没有剩余。最近的关中马超、杨秋等人，又互相聚合在一起，继续叛乱，以太华、少华二山为险阻，凭据黄河渭水，驱率羌族胡人，锋芒向东齐指，志气高远，好像无敌的样子。曹丞相持钺讨伐威武如鹰，迅疾猛烈，大军出发，尚未击鼓已经破敌。死尸千万，流血漂起盾牌，这是天下人都知道的。此后大军之所以临长江而不渡江，因为韩遂、马超逃亡，走回凉州，又想叛乱。叛逆之贼宋建，自称河首平汉王，与马超狼狈为奸互相救援，唇齿相依。又镇南将军张鲁，凭恃险固不恭帝命，都是奉天子之命应当首先诛讨的。所以我军姑且阅兵回师，重整军队，长驱西征张鲁，以待帝命讨罪。偏将夏侯渊越过陇山，宋建、韩约被夷灭，在万里之外斩首示众；大军进入散关，羌族各部相继归降，羌族首领，争相投降天子之师。进逼汉中，攻破阳平之敌，十万敌军，如土崩鱼烂般溃败，张鲁逃窜，流落巴中，后来感恩悔过，纳礼投降；巴人部落首领朴胡、赍邑侯杜濩，分别率领部落，共举巴郡，用来奉行天子职事。战鼓一响，巴蜀和汉中都得到平定，利益尽得于西方，而不用动武。这样的事，都是上天威灵，国家神明威武，不只是靠人力就能创立的。

圣朝宽仁覆载，允信允文，大启爵命〔1〕，以示四方。鲁及胡濩皆享万户之封，鲁之五子，各受千室之邑〔2〕，胡濩子弟部曲将校为列侯将军已下千有余人。百姓安堵，四民反业。而建约之属，皆为鲸鲵〔3〕，超之妻孥，焚首金城，父母婴孩，覆尸许市。非国家钟祸于彼〔4〕，降福于此也，逆顺之分，不得不然。夫鸷鸟之击先高，攫鸷之势也〔5〕；牧野之威〔6〕，孟津之退也〔7〕。今者枳棘翦扞〔8〕，戎夏以清，万里肃齐，六师无事。故大举天师百万之众，与匈奴南单于呼完厨及六郡乌桓丁令屠各[9]，湟中羌僰[10]，霆奋席卷，自寿春而南。又使征西将军夏侯渊等[11]，率精甲五万，及武都氐羌，巴汉锐卒，南临汶江，搤据庸蜀。江夏襄阳诸军，横截湘沅，以临豫章，楼船横海之师[12]，直指吴会。万里克期，五道并入，权之期命，于是至矣。

【注释】

〔1〕爵命：封爵受职。

〔2〕千室：千户。

〔3〕鲸鲵：比喻凶恶而被杀之人。

〔4〕钟祸：惹祸，遭祸。

〔5〕攫鸷：猛抓。

〔6〕牧野之威：指周武王在此灭商纣之威势。

〔7〕孟津之退：指周武王于此会诸侯，结盟而退。

〔8〕枳（zhǐ）棘：枳木与棘木，因其多刺而称恶木。常用以比喻恶人或小人。

〔9〕南单于：匈奴部落酋长。　呼完厨：匈奴酋长之名。　乌桓：中国古代北方民族名。　丁令：中国古代北方民族名。　屠各：东汉时匈奴部落之一。

〔10〕湟中：地名。　羌：中国古代西部民族名。　僰（bó）：中国古代西南地区少数民族名。

〔11〕夏侯渊：东汉末谯人，随曹操起兵征战。

〔12〕楼船：将军之号。　横海：将军之号。

【译文】

天子宽厚仁慈关爱万物，诚信有文教，大开封爵之诏，以昭示四方。张鲁和朴胡、杜濩都能获得万户的封爵，张鲁的五个儿子，各自得到千室的食邑，朴胡、杜濩的子弟部曲将校被封为列侯将军以下官职的有一千多人。百姓安居，士农工商四民各返其业。而宋建、韩约这些人，因叛逆而必遭极刑，马超的妻子，在金城被焚毁，父母儿女，在许都覆灭。不是国家把灾祸聚集在宋建、韩遂、马超诸人身上，把福气降临于张鲁、朴胡等人身上，而是他们叛逆与归顺的本分，不得不这样。凶猛的飞鸟搏击时先高飞，是获得居高临下的趋势；周武王在牧野讨伐商纣，缘于在孟津退师。现在残贼已被剪除，天下清平，万里肃敬齐一，军队无战事。所以大举天子的军队一百多万，与匈奴南单于呼完厨以及六郡、乌桓、丁令、屠各，湟中羌、僰等各部联合，以雷霆席卷之势，从寿春出发南征至吴。又派征西将军夏侯渊等人，率领精兵五万，以及武都的氐羌士兵，巴蜀汉中的精兵，南临汶江，占据西蜀。江夏、襄阳诸军队，横渡湘、沅二江，目的是据临豫章，楼船将军杨仆横海将军韩说的军队，直接攻打吴会。出征万里期以时限，五路大军同时进发，孙权的期限命数，就要到了。

丞相衔奉国威，为民除害，元恶大憝〔1〕，必当枭夷〔2〕。至于枝附叶从，皆非诏书所特禽疾〔3〕。故每破灭强敌，未尝不务在先降后诛，拔将取才，各尽其用。是以立功之士，莫不翘足引领，望风响应〔4〕。昔袁术僭逆〔5〕，王诛将加，则庐江太守刘勋先举其郡〔6〕，还归国家。吕布作乱，师临下邳，张辽、侯成〔7〕，率众出降。还讨眭固〔8〕，薛洪、樛尚〔9〕，开城就化。官渡之役，则张郃、高奂举事立功〔10〕。后讨袁尚〔11〕，则都督将军马延〔12〕、故豫州刺史阴夔〔13〕、射声校尉郭昭临阵来降〔14〕。围守邺城，则将军苏游反为内应〔15〕，审配兄子开门入兵〔16〕。既诛袁谭〔17〕，则幽州大将焦触攻逐袁熙〔18〕，举事来服。凡此之辈数百人，皆忠壮果烈，有智有仁，悉与丞相参图画策，折冲讨难，芟敌搴旗，静安海内，岂轻举措也哉！诚乃天启其心，计深虑远，审邪正之津，明可否之分，勇不虚死，节不苟立，屈伸变化，唯道所存，故乃建丘山之功[19]，享不訾之禄[20]，朝为仇虏，夕为上将，所谓临难知变，转祸为福者也。若夫说诱甘言，怀宝小惠，泥滞苟且，没而不觉，随波漂流，与熛俱灭者，亦甚众多。吉凶得失，岂不哀哉！昔岁军在汉中，东西悬隔[21]，合肥遗守，不满五千，权亲以数万之众，破败奔走，今乃欲当御雷霆，难以冀矣。

【注释】

〔1〕大憝（duì）：极为人所怨恶。

〔2〕枭夷：诛戮。

〔3〕禽疾：指需急速擒拿的人。

〔4〕望风：远望，仰望。

〔5〕袁术：东汉汝南汝阳人。献帝建安二年，称帝于寿春。

〔6〕刘勋：三国魏人，后为曹操所诛。

〔7〕张辽：东汉末雁门人。吕布部属，后降曹操。　侯成：吕布部属。

〔8〕眭（suī）固：袁绍部属。

〔9〕薛洪：袁绍部属。　樛尚：袁绍部属。

〔10〕张郃、高奂：二人都是袁绍手下将领，后归曹操。

〔11〕袁尚：袁绍少子。

〔12〕马延：袁尚部将。

〔13〕阴夔：袁尚部将。

〔14〕郭昭：袁尚部将。

〔15〕苏游：袁尚部将。

〔16〕审配：东汉末魏郡人，袁绍手下将领。

〔17〕袁谭：袁绍长子。

〔18〕焦触：袁熙部将。　袁熙：袁绍次子。

〔19〕丘山：比喻重、大或多。

〔20〕不訾（zī）：不可比量，不可计数。訾，通“赀”。

〔21〕悬隔：相隔很远，相差很大。

【译文】

曹丞相接受国家威命，为民除害，大恶大奸，必定被诛灭。至于那些如枝叶附从的人，都不是诏书要求擒拿痛诛的。所以每一次消灭强敌，未尝不是以招降为先以诛杀为后，从中选拔文武将才，各尽其用。所以建功立业的士人，没有不举足伸颈，望风响应。过去袁术称帝为逆，天子准备讨伐，而庐江太守刘勋提前率领全郡士民，归顺朝廷。吕布作乱时，朝廷大军逼近下邳，张辽、侯成带本部人马出来归降。回师讨伐眭固时，薛洪、樛尚二人开城投降。官渡之战时，张郃、高奂二人归顺建功。后来讨伐袁尚，都督将军马延、原豫州刺史阴夔、射声校尉郭昭在阵前投降。围守邺城时，将军苏游反作内应，审配兄长之子打开城门迎接大军。诛灭袁谭以后，幽州大将焦触攻打袁熙，率兵来降。来降之人有数百之众，都忠诚勇壮、果敢刚烈，有智慧有仁心，都能与丞相出谋划策，冲锋陷阵讨伐叛逆，杀敌拔旗，平定天下，他们难道是轻率的吗？确实是上天启发了他们的本心，深谋远虑，审视邪恶与正义的关键，明白可与不可的分别，勇敢但不白白送死，守节而不苟且偷生，进退取舍，都据道义，所以能建立如山丘一般巨大的功劳，享有永世的俸禄，早上是仇敌，晚上是上将，这就是所谓的遇难知道变通，把灾祸转变成福气的道理。至于被甜言蜜语所诱，贪图小惠，徘徊苟且，死而不知，随波逐流，与火焰一起破灭的人，也很多。不明吉凶得失，这不是悲哀的吗？以前大军在汉中，东西阻隔，合肥留守的士兵，不足五千，孙权亲自带领数万军队来攻打，也破败逃跑，现在却想抵挡大军的雷霆之势，这是很难设想的。

夫天道助顺，人道助信，事上之谓义，亲亲之谓仁。盛孝章，君也，而权诛之，孙辅〔1〕，兄也，而权杀之。贼义残仁，莫斯为甚。乃神灵之逋罪〔2〕，下民所同仇。辜仇之人〔3〕，谓之凶贼。是故伊挚去夏〔4〕，不为伤德；飞廉死纣〔5〕，不可谓贤。何者？去就之道，各有宜也。

丞相深惟江东旧德名臣，多在载籍。近魏叔英秀出高峙[6]，著名海内；虞文绣砥砺清节[7]，耽学好古；周泰明当世隽彦[8]，德行修明[9]。皆宜膺受多福，保乂子孙[10]。而周、盛门户无辜被戮[11]，遗类流离，湮没林莽，言之可为怆然，闻魏周荣、虞仲翔各绍堂构[12]，能负析薪[13]。及吴诸顾陆旧族长者，世有高位，当报汉德，显祖扬名。及诸将校孙权婚亲，皆我国家良宝利器，而并见驱迮[14]，雨绝于天，有斧无柯，何以自济？相随颠没，不亦哀乎！盖凤鸣高冈以远罻罗[15]，贤圣之德也。鸋鴂之鸟巢于苇苕，苕折子破，下愚之惑也。今江东之地，无异苇苕，诸贤处之，信亦危矣。圣朝开弘旷荡，重惜民命，诛在一人，与众无忌，故设非常之赏，以待非常之功。乃霸夫烈士奋命之良时也，可不勉乎？若能翻然大举，建立元勋，以应显禄，福之上也。如其未能，筭量大小[16]，以存易亡，亦其次也。夫系蹄在足[17]，则猛虎绝其蹯；蝮蛇在手，则壮士断其节。何则？以其所全者重，以其所弃者轻。若乃乐祸怀宁[18]，迷而忘复，暗《大雅》之所保，背先贤之去就，忽朝阳之安，甘折苕之末，日忘一日，以至覆没，大兵一放，玉石俱碎，虽欲救之，亦无及已。故令往购募爵赏科条如左。檄到详思至言。如诏律令。

【注释】

〔1〕孙辅：三国吴人。曾助孙策平定江东，后担心孙权不能保存吴地，乃通曹操，为孙权所害。

〔2〕逋罪：逃亡的罪人。

〔3〕辜仇：于神有罪，于民有仇。

〔4〕伊挚：即伊尹，商汤贤臣，帮助商汤伐夏。

〔5〕飞廉：商纣王的大臣。

〔6〕魏叔英：即东汉魏朗，叔英或作少英。屡陈时事，时称天下忠贞魏少英。

〔7〕虞文绣：东汉的虞歆。

〔8〕周泰明：东汉的周昕。

〔9〕修明：谨饬而清明。

〔10〕保乂（yì）：保护安定。

〔11〕周、盛：即周泰明和盛孝章。

〔12〕魏周荣：魏叔英之子。　虞仲翔：虞文绣之子。

〔13〕析薪：继承父业。

〔14〕驱迮（zé）：驱迫。

〔15〕罻罗：捕鸟的网。

〔16〕筭（suàn）量：衡量，考虑。

〔17〕系蹄：一种可以用绳缠住兽足的捕兽工具。

〔18〕乐祸：以将临的灾祸为乐。　怀宁：心存苟安。

【译文】

天道帮助顺从的人，人道帮助诚信的人，事奉君主称为义，爱护亲人称为仁。盛孝章，是吴郡太守，而孙权诛杀他。孙辅，是孙权的兄长，但孙权杀掉他。害义伤仁，没有比这个更过分的。这就是神灵所诛灭的逃亡的罪人，百姓所痛恨的共同的仇人。罪人仇人，称为凶贼。所以伊挚离开有夏，不损害他的品德；飞廉与商纣同戮，不可以说是贤人。为什么呢？因为去就取舍的人生道路，各有所宜。丞相深深地想到江东先世的贤德名臣，多有记录在史策典籍。近有魏叔英超群出众，闻名天下；虞文绣磨练节操，专学好古；周泰明是当世俊杰才人，德行修明。这些人都应该享受多福，保佑子孙。但周泰明、盛孝章家族中人无罪被杀，后代流离逃窜，湮没死亡于草野民间，说起来都让人感到凄怆悲伤，听说魏周荣、虞仲翔各自继承祖宗的德业，做到父辈砍柴儿辈担。吴郡顾、陆及其他旧族长者，世世担任高位，他们应当报效汉朝厚德，显扬祖辈声名。以及其他将校和孙权的姻亲，都是我大汉朝的珍宝利器，但都被驱逐，如雨水离天落地一般不能归汉，有斧头却没有斧柄，拿什么来自救呢？他们随着孙权覆亡而湮没，不也悲哀吗！凤凰在高冈鸣叫以远离罗网，这是贤圣者的品德。鸱鸮之类的小鸟在苇苕上作巢，苕断子死，这是下贱愚昧者的昏惑。现在江东这个地方，与苇苕没有区别，诸位贤士生活在那里，确实是很危险的。圣明的汉朝宏阔宽大，爱惜百姓，只诛杀孙权一人，与众人无仇，所以设置非同寻常的奖赏，来等待不同寻常的功劳。这是霸主烈士奋发振作的好时机，能不努力吗？如果能醒悟归降，建立大功，以享受丰厚的爵禄，这是福禄的最上者。如果不能举大事，那估量归汉和从吴的轻重，以生存换死亡，这是其次。系蹄在脚，那老虎就会断足而去以求全身；蝮蛇在手中，那么壮士就会斩断骨节。为什么呢？因为他以保存性命为重，以舍弃手脚为轻。如果好祸苟安，迷惑而不知归来，不知《大雅》明哲保身的道理，违背古代圣贤去就的义理，忽视梧桐朝阳凤鸣高冈的安乐，甘受苕折子破的凶险，日复一日，以至于覆灭。大军一到，宝玉沙石一同碎裂，即使想挽救，也已来不及了。所以希望你们能争取立功以获得朝廷的奖赏，朝廷的法令条文如下所列。檄文送达，请详细考虑这些诚挚的话语。此诏如同律令。

檄蜀文　钟士季（钟会）

【题解】

钟会（225—264），字士季，三国魏颍川长社（今河南许昌）人。起家秘书郎，累迁黄门侍郎、司徒，封东武亭侯。魏元帝景元中，任镇西将军、假节、都督关中诸军事，主持伐蜀事宜。《三国志·魏书》有传。此文说明朝廷恩德威著，巴蜀不可据险而守，明告蜀民见机而作，归顺朝廷。

往者汉祚衰微，率土分崩，生民之命，几于泯灭。我太祖武皇帝神武圣哲，拨乱反正，拯其将坠，造我区夏。高祖文皇帝应天顺民，受命践祚。烈祖明皇帝奕世重光〔1〕，恢拓洪业〔2〕。然江山之外，异政殊俗，率土齐民，未蒙王化，此三祖所以顾怀遗志也。今主上圣德钦明，绍隆前绪〔3〕，宰辅忠肃明允〔4〕，劬劳王室〔5〕，布政垂惠而万邦协和，施德百蛮而肃慎致贡〔6〕。悼彼巴蜀，独为匪民〔7〕，愍此百姓，劳役未已。是以命授六师，龚行天罚，征西雍州镇西诸军，五道并进。古之行军，以仁为本，以义治之。王者之师，有征无战。故虞舜舞干戚而服有苗〔8〕，周武有散财发廪表闾之义〔9〕。今镇西奉辞衔命，摄统戎车，庶弘文告之训，以济元元之命，非欲穷武极战，以快一朝之志，故略陈安危之要，其敬听话言。

【注释】

〔1〕重（chóng）光：比喻累世盛德，辉光相承。

〔2〕恢拓：扩大。

〔3〕绍隆：继承发扬。

〔4〕忠肃：忠诚恭敬。　明允：明察而诚信。

〔5〕劬（qú）劳：辛勤而劳苦。

〔6〕肃慎：古代民族名。在周武王、成王时，肃慎族曾以楛矢、石砮入贡。

〔7〕匪民：非人，谓不被当人看待。

〔8〕干戚：斧头和盾牌。古代舞蹈者常手持用为道具。　有苗：即三苗，尧、舜、禹时代我国南方的部族。

〔9〕散财发廪表闾：周武王伐殷后，散鹿台之财、发巨桥之粟以赈民，又旌表殷纣时的贤人商容闾里。

【译文】

从前汉朝的祚运衰落，国家分裂，百姓的生命，几近灭绝。我太祖武皇帝神武明智，拨除危乱返回正道，拯救将要倒塌的汉室，重建我华夏。高祖文皇帝顺应天命民心，接受天命登上帝位。烈祖明皇帝继承累世光泽，光大祖宗德业。但国家江山外，政治和风俗不同，境内百姓，未受王化，这就是三代祖先心中挂念并留下遗愿收降蜀地的原因。现在皇帝德行清明，继承并光大先人遗业，宰辅忠诚肃敬贤明诚信，劳心王室，施行政教恩惠而且万邦和睦，布德于边远地区的各个少数民族而使肃慎来进贡。伤悼巴蜀的人民，还过着非人的生活，怜悯巴蜀的百姓，劳役一直没有停止。所以授命六军，恭敬行使天子之罚，命令征西将军、雍州刺史、镇西将军，五路大军并进。古代行军作战，以仁爱为本，以道义治军。王者的军队，有征讨没有攻战。所以虞舜以干戚跳舞而使有苗归服，周武王有散鹿台之财、发巨桥之粟赈民以及表彰贤人商容的义举。现在镇西将军遵奉天子命令，统领军队，将弘扬文告的训教，以拯救百姓的生命，不是想穷兵黩武，以逞一时之志，所以略为陈述安危的要领，希望你们恭敬地听我的告言。

益州先主以命世英才，兴兵新野，困踬冀徐之郊〔1〕，制命绍布之手〔2〕，太祖拯而济之，兴隆大好。中更背违，弃同即异。诸葛孔明仍规秦川，姜伯约屡出陇右〔3〕，劳动我边境，侵扰我氐、羌，方国家多故，未遑修九伐之征也〔4〕。今边境乂清〔5〕，方内无事，蓄力待时，并兵一向。而巴蜀一州之众，分张守备，难以御天下之师，段谷、侯和沮伤之气〔6〕，难以敌堂堂之阵。比年已来，曾无宁岁，征夫勤瘁〔7〕，难以当子来之民〔8〕，此皆诸贤所共亲见，蜀侯见禽于秦，公孙述授首于汉〔9〕，九州之险，是非一姓：此皆诸君所备闻也。明者见危于无形，智者规福于未萌〔10〕。是以微子去商〔11〕，长为周宾；陈平背项〔12〕，立功于汉。岂宴安鸩毒〔13〕，怀禄而不变哉〔14〕？

【注释】

〔1〕困踬（zhì）：困顿或挫折。

〔2〕绍布：袁绍和吕布。

〔3〕姜伯约：姜维，字伯约，天水人。诸葛亮死后，曾多次率兵伐魏。

〔4〕九伐：指天子对诸侯需进行讨伐的九种情况。

〔5〕乂（yì）清：安定平靖。

〔6〕段谷：地名。　侯和：地名。

〔7〕勤瘁：辛苦劳累。

〔8〕子来：谓民心归附，如子女趋事父母，不召自来，竭诚效忠。

〔9〕公孙述：汉代蜀郡太守，后自立为天子。

〔10〕规福：谋划富贵和寿考。

〔11〕微子去商：微子是商纣王的庶兄，因商纣残暴而去商归周。

〔12〕“陈平”句：陈平怕被项羽诛杀，所以弃楚归汉。

〔13〕鸩（zhèn）毒：毒酒，毒药。

〔14〕怀禄：留恋爵禄。

【译文】

益州先主刘备凭着治世的才能，在新野起兵，受挫于冀州、徐州之郊，被袁绍、吕布所困，太祖拯救而帮助他，因之兴盛壮大。他中间却背弃违逆，弃同就异。诸葛孔明继续窥视秦川，姜伯约屡出陇右，骚扰我边境，侵犯我氐、羌部族，恰遇国家多事，无暇进行九伐征讨。现在国家边境安宁清平，国内无事，积蓄力量等待时机，合兵向巴蜀进军。而且巴蜀一州的兵士，分散防守，难以抵御天子的大军，段谷、侯和两次失败挫伤的士气，难以抵挡森严威武的战阵。近年来，巴蜀没有和平安宁的时间，征人辛苦劳瘁，难以抵抗效忠国家的百姓，这都是诸位贤士所共同亲眼看见的。蜀侯被秦所擒，公孙述被汉斩首，天下的险阻要塞，本来就不只有一姓可长居：这是各位君子所详细听说的。明达者从没有形兆中看到危机，聪慧者从事态没有萌芽中就谋划福禄。所以微子离开商朝，永远成为周朝的上宾；陈平背离项羽，在刘汉中建立功业。君子怎么能安享鸩毒，贪图禄势而不懂得变通呢？

今国朝隆天覆之恩〔1〕，宰辅弘宽恕之德，先惠后诛，好生恶杀。往者吴将孙壹举众内附〔2〕，位为上司〔3〕，宠秩殊异〔4〕。文钦唐咨为国大害〔5〕，叛主仇贼，还为戎首〔6〕。咨困偪禽获，钦二子还降，皆将军封侯，咨豫闻国事〔7〕。壹等穷蹙归命〔8〕，犹加上宠，况巴蜀贤智见机而作者哉！诚能深鉴成败，邈然高蹈，投迹微子之踪，措身陈平之轨，则福同古人，庆流来裔，百姓士民，安堵乐业，农不易亩，市不回肆，去累卵之危，就永安之计，岂不美与！若偷安旦夕，迷而不反，大兵一放，玉石俱碎，虽欲悔之，亦无及也。各具宣布，咸使知闻。

【注释】

〔1〕天覆：上天覆被万物。后用以称美帝王仁德广被。

〔2〕孙壹：原为东吴江夏太守，后率部投降魏国。

〔3〕上司：高级官职的通称。

〔4〕宠秩：宠爱而授以官秩。

〔5〕文钦：曹爽的邑人，与毌丘俭举兵反司马氏。　唐咨：原为魏国大将，后举兵反魏，兵败投奔吴国。

〔6〕戎首：发动战争的主谋、祸首。

〔7〕豫闻：参与闻知。豫，通“与”。

〔8〕穷蹙（cù）：窘迫，困厄。蹙，通“蹙”。

【译文】

现在朝廷宣扬无限广大的恩情，宰辅之人弘扬宽宏大量的德政，施恩惠为先，行诛罚为后，爱惜生命，憎恶杀伐。过去吴将孙壹率百姓归附朝廷，位至车骑将军，尊宠禄位异于常人。文钦和唐咨是国家大害，叛主的贼人，又是祸乱之首。唐咨因无奈而降，文钦两个儿子也归降，都被封为将军，唐咨得以参与谋划国家大事。孙壹等人穷困归降，仍获得尊宠，何况巴蜀那些见机而作贤良明智之士呢！如果真能深入借鉴成败之迹，邈然高蹈，跟随微子的脚步，置身陈平的轨辙，那就能福禄同古人，吉庆传子孙，百姓士民，安居乐业，农民不用改耕田亩，商贾不需变换商铺，远离累卵的危险，近靠久安的谋划，这不是很好的吗！如果偷安一时，迷惑不返，那大兵一到，就会玉石俱碎，即使想后悔，也来不及了。各自宣扬布告，使大家都知道。

难蜀父老　司马长卿（司马相如）

【题解】

此文叙写西汉的兴盛和赞美汉武帝的功业，详细论述通西南夷的意义，批驳了巴蜀父老反对通西南夷的诘难。

汉兴七十有八载，德茂存乎六世[1]，威武纷纭，湛恩汪濊[2]，群生沾濡[3]，洋溢乎方外。于是乃命使西征，随流而攘，风之所被，罔不披靡[4]。因朝冉从駹[5]，定笮存邛[6]，略斯榆[7]，举苞蒲[8]，结轨还辕[9]，东乡将报，至于蜀都。耆老大夫搢绅先生之徒二十有七人[10]，俨然造焉。辞毕，进曰："盖闻天子之牧夷狄也[11]，其义羁縻勿绝而已[12]。今罢三郡之士，通夜郎之涂，三年于兹，而功不竟，士卒劳倦，万民不赡。今又接之以西夷[13]，百姓力屈，恐不能卒业，此亦使者之累也。窃为左右患之。且夫邛筰西夷之与中国并也，历年兹多，不可记已。仁者不以德来，强者不以力并，意者其殆不可乎！今割齐民以附夷狄，敝所恃以事无用，鄙人固陋，不识所谓。”使者曰：“乌谓此乎？必若所云，则是蜀不变服而巴不化俗也。仆常恶闻若说。然斯事体大，固非观者之所觏也。余之行急，其详不可得闻已，请为大夫粗陈其略：

【注释】

〔1〕德茂：道德美盛。

〔2〕湛恩汪濊（huì）：恩泽深厚。

〔3〕沾濡：浸湿。多指恩泽普及。

〔4〕披靡：喻军队溃败。

〔5〕冉（rǎn）、駹（máng）：蜀郡西部的两个民族。

〔6〕筰（zuó）、邛（qióng）：西夷中的两支。

〔7〕斯榆：西夷的一支。

〔8〕苞蒲：西夷的一支。

〔9〕结轨：轨迹交结，形容车辆络绎不绝。

〔10〕耆（qí）老：德高望重的老人。 搢（jìn）绅：古代仕宦者和儒者围于腰际的大带。此借指宦者。

〔11〕夷狄：古称东方部族为夷，北方部族为狄。常用以泛称除华夏族以外的各族。

〔12〕羁縻：拖延，笼络。

〔13〕西夷：指我国古代西部地区的部族。

【译文】

汉朝建立七十八年，德业兴盛流传了六代，声威赫赫，恩泽深广，百姓受惠，传播到中原以外。因此派遣使臣西行交通，所到之处都随流俗而教化，风化所及，无不归顺。于是冉、駹来朝，筰邛安定，巡行斯榆，征服苞蒲，回转车马，向天子复命，来到成都。

德高望重的老人、官吏、乡绅二十七人，都庄严肃敬地来访。行礼寒暄之后，他们进言说："听说天子治理少数民族，其理就像用绳索系马而不使之断绝罢了。现在劳苦三郡士民，开通夜郎之路，到现在已经三年，但功业未成，士卒劳苦疲倦，万民不胜负担。接着又讨伐西夷，百姓力尽，恐怕不能完成任务，这也是使者的负担。我私下里为您担心。再说邛、筰、西夷与华夏并存，时间久远，难以记载。仁爱者不以恩德使他们归顺，强大者不通过武力兼并他们，我们想这大概是不行的吧！现在抛弃平民使他们亲附夷狄，放弃可依靠的百姓而笼络无用的西夷，我们见识浅陋，不知这是什么道理。"使者说："怎么会这么说呢？真像你所说，那就是蜀地还没有改变服饰而巴郡还没有改变风俗。我尚且厌恶这种说法。但通夜郎是大事，本来就不是旁观者所见的情形。我出使匆忙，其详细情形不知道，请为你们粗略陈述其梗概：

"盖世必有非常之人，然后有非常之事；有非常之事，然后有非常之功。夫非常者，固常人之所异也。故曰：非常之原，黎民惧焉；及臻厥成，天下晏如也〔1〕。昔者洪水沸出〔2〕，泛滥衍溢〔3〕，民人升降移徙，崎岖而不安。夏后氏戚之，乃堙洪塞源，决江疏河，洒沉澹灾〔4〕，东归之于海，而天下永宁。当斯之勤，岂惟民哉？心烦于虑，而身亲其劳；躬腠胝无胈〔5〕，肤不生毛。故休烈显乎无穷〔6〕，声称浃乎于兹。

【注释】

〔1〕晏如：安定，安宁，恬适。

〔2〕沸出：水涌起的样子。

〔3〕衍溢：横流。

〔4〕洒沉澹（dàn）灾：疏导分散水流以缓和消除灾情。

〔5〕腠胝（còu zhī）：手掌脚掌长期磨擦而生的厚皮，俗称老茧。

胈：脚腿上的细毛。

〔6〕休烈：盛美的事业。

【译文】

“世上有不同寻常的人，之后就有不同寻常的大事；有不同寻常的大事，然后有不同寻常的大功。所谓不同寻常，本来就与平常人不同。所以说：非同寻常的根本，百姓都恐惧；等到其成功，天下就安然了。以前洪水暴涨，泛滥成灾，百姓奔走迁徙，高低不平难以安居。大禹怜悯他们，于是堵塞洪水源头，疏通江河，分流洪水，东注入海，而天下安宁。担当这些劳苦的，难道只有百姓吗？大禹劳心劳力，亲自承担其劳苦；手脚生茧，皮肤无毛。所以伟大的功业垂范无穷，声名流传到现在。

“且夫贤君之践位也，岂特委琐喔啮〔1〕，拘文牵俗，修诵习传，当世取说云尔哉？必将崇论吰议〔2〕，创业垂统〔3〕，为万世规。故驰骛乎兼容并包〔4〕，而勤思乎参天贰地〔5〕。且《诗》不云乎？‘普天之下，莫非王土；率土之滨，莫非王臣。’是以六合之内，八方之外，浸淫衍溢，怀生之物有不浸润于泽者，贤君耻之。今封疆之内，冠带之伦〔6〕，咸获嘉祉，靡有阙遗矣。而夷狄殊俗之国，辽绝异党之域，舟车不通，人迹罕至，政教未加，流风犹微。内之则时犯义侵礼于边境，外之则邪行横作，放杀其上。君臣易位，尊卑失序，父老不辜，幼孤为奴虏，系缧号泣〔7〕，内向而怨，曰：‘盖闻中国有至仁焉，德洋恩普，物靡不得其所，今独曷为遗己？举踵思慕，若枯旱之望雨。’戾夫为之垂涕〔8〕，况乎上圣，又焉能已？故北出师以讨强胡，南驰使以诮劲越。四面风德，二方之君，鳞集仰流〔9〕，愿得受号者以亿计。故乃关沬若〔10〕，徼牂牁[11]，镂灵山[12]，梁孙原[13]。创道德之涂，垂仁义之统，将博恩广施，远抚长驾，使疏逖不闭，曶爽暗昧[14]，得耀乎光明，以偃甲兵于此，而息讨伐于彼。遐迩一体，中外禔福[15]，不亦康乎？夫拯民于沉溺，奉至尊之休德，反衰世之陵夷，继周氏之绝业，天子之亟务也。百姓虽劳，又恶可以已乎哉？

【注释】

〔1〕委琐：细碎，琐屑。　喔咿：亦作"龌龊"。器量狭小。

〔2〕吰议：宏论。

〔3〕垂统：把基业传给后世子孙，多指王位。此指建立法统。

〔4〕驰骛：疾驰，奔腾。

〔5〕参天贰地：本为《易》卦立数之义，引申为人之德可与天地相比。

〔6〕冠带：指官吏、士绅。

〔7〕系缧（léi）：绑缚。

〔8〕戾夫：凶恶的人。

〔9〕鳞集仰流：如鱼群迎向上流。喻人心归向。

〔10〕关沫（mèi）若：以沫、若二水为关。

〔11〕徼牂（zāng）牁：以木栅水为夷狄之界。

〔12〕镂（lòu）灵山：凿灵山以开道。

〔13〕梁孙原：在孙原水上架桥。

〔14〕曶（hū）爽：将明未明。

〔15〕禔（zhī）福：安宁幸福。

【译文】

"再说贤明的君主登上帝位，哪里只会委琐细碎，拘执繁文流俗，墨守传统，取悦当世之人呢？必定要高屋建瓴，创建功业制定法统，为万世的规范。而且《诗》不是说吗？'普天之下，哪里不是君王的土地；边境之内，哪个不是君王的臣民。'所以上下四方之内，八方之外，君王恩泽遍布浸润，所有的生物如有不受恩泽浸染的，贤君都认为是耻辱。现在国境之内，官吏或士大夫之类，都得到福泽，没有缺漏。而夷狄与中原风俗不同的国度，遥远异类的地方，车船不能通行，人迹少到之处，政治教化不能施及，温柔敦厚之风的影响还微小。朝廷接纳他们，他们就会时不时地在边境做出违犯礼义的行为，若放弃他们，他们又为非作歹，放逐杀害他们的君长。君臣失位，尊卑无序，老人无罪而被杀，幼小孤独的小孩沦为奴仆，被抓而号哭，对着中原报怨，说：'听说中国有仁善的君主，德泽恩惠广布四方，万物无不各得其所，现在为何偏偏遗弃我们呢？我们踮起脚跟思念，像久旱而盼望甘雨一样。'铁石心肠的人都为之流泪，何况皇帝，又怎么能无动于衷呢？所以向北派兵讨伐强大的胡人，向南派遣使者声讨劲越。四方教化，西南二夷之君，如鱼鳞相次仰首承流一样，愿意服从教化的人数以亿计。因此以沫水和若水为关，以木栅水为夷狄之界，凿通灵山，在孙原水架桥，设立道德之路，传扬仁义的传统，并将广施恩泽，驾车远方以安抚异域，使疏远之民不被闭绝，昏暗蒙昧之人，得见光明，因此在国内停战，而对夷狄放弃征伐。远近一体，中外安乐，这不是很康乐的吗？从困境中拯救百姓，禀承至尊的美德，挽救衰世的颓败，延续周代的典礼，这是天子的当务之急。百姓虽然劳苦，又怎么可以停止呢？

"且夫王者固未有不始于忧勤，而终于逸乐者也。然则受命之符，合在于此。方将增太山之封，加梁父之事[1]，鸣和鸾，扬乐颂，上减五[2]，下登三[3]。观者未睹旨，听者未闻音，犹鷦鹏已翔乎寥廓之宇，而罗者犹视乎薮泽，悲夫！"

【注释】

〔1〕太山之封、梁父之事：指封禅，是帝王祭天地的典礼。在泰山上

筑土为坛祭天，报天之功，称封；在泰山下梁父山上辟场祭地，报地之功，称禅。

〔2〕上减五：五帝之德比汉为减。

〔3〕下登三：三王之德比汉为下。

【译文】

“再说王者本来就是从忧劳勤苦的征战开始，而最后才获得和平逸乐的。那么受天命的符瑞，正合于此时。正当在泰山顶上筑土祭天以报其天功，在梁父山上辟场祭地以报地功，鸣和鸾之声，诵唱《诗》中颂诗，天子之德可使五帝逊减，而胜三王。旁观者不见其美，听者不知其音，就像鹪鹏已经飞向辽阔的宇宙，但张网之人还只盯着湖泽，悲哀啊！”

于是诸大夫茫然丧其所怀来，失厥所以进，喟然并称曰：“允哉汉德，此鄙人之所愿闻也。百姓虽劳，请以身先之。”敞罔靡徙〔1〕，迁延而辞避〔2〕。

【注释】

〔1〕敞罔：失志的样子。　靡徙：无地自容。

〔2〕迁延：退却的样子。

【译文】

于是诸位大夫怅然若失，忘记了他们本来要说的话，感慨而称赞说：“公允啊汉朝的恩德，讨伐西南夷确是我们这些浅陋的人所愿意听到的。百姓虽然劳苦，但请允许我们身先士卒。”他们失意羞愧，慢慢地退却了。

（本卷译注：陈丕武）

文选卷第四十五

对问

对楚王问　宋玉

【题解】

此文写作者被人谗毁而自我辩解，表现其清高孤傲、自命不凡的气质与品性。

楚襄王问于宋玉曰[1]：“先生其有遗行与[2]？何士民众庶不誉之甚也[3]？”

【注释】

〔1〕楚襄王：即楚顷襄王，战国末期楚国之君。　宋玉：战国时楚国的辞赋家，相传是屈原的弟子。

〔2〕遗行：失检之行为。

〔3〕士民：泛指士大夫阶层和普通读书人。

【译文】

楚襄王问宋玉说：“难道先生你有什么失德的行为吗？为什么士民百姓指责你这么厉害啊？”

宋玉对曰：“唯，然，有之。愿大王宽其罪，使得毕其辞。客有歌于郢中者[1]，其始曰《下里》《巴人》[2]，国中属而和者数千人；其为《阳阿》《薤露》[3]，国中属而和者数百人；其为《阳春》《白雪》[4]，国中属而和者不过数十人；引商刻羽[5]，杂以流徵[6]，国中属而和者不过数人而已。是其曲弥高其和弥寡[7]。故鸟有凤而鱼有鲲[8]。凤皇上击九千里，绝云霓，负苍天，翱翔乎杳冥之上[9]。夫蕃篱之鷃，岂能与之料天地之高哉？鲲鱼朝发昆仑之墟，暴鬐于碣石[10]，暮宿于孟诸[11]。夫尺泽之鲵[12]，岂能与之量江海之大哉！故非独鸟有凤而鱼有鲲也，士亦有之。夫圣人瑰意琦行[13]，超然独处；夫世俗之民又安知臣之所为哉！"

【注释】

〔1〕郢：楚国的都城。

〔2〕《下里》《巴人》：楚地的俗乐。

〔3〕《阳阿》《薤露》：楚国的雅乐。

〔4〕《阳春》《白雪》：楚国的雅乐。

〔5〕商、羽：古代音乐五声宫、商、角、徵、羽中的两种。

〔6〕流徵：音调名。

〔7〕其曲弥高其和弥寡：曲调高雅，能跟着唱的人就少。比喻知音难得。后用以比喻言论或作品不通俗，能理解的人很少。

〔8〕鲲：传说中的大鱼。

〔9〕杳冥：天空，高远之处。

〔10〕鬐（qí）：鱼脊。

〔11〕孟诸：古大泽名。

〔12〕尺泽：形容泽之小。

〔13〕瑰意：卓越之思想。　琦行：非凡的行为。

【译文】

宋玉回答说："嗯，是这样，有这个情况。希望大王能宽容我的冒犯，让我把话说完。有一个人在郢中唱歌，他开始弹唱的是《下里》《巴人》这种低俗的乐曲，城里跟着他唱和的有数千人；他弹唱《阳阿》《薤露》这种稍为高雅的乐曲时，城里跟着他唱和的有数百人；他弹唱《阳春》《白雪》这种非常高雅的乐曲时，城里能跟他唱和的不过数十人；弹唱到商和羽这两个音阶的乐曲，夹杂有变徵之声时，城里能够跟着他唱和的不过几个人而已。这是因为曲调越高妙而能跟着唱和的人就越少。所以鸟类中有凤凰而鱼类中有鲲。凤凰搏击长空九千里，穿破云层，背负青天，在高远辽阔的天空中翱翔。那篱笆中跳跃的小鷃鸟，怎么能与凤凰一样计算青天的高远呢？鲲鱼早上从昆仑山脚出发，在碣石山暴晒背脊，晚上在孟诸大泽中住宿。而小水泽中的小鱼，怎么能跟鲲鱼一样计算江海的广大啊！所以不仅鸟类有凤凰而鱼中有鲲，士人中也有英雄豪杰。圣人有卓越的思想和非凡的举止，超凡脱俗而独来独往；而世俗的百姓又怎么能了解我的所作所为啊！”

设论

答客难　东方曼倩（东方朔）

【题解】

东方朔（前154—前93），字曼倩，西汉平原厌次（今山东省德州市）人。武帝时，待诏金马门，后为常侍郎、太中大夫。西汉重要的辞赋作家。《汉书》有传。本文假托有客诘难东方朔，讥其官微位卑却修圣人之道不已。作者反驳他，言明战国与武帝时形势不同，士人因之境遇迥异，也抒发了怀才不遇的悲愤。

客难东方朔曰[1]：“苏秦、张仪一当万乘之主[2]，而身都卿相之位[3]，泽及后世。今子大夫修先王之术，慕圣人之义，讽诵《诗》《书》百家之言[4]，不可胜记，著于竹帛[5]，唇腐齿落[6]，服膺而不可释[7]，好学乐道之效，明白甚矣，自以为智能海内无双，则可谓博闻辩智矣[8]。然悉力尽忠，以事圣帝，旷日持久，积数十年，官不过侍郎[9]，位不过执戟[10]，意者尚有遗行邪？同胞之徒，无所容居，其故何也？”

【注释】

〔1〕难（nàn）：发难。

〔2〕苏秦：战国时的纵横家，以合纵术联合六国抗秦。　张仪：战国时纵横家，以连横术游说六国事秦。

〔3〕都：占据。　卿相：执政的大臣。

〔4〕百家：诸子百家。

〔5〕竹帛：竹简和白绢。古代没有纸，用竹帛书写文字。

〔6〕“唇腐”句：比喻读书讽诵极为勤苦。

〔7〕服膺：衷心信奉。

〔8〕辩智：口才敏捷，能说会道。

〔9〕侍郎：官名。

〔10〕执戟：秦汉时的宫廷侍卫官。因值勤时手持戟，故名。

【译文】

有客人诘问东方朔说：“苏秦张仪一遇到大国的君王，就能身居卿相的高位，恩泽流传给子孙。现在您研习古代圣王的治国方略，追慕圣人的大道，诵读《诗》《书》等儒家经典和诸子百家的言论，多得数不清，写在竹简和布帛上的文章，直到嘴唇烂牙齿掉，都牢记在心中不能忘记。爱好学习且坚守先王道术的功夫，已经很清楚明白了，自己认为智慧能力天下第一，可以说是见闻广博聪明善辩了。但您竭尽心力和忠诚，来侍奉圣明的皇帝，经年累月，累积起来有数十年，而做官却不超过侍郎，职位不超过执戟卫士，想来大概还有失德的地方吧？兄弟亲人之类，都没有容身之地，这是什么原因呢？”

东方先生喟然长息，仰而应之曰：“是故非子之所能备。彼一时也，此一时也，岂可同哉？夫苏秦、张仪之时，周室大坏，诸侯不朝，力政争权〔1〕，相擒以兵〔2〕，并为十二国，未有雌雄〔3〕，得士者强，失士者亡，故说得行焉。身处尊位，珍宝充内，外有仓廪，泽及后世，子孙长享。今则不然。圣帝德流〔4〕，天下震慑，诸侯宾服〔5〕，连四海之外以为带，安于覆盂〔6〕，天下平均，合为一家，动发举事，犹运之掌，贤与不肖，何以异哉？遵天之道，顺地之理，物无不得其所。故绥之则安，动之则苦；尊之则为将，卑之则为虏；抗之则在青云之上，抑之则在深渊之下；用之则为虎，不用则为鼠；虽欲尽节效情〔7〕，安知前后？夫天地之大，士民之众，竭精驰说〔8〕，并进辐凑者〔9〕，不可胜数，悉力慕之，困于衣食，或失门户。使苏秦、张仪与仆并生于今之世，曾不得掌故〔10〕，安敢望侍郎乎！传曰：‘天下无害，虽有圣人无所施才；上下和同，虽有贤者无所立功。’故曰时异事异。

【注释】

〔1〕力政：以武力为政，暴政。

〔2〕相擒：相互争战。

〔3〕雌雄：本为雄性与雌性，此比喻胜负、高下。

〔4〕德流：品德流播。

〔5〕宾服：归顺；服从。

〔6〕覆盂：倒置的盂。比喻稳固、安定。

〔7〕尽节：尽心竭力，保全节操。多指赴义捐生。

〔8〕驰说：游说。

〔9〕辐凑：即“辐辏”。集中，聚集。

〔10〕掌故：汉代设立的官名，掌文献制度等故旧之事。

【译文】

东方先生感慨长叹，抬头而回应说：“这个原因不是你所能详细了解的。那是一个时代，这是一个时代，怎能混同呢？苏秦、张仪的时候，周王室衰落，诸侯不来朝见天子，兵戎相见争权夺利，通过武力相互吞并，最后兼并成十二个诸侯国，彼此难有胜负高下，得到贤士就变强，失去贤士就灭亡，所以游说之风能够盛行。身居尊贵的职位，珍宝堆积，谷米满仓，恩泽传给后世，子孙长久享用。现在却不一样。圣明的皇帝德泽流布，天下畏惧，诸侯臣服，天下像带子一样连在一起，坚固如倒置的盂盆，天下太平，融洽如一家，举办大事，如同在手掌上运转一样容易，贤人与不肖之人有什么区别呢？遵循天道，顺任自然，万物无不各得其所。所以安抚他就可以安宁，扰动他就会忧苦；尊崇他就可为大将，轻视他就可为奴隶；举拔他就在青云上，贬抑他就在深渊下；重用他就是老虎，罢斥他就是老鼠；即使想尽忠效力，但怎么施展才能呢？天地广大，士民众多，竭力游说，同进的人就像车辐聚集在车毂上一样，难以计量，大家都全力追慕天子之德，却衣食困顿，有的还被诛戮。即使苏秦张仪与我同生于现在这个时代，他们甚至连掌故这个官都做不到，哪里敢期望做侍郎啊！古书说：‘天下没有灾害，即使有圣人也无法施展才能；天下和谐同心，即使有贤者也没法立功。’所以说时代不同事情也不同。

“虽然，安可以不务修身乎哉？《诗》曰：‘鼓钟于宫，声闻于外。’‘鹤鸣九皋〔1〕，声闻于天。’苟能修身，何患不荣？太公体行仁义〔2〕，七十有二，乃设用于文、武[3]，得信厥说，封于齐，七百岁而不绝。此士所以日夜孳孳[4]，修学敏行而不敢怠也[5]。譬若鹡鸰，飞且鸣矣。传曰：‘天不为人之恶寒而辍其冬，地不为人之恶险而辍其广，君子不为小人之匈匈而易其行[6]。’‘天有常度[7]，地有常形，君子有常行；君子道其常，小人计其功。’《诗》云：‘礼义之不愆，何恤人之言[8]？’‘水至清则无鱼，人至察则无徒[9]，冕而前旒[10]，所以蔽明[11]；黈纩充耳[12]，所以塞聪[13]。’明有所不见，聪有所不闻，举大德，赦小过，无求备于一人之义也。枉而直之[14]，使自得之；优而柔之[15]，使自求之；揆而度之[16]，使自索之。盖圣人之教化如此，欲其自得之；自得之，则敏且广矣。

【注释】

〔1〕九皋：曲折深远的沼泽。

〔2〕太公：姜太公，相传他七十岁时相周，九十封齐。

〔3〕文、武：周文王和周武王。

〔4〕孳孳：同“孜孜”，努力不懈的样子。

〔5〕修学：治学，研习学业。　敏行：勉力修身。

〔6〕匈匈：喧哗，吵嚷。

〔7〕常度：定法，如四季交替，日月推移，皆有规律。

〔8〕恤：惧，忧。

〔9〕至察：明察到极点。

〔10〕前旒（liú）：古代冕冠前沿垂悬的玉串。

〔11〕蔽明：遮掩眼光。

〔12〕黈纩（tǒu kuàng）：黄绵所制的小球。悬于冠冕之上，垂两耳旁，以示不欲妄听是非。　充耳：塞住耳朵。

〔13〕塞聪：塞住耳朵，示不外听。

〔14〕“枉而”句：使曲变直。

〔15〕优而柔之：使宽和从容。

〔16〕揆而度之：揣度，估量。

【译文】

“虽然如此，士人怎能不致力于修养身心啊?《诗》上说：‘在宫中击鼓，声音传布在外。’‘仙鹤在曲折的沼泽中鸣叫，鸣声直冲云霄。’如果能提高修养，哪里担心没有荣华富贵?姜太公身体力行仁义道德，到七十二岁时，还被周文王和周武王重用，得以施展他的主张，被封在齐地，齐国延续七百年而不灭绝。这就是士人日夜努力不懈、修习学业苦心进取而不敢懈怠的原因。就像鹡鸰，边飞边鸣一样的勤奋。古书说：‘天不会因为人厌恶寒冷而停止出现冬天，地不会因为人厌恶艰险而不要深广，君子不会因为小人的吵嚷反对而改变其行为。’‘天有定法，地有定形，君子有公认的行为准则；君子奉行常道，小人计较私利。’《诗》说：‘礼义不失，怎么怕人议论?’‘水清澈至极就没有鱼，人明察至极就没有朋友，帽子前挂有玉串，目的是遮挡视线；黄绵掩盖耳朵，目的是阻挡听力。’眼睛有看不到的东西，耳朵有听不见的声音，举荐大贤，宽恕小瑕疵，这就是不要对一个人求全责备的意思。使曲变直，但要其主动去变直；使其宽容柔顺，是要其主动去求变；推求义理，但要其主动去探寻。圣人的教导感化就是这样，希望他自己成就自己；自己成就自己，那么他就会敏锐而广博了。

“今世之处士〔1〕，时虽不用，块然无徒〔2〕，廓然独居〔3〕，上观许由〔4〕，下察接舆〔5〕，计同范蠡〔6〕，忠合子胥〔7〕，天下和平，与义相扶〔8〕，寡偶少徒〔9〕，固其宜也，子何疑于予哉？若夫燕之用乐毅〔10〕，秦之任李斯〔11〕，郦食其之下齐〔12〕，说行如流〔13〕，曲从如环〔14〕，所欲必得，功若丘山，海内定，国家安，是遇其时者也，子又何怪之邪？语曰：‘以筦窥天〔15〕，以蠡测海〔16〕，以莛撞钟〔17〕’，岂能通其条贯[18]，考其文理[19]，发其音声哉！犹是观之，譬由鼱鼩之袭狗，孤豚之咋虎，至则靡耳，何功之有？今以下愚而非处士[20]，虽欲勿困，固不得已。此适足以明其不知权变，而终惑于大道也[21]。”

【注释】

〔1〕处士：未步入仕途的士人。

〔2〕块然：孤独的样子。

〔3〕廓然：空寂的样子。

〔4〕许由：尧时隐士，隐于箕山。

〔5〕接舆：春秋时楚国的隐士，劝孔子及早归隐。

〔6〕范蠡：春秋时越国大夫，助勾践灭吴。

〔7〕子胥：伍子胥助吴王夫差打败越国，越王请和，伍子胥苦谏无功而被杀。

〔8〕与义相扶：行为符合于道义。

〔9〕寡偶少徒：寡合没有朋友。

〔10〕乐毅：燕昭王时为上将，联合燕赵楚韩魏共同伐齐。

〔11〕李斯：战国时楚人，帮助秦始皇统一天下。

〔12〕郦食其（yì jī）：秦汉之际陈留人，楚汉战争时，说服齐王田广归汉。

〔13〕“说行”句：形容游说如流水般顺畅。

〔14〕“曲从”句：诸侯听从他的言论如环之绕指。

〔15〕“以筦”句：用竹管看天，比喻见闻狭隘。

〔16〕“以蠡”句：用瓢量海水，比喻以浅陋之见揣度事物。

〔17〕“以筳”句：用草茎打钟，毫无声响。比喻才识浅陋的人向高明的学者发问，得不到回答。

〔18〕条贯：系统。

〔19〕文理：条理。

〔20〕下愚：最愚蠢的人。

〔21〕大道：大道理，全局的道理。

【译文】

“现在那些有才德而隐居没有入仕的士人，现在虽然没有得到任用，孤独无伴，寂寞自居，上看许由轻尊位，下察接舆避俗世，谋虑同范蠡般功成不居，忠贞如伍子胥般冒死强谏，天下太平，与道义为伴，孤独无友，本来就应当如此，你何必怀疑我呢？至于燕国重用乐毅，秦国任用李斯，郦食其说齐王归汉，他们的游说像流水一样顺畅，君主曲意听从他们的主张如指环绕指一样紧密，他们希望实现的愿望都能达成，功绩高如山丘，天下安定，国家安宁，这是遇上好时势，你又何必惊讶啊？俗话说：‘用竹筒看天，用瓠瓢来测量大海，用小竹枝来敲钟’，怎么能了解天的整体，考察大海的深浅，发出巨大的声音啊！由此看来，就像小地鼠攻击大狗，小猪撕咬老虎，刚到跟前就颓靡了，还能有什么好结果呢？现在用愚蠢的下等人来非难不慕高官者，即使想没有困窘，也是不可能的。这正好足以表明他们不懂得变通，而最终在大道理面前感到困惑。”

解　嘲并序　杨子云（杨雄）

【题解】

本文借客人嘲讽杨雄失意仕宦，淡泊自守之事，揭示当时贤才失志的原因，表明作者对著书成名的看法，也抒发了作者的愤懑之情与落拓之志。

哀帝时，丁、傅、董贤用事[1]，诸附离之者[2]，起家至二千石[3]。时雄方草创《太玄》，有以自守，泊如也[4]。人有嘲雄以玄之尚白[5]，雄解之，号曰《解嘲》。其辞曰：

【注释】

〔1〕丁：丁明，哀帝母丁姬之兄，时为大司马。 傅：傅晏，哀帝傅皇后之父，封孔乡侯。 董贤：哀帝宠臣，官至大司马。 用事：执政，当权。

〔2〕附离（lí）：附着，依附。

〔3〕起家：从家中征召出来，授以官职。 二千石：汉制，郡守俸禄为二千石。

〔4〕泊如：恬淡无欲的样子。

〔5〕玄之尚白：指杨雄作文不成，其色犹白，故无禄位。玄，黑色。

【译文】

汉哀帝时，丁明、傅晏、董贤当权，那些攀附于他们的人，出来做官都官至二千石的高官。当时杨雄正在撰写《太玄经》，以法度自守，淡泊无为。有人嘲笑杨雄论玄道但社会却崇尚白道，杨雄为此而作辩解，取名作《解嘲》，其文辞说：

客嘲杨子曰："吾闻上世之士，人纲人纪〔1〕，不生则已，生必上尊人君，下荣父母，析人之珪〔2〕，儋人之爵〔3〕，怀人之符，分人之禄，纡青拖紫〔4〕，朱丹其毂〔5〕。今吾子幸得遭明盛之世，处不讳之朝〔6〕，与群贤同行，历金门〔7〕，上玉堂有日矣，曾不能画一奇，出一策，上说人主，下谈公卿。目如耀星〔8〕，舌如电光〔9〕，一从一横，论者莫当，顾默而作《太玄》五千文，枝叶扶疏〔10〕，独说数十馀万言，深者入黄泉〔11〕，高者出苍天，大者含元气〔12〕，细者入无间。然而位不过侍郎，擢才给事黄门〔13〕。意者玄得无尚白乎？何为官之拓落也〔14〕？"

【注释】

〔1〕"人纲"句：做人的准则。

〔2〕“析人”句：指做官。
〔3〕“儋（dān）人”句：得到爵位。
〔4〕“纡青”句：身佩印绶，形容地位尊显。
〔5〕朱丹：用红色涂料涂饰。
〔6〕不讳：指政令宽松，大臣言行没有更多顾忌。
〔7〕金门：金马门。
〔8〕耀星：闪烁的星星，形容眼中有神。
〔9〕电光：闪电之光，形容辞辩迅速，善于应对。
〔10〕枝叶扶疏：比喻分析事理详明缜密。
〔11〕黄泉：地下的泉水。形容深邃。
〔12〕元气：大气，形容博大。
〔13〕给事黄门：给事黄门侍郎。
〔14〕拓落：失意，不得志。

【译文】

有宾客嘲笑杨子说：“我听说前代的士人，做人的准则，不做事就罢了，若做事必要上则尊崇君主，下则光耀父母，得到君王分给的玉珪，获得爵位，取得君王信任的信符，分获君王的俸禄，佩带青丝紫带，乘坐朱轮车。现在先生有幸遇到清明盛平的时代，生活在法令宽松的朝代，与众多贤人并列，做过金马门待诏，登上天子的宫殿已有一段时间了，却不能谋划一奇计，想出一对策，上可以游说天子，下可以论辩公卿。目光如明星般有神，口舌如电光般迅捷，言辞纵横驰骋，使辩论者不能抵挡。反而默无声息地作《太玄经》五千字，文辞如树木的枝叶四方伸展一样疏朗，仅解说的文字就有数十万字，精深的可以到达黄泉，高大的可以超出苍天，博大的可包含万物的元气，细密的可进入到极小的空隙。但您的官位没有超过侍郎，提拔也不过给事黄门。想来是您的玄道未成而仍为白道吧？为何做官那么失意啊？”

杨子笑而应之曰：“客徒朱丹吾毂，不知一跌将赤吾之族也[1]。往昔周网解结[2]，群鹿争逸[3]，离为十二，合为六七，四分五剖[4]，并为战国。士无常君，国无定臣，得士者富，失士者贫，矫翼厉翮[5]，恣意所存，故士或自盛以橐[6]，或凿坏以遁[7]。是故邹衍以颉颃而取世资[8]，孟轲虽连蹇[9]，犹为万乘师[10]。

【注释】

〔1〕赤吾之族：诛杀全族人口。

〔2〕周网：周朝的政权。　解结：政权崩溃。

〔3〕"群鹿"句：比喻诸侯竞相角逐。

〔4〕四分五剖：四分五裂。

〔5〕"矫翼"句：人择君而事，如鸟举翼振翮，随意止息。

〔6〕橐（tuó）：口袋。

〔7〕凿坏：亦作"凿坯（pī）"。谓隐居不仕。

〔8〕邹衍：战国时齐国的阴阳家。　颉颃（xié háng）：奇怪之辞，游移不定之辞。

〔9〕孟轲：即孟子。　连蹇：遭遇坎坷。

〔10〕万乘师：帝王的老师。

【译文】

杨子笑着回应说："客人只知叫我乘坐朱轮车马，却不知在官场上一跌倒就会诛灭我的全族。以前周朝政权崩溃，如群鹿争先奔腾，分成十二个诸侯，最后兼并成六七个，四分五裂，成为战国。士人没有固定事奉的国君，国家没有固定的大臣，得士的国家就富强，失士的国家就贫弱，士人如飞鸟般举翼振翅，任意止息，因此天下士人或如范雎忍辱求仕，或如颜阖凿壁逃遁而不仕。所以邹衍用奇谈怪论为世所用，孟轲虽然境遇窘迫，仍是大国君主的老师。

"今大汉左东海，右渠搜[1]，前番禺，后椒涂[2]。东南一尉，西北一候。徽以纠墨[3]，制以锧铁[4]，散以

《礼》《乐》，风以《诗》《书》，旷以岁月，结以倚庐[5]。天下之士，雷动云合，鱼鳞杂袭[6]，咸营于八区[7]。家家自以为稷契[8]，人人自以为皋陶[9]。戴縰垂缨[10]，而谈者皆拟于阿衡[11]；五尺童子，羞比晏婴与夷吾[12]。当途者升青云[13]，失路者委沟渠。旦握权则为卿相，夕失势则为匹夫。譬若江湖之崖，渤澥之岛[14]，乘雁集不为之多[15]，双凫飞不为之少。昔三仁去而殷墟[16]，二老归而周炽[17]，子胥死而吴亡，种蠡存而越霸[18]，五羖入而秦喜[19]，乐毅出而燕惧，范雎以折摺而危穰侯[20]，蔡泽以噤吟而笑唐举[21]。故当其有事也，非萧、曹、子房、平、勃、樊、霍则不能安[22]，当其无事也，章句之徒相与坐而守之[23]，亦无所患。故世乱则圣哲驰骛而不足；世治则庸夫高枕而有馀。

【注释】

〔1〕渠搜：古西戎国名。

〔2〕椒涂：地名。

〔3〕纠墨：绳索。

〔4〕钻铁：古代腰斩的刑具。

〔5〕倚庐：校舍。

〔6〕鱼鳞杂袭：形容天下之士如鱼鳞一样密密麻麻聚拢来。

〔7〕八区：八方，天下。

〔8〕稷契（xiè）：虞舜的两位贤臣。

〔9〕皋陶：舜的贤臣。

〔10〕戴縰（xǐ）垂缨：縰是古时束发之帛，缨是系冠的带子。这里借指士大夫。

〔11〕阿衡：官名。商初伊尹做过此官，所以阿衡又是伊尹的代称。

〔12〕晏婴：春秋时齐国大夫，曾相齐景公。　夷吾：管仲，名夷吾，春秋初期齐国的政治家。

〔13〕当途：居要职、掌大权。

〔14〕渤澥（xiè）：渤海。

〔15〕乘（shèng）雁：四只大雁。

〔16〕三仁：商纣王的大臣微子、箕子、比干。

〔17〕二老：伯夷、姜太公。

〔18〕种蠡：勾践的大臣文种和范蠡。

〔19〕五羖（gǔ）：五羖大夫百里奚。

〔20〕范雎（jū）：战国时魏国人，入秦为秦昭王的相国。　穰侯：魏冉，秦宣太后之弟，秦昭王舅父，封穰侯，权倾王室。

〔21〕蔡泽：战国时燕国人，入秦后，取代范雎为秦相。　唐举：魏国的相面先生。

〔22〕萧、曹、子房、平、勃、樊、霍：指萧何、曹参、张良、陈平、周勃、樊哙、霍光，他们都是汉代的功臣。

〔23〕章句：剖章析句，是经学家解说经义的一种方式。

【译文】

“现在大汉朝左有东海，右有渠搜，前有番禺，后有椒涂。东南设都尉，西北有迎宾侯，用绳索来捆绑，用铡刀来制裁，用礼乐来宣教，用《诗》《书》来教化，年深日久的浸润，设立校舍。天下的士人，如雷动云合般迅速，如游鱼聚拢般密密麻麻，从四面八方聚拢而来。家家都认为自己像稷和契一样贤明，人人都觉得自己如皋陶一样能干。戴着冠巾垂着丝带，而论说者都把自己比拟成伊尹；五尺高的小孩，羞于和晏婴和管仲相比。当权者青云直上，落魄者被委沟壑。早上掌权就是卿相，晚上失势就是平民。就像江河湖泊的崖岸，渤海中的岛屿，四雁聚集不为多，两鸟飞走不为少。过去微子、箕子、比干三位贤人离开之后殷成废墟，伯夷、姜太公二位长者来归周就兴盛，伍子胥一死吴国就灭亡，文种范蠡还在越国就称霸，五羖大夫百里奚一来秦就高兴，乐毅一离开燕国就恐惧，范雎因折胁摺齿而危及穰侯魏冉，蔡泽因下巴上翘而被唐举嘲笑。所以天下发生动乱，没有萧何、曹参、张良、陈平、周勃、樊哙、霍光就不能安定，当天下太平无事，那文儒之士互相对坐着治理国家，也没有什么可担心的。所以社会动乱时贤人圣哲来回奔波也不能拯救；天下太平时平庸之人高枕无忧还显得游刃有余。

“夫上世之士，或解缚而相〔1〕，或释褐而傅〔2〕；或倚夷门而笑〔3〕，或横江潭而渔〔4〕；或七十说而不遇〔5〕，或立谈而封侯〔6〕；或枉千乘于陋巷〔7〕，或拥篲而先驱〔8〕。是以士颇得信其舌而奋其笔，窒隙蹈瑕而无所诎也。当今县令不请士，郡守不迎师，群卿不揖客，将相不俛眉；言奇者见疑，行殊者得辟〔9〕。是以欲谈者卷舌而同声，欲步者拟足而投迹。向使上世之士，处乎今世，策非甲科〔10〕，行非孝廉，举非方正，独可抗疏〔11〕，时道是非，高得待诏，下触闻罢，又安得青紫〔12〕？

【注释】

〔1〕解缚而相：管仲曾射伤齐桓公，但仍被齐桓公重用为相。

〔2〕释褐而傅：傅说被褐带索，庸筑于傅岩，被商王武丁举为三公。

〔3〕倚夷门而笑：信陵君曾向夷门监者侯嬴求计以救赵。

〔4〕横江潭而渔：屈原在江边遇渔父而与之相谈。

〔5〕七十说（shuì）而不遇：孔子周游列国，但均不遇明君。

〔6〕立谈而封侯：虞卿说赵孝成王而见用为赵上卿。

〔7〕枉千乘于陋巷：齐桓公一日三次来到小臣稷家求贤。

〔8〕拥篲（huì）而先驱：用扫帚扫除清道，古人迎候宾客，常拥篲以示敬意。此指燕昭王恭迎邹衍。

〔9〕得辟：得罪。

〔10〕甲科：古代考试科目名。

〔11〕抗疏：向皇帝上书直言。

〔12〕青紫：本是古时公卿绶带之色，因借指高官显爵。

【译文】

“前代的士人，有的像管仲般解开束缚就成相，有的像傅说般脱了褐索就做太傅，有的像侯嬴般靠着夷门谈笑，有的像渔父般横渡江河而渔猎，有的像孔子般游说七十国君而不遇明君，有的像虞卿般短暂交谈就能封侯，有的像小臣稷般能让齐桓公屈驾来到偏僻的小巷，有的像邹衍般能让诸侯扫地迎接。所以这些士人能够极力逞其辩才而奋力著述，帮诸侯查漏补阙而不被拒斥。现在县令不延请士人，郡守不接纳老师，朝廷官员不礼贤下士，将相不谦逊纳才；言论奇异的被怀疑，行为独特者获重罪。所以想谈辩者只能闭口唯唯，欲行路者唯有亦步亦趋。如果让前代的士人，生活在现在，策问不是甲科，品行不是孝廉，举荐不是方正，只能向皇帝上书，论辩是非，上只做待诏，下犯忌讳而被罢用，又哪里能位至公卿啊？

“且吾闻之，炎炎者灭，隆隆者绝；观雷观火，为盈为实；天收其声，地藏其热。高明之家，鬼瞰其室。攫拏者亡[1]，默默者存；位极者高危，自守者身全。是故知玄知默，守道之极；爰清爰静，游神之庭；惟寂惟漠，守德之宅。世异事变，人道不殊，彼我易时，未知何如。今子乃以鸱枭而笑凤皇[2]，执蝘蜓而嘲龟龙[3]，不亦病乎！子之笑我玄之尚白，吾亦笑子病甚不遇俞跗与扁鹊也[4]，悲夫！”

【注释】

〔1〕攫拏：争夺。

〔2〕鸱枭：即鸱鸮，俗称猫头鹰。

〔3〕蝘蜓（yǎn tíng）：俗称壁虎。

〔4〕俞跗（fù）：传说为黄帝时的良医。　扁鹊：战国时名医。

【译文】

“再者我听说，旺盛的火光会熄灭，巨大的雷声会消失；听雷声看火光，感觉雷声大火光盛，天收其声，地藏其热。富贵之家，鬼神窥视其房室。争权夺利者必亡，默默无争者存；官位显贵者危险，洁身自守者身全。所以知道无为默守，这是坚守清静无为的最高标准；清静无为，是精神遨游的地方；寂寞无闻，是道德的居处。社会不同人事变化，但为人处世之道基本相同，古人和今人交换所处的时代，不知会怎么样。现在您竟然用猫头鹰来嘲笑凤凰，拿壁虎来讥讽龟龙，不是有病吗？您笑我崇黑而不能提高禄位，我也笑您病重而不遇名医俞跗与扁鹊，悲哀啊！”

客曰：“然则靡玄无所成名乎？范蔡以下，何必玄哉？”

杨子曰：“范雎，魏之亡命也，折胁摺髂[1]，免于徽索[2]，翕肩蹈背[3]，扶服入橐，激卬万乘之主[4]，介泾阳[5]，抵穰侯而代之，当也。蔡泽，山东之匹夫也，顩颐折頞[6]，涕唾流沫，西揖强秦之相，搤其咽而亢其气，拊其背而夺其位，时也。天下已定，金革已平[7]，都于洛阳，娄敬委辂脱挽[8]，掉三寸之舌，建不拔之策，举中国徙之长安，适也。五帝垂典[9]，三王传礼[10]，百世不易，叔孙通起于枹鼓之间[11]，解甲投戈，遂作君臣之仪，得也。《吕刑》靡敝[12]，秦法酷烈，圣汉权制，而萧何造律[13]，宜也。故有造萧何之律于唐虞之世，则悖矣；有作叔孙通仪于夏、殷之时，则惑矣；有建娄敬之策于成周之世，则乖矣；有谈范、蔡之说于金、张、许、史之间[14]，则狂矣。夫萧规曹随[15]，留侯画策[16]，陈平出奇，功若泰山，响若坻隤[17]，虽其人之胆智哉，亦会其时之可为也。故为可为于可为之时，则从；为不可为于不可为之时，则凶。若夫蔺生收功于章台，四皓采荣于南山，公孙创业于金马〔18〕，骠骑发迹于祁连〔19〕，司马长卿窃赀于卓氏〔20〕，东方朔割炙于细君〔21〕。仆诚不能与此数子并，故默然独守吾《太玄》。”

【注释】

〔1〕“折胁”句：折断胁骨和髂骨。

〔2〕徽索：拘系罪人的绳索。

〔3〕翕肩：缩脖耸肩。　蹈背：以足踏背。

〔4〕激卬：激怒而使之感悟。

〔5〕泾阳：泾阳君，秦昭王之弟。

〔6〕顩（qìn）颐折頞（è）：垂下巴塌鼻梁。

〔7〕金革：借指战争。

〔8〕娄敬：即刘敬，曾建议汉高祖迁都长安。　脱挽：脱离挽车的劳役。

〔9〕五帝：上古传说中的五位帝王，一般指黄帝（轩辕）、颛顼（高阳）、帝喾（高辛）、唐尧、虞舜。　垂典：垂示典章。

〔10〕三王：一般指夏禹、商汤、周文王。

〔11〕叔孙通：西汉鲁国人，为汉制定朝廷的礼仪。

〔12〕靡敝：残破，凋敝。

〔13〕萧何造律：萧何在秦法的基础上制定汉朝的法律。

〔14〕金、张、许、史：西汉时，金日磾（mì dī）、张安世、许广汉、史恭均为豪门贵族。

〔15〕萧规曹随：汉初萧何制定律令制度，曹参为相后，完全根据成规办事。

〔16〕留侯：张良以功封留侯。

〔17〕坻隤（tuí）：山崩之声。

〔18〕“公孙”句：汉武帝时丞相公孙弘，他曾对策于金马门。

〔19〕“骠骑”句：汉武帝时骠骑将军霍去病，他前后六次出击匈奴，兵至祁连山。

〔20〕司马长卿窃赀：司马相如与卓文君私奔，卓王孙不得已而分给他们百万钱财。

〔21〕东方朔割炙：汉武帝赐给大臣烤肉，东方朔操刀割肉而去，后来辩称是为了妻子而取肉。　细君：古称诸侯之妻，后为妻的通称。

【译文】

宾客说："那么不论玄道就没办法成名吗？范雎、蔡泽等人，他们成名何必靠玄道呢？"

杨子说："范雎，是魏国的逃亡者，被折断胁骨和腰骨，装死而没有被捕入狱，收缩肩背，匍匐钻入口袋中，但他激怒秦昭王，离间泾阳君，攻击穰侯魏冉而后取代他，这是时势使然。蔡泽是山东的平民。垂下巴塌鼻梁，眼泪口水满面，但他西行入秦揖见秦相范雎，卡着他的咽喉而扼制其气，安抚其背而夺了他的相国之位，这是时机。天下安定，战争平息，刘邦在洛阳建都，娄敬丢下马车，摇动三寸的舌头游说，谋划了不可更改的策略，建议皇帝把都城迁徙到长安，这是碰巧。五帝留下典章制度，三王流传了礼仪文化，世世代代不变，叔孙通在战场崛起，脱下铠甲丢掉兵器，于是制订君臣的礼仪，这是迎合君王。《吕刑》败坏，秦朝刑法严峻，大汉审时度势，而萧何制订法律，这是合乎时宜的。所以有人在唐虞之世制订萧何的汉律，那就荒谬了；有人在夏殷时制订叔孙通的礼仪，那就糊涂了；有人在成周的时代给君王谋划娄敬的策略，那就悖谬了；有人在金日磾、张安世、许广汉、史恭、史高等人中谈论范雎、蔡泽的主张，那就狂愚了。萧何制订的法规曹参遵循不改，张良出谋划策，陈平献出奇计，他们的功劳如同泰山一般大，声誉如山崩塌时发出的声音一般响亮，虽然这是他们有胆识智慧，也是他们遇到了有作为的时代。所以在有作为的时世立业，就顺利；在没有作为的时世做不可能的事，就不顺利。至于蔺相如在秦国的章台收获成功，商山四皓在南山归隐而取得高名，公孙弘在金马门对策中夺魁而立业，霍去病在祁连山击败匈奴而建立功业，司马相如从卓王孙那里获得财物，东方朔为妻子而在朝廷中割烤肉，我确实不能与这些人相提并论，所以只能默默地坚守我的《太玄》之理。”

答宾戏并序 班孟坚（班固）

【题解】

本文假托宾客嘲笑主人以著述为业，无功于当世。主人辩称，战国以来，士人乘势撷取世利而皆以祸难而终，言明士人应当慎修所志，笃意著述，然后名显声传。

永平中为郎，典校秘书[1]，专笃志于儒学，以著述为业。或讥以无功，又感东方朔、杨雄自喻，以不遭苏、张、范、蔡之时[2]，曾不折之以正道，明君子之所守，故聊复应焉。其辞曰：

【注释】

〔1〕典校：主持校勘书籍。 秘书：宫禁秘藏之书。

〔2〕苏、张、范、蔡：战国策士苏秦、张仪、范雎、蔡泽。

【译文】

汉明帝永平年间我官至侍郎，负责校勘整理秘阁中的藏书，专心致志于儒学，以著书立说为事业。有人讥笑我无功劳，我又有感于东方朔、杨雄曾作文自嘲，又因为没有遇到苏秦、张仪、范雎、蔡泽的时世，不能用正确的治世之道使人信服，表明君子志向操守，所以姑且回应。其文辞道：

宾戏主人曰：“盖闻圣人有一定之论，烈士有不易之分[1]，亦云名而已矣。故太上有立德，其次有立功。夫德不得后身而特盛，功不得背时而独彰[2]。是以圣哲之治，栖栖遑遑[3]，孔席不暖[4]，墨突不黔[5]。由此言之，取舍者昔人之上务，著作者前列之馀事耳。今吾子幸游帝王之世，躬带绂冕之服[6]，浮英华[7]，湛道德，矕龙虎之文[8]，旧矣。卒不能摅首尾[9]，奋翼鳞，振拔洿涂[10]，跨腾风云，使见之者影骇，闻之者响震。徒乐枕经籍书，纡体衡门[11]，上无所蒂，下无所根。独摅意乎宇宙之外，锐思于毫芒之内，潜神默记，絙以年岁[12]。然而器不贾于当己，用不效于一世，虽驰辩如涛波[13]，摛藻如春华[14]，犹无益于殿最也[15]。意者，且运朝夕之策[16]，定合会之计[17]，使存有显号，亡有美谥，不亦优乎？”

【注释】

〔1〕烈士：有节气有壮志的人。

〔2〕背时：违背时势，不合时宜。

〔3〕“栖栖”句：匆匆忙忙，不得安居的样子。

〔4〕“孔席”句：孔子游说天下，坐不暖席，坐卧不安。

〔5〕“墨突”句：墨子游说天下，烟囱没有熏黑，无暇进食。

〔6〕绂（fú）冕：古时系官印的丝带及大夫以上的礼冠。

〔7〕英华：花木之美。引申为在上者的德化。

〔8〕矕（mǎn）：披。　龙虎：比喻盛美的文章。

〔9〕摅（shū）：舒展。　首尾：指神龙的首尾。

〔10〕洿涂：污泥。

〔11〕衡门：简陋的房屋。

〔12〕絙（gēng）：通“亘”，贯通，终止。

〔13〕驰辩：纵横雄辩。

〔14〕摛（chī）藻：铺陈辞藻，施展文才。

〔15〕殿最：古代考核政绩或军功，下等称为殿，上等称为最。

〔16〕朝夕之策：喻随时势而变化的权宜之计。

〔17〕合会之计：会盟合会的纵横之策。

【译文】

宾客嘲笑主人说："听说圣人有坚定不移的信念，立业之士有始终如一的志向，这也是为了名而已。所以最高境界是树立德行，其次是建立功业。道德不能在身死之后才特别尊盛，功业不能违背时代而单独彰显。所以才德超凡者治世，忙忙碌碌，孔子的坐席来不及坐暖，墨子的烟囱没有熏黑，由此看来，观时进退是古人的首要工作，著书立说只是前贤立业的余事而已。现在您有幸生活在帝王之世，腰束大带，身着公卿之服，焕发神采，浸淫道德，衣上雕饰如龙虎，已经很久了。最后却不能如神龙般舒展首尾，振动鳞翼，飞越污浊的泥水，腾飞于风云之间，使见其影者惊骇，闻其声者震惧。而您现在只喜欢钻研经书，屈居陋室，上没有花托，下没有根基。只抒发情意于宇宙之外，精微深思到毫芒细末之处，深思默想，年复一年。但是才器不能卖给自己身存之时，才用不能呈献于生活的时代，即使您的辩论像波涛般猛烈，文采如春花般艳丽，仍对建功立业没有帮助。试想，姑且随时势变化而设权宜之计，定纵横的策略，使生时有显赫的封号，死后有尊宠的谥号，这不好吗?"

主人逌尔而笑曰〔1〕："若宾之言，所谓见世利之华〔2〕，暗道德之实，守窔奥之荧烛〔3〕，未仰天庭而睹白日也。曩者王途芜秽，周失其驭，侯伯方轨，战国横骛〔4〕，于是七雄虓阚〔5〕，分裂诸夏，龙战虎争。游说之徒，风飑电激〔6〕，并起而救之，其馀猋飞景附〔7〕，霅煜其间者〔8〕，盖不可胜载。当此之时，搦朽摩钝〔9〕，铅刀皆能一断，是故鲁连飞一矢而蹶千金〔10〕，虞卿以顾眄而捐相印〔11〕。夫啾发投曲〔12〕，感耳之声，合之律度，淫鼃而不可听者[13]，非《韶》《夏》之乐也。因势合变，遇时之容，风移俗易，乖迕而不可通者，非君子之法也。及至从人合之，衡人散之，亡命漂说，羁旅骋辞，商鞅挟三术以钻孝公[14]，李斯奋时务而要始皇，彼皆蹑风尘之会，履颠沛之势，据徼乘邪[15]，以求一日之富贵，朝为荣华，夕为憔悴，福不盈眦[16]，祸溢于世，凶人且以自悔，况吉士而是赖乎？且功不可以虚成，名不可以伪立，韩设辨以激君[17]，吕行诈以贾国[18]。《说难》既遒[19]，其身乃囚；秦货既贵[20]，厥宗亦坠。是以仲尼抗浮云之志，孟轲养浩然之气，彼岂乐为迂阔哉？道不可以贰也。方今大汉洒扫群秽，夷险芟荒，廓帝纮，恢皇纲，基隆于羲、农，规广于黄、唐；其君天下也，炎之如日，威之如神，函之如海，养之如春。是以六合之内，莫不同源共流，沐浴玄德，禀仰太龢[21]，枝附叶著，譬犹草木之植山林，鸟鱼之毓川泽，得气者蕃滋，失时者零落，参天地而施化，岂云人事之厚薄哉？今吾子处皇代而论战国，曜所闻而疑所觌[22]，欲从堥敦而度高乎泰山[23]，怀氿滥而测深乎重渊[24]，亦未至也。”

【注释】

〔1〕逌（yóu）尔：笑的样子。

〔2〕世利：世间的利禄。

〔3〕窔奥：幽暗的角落。　荧烛：微弱的烛光。

〔4〕横骛：纵横驰骋。

〔5〕虓阚（xiāo hǎn）：老虎暴怒哮吼的样子。引申为勇猛强悍。

〔6〕风飑（páo）电激：比喻策士口辩的迅疾有力。

〔7〕猋飞景附：比喻口辩的迅捷。

〔8〕雷煜：光明的样子。

〔9〕“搦朽”句：指才能低下的人也在激励求进。

〔10〕鲁连：战国时齐国策士。他帮助齐国写劝降信给燕将，功成不受封赏。 蹶：放弃，拒绝。

〔11〕“虞卿”句：虞卿为战国时游说之士，赵孝成王之相。主张以赵为主，合从抗秦。秦王致信于赵王，要取魏齐头颅。虞卿以义救魏齐出走。

〔12〕啾发：众人发出的吟吟之声。 投曲：指投合俗世的歌曲。

〔13〕淫揶：淫邪不正之音。

〔14〕三术：商鞅曾用王、霸、富国强兵三种策略游说秦孝公。

〔15〕据徼：凭借侥幸的机遇。 乘邪：乘邪险的局势。

〔16〕不盈眦：指极短的时间。

〔17〕“韩设辨”句：韩非子的《孤愤》《五蠹》传入秦国，被秦始皇激赏。

〔18〕“吕行诈”句：吕不韦在邯郸见秦昭王子子楚质于赵，认为奇货可居。于是交通王侯，使子楚得立为秦太子。

〔19〕《说难》：韩非著作篇名，言游说之道难以有功。

〔20〕秦货：秦国的奇货。喻为质于赵时的秦公子子楚。

〔21〕太龢：天地间冲和之气。

〔22〕觌（dí）：见。

〔23〕堥（móu）敦：泛指小丘。

〔24〕氿滥：小泉。

【译文】

主人悠然自得地笑着说：“像您说的，这只是看见世俗小利的花，不见道德的果实，守着幽暗角落中的微弱烛光，没有抬头看到天空的阳光。古时以仁义治世之道荒废秽乱，周王朝失去对天下的控制，诸侯并驾，战国争霸，于是七雄如猛虎暴怒，瓜分中原，如龙虎争斗。游说的策士，如暴风闪电般奔走游说，共同崛起以拯救时势，其他如焰飞影随，闪耀其间的策士，也多得难以记载。那个时候，磨砺朽钝，即使钝刀也能割断东西，所以鲁仲连射一支箭书就能建功且又不受千金之赐，虞卿审视赵王知其不可游说而放弃赵国相印。口吟之声自成曲调，悦耳动听，合乐律法度，淫邪之声不可听，因为不是虞舜的《韶》乐和大禹的《夏》乐。因时势而变通，遇到时机暂时适应，风俗变易，违背而不懂得变通的，这不是君子的处世法则。等到合纵者联合六国，连横者又拆散六国，他们背弃君命而浮夸辩说，奔走寄居极力游说，商鞅用治国三术来说服秦孝公，李斯推衍时势要务来取信秦始皇，他们都是趁着社会混乱的时候，借着时代动荡的机会，侥幸行险，来求得一时的富贵，早上获得荣华，晚上就失势枯萎，富贵装不满眼角，而祸患却充满一世，恶人尚且因此后悔，何况善人反要依靠这些吗？再说功业不能凭空成就，声名不能虚伪地建立，韩非自设论辩来激发秦始皇，吕不韦用诈骗之术买得秦国的禄位。韩非的《说难》写成后，他自己被囚禁了；吕不韦让子楚尊贵之后，他的宗族被诛灭了。所以孔子高扬富贵如浮云的志向，孟子培养至大至刚的正气，他们哪里是喜欢迂腐啊？圣人之道不能违背罢了。现在大汉扫除暴乱，一统天下，开廓五帝纲纪，扩大三皇纲维，基业超过伏羲、神农，法度胜过黄帝、唐尧；其治理天下，光明如日，威严如神，包容如大海，涵养如春天。所以天地四方，没有不同受天子恩泽教化的，浸润大德，禀承阴阳冲和的元气，内外亲附，就像草木长在山林里，鸟鱼生活在山泽，得太平之气就繁盛，得不到机遇就凋零，参合天地广施恩德，哪里论人事的厚薄呢？现在您处在圣明的时代却讲论战国，深信耳闻而怀疑眼见，想用小山来估量泰山的高度，用小泉来测量深渊的深度，也是没办法实现的。”

宾曰：“若夫鞅斯之伦，衰周之凶人，既闻命矣。敢问上古之士，处身行道，辅世成名，可述于后者，默而已乎？”

主人曰：“何为其然也！昔者咎繇谟虞[1]，箕子访周[2]，言通帝王，谋合神圣；殷说梦发于傅岩[3]，周望兆动于渭滨[4]，齐宁激声于康衢[5]，汉良受书于邳垠[6]，皆竢命而神交，匪词言之所信，故能建必然之策，展无穷之勋也。近者陆子优游[7]，《新语》以兴；董生下帷[8]，发藻儒林；刘向司籍[9]，辨章旧闻[10]；杨雄谭思，《法言》《太玄》。皆及时君之门闱[11]，究先圣之壸奥[12]，婆娑乎术艺之场[13]，休息乎篇籍之囿，以全其质而发其文，用纳乎圣德，烈炳乎后人[14]，斯非亚与！若乃伯夷抗行于首阳，柳惠降志于辱仕，颜潜乐于箪瓢[15]，孔终篇于西狩[16]，声盈塞于天渊，真吾徒之师表也。且吾闻之：一阴一阳，天地之方；乃文乃质，王道之纲；有同有异，圣哲之常。故曰：慎修所志，守尔天符[17]，委命供己[18]，味道之腴，神之听之，名其舍诸！宾又不闻和氏之璧，韫于荆石，隋侯之珠，藏于蚌蛤乎？历世莫视，不知其将含景曜，吐英精，旷千载而流光也。应龙潜于潢污[19]，鱼鼋媟之[20]，不睹其能奋灵德，合风云，超忽荒而躆昊苍也。故夫泥蟠而天飞者，应龙之神也；先贱而后贵者，和、隋之珍也；时暗而久章者，君子之真也。若乃牙、旷清耳于管弦[21]，离娄眇目于毫分[22]；逢蒙绝技于弧矢[23]，般输搉巧于斧斤[24]；良、乐轶能于相驭[25]，乌获抗力于千钧[26]；和、鹊发精于针石[27]，研、桑心计于无垠[28]。走亦不任厕技于彼列，故密尔自娱于斯文。”

【注释】

〔1〕咎繇：虞舜之臣。　谟虞：给虞舜出谋略。

〔2〕箕子：商纣王的叔父，封于箕。纣无道，箕子谏不听，为纣所囚。

〔3〕殷说：商朝的傅说。殷高宗相，曾筑墙于傅岩，辅佐高宗创造殷中兴局面。

〔4〕周望：周朝的吕望，即姜太公。　兆动：指周文王按占卜之卦象出行，从而于渭滨遇见吕望。

〔5〕“齐宁”句：齐桓公时的宁戚。于大路上喂牛，击车辐而歌，齐桓公得之，拜为上卿，后称霸诸侯。

〔6〕“汉良”句：西汉的张良。曾游下邳桥上，于桥旁遇一老父，授《太公兵法》，谓读了可为王者师。

〔7〕陆子：西汉的陆贾。

〔8〕董生：西汉的董仲舒。

〔9〕刘向：成帝时任光禄大夫，校阅经传诸子诗赋等图书典籍。

〔10〕辨章：辨别章句的正误。

〔11〕门闱：宫廷之门，指皇帝。

〔12〕壶奥：内室。比喻深邃之处。

〔13〕婆娑：悠然安适的样子。

〔14〕烈炳：著书立说，流传后代。

〔15〕颜潜：孔子称赞颜回“一箪食，一瓢饮”也不改其乐。

〔16〕“孔终篇”句：相传孔子作《春秋》，只写到鲁哀公十四年西狩获麟。

〔17〕天符：天性，自然的禀赋。

〔18〕委命：听任命运。　供己：超越俗世的污染，保持自身的天性。

〔19〕应龙：有翼之龙，古代传说中龙的一种。　潢污：积水池。

〔20〕媟（xiè）：轻慢。

〔21〕牙、旷：伯牙和师旷，古代的著名音乐家。

〔22〕离娄：相传是古代目光锐利的人。

〔23〕逢蒙：相传是古代善射的人。

〔24〕般输：公输班，是传说中的巧匠。

〔25〕良、乐：赵国的王良和秦国的伯乐，王良是古代善驭马者，伯乐是古代善相马者。

〔26〕乌获：传说中的大力士。

〔27〕和、鹊：医和与扁鹊，二人是传说中的名医。

〔28〕研、桑：计研和桑弘羊。计研是春秋时晋国公子，桑弘羊是汉武帝治粟都尉，二人精于筹算。

【译文】

宾客说:“像商鞅、李斯这些人,是衰落的周末时候的恶人,我已经知道了。请问远古的士人,立身行道,济世立业,可称述于后世之士,都是默默无为吗?”

主人说:“怎么是这样呢!过去咎繇给虞舜谋划,箕子得到周武王的拜访,他们的言论与帝王旨意相通,谋划与神灵相合;殷朝傅说是殷高宗据梦指引从傅岩找到的,周朝吕望是周文王占卜从海滨求得的,齐国宁越在大路边唱歌,汉朝张良在邳水岸边得授兵书,他们都遇到天命而得到神灵的眷顾,不是以言辞游说而取信于君王,所以能够制定必然成功的计谋,建立他们无穷的功业。近代陆贾悠闲自得,撰《新语》而扬名;董仲舒放下帷幕专心讲学,其著作扬名儒林;刘向整理典籍,校勘传闻真伪;杨雄好学深思,撰成《法言》《太玄》。他们的主张都反映当代君主的旨意,探究古代圣贤学术的精髓,在学术经艺中逍遥自得,在经籍书海中休息,既保全其质朴又发挥其文采,才能为贤君所知而纳用,著书立说光耀后代,这不是仅次于傅说、吕望诸贤的事业吗!至于伯夷在首阳山隐居不食周粟,柳下惠委屈情志入仕,颜渊甘心箪食瓢饮,孔子作《春秋》写到西狩获麟而止,他们的声名充满天地,真正是我们这类人的表率。我又听说:阴阳交互,是天地之道;文质兼备,是王道的法度;有同有异,是圣王哲人的常规。所以说:严谨地选择并持守志向,坚守您的禀赋,听任命运又要保全节操,体悟道德的精华,神灵都能听闻,声誉怎能舍弃他呢!宾客没有听说和氏璧藏在楚山的石中、隋侯珠藏在蚌蛤中吗?历代都没有人发现,不知这些宝物隐藏光芒,蕴含精华,历经千年才放出光彩。应龙潜藏在积水池中,鱼鳖狎侮它,没看到它能奋起神灵的才德,应合风云,超越荒忽混沌而飞到天空。所以屈身于泥污而能高飞于天,是应龙的神异;先卑贱而后尊贵,是和氏璧和隋侯珠的珍贵;暂时不见任用而最终会永久显达,这是君子的真德。至于伯牙、师旷静心善听音乐,离娄明目善察秋毫之末;逢蒙有高超的射箭技巧,公输般精专运用斧子;王良、伯乐有超凡的驭马技巧,乌获能力举千钧;医和、扁鹊专精针灸药石，计研、桑弘羊心算无限。我不能以才艺与他们并列，所以只能静心自娱于文史。”

辞

秋风辞并序　汉武帝（刘彻）

【题解】

此文写作者与群臣在楼船中饮宴的热闹场面，抒写其乐极生悲、岁月流逝的无奈之情。

上行幸河东，祠后土[1]，顾视帝京欣然，中流与群臣饮燕[2]，上欢甚，乃自作《秋风辞》曰[3]：

秋风起兮白云飞，草木黄落兮雁南归。兰有秀兮菊有芳，携佳人兮不能忘。泛楼船兮济汾河，横中流兮扬素波。箫鼓鸣兮发棹歌，欢乐极兮哀情多。少壮几时兮奈老何！

【注释】

〔1〕后土：古时对地神或土神的称呼。

〔2〕饮燕：聚在一起饮酒吃饭。

〔3〕辞：古代文体的一种。

【译文】

皇帝巡视河东，祭祀土神后，回头遥看长安显出喜悦的样子，泛舟河中并与群臣燕饮，皇帝非常欢愉，于是亲自创作了《秋风辞》说：

秋风乍起啊白云翻飞，草木枯黄凋落啊大雁南飞。兰草开花啊菊花有芳香，携美人游乐啊难以忘怀。荡起大船啊渡过汾河，横渡到河中啊荡起白色的波浪。引箫击鼓音乐起啊划船而歌，欢乐结束啊哀伤之情增多。年轻力壮能有多久啊到老可奈何！

归去来并序　陶渊明（陶潜）

【题解】

本文抒发了作者辞官回归田园的喜悦以及其田园生活的恬静惬意。

序曰：余家贫，又心惮远役，彭泽县去家百里，故便求之。及少日，眷然有归与之情，自免去职。因事顺心，命篇曰《归去来》。

归去来兮，田园将芜胡不归！既自以心为形役[1]，奚惆怅而独悲。悟已往之不谏[2]，知来者之可追。实迷途其未远，觉今是而昨非。舟遥遥以轻扬[3]，风飘飘而吹衣。问征夫以前路，恨晨光之熹微[4]。乃瞻衡宇[5]，载欣载奔。僮仆欢迎，稚子候门。三径就荒[6]，松菊犹存。携幼入室，有酒盈樽。引壶觞以自酌，眄庭柯以怡颜。倚南窗以寄傲，审容膝之易安。园日涉以成趣，门虽设而常关。策扶老以流憩[7]，时矫首而遐观[8]。云无心以出岫，鸟倦飞而知还。景翳翳以将入[9]，抚孤松而盘桓。

【注释】

〔1〕形役：为形骸所拘束、役使。此指被功名利禄所牵制、支配。

〔2〕不谏：不可追回。

〔3〕轻扬：船只轻快地荡漾前进。

〔4〕熹（xī）微：光线淡弱的样子。

〔5〕衡宇：简陋的房屋。

〔6〕三径：王莽时代，蒋诩不愿为官，家中庭院留有三条小路，只与羊仲、求仲一起交游。

〔7〕扶老：手杖可供老人凭借扶持。后因用以为手杖的别名。 流憩：步游或稍事休息。

〔8〕矫首：抬头。 遐观：远眺。

〔9〕翳翳（yì）：晦暗不明的样子。

【译文】

序言写道：我家贫困，心里又怕到外地做官，彭泽县离我家只有一百多里，所以就请求去那里为官。过了一段时间，心中就有怀念并回归故乡的想法，自己请求免去官职。因辞官得偿所愿，所以就写了《归去来》。

回去吧，田园将要荒芜了为什么还不回去！既然自己的心灵受到形体的役使，为何惆怅而独自悲伤。明白过去的已经不能改正，但知道未来的还可以补救。确实走入迷途还不远，觉悟了归隐的正确而入仕的错误。小船轻快地行驶，微风轻轻地吹拂衣服。向行人打听前面的道路，只恨早上的天色亮得晚。望见了简陋的房子，我欣喜若狂地奔跑。仆人们笑脸相迎，孩子们倚门相盼。院内小路已经荒芜，但松树、菊花仍在。拉着孩子回屋里，家里还有满樽的酒。举起酒杯自己品酌，看着庭中树木就心情愉悦。靠着南窗休息以寄托傲然自得的归隐心情，明白房屋虽小却能容易让人住得安心。每天在园中散步是一种乐趣，家里虽有门却经常关闭。拄着拐杖到处散心，偶尔抬头向远处眺望。白云自然而然地从山间飘出，鸟儿飞累也知道回巢。夕阳昏暗已近黄昏，而我还靠着孤松流连忘返。

归去来兮，请息交以绝游。世与我而相遗，复驾言兮焉求？悦亲戚之情话，乐琴书以消忧。农人告余以春兮，将有事乎西畴。或命巾车〔1〕，或棹孤舟。既窈窕以寻壑〔2〕，亦崎岖而经丘。木欣欣以向荣，泉涓涓而始流。善万物之得时，感吾生之行休！已矣乎！寓形宇内复几时，曷不委心任去留！胡为遑遑欲何之？富贵非吾愿，帝乡不可期。怀良辰以孤往，或植杖而耘耔〔3〕。登东皋以舒啸，临清流而赋诗。聊乘化以归尽〔4〕，乐夫天命复奚疑！

【注释】

〔1〕巾车：有帷幕的车子。

〔2〕窈窕：山水幽深曲折的样子。

〔3〕植杖：倚杖，扶杖。　耘耔：除草培土，后泛指从事田间劳动。

〔4〕乘化：顺着自然的变化。　归尽：回到生命的尽头。

【译文】

回去吧，请让我停止与外界的交往。社会的一切跟我志趣都不合，我还驾车去求什么呢？喜欢听亲朋好友的知心话，喜欢用音乐和书籍来排解苦闷。农夫跟我说春天到来了，应该到西边的田地去耕种了。有时坐着有帷幕的小车，有时独自划着小船。既探访幽深的沟壑，也走过高低不平的山丘。树木生机勃勃茁壮生长，泉水缓缓流淌而不停息。羡慕自然界的万物遇到生机勃勃的季节，却感慨我的一生就要结束了！算了吧！寄托形骸在天地间还有多久呢，为何不随心生活还管什么生死啊！为什么急急忙忙想着要去哪里？富贵不是我想要的，仙境也不可企求。趁着这美好的时光独自出游，或者放下手杖去除草。登上东边的山冈放声高歌，对着清澈的流水来写诗。姑且随着自然的变化来安度此生，乐天知命又有什么可怀疑的呢！

（本卷自宋玉《对楚王问》至陶渊明《归去来》译注：陈丕武）

序上

毛诗序 卜子夏（卜商）

【题解】

卜子夏（前507—前420），名商，字子夏，春秋卫人，孔子弟子，长于文学，相传曾讲学西河，为魏文侯师。《史记·仲尼弟子列传》对他有记载。但有人认为《毛诗序》是东汉人卫宏所作。本序究属何人所作，目前尚无定论。本序阐述诗歌的特征、内容、分类、表现方法和社会作用等。毛诗，汉人传诗有鲁（申公）、齐（辕固生）、韩（韩婴）、毛（赵人毛苌），均有序，今独存毛诗及序。

《关雎》[1]，后妃之德也，《风》之始也[2]，所以风天下而正夫妇也[3]。故用之乡人焉，用之邦国焉。风，风也，教也。风以动之，教以化之。诗者，志之所之也。在心为志，发言为诗。情动于中，而形于言。言之不足，故嗟叹之；嗟叹之不足，故永歌之；永歌之不足，不知手之舞之、足之蹈之也。

【注释】

〔1〕关雎：《诗经》首篇，属《周南》。

〔2〕《风》:《诗经》分为《风》《雅》《颂》三大部分。

〔3〕风:教化。

【译文】

《关雎》,歌咏的是后妃的美德,是《国风》的开始,是用来教化天下而匡正夫妇的。所以用在教化一乡上,用在教化诸侯邦国上。风,讽喻的意思,教化的意思。通过讽喻来打动人,教育来感化人。诗,是思想感情的抒发,在心中是思想感情,用语言表达就是诗。内心感情发动而表达在语言上,语言表达不足,就吁嗟咏叹,吁嗟咏叹不足,就引吭长歌,长歌不足,就不知不觉地手舞足蹈。

情发于声,声成文谓之音[1]。治世之音安以乐,其政和;乱世之音怨以怒,其政乖;亡国之音哀以思,其民困。故正得失,动天地,感鬼神,莫近于诗。先王以是经夫妇,成孝敬,厚人伦,美教化,移风俗。

【注释】

〔1〕声成文:指宫、商、角、徵、羽五声。

【译文】

情感凭借声音抒发,声音的抑扬顿挫五音谐调就叫音乐。太平治世的音乐安宁而欢乐,其时政治和谐;衰亡乱世的音乐怨恨而愤怒,其时政治反常;亡国的音乐哀伤而忧愁,其时人民困苦。所以纠正得失,打动天地,感动鬼神,没有什么能比得上诗了。先王用它整治夫妇之道,促成孝敬父母师长,笃厚人伦关系,改造社会风俗。

故诗有六义焉:一曰风,二曰赋[1],三曰比,四曰兴〔2〕，五曰雅〔3〕，六曰颂〔4〕。上以风化下，下以风刺上，主文而谲谏〔5〕。言之者无罪，闻之者足以戒，故曰风。至于王道衰，礼义废，政教失，国异政，家殊俗，而变风变雅作矣〔6〕。国史明乎得失之迹，伤人伦之废，哀刑政之苛。吟咏情性，以风其上，达于事变，而怀其旧俗者也。故变风发乎情，止乎礼义。发乎情，民之性也；止乎礼义，先王之泽也。是以一国之事，系一人之本，谓之风；言天下之事，形四方之风，谓之雅。雅者，正也，言王政之所由废兴也。政有小大，故有《小雅》焉，有《大雅》焉。颂者，美盛德之形容，以其成功，告于神明者也。是谓四始〔7〕，诗之志也。

【注释】

〔1〕赋：铺陈直叙。

〔2〕兴：起，兼有发端与譬喻双重意思。

〔3〕雅：雅正。

〔4〕颂：以舞赞神。

〔5〕谲谏：用隐约的言辞劝谏。

〔6〕变风变雅：指《风》《雅》中政治衰乱时期的作品。

〔7〕四始：《史记·孔子世家》：“《关雎》之乱以为风始，《鹿鸣》为小雅始，《文王》为大雅始，《清庙》为颂始。”

【译文】

所以诗有六义：一是风，二是赋，三是比，四是兴，五是雅，六是颂。居上位者以诗教化下属臣民百姓，臣民百姓用诗来讽谏居上位者，通过文辞来委婉含蓄地讽谏，说的人不获罪咎，听的人足以警戒，所以叫作“风”。至于王道衰微，礼义法制废弃，政治教化丧失，国家政治反常，家庭习俗混乱，“变风变雅”就产生了。国家史官明辨得失的迹象，伤痛人伦的废弃，悲哀刑罚的苛刻，于是咏吟性情怀抱，用来讽谏感化居上位者，使他们认识时事的变化，而怀念那旧有风俗。所以变风自内心情感产生，以礼义为界限。发自内心感情，是人民百姓的本性，不违反礼义，是先王教化的恩泽。因此把一国的事情，联系于一人之身，就是风；叙说天下的事情，描摹四方的习俗，就是雅。雅，就是雅正，说的是王政兴废盛衰的缘由。政事有小有大，所以有《小雅》，有《大雅》。颂的意思，是以舞蹈赞美天子盛大的功德，把其完成的功业祈告给神明。这就是“四始”，是诗所要表达的志意。

然则《关雎》《麟趾》之化[1]，王者之风，故系之周公[2]。南，言化自北而南也。《鹊巢》《驺虞》之德[3]，诸侯之风也，先王之所以教，故系之召公[4]。《周南》《召南》[5]，正始之道，王化之基。是以《关雎》乐得淑女以配君子，忧在进贤，不淫其色。哀窈窕[6]，思贤才，而无伤善之心焉，是《关雎》之义也。

【注释】

〔1〕《关雎》《麟趾》：《诗经·国风·周南》的首篇与末篇。

〔2〕周公：周文王之子姬旦。

〔3〕《鹊巢》《驺虞》：《诗经·国风·召南》的首篇与末篇。

〔4〕召公：姬奭，周成王时与周公分陕而治。

〔5〕《周南》《召南》：《诗经·国风》的前两部分。

〔6〕哀：同情。　窈窕：娴静、美好貌。

【译文】

那么《关雎》《麟趾》的教化，是王者的风诗，故称其来自周公。南，是说教化自北方向南方扩展。《鹊巢》《驺虞》的道德，说的是诸侯的教化，所以把它们与召公联系起来。《周南》《召南》，展示出王道是如何开始的，是王道教化的基础。所以《关雎》写的是很高兴得到善良的女子来匹配君子，思虑的是招纳贤才，不要迷恋美色，同情美淑之女，思念贤能之才，而又没有损伤善道的用意，这就是《关雎》的要义。

尚书序 孔安国

【题解】

孔安国，汉武帝时人，孔子十二世孙，以治《尚书》为武帝博士，谏议大夫，至临淮太守。鲁公王坏孔子宅，得古文《尚书》等，孔安国奉诏作传。本序阐述《尚书》的产生、失传与再次出现及整理注释的过程。

古者伏牺氏之王天下也〔1〕，始画八卦〔2〕，造书契〔3〕，以代结绳之政，由是文籍生焉。伏羲、神农、黄帝之书，谓之《三坟》，言大道也。少昊、颛顼、高辛、唐、虞之书，谓之《五典》，言常道也。至于夏、商、周之书，虽设教不伦〔4〕，雅诰奥义，其归一揆〔5〕，是故历代宝之，以为大训。八卦之说，谓之《八索》，求其义也。九州之志，谓之《九丘》。丘，聚也。言九州所有，土地所生，风气所宜，皆聚此书也。《春秋左氏传》曰：楚左史倚相，能读《三坟》《五典》《八索》《九丘》，即谓上世帝王遗书也。

【注释】

〔1〕王：统治。

〔2〕八卦：《周易》的八种符号，由阴（--）阳（—）两爻组成。

〔3〕书契：指文字，或写或刻。契，刻。

〔4〕伦：伦次。

〔5〕揆：道理。

【译文】

古时候伏羲氏统治天下，开始画八卦，创造了文字，来代替结绳记事，自此文献书籍产生了。伏羲氏、神农氏、黄帝的书，叫作《三坟》，述说的是最高的治世原则。少昊、颛顼、高辛、唐尧、虞舜的书，叫作《五典》，述说的是一般的常理。至于说夏、商、周时代的书，虽然设置与教化有其不属同类，但其典正的言论与深奥的意义，旨趣是相同的。因此历代都很珍视它们，以为是重要的规范与教诲。解说八卦的书，叫作《八索》，意思是探求其意义。记载天下九州的书，叫作《九丘》；丘的意思，就是聚集。讲九州所具有的东西，土地所产物品，风尚习气，都聚集在此书中。《春秋左氏传》说：楚左史倚相能读《三坟》《五典》《八索》《九丘》，就是说这些都是上古帝王遗留下来的书啊。

先君孔子，生于周末，睹史籍之烦文，惧览之者不一，遂乃定《礼》《乐》，明旧章，删《诗》为三百篇，约史记而修《春秋》〔1〕，赞《易》道以黜《八索》〔2〕，述职方以除《九丘》〔3〕。讨论《坟》《典》，断自唐、虞以下，讫于周，芟夷烦乱，翦截浮辞，举其宏纲，撮其机要，足以垂世立教。典、谟、训、诰、誓、命之文〔4〕，凡百篇，所以恢弘至道，示人主以轨范也。帝王之制，坦然明白，可举而行。三千之徒，并受其义。及秦始皇灭先代典籍，焚书坑儒，天下学士，逃难解散，我先人用藏其家书于屋壁。

【注释】

〔1〕约：孔颖达曰："准依其事曰约。"

〔2〕赞：帮助。　黜：贬退。

〔3〕职方：四方职责。

〔4〕典、谟、训、诰、誓、命：《尚书》的篇题名。

【译文】

我的先祖孔子，出生在周代末年，看到历史典籍烦琐杂乱，恐览读者不能专一，于是就修定《礼》《乐》，阐明旧有篇章，删定《诗》为三百篇，依照史书编写《春秋》，完善《周易》之道废弃《八索》，阐明四方职贡之责以废除《九丘》。讨论整理《三坟》《五典》，确定它们产生年代是上自唐尧、虞舜而下至周代，删除烦文，订正混乱，削截浮言虚辞，突出宏大主纲，聚取精义要点，使其能够永垂后世，树立教化法式。至于说典、谟、训、诰、誓、命各类文章，共百篇之多，都可以发扬阐发最深刻的道理，向人主垂示轨则规范。于是帝王的制度典章，显著明白，可以即刻实行。孔子的三千门徒，都接受了这些意义。到了秦始皇时灭绝前代的典籍图书，焚烧书籍坑杀儒士，天下的学子士人，纷纷逃离奔散。而我家先祖则把家中书籍藏在房屋的墙壁中间。

汉室龙兴，开设学校，旁求儒雅，以阐大猷〔1〕。济南伏生〔2〕，年过九十，失其本经，口以传授，裁二十馀篇，以其上古之书，谓之《尚书》。百篇之义，世莫得闻。至鲁共王好治宫室〔3〕，坏孔子旧宅，以广其居，于壁中得先人所藏古文虞、夏、商、周之书，及传《论语》《孝经》，皆科斗文字〔4〕。王又升孔子堂，闻金石丝竹之音，乃不坏宅，悉以书还孔氏。科斗书废已久，时人无能知者。以所闻伏生之书，考论文义，定其可知者，为隶古定〔5〕，更以竹简写之，增多伏生二十五篇。伏生又以《舜典》合于《尧典》〔6〕，《益稷》合于《皋陶谟》，《盘庚》三篇合为一，《康王之诰》合于《顾命》，复出此篇并序，凡五十九篇，为四十六卷。其馀错乱摩灭，不可复知。悉上送官，藏之书府，以待能者。

【注释】

〔1〕猷：道术。

〔2〕伏生：名胜，字子贱，汉时在齐鲁教授《尚书》。汉文帝派太常掌故晁错从其学，由伏生女儿通传口授。

〔3〕鲁共王：又作鲁恭王，汉景帝之子刘馀，封在曲阜为鲁王。

〔4〕科斗文字：一种古文字，以头粗尾细如蝌蚪而名。

〔5〕隶古：以隶书考校写定古篆文。

〔6〕《舜典》《尧典》：此均为《古文尚书》篇名，下同。

【译文】

汉朝如龙腾般兴起，开办设立学校，广泛寻求儒雅人士，以阐发天下道术。济南人状生，年纪已过九十，他并无原本经书，只是依靠口耳相传来讲授的，只有二十馀篇，因为它们是上古的书，所以叫作《尚书》。而尚书应该有百篇之多，世上没有人听说过。到了鲁恭王，喜好修建宫殿屋宇，拆毁孔子旧宅来扩大自己的居所，就从屋壁中找到了我先祖藏匿的以古文书写的虞、夏、商、周之书，以及所传《论语》《孝经》，都是蝌蚪文字书写的。鲁恭王又登上孔子之堂，隐约听到金石丝竹诸种乐声，于是停止拆毁孔宅，并把挖出来的书籍全部归还孔家。社会上久已不用蝌蚪文字，当时人没有人能认识这些文字，于是就用所听闻到的伏生之书，来考察研究这些文字的意思，把确切认为是读得懂的古文，用隶书写定；并写在竹简上，比起伏生所传《尚书》多出二十五篇。伏生又把《舜典》合并于《尧典》，把《益稷》合并于《皋陶谟》，把《盘庚》三篇合为一篇，把《康王之诰》合并于《顾命》。现再把它们分出来，再加上书序，共五十九篇，为四十六卷。其余简版错乱字迹磨灭的，不能确知它们的意思，就都送交官府，把它们收藏在书库，以等待能够识别者。

承诏为五十九篇作传[1]，于是遂研精覃思，博考经籍，采摭群言，以立训传[2]。约文申义，敷畅厥旨，庶几有补于将来。《书序》[3]，序所以为作者之意，昭然义见，宜相附近，故引之各冠其篇首，定五十八篇。既毕，会国有巫蛊事[4]，经籍道息，用不复以闻，传之子孙，以贻后世。若好古博雅君子，与我同志，亦所不隐也。

【注释】

〔1〕传：注释。

〔2〕训：词义解释。

〔3〕《书序》：《尚书》各篇之序，或称孔子所作。

〔4〕巫蛊事：汉武帝病，江充谓帝祟在巫蛊，诬称太子所为。太子惧，起兵捕杀江充，失败自杀。

【译文】

我接受诏命为这五十九篇作注，于是就精心研读深切思索，广泛考校其他经典，采纳汲取众人意见，来撰写训释，依凭原文申述文义，铺叙发挥其旨意，希望能对以后的研读者有所帮助。《书序》，是述说每篇的作者之意的，明白确切地表现每篇的意思，应该与原文放在一起，所以抽出来放在每篇的篇首。五十八篇考定完成，恰逢国家发生巫蛊引起的事变，研习经籍之道衰微，因此没有再把它上奏朝廷，只是把它留给子孙，在后世流传。如果有好古而又广博高雅的君子与我有共同的志向，那么此书是不会隐没不闻的。

春秋左氏传序　杜元凯（杜预）

【题解】

杜预（222—284），字元凯，京兆杜陵（今陕西西安东南）

人，西晋将领、学者。任镇南大将军、都督荆州诸军事期间，兴修水利，人称杜父。太康元年率兵灭吴，功封当阳县侯。博学，自称有“左传癖”，著《春秋左氏经传集解》《春秋释例》《春秋长历》等。《晋书》有传。本文叙说《春秋》与《春秋左氏传》撰作缘起、经过及作者，叙说《春秋左氏传》的“三体五情”。

《春秋》者，鲁史记之名也。记事者，以事系日，以日系月，以月系时，以时系年，所以纪远近，别同异也。故史之所记，必表年以首事，年有四时，故错举以为所记之名也。《周礼》有史官〔1〕，掌邦国四方之事，达四方之志。诸侯亦各有国史，大事书之于策，小事简牍而已。《孟子》曰：“楚谓之《梼杌》，晋谓之《乘》，而鲁谓之《春秋》，其实一也。”韩宣子适鲁〔2〕，见《易·象》与《鲁春秋》〔3〕，曰：“周礼尽在鲁矣〔4〕。吾乃今知周公之德〔5〕，与周之所以王也。”韩子所见，盖周之旧典《礼经》也〔6〕。

【注释】

〔1〕《周礼》：原名《周官》，记载周代的官仪制度。

〔2〕韩宣子：名起，晋卿，食邑为韩。

〔3〕象：《周易》专用语，谓解释卦象的意义。

〔4〕尽在鲁：相传周礼是周公所定，周公之子伯禽封在鲁国，故称。

〔5〕德：恩惠。

〔6〕《礼经》：即《周礼》。

【译文】

《春秋》，是鲁国史书的名称。其记事，是把史事按日期记载，日期按月份连缀，月份按四季排列，四季则排列在年下，以此记叙远近年代，区别其不同。所以史书的记载，必定是标明年代作为起始，一年有四季不能遍举，所以交错互举以“春秋”来作为史书的名称。《周礼》中有史官一职，执掌记载四方诸侯国的史事，了解掌握他们的想法。各诸侯图也各有史官，大事记载在大竹简上，小事记载在竹片木板上。《孟子》说：“诸国的史书，楚国叫作《梼杌》，晋国叫作《乘》，而鲁国叫作《春秋》，它们的实质是一样的。”韩宣子到鲁国，看见《周易·象》与《鲁春秋》说：“周王朝的礼仪制度全在鲁国啊！我今天才知道周公留给后人的恩惠啊！也才知道周王朝为什么能够统治天下。”韩宣子所看见的，就是周王朝旧典《礼经》啊。

周德既衰，官失其守。上之人不能使《春秋》昭明，赴告策书[1]，诸所记注，多违旧章。仲尼因鲁史策书成文，考其真伪，而志其典礼，上以遵周公之遗制，下以明将来之法。其教之所存，文之所害[2]，则刊而正之[3]，以示劝诫，其馀皆即用旧史。史有文质，辞有详略，不必改也。故传曰：“其善志[4]。”又曰：“非圣人孰能修之。”盖周公之志，仲尼从而明之。左丘明受经于仲尼[5]，以为经者不刊之书也。故传或先经以始事，或后经以终义，或依经以辨理，或错经以合异，随义而发其例之所重。旧史遗文，略不尽举，非圣人所修之要故也。身为国史，躬览载籍，必广记而备言之。其文缓，其旨远，将令学者原始要终，寻其枝叶，究其所穷。优而柔之，使自求之；厌而饫之[6]，使自趋之。若江海之浸，膏泽之润，涣然冰释，怡然理顺。然后为得也。

【注释】

〔1〕赴告：古代诸侯间的崩薨祸福相告。

〔2〕害：妨害。

〔3〕刊：删改。

〔4〕志：记载。

〔5〕经：指《春秋》，汉时为五经之一。　左丘明：春秋鲁国人，相传他为《春秋》作传，为《春秋左氏传》。

〔6〕厌：满足。　饫（yù）：饱。

【译文】

周王朝德衰之后，诸官未能尽于职守，上之人不能使《春秋》确切而明白，赴告策书，及其记载与注明，多违背旧有典章。孔子依据鲁国国史策书而撰成《春秋》，考辨史实真伪，明载典章礼仪，对上遵守了周公遗留下来的礼仪制度，对下明确了将来的礼教法则。对于记载了礼教的书策，如果文字上有所妨害，就删削改正，以显示勉励与告戒。其余的地方则依用旧史，作史的文字或华丽或质朴，语辞也有详有略，不一定就删改了。所以《传》评论说："善于记述。"又说："不是圣人谁能够修订它呢！"周公的志意，孔子依从它并使它更明白了。左丘明从孔子接受经书，认为经是不能删削更改的书。所以他注释时，或者在经文前叙说事情的起始，或者在经文后述讲事情结束的意义，或者依照经文辨别事理，或者交错互举经文叙说相异之事，随着经文而叙说其惯例之所重。至于旧有史策遗留下来的文字，就不一一罗列了，那本不是圣人所修史书的主要方面。左丘明身为国家史官，亲自观览到种种书籍，必定是广泛记叙而完备其说。全书文辞舒缓，文旨深远，想要让学者们理解事实的本末始终，并顺着事件枝叶的推寻，穷尽事物的根本。全书文气从容宽柔，引导人们自动去探究；全书文意丰博而令人满足，使学者自觉去体味。它好像江海滔滔相涌，又好像春雨滴滴滋润，纷纷然如冰消雪化，喜洋洋若心平理顺，这就是全书所具有的效果。

其发凡以言例[1]，皆经国之常制，周公之垂法，史书之旧章，仲尼从而修之，以成一经之通体。其微显阐幽，裁成义类者，皆据旧例而发义，指行事以正褒贬。诸称“书、不书、先书、故书、不言、不称、书曰”之类，皆所以起新旧，发大义，谓之变例。然亦有史所不书，即以为义者。此盖《春秋》新意，故传不言凡，曲而畅之也。其经无义例，因行事而言，则传直言其归趣而已，非例也。故发传之体有三〔2〕，而为例之情有五。一曰微而显。文见于此，而义起在彼。称族尊君命〔3〕，舍族尊夫人〔4〕，梁亡〔5〕、城缘陵之类是也〔6〕。二曰志而晦，约言示制，推以知例，参会不地〔7〕，与谋曰及之类是也〔8〕。三曰婉而成章。曲从义训，以示大顺〔9〕，诸所讳避、璧假许田之类是也〔10〕。四曰尽而不污〔11〕。直书其事，具文见意，丹楹〔12〕、刻桷〔13〕、天王求车〔14〕、齐侯献捷之类是也〔15〕。五曰惩恶而劝善。求名而亡，欲盖而章〔16〕，书齐豹盗〔17〕、三叛人名之类是也〔18〕。推此五体以寻经传，触类而长之，附于二百四十二年行事，王道之正，人伦之纪备矣。

【注释】

〔1〕发凡：揭示要旨体例。　例：惯例。

〔2〕体有三：指上文所述发凡正例、新意变例、归趣非例三者。

〔3〕称族：《春秋·成公十四年》称“叔孙侨如如齐逆女”，《左传》以侨如是代君迎亲，故尊其身份，称其族“叔孙”。

〔4〕舍族：《春秋·成公十四年》称“侨如以夫人妇姜氏至自齐”，《左传》称，为了尊夫人，故不称其族“叔孙”以降低其身份。

〔5〕梁亡：《春秋·僖公十九年》称“梁亡”，《左传》说：“梁亡，不书其主，自取亡也。”

〔6〕城缘陵：《春秋·僖公十四年》称“诸侯城缘陵”，杜预注《左

传》认为不书诸侯名称是指斥齐桓公所为此事。

〔7〕参会不地：《左传·桓公二年》说："特相会，往来称地，让事也。自参以上，则往称地，来称会，成事也。"

〔8〕与谋曰及：《左传·宣公七年》称："凡师出，与谋曰及，不与谋曰会。"

〔9〕大顺：安定。

〔10〕璧假许田：《左传·桓公元年》载，鲁桓公初即位，交好郑国，把周公祠宇所在的许田换给郑国，但礼法是不允许交换的。为桓公讳，所以只是说"以璧假许田"。

〔11〕污：纡曲。

〔12〕丹楹：按礼制，饰楹不丹，鲁庄公则丹桓宫之楹。

〔13〕刻桷（jué）：按礼制，桷不刻，而鲁庄公刻桓宫之桷。

〔14〕天王求车：按礼制，诸侯不贡车服，天子不私求财，而在桓公十五年，天子使家父来求车。

〔15〕齐侯献捷：按礼制，诸侯不相遗俘，庄公三十一年，齐侯献戎捷。

〔16〕章：通"彰"。

〔17〕齐豹：春秋时卫人，曾不畏强御之名而杀卫侯之兄，《春秋》称其为"盗"。

〔18〕三叛：邾庶其、莒牟夷、邾黑肱，皆叛己国，《春秋》书其名，使恶名流传。

【译文】

书中凡例揭示全书的要旨及叙事惯例，都是治理国家的常用制度，是周公留下来的法制，是史书原本具备的体例，孔子遵从它们修定此书，完成作为一本经书的通用体例。书中阐述幽玄显明微细，裁决而成义类的，都是根据旧有事例而阐发意义，指向史事来辩正褒贬。书中称"书、不书、先书、故书、不言、不称、书曰"之类，都是用以更新旧法、阐述大义的，这些叫变例。然而也有旧史上未有，而直接定为义例的，这是《春秋》的新意，所以在传中就不列为凡例，通过另外的解释来使之通畅。有时经书上无此义例，只根据事实来阐述，那么传中就直接阐述其归趣而已，不作为惯例。所以阐发大义的体式有三，而作为惯例的情况有五：一是虽然细微却清晰明白，文字说的是此而意义则在彼，如称族是尊重君命，而不称族是尊重夫人，“梁亡”与“城缘陵”一类就是例子。二是记的是事但含义深远，精约的语言显示制度，让人们推求以知惯例，如三国相会不称地名、出师同谋曰“及”一类。三是用婉曲的语辞行文成章，辞有隐避但依从大义，以示万事安定，如诸多有所避讳之处与“璧假许田”之类就是这种情况。四是记述始终而不歪曲，直接书写其事，以具体书写表现褒贬之义，如直书鲁庄公以丹饰楹、刻桷以及天子求车、齐侯献俘之类。五是惩戒恶行鼓励善事，有求名而亡者、有欲盖弥彰者，如直书齐豹为盗、直书三位叛国者的姓名之类。推广此五体来探求经、传，触类旁通而扩大之，附于二百四十二年历史史事之下，那么王道正纲、人伦准则就全在于此。

或曰：《春秋》以错文见义[1]。若如所论，则经当有事同文异而无其义也，先儒所传，皆不其然。答曰：《春秋》虽以一字为褒贬，然皆须数句以成言，非如八卦之爻，可错综为六十四也。固当依传以为断。古今言《左氏春秋》者多矣，今其遗文可见者十数家[2]，大体转相祖述，进不成为错综经文以尽其变，退不守丘明之传。于丘明之传，有所不通，皆没而不说，而更肤引《公羊》《穀梁》[3]，适足自乱。预今所以为异，专修丘明之传以释经。经之条贯，必出于传，传之义例，总归诸凡。推变例以正褒贬，简二《传》而去异端，盖丘明之志也。其有疑错，则备论而阙之，以俟后贤。然刘子骏创通大义[4]，贾景伯父子[5]、许惠卿[6]，皆先儒之美者也。末有颍子严者[7]，虽浅近，亦复名家。故特举刘、贾、许、颖之违，以见同异。分经之年，与传之年相附[8]，比其义类，各随而解之，名曰《经传集解》。又别集诸例，及地名、谱第、历数，相与为部，凡四十部，十五卷。皆显其异同，从而释之，名曰《释例》[9]。将令学者观其所聚异同之说，《释例》详之也。

【注释】

〔1〕错文：交错出现。

〔2〕十数家：《汉书·儒林传》载："汉兴，北平侯张苍及梁太傅贾谊、京兆尹张敞、大中大夫刘公子皆修《春秋左氏传》。"

〔3〕肤引：肤浅地援引。　《公羊》：《春秋公羊传》，齐人公羊高撰。《穀梁》：《春秋穀梁传》，穀梁赤撰。

〔4〕刘子骏：刘歆，汉哀帝时校秘书，见古文《春秋左氏传》，开始引传文以解经，经传相互发明，由是章句义理完备。

〔5〕贾景伯父子：贾逵，字景伯，扶风人，作《左氏传训诂》。其父贾徽，字符阳，作《春秋条例》。

〔6〕许惠卿：名淑，魏郡人。

〔7〕颖子严：名容，陈郡人。

〔8〕"分经"二句：《左传》本與《春秋》别行，杜预把它们分年相附。

〔9〕《释例》：今亡，《永乐大典》存三十三篇。

【译文】

有人说：《春秋》的文字以交错互举来表现意思，假若像刚才所论，那么经中该有事相同文相异而又没有意义的情况，先前大儒传经时，并不这样认为。回答说：《春秋》虽然说是以一字表现褒贬，但还是须要以数句来叙说一个完整的意思，不像八卦的阳爻阴爻，可以交错组合为六十四卦，因此应当依照传的解说来断定其意。古今论说《左氏春秋》的人很多，如今可以见到遗文的有十几家，他们大体上是转相效法而言，进则不能交错互举经文以述尽其变化，退则连左丘明的解说也未掌握。对左丘明的解说，有些地方不能理解，就跳过去不作论述，甚至于肤浅地引用《公羊传》《穀梁传》的解说，这只能扰乱自家的学说。杜预我如今与他们的不同在于，我专门钻研左丘明的解说来释说经文，经的条理系统，必然在传中表现出来，而传的义例，总括归纳为凡例。推求变例以确定褒贬，选择《公羊传》《穀梁传》的解说而抛弃其异端见解，这是左丘明的意思啊。如果有所错漏，就完备引用各种说法而不作判断，以待后来贤能之人。于是刘子骏首创以传文解经的作法，贾景伯父子、许惠卿，都是先辈大儒中的佼佼者。后有颖子严，虽然浅近但还算名家。所以特别举出刘、贾、许、颖这些人的谬误，以显出我与他们的同异之处，并把经、传按年代排列在一起，并列它们的义项事类，各自相随予以解释，书名就叫《经传集解》。又分别集中诸项惯例，以及地名、谱系、天道，相与分类组合，共四十部，十五卷，都显示其相同与相异之处，接着一一加以阐释，名曰《释例》，将让诸学者观览所集聚的诸种或同或异的说法，《释例》中有所详细的记载收录。

或曰：《春秋》之作，《左传》及《穀梁》无明文，说者以为仲尼自卫反鲁，修《春秋》，立素王[1]，丘明为素臣。言《公羊》者，亦云黜周而王鲁[2]，危行言逊[3]，以避当时之害，故微其文，隐其义。《公羊》经止获麟[4]，而《左氏》经终孔丘卒，敢问所安？答曰：异乎余所闻。仲尼曰：“文王既没，文不在兹乎？”此制作之本意也。叹曰：“凤鸟不至，河不出图[5]，吾已矣夫！”盖伤时王之政也。麟凤五灵，王者之嘉瑞也。今麟出非其时，虚其应而失其归，此圣人所以为感也。绝笔于获麟之一句者，所感而起，固所以为终也。

【注释】

〔1〕素王：有帝王之德而无帝王之位。

〔2〕王：成就王业。

〔3〕危行：正直高尚的行为。

〔4〕获麟：《公羊传》载“西狩获麟，孔子曰：‘吾道穷矣。’”孔子作《春秋》止于此年。

〔5〕图：河图，取义于河马负图，伏羲得之演为八卦。另说即帝王受命之瑞。

【译文】

有人说：《春秋》的撰作，《左传》与《穀梁传》都没有明文叙说，说的人认为孔子自卫国返鲁国，修订《春秋》，于是被立为素王，左丘明为素臣。传授《公羊传》的人也说贬抑周王朝而想成就鲁国的王业，行为正直高洁而言语谦逊，以避免当时会受到的伤害，所以约微其文字，隐蔽其旨意。《公羊传》所传之经止于获麟那年，《左氏春秋》所传之经止于孔子逝世那年，大胆问一下这是什么意思？回答说：这与我所听到的不一样。孔子说：“周文王已死，周代的文化不就体现在我身上了吗？”这就是撰作《春秋》的本意。孔子曾感叹地说：“凤鸟不来，黄河中又不出现河图，我这一生完了。”他是为当时的王朝政治而悲伤啊。麟、凤、龟、龙、白虎五种灵物，是帝王的祥瑞吉兆，如今麟出现在非圣王在位之时，虚有其应而无所归处，这就是圣人之所以感叹啊！孔子作《春秋》止笔于获麟这一句的意思，因有所感叹于获麟而提笔撰作，所以也就以获麟为全书的终止了。

曰：然《春秋》何始于鲁隐公〔1〕？答曰：周平王〔2〕，东周之始王也；隐公，让国之贤君也〔3〕。考乎其时则相接〔4〕；言乎其位则列国；本乎其始，则周公之祚胤也〔5〕。若平王能祈天永命，绍开中兴；隐公能弘宣祖业，光启王室，则西周之美可寻，文、武之迹不坠。是故因其历数，附其行事，采周之旧，以会成王义，垂法将来。所书之王，即平王也；所用之历，即周正也〔6〕；所称之公，即鲁隐也。安在其黜周而王鲁乎？子曰：“如有用我者，吾其为东周乎?”此其义也。若夫制作之文，所以彰往考来，情见乎辞，言高则旨远，辞约则义微，此理之常，非隐之也。圣人包周身之防，既作之后，方复隐讳以避患，非所闻也。子路使门人为臣，孔子以为欺天。而云仲尼素王，丘明素臣，又非通论也。先儒以为制作三年，文成致麟，既已妖妄。又引经以至仲尼卒，亦又近诬。据《公羊》经止获麟，而《左氏》“小邾射”不在三叛之数，故余以为感麟而作，作起获麟，则文止于所起，为得其实。至于反袂拭面，称“吾道穷”，亦无取焉。

【注释】

〔1〕鲁隐公：公元前722—前712年在位。

〔2〕周平王：姬宜臼，公元前770—前720年在位。

〔3〕让国：鲁惠公想传位给少子，于是鲁隐公有让国之心，即位时未行即位之礼。

〔4〕相接：隐公之初当平王之末。

〔5〕祚胤：福及子孙后代。

〔6〕周正：周朝的正月，即夏历十一月。

【译文】

问：然而《春秋》为何始于鲁隐公？回答说：周平王，是东周开始的帝王；鲁隐公，是推让君位的贤明国君。考察他们的时代则相接，说到其地位则为诸侯，追溯原始则是周公之福延及后代。如果平王能够祈祷上苍以获长命，继承大业开创中兴，隐公又能够弘扬祖业，光辉照耀王室，那么西周的美德可以重现，周文王、武王的弘业不至于坠落。因此凭借其天道历数，附着其史实事例，采用周代的旧有规章惯例，来配合帝王大义，为将来留下法则。书中所写的王，就是周平王；所用的历法，就是周历；所称的公，就是鲁隐公。怎么是贬退周朝而成就鲁国的王业呢？孔子说："如果有用得着我的地方，我就要复兴东周啊！"就是这个意思啊。至于说到撰作的文字，之所以显明以往考较将来，圣人之情表现在文辞上，立言高简则旨意深远，语词简约则意义精微，这是最平常的道理，并非要隐蔽什么。圣人包容周全自身的防虑，既然撰作了以后，又要隐讳其词来躲避患害，从未听说有这样的事。子路让自己的门人去给孔子当家臣，孔子认为是欺骗了上天；而说孔子成为素王，左丘明为素臣，这不是通达的议论啊。先前大儒认为《春秋》撰作了三年，全书完稿时捕获麒麟，这已是妖妄之言，又延长经文至孔子逝世，这也是不真实的。如果依据公羊氏所说经文止于获麟那年，而且左氏所载的"小邾射"就不在三叛的数目之内，所以我认为《春秋》是有感于获麟而作，撰作是因为有感于获麟，那么记事的文字也就止于有感而作之时，这才是真实的情况。至于说孔子听到获麟便反转袖子擦拭哭泣的脸面，称说着"我的道路行不通了"，这也是不可取的。

三都赋序　皇甫士安（皇甫谧）

【题解】

皇甫谧（215—282），字士安，幼名静，号玄晏先生，晋安定朝那（今宁夏固原东南）人。一生隐居，以著述为务，有《帝王世纪》《高士传》等。《晋书》有传。本文叙说赋的起源发展、体制特点，列举评价几位赋家，着重指出《三都赋》以魏为正统的特点。左思作《三都赋》，世人未重，左思造访皇甫谧以赋示之，皇甫谧称善，于是写序。

玄晏先生曰：古人称不歌而颂谓之赋[1]。然则赋也者，所以因物造端，敷弘体理，欲人不能加也。引而申之，故文必极美；触类而长之，故辞必尽丽。然则美丽之文，赋之作也。昔之为文者，非苟尚辞而已，将以纽之王教[2]，本乎劝戒也。自夏、殷以前，其文隐没，靡得而详焉。周监二代[3]，文质之体，百世可知。故孔子采万国之风，正雅颂之名，集而谓之《诗》。诗人之作，杂有赋体。子夏序《诗》曰：一曰风，二曰赋。故知赋者古诗之流也。

【注释】

〔1〕“古人”句：《汉书·艺文志》曰：“不歌而颂谓之赋。”

〔2〕纽：系。

〔3〕监：借鉴。

【译文】

玄晏先生说：古人称：不歌唱而只吟诵的作品为赋。然而赋这一文体，就是凭借某事物兴起发端，铺叙宏大事物形态，让别人不能有所增益。从铺叙这点引申而言，赋的文采要极其华美；把铺叙方法推广开来，赋的语辞须尽情艳丽。这样说起来，最美艳华丽的文章，就是赋的作品啊！往古撰作文章的人，不单单是崇尚语辞，而是要把作品与王道教化联系起来，其根本是劝善戒恶。自夏、商以前，作品已经亡佚，不可知道它们的详细情况了。周朝借鉴夏、商二代，创制了文质彬彬的文学体式，百世以下的文学体式也就是如此了。所以孔子采辑诸国的诗歌，匡正了“雅、颂”的名称，把这些作品集中在一起而称为《诗》。诗人的作品，就夹杂有赋这一体裁。子夏作《毛诗序》就说：诗的六义，一是风，二曰赋。

至于战国，王道陵迟，风雅寖顿，于是贤人失志，辞赋作焉。是以孙卿、屈原之属[1]，遗文炳然，辞义可观。存其所感，咸有古诗之意，皆因文以寄其心，托理以全其制，赋之首也。及宋玉之徒，淫文放发，言过于实，夸竞之兴，体失之渐，风雅之则，于是乎乖。逮汉贾谊，颇节之以礼。自时厥后，缀文之士，不率典言，并务恢张，其文博诞空类。大者罩天地之表，细者入毫纤之内，虽充车联驷，不足以载；广夏接榱[2]，不容以居也。其中高者，至如相如《上林》，杨雄《甘泉》，班固《两都》，张衡《二京》，马融《广成》，王生《灵光》。初极宏侈之辞，终以约简之制，焕乎有文，蔚尔鳞集，皆近代辞赋之伟也。若夫土有常产，俗有旧风；方以类聚，物以群分。而长卿之俦[3]，过以非方之物，寄以中域，虚张异类，托有于无，祖构之士[4]，雷同影附，流宕忘反，非一时也。

【注释】

〔1〕孙卿：即荀况，字卿，战国赵人，《荀子》中有《赋篇》五章。

〔2〕榱：椽。

〔3〕长卿：司马相如，字长卿。

〔4〕祖构：仿效制作。

【译文】

到了战国，王道政治衰微，文章教化困顿，于是失志的贤能人士，开始创作辞赋。因此荀卿、屈原一类人，留下来的作品光辉灿烂，其语辞意义值得观览学习。他们在赋中所感发的，都有古诗的意味，都依借作品来寄托思想感情，按照正理以完备作品体制，这些成为辞赋的最好代表作。到了宋玉那些人，写出过分的华美辞藻，言语超出了实际存在的，夸说竞论之风兴起，赋的体制渐渐发生变化，文章有利于教化的准则，此时有所违背。到汉时的贾谊，很注意用礼义节制辞赋。但从那以后，写文章的人士，都不沿用典正的语辞，而务求恢廓夸张，其文广博却空诞无当。这些赋叙写大的东西能笼罩天地，描述小的东西则如毫毛之内，虽然车联车、马并马，也装载不完这样的作品；虽然广阔大厦榱椽相接，也盛放不尽这样的作品。其中写得好的，如司马相如《上林赋》、杨雄《甘泉赋》、班固《两都赋》、张衡《二京赋》、马融《广成颂》、王延寿《鲁灵光殿赋》，赋的起始都是极力用宏肆笔墨形容铺叙，赋的末尾则简洁议论以显讽谏，鲜明光亮富有文采，辞藻蔚然如鱼鳞般聚集，这都是近代辞赋的宏制伟作。假若说到土地上有平常的物产，风气上有旧日的习俗，那么同类事物聚集在一起，不同类事物依群区分。而司马相如这些人，过分地把本不是这地方出产的物品，都集中在中原地区加以叙说，虚诞地夸张述说奇形异类，把本来实有的东西寄托在虚无之境。仿效制作之人，如雷同影附，流连忘返于如此境界，不是一时而产生的。

曩者汉室内溃[1]，四海圮裂。孙、刘二氏，割有交、益；魏武拨乱，拥据函夏。故作者先为吴、蜀二客，盛称其本土险阻瑰琦，可以偏王[2]。而却为魏主[3]，述其都畿，弘敞丰丽，奄有诸华之意。言吴、蜀以擒灭比亡国，而魏以交禅比唐、虞，既已著逆顺，且以为鉴戒。盖蜀包梁岷之资，吴割荆南之富，魏跨中区之衍[4]，考分次之多少[5]，计殖物之众寡[6]，比风俗之清浊，课士人之优劣[7]，亦不可同年而语矣。二国之士，各沐浴所闻[8]，家自以为我土乐，人自以为我民良，皆非通方之论也。作者又因客主之辞，正之以魏都，折之以王道，其物土所出，可得披图而校。体国经制[9]，可得按记而

验，岂诬也哉！

【注释】

〔1〕曩：往昔。

〔2〕偏王：偏安称王。

〔3〕却：退。

〔4〕衍：富。

〔5〕分次：星之分野，把十二星辰的位置与地上州国的位置对应。

〔6〕殖物：物的生殖。

〔7〕课：考核。

〔8〕沐浴：浸润。

〔9〕“体国”句：行政区域与制度。

【译文】

往昔汉朝内部溃乱，天下分裂。孙权、刘备二人，割据交州、益州；魏武帝平定战乱，拥有占据北方中原。所以此赋的作者以吴、蜀人为客，先让他们出场盛称自己领土的险阻与物产的珍奇，足可以偏安称王。而后再让魏国人作为主人出场述说自己的都市京畿，弘大广敞富足美丽，俨然有包举全中国的意思。称吴、蜀被擒灭是比之于亡国之君，而称魏是禅让帝位而比之于唐尧、虞舜，既已如此标明逆与顺，且以此作为鉴戒。蜀只据有梁州、岷州的资财，吴仅拥有荆南的财富，而魏则横跨富饶的中原，查核星辰分野的多少，计算物产的众寡，比较风俗的淳厚浇薄，考察官吏的优劣聪愚，吴、蜀与魏不可同年而语啊。那二国的人士，各自沉浸在自己狭隘的所见所闻中，家家自以为在自己的地方上才平安快乐，人人自以为自己的百姓才善良美好，这都不是通达明理的议论啊！作者又依凭赋中客主之辞，以魏都为标准，以王道来折服他们。赋中所有的物产出品，可根据舆地图来考校。赋中所述的诸国的行政区划与制度，可根据史书记载来验证，难道会虚妄夸大吗！

思归引序 石季伦（石崇）

【题解】

叙写河阳别墅的景色，抒发隐居生活的乐趣与渴望归隐的情怀。

余少有大志，夸迈流俗[1]，弱冠登朝[2]。历位二十五年，五十以事去官。晚节更乐放逸，笃好林薮，遂肥遁于河阳别业[3]。其制宅也，却阻长堤，前临清渠，百木几于万株[4]，流水周于舍下。有观阁池沼，多养鱼鸟。家素习技，颇有秦、赵之声。出则以游目弋钓为事，入则有琴书之娱。又好服食咽气[5]，志在不朽，傲然有凌云之操。欻复见牵羁[6]，婆娑于九列[7]，困于人间烦黩[8]，常思归而永叹。寻览乐篇，有《思归引》[9]。倘古人之情，有同于今，故制此曲。此曲有弦无歌，今为作歌辞，以述余怀。恨时无知音者，令造新声而播于丝竹也。

【注释】

〔1〕夸：极其。

〔2〕“弱冠”句：臧荣绪《晋书》曰：石崇早有智慧，年二十馀，为修武令，有能名。

〔3〕肥遁：指退隐。　河阳：今河南孟县。　别业：别墅。

〔4〕百木：柏树。

〔5〕服食：服食长生的药物。　咽气：吐纳呼吸，一种健身之法。

〔6〕欻（xū）：突然。

〔7〕九列：九卿之位。

〔8〕黩：污浊。

〔9〕《思归引》：琴曲名。相传春秋时卫女所作也，其欲归不得，心悲忧伤，作此曲，并援琴而歌。

【译文】

我年轻时胸怀大志，极其超越流俗，二十多岁时进朝廷做官，历任官位二十五年，五十岁时因出事被免官职。晚年时更加喜欢放任自由，爱好林泉山薮，于是就隐居在河阳别墅。别墅的建造有宅园的格局，背靠一道长堤，面临清清的长渠，柏树成林几乎有万株左右，淙淙流水环绕屋舍。还有楼台观阁池沼，喂养着诸多游鱼飞鸟。家中素来演习音乐舞蹈，也有演唱秦赵之声的歌女。出门则把游览射猎垂钓作为乐事，进门则以弹琴读书为娱乐。我又喜好服食仙丹吐纳呼吸，一心想成仙长生。神情傲然有高凌云霄的情操，可忽然间又被任官而牵拘羁绊，徘徊在九卿之位；困顿于人间之事的烦杂污浊，常常想着要回归别墅而长长叹息。不久前浏览乐谱篇章，见有《思归引》之曲，似乎是古人有类似于今人的感情，才谱制此曲的。这支乐曲只有曲谱没有歌辞，如今依曲作辞，一叙我的情怀。遗憾此时没有知音，新作的歌辞只好交付丝竹乐器去吹奏弹拨。

（本卷自卜子夏《毛诗序》至石季伦《思归引》译注：胡国庆）

中国古代名著全本译注丛书

文选译注

四

[南朝梁] 萧统　编
张葆全　胡大雷　主编

文选卷第四十六

序下

豪士赋序　陆士衡（陆机）

【题解】

豪士，指有权有势之人，此文论述豪士的危险就在于权势过于盛大，而要保全自身，就应高揖引退、辞权去宠。

夫立德之基有常，而建功之路不一，何则？循心以为量者存乎我，因物以成务者系乎彼。存夫我者，隆杀止乎其域〔1〕，系乎物者，丰约唯所遭遇。落叶俟微风以陨，而风之力盖寡；孟尝遭雍门而泣，而琴之感以末〔2〕。何者？欲陨之叶，无所假烈风；将坠之泣，不足繁哀响也。是故苟时启于天，理尽于民，庸夫可以济圣贤之功，斗筲可以定烈士之业〔3〕。故曰“才不半古，而功已倍之”〔4〕，盖得之于时势也。历观古今，徼一时之功，而居伊周之位者有矣〔5〕。

【注释】

〔1〕隆杀：厚薄。

〔2〕“孟尝”二句：《桓子新论》载：孟尝君对雍门周说：您鼓琴能让我悲乎？雍门周回答说：千年以后，您的坟墓生满荆棘，牧童在其上歌唱道：孟尝君之尊贵，难道就是这样吗？于是孟尝君叹息流涕。雍门周此时

引琴而鼓之，孟尝君更加歔欷不已。

〔3〕斗筲：都是小容量的容器。这里用以比喻才识短浅之人。

〔4〕“才不”二句：出自《孟子·公孙丑上》，孟子语。

〔5〕徼：求。 伊：伊尹，辅佐商汤建立商朝。 周：周公旦，辅佐武王灭商，又辅佐成王。

【译文】

树立圣明德行的基础有一定的准则，而建立功业的道路却是多种多样的。为什么如此说呢？树立圣明德行要循心而动，循心而动的度量存在于自我内心，建立功业要依靠事迹来实现，故成就大小决定于时势如何。存在于内心，增减厚薄决定于自我的境界，而依据于时势的，大小多少就靠所遭遇到的了。将要坠落的树叶，只要微风稍有吹拂就落下来，而风力是很小很小的；孟尝君遇到雍门周弹琴便哭泣流泪，而感动他的琴声却是徐声缓音。为什么呢？将要坠落的树叶不需要狂风就会陨落，马上要流的泪水也不靠琴声哀响也会淌落。所以，如果上天给予时机，又尽治理的人事，平庸之辈也可以成就圣贤之功，才短识浅也可以做出壮志之业。所以说：“才识未及古人的一半，而功效已经成倍了。”这就是得力于时势啊！历观古今历史，那些只获得一时之功而取得伊尹、周公地位者，大有人在。

夫我之自我，智士犹婴其累[1]，物之相物，昆虫皆有此情。夫以自我之量，而挟非常之勋，神器晖其顾盼，万物随其俯仰，心玩居常之安，耳饱从谀之说，岂识乎功在身外，任出才表者哉！且好荣恶辱，有生之所大期；忌盈害上，鬼神犹且不免；人主操其常柄，天下服其大节[2]。故曰：天可仇乎？而时有袨服荷戟[3]，立于庙门之下，援旗誓众，奋于阡陌之上。况乎代主制命，自下财物者哉？广树恩不足以敌怨，勤兴利不足以补害，故曰：代大匠斫者，必伤其手。且夫政由甯氏[4]，忠臣所为慷慨，祭则寡人，人主所不久堪。是以君奭鞅鞅[5]，不悦公旦之举；高平师师[6]，侧目博陆之势[7]。而成王不遣嫌吝于怀[8]，宣帝若负芒刺于背[9]，非其然者与？

【注释】

〔1〕婴：缠绕。

〔2〕大节：基本的法纪、纲纪。

〔3〕袨服：黑服。

〔4〕甯氏：《左传》载：春秋时卫献公对甯喜说：如能返国，朝政由甯氏，我只管祭祀。

〔5〕君奭：西周召公，不满意周公执政。

〔6〕高平：汉魏相，字弱翁，封高平侯。

〔7〕博陆：霍光，为博陆侯。

〔8〕成王：周成王，有流言说周公要篡位，故对周公有疑心。

〔9〕宣帝：汉宣帝刘询，霍光盛威，宣帝内心害怕。

【译文】

从自我对自我来看，智慧之人也被某些方面所牵累；从物物之间的相视相轻来看，昆虫也都是如此。以个人自我的力量倚仗不寻常的功勋，天下要追随他的目光流盼，万物要跟从他的俯仰动荡。他的心安享荣华富贵，他的耳饱受奉承阿谀，他哪里认识到功勋的建立并不凭他自身，职位的任用超出了他自身的才华！况且喜好荣耀、厌恶耻辱，是有生命者的最大期望；但忌恨满盈富足者、怨害在上者，连鬼神也免不了如此。人主操持生杀之柄，天下服从其纲纪。古书说：上天是可以相对抗的吗？但仍有穿黑衣荷长戟的刺客，来到庙门下图谋不轨；也有树大旗誓师者奋起于阡陌之间。何况那些代表人主发号施令、身居下位而又裁断事物的人啊！广施恩德不足以抵消仇怨，勤心兴利也弥补不了危害。古书说：代工匠去砍伐木头，必定会伤到自己的手指。再说春秋时卫国政出宁氏，有多少忠臣慷慨不平；而卫献公自称仅为祭祀主持，作为君主是不会长久忍受的。所以邵公鞅鞅不满意，就是针对周公主持朝政；高平侯魏相遵法谦逊，则是因为惧怕博陆侯霍光的权势。而且，周成王心中的疑虑不能排遣，汉宣帝总觉芒刺在背，难道不也是这样担心惧怕权臣吗？

嗟乎！光于四表，德莫富焉；王曰叔父，亲莫昵焉。登帝大位，功莫厚焉；守节没齿[1]，忠莫至焉。而倾侧颠沛，仅而自全，则伊生抱明允以婴戮[2]，文子怀忠敬而齿剑[3]，固其所也。因斯以言，夫以笃圣穆亲，如彼之懿[4]。大德至忠，如此之盛，尚不能取信于人主之怀，止谤于众多之口。过此以往，恶睹其可？安危之理，断可识矣。又况乎饕大名以冒道家之忌[5]，运短才而易圣哲所难者哉？身危由于势过，而不知去势以求安；祸积起于宠盛，而不知辞宠以招福。见百姓之谋己，则申宫警守[6]，以崇不畜之威；惧万民之不服，则严刑峻制，以贾伤心之怨[7]。然后威穷乎震主，而怨行乎上下，众心日陊[8]，危机将发，而方偃仰瞪眄，谓足以夸世。笑古人之未工，亡己事之已拙，知曩勋之可矜，暗成败之有会。是以事穷运尽，必于颠仆，风起尘合，而祸至常酷也。圣人忌功名之过己，恶宠禄之逾量，盖为此也。

【注释】

〔1〕没齿：至死。

〔2〕伊生：伊尹，后被太甲所杀。

〔3〕文子：文种，曾辅佐勾践灭吴，后被勾践所杀。　齿剑：触刃而死。

〔4〕懿：美。

〔5〕饕：贪。
〔6〕申宫：守宫。
〔7〕贾：买。
〔8〕陊（duò）：破败剥蚀。

【译文】

啊呀！光辉笼罩四方，没有比他恩德更大的了；国君称他叔父，没有比他们关系更亲近的了；靠他帮助登上帝位，没有比他功劳更大的了；一生坚守节操，没有比他更忠心耿耿的了。但他们一生危险不安，有的仅仅保全了自身性命而已；而如伊尹明信诚实则惨遭杀戮，文种忠心恭敬却伏剑自刎，就是死在权势太大上。这样说来，笃厚通达和穆亲近，如他们那样美好，又德操伟大忠心不渝，如他们那样强盛，尚且不能取信于人主之心，也不能封禁众人的诽谤之口；那么不及他们的人，哪里可以认可他们的行为呢！于是，安危的道理，断然可知了！又何况那些贪图高尚的名声而犯了道家谦退大忌的人，那些运用短浅的才智而轻视圣哲所畏难的人。他们身处危境是由于权势过大，而又不知丢弃权势自求平安。他们的祸患起于隆盛的恩宠，又不知推辞恩宠会招来福祥。看见别人谋算自己，就整顿部队加强警卫，来提高不是自然而然得来的威望。惧怕百姓不服从自己而制定严刑峻法，这必招致人们更痛心的怨恨。他们的权势达到震惊人主的程度，怨恨之情遍布于上下左右。于是众心背叛，危机将临，他们却正四顾安然，以为值得在世上夸耀自己。他们笑话古人之道未尽善尽美，却忘记自己的事情已极端糟糕。他们只知道以往的功勋可以夸耀，却不明白成败有着时命机遇。因此，待他们的事情阻塞不通好运已尽，必定颠仆失败，一有风吹便会尘土扬起，招致的祸害非常惨酷。有道德修养的圣人最忌讳名过其实，最忧虑恩宠俸禄超出适当的度量，就是因为这个原因。

夫恶欲之大端，贤愚所共有，而游子殉高位于生前，志士思垂名于身后，受生之分，唯此而已。夫盖世之业，名莫大焉；震主之势，位莫盛焉；率意无违，欲莫顺焉。借使伊人颇览天道，知尽不可益，盈难久持，超然自引，高揖而退，则巍巍之盛，仰邈前贤，洋洋之风，俯冠来籍。而大欲不乏于身，至乐无愆乎旧，节弥效而德弥广，身逾逸而名逾劭。此之不为，彼之必昧，然后河海之迹，堙为穷流；一篑之衅[1]，积成山岳。名编凶顽之条，身厌荼毒之痛，岂不谬哉？故聊赋焉，庶使百世少有寤云。

【注释】

〔1〕篑：竹筐。《论语·子罕》："譬如为山，未成一篑。" 衅（xìn）：错误。

【译文】

人生厌恶与欲望之情的发端，是贤人与愚人所共有的，而游宦者一生中为求高位而牺牲一切，仁人志士则渴望能垂名后世，禀性的区分，就是如此而已。那些有当世最高功业的人，名声再大不过了；那些具有震慑人主权势的人，地位再隆盛不过了；他们随心所欲而无所违背，欲望实现再顺利不过了。如果这些人观览天道规律，就知道运尽不可更益，就知道满盈难以久持，那么自己超然引退，揖手告别功名地位，则巍峨高大而追仰前贤；风度洋洋洒洒，会在史籍占有首要地位。其身不乏追求道德这一最大欲望，心存最高快乐而始终一贯；节操越会显出功效而德性越发广大，身越安逸而名声越发美好。如果不如此去做，那么必定会有所蒙昧，如此一来则一生的江河湖海般的功业便会穷塞干涸；一个小小的错误罪过，便会积累而成高山大岳。那时，姓名被编在凶顽一类恶人之中，身受刑法鞭棰的痛苦，这岂不太荒谬了吗！姑且写下此赋，希望使后世之人稍稍有所醒悟。

三月三日曲水诗序 颜延年（颜延之）

【题解】

三月三日为中国古代的上巳节，此日人们往往去水边嬉游，以祓除不祥；此时文人雅集，流觞吟诗。此文叙述宋文帝元嘉十一年上巳节的情形，歌咏皇朝的煌煌盛业。

夫方策既载〔1〕，皇王之迹已殊〔2〕；钟石毕陈〔3〕，舞咏之情不一。虽渊流遂往，详略异闻，然其宅天衷，立民极，莫不崇尚其道，神明其位，拓世贻统，固万叶而为量者也。有宋函夏〔4〕，帝图弘远。高祖以圣武定鼎〔5〕，规同造物；皇上以叡文承历〔6〕，景属宸居〔7〕。隆周之卜既永，宗汉之兆在焉。正体毓德于少阳〔8〕，王宰宣哲于元辅。晷纬昭应〔9〕，山渎效灵〔10〕。五方杂沓，四隩来暨。选贤建戚，则宅之于茂典〔11〕；施命发号，必酌之于故实。大予协乐〔12〕，上庠肆教〔13〕。章程明密，品式周备。国容眂令而动〔14〕，军政象物而具。箴阙记言，校文讲艺之官，采遗于内；輶车朱轩〔15〕，怀荒振远之使，论德于外。赪茎素毳，并柯共穗之瑞，史不绝书；栈山航海，逾沙轶漠之贡，府无虚月。烈燧千城，通驿万里。穹居之君，内首稟朔；卉服之酋，回面受吏。

【注释】

〔1〕方策：史书。

〔2〕皇王：古圣王。皇，大。

〔3〕钟石：指诸种乐器。

〔4〕宋：南朝刘宋，420—479 年。

〔5〕高祖：宋高祖刘裕。　定鼎：定天下。传说夏铸九鼎以象征九州，故称。

〔6〕皇上：指宋文帝刘义隆。

〔7〕宸居：皇宫。

〔8〕正体：天子。　毓：育。　少阳：东宫。

〔9〕晷纬：日影与五星。

〔10〕效灵：显现神灵。

〔11〕宅：建立。

〔12〕大予：官名。

〔13〕上庠：古代的大学。

〔14〕眡（shì）：视。

〔15〕辅车：轻车，使者所乘。

【译文】

史册记载着，历代帝王的事迹大有不同；同是各种乐器演奏，但舞蹈歌咏的情感却不一样。虽然渊源流别已很遥远，各有详略不同的说法，但是居住于天地中心，树立百姓共同遵守的根本原则，没有不崇尚礼乐之道的，并给它一个神圣的位置。开创基业盛世以传于后，为巩固万世做出标准。皇宋占据天下，朝廷的图略弘大深远。高祖皇帝以贤圣武功定立基业，一切规制与自然造化相同；当今皇帝以深远文治承继天统，光辉永属。兴盛周朝占卜而得国永久，继续汉朝事业而吉兆显现。太子培育道德在东宫，大臣明智辅佐于官署。日月星辰相辉相映，江河山岳显示神灵，五方人口众多，四方蛮夷来朝。选拔贤能又结好亲戚，依据美妙可行的法典建立规矩；发布诏命公开号令，必定斟酌以往的史事旧例。大予乐府协和诸乐，上庠学校施行教育，各种章程明白细密，各种规定样样周全。礼仪制度根据号令颁布实施，军中政事依自然之象而具备。告诫阙漏记载言行，校雠书籍讲述六艺的官员，在内采拾阙遗之事；驾驶华车外交远行，安抚异域扬威外国的使者，在外论述道德。红色的草、白色的虎、连理之木、并穗之禾等吉瑞，史书时有所载；翻越高山、驰行海洋、跨越沙漠前来进贡，官府月月都有。千百郡县灯火通明，交通驿路通向万里。北方居住帐篷的国君，叩首使用我朝正朔；南方文身卉服的酋长，面向我朝接受管辖。

是以异人慕响，俊民间出；警跸清夷，表里悦穆。将徙县中宇[1]，张乐岱郊。增类帝之宫[2]，饬礼神之馆，途歌邑诵，以望属车之尘者久矣。日躔胃维[3]，月轨青陆。皇祇发生之始[4]，后王布和之辰，思对上灵之心，以惠庶萌之愿。加以二王于迈[5]，出饯戒告，有诏掌故，爰命司历。献洛饮之礼，具上巳之仪。南除辇道，北清禁林，左关岩隥，右梁潮源。略亭皋，跨芝廛，苑太液，怀曾山。松石峻垝，葱翠阴烟，游泳之所攒萃，翔骤之所往还。

【注释】

〔1〕徙县：迁徙国都。

〔2〕类：祭祀。

〔3〕躔：位于。　胃：星宿名。

〔4〕皇祇：天地。

〔5〕二王：指江夏王刘义恭与衡阳王刘义季。

【译文】

于是奇异之士闻声慕名而来，俊才之人时时迭出。天子出入清明平安，朝廷内外喜悦和穆。将向中原迁徙国都，于泰山之郊安排宴乐。增设祭祠天帝之宫，整顿礼拜诸神之舍，道路乡邑满是咏歌诵诗，人们盼望跟随朝廷出行已经很长时间了。此时太阳位于胃宿之旁，月亮运行已至青道。这是天地萌生万物之时，也是君王惠和布政之辰。思想着报答上天，满足庶民的心愿；再加两位诸侯王要远行，百官出城饯行告戒。有命掌故之官与时历之官，呈献洛滨禊饮的礼仪，完备上巳节日的程序。南边打扫车路，北面清洁林苑，向左依山傍岩行路，向右架桥渡过河梁。跨越小亭高地，路经洛邑芝田，太液池边立苑，层峦之上抒怀。青松巨石高峻危耸，葱茏苍翠烟云蔽日；水族鱼类集萃此处，飞禽走兽往来回返。

于是离宫设卫，别殿周徼。旌门洞立，延帷接枑[1]，阅水环阶，引池分席。春官联事[2]，苍灵奉途[3]。然后升秘驾，胤缇骑[4]，摇玉鸾，发流吹。天动神移，渊旋云被，以降于行所，礼也。既而帝晖临幄，百司定列，凤盖俄轸，虹旗委旆。肴蔌芬藉，觞醳泛浮。妍歌妙舞之容，衔组树羽之器。三奏四上之调[5]，《六茎》《九成》之曲。竞气繁声，合变争节。龙文饰辔，青翰侍御。华裔殷至，观听骛集。扬袂风山，举袖阴泽。靓庄藻野，袨服缛川。

【注释】

〔1〕枑（hù）：障碍物，又称行马。

〔2〕春官：礼官。

〔3〕苍灵：青帝，司春之神。

〔4〕胤：引。

〔5〕四上：指雅乐四种。

【译文】

于是离宫设置警卫，别殿卫士巡逻。旌旗之门耸立，帷帐护栏连绵。眼看流水环绕台阶，沿着水池分列座席，礼官上下联系，苍灵上路清道。然后天子登上御驾，引来禁军环列，玉铃摇动，笳箫奏响。皇帝起驾如天动神行，百官随从如水回云旋，一起来到行所，都是遵循礼仪行事啊！一会儿皇帝的光辉降临帷幄，百官分列站定，凤盖车辆停驰，如虹彩旗不扬，鱼肉菜蔬佳肴陈列，满杯美酒随水纷浮，悠扬的歌声伴随美妙的舞姿，披带彩绸遍插羽毛的乐器奏响。遍遍演奏诸种雅乐，弹响《六茎》《九成》诸曲。美妍乐声竞相飘扬，相互变化相争相竞。龙文宝马辔头华贵，青翰高船等待起航；华艳观众全都出动，观望聆听骛样云集。上衣飘扬如风吹山岗草木，举起长袖可遮蔽深湖大泽；艳装使山野更加美丽，盛服令河川增添华彩。

故以殷赈外区[1]，焕衍都内者矣。上膺万寿，下禔百福[2]。匝筵禀和[3]，阖堂依德。情盘景遽，欢洽日斜。金驾总驷，圣仪载伫。怅钧台之未临[4]，慨酆宫之不县[5]。方且排风阙以高游，开爵园而广宴[6]。并命在位，展诗发志。则夫诵美有章，陈信无愧者欤？

【注释】

〔1〕殷赈：富裕繁盛。

〔2〕禔（tí）：福。

〔3〕匝：满。

〔4〕钧台：夏启会享诸侯之所。

〔5〕酆宫：周康王会诸侯之所。

〔6〕爵园：邺中名园。

【译文】

所以以四野地区的繁盛富裕，衬托出国都城内灿烂美丽。居上位者增岁添寿，在下位者安享百福。满座人们禀受和穆，满堂人们遵依仁德，心情流连但光景快速，欢洽时分而日已西斜。天子总辔起驾，驷马盘桓留连。不曾光临的人们，如未到夏启的钧台般惆怅，如不曾到周康王酆宫般慨叹。皇上还将走出风阙去游览，开爵园而广设宴席。并诏命在座诸位，吟咏诗作抒发情志；那么，颂扬美德井井有条，陈述诚信无愧于天地鬼神！

三月三日曲水诗序　王元长（王融）

【题解】

此文刻画了南朝齐时三月三日禊饮的盛况，从朝廷、百姓、外域诸方面叙述齐朝大业。

臣闻出《豫》为象[1]，钧天之乐张焉；时乘既位，御气之驾翔焉。是以得一奉宸[2]，逍遥襄城之域[3]。体元则大，怅望姑射之阿[4]，然窅眇寂寥，其独适者已。至如夏后两龙[5]，载驱璇台之上；穆满八骏[6]，如舞瑶水之阴。亦有飨云，固不与万民共也。

【注释】

〔1〕《豫》：《周易》之卦，其《象》曰："先王以作乐崇德，殷荐之上帝。"

〔2〕得一：得道。　宸：天。

〔3〕襄城：黄帝问道之所。

〔4〕姑射：神仙之山。

〔5〕夏后两龙：夏启在大乐之野乘两龙。

〔6〕穆满八骏：周穆王名满，乘八骏游昆仑山见西王母。

【译文】

臣下我听说《豫》的卦象就是"先王作乐，殷荐上帝"，天帝所在，作乐崇德；依藉时势已就天帝之位，于是驾御元气如龙翱翔。所以得道奉天，便逍遥遨游在襄城之野；体法天地之大德，惆怅望向邈姑射之山。然而这些是如此杳渺寂寥，只有个别人能够适应而已。至于说夏启乘两龙之马，驰骋遨游于琼台之上；周穆王驾乘八骏之车，如翩翩相舞瑶池之上，虽然也有宴飨，却本就不是与万民同乐的。

我大齐之握机创历[1]，诞命建家，接礼贰宫[2]，考庸太室[3]。幽明献期[4]，雷风通飨[5]，昭华之珍既徙[6]，延喜之玉攸归[7]。革宋受天，保生万国，度邑静鹿丘之叹[8]，迁鼎息大坰之惭[9]。绍清和于帝猷[10]，联显懿于王表，骏发开其远祥，定尔固其洪业。皇帝体膺上圣[11]，运钟下武，冠五行之秀气，迈三代之英风。昭章云汉，晖丽日月，牢笼天地，弹压山川。设神理以景俗，敷文化以柔远，泽普汜而无私，法含弘而不杀。犹且具明废寝[12]，昃晷忘餐[13]，念负重于春冰，怀御奔于秋驾。可谓巍巍弗与，荡荡谁名？秉灵图而非泰[14]，涉孟门其何险[15]！储后睿哲在躬，妙善居质，内积和顺，外发英华，斧藻至德[16]，琢磨令范，言炳丹青，道润金璧。出龙楼而问竖[17]，入虎闱而齿胄[18]。爱敬尽于一人，光耀究于四海。若夫族茂麟趾[19]，宗固盘石，跨掩昌姬，韬轶炎汉。元宰比肩于尚父，中铉继踵乎《周南》[20]，分陕流勿翦之欢[21]，来仕允克施之誉，莫不如珪如璋，令闻令望，朱芾斯皇，室家君王者也[22]。

【注释】

〔1〕齐：南朝萧齐，479—502年。

〔2〕贰宫：天子的副宫。

〔3〕太室：明堂，帝王宣明政教之处。

〔4〕幽明：天地。

〔5〕雷风：指阴阳。

〔6〕昭华：尧赠舜之玉。

〔7〕延喜：大禹治水，得到刻有“延喜之玉”的玄圭。

〔8〕度邑：规划洛邑。　鹿丘：殷都的鹿台与糟丘。《逸周书·度邑》载：武王克殷，在此慨叹自己是以臣伐君。

〔9〕迁鼎句：商汤建殷，迁九鼎于亳，至大坰（jiōng）有以臣伐君之惭。

〔10〕绍：继承。　猷：法则。

〔11〕皇帝：齐武帝萧赜。

〔12〕昃明：达旦。

〔13〕昃晷：太阳西下。

〔14〕灵图：河图，王者受命之瑞。

〔15〕孟门：山名，极其险峻。

〔16〕斧藻：修饰。

〔17〕龙楼：太子之门。　竖：宦官。

〔18〕虎闱：国子之学。　齿胄：按年龄排序。

〔19〕麟趾：《诗·周南》有《麟趾》篇，言文王子孙宗族皆为从善，后以麟趾为颂扬宗室子弟之词。

〔20〕中铉：指三公。　《周南》：相传《诗·周南》是周公所作。

〔21〕分陕：相传周公、召公分陕而治。　勿翦：《诗·召南·甘棠》："蔽芾甘棠，勿翦勿伐，召伯所茇。"后以比喻德政。

〔22〕"朱茀"二句：《诗·小雅·斯干》有"朱芾斯皇，室家君王"，意为此家人就应该当君王。茀，服饰。

【译文】

我煌煌大齐执掌机柄开创新朝，承受天命建立国家；在皇家副宫依礼接纳贤才，在明堂一一考核任用。天地吉祥，阴阳和谐。昭华珍宝既已迁徙大齐，延喜美玉也归向我朝。革除刘宋而接受天命，保护天下万邦百姓。没有武王灭殷时的叹息，也没有商汤克夏的愧意。继续五帝的清和之德，发扬三王的明美之理。迅速向远方传播祥瑞之气，天下安定洪业坚固。当今皇帝继承上圣之帝，圣德能继先王功业。禀承水、火、金、木、土五行的秀气，挟带夏、商、周三代的英风，照耀云汉，晖丽日月，笼括天地，覆盖山川。设立神道普照百姓，敷布文德柔服远国。恩泽普降而毫无私心，法则广大而不施杀伐。今上执政彻夜不寝，整日忘餐；如负重而履薄冰，又如驾御快车而害怕倾覆。真可说是巍巍高大难可比拟，荡荡广浩难能称说！高居皇位而心不安泰，如同跋涉孟门险道。太子叡哲在身，种种妙善具备，内心和穆平顺，外表英姿焕发。行为修饰至上美德，如琢如磨优秀典范。言谈光明显著，道德如玉似金。走出龙楼事事相问竖宦，进入学校与英才同行同列，敬爱只向皇帝一人，光耀笼罩四海民众。皇族茂盛人皆从善，天下牢固如同盘石，大齐事业必超周朝，且把汉朝远抛在后。朝中宰相与吕尚并肩，三公追随周公以为榜样。封疆大臣的德政得到人民欢迎，入朝为官都有孝友之誉。他们都如同珪璋美玉，有着良好的名气与声望，官服上装饰着朱色，他们就应该是君王家族。

本枝之盛如此，稽古之政如彼，用能免群生于汤火，纳百姓于休和，草莱乐业，守屏称事[1]。引镜皆明目，临池无洗耳[2]，沉冥之怨既缺，薖轴之疾已消[3]。兴廉举孝，岁时于外府，署行议年[4]，日夕于中甸。协律总章之司[5]，厚伦正俗；崇文成均之职[6]，导德齐礼。挈壶宣夜[7]，辩气朔于灵台，书笏珥彤[8]，纪言事于仙室[9]。褰帷断裳[10]，危冠空履之吏[11]；彯摇武猛，扛鼎揭旗之士。勤恤民隐，纠逖王慝[12]，射集隼于高墉，缴大风于长隧[13]，不仁者远，惟道斯行。谗莠蔑闻，攘争掩息，稀鸣桴于砥路，鞠茂草于圆扉[14]。耆年阙市井之游，稚齿丰车马之好，宫邻昭泰，荒憬清夷。侮食来王[15]，左言入侍[16]，离身、反踵之君，髽首、贯胸之长，屈膝厥角[17]，请受缨縻。文钺碧砮之琛，奇干善芳之赋，纨牛露犬之玩，乘黄兹白之驷，盈衍储邸，充仞郊虞。瓯牍相寻[18]，鞮译无旷[19]，一尉侯于西东，合车书于南北。畅毂埋辚辚之辙[20]，绥旍卷悠悠之旆。四方无拂[21]，五戎不距，偃革辞轩，销金罢刃。天瑞降，地符升，泽马来，器车出，紫脱华，朱英秀，佞枝植[22]，历草孳[23]。云润星晖，风扬月至，江海呈象，龟龙载文。方握河沉璧，封山纪石，迈三、五而不追[24]，践八九之遥迹[25]。功既成矣，世既贞矣，信可以优游暇豫，作乐崇德者欤？

【注释】

〔1〕守屏：边邑守臣。

〔2〕洗耳：尧时许由听到让天下给自己，认为污染了耳朵，便有洗耳之举。

〔3〕薖（kē）：饥。　轴：病。

〔4〕署行：考核官员。

〔5〕协律总章之司：乐官与礼官。

〔6〕崇文：文学官署。　成均：学校。

〔7〕挈壶：掌时官。

〔8〕书笏：史官。　珥：执。　彤：赤管笔。

〔9〕仙室：汉时称皇家藏书处的东观为老氏藏室、道家蓬莱。故称藏书馆为仙室。

〔10〕褰帷：打开帷帘办公，以示明察。　断裳：剪短上衣，行动快捷以办事。

〔11〕危冠：坏冠。　空履：弊履。

〔12〕纠逖：纠察远离。　王慝：大恶。

〔13〕大风：风伯。

〔14〕鞠：养。　圆扉：监狱。

〔15〕侮食：东越国名。　来王：朝拜。

〔16〕左言：外国语。

〔17〕厥角：叩头。

〔18〕匭：匣。

〔19〕鞮译：翻译官。

〔20〕畅毂：指兵事。

〔21〕拂：乱。

〔22〕佞枝：指证佞人之草。

〔23〕历草：尧时日历草，初一至十五，每日生一叶，十六至三十，每日落一叶。

〔24〕三、五：三皇五帝。

〔25〕八九：古代七十二国君。

【译文】

朝廷的根本与枝叶都如此美盛，又依古依圣发扬美政。因此能使百姓免于水深火热，使他们过上幸福和平的生活。山野之人安居乐业，地方官员尽心称职。引镜相照而人人明目，水边已无洗耳的隐士。隐士可怨之物已不存在，病困牢骚消解不存。推举孝廉活动，年年在地方上进行；考核官吏评议收成，日日夜夜被政府考虑。乐官礼官，崇厚人伦校正习俗；教官学校，以德引导以礼规范。掌时官宣布时间，灵台之上观测天象气象；史官执笔，东观之中记言记事。文官打开帷帘剪短服装，公开办案方便办事，个个破帽敝屣十分清廉；武官矫健勇猛，个个是扛鼎举旗的壮士。官员勤政体恤人民的隐痛，纠察并远离大罪大恶。像站立在高地之上射杀鹰隼般恶人，像在长长的隧道擒获风伯般的害人精，不仁不义者远远逃避，清明政治广泛实行。谗佞坏人不再听说，争吵相斗无影无踪。大路上少有鸣鼓警盗之声，监狱中犯人很少而茅草茂盛。老年人不去市井求谋生之路，小孩子痛快地玩着鸿车竹马，官殿周遭平静安定，荒远地区清和平安，南方诸国朝拜大齐，说着外语侍奉我朝。离身、反踵诸国君王，鬈首、贯胸部落酋长，屈膝叩头，请求臣服。各种花纹的斧钺、碧玉等珍奇宝贝，奇妙枝果、名贵乌雀等上贡物品，小牛之类的珍禽异兽等玩物，两角似狐的乘黄与长着锯齿的兹白等奇兽，储藏在官邸库府，豢养在山郊猎场。万物贡献相继不绝，忙得翻译官没有空闲。东西相贯统一军队建制，南北一致车同轨书同文，兵车不再启动而无辚辚之声，悠悠旌旗收卷。四方不乱，五方少数民族不抗拒王命，偃息革甲告辞兵车，销毁熔化诸样兵器。天瑞甘露降临，地符庆云升起，泽出神马，山出瑞车，紫脱开花，朱英绽苞，佞枝生长，历草孽生。青云润泽星光闪耀，清风扬起明月出现，江海呈现吉祥景象，龟龙显露彩色花纹。正在沉下玉璧祭奠河神，登山祭祀上天刻石记录，难以追踪三皇五帝，只跟随七十二君的盛德遗迹。广德已经建立，时世已经清明，确实可以优闲自得悠然逸乐，兴办宴乐来崇尚道德了。

于时青鸟司开，条风发岁，粤上斯巳，惟暮之春。同律克和，树草自乐，禊饮之日在兹，风舞之情咸荡，去肃表乎时训，行庆动于天瞩。载怀平圃，乃睠芳林，芳林园者，福地奥区之凑，丹陵、若水之旧[1]，殷殷均乎姚泽[2]，朊朊尚于周原，狭丰邑之未宏，陋谯居之犹褊。求中和而经处，揆景纬以裁基。飞观神行，虚檐云构。离房乍设，层楼间起。负朝阳而抗殿，跨灵沼而浮荣[3]；镜文虹于绮疏，浸兰泉于玉砌。幽幽丛薄，秩秩斯干；曲拂邅回，潺湲径复。新萍泛沚，华桐发岫，杂夭采于柔荑，乱嘤声于绵羽。禁轩承幸[4]，清宫俟宴，缇帷宿置，帟幕宵悬。既而灭宿澄霞，登光辨色，式道执殳[5]，展軨效驾，徐銮警节，明钟畅音。七萃连镳[6]，九斿齐轨[7]，建旗拂霓，扬葭振木。鱼甲烟聚，贝胄星罗，重英曲瑵之饰，绝景遗风之骑。昭灼甄部[8]，驵骏函列，虎视龙超，雷骇电逝，轰轰隐隐，纷纷轸轸，羌难得而称计。

【注释】

〔1〕丹陵：尧诞生之处。　若水：颛顼诞生之地。

〔2〕姚泽：舜诞生之处。

〔3〕荣：上翘的屋檐。

〔4〕禁轩：天子之车。

〔5〕式道：清道官。 殳：兵器，有棱无刃。

〔6〕七萃：强壮勇士。

〔7〕斿（yóu）：天子之车。

〔8〕甄部：长阵。

【译文】

此时青鸟报春，春风轻扬开始新的一年，上巳之时，正是三月暮春。六同六律相和相谐，树木花草自得其乐。临水修禊宴饮就在此时，迎风起舞歌咏心旷神怡。去掉严肃的外表实施先王遗教，在天子的眷顾下欢乐活动。想前往平圃园，又怀顾芳林园。芳林园，那是福祥之地又兼国都腹心，具有丹陵与若水的旧制。兴盛同于舜诞生之处的姚泽，美妙超过周朝所在的原野；汉高祖的丰邑比起它而显得狭小，魏武帝的谯地比起它来而显得偏僻。选择中和之处来经营宫室，测度日星位置来确定基础。楼观飞天似神鬼行走，屋檐凌空如云霓构筑，离宫耸地而起，楼台四下散布。背负朝阳殿堂矗立，跨越池塘飞檐浮空。彩虹映照在窗间绮疏，兰草泉水在玉阶环绕。幽草深丛，溪水淙淙，曲折蜿蜒，在石间潺潺流过。新萍在池中漫生，桐树从山洞探头；桃花与嫩叶相杂，嘤鸣出自彩羽。天子车驾幸临，清宫等待赴宴乐，帷帐昨夜已有准备，丝绸帘幕通宵悬挂。一会夜尽朝霞升起，日光初显晓色，式道候手执兵器清道，登车四顾下令起驾。鸾形玉铃徐徐鸣起惊警的节奏，光亮的铜钟发出清亮的声响，强壮勇士与马并行，九驾马车辙轨齐整。旗帜拂着云霓，声音振动草木，铁甲之卒如烟聚集，兜鍪之士如星罗布。重彩美玉装饰，绝景宝马驰骋。长阵辉耀，骏马排列，如虎视龙腾，如雷骇电逝。车声轰轰隆隆，纷纷隐隐，盛况实在难以说尽。

尔乃回舆驻罕[1]，岳镇渊渟[2]，晬容有穆，宾仪式序。授几肆筵，因流波而成次；蕙肴芳醴，任激水而推移。葆佾陈阶[3]，金飑在席，戚奏《翘》舞[4]，龠动邠诗〔5〕。召鸣鸟于弇州〔6〕，追伶伦于嶰谷〔7〕；发参差于王子〔8〕，传妙靡于帝江〔9〕。正歌有阕，羽觞无算，上陈景福之赐，下献南山之寿；信凯宴之在藻〔10〕，知和乐于食苹〔11〕。桑榆之阴不居〔12〕，草露之滋方渥。有诏曰："今日嘉会，咸可赋诗。"凡四十有五人，其辞云尔。

【注释】

〔1〕罕：旌旗。

〔2〕渟：水止。

〔3〕葆佾：佩戴翠羽的舞列。

〔4〕《翘》：舞曲名。司马彪《续汉书》曰："执干戚，舞《云翘》。"

〔5〕邠诗：《诗经》风诗之一。邠，今陕西省彬县。

〔6〕弇州：出五彩之鸟。

〔7〕伶伦：黄帝时乐官。

〔8〕王子：仙人王子乔，好吹笙。

〔9〕帝江：识歌舞之鸟。

〔10〕凯：恺，欢乐。　在藻：赞美宴饮安乐的诗。《诗经·小雅·鱼藻》："鱼在在藻，有颁其首。王在在镐，岂乐饮酒。"

〔11〕食苹：《诗经·小雅·鹿鸣》："呦呦鹿鸣，食野之苹。"表示宾友欢乐。

〔12〕桑榆：日落之处。

【译文】

一会儿车停旗驻，如山岳相镇、如渊水停滞。人人容貌温穆润泽，宾客礼仪井然有序。安排桌几摆开筵席，依流动的水波排次；诸种佳肴各色美酒，凭激荡的水流推移。羽毛舞具与舞蹈排列阶下，诸样乐器也摆放在位，干戚舞动、《翘》舞飞扬。弹奏邠诗以迎暑节。召来了弇州的鸣鸟，追随着嶰谷的伶伦，如王子乔吹笙参差有节，如帝江之鸟发出美妙的歌声。正歌刚刚终了，举杯痛饮却无穷无尽。在上祝福赏赐，在下献寿增岁，幸福欢乐如同鱼儿在藻，美妙动听享受在鹿鸣之宴。时光飞驰已是日落时分，草上已有滴滴露水。皇帝下诏说：“今日美好聚会，都要赋诗抒怀。”共有四十五人作诗，这些诗都记载如下。

王文宪集序 任彦昇（任昉）

【题解】

此文叙写王俭一生的生平事迹，着重评价他在礼乐制定、人材选拔、政务处理、目录学诸方面的成就。

公讳俭〔1〕，字仲宝，琅邪临沂人也。其先自秦至宋，国史家谍详焉。晋中兴以来〔2〕，六世名德〔3〕，海内冠冕。古语云：“仁人之利，天道运行。”故吕虔归其佩刀〔4〕，郭璞誓以淮水〔5〕。若离、翦之止杀〔6〕，吉、骏之诚感〔7〕，盖有助焉。

【注释】

〔1〕讳：旧时称死去的帝王或尊长之名。

〔2〕晋中兴：指晋南渡。

〔3〕六世：王祥弟览，生导，导生洽，洽生珣，珣生昙首，昙首生僧绰，僧绰生俭。

〔4〕“故吕虔”句：《晋中兴书》载：魏徐州刺史吕虔有刀，或谓为三公者可服此刀；吕虔赠于王祥，王祥授弟王览，称其家有与此刀相配之人。

〔5〕“郭璞”句：《王氏家谱》载：初王导渡淮，使郭璞筮之，卦成，璞曰：吉无不利。淮水绝，王氏灭。

〔6〕“若离翦”句：秦名将王翦攻破赵国，其孙王离在陈胜反秦时又攻打赵国。

〔7〕“吉骏”句：汉时王吉、王骏父子，时称诚信之人。

【译文】

王公名俭，字仲宝，琅琊临沂人。他的先祖从秦至宋的情况，史书与家谱都有详细记载。晋中兴以来，王家六代有名有德，海内闻名。古话说：仁德之士所得益的，像天道运行不绝。所以魏时吕虔把只有三公才能佩带的宝刀赠给王家，晋时郭璞占卜称王家的福运与淮水一样久长。如果说到秦将王翦、王离的以杀伐制止杀伐，汉时王吉、王骏的诚信感人，都有助王家的兴盛。

公之生也，诞授命世，体三才之茂，践得二之机[1]。信乃昴宿垂芒[2]，德精降祉[3]，有一于此，蔚为帝师。况乃渊角殊祥[4]，山庭异表[5]；望衢罕窥其术，观海莫际其澜。宏览载籍，博游才义。若乃金版玉匮之书，海上名山之旨，沉郁澹雅之思，离坚合异之谈[6]。莫不总制清衷[7]，递为心极，斯固通人之所包，非虚明之绝境，不可穷者，其唯神用者乎？然检镜所归，人伦以表，云屋天构，匠者何？自咸、洛不守[8]，宪章中辍，贺生达礼之宗[9]，蔡公儒林之亚[10]，阙典未补，大备兹日。至若齿危发秀之老，含经味道之生，莫不北面人宗[11]，自同资敬。性托夷远，少屏尘杂，自非可以弘奖风流，增益标胜，未尝留心。

【注释】

〔1〕得二：谓善于凭借阴、阳之道。

〔2〕昴宿：相传萧何为昴星之精降生。

〔3〕德精：德星。　祉：福。

〔4〕渊角：前额骨隆起。

〔5〕山庭：鼻子。

〔6〕离坚合异：名家的善辩命题。

〔7〕清衷：内心。

〔8〕咸、洛：咸阳与洛阳。

〔9〕贺生：贺循，晋人，通礼学。

〔10〕蔡公：蔡谟，晋时儒宗。

〔11〕北面：面北而拜。

【译文】

王公的诞生，是上天赐予的治世之才，其身总天、地、人三才之美，又得阴、阳之道。确实是天上昴宿垂射光芒，是德星降临福祉，二者只具其一，便蔚为帝王之师。何况他具有“渊角”之相特别吉祥，具有“山庭”之鼻与众不同；他的道术幽远，难以窥破；他的胸怀广大，如观海没有边际。他博览书籍，才艺多方。金版玉匮的深奥古籍，海上名山的秘藏诸书，深沉闲雅的思想境界，古代名家的雄辩论说，没有不被他所总括而心领神会的。这绝对是所谓通人才所具备，如果不是达到绝妙的虚明境界，是不可能穷尽的，他是具有神明并能运用神明的人吧！然而检镜明鉴其所归，他是人伦的表率，如云屋在天构筑，是什么造就了他呢？自咸阳、洛阳等中原地区失陷，典章文物制度中断，贺循最明三礼，蔡谟为儒林亚宗，但他们仍有阙漏的礼仪未曾补足，完备之时就在今日。至于说齿落发白的老人，琢磨经术咀嚼道义的书生，个个以他为师长，请教他尊敬他。他性格平易志向深远，一点都不沾染世俗之气，如果不是弘扬世风教化人心、树立榜样奖励高尚之事，他是根本不去留心的。

期岁而孤，叔父司空简穆公，早所器异。年始志学，家门礼训，皆折衷于公。孝友之性，岂伊桥梓[1]；夷雅之体，无待韦弦[2]。汝郁之幼挺淳至[3]，黄琬之早标聪察[4]，曾何足尚？年六岁，袭封豫宁侯，拜日，家人以公尚幼，弗之先告。既袭珪组，对扬王命，因便感咽，若不自胜。初，宋明帝居蕃[5]，与公母武康公主素不协。

及即位，有诏废毁旧茔，投弃棺柩。公以死固请，誓不遵奉，表启酸切，义感人神。太宗闻而悲之，遂无以夺也。初拜秘书郎，迁太子舍人，以选尚公主[6]，拜驸马都尉。元徽初[7]，迁秘书丞。于是采公曾之《中经》[8]，刊弘度之《四部》[9]。依刘歆《七略》[10]，更撰《七志》[11]。盖尝赋诗云："稷、契匡虞、夏[12]，伊、吕翼商、周[13]。"自是始有应务之迹，生民属心矣！时司徒袁粲[14]，有高世之度，脱落尘俗。见公弱龄，便望风推服，叹曰："衣冠礼乐在是矣。"时粲位亚台司[15]，公年始弱冠，年势不侔，公与之抗礼。因赠粲诗，要以岁暮之期，申以止足之戒。粲答诗曰："老夫亦何寄？之子照清襟。"

【注释】

〔1〕桥梓：父子。

〔2〕韦弦：性急者佩韦自缓，心缓者佩弦自急。

〔3〕汝郁：汉时淳孝之童。

〔4〕黄琬：汉时聪察之童。

〔5〕宋明帝：刘彧。

〔6〕尚：娶公主为妻。王俭妻为阳羡公主。

〔7〕元徽：宋后废帝刘昱年号，473—477 年。

〔8〕公曾：晋人荀颛，字公曾，整理汲冢竹书，录为《中经》。

〔9〕弘度：晋人李充，字弘度，整理图书，分为四部，《五经》为甲部，史记为乙部，诸子为丙部，诗赋为丁部。

〔10〕刘歆：汉末校阅图书并撰写提要，编为《七略》，为辑略、六艺略、诸子略、诗赋略、六书略、术数略、方技略。

〔11〕《七志》：分图书为经典、诸子、文翰、军书、阴阳、术艺、图谱七类，另附道、佛。今佚。

〔12〕"稷契"句：周始祖后稷、商始祖契，分别在虞舜与夏时为官。

〔13〕伊、吕：伊尹、吕尚，分别辅佐商汤与周武。

〔14〕袁粲：字景倩。

〔15〕台司：指御史台职司。

【译文】

王公周岁时父亲就逝世了，叔父司空简穆公王僧虔，早就器重他的品性不凡而收养他。王公在有志于学的十五岁时，家族中的礼仪讨论，就以他的意见为准了。父子兄弟，他尽孝友悌；他的品性平易和雅，无须佩韦佩弦以自警。汝郁幼时的纯孝之至，黄婉少时的聪明才智，又哪里比得上王公！年六岁时，承袭父爵豫宁侯，授爵之日，家人认为他年纪尚小，没有事先告诉他。待给他挂上珪玉与绶带，向他宣布皇帝的诏命，他一下子感动得哽咽流泪，似乎不能控制自己。起初，宋明帝未即位时住在封地，素来与王公的母亲武康公主关系不和，待明帝即位后，就下诏要废弃武康公主的坟茔，棺材灵柩移迁他处。王公冒死坚决请求保留坟茔，发誓不能遵奉诏命，所呈奏表写得辛酸痛切，内中情义动人感神。明帝看了奏表也十分悲伤，于是就没有逼迫他违背意志。他一开始授官秘书郎，又迁升为太子舍人，被选中娶公主为妻，授官驸马都尉。元徽初年，迁升为秘书丞。这时王公采取荀勖编撰《中经》的办法，修改李充四部图书分类法，依照刘歆《七略》，撰作《七志》。他曾经赋诗曰："后稷与契匡助虞舜与夏禹，伊尹与吕尚辅佐商与周。"自此有了应合时务的事迹，而百姓对他也有了属合之心。当时司徒袁粲，有高于世俗的风度，超脱平庸尘俗，见王公小小年纪便有如此风度器识，而推许折服，并且感叹地说："文明教化礼乐就体现在他身上啊。"当时袁粲的地位仅次于禁省长官，而王公刚满二十岁，两人年龄与位势相差悬殊，王公却与他行对等之礼。王公赠袁粲诗，相约以岁寒之志共勉，申明以知足谦虚自戒。袁粲答诗说："老夫有什么寄托？您照鉴着我的清心。"

服阕，拜司徒右长史，出为义兴太守。风化之美，奏课为最[1]。还，除给事黄门侍郎，旬日，迁尚书吏部郎参选。昔毛玠之公清[2]，李重之识会[3]，兼之者公也。俄迁侍中，以愍侯始终之职[4]，固辞不拜。补太尉右长史。时圣武定业[5]，肇基王命，寤寐风云，实资人杰。是以宸居膺列宿之表，图纬著王佐之符。俄迁左长史。齐台初建，以公为尚书右仆射，领吏部，时年二十八。

【注释】

〔1〕课：考核。

〔2〕毛玠：字孝先，魏人，典选举，以公平清正著称。

〔3〕李重：晋人。　识会：识别人材。

〔4〕愍侯：王俭父王僧绰的谥号。

〔5〕圣武：齐高帝萧道成。

【译文】

为生母服丧结束，王公任司徒右长史，出任义兴太守，令那地方风俗教化淳美，在朝廷考核中获得第一名。回京后，任给事黄门侍郎，十日后，又升迁为尚书吏部郎参选。魏人毛玠典掌选举而公平清白，晋人李重善于识别人才，而王公则兼而有之。不久任他为侍中，他以此官职是其父愍侯遇害时的职务，坚决推辞不受。于是补他为太尉右长史，这时齐高帝萧道成奠定基业，将立王命，梦寐企求与英才遇合，实在需要杰出人才。所以他占据的高位与帝星表征相配，图谶纬书也显现出天子辅佐的符应。不久，迁升左长史，齐王府刚刚建立，任王公为尚书右仆射，兼任吏部之职，这时他二十八岁。

宋末艰虞，百王浇季。礼紊旧宗，乐倾恒轨，自朝章国纪，典彝备物，奏议符策，文辞表记，素意所不蓄，前古所未行，皆取定俄顷，神无滞用。太祖受命，以佐命之功，封南昌县开国公，食邑二千户。建元二年[1]，迁尚书左仆射，领选如故。自营部分司，卢钦兼掌[2]，誉望所归，允集兹日。寻表解选，诏加侍中，又授太子詹事，侍中仆射如故。固辞侍中，改授散骑常侍，馀如故。太祖崩，遗诏以公为侍中尚书令镇国将军。永明元年[3]，进号卫将军。二年，以本官领丹阳尹。六辅殊风[4]，五方异俗。公不谋声训，而楚、夏移情。故能使解剑拜仇[5]，归田息讼[6]。前郡尹温太真、刘真长[7]，或功铭鼎彝，或德标素尚，臭味风云，千载无爽。亲加吊祭，表荐孤遗，远协神期，用彰世祀。时简穆公薨，以抚养之恩，特深恒慕，表求解职，有诏不许。国学初兴，华夷慕义，经师人表，允资望实。复以本官领国子祭酒，三年，解丹阳尹，领太子少傅，馀悉如故。挂服捐驹[8]，前良取则，卧辙弃子[9]，后予胥怨。皇太子不矜天姿[10]，俯同人范，师友之义，穆若金兰[11]。又领本州大中正，顷之解职。四年，以本号开府仪同三司，馀悉如故。谦光愈远，大典未申。六年，又申前命，七年，固辞选任，帝所重违。诏加中书监，犹参掌选事。长舆追专车之恨[12]，公曾甘凤池之失[13]。夫奔竞之途，有自来矣。以难知之性，协易失之情，必使无讼，事深弘诱。公提衡惟允，一纪于兹[14]，拔奇取异，兴微继绝。望侧阶而容贤，候景风而式典[15]。

【注释】

〔1〕建元：齐高帝年号，479—482 年。

〔2〕“自营部”二句：汉献帝始置左右仆射，以营部为左仆射，卫臻

为右仆射。晋时则卢钦为尚书仆射总掌。

〔3〕永明：齐武帝萧赜年号，483—493 年。

〔4〕六辅：京城附近的六郡：京兆、冯翊、扶风、河东、河南、河内。

〔5〕解剑拜仇：汉人许荆，其兄子许世尝杀人，雠家欲杀世，许荆解剑长跪曰：今愿身代世死。雠家解剑而去。

〔6〕“归田”句：汉时有昆弟讼田者，东郡太守韩延寿乃自悔责，于是两昆弟亦深自悔，终不敢复争。

〔7〕温太真：温峤，字太真，晋人，平苏峻之乱。　刘真长：刘惔，字真长，晋人，性重庄、老。

〔8〕挂服：魏裴潜在任上曾作一胡床，去任时挂在官第。　捐驹：王逊任上洛太守，私马生驹，留给郡府。

〔9〕“卧辙”句：汉时侯霸为临淮太守，离任时百姓卧辙挽留；百姓说，侯霸走后，必生大乱，不如早早弃子。

〔10〕皇太子：萧昭业。

〔11〕金兰：朋友相投合。

〔12〕“长舆”句：和峤，字长舆，任中书令，本该与任中书监的荀勖（字公曾）同用一车，但和峤每每专用。

〔13〕“公曾”句：荀勖迁尚书令，人祝贺，荀勖说：是和峤夺走了我中书省的职位。

〔14〕纪：十二年曰纪。

〔15〕式典：典范。

【译文】

宋代末年时世艰难，历代末世帝王的浮薄紊乱此时全都具备，礼仪违背旧日的宗奉，礼乐倾覆了正常的轨道。那时朝廷文书国家法制，典章制度文物常则，奏章议论命令符策，文章辞表书记等，都不是平素有所积累的，也都是没有先例的，但王公都是在短时间内写定，神气流畅文无障碍。太祖皇帝接受天命，王公以辅佐之功，被封为南昌县开国公，采邑二千户。建元二年，迁尚书左仆射，吏部之职如故。自从汉时尚书分左右仆射由营郃、卫臻分任，晋时则卢钦兼掌，至此时王公兼掌二职，誉望所归。不久上表请求解除吏部参选之职，有诏加封侍中之职，又授太子詹事，侍中仆射之职依旧。王公坚辞侍中，于是改授散骑常侍，其他依旧。太祖萧道成逝世，遗诏任他为侍中尚书令、镇国将军。齐武帝萧赜永明元年，进号卫将军。永明二年，以本有官职兼任丹阳尹，当时国都四周的地区风俗教化各自不同，王公并不张扬声誉教示百姓，仅凭自身任职就使得远近百姓有所感化，所以仇人之间放下武器相互叩拜，田地争讼平息而兄弟谦让。前朝丹阳尹温太真、刘真长，或功绩刻在鼎彝之上，或道德操行传扬于世俗，他们的风尚香飘风云，千载之下无所改变，王公亲自吊唁祭祀他们，上表奏荐他们的子孙后代，上与浩浩神明相协，下明世代祭祀之礼。此时简穆公王僧虔逝世，王公以其有养育之恩，特别表现出恒深的思慕与哀痛，上表请求解除职务去守丧，诏命不许。此时国学开始兴起，华夏与四夷仰慕道义，经书之师要为人表率，确实需要名望与实事相配之人来主掌，于是王公又以本官兼任园子祭酒。永明三年，王公解除丹阳尹之职务，任太子少傅，其他官职依旧。裴潜离任时留下物品，王逊给官府留下马驹，王公取则于前代良吏；前朝有卧辙弃子来挽留侯霸，如今人们相怨王公为何来得如此之晚。如今皇太子不自矜天姿英发，俯身遵同常人准则，王公与他兼有师生朋友之义，和穆相亲而结金兰之好。王公又兼本州大中正，不久解职。永明四年，以本身官号开府仪同三司，其他职务依旧，愈发谦让而光辉愈远，职号被他坚决辞去。永明六年，朝廷又申布上述之命。永明七年，王公坚辞吏部选举的职任，皇上则坚决不许，下诏加任中书监，仍要掌吏部选举。比起王公，晋人和峤会追悔当年一人独用专车，荀勖也会心甘情愿失去中书省的职务。那奔走竞争求情之途，很久以来就是如此；人之品性本就难以洞悉，人之过失则可忽略相遗，要做到无所争议诉讼，就必须深入了解情况而谆谆善诱。王公平衡轻重公允恰当，在岗位上任职十二年，选拔出大量优秀绝异的人才，并使衰微的家族重新兴盛，站立在侧阶迎接贤才入朝，待东风劲吹便成为典范。

春秋三十有八，七年五月三日，薨于建康官舍。皇朝轸恸，储铉伤情[1]。有识衔悲，行路掩泣。岂直舂者不相[2]，工女寝机而已哉！故以痛深衣冠，悲缠教义，岂非功深砥砺[3]，道迈舟航[4]？没世遗爱，古之益友。追赠太尉，侍中中书监如故。给节，加羽葆鼓吹，增班剑六十人。谥曰文宪[5]，礼也。

【注释】

〔1〕储铉：太子与三公。

〔2〕直：只。　相：送杵声。《礼记·曲礼》："邻有丧，舂不相。"

〔3〕砥砺：指利人。

〔4〕舟航：指济人。

〔5〕文宪：《谥法》：忠信接礼曰文，博文多能曰宪。

【译文】

王公享年三十八岁，永明七年五月三日，逝世于建康官舍。皇朝上下深感震痛，太子与三公倍觉悲伤凄恻，相识者都悲伤痛苦，路上行人掩泣哀哭；不仅仅是舂者不相杵，女士停织机！之所以令衣冠之士深深哀悼，令教义之子悲痛不已，难道不是因为王公之功在利国利人、道在济人遥远吗？王公离世却留下了仁爱，是古人所说的益友啊。朝廷追赠他为太尉，侍中中书监诸职依旧，给予节旄，葬仪加羽葆仪仗与乐队，持班剑的队伍增加到六十人。王公谥号为文宪，也是依照礼仪的。

公在物斯厚，居身以约。玩好绝于耳目，布素表于造次。室无姬姜，门多长者。立言必雅，未尝显其所长；持论从容，未尝言人所短。弘长风流，许与气类；虽单门后进[1]，必加善诱；勖以丹霄之价[2]，引以青冥之期[3]。公铨品人伦，各尽其用，居厚者不矜其多，处薄者不怨其少。穷涯而反，盈量知归。皇朝以治定制礼，功成作乐。思我民誉，缉熙帝图[4]。虽张、曹争论于汉朝[5]，荀、挚竞爽于晋世[6]，无以仰摸渊旨，取则后昆。每荒服请罪，远夷慕义，宣威授指，实寄宏略。理积则神无忤往，事感则悦情斯来。无是己之心，事隔于容谄；罕爱憎之情，理绝于毁誉。造理常若可干，临事每不可夺；约己不以廉物，弘量不以容非。攻乎异端，归之正义。

【注释】

〔1〕单门：单寒家族。

〔2〕丹霄：凤。

〔3〕青冥：龙。

〔4〕缉熙：光明。　帝图：帝业。

〔5〕张、曹：汉人张酺、曹褒。

〔6〕荀、挚：晋人荀顗、挚虞。　竞爽：争胜。

【译文】

王公待人接物隆厚，自己生活简约。与耳目玩好绝缘，周济贫素之人的急遽之需。家中不养妖姬美女，登门者多是贤良长者。出言必定雅正，从不显示自己的优长；与人议论从容，从不揭说别人的短处。弘扬教化风行天下，招引与己同类的道义之士，虽然是出自寒门，必加以谆谆劝诱。以青云之志勉励其努力，以苍天之怀扩展其眼界。王公铨品人才之辈，各尽其用，处于高位者不矜夸其高，居低位者不自哀怨其低。知足如至涯畔而反，知满如量器盈则止。朝廷以天下大治便制定礼仪，以大功告成便兴作礼乐，想让百姓颂誉功德，皇朝鸿业更加光明。虽然汉时张酺、曹褒争论礼仪，晋朝荀顗与挚虞述礼争胜，都未能探索到礼仪深奥的义旨，不能令后人取为标准。每有蛮夷仰慕皇朝信义，前来请罪，王公必定宣扬皇朝声威并授其旨意，其中实含宏图大略。义理积于心中则所思想无所违忤，诸事有感于情则欢悦前来归化。没有对自我正确的肯定，办坏了事就会接受谄媚；缺少爱憎的情感，失去义理则会因为或毁或誉。王公述理时多宽和而被认为是可以触犯的，但每到具体的事情上他的意志就不可改变的。他约束自己又广施于物，气度弘大又不容人为非，攻伐异端不正，令人归向正义。

公生自华宗，世务简隔。至于军国远图，刑政大典，既道在廊庙，则理擅民宗。若乃明练庶务，鉴达治体，悬然天得，不谋成心。求之载籍，翰牍所未纪；讯之遗老，耳目所不接。至若文案自环，主者百数，皆深文为吏，积习成奸。蓄笔削之刑，怀轻重之意。公乘理照物，动必研机。当时嗟服，若有神道。岂非希世之隽民，瑚琏之宏器？

【译文】

王公出身豪门士族，对世务俗事有所简慢隔绝，至于说军国的远图大略，朝廷的刑法大典，他既然身处庙堂，办理得井井有条深得人心。如果说到明了通晓各种政务，审察通达治理大体，更俨然得之于天，不是自己思虑得出来的。拿他所处理过的政务去查阅典籍，各种文翰墨牍都不曾有过记载；去讯问社会遗老年长者，也未闻未见。至于说案头文书堆积环身，批文作主者数以百记，都是周纳条文之吏，日积月累形成的恶习。他们刑法随意，妄自轻重。王公依照道理处理诸事，动辄就钻研出其中深微之处，当时人们十分感慨佩服，称他好似有神明之道。难道他不是世所稀有的优秀人才、瑚琏般堪当重任的国家栋梁吗？

昉行无异操，才无异能，得奉名节，迄将一纪。一言之誉，东陵侔于西山[1]；一眄之荣，郑璞逾于周宝[2]。士感知己，怀此何极！出入礼闱，朝夕旧馆，瞻栋宇而兴慕，抚身名而悼恩。公自幼及长，述作不倦。固以理穷言行，事该军国，岂直彫章缛采而已哉！若乃统体必善，缀赏无地，虽楚、赵群才[3]，汉、魏众作，曾何足云！曾何足云！昉尝以笔札见知，思以薄技效德，是用缀缉遗文，永贻世范。为如干秩，如干卷。所撰《古今集记》[4]、《今书七志》[5]，为一家言，不列于集。集录如左。

【注释】

〔1〕东陵：盗跖为利而死之地。　西山：伯夷、叔齐为名而死之地。

〔2〕郑璞、周宝：郑人称玉之未理者为璞，周人称鼠之未腊者为璞。

〔3〕楚、赵群才：指楚国时的屈原、宋玉及赵国的荀卿。

〔4〕《古今集记》：《南齐书》《南史》作《古今丧服集记》。

〔5〕《今书七志》：即《七志》。

【译文】

任昉我并没有什么特别的操守，也没有什么突出的才能，仰奉王公名节与其交游，已将有十二年了。他对我的一言赞誉，就令我从盗跖的东陵提升至伯夷、叔齐的西山；他对我有一份顾盼，令我的璞玉之质便超过了名贵的宝玉。读书人最感谢知己，牵挂在心永不遗忘！我出入尚书省，朝夕相伴旧时的官舍，看到屋梁栋宇便兴起敬仰之心，回看自身的功名更悼念王公的恩情。王公自幼至长，述作撰写永不疲倦，他的文章叙写自己的言行，述说军国政事，怎能只是雕琢辞章呢！至于王公的叙写文体必定美善，处处令人赞赏不已，虽说有楚、赵的群才、汉魏的大作，哪里能够相提并论！又怎能值得称说呢！任昉我曾因笔札文章写得好一点而被赏识，于是想用小小的技艺来报效王公的恩德，因此采集编撰王公的遗文，永留后世作为典范。若干帙，若干卷。王公所撰《古今集记》《今书七志》，作为一家之言，不列入文集之中。文集的目录如左。

（本卷译注：胡国庆）

文选卷第四十七

颂

圣主得贤臣颂　王子渊（王褒）

【题解】

论圣主与贤臣的依存关系。圣主必须礼遇贤士才能有所作为，而贤才也必须得到任用才能发挥才干。二者的遇合，是盛世的基础。

夫荷旃被毳者〔1〕，难与道纯绵之丽密；羹藜含糗者〔2〕，不足与论太牢之滋味〔3〕。今臣僻在西蜀，生于穷巷之中，长于蓬茨之下〔4〕，无有游观广览之知，顾有至愚极陋之累，不足以塞厚望〔5〕，应明旨。虽然，敢不略陈愚心，而杼情素〔6〕！

【注释】

〔1〕旃（zhān）：同“毡”，粗毛织物。　毳（cuì）：鸟兽毛的粗织品。

〔2〕藜：野菜。　糗：炒熟的米、麦。

〔3〕太牢：以牛、羊、猪为祭祀所用。

〔4〕蓬茨：草屋。

〔5〕塞：抵偿。

〔6〕杼：通“抒”，表达。　情素：情愫。

【译文】

身穿粗糙毛织物的人，难以与其说丝织物的精美细密；以野菜为羹、以干粮为食的人，不足与其讨论祭祀所用牛、羊、猪太牢的滋味。如今臣下我处在偏远的西蜀，在贫穷巷野之中出生，在茅草屋之下长大，没有四处游历而广为涉猎的见识，倒有愚昧浅陋的见解拖累于身，不足以承担起君上的厚望、回应君上的旨意。即便如此，又怎敢不略陈我的愚昧之见、表达我的忠心！

记曰〔1〕：恭惟《春秋》法五始之要〔2〕，在乎审己正统而已。夫贤者，国家之器用也。所任贤，则趋舍省而功施普；器用利，则用力少而就效众。故工人之用钝器也，劳筋苦骨，终日矻矻〔3〕。及至巧冶铸干将之璞〔4〕，清水淬其锋〔5〕，越砥敛其锷〔6〕，水断蛟龙，陆剸犀革〔7〕，忽若彗泛画涂〔8〕。如此则使离娄督绳〔9〕，公输削墨〔10〕，虽崇台五层，延袤百丈而不溷者，工用相得也。庸人之御驽马，亦伤吻弊策而不进于行〔11〕，胸喘肤汗，人极马倦。及至驾啮膝〔12〕，骖乘旦〔13〕，王良执靶〔14〕，韩哀附舆〔15〕，纵骋驰骛，忽如影靡，过都越国，蹶如历块〔16〕；追奔电，逐遗风〔17〕，周流八极，万里一息。何其辽哉！人马相得也。故服絺绤之凉者〔18〕，不苦盛暑之郁燠〔19〕；袭狐貉之暖者，不忧至寒之凄怆。何则？有其具者易其备。贤人君子，亦圣王之所以易海内也。是以呕喻受之，开宽裕之路，以延天下之英俊也〔20〕。夫竭智附贤者，必建仁策；索人求士者，必树伯迹〔21〕。昔周公躬吐握之劳〔22〕，故有圄空之隆〔23〕；齐桓设庭燎之礼〔24〕，故有匡合之功。由此观之，君人者勤于求贤而逸于得人。

【注释】

〔1〕记：典籍。

〔2〕五始：《春秋》章法，即元年、春、王、正月、公即位。

〔3〕矻矻：辛勤不懈貌。

〔4〕巧冶：欧冶子，越国铸剑师。　干将：宝剑名，吴国干将所铸。　璞：未加工的玉坯。

〔5〕淬：把烧红的锻件浸入水中，急速冷却，以增强硬度。

〔6〕砥：细的磨刀石。　锷：刀剑的刃。

〔7〕剸（tuán）：割，截断。

〔8〕彗：扫帚。　泛：浮尘。　涂：泥。

〔9〕离娄：离朱，传说中黄帝时视力最好的人。

〔10〕公输：公输班，即鲁班。

〔11〕策：赶马用的棍、鞭。

〔12〕啮膝：良马名。

〔13〕骖：驾驭。　乘旦：良马名。

〔14〕王良：春秋时善御马者。　靶：代指缰绳。

〔15〕韩哀：善于御车之人。

〔16〕蹶：疾行。

〔17〕遗风：疾风。

〔18〕絺（chī）：细葛布的衣服。　绤（xì）：粗葛布的衣服。

〔19〕燠：闷热。

〔20〕延：引进、接待。

〔21〕伯迹：霸迹伟业。

〔22〕吐握：《史记·鲁周公世家》记周公“一沐三握发，一饭三吐哺”，喻指殷勤待士。

〔23〕圄（yù）：牢狱。

〔24〕庭燎：庭院照明的大烛，喻君王勤政。

【译文】

古代典籍上说：“敬思《春秋》经义，以‘五始’之章法为要，在于审视自身以正统治而已。”贤才者，是君王治理国家的利器。所任用的人为贤才，则进退省力且功效得以普施；所用工具为利器，不费劲就能达到更好的效果。因此工匠用钝器作业，就会使筋骨劳苦，导致整日疲惫不堪。灵巧的欧冶子，铸出干将的剑坯，用清水淬火其剑锋，再以越地的磨石收聚剑刃，使之入水能斩断蛟龙，在陆地上能割裂犀牛皮，如同扫帚除尘、刀刻泥一样简单。如此，假若派离娄负责绳测，派公输班负责弹墨削材，即便是建造绵亘百丈的五层高台也不会混乱，这就是工匠与工具相投合的缘故。愚钝之人驾驭马匹，弄破马嘴、用坏马鞭也不能前行，胸口喘气皮肤冒汗，人和马都疲累。到了驾驭啮膝、乘旦这些良马，若由善于驾御的王良操持马缰，由精于造车的韩哀驾车，那么便能驰骋千里，迅疾如飞影，越过整个国土也只像穿过一小块土地；追逐闪电和疾风，遍行极远八方，到达万里之地也只在一呼一吸之间，何其辽阔啊！这是御马之人与马相投合的缘故。穿着凉爽的葛布衣服的人，不苦于盛暑的闷热；穿着狐、貉毛皮衣服的人，不忧于严冬的凄寒。为什么呢？具有利器就能有便于应对问题的办法。贤能之才，也正是圣王能治理天下的利器。用和悦的态度接纳贤士，开辟宽广的进仕渠道，以此引进天下的杰出人才。竭尽自己的心思亲附贤者的人，必定能够建立仁义之策；索求人才接纳贤士的人，必定能够树立其霸业。昔日周公亲自忙于接待士人，才有了牢狱空空而社会安宁的兴盛；齐桓公设立庭燎之礼招贤，于是有了一匡天下的功绩。由此看来，君王必先勤于招贤纳士以协助自己统治，才能享受得人才后的安逸。

人臣亦然。昔贤者之未遭遇也[1]，图事揆策[2]，则君不用其谋；陈见悃诚[3]，则上不然其信。进仕不得施效[4]，斥逐又非其愆[5]。是故伊尹勤于鼎俎[6]，太公困于鼓刀[7]，百里自鬻[8]，甯戚饭牛[9]，离此患也[10]。及其遇明君、遭圣主也，运筹合上意，谏诤则见听，进退得关其忠，任职得行其术，去卑辱奥渫而升本朝[11]，离蔬释屩而享膏粱[12]，剖符锡壤[13]，而光祖考，传之子孙，以资说士。故世必有圣智之君，而后有贤明之臣。虎啸而谷风洌，龙兴而致云气，蟋蟀俟秋吟，蜉蝣出以阴。《易》曰："飞龙在天，利见大人。"《诗》曰："思皇多士，生此王国。"故世平主圣，俊乂将自至[14]，若尧、舜、禹、汤、文、武之君，获稷、契、皋、陶、伊尹、吕望之臣，明明在朝，穆穆列布，聚精会神[15]，相得益章。虽伯牙操递钟[16]，蓬门子弯乌号[17]，犹未足以喻其意也。

【注释】

〔1〕遭遇：得到赏识。

〔2〕揆策：筹划策略。

〔3〕悃：诚恳、至诚。

〔4〕进仕：进身为官。

〔5〕愆（qiān）：过失；罪过。

〔6〕伊尹：商汤王时人，以鼎俎之术闻名。　俎：砧板。

〔7〕太公：吕望，未遇文王前操屠宰之业。

〔8〕"百里"句：百里奚以五张羊皮把自己卖给养牲者，以得到秦穆公注意。

〔9〕"甯戚"句：甯戚在其车下饭牛击牛角而歌，得齐桓公任之。

〔10〕离：遭受。

〔11〕奥渫（yù xiè）：污浊。

〔12〕屩：草鞋。　膏粱：精美的食物。

〔13〕剖符：泛指授官。　锡：通"赐"，赐予。

〔14〕俊乂：才德出众的人。

〔15〕聚精会神：会聚大家的精神和智慧。

〔16〕伯牙：春秋时琴师。　递钟：一说为"号钟"，琴名。

〔17〕蓬门子：即逢蒙，传说为善射者，学射技于羿。　乌号：古代良弓名。

【译文】

作为臣子也是如此。昔日贤能者还未得到赏识的时候，即便尽力谋划策略，君主也不会启用；尽管诚恳地陈述自己的政见，君王也不会听信其言。进身为官但能力又得不到发挥，被驱逐也非他们的过失。因此，伊尹曾勤于以锅和砧板在厨房做事，姜太公在得遇之前也操持屠宰之业，百里奚以羊皮自卖，甯戚给齐桓公喂牛，他们在被赏识前也都遭受了这样的忧患。等得到圣明的君主赏识后，他们的谋划合乎君上之意，规劝得到君上听取，升迁任免都得以发挥他们的才略，摆脱卑辱污浊而在朝中得以晋升，告别蔬食、脱去草鞋而得享精美食物，获封官爵，受赐土地，光宗耀祖，传给子孙后代，成为游士的谈资。因此，天下必先有圣明智慧的君主，然后才有贤明得力的臣子。虎啸而谷风寒烈，龙腾而招来云气，蟋蟀等到秋天则鸣叫，蜉蝣在阴湿之地出没。《周易》中说："巨龙高飞在天，利于出现大人物。"《诗经》中说："众多的贤才，生于周王国。"所以世道太平君主圣明，才德出众的人自然会来追随，就像有了尧、舜、禹、成汤、周文王、周武王等君主，才得到稷、契、皋陶、伊尹、吕望等臣子，君者圣明在上，臣者恭敬在下，汇集众人的精神与智慧，相得益彰。即便是伯牙奏递钟，逢门子拉乌号弓，也不足以比喻得出这般君臣如鱼水相洽的关系。

故圣主必待贤臣而弘功业，俊士亦俟明主以显其德。上下俱欲，欢然交欣，千载一会，论说无疑。翼乎如鸿毛遇顺风，沛乎若巨鱼纵大壑。其得意如此，则胡禁不止，曷令不行？化溢四表，横被无穷，遐夷贡献[1]，万祥必臻。是以圣主不遍窥望而视已明，不殚倾耳而听已聪。恩从祥风翱，德与和气游，太平之责塞，优游之望得。遵游自然之势，恬淡无为之场。休征自至[2]，寿考无疆，雍容垂拱[3]，永永万年。何必偃仰诎信若彭祖[4]，

呴嘘呼吸如乔、松[5]，眇然绝俗离世哉！《诗》曰："济济多士，文王以宁。"盖信乎其以宁也！

【注释】

〔1〕遐夷：边远的少数民族。　贡献：进贡。

〔2〕休征：吉祥的征兆。

〔3〕垂拱：垂衣拱手，形容悠闲自得不费力气。

〔4〕偃仰：俯仰。　诎信（qū shēn）：即屈伸，屈者退，伸者进。彭祖：传说中的极长寿之人。

〔5〕呴嘘：呼气。　乔、松：仙人王子乔和赤松子。

【译文】

因此圣主必须依靠贤臣才能光大其功业，有识之士也要得明主赏识才得以施展其才德。上下彼此相需，互相欣喜，千年得此一会，尽情论说自不用怀疑。就如羽毛遇到顺风吹拂一样自得，如大鱼在深壑中畅游一样自在。如此得意，那还有什么禁条是不会废止的，有什么号令是不能施行的呢？圣明的统治遍及四方，广及无尽，边远的民族亦来进贡，万祥之象也必然到来。因此，圣主不必到处观察就已看得透彻，不用倾耳细听就能听得明白。君恩伴和风高飞，君德同顺气相游，促进天下太平的责任已经得以完成，悠闲自得的愿望也得到了实现。之后便可遵循自然之法，处于心境清静自远之地无所营求。吉祥之兆自然会降临，寿命也会长久无疆，举止从容文雅，垂衣拱手悠闲自得，万年永久。何必要像彭祖那样俯仰屈伸，像王子乔、赤松子那样呼吸吐纳，远离俗世以至高远！《诗经》中说："有众多的贤才，文王才得以安宁。"就是坚信以任贤为重而得以安宁的吧！

（译注：周鲜乔）

赵充国颂 杨子云（杨雄）

【题解】

名将赵充国征匈奴有丰功伟绩，此文赞美其守边壮志与智谋胆略。

明灵惟宣[1]，戎有先零[2]。先零猖狂[3]，侵汉西疆。汉命虎臣，惟后将军。整我六师，是讨是震。既临其域，谕以威德。有守矜功[4]，谓之弗克。请奋其旅，于罕之羌。天子命我，从之鲜阳[5]。营平守节[6]，屡奏封章。料敌制胜，威谋靡亢[7]。遂克西戎，还师于京。鬼方宾服[8]，罔有不庭[9]。昔周之宣，有方有虎[10]，诗人歌功，乃列于《雅》。在汉中兴，充国作武[11]，赳赳桓桓[12]，亦绍厥后。

【注释】

〔1〕明灵：圣明的神灵。

〔2〕先零：汉代羌族的一支。

〔3〕猖狂：狂妄而肆意。

〔4〕有守：指酒泉太守辛武贤。　矜功：恃功。

〔5〕鲜阳：鲜水的北边。

〔6〕营平：汉营平侯赵充国。

〔7〕靡亢：不可抗衡。

〔8〕鬼方：边远的少数民族。　宾服：归顺，服从。

〔9〕不庭：不向王庭朝拜者。

〔10〕“有方”句：有方叔、邵虎两员武将。方叔、邵虎均为西周时期的贤臣。

〔11〕作武：建树武功。

〔12〕赳赳桓桓：形容威武雄健的样子。

【译文】

圣明英灵汉宣帝之时，西戎中有一支先零族崛起。先零族狂妄肆意，侵犯我大汉疆土。汉帝任命勇武之臣，命赵充国为后将军。将军整顿军队，征讨先零威震四方。将军率军打到先零领地，其示谕告知百姓彰显声威与德行。有一太守自恃功高，声称充国的计策无法战胜敌军。请求天子下令振奋军队，进军攻打西戎。天子遂下令我军六师，随太守进军至鲜水以北。营平侯赵充国恪守法度，数次向天子上呈奏章。充国准确地判断敌情，采取相应的战术策略力克敌军。其勇武谋略使敌军无可抗衡。于是，充国率领军队打败西戎，班师回朝。边远的少数民族见状纷纷归顺，无不顺从。以前周宣王时期，有方叔、邵虎两员骁勇武将。诗人们歌颂其功德，诗歌列于《诗经》中雅。现今我大汉再度复兴，气势威武刚健，拥有着方叔、邵虎一样的气魄。

（译注：李涵颖）

出师颂　史孝山（史岑）

【题解】

史岑，字孝山，王莽末年沛人，爵里不详。汉安帝永初初年，金城、陇西诸羌叛乱，诏命虎贲中郎将邓骘出征平叛，大破之。此文颂扬邓骘破敌之功。

茫茫上天，降祚有汉。兆基开业，人神攸赞。五曜宵映[1]，素灵夜叹[2]。皇运来授，万宝增焕。历纪十二[3]，天命中易。西零不顺，东夷遘逆[4]。乃命上将[5]，授以雄戟。桓桓上将，实天所启。允文允武，明诗悦礼。宪章百揆，为世作楷。昔在孟津，惟师尚父[6]。素旄一麾，浑一区宇。苍生更始，朔风变楚[7]。薄伐猃狁，至于太原。诗人歌之，犹叹其艰。况我将军，穷城极边。鼓无停响，旗不暂褰。泽霑遐荒，功铭鼎铉。我出我师，于彼西疆。天子饯我，路车乘黄[8]。言念伯舅，恩深《渭阳》[9]。介珪既削[10]，裂壤酬勳。今我将军，启土上郡[11]。传子传孙，显显令问。

【注释】

〔1〕五曜：五星。

〔2〕素灵：白蛇的精灵。五曜与白蛇都是汉时祥瑞之象。

〔3〕“历纪”句：汉高祖至王莽之乱，经过了十二世。

〔4〕遘逆：发动叛乱。

〔5〕上将：指邓骘。

〔6〕尚父：姜太公吕望。

〔7〕朔风：北方音乐。　楚：南方音乐。《史记》载，舜爱南乐，天下得治；纣爱北乐，国家灭亡。

〔8〕路车：天子所乘之车。　乘黄：四匹黄马。

〔9〕《渭阳》：指《诗经·秦风·渭阳》，为秦康公送别其舅晋文公之作。此处借此诗表达汉安帝与邓骘的舅甥之情。

〔10〕珪：守邑封土的符信。

〔11〕上郡：郡名。

【译文】

辽阔的上苍，赐福我大汉。高祖开创基业以来，人与神灵相互扶助。五星在夜空中闪耀，白蛇精灵在夜晚哀叹。帝王之运由天授予，世间万物更焕发光辉。历经十二帝王，天命却中途改变。西边羌族不再顺从，东边各族又发动叛乱。于是派遣邓骘，授予他雄戟。威武的统帅，实在是被上天所启导。他文武兼备，了解诗书，喜爱礼仪。遵守典章制度，可作为世人的楷模。往昔周武王在孟津之地，任命太公吕望为军师。白旄一挥，天下统一。天下苍生得以重生，萧条北乐变成充满生机的南乐。周宣王讨伐猃狁，直达太原。诗人歌咏他，也感叹讨伐的艰难。况且我们的将军，要到极远的边境之地。战鼓响不停，战旗飘不止。恩泽远沾边荒之地，功绩铭刻钟鼎之上。我们的军队，到达遥远的西部边疆。天子为我军饯行，恩赐大车及四匹良马。思念伯舅邓骘，情深难舍。已经赠送圭玉，又分封土地作为奖赏。我们的将军，在上郡开疆拓土。将其传之子孙，美名日益显赫。

（译注：相明霏）

酒德颂　刘伯伦（刘伶）

【题解】

刘伶，字伯伦，沛（今安徽宿县）人，曾为建威参军，“竹林七贤”之一。嗜酒，蔑视礼法。《晋书》有传。此文假设有大人先生，嗜酒忘世、陶然自乐，宣扬名士的放诞气度。

有大人先生[1]，以天地为一朝[2]，以万期为须臾[3]，日月为扃牖[4]，八荒为庭衢。行无辙迹，居无室庐，幕天席地，纵意所如。止则操卮执觚，动则挈榼提壶[5]，唯酒是务[6]，焉知其余？

【注释】

〔1〕大人：圣贤之人。

〔2〕朝：早晨。

〔3〕期：一年。　须臾：片刻。

〔4〕扃（jiōng）：门户。　牖（yǒu）：窗户。

〔5〕挈：提。　榼：有盖的酒器。

〔6〕务：追求。

【译文】

有一个身怀圣贤之名的人，把天地开辟以来看作是一个早晨，把万年作为片刻之间，把日月作为门和窗口，把天地八荒作为门庭街道。行走在没有车迹的道路，没有固定的房屋居住，以天为被，以地为席，肆意而行，随遇而安。坐则拿着酒杯，动则提着酒器，只有饮酒是他的追求，又哪里会知道其他的事情呢？

有贵介公子〔1〕，搢绅处士〔2〕，闻吾风声，议其所以〔3〕。乃奋袂攘襟，怒目切齿，陈说礼法，是非锋起。先生于是方捧罂承槽〔4〕、衔杯漱醪〔5〕；奋髯踑踞〔6〕，枕麹藉糟〔7〕；无思无虑，其乐陶陶。兀然而醉，豁尔而醒；静听不闻雷霆之声，熟视不睹泰山之形，不觉寒暑之切肌，利欲之感情。俯观万物，扰扰焉如江、汉之载浮萍；二豪侍侧焉如蜾蠃之与螟蛉〔8〕。

【注释】

〔1〕贵介：地位显要。

〔2〕搢绅：即缙绅。　处士：古代有才能却隐居的人。

〔3〕所以：所作所为。

〔4〕罂（yīng）：酒坛，盛酒的瓦器。　槽：酒槽。

〔5〕醪（láo）：浊酒。

〔6〕奋髯：胡子飘飘。　踑踞：两腿舒展而坐，表示随意不拘礼节。

〔7〕麹：蒸过的麦子或白米，发酵后晒干用以酿酒。　糟：指酒糟，酿酒后所剩的渣滓。

〔8〕蜾蠃（luǒ）：一种捕食害虫的昆虫，形体与蜜蜂相似，青黑色，腰细。　螟蛉：亦称“青虫”，害虫。

【译文】

有地位显要的公子、乡绅和隐居的贤士听到名声，议论着他的行为。他们扬起衣袖，撩起衣襟，怒目而视，咬牙切齿地说着礼仪法度，谈论是非。先生这时正捧着酒坛，俯向酒槽，一杯一杯地喝着浊酒，他的胡子飘飘，两腿舒展而坐。枕着酒曲，垫着酒糟，没有忧愁没有思虑，一副悠然自得的样子。昏昏沉沉地醉了过去，又突然清醒过来；静静地听也听不出雷霆的声音，仔细地看也看不出泰山的形态，感觉不到寒来暑往侵入肌肤的感受，也没有追求利益欲望的感情。他俯瞰万物，只觉得纷纷扰扰，江汉里面的浮萍，那贵介公子、搢绅处士站在旁边，就好像蜾蠃对待螟蛉一样。

（译注：谢嘉颖）

汉高祖功臣颂　陆士衡（陆机）

【题解】

历述汉初开国元勋的英雄事迹，歌颂他们灭楚兴汉平定天下的丰功伟业。

相国酂文终侯沛萧何，相国平阳懿侯沛曹参，太子少傅留文成侯韩张良，丞相曲逆献侯阳武陈平，楚王淮阴韩信，梁王昌邑彭越，淮南王六黥布，赵景王大梁张耳，韩王韩信[1]，燕王丰卢绾，长沙文王吴芮，荆王沛刘贾，太傅安国懿侯王陵，左丞相绛武侯沛周勃，相国舞阳侯沛樊哙，右丞相曲周景侯高阳郦商，太仆汝阴文侯沛夏侯婴，丞相颍阴懿侯睢阳灌婴，代丞相阳陵景侯魏傅宽，车骑将军信武肃侯靳歙，大行广野君高阳郦食其，中郎建信侯齐刘敬[2]，太中大夫楚陆贾，太子太傅稷嗣君薛叔孙通，魏无知，护军中尉随何，新成三老董公辕生，将军纪信，御史大夫沛周苛，平国君侯公，右三十一人，与定天下安社稷者也。颂曰：

【注释】

〔1〕韩王韩信：战国时期韩襄王姬仓庶孙，为避免与同名的名将韩信相混，多称其为韩王信。

〔2〕刘敬：即娄敬，后因刘邦赐姓改姓刘。

【译文】

相国酂侯谥文终侯沛县人萧何，相国平阳侯谥懿侯沛县人曹参，太子少傅留侯谥文成侯韩人张良，丞相曲逆侯谥献侯阳武人陈平，楚王淮阴侯韩信，梁王昌邑人彭越，淮南王六安人黥布，赵景王大梁人张耳，韩王韩信，燕王沛县丰邑人卢绾，长沙王谥文王吴芮，荆王沛县人刘贾，太傅安国侯谥懿侯王陵，左丞相绛侯谥武侯沛县人周勃，相国舞阳侯沛县人樊哙，右丞相曲周侯谥景侯高阳人郦商，太仆汝阴侯谥文侯沛县人夏侯婴，丞相颍阴侯谥懿侯睢阳人灌婴，代丞相阳陵侯谥景侯魏人傅宽，车骑将军信武侯谥肃侯靳歙，大行广野君高阳人郦食其，中郎建信侯齐人刘敬，太中大夫楚人陆贾，太子太傅稷嗣君薛人叔孙通，魏无知，护军中尉随何，新成三老董公，辕生，将军纪信，御史大夫沛县人周苛，平国君侯公，上述三十一个人，是与高祖一起平定天下安定社稷的人。歌颂他们道：

芒芒宇宙，上墋下黩[1]。波振四海，尘飞五岳。九服徘徊[2]，三灵改卜[3]。赫矣高祖，肇载天禄。沉迹中乡[4]，飞名帝录。庆云应辉[5]，皇阶授木[6]。龙兴泗滨[7]，虎啸丰谷[8]。彤云画聚，素灵夜哭[9]。金精仍颓[10]，朱光以渥[11]。万邦宅心，骏民效足。

【注释】

〔1〕墋：浑浊不清。　黩：污浊。

〔2〕九服：以国都为中心以外的地方分为九等，泛指全国。

〔3〕三灵：天、地、人。　改卜：重新选择。

〔4〕中乡：即中阳里。在今江苏省丰县。

〔5〕庆云：五色云，为吉祥之照。

〔6〕皇阶：皇位。　授木：周朝为木德，言汉为周木德所授。

〔7〕泗滨：刘邦曾经在泗上做亭长。

〔8〕丰谷：刘邦曾居住在丰、沛。

〔9〕素灵：白蛇之灵。　夜哭：刘邦曾斩一白蛇，夜晚一老太在斩蛇处哭泣。

〔10〕“金精”句：秦献公七年，栎阳雨金，献公以为得金瑞，开始祭祀白帝。此句意指秦朝已经衰退。

〔11〕朱光：汉为火德，朱光指汉朝兴盛。

【译文】

宇宙广袤无垠，天地一片浑浊。四海波涛震动，五岳尘土飞扬。百姓无所适从，天地想要重选明君。光辉盛大啊！高祖皇帝！背负着上天赐予的使命。隐匿在中阳里，名字记载在帝王录。五色的祥云映照着高祖的光辉，汉朝的次位是周朝的木德。巨龙在泗水之滨升腾，猛虎咆哮在丰地山谷掀起狂风。紫红色的云彩聚集高祖所在之处，他斩了当道白蛇使得蛇母夜哭。以金为德的秦朝已经衰败了，红光开始变得盛大。全国上下都心系高祖，各地才俊也为高祖奔走效力。

堂堂萧公，王迹是因。绸缪睿后〔1〕，无竞维人。外济六师〔2〕，内抚三秦〔3〕。拔奇夷难，迈德振民〔4〕。体国垂制，上穆下亲〔5〕。名盖群后〔6〕，是谓宗臣〔7〕。

【注释】

〔1〕后：天子和诸侯。

〔2〕“外济”句：萧何征发兵卒，运送粮草，供应军队。

〔3〕三秦：项羽自立西楚霸王，立秦三将：章邯为雍王、董翳为翟王、司马欣为塞王。后世称陕西地区为三秦。

〔4〕迈：推行。

〔5〕穆：敬。

〔6〕名盖群后：即定萧何为群功之首。

〔7〕宗：尊奉。

【译文】

庄严大方的相国萧何，高祖因他才登基称帝。为圣明的君主策划筹谋，没人能超过他的。高祖在外征战时，萧何坐镇关中对外保障前线兵源补给，对内安抚三秦百姓。他还提拔奇才平息战乱，推行德政赈济人民。建立国家制定法律，使群臣敬重百姓亲近。他的英名超过诸侯群臣，可谓是能被世代尊崇的臣子啊！

平阳乐道，在变则通。爰渊爰嘿，有此武功。长驱河朔，电击壤东。协策淮阴，亚迹萧公。

文成作师〔1〕，通幽洞冥。永言配命〔2〕，因心则灵。穷神观化〔3〕，望影揣情。鬼无隐谋，物无遁形。武关是辟〔4〕，鸿门是宁〔5〕。随难荥阳〔6〕，即谋下邑〔7〕。销印惎废〔8〕，推齐劝立。运筹固陵〔9〕，定策东袭。三王从风〔10〕，五侯允集〔11〕。霸楚实丧，皇汉凯入。怡颜高览，弥翼凤戢〔12〕。托迹黄、老，辞世却粒〔13〕。

【注释】

〔1〕文成：张良谥曰文成侯。　作师：圯上老人曾授《太公兵法》给

张良，称研透此书便可为帝王师。

〔2〕永言配命：语出《诗经·大雅·文王》。永，吟咏。

〔3〕“穷神”句：语出《周易·系辞下》：“穷神知化，德之盛也。”意为探求事物深刻的道理，是德行之盛。

〔4〕武关：古时关口。　辟：开。

〔5〕鸿门：鸿门宴的发生地。

〔6〕荥阳：刘邦、项羽曾在此长期对峙。

〔7〕下邑：古县名，张良曾在此给刘邦推荐黥布、彭越、韩信三人。

〔8〕惎（jì）：教导。

〔9〕固陵：地名，刘邦曾追项羽至此地。

〔10〕三王：指韩信、彭越、黥布。

〔11〕五侯：指董翳、杨喜、马童、吕胜、杨武五人。

〔12〕弥：补合。　戢：收藏。

〔13〕却粒：即辟谷，不食五谷以求长生。

【译文】

平阳侯曹参奉行黄老之学，认为事物的发展需要变化以致通达。他虽然沉默寡言，却立下赫赫功劳。曾经长途奔袭到黄河以北，风驰电掣在壤东大破三秦。协助淮阴侯韩信屡次击败敌军，功劳只在萧何之下。

文成侯张良成为王者之师，知晓洞察幽界冥域之事。长久地接受天命的指示，心中所想之事都能灵验。他能探究事物深刻的道理，根据一点儿线索就能推测出事物的真理。鬼在张良面前也无法隐藏计谋，事物也无法隐藏真实的样子。高祖听从他的计谋在武关取得大捷，也是因为他的计谋高祖在鸿门宴上平安脱险。高祖在荥阳被项羽围困时，张良也跟随左右，为高祖策划将下邑作为奖赏以拉拢能人一起反楚。他还曾经劝说高祖不要听取郦生立六国后裔的建议，说动高祖立韩信为齐王。在固陵给高祖献策，使当年没有按时到达的诸侯悉数到达，击败楚军。高祖东征平叛时，是张良稳定了朝局。攻打楚军时他的计策招来了韩信、彭越和黥布，诸侯也纷纷响应而来。西楚霸王项羽最后其实是败于留侯之手，高祖凯旋入主长安。张良和颜悦色，高瞻远瞩，像是收起了双翅的凤凰。他信仰黄老之学，远离尘世修习辟谷之术，不食五谷。

曲逆宏达[1]，好谋能深。游精杳漠，神迹是寻。重玄匪奥[2]，九地匪沉。伐谋先兆，挤响于音。奇谋六奋[3]，嘉虑四回。规主于足[4]，离项于怀[5]。格人乃谢[6]，楚翼实摧[7]。韩王窘执，胡马洞开[8]。迎文以谋，哭高以哀。

【注释】

〔1〕宏达：谓才识宏大畅达。

〔2〕重玄：天空。

〔3〕奇谋六奋：陈平曾六出奇计。

〔4〕规：相劝。

〔5〕“离项”句：离间项羽和范增的关系。怀，胸前。

〔6〕格人：指范增。　谢：辞去。

〔7〕楚翼：指范增，是项羽的重要谋士，被尊为“亚夫”。

〔8〕胡马：指匈奴。

【译文】

曲逆侯陈平宏大通达，擅长谋略而且能探究事物的真理。能探索到晦暗沉寂的境界，探寻神秘的事物。上天也不算神秘，九地也不算深奥。能在预兆出现之前就谋划应对，在发出震动之前就听到声响。曾为高祖六出奇谋，还有四次极佳的谋划。曾经用脚踩高祖规劝他改变对来使的态度，离间项羽与范增的关系。范增不能忍受项羽辞官而去，项羽的羽翼被摧毁。陈平略施小计就擒住了有异心的韩信，高祖被匈奴围困时也是他出主意解围。是他出主意平定诸吕之乱迎文帝即位，高祖驾崩时他哀恸泣下。

灼灼淮阴[1]，灵武冠世[2]。策出无方[3]，思入神契。奋臂云兴，腾迹虎噬。凌险必夷，摧坚则脆。肇谋汉滨[4]，还定渭表。京索既扼[5]，引师北讨。济河夷魏，登山灭赵。威亮火烈，势逾风扫。拾代如遗[6]，偃齐犹草[7]。二州肃清[8]，四邦咸举[9]。乃眷北燕，遂表东海。克灭龙且[10]，爰取其旅。刘项悬命，人谋是与。念功惟德，辞通绝楚[11]。彭越观时，弢迹匿光[12]。人具尔瞻，翼尔鹰扬。威凌楚域，质委汉王[13]。靖难河济[14]，即宫旧梁。烈烈黥布[15]，眈眈其眄[16]。名冠强楚，锋犹骇电。睹几蝉蜕，悟主革面。肇彼枭风[17]，翻为我扇。天命方辑[18]，王在东夏[19]。矫矫三雄[20]，至于垓下。元凶既夷，宠禄来假。保大全祚，非德孰可？谋之不臧[21]，舍福取祸[22]。

【注释】

〔1〕灼灼：盛烈貌。

〔2〕灵武：威武。

〔3〕方：技巧。

〔4〕肇：初始。　汉：汉水，指汉中，时为刘邦封地。

〔5〕京：县名。　索：邑名。　扼：把守，控制。

〔6〕代：在山西顺河一带。

〔7〕偃：放倒。

〔8〕二州：魏国、赵国在冀州，齐国、代国在青州。

〔9〕四邦：指魏、代、赵、齐四国。　举：占领。

〔10〕龙且：楚国将领。

〔11〕通：蒯通，善于辩论，分析利害，曾为韩信谋士。

〔12〕弢：装弓或剑的袋子。

〔13〕质委：臣下向君主献礼，表示献身。

〔14〕济：济水，黄河的支流。

〔15〕烈烈：威武的样子。

〔16〕眈眈：威视貌。 眄：斜着眼睛看。

〔17〕枭风：骁勇之风。枭，恶鸟。

〔18〕辑：和睦。

〔19〕东夏：即阳夏，在豫州境内。

〔20〕矫矫：勇武的样子。 三雄：指韩信、彭越、黥布三人。

〔21〕臧：善。

〔22〕“舍福”句：此三人皆汉初开国功臣，但都因谋反被诛。

【译文】

功勋卓著的淮阴侯韩信，勇武威严是世上第一。所出的计策没有固定的框架，思考的计谋奇妙有如神助。他手臂一震士兵们就像云彩一样聚拢过来，打仗奔腾时像猛虎扑向自己的猎物。遇到凶险总能化险为夷，刚强坚韧之物在他面前也脆弱易折。他在汉水之滨开始为高祖谋划，帮高祖出汉中，平定渭水之外。攻打下楚国的京、索两地，又北上讨伐赵国、魏国。韩信渡过了黄河平定魏国，登山易帜灭了赵国。他的威信就像火焰那样明亮，士气比狂风扫过还要强烈。他收复代国就像捡起掉在地上的东西，攻下齐国就像风把草吹倒一样简单。肃清了冀州、青州的敌人，占领了魏国、代国、赵国、齐国。又攻下北燕，被封为齐王镇守东海。韩信还打败了救援齐国的龙且，俘虏了他的士兵。高祖和项羽的命运都在韩信手中，他帮谁，谁就能取得胜利。他自恃功高，又因高祖给予宠信，所以拒绝了蒯通的建议与项羽断绝了往来。彭越观察时事变化，韬光养晦隐藏起自己的行迹。人们都景仰他的才能，他骁勇善战像雄鹰飞扬。他的威名在楚地传扬，献上礼物归顺了高祖。在黄河、济水击败楚军挽救了高祖的危局，后来被封为梁王进驻了大梁的宫殿。黥布威武勇猛，像老虎一样贪婪地斜视着王业。威名在强楚排第一，锋锐如同闪电惊雷。他能在时局变化的预兆出现时及早做出应对，感受到高祖的仁德而洗心革面。开始的骁勇之风，现在转为高祖的助力。天命归于我汉朝，高祖在阳夏追击项羽。英勇威武的韩信、彭越、黥布三位豪杰，应招将项羽围于垓下。祸首项羽被打败，宠幸和赏赐开始加到他们身上。身在高位享受俸禄，不是德行出众的人怎么能够享有呢？谋略不当而享受荣华，反而会招来祸患。

张耳之贤，有声梁、魏。士也罔极〔1〕，自诒伊愧〔2〕。俯思旧恩，仰察五纬〔3〕。脱迹违难〔4〕，披榛来洎〔5〕。改策西秦，报辱北冀。悴叶更辉〔6〕，枯条以肄。

【注释】

〔1〕“士也”句：语出《诗经·卫风·氓》。罔极，反复无常，没有准则。

〔2〕诒：欺诈。

〔3〕五纬：指金、木、水、火、土五星。

〔4〕脱迹：脱略行迹。　违难：避难。

〔5〕披榛：砍去丛生的草木。　洎：到。

〔6〕悴：枯萎。

【译文】

景王张耳非常贤能，名声在梁、魏两地流传。男人的心思深不可测，与好友反目而使自己蒙羞。他低头想起高祖旧日里的恩情，抬头察看天象五纬。为了免除灾祸而逃难，劈开荆棘来到汉营。改变了高祖想投楚的打算，跟随高祖平定三秦，平定赵国，杀陈余于泜水，报仇雪恨。枯萎的树叶变得光辉，被斩断的枝条更加茂盛。

王信韩孽〔1〕，宅土开疆。我图尔才，越迁晋阳。卢绾自微，婉娈我皇〔2〕。跨功逾德，祚尔辉章〔3〕。人之贪祸，宁为乱亡〔4〕。

【注释】

〔1〕孽：庶。

〔2〕婉娈：依恋的样子。

〔3〕祚：赐福。

〔4〕宁：竟。

【译文】

韩王韩信是已故韩襄王的庶孙，高祖将他封为韩王，将太原郡封为韩国。高祖欣赏韩王的才华，将晋阳封给他。卢绾小时候出身微贱，对高祖非常依恋。所得到的赏赐爵位与其所立功德不相匹配，赐予他辉煌和荣耀。人们因为贪婪而招来祸患，竟然叛逃到匈奴而死在异族。

吴芮之王，祚由梅鋗〔1〕。功微势弱，世载忠贤。

肃肃荆王〔2〕，董我三军〔3〕。我图四方，殷荐其勋〔4〕。庸亲作劳，旧楚是分〔5〕。往践厥宇，大启淮濆〔6〕。

【注释】

〔1〕梅鋗：人名，长沙王吴芮部将。

〔2〕肃肃：恭敬庄严的样子。

〔3〕董：督。

〔4〕殷：指周殷，叛楚归汉。

〔5〕“旧楚”句：刘贾的封地在荆，即楚国旧地。

〔6〕启：开。　淮濆：淮河堤岸。

【译文】

长沙王吴芮，能得到赏赐都是因为梅鋗。功勋微小势力孱弱，世人只记载了他的忠心和贤德。

庄严恭敬的荆王刘贾，监督着汉军三军。高祖征战四方时，刘贾使人说动周殷为汉立功。用跟高祖的亲戚关系来开始发迹，荆就是楚国的旧地分出来的。他到封地居住，在淮滨领域开拓土地。

安国违亲，悠悠我思。依依哲母，既明且慈。引身伏剑，永言固之。淑人君子，实邦之基。义形于色，愤发于辞。主亡与亡，末命是期。

绛侯质木〔1〕，多略寡言。曾是忠勇，惟帝攸叹。云骛灵丘，景逸上兰〔2〕。平代禽豨，奄有燕韩〔3〕。宁乱以武，毙吕以权。涤秽紫宫〔4〕，征帝太原〔5〕。实惟太尉，刘宗以安。挟功震主，自古所难。勋耀上代，身终下藩〔6〕。

【注释】

〔1〕质木：质朴。

〔2〕上兰：地名。在汾河东，二龙山下。

〔3〕奄有：全部占有疆土。

〔4〕紫宫：天子居所。

〔5〕太原：太原郡，在代地。

〔6〕下藩：王公的封地。

【译文】

安国侯王陵离开了他的母亲，深深思念自己的亲人。他遣使者到项羽处迎母，其母深明大义又和善慈祥。她引剑自杀，留下遗言来坚定王陵的心志。正直公正、品格高尚的君子，实是国家的基石。义愤的情绪反应在脸上，激烈的态度表达于言辞。是主上亡故会跟随主上的社稷之臣，要守着高祖临终的遗命到生命的结束。

绛侯周勃性格朴实敦厚，足智多谋但是话却不多。他那么忠诚勇猛，高祖也不禁感叹。周勃在灵丘用兵如飞，行军到上兰时景色快速后移。平定了韩王信在代地的叛乱，擒住了陈豨，占据了燕、韩的全部土地。他用武力镇压叛乱，以权力击杀诸吕。洗涤了皇宫中的污秽，迎代王入宫做了皇帝。其实是依赖太尉周勃，才使刘家宗室平安。功高震主的臣子自古都难以自处。周勃的功勋荣耀了先祖，自己最终也被封为藩王。

舞阳道迎〔1〕，延帝幽薮〔2〕。宣力王室，匪惟厥武。揔干鸿门〔3〕，披闼帝宇〔4〕。耸颜诮项〔5〕，掩泪悟主。

【注释】

〔1〕道迎：路上迎接。

〔2〕延：请。　幽薮：僻静的草泽。

〔3〕揔干：系着盾。

〔4〕披闼（tà）：即排闼，推开门。

〔5〕耸颜：拉长脸。　诮：斥责。　项：指项羽。

【译文】

舞阳侯樊哙去迎立当时在草木幽深处隐居的高祖为沛公。致力于效忠王室，不是只用他的武功。系着盾在鸿门宴上救下高祖，破门而入高祖的住处。拉长了脸严厉地责备项羽，掩面涕泣使高祖感动。

曲周之进，于其哲兄。俾率尔徒，从王于征。振威龙蜕〔1〕，摅武庸城〔2〕。六师实因〔3〕，克荼禽黥〔4〕。

【注释】

〔1〕龙蜕：地名。

〔2〕摅武：扬威意。　庸城：即上庸，在今湖北省竹山县西南。

〔3〕六师：军队的统称。

〔4〕荼：指臧荼，项羽封为燕王，后投降刘邦，因谋反被杀。　黥：

指黥布。

【译文】

曲周侯郦商的晋升，是因为他贤明的兄长。使郦商带领着他的兵卒，跟着高祖征战。他在龙蜕震慑了谋反的燕王臧荼，用武力在庸城消灭了黥布。六军因为有郦商的协助，打败了臧荼抓住了黥布。

猗欤汝阴〔1〕，绰绰有裕。戎轩肇迹，荷策来附。马烦辔殆，不释拥树。皇储时乂〔2〕，平城有谋〔3〕。

【注释】

〔1〕猗欤：叹美词。

〔2〕乂：安。

〔3〕平城：今山西省大同市。

【译文】

啊！才华横溢的汝阴侯夏侯婴呀！从驾驶马车开始发迹，背负着马鞭就来投靠高祖。马儿疲倦，马嚼子和缰绳都有损伤，夏侯婴让两个孩子抱着他的腿站着驾车。皇太子被他平安救下，高祖被围平城时因为他的谋略才得以脱险。

颍阴锐敏〔1〕，屡为军锋。奋戈东城，禽项定功〔2〕。乘风藉响，高步长江。收吴引淮，光启于东。

【注释】

〔1〕锐敏：精细敏锐。

〔2〕项：指项籍。

【译文】

颍阴侯灌婴锐利而敏捷，多次作为军队的前锋。在东城挥戈大战，捉住项籍立下军功。乘胜追击，渡过长江。收复吴地，引兵平定淮北，使自己的事业在东边发扬光大。

阳陵之勋，元帅是承。信武薄伐〔1〕，扬节江陵〔2〕。夷王殄国〔3〕，俾乱作惩。

【注释】

〔1〕薄伐：征伐。

〔2〕扬节：扬鞭。　江陵：又名荆州城，战略位置重要。

〔3〕夷：消灭。　殄：灭绝。

【译文】

阳陵侯傅宽的功勋，都是依靠元帅的指挥。信武侯靳歙征伐，扬名江陵。消灭王国，平息叛乱，惩治作恶。

恢恢广野〔1〕，诞节令图〔2〕。进谒嘉谋，退守名都〔3〕。东窥白马〔4〕，北距飞狐〔5〕。即仓敖庾〔6〕，据险三涂〔7〕。輶轩东践，汉风载徂。身死于齐，非说之辜。我皇实念，言祚尔孤。

【注释】

〔1〕恢恢：宽宏大度。

〔2〕诞：大。　节：度。　令：善。　图：谋。

〔3〕名都：指荥阳。

〔4〕白马：津河名，重要的南北通道。

〔5〕飞狐：塞名。

〔6〕敖庾：即敖仓，古代重要粮仓，秦时设。

〔7〕三涂：山名。在河南嵩县西南，伊水之北，亦称崖口，又称水门。

【译文】

广野君郦食其为人宽厚大度又善于谋略。觐见高祖时献上高明的谋略，退守名都荥阳。向东可以窥探白马津，向北可以依仗飞狐口。占据敖仓的粮食，依仗三涂山的险峻。郦食其驾着轻车出使齐国，带去大汉雄风。身死于齐国，并不是出使游说的罪过。高祖实在思念有功之臣，封赏他的遗孤为高梁侯。

建信委辂[1]，被褐献宝。指明周汉，铨时论道[2]。移帝伊洛[3]，定都酆镐[4]。柔远镇迩，实敬攸考[5]。

【注释】

〔1〕委：弃。　辂：古代车辕上用来挽车的横木。

〔2〕铨：权衡。

〔3〕伊洛：指洛阳。

〔4〕酆镐：指西安。

〔5〕考：成功。

【译文】

建信侯娄敬放下手中车辂，穿着破衣服给高祖献策。说明汉与周的不同，权衡时事论说王道。建议高祖离开洛阳，定都酆镐。可以怀柔远方边境镇定近处百姓，是娄敬的计策促成了这件事。

抑抑陆生[1]，知言之贯。往制劲越，来访皇汉。附会平勃[2]，夷凶翦乱。所谓伊人，邦家之彦。

【注释】

〔1〕抑抑：器宇轩昂。

〔2〕附会：使融合。　平：指陈平。　勃：指周勃。

【译文】

太中大夫陆贾器宇轩昂，善于言辞而不失于道。促使强悍的南越王接受高祖的封赏，南越王来汉朝拜。使陈平、周勃融洽相处，平定诸吕的动乱。这就是人们所说的国家的贤良之臣。

百王之极，旧章靡存。汉德虽朗，朝仪则昏。稷嗣制礼〔1〕，下肃上尊。穆穆帝典〔2〕，焕其盈门。风睎三代，宪流后昆〔3〕。

【注释】

〔1〕稷嗣：指稷嗣君叔孙通。

〔2〕穆穆：庄严恭敬。

〔3〕宪：法令。　后昆：后代。

【译文】

汉朝建国于战乱之后，国家凋敝，各种典章制度都没有存留下来。汉王的德行虽然明朗高洁，朝廷的礼仪制度却一片混乱。稷嗣君叔孙通制定了礼仪，使臣下肃敬而皇帝尊贵。帝王的法则庄严而恭敬，光辉灿烂照亮了朝门。礼仪有夏、商、周三代的风范，典章法度流传于后世。

无知叡敏〔1〕，独昭奇迹。察侔萧相〔2〕，贶同师锡〔3〕。随何辩达〔4〕，因资于敌。纡汉披楚〔5〕，维生之绩。

【注释】

〔1〕叡敏：聪敏。

〔2〕萧相：指萧何。

〔3〕贶：赠，赐。　师锡：众人举荐推许。

〔4〕辩达：口才敏捷，事理通达。

〔5〕纡：缓解。　披：分裂。

【译文】

魏无知聪慧敏捷，独具慧眼发现陈平的才能。魏无知举荐陈平就像丞相萧何举荐韩信一样，众人举荐推许他得到赏赐。护军中尉随何口才敏捷、事理通达，能游说黥布归顺于汉。缓解了汉军的危机，分化了楚军的力量，都是他的功绩啊。

皤皤董叟〔1〕，谋我平阴〔2〕。三军缟素，天下归心。

【注释】

〔1〕皤皤：白发貌。

〔2〕平阴：今山东济南市郊。

【译文】

白发苍苍的董公，在平阴为我高祖谋划。三军为义帝穿上孝服，天下百姓都归顺汉王。

袁生秀朗，沉心善照。汉旆南振，楚威自挠。大略渊回，元功响效。邈哉惟人，何识之妙。

纪信诳项，轺轩是乘〔1〕。摄齐赴节〔2〕，用死孰惩。身与烟消，名与风兴。周苛慷慨，心若怀冰。刑可以暴，志不可凌。贞轨偕没，亮迹双升。帝畴尔庸〔3〕，后嗣是膺〔4〕。

【注释】

〔1〕轺（yáo）轩：轻车。

〔2〕摄齐（zī）：提起衣摆，表示恭敬有礼。　赴节：为保全节操而牺牲。

〔3〕畴：通“酬”。

〔4〕膺：接受，担当。

【译文】

辕生秀美俊朗，能深思观察分析事理。预见了汉军南下，楚军就会自乱阵脚。谋略远大深不可测，像响声一样快地立下大功。此人见识深远，学识精妙。

纪信为救高祖欺骗项羽，乘坐高祖的轻车来到楚军军营。恭敬有礼从容就义，就算是死也没什么可怕。身体像烟一样消失了，名声却像风一样流传开来。御史大夫周苛为人慷慨，心性冰清玉洁。刑法暴虐可以施加于他的身体，他的志向却不能被凌辱。纪信与周苛虽然都已经不在人世，他们光辉的事迹却像双星闪烁。高祖为了酬谢他们的功劳，分封了他们的后代。

天地虽顺，王心有违。怀亲望楚，永言长悲。侯公伏轼，皇媪来归。是谓平国〔1〕，宠命有辉〔2〕。

【注释】

〔1〕平国：侯公后被封为平国君。

〔2〕宠命：特加恩赐的任命，对任命的敬辞。

【译文】

天地虽然已经和顺，高祖却并不是事事顺心。时常怀念自己在楚地的亲人，吟咏思念常常带着悲伤。侯公出使楚地，带回了高祖的父母和妻子。因而被封为平国君，光荣的恩赐永放光辉。

震风过物，清浊效响。大人于兴，利在攸往。弘海者川，崇山惟壤。韶护错音〔1〕，衮龙比象〔2〕。明明众哲，同济天网。剑宣其利，鉴献其朗。文武四充，汉祚克广。悠悠遐风〔3〕，千载是仰。

【注释】

〔1〕韶：舜乐。　护：汤乐。

〔2〕衮龙：皇帝的衣服。

〔3〕遐风：影响深远之教化。指仁义道德之类。

【译文】

风吹过万物，发出清浊不同的声响。大人物在兴起时，所做的事情往往对后世有极大的益处。是无数的细流使海洋宏大，细细的土壤使山岭崇高。《韶》、《护》齐鸣以示四海升平，衮龙朝服象征皇权尊贵。天下贤明之才汇聚于此，共同治理我们的国家。宝剑显示它的锋利，铜镜显出它的光亮。文武群臣充满四方，汉室的福祉广布天下。汉朝的德政随风传播到天下各处，后世千年受人敬仰。

（译注：张力丹）

赞

东方朔画赞并序　夏侯孝若（夏侯湛）

【题解】

夏侯湛（243—292），字孝若，谯县（今安徽亳县）人。西晋时官至散骑常侍，《晋书》有传。作者游东方朔故里，见其遗像，作文抒发凭吊之情，辩明其人格的不凡与滑稽诙谐中所包含的高风亮节。画赞，是以赞颂画像中的人物为主旨的一种文体。

大夫讳朔，字曼倩，平原厌次人也〔1〕。魏建安中，分厌次以为乐陵郡，故又为郡人焉。事汉武帝，《汉书》具载其事。

先生瑰玮博达，思周变通，以为浊世不可以富贵也，故薄游以取位[2]；苟出不可以直道也，故颉颃以傲世[3]。傲世不可以垂训也，故正谏以明节。明节不可以久安也，故诙谐以取容。洁其道而秽其迹，清其质而浊其文。弛张而不为邪，进退而不离群。若乃远心旷度，赡智宏材。倜傥博物，触类多能。合变以明算，幽赞以知来。自《三坟》《五典》《八索》《九丘》[4]，阴阳图纬之学[5]，百家众流之论，周给敏捷之辩，支离覆逆之数[6]。经脉药石之艺，射御书计之术[7]。乃研精而究其理，不习而尽其功，经目而讽于口，过耳而暗于心。夫其明济开豁，包含弘大，陵轹卿相[8]，嘲哂豪杰，笼罩靡前，跆籍贵势[9]，出不休显，贱不忧戚，戏万乘若寮友，视俦列如草芥。雄节迈伦，高气盖世，可谓拔乎其萃，游方之外者已。

【注释】

〔1〕平原厌次：今山东省德州市陵城区。

〔2〕薄游：为了薄禄而外出做官。

〔3〕颉颃：刚直不屈貌。

〔4〕《三坟》《五典》《八索》《九丘》：均为传说古书名。

〔5〕阴阳：古代方术之一。　图纬：图谶和纬书，谶是古方士做吉凶预言，纬是对儒家经典做方术化的附会解读。

〔6〕覆逆：预测。

〔7〕射：射箭。　御：驾马。　书计：文字与筹算。

〔8〕陵轹（lì）：超越。

〔9〕跆籍：轻慢。

【译文】

大夫名为东方朔，字曼倩，平原郡厌次县人。东汉建安年间厌次分属为乐陵郡，所以他又为乐陵郡人。他侍奉汉武帝，《汉书》中详细记载了他的事情。

先生形貌魁梧美好，博学通达，思虑周全，善于变通。他认为乱世不可取得富贵安乐，因而鄙视为了薄禄而出去做官的人。勉强出仕而不能以正道辅佐君主，所以他以刚正不屈傲视于世。他高傲待世的态度不可以垂范教诲后人，因而以正直谏言以表明臣子气节。表明气节而不可以长久安稳地做官，因而以幽默趣谈来令人愉悦。他道德纯洁而其行为事迹却污浊，他本质清纯而其外表显得秽恶。他处理事情或松或严，但不做邪恶之事，或进取或退缩都不离开群体。至于他有深远心机与广大气度，其足智多谋而有大才。他风流洒脱，通晓众物知识，能触及一类而兼通多种才能。他通过神算来随机应变，通过幽微难见之事的显明来预测将来。从上古时的古书典籍，阴阳、图谶和纬书的学问，诸子百家等众流派的学说，严密而又敏捷的辩论，由残缺而能预测的技艺，有好经把脉、看病抓药的技艺，射箭驭马、文字与筹算的技艺。他均专心研究而能穷究其中理路，不用熟悉而能尽得其中的功用。只看一眼就可以背诵于口，听一下就能暗记于心。他聪明干练，胸襟豁达，能宏大包容，敢蔑视大臣，嘲笑豪杰，凌驾前面所有一切，轻慢地对待富贵权势之人，出仕时不显耀富裕权势，贫贱之时也不忧愁烦恼，像戏耍同僚一样耍弄帝王，把同类的人看作草芥。他高尚的气节超出众人，他不凡的才气远高于当时之人，他可以说是集优秀品质于一身的佼佼者，是尘世之外的人。

谈者又以先生嘘吸冲和〔1〕，吐故纳新；蝉蜕龙变〔2〕，弃俗登仙；神交造化，灵为星辰。此又奇怪惚恍，不可备论者也。

【注释】

〔1〕冲和：真气。

〔2〕蝉蜕：像蝉脱壳样脱胎换骨。　龙变：羽化飞升。

【译文】

议论之人又说先生能吐纳真气，吐出浊气而吸纳清明之气；像蝉脱壳一样脱胎换骨而羽化飞升，抛弃世俗而变成仙人；通过神灵与自然相互交会，其灵魂变成了天上星辰。这又是奇怪难捉摸的，不能详细叙述清楚。

大人来守此国，仆自京都言归定省，睹先生之县邑，想先生之高风；徘徊路寝〔1〕，见先生之遗像；逍遥城郭，观先生之祠宇。慨然有怀，乃作颂焉。其辞曰：

【注释】

〔1〕路寝：古时天子、诸侯的处事正厅。

【译文】

我父亲来此地任郡守，我从国都归来定期省亲，看到了先生之前所在的县城，想起了先生高尚的品格；我在他的处事正厅徘徊，看见了先生遗留下来的画像；在此城内自在游览，参观了先生的祠堂。内心不禁有感慨而有灵感，于是写下这篇颂。它的文辞是：

矫矫先生〔1〕，肥遁居贞〔2〕。退不终否，进亦避荣。临世濯足〔3〕，希古振缨〔4〕。涅而无滓，既浊能清。无滓伊何，高明克柔。能清伊何，视污若浮。乐在必行，处沦罔忧。跨世凌时，远蹈独游。瞻望往代，爰想遐踪。邈邈先生〔5〕，其道犹龙。染迹朝隐，和而不同。栖迟下位，聊以从容。

【注释】

〔1〕矫矫：勇武貌。

〔2〕肥遁：意为无不利，出自《易·遁》。

〔3〕濯足：除掉世尘，保持高洁。

〔4〕振缨：隐遁。

〔5〕邈邈：超凡脱俗貌。

【译文】

有勇武之貌的先生，遵守正道而无不利。隐居时不至于一直困顿，出仕也避免富贵得意。他在尘世中与世人同沉浮，而保持高洁品质，仰慕古人隐遁于尘世。用黑色染料染也染不黑，他虽有世俗污浊之气，但也能保持清白。为何不能染黑呢？因为他能和顺地与显贵相处。如何能保持清白呢？因为他能够把污浊视作浮尘。他所乐在于其道必然能够实行，处于贫困节俭时也没有忧虑。他能跨越时代，超越时间，独自远行遨游。我远望过去的时代，于是想到先贤的事迹。先生超凡脱俗，他所修之道像龙变化一样高深奇妙。他隐居在朝廷之中，与他人保持和谐而不一味求同。他滞留在卑贱位置，也姑且可以从容面对。

我来自东，言适兹邑。敬问墟坟，企伫原隰〔1〕，墟墓徒存，精灵永戢〔2〕。民思其轨，祠宇斯立。徘徊寺寝，遗像在图。周旋祠宇，庭序荒芜。榱栋倾落〔3〕，草莱弗除。肃肃先生，岂焉是居？是居弗形，悠悠我情。昔在有德，罔不遗灵。天秩有礼，神监孔明〔4〕。仿佛风尘，用垂颂声。

【注释】

〔1〕原隰：原野。

〔2〕戢：聚存。

〔3〕榱栋：屋椽及栋梁。

〔4〕孔明：明晰。

【译文】

我从东部归来，去往此县城。怀崇敬之心拜访其坟墓，我景仰先生而久立在原野上，现在虽空存其坟墓，但其精灵之气永远留存。老百姓怀念他的事迹，给他立了纪念祠堂。我在祠庙殿中徘徊，看见他在图画上的遗像。环视祠庙，庭院都已经荒芜。屋椽及栋梁都倒塌落下，杂草丛生也没人清除。受人尊敬的先生，难道居住在此地？此地破败不堪，我内心忧思不断。过去有德之人，没有不留下精神的。上天按照秩序制定礼节，神明能明晰地鉴察一切。我就像被风扬起的尘土一样来到此地，通过歌颂先生来使其扬名后世。

（译注：郭亚超）

三国名臣序赞　袁彦伯（袁宏）

【题解】

袁宏（328—376），字彦伯，阳夏（今河南太康）人，东晋时官至东阳郡守。著《后汉纪》《竹林名士传》等。《晋书》有传。此文以歌颂的口吻叙写三国时明君贤臣的才德与丰功伟绩。

夫百姓不能自治，故立君以治之；明君不能独治，则为臣以佐之。然则三、五迭隆〔1〕，历世承基，揖让之与干戈，文德之与武功，莫不宗匠陶钧而群才缉熙〔2〕，元首经略而股肱肆力。遭离不同，迹有优劣。至于体分冥固，道契不坠；风美所扇，训革千载，其揆一也。故二八升而唐朝盛〔3〕，伊、吕用而汤、武宁〔4〕，三贤进而小白兴〔5〕，五臣显而重耳霸〔6〕。中古凌迟，斯道替矣。居上者不以至公理物，为下者必以私路期荣〔7〕；御圆者不以信诚率众〔8〕，执方者必以权谋自显〔9〕。于是君臣离而名教薄，世多乱而时不治。故蘧、甯以之卷舒〔10〕，柳下以之三黜〔11〕，接舆以之行歌，鲁连以之赴海。衰世之中，保持名节，君臣相体，若合符契。则燕昭、乐毅，古之流也。夫未遇伯乐，则千载无一骥。时值龙颜〔12〕，则当年控三杰〔13〕。汉之得材，于斯为贵。高祖虽不以道胜御物，群下得尽其忠；萧、曹虽不以三代事主，百姓不失其业。静乱庇人，抑亦其次。

【注释】

〔1〕三、五：三皇五帝。

〔2〕宗匠：陶铸器具的大匠。　陶钧：制作陶器用的转轮。　缉熙：光明，引申为光辉。

〔3〕二八：“八元”与“八恺”。八元，古时高辛氏的八大才子，即伯奋、仲堪、叔献、季仲、伯虎、仲熊、叔豹、季貍；八恺，古代高阳氏的八大才子，即苍舒、隤敳、梼戭、大临、尨降、庭坚、仲容、叔达。

〔4〕伊、吕：伊尹与吕尚，分别辅佐商汤和周武王。

〔5〕三贤：春秋齐国贤臣管仲、鲍叔牙、隰朋。　小白：齐桓公。

〔6〕五臣：春秋晋国狐偃、赵衰、颠颉、魏武子、司空季子。　重耳：晋文公。

〔7〕私路：私下请托的秘密门路。

〔8〕御圆：君临天下。

〔9〕执方：按规矩办事。

〔10〕蘧、甯：蘧伯玉和甯武子的并称。二人为春秋时卫国的大夫，根据不同的形势施展或隐藏自己的才能。

〔11〕柳下：春秋鲁国贤大夫展获，食邑柳下，谥号惠，故称“柳

下惠”。

〔12〕龙颜：眉骨圆起，此处指汉高祖刘邦。

〔13〕三杰：萧何、张良、韩信。

【译文】

百姓不能够自我管理，所以设立君王来治理他们；开明的君王不能够独自治理，则选择臣子来辅佐他。那么就有了三皇五帝的轮流兴隆，经历多代相继的兴盛，他们采取禅让与战争夺权，采取礼乐教化与使用武力，都得任用贤能的人治理国家，而群才多得如星星闪耀光辉一样，君主经营谋略，而臣子则尽力协助。他们所遭遇的事情不同，事迹也有优劣之分。至于君臣之分则如符合事理般牢固，上下之间尊卑也像契约般长存不变；圣王美好风尚的影响，能够训诫后人千年之久，其中的准则都是一样的。所以八元、八恺被重用后尧唐兴盛，商汤得到伊尹辅佐、周武王得到吕尚辅佐而能使国家安宁。管仲、鲍叔牙、隰朋被任用而使齐桓公霸业兴起，狐偃、赵衰、颠颉、魏武子、司空季子被重用而成就晋文公霸业。到了中古时期，这一任贤之道就败坏了。在上君主不以极公正之心来治理事物，在下臣子必定以私下门路来期望取得荣华富贵；君主不以信义、诚实为众臣表率，臣子必然会以权谋私来求得自我显贵。于是君臣之心相离而礼教衰落，天下多有混乱而当时不能治理。所以蘧伯玉、甯武子适时隐遁，柳下惠因刚正直言而被罢免三次，楚国狂人接舆因此佯装放声歌唱，鲁仲连因祸乱而赴海隐居。在衰落的世道中，能够保持名节操守，君臣能够相互保持各自身份，就像符节一样能够相合，则有古代圣主贤臣继任者——燕昭王与乐毅。如果遇不见伯乐，千年也找不到一匹千里马。张良、萧何、韩信当年遇见汉高祖刘邦而被重用，于是他当时就有了三个贤才。汉家得到人才，尤以此事为重要。刘邦虽然不能以圣人之道来治理国家，但群臣能够尽忠效命。萧何、曹参虽然不以尧、舜、禹三代之法来侍奉君主，但百姓也能够不失去他们的主业。平定叛乱，庇护百姓，也可把他们看作次于伊尹、吕尚的贤能臣子了。

夫时方颠沛，则显不如隐；万物思治，则默不如语。是以古之君子，不患弘道难；遭时难，遭时匪难，遇君难。故有道无时，孟子所以咨嗟；有时无君，贾生所以垂泣。夫万岁一期，有生之通途；千载一遇，贤智之嘉会。遇之不能无欣，丧之何能无慨？古人之言，信有情哉！余以暇日，常览《国志》，考其君臣，比其行事，虽道谢先代，亦异世一时也。

文若怀独见之明，而有救世之心，论时则民方涂炭，计能则莫出魏武。故委面霸朝[1]，豫议世事。举才不以标鉴，故久之而后显；筹画不以要功[2]，故事至而后定。虽亡身明顺，识亦高矣！

【注释】

〔1〕委面：归顺称臣。

〔2〕筹画：即“筹划”。　要功：邀取功名。要，通“邀”。

【译文】

如果时局动荡混乱，则出仕显达不如隐居；众人都盼望着治世的到来，则沉默不言不如议论世事。因此古时候的君子，不担忧弘扬大道困难，而忧虑难以遇见好时势；遭遇好时势不难的话，而遇见贤主难。所以心有大道而无好时代，孟子因此而叹息；有好时代却没有贤主，贾谊因此而哭泣。圣主一万年出现一次，这是百姓良才机遇的畅通大道；贤明的君主千年才遇见一次，这是贤能智者的好机遇。贤臣遇见了不能不欣喜，失去了怎能没有感慨呢？古人所说的确实有理啊！我在闲暇时间，经常浏览三国史书，考察其中的君臣相处，比较他们的行为事迹，虽比前代圣贤有所不足，但也是不同时代的一代贤才。

荀彧有睿智的独到见解，而且有拯救世人的心志。论时代，他处在百姓正遭受忧患之时，论能力计谋，他并没有高过魏武帝曹操。所以他向霸主曹操归顺称臣，参与谋划时事。推举人才不以自我标榜来鉴定，所以时间长了而能显现出其才能；筹谋划策不是以邀功为目的，所以事情来了而能制定计谋。他最终虽身死，但能通达不背叛汉朝，他的见识也是高远的！

董卓之乱，神器迁逼[1]，公达慨然，志在致命。由斯而谈，故以大存名节。至如身为汉隶，而迹入魏幕，源流趣舍[2]，其亦文若之谓。所以存亡殊致，始终不同，将以文若既明，名教有寄乎？夫仁义不可不明，则时宗举其致；生理不可不全，故达识摄其契。相与弘道，岂不远哉！

【注释】

〔1〕神器：此借指帝位。

〔2〕趣舍：取舍。趣，通“取”。

【译文】

董卓挑起祸乱的时候，帝位被迫向西迁移，荀攸慷慨而奋起，其有甘心捐躯赴难之志。由此来说，他因此保存了自身名誉与节操。至于身为汉朝臣子，而归顺曹魏做幕僚，其中事情的原委与取舍缘由，这大概与荀彧一样。因此人的生存与死亡各有所不同，它们始终都不一致，文若既然以捐躯来表明仁义之道，而能在名教上有所寄托。仁义之道不可不明察，则当时之人尊崇他仁义的极致做法；生存之理要全面知道，因此有广博知识的人掌握其中要点。二者相互结合来弘扬大道，影响怎能不广泛而深远？

崔生高朗，折而不挠，所以策名魏武[1]，执笏霸朝者，盖以汉主当阳，魏后北面者哉〔2〕！若乃一旦进玺，君臣易位，则崔子所不与，魏武所不容。夫江湖所以济舟，亦所以覆舟；仁义所以全身，亦所以亡身。然而先贤玉摧于前〔3〕，来哲攘袂于后〔4〕，岂非天怀发中，而名教束物者乎？

【注释】

〔1〕策名：出仕为官。

〔2〕北面：面向北面称臣。

〔3〕玉摧：比喻贤人逝世。

〔4〕攘袂：捋起衣袖，形容奋起貌。

【译文】

崔琰豁达开朗，虽遭受挫折也不屈服，他之所以臣属于曹操，臣服于霸道朝臣，其原因是汉朝天子面向南面主政，而魏主曹操面向北面臣属汉室。如果一旦把皇帝的玉玺进奉给曹操，君臣之间互换了位置，这是崔生所不能赞许，而这也是魏武帝所不容许他的。江河湖海可以泛舟，也可以翻船；仁义既可以保全名节，也可因此而丧身。然而先代贤臣已经逝去，后世智慧之人在后面奋起直追。如果崔琰不是发自内心的天性，他怎么会为正名定分的礼教所束缚而得罪曹操。

孔明盘桓，俟时而动，遐想管、乐〔1〕，远明风流。治国以礼，民无怨声，刑罚不滥，没有馀泣。虽古之遗爱，何以加兹！及其临终顾托，受遗作相，刘后授之无疑心，武侯处之无惧色，继体纳之无贰情〔2〕，百姓信之无异辞，君臣之际，良可咏矣！

【注释】

〔1〕管、乐：管仲、乐毅，古贤人，均曾助君王成就功业。

〔2〕继体：继位之人。

【译文】

诸葛亮徘徊而不仕进，寻找合适机会后出仕，他遥想古代的管仲和乐毅，他们远远地明显留下了洒脱放逸的事迹。他以礼来治理国家，老百姓没有怨言，刑罚有节制，人们不会因刑罚太多而哭泣。即使是古时的仁爱流传至今，在这上面也增加不了多少！等到刘备临终嘱托他辅佐刘禅，他接受遗命做了丞相。刘备授予他权力没有疑心，诸葛亮居显贵位置而无畏惧神色，刘禅接纳他也没有疑虑，百姓信任他而无异议。这种君臣关系确实值得歌咏！

公瑾卓尔，逸志不群。总角料主〔1〕，则素契于伯符〔2〕；晚节曜奇，则三分于赤壁。惜其龄促，志未可量。

【注释】

〔1〕总角：古时儿童束发为两结，向上分开，形状如角，故称总角。

〔2〕素契：情意相投。

【译文】

周瑜卓越出众，具有高远而超凡脱俗之志。他在少年时期就选择好了辅佐对象，平素与孙策情意相投。晚年更展露出奇才，赤壁之战促成三分天下。可惜他的寿命不长，否则志向不可衡量。

子布佐策，致延誉之美〔1〕，辍哭止哀，有翼戴之功。神情所涉，岂徒蹇愕而已哉〔2〕！然而杜门不用，登坛受讥。夫一人之身，所照未异，而用舍之间，俄有不同，况沉迹沟壑，遇与不遇者乎？

【注释】

〔1〕延誉：传播开的声誉。

〔2〕謇愕：忠直敢言貌。

【译文】

张昭辅佐孙策，获得了传播开来的美好声誉，他劝孙权停止哭泣和哀伤孙策的遇刺身亡，成就了自己辅佐拥戴孙权之功。他神情所关涉的，难道只有忠直敢言貌吗？后来孙权以土堵其门而不用他，在孙权即位时又受到讥讽。同一人的身体，所照出的没有什么不同，然后任用与舍弃之间，短时间内就有所不同，更何况在困厄境地隐居，有机会遇见与没有机会遇见明主的贤者呢？

夫诗颂之作，有自来矣。或以吟咏情性，或以述德显功，虽大旨同归，所托或乖，若夫出处有道，名体不滞[1]，风轨德音，为世作范，不可废也。故复撰序所怀，以为之赞云。

【注释】

〔1〕名体：名位与身份。

【译文】

诗和颂的创作自有缘由。有的是歌唱抒发内心的情意，有的是述写功德显示功劳，虽然主要意思基本一致，所寄托或者有所不同，至于出仕和归隐都有理路可寻，不拘泥于名位与身份，作风合乎仁德之言，为世人建立规范而不可荒废。因此以心中所想来撰作此序言，以此来作此赞。

《魏志》九人，《蜀志》四人，《吴志》七人。荀彧字文若，诸葛亮字孔明，周瑜字公瑾，荀攸字公达，庞统字士元，张昭字子布，袁焕字曜卿，蒋琬字公琰，鲁肃字子敬，崔琰字季珪，黄权字公衡，诸葛瑾字子瑜，徐邈字景山，陆逊字伯言，陈群字长文，顾雍字元叹，夏侯玄字泰初，虞翻字仲翔，王经字承宗，陈泰字玄伯。

火德既微[1]，运缠《大过》[2]。洪飙扇海，二溟扬波[3]。虬虎虽惊[4]，风云未和。潜鱼择渊，高鸟候柯。赫赫三雄，并回乾轴。竞收杞梓，争采松竹。凤不及栖，龙不暇伏。谷无幽兰，岭无亭菊。

【注释】

〔1〕火德：指汉朝。

〔2〕《大过》：《周易》卦名。巽下兑上。大过，多指衰乱。

〔3〕二溟：南海与北海。

〔4〕虬虎：指龙虎，喻君臣。

【译文】

魏国史书有九人，蜀国史书有四人，吴国史书有七人。荀彧字文若，诸葛亮字孔明，周瑜字公瑾，荀攸字公达，庞统字士元，张昭字子布，袁焕字曜卿，蒋琬字公琰，鲁肃字子敬，崔琰字季珪，黄权字公衡，诸葛瑾字子瑜，徐邈字景山，陆逊字伯言，陈群字长文，顾雍字元叹，夏侯玄字泰初，虞翻字仲翔，王经字承宗，陈泰字玄伯。

汉室国运既然已经衰微，一直处在乱世之中。天下动乱像巨风扇动海水一样，从南海到北海都扬起大的波浪。虽然惊动了龙虎，但也没能使得风云平静下来。在水下活动的鱼选择潜藏深渊，高飞的鸟儿停候在枝条上。伟大的魏、蜀、吴三国之主一起争霸天下，像运转天轴震动万物一样。他们竞争招揽像杞梓两种良材一样的贤才，争抢像松与竹一样坚贞的贤人。而使得凤凰来不及居留，龙没有空闲潜藏。这使得山谷里面没有优美的兰花，山岭上没有挺拔秀美的菊花。

英英文若[1]，灵鉴洞照。应变知微，探赜赏要[2]。日月在躬，隐之弥曜。文明映心，钻之愈妙。沧海横流，玉石同碎。达人兼善，废己存爱。谋解时纷，功济宇内。始救生人，终明风概。

【注释】

〔1〕英英：俊美而有才华。

〔2〕探赜：探索奥秘。

【译文】

俊美而有才华的荀彧，有着明察秋毫的见识。能随机应对各种变化而有预见性，探索奥秘和精微道理。他身上像有日月之光，想隐藏起来反而更加闪耀。他文德光辉能映照心底，钻研它就更会有奇妙的感觉。天下混乱如同大水泛滥而乱流，玉与石头一同碎坏。他通达善良而使他人得益，舍弃自己而存仁爱于世。他谋求解决当时纷乱，建立挽救天下之功。他开始就是为了救困民众，最后以死显示自己的风度气概。

公达潜朗，思同蓍蔡[1]。运用无方，动摄群会。爰初发迹，遘此颠沛。神情玄定，处之弥泰。愔愔幕里[2]，算无不经。亹亹通韵[3]，迹不暂停。虽怀尺璧，顾哂连城。知能拯物，愚足全生。

【注释】

〔1〕蓍蔡：筮卜。

〔2〕愔愔：悄寂貌。

〔3〕亹亹：勤勉不倦貌。　通韵：指音乐声韵通和。

【译文】

荀攸有大智慧，所思如同占卜一样能预知将来。他的计谋变幻无穷，做起事来能统摄众多事务。他在最初兴起之前，因谋诛董卓失败而遭遇过牢狱之灾。困顿之时他神情表现得玄远而镇定，能泰然处理事情。他悄寂做幕僚的时候，没有不经过他谋划的。他勤勉而不知疲倦不停地替曹操出谋划策，君臣关系像音乐音韵一样平和。他身上所怀才能虽像尺璧，但能回头哂笑无价的和氏璧。他的智慧能够拯救生灵，对外显露出愚笨的一面才能保全生命。

郎中温雅，器识纯素[1]。贞而不谅，通而能固。恂恂德心，汪汪轨度[2]。志成弱冠，道敷岁暮。仁者必勇，德亦有言。虽遇履虎，神气恬然。行不修饰，名迹无愆。操不激切，素风愈鲜。

【注释】

〔1〕器识：气量和见识。

〔2〕恂恂：温顺恭谨貌。　汪汪：宽广貌。

【译文】

袁焕温和文雅，度量和见识纯粹而无俗杂。他操守坚贞而不在小节上拘泥守信，为人通达而能坚守规矩。他温顺恭谨而有仁爱之心，心胸宽广而又遵守规范。在成年之前就已树立远大志向，到晚年的时候才实现其道。有仁爱之心的人必有勇气，有品德的人必有名言。虽然遇到了类似踩到老虎尾巴这样的危局，他也能镇定淡然地应对。他的行为不加掩饰，名声和行为都没有过错。他的气节操守真率不激烈，清高风尚显露得更鲜明。

邈哉崔生，体正心直。天骨疏朗[1]，墙宇高嶷[2]。忠存轨迹，义形风色[3]。思树芳兰，剪除荆棘。人恶其上，时不容哲。琅琅先生，雅杖名节[4]。虽遇尘雾[5]，犹振霜雪。运极道消，碎此明月。

【注释】

〔1〕天骨：星相家称人两眉之间多奇骨者，多为杰出人物。多指人的风度。

〔2〕高嶷：高貌。

〔3〕义形风色：与“义形于色”同义。正义之色表露于脸面。

〔4〕琅琅：品性高洁。　杖：同“仗”，仰仗。

〔5〕尘雾：喻污浊之世。

【译文】

崔琰高远卓异，身习礼仪规矩而内心单纯忠厚。他的两眉之间有奇骨而开阔清亮，具有不凡的风度。他的忠诚表现在过往的事迹中，正义之色表露于颜面。他想着种植美好的兰花，剪除掉丛生的杂木。人们厌恶过己之人，而当时不能够容纳哲人的存在。品性高洁的先生，平素仰仗自己美好的名节。即使遇到了浊世，他仍然能经历霜雪的考验而保持高尚节操。他因被杀而命运终尽，君子之道破灭，如同明月被毁坏。

景山恢诞，韵与道合。形器不存，方寸海纳。和而不同，通而不杂。遇醉忘辞，在醒贻答。

长文通雅，义格终始。思戴元首，拟伊同耻。民未知德，惧若在己。嘉谋肆庭，谠言盈耳[1]。玉生虽丽，光不逾把。德积虽微，道映天下。

【注释】

〔1〕说言：正直之言。

【译文】

徐邈行为浮夸怪诞，神韵与道相合。他不注重外表，内心可以包容一切。与人和谐相处而不一味求同，既能博通而又能纯粹专一。他喝醉之时忘掉了言辞，清醒的时候能敏捷地回答别人问题。

陈群通达优雅，能始终保持高尚品格。他想着拥戴君主，把自己比拟为伊尹，而以不能以尧舜之德辅佐君主为耻辱。他担心百姓不知道德，恐怕是因为自己没有尽到应尽责任。他把良谋献予朝廷，正直之言经常充满耳内。天生的玉虽美，但其光辉不会超出手掌范围。道德的累积虽然微小，但其道足以映照天下。

渊哉泰初，宇量高雅。器范自然〔1〕，标准无假。全身由直，迹洿必伪〔2〕。处死匪难，理存则易。万物波荡，孰任其累？六合徒广，容身靡寄。君亲自然，匪由名教。敬授既同，情礼兼到。

【注释】

〔1〕器范：器局法度。

〔2〕洿：通“污”，污浊。

【译文】

夏侯玄多么渊博啊！气度宏大而高尚雅正。他的器局法度本自自然，不需要假借规范实现。他以正直之道来安身立命，有污秽之迹肯定是虚假的。他不以面临死境为困难之事，那么其中的义理很容易被保存下来。时世动荡不安，谁能不受其连累？天下空有广阔之地，却没有地方可以容纳自身寄居。他尽君臣与亲人之礼本自天性，而非源自名声与礼教。敬爱与授予既然是相同的，那情礼也就兼顾到了。

烈烈王生[1]，知死不挠。求仁不远，期在忠孝。

玄伯刚简，大存名体。志在高构[2]，增堂及陛。端委虎门[3]，正言弥启。临危致命，尽其心礼。

【注释】

〔1〕烈烈：刚正貌。

〔2〕高构：高大的建筑，喻大功业。

〔3〕虎门：古代王宫路寝门。

【译文】

刚正的王经，明明知晓自己将死也不屈服。追求实现近处的仁义，以期自己尽到忠诚和孝道来实现仁。

陈泰刚强草率，使自己的美名声流传于世。他立志辅佐君主实现宏业，增强君王的威势。他穿着礼服站立在君王正厅内，多次上奏正直的谏言。他在朝廷面临危局时接受使命，尽到他内心的礼义。

堂堂孔明，基宇宏邈[1]。器同生民，独禀先觉。标榜风流，远明管、乐。初九龙盘[2]，雅志弥确。百六道丧，干戈迭用[3]。苟非命世，孰扫雰雺[4]？宗子思宁，薄言解控[5]。释褐中林，郁为时栋。

【注释】

〔1〕堂堂：志气宏大。　基宇：气量。

〔2〕初九：指尚未发迹之时。　龙盘：喻贤才隐居待时。

〔3〕百六：厄运。　干戈：指战争。

〔4〕雰霏：黑暗污浊之气。喻世乱和灾祸。
〔5〕薄言：急忙。

【译文】

志气宏大的诸葛亮，气量恢弘，见识高远。身体与百姓没太大差别，却独自具有领先于人的知觉。他夸耀潇洒放逸之人，以远代的管仲、乐毅来标榜自己志向。他没有发迹的时候隐居等待时机，更加明确了自己高雅的志向。灾难的世运来临，正道丧失，战争屡次兴起。如果不是有治国之才，谁能扫除这祸乱呢？刘备想让天下安宁，急忙请他解救危局。他于是放弃隐居林野而出仕，才华横溢成为当时的栋梁。

士元弘长，雅性内融。崇善爱物，观始知终。丧乱备矣，胜途未隆。先生标之，振起清风。绸缪哲后〔1〕，无妄惟时。夙夜匪懈，义在缉熙。三略既陈，霸业已基。

【注释】

〔1〕哲后：贤明君主。

【译文】

庞统思虑宏大而长远，与高尚风雅的情性相融合。他推崇善良，爱护万物，看到事情发展的开端就知道最终的结果。在祸乱完全爆发之时，克服残暴而实行仁德之道还没能够兴起。他宣扬仁德之道，使得清廉仁惠的教化振作起来。他为贤主刘备做长远打算，这时却遇到不可预料之灾祸。他日日夜夜努力而不松懈，来表明自己追求光明道义。他的三大计略向刘备献上之后，刘备的西蜀大业就有了基础。

公琰殖根〔1〕，不忘中正。岂曰模拟，实在雅性。亦既羁勒，负荷时命。推贤恭己，久而可敬。

【注释】

〔1〕殖根：生长的树根。

【译文】

蒋琬的本性与生长的树根一样，始终不忘中正之道。怎么能说是模仿谁呢？这是由他高雅的本性所决定。他既然已经入朝为官，也就担当起朝廷重任。他能推举贤才而以恭谨自律，时间久了也会觉得值得尊敬。

公衡仲达，秉心渊塞。媚兹一人，临难不惑。畴昔不造，假翮邻国[1]。进能徽音，退不失德。六合纷纭，民心将变。鸟择高梧，臣须顾眄[2]。

【注释】

〔1〕假翮（hé）：暂时依附。

〔2〕顾眄：赏识。

【译文】

黄权中正通达，内心深远诚实。喜爱此人，面对困难也不感到疑惑。他曾劝谏刘备伐吴国不被采纳，以至战败遭遇困境，暂时依附了魏国。他进为蜀臣可献良计，退却依附曹魏也不失德。天下纷争混乱，百姓的思想有大变化。鸟儿选择高树栖居，臣子也需要寻找赏识他的人。

公瑾英达，朗心独见[1]。披草求君，定交一面。桓桓魏武，外托霸迹[2]。志掩衡、霍[3]，恃战忘敌。卓卓若人[4]，曜奇赤壁。三光参分[5]，宇宙暂隔。

【注释】

〔1〕朗心：明察之心。

〔2〕桓桓：威武貌。　霸迹：汉朝。

〔3〕衡、霍：二山，在吴境。

〔4〕卓卓：高超出众。

〔5〕参：古同“叁”，“三”的大写。

【译文】

周瑜英明通达，具有明察之心和独特的见解。隐居时即与君主孙策来往，二人见一面就结为好友。具有威武之貌的曹操，向外依托侍奉汉朝而谋取霸业。曹操志气可以掩盖衡、霍二山，依仗己方战斗勇猛而轻敌。周瑜这个人卓异出众，在赤壁之战中显示出用兵的奇谋，使得天下像日月星三分一样而被分隔开。

子布擅名，遭世方扰。抚翼桑梓，息肩江表[1]。王略威夷，吴、魏同宝。遂献宏谟，匡此霸道。桓王之薨，大业未纯。把臂托孤，惟贤与亲。辍哭止哀，临难忘身。成此南面，实由老臣。才为世出，世亦须才。得而能任，贵在无猜。

【注释】

〔1〕息肩：休养生息。

【译文】

张昭享有名声，而时值天下世事纷扰。他离开故乡而获重用，使得长江以南地区能够休养生息。王道衰颓，吴国和魏国割据天下一方为霸。于是他献出宏大谋略，帮助成就东吴霸业。孙策死的时候，霸业还未稳固。孙策握持他的手臂，让他受命辅佐孙权，让贤才和亲人继续助孙权完成大业。他劝孙权停止哭泣和哀伤而振作起来，面对危难而忘记自身安危。孙权成就大业最后实靠这位老臣之功。人才顺应时世而产生，时世也需要人才。君主得到人才而能够任用，其可贵之处在于不猜疑。

昂昂子敬[1]，拔迹草莱。荷檐吐奇，乃构云台。

子瑜都长，体性纯懿。谏而不犯，正而不毅。将命公庭，退忘私位。岂无鹡鸰[2]，固慎名器。

【注释】

〔1〕昂昂：出众貌。

〔2〕鹡鸰：以喻兄弟，出自《诗·小雅·常棣》。

【译文】

气概昂扬而出众的鲁肃，来自民间。未发迹之前就能吐露奇策，最终辅孙权完成大业，如同构筑了高耸入云的台阁。

诸葛瑾容貌俊美而恭谨忠厚，禀性高尚美好。他进谏言而能不冒犯君主，刚正而不至以势压人。他奉命出使蜀国，与他的弟弟诸葛亮在朝堂上会面时能奉命行事，结束朝堂会面之后也忘记私人身份的交情。他难道没有兄弟之间的交情吗？他原本就对名爵与仪制的职责很慎重。

伯言謇謇[1]，以道佐世。出能勤功，入能献替[2]。谋宁社稷，解纷挫锐。正以招疑，忠而获戾。

【注释】

〔1〕謇謇：忠直貌。

〔2〕献替：指劝善规过。

【译文】

忠直的陆逊，用道来辅佐君主治理天下。在外能勤勉地建立功业，在内能劝谏君主行善改过。他为使国家安宁而出谋划策，能解决纷扰而挫伤其锐气。他正直谏言反遭怀疑，忠诚辅君反而获罪。

元叹穆远，神和形检。如彼白珪，质无尘玷。立上以恒，匡上以渐。清不增洁，浊不加染。

仲翔高亮，性不和物。好是不群，折而不屈。屡摧逆麟〔1〕，直道受黜。叹过孙阳〔2〕，放同贾、屈。

【注释】

〔1〕逆麟：倒生的鳞片，喻居高位的人不可冒犯之处。

〔2〕孙阳：春秋时期伯乐。

【译文】

顾雍淳和深远，神态平合，形貌严整。其身清白就像玉制礼器一样，本性就无尘污。他能一如既往地拥护君主的权威，以渐进方式来改正君主的错误。他清白得不必再增洁白，污浊之物也不能增加对他的污染。

虞翻高尚忠正，性格不与俗世相协。他不易合群，遭遇挫折也不屈服。他多次冒犯君主而劝谏，坚持正道却受到贬黜。可叹千里马没有遇到伯乐，他被流放的遭际与贾谊、屈原一样。

诜诜众贤〔1〕，千载一遇。整辔高衢，骧首天路〔2〕。仰挹玄流，俯弘时务。名节殊途，雅致同趣。日月丽天，瞻之不坠。仁义在躬，用之不匮。尚想重晖，载挹载味。后生击节，懦夫增气。

【注释】

〔1〕诜诜：众多貌。

〔2〕骧首：抬头。

【译文】

众多的贤才汇集一起，千年才遇一次贤主。他们像整理缰绳驾车上大道一样出居要职，抬头仰望天道。向上接受君王的恩泽，在下发展当时要务。他们树立声名和气节有各自不同的道路，高雅的意趣具有同一旨趣。他们像日月附着于天，抬头仰望而永不坠落。自身如果拥有仁德道义，使用它们也没有穷尽。我想让他们的丰功伟绩重现光芒，写出来供人细细品味。这会对后辈有所激发，而使他们赞美感叹，也能给懦弱的人增加信心。

（译注：郭亚超）

文选卷第四十八

符命

封禅文　司马长卿（司马相如）

【题解】

本文论述封禅的重大意义，列举各种符瑞，推崇武帝文治武功，以劝武帝登泰山行封禅盛典。封禅，古代帝王为祭拜天地而举行的活动。

伊上古之初肇，自昊穹兮生民。历选列辟〔1〕，以迄于秦。率迩者踵武〔2〕，逖听者风声〔3〕。纷纶威蕤〔4〕，湮灭而不称者，不可胜数。继韶、夏〔5〕，崇号谥，略可道者七十有二君。罔若淑而不昌，畴逆失而能存〔6〕。

【注释】

〔1〕选：数。　辟：指君主。

〔2〕率：循。　迩：近。　踵：继。　武：迹。

〔3〕逖：远。

〔4〕纷纶：乱貌。　威蕤（ruí）：众多貌。

〔5〕韶：明。　夏：大。

〔6〕畴：谁。

【译文】

自上古之初始，上天养育了先民。历数从远古以至于秦的历代君王，近者循其足迹而可知，远者只能听到一些善恶传闻而已。自古之君纷纭众多，其道湮没磨灭而不为史传记载者，不可胜数。历世能继明大道，崇其号谥于泰山封禅者，略可称道者有七十二位君王。没有顺善其道而后国家不昌盛者，也没有逆失大道而国家能长存者。

轩辕之前[1]，遐哉邈乎，其详不可得闻已。五、三《六经》载籍之传[2]，维风可观也。《书》曰：元首明哉[3]！股肱良哉[4]！因斯以谈，君莫盛于唐尧，臣莫贤于后稷[5]。后稷创业于唐尧，公刘发迹于西戎[6]。文王改制，爰周郅隆，大行越成，而后陵迟衰微，千载亡声，岂不善始善终哉！然无异端，慎所由于前，谨遗教于后耳。故轨迹夷易[7]，易遵也；湛恩厖鸿[8]，易丰也；宪度著明，易则也[9]；垂统理顺，易继也。是以业隆于襁褓[10]，而崇冠于二后[11]。揆厥所元[12]，终都攸卒[13]。未有殊尤绝迹，可考于今者也。然犹蹑梁父，登泰山[14]，建显号，施尊名。大汉之德，逢涌原泉，沕潏曼羡[15]；旁魄四塞[16]，云布雾散；上畅九垓[17]，下溯八埏[18]。怀生之类[19]，沾濡浸润，协气横流，武节飙逝[20]，迩陿游原[21]，遐阔泳沫，首恶郁没，晻昧昭晰，昆虫闿泽[22]，回首面内。然后囿驺虞之珍群[23]，徼麋鹿之怪兽，导一茎六穗于庖[24]，牺双觡共柢之兽[25]。获周馀珍，放龟于岐[26]，招翠黄乘龙于沼[27]。鬼神接灵圉[28]，宾于闲馆。奇物谲诡，俶傥穷变。钦哉！符瑞臻兹，犹以为德薄，不敢道封禅。盖周跃鱼陨航[29]，休之以燎[30]。微夫此之为符也，以登介丘，不亦恧乎[31]！进让之道，何其爽欤？

【注释】

〔1〕轩辕：黄帝。

〔2〕五、三：五帝，三王。　《六经》：儒家经典《易》《诗》《书》《乐》《礼》《春秋》。

〔3〕元首：君王。

〔4〕股肱（gōng）：大臣。

〔5〕后稷（jì）：后稷播种百谷。

〔6〕公刘：后稷的曾孙。　西戎：今陕西岐山一带。

〔7〕夷易：平坦。

〔8〕湛：深沉。　厖（máng）鸿：洪大。

〔9〕则：效法。

〔10〕襁褓：周公辅佐于襁褓之中的周成王。

〔11〕二后：周文王、武王。

〔12〕揆（kuí）：揣测。　元：开始。

〔13〕都：美。　攸：所。　卒：终，尽。

〔14〕蹑梁父、登泰山：封禅之事。

〔15〕汭（mì）：没。　潏（yù）：水涌出。　曼羡：广散。

〔16〕旁魄：通达。

〔17〕九垓：九重。

〔18〕八埏：八方之地。

〔19〕怀生：有生气，有生命。

〔20〕武节：威武的符节。

〔21〕迩陿（xiá）：近而小。

〔22〕闿泽（yì）：欢乐。

〔23〕驺虞：古时候的瑞兽。

〔24〕一茎六穗：嘉禾。　庖：厨房。

〔25〕牺：用作祭祀的牲。　柢：本。　双觡（gé）共柢之兽：武帝时得白麟之角共为一根。觡，角。

〔26〕“获周”二句：周蓄神龟于池沼，汉武时获得后放生于岐山。

〔27〕翠黄：乘黄仙驾，龙翼马身，黄帝乘而成仙。

〔28〕灵圉（yǔ）：古代能沟通鬼神的人。

〔29〕跃鱼陨航：周武王伐纣渡黄河时，白鱼跃入王舟。

〔30〕休：美。 燎：祭天。

〔31〕恧（nǜ）：惭愧。

【译文】

轩辕黄帝以前，遥远啊，太遥远了！那时候的详情已经不得而知了。五帝三皇之道，《六经》所传述，其美恶是可见的。《尚书》说：“君王圣明啊！大臣贤良啊！”依此而言，前代君王之圣明没有比唐尧更伟大的，前代臣子也没有比后稷更贤良的。后稷在唐尧之世播种百谷始创基业，公刘发迹于西戎之地，经文王改制王业，西周兴盛，王业大道得以完成。虽然他的后嗣国力渐趋衰微，但仍然绵延千载而民无恶声，这岂不是善始善终吗？周代之所以无恶声更无异端，是创业之初能谨守慎行先王之遗教。所以王道轨迹平和简易，易于遵行。深恩广施，易于光大。法度简明，就容易效法。所传体统合理，就容易继承。因此周朝的盛世正好在成王于襁褓继位之时，周公摄政之功绩实在文王、武王二位君王之上。考察其创业之始，又探究其结果，并没有什么特别卓绝的政绩可与当今的德业相比，然而还有蹑足梁父，登上泰山，建明堂之号，施行尊上之名，行封禅之大礼。今大汉之盛德如泉涌出，漫衍流布，既多且长，通达四方，如云布雾漫，上达于九重之天，下流于八方之极。凡是有生命的万物，都蒙受其德泽浸润，协和之气如水横流，威武之节如飘风远播。近者沐浴在德泽本源，远者浮游在恩惠的余波里。始为恶者必定湮灭，夷狄晦昧者都变得明白事理。昆虫唱着昔日的歌，回头向内，感怀天子之德。然后驺虞一样的瑞兽被圈养在苑囿之中，白麟一样的怪兽围入栅栏。择取一茎六穗的嘉禾送至庖厨，用一角生两枝的白麟作牺牲，以供祭祀。捕获周代放畜在沼池之中的神龟并放生在岐山之旁。在水池边招来黄帝乘坐登仙的黄龙仙驾，鬼神接于所居之地古灵圉，方士巫人以宾客之礼待于闲馆之内。各种奇珍异事，奇巧非常，卓然绝异，穷极变化。伟大啊！各种祥瑞征兆一齐到来，天子觉得德行微薄而不敢言封禅之事。而周武王时白鱼跳入舟中被认为是祥瑞，并将之燎祭上天。这样的符瑞多么微不足道啊。周武王竟以此瑞应，为登上泰山封禅，则是应该感到惭愧了！周之德薄而封禅，与汉厚德而谦让不封禅，二者对封禅的进退之道，怎么相差那么大呢！

于是大司马进曰："陛下仁育群生，义征不譓〔1〕；诸夏乐贡〔2〕，百蛮执贽〔3〕，德侔往初，功无与二。休烈浃洽〔4〕，符瑞众变，期应绍至，不特创见。意泰山、梁甫，设坛场望幸〔5〕，盖号以况荣〔6〕。陛下谦让而弗发，挈三神之欢〔7〕，缺王道之仪，群臣恧焉。或曰：且天为质暗，示珍符，固不可辞。若然辞之，是泰山靡记，而梁甫罔几也。亦各并时而荣，咸济厥世而屈，说者尚何称于后，而云七十二君哉？夫修德以锡符，奉命以行事，不为进越也〔8〕。故圣王不替，而修礼地祇，谒款天神，勒功中岳，以章至尊〔9〕；舒盛德，发号荣，受厚福，以浸黎元〔10〕。皇皇哉，此天下之壮观，王者之卒业，不可贬也，愿陛下全之。而后因杂搢绅先生之略术，使获耀日月之末光绝炎，以展采错事〔11〕。犹兼正列其义，祓饰厥文〔12〕，作《春秋》一艺。将袭旧六为七〔13〕，摅之亡穷。俾万世得激清流，扬微波，蜚英声〔14〕，腾茂实。前圣所以永保鸿名，而常为称首者用此，宜命掌故〔15〕，悉奏其仪而览焉。"

【注释】

〔1〕譓：顺从。

〔2〕诸夏：诸侯之国。　乐贡：乐于进贡。

〔3〕百蛮：蛮族。　执贽：持礼物作为相见之礼。

〔4〕休烈：彪炳的功业。　浃洽（qià）：周全、遍及。

〔5〕望幸：望皇帝临幸。

〔6〕况：通“贶”，赐予。　荣：美。

〔7〕挈：绝。　三神：上帝、泰山山神、梁甫山神。

〔8〕越：逾越。

〔9〕章：同“彰”，彰显。

〔10〕浸：润泽。　黎元：黎民百姓。

〔11〕宷：官。　错：同“措”。

〔12〕祓饰：除旧更新。

〔13〕袭：因。　六：六经。

〔14〕蜚：同“飞”。

〔15〕掌故：太史官属，掌管以前的史事。

【译文】

于是大司马进言说：“陛下以仁爱抚育天下众生，以正义之师征伐不顺从者。诸夏之国乐于输贡，百蛮之民执礼进献。德业之盛与古之圣王无异，大功无与伦比。善政功烈普施宇内，符瑞祥兆层出不穷，应验之期接踵而来，不是偶遇仅见了。符瑞不断显现的用意，是在泰山和梁甫二山设坛场，期待皇帝的临幸，加上尊崇的名号，赐予众神崇高的荣耀。而陛下谦让不肯封禅，使上帝、泰山、梁父三神不得欢心，使王道之礼仪有所欠缺，群臣也为之惭愧。有人说天道暗昧不明，故用符瑞来示王者使知至化之道，所以封禅一定是不可辞让的。如果辞让，则是使泰山永无刻石纪功，而梁甫也无祭祀之礼了。如果说封禅只不过是帝王们一时之荣，且都是时过境迁而被人遗忘的。那么封禅之说怎能传于后世，而有七十二古帝王封禅泰山的故事呢？天子修德以接受上天降下的符瑞，奉天命所示登泰山封禅，不能说是冒进而逾越礼法。因此圣王绝不废封禅之礼，而修礼仪以敬拜地神，竭诚以祭祀天神，在中岳嵩山上刻石纪功，以彰显天子伟大的功业，宣扬帝王盛德，发布荣名尊号，接受神祇赐予的厚福，以护佑黎民百姓。堂皇盛大啊封禅之事！天下之壮观，帝王之大业，是不可以被贬损的，愿陛下完成此事。然后综合缙绅学士的见解，写成文章以记功著业，使天子的功业在身后也能光照人间，展现其光彩，措于行政。还应在此基础上兼正天时人事，修饰礼仪，仿《春秋》大义为一新艺，与旧有的六经相并列而为七经，使之流传无穷。务使万世能激发清流，扬举微波，飞扬英声，腾播美盛的事迹。前代圣君之所以永葆美名，常常为后世称颂的缘故，就在于封禅。应该诏命掌故之官，全面呈奏封禅礼仪，供天子参考。”

于是天子俙然改容曰[1]：“俞乎，朕其试哉!”乃迁思回虑，总公卿之议，询封禅之事，诗大泽之博，广符瑞之富。遂作颂曰：

【注释】

〔1〕俙然：感动的样子。

【译文】

这时天子被感动，改变态度说：“可以，朕且试试吧!”于是天子改变原来不封禅的想法，总结公卿大臣们的议论，询问了封禅的各种事务，以歌颂天帝恩泽的普施，宣扬大汉符瑞祥兆的丰富。于是作颂说：

自我天覆[1]，云之油油。甘露时雨，厥壤可游。滋液滲漉[2]，何生不育！嘉谷六穗，我穑曷蓄？非惟雨之，又润泽之。非惟遍之，我氾布护之[3]。万物熙熙，怀而慕思。名山显位，望君之来。君乎君乎，侯不迈哉!

【注释】

〔1〕天覆：天子之德如泽被万物。

〔2〕滋液：雨露。　滲漉：水由小孔缓缓向下滲出。

〔3〕氾布：遍布。

【译文】

覆盖我的苍天，彩云飘动，时常降下甘美的雨露，这块美丽的土地可以肆意遨游。滋润的雨露渗透大地，还有什么生物不能生长和化育。有一禾六穗的好谷物，我们的庄稼还怎么能不充裕丰富。这不只是降下雨露，还滋润了万物。不仅遍濡万物，而且普遍散布护佑各方。繁盛的万物，无不感怀而思念其恩德。有名的泰山地位显赫，盼望着天子来封禅。天子啊天子，为什么不迈步远行啊！

般般之兽〔1〕，乐我君圃。白质黑章，其仪可嘉，旼旼穆穆〔2〕，君子之态。盖闻其声，今亲其来。厥途靡从，天瑞之征。兹亦于舜，虞氏以兴。

【注释】

〔1〕般般：杂色貌。　兽：指驺虞，瑞兽，白虎黑纹。

〔2〕旼（mín）旼：和蔼的样子。　穆穆：美。

【译文】

色彩斑斓的驺虞，乐于在君王的苑圃中游玩。它白体黑纹，仪态优美。和善雍容，有君子风度。以前只听说过它的名字，今天亲自看见它的到来。它来自何处，无路可寻，应该天降祥瑞的征兆。这种瑞兽在舜的时候曾经出现，带来了有虞氏的兴盛。

濯濯之麟〔1〕，游彼灵畤。孟冬十月，君徂郊祀。驰我君舆，帝用享祉。三代之前〔2〕，盖未尝有。

【注释】

〔1〕濯濯：游动貌。　麟：白色麒麟。

〔2〕三代：指夏、商、周三代。

【译文】

肥壮的白麟，在五帝灵畤前游戏。孟冬十月，天子到五畤祭祀上天。白麟从天子车前跑过，天子猎获白麟用以祭天。天帝享用了祭品，降下了福祉。三代以前，从未有过这等盛事。

宛宛黄龙，兴德而升。采色炫燿，焕炳辉煌，正阳显见，觉悟黎蒸〔1〕。于传载之，云受命所乘。

【注释】

〔1〕黎蒸：指百姓。

【译文】

宛宛游动的黄龙，乘盛德而升天。文采炫耀，光明辉煌。黄龙光天化日下显现，感悟了黎民众庶。书传中曾有记载此事，说是为受命天子降下的乘骑。

厥之有章，不必谆谆〔1〕。依类托寓，喻以封峦〔2〕。披艺观之〔3〕，天人之际已交，上下相发允答，圣王之德，兢兢翼翼。故曰于兴必虑衰，安必思危。是以汤武至尊严，不失肃祗〔4〕；舜在假典〔5〕，顾省缺遗，此之谓也。

【注释】

〔1〕谆谆：众言。

〔2〕喻：谏喻。　峦：泰山。

〔3〕披艺：披览艺文图书。

〔4〕肃祗：严肃和敬意。

〔5〕假典：重位。假，大。

【译文】

上天通过符瑞表明启示，不必谆谆多言。上天依凭符瑞托寓事理，劝喻皇帝行封禅大典。披览经典，对照时事，可知天人关系已经沟通，天地之间相互感应而通过符瑞来有所表达。圣王的德行，从来小心谨慎。所以在兴盛时一定要想到衰败，安居之时警惕危机。因此商汤和周武王位居至尊，仍不失肃敬作风。舜在祭祀天地的大典中，能反省过失，就是这个道理。

剧秦美新 杨子云（杨雄）

【题解】

本文批评秦政的酷政，此为“剧”；赞美王莽新朝，此为“美”。

诸吏中散大夫臣雄，稽首再拜，上封事皇帝陛下〔1〕：臣雄经术浅薄，行能无异，数蒙渥恩，拔擢伦比〔2〕，与群贤并，愧无以称职。臣伏惟陛下以至圣之德，龙兴登庸〔3〕，钦明尚古，作民父母，为天下主。执粹清之道〔4〕，镜照四海，听聆风俗，博览广包，参天贰地，兼并神明，配五帝，冠三王，开辟以来，未之闻也。臣诚乐昭著新德〔5〕，光之罔极，往时司马相如作《封禅》一篇，以彰汉氏之休。臣常有颠眴病〔6〕，恐一旦先犬马，填沟壑〔7〕，所怀不章，长恨黄泉，敢竭肝胆，写腹心，作《剧秦美新》一篇，虽未究万分之一，亦臣之极思也。臣雄稽首再拜以闻，曰：

【注释】

〔1〕上封事：古代臣下上书言事时，将奏章用皂囊缄封呈进，以防泄

漏，谓之“上封事”。　皇帝陛下：指王莽。

〔2〕拔擢：提拔，挑选。　伦比：等第、次序。

〔3〕登庸：指登帝位。

〔4〕执：掌握。　粹清：纯一清明。

〔5〕昭著：彰显、明示。　新德：指王莽新朝之德。

〔6〕颠眴：头晕。眴，通“眩”。

〔7〕填沟壑：指死去。

【译文】

众吏之一员，中散大夫臣杨雄叩头再拜，上奏章呈于皇帝陛下：臣杨雄经籍学识浅薄，为官也无特殊才能，屡次蒙皇帝恩典，被按职提拔，得与众多贤才并立朝堂之上，实在是唯恐不能胜任。臣服思陛下以至圣之德，龙兴登位，敬肃明察，崇尚古制。作百姓父母，为天下君主。以清明粹正之道治国，如明镜观照四海之政，聆听民间风俗，广博包揽天下大事。其功之大可以和天地并立，与神明同在。其功之伟媲美于五帝，已在三王之上。自天地开辟以来，还没有谁有过这等功绩。臣非常乐意表彰大新的美德，并使之光照无极。以前司马相如作《封禅文》一篇，来彰显汉朝的盛美之德。臣常有颠眩病，唯恐一旦死于陛下犬马之前，不能实现歌颂新德的志向，而长恨于黄泉之下。于是冒昧地竭肝沥胆，写出心腹之言，作《剧秦美新》一篇。虽然不能写出新德的万分之一，但也是臣雄尽心所为。臣雄稽首再拜以奏闻道：

权舆天地未袪，睢睢盱盱，或玄而萌〔1〕，或黄而牙〔2〕。玄黄剖判，上下相呕。爰初生民，帝王始存。在乎混混茫茫之时，舋闻罕漫而不昭察〔3〕，世莫得而云也。厥有云者：上罔显于羲皇〔4〕，中莫盛于唐、虞〔5〕，迩靡著于成周。仲尼不遭用，《春秋》困斯发。言神明所祚〔6〕，兆民所托，罔不云道德仁义礼智。独秦屈起西戎，邠荒岐、雍之疆，因襄、文、宣、灵之僭迹[7]，立基孝公，茂惠文，奋昭庄，至政破纵擅衡，并吞六国，遂称乎始皇。盛从鞅、仪、韦、斯之邪政[8]，驰骛起、翦、恬、贲之用兵[9]，刬灭古文[10]，刮语烧书，弛礼崩乐，涂民耳目。遂欲流唐漂虞，涤殷荡周，獶除仲尼之篇籍，自勒功业，改制度轨量，咸稽之于《秦纪》[11]。是以耆儒硕老[12]，抱其书而远逊，礼官博士，卷其舌而不谈。来仪之鸟，肉角之兽[13]，狙犷而不臻。甘露嘉醴，景曜浸潭之瑞潜[14]；大茀经贯[15]，巨狄鬼信之妖发[16]。神歇灵绎，海水群飞。二世而亡[17]，何其剧与！帝王之道，兢兢乎不可离已。夫能贞而明之者穷祥瑞，回而昧之者极妖愆[18]。上览古在昔，有凭应而尚缺[19]，焉坏彻而能全？故若古者称尧、舜，威侮者陷桀、纣[20]，况尽汛扫前圣数千载功业，专用己之私而能享佑者哉？

【注释】

〔1〕玄：天。　萌：萌芽。

〔2〕黄：地。　牙：萌芽。

〔3〕亹（xìn）闻：恶声与美声。　罕漫：不明貌。

〔4〕羲皇：指伏羲。

〔5〕唐、虞：唐尧与虞舜，亦指尧与舜的时代。

〔6〕祚：福，赐福。

〔7〕僭（jiàn）：冒用上一级的名义或礼仪、器物。

〔8〕鞅、仪、韦、斯：商鞅、张仪、吕不韦、李斯，都为秦相。

〔9〕起、翦、恬、贲：白起、王翦、蒙恬、王贲。都为秦国著名将领。

〔10〕刬（chǎn）：同“铲”。

〔11〕《秦纪》：秦国的史书。

〔12〕耆（qí）儒：儒者。

〔13〕来仪之鸟：凤凰。　肉角之兽：麒麟。

〔14〕景曜：景星的光芒。　浸潭：浸润。

〔15〕茀（bó）：彗星。　经：星出东入西，出西入东。　贯：通“陨”，落下。

〔16〕巨狄：穿夷狄之服的五丈巨人。　鬼信：鬼持壁传信告知秦始皇来年将死。

〔17〕二世：秦二世胡亥，亦指二代而亡。

〔18〕昧：暗昧。

〔19〕凭：凭借。　应：瑞应。

〔20〕威侮：威暴侮慢。

【译文】

混沌之初，天地未分，张目四望，有黑色萌现，有黄色初作。而后玄黄剖分开来，天地上下温润而生长万物。在最初的先民那里，帝王之义开始出现。在天地还混混茫茫之时，君臣之意善恶之道，还极为模糊，认识不清，当世之人没能讲出个明确的道理。有人说：上古没有比伏羲更贤明的，中古没有比虞舜更隆盛的，近古没有比成周的周公时代更卓著的。孔子不遇明君，受困于时而作《春秋》。为神明所佑护，亿万百姓所信赖托付，无不是讲道德、行仁义、有礼智的君王。唯独秦崛起于西戎、邠荒、岐雍之地，凭借着襄、文、宣和灵诸公的扩展，在孝公时打下基础，在惠文王时壮大起来，到昭王和庄襄王时进一步强大，到秦王嬴政时以连横之策打破合纵的局面，吞并六国，遂自称为始皇帝。秦的兴盛是靠商鞅、张仪、吕不韦、李斯等人背离王道的邪政，横行天下是依赖白起、王翦、蒙恬、王贲等人领兵征战。始皇铲灭古文字，禁毁诸子百家的学说，焚烧《诗》《书》，废弃礼乐，蔽塞民众的耳目。想要抹除干净唐尧、虞舜、殷周制度文化对当时社会的影响，焚烧孔子所传的书籍，记录自己的功业，更改古代制度和轨迹度量，一切都考稽著录在秦《本纪》中。因此，年高有道的儒者和德高博学之士都带着书籍远远躲藏起来，那些礼官和博士也卷起舌头闭口不谈朝政。凤凰、麒麟受到惊吓而不肯再来。甘露、嘉醴、景曜、浸潭这些祥瑞也潜藏不出，大彗星划过天空坠落下来，巨人和鬼信的妖异之事出现。神灵停止了护佑，万民如海水一样泛滥动荡。只传至二世就亡国了，国祚何其短促啊！帝王之道，就是兢兢业业地为政，不可偏离。能行正道且贤明的君主，各种祥瑞都会到来。行政奸邪昏昧者，妖异罪愆之事就会竞相出现。上鉴古昔帝王兴起的历史，有祥瑞为凭者而尚且毁缺而亡，那些为政昏昧的朝廷焉能保全？所以学习遵从古人者都以尧舜为楷模，凌虐轻慢正道者必然会沦于桀纣的下场。况且秦始皇尽除前圣数几千年的功业，专擅一己私智，他能得到上天的护佑吗！

会汉祖龙腾丰沛，奋迅宛叶。自武关与项羽戮力咸阳〔1〕，创业蜀、汉，发迹三秦，克项山东，而帝天下。擿秦政惨酷尤烦者，应时而蠲〔2〕。如儒林、刑辟、历纪、图典之用稍增焉。秦余制度，项氏爵号，虽违古而犹袭之。是以帝典缺而不补，王纲弛而未张，道极数殚，暗忽不还〔3〕。

【注释】

〔1〕戮力：合力、努力。

〔2〕蠲：除去；减免。

〔3〕暗忽：忽然。

【译文】

此时恰逢汉祖刘邦龙腾于丰沛之间，振起于宛城和叶县。自武关与项羽一起并力攻入咸阳，创立基业于蜀汉，发迹于三秦，在崤山以东打败项羽，最终称帝天下。挑出秦朝政策中惨酷和烦苛者及时废除，像儒林、刑法、历法、史纪、图书典籍可用者，都稍加修正补充。秦朝留下的其他制度，及项羽所封的爵号，虽违古制，但还是袭用。所以帝王典籍缺失而未补，王纲松弛而没有整治。在天道极尽运数终结时，整治昏暗而不能自救，汉室终于失国。

逮至大新受命，上帝还资[1]，后土顾怀，玄符灵契，黄瑞涌出，滭浡沕潏[2]，川流海渟，云动风偃，雾集雨散，诞弥八圻，上陈天庭，震声日景，炎光飞响，盈塞天渊之间，必有不可辞让云尔。于是乃奉若天命，穷宠极崇，与天剖神符，地合灵契，创亿兆，规万世，奇伟倜傥谲诡，天祭地事。其异物殊怪，存乎五威将帅[3]，班乎天下者[4]，四十有八章。登假皇穹，铺衍下土，非新家其畴离之[5]。卓哉煌煌[6]，真天子之表也。若夫白鸠丹乌[7]，素鱼断蛇[8]，方斯蔑矣。受命甚易，格来甚勤。昔帝缵皇[9]，王缵帝，随前踵古，或无为而治[10]，或损益而亡[11]。岂知新室委心积意，储思垂务[12]，旁作穆穆，明旦不寐，勤勤恳恳者，非秦之为与？夫不勤勤，则前人不当，不恳恳，则觉德不恺[13]。是以发秘府[14]，览书林，遥集乎文雅之囿，翱翔乎礼乐之场，胤殷、周之失业，绍唐、虞之绝风[15]，懿律嘉量[16]，金科玉条，神卦灵兆[17]，古文毕发，焕炳照曜，靡不宣臻。式輶轩旂旗以示之[18]，扬和鸾肆夏以节之[19]，施黼黻衮冕以昭之[20]，正嫁娶送终以尊之，亲九族淑贤以穆之[21]。

【注释】

〔1〕还资：回还而资助。

〔2〕滭浡：水沸涌貌。　沕潏（yù）：泉流貌。

〔3〕五威将帅：王莽即帝位后，置五威将军。

〔4〕班：同“颁”。

〔5〕畴：同“俦”。　离：应。

〔6〕煌煌：显耀；盛美。

〔7〕白鸠丹乌：商汤有白鸠红乌之瑞。

〔8〕素鱼：白鱼，周武王有白鱼之祥。　断蛇：汉高祖斩蛇起义。

〔9〕缵：继承。

〔10〕无为而治：指虞舜之政。

〔11〕损益而亡：指殷周两朝在礼法制度上的改变。

〔12〕垂：垂拱而治，指虞舜之政。

〔13〕恺：明。

〔14〕秘府：禁中藏图书秘记之所。

〔15〕胤、绍：继承。

〔16〕懿律：美好的乐律。　嘉量：标准的斗斛度量。王莽改制，颁新嘉量，合斛、斗、升、合、龠为一器。器上部为斛，下部为斗，左耳为升，右耳为合、龠。

〔17〕神卦灵兆：赞美卜筮所得吉兆。

〔18〕式：用。　軨轩：有窗的车。　旂旗：有铃铛的旗子。

〔19〕和鸾：古代车上的铃铛。挂在车前横木上称“和”，挂在轭首或车架上称“鸾”。　肆夏：古乐章名。　节：节律。

〔20〕黼黻（fǔ fú）：泛指礼服上所绣的华美花纹。　衮（gǔn）冕：衮衣和冕，古代帝王与王公的礼服和礼冠。

〔21〕淑：美。　穆：和。

【译文】

及至大新朝受天命当政，上帝转而相资，土神也眷顾关怀。天符地契黄气诸多祥瑞相继出现，井水喷涌，河清海晏，云动风止，雾集雨散，符瑞出现于八方，同时上列于天空。雷声轰响震天，电光烁烁如白昼，火光飞响，符瑞充塞天地之间，显示天命所归大新一定有不可辞让的预兆。于是新帝接受天命的极高荣宠，与天帝剖符受任，与地神对合契约，创合于亿兆人民的愿望，帝业规模可传至于万世子孙。奇伟卓异幻化万端的符瑞之来，是由于新帝能诚心地祭天事地。那些雄伟卓异变化莫测的符瑞写在五威将军的符命中，颁布记录于天下的共有四十八章。各种符瑞上升至于皇天，降而铺衍于下土，不是新朝还有谁能应此祥瑞呢？卓绝呀！盛美啊！这是真命天子的标志呀！诸如商汤时的白鸠、周武王时的赤乌、白鱼，汉高祖的斩白蛇等等，与此相比真是微不足道。新朝德盛，所以受天命如此容易，各种瑞符瑞也纷至沓来。昔日五帝继三皇之后，汤武诸王承五帝而立，都踵继前王而治理天下，他们有的无为而天下大治，有的对前朝制度进行损益改革而最终衰亡。岂如新室潜心构划，想要达到国家垂拱而治的理想治理状态，要把普天下治理好，于是通宵达旦，勤勤恳恳地操劳，难道不是借鉴了秦朝亡国的教训吗？如果不勤奋努力执政，就不能与先王媲美，如果不以至诚之心待天下，就不能融通先王之大德。因此，打开藏书秘府，览阅前朝典籍，遨游在文章典籍的园林之中，徜徉在礼乐制度的盛大场合。继承殷周两代未成之大业，上续唐尧、虞舜时代的风教。制作完美的乐律，建立标准的度量衡，完善各种法令使之如金玉一样可贵。以神卦灵兆以设先王教，古代的典籍文章也都得到传扬，如广影照耀，靡不遍至。用軨轩旌旗来标明等级，行车时振动鸾铃节奏也合乎《肆夏》之歌，在礼服和礼冠上绣满华美花纹来彰显身份，订正嫁娶和送终的礼仪以示尊老，亲近九族和贤良之人以增进和睦。

夫改定神祇，上仪也[1]。钦修百祀，咸秩也[2]。明堂雍台[3]，壮观也。九庙长寿[4]，极孝也。制成《六经》，洪业也[5]。北怀单于，广德也。若复五爵[6]，度三壤[7]，经井田[8]，免人役[9]，方《甫刑》[10]，匡《马法》[11]，恢崇祗庸烁德懿和之风，广彼搢绅讲习言谏箴诵之途，振鹭之声充庭[12]，鸿鸾之党渐阶[13]。俾前圣之绪[14]，布濩流衍而不韫韣[15]，郁郁乎焕哉！天人之事盛矣，鬼神之望允塞。群公先正，罔不夷仪；奸宄寇贼[16]，罔不振威。绍少典之苗[17]，著黄、虞之裔[18]。

帝典阙者已补，王纲弛者已张，炳炳麟麟[19]，岂不懿哉！厥被风濡化者，京师沉潜，甸内匝洽[20]，侯卫厉揭[21]，要荒濯沐[22]，而术前典[23]，巡四民[24]，迄四岳，增封泰山，禅梁父，斯受命者之典业也[25]。

【注释】

〔1〕上仪：崇尚礼仪。上，通“尚”。

〔2〕秩：有次序地排列。

〔3〕明堂：古代天子举行大典的地方。　雍台：即辟雍，周天子设的讲艺之所。

〔4〕九庙：指帝王的宗庙。古帝王立庙祭祖共七庙；王莽增加黄帝、虞舜庙，共九庙，后历朝皆沿此制。　长寿：庙名，王莽以孝元庙故殿为长寿宫。

〔5〕《六经》：六部儒家经典，指《易》《诗》《书》《春秋》《礼》《乐》。　洪：大。

〔6〕五爵：依据周制建立公、侯、伯、子、男五等爵。

〔7〕三壤：分民田为上、中、下三品，称为三壤。

〔8〕井田：王莽新政，按人口均田亩。

〔9〕免人役：王莽下令奴婢为私属，不许买卖。

〔10〕方：比。《甫刑》：《尚书·吕刑》的别名，讲用刑原则与审狱方法。

〔11〕匡：正。《马法》：即《司马穰苴兵法》，简称《司马法》。

〔12〕振鹭：《诗经·周颂·振鹭》：“振鹭于飞，于彼西雍。我客戾止，亦有斯容。”为周天子宴享诸侯之歌。此喻新朝礼贤下士，求贤若渴。

〔13〕鸿鸾：喻贤德之士。　渐：进，进入朝廷之意。本于《易·渐》：“鸿渐于陆。”

〔14〕俾：使。　绪：馀绪，指帝王之德。

〔15〕流衍：广泛流布。　韫韣：藏，怀藏。

〔16〕奸宄（guǐ）：乱在内为宄，在外为奸。

〔17〕绍：承继。　少典：传说是黄帝之父。

〔18〕黄、虞：黄帝、虞舜的合称。此谓莽为少典黄帝虞舜之苗裔。

〔19〕“炳炳”句：光明貌。麟，通“燐”。

〔20〕甸内：京师近处之地。 匝洽：普遍受王道教化影响。

〔21〕侯卫：侯服、卫服，距京师较远之地。 厉揭：指受深浅不同的影响。

〔22〕要荒：要服，荒服；古称王畿外极远之地。 濯沐：受教化所及。

〔23〕术：遵循，学习。 前典：前王之典则。

〔24〕巡：巡省。 四民：士农工商，或四方之民。

〔25〕典业：常业。

【译文】

改定祭祀神祇之礼以得其中，是重视礼仪。敬修各种祭祀礼仪，使之皆得其次序。建明堂和雍台，以壮大观览。增修九庙与长寿宫，以极尽孝道。立《乐》为经，使得与《易》《书》《礼》《诗》《春秋》为六经，以增广学业。安抚北边的匈奴单于，以推广圣德。恢复五等爵位和三种封土的古制，按井田制分配田地，取消奴婢的买卖。仿照《甫刑》制定刑法，修正司马穰苴兵法。发扬恭敬有常、盛德美和之风，拓宽士人讲经习礼、直言诤谏、讽诵箴规之言的途径。宴享贤德之士乐声充满朝廷，贤哲之众沿阶升于庭堂。使前代帝王尊贤传统，推广流布而不是隐藏起来。文采美盛而光芒四射啊！天人之事已经盛大了，鬼神的愿望已经满足，群公先贤都按常仪享祀，奸臣盗贼无不慑服。大新皇帝是少典的后代，故封黄帝虞舜的后裔，让他们奉祀先祖。先帝典籍缺漏者已经补全，松弛的王纲法纪已经整顿。灿烂光明，岂不美好！那些受到教育感化的人，在京城的沉浸其中，在京城以外地方也深受教化，侯服和卫服都受到风化影响，要服荒服远方之国也为风化所及。遵照前王典籍所载，当巡视四方的百姓，祭祀四岳，增封泰山，禅祀梁父山，此乃是受命天子的常务和大业。

盖受命日不暇给[1]，或不受命[2]，然犹有事矣。况堂堂有新[3]，正丁厥时[4]，崇岳渟海通渎之神[5]，咸设坛场[6]，望受命之臻焉。海外遐方，信延颈企踵[7]，回面内向[8]，喁喁如也[9]。宜命贤哲作《帝典》一篇，旧三为一袠[10]，以示来人，摛之罔极[11]。令万世常戴巍巍[12]，履栗栗[13]，臭馨香[14]，含甘实[15]，镜纯粹之至精[16]，聆清和之正声[17]，则百工伊凝，庶绩咸喜[18]。荷天衢[19]，提地厘[20]，斯天下之上则已，庶可试哉[21]！

【注释】

〔1〕受命：谓汉高祖刘邦受命而不封禅。

〔2〕不受命：谓秦始皇不受命而有封禅泰山。

〔3〕堂堂：盛貌。

〔4〕丁：当，遭逢。

〔5〕渟：深。　渎：四渎，长江、黄河、淮河、济水的合称。

〔6〕坛场：古代设坛举行祭祀、盟会、拜将等大典的场所。

〔7〕信：通“伸”。

〔8〕“回面”句：谓顺服于君。

〔9〕“喁喁”句：众口喜悦貌。

〔10〕旧三为一袠：在《尚书·尧典》《舜典》之外再添一《帝典》。

〔11〕摛：舒奋，舒展。

〔12〕戴：尊奉，拥戴。　巍巍：高大之德。

〔13〕履：躬行。　栗栗：谨敬危惧貌。

〔14〕臭：嗅。　馨香：馨香之誉。

〔15〕甘实：甘美之实德。

〔16〕镜：鉴，照。　至精：极精微神妙。

〔17〕清和：升平的景象。　正声：纯正无邪，合于韵律节拍的雅正音乐。

〔18〕喜：通“熙”，振兴，兴起。

〔19〕荷：肩负，扛。　天衢：天道之亨通，君道。

〔20〕地厘：地理之道，臣道。

〔21〕庶：差不多。

【译文】

汉高祖刘邦受天命却太忙而不封禅，秦始皇没受天命而称帝，且在泰山举行封禅大礼。更何况堂堂大新，正当其时命，高岳大海河流之神都设祭坛，盼望所受命之君的到来。海外和蛮荒之地的人民，都伸长头颈，踮起脚尖，回首向内，诚心归服。为帝者虽勤于政事，但怎么可以停止封禅大典呢？应该诏命贤哲作《帝典》一篇，与旧有的《尧典》《舜典》合称三典，藏之秘府以便给将来的人阅读，让它永传不朽。让万世之民常感戴其崇高伟大，并恭敬地履行。嗅其馨香德泽美誉，咀嚼体会甘美的内容。借鉴其刚健中正的精神，聆听其清越和谐的歌谣正声。百官都成就其业绩，各种事业都已兴盛。上荷天道之亨通，下理地道以助君安人，这是天下上等办法，但愿能试行之！

典　引　班孟坚（班固）

【题解】

全文敷演符命瑞应，歌颂汉室功德的隆盛。《文选六臣注》李周翰曰："典者，尧典也，汉为尧后，故班生将引尧事以述汉德，是命曰典引。"

臣固言：永平十七年〔1〕，臣与贾逵、傅毅、杜矩、展隆、郗萌等，召诣云龙门。小黄门赵宣持《秦始皇帝本纪》问臣等曰："太史迁下赞语中〔2〕，宁有非耶？"臣对："此赞贾谊《过秦篇》云。向使子婴有庸主之才，仅得中佐〔3〕，秦之社稷未宜绝也。此言非是。"即召臣入，问："本闻此论非耶？将见问意开寤耶？"臣具对素闻知状。诏因曰："司马迁著书成一家之言，扬名后世，至以身陷刑之故，反微文刺讥，贬损当世，非谊士也[4]。司马相如洿行无节[5]，但有浮华之辞，不周于用，至于疾病而遗忠，主上求取其书，竟得颂述功德，言封禅事，忠臣效也。至是贤迁远矣。"

【注释】

〔1〕永平十七年：永平，汉明帝年号；公元74年。

〔2〕太史迁：司马迁。

〔3〕中佐：中庸之臣为辅佐。

〔4〕谊士：恪守大义、笃行不苟的人。谊，同"义"。

〔5〕洿行：肮脏卑劣的品行。　无节：没有节操。

【译文】

臣班固言：永平十七年，臣与贾逵、傅毅、杜矩、展隆、郗萌等人，奉诏前往云龙门问话。小黄门赵宣手持《秦始皇帝本纪》问臣等说："太史司马迁在这篇本纪中所下的赞语中有错误吗？"臣回答说："这段赞语中引用贾谊的《过秦篇》云：'向使秦王子婴有庸主之才，哪怕仅仅得到中等材质的辅佐大臣，秦朝的社稷就不应绝祀。'贾生此言不对。"随即召臣入宫，臣问道："主上本知贾谊之论不对呢？还是召臣见问意在开导臣下觉悟呢？"臣以平日所知情状回答，皇帝听后下诏说："司马迁著《史记》，欲成一家之言而扬名后世，由于身陷刑狱的缘故，反而在字里行间隐含讥讽，贬损当世君主，从他的所为看不是仁义之士。司马相如品行污秽没有节操，只会写浮华不实之辞，不合政教之用，至于他因疾病而死却留下表达忠心的文章。他死后，皇帝派人求取遗著，得到了颂述功德、论封禅之事的文章，这是忠臣的证明。以此看，他比司马迁贤明多了。"

臣固常伏刻诵圣论[1]，昭明好恶，缘事断谊，不遗微细，缘事断谊，动有规矩，虽仲尼之因史见意，亦无以加。臣固被学最旧[2]，受恩浸深，诚思毕力竭情，昊天罔极！臣固顿首顿首！

【注释】

〔1〕刻诵：专心诵读。

〔2〕被学：为学官。 旧：久。

【译文】

臣班固常敬诵并深刻领会此段圣论，此论好恶之理明确，二人之是非微细不遗。据事实论断事理，所言符合礼义规矩，即使孔子依史实而表达己意的《春秋》，也不超过主上的见解。臣班固做学官最久，荷受皇恩甚深，诚思尽情尽力为主上效力，以报答如天一样浩荡无边的皇恩。臣班固叩首叩首。

伏惟相如《封禅》，靡而不典；杨雄《美新》，典而亡实。然皆游扬后世[1]，垂为旧式。臣固才朽不及前人，盖咏《云门》者难为音，观隋、和者难为珍[2]。不胜区区，窃作《典引》一篇，虽不足雍容明盛万分之一，犹启发愤满[3]，觉悟童蒙，光扬大汉，轶声前代，然后退入沟壑，死而不朽。臣固愚戆[4]，顿首顿首，曰：

【注释】

〔1〕游扬：称扬美名，使名声远播。

〔2〕隋、和：隋侯之珠与和氏之璧的合称。

〔3〕愤满（mèn）：忿恨不平。满，通“懑”。

〔4〕愚戆：愚笨戆直。

【译文】

臣伏思：司马相如的《封禅文》，辞采华丽而其体不典雅庄重，杨雄的《剧秦美新》，体虽典雅庄重但叙事不实。然而二文都传扬于后世，成为文章模式。臣班固才力衰朽，不如前人。歌咏《云门》之曲者，难以赏识普通音乐。看过隋侯之珠、和氏之璧的人，面对普通珍宝就不觉得宝贵了。臣满怀忠心，窃作《典引》一篇，虽然不能够表达出雍容明盛之德的万分之一，但仍乐于疏泄心中积郁的衷情，使童稚愚蒙者能开启觉悟，发扬大汉声威，使其声望超越前代。然后退入沟壑，死而不朽。臣班固愚陋刚直，叩首叩首，说：

太极之元，两仪始分，烟烟煴煴〔1〕，有沉而奥，有浮而清。沉浮交错，庶类混成。肇命民主，五德初始〔2〕。同于草昧〔3〕，玄混之中。逾绳越契〔4〕，寂寥而亡诏者，《系》不得而缀也。厥有氏号〔5〕，绍天阐绎，莫不开元于太昊，皇初之首，上哉敻乎，其书犹得而修也。亚斯之代，通变神化，函光而未曜。

【注释】

〔1〕“烟烟”句：阴阳二气和合貌。

〔2〕五德：古代阴阳家把金木水火土五行看成五德，历代王朝各代表一德，它们按相生相克规律更替，周而复始。

〔3〕草昧：天地初开时的混沌状态。

〔4〕绳：古人结绳记事。　契：以刀契刻文字。

〔5〕氏号：氏族名号。如太昊号伏羲，炎帝号神农，黄帝号轩辕等。

【译文】

太极为万物之元始，天地两仪从中分开，阴阳之气相混相搏，浊者沉而为地，清者浮而为天。清浊之气沉浮交错，万物得以混成。上天受命天子为人主，五行之德也开始循环运行。天地初开，暗昧无章，一切都处在草创冥昧玄混之中。在结绳记事和文字产生以前，历史寂寥无闻，已经不得而知，虽循《易·系辞》也无法缀连知晓。那些具有氏号的帝王，上继天道，推衍人事者，莫不是起源于太昊的，他是最早为王的人。多么遥远啊，但他所书写的八卦，尚可得而学习。太昊之后的时代，少昊、颛顼等帝虽能随时通变，神化莫测，但其典籍为载，使得其光辉未能照耀后世。

若夫上稽乾则，降承龙翼，而炳诸《典谟》，以冠德卓绝者，莫崇乎陶唐。陶唐舍胤而禅有虞，有虞亦命夏后，稷契熙载，越成汤武。股肱既周，天乃归功元首[1]，将授汉刘。俾其承三季之荒末，值亢龙之灾孽[2]，县象暗而恒文乖，彝伦斁而旧章缺[3]。故先命玄圣，使缀学立制[4]，宏亮洪业，表相祖宗[5]，赞扬迪哲[6]，备哉粲烂，真神明之式也。虽皋、夔、衡、旦密勿之辅[7]，比兹褊矣。是以高、光二圣[8]，宸居其域。时至气动[9]，乃龙见渊跃。拊翼而未举，则威灵纷纭，海内云蒸。雷动电熛，胡缢莽分[10]，尚不莅其诛。然后钦若上下[11]，恭揖群后，正位度宗[12]，有于德不台渊穆之让[13]，靡号师矢敦奋㧑之容[14]。盖以膺当天之正统，受克让之归运。蓄炎上之烈精[15]，蕴孔佐之引陈云尔。

【注释】

〔1〕归功元首：元首指尧，按五德终始，将授位予汉为天子。

〔2〕亢龙之灾：指亡国之灾，《易·乾》“亢龙有悔”。

〔3〕彝伦：伦常。　斁（dù）：败坏。

〔4〕缀学：指孔子从事编辑前人旧文之学问。　立制：立其制度以补阙救乱。

〔5〕表相：显扬而佐助之。

〔6〕迪哲：蹈行圣哲之迹，圣王之道。

〔7〕皋、夔：皋陶和夔的并称。传说皋陶是虞舜时刑官，夔是虞舜时乐官。 衡：指的是伊尹。 毛传："阿衡，伊尹也。" 旦：周公姬旦。 密勿：勤勉努力。

〔8〕高、光：汉高祖刘邦，光武帝刘秀。

〔9〕时至气动：高祖有云气聚于砀山，光武有佳气发于白水上。

〔10〕"胡缢"句：胡亥自缢，王莽被分尸。

〔11〕钦若：敬顺，恭谨遵循。 上下：指天地。

〔12〕正位：居皇帝之位。 度宗：居于尊位。

〔13〕不台（sì）：古文台为嗣，不嗣，即不传位子孙。 渊穆：深美之辞。

〔14〕矢：陈，敦，勉。 抙（huī）：与"麾"音义同。

〔15〕炎：汉朝是火德。《尚书》曰：火曰炎止。

【译文】

至于陶唐（尧）上能考天原则，下承龙飞利物之道，他的功业记载在《尧典》和《皋陶谟》中，论道德之崇高，功绩之卓越，没有比陶唐氏更高的君主了。尧帝抛开儿子而禅位给有虞氏舜，舜帝也任命夏禹为继位人。稷与契累建大功，成就商汤和周武王立国之大业。左右贤臣既已齐备，上天归功于元首（尧帝），授命给刘氏为大汉国皇帝。使汉朝上承夏、商、周三代亡国之后，又正值乱世穷厄之灾，天上日月暗昧、星辰乖错，伦理败坏而经典焚毁散失。因而上天先命玄圣孔子，教学著述为汉家确立制度。为立国之大业增辉，表彰祖宗之德，赞扬圣明之君。古道既备且兴，皆由孔子神明之法式。虽有圣贤如皋陶、夔、阿衡（伊尹）、周公等勤勉努力的辅臣功成德广，也比天命与玄圣的佑助要小得多。所以汉高祖与光武帝两位圣君，能如北辰一样被众星拱卫。天命既至瑞气流动，汉天子如龙一样从深渊中腾起。当他们如鸟拍翅而没有飞起时，就有威灵祥瑞纷纭出现，天下英豪如云涌起，其势如雷轰鸣、如电光飞动。胡亥自缢身死，王莽被碎尸万段，都用不着汉高祖和光武帝的亲临诛灭。然后汉帝敬顺天地，恭揖诸侯，被诸侯推举而居天子之位时，他们都以为自己不具古代帝王之德而再三谦让，他们没有号令兵众、奋武夺位之举。大概是因为汉朝正当天命的正统，继禅让之君尧的运数，所享火德之运正炽烈旺盛，孔子的辅佐大展神威吧。

洋洋乎若德，帝者之上仪[1]，诰誓所不及已。铺观二代洪纤之度[2]，其赜可探也。并开迹于一匮，同受侯甸之服，奕世勤民，以方伯统牧[3]。乘其命赐彤弧黄钺之威[4]，用讨韦、顾、黎、崇之不恪[5]。至于参五华夏[6]，京迁镐亳[7]，遂自北面，虎螭其师，革灭天邑。是故谊士华而不敦，《武》称未尽[8]，《护》有惭德[9]，不其然欤？亦犹於穆猗那[10]，翕纯皦绎，以崇严祖考，殷荐宗配帝[11]，发祥流庆[12]，对越天地者，舄奕乎千载[13]！岂不克自神明哉！诞略有常[14]，审言行于篇籍，光藻朗而不渝耳。

【注释】

〔1〕上仪：汉帝之礼仪。

〔2〕铺观：遍观，纵观。　二代：殷周二代。

〔3〕方伯：殷周时一方诸侯之长。后泛称地方长官。　牧：养。

〔4〕命赐：君命所赐。　彤弧：即彤弓。　黄钺：斧饰以黄金，诸侯受此有杀伐之权。

〔5〕韦、顾、黎、崇：皆为国名，四国为不敬，汤、文王诛之。　恪：敬，归顺。

〔6〕参五：周凡三迁都城，商则五迁都城，故称三五。

〔7〕镐：周武王时的都城，今陕西西安市长安区。　亳（bó）：商汤的都城，今河南商丘。

〔8〕《武》：周武王时的乐舞。　未尽：未尽善，舜禅而周伐，是以未

尽其善。

〔9〕《护》：商汤时的乐名。　惭德：德行有缺陷、不圆满。吴公子季札观乐于鲁，评价道："圣人之弘也，而犹有惭德。"

〔10〕於（wū）穆：《诗经·周颂·清庙》："於穆清庙，肃雝显相。"猗那：《诗经·商颂·那》："猗与那与，置我鞉鼓。"二者赞美殷周用乐于宗庙之中。

〔11〕殷：盛大。　荐：进献，祭献。　配帝：配享于天帝。

〔12〕发祥：指开始建立基业或兴起。　流庆：带来福庆。

〔13〕舄奕（xì yì）：光彩蝉联不绝，流传久远。

〔14〕诞略：远大的谋略。　有常：长久。

【译文】

这样的美德，多么美好盛大啊！是为皇帝即位时的上等礼仪，是依靠训诰盟誓登基者不可比拟的。遍观殷、周二代大小制度，其深刻道理是可探究而知的。开国者都从卑微发迹，如积一篑之土以成山一样逐渐壮大。商汤、周武最初都是做侯服甸服这样的远方诸侯，世世代代勤民执政，为一方之长，牧养万民。凭借君王赏赐的赤弓、黄斧以行征伐之事，他们讨伐韦、顾、黎、崇诸方国的不敬。由此商汤与周武王威势扩大，后稷至武王凡三迁都城到镐京，殷汤至盘庚则凡五迁京城到亳。这才以臣伐君，指挥虎狼之师，消灭天子之国。所以那些义士认为他们的道德很不敦厚，孔子听武王之乐《武》说虽美而未能尽善，季札认为殷汤的乐舞《大护》虽是圣人大乐但还有惭德，这种评论不是很对吗！然而还有《清庙》之诗"於穆"之句，《商颂》的"猗那"之声，盛美和谐，音律铿锵，用以崇敬庄重的祭祀祖先，使祖宗配享天帝，以发祯祥，流惠于子孙。对天地祭祀不绝，蝉联千载！岂不是能事鬼神而神明其德吗！殷、周二代教化天下的功业大略有其常道，通过《诗》《书》《礼》《乐》考察其言行，其功业显耀而不改变祖宗之法。

矧夫赫赫圣汉，巍巍唐基[1]，溯测其源，乃先孕虞育夏，甄殷陶周[2]。然后宣二祖之重光[3]，袭四宗之缉熙[4]。神灵日照，光被六幽，仁风翔乎海表，威灵行乎鬼区，匿亡回而不泯，微胡琐而不颐。故夫显定三才昭登之绩[5]，匪尧不兴，铺闻遗策在下之训，匪汉不弘厥道。至于经纬乾坤，出入三光，外运浑元，内沾豪芒，性类循理，品物咸亨，其已久矣。盛哉！皇家帝世，德臣列辟，功君百王，荣镜宇宙，尊亡与亢[6]。乃始虔巩劳谦，兢兢业业，贬成抑定[7]，不敢论制作。至于迁正黜色宾监之事[8]，涣扬宇内，而礼官儒林屯用笃诲之士，不传祖宗之仿佛，虽云优慎，无乃葸与[9]！

【注释】

〔1〕唐基：指刘汉以唐尧为祖先。

〔2〕甄陶：喻培养造就。　甄，制造陶器的转轮。　陶，用黏土烧制的器物。

〔3〕二祖：高祖、光武。　重光：明德相继。

〔4〕四宗：文帝为太宗。武帝为世宗，宣帝为中宗，明帝为显宗。　缉熙：光明。

〔5〕三才：天、地、人。　昭登：犹昭升。

〔6〕尊亡与亢：尊荣无相敌者。亡，无；亢，敌。

〔7〕贬成抑定：贬其成功之议，抑其安定之理。

〔8〕迁正黜色：改正朔，易服色。　宾监：光武封殷后曰绍嘉公，封周后曰承休公。以宾客礼之，所以散视殷商礼乐。

〔9〕葸（xǐ）：害怕，畏惧。《论语·泰伯》：“恭而无礼则劳，慎而无礼则葸。”

【译文】

况我煌煌大汉，以唐尧时代为基业。上溯其源，可知唐尧孕育虞舜，又产生了夏朝，造就了殷、周二代。然后遍示汉高祖和光武帝明德相继，太宗（文帝）、世宗（武帝）、中宗（宣帝）、显宗（明帝）等四宗，盛美相因而起。如神灵日照、光映天地四方。仁德之风流布海内，显赫的声威震慑于偏远之地，凶恶者无远而不灭，细微者无不被安养。所以定天、地、人三才之道，表明其帝业功绩，没有尧是不能兴起的。广播古代遗留的典籍中政教流布于下者，非汉不能弘扬此道。大汉政治之道能经纬天地，出入日、月、星三光。此道外则运行混元造化之中，内则浸润于豪末细物。使得生物都循理生长，万物都繁衍昌盛，其由来已久了。兴盛啊！汉家历代帝王兴尧继世，有德之臣与百官，有功之君与诸侯，皆得其才，荣名镜照于宇宙，天子之道，尊荣自古无与匹敌者。汉帝虽有此威德，但仍勤劳谦恭，兢兢业业，自贬其成功之议，自抑其安定之理，不敢讨论制作封禅之事。至于他们改正朔、易服色，置宾监等事，盛扬于天下，而礼官、儒士多任用笃行之人，他们不能撰写祖宗历史大概，虽说是悠闲谨慎，不过也太畏缩了！

于是三事岳牧之寮[1]，佥尔而进曰：陛下仰监唐典，中述祖则，俯蹈宗轨。躬奉天经，惇睦辨章之化洽[2]。巡靖黎蒸，怀保鳏寡之惠浃，燔瘗县沈[3]，肃祇群神之礼备。是以来仪集羽族于观魏[4]，肉角驯毛宗于外囿[5]，扰缁文皓质于郊，升黄辉采鳞于沼[6]，甘露宵零于丰草，三足轩翥于茂树[7]。若乃嘉谷灵草，奇兽神禽，应图合谍，穷祥极瑞者，朝夕坰牧[8]，日月邦畿，卓荦乎方州，洋溢乎要荒。昔姬有素雉、朱乌、玄秬、黄鏊之事耳[9]，君臣动色，左右相趣，济济翼翼，峨峨如也。盖用昭明寅畏[10]，承聿怀之福。亦以宠灵文武[11]，贻燕后昆，覆以懿铄。岂其为身而有颛辞也[12]？若然受之，亦宜勤恁旅力[13]，以充厥道，启恭馆之金縢[14]。御东序之秘宝，以流其占。

【注释】

〔1〕三事：三公，指太师、太傅、太保。 岳牧：原为四岳十二牧的合称，分掌政务与四方诸侯，后用以称疆吏、封疆大臣。 寮：同“僚”，官。

〔2〕惇睦：惇（敦）厚九族和睦上下。 辨章：亦作“辨彰”，辨别明白。 化洽：教化普沾。

〔3〕燔瘗（yì）：《尔雅·释天》：“祭天曰燔柴”；祭地曰瘗埋，埋物以祭。 县：同“悬”，祭山曰庪悬。 沈：祭川曰浮沈。

〔4〕来仪：凤凰感天子之德前来翔舞，古人以为瑞应。《书·益稷》：“箫韶九成，凤皇来仪。” 羽族：指鸟类。 观魏：即观阙。

〔5〕肉角：传说中麒麟头生肉角，故代称麒麟。

〔6〕采鳞：彩色鳞片，借指龙。

〔7〕三足：三足乌。 翥：高飞。

〔8〕坰牧：郊野的泛称。 《尔雅·释地》：“邑之外谓之郊，郊之外谓之牧，牧之外谓之野，野之外谓之林，林之外谓之坰。”也作“坰野”。

〔9〕玄秬：黑黍。 黄麰：大麦。

〔10〕寅畏：敬畏，恭敬戒惧。

〔11〕宠灵：恩宠光耀；使得到恩宠福泽。

〔12〕颛辞：专擅之辞。颛，通“专”。

〔13〕恁：思。 旅：陈。

〔14〕恭馆：宗庙。 金縢：周公为请命之书，藏于柜，缄之以金。

【译文】

于是三公、岳牧之官，向皇帝进言说：陛下仰鉴唐尧政治之典范，中述二祖之法，下循世宗武帝封禅的轨则。亲身躬行孝道，敦厚九族，和睦上下，平章百姓，教化和洽。巡视安抚黎民，关怀鳏寡之恩惠已尽施行，祭天、祭地、祭山、祭川，肃敬众神之礼已齐备。因此凤凰来仪而常鸟集于阙下，麒麟来朝和温顺的常兽聚于外苑，驯养黑色白底的驺虞于郊野。金光彩鳞的黄龙出现在宫沼，清晨有甘露降在茂盛的草上，三足乌飞翔在大树之间。那些嘉谷、灵草、奇兽和神鸟，与图书典籍上所记载的相符合。应有尽有的祥瑞朝夕见于林外和郊外，日月之下，邦畿之内。奇异卓荦之瑞生于帝都，连要荒之地都有祥瑞的出现。昔日姬周建国时，有白雉、赤乌、黑黍、黄麦等符瑞出现，周之君臣喜悦其嘉瑞，故动色而左右敬奉，谨慎庄重地祭祀。大略以此表明敬畏，承受眷怀之福。成王封禅，以增加文王、武王的神灵之德，为后世子孙留下的基业更加稳固，并护佑他们拥有美好安乐的生活。成王封禅岂是只为自身，而使诗人专辞歌颂自己。如大汉受众多符瑞而封禅是应该的，也应该勤思尽力于政事，以报答天命眷顾。现在要开启宗庙里用金绳捆扎的宝盒，把其中秘宝陈列在东厢，以《河图》《洛书》对封禅之事进行占验，以演其祸福。

夫图书亮章〔1〕，天哲也；孔猷先命，圣孚也〔2〕；体行德本，正性也。逢吉丁辰，景命也。顺命以创制，因定以和神，答三灵之蕃祉，展放唐之明文，兹事体大，而允寤寐次于心〔3〕。瞻前顾后，岂蔑清庙〔4〕惮敕天命也？伊考自遂古，乃降戾爰兹，作者七十有四人〔5〕。有不俾而假素，罔光度而遗章，今其如台而独阙也〔6〕！

【注释】

〔1〕图书：指《河图》《洛书》。　亮：信。　章：明。言《河图》《洛书》所以示信天命以明贤哲之道。

〔2〕孚：信。

〔3〕次：止。

〔4〕蔑：同“蔑”，轻视；轻侮。

〔5〕七十有四人：古封禅者七十二君，加汉武和光武二帝，共七十四人。

〔6〕台（yí）：我。

【译文】

用《河图》《洛书》示信天命，以明贤哲之道。孔子存先王之教，圣人信而行之。今天子亲身履行孝道，是端正人性的根本。恰逢吉日正遇良辰，正好封禅，这是皇天之大命。顺应天命创立礼制，安定社稷，以和人神。报答天地人之三灵的赐福，效法唐尧的礼仪，登泰山封禅。此事体式弘大，而确应日夜记于圣心，不可遗忘。仰瞻前代帝王封禅的业绩和礼仪，下顾后世子孙的福祉，岂可轻视《清庙》祭祖，而惧上告天命的封禅之事吗？上考自远古，下至于当今，登泰山封禅的君主一共有七十四人。其中有上天未降天命而封禅者，并借书策留名后世。有并无光辉祥瑞与政绩而封禅者，并在青史上留名。而今我朝天降符瑞众多，而独不行封禅之典。

是时圣上固以垂精游神，苞举艺文，屡访群儒，谕咨故老，与之斟酌道德之渊源，肴覈仁谊之林薮，以望元符之臻焉〔1〕。既感群后之谠辞，又悉经五繇之硕虑矣〔2〕。将絣万嗣〔3〕，扬洪辉，奋景炎，扇遗风，播芳烈，久而愈新，用而不竭，汪汪乎丕天之大律，其畴能亘之哉？唐哉皇哉，皇哉唐哉！

【注释】

〔1〕元符：大的祥瑞。

〔2〕五繇：犹五卜。古代帝王巡狩，预卜五年，以占吉凶。　硕虑：深远的思虑。

〔3〕絣（bēng）：延续。

【译文】

此时圣上固然用精神于国家政治，振兴礼乐经术，多次寻访儒士，谋于故老，与之斟酌道德的渊源，寻求仁义之林薮，以求天命符瑞的到来。既有感于公卿百官的直言劝谏，又经过五年卜筮的深思熟虑，将使万代永嗣帝业，扬起大业的光辉，振起大汉的明盛。扇播礼义之遗风，广布仁德之芳馨，使之历久而弥新，用之不竭。深广啊，昊天之伟大法则，有谁能永享其福佑？惟有唐尧与汉皇，汉皇与唐尧而已！

（本卷译注：陈胤）

文选卷第四十九

史论上

汉书公孙弘传赞　班孟坚（班固）

【题解】

全篇借公孙弘、卜式、倪宽等人从社会底层发迹逆袭之例，对汉武帝和汉宣帝两朝的人才选拔情况进行了分类铺排和比较，旨在说明只要在上者诚心求贤，就会有人才济济的盛况出现的结论。

赞曰[1]：公孙弘、卜式、倪宽，皆以鸿渐之翼[2]，困于燕雀，远迹羊豕之间[3]，非遇其时，焉能致此位乎？是时汉兴六十馀载，海内乂安[4]，府库充实，而四夷未宾，制度多阙。上方欲用文武[5]，求之如弗及，始以蒲轮迎枚生[6]，见主父而叹息。群士慕响，异人并出[7]。卜式拔于刍牧[8]，弘羊擢于贾竖[9]，卫青奋于奴仆，日磾出于降虏，斯亦曩时版筑饭牛之明已[10]。

【注释】

〔1〕赞：文体名，用于赞颂人物等。

〔2〕鸿渐：出自《易·渐卦》，本意谓鸿鹄飞翔从低到高，这里比喻贤能之士。

〔3〕远迹：远窜。

〔4〕乂安：太平，安定。

〔5〕文武：具备文才、武略的贤能之士。

〔6〕蒲轮：指用蒲草裹轮以减少震动的车子。　枚生：汉代赋家枚乘。

〔7〕异人：有异才的人。

〔8〕刍牧：放牧的人。

〔9〕贾竖：旧时对商人的贱称。

〔10〕版筑：造土墙。商代贤者傅说筑于傅岩，武丁用以为相。　饭牛：喂牛。春秋时卫国贤者甯戚饭牛车下，扣牛角而歌，桓公异之，拜为上卿。

【译文】

赞曰：公孙弘、卜式、倪宽，都以鸿鹄之才，而被一些庸俗浅薄的燕雀之辈所困辱，他们早年在僻远之地要么放羊，要么牧猪，假如不是遇到了汉武帝的赏识，怎么可能致身丞相之位！当时大汉建立已有六十多年，天下太平，国家财政富足，然而周围的蛮夷仍未完全归附，礼制法令等还有很多不完备的地方。武帝正想大力任用那些具备文才、武略的贤能之士，对他们惟恐求之不得。于是有了以安车蒲轮迎接枚乘，见到主父偃而感慨相见恨晚之举。从此而后，有才能的人士闻声而来，各种身怀异才的人顿时涌现。卜式被荐拔时还是一个放羊人，桑弘羊被提拔时还只是一个商贩，卫青以家奴的身份逆袭成为大将军，金日磾则以匈奴降虏身份官拜将军，这些都是武帝识人之明智的最好体现，简直就是历史上商王武丁从版筑之人中识拔傅说、齐桓公从喂牛人中发现甯戚的翻版。

汉之得人，于兹为盛，儒雅则公孙弘、董仲舒、倪宽〔1〕，笃行则石建、石庆〔2〕，质直则汲黯、卜式〔3〕，推贤则韩安国、郑当时〔4〕，定令则赵禹、张汤〔5〕，文章则司马迁、相如〔6〕，滑稽则东方朔、枚皋〔7〕，应对则严助、朱买臣〔8〕，历数则唐都、落下闳〔9〕，协律则李延年〔10〕，运筹则桑弘羊〔11〕，奉使则张骞、苏武，将帅则卫青、霍去病，受遗则霍光、金日磾[12]，其馀不可胜纪。是以兴造功业，制度遗文，后世莫及。

【注释】

〔1〕儒雅：指儒术。

〔2〕笃行：切实履行。

〔3〕质直：朴实正直。

〔4〕推贤：推荐贤人。

〔5〕定令：制定法令。

〔6〕文章：文辞或独立成篇的文字。

〔7〕滑稽：谓辩捷之人。

〔8〕应对：酬对。

〔9〕历数：推算岁时节候的方法。

〔10〕协律：调和音乐律吕。

〔11〕运筹：用算筹进行计算。

〔12〕受遗：谓大臣接受皇帝的遗命以辅政。

【译文】

整个西汉朝廷所任用的贤能之士，在武帝这个时期为最多。儒生的代表有公孙弘、董仲舒、倪宽，笃行之士的代表则有石建、石庆兄弟，朴实正直、行为不阿的代表则有汲黯、卜式，推荐贤人成效显著则有韩安国、郑当时，制定法令方面贡献突出的有赵禹、张汤；文章创作方面的代表则有司马相如、司马迁；能言善辩、言辞流利的代表有东方朔、枚皋，酬对应答则有严助、朱买臣，天文历法方面有唐都、落下闳，调和音乐律吕则有李延年，运筹帷幄有桑弘羊，奉命出使则有张骞、苏武，征战将领有卫青、霍去病，接受遗诏担任顾命大臣的则有霍光、金日磾，其余各方面的人才还有很多，不能在此一一罗列了。正因如此，汉武帝时期，国家不论是在物质文明方面的兴造，还是在制度、文化方面的建设、积累，都是后世难以企及的。

孝宣承统，纂修洪业，亦讲论六艺，招选茂异[1]，而萧望之、梁丘贺、夏侯胜、韦玄成、严彭祖、尹更始以儒术进，刘向、王褒以文章显[2]，将相则张安世、赵充国、魏相、邴吉、于定国、杜延年，治民则黄霸、王成、龚遂、郑弘、召信臣、韩延寿、尹翁归、赵广汉、严延年、张敞之属，皆有功迹见述于后世。参其名臣，亦其次也。

【注释】

〔1〕茂异：才德出众，亦指才德出众的人。

〔2〕文章：指文学创作才能。

【译文】

等到汉宣帝继位承统，重新整治振兴国家大业，亦积极提倡讲论《礼》《乐》《书》《诗》《易》《春秋》等儒家“六艺”，大力招纳选用才德出众的贤能之士。从而萧望之、梁丘贺、夏侯胜、韦玄成、严彭祖、尹更始等人以儒术进用，刘向、王褒等则以文章显名于世；将相有名者有张安世、赵充国、魏相、邴吉、于定国、杜延年等；治理民众成绩显著者则有黄霸、王成、龚遂、郑弘、召信臣、韩延寿、尹翁归、赵广汉、严延年、张敞等，这些人的功业事迹也都被后世所传颂。但相较于武帝时期的名臣，他们的功绩还是要次一等的。

晋纪论晋武帝革命　干令升（干宝）

【题解】

干宝（？—336），字令升，新蔡（今属河南）人。晋史学家，撰有《晋纪》，又性好阴阳术数，集古今怪异非常之事为《搜神记》，被誉为“鬼之董狐”。此篇将历史上形形色色的政权更迭方式，无论是和平禅让，还是武力革命，统统归结为“天命”，旨在说明晋武帝废魏帝，建立晋朝亦为天命使然。

史臣曰：帝王之兴，必俟天命，苟有代谢，非人事也。文质异时，兴建不同，故古之有天下者，柏皇、栗陆以前[1]，为而不有，应而不求，执大象也[2]。鸿黄世及[3]，以一民也。尧、舜内禅，体文德也[4]。汉、魏外禅[5]，顺大名也[6]。汤、武革命[7]，应天人也。高、光争伐[8]，定功业也。各因其运而天下随时，随时之义大矣哉！古者敬其事则命以始，今帝王受命而用其终，岂人事乎？其天意乎？

【注释】

〔1〕柏皇：传说中的上古帝名。　栗陆：上古帝王名。在女娲氏之后。

〔2〕大象：大道，常理。

〔3〕鸿黄：帝鸿，黄帝。　世及：世代相传。

〔4〕文德：指礼乐教化。与“武功”相对。

〔5〕外禅：谓天子禅位于外姓。

〔6〕大名：谓尊崇的名号。

〔7〕革命：实施变革以应天命。

〔8〕高、光：汉高祖和汉光武帝的并称。

【译文】

史官论曰：历史上帝王的兴起，必须要凭靠上天的意志，假如出现了改朝换代，那并非是人为的原因，而是因为上天的意志如此。文华的天道与质朴的地道在历史上不断更替，与之相应就会不断有新的王朝兴立，同时旧的王朝随之消亡。因此，上古时期掌管天下的帝王，在柏皇、栗陆之前，大都秉持治理国家为百姓服务而不将天下据为己有的原则，顺应天道而不刻意追求对自己回报，总之是秉持大道，以简驭繁而已。世代相袭，到了黄帝，皆以此来统一民众。此后，在同一政权内部，尧主动将帝位禅让给舜，实现了权力的和平交接，这是礼乐教化程度很高的体现。而不同政权之间，如汉献帝将帝位禅让给魏文帝曹丕，则是遵循名副其实的原则，顺应高尚美好的名声的结果。历史上，商汤和周武王以武力推翻夏桀和商纣的旧王朝，建立新王朝，对上是顺从上天的意志，对下也是顺应民众的心声。汉高祖刘邦和光武帝刘秀分别通过在秦末和西汉末年的战争中取胜而确立各自的功业，建立政权。这些不同的政权交替，都是根据各自的历史条件，顺应历史发展的潮流趋势的结果。顺应时势，相机而行的道理的确很重要啊！古时候帝王们为了敬重其事，总是将建国登基这样的重大事项安排在一年之始，如今的晋武帝却在魏咸熙二年十二月受禅登基，这是人为的安排呢，还是上天的安排？

晋纪总论　干令升（干宝）

【题解】

《晋纪》是干宝所著的一部关于西晋一朝的编年体断代史，记事起于宣帝，终于愍帝。《晋纪总论》是全书的序，该文受西汉贾谊《过秦论》的影响，梳理了西晋政权的始末，为西晋一朝兴衰成败的经验教训总结与原因分析。

史臣曰：昔高祖宣皇帝以雄才硕量，应运而仕，值魏太祖创基之初，筹划军国，嘉谋屡中，遂服舆轸，驱驰三世[1]。性深阻有如城府[2]，而能宽绰以容纳[3]，行任数以御物，而知人善采拔。故贤愚咸怀，小大毕力，尔乃取邓艾于农隙[4]，引州泰于行役[5]，委以文武，各善其事。故能西禽孟达[6]，东举公孙渊[7]，内夷曹爽[8]，外袭王陵[9]，神略独断，征伐四克。维御群后，大权在己。屡拒诸葛亮节制之兵[10]，而东支吴人辅车之势[11]。世宗承基[12]，太祖继业[13]，军旅屡动，边鄙无亏，于是百姓与能，大象始构矣。玄、丰乱内[14]，钦、诞寇外[15]，潜谋虽密，而在几必兆。淮、浦再扰，而许洛不震，咸黜异图，用融前烈。然后推毂锺、邓[16]，长驱庸、蜀[17]，三关电扫[18]，刘禅入臣，天符人事，于是信矣。始当非常之礼，终受备物之锡[19]，名器崇于周公[20]，权制严于伊尹。至于世祖，遂享皇极。正位居体，重言慎法，仁以厚下[21]，俭以足用；和而不弛，宽而能断。故民咏惟新。四海悦劝矣[22]。聿修祖宗之志[23]，思辑战国之苦，腹心不同[24]，公卿异议，而独纳羊祜之策[25]，以从善为众。故至于咸宁之末，遂排群议而杖王、杜之决[26]，泛舟三峡，介马桂阳[27]，役不二时，江、湘来同。夷吴、蜀之垒垣，通二方之险塞，掩唐、虞之旧域，班正朔于八荒。太康之中，天下书同文，车同轨。牛马被野，馀粮栖亩[28]，行旅草舍，外闾不闭。民相遇者如亲，其匮乏者，取资于道路，故于时有天下无穷人之谚。虽太平未洽，亦足以明吏奉其法，民乐其生，百代之一时矣。

【注释】

〔1〕驱驰：喻奔走效力。　三世：指曹操、曹丕、曹睿三代。

〔2〕深阻：指性情深沉而不外露。　城府：城池和府库，比喻人的心机多而难测。

〔3〕宽绰：谓气量宽宏。

〔4〕邓艾：字士林，曾典农纲纪、上计吏。

〔5〕州泰：荆州刺史裴潜，以州泰为从事，为司马懿所知，历兖、豫州刺史。

〔6〕孟达：任新城太守，反，司马懿亲征之，斩孟达，屠其城。

〔7〕公孙渊：为辽东太守，自立为燕王，司马懿征渊，斩渊，传首洛阳。

〔8〕曹爽：曹操侄孙，魏明帝死时，与司马懿同受遗命辅政。后有司奏曹爽反，遂夷曹爽三族。

〔9〕王陵：任太尉，谋更立楚王彪，司马懿东袭太尉王陵于寿春。

〔10〕节制：指严整有规律。

〔11〕辅车：颊辅与牙床，一说车夹木与车舆，喻事物互为依存的利害关系。

〔12〕承基：继承基业。指司马懿死，司马师以抚军大将军辅政。

〔13〕太祖：司马昭。

〔14〕玄、丰：夏侯玄、李丰。两人谋废大将军司马昭。

〔15〕钦、诞：文钦、诸葛诞。曾起兵反司马氏。

〔16〕推毂：推车前进。古代帝王任命将帅时的隆重礼遇。　锺、邓：锺会、邓艾，二人分兵伐蜀。

〔17〕长驱：长途向前驱驰。　庸、蜀：庸、蜀皆古国名，泛指四川。

〔18〕电扫：比喻迅速扫荡净尽。

〔19〕备物：指仪卫所用的器物。

〔20〕名器：名号与车服仪制，用以区别尊卑贵贱的等级。

〔21〕厚下：使下属丰厚强大。多指分封过广，诸侯强盛，过于王室。

〔22〕悦劝：乐于接受教化。

〔23〕聿修：谓继承发扬先人的德业。

〔24〕腹心：肚腹与心脏，皆人体重要器官，喻贤智策谋之臣。

〔25〕羊祜：征南大将军，上疏伐吴。

〔26〕王、杜：王浚、杜预，伐吴大将。

〔27〕介马：给战马披甲，这里犹言驰骋。

〔28〕栖亩：谓将馀粮存积田亩之中，称丰年盛世。

【译文】

史官说：当初高祖宣帝（司马懿）以雄才大量，顺应时势而入仕，正遇上魏太祖（曹操）创立基业的初期，参与谋划军国大业，高明的谋略多次成功，于是驾着马车为曹氏三代奔走效力。宣帝性情深沉而不外露，心机多而难测；同时气量宽宏，可以包容受纳他人；他顺应天数来把握事物，又能识鉴人的德才以选拔。所以手下的人无论贤愚都十分感念，无论能力大小都能竭尽全力。于是又从典农这样的底层小吏岗位上发现并提拔任用了邓艾，从荆州刺史裴潜派来的下僚中提拔了州泰。对前者委以武职，对后者委以文职，使他们都能充分发挥各自的特长。因此，朝廷能够向西征伐新城太守孟达，向东征伐自立的辽东太守公孙渊，在内则平定了日益骄纵的曹爽一族，对外则击败了王陵。宣帝具有高超的谋略和独自决断的魄力，四次征伐都成功了。宣王在驾驭群臣之后，国家大权便掌握在自己手上了。宣帝多次阻止诸葛亮严整而有纪律的军队，又在东面分解了孙吴与蜀汉的互为依存关系。之后，世宗景皇帝（司马师）继承基业，再后来世宗逝世，太祖文帝（司马昭）继位。朝廷多次出兵，使边境不受侵犯。然后，实行从百姓中举荐贤能之士的政策，国家兴盛的大道开始出现。夏侯玄、李丰发动了内乱，文钦、诸葛诞在外发起了叛乱。尽管夏侯玄、李丰等人暗地里的谋划很机密，但仅有细微的迹象就被发现。尽管因文钦、诸葛诞的叛乱，让淮浦一度陷入动荡，但许昌、洛阳安然无恙。最终，这些人的阴谋不轨都被成功阻止，使先辈的功业发扬光大。然后，郑重任命锺会、邓艾，使二人兵分两路，长途驱驰，直抵庸蜀之地。以迅雷不及掩耳之势荡平蜀汉所引以为屏障的阳平、江关、白水三道军事要塞，迫使蜀主刘禅俯首称臣。于是，文帝（司马昭）上应天命，下顺民心，是确信无疑的了。然后，文帝接受了魏帝授予的远远超过常规的礼遇，接受了相国之位、九锡之礼。所拥有的名号与车服仪制比当年的周公还高，所掌握的权力比当时的伊尹还要大。之后，文帝逝世，时任晋国太子的世祖司马炎就接受了魏帝的禅让，正式登上了皇位。正式登基之后的武帝（司马炎），谨言慎行，一面严格遵守法令，一面又以宽仁之心对待臣下；大力提倡节俭，从而使财用富足，能够满足国家行政的正常需求；对国家的治理拿捏得十分到位，做到了和善但不松懈，宽仁又能决断。因此，人民开始歌颂武帝开创的新朝代，天下的百姓都欣然接受晋朝的教化。紧接着，武帝秉承先人的志业，一心想实现天下一统，结束长期以来的割据分裂给民众带来的战乱之苦。对此，朝中的大臣们秉持不同意见，相争不下。而武帝从内心认同了羊祜主张一战而统一天下的策略，但并没有表露，而是暂时附和了朝中以息战待机为多数的意见。等到了咸宁末年，遂力排众议，力挺王浚、杜预二人所提出的趁机一战而灭吴的重要决策，将战舰开进三峡，将战马驱驰到桂阳。结果一战而全胜，长江和湘江流域的孙吴势力投降归顺于晋朝。于是拆除了此前孙吴、蜀汉为割据而设立的种种堡垒、城墙，使二者此前凭借的各种险关要塞变得畅通无阻。于是，大晋王朝的疆域大大超越了尧舜当年，紧接着就颁布新的历法行于天下。接下来的武帝太康年间，全国上下书写用的是同一种文字，道路上驰骋的是同一种规制的车子，原野之上遍布牛羊，余粮多的就存在田间地头，即使这样也没有人前来偷盗。夜晚，在外旅行的人们即使宿止在草野间也不用担心人身安全，而城中的居民连里巷的大门也不需要紧闭。人民在路上相遇时和善得如同亲人一样，那些暂时处于困境的人，在沿途就可以得到很多人的帮助。甚至当时就有谚语说：“如今的天下，穷人已经绝迹了。”虽然时世安宁和平的景象还没有周遍，但是也足以表明这是一个官吏奉职守法，人民安居乐业，百年一遇的盛世了！

武皇既崩，山陵未干〔1〕，杨骏被诛，母后废黜〔2〕，朝士旧臣，夷灭者数十族。寻以二公楚王之变〔3〕，宗子无维城之助〔4〕，而阏伯实沈之郤岁构〔5〕；师尹无具瞻之贵〔6〕，而颠坠戮辱之祸日有〔7〕。至乃易天子以太上之号，而有免官之谣，民不见德，唯乱是闻，朝为伊、周〔8〕，夕为桀、跖[9]，善恶陷于成败，毁誉胁于势利。于是轻薄干纪之士[10]，役奸智以投之，如夜虫之赴火。内外混淆，庶官失才，名实反错，天网解纽[11]。国政迭移于乱人，禁兵外散于四方，方岳无钧石之镇[12]，关门无结草之固[13]。李辰、石冰，倾之于荆、扬，刘渊、王弥，挠之于青、冀，二十馀年而河、洛为墟。戎、羯称制，二帝失尊，山陵无所。何哉？树立失权，托付非才，四维不张[14]，而苟且之政多也。夫作法于治[15]，其弊犹乱；作法于乱，谁能救之？故于时天下非暂弱也，军旅非无素也[16]。彼刘渊者，离石之将兵都尉；王弥者，青州之散吏也。盖皆弓马之士，驱走之人，凡庸之才，非有吴先主、诸葛孔明之能也。新起之寇，乌合之众[17]，非吴、蜀之敌也。脱耒为兵，裂裳为旗，非战国之器也。自下逆上，非邻国之势也。然而成败异效，扰天下如驱群羊，举二都如拾遗[18]。将相侯王，连头受戮，乞为奴仆而犹不获。后嫔妃主，虏辱于戎卒，岂不哀哉！夫天下，大器也；群生，重畜也[19]。爱恶相攻，利害相夺，其势常也；若积水于防，燎火于原，未尝暂静也。器大者不可以小道治，势动者不可以争竞扰，古先哲王，知其然也。是以扞其大患而不有其功，御其大灾而不尸其利。百姓皆知上德之生己，而不谓浚己以生也[20]。是以感而应之，悦而归之，如晨风之郁北林，龙鱼之趣渊泽也。顺乎天而享其运，应乎人而和其义，然后设礼文以治之，断刑罚以威之，谨好恶以示之，审祸福以喻之，求明察以官之，笃慈爱以固之，故众知向方[21]，皆乐其生而哀其死，悦其教而安其俗，君子勤礼，小人尽力，廉耻笃于家闾，邪僻销于胸怀。故其民有见危以授命，而不求生以害义，又况可奋臂大呼，聚之以干纪作乱之事乎？基广则难倾，根深则难拔，理节则不乱，胶结则不迁。是以昔之有天下者，所以长久也。夫岂无僻主，赖道德典刑以维持之也。故延陵季子听乐以知诸侯存亡之数，短长之期者，盖民情风教，国家安危之本也。

【注释】

〔1〕山陵：帝王或皇后的坟墓。

〔2〕母后：杨氏，杨骏之女。

〔3〕二公：汝南王司马亮、太保卫瓘。　楚王：司马玮。

〔4〕宗子：古代宗法制度称大宗的嫡长子。　维城：连城以卫国。

〔5〕阏伯实沈：高辛氏二子，伯曰阏伯，季曰实沈。

〔6〕具瞻：谓为众人所瞻望。

〔7〕颠坠：比喻覆灭。

〔8〕伊、周：商伊尹和西周周公旦。两人都曾摄政。

〔9〕桀：夏末代君王夏桀。　跖：盗跖。

〔10〕干纪：违犯法纪。

〔11〕解纽：喻国家纲纪废弛。

〔12〕方岳：指州郡。

〔13〕结草：《左传》载：老人结草以绊敌军。

〔14〕四维：礼、义、廉、耻。

〔15〕作法：谓创制法律、典章等。

〔16〕无素：不经常。

〔17〕乌合：形容人群临时凑合，如群乌暂时聚合。

〔18〕拾遗：比喻轻而易举。

〔19〕重畜：重要财富。

〔20〕浚：攫取；榨取。

〔21〕向方：归向正道。方，义方。

【译文】

可是好景不长，武帝驾崩，皇陵之上的新土还没有风干，就接连发生了变乱，时任太傅的外戚杨骏被诛杀，太后杨氏被废为庶人，迁至永宁宫，此前与杨氏关系较为密切的数十个朝中旧臣被牵连而“夷三族”。之后，贾后假托诏令使楚王司马玮杀害了两个辅政大臣，即时任太宰的汝南王司马亮和时任太保的菑阳公卫瓘。之后，贾后又以楚王司马玮擅自杀害两个辅政大臣汝南王司马亮和菑阳公卫瓘为由处死了楚王司马玮。眼见这些被分封各地的司马氏同姓诸侯王们没有联合起来以保卫国家社稷，反而却像古时候高辛氏的两个儿子阏伯和实沈一样，亲兄弟之间整日里打打杀杀个不停。朝中权贵们无应有的为百姓所瞻望的高贵德行，却天天发生权臣、宗室被杀戮污辱，从而覆灭衰亡之事。甚至一度发生晋惠帝“禅位”于赵王司马伦，而自称“太上皇”，作为附和，连当时的史官也谎称夜观天象，“当有免官天子”。全国上下看不到统治阶层的仁德重望，每天听到的却是朝中变乱的各种坏消息。在上的权臣们，往往早上还是伊尹、周公一样的圣贤，傍晚就沦为了夏桀和盗跖一样的坏蛋。权臣们的是非善恶主要取决于其政治斗争中的成败，是被诋毁还是赞誉主要决定于手中掌握的权势和财富的大小，一切评价都丧失了客观公正的标准。这就让那些轻佻浮薄、违法乱纪之徒看到了可乘之机，他们利用自己的奸恶之智，像飞蛾扑火一般投身于当朝政治斗争的大漩涡。结果就是内外不分，朝中的各种职位都被无德无才之人所盘踞，名称与实际严重倒置，国家的统治系统陷于瘫痪。国家权力不断被乱臣贼子所把持，天子连禁卫军也不得掌控，而地方州郡牧守皆为轻浮宵小之辈，不堪重任。各处军事要塞形同虚设，还不如春秋时绊倒杜回的那位晋国老人结的草绳。于是，南方有李辰、石冰攻陷了荆、扬二州，北方的青、冀二州则不断受到王弥、刘渊的侵扰。二十多年后，都城洛阳被前赵军队攻破，荡为一片废墟。结果是出身戎、羯的刘渊及其后人建立了前赵政权，晋怀帝、晋愍帝先后被刘曜、刘粲的军队俘获，受尽凌辱，最终死于敌国，这都是因为什么呢？根本原因就在于旁落了国家权力，委以重任的那些人没有真正的才能，礼义廉耻这四种道德准则没有得到申张，不遵循礼仪法度的行政举措实在太多。为国家、社会的长治久安为目的而创制法律、典章，犹且不免造成动乱，何况本身就是以国家、社会的动乱为目的而制定法律、典章呢，这样造成的社会动荡又有谁能够挽救得了呢？当时国家和刘渊军事集团相比一点也不弱小，军队也都训练有素。而那个刘渊，起初只不过是在离石的一个下层军官；那个王弥，起初也不过是青州的一个基层小吏。他们都是只会骑射或驱遣奔走的武夫，只是平凡庸碌之材，并没有三国时孙权和诸葛亮那样的盖世才能。只不过是一时兴起的贼寇，一群乌合之众罢了，根本不能与孙吴与蜀汉相提并论。他们的兵器是原来干活时的农具，他们的军旗是撕裂衣裳拼接而成，不是征战之国的精良武器。这样小规模的军队，以下犯上，与国家为敌，其所处的优势，也远远不如大晋当年的对手孙吴和蜀汉。然而事实却是，条件如此差的刘渊、王弥等人灭了西晋，而条件好的蜀汉、孙吴却先后被晋国打败收复了，这支队伍扰乱天下之势就如同驱赶一群羊，攻陷洛阳、长安两座都城，简直易如反掌。结果，西晋朝廷的那些昔日的将相王侯们，被他们排成队接连杀害，即使主动乞求沦为奴仆也没被放过。那些昔日的皇后、妃嫔们，被那些胡兵无情凌辱。种种这些，难道不是一种莫大的悲哀吗！天下国家是重大之器，万民百姓是国家的重要财富。二者之间爱恶相攻，利害争夺，这是自然之势，好比积水之于堤防，燎火之于原野，二者时时处于相互的攻守矛盾之中。像国家这样的重大之器，不可以用日常生活中获得的寻常经验进行治理；形势动荡，不可以通过争竞的手段再去搅扰。古时候的贤明君主们懂得这个道理，替国家化解大祸患，却不自居其功；为国家抵御大灾难，却不独享其中的利益。百姓们都懂得自己有赖于贤明君王的德泽而得以生活，不会认为君王是在剥削百姓而自养。因此，君民之间如同存在感应一般相互吸引，万民百姓就像晨风鸟投归茂密的树林、龙鱼奔赴深深的渊泽一样，怀着喜悦的心情纷纷归附贤君明主。于是，圣君贤主应乎天意、顺乎人心、随乎运势、和乎道义，然后制定礼乐仪制来规范臣民，严断刑罚以威慑不轨之人，敬示善恶以晓悟臣民，明审祸福以晓喻臣民，寻求明察之人任以为官，厚慈爱之惠，以坚定臣民的感激之心。然后人人懂得归于正道，都能够懂得珍惜，乐生哀死，欣然接受教化、随应风俗，在上的君子严格用礼法约束自己，在下的民众全身心投身于社会生产，廉耻之义被家家户户都看得最为要紧，各种邪僻不好的想法在内心就被销蚀了，根本没有机会付诸行动。因此，其下的臣民临危授命者往往而有，却鲜有因贪生怕死而损害道义者，又怎么会有奋臂高呼，聚众而干纪作乱者呢！古时候圣主贤君的统治，就像修筑城墙一样，因地基广大而很难倾圮；就像栽种树木一样，因扎根深密而难以被拔起；圣主贤君治理社会既有条理又有节度，就不会产生变乱，与臣民的关系牢固得好比有胶粘在一起一样，很少有叛变。正是因为如此，古时候的国家统治才得以长久。也不是说古时候就没有一个邪僻的君主，不过即使偶有邪僻的君主，人们依赖国家早已形成的道德、法律就能够维持国家社会的正常运转。因此，春秋时期吴国公子延陵季札在鲁国观乐，通过乐歌就能够知晓相关诸侯国存亡的命数和国祚短长，大概就是因为民生情况、风俗教化情况，这些都是关系国家安危的根本。

昔周之兴也，后稷生于姜嫄，而天命昭显，文武之功，起于后稷。故其《诗》曰：“思文后稷，克配彼天。”又曰：“立我蒸民，莫匪尔极。”又曰：“实颖实栗，即有邰家室[1]。”至于公刘遭狄人之乱[2]，去邰之豳，身服厥劳[3]。故其诗曰：“乃裹糇粮，于橐于囊。”“陟则在巘，复降在原，以处其民。”以至于太王为戎翟所逼[4]，而不忍百姓之命，杖策而去之。故其《诗》曰：‘来朝走马，帅西水浒，至于岐下。’周民从而思之，曰：‘仁人不可失也’，故从之如归市。居之一年成邑，二年成都，三年五倍其初。每劳来而安集之[5]。故其《诗》曰："乃慰乃止，乃左乃右，乃疆乃理，乃宣乃亩。"以至于王季[6]，能貊其德音[7]。故其《诗》曰："克明克类[8]，克长克君[9]，载锡之光。"至于文王，备修旧德，而惟新其命。故其《诗》曰："惟此文王，小心翼翼，昭事上帝[10]，聿怀多福[11]。"由此观之，周家世积忠厚，仁及草木，内睦九族[12]，外尊事黄耇，养老乞言[13]，以成其福禄者也。而其妃后躬行四教[14]，尊敬师傅[15]，服浣濯之衣，修烦辱之事[16]，化天下以妇道[17]。故其《诗》曰："刑于寡妻[18]，至于兄弟，以御于家邦。"是以汉滨之女，守洁白之志；中林之士，有纯一之德。故曰："文武自《天保》以上治内[19]，《采薇》以下治外[20]，始于忧勤，终于逸乐。"于是天下三分有二，犹以服事殷，诸侯不期而会者八百，犹曰天命未至。以三圣之智[21]，伐独夫之纣[22]，犹正其名教曰"逆取顺守，保大定功，安民和众"。犹著《大武》之容曰"未尽善也"[23]。及周公遭变，陈后稷先公风化之所由，致王业之艰难者，则皆农夫女工衣食之事也。故自后稷之始基静民，十五王而文始平之，十六王而武始居之，十八王而康克安之，故其积基树本，经纬礼俗，节理人情，恤隐民事，如此之缠绵也[24]。爰及上代，虽文质异时，功业不同，及其安民立政者，其揆一也。

【注释】

〔1〕有邰：古国名。姜姓，炎帝之后。周代后稷母姜嫄，为有邰氏女。

〔2〕公刘：古代周族的领袖。后用为仁君的典实。

〔3〕身服：谓亲身施行。

〔4〕太王：周文王之祖古公亶父的尊号。　戎翟：即戎狄。古民族名。

西方曰戎，北方曰狄。

〔5〕劳来：以恩德招之使来。

〔6〕王季：周太王古公亶父最小的儿子，名季历。古公卒，季立为公。季卒，传位文王。后文王子武王灭商，追尊古公为太王，公季为王季。

〔7〕貊：清静。

〔8〕克明：能察是非。

〔9〕克长：谓能教诲不倦。　克君：谓赏罚得当。

〔10〕昭事：勤勉地服事。

〔11〕聿怀：笃念之意。

〔12〕九族：以自己为本位，上推至四世之高祖，下推至四世之玄孙为九族。

〔13〕养老乞言：古代帝王及其嫡长子养一些德高望重的老人，以便向他们求教，叫乞言。

〔14〕四教：指妇德、妇言、妇容、妇功。

〔15〕师傅：太师、太傅或少师、少傅的合称。

〔16〕烦辱：繁杂卑贱。

〔17〕妇道：为妇之道。旧多指贞节、孝敬、卑顺、勤谨而言。

〔18〕刑于：谓以礼法对待。　寡妻：嫡妻。

〔19〕《天保》：《诗经·小雅》篇名。

〔20〕《采薇》：《诗经·小雅》篇名。

〔21〕三圣：指文王、武王、周公。

〔22〕独夫：指残暴无道、众叛亲离的统治者。

〔23〕《大武》：周代的乐舞之一。

〔24〕缠绵：犹绵绵，连续不断。

【译文】

过去周王朝的兴起，先有后稷被姜嫄生下后，屡次被弃而无虞，其有天命在身的迹象得以昭显。后来周文王、周武王的功业，即是起始于后稷。因此《诗经》曰：“思文后稷，克配彼天。”又说：“立我蒸民，莫匪尔极。”又说：“实颖实栗，即有邰家室。”等到公刘时代，周人遭遇狄人的侵扰，离开邰迁到豳地，亲临一线为部族的迁徙奔劳。因此《诗经》里面说“乃裹糇粮，于橐于囊”、“陟则在巘，复降在原”，以此来安置部众。再后来到了周太王古公亶父时代，部族为戎狄所逼，古公亶父不忍心看到因为战争而牺牲部众的生命，于是策马率领部族离开豳地，迁到了岐山之下。因此《诗经》里面说：“来朝走马，帅西水浒，至于岐下。”周部族民众因此感念古公亶父，纷纷说：“这样的仁德之君不可失去啊！”从而像赶集市一样纷纷前来追随古公亶父。周部族在古公亶父的率领之下，于岐山脚下营建新城，一年后达到了邑的规模，两年后达到了都城的规模，到第三年时都城的规模已经达到了最初时的五倍之多。古公亶父就是这样每每以恩德招徕民众。因此《诗经》里面说：“乃慰乃止，乃左乃右，乃疆乃理，乃宣乃亩。”等到了王季，则做到了美好的名声清净无瑕。故《诗经》说：“克明克类，克长克君，载锡之光。”再到周文王，全面修习先人的德泽，而使上天改授天命于周。故《诗经》说：“惟此文王，小心翼翼，昭事上帝，聿怀多福。”由此观之，周代君主们一代一代积累忠厚之德，他们的仁德流布，甚至泽及草木。他们对内和睦九族，对外尊敬事奉国中的耄耋老人。周王还特别奉养一些德高望重的老人，以备求教咨询，从而成全周室的福禄。而他们的后妃们则能亲身实行妇德、妇言、妇容、妇功这样的四教，尊敬太师、太傅，穿自己浆洗的衣服，亲手处理日常家务中的繁杂卑贱之事，从而以妇道教化于天下。故《诗经》里面说：“刑于寡妻，至于兄弟，以御于家邦。”因为有这样好的社会教化，所以能出现《诗经·周南·汉广》中描述的那样，在汉水之滨的少女，因为坚守洁白之志，而使他人无欲无求，而无犯礼之想的现象；也才能出现《诗经·周南·兔罝》中所描述的林野中那些忠心耿耿的勇士。因此说：“周文王、周武王的事迹，自《诗经·小雅·天保》以前是治理内部事务，自《诗经·小雅·采薇》以后是治理外部事务，开始于为国事而忧虑勤劳，而以闲适安乐结束。”于是天下三分而据有其二，周武王仍然听命于殷商，各地的近八百诸侯不约而同聚集而表示愿意追随周武王讨伐纣王，可武王犹且说天命未到，不可讨伐。以周文王、周武王以及周公这样的“三圣”的智慧，讨伐一个残暴无道、众叛亲离的商纣王，犹且正名说“逆取顺守，保大定功，安民和众”，制作了《大武》那样的乐舞，犹且声称“未尽善也”。等到后来周公遭遇管、蔡流言，历陈后稷以来周室祖先德望之所由来，以及统一天下，建立王朝过程中经历的种种危难，所申说的都是有关农业耕作、洗衣做饭等繁杂之事。因此，周自后稷播百谷，以始安民，到第十五代周文王，才以平民接受天命。到第十六代周武王才正式居帝位，第十七代周康王才最终安定。由此可以看到，周室不断巩固统治为政的根基，不断扩大统治的基础，制定礼仪和规范习俗，调节约束人的情绪，使合于礼仪准则，其忧念百姓疾苦，是这样的绵绵不绝。溯源夏、商、周及其以前的时代，虽然不同时代之间有文与质的差异，不同朝代所建立的功业也不尽相同，但安民立政这一根本的准则是不变的。

今晋之兴也，功烈于百王，事捷于三代，盖有为以为之矣。宣景遭多难之时，务伐英雄，诛庶桀以便事[1]，不及修公刘、太王之仁也。受遗辅政，屡遇废置，故齐王不明[2]，不获思庸于亳；高贵冲人[3]，不得复子明辟[4]；二祖逼禅代之期[5]，不暇待参分八百之会也。是其创基立本，异于先代者也。又加之以朝寡纯德之士，乡乏不二之老。风俗淫僻，耻尚失所，学者以《庄》《老》为宗，而黜《六经》，谈者以虚薄为辩，而贱名俭，行身者以放浊为通，而狭节信，进仕者以苟得为贵，而鄙居正，当官者以望空为高[6]，而笑勤恪。是以目三公以萧杌之称[7]，标上议以虚谈之名，刘颂屡言治道，傅咸每纠邪正，皆谓之俗吏。其倚杖虚旷，依阿无心者，皆名重海内。若夫文王日昃不暇食，仲山甫夙夜匪懈者，盖共嗤点以为灰尘，而相诟病矣。由是毁誉乱于善恶之实，情慝奔于货欲之途，选者为人择官，官者为身择利。而秉钧当轴之士[8]，身兼官以十数。大极其尊，小录其要，机事之失，十恒八九。而世族贵戚之子弟，陵迈超越，不拘资次[9]，悠悠风尘，皆奔竞之士，列官千百，无让贤之举。子真著《崇让》而莫之省[10]，子雅制九班而不得用[11]，长虞数直笔而不能纠[12]。其妇女庄栉织纴，皆取成于婢仆[13]，未尝知女工丝枲之业[14]，中馈酒食之事也[15]。先时而婚，任情而动，故皆不耻淫逸之过，不拘妒忌之恶。有逆于舅姑，有反易刚柔[16]，有杀戮妾媵[17]，有黩乱上下[18]，父兄弗之罪也，天下莫之非也。又况责之闻四教于古，修贞顺于今[19]，以辅佐君子者哉！礼法刑政，于此大坏，如室斯构而去其凿契[20]，如水斯积而决其堤防，如火斯畜而离其薪燎也。国之将亡，本必先颠，其此之谓乎！

【注释】

〔1〕庶桀：诸桀傲之人。

〔2〕齐王：曹芳。

〔3〕高贵：即魏高贵乡公曹髦。　冲人：称帝王。

〔4〕明辟：明君。

〔5〕二祖：指司马昭与司马炎。　禅代：指帝位的禅让和接替。

〔6〕望空：望白署空，谓为官者只署文牍不问政务。

〔7〕三公：三种最高官衔的合称。　萧杌：懒散不勤职事。

〔8〕秉钧：比喻执政。　当轴：喻官居要职；掌握大权。

〔9〕资次：资历的次第，年资等次。

〔10〕子真：刘寔，字子真，著《崇让论》。

〔11〕子雅：刘颂，字子雅。　九班：晋代考核官吏的一种制度。

〔12〕长虞：傅咸，字长虞。　直笔：指史官据事直书，无所避忌。

〔13〕庄栉：装饰；梳妆。　织纴：指织作布帛之事。

〔14〕女工：指女子所做纺织、刺绣、缝纫等事。　丝枲：指缫丝绩麻之事。

〔15〕中馈：指家中供膳诸事。

〔16〕反易：颠倒。

〔17〕妾媵：古代诸侯贵族女子出嫁，以侄娣从嫁，称媵。后因以“妾媵”泛指侍妾。

〔18〕黩乱：繁乱。

〔19〕贞顺：指妇女的专一婉顺。

〔20〕凿契：卯眼，榫头。

【译文】

如今晋的兴起，功绩超过了先代的帝王们，取得政权比夏、商、周三代的圣主要快很多，这大概不是纯粹仰赖天意，而是人为有意促成的结果。昔日宣帝、景帝在四方未静，政治局势危难之时，只求用武力剪伐各地豪雄，诛杀那些不满时政的桀傲之人，以方便稳定时局。结果就是无暇顾及修习周先祖公刘、太王那样的仁德。宣帝接受魏明帝遗命辅佐新主治理政事，结果却是几位魏帝相继被废。其中齐王曹芳虽不贤明，但不是像商代太甲那样被伊尹暂时流放到桐宫，三年后复归于亳，而是被直接废除了帝位。同样，高贵乡公曹髦直接被人杀害，也没有机会像周成王那样被周公归政，从而成为一代明君。之后，太祖文帝与世祖武帝临近魏帝禅位之期，却迫不及待就接受禅位，没能如周武王那样等待八百诸侯会孟津，三番两次之后才伐纣取而代之。因此，晋代创立基业，树立根本是不同于前代的。再加上朝中官员鲜有德行纯粹之士，在民间也少有忠直的老人家。社会风气邪恶不正，人们应该引以为耻和积极崇尚的言行也都违离了正轨；学者们皆以《庄子》、《老子》为宗师，而于儒家的《六经》弃置不读；那些擅长清谈的人们常将虚薄的玄理作为谈辩的主题，而轻视名誉和礼法；人们立身处世往往将放纵邪行当作通达，而以讲求节操信义为狭隘不通；进身仕途的那些人，往往将获得更高的官职作为第一要务，而看不起遵循正道的做法。官员们普遍将望白署空，即只负责签署文牍而不关心具体政务视作为政做官的最高榜样，却笑话那些勤勉恭谨工作的人们。社会上层的名士们都认为朝中的三公皆应当萧然自放不勤职事，而那些真正对国家社会有益的建议却被打上虚谈的标签。像时常为国家社会的治理建言献策的刘颂，像每每站出来纠正其他官员之失的傅咸，都被目为没有大才能的俗吏。那些凭借玄学虚谈，整日讲求恬淡无为的人，却都享有高名于海内。至于那些像周文王那样忙碌到太阳偏西仍无暇吃饭，像仲山甫那样夜以继日毫不懈怠地侍奉君主的人，也都会被名士们嗤笑指责，将他们视若灰尘一般无足轻重，并且加以指责或嘲骂。由于上述这些情况的存在，遂使诋毁与卑劣、颂誉与善良之间的正常对应关系被打乱了，从而使得邪恶的欲念就这样在追逐金钱的道路上狂奔；那些负责选拔官员的人，工作的出发点只是为特定的对象选择优厚的官职、而不再是为国家所设定的特定官职选择最好的人选，官员们往往都将一己之利作为工作的出发点。而那些官居要职、掌握大权的朝廷高官们，往往一身要兼数十种官职。大的官职穷极其显贵，小的官职紧握其关键，而朝廷机密被泄露者往往十有八九。那些世家大族和皇室亲戚的子弟们，往往被越级提升，不论资历和等级。结果就是官场上乌烟瘴气，满眼都是为名利而奔走竞争的人；成千上百的官员队伍里，连一个有让贤之举的人都没有。为此，少府刘寔撰写了《崇让论》，但世人仍执迷不悟；吏部尚书刘颂制定了“九班之制”，欲令百官居职希迁，考课能否，明其赏罚，但这样的制度却没能得到朝廷的采纳；司隶校尉傅咸屡屡秉笔直书弹奏百僚却难以纠正。当时上层社会的妇女们，梳妆打扮、纺织缝纫这些事都仰赖于奴婢，根本不懂得女子该会的缫丝织麻之事，也不懂得家中柴米油盐诸事。往往在礼法规定的年龄未到时就提前成婚，行事完全根据自己的情绪、情感，而不遵守礼法。因此都不以淫逸的过失感到羞耻，对嫉妒的恶习也丝毫不加约束。有公然违逆公婆者，有言行举止颠倒男刚女柔者，甚至有杀害家中妾媵，黩乱上下之伦序者，家中父兄不因此怪罪责罚她们，天下之人也都不认为这样的行为有什么乖戾。又哪里敢责令她们学习古时候的妇德、妇言、妇容、妇功，好让她们在如今做到专一婉顺，从而辅助佐理她们的夫君呢？礼仪法度和刑法政令在此时都被大肆毁坏了，就好像建筑房屋却失去了必要卯榫，如同水聚积起来时却冲破了堤岸防护，又像火势刚要蓄积起来却抽离了柴木。国家行将灭亡，国之根本必先颠覆，说的就是有晋一朝的这些情况吧！

故观阮籍之行，而觉礼教崩弛之所由；察庾纯、贾充之事，而见师尹之多僻。考平吴之功，知将帅之不让；思郭钦之谋，而悟戎、狄之有衅。览傅玄、刘毅之言，而得百官之邪；核傅咸之奏，《钱神》之论，而睹宠赂之彰。民风国势如此，虽以中庸之才，守文之主治之，辛有必见之于祭祀，季札必得之于声乐，范燮必为之请死，贾谊必为之痛哭。又况我惠帝以荡荡之德临之哉！故贾后肆虐于六宫，韩午助乱于外内，其所由来者渐矣，岂特系一妇人之恶乎？怀帝承乱之后得位，羁于强臣。愍帝奔播之后[1]，徒厕其虚名。天下之政，既已去矣，非命世之雄，不能取之矣。然怀帝初载[2]，嘉禾生于南昌[3]。望气者又云豫章有天子气[4]。及国家多难，宗室迭兴，以愍怀之正，淮南之壮，成都之功，长沙之权，皆卒于倾覆。而怀帝以豫章王登天位，刘向之谶云，灭亡之后，有少如水名者得之，起事者据秦川，西南乃得其朋。案愍帝，盖秦王之子也，得位于长安，长安，固秦地也，而西以南阳王为右丞相，东以琅邪王为左丞相。上讳业，故改邺为临漳。漳，水名也。由此推之，亦有征祥，而皇极不建，祸辱及身。岂上帝临我而贰其心，将由人能弘道，非道弘人者乎？淳耀之烈未渝[5]，故大命重集于中宗元皇帝。

【注释】

〔1〕奔播：流亡转徙。

〔2〕载：谓出生。

〔3〕嘉禾：生长奇异的禾，古人以之为吉祥的征兆。

〔4〕望气：古代方士的一种占候术，观察云气以预测吉凶。

〔5〕淳耀：光明，光耀。

【译文】

因此，看到了阮籍的放诞行为举止，就醒悟了礼教之所以崩弛的原因；细察了庾纯、贾充二人因祖上出身低微而互开玩笑之事，就会明白当时朝中高级官员多有邪僻之举。再看伐吴之役后，王浑与王濬争功，二人竞相上奏，由此可以知道当时的将帅们互不相让，完全丧失了谦让的风度；稍加分析当时郭钦关于西北胡汉杂居的潜在危险的上书，就能预料到当时的戎狄群体会有可乘之机。览阅傅玄关于玄风的批评、刘毅将晋武帝等同于汉桓帝、汉灵帝的言论，可知道当时朝中各级官吏的邪妄；再对照傅咸批评当时货赂流行的奏章，以及鲁褒所作《钱神论》，可以清楚地看到当时私宠与贿赂之风的公然横行。以这样的浇薄世风和国家颓势，即使让那些具备中庸之才、能够遵循先王法度的贤主来治理，也不能避免国之坠亡。假如周代辛有还在，他将又会看见有人披散头发而祭于野；假如季札再世，必将从歌乐中听出亡国之音；假如范燮还活着，必将自求速死以避祸；假如贾谊生活在这个时代，必然又会上疏说这是“可为痛哭者”。这样的危局之下，贤明之君尚无可奈何，更何况以我们的惠帝这样既无才又无德的昏庸之君来主政，不亡国才怪！因此，贾后恣意残杀、迫害后宫妃嫔，而其妹妹韩寿之妻贾午则跳窜于宫内宫外助成其乱。造成这些乱象的原因远非一时一地，又哪里能仅仅简单归咎于贾后这样一个妇人的恶德恶行呢！怀帝在晋惠帝留下的乱局中继位，又被东海王司马越这样的强臣所控制。

原本是秦王的司马邺在辗转流亡之际被拥立为帝，是为愍帝，也只是徒有天子之名而无天下之重。国家的政权虽已倾侧，但假如不是天命所在的英雄，是不能取而代之的。当初怀帝出生之时，曾有嘉禾生于南昌。望气的方士又预言南昌所在的豫章一带有天子气。等到国家多难，司马氏宗室成员更相兴灭。以愍怀太子司马遹之正位太子、淮南王司马允之勇壮、成都王司马颖之勤王之功、长沙王司马乂之达于权变，皆无一幸免，全被诛戮，难道不是天意如此吗！此后，原本为豫章王的司马炽登天子位，是为怀帝。刘向的谶语说："（怀帝）灭亡之后，会有一位少年得天子位，其人的名字中有水，有人会在秦川起义兵，在西南方向会有盟军相助。"案愍帝司马邺，作为秦献王司马柬的继子，得帝位于长安，而长安在历史上即为秦国的领地。而西以南阳王司马保为右丞相，东以琅邪王司马睿为左丞相。愍帝名邺，因此改邺城为临漳。漳，为河水名。由以上信息推测，愍帝符合刘向的谶语，但是帝位却难以永固，且灾祸及身，被石聪当众羞辱。岂非上天通过视察而改变了初衷，从而按照由贤能之人来弘扬天道，而非以天道来使无能之人空享尊宠的原则安排天子之位！作为高辛氏火正之官的黎的淳耀之功德未灭，作为黎的后人的司马氏之帝业不会中断，因此天命重新归集于中宗元皇帝司马睿！

后汉书皇后纪论　范蔚宗（范晔）

【题解】

东汉一朝幼帝频出，外戚掌握朝政大权的现象不断出现，本篇旨在揭示外戚掌权对国家政权稳定的危害。文中历述古代不同朝代后妃制度的因革、变迁，展示了后妃制度的变异之迹，不啻为一部精简的中国古代后妃制度史。

夏殷以上，后妃之制，其文略矣。《周礼》，王者立后，三夫人[1]，九嫔[2]，二十七世妇[3]，八十一女御，以备内职焉。后正位宫闱[4]，同体天王[5]。夫人坐论妇礼，九嫔掌教四德[6]，世妇主知丧、祭、宾客，女御序于王之燕寝[7]。颁官分务，各有典司。女史彤管[8]，记功书过。居有保阿之训[9]，动有环佩之响。进贤才以辅佐君子，哀窈窕而不淫其色。所以能述宣阴化[10]，修成内则[11]，闺房肃雍[12]，险谒不行者也[13]。故康王晚朝，《关雎》作讽；宣后晏起，姜氏请愆[14]。

【注释】

〔1〕夫人：帝王的妾。

〔2〕九嫔：宫中女官。也是帝王的妃子。《礼记·昏义》："古者天子后立六宫、三夫人、九嫔、二十七世妇、八十一御妻。"

〔3〕世妇：宫中女官。

〔4〕正位：谓主其位。《易·家人》："女正位乎内，男正位乎外。"

〔5〕同体：谓结为一体。　天王：天子。

〔6〕掌教：主管教授。　四德：四种德行，即妇德、妇言、妇容、妇功。

〔7〕燕寝：古代帝王居息的宫室。

〔8〕女史：女官，以知书妇女充任。　彤管：杆身漆朱的笔，古代女史记事用。

〔9〕保阿：古代抚养教育贵族子女的妇女。

〔10〕述宣：继承和发扬。　阴化：古称妇女的教化。

〔11〕内则：《礼记》有《内则》篇。

〔12〕肃雍：称颂妇德之辞。

〔13〕险谒：不正当的请托。

〔14〕宣后：齐侯之女，周宣王之后。

【译文】

夏商以前，关于后妃制度的文献记载缺略难详。关于周代的后妃制度，《周礼》上记载，周王后宫设立皇后一人、夫人三人、嫔九人、世妇二十七人、女御八十一人，以充备后宫的职位。皇后为后宫之主，其在后宫的地位，正如天子在朝廷的地位一般。夫人的职责主要是坐而讨论后宫女性的礼仪制度，九嫔主管教授后宫女性应有的妇德、妇言、妇容、妇功等四德，世妇主管负责与丧礼、祭祀、迎送宾客等相关的事务，女御负责安排君王正寝之外的燕寝。后宫就是这样赐授不同的女性官位，分配相应的职务，从而使得各负其责。此外，在天子后宫还特设女史，她们手里拿着杆身漆红的笔，负责记录后宫各级女性的功绩和过失。平日居处，有专职的保阿人员的规训，行动举止则有身上玉制环佩叮当作响声节奏的约束。后妃还有选荐贤淑女子以辅佐国君的职责，所求“窈窕淑女”重在品德而非其美貌。正因如此，所以才能够继承和发扬妇女的教化，将《礼记·内则》篇的那些主教女性礼法的规则得以实现。后妃们做到了肃敬雍和，那些不正当的请托也就不会出现了。因此，历史上周康王夫人出朝迟晚，就有内人诵《关雎》以刺焉；周宣王皇后姜氏起床晚点，就自觉待罪于永巷，承认是自己品德修养不足，从而使君王上朝迟到而失礼。

及周室东迁，礼序凋缺。诸侯僭纵，轨制无章。齐桓有如夫人者六人，晋献升戎女为元妃，终于五子作乱，冢嗣遘屯〔1〕。爰逮战国，风宪愈薄，适情任欲，颠倒衣裳，以至破国亡身，不可胜数。斯固轻礼弛防〔2〕，先色后德者也。

【注释】

〔1〕冢嗣：太子。　遘屯：遇屯卦，屯卦为难，指遭难。

〔2〕弛防：解除防备。

【译文】

等到周王朝将都城东迁到洛阳后，礼仪制度就开始逐渐凋落不全了。诸侯们纷纷任意僭越礼制，各种礼仪制度也变得混乱而没有章法。齐桓公好内嬖，除了三位正室夫人外，还有“如夫人”这样的内嬖六人；而晋献公甚至把出身于戎人部落的骊姬立为正夫人。结果前者导致了齐国不久之后的五子之乱，后者则造成了晋国的太子申生遇难。到了战国，风纪法度更加松弛，国君们为所欲为，后妃制度也变得混乱失序，从而导致国灭君亡的事件数不胜数。这些现象的根本原因就在于对后妃礼仪制度的重视不够，管理不严，在后妃的选择标准上以美貌优先，而不是优先品德。

秦并天下，多自骄大，官备七国，爵列八品。汉兴，因循其号，而妇制莫厘。高祖帷薄不修〔1〕，孝文衽席无辨〔2〕。然而选纳尚简〔3〕，饰玩华少。自武元之后，世增淫费，至乃掖庭三千，增级十四。妖幸毁政之符〔4〕，外姻乱邦之迹，前史载之详矣。

【注释】

〔1〕帷薄不修：家门淫乱的讳语。

〔2〕衽席无辨：指帝王与后妃间生活上不注意礼仪。

〔3〕选纳：选择纳娶。

〔4〕妖幸：指以姿色得幸于君的嫔妃美人。

【译文】

到了秦吞并六国后，秦始皇骄傲自大，广收七国美女充实后宫，又设立了皇后、夫人、美人、良人、八子、七子、长使、少使等八级后宫名号。汉朝建立后，沿袭了秦的很多制度，后妃的制度、名号也没有加以整顿规范。高祖在位时曾一度宠幸戚夫人而轻视吕后，孝文帝则宠幸慎夫人，甚至纵容慎夫人与皇后同席而坐，这些行为对后宫的尊卑秩序造成了极大的破坏。但好在当时后妃选纳这件事情上还比较崇尚简易，用于装饰、玩赏等相关奢侈品的花费还不算多。到了汉武帝、汉元帝，在后宫事项上的用度花费不断增加，甚至后宫妃嫔的人员数量一度高达三千人之多，随着人员数量的增加，后妃的等级名号也不断增加，一度达到了十四级之多，新出现了婕妤、昭仪等名号。一些后妃以美貌获取君王过分的宠幸，为了私利，从而给国家政治造成了不可挽回的损失；而一些因为与国君联姻的外戚家族实力越来越大，结果也成为国家的祸乱之源，这些在前代史籍中都有详细的记载，这里就不赘述了。

及光武中兴〔1〕，斫雕为朴，六宫称号，惟皇后贵人，金印紫绶，俸不过粟数十斛。又置美人宫人采女三等〔2〕，并无爵秩，岁时赏赐充给而已。汉法常因八月算民，遣中大夫与掖庭丞及相工〔3〕，于洛阳乡中阅视良家童女，年十三以上，二十以下，姿色端丽，合法相者〔4〕，载还后宫，择视可否，乃用登御。所以明慎聘纳〔5〕，详求淑哲〔6〕。明帝聿遵先旨，宫教颇修，登建嫔后，必先令德，内无出阃之言〔7〕，权无私溺之授，可谓矫其弊矣。向使因设外戚之禁，编著《甲令》，改正后妃之制，贻厥方来〔8〕，岂不休哉！虽御己有度，而防闲未笃〔9〕，故孝章以下，渐用色授〔10〕，恩隆好合，遂忘淴蠹。

【注释】

〔1〕中兴：特指恢复并非由本人失去的帝位。

〔2〕美人：妃嫔的称号。　采女：汉代六宫称号，因其选自民家，故曰“采女”。

〔3〕相工：旧指以相术供职或为业的人。

〔4〕法相：古代皇宫选择妃嫔、宫女所规定的标准相貌。

〔5〕明慎：明察审慎。　聘纳：问名、纳征，谓以礼娶亲。

〔6〕淑哲：指贞静贤惠之女。

〔7〕出阃：指后宫越职参预官政。

〔8〕贻厥：指留传。　方来：将来。

〔9〕防：堤。　闲：圈栏，引申为防备和禁阻。

〔10〕色授：指优先以美色为标准选纳妃嫔。

【译文】

等到光武帝中兴，重立大汉国号，一切从俭，后宫妃嫔的名号，只有皇后、贵人，佩戴金印紫绶，俸禄不过是几十斛粟米。后来又增加了美人、宫人、采女三个等级的名号，但没有相应的爵位和俸禄，只是在每年的特定节日里给予随机的赏赐，以此补充日常的用度花费。汉代的制度规定要在每年的八月核算全国的人口，这时会委派中大夫、掖庭丞以及精通相术的专业人员，到洛阳周围的基层去进行走访，遇到那些家世出身良好、年龄在十三岁到二十岁之间、长相端庄美丽且符合后宫妃嫔选择标准和要求的年轻女子，就用车子带回后宫进一步审查。经过进一步的审核确认可以留下的人选，就可以被批准正式选入后宫，成为皇帝的妃嫔。之所以要如此明察审慎，严格按照传统婚礼的流程、仪式来从事后嫔的选择，最终的目的都在于力求为皇帝寻求到贞静贤惠的女子作为配偶。此后，东汉明帝时期能够谨遵先帝的命令，后宫的礼仪制度一度被严格遵守：进立皇后、嫔妃，一定是以品德为优先条件。因此，这一时期后妃之中没有出现越职参预外朝政事的行为，皇帝的权力也没有因为特别宠幸哪位后妃而被用于谋求私利。这些做法可谓在一定程度上矫正了后宫制度的弊端。假如当时在此基础上设计出一些禁止外戚权力过分膨胀的制度，写入国家最高法令，以完善后妃之制，并将这样好的后妃之制以法令的形式留给后世，那就太好了。可惜后来的帝王们虽然在自律方面做得绰绰有余，但在对后妃的防闲方面就没能做到那么扎实。因此，到了孝章帝以后，逐渐将权力外授于自己所宠幸的后妃及其父兄，皇帝只顾及与后妃们的浓情蜜意，却将后妃、外戚们对国家政权的蚕食之患置之脑后。

自古虽主幼时艰，王家多衅，委成冢宰，简求忠贞，未有专任妇人，断割重器。唯秦芈太后始摄政事，故穰侯权重于昭王，家富于嬴国[1]。汉仍其谬，知患莫改。东京皇统屡绝，权归女主，外立者四帝，临朝者六后，莫不定策帷帟[2]，委事父兄，贪孩童以久其政，抑明贤以专其威，任重道悠，利深祸速，身犯雾露于云台之上[3]，家缨缧绁于圄犴之下[4]。湮灭连踵，倾辀继路[5]。而赴蹈不息，燋烂为期，终于陵夷大运，沦亡神宝。《诗》《书》所叹，略同一揆[6]。故考列行迹，以为《皇后本纪》。虽成败事异，而同居正号者，并列于篇。其以恩私追尊[7]，非当世所奉者，则随他事附出。亲属别事，各依列传。其馀无所见，则系之此纪，以缵西京《外戚》云尔。

【注释】

〔1〕嬴国：秦国。

〔2〕帷帟（yì）：借指宫闱或后妃。

〔3〕雾露：谓冒霜露犯寒暑而死。　云台：汉宫中高台名。汉光武帝时，用作召集群臣议事之所。

〔4〕缧绁：捆绑犯人的绳索。引申为牢狱。　圄犴（àn）：牢狱。

〔5〕倾辀：翻倒的车，比喻失败的前事。　继路：不绝于路。

〔6〕一揆：谓同一道理。

〔7〕恩私：犹恩宠。　追尊：为死者追加尊号。

【译文】

自古以来虽然国君年幼，时局艰难，皇室多难的情况也时有发生，但一般的做法是拣选忠诚而坚贞的宰相委任而责成之，没有单独依靠太后来裁决政事的。到了秦国昭襄王时芈太后开始代国君处理国政，因此太后的异父弟穰侯魏冉的权力一度比昭襄王还要大，并且富可敌国。到了西汉仍沿袭了让外戚掌权的错误做法，虽然知道这样做的祸患，但也没有及时改正。东汉时期皇室的统绪屡次断绝，皇权也多次被太后所执掌。其中，由外戚所拥立的幼帝有四位，而临朝执政的太后则有六位。这些太后都是身在后宫而决定国家方略，往往将国家政事委任于自己的父亲或兄长。他们喜欢拥立幼童为帝，以便长期掌握国家政权；常常打压朝中的贤能，以便独擅其威势。身负国家重任，而任重道远；占有了最大的利益，而利益越多则越容易招来祸事。像窦太后那样被幽禁于南宫云台，身感“雾露”而卒者不胜枚举；而举族被捆绑系于牢狱的外戚之家也多见。这些外戚之家一个接一个被消灭，他们的衰亡事作不绝于路。尽管如此，他们仍然在这条政治权力逐鹿的道路上前赴后继，直至家毁人亡。最后的结局则是毁掉了东汉的天命，沦丧了刘氏的政权。与《诗经》《尚书》里面所感叹的，简直如出一辙。因此，考订编排她们的生平事迹，作为《皇后本纪》。虽然，东汉的皇后们，有的成功，有的失败，功过不同，但只要是有正式名号者，都置于本篇。那些因皇帝出于对生母的私恩而在其死后追封，而非生前所获得名号者，则随相关人物、事件附带叙述，不放在此篇。至于皇后们的相关亲属的事迹，则另置于列传中。其余的一些妃嫔，在别的纪传中鲜有其相关事迹，则亦将其生平事迹置于此《皇后纪》，这是延续《汉书·外戚传》的做法。

（本卷译注：孙艳庆）

文选卷第五十

史论下

后汉书二十八将传论　范蔚宗（范晔）

【题解】

本文叙列东汉建立的过程中，二十八位功臣因缘际会，建立功勋，裂土封侯之事。

论曰：中兴二十八将[1]，前世以为上应二十八宿[2]，未之详也。然咸能感会风云[3]，奋其智勇，称为佐命[4]，亦各志能之士也。

【注释】

〔1〕二十八将：指帮助东汉光武帝建立政权的二十八个有功的武将。

〔2〕二十八宿：古代天文学家把黄道的恒星分成二十八个星座，称为二十八宿。

〔3〕风云：比喻人的际遇。

〔4〕佐命：古代帝王得天下，自称是上应天命，故称辅佐帝王创业为“佐命”。

【译文】

评论说：东汉光武中兴汉朝的二十八位大将，前代人认为他们对应天上的二十八星宿，其中的详细情形并不了解。不过他们都能君臣相得如风云际会，努力展示他们的智慧和勇毅，被称为辅佐帝王命世立业的能人，也是有志向能力的士人。

议者多非光武不以功臣任职[1]，至使英姿茂绩[2]，委而勿用。然原夫深图远算，固将有以为尔。若乃王道既衰，降及霸德[3]，犹能授受惟庸[4]，勋贤兼序，如管、隰之迭升桓世[5]，先、赵之同列文朝[6]，可谓兼通矣。降自秦、汉，世资战力，至于翼扶王室[7]，皆武人屈起。亦有鬻缯盗狗轻猾之徒[8]，或崇以连城之赏[9]，或任以阿衡之地[10]，故势疑则隙生，力侔则乱起。萧、樊且犹缧绁[11]，信、越终见菹戮[12]，不其然乎！自兹以降，讫于孝武[13]，宰辅五世，莫非公侯。遂使缙绅道塞[14]，贤能蔽壅[15]，朝有世及之私[16]，下多抱关之怨[17]。其怀道无闻，委身草莽者，亦何可胜言。故光武鉴前事之违，存矫枉之志，虽寇、邓之高勋[18]，耿、贾之鸿烈[19]，分土不过大县数四，所加特进朝请而已[20]。观其治平临政，课职责咎，将所谓导之以法，齐之以刑者乎！

【注释】

〔1〕光武：东汉皇帝刘秀。

〔2〕茂绩：丰功伟绩。

〔3〕霸德：霸道。

〔4〕惟庸：功劳。

〔5〕管、隰：齐桓公时的管仲和隰朋。

〔6〕先、赵：晋文公时的先轸和赵衰（cuī）。

〔7〕翼扶：扶助。

〔8〕鬻缯盗狗：西汉灌婴和樊哙，灌婴曾以贩缯为业，樊哙以屠狗为业。

〔9〕连城：珍贵之物。

〔10〕阿衡：引申为任国家辅弼之任，宰相之职。

〔11〕萧、樊：西汉萧何和樊哙。　缧绁：牢狱。

〔12〕信、越：西汉韩信和彭越。　菹戮：杀戮。

〔13〕孝武：西汉武帝刘彻。

〔14〕缙绅：借指士大夫。

〔15〕蔽壅：蒙蔽。

〔16〕世及：世袭。

〔17〕抱关：监门。借指小吏的职务，也借指职位卑微。

〔18〕寇、邓：光武帝时的寇恂和邓禹。寇恂官至执金吾，封雍奴侯；邓禹为大司徒，封高密侯。

〔19〕耿、贾：光武帝时的耿弇和贾复，耿弇封好畤侯，贾复封胶东侯。

〔20〕特进：官名。授予列侯中有特殊地位的人。　朝请：朝见皇帝。

【译文】

批评者多批评朝廷不用功臣来担任要职，以至于使才智出众功绩显赫的士人，被遗弃不用。但从皇帝的深谋远虑来推想，他的作法本就该这样。自从王道衰落以后，降及春秋之后以武力称霸天下的观念盛行，仍能以功勋授予官职或授受封赏，按功勋和贤能两种方式兼用来排定顺序，如管仲、隰朋在齐桓公时相继升任，先轸、赵衰在晋文公时共同执政，他们可以说是功绩和贤能兼有了。到秦汉之后，社会需要勇武有力的人，至于辅助帝王立业的，都是勇武之人涌现。也有卖布杀狗轻佻狡猾之徒，他们有的得到连城的封赏，有的获得宰相一样的封地，所以大臣位高权重就会导致君臣之间出现嫌隙，诸侯力量与朝廷相等就会引发动乱。萧何、樊哙尚且被拘缚囚禁，韩信、彭越最终被剁成肉酱，不是这样吗！从高祖之后，到汉孝武止，五世宰辅大臣，没有不是公侯的。于是高官显贵堵塞官途，贤能之士被遮蔽阻挡，朝廷大臣有世袭的私恩，低层士人多有守关的怨愤。那些有才能却默默无闻、埋没在草野的贤士，哪里数得完。所以光武借鉴前代用人之失，心存矫正枉曲的想法，即使寇恂、邓禹有显赫的勋绩，耿弇、贾复有巨大的功劳，分封得到的土地也不过是四个大县，另加特进和朝请等头衔而已。考察光武帝治理天下处理政事，考核官员职务追究官员过失，大概也就是所谓的以礼法来疏导，用刑罚来整顿吧！

若格之功臣，其伤已甚。何者？直绳则亏丧恩旧[1]，挠情则违废禁典[2]，选德则功不必厚，举劳则人或未贤，参任则群心难塞[3]，并列则其弊未远。不得不校其胜否，即事相权。故高秩厚礼[4]，允答元功，峻文深宪，责成吏职。建武之世，侯者百数，若夫数公者，则与参国议，分均休咎[5]，其余并优以宽科[6]，完其封禄，莫不终以功名，延庆于后[7]。昔留侯以为高祖悉用萧、曹故人[8]，郭伋亦议南阳多显[9]，郑兴又戒功臣专任[10]。夫崇恩偏授，易启私溺之失，至公均被，必广招贤之路，意者不其然乎！

【注释】

〔1〕直绳：以法制裁。

〔2〕挠情：曲徇私情。

〔3〕参任：参合任用。

〔4〕高秩：优厚的俸禄。

〔5〕休咎：善恶。

〔6〕宽科：宽大的科条。

〔7〕延庆：延续福祚。

〔8〕留侯：汉初张良以功封留侯。

〔9〕郭伋：东汉扶风茂陵人。曾建议光武帝不应该专用南阳人为官。

〔10〕郑兴：东汉河南开封人。曾上疏指出朝廷多用功臣。

【译文】

如果只用有功大臣，其危害就会严重。为什么呢？严格地按法律处置就伤了旧日的恩情，徇情不究又败坏法令，选用有品德的人那他的功劳就不一定很高，录用有功劳的人那他的道德就可能有欠缺，若选德弃功参差杂用，那诸位大臣的怨愤就可以抚平，若论功和弃德并列于朝，那祸乱的弊端就很近了。因此不得不比较各种用人法的优劣，根据情况权衡轻重。所以光武帝用高爵厚礼来报答开国元勋，用苛刻严厉的法令来督促官吏尽责。光武帝建武年间，封侯者有数百人，而只有邓禹、吴汉数公，才参与国家大事的计议，共同分担成败祸福，其他人都给予优厚的待遇，使他们的封赏俸禄完备，无不终生享有功绩名声，并且流传给后代。过去张良认为汉高祖全部任用萧何、曹参等故旧亲人，郭伋也批评光武帝的故乡南阳的士人多得高官，郑兴又告诫朝廷要多用功臣。推重旧恩而徇私任官，就容易导致徇私宠溺的过失，公正公平地录用官员，必定拓宽招贤的道路，想来事实不是这样吗！

永平中，显宗追感前世功臣〔1〕，乃图画二十八将于南宫云台〔2〕，其外又有王常、李通、窦融、卓茂〔3〕，合三十二人。故依本第，系之篇末，以志功次云尔。

【注释】

〔1〕显宗：汉明帝的庙号。

〔2〕南宫：秦汉宫名。　云台：汉宫中高台名。汉明帝时因追念前世功臣，图画邓禹等二十八将于南宫云台，后用以泛指纪念功臣名将之所。

〔3〕王常：官至横野大将军，封山桑侯。　李通：官至大司空，封固始侯。　窦融：官至大司空，封安丰侯。　卓茂：官至太傅，封褒德侯。

【译文】

明帝永平年间，显宗追思感念前代的有功大臣，就在南宫云台上绘画了二十八位大将的图像，另外又加上王常、李通、窦融、卓茂，总共三十二人。所以根据原来的次序，放在篇末，用来记述他们的功绩次第。

后汉书宦者传论 范蔚宗（范晔）

【题解】

宦者，即宦官。本文是宦官史纲，主要勾勒宦官发展的源流变迁轨迹。

《易》曰："天垂象，圣人则之。"宦者四星，在皇位之侧，故《周礼》置官，亦备其数。阍者守中门之禁[1]，寺人掌女宫之戒[2]。又云："王之正内者五人。"《月令》："仲冬，阉尹审门闾[3]，谨房室。"《诗》之《小雅》，亦有《巷伯》刺谗之篇[4]。然宦人之在王朝者，其来旧矣。将以其体非全气，情志专良，通关中人，易以役养乎？然而后世因之，才任稍广。其能者，则勃貂、管苏有功于楚、晋[5]，景监、缪贤著庸于秦、赵[6]。及其弊也，竖刁乱齐[7]，伊戾祸宋[8]。

【注释】

〔1〕阍者：守门人。

〔2〕寺人：古代宫中的近侍小臣，多以阉人担任。　女宫：因罪或从坐进入宫中服役的女子。

〔3〕阉尹：管领太监的官。

〔4〕《巷伯》：《诗经》中的篇名。这是寺人被谗受害而作的怨诗。

〔5〕勃貂：即寺人披，他曾经向晋文公告诫，说吕、郤要焚烧公宫而弑晋侯。　管苏：楚恭王的侍人，以义规劝恭王。

〔6〕景监：秦孝公的宠臣，他向孝公引见商鞅。　缪贤：赵惠文王时的宦官头领，他向惠文王推荐了蔺相如。

〔7〕竖刁：春秋时齐桓公的宦官，他在齐桓公死后，恃宠争权，诛杀大臣，致齐国大乱。

〔8〕伊戾：春秋时宋平公时的宦官，他跟随宋太子在野外宴请楚国访晋的使者，又向宋平公进谗言，说宋太子与楚使结盟为乱，致使太子被杀。

【译文】

《周易》说："上天显示天象，圣人效仿它。"天上的宦者星座有四颗星，在帝座的旁边，所以《周礼》设置官员，宦官也在其中。阍人掌守中门的护卫，寺人掌管宫女的戒令。又说："君王的正寝设有五个寺人。"《月令》记载："农历十一月，阉官头领检查宫门禁闭，防范后宫。"《诗经》中的《小雅》，也有《巷伯》讽刺寺人进谗言的诗篇。这样看来宦官在朝廷中服役，由来已久了。大概是由于他们身体已被阉割，情感思想专一良顺，可接触宫中嫔妃，容易驱使吧？但后代沿用宦官，任用稍微有所扩大。那些能力强的，如勃貂、管苏有功于楚国和晋国，景监、缪贤使普通人显名于秦国和赵国。等到任用宦官的弊端出现，则有竖刁祸乱齐国，伊戾祸害宋国。

汉兴，仍袭秦制，置中常侍官〔1〕。然亦引用士人，以参其选，皆银珰左貂，给事殿省〔2〕。及高后称制，乃以张卿为大谒者〔3〕，出入卧内，受宣诏令。文帝时，有赵谈、北宫伯子〔4〕，颇见亲幸。至于孝武，亦爱李延年〔5〕。帝数宴后庭，或潜游离馆，故请奏机事，多以宦人主之。元帝之世，史游为黄门令〔6〕，勤心纳忠，有所补益。其后弘恭、石显以佞险自进〔7〕，卒有萧、周之祸〔8〕，损秽帝德焉。

【注释】

〔1〕中常侍：官名。出入宫廷，侍从皇帝。

〔2〕给事：供职。

〔3〕张卿：张释，字子卿，吕太后时的宦官。

〔4〕赵谈、北宫伯子：二人都是汉孝文帝时的宦官。

〔5〕李延年：汉武帝宠妃李夫人之兄，因犯法而遭宫刑。

〔6〕史游：人名，生卒年不详。汉元帝时的黄门令。著《急就篇》。

〔7〕弘恭、石显：二人都是元帝时的宦官。

〔8〕萧、周：前将军萧望之和光禄大夫周堪。二人建议罢免中书宦官，因此得罪石显。萧望之被迫自杀，周堪被禁锢。

【译文】

汉朝建立后，仍然沿袭秦朝的制度，设置中常侍的官职。但也引用士人，与宦官一起参选，他们都戴着左边用貂尾作装饰的银冠，在宫殿中供职。到吕太后临朝摄政时，就用宦官张卿为大谒者，出入吕后卧室，接受和宣示诏书政令。文帝时，宦官赵谈、北宫伯子，颇受皇帝宠幸。到了孝武帝时，也宠爱李延年。皇帝多次在后宫设宴，或者秘密游玩离宫别馆，所以官员请求上奏机密大事，大多由宦官来主持代理。元帝时，史游做黄门令，勤奋忠诚，对政事有所补益。此后弘恭、石显凭着谗佞奸险揽权，最后迫使萧望之、周堪自杀的大祸，损害玷污了皇帝的仁德。

中兴之初，宦官悉用阉人，不复杂调他士。至永平中，始置员数，中常侍四人，小黄门十人〔1〕。和帝即祚幼弱，而窦宪兄弟专总权威〔2〕，内外臣僚，莫由亲接，所与居者，惟阉官而已。故郑众得专谋禁中〔3〕，终除大憝〔4〕，遂享分土之封，超登宫卿之位。于是中官始盛焉。

【注释】

〔1〕小黄门：汉代低于黄门侍郎一级的宦官。

〔2〕窦宪：汉章帝窦皇后之兄。和帝即位，太后临朝，窦宪与其弟窦笃等专权。

〔3〕郑众：汉和帝时的宦官，他首谋诛杀窦宪，被封鄛乡侯。

〔4〕大憝（duì）：极为人所怨恶。

【译文】

东汉初期，宦官都用阉人，不再杂选其他士人。到了明帝永平时，开始设置人数，中常侍有四人，小黄门有十人。和帝即位时年纪还小，而且外戚窦宪兄弟总揽大权，朝廷内外官员，无法与皇帝接触，跟皇帝居处者，只有宦官而已。所以郑众有机会在宫中专心谋划，最终除掉大恶窦宪，享受分土为侯的封赏，越级封为大长秋。从那时起宦官的权势开始膨胀。

自明帝以后，迄乎延平，委用渐大，而其资稍增，中常侍至有十人，小黄门亦二十人，改以金珰右貂，兼领卿署之职。邓后以女主临政〔1〕，而万机殷远，朝臣图议，无由参断帷幄，称制下令，不出房闱之间，不得不委用刑人〔2〕，寄之国命。手握王爵，口含天宪〔3〕，非复掖庭永巷之职〔4〕，闺牖房闱之任也。其后孙程定立顺之功〔5〕，曹腾参建桓之策〔6〕，续以五侯合谋〔7〕，梁冀受钺〔8〕，迹因公正，恩固主心，故中外服从，上下屏气。或称伊、霍之勋〔9〕，无谢于往载；或谓良、平之画〔10〕，复兴于当今。虽时有忠公，而竟见排斥。举动回山海，呼吸变霜露。阿旨曲求，则宠光三族；直情忤意，则参夷五宗〔11〕。汉之纲纪大乱矣。

【注释】

〔1〕邓后：和熹邓后。

〔2〕刑人：特指宦官。

〔3〕天宪：朝廷法令。

〔4〕掖庭：宫中官署名，掌后宫贵人采女事，以宦官为令丞。秦称永巷，汉武帝时改称掖廷。

〔5〕孙程：汉安帝时的宦官，安帝死后，他带领十八人迎立顺帝。

〔6〕曹腾：汉顺帝时的宦官，与州辅等七人定策迎立桓帝，被封费

亭侯。

〔7〕五侯：汉桓帝封宦官唐衡、单超、左悺、徐璜、具瑗为侯。

〔8〕梁冀：东汉外戚，两妹分别为顺帝、桓帝之后。

〔9〕伊：商汤的贤臣伊尹，他受命辅佐商汤之孙太甲，但太甲荒淫失度，所以他把太甲放逐到桐宫，三年后才迎回来。　霍：霍光，他受汉武帝遗命辅佐昭帝。昭帝死后，他先迎立昌邑王刘贺，后又废掉昌邑王而迎立宣帝。

〔10〕良、平：西汉张良和陈平。二人多为刘邦出谋划策。

〔11〕参夷：诛灭三族的酷刑。　五宗：五世，指高祖、曾祖、祖、父、己身五代。

【译文】

从明帝以后，一直到安帝延平年间，对宦官的依赖越来越大，而人员稍稍增多，中常侍有十人，小黄门也有二十人，改成右边用貂尾作装饰的金冠，兼任卿署的职位。邓太后以女帝身份临朝处理政事，政务繁多又远离大臣，朝中大臣谋议国事，没办法参与宫闱中的决断，邓后制订发布政令，不出后宫房闱之间，所以不得不任用宦官，把国家命运寄托在他们身上。宦官手握权柄，口中宣示皇帝的命令，不再是掖庭永巷的小职位，后宫门窗下的差役了。此后宦官孙程建立拥立顺帝的功绩，曹腾参与谋划扶立桓帝的策略，接着因五侯合谋，外戚梁冀被斩首，他们行为公正，拥立之恩使皇帝信任，所以朝廷内外都信服，朝野上下都畏惧。有的人称颂他们的功绩像伊尹、霍光一样，无愧于古人；有的人说他们的谋划如张良、陈平一样，重现于当时。即使当时有忠贞公正的大臣，也纷纷被他们排斥。他们的一举一动都能搅动山海，一呼一吸都能变成霜露。迎合顺从他们，那恩宠就能光耀三族；任意违背他们，那就会被诛灭五宗。汉朝的法令制度大乱了。

若夫高冠长剑，纡朱怀金者，布满宫闼；苴茅分虎[1]，南面臣民者，盖以十数。府署第馆，基列于都鄙[2]；子弟支附，过半于州国。南金、和宝、冰纨、雾縠之积，盈牣珍藏；嫱媛、侍儿、歌童、舞女之玩，充备绮室。狗马饰雕文，土木被缇绣。皆剥割萌黎[3]，竞恣奢欲。构害明贤，专树党类。其有更相援引，希附权强者，皆腐身熏子[4]，以自衒达[5]。同弊相济，故其徒有繁，败国蠹政之事，不可殚书。所以海内嗟毒，志士穷栖，寇剧缘间，摇乱区夏。虽忠良怀愤，时或奋发，而言出祸从，旋见孥戮。因复大考钩党，转相诬染。凡称善士，莫不罹被灾毒。窦武、何进[6]，位崇戚近，乘九服之嚣怨[7]，协群英之势力，而以疑留不断，至于殄败。斯亦运之极乎！虽袁绍龚行[8]，芟夷无余，然以暴易乱，亦何云及！自曹腾说梁冀，竟立昏弱。魏武因之，遂迁龟鼎[9]。所谓"君以此始，必以此终"，信乎其然矣！

【注释】

〔1〕苴茅：古代帝王分封诸侯时，用该方颜色的泥土，覆以黄土，包以白茅，授予受封者，作为分封土地的象征。　分虎：分虎符，将虎状符节的一半给受封者作为信物。

〔2〕都鄙：京城和边邑。

〔3〕萌黎：黎民，百姓。

〔4〕熏子：阉割，去势。

〔5〕衒达：显达。

〔6〕窦武：汉桓帝皇后之父，曾经想诛杀宦官，反被宦官曹节矫诏诛杀。　何进：汉灵帝皇后之兄，欲杀宦官，反被宦官所杀。

〔7〕九服：指全国各地区。　嚣怨：喧嚣怨怒。

〔8〕袁绍：东汉汝南人。何进被杀后，他引兵入宫，杀掉所有宦官。

〔9〕龟鼎：元龟与九鼎。古时为国之重器，因以比喻帝位。

【译文】

至于那些戴高冠佩长剑，系结红丝带金印的宦官，布满了后宫；白茅包土剖分虎符而封侯，南面称孤的宦官，大概有十数人。他们的官府署衙府第住宅，遍布于都邑各处；他们的子弟亲属为官者，超过州国官员的一半。南方的金子、和氏的璧玉、洁白的细绢、轻薄如雾的绉纱等珍宝，堆满府库；嫱媛、侍儿、歌童、舞女等玩物，充满了华丽的居室。狗马披着丝锦，土墙木柱装饰着金黄色的锦绣。都是剥削百姓得来的财物，竞相恣意展示他们的奢侈的欲望。陷害贤良之士，专门树立同党。更有一些人互相勾结，希望攀附阉党，都自行阉身去势，以求自己闻名升官。同恶相济，所以他们的党羽繁多，危害国家损害朝政的事情，难以书写。所以天下慨叹其恶毒，仁人志士远远地隐居，盗贼趁机而起，扰乱华夏。即使忠贞贤良的士人心怀愤慨，有时奋起反击，但话出祸来，立刻就被诛杀。宦官趁机拷打党人，迫使党人转相诬陷。凡是被称为善良的人，无不惨遭毒害。窦武、何进，位高权重又是皇亲，借天下民怨沸腾之机，协调各位英雄的力量想要诛杀宦官，但由于他们迟疑不决，导致失败。这是国运到头了吧！虽然袁绍恭行天命，杀戮宦官殆尽，但他用自己的暴乱替换宦官的祸乱，又有什么可说的呢！自从曹腾劝说梁冀，最后扶立了昏庸软弱的桓帝。魏武帝曹操利用昏弱之君，篡权夺位。这就是所谓“君子以这种方式开始，必定以这种方式结束”，确实是这样啊！

后汉书逸民传论 范蔚宗（范晔）

【题解】

逸民，遁世隐居的人。本文叙述隐士归隐的目的是为了远祸全身，也是他们的天性节操所致。

《易》称“《遁》之时义大矣哉”。又曰：“不事王侯，高尚其事。”是以尧称则天，而不屈颍阳之高[1]；武尽美矣[2]，终全孤竹之洁[3]。自兹以降，风流弥繁，长往之轨未殊，而感致之数匪一。或隐居以求其志，或回避以全其道，或静己以镇其躁，或去危以图其安，或垢俗以动其概，或疵物以激其清。然观其甘心畎亩之中，憔悴江海之上，岂必亲鱼鸟乐林草哉，亦云介性所至而已[4]。故蒙耻之宾，屡黜不去其国；蹈海之节，千乘莫移其情。适使矫易去就，则不能相为矣。彼虽硁硁有类沽名者[5]，然而蝉蜕嚣埃之中[6]，自致寰区之外，异夫饰智巧以逐浮利者乎！荀卿有言曰“志意修则骄富贵，道义重则轻王公”也。

【注释】

〔1〕颍阳之高：尧想把天下让给许由，许由不愿意接受，所以隐居到颍水之阳，即颍水北边。

〔2〕武尽美：孔子曾称赞《武》乐“尽美矣，未尽善也”。

〔3〕孤竹：伯夷、叔齐是商朝孤竹国君的儿子，周武王灭商后，他们不食周粟，饿死于首阳山。

〔4〕介性：耿直的天性。

〔5〕硁硁（kēng）：肤浅而固执。

〔6〕蝉蜕：比喻洁身高蹈。　器埃：纷扰的尘世。

【译文】

《周易》说“《遁》卦把握时机的道理真伟大啊”。又说：“不为王侯做事，保持高尚的气节。”所以尧被称赞为能效法上天，而不逼迫许由放弃归隐的高节；周武王被称完美，最终能够成全孤竹君之子的高洁。从那以后，隐居之风日益盛行，归隐的方法没有不同，但感慨而归隐的缘由却不同。有的人隐居是为了追求自己的理想，有的人归隐是为了保存他的信仰，有的人静心隐居是为了压制内心的躁动，有的人离开险境归隐是为了谋求自身的安全，或批判浊世以发扬其节操，或非议流弊以激浊扬清。但看他们甘心情愿地生活在田野中，形容枯槁地隐居在海边，哪里只是喜欢鱼鸟山林啊，也是他们的耿直本性使他们这样的。因此蒙受耻辱的宾客，屡次被罢黜都不离开国家；隐逸的心愿，即使封侯也不能改变他的意志。倘若互换他们不离故国和归隐的行为，那他们就很难坚守自己的志向了。那些隐者虽然看起来有点浅薄固执而像沽名钓誉，但他们在尘世中超凡脱俗，置身世俗社会之外，不同于那些用智谋和巧诈来追逐虚浮禄利的人！荀卿说过“志气高洁就轻视富贵，道义尊崇就鄙视王公”。

汉室中微，王莽篡位〔1〕，士之蕴藉义愤甚矣〔2〕。是时裂冠毁冕，相携持而去之者，盖不可胜数。杨雄曰：“鸿飞冥冥，弋人何篡焉。”言其违患之远也。光武侧席幽人，求之若不及，旌帛蒲车之所征贲〔3〕，相望于岩中矣。若薛方、逢萌聘而不肯至〔4〕，严光、周党、王霸至而不能屈〔5〕。群方咸遂，志士怀仁，斯固所谓举逸人则天下归心者乎？肃宗亦礼郑均而征高凤〔6〕，以成其节。自后帝德稍衰，邪孽当朝，处子耿介，与卿相等列，至乃抗愤而不顾，多失其中行焉。盖录其绝尘不及，同夫作者，列之此篇。

【注释】

〔1〕王莽：西汉济南人，新朝的建立者。

〔2〕蕴藉：宽厚而有涵养。

〔3〕旌帛：汉廷招聘民间人才，致送束帛，表示旌贤。　蒲车：以蒲草裹轮之车，古代征聘隐士或年迈贤士时使用。　征贲（bì）：征聘。

〔4〕薛方：王莽以安车相迎，但他不肯入仕。　逄（páng）萌：王莽杀死他的儿子，他带领族人客居辽东。

〔5〕严光：光武帝即位后，登门请他入仕，但被他拒绝。　周党：光武帝征他出仕，他不肯接受。　王霸：光武帝时，应征到京，但不久即辞归。

〔6〕郑均：东汉章帝时，召为尚书，数献忠言，深受敬重之。　高凤：东汉章帝时，高凤托病逃归，隐居不出。

【译文】

汉朝中道衰微，王莽篡夺王位，即使温恭宽和的士人也激于道义而非常愤慨。当时撕毁冠冕不做官，互相扶持而离开朝廷的人，多得数不过来。杨雄说："鸿雁高飞到遥远的天空，打猎者怎能射到它。"说的是贤人避祸而远走了。光武帝侧坐席子以待隐士，担心所求的隐士不来，于是派人送上束帛又用蒲车迎接他们，这些使者在隐士所处的山岩中互望等候。像薛方、逢萌被征召但不肯来朝，严光、周党、王霸虽然来朝但却不愿屈志为官。各位贤士都能顺遂自己的心愿，有志之士感激皇帝有仁爱之心，这就是所谓的征用隐士而天下人就会心悦诚服地归顺吧？肃宗章皇帝重用贤士郑均但征召隐士高凤，二人入仕或归隐的愿望都实现，成就了他们的节操。此后帝德逐渐衰落，宦官之类的邪恶之人专权，士子坚持操守，不愿与朝中公卿将相同朝为官，至于有士人高傲怨愤而不顾君臣之节者，就失了他们应当秉持的中庸之德了。所以记录那些脱离尘俗隐居，类似于长沮、桀溺、丈人、石门、荷蒉、仪封人、楚狂接舆之类的隐士，列在此篇。

宋书谢灵运传论　沈休文（沈约）

【题解】

谢灵运，南朝宋陈郡阳夏人，晋时袭封康乐公，又称谢康乐。南朝著名山水诗人。本文附于《宋书·谢灵运传》后，梳理和评价了萧齐以前的诗歌发展情况，阐明其文学主张。

史臣曰：民禀天地之灵，含五常之德，刚柔迭用，喜愠分情。夫志动于中，则歌咏外发，六义所因[1]，四始攸系[2]，升降讴谣，纷披风什。虽虞夏以前，遗文不睹，禀气怀灵，理或无异。然则歌咏所兴，宜自生民始也。

【注释】

〔1〕六义：《毛诗序》称风、赋、比、兴、雅、颂为六义。

〔2〕四始：《毛诗序》以风、大雅、小雅、颂为四始。

【译文】

史臣说：人禀受天地的灵气，含有五行的品德，性格或刚或柔交替而用，喜怒不同。人的情感在心中萌动，就用歌咏向外发泄，这是《诗经》六义的由来，也是《诗经》四始所关联的，歌唱之声或高或低，《风》《雅》之音纷纷传唱。即使虞舜、禹夏以前，流传的诗文不见，但人禀天地灵气，情动而歌的道理应该与现在没有区别。那么诗歌的产生，应该在人类产生时就出现了。

周室既衰，风流弥著，屈平、宋玉导清源于前，贾谊、相如振芳尘于后，英辞润金石，高义薄云天。自兹以降，情志愈广。王褒、刘向、杨、班、崔、蔡之徒[1]，异轨同奔，递相师祖。然清辞丽曲，时发乎篇，而芜音累气，固亦多矣。若夫平子艳发[2]，文以情变，绝唱高踪，久无嗣响。至于建安，曹氏基命，三祖、陈王[3]，咸蓄盛藻，甫乃以情纬文，以文被质。

【注释】

〔1〕杨：杨雄，西汉辞赋家。　班：班固，东汉史学家、诗赋家。

崔：崔骃，东汉文学家。　蔡：蔡邕，东汉文学家。

〔2〕平子：张衡，字平子，东汉文学家。

〔3〕三祖：魏武帝曹操、魏文帝曹丕、魏明帝曹叡。　陈王：曹植生前封陈王，死后谥“思”。

【译文】

周王朝衰落以后，诗歌的流播更显著，屈原、宋玉在前面打开了清澈的源头，贾谊、司马相如紧跟在后面扬起香尘，他们的优美文辞可刻于金石并使之生辉，作品中高洁的义理切近云天。从那以后，诗歌所写的思想情感越来越宽广。王褒、刘向、杨雄、班固、崔骃、蔡邕这些人，创作方式不同而致力于作诗的行为却是相同的，一个接一个地效法前人。但清新的诗句和瑰丽的曲韵，时时出现在诗篇中，而芜杂之音和混浊之气也有很多。至于张衡文采焕发，文辞随情感的需要而发生变化，他最好的作品造诣极高，很久都没有人能延续他的风格体式。到了建安时期，曹操父子始承天命，曹氏三祖和陈思王都极有文采，开始围绕情思组织文辞，用文辞雕饰思想内容。

自汉至魏，四百馀年，辞人才子，文体三变。相如工为形似之言，二班长于情理之说[1]，子建、仲宣以气质为体[2]。并摽能擅美，独映当时。是以一世之士，各相慕习，源其飙流所始，莫不同祖《风》《骚》。徒以赏好异情，故意制相诡。

【注释】

〔1〕二班：班彪和班固。

〔2〕子建、仲宣：曹植和王粲。

【译文】

从汉到魏，四百多年，文人才子的创作，他们的文章风格经历三次变化。司马相如善于创作摹写事物情状的辞赋，班彪、班固擅长抒情说理的文章，曹植、王粲以各自的天赋气质为本。他们都展示了文学创作的才能，写出极美的作品，独自照耀他们的时代。因此，当代文士，都对其仰慕学习，但追溯其本源，无不是共同取法《诗经》和《楚辞》。只是因欣赏和喜好不同，所以作品的内容和体制也发生变化罢了。

降及元康，潘、陆特秀〔1〕，律异班、贾〔2〕，体变曹、王〔3〕，缛旨星稠，繁文绮合。缀平台之逸响〔4〕，采南皮之高韵〔5〕，遗风余烈，事极江右。在晋中兴，玄风独扇，为学穷于柱下〔6〕，博物止乎七篇〔7〕。驰骋文辞，义殚乎此。自建武暨于义熙，历载将百，虽比响联辞，波属云委，莫不寄言上德，托意玄珠，遒丽之辞，无闻焉尔。仲文始革孙、许之风〔8〕，叔源大变太元之气〔9〕。

【注释】

〔1〕潘、陆：潘岳和陆机。

〔2〕班、贾：班固和贾谊。

〔3〕曹、王：曹植和王粲。

〔4〕平台之逸响：汉代梁孝王刘武，在大梁城的平台，经常与邹阳等辞赋家游宴作赋。

〔5〕南皮之高韵：魏文帝曹丕经常与吴质等人在南皮游宴作文。

〔6〕柱下：指老子，他曾为周的柱下史。

〔7〕七篇：指《庄子》，因其《内篇》共有七篇。

〔8〕仲文：殷仲文，东晋文学家。　孙、许：孙绰和许询，是东晋玄言诗风的代表。

〔9〕叔源：谢混，字叔源，东晋文学家。　太元：是东晋孝武帝司马曜的年号。

【译文】

到了晋惠帝元康年间，潘岳、陆机特别优秀，他们的文法不同于班固、贾谊，风格改变了曹植、王粲的旧式，思想内容繁杂如同群星般稠密，辞采华丽如丝绸般美艳。他们继承了平台学士的辞赋风格，吸取了南皮文士的诗文成就，他们的诗风和创作业绩，在西晋达到了顶点。东晋中兴，玄学风气独盛，求学者穷力钻研老子的思想，博学者只重视庄子的内篇。在文学创作上，思想内容全表现老庄意旨。从愍帝建武年间到安帝义熙年间，经历近百年，虽然排比音律联缀辞藻进行文学创作者如波涛相连云彩堆叠，但无不是以诗文来叙写老子的无为思想，寄托庄子的玄深哲理，至于刚劲华丽的文辞，就没听说过了。殷仲文开始革新孙绰、许询他们的玄言诗风，谢混大大改变了孝武帝太元时期的风气。

爰逮宋氏，颜、谢腾声〔1〕，灵运之兴会摽举〔2〕，延年之体裁明密〔3〕，并方轨前秀〔4〕，垂范后昆。若夫敷衽论心〔5〕，商榷前藻〔6〕，工拙之数，如有可言。夫五色相宣〔7〕，八音协畅〔8〕，由乎玄黄律吕〔9〕，各适物宜。欲使宫羽相变，低昂舛节〔10〕，若前有浮声〔11〕，则后须切响〔12〕。一简之内，音韵尽殊；两句之中，轻重悉异。妙达此旨，始可言文。至于先士茂制，讽高历赏，子建“函京”之作，仲宣“灞岸”之篇，子荆“零雨”之章〔13〕，正长“朔风”之句，并直举胸情，非傍诗史，正以音律调韵，取高前式。自灵均以来，多历年代，虽文体稍精，而此秘未睹。至于高言妙句，音韵天成，皆暗与理合，匪由思至。张、蔡、曹、王，曾无先觉，潘、陆、颜、谢，去之弥远。世之知音者，有以得之，此言非谬。如曰不然，请待来哲。

【注释】

〔1〕颜、谢：颜延之和谢灵运。

〔2〕兴会：指诗文情致。　摽举：昂扬。

〔3〕体裁：文风词藻。　明密：明丽细致。

〔4〕方轨：并驾齐驱。

〔5〕敷衽论心：犹促膝谈心。

〔6〕“商榷”句：讨论评价前人的作品。

〔7〕五色：青、赤、黄、白、黑。

〔8〕八音：金、石、土、革、丝、木、匏、竹等八类乐器。

〔9〕玄黄：代指颜色。　律吕：代指音律。

〔10〕“低昂”句：指文字音节的高低变化。

〔11〕浮声：指清音。

〔12〕切响：指浊音。

〔13〕子荆：孙楚，字子荆，西晋诗人。

【译文】

到了宋代，颜延之、谢灵运声名大振，谢灵运诗文情致昂扬，颜延之诗文风格明丽严密，都能追步前代名家，示范于后代。至于铺开衣襟坐而谈心，评论前人文章的优劣得失，他们的工巧拙劣情况，似有可以讨论的地方。五色相配而使色彩鲜明，八音协调而使音乐流畅，是由于玄黄之色和律吕之调，各与事物相宜。文学创作中想使清浊平仄交替变化，声音的高低错综调节，如果前句选用飞扬的清平之声，后句就必须出现浊仄之音。一行之内，音节韵律全部不重复；两句之中，声调轻重全都不相同。精通这个道理，才可以写诗论文。至于前代文士的佳作，讽诵者以为高妙而被历代文士共同欣赏的，如曹子建的“函京”诗，王仲宣的“灞岸”篇，孙子荆的“零雨”章，王正长的“朔风”句，都是直抒胸臆，不借前人诗句和史实，正是因为他们用音律平仄调节诗歌韵律，取得高于前人的成就。自从屈原以来，经过了很久，虽然文章体格逐渐精巧，但文章音律的秘密却没有被诗人窥知。至于那些合乎音律的佳句，音节韵律自然天成，都隐隐地与音韵组合的规律相吻合，并不是因为诗人用心思考而得的。张衡、蔡邕、曹植、王粲，未曾先识这些规律，潘岳、陆机、颜延之、谢灵运，离音韵之道更远。只有世上的知音，才能知道这点，这话不是谬论。如果说不是这样的话，就请后代的高明者来评说吧。

宋书恩幸传论　沈休文（沈约）

【题解】

本文论述了上古至刘宋时期，以恩宠选拔官吏的利弊，评价了各种用人制度的优劣。恩幸，帝王的宠幸者。

夫君子小人，类物之通称。蹈道则为君子，违之则为小人。屠钓〔1〕，卑事也；板筑〔2〕，贱役也。太公起为周师，傅说去为殷相。非论公侯之世，鼎食之资〔3〕，明扬幽仄〔4〕，唯才是与。

【注释】

〔1〕屠钓：相传姜太公曾在殷都城朝歌屠牛，在渭水边钓鱼。

〔2〕板筑：相传傅说曾在傅岩为人筑墙。

〔3〕鼎食：列鼎而食，指世家大族的豪奢生活。

〔4〕明扬：公开张扬或宣扬。　幽仄：微贱，卑陋。

【译文】

君子和小人，是对两类人的共称。遵循规律的就是君子，违背规律的就是小人。屠牛钓鱼，这是卑贱的事；捣土筑墙，是低贱的工作。姜太公告别渔钓而成为周文王的太师，傅说离开板筑而成为殷高宗的相国。这种升迁不是凭借公侯的家世，列鼎而食的贵族资历，选拔隐居或低贱的贤士，依据的就是其才能。

逮于二汉，兹道未革，胡广累世农夫[1]，伯始致位公相；黄宪牛医之子[2]，叔度名动京师。且士子居朝，咸有职业，虽七叶珥貂[3]，见崇西汉，而侍中身奉奏事，又分掌御服，东方朔为黄门侍郎，执戟殿下。郡县掾吏，并出豪家，负戈宿卫，皆由势族，非若晚代分为二涂者也。

【注释】

〔1〕胡广：字伯始，东汉南阳人。少孤贫，安帝时举孝廉，后官至司徒、太尉。

〔2〕黄宪：字叔度，东汉南阳人。家世贫贱，但有高名。

〔3〕珥貂：插戴貂尾。汉代侍中、中常侍于冠上插貂尾为饰。后借指皇帝的近臣。

【译文】

到了两汉，举贤办法仍没有改变，所以胡广家世代是农夫，而胡广官至公相；黄宪是牛医的儿子，黄宪却名动京城。而且做官的人都在朝廷，都有承担职务，虽然有金日磾、张安世两家七世子弟戴金冠左貂，在西汉时最受推重，但侍中之官亲自侍奉皇帝和上表奏事，同时又分担掌管皇帝的服装，东方朔是黄门侍郎，在宫殿中执戟守卫。郡县中的属吏，全出自豪门家族，拿着兵器做守卫的，都由世家子弟担任，不像两汉以后分成士族不居贱职，庶族不涉高位。

汉末丧乱，魏武始基，军中仓卒，权立九品[1]，盖以论人才优劣，非谓世族高卑。因此相沿，遂为成法。自魏至晋，莫之能改，州都郡正，以才品人，而举世人才，升降盖寡。徒以凭籍世资[2]，用相陵驾，都正俗士，斟酌时宜，品目少多，随事俯仰，刘毅所云下品无高门[3]，上品无贱族者也[4]。岁月迁讹[5]，斯风渐笃，凡厥衣冠[6]，莫非二品，自此以还，遂成卑庶。周汉之道，以智役愚，台隶参差[7]，用成等级。魏、晋以来，以贵役贱，士庶之科，较然有辨。夫人君南面，九重奥绝[8]，陪奉朝夕，义隔卿士，阶闼之任[9]，宜有司存。既而恩以狎生，信由恩固，无可惮之姿，有易亲之色。孝建、泰始[10]，主威独运，空置百司，权不外假，而刑政纠杂，理难遍通，耳目所寄，事归近习。赏罚之要，是谓国权，出纳王命，由其掌握，于是方途结轨，辐凑同奔。人主谓其身卑位薄，以为权不得重。曾不知鼠凭社贵[11]，狐藉虎威[12]，外无逼主之嫌，内有专用之功，势倾天下，未之或悟，挟朋树党，政以贿成，𫓧钺疮痏[13]，构于床笫之曲，服冕乘轩，出于言笑之下，南金北毳[14]，来悉方艚[15]，素缣丹魄[16]，至皆兼两[17]，西京许、史[18]，盖不足云，晋朝王、石[19]，未或能比。及太宗晚运[20]，虑经盛衰，权幸之徒，慑惮宗戚，欲使幼主孤立，永窃国权，构造同异，兴树祸隙，帝弟宗王，相继屠剿。民忘宋德，虽非一途，宝祚夙倾[21]，实由于此。呜呼！《汉书》有《恩泽侯表》，又有《佞幸传》。今采其名，列以为《恩幸篇》云。

【注释】

〔1〕九品：魏晋南北朝时士人的九种品第。

〔2〕世资：世代的资望。

〔3〕刘毅：东晋彭城沛人。他指出九品选人的弊端：“上品无寒门，下

品无势族。”

〔4〕贱族：卑贱的门族或种族。

〔5〕迁讹：时间迁流变化。

〔6〕衣冠：代称缙绅、士大夫。

〔7〕台隶：奴隶中的最低等级。

〔8〕九重：朝廷。

〔9〕阶闼：站阶守门的小官。

〔10〕孝建：南朝宋孝武帝刘骏的年号。　泰始：南朝宋明帝刘彧的年号。

〔11〕鼠凭社贵：老鼠凭借社庙而尊贵。

〔12〕狐藉虎威：狐狸凭借老虎来耍威风。比喻近习之臣借帝王的威势吓唬人。

〔13〕铁钺：砍刀和大斧，腰斩、砍头的刑具。　疮痏（wěi）：伤痕。

〔14〕北毳（cuì）：北方出产的毛皮。

〔15〕方艚：货船。

〔16〕素缣：白色生绢。　丹魄：琥珀的别名。

〔17〕兼两：不止一辆车。

〔18〕许：宣帝许皇后家，元帝封外祖父广汉为平恩侯。　史：宣帝母家。

〔19〕王：王恺，晋武帝司马炎之舅，生性豪侈。　石：石崇，富拟王侯，常与王恺斗富。

〔20〕太宗：南朝宋明帝的庙号。

〔21〕宝祚：帝位。

【译文】

汉代末年天下出现死丧祸乱，魏武帝曹操开始创建基业，军队事务急迫，暂且设立九个等级，用来品评人物的优劣，不因家族地位而提高或降低他的职位。从此之后各代沿袭，这就成了录用人才的固定法则。从魏到晋，没有谁能更改它。州府的中正，根据才能评定人物的品级，而整个社会的人才，才能的高低相差大约也不大。只能依靠祖先家世所取得的特殊身份，互相凌驾。州都郡正大多见识浅陋，斟酌门第以及当时权势，评定士人品级的高低，随事势任意评定高低，这就是刘毅所说的下品没有高门贵族，上品没有寒门庶族。时光流逝，以门第评定人物品级的风气逐渐盛行，凡是高门势族，无不位居二品，从此以后，庶人都成了低贱者。周朝和汉朝的办法，用聪明者治理愚昧者，台隶与奴隶高低不等，分成等级。魏晋以来，用尊贵者役使卑贱者，士族和庶族的品级，明显有了区别。人君南面称王，而宫廷幽深，有人早晚陪侍君王，在事理上就与其他大臣隔绝了，宫门阶守的小官吏，也理应有专职。不久之后，皇帝因与陪侍者熟习而予以恩宠，因恩宠而更加信任，没有威严逼人的帝王姿态，而只有平易近人的气色。刘宋孝武帝孝建年间和明帝泰始年间，皇帝独掌王权，空设百官，权力没有旁落，但刑罚政事纷扰繁杂，皇帝理应难以全部通晓，于是把耳目安排在近侍身上，政事下放给亲幸的侍臣来处理。奖赏惩罚的关键，就是国家权力，宣示命令和上奏意见，都由近侍掌握，于是百官大臣都车马络绎，奔走聚集于那些近侍的门下。皇帝以为他们出身卑贱地位低下，认为他们的权力不会加重。然而不知老鼠借着社庙而贵不可犯，狐狸依靠老虎而大逞威风，近侍在外面虽然没有逼主的嫌疑，但在宫内却有专权的事实，权势倾压天下，皇帝却没有醒悟，他们拉帮结派，办成政事全靠用财物贿赂，对大臣的诛杀惩戒，全由他们在皇帝的床席之前谗言陷害，对大臣的升迁任用，出于他们在皇帝跟前谈笑嬉戏时的建议，南方的黄金北方的毛皮，一船一船运来，白色的绢帛红色的琥珀，一车一车送来，西汉许、史两个权倾朝野的外戚，不能与近侍争权，晋朝王恺、石崇两个富可敌国的家族，也无法与他们斗富。到了明帝晚年，国运由盛转衰，有权势的亲幸之徒，他们胁迫皇族，要使年幼的皇帝孤立无援，以便他们永久地盗取国家的大权，捏造事实打击异己，制造祸乱，皇帝的兄弟亲属，相继被屠杀剿灭。人们忘记宋朝的恩德，虽然原因不一，但皇权早就旁落，实在是因为近侍的专权。呜呼！《汉书》中有《恩泽侯表》，又有《佞幸传》。现在用这两篇文章的名，编撰成为《恩幸篇》。

史述赞

汉书史述赞三首 班孟坚（班固）

述高纪第一

【题解】

此文赞扬了刘邦兴兵讨秦、消灭群雄、建立西汉的丰功伟绩。高，汉高祖刘邦。

皇矣汉祖，纂尧之绪。实天生德，聪明神武。秦人不纲，网漏于楚。爰兹发迹，断蛇奋旅〔1〕。神母告符〔2〕，朱旗乃举。粤蹈秦郊，婴来稽首〔3〕。革命创制，三章是纪。应天顺民，五星同晷。项氏畔换，黜我巴、汉，西土宅心，战士愤怨。乘衅而运，席卷三秦。割据河山，保此怀民。股肱萧、曹〔4〕，社稷是经。爪牙信、布〔5〕，腹心良、平〔6〕，恭行天罚〔7〕，赫赫明明。

【注释】

〔1〕断蛇：刘邦夜行，有大白蛇挡路，被他斩杀。

〔2〕神母告符：刘邦斩蛇后，有老太婆自言是白蛇之母，其子是白帝之子，为赤帝子所斩。

〔3〕婴来稽首：刘邦的军队驻扎在灞上，秦王子婴率群臣来降。

〔4〕股肱：比喻左右辅佐之臣。　萧、曹：萧何和曹参。

〔5〕爪牙：比喻得力的帮手。　信布：韩信和英布。

〔6〕良、平：张良和陈平。

〔7〕恭行天罚：奉天命而讨罚。

【译文】

伟大啊汉高祖，继承尧的事业。其德实由天生，聪明智慧神明威武。秦朝不修纲法，法网疏漏导致张楚政权的建立。汉高祖从此立业，斩蛇激励士兵起义。神母告诉人们高祖是赤帝之子的祥瑞，所以汉军都用红旗。大军占领秦军的灞上，秦王子婴举国归降。高祖顺应天命而变革创业，与秦父老约法三章作为法纪。顺应天命民意，五星同聚东井。项羽跋扈违背盟约，把高祖贬抑到巴蜀汉中。三秦百姓归心高祖，士兵对项羽充满了怨愤。高祖借天下动乱之机起兵，全部占有三秦之地。据山河之险固，安抚归心的百姓。有得力大臣萧何、曹参，为国家制订了法律典章。有勇猛的武将韩信、英布，心腹亲信张良、陈平，恭敬地顺从天意惩恶，光亮夺目声势显赫。

述成纪第十

【题解】

此文赞美成帝伟大圣明，也指出成帝宠幸赵氏和政委王凤的过失。成，汉成帝刘骜。

孝成皇皇，临朝有光。威仪之盛，如珪如璋。阃闱恣赵[1]，朝政在王[2]。炎炎燎火，光允不阳。

【注释】

〔1〕“阃闱”句：汉成帝专宠赵飞燕和赵合德姐妹。

〔2〕“朝政”句：成帝专宠后宫，政事均由其元舅阳平侯王凤等人掌控。

【译文】

汉孝成皇帝伟大圣明，临朝处事公正严明。庄严的容貌举止，像珪璋这样的美玉一样。宠爱后宫妃子赵氏姐妹，朝廷政事全交给元舅王凤处理。天子的权威本如火炬一般明亮，但因政委元舅和宠爱赵氏之举而显得暗淡不明。

述韩英彭卢吴传第四

【题解】

此文叙述了韩信、英布、彭越、卢绾、吴芮五人的出身、腾达及其下场，说明忠信德厚、世业方长的道理。

信惟饿隶〔1〕，布实黥徒〔2〕。越亦狗盗〔3〕，芮尹江湖〔4〕。云起龙骧，化为侯王。割有齐、楚，跨制淮、梁。绾自同闬〔5〕，镇我北疆。德薄位尊，非祚惟殃。吴克忠信，胤嗣乃长。

【注释】

〔1〕“信惟”句：韩信家贫，曾寄食于下乡南昌亭长，也曾乞食漂母。

〔2〕“布实”句：英布曾犯秦法，脸上被刺字并染成黑色。

〔3〕越亦狗盗：彭越曾在巨野泽中捕鱼为生，做过盗贼。

〔4〕芮尹江湖：吴芮在秦时做过鄱阳令。

〔5〕同闬：同乡。闬，里巷之门。

【译文】

韩信是个饥饿的贫贱人，英布是个受黥刑的罪犯。彭越做过盗贼，吴芮治理过鄱阳。他们在天下风云际会龙腾虎跃时，建功立业成为侯王。韩信先后据有齐、楚，彭越占据淮、梁。卢绾与高祖同乡，被封燕王镇守北方。道德浅薄而居位尊贵，就不会有福祚而只有祸害。吴芮能够忠贞诚信，所以他的子孙五世为长沙王。

后汉书光武纪赞　范蔚宗（范晔）

【题解】

此文赞颂光武帝在西汉末年兴兵讨伐王莽、镇压农民起义、削平割据势力并统一全国的伟业。

赞曰：炎政中微[1]，大盗移国。九县飙回[2]，三精雾塞[3]。民厌淫诈，神思反德。世祖诞命，灵贶自甄[4]。沉机先物，深略纬文。寻、邑百万[5]，貔虎为群[6]。长毂雷野[7]，高旗彗云。英威既振，新都自焚。虔刘庸、代，纷纭梁、赵。三河未澄，四关重扰。神旌乃顾，递行天讨。金汤失险，车书共道[8]。灵庆既启，人谋咸赞。明明庙谋，赳赳雄断。于赫有命，系我皇汉。

【注释】

〔1〕炎政：指代西汉政权。按封建迷信的说法，刘汉王朝以火德兴起，故简称炎汉或炎刘。

〔2〕飙回：像狂飙回旋，形容动乱。

〔3〕三精：日、月、星。

〔4〕灵贶自甄：神灵所赐之福祚自现。

〔5〕寻、邑：王莽的大司徒王寻和大司空王邑。

〔6〕貔虎：比喻勇猛的将士。

〔7〕长毂：兵车。　雷野：战车的隆隆之声如雷般震动原野。

〔8〕车书共道：天下统一，车同轨，书同文。

【译文】

赞道：西汉政权中道衰微，王莽篡位。天下动乱，天地失色。百姓厌恶种种欺诈，上天盼望着恢复盛世。世祖光武皇帝顺应天命，神灵也自动显示瑞征。光武皇帝能洞烛先机，经纬天地。王莽遣大司徒王寻、大司空王邑领兵百万，驱赶虎豹犀象之兵围攻光武帝。兵车声动如雷，高扬的旗帜上接云际。光武帝所率大军英勇威猛剿灭王氏大军，王莽玩火自焚。彭宠自为燕王，公孙述称王于巴蜀。刘永占领睢阳，王郎在邯郸称王。三河之地还没有平定，长安又起战乱。光武帝的战旗又指向战乱之处，依次替天征讨。使得固若金汤的城池也不再险固，实现车同轨书同文的太平。上天启示光武为帝，人们都拥护帝业。光武皇帝在庙堂的谋划英明，决断果敢坚决。伟大啊天命，维系我大汉祚业。

（本卷译注：陈丕武）

文选卷第五十一

论一

过秦论　贾谊

【题解】

《过秦论》有上、中、下三篇，该篇为上篇，文章旨在阐述秦朝灭亡的历史原因，总结其灭亡的历史教训，以作为汉王朝建立制度、巩固统治的借鉴。

秦孝公据殽函之固[1]，拥雍州之地，君臣固守，以窥周室[2]，有席卷天下，包举宇内，囊括四海之意，并吞八荒之心。当是时也，商君佐之[3]，内立法度，务耕织，修守战之具，外连衡而斗诸侯[4]。于是秦人拱手而取西河之外[5]。孝公既没，惠文武昭[6]，蒙故业[7]，因遗策，南取汉中，西举巴蜀，东割膏腴之地[8]，收要害之郡。诸侯恐惧，会盟而谋弱秦，不爱珍器重宝肥饶之地，以致天下之士，合从缔交[9]，相与为一。当此之时，齐有孟尝[10]，赵有平原[11]，楚有春申[12]，魏有信陵[13]，此四君者，皆明智而忠信，宽厚而爱人，尊贤而重士，约从离横[14]，兼韩、魏、燕、赵、宋、卫、中山之众。于是六国之士，有甯越、徐尚、苏秦、杜赫之属为之谋[15]，齐明、周最、陈轸、召滑、楼缓、翟景、苏厉、乐毅之徒通其意[16]，吴起、孙膑、带佗、兒良、王廖、田忌、廉颇、赵奢之伦制其兵[17]。尝以十倍之地，百万之众，叩关而攻秦。秦人开关而延敌[18]，九国之师遁逃而不敢进。秦无亡矢遗镞之费，而天下诸侯已困矣。于是从散约解，争割地而赂秦。秦有余力而制其弊，追亡逐北，伏尸百万，流血漂橹。因利乘便，宰割天下，分裂河山，强国请伏，弱国入朝[19]。施及孝文王庄襄王，享国之日浅[20]，国家无事。

【注释】

〔1〕殽函：殽，崤山。函，函谷关。崤山与函谷关均位于今河南省西部，是古代军事战略要地。

〔2〕周室：指东周政权。

〔3〕商君：即商鞅（约公元前395年—公元前338年），战国时期政治家、改革家、思想家，法家代表人物，卫国（今河南省安阳）人，是卫国国君的后裔，姬姓公孙氏，名鞅，也称卫鞅、公孙鞅。因在河西之战中立功加之辅佐秦孝公变法图强获封商于十五邑，故称商君。

〔4〕连衡：也称连横，纵横家张仪游说齐、楚、燕、韩、赵、魏六国共同侍奉秦国并被秦国采用的策略。

〔5〕西河：黄河以西的土地，时为魏国的领土，在今陕西省大荔县、宜川县一带。

〔6〕惠文：指惠文王，秦孝公之子。　武：武王，惠文王之子。　昭：昭襄王，武王同父异母的弟弟。

〔7〕蒙：继承。

〔8〕膏腴：肥沃。

〔9〕合从：指齐、楚、燕、韩、赵、魏六国联合抗秦。从，同“纵”。

〔10〕孟尝：姓田，名文，齐国贵族，受封于薛（今山东滕州市），称薛公，号孟尝君。为“战国四公子”之一，以善养士著称。

〔11〕平原：姓赵，名胜，赵武灵王之子，惠文王之弟。受封于平原，故号平原君。

〔12〕春申：姓黄，名歇，楚国人，考烈王元年开始为相，被封为春申君。

〔13〕信陵：姓魏，名无忌，魏国人，魏昭王之子，魏安釐王同父异母的弟弟。

〔14〕离横：指六国击破秦国联合六国之一进攻其他弱国的策略。

〔15〕甯越、徐尚、苏秦、杜赫之属：甯越、徐尚、苏秦、杜赫，均为当时著名谋士或军事人才。

〔16〕齐明、周最、陈轸、召滑、楼缓、翟景、苏厉、乐毅：齐明、周最、陈轸、召滑、楼缓、翟景、苏厉、乐毅，均为当时著名谋士或军事人才。

〔17〕吴起、孙膑、带佗、兒良、王廖、田忌、廉颇、赵奢之伦：吴起、孙膑、带佗、兒良、王廖、田忌、廉颇、赵奢，均为当时著名谋士或军事人才。

〔18〕关：函谷关。此段指公元前318年楚、赵、魏、韩、燕五国共同攻打秦国之事，此事在《通鉴》《史记·楚世家》中均有记载。　延敌：迎击敌人。

〔19〕"强国"二句：据《史记·秦本纪》记载：公元前302年后。魏、韩均曾臣服秦国。

〔20〕享国：君王在位的年数。

【译文】

秦孝公依靠崤山和函谷关的险固，拥有雍州的土地，君臣坚守，却暗中伺机夺取周王室的权力，他有席卷天下、包罗海内、囊括四海、吞并八方的雄心。此时，商鞅辅佐他，对内建立法度，从事耕作纺织，修造防守和进攻的器械；对外实行连衡的策略，使各诸侯国互相争斗。因此，秦国轻易地夺取了黄河以西的土地。秦孝公去世后，惠文王、武王、昭襄王先后承继先前的基业，沿袭前代的制度，向南攻取汉中，向西占领巴蜀，向东割占肥沃的地区，占领了地势险要的郡县。各诸侯恐慌畏惧，汇集在一起商议结盟以削弱秦国的力量。不惜用珍稀、贵重的器物和肥沃富饶的土地来招纳天下贤才，采用合纵的策略缔结盟约，互相援助，成为统一体。当时，齐国有孟尝君，赵国有平原君，楚国有春申君，魏国有信陵君。这四位君子，都是明智且讲忠信，心地宽厚且爱惜人才的人，他们尊重德才兼备的人，实行合纵的政策击破秦国的连横策略，联合韩、魏、燕、楚、齐、赵、宋、卫、中山等国的人士。于是，六国的谋士，有宁越、徐尚、苏秦、杜赫等人为他们出谋划策，齐明、周最、陈轸、召滑、楼缓、翟景、苏厉、乐毅等人沟通各国的意见，吴起、孙膑、带佗、兒良、王廖、田忌、廉颇、赵奢等人统率他们的军队。他们曾经凭借比秦国国土多十倍的土地，上百万的军队，攻打函谷关，进攻秦国。秦人开函谷关门迎战敌人，九国的军队有所顾虑徘徊不敢进攻。秦人没有耗费一兵一卒，然而天下的诸侯就已陷入困境。因此，纵约失败了，各诸侯国争相割让土地贿赂秦国。秦国有充裕的力量趁他们困乏之时制服他们，追赶溃逃的败兵，百万败兵横尸道路，血流足以使沉重的盾牌漂浮起来。秦国趁着这有利的形势，割占天下的土地，重新划分山河。诸侯中的强国主动请求臣服，弱国入秦朝拜称臣。秦国的王位传到孝文王、庄襄王的时候，他们统治的时间较短，秦国没有发生大事。

及至始皇，奋六世之馀烈〔1〕，振长策而御宇内，吞二周而亡诸侯〔2〕，履至尊而制六合〔3〕，执敲扑以鞭笞天下，威振四海。南取百越之地，以为桂林象郡。百越之君，俯首系颈，委命下吏。乃使蒙恬北筑长城而守蕃篱，却匈奴七百馀里，胡人不敢南下而牧马，士不敢弯弓而报怨。于是废先王之道，燔百家之言，以愚黔首。隳名城，杀豪俊，收天下之兵聚之咸阳，销锋鍉铸以为金人十二〔4〕，以弱天下之民。然后践华为城〔5〕，因河为池〔6〕，据亿丈之城，临不测之溪以为固；良将劲弩，守要害之处，信臣精卒，陈利兵而谁何？天下已定，始皇之心，自以为关中之固，金城千里，子孙帝王，万世之业。

【注释】

〔1〕六世：指秦孝公、惠文王、武王、昭襄王、孝文王、庄襄王。

〔2〕二周：东周王朝在周赧王执政期间分为东周、西周。

〔3〕六合：天、地和东、南、西、北四方的合称，指全国。

〔4〕锋：刀口、刀刃。 鍉：箭头。

〔5〕践华为城：以华山为城墙。践，登上。

〔6〕因河为池：以黄河为护城河。

【译文】

到秦始皇的时候，继承六代先王留下来的功业，以武力来统治各国，将东周、西周吞并，将各诸侯国消灭，登上皇帝的宝座来统治天下，用严酷的刑罚奴役百姓，威风震慑四海。接着向南攻取百越的土地，设置桂林郡和象郡，百越的君主低头捆着绳子表示臣服，把性命交给秦国派来的官吏主宰。秦始皇于是命大将蒙恬在北方筑建长城，驻守边境，使匈奴的势力退后七百多里；胡人不敢到南边放牧，军士不敢拉弓射箭来报仇。秦始皇接着就废除古代帝王的治国之道，焚烧诸子百家的著作，以此来使百姓愚钝；毁坏高大的城墙，杀掉英雄豪杰；收缴天下的兵器，集中在咸阳，销毁兵刃和箭头，冶炼后铸造成十二个铜人，以此削弱百姓的力量。然后以华山为城墙，以黄河为护城河，凭借着高耸的华山和深不可测的黄河，以此作为险固的屏障。有优秀的将领和强大的弓弩守护着要害地方，有诚信的官员和精锐的士卒把持着锋利的武器，谁能把他怎么样。天下已经安定，秦始皇认为函谷关中的险固地势、方圆千里的坚固城防，是子孙称王的万代基业。

始皇既没，馀威震于殊俗〔1〕。然而陈涉，瓮牖绳枢之子〔2〕，甿隶之人〔3〕，而迁徙之徒也，材能不及中庸，非有仲尼墨翟之贤，陶朱、猗顿之富〔4〕，蹑足行伍之间，俛起阡陌之中，率罢散之卒〔5〕，将数百之众，转而攻秦，斩木为兵，揭竿为旗，天下云集而响应，赢粮而景从〔6〕，山东豪俊，遂并起而亡秦族矣。

【注释】

〔1〕殊俗：不同的习俗，指离中原很远的地方。

〔2〕瓮牖（yǒu）绳枢：以破瓮作窗户，以草绳系门轴，形容家穷。

〔3〕甿隶：农夫与皂隶，泛指社会地位低下的人。甿，氓，古代称外来百姓。

〔4〕陶朱、猗顿：陶朱，指范蠡，与猗顿均为当时的富人。

〔5〕罢散：疲困散乱。

〔6〕景：同"影"，像影子一样。

【译文】

秦始皇去世后，他的馀威依然震慑着边远地区。可是陈涉是位破门陋屋的贫家子弟，是氓、隶一类的社会底层人士，是被迁谪戍边的小卒；才能不如普通人，没有孔丘、墨翟那样的贤德，没有陶朱、猗顿那样的富有。他跻身于戍卒的队伍中，突然奋起发难，率领疲困散乱的士兵，指挥着几百人的队伍，掉头攻打秦国，砍下树木作为武器，举起竹竿作为旗帜，天下英雄豪杰像云一样聚集，像回声一样应和他，背着粮食，像影子一样跟随。崤山以东的英雄豪杰联合起来消灭了秦国。

且夫天下非小弱也，雍州之地，殽函之固自若也。陈涉之位，非尊于齐、楚、燕、赵、韩、魏、宋、卫、中山之君也；锄耰棘矜〔1〕，非铦于钩戟长铩也〔2〕；谪戍之众，非抗于九国之师也；深谋远虑，行军用兵之道，非及曩时之士也〔3〕。然而成败异变，功业相反。试使山东之国与陈涉度长絜大〔4〕，比权量力，则不可同年而语矣。然秦以区区之地，致万乘之权，招八州而朝同列〔5〕，百有余年矣。然后以六合为家，殽函为宫，一夫作难而七庙隳[6]，身死人手，为天下笑者，何也？仁义不施，而攻守之势异也。

【注释】

〔1〕耰（yōu）：古代弄碎土块、平整土地的农具。　棘矜：戟柄。棘，通“戟”。

〔2〕铦（xiān）：锋利。

〔3〕曩（nǎng）时：以前，过去。

〔4〕度：推测、估计。　絜（xié）大：用绳子量物体周围的长度。

〔5〕八州：除了雍州的冀州、豫州、荆州、扬州、兖州、徐州、青州、梁州八个州。

〔6〕七庙：本指四亲庙、二祧庙和始祖庙。四亲庙包括高祖庙、曾祖庙、祖庙、父庙，二祧庙指高祖的父庙和祖父庙，这里指代秦王朝的社稷。　隳：毁坏，崩塌。

【译文】

天下并没有被缩小削弱，雍州的地势，崤山和函谷关的险要之貌，还是原来的样子。陈涉的地位，也不比齐、楚、燕、赵、韩、魏、宋、卫、中山的国君尊贵；锄头木棍也不比钩戟长矛锋利；迁谪戍边的士兵也不比九国部队强大；深谋远虑，行军用兵的方法，也不比先前九国的武将谋臣高妙。可是成败的结果不同，功业就完全相反。假使以山东各诸侯国和陈涉比一比长短大小，量一量权势力量，是不能相提并论的。但是秦国凭借小小的地方，发展到拥有兵车万乘的国力，使六国诸侯都来朝见，已经有一百多年了。然后以天下作为家业，以崤山、函谷关作为自己的宫地；陈涉一人起义就让秦国的七代宗庙毁坏，秦王子婴被杀死，被天下人耻笑，是为什么呢？就是由于没有实施仁义而使攻守的形势不一样了啊。

非有先生论 东方曼倩（东方朔）

【题解】

本篇虚构非有先生回答吴王的问题，引经据典，借古讽今，主旨是劝谏帝王应广开言路，有纳谏的胸怀与气度。

非有先生仕于吴，进不能称往古以广主意[1]，退不能扬君美以显其功[2]，默然无言者三年矣。吴王怪而问之，曰："寡人获先人之功，寄于众贤之上，夙兴夜寐[3]，未尝敢怠也。今先生率然高举，远集吴地，将以辅治寡人，诚窃嘉之，体不安席，食不甘味，目不视靡曼之色[4]，耳不听钟鼓之音，虚心定志，欲闻流议者三年于兹矣。今先生进无以辅治，退不扬主誉，窃为先生不取也。盖怀能而不见[5]，是不忠也，见而不行，主不明也。意者寡人殆不明乎？"非有先生伏而唯唯。吴王曰："可以谈矣，寡人将竦意而听焉[6]。"先生曰："於戏！可乎哉？可乎哉？谈何容易！夫谈者有悖于目而佛于耳[7]，谬于心而便于身者，或有说于目、顺于耳、快于心而毁于行者，非有明王圣主，孰能听之矣？"吴王曰："何为其然也？'中人以上可以语上也'[8]，先生试言，寡人将览焉[9]。"

【注释】

〔1〕进：这里指上朝。

〔2〕退：这里指退朝。

〔3〕"夙兴"句：起得早而睡得晚，形容辛勤地劳作。

〔4〕靡曼：美妙的声色。

〔5〕怀能：怀有德能。 见：同“现”，展现，表现。

〔6〕竦（sǒng）意：振作精神，集中注意力。

〔7〕佛：同“拂”，违背，不顺。

〔8〕“中人”句：语出《论语·雍也》“中人以上，可以语上也”，意为中等水平以上的人，可以告诉他高深的学问。

〔9〕览：《汉书》作“听”。

【译文】

非有先生在吴国作官，处于进退两难的境地。进不能引古说以安慰君主，退不能宣扬君主美德以显示其功业。沉默无言地过了三年。吴王感到奇怪就问他：“我继承祖上的功德，位于众贤人之上，日夜操劳不敢懈怠。如今先生您坦然位居高位，从远地来到吴国，将辅助我治理国家，我确实暗自欣喜，每日睡不踏实，饮食无味，眼不看美色，耳不听乐声，潜心专注地想听您的高见已有三年了。如今先生您进见时没有提出辅助我治国的建议，退朝后又没有宣扬君主的美誉，我认为您这样做是不得体的。如果臣子怀有才能却不表现出来是对君主的不忠，臣子的才能表现出来而君主不去实行是君主不圣明。您这样的表现是认为我不够圣明吧?”非有先生伏在地上连声称诺。吴王说：“您可以谈谈您的高见了，我将洗耳恭听。”非有先生说：“哎！可以谈了吗？可以谈了吗？向君主进谏并不是一件容易的事啊。进谏之言有的碍眼、刺耳、不顺心但是对君主的修身有利，有的悦目、顺耳、顺心但不利于君主修身，不是圣明的君主，谁能听得出来呢?”吴王说：“怎么会这样呢？中等水平以上的人，就可以告诉他高深的学问了，您不妨说说吧，我将认真聆听。”

先生对曰：“昔关龙逄深谏于桀，而王子比干直言于纣〔1〕，此二臣者，皆极虑尽忠，闵主泽不下流〔2〕，而万民骚动，故直言其失，切谏其邪者，将以为君之荣，除主之祸也。今则不然，反以为诽谤君之行，无人臣之礼，果纷然伤于身，蒙不辜之名，戮及先人，为天下笑，故曰谈何容易！是以辅弼之臣瓦解，而邪谄之人并进，遂及飞廉、恶来革等〔3〕。三人皆诈伪，巧言利口，以进其身，阴奉雕琢刻镂之好，以纳其心，务快耳目之欲，以苟容为度，遂往不戒，身没被戮，宗庙崩弛，国家为墟，杀戮贤臣，亲近谗夫。诗不云乎？‘谗人罔极，交乱四国’〔4〕，此之谓也。故卑身贱体，说色微辞，愉愉煦煦终无益于主上之治，即志士仁人不忍为也。将俨然作矜庄之色〔5〕，深言直谏，上以拂人主之邪，下以损百姓之害，则忤于邪主之心，历于衰世之法。故养寿命之士莫肯进也，遂居深山之间，积土为室，编蓬为户，弹琴其中，以咏先王之风，亦可以乐而忘死矣。是以伯夷、叔齐避周，饿于首阳之下〔6〕，后世称其仁。如是，邪主之行固足畏也，故曰谈何容易！”

【注释】

〔1〕关龙逢：相传是夏的贤臣，因直言进谏被桀杀害。　比干：相传是纣王的叔父，一说是同父异母兄弟，因敢于直言被挖心而死。

〔2〕闵：忧虑，担心。

〔3〕飞廉、恶来革：相传是纣王时的邪佞之臣。

〔4〕“谗人”二句：语出《诗经·小雅·青蝇》，意为：爱说别人坏话的人没完没了，祸乱四方不得安宁。

〔5〕矜庄：端庄稳重。

〔6〕“是以”二句：伯夷、叔齐均为殷商末年的贤臣，曾阻止周武王伐纣，后武王灭纣建周，二人不肯吃周的粮食，在首阳山被饿死。

【译文】

非有先生回答说：“古时关龙逢向夏桀进谏，王公子比干向商纣王进谏，这两位大臣都是深谋远虑的忠臣，担心君王的恩德不能传承下去，且百姓出现骚乱，所以直言指出君主的过失，恳切地指出其不当之处，以保持君王的荣耀，除掉君主的灾祸。结果却事与愿违，君主反倒认为是诋毁君王的德行，不符合臣子的礼数，竟然遭到杀身之祸，蒙受意想不到的恶名，并且连累先人跟着蒙羞。被天下人耻笑，所以说谈何容易啊！辅佐君王的忠臣遇到这样的情形纷纷躲避，而邪佞谄媚的小人来到君王身边，直到出现飞廉、恶来革这样的小人。他们都是靠欺诈虚伪的外表，以花言巧语作为掩护来接近君王，暗中逢迎君王雕刻彩镂的喜好，来换取君王的接纳，极力满足君王享用好听好看之物的欲望，用苟且偷生作为生存的标准，于是长此以往君王的不良言行难以去除，以至于自己被杀，宗庙被毁，国家成为废墟，杀害优秀的臣子，亲近谗佞的小人。《诗经》不是说吗？‘谄媚之人没有德行，扰乱天下太平’，说的就是这样的情形。所以出身于社会底层的人只说些微不足道的建议，看起来快乐和美的样子，却对君王治国没有好处，有志之士、仁爱之人是不忍心这样做的。如果直接严肃地指出君王的过失，对上除去君王身上的不正之气，对下减少对百姓的伤害，就会触怒昏君，遭受乱世的残酷制裁。所以想保全生命的人不肯进谏，于是躲在深山之中，用土建造房屋，用茅草做成门窗，在屋中弹琴为乐，来歌咏先王的遗风，也可以快乐得忘却死亡了。所以伯夷、叔齐避开周朝，饿死在首阳山下，后世之人称颂他们的仁德。这样看来，昏君的行为确实可怕。所以说谈何容易啊！”

于是吴王懼然易容〔1〕，捐荐去几〔2〕，危坐而听〔3〕。先生曰：“接舆避世，箕子被发佯狂〔4〕，此二子者，皆避浊世以全其身者也。使遇明王圣主，得赐清燕之闲〔5〕，宽和之色，发愤毕诚，图画安危，揆度得失〔6〕，上以安主体，下以便万民，则五帝三王之道可几而见也。故伊尹蒙耻辱、负鼎俎、和五味以干汤〔7〕，太公钓于渭之阳以见文王〔8〕。心合意同，谋无不成，计无不从，诚得其君也。深念远虑，引义以正其身，推恩以广其下，本仁祖谊，褒有德，禄贤能，诛恶乱，揔远方，壹统类，美风俗，此帝王所由昌也。上不变天性，下不夺人伦，则天地和洽，远方怀之，故号圣王。臣子之职既加矣，于是裂地定封，爵为公侯，传国子孙，名显后世，民到于今称之，以遇汤与文王也。太公伊尹以如此，龙逢比干独如彼，岂不哀哉！故曰谈何容易！”

【注释】

〔1〕懼然：惊恐的样子。

〔2〕“捐荐”句：去掉身底下的垫席，推开倚扶的小桌，表示谦虚恭敬。

〔3〕危坐：古人以两膝着地，耸起上身为“危坐”，即正身而跪，正身而坐，表示严肃恭敬。

〔4〕接舆：相传是孔子时代楚国的隐士。　箕子：商纣王的叔父，给纣王进谏不被采纳，便披头散发佯装疯癫，被纣王囚禁。

〔5〕清燕：清平安宁的宴会，古代帝王常宴请大臣，便于臣子进谏。燕，宴。

〔6〕揆度：估量，揣测。

〔7〕伊尹：商汤时善于烹饪的臣子。

〔8〕太公：殷末周初人，姓姜名尚，一说字子牙，世称姜太公。相传曾在渭水上钓鱼遇周文王，后辅佐文王、武王。

【译文】

于是吴王马上改变脸色，推开几案，端正地坐着倾听。非有先生说：“接舆隐居，箕子披头散发佯装疯癫，这两位都是隐居以求得保全性命罢了。如果他们遇到圣明的君王，被赐给清平宴会的机会，对他们宽容和善，他们一定会发愤努力竭尽诚信，谋划国家安危，权衡利弊，对上使君王安心，对下使百姓安居，那么五帝三王的安定之道就快呈现了。所以伊尹蒙受羞辱、操持饭锅砧板，调出美味以求有见到商汤的机会，姜太公在渭水北岸钓鱼以求有见到文王的机会。明君与贤臣的心意相通，没有谋划不成的事，商议的计策没有不被遵从的，贤臣确实遇到了圣明的君王。君王会深谋远虑，用先人遵循的义来端正自身的行为，把恩德推广到天下，本着仁义的祖训，褒奖有德之人，任用贤能之人，诛杀谋乱之人，招抚远方之人，统一制度，让社会风俗淳美，这是帝王的功业昌盛兴旺的原因。君王对上不变更上天的意志，对下不破坏人伦，就使天地和谐融洽，远方的人归顺，所以被称为圣明的君王。臣子的职位得到升迁，获得封地和爵位，且能传给子孙后代，声名彰显于后世，百姓到现在还在称颂，是因为遇到了商汤和周文王这样贤明的君主。姜太公、伊尹能有这样的好声望，而关龙逢、比干却是另外一种境地，难道不是件悲哀之事吗！所以说谈何容易！”

于是吴王穆然[1]，俯而深惟[2]，仰而泣下交颐[3]，曰：“嗟乎！余国之不亡也，绵绵连连，殆哉，世之不绝也！”于是正明堂之朝，齐君臣之位，举贤才，布德惠，施仁义，赏有功；躬亲节俭，减后宫之费，损车马之用；放郑声，远佞人[4]，省庖厨，去侈靡，卑宫馆，坏苑囿，填池堑，以与贫民无产业者；开内藏，振贫穷，存耆老，恤孤独，薄赋敛，省刑罚。行此三年，海内晏然[5]，天下大洽，阴阳和调，万物咸得其宜；国无灾害之变，民无饥寒之色，家给人足，畜积有馀，囹圄空虚；凤皇来集，麒麟在郊，甘露既降，朱草萌芽[6]，远方异俗之人，向风慕义，各奉其职而来朝贺。故治乱之道，存亡之端，若此易见，而君人者莫肯为也，臣愚窃以为过。故诗曰“王国克生，惟周之贞，济济多士，文王以宁”[7]，此之谓也。

【注释】

〔1〕穆然：静思的样子。

〔2〕惟：思考。

〔3〕颐：面颊，腮。

〔4〕“放郑声”二句：语出《论语·卫灵公》“放郑声，远佞人”，郑国民间的音乐，孔子认为是淫荡奢靡的音乐，所以要禁绝郑国音乐，远离奸佞之人。放，禁绝。

〔5〕晏然：休闲安适的样子。

〔6〕朱草：一种红色的草，古人认为是祥瑞之物。

〔7〕“故诗”四句：出自《诗经·大雅·文王》。此谓王国能出人才，为周之骨干，使国家安宁。贞，通“桢”，骨干。济济，多且整齐的样子。

【译文】

于是吴王肃然沉思，俯身深虑，然后仰头泪流满面地说：“唉！我的国家没有灭亡，绵延至今，多么危险啊，但是世代没有断绝！”这以后开始正确对待朝堂上的各种仪式，整饬君臣的位置，举荐贤能的人才，广布恩德，实行仁政，奖赏有功的人，亲自做节俭的表率，减少后宫的花销，缩减车马的耗用；远离奢靡的音乐，疏远奸佞小人，减少厨房的开支，摒弃奢靡的行为，降低宫馆的规格，拆除娱乐用地，填平池塘沟地，用节省下来的费用给没有产业的百姓；打开府库，赈济贫苦百姓，抚恤老人、孤儿和无子女的人，减少赋税，减少刑罚，这些政策实行了三年，国家安定，天下融洽，阴阳协调，万物各得其所，国家没有灾荒祸害之类的变故，百姓没有挨饿受冷的神色，各家能够自给自足，储存的财粮富足，监狱没有关押的犯人；出现了象征祥瑞的凤凰、麒麟，风调雨顺，草木萌芽，远地风俗不同的人也慕名而来，根据职位的不同来进献贡品。所以国家安定还是纷乱的道理，存亡的根源，就像这样显而易见，只是君王不肯做而已，我愚钝地认为这是一种过失。所以《诗经》中“王国能够有贤臣，都是周朝的忠贞之臣，这些忠贞之臣，使文王能够安宁治国”，说的就是这个道理。

四子讲德论并序　王子渊（王褒）

【题解】

本篇运用四个虚构人物的讨论阐发所作《中和》《乐职》《宣布》三首颂诗的内涵，旨在颂扬当时执政者的“君术明”与“臣道得”。

褒既为益州刺史王襄作《中和》《乐职》《宣布》之诗〔1〕，又作传，名曰四子讲德〔2〕，以明其意焉。

【注释】

〔1〕褒：王褒，字子渊，汉朝人，著名的辞赋家，官至谏大夫。　益州：古代州名，汉武帝时的十三州之一，管辖范围相当于现在的四川、重庆的大部分地区，治所在成都。　王襄：益州刺史。　《中和》《乐职》《宣布》：均为诗题。

〔2〕四子：指文中的微斯文学、虚仪夫子、浮游先生、陈丘子，均为作者虚构的人名。

【译文】

王褒替益州刺史王襄写了《中和》《乐职》《宣布》三首诗后，又写了一篇传，标题为四子讲德论，用来阐明作诗的缘由。

微斯文学问于虚仪夫子曰：“盖闻国有道，贫且贱焉，耻也〔1〕。今夫子闭门距跃，专精趋学有日矣〔2〕。幸遭圣主平世，而久怀宝，是伯牙去锺期，而舜、禹遁帝尧也。于是欲显名号，建功业，不亦难乎？”

【注释】

〔1〕“盖闻”三句：出自《论语·泰伯》“邦有道，贫且贱焉，耻也”，意为：国家政治清明，自己却贫贱，是可耻的。

〔2〕趋学：追求学问。

【译文】

微斯文学问虚仪夫子说：“听说国家治理有道，个人却位低穷困是一种耻辱。如今您闭门研读学问已经有一段时间了。幸亏遇到圣明的君王和太平盛世，而您怀才已久，相当于伯牙疏远锺子期，舜、禹躲避尧帝。这样做是想要彰显名声，建立功业，不也是很难吗？”

夫子曰：“然，有是言也。夫蚊虻终日经营，不能越阶序，附骥尾则涉千里，攀鸿翮则翔四海[1]。仆虽嚚顽[2]，愿从足下。虽然，何由而自达哉？”

【注释】

〔1〕鸿翮：大雁的翅膀。

〔2〕嚚（yín）顽：愚昧顽钝。

【译文】

虚仪夫子说：“是您说的这样。蚊虻整日到处飞也过不了台阶和围墙。如果依附在马尾上却可以到达千里之外，攀附在大雁翅膀上就能遍及天下。我虽然愚钝顽劣，愿意追随您。尽管这样，我凭什么自通呢？”

文学曰：“陈恳诚于本朝之上，行话谈于公卿之门。”夫子曰：“无介绍之道，安从行乎公卿？”文学曰：“何为其然也？昔甯戚商歌以干齐桓[1]，越石负刍而寤晏婴[2]，非有积素累旧之欢，皆途觏卒遇[3]，而以为亲者也。故毛嫱西施[4]，善毁者不能蔽其好；嫫姆倭傀[5]，善誉者不能掩其丑。苟有至道，何必介绍？”

【注释】

〔1〕甯戚：据《吕氏春秋·观世》记载，春秋时卫国人甯戚唱悲凉的歌感动齐桓公，被封为上卿。

〔2〕越石：指春秋齐国越石父，遇上大夫晏婴后成为知己。

〔3〕觏：遇见。

〔4〕毛嫱：春秋时越国的美女之一，越王勾践的爱姬。 西施：春秋时越国的美女，后人尊称其为“西子”。

〔5〕嫫姆：也作“嫫母”，传说中的丑妇，传为黄帝之妻。 倭傀（wō guī）：传说中的丑女。

【译文】

微斯文学说：“您可以向朝廷表达自己的赤诚之心，和公卿大臣讨论自己的想法。”虚仪夫子说：“没人给我引见，怎么能走到公卿的门边？”微斯文学说：“为什么是这样？以前甯戚用悲歌感动了齐桓公得到重用；越石父负着柴草遇到晏婴成为知己。他们都不是老相识，都是萍水相逢后成为知己的。所以毛嫱、西施这样的美人不能因诋毁而遮蔽她们的美貌；嫫姆、倭傀这样的丑妇不能因夸赞而遮掩她们的丑陋。如果确有真才实学，为什么要别人介绍呢？”

夫子曰：“咨，夫特达而相知者，千载之一遇也。招贤而处友者，众士之常路也。是以空柯无刃[1]，公输不能以斫[2]；但悬曼矰[3]，蒲苴不能以射[4]。故膺腾撇波而济水，不如乘舟之逸也；冲蒙涉田而能致远，未若遵途之疾也。才蔽于无人，行衰于寡党，此古今之患，唯文学虑之。”文学曰：“唯唯，敬闻命矣。”

【注释】

〔1〕柯：斧柄。

〔2〕公输：复姓公输，名班，也称公输盘、公输般、班输，世人尊称公输子，又称鲁盘或鲁般，著名的能工巧匠。

〔3〕曼矰（zēng）：射鸟用结有丝绳的箭。

〔4〕蒲苴（jū）：古代楚国人，善于射箭。

【译文】

虚仪夫子说："唉！独具慧眼并相知的人是千年一遇的。招纳贤才安置知己是普通士人要走的常规途径。因为空有斧柄却没有斧刃，即使公输那样的巧匠也不能砍伐东西；只有箭却没有弓，即使蒲苴那样的神箭手也不能射下猎物。所以，跳入水中击波展浪没有坐船舒适；劈开荆棘步入田间能达到远方没有按照原有的道路快捷。才能因没人发现而被遮蔽，行为因缺少知己相助而失败，这是古今都有的弊端。只有您思虑这事。"微斯文学说："是的是的，我有幸聆听了您的教诲。"

于是相与结侣，携手俱游，求贤索友，历于西州〔1〕。有二人焉，乘辂而歌〔2〕。倚輗而听之〔3〕：咏叹中雅，转运中律，啴缓舒绎〔4〕，曲折不失节。问歌者为谁？则所谓浮游先生陈丘子者也。于是以士相见之礼友焉。

【注释】

〔1〕西州：指西蜀一带。

〔2〕辂（lù）：古代一种大车，多为帝王用。

〔3〕輗（ní）：大车车辕前端与车衡相衔接的部分。

〔4〕啴（chán）缓：柔和舒缓。

【译文】

于是他们相互结伴，携手同游，寻求贤德的朋友，所经达到西蜀一带。他们途中遇到坐在大车上唱歌的两个人。他们扶着车前的横木倾听；所歌咏的内容与《诗经》中的雅相符，声音婉转与旋律相符，节奏缓急与节律相符。他们打探唱歌的是谁，回答说是浮游先生和陈丘子。于是他们以士人的礼节相见，并成为朋友。

礼文既集，文学、夫子降席而称曰："俚人不识，寡见鲜闻，曩从末路，望听玉音，窃动心焉。敢问所歌何诗？请闻其说。"浮游先生陈丘子曰："所谓《中和》《乐职》《宣布》之诗，益州刺史之所作也。刺史见太上圣明，股肱竭力，德泽洪茂，黎庶和睦，天人并应，屡降瑞福，故作三篇之诗以歌咏之也。"

文学曰："君子动作有应，从容得度，南容三复白珪[1]，孔子睹其慎戒；太子击诵《晨风》[2]，文侯谕其指意。今吾子何乐此诗而咏之也？"

【注释】

〔1〕南容：孔子弟子南容适（kuò）。　白珪：白玉，指关于白珪的诗句。语出《论语·先进》"南容三复白圭"，意为：南容反复诵读《诗经·大雅·抑》中"白圭"的诗句："白圭之玷，尚可磨也；斯言之玷，不可为也。"喻指要谨言慎行。

〔2〕"太子"句：太子指战国时魏文侯长子击，因吟诵《诗经·秦风》中的哀怨诗《晨风》被魏文侯立为太子。

【译文】

以礼相见后，微斯文学和虚仪夫子离开座席恭敬地说："我们是出身卑微的俗人见识浅薄，刚才远远地听到你们如玉的歌声很感动。冒昧地问一下你们唱的是什么诗？请告诉我们。"浮游先生和陈丘子说："就是人们所说的《中和》、《乐职》、《宣布》三首诗，是益州刺史写的。他见君王圣明，大臣倾心竭力相辅，恩德滋润天下，百姓和睦，天人和谐，多次降下祥瑞福德，所以作了三首诗来歌颂。”

微斯文学说：“君子的行为都是适应需要的，言行淡定适度，南容反复吟诵过白珪之诗，孔子得以发现他谨慎自律；魏太子击喜欢诵读《晨风》之诗，魏文侯得以明白他的德行。如今两位先生为什么喜欢并唱这三首诗呢？”

先生曰：“夫乐者感人密深，而风移俗易。吾所以咏歌之者，美其君术明而臣道得也。君者中心，臣者外体。外体作，然后知心之好恶；臣下动，然后知君之节趋。好恶不形，则是非不分，节趋不立，则功名不宣。故美玉蕴于碔砆〔1〕，凡人视之怢焉〔2〕，良工砥之，然后知其和宝也。精练藏于矿朴〔3〕，庸人视之忽焉，巧冶铸之，然后知其干也。况乎圣德巍巍荡荡，民氓所不能命哉！是以刺史推而咏之，扬君德美，深乎洋洋，罔不覆载，纷纭天地，寂寥宇宙。明君之惠显，忠臣之节究。皇唐之世，何以加兹！是以每歌之，不知老之将至也。”

【注释】

〔1〕碔砆（wǔ fū）：像玉的石头。

〔2〕怢（tú）：忽视，不在意。

〔3〕矿朴：未经冶炼的矿石。

【译文】

浮游先生说：“乐歌可以深深地感动人并且能改变风俗。我们歌唱它们是为赞美君王圣明且臣子辅佐有道。君王是中心，臣子是外体。外体运作才知道中心的喜好和憎恶；臣子行动才知道君王的举止行为。喜好与憎恶不显现出来就是是非不分；君王的行为没有标准，那么臣子的功业名声就不能得到宣扬。所以藏在石头中的美玉，普通人是看不到的，手艺精良的匠人精心打磨后才知道它的价值。藏在矿石中的金子，普通人是看不到的，能工巧匠铸造后才知道它是金子。况且圣明君主的恩德崇高浩荡，百姓是不能准确称颂的啊！因此刺史把百姓不容易看到的圣德广为歌咏，颂扬君王像海洋般深邃、像天空般高远、如大地般覆盖和承载万物、如宇宙般辽阔的淳美德行，圣明君主的恩惠得以彰显，忠贞臣子的节操得以呈现。即使是唐尧那样的盛世也不能比这更好了！所以每次歌唱它就忘却了衰老要来了。"

文学曰："《书》云：迪一人使四方若卜筮[1]。夫忠贤之臣，导主志[2]，承君惠，摅盛德而化洪[3]，天下安澜[4]，比屋可封[5]，何必歌咏诗赋可以扬君哉？愚窃惑焉。"

【注释】

〔1〕一人：这里指天子。　卜筮：古时预测吉凶，用龟甲称卜，用蓍草称筮，合称卜筮。

〔2〕导主志：引导君王的意志。

〔3〕摅：表示，发表。

〔4〕安澜：水波平静，比喻世道安定太平。

〔5〕"比屋"句：每家都有值得颂扬的德行、功绩。比，靠近，挨着。

【译文】

微斯文学说："《尚书》说：君主恩施天下似天下臣民像看待卜卦一样，没有不信服的。忠良贤德的臣子，引导君王的意志，承蒙君王的恩惠，宣扬朝廷的恩德使良好的民风长久流传，就会使天下安定太平，家家可以表扬，为什么要歌唱诗赋才可以彰显君主的美名呢？愚钝的我有些疑惑。"

浮游先生色勃眦溢[1]，曰："是何言与？昔周公咏文王之德而作《清庙》[2]，建为《颂》首；吉甫叹宣王穆如清风[3]，列于《大雅》。夫世衰道微，伪臣虚称者，殆也。世平道明，臣子不宣者，鄙也。鄙殆之累，伤乎王道。故自刺史之来也，宣布诏书，劳来不怠，令百姓遍晓圣德，莫不霑濡[4]。厖眉耆耇之老[5]，咸爱惜朝夕，愿济须臾，且观大化之淳流。于是皇泽丰沛，主恩满溢，百姓欢欣，中和感发，是以作歌而咏之也。《传》曰：'诗人感而后思，思而后积，积而后满，满而后作，言之不足，故嗟叹之，嗟叹之不足，故咏歌之，咏歌之不厌，不知手之舞之足之蹈之也。'此臣子于君父之常义，古今一也。今子执分寸而罔亿度[6]，处把握而却寥廓，乃欲图大人之枢机。道方伯之失得，不亦远乎？"

【注释】

〔1〕眦溢：眼珠像要突出眼眶。形容瞪大眼睛发怒的样子。眦，眼眶。

〔2〕《清庙》：《诗经·周颂》的首篇，是周公祭祀文王的颂歌。

〔3〕吉甫：指周宣王的重臣尹吉甫。

〔4〕霑濡：浸渍，湿润，这里指蒙受恩泽、教化。

〔5〕厖（máng）眉：眉毛花白。　耆耇（qí gǒu）：指六十岁以上的人。

〔6〕分寸：这里指长度短。　亿度：无限的长度。

【译文】

浮游先生怒目圆睁正色说："这是什么意思？以前周公为歌颂文王的德行写了《清庙》，成为《诗经》颂诗的首篇；尹吉甫赞美宣王德行的诗，被收入《诗经·大雅》篇中。世道衰微，虚伪的臣子还进行宣扬是国运将尽的表现。世道昌明，臣子不进行宣扬是耻辱的表现。衰败耻辱会连累伤害王道。所以从刺史来后，宣布圣主诏令，勤劳不懈，使百姓无不知道感受君主的恩德，没有一个不受到圣德的濡染。连头发花白的老人都珍惜时间，愿意利用哪怕是很短暂的时间，来观赏淳厚教化的流传。于是皇恩丰泽，君主仁德满溢，百姓快乐，心中愉悦的情感抒发出来，因此用诗歌来咏唱。《毛诗传》说：'诗人有感触然后有思考，思考之后有积累，积累之后才成熟，成熟之后进行创作，语言难以完全表达思想，所以发出感叹之声，感叹还不能完全表达心情，所以歌唱它，歌唱还不能满足，情不自禁就手舞足蹈起来。'这是臣子对于君父的正常感情，古今都是一样的。如今您把握了分寸却丢失了亿度，抓住手掌中间的小空间却丢失了辽阔的宇宙，就想筹谋国家的重要之事，谈论诸侯治国的得失，不是相差很远吗？"

陈丘子见先生言切，恐二客惭，膝步而前曰："先生详之：行潦暴集，江海不以为多；鳍鳝并逃〔1〕，九罭不以为虚〔2〕。是以许由匿尧而深隐，唐氏不以衰；夷齐耻周而远饿，文武不以卑。夫青蝇不能秽垂棘，邪论不能惑孔墨。今刺史质敏以流惠，舒化以扬名，采诗以显至德，歌咏以董其文〔3〕，受命如丝，明之如缗，甘棠之风〔4〕，可倚而俟也。二客虽窒计沮议〔5〕，何伤？"顾谓文学夫子曰："先生微矜于谈道，又不让乎当仁，亦未巨过也。愿二子措意焉。"

【注释】

〔1〕鳍（qiú）：泥鳅。　鳝：黄鳝。

〔2〕九：泛指数量大。　罭（yù）：捕小鱼的细眼网。

〔3〕董：正。

〔4〕"甘棠"句：指政绩卓著。《诗经·召南·甘棠》有"蔽芾甘棠，勿翦勿伐"之语，相传周武王时的召伯曾在甘棠树下歇息，后人感怀召伯

的勤政美德，作了《甘棠》篇以纪念。甘棠，木名，也称甘梨。

〔5〕窒计沮议：阻碍、破坏计划商议好的事。沮，破坏，败坏。

【译文】

陈丘子见浮游先生的话说得过于严厉，怕两位客人不能接受，就跪步向前说："请先生认真思量：沟渠的水突然聚集而来，江海也不认为太多；泥鳅、鳝鱼一起逃走，渔网也不认为虚设。所以许由躲避尧帝传给他的帝位而隐居，唐尧也没有因此而衰败；伯夷、叔齐耻于做周朝的臣民而饿死在首阳山，周文王、周武王的地位也没有因此而变得卑下。苍蝇不能污损美玉，歪曲的道理不能迷惑孔子、墨子。如今刺史忠贞聪明传播君主的恩惠，广播风化以宣扬君主的美名，采集诗歌以显示君王的德行，以歌咏来端正君主的文风，接受王命像丝线，彰显圣德像渔线，作诗歌咏的行为，可以很快使宣扬圣主的德行成为风尚。两位客人尽管观点闭塞不合您的想法，又有什么妨碍呢？"然后转头对微斯文学和虚仪夫子说："我的先生不善于谈道，有理时又当仁不让，也不算是过失。希望两位先生不要误解。"

夫子曰："否。夫雷霆必发，而潜底震动，枹鼓铿锵[1]，而介士奋竦。故物不震不发，士不激不勇。今文学之言，欲以议愚感敌，舒先生之愤，愿二生亦勿疑。"于是文绎复集[2]，乃始讲德。

【注释】

〔1〕枹：鼓槌。

〔2〕绎（yì）：引出头绪，寻求真理。

【译文】

浮游夫子说："不会。春雷一定要出现后深潜水底的龙才会震动，战鼓响起后披甲的勇士才会起身奋战。所以，蛰伏的动物不受震动就不会惊醒，勇士不受鼓舞就不会奋勇直击。如今微斯文学的话，是想用看似愚钝的现象来感化对方，以纾解先生的激愤，希望两位不要多想。”于是大家都集聚起来，便开始谈论君臣的德行。

文学夫子曰：“昔成、康之世〔1〕，君之德与？臣之力也？”

先生曰：“非有圣智之君〔2〕，恶有甘棠之臣？故虎啸而风寥戾〔3〕，龙起而致云气，蟋蟀俟秋吟，蜉蝣出以阴〔4〕。易曰：飞龙在天，利见大人。鸣声相应，仇偶相从。人由意合，物以类同。是以圣主不遍窥望而视以明，不殚倾耳而听以聪。何则？淑人君子，人就者众也。故千金之裘，非一狐之腋；大厦之材，非一丘之木；太平之功，非一人之略也。

【注释】

〔1〕成：周成王。　康：周康王。周成王与周康王执政期间均为太平盛世。

〔2〕圣智：聪明睿智，无所不通。

〔3〕寥戾：形容声音凄清高远。

〔4〕蜉蝣：一种生存期很短的虫子，这里指微小的生命。

【译文】

微斯文学和虚仪夫子说：“以前周成王、周康王的盛世，是因为得自君王的德行还是臣子的努力呢？”

浮游先生说：“没有圣明的君主，哪有政绩突出的甘棠之臣？所以虎啸生成戾风，龙腾产生云气，蟋蟀到秋天才吟唱，蜉蝣到阴天才出洞穴。《易经》上说：飞龙在天上出现，预示着圣明的君主要出现。动物是同声相应，配偶跟随。人是因为思想相通而聚拢，物是因为种类相同而在一起。所以，圣明的君主不用亲自察看就知道事情真相，不用亲耳去听就能知道各类声音。为什么呢？善良的人和有德行的人，归向他们的人就会很多。所以，价值千金的裘服，不是一只狐狸的腋毛能做成的；一座大厦的材料，不是一座山上的树木能建成的；国家的太平，不是一个人的谋略能做到的。

“盖君为元首，臣为股肱，明其一体，相待而成。有君而无臣，春秋刺焉。三代以上，皆有师傅；五伯以下，各自取友。齐桓有管、鲍、隰、甯〔1〕，九合诸侯，一匡天下。晋文公有咎犯、赵衰〔2〕，取威定霸，以尊天子。秦穆有王、由、五羖〔3〕，攘却西戎〔4〕，始开帝绪。楚庄有叔孙、子反〔5〕，兼定江淮，威震诸夏。勾践有种、蠡、泄庸〔6〕，克灭强吴，雪会稽之耻〔7〕。魏文有段干、田、翟〔8〕，秦人寝兵，折冲万里。燕昭有郭隗、乐毅〔9〕，夷破强齐，困闵于莒〔10〕。夫以诸侯之细，功名犹尚若此，而况帝王选于四海，羽翼百姓哉！

【注释】

〔1〕齐桓：齐桓公，春秋时齐国第十五位国君，春秋五霸之一。　管、鲍：管仲、鲍叔牙。　隰、甯：隰朋、甯戚。四人均为辅佐齐桓公夺取霸业的重臣。

〔2〕咎犯：咎犯狐偃的别称，也称子犯、舅犯、咎犯、臼犯、狐子、狐突之子。春秋时晋国国卿。　赵衰：即赵成子，字子余，也称成季，孟子余，春秋时期晋国之卿。咎犯与赵衰均为晋国的重臣。

〔3〕王、由：王廖、由余，春秋时期秦穆公的功臣。　五羖：百里奚。秦穆公曾将百里奚以五张黑色羊皮从楚国赎回，委以重任，世称五羖大夫。

〔4〕西戎：古代对西部少数民族的称呼。

〔5〕楚庄：楚庄王，又称荆庄王，春秋时楚国国君，春秋五霸之一。

叔孙：孙叔敖，春秋时楚国令尹。　子反：公子侧，字子反，楚穆王的儿子，楚庄王的弟弟，春秋时期楚国司马，辅佐楚庄王称霸。

〔6〕勾践：春秋末年越国的国君。　种、蠡：文种、范蠡，文种为春秋末期楚国人，勾践的谋臣；范蠡，春秋末期著名的政治家、军事家、经济学家，曾献策辅佐越王勾践复国，后来归隐。　渫（xiè）庸：春秋时吴国的臣子，后来到越国辅佐勾践灭了吴国。

〔7〕会稽之耻：指越王勾践曾被吴王夫差用重兵围困在会稽山，越王勾践求和称臣的耻辱之事。

〔8〕魏文：魏文侯，战国时魏国的开国君王。　段干：姓李，名克，被封于段，为干木大夫，故称段干木，魏国人，有雄才大略，魏文侯慕名拜请多次后终肯辅佐魏文侯。　田、翟：田子方、翟璜。田子方，姓田，名无择，字子方，魏国人，魏文侯的友人；翟璜，又名翟触，战国初期魏国国相，辅佐魏文侯并助其灭了中山国，爵至上卿。

〔9〕燕昭：燕昭王，战国时燕国第三十九任国君，在位期间广纳贤士，社会太平。　郭隗（wěi）：战国中期燕国人，燕国大臣，被燕昭王尊崇。　乐毅：字永霸。战国时期魏国人，被燕昭王拜为上将军，辅佐燕昭王振兴燕国。

〔10〕闵：齐闵王，也称齐滑王、齐愍王，公元前284年，燕国将领乐毅以燕国、秦国、赵国、韩国、魏国五国联军攻田齐，燕军攻入临淄，齐闵王出逃至莒。　莒：今山东莒县。

【译文】

“君主是国家的头，臣子是国家的肢体，要知道他们是一个整体，相互依存而成。有君主没有忠臣，《春秋》中有所讽谏。三代及其以上的君主，都各有明师辅佐；五伯以下的诸侯，也都各有知己相助。齐桓公有管仲、鲍叔牙、隰朋、甯戚相助，才能多次联合诸侯的力量称霸天下。晋文公有咎犯、赵衰相助，才取得威信成就霸业，以尊崇天子。秦穆公有王廖、由余、百里奚相助，才能击败西戎，开创帝业。楚庄公有孙叔敖、子反相助，才兼并江、淮大地，威震中原。越王勾践有文种、范蠡、渫庸三大夫相助，才消灭了强大的吴国雪洗会稽失败的耻辱。魏文侯有段干木、田子方、翟璜相助，才使秦国停止对魏国的进攻，挫兵万里。燕昭王有郭隗、乐毅相助，才打败了强大的齐国，将齐湣王困在莒邑。凭借诸侯的微力，可成就这样的功名，何况从天下选拔贤才帮助百姓的帝王呢！

“故有贤圣之君，必有明智之臣。欲以积德，则天下不足平也。欲以立威，则百蛮不足攘也〔1〕。今圣主冠道德，履纯仁，被六艺〔2〕，佩礼文，屡下明诏，举贤良，求术士，招异伦〔3〕，拔俊茂。是以海内欢慕，莫不风驰雨集，袭杂并至，填庭溢阙。含淳咏德之声盈耳，登降揖让之礼极目，进者乐其条畅，怠者欲罢不能。偃息匍匐乎诗书之门，游观乎道德之域，咸洁身修思，吐情素而披心腹，各悉精锐以贡忠诚，允愿推主上，弘风俗而骋太平，济济乎多士，文王所以宁也。

【注释】

〔1〕蛮：古代称南方各族，这里指境外各民族。　攘：侵略，征服。

〔2〕六艺：儒家提倡的礼、乐、射、御、书、数六种才艺，分别指礼仪、音乐、射箭、驾车、识字、计算六项技能。

〔3〕异伦：特殊才能的人。

【译文】

“所以有贤圣的君主，一定有明智的臣子。想要积德，天下就会太平；想要树立威信，众多境外民族就会被征服。当今的圣主为道德之首，实行仁义，精通六艺，腰配礼文，多次颁发诏令，推举贤良的人才，求取有谋略的士人，招纳有特别本事的人，选拔有才情的人。所以天下欢心羡慕，像刮风下雨一样的聚集，纷纷前来，填满宫阙。到处能听到歌功颂德的声音，到处能看到礼下谦让的礼节，进取的人以通达为乐，懈怠的人想停止努力却做不到。人们安心读书，在道德的氛围中畅游，都洁净自身修养身心，推心置腹地吐露心声，都竭尽所能对君主忠心，甘愿尊崇君主，弘扬淳美的风俗使天下太平，就像周文王的时代，人才济济，君王才会安宁。

“若乃美政所施，洪恩所润，不可究陈。举孝以笃行[1]，崇能以招贤，去烦蠲苛以绥百姓[2]，禄勤增奉以厉贞廉。减膳食，卑宫观，省田官，损诸苑，疏繇役，振乏困，恤民灾害，不遑游宴。闵耄老之逢辜，怜缞绖之服事[3]，恻隐身死之腐人，凄怆子弟之缧匿[4]。恩及飞鸟，惠加走兽，胎卵得以成育，草木遂其零茂。恺悌君子，民之父母[5]，岂不然哉？

【注释】

〔1〕笃行：切实地实行。

〔2〕蠲（juān）：去除。

〔3〕缞绖（cuī dié）：麻布做的丧服。

〔4〕缧（léi）匿：因藏匿罪犯被拘捕。

〔5〕“恺悌（kǎi tì）”二句：语出《诗经·大雅·洞酌》。恺悌，和善，可亲。

【译文】

“像这样施行美政，至大恩德滋润的百姓数不胜数。树立孝子典范以淳厚人们的行为，尊崇才能以招纳贤人，废除烦乱苛刻的法规和律令以安抚百姓，给勤勉的官员增加俸禄以促使他们贞洁廉正。减少王室膳食的开销，减低宫馆的建造费用，削减管理田税的官员，减少可供娱乐的园林，放宽徭役，救济穷困的人，抚恤受灾的百姓，没有时间游乐，怜悯老人的过错，怜悯家有丧事的人，怜悯死于狱中的人，怜悯藏匿有罪父母的人。皇帝的恩泽惠及飞鸟、走兽，不论胎生卵生的动物都可以孵化发育，草木也跟着自然零落繁茂。《诗经》中‘和乐平易的君主就是百姓的父母’说的不就是这种情形吗？

“先生独不闻秦之时耶？违三王，背五帝，灭《诗》《书》，坏礼义；信任群小，憎恶仁智，诈伪者进达，佞谄者容入。宰相刻峭，大理峻法。处位而任政者，皆短于仁义，长于酷虐，狼挚虎攫，怀残秉贼。其所临莅，莫不肌栗慑伏[1]，吹毛求疵，并施螫毒。百姓征彸[2]，无所措其手足。嗷嗷愁怨，遂亡秦族。是以养鸡者不畜狸，牧兽者不育豺，树木者忧其蠹，保民者除其贼。故大汉之为政也，崇简易，尚宽柔，进淳仁，举贤才，上下无怨，民用和睦。

【注释】

〔1〕慑伏：畏惧，慑服。

〔2〕征彸（zhōng）：也写作“征松”，惊慌失措的样子。

【译文】

“先生您没听说秦朝的状况吗？秦始皇违背三皇、五帝之道，毁灭《诗》《书》破坏礼义，听信大批小人，憎恶仁德贤能的人，而奸诈虚伪的人腾达，容许逢迎谄媚的人进入朝廷。宰相刻薄偏激，法官执行残酷的刑罚。在位执政的人都缺少仁义而擅长运用残暴的手段，像虎狼一样强取豪夺，怀揣凶残恶毒的心，所到之处没有不让人胆战心惊而畏惧屈服的，他们还吹毛求疵实行狠毒的计策。百姓惶恐无措，满腔愁怨，于是一举灭了秦朝。所以养鹤的人不会养狐狸，畜养牲畜的人不会养豺狼，种树的人担心蠹虫蛀坏树木，想保护百姓的人会除掉奸贼。所以汉朝执政的皇帝崇尚节俭，提倡宽厚柔和，招纳淳厚仁德的人，推荐贤能的人，全国上下没有怨言，百姓太平和睦。

“今海内乐业，朝廷淑清。天符既章，人瑞又明。品物咸亨，山川降灵。神光耀晖，洪洞朗天。凤皇来仪，翼翼邕邕。群鸟并从，舞德垂容。神雀仍集，麒麟自至。甘露滋液，嘉禾栉比。大化隆洽，男女条畅。家给年丰，咸则三壤。岂不盛哉！昔文王应九尾狐而东夷归周，武王获白鱼而诸侯同辞，周公受秬鬯而鬼方臣〔1〕，宣王得白狼而夷狄宾。夫名自正而事自定也。今南郡获白虎，亦偃武兴文之应也。获之者张武，武张而猛服也。是以北狄宾洽，边不恤寇，甲士寝而旌旗仆也。”

文学夫子曰：“天符既闻命矣〔2〕，敢问人瑞〔3〕。”

【注释】

〔1〕秬鬯（jù chàng）：古代用香草、黑黍酿的酒，祭祀时用来降神。鬼方：远方的国家名。

〔2〕天符：天的符命。

〔3〕人瑞：人中的祥瑞，即人事方面的吉祥征兆。

【译文】

“如今天下安居乐业，朝廷政务清明。天意已经彰显，人间的祥瑞清清楚楚。万物都和顺相宜，山河降下灵气。祭祀时的神光交相辉映，光明照天。凤凰来朝，羽翼翔集，鸣声相和，群鸟追随，舞出圣德的样子。神鸟凤凰越集越多，瑞兽麒麟也来了。天降甘露滋润大地，茂盛的禾苗连接成片，深广的教化隆盛广泛，男女之间相处畅达。家家自给年年丰足，都按土地分为三等的法则缴纳赋税。这难道不是盛世吗！从前周文王应验了得九尾狐的吉兆终于使东夷归顺周朝，周武王得到白鱼而使各诸侯同声拥戴；周公接受用于祭祀的黑黍香酒使得远方的少数民族臣服，周宣王得到白狼而使夷狄之人宾服。凡事名义正了事情自然就安定了。如今南郡捕获白虎，是停战振兴文化的征兆。捕获白虎的张武，武力强大能制服凶猛。所以北狄宾服顺从，边境不用担心外敌侵扰，兵士可以休息，战旗可以放下了。”

微斯文学、虚仪夫子说：“关于天意应验的事我们已经知道了，能冒昧地问关于人世吉祥预兆的事。”

先生曰：“夫匈奴者，百蛮之最强者也。天性憍蹇[1]，习俗杰暴，贱老贵壮，气力相高。业在攻伐，事在猎射，儿能骑羊，走箭飞镞，逐水随畜，都无常处。鸟集兽散，往来驰骛，周流旷野，以济嗜欲。其耒耜则弓矢鞍马，播种则扞弦掌拊，收秋则奔狐驰兔，获刈则颠倒殪仆[2]。追之则奔遁，释之则为寇。是以三王不能怀[3]，五伯不能绥[4]，惊边扤士[5]，屡犯刍荛[6]，诗人所歌，自古患之。今圣德隆盛，威灵外覆，日逐举国而归德，单于称臣而朝贺[7]。乾坤之所开，阴阳之所接，编结沮颜[8]，燋齿枭瞯翦发黥首[9]，文身裸袒之国，靡不奔走贡献，欢忻来附，婆娑呕吟，鼓掖而笑。夫鸿均之世，何物不乐？飞鸟翕翼，泉鱼奋跃。是以刺史感懑舒音，而咏至德。鄙人黯浅[10]，不能究识，敬遵所闻，未克殚焉。”

于是二客醉于仁义，饱于盛德，终日仰叹，怡怿而悦服。

【注释】

〔1〕憍蹇（jiāo jiǎn）：骄傲，傲慢。

〔2〕殪（yì）仆：杀伤。

〔3〕三王：指夏启、商汤、周武。

〔4〕五伯：也作五霸，指昆吾氏、大彭氏、豕韦氏、齐桓公、晋文公五位杰出的君主。　绥：安抚。

〔5〕抏（wán）：惊扰。

〔6〕刍荛：割草称“刍”，打柴称“荛”。指割草打柴的人，后来常用作向人陈述意见的谦辞。

〔7〕单于：古时对匈奴君长的称号。

〔8〕沮颜：用刀刻面，匈奴人表达悲愁的一种风俗。

〔9〕燋（jiāo）：黄黑色。　枭瞯（xián）：人的眼睛像枭的眼睛一样深陷。　黥（qíng）首：额头上刻字或图案。

〔10〕黤（yǎn）浅：暗昧浅薄。

【译文】

浮游先生说：“以匈奴为例吧，它是众多蛮邦中最强悍的。生性骄横，习俗怪异残暴，鄙视老人看重壮年，以气力决定高下。他们的主业是征战攻伐，谋生靠狩猎，小孩子会骑羊射箭。整个种族都追随水流居住，没有固定的住处。就像鸟兽那样集散，往来游牧，在旷野上流走以满足生活上的需求。他们的耕种工具只有弓箭鞍马，播种就是拉弦引弓，秋收就是追逐射杀狐兔，收割就是杀死射倒禽兽。这个种族，去追剿的时候就逃跑，放松警惕就成为贼寇。所以三王时不能感化他们，五霸时无法安抚他们。他们惊扰边境，伤害戍守的士兵，多次侵犯边境的百姓，《诗经》中所唱的表明他们自古就是祸患。如今圣主功德盛大，神威覆盖到外境，日逐王带全国的军民来归服，单于也向汉朝称臣道贺。天地豁然开朗，阴阳交接不差。四方民族有的编发刻脸，有的黑齿深目，有的剪发刺额，是袒露文身的国家，其他民族和国家没有不争相进贡的，他们欢快地跳舞唱歌，拍打腋窝大笑。宏大均平的世道，什么东西不快乐呢？飞鸟合翼冲天，水中的鱼欢快跳跃。所以刺史有感而放声高唱来歌咏圣王的恩德。我愚钝浅薄，不能彻底领悟，谨遵我们所听到的说出来，但是远远没有完全表达圣德的极致。”

于是两位客人为仁义而醉，为圣德所饱，终日慨叹歌咏，心中愉悦而诚服。

（本卷译注：郭玉贤）

文选卷第五十二

论二

王命论　班叔皮（班彪）

【题解】

本篇论述天子皆受天命而立，不是一般人所能妄求，但也强调世世积德与个人的宽明仁恕是君权神授的重要依据。

昔在帝尧之禅曰[1]："咨尔舜，天之历数在尔躬。"舜亦以命禹。暨于稷契[2]，咸佐唐虞，光济四海，奕世载德。至于汤武[3]，而有天下。虽其遭遇异时，禅代不同，至于应天顺人，其揆一焉。是故刘氏承尧之祚，氏族之世，着于春秋[4]。唐据火德[5]，而汉绍之。始起沛泽，则神母夜号[6]，以彰赤帝之符。由是言之，帝王之祚，必有明圣显懿之德，丰功厚利积累之业，然后精诚通于神明，流泽加于生民。故能为鬼神所福飨，天下所归往。未见运世无本，功德不纪，而得倔起在此位者也。世俗见高祖兴于布衣，不达其故，以为适遭暴乱，得奋其剑，游说之士，至比天下于逐鹿[7]，幸捷而得之。不知神器有命[8]，不可以智力求。悲夫！此世之所以多乱臣贼子者也。若然者，岂徒暗于天道哉，又不睹之于人事矣！

【注释】

〔1〕禅：把帝位让给别人。

〔2〕稷契（xiè）：皆尧舜之臣。

〔3〕汤武：商汤、周武王。契为汤之祖，稷为武王之祖。

〔4〕春秋：此指《左传》。《左传·昭公二十九年》载蔡墨之言，说陶唐氏既衰，其后有刘累，春秋时代晋国范氏又为其后。故汉代学者认为，刘氏为尧之后。

〔5〕火德：五行之一。战国时代阴阳家将金、木、水、火、土五行与王朝相配，认为王朝的更迭是五行的循环交替。

〔6〕神母夜号：《史记·高祖本纪》说，刘邦行泽中，有大蛇当道，斩之。有一老妪夜哭，说："吾子，白帝子也，化为蛇，当道，今为赤帝子斩之。"

〔7〕逐鹿：喻争天下。语出《史记·淮阴侯列传》蒯通之言："秦失其鹿，天下共逐之，于是高材疾足者先得焉。"

〔8〕神器：神圣之物，如天子玉玺符服御之物，此指中央政权。

【译文】

从前帝尧将帝位禅让给舜时说："啊！你这位舜！上天的大命已经降临在你的身上。"后来舜将帝位禅让给禹时也这样说。至于后稷和契，都能辅佐唐尧和虞舜，光辉普及四海，累世传承其德。到了契之后人商汤和后稷之后人周武王，便能享有天下。上述诸人虽然遭遇的时代不同，和平禅让与武力取代也不同，至于顺乎天应乎人，其规律是相同的。因此刘氏如何承袭帝尧之君位，其氏族之世系，明确地写在史书上。唐尧依据的是火德，汉代便继承了它。刘邦开始起义于沛地大泽之时，就有老妪夜哭，以此符瑞表明刘邦为赤帝之子。由此说来，帝王的禄位，一定会有与之相配的明圣显著而美好的德行，丰功厚利并世代积累的功业，然后精诚与神明相通，恩泽施加于人民。所以能被鬼神赐福保佑，为天下百姓所归往。从来也未见过在五行更迭次序上没有根据、功德又不为典籍所载之人，能够崛起而获得君位。世俗之人见高祖刘邦从平民当上了皇帝，不了解其中缘故，以为适逢大乱，故能振奋其武力，游说之士甚至把争夺天下比喻为中原逐鹿，认为谁捷足先登就能得到君位。不知道取得天子玺符是由命定的，不能够仅凭智力求得。可悲啊，这就是世上之所以出现许多篡位夺权的乱臣贼子的原因。像这种人，难道只是不了解天道吗，他们同时也看不到人事啊。

夫饿馑流隶，饥寒道路，思有短褐之袭[1]，担石之蓄，所愿不过一金，终于转死沟壑。何则？贫穷亦有命也。况乎天子之贵，四海之富，神明之祚，可得而妄处哉！故虽遭罹厄会，窃其权柄，勇如信布[2]，强如梁籍[3]，成如王莽[4]，然卒润镬伏锧[5]，烹醢分裂[6]，又况么麽不及数子[7]，而欲暗干天位者也[8]。是故驽蹇之乘[9]，不骋千里之涂；燕雀之畴，不奋六翮之用[10]；楶梲之材[11]，不荷栋梁之任；斗筲之子[12]，不秉帝王之重。《易》曰："鼎折足，覆公餗。"[13]不胜其任也。

【注释】

〔1〕短：同"裋（shù）"，粗布衣服。　褐：粗毛布衣。短褐，皆贫者所穿之粗服。　袭：重衣。

〔2〕信布：韩信，黥布，均汉初功臣，因谋反被杀。

〔3〕梁籍：项梁、项籍（项羽）。项梁在反秦战争中战死，项羽在楚汉相争中兵败垓下自杀。

〔4〕王莽：西汉末年篡汉自立，改国号为新，后汉兵攻入长安，被杀。

〔5〕镬：釜属，用作烹煮。　锧：斧砧，用作腰斩。

〔6〕醢（hǎi）：肉酱。

〔7〕么（yāo）麽：同"幺麽"，细小，卑微。

〔8〕暗干：盗窃。

〔9〕驽：最下之马。　蹇：跛。

〔10〕六翮：指翅膀，据说健飞之鸟翅膀上均有六根翎管。

〔11〕楶（jié）：斗栱。　梲（zhuō）：梁上短柱。楶梲，喻小材。

〔12〕斗筲（shāo）：喻材器之小。筲，竹器，容一斗。

〔13〕“《易》曰”句：见易鼎九四爻辞。悚，食物。

【译文】

那些饥饿的流民，挨饿受冻奔走于道路，他们所想要的不过是贫者的粗服，担石的蓄粮，他们所希望拥有的不过一金，但最后还是转死在沟壑中。什么原因呢？那是因为贫穷也是命运注定的啊。何况贵为天子，富有四海，这样神圣的君位，怎能随便就可以得到！所以即使有人历经困厄，极力想盗窃国家权柄，像韩信、黥布般的勇武，像项梁、项籍般的强狠，像王莽般也取得暂时的成功，但最终还是被烹煮腰斩，被砍成肉酱或车裂肢解，又何况那些才能不及上述诸人而竟然想盗窃君位的卑微平庸之辈呢。因此劣马跛马的车骑，不能在千里之道上驰骋；燕雀之辈，不能像鸿鹄一般振翅高飞；斗栱短柱一类木材，不能担负栋梁的重任；才器极小的斗筲之人，不能执掌帝王的重权。《易经》说：“鼎折断了足，打翻了主公的食物。”是说鼎承担不了它的重负。

当秦之末，豪桀共推陈婴而王之。婴母止之曰：“自吾为子家妇，而世贫贱，卒富贵，不祥。不如以兵属人，事成，少受其利；不成，祸有所归。”婴从其言，而陈氏以宁。王陵之母，亦见项氏之必亡，而刘氏之将兴也。是时，陵为汉将，而母获于楚。有汉使来，陵母见之，谓曰：“愿告吾子：‘汉王长者，必得天下，子谨事之，无有二心。’”遂对汉使伏剑而死，以固勉陵。其后，果定于汉。陵为宰相，封侯。夫以匹妇之明，犹能推事理之致，探祸福之机，全宗祀于无穷，垂册书于《春秋》〔1〕，而况大丈夫之事乎！是故穷达有命，吉凶由人。婴母知废，陵母知兴，审此二者，帝王之分决矣。

【注释】

〔1〕春秋：指史书。上述陈婴事载《史记·项羽本纪》，王陵事载《史记·陈丞相世家》。

【译文】

当秦末之时，起义的豪杰共推陈婴为王，婴母告诫陈婴道："自从我嫁到你家来，世代贫贱，现在忽然富贵起来，这是不吉祥的。不如把军力隶属于他人，事成，多少得到一些利；不成，祸自有人承担。"陈婴听从了她的话，后来陈氏果然得以保全。王陵之母，也看到了项羽必亡，而刘氏将兴。当时，王陵为汉将，而王母被楚抓获。有汉使来，王母见汉使，对他说："请你告诉我的儿子：汉王刘邦是仁慈长者，一定会取得天下，你要恭谨地侍奉他，不要有二心。"于是当着汉使用剑自刎而死，以坚定和激励王陵的信念。后来，天下果然统一于汉。王陵做了宰相，封安国侯。陈母、王母以匹妇之明，尚且能推断事理的极致，探测祸福的奥秘，保全宗族祭祀于无穷，言行记载于史书上，何况男子汉大丈夫的事呢？因此说穷困与通达有天命注定，而吉凶祸福则由人去掌握。陈母知道起义必然失败，王母知道刘氏必然成功，了解了兴废成败的规律缘由，是否有帝王之分就很清楚了。

盖在高祖，其兴也有五：一曰帝尧之苗裔，二曰体貌多奇异，三曰神武有征应，四曰宽明而仁恕，五曰知人善任使。加之以信诚好谋，达于听受，见善如不及，用人如由己，从谏如顺流，趣时如响起。当食吐哺〔1〕，纳子房之策；拔足挥洗〔2〕，揖郦生之说；悟戍卒之言〔3〕，断怀土之情；高四皓之名〔4〕，割肌肤之爱；举韩信于行阵，收陈平于亡命。英雄陈力，群策毕举，此高祖之大略，所以成帝业也。若乃灵瑞符应，又可略闻矣。初刘媪妊高祖，而梦与神遇，震电晦冥，有龙蛇之怪。及长而多灵，有异于众。是以王、武感物而折契[5]，吕公睹形而进女[6]；秦皇东游以厌其气[7]，吕后望云而知所处；始受命则白蛇分，西入关则五星聚[8]。故淮阴留侯谓之天授，非人力也。

【注释】

〔1〕“当食”句：《史记·留侯世家》说，刘邦欲纳郦食其计，立六国后，张良列举八条理由，以为不可。刘邦“辍食吐哺，骂曰：竖儒，几败而公事!”

〔2〕拔足挥洗：《史记·高祖本纪》说，郦食其求见刘邦，刘邦“方踞床，使两女子洗足”，郦食其责备刘邦不恭，于是刘邦摄衣而起，谢罪。

〔3〕戍卒之言：《史记·高祖本纪》说，刘邦欲建都洛阳，齐人刘敬（《汉书》作“戍卒娄敬”）劝刘邦入都关中。

〔4〕四皓：四位老人，指东园公、绮里季、夏黄公、角里先生。《史记·留侯世家》说，刘邦欲废太子，立戚夫人子赵王如意，吕后用张良计，请四皓辅佐太子，刘邦只好作罢。

〔5〕王、武：王媪、武负。《史记·高祖本纪》说，刘邦常到王、武处赊酒，王、武见其卧醉，身上常有龙，故毁掉契券，不要刘邦偿债。

〔6〕吕公：吕后之父。《史记·高祖本纪》说，吕公善相人，以为刘邦有奇相，故将女儿嫁给刘邦。

〔7〕厌：同“压”，镇也。

〔8〕五星聚：指金、木、水、火、土五行星同时并见于一方，古以为祥瑞。《汉书·高帝纪》说：“元年冬十月，五星聚于东井。沛公至霸上。”

【译文】

从高祖刘邦来说，他能建立帝业的条件有五：一是帝尧的后代，二是隆准龙颜体貌奇伟，三是神圣勇武且有种种征兆瑞应，四是宽厚明达而仁慈爱人，五是知人而善任。加上诚信好谋，善于听取意见，见善即从如恐不及，用人不疑信任如知己，听从劝谏如顺水行舟，趋时变通如响随声起。当食吐哺，采纳了张良不立六国之后的谋略；中断洗足，为自己踞傲无礼而向郦食其致歉；领悟了戍卒娄敬不在洛阳建都的谏言，斩断了怀土思归的感情；敬畏四皓的名声，打消了废太子的念头，割断了对戚夫人母子的宠爱；从军队中提拔韩信为大将军，从亡命归顺之徒中收留陈平为骖乘。因此英雄尽骋才力，各种谋略都能施展，这就是高祖刘邦的雄才大略，因而能成就帝王之大业。至于各种灵瑞符应，也可略微说一说。起初刘母怀着高祖的时候，梦中与神遇，当时雷电交加天色晦暗，刘父往视见蛟龙在其上不久即生下高祖。等到他长大多有灵异之事，与众不同。因此王媪、武负见其醉卧时身上常有龙而勾销了他的赊款，吕公相了他的形貌而把女儿嫁给他；秦始皇东游以镇压东南的天子之气，吕后常望云气得知他的处所；开始起义之时就斩杀了白帝子，西入关灭秦之时恰逢五星聚于东井。所以韩信、张良都说高祖取得天下“乃天授，非人力”。

历古今之得失，验行事之成败，稽帝王之世运，考五者之所谓，取舍不厌斯位〔1〕，符瑞不同斯度。而苟昧权利〔2〕，越次妄据，外不量力，内不知命，则必丧保家之主，失天年之寿，遇折足之凶，伏斧钺之诛。英雄诚知觉寤，畏若祸戒〔3〕，超然远览，渊然深识，收陵婴之明分，绝信布之觊觎〔4〕，距逐鹿之瞽说，审神器之有授，贪不可冀，无为二母之所笑〔5〕，则福祚流于子孙，天禄其永终矣。

【注释】

〔1〕厌：合，当。

〔2〕昧：贪。

〔3〕若：顺。

〔4〕觊觎：窥望，指抱非分之想。

〔5〕“贪不”二句：据《汉书》，当作“毋贪不可冀，为二母之所笑”。

【译文】

历观古今的得失，验证行事的成败，稽核帝王的世系更迭，考察上述高祖兴起的五个方面，可知如果取舍不合于他所处的地位，符瑞也不合于他力所能及的范围，但却贪图权利，越位争夺妄想据有君位，外不量其力，内不知天命，就必定会家族丧亡，年寿夭折，遇上“折足”的灾祸，遭受斧钺的诛杀。英雄豪杰如能觉悟，敬畏顺从避祸的训戒，超然远视，默然深记在心中，接受王陵、陈婴对界限分际的明审，断绝韩信、黥布那样对君王的窥伺，拒绝中原逐鹿、捷足先登一类的瞎说，明了君位自有天授，不要去贪求那些得不到的东西而被“陈母王母”所嘲笑，那么福禄必定会传给子孙，上天给予的禄位就能永远享有。

（译注：邹子衿）

典论论文 魏文帝（曹丕）

【题解】

本篇是中国文学史上第一部有系统的文学批评专论作品，旨在批评文人相轻、贵古贱今等弊病，希望治学者能务实钻研、发挥所长，为后世留下经世治国的不朽著作。

文人相轻〔1〕，自古而然。傅毅之于班固〔2〕，伯仲之间耳〔3〕，而固小之，与弟超书曰：“武仲以能属文为兰台令史〔4〕，下笔不能自休。”夫人善于自见，而文非一体，鲜能备善。是以各以所长，相轻所短。里语曰：“家有弊帚，享之千金。”斯不自见之患也。

【注释】

〔1〕相轻：互相轻视、鄙薄。

〔2〕傅毅：东汉文学家，汉明帝永平年间，曾在平陵学习章句之学，汉明帝求贤不诚，士多隐居，故作《七激》讽谏。汉章帝即位后广召文学才士，招其为兰台令史，拜郎中。　班固：字孟坚，东汉时期著名的史学家、文学家，“汉赋四大家”之一，自幼善诗赋，曾历时二十余年撰写《汉书》，一生著述颇丰。

〔3〕伯仲：兄弟排行中的老大和老二，比喻才能、水平不相上下。

〔4〕属（zhǔ）文：写文章。　兰台令史：东汉开始设置的官名，掌管书奏及印工文书，兼校定宫廷藏书文字。

【译文】

文人互相轻视，自古以来就是这样。傅毅和班固的文学成就像哥哥与弟弟一样不分上下。可是班固却轻视傅毅，在写给弟弟班超的信中说：“傅毅因为善写文章做兰台令史，其实他写文章不能停笔，很冗长。”一般来说，人容易了解自己的优点，而文章并不是只有一种体裁，少有人能把所有体裁都写好。所以人们经常用自己优点去和别人的缺点相比。俗话说：“家里有破旧的扫帚，把它看作千金。”这是不能发现自己缺点的毛病。

今之文人，鲁国孔融文举，广陵陈琳孔璋，山阳王粲仲宣，北海徐幹伟长，陈留阮瑀元瑜，汝南应玚德琏，东平刘桢公幹〔1〕：斯七子者，于学无所遗，于辞无所假〔2〕，咸以自骋骥騄于千里〔3〕，仰齐足而并驰。以此相服，亦良难矣。盖君子审己以度人〔4〕，故能免于斯累〔5〕，而作论文。

【注释】

〔1〕孔融、陈琳、王粲、徐幹、阮瑀、应玚、刘桢：汉末建安年间成就卓著的文学家，世称“建安七子”。孔融，字文举，鲁国（今山东曲阜）人，曾任北海相，后任少府，善诗文，辞采富丽，但因喜抨议时政，触怒曹操而被杀；陈琳，字孔璋，广陵射阳（今江苏扬州）人，擅长撰写章、

表、书、檄，风格雄放；王粲：字仲宣，山阳郡高平县（今山东微山）人，少有才名，善属文，其诗赋为建安七子之冠；徐幹：字伟长，山东寿光人，以诗、辞赋、政论著称；阮瑀：字元瑜，陈留尉氏（今河南开封）人，所作章、表、书、记出色，当时军国书檄文字，多为阮瑀与陈琳所拟；应场：字德琏，汝南南顿（今河南省项城）人，擅长作赋，有文赋数十篇。诗歌亦见长，与其弟应璩齐名；刘桢：字公幹，东平宁阳（今山东宁阳）人，博学有才，其文学成就，主要表现于诗歌，特别是五言诗创作方面在当时负有盛名。

〔2〕假：利用，借用。

〔3〕骥騄（lù）：骥和騄都是指奔跑迅速的良马，这里指才华出众的人。

〔4〕审：仔细分析，探究。　度：推测，评价。

〔5〕累：这里指文人相轻的弊病。

【译文】

如今的文人，鲁国的孔融，广陵的陈琳，山阳的王粲，北海的徐幹，陈留的阮瑀，汝南的应场，东平的刘桢七位，在学问方面无所不通，在文辞方面能恰到好处的借用，他们都认为自己是驰骋千里的好马，凭借能力并驾齐驱。要他们互相佩服，也是很难的。君子能够审视自己并正确地认识别人，所以能免受这种牵累。所以我写下这篇论文。

王粲长于辞赋；徐幹时有齐气〔1〕，然粲之匹也。如粲之《初征》《登楼》《槐赋》《征思》〔2〕，幹之《玄猿》《漏卮》《圆扇》《橘赋》〔3〕，虽张、蔡不过也〔4〕。然于他文未能称是。琳、瑀之章表书记〔5〕，今之隽也〔6〕。应场和而不壮〔7〕。刘桢壮而不密〔8〕。孔融体气高妙〔9〕，有过人者，然不能持论，理不胜词，以至乎杂以嘲戏〔10〕，及其所善，杨、班俦也〔11〕。

【注释】

〔1〕齐气：齐人写文章所呈现出的性情迟缓的风格特点，崇尚刚健文风的曹丕认为齐人的为文风格是缺点。

〔2〕《初征》《登楼》《槐赋》《征思》：指《初征》《登楼》《槐赋》《征思》四篇赋。

〔3〕《玄猿》《漏卮》《圆扇》《橘赋》：指《玄猿》《漏卮》《圆扇》《橘赋》四篇赋。

〔4〕张、蔡：张衡、蔡邕，均为汉代著名文学家。

〔5〕章、表、书、记：指章、表、书、记四种文体。臣子写给君王的书信称为章，臣子写给君王的奏折称为表，普通的公文称为书，一般的应用文称为记。

〔6〕隽：鸟肉肥美，味道好，引申为意味深长。

〔7〕和而不壮：平和而不雄壮。

〔8〕壮而不密：雄壮而不细密。

〔9〕体气高妙：文气才智高深精妙。

〔10〕杂以嘲戏：夹杂嘲讽戏谑。

〔11〕杨、班：杨雄、班固，均为汉代文学家。 俦：同辈。

【译文】

王粲擅长写辞赋，徐幹的文章时常有齐人舒缓的文气，但在辞赋方面与王粲旗鼓相当。如王粲的《初征》《登楼》《槐赋》《征思》，徐幹的《玄猿》《漏卮》《圆扇》《橘赋》，即便是辞赋大家张衡、蔡邕也不能超越。然而其他文体，王、徐就不能被称道。陈琳、阮瑀写的奏章、函件，是当今最出色的。应玚的文章平和而不雄壮，刘桢的文章雄壮而不细密。孔融的文气才智有超过常人之处，可是不擅长议论，理论跟不上文词，以至于夹杂着嘲讽戏谑的成分。至于他的部分佳作，却可以和杨雄、班固这样的大家相比。

常人贵远贱近，向声背实〔1〕，又患暗于自见〔2〕，谓己为贤。夫文，本同而末异。盖奏议宜雅，书论宜理〔3〕，铭诔尚实，诗赋欲丽。此四科不同，故能之者偏也；唯通才能备其体。

【注释】

〔1〕“向声”句：追求名声背离实际。

〔2〕暗：遮蔽、蒙蔽。 自见：自己的见解。

〔3〕理：擅长论证。

【译文】

一般的文人重视古代轻视近代。追求名声背离实际，又缺乏自知之明，认为自己是最优秀的。而写文章，本质相同而具体要求不同。一般来说，奏议需要典雅，书论需要说理透彻，铭诔需要重视实际，诗赋需要华丽。这四种文章体裁不同，所以一般都擅长于某一种，只有通才才能各种文体都写好。

文以气为主〔1〕；气之清浊有体〔2〕，不可力强而致。譬诸音乐，曲度虽均〔3〕，节奏同检〔4〕；至于引气不齐，巧拙有素，虽在父兄，不能以移子弟。

【注释】

〔1〕气：气质。

〔2〕清：柔和舒缓的文风。 浊：刚劲、急促的文风。

〔3〕曲度：曲调，曲谱。

〔4〕检：规则，制度，标准。

【译文】

文章以文气为主，文气有刚健、柔缓的差别，源自作者的内心，不是靠外力所能达到的。这像音乐的曲调和节奏看似一样，但歌唱或演奏起来用气不同，表现的音质就有优劣之分，即便是父兄，也不能传给子弟。

盖文章经国之大业[1]，不朽之盛事。年寿有时而尽，荣乐止乎其身。二者必至之常期，未若文章之无穷。是以古之作者，寄身于翰墨[2]，见意于篇籍，不假良史之辞[3]，不托飞驰之势[4]，而声名自传于后。故西伯幽而演易[5]，周旦显而制礼[6]，不以隐约而弗务[7]，不以康乐而加思[8]。夫然，则古人贱尺璧而重寸阴，惧乎时之过已。而人多不强力，贫贱则慑于饥寒，富贵则流于逸乐，遂营目前之务，而遗千载之功。日月逝于上，体貌衰于下，忽然与万物迁化，斯志士之大痛也！融等已逝，唯幹著论[9]，成一家言。

【注释】

〔1〕经国：治理国家。

〔2〕翰墨：原指笔、墨，这里指文章。

〔3〕假：借助，依靠。　史：史官，古代负责整理、记载史实的专职官吏。

〔4〕飞驰：飞快奔驰，指飞黄腾达之人。

〔5〕西伯：周文王，商纣时称西伯，以善仁治国，曾被纣王囚在羑里（今河南汤阴），于囚禁期间推演易象作卦辞，后得释归。继续推行仁政，天下诸侯多归从，其子周武王称王后，西伯被追尊为文王。

〔6〕周旦：周公旦，曾辅佐周成王制定周朝的法度礼仪规范。

〔7〕隐约：不得重用。　弗务：不能全心从事该做的事，此处指著书立说。

〔8〕加思：改变原来的想法。

〔9〕“唯幹”句：唯有徐幹的著述，这里指徐幹所作《中论》。

【译文】

文章有助于治理国家，是永世长存的盛事。人的寿命有终结，荣华享乐只限于自己本身。这两样必定有常规的期限，不像文章可以长久流传。所以古代的作者把全部身心都寄托在写文章上，把自己的想法通过文章、书籍表现出来，而不依靠史官的记录，不依靠权贵的力量，而名声自然流传到后世。所以周文王在被囚禁后推演出《易经》，周公姬旦在显达的时候不忘制订礼法制度，他们不因为身处逆境而放弃努力，也不因为身处安康享乐的环境而改变想法。这样看来，古人轻视尺长的宝玉而重视寸长的光阴，害怕时光匆匆流逝。但如今的人大多不够努力，地位低下的人饥饿寒冷，富有高贵的人贪图享乐，于是都忙于眼前的琐事，却丢弃了可以流传千年的功业。天上，时光在渐渐流逝，地上，人的身体容貌在渐渐衰老，瞬间随着万物的变迁而悄然逝去，这是有志之士最为悲痛之事！孔融等人已经逝去，只有徐幹的著述，成为一家之言而流传于世。

（译注：郭玉贤）

六代论 曹元首（曹冏）

【题解】

曹冏，字元首，三国魏沛国谯（今安徽亳州）人，魏齐王曹芳族祖，生卒年不详，正始年间在世，官至弘农太守，事见《文选》李善注引《魏氏春秋》。本篇论夏、殷、周、秦、汉、魏之兴亡，主张分封宗室子弟，抑制异姓权臣，维护中央政权。

昔夏、殷、周之历世数十[1]，而秦二世而亡。何则？三代之君与天下共其民，故天下同其忧；秦王独制其民，故倾危而莫救。夫与人共其乐者，人必忧其忧；与人同其安者，人必拯其危。先王知独治之不能久也，故与人共治之；知独守之不能固也，故与人共守之。兼亲疏而两用，参同异而并进[2]。是以轻重足以相镇，亲疏足以相卫，并兼路塞，逆节不生。及其衰也，桓文帅礼[3]。苞茅不贡[4]，齐师伐楚。宋不城周[5]，晋戮其宰。王纲弛而复张，诸侯傲而复肃。二霸之后，寖以陵迟[6]。吴楚凭江，负固方城[7]，虽心希九鼎[8]，而畏迫宗姬。奸情散于胸怀，逆谋消于唇吻。斯岂非信重亲戚，任用贤能，枝叶硕茂，本根赖之与？自此之后，转相攻伐。吴并于越，晋分为三，鲁灭于楚，郑兼于韩。暨乎战国，诸姬微矣，唯燕卫独存。然皆弱小，西迫强秦，南畏齐楚，救于灭亡，匪遑相恤[9]。至于王赧[10]，降为庶人，犹枝干相持，得居虚位。海内无主，四十馀年。秦据势胜之地，骋谲诈之术，征伐关东，蚕食九国。至于始皇，乃定天位。旷日若彼，用力若此，岂非深根固蒂，不拔之道乎？《易》曰："其亡其亡，系于苞桑。"[11]周德其可谓当之矣。

【注释】

〔1〕夏、殷、周：夏、商、周。

〔2〕同异：指与天子同姓或异姓。

〔3〕桓文：齐桓公、晋文公。　帅礼：同率礼，指依礼而行，尊崇王室。

〔4〕苞茅：即包茅，古人束茅以漉酒。《左传·僖公四年》说，齐桓公率领诸侯军队攻打楚国，理由之一是楚国不进贡包茅，周天子无以漉酒。

〔5〕城周：增筑周之王城。《左传·定公元年》说，魏晋舒率领诸侯之大夫城成周，宋仲几不服从，士伯怒，说："必以仲几为戮。"乃执仲几而归。

〔6〕寖：渐。　陵迟：逐渐衰败。

〔7〕"负固"句：《左传·僖公四年》说，齐桓公率军攻楚，楚屈完表示，"楚国方城以为城，汉水以为池"，将坚决抵抗，齐军虽众，也不能取

胜。　方城，山名。

〔8〕九鼎：夏禹之时以九州所贡之金铸九鼎，夏商周三代以九鼎为天子传国之宝。《左传·宣公三年》说，楚子观兵于周疆，问鼎之大小轻重，有夺周天子天下之意。

〔9〕恤：救济。

〔10〕王赧：即周赧王姬延，周王朝最后之王，当时已无天子之权威，仅虚有其位而已。周赧王五十九年死，国并入秦。赧，同“赧”。

〔11〕“《易》曰”句：此为《易》否卦九五爻辞。　苞桑：丛生的桑树，扎根牢固。

【译文】

从前夏、商、周三朝天子之位传了数十代，而秦王朝只传了两代便灭亡了，什么原因呢？夏、商、周三朝之天子与天下同姓诸侯共治其民，所以天下同姓诸侯与他共患难；秦王独自统制其民，所以倾覆危难之时无人来相救。与别人共享欢乐的，别人一定以他的忧患为忧患；与别人同享平安的，别人一定拯救他的危难。先王知道独治之不能长久，所以同别人共同治理天下；知道独守之不能牢固，所以同别人共同防守天下。兼顾亲疏而两用，参酌同姓异姓都给予提拔。因此权势轻重均衡足以相互牵制，亲疏关系协调足以相互守卫。大国兼并小国的道路被堵死，犯上作乱的事不会发生。到了王室衰落的时候，齐桓公、晋文公还能依礼而行尊崇王室。楚国不向周天子进贡苞茅，齐桓公率诸侯之师伐楚。宋国不参与增筑周天子王城，晋士伯表示“必以仲几为戮”。周王朝原已废弛了的纲纪重新振起，诸侯先前傲慢的态度复又变得敬肃。齐桓、晋文之后，周王朝逐渐衰败。吴楚凭据长江之险，方城之固，虽然觊觎王室，欲问鼎中原，但终于害怕诸姬宗室之国而不敢轻举妄动。奸情刚萌发于胸中就已消散，逆谋刚出于口中就已化解。这难道不是由于周王朝信任重用同姓亲戚，任用贤能，使枝繁叶茂，本根有所依赖吗？从此以后，诸侯国转而互相攻伐。吴国被越国吞并，晋国分为韩、赵、魏三国，鲁国为楚国所灭，郑国被韩国兼并。到了战国时代，诸姬姓之国衰微了，只有燕、卫还能保存下来。但都很弱小，西边被强大的秦国所逼迫，南边又害怕齐国和楚国，只忙于自救以免于灭亡，无暇顾及互相救助。到了周赧王，地位下降就如同普通人一般，但还有同姓之国互相扶持，还能居于天子之虚位。这时海内实际上并无天子，但这种局面仍持续了四十多年。秦国凭借着有利的地势，施展诡诈的权术，征伐关东之地，蚕食山东九国。到了秦始皇，才得以登上天子之位。秦取天下那样的旷日持久，这样的用尽心力，这难道不是由于分封同姓诸侯而使根深蒂固，因而坚固不拔吗？《周易》说："快亡啦，快亡啦，快快系在丛生的桑树上。"周王朝之政正与《易》道相吻合。

秦观周之弊，将以为以弱见夺，于是废五等之爵〔1〕，立郡县之官，弃礼乐之教，任苛刻之政。子弟无尺寸之封，功臣无立锥之土，内无宗子以自毗辅，外无诸侯以为蕃卫。仁心不加于亲戚，惠泽不流于枝叶，譬犹芟刈股肱，独任胸腹；浮舟江海，捐弃楫櫂。观者为之寒心，而始皇晏然，自以为关中之固，金城千里，子孙帝王万世之业也。岂不悖哉！是时，淳于越谏曰："臣闻殷、周之王，封子弟功臣，千有馀岁。今陛下君有海内，而子弟为匹夫，卒有田常六卿之臣〔2〕，而无辅弼，何以相救？事不师古而能长久者，非所闻也。"始皇听李斯偏说而绌其义〔3〕。至身死之日，无所寄付，委天下之重于凡夫之手，托废立之命于奸臣之口〔4〕，至令赵高之徒，诛锄宗室。胡亥少习克薄之教〔5〕，长遵凶父之业，不能改制易法，宠任兄弟，而乃师谟申、商〔6〕，咨谋赵高，自幽深宫，委政谗贼，身残望夷〔7〕，求为黔首，岂可得哉？遂乃郡国离心，众庶溃叛，胜广唱之于前，刘项毙之于后。向使始皇纳淳于之策，抑李斯之论，割裂州国，分王子弟，封三代之后，报功臣之劳，土有常君，民有定主，枝叶相扶，首尾为用，虽使子孙有失道之行，时人无汤武之贤，奸谋未发，而身已屠戮，何区区之陈项，而复得措其手足哉！故汉祖奋三尺之剑，驱乌集之众，五年之中，而成帝业。自开辟以来，其兴功立勋，未有若汉祖之易者也。夫伐深根者难为功，摧枯朽者易为力，理势然也。

【注释】

〔1〕五等之爵：指公、侯、伯、子、男五等爵位。

〔2〕田常：即田成子，又称陈恒，陈成子，春秋时齐国大夫，杀简公，立平公，为相，专齐之政。　六卿：指春秋时晋国之范氏、中行氏、智氏及赵、韩、魏六卿。

〔3〕李斯偏说：指李斯反对立宗室子弟为诸侯之议论。　绌：同“黜”。废去不用。

〔4〕奸臣：指赵高、李斯等。秦始皇死，遗诏召扶苏。赵高胁迫李斯，伪造始皇遗诏，立胡亥为太子，赐扶苏死。

〔5〕克薄：同“刻薄”。

〔6〕申、商：申不害、商鞅，均为先秦时期法家代表人物。

〔7〕望夷：宫名，秦二世三年，二世胡亥居望夷宫，赵高指鹿为马，独揽大权，后指使女婿阎乐领兵攻入宫中。二世求为黔首，不许，遂自杀。

【译文】

秦王朝观察周王朝败亡的弊端，大约认为是由于力量弱小而被侵夺，于是废除公、侯、伯、子、男五等的封爵，设立并委派郡县的官吏。抛弃礼乐文德的教化，推行严酷苛刻的政治。宗室子弟没有尺寸的封地，有功之臣没有立锥的领土，朝廷内没有宗室子弟作为辅佐，朝廷外也没有诸侯作为屏障进行护卫。主上仁爱之心不加在亲属身上，恩惠德泽不流布于枝叶，这就好像是砍断了手足，只运用胸腹；又好像是在江海上泛舟，却抛弃了船桨任其漂泊。观者对此感到寒心，而秦始皇却安处朝中，自以为关中这样的坚固，金城千里，子孙万代都能永保皇帝之位，这难道不是极其荒谬吗！当此之时，淳于越进谏道：“我听说殷周之王，分封子弟功臣，因此王位能够延续一千多年。现在陛下占有天下，可是宗室子弟却是普通人未能受封，如果仓促间有大臣像齐之田常和晋之六卿那样篡位夺权，而朝廷周围没有辅佐之人，用什么来相救助呢？做事不师法古人而能长久坚持，我还从来没有听说过。”秦始皇听从了李斯关于不立宗室子弟为诸侯的偏颇之说而抛弃了淳于越的高明之见，到身死之日，尸体竟然无所寄托不能正常入殓。天下的重任竟然交到了凡夫俗子的手里，废立的诏令竟然从奸臣口中伪造出来。致使赵高等一般人，能够大肆杀戮宗室子弟。胡亥从小就学习并接受为政刻薄的教诲，长大后便遵循凶暴的秦始皇大业，不能改制变法，宠爱并任用自己的兄弟，反而效法申不害、商鞅，竟向赵高咨询并一同谋划，把自己幽禁在深宫里，全部政事都交给进献谗言的贼臣，自身最终在望夷宫中惨遭残害，死前哀求做一名普通老百姓，但这怎么可能呢？于是天下郡国都产生了背离之心，百姓平民纷纷溃散反叛，前有陈胜、吴广首倡起义，后有刘邦、项羽终于灭秦。假使从前秦始皇采纳了淳于越的谋略，斥退了李斯的议论，分割州国的土地，分封宗室子弟为王，同时封建夏、商、周三代之后嗣，酬答功臣的功劳，使土地都有恒久不变的国君，民众都有固定的君主，枝叶相互扶持，首尾相互照应，即使子孙有丧失道义的行为，但时人并无汤、武那样的贤能，因而奸谋尚未发生，奸人便已遭到屠戮，区区的陈胜、项羽，又怎么能干得成事呢！所以汉高祖刘邦举起三尺宝剑，驱使乌合之众，只在五年之内，便成就了帝业。自从开天辟地以来，就建立帝王之业来说，还没有谁像汉高祖这样容易的。砍伐根深的大树极难建功，而摧枯拉朽却极易成事，从理势上说这是必然的啊。

汉鉴秦之失，封植子弟。及诸吕擅权[1]，图危刘氏，而天下所以不能倾动，百姓所以不易心者，徒以诸侯强大，盘石胶固，东牟、朱虚授命于内[2]，齐代吴楚作卫于外故也。向使高祖踵亡秦之法，忽先王之制，则天下已传，非刘氏有也。然高祖封建，地过古制，大者跨州兼域，小者连城数十，上下无别，权侔京室，故有吴楚七国之患[3]。贾谊曰："诸侯强盛，长乱起奸。夫欲天下之治安，莫若众建诸侯而少其力。令海内之势，若身之使臂，臂之使指，则下无背叛之心，上无诛伐之事。"文帝不从。至于孝景，猥用朝错之计[4]，削黜诸侯。亲者怨恨，疏者震恐，吴楚唱谋，五国从风。兆发高祖，衅成文景，由宽之过制，急之不渐故也。所谓末大必折，尾大难掉。尾同于体，犹或不从，况乎非体之尾，其可掉哉？

【注释】

〔1〕诸吕擅权：汉高祖刘邦死后，吕太后专权，令吕禄为上将军，军北军；吕产居南军。吕太后死，吕产为相国。事见《史记·吕太后本纪》。

〔2〕东牟：东牟侯刘兴居。 朱虚：朱虚侯刘章。

〔3〕七国之患：汉景帝用鼂错计，削诸侯封地。吴王濞、胶西王印、楚王戊、赵王遂、济南王辟光、菑川王贤、胶东王雄渠以诛错为名，举兵反叛朝廷。景帝无奈只好诛错以谢七国，后遣周亚夫平定七国之乱。事见《汉书》景帝纪和晁错传。

〔4〕朝：同"鼂"，又作"晁"。

【译文】

汉王朝看到了秦王朝的不当与失误，于是分封培植宗室子弟。到了后来诸吕专权，图谋推翻刘氏王朝，但天下之所以不能倾动，百姓之所以不改变对刘氏王朝的忠心，其原因只是由于同姓诸侯强大，团结如磐石般坚固，东牟侯、朱虚侯在京城内冒死诛灭诸吕，齐、代、吴、楚等国在京城外进行救援和护卫。从前如果汉高祖继续执行秦王朝之苛法，弃而不用先王之制，那么天下就会传给别人，不再属刘氏所有了。但是高祖封土建侯封地超过了古代的规定，大的跨越数州兼有其地，小的连城数十，上下大小没有区别，权力竟与京城天子相等，因而发生了吴楚七国的叛乱。贾谊说："诸侯强盛，就会助长叛乱引发奸谋。如果想使天下长治久安，不如多建诸侯而减少每一诸侯的势力。让海内各方势力互相约束牵制，好像身体指使手臂，手臂指使手指。那么在下者就不会有背叛之心，在上者就不用行诛伐之事。"汉文帝不听从。到了汉景帝，只好采用鼂错的计谋，减少诸侯封地废黜诸侯封爵。这样一来便使得亲者怨恨，疏者震恐，于是吴楚首先发难，五国从之如风。叛乱之征兆实萌发于高祖之时，而祸乱之酿成则在文景之世，这是由于分封的宽厚超过了一定的制度，而解决的办法又操之过急不能循序渐进的缘故。这就是所谓的树木的末梢大了一定会折断，动物的尾巴大了就难以摇动。尾巴是连在身体上的，有时尚且不听从，何况那些并不连着身体的尾巴，怎么可能摇动得了呢？

武帝从主父之策，下推恩之命〔1〕。自是之后，齐分为七，赵分为六，淮南三割，梁代五分。遂以陵迟，子孙微弱，衣食租税，不豫政事。或以酎金免削〔2〕，或以无后国除。至于成帝，王氏擅朝。刘向谏曰〔3〕："臣闻公族者，国之枝叶。枝叶落，则本根无所庇荫。方今同姓疏远，母党专政，排摈宗室，孤弱公族，非所以保守社稷，安固国嗣也。"其言深切，多所称引。成帝虽悲伤叹息而不能用。至乎哀平，异姓秉权，假周公之事，而为田常之乱。高拱而窃天位〔4〕，一朝而臣四海，汉宗室王侯，解印释绶，贡奉社稷，犹惧不得为臣妾，或乃为之符命〔5〕，颂莽恩德〔6〕，岂不哀哉！由斯言之，非宗子独忠孝于惠、文之间，而叛逆于哀、平之际也，徒以权轻势弱，不能有定耳。

【注释】

〔1〕推恩之命：汉武帝用主父偃之计，“令诸侯得推恩分子弟，以地侯之”，名为推恩，实分其国，从而削弱诸侯。事见《汉书·主父偃传》。

〔2〕酎（zhòu）金：贡金。汉天子以酎酒（重酿之醇酒）祭宗庙，诸侯均须贡金助祭。

〔3〕刘向：字子政，本名更生，元帝时为中垒校尉，成帝时为光禄大夫。上疏事见《汉书》本传。

〔4〕高拱：意为拱手即得，成之极易。

〔5〕符命：古指上天降下之祥瑞，显示人君承受天命而为天子。

〔6〕莽：王莽，汉成帝时为大司马。哀帝死，迎立平帝，以女为后。后来竟弑平帝，立孺子婴，居摄践祚，称假皇帝。最后篡位自立，改国号为新。汉兵攻入长安，莽被商人杜吴杀死。事见《汉书》本传。

【译文】

汉武帝依照主父偃的谋略，下达了“推恩分子弟”的命令。从此以后，齐分为七，赵分为六，淮南分为三，梁、代各分为五。诸侯国便逐渐衰落，子孙逐渐变得衰微弱小，他们只靠租税维持日常生活，不再干预政事。有的用酎金求免削黜，有的因没有后人而取消了封国。到了汉成帝，王氏专擅朝政。刘向进谏道：“我听说与天子同姓的公族，好像国家这棵大树上的枝叶。枝叶凋落了，那么国家这棵大树的树根就没有什么东西来庇护。现在与天子同姓的宗室被疏远，而异姓的母党专权，如此排斥宗室子弟，孤立和削弱公族，这不是用来保护社稷、安固国家嗣君的办法啊。”他的言论深刻恳切，多所引证。汉成帝虽然悲伤叹息但却不能采用。到了哀帝、平帝之时，异姓王氏把持政权，王莽先是效法周公居摄践祚称假皇帝，但最终却像田常那样篡位夺权。他毫不费力地窃取了天子之位，一旦君临四海，汉宗室王侯，纷纷解下了印绶，奉上了国家政权，还害怕不能做王莽的臣妾，有的竟然替王莽伪造符命，无耻颂扬王莽的恩德，这难道不可悲吗！由此说来，并不是宗室子弟只在惠帝、文帝之时尽忠尽孝，而在哀帝、平帝之时背叛祖宗，只是由于权轻势弱，因而不能固守节操。

赖光武皇帝挺不世之姿，禽王莽于已成[1]，绍汉祀于既绝，斯岂非宗子之力耶？而曾不鉴秦之失策，袭周之旧制，踵亡国之法，而侥幸无疆之期。至于桓、灵，奄竖执衡[2]，朝无死难之臣，外无同忧之国，君孤立于上，臣弄权于下，本末不能相御，身手不能相使。由是天下鼎沸，奸凶并争，宗庙焚为灰烬，宫室变为蓁薮[3]。居九州之地，而身无所安处，悲夫！

【注释】

〔1〕禽：同“擒”。

〔2〕奄竖：同“阉竖”，宦官，此指桓帝时之曹腾，灵帝时之曹节等。　衡：秤，此喻中央政权。

〔3〕蓁薮：荆棘丛生，荒芜貌。

【译文】

后来全赖光武帝刘秀显示出盖世的英姿，平定了已建立新朝的王莽，重新接续了已中断了的汉王朝的宗庙祭祀，这难道不是靠宗室子弟的力量吗？但后继的君主竟不借鉴秦王朝的失策，不承袭周王朝分封宗室子弟的旧制，继续推行终将导致亡国之法，却心存侥幸希图皇位永远传下去。到了桓帝、灵帝之时，宦官把持了中央政权，朝廷上没有为国君赴死救难之臣，朝廷外没有与天子同忧患的诸侯国，天子孤立于上，奸臣弄权于下，本末不能互相卫护，身手不能互相使唤。因此天下大乱，奸凶之人群起而相争，汉王朝宗庙被烧成灰烬，宫室焚毁，草木丛生，一片荒芜。汉家天子本来据有九州之地，而现在竟然没有安身之所，可悲啊！

魏太祖武皇帝〔1〕，躬圣明之资，兼神武之略，耻王纲之废绝，愍汉室之倾覆，龙飞谯、沛，凤翔兖、豫，扫除凶逆，剪灭鲸鲵〔2〕。迎帝西京〔3〕，定都颍邑〔4〕。德动天地，义感人神。汉氏奉天，禅位大魏〔5〕。大魏之兴，于今二十有四年矣。观五代之存亡，而不用其长策；睹前车之倾覆，而不改其辙迹。子弟王空虚之地，君有不使之民；宗室窜于闾阎〔6〕，不闻邦国之政。权均匹夫，势齐凡庶，内无深根不拔之固，外无盘石宗盟之助，非所以安社稷为万代之业也。且今之州牧、郡守，古之方伯、诸侯，皆跨有千里之土，兼军武之任，或比国数人〔7〕，或兄弟并据。而宗室子弟，曾无一人间厕其间，与相维持，非所以强干弱枝，备万一之虑也。今之用贤，或超为名都之主，或为偏师之帅。而宗室有文者必限以小县之宰，有武者必置于百人之上，使夫廉高之士，毕志于衡轭之内〔8〕，才能之人，耻与非类为伍，非所以劝进贤能，褒异宗族之礼也。

【注释】

〔1〕“魏太祖”句：即曹操，汉末沛国谯（今安徽亳州）人。曾为兖州牧。建安元年迎献帝于洛阳并迁都于许（许属豫州）。进位丞相，封魏王。卒谥武。魏黄初初追尊武帝，庙号太祖。

〔2〕鲸鲵：大鱼，此喻大逆不道者。

〔3〕西京：此指洛阳。

〔4〕颍邑：即许县，属颍川郡。

〔5〕“禅位”句：汉建安末年，曹丕废献帝为山阳公，自称皇帝，国号魏，改元黄初。

〔6〕闾阎：里中之门，此喻民间。

〔7〕比国：邻国。

〔8〕衡轭：车辕前之横木和马颈上之曲木，用以驾车马。引申为驾驭，控制，束缚。

【译文】

魏太祖武皇帝曹操，生来就具有圣明的天资，兼有神武的谋略。他耻于王朝纲纪的废绝，哀悯汉王朝的倾覆，自沛国谯县起而靖难，在兖州豫州耀武扬威，扫除凶顽叛逆，剪灭首恶元凶，迎献帝于西京，迁国都到许县。恩德震撼天地，道义感动人神。汉氏承奉天命，将帝位禅让于大魏。大魏的兴起立国，到今天已有二十四年。看到了夏、殷、周、秦、汉五代的存亡，却不采用它们长治久安的良策；看到了前车的倾覆，却不更改行车的路线。宗室子弟没有尺寸的封地，天子却有拒不服从的刁民；宗室子弟只好流落民间，不能参与国家的政治生活。论“权”他们同普通人一样，论“势”他们也只与平民百姓相等，天子在京师之内没有深根不拔的坚固，京师之外没有磐石般稳固的同宗结盟的救助，这可不是用来安定国家以求帝业万代相传的办法啊。再说今日的州牧、郡守，相当于古代的方伯、诸侯，都跨有千里的土地，兼任军事的要职，有的数人地盘相互连接，有的兄弟同据要害之地。而宗室子弟，竟无一人插身在他们中间，同他们周旋对峙，这不是用来增强主干削弱枝叶，以防备万一的大计啊。现今运用贤才，有的擢拔为大都邑的长官，有的重用为一个方面的军队主帅。而宗室子弟有文才者一定只限于任小县的县官，有武略者一定只放在百人之上做一个小小的百夫长，这样一来就使那些清廉高洁之士，全部心志都受到羁绊束缚，使那些才能高超之人，耻于与平庸之辈为伍，这可不是用来鼓励贤能、奖掖宗室子弟的礼制啊。

夫泉竭则流涸，根朽则叶枯。枝繁者荫根，条落者本孤。故语曰：“百足之虫，至死不僵，扶之者众也。”

此言虽小，可以譬大。且墉基不可仓卒而成，威名不可一朝而立。皆为之有渐，建之有素。譬之种树，久则深固其根本，茂盛其枝叶。若造次徙于山林之中[1]，植于宫阙之下，虽壅之以黑坟，暖之以春日，犹不救于枯槁，何暇繁育哉？夫树犹亲戚，土犹士民，建置不久，则轻下慢上，平居犹惧其离叛，危急将如之何？是圣王安而不逸，以虑危也；存而设备，以惧亡也。故疾风卒至，而无摧拔之忧；天下有变，而无倾危之患矣。

【注释】

〔1〕造次：仓促，轻率。

【译文】

那泉水枯竭了河流就会干涸，树根腐朽了树叶就会枯萎。枝叶繁茂才会荫蔽树根，枝叶凋零脱落就会使树根孤单无助。所以俗话说："百足之虫，至死仍不偃仆，是因为支撑之足繁多的缘故。"这句话说的虽然是小事，却可以用来譬喻大道理。再说城基是不可能在仓促之间筑成，威名是不可能在一个早上树立。都是逐渐地建成，靠平时的累积。就好像种树，时间长久才能根深本固，枝繁叶茂。如果仓促之间从山林之中移过来，把它种在宫阙之下，即使用黑色的沃土培壅它，用春天的阳光温暖它，它连枯槁都救治不了，哪里还顾得上繁衍发育呢？那树就好像宗族亲戚，泥土就好像士民，建置不久士民如泥土一般还不能亲附，就会轻下慢上，平时尚且害怕他们离心背叛，一旦出现危急险情将怎么办呢？因此圣明的天子安居而不恣肆逸乐，以忧虑危难的发生；在位而周全防范，以警惕危亡的出现。所以即使暴风突然刮来，却没有摧毁枝叶拔起树根的忧患；即使天下一旦有变，却也没有倾覆颠危的灾难。

（译注：邹子衿）

博弈论 韦弘嗣（韦曜）

【题解】

韦曜（204 年—273 年），原名韦昭，字弘嗣，吴郡云阳（今江苏丹阳）人。三国著名史学家、东吴四朝重臣，曾任尚书郎、黄门侍郎、太史令、中书郎、中书仆射等职，是中国古代史上从事史书编纂时间最长的史学家。著有《吴书》（合著）《汉书音义》《国语注》《官职训》《三吴郡国志》等。本篇从修身与治国两个方面阐述了沉迷于博弈的诸多弊端，旨在劝戒人们远离博弈。

盖君子耻当年而功不立，疾没世而名不称〔1〕，故曰：“学如不及，犹恐失之”〔2〕。是以古之志士，悼年齿之流迈，而惧名称之不建也。勉精厉操〔3〕，晨兴夜寐，不遑宁息〔4〕。经之以岁月，累之以日力。若甯越之勤〔5〕，董生之笃〔6〕，渐渍德义之渊〔7〕，栖迟道艺之域。且以西伯之圣〔8〕，姬公之才〔9〕，犹有日昃待旦之劳，故能隆兴周道，垂名亿载。况在臣庶，而可以已乎？

【注释】

〔1〕“疾没世”句：语出《论语·卫灵公》“君子疾没世而名不称焉。”意为：君子最痛心、最遗憾的是至死名声还不能被人所称道。

〔2〕“学如”二句：语出《论语·泰伯》。意为：求学好像追逐一样生怕追不上，追上了又生怕失掉它。

〔3〕勉精：勤勉精进。　厉操：严格操行。

〔4〕遑：同“惶”，恐惧，害怕。

〔5〕甯越：战国时期赵国人，据《吕氏春秋》记载，甯越原为耕夫，为避耕作之苦，用十五年时间发奋读书，成为著名学者，被周威王聘为师。称得上“用武能以力取胜，用文能以德取胜”的文武双全之才。

〔6〕董生：董仲舒，西汉时期的名儒，提倡独尊儒术。 笃：务实，全心全意。

〔7〕渐（jiān）渍：浸润，感化。 渊：高深。

〔8〕西伯：周文王。

〔9〕姬公：姬姓，名旦，也称叔旦，因采邑在周，故称周公或周公旦。西周初期的政治家、军事家、思想家、教育家，被尊为“元圣”和儒学先驱。曾先后辅助周武王灭商、周成王治国。

【译文】

一般而言，君子都以壮年时未立功业为耻辱，就像孔子所说的，君子最痛心并觉得遗憾的是至死名声还不能被人所称道。所以说“求学好像追逐一样唯恐追不上，追上了又唯恐失掉它”。因此古代的志士，总是感慨年华易逝，而担心名声不能被称道。他们勤勉精进，起早贪晚，不敢停歇。经年累月地积累成就，就像甯越那样勤奋，董仲舒那样诚实，逐渐接近道德义理的深处，停留在理论和学术的境地。况且以周文王那样的圣明，周公那样的才能，仍要日夜操劳，才能使周朝的世道昌明，名垂后世，何况普通的臣民，怎么可以停歇呢？

历观古今功名之士，皆有积累殊异之迹，劳神苦体，契阔勤思[1]，平居不惰其业，穷困不易其素。是以卜式立志于耕牧[2]，而黄霸受道于囹圄[3]，终有荣显之福，以成不朽之名。故山甫勤于夙夜[4]，而吴汉不离公门[5]，岂有游惰哉？

【注释】

〔1〕契（qiè）阔：劳苦，勤苦。 勤思：勤勉，思虑。

〔2〕卜式：《汉书·卜式传》记载，卜式曾以半数家财支援汉武帝抗击匈奴，却不肯入朝为官。

〔3〕黄霸：《汉书》记载，黄霸是汉宣帝时的丞相长史，与同僚夏侯

胜因罪入狱。

〔4〕山甫：仲山甫，也作仲山父，周太王古公亶父的后裔，早年务农经商，在农人和工商业者中部有很高威望。周宣王元年受举荐入王室，任卿士，位居百官之首，封地为樊，为樊姓始祖，所以又叫“樊仲山甫”“樊仲山”“樊穆仲”。曾辅助周宣王中兴，《诗经·大雅·烝民》有“夙夜匪解，以事一人”之语赞颂他。

〔5〕吴汉：字子颜，南阳宛县（今河南南阳）人，东汉开国名将、军事家，《东观汉记》记载他在汉武帝时被举荐入朝，勤于政务。

【译文】

纵观古今功成名就的人，都有日积月累的特别迹象，他们劳心劳力，勤思苦虑，安定的时候不放松进取，不顺的时候不改变既定的想法。所以卜式立志耕种放牧，黄霸在牢狱中得道，最终有荣耀显赫的福气，成就永存的美名。所以仲山甫夜以继日地勤于政务，吴汉被举荐后不离公门地勤于政务，他们哪有丝毫怠惰的想法呢？

今世之人，多不务经术，好玩博弈，废事弃业，忘寝与食，穷日尽明，继以脂烛。当其临局交争，雌雄未决，专精锐意，神迷体倦，人事旷而不修，宾旅阙而不接，虽有太牢之馔〔1〕，《韶》《夏》之乐〔2〕，不暇存也。至或赌及衣物，徙棋易行，廉耻之意弛，而忿戾之色发。然其所志不出一枰之上，所务不过方罫之间〔3〕；胜敌无封爵之赏，获地无兼土之实。技非《六艺》，用非经国。立身者不阶其术，征选者不由其道。求之于战阵，则非孙、吴之伦也〔4〕；考之于道艺，则非孔氏之门也；以变诈为务，则非忠信之事也；以劫杀为名，则非仁者之意也。而空妨日废业，终无补益。是何异设木而击之，置石而投之哉！且君子之居室也，勤身以致养；其在朝也，竭命以纳忠；临事且犹旰食〔5〕，而何暇博弈之足耽？夫然，故孝友之行立，贞纯之名章也。

【注释】

〔1〕太牢：古代用牛、羊、豕三牲作为祭品的祭祀称太牢。　馔：丰盛的饭食。

〔2〕《韶》：传说虞舜时代的乐曲名。　《夏》：传说禹时代的乐曲名。

〔3〕方罫：棋盘上的方格。

〔4〕孙、吴：孙武、吴起。孙武，字长卿，春秋末期齐国乐安（今山东省北部）人，著名的军事家、政治家，被后世尊称兵圣或孙子（孙武子），又称“兵家至圣”，被誉为“百世兵家之师”“东方兵学的鼻祖”，其著作《孙子兵法》十三篇，为后世兵法家所推崇，被誉为“兵学圣典”。吴起，战国初期卫国左氏（今山东曹县）人，军事家、政治家、改革家，兵家代表人物。

〔5〕旰（gàn）食：晚食，指事务繁忙不能按时吃饭。

【译文】

如今的人，大多不专心研读经学，却喜好博弈，荒废事业，废寝忘食，夜以继日地浪费时光。当他们对局相争，难分胜负时就专心致志，入神至极以致精疲力尽，事业荒废了也不去修整，宾朋不交往了也不顾及，即使有三牲那样的佳肴、雅致的音乐也顾不上去想。到了有人赌到了衣物，棋子的移动改变了品行，很少顾及廉耻之心，而骄横的样子却表现出来。然而他们的心思只在棋盘上，他们的追求只在方格上；赢了对方没有封爵的奖赏，占领的地盘也没有真正地得到土地。他们的本领不是礼、乐、御、射、书、数这六种技艺，应用起来也不能治国。真正立身处世的人不会采用他们的策略；选拔人才的人不会采纳他们的方法。从作战布局上看，不能和孙武、吴起这样的军事家相比；从道德学术上看，不是孔子的学说；以善变奸诈为业，不是忠实诚信的行为；以劫掠杀戮的名义，不是仁爱之人的想法。而浪费时间荒废事业，最终无法弥补。这和放置木头、石块然后打倒有什么不同呢！况且君子平时闲居的时候，专心勤于修身、孝养之道；一旦入朝，就竭尽全力效忠君王；处理政务废寝忘食，哪有时间沉迷于下棋呢？这样，孝友的品行才能树立，贞纯的美名才能彰显。

方今大吴受命，海内未平，圣朝乾乾，务在得人；勇略之士，则受熊虎之任；儒雅之徒，则处龙凤之署〔1〕。百行兼苞〔2〕，文武并骛。博选良才，旌简髦俊〔3〕。设程试之科，垂金爵之赏。诚千载之嘉会，百世之良遇也。当世之士，宜勉思至道，爱功惜力，以佐明时。使名书史籍，勋在盟府〔4〕。乃君子之上务，当今之先急也。

【注释】

〔1〕龙凤：代指文臣。

〔2〕苞：茂盛，繁茂。

〔3〕旌：表彰、表扬。 简：选拔。 髦：毛中的长毫，喻英俊杰出之士俊。 俊：才智出众之人。

〔4〕盟府：古代掌管、保存盟约文书的官府。

【译文】

如今吴朝刚承受天命，天下还没有平定，圣明的朝廷正自强不息，志在招揽贤人；有勇有谋的人，被任命为武将；儒雅有道的人，被任命为文臣。国家百废俱兴，文臣武将齐心合力，广为征集贤良之才，表扬英才俊杰。设立考试选拔人才的制度，颁发金印授爵的奖赏。这确实是千年难遇的机会。如今的有志之才，应该勉励自己思考大道，珍惜自己的事业和力量，以辅佐圣明的朝廷。使自己的声名记录在书籍上，珍藏在保管盟约的官府中。这是君子最重要的事情，如今朝廷最急需做的事情。

夫一木之枰，孰与方国之封；枯棋三百，孰与万人之将。衮龙之服，金石之乐，足以兼棋局而贸博弈矣。假令世士，移博弈之力用之于《诗》《书》，是有颜闵之志也[1]；用之于智计，是有良、平之思也；用之于资货，是有猗顿之富也[2]；用之于射御，是有将帅之备也。如此，则功名立而鄙贱远矣。

【注释】

〔1〕颜、闵：颜回、闵子骞，均为孔子的弟子。颜回，字子渊，鲁国宁阳（今山东省泰安宁阳）人，被世人尊称复圣颜子，春秋末期思想家，孔门七十二贤之一。十四岁，拜孔子为师，终生师事之，是孔子最得意的门生，孔子对颜回称赞最多，赞其好学仁人。闵子骞，名损，字子骞，春秋末期鲁国人，孔子高徒，在孔门中以德行与颜回并称，为“七十二贤人”之一，其孝行被世人所称道，是二十四孝子之一。

〔2〕猗（yī）顿：据《史记·货殖列传》载，猗顿是春秋时鲁国人，因经营畜牧、盐业成为巨富。

【译文】

一块木制的棋盘，怎么能和诸侯国的封地相比；枯燥的三百棋子，怎么能和拥有万人的大将相比？穿着华美的礼服，享受钟磬奏出的美妙音乐，完全可以包括并超越下棋的乐趣。假如让世人把用于喜爱下棋的精力转移到读诗书上，就会有颜回、闵子骞的志向；用到智谋上，就会有张良、陈平的思辨能力；用在投资经营上，就会有猗顿的富有；用在射箭上，就会有将帅的资质。这样，就可以成就功名并远离卑下的处境了。

（译注：郭玉贤）

文选卷第五十三

论三

养生论 嵇叔夜（嵇康）

【题解】

本篇论述了养生的必要性与重要性，主张形神共养，尤其注重养神。且养生应见微知著，防微杜渐，以防患于未然。建议养生应持之以恒，通达明理。

世或有谓神仙可以学得，不死可以力致者；或云上寿百二十，古今所同，过此以往，莫非妖妄者。此皆两失其情，请试粗论之。

夫神仙虽不目见，然记籍所载，前史所传，较而论之，其有必矣。似特受异气，禀之自然，非积学所能致也。至于导养得理[1]，以尽性命，上获千馀岁，下可数百年，可有之耳。而世皆不精，故莫能得之。何以言之？夫服药求汗[2]，或有弗获；而愧情一集，涣然流离[3]。终朝未餐，则嚣然思食[4]；而曾子衔哀[5]，七日不饥。夜分而坐，则低迷思寝；内怀殷忧[6]，则达旦不瞑。劲刷理鬓，醇醴发颜，仅乃得之；壮士之怒，赫然殊观，植发冲冠[7]。由此言之，精神之于形骸，犹国之有君也。

神躁于中，而形丧于外，犹君昏于上，国乱于下也。

【注释】

〔1〕导养：疏导，调养、保养。

〔2〕服药求汗：传统中医理论认为患热疾需出汗才能将体内热气散尽达到痊愈的目的，所以称服药求汗。

〔3〕涣然：形容大汗淋漓的样子。

〔4〕嚣然：饥饿的样子。

〔5〕曾子：名参，字子舆，春秋末年鲁国南武城（今山东临沂）人，著名的思想家，孔子的晚期弟子之一，以孝闻名，与其父曾点同师孔子，是儒家学派的重要代表人物。

〔6〕殷忧：深深的忧虑。

〔7〕植发：竖立的头发，形容发怒。

【译文】

有人说神仙可以学成，长生不老也可以努力达到；有人又说最长的寿命是一百二十岁，古今一样，超过这个岁数，没有不是谣传的。这两种说法都与实际情况不符，请让我尝试略加论述这个问题。

虽然没有亲眼见过神仙，可是典籍中有记载，古代的史书上有记述，可以明确地说，一定是真的有神仙。神仙好像是得到了特别的灵气，是天生的禀赋，而不是普通人通过努力学习就能达到的。至于调养得当，正常寿终，多的可活一千多岁，少的可活几百岁，相信会有这样的情况。但是世人都不精通其中的奥妙，所以没人能做到那样的高寿。为什么这么说呢？人生病服中药是为了出汗除病，但有人服药后不出汗，倒是忧虑的心情突然聚集，反而会汗流不断。一个早上不吃饭，就会很想吃东西；而以孝闻名的曾子为亲人守丧时，连续七天不吃东西也不饿。独自坐到半夜就会困乏想睡；如果内心有十分的忧愁就会整夜不能入睡。用锋利的梳子梳理头发使其竖立，喝酒喝到脸发红，那只是稍稍可以做到；但壮士发怒是另外一回事，脸红脖子粗的样子简直是少见的奇观，头发直立能冲起帽子。这样说来，精神对于形体，就像国家有君王一样。精神在体内躁动不安，就会通过形体表现出萎靡的状态，就像君王昏庸无能，国家上下就会混乱不安。

夫为稼于汤之世，偏有一溉之功者，虽终归燋烂[1]，必一溉者后枯。然则一溉之益，固不可诬也[2]。而世常谓一怒不足以侵性，一哀不足以伤身，轻而肆之，是犹不识一溉之益，而望嘉谷于旱苗者也。是以君子知形恃神以立，神须形以存，悟生理之易失，知一过之害生。故修性以保神，安心以全身，爱憎不栖于情，忧喜不留于意，泊然无感，而体气和平。又呼吸吐纳，服食养身，使形神相亲，表里俱济也[3]。

【注释】

〔1〕燋烂：枯萎，死亡。

〔2〕诬：否认，抹杀。伤害身体机能。

〔3〕济：补益，有好处。

【译文】

在商汤时的大旱之年，庄稼大多枯死了，但有些禾苗灌溉了一次就繁茂了，尽管最终免不了枯死，但是经过一次灌溉的是后枯死的。可见，即便只是灌溉一次，功效也是不可否认的。而世人常说，生气一次不会伤害性情，悲伤一次也不会伤害身体，所以就会轻视并任性而为，这就像没有认识到灌溉一次的好处，却希望颗粒饱满的谷子能从干旱的禾苗上长出来一样。所以君子明白形体是靠精神立于世的，精神必须依附形体而存在，领悟到养生的道理容易有错，知道一次过错也会伤及生命。所以修养性情以保养精神，静气以保全身体，他们能做到爱憎不郁积到感情中，忧愁快乐不滞留在心里，淡泊而不大喜大悲，因而身体之气平和。又能呼吸代谢，吐故纳新，服用丹药调养身体，使形体和精神互相亲近，外表和内在都得到好处。

夫田种者，一亩十斛[1]，谓之良田，此天下之通称也。不知区种可百馀斛。田种一也，至于树养不同，则功收相悬。谓商无十倍之价，农无百斛之望，此守常而不变者也。且豆令人重，榆令人瞑，合欢蠲忿[2]，萱草忘忧，愚智所共知也。薰辛害目[3]，豚鱼不养，常世所识也。虱处头而黑，麝食柏而香[4]；颈处险而瘿[5]，齿居晋而黄。推此而言，凡所食之气，蒸性染身，莫不相应。岂惟蒸之使重而无使轻，害之使暗而无使明，薰之使黄而无使坚，芬之使香而无使延哉？故《神农》曰“上药养命，中药养性”者[6]，诚知性命之理，因辅养以通也。而世人不察，惟五谷是见，声色是耽。目惑玄黄，耳务淫哇[7]。滋味煎其府藏[8]，醴醪鬻其肠胃。香芳腐其骨髓，喜怒悖其正气。思虑销其精神，哀乐殃其平粹[9]。

【注释】

〔1〕斛（hú）：古代容量单位，一斛本为十斗，后改为五斗。

〔2〕蠲（juān）忿：消除愤恨。

〔3〕薰辛：指辛辣腥膻的肉、菜等食物。薰，通“荤”。

〔4〕麝：哺乳动物，形状像鹿而小，无角。雄的脐部能分泌麝香，通称“香獐子”。

〔5〕瘿（yǐng）：生长在脖子上的一种囊状的瘤子。

〔6〕《神农》：指《神农本草经》，古代医学著作，秦汉时期的人假托上古教人农耕，亲尝百草的神农氏所著，书中将药物分为三品，无毒的称

为上品，毒性小的称为中品，毒性大的称为下品。

〔7〕淫哇：过度的靡靡之音。

〔8〕府藏：即腑脏，人体内脏器官五脏六腑的总称。

〔9〕平粹：指人的精神品格平和纯粹。

【译文】

种田这件事，一亩地能产十斛粮食，就可以称之为良田，这是天下普遍的说法。而不知道用区种的方法，一亩地可产一百多斛粮食。同样是种田，同样的种子，如果种植的方法不同，那么收成就相差很大。说经商没有一本十利，农民没有一亩收获百斛的希望，这是墨守成规的人说的。况且吃豆子使人增重，吃榆荚使人贪睡，吃合欢使人消怨，吃萱草使人忘忧，这是笨人和聪明人都知道的。有刺激气味和辣味的食物会伤害眼睛，吃小猪和鱼的肉不能养身，这也是一般人都知道的常识。虱子在头发里待久了会变成黑色，麝鹿常吃柏叶会分泌香气，常住险要之地的人脖子会长瘤，久住晋地的人因多吃枣子牙齿会发黄。照此推理，凡是所吃食物的气味，都会相应地影响人的性情或身体，哪里只是吃豆子使身体增重而不减轻，吃刺激气味的食物使视力下降而不是增强，吃熏染牙齿的食物使牙齿发黄而不是使它坚固，芳香的柏叶使麝鹿分泌香气而不是延长寿命！所以《神农本草经》说“上品的药保养生命，中品的药保养性情”的话，确实是知道生命的机理是因为辅助调养而得以顺通的。可是世人没有仔细探究，只看到五谷，只沉迷于声色。眼睛受各种色彩迷惑，耳朵被靡靡的声音干扰，五脏六腑被各种滋味煎熬，肠胃被酒浆煎煮。骨髓受到芳香气味的腐蚀，正气被快乐、忧愁之气扰乱。精神被忧思损伤，平和纯正的品性受到哀乐的侵害。

夫以蕞尔之躯[1]，攻之者非一途，易竭之身，而外内受敌，身非木石，其能久乎？其自用甚者，饮食不节，以生百病；好色不倦，以致乏绝；风寒所灾，百毒所伤，中道夭于众难。世皆知笑悼[2]，谓之不善持生也。至于措身失理，亡之于微，积微成损，积损成衰，从衰得白，从白得老，从老得终，闷若无端。中智以下，谓之自然。纵少觉悟，咸叹恨于所遇之初，而不知慎众险于未兆。是由桓侯抱将死之疾，而怒扁鹊之先见，以觉痛之日，为受病之始也。害成于微而救之于著，故有无功之治；驰骋常人之域，故有一切之寿。仰观俯察，莫不皆然。以多自证，以同自慰，谓天地之理尽此而已矣。纵闻养生之事，则断以所见，谓之不然。其次狐疑，虽少庶几，莫知所由。其次，自力服药，半年一年，劳而未验，志以厌衰，中路复废。或益之以畎浍[3]，而泄之以尾闾[4]。欲坐望显报者，或抑情忍欲，割弃荣愿，而嗜好常在耳目之前，所希在数十年之后，又恐两失，内怀犹豫，心战于内，物诱于外，交赊相倾[5]，如此复败者。

【注释】

〔1〕蕞（zuì）尔：很小。

〔2〕笑悼：可笑又可哀。

〔3〕畎浍（quǎn kuài）：田间水沟。

〔4〕尾闾（lǘ）：传说海水归向的地方。

〔5〕交：近。　赊（shē）：远。

【译文】

以这样小小的身体，承受来自多方的攻击，本就容易衰竭的身体腹背受敌，身体不是草木石头，怎么能持久？那些过于放纵自己的人，饮食不节制而生出百病；贪色放纵以致体乏气绝；风寒导致的灾害，百毒导致的病伤，使人在寿终前因各种疾病而中途夭折。对此，世人都知道嘲笑怜惜，指责那些人不善于养生。至于错误的调养身体方式，在一些看来是细微方面却导致亡命。细小之处被忽视，积累多了就成为损伤，损伤积累多了就会伤害身体，从衰弱到生白发，从生白发到衰老，从苍老到死亡，浑然找不到头绪。中等智力以下的人，认为是天生这样。即使稍有觉悟的人，都感慨没有在生病之初及时发现治疗，却不知道将各种危险的病症在没有出现征兆的时候就开始预防。这就像蔡桓公患了致命的疾病，却迁怒于扁鹊的提前提醒，只把感到疼痛的时候看作生病的开始。病害形成于细微之处却等到严重的时候才来救治，所以就是没有效果的治疗。奔波在普通人的环境中，所以只享有一般的寿命。古往今来没有不是这样的。一般人用多数人的生活模式证明自己正确，以与别人大致相同来安慰自己，以为天地万物的道理只不过如此。即便听到养生的事，也凭借自己固有的方式来判断，说它不对。其次是有些人心存怀疑，虽然有一点养生的想法却不知道如何开始。再次，有些人用心服药，服了半年乃至一年，劳神费事却没有效果，因此开始厌烦松懈，半途而废。有些人像用沟渠蓄水、用大海泄洪那样的方式，坐等显著效果的出现。有些人压抑感情克制欲望，放弃求得荣华富贵的想法，可是平时的喜好在耳目之前出现的时候，所希望的养生效果在几十年之后出现，担心两方面都失去，因此对实行养生之道犹豫不决，内心做思想斗争，外物在诱惑，斗争与诱惑互相较量，结果又归于失败。

夫至物微妙，可以理知，难以目识，譬犹豫章[1]，生七年然后可觉耳。今以躁竞之心，涉希静之途，意速而事迟，望近而应远，故莫能相终。夫悠悠者既以未效不求，而求者以不专丧业，偏恃者以不兼无功，追术者以小道自溺[2]，凡若此类，故欲之者万无一能成也。善养生者则不然矣。清虚静泰，少私寡欲。知名位之伤德，故忽而不营，非欲而强禁也。识厚味之害性，故弃而弗顾，非贪而后抑也。外物以累心不存，神气以醇白独著，

旷然无忧患，寂然无思虑。又守之以一，养之以和，和理日济，同乎大顺。然后蒸以灵芝，润以醴泉[3]，晞以朝阳，绥以五弦[4]，无为自得，体妙心玄，忘欢而后乐足，遗生而后身存。若此以往，恕可与羡门比寿[5]，王乔争年，何为其无有哉？

【注释】

〔1〕豫章：传说中的异木名。

〔2〕自溺：自我迷失方向。

〔3〕醴泉：甘美的泉水。

〔4〕五弦：古代乐器名称，代指音乐。

〔5〕羡门：相传是古代的仙人。

【译文】

一般而言，最好的事物都是很微妙的，可以凭理性去感知把握，而难以用眼睛去辨识。就像豫章树那样，长至七年后才能识别出来。如今要以浮躁竞争的心态，想走清静的养生之路，想法迅速但行动迟缓，希望很快见到效果而不去行动，追求者又因为不能坚持到最后而失败，仅依赖一种养生方式的人因为不能兼顾其他方式而没有成效，追求方术的人因误入偏路而自我迷失，大多数人都是这几种情况，所以这些想要达到养生目的的人，一万人中没有几个人是成功的。善于养生的人就不是这样。他们虚心静处，很少有私心欲望。知道追求名声地位伤害德行，所以忽略它们不去追求，并不是没有欲望而努力克制。他们知道味道醇厚的食物会损伤性情，所以舍弃不看，并不是贪吃后自我抑制。身外之物因为使身心受累所以不去想它，精神因纯洁而清爽，心胸开阔没有忧虑，情绪安静平和没有思虑。又能坚守一贯的主张，用平和之气调养心境，平和的心态和正确的调养方式使其日益贯通，就超越世俗顺应自然了。然后再用灵芝熏染，用甘甜的泉水滋润，用朝阳晾晒，用音乐安抚，清静无为并自得其乐，身心都达到玄妙的境界。忘掉欢乐之后才有足够的快乐，把自身置之度外而后才有身体的长久存在。像这样坚持下去，就几乎可以和羡门、王乔这样的仙人比寿命了，怎么能说它没有呢？

（译注：郭玉贤）

运命论　李萧远（李康）

【题解】

李康（生卒年不详），字萧远，三国魏中山（今河北定州）人。曾著《游山九吟》，魏明帝曹叡十分欣赏，起用为寻阳长。原有集二卷，已佚。今仅存《运命论》。其事见《文选》李善注引《集林》。本篇论述治乱决定于气运，穷达决定于天命。但也赞扬志士仁人行道的执着，抨击希世苟合之士的趋炎附势。要求君子乐天知命，守道不移。运命，气运与天命。

夫治乱，运也；穷达，命也；贵贱，时也。故运之将隆，必生圣明之君。圣明之君，必有忠贤之臣。其所以相遇也，不求而自合；其所以相亲也，不介而自亲。唱之而必和，谋之而必从，道德玄同，曲折合符，得失不能疑其志〔1〕，谗构不能离其交〔2〕，然后得成功也。其所以得然者，岂徒人事哉？授之者天也，告之者神也，成之者运也。

【注释】

〔1〕疑：惑，不定。

〔2〕谗构：进谗言罗织罪名而陷人于罪。

【译文】

天下的治乱，决定于气运；仕途的穷达，决定于天命；地位的贵贱，决定于时世。因此气运将要隆盛之时，一定会出现圣明的君主。有圣明的君主出现，一定会有忠诚贤能的大臣辅佐他。圣君与贤臣之所以能相遇合，是不须刻意追求而自相遇合的；之所以能相亲近，是不需经人介绍而自相亲近的。此唱而彼一定应和，此谋而彼一定依从，双方道德玄妙齐同，具体意见一致若合符节，个人得失不能动摇他们的心志，别人谗言陷害不能断绝他们的交往，然后才能取得成功。他们之所以能取得成功，难道只是人为的努力吗？授给他们的是天，昭告他们的是神，使他们成功的是气运。

夫黄河清而圣人生〔1〕，里社鸣而圣人出，群龙见而圣人用。故伊尹〔2〕，有莘氏之媵臣也，而阿衡于商〔3〕。太公〔4〕，渭滨之贱老也，而尚父于周〔5〕。百里奚在虞而虞亡〔6〕，在秦而秦霸，非不才于虞而才于秦也。张良受黄石之符〔7〕，诵《三略》之说〔8〕，以游于群雄，其言也，如以水投石，莫之受也；及其遭汉祖，其言也，如以石投水，莫之逆也。非张良之拙说于陈、项〔9〕，而巧言于沛公也。然则张良之言一也，不识其所以合离？合离之由，神明之道也。故彼四贤者，名载于箓图〔10〕，事应乎天人，其可格之贤愚哉〔11〕？孔子曰：“清明在躬，气志如神。嗜欲将至，有开必先。天降时雨，山川出云。”〔12〕《诗》云：“惟岳降神，生甫及申；惟申及甫，惟周之翰。”〔13〕运命之谓也。岂惟兴主，乱亡者亦如之焉。幽王之惑褒女也〔14〕，祆始于夏庭。曹伯阳之获公孙强也〔15〕，征发于社宫〔16〕。叔孙豹之昵竖牛也〔17〕，祸成于庚宗。吉凶成败，各以数至。咸皆不求而自合，不介而自亲矣。

【注释】

〔1〕黄河清：古人以为黄河水清乃天下太平之祥端。

〔2〕伊尹：商之贤相。《史记·殷本纪》说他“以滋味说汤，致于王道”。

〔3〕阿衡：伊尹所任之官号，相当于后世之相。

〔4〕太公：周文王师吕尚，又称姜尚。《史记·齐太公世家》说他在周西伯（文王）出猎时，在渭水之滨相遇，二人同车而归，尊为“太公望”，立为师。

〔5〕尚父：武王伐纣时，尊吕尚为“师尚父”。

〔6〕百里奚：春秋时虞人。《史记·秦本纪》说，晋灭虞，百里奚被虏，他耻于为秦缪公夫人媵，逃至楚，秦缪公闻其贤，以五羖羊皮赎之，授之国政，号曰“五羖大夫”。

〔7〕张良：汉开国功臣，封留侯。《史记·留侯世家》说，张良秦末游下邳，于圯上遇一老父（即黄石公），老父以太公兵法授张良。后来张良追随刘邦（沛公），“数以太公兵法说沛公，沛公善之，常用其策”。

〔8〕《三略》：即太公兵法，据说分上略、中略、下略。

〔9〕陈、项：陈涉、项梁。

〔10〕箓图：指史籍。

〔11〕格：量度。

〔12〕“孔子”句：见《礼记·孔子闲居》。

〔13〕“《诗》云”句：见《诗·大雅·崧高》。甫，读如吕，指吕侯。申，申伯。翰，幹，栋梁。

〔14〕褒女：周幽王之后褒姒。《史记·周本纪》说，夏末有二龙止于夏庭，夏帝藏其漦于椟中。传至周厉王时，有宫女遭漦而孕，生褒姒。后周幽王废申后，立褒姒为后，申后之父申侯怒攻幽王，杀幽王于郦山之下。

〔15〕公孙强：春秋时曹国司城。《左传·哀公七年》说，起初，曹国有人梦众君子立于社宫，谋亡曹，曹叔振铎请求等待公孙强。梦者于是戒其子，公孙强为政即离曹而去。后曹伯阳即位，宠公孙强，使为司城以听政，“背晋而奸宋”，宋人伐之，遂灭曹。

〔16〕社宫：指曹国国社之围墙。

〔17〕竖牛：春秋时鲁国叔孙豹之子。《左传·昭公八年》说，起初，叔孙豹到齐国去，经过庚宗，与一妇人私通，生子竖牛。后来叔孙豹归鲁

为卿，宠信竖牛。叔孙豹病，竖牛不予进食，叔孙豹饿死。

【译文】

黄河水变清圣人便会出生，里社有鸣声圣人便会出现，群龙天空现形圣人便会兴起。伊尹，原是有莘氏陪嫁的臣仆，却做了商朝的阿衡。姜太公，原是渭水之滨贫贱的老人，却被周武王尊为尚父。百里奚在虞之时而虞灭亡，在秦之时而秦称霸，这并不是在虞时没有才干而在秦时忽然就有了才干。张良在下邳接受了黄石公的秘籍，诵读太公兵法《三略》的学说，而游说起义群雄，他的言论，好像是将水泼到石上，没有谁能接受；等到他遇到了汉高祖刘邦，他的言论，好像将石投到水里，没有谁能阻止。这并不是张良在游说陈涉、项梁时言辞笨拙，而在游说刘邦时能言善辩。其实张良的言辞是一样的，只是不了解何以有的人能接受而有的人却格格不入。能接受和格格不入的缘由，就是出自神明之道啊。因此上述那四位贤人，英名载于史籍，行事顺应天道人心，怎能用贤与愚来量度呢？孔子说："圣人清明的心性在其身，化作气志便如神。圣人王天下之愿望将达致，便有神开导必先为之生贤智之辅佐。这就如同上天降下及时雨，山川为之出云。"《诗·大雅·崧高》说："五岳显现出神的意旨，诞生了吕侯和申伯；只有申伯和吕侯，才是辅佐周王朝的栋梁。"这说的就是气运和天命。难道只是圣主兴起才有如此之气运和天命吗，乱亡的君主也决定于气运和天命。从前周幽王被褒姒所迷惑，其妖孽就起于夏王朝的宫廷。曹伯阳获致并重用公孙强，其征兆就起于曹国有人梦众君子立于社宫共谋亡曹。叔孙豹宠信竖牛，其祸乱早就生成于叔孙豹在庚宗与一女子私通之时。吉凶成败，分别以其定数而到来。这全都是不需刻意追求而自相遇合的，全都是不需经人介绍而自相亲近的。

昔者，圣人受命《河》《洛》曰[1]：以文命者，七九而衰；以武兴者，六八而谋。及成王定鼎于郏鄏，卜世三十，卜年七百，天所命也[2]。故自幽、厉之间，周道大坏，二霸之后，礼乐陵迟。文薄之弊，渐于灵、景；辩诈之伪，成于七国。酷烈之极，积于亡秦；文章之贵，弃于汉祖[3]。虽仲尼至圣，颜、冉大贤，揖让于规矩之内，訚訚于洙、泗之上[4]，不能遏其端；孟轲、孙卿体二希圣[5]，从容正道，不能维其末，天下卒至于溺而不可援。夫以仲尼之才也，而器不周于鲁、卫；以仲尼之辩也，而言不行于定、哀；以仲尼之谦也，而见忌于子西[6]；以仲尼之仁也，而取仇于桓魋[7]；以仲尼之智也，而屈厄于陈、蔡；以仲尼之行也，而招毁于叔孙[8]。夫道足以济天下，而不得贵于人；言足以经万世[9]，而不见信于时；行足以应神明，而不能弥纶于俗[10]；应聘七十国，而不一获其主；驱骤于蛮夏之域[11]，屈辱于公卿之门，其不遇也如此。及其孙子思[12]，希圣备体[13]，而未之至，封已养高[14]，势动人主。其所游历诸侯，莫不结驷而造门；虽造门犹有不得宾者焉。其徒子夏[15]，升堂而未入于室者也。退老于家，魏文侯师之，西河之人肃然归德，比之于夫子而莫敢间其言[16]。故曰：治乱，运也；穷达，命也；贵贱，时也。而后之君子，区区于一主，叹息于一朝。屈原以之沉湘，贾谊以之发愤，不亦过乎！

【注释】

〔1〕《河》：指《河图》，相传伏羲氏时，有龙马负图出于河，伏羲氏据其文而画八卦，谓之河图。　《洛》：指《洛书》，相传禹治水时，有神龟出于洛水，龟背有裂纹，禹据此作《洪范·九畴》，谓之洛书。见《汉书·五行志》。

〔2〕“及成王”四句：为王孙满之语，见《左传·宣公三年》。成王，周成王姬诵，即位时，年少，管叔、蔡叔与武庚勾结作乱，周公东征平乱后，营造洛邑，居九鼎。郏鄏，在今洛阳。

〔3〕汉祖：汉高祖刘邦。《史记·郦生陆贾列传》说，他轻视书生和诗书。儒生陆贾来访，他箕踞以见；陆贾说称诗书，他骂道：“迺公居马上而得之，安事诗书！”

〔4〕洙、泗：二水名，在山东曲阜，孔子施教于其间。

〔5〕体：指道。　希：仰望，慕求。

〔6〕子西：楚令尹。《史记·孔子世家》说，楚昭王将以书社地七百里封孔子，子西谏，认为“非楚之福”，昭王乃止。

〔7〕桓魋（tuí）：宋司马。《史记·孔子世家》说，孔子适宋，与弟子习礼大树下，“桓魋欲杀孔子，拔其树。孔子去。”

〔8〕叔孙：指鲁大夫叔孙武叔。《论语·子张》载，他在朝廷上说：“子贡贤于仲尼。”妄图贬低孔子。

〔9〕经万世：为万世纲纪，匡济万世。

〔10〕弥纶：经纬，治理。

〔11〕蛮夏：指蛮夷与中国。蛮夷指楚，中国指宋、卫、中原诸国。

〔12〕子思：孔子之孙孔伋。

〔13〕备体：具备圣人之体。体喻德。

〔14〕封：厚。　养：教养，操守。

〔15〕子夏：孔子弟子卜商。孔子死后，子夏教于西河之上，魏文侯拜他为师。

〔16〕间：非。

【译文】

从前，圣人从《河图》《洛书》那里承受天命说：以文德而承受天命的，传七世或九世便渐衰微；以武功兴起的，传六世或八世便须另作谋划。到了周成王平定叛乱定鼎于洛阳之时，通过占卜预测到周代的世数为三十，年数为七百，这就是上天所授之命。所以从幽王历王之际开始，周王朝纲纪严重破坏，齐桓公、晋文公之后，礼乐制度日趋衰败。文德之浇薄，从灵王、景王之时便已萌生；巧辩欺诈的不良风气，在战国七雄之时便已形成。残酷暴烈的极端，集中发生在暴秦之时；文章的高贵，被汉高祖刘邦所抛弃。即使有孔子这样的大圣人，颜回、冉求这样的大贤人，在礼乐制度的范围内恭行揖让之道，在洙泗之滨显现中正和乐之貌，也不能遏止周道的衰败趋势；孟子、荀子分别继承孔子学说并仰慕孔子，从容追求中正之道，也不能挽救周道的最终衰败，天下终于陷溺于乱而无人能够救援。凭着孔子这样的才干，却不能在鲁、卫干成大事；凭着孔子这样的口才，其言论却不能在定公、哀公之世推行；凭着孔子这样的谦恭，竟然遭到楚令尹子西的猜忌；凭着孔子这样的仁慈，竟然引起桓魋的仇恨；凭着孔子这样的聪慧，却在陈、蔡遭到困厄；凭着孔子这样的品行，却招致叔孙武叔的诋毁。孔子之道足以拯救天下，却不能让人尊重自己；孔子之言足为万世纲纪，却不能被当时之人所信仰；孔子之行足以同神明相应，却不能周遍地经理世俗；受到七十国君的聘问，却找不到一个贤明的君主；在夷夏许多地方来回奔走，在公卿之门饱受屈辱，他不能与圣君遇合的情况正如上所述。到了他的孙子子思，希幕圣人并且具备圣人之德，但尚未尽善尽美，他努力提高自己的教养操守，其声势惊动了各国国君。他所游历过的各国诸侯，没有不带着大批车马来登门拜访的；即使登门拜访仍然有人不能受到贵宾的礼遇。他的门徒子夏，其学问已升堂而尚未入室。年老退居家中，魏文侯拜他为师，西河之人恭敬地归顺于他的仁德，把他比似为夫子而没有人敢批评他的言论。所以说：天下的治乱，决定于气运；仕途的穷达，决定于天命；地位的贵贱，决定于时世。而后来的君子，却只是局限于效忠某一君主，悲叹于在某一朝廷上的得失，屈原因此而自沉湘江，贾谊因此而抒发愤懑，岂不是认识上有偏颇吗？

然则圣人所以为圣者，盖在乎乐天知命矣。故遇之而不怨，居之而不疑也。其身可抑，而道不可屈；其位可排，而名不可夺。譬如水也，通之斯为川焉，塞之斯为渊焉，升之于云则雨施，沉之于地则土润。体清以洗物，不乱于浊；受浊以济物，不伤于清。是以圣人处穷达如一也。夫忠直之迕于主，独立之负于俗，理势然也。故木秀于林，风必摧之；堆出于岸，流必湍之；行高于人，众必非之。前监不远，覆车继轨。然而志士仁人，犹蹈之而弗悔，操之而弗失，何哉？将以遂志而成名也。求遂其志，而冒风波于险涂；求成其名，而历谤议于当时。彼所以处之，盖有算矣。子夏曰："死生有命，富贵在天。"〔1〕故道之将行也，命之将贵也，则伊尹、吕尚之兴于商、周，百里、子房之用于秦、汉，不求而自得，不徼而自遇矣〔2〕。道之将废也，命之将贱也，岂独君子耻之而弗为乎？盖亦知为之而弗得矣。凡希世苟合之士〔3〕，蘧蒢戚施之人〔4〕，俯仰尊贵之颜，逶迤势利之间，意无是非，赞之如流；言无可否，应之如响。以窥看为精神，以向背为变通。势之所集，从之如归市；势之所去，弃之如脱遗。其言曰：名与身孰亲也？得与失孰贤也？荣与辱孰珍也？故遂洁其衣服，矜其车徒〔5〕，冒其货贿〔6〕，淫其声色，脉脉然自以为得矣〔7〕。盖见龙逢、比干之亡其身〔8〕，而不惟飞廉、恶来之灭其族也〔9〕。盖知伍子胥之属镂于吴〔10〕，而不戒费无忌之诛夷于楚也〔11〕。盖讥汲黯之白首于主爵〔12〕，而不惩张汤牛车之祸也〔13〕。盖笑萧望之跋踬于前〔14〕，而不惧石显之绞缢于后也〔15〕。

【注释】

〔1〕"子夏"句：见《论语·颜渊》。

〔2〕徼（jiǎo）：求。

〔3〕希世：阿世，徇于世俗，视世誉而动。 苟合：苟且附合。

〔4〕蘧篨（qú chú）：同“籧篨”，与“戚施”同义，均指身有残疾形貌丑陋之人。闻一多释为蟾蜍，癞虾蟆。语出《诗·邶风·新台》。

〔5〕矜：夸耀。

〔6〕冒：贪。

〔7〕脉脉：骄诈貌。

〔8〕龙逢：即关龙逢，夏之贤人，因谏桀而死。 比干：商纣王之叔父，因谏纣而被剖心。

〔9〕惟：思。 飞廉：即蜚廉。《史记·秦本纪》说：“蜚廉生恶来。恶来有力，蜚廉善走，父子俱以材力事殷纣。周武王之伐纣，并杀恶来。”

〔10〕伍子胥：楚人，仕吴。《左传·哀公十一年》说，吴王夫差将伐齐，伍子胥谏，吴王不但不听，还赐属镂剑让其自尽。

〔11〕费无忌：即费无极。楚之谗人。《左传·昭公二十七年》载，沈尹戌向令尹子常列举他的罪状，子常将他杀了，“尽灭其族”。

〔12〕汲黯：汉武帝时为东海太守，东海大治，武帝召为主爵都尉。事见《汉书》本传。

〔13〕张汤：汉武帝时为御史大夫，为官严酷。武帝使人责其“怀诈面欺”，自杀。死后其母不欲厚葬，于是“载以牛车，有棺而无椁”。事见《汉书》本传。

〔14〕萧望之：汉宣帝时为太子太傅，受遗诏辅幼主元帝，后被石显陷害，饮鸩自杀。事见《汉书》本传。 踧踬：挫折。

〔15〕石显：汉元帝时为中书令，成帝时迁长信中太仆。以陷害萧望之等事免官归故郡，忧懑不食，道病死。事见《汉书》本传。

【译文】

如此说来，可知圣人之所以成为圣人，就在于乐天知命啊。因此遭遇困厄而不怨，获致福祥而不惑。他的身体可压抑，但他的道义却不可屈服；他的地位可排挤，但他的名声却不可剥夺。这就好像水，疏通它就成为河流，堵塞它就成为深渊，上升于云端就会下雨，下沉于地表就会使土地湿润。水质清洁就用它来洗涤浊物，它却不会被浊物所搅乱；接受尘浊就用它来救助浊物，却不妨害它的清洁。因此圣人对待仕途之穷达态度始终如一。那忠直之士干犯君主，那特立独行之人背负流俗，从理势上说这是必然的。所以树木如高出于树林，大风必定会摧折它；沙堆如突出于河岸，水流必定会冲击它；行为如高出于众人，众人必定会非议他。前车之鉴不远，继续前行必致车辆倾覆。但是志士仁人，仍然沿着既定之路走过去而不后悔，坚持操守而不放弃，为什么呢？他打算以此来实现自己的志向并成就功名。为了求实现自己的志向，而在艰难的道路上去冒风险；为了求成就自己的功名，而在当时遭受他人谤议。他为什么要这样做，那是有他的考虑谋划的。子夏说："死生有命运主宰，富贵由上天安排。"因此道将行命将贵之时，伊尹、吕尚便兴起于商、周，百里奚、张良便为秦、汉所用，不求取而自然获得，不追求而自然遇合。道将废命将贱之时，难道只有君子以之为耻而不为吗？实际上是知道那样做而无所得。大凡徇于世俗苟且附合之士，身有残疾形貌丑陋之人，总是视尊贵者之容颜而屈伸，顺着势利者之意旨而行事，对他们的意见不分是与非，赞颂如水之顺流，对他们的言语不问可与否，应答如响之随声。以窥视别人举止作为自己的灵气，依别人的向背作为自己的变通趋附。权势集聚之处，便紧紧追随如同赴集市；权势已去之处，便立即离开如抛掉废弃之物。他们说：名与身什么最亲？得与失什么最好？荣与辱什么最珍贵？因此便洁净其衣服，夸耀其车辆徒众，贪取钱财，扬其声色，一副骄诈的样子自以为得计。原来他们只看见关龙逢、比干被害身亡，而不想想蜚廉恶来因助纣为虐而被灭族。只看见伍子胥在吴伏剑而死，而不以费无忌在楚遭族灭为鉴戒。只会讥笑汲黯白首才获主爵都尉，而不因张汤受责自杀"载以牛车"以引起警惕。只会耻笑从前萧望之受挫折，而不惧怕后来石显受绞缢。

故夫达者之算也，亦各有尽矣。曰：凡人之所以奔竞于富贵，何为者哉？若夫立德必须贵乎？则幽、厉之为天子，不如仲尼之为陪臣也[1]。必须势乎？则王莽、董贤之为三公[2]，不如杨雄、仲舒之阒其门也[3]。必须富乎？则齐景之千驷[4]，不如颜回、原宪之约其身也[5]。其为实乎？则执杓而饮河者，不过满腹；弃室而洒雨者，不过濡身；过此以往，弗能受也。其为名乎？则善恶书于史册，毁誉流于千载；赏罚悬于天道，吉凶灼乎鬼神，固可畏也。将以娱耳目、乐心意乎？譬命驾而游五都之市[6]，则天下之货毕陈矣。褰裳而涉汶阳之丘[7]，则天下之稼如云矣。椎紒而守敖庾、海陵之仓[8]，则山坻之积在前矣。扱衽而登钟山、蓝田之上[9]，则夜光玙璠之珍可观矣。夫如是也，为物甚众，为己甚寡。不爱其身，而啬其神[10]。风惊尘起[11]，散而不止。六疾待其前[12]，五刑随其后[13]。利害生其左，攻夺出其右，而自以为见身名之亲疏，分荣辱之客主哉。

【注释】

〔1〕陪臣：诸侯之臣。

〔2〕王莽：汉成帝时为大司马。　董贤：汉哀帝时代丁明为大司马。哀帝死，被劾自杀。

〔3〕杨雄：西汉文学家、哲学家。家贫，人希至其门。　仲舒：董仲舒，西汉哲学家，为博士，下帷讲诵，弟子难见其面。　阒（qù）：同“阒”，静无人声。

〔4〕齐景：春秋时代齐景公。《论语·季氏》载：“齐景公有马千驷，死之日，民无德而称焉。”

〔5〕颜回：字子渊，孔子弟子，贫居陋巷，主张克己、约身。　原宪：字子思，孔子弟子。《家语》说他“清约守节，贫而乐道”。

〔6〕五都之市：指洛阳、邯郸、临淄、宛、成都。

〔7〕汶阳：春秋时鲁地，在今山东泰安西南。《左传·僖公元年》载：“公赐季友汶阳之田及费。”

〔8〕椎紒：即“椎髻”，梳在头顶或脑后的发结。　敖庾：即敖仓，

秦之粮仓，在河南成皋。　海陵：仓名，汉吴王刘濞所建，在江苏。

〔9〕扱（chā）衽：插衣襟于带。　钟山：指昆仑山，产玉。　蓝田：山名，在陕西，产玉。

〔10〕啬：偏爱，吝惜。

〔11〕风惊尘起：喻恶积而祸生。

〔12〕六疾：指阴、阳、风、雨、晦、明等六气过盛引发的寒疾、热疾、末疾、惑疾、腹疾、心疾等六种疾病，语出《左传·昭公元年》。

〔13〕五刑：指墨、劓、剕、宫、大辟五种刑罚。

【译文】

因此通达者的考虑谋划，是各有所止的。他们说：大凡一般人如此奔走追求富贵，是为了什么呢？如果要在世上立德一定要依靠贵吗？那么周幽王、周厉王作为天子，还比不上孔子只是一个诸侯国的陪臣呢。一定要依靠势吗？那么王莽、董贤作为三公，还比不上杨雄、董仲舒家门静无人声呢。一定要依靠富吗？那么齐景公有马千驷，还比不上颜回、原宪贫居陋巷清约守节呢。难道是为了实际利益吗？那么拿着勺去河里舀水喝的人，不过装满一肚子水；离开屋室而去淋雨的人，不过淋湿全身；超过了这些，他们是不可能得到什么的。难道是为了名声吗？那么善恶全都书写于史籍，毁誉流传于千年，赏罚决定于天道，吉凶明白显示于鬼神，那原本是极为可怕的。或者以之娱悦耳目畅快心意吗？打个比方来说吧，这就好像驾着马车而游繁华的街市，那么天下的货物全都陈列在那里了。提起衣裳而走上汶阳的丘田，那么就会看到天下的庄稼多得像云霞。椎发为髻而守着敖庾海陵的粮仓，那么堆积如山的粮食都呈现在眼前。插衣襟于带而登上钟山蓝田之上，那么夜光珠及玙璠美玉等珍宝就大为可观了。像这样，作为身外之物那是十分多，而能为己所有的却是非常少。不珍爱自己的身躯，却偏爱自己的心志，让邪恶的念头如风惊尘起，四处飘散而不止，那么六疾便会在前面等待着，五刑也会接踵而至，利害冲突发生在左边，互相攻伐争夺产生在右边，而自己却以为看清了身与名的亲与疏，分清了荣与辱的主与客。

天地之大德曰生，圣人之大宝曰位，何以守位曰仁，何以正人曰义。故古之王者，盖以一人治天下，不以天下奉一人也。古之仕者，盖以官行其义，不以利冒其官也。古之君子，盖耻得之而弗能治也，不耻能治而弗得也。原乎天人之性，核乎邪正之分〔1〕，权乎祸福之门〔2〕，终乎荣辱之算，其昭然矣。故君子舍彼取此。若夫出处不违其时，默语不失其人，天动星回而辰极犹居其所〔3〕，玑旋轮转〔4〕，而衡轴犹执其中，既明且哲，以保其身〔5〕，贻厥孙谋，以燕翼子者〔6〕，昔吾先友，尝从事于斯矣。

【注释】

〔1〕核：考察，探求。

〔2〕权：权舆，起始。

〔3〕辰极：即北极星，又称北辰。《论语·为政》说："为政以德，譬如北辰居其所而众星共之。"

〔4〕玑：璇玑，即浑天仪，可旋转。转运者为机，持正者为衡。

〔5〕"既明"二句：语见《诗·大雅·烝民》。

〔6〕"贻厥"二句：语见《诗·大雅·文王有声》。 贻：通"诒"，遗传。 孙：通"逊"，顺。 燕：安。 翼：庇护。

【译文】

天地的大德叫作生，圣人的大宝叫作位，用什么来守住君位叫作仁，用什么来端正别人叫作义。所以古代君临天下的人，都是用自己一个人的能力来治理天下，而不让天下之人奉养自己一个人。古代为官的人，都是凭着官位来推行道义，而不因谋取一己之私利去做贪官。古代的君子，都是耻于得了官位却不能治民，不以能治民却得不到官位为耻。如能推究天与人的本性，探求邪与正的区分，开始时了解祸与福的产生，最终明确荣与辱的定数，这些道理就十分清楚了。所以君子抛弃斜径而取正道。至于说到出处与进退都不违背时机，静默与言语都不失其人格，如天动星移而北极星仍居其所，琁玑旋转车轮转动，而机衡车轴仍固守着中心，既明智又聪慧，以保有其身，传下治理天下的好谋略，从而荫庇保护子孙后代，从前我的一位老朋友，正是这样做的。

（译注：邹子衿）

辩亡论上下二首 陆士衡（陆机）

辩亡论上

【题解】

本篇主要阐述吴国灭亡的原因，并赞颂陆逊、陆抗祖父二人的功业。

昔汉氏失御[1]，奸臣窃命[2]，祸基京畿[3]，毒遍宇内，皇纲弛紊，王室遂卑。于是群雄蜂骇，义兵四合。吴武烈皇帝慷慨下国[4]，电发荆南[5]，权略纷纭，忠勇伯世，威棱则夷羿震荡[6]，兵交则丑虏授馘[7]，遂扫清宗祊[8]，蒸禋皇祖[9]。于时云兴之将带州[10]，飙起之师跨邑；哮阚之群风驱[11]，熊罴之众雾集。虽兵以义合，同盟勠力，然皆苞藏祸心，阻兵怙乱[12]。或师无谋律，丧威稔寇[13]，忠规武节，未有如此其著者也。

【注释】

〔1〕汉氏：汉室，汉朝。

〔2〕奸臣：奸诈阴险的臣子，这里指董卓。董卓，字仲颖，陇西临洮（今甘肃岷县）人，东汉末年军阀，曾参与镇压黄巾起义和羌人起义，后废少帝，立献帝，专断朝政。残暴专横，胁迫献帝迁都长安，纵火焚烧洛阳宫室，对社会造成极大破坏。后被王允、吕布所杀。

〔3〕京畿：国都及其附近的地区。

〔4〕吴武烈皇帝：孙坚，时任长沙太守，起兵讨伐董卓，死后其子孙权即位后追谥孙坚为吴武烈皇帝。

〔5〕荆南：荆州南部地区。

〔6〕威稜（léng）：威名，声威。　夷羿：据《左传·襄公四年》《楚辞·天问》记载，夷羿荒淫残暴，曾弑君自立为夏朝天子。

〔7〕馘（guó）：古代战争中割取敌人的左耳以计数献功。

〔8〕宗祊（bēng）：宗祠，宗庙。

〔9〕蒸禋（yīn）：诚信祭祀。　皇祖：汉高祖刘邦。

〔10〕云兴：像云一样兴起。　带州：成片的州郡。

〔11〕哮阚（hǎn）：老虎怒吼的样子。

〔12〕怙乱：趁情况混乱时取胜。

〔13〕稔寇：恶贯满盈的敌人。

【译文】

以前汉帝失去皇位，奸臣董卓掌权，祸乱从京都开始，流毒遍及天下，朝纲被废，王室地位下降。于是各路英雄群起，声讨董卓的义兵从各地会合在一起。吴武烈皇帝孙坚在诸侯国长沙慷慨就任，于是闪电般地从荆州南方发兵。他机智多谋，忠勇盖世，声威可以使残暴的夷羿震撼，一开始交战敌方就受虏受降，于是扫清朝廷宗庙，祭祀开国君王汉高祖。当时如云般兴起的将领占领成片的州郡，如狂风般骤起的军队跨据都邑；如猛虎咆哮的人群风驰电掣，如熊罴一般勇猛的民众云集。尽管各路兵马以义兵的名义会合，同盟军合力杀敌，可是都暗藏祸心，凭借战乱阻碍其他势力。有的军队没有谋略没有纪律，在残暴的敌人面前失去威严，忠臣武将的节操，都没有像武烈皇帝这样明显。

武烈既没，长沙桓王逸才命世[1]，弱冠秀发。招揽遗老，与之述业。神兵东驱，奋寡犯众。攻无坚城之将，战无交锋之虏。诛叛柔服，而江外底定[2]；饰法修师，则威德翕赫[3]。宾礼名贤，而张昭为之雄[4]；交御豪俊，而周瑜为之杰[5]。彼二君子，皆弘敏而多奇，雅达而聪哲。故同方者以类附，等契者以气集，而江东盖多士矣。将北伐诸华，诛鉏干纪[6]。旋皇舆于夷庚[7]，反帝座乎紫闼[8]。挟天子以令诸侯，清天步而归旧物。戎车既次，群凶侧目，大业未就，中世而殒。用集我大皇帝以奇踪袭于逸轨，睿心因于令图[9]。从政咨于故实[10]，播宪稽乎遗风。而加之以笃固，申之以节俭。畴咨俊茂，好谋善断。束帛旅于丘园[11]，旌命交于途巷[12]。故豪彦寻声而响臻，志士希光而景骛。异人辐凑，猛士如林。于是张昭为师傅，周瑜、陆公、鲁肃、吕蒙之俦[13]，入为腹心，出作股肱；甘宁、凌统、程普、贺齐、朱桓、朱然之徒[14]，奋其威；韩当、潘璋、黄盖、蒋钦、周泰之属宣其力[15]。风雅则诸葛瑾、张承、步骘[16]，以名声光国；政事则顾雍、潘濬、吕范、吕岱[17]，以器任干职；奇伟则虞翻、陆绩、张温、张惇[18]，以讽议举正；奉使则赵咨、沈珩[19]，以敏达延誉；术数则吴范、赵达[20]，以禨祥协德[21]。董袭、陈武[22]，杀身以卫主；骆统、刘基[23]，强谏以补过。谋无遗谞[24]，举不失策。故遂割据山川，跨制荆、吴，而与天下争衡矣。

【注释】

〔1〕长沙桓王：孙策，字伯符，吴郡富春（今浙江富阳）人。孙坚长子，孙权长兄。东汉末年割据江东一带的军阀，三国时期孙吴的奠基者之一。为继承父亲孙坚的遗业而屈事袁术，后脱离袁术，统一江东。在一次狩猎中为刺客所伤，不久后身亡，年仅二十六岁，其弟孙权接掌孙策势力，并于称帝后，追谥孙策为长沙桓王。

〔2〕厎（zhǐ）定：平定，安定。

〔3〕翕赫：盛大，显赫。

〔4〕张昭：字子布，徐州彭城（今江苏徐州）人，三国时期孙吴重臣，孙策创业时，任命其为长史、抚军中郎将，将文武之事都委任于张昭。孙策临死前，将其弟孙权托付给张昭，张昭率群僚辅立孙权，并安抚百姓、讨伐叛军，帮助孙权稳定局势。

〔5〕周瑜：字公瑾，汉末舒（今安徽庐江）人，有文武才，辅佐孙策平定江东，为吴水军都督，败曹操于赤壁，拜前将军，领南郡太守。

〔6〕鉏：诛灭，除掉。　干纪：违反法纪。

〔7〕夷庚：平坦大道，比喻王政。

〔8〕紫闼：指宫廷。

〔9〕令图：远大的谋略。

〔10〕故实：可以效仿的以前的事。语出《国语·周语》“赋事行刑，必问于遗训，而咨于故实”。

〔11〕畴咨：访问，访求。　俊茂：才能卓越之人。　丘园：有才能的人隐居的地方，语出《周易·贲卦》“束帛戋戋，贲于丘园”。

〔12〕旌命：招贤纳士的征令。

〔13〕陆公：陆逊，本名陆议，字伯言，吴郡吴县（今江苏苏州）人。三国时吴国政治家、军事家，后入孙权幕府，跟随孙权四十馀年，统领吴国军政十馀年，深得孙权器重，深谋远虑，忠诚刚直。一生出将入相，被赞为“社稷之臣”。　鲁肃：字子敬，临淮郡东城（今安徽定远）人，东汉末年杰出战略家、外交家，与周瑜关系甚密，后率领部属投奔孙权，深得孙权赏识。　吕蒙：字子明，东汉末年名将，汝南富陂（今安徽阜南吕家岗）人，以胆气称，孙权统事后受重用。

〔14〕甘宁：字兴霸，巴郡临江（今重庆忠县）人，三国时期孙吴名将，官至西陵太守，折冲将军，后甘宁率部投奔孙权，战功赫赫。　凌统：

字公绩，吴郡余杭（今浙江余杭）人，三国时吴国名将，少有盛名，为人有国士之风，多次战役中表现出色，曾拼死保护孙权，官至偏将军。　程普：字德谋，右北平土垠（今河北丰润东）人，东汉末年名将，历仕孙坚、孙策、孙权三代，战功卓著。　贺齐：字公苗。会稽山阴（今浙江绍兴）人，三国时吴国名将，身经百战，所向披靡，深受孙权器重，官至后将军。　朱桓：字休穆，吴郡吴县（今江苏姑苏）人，三国时吴国名将。　朱然：字义封，丹阳故鄣（今浙江安吉）人，三国时吴国名将，在读书期间和孙权相交甚笃，以战功官至大司马、右军师。

〔15〕韩当：字义公。辽西令支（今河北迁安）人，汉末至三国时吴国将领，长于弓箭、骑术并且膂力过人，历仕孙坚、孙策、孙权三代，随从其征伐四方，功勋卓著。　潘璋：字文珪，东郡发干（今山东冠县）人，三国时吴国将领，因作战勇猛而得到孙权赏识。　黄盖：字公覆，零陵泉陵（今湖南零陵）人，东汉末年名将，历仕孙坚、孙策、孙权三任，为人严肃，善于训练士卒，每每征讨，他的部队皆勇猛善战。　蒋钦：字公奕，九江寿春（今安徽寿县）人。汉末东吴名将，早年随孙策平定丹阳、吴郡、会稽和豫章四郡。　周泰：字幼平，九江下蔡（今安徽凤台）人，三国时吴国武将，多次于战乱当中保护孙权的安危，后来孙权为了表彰周泰为了东吴出生入死的功绩，而赐给他青罗伞盖，官至汉中太守、奋威将军，封陵阳侯。

〔16〕诸葛瑾：字子瑜，琅邪阳都（今山东沂南）人，三国时吴国重臣，诸葛亮之兄，因胸怀宽广，温厚诚信，深得孙权信赖，官至大将军。　张承：字仲嗣。徐州彭城（今江苏徐州）人，三国时孙吴大臣，张承年少时以才学知名，与诸葛瑾、步骘（zhì）、严畯交好，为人勇壮刚毅、忠诚正直，能甄识人物，勤于提携后进之士。　步骘：字子山，临淮淮阴（今江苏淮阴）人，三国时孙吴重臣，性情宽宏，很得人心，被孙权拜为骠骑将军。

〔17〕顾雍：字元叹，吴郡吴县（今江苏苏州）人，三国时吴国重臣、政治家，少时受学于蔡邕，后入孙权幕府为左司马。　潘濬：字承明，武陵郡汉寿（今湖南汉寿）人，三国时吴国重臣，为人聪察，刚正不阿，被孙权拜为少府，进封刘阳侯。　吕范：字子衡，汝南郡细阳（今安徽太和）人，汉末至三国时吴国重臣，随孙策、孙权征伐四方，吴国建立后，官至前将军、封南昌侯。　吕岱：字定公，广陵海陵（今江苏南通）人，

三国时吴国重臣、将领，仕于孙氏政权，获授昭信中郎将。

〔18〕虞翻：字仲翔，会稽余姚（今浙江余姚）人，三国时吴国学者、官员，善使长矛，经学、医术兼通，可谓文武全才，孙权曾称赞他“可与东方朔为比矣”。　陆绩：字公纪，吴郡吴县（今江苏苏州）人，汉末三国时吴国大臣，博学多识，通晓天文历法、星历算数，孙权封其为偏将军。　张温：字惠恕，吴郡吴县（今江苏苏州）人，三国时大臣，少修节操，容貌奇伟，孙权召拜议郎、选曹尚书，徙太子太傅。　张惇：敦煌渊泉人，善文辞，官至车骑将军。

〔19〕赵咨：字德度，南阳人，博闻多识，善于辩论，三国时期吴国大臣，吴蜀夷陵之战时，奉孙权之命出使曹魏。　沈珩：字仲山，吴郡人，吴国大臣，足智多谋，封为永安乡侯。

〔20〕吴范：字文则，会稽上虞人，三国时东吴官员，擅长术数，以推算天象节气和观察气候闻名，事奉孙权，每推算灾祥多应验，遂显名。孙权委以骑都尉，领太史令。　赵达：南郡（今河南洛阳）人，年少时跟随单甫求学，后来避乱江东研究九宫算数，深得奥妙，能够准确地进行预测。

〔21〕禨（jī）：向鬼神求福。

〔22〕董袭：字元代，会稽余姚（今浙江余姚）人，东汉末年名将，武力过人，深得孙策赏识，拜威越校尉，迁偏将军。　陈武：字子烈，庐江郡松滋（今安徽宿松）人，东汉末年孙策、孙权部下的猛将，屡建战功，封为偏将军。

〔23〕骆统：字公绪。会稽郡乌伤（今浙江义乌）人，汉末至三国时吴国将领、学者，曾劝孙权尊贤纳士，省役息民，因战功迁偏将军，封新阳亭侯，任濡须督。　刘基：字敬舆。东莱牟平（今山东牟平）人，汉室宗亲，三国时吴国重臣，容姿美好，深得孙权喜爱，任光禄勋。

〔24〕谞（xǔ）：谋划，计谋。

【译文】

武烈皇帝死后，长沙恒王孙策脱颖而出，他少年英俊，笼络先父的部下，和他们继承先父的基业。率领神武的部队渡江向东挺近，鼓舞为数不多的将士进攻人数众多的敌人。作战中敌人没有能够固守城池的将领，没有敢与之交战的敌人。诛杀叛贼，宽待服从者，所以长江以南得以平定；他制定法令整治部队，威德宏大。对贤能的人以礼相待，张昭是其中最杰出的；与英豪俊杰交往，周瑜是最杰出的。这两位君子都非常敏睿且有奇才，儒雅贤达且聪明智慧。所以和他们志同道合的人都来归附，意见一致的人都来汇集，因此长江以东多贤才。恒王准备向北攻打中原，诛杀铲除违纪的臣子。使君王重返国家，重回皇宫。后挟持君王来号令诸侯，涤清帝室，恢复先朝的原貌。战车备好，使各方逆臣畏惧，大业没有完成却中年早亡。上天因集天命给大皇帝孙权，他以雄奇之才继承帝位，以睿智之心承袭父兄远大的谋略。执政先咨询可以效法的古事，颁发诏令先考察前代留下的风尚。加上做事认真果敢，提倡节俭。与贤才一起谋事，擅长谋划的同时做事果断。礼待有才能的隐士，大街小巷都能看到招贤纳士的令文。所以豪杰俊才闻声赶来，有志之士都仰慕他的光辉像影子一样奔来。有特殊才能的人像车辐条一样聚在一起，勇猛的人才像密林一样多。于是张昭作师傅，周瑜、陆逊、鲁肃、吕蒙这样的贤才，在朝是贴心重臣，在外是主力；甘宁、凌统、程普、贺齐、朱恒、朱然这些人，发奋在疆场上展示神威；韩当、潘璋、黄盖、蒋钦、周泰这些人在四方为国效力。风流儒雅的诸葛瑾、张承、步骘，他们以美好的声名为国增光，执掌政事的雇雍、潘睿、吕范、吕岱，凭借出色的才能忠于职守；奇俊雄伟的虞翻、陆绩、张温、张惇这些人靠提出忠告使国事保持正道；奉令出使的赵咨、沈珩因思维敏锐、做事通达而美名远扬；擅长占卜之术的吴范、赵达凭借预测吉凶辅助君王体现德行。董袭、陈武不惜舍弃生命保护君王，骆统、刘基用多次进谏的方式弥补过失，使谋划没有遗漏，行动不失策略。于是割据占领山川河流，统辖荆吴的领地，与天下群雄竞争抗衡。

魏氏尝藉战胜之威，率百万之师，浮邓塞之舟[1]，下汉阴之众，羽檝万计[2]，龙跃顺流，锐骑千旅，虎步

原隰[3]，谟臣盈室[4]，武将连衡，喟然有吞江浒之志[5]，一宇宙之气。而周瑜驱我偏师，黜之赤壁，丧旗乱辙，仅而获免，收迹远遁。汉王亦凭帝王之号，帅巴、汉之民，乘危骋变，结垒千里，志报关羽之败，图收湘西之地。而陆公亦挫之西陵，覆师败绩，困而后济，绝命永安。续以濡须之寇[6]，临川摧锐；蓬笼之战，孑轮不反。由是二邦之将，丧气挫锋，势衄财匮[7]，而吴莞然坐乘其弊。故魏人请好，汉氏乞盟，遂跻天号，鼎跱而立。西屠庸、益之郊[8]，北裂淮、汉之涘，东包百越之地，南括群蛮之表。于是讲八代之礼[9]，搜三王之乐[10]。告类上帝，拱揖群后，虎臣毅卒，循江而守，长棘劲铩[11]，望飙而奋。庶尹尽规于上，四民展业于下。化协殊裔，风衍遐圻[12]。乃俾一介行人，抚巡外域。巨象逸骏，扰于外闲；明珠玮宝，耀于内府。珍瑰重迹而至，奇玩应响而赴。輶轩骋于南荒，冲輣息于朔野[13]。齐民免干戈之患，戎马无晨服之虞[14]。而帝业固矣。

【注释】

〔1〕邓塞：邓城东南部的小山，位于今河南邓县东南。

〔2〕羽檝：飞舟，快船。

〔3〕原隰：广大平坦和低洼潮湿的地方，这里指江汉平原。

〔4〕谟臣：谋臣。

〔5〕江浒：长江边，指吴国的领地。

〔6〕濡须：三国时的古城名。

〔7〕衄（nǜ）：损伤，挫败。

〔8〕屠：分裂。 庸：古国名，治所在今湖北省竹山县。 益：益州，所辖范围大多在今四川省范围内。

〔9〕八代：指三皇五帝。

〔10〕三王：指夏、商、周三朝。

〔11〕棘：同“戟”，古代一种合戈、矛为一体的长柄兵器。 铩：古代一种长矛。

〔12〕衍：分布。 圻（yín）：同“垠”，边际，界限。

〔13〕冲輣（péng）：冲车和楼车，亦泛指战车。

〔14〕虞：忧虑，担心。

【译文】

魏氏曹操曾经凭借战胜袁绍、乌桓的馀威，率领数以百万的军队，从邓塞乘船漂流，又收编汉阴荆州刺史刘表的军队，有数万只快船，迅速顺流而下，加上万余支精锐的骑兵，像猛虎一样进入江汉平原，满朝上下的谋臣，武将联车，曹操感慨，大有吞并长江两岸的志向，一举统一全国的气势。而周瑜驱我部分军队，在赤壁击退敌军，杀得敌人丢弃军旗、四散奔逃，只有曹操免于一死，收编残兵逃到远地。汉王刘备也凭着帝王后人的名号，率领巴蜀、汉中的百姓，趁着危乱突然生变，建立千里远的营地，想报关羽失败之仇、想收复荆州之地。而陆逊在西陵将其打败，使其全军覆灭而败，被围后逃脱，死于永安宫。后来曹军凭借入寇濡须，又在水上挫败其锐气，使其退离；还有魏将臧霸侵犯我蓬笼的一场战役，被杀得一个车轮没剩。从此以后，魏、蜀两国的将领，丧失勇气，锋芒挫败，力量削弱，财力匮乏。而吴国却微笑着坐等获利。所以魏氏请求和好，汉氏乞求结盟。吴主于是登上王位，形成三方鼎足的形势。吴国的范围光大，西边到达庸州、益州的周边，北边到了准河、汉水的边上，向东到达百越之地，向南囊括南方少数民族领地之外的地方。于是采用三皇、五帝时的礼制，搜集夏、商、周的音乐。把皇帝即位之事祭告上天，对诸侯以礼相待，猛将勇士，沿江防守，长戟劲矛，闻风而动。百官都尽力为君王谋划，士、农、工、商各安其道。与边远地区的少数民族关系和谐，仁德的风气远播边境。于是派一位使臣，巡抚边境。于是就有大象良马被驯养在兽圈中，明珠美宝闪耀在朝廷的内库。奇珍异宝接连而来。使臣的轻车在南方边境任意往来，战车停放在北方的郊野。百姓免受战争之苦，战马没有一早出战的忧虑。因此帝业日益稳固。

大皇既殁，幼主莅朝。奸回肆虐，景皇聿兴[1]，虔修遗宪，政无大阙，守文之良主也[2]。降及归命之初，典刑未灭，故老犹存。大司马陆公以文武熙朝[3]，左丞相陆凯以謇谔尽规[4]，而施绩、范慎以威重显[5]，丁奉、离斐以武毅称[6]，孟宗、丁固之徒为公卿[7]，楼玄、贺劭之属掌机事[8]，元首虽病，股肱犹存。爰及末叶，群公既丧，然后黔首有瓦解之志，皇家有土崩之衅。历命应化而微，王师蹑运而发。卒散于阵，民奔于邑；城池无藩篱之固，山川无沟阜之势。非有工输云梯之械，智伯灌激之害[9]，楚子筑室之围，燕人济西之队，军未浃辰[10]，而社稷夷矣。虽忠臣孤愤，烈士死节，将奚救哉？

【注释】

〔1〕景皇：孙休，字子烈，三国时吴国的第三位皇帝，吴大帝孙权第六子，在位期间，颁布良制，嘉惠百姓，谥号景皇帝。

〔2〕守文：遵循先王继承的法度。语出《公羊传·文公九年》“继文王之体，守文王之法度”。

〔3〕大司马陆公：陆抗，字幼节，吴郡吴县（今江苏苏州）人，三国时吴国名将，陆机之父，吴国丞相陆逊次子，袭父爵为江陵侯，后拜大司马。　熙：振兴，兴起。

〔4〕陆凯：字敬风，吴郡吴县（今江苏苏州）人，三国时吴国后期重臣，丞相陆逊之侄，大司马陆抗族兄，为人刚直不阿，直言进谏，以功进封嘉兴侯，迁左丞相。　謇（jiǎn）谔：正直，敢于直言。

〔5〕施绩：字公绪，丹杨故鄣（今浙江安吉）人，三国时吴国名将，有将领之才，执法公正严明，官至吴国最高军阶左大司马。　范慎：字孝

敬，徐州广陵郡人，东吴中后期大臣，三国时期军事家、评论家，为人严谨刚直，德行敦厚优秀，历仕四位皇帝，官至太尉。

〔6〕丁奉：字承渊，庐江郡安丰（今安徽霍邱）人，三国时孙吴名将，年少时以骁勇为小将，经常奋勇杀敌，屡立功勋，后扶立乌程侯孙皓为帝，升为右大司马、左军师。丁奉一生征战，与北方政权自曹操时交战至西晋初年，又侍奉孙吴四位君主，见证了三国的盛衰兴亡。　离斐：黎斐，孙皓当权时为左将军。

〔7〕孟宗：名宗，后因避孙皓字讳，改名孟仁，字恭武，湖北江夏鄂城（今湖北孝昌）人，素仁孝，为“二十四孝”之一，孙皓当权时为司空。　丁固：字子贱，会稽山阴（今浙江绍兴）人，三国时吴国著名的政治家、重臣，孙皓即位后官拜大司徒，位列三公。

〔8〕楼玄：字承先，沛郡蕲县（今安徽宿州东南）人，三国时仕吴，孙皓即位后，任宫下录事禁中侯，负责殿中事物，因多次违背孙皓心意，遭人诬陷流放交阯，被孙皓逼迫自杀。　贺劭：字兴伯，会稽山阴（今浙江绍兴）人，三国时仕吴，孙休即位时，为散骑中常侍，出为吴郡太守。孙皓时，入为左典军，迁中书令，领太子太傅，因直言进谏，被孙皓杀。

〔9〕智伯：知伯。据《史记·赵世家》记载：“知伯与韩魏攻赵之晋阳岁余，引汾水灌其城，城不没者三版，极危急。”

〔10〕浃辰：古代以干支纪日，称自子至亥十二日为“浃辰”。所以借指十二天。

【译文】

大皇帝孙权死后，幼主孙亮即位。奸诈纵虐，于是景王孙休登基，他遵循先人的法度，朝廷政务没有大的过失，是奉行先王成法的圣明君王。到了归命侯孙皓即位之初，旧的法制没有消失，老臣还在。大司马陆抗凭借文武全才振兴朝政，左丞相陆凯忠心尽责，施绩、范慎靠声威显于朝，丁奉、离斐凭借勇猛果敢著称，孟宗、丁固这些人作公卿，楼玄、贺劭这些人掌管朝廷的机要，首领虽然患病，大臣们仍能照常工作。到了末期，有威望的老臣们去世，然后百姓才有瓦解的想法，皇室才有破败的忧虑。历数天命与不良教化相应验而逐渐衰微，晋朝的军队运气好而开始发兵。东吴士兵临阵溃散，百姓逃到边境求取自保；城池没有坚固的防守，山川也起不到应有的阻隔作用。这并不是有公输班制造云梯那样先进的武器，智伯引来水流淹灭城池那样的危害，楚子筑室耕作准备长期围攻宋国那样的形势，燕将乐毅在济西大败齐湣王那样的军队，晋军的进攻还不满十二天，国家便覆灭了。虽然忠臣有正直孤行愤世嫉俗之人，壮士有以死殉国的节操，又有什么办法挽救呢？

夫曹、刘之将，非一世所选；向时之师，无曩日之众。战守之道，抑有前符〔1〕；险阻之利，俄然未改。而成败贸理〔2〕，古今诡趣〔3〕，何哉？彼此之化殊，授任之才异也。

【注释】

〔1〕前符：成法，前人的成功经验。

〔2〕贸理：事情的道理或规则有所改变。

〔3〕诡：不同寻常的，怪异。　趣：事。

【译文】

当年曹操、刘备的将领都有雄才大略，不是晋代所能选拔出来的；晋国灭掉吴国时的军队，没有曹操、刘备攻打吴国时的那么多。进攻防守的方法，有前人总结的好经验；凭借险峻的地势进行防守的有利形势，也没有突然改变。可是成败却不相同，古今之事差别之大，是为什么呢？是因为古今的教化不同，任用的人才不同造成的。

（译注：郭玉贤）

辩亡论下

【题解】

本篇阐述吴国灭亡原因的同时，表达了对故国的眷恋之情。

昔三方之王也[1]，魏人据中夏[2]，汉氏有岷益[3]，吴制荆、杨而奄交、广[4]。曹氏虽功济诸华[5]，虐亦深矣，其民怨矣。刘公因险以饰智[6]，功已薄矣，其俗陋矣。夫吴，桓王基之以武[7]，太祖成之以德，聪明睿达[8]，懿度弘远矣[9]。其求贤如不及，恤民如稚子[10]。接士尽盛德之容，亲仁罄丹府之爱[11]。拔吕蒙于戎行[12]，识潘濬于系虏[13]。推诚信士，不恤人之我欺；量能授器，不患权之我逼。执鞭鞠躬，以重陆公之威[14]；悉委武卫，以济周瑜之师[15]。卑宫菲食[16]，以丰功臣之赏；披怀虚己，以纳谟士之算。故鲁肃一面而自托，士燮蒙险而致命[17]。高张公之德[18]，而省游田之娱；贤诸葛之言[19]，而割情欲之欢。感陆公之规[20]，而除刑法之烦；奇刘基之议，而作三爵之誓[21]。屏气局蹐[22]，以伺子明之疾[23]；分滋损甘，以育凌统之孤。登坛慷慨，归鲁子之功[24]；削投恶言，信子瑜之节。是以忠臣竞尽其谟，志士咸得肆力。洪规远略，固不厌夫区区者也。故百官苟合，庶务未遑。

【注释】

〔1〕三方之王：指魏、蜀、吴三国的君王。

〔2〕中夏：中原。

〔3〕汉氏：指蜀国。　岷益：古代泛指四川北部地区。

〔4〕荆、杨：荆州、扬州。　奄：覆盖。　交、广：交州、广州。

〔5〕济：补益，有好处。

〔6〕刘公：刘备。

〔7〕桓王：孙策。　基之以武：以武力奠定基业。

〔8〕睿达：智慧通达。

〔9〕懿度弘远：气度宏大美好。懿，美好。度，气度。

〔10〕恤民：忧虑民众的疾苦。

〔11〕丹府：赤诚的心。

〔12〕拔吕蒙于戎行：相传吕蒙十五六岁时击贼，得孙权赏识，后成为名将。

〔13〕“识潘濬”句：据《江表传》记载，孙权占领荆州后，将帅都归降，只有潘濬称病不降，后被孙权感动而归顺，总管荆州军事。

〔14〕“执鞭”二句：指的是魏国大司马曹休侵略吴国，孙权任用陆逊迎战，并统摄禁军。

〔15〕“悉委”二句：据《江表传》记载，曹操军队侵入荆州时，周瑜与孙权商议迎战之事，孙权将自己的三万精兵交给周瑜，并亲自率军做后方援助。

〔16〕卑宫菲食：降低、减少宫室和饮食的开销。

〔17〕士燮：字威彦，苍梧广信（今广西梧州）人，汉末三国时割据交州一带的军阀，后被朝廷加职绥南中郎将，迁安远将军，封龙度亭侯。归附孙权后被加为左将军，曾遣子入质，在岭南及越南历史上威望极高。

〔18〕张公：张昭，字子布，徐州彭城（今江苏徐州）人，三国时孙吴重臣，孙策创业时，任命其为抚军中郎将，孙策临死前，将其弟孙权托付给张昭，张昭率群僚辅立孙权，并安抚百姓、讨伐叛军，帮助孙权稳定局势。孙权曾狩猎时遇虎突袭，得张昭相救。

〔19〕诸葛：此指诸葛瑾，字子瑜。

〔20〕陆公之规：陆逊建议孙权实行宽刑减赋的政策，孙权虚心采纳。

〔21〕“奇刘基”二句：孙权当了吴王后，宴席上饮酒，刘基佯醉力谏孙权，孙权下令以后自己酒后不杀人。三爵之誓，指酒后不杀人的承诺。

〔22〕局蹐（jí）：谨慎恐惧的样子。

〔23〕子明：吕蒙，字子明。

〔24〕鲁子：鲁肃。

【译文】

从前魏、蜀、吴三国的君王，魏国占据中原，蜀国占据西蜀，吴国占据荆州、扬州，还包括交州、广州的土地。曹操虽然对华夏有功，他的统治也是很残酷的，所以百姓怨恨。刘备占据险要地势弄巧设诈，功劳不大，且民俗鄙陋。至于吴国，桓王孙策以武力奠定基业，太祖孙权用仁德成就帝业，且智慧通达，气量宏大。他招揽贤才唯恐来不及，体恤百姓就像对待幼小的孩子。以优待的礼节接待士人，发自内心地亲近仁人。从军队中提拔吕蒙为将，从俘虏中慧眼识得潘濬的智慧。对待手下能以诚相待，不担心别人辜负自己；根据每个人的才能授予职位，不担心别人用权势威胁自己。充分信任属下，以提高陆逊的威信；将自己的亲信军力全部调拨给周瑜，以增强其军队的力量。减少宫室和饮食的开销，用来增加功臣的奖赏；敞开胸怀虚怀若谷，以采纳谋士的计谋。所以和鲁肃只见一面鲁肃便决定以身相托，士燮冒着生命危险为国效力。视张昭的谏言为高见，俭省游乐狩猎之类的娱乐；把诸葛瑾的话当作美言，舍弃情欲之欢。被陆逊进谏的言语所打动，废除残酷的刑法；把刘基的谏言作为警戒而做出酒后不杀人的承诺。小心翼翼地观察吕蒙将军的病情；区分增减美味，用以养育凌统将军留下的孤儿。登基时慷慨陈词，说功劳归于鲁肃；消除诋毁忠臣的言论，深信诸葛瑾的节操。因此忠臣竞相献计献策，志士都尽力相助。其宏谋远略，一定不满足于治理区区小国。所以百官尽管意见不一仍能团结共事，是因为许多政务都来不及处理。

初都建业，群臣请备礼秩，天子辞而不许曰：“天下其谓朕何？”宫室舆服盖慊如也[1]。爰及中叶，天人之分既定，百度之缺粗修，虽醲化懿纲[2]，未齿乎上代，抑其体国经邦之具，亦足以为政矣。地方几万里，带甲将百万，其野沃，其兵练，其器利，其财丰。东负沧海，西阻险塞，长江制其区宇，峻山带其封域。国家之利，未巨有弘于兹者矣。借使中才守之以道，善人御之有术，敦率遗典，勤民谨政，循定策，守常险，则可以长世永年，未有危亡之患也。

【注释】

〔1〕慊如：不足的样子。

〔2〕醕化：淳美的教化。　懿纲：良好的朝纲。

【译文】

建都建业之初，群臣请求备办君王即位时需要的礼仪，天子孙权辞谢没有答应，说：天下人会怎样议论我呢？因此宫室车辇，都好像不够的样子。到了中期，天下局势已定，大致增修了一些缺少的礼仪制度，虽然淳美的教化、良好的朝纲不能与前代相比，但是治国经邦的才能已经具备，也足够执掌政权了。东吴的国土方圆万里，有装备的将士有百万之多，土地肥沃，兵士勤于练习，武器锋利，财物丰足。东靠深广的沧海，西凭险要的边塞，长江天险控制其领土，高峻的重山像衣服襟带一样保护其疆界。国家的有利形势，没有比这更有利的。即使中等才能的人守护有方，良善的人治理有道，谨遵先王留下的法度，勤劳为民，谨慎执政，遵照既定的策略，守卫常设的险要，就可以长久地保持帝业，没有国家危难灭亡的危险。

或曰：吴、蜀唇齿之国，蜀灭则吴亡，理则然矣。夫蜀，盖藩援之与国[1]，而非吴人之存亡也。何则？其郊境之接，重山积险，陆无长毂之径[2]；川阨流迅，水有惊波之艰。虽有锐师百万，启行不过千夫；舳舻千里[3]，前驱不过百舰。故刘氏之伐，陆公喻之长蛇[4]，其势然也。昔蜀之初亡，朝臣异谋，或欲积石以险其流，或欲机械以御其变。天子总群议而咨之大司马陆公，公以四渎天地之所以节宣其气[5]，固无可遏之理，而机械则彼我之所共，彼若弃长技以就所屈，即荆、杨而争舟楫之用，是天赞我也。将谨守峡口，以待禽耳。逮步阐之乱[6]，凭宝城以延强寇，重资币以诱群蛮。于时大邦之众，云翔电发，悬旌江介，筑垒遵渚，襟带要害，以止吴人之西。而巴汉舟师沿江东下。陆公以偏师三万，北据东阬[7]，深沟高垒，案甲养威[8]。反虏踠迹待戮[9]，而不敢北窥生路，强寇败绩宵遁，丧师太半。分命锐师五千，西御水军，东西同捷，献俘万计。信哉，贤人之谋，岂欺我哉！自是烽燧罕警[10]，封域寡虞。陆公殁而潜谋兆，吴衅深而六师骇。夫太康之役[11]，众未盛乎曩日之师；广州之乱[12]，祸有愈乎向时之难。而邦家颠覆，宗庙为墟。呜呼！人之云亡，邦国殄瘁[13]，不其然与？《易》曰："汤、武革命，顺乎天。"[14]《玄》曰："乱不极则治不形。"[15]言帝王之因天时也。古人有言曰："天时不如地利[16]。"《易》曰："王侯设险，以守其国。"言为国之恃险也。又曰："地利不如人和。""在德不在险[17]。"言守险之由人也。吴之兴也，参而由焉，《孙卿》所谓合其参者也[18]。及其亡也，恃险而已，又《孙卿》所谓舍其参者也。

【注释】

〔1〕藩：屏卫，屏障。　援：援助，帮助。

〔2〕长毂：古时一种适于行越山野的兵车。

〔3〕舳舻：指首尾衔接的船只。

〔4〕陆公：陆逊。　长蛇：指的是陆逊以刘备攻打吴国的军队做比喻，大部队像长蛇，要打击它不能首尾相应的部位。语出《孙子·九地》"常山之蛇也，击其首，则尾至；击其尾，则首至；击其中，其首尾俱至。"

〔5〕四渎：长江、黄河、淮河、济水四条水系。

〔6〕步阐之乱：吴国将领步阐，272 年，占据西陵城投降晋国。

〔7〕东阬：西陵城东北。

〔8〕案甲：屯兵不动。 养威：养精蓄锐。

〔9〕反虏：反贼。 踠（wǎn）：弯曲。 戮：杀。

〔10〕烽燧：即“烽火”。古代边防报警的两种信号，白天放烟叫“烽”，夜间举火叫“燧”。

〔11〕太康之役：晋太康元年，晋武帝攻打吴国，王濬在石头城接受吴末帝孙皓投降。

〔12〕“广州”句：孙皓天纪三年（279）郭马谋反，攻打并杀害吴国广州都督虞授，自称都督，管理交州、广州的军事，自命安南将军。

〔13〕“人之”二句：语出《诗经・大雅・瞻卬》，意为：贤人君子离朝堂，邦国危难将覆亡。

〔14〕“汤武”二句：出自《周易・革卦》，意为：商汤（商朝的开国国君）和周武（周朝的开国国君）推翻前一个朝代，是顺应天意。

〔15〕《玄》：汉代杨雄所撰《太玄经》。乱不极则治不形：乱世不到尽头，治世就不会出现。

〔16〕“天时”句：语出《孟子・公孙丑下》“天时不如地利，地利不如人和”，意为：有利于作战的天气、时令，比不上有利于作战的地理形势；有利于作战的地理形势，比不上作战中的人心所向、内部团结。

〔17〕“在德”句：语出《史记・吴起列传》，吴起回答魏武侯乘船游览西河时赞美江山美景的答句，意为：治国的关键在于实行德政而不是设置险阻。

〔18〕“孙卿”句：出自《荀子・天论》“天有其时，地有其财，人有其治，夫是之谓能参。舍其所以参，而愿其所参，则惑矣”，意为：上天有自己的时令季节，大地有自己的材料资源，人类有自己的治理方法，这叫做能够互相并列。人如果舍弃了自身用来与天、地相并列的治理方法，而只期望于与自己相并列的天、地，那就糊涂了。孙卿即荀子。时人尊而号为“卿”，据颜师古说，汉人避宣帝（名询）讳，以“孙”代“荀”。

【译文】

有人说：吴国和蜀国是唇齿相依的邻国，如果蜀国灭亡的话，吴国也会灭亡。道理是对的。可是蜀国只是吴国的屏障和援助的邻国，屏藩和救援的友邦，而不是和吴国共存亡的国家，为什么呢？两国相接的边境，重山险要，陆地上没有能通兵车的道路；河道窄水流急，水路有大浪的险阻。尽管有百万精兵，先头部队不过千人；军船连接千里，冲在前面的不过百只小船。所以当年刘备攻打吴国时，陆逊把他们的军队比喻成长蛇，要攻打它首尾不能互相救援的位置，这是地理形势决定的。从前蜀国刚灭亡的时候，吴国朝廷中的大臣们在商议如何防备祸患上意见不统一，有人想在江中堆石增加险阻，有人想用器械防御敌人攻打。天子孙休综合大臣们的建议向大司马陆抗咨询，陆抗认为江河准济是天地用来调节宣泄其元气的，原本没有阻隔的道理，而器械可以双方共用，如果对方舍弃他们擅长的陆战改为不擅长的水战，到荆州、扬州来争水战之功，这是上天帮助我啊。只要严加把守长江出蜀的险隘出口，就可以将敌人束手就擒。等到步阐叛乱，凭借西陵城以招强敌，晋人又用重金诱使周边各少数民族一起反叛吴国。当时晋国的军队，像云彩聚集、电光发射一样迅速地把战旗悬挂在长江岸边，围绕深水处修筑营垒，以环形守住要害，用来防止吴军向西寻求援兵。同时晋军中巴蜀、汉中的水军沿长江东下。陆抗用非主力的三万军队，向北占据深沟并在其中筑起高高的壁垒，让士兵休息以养精蓄锐。反贼只好屈膝待杀，而不敢向北暗中探求投靠晋国求得生存的道路，晋军大败，连夜溃逃，军队损失过半。同时陆抗分出五千精锐兵力，西向抵御晋国的水军，结果东西两边都取得胜利，献上数以万计的俘虏。可信啊，贤能之人的谋略，难道是骗人的吗？从此以后烽火很少报警，边境很少有令人担忧的事。陆抗逝世后晋人暗自谋划伐吴的计谋兴起，吴人内部矛盾的裂痕加深使得六军震惊。晋太康元年大举伐吴的事件，其兵士的数量并没有比当年曹、刘伐吴时的多；吴天纪三年广州郭马的叛乱，其祸害也小于以前曹、刘伐吴所造成的艰困。但国家灭亡，宗庙被毁。痛心啊！贤人君子离朝堂，邦国危难将覆亡。不就是这样的情形吗？《周易》说：“商汤和周武王实施变革，以顺应天命。”《太玄经》说：“国家混乱不到极致，安定就不会显现出来。”说的是君王要顺应天时。古人说：“作战时有利的天气不如有利的地形。”《周易》说“王侯设置险阻，是为了守护国家”，意思是治国需要依靠险阻。又说“有利的地形不如人心归向”，“治国的关键在于实行德治而不在险阻的设置”，意思是说能否凭借险要守住国家，人是决定因素。吴国兴盛的时候，能够参照上述古训，荀子所说的要参合利用天、地、人的有利条件。等到吴国衰亡的时候，只是凭借山河险固而已。又像荀子所说的，是舍弃了参考利用天、地、人的有利条件。

夫四州之萌非无众也，大江之南非乏俊也，山川之险易守也，劲利之器易用也，先政之策易循也。功不兴而祸遘者，何哉？所以用之者失也。是故先王达经国之长规，审存亡之至数；谦己以安百姓，敦惠以致人和；宽冲以诱俊乂之谋[1]，慈和以结士民之爱。是以其安也，则黎元与之同庆；及其危也，则兆庶与之共患。安与众同庆，则其危不可得也；危与下共患，则其难不足恤也。夫然，故能保其社稷，而固其土宇，《麦秀》无悲殷之思[2]，《黍离》无愍周之感矣[3]。

【注释】

〔1〕宽冲：宽容谦让。　俊乂：杰出贤能的人才。

〔2〕《麦秀》：据《史记·宋微子世家》记载：其后箕子朝周，过故殷虚，感宫室毁坏，生禾黍，箕子伤之，欲哭则不可，欲泣为其近妇人，乃作《麦秀》之诗以歌咏之。其诗曰：“麦秀渐渐兮，禾黍油油。彼狡壮兮，不与我好兮！”所谓狡壮者，纣也。殷民闻之，皆为流涕。

〔3〕《黍离》：《诗经·王风》中一篇感慨亡国的诗篇名。

【译文】

吴国的荆州、扬州、交州、广州四州的百姓并不少，长江的南边并不是缺少俊杰，山川险要易于防守，有锋利的武器便于使用，先帝孙权留下的治国政策可以遵循。可是功业未成却遭遇祸患，是为什么呢？是使用者的过错。所以古代的君王掌握国家长期稳定的法则，深入考察国家存亡的至理；谦让以安抚百姓，敦厚仁慈使百姓和谐；宽容谦让以引导俊杰奉献良策，慈爱百姓使百姓团结一心。所以当国家安定的时候，那么百姓就会与他同乐；到了危急关头，亿万百姓与他共患难。国家安定的时候能和百姓同乐，就不会遭遇危难；危难时与百姓共患难，他的患难就不用担忧。这样就能保住国家，并且巩固其国土范围。这样就不会有《麦秀》之诗那样悲叹殷朝灭亡的伤感，也没有《黍离》之诗那种哀叹西周灭亡的悲伤情感了。

（译注：郭玉贤）

文选卷第五十四

论四

五等论　陆士衡（陆机）

【题解】

本篇阐述夏、商、周三代实行五等制的利与弊，认为秦、汉两朝因没有遵循五等制而导致灭亡，旨在鞭挞西晋的官僚制度。

夫体国经野〔1〕，先王所慎；创制垂基，思隆后叶。然而经略不同，长世异术，五等之制，始于黄、唐〔2〕。郡县之治，创自秦、汉。得失成败，备在典谟〔3〕，是以其详，可得而言。

【注释】

〔1〕体国经野：指治理国家，语出《周礼·天官》“惟王建国，辨正方位，体国经野，设官分职，以为民极。”意为建立国家、安定人民，体察国家四方的国境，辨正方向，建立国家首都的位置，人民居住的环境，是古代帝王首先讲究的要务。

〔2〕黄、唐：黄帝与唐尧的并称。

〔3〕典谟：本指典、谟两种文体，合称泛指古圣贤所遗留的训诫。典主要记载国家大事，谟主要记载谋略之事。

【译文】

治理国家，先王是慎重的。创设制度是为了打下基业，并考虑后世能得以发展。可是各朝治国的策略不同，时间久了差异就更大，把诸侯爵位分成五等的制度，是从黄帝和唐尧的时代开始的。设置郡县治理国家的方法是秦、汉两代开始的。其中的得失成败，都记载在古代典籍中，所以我们可以详细地论述一番。

夫先王知帝业至重，天下至旷。旷不可以偏制，重不可以独任；任重必于借力，制旷终乎因人。故设官分职，所以轻其任也；并建五长〔1〕，所以弘其制也。于是乎立其封疆之典，财其亲疏之宜，使万国相维，以成盘石之固，宗庶杂居，而定维城之业〔2〕。又有以见绥世之长御，识人情之大方；知其为人不如厚己，利物不如图身；安上在于悦下，为己在乎利人。故《易》曰："说以使民，民忘其劳。"〔3〕孙卿曰："不利而利之，不如利而后利之之利也。"〔4〕是以分天下以厚乐，而己得与之同忧；飨天下以丰利〔5〕，而我得与之共害。利博则恩笃，乐远则忧深。故诸侯享食土之实〔6〕，万国受世及之祚矣。夫然，则南面之君，各务其治；九服之民〔7〕，知有定主。上之子爱于是乎生，下之体信于是乎结。世治足以敦风，道衰足以御暴。故强毅之国，不能擅一时之势；雄俊之士，无所寄霸王之志。然后国安由万邦之思治，主尊赖群后之图身。譬犹众目营方〔8〕，则天网自昶〔9〕；四体辞难，而心膂获乂〔10〕。三代所以直道，四王所以垂业也。

【注释】

〔1〕五长：五等诸侯。

〔2〕维城：指连城卫国。语出《诗经·大雅·板》"价人维藩，大师维垣，大邦维屏，大宗维翰，怀德维宁，宗子维城"，意为：好人就像篱笆簇拥，民众好比围墙高耸。大国犹如屏障挡风，同族宛似栋梁架空。有

德便能安定从容，宗子就可自处城中。

〔3〕“说以”二句：以愉悦的方式役使百姓，百姓就会忘记劳苦。

〔4〕孙卿：荀卿，战国末期赵国人，著名思想家、文学家、政治家，时人尊称“荀卿”，西汉时因避汉宣帝刘询讳，因“荀”与“孙”二字古音相通，故又称孙卿，提倡性恶论，主张人性有恶，否认天赋的道德观念，强调后天环境和教育对人的影响。　“不利”二句：不给人民利益却向他们索取利益，不如给他们利益然后再向他们索取利益更为有利。

〔5〕飨：用酒食招待客人，这里指请人受用。

〔6〕食土之实：封地没有收成。

〔7〕九服：皇都之外的地区，泛指全国各地。

〔8〕目：网的纲目，比喻诸侯。　营：布居也。

〔9〕天网，比喻王室。　昶：通“畅”，舒畅，通畅。

〔10〕心膂：心脏与脊骨。　乂（yì）：治理，安定。

【译文】

古代的君王都知道帝业重要，天下很宽广。宽广到不能独自治理，帝业重要到没办法独自承担；治国责任重大一定要借助其他人的力量，治理宽广的国家要依靠其他人。所以采用设立官职、分配职务的制度，以此减轻君王的压力，同时设五等诸侯的制度，用它来弘扬国家的治理政策。于是建立为诸侯国划分势力范围的法典，用来裁制亲疏远近，使各诸侯国一起维护朝廷，使君王的政权像磐石那样稳固，让王族和百姓住在一起，确定诸侯连城维国的大业。这样又可以看到国家长久安定的策略，知道为人处世的大道，为别人着想不如使自己富有，对事物有利不如为自己考虑；须知替别人图谋不如使自己富有，对别人有利不如替自己打算，这是人之常情。在上位者能够安定在于让臣下高兴，君王想稳定地位在于让臣民受益。所以《易经》说：“以愉悦的方式役使百姓，百姓就会忘记劳苦。”荀子说：“不给百姓利益却向百姓索要利益，不如先给百姓利益然后再向百姓索要利益有利。”因此能给天下带来快乐的人就能够和天下人一起承担忧愁；能给天下带来丰厚利益的人，就能够和天下人一起承担害处。君王给百姓的利益越多，那么君王的恩德就越淳厚，给人民的欢乐越久远，人民对国家前途的忧虑之情就越深。所以各诸侯能够享受封地内的收成，领受上辈人留下的福祉。这样各诸侯王就各自管理自己的封地；百姓知道自己有了固定的王。君王爱民如子之情便由此产生，百姓信赖君主之情便由此团结一致。国家安定就能使民风淳厚，王道衰微时也足够抵御暴乱。所以强大的国家不是靠一时的势力，雄起的俊杰就没有称霸的想法。这样国家安定是源于各诸侯国想治理好自己的封地，君王得到尊重是依靠各诸侯国谋划自身发展。就像一张大网，各诸侯就像网上的主线，所有的主线都按顺序排列，这张大网就自然连接紧密；各诸侯就像人的四肢一样难以分开，那么君王就像心脏和脊梁可以安定。这就是夏、商、周三王延续其治国之道，虞、夏、商、周四王可以留下帝业的原因。

夫盛衰隆弊，理所固有；教之废兴，系乎其人。愿法期于必凉〔1〕，明道有时而暗〔2〕。故世及之制，弊于强御；厚下之典，漏于末折〔3〕。侵弱之衅〔4〕，遘自三季；陵夷之祸，终于七雄〔5〕。昔者成汤亲照夏后之鉴，公旦目涉商人之戒〔6〕，文质相济，损益有物。故五等之礼〔7〕，不革于时，封畛之制〔8〕，有隆焉尔者，岂玩二王之祸，而暗经世之算乎？固知百世非可悬御，善制不能无弊，而侵弱之辱，愈于殄祀〔9〕，土崩之困，痛于陵夷也。是以经始权其多福，虑终取其少祸。非谓侯伯无可乱之符，郡县非致治之具也。故国忧赖其释位〔10〕，主弱凭其翼戴〔11〕。及承微积弊，王室遂卑，犹保名位，祚垂后嗣，皇统幽而不辍，神器否而必存者〔12〕，岂非置势使之然与？

【注释】

〔1〕愿：谨慎。　凉：薄，不丰厚。语出《左传·昭公四年》“君子作法于凉，其弊犹贪。”

〔2〕明道：昌明的世道。

〔3〕末：树枝，枝叶。

〔4〕衅：罪过。

〔5〕七雄：指战国时齐、楚、燕、韩、赵、魏、秦七个强国。

〔6〕公旦：姓姬，名旦，因采邑于周（今陕西宝鸡东北），故称之谓周公、周公旦。西周初年的政治家、思想家，周文王之子、周武王之弟。　商人：这里指商纣王。

〔7〕五等：公、侯、伯、子、男五等爵位。

〔8〕封畛：封地的边界。

〔9〕殄祀：毁灭宗祠。

〔10〕释位：指放弃诸侯王位去辅助宣王治理国家。

〔11〕翼戴：辅佐拥戴。

〔12〕神器：帝王的印玺，借指帝位、国家权力。

【译文】

一个朝代的兴盛、衰微，都是情理中的事；教化的废除或兴盛，关键在人。在物质不丰厚的情况下制定法令，昌明的世道有时会变暗。所以世袭制度，它的弊端在于诸侯可以变得强大而难以控制；给诸侯丰厚的封地，弊端在于树枝过大使树根折断。君王受人侵凌的罪过，开始于夏桀、商纣王、周幽王三位末代君王；而君王的统治彻底衰落的祸端，到齐、楚、燕、韩、赵、魏、秦七国争霸时才呈现出来。以前成汤以夏桀作为前车之鉴，周公旦以商纣为戒，采用礼乐制度和道的本体相适应的办法，对法令的增删都有参照。所以五等制度不会因为时间的改变而改变，诸侯封地的制度，还能有所发展，这难道是成汤和周公旦喜欢夏桀和殷纣时的祸乱，而不明白治理国家的谋略吗？我们当然知道任何一个朝代都不可能一直延续，再完美的制度也不可能没有弊端。但王权受到侵犯削弱的耻辱，比宗祠被毁要好，国家遭遇土崩瓦解的困境，比国家被夷为平地要痛心。所以治国之初要权衡利弊以求多福，至于结局只能考虑如何减少祸害。不是说五等诸侯制度就没有导致祸乱的预兆，郡县制度不是使国家安定的手段。所以国家有难的时候诸侯要主动辅助君王，君王衰微时要依靠他们辅助拥戴。等到衰微延续、弊端累积的时候，王室的地位变得卑下，这时还能保住声名和地位，使福祉传给后世子孙，君王的统治尽管幽暗但还没有中断，国家命运遭遇挫折但其政权还在，这难道不是分封诸侯而使他们势力扩大导致的吗？

降及亡秦，弃道任术，惩周之失，自矜其得。寻斧始于所庇[1]，制国昧于弱下，国庆独飨其利，主忧莫与共害。虽速亡趋乱，不必一道，颠沛之衅，实由孤立。是盖思五等之小怨，忘万国之大德，知陵夷之可患，暗土崩之为痛也。周之不竞，有自来矣。国乏令主，十有馀世，然片言勤王，诸侯必应，一朝振矜[2]，远国先叛。故强晋收其请隧之图[3]，暴楚顿其观鼎之志[4]，岂刘、项之能窥关[5]，胜、广之敢号泽哉[6]？借使秦人因循周制，虽则无道，有与共弊，覆灭之祸，岂在曩日！

【注释】

〔1〕“寻斧”句：用斧子砍去保护树根的树枝，是自取灭亡。语出《左传·文公七年》“宋昭公将去群公子，乐毅曰：‘不可，公侯，公室之枝叶也。若去之，则本根无所庇荫矣。’”

〔2〕振矜：倨傲；矜持。

〔3〕请隧：指请允许用葬帝王的礼制葬诸侯。隧，墓穴的隧道，古代帝王要通过墓穴隧道下葬。

〔4〕鼎：古代煮食物的器皿，因其大而重，也比喻王位和帝王之业。

〔5〕刘、项：刘邦、项羽。　关：函谷关。

〔6〕胜、广：陈胜、吴广。陈胜，字涉，秦末阳城（今河南商水）

人，秦朝末年农民起义的领袖之一，与吴广一同在大泽乡（今安徽宿州西南）率众起兵，成为反秦义军的先驱；不久后在陈郡称王，建立张楚政权，后被秦将章邯所败，遭刺杀而死，刘邦称帝后，追封其为“隐王”。吴广，字叔，阳夏（今河南太康）人，秦末农民起义领袖，为大雨所阻，不能按期到达。按照秦法，过期要杀头。陈胜、吴广便发动戍卒起义，陈胜自立为将军，吴广为都尉，后被将领田臧假借陈胜的命令杀害。　号：发号施令。　泽：大泽乡，古地名。在今安徽省宿州市区东南约二十公里，秦末陈胜、吴广起义故地。

【译文】

到了秦朝，舍弃汉代君王的治国之道，采用商鞅强国的策略，以纠正周朝的过失、设置郡县的做法而自鸣得意。这就像用斧子砍掉保护树根的树枝一样，这种治国策略是在削弱臣下的力量，国家有好事的时候君王就可以独享利益，等到君王有难就没有人和他共患难了。虽然导致国家灭亡和趋于混乱，不一定只有一种原因，但是使国家政权颠覆的原因是自我孤立的政策引起的。这大概是他只考虑了五等制的小弊端，却忘记了治理国家的大德，只知道国家衰败的危害，却不知道国家崩溃后的痛心。周朝的衰落是有原因的，国家缺少圣明的君王，已经有十多代了，可是君王一旦有难，只要一声招呼，各诸侯就一定会响应，一旦诸侯国的霸主倨傲放纵，远方的诸侯国就会率先背叛。所以即使是强大的晋国也会收回诸侯超越礼制的意图，强悍的楚国也会阻止诸侯问鼎的想法，不然刘邦、项羽怎么能窥视函谷关，陈胜、吴广怎么敢在大泽乡发号施令呢？假如秦朝沿袭周代的五等制度，尽管无道，可是有人一起共患难，国家覆灭的灾祸，哪里会在当年那么迅速呢！

汉矫秦枉，大启侯王。境土踰溢〔1〕，不遵旧典。故贾生忧其危，晁错痛其乱。是以诸侯阻其国家之富，凭其士民之力，势足者反疾〔2〕，土狭者逆迟。六臣犯其弱纲〔3〕，七子衢其漏网〔4〕。皇祖夷于黥徒〔5〕，西京病于东帝。是盖过正之灾，而非建侯之累也。然吕氏之难[6]，朝士外顾；宋昌策汉[7]，必称诸侯。逮至中叶，忌其失节，割削宗子，有名无实，天下旷然，复袭亡秦之轨矣。是以五侯作威，不忌万邦；新都袭汉，易于拾遗也。光武中兴，纂隆皇统，而犹遵覆车之遗辙，养丧家之宿疾。仅及数世，奸轨充斥，卒有强臣专朝，则天下风靡，一夫纵衡，则城池自夷，岂不危哉！

【注释】

〔1〕踰溢：超过固定范围。

〔2〕反疾：迅速谋反。

〔3〕六臣：据《汉书·贾谊传》记载，六臣是指谋反的六位大臣，包括：淮阴王楚、韩信、陈狶、彭越、鲸布、卢绾。

〔4〕七子：据《史记·孝景本纪》记载，七子指七位发兵反抗汉朝的王子，包括吴王濞、胶西王卬、楚王戊、赵王遂、济南王辟光、菑川王贤、胶东王雄渠。

〔5〕黥徒：黥布，原名英布，六县（今安徽六安）人，因受秦律被黥，又称黥布，秦末汉初名将，秦朝末期农民起义领袖之一，后投靠项羽，为西楚名将，后来归附刘邦，被封为九江王，最后因谋反罪被杀。

〔6〕吕氏之难：指刘邦的妻子吕雉专权。

〔7〕宋昌：汉文帝时拜其为卫将军，镇抚南北军，以功封壮武侯。策汉：为汉室出谋划策。

【译文】

汉代君王想纠正秦朝的错误，封了很多侯王，所封土地过大，没有遵循夏、商、周三代的典制。所以贾谊担心国家安危，晁错认为这将引起叛乱而痛心。因此各诸侯凭借封地的富庶和封地士民的力量，力量强大的以最快的速度谋反，封地小的诸侯最终也谋反了。六位侯王侵犯国家脆弱的朝纲，七位王族冲击漏洞百出的法纲。汉高祖被叛王黥布所伤，西汉也因刘濞自称东帝而难过。这是过度矫正秦王朝的过失所导致的灾祸，而不是设立诸侯制度的过失。后来吕雉专权，朝廷中的忠臣保护刘邦之子；宋昌为汉王室出谋划策，称颂诸侯。到了汉代中期，因为担忧诸侯失节，割据削弱宗亲的权力，让他们有名无实，于是朝廷空旷，重新沿循了秦朝灭亡的轨迹。所以五侯作威作福，无视诸侯国的反对。到了王莽，篡夺汉位就像从地上捡起东西一样简单。光武帝时皇室中兴，皇统得以恢复发展，可是他仍然遵循前车的覆辙，复发了家道衰落的旧病。所以只延续了几代人，奸臣充斥朝廷，最后势力强的大臣专权，全国各地竞相模仿，董卓一人在朝廷中纵横，东汉京城被烧成平地，这难道不危险吗？

在周之衰，难兴王室，放命者七臣〔1〕，干位者三子〔2〕。嗣王委其九鼎〔3〕，凶族据其天邑，钲鼙震于阃宇〔4〕，锋镝流乎绛阙。然祸止畿甸〔5〕，害不覃及〔6〕，天下晏然，以治待乱。是以宣王兴于共和，襄、惠振于晋、郑〔7〕。岂若二汉。阶闼暂扰〔8〕，而四海已沸，孽臣朝入〔9〕，而九服夕乱哉！

【注释】

〔1〕放命：违命，逆命。　七臣：蔿国、边伯、詹父、子禽、祝跪、石速、苏氏七位大臣。

〔2〕三子：指子颓、叔带、子朝三位王子。

〔3〕九鼎：古代传说夏禹铸了九个鼎，成为夏、商、周三代传国的宝物，象征国家政权。

〔4〕钲鼙：钲鼓，钲和鼓。古代行军或歌舞时用以指挥进退、动静的两种乐器，在此并称表示兵事。　阃宇：指京城之内。阃，特指城郭的门槛。

〔5〕畿甸：京城地区。

〔6〕覃（tán）及：延及。

〔7〕襄、惠振于晋、郑：据《史记·周本纪》记载“周惠王即位，子

颓作乱，郑伯杀了子颓，辅助惠王复位。周襄王的时候，叔带作乱，晋国接纳了襄王。”

〔8〕阶闼暂扰：指王莽叛乱。

〔9〕孽臣：指叛臣董卓。

【译文】

周朝衰败的时候，王室有难，蔿国、边伯、詹父、子禽、祝跪、石速、苏氏七位大臣作乱，子颓、叔带、子朝三位王子作乱夺权。继承王位的君王又弃国出走，子颓等三位王子占据了朝廷，于是内战的鼓声响遍京城，刀光剑影在宫廷里闪现。但是内乱仅在京城之内，还没有延续到全国，百姓生活安定，国家仍能整治祸乱。所以后来周宣王采用共和的策略使王道中兴，周襄王、周惠王依靠晋、郑两位侯伯重新振兴。哪里像西汉、东汉，朝廷一旦有纷乱，天下很快大乱，叛臣董卓早上入朝，晚上全国就大乱了！

远惟王莽篡逆之事〔1〕，近览董卓擅权之际〔2〕，亿兆悼心〔3〕，愚智同痛。然周以之存，汉以之亡，夫何故哉？岂世乏曩时之臣，士无匡合之志欤〔4〕？盖远绩屈于时异，雄心挫于卑势耳。故烈士扼腕，终委寇仇之手；中人变节，以助虐国之桀。虽复时有鸠合同志〔5〕，以谋王室，然上非奥主〔6〕，下皆市人，师旅无先定之班，君臣无相保之志。是以义兵云合，无救劫弑之祸；民望未改，而已见大汉之灭矣。或以诸侯世位，不必常全，昏主暴君，有时比迹，故五等所以多乱。今之牧守〔7〕，皆以官方庸能，虽或失之，其得固多，故郡县易以为治。夫德之休明，黜陟日用〔8〕，长率连属〔9〕，咸述其职〔10〕，而淫昏之君，无所容过，何则其不治哉？故先代有以之兴矣。苟或衰陵，百度自悖，鬻官之吏，以货准才，则贪残之萌，皆如群后也。安在其不乱哉？故后王有以之废矣。且要而言之，五等之君，为己思治；郡县之长，为利图物。何以征之？盖企及进取，仕子之常志；修己安民，良士之所希及。夫进取之情锐，而安民之誉迟。是故侵百姓以利己者，在位所不惮；损实事以养名者，官长所夙夜也。君无卒岁之图，臣挟一时之志。五等则不然，知国为己土，众皆我民，民安己受其利，国伤家婴其病〔11〕。故前人欲以垂后，后嗣思其堂构〔12〕，为上无苟且之心，群下知胶固之义。使其并贤居治，则功有厚薄；两愚处乱〔13〕，则过有深浅。然则八代之制〔14〕，几可以一理贯；秦汉之典，殆可以一言蔽矣。

【注释】

〔1〕王莽：字巨君，西汉孝元皇后王政君之侄，西汉末年，在社会矛盾激化的背景下建立新朝，史称“王莽改制”。

〔2〕董卓：字仲颖，凉州陇西临洮（今甘肃岷县）人，东汉末年军阀和权臣。

〔3〕亿兆：民众，百姓。　悼心：伤心，痛心。

〔4〕匡合：匡正纠合，指联合诸侯，一统天下。

〔5〕鸠合：聚合，集合。

〔6〕奥主：深沉知人的君主。

〔7〕牧守：州郡的长官。州官称牧，郡官称守。

〔8〕黜陟：指人才的进退。

〔9〕连属：指地方诸侯的长官。

〔10〕“咸述”句：语出《尚书·大传》“古者诸侯之于天子，五年一朝，谓之述职”。

〔11〕婴：缠绕，触碰。

〔12〕堂构：挖地基，建房屋，比喻祖先留下来的基业。

〔13〕两愚：指五等和郡县两种制度都是愚笨的人执政。

〔14〕八代之制：三皇五帝，合称八代。

【译文】

远一些的想想王莽篡位的事，近一些的看看董卓专权的事，亿万百姓痛心，愚者和智者都感到悲伤。可是周朝能够存在，汉代能够灭亡，是什么原因呢？难道是汉代缺少周朝时的得力大臣，臣下的做法不符合国家志向吗？尽管像建立远大的功绩可是时代不同，但是雄心壮志被地位低势力弱的现实挫伤而已。所以有志之士虽然痛心但最终还是死于仇敌之手；朝中官员变节，帮助陷害国家的人。虽然偶尔有志同道合的人联合在一起想复兴王室，可是上没有圣明的君王，下没有出色的人相助，军队中没有尊卑秩序，君臣之间又没有互相保护的意识。所以虽然义兵聚合却没办法挽救君王被杀之祸；百姓复兴汉室的希望没有改变，但是已经能看到汉代灭亡的影子了。

有人认为诸侯世袭的制度不一定完备，昏主和暴君有时相继出现，所以五等制多有祸乱。如今的郡县长官，都认为做官应该任用平庸的人，尽管有时会有失误，但还是成功的时候多，所以还是郡县制好治理。如果君王有美德，对官员们升降得法，各诸侯王按时拜见天子，都陈述他们的职责，对那些昏庸的诸侯王，不容忍他们的错误，又有什么不能治理的呢？所以古代有些朝代是这样兴盛起来的。假如君王的德行衰微，那么各种法度自然就悖乱了，卖官的官吏，以财物多少作为官职的衡量标准，贪财残忍的卖官官吏，都像古代那些贪图利益的诸侯一样，国家哪有不乱的呢？这就是后代帝王衰败的原因。并且简要地说，五等制的诸侯王，只为自己的利益治理封地，郡县制的长官只为贪图利益管理郡县。怎么能证明这些呢？大概谋求进取是普通官员的平常心态；修养自己安抚百姓，即便是贤能士人也很少能够做到。一般情况下，进取的愿望越强烈，安抚百姓的美名就越得到的晚。所以就侵害百姓的利益使自己得到好处，以致在位的时候无所惧怕；不惜损害国家利益去获得虚名，是为官者日夜追求的。所以连君王也没有一年的长远打算，臣子就只有图一时的想法了。五等制就不是这样，各诸侯明白封地是自己的领土，百姓都是自己的臣民。百姓安定，自己受益，国家遭遇伤害，自己也遭受损失。所以上一代的诸侯想把基业传给下一代，下一代诸侯想继承好上一代留下的基业。君王没有敷衍之心，臣下知道团结之义。假如五等制和郡县制都是贤人治理，那么功劳就有多有少；五等和郡县两种制度都是愚笨的人执政的话，那么过失就有重有轻。可是三皇、五代的五等制度差不多可以用一个道理贯穿起来；秦代、汉代的典制，大概也可以用一句话来概括。

辩命论并序　刘孝标（刘峻）

【题解】

本篇旨在说明人的困顿、腾达都是由天命决定的，既非人事，也不是鬼神所能影响的，主张乐天安命，顺应天意。

主上尝与诸名贤言及管辂[1]，叹其有奇才而位不达。时有在赤墀之下豫闻斯议[2]，归以告余。余谓士之穷通，无非命也。故谨述天旨，因言其致云。

【注释】

〔1〕管辂：三国时魏国人，善于卜筮，通晓《周易》，早亡。

〔2〕赤墀：涂红漆的台阶，多指帝王宫殿内的台阶。

【译文】

君王曾经和各位贤能之人谈到管辂，感慨他有奇才官位却不显达。当时有人在皇宫的台阶下听到了这些议论，回来后把这件事告诉了我。我对他说，士人窘困还是通达，没有一个不是命中注定的。所以敬述天子之意，在这说说天命的极致。

臣观管辂，天才英伟，珪璋特秀[1]，实海内之名杰，岂日者卜祝之流乎？而官止少府丞[2]，年终四十八，天之报施[3]，何其寡与？然则高才而无贵仕，饕餮而居大位[4]，自古所叹，焉独公明而已哉！故性命之道，穷通之数，夭阏纷纶[5]，莫知其辩。仲任蔽其源[6]，子长阐其惑[7]。至于鹖冠瓮牖[8]，必以悬天有期；鼎贵高门，则曰唯人所召。譊譊欢咋[9]，异端斯起。萧远论其本而不畅其流[10]，子玄语其流而未详其本[11]。尝试言之曰：夫通生万物，则谓之道；生而无主，谓之自然。自然者，物见其然，不知所以然，同焉皆得，不知所以得。鼓动陶铸而不为功，庶类混成而非其力。生之无亭毒之心[12]，死之岂虔刘之志[13]。坠之渊泉非其怒，升之霄汉非其悦。荡乎大乎，万宝以之化；确乎纯乎，一化而不易。化而不易，则谓之命。命也者，自天之命也。定于冥兆[14]，终然不变。鬼神莫能预，圣哲不能谋，触山之力无以抗[15]，倒日之诚弗能感。短则不可缓之于寸阴，长则不可急之于箭漏[16]。至德未能逾，上智所不免。是以放勋之世[17]，浩浩襄陵；天乙之时[18]，焦金流石。文公疐其尾[19]，宣尼绝其粮[20]。颜回败其丛兰[21]，冉耕歌其芣苢[22]。夷、叔毙淑媛之言[23]，子舆困臧仓之诉[24]。圣贤且犹若此，而况庸庸者乎？至乃伍员浮尸于江流[25]，三闾沉骸于湘渚[26]。贾大夫沮志于长沙[27]，冯都尉皓发于郎署[28]。君山鸿渐[29]，铩羽仪于高云；敬通凤起，摧迅翮于风穴。此岂才不足而行有遗哉？

【注释】

〔1〕珪璋：玉制的礼器，比喻高尚的人品。

〔2〕少府丞：官名，为皇室管理私财和生活事务的职能机构中的副职。

〔3〕施：赐予。

〔4〕饕餮：传说中一种凶恶贪食的野兽，比喻凶恶贪婪的人。

〔5〕夭阏（è）：阻拦，阻挡。

〔6〕仲任：王充，字仲任，东汉会稽上虞人。博通百家之言，持自然之论，反对灾异之说。著有《论衡》八十五篇。

〔7〕子长：司马迁，字子长，夏阳（今陕西韩城）人，西汉史学家、散文家，创作了中国第一部纪传体通史《史记》，被公认为是中国史书的典范。

〔8〕鹖（hé）冠：相传春秋时楚国人，隐居深山，以鹖羽为冠，人称“鹖冠子”，“鹖冠”遂成后世隐士所戴的一种帽子。　瓮牖：以破瓮的口为窗，比喻贫寒之家。

〔9〕譊譊：争辩，引申指争辩的声音。　欢咋：大声喧哗。

〔10〕萧远：李康，字萧远，中山（今河北定县）人。三国魏文学家，性狷介不能和俗。曾作《运命论》，认为“治乱在天”。

〔11〕子玄：郭象，字子玄，河南洛阳人，西晋玄学家，著《致命由己论》，认为“吉凶由己”。

〔12〕亭毒：化育。

〔13〕虔刘：劫掠；杀戮。

〔14〕冥兆：指天意神旨注定之初，尚未明白显示的时候。

〔15〕触山：据《淮南子·天文》中所记，共工和颛顼争夺帝位，发怒撞断不周山。

〔16〕箭漏：刻漏，漏壶，一种古代计时器，以铜为壶，底穿一孔，壶中立一有刻度的箭形浮标，从壶中水滴漏而显示箭上的度数而知其时刻。

〔17〕放勋：尧的名号。

〔18〕天乙：商朝的创建者，成汤。

〔19〕文公：周公。　疐（zhì）：绊倒，阻碍。

〔20〕宣尼：孔子，西汉平帝元始元年追谥孔子为褒成宣尼公。

〔21〕颜回：颜氏，名回，字子渊，鲁国宁阳（山东泰安）人，春秋末期鲁国思想家，孔门七十二贤之一，世称“复圣颜子”，是孔子最得意的门生。　丛兰：丛生的兰草，比喻品德高尚的人。

〔22〕冉耕：字伯牛，春秋末年鲁国（今山东菏泽）人。孔子弟子，

为孔门四科“德行”代表人物之一。

〔23〕夷、叔：伯夷、叔齐。　淑媛之言：女子的话。

〔24〕子舆：孟子，字子舆，邹（今山东邹县）人，战国时期思想家、教育家，是继孔子之后儒家学派的又一代表人物，被尊为“亚圣”。　臧仓：战国末年鲁国人，鲁平公的嬖人，曾向鲁君进谗诋毁孟子，使其不接见孟子，后来便以臧仓指进谗害贤的小人。

〔25〕伍员：字子胥，封于申地，故又称申胥。春秋时期楚国人，吴国大夫，杰出的政治家、军事家。受伯嚭谗言，被吴王所害，沉尸江中。

〔26〕三闾：屈原，名平，字原，战国时楚国丹阳（今湖北秭归）人，楚国重要的政治家，早年受楚怀王信任，任三闾大夫，兼管内政外交大事。后因遭贵族排挤毁谤，被先后流放至汉北和沅湘流域，在秦将白起攻破楚国都城时，悲愤交加，怀石自沉于汨罗江，以身殉国。

〔27〕贾大夫：贾谊，洛阳（今河南洛阳）人，战国时期楚国诗人、政治家。西汉初年著名政论家、文学家，世称贾生。文帝时任博士，迁太中大夫，受大臣排挤，谪为长沙王太傅，故后世亦称贾长沙、贾太傅。

〔28〕冯都尉：西汉大臣，以孝行著称于时。　郎署：宿卫侍从官的公署。

〔29〕君山：桓谭，字君山，沛国相（今安徽淮北）人，东汉哲学家、经学家、琴师、天文学家。因在刘秀面前公开批评图谶怪诞非经，几乎被下狱处死，后死于贬谪途中，历事西汉、王莽新政、东汉三朝，官至郡丞。爱好音律，善鼓琴，遍习《五经》。

【译文】

我认为管辂天生英俊伟岸，德行奇美，确实是天下有名的俊杰，难道是择日算命占卜之类的人吗？但他只做到少府丞这样的小官，才四十八岁就去世了，为什么这样薄情呢？不过有才能却没有做高官，贪婪的人反而居于高位，自古就让人感慨，哪里只是管辂一个人呢！所以性情、命运的道理，穷困、通达的运数，曲折纷乱，没有人知道怎样辨别。王充从根源上遮盖了命运存在的道理，司马迁表达了他的疑惑。至于出身低微的鹖冠子，一定认为命运由上天决定；而富贵高位是由人招致的。争论辩解之声和各种不同的观点纷纷出现。李萧远著《运命论》，说安定和祸乱由上天决定，郭象说清了命运的流变却没有详细阐述其根本。我尝试谈谈：所有能化生万物的就称为“道”，万物不受约束地自然生长，就叫自然。自然就是指万物生成的状态，人们看到的样子，但不知道它为什么成这样，万物都有来历，但不知道怎么来的。化育万物却不认为是自己的功劳，万物由天地间的元气中生成却没看到自然是怎样使用力量的。生成万物却没有有意培育的心，使万物死亡难道有残害的想法吗？使物类掉入深水成为鱼鳖之类不是因为发怒，使物类飞升入天也不是因为高兴。宽广博大的自然，万物因它而化育；德行淳厚的自然，万物一经其化育就不会改变。化育之后就不改变，这就叫做“命”。所谓“命”，就是由上天的意志来定。命从幽深冥昧开始，终生不改变。鬼神不能干预，圣哲无法改变，尽管有共工触倒不周山的力量也不能和它抗衡，有鲁阳公挥戈倒日的诚心也不能感动它。如果命中规定时间的长短，短的不能延缓一寸光阴，长的不能让箭漏加速。命运规定的东西，即使德行最高的人也不能超越，最智慧的人也不能回避。所以尧帝在位的时候，洪水淹灭山川；商汤在位的时候，天气酷热，好像金石都要被熔化。周公有进退维谷的窘境，孔子有在陈国绝粮的遭遇。颜回才华出众但英年早逝，冉耕德行高尚却只能唱《芣苢》的歌感慨自己重病在身。伯夷、叔齐这样的仁人却因为听了女子的话而死，孟子因为臧仓的谗言而不能见鲁侯。圣贤尚且这样，何况普通人呢？至于忠心的伍子胥遭浮尸于江河，忠君爱国的屈原自沉于汨水的深渊。贾谊有才华却被贬长沙，冯唐纯孝直到年老还只是做郎署这样的小官。桓谭通晓《五经》，年轻时便位居上位，却在高处折羽而落；冯衍怀有至德，却在风穴中被折断快速飞行的翅膀。这难道是因为才学不够而德行不好吗？

近世有沛国刘瓛[1]，瓛弟琎[2]，并一时之秀士也。瓛则关西孔子[3]，通涉《六经》，循循善诱，服膺儒行。

琎则志烈秋霜，心贞昆玉，亭亭高竦，不杂风尘。皆毓德于衡门[4]，并驰声于天地。而官有微于侍郎[5]，位不登于执戟[6]，相次殂落，宗祀无飨。因斯两贤以言古，则昔之玉质金相[7]，英髦秀达，皆摈斥于当年，韫奇才而莫用[8]，徼草木以共凋[9]，与麋鹿而同死，膏涂平原，骨填川谷，堙灭而无闻者，岂可胜道哉！此则宰衡之与皂隶，容、彭之与殇子[10]，猗顿之与黔娄[11]，阳文之与敦洽[12]。咸得之于自然，不假道于才智。故曰“死生有命，富贵在天”[13]，其斯之谓矣。

【注释】

〔1〕刘瓛：字子珪，沛国相县（今安徽宿州）人，南朝齐学者、文学家，年少笃学，博通《五经》，于京师聚徒教授，发展儒家和易学，生活简朴。建言于齐武帝，拜彭城郡丞，除会稽郡丞，得齐太祖器重，欲授中书郎等职，均不受。天监元年，立碑祭祀，谥号贞简。

〔2〕琎：刘琎，字子璥，沛国相（今安徽濉溪）人，刘瓛之弟。南朝齐散文家，方轨正直，宋泰豫中为明帝挽郎，建平王景素为镇军，举秀才，历建平王景素征北主簿、法曹参军、邵陵王征虏安南行参军。建元初，为武陵王晔冠军征虏参军、豫章王太尉掾。文惠太子召入侍，署中兵兼记室参军、大司马军事射声校尉，卒官。

〔3〕关西孔子：杨震，字伯起，弘农华阴（今陕西华阴东）人，东汉时期名臣，隐士杨宝之子。杨震少时师从太常桓郁，随其研习《欧阳尚书》，他通晓经籍、博览群书，有“关西孔子”之称。

〔4〕毓德：修养德性。　衡门：横木为门，指简陋的住处，这里指出身于贫寒之家。

〔5〕微：低下。　侍郎：古代职官名，主更值执戟，宿卫殿门。

〔6〕执戟：宫廷侍卫官，因值勤时手持戟而得名。

〔7〕玉质金相：指美好的本质和相貌，语出《诗经·大雅·棫朴》“追琢其章，金玉其相”。

〔8〕韫：蕴藏，包含。

〔9〕徼：招致。

〔10〕容、彭：指容成公、彭祖，传说中的两位长寿者。

〔11〕猗顿：战国初年鲁国人，后因在猗地（今山西临猗）发家致富，殁后又埋葬在猗地，故称猗顿。著名的大手工业者和商人。　黔娄：战国时的隐士，家境贫寒，死时衣不蔽体。

〔12〕阳文：古代美女名。　敦洽：古丑女名。因其敦厚和合与人无仇，故名。

〔13〕死生有命，富贵在天：出自《论语·颜渊》。儒家认为，死生富贵有天命在主宰，而人则应“尽人事”而“听天命”。

【译文】

近世有沛国的刘瓛和弟弟刘琎都是当时的杰出人士。刘瓛相当于关西的孔子，通晓《诗》《书》《礼》《易》《乐》《春秋》，教育学生方法得当，全心按儒家的德行修身。刘琎则性情像秋霜一样刚烈，心地像昆山的美玉一样纯洁，孑然独立，不沾染俗世的风气。他们都生在贫寒的家庭中却能修身养德，美好的声名享誉天下。但是官职却比侍郎还低，禄位赶不上朝中的侍从，后相继离世，没有后人祭奠。以刘瓛、刘琎兄弟的事谈及古人，以前美德高尚、英俊秀美的君子，都在当时便受到排挤，身怀奇才却得不到重用，和草木一起凋零，像麋鹿一样死去，血肉被遗弃在平原，骨骸被填塞在山川河谷，默默无闻的人，哪里能说得完呢！这就像最高位的官员和最低位的奴隶，最长寿的容成公、彭祖和短命早逝的人，富有的猗顿和贫穷的黔娄，漂亮的阳文和丑陋的敦洽，都是从自然中获得的，不是借助聪明才智获得的。所以说“人的死生富贵都是由命运决定的”，说的就是这样的意思吧。

然命体周流，变化非一，或先号后笑，或始吉终凶，或不召自来，或因人以济。交错纠纷，回还倚伏，非可以一理征，非可以一途验。而其道密微，寂寥忽慌，无形可以见，无声可以闻。必御物以效灵，亦凭人而成象；

譬天王之冕旒[1]，任百官以司职。而或者睹汤、武之龙跃，谓龛乱在神功[2]；闻孔、墨之挺生，谓英睿擅奇响；视彭、韩之豹变[3]，谓鸷猛致人爵；见张、桓之朱绂[4]，谓明经拾青紫。岂知有力者运之而趋乎？故言而非命，有六蔽焉尔。请陈其梗概：

【注释】

〔1〕冕旒：古代帝王的礼冠和礼冠前后的玉串，代指权力、命令。

〔2〕龛乱：平定叛乱。龛，通“戡”。

〔3〕彭、韩：彭越，韩信。彭越，字仲，昌邑人，汉初功臣，佐高祖定天下，封梁王。后因人告他谋反而被杀，并被诛杀三族。韩信，淮阴人，西汉军事家，早年家贫，曾受胯下之辱，被刘邦拜为大将军。

〔4〕张、桓：指汉代的张禹、桓荣。张禹，因精通《论语》被任命为光禄大夫。桓荣，因给太子传授《尚书》，被封关内侯。

【译文】

然而“命”是回旋流转的，变化并不是一种固定的模式，有的先哭后笑，有的开始吉利最后不祥，有的不召自来，有的依靠别人帮助而成功。交错纷杂，回环往复，不是用一种道理可以证明的，不是一种途径可以验证的。它的道理细密微妙，玄幻恍惚，没有可以看见的形体，没有可以听到的声音。一定借助事物才能验证效果，也可以凭借人才能成为具体的形象。就像君王的权力要通过任用百官才可以体现出来。然而有人看见汤武跃升帝位，就说他平定祸乱是因为有神武之功；听说孔子、墨子优于常人，就说是因为杰出的智慧使他们享有不同寻常的美誉；看到彭越、韩信由贫贱变得富贵，就说是因为勇猛作战使他们获得爵位；看见张禹、桓荣穿着朝服，就说他们是因为通晓经术才得到高官。哪里懂得有暗中的力量使他们获得的呢？所以说人的遭遇并不是由于命，有六个闭塞不通的地方。请允许陈述其大概：

夫靡颜腻理〔1〕，哆噅顣頞形之异也〔2〕。朝秀晨终，龟鹄千岁，年之殊也。闻言如响，智昏菽麦，神之辨也。同知三者定乎造化荣辱之境，独曰由人，是知二五而未识于十。其蔽一也。

【注释】

〔1〕靡颜腻理：形容容貌美丽，皮肤细腻柔滑。靡，美丽。腻，细腻。

〔2〕哆噅（chǐ huī）：张口不正，丑貌。 顣頞（cù è）：皱眉的样子。

【译文】

有些人容颜美丽，肌肤细腻，有些人相貌丑陋，这些是外形的不同。朝蟒的生命只有一天，龟鹄却活到千年，这是寿命不同。有些人听到问话就像回声那样马上回答，有的人愚笨得分不清豆和麦，这是智力的差别。都知道形、寿、神三者都由天地造化决定，而富贵荣华和贫贱屈辱的境况，却独说由人所召，这是只知其一不知其二的片面观点，这是蔽塞不通的第一点。

龙犀日角〔1〕，帝王之表；河目龟文〔2〕，公侯之相。抚镜知其将刑〔3〕，压纽显其膺录〔4〕。星虹枢电〔5〕，昭圣德之符；夜哭聚云〔6〕，郁兴王之瑞。皆兆发于前期，涣汗于后叶〔7〕。若谓驱貔虎〔8〕，奋尺剑。入紫微，升帝道，则未达窅冥之情，未测神明之数。其蔽二也。

【注释】

〔1〕龙犀：古代相术家对囟门下与鼻梁相连的骨头的称呼。 日角：额头中间的骨头凸起，像太阳的形状。

〔2〕“河目”句：古代相术家所用术语，眼眶上下方正平坦称河目，脚掌有龟背的纹路称龟文。

〔3〕抚镜：相传蜀郡的张裕通晓相面之术，照镜子的时候知道自己将受刑而死，便难过地拍打地面。

〔4〕压纽：据《左传·昭公十三年》记载，楚共王有五个儿子，不知道选哪个做继承人，就在院子里埋了一块玉，以正对着玉的人为继承人，随后让五人入拜，最小的平王拜了两次都正对着玉，于是被选中。

〔5〕“星虹”句：相传五帝之一少昊的诞生过程，大星如虹，大电绕门，照亮郊野，少昊母感符生下少昊。

〔6〕“夜哭”句：相传刘邦起义的时候，晚上醉酒走在大泽中，斩杀了挡道的白蛇，随后见老妪在此夜哭，说她的儿子白帝子化作白蛇挡道，被赤帝子斩杀。

〔7〕涣汗：指发号施令。

〔8〕貔（pí）虎：也作“豼虎”，貔和虎，泛指猛兽，比喻勇敢强猛的军队或武士。

【译文】

囟下有隐骨直连鼻梁，额前有圆日形之骨隆起，是帝王的外貌；上下眼眶正平而长，足掌有龟背的纹路，是公侯的相貌。通晓相术的张裕照镜子就知道自己将受刑而死，楚平王小时候压纽而拜，就是显示他要即位的预兆。大星如虹下流华渚，少昊之母感之而生少昊，雷电绕门，黄帝之母感之而生黄帝，表明圣明君主的出现都是有预兆的；老妪夜哭，云气聚集，蕴积着兴王的祥瑞。都是前期出现吉兆，而后成为君王而发号施令。如果说他们只是统帅猛士，挥舞利剑，才有机会进入朝廷，升至帝位，就是没有明白幽深隐秘的天命的实际情况，没有预先感知命的运数。这是蔽塞不通的第二点。

空桑之里〔1〕，变成洪川；历阳之都〔2〕，化为鱼鳖。楚师屠汉卒，睢河鲠其流；秦人坑赵士〔3〕，沸声若雷震。火炎昆岳〔4〕，砾石与琬琰俱焚〔5〕；严霜夜零，萧艾与芝兰共尽。虽游、夏之英才〔6〕，伊、颜之殆庶〔7〕，焉能抗之哉？其蔽三也。

【注释】

〔1〕空桑：上古地区名，据《吕氏春秋·本味》记载，空桑是商代名相伊尹的出生地。

〔2〕历阳：古地名，在今安徽境内。据《淮南子·俶真》记载，历阳城中有位常做善事的老妪，有人告诉她历阳城被淹成湖，后老妪离开历阳上山后，历阳城果然被淹灭成湖。

〔3〕“秦人”句：据《史记·白起列传》记载：秦昭王四十七年，大将白起在长平大败赵军，并将四十万投降的赵国士兵活埋。

〔4〕“火炎”句：语出《尚书·胤征》“火炎昆岳，玉石俱焚”，指好坏善恶同归于尽。

〔5〕琬琰：琬圭及琰圭，泛指美玉。

〔6〕游夏：子游、子夏。子游，姓言，名偃，字子游，亦称“言游”，春秋末吴国人，与子夏，子张齐名。子夏，姓卜，名商，字子夏，后亦称“卜子夏”“卜先生”，春秋末晋国温人。子游与子夏均为孔子的著名弟子，孔门十哲成员。

〔7〕伊、颜：伊尹，颜回，伊尹，商初大臣。名伊，一说名挚。今洛阳人，因其母亲在伊水居住，以伊为氏。尹为官名。颜回，曹姓，颜氏，名回，字子渊，鲁国宁阳（山东省泰安）人，尊称复圣颜子，春秋末期鲁国思想家，孔门七十二贤之一。

【译文】

空桑小城瞬间突然变成大河；历阳的城池忽然被淹没成湖而人成为鱼鳖。项羽的军队屠杀十多万汉军士兵，尸首被扔进睢水导致睢水阻塞不流；秦将白起活埋赵军四十万俘虏，哀嚎的声音像响雷一样震动天地。大火烧昆岳山，玉石一起被烧毁；寒霜夜降，臭草和香草一起死去。虽然有子游、子夏的才华，伊尹、颜回的智慧，又怎么能抵挡得了呢？这是蔽塞不明的第三点。

或曰明月之珠，不能无纇〔1〕；夏后之璜〔2〕，不能无考。故亭伯死于县长，相如卒于园令。才非不杰也，主非不明也，而碎结绿之鸿辉[3]，残悬黎之夜色[4]，抑尺之量有短哉？若然者，主父偃、公孙弘对策不升第[5]，历说而不入，牧豕淄原[6]，见弃州部。设令忽如过隙，溘死霜露，其为诟耻，岂崔、马之流乎？及至开东阁[7]，列五鼎[8]，电照风行，声驰海外，宁前愚而后智，先非而终是？将荣悴有定数，天命有至极，而谬生妍蚩[9]。其蔽四也。

【注释】

〔1〕纇（lèi）：瑕疵，斑点。

〔2〕璜：半璧形的玉。

〔3〕结绿：美玉名。　鸿辉：夺目的光辉。

〔4〕悬黎：会发夜光的美玉。

〔5〕主父偃：战国时齐国人，初学纵横家的策略，后来学《周易》《春秋》等百家的学说，家境贫寒，曾经到燕、赵等国游历，后给汉武帝上书，被任命为郎中、中大夫等职。

〔6〕牧豕：放猪。　淄原：临淄的郊野。

〔7〕东阁：东汉班固《汉书·公孙弘传》中记载，公孙弘当宰相后，别立客馆，东向开门，招纳四方贤才，一起谋议大事。后世遂用东阁指款待宾客、招纳贤才之所。

〔8〕列五鼎：五鼎食，典故名，典出《汉书·卷六十四上》，古代行祭礼时，大夫用五个鼎，分别盛羊、豕、肤（切肉）、鱼、腊五种供品，形容高官贵族的豪奢生活。

〔9〕妍蚩：美好和丑陋。

【译文】

有人说明月般的珠子，不可能没有斑点；夏后氏的璜玉，不可能没有斑点。所以崔骃因不屑于为长岑长而老死在家里，司马相如在被免去孝文园令之后离世。他们的才能不是不突出，当时的君王不是不圣明，可是却毁掉结绿美玉的盛辉，摧残悬黎美玉的夜光，难道是尺有所短寸有所长？如果真是这样，那么主父偃、公孙弘对策不能升迁，多次建言却不被采纳，那就仍然在临淄的郊野牧猪，被州郡长官所遗弃。假使生命像白驹过隙般短暂，像霜露一样短暂消逝，他们留下的耻辱，哪里只是崔骃、司马相如那样啊？等到开东阁纳贤才，过着列五鼎而食的奢华生活，他们的声名像电光照耀大风速行般享誉天下，难道是他们以前愚笨后来才变聪明，先前错误后来正确吗？或者是兴亡有固定的运数，天命有极限，而错误地生出美丑。这是蔽塞不通的第四点。

夫虎啸风驰，龙兴云属，故重华立而元凯升〔1〕，辛受生而飞廉进。然则天下善人少，恶人多，暗主众，明君寡。而薰莸不同器〔2〕，枭鸾不接翼，是使浑敦梼杌踵武于云台之上〔3〕，仲容、庭坚耕耘于岩石之下〔4〕。横谓废兴在我，无系于天。其蔽五也。

【注释】

〔1〕重华：虞舜的美称。　元凯：“八元八凯”的简称。传说高辛氏（帝喾）有才子八人，称为八元，高阳氏（颛顼）有才子八人，称为八恺。此十六人之后裔，世济其美，不陨其名。舜举之于尧，皆以政教称美。

〔2〕薰莸：香草和臭草。

〔3〕浑敦：相传为尧舜时四凶中的驩兜，为人不分是非、善恶。　梼杌：传说中一种凶暴的猛兽。

〔4〕仲容、庭坚：古代相传高阳氏八个有才德的人中的二人。

【译文】

虎啸可以生风，龙腾的地方有云聚集，所以虞舜登位后元凯这样的贤才荣升，殷纣在位后飞廉这样的奸臣便得到重用。但是天下好人少，坏人多，昏君多，明君少。而且香草与臭草不能在同一个容器中，枭鸟与鸾凤不能挨在一起栖息。这使浑敦、梼杌这样的坏人登上云台之位受到尊敬；仲容、庭坚这样的贤人勤耕在岩石之下被朝廷遗忘。有人不讲道理地说废兴之事在我，和天命无关。这是蔽塞不通的第五点。

彼戎狄者，人面兽心，宴安鸩毒，以诛杀为道德，以蒸报为仁义，虽大风立于青丘，凿齿奋于华野，比于狼戾，曾何足喻？自金行不竞，天地板荡，左带沸唇〔1〕，乘间电发，遂覆瀍、洛〔2〕，倾五都〔3〕，居先王之桑梓，窃名号于中县，与三皇竞其萌黎〔4〕，五帝角其区宇，种落繁炽，充仞神州。呜呼！福善祸淫，徒虚言耳！岂非否泰相倾，盈缩递运，而汩之以人？其蔽六也。

【注释】

〔1〕左带：左衽，上古时代，上衣多为交领斜襟，中原人崇尚右，习惯上衣襟右掩，称为右衽，周边有些民族崇尚左，衣襟左掩，成为左衽，这里代指周边少数民族。　沸唇：翻唇。指居住边境地区的少数民族。

〔2〕覆：占领。　瀍（chán）、洛：瀍水和洛水。

〔3〕五都：魏晋时以长安、谯、许昌、邺、洛阳作为五都。

〔4〕萌黎：百姓，庶民。

【译文】

西戎和北狄的人，长着人面却有禽兽的心，贪图安乐，心地狠毒，将杀戮百姓看作道德，将荒淫无度看作仁义，即使凶猛的大风鸟站在青丘山上，凶猛的凿齿兽齿狂奔在华野，和他们的凶狠残暴相比，怎么比得上呢？自从晋朝衰微，天下动乱不安，周边少数民族趁机迅速发兵，于是占领瀍水、洛水地区，五大都市倾覆，占据了夏、商、周先王的家乡，在中原窃取政权，和三皇争夺百姓，和五帝争夺土地，各种部族迅速增多，充斥全国。唉！上天会给好人赐福给坏人降祸的话只是说说而已！这难道不是逆境、顺境互相抗衡，增加、缩减相互转换，而是人使它变成这样的吗？这是蔽塞不通的第六点。

然所谓命者，死生焉，贵贱焉，贫富焉，治乱焉，祸福焉。此十者，天之所赋也。愚智善恶，此四者，人之所行也。夫神非舜、禹，心异朱、均[1]，才絓中庸[2]，在于所习。是以素丝无恒，玄黄代起[3]，鲍鱼芳兰[4]，入而自变。故季路学于仲尼[5]，厉风霜之节；楚穆谋于潘崇[6]，成杀逆之祸。而商臣之恶，盛业光于后嗣；仲由之善，不能息其结缨。斯则邪正由于人，吉凶在乎命。

【注释】

〔1〕朱、均：丹朱和商均。丹朱，尧的儿子。商均：舜的儿子。二人均为不肖之子。

〔2〕絓（guà）：牵制，挂碍。

〔3〕玄黄：指天地的颜色。玄为天色，黄为地色。

〔4〕鲍鱼：湿的腌鱼，味腥臭。

〔5〕季路：姓仲，名由，字子路，一字季路，孔子的弟子，季氏家臣。

〔6〕楚穆：楚穆王，名商臣，公元前626年，楚穆王得知其父楚成王欲改立王子职为太子，以宫甲包围王宫，逼成王上吊而死，自立为楚君。　潘崇：春秋楚成王时太师，助楚穆王继位有功。

【译文】

可是所说的“命”，是指死生、贵贱、贫富、治乱、祸福，这十个方面是上天给予的。愚、智、善、恶，这四样，是人的行为。人的精神不像尧、舜那样圣明，心不像丹朱、商均那样阴暗，才能属于普通型的，主要在于受什么影响。所以素色的丝没有固定的颜色，黑色、黄色交替呈现，放鲍鱼、兰花的地方，人进去后自然会随之改变。所以子路向孔子学习，能磨砺他傲视风霜的节操；楚穆王和潘崇谋划，就酿成弑逆的祸端。但是商臣那样的罪恶，他昌明的王业却光耀后世；子路那样的善良，却不能阻止他从容赴死。这就是说邪恶、正义都是人决定的，吉凶却是上天决定的。

或以鬼神害盈，皇天辅德。故宋公一言〔1〕，法星三徙，殷帝自翦〔2〕，千里来云。若使善恶无征，未洽斯义。且于公高门以待封〔3〕，严母扫墓以望丧〔4〕，此君子所以自强不息也。如使仁而无报，奚为修善立名乎？斯径廷之辞也〔5〕。

【注释】

〔1〕宋公：宋景公，宋国第二十八任国君，宋景公三十七年（前480年），荧惑守心，景公忧心大祸，问于太史兼司星官子韦，子韦说：可移于宰相或苍生。景公念及天下苍生，皆不同意，此时荧惑退避三舍。

〔2〕自翦：据《淮南子 · 主术》记载，殷汤的时候大旱，汤自剪其发，磨其手，在桑林把自己当做祭品求雨成功。

〔3〕于公高门：于定国的父亲于公在世时，他家乡的里门坏了，同乡的父老要一起修理，于公对他们说："把里门稍微扩建得高大些，使其能通过四匹马拉的高盖车。我管理诉讼之事积了很多阴德，从未制造过冤案，因此我的子孙必定有兴旺发达的。"后来于定国果然官至丞相，于永也官至御史大夫，并封侯传世。于公，东海郡郯县人，西汉丞相于定国之父，曾任县狱吏、郡决曹。他精通法律，治狱勤谨，以善于决狱而成名，无论大小案件，他都详细查访，认真审理，触犯法网而被于公依法判刑的人，没有因不服而心怀怨恨的。

〔4〕严母扫墓：典故名，典出《汉书 · 卷九十》《酷吏传 · 严延年传》。汉严延年担任河南太守，他母亲从东海来，欲从延年腊祭。到洛阳，适见报囚，母大惊。待腊礼毕，谓延年曰："天道神明，人不可独杀。我不意当老见壮子被刑戮也。行矣，去女东归，扫除墓地耳。"后岁余，果败。

〔5〕径廷：差距很大。

【译文】

有人认为鬼神会加害骄盈的人，上天只辅佐有德行的人。所以宋景公一句话，法星便三次迁移使他长寿，殷商自剪头发把自己作为祭品求雨，千里范围内便有云聚集。假如善恶是没有验证的，就不合这种道理。况且于公预先加高里门等到子孙被封官，严延年母亲事先清扫坟墓等待她的儿子被刑杀。这是君子要不断努力的原因。如果做了好事却没有报答，何必做好事树立美名呢？所谓一切都由命定的话是偏激的言论。

夫圣人之言显而晦，微而婉，幽远而难闻，河汉而不测。或立教以进庸怠，或言命以穷性灵，积善馀庆，立教也；凤鸟不至，言命也。今以其片言辩其要趣，何异乎夕死之类而论春秋之变哉。且荆昭德音〔1〕，丹云不卷；周宣祈雨〔2〕，珪璧斯罄；于叟种德，不逮勋华之高〔3〕；延年残犷，未甚东陵之酷。为善一，为恶均，而祸福异其流，废兴殊其迹，荡荡上帝，岂如是乎？《诗》云：“风雨如晦，鸡鸣不已〔4〕。”故善人为善。焉有息哉？

【注释】

〔1〕荆昭：楚昭王，昭王病中，天空有红色云霞像鸟一样，围绕太阳飞翔。昭王向周太史询问吉凶，太史说：“这对楚王有害，可是能够把灾祸移到将相身上。”将相听到这句话，就请求向神祷告，自己代替昭王，昭王说：“将相如同我的手足，今天把灾祸移到手足上，难道能够免除我的病吗？”昭王不同意。

〔2〕周宣：周宣王，周宣王曾在大旱之年祈雨，求雨用的珪璧都用完了，神明也没有降雨。

〔3〕勋华：尧舜并称。勋，放勋，尧名。华，重华。舜名。

〔4〕“风雨”二句：出自《诗经·郑风·风雨》。

【译文】

但应该知道，圣人的话似明显实晦涩，既微妙又委婉，幽深遥远而难以听到，像银河那样深不可测。有的话是实行教化用来督促懒惰的人，有的话是说天命如此用来激发情感，积德行善的人的德行会惠及子孙后世，这是让人向善的话；吉祥的凤凰不来，是说命运有定。现在用圣人的部分言词来辨明冥昧之理的主旨，这和朝生夕死的小虫谈论四季的变化有什么不同呢。况且楚昭王口出善言，赤色的云气仍绕日不散；周宣王祈雨，珪璧等祭品用尽了也没下雨；于公种下阴德，不如尧、舜的高，而于公的子孙显耀，尧、舜之子却不像父亲那样德行高；严延年虽然凶残，但是并不比盗跖凶残，而延年被杀，盗跖得以寿终。一样做善事，一样做坏事，最后的结果却是祸福不同，衰败、兴盛不同，心胸宽阔的上天，难道是这样处理事情的吗？《诗经》说：“风雨交加昏天暗地，报晓的鸡叫声仍不停止。”所以善人做善事，怎么会停止呢？

夫食稻粱，进刍豢〔1〕，衣狐貉，袭冰纨，观窈眇之奇舞，听云和之琴瑟〔2〕，此生人之所急，非有求而为也。修道德，习仁义，敦孝悌，立忠贞，渐礼乐之腴润，蹈先王之盛则，此君子之所急，非有求而为也。然则君子居正体道，乐天知命，明其无可奈何，识其不由智力，逝而不召，来而不距，生而不喜，死而不感。瑶台夏屋，不能悦其神；土室编蓬，未足忧其虑。不充诎于富贵〔3〕，不遑遑于所欲〔4〕。岂有史公、董相不遇之文乎〔5〕？

【注释】

〔1〕刍豢：指牛、羊与犬、猪等。刍，吃草的牲口。豢，食谷的牲口。

〔2〕云和：以产琴瑟出名的山名，后来通称琴瑟琵琶等乐器。

〔3〕充诎：亦作“充倔”，得意忘形貌。

〔4〕遑遑：惊惶不安的样子。

〔5〕史公：司马迁，西汉史学家、文学家、思想家，曾任太史令，后世尊称其为太史公，著有《悲士不遇赋》。 董相：董仲舒，西汉思想家、教育家、今文经学大师，汉武帝时曾任江都易王刘非国相，故称董相，著有《士不遇赋》。

【译文】

人们吃精粮，吃肉食，穿狐貉做的裘衣，穿轻软的好丝绸，欣赏美妙奇异的舞蹈，听云和山出产的琴瑟弹奏的乐音，这是人情所必须的，不是为求得虚荣才这样做的。然而君子处正位践行正道，安于自己的处境，听凭天意安排，明白天意是没办法改变的，知道它不是根据智慧和力量获取的，逝去了就不再回来，来了也没办法抗拒，活着不感到欢喜，死了也不忧伤。美玉砌的楼台和房屋，不能使其精神愉悦；泥土搭建的茅草房，也不能使其心情忧愁。不因为富贵而自傲，不匆忙地去追求想要的东西，这样又怎么会有司马迁的《悲士不遇赋》、董仲舒的《士不遇赋》那样的文章呢？

（本卷译注：郭玉贤）

文选卷第五十五

论五

广绝交论　刘孝标（刘峻）

【题解】

本文以客主问答的形式，先由客人历举古代诸多朋友情谊相得之事，以示对朱穆所提倡的绝交的疑惑，然后以主人身份展开议论，揭露当时世态人情的冷暖，抨击了当时浇薄的世风。

客问主人曰："朱公叔《绝交论》[1]，为是乎？为非乎？"主人曰："客奚此之问？"客曰："夫草虫鸣则阜螽跃[2]，雕虎啸而清风起[3]。故絪缊相感[4]，雾涌云蒸；嘤鸣相召，星流电激。是以王阳登则贡公喜[5]，罕生逝而国子悲[6]。且心同琴瑟，言鬱郁于兰茝[7]；道叶胶漆[8]，志婉娈于埙篪[9]。圣贤以此镂金版而镌盘盂，书玉牒而刻钟鼎[10]。若乃匠人辍成风之妙巧，伯子息流波之雅引[11]。范、张款款于下泉[12]，尹、班陶陶于永夕[13]。骆驿纵横，烟霏雨散，巧历所不知，心计莫能测。而朱益州汩彝叙[14]，粤谟训[15]，捶直切[16]，绝交游。比黔首以鹰鹯[17]，媲人灵于豺虎[18]。蒙有猜焉，请辨其惑。"

【注释】

〔1〕朱公叔：字公叔，一字文元，东汉南阳（今河南南阳）人，桓帝时任侍御史。感时俗浇薄，作《绝交论》。

〔2〕阜螽：蝗虫的幼虫。

〔3〕雕虎：即虎，因身有斑纹，似雕画而成，故名。

〔4〕絪缊：天地间阴气和阳气相互作用的状态。

〔5〕王阳：王吉，字子阳，西汉时人，官至博士谏大夫。　登：加封，升任。　贡公：贡禹，字少翁，西汉时人，主张选贤能，诛奸臣，罢倡乐，修节俭。后世尊为“贡公”。

〔6〕罕生：子皮。　国子：子产。据《左传·昭公十三年》记载，子产闻子皮卒，哭且曰“吾已无为为善矣，唯夫子知我”，后世将二人视为良朋、知音。

〔7〕鬱郁：芳香。　兰茝（chǎi）：香草名。

〔8〕道叶：道义相合、和洽。

〔9〕婉娈：互相依恋。　埙篪（xūn chí）：埙、篪均为古代乐器，二者合奏时声音相应和。因常以“埙篪”比喻兄弟亲密和睦。

〔10〕玉牒：典册。

〔11〕伯子：伯牙，人名。春秋时善鼓琴者，与锺子期友善。

〔12〕范、张：范式、张劭。两人都很重情义，是生死与共的挚友。

〔13〕尹、班：尹敏、班彪。尹敏，字幼季，南阳堵阳人。东汉初期儒家古文经学派代表人物之一。班彪，字叔皮，扶风（今陕西咸阳）人，出身于汉代显贵和儒学之家，受家学影响，才名渐显。尹敏与班彪因共同编录《世祖本纪》而结为好友，两人相遇常常谈到日落西山忘记了吃饭，深夜不睡觉，自认为是像锺子期与伯牙、庄周与惠施那样的挚友。　陶陶（yáo）：和乐的样子。

〔14〕朱益州：朱穆。　汩：乱。　彝叙：常道。

〔15〕粤：通“越”，超越。　谟训：谋略和训诲。

〔16〕捶：击。　直切：耿直诚恳。

〔17〕黔首：百姓。　鹰鹯：鹰和鹯，比喻凶狠残忍的人。

〔18〕媲：比，匹敌。　豺虎：豺与虎，比喻凶狠贪婪的恶人。

【译文】

客人问主人说："朱穆著《绝交论》，书中的观点是对还是错呢？"主人说："您为什么问这个问题？"客人说："古人说'草虫鸣叫，阜螽就会跳跃跟随，老虎吼叫，就会起风。'这不是同类相感相从吗？天地之间阴气阳气相互感应，就会有大雾兴起云气蒸腾相感应；两鸟通过鸣叫声召唤对方，对方回应的速度就像星流电激一样。人也一样，所以王阳去做官，他的朋友贡公就很高兴，因为朋友可以相互帮助。子皮去世，子产就很悲痛，因为失去了挚友。何况朋友之间，内心的想法像琴瑟一样相互应和，所说的话比兰茝草还香；道义相合就像胶漆那样牢固，志向相投比亲兄弟还亲。古代圣人把好友之间的道义雕刻在金版上，刻在盛东西的器皿盘盂上，写在典册里，刻在钟鼎上，用来垂训后世。至于匠石用斧子砍掉朋友鼻尖上的灰尘这样的妙技，因配合表演的朋友的离世而停止表演；伯牙因挚友子期的去世因不再弹高山流水之类的雅乐。范式深情地告别张劭入黄泉，尹敏和班彪交情深厚，他们常日夜不停地畅谈交流。友情淳厚的人历史上从没有间断过，就像烟雾飘扬、大雨四散一样多，即使是最擅长计算的人也不知道具体有多少人，有心计的人也不能理解他们的志趣。而朱穆著《绝交论》乱了人伦的常道，超越了圣人的训诫，抨击朋友之间相互切磋纠正过失之义，宣扬断绝交游，把百姓比作凶猛的鹰鹯，把万物之灵的人比作豺狼虎豹。愚钝的我不能理解这些，请主人为我辨疑解惑。"

主人听然而笑曰："客所谓抚弦徽音，未达燥湿变响；张罗沮泽，不睹鸿雁云飞。盖圣人握金镜，阐风烈[1]，龙欢蠖屈[2]，从道汙隆[3]。日月联璧，赞亹亹之弘致[4]；云飞电薄，显棣华之微旨[5]。若五音之变化，济九成之妙曲。此朱生得玄珠于赤水[6]，谟神睿而为言[7]。至夫组织仁义，琢磨道德，欢其愉乐，恤其陵夷。寄通灵台之下，遗迹江湖之上，风雨急而不辍其音，霜雪零而不渝其色，斯贤达之素交，历万古而一遇。逮叔世民讹[8]，狙诈飙起，溪谷不能踰其险，鬼神无以究其变，竞毛羽之轻，趋锥刀之末。于是素交尽，利交兴，天下蚩蚩[9]，鸟惊雷骇。然则利交同源，派流则异，较言其略，有五术焉[10]：

【注释】

〔1〕阐：开，开辟。　风烈：风教德业。

〔2〕龙欢：龙腾，指得意高飞。　蠖屈：指失意退隐。

〔3〕汙隆：降升，指世道盛衰、兴替。

〔4〕亹亹：微妙。

〔5〕棣华：语出《论语·子罕》“唐棣之华，偏其反而。岂不尔思？室是远而”，意为：唐棣树上的小花，翩翩地左右摇动。难道我不思念你吗？只是你的家太遥远了啊。

〔6〕玄珠：比喻道的本体。　赤水：古代神话传说中的水名。

〔7〕谟：谋。　神睿：神圣。

〔8〕叔世：末世，衰乱的时代。

〔9〕蚩蚩：喧扰纷乱的样子。

〔10〕术：方式，方法。

【译文】

主人听后笑着说：“您的这番言论，只知道按琴弦上的识音点，却不知道干燥或潮湿的天气会使琴音发生改变；在水草丛生的地方设网捕鸟，却没看见鸿雁早就飞走了。你怀疑《绝交论》，是不明白朋友之道是随着时世变化的道理。开启风化创立功业，得意的时候像龙一样腾飞，失意的时候就像蠖虫一样屈身退隐，这是随着世道的兴衰而变化的结果。太平盛世的时候，就伸展其微妙的大志向；世道衰落的时候，就表现出棣华随时变通的微旨。这就像五音的变化，才能弹奏出美妙的舜乐。朱穆写《绝交论》深得矫正时弊的主旨，就像黄帝从赤水中得到玄珠，是效法神圣而成的言论，可以说妙极了。至于好友之间以仁义相交，以道德相激励，以朋友间相互的快乐为快乐，以相互的忧伤为忧伤，将神交放在心府之下，在江湖上忘却对方的踪迹。就像报晓的雄鸡风雨无阻地报时；就像坚贞的松树柏树，虽然风吹雪降也不改变颜色。这是贤能达观之人的纯洁友情，历经千秋万代才遇到一次。到了末世，奸诈之风兴起，即使是深溪狭谷也没有它险要，鬼神也没办法知道它的狡诈，他们像羽毛一样轻利，争夺像锥刀末端那样的小事。于是朋友之间纯洁的友情丧失殆尽，而靠利益交友的风气兴起，天下纷扰就像鸟受到响雷的惊吓一样。这样说来，以利相交和以义相交虽然同源于时代，但是分化出的流派不同，试着概括以利相交的情况，其相交的方式有五种，条列如下：

“若其宠钧董、石〔1〕，权压梁、窦〔2〕，雕刻百工，铲捶万物〔3〕。吐漱兴云雨，呼噏下霜露〔4〕。九域耸其风尘，四海叠其熏灼〔5〕。靡不望影星奔，藉响川骛〔6〕，鸡人始唱，鹤盖成阴，高门旦开，流水接轸〔7〕。皆愿摩顶至踵，隳胆抽肠〔8〕，约同要离焚妻子〔9〕，誓殉荆卿湛七族〔10〕。是曰势交，其流一也。

【注释】

〔1〕董、石：董贤、石显。董贤，字圣卿，冯翊（今陕西泾阳）人，汉哀帝宠臣，任驸马都尉侍中，出入皆随汉哀帝，极得宠幸。石显，字君房，济南人，西汉汉元帝刘奭时期奸臣。汉元帝生病之时趁机专权。

〔2〕梁、窦：梁翼、窦宪。梁翼，汉顺帝、汉桓帝皇后之兄，专横跋扈，打击异己，专权二十余年。窦宪，字伯度，扶风郡平（今陕西咸阳）人，东汉外戚大臣、名将，军功日隆后权倾朝野，阴存篡位之心。

〔3〕铲捶：冶炼锻造。

〔4〕呼噏：呼吸，呼气和吸气。

〔5〕叠：惧怕。　熏灼：比喻声威气势逼人也指逼人的声威气势。

〔6〕藉响：听到声音马上回应。　骛：奔驰，乱跑。

〔7〕接轸：车辆相衔接而行，形容其多。

〔8〕隳（huī）：毁坏；崩毁。

〔9〕要离：春秋末吴国刺客，相传吴王阖闾派专诸刺杀王僚后，又派要离谋刺出奔在卫的王子庆忌，要离请吴王断其右手，杀其妻子，诈称得罪出逃。

〔10〕荆卿：字次非，战国末期卫国朝歌（今河南鹤壁）人，春秋时期齐国大夫庆封的后代，战国时期著名刺客，也称庆卿、荆卿、庆轲，为人慷慨侠义，替燕国太子丹刺杀秦王未遂而被秦侍卫所杀。　湛：通“沉”，没。

【译文】

“如果讨好交友的对象，像董贤、石显那样受宠，其权势超过梁冀、窦宪，可以任意使唤百官，锻造万物。吞吐能兴起云雨般的恩泽，呼吸像下霜露般的威刑，九州惧怕其淫威，四海害怕其嚣张气焰。那么追求利益的人，没有不看到影子便如流星般飞奔趋附，闻声响应像大水一样奔流而来，宫中的鸡人刚刚鸣叫报晓，鹤形的车盖就已连成一片，高门一开，像流水一样的车辆便接连到来。不惜摩顶放踵为其奔走，即使毁掉肝胆和肠子也心甘情愿，约定就像要离断臂杀妻那样对吴公子效忠，发誓要像荆轲那样以身殉难而报答太子丹。这就是趋炎附势的交情，是‘利交’的流派之一。

“富埒陶、白〔1〕、赀巨程、罗〔2〕，山擅铜陵〔3〕，家藏金穴，出平原而联骑，居里闬而鸣钟。则有穷巷之宾，绳枢之士〔4〕，冀宵烛之末光，邀润屋之微泽；鱼贯凫跃，飒沓鳞萃〔5〕，分雁鹜之稻粱，霑玉斝之余沥。衔恩遇，进款诚，援青松以示心，指白水而旌信〔6〕。是曰贿交，其流二也。

【注释】

〔1〕埒（liè）：等同。　陶、白：陶朱公（范蠡）与白圭的并称。两人为春秋战国时富商。

〔2〕赀：同“资”，财产。　程、罗：汉代著名富翁程郑和罗褒的并称。

〔3〕铜陵：铜山，汉文帝男宠邓通，凭借与汉文帝的亲密关系，依靠铸钱业，广开铜矿，富甲天下。

〔4〕绳枢：以绳系门，代替转轴的门枢，形容极贫穷的人家。

〔5〕飒沓：纷繁众多的样子。　鳞萃：比喻聚集众多。

〔6〕旌信：表明诚意。

【译文】

“有些人像陶朱公、白圭那样富有，财产像程郑、罗褒那样多，像邓通受宠得铜山自制钱币一样富有，家藏金穴之财，出平原就有成片的骑兵跟着，回到家里就鸣钟而食。这时候就有出身贫寒的宾客，贫家的士子，想借用富家夜晚的烛光，祈求能借富家光照的一点微光；像鱼鸭一样一起涌入，人数就像鱼群集聚一样众多，想分得一点富家喂饲鹅鸭剩下的粮食，希望沾几滴玉爵里喝剩的酒。于是就感恩戴德，表达赤诚，攀青松表示坚贞的决心，指着白水发誓以表诚意。这就是财货的交情，是‘利交’的流派之二。

“陆大夫宴喜西都〔1〕，郭有道人伦东国〔2〕，公卿贵其籍甚，搢绅羡其登仙。加以顩颐蹙頞〔3〕，涕唾流沫，骋黄马之剧谈〔4〕，纵碧鸡之雄辩〔5〕，叙温郁则寒谷成暄，论严苦则春丛零叶，飞沉出其顾指，荣辱定其一言。于是有弱冠王孙，绮纨公子〔6〕，道不挂于通人，声未遒于云阁，攀其鳞翼，丐其余论，附驵骥之旄端〔7〕，轶归鸿于碣石〔8〕。是曰谈交，其流三也。

【注释】

〔1〕陆大夫：陆贾，汉初楚国人，西汉思想家、政治家、外交家，早年追随刘邦，因能言善辩常出使诸侯。刘邦和文帝时，两次出使南越，说服赵佗臣服汉朝，对安定汉初局势做出极大的贡献。

〔2〕郭有道：郭泰，字林宗。太原郡介休县（今属山西）人，东汉时期名士，博通群书，擅长说词，口若悬河，声音嘹亮。与李膺等交游，名重洛阳，被太学生推为领袖。最初被太常赵典举为有道，故后世称“郭有道”。　东国：东都洛阳。

〔3〕顩（qìn）：牙齿暴露不齐。　颐：面颊。　蹙：皱，收缩。　頞（è）：鼻梁。

〔4〕黄马：典故名，出自《庄子·天下》，言及惠施善辩时有“黄马、骊牛三。白狗黑。孤犊未尝有母。一尺之棰，日取其半，万世不竭。辩者以此与惠施相应，终身无穷”之语，故用黄马表示善辩。　剧谈：畅所欲言。

〔5〕碧鸡之雄辩：典故名，语出《汉书·王褒传》“或言益州有金马碧鸡之神，可醮祭而致，于是遣谏大夫王褒使持节而求之”。

〔6〕绮纨：即纨袴，指富贵之家或其子弟。

〔7〕驵（zǎng）：好马，壮马。　骥：好马。

〔8〕轶：超越，超过。　碣石：山名，在今河北昌黎县北部。

【译文】

“有些人能说会道，就像太中大夫陆贾在长安公卿间游乐，士大夫都羡慕他的盛大名声，郭泰善于品评人物，当他和好友李应一同乘船的时候，送行的士绅羡慕地说他好像是神仙。至于擅于言辞的蔡泽进入秦国，抚摸下巴皱着眉头，唾沫横飞，说服范雎推荐他作秦相；善辩的惠施大谈黄马、骊牛的逻辑，公孙龙施展其关于碧鸡的雄辩言辞。他们谈论温暖的事可以使寒谷变得温暖，讨论严寒的事可以使春天的花丛枯萎零落。人们地位的升降出于他们的谈吐之间，身世的荣华耻辱由他们的一句话决定。于是就有年少的王孙、穿着绮罗的富家子弟，这些人论学问赶不上通人，论声名还没得到褒奖于云台，却想攀附龙凤，乞求那些辩士施舍一点余论，希望像青蝇附着在骏马的尾端，使速度超过归鸿的飞翔而到碣石山上，从而声名远播。这就是以谈说相悦的交情，是‘利交’的流派之三。

“阳舒阴惨，生民大情；忧合欢离[1]，品物恒性。故鱼以泉涸而呴沫[2]，鸟因将死而鸣哀。同病相怜，缀河上之悲曲；恐惧置怀，昭《谷风》之盛典。斯则断金由于湫隘[3]，刎颈起于苫盖[4]。是以伍员濯溉于宰嚭[5]，张王抚翼于陈相[6]。是曰穷交，其流四也。

【注释】

〔1〕“忧合”句：在患难的时候互相亲和，在快乐的时候互相忘却。

〔2〕呴沫：互相吐口水，湿润对方。用口沫互相湿润，后以“呴沫”指抚慰或救助。语出《庄子·大宗师》“泉涸，鱼相与处于陆，相呴以湿，相濡以沫，不如相忘于江湖”。

〔3〕湫隘：窄小的地位，这里指贫困。

〔4〕苫盖：遮盖。

〔5〕伍员：字子胥，封于申地，故又称申胥，春秋时期楚国人。吴国大夫，杰出的政治家、军事家。　濯溉：洗涤，比喻栽培提拔。　宰嚭：即太宰嚭。本名伯嚭，楚国人，后奔吴，吴以为大夫，后任太宰，故称太宰嚭，富贵后欲杀伍子胥。

〔6〕张王：张耳。　抚翼：拍鸡翅膀，比喻奋起。　陈相：陈馀。据《汉书·张耳陈馀传》记载，张耳、陈馀都是战国末年浪迹社会的儒生，结成密友。秦统一后，颇不得志，故秦末投身陈涉起义，后因争权和思想不一而分道扬镳，陈馀投靠赵、楚，张耳则投靠汉刘邦，张耳灭赵，杀了陈馀，刘邦封张耳为赵王。

【译文】

“前人曾说：人在活着的时候是舒服的，在死去后就很凄惨，这是活着的人的普遍感情；在忧患的时候相亲相合，在欢乐的时候相忘相离，这是物类的恒常本性。所以鱼在泉水干枯的时候互相用口中的水沫沾湿对方的身体，鸟在临近死亡时而叫声悲凉。伍子胥对于伯嚭的逃奔，联想起同忧相救的河上悲歌；人们在恐惧的时候就把朋友放在心上，表明《诗经·小雅·谷风》诗中所说的‘将恐将惧，置予于怀’是结交友谊的重大原则。这样看来，则二人同心、其利断金的可贵友情是因为都处在贫困的境地，同生死共患难的崇高友情是因为处在贫贱的环境中。所以伍子胥给伯嚭洗去污秽使其荣贵，是出于他们有过同样受迫害的经历，张耳帮助陈馀使其荣贵，是由于他们有过同样受秦王朝追捕的经历。这就是穷困相交的交情，是‘利交’的流派之四。

“驰骛之俗，浇薄之伦，无不操权衡，秉纤纩。衡所以揣其轻重，纩所以属其鼻息[1]。若衡不能举，纩不能飞，虽颜、冉龙翰凤雏[2]，曾、史兰薰雪白[3]，舒、向金玉渊海[4]，卿、云黼黻河、汉[5]，视若游尘，遇同土梗，莫肯费其半菽，罕有落其一毛。若衡重锱铢[6]，纩微影撇，虽共工之蒐慝[7]，驩兜之掩义[8]，南荆之跋扈，东陵之巨猾，皆为匍匐逶迤，折枝舐痔，金膏翠羽将其意，脂韦便辟导其诚。故轮盖所游，必非夷、惠之室；苞苴所入[9]，实行张、霍之家[10]。谋而后动，毫芒寡忒[11]。是曰量交，其流五也。

【注释】

〔1〕纩：新丝绵。　属：放置。

〔2〕颜、冉：颜渊、冉伯牛。颜渊，名回，字子渊，孔子弟子。冉伯牛：孔子弟子，孔门四科“德行”代表人物之一。

〔3〕曾、史：曾参、史鱼。曾参，字子舆，春秋末年鲁国（今山东临沂）人，孔子弟子之一，儒家学派的重要代表人物。史鱼：名佗，字子鱼，也称史鳅，春秋卫国大夫。

〔4〕舒、向：董仲舒、刘向。董仲舒：西汉时著名的政治家、思想家、

教育家。刘向：西汉经学家、目录学家、文学家。

〔5〕卿、云：司马长卿、杨雄。司马长卿：司马相如，子长卿，西汉著名的辞赋家。　杨雄：字子云，汉赋四大家之一。　黼黻：礼服上所绣的华美花纹，这里指文章写得华美，有文采。　河、汉：银河。

〔6〕锱铢：锱与铢都是极小的计算单位，用以比喻极细微。

〔7〕蒐慝：私下里做坏事的人。

〔8〕驩兜：尧帝时的四凶之一，后被舜放逐。

〔9〕苞苴：指行贿的礼物。

〔10〕张、霍：张安世、霍光，均为汉代的权贵。

〔11〕毫芒：毫毛的西尖，比喻极为细微。　寡忒：差错少。

【译文】

“至于趋炎附势的庸俗之人，浅薄之徒，没有不握着秤子，拿着纤细的丝绵。秤子用来称量财势的轻重，丝绵用来探试气息的粗细。如果秤杆不能上扬，丝棉不能飘起，即便有颜渊、冉伯牛那样超群的才华，曾子、史鱼那样高洁的品质，董仲舒、刘向那样渊博的学识，司马相如、杨雄那样华丽的文采，都把他们看作浮尘，当作泥偶人，没有人愿意在他们身上浪费一餐粗劣的饭食，很少有人愿意拔一根汗毛帮助他们。如果称量其财势重一点点，丝棉有一点点飘动，即使他像凶恶的共工那样有隐恶，驩兜那样无情无义，庄蹻那样专横跋扈，盗跖那样的大盗，对他们都愿意伏地恭维，甘心为他们按摩解乏，谄媚巴结，奉上金丹翠羽这样珍贵的饰物表明心意，以圆滑逢迎谄媚的样子表达忠心。所以有华丽车盖之人所游历的地方，一定不是伯夷、柳下惠那样的君子生活的地方；收藏贿赂物品的地方，实际是张安世、霍光那样豪贵的人家。趋炎附势的人经过细致谋划后才行动，很少有毛尖、麦芒那么小的差错。这就是衡量财势的交情，是‘利交’的流派之五。

“凡斯五交，义同贾鬻〔1〕，故桓谭譬之于阛阓〔2〕，林回喻之于甘醴〔3〕。夫寒暑递进，盛衰相袭，或前荣而后悴，或始富而终贫，或初存而末亡，或古约而今泰，循环翻覆，迅若波澜。此则殉利之情未尝异，变化之道不得一。由是观之，张、陈所以凶终[4]，萧、朱所以隙末[5]，断焉可知矣。而翟公方规规然勒门以箴客[6]，何所见之晚乎？

【注释】

〔1〕贾鬻：做生意。

〔2〕桓谭：东汉哲学家、经学家、琴师、天文学家。　阛阓（huán huì）：市中巷绕市，借指商业交易。

〔3〕林回：《庄子》中的人名。

〔4〕张、陈：张耳、陈余。

〔5〕萧、朱：萧育、朱博，二者均为西汉末期官员。　隙：嫌隙，仇恨。

〔6〕翟公：西汉邽县（今陕西渭南）人。汉武帝时任廷尉，宾客盈门。被贬后，门庭冷落，后复职，宾客又欲前往，翟公于是在大门张贴告示说："一死一生，乃知交情。一贫一富，乃知交态。一贵一贱，交情乃见。"　箴：劝告，劝戒。

【译文】

"以上五种交友之道，相当于做生意，所以桓谭将它比作市场上的交易，林回将它比作甘甜的美酒。谁不知道寒冷的天气和酷热的天气交替而来，兴盛与衰败互相接续，有的人前期荣光而后期衰微，有的人前期富贵而后期贫贱，有的人起初有权势而后权势衰败，有的人以前穷困而后宽裕，这样循环往复，快得就像波澜起伏。这说明追求利益的心情没有差异，而富贵贫贱交相变化的道理使友情不可能一成不变。由此看来，张耳、陈余的友情之所以最后以凶险结束，萧育、朱博的友情之所以以仇恨告终，是决然毫无疑问可以预先知道的。但是汉代的廷尉翟公在大门上写下'一死一生，乃知交情，一贫一富，乃知交态，一贵一贱，交情乃见'以规劝宾客，为什么他认识到结交的本质这么晚呢？

“因此五交，是生三衅：败德殄义[1]，禽兽相若，一衅也。难固易携，仇讼所聚，二衅也。名陷饕餮，贞介所羞，三衅也。古人知三衅之为梗，惧五交之速尤。故王丹威子以槚楚[2]，朱穆昌言而示绝[3]，有旨哉！有旨哉！

【注释】

〔1〕殄：尽、绝。

〔2〕槚（jiǎ）楚：用槚木荆条制成的刑具，用以笞打。

〔3〕昌言：正直的，无所忌惮的话语。

【译文】

“由于有这五种交友之道，就生出三种祸端：败坏德行绝尽情义，和禽兽差不多，这是祸端之一；友情难牢固而容易背叛，是仇恨争端汇聚的地方，这是祸端之二；声名掉进贪鄙之中，正直的人认为是耻辱，这是祸患之三。古人知道这三种祸端作乱，害怕这五种交友之道会很快招致祸端。所以王丹用刑杖惩罚儿子，不让他远离家人去朋友家奔丧过夜，朱穆则毫不隐晦地说要绝交，他们的做法值得深思啊！值得深思啊！

“近世有乐安、任昉[1]，海内髦杰，早绾银黄，夙昭民誉。遒文丽藻，方驾曹、王[2]；英跱俊迈，联横许、郭[3]。类田文之爱客[4]，同郑庄之好贤。见一善则盱衡扼腕，遇一才则扬眉抵掌。雌黄出其唇吻，朱紫由其月旦。于是冠盖辐凑，衣裳云合，辎軿击轊[5]，坐客恒满。蹈其阃阈[6]，若升阙里之堂[7]；入其隩隅，谓登龙门之阪。至于顾眄增其倍价，剪拂使其长鸣，影组云台者摩肩，趍走丹墀者叠迹。莫不缔恩狎，结绸缪，想惠、庄之清尘，庶羊、左之徽烈[8]。及瞑目东粤，归骸洛浦。繐帐犹悬[9]，门罕渍酒之彦[10]；坟未宿草，野绝动轮之宾。藐尔诸孤，朝不谋夕，流离大海之南，寄命嶂疠之地。自昔把臂之英，金兰之友，曾无羊舌下泣之仁，宁慕郈成分宅之德[11]。

【注释】

〔1〕任昉：南朝时期乐安（今山东滨州）人，著名文学家，地理学家，藏书家。

〔2〕曹、王：曹植、王粲。曹植：三国时魏国文学家，诗文成就卓著。王粲：三国时魏国文学家，善辞赋。

〔3〕许、郭：许劭、郭泰。

〔4〕田文：战国时齐国贵族，又称薛公，号孟尝君。

〔5〕辎軿（píng）：有帷帐，装饰华丽的车。　轊（wéi）：即套在车轴末端的金属筒状物。

〔6〕阃阈：门限，门户。

〔7〕阙里：孔子故里，在今山东曲阜城内阙里街。

〔8〕羊、左：羊角哀、左伯桃。两人为生死之交的挚友。

〔9〕繐帐：细而疏的麻布制成的灵帐。

〔10〕渍酒：指朋友吊丧祭奠。　彦：有才学、有德行之人。

〔11〕郈（hòu）成分宅：典故名，出自《孔丛子·陈士义》，郈成子在友人右宰死后，将其妻子子女接至自家隔壁居住，并分禄而食之。后世将其作为赞美他人资助亡友亲属的典故。

【译文】

“近代有乐安人任昉，是天下的英俊杰出之才，年轻的时候就佩带银印黄绶任中书侍郎，得到百姓的赞誉。他的文章文笔华丽辞藻丰富，可以和曹植、王粲并驾齐驱；他独立挺拔，其独立俊异，可以和许劭、郭泰并行而驰。他像孟尝君那样好客，像郑当时那样爱才。遇到一位好人就举目扼腕地兴奋，遇到一位才子就扬眉击掌地称赞。评论善恶从他的口中而出，操行优劣由他品评。于是官员多来拜访，衣冠云集，华丽的车子轴端相接，家中的客人经常爆满。踏进他家的门槛就像登上孔子的庭堂；进入他的房间，就像鲤鱼跃进龙门。以至于被他回头斜眼看一眼的人都身价倍增，被他洗涤擦拭就可使其声名长存。因此得以佩带印绶登上台阁的人摩肩接踵，得以在宫廷中走动的人足迹累积。所以没有不想与其缔结亲密交情的，想接续惠施、庄子的高雅之风，希望继承羊角哀、左伯桃的美业。等到任昉在东越去世，遗骸回到扬州。灵前的帐幕还悬挂着，门前便很少有前来吊唁祭奠的俊杰了；坟上还没长出隔年的草，野外已经没有坐车前来寄托哀思的宾客了。他弱小的几位遗孤，早上不知道晚上会发生什么情况，颠沛流离到大海的南边，寄居在有瘴疠瘟疫流行的潮热地区。以前那些可以寄妻托子的杰出人才，志同道合的朋友，没有一个像羊舍氏抚慰朋友孤子那样因疼爱而落泪的仁人，还有谁仰慕郈成子那样分房给朋友妻子居住的美德呢。

“呜呼！世路险巇[1]，一至于此！太行孟门，岂云崭绝。是以耿介之士，疾其若斯，裂裳裹足，弃之长骛。独立高山之顶，欢与麋鹿同群，皦皦然绝其雰浊[2]，诚耻之也，诚畏之也。”

【注释】

〔1〕巇（xī）：危险。

〔2〕皦皦：清白，光明磊落。

【译文】

“唉，痛心啊！世道险恶，竟然到了这种地步！太行山和孟门山与之相比，哪里能称得上绝险呢。所以正直的人愤恨这样的世道，急忙撕破衣服包上脚，远离尘俗而奔跑逃离。独自站在高山顶上，宁愿高兴地和麋鹿一起生活，以保持清白的名声，与污浊的尘世绝交，确实是以险恶的世道为耻，确实因为害怕那些以利相交的小人。”

连珠

演连珠五十首　陆士衡（陆机）

【题解】

演，演习、练习。连珠，傅玄称之为：“其文体，辞丽而言约，不指说事情，必假喻以达其旨，而贤者微悟，合于古诗劝兴之义。欲使历历如贯珠，易观而可悦，故谓之连珠也。”本篇以诸多形象的比喻、经典的典故阐述处事待人、选拔贤才、治理国家的深刻道理，为统治者提供借鉴与参考。

臣闻日薄星回，穹天所以纪物；山盈川冲，后土所以播气。五行错而致用，四时违而成岁。是以百官恪居〔1〕，以赴八音之离〔2〕；明君执契〔3〕，以要克谐之会〔4〕。

【注释】

〔1〕恪居：恭敬地处在自己的位置上。

〔2〕八音：古代根据制作材料将乐器分为金、石、土、革、丝、木、匏、竹八类。

〔3〕执契：手持凭证，以相验对。

〔4〕克谐：聚合，调和。

【译文】

我听说太阳接近天，星辰周行运转，这是上天用来记载季节变换；山岳聚土河水盈满，山川河谷虚以疏导，这是大地用来播撒刚柔之气。五行错综复杂是帮助天地化育万物，四季不同是用来成就一年。所以四方百官恭敬地处在高位之上，是应和八音的节奏；圣明的君主手持符契高居中位，是用来聚合天地圆满成功。

臣闻任重于力，才尽则困；用广其器，应博则凶。是以物胜权而衡殆，形过镜则照穷。故明主程才以效业〔1〕，贞臣底力而辞丰〔2〕。

【注释】

〔1〕程：量。　效：考察。

〔2〕底（zhǐ）：致。

【译文】

我听说任务超过其力量承受的程度，才能用尽就会处境艰难；把器物的使用范围无限扩大，用多了就会出现不好的兆头。所以重物超过秤的承受能力秤砣就会危险，形体超过镜子所照的范围就会照不全面。所以圣明的君主要考量才能加以任用，正直的臣子竭力辅助君主常拒绝过于丰厚的俸禄。

臣闻髦俊之才〔1〕，世所希乏；丘园之秀〔2〕，因时则扬。是以大人基命，不擢才于后土；明主聿兴，不降佐于昊苍。

【注释】

〔1〕髦俊：才俊杰出的人才。

〔2〕丘园：丘墟、园圃，指隐士居住的草木丛生的朴素之地。语出

《周易·贲卦》“贲于丘园，束帛戋戋”。

【译文】

我听说豪杰俊才，世间稀有；退隐丘园的优秀人才，因时代际遇而扬名天下。所以天子开始顺应天命，不是从普通人中选拔人才；圣明的君主刚登基的时候，也不是从天上降下可以辅佐他的人才。只是在于君主初兴之时，善于任用而已。

臣闻世之所遗，未为非宝；主之所珍，不必适治。是以俊乂之薮，希蒙翘车之招[1]；金碧之岩。必辱风举之使[2]。

【注释】

〔1〕翘车：礼待有才能之人的车。

〔2〕风举：比喻让臣下带着使命远行。

【译文】

我听说世人所遗弃的，未必不是珍贵的东西；君主所珍视的，未必适合治理国家。所以俊杰隐居在草泽，希望君主派豪华的车子去招纳；金马碧鸡生活在岩穴，一定能使君王派使者奉命寻求。

臣闻禄放于宠，非隆家之举；官私于亲，非兴邦之选。是以三卿世及，东国多衰弊之政[1]；五侯并轨[2]，西京有陵夷之运[3]。

【注释】

〔1〕东国：鲁国。　衰弊：衰败。

〔2〕五侯：同时封侯的五人，指汉成帝时同一天封王谭、王立、王根、王逢、王商五人为侯。　轨：迹。

〔3〕西京：指西汉。 陵夷：由盛至衰。

【译文】

我听说俸禄是根据臣子受宠的程度获得的，不是诸侯兴家的举动；官员徇私情发放给家人，不是天子兴国的方式。所以鲁国三桓世袭而专权，鲁国出现衰败的政局；五侯共同擅权，西汉就有颓败的命运。

臣闻灵辉朝觏，称物纳照；时风夕洒，程形赋音〔1〕。是以至道之行，万类取足于世；大化既洽〔2〕，百姓无匮于心。

【注释】

〔1〕程：量。

〔2〕洽：广博，周遍。

【译文】

我听说朝阳刚出现的时候，不管物体大小都能得到照耀；清风晚上吹拂的时候，按照物品的大小赋予不同的声响。所以大道的推行，万物都能得到满足；淳美敦厚的教化已经遍及，百姓内心就不觉得匮乏。

臣闻顿网探渊，不能招龙；振纲罗云，不必招凤。是以巢箕之叟〔1〕，不眄丘园之币；洗渭之民，不发傅岩之梦〔2〕。

【注释】

〔1〕巢箕之叟：指隐居的许由。相传尧帝想让位给许由，许由遁隐在箕子山下，结巢而居。

〔2〕傅岩之梦：典出《尚书·说命》，从事版筑工作的傅说被殷高宗武丁梦后寻访，举以为相。

【译文】

我听说撒网试探深渊，不能招来潜藏在水底的龙；在云端设网，不一定能招来凤凰。所以隐居箕山的许由，不会正眼看送到丘园用以招聘他的钱物；在渭水边洗耳的人，不希望像傅说那样做被君主发现的美梦。

臣闻鉴之积也无厚〔1〕，而照有重渊之深；目之察也有畔，而眂周天壤之际〔2〕。何则？应事以精不以形，造物以神不以器。是以万邦凯乐〔3〕，非悦钟鼓之娱；天下归仁，非感玉帛之惠。

【注释】

〔1〕鉴：镜子。

〔2〕眂：观察，察视。　天壤：天地。

〔3〕凯乐：和乐欢唱。

【译文】

我听说镜子的体积并不厚，而能照到九重深的水底；眼睛看事物的范围有限，但是其视力可以看到天地的边缘。为什么呢？因为顺应事物变化的是因其内涵而不因外形，化育万物是用精神而不用威仪。所以全国百姓快乐，并不是钟鼓演奏的音乐使他们快乐；天下百姓被仁德之风所感化，不是感激君王赐予贵重玉帛的恩惠。

臣闻积实虽微，必动于物；崇虚虽广，不能移心。是以都人冶容〔1〕，不悦西施之影；乘马班如〔2〕，不辍太山之阴〔3〕。

【注释】

〔1〕都人：美人。　冶容：妖艳的装扮。

〔2〕班如：徘徊不前的样子。

〔3〕辍：中止，阻隔。　阴：影子。

【译文】

我听说积累实际存在的东西即便渺小，一定会影响别的物体；积聚空虚的东西虽然广大，却不能让人心转移。所以荒淫的人，并不对美女的画像感兴趣；骑马徘徊不前，并不是被泰山的影子阻挡。

臣闻应物有方，居难则易；藏器在身，所乏者时。是以充堂之芳，非幽兰所难；绕梁之音，实萦弦所思。

臣闻智周通塞，不为时穷；才经夷险，不为世屈。是以凌飙之羽，不求反风；耀夜之目，不思倒日。

臣闻忠臣率志，不谋其报；贞士发愤，期在明贤。是以柳庄黜殡〔1〕，非贪瓜衍之赏〔2〕；禽息碎首〔3〕，岂要先茅之田〔4〕！

【注释】

〔1〕柳庄：疑为史鱼之误。　黜殡：降低停殡的规格。

〔2〕瓜衍：古代晋国的城邑。

〔3〕“禽息”句：典故名，典出汉代王充《论衡·儒增》：“儒书言禽息荐百里奚，缪公未听，出，当门仆头碎首而死，缪公痛之，乃用百里奚。”碎裂头颅，常用以形容敢于死谏的精神或行为。

〔4〕先茅之田：指根据推荐贤才的功劳来进行赏赐。

【译文】

我听说处理事物有方法的人，尽管处理困难的事情也觉得容易；身怀才学的人，缺少的是施展才学的机会。所以使芳香满堂，并不是幽谷里的兰草难以做到的；获得绕梁三日不绝的美妙音乐，实际是调试琴弦的人希望做到的。

我听说智慧周全的人能使堵塞的道路畅通，所以不被时事困扰；才能经过铲除险阻的考验，足以做到随机应变而不被时事屈服。所以能在暴风下飞翔的鸟，不祈求风向反转；能夜晚看清事物的人，不希望太阳再度出现。

我听说忠臣遵循自己的志向做事，不求得任何回报；守志不移的人表达愤慨之情，目的在于证明举荐的是贤才。所以史鱼遗命降低停殡规格来劝谏君王，不是为了获取赏赐；禽息因推荐贤才而被砍掉脑袋，难道是为了获得封赏吗？

臣闻利眼临云，不能垂照，朗璞蒙垢，不能吐辉。是以明哲之君，时有蔽壅之累；俊乂之臣，屡抱后时之悲。

臣闻郁烈之芳，出于委灰[1]；繁会之音[2]，生于绝弦。是以贞女要名于没世，烈士赴节于当年。

【注释】

〔1〕委灰：灰烬，指衰败，衰落。

〔2〕繁会：错综复杂。

【译文】

我听说日月面对云层，光线不能垂直照射；干净的玉石沾染污垢，不能散发光彩。所以圣明的君主，常有被奸臣蒙蔽的困扰；贤德的臣子因遭受谗言诋毁而有错失良机的悲痛。

我听说浓郁的芳香，是从燃尽的香料中发出的；错综复杂的音乐，是从绷紧易断的琴弦上发出的。所以贞洁的女子在死后求得美名，志向远大的英雄在当时舍生取义才能扬名于后世。

臣闻良宰谋朝，不必借威；贞臣卫主，修身则足。是以三晋之强〔1〕，屈于齐堂之俎；千乘之势，弱于阳门之哭〔2〕。

【注释】

〔1〕三晋：晋国后分为韩、赵、魏三国，故称三晋。

〔2〕阳门之哭：典故名，典出《礼记·檀弓下》"晋人之觇宋者，反报于晋侯曰：'阳门之介夫死，而子罕哭之哀，而民说，殆不可伐也'"，后被作为良相谋朝，强不敢犯的典故。阳门，宋国国门。

【译文】

我听说贤良的宰相在朝廷运用谋略，不用借助威力就可以让敌国臣服；忠实的臣子保护君主，修身爱民就足以使强国的阴谋失败。所以强大的晋国，却在齐国的宴饮间屈服；晋国有千辆战车的实力，却比不上宋军司城子罕在阳门痛哭甲士那种爱民的真情。

臣闻赴曲之音，洪细入韵；蹈节之容，俯仰依咏。是以言苟适事，精粗可施；士苟适道，修短可命。

臣闻因云洒润，则芬泽易流；乘风载响，则音徽自远。是以德教俟物而济，荣名缘时而显。

臣闻览影偶质，不能解独；指迹慕远，无救于迟。是以循虚器者，非应物之具；玩空言者，非致治之机。

臣闻钻燧吐火，以续汤谷之晷[1]；挥翮生风，而继飞廉之功[2]。是以物有微而毗著[3]，事有琐而助洪。

【注释】

〔1〕汤（yáng）谷：旸谷，古代称日出之处。 晷：日影。

〔2〕飞廉：风神，一说能致风的神禽名。

〔3〕毗：辅助，帮助。

【译文】

我听说根据曲谱演奏的音乐，不论大小都与曲调相合；踏着节拍表演的舞姿，起身俯身都依歌咏。所以士子的言论如果合乎义理，不论才能的粗精都可以施行。士子的德行合于大道，不论才能的优劣都可以任用。

我听说凭借云气播撒雨露，香泽就易于流散；凭借风力传播声音，优美的声音自然就传播得远。所以德行教化需要借助人的力量才能施行，贤人的美名要借助合适的时机才能彰显。

我听说把影子看成是人形体的伴侣，不能消除孤独的感觉；指着路上的脚印羡慕别人走得远，没办法补救自己的迟缓落后。所以遵循虚空做事的人，不具备应对事物变化的才能；只是说空话，不是实现太平盛世的良策。

我听说钻木取火，能接续日出之处旸谷日影的光明；挥动羽扇产生风，可接续风神的神功。所以有些事物尽管微小却有助于发光，有些事情虽然渺小却能成就大业。

臣闻春风朝煦，萧艾蒙其温；秋霜宵坠，芝蕙被其凉。是故威以齐物为肃，德以普济为弘。

臣闻巧尽于器，习数则贯[1]；道系于神[2]，人亡则灭。是以轮匠肆目[3]，不乏奚仲之妙[4]；瞽叟清耳[5]，而无伶伦之察[6]。

【注释】

〔1〕数：多次。　贯：学习，掌握。

〔2〕道：规律。　神：心思，心力。

〔3〕轮匠：造车的工匠。　肆：极，尽。

〔4〕奚仲：薛国（今山东滕州）人，夏朝时期工匠，相传其发明了两轮马车，因造车有功，被夏王禹封为“车服大夫”，被后世奉为车神。

〔5〕瞽叟：上古人物，因双目失明被称为瞽叟。

〔6〕伶伦：民间传说中的人物，相传为黄帝时代的乐官，是古代发明律吕、据以制乐的始祖。

【译文】

我听说春风早上能送来温暖的气息，即使是萧艾这样的恶草也能蒙受它的温暖；秋天霜寒在夜幕降临，即使芝蕙这样的香草也会遭受它的寒冻。所以用威严统治万物为严正，用仁德普济万物为宽宏。

我听说巧妙的技术完全体现在器物上，只要多练习就能熟练掌握；规律连接内心，人死了所掌握的规律也就没有了。所以后代造车的工匠勤奋地练习眼力，很多人能达到奚仲的巧妙；后世的失明乐师瞽叟安静倾听，却没有人像乐官伶伦那样感受细微。

臣闻性之所期，贵贱同量；理之所极，卑高一归。是以准月禀水[1]，不能加凉；晞日引火[2]，不必增辉。

【注释】

〔1〕准月禀水：古代取祭祀用水的一种方式。

〔2〕晞日引火：古代用铜镜聚焦日光取火，用来点燃祭祀用的烛火。

【译文】

我听说人的天性所求，不管身份高贵还是低微都一样；道理达到极致，不管等级高还是低都一致。所以用铜镜对着月亮取水，并不比普通的水更凉；对着烈日取火，也不一定比普通的火更亮。

臣闻绝节高唱，非凡耳所悲；肆义芳讯[1]，非庸听所善。是以南荆有寡和之歌[2]，东野有不释之辩[3]。

【注释】

〔1〕肆：陈列。　芳讯：美好的音讯、书信。

〔2〕南荆：楚国。　寡和之歌：化用宋玉《对楚王问》中“曲高和寡”的典故，意为：曲调越高雅，能跟着唱和的人就越少。

〔3〕东野有不释之辩：典故名，典出《吕氏春秋·孝行览·必己》，孔子的马吃了东野人的庄稼，东野人将马扣留，不肯归还，当地一位养马的人说东野人种田范围太广，马无法不吃庄稼，于是东野人将马放回。

【译文】

我听说倾尽全力唱高雅的曲子，并不是普通人的耳朵所能欣赏的；叙说美好意义的言语，并不是普通人所喜欢听的。所以楚国有很少人能附和的乐曲，东野有不能使人释放吃庄稼之马的美言。

臣闻寻烟染芬，薰息犹芳，徽音录响，操终则绝[1]。何则？垂于世者可继，止乎身者难结。是以玄晏之风恒存[2]，动神之化已灭。

【注释】

〔1〕操：操作。　绝：停止，中止。

〔2〕玄晏：指古代圣贤的礼教。

【译文】

我听说用烟熏染香气，烟灭了还能感觉到芳香；验音用来录下音响，乐曲结束声音也就停止了。为什么呢？流传在世上的东西都能找到其踪迹，只存于其身的品质难以继承。所以周孔礼教的风气长久存在，尧帝、舜帝去世后，其大道教化已经消失。

臣闻托暗藏形，不为巧密；倚智隐情，不足自匿。是以重光发藻〔1〕，寻虚捕景；大人贞观，探心昭忒。

【注释】

〔1〕重光：重日之光，古人将日冕等现象称为重日，认为是祥瑞的征兆。　发藻：华美，华丽。

【译文】

我听说借助黑暗来隐蔽形体，不算机巧；依靠智慧隐藏欺诈的实情，不能使自己真正隐藏。所以日光发出炫丽的光芒，任何虚无细小的东西都能照得到；大人垂其圣明，就可以探明内心的明误，使缺点无法隐蔽。

臣闻披云看霄，则天文清；澄风观水，则川流平。是以四族放而唐劭〔1〕，二臣诛而楚宁〔2〕。

【注释】

〔1〕四族：尧帝时四位不称职的部族首领，包括共工、驩兜、三苗、鲧，被称为“四罪”，尧帝建议将四人流放到四个不同的地方，以改变当地的风俗。

〔2〕二臣：楚国费无极、鄢将师两位邪佞的臣子。

【译文】

我听说拨开浮云看天空，那么日月星辰都看得很清晰；等风停了再看水，那么河流里的水是平静的。所以四凶被流放而唐尧的政绩美好，邪恶之臣费无极和鄢将师被杀而楚国安定。

臣闻音以比耳为美[1]，色以悦目为欢。是以众听所倾，非假百里之操[2]；万夫婉娈，非俟西子之颜。故圣人随世以擢佐，明主因时而命官。

【注释】

〔1〕比耳：顺耳。

〔2〕假：借助。　百里：一说为古代著名琴师“伯牙”之误，一说为古代舞曲“北里”之误。

【译文】

我听说音乐因为顺耳才动听，美色因为悦目才使人快乐。所以大家都喜欢听的音乐才是美妙的音乐，不一定是伯牙演奏的；大家都喜欢的美色就是美的，不一定要期待西施那样的美丽容颜。所以圣明的君主应随着时世的变化来任用贤才来辅佐，贤明的君主应根据时世的变化任用官员。

臣闻出乎身者，非假物所隆；牵乎时者，非克己所勖。是以利尽万物，不能叡童昏之心[1]；德表生民，不能救栖遑之辱[2]。

【注释】

〔1〕叡：明智的，佳美的。　童昏：愚顽。

〔2〕栖遑：忙碌不安，奔忙不定。

【译文】

我听说出于自身的愚顽天性，并不是借助外力就能变好；不好的风俗与时世关系密切，并不是一个人克制自己的行为欲望就能纠正。所以尧帝使万物受益，却不能感化丹朱愚顽的心；孔子的德行超越百姓，却不能免于周游列国所受之辱。

臣闻动循定检，天有可察；应无常节，身或难照。是以望景揆日，盈数可期；抚臆论心，有时而谬。

臣闻倾耳求音，眂优听苦；澄心徇物，形逸神劳。是以天殊其数，虽同方不能分其戚；理塞其通，则并质不能共其休。

臣闻遁世之士〔1〕，非受匏瓜之性〔2〕；幽居之女，非无怀春之情。是以名胜欲，故偶影之操矜；穷愈达，故凌霄之节厉。

【注释】

〔1〕遁世：避开俗世，独自隐居。

〔2〕匏瓜之性：指葫芦只为悬挂，不求上进的本性。

【译文】

我听说事物的运动要遵循一定的规律，即使是天象的运行规律也可以观察得到；人类应对事物的变化没有固定的规律，即使是自身也很难对比参照。所以通过观看影子测定时间，盈缩长短的天数可以预知；按摸别人的胸口猜测其心思，有时还会出差错。

我听说倾斜耳朵搜寻声音，眼睛舒服但是耳朵辛苦；静心思考问题，身体舒服但是精神疲惫。所以人体器官的功能是天生就有差异的，虽然同在一方却不能互相分担；自然的规律将相通的地方阻隔起来，虽然在一人的身体里却不能共喜乐。

我听说隐居的人，并不是天生就有匏瓜那样只供悬挂不求仕进的特性；幽静独处的女子，并不是没有怀春的情感。所以名节之心超过欲望，所以与影结伴的节操能够自重；困厄的命运超过显达的机遇，所以迫近凌霄的气节才高远。

臣闻听极于音，不慕钧天之乐〔1〕；身足于荫，无假垂天之云。是以蒲、密之黎〔2〕，遗时雍之世〔3〕；丰、沛之士〔4〕，忘桓拨之君〔5〕。

【注释】

〔1〕钧天之乐：指天上的音乐、仙乐。

〔2〕蒲、密：蒲、密均为古代县名，春秋时，子路治蒲三年，有政绩。东汉时，卓茂为密令数年，教化大行，路不拾遗。后世常用“蒲密”指教化盛行的地方。

〔3〕时雍之世：指尧舜时代的太平盛世。

〔4〕丰、沛：因汉高祖刘邦最初起军之处是丰、沛，所以这里代指刘邦建立的汉朝。

〔5〕桓拨：大治。

【译文】

我听说听觉满足于美妙的音乐，就不羡慕天上的仙乐；遮阴的物体已满足自身的需要，就不想借助垂天的云朵。所以有子路、卓茂施行美政的蒲、密百姓，会忘记尧舜时的太平盛世；汉初刘邦家乡的士人，会忘记殷初时使天下中兴的君王。

臣闻飞辔西顿〔1〕，则离朱与蒙瞍收察〔2〕；悬景东秀〔3〕，则夜光与武夫匿耀〔4〕。是以才换世则俱困，功偶时而并劭〔5〕。

【注释】

〔1〕飞辔：指太阳。

〔2〕离朱：离娄，古代视力很好的人，能看到百里之外的秋毫之末。蒙瞍：双目失明的人。

〔3〕悬景：指日月。

〔4〕夜光：夜明珠，宝玉名。　武夫：像玉的美石。

〔5〕劭：美好，高尚。

【译文】

我听说太阳西下，眼明的人和失明的人都看不到东西；月亮东升，夜光璧与碔砆美石都藏匿光泽。所以遇到改朝换代的末世，那么愚笨之人、聪慧之人的才能都会处于困境；一旦遇到好机遇，那么贤明之人、圣明之人的功业都一样美好。

臣闻示应于近，远有可察；托验于显，微或可包。是以寸管下傃〔1〕，天地不能以气欺；尺表逆立〔2〕，日月不能以形逃。

【注释】

〔1〕傃（sù）：向，朝。

〔2〕尺表：古代用以测日影的一种仪器。

【译文】

我听说在近处显示出效果的，在远处的变化或许可以观察得到；在事物的明显之处进行检验，它隐藏的细微规律或许可以包含其中。所以用九寸律管的一端朝下放置，用来候气，那么即使是天地也不能用节气的变化欺骗世人；用八尺之表倒放在地上，那么日月运行的形体就不能躲开人们的观测。

臣闻弦有常音，故曲终则改；镜无畜影，故触形则照。是以虚己应物，必究千变之容；挟情适事，不观万殊之妙。

臣闻柷敔希声〔1〕。以谐金石之和〔2〕；鼙鼓疏击，以节繁弦之契〔3〕。是以经治必宣其通，图物恒审其会。

【注释】

〔1〕柷敔（zhù yǔ）：乐器名。奏乐开始时击柷，终止时敲敔。　希：同“稀”，少。

〔2〕金石：指钟磬一类的乐器。

〔3〕繁弦：繁杂的弦乐声。　契：通“楔”，楔子。

【译文】

我听说琴弦的松紧有固定的音阶，所以一曲结束就要更改琴弦；镜子不能保存影像，所以遇到形体就照。因此使自己虚空来对待事物，一定能探求出事物多变的形态；带着爱恶的成见对待事物，就不能看到事物多变的玄妙。

我听说乐器柷只有在乐曲结束的时候才击奏，用来协调金石所发出的乐音；鼙鼓很少击奏，用来间隔细碎的琴声。所以治理国家一定要使其通畅，谋划事物经常要审查它的关键之处。

臣闻目无尝音之察，耳无照景之神。故在乎我者，不诛之于己；存乎物者，不求备于人。

臣闻放身而居，体逸则安；肆口而食，属厌则充。是以王鲔登俎[1]，不假吞波之鱼；兰膏停室[2]，不思衔烛之龙。

【注释】

〔1〕王鲔（wěi）：鱼名。

〔2〕兰膏：古代用泽兰子炼制的可以点灯的油脂。

【译文】

我听说眼睛没有辨音的观察力，耳朵没有映照影像的能力。所以在我身上的器官，功能不兼通而不必责备自己；才能在别人身上，也不要苛求别人。

我听说放松身体地坐着，身体舒展就感觉舒适；不加节制地吃东西，吃饱了就觉得满足。所以有大鲟鱼放在俎器里，就不需要更大的鱼；有香草炼出的灯油在房间里，就不想口含火炬的神龙。

臣闻冲波安流，则龙舟不能以漂；震风洞发，则夏屋有时而倾[1]。何则？牵乎动则静凝，系乎静则动贞。是以淫风大行[2]，贞女蒙冶容之悔；淳化殷流，盗跖挟曾、史之情[3]。

【注释】

〔1〕夏屋：大屋。

〔2〕淫风：大风。

〔3〕盗跖：相传为古代的大盗，生性暴虐，横行天下，后用以形容残暴的人。　曾、史：曾参、史鱼，均为仁孝之人。

【译文】

我听说扬起大波浪的平静江河，即使是龙船也不能停止飘摇；大风突然刮起，即使是大厦也会被刮倒。为什么呢？船被水牵引，水动船的静态就会停止；大厦连接静止的地面，地面被大风震动房屋就会倾覆。所以不正的风气盛行的时候，即使贞节女子也会蒙受不良风气的诱导；淳厚的风气盛行的时候，即使凶残的盗跖也会接受曾参、史鱼仁孝的情操。

臣闻达之所服，贵有或遗；穷之所接，贱而必寻。是以江、汉之君，悲其坠屦[1]；少原之妇，哭其亡簪[2]。

【注释】

〔1〕“江汉”二句：据贾谊《新书·谕诚》记载，楚昭王曾被吴军打

败，走出三十步发现丢了一只鞋子，回去取回，认为一起出来的就要一起回去，影响了楚地不随意丢弃物品的习俗。江汉之君，指楚昭王。屦，古代用麻葛制成的一种鞋。

〔2〕“少原”二句：典出《韩诗外传》：孔子出游少原之野，有妇人哭于泽中甚哀。乃使弟子问之，妇人言刚才刈蓍薪而亡簪，所以哀。妇人曰：“非伤亡簪也，吾所以悲者，不忘故也。”后来以“蓍簪”作为人情重在不忘故旧的典故。

【译文】

我听说显达的时候用的东西，即使贵重有时也会被遗弃；贫困时接受的东西，即使不贵重，丢失了也会去寻找。所以楚昭王伤心战败时丢失的一只鞋，想激励三军浮薄的风气；少原郊野砍柴的农妇，痛哭她丢失的簪子，对喜新厌旧的不良风气真是莫大的讽刺。

臣闻触非其类，虽疾弗应；感以其方，虽微则顺。是以商飙漂山，不兴盈尺之云；谷风乘条，必降弥天之润。故暗于治者，唱繁而和寡；审乎物者，力约而功峻。

臣闻烟出于火，非火之和；情生于性，非性之适。故火壮则烟微，性充则情约。是以殷墟有感物之悲〔1〕，周京无伫立之迹〔2〕。

【注释】

〔1〕“殷墟”句：典出《史记·宋微子世家》：箕子朝周，过故殷墟，感宫室毁坏，生禾黍，箕子伤之，乃作《麦秀》之诗。感慨殷纣纵欲亡国而悲伤。

〔2〕“周京”句：《诗经·王风·黍离》序云：西周亡后，周大夫过故宗庙宫室，尽为禾黍。彷徨不忍去，乃作此诗。感慨因周幽王暴政导致亡国。

【译文】

我听说不以同类的事物相感触，用力虽然急促，却不会有反应；如果相感得法，用力小也会有感应。所以秋风吹到山上，不会兴起一尺那么大的云；东风吹拂树枝，一定会降下漫天大雨。所以不圣明的君主，倡导的政策虽然多却很少有人响应；通晓事物性理的人，用力虽少却效果明显。

我听说烟是从火里冒出来的，不是火聚合而成；情欲是从天性中产生的，不是天性的终结之处。所以火旺烟就小，天性充足情欲就少，相反亦然。殷纣王任性纵欲而自取灭亡，所以箕子见到殷墟而有故国灭亡的悲伤，周幽王纵欲亡国，所以周大夫见到旧京都荒凉得长满黍子，以至于没有立足的地方而悲伤。

臣闻适物之技，俯仰异用；应事之器，通塞异任。是以鸟栖云而缴飞，鱼藏渊而网沉。贲鼓密而含响〔1〕，朗笛疏而吐音〔2〕。

【注释】

〔1〕贲（fén）鼓：大鼓。

〔2〕朗笛：清亮的笛声。

【译文】

我听说适应事物变化的技巧，根据抬头或俯身的需要而有不同的用途；适应事物变化需要的器皿，有的畅通有的闭塞，它们的功用各有不同。所以鸟栖息在高处就有箭射向它，鱼藏在深水里就有网沉进水里。大鼓是封闭的但是蕴含响声，声音洪亮的笛子疏通后可以发出声音。

臣闻理之所守，势所常夺；道之所闭，权所必开。是以生重于利，故据图无挥剑之痛；义贵于身，故临川有投迹之哀。

臣闻通于变者，用约而利博；明其要者，器浅而应玄。是以天地之赜[1]，该于六位[2]；万殊之曲，穷于五弦。

【注释】

〔1〕赜（zé）：深奥。

〔2〕该：完备，齐备。　六位：组成《周易》卦象的六爻。

【译文】

我听说道理上应该守护的东西，往往被情势所夺而不能自保；至道应珍藏的东西，一定被威权打开而不能自藏。生重于利是应该守护的，但被情势所夺不能守护此理，所以有人为了拥有天下而不顾被砍头的痛苦；义比生命珍贵，所以有人为守义而投河自尽。

我听说知道事物变通的人，用很小的力量而获得最大的利益；知道事物关键的人，用力少而效应长远。所以天地的奥妙都在六爻中得以完备；千变万化的曲调，都能从五弦中弹奏出来。

臣闻图形于影，未尽纤丽之容；察火于灰，不睹洪赫之烈。是以问道存乎其人，观物必造其质。

臣闻情见于物，虽远犹疏；神藏于形，虽近则密。是以仪天步晷[1]，而修短可量；临渊揆水[2]，而浅深难察。

【注释】

〔1〕仪天：测候天体。　步晷：测量日影以推算时刻。

〔2〕揆：揣测、揣度。

【译文】

我听说对着影子描画人的样子，不能完全描绘出他美丽的容颜；在灰上观察火势，不能看见熊熊大火的状态。所以道存乎人，问道必须问有道的人；观察事物，必须探求它的本质。

我听说人的情感能从物象上显现出来，虽然距离远还是能看得到的；精神藏在身体内，虽然距离近却神秘难测。所以根据天来推算日影，那么星象运行的长短就可以测量了；在深水边上估量水的深度，水的深浅难以观察得到。

臣闻虐暑熏天，不减坚冰之寒；涸阴凝地，无累陵火之热。是以吞纵之强，不能反蹈海之志；漂卤之威〔1〕，不能降西山之节〔2〕。

【注释】

〔1〕“漂卤”句：典出贾谊《过秦论》“伏尸百万，流血漂卤”。卤，橹，大盾。

〔2〕西山之节：典出《史记·伯夷列传》：武王伐纣，伯夷、叔齐叩马而谏，及周有天下，耻食周粟，饿死于首阳山。西山，首阳山。

【译文】

我听说毒暑熏天，不能减少坚冰严寒的本性；北极之地水凝结在地上，不能减少山火的炽热。所以秦始皇有吞并六国的气势，也不能影响鲁仲连宁愿投海而死也不做秦王臣民的决心；周武王讨伐纣王，有杀得纣王之兵血流可以飘起大盾的威势，也不能削弱伯夷、叔齐饿死在首阳山那样的节操。

臣闻理之所开，力所常达；数之所塞，威有必穷。是以烈火流金，不能焚景，沉寒凝海，不能结风。

臣闻足于性者，天损不能入；贞于期者，时累不能淫。是以迅风陵雨，不谬晨禽之察；劲阴杀节，不凋寒木之心。

【译文】

我听说按理能开通的地方，力量常常能够到达；技术没办法打开的地方，用威力也不能打开。所以烈火可以熔化金属，却不能烧毁影子；严寒能凝固海水，却不能使风凝结。

我听说坚贞之性充实的人，即使是上天要减弱他也做不到；忠于约定时间的人，计时的器物有误也不能改变他。所以大风暴雨，也不能使报晓雄鸡出错；严寒肃杀的季节，也不能使松柏凋零。

（本卷译注：郭玉贤）

文选卷第五十六

箴

女史箴　张茂先（张华）

【题解】

此文假借女史作箴，告诫后宫妃嫔应遵行妇德。女史，古代女官名，掌管有关王后礼仪以及书写文件等事。箴，以规劝告诫为主的文体。

茫茫造化，二仪既分。散气流形，既陶既甄。在帝庖羲，肇经天人。爰始夫妇，以及君臣。家道以正，王猷有伦。妇德尚柔，含章贞吉。婉嫕淑慎，正位居室。施衿结褵[1]，虔恭中馈。肃慎尔仪，式瞻清懿。樊姬感庄[2]，不食鲜禽。卫女矫桓[3]，耳忘和音。志厉义高，而二主易心。玄熊攀槛，冯媛趍进[4]。夫岂无畏？知死不恡。班妾有辞[5]，割欢同辇。夫岂不怀？防微虑远。

【注释】

〔1〕褵（lí）：胸前佩巾。施衿结褵是古代女子出嫁时的一种仪式。

〔2〕樊姬：春秋时楚庄王的夫人。《列女传》载，楚庄王即位之初，喜欢狩猎，樊姬三年不吃禽兽之肉，打动楚庄王不再狩猎。

〔3〕卫女：春秋时齐桓公的夫人，卫侯的女儿。《列女传》载，齐桓

公喜欢淫靡的音乐，卫姬为此而不听郑卫之音。

〔4〕冯媛：汉元帝的冯婕妤。《汉书》载，汉元帝观看斗兽，有熊从圈中窜出，冯婕妤跑来挡在熊的前面。

〔5〕班妾：汉成帝的班婕妤。《汉书》载，成帝想和班婕妤同辇而游后庭，班婕妤辞谢说：古代贤圣的君主，都是名臣在身边，而末代君主则是宠溺的女子在身边。

【译文】

宇宙原本是一团混沌，后来天地分开了。于是出现了世间万物，这是大自然创造的结果。到伏羲帝时，开始经营天下。他的谋划从如何处理夫妇关系入手，上及如何处理君臣关系。于是治家有了正确的规则，治国的方略也井井有条。妇女的德行以柔顺为最重要，内含美质，能守正道，才会吉祥。她应该温婉和善，贤良谨慎，摆正自己在家中的位置。当母亲将佩巾系上你的领衿送你出嫁时，是希望你能诚敬地操持夫家的家务。你应该仪表庄重，仰慕那些纯洁美好的模范人物。楚庄王的夫人樊姬为了感动爱好狩猎的楚庄王，于是不吃禽兽的肉；齐桓公的夫人卫侯之女为了矫正喜欢郑卫之音的齐桓公，于是不听和美的音乐。她们意志坚定，道义高尚，终于使两位国君改变了思想观念。汉元帝观看斗兽时，黑熊从兽圈窜出，想翻过栅栏上殿，冯婕妤迅速上前挡在了元帝的前面。她难道不害怕吗？但为了保护皇帝，明知会死也不吝惜自己的生命。班婕妤以末代君主才会有宠幸过度的姬妾为理由，拒绝了汉成帝邀她同车而游。她难道不想得到宠爱吗？但为了扼制皇上沉湎女色的苗头，考虑到国家长远的利益，她必须这么做。

道罔隆而不杀，物无盛而不衰。日中则昃，月满则微。崇犹尘积，替若骇机[1]。人咸知饰其容，而莫知饰其性。性之不饰，或愆礼正。斧之藻之，克念作圣。出其言善，千里应之。苟违斯义，则同衾以疑。夫出言如微，而荣辱由兹。勿谓幽昧，灵监无象。勿谓玄漠，神听无响。无矜尔荣，天道恶盈。无恃尔贵，隆隆者坠。鉴于小星[2]，戒彼攸遂[3]。比心《螽斯》[4]，则繁尔类。欢不可以黩，宠不可以专。专实生慢，爱极则迁。致盈必损，理有固然。美者自美，翩以取尤。冶容求好，君子所仇。结恩而绝，职此之由。

故曰：翼翼矜矜，福所以兴。靖恭自思，荣显所期。女史司箴，敢告庶姬。

【注释】

〔1〕骇机：突然触动弩机，比喻猝发的灾祸。

〔2〕小星：《诗经·召南》的篇名。《诗序》说这首诗的主旨是“惠及下也”，即皇帝的恩泽施及于后宫中的姬妾。

〔3〕攸遂：《周易》的“家人”卦爻辞说：“六二，无攸遂。”即“妇人之道”在于顺从。

〔4〕《螽（zhōng）斯》：《诗经·周南》中的篇名。《诗序》说这首诗是祝贺后妃子孙众多的。

【译文】

自然的规律是有兴隆就有凋敝，世间的事物不会长盛不衰。太阳到中天了就会西斜，月亮圆满了就会残缺。崇高的权位像尘埃堆积而成的山那样不牢靠，丧失它们如同突然触动弩机而使箭射出那样无法挽回。人都知道修饰自己的容貌，却不知道修饰自己的品性。品性不加修饰，就可能会违背礼法正道。能够考虑修饰品性，才能成为圣人。说出来的话如果是和善的，远在千里的人都会响应；如果背离了道义，那么夫妇之间也会产生猜疑。开口说话似乎是细微的小事，然而一个人的荣辱往往由此决定。不要认为神灵幽暗难明，寂静缥缈，其实他们可以看到你最隐秘的行为，听到你最小声的言谈。不要得意你的荣耀，上天的规则是讨厌自满的。不要倚仗你的显贵，地位崇高的人也会坠下。应借鉴天上众多小星追随心宿和柳星排列的样子，夫人和众姬妾有序地侍奉君王，戒除一人专宠的贪欲；应怀有《螽斯》诗作者一样的心意，祝贺后妃们为君王多生育后代。承欢不可以轻浮，宠爱不可以独享。独享会导致对君王的放肆，爱到极致便会衰减而移情别恋。事物发展到圆满阶段后就会逐渐残损，自然的道理本来如此。美的事物自以为很美，不知这美的姿态会招致灾祸。用妖冶的容貌求取好处，是君子所痛恨的。与君王结下的恩爱中途断绝，主要是由于这个原因。

所以说：谨慎小心，福就会因此而兴起；恭敬反思，荣耀和显达就可以期待。女史在宫中有掌管规谏的职责，因而斗胆以上述言论告知众位姬妾。

铭

封燕然山铭并序　班孟坚（班固）

【题解】

本文记述车骑将军窦宪统兵大破北匈奴，在燕然山刻石纪功之事，歌颂汉朝声威。燕然山，在今蒙古境内杭爱山。铭，文体的一种，古代常刻于碑版或器物，或以称功德，或用以自警。

惟永元元年秋七月，有汉元舅曰车骑将军窦宪，寅亮圣皇，登翼王室，纳于大麓[1]，惟清缉熙。乃与执金吾耿秉，述职巡御[2]，治兵于朔方[3]。鹰扬之校，螭虎之士，爰该六师，暨南单于东胡、乌桓、西戎、氐羌侯王君长之群，骁骑十万。元戎轻武，长毂四分[4]，雷辎蔽路，万有三千馀乘。勒以八阵，莅以威神，玄甲耀日，朱旗绛天。遂凌高阙，下鸡鹿，经碛卤[5]，绝大漠，斩温禺以衅鼓，血尸逐以染锷[6]。然后四校横徂[7]，星流彗扫，萧条万里，野无遗寇。

【注释】

〔1〕“纳于”句：《尚书·尧典》载，尧为了考察舜，让他一个人到茂密的森林深处，烈风雷雨也没有让舜迷失方向，这里指汉和帝任命窦宪治理国家大事。

〔2〕御：通圉，边陲之地。

〔3〕朔方：汉代的郡名，在今内蒙古鄂尔多斯一带。

〔4〕元戎、长毂：都是古代的兵车。

〔5〕碛卤：含盐碱多沙石的地方。

〔6〕温禺：匈奴大臣有左右温禺鞮王，由单于子弟担任。　尸逐：匈奴异姓大臣有左右尸逐骨都侯。

〔7〕四校：指各路军队。校是古代军队的编制。

【译文】

汉和帝永元元年（89）秋七月，大汉国舅车骑将军窦宪恭敬地拥戴圣明的皇帝，被提拔任用，保卫王室，治理国家大事，使天下清明和睦。于是和执金吾耿秉，履行职责，巡视边地，从朔方郡出兵。鹰一样昂扬的将校，虎一样勇猛的士兵，窦宪统帅着这样的天子六军，以及南单于、东胡、乌桓、西戎、氐、羌君长的军队，共有骁勇的骑兵十万；又有巨大的战车轻捷威武，四面出击，雷鸣般的辎重车遮蔽了道路，共一万三千余辆。部署为八阵，以神圣的威严进行指挥，黑色的铠甲在日光下闪耀，红旗将天空也映成了红色。于是上高阙山，下鸡鹿塞，经过盐碱地，穿过大沙漠，斩温禺鞮王来祭战鼓，尸逐骨都侯的血染红了兵刃。然后大军横行，疾如流星，扫荡一空，萧条万里，旷野没有敌寇遗留。

于是域灭区殚，反旆而旋，考传验图，穷览其山川。遂踰涿邪，跨安侯，乘燕然，蹑冒顿之区落[1]，焚老上之龙庭[2]。将上以摅高文之宿愤，光祖宗之玄灵；下以安固后嗣，恢拓境宇，振大汉之天声。兹可谓一劳而久逸，暂费而永宁也。乃遂封山刊石，昭铭盛德。其辞曰：

铄王师兮征荒裔，剿凶虐兮截海外，敻其邈兮亘地界，封神丘兮建隆嵑，熙帝载兮振万世。

【注释】

〔1〕冒顿（mò dú）：单于名。

〔2〕老上：冒顿的儿子，号老上单于。　龙庭：匈奴诸单于大会时祭祀天地鬼神的地方。

【译文】

现在匈奴境内的敌人全消灭了，大军举旗凯旋，将军查阅文字记载，并与地图相验证，全面考察匈奴的山川。于是越过涿邪山，跨过安侯河，登上燕然山。踏遍冒顿的部落，焚烧老上的龙庭。将上以宣泄高祖、文帝受困匈奴的旧恨，彰显祖宗的神灵；下以安定稳固后世的基业，开拓疆土，弘扬大汉的声威。这可说是一次辛劳而获得长久安逸，暂时耗费而获得长久安宁了。于是在山上筑坛祭天，采石立碑，用铭来表彰盛大的恩德。铭辞说：

盛大的王师啊，征讨荒远的边地；剿灭凶残暴虐的敌人啊，使海外井然有序；多么遥远啊，到达了大地的边缘；在神异的山上筑坛祭天啊，树立高大的碑石；兴盛皇帝的事业啊，威震万代。

座右铭 崔子玉（崔瑗）

【题解】

崔瑗（77—142），字子玉，东汉涿郡安平（今河北深县）人，举茂才，迁汲令、济北相。《后汉书》有传。本文阐述作者明哲保身的为人处世之道。据吕延济注，作者曾手刃杀兄的仇人而亡命在外，后遇大赦被免罪，于是写下此篇置放于座位右边，用以自诫，故称座右铭。

无道人之短，无说己之长。施人慎勿念，受施慎勿忘。世誉不足慕，唯仁为纪纲。隐心而后动[1]，谤议庸何伤？无使名过实，守愚圣所臧。在涅贵不淄，暧暧内含光。柔弱生之徒[2]，老氏诫刚强。行行鄙夫志，悠悠故难量。慎言节饮食，知足胜不祥。行之苟有恒，久久自芬芳。

【注释】

〔1〕隐心：审度于心。

〔2〕徒：类。

【译文】

不要议论他人的短处，不要夸耀自己的长处。施恩别人千万不要总记在心上，接受别人的施恩千万不可忘记。世俗的荣誉不值得羡慕，只有“仁”才是为人处世的准则。在心中思量过然后行动，诽谤和非议能伤害到你什么呢？不要使名声大过实际，保持愚昧的样子是圣人所赞赏的。在黑泥之中而不被染黑，昏庸的外表之内蕴含着智慧之光。柔弱是与生命同类的事物，老子告诫人们不要刚强。刚愎的样子体现的是小人的志气，长久这样则祸患难以估量。

说话谨慎，节制饮食，知道满足现状，就能战胜灾难。践行以上原则如果能有恒心，久而久之自然会赢得美好的声望。

剑阁铭 张孟阳（张载）

【题解】

本文写剑阁的地势险要，但认为险不可恃，告诫野心家不要妄图割据蜀中。剑阁，位于四川盆地北部边缘，守剑门关险，是连接四川与陕西、甘肃的通道，战略地位十分重要。

岩岩梁山，积石峨峨。远属荆、衡，近缀岷、嶓。南通邛、僰[1]，北达褒、斜。狭过彭、碣，高逾嵩、华。惟蜀之门，作固作镇。是曰剑阁，壁立千仞。穷地之险，极路之峻。世浊则逆[2]，道清斯顺[3]。闭由往汉，开自有晋。秦得百二[4]，并吞诸侯。齐得十二，田生献筹[5]。矧兹狭隘，土之外区。一人荷戟，万夫趑趄[6]。形胜之地，匪亲勿居。昔在武侯，中流而喜，山河之固，见屈吴起。兴实在德，险亦难恃，洞庭孟门，二国不祀[7]。自古迄今，天命匪易。凭阻作昏，鲜不败绩。公孙既灭[8]，刘氏衔璧[9]。覆车之轨，无或重迹。勒铭山阿，敢告梁、益。

【注释】

〔1〕邛（qióng）：四川西部地区。　僰（bó）：西南地区一个少数民族的古称。

〔2〕逆：叛逆，这里指道路阻塞。

〔3〕顺：归顺，这里指道路畅通。

〔4〕百二：以二敌百，一说是百的二倍，比喻山河险固之地。

〔5〕“齐得”二句：《史记》载，汉高祖捉拿了韩信，得到了齐国之地。田肯祝贺并献策说：齐国东有琅邪、即墨，南有泰山，西有黄河，北有勃海，地方二千里，军队百万，可以以二敌十，险要近似于秦国。非皇家子弟，不可使他做齐地之王。

〔6〕趑趄：前行困难。

〔7〕“山河”六句：《史记》载，战国时魏武侯在西河中流观看魏国的山河，非常高兴，赞叹道：多美啊，这山河的险固，是魏国之宝啊！吴起却对他说：国家的安危在于君主的德行如何而不在于山河是否险固。过去三苗氏有洞庭之险，殷纣王有孟门之险，然而由于失德，分别被大禹和周武王灭了。

〔8〕“公孙”句：《后汉书》载，公孙述在蜀地自立为天子，汉光武帝派吴汉讨伐消灭了他。

〔9〕“刘氏”句：《三国志》载，刘禅面对魏国邓艾率领的军队的进攻，让人抬着棺材，捆绑了自己，到魏军营垒请求投降。衔璧，春秋时许僖公衔璧向楚王请降，后称国君投降为“衔璧”。

【译文】

高大的梁州之山，堆积着层层巨石，巍峨陡峭。远连着荆山和衡山，近连着岷山和嶓冢山。向南通到邛僰一带，往北抵达褒斜要道。那狭窄超过彭门山和碣石山，高耸超过嵩山和华山的，是蜀地的门户，坚固的镇守之所。它名为剑阁，像墙壁一样直立千丈。没有比这更险要的地方，没有比这更高峻的道路。世道浑浊，这里就阻塞；世道清明，这里就畅通。过去在汉朝时，这里就封闭了；而到了晋朝，这里就开通了。秦朝占据险要的关中之地，吞并了诸侯。齐国是险要之地，田肯献策给汉高祖，建议由皇家子弟治理。何况这狭隘的关塞，在国土的边缘地区。一个人带上兵器守护，万人都难以前进。这种形势险要的地方，如果不是皇家子弟，不可使他据守。以前魏武侯在西河中流，看到魏国山河的险固而高兴，却被吴起的以下议论所折服：国家的兴盛在于君主能施行德政，地势的险要是难以依赖的；虽然分别有洞庭湖和孟门山的险阻，三苗和殷纣的国家还是覆灭了。从古到今，上天的规则并没有改变。凭藉险阻，措施昏乱，很少有不败亡的。公孙述已经被灭了，刘禅也做了降臣。翻倒的车子所行的轨道，不要有车子再走其旧辙印了。把铭辞刻在山坳处，斗胆告诫梁州和益州两地的人。

石阙铭 陆佐公（陆倕）

【题解】

陆倕（470—526），字佐公，吴郡吴（今江苏吴县）人。历任中庶子，加给事中，扬州大中正，国子博士。《梁书》有传。本文记述梁武帝推翻齐朝建立梁朝之事，颂扬梁武帝的文治武功。石阙，石筑的阙。多立于宫庙陵墓之前，作铭记官爵、功绩或装饰用。

昔在舜格文祖，禹至神宗[1]；周变商俗，汤黜夏政。虽革命殊乎因袭，揖让异于干戈，而晷纬冥合，天人启惎，克明俊德，大庇生民，其揆一也。

【注释】

〔1〕文祖：尧的先祖，这里指尧的祖庙，是舜接受尧禅让的场所。神宗：尧庙，是禹接受舜禅让的场所。

【译文】

从前舜接受尧的禅位，禹接受舜的禅位，周朝改变商朝的旧俗，商汤废除夏朝的弊政，虽然有革命和因袭的不同，禅让和战争的差异，但都与天象暗合，秉承了上天的启示和教导，能够发扬美德，广泛地庇护民众，他们在这方面的准则是一致的。

在齐之季，昏虐君临，威侮五行，怠弃三正[1]，刑酷然炭，暴踰膏柱[2]，民怨神怒，众叛亲离，蹐地无归[3]，瞻乌靡托。于是我皇帝拯之，乃操斗极，把钩陈[4]，翼百神，禔万福。龙飞黑水，虎步西河[5]，雷动风驱，天行地止。命旅致屯云之应，登坛有降火之祥，龟筮协从，人祇响附。穿胸露顶之豪，箕坐椎髻之长[6]，莫不援旗请奋，执锐争先。夏首凭固，庸、岷负阻，协彼离心，抗兹同德。帝赫斯怒，秣马训兵，严鼓未通，凶渠泥首。弘舸连轴，巨槛接舻，铁马千群，朱旗万里。折简而禽庐、九，传檄以下湘、罗。兵不血刃，士无遗镞，而樊、邓威怀，巴、黔厎定。

【注释】

〔1〕三正：夏以寅月（农历一月）为正月，殷以丑月（农历十二月）为正月，周以子月（农历十一月）为正月，合称三正。这里代指各种法律制度。

〔2〕然炭、膏柱：商纣的炮烙酷刑。《六韬》载，商纣嫌刑罚太轻，于是制作铜柱，涂上膏油，架在燃烧的炭上，让有罪的人在柱子上行走，直到滑落火中。

〔3〕蹐地：小步行走于地上。

〔4〕斗极：北斗和北极，比喻法则。　钩陈：星名，比喻兵权。

〔5〕黑水、西河：古代雍州，梁武帝起兵伐齐时任雍州刺史。

〔6〕穿胸：《博物志》载，距离会稽一万五千里有穿胸人。　箕坐椎髻：簸箕一样伸脚而坐，锥形的发髻，是古代南越一带的风俗。

【译文】

在齐朝末年，昏庸暴虐的君主统治天下，陵虐侮慢金木水火土这五行运转的规律，轻视废弃各种法律制度，用刑的残暴程度超过了商纣的炮烙，致使民怨神怒，众叛亲离，人们寸步难行，连乌鸦都没有安稳栖息的地方。于是我皇帝来拯救他们，建立法度，掌握军队，敬众神，祈万福。自襄阳发兵，龙腾虎跃，雷动风驱，与天地神灵一同行动。誓师时有黑云屯聚的祥瑞，登坛祭天时有天火下降的祥瑞，占卜显示行动符合天意，人和神都响应。远方的那些风俗奇异的部落酋长，无不举着旗帜，拿着锐利武器，奋勇争先。夏首和庸岷一带的齐军凭借险阻，纠集离心离德的人来抵抗我梁朝同心同德的军队。我皇帝赫然大怒，喂养好战马，训练好士兵，急促的鼓声没敲完一通，敌方的首领就把泥涂在头上，表示降服了。我军的巨船首尾相接，战马千群，红旗万里飘扬。写一封书信就获取了庐江和九江地区，传一道檄文就攻下了湘江和汨罗地区。兵刃上没沾血，士兵们没放箭，樊城、邓城就因畏惧我军而投降，巴郡、黔郡也平定了。

于是流汤之党，握炭之徒〔1〕，守似藩篱，战同枯朽。革车近次，师营商牧〔2〕。华夷士女，冠盖相望，扶老携幼，一旦云集，壶浆塞野，箪食盈涂，似夏民之附成汤，殷士之窥周武。安老怀少，伐罪吊民。农不迁业，市无易贾，八方入计〔3〕，四隩奉图。羽檄交驰，军书狎至。一日二日，非止万机。而尊严之度，不亹于师旅；渊默之容，无改于行阵。计如投水，思若转规；策定帷幄，谋成几案。曾未浃辰，独夫授首。乃焚其绮席，弃彼宝衣，归琁台之珠〔4〕，反诸侯之玉。指麾而四海隆平，下车而天下大定。拯兹涂炭，救此横流，功均天地，明并日月。

【注释】

〔1〕流汤：以开水浇人。　握炭：以炭火烫人。

〔2〕商牧：商朝都城的郊外分别称作郊、牧、野，周武王讨伐商纣时有牧野大战，这里指齐朝都城的郊外。

〔3〕入计：送入账簿，这里指进贡赋税。

〔4〕琁台：商纣藏珍宝的地方，这里以商纣代指齐帝。

【译文】

于是那残忍暴虐的齐朝党羽，守卫的城池如篱笆般薄弱，战斗起来如枯树朽木不堪一击。我战车在齐都附近停下，军队在齐都郊外安营。各族男女，奔走络绎，扶老携幼，很快就如云朵一样汇聚过来，盛水的壶堵塞了郊野，盛饭的竹器遍布道路，就像夏朝的民众归附商汤，殷朝的人士看到周武王。我皇帝安抚老幼，讨伐罪犯，慰问百姓，农民一如既往地耕种，市场未停止交易，四面八方献上赋税和地图。插上羽毛的紧急檄文往来不断，军事文书轮番送来。一天又一天，不止万件要务需要处理。而我皇帝尊严的气度在军中也不丧失，沉稳的仪容在阵前也不改变。妙计如以石投水那样无阻，思虑若转动圆规那样完满；策略在军中帐幕制定，谋划在几案之上形成。不到十二天，齐帝这个独夫就被斩首。于是焚毁齐帝华美的席子，丢弃他的宝衣，把他收藏的珠玉返还给诸侯。挥动军旗就使四海太平，走下战车就使天下安定。拯救民众于水深火热之中，功绩与天地相等，圣明与日月同辉。

于是仰叶三灵，俯从亿兆，受昭华之玉，纳龙叙之图[1]。类帝禋宗，光有神器。升中以祀群望，摄袂而朝诸夏。布教都畿，班政方外。谋协上策，刑从中典。南服缓耳，西羁反舌。剑骑穹庐之国，同川共穴之人。莫不屈膝交臂，厥角稽颡[2]。凿空万里，攘地千都；幕南罢障，河西无警。

【注释】

〔1〕昭华之玉：指继承皇位。《尚书大传》载，尧赠舜昭华之玉。龙叙之图：指继承皇位。《春秋元命苞》载，尧游于河中洲渚，有赤龙负

图而出。

〔2〕厥角、稽颡：都是以头触地的叩头大礼。

【译文】

于是上合日月星辰的精灵，下从亿兆民众的意愿，接受昭华美玉，收纳龙献的图谶。祭祀天帝和祖先，拥有了光辉的皇位。登上高坛来祭祀山川星辰，整理服装而接受华夏诸侯朝拜。在国都一带发布教令，向边远地区颁示政策。谋划与上策相合，刑罚轻重适宜。往南臣服了儋耳地区，往西控制了反舌国民。挥剑骑马住毡帐的国家，同川而浴、同穴而居的民众，无不屈膝拱手，行礼叩头。我皇帝开通了万里疆土，夺取了千座城池；使得四境安宁，大漠以南拆除了要塞，河西一带不再有警报。

于是治定功成，迩安远肃，忘兹鹿骇，息此狼顾。乃正六乐，治五礼[1]，改章程，创法律。置博士之职，而著录之生若云；开集雅之馆[2]，而款关之学如市。兴建庠序，启设郊丘。一介之才必记，无文之典咸秩。

【注释】

〔1〕六乐：云门、大咸、大韶、大夏、大护、大武，是黄帝至周武王时的乐舞。　五礼：吉礼、凶礼、军礼、宾礼、嘉礼，分别是祭祀、丧葬、军旅、接待宾客和冠婚时的礼制。

〔2〕集雅之馆：收集经典图书的馆阁。

【译文】

于是政治稳定，大功告成，近处平安，远方肃静，百姓渐忘了像受惊的鹿一样的惶恐的日子，结束了像反顾多疑的狼一样的不安的生活。于是订正六种古乐，修治五种礼仪，改变章程，创立法律。设置博士教职，则登记在册的学生多如云集；开办聚集经典的馆阁，则叩门求学的喧闹如市场。兴办学校，建立郊外祭祀天地的高坛。微小的才能必记录在册，无文字记载的典礼都依次举行。

于是天下学士，靡然向风，人识廉隅，家知礼让，教臻侍子，化洽期门。区宇乂安，方面静息。役休务简，岁阜民和。历代规謩，前王典故，莫不芟夷翦截，允执厥中。以为象阙之制[1]，其来已远。《春秋》设旧章之教，《经礼》垂布宪之文，《戴记》显游观之言，《周史》书树阙之梦。北荒明月，西极流精；海岳黄金，河庭紫贝；苍龙、玄武之制，铜雀铁凤之工；或以听穷省冤，或以布化悬法，或以表正王居，或以光崇帝里。晋氏浸弱，宋历威夷[2]，《礼经》旧典，寂寥无记，鸿规盛烈，湮没罕称。乃假天阙于牛头，托远图于博望，有欺耳目，无补宪章。乃命审曲之官，选明中之士[3]，陈圭置臬，瞻星揆地，兴复表门，草创华阙。

【注释】

〔1〕象阙之制：古代天子、诸侯在宫门外一对高建筑上悬示教令的制度。

〔2〕威夷：衰败。

〔3〕审曲：审度材料曲折，这里指懂得营造。　明中：明了每月在天中的星宿，这里指精通天文。

【译文】

于是天下学者，顺应风气，人人认识到刚直为美德，家家懂得礼让，教化遍及入朝侍卫的属国王子和皇帝的扈从官。全国安定，四方宁静。劳役停止，事务简化，年丰民和。历朝法规，前王旧制，无不删改订正，真诚地做到公平中正。我皇帝认为象阙的制度，由来已久。《春秋左传》上有季桓子在火灾时命人收藏象阙所悬旧章程的教导，《周礼》上留下了在象阙颁布法令的文字，《礼记》上载明了孔子游览象阙的感叹，《周书》上记录了周武王为太子时根据其母亲的梦在象阙栽树的事情。北方荒远处的上悬明月珠的金阙，极西的地方的流精宫阙，海上仙山上的黄金阙，河伯庭园中的紫贝阙；还有未央宫中苍龙阙和玄武阙的形制，雕刻着铜雀和铁凤的长安圆阙的工巧；它们有的用来听取穷困者的诉说而查明冤屈，有的用来发布教化法令，有的用来表现皇宫的正大，有的用来炫耀帝都的雄伟。晋朝和宋朝国势衰微，礼法旧制受到冷落，无人记述，宏大的规章和盛大的功业罕被称说。晋朝假借牛头山的两峰对峙为天然的双阙，宋朝在隔江相对的天门山上各建一阙，以寄托其复兴象阙古制的远大企图，其实只是欺骗人们的耳目，不能完善典章制度。我皇帝于是命令能审度材料曲折的官员，选择精通天文的人士，摆放好测日影和测水平的仪器，观星象，测地形，恢复作为威权标志的宫门，创建了华美的魏阙。

于是岁次天纪〔1〕，月旅太簇〔2〕，皇帝御天下之七载也。构兹盛则，兴此崇丽。方且趋以表敬，观而知法，物睹双碣之容，人识百重之典。作范垂训，赫矣壮乎。爰命下臣，式铭盘石。其辞曰：

【注释】

〔1〕岁：岁星。　天纪：即星纪，岁星运行的位置之一。古代以岁星运行的位置纪年，岁星位在星纪是丑年。

〔2〕太簇：古代乐律之一。古代以十二乐律与月份相配，太簇是正月。

【译文】

这时岁星位在天纪，月份正当太簇，是我皇帝统治天下的第七年。构造这体现美好法则的建筑，兴建这壮丽的象阙。人们到这里将快步前行以表示恭敬，观看它而了解法令，目睹双阙的外形，认识百代的典章。颁示规范，下发训令，多么盛大壮观啊。因而命令小臣我在巨石上刻写铭文。铭辞说：

惟帝建国，正位辨方。周营洛涘，汉启岐、梁。居因业盛，文以化光。爰有象阙，是惟旧章。青盖南洎，黄旗东指〔1〕。悬法无闻，藏书弗纪〔2〕。大人造物，龙德休否。建此百常〔3〕，兴兹双起。伟哉偃蹇，壮矣巍巍。旁映重叠，上连翠微。布教方显，浃日初辉〔4〕。悬书有附，委箧知归。郁崫重轩，穹隆反宇。形耸飞栋，势超浮柱。色法上圆，制模下矩〔5〕。周望原隰，俯临烟雨。前宾四会，却背九房〔6〕。北通二辙〔7〕，南凑五方。暑来寒往，地久天长。神哉华观，永配无疆。

【注释】

〔1〕青盖、黄旗：青色的车盖、黄色的旗帜，都是指皇帝的车驾。

〔2〕藏书：收藏悬挂在象阙上的法令文书。《周礼》载，正月要在象阙悬挂法令文书，使民众观看，十天后收藏起来。

〔3〕百常：是说象阙极高。常，十六尺。

〔4〕浃日：十天，这里指法令文书在象阙悬挂十天的制度。

〔5〕矩：方形，下矩指大地，古人认为地是方形。

〔6〕九房：指天子的明堂。

〔7〕二辙：两车道的路，《周礼》上说应门（皇宫正门）的路是二辙。

【译文】

我皇帝建立国都，端正位置，辨明方向，就像周成王在洛水岸边建都，汉高祖在岐梁一带建都。国都因帝王功业的伟大而昌盛，礼制因教化的施行而光大。于是有了象阙，这是按照过去的典章制度建造的。自从青色的车盖南迁，黄色的旗帜东去，国都迁到了东南地区。在象阙悬挂法令的制度便没听说，法令文书在象阙悬挂十日以后就收藏起来的事情也未见记载。我皇帝创造万物，以君主的恩德制止邪恶。建立这百丈多高的建筑，兴造这并立而起的双阙。多么高大雄伟啊，多么巍峨壮观。周围掩映着重重的宫殿，阙顶耸入青翠缥缈的云雾。在象阙发布教令文书，悬挂十天然后收藏的古制正重现于世，初露光芒。法令文书有悬挂的地方了，悬挂十天以后也有人把他收藏进书箱。雄伟的楼阁，高大的翘起的屋檐。外形高耸如飞鸟展翅似的屋梁，气势超过了汉宫中高梁上的柱子。颜色仿照苍天，形制模拟大地。环视原野，俯瞰烟雨。前面布列着四通八达的道路，后面背靠天子宣明政教的明堂。北通皇宫正门，南接五方人物。暑来寒往，地久天长。神奇啊，华美的象阙，与国运相配，永存无疆。

新刻漏铭并序　陆佐公（陆倕）

【题解】

本文记述新制刻漏的渊源、形制及功用等，歌颂梁武帝革故创新的功德。刻漏，古计时器，以铜为壶，底穿孔，壶中立一有刻度的箭形浮标，壶中水滴漏渐少，箭上度数即渐次显露，视之可知时刻。

夫自天观象，昏旦之刻未分；治历明时，盈缩之度无准。挈壶命氏，远哉义用，揆景测辰，徽宫戒井[1]，守以水火，分兹日夜。而司历亡官，畴人废业，孟陬殄灭[2]，摄提无纪[3]。卫宏载传呼之节，较而未详；霍融叙分至之差，详而不密。陆机之赋，虚握灵珠；孙绰之铭，空擅昆玉。弘度遗篇，承天垂旨。布在方册，无彰器用。譬彼春华，同夫海枣[4]。宁可以轨物字民，作范垂训者乎？且今之官漏，出自会稽。积水违方，导流乖则，六日无辨[5]，五夜不分。岁躔阉茂，月次姑洗[6]，皇帝有天下之五载也。乐迁夏谚，礼变商俗。业类补天，功均柱地。河海夷晏，风云律吕。坐朝晏罢，每旦晨兴。属传漏之音，听鸡人之响[7]。以为星火谬中，金水违用，时乖启闭[8]，箭异锱铢[9]。爰命日官，草创新器。

【注释】

〔1〕徼（jiào）宫：巡逻宫中。　戒井：挈壶氏负责为军队打井，井打好了，就把壶悬挂在井上，让军中都知道这下面有井。

〔2〕孟陬殄灭：正月测算失误。孟陬，指正月。

〔3〕“摄提”句：寅年测算不准。摄提，指寅年。

〔4〕海枣：《晏子春秋》所载齐景公与晏子谈话中，曾提到东海中有赤色的水，水中有枣，华而不实。

〔5〕六日：古代干支纪日，两年冬至和夏至的具体日期相差六天，比如今年冬至是子日，明年冬至就是午日；今年夏至是卯日，明年夏至就是酉日。

〔6〕岁躔（chán）阉茂：古代以岁星运行的位置来纪年，岁星运行到阉茂的位置是戌年。　月次姑洗：古代以十二乐律配十二月，月在姑洗是农历三月。

〔7〕鸡人：古代宫中掌管报晓的官。

〔8〕启闭：指四季，立春、立夏为启，立秋、立冬为闭。

〔9〕箭：指漏箭，上刻时辰度数，放置在漏壶中，随水浮沉以计时。

【译文】

仅凭观察天象，对于天黑和天明的时刻是不能准确掌握的；据此来研治历法，辨明四季，对于岁时节气的长短也不能精确计算。《周礼》上有一个官职名叫挈壶氏，其意义和作用非常深远。他测日影以定时辰，巡行宫城，警示军井的位置，准备好水和火来守着漏壶，分别这白天黑夜的时刻。然而后来掌管历法的官不能尽责，他们废弃了祖传的事业，于是月份的测算出现了差错，年份的测算也不准确。东汉的卫宏《汉旧仪》中记载了夜漏开始时传呼卫士值宿的仪式，简略而不够详细；西汉的霍融叙述了漏刻显示的时日与春分夏至有差异，详细而不严密。西晋陆机的《漏刻赋》徒有灵蛇宝珠般的文采，东晋孙绰的《漏刻铭》空有昆山宝玉般的华丽。西晋李充留下了关于漏刻的文章，宋朝何承天传下了关于漏刻的法式。这些都记在书籍中，却没有发挥漏壶的效用，就好像那华而不实的春天花朵和海中枣树，岂能用来规范万物，抚育民众，作为范式，留传后世以为准则呢？现在官府所用的刻漏，出自会稽人魏丕之手，壶中积水多少和下滴速度都违背法则，冬至夏至和一夜五更都分辨不清。戊年三月，我皇帝统治天下已五年了。音乐换成了夏朝歌谚般的和乐，礼制改变了商朝末世般的恶俗。大业类似于女娲炼石补天，功绩等同于女娲断鳌足为天地立柱。河海平静，风云谐和。我皇帝在朝堂处理政事很晚才结束，每天清晨很早就起床。他关注漏壶滴水的声音，听着鸡人报晓的呼喊。他认为大火星在空中的位置当正而不正，金壶漏水失去了准确计时的作用，春夏秋冬与实际不符，漏箭指示的时刻也有误差。于是命令掌管天文历法的官，创制新的刻漏。

于是俯察旁罗〔1〕，登台升库〔2〕。则于地四，参以天一〔3〕。建武遗蠹，咸和余舛，金筒方员之制〔4〕，飞流吐纳之规，变律改经〔5〕，一皆惩革。天监六年，太岁丁亥，十月丁亥朔，十六日壬寅，漏成进御。以考辰正晷〔6〕，测表候阴〔7〕，不谬圭撮，无乖黍累〔8〕。又可以校运算之睽合，辨分天之邪正〔9〕，察四气之盈虚，课六历之疏密。永世贻则，传之无穷。赫矣焕乎，无得而称也。

【注释】

〔1〕旁罗：古代观测天体的器具，这里指仰观天象。

〔2〕升库：与登台意思相同。库，指大庭之库，高二丈，在曲阜城内。

〔3〕地四：指金。　天一：指水。

〔4〕金筒方员：漏刻由金属制成，包括方形的壶和圆形的筒等。筒，承受漏滴的器具。

〔5〕律、经：都是指漏刻制作的方法规则。

〔6〕晷：日晷，一种按照日影测定时间的仪器。

〔7〕“测表”句：用土圭测量日影以计时的方法。表是直立在地上的标杆，可以根据竿影移动来测定时间；阴指日影，候阴就是观察日影。

〔8〕圭撮、黍累：都是古代计量单位，表示极少。

〔9〕分天：分天部，指测算二十八宿的距度。《汉书·律历志》载，汉武帝时制定《太初历》，方士唐都负责分天部。

【译文】

于是俯察地形，仰观天象，登上了高台。以金为壶，在其中注入水。对于东汉建武年间和东晋咸和年间遗留下来的有谬误的漏刻，金属制成的方壶圆筒的形制，水流自壶滴入筒中的规则，都进行了改造，全面革除了弊端。天监六年，是丁亥年，十月丁亥日是初一，十六日即壬寅日，漏刻制成，进献而投入使用。用它来与日月星辰的运行，日晷、土圭测得的结果互相考正，没有丝毫误差。又可以用来校正运算历法的方法是否符合实际，辨别西汉唐都测算的天上二十八宿的距度是否正确，审察一年四季的变化情况，考核黄帝、颛顼、夏、商、周及鲁国历法的精密程度。作为万世的准则，永远流传下去。盛美啊！灿烂啊！没有语言可以形容。

昔嘉量微物，盘盂小器，犹其昭德记功，载在铭典。况入神之制，与造化合符；成物之能，与坤元等契；勋倍楹席，事百巾机。宁可使多谢曾水，有陋昆吾[1]，金字不传，银书未勒者哉？乃诏小臣为其铭曰：

【注释】

〔1〕曾水、昆吾：蔡邕《铭论》说，从前召公作诰，说先王赐给出于武当山曾水的鼎；吕尚作周太师，他的功绩被写在昆吾之野的碑铭上。

【译文】

从前周代栗氏制作的微小的量器，黄帝时的微小的圆盘方盂，还有铭辞为它赞扬好处和功用，记载在纪功的典籍上。何况这出神入化的制作，与大自然同样奇妙；它成就万物的功能，与大地等同；勋劳比周武王作过铭的廊柱和坐席加倍，事业远超黄帝刻铭的巾箱几案。岂可使它面对曾水宝鼎深感惭愧，面对昆吾之野的纪功碑铭觉得粗陋，歌功的金字不得流传，颂德的银书未能镌刻啊？于是诏命我创作铭文，铭文是：

一暑一寒，有明有晦。神道无迹，天工罕代。乃置挈壶，是惟熙载。气均衡石，晷正权概〔1〕。世道交丧，礼术销亡。遽迁水火，争倒衣裳。击刀舛次，聚木乖方。爰究爰度，时惟我皇。方壶外次，圆流内袭〔2〕。洪杀殊等，高卑异级。灵虬承注，阴虫吐噏。倏往忽来，鬼出神入。微若抽茧，逝如激电。耳不辍音，眼无留眄。铜史司刻，金徒抱箭。履薄非兢，临深罔战。授受靡僭，登降弗爽。惟精惟一，可法可象。月不遁来，日无藏往。分以符契，至犹影响〔3〕。合昏暮卷，蓂荚晨生。尚辨天意，犹测地情〔4〕。况我神造，通幽洞灵。配皇等极，为世作程。

【注释】

〔1〕衡：秤。　石：古代重量单位。　权：秤砣。　概：量米时用来刮平斗斛的木板。

〔2〕圆流：漏壶装置中承接漏滴的圆筒。　袭：承接。

〔3〕分：春分、秋分。 符契：古代朝廷调动军队或发布命令的符节。 至：夏至、冬至。 影响：像影子随形、回响随声那样一致。

〔4〕天意：这里指天时，即时序变化的规律。 地情：大地的情性，指大地生长万物的规律。合昏叶的开卷对应一天的朝暮，蓂荚叶的生落对应一月的始终，似乎能认识天地运行的规律，所以说它们能“辨天意”，“测地情”。

【译文】

四季暑寒的交替，明暗阴晴的变化。自然的功能神奇无迹，上天的精巧罕有人力可以代替。于是设置挈壶之官，就是要弘扬那大自然的事业。于是节气推算无误，日影观测精确。然而时代与道德一同沦落，礼教与技术都消亡了。以水火守漏壶报时的制度不断改变，朝官们因报时的错乱而纷纷穿颠倒了衣裳。击打刁斗的时间不对，敲打木梆也不合常规。于是研究啊，思考啊，这就是我们的皇帝。新制漏刻的方壶在外有序地排列，圆筒在内承接漏滴。与旧漏壶相比，形制的大小和水平的高下都不是同一等级。如虬龙那样承接漏滴，如蛤蟆那样吐纳水流。水流往来迅速，若鬼神出入般微妙。微细如抽丝，流逝如闪电。耳旁漏声不断，眼睛却来不及注视。这就像东汉张衡制作的浑天仪，那个浑天仪是用金铜铸成的仙官和胥吏左手抱箭右手指刻来分别时间早晚的。挈壶之官不再如履薄冰、如临深渊那样战战兢兢了，他们传报时间不再有失误，负责典礼上登台下坛仪式时也不再有过错。这是用心精深专一的产品，可为法则，可以遵循。月出日落的时刻有了它就不会推断不清楚，春分秋分夏至冬至的时间通过它可以测算得准确无误。合昏树到黄昏时叶子就卷了，蓂荚草在每月前十五天的早上都会长出一片叶子。它们尚且能辨明天时，揣测大地的情性。何况这漏刻是我皇神奇的创造，通达幽微，洞察灵妙。真可上配皇天，齐同北极，为世人提供可遵循的法度。

诔上

王仲宣诔并序　曹子建（曹植）

【题解】

本文记述王粲的生平才德及其与自己的交往和友谊，抒发对逝者的哀悼之情。

建安二十二年正月二十四日戊申，魏故侍中关内侯王君卒。呜呼哀哉。皇穹神察，喆人是恃。如何灵祇，歼我吉士？谁谓不庸？早世即冥。谁谓不伤？华繁中零。存亡分流，夭遂同期。朝闻夕没，先民所思。何用诔德？表之素旗。何以赠终？哀以送之。遂作诔曰：

猗欤侍中，远祖弥芳。公高建业，佐武伐商。爵同齐鲁，邦祀绝亡。流裔毕万，勋绩惟光。晋献赐封，于魏之疆。天开之祚，末胄称王。厥姓斯氏，条分叶散。世滋芳烈，扬声秦、汉。会遭阳九，炎光中朦[1]。世祖拨乱，爰建时雍。三台树位，履道是钟。宠爵之加，匪惠惟恭。自君二祖，为光为龙[2]。佥曰休哉，宜翼汉邦。或统太尉，或掌司空。百揆惟叙，五典克从。天静人和，皇教遐通。伊君显考，奕叶佐时。入管机密，朝政以治；出临朔、岱，庶绩咸熙。

【注释】

〔1〕“会遭”二句：这两句指王莽篡汉。阳九，道家称天厄为阳九，

地亏为百六。

〔2〕龙：同“宠”，意思是荣耀。

【译文】

建安二十二年正月二十四日戊申，魏故侍中关内侯王君去世。呜呼哀哉！上天神奇精明，依赖的是智慧卓越的人。为什么天地神灵，毁灭我贤良人士？谁说不痛苦？你过早离世进入坟墓。谁说不悲伤？你如花开正盛却遭逢凋零。生死殊途，夭寿有别，最终是同归山丘。早上懂得了真理，晚上就死也愿意，这是先圣孔子的思想。用什么来详述你的德行？就把它写在灵柩前的白旗上吧。用什么作为最后一次赠你的礼物？只能把这哀伤来送给你。于是作诔文说：

盛美啊，王侍中，你远祖的声誉是多么芬芳。公高建立功业，辅佐周武王讨伐商纣。他被封在毕地，爵位与齐鲁二国相同，而后来毕国灭亡了。他后代子孙有一位毕万，功勋业绩非常辉煌。晋献公赏赐他封地，封地在魏国疆域。这是上天开启的福禄，毕万的后代于是称王。他们就以王为姓氏，如枝叶分散，遍布四方。世世声誉卓著，美名显扬于秦汉。其后遭遇厄运，大汉的光芒中途暗淡。光武帝平定动乱，重建太平盛世。设立三公职位，承担履行大道的责任。这荣宠爵位的获得，不是出于皇帝的私惠，而是由于他们的恭谨为官。从你的曾祖和祖父开始，就是朝廷的光彩和荣耀。大家都说：美好啊！他们最适宜辅佐汉朝。你的曾祖为统兵的太尉，你的祖父为执掌纠察的司空。百官秩序井然，五种伦理道德都为人们遵行。天下安宁，人心平和，皇帝的教化一直通行到边远地区。直到你的亡父，都累世为高官，辅佐当世君主。他在朝掌管机密的事务，朝政因而稳定；出任朔方和泰山地区官员，各种事业都得以振兴。

君以淑懿，继此洪基。既有令德，材技广宣。强记洽闻，幽赞微言。文若春华，思若涌泉。发言可咏，下笔成篇。何道不洽？何艺不闲？綦局逞巧，博弈惟贤。皇家不造[1]，京室陨颠。宰臣专制[2]，帝用西迁。君乃羁旅，离此阻艰。翕然凤举，远窜荆蛮。身穷志达，居鄙行鲜。振冠南岳，濯缨清川。潜处蓬室，不干势权。

【注释】

〔1〕不造：不善，指政治动荡。

〔2〕宰臣：指董卓。

【译文】

你怀抱美好的品质，继承这伟大的基业。既有高尚的道德，才能技艺又广为人传扬。博闻强记，能深入阐明经典的微妙含义。文采若春天的花朵美丽鲜艳，思绪如涌出的泉水不会枯竭。出口成诗，落笔成文。哪一种学问不博通？哪一种技艺不熟悉？你在棋局上显示出高明，又擅长博弈的游戏。汉朝不幸，京城洛阳被毁灭。宰相专权，皇帝西迁长安。你也旅居他乡，遭遇这困苦艰难。忽然如凤凰高飞，远逃到荆州蛮方。置身困境，志向远大；居处鄙陋，品行高洁。在南山上弹去帽上的灰尘，在清江中洗涤帽带。隐居在草屋，不干谒权贵。

我公奋钺[1]，耀威南楚。荆人或违，陈戎讲武。君乃义发，算我师旅，高尚霸功[2]，投身帝宇[3]。斯言既发，谋夫是与。是与伊何？响我明德。投戈编鄀，稽颡汉北。我公实嘉，表扬京国。金龟紫绶，以彰勋则。勋则伊何？劳谦靡已。忧世忘家，殊略卓峙。乃署祭酒，与君行止。算无遗策，画无失理。

【注释】

〔1〕我公：指曹操。

〔2〕霸功：曹操立法严明，使百官尽职，威令流行，称为霸功。

〔3〕帝宇：汉室。曹操当时以天子的名义号令诸侯，所以把投降曹操称为投身帝宇。

【译文】

我公举斧发兵，在南方楚地显耀威武。荆州有人违背号令，部署军队，讲习战事。你于是义气生发，估算我军的力量，推崇我公称霸的业绩，认为应投身汉皇的殿堂。这话说出来后，谋士们表示赞同。赞同的结果怎样？那就是荆州人景仰我公的光辉德行。他们在编郡县放下兵器，在汉水北面叩头请降。我公诚心嘉奖，在朝中表扬你。赐给你标志三公身份的龟形金印和紫色的系印丝带，以表彰你的功勋与表率作用。功勋与表率作用是怎样的呢？那就是你的辛劳和谦逊不已。你忧念世事，忘记小家，独特的谋略卓越超群。我公于是任命你为军谋祭酒，行动和止息都与你不分离。你的算计没有失策过，你的谋划没有不合理的。

我王建国，百司儁乂。君以显举，秉机省闼。戴蝉珥貂，朱衣皓带。入侍帷幄，出拥华盖。荣曜当世，芳风晻蔼。嗟彼东夷，凭江阻湖。骚扰边境，劳我师徒。光光戎路[1]，霆骇风徂。君侍华毂，辉辉王途。思荣怀附，望彼来威。如何不济，运极命衰，寝疾弥留，吉往凶归。呜呼哀哉。翩翩孤嗣，号恸崩摧。发轸北魏，远迄南淮。经历山河，泣涕如颓。哀风兴感，行云徘徊。游鱼失浪，归鸟忘栖。呜呼哀哉！

【注释】

〔1〕戎路：兵车。

【译文】

我王建立魏国，所任百官都杰出贤能。你通过光荣的选拔，在宫中主持机要事务。戴着有蝉和貂装饰的侍中的帽子，身穿朱衣，腰系玉带。入宫侍从在帝王居住的帷帐，出宫乘坐着上立华美绸伞的车子。荣华闪耀当今，美好的声誉如芳风盛传。可叹那东方的蛮夷，凭藉着江湖险阻。骚扰我边境，劳烦我士兵出征。威武的军车，声如雷震，快如风驰。你侍从在我王华美的车旁，光辉闪耀在我王前进的大道。你感念自己所受荣宠，志在使蛮夷怀恩归附，希望他们畏威而来。奈何这志愿不能实现，气数已尽，性命衰微。卧病不愈，吉祥而往，不幸而归。呜呼哀哉！你那文采风流的丧父之子，放声痛哭，伤心欲绝。从魏北的邺城乘车出发，远到你病逝的淮南。经过山山水水，泪如雨下。悲风兴起感伤，行云也徘徊不前。游鱼在浪中迷失，归鸟忘记栖息的地方。呜呼哀哉！

吾与夫子，义贯丹青。好和琴瑟，分过友生。庶几遐年，携手同征。如何奄忽，弃我夙零。感昔宴会，志各高厉。予戏夫子，金石难弊，人命靡常，吉凶异制。此欢之人，孰先殒越？何寤夫子，果乃先逝。又论死生，存亡数度。子犹怀疑，求之明据。傥独有灵，游魂泰素〔1〕。我将假翼，飘飖高举。超登景云，要子天路。

丧柩既臻，将反魏京。灵輀回轨，白骥悲鸣。虚廓无见，藏景蔽形。孰云仲宣，不闻其声？延首叹息，雨泣交颈。嗟乎夫子，永安幽冥。人谁不没？达士徇名。生荣死哀，亦孔之荣。呜呼哀哉！

【注释】

〔1〕泰素：最原始的物质，这里指天。

【译文】

我与先生，义气相通，有如永不变色的丹青。关系和好如琴瑟弹奏的乐曲一样和谐，情分胜过一般朋友。原期望与你共享高寿，携手同游。你为何突然之间，抛弃我早早凋零。感慨昔年宴会，我们各自都志气高昂。我曾与先生戏言，金石难坏，人命无常，吉凶有不同规则。这欢乐的人里面，谁会先亡故？怎能认识到先生结果是最先去世的人。又讨论生死存亡的定数，你还怀疑，希望寻求明确的证据。倘若独有你精灵不灭，魂游天际。我将借来翅膀，飘然高飞，超越祥云，在天路上与你相约。

灵柩已到，将返郯城。丧车轮转，白马悲鸣。虚空中不见你的形影，但谁说你听不到这号哭的声音？伸长头颈叹息，泪如雨水般纵横流到脖子上。唉！先生，永远安息在幽暗的世界。世上的人有谁不死？通达的人舍身求名。活着的时候享受荣华，死了以后有人哀悼，这也是非常高的荣誉了。呜呼哀哉！

杨荆州诔并序　潘安仁（潘岳）

【题解】

本文记述杨肇的生平，赞美其才德，对于其壮年病逝表达深挚的哀悼。杨荆州，杨肇，字季初，晋朝将领。魏骁骑将军杨恪（字仲义）之嫡孙、中领军杨暨之子，杨潭、杨歆之父，其女杨容姬为潘岳之妻。

维咸宁元年，夏四月乙丑，晋故折冲将军荆州刺史东武戴侯荥阳杨史君薨[1]。呜呼哀哉。夫天子建国，诸侯立家。选贤与能，政是以和。周赖尚父，殷凭太阿。矫矫杨侯，晋之爪牙。忠节克明，茂绩惟嘉。将宏王略，肃清荒遐。降年不永，玄首未华。衔恨没世，命也奈何。

呜呼哀哉。自古在昔，有生必死。身没名垂，先哲所韪。行以号彰，德以述美。敢托旐旗[2]，爰作斯诔。其辞曰：

【注释】

〔1〕史君：即使君，州郡长官的尊称。

〔2〕旐旗：指铭旌，旧时竖在灵柩前的长幡，上写死者官衔、姓名、德行等。

【译文】

咸宁元年夏四月乙丑日，晋朝前折冲将军荆州刺史东武戴侯荥阳人杨使君去世。呜呼哀哉！天子建国，诸侯治理地方。选拔贤能的人为官，政治局势因此安和。周朝倚赖姜太公，殷朝仰仗伊尹。英武的杨侯啊，是晋朝的得力卫士。你能够展现你的忠诚和气节，伟大的成就赢得了嘉奖。将光大我帝王的谋略，肃清边远地区的动乱。上天赐你的寿命不长，你的黑发还没有花白，就怀抱遗憾离世，这就是命啊，有何办法！呜呼哀哉！自古以来，有生必有死。身死而名流传，是过去的圣贤们所肯定的。你的事迹凭藉谥号而彰显，你的德行凭藉记述而更美。我冒昧借助你灵车前的幡旗，于是写出这篇诔文。其文辞是：

邈矣远祖，系自有周。昭穆繁昌[1]，枝庶分流。族始伯乔，氏出杨侯[2]。奕世丕显，允迪大猷。天猒汉德，龙战未分。伊君祖考，方事之殷。鸟则择木，臣亦简君。投心魏朝，策名委身。奋跃渊涂，跨腾风云。或统骁骑，或据领军[3]。

【注释】

〔1〕昭穆：古代宗庙制度规定，始祖牌位居中，其后代子孙牌位次序是：其子居左为昭，孙居右为穆，孙之子复居左为昭，孙之孙复居右为穆，

如此交替。这里指子孙。

〔2〕“族始”二句：《汉书》载，伯乔以周王室的庶出支系分封于晋国一个叫杨的地方，于是以杨为氏。

〔3〕统骁骑：即担任骁骑将军，为死者的祖父杨恪。　据领军：即担任领军将军，为死者的父亲杨暨。

【译文】

悠远啊，你的远祖，世系出自周王室。周王室子孙兴旺，庶出的支系分封各地。你的宗族开始于伯乔，你的姓氏出自杨侯。世世代代都英明，真正践行礼法大道。上天厌弃汉朝的统治，群雄征战，胜负未分。你的祖和父，当战事紧急的关头，就像鸟儿选择树木栖息那样，作为一个臣子也选择着君主。他诚心归附魏朝，出任官职，献身朝廷。如龙跃深渊，马奔路途，乘着风，驾着云。有的担任骁骑将军，有的担任领军将军。

笃生戴侯〔1〕，茂德继期。纂戎洪绪，克构堂基〔2〕。弱冠味道，无竞惟时。孝实蒸蒸，友亦怡怡〔3〕。多才丰艺，强记洽闻。目睇毫末，心算无垠。草隶兼善，尺牍必珍。足不辍行，手不释文。翰动若飞，纸落如云。学优则仕，乃从王政。散璞发辉，临轵作令。化行邑里，惠洽百姓。越登司官〔4〕，肃我朝命。惟此大理，国之宪章。君莅其任，视民如伤〔5〕。庶狱明慎，刑辟端详。听参皋吕，称侔于张。改授农政，于彼野王。仓盈庾亿〔6〕，国富兵强。

【注释】

〔1〕笃生：上天独厚于其人，出生就不同凡常。

〔2〕堂基：房屋的地基，这里指基础。

〔3〕蒸蒸：孝顺的样子。　怡怡：友爱的样子。

〔4〕司官：指死者所担任的治书侍御史，为当时监察部门御史台的要职。

〔5〕“视民”句：把百姓当作有伤病的人一样照顾。

〔6〕庾（yǔ）亿：指仓中堆满了粮食。庾，谷仓。

【译文】

于是诞生了你这得天独厚的戴侯，具备盛德，继续着祖父以来的期运，继承并光大先人的伟大事业，能够打下坚实的基础。二十岁体会了大道，同时代无人可比。孝顺父母，友爱兄弟。多才多艺，强记博闻。明察秋毫，思想开阔。草书、隶书都擅长，书法好的信件必定珍藏。足不停走，手不释卷。翰墨流动若飞，文稿堆积如云。学习有余力便去做官，于是推行天子的政令。如璞玉发出光辉，你来到轵县做县令。教化流行城乡，恩惠遍及百姓。越级提拔为监察官，整肃我朝廷的法令。这大理官啊，执掌着国家的大法。你又担任这个职务，特别体恤民众疾苦。各种案件都处理得明白谨慎，刑律公正而完备。你的声望与舜时掌刑法的皋陶和周穆王时掌刑法的吕侯并列，你的口碑与西汉时执法公正的于定国和张释之等同。你调任典农中郎将，在那河内郡的野王县。于是粮仓满满，国富民强。

煌煌文后[1]，鸿渐晋室。君以兼资，参戎作弼。用锡土宇[2]，膺兹显秩。青社白茅，亦朱其绂。魏氏顺天，圣皇受终。烈烈杨侯，实统禁戎。司管阊阖，清我帝宫。苛慝不作，穆如和风。谓督勋劳，班命弥崇[3]。

【注释】

〔1〕文后：指司马昭。

〔2〕用锡土宇：指死者被封为东武子。

〔3〕班命弥崇：指死者由东武子晋升为东武伯，爵位更高一级。

【译文】

辉煌的文皇帝，使晋王室逐渐强大。你以才兼文武的资质，参与军事谋划，担任辅佐大臣。文皇帝因此赐给你封地，让你拥有这高位。他在社坛举行封爵仪式，取下社坛上东面的青色泥土洒在白茅上，象征着封你为地处东方的东武子，将你系印的丝带的颜色换成象征诸侯身份的红色。魏朝顺应天意，我圣明的皇帝继承帝位。你威武的杨侯，正统帅着禁军。掌管宫殿大门，使我皇宫平静。暴虐邪恶不生，温和如春风吹拂。为了推重你的功劳，朝廷颁布诏令，封你为更高的伯爵。

茫茫海岱，玄化未周。滔滔江汉，疆埸分流〔1〕。秉文兼武，时惟杨侯。既守东莞，乃牧荆州。折冲万里，对扬王休。闻善若惊，疾恶如仇。示威示德，以伐以柔。吴夷凶侈，伪师畏逼〔2〕。将乘仇衅，席卷南极。继褰粮尽〔3〕，神谋不忒。君子之过，引曲推直。如彼日月，有时则食。负执其咎，功让其力。亦既旋旆，为法受黜。退守丘茔，杜门不出。游目《典》《坟》，纵心儒术。祁祁搢绅，升堂入室。靡事不咨，无疑不质。位贬道行，身穷志逸。弗虑弗图，乃寝乃疾。昊天不吊，景命其卒。呜呼哀哉！

【注释】

〔1〕滔滔江汉，疆埸分流：指死者担任荆州刺史时曾治理过的地方。古代江汉一带有一个诸侯国叫南国，句中的“疆埸”是就“南国”说的。

〔2〕“伪师”句：梁章鉅认为“师”触犯了晋景帝司马师的名讳，应当是“帅”字的传写失误。伪帅畏逼指吴国的西陵地区守将步阐因害怕吴主孙皓迫害而投降晋国。

〔3〕褰（qiān）：缩减。

【译文】

茫茫的东海与泰山之间地区，玄妙的教化未能遍及普施。涛涛的长江与汉水，分流在古代南国的边疆。能文能武，当代唯有你杨侯。既担任了地处泰山以东的东莞太守，又担任了地处江汉地区的荆州刺史。你担任折冲将军，横行万里打击敌人，以答谢天子对你的美好任命。你听到对你的赞美言论感到惊惶不安，憎恨坏人坏事就像憎恨仇人一样。你恩威并施，讨伐和怀柔的策略兼用。吴国蛮夷凶暴奢侈，他们的一个将领因害怕受到迫害而向我军投降。我军打算乘吴国君臣出现仇恨和争端的机会，一举攻下吴国控制的整个南方地区。接济不足，粮食用尽，使你出兵失败，而你高明的谋略并没有差错。君子犯过错时，把失误自己揽过来，把成绩推给别人。就像那太阳和月亮，有时出现日食和月食。你承担起兵败的责任，不提自己的劳苦。军队回国以后，你被依法免去官职。退居在祖坟旁边，闭门不出。阅读经典，畅快地研习儒家学说。许许多多求学人士，都来到你家拜你为师。没有事情不向你咨询，没有疑惑不向你提问。官位降低，学说流行，身处穷困，志趣闲逸。你无妄想，无图谋，却卧床而生疾病。上天不怜悯保佑，寿命到了尽头。呜呼哀哉！

子囊佐楚，遗言城郢。史鱼谏卫，以尸显政[1]。伊君临终，不忘忠敬。寝伏床蓐，念在朝廷。朝达厥辞，夕殒其命。圣王嗟悼，宠赠衾襚。诔德策勋，考终定谥。群辟恸怀，邦族挥泪。孤嗣在疚，寮属含悴。赴者同哀，路人增欷。呜呼哀哉！

余以顽蔽，覆露重阴[2]。仰追先考，执友之心。俯感知己，识达之深。承讳忉怛，涕泪沾襟。岂忘载奔，忧病是沉。在疾不省，于亡不临。举声增恸，哀有余音。呜呼哀哉！

【注释】

〔1〕以尸：用尸谏的方式。

〔2〕重阴：双重庇荫。死者杨肇是作者潘岳的父亲的好朋友，又是作者的岳父，所以作者说他对自己是双重庇荫。

【译文】

春秋时楚国的公子子囊，留下遗言要在郢地筑城；卫国的大夫史鱼劝谏卫灵公进用贤臣，驱逐奸佞，用尸谏的方式来革新政治。你临终时，也不忘忠诚恭敬。卧病在床，心怀朝廷。早上让人送达你的言论，晚上就去世了。圣明的皇帝嗟叹悲悼，赠你覆盖尸体的衣被以表示恩宠。详述你的德行，记录你的功勋，考核你终身表现，给你确定了戴侯这个谥号。国君和大臣心怀沉痛，国人和族人为你挥泪。你的儿子病倒，你的属下含悲。吊丧的人都很哀伤，路过的人也哽咽不已，呜呼哀哉！

我以愚鲁的资质，接受你的恩泽和双重庇护。我对你的悲悼，往上说是追怀我先父的志同道合的朋友的心情，往下说是对你把我视为知己的知遇深恩的感念。接到你的死讯我忧伤哀痛，泪落沾衣。岂能不记得去奔丧，可我实在病得很重。你得病时我没有去探视，你去世时我不能去吊丧。放声大哭而更增悲痛，悲哀有若馀音不绝。呜呼哀哉！

杨仲武诔并序　潘安仁（潘岳）

【题解】

本文记述杨仲武的节操、德行及其与自己的亲密感情，表达对其盛年亡故的深悲巨恸。

杨绥[1]，字仲武，荥阳宛陵人也。中领军肃侯之曾孙，荆州刺史戴侯之孙，东武康侯之子也。八岁丧父。

其母郑氏，光禄勋密陵成侯之元女，操行甚高，恤养幼孤，以保乂夫家，而免诸艰难。戴侯、康侯多所论著，又善草隶之艺。子以妙年之秀，固能综览义旨，而轨式模范矣。虽舅氏隆盛，而孤贫守约，心安陋巷，体服菲薄，余甚奇之。若乃清才俊茂，盛德日新，吾见其进，未见其已也。既藉三叶世亲之恩，而子之姑，余之伉俪焉。往岁卒于德宫里。丧服同次，绸缪累月，苟人必有心，此亦款诚之至也。不幸短命，春秋二十九，元康九年夏五月己亥卒。呜呼哀哉！乃作诔曰：

【注释】

〔1〕杨绥：胡克家的考证认为应作“杨经”。

【译文】

杨经，字仲武，是荥阳宛陵人。中领军肃侯杨暨的曾孙，荆州刺史戴侯杨肇的孙子，东武康侯杨潭的儿子。八岁丧父。母亲郑氏，是光禄勋密陵成侯郑默的长女，节操德行非常高尚，抚养幼小的孤儿，治理安定夫家，使夫家免遭艰苦危难。戴侯、康侯写下许多论著，又擅长草书、隶书艺术。你凭着少年时的杰出才能，很自然地就能够全面把握这些论著和艺术的主旨，而把它们作为学习的典范。尽管你的舅舅家业兴隆，但你孤苦贫穷，保持简约，安心居住在破败的巷子，以微薄的衣食维持生活，我对这些感到非常惊奇。至于你的高才杰出优异，美德日日更新，只见你在进步，未见你停止啊。我们两人的关系以三代亲戚的情谊为基础，而你的姑姑，又是我的妻子。你姑姑去年在洛阳的德宫里去世，服丧期间你我同住，亲密相处有数月之久。只要是人就必然有感情，你我的感情也可说是真诚的极致了。你不幸短命，活了二十九岁，元康九年夏五月己亥日去世。呜呼哀哉！于是我为你写诔文说：

伊子之先，奕叶熙隆。惟祖惟曾，载扬休风。显考康侯，无禄早终。名器虽光，勋业未融。笃生吾子，诞茂淑姿。克岐克嶷[1]，知章知微。钩深探赜，味道研机。匪直也人，邦家之辉。子之遘闵，曾未齓髫[2]。如彼危根，当此冲猋。德之休明，靡幽不乔。弱冠流芳，俊声清劭。尔舅惟荣，尔宗惟瘁。幼秉殊操，违丰安匮。撰录先训，俾无陨坠。旧文新艺，罔不必肄。潘、杨之穆，有自来矣。矧乃今日，慎终如始。尔休尔戚，如实在己。视予犹父，不得犹子。敬亦既笃，爱亦既深。虽殊其年，实同厥心。日昃景西，望子朝阴。如何短折，背世湮沉。呜呼哀哉！

【注释】

〔1〕岐、嶷：都是认知、识别的意思。

〔2〕齓（chèn）：儿童换牙。 髫（tiáo）：小孩头上扎起来的下垂的头发。指幼年。

【译文】

你的先人，世代兴旺。你的祖父和曾祖父，都能发扬美好的家风。你的父亲康侯，不幸早逝。朝廷赐予的爵号和车服仪制虽然很荣耀，但功勋事业却未能显扬于世。生下了得天独厚的你，具有非常美好的才德。能明辨事物，既能认识外在的明显迹象，又能认识内在的细微征兆。探索深层的奥秘，体味大道，研究精微的事理。你不只是个普通的臣民，更是国家的荣耀。你遭遇丧父的不幸，当时还是个很小的幼童。好像那就要折断的草木的根，遇到这猛烈的风暴。但你品德美好高洁，没有不走出幽暗的困境而升上高位的道理。你二十岁就芳名流传，杰出的声誉清雅高尚。你舅舅家很兴旺，你的家族却很衰微。你幼年时就具有特殊的操守，不在舅舅家过富裕的生活，而是安心过自家贫困的日子。收集记录先人的教导，使它们不散失。旧文新作，无不学习。我潘家和你杨家的友好，原是有历史的了。更何况在今日，我们又谨慎维护，始终如一。你的欢乐与悲伤，就像我自己的实际感受。你把我看得像父亲一样，而我却不敢把你看作儿子。你我之间的敬意很诚挚，你我之间的爱意很深厚。我们虽然不同年辈，内心的情感其实是一致的。我已如日落西山，看你还是早晨的光景。为何你却短命，离开人世，沉埋地下。呜呼哀哉！

寝疾弥留，守兹孝友。临命忘身，顾恋慈母。哀哀慈母，痛心疾首。嗷嗷同生，凄凄诸舅。春兰擢茎，方茂其华。荆宝挺璞，将剖于和。含芳委耀，毁璧摧柯。呜呼仲武，痛哉奈何。德宫之艰，同次外寝。惟我与尔，对筵接枕。自时迄今，曾未盈稔。姑侄继陨，何痛斯甚。呜呼哀哉！

披帙散书，屡睹遗文。有造有写，或草或真。执玩周复，想见其人。纸劳于手，涕沾于巾。龟筮既袭[1]，埏隧既开。痛矣杨子，与世长乖。朝济洛川，夕次山限。归鸟颉颃，行云徘徊。临穴永诀，抚榇尽哀。遗形莫绍[2]，增恸余怀。魂兮往矣，梁木实摧。呜呼哀哉！

【注释】

〔1〕袭：重复。这里指龟卜和蓍占的结果相同。

〔2〕“遗形”句：是说死者没有后嗣。遗形，遗体；绍，继承。

【译文】

卧病弥留之际，仍守着这孝顺父母友爱兄弟的原则。临终时不顾自身，顾恋的是你的慈母。你悲哀的慈母啊，痛心疾首。你的兄弟号哭，你的舅舅悲凄。春天的兰草抽出了嫩茎，将要开出茂盛的花。荆山的宝玉露出了玉石，将要被卞和剖开。你就像这蕴含芳香的春兰和汇聚光彩的璞玉，突然之间玉璧被毁，枝条被折。呜呼，仲武，伤痛啊，无可奈何。当我妻子去世的时候，我们同住在居丧的外屋。我和你啊，饮食时坐席相对，睡眠时枕头相接。从那时到现在，还未满一年。姑侄二人相继去世，哪有比这更痛苦的事情。呜呼哀哉！

打开书套，翻开书页，我屡次阅读你留下的文字。这些有的是你的创作，有的是你的抄录，有的用草书，有的用楷书。我持在手中欣赏了一遍又一遍，想象着你的笑貌音容。手不停地翻书，泪沾满了衣襟。已经用龟甲和蓍草占卜出了同样的吉兆，于是墓道打开了。悲痛啊杨君，你与世长辞。你的灵柩早上渡过洛水，晚上就停留在山转弯处的墓地。归巢的鸟上下翻飞，天上的云徘徊不前。走到你的墓穴与你永别，抚摸你的棺材竭尽我的哀思。想到你没有子女，更使我内心增加痛苦。你的魂魄走了，实在如栋梁摧折。呜呼哀哉！

（本卷译注：殷祝胜）

文选卷第五十七

诔下

夏侯常侍诔并序　潘安仁（潘岳）

【题解】

本文记述夏侯湛的高尚品行和出众才能，表达痛失良友的深沉悲哀。

夏侯湛，字孝若，谯人也。少知名，弱冠辟太尉府，贤良方正征，仍为太子舍人，尚书郎，野王令，中书郎，南阳相。家艰乞还。顷之，选为太子仆，未就命而世祖崩。天子以为散骑常侍，从班列也。春秋四十有九，元康元年夏五月壬辰，寝疾卒于延喜里第。呜呼哀哉！乃作诔曰：

禹锡玄珪[1]，实曰文命。克明克圣，光启夏政。其在于汉，迈勋惟婴。思弘儒业，小大双名。显祖曜德，牧兖及荆。父守淮岱，治亦有声。英英夫子，灼灼其俊。飞辩摛藻，华繁玉振。如彼随、和，发彩流润。如彼锦缋，列素点绚。人见其表，莫测其里。徒谓吾生，文胜则史[2]。心照神交，唯我与子。且历少长，逮观终始。子之承亲，孝齐闵、参。子之友悌，和如瑟琴。事君直道，与朋信心。虽实唱高，犹赏尔音。

【注释】

〔1〕玄珪：一种黑色的玉器，上尖下方，古代用来赏赐建立特殊功绩的人。

〔2〕史：这里指浮夸。

【译文】

夏侯湛，字孝若，是谯郡人。年少时就有名气，二十岁时被太尉府聘用，又考中贤良方正科而为朝廷征召，先后担任太子舍人，尚书郎，野王令，中书郎，南阳相。因父母去世，乞求还家守孝。不久，被任命为太子仆，没上任而世祖武皇帝驾崩。新天子任命他为散骑常侍，这是根据官阶依次升迁的。享年四十九岁，元康元年夏五月壬辰日，在延喜里的家中病逝。呜呼哀哉。我于是作诔文说：

你的远祖大禹被尧帝赐予黑色的玉器，实因他把文德教命传布四海。他英明神圣，开启了辉煌的夏朝政治。在汉代，你的祖先建立大功的是夏侯婴，志在弘扬儒学事业的有夏侯胜、夏侯建这齐名的大小夏侯。你的祖父有光辉的品德，担任兖州刺史及荆州刺史。你的父亲担任淮南乐陵郡太守，治理地方也留下美名。奇伟的先生，光彩照人，才智超群。与人激辩，或写作文章，繁花般美丽，玉磬振动般悦耳。如隋侯珠与和氏璧这样的珍宝发出光彩，流出润泽。又如那华美的绸缎，陈列的白绢上点缀着绚丽的色彩。人们看到的是你的外表，不能探测你的内在涵养。只说你文采过度，浮华不实。而心心相印，精神相通，只有我和你。更何况我与你还经历了从小到大的交往，能够观察你自始至终的表现。你侍奉父母，孝敬等同古代的大孝子闵子骞和曾参。你对待兄弟的友爱，和谐犹如琴瑟同奏。为君主做事坚持正直的原则，与朋友交往讲究诚信。虽然你确实如唱歌会唱得曲高和寡，但我还是欣赏你的声音。

弱冠厉翼[1]，羽仪初升[2]。公弓既招[3]，皇舆乃征。内赞两宫，外宰黎蒸。忠节允著，清风载兴。泱彼乐都，宠子惟王。设官建辅，妙简邦良。用取喉舌[4]，相尔南阳。惠训不倦，视民如伤。乃眷北顾，辞禄延喜。余亦偃息，无事明时。畴昔之游，二纪于兹。班白携手，何欢如之。居吾语汝[5]，众实胜寡。人恶隽异，俗疵文雅。执戟疲杨[6]，长沙投贾。无谓尔高，耻居物下。子乃洗然，变色易容。慨焉叹曰：道固不同。为仁由己，匪我求蒙。谁毁谁誉？何去何从？莫涅匪缁，莫磨匪磷。予独正色[7]，居屈志申。虽不尔以，犹致其身。献替尽规，媚兹一人。谠言忠谋，世祖是嘉。将仆储皇，奉辔承华[8]。先朝末命，圣列显加。入侍帝闱，出光厥家。我闻积善，神降之吉。宜享遐纪，长保天秩。如何斯人，而有斯疾。曾未知命，中年陨卒。呜呼哀哉！

【注释】

〔1〕厉翼：奋力展翅，这里指勉力为官。

〔2〕羽仪：羽毛可用来做仪仗，这里比喻才德堪为世人的楷模。

〔3〕弓：原为射箭的器具，这里指古代官府礼聘人才为官时的信物。

〔4〕喉舌：中书省官员负责上传下达，被称为喉舌之官。这里指死者当时在朝中担任中书郎一职。

〔5〕“居吾”句：这是《论语》中记载的孔子教导子路时说的话，意思是：“坐下来，我告诉你。”

〔6〕执戟：秦汉时的宫廷侍卫官，因值勤时手里持着戟，所以称执戟。这里指杨雄长期担任的给事黄门郎，这个职务的性质与执戟相同。

〔7〕予：六臣本作“子”，语气较顺。

〔8〕奉辔：手持缰绳，原指驾车，这里指辅佐太子。

【译文】

你二十岁时便勉力出仕，才德初现，堪为楷模。官府以礼聘用了你，朝廷于是又征召你。在朝辅佐皇帝和太子，出外管理黎民百姓。忠心和节操实在是显著，清明的风化开始兴起。泱泱大南阳，我皇的爱子封在这里为王。设置官职以及辅佐官，精选的都是国家的贤良。因此选取你这位中书郎，出任南阳国的国相。你施惠与教导不知疲倦，把民众看得像受伤的人一样照顾。因父母去世，你眷念北望，辞去了官职，回延喜里守孝。我当时也在闲居，没为这圣明时代尽力。自从我们往昔交往以来，到这时已经二十四年。在头发斑白时又携手同游，还有什么欢乐能够像这样呢。我告诉你说：人多确实比人少更有力量。一般人都嫉妒特别杰出的人，鄙俗的人总会对文雅的人吹毛求疵。西汉的杨雄和贾谊都文才出众，但卑微的黄门郎官职让杨雄疲惫，而贾谊则被贬谪到了长沙。不要自负你的高明，位居他人之下就觉得羞耻。你于是肃然起敬，脸色都变了。感慨叹息说：人的信念本来不同。奉行仁义出于我自己的选择，我不需要求得蒙昧无知的人的认可。老是在乎谁诋毁我，谁赞誉我，怎能决定何去何从？没有东西被泥污以后不变黑，没有东西磨了以后不变薄。唯独你正色凛然，屈身居处下位而志愿得到伸张。朝廷虽未重用你，你还是为朝廷而献身。进献可行的计划，废止不合适的政策，尽心规谏，爱戴这天子一人。你正直的言论和忠诚的谋略，获得了世祖武皇帝的嘉奖。将任命你为太子仆，在承华宫里辅佐太子。这是先帝临终前对你的任命，新天子继位后则晋升你为显要官职。上朝侍奉皇帝在皇宫中，还家则使门庭生辉。我听说累积善行，神会降下吉祥。你应该享高寿，长保爵位。为什么你这样优秀的人，却患上这样的不治之症。还不到五十岁，在中年时期就去世了。呜呼哀哉！

唯尔之存，匪爵而贵[1]。甘食美服，重珍兼味。临终遗誓，永锡尔类。敛以时袭，殡不简器。谁能拔俗，生尽其养？孰是养生，而薄其葬？渊哉若人，纵心条畅。杰操明达，困而弥亮。柩辂既祖[2]，容体长归。存亡永诀，逝者不追。望子旧车，览尔遗衣，愊抑失声，迸涕交挥。非子为恸，吾恸为谁？呜呼哀哉！

日往月来，暑退寒袭。零露沾凝，劲风凄急。惨尔其伤，念我良执。适子素馆，抚孤相泣。前思未弭，后感仍集。积悲满怀，逝矣安及。呜呼哀哉！

【注释】

〔1〕“匪爵”句：不是由于有了官爵才开始尊贵。死者夏侯湛家世代为高官，生下来就富贵，所以这样说。

〔2〕祖：出行之前祭祀路神的仪式。

【译文】

你活着的时候，并不是有了官爵才尊贵。你吃着可口的食物，穿着华美的衣服，珍宝佳肴多种多样。而你临终时留下的遗言，可长作你们这类人的准则。入殓只穿平常的衣服，殡葬不选择好的棺材。谁能像你这样脱俗，活着的时候竭尽奢华地奉养自己？谁活着这样养生却遗言说死后薄葬？深刻啊，你这个人，纵情快意，无拘无束。你有杰出的操守，通达事理，身处困境，更露光芒。丧车已经启动，你的容颜和身躯将永去不返。生死永别，去世的人再也追不回来。望见你过去乘坐的车子，观看你遗留下来的衣服，哀伤失声，涕泪交流。不是为了你，我还能为谁这样悲恸？呜呼哀哉！

日往月来，夏去冬回。露水凝结为霜，强风凄厉迅疾。痛苦啊悲伤，每当我想起你这位良朋，来到你旧居，抚着你的遗孤相对哭泣。前面的悲思还没完，后面的伤感又聚集。堆积的悲伤填满胸怀，你已逝去，如何能追上再看你一眼。呜呼哀哉！

马汧督诔并序 潘安仁（潘岳）

【题解】

本文记述马汧督坚守孤城，勇抗叛军，保全城中数百万石粮食之功，对其为州司嫉恨，屈死狱中的遭遇表达极大的悲愤。马汧督，指晋马敦，因曾任汧督，故称。

惟元康七年秋九月十五日，晋故督守关中侯扶风马君卒。呜呼哀哉！

初，雍部之内属，羌反未弭，而编户之氐又肆逆焉[1]。虽王旅致讨，终于殄灭，而蜂虿有毒，骤失小利，俾百姓流亡，频于涂炭。建威丧元于好畤，州伯宵遁乎大溪。若夫偏师裨将之殒首覆军者，盖以十数；剖符专城，纡青拖墨之司，奔走失其守者，相望于境。秦、陇之僭，巩更为魁，既已袭汧而馆其县。子以眇尔之身，介乎重围之里；率寡弱之众，据十雉之城。群氐如猬毛而起，四面雨射城中。城中凿穴而处，负户而汲。木石将尽，樵苏乏竭，刍荛罄绝。于是乎发梁栋而用之，罥罗以铁锁机关，既纵礌而又升焉。爨陈焦之麦，柿梠桷之松。用能薪刍不匮，人畜取给，青烟傍起，历马长鸣。凶丑骇而疑惧，乃阙地而攻。子命穴浚堑，置壶镭瓶瓺以侦之[2]。将穿，响作，内焚穬火熏之，潜氐歼焉。久之，安西之救至，竟免虎口之厄，全数百万石之积，文契书于幕府。

【注释】

〔1〕编户：编入户籍，表示已是国家的正式臣民。

〔2〕镭、甒（wǔ）：也是壶、瓶类器具。

【译文】

元康七年秋九月十五日，晋朝前督守关中侯扶风郡马敦君去世。呜呼哀哉。

当初，雍州地区的少数民族归附朝廷，羌族人反叛不止，而编入户籍的氐族人又大肆叛逆。虽然国家的军队进行讨伐，终于将叛乱镇压，然而就像蜂蝎虽小却有毒那样，这些人屡次由于损失微小利益，就造起反来使百姓流亡，频频陷入水深火热之中。建威将军周处在好畤丧命，雍州刺史解系在大溪夜逃。至于非主力军的副将身死兵败的，大概有十多个；手执官印，掌管一城，系着拖着青色、黑色印绶的官员，逃跑丢失他们应守的城池的，境内到处可见。秦陇一带擅自称王的，以巩更为首，已经袭击汧县，并率军驻扎在县境。你以渺小的一身，处在重围之中；率领少而弱的兵众，据守小小的城池。众氐人多得如刺猬的刺，四面飞来的箭像雨点一样密集射入城中。城中人挖地道居住，为了避箭都背着门板去打水。守城的木头石头快用完了，做饭的柴草缺乏，喂马的草料已无。于是你号召大家拆掉房子的栋梁用来守城，用铁锁系木头制作机关，既能投下去击打敌人，又能收上来。又用陈年焦黑的麦子烧火做饭，削下松木做的屋檐和椽子的木屑制作马饲料。因此能够使柴火和草料不缺，人畜获得供给，青青的炊烟处处升起，槽中的战马放声嘶鸣。凶恶丑陋的敌军震惊疑惑恐惧，于是挖掘地道来攻城。你下令在深沟侧面挖洞，放置壶瓶之类来侦探敌情。敌人的地道将挖穿时，壶、瓶会传出响声，于是往地道里焚烧大麦来熏他们，潜入洞中的氐兵就被歼灭了。这样过了很久，安西的救兵来到，终于使你避免了葬身虎口的灾难，保全了城中储积的数百万石粮食，这些都记载在大将军幕府中的文书契据上。

圣朝畴咨，进以显秩，殊以幢盖之制。而州之有司，乃以私隶数口，谷十斛，考讯吏兵，以榎、楚之辞连之[1]。大将军屡抗其疏，曰："敦固守孤城，独当群寇，以少御众，载离寒暑，临危奋节，保谷全城。而雍州从事，忌敦勋效，极推小疵，非所以褒奖元功。宜解敦禁劾假授[2]。"诏书遽许，而子固已下狱发愤而卒也。朝廷闻而伤之，策书曰："皇帝咨故督守关中侯马敦，忠勇果毅，率厉有方，固守孤城，危逼获济。宠秩未加，不幸丧亡，朕用悼焉。今追赠牙门将军印绶，祠以少牢。"魂而有灵，嘉兹宠荣。然絜士之闻秽，其庸致思乎[3]？若乃下吏之肆其噤害，则皆妒之徒也。嗟乎，妒之欺善，抑亦贸首之仇也[4]。语曰："或戒其子，慎无为善。"言固可以若是，悲夫。

【注释】

〔1〕榎、楚：古代的两种用来鞭打的刑具。

〔2〕假授：非正式的任命。

〔3〕致思乎：还用考虑吗？指必自绝。

〔4〕贸首之仇：不惜以自己的头换取仇人的头这样的深仇大恨。

【译文】

朝廷访求你的功绩，将晋升你为显赫的官位，并特别赐给你旌旗伞盖这种刺史的仪仗。然而雍州的法官，竟然因为几个私人奴仆和十斛粮食这样的原因，审问你手下的官吏和士兵，以拷打得到的口供将你牵连进去。大将军多次为你上书朝廷，说："马敦牢牢地守着孤城，独自面对群寇，以少数兵士抵抗多数敌人，经历寒暑，临危表现出高昂的气节，保全了粮食和城池。而雍州的法官，嫉妒马敦的功勋，极力地追究小毛病，这不是褒奖大功的做法。应该解除对马敦的拘禁和弹劾，授予他官职。”诏书马上准奏，然而你早已被关进监狱愤懑而死了。朝廷听到这个消息后为你悲伤，下诏令说：“皇帝访问得知已故的督守关中侯马敦，忠诚勇敢果断坚强，指挥和督促部下有方，牢牢守卫孤城，历经危难而终于获得胜利。未获朝廷的恩宠加官，不幸丧亡，朕为此伤悼。现在追赠他牙门将军的官印及印带，用猪羊各一头来祭祀他。”你的魂魄如果有灵，就为这宠幸和荣耀感到快乐吧。然而品行高洁的人听到对自己的污蔑言辞，他哪里还会多想？必然以一死来表明自己的清白。至于下层官吏肆意地对你暗中加害，这都是妒忌贤能的勾当。可叹啊，嫉妒的人对于良善的人的欺辱，或者也像有不共戴天之仇似的。老话说：“有人告诫他自己的儿子，千万小心，不做好事。”话竟然可以这样说，真是悲哀啊。

昔乘丘之战，县贲父御鲁庄公，马惊败绩。贲父曰：“他日未尝败绩，而今败绩，是无勇也。”遂死之。圉人浴马，有流矢在白肉。公曰：“非其罪也。”乃诔之。汉明帝时，有司马叔持者，白日于都市手剑父仇，视死如归。亦命史臣班固而为之诔。然则忠孝义烈之流，慷慨非命而死者，缀辞之士，未之或遗也。天子既已策而赠之，微臣托乎旧史之末[1]，敢阙其文哉？乃作诔曰：

【注释】

〔1〕“微臣”句：指作者当时担任著作郎一职。

【译文】

过去春秋时代的乘丘之战，县贲父为鲁庄公驾车，马受惊导致大败。县贲父说：“以前从没有大败过，而今天大败了，这是我不勇敢造成的。”于是冲入敌人阵地战死了。后来养马的人洗马时，发现有乱箭的箭头陷在马肉里。鲁庄公说：“战败不是县贲父的罪过啊。”于是为他写了诔文。汉明帝的时候，有一个叫司马叔持的，大白天在都市上手拿着剑杀死了父亲的仇人，视死如归。朝廷也命令史官班固为他作诔。这样看来，忠诚、孝顺、正义、坚贞的人，慷慨激昂而死于非命的人，从事写作的文士没有把他们遗忘的。天子既然已经下诏令追赠马敦官职，小臣我托身居于史官末位，哪里敢不写这篇诔文呢？于是作诔文说：

知人未易，人未易知。嗟兹马生，位末名卑。西戎猾夏，乃奋其奇。保此汧城，救我边危。彼边奚危？城小粟富。子以眇身，而裁其守。兵无加卫，墉不增筑。婪婪群狄，豺虎竞逐。巩更恣睢，潜跱官寺。齐万虓阚[1]，震惊台司。声势沸腾，种落煽炽。旌旗电舒，戈矛林植。彤珠星流[2]，飞矢雨集。惴惴士女，号天以泣。爨麦而炊，负户以汲。累卵之危，倒悬之急。

【注释】

〔1〕虓：虎吼。

〔2〕彤珠：烧红的铁珠。

【译文】

了解别人不容易，要为别人了解也不容易。可叹这马生，官位低下名声微小。西方的戎狄扰乱华夏，于是你显示出了奇才。保卫这汧城，挽救我边疆危局。那边疆为什么会有危险？因为这汧城很小却储存了大量的粮食，一旦落入敌手，后果不堪设想。你凭着渺小的一人之身，制定守城的策略。兵士没有增多，城墙没有加固。贪婪的成群的戎狄，像虎狼一样竞相争夺。巩更狂暴，偷占了官府。齐万年如恶虎怒吼，震惊了朝廷。他们的声势像沸腾的水，各个部落都像被煽起的炽烈的火。旌旗飘动如闪电，戈矛像林立的树木。红色的铁弹如流星，纷飞的箭头像雨一样密集。惊恐不安的城中男女，呼天哭泣。人们用麦子烧火做饭，背门板避箭打水。情况的危急好像一层一层堆起来的蛋，像头在下脚在上倒挂着的人。

马生爰发，在险弥亮。精冠白日，猛烈秋霜。稜威可厉，懦夫克壮。沾恩抚循，寒士挟纩。蠢蠢犬羊，阻众陵寡。潜隧密攻，九地之下。惬惬穷城，气若无假〔1〕。昔命悬天，今也惟马。惟此马生，才博智赡。侦以瓶壶，剸以长堑。锸未见锋，火以起焰。熏尸满窟，棓穴以敛。木石匮竭，萁秆空虚。瞯然马生，傲若有馀。𫗦梁为䃰，柿松为刍。守不乏械，历有鸣驹。哀哀建威，身伏斧质。悠悠烈将，覆军丧器。戎释我徒，显诛我帅。以生易死，畴克不二。圣朝西顾，关右震惶。分我汧庾，化为寇粮。实赖夫子，思謩弥长。咸使有勇，致命知方。

【注释】

〔1〕“气若”句：好像无法借到气来延续性命一样，指人快要气绝的状态。

【译文】

马生于是发布号令，在危险中更显示出你的忠信。你的精诚上贯白日，你的威猛犹如秋霜。你的威势可以激励人心，懦夫能够因此胆壮。施恩下人，安抚巡视，寒冷的士兵如同穿上丝绵夹袄般的温暖。密密麻麻蠕动的敌兵，凭借他们人多而欺凌我军人少。偷偷挖掘地道打算秘密进攻，地道挖在很深的土下。狭小的受困之城，苟延残喘。过去是人命系在天帝的手上，今天则是人命系在你马敦的手上。这马生啊，多才多智。用瓶和壶来侦探敌情，瓶壶置放在长沟的侧壁。敌人挖洞的锹还没露出，我军就向里面燃起火焰。熏死敌人尸体满洞，捶塌地道把他们埋葬。守城的滚木和石头匮乏，喂马的豆秆已无。英武的马生，傲然无畏，好像这些都很充足的样子。把梁木吊起来作为打击敌人的器具，削下松木做的屋檐和椽子的木屑作为马饲料。于是守城不缺少器械，马槽有嘶鸣的马驹。令人哀伤的建威将军，身中刀斧而死。芸芸众将，军队覆没，丢盔弃甲。戎狄释放我们的士兵，而公开诛杀了我们的主帅。放弃生存的机会而选择死亡的危险，谁能像你这样忠贞不二。朝廷关注西边的战局，关中地区震动惶恐。料想我汧县的谷仓，将化为敌寇的军粮。实在是依靠先生，计谋格外高明。使手下人都有勇气，为守城献出生命，并知晓报国的大义。

我虽末学，闻之前典。十世宥能，表墓旌善。思人爱树，甘棠不翦。矧乃吾子，功深疑浅。两造未具[1]，储隶盖鲜。孰是勋庸，而不获免？猾哉部司，其心反侧，斫善害能，丑正恶直。牧人逶迤，自公退食[2]。闻秽鹰扬，曾不戢翼。忘尔大劳，猜尔小利。苟莫开怀，于何不至？慨慨马生，琅琅高致。发愤囹圄，没而犹视。呜呼哀哉！

【注释】

〔1〕“两造”句：指没经过正式的审判程序。　两造，诉讼双方。具，具备。

〔2〕“自公”句：从官府下班回家吃饭。语出自《诗经·召南·羔羊》，旧注以为是赞美官员在公在私都节俭正直。

【译文】

我虽然学问疏浅，但也听说过以前的典章制度。对于贤能的人，应赦免他十代子孙的罪过，在他墓前立碑颂德以表彰他的善行。思念一个人，便爱护他的树，周代的邵伯曾在甘棠下休息，人们因为爱戴他，就不砍伐这棵树。何况你功绩大，疑似的罪名小，未有正式审判，私用储粮和奴仆数量微小。谁想到这样大的勋劳，而未能获得免罪？狡猾啊，雍州的那些法官，他们心术不正，毁伤良善，嫉妒贤能，憎恨正派，厌恶耿直。你治理民众从容自得，不论在官府还是在家里都节俭正直。你听到那些污蔑时不屑一顾，就像苍鹰高高飞去，不收敛翅膀。他们忘了你的大功，猜疑你贪图小利。如果一个人不能开怀容人，他会有什么事做不出？慷慨不平的马生，拥有坚贞高洁的志趣。在监狱里面发泄你的愤懑，死了仍旧睁着眼睛。呜呼哀哉！

安平出奇，破齐克完。张孟运筹，危赵获安。汧人赖子，犹彼谈、单。如何吝嫉，摇之笔端？倾仓可赏，矧云私粟？狄隶可颁，况曰家仆？剔子双龟〔1〕，贯以三木〔2〕。功存汧城，身死汧狱。凡尔同围，心焉摧剥。扶老携幼，街号巷哭。呜呼哀哉！

明明天子，旌以殊恩。光光宠赠，乃牙其门。司勋颁爵，亦兆后昆。死而有灵，庶慰冤魂。呜呼哀哉！

【注释】

〔1〕双龟：指死者曾担任的汧城督守和关中侯。龟，龟形的印钮，代指官印。

〔2〕三木：古代刑具桎、梏、械合称“三木”，可以枷在犯人颈、手、足三个地方。

【译文】

战国时齐国的安平君田单使用火攻等奇计击败燕国军队，让残破的齐国因此保全。赵国的张孟谈运用谋略瓦解智伯和韩魏联军并最终击败智伯，让危险的赵国获得平安。汧县人依靠你，就像赵、齐二国依靠那张孟谈和田单。为什么嫉妒你的人，舞动他们的笔来罗织你的罪名？凭你的功绩可将一仓粮食赏给你，何况他们说你的只是私用了十斛粟米？凭你的功绩可将俘获的戎狄作为奴隶赐给你，何况他们说你的不过是误用了几个家仆？剥夺了你的两个官印，给你戴上了三木刑具。你立下了保全汧城的功劳，却身死在汧城的监狱。凡是与你同困围城的人，心啊都受到摧残。扶老携幼，在大街小巷中号哭。呜呼哀哉！

圣明的天子，用特殊的赏赐来表彰你。多么荣宠的追赠，名为牙门将军。司勋官颁布了这一官爵，也荫庇你的后人。你死后如果有灵，冤魂或许可获得安慰了吧。呜呼哀哉！

阳给事诔并序　*颜延年（颜延之）*

【题解】

本文记述阳瓒守卫滑台，英勇抗击北魏军队，壮烈牺牲的事迹，歌颂其临危不惧，以身殉国的高尚气节。阳给事，阳瓒。给事，官名。《宋书》载，永初三年，索虏嗣自率众至方城，众溃，阳瓒抗节不降，被杀。少帝追赠给事中。尚书令傅亮议，瓒家在彭城，宜即以入台绢一百匹粟三百斛赐给。

惟永初三年十一月十一日，宋故宁远司马、濮阳太守彭城阳君卒。呜呼哀哉。瓒少禀志节，资性忠果，奉上以诚，率下有方。朝嘉其能，故授以边事。永初之末，佐守滑台。值国祸荐臻[1]，王略中否。獯虏间衅，劘剥司、兖；幽、并骑弩，屯逼巩、洛。列营缘戍，相望屠溃。瓒奋其猛锐，志不违难。立乎将卒之间，以缉华裔之众。罢困相保，坚守四旬。上下力屈，受陷勍寇。士师奔扰，弃军争免。而瓒誓命沈城，佻身飞镞，兵尽器竭，毙于旗下。非夫贞壮之气，勇烈之志，岂能临敌引义，以死徇节者哉。景平之元，朝廷闻而伤之，有诏曰："故宁远司马、濮阳太守阳瓒，滑台之逼，厉诚固守，投命徇节，在危无挠，古之烈士，无以加之。可赠给事中，振恤遗孤，以慰存亡。"追宠既彰，人知慕节，河、汴之间，有义风矣。逮元嘉廓祚，圣神纪物，光昭茂绪，旌录旧勋。苟有概于贞孝者，实事感于仁明。末臣蒙固，侧闻至训，敢询诸前典，而为之诔。其辞曰：

【注释】

〔1〕荐臻：接连到来，屡次降临。指永初三年五月宋武帝刘裕驾崩，同年十一月北魏又发兵南侵。

【译文】

永初三年十一月十一日，宋朝原宁远司马、濮阳太守彭城人阳瓒君去世。呜呼哀哉！阳瓒从小就具有志向节操，天性忠贞果敢，以诚信侍奉上级，领导下属很有办法。朝廷赞赏他的才能，所以把边防事务交给他。永初末年，协助主帅守卫滑台。正赶上国家的灾祸接连发生，帝王大略中途受阻。北魏统治者瞅准这个时机，侵犯残害我司州和兖州；他们的幽州和并州的骑兵和弓箭手，扎营逼近了巩县和洛阳。我沿边戍守的各个军营，一个接一个遭到屠杀而溃败。阳瓒振作起他的勇猛锐气，立志不回避这场危难。他站在将士们中间，以组织当地民众。疲惫困乏，保卫滑台，坚守了四十天。将军和士兵都用尽了力气，最后城池被强敌攻陷。兵众乱奔，脱离军队争相求免一死。而阳瓒誓言效命于这沦陷之城，只身射箭杀敌，直到兵器用尽，死在战旗下面。如果没有坚贞豪壮的胆气，勇敢刚烈的意志，岂能在面对强敌时坚持大义，以死保全节操？景平元年，朝廷听闻阳瓒事迹后非常伤心，下诏说："原宁远司马、濮阳太守阳瓒，在滑台形势紧急时，激扬忠心，固守城池，献出生命，保全气节，身在危难，不屈不挠，古代那些有壮志的刚烈人士，也没有胜过他的。可以追赠为给事中，抚恤他留下的孤儿，以安慰他活着的家人以及他的亡灵。”这追赠的荣宠彰显天下以后，人人都懂得了仰慕气节，黄河与汴河一带，有了尊崇道义的风气。到元嘉时期，新天子拓展国运，以圣明和神妙来治理万物，光照盛业，表彰和记录过去的功勋。只要在忠贞孝顺方面有节操的，他们的事迹就会让仁爱圣明的天子感动。小臣我愚昧浅薄，在一旁听到了皇帝的教诲，斗胆地查询依据前代的典章，来为阳瓒作诔。诔辞为：

贞不常佑，义有必甄。处父勤君，怨在登贤〔1〕。苦夷致果，题子行间。忠壮之烈，宜自尔先。旧勋虽废，邑氏遂传。惟邑及氏，自温徂阳。狐续既降〔2〕，晋族弗昌。之子之生，立绩宋皇。拳猛沉毅，温敏肃良。如彼竹柏，负雪怀霜。如彼骓驷，配服骖衡〔3〕。

【注释】

〔1〕“处父”二句：《春秋穀梁传》载，晋国将与狄人作战，晋襄公任狐夜姑为中军将，赵盾辅佐他。阳处父说：不可。自古以来君主任用大臣，都是使仁者辅佐贤者，而不是使贤者辅佐仁者。现在赵盾是贤者，狐夜姑是仁者，所以不可。襄公采纳了阳处父的意见，狐夜姑不满自己的主帅位子被替代，就派人杀死了阳处父。

〔2〕续：指续鞫居，《左传》杜预注认为，他是狐夜姑派去杀阳处父的人。

〔3〕骓、驷、服、骖：都是对古代拉车的马的称呼，中间夹辕的两匹马称服，服右边的称骓，服左边的称骖，同驾一辆车的四匹马称驷。 衡：车衡，车辕前端的横木。

【译文】

忠贞不总是获得保佑，但道义必然会获得表彰。春秋时晋国的阳处父尽力地为君主做事，但晋将狐夜姑却怨恨他推举赵盾为贤才而派人杀了他。鲁国的苦夷极为果敢，在战阵中用打胜仗的地点——阳州给儿子取名。他忠诚壮烈，自当是你的先祖。你先祖旧时的功勋虽未能延续，但因封地而来的氏族却传了下来。这封地和氏族，开始于阳处父的从温邑改封阳邑的时候。狐夜姑和续鞫居出现以后，阳处父被杀，晋地的阳氏一族不再兴旺。直到阳瓒出生，才又在我大宋朝立功。力大勇猛，深沉刚毅，温厚敏捷，恭谨善良。像那竹子和柏树，经雪霜而不凋枯。像那拉车的四匹马，很好地配合着前行。

边兵丧律，王略未恢。函、陕堙阻，瀍、洛蒿莱。朔马东骛，胡风南埃。路无归辖，野有委骸。帝图斯艰，简兵授才。实命阳子，佐师危台。憬彼危台，在滑之垌。周、卫是交，郑、翟是争[1]。昔惟华国，今实边亭。凭巘结关，负河萦城。金柝夜击，和门昼扃。料敌厌难，时惟阳生。

【注释】

〔1〕“周卫”二句：《史记》载，郑文公攻入滑，滑于是听命于郑。不久滑背叛郑而与卫国交好，于是郑伐滑。周襄王使伯犕为滑求和，郑文公不听而囚禁了伯犕。襄王愤怒，便与翟人一起讨伐郑国。

【译文】

边防军丧失了纪律，朝廷的谋略未能得到施展。函谷关和陕县一带被敌军阻断，瀍水和洛水地区满目蒿莱。魏军来了，北方的马向东奔驰，胡地的风向南卷起尘埃。路上没有往回运送的阵亡战士棺材，野外却有抛弃的尸骸。皇帝考虑到这种艰难局势，选择士兵，委任贤才。命令阳子，到危险的高台去辅佐主帅治理军队。那远远的危险的高台，在滑州的郊外。在春秋时期周国和卫国与这个地方交好，郑国和狄人争夺过这个地方。过去是我中华腹地，今天实已成为边境。凭借山峰构建关防，背靠黄河修筑城墙。刁斗夜击，营门昼闭。研究敌情，平定祸难，当时只依仗阳生。

凉冬气劲，塞外草衰。遏矣獯虏，乘障犯威。鸣骥横厉，霜镝高翚。轶我河县，俘我洛畿。攒锋成林，投鞍为围。翳翳穷垒，嗷嗷群悲。师老变形，地孤援阔。卒无半菽，马实拑秣。守未焚冲，攻已濡褐。烈烈阳子，在困弥达。勉慰痍伤，拊巡饥渴。力虽可穷，气不可夺。义立边疆，身终锋栝。呜呼哀哉！

贲父殒节[1]，鲁人是志。洴督效贞[2]，晋策攸记。皇上嘉悼，思存宠异。于以赠之？言登给事。疏爵纪庸，恤孤表嗣。嗟尔义士，没有馀喜。呜呼哀哉！

【注释】

〔1〕贲父：鲁庄公御者县贲父。

〔2〕洴督：晋人马洴督。

【译文】

寒冬风急，塞外草黄。远方的胡虏，登上我边城营垒，冒犯我大宋的威严。鸣叫的战马横驰，雪霜般闪亮的箭头高飞。越过了我黄河一带的县境，掳掠我京城洛阳的郊区。他们的戈矛等武器一起举起来，就像是森林；投放在地上的马鞍，也有围城城墙那么高。暗沉沉的被困的滑台，众人嗷嗷悲哭。军队作战久了，已不再是初时模样；地方孤立，援兵遥远。士卒无半粒粮食，战马实际上也用横木塞了口，让它们不吃草料。守卫的人还没焚烧进攻的战车，进攻的人已经浇湿了马身上的粗麻衣来预先防备。刚烈的阳子，在困境中尤其豁达。劝勉慰问受伤的人，安抚巡视饥渴的人。体力虽然可用尽，志气却不会丧失。奉行大义在边疆，最终身死于刀箭。呜呼哀哉！

县贲父守节而死，鲁国人为他作了诔。汧城督守为忠贞而献身，晋朝天子在诏令中也做了记叙。皇上嘉奖哀悼阳子，念念不忘，给予特殊的荣宠。用什么官来追赠他？用给事中来追赠他。赐爵纪功，抚恤孤儿，满足后嗣的心愿。赞美啊，你们这样的忠义人士，身虽死而魂灵当会感到喜悦。呜呼哀哉！

陶征士诔并序　颜延年（颜延之）

【题解】

本文记述陶渊明任真率性、隐逸自适的生平及其与作者的友谊，歌颂其安贫乐道的品格，表达对逝者的深切悼念之情。颜延之为始安郡守，道经寻阳，常饮陶渊明舍，自晨达昏。及陶渊明卒，颜延之为诔，极其思致。

夫璇玉致美[1]，不为池隍之宝；桂椒信芳，而非园林之实。岂其深而好远哉？盖云殊性而已。故无足而至者，物之藉也；随踵而立者，人之薄也。若乃巢、高之抗行，夷、皓之峻节，故已父老尧、禹，锱铢周、汉。而绵世浸远，光灵不属，至使菁华隐没，芳流歇绝，不其惜乎。虽今之作者，人自为量，而首路同尘，辍途殊轨者多矣。岂所以昭末景，泛馀波[2]。

【注释】

〔1〕璇玉：一种美玉。《山海经》载，黄酸之水出于升山，其中多璇玉。

〔2〕末景：太阳的馀晖。末景和馀波都是指前贤的流风馀韵。

【译文】

璇玉极美，但它不是产生在城池中的宝贝；桂和椒确实芬芳，但它们也不是产生在园林中的果实。难道它们是喜欢幽深而偏远吗？只是它们具有与众不同的天性罢了。因此没有脚而能到来的，是可献君主的宝物；长着脚自己跑来立在那里的，就是人们看得很贱的东西了。至于说到人，尧时代的巢由和禹时代的伯成子高的高迈行为，周初的伯夷和汉初的四皓的高峻气节，本已把尧帝和禹帝视同普通父老，把周朝和汉朝看得微不足道。然而经历的世代渐远，他们的光辉精神未能传承下来，致使他们身上的精华隐没，美好的遗风断绝，这难道不是可惜的事情吗？虽说现在也有隐士，但他们每个人都有自己的考量，故而开始上路时大家同行，而中途止步和改道的情况就太多了。这哪里可以用来发扬光大巢、由等前贤的流风余韵呢？

有晋征士寻阳陶渊明，南岳之幽居者也。弱不好弄，长实素心。学非称师，文取指达。在众不失其寡，处言愈见其默。少而贫病，居无仆妾。井臼弗任，藜菽不给。母老子幼，就养勤匮。远惟田生致亲之议〔1〕，追悟毛子捧檄之怀〔2〕。初辞州府三命，后为彭泽令。道不偶物，弃官从好。遂乃解体世纷，结志区外，定迹深栖，于是乎远。灌畦鬻蔬，为供鱼菽之祭；织絇纬萧，以充粮粒之费。心好异书，性乐酒德，简弃烦促，就成省旷。殆所谓国爵屏贵，家人忘贫者与？有诏征为著作郎，称疾不到。春秋若干，元嘉四年月日，卒于寻阳县之某里。近识悲悼，远士伤情。冥默福应，呜呼淑贞。

【注释】

〔1〕田生致亲之议：《韩诗外传》载，齐宣王问田过：国君和父亲哪

个更重要？田过回答说：父亲重要。齐宣王愤怒地说：那你为什么离开亲人来为国君做事？田过回答说：没有国君所封的土地，无法安顿我的双亲；没有国君所赐的俸禄，无法赡养我的双亲；没有国君所赏的爵位，无法尊显我的双亲。从国君那儿接受这些东西，然后献给双亲。因此尽管在为国君做事，但本意还是为了双亲。

〔2〕毛子捧檄之怀：《后汉书》载，庐江人毛义，家贫，以孝著称。南阳人张奉对他很仰慕，去看望他。刚坐定而官府的信函到了，任毛义为县令。毛义捧着文书，喜形于色。张奉见他这样，很是鄙视，后悔来看他，辞谢而去。毛义母亲去世以后，政府以公车礼聘他为官，他就没有去了。张奉感叹说：有贤德的人的行为原不是容易看透的，往年他捧官书而喜，是为亲屈身啊。

【译文】

晋朝的征士寻阳人陶渊明，是南岳地区隐居的人。小时候不喜好玩耍，长大后实具有纯洁的心地。有学问却不对人自称老师，能文章只求能表达思想。在人群里仍显得那样落落寡合，在谈话中更可见他的沉默少语。少年时贫穷多病，家里没有仆人和婢女。打井水和舂米都不能胜任，野菜和豆子也供给不足。母亲年老，儿子年幼，生活物资频频匮乏。遥想战国时期田过以爵禄献双亲的议论，追念领会东汉毛义手捧政府文书而喜悦的情怀，虽起先辞谢州府的多次聘任，但后来还是做了彭泽县令。然而他坚守道义，不迎合世俗，弃官去追求自己的真正爱好。于是从世事的纷乱脱身出来，在尘世外寄托自己的志趣。定居深藏，从此远离官场。浇地买菜，为的是挣钱去买鱼和豆以供祭祀；编织鞋子和草席，用来换取买粮食的费用。心里爱好奇异的书籍，天性喜欢饮酒的趣味。抛弃烦琐紧张的俗事，成就简单旷达的人生。这大概就是《庄子》所说的最高贵的人摒弃国君授予的爵位，家人也忘掉了贫困的情况吧。朝廷有诏书聘他为著作郎，他称病不去上任。享年若干岁，元嘉四年某月某日，在寻阳县的某里巷去世。近处的相识悲痛哀悼，远方的人士情怀感伤。冥冥中的祸福报应究竟有没有啊？呜呼，美好贞洁的人已离我们而去了。

夫实以诔华，名由谥高。苟允德义，贵贱何算焉？若其宽乐令终之美，好廉克己之操，有合谥典，无愆前志，故询诸友好，宜谥曰靖节征士。其辞曰：

物尚孤生，人固介立。岂伊时遘，曷云世及？嗟乎若士，望古遥集。韬此洪族[1]，蔑彼名级。睦亲之行，至自非敦。然诺之信，重于布言。廉深简絜，贞夷粹温。和而能峻，博而不繁。依世尚同，诡时则异。有一于此，两非默置。岂若夫子，因心违事？畏荣好古，薄身厚志。世霸虚礼，州壤推风。孝惟义养，道必怀邦。人之秉彝，不隘不恭。爵同下士，禄等上农。度量难钧，进退可限。长卿弃官[2]，稚宾自免[3]。子之悟之，何悟之辩？赋诗归来，高蹈独善。亦既超旷，无适非心。汲流旧巘，葺宇家林。晨烟暮蔼，春煦秋阴。陈书辍卷，置酒弦琴。居备勤俭，躬兼贫病。人否其忧，子然其命。隐约就闲，迁延辞聘。非直也明，是惟道性。纠缠斡流，冥漠报施。孰云与仁？实疑明智。谓天盖高，胡譽斯义？履信曷凭？思顺何寘[4]？年在中身，疢维痁疾。视死如归，临凶若吉。药剂弗尝，祷祀非恤。傃幽告终，怀和长毕。呜呼哀哉！

【注释】

〔1〕洪族：指陶明渊是东晋大司马陶侃的曾孙，出身大族。

〔2〕长卿：司马相如的字。《汉书》载司马相如在汉景帝时曾任武骑常侍，不得志，称病弃官。

〔3〕稚宾：郇相的字。《汉书》说他甘于清贫，州郡以茂才荐举他，

而他多次因病去官。

【译文】

一个人的实际德行因为诔文而发出华彩，一个人的名声因为谥号而更加崇高。谥号本来是王公大臣死后的称号，但只要这个人确有美德道义，地位的高低又有什么好计较的呢？如陶渊明的宽宏、乐观、为善至死的美德，喜爱清廉、克制私欲的节操，合乎获得谥号的典章，不违前代的记载，因此向他的好友们征求意见，大家认为应该给他定谥号为靖节征士。我为他写的诔辞是：

物，因独生稀少而为世推重；人，本来应该独特不群。这样的物哪里能够不时地遇到，这样的人哪里能够世世相承。赞叹啊，这位人士，仰慕古人，与他们遥相为伴。不炫耀这大族出身，蔑视那名声官阶。亲睦族人的德行，出自天性而非勉力促成。答应别人的事情，守信的程度超过了汉初一诺千金的季布。清廉、深刻、简朴、高洁，正直、平和、纯粹、温良。和善又能够严正，广博而不繁杂。依附世俗的人崇尚同流合污，与时代相悖的人则喜欢标奇立异。只要有这两种情况中的一种，都会遭到人们的讥讽。哪里能像先生，顺随心意，超脱世务？讨厌荣华，爱好古俗，衣食简单，志向远大。当世的豪强虚心以礼相待，州郡都推崇你的高风亮节。你的孝在于你善养父母，你的道必然感化地方上的人。坚持常理，不狭隘也不媚俗。官爵同于地位低下的古代的下士，俸禄与收入微薄的上等农人相等。器量宽宏难以测度，行为举止合乎礼法。西汉时司马相如和郇相都曾以病弃官，你体悟他们的弃官缘由，体悟得何其清楚明白！你因而写下《归去来兮辞》，隐居田园，独善其身。从此你超脱旷达，无往而不顺心。在故乡的山中取水，在自家的林中建房。清晨有烟云，黄昏有雾霭，春天有和煦，秋天有阴凉。把书陈列在书案，读到疲倦时就停下来，在桌上放上酒，拿起琴来弹奏。你平常是既勤劳又俭朴，你一身是既贫穷又多病。人们都不能忍受你那令人忧虑的处境，你却把这一切看作命运的自然安排。你退隐简约，追求闲适，徘徊拖延，辞谢征聘。这不止是缘于你明智，而是出于你与天道合一的本性。就像那纠缠的绳索和盘旋的水流让人看不清，上天的报应也幽暗难明。谁说天道保佑善人？我实在怀疑说这话的人是否明智。都说天虽高却可以明察人的善恶而一一给以报应，为什么这个道理在你的身上却失灵了？这让《周易》上所说的践行忠信，不忘顺应天道就能得到上天保佑的话如何还有凭据？人在中年，你患上了疟疾。视死如归，面对凶险时好像面对着吉利。不尝药剂，不祈祷祭祀。走向幽冥，终结生命，怀抱平和，与世长辞。呜呼哀哉！

敬述靖节，式尊遗占。存不愿丰，没无求赡。省讣却赙，轻哀薄敛。遭壤以穿，旋葬而窆。呜呼哀哉！

深心追往，远情逐化。自尔介居，及我多暇。伊好之洽，接阎邻舍。宵盘昼憩，非舟非驾。念昔宴私，举觞相诲。独正者危，至方则碍。哲人卷舒，布在前载。取鉴不远，吾规子佩。尔实愀然，中言而发。违众速尤，迕风先蹷。身才非实，荣声有歇。叡音永矣，谁箴余阙？呜呼哀哉！仁焉而终，智焉而毙。黔娄既没〔1〕，展禽亦逝〔2〕。其在先生，同尘往世。旌此靖节，加彼康、惠。呜呼哀哉！

【注释】

〔1〕黔娄：战国时高士。皇甫谧《高士传》载，黔娄活着的时候食不果腹，衣不蔽体，死后他的妻子却谥他为“康”，理由是：黔娄曾谢绝了国相的聘任，可说是贵有余；不接受国君的三十钟粟米的赏赐，可说是富有余。他的贫穷是他求仁得仁，求义得义的结果，所以应该谥为“康”。

〔2〕展禽：即柳下惠。他是春秋时鲁国大夫，与世无争，随遇而安，多次为官又多次被罢黜，皆无怨言，死后被谥为“惠”。

【译文】

家人恭敬地遵循你清静的节操，尊崇你的遗嘱。活着时不喜富裕，死后也不求厚葬。不发讣告，不收丧葬礼金，简单的哀悼，俭约的装殓。随便找个地方挖墓穴，迅速下棺落葬。呜呼哀哉！

我心深处追念着我们交游的往事，飘向远方的情思追逐着逝去的你。自从你归隐独处，正赶上我有很多闲暇的日子。我们友好融洽，里巷相接，屋舍相邻。夜以继日地游乐休息在一起，而用不着乘船驾车。想起昔年的家宴，我们举杯相互教诲。我告诫你，孤独直立的东西有倾倒的危险，最为方正的东西不能滚动，移动起来就有阻碍。有智慧的人能屈能伸，都记载在前代的典籍上。可以拿来作为鉴戒的例子并不遥远，我规劝你听取我的意见。你听后果然表情严正，由衷的言论也因此而发：违背众意会招致责备，触犯风俗会先被风俗击倒。肉体和才华虚幻不实，荣誉和声望总有终止的时候。你睿智的声音已经远去，还有谁来纠正我的过失？呜呼哀哉！仁人智者都不免一死，黔娄已亡故，展禽也逝世。现在轮到先生，与古时的圣贤同归于尘土。我们用“靖节”二字表彰你，胜过那黔娄的谥号“康”和展禽的谥号“惠”。呜呼哀哉！

宋孝武宣贵妃诔并序　谢希逸（谢庄）

【题解】

本文哀祭宋孝武帝宠幸的殷淑仪之死，兼哀祭其子。宣贵妃，南朝宋孝武殷淑仪，薨，追进为贵妃，班亚皇后，谥曰宣。

惟大明六年夏四月壬子，宣贵妃薨。律谷罢暖，龙乡辍晓。照车去魏，联城辞赵。皇帝痛掖殿之既阒，悼泉途之已宫。巡步檐而临蕙路，集重阳而望椒风。呜呼哀哉！天宠方降，王姬下姻。肃雍揆景，陟屺爰臻[1]。

国轸丧淑之伤，家凝霣庇之怨[2]。敢撰德于旗旐，芳庶图于钟万[3]。其辞曰：

【注释】

〔1〕陟屺：《诗经·魏风·陟岵》中有“陟彼屺兮，瞻望母兮”的句子，后世因而用陟屺来指代思念母亲，这里指丧母之痛。

〔2〕霣（yǔn）庇：失去庇护，这里指公主丧母。

〔3〕钟：指在钟上铭刻功绩。 万：古代舞蹈名。

【译文】

宋大明六年夏四月壬子日，宣贵妃去世。那因邹衍吹律而升温的寒谷再也不会暖和，那出产报晓雄鸡的龙乡再也没有天明。就像魏国失去了能够照亮前后十二辆车的大宝珠，赵国失去了价值连城的和氏璧。皇上痛感后宫的冷清，悲悼贵妃的棺椁已葬入九泉。沿着走廊，来到蕙草芬芳的道路；登上高处，望向后妃居住的宫廷。呜呼哀哉！皇上正降下恩宠，公主即将出嫁。人们都忙着为公主准备车驾，选择吉日，公主却在此时失去了母亲。举国充满了天子丧妃的沉痛，皇家凝聚着公主失母的哀怨。我冒昧将贵妃的德行撰写在灵柩前的铭旌上面，希望她的芳名能够像铭刻在钟上和表演于舞蹈中那样流传后世。我写的诔辞是：

玄丘烟煴，瑶台降芬。高唐渫雨，巫山郁云[1]。诞发兰仪，光启玉度。望月方娥，瞻星比婺。毓德素里，栖景宸轩。处丽紘绤，出懋蘋蘩。修诗贲道，称图照言。翼训姒幄，赞轨尧门[2]。绸缪史馆，容与经闱。陈《风》缉藻，临《象》分微[3]。游艺殚数，抚律穷机。踌躇冬爱[4]，怊怅秋晖。展如之华，实邦之媛。敬勤显阳，肃恭崇宪[5]。奉荣维约，承慈以逊。逮下延和，临朋违怨。祚灵集祉，庆蔼迎祥。皇胤璇式，帝女金相。

联跗齐颖，接萼均芳。以蕃以牧，烛代辉梁。视朔书氛[6]，观台告祲。八颂扃和，六祈辍渗。衡总灭容[7]，翚翟毁衽[8]。掩彩瑶光，收华紫禁。呜呼哀哉！

【注释】

〔1〕“高唐”二句：这是以巫山神女比喻死者。宋玉《高唐赋》说，楚襄王游高唐时，梦见一个妇人。妇人告诉他：我住在巫山的南面，日出时为清晨的云，日落时为飞行的雨。

〔2〕姒幄、尧门：禹的帷幄、尧的门庭，这里都是指代宋孝武帝的皇宫。

〔3〕《风》：《诗经》中的风诗，这里指代《诗经》。　《象》：《易经》中说明卦义的文字，这里指代《易经》。

〔4〕冬爱：指冬天的阳光。冬天的阳光让人感到温暖，是可爱的，故称为冬爱。此比喻仁爱慈惠。

〔5〕显阳、崇宪：都是指代皇太后。《宋书》载，孝武帝即位后，尊他的生母路淑媛为皇太后，宫名崇宪。太后居住在显阳殿。

〔6〕视朔：古代天子、诸侯每月初一即朔日祭告祖庙后，在太庙听取臣下汇报，处理政事，称为“视朔”。

〔7〕衡总：车辕前端横木上流苏一类的装饰物。　容：幨车，有帷有盖。

〔8〕衽：衣襟，这里指代衣服。

【译文】

玄丘的水烟气蒸腾，简狄在那儿吞鸟卵而受孕，在瑶台上生下了你芬芳的先祖。你是楚王游高唐时洒落的雨，你是巫山山头积聚的云。你表现出兰的仪态，显示出玉的风度。你犹如月中嫦娥，可与婺女星媲美。你在平常里巷中修养德行，在天子宫廷里栖息身影。未嫁时勤于织布等女功事务，出嫁后勉力采蘋采蘩以供祭祀。修习诗歌以增美我皇的大道，称说图书以明辨他人的言论。你辅佐我皇教化百姓，赞助我皇制定法规。嗜读史书，娴熟《六经》。打开《诗经》，搜集丽藻；面对《易经》，分析精微。学习各种技艺能全面掌握其中的规律，研究音律能穷尽它们的奥妙。你爱写作，常流连于冬阳的温暖，惆怅于秋晖的凄凉。果真像这样华贵的人，实在是邦国的大美女了。你恭敬、勤勉、庄重、谦逊地侍奉皇太后。虽得皇上荣宠，却维持俭约作风；承受太后慈爱，却保持恭顺态度。对待下人一直很温和，面对众姬妾也能避免让她们产生怨恨。先皇神灵聚集福祉降于后人，宫中喜气洋洋，迎接吉祥。你生下美玉一般的皇子和金子一样的皇女。他们如并列的花朵同样的杰出，一齐散发芬芳。皇子们被封为藩王和州牧，就像汉文帝所封的代王和梁王那样光照地方。然而太庙发现凶气，观星台也报告说看到妖氛。各种占卜都不是祥和的结果，多次祈祷也未能使神灵降下一点一滴福泽。你曾坐过的车前再也不见那流苏一类的装饰物，你曾穿过的衣上所画的雉鸟图案也已毁坏。你的光彩从瑶光殿、紫禁宫这些你曾居住过的宫殿中黯然消逝了。呜呼哀哉！

帷轩夕改，輧辂晨迁。离宫天邃，别殿云悬。灵衣虚袭[1]，组帐空烟。巾见馀轴[2]，匣有遗弦。呜呼哀哉！

【注释】

〔1〕袭：重叠。

〔2〕巾：巾箱，古代装头巾或书籍等的小箱子。

【译文】

你乘坐的有帷帘的车在黄昏时改变了装饰，第二天早上便迁移到了墓地。离宫的天色是那样的深邃，别殿的上空乌云翻卷。你生前穿过的衣服徒然一件一件堆放在那儿，华美的帷帐空有香烟缕缕。箱子里可见你读过的书，匣子里装着你弹过的琴。呜呼哀哉！

移气朔兮变罗纨，白露凝兮岁将阑。庭树惊兮中帷响，金釭暖兮玉座寒。纯孝擗其俱毁，共气摧其同栾。仰昊天之莫报，怨《凯风》之徒攀[1]。茫昧与善，寂寥馀庆。丧过乎哀，棘实灭性[2]。世覆冲华，国虚渊令。呜呼哀哉！

【注释】

〔1〕《凯风》：《诗经》中的篇名，是赞美孝子的作品。

〔2〕灭性：因丧亲哀痛过度而毁灭生命。这里指宣贵妃去世后，她的儿子刘子云因哀伤过度而死。

【译文】

北风吹起啊人们已换下夏日的薄绸衣，白露凝结啊一年即将结束。庭树如受惊般摇摆啊房中的帷幔也飘动着发出声响，金灯暗淡无光啊玉座生寒。你孝顺的儿子捶胸悲号，身体都损毁了；极度悲痛，一起消瘦不堪。仰望高天，想到母亲广大的恩德也正如这高天一样而儿子已不能报答；悲怨《凯风》，因为儿子空有这首诗所赞美的那种孝道而无法实现。真看不清楚天道是不是像《老子》上说的那样会保佑善人，只觉得《周易》上说的积善会给子孙造福的话并不灵验。你的儿子在服丧期间过于哀伤，剧烈的悲痛毁灭了他的生命。世上亡故了恬淡华贵的你，国家没有了深厚美善的皇子。呜呼哀哉！

题凑既肃[1]，龟筮既辰。阶撤两奠，庭引双辅。维慕维爱，曰子曰身。恸皇情于容物，崩列辟于上旻。崇徽章而出寰甸[2]，照殊策而去城闉。呜呼哀哉！

【注释】

〔1〕题凑：古代天子和大臣的墓室用大木累积而成，木料的头都向内凑在一起，称作题凑。

〔2〕徽章：灵车上的旗帜。　寰甸：都城以外的广大地区，这里指墓地所在的郊外。

【译文】

墓室已修治好，占卜已择定良辰。台阶上撤去你与皇子的祭奠礼物，庭院中引出你们二人的灵车。一边是儿子的依恋，一边是母亲的慈爱，你和皇子再也不分开。丧礼的仪式衣物使皇心悲恸，皇子的去世也感动上天。插着高高的旗旛，灵车行出郊外；带着策命为贵妃的特殊荣耀，你离开城门。呜呼哀哉！

经建春而右转，循阊阖而径渡。旌委郁于飞飞，龙逶迟于步步。锵楚挽于槐风，喝边箫于松雾。涉姑繇而环回，望乐池而顾慕〔1〕。呜呼哀哉！

【注释】

〔1〕姑繇、乐池：都是神话传说中的地名。《穆天子传》载，周穆王西行到乐池时，他宠爱的盛姬去世。穆王于是把盛姬葬在乐池的南面，决姑繇之水以环绕丧车。

【译文】

经过建春门右转，沿着阊阖门直行。旗旛飘扬飞动，马儿缓缓前进。凄楚的挽歌与槐风相应和，悠远的箫声与松雾共回荡。皇上就像周穆王丧盛姬那样，决水环绕你的灵车，回望你的墓地不忍离去。呜呼哀哉！

晨辒解风〔1〕，晓盖俄金〔2〕。山庭寝日，隧路抽阴。重扃闷兮灯已黯，中泉寂兮此夜深。销神躬于壤末，散灵魄于天浔。响乘气兮兰驭风，德有远兮声无穷。呜呼哀哉！

【注释】

〔1〕辒：丧车。

〔2〕盖：车盖。　俄：倾斜，这里指拆除。　金：车盖四周装饰的金花。

【译文】

安葬已毕，时在清晨，丧车上装饰的凤凰和金花等一一拆下。山陵中永无日照，墓道里吹送阴风。墓门关闭啊长明灯已昏暗，黄泉寂寂啊这长夜沉沉。神躯消失在地下，灵魂散灭于天涯。你的声音仿佛还回荡在空中，犹如兰草的芬芳随风飘扬；你的德行和美名将为后世永远传扬。呜呼哀哉！

哀上

哀永逝文　潘安仁（潘岳）

【题解】

本文记述亡妻安葬的过程，抒发极度哀痛的心情。

启夕兮宵兴，悲绝绪兮莫承。俄龙輀兮门侧，嗟俟时兮将升。嫂侄兮憧惶，慈姑兮垂矜。闻鸣鸡兮戒朝，咸惊号兮抚膺。逝日长兮生年浅，忧患众兮欢乐鲜。彼遥思兮离居，叹《河广》兮宋远[1]。今奈何兮一举，邈终天兮不反。

【注释】

〔1〕“叹《河广》”句：《诗经》中有《河广》一诗，《毛诗序》认为

是宋襄公母亲在卫国时，思念宋国而不止，因而创作的。

【译文】

出殡的前夕啊天没亮就起来，悲痛你这一去啊就像那断绝的丝线再也不能接续。画着龙图案的灵车啊斜斜地停放在门边，唉！等时间一到啊就将上路。嫂子侄子啊心中惊惶，慈祥的婆婆啊深表哀怜。听到鸡叫啊这是警示人们天色已明，大家都高声大哭啊捶拍胸口。死去的日子长久啊活着的年头短暂，忧患多啊欢乐少。那春秋时宋襄公的母亲啊，回到卫国便遥思着离开的故居，叹息黄河宽阔啊宋国渺远；如今是为什么啊你这一去，远至天尽头啊不再返回。

尽余哀兮祖之晨，扬明燎兮援灵辅。彻房帷兮席庭筵，举酹觞兮告永迁。凄切兮增欷，俯仰兮挥泪。想孤魂兮眷旧宇，视倏忽兮若髣髴。徒髣髴兮在虑，靡耳目兮一遇。停驾兮淹留，徘徊兮故处。周求兮何获？引身兮当去。

去华辇兮初迈，马回首兮旋旆。风泠泠兮入帷，云霏霏兮承盖。鸟俯翼兮忘林，鱼仰沫兮失濑。怅怅兮迟迟，遵吉路兮凶归。思其人兮已灭，览馀迹兮未夷。昔同涂兮今异世，忆旧欢兮增新悲。谓原隰兮无畔[1]，谓川流兮无岸。望山兮寥廓，临水兮浩汗。视天日兮苍茫，面邑里兮萧散。匪外物兮或改，固欢哀兮情换。嗟潜隧兮既敞，将送形兮长往。委兰房兮繁华，袭穷泉兮朽壤。

【注释】

〔1〕“谓原隰”句：《诗经·氓》“淇则有岸，隰则有泮”，此反喻哀痛无边。

【译文】

竭尽我的哀思啊在为你出殡而举行的祭路神仪式的早晨，高举明亮的火炬啊牵引着灵车。撤去罩在你棺材上的帷帐啊在庭院中铺上席子，举起杯子以酒浇地啊与你永远告别。凄凉悲切啊呜咽不止，俯仰天地啊挥洒泪水。想象着你的孤魂啊应当眷念这旧居，看着看着，忽然之间啊好像有你隐隐约约的身影出现。空有你隐隐约约的身影啊在意念之中，却不能真正耳闻目睹啊再遇一次。停车啊逗留，徘徊啊旧处。四处寻觅啊又能寻觅到什么？站起身来啊终当离去。

终当离去的华美灵车啊开始前行，马儿回首啊旗旛飘卷。风清冷啊吹入车帘，云弥漫啊托着车盖。鸟伤心得垂下翅膀啊忘记了归林，鱼伤心得仰头吐沫啊忘记了吸水。惆怅啊行动迟缓，沿着平时走过的吉祥道路啊送你入葬。想到你这个人啊已经离世，看你留下的遗迹啊还未消失。往昔同路啊如今却身在阴阳两个世界，回忆过去的欢乐啊增加了新的悲伤。都说低湿之地会有边，江河会有岸，我则要说它们无边无岸，就像我没有止境的对亡妻的思念。看着空阔的山啊，对着浩瀚的水。仰视天上太阳啊苍茫暗淡，面向城镇乡村啊萧条凄凉。并不是外物啊有了什么改变，原是人的心情啊由欢快换成了哀伤。可叹墓道啊已经打开，将送你的形骸啊永远离去。你抛弃兰草芬芳的闺房的繁华啊，进入了黄泉之下的腐朽泥土。

中慕叫兮擗摽〔1〕，之子降兮宅兆。抚灵榇兮诀幽房，棺冥冥兮埏窈窕。户阖兮灯灭，夜何时兮复晓？归反哭兮殡宫，声有止兮哀无终。是乎非乎何皇？趣一遇兮目中。既遇目兮无兆，曾寤寐兮弗梦。既顾瞻兮家道，长寄心兮尔躬。

【注释】

〔1〕擗摽（pì biāo）：抚心拍胸，形容哀痛的样子。

【译文】

我内心思念大声痛哭啊捶打胸口，当你被下葬到墓地之中。手抚着你的灵柩啊诀别于墓室，棺木昏昏暗暗啊墓道幽深不明。墓门关闭啊长明灯熄灭，墓中的暗夜什么时候啊再次天亮？归来哭泣啊在你灵柩曾停放的房屋，哭声会停止啊悲哀无尽头。汉武帝看到已逝的李夫人身影时曾经悲叹：是你吗，还是不是你？我又哪有功夫去做这种分辨？只求眼中啊能一见你的形象。眼中所见啊已无你的形影，睡眠之中啊竟也梦不到你。回顾你我在一起的家庭和睦情形，使我的心长久地系在你的身上。

重曰：已矣。此盖新哀之情然耳。渠怀之其几何〔1〕？庶无愧兮庄子〔2〕。

【注释】

〔1〕渠：他。

〔2〕“庶无愧”句：希望像庄子丧妻时那样达观。《庄子》载，庄子妻死，庄子说：当妻子刚去世时，我岂能没有感伤？然而当我想到她未生的时候，原本无形无气，现在她不过是复归于无形无气，我却嚎啕大哭，岂不是不懂得天命？所以就不哭了。

【译文】

再说一下作为结语：算了吧。这大概是刚刚丧妻时的悲哀情感如此吧。怀念亡妻啊还要到什么时候？但愿我能像达观的庄子那样，妻死而不悲。

（本卷译注：殷祝胜）

文选卷第五十八

哀下

宋文皇帝元皇后哀策文　颜延年（颜延之）

【题解】

宋文皇帝元皇后，即刘义隆袁皇后，讳齐妫，陈郡人，生太子劭。哀策文，颂扬帝王、后妃生前功德的韵文。袁皇后逝世，颜延之奉命作此哀策文述德致哀。

惟元嘉十七年七月二十六日〔1〕，大行皇后崩于显阳殿，粤九月二十六日，将迁座于长宁陵，礼也。龙輁纚綍〔2〕，容翟结骖〔3〕。皇途昭列，神路幽严。皇帝亲临祖馈，躬瞻宵载〔4〕。饰遗仪于组旒〔5〕，沦徂音乎珩佩。悲黼筵之移御〔6〕，痛翚褕之重晦〔7〕。降舆客位〔8〕，撤奠殡阶。乃命史臣，累德述怀。其辞曰：

【注释】

〔1〕元嘉十七年：公元440年。

〔2〕龙輁（gǒng）：古代天子入殡、出殡及迁柩朝祖时用的丧车。辕上画龙，故称龙輁。　綍：古同“绋”。特指牵引棺柩的大绳。

〔3〕容翟：有车帷的丧车。

〔4〕载：古代把供祭祀的牲肉从鼎中取出，放在俎上叫“载”。

〔5〕旒：古代旌旗直幅、飘带之类的下垂饰物。

〔6〕黼筵：边缘以黑白相间的丝织品装饰的席具。

〔7〕翚褕（huī yú）：后妃的礼服。

〔8〕降舆：把棺柩移下灵车进行祖祭。

【译文】

元嘉十七年七月二十六日，大行袁皇后在显阳殿崩逝。九月二十六日，依照礼制，将迁葬至长宁陵下葬。众人手握引棺的大绳，牵引承载棺柩的丧车，治丧用的覆盖帷幕的车子，也套上边马，将要上路。路旁的仪仗尽显皇家威仪，通向陵墓的墓道幽深而肃穆。皇帝亲自出席出殡前夕的祖祭之礼，素丝流苏装饰着灵幡旗帜，昔日的环佩之音与逝者一同消逝。痛悼皇后与世长辞，保留她起居痕迹的席具礼服等事物，也将作为遗物沉埋于地下。将棺柩移下灵车，置于西方的客位；在庭前为亡者祭祀路神，撤除殡阶下的奠仪。然后，史臣奉命写下哀辞，追怀皇后的盛德。其辞为：

伦昭俪升，有物有凭〔1〕。圆精初铄，方祇始凝〔2〕。昭哉世族，祥发庆膺〔3〕。秘仪景胄〔4〕，图光玉绳〔5〕。昌晖在阴，柔明将进。率礼蹈和，称诗纳顺。爰自待年，金声夙振。亦既有行，素章增绚。

【注释】

〔1〕“伦昭”二句：天地未分之前，已明伦匹之义。

〔2〕圆精：天；方祇：地。此二句指，天地初始，天道圆而地道方。

〔3〕庆膺：即膺庆，承受福泽。膺，接受；庆，福。

〔4〕秘仪：指皇后年少时生长于世家大族，闭藏仪形。 景胄：嫡子的尊称。

〔5〕玉绳：宋有玉绳殿。

【译文】

天地初始，天道圆而地道方。夫妇伦常之义，本于天地自然之理。皇后生于世家大族，承续天地和宗族的福泽，年少时教养于深闺，从未向外界展示仪容与美德。及至嫁入帝王之家，她的光彩照耀宫闱。后妃之德在于坤位，以柔顺温和之道，广布德泽于天下。遵从礼法，奉行诗教。少年时即才德兼美，声名远扬；嫁入帝王之家，才德得到施展。

象服是加〔1〕，言观维则。俾我王风，始基嫔德。惠问川流，芳猷渊塞。方江泳汉，载谣南国。伊昔不造〔2〕，鸿化中微。用集宝命，仰陟天机〔3〕。释位公宫〔4〕，登曜紫闱〔5〕。钦若皇姑，允迪前徽〔6〕。孝达宁亲，敬行宗祀。进思才淑，傍综图史。发音在咏，动容成纪。壸政穆宣〔7〕，《房乐》韶理〔8〕。坤则顺成，星轩润饰〔9〕。德之所届，惟深必测。下节震腾，上清朓侧〔10〕。有来斯雍，无思不极。谓道辅仁，司化莫晢。象物方臻〔11〕，视祲告沴〔12〕。太和既融，收华委世。兰殿长阴，椒涂弛卫。呜呼哀哉！

【注释】

〔1〕象服：周代帝王所用的礼服，上有日、月、星辰三种天象。后泛指王后及诸侯夫人的礼服。

〔2〕不造：不祥；不幸。

〔3〕“用集”二句：指文帝即位。

〔4〕公宫：指公侯或国君的宫室。

〔5〕紫闱：借指宫中。闱，本指宫中之门。

〔6〕钦若：敬顺。 皇姑：皇太后。 允：信，诚信，诚实。 迪：遵循。

〔7〕壸（kǔn）政：指宫中之政。壸：古时宫中巷舍间道。

〔8〕《房乐》：指房中乐，周代始创的一种乐歌，一说由后妃讽诵，故称。一说用来歌颂后妃之德，故称。

〔9〕星轩：轩辕星，主后宫之象。

〔10〕朓侧：月亮的运行。《尚书·五行传》曰："晦日而月见西方，谓之朓；朔而月见东方，谓之侧匿。"

〔11〕象物：因君主有德而出现的吉祥天象。

〔12〕沴：因天地四时之气不和而生的灾害。

【译文】

礼服加身，言行为后宫嫔妃树立准则。我王的教化，也奠定了宣导后妃妇德的基础。皇后的美名和仁德，有如川流盛行不衰，深远而醇厚。故而泽被四方，即便在偏远的南国，也受到称颂。遥想当年世运不祥，政教德泽中途衰微。文帝秉承天命，荣登大位；皇后入主中宫，母仪天下。敬重并孝顺太后，认真遵循、发挥太后的美德。为孝亲而归宁父母，参与宗族祭祀，虔诚恭敬。皇后博览书史，贤德平和，言行举止皆合于礼义。她柔和中正的德行，使后宫之政和睦有序，合于天地人伦之道，成为有德仁君的辅弼。道德与天地相互感应，天道虽然深奥却能测度。皇后有德，履行职责适当得宜，故而大地安静没有地震，月亮运行合度没有天灾。她和悦谦和，无不符合中正之道。虽然说天道培养仁德，但生死之事难以预料，即便司命之神也未必能够明晰地把握。君主有德的吉祥之兆刚刚出现，不祥的灾难已暗暗发端。四海太平之时，皇后却不幸去世，后宫因失去主人而黯淡无光。呜呼哀哉，令人伤恸啊！

戒凉在肂〔1〕，杪秋即穸〔2〕。霜夜流唱，晓月升魄。八神警引〔3〕，五辂迁迹〔4〕。噭噭储嗣，哀哀列辟。洒零玉墀，雨泗丹掖。抚存悼亡，感今怀昔。呜呼哀哉！

【注释】

〔1〕肂（sì）：埋棺的坑。

〔2〕穸（xī）：长夜，喻指冥府。

〔3〕八神：八方之神。

〔4〕五辂：帝王王后专用的车辆。

【译文】

秋凉时节，暂时安葬棺椁。及至晚秋，正式入葬长宁陵。深秋之夜，霜寒凛凛、明月高悬，挽歌在寒夜里哀吟，灵柩在祖祭后移置车上。八方神明护卫引路，帝、后的仪仗随行送葬。太子悲号，百官戚戚，悲伤的泪水洒落在送葬途中。抚慰生人，哀悼死者，感喟当下，思怀往昔。呜呼哀哉，令人伤恸啊！

南背国门，北首山园。仆人按节，服马顾辕。遥酸紫盖，眇泣素轩。灭彩清都〔1〕，夷体寿原〔2〕。邑野沦蔼，戎夏悲欢。来芳可述，往驾弗援。呜呼哀哉！

【注释】

〔1〕清都：生时所居宫殿。

〔2〕寿原：死后所葬山陵。

【译文】

通向陵墓的道路由南向北，送葬的队伍走出了国都的城门。前面的陵墓愈来愈近，背后的城门渐行渐远。职掌传达的礼官顿辔缓行，驾车的马都恋恋不舍地回顾。望着远去的丧车和仪仗，不免心酸难忍，泪落涟涟。旧时的宫室，因为失去主人而黯淡无光；今日的陵寝，将安放长眠无尽的逝者。朝野上下陷入悲痛，夷狄华夏共吐悲声。皇后往日的美德虽然可以追述，但生死永绝，逝者不复回还。呜呼哀哉，令人伤恸啊！

齐敬皇后哀策文 谢玄晖（谢朓）

【题解】

敬皇后，即齐明帝刘皇后，武帝永明七年卒，葬于江乘县张山。明帝即位，追尊为敬皇后；明帝崩，改葬，祔于兴安陵。此文为齐东昏侯改葬其母敬皇后时，谢朓奉命而为，主旨是颂德致哀。

惟永泰元年〔1〕，秋九月朔日，敬皇后梓宫启自先茔〔2〕，将祔于某陵。其日，至尊亲奉奠某皇帝〔3〕，乃使兼太尉某设祖于行宫，礼也。翠帟舒皇〔4〕，玄堂启扉。俎彻三献〔5〕，筵卷六衣〔6〕。哀子嗣皇帝，怀蜃卫而延首〔7〕，想鹭辂而抚心〔8〕。痛椒涂之先廓，哀长信之莫临。身隔两赴，时无二展。旋诏左言〔9〕，光敷圣善。其辞曰：

【注释】

〔1〕永泰元年：公元498年。

〔2〕先茔：指皇后旧陵，在张山。

〔3〕至尊：指东昏侯萧宝卷。　某皇帝：此处指齐明帝。　崩，未加谥号，故称某。

〔4〕帟（yì）：小帐幕。

〔5〕三献：古代祭祀风俗，陈祭品后献酒三次。

〔6〕六衣：古时天子、王后祭祀时所穿的六种礼服。

〔7〕蜃卫：丧礼中蜃车周围的仪仗队。　蜃车，即承载棺椁的丧车。

〔8〕鹭辂：代指柩车。

〔9〕左言：史官的代称。

【译文】

永泰元年秋，九月初一，齐敬皇后迁葬，由江乘县张山的旧陵，迁往兴安陵与先帝合葬。当日，东昏侯要亲自祭祀先帝，无法出席迁葬的祭奠仪式，于是依照礼制，命太尉某人，为先皇后设祖祭于行宫。灵柩上张挂着帐幕，墓门缓缓开启。祭礼三献之后即将撤去，祭祀礼服亦将收起。失去母亲的儿子——刚刚继位的皇帝，遥望祭祀之处，想到丧车一去不返，不免感慨伤心。皇后的椒房空虚寥落，再不能从长信宫里见到她的身影，怎不令人痛心哀伤。由于一身不能到两处致祭，同一时间不能到两地省视，于是诏命史官，称述母亲的圣明贤良。其文曰：

帝唐远胄，御龙遥绪。在秦作刘，在汉开楚〔1〕。肇惟淑圣，克柔克令。清汉表灵，曾沙膺庆〔2〕。爰定厥祥，徽音允穆〔3〕。光华沼沚，荣曜中谷。敬始纮綖〔4〕，教先穜稑〔5〕。睿问川流，神襟兰郁。

【注释】

〔1〕“帝唐”四句：祖述刘氏渊源。刘姓，自虞以上为陶唐氏，在夏为御龙氏。后居秦，始称刘氏。迨及汉高祖称帝，封其弟刘交为楚王，皇后为楚王后裔。

〔2〕曾沙膺庆：意谓占卜得吉兆，将有贵女出世。《汉书·元后传》载，春秋时沙麓山崩，史官占卜，预测六百四十五年后有盛德之女出世。汉元后的宗族恰好居住此地，年数与之相符。此句即借用该典故。

〔3〕徽音：意为德音。《诗经·大雅·思齐》以此赞颂文王母太任有美德，死后为文王妻所继承。后世用作哀悼或称颂后妃之词。

〔4〕纮綖（hóng yán）：上古之制，后妃亲织玄紞，公侯夫人加之以纮綖。后以“纮綖”称誉贵显人家妇女有勤俭美德。纮，冠的带子；綖，冠上饰物。

〔5〕穜稑（tóng lù）：穜，先种后熟的谷类；稑，后种先熟的谷类。《周礼》载，以种穜稑为后妃尊礼守敬、宣导教化的开端。

【译文】

敬皇后出生在刘氏家族，其远祖在唐虞之世为陶唐氏，在夏朝为御龙氏。后居秦，始称刘氏。迨及汉高祖称帝，封其弟刘交为楚王，皇后一族是楚王后裔。皇后善良有德，柔和美好，秉天地之灵气，有吉兆预示她出生。感应这种祥瑞，承续太任的德音。恪守后妃的职责，坚守后妃的本分。尊礼守敬、宣导教化，其睿智犹如静水流深，其贤德堪比芝兰蕙茝。

先德韬光[1]，君道方被。于佐求贤，在谒无诐。顾史弘式，陈诗展义。厚下曰仁，藏往伊智[2]。十乱斯俟[3]，四教罔忒[4]。思媚诸姑，贻我嫔则。化自公宫，远被南国。轩曜怀光[5]，素舒伫德[6]。

【注释】

〔1〕先德：此处指明帝。

〔2〕藏往：知来藏往的省称。《易·系辞》曰："神以知来，知以藏往。"

〔3〕十乱：指周武王时十名治国平乱的辅臣，即周公旦、召公奭、太公望、毕公、荣公、太颠、闳夭、散宜生、南宫适、文母。乱，即治，反训。

〔4〕四教：此指妇女教育的典则，即妇德、妇言、妇容、妇功。

〔5〕轩曜：轩辕星，又名曜星，象征后宫女主。

〔6〕素舒：月的别称，以比后妃。

【译文】

遥想当年，先帝韬光养晦，敬皇后辅佐君主，进用贤德而无私心。以史籍记载的有德后妃为法式和榜样，以诗经颂扬的后妃之德来宣扬教化。宽仁而智慧，深晓过去而对未来有所预见。期待治国辅臣出现，四教完备没有差池。常思爱敬贤淑美好的先太后，把为妇之道传遍宫廷后院。皇后的德化源自深宫，影响却远及南方边鄙之地。她的圣明贤德，有如星辉月华，普照天下。

闵予不佑，慈训早违。方年冲藐，怀袖靡依。家臻宝业，身嗣昌晖。寿宫寂远，清庙虚归。呜呼哀哉！

帝迁明命，民神胥悦。乾景外临，阴仪内缺。空悲故剑〔1〕，徒嗟金穴〔2〕。璋瓒奚献〔3〕，袆褕罔设〔4〕。呜呼哀哉！

【注释】

〔1〕故剑：结发妻子的喻称。汉宣帝刘询曾诏求微时故剑，借以表示愿立微时所娶许平君为皇后。

〔2〕金穴：借指受宠。东汉光武郭皇后之弟郭况，封阳安侯，官拜大鸿胪。光武帝刘秀常至其家宴饮，赏赐丰厚，郭况家遂有“金穴”之称。

〔3〕璋瓒：王后、夫人所持礼器名。

〔4〕袆褕：六衣的代称，王后的六种礼服。其中，袆衣、褕狄为祭服。

【译文】

可怜我失去上天庇佑，早早不能聆听慈亲的教诲；年纪尚还幼小，却已失去母亲的护持。儿子拥有大业，继承天命。母亲只有供奉在寂寥幽远的祠庙，神魂归于神主。呜呼哀哉，令人伤恸啊！

当年先帝登基，敬奉神明、爱护民众，得到上天庇佑、百姓拥戴。然而，皇帝君临天下，皇后的位置却空虚无主。无奈发妻已经辞世，徒留悲戚憾恨。皇后所执的礼器、所用的礼服，又能献于何人，空为陈设罢了。呜呼哀哉，令人伤恸啊！

冯相告祲〔1〕，宸居长往。贻厥远图，末命是奖。怀丰、沛之绸缪兮，背神京之弘敞。陋苍梧之不从兮，遵鲋隅以同壤〔2〕。呜呼哀哉！

【注释】

〔1〕冯相：即冯相氏，周代官名，掌天文。　祲：阴阳相侵之气，征象不祥。此处为高宗驾崩之兆。

〔2〕鲋隅：颛顼与他的九位嫔妃葬于鲋隅之山。

【译文】

掌天文的官员说天象不祥，随后先帝驾崩。先帝临终遗命，将他的宏图远谋托付给嗣君，以此勉励这未来的君主。即将离开广大开阔的帝都，不免心存怀恋帝乡而缠绵感伤。舜帝葬于苍梧之野，两位妃子没能与他同葬，这不足效法。颛顼帝与他的九位妃子合葬于鲋隅之山，这值得遵从。呜呼哀哉，令人伤恸啊！

陈象设于园寝兮，映舆鍐于松楸[1]。望承明而不入兮，度清洛而南游。继池綍于通轨兮，接龙帷于造舟。回塘寂其已暮兮，东川澹而不流。呜呼哀哉！

【注释】

〔1〕鍐（zōng）：马首饰物。

【译文】

陵墓的寝殿中陈列画像，丧车马匹的金属饰物散发光芒，映在松树、楸树之上。回望承明门却不进入，渡过洛水一路南行。各种送葬物品连绵相继于大路，龙纹帷帐连接着浮桥。天色已晚，堤岸回环的池塘静寂无声，东流不返的河水仿佛凝滞。呜呼哀哉，令人伤恸啊！

籍閟宫之远烈兮[1]，闻缵女之遐庆。始协德于《蘋》《蘩》兮[2]，终配祇而表命。慕方缠于赐衣兮[3]，哀日隆于抚镜[4]。思《寒泉》之罔极兮，托彤管于遗咏。呜呼哀哉!

【注释】

〔1〕閟宫：后稷之母姜嫄的神庙，此处指代姜嫄。

〔2〕《蘋》《蘩》：《诗经·周南》中有《采蘋》和《采蘩》二诗。《采蘋》篇吟咏大夫妻不失法度，《采蘩》篇吟咏夫人不失职。

〔3〕赐衣：《东观汉记》载，汉章帝将光烈皇后衣物赐予刘苍，慰其孝敬和思念母亲之心。

〔4〕抚镜：《西京杂记》载，汉宣帝随身带祖母史良娣所系宝镜一枚，抚镜便嘘唏哽咽。

【译文】

敬皇后遥承姜嫄遗留的德业，远托太姒久长的福泽。其始，婚配先皇，能够遵循法度、不失其职。其终，帝后合葬，能够配享天地，赐号封爵。当今嗣位的皇帝，犹如当年的汉章帝汉宣帝，保存母亲的遗物来寄托哀思。母亲的恩德无穷深厚，对母亲的哀思没有尽头。为了寄托无尽的思念，将她的事迹记载下来。呜呼哀哉，令人伤恸啊!

碑文上

郭有道碑文并序　蔡伯喈（蔡邕）

【题解】

蔡邕（132—192），字伯喈，东汉陈留圉（今河南杞县）人。曾为郎中，参与续写《东观汉记》及刻印《熹平石经》。《后汉书》有传。郭泰为汉末高士，此碑文称美其学行大节及其不屑仕进的志向。

先生讳泰[1]，字林宗，太原界休人也。其先出自有周王季之穆[2]，有虢叔者，实有懿德，文王咨焉。建国命氏[3]，或谓之郭[4]，即其后也。先生诞应天衷，聪睿明哲，孝友温恭，仁笃慈惠。夫其器量弘深，姿度广大，浩浩焉，汪汪焉，奥乎不可测已。若乃砥节厉行，直道正辞，贞固足以干事，隐括足以矫时[5]。遂考览《六经》，探综《图》《纬》[6]。周流华夏，随集帝学[7]。收文、武之将坠，拯微言之未绝。于时缨緌之徒，绅佩之士，望形表而影附，聆嘉声而响和者，犹百川之归巨海，鳞介之宗龟龙也。尔乃潜隐衡门[8]，收朋勤诲，童蒙赖焉，用祛其蔽。州郡闻德，虚己备礼，莫之能致。群公休之，遂辟司徒掾，又举有道，皆以疾辞。将蹈鸿涯之遐迹[9]，绍巢、许之绝轨[10]，翔区外以舒翼，超天衢以高峙。禀命不融，享年四十有二，以建宁二年正月乙亥卒。

【注释】

〔1〕泰：郭泰，字林宗。最初被太常赵典举为有道，故后世称“郭有道”，东汉时期名士。

〔2〕王季：文王之父。　穆：古代宗庙制度。郑玄云，自始祖之后，父曰昭，子曰穆。

〔3〕命氏：周代天子分封诸侯时赐以土地并命以氏称，叫作胙土命氏。氏，相当于小姓，是同姓大族下的分支所特有的标帜。

〔4〕郭：同虢。高诱《战国策注》曰：“郭，古文虢字也。”

〔5〕隐括：矫正，修订。

〔6〕《图》：即《河图》。　《纬》：即纬书。《图》《纬》又称谶纬，指汉代混合神学附会儒家经义的书。

〔7〕帝学：国学。

〔8〕衡门：即横门，简陋的房屋以横木为门，后借指隐者所居。

〔9〕鸿涯：即洪崖，传说中的仙人。

〔10〕巢、许：巢父与许由，隐士。

【译文】

郭先生名泰，字林宗，太原郡介休县人。远祖出自周宗室，是太王王季之子、文王之弟虢叔。虢叔有美好的品德，文王常与他商议国家政事。后来建立封国，标志宗族，称为郭氏。郭林宗先生是他的后人。

先生应天命而生，睿智聪敏，洞察事理。孝顺父母，友爱兄弟，温和恭敬，仁爱笃厚。他的器度识量宏阔渊深，风姿气度豁达广博，犹如江海般汪洋浩瀚难以测度。砥砺名节品行，言行有确当的准则，坚贞不移足以堪任其事，隐身自修足以匡正时风。于是研求《诗经》《尚书》《仪礼》《周易》《春秋》《乐经》等典籍，探究《河图》及六经之纬书；周游华夏大地，后来在京师的太学求学。整理即将失落的周文王、武王制定的典章制度，发扬孔子的微言大义使其免于断绝。于是，当时有声望的士大夫，见其人闻其言则折服响应，犹如百川归于大海，水族追随灵龟神龙。党锢之祸后，先生隐居柴门，教授门徒，愚蒙之人有幸仰赖先生，祛除遮蔽，见于大道。州郡长官听闻他的贤德，谦逊而礼仪周备地邀请他，却最终不能招致。诸多有名位的官员都称赞他的才德，征辟他为司徒掾，又通过“有道”科进行举荐，先生都以疾病为由推辞不赴征召。将沿循洪崖先生、巢父、许由等上古先贤的道路，隐逸恬退，离尘脱俗。这种超然物外的态度，使他仿佛生出羽翼，可以翱翔宇外，俯视尘寰。然而，秉受天命不久，享年仅四十二岁。建宁二年正月乙亥日辞世。

凡我四方同好之人，永怀哀悼，靡所置念。乃相与惟先生之德，以谋不朽之事。佥以为先民既没，而德音犹存者，亦赖之于见述也。今其如何而阙斯礼！于是树碑表墓，昭铭景行，俾芳烈奋于百世[1]，令问显于无穷。其辞曰：

【注释】

〔1〕芳烈：盛美的功业。

【译文】

四方志趣相同的朋友，永怀哀悼之情，哀思无所寄托。大家认为，先生的德业足以称得起古人所谓之“不朽”。且认为，古代圣贤逝世，而其仁善之言仍然流传后世，也有赖于碑文记述其德行与事迹。如今又怎能缺少这项重要的仪式。于是树立墓碑撰写表文，表彰先生崇高的德行，期待先生美好的声名能够流芳百世以至无穷。其辞曰：

於休先生，明德通玄。纯懿淑灵，受之自天。崇壮幽浚，如山如渊。《礼》《乐》是悦，《诗》《书》是敦。匪惟摭华，乃寻厥根。宫墙重仞[1]，允得其门。懿乎其纯，确乎其操。洋洋搢绅，言观其高。栖迟泌丘[2]，善诱能教。赫赫三事[3]，几行其招。委辞召贡，保此清妙。降年不永，民斯悲悼。爰勒兹铭，摛其光耀。嗟尔来世，是则是效。

【注释】

〔1〕宫墙：又称夫子墙，后来代指师门。

〔2〕泌丘：隐士居住的地方。

〔3〕三事：周有“三事大夫”之称，即三公。

【译文】

堪称完人啊先生！您德行完备，通晓大道的玄妙深奥。天资禀赋受之于天，纯正美好善良聪敏。崇高犹如山川，深沉犹如深渊，闻礼乐而悦乐，尊诗书而黾勉。不仅摭取典籍中显而易见的道理，更探求精深的大道和问题的根源。圣人门墙崇高，先生能登堂入室，窥见儒学堂奥。品行美好，操守坚定。缙绅君子，高山仰止。隐居乡野，授徒讲学。辞去三公的征召，宁愿清操自守。可惜年寿不久，不能不令人悲悼。于是立碑撰铭，将他的德业事迹光大传扬，也为后世之人啊，留下表率可以效仿。

陈太丘碑文并序　蔡伯喈（蔡邕）

【题解】

碑文高度颂扬陈寔公正平和、仁而爱人品行，称赏其敢于触犯宦官权势、不慕高官厚禄的美德。

先生讳寔[1]，字仲弓，颍川许人也。含元精之和[2]，应期运之数[3]。兼资九德[4]，揔修百行[5]。于乡党则恂恂焉，彬彬焉，善诱善导，仁而爱人，使夫少长咸安怀之。其为道也，用行舍藏[6]，进退可度，不徼讦以干时[7]，不迁贰以临下[8]。四为郡功曹，五辟豫州，六辟三府，再辟大将军，宰闻喜半岁，太丘一年。德务中庸，教敦不肃[9]。政以礼成，化行有谧。会遭党事[10]，禁固二十年，乐天知命，澹然自逸。交不谄上，爱不渎下。见机而作，不俟终日。及文书赦宥，时年已七十，遂隐丘山，悬车告老[11]，四门备礼[12]，闲心静居。大将军何公，司徒袁公，前后招辟，使人晓喻，云欲特表，便可入践常伯[13]，超补三事[14]，纡佩金紫，光国垂勋。先生曰："绝望已久，饰巾待期而已。"[15]皆遂不至。弘农杨公，东海陈公，每在衮职，群僚贺之，皆举手曰："颍川陈君，绝世超伦，大位未跻，惭于臧文窃位之负。"〔16〕故时人高其德，重乎公相之位也。

【注释】

〔1〕寔：陈寔（104—187），字仲躬（此文误作仲弓），颍川许县人。东汉时期官员、名士。曾任太丘长，后世称为"陈太丘"，以清高有德行闻名于世。

〔2〕元精：天地的精气。

〔3〕期运：机运，气数。

〔4〕九德：古谓贤人所具备的九种优良品格：宽而栗，柔而立，愿而恭，乱而敬，扰而毅，直而温，简而廉，刚而塞，强而义。

〔5〕百行：指各种品行。

〔6〕"用行"句：被任用就行其道，不被任用就退隐。

〔7〕儌：抄袭。　讦：发人隐私。　干时：求合于当时。

〔8〕迁贰：语出《论语·雍也》"不迁怒，不贰过"，不迁怒他人，不犯同样的错误。

〔9〕不肃：不严厉。

〔10〕党事：东汉桓帝时，宦官弄权，大夫李膺等捕杀其党，后被宦官诬为朋党诽谤朝廷，被牵连者二百余人，禁锢终身，不得为官。

〔11〕悬车：谓辞官家居。古者官员以车代步，阖门悬车表示辞去官职不问政事。

〔12〕四门：明堂四方之门，形容招揽贤才。

〔13〕常伯：周朝官名。指帝王左右的权臣，汉朝称侍中。

〔14〕三事：即三公，大司徒、大司马、大司空。

〔15〕"绝望"二句：指已经绝意仕宦，只是整饰衣冠等待临终之日而已。

〔16〕臧文窃位：自谦之语，称没能与才德高于自己的人同朝为官而惭愧。

【译文】

陈先生名寔，字仲弓，颍川郡许县人。先生的诞生，秉元气之精华，应贤者之运数。天资中兼备贤人应有的九种美德，通过修习而具备各种良好品行。身处乡里，则恭敬谨慎，文质彬彬，循循善诱，与人亲和友爱，使年长者得以照顾，年少者得到关怀。先生的处世之道，被任用就出仕做官，不被任用就退隐山林，不刻意追求利禄，出处行止皆有准则。不靠揭人阴私来求合于时，不迁怒于人、不重复犯错。四次担任本郡功曹吏，五次受豫州府征辟，六次受三公府征辟，后又被大将军府征辟，任闻喜长之职半年，任太丘长之职一年。其道德品行，追求调和折中、不偏不倚的中庸之道；其教化百姓，不需要严苛的治理而四方无事。依托礼义教化而施政，百姓安宁、没有动乱。及至受党锢之祸牵累，仕宦之途被阻绝了二十年，仍然乐天知命，恬淡安适，不以为怀。与人交往，不谄谀地位高的人，不轻慢地位低的人。为人果敢洞明，能够见机行事、当机立断。及至皇帝下诏赦免其禁锢，先生已经七十高龄。于是退隐山林，悬车告老，不再出仕。虽然各方皆前来征聘延揽，礼仪周备，但先生仍以恬静闲居为乐。大将军何进、大司徒袁隗，先后征召先生，派使者转达诚意：意欲破格举荐先生，授予侍中之职，越级除授三公之位，使您佩戴金印紫绶，光耀家国，功勋传世。先生道："早已绝意仕进，整饰衣冠等待寿终而已。"于是竟不应征召。弘农杨赐、东海陈耽，皆位至三公，同僚祝贺，二公皆拱手致意，说道："颍川陈君，才华超越当世群贤，却没有登上三公之位，我们有臧文仲窃位之嫌，不免感到惭愧。"可见，当时人尊重先生的德行，胜于公卿将相的地位之尊。

年八十有三，中平三年八月丙午，遭疾而终。临没顾命[1]，留葬所卒，时服素棺[2]，椁财周榇，丧事惟约，用过乎俭。群公百僚，莫不咨嗟；岩薮知名，失声挥涕。大将军吊祠，锡以嘉谥，曰："征士陈君，禀岳渎之精，苞灵曜之纯。天不憖遗老，俾屏我王，梁崩哲萎，于时靡宪。搢绅儒林，论德谋迹，谥曰文范先生。”传曰：“郁郁乎文哉。”《书》曰：“洪范九畴，彝伦攸叙。”文为德表，范为士则，存诲没号，不亦宜乎！三公遣令史祭以中牢[3]。刺史敬吊。太守南阳曹府君命官作诔曰：“赫矣陈君，命世是生。含光醇德，为士作程。资始既正，守终又令。奉礼终没，休矣清声！”遣官属掾吏，前后赴会，刊石作铭。府丞与比县会葬。荀慈明、韩元长等五百余人，缌麻设位[4]，哀以送之。远近会葬，千人已上。河南尹种府君临郡[5]，追叹功德，述录高行，以为远近鲜能及之，重部大掾，以时成铭。斯可谓存荣没哀[6]，死而不朽者已。乃作铭曰：

峨峨崇岳，吐符降神；於皇先生，抱宝怀珍。如何昊穹，既丧斯文。微言圮绝，来者曷闻。交交黄鸟，爰集于棘。命不可赎，哀何有极！

【注释】

〔1〕顾命：临终遗言。

〔2〕时服：不同时令所穿的衣服，此处指平日所穿的衣服。　素棺：不加装饰的棺材。

〔3〕中牢：古代用作祭品的猪羊二牲。

〔4〕缌麻：丧礼五服中最轻的一种丧服。用细熟麻布做成，服期三个月。

〔5〕种府君：河南尹种拂。

〔6〕存荣没哀：生时使人尊崇爱戴，死后令人哀痛。

【译文】

中平三年八月丙午日，先生八十三岁，因疾病辞世。临终遗言：在亡故的地方入藏，以日常穿的便服入殓。棺木不加装饰，外棺仅能包裹棺木即可。丧事要简单，费用要节俭。公卿百官听到先生去世的消息，无不嗟叹惋惜；山野百姓知道先生之名的，也都痛哭失声。大将军何进派遣使者吊唁祭奠，赠予美好的谥号，曰："征士陈君，秉山川之精气，含天赋之纯和。可惜天道无情，不愿留下一位长者，使他辅佐我主。栋梁崩坏，贤哲辞世，时人痛失楷模。儒者士大夫，依据其德行事迹，赠谥号'文范先生'。"《论语》云"郁郁乎文哉"，《尚书》云"洪范九畴，彝伦攸叙"。"文"，为道德表率；"范"，为士林准则。生前以此教诲后学，身后以此作为谥号，不是十分适宜的吗？三公派遣令使，以中牢之礼致祭。刺史吊唁致敬。太守南阳曹府君，命属官作诔曰："陈君之德盛大显明，应运而生当世闻名。光彩内敛而品德纯厚，足堪效法而表率士林。立身中正而合于法度，善始善终而持守善行。尊奉礼教直至最后，留其声名美好清正。"派遣属下官吏先后赶赴葬礼，刻制石碑并撰写铭文。府丞与邻县官员共同参加葬礼，荀慈明、韩元长等五百余人，穿戴缌麻丧服，设置神位，哀恸送葬。远近参加葬礼的人有千人以上。河南尹种府君到达任所，追念先生的功德，记述其高行，认为远近贤达很少能与他相比。特命掾属撰写铭文。这真称得上生荣死哀，永垂不朽啊。作铭文曰：

山川巍峨，天降祥瑞。应运而生的您啊，具有美好品德和才能。奈何苍天，要带走承传礼教之人。圣人的微言大义已成绝响，后来者哪能有所听闻。《黄鸟》之篇，痛悼贤人。人不可再生，哀思没有穷尽。

褚渊碑文并序　王仲宝（王俭）

【题解】

王俭（451—489），字仲宝，琅琊临沂（今山东临沂）人。南朝宋时官秘书丞，撰定《元徽四部书目》，齐武帝时领太子少傅，国子祭酒，开府仪同三司。以病终，谥文宪。《南齐书》有传。褚渊，字彦回，南朝宋、齐宰相、外戚、南齐开国元勋。谥号“文简”。王俭与褚渊同事两朝，此碑文详述并赞扬褚渊的德行功业，肯定其历仕两朝、身侍五君功绩。

夫太上有立德，其次有立功，此之谓不朽〔1〕。所以子产云亡，宣尼泣其遗爱〔2〕；随武既没〔3〕，赵文怀其馀风〔4〕。于文简公见之矣。公讳渊，字彦回，河南阳翟人也。微子以至仁开基〔5〕，宋、段以功高命氏〔6〕。爰逮两汉，儒雅继及；魏晋以降，奕世重晖。乃祖太傅元穆公〔7〕，德合当时，行比州壤。深识臧否，不以毁誉形言；亮采王室，每怀冲虚之道。可谓婉而成章，志而晦者矣。

【注释】

〔1〕不朽：古有“立德、立功、立言”为“三不朽”之说。

〔2〕宣尼：汉平帝时，追谥孔子为褒成宣尼公。　遗爱：指留于后世而被人追怀的德行、恩惠、贡献等。

〔3〕随武：士会，食邑于随，故称随武子。春秋时晋国正卿。

〔4〕赵文：赵文子，亦称赵孟，赵朔之子。春秋时晋国大夫、将领。

〔5〕微子：纣王之庶兄。周公平定武庚叛乱后，命其代为殷后，封于宋，为宋国始祖。

〔6〕宋、段：宋国的褚师段。　褚师，官名。　段，共公之子，子石。

〔7〕乃祖：褚渊祖父为褚裒，字季野。

【译文】

古人所谓不朽，最高境界是树立德业，其次是建立功勋。因此，子产去世，孔子认为他有德惠遗留后世，故而感伤流泪。随武子去世，赵文子感念他遗留的风教。这样令人缅怀的德业功勋，在文简公身上同样体现出来。

文简公姓褚，名渊，字彦回，河南阳翟人。微子以仁德开创宋国基业，子石任宋国的褚师之职，因为功勋卓著，得以命名其宗族为褚氏。迨至两汉，褚氏后人当中不乏博学儒者；魏晋以来，光耀宗族的人才更是世代相继。文简公的祖父，被追赠太傅、元穆侯。道德品行与当时贤达并驾齐驱。对善恶得失认识深透，但言谈谨慎，不会轻率地批评或赞誉他人。身为辅佐政事的大臣，却以淡泊虚静为处世之道。他的处世为人，堪称态度委婉而有章法准则，胸怀大志而不锋芒毕露。

自兹厥后，无替前规，建官惟贤，轩冕相袭。公禀川岳之灵晖，含珪璋而挺曜，和顺内凝，英华外发。神茂初学，业隆弱冠。是以仁经义纬，敦穆于闺庭；金声玉振[1]，寥亮于区寓。孝敬淳深，率由斯至；尽欢朝夕，人无间言。逍遥乎文雅之囿，翱翔乎礼乐之场。风仪与秋月齐明，音徽与春云等润。韵宇弘深，喜愠莫见其际；心明通亮，用人言必由于己[2]。汪汪焉，洋洋焉，可谓澄之不清，挠之不浊。袁阳源才气高奇[3]，综核精裁；宋文帝端明临朝[4]，鉴赏无昧。袁既延誉于遐迩，文亦定婚于皇家。选尚馀姚公主，拜驸马都尉。汉结叔高[5]，晋姻武子[6]，方斯蔑如也。

【注释】

〔1〕“金声”句：比喻德才兼备，学识渊博而精深。语出《孟子·万章下》。

〔2〕用人言必由于己：即推己及人。

〔3〕袁阳源：袁淑，字阳源。太子刘劭作乱，因不从逆而被杀。

〔4〕宋文帝：刘义隆。

〔5〕叔高：窦叔高，名玄。天子令其迎娶公主，当时窦玄已经娶妻，不敢申说。

〔6〕武子：王济，字武子。娶武帝女常山公主。

【译文】

自此之后，后人遵循祖训家法，为官贤明，官位爵禄世代相袭。文简公秉受山川河岳之灵气，德才卓绝与众不同。内外兼修，积善育德于内，而充实光大于外。年少初学时就思力旺盛，未及成年已经学业有成。故而以仁义礼法为行动准则，在家则宽厚恭谨、孝顺友爱，在外则德行完备、美名远扬。孝顺亲长，做事尽心，为人忠厚诚恳、深谋远虑，其美德皆由此而得到完善。终日在父母膝下承欢，从未受到过责备。游心于六艺群书之文，从容于礼乐教化之道。风度仪表如秋月一般明朗，佳德美誉如春云一般温润。器量宏大渊深，喜怒不形于色。心性通达聪敏，用人之言必定如自己所出。如同汪洋大海，无论澄清或扰动，都无法影响它的清浊。袁淑才气高妙，品鉴人才的名实，总有精审的判断。宋文帝治理国事，公平睿智，鉴别赏识人才，不使人才失落。袁淑称扬文简公的才德，使其声名远播。文帝与他缔结姻亲，将余姚公主嫁给他，并封为驸马都尉。汉朝窦叔高、晋朝王武子都曾迎娶公主，但与文简公相比，都不足以称为荣耀。

释褐著作佐郎，转太子舍人。濯缨登朝，冠冕当世；升降两宫〔1〕，实惟时宝。具瞻之范既著〔2〕，台衡之望斯集〔3〕。出参太宰军事，入为太子洗马，俄迁秘书丞。赞道槐庭〔4〕，司文天阁〔5〕；光昭诸侯，风流籍甚。以父忧去职〔6〕，丧过乎哀，几将毁灭。有识留感，行路伤情。

【注释】

〔1〕两宫：代指太子与皇帝。

〔2〕具瞻：为众人所望。

〔3〕台衡：指宰辅大臣。台、衡，皆星名。

〔4〕赞：佐助。槐庭：指三公之位。太宰参军为佐助三公之职。

〔5〕司：主。天阁：天禄阁。主文史之任于天禄阁，是秘书丞的职责。

〔6〕父忧：父丧的婉辞。父母亡故，守丧三年，称为丁忧。

【译文】

初入仕途，官任著作郎，后任太子舍人。入朝为官而洁身自守，受到士大夫们的拥戴。出入东宫与上台，实为当时值得倚重的贤才。三公宰相之位，已是众望所归。辅佐太宰参预军机政务，又任太子洗马，不久转任秘书丞。协助宰辅办理政务，职掌图书秘记，才华显扬于诸侯公卿之间，光彩荣耀、声名显盛。后来因为父亲去世而离职丁忧，悲哀过度，几乎毁坏了身体。相识的人见到，不免同情；不相识的人见到，也为之感伤。

服阕，除中书侍郎。王言如丝，其出如纶。恪居官次，智效惟穆。于时新安王宠冠列蕃[1]，越敷邦教，毗佐之选，妙尽国华。出为司徒右长史，转尚书吏部郎。执铨以平，御烦以简，裴楷清通，王戎简要，复存于兹。泰始之初，入为侍中。曾不移朔，迁吏部尚书。是时天步初夷[2]，王途尚阻，元戎启行，衣冠未缉。内赞谋谟，外康流品。制胜既远，泾渭斯明。赏不失劳，举无失德。绩简帝心，声敷物听。事宁，领太子右卫率，固让不拜。寻领骁骑将军。以帷幄之功，膺庸祇之秩[3]，封雩都县开国伯，食邑五百户。既秉辞梁之分[4]，又怀寝丘之志[5]，所受田邑，不盈百井[6]。

【注释】

〔1〕新安王：刘子鸾，字孝羽，宋孝武帝第八子。

〔2〕天步初夷：指少帝被弑。

〔3〕庸祇：庸庸，祇祇。任用应当任用的人，尊敬值得尊敬的人。

〔4〕辞梁：《国语》载，楚惠王准备把梁地赐予鲁阳文子，他拒绝了。

〔5〕寝丘：《列子》载，孙叔敖临终告诫儿子，不要接受楚王封赠的富饶之地，而要请封条件差的寝丘，这样才能长保不失。

〔6〕井：一平方里为一井。

【译文】

丁忧期满，被任命为中书侍郎。如《礼记》所云“王言如丝，其出如纶”。君主的言语即便细微如丝，一旦成为政令，也会威力巨大。中书侍郎职掌天子诏令的起草、颁布，文简公在任上恪尽职守，才智和能力皆堪此任。当时，新安王在诸藩王中最受宠爱，能够辅弼君王、安邦定国的人才，大多聚集在他的麾下。新安王兼任司徒之职，文简公为司徒右长史，转任尚书吏部郎，铨选人材公允无私，处理政务化繁为简。裴楷处事清明而条理清楚，王戎处事简单而切中要害，这些优长在他的身上重现。泰始初年，担任侍中，不到一个月即升迁为吏部尚书。此时国运艰难，叛乱初平，国家的前途命运仍面临许多险阻。大军征战在外，战事尚未完全平息；朝堂内部，朝士也未能团结一致。文简公一方面赞画军事、运筹帷幄，一方面广开进贤之路、铨选官吏，从而能够制胜千里之外，奖惩泾渭分明。所赏者都是对国家有贡献的人，所举荐者都是德行高尚深孚众望的人。政绩得到皇帝赏识，声名合于众人的评议。政局平定后，被授职为太子右卫率，坚决辞让不受。稍后，任骁骑将军。因运筹帷幄之功，深受信任和重用。被封为雩都县开国伯，赐食邑五百户。他秉持鲁阳文子、叔孙敖等先贤的为臣之道，安守本分、谦逊辞让，接受的封地不足百井。

久之，重为侍中，领右卫将军。尽规献替〔1〕，均山甫之庸〔2〕；缉熙王旅，兼方叔之望〔3〕。丹阳京辅，远近攸则；吴兴襟带，实惟股肱；频作二守，并加蝉冕〔4〕。政以礼成，民是以息。明皇不豫〔5〕，储后幼冲〔6〕，贻厥之寄，允属时望。征为吏部尚书，领卫尉，固让不拜。改授尚书右仆射。端流平衡，外宽内直。弘二八之高謩〔7〕，宣《由庚》而垂咏〔8〕。太宗即世，遗命以公为散骑常侍、中书令、护军将军。送往事居，忠贞允亮。秉国之均，四方是维。百官象物而动，军政不戒而备〔9〕。公之登太阶而尹天下〔10〕，君子以为美谈，亦犹孟轲致欣于乐正〔11〕，羊职悦赏于士伯者也〔12〕。

【注释】

〔1〕献替：进献可行者，废去不可行者。“献可替否”的省称。

〔2〕均：同。　山甫：仲山甫，周宣王卿士。《诗经·大雅·烝民》用修补衮衣比喻他能匡正周王的过失。

〔3〕方叔：周宣王时大臣。曾率兵车三千辆进攻楚国得胜，又曾进攻玁狁。

〔4〕蝉冕：即蝉冠。汉代侍从官所戴之冠，貂尾蝉文为饰。

〔5〕明皇：宋明帝刘彧。

〔6〕储后：太子的别名，此指宋后废帝刘昱。

〔7〕二八：八元、八恺的合称，传说中德才兼备的贤人。

〔8〕《由庚》：《诗经·小雅》笙诗篇名。《诗序》云：“《由庚》，万物得由其道也。”

〔9〕“百官”二句：语出《左传·宣公十二年》，指政教、军事不待约敕号令而严整有序。

〔10〕太阶：星名，即“三台”。比喻治国。

〔11〕乐正：复姓，此处指乐正克，孟子称他乐于为善。

〔12〕羊职：羊舌职，春秋时晋国大臣。　士伯：士子贞，晋国大夫。《左传》载，晋侯赏赐士伯瓜衍县，羊舌职听到非常高兴，认为这是合适的。

【译文】

过了一段时间，再次出任侍中之职，兼任右卫将军。进献忠言，兴利除弊，能尽仲山甫的才用。壮大天子军队的声威，奋发前进，兼有方叔的声望。丹阳郡辖区为京城及其周边地区，是四方远近所效法的政治文化中心；吴兴郡拱卫京畿，是交通和军事上的重地。文简公先后担任丹阳、吴兴郡守，加赐蝉冠。政事依托礼教而成就，百姓得以休养生息。明帝病重，太子年幼，文简公被视为顾命之臣，实为众望所归。明帝召为吏部尚书，兼任卫尉，他坚决辞让不受。又改授尚书右仆射之职。权衡国政使其公允平正，宽大待人而内心正直。施展宏略，犹如先贤八元八恺的所作所为。顺德应时，如同《小雅·由庚》所传颂的那样。明帝驾崩，临终诏命文简公为散骑常侍、中书令、护军将军。礼葬先帝，奉事新帝，尽到臣子应尽的责任与义务，可谓忠正诚信，遵循正道。执掌国政，维护四方。百官追随他犹如按照旌旗的指挥行动，军旅中之政教不待约敕号令而自觉地完备。文简公登上三公之位而治理天下，士人君子以此为美谈。这就像乐正执政而孟子感到欣喜，士伯受封赏而羊舌职称赞允当一样。

丁所生母忧，谢职。毁疾之重，因心则至。朝议以有为为之，鲁侯垂式[1]；存公忘私，方进明准[2]。爰降诏书，敦还摄任。固请移岁，表奏相望。事不我与，屈己弘化。属值三季在辰[3]，戚蕃内侮；桂阳失图[4]，窥窬神器[5]。鼓棹则沧波振荡，建旗则日月蔽亏。出江派而风翔，入京师而雷动。鸣控弦于宗稷，流锋镞于象魏[6]。虽英宰临戎，元渠时殄[7]；而馀党实繁，宫庙忧逼。公乃揔熊罴之士，不贰心之臣，戮力尽规，克宁祸乱。康国祚于缀旒，拯王维于已坠。诚由太祖之威风，抑亦仁公之翼佐。可谓德刑详，礼义信，战之器也[8]。以静难之功，进爵为侯，兼授尚书令、中军将军，给班剑二十人[9]。功成弗有，固秉㧑挹[10]。改授侍中、中书监，护军如故。又以居母艰去官。虽事缘义感，而情均天属。颜丁之合礼[11]，二连之善丧[12]，亦曷以踰！

【注释】

〔1〕“鲁侯”句：鲁伯禽遭遇母丧，恰逢徐戎作乱。于是痛哭之后，出征作战，以王事为重。

〔2〕“方进”句：《汉书》载，翟方进为丞相，母亲葬礼结束后三十六日便除去孝服办理公事，认为自己肩负丞相职责，不敢逾越国家礼制。

〔3〕三季：指夏、商、周三代之末。

〔4〕桂阳：桂阳王刘休范。元徽二年，刘休范起兵造反，被右卫将军萧道成等击败。

〔5〕神器：帝位。

〔6〕象魏：宫廷外的阙门。

〔7〕元渠：元凶。

〔8〕战之器：战争胜利所必须具备的条件。

〔9〕班剑：本指饰有花纹之剑，为皇帝对功臣之恩赐。

〔10〕㧑挹：谦逊、谦退。

〔11〕颜丁：鲁人。《礼记》载，颜丁善居丧。

〔12〕二连：大连、少连。《礼记》载，孔子肯定他们二人居丧合礼。

【译文】

为生母丁忧，辞去官职。居丧过哀以至病体沉重，孝亲之情出于天性。朝臣公议认为，变革礼俗，公而忘私，丁忧期限未满即为国效力，鲁伯禽、翟方进已有先例。于是下诏，敦请返回朝廷主持国事。文简公坚决请求服丧至次年，为此连续上奏陈情的奏章。国事不以个人意愿为准，于是牺牲个人利益而担起弘扬教化的责任。时值朝政昏乱，藩王起兵犯上，桂阳王觊觎皇位。战舰划桨鼓棹，波浪滔天；军队战旗林立，遮天蔽日。京师内外，风起雷动。社稷宗庙内听得到张弓射箭时弓弦的鸣响，宫外阙门前看得见兵器箭镞乱飞。虽然齐王亲临战阵，叛军首恶桂阳王已被歼灭，但因为余党杜墨蠡等人数众多，宗庙社稷仍然受到威胁。文简公集合骁勇的将士和忠心的臣子，勠力同心，平息祸乱。在国运危急、王纲将颓之际，挽救危局，恢复太平。这确实仰赖太祖（即齐王）的威势，也得益于文简公的辅佐。这正是所谓德、刑、详、礼、义、信，战争所必须具备的条件啊。因为平息叛乱之功，晋封侯爵，并授职尚书令、中军将军，赐随从侍卫二十人。不居功自傲，秉持谦逊的美德。改授侍中、中书监之职，仍然兼任护军。因为嫡母去世，再次辞官居丧。居丧之礼虽然出于伦理之义，而孝亲的情感出于天性。颜丁、大连、少连，皆为居丧合礼的先贤，文简公与他们相比毫不逊色。

天厌宋德，水运告谢[1]。嗣王荒怠于天位，强臣凭陵于荆楚。废昏继统之功，龛乱宁民之德，公实仰赞宏规，参闻神算。虽无受脤出车之庸[2]，亦有甘寝秉羽之绩[3]。乃作司空，山川攸序；兼授卫军，戎政辑睦。

【注释】

〔1〕水运：即水德。按照五行终始之说，刘宋为水德。

〔2〕受脤（shèn）：古代出兵祭社，祭毕以社肉颁赐众人，谓之受脤。后称受命统军为“受脤”。

〔3〕甘寝：酣睡。　秉羽：指运筹帷幄的才能。

【译文】

上天厌弃了刘宋的统治，象征国运的水德逐渐衰微。继位的新帝对国事荒废怠惰，骄横的权臣侵犯荆楚地区。废昏帝、立顺帝的功勋，平叛乱、安黎民的德业，这样的大局谋划，实际上是在文简公佐助参与下完成的。虽然没有统军出战，却能像孙叔敖一样，执羽扇高枕安卧而修文息武。于是担任司空之职，兼任卫军将军，协调军政大事。

既而齐德龙兴，顺皇高禅[1]。深达先天之运，匡赞奉时之业。弼谐允正，徽猷弘远，树之风声，著之话言，亦犹稷、契之臣虞、夏，荀、裴之奉魏、晋。自非坦怀至公，永鉴崇替，孰能光辅五君，寅亮二代者哉！大启南康，爰登中铉[2]；时膺土宇[3]，固辞邦教[4]。今之尚书令，古之冢宰，虽秩轻于衮司，而任隆于百辟[5]。暂遂冲旨[6]，改授朝端[7]。迩无异言，远无异望。帝嘉茂庸[8]，重申前册[9]。执五礼以正民[10]，简八刑而罕用[11]。故能骋绩康衢，延慈哲后。[12]义在资敬，情同布衣；出陪銮蹕，入奉帷殿。仰《南风》之高咏[13]，餐东野之秘宝[14]。雅议于听政之晨，披文于宴私之夕。参以酒德，间以琴心。暧有馀晖，遥然留想。君垂冬日之温，臣尽秋霜之戒，肃肃焉，穆穆焉。于是见君亲之同致，知在三之如一[15]。太祖升遐[16]，绸缪遗寄。以侍中、司徒录尚书事。禀玉几之顾，奉缀衣之礼[17]。择皇齐之令典，致声化于雍熙。内平外成，实昭旧职。增给班剑三十人，物有其容，徽章斯允。位尊而礼卑，居高而思降。自夏徂秋，以疾陈退。朝廷重违谦光之旨，用申超世之尚，改授司空，领骠骑大将军，侍中录尚书如故。

【注释】

〔1〕顺皇：宋顺帝刘准。　高禅：指禅位于齐太祖萧道成。

〔2〕中铉：司徒。齐建元中，褚渊改封南康郡公，进位司徒，故云。

〔3〕时膺土宇：谓封南康公。

〔4〕固辞邦教：谓再让司徒。司徒，掌教化，故云。

〔5〕百辟：百官。

〔6〕冲旨：皇帝旨意。

〔7〕朝端：朝臣之首。

〔8〕茂庸：盛大的功业。

〔9〕重申前册：再次授司徒之职。

〔10〕五礼：古代吉、凶、宾、军、嘉五种礼仪。

〔11〕八刑：周代法制中因八种罪行而施加的刑罚。

〔12〕“延慈”句：延揽贤士，以备君用。

〔13〕《南风》：相传虞舜作五弦琴，歌《南风》之诗。

〔14〕餐：赞美。　东野：即东序，大学。

〔15〕三之如一：对君主、父母、师长，以同样的敬意侍奉。

〔16〕太祖：齐高帝萧道成。

〔17〕“禀玉几”二句：周成王托孤的典故，见《尚书·顾命》。此处指褚渊亦奉此礼辅佐少帝。

【译文】

不久之后，宋顺帝禅让皇位，萧齐应运而兴。文简公深知天命所向，顺应天时，辅佐大齐的宏业。辅弼天子使政事和谐平允，美德广阔远大，良好的风教得以树立，有益的言论得以显示。这就像后稷、商契臣服舜、禹二主，荀攸、裴秀身仕魏、晋两朝。如果不是胸怀坦荡无私，洞见兴衰更替的规律，谁能辅佐五位君主，敬奉两个朝代呢？赐封南康郡公，得授司徒之位。当时接受田土之赐，坚决不受司徒之职。现在所任的尚书令，即古代的冢宰之职。虽然俸禄品级低于三公，但职责高于百官。皇帝暂时顺从其意，改授其为尚书令之职为首席朝官。自此，近臣没有不同意见，远官没有非分之想。皇帝嘉奖重大的功绩，再次提出任命文简公为司徒。执掌五礼以教化百姓，权衡八刑而罕少使用。故而能够顺利地建功立业，得到贤君的仁爱。文简公恪守君臣之义，如同儿子敬事父亲，而君臣间的感情，则如同患难知己。天子出行则陪伴天子车驾左右，天子回宫则陪侍天子身边。仰承明君的清明之时，颂扬圣上的惠爱之心。由早至晚，天子临朝则进言献策皆典雅严正，陪侍宴饮则有文章佳作，又有饮酒、抚琴的雅趣点缀其间。温文尔雅，又思虑深远。君主施恩如冬日暖阳，臣子戒慎如秋霜凛然。臣敬其君而君美其臣，君臣相得、尊卑有序。由此可见，事君与事亲并无二致；君、亲、师三者，敬奉的原则同一。太祖驾崩，留下遗诏，授以侍中、司徒之职，兼任尚书。文简公秉承先帝的临终顾命，承担近侍大臣的职责。选择齐朝良好的典章制度，使声威教化臻于太平和乐的境界。国家内外和平稳定，彰显出他的称职。皇帝命令增配随从侍卫三十人，以彰显他的地位、符合他身份。但是，他地位尊显却谦卑守礼，身处高位却想要迁降官职，自夏至秋，以生病为由请求辞去各种官职。朝廷恩准了他的请求，以彰显他超出当世的谦退之志。改授司空，兼任骠骑大将军，保留侍中、尚书令职衔。

景命不永，大渐弥留。建元四年八月二十一日薨于私第，春秋四十有八。昔柳庄疾棘，卫君当祭而辍礼〔1〕；晏婴既往，齐君趋车而行哭。公之云亡，圣朝震悼于上，群后恇恸于下，岂唯哀缠一国，痛深一主而已哉！追赠太宰，侍中录尚书如故，给节羽葆鼓吹班剑为六十人〔2〕，谥曰文简，礼也。

【注释】

〔1〕柳庄：春秋时卫国太史。病重时，卫公为其祈祷。得知柳庄死讯，卫公不换下礼服就匆忙赶往。

〔2〕节：符节，居官守职的一种凭证和象征。　羽葆：以鸟羽为饰的仪仗，为皇帝赐予臣下的一种礼遇。　班剑：古代饰有花纹的仪仗剑。皇帝恩赐功臣，亦作为丧礼时的仪仗。

【译文】

上天赐予的生命短促，病情危急遂至弥留之际。建元四年八月二十一日，文简公在家中去世，享年四十八岁。古时候，卫国太史柳庄病危，卫侯为去见他而中断祭祀；齐国国相晏婴去世，齐景公驱车奔丧，边走边哭。得知文简公去世，天子震惊悲悼，群臣惊慌哀伤。岂止如柳庄、晏婴，只是一方诸侯、一个侯国哀悼深痛而已。追赠太宰，保留侍中兼尚书令的原官，赐符节羽葆鼓吹班剑六十人，依照礼制赐谥号为“文简”。

夫乘德而处，万物不能害其贞；虚己以游，当世不能扰其度。均贵贱于条风[1]，忘荣辱于彼我，然后可兼善天下，聊以卒岁。经始图终，式免祗悔[2]。谁云克备，公实有焉。是以义结君子，惠沾庶类。言象所未形，述咏所不尽。故吏某甲等，感逝川之无舍，哀清晖之眇默。餐舆诵于丘里[3]，瞻雅咏于京国。思卫鼎之垂文[4]，想晋钟之遗则[5]。方高山而仰止，刊玄石以表德。其辞曰：

【注释】

〔1〕条风：春天的东北风，代指春风。

〔2〕祗：大。

〔3〕餐：汲取。　舆诵：众人的议论。

〔4〕卫鼎：春秋时卫国记载孔悝祖先功德的鼎。

〔5〕晋钟：晋国大夫魏颗曾经力退秦师，其功业铭于景钟之上。

【译文】

凭借道德处世，万物不能妨害他的正道；虚心遨游世间，世事不能扰乱他的法则。视贵贱如过眼风云，忘荣辱于人我之间。然后能够兼济天下，逍遥自在以终天年。由始至终，经营筹划，未曾陷入大的困厄。谁能够如此儆备谨慎，文简公实在称得上有此美德。以道义结交君子，德惠沾溉黎民。语言形象难以描绘，记述歌咏难以尽言。旧时属吏某甲等，感慨逝者如斯，哀叹音容远逝。从乡里到帝都，他美好的事迹受到众口称颂。遥想卫鼎上镌刻永垂后世的铭文，晋钟上留下垂范后世的典则。为表彰文简公令人高山仰止的德行，遂刻石旌表使其不朽。其辞曰：

辰精感运[1]，昴灵发祥[2]。元首惟明，股肱惟良。天鉴璇曜，踵武前王[3]。钦若元辅，体微知章[4]。永言必孝，因心则友。仁洽兼济，爱深善诱。观海齐量，登岳均厚。五臣兹六[5]，八元斯九。内谟帷幄，外曜台阶[6]。如风之偃，如乐之谐。光我帝典，缉彼民黎。率礼蹈谦，谅实身干。迹屈朱轩[7]，志隆衡馆[8]。眇眇玄宗，萋萋辞翰。义既川流，文亦雾散。嵩构云颓，梁阴载缺。德猷靡嗣，仪形长递。怊怅馀徽，锵洋遗烈[9]。久而弥新，用而不竭。

【注释】

〔1〕辰精：指辰星，水星的别名。按五行之德，齐属水德，故称辰精。

〔2〕昴灵：昴星之精。传说汉相萧何为昴星之精降生。此处指褚渊。

〔3〕“天鉴”二句：君主能鉴照璇玑七曜之道，踵武前王而受禅。

〔4〕“钦若”二句：臣能敬顺元辅大臣之义，体微知章而匡赞君主。

〔5〕五臣：周武王的辅佐之臣。五臣兹六，即以褚渊与先贤并列。

〔6〕台阶：即泰阶，天之三阶。上阶为天子，中阶为诸侯公卿大夫，下阶为元士庶人。

〔7〕朱轩：贵士的车。

〔8〕衡馆：衡门。以横木为门，形容住所简陋，喻指隐士居住的地方。

〔9〕锵洋：金玉碰击的声音，比喻美好的名声。

【译文】

辰星预示天命，大齐国运隆兴。昴宿感应天命，预示良臣降生。君主英明神武，良臣辅助得力。明主洞察天道，效法先王接受禅让。众臣敬顺元辅大臣，能够见微知著、匡扶辅助。孝顺亲长，友爱兄弟，仁爱之心发于天性。仁德普施，兼济天下，循循善诱而深沉真挚。其器量宏阔犹如沧海，其仁德宽厚犹如高山。堪与先贤比肩，跻身五臣八元之列。于朝堂内运筹帷幄，其功业却光耀于朝堂之外。在他的治理之下，远的地区无不恭敬听命，近的地区无不得到安抚。朝野内外关系和谐，犹如风吹草伏、音声和畅。完善典章制度，和乐百姓黎庶。遵守礼法不去逾越，履行谦逊之道，以此为立身的根本。其志向在于闲隐，而仕途通显，功勋卓著。大道玄渺，辞章华艳。其义已如川流不返，其文亦如云雾消散。大厦倾颓，栋梁崩坏。美德善行谁能继承，仪容形体从此长逝。想到他遗留下来的美德善行、丰功伟业，不免惆怅伤感。然其遗风德泽，必然历久弥新，泽被万世。

（本卷译注：刘敬）

文选卷第五十九

碑文下

头陀寺碑文　王简栖（王巾）

【题解】

王巾（巾，一作屮。? —505），字简栖，琅琊临沂（今属山东）人。仕齐为郢州从事，征南记室，录事参军。《头陀寺碑文》，文词巧丽，为世所重。碑在鄂州。碑文记载头陀寺创建、重修的经过，主旨在于宣传佛教，弘扬教义。

盖闻挹朝夕之池者[1]，无以测其浅深；仰苍苍之色者[2]，不足知其远近。况视听之外，若存若亡；心行之表，不生不灭者哉！是以掩室摩竭[3]，用启息言之津[4]；杜口毗邪[5]，以通得意之路[6]。然语彝伦者，必求宗于九畴[7]；谈阴阳者，亦研几于六位[8]。是故三才既辨，识妙物之功[9]；万象已陈，悟太极之致[10]。言之不可以已，其在兹乎！然爻系所筌[11]，穷于此域；则称谓所绝，形乎彼岸矣[12]。彼岸者引之於有，则高谢四流[13]。推之于无，则俯弘六度[14]。名言不得其性相[15]，随迎不见其终始，不可以学地知[16]，不可以意生及[17]，其涅槃之蕴也[18]。

【注释】

〔1〕朝夕之池：指大海。朝夕，即潮汐。

〔2〕苍苍之色：指青蓝色的天。

〔3〕掩室：关门，此指敛心入静。　摩竭：古印度国名。

〔4〕用：因此，于是。　启：开启。　息言：停止言说。　津：渡口。

〔5〕毗邪：亦毗耶，古印度城名。

〔6〕得意：领会真意，指领悟佛法真理。

〔7〕宗：尊奉。　九畴：传说禹治理天下的九类大法。

〔8〕研几：哲学上的穷究精微之理。　六位：指《周易》中六十四卦一至六爻的爻位。

〔9〕识：体认、认识。　妙物：神秘莫测的造化之物。

〔10〕太极：指阐明宇宙万物化生的过程。

〔11〕爻：《周易》中组成卦的符号叫爻。　系：系辞，《周易》的篇名，以阴阳理论阐述事物变化。　筌：用竹或草编制的捕鱼器具，此泛指手段或工具。

〔12〕形：表现，外显。　彼岸：佛教语，指超脱生死，达到涅槃的境界。

〔13〕四流：分别为欲流、有流、无明流、有见流，指四种欲望及诸多诱惑。

〔14〕弘：推广、扩大。　六度：指六波罗蜜，以布施、持戒、忍辱、精进、禅定、智慧，波罗蜜乃渡过彼岸之意。

〔15〕名：命名、名称。　言：语言。　性：指法性，佛教诸法的本性，即佛法。　相：指法相，佛教指宇宙一切事物的形象。

〔16〕学地：指三种因产生的三种果，具体指的是善恶因生善恶果，福因福果，智因智果。

〔17〕意生：指菩萨，言能变化生死，随意往生。

〔18〕涅槃：梵语，意译为灭度。意思是脱离一切烦恼，进入自由无碍的境界。　蕴：深奥之处。

【译文】

听说用勺不停地舀取海水，也无法测量它的深浅；抬头仰望天空，也难以测知它的高低。何况超出视觉和听觉的范畴，对于事物的感知就会变得若有若无；完全按照自己的内心意愿行动，才能不生不灭啊！因此释迦牟尼在摩竭提国闭门敛心，用来开启无言之道的渡口；维摩诘菩萨在毗耶城杜口不言，才是畅达领悟佛法妙谛的方法。然而议论伦常的人，必定会从夏禹治天下的九类大法寻求主旨；谈论阴阳的人，也要穷究《易》卦六爻的中的精微道理。因此如果已经辨明了天、地、人三才，那么就有了体认妙物的功效；如果已经能够陈述一切事物的原理，那么就达到了领悟太极本原的极致。言说不能够停止的原因，大概就在此吧。然而爻辞系辞所诠释的《易》理，都能够在生死彼岸的区域中寻找。言说都停止了，那么就能显示出超脱生死彼岸的至理。从“有”中召引他们，就向上辞谢四种欲望；向“无”境推移他们，就向下扩大六项成佛的基本功夫。称名言语描述不出法的本性和法相，追随相迎看不见法的结局和开始。不能够获知三果的变化生死，不能够达到菩萨的随意往生，这正是涅槃的渊奥啊！

夫幽谷无私，有至斯响；洪钟虚受，无来不应。况法身圆对〔1〕，规矩冥立；一音称物〔2〕，宫商潜运。是以如来利见迦维〔3〕，托生王室。凭五衍之轼〔4〕，拯溺逝川；开八正之门〔5〕，大庇交丧。于是玄关幽揵〔6〕，感而遂通；遥源濬波，酌而不竭。行不舍之檀〔7〕，而施洽群有；唱无缘之慈〔8〕，而泽周万物；演勿照之明〔9〕，而鉴穷沙界；导亡机之权〔10〕，而功济尘劫〔11〕。时义远矣！能事毕矣！

【注释】

〔1〕法身：佛教称佛的真身为法身。　圆对：《阿毗达摩》二义：一名无比法，一名对法。圆对则谓真法无滞碍隔阂，无不周遍。

〔2〕一音：佛教称佛说法的音为一音。　称物：衡量物之多少、轻重。

〔3〕利见：一见即将显达。　迦维：古天竺国名，乃佛祖释迦牟尼出

生地。

〔4〕五衍：即五乘，佛教以人乘、天乘、声闻乘、缘觉乘（辟支佛乘）、菩萨乘为五乘。

〔5〕八正：佛教以正见、正思惟、正语、正业、正命、正精进、正念、正定为八正。

〔6〕玄关：佛教指人道之门。玄，玄妙。关，门闩。　幽揵：比喻深邃的道法。揵，通“楗”，关门的木锁。玄关幽楗，比喻法藏，即佛所说的教法。

〔7〕不舍：施舍。　檀：佛教用语，意为布施。

〔8〕唱：同“倡”，倡导。　无缘之慈：大慈悲。

〔9〕演：布道。　勿照之明：不需要照亮的光明，亦即佛教所说的真明。

〔10〕机：指心机。　权：权变。

〔11〕尘劫：佛教称一世为一劫，无量无边劫为尘劫。

【译文】

幽谷没有私心，有人来则响应；巨钟悬空待敲，没有人来撞就不应和。何况法身千难殊对，圆满周遍，规矩准则就自然而然地确立了；如来以一音演说佛法，评定事物轻重，宫商音律默默地被运用了。因此如来在转世过程中遇见了迦维国的国王，转生于帝王之家。依靠五乘之车，拯救溺于苦海之人；打开八正的大门，庇护完全丧失佛道之人。于是法藏受到感化而通畅了；法海任随舀取而永不干涸。实行不是为了施舍的布施，恩泽遍布万物；倡导不求还报的慈悲，德惠遍及一切。传播真明就能够照彻三千大世界；诱导心机则会遭遇无边尘劫。顺应时势的意义深远啊，天下之能事尽在佛理中。

然后拂衣双树〔1〕，脱屣金沙〔2〕。惟恍惟惚，不皦不昧〔3〕，莫系于去来〔4〕，复归于无物。因斯而谈，则栖遑大千，无为之寂不挠〔5〕；焚燎坚林〔6〕，不尽之灵无歇〔7〕。

大矣哉！

【注释】

〔1〕拂衣：拂袖，表示决绝之义。　双树：娑罗双树，亦称双林。是释迦牟尼入灭之处。

〔2〕金沙：阿利罗拔提河，一名金沙河。

〔3〕皦：光明。　昧：晦暗。

〔4〕去来：去来今的省略，佛教用语，指过去、未来、现在。

〔5〕无为：佛家之无因缘造作，无生住异灭四相之造作称无为。　寂：寂灭，佛教语，即涅槃。　挠：扰乱。

〔6〕焚燎：焚烧。　坚林：坚固林的省称，娑罗树的别名，此树冬夏不凋，故意译为坚固。

〔7〕不尽：佛教指常住之意，谓恒久不变。

【译文】

然后佛在婆罗双树下拂衣，在金沙河边脱鞋，恍恍忽忽，若有若无，不清醒，也不昏昧，也不连接过去现在未来，最后又归于涅槃。据此而论，即使在三千世界里奔忙不定，无为无欲的状态、寂灭常静的境界也不会受到干扰；即使在坚固林间积木焚身，神灵常住恒久不变，说法布道也永不歇息。伟大啊！

正法既没〔1〕，象教陵夷〔2〕。穿凿异端者，以违方为得一；顺非辩伪者，比微言于目论〔3〕。于是马鸣幽赞〔4〕，龙树虚求〔5〕，并振颓纲，俱维绝纽〔6〕。荫法云于真际〔7〕，则火宅晨凉〔8〕；曜慧日于康衢〔9〕，则重昏夜晓。故能使三十七品有樽俎之师〔10〕；九十六种无藩篱之固〔11〕。既而方广东被〔12〕，教肆南移。周鲁二庄〔13〕，亲昭夜景之鉴；汉晋两明〔14〕，并勒丹青之饰。然后遗文间出，列刹相望，澄、什结辙于山西〔15〕，林、远肩随乎江左矣〔16〕。

【注释】

〔1〕正法：正宗佛法，亦即释迦牟尼的佛法。

〔2〕象教：释迦牟尼离世，诸大弟子想慕不已，刻木为佛，以形象教人，故称佛教为象教。

〔3〕微言：精微之言。　目论：目光短浅之论。

〔4〕马鸣：梵名阿湿缚瞿沙，北印度人，生于公元约一至二世纪。《摩诃摩耶经》说他“善说法要，降服一切诸外道辈”。

〔5〕龙树：古印度高僧，南天竺人，释迦牟尼涅槃后七百年出世。他的中观思想和论证方法，成为后来大乘发展的重要基础。

〔6〕维：系，联结。　纽：枢纽，此指佛法的核心要义。

〔7〕荫：遮盖。　真际：真性，佛法中永恒常在的实体，实性。

〔8〕火宅：佛教将俗世比作火宅，火坑。

〔9〕曜：照耀。　慧日：佛教用语，意为佛的智慧有如太阳普照世间。　康衢：四通八达的大路。

〔10〕三十七品：佛教指三十七种修行的内容。

〔11〕九十六种：泛指佛教正宗以外的多种旁道的论议。

〔12〕方广：《大方广佛华严经》的略称。此处通称大乘经典、教义。

〔13〕“周鲁”句：指周庄王、鲁庄公。据李善注，鲁庄公七年，释迦牟尼出生之时，是夜通明。

〔14〕“汉晋”句：指汉明帝刘庄、晋明帝司马绍。都雕刻绘制佛像。

〔15〕澄：指佛图澄。晋代僧人（232—348），天竺人。在他的倡导，佛教大为盛行，建佛寺达八百九十三所。　什：指鸠摩罗什（344—413），东晋时高僧，天竺人。曾翻译佛经七十四部，对我国佛教发展有重要影响。结辙：车迹交叠。形容车辆络绎不绝。　山西：战国、秦、汉称崤山或华山以西为山西，即关西。

〔16〕林：指支遁（314—366），字道林，本姓关氏，晋陈留人，拜释道安为师。　远：指惠远，又名慧远（334—416），东晋雁门楼烦人。拜释道安为师。　肩随：与人并行而略后，以表敬意。　江左：长江下游以东地区。

【译文】

佛法已经隐没，佛教走向衰落。异端邪说牵强附会，把违背佛法当作得到佛家之道；坚持谬误并以假辩真，用短浅见识比拟精妙深奥的佛法。当此之时，马鸣深刻地阐明佛法，龙树虚心地探索教义，相继振作衰败的佛教，不断地维系断绝的佛法。假若不坏的佛法之云能遍覆一切，那么如居火炕之中俗世也会像早晨一样凉爽；如果佛的智慧像太阳一样普照四方，那么昏昧不明的人间就会在半夜大放光明。因此就能培养出精研了三十七种佛理的精锐义徒，使九十六类旁门左道失去坚固的屏障。不久，大方广佛华严经传遍东方，宣扬教化修习佛理移到南部。春秋时的周庄王、鲁庄公在夜晚亲见佛光现世；汉明帝、晋明帝全都绘制了佛像。之后遗失的佛教经典不断被发现，众多的佛教寺庙彼此能够望见。佛图澄、鸿摩罗什在关西往来频繁，车迹交叠。关道林、庐山慧远于江东相互交游。

头陀寺者，沙门释慧宗之所立也[1]。南则大川浩汗[2]，云霞之所沃荡[3]。北则层峰削成，日月之所回薄。西眺城邑，百雉纡馀。东望平皋，千里超忽。信楚都之胜地也。宗法师行洁珪璧[4]，拥锡来游[5]。以为宅生者缘[6]，业空则缘废[7]；存躯者惑，理胜则惑亡。遂欲舍百龄于中身，殉肌肤于猛鸷，班荆荫松者久之[8]。宋大明五年[9]，始立方丈茅茨[10]，以庇经像。后军长史江夏内史会稽孔府君讳觊，为之薙草开林[11]，置经行之室[12]。安西将军郢州刺史江安伯、济阳蔡使君讳兴宗，复为崇基表刹[13]，立禅诵之堂焉。以法师景行大迦叶[14]，故以头陀为称首。后有僧勤法师，贞节苦心，求仁养志。纂修堂宇，未就而没。高轨难追，藏舟易远[15]。僧徒阒其无人，榱椽毁而莫构。可为长太息矣！

【注释】

〔1〕沙门：僧人。　释：即僧，佛门尊释迦牟尼，就以释为姓，后代指僧人。

〔2〕浩汗：即浩瀚，水势广大辽阔的样子。

〔3〕沃荡：激荡、漂浮。

〔4〕宗法师：指释慧宗。　行洁：品行端正。　珪璧：美玉，比喻美德。

〔5〕锡：禅杖。

〔6〕宅生：出生。

〔7〕业：佛教用语，指人们身、口、意主导的行为。　空：佛教认为因缘所生而无实体。

〔8〕班荆：铺草于地代席。　荫松：以松为树荫。

〔9〕大明：南朝宋孝武帝刘骏的年号。大明五年为公元 461 年。

〔10〕方丈：佛寺长老及住持说法的地方。　茅茨：茅屋。

〔11〕薙：割。

〔12〕经行：佛教徒因养身散除郁闷，旋回往返于一定之地叫经行。

〔13〕崇基：加固房屋地基。　表刹：装饰寺庙外表。

〔14〕景行：伟大的德行。

〔15〕藏舟：藏舟之失，喻人生难料。

【译文】

头陀寺，是僧徒释慧宗所创建。寺庙南边大河水势辽阔，云彩霞光相互激荡流动；寺庙北边层层的峰峦有如巨斧削成一般，因为高耸入云，竟有逼近日月之感。向西眺望大都小城，长长的城墙曲折延伸。往东遥看水边平地，千里之远空旷萧索。这的确是鄂州的名胜之地啊！一名品行端正、道德高尚法师手持禅杖前来游览，他认为身体从缘而生，缘分亦因身体而灭，业力空乏也会导致缘灭。躯体存在就有烦恼，向佛求取法理烦恼也就消失。于是他方当壮年就想舍弃百岁长寿，为凶禽猛兽献出肌肉皮肤，又铺草代席，以松树为庇护遮蔽，这种境况持续了很久。直到南朝宋时大明五年，才建立了一丈见方的茅草小屋，用来保护佛经和佛像。后军长史江夏内史会稽郡守孔凯，给这里割除杂草、开辟山林，为僧众创建了经行之室。安西将军郢州刺史江安伯、济阳郡守蔡兴宗，又加高了地基、装饰了寺庙的外观，还设立了参禅诵经的殿堂。法师景行如大迦叶佛，故以头陀为寺之第一。后来有僧人释名勤法师，坚定苦心，求仁德、养心志。承袭修治庙宇之志，没有修成就死了。高尚之行为难以追及，人之生命如所藏之舟容易丢失。庙中僧徒皆走散，庙宇毁坏而不能修复。可为此而深深叹息啊！

惟齐继五帝洪名〔1〕，纽三王绝业。祖武宗文之德，昭升严配；格天光表之功〔2〕，弘启兴服。是以惟新旧物，康济多难。步中《雅》《颂》，骤合《韶》《护》〔3〕。炎区九译〔4〕，沙场一候。粤在于建武焉〔5〕，乃诏西中郎将、郢州刺史、江夏王〔6〕，观政藩维，树风江汉。择方城之令典〔7〕，酌龟蒙之故实〔8〕。政肃刑清，于是乎在。宁远将军长史江夏内史行事彭城刘府君讳喧，智刃所游〔9〕，日新月故。道胜之韵〔10〕，虚往实归〔11〕。以此寺业废于已安，功坠于几立；慨深覆篑，悲同弃井。因百姓之有馀，间天下之无事。庀徒揆日〔12〕，各有司存。

【注释】

〔1〕齐继五帝：南朝齐，受宋禅而立。宋为殷商之后，故名继五帝。

〔2〕格天光表：光被四表，格于上下。

〔3〕《韶》：舜乐。　《护》：汤乐。连上句之《雅》《颂》《韶》《护》，指古之礼乐法度。

〔4〕炎区：南方之蛮区。　九译：（语言）多次转译。

〔5〕建武：南齐明帝年号。

〔6〕江夏王：萧宝玄，字智深，明帝第三子。

〔7〕方城：楚国之城。　令典：好的典章法度。

〔8〕龟蒙：龟山和蒙山的并称，均在山东省境内。此“龟蒙之故实”

指儒学。

〔9〕“智刃”句:《庄子》载庖丁为文惠君解牛，刀十九年而刀刃若新发于硎。此喻敏锐的智力。

〔10〕道胜:《瑞应经》曰:“迦叶二弟问迦曰:今乃舍梵志道，学沙门法，岂独大其道胜乎?迦叶答曰:言佛道最胜。”

〔11〕虚往实归:《庄子》曰:“常季问于仲尼曰:王骀，兀者也。与夫子中分鲁，立不教，坐不议，虚而往，实而归。”

〔12〕庀(pǐ):具备。　揆:度。

【译文】

惟我齐上继五帝之大名，缀三王将绝之王业。祖袭武王尊严其父文王以配天之盛德，昭明升举此道而复行之。宋之圣德上至于天，旁开四外，又大开惠泽兴复颓坏之理。是以帝命惟新而万物不改，安其下民而济其多难。小行则合乎《雅》《颂》之制度，驱驰则合乎舜之《韶》汤之《护》之规矩。南方之蛮虽语经九次转译仍来朝觐天子，沙场边关少边患。时在齐建武年间，于是诏令西中郎将、郢州刺史、江夏王萧宝玄，观政诸侯之藩隅，树立风化之标于江汉之地。芀敖择楚之好的典章法度，鲁侯赋事行刑咨于往日事实。政教整肃，刑罚清明，在于此乎!宁远将军、长史江夏、内史行事彭城刘府君，名讳曰喧。明智之理，断割之道，如刃之利，善政者来如日之新，去而过者如月之故。道胜之所在，虚往而求之，实得而归之。以此寺废弃于已定，功败于垂成。恨深于为山将成而亏于一篑之功，悲同于掘井将及泉而弃之。恰此时百姓有余力，时逢天下太平无事。准备好人力，择好吉日良辰，各事皆有执掌。

于是民以悦来，工以心竞。亘丘被陵，因高就远。层轩延袤，上出云霓。飞阁逶迤，下临无地。夕露为珠网，朝霞为丹雘[1]。九衢之草千计，四照之花万品。崖谷共清，风泉相涣。金资宝相，永藉闲安。息心了义，终焉游集[2]。法师释昙珍，业行淳修，理怀渊远，今屈知寺任，永奉神居。夫民劳事功，既镂文于钟鼎。言时称伐[3]，亦树碑于宗庙。世弥积而功宣，身逾远而名劭[4]。敢寓言于雕篆，庶仿佛于众妙。其辞曰：

【注释】

〔1〕臒：赤石脂之类，可作颜料。

〔2〕游集：同游雅集。

〔3〕“言时”句：计算官员个人贡献。《左传·襄公十九年》：“夫铭，天子令德，诸侯言时计功，大夫称伐。”

〔4〕劭：美好，高尚。

【译文】

于是众人欢欣而来出力，工匠全心竞显其能。延绵的山丘低伏在庙宇之下，遂因高处建庙而可远眺四方，层层建筑绵亘不绝，向上出云霄之表。高耸之阁楼相连，向望去见地若无。傍晚的露水结为珠网，朝霞之色为红色的颜料。九衢之花草千数以计，四照之花有万品之多。山崖与河谷清丽相映，和风激起清泉粼粼水波。佛像的金身让宝相更庄严，此处长久幽闲安静。于此可以静心觉悟佛理，最终与神仙同游雅集。法师释昙珍，所行朴实勤恳，佛理精深，今屈掌寺庙之任，永奉神明之所居。至于民众之劳苦事功，俱镂刻文字于钟鼎之上以示后世。对官员之计时计功，也树碑在宗庙之内以纪之。世代久远而其功更为显著，事迹愈久远而名声更为美好。岂敢寄寓言辞于文章之中，近亦不明乎众妙之门。其辞曰：

质判玄黄，气分清浊。涉器千名，含灵万族。淳源上派，浇风下黩[1]。爱流成海，情尘为岳[2]。皇矣能仁，抚期命世。乃睠中土，聿来迦卫[3]。奄有大千，遂荒三界[4]。殷鉴四门[5]，幽求六岁[6]。亦既成德，妙尽无为。帝献方石，天开渌池[7]。祥河辍水[8]，宝树低枝[9]。通庄九折，安步三危[10]。川静波澄[11]，龙翔云起。耆山广运[12]，给园多士[13]。金粟来仪[14]，文殊戾止[15]。应乾动寂，顺民终始。法本不然[16]，今则无灭[17]。象正虽阑[18]，希夷未缺[19]。於昭有齐，式扬洪烈。释网更维，玄津重柑[20]。惟此名区，禅慧攸托。倚据崇岩，临睨通壑。沟池湘汉，堆阜衡霍。膴膴亭皋[21]，幽幽林薄。

【注释】

〔1〕黩：玷辱、垢、浊。

〔2〕情尘为岳：《百法论》曰："情尘之意合，故知生也。言人皆沉于爱河，则妻子财帛也。言积之多如海，情尘之积为岳；为善日积亦见多，为恶日积亦多也。"

〔3〕迦卫：迦卫之国在天地之中，故以中土称之。

〔4〕三界：欲界、色界、无色界。

〔5〕四门：《瑞应经》曰：太子至十四，启王出游。始出城东门，天帝化作病人，即回车，悲念人生俱有此患。太子出城南门，天帝化作老人，回车而还，愍念人生丁壮不久。太子出城西门，天帝化作死人，回车而还，愍念天下有此三苦。太子出城北门，天帝化作沙门。太子曰：善哉，唯是为快。即回车还，念道清净，不宜在家。

〔6〕六岁：六年。佛在深山苦修，正箕坐，月食一麻一麦，端坐六年。

〔7〕方石、渌池：《瑞应经》曰："佛还树下，道见弃衣，取欲浣之。天帝知佛意，即颇那山上取四方成理泽好石，来置池边，白佛言，可用浣衣。又曰：明日食时，佛持钵到迦叶家受饭而还，于屏处食已，欲澡漱。天帝知佛意，即下以手指地，水出成池，令佛得用，名为指地池。"

〔8〕祥河辍水：《瑞应经》曰："时尼连河水流甚疾，佛以自然神通，断水涌起，高出人头，令底扬尘，佛在其中。"

〔9〕"宝树"句：《瑞应经》曰："佛后日入指地池澡浴毕，欲出，无所攀。池上素有树，名迦和，绝大修好，其树自然曲枝，下就佛，佛牵而出。"

〔10〕三危：三危山。

〔11〕“川静”句：《头陀经》曰：令身调善，震大法鼓。摧伏异学，外道邪师。入佛性海，烦恼风息，波浪不生。

〔12〕耆山：即耆阇崛山。　广运：广袤、广大。

〔13〕给园：即祇树给孤独园。

〔14〕金粟：佛名。　来仪：到来。

〔15〕文殊：文殊师利佛。　戾止：来临，来到。

〔16〕不然：无形。

〔17〕无灭：不生不灭。《维摩经》曰：“法本不然，今则无是，寂灭之义。”

〔18〕象正：如来之正法。　阑：微小。

〔19〕希夷：无声无色。

〔20〕释网、玄津：佛教。

〔21〕膴膴（wǔ）：肥美。　亭皋：水边平地。

【译文】

天地初分由玄黄之质来判别，其气有清浊之分。事物品类有千百种，万物皆具灵性。淳和之源自上流派，浇薄之风垢浊于下。爱欲至多而渐流成大海，情想渐积如尘飞成山岳。佛之大道能为仁圣，抚应千年之期而名显于世。乃眷顾中土之民，疾来此迦卫之国。须臾而有大千世界，遂掌管三界拯济众生。佛出四门而见众生之苦，遂出家苦行求道六年。既已成就一切功德，妙尽无为之法。天帝献上方石以浣佛衣，开辟渌池以浴佛身。曾令祥河为之断流，也使宝树为之垂枝。能道通九折之山，安步三危之地。此心如河川之静波浪不起，又如龙翔而云起。耆阇崛山之广大，祇树给孤独园中众多比丘。金粟佛到来，文殊师利佛也来临。应天动而地安，顺应人之生死。佛法本无形，今则不生不灭。佛之正法虽微，然其无为之道未缺废也。齐有美明之盛德，用以举成大业。佛法将坏而得以维系，又如深水渡口再获舟楫。惟有此形胜之地，是乃禅定智慧之所托。此地背靠高崖，前临可见大江。以湘水、汉水为小沟小池，以衡山、霍山为小土堆。肥美的水泽平地，草木丛生的幽深树林。

媚兹邦后[1]，法流是挹[2]。气茂三明[3]，情超六入[4]。眷言灵宇，载怀兴葺。丹刻翚飞，轮奂离立。象设既辟[5]，睟容已安[6]。桂深冬燠，松疏夏寒。神足游息，灵心往还。胜幡西振[7]，贞石南刊。

【注释】

〔1〕邦后：指江夏王。

〔2〕法流：佛法。

〔3〕三明：天眼、宿命、漏尽为三明。

〔4〕六入：眼、耳、鼻、舌、身、心。

〔5〕象：佛像。　设：安置。　辟：修复。

〔6〕睟（suì）：润泽之貌。

〔7〕胜幡：佛教之幡名，此指道场。

【译文】

爱此邦之江夏王，唯佛法是挹酌取舍。气盛于天眼、宿命、漏尽之三明，情性超乎眼、耳、鼻、舌、身、心之六入。回顾此寺庙，满怀兴修之意。红色的殿宇刻镂着奇异的飞鸟，美轮美奂的凤鸟活灵活现。佛像摆放已经修复，润泽之貌常安于此。桂叶密而冬日暖，松叶疏而夏日寒。佛之神足游歇息于此，灵心往还于庙宇与西天之间。佛之道场自西而来，碑文刊布坚石于南国。

齐故安陆昭王碑文　沈休文（沈约）

【题解】

碑文大力颂扬萧缅的德行功业，并致深切哀悼之情。

公讳缅[1]，字景业，南兰陵人也。稷、契身佐唐、虞，有大功于天地，商武、姬文，所以膺图受录[2]。萧、曹扶翼汉祖[3]，灭秦、项以宁乱。魏氏乘时于前，皇齐握符于后。灵源与积石争流[4]，神基与极天比峻。祖宣皇帝[5]，雄才盛烈，名盖当时。考景皇帝[6]，含道居贞，卷怀前代。公含辰象之秀德，体河岳之上灵；气蕴风云，身负日月；立行可模，置言成范；英华外发，清明内昭；天经地义之德[7]，因心必尽。简久远大之方，率由斯至。挹其源者，游泳而莫测；怀其道者，日用而不知。昭昭若三辰之丽于天[8]，滔滔犹四渎之纪于地[9]。六幽允洽[10]，一德无爽。万物仰之而弥高，千里不言而斯应。若夫弹冠出仕之日，登庸莅事之年，军麾命服之序，监督方部之数，斯固国史之所详，今可得略也。

【注释】

〔1〕缅：萧缅，字景业，初仕南朝宋，齐高帝建元元年，封安陆侯。卒，谥昭侯。齐明帝建武元年，赠安陆王。缅之祖先原籍东海兰陵，中朝乱，南渡士人皆侨置本土，加“南”字。南兰陵，故地在今江苏武进。

〔2〕图、录：天子将兴之符应。

〔3〕萧：萧何。　曹：曹参。

〔4〕积石争流：河水源于积石山下，因言与积石争流。

〔5〕宣皇帝：安陆王之祖萧承之，太祖萧道成即位，被追尊为宣皇帝。

〔6〕考：死去的父亲。　景皇帝：高帝萧道成即位，追封兄萧道生为始安贞王。明帝萧鸾即位，追尊始安贞王为景皇帝。

〔7〕天经地义：《孝经》曰：夫孝，天之经，地之义，民之行也。

〔8〕三辰：日、月、星。

〔9〕四渎：江、河、淮、济。

〔10〕六幽：天地四方。

【译文】

公名缅，字景业，南兰陵人。后稷和契辅佐唐尧和虞舜，有大功劳于天地之间，所以商汤和周文王受图录而兴。萧何、曹参辅佐汉高祖，消灭秦和项羽平定叛乱。魏主（曹）乘天时称帝于前，齐皇（萧）受图录登帝于后。灵性之源与积石山相争竞流，神圣之基可与天比高。祖宣皇帝雄才大略，名气冠盖当时。父景皇帝，持道居王，具前代君王之德。公包含日月星辰之美德，感悟河岳之精灵。气度中蕴积着风云之色，身背负日月之明。所行所言，可为世之模范。外表如鲜花的香和美，内心清明安定。天经地义的孝道美德，在于尽心尽意。简单易从而能持久的治世之法，则由此而可达到。挹酌其道德之源泉，游泳其中而不知深浅；掌握此种道理，日用而不知其所用。昭昭然犹日月星辰闪耀在天空，滔滔不绝如江河四渎流淌在大地上。德行合于天地，法令实施并无差错。万物仰之而犹有不及，千里之域不言而治。到那整理帽冠准备出仕之时，被举用临政事之年。军队受天子之命而军旅次序井然，监督军政之官方布统之术等。这都是国史所详细记载，现今可以简略的。

水德方衰[1]，天命未改。太祖龙跃俟时，作镇淮泗；如仁夕惕之志，中夜九回。龛世拯乱之情[2]，独用怀抱。深图密虑，众莫能窥。公陪奉朝夕，从容左右，盖同王子洛滨之岁，实惟辟彊内侍之年[3]。起予圣怀[4]，发言中旨。始以文学游梁[5]，俄而入掌纶诰。兰桂有芬，清晖自远。帝出于震[6]，日衣青光[7]。方轨茅社[8]，俾侯安陆。受瑞析珪，遂荒云野[9]。式掌储命，帝难其人[10]。公以宗室羽仪[11]，允膺嘉选。协隆三善，仰敷四德[12]。博望之苑载晖，龙楼之门以峻[13]。献替帷扆[14]，实掌喉唇。奉待漏之书，衔如丝之旨[15]。前晖后光，非止恒受。公以密戚上贤，俄而奉职。出纳惟允，剑玺增华[16]。伊昔帝唐，九官咸事[17]；熊、豹、临、戭[18]，纳言是司。自此迄今，其任无爽。爰自近侍，式赞权衡[19]。而皇情眷眷，虑深求瘼。

【注释】

〔1〕水德：指刘宋一朝。

〔2〕龛：同“戡”，平定之意。

〔3〕王子、辟彊：此暗示与二人同年，即十五岁。《列仙传》：“王子乔者，周灵王太子晋也。好吹笙，作凤鸣，年十五游伊洛之间。”《汉书》：“留侯子张辟彊为侍中，年十五也。”

〔4〕起：启发。

〔5〕游梁：缅最初为宋劭陵王文学中书郎，如司马相如等文学之士一样游梁园。

〔6〕“帝出”句：《易》：帝出于震。震卦五行属木，所处东方。此言齐为木德，将代宋而立。

〔7〕青光：指东方木之色。

〔8〕茅社：古诸侯封茅土立社以祀。

〔9〕瑞、珪：都是诸侯所执符信。　荒：治理。　云野：云梦，即安陆。

〔10〕难其人：为常人所难行。

〔11〕羽仪：比喻贤人登用，为世仪表。

〔12〕三善：事君、事父、事长。　四德：《周易》：“君子体仁足以长人，嘉会足以合礼，利物足以和义，贞固足以干事。君子行此四德者，故曰乾元亨利贞。”

〔13〕博望之苑：武帝为戾太子为立博望苑，使通宾客，从其所好。　龙楼：太子门之名。

〔14〕献替：荐可而替否，献能而进贤。　帷扆：帝座。

〔15〕衔：宣太子之言。　如丝之旨：王言如丝。

〔16〕剑玺：宝剑、玉玺，喻传国之宝。　增华：增益其荣华。

〔17〕九官：大禹任命的九个官员。《尚书》：“禹作司空，弃后稷，契司徒，咎繇作士师，垂共工，益朕虞，伯夷秩宗，夔典乐，龙纳言，凡

九官。”

〔18〕熊、豹、临、戭：古代四个主纳言之官，指高阳氏的梼戭、大临和高辛氏的仲熊、叔豹。

〔19〕权衡：权力；又北斗之天权、玉衡，故代指北斗天子之位。

【译文】

当时刘宋天下开始衰弱，天命未及更改。太祖等待一飞冲天的时机，镇守淮泗。存仁和之心，朝夕惕厉，半夜醒来思虑万端。平定拯济世之乱况，独具宏伟抱负。深谋远虑，众人莫能窥测。公朝夕陪奉在太祖之侧，从容在太祖左右。与王子晋十五岁游洛滨，张辟疆十五岁为内侍之年相同。开我天子之怀抱，发言合乎太祖之旨意。缅最初为宋劭陵王文学中书郎，如文学之士游梁园，不久入内廷掌制诰。如兰桂之有芳香，清晖自播远方。帝出于东方之震位，日常穿着青衣。方被封土为王，使之为安陆侯。接受分封的符信，去治理云梦之地。并被用为太子中庶子，帝重之如此实为常人所难。公以宗室子弟之表率，信当为最佳之选。合事君、事父、事长三善之盛，仰布《乾》之“元亨利贞”四德于天下。公赞助太子使博望苑之载有光辉，而太子龙楼也显高峻。在帝座前兴废谋划，荐可而替否，献能而进贤，实际掌控禁御出布采纳之言辞。晨起待刻漏而朝，宣太子之旨意于外。前后所任之事皆有辉光，非恒常之官所能比拟。公以近戚且具上贤之才，俄而得就高位。出纳天子之言皆为可以信靠，让所居之职位增加光彩。惟往昔古帝唐尧，禹、弃、契、咎繇等九官各司其职，另外仲熊、叔豹、梼戭、大临等，都是负责纳言之官。自那时起至于今日，这种职责都没有中断过。多来自亲近之侍从之人，以助天子政事。而皇恩之所眷顾，又欲深求民病以除之。

姑苏奥壤，任切关河〔1〕，都会殷负，提封百万〔2〕。全赵之袨服丛台〔3〕，方此为劣。临淄之挥汗成雨〔4〕，曾何足称。乃鸿骞旧吴〔5〕，作守东楚。弘义让以勖君子〔6〕，振平惠以字小人。抚同上德，绥用中典[7]。疑狱得情而弗喜，宿讼两让而同归。虽春申之大启封疆，邓攸之缉熙萌庶[8]，不能尚也。夏首藩要[9]，任重推毂[10]。衿带中流，地殷江、汉。南接衡、巫，风云之路千里，西通鄾、邓，水陆之涂三七[11]。是惟形胜，阃外莫先[12]。建麾作牧，明德攸在。乃暴以秋阳，威以夏日。泽无不渐，蝼蚁之穴靡遗。明无不察，容光之微必照[13]。由近而被远，自己而及物。惠与八风俱翔，德与五才并运。远无不怀，迩无不肃。邑居不闻夜吠之犬，牧人不睹晨饮之羊。誉表六条[14]，功最万里。还居近侍[15]，兼綄戎秩。候府寄隆，储端任显[16]。东西两晋，兹选特难。羊琇愿言而匪获[17]，谢琰功高而后至[18]。升降二宫，令绩斯俟。禁旅尊严，主器弥固[19]。

【注释】

〔1〕奥壤：奥区，内地、腹地。　切：重。　关河：关塞。

〔2〕殷：盛。　负：同“阜”，大。　提：举。　封：封地。

〔3〕全赵：赵国。　袨服：美人服。　丛台：赵王台。

〔4〕临淄：齐城，国人众多，故挥汗如雨。

〔5〕骞：飞。

〔6〕勖（xù）：劝勉。

〔7〕中典：宽严合度的常法。

〔8〕缉熙：和养。　萌庶：氓庶，百姓。

〔9〕夏首：水口名。

〔10〕推毂：古之遣将，天子亲为推毂以送之。

〔11〕鄾、邓：二地名。　三七：二千一百里。

〔12〕阃外：门限外，此指邦畿之外。

〔13〕容光：小隙。

〔14〕六条：旧刺史所察有六条：察民疾苦，冤失职者；察墨绶长吏以

上居官政状；察盗贼为民之害及大奸猾者；察犯田律四时禁者；察民有孝悌、廉洁、行修、正茂才异等者；察吏不簿入、钱谷放散者。所察不得过此。

〔15〕还居近侍：缅入为侍中，兼领骁骑将军。

〔16〕候府：宿卫之官。　储端任显：缅为太子詹事。

〔17〕“羊琇”句：羊琇少与武帝同年相爱，尝谓世祖曰：若得天下，用我为领护军太子詹事。武帝戏许之。后武帝即位，琇只为左将军，不得詹事。

〔18〕“谢琰”句：谢琰征羌有功，为辅国将军领太子詹事。

〔19〕主器：太子。

【译文】

姑苏乃奥区腹地，关塞之守责任重大。都会之地，民物殷阜，举封之地广有百万顷。齐国都城临淄人摩肩接踵，挥汗成雨，何曾足以称道。于是如大雁飞到吴国旧地，作吴地之郡守。弘扬以义相让以劝勉君子，推行平等互惠之策来教养小民。慰勉百姓则以合上天之德，安抚百姓则用宽严合度的常法。有疑之狱案得其详情而不以为喜，旧讼得以两相退让而同归。尽管春申君大开封疆之道于江东，邓攸和养吴地百姓，不能超乎于此。夏首为藩之要冲，是委以重任而同于推毂相送。荆州以江流为衿带环绕，地产富庶于江汉之区。南边与衡山、巫山相比邻，高远接天之路有千里之遥。西与鄾、邓之地相通达，水陆之途约有二千一百里。此仅述荆州之地形胜之迹，邦畿之外莫有争先者。建麾旗以作州牧，是为明王德之所在。于是曝晒以秋阳之暖，威烈以夏日之势。泽水蔓延不无所及，蝼蚁之穴无有孑遗。明光所照万物无不毕现，小隙之微处也被照及。由近而及远，由己身而及万物。恩惠与八方之风一起飞翔，品德与五行之才并举。远方之人无不怀服，近处之人无不肃敬。平居之日不扰民故不闻夜间犬吠之声，牧人不敢晨起饮羊以诈市欺人。美誉足称刺史六条之典范，风化之远被及万里之遥。还归都城为侍中，且兼领武职。宿卫之官最为见重，储君身边之职也足显赫。东西两晋，此职之选尤其为难。羊琇愿言为此职而不获委任，谢琰功高而后来者居上。迁中领军及太子詹事二官之升降，则善政之功可待而成。统领禁旅拱卫天子，太子之位也更加巩固。

禹穴神皋，地埒分陕[1]。江左已来，常递斯任。东渚钜海，南望秦稽。渊薮胥萃，萑蒲攸在[2]。货殖之民，千金比屋。郛鄽之内，云屋万家。刑政繁舛，旧难详一。南山群盗[3]，未足云多。渤海乱绳[4]，方斯易理。公下车敷化，风动神行。诚恕既孚，钩距靡用[5]。不待赭污之权[6]，而奸渠必翦。无假里端之籍，而恶子咸诛。被以哀矜，孚以信顺。南阳苇杖[7]，未足比其仁，颍川时雨[8]，无以丰其泽。公揽辔升车[9]，牧州典郡。感达民祇，非待期月。老安少怀，途歌里咏。莫不欢若亲戚，芬若椒兰。麾旆每反，行悲道泣。攀车卧辙之恋，争途忘远。去思一借之情[10]，愈久弥结。方城、汉池[11]，南顾莫重。北指崤、潼，平途不过七百；西接峣、武，关路曾不盈千。蛮陬夷徼[12]，重山万里。小则俘民略畜，大则攻城剽邑。晋宋迄今，有切民患，烽鼓相望，岁时不息。椎埋穿掘之党[13]，阡陌成群。慠法侮吏之人，曾莫禁御。累藩咸受其弊，历政所不能裁。加以戎羯窥窬，伺我边隙。北风未起，马首便以南向。塞草未衰，严城于焉早闭。永明八载，疆埸大骇。天子乃心北眷，听朝不怡。扬旆汉南，非公莫可。于是驱马原隰，卷甲遄征。威令首涂，仁风载路，轨躅清晏，车徒不扰。牛酒日至，壶浆塞陌。失义犬羊，其来久矣，征赋严切，唯利是求。首鼠疆界[14]，灾蠹弥广。公扇以廉风，孚以诚德。尽任棠置水之情[15]，弘郭伋待期之信[16]。金如粟而弗睹，马如羊而靡入[17]。雏雉必怀[18]，豚鱼不爽[19]。由是倾巢举落，望德如归；椎髻鬆首[20]，日拜门阙。卉服满涂，夷歌成韵。礼义既敷，威刑具举。强民犷俗，反志迁情。风尘不起，囹圄寂寞；富商野次，宿秉停菑；蟓蝗弗起，豺虎远迹。北狄惧威，关塞谧静；侦谍不敢东窥，驼马不敢南牧。方欲振策燕、赵，席卷秦、代，陪龙驾于伊、洛，侍紫盖于咸阳，而遘疾弥留，欻焉大渐。耕夫释耒，桑妇下机。参请门衢，并走群望。

【注释】

〔1〕分陕：召公与周公受命分陕而治。

〔2〕萑蒲：草名。春秋时郑国之盗聚萑蒲之泽。

〔3〕南山群盗：汉末时，南山群盗，为吏民害。王遵为谏议大夫，守京辅都尉，行京兆尹事。旬月间，盗贼肃清。

〔4〕“渤海”句：汉宣帝时，渤海岁饥，盗贼并起。帝问龚遂曰：何以息之？遂曰：臣闻治乱民，犹治乱绳，不可急也。唯缓之，然后可理。

〔5〕钩距：钩距者，欲知马价，则先问狗，已问羊，又问牛，然后及马，叁伍其价，以类相难，则知马之贱贵，不失实矣。

〔6〕赭污之权：汉宣帝时，张敞为京兆尹，治理长安偷盗，设计将众偷之衣染红，尽数捉拿。赭污，染红衣服。

〔7〕“南阳”句：汉刘宽为南阳太守，吏民有过，但用蒲鞭罚之，示辱而已，然终不加苦。

〔8〕“颍川”句：汉郭伋为颍川郡守，德如时雨。

〔9〕揽辔升车：抓住缰绳，登上马车。《后汉书》：范滂为诏使，登车揽辔，有澄清天下之志。

〔10〕“去思”句：《东观汉记》：寇恂为河内太守，征入为金吾。颍川盗贼群起，车驾南征，恂从至颍川，盗贼悉降，百姓遮道曰：愿从陛下复借寇君一年。上乃留恂。

〔11〕方城、汉池：借指山川险要。《左氏传》：方城以为城，汉水以为池。

〔12〕陬：聚。　徼：居。

〔13〕椎埋：劫杀人而埋之。　穿掘：发冢取物，盗墓。二者都是盗贼行径。

〔14〕首鼠：首鼠两端。

〔15〕任棠置水：庞参为汉阳太守，郡民任棠以薤一本、水一杯欲晓太守。

〔16〕郭伋待期：郭伋拜并州牧，曾与诸童相约还入美稷，先期一日至。伋念负诸儿，即止野亭，须期乃往。

〔17〕金如粟、马如羊：后汉张奂做安定属国都尉时，拒收别人送的黄金和马匹，说纵使黄金是粟米，马匹是羊，他也绝对不会收下。

〔18〕“雏雉”句：后汉鲁恭为中牟令时发蝗灾，蝗不入中牟境，河南尹袁安派仁恕掾吏肥亲调查。鲁恭与肥亲坐在桑下，有雉过其旁，旁有儿童而不捕。肥亲问儿童，儿童答道：雉鸟还小。肥亲说：蝗虫不犯境，教化及于鸟兽，儿童也有仁慈之心，这是三件令人惊奇的事。并如实报告给袁安。

〔19〕“豚鱼”句：言其有信于豚鱼亦不差失。《周易·中孚》：“信及豚鱼。”

〔20〕椎髻：发髻如椎之形。　髽（zhuā）首：以麻束发的人，古时借指蛮夷或蛮夷之邦。

【译文】

公为会稽太守，是禹穴神山所在，与周公、召公分陕而治相类。自天子至江左之后，常寻求任职此地之人。会稽东临大海，南边可望见秦望山、会稽山。盗贼聚集在大泽附近，如郑国之盗聚于萑蒲之泽。商贾之民，家有千金之货。郭邑之内，高楼入云，有万家之多。刑政繁富错杂倍于常时，在过去难以使之详正归一。然南山之群盗，相比会稽之盗不为多。渤海政如乱绳，其实也容易理清。公下车伊始即布教化，如风之所及，无所不至。诚恕之道既行，钩距之法则不被采用。不用张敞赭衣治偷之权谋，而奸贼之首必被剪除。不需凭藉法令至于里闾，坏人都已经被诛灭。恩德泽被以哀悯矜持之情，谆谆教化以诚实和服从。南阳太守的蒲鞭罚过，不足以比缅治理之仁政。虽颍川郡守郭伋德如时雨，也无法与缅之德政相比。公揽辔而登车，立治理治理州郡之志。所愿感动人神，不待一月而成之。老者安之，少者怀之，途者歌之，里巷咏之。莫不欢欣如亲人朋友，其德如椒兰之芳香。郡守车马所离去，百姓道路悲戚，攀车卧辙不肯使之离开，似与之相争而忘路途之遥远。去思不舍而有如汉寇恂一借之情，时愈久而意难解。方城汉池之固，南顾之而无重过于此。北至崤山、潼水，平路不过七百里。西接峣关、武关，相距路途还不到千里。蛮夷聚居之地，则相隔重山万里。小则活捉百姓强抢牲口，大则攻占城池侵夺土地。自晋宋迄今，有迫于百姓之苦患，烽火战鼓相续不绝，终年不息。杀人越货、掘墓盗财之人，阡陌之间成群结队。无视法令欺侮官吏之人，曾不能禁止。相近多藩皆受其害，历任执政于此之人所不能治理。更有甚者，戎羯之族窥视边疆，伺机侵入边境之地。北风还没吹起，马首就朝南驰行而来。塞外之草未衰黄，严守之城于是早早关闭。永明八年，匈奴所起，疆埸惊骇。天子一心念顾北方，听朝之时也不开心。扬旌旆于汉南而治理之，非公不能胜任。于是走马于原隰之地，卷束战甲迅速前往征之。号令行于首发之路，仁风施于所进之区。车马所行清肃安静，所过之处不相扰民。路途间百姓所献牛酒日至，箪食壶浆塞道相迎。夷狄与犬羊为伍失却礼义，其所由来已久。所征之赋重而且急，唯有利益是其所求。在疆界首鼠两端，造成的危害更广。公举以廉洁之风，信以言行忠信之德。以尽任棠置水劝喻之情，弘扬郭伋待期而至的信义。使金贱如粟而为不见，视马贱如羊而不取。如鲁恭为中牟令德化安抚及于雏稚，信用所至及于小猪小鱼一样的贱类。由是蛮夷感其仁惠，皆倾其巢居部落，望缅恩德而来。椎髻鬉首的蛮夷之民，每日不绝拜其门阙。满途是蛮夷花卉所饰之服，且闻夷人所讴之歌自成美韵。礼义之教尽布，威刑之法俱举。强暴之民、犷恶之俗皆沐仁而化，返其本志，迁情归善。所治之区纷乱不起，监狱无被逮之人。富商可以露宿野外，丰熟宿积禾束停之于田。食苗的蝝蝗不起成灾，害人的豺狼虎豹远遁。北狄惧于威势，关塞之地得以安宁。敌方之谍不敢有东窥之意，驼马不敢南下放牧。方欲举策取燕、赵，而席卷秦、代之地。陪天子巡游伊洛、侍宸翰征伐咸阳，偶遇疾发而趋弥留，忽病重而大渐。耕夫闻之而释耒不耕，桑妇闻之而罢机不织。众人参请门衢以问疾病，相与并走望祭群山，以祈佑早日康复。

维永明九年夏五月三十日辛酉薨，春秋三十有七。城府飒然，庶寮如賈。男女老幼，大临街衢，接响传声，不逾时而达于四境。夷群戎落，幽远必至，望城拊膺，震动郛邑。并求入奉灵榇，藩司抑而不许。虽邓训致剺面之哀[1]，羊公深罢市之慕[2]。对而为言，远有惭德。神驾东还，号送逾境，奉觞奠以望灵，仰苍天而自诉，震响成雷，盈涂咽水。公临危审正，载惟话言。楚囊之情，惟几而弥固[3]；卫鱼之心，身亡而意结[4]。二宫轸恸，遐迩同哀。追赠侍中、领卫将军，给鼓吹一部，谥曰昭侯。时皇上纳麓在辰[5]，登庸伊始。允副朝端，兼掌屯卫。闻凶哀震，感绝移时[6]，因遘沉痾，绵留气序。世祖日夜忧怀，备尽宽譬。勉膳禁哭，中使相望。上虽外顺皇旨，内殷私痛，独居不御酒肉，坐卧泣涕沾衣。若此移年，癯瘠改貌，天伦之爱，振古莫俦。及俯膺天眷，入纂绝业[7]，分命懿亲，台牧并建[8]。对繁弱以流涕[9]，望曲阜而含悲[10]。改赠司徒，因谥为郡王，礼也。

【注释】

〔1〕邓训：后汉邓训，官至乌桓校尉。病卒，官吏、羌胡听闻训卒，莫不号啕，或以刀自割，又刺杀其犬马牛羊以祭。

〔2〕羊公：羊祜死，南州以集市之日闻其丧，众人即号哭罢市。

〔3〕楚囊：楚子囊伐吴还，将死而遗言谓子庚：必作城于郢。君子谓

子囊忠，将死不忘卫社稷。　几：危殆。

〔4〕卫鱼：春秋时卫国大夫史鱼，病且死，望君进贤而去不肖。

〔5〕纳麓：总揽大政。

〔6〕感：通“憾”。　移时：良久。

〔7〕膺天眷：即天子位。　纂绝业：继太祖之业而立。

〔8〕台：台辅。　牧：方伯、州牧，即郡守。

〔9〕繁弱：古代一种良弓，受封之物。

〔10〕曲阜：周公之子伯禽封地。

【译文】

维时永明九年夏五月三十日辛酉薨，春秋三十有七。城府飒然空而无人，众多同僚如零落有所失。举国之男女老幼，皆哭临于街衢。哭声相传接，不多时而达于四境。夷狄之人，幽远而必至，望城而抚胸，哭声震动城郭。并求入奉灵棺，府官压制而不答应。虽邓训死而夷人有劈面之哀，羊祜薨而南州为之罢市。二者与之相较而言，远有不足之喻。缅之灵柩自荆州东向还乡，吏民号哭相送出境。举酒祭奠以望灵归来，仰面苍天而诉痛苦。满道都是哭声，悲泣之声如雷，哽咽之声如水流凝滞不前。公临终之时审正其意，不致迷乱而贻人口实。楚子囊将亡而以社稷为念之情，处于危殆之时而更见坚固。或如卫大夫史鱼之具忠心，身死而意更郁结不解。天子太子恻隐而哀恸，是以远近同为举哀。追赠侍中、领卫将军，给鼓吹一部，谥昭侯。是时明帝正当受命总揽朝政之日，被选拔重用之初．位居朝官之首，兼掌卫尉。明帝闻此大凶之讯，皆哀恸震惊，恨天不假人寿已极且久。因遇不愈之疾，长久不绝于身。世祖日夜为之忧怀，且极尽宽喻慰解之。世祖劝明帝进食而禁哭，中使相望不绝。明帝表面虽顺皇上之旨意，内心私下却实为痛楚。独居之时不食酒肉，独自坐卧之时泪下沾衣。如此一年有余，清癯瘠瘦，面貌为之而改。天伦之爱，自古莫能与之相比俦。及至明帝俯就天子之位，继太祖之业。分别任命近亲在台辅之职，及州郡之守并立。对繁弱之弓而伤怀流泪，望曲阜之地而内心悲伤。改赠为司徒，因之谥为郡王，是为礼。

惟公少而英明，长而弘润，风标秀举，清晖映世。学遍书部，特善玄言。鞶帨之丽，篆籀之则[1]。穷六义于怀抱，究八体于毫端[2]。奕思之微，秋储无以竞巧；取睽之妙[3]，流睇未足称奇。至公以奉上，鸣谦以接下。抚僚庶尽盛德之容，交士林忘公侯之贵。虚怀博约，幽关洞开。宴语谈笑，情澜不竭。誉满天下，德冠生民。盖百代之仪表，千年之领袖。曾不慭留，梁摧奄及[4]。岂唯侨终蹇谢[5]，兴谣辍相而已哉！凡我僚旧，均哀共戚。怨天德之无厚，痛棠阴之不留[6]，思所以克播遗尘，弊之穹壤，乃刊石图徽，寄情铭颂。其辞曰：

【注释】

〔1〕鞶帨（shuì）：此指礼乐衣冠。鞶，带；帨，巾。　篆籀：指古文之书。

〔2〕六义：指《诗》的六义，分别为风、赋、比、兴、雅、颂。　八体：指大篆、小篆、刻符、虫书、摹印、署书、殳书、隶书等八种文字书写方式。

〔3〕取睽：射箭。

〔4〕梁摧：如屋之栋梁摧折。　奄：忽然。

〔5〕侨：郑大夫子产。　蹇：秦相蹇叔。子产死后有诵曰：“我有子弟，子产诲之；我有田畴，子产殖之。子产而死，谁其嗣之？”蹇叔死，人皆辍舂而思之。

〔6〕棠阴：落棠，山名，相传是日落之处。后以棠阴喻光阴。

【译文】

惟公年少之时卓而有识，稍长而见光大润泽之貌，风神超逸而秀异独举，如清晖照映世人。所学博通群书，特以能作玄言为善。

礼乐冠带之华美，篆籀所写古文之书。穷尽《诗》之六义于怀抱，详究书法之八体于毫端。博弈之思精微之至，弈秋之精思无以竞其巧。射箭之妙，养由基随意斜视而猿号未足称奇。以至公之心奉天子，以谦虚之情待下民。抚恤僚庶能尽显盛德之态，与士林相交而忘身为公侯贵胄。以谦虚之襟抱博纳之，道体之幽关豁然洞开。欢言谈笑，情如波澜不竭。美名传扬天下，高德为教养人民之首。是百代之楷模，千年之典范。竟不能强为留之，如栋梁突然摧折。岂如子产、蹇叔去世之后，也仅是谣歌兴起、舂者罢舂而已吗！凡我之同僚故旧，俱为之哀戚不已。怨上天之德不厚，痛惜光阴之不可再留。且用之以能布洒其功德，与天地同弊而不朽。于是刊刻于石以求彰显美德，寄深情于铭颂。其辞曰：

天命玄鸟，降而生商。是开金运〔1〕，祚始玉筐〔2〕。三仁去国〔3〕，五曜入房〔4〕。亦白其马〔5〕，侯服周王。

【注释】

〔1〕金运：按邹衍五德说，殷以金德而王，萧氏为殷之后人，故称金运。

〔2〕玉筐：有娀氏之女，取燕覆玉筐之中，后燕生卵飞走，女吞卵生契，故有祚始于玉筐之说。

〔3〕三仁：指殷商的贤人微子、箕子、比干，孔子说：“殷有三仁焉。”

〔4〕“五曜”句：五星聚于房宿。

〔5〕白其马：武王克殷，殷纣微子封于宋，殷为金德，故白其马。

【译文】

玄鸟承上天之命，降临人世孕生商祖。自此开启殷商之金运，王祚始于载卵之玉筐。殷的比干、箕子、微子三位贤者被迫离开国家，五星进入房宿而周兴起。也使其马为金德之白色，为周诸侯以奉周王。

本枝派别，因菜命氏。涉徐而东，义均梁徙[1]。自兹以降，怀青拕紫。崇基岩岩，长澜浵浵[2]。

【注释】

〔1〕梁徙：萧氏本从殷涉于徐州而后东居兰陵县，与刘氏徙大梁而移居于丰，二者迁居相类似。

〔2〕浵浵：众多。

【译文】

本宗枝之派别，因先祖食菜于萧遂命为萧氏。涉水居于徐州东之兰陵县，其义与刘氏徙居大梁、移居于丰相同。自此之后，族人多衣青紫、居高位。祖上盛德之基岩岩高耸，家风浩荡如浵浵流水不绝。

惟圣造物，龙飞天步[1]。载鼎载革[2]，有除有布。高皇赫矣，仰膺乾顾[3]。景皇蒸哉[4]，实启洪祚。

【注释】

〔1〕龙飞：升于帝位。　天步：游于高远，非常艰难。

〔2〕载：则。　鼎：鼎新。　革：革除。

〔3〕膺：当。　乾：天。

〔4〕蒸：同“烝”，美好。《毛诗》有“文王烝哉”之句。

【译文】

惟圣人造物兴业，龙飞在天，游于高远。于是鼎新革故，除其故事，建其新制。高皇帝之盛大，上合天德所眷顾。景皇帝众势已成，实开国家之大福祉。

乔岳峻峙，命世兴贤。膺期诞德，绝后光前。几以成务[1]，觉在民先。位非大宝[2]，爵乃上天。

【注释】

〔1〕几：明察事理。　成务：开物成务；开通万物之理，使人事各得其宜。

〔2〕大宝：帝位。

【译文】

德行如高大的山岳峻立耸峙，有名于世，举荐贤人。膺五百岁之期而诞育贤德之才，是为后世所无，而光耀祖宗。明察事理之微以开物成务，其智觉在民之未觉之先。所处之位非是天子圣人之位，而所为乃仁义忠信乐善天爵之事。

爰始濯缨[1]，清猷浚发。升降文陛[2]，逶迤魏阙[3]。惠露沾吴，仁风扇越。涉夏跃汉[4]，政成期月。

【注释】

〔1〕爰始濯缨：谓缅为政之初。

〔2〕文陛：天子殿之阶。

〔3〕魏阙：天子之阙。

〔4〕夏：荆州。　汉：襄阳。

【译文】

公自濯缨之初为政之始，高明之谋，深发于胸。升降天子之近陛，逶迤出入天子之宫阙。恩惠之露霑及吴地，仁德之风扇及越民。涉水荆州、跃马襄阳，政事一月即见成效。

用简必从[1]，日新为盛[2]。在上哀矜，临下庄敬。草木不夭，昆虫得性[3]。我有芳兰[4]，民胥攸咏[5]。

【注释】

〔1〕用简必从：用事简则易于服从治理。

〔2〕日新：日新其德是为盛美之道。

〔3〕得性：得到合情合理的自然生长。

〔4〕芳兰：喻德盛馨香。

〔5〕胥：相互，全。　攸：所。

【译文】

用事简易而下人易于相从，事理日新是为盛德。居上位则哀矜下民之不逮，居下僚则恭俭礼敬。草木不以时不伐，禽兽不以时不杀。我之盛德芳馨如兰，下民相与歌咏。

群夷蠢蠢，岩别嶂分。倾山尽落，其从如云。挈妻荷子，负戴成群。回首请吏〔1〕，曾何足云。

【注释】

〔1〕回首：归附。　请吏：请求被中央政权的官吏管理。

【译文】

当群夷蠢蠢欲动时，使之分别四居于山。群夷慕缅之德而倾巢归附，其从者如云之众。携妻带子，背负生资之物成群结队而来。请求归附为臣民者众多，比之于汉时所载之事何足称道。

昔闻天道，仁罔不遂。彼苍如何，兴山止篑〔1〕？四牡方驰，六龙顿辔〔2〕。斯民曷仰，邦国殄瘁〔3〕。

【注释】

〔1〕止篑：起土为山而未成，少一篑之土而止作。

〔2〕六龙：传说中日神驾车，御以六龙。此喻缅死而光阴中绝。

〔3〕殄：尽。　瘁：病。

【译文】

昔日曾闻天道“常与善人”，仁德之道无不通达。苍天何如而“歼我良人”，兴山将成而止欠一篑之土。将驰驷马为国出使四方，然六龙之日驾忽然中绝。下民不知何所仰仗，邦国之民皆如病痛。

齐殒晏平〔1〕，行哭致礼。赵徂昌国〔2〕，列邦挥涕。况我君斯，皇之介弟。哀感徒庶，恸兴云陛。

【注释】

〔1〕晏平：晏子名平仲，故称晏平。齐景公出游，听闻晏子死讯，奔赴其国，伏尸而哭。

〔2〕“赵徂”句：乐毅为燕破齐有功封昌国君，燕昭王卒，燕惠王疑乐毅，毅归赵，遂卒于赵。徂，同“殂”，死亡。

【译文】

齐国晏子死，齐景公驾车回国，哭而致悼亡之礼。乐毅死于赵之昌国，列国皆为之悲泣挥涕。何况此君之贵，为明帝之大弟。下民感其哀伤之情，天子心生悲恸之意。

阶毁留攒〔1〕，川泛归轴。竞羞野奠，争攀去毂。遵渚号追，临波望哭。无绝终古，惟兰与菊〔2〕。

【注释】

〔1〕阶毁：启发其殡。　留攒：谓留其殡处。攒，堂中権殡之名。

〔2〕兰与菊：草名，喻人德如此物之馨香。

【译文】

起发君殡以归国，空留殡棺之堂，船载其柩，泛舟而归。下民争相祭奠于野，攀留载柩之船而不舍离去。循其洲渚号哭而追送，临江望送痛哭不止。斯人之德如兰如菊之芬芳，终古不绝于人世。

途由帝渚，朱轩靡驾[1]。东首茔园，即宫长夜。逝川无待，黄金难化[2]。钟石徒刊，芳猷永谢。

【注释】

〔1〕帝渚：湘江。　朱轩：显贵所乘之车。

〔2〕“黄金”句：黄金化为神丹，服之可以成仙长生。

【译文】

途经湘江，不见朱轩之驾再临。陵园中东向而葬，自此将居于地下的漫漫长夜之中。如川流不息而不可待，黄金难化为神丹以致长生。金石之文徒劳刊布，而美好的德行已经长久地逝去了。

墓志

刘先生夫人墓志　任彦昇（任昉）

【题解】

称扬王氏之志尚德行，并叙合葬之事。刘先生夫人：刘瓛之妻王氏。

既称莱妇，亦曰鸿妻[1]；复有令德，一与之齐。实佐君子，簪蒿杖藜。欣欣负载[2]，在冀之畦[3]。

【注释】

〔1〕莱妇、鸿妻：老莱子妻与梁鸿妻俱为古之贤妇，其事《列女传》有载。

〔2〕负载：汉代朱买臣常常砍樵，他妻子也跟着一起背柴火。

〔3〕冀之畦：晋国臼季出使，经过冀国，看到冀缺在锄田除草，他妻

子给他送饭，很恭敬，彼此像对待客人一样。

【译文】

既称赞她比得上老莱子之妇，也说是比得上梁鸿之妻。夫人复有善德，与二人之德相齐。实为辅佐助君子之德，以蒿为簪、以藜为杖。夫妻欣欣然负载营生之物前后相随，如冀缺与其妻子相伴耕种于田垄之中。

居室有行，亟闻义让，禀训丹阳[1]，弘风丞相。籍甚二门，风流远尚，肇允才淑，阃德斯谅[2]。

【注释】

〔1〕丹阳：刘瓛是晋丹阳尹惔六世孙，其妻王氏是丞相王導之后。

〔2〕阃：门限，内室，借指妇女。　谅：信实。

【译文】

居家之时有德有行，屡闻有义让之举。男方禀承丹阳之祖训，女方弘扬丞相之家风。其影响又超过刘、王二门之所传，风流所承甚为久远。始信才情美盛，妇德如此良善。

芜没郑乡[1]，寂寞杨冢[2]，参差孔树[3]，毫末成拱[4]。暂启荒埏[5]，长扃幽陇[6]，夫贵妻尊，匪爵而重。

【注释】

〔1〕郑乡：孔融为北海相，为郑玄特立一乡叫做郑公乡。

〔2〕杨冢：杨雄卒后，弟子侯芭负土作坟，世称玄冢。

〔3〕孔树：孔子死后，葬在鲁城北泗水南，孔子弟子各以其国树种在坟墓周围。

〔4〕拱：合抱。《老子》曰：合抱之木，生于毫末。

〔5〕荒埏：墓中之道。

〔6〕扃：关闭。

【译文】

郑公乡已为荒草所没，杨雄之玄冢也寂寞荒凉。墓上参差生长的各种树木，毫末之种已成合抱之木。今暂开先生之墓而合葬，将长闭于幽陇之地中。夫妻二人都以道德见贵于时，虽非爵禄之高而被世人贵重。

（本卷译注：陈胤）

文选卷第六十

行状

齐竟陵文宣王行状　任彦昇（任昉）

【题解】

行状为叙述死者世系、生平、生卒年月、籍贯、事迹的文章，作为日后撰写墓志或史官立传的依据。状主竟陵文宣王是南齐武帝萧赜的次子萧子良，齐武帝时期，被封为竟陵郡王。萧子良礼才好士，才士皆游其门下，有“竟陵八友”之目，任昉即为其中之一。在此文中，任昉详细叙述了萧子良的生平事迹和各方面生活，并着重突出了萧子良的才德。

祖太祖高皇帝　父世祖武皇帝

南徐州南兰陵郡县都乡中都里萧公年三十五行状

公道亚生知[1]，照邻几庶[2]。孝始人伦，忠为令德，公实体之，非毁誉所至。天才博赡，学综该明[3]。至若《曲台》之《礼》[4]，《九师》之《易》[5]。《乐》分龙、赵[6]，《诗》析齐、韩[7]。陈农所未究[8]，河间所未辑[9]。有一于此，罔不兼综者与[10]！昔沛献访对于云台[11]，东平齐声于杨、史[12]，淮南取贵于食时[13]，陈思见称于七步[14]，方斯蔑如也[15]。

【注释】

〔1〕生知：谓生而知之、不待学而知之。

〔2〕照邻：犹言德化广被。

〔3〕该明：通晓。

〔4〕《曲台》之《礼》：指汉宣帝时博士后仓所著《曲台记》，内容主要关乎射礼。

〔5〕《九师》之《易》：西汉时淮南王刘安征聘明《易》者九人，号九师说。

〔6〕龙、赵：乐书《雅琴龙氏》九十九篇和《雅琴赵氏》七篇的并称。

〔7〕齐、韩：据汉代传《诗》有齐辕固公、鲁申培公、韩婴三家。

〔8〕陈农：汉成帝时，使谒者陈农求遗书于天下。

〔9〕河间：指汉河间献王刘德，他从民间得善书，必为好写与之，留其真本，加金帛赐以招之。故人多奉旧书以奏献王。

〔10〕兼综：兼理综合。

〔11〕沛献：东汉明帝时大旱，沛献王刘辅于云台之上解《周易》卦象以回答明帝的咨询，预告降雨事。

〔12〕东平：指东汉时东平王刘苍，曾作《世祖受命中兴颂》，受到光武帝嘉赏。　齐声：齐誉。　杨、史：杨雄、史岑。

〔13〕淮南：汉淮南王刘安。　食时：用膳的时候。刘安旦受武帝诏作《离骚传》，食时完成。

〔14〕陈思：陈思王曹植。

〔15〕蔑如：不如，不及。

【译文】

祖父为太祖高皇帝，父亲为世祖武皇帝

南徐州南兰陵郡县都乡中都里萧公年三十五行状

萧公得道近于生而知之，德化广被众人。孝为人伦之始，忠为美德之至，萧公对二者忠实践行，但这样做并不是因为害怕诋毁或追求赞誉。萧公天赋渊博的才能，学养兼综通晓。诸如《曲台》之《礼》、《九师》之《易》、《乐》有《雅琴龙氏》和《雅琴赵氏》

之分、《诗》有齐国辕固公和韩婴之异，以及谒者陈农所未能求得的遗书，河间献王刘德所未能收辑到的典籍，凡此种种无不兼综而学。昔日在云台之上回答汉明帝咨询的沛献王刘辅，堪与杨雄、史岑相提并论的东平王刘苍，“旦受诏，日食时”写成《离骚传》的淮南王刘安，以及“七步成诗”的陈思王曹植，这些人与萧公相比也多有不及。

初，沈攸之跋扈上流〔1〕，称乱陕服〔2〕。宋镇西晋熙王、南中郎邵陵王，并镇盆口。世祖毗赞两藩〔3〕，而任捴西伐。公时从在军，镇西府版宁朔将军军主〔4〕，南中郎版补行参军署法曹。于时景烛云火〔5〕，风驰羽檄〔6〕；谋出股肱〔7〕，任切书记〔8〕。迁左军邵陵王主簿记室参军。既允焚林之求〔9〕，实兼仪形之寄。刀笔不足宣功〔10〕，风体所以弘益。除邵陵王友，又为安南邵陵王长史〔11〕。东夏形胜〔12〕，关河重复，选众而举，敦悦斯在〔13〕。除使持节、都督会稽、东阳、临海、永嘉、新安五郡诸军事、辅国将军、会稽太守。

【注释】

〔1〕跋扈：恃强抗拒。

〔2〕陕服：指古荆州地。

〔3〕毗赞：辅佐；襄助。

〔4〕军主：一军的主将。

〔5〕云火：烽火。

〔6〕羽檄：军事文书，插鸟羽以示紧急。

〔7〕股肱：辅佐之臣。

〔8〕书记：主管文书之官。

〔9〕焚林：春秋时介之推有功而不受禄，隐入绵山，晋文公焚林逼其出山。后为求取贤士之典。

〔10〕刀笔：主办文案之事。

〔11〕长史：官名，为郡府官，掌兵马。

〔12〕东夏：古代泛指中国东部。　形胜：谓地理位置优越、险要。

〔13〕敦悦：尊崇爱好。《左传》载：郤縠“说（悦）礼、乐而敦《诗》《书》”，可为元帅。

【译文】

当初，沈攸之在长江上游的荆州拥兵自重，妄图割据“分陕”。宋镇西将军晋熙王刘燮、南中郎邵陵王刘友都在湓口镇守。世祖（萧公父萧赜）辅佐二王，总揽西伐之事。当时，萧公即随父在军中，镇西将军府任命萧公担任宁朔将军军主，南中郎任命萧公担任行参军署法曹。当时前线报警的烽火多得像阳光普照，纷纷往返的军书也迅疾如风。萧公出谋画策，尽到了作为宁朔将军军主这样一位股肱之臣的职责；频频起草往来军书，也完满胜任了作为法曹参军所肩负的工作。不久，萧公升任南中郎将邵陵王刘友的主簿记室参军。这一方面正如汉末阮瑀被曹操焚山求贤而被迫出任记室，同时又如西晋末年王承被东海王司马越署为记室参军让其子司马毗式瞻仪形。担任记室从事草撰文书之类的刀笔写作之技，并不足以展现萧公的才华；而能够让邵陵王式瞻仪形，近距离模习名士风范的意义可就大多了。不久，萧公又被任命为邵陵王之“友”，之后又升任邵陵王安南将军府长史。会稽地理位置优越，关河山川众多，萧公又从众多人选当中脱颖而出，被任命为使持节、都督会稽东阳临海永嘉新安五郡诸军事、辅国将军、会稽太守，这都是萧公像春秋时期晋国贤人郤縠一般悦礼、乐而敦《诗》《书》的应有结果。

太祖受命，广树藩屏[1]。公以高昭武穆[2]，惟戚惟贤，封闻喜县开国公，食邑千户。又奏课连最[3]，进号冠军将军。越人之巫，睹正风而化俗[4]；篁竹之酋，感义让而失险[5]。邪叟忘其西昃[6]，龙丘狭其东皋[7]。会武穆皇后崩，公星言奔波[8]，泣血千里[9]，水浆不入于口者，至自禹穴[10]。逮衣裳外除，心哀内疚，礼屈于厌降[11]，事迫于权夺[12]，而茹戚肌肤，沉痛疮距。故知钟鼓非乐云之本，缞粗非隆杀之要。改授征虏将军、丹阳尹。良家入徙，戚里内属。政非一轨，俗备五方。公内树宽明，外施简惠，神皋载穆[13]，毂下以清[14]。

【注释】

〔1〕藩屏：喻卫国的重臣。

〔2〕昭穆：宗庙神主的排列次序，始祖居中，以下左为昭，右为穆。

〔3〕奏课：把对官吏的考绩上报朝廷。 连最：旧指考评政绩、军功连续为上。

〔4〕“越人”二句：指东汉第五伦任会稽太守时治理当地淫祀卜筮之风的功绩。

〔5〕义让：基于大义的谦让。

〔6〕邪叟：东汉刘宠拜会稽太守，征为将作大匠，山阴若邪山谷老叟来相送。

〔7〕龙丘：地名，隐士龙丘苌隐居于此，因以为名。

〔8〕星言：披着星星，引申为急速。

〔9〕泣血：无声痛哭，泪如血涌。

〔10〕禹穴：指会稽。

〔11〕厌（yā）降：古丧礼，母亡，子服三年丧；父在母亡，则减一年，称厌降。

〔12〕权夺：居父母丧未满，朝廷强令出仕，称为“权夺”。

〔13〕神皋：京畿之地。

〔14〕毂下：辇毂之下。旧指京城。

【译文】

太祖接受天命登基后，大力分封宗室子弟。萧公作为高帝之孙、武帝之子，既以至亲又以贤能，被封为闻喜县开国公，食邑千户。又因政绩考核连续为上等，进封冠军将军。东汉时会稽太守第五伦在任上严厉禁止卜筮和淫祀，民风为之一变，萧公担任会稽太守后也大力推行移风易俗。当地的叛众首领就像汉初吴越之地活动于溪谷之间篁竹之中的部落酋长一般，感于萧公的义让，自动放弃他们曾经凭借的山川险阻而纷纷前来归顺。东汉会稽太守刘宠在离任时，有若邪山的五六老叟自发为其送行，直到太阳落山仍舍不得停下送行的脚步，萧公离任会稽时也与刘宠当年如出一辙。此外，东汉会稽都尉任延曾感召隐士龙丘苌放弃了隐于东皋的田园生活欣然出仕，萧公在会稽太守任上也使得当地的隐士们纷纷出山任职。正当萧公离任会稽之时武穆裴皇后去世，萧公连夜从会稽赶来奔丧，一路上无声痛哭，泪如血涌。自从在会稽得到母亲去世的噩耗起，一直到奔赴至建康，一口水浆都没有喝。后服丧期满，虽然外表脱去了丧服，但内心仍十分悲痛。按照丧礼中“厌降”的规定，又因为国家处于用人之际强令出仕，不得以而“权夺”，最终只为母亲服了两年丧。期间因丧母导致的悲痛，使得萧公从未停止茹食忧苦，甚至为此损伤了身体。整日沉湎于丧母的悲痛中不能自拔，默默承受这世间最为沉重的心理创伤。萧公的事迹告诉我们钟鼓所代表的礼乐，其根本并不在于音乐本身，丧礼中穿各种形制粗麻布的丧服其重点亦不仅仅在于显示亲疏尊卑，其设立的根本还在于人的真实情感的表达需求。此后，萧公被改授征虏将军、丹阳尹。正如汉宣帝时众多良家移居杜陵，又如汉代万石君家徙居长安中戚里，萧公任职丹阳后，也吸引了大量移民。这些移民来自五湖四海，导致丹阳一地的政治措施很难整齐划一，风俗人情也各有不同。萧公从内心确定了宽大清明的施政基本原则，对外具体施政也尽可能做到宽大仁惠。这一切使得作为京畿之地的丹阳和顺清明，穆如春风。

武皇帝嗣位，进封竟陵郡王，食邑加千户。复授使持节、都督南徐兖二州诸军事、镇北将军、南徐州刺史。

迁使持节侍中、都督南兖、徐、北兖、青、冀五州诸军事、征北将军、南兖州刺史。兖、徐接壤，素渐河润〔1〕，未及下车〔2〕，仁声先洽。玉关靖柝〔3〕，北门寝扃〔4〕。朝旨以董司岳牧〔5〕，敷兴邦教，方任虽重，比此为轻。征护军将军、兼司徒，侍中如故。又授车骑将军、兼司徒，侍中如故。即授司徒，侍中又如故。上穆三能〔6〕，下敷五典〔7〕。辟玄闱以阐化〔8〕，寝鸣钟以体国。翼亮孝治〔9〕，缉熙中教〔10〕。夺金耻讼〔11〕，蹊田自默〔12〕。不雕其朴，用晦其明。声化之有伦，繄公是赖〔13〕。庠序肇兴，仪形国胄；师氏之选〔14〕，允师人范。以本官领国子祭酒，固辞不拜。八座初启〔15〕，以公补尚书令。式是敷奏，百揆时序。夫国家之道，互为公私；君亲之义，递为隐犯〔16〕。公二极一致〔17〕，爱敬同归，亮诚尽规，谋猷弘远矣。又授使持节、都督杨州诸军事、杨州刺史，本官悉如故。旧惟淮海〔18〕，今则神牧〔19〕，编户殷阜〔20〕，萌俗繁滋〔21〕，不言之化，若门到户说矣。顷之，解尚书令，改授中书监，馀悉如故。献纳枢机〔22〕，丝纶允缉〔23〕。武皇晏驾〔24〕，寄深负图〔25〕。公仰惟国典，俯遵遗托，俯擗天伦，踊绝于地〔26〕。居处之节，复如居武穆之忧。

【注释】

〔1〕河润：恩泽及人如河水滋润土地。

〔2〕下车：初即位或到任为“下车”。

〔3〕玉关：即玉门关。

〔4〕北门：喻指北部边防要地。

〔5〕董司：监督掌管。　岳牧：尧舜时有四岳十二牧，指封疆大吏。

〔6〕三能（tái）：即三台星，汉代喻指尚书、御史、谒者三公。

〔7〕五典：古代的五种基本伦理道德：父义、母慈、兄友、弟恭、

子孝。

〔8〕玄闱：谓道德政教之门。　阐化：阐扬教化。

〔9〕翼亮：辅佐。

〔10〕缉熙：光明、光辉。　中教：中正和平的教化。

〔11〕夺金：《吕氏春秋》载：齐人见人操金，攫而夺之，自称不见人而只见金。

〔12〕蹊田：践踏田禾。

〔13〕“繄（yī）公”句：政理赖得此公。

〔14〕师氏：周代官名。掌辅导王室，教育贵族子弟等。

〔15〕八座：封建时代中央政府的八种高级官员。

〔16〕“递为”句：《礼记》曰：“事亲有隐而无犯，事君有犯而无隐，有谏诤之义。”

〔17〕二极：指天子与父母。“二极一致”，指竟陵王既为臣子，又为皇子的双重身份。

〔18〕淮海：指扬州。

〔19〕神牧：谓政绩出众的州官。

〔20〕殷阜：富足。

〔21〕萌（méng）俗：民俗。

〔22〕献纳：指献忠言供采纳。　枢机：喻言语。

〔23〕丝纶：称帝王诏书。

〔24〕晏驾：车驾晚出，指帝王死亡。

〔25〕负图：武帝年老，使黄门画者画周公负成王朝诸侯以赐霍光，曰：“立少子，君行周公之事。”

〔26〕踊绝：顿足痛哭而昏厥过去。

【译文】

武皇帝继位后，萧公进封竟陵郡王，食邑再增加一千户。不久又授命萧公担任使持节、都督南徐州、兖州二州诸军事、镇北将军、南徐州刺史。后又迁任使持节侍中、都督南兖州、徐州、北兖州、青州、冀州五州诸军事、征北将军、南兖州刺史。南兖州与南徐州接壤，萧公之前担任南徐州刺史时的恩泽就曾影响及于南兖州的百姓。现在萧公被任命为南兖州刺史，还没有上任仁德的声誉就已传遍了。在萧公的治理之下南兖州和平安定，之前用来示警的击柝声消失了，用来防范北方敌人的城门门关也派不上用途了。朝廷既已任命萧公为掌管南兖州的封疆大吏，但又认为治理国家的根本在于大力推行教化，刺史的职责虽然也很重要，但比起负责推行教化的司徒之职，就显得没那么重要了。于是，征聘萧公担任护军将军、兼司徒，原来担任的侍中一职不变。又改授车骑将军、兼司徒，原来就担任的侍中一职仍不变。随即正式授命萧公担任司徒，之前的侍中一职仍旧担任。担任司徒的萧公，对上则以自己的出色工作，使得天上职掌三公之位的三台星呈现色齐之象；对下则积极推行父义、母慈、兄友、弟恭、子孝的五常之教。大开道德政教的正道之门以阐扬天子的教化；同时主动放弃了钟鸣鼎食的奢华享受，以体现国家推崇的节俭之风。积极配合国家推行以孝道治理国家、教化百姓的理念，从而使中正和平的教化得以发扬光大。这些教化的推行，使得国内即使有人像《吕氏春秋》中的“齐人有欲得金者”那样公然抢夺商贩的黄金，被抢的人也会因耻于诉讼而选择和解；百姓中即使有《左传》中申叔时所说的那样自家的农田被别人家的牛频繁往来踩出了道路，也会感于义让而选择默然不起争端。作为司徒的萧公保持质朴本色，实践《周易》“君子以莅众，用晦而明”的智慧。国内声威教化井然有序，全凭萧公的功劳。此后，国家开始着手振兴国子学，萧公作为宗室贵族子弟的楷模，自然成为了国子学“师氏”的第一人选，而他也确实符合这一职位的要求。因此，朝廷下旨让萧公以之前的司徒一职兼任国子祭酒，但萧公坚持推辞。后因朝中的“八座尚书”联名上奏请求，朝廷任命萧公出任尚书令。由是忠良之言得以上奏天子，国家的各种政事也都走上了正轨。处理国事与家事有公私原则不同，国事应秉之以公，家事宜处之以私；对待国君与侍奉父母的原则也不一样，对待父母亲的过失，不宜显为宣扬，亦不宜犯颜直谏；而对待国君之道正好倒过来，对过失要明白指出，不惜犯颜直谏。对于萧公而言，对父亲的爱，与对国君的敬，最后的归结点是同一个人，萧公则很好做到了“资于事父以事君而敬同”，出于对君父的忠诚，竭力为君国做出长远的规划。不久，朝廷又授命使萧公担任使持节、都督扬州诸军事、扬州刺史，原有的职位仍旧不变。过去的扬州，今天迎来了萧公这样的杰出地方官。在他的治理之下，扬州的民众经济富足，文化繁荣。萧公所实行的不言之教，效果如同挨家挨户进行宣传教育的一般。不久，萧公被解除了尚书令一职，改任中书监，其馀官职不变。萧公在中书监的任上频频进献忠言，使得国君所颁布的诏书、制定的政策非常合理。后武帝驾崩，临终委萧公以顾命重任，像周公辅助成王那样辅佐郁林王（文惠太子长子、萧公之侄）。萧公抬头想到的是国家的丧礼仪典，低头想到的是父王的临终遗托；俯身为父王的离去捶胸痛哭，起身顿足痛哭而几度昏厥。其他居丧期间的礼节，一如当年居武穆皇后之丧一样。

圣主嗣兴[1]，地居旦、奭[2]。有诏策授太傅[3]，领司徒，馀悉如故。坐而论道，动以观德；地尊礼绝[4]，亲贤莫贰。又诏加公入朝不趋[5]，赞拜不名[6]，剑履上殿[7]。萧、傅之贤[8]，曹、马之亲[9]，兼之者公也。复以申威重道，增崇德统，进督南徐州诸军事，馀悉如故。并奏疏累上，身殁让存。天不慭遗[10]，梁岳颓峻[11]，某年某月日薨，春秋三十有五。诏给温明秘器[12]，敛以衮章，备九命之礼[13]，遣大鸿胪监护丧事[14]，朝夕奠祭，太官供给[15]，礼也。故以恸极津门[16]，感充长乐[17]，岂徒舂人不相[18]，倾壥罢肆而已哉[19]！乃下诏曰：“褒崇庸德，前王之令典，追远尊戚，沿情之所隆。故使持节都督杨州诸军事、中书监、太傅、领司徒、杨州刺史、竟陵王、新除进督南徐州，体睿履正，神监渊邈。道冠民宗，具瞻惟允。肇自弱龄，孝友光备。爰及赞契[20]，协升景业[21]。燮和台曜[22]，五教克宣[23]。敷奏朝端，百揆惟穆。寄重先顾，任均负图。谅以齐徽《二南》，同规往哲。方凭保佑，永翼雍熙。天不慭遗，奄见薨落。哀慕抽割，震动于厥心。今先远戒期〔24〕，龟谋袭吉。茂崇嘉制，式弘风猷〔25〕。可追崇假黄钺、侍中、都督中外诸军事、太宰、领大将军、杨州牧，绿綟绶〔26〕，具九锡服命之礼〔27〕。使持节、中书监、王如故。给九旒銮辂〔28〕，黄屋左纛〔29〕，辒辌车〔30〕，前后部羽葆鼓吹〔31〕，挽歌二部，虎贲班剑百人，葬礼一依晋安平献王孚故事〔32〕。”

【注释】

〔1〕圣主：对当代皇帝的尊称。指郁林王萧昭业。

〔2〕旦、奭（shì）：周公旦与召公奭。

〔3〕太傅：三公之一，辅弼天子治理天下。

〔4〕礼绝：居百官之首，地位尊荣至于极点。

〔5〕不趋：谓入朝不急步而行，皇帝对大臣的一种殊遇。

〔6〕赞拜：古代举行朝拜、祭祀或婚礼仪式时由赞礼的人唱导行礼。不名：不称名。以示尊宠。

〔7〕剑履上殿：经帝王特许，重臣上朝时可不解剑，不脱履，以示殊荣。

〔8〕萧、傅：汉萧何、殷傅说。

〔9〕曹、马：指曹魏宗王曹真、西晋宗王司马亮、司马柬、司马晏、司马彤等。

〔10〕慭遗：愿意留下。

〔11〕梁、岳：栋梁、山岳，喻重要人物。

〔12〕温明：又称东园温明，皇室、显宦葬具的一种。　秘器：指皇室、显宦的棺材。

〔13〕九命：周代的官爵分为九个等级，称九命。九等官爵中的最高一级亦称九命。

〔14〕鸿胪：官署名，职掌为朝祭礼仪。

〔15〕太官：官名，掌皇帝膳食及燕享之事。　供给：指奉祠、祭祀。

〔16〕津门：津门亭。

〔17〕长乐：指长乐宫。

〔18〕舂人不相：指因丧停止舂杵歌声。

〔19〕倾廛罢肆：指因丧罢市。

〔20〕赞契：谓辅佐天子决策。

〔21〕景业：大业。

〔22〕台曜：三台星之光。

〔23〕五教：五常之教。指父义、母慈、兄友、弟恭、子孝。

〔24〕先远戒期：为丧事选日子。

〔25〕风猷：风教德化。

〔26〕绿綟绶：一种黑黄而近绿色的丝带，用作印绶。

〔27〕九锡：古代天子赐给诸侯、大臣的九种器物，是一种最高礼遇。　服命：章服与命数。指天子所赐之爵禄服饰。

〔28〕九旒：古代旌旗上的九条丝织垂饰。　銮辂：犹銮驾。

〔29〕黄屋：天子之车。　左纛（dào）：古代皇帝乘舆上的饰物，以牦牛尾或雉尾制成，设在车衡左边或左骈上。

〔30〕辒辌（wēn liáng）车：丧车。

〔31〕羽葆：古时葬礼仪仗的一种，以鸟羽聚于柄头如盖。　鼓吹：演奏乐曲的乐队。

〔32〕故事：旧例。

【译文】

此后，郁林王萧昭业继位登基，萧公作为郁林王的叔叔，地位如同周成王时期的周公旦和召公奭。皇帝下诏授予萧公太傅荣衔，同时兼任司徒一职，之前的其他官职不变。期间，萧公陪侍帝王议论政事，或具体施政皆有德行为天下所观瞻；这时的萧公位极人臣，也是皇帝最亲信的宗室贤臣。不久，皇帝又下诏加赠萧公入朝可不急步而行，朝拜时赞礼官不可直呼其名，上朝时可不解剑、不脱履等殊荣。汉代萧何、殷代傅说因贤能而享此礼遇，魏时曹真、晋时汝南王司马亮、秦王司马柬、吴王司马晏、梁王司马彤等皆因宗室之亲而获此殊荣，而萧公则既以贤能，又因宗室之亲而享有这一至高礼遇。萧公又因为在太傅、司徒等职位上施展神威、重视统治国家的规律，德望不断增加，从而又被授命都督南徐州诸军事，其他职位一仍其旧。萧公几次三番上书进行推辞，现在虽已身故，可他的谦让之风还存留在人们的心中。可叹上天不愿意留下这样一位贤臣，如朝廷的栋梁、泰山一般的萧公就这样突然身故了。萧公卒于某年某月某日，卒时年纪三十五岁。皇帝下诏官方提供皇室、显宦才能使用的温明和棺材，特许用衮衣入殓，丧礼按九等官爵中最高级别的规格举行，并安排大鸿胪监护丧事，太官朝夕送祭，一切按照礼制规定进行。如同东汉孝明帝当年得知东海王刘强逝世的消息后先到长乐宫告知太后再出幸津门亭发丧，在两地皆极尽哀情一般，对于萧公的亡故，今上也表现出了极度的哀痛。当年秦国五羖大夫死后，秦国男女莫不流涕，童子不歌谣，舂者不相杵；郑国贤相子产卒后，国人哭于巷，商贾哭于市，农夫号于野，而今天民众对于萧公亡故的哀痛比这些还要强烈！于是，皇帝下诏曰：“褒奖推崇有道德之人，是古代帝王们制定的好制度；虔诚祭祀以追念逝去的先人，是顺应人们深厚情感表达的需要。已故的使持节都督扬州诸军事、中书监、太傅、领司徒、扬州刺史、竟陵王、新除进督南徐州萧公子良，思想通达躬行正道，明察深远。道德境界达到了极致，成为了民众学习效仿的榜样，如周代‘赫赫师尹’一般为众人所瞻望，做到了道德品行的完美。从幼年起竟陵王就做到了对父母孝顺、对兄弟友爱的兼备。等到成年参政后辅佐天子决策，一同振兴国家大业。处三公之位，仰能谐和上天，俯能使父义、母慈、兄友、弟恭、子孝的五常之教宣化民间。给朝廷上奏建议，使百官和睦。先帝临终对其寄托重于周初的顾命大臣，如同汉武帝当年以周公负成王朝诸侯图将少子弗陵委托给霍光一样，将朕委托给了竟陵王。萧公委实可以比肩当年的周公和召公，同古代的先贤们并驾齐驱。朕正想凭借竟陵王的保佑、辅助，永保天下和乐升平。怎奈上天不愿意留给我们这样一位贤臣，令其突然间薨殂。朕因叔父的死而哀伤思慕肠子有如割裂一般，而心中震惊久久不能平静。

现如今先为竟陵王的丧事求选旬日之外的一个远日，再用龟卜占得一个吉日。大力推崇这样的美好礼制，以弘扬风德教化。可追封竟陵王假黄钺、侍中、都督中外诸军事、太宰、领大将军、扬州牧，佩绿綟绶，享用车马、衣服、乐则、朱户、纳陛、虎贲、宫矢、铁钺、秬鬯等九锡章服与命数之礼。使持节、中书监、竟陵王这些官职和封号一仍其旧。特赠帝王级别的九旒銮驾，黄屋左纛，辒辌车，前后羽葆仪仗和乐队各一部，挽歌郎二部，佩带有班剑的武士仪仗百人，葬礼的规制完全依照西晋安平献王司马孚的葬礼举行。”

公道识虚远，表里融通，渊然万顷，直上千仞。仆妾不睹其喜愠，近侍莫见其倾弛。他人之善，若己有之。民之不臧[1]，公实贻耻[2]。诱接恂恂[3]，降以颜色，方于事上，好下规己，而廉于殖财，施人不倦。帝子储季，令行禁止，国网天宪，置诸掌握。未尝鞠人于轻刑，锢人于重议。人有不及，内恕诸己。非意相干[4]，每为理屈。任天下之重，体生民之俊。华衮与缊緒同归，山藻与蓬茨俱逸[5]。良田广宅，符仲长之言[6]；邛山洛水，协应叟之志[7]。丘园东国[8]，锱铢轩冕。乃依林构宇，傍岩拓架。清猨与壶人争旦[9]，缇幕与素濑交辉[10]。置之虚室，人野何辨[11]。高人何点[12]，蹑屩于钟阿；征士刘虬[13]，献书于卫岳。赠以古人之服，弘以度外之礼，屈以好士之风，申其趋王之意。乃知大春屈己于五王[14]，君大降节于宪后[15]，致之有由也。其卉木之奇，泉石之美，公所制《山居四时序》，言之已详。

【注释】

〔1〕不臧：不善，不良。

〔2〕贻耻：谓引以为耻。

〔3〕诱接：招引接纳。　恂恂：犹循循。

〔4〕非意相干：恶意相犯。

〔5〕山藻：指华美的屋宇。　蓬茨：用蓬草作顶的房屋。

〔6〕仲长：汉仲长统，字公理，尝曰："使居有良田广宅，背山临流，沟池环匝，竹木周布，足以息四体之役。"

〔7〕应叟：应璩。

〔8〕东国：东方之国，上古指齐、鲁、徐夷等国。

〔9〕壶人：管理刻漏掌报时的人。

〔10〕缇（tí）幕：橘红色的帷幕。

〔11〕人野：懂礼义的人和愚昧无知的人。

〔12〕何点：字子晳，庐江人，隐居者，竟陵王曾送嵇叔夜酒杯、徐景山酒枪给他。

〔13〕刘虬：字灵豫，南阳人，竟陵王曾致书通意。

〔14〕大春：汉井丹，字大春，扶风人，被劫持见五王。

〔15〕君大：汉荀恁，字君大，雁门人，被迫任职。

【译文】

萧公对道的体识博大高远，表里融合通达，其城府深如万顷渊潭，高如直上千仞。家中仆妾未曾见过其喜怒的情绪变化，身边的近侍也从没见到其在礼仪方面的松懈。萧公对他人的优善，爱惜赞赏得就如这是自己的优点一般。对于百姓的不善之举，萧公则认为是自己没有将教化推行好而深以为耻。对于贤能之士，萧公招引接纳循循善诱，放下身段谦虚和悦，礼敬贤士如同事奉尊长一般，喜欢比自己地位低的人对自己规劝进谏，而又在金钱方面保持克俭，施舍赈济不知疲倦。贵为武帝之子、文惠太子之弟的萧公做到了令行禁止，贯彻执行国家的法纪和朝廷的法令，从没有松懈。同时又做到了宽严适中，从来没有因为轻微的罪过而审问民众，也从来没有从重处罚犯罪之人。对于他人的缺点和过失，能够存心宽厚加以体谅。对于他人的恶意相犯，则每每以讲道理的方式令对方折服。萧公一方面是肩负着天下国家的重任的柱石之臣，一方面又是体察民生的俊士。在萧公的身边，穿着华贵、住所豪华的贵族们与穿缊絮、住草屋的贫贱之士其乐融融和睦无间。在萧公看来，居有良田广宅，正符合东汉仲长统的理想居所环境；居址背山临水，正应了魏时应璩“南临洛水，北据邙山。托崇岫以为宅，因茂林以为荫”的志向。萧公向来视封地如普通丘园，视官位若锱铢之轻。于是，选择了在鸡笼山林中构筑栋宇，依傍山岩走势来展开整个建筑群的架构。在这山林别墅之中，壶人每天要与野猿争先等待日出报晓，别墅群中橘红色的帷幕与山下白色的江水交相辉映。置身于这样的山林虚室，贵人与野人有何分别。志行高尚的何点穿着草鞋隐居于钟山坚持不仕，征士刘虬献书信给豫章王拒绝征聘。萧公一面将前代名人所用过的器物赠送给何点，一面又给刘虬致书通意，不以常礼强加于人。萧公正是以这样委屈自己的方式成就了好士的声名，使战国时王升使齐宣王跑着来接见自己的佳话在如今的隐士中得以再次实现。于是，才理解了东汉沛王刘辅等五王招致隐士井丹（字大春）屈身来见，骠骑将军东平宪王刘苍使荀恁（字君大）放弃自己的隐居志节出任祭酒，都是被外力胁迫的结果，与萧公的做法不同。至于鸡笼山别墅的草木之奇，泉石之美，萧公所撰《山居四时序》，已有详细描述。

文皇帝养德东朝[1]，同符作者。爰造《九言》[2]，实该百行。导衿褵于未萌[3]，申炯戒于兹日。非直旦暮千载，故乃万世一时也。命公注解，卫将军王俭缀而序之[4]。山宇初构，超然独往，顾而言曰：死者可归，谁与入室？尚想前良，俾若神对。乃命画工，图之轩牖。既而缅属贤英，傍思才淑，匹妇之操，亦有取焉。有客游梁朝者，从容而进曰：未见好德，愚窃惑焉。即命刊削，投杖不暇。公以为出言自口，骥騄不追；听受一谬，差以千里。所造箴铭，积成卷轴，门阶户席，寓物垂训。先是震于外寝，匠者以为不祥，将加治葺。公曰：此天遣也，无所改修，以记吾过，且令戒惧不怠。从谏如顺流，虚己若不足。至于言穷药石[5]，若味滋旨；信必由中，貌无外悦。贵而好礼，怡寄《典》《坟》。虽牵以物役，孜孜无怠。乃撰《四部要略》《净住子》，并勒成一家，悬诸日月。弘洙泗之风[6]，阐迦维之化[7]。大渐弥留[8]，话言盈耳，黜殡之请[9]，至诚恳恻。岂古人所谓立言于世，没而不朽者欤！易名之典[10]，请遵前烈。谨状。

【注释】

〔1〕文皇帝：指文惠太子萧长懋。　东朝：即东宫。

〔2〕《九言》：《竟陵王集》有《皇太子九言》：言德、言贤、言亲、言生、言静、言昭、言真、言节、言义。

〔3〕衿褵：施衿结褵。出嫁时由母亲将佩巾系上女儿领衿的一种礼节。

〔4〕王俭：字仲宝，琅琊临沂人。于永明元年进号卫将军，为南齐文学家。

〔5〕药石：药剂和砭石。比喻规戒。

〔6〕洙泗：洙水和泗水，孔子在洙泗之间聚徒讲学。

〔7〕迦维：指释迦佛。

〔8〕大渐：谓病危。

〔9〕黜殡：在内室殡敛，不居正堂。

〔10〕易名：指古时帝王、公卿、大夫死后朝廷为之立谥号。

【译文】

文皇帝生前为太子养德于东宫之时，修为等同于圣人，撰著了《九言》，内容确实涵盖了人们的各种品行。及早对女德教育进行了疏导，申告了明明白白的鉴戒，从而使许多千年以来悬而未决的道德伦理问题终于有了答案。对于这些答案，人们千秋万代的等待也不觉得漫长。文惠太子委派萧公给《九言》作注解，注解完成后卫将军王俭还给作了序。当年鸡笼山别墅刚刚建好，萧公就超然独往。曾望着山中别墅说："古代的圣贤们不能复生，他们中没有谁能够与我共入此山中别墅了。但是我多么想望着古代的圣贤们每天能与我神遇啊！"于是命画工将古代圣贤们的画像绘在了别墅的窗户之上，这样就可以在山中随时缅怀古代的圣贤和各种才德之士。同时，还将《列女传》中那些古代贤淑女子的画像也绘在了别墅的窗户之上，认为这些女性也有可以效仿学习的地方。像游走于汉代梁孝王府中的门客给梁孝王提建议那样，一位追随萧公的门客委婉地建议说："您这样将古代列女图像绘在窗户之上，恐怕不是出于敬仰她们的美德，而是为了欣赏众列女的美貌吧！"萧公听到后立即就命人将这些列女图像给削除了。当年子夏在听到曾子说到自己的错误做法时，立刻扔掉手杖而拜之。如今，当萧公听到门客指出自己的错误时，连手杖都来不及扔就立即着手改正了。在萧公看来，说错一句话，快马也追不回来；对于他人的话要听得特别认真，否则就会谬以毫厘差以千里。萧公还撰写制作了许多箴铭规戒之文，加起来有很多卷，门前台阶上和室中枕席上，到处都可看到萧公借各种器物引申发挥写的座右铭。之前，萧公办公的外寝被雷劈坏了，工匠们认为不吉利，准备着手修缮。萧公却说："这是上天对我的责罚，不必进行修缮，将这些被雷劈坏在痕迹保留下来，正好可以时时提醒我，让我记得自己的过错，这样能让我时时警戒恐惧不敢懈怠。"萧公像顺流而下的江水一般愿意听从下级的劝谏，虚心地接受他人的建议永远没有厌倦。对于一些规戒性质的药石之言，萧公听来总是甘之若饴；对于他人好的谏言，萧公总是能做到真正的心悦诚服。虽然身份高贵，但萧公仍十分喜欢讲究礼法；同时寄情于《五典》《三坟》等上古典籍。虽然平时公务繁忙被各种事务缠身，但萧公仍十分勤勉没有丝毫懈怠。先后撰作了《四部要略》《净住子》等著作并被编集传世，如日月悬之于天。一方面弘扬了儒家文化，一方面又阐释传播了佛教文化。萧公病危弥留之际的遗言嘱托还在我的耳畔回响，他肯请死后不要在正堂殡敛，当时请求的话语诚恳感人。这或许就是古人所说的以著书立说留传于世，即使身死而其精神仍永垂不朽吧！关于为萧公立谥之事，请遵照前贤的惯例。谨状。

吊文

吊屈原文并序　贾谊

【题解】

该文是贾谊谪往长沙途中经湘水时所作，借凭吊屈原抒发自己忠而被谤遭疏的愤慨。全文用骚体，但有散体化趋向，从中可见骚体赋向汉大赋的过渡之迹。

谊为长沙王太傅，既以谪去，意不自得，及渡湘水，为赋以吊屈原。屈原，楚贤臣也，被谗放逐，作《离骚赋》，其终篇曰："已矣哉！国无人兮，莫我知也。"遂自投汨罗而死。谊追伤之，因自喻。其辞曰：

恭承嘉惠兮，俟罪长沙。侧闻屈原兮，自沉汨罗。造托湘流兮，敬吊先生。遭世罔极兮〔1〕，乃殒厥身。呜呼哀哉！逢时不祥！鸾凤伏窜兮〔2〕，鸱枭翱翔〔3〕。阘茸尊显兮〔4〕，谗谀得志。贤圣逆曳兮〔5〕，方正倒植。世谓随、夷为溷兮〔6〕，谓跖、蹻为廉〔7〕。莫邪为钝兮，铅刀为铦〔8〕。吁嗟默默，生之无故兮！斡弃周鼎〔9〕，宝康瓠兮〔10〕。腾驾罢牛〔11〕，骖蹇驴兮。骥垂两耳，服盐车兮。章甫荐履〔12〕，渐不可久兮。嗟苦先生，独离此咎兮！

【注释】

〔1〕罔极：不正。

〔2〕鸾凤：比喻贤俊之士。　伏窜：藏匿逃窜。

〔3〕鸱枭：俗称猫头鹰。常用以比喻贪恶之人。

〔4〕阘茸：指庸碌、低劣的人或马等。

〔5〕逆曳：谓受迫而不能按照正道行事。

〔6〕随、夷：古代贤士卞随和伯夷的并称。

〔7〕跖、蹻：盗跖与庄蹻。古代传说中的两个大盗。

〔8〕铅刀：铅制的刀。铅质软，作刀不锐，故比喻无用的人和物。　铦（xiān）：锋利。

〔9〕斡弃：犹抛弃。　周鼎：比喻宝器。

〔10〕康瓠：空壶，喻庸才。

〔11〕罢牛：衰老的牛。

〔12〕章甫：商代的一种冠。

【译文】

我出任长沙王的太傅，因为是被贬谪而来，所以一路上闷闷不乐。在渡湘水时，我写下一篇赋来凭吊屈原。屈子，原是楚国的贤臣，却因为奸邪之人的谗言而被流放，并因此作了《离骚赋》，在结尾说："算了吧，楚国已经没有人可以懂得我的真心了。"于是跳入汨罗江自沉了。我在此追吊屈子，同时也以屈子自比，来申说自己内心的痛苦。吊文如下：

我恭敬地用双手捧着皇恩的任命，在长沙等待罪责。听说屈原当年就是在这汨罗江自沉。因此就借助湘江之水，恭敬地凭吊缅怀先生。正是因为遭遇世间的不公，才使得屈子丧失了生命。呜呼哀哉！可真是生不逢时啊！那是一个黑白颠倒的时代，鸾凤一样的贤能之士被迫藏匿逃窜，而鸱枭一样的贪恶之辈却任意横行。那些庸庸碌碌之辈个个尊贵显赫，那些整日里不是谗毁就是阿谀的人，他们的种种企图都顺利实现。相反，贤圣之士无论做什么都困难重重。正直的标准就这样被颠倒了。世人皆谓卞随和伯夷这样的高洁之士为混浊，却谓盗跖与庄蹻这样的大盗贼为廉正的楷模。人人都认为莫邪这样的宝剑太粗钝，却说那用铅制成的刀具很锋利。我为屈子无缘无故遭此不公而默默悲叹。世人丢弃了周鼎一样的宝器，却把破瓦壶当做稀世珍宝。本来以速度为第一要求的战车，却以奄奄一息的老牛为服，同时又以跛蹇驽弱的驴子为骖；与此相反，却让跑得最快的骥騄垂头丧气去拉笨重的盐车。把章甫这样贵重的冠帽当鞋子穿在脚上，这样的荒谬行为是不会长久的。我们的屈子真是不幸，独独遭遇了这样的灾难！

讯曰：已矣！国其莫我知兮，独壹郁其谁语〔1〕？凤漂漂其高逝兮，固自引而远去。袭九渊之神龙兮，沕深潜以自珍〔2〕。偭蟂獭以隐处兮〔3〕，夫岂从虾与蛭螾〔4〕？所贵圣人之神德兮，远浊世而自藏。使骐骥可得系而羁兮，岂云异夫犬羊？般纷纷其离此尤兮，亦夫子之故也！历九州而相其君兮，何必怀此都也？凤凰翔于千仞兮，览德辉而下之。见细德之险征兮，遥曾击而去之。彼寻常之污渎兮，岂能容夫吞舟之巨鱼？横江湖之鳣鲸兮，固将制于蝼蚁。

【注释】

〔1〕壹郁：沉郁不畅。多指情怀抑郁。

〔2〕沕（mì）：潜藏。　自珍：自爱。

〔3〕偭（miǎn）：面向。　蟂（xiāo）獭：传说中危害鱼类的水中动物。

〔4〕蛭螾：泛指蚂蟥类水虫。

【译文】

讯曰：算了！国人都不理解我，独自抑郁苦闷，又能和谁诉说呢？看那凤凰高飞远离人间，我也将自行引退远离尘世。效仿那渊潭之中的神龙，深深地潜藏起来以保护自己。面对蟂獭这样的害虫，我宁愿选择避而远之隐居独处，也不会像虾和蛭螾一样任人侮辱、宰割！为了不使自己如圣人般高洁的品德受一点玷污，我才选择远离污浊的人世而自行隐藏。假如骐骥也能够忍受羁系而被人随意驱使，那跟犬羊还有什么区别！之所以遭受这么多的灾难，其中也有屈子自己的原因。本可以遍历天下而选择能够信任自己的国君进行辅助，为何一定要心怀楚国呢？看那凤凰翱翔在千仞之外的高空，直到发现有仁德之君的光辉才降落下来。假如看到时君无德，左右奸险，沴为征祥，则会远远地挥动翅膀避而远之。那寻常的小水沟，怎能容得下可以吞舟的大鱼？即使鳣鲸一样的大鱼，一旦被搁浅，就会受制于蝼蚁这样的小昆虫。

吊魏武帝文并序　陆士衡（陆机）

【题解】

陆机在秘阁中有幸得见魏武帝曹操的临终遗令，看到了一代枭雄在临终时像普通人一样留恋尘世、儿女情长的一面，颠覆了作者此前对曹操的认识，有感而写下这篇文字。文中作者对魏武帝临终《遗令》的态度是复杂的，对曹操临终之时的所作所为多有否定。

元康八年，机始以台郎出补著作[1]，游乎秘阁[2]，而见魏武帝遗令，忾然叹息[3]，伤怀者久之。

【注释】

〔1〕台郎：尚书郎。　著作：著作郎，属中书省，掌编纂国史。

〔2〕秘阁：即秘书省。

〔3〕忾然：感慨貌。

【译文】

元康八年，我以尚书郎身份出补著作郎，在秘书省览阅图籍，从而得以读到魏武帝生前所写的《遗令》，读后感慨万千，心绪久久不能平静。

客曰：夫始终者，万物之大归；死生者，性命之区域。是以临丧殡而后悲，睹陈根而绝哭。今乃伤心百年之际，兴哀无情之地，意者无乃知哀之可有，而未识情之可无乎？

机答之曰：夫日食由乎交分[1]，山崩起于朽壤，亦云数而已矣。然百姓怪焉者，岂不以资高明之质[2]，而不免卑浊之累；居常安之势，而终婴倾离之患故乎？夫以回天倒日之力，而不能振形骸之内；济世夷难之智，而受困魏阙之下。已而格乎上下者，藏于区区之木；光于四表者，翳乎蕞尔之土。雄心摧于弱情，壮图终于哀志。长算屈于短日[3]，远迹顿于促路。呜呼！岂特瞽史之异阙景[4]，黔黎之怪颓岸乎？观其所以顾命冢嗣[5]，贻谋四子[6]，经国之略既远，隆家之训亦弘。又云："吾在军中，持法是也。至小忿怒，大过失，不当效也。"善乎达人之谠言矣！持姬女而指季豹以示四子曰[7]："以累汝！"因泣下。伤哉！曩以天下自任，今以爱子托人。同乎尽者无馀，而得乎亡者无存。然而婉娈房闼之内，绸缪家人之务，则几乎密与！又曰："吾婕妤妓人，皆著铜爵台。于台堂上施八尺床，穗帐[8]，朝晡上脯糒之属[9]。月朝十五，辄向帐作妓[10]。汝等时时登铜爵台，望吾西陵墓田[11]。"又云："余香可分与诸夫人。诸舍中无所为，学作履组卖也。吾历官所得绶，皆著藏中。吾馀衣裘，可别为一藏。不能者兄弟可共分之。”既而竟分焉。亡者可以勿求，存者可以勿违，求与违不其两伤乎？悲夫！爱有大而必失，恶有甚而必得；智惠不能去其恶，威力不能全其爱。故前识所不用心，而圣人罕言焉。若乃系情累于外物，留曲念于闺房，亦贤俊之所宜废乎？于是遂愤懑而献吊云尔。

【注释】

〔1〕日食由乎交分：月球运行到地球和太阳的中间时，太阳的光被月球挡住，就会发生日食。

〔2〕高明：指日月。

〔3〕短日：谓来日不多。指年迈。

〔4〕瞽史：乐师与史官的并称。 阙景：日食。

〔5〕冢嗣：谓魏文帝曹丕。

〔6〕四子：指中牟王曹彰、雍丘王曹植、白马王曹彪及曹豹。

〔7〕姬女：指曹操小女儿高城公主。

〔8〕穗帐：用细而疏的麻布制成的灵帐。

〔9〕朝晡（bū）：指一日两餐之食。

〔10〕作妓：谓表演歌舞或演奏音乐。

〔11〕西陵：曹操陵寝。

【译文】

有客人说：从生到死，乃是万物必然的趋势；死与生，乃是生命的分界线。因此，人们参加丧礼会不由自主地产生悲伤之情，看见墓地上长出了逾年的宿草就会停止哀哭。如今你在魏武帝逝世近百年后仍伤心不已，且不合时宜地在秘书省这样的场所感伤哀悼。大概您只知道应该为死去的人哀伤，却不晓得时过境迁在此时此地兴哀痛哭已无必要吧！

我回答说：日食的发生是由于太阳的运行与月亮所在的分次发

生了交会；山崩则是由于土壤的朽烂，这些现象背后都有其必然的规律。然而百姓还是会对这些现象感到惊异，那是因为人们从内心难以接受即使高明如太阳也会受到比之卑弱的月亮的遮蔽，即使安之如泰山也会发生崩塌。同样，像魏武帝曹操这样具有回天倒日超能力的大英雄，临终却不能挽救一己的生命；这样具有拯救世界、平定纷乱的大智慧的人，到了生命的最后时刻也被困在魏宫之中无计可施。结果就是生前圣名上天入地如魏武帝，死后也被收藏进这一小小的棺木当中；生前盛名扬四海的魏武帝，最终也要被这一小堆黄土所掩埋。生前的雄心抱负，最终被这临终的靡弱悲哀之情所击败；一生宏图大志，最终却是以哀情落幕。无论多么长远的计划，最后也不得不由于年迈时尽而改变；再远大的业绩，也因人生短促而停止。呜呼！魏武帝的殒落所引发的万民惊异失色，岂是上古乐师、史官对日蚀的怪异之情，以及黎民百姓对山崩地裂的惊恐之情所能比肩？观其临终遗命为太子曹丕作的安排，以及为其余四子所作的谋划，可见魏武帝不但在国家治理方面有深谋远虑，而且在敦睦家庭方面的规训也十分弘远。《遗令》中又说："我在军中严格以法治军是对的。至于小的忿怒，以及大的过失，都不应效仿。"这真是通达之人的直言不讳！魏武帝临终前抱着杜夫人所生的小女儿、手指着杜夫人所生的小儿子，以深切的眼神看着曹丕在内的其余四个儿子说："辛苦你们了！"说完就流下了伤心的眼泪。这真是令人伤心啊！昔日将拯救天下的重任都放在自己肩上，如今却不得不将自己最宠爱的小儿、幼女托付给他人。真是人到临终该穷尽的一点也剩不下，该失去的一点也不会留存。不过，观其留恋后妃，以及对家人事务的殷切交待，似乎也有点太过细碎了。《遗令》又说："我生前的婕妤和歌妓们，都安排在铜雀台。在铜雀台的堂上设置一张八尺床，在上面挂上灵帐，每天早晚两餐为我供上干肉、干粮等。每个月的初一、十五，就令她们面向灵帐进行歌舞表演。你们也要时不时登一下铜雀台，在上面眺望我的西陵。"《遗令》又说："我剩下的香料可以分给诸位夫人。她们如果平日没什么事情做，可以让她们学习编织鞋带去售卖。我过去做官所得的绶带，都随葬埋进墓中。入殓之外的其余衣裘，可以埋在另外一个墓室中。实在放不下的你们兄弟几个可以一起分了。”后来儿子们真将这些衣裘分掉了。其实弥留之际这样的要求魏武帝不提也罢。儿子们本来也可以不违背父亲的这一点小小的要求。结果作为父亲把本来不必提的要求给提出了，而本不该违背这些要求的儿子们却也违背了父亲的遗愿，真可说是两败俱伤啊！悲夫！即使再喜欢的东西也终究要失去，即使再厌恶的情况也早晚会发生；即使智慧再高也难以完全避免自己所厌恶的情况发生，即使武力再大也无法永远保全自己的珍爱之物。因此，贤哲之人在这些身后事上是不会花费心思的，因此也很少有圣贤之士像魏武帝这样事无巨细地进行交待。至于感情被身外之物所牵累，对妻室留下深切的怀念，这些难道不是贤哲之人应该放弃的吗？于是我心中怀着抑郁烦闷，献上这篇吊文。

接皇汉之末绪〔1〕，值王途之多违〔2〕。伫重渊以育鳞〔3〕，抚庆云而遐飞〔4〕。运神道以载德〔5〕，乘灵风而扇威〔6〕。摧群雄而电击，举勍敌其如遗。指八极以远略，必翦焉而后绥。釐三才之阙典，启天地之禁闱。举修网之绝纪，纽大音之解徽〔7〕。扫云物以贞观〔8〕，要万途而来归。丕大德以宏覆，援日月而齐晖。济元功于九有，固举世之所推。

【注释】

〔1〕末绪：谓前人遗留的功业。

〔2〕王途：犹王道。

〔3〕鳞：指龙，喻曹操。

〔4〕庆云：五色云。古人以为喜庆吉祥之气。

〔5〕神道：谓鬼神赐福降灾神妙莫测之道。

〔6〕灵风：谓时势。

〔7〕解徽：犹失调。
〔8〕贞观：谓以正道示人。

【译文】

魏武帝生逢东汉末年，正值国家动荡混乱之际。他像龙一样潜藏在深渊待时育德，时机成熟就乘五色祥云飞上天。遵循神明的天道进行奖赏，趁着风势展开刑罚。摧毁群雄如雷击电扫，歼灭强敌如拾遗。手指八方以经略天下，深知必翦灭群雄而后天下才能安定。厘定天、地、人三方面残缺的礼制，使天地之间闭塞已久的元气得以开启。这一切就像提起一张大渔网的抓手使其纲举目张，又像系结上系琴弦的绳使其演奏出大音一样。魏武帝扫除了空中弥漫的妖邪之气以正道示天下，以此吸引各方势力来归附。扩大天地之大德使普天之下无不受其庇护，大功大德与日月同辉。成就大功于全天下，从而自然为普天之下所推戴。

彼人事之大造〔1〕，夫何往而不臻。将覆篑于浚谷〔2〕，挤为山乎九天〔3〕。苟理穷而性尽，岂长算之所研。悟临川之有悲，固梁木其必颠。当建安之三八〔4〕，实大命之所艰。虽光昭于曩载，将税驾于此年。

【注释】

〔1〕大造：大功劳。
〔2〕覆篑：倒一筐土。谓积小成大，积少成多。
〔3〕挤：通跻，升也。
〔4〕三八：建安二十四年。

【译文】

能有此人世间之至大功绩，还有什么事情做不到。魏武将要用一筐筐黄土填于深谷，直到堆积成高达九天的大山。其实，人生在世只要穷究天地万物之理之性就够了，造山创世这样的弘远之计又哪里是人可以考虑的。想明白了夫子的临川之悲，就知道伟大的人物也终有逝去的那一天。就在建安二十四年，魏武帝迎来了生命中的最大困厄。尽管荣耀一世，魏武帝的生命却将要止步于这一年。

惟降神之绵邈，眇千载而远期。信斯武之未丧，膺灵符而在兹[1]。虽龙飞于文昌[2]，非王心之所怡。愤西夏以鞠旅[3]，溯秦川而举旗[4]。逾镐京而不豫[5]，临渭滨而有疑。冀翌日之云瘳，弥四旬而成灾。咏归途以反旆[6]，登崤渑而朅来[7]。次洛汭而大渐[8]，指六军曰念哉[9]。

【注释】

〔1〕灵符：上天的符命。

〔2〕龙飞：喻指帝王的兴起或即位。　文昌：曹魏宫殿名。

〔3〕西夏：指刘备。　鞠旅：犹誓师。

〔4〕秦川：泛指今陕西、甘肃的秦岭以北平原地带。

〔5〕镐京：西周国都。此指长安。　不豫：天子有病的讳称。

〔6〕反旆：回师。

〔7〕崤渑：指崤底一带。　朅（qiè）来：犹言来。

〔8〕洛汭（ruì）：指洛阳一带。　大渐：谓病危。

〔9〕六军：天子所统领的军队。

【译文】

天降圣人以建立伟大功业，乃是千载一遇的事。确实上天不会让人世武功沦亡，魏武帝就是那个承当天命的人。在邺的文昌殿进位为魏王，但这并非他本人的内心所愿。紧接着魏武帝就进行誓师剑指蜀汉刘备，大军浩浩荡荡沿着秦川进发。结果刚过长安魏武就生病了，到了渭水病又有加重。本来希冀很快就能康复，没想到四十天后就发展成了大病。于是不得以班师回朝，翻越崤渑而归来。

走到洛阳一带时魏武病危，临终犹以天下未宁托付麾下将士。

伊君王之赫奕[1]，实终古之所难。威先天而盖世[2]，力荡海而拔山[3]。厄奚险而弗济，敌何强而不残。每因祸以禔福[4]，亦践危而必安。迄在兹而蒙昧，虑噤闭而无端[5]。委躯命以待难，痛没世而永言。抚四子以深念，循肤体而颓叹。迨营魄之未离，假余息乎音翰。执姬女以嚬瘁[6]，指季豹而漼焉[7]。气冲襟以呜咽，涕垂睫而汍澜[8]。

【注释】

〔1〕赫奕：显赫貌。

〔2〕先天：谓先于天时而行事，有先见之明。

〔3〕荡海：摇荡北海。

〔4〕禔（zhī）福：安享幸福。

〔5〕噤闭：闭口不做声。

〔6〕嚬瘁（pín cuì）：皱眉而忧伤。

〔7〕季豹：指曹操小儿子曹豹。 漼（cuǐ）：泪垂貌。

〔8〕汍（wán）澜：泪疾流貌。

【译文】

像魏武帝这样功德显赫的领袖人物，实在是自古以来都少有。魏武帝所建立的威望超天盖世，所拥有的武力可以摇荡大海拔起大山。平生陷于什么样的险境没有克服过，遭遇什么样的强敌没能消灭过！往往因祸成福，每每逢凶化吉。如今病重意识昏迷，人们担心魏武无法张口留下遗言，只能委弃身命以等待生命的终结，没想到魏武帝为自己的逝去而痛苦万分不厌其烦地安排身后之事。用手轻抚四个儿子表现出深切的牵念，又摸着自己的身体皮肤而哀叹。趁着魂魄还没有离开自己的躯体，借着最后一点气息写下《遗令》。

抱着小女儿而双眉不展，手指小儿子曹豹而泪流。悲情满胸而泣不成声泪流满面。

违率土以靖寐[1]，戢弥天乎一棺[2]。咨宏度之峻邈，壮大业之允昌。思居终而郻始，命临没而肇扬。援贞咎以惎悔[3]，虽在我而不臧[4]。惜内顾之缠绵，恨末命之微详。纡广念于履组，尘清虑于馀香。结遗情之婉娈，何命促而意长！陈法服于帷座[5]，陪窈窕于玉房。宣备物于虚器，发哀音于旧倡。矫戚容以赴节，掩零泪而荐觞。物无微而不存，体无惠而不亡。庶圣灵之响像，想幽神之复光。苟形声之翳没，虽音景其必藏。徽清弦而独奏，进脯糒而谁尝？悼繐帐之冥漠，怨西陵之茫茫。登爵台而群悲，眝美目其何望？既晞古以遗累，信简礼而薄葬。彼裘绂于何有，贻尘谤于后王。嗟大恋之所存，故虽哲而不忘。览见遗籍以慷慨[6]，献兹文而凄伤。

【注释】

〔1〕率土：“率土之滨”之省。　靖寐：安眠。

〔2〕弥天：喻志气高远。

〔3〕惎（jì）悔：教之悔悟。

〔4〕不臧：不善。

〔5〕法服：古代根据礼法规定的不同等级的服饰。

〔6〕遗籍：指曹操《遗令》。

【译文】

最终魏武帝抛弃天下万民而安息，将未能完全实现的宏图大计带进了棺内。魏武帝一生的志向是多么崇高远大，建立的功业又是何等昌盛。在生命临终之际而顾念继位者如何接手大业，临没而出示其《遗令》。其中援引自己生平的优点和过失以教导诸子，使他们明白自己的父亲亦有不善之处。不过，魏武帝对后妃的留恋之情也太过缠绵了，对家人事务的临终遗嘱也太过琐细了。甚至念念不忘于安排妓妾们编织鞋带以及分香料给她们这样的小事。生命如此短暂，而魏武帝留下情思却那么缠绵缱绻！魏武帝驾崩后人们将礼服摆上灵座，使妓妾在灵前陪伴。又下令准备用于仪卫、祭祀的各种明器，同时让妓妾们奏唱哀乐。妓妾们强忍着忧伤和着节拍演唱，擦拭泪眼举杯献酒于魏武的在天之灵。诸物如故，而其人云亡。人们期望着能够再看到魏武帝的音容笑貌，盼望着魏武的魂灵重新显现。然而，假如人的形体和声音不存在了，由形体和声音所产生的身影和回响也必然随之消失。妓妾们在铜雀台挥动琴弦也只是在独奏罢了，那些在灵座上准备的干肉、干粮等祭品，又有谁能够真正品尝到呢？近睹空无所有的灵帐令人伤悼，远望茫茫的西陵使人哀怨。儿子们遵照《遗令》登上铜雀台而集体悲痛，凝目远望其实又能看到什么呢？既然要效仿古人抛弃世俗之累，就应彻底进行简礼薄葬。《遗令》要将生前的衣裘、绶带带进陵墓又有什么意义，只是让后来不遵遗嘱瓜分了这些衣物的儿子们背负了不孝之名。可叹啊！对人生的眷恋，即使是圣哲如魏武帝也不能忘怀。我亲睹魏武帝的《遗令》，读后感慨万千，特献上这篇吊文来表达内心的凄伤。

祭文

祭古冢文并序　谢惠连

【题解】

该文之序简略交代古冢发现的经过、冢内遗存物情况，近乎一篇考古发掘简报。祭文为整齐的四言句，叙写了对冢内两具无名古尸的同情、惋惜，交代了不得已而将其改葬的苦衷，以告慰死者在天之灵。作者在文中借用东汉曹褒、陈宠收葬无名之尸的典故，非常得体地赞颂了刘义康的这一仁德之举。该文开启了后世祭悼无名古冢的祭文的先河。

东府掘城北堑〔1〕，入丈馀，得古冢，上无封域〔2〕，不用砖甓〔3〕。以木为椁〔4〕，中有二棺，正方，两头无和〔5〕。明器之属〔6〕，材瓦铜漆，有数十种，多异形，不可尽识。刻木为人，长三尺，可有二十馀头，初开见，悉是人形，以物枨拨之〔7〕，应手灰灭。棺上有五铢钱百馀枚〔8〕，水中有甘蔗节及梅李核瓜瓣，皆浮出不甚烂坏。铭志不存，世代不可得而知也。公命城者改埋于东冈〔9〕，祭之以豚酒〔10〕。既不知其名字远近，故假为之号曰冥漠君云尔。

【注释】

〔1〕东府：东晋、南朝都建业时丞相兼领扬州刺史的治所。故址在今江苏省南京市内。

〔2〕封域：指坟陵。

〔3〕砖甓（pì）：即砖。

〔4〕椁：古代套于棺外的大棺。

〔5〕和：棺题，棺材两头的突出部分。

〔6〕明器：即冥器。专为随葬而制作的器物。

〔7〕枨（chéng）拨：触动。

〔8〕五铢钱：西汉至隋的标准铜币名称。钱文“五铢”，重如其文，有周郭，始铸于汉武帝元狩五年（公元前 118 年）。

〔9〕东冈：向阳的山冈。

〔10〕豚酒：猪肉和酒。泛指祭品。

【译文】

在东府城城北挖掘沟壕，挖到一丈多深的时候，发现了一个古墓，该墓外面没有坟陵，内部也没有砌砖。墓内有一木制之椁，椁内有二棺，棺为正方形，两头没有突出的棺题。墓内随葬的冥器，有木制、瓦制、铜制、漆制等几十种；许多都是奇特的形状，难以全部识别。其中有木头刻成的人俑，长三尺，大概有二十多个；刚打开墓的时候，这些木俑还都保持着人的形状；用东西一拨动，就散成了灰烬。棺材上有一百余枚五铢钱；水中漂浮有甘蔗节、梅子核、李子核、瓜籽等，并没有怎么腐烂。墓内没有发现墓志铭，墓主生活的时代、生平等信息不得而知。彭城王（刘义康）命令修城的人将古墓主人改葬于东冈，并用小猪和酒进行了祭祀。因为难以知晓墓主的名字和时代远近，因此暂拟一个名号，称其为“冥漠君”。

元嘉七年九月十四日，司徒御属领直兵令史、统作城录事、临漳令亭侯朱林，具豚醪之祭，敬荐冥漠君之灵：

忝总徒旅[1]，板筑是司[2]。穷泉为堑，聚壤成基。一椁既启，双棺在兹。舍畚凄怆，纵锸涟而[3]。刍灵已毁[4]，涂车既摧[5]。几筵糜腐[6]，俎豆倾低。盘或梅李，盎或醢酰。蔗传馀节，瓜表遗犀[7]。追惟夫子，生自何代？曜质几年[8]？潜灵几载[9]？为寿为夭？宁显宁晦？铭志湮灭，姓字不传。今谁子后？曩谁子先？功名美恶，如何蔑然[10]？

【注释】

〔1〕徒旅：徒众。

〔2〕板筑：指筑城或筑墙。

〔3〕涟而：泪流貌。
〔4〕刍灵：用茅草扎成的人马，为古人送葬之物。
〔5〕涂车：泥车，古代送葬用的明器。
〔6〕几筵：指灵座。
〔7〕遗犀：剩余的瓜瓣。
〔8〕曜质：犹言生寿。
〔9〕潜灵：指灵魂归天。
〔10〕蔑然：犹默然。

【译文】

元嘉七年九月十四日，司徒御属领直兵令史、统作城录事、临漳令亭侯朱林，精心准备了小猪和美酒，并恭敬地将这些祭品献上，来祭祀冥漠君的在天之灵：

我有幸率领徒众，负责筑城之事。按照工程要求，要先掘地及泉开挖壕沟，然后用挖到的泥土聚集起来夯筑成为城墙的基址。不过，在开挖壕沟的过程中，意外发现了一个古墓，墓中有椁，打开椁之后，呈现在眼前的是两口棺材。在场的工匠们面对这一突发情况，丢掉了手中的畚挶，放下了挖土的铁锹，悲伤不已，泪流满面。当初下葬时用茅草扎成的人马等明器已毁灭殆尽，泥车也已被摧折。墓中灵座已经腐烂，用来盛物品的俎豆等礼器也歪歪斜斜。有的盘子里还有些梅李之核，有些盎盆里还有肉酱。另外，墓中还可以看到甘蔗节以及瓜籽等。我不由得对墓主人浮想联翩，他生在哪个时代？生前活了多少岁？到目前为止死了有多少年？他生前的寿数是算长寿呢，还是夭折？他生前是获得了显耀的荣誉呢，还是默默无闻？现在墓志铭已湮灭，墓主人的姓字等信息没能流传下来。当今有谁正好是墓主的后人，而当初谁又是墓主人的祖上呢？墓主人生前的功业和名声是好是坏，为何沉默不语，没有应答？

百堵皆作〔1〕，十仞斯齐。墉不可转，堑不可回。黄肠既毁，便房已颓〔2〕。循题兴念，抚俑增哀。射声垂仁[3]，广汉流渥[4]。祠骸府阿，掩骼城曲。仰羡古风，为君改卜。轮移北隍，窀穸东麓[5]。圹即新营，棺仍旧木。合葬非古，周公所存。敬遵昔义，还祔双魂。酒以两壶，牲以特豚。幽灵仿佛，歆我牺樽。呜呼哀哉！

【注释】

〔1〕百堵：众多的墙。

〔2〕便房：古代帝王、诸侯王等墓葬中象征生人卧居之处的建筑，棺木即置其中。重臣死后，亦有受赐而享此殊遇者。

〔3〕射声：汉射声校尉曹褒，曾安葬无名之棺。

〔4〕广汉：汉广汉太守陈宠，曾安葬无名之尸。

〔5〕窀穸（zhūn xī）：亦作“窀夕”，埋葬。

【译文】

如今城墙已经建好，整整齐齐的有十仞之高。城墙无法绕道而建，沟壑也无法再进行回填。而且墓内的黄肠题凑已经被毁坏，停放棺木的便房也已颓毁。我沿着黄肠题凑走过，思绪万千；触摸着墓中的木俑，心情更加哀伤。东汉时射声校尉曹褒买地掩埋百余无嗣之棺，从而留下了仁德之名；还有广汉太守陈宠曾妥善安葬很多无主的尸体，由此恩泽广为流传。二者或在府邸的僻静处对无主的骸骨进行祭祀，或掩埋暴露的尸骨于城角。我们也仰慕效法古人的高义之举，特意为您“冥漠君”进行迁葬。现在灵车驶离了城北，将棺椁改葬在了城东边的山脚下。墓穴是新挖的，棺材仍用原来的旧木。合葬虽然不是自古就有，但自从周公以来就相沿未改，因此也敬遵过去的习俗，将两位墓主人进行合葬。祭以酒两壶，小猪一只。如果在天有灵，就请享用我们的小猪和美酒吧。呜呼哀哉！

【注释】

〔1〕金石：指古代镌刻文字、颂功纪事的钟鼎碑碣之属。

〔2〕尘：长久。

【译文】

屈子高洁的声名被铭刻于金石，忠心之志与日月同辉。屈子的一生就像是园丁辛辛苦苦栽种花草，最终拥有了花开满园、果实累累。望着茫茫汨罗江，我的心中唏嘘不能自已；望着茫茫汨罗江，我的思绪飘飞到了屈子的时代。假设屈原当时能够顺着楚王的好恶以谄谀行径获用于时，无疑也就不用这么早殒命于汨罗江中，但心中坚定的忠信之念使他无法做到谄媚于世，故不得不选择投江自沉。

祭颜光禄文　王僧达

【题解】

颜光禄即颜延之，生前与王僧达为知交，作者先是通过与前代众多名士的比较，突显了颜延之的德性和天赋文才，追忆颜延之生前与自己的交往，最后通过叙写颜延之死后的种种悲境，表达出自己的深挚悼念之情。

维宋孝建三年〔1〕。九月癸丑朔十九日辛未，王君以山羞野酌〔2〕，敬祭颜君之灵：

【注释】

〔1〕孝建：南朝宋孝武年号。孝建三年为公元453年。

〔2〕山羞：野味。　野酌：指村野人自制的酒。

【译文】

（南朝）宋孝建三年，九月癸丑朔，十九日辛未，王某用山中的野味和村人自制的土酒，祭奠颜君的在天之灵：

鸣呼哀哉！夫德以道树，礼以仁清。惟君之懿[1]，早岁飞声。义穷机象[2]，文蔽班、杨[3]。性婞刚洁，志度渊英[4]。登朝光国，实宋之华。才通汉魏，誉浃龟沙。服爵帝典[5]，栖志云阿。清交素友，比景共波。气高叔夜[6]，严方仲举[7]。逸翮独翔[8]，孤风绝侣。流连酒德[9]，啸歌琴绪。

【注释】

〔1〕懿：美；美德。

〔2〕机象：谓《周易》。

〔3〕班、杨：班固、杨雄。

〔4〕渊英：极其俊美。

〔5〕服爵：爵位及其相应服饰。　帝典：犹言皇家经典。

〔6〕叔夜：竹林七贤名士嵇康，字叔夜。

〔7〕仲举：陈蕃，字仲举，汝南人，性方峻，不接宾客。

〔8〕逸翮：指疾飞的鸟。

〔9〕酒德：晋刘伶曾作《酒德颂》，极言饮酒为乐。

【译文】

鸣呼哀哉！一个人的德望要通过对道的修习而树立。同样，一个人对礼的遵守，因为有了仁的内核而更加清醒而自觉。不过，颜君因为天赋美德，早年就已有令名在外。其对玄理的探讨穷极《周易》，文章的词采掩盖了汉代班固和杨雄的光芒。颜君天性刚直纯洁，志向气度深远俊美；登朝入仕为国争光，实为刘宋王朝的荣光。颜君的才华可以跟汉魏诸多大文学家比肩，大名甚至传到了龟兹、流沙等西域之地。颜君通过学习儒家经典，获得朝廷颁发的爵位及相应服饰，却将自己的情志寄托于山林之中。平日所交都是淡泊真纯之士，一起赏日出日没，并肩看潮起潮落。颜君的气节比嵇康还高，其性格刚直堪比东汉时的陈蕃。他就像独自翱翔疾飞的雄鹰，孤高的品格没人能够比肩。此外，颜君还擅长并喜欢饮酒，长啸、弹琴也都是世间一绝。

游顾移年，契阔燕处〔1〕。春风首时〔2〕，爰谈爰赋。秋露未凝，归神太素〔3〕。明发晨驾〔4〕，瞻庐望路。心凄目泫，情条云互〔5〕。凉阴掩轩，娥月寝耀。微灯动光，几牍谁照？衾袵长尘，丝竹罢调。擘悲兰宇，屑涕松峤。古来共尽，牛山有泪〔6〕。非独昊天，歼我明懿。以此忍哀，敬陈奠馈。申酌长怀，顾望歔欷。呜呼哀哉！

【注释】

〔1〕契阔：相交。　燕处：谓相处。

〔2〕首时：四时之首。指四季中每季的第一个月，即正月、四月、七月、十月。

〔3〕归神：死亡的委婉说法。　太素：古代谓最原始的物质。

〔4〕明发：黎明；平明。

〔5〕情条：指纷乱的情绪。　云互：像云一样变幻莫测。

〔6〕牛山：山名，齐景公游于牛山而流涕曰：“若何滂滂去此而死乎?”

【译文】

我与颜君朝夕相处已有一年多，开春我们还在一起清谈、赋诗，如今秋天的露水尚未见凝结，颜君已悄然离世。黎明时分，载着颜君灵柩的丧车就出发了。看看颜君的墓地，再看看来时的路。一想到颜君再也回不去了，就不由得悲从中来，泪水横流，情绪纷乱如天空之云。颜君的墓室合上，凉阴之气掩蔽了门轩，从此再也看不到月光。墓室里虽有暗淡的灯光摇曳，但其照亮的几案书牍又有谁看？墓中的被子和卧席也落满了尘土，陪葬的笛子和琴再也没人吹弹。来时在颜君的华府还能强忍悲痛，此时面对颜君的坟墓，涕泪再也止不住地纷纷下落。“古往今来，人皆有一死，谁都逃不过这牛山之泪。不是苍天独独歼殪了我这明德的好友颜君”，我以此来劝慰自己，强忍心中的哀痛，恭敬地奉上祭品，借此杯中之物以表达我对你的悠悠思念。回去的路上，我禁不住一次次回头，禁不住一次次叹息。呜呼哀哉！

（本卷译注：孙艳庆　袁卫华）

作者篇目一览表　　卷 | 页

周秦

东晋

中国古代名著全本译注丛书

周易译注
尚书译注
诗经译注
周礼译注
仪礼译注
礼记译注
大戴礼记译注
左传译注
春秋公羊传译注
春秋穀梁传译注
论语译注
孟子译注
孝经译注
尔雅译注
考工记译注

国语译注
战国策译注
三国志译注
贞观政要译注
吕氏春秋译注
商君书译注
晏子春秋译注
入蜀记译注·吴船录译注

孔子家语译注
孔丛子译注
荀子译注
中说译注
老子译注
庄子译注
列子译注
孙子译注
鬼谷子译注
六韬·三略译注
管子译注
韩非子译注
墨子译注
尸子译注
淮南子译注
说苑译注
近思录译注
传习录译注
齐民要术译注
金匮要略译注
食疗本草译注
救荒本草译注
饮膳正要译注
洗冤集录译注
周髀算经译注
九章算术译注
茶经译注（外三种）修订本

酒经译注
天工开物译注
人物志译注
颜氏家训译注
山海经译注
穆天子传译注·燕丹子译注
博物志译注
搜神记全译
世说新语译注
梦溪笔谈译注
历代名画记译注

楚辞译注
文选译注
六朝文絜译注
玉台新咏译注
唐贤三昧集译注

唐诗三百首译注
花间集译注
绝妙好词译注
宋词三百首译注
古文观止译注
文心雕龙译注
文赋诗品译注
人间词话译注
唐宋传奇集全译
聊斋志异全译
子不语全译
闲情偶寄译注
阅微草堂笔记全译
陶庵梦忆译注
西湖梦寻译注
板桥杂记译注
浮生六记译注